日本近現代文学案内

日外アソシエーツ

Guide to Books
of
Japanese Modern Literature

Compiled by
Nichigai Associates, Inc.

©2013 by Nichigai Associates, Inc.
Printed in Japan

本書はデジタルデータでご利用いただくことができます。詳細はお問い合わせください。

●編集担当● 筒 志帆

刊行にあたって

　日本近現代文学分野では、書誌、史論、方法論、作家・作品論など毎年膨大な数の研究文献が刊行されている。そうした状況のもと、先行研究を深く理解した上で自分の研究を進めるためには、文献情報の効率的な調査及び入手が不可欠である。また、文学鑑賞・創作のための入門書や「自然」「食」など多様なテーマ・切り口の文学関連書も刊行されているが、数多くの文献の中から初学者が利用目的に適した図書を見つけ出すことは容易ではない。

　本書は、1989年（平成元年）から2012年（平成24年）までに刊行された明治時代以降の日本近現代文学に関する研究書を、テーマ・作家・作品別にまとめた図書目録である。「戯曲」「詩」などの文学分野ごとに大別した上で、テーマごとに中・小見出しを立てた。作家論については、おおよその活躍年代や「自然主義」「アララギ派」といった流派のもと、作家名見出しを立てて関連図書を著者名順に並べた。加えて、特定作品の研究書が複数存在する場合は、作品名見出しも立てている。本書により、この24年間に各文学テーマに関する図書がどんな著者によってどのくらい刊行されたのかを一覧することができる。また、「事項名索引」では見出し語以外の関連テーマ・作品名からも引けるようにし、「著者名索引」では特定の執筆者・研究者名から図書を探せるようにして利用者の便をはかった。

　なお、小社では、文学作品を研究・鑑賞するための図書を探すツールとして、春秋戦国時代から清時代までの中国古典文学関連図書を収録した「中国古典文学案内」（2004年）、上代から江戸時代までの文学作品の現代語訳・注釈書を収録した「日本古典文学案内」（2009年）、古代から19世紀前半までの西洋古典文学関連図書を収録した「西洋

古典文学案内」（2011年）を刊行してきた。こちらも併せてご利用いただければ幸いである。

　本書が日本近現代文学の研究・鑑賞案内として広く活用されることを願っている。

　　2013年5月

　　　　　　　　　　　　　　　　　　　　　日外アソシエーツ

目　次

凡　例 ………………………………………………… (6)
見出し一覧 …………………………………………… (8)

日本近現代文学案内 ………………………………… 1

事項名索引 …………………………………………… 773
著者名索引 …………………………………………… 803

凡　　例

1．本書の内容

　本書は、日本国内で1989年（平成元年）以降に刊行された、明治以降現代までの日本文学に関する研究図書目録である。

2．収録対象

（1）1989年（平成元年）から2012年（平成24年）までの24年間に、日本国内で刊行された日本近現代文学に関する研究図書のべ18,948冊を収録した。

（2）近現代日本文学に関連して広く文学一般あるいは日本文学一般に言及した研究図書も収録した。

（3）学生・一般読者向けの学習参考書は省いた。

（4）純然たる随筆、随想、創作作品と見なせる著作は省いた。

（5）年譜、年表、書誌など一般に研究用資料と見なされている図書は採録した。

（6）作家、評論家、思想家の書簡、日記など作家研究の資料となる図書も採録した。

3．見出し

（1）収録した図書はその内容によって、「日本文学一般」「現代日本文学」「エンターテインメント」「記録」「批評」「戯曲」「詩」「短歌」「俳句」「川柳」「児童文学」に区分し、これを大見出しとした。

（2）各大見出しの下はテーマで分類し、これを中見出しとした。また中見出しの下には適宜小見出しを設けた。

（3）個々の作家に関する図書は作家名で分類、生没年の情報を付した。必要に応じてさらに作品名で細分した。

（4）見出し中の作品名は「　」で、雑誌名は『　』で示した。

4．排　列
　（1）各区分における図書の排列は著者名の五十音順とした。
　（2）排列に際しては濁音、半濁音は清音扱い、ヂ→シ、ヅ→スと見なし、拗促音は長音扱い、長音記号は無視した。
　（3）著者同一の図書、著者表示のない図書は刊行年月順に排列した。

5．図書の記述
　記述の内容と順序は次の通り。
　書名／副書名／巻次／各巻書名／著者表示／版表示／出版地（東京以外を表示）／出版者／出版年月／ページ数または冊数／大きさ／叢書名／叢書番号／注記／定価（刊行時）／ISBN

6．事項名索引
　それぞれの分類見出しに包括される人名やテーマ、作品名などをキーワードとして五十音順に排列し、見出しの掲載ページを示した。

7．著者名索引
　各図書の著者、編者、訳者などを五十音順に排列した。本文における図書の所在は掲載ページで示した。

8．書誌事項等の出所
　本書に掲載した各図書の書誌事項は、概ねデータベース「BOOKPLUS」及びJAPAN/MARCに拠ったが、掲載にあたっては編集部で記述形式などを改めたものがある。

見出し一覧

日本文学一般 …… 1

- 辞典・書誌 …… 9
  - 雑誌総目次 …… 13
- 学会・文学協会 …… 13
- 文学館 …… 13
- 文学史 …… 15
- 文学教育 …… 18
- 文学研究 …… 19
  - 海外の日本文学研究 …… 21
  - 解釈学 …… 22
  - 研究者評伝・追悼 …… 22
  - コンピュータ …… 22
- 言語・表現・文体 …… 23
- 翻訳 …… 24
- 古典と現代文学 …… 25
- 諷刺・笑い …… 26
- 文学碑 …… 26
- 詩歌 …… 30
  - 和歌 …… 37
- 物語・随筆 …… 40
  - 講談・落語 …… 41

現代日本文学 …… 42

- 辞典・書誌 …… 51
- ブックガイド・文学案内 …… 55
- 文芸時評・展望 …… 58
  - 同人誌評 …… 60
- 文学賞 …… 60
  - 芥川賞 …… 61
  - 直木賞 …… 61
  - 新人賞 …… 61
  - 各種文学賞 …… 62
- 古書 …… 62
- 小説論 …… 62
- 作法 …… 64
- 文学論争 …… 68
- 表現の自由・差別問題 …… 68
  - 検閲 …… 69
- テーマ別研究 …… 69
  - 老いと文学 …… 74
  - 記憶 …… 75
  - 死 …… 75
  - 自然 …… 75
  - 食と文学 …… 77
  - 女性 …… 78
  - 身体 …… 80
  - セクシャリティ …… 80
  - 鉄道 …… 81
  - 動物 …… 82
  - 貧困 …… 82
  - 病と文学 …… 82
  - 恋愛 …… 83
- 政治と文学 …… 85
  - 天皇制 …… 86
  - ナショナリズム …… 86
  - イデオロギー …… 86
- 宗教と文学 …… 86
  - キリスト教と文学 …… 87
  - 仏教と文学 …… 87
- メディアと文学 …… 88
  - 映像 …… 89
  - サブカルチャー …… 89
  - 絵画・図像 …… 89
  - 音楽 …… 89
- 私小説 …… 89
- 大衆文学 …… 90
- 女性文学 …… 91
- 農民文学 …… 92
- 部落問題文学 …… 92
- 戦争と文学 …… 92
- 植民地文学・ポストコロニアリズム …… 93
- 在日朝鮮人文学 …… 94
- 郷土文学 …… 94
  - 北海道・東北地方 …… 95

関東地方 …………………… 98	半井 桃水 …………………… 152
東京都 …………………… 102	西 萩花 …………………… 152
中部・東海地方 …………… 104	丹羽 花南 …………………… 152
北陸地方 …………………… 107	広津 柳浪 …………………… 152
近畿地方 …………………… 108	宮崎 夢柳 …………………… 152
中国地方 …………………… 110	村井 弦斎 …………………… 152
四国地方 …………………… 111	戯作文学 …………………… 152
九州地方 …………………… 112	仮名垣 魯文 …………………… 152
沖縄文学 …………………… 114	河竹 黙阿弥 …………………… 153
異文化と文学 …………………… 115	翻訳文学 …………………… 153
ケータイ文学 …………………… 116	青柳 瑞穂 …………………… 153
文学研究論 …………………… 116	黒岩 涙香 …………………… 153
方法論別研究 …………………… 120	内藤 濯 …………………… 153
ジェンダー …………………… 120	自然主義 …………………… 153
精神分析・臨床論 …………………… 121	岩野 泡鳴 …………………… 154
生成論 …………………… 122	島崎 藤村 …………………… 154
テクスト論 …………………… 122	比較・影響 …………………… 156
都市論 …………………… 122	詩 …………………… 157
ナラトロジー・語り …………………… 123	小説 …………………… 157
比較文学 …………………… 123	「破戒」 …………………… 157
表象学 …………………… 126	「夜明け前」 …………………… 157
メタフィクション …………………… 126	書簡 …………………… 158
モダニズム …………………… 126	島村 抱月 …………………… 158
各種方法論 …………………… 126	田山 花袋 …………………… 158
文学史 …………………… 127	「蒲団」 …………………… 159
テーマ別通史 …………………… 133	近松 秋江 …………………… 159
メディア史 …………………… 134	徳田 秋声 …………………… 160
文壇・文士 …………………… 134	中村 星湖 …………………… 160
女性文学史 …………………… 138	正宗 白鳥 …………………… 160
文芸雑誌・新聞 …………………… 139	真山 青果 …………………… 161
作家・作品論 …………………… 140	写実主義 …………………… 161
明治時代 …………………… 146	坪内 逍遥 …………………… 161
青木 健作 …………………… 150	二葉亭 四迷 …………………… 162
岡本 綺堂 …………………… 150	「浮雲」 …………………… 162
「半七捕物帳」 …………………… 150	言文一致 …………………… 163
押川 春浪 …………………… 151	硯友社 …………………… 163
加能 作次郎 …………………… 151	巌谷 小波 …………………… 163
上司 小剣 …………………… 151	小栗 風葉 …………………… 163
木下 尚江 …………………… 151	尾崎 紅葉 …………………… 164
小泉 八雲 …………………… 151	「金色夜叉」 …………………… 164
佐藤 緑葉 …………………… 152	川上 眉山 …………………… 164
田沢 稲舟 …………………… 152	山田 美妙 …………………… 164
	理想主義 …………………… 165

幸田 露伴	165	田村 俊子	191
樋口 一葉	166	直木 三十五	192
「たけくらべ」	170	中里 介山	192
日記・書簡	170	「大菩薩峠」	192
浪漫主義	170	中西 伊之助	193
泉 鏡花	171	永代 静雄	193
「天守物語」	173	細井 和喜蔵	193
北村 透谷	173	牧野 信一	193
比較・影響	174	三上 於菟吉	193
国木田 独歩	174	水上 滝太郎	193
戸川 秋骨	176	水守 亀之助	194
徳冨 蘆花	176	村松 梢風	194
馬場 孤蝶	176	森下 雨村	194
星野 天知	176	山田 順子	194
森 鷗外	176	山中 峯太郎	194
比較・影響	182	夢野 久作	194
詩歌	183	横溝 正史	194
小説	183	吉川 英治	195
「ヰタ・セクスアリス」	183	吉田 絃二郎	196
「雁」	183	吉屋 信子	196
「舞姫」	183	余裕派	196
歴史小説・史伝	184	夏目 漱石	196
日記・書簡	184	比較・影響	208
大正時代	184	言語・表現・文体	211
生田 花世	185	詩・俳句	211
稲垣 足穂	185	小説	212
内田 百閒	186	「草枕」	213
宇野 千代	187	「虞美人草」	213
悦田 喜和雄	187	「行人」	213
江戸川 乱歩	187	「こゝろ」	213
江馬 修	189	「三四郎」	214
翁 久允	189	「それから」	214
大佛 次郎	189	「彼岸過迄」	214
北沢 喜代治	191	「坊っちゃん」	214
小酒井 不木	191	「道草」	215
小島 政二郎	191	「明暗」	215
小山 勝清	191	「門」	215
佐佐木 茂索	191	「漾虚集」	216
白石 実三	191	「吾輩は猫である」	216
宗 瑛	191	小品・随筆・紀行	216
滝井 孝作	191	「夢十夜」	216
武林 無想庵	191	日記・書簡	216

見出し一覧

森田　草平 …………………… 217
耽美派 ………………………… 217
　谷崎　潤一郎 ………………… 217
　　「刺青」 …………………… 220
　　「春琴抄」 ………………… 220
　　書簡 ………………………… 221
　永井　荷風 …………………… 221
　　比較・影響 ………………… 224
　　「断腸亭日乗」 …………… 225
　　「濹東綺譚」 ……………… 225
　　「四畳半襖の下張」 ……… 225
白樺派 ………………………… 225
　有島　生馬 …………………… 225
　有島　武郎 …………………… 226
　　比較・影響 ………………… 227
　　「或る女」 ………………… 228
　倉田　百三 …………………… 228
　里見　弴 ……………………… 228
　志賀　直哉 …………………… 228
　　「暗夜行路」 ……………… 230
　　「和解」 …………………… 230
　長与　善郎 …………………… 230
　武者小路　実篤 ……………… 230
　　比較・影響 ………………… 231
新思潮派 ……………………… 231
　芥川　龍之介 ………………… 231
　　キリスト教と芥川文学 …… 236
　　比較・影響 ………………… 237
　　詩歌 ………………………… 237
　　小説 ………………………… 237
　　「歯車」 …………………… 238
　　「藪の中」 ………………… 238
　　「羅生門」 ………………… 238
　　日記・書簡 ………………… 238
　菊池　寛 ……………………… 239
　木村　艸太 …………………… 240
　久米　正雄 …………………… 240
　豊島　与志雄 ………………… 240
　中戸川　吉二 ………………… 240
　松岡　譲 ……………………… 240
　山本　有三 …………………… 240
奇蹟派 ………………………… 241
　宇野　浩二 …………………… 241

葛西　善蔵 …………………… 241
広津　和郎 …………………… 241
『青鞜』 ……………………… 242
　平塚　らいてう ……………… 242
　水野　仙子 …………………… 242
昭和時代 ……………………… 242
昭和（戦前）時代 …………… 248
　東　文彦 ……………………… 249
　荒木　精之 …………………… 249
　石川　達三 …………………… 249
　石上　玄一郎 ………………… 249
　岩下　俊作 …………………… 249
　牛島　春子 …………………… 249
　海野　十三 …………………… 249
　大原　富枝 …………………… 249
　岡本　かの子 ………………… 249
　尾崎　一雄 …………………… 250
　尾崎　翠 ……………………… 251
　海音寺　潮五郎 ……………… 251
　川口　松太郎 ………………… 251
　川崎　長太郎 ………………… 251
　上林　暁 ……………………… 251
　木々　高太郎 ………………… 252
　北原　武夫 …………………… 252
　木山　捷平 …………………… 252
　駒田　信二 …………………… 252
　今　官一 ……………………… 252
　榊山　潤 ……………………… 252
　佐々木　邦 …………………… 252
　渋川　驍 ……………………… 252
　下村　湖人 …………………… 253
　神西　清 ……………………… 253
　住井　すゑ …………………… 253
　芹沢　光治良 ………………… 253
　田岡　典夫 …………………… 253
　谷口　善太郎 ………………… 253
　田畑　修一郎 ………………… 254
　堤　千代 ……………………… 254
　外村　繁 ……………………… 254
　富田　常雄 …………………… 254
　直井　潔 ……………………… 254
　中沢　茂 ……………………… 254

(11)

中島 敦 ……………………… 254	梶井 基次郎 …………………… 269
「山月記」…………………… 255	嘉村 礒多 ……………………… 270
「李陵」……………………… 255	高橋 丈雄 ……………………… 270
中谷 孝雄 ……………………… 255	深田 久弥 ……………………… 270
新田 潤 ………………………… 255	舟橋 聖一 ……………………… 270
丹羽 文雄 ……………………… 255	新心理主義 …………………… 270
野上 弥生子 …………………… 256	伊藤 整 ………………………… 270
野口 冨士男 …………………… 257	堀 辰雄 ………………………… 271
野溝 七生子 …………………… 257	プロレタリア文学 …………… 272
野村 胡堂 ……………………… 257	池田 勇作 ……………………… 273
長谷川 海太郎 ………………… 258	伊藤 永之介 …………………… 274
長谷川 伸 ……………………… 258	井東 憲 ………………………… 274
林 芙美子 ……………………… 258	江口 渙 ………………………… 274
「放浪記」…………………… 260	片岡 鉄兵 ……………………… 274
北条 民雄 ……………………… 260	金子 洋文 ……………………… 274
本庄 陸男 ……………………… 260	貴司 山治 ……………………… 274
正木 不如丘 …………………… 260	黒島 伝治 ……………………… 274
三角 寛 ………………………… 260	小林 多喜二 …………………… 274
森田 たま ……………………… 260	「蟹工船」…………………… 276
森山 啓 ………………………… 260	里村 欣三 ……………………… 276
八木 義徳 ……………………… 260	武田 麟太郎 …………………… 276
矢田 津世子 …………………… 261	壺井 繁治 ……………………… 277
山岡 荘八 ……………………… 261	徳永 直 ………………………… 277
横田 文子 ……………………… 261	沼田 流人 ……………………… 277
劉 寒吉 ………………………… 261	葉山 嘉樹 ……………………… 277
若杉 慧 ………………………… 261	平林 たい子 …………………… 277
鷲尾 雨工 ……………………… 261	前田河 広一郎 ………………… 277
和田 伝 ………………………… 261	松田 解子 ……………………… 277
新感覚派・モダニズム ……… 261	間宮 茂輔 ……………………… 278
川端 康成 ……………………… 261	山川 亮 ………………………… 278
比較・影響 ………………… 264	若杉 鳥子 ……………………… 278
「掌の小説」………………… 264	転向文学 ……………………… 278
「雪国」……………………… 264	島木 健作 ……………………… 278
日記・書簡 ………………… 264	高見 順 ………………………… 278
今 東光 ………………………… 265	中野 重治 ……………………… 279
中河 与一 ……………………… 265	日本浪曼派 …………………… 281
横光 利一 ……………………… 265	中村 地平 ……………………… 281
「夜の靴」…………………… 266	保田 与重郎 …………………… 281
新興芸術派 …………………… 266	若林 つや ……………………… 281
阿部 知二 ……………………… 266	昭和(戦後)時代 ……………… 281
井伏 鱒二 ……………………… 267	天城 一 ………………………… 286
尾崎 士郎 ……………………… 269	鮎川 哲也 ……………………… 286

見出し一覧

有馬 頼義 ……………………… 286
安藤 鶴夫 ……………………… 286
石坂 洋次郎 …………………… 287
井上 靖 ………………………… 287
　「しろばんば」 ……………… 289
　「孔子」 ……………………… 289
円地 文子 ……………………… 289
大西 巨人 ……………………… 289
香山 滋 ………………………… 289
川内 康範 ……………………… 289
河内 幸一郎 …………………… 290
きだ みのる …………………… 290
金 達寿 ………………………… 290
久坂 葉子 ……………………… 290
源氏 鶏太 ……………………… 290
小谷 剛 ………………………… 290
五味 康祐 ……………………… 290
小山 清 ………………………… 290
今 日出海 ……………………… 290
獅子 文六 ……………………… 290
柴田 錬三郎 …………………… 291
澁澤 龍彦 ……………………… 291
島 比呂志 ……………………… 292
白洲 正子 ……………………… 292
杉浦 明平 ……………………… 292
高木 彬光 ……………………… 292
田中 富雄 ……………………… 293
田宮 虎彦 ……………………… 293
田村 泰次郎 …………………… 293
佃 實夫 ………………………… 293
壺井 栄 ………………………… 293
豊田 三郎 ……………………… 294
豊田 穣 ………………………… 294
永井 龍男 ……………………… 294
中薗 英助 ……………………… 294
新田 次郎 ……………………… 294
長谷川 四郎 …………………… 294
氷川 瓏 ………………………… 294
久生 十蘭 ……………………… 294
富士 正晴 ……………………… 295
船山 馨 ………………………… 295
山崎 豊子 ……………………… 295

山代 巴 ………………………… 296
山田 風太郎 …………………… 296
山本 周五郎 …………………… 297
戦争文学 ……………………… 298
　伊藤 桂一 …………………… 299
　井上 光晴 …………………… 299
　早乙女 勝元 ………………… 299
　高木 敏子 …………………… 299
　中山 義秀 …………………… 300
　野坂 昭如 …………………… 300
　火野 葦平 …………………… 300
　吉田 満 ……………………… 301
　渡辺 清 ……………………… 301
原爆文学 ……………………… 301
　大田 洋子 …………………… 301
　峠 三吉 ……………………… 301
　林 京子 ……………………… 301
　原 民喜 ……………………… 302
無頼派 ………………………… 302
　石川 淳 ……………………… 302
　織田 作之助 ………………… 303
　坂口 安吾 …………………… 303
　太宰 治 ……………………… 304
　　比較・影響 ……………… 311
　　「人間失格」 ……………… 312
　　日記・書簡 ……………… 312
　田中 英光 …………………… 312
　檀 一雄 ……………………… 312
民主主義文学 ………………… 313
　佐多 稲子 …………………… 313
　宮本 百合子 ………………… 313
戦後派 ………………………… 314
　安部 公房 …………………… 314
　梅崎 春生 …………………… 315
　大岡 昇平 …………………… 315
　椎名 麟三 …………………… 316
　島尾 敏雄 …………………… 316
　　「死の棘」 ………………… 318
　武田 泰淳 …………………… 318
　中村 真一郎 ………………… 318
　野間 宏 ……………………… 318
　花田 清輝 …………………… 319

(13)

埴谷 雄高	319
「死霊」	320
平野 謙	320
堀田 善衛	320
本多 秋五	321
三島 由紀夫	321
比較・影響	327
「仮面の告白」	328
第三の新人	328
遠藤 周作	328
「深い河」	330
小沼 丹	330
小島 信夫	330
庄野 潤三	330
安岡 章太郎	330
結城 信一	331
吉行 淳之介	331
昭和30年代	332
有吉 佐和子	332
池波 正太郎	332
「鬼平犯科帳」	334
石原 慎太郎	334
薄井 清	335
大江 健三郎	335
大庭 みな子	336
大藪 春彦	336
開高 健	336
梶山 季之	338
北 杜夫	338
今日泊 亜蘭	338
倉橋 由美子	338
黒岩 重吾	339
幸田 文	339
小松 左京	339
佐藤 得二	339
斯波 四郎	339
司馬 遼太郎	339
「坂の上の雲」	345
「竜馬がゆく」	346
城山 三郎	346
杉森 久英	346
曽野 綾子	347

高橋 和巳	347
竹西 寛子	347
立原 正秋	347
田辺 聖子	348
団 鬼六	348
辻 邦生	348
戸板 康二	349
富島 健夫	349
永井 路子	349
仁木 悦子	349
西村 京太郎	349
萩原 葉子	349
長谷川 修	349
原田 康子	349
平岩 弓枝	350
深沢 七郎	350
星 新一	350
松本 清張	351
三浦 哲郎	353
水上 勉	354
森 茉莉	354
山口 瞳	354
結城 昌治	355
昭和40年代	355
荒巻 義雄	355
李 恢成	355
いいだ もも	355
五木 寛之	355
大城 立裕	356
長部 日出雄	356
金井 美恵子	356
金 石範	356
河野 多恵子	356
小林 信彦	356
佐藤 愛子	356
瀬戸内 寂聴	356
高橋 たか子	357
陳 舜臣	357
津島 佑子	357
筒井 康隆	357
津村 節子	358
鄭 承博	358

中井 英夫 ……………………… 358
　　なだ いなだ …………………… 358
　　野呂 邦暢 ……………………… 358
　　秦 恒平 ………………………… 358
　　藤枝 静男 ……………………… 358
　　藤沢 周平 ……………………… 358
　　三浦 綾子 ……………………… 361
　　宮 林太郎 ……………………… 363
　　森 敦 …………………………… 363
　　森 万紀子 ……………………… 363
　　森村 桂 ………………………… 363
　　森村 誠一 ……………………… 363
　　吉村 昭 ………………………… 364
　　和田 芳恵 ……………………… 364
　　渡辺 淳一 ……………………… 364
内向の世代 ………………………… 364
　　阿部 昭 ………………………… 365
　　小川 国夫 ……………………… 365
　　後藤 明生 ……………………… 365
　　古井 由吉 ……………………… 365
昭和50年代以後 …………………… 365
　　青野 聰 ………………………… 366
　　赤川 次郎 ……………………… 366
　　阿刀田 高 ……………………… 366
　　安部 譲二 ……………………… 366
　　天野 哲夫 ……………………… 366
　　色川 武大 ……………………… 366
　　臼井 吉見 ……………………… 366
　　内田 康夫 ……………………… 366
　　岡嶋 二人 ……………………… 367
　　落合 信彦 ……………………… 367
　　菊地 秀行 ……………………… 367
　　北方 謙三 ……………………… 368
　　桐山 襲 ………………………… 368
　　栗本 薫 ………………………… 368
　　佐伯 泰英 ……………………… 368
　　堺屋 太一 ……………………… 369
　　島田 雅彦 ……………………… 369
　　志茂田 景樹 …………………… 369
　　鈴木 いづみ …………………… 369
　　高樹 のぶ子 …………………… 369
　　高杉 良 ………………………… 369

　　高橋 克彦 ……………………… 369
　　高橋 源一郎 …………………… 369
　　武田 百合子 …………………… 369
　　立松 和平 ……………………… 369
　　田中 小実昌 …………………… 370
　　田中 康夫 ……………………… 370
　　田中 芳樹 ……………………… 370
　　中上 健次 ……………………… 370
　　永倉 万治 ……………………… 371
　　原田 宗典 ……………………… 371
　　干刈 あがた …………………… 371
　　日野 啓三 ……………………… 371
　　氷室 冴子 ……………………… 372
　　船戸 与一 ……………………… 372
　　松浦 理英子 …………………… 372
　　宮尾 登美子 …………………… 372
　　宮本 輝 ………………………… 372
　　三好 京三 ……………………… 372
　　向田 邦子 ……………………… 372
　　村上 春樹 ……………………… 374
　　　「1Q84」 ……………………… 379
　　　「海辺のカフカ」 …………… 379
　　　「ノルウェイの森」 ………… 379
　　村上 龍 ………………………… 379
　　群 ようこ ……………………… 380
　　森 瑶子 ………………………… 380
　　山田 詠美 ……………………… 380
　　夢枕 獏 ………………………… 380
　　吉田 知子 ……………………… 380
　　よしもと ばなな ……………… 380
　　隆 慶一郎 ……………………… 380
平成時代 …………………………… 381
　　あかほり さとる ……………… 381
　　浅田 次郎 ……………………… 381
　　綾辻 行人 ……………………… 382
　　江国 香織 ……………………… 382
　　小川 洋子 ……………………… 382
　　恩田 陸 ………………………… 382
　　角田 光代 ……………………… 382
　　片山 恭一 ……………………… 382
　　金原 ひとみ …………………… 382
　　唐沢 俊一 ……………………… 382

川上　弘美 ……………………… 382
　　　京極　夏彦 ……………………… 382
　　　車谷　長吉 ……………………… 383
　　　佐藤　洋二郎 …………………… 383
　　　笙野　頼子 ……………………… 383
　　　鈴木　銀一郎 …………………… 383
　　　鈴木　光司 ……………………… 383
　　　妹尾　河童 ……………………… 383
　　　高村　薫 ………………………… 383
　　　田口　ランディ ………………… 383
　　　谷川　流 ………………………… 383
　　　多和田　葉子 …………………… 384
　　　千葉　暁 ………………………… 384
　　　辻　仁成 ………………………… 384
　　　中島　らも ……………………… 384
　　　長野　まゆみ …………………… 384
　　　西　加奈子 ……………………… 384
　　　西尾　維新 ……………………… 384
　　　畠中　恵 ………………………… 384
　　　東野　圭吾 ……………………… 384
　　　平野　啓一郎 …………………… 384
　　　福井　晴敏 ……………………… 384
　　　辺見　庸 ………………………… 385
　　　誉田　哲也 ……………………… 385
　　　町田　康 ………………………… 385
　　　宮部　みゆき …………………… 385
　　　森　博嗣 ………………………… 385
　　　梁　石日 ………………………… 385
　　　柳　美里 ………………………… 385
　　　米原　万里 ……………………… 385
　　　リービ英雄 ……………………… 386
　　　綿矢　りさ ……………………… 386

エンターテインメント ……………… 387

　　文学賞 ……………………………… 387
　　作法 ………………………………… 387
　　探偵小説・推理小説・ミステリ … 390
　　SF小説 …………………………… 401
　　ライトノベル ……………………… 403
　　怪奇小説・ホラー ………………… 404

　　幻想小説・ファンタジー ………… 405
　　社会・経済小説 …………………… 407
　　歴史小説・時代小説 ……………… 407
　　官能小説・ポルノ ………………… 410

記録 …………………………………… 412

　　評伝・自伝 ………………………… 412
　　紀行 ………………………………… 413
　　日記 ………………………………… 414
　　書簡 ………………………………… 414
　　随筆 ………………………………… 415
　　文学史 ……………………………… 416
　　　青木　玉 ………………………… 416
　　　安藤　盛 ………………………… 416
　　　池田　寿一 ……………………… 416
　　　石牟礼　道子 …………………… 416
　　　上野　英信 ……………………… 416
　　　児玉　隆也 ……………………… 416
　　　澤地　久枝 ……………………… 417
　　　東海林　さだお ………………… 417
　　　高杉　一郎 ……………………… 417
　　　司　修 …………………………… 417
　　　真尾　悦子 ……………………… 417
　　　山際　淳司 ……………………… 417
　　　山田　竹系 ……………………… 417
　　　山本　茂実 ……………………… 417
　　　山本　夏彦 ……………………… 417
　　　吉野　せい ……………………… 417

批評 …………………………………… 418

　　時評・展望 ………………………… 420
　　文学史 ……………………………… 423
　　　明治・大正時代 ………………… 423
　　　　青野　季吉 …………………… 423
　　　　生田　長江 …………………… 424
　　　　石橋　忍月 …………………… 424
　　　　内田　魯庵 …………………… 424
　　　　内村　鑑三 …………………… 424
　　　　大槻　文彦 …………………… 424
　　　　河上　肇 ……………………… 424

見出し一覧

小島 輝正 …………………… 424
小宮 豊隆 …………………… 424
斎藤 緑雨 …………………… 425
志賀 重昂 …………………… 425
高野 辰之 …………………… 425
高山 樗牛 …………………… 425
滝田 樗陰 …………………… 425
土田 杏村 …………………… 425
辻 潤 …………………… 425
寺田 寅彦 …………………… 426
徳富 蘇峰 …………………… 426
西田 幾太郎 …………………… 426
福沢 諭吉 …………………… 426
福原 麟太郎 …………………… 427
芳賀 矢一 …………………… 427
平林 初之輔 …………………… 427
本間 久雄 …………………… 427
前田 晁 …………………… 427
南方 熊楠 …………………… 427
柳田 国男 …………………… 427
　「遠野物語」 …………………… 427
　短歌 …………………… 428
昭和・平成時代 …………………… 428
青山 二郎 …………………… 428
生田 耕作 …………………… 428
上田 三四二 …………………… 428
上野 千鶴子 …………………… 428
内村 剛介 …………………… 428
江藤 淳 …………………… 429
小笠原 克 …………………… 429
尾崎 秀樹 …………………… 429
小田 実 …………………… 429
小田切 秀雄 …………………… 429
折原 脩三 …………………… 430
風巻 景次郎 …………………… 430
亀井 勝一郎 …………………… 430
唐木 順三 …………………… 430
柄谷 行人 …………………… 430
河上 徹太郎 …………………… 430
北川 省一 …………………… 430
北川 透 …………………… 430
紀田 順一郎 …………………… 430

キーン, ドナルド …………………… 430
小林 秀雄 …………………… 430
　比較・影響 …………………… 433
小松 清 …………………… 433
須賀 敦子 …………………… 433
洲之内 徹 …………………… 433
滝口 修造 …………………… 434
武井 昭夫 …………………… 434
竹内 好 …………………… 434
辰野 隆 …………………… 434
種村 季弘 …………………… 434
津川 武一 …………………… 434
鳥居 省三 …………………… 434
中野 孝次 …………………… 435
中村 光夫 …………………… 435
丹羽 正明 …………………… 435
蓮田 善明 …………………… 435
長谷川 泉 …………………… 435
福田 恆存 …………………… 435
松尾 聰 …………………… 435
松村 緑 …………………… 436
丸谷 才一 …………………… 436
丸山 眞男 …………………… 436
村上 一郎 …………………… 436
安原 顯 …………………… 436
山岸 外史 …………………… 436
山室 静 …………………… 436
山本 健吉 …………………… 436
吉本 隆明 …………………… 436
　「共同幻想論」 …………………… 439
吉田 健一 …………………… 439
渡辺 一夫 …………………… 439

戯曲 …………………… 440
シナリオ …………………… 440
文学史 …………………… 442
　劇作家論 …………………… 442
　明治・大正時代 …………………… 442
秋田 雨雀 …………………… 442
小山内 薫 …………………… 442
北村 小松 …………………… 442

(17)

長谷川　時雨 442
　　　依田　学海 443
　　昭和・平成時代 443
　　　青江　舜二郎 443
　　　秋元　松代 443
　　　井上　ひさし 443
　　　唐　十郎 444
　　　菊田　一夫 444
　　　菊谷　栄 444
　　　岸田　国士 444
　　　北村　想 444
　　　木下　順二 444
　　　久保　栄 444
　　　倉本　聡 445
　　　小山　祐士 445
　　　新藤　兼人 445
　　　鈴木　尚之 445
　　　佃　血秋 445
　　　野沢　尚 445
　　　野田　高梧 445
　　　平沢　計七 445
　　　北条　秀司 445
　　　三谷　幸喜 445
　　　三好　十郎 445
　　　盛　善吉 446
　　　八住　利雄 446
　　　山田　太一 446

詩 447

　　辞典・書誌 452
　　時評・展望 454
　　文学賞 454
　　作法 454
　　鑑賞・評釈 455
　　翻訳 455
　　詩論・詩論研究 455
　　朗読 460
　　言語・表現・修辞 460
　　定型詩 460
　　短詩 461
　　歌謡 461

　　漢詩 462
　　詩と他分野 463
　　テーマ別研究 464
　　　戦争と詩 464
　　　学生・児童詩 464
　　　郷土文学 464
　　詩史 467
　　　詩誌・結社 468
　　　詩人論 470
　　　　女性詩人 473
　　　明治時代 473
　　　　有本　芳水 473
　　　　磯貝　雲峰 473
　　　　大塚　甲山 473
　　　　大沼　枕山 473
　　　　大和田　建樹 473
　　　　嵩　古香 473
　　　　児玉　花外 473
　　　　清水　橘村 474
　　　　杉浦　梅潭 474
　　　　相馬　御風 474
　　　　中西　梅花 474
　　　　中野　逍遥 474
　　　　成島　柳北 475
　　　　野口　雨情 475
　　　　野口　米次郎 475
　　　　藤田　祐四郎 475
　　　　三富　朽葉 476
　　　　横瀬　夜雨 476
　　　　吉江　喬松 476
　　　　吉野　臥城 476
　　　新体詩 476
　　　　大町　桂月 476
　　　　宮崎　湖処子 476
　　　　湯浅　半月 477
　　　浪漫詩 477
　　　　伊良子　清白 477
　　　　土井　晩翠 477
　　　象徴詩 477
　　　　上田　敏 477
　　　　蒲原　有明 477
　　　　薄田　泣菫 478

(18)

見出し一覧

竹内　勝太郎……………………478
三木　露風………………………478
耽美派……………………………479
北原　白秋………………………479
　　詩………………………………480
　　短歌……………………………480
　　童謡・民謡……………………480
木下　杢太郎……………………480
大正時代…………………………481
赤松　月船………………………481
一戸　謙三………………………481
尾崎　喜八………………………481
小畠　貞一………………………481
海達　公子………………………481
北村　初雄………………………481
サトウ　ハチロー………………481
沢　ゆき…………………………481
霜田　史光………………………482
高橋　元吉………………………482
高群　逸枝………………………482
滝口　武士………………………482
竹久　夢二………………………482
多田　不二………………………482
富永　太郎………………………482
中川　一政………………………482
深尾　須磨子……………………482
福士　幸次郎……………………483
三石　勝五郎……………………483
百田　宗治………………………483
柳沢　健…………………………483
柳原　白蓮………………………483
理想主義詩………………………483
高村　光太郎……………………483
　　「智恵子抄」…………………485
宮沢　賢治………………………485
　　比較・影響……………………498
　　信仰……………………………499
　　詩歌……………………………500
　　「雨ニモマケズ」……………501
　　「春と修羅」…………………501
　　童話……………………………501
　　「オツベルと象」……………503

　　「貝の火」……………………503
　　「風の又三郎」………………503
　　「銀河鉄道の夜」……………504
　　「グスコーブドリの伝記」…504
　　「注文の多い料理店」………505
　　「やまなし」…………………505
　　農業……………………………505
室生　犀星………………………505
八木　重吉………………………507
山村　暮鳥………………………507
民衆詩……………………………508
生田　春月………………………508
白鳥　省吾………………………508
富田　砕花………………………508
福田　正夫………………………508
芸術派……………………………509
西条　八十………………………509
佐藤　惣之助……………………509
佐藤　春夫………………………509
萩原　朔太郎……………………510
日夏　耿之介……………………512
堀口　大学………………………512
昭和時代…………………………513
昭和(戦前)時代…………………513
秋山　清…………………………514
天野　忠…………………………514
伊藤　勇雄………………………514
伊藤　信吉………………………514
井上　多喜三郎…………………514
伊波　南哲………………………514
上里　春生………………………514
江口　章子………………………514
大江　満雄………………………514
大関　松三郎……………………514
大手　拓次………………………515
尾形　亀之助……………………515
小熊　秀雄………………………515
遠地　輝武………………………515
金子　みすゞ……………………515
木下　夕爾………………………517
原理　充雄………………………517
耕　治人…………………………517

見出し一覧

今野　大力 ………………………… 517
佐伯　郁郎 ………………………… 517
佐藤　一英 ………………………… 518
更科　源蔵 ………………………… 518
渋江　周堂 ………………………… 518
島田　芳文 ………………………… 518
清水　房之丞 ……………………… 518
鈴木　伸治 ………………………… 518
鈴木　泰治 ………………………… 518
高木　恭造 ………………………… 518
田中　冬二 ………………………… 518
永瀬　清子 ………………………… 519
中野　鈴子 ………………………… 519
西原　正春 ………………………… 519
野田　宇太郎 ……………………… 519
長谷川　善雄 ……………………… 519
原田　種夫 ………………………… 519
半谷　三郎 ………………………… 519
逸見　猶吉 ………………………… 520
真壁　仁 …………………………… 520
槙村　浩 …………………………… 520
増田　晃 …………………………… 520
村井　武生 ………………………… 520
森　三千代 ………………………… 520
山中　散生 ………………………… 520
矢山　哲治 ………………………… 520
吉川　行雄 ………………………… 520
渡辺　修三 ………………………… 520
『四季』 …………………………… 520
　伊東　静雄 ……………………… 520
　蔵原　伸二郎 …………………… 521
　杉山　平一 ……………………… 521
　竹中　郁 ………………………… 521
　立原　道造 ……………………… 521
　津村　信夫 ……………………… 522
　中原　中也 ……………………… 522
　　「山羊の歌」 ………………… 525
　丸山　薫 ………………………… 525
『歴程』 …………………………… 525
　小野　十三郎 …………………… 526
　金子　光晴 ……………………… 526
　草野　心平 ……………………… 526

高橋　新吉 ………………………… 527
山之口　貘 ………………………… 527
吉田　一穂 ………………………… 527
前衛詩・モダニズム詩 …………… 527
　安西　冬衛 ……………………… 528
　岩本　修蔵 ……………………… 528
　北川　冬彦 ……………………… 528
　北園　克衛 ……………………… 528
　左川　ちか ……………………… 528
　西脇　順三郎 …………………… 528
　萩原　恭次郎 …………………… 529
　春山　行夫 ……………………… 529
　三好　達治 ……………………… 529
　村野　四郎 ……………………… 530
昭和（戦後）・平成時代 ………… 530
　阿久　悠 ………………………… 531
　足立　巻一 ……………………… 532
　荒川　法勝 ……………………… 532
　荒川　洋治 ……………………… 532
　有馬　敲 ………………………… 532
　安藤　元雄 ……………………… 532
　石垣　りん ……………………… 532
　石原　吉郎 ……………………… 532
　伊藤　聚 ………………………… 532
　伊藤　海彦 ……………………… 532
　伊藤　比呂美 …………………… 533
　入江　亮太郎 …………………… 533
　入沢　康夫 ……………………… 533
　岩泉　晶夫 ……………………… 533
　上田　幸法 ……………………… 533
　永　六輔 ………………………… 533
　江口　榛一 ……………………… 533
　江代　充 ………………………… 533
　大滝　修一 ……………………… 533
　小笠原　茂介 …………………… 533
　萩原　廸夫 ……………………… 533
　長田　弘 ………………………… 533
　押切　順三 ……………………… 533
　小山　正孝 ……………………… 534
　香川　弘夫 ……………………… 534
　片岡　文雄 ……………………… 534
　河邨　文一郎 …………………… 534

(20)

金井 直	534	西垣 脩	538
金井 広	534	林 喜芳	538
蟹沢 悠夫	534	林 富士馬	538
岸田 衿子	534	平田 俊子	538
木下 和郎	534	福永 武彦	538
金 時鐘	534	福間 健二	539
清岡 卓行	534	藤 一也	539
銀色 夏生	535	藤川 正夫	539
串田 孫一	535	古川 賢一郎	539
栗原 貞子	535	古田 草一	539
黒田 喜夫	535	星野 富弘	539
小池 昌代	535	本郷 隆	539
幸喜 孤洋	535	本多 利通	539
阪田 寛夫	535	真尾 倍弘	539
坂村 真民	535	松浦 寿輝	539
佐岐 えりぬ	535	松木 千鶴	539
桜井 哲夫	535	丸山 豊	539
佐々木 逸郎	536	三木 卓	539
貞松 瑩子	536	水野 源三	539
渋沢 孝輔	536	三井 葉子	540
島崎 光正	536	村田 正夫	540
島田 利夫	536	百瀬 博教	540
清水 哲男	536	森 英介	540
杉尾 優衣	536	森崎 和江	540
杉山 参緑	536	安井 かずみ	540
鈴木 正義	536	八十島 四郎	540
瀬谷 耕作	536	山田 かまち	540
宗 左近	536	山田 かん	540
高田 敏子	536	山本 陽子	540
財部 鳥子	536	吉岡 実	540
竹内 浩三	536	吉原 幸子	541
田中 国男	537	吉増 剛造	541
谷川 雁	537	四元 康祐	541
辻 征夫	537	鷲巣 繁男	541
辻井 喬	537	和田 徹三	541
土井 大助	537	『荒地』	541
塔 和子	537	鮎川 信夫	541
東宮 七男	537	北村 太郎	542
徳本 和子	537	黒田 三郎	542
土橋 治重	537	田村 隆一	542
伴野 憲	538	『櫂』	542
那珂 太郎	538	茨木 のり子	542

大岡 信	542
谷川 俊太郎	542
吉野 弘	543

短歌 … 544

- 辞典・書誌 … 550
- 時評・展望 … 556
  - 歌誌評 … 556
  - 歌書・歌集評 … 556
- 歌論・歌論研究 … 556
- 作法 … 559
- 鑑賞・評釈 … 562
- 言語・表現・修辞 … 566
  - 歌枕 … 566
- 定型・韻律 … 567
- 自由律短歌・前衛短歌 … 567
- 連歌 … 567
- 歌会 … 568
- テーマ別研究 … 568
  - 異文化と短歌 … 569
  - 恋の歌 … 569
  - 自然詠 … 570
- 写生・写実 … 570
- 学生・児童短歌 … 570
- 天皇御歌 … 570
- 海外の短歌 … 570
- 郷土文学 … 571
- 短歌史 … 573
  - 歌壇・結社 … 575
    - 歌誌 … 575
  - 歌人論 … 575
    - 女性歌人 … 577
  - 明治時代 … 577
    - 会津 八一 … 578
    - 赤松 景福 … 580
    - 天田 鉄眼 … 580
    - 尾形 紫水 … 580
    - 岡本 倶伎羅 … 580
    - 尾上 柴舟 … 580
    - 斎藤 良右衛門 … 580
    - 佐佐木 信綱 … 580
    - 高塩 背山 … 580
    - 橘 糸重 … 580
    - 中島 歌子 … 581
    - 鳴海 要吉 … 581
    - 新島 襄 … 581
    - 西出 朝風 … 581
    - 松浦 辰男 … 581
  - 新詩社 … 581
    - 石上 露子 … 581
    - 内海 信之 … 582
    - 香川 不抱 … 582
    - 川井 静子 … 582
    - 菅野 真澄 … 582
    - 窪田 空穂 … 582
    - 中原 綾子 … 583
    - 中谷 善次 … 583
    - 平出 修 … 583
    - 前田 純孝 … 583
    - 水野 葉舟 … 583
    - 山川 登美子 … 583
    - 与謝野 晶子 … 583
      - 「みだれ髪」 … 587
    - 与謝野 鉄幹 … 587
  - 根岸短歌会 … 588
    - 伊藤 左千夫 … 588
    - 岡 麓 … 588
    - 長塚 節 … 589
      - 「土」 … 589
  - 大正時代 … 589
    - 青山 哀因 … 590
    - 石原 純 … 590
    - 今中 楓渓 … 590
    - 小田 観蛍 … 590
    - 尾山 篤二郎 … 590
    - 賀川 豊彦 … 590
    - 片山 広子 … 590
    - 川上 小夜子 … 590
    - 九条 武子 … 590
    - 黒木 伝松 … 590
    - 館山 一子 … 590
    - 谷 鼎 … 590
    - 中村 柊花 … 591

丹羽 洋岳	591
橋田 東声	591
二木 好晴	591
正宗 敦夫	591
矢代 東村	591
吉植 庄亮	591
渡辺 順三	591
自然派	591
石川 啄木	591
比較・影響	596
詩	596
短歌	597
「一握の砂」	597
「悲しき玩具」	598
日記・書簡	598
西村 陽吉	598
前田 夕暮	598
若山 牧水	599
耽美派	600
吉井 勇	600
アララギ派	600
大塚 金之助	601
小原 節三	601
金田 千鶴	601
加納 小郭家	601
斎藤 茂吉	601
比較・影響	604
「あらたま」	605
「赤光」	605
「白き山」	605
篠原 志都児	605
島木 赤彦	605
高田 浪吉	606
土屋 文明	606
徳田 白楊	607
中村 憲吉	607
原 阿佐緒	608
堀内 卓	608
松倉 米吉	608
三ケ島 葭子	608
望月 光	608
山口 好	608

昭和時代	608
昭和(戦前)時代	609
赤木 健介	609
明石 海人	609
五百木 小平	610
今井 邦子	610
江口 きち	610
太田 青丘	610
大野 誠夫	610
岡部 文夫	610
岡山 巌	610
金子 きみ	610
木島 茂夫	610
葛原 妙子	611
熊谷 武至	611
児玉 光子	611
五島 美代子	611
斎藤 勇	611
斎藤 史	611
佐藤 佐太郎	611
四賀 光子	612
柴谷 武之祐	612
柴生田 稔	612
島崎 英彦	612
田中 四郎	612
坪野 哲久	612
泥 清一	612
初井 しづ枝	612
檜本 兼夫	612
福田 栄一	612
藤沢 古実	613
星野 麦人	613
前川 佐美雄	613
宮崎 信義	613
山下 陸奥	613
山根 二郎	613
結城 哀草果	613
吉野 秀雄	613
若山 喜志子	614
渡辺 直己	614
反アララギ派	614
太田 水穂	614

見出し一覧

折口 信夫 …………………… 614
　　詩歌 …………………… 616
　　「死者の書」 ……………… 616
川田 順 ……………………… 617
古泉 千樫 …………………… 617
昭和（戦後）・平成時代 …… 617
阿久津 善治 ………………… 617
浅田 雅一 …………………… 618
阿部 静枝 …………………… 618
阿部 正路 …………………… 618
雨宮 雅子 …………………… 618
新井 章 ……………………… 618
飯沼 喜八郎 ………………… 618
石川 不二子 ………………… 618
石田 比呂志 ………………… 618
井田 金次郎 ………………… 618
市村 宏 ……………………… 618
伊藤 一彦 …………………… 618
稲葉 京子 …………………… 618
伊馬 春部 …………………… 618
岩城 康夫 …………………… 619
扇畑 忠雄 …………………… 619
太田 一郎 …………………… 619
大田 遼一郎 ………………… 619
大塚 陽子 …………………… 619
大西 民子 …………………… 619
大野 とくよ ………………… 619
岡井 隆 ……………………… 619
岡崎 ふゆ子 ………………… 620
岡野 弘彦 …………………… 620
香川 進 ……………………… 620
加倉井 只志 ………………… 620
鹿児島 寿蔵 ………………… 620
春日 真木子 ………………… 620
春日井 建 …………………… 620
加藤 克巳 …………………… 620
河合 恒治 …………………… 620
河野 裕子 …………………… 620
岸上 大作 …………………… 621
木俣 修 ……………………… 621
清原 日出夫 ………………… 621
久々湊 盈子 ………………… 621

窪田 章一郎 ………………… 621
倉田 紘文 …………………… 621
栗木 京子 …………………… 621
桑原 正紀 …………………… 621
小池 光 ……………………… 621
河野 愛子 …………………… 621
小暮 政次 …………………… 621
小島 ゆかり ………………… 622
小中 英之 …………………… 622
近藤 芳美 …………………… 622
斎樹 富太郎 ………………… 622
斎藤 喜博 …………………… 622
佐佐木 由幾 ………………… 622
佐佐木 幸綱 ………………… 622
篠 弘 ………………………… 622
島 秋人 ……………………… 622
島田 修二 …………………… 622
嶋袋 全幸 …………………… 623
正田 篠枝 …………………… 623
孫 戸妍 ……………………… 623
田井 安曇 …………………… 623
高瀬 一誌 …………………… 623
高野 公彦 …………………… 623
高橋 三郎 …………………… 623
田中 杜二 …………………… 623
俵 万智 ……………………… 623
千代 国一 …………………… 623
塚本 邦雄 …………………… 623
津田 治子 …………………… 624
土屋 正夫 …………………… 624
寺山 修司 …………………… 624
時田 則雄 …………………… 626
富小路 禎子 ………………… 626
長沢 美津 …………………… 626
中城 ふみ子 ………………… 626
永田 和宏 …………………… 627
中原 勇夫 …………………… 627
成田 れん子 ………………… 627
西田 忠次郎 ………………… 627
二宮 冬鳥 …………………… 628
野上 彰 ……………………… 628
野原 水嶺 …………………… 628

野呂 光正	628	写生	687
橋本 喜典	628	学生・児童俳句	687
馬場 あき子	628	海外の俳句	688
早野 台気	628	郷土文学	688
浜田 到	628	吟行・旅行詠	692
穂村 弘	628	俳句史	693
前 登志夫	628	俳壇・結社	694
前田 透	629	俳誌	695
松葉 直助	629	俳人論	696
松村 英一	629	女性俳人	698
水原 紫苑	629	明治・大正時代	699
宮 柊二	629	天春 静堂	699
村崎 凡人	629	筏井 竹の門	699
目黒 真理子	629	小野 蕪子	699
森岡 貞香	630	金子 せん女	699
安永 蕗子	630	近藤 純悟	700
山崎 方代	630	佐々木 北涯	700
山中 治	630	佐藤 紅緑	700
山中 智恵子	631	沢田 はぎ女	700
山中 美智子	631	芝 不器男	700
山村 湖四郎	631	高田 蝶衣	700
山本 かね子	631	田中 寒楼	700
山本 友一	631	鶴田 淡雪	700
吉野 昌夫	631	中川 四明	700
		中村 楽天	701
俳句	**632**	萩原 蘿月	701
		長谷川 かな女	701
辞典・書誌	645	長谷川 零余子	701
時評・展望	648	蜂庵 採花	701
俳論・俳論研究	648	原 コウ子	701
句会	651	平田 彩雲	701
文学賞	651	広江 八重桜	701
作法	651	藤野 古白	701
入門	657	堀川 鼠来	701
鑑賞・評釈	660	真下 飛泉	701
言語・表現・修辞	668	松島 十湖	701
季題・季語	669	三森 幹雄	701
歳時記	673	柳原 極堂	702
連句	685	ホトトギス派	702
テーマ別研究	687	青木 月斗	702
異文化と俳句	687	飯田 蛇笏	702
		石井 露月	703

(25)

大橋　桜坡子	703	橋本　多佳子	723
川端　茅舎	703	橋本　夢道	723
杉田　久女	703	平畑　静塔	723
高野　素十	704	星野　立子	723
高浜　虚子	704	細見　綾子	723
竹下　しづの女	706	槇　豊作	724
内藤　鳴雪	706	松本　たかし	724
中村　汀女	706	三橋　鷹女	724
原　石鼎	706	皆吉　爽雨	724
深川　正一郎	706	森田　愛子	724
前田　普羅	706	山口　青邨	724
正岡　子規	707	山口　草堂	724
短歌	712	百合山　羽公	724
俳句	712	横山　白虹	725
漢詩	714	新興俳句	725
随筆	714	安住　敦	725
松瀬　青々	714	石田　波郷	725
村上　鬼城	714	加藤　楸邨	725
村上　霽月	715	栗林　一石路	726
新傾向俳句	715	篠原　鳳作	726
江良　碧松	715	嶋田　青峰	726
荻原　井泉水	715	富沢　赤黄男	726
尾崎　放哉	715	中村　草田男	726
河東　碧梧桐	716	日野　草城	726
河本　緑石	716	水原　秋桜子	727
木村　緑平	716	山口　誓子	727
久保　白船	716	吉岡　禅寺洞	727
種田　山頭火	716	渡辺　白泉	728
昭和時代	720	昭和（戦後）・平成時代	728
昭和（戦前）時代	721	青柳　志解樹	728
阿波野　青畝	721	赤尾　兜子	728
石橋　辰之助	721	赤城　さかえ	728
石橋　秀野	722	穴井　太	729
今枝　蝶人	722	有馬　朗人	729
榎本　冬一郎	722	飯島　晴子	729
大野　林火	722	飯田　龍太	729
久保田　万太郎	722	石塚　友二	729
斎藤　玄	722	伊丹　公子	730
佐藤　鬼房	722	伊丹　三樹彦	730
高浜　年尾	722	伊藤　敬子	730
富安　風生	722	伊藤　柏翠	730
永田　耕衣	723	稲畑　汀子	730

見出し一覧

射場 秀太郎 …… 730	鷹羽 狩行 …… 734
今井 聖 …… 730	高柳 重信 …… 735
上田 五千石 …… 730	滝 春一 …… 735
上村 占魚 …… 730	滝 春樹 …… 735
宇佐美 魚目 …… 730	田中 裕明 …… 735
江国 滋 …… 730	田畑 美穂女 …… 735
大井 雅人 …… 730	寺島 初巳 …… 735
大岡 頌司 …… 730	友岡 子郷 …… 735
岡井 省二 …… 731	豊長 みのる …… 735
岡本 眸 …… 731	鳥居 おさむ …… 735
尾崎 足 …… 731	中島 斌雄 …… 735
小野 茂樹 …… 731	西川 徹郎 …… 735
鍵和田 秞子 …… 731	野沢 節子 …… 736
加倉井 秋を …… 731	野見山 朱鳥 …… 736
春日 こうじ …… 731	能村 登四郎 …… 736
勝又 木風雨 …… 731	橋本 鶏二 …… 736
加藤 郁乎 …… 731	長谷川 双魚 …… 736
加藤 燕雨 …… 731	長谷川 素逝 …… 736
加藤 かけい …… 731	畑中 秋穂 …… 736
角川 源義 …… 731	花田 春兆 …… 737
金子 兜太 …… 731	林 翔 …… 737
神尾 季羊 …… 732	原田 青児 …… 737
川崎 展宏 …… 732	深谷 雄大 …… 737
岸 風三楼 …… 732	福田 蓼汀 …… 737
京極 杞陽 …… 732	藤岡 玉骨 …… 737
清崎 敏郎 …… 732	藤木 倶子 …… 737
楠本 憲吉 …… 733	古沢 太穂 …… 737
工藤 芝蘭子 …… 733	星野 紗一 …… 737
小出 秋光 …… 733	松沢 昭 …… 737
香西 照雄 …… 733	松本 旭 …… 737
河野 多希女 …… 733	松本 夜詩夫 …… 737
後藤 比奈夫 …… 733	丸山 海道 …… 738
西東 三鬼 …… 733	三橋 敏雄 …… 738
佐滝 幻太 …… 733	皆川 盤水 …… 738
沢木 欣一 …… 733	三野 虚舟 …… 738
篠田 悌二郎 …… 734	宮坂 静生 …… 738
島 恒人 …… 734	村野 夏生 …… 738
清水 基吉 …… 734	森 澄雄 …… 738
鈴木 しづ子 …… 734	森田 公司 …… 738
鈴木 真砂女 …… 734	矢島 渚男 …… 739
住宅 顕信 …… 734	八幡 城太郎 …… 739
相馬 遷子 …… 734	矢部 栄子 …… 739

山口　いさを ………………… 739
　　山崎　百合子 ………………… 739
　　山田　みづえ ………………… 739
　　吉田　汀史 …………………… 739
　　吉野　義子 …………………… 739
　　和知　喜八 …………………… 739

川柳 ……………………………… 740

　川柳史 …………………………… 746
　　作家論 ………………………… 746
　　　麻生　路郎 ………………… 746
　　　石曽根　民郎 ……………… 746
　　　礒野　いさむ ……………… 747
　　　井上　剣花坊 ……………… 747
　　　井上　信子 ………………… 747
　　　今川　乱魚 ………………… 747
　　　大野　風柳 ………………… 747
　　　川上　三太郎 ……………… 747
　　　田中　五呂八 ……………… 747
　　　鶴　彬 ……………………… 747

児童文学 ………………………… 748

　辞典・書誌 ……………………… 751
　時評・展望 ……………………… 753
　作法 ……………………………… 753
　言語・表現・文体 ……………… 753
　児童詩・童謡 …………………… 753
　絵本 ……………………………… 755
　童話 ……………………………… 756
　少年少女小説 …………………… 756
　　　ファンタジー ……………… 757
　異文化と児童文学 ……………… 757
　翻訳 ……………………………… 757
　児童文学論・研究 ……………… 757
　メディアと児童文学 …………… 758
　テーマ別研究 …………………… 758
　　家庭と児童文学 ……………… 759
　　教育と児童文学 ……………… 759
　　戦争と児童文学 ……………… 759

　児童文学史 ……………………… 760
　児童文芸誌 ……………………… 762
　　『赤い鳥』 …………………… 762
　児童文学者論 …………………… 762
　　明治・大正時代 ……………… 763
　　　小川　未明 ………………… 763
　　　北川　千代 ………………… 763
　　　木村　小舟 ………………… 763
　　　葛原　しげる ……………… 764
　　　久留島　武彦 ……………… 764
　　　清水　かつら ……………… 764
　　　鈴木　三重吉 ……………… 764
　　　巽　聖歌 …………………… 764
　　　中　勘助 …………………… 764
　　　新美　南吉 ………………… 765
　　　　「ごん狐」 ……………… 766
　　　浜田　廣介 ………………… 766
　　　林　柳波 …………………… 766
　　　椋　鳩十 …………………… 766
　　　与田　準一 ………………… 767
　　　若松　賤子 ………………… 767
　　昭和・平成時代 ……………… 767
　　　あまん　きみこ …………… 767
　　　安房　直子 ………………… 767
　　　安藤　美紀夫 ……………… 767
　　　石井　桃子 ………………… 767
　　　石森　延男 ………………… 768
　　　いぬい　とみこ …………… 768
　　　今江　祥智 ………………… 768
　　　今西　祐行 ………………… 768
　　　上橋　菜穂子 ……………… 768
　　　上野　瞭 …………………… 768
　　　荻原　規子 ………………… 768
　　　小沢　正 …………………… 768
　　　加藤　多一 ………………… 768
　　　金子　てい ………………… 768
　　　神沢　利子 ………………… 768
　　　北畠　八穂 ………………… 769
　　　黒田　芳草 ………………… 769
　　　後藤　楢根 ………………… 769
　　　後藤　竜二 ………………… 769
　　　坂本　遼 …………………… 769

佐藤 義美 …………………… 769
皿海 達哉 …………………… 769
柴野 民三 …………………… 769
庄野 英二 …………………… 769
末吉 暁子 …………………… 769
須藤 克三 …………………… 769
砂田 弘 ……………………… 770
たかし よいち ……………… 770
竹内 てるよ ………………… 770
坪田 譲治 …………………… 770
鶴見 正夫 …………………… 770
寺村 輝夫 …………………… 770
徳永 寿美子 ………………… 770
中村 雨紅 …………………… 770
梨木 香歩 …………………… 770
那須 正幹 …………………… 770
灰谷 健次郎 ………………… 771
花岡 大学 …………………… 771
早船 ちよ …………………… 771
福田 清人 …………………… 771
古田 足日 …………………… 771
松谷 みよ子 ………………… 771
松永 ふみ子 ………………… 771
まど みちお ………………… 771
水上 不二 …………………… 772
水島 あやめ ………………… 772
南 洋一郎 …………………… 772
村岡 花子 …………………… 772
村山 籌子 …………………… 772
森 はな ……………………… 772
山上 武夫 …………………… 772
山川 惣治 …………………… 772
山本 和夫 …………………… 772

日本文学一般

◇文学の四季　饗庭孝男著　新潮社　1999.6　218p　20cm　1900円　Ⓘ4-10-386504-0

◇文学という毒―諷刺・パラドックス・反権力　青山学院大学文学部日本文学科編　笠間書院　2009.4　154p　19cm　1500円　Ⓘ978-4-305-70391-0

◇電子マネー時代―文芸経済学の試み　赤祖父哲二著　夢譚書房　1994.2　286p　20cm〈星雲社（発売）〉　2200円　Ⓘ4-7952-6783-9

◇異界往還―文学・宗教・科学をつなぐもの　赤祖父哲二著　夢譚書房　1998.6　253p　21cm　1800円　Ⓘ4-7952-2009-3

◇文学のゆくえ　秋山駿, 大河内昭爾, 吉村昭著　蒼洋社　1997.11　158p　18cm　（21世紀に遺す）　1600円　Ⓘ4-273-03005-5

◇日本の文学とことば―日本文学はいかに生まれいかに読まれたか　麻原美子ほか編　東京堂出版　1998.3　318p　21cm　2300円　Ⓘ4-490-20335-7

◇気まぐれ何でも館　足立幸信著　朝霞　本の風景社　2005.3　271p　21cm〈ブッキング（発売）〉　3000円　Ⓘ4-8354-7197-0

◇日本文学の伝統と創造―阿部正路博士還暦記念論文集　阿部正路博士還暦記念論文集刊行会編　教育出版センター　1993.6　782p　22cm〈阿部正路の肖像あり〉　20000円　Ⓘ4-7632-1528-0

◇日本の芸術論―内なる鑑賞者の視座　荒川有史編著　三省堂　1995.5　412p　21cm　2500円　Ⓘ4-385-35641-6

◇文学が好き　荒川洋治著　旬報社　2001.5　205p　20cm　1800円　Ⓘ4-8451-0692-2

◇日本文学二重の顔―〈成る〉ことの詩学へ　荒木浩著　吹田　大阪大学出版会　2007.4　350p　19cm　（阪大リーブル 2）〈文献あり〉　2000円　Ⓘ978-4-87259-235-1

◇文学論　粟津則雄著　思潮社　2007.12　617p　23cm　（粟津則雄著作集 第5巻　粟津則雄著）〈肖像あり〉　7800円　Ⓘ978-4-7837-2341-7

◇不問不知　安西道子著　長野　信濃教育会出版部　1991.3　275p　19cm

◇文学で考える〈日本〉とは何か　飯田祐子, 日高佳紀, 日比嘉高編　双文社出版　2007.4　197p　21cm〈文献あり〉　1900円　Ⓘ978-4-88164-085-2

◇読書余慶　飯野象雄著　講談社出版サービスセンター（製作）　1997.9　202p　20cm　非売品

◇文学を科学する　井口時男ほか著　朝倉書店　1996.11　133,28p　21cm　（インターレクチュアライブラリ 1）　2575円　Ⓘ4-254-10526-6

◇文学の森を歩く　池内紀著　筑摩書房　1989.5　406p　20cm　1545円　Ⓘ4-480-81273-3

◇文学言語の探究―記述行為論序説　石川則夫著　笠間書院　2010.2　403,6p　22cm〈索引あり〉　6000円　Ⓘ978-4-305-70500-6

◇読者はどこにいるのか―書物の中の私たち　石原千秋著　河出書房新社　2009.10　219p　19cm　（河出ブックス 001）　1200円　Ⓘ978-4-309-62401-3

◇日本人の心情―続　和泉恒二郎著　足利　和泉恒二郎先生遺稿出版委員会　1994.5　334p　20cm〈「続」編の副書名：和泉恒二郎遺稿集 正編の出版者：教育出版センター〉

◇文学概論　板垣直子著　新装版　用美社　1990.3　286p　19cm　3000円　Ⓘ4-946419-84-5

◇集団内の役割分担―文学作品のパターンに見る　板坂耀子著　福岡　花書院　2007.7　94p　21cm　（金時計文庫 2）　477円　Ⓘ978-4-903554-15-0

◇小さなものの諸形態―精神史覚え書　市村弘正著　筑摩書房　1994.4　204p　20cm　2300円　Ⓘ4-480-84232-2

日本文学一般

◇しらつゆ―述作点滴 1　出丸麦村編述　〔一志町（三重県）〕　出丸麦村　1997.9　165p　26cm　非売品

◇人生の四季と文学―七十歳の提言　伊藤秀雄著　北宋社　1996.11　235p　20cm　1748円　Ⓘ4-89463-001-X

◇文学強盗の最後の仕事　井上ひさし著　中央公論社　1998.3　223p　16cm　（中公文庫―エッセイ集 9）　552円　Ⓘ4-12-203085-4

◇日本文学と人間の発見　上田博ほか編　京都　世界思想社　1992.5　226p　20cm　（Sekaishiso seminar）　2300円　Ⓘ4-7907-0422-X

◇終わりの美学―日本文学における終結　上田真,山中光一編　明治書院　1990.3　291p　19cm　（国文学研究資料館共同研究報告―日本文学の特質 2）　2900円　Ⓘ4-625-43057-7

◇落日論　宇佐美斉著　筑摩書房　1989.6　259p　20cm　1850円　Ⓘ4-480-82268-2

◇論集文学のこゝろとことば　内田道雄編　小金井　『論集文学のこゝろとことば』刊行会　1998.6　246p　21cm　2400円

◇地獄の思想―日本精神の一系譜　梅原猛著　改版　中央公論新社　2007.5　266p　16cm　（中公文庫）　686円　Ⓘ978-4-12-204861-4

◇電子文学論　榎本正樹著　彩流社　1993.10　249p　20cm　2000円　Ⓘ4-88202-269-9

◇文学をいかに語るか―方法論とトポス　大浦康介編　新曜社　1996.7　560p　20cm　4635円　Ⓘ4-7885-0564-9

◇文学の運命―現代日本のエッセイ　大岡昇平著　講談社　1990.2　352p　16cm　（講談社文芸文庫）〈著者の肖像あり〉　840円　Ⓘ4-06-196067-9

◇感動の幾何学―1　方法としての文学人類学　大熊昭信著　彩流社　1992.11　298p　20cm　2500円　Ⓘ4-88202-237-0

◇感動の幾何学―2　文学的人間の肖像　大熊昭信著　彩流社　1994.1　276p　20cm　2800円　Ⓘ4-88202-281-8

◇文学人類学への招待―生の構造を求めて　大熊昭信著　日本放送出版協会　1997.6　239p　18cm　（NHKブックス 798）　920円　Ⓘ4-14-001798-8

◇大阪市立大学文学部創立五十周年記念国語国文学論集　大阪市立大学文学部創立五十周年記念国語国文学論集編集委員会編　大阪　和泉書院　1999.6　777p　22cm　22000円　Ⓘ4-87088-981-1

◇文学の構造―物語・劇・詩はどう現象するか　大沢隆幸著　西田書店　1997.5　170p　22cm　2000円　Ⓘ4-88866-264-9

◇寄道―試論と随想　大島一彦著　旺史社　1999.8　258p　19cm　3300円　Ⓘ4-87119-068-4

◇大妻女子大学文学部三十周年記念論集　大妻女子大学文学部三十周年記念論集編集委員会編　大妻女子大学　1998.3　836p　22cm

◇春秋の花　大西巨人著　光文社　1996.4　262p　19cm　1600円　Ⓘ4-334-97117-2

◇春秋の花　大西巨人著　光文社　1999.3　262p　16cm　（光文社文庫）　838円　Ⓘ4-334-72784-0

◇文学論叢―第3号　大和田茂,藤田富士男編　加須　〔藤田富士男〕　1994.12　54p　21cm　700円

◇古今文芸逍遥　岡崎正著　さいたま　岡崎正　2006.8　191p　19cm　〈出版：丸栄印刷〉

◇山びこ異聞　尾形良助著　北樹出版　1995.7　225p　20cm　2600円　Ⓘ4-89384-497-0

◇文学の危機　荻原雄一著　改訂版　高文堂出版社　1991.4　119p　19cm　1550円　Ⓘ4-7707-0110-1

◇死の舞踏―倫理的想像力　奥田裕子著　近代文芸社　2006.11　416p　22cm　3500円　Ⓘ4-7733-7410-1

◇文学は死滅するか―奥野健男自選評論集　奥野健男著　学芸書林　1990.4　291p　20cm　1860円　Ⓘ4-905640-67-9

◇文学のトポロジー　奥野健男著　河出書房新社　1999.1　173p　20cm　2400円　Ⓘ4-309-01251-5

◇定本新国語図録　小野教孝著　共文社　1989.3　144p　22cm　980円　Ⓘ4-7643-1000-7

◇開高健の文学論　開高健著　中央公論新社　2010.6　515p　16cm　（中公文庫　か2-6）〈『衣食足りて文学は忘れられた!?』（中央公論社1991年刊）の改題〉　838円　Ⓘ978-4-

日本文学一般

12-205328-1

◇複雑系とオートポイエシスにみる文学構想力——一般様式理論　梶野啓著　海鳴社　1997.12　160p　20cm　1600円　Ⓘ4-87525-183-1

◇無意味なものと不気味なもの　春日武彦著　文芸春秋　2007.2　293p　20cm　1886円　Ⓘ978-4-16-368870-1

◇〈座談〉書物への愛　粕谷一希著　藤原書店　2011.11　316p　20cm　2800円　Ⓘ978-4-89434-831-8

◇日本文芸論藪　片野達郎著　新典社　1991.3　318p　22cm　（新典社研究叢書 39）　9785円　Ⓘ4-7879-4039-2

◇残照　加藤登代子著　新聞編集センター　2008.8　169p　19cm

◇文芸博物誌　金関丈夫著　新装版　法政大学出版局　1995.6　319p　19cm　（教養選書 88）　2369円　Ⓘ4-588-05088-5

◇読む力・考える力のレッスン　神山睦美著　東京書籍　2008.3　219p　19cm　（シリーズアクティブキッズ！　ability）　1400円　Ⓘ978-4-487-75565-3

◇無常　唐木順三著　筑摩書房　1998.8　317p　15cm　（ちくま学芸文庫）　1000円　Ⓘ4-480-08435-5

◇文学の文化研究　川口喬一編　研究社出版　1995.3　358p　20cm　3600円　Ⓘ4-327-48125-4

◇薔薇をして語らしめよ——空間表象の文学　川崎寿彦著　名古屋　名古屋大学出版会　1991.6　348,4p　22cm　5665円　Ⓘ4-8158-0161-4

◇文学の創造——アルス・ポエティカ　河底尚吾著　郁朋社　2006.11　341p　22cm　〈文献あり〉　2800円　Ⓘ4-87302-368-8

◇日本文学往還　川村二郎著　福武書店　1993.12　293p　20cm　2400円　Ⓘ4-8288-2466-9

◇紙の中の殺人　川村湊著　河出書房新社　1989.6　187p　20cm　2000円　Ⓘ4-309-00572-1

◇子どもたちへのブンガク案内——親なら読ませたい名作たち　河村義人著　飯塚書店　2005.6　255p　19cm　〈文献あり〉　1500円　Ⓘ4-7522-6007-7

◇文学の方法　川本皓嗣,小林康夫編　東京大学出版会　1996.4　336p　22cm　2266円　Ⓘ4-13-083023-6

◇木下正俊佐伯哲夫両教授退職記念国文学論集　関西大学国文学会編　吹田　関西大学国文学会　1995.12　296p　22cm　（関西大学国文学会刊行図書 5）

◇墨林閑歩　北野克著　研文社　1992.9　368p　20cm　5150円

◇日本文学散歩　ドナルド・キーン著,篠田一士訳　朝日新聞社　2003.6　226p　19cm　（朝日選書 51）〈デジタルパブリッシングサービス（発売）　1975年刊を原本としたオンデマンド版〉　2200円　Ⓘ4-925219-76-6

◇日本文学は世界のかけ橋　ドナルド・キーン著　たちばな出版　2003.10　236p　19cm　1600円　Ⓘ4-8133-1694-8

◇書く場所への旅　国中治著　れんが書房新社　2005.12　275p　20cm　2000円　Ⓘ4-8462-0304-2

◇日本人の思惟　久野昭著　新典社　1990.4　150p　19cm　（叢刊・日本の文学 11）　1009円　Ⓘ4-7879-7511-0

◇日本文学語学論考　蔵野嗣久編　広島　安田女子大学日本文学科　1993.3　122p　22cm〈発行所：渓水社〉　Ⓘ4-87440-293-3

◇日本文学における美の構造　栗山理一編　新装版　雄山閣出版　1991.9　393p　19cm　2300円　Ⓘ4-639-00042-1

◇文学序説　桑原武夫著　岩波書店　2005.11　260,27p　19cm　（岩波全書セレクション）〈1977年刊の複製　文献あり〉　2700円　Ⓘ4-00-021876-X

◇午後のひと時——木村珈琲店講演シリーズ概要集　河野仁昭著　草津　木村珈琲店　2008.7　139p　21cm

◇新国学の諸相　国学院大学院友学術振興会編　おうふう　1996.6　339p　22cm　3800円　Ⓘ4-273-02921-9

◇新国学の展開　国学院大学院友学術振興会編　限定版　おうふう　1997.12　230p　22cm　38000円　Ⓘ4-273-03015-2

◇現代における人間と文学　国際日本文化研究センター編　京都　国際日本文化研究センター　1993.3　192p　26cm　（国際シンポ

日本文学一般

◇対談・文学と人生　小島信夫,森敦述　講談社　2006.2　414p　16cm　(講談社文芸文庫)　1500円　Ⓘ4-06-198431-4

◇考え方のナゾ─文学における統計的思惟入門　小滝晴子著　緑地社　1998.10　198p　19cm　1600円　Ⓘ4-89751-038-4

◇文学の基礎レッスン　後藤和彦編著　横浜春風社　2006.10　298p　19cm　(立教大学人文叢書 2)〈文献あり〉　2200円　Ⓘ4-86110-087-9

◇人生を深く味わう読書　小浜逸郎著　春秋社　2001.11　235p　20cm　1700円　Ⓘ4-393-33211-3

◇日本文学の心情と理念　小林一郎編　明治書院　1989.2　691p　22cm　13000円　Ⓘ4-625-43055-0

◇自然と人間99─風土と文芸　小林高寿著　エーアンドエー　1996.4　202p　26cm　1942円

◇文学作品の誕生─The literary work of art その文化的プロセスとしての意味　米須興文著　那覇　沖縄タイムス社　1998.8　375p　20cm　2800円　Ⓘ4-87127-127-7

◇日本との50年戦争─ひと・くに・ことば　エドワード・サイデンステッカー著,安西徹雄訳　朝日新聞社　1994.10　298p　20cm　2300円　Ⓘ4-02-256799-6

◇大世俗化の時代と文学　佐伯彰一著　講談社　1993.7　228p　20cm　2000円　Ⓘ4-06-206521-5

◇日本文学概論　坂井健編著　京都　仏教大学通信教育部　2010.3　441p　21cm〈文部科学省認可通信教育　文献あり〉　2000円　Ⓘ978-4-86154-331-9

◇作品との対話　酒井格著　創樹社　1992.7　102p　20cm　1200円

◇作家の本音を読む─名作はことばのパズル　坂本公延著　みすず書房　2007.3　229p　20cm　(大人の本棚)　2600円　Ⓘ978-4-622-08075-6

◇文学って何だろう─崎村裕第二評論随想集　崎村裕著　さいたま　かりばね書房　2008.1　247p　19cm　1500円　Ⓘ4-938404-23-0

◇仮構の感動─人間学の探求　作田啓一著　筑摩書房　1990.6　285p　20cm　2470円　Ⓘ4-480-82283-6

◇文学の新教室　佐久間保明著　ゆまに書房　2007.4　234p　21cm　2200円　Ⓘ978-4-8433-2353-3

◇花のまぎれに　佐佐木忠慧著　おうふう　1998.3　268p　20cm　3800円　Ⓘ4-273-03026-8

◇鬼たちの火祭　佐滝宏和著　徳島　佐滝宏和　1998.12　360p　22cm

◇明日香路　佐藤謙次著　日本教育新聞社出版局　1990.11　189p　21cm　2000円　Ⓘ4-89055-051-8

◇文学における二十代　佐藤泰正編　笠間書院　1990.2　171p　19cm　(笠間選書 161─梅光女学院大学公開講座論集　第26集)　1030円

◇文学における狂気　佐藤泰正編　笠間書院　1992.6　177p　19cm　(笠間選書 166─梅光女学院大学公開講座論集　第31集)　1030円

◇妄想の悦楽─屍体は詩　佐藤稟一著　土曜美術社出版販売　2007.7　463p　20cm〈文献あり〉　2200円　Ⓘ978-4-8120-1617-6

◇志田延義エッセイ・シリーズ─6　爪立ち人生　志田延義著　至文堂　1999.7　108p　20cm　2000円　Ⓘ4-7843-0197-6

◇200X年文学の旅　柴田元幸,沼野充義著　作品社　2005.8　343p　21cm　2200円　Ⓘ4-86182-051-0

◇文学の愉しみ　柴田元幸,沼野充義,野崎歓編著　放送大学教育振興会　2008.3　200p　21cm　(放送大学教材 2008)〈文献あり〉　2400円　Ⓘ978-4-595-30818-5

◇文学の回廊─旅・歌・物語　島内景二著　新典社　1992.6　174p　19cm　(新典社選書 4)　1854円　Ⓘ4-7879-6754-1

◇日本文学の眺望─そのメトード　島内景二著　ぺりかん社　1994.3　218p　20cm　2500円　Ⓘ4-8315-0626-5

◇日本文学の読み方　島内裕子著　放送大学教育振興会　2009.3　205p　21cm　(放送大学教材)〈索引あり〉　2300円　Ⓘ978-4-595-30910-6

◇日本文学論考　清水泰著　クレス出版　1999.9　259p　22cm　(物語文学研究叢書 第25巻)　Ⓘ4-87733-067-4

◇文学の未来　清水良典著　名古屋　風媒社　2008.12　316p　20cm　2000円　①978-4-8331-2068-5

◇ロマンのおもちゃ箱　春夏秋冬の会編・著　岐阜　大衆書房　1997.5　120p　21cm　572円

◇文学理論の冒険―〈いま・ここ〉への脱出　助川幸逸郎著　秦野　東海大学出版会　2008.3　191p　22cm　（東海大学文学部叢書）　2400円　①978-4-486-01784-4

◇日本の「文学」概念　鈴木貞美著　作品社　1998.10　431p　22cm　4800円　①4-87893-308-9

◇榛名散策　関根慶子著　風間書房　1994.2　134p　20cm　1236円　①4-7599-0889-7

◇榛名散策―続　関根慶子著　風間書房　1997.7　98p　20cm　1000円　①4-7599-1039-5

◇黎明期の文学　相馬御風著　日本図書センター　1990.10　426,9p　22cm　（近代文芸評論叢書 13）〈解説：中島国彦 新潮社大正1年刊の複製〉　8755円　①4-8205-9127-4,4-8205-9114-2

◇日本語・昔話・語り　高野実貴雄著　近代文芸社　2006.5　210p　20cm　2000円　①4-7733-7386-5

◇文学王　高橋源一郎著　ブロンズ新社　1993.4　245p　19cm　1300円　①4-89309-066-6

◇文学じゃないかもしれない症候群　高橋源一郎著　朝日新聞社　1995.10　223p　15cm　（朝日文芸文庫）　570円　①4-02-264082-0

◇文学王　高橋源一郎著　角川書店　1996.3　250p　15cm　（角川文庫）　500円　①4-04-184403-7

◇文学なんかこわくない　高橋源一郎著　朝日新聞社　1998.10　230p　20cm　1400円　①4-02-257298-1

◇国文学概論―国文学入門　高橋貞一著　第2版　京都　仏教大学通信教育部　1991.10　207p　21cm　非売品

◇文学のトポス―日付のある文章　高橋俊夫著　古川書房　1990.3　224p　19cm　（古川叢書）　1854円　①4-89236-040-6

◇終末都市　高橋文二ほか著　八幡書店　1996.4　227p　19cm　（Revelation library）　1800円　①4-89350-351-0

◇行間の聖性―武田志麻自選文学論集　武田志麻著　松山　青葉図書　1998.4　249p　19cm　953円　①4-900024-45-7

◇花影孤心　橘正典著　大阪　編集工房ノア　2005.4　257p　20cm　2000円　①4-89271-134-9

◇文芸放談―第1巻　伊達隆著　〔水口町(滋賀県)〕　伊達隆　1998.1　187p　22cm　非売品

◇立松和平の旅する文学　立松和平著　洋々社　2006.5　253p　19cm　1600円　①4-89674-919-7

◇社会学大系―第10巻　文学と芸術　田辺寿利ほか編著　田辺寿利ほか編著　日本図書センター　2007.4　225p　22cm〈社会学体系刊行会1954年刊の複製〉　①978-4-284-50038-8,978-4-284-50028-9

◇文学の皮膚―ホモ・エステティクス　谷川渥著　白水社　1997.1　200p　20cm　2266円　①4-560-04619-0

◇ペン縦横　千葉亀雄著　湖北社　1989.5　298p　21cm　（近代日本学芸資料叢書 第12輯）〈岡倉書房昭和10年刊の複製 付1枚〉　5100円

◇現代文学理論―テクスト・読み・世界　土田知則ほか著　新曜社　1996.11　286p　19cm　（ワードマップ）　2472円　①4-7885-0579-7

◇突然変異幻ônio対談　筒井康隆,柳瀬尚紀著　河出書房新社　1993.10　258p　15cm　（河出文庫）　650円　①4-309-40390-5

◇国文学入門　堤精二,島内裕子編著　放送大学教育振興会　1996.3　209p　22cm　（放送大学教材 1996）　2060円　①4-595-21551-7

◇ストリートワイズ　坪内祐三著　晶文社　1997.4　293p　20cm　2300円　①4-7949-6301-7

◇鶴見大学文学部論集　鶴見大学文学部編　横浜　鶴見大学　1993.3　337,206p　22cm　〈創立三十周年記念〉

◇文学と哲学のあいだ　照屋佳男著　成文堂　1991.4　201p　20cm　（学際レクチャーシリーズ 8）　2300円　①4-7923-7049-3

◇東海学園女子短期大学国文学科創設三十周年記念論文集―言語・文学・文化　東海学園国

日本文学一般

語国文学会記念論文集編集委員会編　大阪　和泉書院　1998.4　704p　22cm　18000円　①4-87088-955-2

◇日本文芸の潮流―菊田茂男教授退官記念　東北大学文学部国文学研究室編　おうふう　1994.1　854p　22cm　〈菊田茂男の肖像あり〉　58000円　①4-273-02753-4

◇思想としての文学　戸坂潤著　日本図書センター　1992.3　370,8p　22cm　(近代文芸評論叢書 19)〈解説：川端俊英　三笠書房昭和11年刊の複製〉　8755円　①4-8205-9148-7,4-8205-9144-4

◇伝統と創造　鳥居フミ子編　勉誠社　1996.3　514,115p　22cm　22660円　①4-585-03040-9

◇歴史の精神―日本人の誇り　永田龍太郎著　永田書房　2006.7　291p　20cm　1619円　①4-8161-0709-6

◇日本の想像力　中西進編　大阪　JDC　1998.9　375p　20cm　4300円　①4-89008-175-5

◇文学というもの―つれづれに　中村志郎著　金沢　北国新聞社出版局（製作）　2005.8　225p　22cm　2857円　①4-8330-1425-4

◇文学的散歩―随想集　中村真一郎著　筑摩書房　1994.8　284p　20cm　2700円　①4-480-81355-1

◇文学の彼方へ―人間が宇宙人である魂の系　中村文昭著　ノーサイド企画室　2006.5　598p　15cm　(えこし文庫)　1500円

◇文学論―上　夏目漱石著　岩波書店　2007.2　405p　15cm　(岩波文庫)　860円　①978-4-00-360014-6

◇文学論―下　夏目漱石著　岩波書店　2007.4　470,4p　15cm　(岩波文庫)　900円　①978-4-00-360015-3

◇為和―文芸論・随想集　西田舟人著　羽曳野　西田舟人　2005.3　305p　19cm

◇ニヒリズムを超えて　西部邁著　角川春樹事務所　1997.11　309p　16cm　(ハルキ文庫)　580円　①4-89456-362-2

◇子どもと話す文学ってなに？　蜷川泰司著　現代企画室　2008.11　195p　19cm　1200円　①978-4-7738-0811-7

◇〈真理〉への勇気―現代作家たちの闘いの轟き　丹生谷貴志著　青土社　2011.9　286p　20cm　2400円　①978-4-7917-6626-0

◇LACワークショップ論文集―第1号(2007)　日本学術振興会人文・社会科学振興のためのプロジェクト研究事業V-3「文学・芸術の社会的媒介機能」「文学・芸術の社会的機能の研究(LAC)」事務局編　日本学術振興会人文・社会科学振興のためのプロジェクト研究事業V-3「文学・芸術の社会的媒介機能」「文学・芸術の社会的機能の研究(LAC)」事務局　2009.3　26cm　〈文献あり〉

◇LACワークショップ論文集―第2号(2009)　日本学術振興会人文・社会科学振興のためのプロジェクト研究事業V-3「文学・芸術の社会的媒介機能」「文学・芸術の社会的機能の研究(LAC)」事務局編　日本学術振興会人文・社会科学振興のためのプロジェクト研究事業V-3「文学・芸術の社会的媒介機能」「文学・芸術の社会的機能の研究(LAC)」事務局　2009.3　147p　26cm　〈文献あり〉

◇新文学入門　日本民主主義文学同盟編　新日本出版社　1990.4　270p　19cm　1600円　①4-406-01827-1

◇世界は文学でできている―対話で学ぶ〈世界文学〉連続講義　沼野充義編著　光文社　2012.1　374p　19cm　1700円　①978-4-334-97676-7

◇国文学入門　野山嘉正，林達也編著　新訂　放送大学教育振興会　2004.3　265p　21cm　(放送大学教材 2004)〈文献あり〉　2500円　①4-595-23749-9

◇おもいっきり侃侃　萩谷朴著　河出書房新社　1990.9　330p　19cm　2800円　①4-309-00639-6

◇われらにとって美は存在するか　服部達著，勝又浩編　講談社　2010.9　349p　16cm　(講談社文芸文庫　はL1)〈並列シリーズ名：Kodansha Bungei bunko　著作目録あり　年譜あり〉　1600円　①978-4-06-290098-0

◇国文学入門　林達也編著　放送大学教育振興会　2008.3　261p　21cm　(放送大学教材 2008)〈文献あり〉　2500円　①978-4-595-30817-8

◇文学と想像力　平井修成著　桜楓社　1990.5　185p　22cm　2266円　①4-273-02386-5

◇日本文学の特質　平川祐弘, 鶴田欣也編　明

日本文学一般

◇治書院　1991.7　325p　22cm　5800円　⓵4-625-43062-3
◇「甘え」で文学を解く　平川祐弘,鶴田欣也編　新曜社　1996.12　500p　20cm　4635円　⓵4-7885-0581-9
◇フェリス女学院大学国文学論叢―日本文学科創設三十周年記念　フェリス女学院大学文学部日本文学科編　〔横浜〕　フェリス女学院大学国文学会　1995.6　473p　22cm
◇感性的思考　深井竜雄著　国文社　1991.4　213p　20cm　2500円
◇教養としての文学　深江浩著　翰林書房　1993.5　260p　19cm　2700円　⓵4-906424-14-7
◇日本文学逍遥　福田秀一著　新典社　2007.6　303p　22cm　8500円　⓵978-4-7879-5506-7
◇道遥か　藤井正人著　〔阿南〕　藤井正人　1996.8　212p　20cm
◇文学論叢―創刊号　藤田富士男編　〔印西町（千葉県）〕　〔藤田富士男〕　1989.1　76p　21cm
◇文学論叢―第2号　藤田富士男編　印西町（千葉県）　〔藤田富士男〕　1990.9　75p　21cm
◇かさねの作法―日本文化を読みかえる　藤原成一著　京都　法蔵館　2008.11　317p　19cm　2200円　⓵978-4-8318-5642-5
◇文学の泉へ―読み手の芸術論　北条元一著　新日本出版社　1989.5　225,7p　20cm　1900円　⓵4-406-01730-5
◇文学への誘い　星野五彦著　相模原　青山社　1997.3　195p　19cm　2350円　⓵4-915865-89-4
◇アイデンティティ/他者性　細見和之著　岩波書店　1999.10　121p　19cm　（思考のフロンティア）　1200円　⓵4-00-026421-4
◇文学と迷宮　堀田敏幸著　沖積舎　2010.4　305p　20cm　3200円　⓵978-4-8060-4748-3
◇国文学入門―日本文学への招待　堀信夫,野山嘉正編著　放送大学教育振興会　2000.3　229p　22cm　（放送大学教材 2000）　2260円　⓵4-595-13215-8
◇一冊で人生論の名著を読む　本田有明著　中経出版　2004.6　175p　21cm　〈他言語標題：Great books about life-all in one book〉　1300円　⓵4-8061-2025-1
◇文学テクスト入門　前田愛著　増補　筑摩書房　1993.9　240p　15cm　（ちくま学芸文庫）　780円　⓵4-480-08095-3
◇テキストの魅惑・出合いと照応　牧野留美子著　新教出版社　1995.3　443p　20cm　3811円　⓵4-400-61995-8
◇文学的存在論　正木明著　川西　正木明　1989.2　289p　22cm　4800円　⓵4-944016-25-5
◇文学と科学の共鳴―キーワードはカオスと脳　正木明著　大阪　幻想社　1994.1　142p　19cm　1200円　⓵4-87468-075-5
◇文学のすすめ　松浦寿輝編　筑摩書房　1996.12　211p　19cm　（21世紀学問のすすめ 5）　1545円　⓵4-480-01405-5
◇顕わすフィクション/隠すフィクション　松村一男ほか著　ポーラ文化研究所　1993.6　230p　20cm　（ポーラセミナーズ 6―顕わす/隠す 3）　2000円　⓵4-938547-27-9
◇素朴なる疑問―私の脱哲学・脱西洋　松本道介著　鳥影社　2006.3　299p　20cm　（季刊文科コレクション 3）　1900円　⓵4-88629-972-5
◇極楽鳥の憩い―"ない"の発見 視点 4　松本道介著　鳥影社　2010.3　383p　20cm　（〔季刊文科コレクション〕）　1900円　⓵978-4-86265-218-8
◇文学全集を立ちあげる　丸谷才一,鹿島茂,三浦雅士著　文芸春秋　2006.9　327p　19cm　1500円　⓵4-16-368420-4
◇文学全集を立ちあげる　丸谷才一,鹿島茂,三浦雅士著　文芸春秋　2010.2　325p　16cm　（文春文庫 ま2-22）　619円　⓵978-4-16-713822-6
◇樹液そして果実　丸谷才一著　集英社　2011.7　426p　20cm　〈文献あり〉　1714円　⓵978-4-08-771408-1
◇虚構世界の存在論　三浦俊彦著　勁草書房　1995.4　385,38p　20cm　3605円　⓵4-326-15305-9
◇旅葵山房随筆　水原一著　おうふう　1996.12　135p　22cm　2500円　⓵4-273-02938-3
◇文学にロマンを求めて―自然・神への意識　溝淵寛水著　近代文芸社　1995.2　199p

日本文学一般

20cm　1700円　ⓘ4-7733-3395-2
◇文芸遠近　水上勉著　小沢書店　1995.11　284p　20cm　2060円　ⓘ4-7551-0320-7
◇私本文学論集　源哲麿著　専修大学出版局（製作）　1995.10　280p　20cm　2400円　ⓘ4-88125-079-5
◇一度は読もうよ！　日本の名著―日本文学名作案内　宮腰賢監修,村上春樹執筆代表　友人社　2003.12　191p　26cm　2000円　ⓘ4-946447-41-5
◇パズルde日本文学　宮崎修二朗著　勉誠出版　2002.5　194p　19cm　1200円　ⓘ4-585-09029-0
◇わが思索の旅―文学・音楽・山　宮沢泰著〔所沢〕　宮沢泰　1998.3　242p　19cm
◇傘滴集　村岡功著　村岡功　2006.9　302p　21cm〈文献あり〉　非売品
◇傘滴拾遺集　村岡功編著　村岡功　2009.7　267p　21cm　非売品
◇零の力　室井光広著　講談社　1996.3　261p　20cm　2000円　ⓘ4-06-208138-5
◇「文学の神様」の復活　元永晴信著　京都　京都随筆人クラブ　2005.10　155p　21cm〈『随筆きょうと』創刊25周年記念　共同刊行：京都実践文学教室　肖像あり〉　1600円
◇ゆきあたりばったり文学談義　森毅著　日本文芸社　1993.10　207p　20cm〈著者の肖像あり〉　1300円　ⓘ4-537-05028-4
◇ゆきあたりばったり文学談義　森毅著　角川春樹事務所　1997.6　237p　16cm（ハルキ文庫）　480円　ⓘ4-89456-321-5
◇溯行する言葉　森川晃治著　東松山　まつやま書房　1993.10　281p　21cm　1500円　ⓘ4-944003-73-0
◇回想のそよ風―随筆と紀行　八木毅著　南雲堂　1998.7　310p　20cm　2500円　ⓘ4-523-29252-3
◇セル・カステーラ・桐の花　安田章一郎著　京都　修学社　1994.11　196p　20cm　2000円　ⓘ4-88334-010-4
◇保田与重郎文芸論集　保田与重郎著,川村二郎編　講談社　1999.1　254p　16cm（講談社文芸文庫）　1050円　ⓘ4-06-197649-4
◇純粋韻律　安本達弥著　近代文芸社　2008.5　200p　20cm　1429円　ⓘ978-4-7733-7567-1

◇もう一度読みたかった本　柳田邦男著　平凡社　2006.3　251p　20cm　1500円　ⓘ4-582-83318-7
◇文学が好きだということ―柳田知常遺稿珠玉　柳田知常著,柳田先生を偲ぶ会編　朝日書林　1997.1　394p　20cm　4660円　ⓘ4-900616-20-6
◇文学の衰退と再生への道　山形和美著　彩流社　2006.9　366,10p　20cm〈文献あり〉　3200円　ⓘ4-7791-1196-X
◇文学の森に集う　山形竜生著　弘前　緑の笛豆本の会　2003.5　42p　9.4cm（緑の笛豆本　第415集）
◇文学散歩―その原点を求めて　山川久三著　伝承出版社　1995.11　286p　20cm　2000円
◇文学対話―その原点を求めて　山川久三著　文芸社　2006.9　299p　19cm（「文学散歩」（伝承出版社刊）の改題〉　1500円　ⓘ4-286-01727-3
◇山川弘至遺文集　山川弘至著　桃の会　2005.11　314p　18cm
◇異端的神秘主義序説　山下武著　青弓社　1992.2　218,10p　20cm　2060円
◇日本文芸の系譜　山梨英和短期大学日本文学会編　甲府　山梨英和短期大学日本文学会　1996.10　280p　22cm　ⓘ4-305-70165-0
◇片雲―文芸断想　山本唯一著　京都　文栄堂書店　1990.10　253p　22cm
◇メタフィクションと脱構築　由良君美著　文遊社　1995.4　373p　21cm　3500円　ⓘ4-89257-016-8
◇文学・芸術は何のためにあるのか？　吉岡洋,岡田暁生編　東信堂　2009.3　240p　19cm（未来を拓く人文・社会科学シリーズ　17）　2000円　ⓘ978-4-88713-894-0
◇吉川幸次郎全集―第18巻　日本篇　下　吉川幸次郎著　筑摩書房　1999.3　551p　21cm　7600円　ⓘ4-480-74618-8
◇私をブンガクに連れてって　芳川泰久著　せりか書房　2006.1　203p　19cm　2200円　ⓘ4-7967-0270-9
◇文学概論　吉田健一著　講談社　2008.10　258p　16cm（講談社文芸文庫）〈著作目録あり　年譜あり〉　1300円　ⓘ978-4-06-

日本文学一般（辞典・書誌）

290029-4
◇文学のとき　吉田秀和著　白水社　1994.9　231p　18cm　（白水Uブックス　1030—エッセイの小径）　980円　④4-560-07330-9
◇日本語のゆくえ　吉本隆明著　光文社　2008.1　242p　20cm　1500円　④978-4-334-97532-6
◇文学と非文学の倫理　吉本隆明,江藤淳著　中央公論新社　2011.10　307p　20cm〈索引あり〉　2200円　④978-4-12-004295-9
◇日本語のゆくえ　吉本隆明著　光文社　2012.9　270p　16cm　（光文社知恵の森文庫 t よ4-3）〈2008年刊の加筆修正〉　667円　④978-4-334-78613-7
◇文学における共同制作　四方章夫著　れんが書房新社　1989.11　195p　20cm　1648円
◇越境の声　リービ英雄著　岩波書店　2007.11　258p　20cm　2000円　④978-4-00-022276-1
◇乱視読者の冒険　若島正著　自由国民社　1993.8　317p　20cm　（読書の冒険シリーズ 3）　1800円　④4-426-67300-3
◇文学に興味を持つ若い友人へ　渡辺一夫著　弥生書房　1995.3　213p　20cm　2369円　④4-8415-0696-9
◇花　渡辺孔二,中川忠,笹江修,宮崎芳三著　文化書房博文社　2009.7　236p　19cm　2500円　④978-4-8301-1161-7
◇越境する感性　明治大学人文科学研究所　1996.3　162p　18cm　（明治大学公開文化講座 15）　800円　④4-7599-0987-7
◇「日本的なるもの」の脱構築　神戸　甲南大学総合研究所　1996.3　53,4p　21cm　（甲南大学総合研究所叢書 41）　非売品
◇日本文学国際会議会議録　新荘　輔仁大学外国語学部日本語文学研究所・日本語文学科〔1997〕　403p　21cm
◇文化の森—東洋大学短期大学日本文学研究会講演集　東洋大学短期大学日本文学科　1998.3　289p　21cm　非売品
◇癒しとしての文学　笠間書院　1998.4　179p　19cm　（笠間ライブラリー—梅光女学院大学公開講座論集　第42集）　1000円　④4-305-60243-1
◇文学における表層と深層　笠間書院　1998.10　187p　19cm　（笠間ライブラリー—梅光女学院大学公開講座論集　第43集）　1000円　④4-305-60244-X
◇国文学研究資料館の研究活動—2006年版　人間文化研究機構国文学研究資料館　2006.3　36p　30cm
◇言葉に思う　リブリオ出版　2007.4　257p　21cm　（いきいきトーク知識の泉　大きな活字で読みやすい本—著名人が語る〈知の最前線〉第8巻）　④978-4-86057-315-7

辞典・書誌

◇愛知県立大学附属図書館市橋文庫目録　愛知県立大学附属図書館編　名古屋　愛知県立大学　1990.3　127p　26cm〈背の書名：市橋文庫目録　共同刊行：愛知県立女子短期大学〉
◇国文学複製翻刻書目総覧—続　市古貞次,大曽根章介編　貴重本刊行会　1989.7　247p　23cm〈監修：日本古典文学会〉　10300円　④4-88915-064-1
◇日本文学大年表—上代～平成六年　市古貞次編　増補版　おうふう　1995.4　531p　27cm　24000円　④4-273-02843-3
◇阿部文庫〈書き入れ本〉目録　上野英子編　日野　実践女子大学文芸資料研究所　2001.3　24p　21cm
◇現代日本文芸総覧　小田切進編　増補改訂　明治文献資料刊行会　1992.12　4冊　22cm〈大空社（発売）〉　全59800円
◇柿衞文庫目録—書冊篇　柿衞文庫編　八木書店　1990.10　635,101p　22cm　14600円　④4-8406-0007-4
◇貞良文庫目録　金沢市立図書館編　金沢　金沢市立図書館　1993.5　53p　21×30cm
◇架空人名辞典—日本編　教育社歴史言語研究室編〔東村山〕教育社　1989.8　912p　19cm〈教育社出版サービス（発売）〉　2900円　④4-315-50888-8
◇熊本近代文学館関係図書雑誌目録—1989年3月現在　熊本県立図書館熊本近代文学館編　熊本　熊本県立図書館熊本近代文学館　1990.3　176,38,32p　26cm　（熊本近代文学館目録　第1集）
◇芭蕉記念館所蔵資料目録—5　江東区芭蕉記

日本文学一般（辞典・書誌）

◇念館編　江東区芭蕉記念館　1990.3　43p　26cm〈平成元年度報告（第9集）〉
◇芭蕉記念館所蔵資料目録―6　江東区芭蕉記念館編　江東区芭蕉記念館　1992.3　22p　26cm〈平成3年度報告（第11集）〉
◇芭蕉記念館所蔵資料目録―7　江東区芭蕉記念館編　江東区芭蕉記念館　1993.3　70p　26cm〈平成4年度報告（第12集）〉
◇逸翁美術館蔵国文学関係資料解題　国文学研究資料館編　明治書院　1989.3　313p　27cm　（国文学研究資料館共同研究報告 5）9500円　ⓒ4-625-58135-4
◇国文学研究資料館特別展示目録―12　新収資料展　昭和60～62年度期　国文学研究資料館編　国文学研究資料館　1989.11　8,11p　21cm〈第18回特別展示〉　ⓒ4-87592-030-X
◇国文学研究資料館蔵マイクロ資料目録縮刷版―12（1988年）　国文学研究資料館編　笠間書院　1990.2　1冊　23cm　6180円
◇国文学研究資料館蔵マイクロ資料目録縮刷版―13（1989年）　国文学研究資料館編　笠間書院　1991.2　1冊　23cm〈付・書名索引（1976年―1988年）〉　8240円
◇国文学研究資料館蔵マイクロ資料目録縮刷版―14（1990年）　国文学研究資料館編　笠間書院　1992.3　702,32,134p　23cm　6695円
◇国文学研究資料館蔵マイクロ資料目録縮刷版―15（1991年）　国文学研究資料館編　笠間書院　1993.2　1冊　23cm　5500円　ⓒ4-305-70030-1
◇国文学研究資料館蔵マイクロ資料目録縮刷版―16（1992年）　国文学研究資料館編　笠間書院　1994.2　1冊　23cm　6500円　ⓒ4-305-70031-X
◇国文学研究資料館蔵マイクロ資料目録縮刷版―18（1994年）　国文学研究資料館編　笠間書院　1996.2　1冊　23cm　6000円　ⓒ4-305-70033-6
◇国文学研究資料館蔵マイクロ資料目録縮刷版―19（1995年）　国文学研究資料館編　笠間書院　1997.3　1冊　23cm　6311円　ⓒ4-305-70034-4
◇国文学研究資料館蔵マイクロ資料目録縮刷版―20（1996年）　国文学研究資料館編　笠間書院　1998.2　1冊　23cm　5800円　ⓒ4-305-70035-2
◇国文学研究資料館蔵マイクロ資料目録縮刷版―21（1997年）　国文学研究資料館編　笠間書院　1999.3　1冊　23cm　6500円　ⓒ4-305-70036-0
◇国文学研究資料館蔵マイクロ資料目録縮刷版―22（1998年・1999年）　国文学研究資料館編　笠間書院　2000.9　1冊　23cm　7500円　ⓒ4-305-70037-9
◇国文学研究資料館蔵マイクロ資料目録―1989年　国文学研究資料館整理閲覧部編　国文学研究資料館　1990.3　1冊　30cm　ⓒ4-87592-031-8
◇国文学研究資料館蔵マイクロ資料目録書名索引―1976年～1988年　国文学研究資料館整理閲覧部編　国文学研究資料館　1990.3　161p　30cm　ⓒ4-87592-032-6
◇国文学研究資料館蔵逐次刊行物目録―1990年　国文学研究資料館整理閲覧部編　国文学研究資料館　1990.3　258p　30cm
◇国文学研究資料館蔵マイクロ資料目録―1990年　国文学研究資料館整理閲覧部編　国文学研究資料館　1991.3　702,32,134p　30cm　ⓒ4-87592-035-0
◇国文学研究資料館蔵逐次刊行物目録―1991年　国文学研究資料館整理閲覧部編　国文学研究資料館　1991.3　260p　30cm
◇国文学研究資料館蔵マイクロ資料目録―1991年　国文学研究資料館整理閲覧部編　国文学研究資料館　1992.3　1冊　30cm　ⓒ4-87592-038-5
◇国文学研究資料館蔵逐次刊行物目録―1992年　国文学研究資料館整理閲覧部編　国文学研究資料館　1992.3　265p　30cm
◇国文学研究資料館蔵マイクロ資料目録―1992年　国文学研究資料館整理閲覧部編　国文学研究資料館　1993.3　1冊　30cm　ⓒ4-87592-039-3
◇国文学研究資料館蔵和古書目録―増加5（1992）　国文学研究資料館整理閲覧部編　国文学研究資料館　1993.3　1冊　30cm　ⓒ4-87592-040-7
◇国文学研究資料館蔵マイクロ資料目録―1993年　国文学研究資料館整理閲覧部編　国文学研究資料館　1994.3　653,122p　30cm　ⓒ4-87592-043-1
◇国文学研究資料館蔵逐次刊行物目録―1994

日本文学一般（辞典・書誌）

年　国文学研究資料館整理閲覧部編　国文学研究資料館　1994.3　276p　30cm
◇国文学研究資料館蔵マイクロ資料目録—1994年　国文学研究資料館整理閲覧部編　国文学研究資料館　1995.3　1冊　30cm　①4-87592-044-X
◇国文学研究資料館蔵マイクロ資料目録—1995年　国文学研究資料館整理閲覧部編　国文学研究資料館　1996.3　1冊　30cm　①4-87592-045-8
◇国文学研究資料館蔵逐次刊行物目録—1996年　国文学研究資料館整理閲覧部編　国文学研究資料館　1996.3　289p　30cm
◇国文学研究資料館蔵マイクロ資料目録—1996年　国文学研究資料館整理閲覧部編　国文学研究資料館　1997.9　1冊　30cm　①4-87592-047-4
◇国文学研究資料館蔵マイクロ資料目録—1997年　国文学研究資料館整理閲覧部編　国文学研究資料館　1998.3　1冊　30cm　①4-87592-048-2
◇国文学研究資料館蔵マイクロ資料目録—1999年　国文学研究資料館整理閲覧部編　国文学研究資料館　2000.1　494,166p　30cm　①4-87592-050-4
◇国文学研究資料館特別展示目録—13　新収資料展　昭和63～平成2年度期　国文学研究資料館整理閲覧部参考室編　国文学研究資料館　1991.11　8,20p　21cm〈第19回特別展示〉　①4-87592-036-9
◇国語国文学資料索引総覧　国立国語研究所図書館編　笠間書院　1995.12　262p　21cm（笠間索引叢刊 109）　6800円　①4-305-20109-7
◇文芸学辞典　西郷竹彦著　明治図書出版　1989.3　136p　21cm　1200円　①4-18-329305-5
◇静岡英和女学院短期大学図書館所蔵南文庫目録　静岡英和女学院短期大学図書館編　静岡　静岡英和女学院短期大学図書館　1993.5　188p　26cm
◇名鑑—平成9年度版　実践女子大学文芸資料研究所編　日野　実践女子大学文芸資料研究所　1998.3　22p　21cm
◇日本文化文学人物事典　志村有弘,針原孝之編　鼎書房　2009.2　219,21p　22cm〈文献あり〉　4500円　①978-4-907846-61-9
◇国語国文学手帖　尚学図書言語研究所編　小学館　1990.5　297p　26cm　1450円　①4-09-504501-9
◇市立小樽文学館所蔵雑誌目録—平成2年12月現在　市立小樽文学館編　小樽　市立小樽文学館　1991.3　57p　26cm
◇聖徳大学言語・文学図書目録　聖徳大学川並記念図書館編　松戸　東京聖徳学園　1997.7　1473p　26cm
◇仙台文学館所蔵資料目録—書籍　平成14年12月31日現在　仙台文学館編　仙台　仙台文学館　2003.3　96p　22cm
◇仙台文学館所蔵資料目録—原稿　平成17年12月31日現在　仙台文学館編　仙台　仙台文学館　2006.3　57p　21cm
◇日本の文学　西本鶏介監修　ポプラ社　2008.3　207p　29cm（ポプラディア情報館）　6800円　①978-4-591-10089-9,978-4-591-99950-9
◇作品名から引ける日本文学作家・小説家個人全集案内　日外アソシエーツ株式会社編　日外アソシエーツ　1992.1　15,1027p　22cm〈紀伊國屋書店（発売）〉　12000円　①4-8169-1116-2
◇日本の作家—読書案内　伝記編　日外アソシエーツ株式会社編　日外アソシエーツ　1993.11　385p　21cm〈紀伊國屋書店（発売）〉　5000円　①4-8169-1207-X
◇日本文学研究文献要覧—現代日本文学　1975～1984　日外アソシエーツ株式会社編　日外アソシエーツ　1994.5　2冊　27cm（20世紀文献要覧大系 21）〈監修：勝又浩,藤本寿彦　紀伊國屋書店（発売）〉　全49800円　①4-8169-1232-0
◇個人全集・作品名綜覧—第2期　日外アソシエーツ株式会社編　日外アソシエーツ　1994.6　3冊　22cm（現代日本文学綜覧シリーズ 13）〈紀伊國屋書店（発売）〉　全98000円　①4-8169-0146-3
◇個人全集・内容綜覧—第2期　日外アソシエーツ株式会社編　日外アソシエーツ　1994.6　2冊　22cm（現代日本文学綜覧シリーズ 12）〈紀伊國屋書店（発売）〉　全78000円　①4-8169-0146-3

日本近現代文学案内　11

日本文学一般（辞典・書誌）

◇日本人物文献索引—文学80/90　日外アソシエーツ編　日外アソシエーツ　1994.7　964p　27cm〈紀伊國屋書店（発売）〉49800円　①4-8169-1251-7

◇アンソロジー内容総覧—日本の小説・外国の小説　日外アソシエーツ編　日外アソシエーツ　1997.6　995p　22cm　36000円　①4-8169-1431-5

◇読書案内日本の作家—伝記と作品　日外アソシエーツ編　日外アソシエーツ　2002.5　415p　21cm〈紀伊國屋書店（発売）「日本の作家」（1993年刊）の新訂版〉　5000円　①4-8169-1717-9

◇アンソロジー内容総覧—日本の小説・外国の小説 1997-2006　日外アソシエーツ株式会社編　日外アソシエーツ　2007.4　780p　22cm〈紀伊國屋書店（発売）〉32000円　①978-4-8169-2036-3

◇日本近代文学館所蔵主要雑誌目録—1990年版　日本近代文学館編　日本近代文学館　1989.12　126p　26cm〈1989年9月現在〉

◇吉田精一文庫目録　日本近代文学館編　日本近代文学館　1990.5　170p　26cm〈日本近代文学館所蔵資料目録 20〉

◇塩田良平文庫目録　日本近代文学館編　日本近代文学館　1991.11　148p　26cm〈日本近代文学館所蔵資料目録 22〉

◇水田巌文庫目録　梅光女学院大学附属図書館編　下関　梅光女学院大学附属図書館　1992.3　1冊　21×30cm

◇土岐武治文庫和書目録　花園大学国文学科編　京都　花園大学国文学科　2001.10　105p　21cm

◇日本幻想作家事典　東雅夫, 石堂藍編　国書刊行会　2009.10　1048p　22cm〈『日本幻想作家名鑑』（幻想文学出版局1991年刊）の増補改訂版　文献あり〉　7600円　①978-4-336-05142-4

◇日本作者辞典　前島徳太郎編　東出版　1997.9　340,30p　22cm　〈辞典叢書 34〉8000円　①4-87036-055-1

◇古本分類事典—日本近代文学編　三好章介編　有精堂出版　1991.11　352p　19cm　2800円　①4-640-31028-5

◇日本文学名作事典—文学のとびらをひらく　森野宗明ほか編著　京都　京都ライトハウス点字出版部　1993.9　9冊　27cm〈原本：三省堂 1991 Sunlexica 8〉全16200円

◇北住文庫目録　山形　山形女子短期大学　1989.3　155p　26cm〈北住敏夫の肖像あり〉

◇明治期刊行物集成文学言語総目録—上（書名）　早稲田大学図書館編　雄松堂出版　1996.4　472p　31cm　①4-8419-0163-9

◇明治期刊行物集成文学言語総目録—下（著者名）　早稲田大学図書館編　雄松堂出版　1996.4　429p　31cm　①4-8419-0163-9

◇三国路紀行文学館収蔵資料目録—第1集　新治村（群馬県）　三国路紀行文学館　1992.3　166p　26cm

◇国語資料索引一覧　国立国語研究所図書館　1995.3　158p　30cm

◇文学・文芸人物事典　日本図書センター　2000.3　79p　31cm〈目でみる日本人物百科 2　山口昌男監修〉　4500円　①4-8205-4724-0,4-8205-4722-4

◇文芸資料事典—第1巻　日本図書センター　2002.3　843p　27cm〈複製〉①4-8205-6842-6,4-8205-6841-8

◇文芸資料事典—第2巻　日本図書センター　2002.3　500p 図版43枚　27cm〈複製〉①4-8205-6843-4,4-8205-6841-8

◇文芸資料事典—第3巻　日本図書センター　2002.3　336,156p　27cm〈複製〉①4-8205-6844-2,4-8205-6841-8

◇文芸資料事典—2 第1巻　日本図書センター　2003.10　246,28,10p　27cm〈金港堂書籍明治39年刊の複製　年表あり〉①4-8205-6993-7,4-8205-6992-9

◇文芸資料事典—2 第2巻　日本図書センター　2003.10　300,17,140p　27cm〈大同館書店昭和3年刊の複製　年表あり〉①4-8205-6994-5,4-8205-6992-9

◇文芸資料事典—2 第3巻　日本図書センター　2003.10　478p　27cm〈文教書院・大阪宝文館昭和3年刊の複製〉①4-8205-6995-3,4-8205-6992-9

◇文芸資料事典—2 第4巻　日本図書センター　2003.10　p478〜950　27cm〈文教書院・大阪宝文館昭和3年刊の複製〉①4-8205-6996-1,4-8205-6992-9

日本文学一般（文学館）

◇文芸資料事典—2 第5巻　日本図書センター　2003.10　324,26,12p　27cm〈奎文社昭和14年刊の複製〉　①4-8205-6997-X,4-8205-6992-9

◇文学者人名資料事典—第1巻　古今文学美術人名辞書　文学美術研究会編　日本図書センター　2004.2　340,31p　22cm〈近代文芸社昭和7年刊の複製　年表あり〉　①4-8205-9606-3,4-8205-9605-5

◇文学者人名資料事典—第2巻　現代作家の人及作風　川島益太郎著　日本図書センター　2004.2　440p　22cm〈大同館書店昭和8年刊の複製〉　①4-8205-9607-1,4-8205-9605-5

◇文学者人名資料事典—第3巻　現代作家の人及作風　詩歌篇　川島益太郎著　日本図書センター　2004.2　457p　22cm〈大同館書店昭和8年刊の複製〉　①4-8205-9608-X,4-8205-9605-5

◇文学者人名資料事典—第4巻　現代日本文学者辞典　野本米吉著　日本図書センター　2004.2　303p　22cm〈武蔵野書院昭和25年刊の複製　文献あり　年表あり〉　①4-8205-9609-8,4-8205-9605-5

◇文学者人名資料事典—第5巻　近代文学者辞典　藤井真斎著　日本図書センター　2004.2　254,18p　22cm〈二松学舎出版部昭和24年刊の複製〉　①4-8205-9610-1,4-8205-9605-5

◇館所蔵文学資料目録—第1集〔磯山松男宛中山省三郎書簡〕　下妻　下妻市ふるさと博物館　2006.6　58p　30cm〈年譜あり〉

雑誌総目次

◇文芸雑誌内容細目総覧—戦後リトルマガジン篇　勝又浩監修,日外アソシエーツ株式会社編　日外アソシエーツ　2006.11　795p　22cm　42000円　①4-8169-2010-2

◇『新文学研究』解説・総目次・索引　曽根博義編著　大空社　1994.6　66,58p　23cm

◇山陰新聞文芸記事総覧—明治15年～大正元年　寺本喜徳編　松江　島根県立島根女子短期大学国語国文会　1999.2　728,74p　27cm　①4-921106-17-7

◇文章倶楽部総目次・執筆者索引—大正5年5月（創刊号）～昭和4年4月（終刊号）　保昌正夫編・解説　日本近代文学館　1995.3　489,259p　23cm　（マイクロ版近代文学館「文章倶楽部」別冊 5）　22330円　①4-8406-0009-0

◇活字倶楽部all data book—1994.5-2011.6：β版　〔出版地不明〕　諸国物産取扱永代屋　2011.12　192p,p195-228　26cm〈付属資料：1枚：p193-194〉

◇活字倶楽部all data book—1994.5-2011.6：β版　改訂版　〔出版地不明〕　諸国物産取扱永代屋　2012.5　234p　26cm　2500円

学会・文学協会

◇茨城文芸協会小史—1973～1993　「茨城文芸協会小史」編集委員会編　水戸　茨城文芸協会　1993.11　34p　26cm

◇社団法人群馬ペンクラブのあゆみ　「群馬ペンクラブのあゆみ」編集委員会編　前橋　群馬ペンクラブ　2001.3　255p　21cm〈群馬ペン100号記念　標題紙等のタイトル：(社)群馬ペンクラブのあゆみ〉　①4-87024-329-6

◇女流文学者会・記録　日本女流文学者会編　中央公論新社　2007.9　246p　20cm〈年表あり〉　1800円　①978-4-12-003873-0

◇社団法人日本文学報国会会員名簿—昭和18年版　日本文学報国会編　新評論　1992.5　330p　19cm〈書名は奥付による　背・表紙の書名：会員名簿　日本文学報国会昭和18年刊の複製　付（別冊 59p）：総力戦体制下の文学者—社団法人「日本文学報国会」の位相　高橋新太郎著〉　3500円　①4-7948-0121-1

◇賭ける　野々山一夫著　〔知立〕　野々山一夫　1999.2　51p　22cm

◇会員名簿—1990年7月31日現在　日本近代文学会　1990　101p　11×18cm

◇会員名簿—1991年7月31日現在　日本近代文学会　1991　106p　11×18cm

◇会員名簿—1992年7月31日現在　日本近代文学会　1992　105p　11×18cm

◇日本社会文学会の歩み　日本社会文学会　1993.11　25p　22cm　非売品

文学館

◇収蔵コレクション展　神奈川文学振興会編

日本文学一般（文学館）

◇横浜　県立神奈川近代文学館　1994.10　71p　26cm〈県立神奈川近代文学館開館10周年・増築落成記念　共同刊行：神奈川文学振興会　会期：1994年10月1日〜11月27日〉

◇神奈川近代文学館10年史—1984.4〜1994.3　神奈川文学振興会1982〜1993　神奈川文学振興会編　横浜　神奈川県立神奈川近代文学館　1994.10　106p　26cm

◇文学館きたみなみ　木原直彦著　札幌　北海道新聞社　1990.2　270p　19cm　1300円　Ⓘ4-89363-545-X

◇文学館・きたみなみ　木原直彦著　増補改訂版　札幌　北海道新聞社　1995.7　324p　19cm　1500円　Ⓘ4-89363-545-X

◇熊本近代文学館—総合案内　熊本近代文学館編　1訂版　熊本　熊本近代文学館　1994.3　47p　30cm

◇熊本近代文学館一〇年史　熊本県立図書館，熊本近代文学館編　熊本　熊本県立図書館　1996.3　76p　30cm

◇斯道文庫三十年略史　慶応義塾大学附属研究所斯道文庫編　慶応義塾大学附属研究所斯道文庫　1990.12　347p　21cm

◇国文学研究資料館創立二十周年記念特別展示図録　国文学研究資料館編　国文学研究資料館　1992.10　47p　26cm〈会期：平成4年11月2日〜14日〉

◇国文学研究資料館の20年　国文学研究資料館編　国文学研究資料館　1992.11　198p　26cm

◇国文学研究資料館創立30周年記念特別展示図録　国文学研究資料館編　国文学研究資料館　2002.11　45p　30cm〈会期：平成14年11月11日〜28日〉

◇文学館抒情の旅　小松健一著　京都　京都書院　1998.6　255p　15cm　（京都書院アーツコレクション 87 旅行 9）　1000円　Ⓘ4-7636-1587-4

◇作家の風景—文学館をめぐる 1　小松健一著　白石書店　2001.2　125p　22cm　（パレットブックス）　1886円　Ⓘ4-7866-3024-1

◇作家の風景—文学館をめぐる 2　小松健一著　白石書店　2001.2　125p　22cm　（パレットブックス）　1886円　Ⓘ4-7866-3025-X

◇さいたま文学館開館の歓びと期待　さいたま文学館編　桶川　さいたま文学館　〔1997〕　41p　21cm

◇文学館探索　榊原浩著　新潮社　1997.9　290,7p　20cm　（新潮選書）　1200円　Ⓘ4-10-600524-7

◇詩歌文学館の出発　佐藤章著　一ツ橋綜合財団　2006.12　247p　19cm〈年表あり〉Ⓘ4-7979-8698-0

◇文学館への旅　重里徹也著　毎日新聞社　2007.7　219p　19cm　1400円　Ⓘ978-4-620-31825-7

◇市立小樽文学館開館30周年記念誌　市立小樽文学館編　小樽　市立小樽文学館　2008.11　62p　26cm〈年表あり〉

◇日本全国ユニーク個人文学館・記念館　新人物往来社編　新人物往来社　2009.3　251p　20cm　2800円　Ⓘ978-4-404-03592-9

◇全国文学館ガイド　全国文学館協議会編　小学館　2005.8　207p　21cm　1429円　Ⓘ4-09-387574-X

◇日本の文学館百五十選　淡交社編集局編　京都　淡交社　1999.10　190p　21cm　1800円　Ⓘ4-473-01684-6

◇調布市武者小路実篤記念館20年のあゆみ—平成17年　調布市武者小路実篤記念館編　調布　調布市教育委員会　2006.1　59p　30cm〈年表あり〉

◇文学館のある旅103　東京新聞・中日新聞文化部著　集英社　2004.7　221p　18cm　（集英社新書）〈文献あり〉　680円　Ⓘ4-08-720250-X

◇東北の文学館探訪—1　斎藤茂吉記念館・宮沢賢治記念館・草野心平天山文庫　「東北の文学館探訪」刊行委員会編　滝沢村（岩手県）　盛岡大学日本文学科日本文学会　1990.6　61p　21cm

◇文学館感傷紀行　中村稔著　新潮社　1997.11　350p　20cm　1700円　Ⓘ4-10-382802-1

◇文学館を考える—文学館学序説のためのエスキス　中村稔著　青土社　2011.2　205p　20cm　1900円　Ⓘ978-4-7917-6591-1

◇メルヘンに出会える—全国児童文学館・絵本館ガイド　日本児童文芸家協会編　名古屋　KTC中央出版　2002.5　174p　21cm　1500円　Ⓘ4-87758-243-6

日本文学一般（文学史）

◇播磨の風土と文化―姫路文学館への招待　姫路文学館編　姫路　姫路文学館　1991.4　142p　26cm

◇文学館とっておきコレクション―1991～2002　姫路文学館編　姫路　姫路文学館　2002.3　40p　30cm〈会期：平成14年4月25日～6月23日〉

◇広瀬川の流れとともに―前橋文学館友の会10年の歩み　前橋文学館友の会編　前橋　前橋文学館友の会　2005.5　137p　26cm〈年表あり〉

◇シンポジウム「これが町田の文学館だ！―文学館の基本計画を考える―」記録集　町田市文学館開設準備懇談会事務局編　町田　町田市文学館開設準備懇談会事務局　2003.11　34p　30cm〈会期・会場：2003年3月16日　まちだ中央公民館　奥付のタイトル：シンポジウム「これが町田の文学館だ！」記録集〉

◇松山市立子規記念博物館―総合案内　松山市立子規記念博物館編　松山　松山市立子規記念博物館　2005.11　93p　30cm〈肖像あり　年譜あり〉

◇文学館とうほく紀行　森田溥著　秋田　無明舎出版　2000.5　217p　20cm　1500円　Ⓘ4-89544-240-3

◇山梨県立文学館5年間の軌跡　山梨県立文学館編　甲府　山梨県立文学館　1995.3　230p　31cm

◇文学館ワンダーランド―全国文学館・記念館ガイド160　リテレール編集部編　メタローグ　1998.8　302p　19cm　1800円　Ⓘ4-8398-2017-1

◇鎌倉文学館―10周年記念　〔鎌倉〕　鎌倉市教育委員会　1995.9　61p　30cm

文学史

◇日本文学概説　青木周平ほか編　新訂　おうふう　1994.3　164p　21cm　2000円　Ⓘ4-273-02575-2

◇日本文学を哲学する　赤羽根竜夫著　南窓社　1995.12　336p　22cm　2800円　Ⓘ4-8165-0160-6

◇ヴィジュアル〈もの〉と日本人の文化誌　秋山忠弥著　雄山閣出版　1997.11　234p　22cm　3200円　Ⓘ4-639-01480-5

◇日本文学概論　麻生磯次ほか著　改訂版　秀英出版　1994.3　264p　22cm　1900円　Ⓘ4-7847-0604-6

◇「世間」とは何か　阿部謹也著　講談社　1995.7　259p　18cm　（講談社現代新書）　650円　Ⓘ4-06-149262-4

◇精選日本文学史　市古貞次ほか編著　明治書院　1998.1　217p　21cm　476円　Ⓘ4-625-20031-8

◇日本文学大年表　市古貞次, 久保田淳編　新版　おうふう　2002.9　731p　27cm　18000円　Ⓘ4-273-03231-7

◇日本文学における作家と作品　稲賀敬二著　放送大学教育振興会　1993.3　186p　21cm　（放送大学教材 1993）　1960円　Ⓘ4-595-85628-8

◇犬養先生の国文学講義―阪大時代　犬養孝著, 犬養万葉顕彰会編　川西　犬養万葉顕彰会　1991.11　260p　26cm〈著者の肖像あり〉　非売品

◇日本文学史―梅沢の我楽多文庫版　梅沢真由起著　ライオン社　1992.8　128p　19cm　600円　Ⓘ4-8440-3517-7

◇日本人の「あの世」観　梅原猛著　中央公論社　1993.2　376p　16cm　（中公文庫）　740円　Ⓘ4-12-201973-7

◇はじめて学ぶ日本文学史　榎本隆司編著　京都　ミネルヴァ書房　2010.5　504,54p　21cm　（シリーズ・日本の文学史 7）〈文献あり　年表あり　索引あり〉　3800円　Ⓘ978-4-623-04962-2

◇あなたに語る日本文学史―近世・近代篇　大岡信著　新書館　1995.7　253p　19cm　1100円　Ⓘ4-403-21053-8

◇あなたに語る日本文学史　大岡信著　新装版　新書館　1998.12　562p　20cm　2200円　Ⓘ4-403-21066-X

◇詩と死と実存―日本文芸思想史研究　大野順一著　角川書店　1998.1　450p　22cm　（明治大学人文科学研究所叢書）　8000円　Ⓘ4-04-883508-7

◇老荘神仙の思想　大星光史著　プレジデント社　1993.7　190p　19cm　980円　Ⓘ4-8334-1489-9

◇日本人の心の歴史―日本文化・思想史　岡崎公良著　北樹出版　1992.11　281p　20cm

日本近現代文学案内　15

〈学文社（発売）〉 2600円 ①4-89384-279-X
◇日本文学史序説―上 加藤周一著 筑摩書房 1999.4 550p 15cm （ちくま学芸文庫） 1400円 ①4-480-08487-8
◇日本文学史序説―下 加藤周一著 筑摩書房 1999.4 535,46p 15cm （ちくま学芸文庫） 1400円 ①4-480-08488-6
◇『日本文学史序説』補講 加藤周一著 京都 かもがわ出版 2006.11 271p 20cm 2600円 ①4-7803-0054-1
◇『日本文学史序説』補講 加藤周一著 筑摩書房 2012.9 345p 15cm （ちくま学芸文庫 カ13-5）〈かもがわ出版 2006年刊に「もう一つの補講 加藤周一が考えつづけてきたこと」を増補し再刊〉 1300円 ①978-4-480-09489-6
◇日本人の心の歴史―上 唐木順三著 筑摩書房 1993.4 322p 15cm （ちくま学芸文庫） 1000円 ①4-480-08053-8
◇日本人の心の歴史―下 唐木順三著 筑摩書房 1993.4 324,20p 15cm （ちくま学芸文庫） 1000円 ①4-480-08054-6
◇文学史のおさらい 川島周子著 自由国民社 2009.7 175p 19cm （おとなの楽習 10）〈シリーズの編者：現代用語の基礎知識編集部 年表あり 索引あり〉 1200円 ①978-4-426-10514-3
◇日本の書物 紀田順一郎著 筑摩書房 1991.8 516p 15cm （ちくま文庫） 980円 ①4-480-02548-0
◇新講日本の文学 清原和義ほか編 聖文社 1991.3 462p 22cm 3000円 ①4-7922-0131-4
◇日本文学史 久保田淳編 おうふう 1997.5 423p 21cm 1900円 ①4-273-02988-X
◇日本文学の伝統 小泉弘, 林陸朗編 三弥井書店 1993.3 465p 21cm 3500円 ①4-8382-8025-4
◇日本のシャーマン 小島信一著 八幡書店 1989.5 258p 20cm 2400円 ①4-89350-309-X
◇日本文芸史―5 小西甚一著 講談社 1992.2 1140p 22cm 8800円 ①4-06-188815-3
◇日本文学史 小西甚一著 講談社 1994.6 242p 15cm （講談社学術文庫） 760円 ①4-06-159090-1
◇日本文芸史―別巻〔1〕 日本文学原論 小西甚一著 笠間書院 2009.5 880p 22cm ①978-4-305-70475-7
◇日本文芸史―別巻〔2〕 全巻索引 小西甚一著 笠間書院 2009.5 239,41p 22cm 〈著作目録あり〉 ①978-4-305-70475-7
◇叡知と無心 小松茂人著 近代文芸社 1991.11 287p 20cm〈奥付の書名：叡智と無心〉 1500円 ①4-7733-1171-1
◇文学とその風土 佐山祐三著 右文書院 1997.6 418p 22cm 5000円 ①4-8421-9703-X
◇日本文学概論 島内裕子著 放送大学教育振興会 2012.3 221p 21cm （放送大学教材）〈〔NHK出版（発売）〕 文献あり 索引あり〉 2300円 ①978-4-595-31342-4
◇日本文学史を読む―万葉から現代小説まで 島津忠夫著 京都 世界思想社 1992.7 292p 20cm （Sekaishiso seminar） 2500円 ①4-7907-0431-9
◇身もフタもない日本文学史 清水義範著 PHP研究所 2009.7 213p 18cm （PHP新書 612）〈並列シリーズ名：PHP shinsho〉 700円 ①978-4-569-70983-3
◇史観と文学のあいだ 新船海三郎著 本の泉社 1998.5 241p 20cm 2300円 ①4-88023-170-3
◇日本文学の歩み 高木市之助著 43版 武蔵野書院 1996.3 258p 21cm 699円 ①4-8386-0604-4
◇大人にはわからない日本文学史 高橋源一郎著 岩波書店 2009.2 204p 19cm （ことばのために） 1700円 ①978-4-00-027101-1
◇日本文学における〈他者〉 鶴田欣也編 新曜社 1994.11 502p 20cm〈執筆：池田美紀子ほか〉 4429円 ①4-7885-0505-3
◇早わかり日本文学―文化が見える・歴史が読める 長尾剛著 日本実業出版社 2001.1 263,7p 19cm 1600円 ①4-534-03180-7
◇日本人のこころ 中西進著 大修館書店 1992.10 215p 20cm 1545円 ①4-469-29066-1
◇日本文学における「私」 中西進編 河出書

房新社　1993.12　346p　20cm　4500円　①4-309-00881-X

◇要説日本文学史　中松竹雄編著　那覇　沖縄語言文化研究所　2007.8　227p　21cm〈年表あり　文献あり〉　3600円

◇ヒト・モノ・コトバ―明治からの文化誌　橋詰静子著　三弥井書店　2007.12　207,11p　20cm〈著作目録あり　文献あり〉　2000円　①978-4-8382-3156-0

◇日本文学史の発見　橋本達雄ほか著　三省堂　1994.12　277p　20cm　2500円　①4-385-35565-7

◇〈境界〉からの発想―旅の文学・恋の文学　長谷川政春著　新典社　1989.11　150p　19cm　(叢刊・日本の文学 7)　1009円　①4-7879-7507-2

◇日本の歴史と文学　早島町図書館編　早島町（岡山県）　早島町図書館　1993.9　113p　26cm　(早島町図書館公開講座講議録　平成4年度)

◇日本の歴史と文学―2　早島町図書館編　早島町（岡山県）　早島町図書館　1994.12　106p　26cm　(早島町図書館公開講座講議録　平成5年度)

◇日本の歴史と文学―3　早島町図書館編　早島町（岡山県）　早島町図書館　1995.10　108p　26cm　(早島町図書館公開講座講議録　平成6年度)

◇筆跡の文化史　原子朗著　講談社　1997.9　298p　15cm　(講談社学術文庫)　820円　①4-06-159298-X

◇日本文学の原風景　福田晃編　三弥井書店　1992.1　478p　19cm　(三弥井選書 19)　3000円　①4-8382-8019-X

◇国文学の誕生　藤井貞和著　三元社　2000.5　263p　19cm　2500円　①4-88303-066-0

◇風流の思想　藤原成一著　京都　法蔵館　1994.7　273p　20cm　2600円　①4-8318-8067-1

◇日本文学の本質と運命―『古事記』から川端康成まで　マリア＝ヘス・デ・プラダ＝ヴィセンテ著　福岡　九州大学出版会　2004.1　420p　22cm〈文献あり〉　7000円　①4-87378-809-9

◇ゆらぎとずれの日本文学　マリア＝ヘス・デ・プラダ＝ヴィセンテ,大嶋仁共著　京都　ミネルヴァ書房　2005.3　235,7p　20cm〈文献あり〉　2800円　①4-623-04344-4

◇日本文学の流れ　古橋信孝著　岩波書店　2010.3　409,10p　22cm〈文献あり　索引あり〉　5000円　①978-4-00-024270-7

◇火山列島の思想　益田勝実著　筑摩書房　1993.1　301p　15cm　(ちくま学芸文庫)　960円　①4-480-08033-3

◇日本文学主潮　松本泰男著　リーベル出版　1990.5　378p　19cm　1545円　①4-947602-97-X

◇丸谷才一批評集―第1巻　日本文学史の試み　丸谷才一著　文芸春秋　1996.5　366p　20cm　2100円　①4-16-504120-3

◇日本文学史早わかり　丸谷才一著　講談社　2004.8　243p　16cm　(講談社文芸文庫)〈年譜あり　著作目録あり〉　1200円　①4-06-198378-4

◇社会人のための国語の常識　三谷栄一ほか編　第2版　大修館書店　1993.12　456p　21cm　1339円　①4-469-22094-9

◇文学史の方法　森修著　塙書房　1990.3　359p　20cm　3605円

◇日本の文学史　保田与重郎著　京都　新学社　2000.4　429p　16cm　(保田与重郎文庫 20　保田与重郎著)　1520円　①4-7868-0041-4

◇まなざしの修辞学―「鏡」をめぐる日本文学断章　山下真由美著　新典社　1990.11　125p　19cm　(叢刊・日本の文学 14)　1009円　①4-7879-7514-5

◇文学史を考える―マクロ的アプローチ　山中光一著　名著出版　2006.1　312p　22cm　2667円　①4-626-01699-5

◇加藤周一セレクション―2　日本文学の変化と持続　鷲巣力編　平凡社　1999.8　421p　15cm　(平凡社ライブラリー)　1200円　①4-582-76298-0

◇文学と虚構―文学とは歴史とは何か　渡辺昭五著　岩田書院　1995.5　236p　19cm　2575円　①4-900697-24-9

◇岩波講座日本文学史―別巻　総目次・年表・索引　岩波書店　1997.6　114,271p　22cm　3000円　①4-00-010688-0

◇日本文芸史―表現の流れ　第6巻　近代　2

日本文学一般（文学教育）

畑有三, 山田有策編　河出書房新社　2005.7　225,15p　22cm　6800円　⓪4-309-60926-0

◇日本文芸史―表現の流れ　第7巻　現代　1　吉田凞生, 曽根博義, 鈴木貞美編　河出書房新社　2005.10　285,16p　22cm　〈年譜あり〉　6800円　⓪4-309-60927-9

◇日本文芸史―表現の流れ　第8巻　現代　2　鈴木貞美編　河出書房新社　2005.11　294,9p　22cm　6800円　⓪4-309-60928-7

文学教育

◇国文科へ行（い）こう！―読む体験入学　上野誠編著, 神野藤昭夫, 半沢幹一, 山崎真紀子著　明治書院　2011.4　245p　19cm　〈タイトル：国文科へ行こう！〉　1200円　⓪978-4-625-68607-8

◇社会人のための国語百科―カラー版　内田保男ほか編　大修館書店　1992.4　348p　26cm　1600円　⓪4-469-22084-1

◇社会人のための国語百科―カラー版　内田保男ほか編　第2版　大修館書店　1998.11　367p　26cm　1900円　⓪4-469-22145-7

◇社会人のための国語百科―カラー版　内田保男, 石塚秀雄編　新版　大修館書店　2000.6　387p　26cm　2000円　⓪4-469-22152-X

◇大学生のための文学レッスン―近代編　江藤茂博, 小嶋知善, 内藤寿子, 山本幸正編著　三省堂　2011.6　215p　19cm　〈文献あり〉　1900円　⓪978-4-385-36430-8

◇十人十色を生かす文学教育―『ひかりごけ』の授業を中心に　太田正夫著　三省堂　1996.7　219p　19cm　（国語教育叢書　23）　2000円　⓪4-385-40423-2

◇国語の時間　大人の教科書編纂委員会編　青春出版社　2002.9　205p　20cm　（大人の教科書　大人の教科書編纂委員会編）〈シリーズ責任表示：大人の教科書編纂委員会編〉　1100円　⓪4-413-03363-9

◇小野惣平先生・小野かつ様米寿記念　小野惣平著,『石炭と椿の円光』刊行会編　高森町（長野県）　『石炭と椿の円光』刊行会　1990.12　211p　26cm　〈小野かつおよび著者の肖像あり〉

◇文学学校40年―高知文学学校創立40周年記念誌　1997　高知文学学校創立40周年記念事業実行委員会編　高知　高知文学学校　1997.12　240p　22cm　971円

◇大学生のための文学トレーニング―テキスト近代編　河野龍也, 佐藤淳一, 古川裕佳, 山根龍一, 山本良編著　三省堂　2012.1　205p　21cm　〈付属資料：32p：トレーニングシート　文献あり〉　2100円　⓪978-4-385-36553-4

◇深く「読む」技術―思考を鍛える文章教室　今野雅方著　筑摩書房　2010.4　313p　15cm　（ちくま学芸文庫　コ31-1）　1100円　⓪978-4-480-09291-5

◇虚構としての文学―文学教育の基本的課題　西郷竹彦著　国土社　1991.2　238p　20cm　（現代教育101選　34）　1600円　⓪4-337-65934-X

◇〈新しい作品論〉へ、〈新しい教材論〉へ―文学研究と国語教育研究の交差　評論編1　田中実, 須貝千里編著　右文書院　2003.2　291p　21cm　3000円　⓪4-8421-0027-3

◇〈新しい作品論〉へ、〈新しい教材論〉へ―文学研究と国語教育研究の交差　評論編2　田中実, 須貝千里編著　右文書院　2003.2　293p　21cm　3000円　⓪4-8421-0028-1

◇〈新しい作品論〉へ、〈新しい教材論〉へ―文学研究と国語教育研究の交差　評論編3　田中実, 須貝千里編著　右文書院　2003.2　263p　21cm　3000円　⓪4-8421-0029-X

◇〈新しい作品論〉へ、〈新しい教材論〉へ―文学研究と国語教育研究の交差　評論編4　田中実, 須貝千里編著　右文書院　2003.2　255p　21cm　3000円　⓪4-8421-0030-3

◇「読むことの倫理」をめぐって―文学・教育・思想の新たな地平　田中実編著　右文書院　2003.2　258p　21cm　2800円　⓪4-8421-0031-1

◇厳選国語教科書―時代を超えて伝えたい　長尾高明編著　小学館　2003.12　217p　21cm　（サライ・ブックス）　1400円　⓪4-09-343421-2

◇文学を学ぶ・文学で学ぶ　浜本純逸著　東洋館出版社　1996.8　228p　21cm　（シリーズ・国語教育新時代）　2500円　⓪4-491-01288-1

◇文学教育の新しい視点　平居謙著　朝文社　1994.2　366p　20cm　3600円　⓪4-88695-105-8

日本文学一般（文学研究）

◇生徒とつくる文学の授業　増田修著　創風社　1998.11　238p　19cm　1800円　Ⓘ4-88352-013-7
◇批評文学論と国語教育　松本修著　宇都宮　松本修　1990.3　172,20p　19cm
◇教科書から消えた名作　村上護著　小学館　2003.11　236p　15cm　（小学館文庫）　514円　Ⓘ4-09-405831-1
◇教育と文芸のひずみ　村松定孝著　高文堂出版社　1998.10　80p　19cm　（現代ひずみ叢書 14）　933円　Ⓘ4-7707-0604-9
◇テクストをひらく―古典文学と国語教育　吉野樹紀編著,葛綿正一,渡辺春美,田場裕規,山口真也編　糸満　編集工房東洋企画　2011.7　309p　19cm　3500円　Ⓘ978-4-938984-91-5
◇近代文学現代文学論文・レポート作成必携　論文・レポート作成必携編集委員会編　学灯社　1998.10　214p　22cm　2000円　Ⓘ4-312-00541-9
◇卒業論文のための作家論と作品論　至文堂　1995.1　392p　21cm　（「国文学解釈と鑑賞」別冊）　2300円

文学研究

◇危機のなかの文学―今、なぜ、文学か？　赤羽研三,大鐘敦子,沖田吉穂,神田浩一,北山研二,佐々木滋子,沢田肇,立花史,中山真彦,原田操,宮本陽子,横山安由美,吉田裕著　水声社　2010.6　274p　22cm　3800円　Ⓘ978-4-89176-785-3
◇言葉空間の遠近法―安達史人インタビュー集　安達史人著　右文書院　2002.7　370p　20cm　3600円　Ⓘ4-8421-0012-5
◇日本文化論の方法―異人と日本文学　安達史人著　右文書院　2002.10　281p　20cm　2400円　Ⓘ4-8421-0026-5
◇文学を〈凝視する〉　阿部公彦著　岩波書店　2012.9　290,6p　20cm　〈文献あり〉　2900円　Ⓘ978-4-00-024674-3
◇文学入門　伊藤整著　改訂　講談社　2004.12　311p　16cm　（講談社文芸文庫）　〈文献あり　年譜あり　著作目録あり〉　1300円　Ⓘ4-06-198390-3
◇文学カフェ　猪原孝人著　彩図社　2002.11　146p　15cm　（ぶんりき文庫）　485円　Ⓘ4-88392-291-X
◇文学カフェ―2　猪原孝人著　彩図社　2008.1　159p　15cm　（ぶんりき文庫）　520円　Ⓘ978-4-88392-607-7
◇文学―学習の手引　上野辰美,三谷憲正著　第2版　京都　仏教大学通信教育部　1995.9　39p　21cm
◇現代文学理論入門　内多毅著　大阪　創元社　1993.3　251p　20cm　2500円　Ⓘ4-422-90020-X
◇文学―学習の手引　榎本福寿,三谷憲正著　京都　仏教大学通信教育部　1995.6　30p　21cm
◇日本文芸思潮論　片野達郎編　桜楓社　1991.3　1228p　22cm　〈著者の肖像あり〉　78000円　Ⓘ4-273-02436-5
◇引用する精神　勝又浩著　筑摩書房　2003.10　218p　20cm　2500円　Ⓘ4-480-82352-2
◇現代文学理論を学ぶ人のために　川上勉編　京都　世界思想社　1994.10　312,14p　19cm　1950円　Ⓘ4-7907-0524-2
◇私の国文学論文集　川崎晴朗著　川崎晴朗　2011.6　1冊　30cm
◇文芸学序説　北村ひろ子著　創文社　1993.9　189,8p　20cm　2575円　Ⓘ4-423-90020-3
◇国文学論集　清沢宏彰著　〔朝日村（長野県）〕　〔清沢宏彰〕　2002.1　233p　22cm
◇文芸史と文芸理論―文学の歴史と理論　轡田収編著　改訂版　放送大学教育振興会　1990.3　180p　21cm　（放送大学教材1990）　1650円　Ⓘ4-595-55248-3
◇久保田正文著作選―文学的証言　久保田正文著,小嶋知善編　大正大学出版会　2009.7　690p　22cm　〈著作目録あり　年譜あり〉　8400円　Ⓘ978-4-924297-58-6
◇文学研究序曲―反・国語と国文学「三七全伝南柯夢」論　倉持誠著　新風舎　2006.7　78p　19cm　1100円　Ⓘ4-7974-6208-6
◇国文学研究資料館講演集―14 平成4年度　国文学研究―資料と情報　国文学研究資料館整理閲覧部参考室編　国文学研究資料館　1993.3　127p　21cm　Ⓘ4-87592-041-5
◇文学研究という不幸　小谷野敦著　ベストセラーズ　2010.1　247p　18cm　（ベスト

日本近現代文学案内　19

日本文学一般（文学研究）

◇新書 264）〈並列シリーズ名：Best shinsho 索引あり〉 752円 ⓘ978-4-584-12264-8

◇「国文学」の思想―その繁栄と終焉 笹沼俊暁著 学術出版会 2006.2 310p 22cm 〈学術叢書〉〈日本図書センター（発売）〉 3600円 ⓘ4-8205-2093-8

◇主人公はいない―文学って何だろう 佐藤裕子著 横浜 フェリス女学院大学 2009.3 182p 18cm （Ferris books 14）〈文献あり〉 700円 ⓘ978-4-901713-13-9

◇日本文芸概論 実方清著 桜楓社 1993.4 194p 22cm 1900円 ⓘ4-273-00598-0

◇神話・象徴・文学―2 篠田知和基編 名古屋 楽浪書院 2002.9 442,142p 22cm 〈他言語標題：Mythes symboles litterature 英仏文併載〉

◇日本文学からの批評理論―アンチエディプス・物語社会・ジャンル横断 ハルオ・シラネ,藤井貞和,松井健児編 笠間書院 2009.8 421,21p 19cm 〈文献あり 索引あり〉 3200円 ⓘ978-4-305-70485-6

◇語学・文学研究の現在―1 白百合女子大学言語・文学研究センター編,室城秀之責任編集 弘学社 2011.11 151p 21cm （アウリオン叢書 9） 1000円 ⓘ978-4-902964-72-1

◇語学・文学研究の現在―2 白百合女子大学言語・文学研究センター編,室城秀之責任編集 弘学社 2012.9 110p 21cm （アウリオン叢書 10） 1000円 ⓘ978-4-902964-75-2

◇ひとりっきりの戦争機械―文学芸術全方位論集 鈴木創士著 青土社 2011.6 325,2p 20cm 2400円 ⓘ978-4-7917-6607-9

◇実感文学論―小さくとも私の杯で 塚本康彦著 至文堂 2005.12 290p 20cm 2667円 ⓘ4-7843-0261-1

◇反響する文学 土屋勝彦編 名古屋 風媒社 2011.3 264p 22cm （人間文化研究叢書 名古屋市立大学 創刊号）〈文献あり〉 2400円 ⓘ978-4-8331-4087-4

◇鶴林紫苑―鶴見大学短期大学部国文科創立五十周年記念論集 鶴見大学短期大学部国文会編 風間書房 2003.11 196,74,12p 22cm 8600円 ⓘ4-7599-1386-6

◇概説日本文学文化 中嶋尚,竹内清己編著 おうふう 2001.3 241p 21cm 2100円 ⓘ4-273-03188-4

◇認知物語論キーワード 西田谷洋,浜田秀,日高佳紀,日比嘉高著 大阪 和泉書院 2010.4 108p 19cm （Izumi books 18） 1300円 ⓘ978-4-7576-0555-8

◇認知物語論の臨界領域 西田谷洋,浜田秀著 ひつじ書房 2012.9 95p 21cm 1400円 ⓘ978-4-89476-610-5

◇書くエロス・文学の視座―現代文芸批評集 葉山郁生著 大阪 編集工房ノア 2006.3 572p 20cm 〈学校法人塚本学院大阪芸術大学出版助成第45号〉 2800円 ⓘ4-89271-599-9

◇中心の探求―言語をめぐる〈愛〉と〈罪〉 原仁司著 学芸書林 2009.1 318p 20cm 2800円 ⓘ978-4-87517-081-5

◇文学理論の諸問題 平林初之輔著 日本図書センター 1992.3 297,8p 22cm （近代文芸評論叢書 27）〈解説：関口安義 千倉書房昭和4年刊の複製〉 8240円 ⓘ4-8205-9156-8,4-8205-9144-4

◇日本文学はどこに行くのか―日本文学研究の可能性 第6回フェリス女学院大学日本文学国際会議 フェリス女学院大学編 横浜 フェリス女学院大学 2008.3 200p 21cm 〈会期：2007年11月16日～17日〉

◇クロニクル 松浦寿輝著 東京大学出版会 2007.4 194p 20cm 〈他言語標題：Chronicle 著作目録あり〉 1800円 ⓘ978-4-13-083046-1

◇これからの文学研究と思想の地平 松沢和宏,田中実編著 右文書院 2007.7 340,4p 21cm 3400円 ⓘ978-4-8421-0089-0

◇戯れのテクノロジー 松下千雅子,エドワード・ヘイグ,杉村泰編著 名古屋 名古屋大学大学院国際言語文化研究科 2010.3 102p 30cm 〈他言語標題：The technology of pleasure 英語併載 文献あり〉

◇武庫川女子大学短期大学部創立五十周年記念論文集 武庫川女子大学短期大学部創立五十周年記念論文集編集委員会編 西宮 武庫川女子大学日本語日本文学科 2000.12 230p 22cm

◇かいまみ論―見つめ合う二人の私 村井信彦初期評論集 村井信彦著 六花社 2005.9 211p 21cm 2000円

日本文学一般（文学研究）

◇真贋の科学―計量文献学入門　村上征勝著　朝倉書店　1994.9　154p　22cm　（行動計量学シリーズ 6）　2884円　⑤4-254-12646-8

◇安田文芸論叢―研究と資料　安田女子大学日本文学科開設三十五周年記念論文集　安田女子大学日本文学会安田文芸論叢編集委員会編　広島　安田女子大学日本文学科事務局　2001.3　598p　22cm　非売品

◇無による創造の系譜　山本昇著　冬至書房　2003.8　259p　20cm　2000円　⑤4-88582-237-8

◇文学と遺伝子　和田勉著　おうふう　2005.11　267p　22cm　6800円　⑤4-273-03400-X

◇データベース利用の手引　改訂版　国文学研究資料館　1992.1　127p　26cm

◇データベース利用の手引き―検索機能拡張・改訂基礎編　平成6年改訂版　国文学研究資料館　1994.1　48p　30cm　〈折り込1枚〉

◇フィクションか歴史か　岩波書店　2002.9　228p　22cm　（岩波講座文学 9　小森陽一ほか編）〈付属資料：8p：月報 1　シリーズ責任表示：小森陽一〔ほか〕編〉　3400円　⑤4-00-011209-0

◇虚構の愉しみ　岩波書店　2003.12　258p　22cm　（岩波講座文学 6　小森陽一ほか編）〈付属資料：9p：月報 12　シリーズ責任表示：小森陽一〔ほか〕編〉　3400円　⑤4-00-011206-6

◇「21世紀の日本文学研究」報告書―立教大学日本文学科創設50周年記念国際シンポジウム　出版地不明　立教大学文学科日本文学専修　〔2006〕　118p　30cm〈会期・会場：2006年11月3日〜4日 立教大学12号館地下会議室ほか　主催：立教大学文学科日本文学専修〉

◇日本文学におけるジャンルの交錯―共同研究　共立女子大学総合文化研究所　2007.2　203p　21cm　（研究叢書 第25冊）

海外の日本文学研究

◇韓国から見る日本の私小説　安英姫著, 梅沢亜由美訳　鼎書房　2011.2　183p　20cm　1800円　⑤978-4-907846-76-3

◇国際化の中の日本文学研究―その課題と方法への模索　大阪大学国際日本文学研究集会講演とシンポジウム　伊井春樹編　豊中　大阪大学国語国文学会　2002.3　182p　30cm〈会期：2002年3月2日〉

◇国際化の中の日本文学研究　伊井春樹編　風間書房　2004.3　259p　22cm　（国際日本文学研究報告集 1）〈英文併載〉　3800円　⑤4-7599-1431-5

◇世界が読み解く日本―海外における日本文学の先駆者たち　伊井春樹聞き手　学灯社　2008.4　263p　19cm　1900円　⑤978-4-312-70101-5

◇海外における日本文学研究論文―1　伊藤鉄也編　出版地不明　伊藤鉄也　2005.2　139p　21cm〈発行所：国文学研究資料館〉

◇海外における日本文学研究論文 1+2　伊藤鉄也編　伊藤鉄也　2006.3　303p　21cm〈奥付のタイトル：外国語における日本文学研究論文 1+2　発行所：国文学研究資料館〉非売品

◇帝国主義と文学　王德威, 廖炳恵, 松浦恒雄, 安倍悟, 黄英哲編　研文出版　2010.7　529, 5p　22cm〈文献あり〉　5700円　⑤978-4-87636-310-0

◇カール・フローレンツの日本研究　佐藤マサ子著　春秋社　1995.3　374p　23cm　9785円　⑤4-393-44134-6

◇越境する日本文学研究―カノン形成・ジェンダー・メディア　ハルオ・シラネ編　勉誠出版　2009.5　143,123p　21cm〈英文併載　他言語標題：New horizons in Japanese literary studies〉　2800円　⑤978-4-585-03226-7

◇うたの響き・ものがたりの欲望―アメリカから読む日本文学　関根英二編　森話社　1996.1　330p　22cm　4944円　⑤4-7952-9063-6

◇海を越える日本文学　張競著　筑摩書房　2010.12　159p　18cm　（ちくまプリマー新書 149）〈並列シリーズ名：chikuma primer shinsho　文献あり〉　740円　⑤978-4-480-68851-4

◇ソビエトの日本文学翻訳事情―古典から近代まで　アレクサンドル・A.ドーリン述, 国際日本文化研究センター編　京都　国際日本文化研究センター　1993.1　14p　21cm

日本文学一般（文学研究）

〈第29回日文研フォーラム〉
◇海を越えた文学―日韓を軸として　日本近代文学会関西支部編　大阪　和泉書院　2010.6　63p　21cm　（いずみブックレット 7）　1000円　①978-4-7576-0559-6

◇北米で読み解く近代日本文学―東西比較文化のこころみ　萩原孝雄著　慧文社　2008.1　344,61p　22cm〈文献あり〉　4000円　①978-4-905849-91-9

◇海外の日本文学　福田秀一著　武蔵野書院　1994.4　334p　20cm　4800円　①4-8386-0379-7

◇海外の日本文学―続　福田秀一著　武蔵野書院　2007.6　302p　22cm〈英語併催　折り込み1枚〉　3000円　①978-4-8386-0418-0

◇国風の守護　山川弘至著　錦正社　2006.11　329p　19cm　2600円　①4-7646-0272-5

◇韓国における日本文学翻訳の64年　尹相仁、朴利鎮、韓程善、姜宇源庸、李漢正著、舘野哲、蔡星慧訳　出版ニュース社　2012.10　365p　21cm　4000円　①978-4-7852-0145-6

◇インド国際日本文学研究集会の記録―平成16年度～23年度版　立川　人間文化研究機構国文学研究資料館　2012.3　89p　26cm〈他言語標題：Indo-Japan seminar on Japanese literature〉　非売品

解釈学

◇読みのポリフォニー―現代文学理論入門　岩本一著　雄山閣出版　1995.10　187p　22cm　2575円　①4-639-01320-5

◇テクストの発見　大沢吉博編　中央公論社　1994.10　446p　20cm　（叢書比較文学比較文化 6）　4800円　①4-12-002369-9

◇文学のプラグマティクス　T.K.スン著、輪島士郎、山口和彦訳　勁草書房　1989.9　319,15p　22cm　3502円　①4-326-80025-9

◇本文解釈学　萩谷朴著　河出書房新社　1994.9　680p　22cm　9800円　①4-309-00935-2

◇読むということ―テクストと読書の理論から　和田敦彦著　ひつじ書房　1997.10　330p　20cm　（未発選書 第4巻）　3600円　①4-938669-89-7

研究者評伝・追悼

◇忘れ得ぬ国文学者たち―并、憶い出の明治大正　伊藤正雄著　新版　右文書院　2001.6　401p　20cm〈肖像あり〉　2800円　①4-8421-0007-9

◇薜蘿―桂英澄先生追悼号　薜蘿の会編　さいたま　薜蘿の会　2001.12　107p　21cm　500円

◇川副国基著作目録　川副国基著作目録の会編　川副国基著作目録の会　1989.6　58p　21cm〈著者の肖像あり〉　非売品

◇会長後藤貞夫先生を偲ぶ　後藤貞夫,浜崎賢太郎ほか編　神戸　関西国文談話会　2000.5　178p　22cm〈肖像あり〉　非売品　①4-87787-034-2

コンピュータ

◇パソコン国語国文学　DB-West編著　京都　啓文社　1995.1　214p　21cm　1850円　①4-7729-1490-0

◇日本文学どっとコム　伊井春樹編　おうふう　2002.5　170p　21cm　1800円　①4-273-03239-2

◇文学するコンピュータ　榎本正樹著　彩流社　1998.4　246p　20cm　2200円　①4-88202-465-9

◇「文系知」と「理系知」の融合―コンピュータによる文体構造の可視化　Intelligent liaison　白百合女子大学アイリエゾン研究会編著　近代文芸社　2001.3　98p　26cm　1000円　①4-7733-6809-8

◇国文学電子書斎術―コンピュータに何をさせるか　中村康夫著　平凡社　1997.8　185p　19cm　（セミナー「原典を読む」 10）　1600円　①4-582-36430-6

◇本文共有化の研究―プロジェクト報告書　人間文化研究機構国文学研究資料館文学形成研究系「本文共有化の研究」プロジェクト編　人間文化研究機構国文学研究資料館　2007.3　65,98p　30cm　（研究成果報告　平成18年度）　①978-4-87592-119-6

◇「文系知」と「理系知」の融合―コンピュータによる文学における暗黙知可視化　堀井清之,宮沢賢治,角山茂章編著　近代文芸社

日本文学一般（言語・表現・文体）

2002.3 76p 26cm 1000円 ⓘ4-7733-6867-5
◇国文学研究とコンピュータ 安永尚志著 勉誠社 1998.2 498p 22cm 16000円 ⓘ4-585-10029-6

言語・表現・文体

◇日本語を書く作法・読む作法 阿刀田高著 時事通信出版局 2008.1 221p 20cm 〈時事通信社（発売）〉 1600円 ⓘ978-4-7887-0773-3
◇青春の文語体 安野光雅編著 筑摩書房 2003.12 283p 20cm 1800円 ⓘ4-480-81460-4
◇作家は行動する 江藤淳著 講談社 2005.5 295p 16cm （講談社文芸文庫）〈著作目録あり 年譜あり〉 1300円 ⓘ4-06-198404-7
◇スタイルの文学史 大屋幸世ほか編 東京堂出版 1995.3 227p 21cm 2200円 ⓘ4-490-20260-1
◇文学と言葉とともに─国松昭先生退職記念論文集 国松昭先生退職記念論文集編集委員会編 凡人社 2007.3 209p 22cm 〈肖像あり 著作目録あり 年譜あり 文献あり〉 6000円 ⓘ978-4-89358-649-0
◇ことば、ことば、ことば 久保田淳著 翰林書房 2006.10 251p 20cm 2500円 ⓘ4-87737-233-4
◇物語とことばのインターフェイス 古岩井嘉蓉子著 今日の話題社 2001.8 220p 19cm 1500円 ⓘ4-87565-519-3
◇ことばの行方終末をめぐる思想─小説のことばから現代を読む 小阪修平著 芸文社 1997.2 257p 19cm （Geibun library 16） 1648円 ⓘ4-87465-345-6
◇文学の言語行為論 小林康夫, 石光泰夫編著 未来社 1997.4 244p 19cm 2000円 ⓘ4-624-60095-9
◇文体としての物語 小森陽一著 増補版 青弓社 2012.11 334p 22cm （青弓社ルネサンス 2）〈初版：筑摩書房 1988年刊〉 5000円 ⓘ978-4-7872-9210-0
◇文学の深層と地平─文体論の可能性を拓く 塩田勉著, 早稲田大学語学教育研究所編 早稲田大学語学教育研究所 1991.11 420p 20cm （語研教材選書 39─講座言語と文学 2） 2173円
◇「言語と文学」講義録─文学的直観のプラクティス 塩田勉著 国文社 2003.3 352p 22cm 〈文献あり〉 3000円 ⓘ4-7720-0934-5
◇文体学の基礎 篠沢秀夫著 新曜社 1998.5 282,13p 20cm 2800円 ⓘ4-7885-0620-3
◇日本語の本質 司馬遼太郎著者代表 文芸春秋 2006.4 247p 16cm （文春文庫─司馬遼太郎対話選集 2）〈下位シリーズの責任表示：関川夏央‖監修 下位シリーズの責任表示：司馬遼太郎著者代表〉 457円 ⓘ4-16-766322-8
◇日本語日本文学の新たな視座 全国大学国語国文学会編 おうふう 2006.6 580p 22cm 6800円 ⓘ4-273-03437-9
◇言語と文化の饗宴─中埜芳之教授退職記念論文集 仙葉豊, 高岡幸一, 細谷行輝共編 豊中 中埜芳之教授退職記念論文集刊行会 2006.3 366p 22cm 〈英宝社（発売）〉 3000円 ⓘ4-269-75017-0
◇シュンポシオン─高岡幸一教授退職記念論文集 高岡幸一教授退職記念論文集刊行会編 朝日出版社 2006.3 445p 22cm 〈他言語標題：Zγμποσιον 著作目録あり 年譜あり 文献あり〉 3714円 ⓘ4-255-00361-0
◇言葉を恃む 竹西寛子著 岩波書店 2008.2 208p 20cm 2400円 ⓘ978-4-00-022880-0
◇エクソフォニー──母語の外へ出る旅 多和田葉子著 岩波書店 2003.8 188p 20cm 〈著作目録あり〉 2000円 ⓘ4-00-022266-X
◇クイズでなっとく「頭出し」文章教室 月とうさぎ文学探偵団著 小学館 1999.8 250p 15cm （小学館文庫） 476円 ⓘ4-09-416871-0
◇人物表現辞典 中村明編 筑摩書房 1997.3 578p 20cm 2884円 ⓘ4-480-00002-X
◇近代のレトリック 中村三春編 有精堂出版 1995.10 317p 22cm （日本文学を読みかえる 8） 5356円 ⓘ4-640-30987-2,4-640-32544-4
◇小説の面白さと言語─日本現代小説とそのフランス語訳を手掛かりに 中山真彦著 新曜社 2004.12 222p 20cm 2400円

日本文学一般（翻訳）

◇ⓘ4-7885-0929-6
◇近代文学のなかの"関西弁"―語る関西/語られる関西　日本近代文学会関西支部編　大阪　和泉書院　2008.11　74p　21cm　（いずみブックレット 3）　1100円　ⓘ978-4-7576-0491-9
◇日本語の伝統と現代　『日本語の伝統と現代』刊行会編　大阪　和泉書院　2001.5　415p　22cm　10000円　ⓘ4-7576-0111-5
◇W文学の世紀へ―境界を越える日本語文学　沼野充義著　五柳書院　2001.12　269p　20cm　（五柳叢書）　2200円　ⓘ4-906010-96-2
◇近代日本語表出論―天皇の「人間宣言」から埴谷雄高の「死」まで　樋口覚著　五柳書院　1997.8　286p　20cm　（五柳叢書 54）　2500円　ⓘ4-906010-77-6
◇物尽し―日本的レトリックの伝統　ジャクリーヌ・ピジョー著, 寺田澄江, 福井澄訳　平凡社　1997.11　275p　20cm　（フランス・ジャポノロジー叢書）　2800円　ⓘ4-582-70334-8
◇英語で発見した日本の文学―古き良き日本語と, 新しく面白い日本語　マーク・ピーターセン著　光文社　2001.3　210p　20cm　1500円　ⓘ4-334-97293-4
◇表現学大系 各論篇 第15巻　現代小説の表現 2　表現学会監修, 林巨樹, 千葉಻, 半沢幹一著　教育出版センター　1999.3　158p　21cm　2500円　ⓘ4-7632-6517-2
◇言語文化の諸相―近代文学　藤沢全著　大空社　2004.4　202p　22cm　2200円　ⓘ4-283-00143-0
◇文章と文芸―近代文芸研究資料　松山亮次郎ほか編著　14版　おうふう　1993.11　207p　22cm　2480円　ⓘ4-273-00963-3
◇丸谷才一批評集 第6巻　日本語で生きる　丸谷才一著　文芸春秋　1996.3　382p　20cm　2100円　ⓘ4-16-504170-X
◇文学と言語に見る異文化意識―研究報告書〔京都〕　京都大学大学院文学研究科21世紀COEプログラム「グローバル化時代の多元的人文学の拠点形成」　2004.3　100p　21cm
◇日本語で書くということ　水村美苗著　筑摩書房　2009.4　224p　22cm　1600円　ⓘ978-4-480-81502-6

◇日本語で読むということ　水村美苗著　筑摩書房　2009.4　246p　20cm　1600円　ⓘ978-4-480-81501-9
◇文章教室　八木義德著　作品社　1999.1　299p　20cm　2200円　ⓘ4-87893-317-8
◇日本文芸における個性的文体の考察　安良岡康作著　笠間書院　1992.7　273,21p　22cm　（笠間叢書 247）　8755円
◇日本文芸の表現史―山梨英和短期大学創立三十五周年記念　山梨英和短期大学日本文化コミュニケーション学会編　甲府　山梨英和短期大学日本文化コミュニケーション学会　2001.10　398p　22cm〈おうふう（発売）〉　ⓘ4-273-03196-5
◇近代作家の表現と語法　山本清著　おうふう　1995.11　254p　22cm　15000円　ⓘ4-273-02884-0
◇詩人・評論家・作家のための言語論　吉本隆明著　メタローグ　1999.3　177p　19cm　1600円　ⓘ4-8398-2018-X

翻訳

◇英語になったニッポン小説　青山南著　集英社　1996.3　189p　20cm　1800円　ⓘ4-08-774183-4
◇翻訳の地平―翻訳者としての明治の作家　秋山勇造著　翰林書房　1995.11　293,9p　20cm　3800円　ⓘ4-906424-79-1
◇日本文学翻訳の可能性　伊井春樹編　風間書房　2004.5　319p　22cm　（国際日本文学研究報告集 2）〈他言語標題：Japanese literature：the possibilities of translation 文献あり〉　3800円　ⓘ4-7599-1432-3
◇作家の訳した世界の文学　井上健著　丸善　1992.4　193p　18cm　（丸善ライブラリー 46）　600円　ⓘ4-621-05046-X
◇太宰治『黄金風景』―多言語翻訳　大阪大学大学院文学研究科日本文学・国語学研究室日本文学多言語翻訳チーム編, 合山林太郎責任編集　〔豊中〕　大阪大学大学院文学研究科日本文学・国文学研究室　2012.11　72p　30cm〈大阪大学大学院文学研究科日本文学・国語学研究室日本文学多言語翻訳プロジェクト　英語・中国語・ヒンディー語・ハングル・ロシア語・タイ語・ウルドゥー語併記〉

日本文学一般（古典と現代文学）

◇イメージとしての〈日本〉―日本文学翻訳の可能性　大阪大学21世紀COEプログラム「インターフェイスの人文学」編　豊中　大阪大学21世紀COEプログラム「インターフェイスの人文学」　2003.12　207p　21cm　（大阪大学21世紀COEプログラム「インターフェイスの人文学」　2002・2003年度報告書4　大阪大学大学院文学研究科・人間科学研究科・言語文化研究科編）〈シリーズ責任表示：大阪大学大学院文学研究科・人間科学研究科・言語文化研究科〔編〕　英文併載　責任編集：伊井春樹〉

◇近代日本の翻訳文化　亀井俊介編　中央公論社　1994.1　438p　20cm　（叢書比較文学比較文化 3）　4500円　ⓃISBN4-12-002284-6

◇F.V.ディキンズ日本文学英訳の先駆者　川村ハツエ著　七月堂　1997.1　388p　20cm　（続かりん百番 no.7）　2800円　ⓃISBN4-879440086-6

◇日本の心を英語で―理論と実践　斎藤襄治著　増補改訂版　文化書房博文社　1989.7　365p　22cm　4200円　ⓃISBN4-8301-0526-7

◇〈翻訳〉の圏域―文化・植民地・アイデンティティ　筑波大学文化批評研究会編　つくば　イセブ　2004.2　590p　21cm　ⓃISBN4-900626-02-3

◇乞食袋―小論集　寺尾伸三郎著　静岡　寺尾伸三郎　1996.3　191p　26cm　非売品

◇ことばといのち　遠山清子著　雄松堂出版　1994.7　250p　22cm　〈英語書名：Words and deeds　英文併記〉　4000円　ⓃISBN4-8419-0144-2

◇ことばといのち―異郷で読む日本の文学 1　遠山清子著　再版　リーベル出版　1999.4　250p　22cm　4000円　ⓃISBN4-89798-576-5

◇小説の面白さと言語―日本現代小説とそのフランス語訳を手掛かりに　中山真彦著　新曜社　2004.12　222p　20cm　2400円　ⓃISBN4-7885-0929-6

◇翻訳の文学―東アジアにおける文化の領域　南富鎭著　京都　世界思想社　2011.6　286p　19cm　〈索引あり〉　2900円　ⓃISBN978-4-7907-1530-6

◇欧米推理小説翻訳史　長谷部史親著　本の雑誌社　1992.5　243p　19cm　（活字倶楽部）　1600円　ⓃISBN4-938463-26-1

◇翻訳百年―外国文学と日本の近代　原卓也, 西永良成編　大修館書店　2000.2　298p　20cm　〈文献あり〉　2300円　ⓃISBN4-469-21250-4

◇詩歌の和訳・漢訳・英訳　東山拓志著　萌動社　2005.6　319p　22cm　4500円　ⓃISBN4-9902396-0-1

◇喪われた轍―日本文学史における翻訳文学の系譜　山田潤治著　文芸春秋　1998.10　181p　20cm　2381円　ⓃISBN4-16-354460-7

◇声、意味ではなく―わたしの翻訳論　和田忠彦著　平凡社　2004.6　291p　20cm　〈文献あり〉　2500円　ⓃISBN4-582-83226-1

古典と現代文学

◇蕪村のエロスと露伴・藤村―近世俳諧と近代文学　遠藤誠治著　私家版　羽村　遠藤誠治　1995.3　110p　22cm

◇異類という物語―『日本霊異記』から現代を読む　岡部隆志著　新曜社　1994.10　206p　20cm　（〈叢書〉物語の冒険）　1957円　ⓃISBN4-7885-0503-7

◇源氏物語の受容―現代作家の場合　呉羽長著　新典社　1998.11　223p　19cm　（新典社選書 10）　1800円　ⓃISBN4-7879-6760-6

◇姨捨の文学と伝説　更埴市立図書館編　更埴市教育委員会　1991.3　66p　26cm

◇国文学研究資料館講演集―13　江戸から東京へ―継承と創造　国文学研究資料館整理閲覧部参考室編　国文学研究資料館　1992.3　132p　21cm　ⓃISBN4-87592-037-7

◇創造された古典―カノン形成・国民国家・日本文学　ハルオ・シラネ, 鈴木登美編　新曜社　1999.4　450p　20cm　4000円　ⓃISBN4-7885-0669-6

◇古典に学び、今を生きる　白百合女子大学図書館編, 間宮史子, 倉住修責任編集　弘学社　2010.3　196p　18cm　（リエゾン企画講演録 1）　1000円　ⓃISBN978-4-902964-62-2

◇現代文学における古典の受容　平山城児著　有精堂出版　1992.10　247,19p　22cm　8800円　ⓃISBN4-640-31034-X

◇古典と現代文学　山本健吉著　講談社　1993.4　270p　16cm　（講談社文芸文庫―現代日本のエッセイ）　940円　ⓃISBN4-06-

日本近現代文学案内　25

日本文学一般（文学碑）

196221-3

諷刺・笑い

◇諷刺の文学　池内紀著　新装版　白水社　1995.5　292p　20cm　2400円　Ⓘ4-560-04920-3

◇文芸漫談―笑うブンガク入門　いとうせいこう，奥泉光，渡部直己著　集英社　2005.7　253p　19cm　1600円　Ⓘ4-08-774761-1

◇小説の聖典（バイブル）―漫談で読む文学入門　いとうせいこう，奥泉光，渡部直己著　河出書房新社　2012.11　300p　15cm　（河出文庫い18-2）〈「文芸漫談」（集英社 2005年刊）の改題・加筆〉　850円　Ⓘ978-4-309-41186-6

◇ことば遊びの文学史　小野恭靖著　新典社　1999.4　271p　19cm　（新典社選書 11）1800円　Ⓘ4-7879-6761-4

◇笑いのコスモロジー　神奈川大学人文学研究所編　勁草書房　1999.3　273p　22cm　（人文学研究叢書 15）　3800円　Ⓘ4-326-60125-6

◇笑いの世界旅行―落語・オイレンシュピーゲル・アメリカ法螺　佐々木みよ子，森岡ハインツ著　平凡社　1989.6　262p　20cm　1860円　Ⓘ4-582-74102-9

◇笑い　東洋女子短期大学・東洋学園大学ことばを考える会編　リーベル出版　1994.11　287p　20cm　（シリーズことばのスペクトル）　2000円　Ⓘ4-89798-419-X

◇日本文学にみる〈笑い〉〈女性〉〈風土〉　葉山修平著　東銀座出版社　1995.3　389p　19cm　（銀選書）　1800円　Ⓘ4-938652-67-6

◇笑いと創造―第1集　ハワード・ヒベット，日本文学と笑い研究会編　勉誠出版　1998.7　384p　22cm　3800円　Ⓘ4-585-04036-6

◇笑いと創造―第2集　ハワード・ヒベット，日本文学と笑い研究会編　勉誠出版　2000.3　310p　22cm　3800円　Ⓘ4-585-04037-4

◇笑いと創造―第3集　ハワード・S.ヒベット，文学と笑い研究会編　勉誠出版　2003.2　411p　22cm〈文献あり〉　4200円　Ⓘ4-585-04054-2

◇笑いと創造―第4集　ハワード・ヒベット，文学と笑い研究会編　勉誠出版　2005.11 323p　22cm〈文献あり〉　4000円　Ⓘ4-585-03143-X

◇笑いと創造―第5集　ハワード・ヒベット，文学と笑い研究会編　勉誠出版　2008.3　502p　22cm　6000円　Ⓘ978-4-585-03169-7

◇笑いと創造―第6集（基礎完成篇）　ハワード・ヒベット，文学と笑い研究会編　勉誠出版　2010.12　660,3p　22cm〈文献あり〉　12000円　Ⓘ978-4-585-29007-0

◇松本人志は夏目漱石である！　峯尾耕平著　宝島社　2010.10　250p　18cm　（宝島社新書 317）〈並列シリーズ名：TAKARAJIMASHA SHINSHO　文献あり〉　700円　Ⓘ978-4-7966-7875-9

◇日本人の笑　森銑三ほか著　講談社　1990.10　404p　15cm　（講談社学術文庫）　1000円　Ⓘ4-06-158945-8

文学碑

◇文学碑のなかの人生と愛　青柳亭著　西田書店　2002.3　564p　19cm　2200円　Ⓘ4-88866-345-9

◇高尾山の文学碑探訪　県敏夫編著　八王子高尾山薬王院　2011.11　140p　21cm〈第三十一世貫首山本秀順大和上生誕百周年記念　文献あり〉

◇句碑のある村　秋元孝一著　川内村（福島県）　秋元孝一　1993.12　78p　21×26cm〈背・表紙の著者表示：秋元里魚　著者の肖像あり〉

◇赤城山の文学碑　五十嵐誠祐，柳井久雄著　前橋　上毛新聞社出版局　1997.4　81p　19cm　800円　Ⓘ4-88058-018-X

◇東区俳句の里笠井地区ガイド・ブック―源長院句碑整備完成記念誌　池田充義著・編集責任　浜松　句碑整備委員会　2009.1　152p　30cm

◇碑はつぶやく―横浜の文学碑　石井光太郎編　横浜　横浜市教育委員会文化財課　1990.3　156p　21cm

◇いしぶみの語るらく―小杉放菴の歌碑　石川正次著　宇都宮　雁塔舎　2005.1　252p　20cm〈宇都宮　落合書店（発売）〉　1500円　Ⓘ4-906637-11-6

◇常総・人生の碑　石塚弥左衛門編著　土浦

日本文学一般（文学碑）

筑波書林　1991.1　137p　19cm　〈茨城図書（発売）〉　1850円

◇日本文学史蹟大辞典―1（地図編）　井上辰雄,大岡信,太田幸夫,牧谷孝則監修　遊子館　2001.3　160p　31cm　①4-946525-31-9

◇日本文学史蹟大辞典―2（地名解説編）　井上辰雄,大岡信,太田幸夫,牧谷孝則監修　遊子館　2001.3　462p　31cm　①4-946525-31-9

◇日本文学史蹟大辞典―3（絵図編）上巻　井上辰雄,大岡信,太田幸夫,牧谷孝則監修,日本文学史蹟大辞典編集委員会編　遊子館　2001.9　297p　31cm　①4-946525-32-7

◇日本文学史蹟大辞典―4（絵図編）下巻　井上辰雄,大岡信,太田幸夫,牧谷孝則監修,日本文学史蹟大辞典編集委員会編　遊子館　2001.9　583p　31cm　①4-946525-32-7

◇作家臨終図会―墓碑銘を訪ねて　岩井寛著　徳間書店　1991.9　317p　16cm　（徳間文庫）　520円　①4-19-599376-8

◇作家の墓を訪ねよう―一週末計画　岩井寛著　同文書院　1996.10　303p　21cm　1500円　①4-8103-7353-3

◇作家の臨終・墓碑事典　岩井寛編　東京堂出版　1997.6　365p　20cm　2600円　①4-490-10463-4

◇上田・小県の文学碑―郷土の文学　上田市立博物館編　上田　上田市立博物館　1998.3　93p　21cm

◇飯山・みゆき野文学探訪　上野嵩著　長野　ボロンテ　1998.9　310p　19cm　1600円

◇愛媛県の句碑・道標―句碑等実態調査報告書平成2年度　愛媛県教育委員会芸術・文化財室編　松山　愛媛県教育委員会　1991.3　200p　26cm

◇福岡県の文学碑―近・現代　大石実編著　福岡　海鳥社　2005.9　663p　図版39p　22cm〈付属資料：12p〉　6000円　①4-87415-539-1

◇東京の文学風景を歩く　大島和雄著　増補版　風濤社　1996.9　351,7p　19cm　1650円　①4-89219-148-5

◇続・東京の文学風景を歩く　大島和雄著　風濤社　1998.9　255p　19cm　1429円　①4-89219-169-8

◇淡路島の文学碑　奥野真農著　洲本　淡路地方史研究会　1991.6　223p　17cm

◇高崎の句碑　雁行川の四季―句集3　金井勝太郎著　高崎　あさを社　2011.1　127p　22cm〈折り込3枚〉　①978-4-87024-519-8

◇高崎の石碑　那須・みちのく紀行　雁行川の四季―句集4　金井勝太郎著　高崎　あさを社　2012.5　140p　22cm　①978-4-87024-540-2

◇安城文学碑鑑賞　神谷宣行著　安城　神谷宣行　2008.4　185p　21×30cm

◇佐渡をうたう―鷲崎「鷲山荘文学碑林」　神作光一,秋葉四郎,島崎栄一編　竹林舎　2007.5　56p　22cm　1190円　①978-4-902084-51-1

◇吉備路をめぐる文学のふるさと―備前・美作・備中・備後　『吉備路をめぐる文学のふるさと』編集委員会編著　岡山　吉備路文学館　2010.9　206p　21cm

◇恵那の文学碑　岐阜県高等学校国語教育研究会恵那地区研究会編　増補改訂版　〔恵那〕岐阜県高等学校国語教育研究会恵那地区研究会　1997.10　134p　22cm

◇京の文学碑めぐり　京都新聞社編著　京都　京都新聞社　1990.10　233p　19cm　1009円　①4-7638-0143-0

◇桐生広域文学碑めぐり　桐生文学碑保存委員会編著　桐生　桐生文学碑保存委員会　2008.1　60p　21cm

◇岡山県の文学碑めぐり―石塊にその温もりを訪ねる　小出公大著　岡山　小出公大　2005.8　130p　19cm〈著作目録あり〉

◇岡山県の文学碑めぐり―2　小出公大著　〔岡山〕〔小出公大〕　2010.2　124p　19cm〈「2」のタイトル関連情報：もの言わぬ石塊にその心を訪ねる〉

◇野帳―佐久市の文学碑見てあるき　小林徳雄編　佐久　〔小林徳雄〕　1990.11　70p　21cm　600円

◇若越句碑物語　斎藤耕子編　鯖江　福井県俳句史研究会　2008.9　288p　19cm　2000円

◇九戸文学碑巡り　酒井久男編集・執筆　〔種市町（岩手県）〕　種市町立図書館　1995.3　76p　18cm

◇歌碑（鴨方町）　坂本寅明編著　鴨方町（岡山県）　鴨方拓本の会　2005.9　70p　26cm

日本近現代文学案内　27

日本文学一般（文学碑）

（拓本散策　第8集（歌碑—2））
◇会津の文学碑—路傍の句・歌碑72選　佐藤金一郎著　会津若松　歴史春秋出版　2007.10　61p　19cm　（歴春ブックレット no.32）　505円　①978-4-89757-695-4
◇文学碑とその風土　志水雅明著　東洋書院　1991.9　222p　20cm　（四日市らいぶらりぃ 1）　1500円　①4-88594-188-1
◇菰野・文学碑とその風土　志水雅明,佐々木一著　菰野町（三重県）　菰野町　1998.3　230p　22cm　2000円　①4-944175-01-9
◇ふるさと山口市吉敷郡の地区別文芸碑—山紫水明の郷土探訪　白木進著　山口　〔白木進〕　1991.11　58p　21cm　（蒙談叢書 第1号）　非売品
◇小樽の文学碑　市立小樽文学館編　小樽　市立小樽文学館　1994.3　31p　13×19cm
◇青森県文学碑散歩　鈴木広著　青森　青森県教育厚生会　1997.10　404,15p　19cm
◇青森県文学碑探訪　鈴木広編著　青森　日本教育公務員弘済会青森県支部　2008.10　p434,14p 図版12枚　19cm　〈（財）日本教育公務員弘済会青森県支部発足50周年記念〉
◇文学碑に見る作家50人　鈴木良昭著　教育出版センター　1994.6　277,5p　19cm　2400円　①4-7632-1932-4
◇埼玉の文学碑　関田史郎著　浦和　さきたま出版会　1996.11　246p　19cm　（さきたま双書）　2000円　①4-87891-066-6
◇藁砧　大門朴童編　〔榛原町（奈良県）〕　大門朴童　1995.5　63p　21cm　1700円
◇京都文学碑所在地総覧　高橋昌博編　京都　高橋昌博　2006.6　72p　26cm　1000円
◇滋賀文学碑所在地総覧　高橋昌博編　京都　高橋昌博　2008.9　65p　26cm　1000円
◇京都文学碑所在地総覧—小倉百人一首追加　高橋昌博著　京都　高橋昌博　2008.11　82p　26cm　1000円
◇京都文学碑所在地総覧—小倉百人一首追加　高橋昌博著　3版　京都　高橋昌博　2010.5　82p　26cm　1000円
◇滋賀文学碑所在地総覧　高橋昌博編　3版　京都　高橋昌博　2010.5　65p　26cm　1000円
◇群馬の文学碑めぐり　田島儀一著　前橋　上毛新聞社出版局（製作）　2003.4　166p　19cm　〈年譜あり〉
◇土浦の句碑・歌碑　土浦市文化財愛護の会編　土浦　土浦市教育委員会　1998.11　107p　27cm
◇文学碑の旅—栃木県 下巻　寺内恒夫著　宇都宮　落合書店　1989.3　206p　20cm　1300円　①4-87129-149-9
◇文学碑採拓めぐり—続　富田守雄著　春日井　富田守雄　1997.3　342p　27cm
◇文学碑採拓めぐり—続続　富田守雄著　春日井　富田守雄　2003.3　331p　27cm
◇富山市の文学碑と拓本　富山いしぶみ研究会編　富山　桂書房　1995.2　216p　18cm　1500円
◇朝日山周辺の文学史蹟—拓本にみる碑探訪　富山県立氷見高等学校書道部編　氷見　富山県立氷見高等学校書道部　1990　68p　26cm
◇作家の墓—文学散歩 上巻（明治・大正篇）　中川八郎編著・写真　一穂社　1992.4　217,5p　22cm　2370円　①4-900482-07-2
◇作家の墓—文学散歩 下巻（昭和篇）　中川八郎編著・写真　一穂社　1992.10　262p　22cm　2880円　①4-900482-08-0
◇横浜の句碑古往今来　中島邦秋著　横浜　中島邦秋　2007.12　183p　22cm
◇広島の文学碑めぐり　西紀子著　広島　渓水社　2009.6　441p　22cm　3500円　①978-4-86327-057-2
◇熊本の文学碑—拓本紀行　能賜石編著　熊本　熊本日日新聞社　2008.6　678p　22cm　〈熊日情報文化センター（製作・発売）〉　6000円　①978-4-87755-305-0
◇秩父の文学碑　野口正士編著　文治堂書店　2004.10　100p　19×26cm　1300円　①4-938364-56-5
◇郷土の歌碑　榛原町文化財保護審議会編集・執筆　榛原町（静岡県）　榛原町教育委員会　1991.6　63p　21cm　（郷土シリーズ 31）　〈『榛原町の歌碑』（1987年刊）の改訂増補〉
◇句碑めぐりひとめぐり—向島百花園　橋本謙一著　金屋竺仙　2009.1　203p　21cm　〈文献あり〉
◇旅情の文学碑　長谷川敬著　毎日新聞社

日本文学一般（文学碑）

1991.12　119p　21×23cm　2200円　①4-620-60285-X

◇野鳥碑―文学・音楽碑を訪ねて　服部勇次著　弥富町（愛知県）　服部勇次音楽研究所　1993.5　234p　26cm　2000円

◇神奈川の文学碑　浜田建治著　横浜　公孫樹舎　2012.12　391p　22cm〈文献あり〉2500円　①978-4-9904032-8-7

◇碑の頌―京都・滋賀　浜千代清文, 中田昭写真　京都　京都新聞社　1998.8　195p　19cm　1400円　①4-7638-0441-3

◇吉野路の文学碑　樋口昌徳著　改訂版　下市町（奈良県）　樋口昌徳　2003.2　243p　26cm

◇平成の石ぶみ　福田景門著　津山　福田景門　2002.4　120p　21cm　「石の声」第三版予備版〉

◇石の声―みまさか文学碑　福田景門著　3訂版　津山　美作観光連盟　2006.10　224p　21cm

◇九州の川柳句碑　古谷龍太郎調査・撮影, 小崎国雄編　中間　川柳くろがね吟社　2011.10　68p　21cm

◇茨城の文学碑・名碑百選―拓本と写真で綴る　堀込喜八郎編著　〔土浦〕　筑波書林　1989.4　209p　26cm〈茨城図書（発売）〉2575円

◇茨城の文学碑百選―拓本と写真で綴る　続　堀込喜八郎編著　土浦　筑波書林　1990.9　209p　26cm　（文学碑シリーズ 2）〈「正編」の書名：茨城の文学碑・名碑百選　茨城図書（発売）〉　2600円

◇茨城の文学碑百選―拓本と写真で綴る　3　堀込喜八郎編著　土浦　筑波書林　1991.11　209p　26cm　（文学碑シリーズ 3）〈茨城図書（発売）〉　2600円

◇茨城の文学碑百選―拓本と写真で綴る　4　堀込喜八郎編著　土浦　筑波書林　1993.12　209p　26cm　（文学碑シリーズ 4）〈茨城図書（発売）〉　2600円　①4-900725-02-1

◇三重県の文学碑―南勢・紀州編　本城靖著　松阪　光書房　1989.3　285p　22cm　7000円

◇歌人の庭―作品集　松村千代一編　〔湧別町（北海道）〕　島田琢郎　2004.6　1冊　21cm〈折り込み1枚〉　非売品

◇ふるさとの文学散歩―浪江町の文学碑　松本博之著　浪江町（福島県）　風草舎　2005.8　135p　15cm　1000円

◇文学碑をたずねて　松本良彦著　日本図書刊行会　1997.9　372p　22cm　2800円　①4-89039-521-0

◇岐阜市の文学碑散歩　三木秀生著　岐阜　サンメッセ出版事業部　1991.1　79p　21cm　1000円　①4-915825-01-9

◇阿波の文学碑めぐり―上　溝淵匠著　鴨島町（徳島県）〔溝淵匠〕　1990.2　233p　22cm　1900円

◇阿波の文学碑めぐり―下　溝淵匠著　第2版　〔鴨島町（徳島県）〕　溝淵匠　1996.6　336p　22cm　2500円

◇みやぎの文学碑　宮城県芸術協会編　仙台　宮城県芸術協会　1994.5　298p　22cm〈付（1枚）〉　2400円

◇みやざきの文学碑　みやざきの文学碑編集委員会編　宮崎　宮崎県芸術文化団体連合会　1993.3　264p　22cm　1600円

◇作家・文学碑の旅　宮沢康造著　ぎょうせい　1990.8　263p　19cm　2800円　①4-324-02307-7

◇佐久の文学碑　宮沢康造著　佐久　櫟　1995.10　384p　21cm　2500円　①4-900408-56-5

◇全国文学碑総覧　宮沢康造, 本城靖共編　日外アソシエーツ　1998.5　1035,231p　22cm　29000円　①4-8169-1477-3

◇全国文学碑総覧　宮沢康造, 本城靖共編　新訂増補　日外アソシエーツ　2006.12　1200,275p　22cm〈紀伊国屋書店（発売）　文献あり〉　29000円　①4-8169-1995-3

◇日本の文学碑―1　近現代の作家たち　宮沢康造, 本城靖監修,日外アソシエーツ株式会社編　日外アソシエーツ　2008.11　353,67p　21cm〈紀伊国屋書店（発売）　文献あり〉　8500円　①978-4-8169-2145-2

◇富山の文学碑　森清松著　金沢　北国新聞社　1990.1　417p　22cm〈付（1枚）：追録〉　3000円　①4-8330-0680-4

◇讃岐の文学碑　森田政雄編　高松　讃文社（製作）　1994.2　102p　21cm　800円

◇むさし野句碑めぐり　柳下惇夫著　立川

日本近現代文学案内　29

日本文学一般（詩歌）

燎俳句会　2011.5　126p　21cm〈奥付のタイトル：句碑めぐり〉

◇沈黙の語り部―まえばしの文学碑　梁瀬和男,大井恵夫,中里麦外監修,萩原朔太郎記念水と緑と詩のまち前橋文学館編　前橋　前橋文学館　1998.7　152p　21cm

◇句碑巡礼―秩父郡市の部　矢沼冬星著　浦和　埼玉新聞社　2001.11　223p　21cm　2000円

◇東京文学碑百景　横山吉男著　東洋書院　1989.10　268p　20cm　1800円　ⓘ4-88594-168-7

◇多摩文学散歩―文学碑・墓碑を歩く　横山吉男著　有峰書店新社　1996.12　382p　19cm　2500円　ⓘ4-87045-215-4

◇紀州の文学碑・一二〇選　和歌山県高等学校教育研究会国語部会調査研究委員会編　吉備町（和歌山県）　和歌山県高等学校教育研究会国語部会　1992.3　142p　19cm　700円

◇いい碑・旅だち　和歌山社会経済研究所編　和歌山　和歌山県文化振興課　1990.12　179p　21cm　（紀州おもしろブック）　1200円　ⓘ4-948738-02-6

◇熊本の文学碑・拓本―女性之部　熊本　尚絅大学書道部　1990　66p　26cm

◇ふるさと文学散歩　寒河江　寒河江市教育委員会　1991.3　215p　19cm

◇飯能の文学碑―奥むさしの抒情　飯能　飯能市教育委員会　1995.3　155p　26cm

◇山の辺の歌碑をたずねて　改訂版　大阪タイムス　1995.10　182p　21cm　（タイムス碑のうたシリーズ）　1300円　ⓘ4-88465-135-9

◇群馬の文学碑　前橋　群馬県教育文化事業団　2000.3　142p　27cm〈付属資料：図1枚：群馬県文学碑マップ〉

◇文学碑に見る清水　清水　清水市教育委員会　2002.1　103p　21cm　（郷土資料集　第2集）〈付属資料：図2枚〉

◇きたかみ文学散歩　北上　北上市教育委員会　2004.1　52p　15×21cm〈付属資料：1枚〉

◇文学碑　〔厚木〕　厚木市文化財協会　2004.1　54p　19cm　（厚木の歴史探訪　2）

◇ちちぶ学セミナー専門講座レポート集―秩父文学碑探訪コース・秩父往還調査コース・秩父事件研究コース　平成16年度　秩父　秩父市歴史文化伝承館　2005.3　126p　30cm〈共同刊行：秩父市ほか　文献あり〉

◇西木村の文学碑、史跡・伝説の石　西木村（秋田県）　西木村教育委員会　2005.3　48p　22cm　（文化財シリーズ　第24集）

◇ちちぶ学セミナー専門講座レポート集―秩父文学碑探訪コース・秩父札所研究コース　秩父　秩父市　2006.3　114p　30cm　（秩父市大学講座　平成17年度）〈共同刊行：秩父市教育委員会ほか　年表あり　年譜あり〉

◇鈴鹿の文学碑―歌と人短歌会400号記念　鈴鹿　歌と人短歌会　2007.6　31p　21cm　非売品

詩歌

◇詩歌句の文人画人たち　秋山忠弥著　北溟社　2011.6　231p　19cm　2000円　ⓘ978-4-89448-658-4

◇日本語の詩学―遊び、喩、多様なかたち　網谷厚子著　土曜美術社出版販売　1999.7　158p　20cm　1800円　ⓘ4-8120-1191-4

◇遠いうた―拾遺集　石原武著　箕面　詩画工房　2006.6　561p　19cm〈文献あり〉　3334円　ⓘ4-902839-07-5

◇俳詩揚子江は知っている　井上八蔵著　叢文社　1994.6　283p　20cm　2000円　ⓘ4-7947-0217-5

◇和歌典籍俳句　井上宗雄著　笠間書院　2009.2　382p　21cm〈著作目録あり〉　4800円　ⓘ978-4-305-70462-7

◇詩歌の大河流れる　井上靖ほか著　北上　日本現代詩歌文学館振興会　1993.3　142p　22cm　（詩歌文学館賞記念講演集　1）

◇私の詩歌遍歴　今泉壮一著　福島　福島民報社　1993.9　336p　19cm〈付・『奥の細道』須賀川歌仙評釈二篇〉　2500円

◇花の歌・風の詩　宇賀神忍著　文芸社　1998.11　203p　19cm　1200円　ⓘ4-88737-226-4

◇詩と権力のあいだ　宇野邦一著　現代思潮社　1999.11　254p　20cm　（エートル叢書　6）　2800円　ⓘ4-329-01006-2

◇花のうた―花の俳句短歌詩　1　春　相賀徹夫編著　小学館　1990.4　209p　22cm

日本文学一般（詩歌）

1650円　Ⓢ4-09-572001-8
◇花のうた―花の俳句短歌詩 2　夏　相賀徹夫編著　小学館　1990.4　209p　22cm　1650円　ⓈⒾ4-09-572002-6
◇花のうた―花の俳句短歌詩 3　秋冬　相賀徹夫編著　小学館　1990.4　209p　22cm　1650円　ⓈⒾ4-09-572003-4
◇折々のうた―第8　大岡信著　岩波書店　1990.2　193,25p　18cm　（岩波新書）　520円　ⓈⒾ4-00-430111-4
◇新編折々のうた―第4　大岡信著　朝日新聞社　1990.10　242,22p　21×23cm　3000円　ⓈⒾ4-02-255785-0
◇四季歌ごよみ―恋　大岡信著　学習研究社　1991.6　188p　18cm　（ワインブックス）　1200円　ⓈⒾ4-05-105748-8
◇四季歌ごよみ―夏　大岡信著　学習研究社　1991.6　187p　18cm　（ワインブックス）　1200円　ⓈⒾ4-05-105747-X
◇折々のうた―第9　大岡信著　岩波書店　1991.8　187,25p　18cm　（岩波新書）　550円　ⓈⒾ4-00-430184-X
◇四季歌ごよみ―秋　大岡信著　学習研究社　1991.9　187p　18cm　（ワインブックス）　1200円　ⓈⒾ4-05-105749-6
◇四季歌ごよみ―冬　大岡信著　学習研究社　1991.12　188p　18cm　（ワインブックス）　1200円　ⓈⒾ4-05-105750-X
◇新編・折々のうた―1　春のうた・夏のうた　大岡信著　朝日新聞社　1992.2　220,33p　15cm　（朝日文庫）　780円　ⓈⒾ4-02-260684-3
◇新編・折々のうた―2　秋のうた・冬のうた　大岡信著　朝日新聞社　1992.2　196,33p　15cm　（朝日文庫）　730円　ⓈⒾ4-02-260685-1
◇四季歌ごよみ―春　大岡信著　学習研究社　1992.3　191p　18cm　（ワインブックス）　1200円　ⓈⒾ4-05-105751-8
◇新編・折々のうた―3　春のうた・夏のうた　大岡信著　朝日新聞社　1992.3　232,34p　15cm　（朝日文庫）　780円　ⓈⒾ4-02-260686-X
◇新編・折々のうた―4　秋のうた・冬のうた　大岡信著　朝日新聞社　1992.3　194,28p　15cm　（朝日文庫）　710円　ⓈⒾ4-02-260687-8
◇新編・折々のうた―5　春のうた・夏のうた　大岡信著　朝日新聞社　1992.5　201,31p　15cm　（朝日文庫）　760円　ⓈⒾ4-02-260688-6
◇新編・折々のうた―6　秋のうた・冬のうた　大岡信著　朝日新聞社　1992.5　192,29p　15cm　（朝日文庫）　730円　ⓈⒾ4-02-260689-4
◇折々のうた―第10　大岡信著　岩波書店　1992.9　187,23p　18cm　（岩波新書）　550円　ⓈⒾ4-00-430246-3
◇折々のうた―総索引　大岡信編　岩波書店　1992.9　127,115p　18cm　（岩波新書）　500円　ⓈⒾ4-00-430247-1
◇新折々のうた―1　大岡信著　岩波書店　1994.10　183,26p　18cm　（岩波新書）　620円　ⓈⒾ4-00-430357-5
◇新編折々のうた―第5　大岡信著　朝日新聞社　1994.11　243,21p　21×23cm　3200円　ⓈⒾ4-02-256800-3
◇新折々のうた―2　大岡信著　岩波書店　1995.10　188,27p　18cm　（岩波新書）　620円　ⓈⒾ4-00-430415-6
◇新折々のうた―3　大岡信著　岩波書店　1997.11　189,26p　18cm　（岩波新書）　640円　ⓈⒾ4-00-430531-4
◇新折々のうた―4　大岡信著　岩波書店　1998.10　189,26p　18cm　（岩波新書）　640円　ⓈⒾ4-00-430585-3
◇名句歌ごよみ―春　大岡信著　角川書店　1999.3　286p　15cm　（角川文庫）　629円　ⓈⒾ4-04-346801-6
◇名句歌ごよみ―夏　大岡信著　角川書店　1999.5　276p　15cm　（角川文庫）　660円　ⓈⒾ4-04-346802-4
◇日本文学地名大辞典―詩歌編　上巻　大岡信監修，日本文学地名大辞典刊行会編　遊子館　1999.8　64,389p　27cm　ⓈⒾ4-946525-18-1, 4-946525-17-3
◇日本文学地名大辞典―詩歌編　下巻　大岡信監修，日本文学地名大辞典刊行会編　遊子館　1999.8　22p,p390～798　27cm　ⓈⒾ4-946525-19-X,4-946525-17-3
◇名句歌ごよみ―秋　大岡信著　角川書店　1999.8　280p　15cm　（角川文庫）　667円

日本文学一般（詩歌）

ⓣ4-04-346803-2
◇名句歌ごよみ―冬・新年　大岡信著　角川書店　2000.2　252p　15cm　〈角川文庫〉　648円　ⓣ4-04-346804-0
◇名句歌ごよみ「恋」　大岡信著　角川書店　2000.5　266p　15cm　〈角川文庫〉　648円　ⓣ4-04-346805-9
◇折々のうた　大岡信著, ジャニーン・バイチマン訳　講談社インターナショナル　2000.6　299p　19cm　〈Bilingual books〉〈他言語標題：Poems for all seasons　英文併記〉　1300円　ⓣ4-7700-2380-4
◇新折々のうた―5　大岡信著　岩波書店　2000.11　190,25p　18cm　〈岩波新書〉　660円　ⓣ4-00-430699-X
◇新折々のうた―6　大岡信著　岩波書店　2001.11　189,25p　18cm　〈岩波新書〉　700円　ⓣ4-00-430760-0
◇折々のうた―対訳　大岡信著, ジャニーン・バイチマン訳　講談社インターナショナル　2002.7　255p　19cm　〈他言語標題：Poems for all seasons　他言語標題：Oriori no uta〉　1500円　ⓣ4-7700-2927-6
◇新折々のうた―7　大岡信著　岩波書店　2003.11　189,25p　18cm　〈岩波新書〉　700円　ⓣ4-00-430865-8
◇瑞穂の国うた　大岡信著　世界文化社　2004.3　316p　20cm　1524円　ⓣ4-418-04505-8
◇新折々のうた―8　大岡信著　岩波書店　2005.11　188,24p　18cm　〈岩波新書〉　700円　ⓣ4-00-430983-2
◇精選折々のうた―日本の心、詩歌の宴　上　大岡信著　朝日新聞社　2007.7　386p　20cm　3000円　ⓣ978-4-02-250295-7
◇精選折々のうた―日本の心、詩歌の宴　中　大岡信著　朝日新聞社　2007.7　355,31p　20cm　3000円　ⓣ978-4-02-250306-0
◇精選折々のうた―日本の心、詩歌の宴　下　大岡信著　朝日新聞社　2007.7　385p　20cm　3000円　ⓣ978-4-02-250307-7
◇新折々のうた―9　大岡信著　岩波書店　2007.10　184,27p　18cm　〈岩波新書〉　700円　ⓣ978-4-00-431101-0
◇新折々のうた―総索引　大岡信編　岩波書店　2007.10　144,129p　18cm　〈岩波新書〉　660円　ⓣ978-4-00-431102-7
◇日本詩歌の特質―大岡信講演集　大岡信著　長泉町（静岡県）　大岡信フォーラム　2010.7　295p　20cm　〈花神社（発売）〉　2000円　ⓣ978-4-7602-1930-8
◇秀歌名句―風土を詠む　大槻徳治編　西田書店　1994.10　184p　20cm　1600円　ⓣ4-88866-219-3
◇詩歌の岸辺で―新しい詩を読むために　岡井隆著　思潮社　2010.10　272p　19cm　2400円　ⓣ978-4-7837-1666-2
◇直山人狂歌万歳　緒方直臣著　熊本　熊本日日新聞情報文化センター（製作）　1991.2　269p　19cm　3000円
◇詩歌の大河流れる―〔2〕　岡野弘彦ほか著　北上　日本現代詩歌文学館振興会　1994.3　120p　22cm　〈詩歌文学館賞記念講演集 2〉〈監修：日本現代詩歌文学館振興会〉
◇人生折々の哀歌　岡本英雄著　日本図書刊行会　1998.4　297p　20cm　1600円　ⓣ4-89039-976-3
◇詩心仏心―巻2　尾崎文英著　ふじみ野　ニチレン出版　2010.1　316p　19cm　2000円
◇天文歳時記　海部宣男著　角川学芸出版　2008.1　222p　19cm　〈角川選書 418〉〈角川グループパブリッシング（発売）〉　1500円　ⓣ978-4-04-703418-1
◇三十一文字の日本語―現代短歌から古代歌謡へ　河audio由佳, 岩崎良子著　おうふう　2000.9　215p　21cm　〈付属資料：CD1枚（12cm）〉　1900円　ⓣ4-273-03150-7
◇日本詩歌の伝統―七と五の詩学　川本皓嗣著　岩波書店　1991.11　357p　20cm　3900円　ⓣ4-00-001688-1
◇話題源詩・短歌・俳句―文学作品の舞台裏　川本信幹ほか編　東京法令出版　1991.5　218p　26cm　2800円　ⓣ4-8090-6023-3
◇詩歌遍歴　木田元著　平凡社　2002.4　203p　18cm　〈平凡社新書〉　700円　ⓣ4-582-85134-7
◇珠玉の日本語・辞世の句―コレクター北原が厳選した「言葉のチカラ」　北原照久著　PHP研究所　2005.10　165p　19cm　1200円　ⓣ4-569-64625-5
◇詩歌の待ち伏せ―上　北村薫著　文芸春秋

日本文学一般（詩歌）

2002.6　180p　20cm　1238円　①4-16-358620-2
◇詩歌の待ち伏せ―下　北村薫著　文芸春秋　2003.10　198p　20cm　1238円　①4-16-365360-0
◇詩歌の待ち伏せ―続　北村薫著　文芸春秋　2005.4　210p　20cm　1381円　①4-16-366850-0
◇詩歌の待ち伏せ―1　北村薫著　文芸春秋　2006.2　197p　16cm　〈文春文庫〉　524円　①4-16-758602-9
◇詩歌の待ち伏せ―2　北村薫著　文芸春秋　2006.3　206p　16cm　〈文春文庫〉　524円　①4-16-758603-7
◇古今集から現代へ　北山正迪著　大阪　和泉書院　1998.2　381p　22cm　11000円　①4-87088-909-9
◇五行歌を始める人のために　草壁焔太著　市井社　1994.7　203p　19cm　1500円　①4-88208-032-X
◇飛鳥の断崖―五行歌の発見　草壁焔太著　市井社　1998.12　246p　20cm　1400円　①4-88208-049-4
◇すぐ書ける五行歌　草壁焔太著　市井社　2008.9　180p　19cm　1100円　①978-4-88208-093-0
◇うたの動物記　小池光著　日本経済新聞出版社　2011.7　217,4p　20cm　〈索引あり〉　2700円　①978-4-532-16798-1
◇花筏　こころの花・いのちの華編纂委員会編　京都　こころの花・いのちの華編纂委員会　1990.4　113p　21×21cm　〈禅文化研究所（発売）〉　1500円　①4-88182-080-X
◇八東町の文学活動　小谷五郎著　八東町（鳥取県）　小谷五郎　1994.3　211p　24cm
◇春穂　湖山春男著　北条町（鳥取県）　湖山春男　1993.3　111p　22cm　〈著者の肖像あり〉
◇風のことのは―詩歌の森を散歩する　酒井佐忠著　本阿弥書店　2003.4　229p　19cm　1800円　①4-89373-928-X
◇七五調の謎をとく―日本語リズム原論　坂野信彦著　大修館書店　1996.10　273p　19cm　1957円　①4-469-22127-9
◇人生のうた　佐高信著　講談社　1997.2　291p　15cm　〈講談社文庫〉　500円　①4-06-263442-2
◇詩歌と俳句の湧き口―生命のリズムを語る20人 佐高信対談集　佐高信著　七つ森書館　2007.11　307p　20cm　2000円　①978-4-8228-0752-8
◇佐高信の余白は語る―省略の文学と日本人　佐高信著　七つ森書館　2011.11　205p　20cm　1800円　①978-4-8228-1143-3
◇短詩文芸のバイブル雑俳諧作法―言葉遊びのいろいろ　佐藤紫蘭著　大阪　葉文館出版　1999.12　209p　19cm　1800円　①4-89716-144-4
◇叙情と愛国―韓国からみた近代日本の詩歌：1945年前後まで　池明観著　明石書店　2011.12　170p　20cm　〈索引あり〉　2500円　①978-4-7503-3511-7
◇心に染みいる日本の詩歌―諳んじたい名作一八二選　塩田丸男著　グラフ社　2002.12　221p　19cm　1200円　①4-7662-0717-3
◇言葉遊びで綴る倭歌二千年の歩み　四季が岳太郎著　杉並けやき出版　2006.6　297p　19cm　〈星雲社（発売）　文献あり〉　1400円　①4-434-07756-2
◇現代短詩型文学の交差点―短歌と俳句の対話開館記念シンポジウム　篠弘ほか述,日本現代詩歌文学館編　北上　日本現代詩歌文学館　1991.3　47p　26cm　（日本現代詩歌文学館報告書　第1輯）〈期日：平成2年6月30日〉
◇歴史と詩歌の旅を行く　四宮正貴著　展転社　1995.11　286p　19cm　2000円　①4-88656-114-4
◇日本秀歌秀句の辞典　小学館辞典編集部編　小学館　1995.3　1208p　22cm　7000円　①4-09-501151-3
◇出逢　正津勉編　リブリオ出版　2006.4　220p　19cm　（心にひびく恋のうた愛のうた 大きな活字で読みやすい本　第1巻　正津勉編）①4-86057-253-X,4-86057-252-1
◇初恋　正津勉編　リブリオ出版　2006.4　226p　19cm　（心にひびく恋のうた愛のうた 大きな活字で読みやすい本　第2巻　正津勉編）①4-86057-254-8,4-86057-252-1
◇片想　正津勉編　リブリオ出版　2006.4　228p　19cm　（心にひびく恋のうた愛のうた 大きな活字で読みやすい本　第3巻　正津勉編）①4-86057-255-6,4-86057-252-1

日本文学一般（詩歌）

◇告白　正津勉編　リブリオ出版　2006.4　222p　19cm　（心にひびく恋のうた愛のうた　大きな活字で読みやすい本　第4巻　正津勉編）　Ⓘ4-86057-256-4,4-86057-252-1

◇相聞　正津勉編　リブリオ出版　2006.4　220p　19cm　（心にひびく恋のうた愛のうた　大きな活字で読みやすい本　第5巻　正津勉編）　Ⓘ4-86057-257-2,4-86057-252-1

◇激情　正津勉編　リブリオ出版　2006.4　228p　19cm　（心にひびく恋のうた愛のうた　大きな活字で読みやすい本　第6巻　正津勉編）　Ⓘ4-86057-258-0,4-86057-252-1

◇失恋　正津勉編　リブリオ出版　2006.4　227p　19cm　（心にひびく恋のうた愛のうた　大きな活字で読みやすい本　第7巻　正津勉編）　Ⓘ4-86057-259-9,4-86057-252-1

◇別離　正津勉編　リブリオ出版　2006.4　233p　19cm　（心にひびく恋のうた愛のうた　大きな活字で読みやすい本　第8巻　正津勉編）　Ⓘ4-86057-260-2,4-86057-252-1

◇昭和動乱と抒情　新藤謙著　同時代社　2006.10　264p　20cm　2500円　Ⓘ4-88683-589-9

◇いのちを拝む　瀬上敏雄著　春秋社　2011.2　248p　20cm　1600円　Ⓘ978-4-393-10611-2

◇折々のグルメの歌　田井友季子著　農山漁村文化協会　1991.5　251p　19cm　（食卓のなぜ学ストーリー　8）　1240円　Ⓘ4-540-91031-0

◇ことばの旅　高岡修著　鹿児島　ジャプラン　1998.2　182p　21cm　2000円

◇詩心二千年—スサノヲから3・11へ　高橋睦郎著　岩波書店　2011.12　380p　20cm　3400円　Ⓘ978-4-00-023500-6

◇はじめちょろちょろなかぱっぱ—七五調で詠む日本語　高柳蕗子著　集英社　2003.3　206p　19cm　1400円　Ⓘ4-08-781283-9

◇子どもと楽しむ短歌・俳句・川柳　高柳美知子,高柳蕗子編著　あゆみ出版　1995.8　223p　19cm　2000円　Ⓘ4-7519-1138-4

◇日本の文学論　竹西寛子著　講談社　1995.9　286p　20cm　2400円　Ⓘ4-06-207670-5

◇日本の文学論　竹西寛子著　講談社　1998.11　285p　16cm　（講談社文芸文庫）　1300円　Ⓘ4-06-197640-0

◇生老病死—いのちの歌　立川昭二著　新潮社　1998.1　219p　20cm　1400円　Ⓘ4-10-364704-3

◇わが心の春夏秋冬—生命映えるとき　第1集　潮文社編集部編　潮文社　1997.8　302p　20cm　1500円　Ⓘ4-8063-1316-5

◇わが心の春夏秋冬—生命映えるとき　第2集　潮文社編集部編　潮文社　1997.12　318p　20cm　1500円　Ⓘ4-8063-1319-X

◇わが心の春夏秋冬—生命映えるとき　第3集　潮文社編集部編　潮文社　1998.12　301p　20cm　1500円　Ⓘ4-8063-1326-2

◇ことば遊び悦覧記　塚本邦雄著　新装版　河出書房新社　1990.8　190p　22cm　2500円　Ⓘ4-309-00638-8

◇詩の起源—藤井貞和『古日本文学発生論』を読む　筑紫磐井著　角川学芸出版　2006.3　311p　20cm　〈角川書店（発売）　文献あり〉　2800円　Ⓘ4-04-621037-0

◇俳句的人間短歌的人間　坪内稔典著　岩波書店　2000.8　248p　20cm　2000円　Ⓘ4-00-002976-2

◇歌ことばの泉—天体・気象・地理・動植物　寺島恒世,松本真奈美編著　おうふう　2000.10　178p　19cm　1900円　Ⓘ4-273-03147-7

◇五音と七音のリズム—等時音律説試論　寺杣雅人著　南窓社　2001.3　310p　20cm　2381円　Ⓘ4-8165-0278-5

◇教科書にでてくる日本の恋歌　東京美術,翔文社編　東京美術　2002.11　214p　19cm　1600円　Ⓘ4-8087-0727-6

◇天文草々—風と雨と光と雪　徳井信也著　一校舎　2006.10　316p　19cm　1200円

◇古今遠鏡—退屈詩歌読本　永田龍太郎著　永田書房　2007.10　327p　20cm　〈文献あり〉　1720円　Ⓘ978-4-8161-0710-8

◇エッセー・詩歌365日　永田龍太郎編著　永田書房　2010.2　415p　21cm　〈文献あり　索引あり〉　3000円　Ⓘ978-4-8161-0716-0

◇心残りの歳時記—文学・詩歌391題　永田龍太郎著　永田書房　2011.10　425p　19cm　2400円　Ⓘ978-4-8161-0722-1

◇詩心—永遠なるものへ　中西進著　中央公論新社　2006.11　290p　18cm　（中公新

日本文学一般（詩歌）

書）　840円　①4-12-101874-5
◇亀が鳴く国日本（にっぽん）の風土と詩歌（うた）　中西進著　角川学芸出版　2010.2　195p　19cm　〈角川学芸ブックス〉〈角川グループパブリッシング（発売）　並列シリーズ名：Kadokawa gakugei books〉　1600円　①978-4-04-621280-1
◇名句で味わう四季の言葉　中村裕著，今森光彦写真　小学館　2003.6　191p　22cm　2600円　①4-09-387439-5
◇詩語のフォークロア　中森美方著　思潮社　2011.2　240p　20cm　〈文献あり〉　2400円　①978-4-7837-1669-3
◇つづれ草　難波正久著　〔岡山〕　難波正久　1997.3　231p　22cm
◇教科書で出会う詩歌―2006年度常設展　日本現代詩歌文学館編　北上　日本現代詩歌文学館　2006.6　54p　26cm　〈会期・会場：2006年6月6日～2007年3月11日　日本現代詩歌文学館展示室〉
◇食卓と詩歌―2009年度常設展　日本現代詩歌文学館編　北上　日本現代詩歌文学館　2009.4　50p　26cm　〈会期・会場：2009年4月14日～2010年3月7日　日本現代詩歌文学館展示室〉
◇詩歌のかな遣い―「旧かな」の魅力―豊かな表現を求めて　日本現代詩歌文学館編　北上　日本現代詩歌文学館振興会　2011.3　93p　20cm　（日本現代詩歌文学館開館20周年記念シンポジウム　2）
◇鉄道と詩歌―出発進行！　ヨミ鉄の旅　2011年度常設展　日本現代詩歌文学館編　北上　日本現代詩歌文学館　2011.3　73p　26cm　〈会期・会場：2011年3月18日～2012年3月11日　日本現代詩歌文学館展示室〉
◇未来からの声が聴こえる―2011.3.11と詩歌：2012年常設展　日本現代詩歌文学館編　北上　日本現代詩歌文学館　2012.3　79p　26cm
◇北海道詩歌紀行　日本詩歌句協会著　日本詩歌句協会　2005.3　291p　21cm　（日本詩歌紀行　1）〈北溟社（発売）〉　2500円　①4-89448-484-6
◇滋賀・京都詩歌紀行　日本詩歌句協会著　日本詩歌句協会　2005.12　389p　21cm　（日本詩歌紀行　2）〈北溟社（発売）〉　2800円　①4-89448-495-1

◇俳句和歌論　野口米次郎著　クレス出版　1998.4　451p　19cm　（野口米次郎選集　1）　3200円　①4-87733-045-3
◇近代詩歌　野山嘉正著　放送大学教育振興会　1990.3　297p　21cm　（放送大学教材）　2580円　①4-595-21232-1
◇現代詩歌　野山嘉正著　放送大学教育振興会　1994.3　229p　21cm　（放送大学教材　1994）　2270円　①4-595-21456-1
◇詩の国詩人の国　芳賀徹著　筑摩書房　1997.2　368p　20cm　2884円　①4-480-81402-7
◇詩歌の森へ―日本詩へのいざない　芳賀徹著　中央公論新社　2002.9　362p　18cm　（中公新書）　940円　①4-12-101656-4
◇鬼が笑う月が泣く―「うたの森」に谺する詩・短歌・俳句　花田春兆編著　角川学芸出版　2010.1　183p　21cm　〈角川グループパブリッシング（発売）〉　2000円　①978-4-04-621184-2
◇箱根の歌謡物語　浜田進著　箱根町（神奈川県）　箱根神社社務所　1996.6　317p　19cm　2000円　①4-931208-09-6
◇国際化した日本の短詩―Internationalization of Japanese poems　速川和男，川村ハツエ，吉村侑久代著　京都　中外日報社　2002.2　290p　19cm　〈短詩は英文併記〉　1200円　①4-925003-07-0
◇歌ことばの泉―時・人・心・生活　原田貞義編著　おうふう　2000.9　168p　19cm　1900円　①4-273-03146-9
◇食をうたう―詩歌にみる人生の味わい　原田信男著　岩波書店　2008.11　174,17p　20cm　〈文献あり〉　1900円　①978-4-00-023456-6
◇いいかげん朗詠健康法　ひぐちみさお著　健友館　1996.12　146p　19cm　900円　①4-7737-0358-X
◇現代詩歌句アンソロジー―詩歌が映す日本人の心　美研インターナショナル編　美研インターナショナル　2007.6　63p　19cm　〈星雲社（発売）〉　1200円　①978-4-434-10719-1
◇華音best selecion―詩歌を残す・伝える　美研インターナショナル編　美研インターナショナル　2009.5　589p　22cm　〈索引あり

日本文学一般（詩歌）

星雲社（発売）〉　4500円　Ⓘ978-4-434-13128-8
◇俳句と詩歌であるく鳥のくに　風信子著, 中野泰敬, 戸塚学写真　文一総合出版　2008.2　191p　21cm　2200円　Ⓘ978-4-8299-0128-1
◇詩歌と歴史と生死―第1巻　無常の命　福田昭昌著　教育開発研究所　1995.4　262p　19cm　1500円　Ⓘ4-87380-251-2
◇詩歌と歴史と生死―第2巻　動乱に生きる　福田昭昌著　教育開発研究所　1995.5　244p　19cm　1500円　Ⓘ4-87380-252-0
◇詩歌と歴史と生死―第3巻　詩人の人生　福田昭昌著　教育開発研究所　1996.1　264p　19cm　1500円　Ⓘ4-87380-253-9
◇詩歌と歴史と生死―第4巻　俗塵に生きる　福田昭昌著　教育開発研究所　1996.6　249p　19cm　1500円　Ⓘ4-87380-254-7
◇人生の詩　藤沢量正著　京都　本願寺出版社　1997.10　203p　19cm　1200円　Ⓘ4-89416-671-2
◇歌論研究―1　藤平春男著　笠間書院　1998.12　407p　22cm　（藤平春男著作集 第3巻）　11000円　Ⓘ4-305-60102-8
◇琉歌・恋歌の情景　船越義彰著　那覇　ニライ社　2007.5　237p　21cm〈新日本教育図書（発売）〉　1600円　Ⓘ978-4-931314-66-5
◇わたしの詩歌　文芸春秋編　文芸春秋　2002.12　246p　18cm　（文春新書）　800円　Ⓘ4-16-660289-6
◇日本詩歌史　槙村浩著, 槙村浩の会編　高知　平和資料館・草の家　1995.10　246p　21cm　2800円　Ⓘ4-88255-050-4
◇リズムの美学―日中詩歌論　松浦友久著　明治書院　1991.3　282p　22cm　4300円　Ⓘ4-625-44018-1
◇日本の韻律―五音と七音の詩学　松林尚志著　花神社　1996.4　251p　20cm　2800円　Ⓘ4-7602-1387-2
◇和漢詩歌源流孝―詩歌の起源をたずねて　溝口貞彦著　八千代出版　2004.3　236,4p　22cm〈奥付のタイトル：詩歌の起源をたずねて〉　2400円　Ⓘ4-8429-1305-3
◇近代の抒情　三好行雄著　塙書房　1990.9　440p　22cm　4944円　Ⓘ4-8273-0065-8
◇鳥のうた―詩歌探鳥記　八木雄二著　平凡社　1998.10　229p　20cm　1800円　Ⓘ4-582-82929-5
◇近代日本の詩歌　山田有策編　学術図書出版社　1990.4　224p　22cm〈執筆：山田有策ほか〉　1957円
◇句歌歳時記―春　山本健吉編著　新潮社　1993.2　315p　15cm　（新潮文庫）　440円　Ⓘ4-10-121002-0
◇句歌歳時記―夏　山本健吉編著　新潮社　1993.5　333p　15cm　（新潮文庫）　440円　Ⓘ4-10-121003-9
◇句歌歳時記―秋　山本健吉編著　新潮社　1993.8　345p　15cm　（新潮文庫）　440円　Ⓘ4-10-121004-7
◇句歌歳時記―冬・新年　山本健吉編著　新潮社　1993.11　363p　15cm　（新潮文庫）　480円　Ⓘ4-10-121005-5
◇酒詩の宴　横田肇著　東京図書出版会　2005.11　342p　20cm〈リフレ出版（発売）文献あり〉　1500円　Ⓘ4-901880-79-9
◇人生いろは字母歌　吉川三太郎制作・著　新風舎　2003.10　140p　19cm　1300円　Ⓘ4-7974-3276-4
◇現代日本の詩歌　吉本隆明著　毎日新聞社　2003.4　205p　20cm　1500円　Ⓘ4-620-31631-8
◇詩の力　吉本隆明著　新潮社　2009.1　193p　16cm　（新潮文庫　よ-20-4）〈『現代日本の詩歌』（毎日新聞社2003年刊）の改題〉　362円　Ⓘ978-4-10-128924-3
◇日本詩歌のリズム　来空著　新装版　二宮町（神奈川県）　蒼天社　1994.12　189p　19cm　（来空文庫 3）
◇短詩奇談・笑談・放談―来空対談集 1　来空著　二宮町（神奈川県）　蒼天社　1995.12　149p　19cm　（来空文庫 4）　1200円
◇人生の四季　渡辺真四郎著　文芸社　2004.2　357p　19cm　1600円　Ⓘ4-8355-7006-5
◇太田青丘著作選集―第3巻　中国象徴詩学としての神韻説の発展/国学興起の背景としての近世日本儒学　桜楓社　1989.8　508p　22cm　6180円　Ⓘ4-273-02283-4
◇日本の詩歌展―詩・短歌・俳句の一〇〇年　横浜　神奈川文学振興会　1991.10　56p　26cm〈会期・会場：1991年10月19日～11月

24日　県立神奈川近代文学館〕
◇定型の魔力　河出書房新社　1992.9　225p　20cm　（ことば読本）〈執筆：大岡信ほか〉　1600円　①4-309-72156-7
◇歌のこころ　リブリオ出版　1997.4　245p　22cm　（シリーズ・いきいきトーク知識の泉　大きな活字で読みやすい本―著名人が語る〈生きるヒント〉第12巻）　①4-89784-553-X,4-89784-541-6
◇言葉のかなたへ　北上　日本現代詩歌文学館　2000.5　39p　28cm
◇詩歌の饗宴　岩波書店　2003.11　323p　22cm　（岩波講座文学 4　小森陽一ほか編）　〔付属資料：8p：月報 11　シリーズ責任表示：小森陽一〔ほか〕編〕　3400円　①4-00-011204-X
◇Sign―identity project　美研インターナショナル　2006.1　215p　31cm〈星雲社（発売）〉　本文は日本語　15000円　①4-434-07129-7
◇季彩一色からの詩歌評論集　美研インターナショナル　2006.4　183p　21cm〈星雲社（発売）〉　1300円　①4-434-07517-9
◇調―ことばで綴る日本の美　現代作家による詩歌評論集　美研インターナショナル　2006.7　157p　21cm　（華音）〈星雲社（発売）〉　1200円　①4-434-08108-X
◇綺麗な言葉　美研インターナショナル　2007.6　293p　22cm〈星雲社（発売）〉　5000円　①978-4-434-10760-3

和歌

◇日本詩歌の源泉を探る―Shi-ka eno izanai 論集　青柳千蕚編　几帳舎　1996.12　298p　22cm　（几帳舎叢書）　3398円
◇夢の響き―短歌とクラシック音楽、共鳴のひとときを求めて　浅井英則著　〔羽村〕　浅井英則　1995.10　105p　20cm
◇和歌の力　浅田徹,勝原晴希,鈴木健一,花部英雄,渡部泰明編　岩波書店　2005.10　239p　22cm　（和歌をひらく　第1巻　浅田徹,勝原晴希,鈴木健一,花部英雄,渡部泰明編）　3700円　①4-00-027066-4
◇和歌が書かれるとき　浅田徹,勝原晴希,鈴木健一,花部英雄,渡部泰明編　岩波書店　2005.12　245p　22cm　（和歌をひらく　第2巻　浅田徹,勝原晴希,鈴木健一,花部英雄,渡部泰明編）〈シリーズ責任表示：浅田徹,勝原晴希,鈴木健一,花部英雄,渡部泰明編〉　3700円　①4-00-027067-2
◇和歌の図像学　浅田徹,勝原晴希,鈴木健一,花部英雄,渡部泰明編　岩波書店　2006.2　241p　22cm　（和歌をひらく　第3巻　浅田徹,勝原晴希,鈴木健一,花部英雄,渡部泰明編）　3700円　①4-00-027068-0
◇和歌とウタの出会い　浅田徹,勝原晴希,鈴木健一,花部英雄,渡部泰明編　岩波書店　2006.4　252p　22cm　（和歌をひらく　第4巻　浅田徹,勝原晴希,鈴木健一,花部英雄,渡部泰明編）　3700円　①4-00-027069-9
◇跡見学園女子大学短期大学部図書館所蔵異種百人一首関係資料目録―1　跡見学園女子大学短期大学部図書館編　跡見学園女子短期大学図書館　1999.3　180,16p　27cm
◇聖なる声―和歌にひそむ力　阿部泰郎,錦仁編　三弥井書店　2011.5　330p　21cm　3000円　①978-4-8382-3209-3
◇歌語り・歌物語事典　雨海博洋ほか編　勉誠社　1997.2　632,34p　23cm　15450円　①4-585-06004-9
◇縁の美学―歌の道の詩学2　尼ケ崎彬著　勁草書房　1995.10　246p　20cm　2472円　①4-326-85139-2
◇花鳥の使―歌の道の詩学1　尼ケ崎彬著　新装版　勁草書房　1995.10　270p　20cm　2472円　①4-326-19852-4
◇歌の美意識　新井章著　短歌新聞社　1995.11　189p　20cm　2500円　①4-8039-0797-8
◇和歌文学の伝統　有吉保編　角川書店　1997.8　686p　22cm　28000円　①4-04-864019-4
◇古代和歌から現代短歌へ　檪原聡著　雁書館　2001.7　205p　20cm　（ヤママユ叢書第50篇）　2700円
◇詩歌にみる死生観―短歌　犬飼春雄著　〔横浜〕　〔犬飼春雄〕　2004.6　42p　26cm　（二本の杖　第10集）〈年譜あり〉　非売品
◇歌林逍遥　上田三四二著　短歌研究社　1998.4　57p　20cm　①4-88551-383-9
◇臼田甚五郎著作集―第2巻　和歌文学研究

日本文学一般（詩歌）

◇臼田甚五郎著　限定版　おうふう　1995.1　353p　22cm　18000円　Ⓘ4-273-02812-3

◇日本の詩歌―その骨組みと素肌　大岡信著　講談社　1995.11　199p　20cm　1600円　Ⓘ4-06-207866-X

◇読書百人一首―藁本　大鹿久義著　〔大阪〕大鹿久義　〔1996〕　50p　26cm

◇海暮れて―定型詩論ノート　太田一郎著　砂子屋書房　1995.4　277p　20cm　2718円

◇短歌歳時記―続　大塚布見子著　短歌研究社　1996.2　197p　20cm　（サキクサ叢書第44篇）　3500円　Ⓘ4-88551-214-X

◇短歌で考える―ことば・子ども　おおのいさお著　ながらみ書房　2000.3　213p　18cm　（新宴叢書　第25篇）　1600円　Ⓘ4-931201-30-X

◇鵞卵亭談論　岡井隆著　六法出版社　1989.1　221p　19cm　2200円　Ⓘ4-89770-235-6

◇悲歌の時代―祈りと悲しみの歌　岡野弘彦著　講談社　1990.7　254p　15cm　（講談社学術文庫）　720円　Ⓘ4-06-158933-4

◇歌人の京都―風土と表現　荻田恭茂著　六法出版社　1998.12　324p　19cm　2500円　Ⓘ4-89770-399-9

◇管見―新短歌形態論　押本昌幸,浅野英治著　名古屋　まい・ぶっく出版　2001.6　152p　21cm　（倚子の会叢書 第11篇）〈四日市　浅野書店（発売）〉　3000円

◇歌ことばの辞典　片野達郎,佐藤武義編著　新潮社　1997.10　335p　19cm　（新潮選書）　1200円　Ⓘ4-10-600527-1

◇和歌を歴史から読む―和歌文学会論集　兼築信行,田淵句美子編　笠間書院　2002.10　323p　22cm　6800円　Ⓘ4-305-40114-2

◇和歌の風景・美の空間　鎌田弘子著　砂子屋書房　1997.5　193p　22cm　4500円

◇未知の言葉であるために　川野里子著　砂子屋書房　2002.4　234p　20cm　3000円　Ⓘ4-7904-0633-4

◇「わ」の心　木下直子著　新風舎　2005.6　94p　19cm　（Shinpu books）〈文献あり〉　1000円　Ⓘ4-7974-6975-7

◇和のころころ　木下直子著　文芸社　2008.11　94p　19cm〈『「わ」の心』（新風舎2005年刊）の増補　文献あり〉　1000円

Ⓘ978-4-286-05807-8

◇和歌とは何か　久富木原玲編　有精堂出版　1996.6　329p　22cm　（日本文学を読みかえる 3）　5356円　Ⓘ4-640-30982-1

◇「うた」をよむ―三十一字の詩学　小林幸夫ほか編著　三省堂　1997.11　230p　21cm　2000円　Ⓘ4-385-34585-6

◇和歌に見る日本の心　小堀桂一郎著　明成社　2003.7　571p　22cm　3500円　Ⓘ4-944219-23-7

◇器川漫筆　近藤兼利著,マグマ短歌会編　川越　マグマ短歌会　1995.5　232p　21cm　（マグマ叢書 no.4）

◇詩歌句ノート　佐佐木幸綱著　朝日新聞社　1997.5　318p　20cm　2400円　Ⓘ4-02-257048-2

◇日本的感性と短歌　佐佐木幸綱編　岩波書店　1999.1　272p　20cm　（短歌と日本人 2）　2800円　Ⓘ4-00-026292-0

◇佐高信の甘口でコンニチハ！―五七五と日本人　佐高信著　七つ森館　2008.9　202p　20cm　1800円　Ⓘ03879135,978-4-8228-0876-1

◇山裾原　佐藤哲雄著　勁草出版サービスセンター　1989.9　328p　20cm　2300円

◇歌の根拠へ―言葉と事実のあいだ　沢口芙美評論集　沢口芙美著　雁書館　1989.11　229p　20cm　（雁叢書 112）　2400円

◇摘要説法用歌集注釈　山雲子編著　碩文社　1999.1　291,8p　21cm　9524円　Ⓘ4-88200-891-2

◇和歌文学史の研究―和歌編　島津忠夫著　角川書店　1997.6　817p　22cm　32000円　Ⓘ4-04-864017-8

◇世界へひらく和歌―言語 共同体 ジェンダー　ハルオ・シラネ,兼築信行,田淵句美子,陣野英則編　勉誠出版　2012.5　409p　21cm〈他言語標題：Waka Opening Up to the World　英語併記　文献あり〉　3200円　Ⓘ978-4-585-29034-6

◇和歌解釈のパラダイム　鈴木淳,柏木由夫責任編集　笠間書院　1998.11　382p　22cm　8500円　Ⓘ4-305-40112-6

◇黄金の言葉―和歌篇　五月女肇志,土佐秀里,針原孝之,山崎正伸編　勉誠出版　2010.1　301p　19cm〈企画：今西幹一　索引あり〉

日本文学一般（詩歌）

◇歌を愉しむ　高野公彦著　柊書房　2001.10　265p　19cm　（コスモス叢書　第673篇）〈流星社（発売）〉　2000円　①4-89975-018-8

◇読みなおし日本文学史―歌の漂泊　高橋睦郎著　岩波書店　1998.3　220p　18cm　（岩波新書）　640円　①4-00-430550-0

◇日本の女歌　竹西寛子著　日本放送出版協会　1998.2　205p　16cm　（NHKライブラリー）　830円　①4-14-084073-0

◇和歌文学の基礎知識　谷知子著　角川学芸出版　2006.5　221p　19cm　（角川選書394）〈角川書店（発売）〉　1500円　①4-04-703394-4

◇神宮と近代歌人　谷分道長著　〔伊勢〕　神宮庭燎短歌会　1989.8　164p　19cm

◇日本の文化と思想―短歌の周辺・その時代　「短詩形文学」編集部編　本の泉社　2002.11　343p　19cm　1905円　①4-88023-636-5

◇うたの生成・歌のゆくえ―日本文学の基層を探る　内藤明著　成文堂　1996.1　271p　20cm　（学際レクチャーシリーズ　18）　2575円　①4-7923-7060-4

◇典拠検索名歌辞典　中村薫編　東出版　1995.12　1冊　22cm　（辞典叢書 9）　12360円　①4-87036-019-5,4-87036-010-1

◇秀歌を味わう　中村秀子著　短歌新聞社　1997.2　304p　20cm　（地上叢書　第101篇）　2913円　①4-8039-0869-9

◇短歌論―古典と現代　奈良橋善司著　不識書院　2004.11　415p　20cm　3500円　①4-86151-029-5

◇恋歌恋物語―文芸にあらわれた恋人生死　西田勝編著　北樹出版　1995.4　201,4p　22cm　2200円　①4-89384-472-5

◇日本語の音感―短歌を素材として　西原忠毅著　短歌新聞社　1997.11　217p　20cm　（かささぎ叢書　第55号）　1905円　①4-8039-0903-2

◇うたのちから―和歌の時代史　人間文化研究機構連携展示　人間文化研究機構国立歴史民俗博物館編　佐倉　人間文化研究機構国立歴史民俗博物館　2005.10　191p　30cm　〈会期・会場：2005年10月18日～11月27日　国立歴史民俗博物館　年表あり　文献あり〉

◇女歌の系譜　馬場あき子著　朝日新聞社　1997.4　263p　19cm　（朝日選書 575）　1400円　①4-02-259675-9

◇佐佐木信綱歌学著作覆刻選―第1巻　歌学論叢　林大ほか編　本の友社　1994.9　564,48p　23cm　〈博文館明治41年刊の複製〉　①4-938429-85-3

◇佐佐木信綱歌学著作覆刻選―第2巻　日本歌学史　林大ほか編　本の友社　1994.9　365,26,5p　23cm　〈六興出版社昭和24年刊の複製　折り込み2枚〉　①4-938429-85-3

◇佐佐木信綱歌学著作覆刻選―第3巻　和歌史の研究　林大ほか編　本の友社　1994.9　448,5p　23cm　〈京文社昭和2年刊の複製〉　①4-938429-85-3

◇和歌文学の流れ　針原孝之,小池一行,半田公平,島原泰雄編　新典社　2005.4　382p　21cm　〈年表あり〉　2300円　①4-7879-0624-0

◇相聞歌より挽歌へ　樋口美世著　短歌新聞社　1998.3　230p　19cm　2381円　①4-8039-0925-3

◇黒髪考、そして女歌のために　日高堯子著　北冬舎　1999.11　209p　20cm　1800円　①4-900456-70-5

◇全国神社奉納和歌のデータベース化と研究のための予備的研究　深津睦夫著　出版地不明　深津睦夫　2009.3　44,6p　30cm　（篠田学術基金研究成果報告書　平成19年度・20年度）〈文献あり〉

◇花鳥風月百人一首　松本章男著　京都　京都新聞社　1997.12　277p　20cm　1800円　①4-7638-0424-3

◇新々百人一首　丸谷才一著　新潮社　1999.6　669p　23cm　3600円　①4-10-320607-1

◇私家集論―2　目加田さくを著　笠間書院　1995.10　431p　22cm　（笠間叢書 286）　15000円　①4-305-10286-2

◇儀礼和歌の研究　八木意知男著　京都　京都女子大学　1998.9　575p　22cm　（京都女子大学研究叢刊 30）　①4-906427-30-8

◇歌ことば事情　安田純生著　佐久　邑書林　2000.2　195p　19cm　1905円　①4-89709-326-0

◇短歌小感　安田青風著　大阪　和泉書院　1997.3　307p　20cm　（和泉選書 107）

日本近現代文学案内　39

日本文学一般（物語・随筆）

2575円　Ⓘ4-87088-840-8

◇和歌の詩学　山中桂一著　大修館書店　2003.3　312p　22cm〈他言語標題：The poetics of classical Japanese poetry　文献あり〉3800円　Ⓘ4-469-22159-7

◇辞世の風景　吉岡生夫著　大阪　和泉書院　2003.2　213p　20cm　（歌のこころシリーズ　2）　1800円　Ⓘ4-7576-0194-8

◇写生の物語　吉本隆明著　講談社　2000.6　258p　20cm　2200円　Ⓘ4-06-210100-9

◇那由他―うたによせるエッセイ　エッセイ集　吉本洋子著　短歌研究社　1996.3　222p　20cm　3000円　Ⓘ4-88551-220-4

◇和歌とは何か　渡部泰明著　岩波書店　2009.7　245,5p　18cm　（岩波新書 新赤版　1198）〈文献あり 索引あり〉　780円　Ⓘ978-4-00-431198-0

◇太田青丘著作選集―第5巻　詩歌評論選　桜楓社　1990.1　484p　22cm　6180円

◇合本続・来簡集抄　気仙沼　宮城県鼎が浦高等学校　1996.3　643p　26cm　非売品

物語・随筆

◇物語という回路　赤坂憲雄編著　新曜社　1992.4　365p　20cm　（叢書・史層を掘る　第2巻）　2884円　Ⓘ4-7885-0417-0

◇物語とはなにか―鶴屋南北と藤沢周平の主題によるカプリッチオ　浅沼圭司著　水声社　2007.11　300p　22cm　4000円　Ⓘ978-4-89176-650-4

◇絵と語りから物語を読む　石井正己著　大修館書店　1997.9　290p　20cm　2300円　Ⓘ4-469-22133-3

◇臼田甚五郎著作集―第7巻　物語文学研究　臼田甚五郎著　限定版　おうふう　1996.7　381p　22cm　18000円　Ⓘ4-273-02926-X

◇物語と非知　宇野邦一著　書肆山田　1993.3　229p　20cm　2800円

◇物語・謡曲の研究　岡崎正著　小林印刷（印刷）　1992.7　478p　22cm

◇物語の役割　小川洋子著　筑摩書房　2007.2　126p　18cm　（ちくまプリマー新書　53）　680円　Ⓘ978-4-480-68753-1

◇幻想の水脈から―物語の古層の露出するとき　笠原伸夫著　桜楓社　1993.1　265p　20cm　3800円　Ⓘ4-273-02610-4

◇語り―豊饒の世界へ　片岡輝,桜井美紀著　萌文社　1998.10　255p　21cm　（語りの入門講座 理論篇）　2381円　Ⓘ4-938631-77-6

◇物語の楽しみ　加藤静夫,岸本晴雄,高野春広,西山恵美編著　京都　ナカニシヤ出版　2001.3　265p　20cm　2300円　Ⓘ4-88848-631-X

◇物語と現実　河合隼雄著　岩波書店　2003.1　342p　21cm　（河合隼雄著作集　第2期 第8巻　河合隼雄著）〈付属資料：8p：月報 9　シリーズ責任表示：河合隼雄著〉　3800円　Ⓘ4-00-092498-2

◇物語論　木村俊介著　講談社　2011.11　302p　18cm　（講談社現代新書　2129）　820円　Ⓘ978-4-06-288129-6

◇物語史への試み―語り・話型・表現　関根賢司著　桜楓社　1992.1　246p　21cm　2800円　Ⓘ4-273-02562-0

◇日本の唱導文芸とその思想―われら天皇伝承　塚崎進著　おうふう　2001.7　601p　22cm　6800円　Ⓘ4-273-03186-8

◇日本の語り物―口頭性・構造・意義　国際日本文化研究センター共同研究報告　時田アリソン,薦田治子編　京都　国際日本文化研究センター　2002.10　315p　26cm　（日文研叢書　26）　Ⓘ4-901558-07-2

◇物語文学概説　物語文学　南波浩著　クレス出版　1999.9　291,240p　22cm　（物語文学研究叢書　第17巻）　Ⓘ4-87733-067-4

◇物語批判序説　蓮実重彦著　中央公論社　1990.10　345p　16cm　（中公文庫）　600円　Ⓘ4-12-201753-X

◇物語の方法　藤井貞和著　桜楓社　1992.1　198p　19cm〈折り込み図1枚〉　1900円　Ⓘ4-273-02570-1

◇日本〈小説〉原始　藤井貞和著　大修館書店　1995.12　264p　20cm　2060円　Ⓘ4-469-22115-5

◇物語の起源―フルコト論　藤井貞和著　筑摩書房　1997.6　234p　18cm　（ちくま新書）　660円　Ⓘ4-480-05713-7

◇日本小説史論　藤田徳太郎著　クレス出版　1999.9　460p　22cm　（物語文学研究叢書　第20巻）　Ⓘ4-87733-067-4

日本文学一般（物語・随筆）

◇物語の方法論―言葉と語りの意味論的考察
前田彰一著　多賀出版　1996.2　404p
22cm　5974円　①4-8115-4021-2
◇随筆とは何か―鑑賞と作法　吉田精一著
創拓社　1990.2　300p　18cm〈『随筆入門』
（河出書房新社昭和36年刊）の改題〉　1300
円　①4-87138-081-5
◇物語が生きる力を育てる　脇明子著　岩波
書店　2008.1　187,5p　19cm　1600円
①978-4-00-025301-7

講談・落語

◇わが落語鑑賞　安藤鶴夫著　筑摩書房
1993.3　490p　15cm　（ちくま文庫）　980
円　①4-480-02716-5
◇わが落語鑑賞　安藤鶴夫著　限定版　新座
埼玉福祉会　1998.9　3冊　22cm　（大活字
本シリーズ）　3500円
◇落語のみなもと　宇井無愁著　新座　埼玉
福祉会　1992.12　444p　22cm　（大活字本
シリーズ）　3811円
◇落語名人大全　榎本滋民,三田純市編　講談
社　1995.1　531p　26cm　（スーパー文庫）
2800円　①4-06-254501-2
◇どうしようもないわたし…の酒―愛山アル中
講談ネタ下ろし　神田愛山著　五月書房
1992.10　228p　19cm　1400円　①4-7727-
0180-X
◇新釈落語咄　立川談志著　中央公論社
1995.7　293p　18cm　1500円　①4-12-
002459-8
◇新釈落語噺―パート2　立川談志著　中央公
論新社　1999.3　304p　18cm　1600円
①4-12-002886-0
◇新釈落語咄　立川談志著　中央公論新社
1999.5　304p　16cm　（中公文庫）　590円
①4-12-203419-1
◇落語事典　東大落語会編　増補　青蛙房
1994.9　611p　20cm〈昭和48年刊の改訂〉
4635円　①4-7905-0576-6
◇落語のレトリック―落語の言語学シリーズ 2
野村雅昭著　平凡社　1996.5　378p　19cm
（平凡社選書）　2472円　①4-582-84165-1

現代日本文学

◇イマジネールの考古学―文学の深みへ　饗庭孝男著　小沢書店　1996.4　370p　20cm　3090円　ⓘ4-7551-0324-X

◇文学、内と外の思想―文学論ノート　秋山駿ほか著　おうふう　1995.10　155p　21cm　1800円　ⓘ4-273-02856-5

◇日本文学ふいんき語り　麻野一哉,飯田和敏,米光一成著　双葉社　2005.12　331p　19cm　〈文献あり〉　1600円　ⓘ4-575-29861-1

◇文化の里を訪ねて―列島―文学紀行　浅間敏夫著　苫小牧　とまみん印刷センター(製作)　2002.12　204p　19cm　1000円

◇作家のアジア体験―近代日本文学の陰画　芦谷信和ほか編　京都　世界思想社　1992.7　258p　20cm　(Sekaishiso seminar)　2300円　ⓘ4-7907-0433-5

◇日曜日の読書　阿刀田高著　新潮社　1998.5　300p　16cm　(新潮文庫)　514円　ⓘ4-10-125522-9

◇本を読む前に　荒川洋治著　新書館　1999.9　206p　19cm　1800円　ⓘ4-403-21070-8

◇ことばの見本帖　荒川洋治,加藤典洋,関川夏央,高橋源一郎,平田オリザ編　岩波書店　2009.7　255p　19cm　(ことばのために)　1700円　ⓘ978-4-00-027106-6

◇光の曼陀羅―日本文学論　安藤礼二著　講談社　2008.11　618p　20cm　3600円　ⓘ978-4-06-214543-5

◇文学探偵帳　池内紀著　平凡社　1997.6　299p　20cm　1800円　ⓘ4-582-82907-4

◇小説の羅針盤　池沢夏樹著　新潮社　1995.4　249p　20cm　1400円　ⓘ4-10-375303-X

◇読書癖―4　池沢夏樹著　みすず書房　1999.4　260,7p　19cm　2000円　ⓘ4-622-04652-0

◇身体小説論―漱石・谷崎・太宰　石井洋二郎著　藤原書店　1998.12　354p　20cm　3200円　ⓘ4-89434-116-5

◇木思石語―近代文学雑記　石内徹著　睦沢町(千葉県)　折口信夫研究会　2012.4　318p　20cm　非売品

◇書斎曼荼羅―本と闘う人々　1　磯田和一絵・文　東京創元社　2002.3　143p　21cm　1600円　ⓘ4-488-01420-8

◇書斎曼荼羅―本と闘う人々　2　磯田和一絵・文　東京創元社　2002.3　143p　21cm　1600円　ⓘ4-488-01421-6

◇文化のなかのテクスト―カルチュラル・リーディングへの招待　一柳広孝,久米依子,内藤千珠子,吉田司雄編　双文社出版　2005.2　189p　21cm　〈文献あり〉　1800円　ⓘ4-88164-079-8

◇文学における近代―転換期の諸相　国際日本文化センター共同研究報告　井波律子,井上章一編　京都　国際日本文化研究センター　2001.3　194p　26cm　(日文研叢書　22)

◇僕にとっての同時代文学　猪野謙二著　筑摩書房　1991.11　288p　20cm　2300円　ⓘ4-480-82277-1

◇近代の文学―井上百合子先生記念論集　井上百合子先生記念論集刊行会編　河出書房新社　1993.8　446p　22cm　〈井上百合子の肖像あり〉　2300円　ⓘ4-309-90111-5

◇文人の流儀　井伏鱒二著　角川春樹事務所　1997.9　312p　16cm　(ランティエ叢書　4)　1000円　ⓘ4-89456-083-6

◇異都憧憬日本人のパリ　今橋映子著　柏書房　1993.11　1冊　21cm　(ポテンティア叢書　29)　4800円　ⓘ4-7601-1017-8

◇文学のこゝろとことば―論集　内田道雄編　小金井　『論集文学のこゝろとことば』刊行会　1998.6　246p　21cm　2400円

◇文学の手ざわり　梅田祐喜著　山口　冬耕舎　1999.12　163p　21cm　1905円　ⓘ4-89514-146-2

◇浦西和彦著述と書誌―第2巻　現代文学研究の基底　浦西和彦著　大阪　和泉書院

2009.2　618p　22cm〈索引あり〉　15000円　ⓘ978-4-7576-0477-3
◇文学の現在—連続対談　江藤淳著　河出書房新社　1989.5　265p　20cm〈対談者：中上健次ほか〉　1700円　ⓘ4-309-00566-7
◇文学のこゝろとことば—論集 3　大井田義彰編　小金井　『論集文学のこゝろとことば』刊行会　2010.12　175p　21cm〈七月堂（発売）〉　2400円　ⓘ978-4-87944-166-9
◇小説の方法　大江健三郎著　岩波書店　1993.3　245p　16cm　（同時代ライブラリー　140）　850円　ⓘ4-00-260140-4
◇小説の経験　大江健三郎著　朝日新聞社　1994.11　298p　20cm　1600円　ⓘ4-02-256817-8
◇小説の経験　大江健三郎著　朝日新聞社　1998.2　352p　15cm　（朝日文芸文庫）　680円　ⓘ4-02-264166-5
◇文芸誌「海」精選対談集　大岡玲編　中央公論新社　2006.10　342p　16cm　（中公文庫）　1429円　ⓘ4-12-204754-4
◇現代文学の状況と分析　大久保典夫著　高文堂出版社　1992.2　273p　21cm　（大久保典夫双書）　2900円　ⓘ4-7707-0371-6
◇現代文化と文学のひずみ　大久保典夫著　高文堂出版社　1998.10　151p　19cm　（現代ひずみ叢書　13）　1619円　ⓘ4-7707-0595-6
◇文学の中の風景　大竹新助著　メディア・パル　1990.11　293p　21cm　2000円　ⓘ4-89610-003-4
◇近代文芸新矢　岡保生編　新典社　1991.3　385p　22cm　（新典社研究叢書　38）〈著者の肖像あり〉　10000円　ⓘ4-7879-4038-4
◇文学の旅へ—みだれ髪から井伏鱒二　岡保生著　新典社　1998.11　254p　19cm　1500円　ⓘ4-7879-7802-0
◇文学における原風景—原っぱ・洞窟の幻想　奥野健男著　増補版　集英社　1989.2　302p　20cm　2200円　ⓘ4-08-772684-3
◇明治の精神昭和の心—桶谷秀昭自選評論集　桶谷秀昭著　学芸書林　1990.12　353p　20cm　2270円　ⓘ4-905640-75-X
◇おもかげ　尾崎健次著　驢馬出版　1991.12　251p　20cm　非売品
◇書物の運命—近代の図書文化の変遷　尾崎秀樹著　出版ニュース社　1991.10　406p　20cm　3000円　ⓘ4-7852-0052-9
◇折口（おりくち）信夫文芸論集　折口信夫著, 安藤礼二編　講談社　2010.4　281p　16cm　（講談社文芸文庫　おW1）〈タイトル：折口信夫文芸論集　並列シリーズ名：Kodansha Bungei bunko　著作目録あり　年譜あり〉　1400円　ⓘ978-4-06-290082-9
◇小説家のメニュー　開高健著　中央公論社　1995.11　174p　16cm　（中公文庫）　500円　ⓘ4-12-202464-1
◇加賀乙彦評論集—上巻　現代文学の方法　加賀乙彦著　阿部出版　1990.8　287p　20cm　1500円　ⓘ4-87242-002-0
◇日本の10大小説　加賀乙彦著　筑摩書房　1996.7　281p　15cm　（ちくま学芸文庫）　980円　ⓘ4-480-08282-4
◇国文学年次別論文集近代—昭和62（1987）年—1〜5—　学術文献刊行会編　東久留米　朋文出版　1989.4〜1989.7　各790〜830p　18×25cm　各8549円
◇快楽読書倶楽部　風間賢二著　創拓社　1995.6　263p　19cm　1300円　ⓘ4-87138-195-1
◇文学的視線の構図—梶木剛遺稿集　梶木剛著　深夜叢書社　2011.5　478p　20cm〈年譜あり〉　3500円　ⓘ978-4-88032-310-7
◇片上伸全集—第1巻　片上伸著　日本図書センター　1997.3　394p　22cm　ⓘ4-8205-8170-8,4-8205-8169-4
◇片上伸全集—第2巻　片上伸著　日本図書センター　1997.3　401p　22cm　ⓘ4-8205-8171-6,4-8205-8169-4
◇文学の径を歩く—透谷・藤村から現代へ　片山晴夫著　小平　蒼丘書林　2012.11　333p　22cm　3400円　ⓘ978-4-915442-89-6
◇都市の常民たち—作家のいる風景　勝又浩著　勉誠社　1994.4　316p　20cm　2575円　ⓘ4-585-05004-3
◇文芸の社会学　加藤秀俊著　PHP研究所　1989.6　264p　15cm　（PHP文庫）　480円　ⓘ4-569-56204-3
◇文学がもっと面白くなる—近代日本文学を読み解く33の扉　金井景子ほか著　ダイヤモンド社　1998.3　283p　19cm　1800円

現代日本文学

①4-478-93032-5
◇物語要素176　神山重彦著　近代文芸社　1996.9　207p　19cm　1800円　①4-7733-5881-5
◇意味という病　柄谷行人著　講談社　1989.10　345p　16cm　〈講談社文芸文庫〉　780円　①4-06-196056-3
◇畏怖する人間　柄谷行人著　講談社　1990.10　398p　16cm　〈講談社文芸文庫〉　980円　①4-06-196099-7
◇シンポジウム―1　柄谷行人編著　太田出版　1994.4　289p　20cm　〈批評空間叢書 1〉　2000円　①4-87233-159-1
◇終焉をめぐって　柄谷行人著　講談社　1995.6　292p　15cm　〈講談社学術文庫〉　840円　①4-06-159179-7
◇シンポジウム―2　柄谷行人編著　太田出版　1997.10　298p　20cm　〈批評空間叢書 13〉　2500円　①4-87233-352-7
◇シンポジウム―3　柄谷行人編著　太田出版　1998.6　328p　20cm　〈批評空間叢書 16〉　2800円　①4-87233-406-X
◇少女日和　川崎賢子著　青弓社　1990.4　225p　20cm　2060円
◇わが幻の国　川西政明著　講談社　1996.11　403p　20cm　2900円　①4-06-208356-6
◇ブンガクの言葉　木内昇著　京都　青幻舎　2004.11　239p　18cm　〈表紙、背の出版者表示：ギャップ出版〉　1600円　①4-86152-022-3
◇余計者の系譜　北上次郎著　太田出版　1993.4　285p　19cm　1200円　①4-87233-105-2
◇余計者文学の系譜　北上次郎著　角川書店　1999.5　279p　15cm　〈角川文庫〉　760円　①4-04-347101-7
◇写生説の研究　北住敏夫著　日本図書センター　1990.1　369,9p　22cm　〈近代作家研究叢書 85〉〈解説：藤岡武雄　角川書店昭和30年刊の複製〉　9270円　①4-8205-9040-5
◇名作はなぜ生まれたか―文豪たちの生涯を読む　木原武一著　PHP研究所　1997.4　252p　15cm　〈PHP文庫〉　629円　①4-569-57000-3
◇書き出し美術館―小説の書き出し四八九編　教育社編集部編　〔東村山〕　教育社　1989.11　251p　20cm　〈教育社出版サービス（発売）〉　1500円　①4-315-51044-0
◇忘れられた国ニッポン　デニス・キーン著　講談社　1995.1　210p　20cm　1600円　①4-06-207410-9
◇燕雀雑稿　久保田正文著　永田書房　1991.3　155p　22cm　2060円　①4-8161-0583-2
◇猫の文学散歩　熊井明子著　朝日新聞社　1995.5　426p　15cm　〈朝日文庫〉　730円　①4-02-261079-4
◇文士の生魍魅　車谷長吉著　新潮社　2006.5　170p　20cm　〈著作目録あり〉　1400円　①4-10-388407-X
◇思想の最前線で―文学は予兆する　黒古一夫編著　社会評論社　1990.5　315p　21cm　〈思想の海へ「解放と変革」12〉　2600円
◇日本文化の連続性と非連続性―1920年―1970年　E.クロッペンシュタイン、鈴木貞美編　勉誠出版　2005.11　474p　22cm　5000円　①4-585-05348-4
◇わが文芸談　小泉信三著　講談社　1994.5　229p　16cm　〈講談社文芸文庫―現代日本のエッセイ〉　880円　①4-06-196272-8
◇〈歴史〉に対峙する文学―物語の復権に向けて　高口智史著　双文社出版　2007.11　286p　22cm　5600円　①978-4-88164-577-2
◇文学問答　河野多恵子, 山田詠美著　文芸春秋　2007.7　221p　20cm　1714円　①978-4-16-369320-0
◇貫く棒の如きもの―白樺・文学館・早稲田　紅野敏郎著　朝日書林　1993.3　467p　20cm　〈著者の肖像あり〉　4800円　①4-900616-06-0
◇小島信夫批評集成―第1巻　現代文学の進退　小島信夫著, 千石英世, 中村邦生, 山崎勉編　水声社　2011.4　642p　22cm　8000円　①978-4-89176-811-9
◇小島信夫批評集成―第2巻　変幻自在の人間　小島信夫著, 千石英世, 中村邦生, 山崎勉編　水声社　2011.5　807p　22cm　10000円　①978-4-89176-812-6
◇小説の快楽　後藤明生著　講談社　1998.2　318p　20cm　2800円　①4-06-208862-2
◇始原の笑い　小林広一著　横浜　草場書房　2007.8　187p　19cm　1300円　①978-4-

902616-09-5
◇小説探険　小林信彦著　本の雑誌社　1993.10　269p　20cm　1900円　Ⓘ4-938463-34-2
◇読書中毒―ブックレシピ61　小林信彦著　文芸春秋　2000.5　348p　16cm　（文春文庫）〈「小説探険」（本の雑誌社1993年刊）の増訂〉　524円　Ⓘ4-16-725609-6
◇小林秀雄対話集　小林秀雄述　講談社　2005.9　386p　16cm　（講談社文芸文庫）〈著作目録あり　年譜あり〉　1400円　Ⓘ4-06-198416-0
◇文学の風景をゆく―カメラ紀行　小松健一著　PHP研究所　2003.6　238p　18cm　（PHPエル新書）　950円　Ⓘ4-569-62977-6
◇〈ゆらぎ〉の日本文学　小森陽一著　日本放送出版協会　1998.9　318p　19cm　（NHKブックス）　1160円　Ⓘ4-14-001839-9
◇小説と批評　小森陽一著　横浜　世織書房　1999.6　442p　20cm　3400円　Ⓘ4-906388-73-6
◇リアリズムの擁護―近現代文学論集　小谷野敦著　新曜社　2008.3　234p　20cm　1900円　Ⓘ978-4-7885-1090-6
◇東光金蘭帖　今東光著　改版　中央公論新社　2005.11　232p　16cm　（中公文庫）　1333円　Ⓘ4-12-204621-1
◇行為としての小説―ナラトロジーを超えて　榊敦子著　新曜社　1996.6　243p　20cm　（〈叢書〉物語の冒険）　2472円　Ⓘ4-7885-0563-0
◇年月のあしあと―続　坂本育雄著　鎌倉　港の人　2008.9　140p　17cm　1500円　Ⓘ978-4-89629-198-8
◇年月のあしあと―3　坂本育雄著　翰林書房　2010.5　130p　17cm　1500円　Ⓘ978-4-87737-300-9
◇年月のあしあと―4　坂本育雄著　鎌倉　港の人　2012.9　173p　17cm　1500円　Ⓘ978-4-89629-256-5
◇文学の教室　佐久間保明著　ゆまに書房　2002.2　231p　21cm　2200円　Ⓘ4-8433-0522-7
◇佐古純一郎教授退任記念論文集　佐古純一郎教授退任記念論文集編集委員会編　朝文社（発売）　1990.11　423p　22cm　10000円　Ⓘ4-88695-032-9
◇小説家の饒舌―12のトーク・セッション　佐々木敦、前田司郎、長嶋有、鹿島田真希、福永信、磯崎憲一郎、柴崎友香、戌井昭人、東浩紀、円城塔、桐野夏生、阿部和重、古川日出男著　メディア総合研究所　2011.7　389p　22cm　2000円　Ⓘ978-4-944124-47-3
◇漱石はどうやって先生を殺したか？―名作解読最前線　佐藤彰著　国分寺　新風舎　1998.2　199,6p　19cm　1600円　Ⓘ4-7974-0489-2
◇八月からの里程標―佐藤静夫文芸評論集　佐藤静夫著　光陽出版社　2006.1　255p　22cm　〈肖像あり〉　1905円　Ⓘ4-87662-419-4
◇文芸批評　生の系譜―作品に読む生命の諸相　沢井繁男著　未知谷　2005.8　206p　19cm　2000円　Ⓘ4-89642-139-6
◇ベストセラー作家その運命を決めた一冊　塩沢実信著　北辰堂出版　2009.2　315p　20cm　〈文献あり〉　1900円　Ⓘ978-4-904086-87-2
◇文豪おもしろ豆事典　塩沢実信著　北辰堂出版　2009.4　217p　19cm　1400円　Ⓘ978-4-904086-89-6
◇漱石、龍之介、賢治、乱歩、そして謎解き四季が岳太郎著　杉並けやき出版　2007.4　360p　19cm　〈星雲社（発売）〉　1200円　Ⓘ978-4-434-10317-9
◇渋沢龍彦書評集成　渋沢龍彦著　河出書房新社　2008.10　480p　15cm　（河出文庫）　1400円　Ⓘ978-4-309-40932-0
◇日本の近代文学　島内裕子、安藤宏編著　放送大学教育振興会　2009.9　219p　21cm　（放送大学教材）〈索引あり〉　2200円　Ⓘ978-4-595-30907-6
◇文学スクランブル―〈朔太郎〉その他　嶋岡晨著　飯塚書店　1997.4　237p　19cm　1850円　Ⓘ4-7522-0160-7
◇臨界の近代日本文学　島村輝著　横浜　世織書房　1999.5　448p　20cm　4000円　Ⓘ4-906388-74-4
◇だれも読まない―大正・昭和文学瞥見　島本達夫編著，正津勉監修　アーツアンドクラフツ　2010.7　203p　21cm　2000円　Ⓘ978-4-901592-59-8

現代日本文学

◇どこにもない都市どこにもない書物　清水徹,宮川淳著　水声社　2002.8　216p　21cm〈小沢書店1977年刊の新版〉　2500円　⓪4-89176-463-5

◇眺める文化と曝される文化　新藤謙著　朝文社　1993.1　275p　20cm　2500円　⓪4-88695-081-7

◇文学の意思、批評の言葉　新船海三郎著　本の泉社　2011.3　285p　20cm　2000円　⓪978-4-7807-0617-8

◇小説的強度　桂秀実著　福武書店　1990.8　290p　20cm　2000円　⓪4-8288-2351-4

◇文学四方山話　杉浦明平,安岡章太郎,真鍋呉夫,檀ふみ,三浦哲郎,秋山駿,深沢七郎,水上勉,大河内昭爾著　おうふう　2001.1　123p　21cm　1600円　⓪4-273-03176-0

◇生きる力を与える文学―深い感動・思索の中心を読む　鈴木斌著　冬至書房　2005.12　267p　19cm　1200円　⓪4-88582-153-3

◇日本の「文学」を考える　鈴木貞美著　角川書店　1994.11　290p　19cm　（角川選書　255）　1600円　⓪4-04-703255-7

◇「日本文学」の成立　鈴木貞美著　作品社　2009.10　508p　20cm〈索引あり〉　3400円　⓪978-4-86182-261-2

◇続ヌーヴォ・ロマン周遊―現代小説案内　鈴木重生著　八王子　中央大学出版部　1999.1　413p　21cm　（中央大学学術図書　47）　4400円　⓪4-8057-5137-1

◇昭和の跫音―佐藤謙三/教師群像　関根賢司著　おうふう　2008.3　189p　19cm　2500円　⓪978-4-273-03496-2

◇生きた書いた愛した―対談・日本文学よもやま話　瀬戸内寂聴ほか著　新潮社　1997.12　218p　20cm　1400円　⓪4-10-311212-3

◇文学の出会い人生の別れ　瀬戸内寂聴,テス・ギャラガー対談,原慶子画　スポケーン　イースタンワシントン大学　2006.4　1冊　24cm〈英語併記　外箱入　折本　他言語標題：Distant rain　訳：橋本博美　和装〉　4430円　⓪1-59766-015-9

◇夢想の研究―活字と映像の想像力　瀬戸川猛資著　東京創元社　1999.7　261,34p　15cm　（創元ライブラリ）　1000円　⓪4-488-07029-9

◇おいしい台詞　千宗之著　小池書院　1997.12　270p　20cm　1800円　⓪4-88315-453-X

◇文学と人間の未来　千年紀文学の会編　皓星社　1997.10　274p　21cm　（千年紀文学叢書）　2600円　⓪4-7744-0076-9

◇詭弁的精神の系譜―芥川、荷風、太宰、保田らの文学的更生術　高橋勇夫著　彩流社　2007.12　313p　20cm　2800円　⓪978-4-7791-1308-6

◇文学がこんなにわかっていいかしら　高橋源一郎著　福武書店　1989.4　266p　20cm　1550円　⓪4-8288-2299-2

◇文学がこんなにわかっていいかしら　高橋源一郎著　福武書店　1992.2　318p　15cm　（福武文庫）　500円　⓪4-8288-3241-6

◇ロマネスクの透明度―近・現代作家論集　高橋英夫著　鳥影社　2006.5　253p　20cm　（季刊文科コレクション）　1900円　⓪4-88629-984-9

◇独楽の回転―甦る近代小説　高橋昌男著　小沢書店　1996.11　241p　20cm　2060円　⓪4-7551-0332-0

◇風景の弁証法　高橋康雄著　北宋社　1998.11　266p　22cm　3800円　⓪4-89463-023-0

◇時代精神と青春小説　武井邦夫著　時潮社　1997.8　184p　19cm　1900円　⓪4-7888-9970-1

◇文学構造―作品のコスモロジー　竹内清己著　おうふう　1997.3　274p　19cm　2884円　⓪4-273-02941-3

◇臨床の知としての文学　竹内清己著　鼎書房　2012.3　373p　20cm　3000円　⓪978-4-907846-90-9

◇渇仰と復活の挿画―吉郎武郎透谷　竹田日出夫著　双文社出版　1996.2　329p　22cm　6800円　⓪4-88164-508-0

◇愛・空間・道行　橘正典著　構想社　1989.2　245p　20cm　1500円　⓪4-87574-046-8

◇日本変流文学　巽孝之著　新潮社　1998.5　294p　20cm　1900円　⓪4-10-423701-9

◇ぶんがくのひとりごと　田中厚一著　札幌　中西出版　2007.3　220p　19cm　1200円　⓪978-4-89115-161-4

◇小説の力―新しい作品論のために　田中実著

大修館書店　1996.2　310p　20cm　2163円　①4-469-22120-1
◇読みのアナーキーを超えて―いのちと文学　田中実著　右文書院　1997.8　346p　20cm　2800円　①4-8421-9708-0
◇小説万華鏡　種村季弘著　日本文芸社　1989.8　257p　20cm〈付(12p)〉　1500円　①4-537-04987-1
◇夢の舌　種村季弘著　北宋社　1996.9　251p　22cm　3200円　①4-938620-98-7
◇綺想図書館　種村季弘著　河出書房新社　1999.3　471p　20cm　〈種村季弘のネオ・ラビリントス8〉　4200円　①4-309-62008-6
◇田舎者の文学―「近代」の悲しみを背負って　千葉貢著　高文堂出版社　1998.3　267p　22cm　3333円　①4-7707-0580-8
◇超過激読書宣言　司悠司著　青弓社　1991.5　217,6,7p　20cm　1545円
◇ストリートワイズ　坪内祐三著　講談社　2009.4　333p　15cm　〈講談社文庫 つ30-1〉　629円　①978-4-06-276332-5
◇越境者が読んだ近代日本文学―境界をつくるもの、こわすもの　鶴田欣也著　新曜社　1999.5　453p　20cm　4600円　①4-7885-0670-X
◇限界芸術論　鶴見俊輔著　筑摩書房　1999.11　462p　15cm　〈ちくま学芸文庫〉　1300円　①4-480-08525-4
◇本の背中本の顔　出久根達郎著　講談社　2001.7　271p　20cm　1700円　①4-06-210765-1
◇ボマルツォのどんぐり　扉野良人著　晶文社　2008.4　219p　20cm　1800円　①978-4-7949-6724-4
◇文芸評論集　富岡幸一郎著　アーツアンドクラフツ　2005.7　230p　20cm　2600円　①4-901592-29-7
◇近代読者論　外山滋比古著　新装版　みすず書房　1994.8　360p　20cm　2369円　①4-622-01142-5
◇中上健次「未収録」対論集成　中上健次著、高沢秀次編　作品社　2005.12　553p　22cm　6800円　①4-86182-062-6
◇小説道場―1　中島梓著　新版　光風社出版　1992.8　229p　19cm　〈初版の出版社：新書館〉　1100円　①4-87519-913-9
◇小説道場―2　中島梓著　新版　光風社出版　1993.7　243p　19cm　1100円　①4-87519-914-7
◇小説道場―3　中島梓著　新版　光風社出版　1994.11　275p　19cm　1100円　①4-87519-917-1
◇小説道場―4　中島梓著　新版　光風社出版　1997.10　223p　19cm　1000円　①4-415-08714-0
◇収容所文学論　中島一夫著　論創社　2008.6　331p　20cm　2500円　①978-4-8460-0727-0
◇近代文学にみる感受性　中島国彦著　筑摩書房　1994.10　834,22p　22cm　9800円　①4-480-82307-7
◇ポピュラー文学の社会学　中嶋昌弥編　京都　世界思想社　1994.3　295p　19cm　(Sekaishiso Seminar)　2300円　①4-7907-0495-5
◇母胎幻想論―日本近代小説の深層　中谷克己著　大阪　和泉書院　1996.10　262p　20cm　〈和泉選書 105〉　2575円　①4-87088-828-9
◇希望の文学　中西敏一著　光陽出版社　2008.10　218p　20cm　1500円　①978-4-87662-488-1
◇スクリブル―文学空間の流星体たち　中野美代子著　筑摩書房　1995.12　259p　20cm　2400円　①4-480-82323-9
◇近代文学を視座として　永平和雄著, 永平和雄遺稿集刊行会編　名古屋　ユニテ　2005.3　479p　22cm〈肖像あり　著作目録あり　年譜あり〉　6000円　①4-8432-3067-7
◇小説とは本当は何か　中村真一郎著　名古屋　河合文化教育研究所　1992.9　177p　20cm〈河合出版(発売)〉　1600円　①4-87999-990-3
◇花のフラクタル―20世紀日本前衛小説研究　中村三春著　翰林書房　2012.1　399p　20cm　3800円　①978-4-87737-324-5
◇文章学ノート　永山則夫著, 佐木隆三監修　朝日新聞社　1998.5　286p　20cm　2000円　①4-02-257239-6
◇文学の扉・詩の扉　苗村吉昭著　大阪　澪標　2009.5　235p　19cm　2000円　①978-4-86078-141-5

現代日本文学

◇近代文学閑談　西田勝著　三一書房　1992.12　398p　20cm　4300円　Ⓘ4-380-92258-8

◇文学・社会へ地球へ　西田勝退任・退職記念文集編集委員会編　三一書房　1996.9　703p　23cm　12500円　Ⓘ4-380-96283-0

◇文学の周辺―昔語りの余風を楽しむ　西山良雄著　丹精社　2005.12　303p　19cm〈明文書房（発売）〉　1600円　Ⓘ4-8391-1014-X

◇名作のある風景　日本経済新聞社編　日本経済新聞社　2004.9　109p　26cm　2500円　Ⓘ4-532-12389-5

◇今さらこんなこと他人には聞けない3ページで読む日本の名作　日本の常識研究会編　ベストセラーズ　2004.7　319p　15cm（Wani bunko）　667円　Ⓘ4-584-39190-4

◇小説　野口武彦著　三省堂　1996.1　104,4p　19cm　（一語の辞典）　1000円　Ⓘ4-385-42212-5

◇傍流文学論　野村喬著　花伝社　1998.12　498p　20cm　6500円　Ⓘ4-7634-0333-8

◇小説から遠く離れて　蓮実重彦著　日本文芸社　1989.4　305p　20cm（付(12p)：特別インタビュー）　1300円　Ⓘ4-537-04981-2

◇小説から遠く離れて　蓮実重彦著　河出書房新社　1994.11　299p　15cm（河出文庫）　740円　Ⓘ4-309-40431-6

◇小説から遠く離れて　蓮実重彦著　日本点字図書館（製作）　1997.4　5冊　27cm　全8500円

◇芸文往来　長谷川郁夫著　平凡社　2007.2　260p　20cm　2200円　Ⓘ978-4-582-83351-5

◇本の背表紙　長谷川郁夫著　河出書房新社　2007.12　323p　20cm　2400円　Ⓘ978-4-309-01845-4

◇長谷川泉著作選―9　書評　長谷川泉著　明治書院　1996.10　506p　19cm　8200円　Ⓘ4-625-53109-8

◇長谷川泉著作選―12　評論・随想　長谷川泉著　明治書院　1998.8　409p　19cm　6800円　Ⓘ4-625-53112-8

◇作家の魂―日本の近代文学　羽鳥徹哉著　勉誠出版　2006.4　273p　20cm　2900円　Ⓘ4-585-05353-0

◇近代の超克　花田清輝著　日本図書センター　1992.3　285,9p　22cm　（近代文芸評論叢書 23）〈解説：畑有三　未来社1959年刊の複製〉　7210円　Ⓘ4-8205-9152-5,4-8205-9144-4

◇近代の超克　花田清輝著　講談社　1993.2　318p　16cm　（講談社文芸文庫―現代日本のエッセイ）　9800円　Ⓘ4-06-196217-5

◇埴谷雄高集　埴谷雄高著　影書房　2005.9　246p　20cm　（戦後文学エッセイ選 3）〈肖像あり　著作目録あり　付属資料：4p：月報 no.3〉　2200円　Ⓘ4-87714-336-X

◇社会的近代文芸　馬場孤蝶著　日本図書センター　1992.3　119,64,8p　22cm　（近代文芸評論叢書 24）〈解説：馬渡憲三郎　複製〉　6180円　Ⓘ4-8205-9153-3,4-8205-9144-4

◇騒人・烈風時代　林二郎著　日本古書通信社　1994.7　63p　11cm　（こつう豆本 111）　600円

◇郷愁と憧憬の人生と文学―日本近代現代文学小論集　林正子著　近代文芸社　1993.7　229p　20cm　2400円　Ⓘ4-7733-2022-2

◇日本の近・現代文学セレクション―1　早島町図書館編　早島町（岡山県）　早島町図書館　1996.12　98p　26cm　（早島町図書館公開講座講義録　平成7年度）

◇文学テクストの領分―都市・資本・映像　日高昭二著　京都　白地社　1995.5　319p　22cm　（21世紀叢書 1）　3800円　Ⓘ4-89359-164-9

◇近代文学入門　平居謙,田井英輝編　双文社出版　2000.9　212p　21cm　2000円　Ⓘ4-88164-075-5

◇小説の楽しみ―平野勝重の文学講義　平野勝重著　上田　社会教育大学文学科ゼミナール　1995.4　148p　19cm　1000円

◇日本人の目玉　福田和也著　新潮社　1998.5　319p　20cm　1800円　Ⓘ4-10-390904-8

◇日本人の目玉　福田和也著　筑摩書房　2005.6　383p　15cm　（ちくま学芸文庫）〈文献あり〉　1200円　Ⓘ4-480-08921-7

◇時が紡ぐ幻―近代芸術観批判　福田宏年著　集英社　1998.6　278,7p　20cm　2500円　Ⓘ4-08-774334-9

◇小説の周辺　藤沢周平著　文芸春秋　1990.1　252p　16cm　（文春文庫）　390円　Ⓘ4-16-719224-1

現代日本文学

◇語りの近代　藤森清著　有精堂出版　1996.4　237,7p　19cm　3399円　Ⓘ4-640-31073-0

◇労働・生きることと書くことと　藤森司郎著　国分寺　武蔵野書房　1989.10　269p　20cm　1988円

◇純文学殺人事件　布施英利著　集英社　1999.5　222p　20cm　1600円　Ⓘ4-08-774408-6

◇読んでるつもり?!　ぽにーてーる編　双葉社　1995.4　190p　19cm　1100円　Ⓘ4-575-23211-4

◇信州の教師たち―小説探求　堀井正子著　長野　信濃毎日新聞社　1991.6　339p　21cm　1800円　Ⓘ4-7840-9116-5

◇妾　堀江珠喜著　北宋社　1997.2　259p　20cm　1800円　Ⓘ4-89463-003-6

◇図説5分でわかる日本の名作傑選　本と読書の会編　青春出版社　2004.6　95p　26cm　1000円　Ⓘ4-413-00680-1

◇近代読者の成立　前田愛著　岩波書店　1993.6　389p　16cm　（同時代ライブラリー　151）　1200円　Ⓘ4-00-260151-X

◇文学の中の他者―共存の深みへ　前田角蔵著　菁柿堂　1998.9　302p　20cm　2400円　Ⓘ4-7952-7975-6

◇紙の本が亡びるとき？　前田塁著　青土社　2010.1　286p　19cm　1900円　Ⓘ978-4-7917-6531-7

◇前田愛著作集―第6巻　テクストのユートピア　前田愛著　筑摩書房　1990.4　537p　22cm　4940円　Ⓘ4-480-36006-9

◇能と近代文学　増田正造著　平凡社　1990.11　503,10p　22cm　3800円　Ⓘ4-582-24605-2

◇詩と文学の社会学　松島浄著　学文社　2006.3　230p　22cm　2500円　Ⓘ4-7620-1554-7

◇近代文学と能楽　松田存著　朝文社　1991.5　366p　20cm　2800円　Ⓘ4-88695-038-8

◇丸谷才一批評集―第4巻　近代小説のために　丸谷才一著　文芸春秋　1996.4　390p　20cm　2200円　Ⓘ4-16-504150-5

◇新編これからの日本文学　丸山顕徳、西端幸雄、広田収、三浦俊介編　葛城　金寿堂出版　2007.4　162p　26cm　〈文献あり〉　1800円　Ⓘ978-4-903762-02-9

◇小説という植民地　三浦雅士著　福武書店　1991.7　248p　20cm　1800円　Ⓘ4-8288-2389-1

◇転換期の文学　三島憲一、木下康光編　京都　ミネルヴァ書房　1999.9　319p　22cm　（叢書転換期のフィロソフィー　第5巻）　3600円　Ⓘ4-623-03003-2

◇三島由紀夫文学論集―1　三島由紀夫著, 虫明亜呂無編　講談社　2006.4　308p　16cm　（講談社文芸文庫）　1300円　Ⓘ4-06-198439-X

◇三島由紀夫文学論集―2　三島由紀夫著, 虫明亜呂無編　講談社　2006.5　343p　16cm　（講談社文芸文庫）　1300円　Ⓘ4-06-198442-X

◇三島由紀夫文学論集―3　三島由紀夫著, 虫明亜呂無編　講談社　2006.6　342p　16cm　（講談社文芸文庫）〈著作目録あり　年譜あり〉　1300円　Ⓘ4-06-198445-4

◇近代小説の〈語り〉と〈言説〉　三谷邦明編　有精堂出版　1996.6　280p　22cm　（双書〈物語学を拓く〉2）　6386円　Ⓘ4-640-30330-0,4-640-32543-6

◇大衆ヒーローの謎　三谷茉沙夫著　読売新聞社　1995.9　238p　19cm　1200円　Ⓘ4-643-95071-4

◇文章修業　水上勉, 瀬戸内寂聴著　岩波書店　1997.2　210p　20cm　1500円　Ⓘ4-00-002872-3

◇文壇放浪　水上勉著　毎日新聞社　1997.9　269p　20cm　1500円　Ⓘ4-620-31192-8

◇文学のなかの人間像　武蔵大学公開講座委員会編　御茶の水書房　1995.5　224p　19cm　（武蔵大学公開講座）　1854円　Ⓘ4-275-01584-3

◇文学鶴亀　武藤康史著　国書刊行会　2008.2　332,14p　19cm　2200円　Ⓘ978-4-336-04991-9

◇夢の崩壊―日本近代文学一面　村橋春洋著　双文社出版　1997.3　210p　20cm　3296円　Ⓘ4-88164-514-5

◇西欧との対決―漱石から三島、遠藤まで　村松剛著　新潮社　1994.2　249p　20cm　1800円　Ⓘ4-10-321403-1

◇西欧との対決―漱石から三島、遠藤まで　村

現代日本文学

松剛著　新潮社　1994.7　249p　20cm　①4-10-321403-1

◇みなさんも文学通―通勤読書 1（小説編）　明治書院企画編集部編著　明治書院　1996.6　167p　18cm　880円　①4-625-53128-4

◇サラリーマン・主婦のための文学通講座　明治書院第三編集部編著　明治書院　1998.2　170p　18cm　1000円　①4-625-53143-8

◇サラリーマンのための文学通講座―判定つきテーマ別編 1　明治書院編集部編著　明治書院　1998.7　174p　18cm　1000円　①4-625-53144-6

◇サラリーマンのための文学通講座―判定つきテーマ別編 2　明治書院編集部編著　明治書院　1998.11　168p　18cm　1000円　①4-625-53145-4

◇なんちゃって文学通検定―1　明治書院編集部編　明治書院　2007.7　160p　19cm　1000円　①978-4-625-65402-2

◇なんちゃって文学通検定―2　明治書院編集部編　明治書院　2007.8　160p　19cm　1000円　①978-4-625-65403-9

◇森川達也評論集成―1　根源的なものを求めて―文学の思想　森川達也著　審美社　1995.10　494p　20cm　4500円　①4-7883-8001-3

◇森川達也評論集成―2　変容する主題と文体―文学の方法　森川達也著　審美社　1996.2　421p　20cm　4500円　①4-7883-8002-1

◇森川達也評論集成―5　折々の発言―エッセイ・時評ほか　森川達也著　審美社　1997.4　491p　20cm　4369円　①4-7883-8005-6

◇文芸の条件　森村誠一著　講談社　2007.3　279p　20cm　1900円　①978-4-06-213893-2

◇近代日本文学の諸相―安川定男先生古稀記念　安川定男先生古稀記念論文集編集委員会編　明治書院　1990.3　12,389p　22cm〈安川定男の肖像あり〉　9800円　①4-625-43058-5

◇誰も書かなかった白雪姫の復讐　梁瀬光世著　学習研究社　1994.5　270p　18cm　（Elfin books series）　1300円　①4-05-400267-6

◇実践的文学入門　八幡政男著　西田書店　1989.10　253p　19cm　1300円　①4-88866-095-6

◇転形期と思考　山城むつみ著　講談社　1999.8　253p　20cm　2500円　①4-06-209741-9

◇エロスとまなざし―性を描く者たちへの共感と違和感　山田陽一著　パラダイム　1999.12　223p　19cm　1700円　①4-89490-561-2

◇日本文学の散歩みち　山本容朗著　実業之日本社　1994.6　254p　20cm　1600円　①4-408-00732-3

◇結城信一評論・随筆集成　結城信一著,結城信孝編　未知谷　2007.12　381p　20cm　5000円　①978-4-89642-208-5

◇文学÷現代　横尾和博著　のべる出版企画　2005.6　229p　19cm〈コスモヒルズ（発売）〉　1400円　①4-87703-927-9

◇きみに語る―近代日本の作家と作品　吉田悦志著　DTP出版　2008.4　186p　19cm〈文献あり〉　1500円　①978-4-86211-097-8

◇東西文学論・日本の現代文学　吉田健一著　講談社　1995.11　373p　16cm　（講談社文芸文庫―現代日本のエッセイ）　1100円　①4-06-196346-5

◇文学人生案内　吉田健一著　講談社　1996.11　221p　16cm　（講談社文芸文庫―現代日本のエッセイ）　880円　①4-06-196395-3

◇文学空間の中の日本近代　吉田達志著　高文堂出版社　1999.1　221p　19cm　2476円　①4-7707-0607-3

◇日本文学の光と影―荷風・花袋・谷崎・川端バルバラ・吉田＝クラフト著,吉田秀和編,浜川祥枝,吉田秀和訳　藤原書店　2006.11　436p　20cm〈肖像あり　著作目録あり　年譜あり〉　4200円　①4-89434-545-5

◇六月の風・十七歳の文学誌―私の近代文学ノート　吉永哲郎著　高崎　至誠堂　2006.5　259p　21cm　1905円　①4-9902247-2-8

◇消費のなかの芸―ベストセラーを読む　吉本隆明著　ロッキング・オン　1996.9　317p　20cm　1700円　①4-947599-40-5

◇悲劇の解読　吉本隆明著　筑摩書房　1997.7　365p　15cm　（ちくま学芸文庫）　1100円　①4-480-08376-6

◇吉本隆明歳時記　吉本隆明著　新版　思潮社　2005.5　159p　20cm　1600円　①4-7837-2331-1

◇日本近代文学の名作　吉本隆明著　新潮社　2008.7　213p　16cm　〈新潮文庫〉　400円　①978-4-10-128923-6

◇文学の原風景　若月忠信著　松本　郷土出版社　1999.1　273p　20cm　1600円　①4-87663-421-1

◇蒐集曼陀羅　和田晃著　創土社　2007.1　226p　20cm　2000円　①978-4-7893-0052-0

◇単独者の場所　和田博文著　双文社出版　1989.12　262p　20cm　2500円　①4-88164-333-9

◇精神の痛みと文学の根源　晧星社　2005.4　172p　21cm　〈千年紀文学叢書 5　千年紀文学の会編著〉〈シリーズ責任表示：千年紀文学の会編著〉　2500円　①4-7744-0377-6

辞典・書誌

◇昭和期文学・思想文献資料集成—第3輯　春陽堂月報　青山毅編　五月書房　1989.12　372,9p　27cm　〈複製〉　49440円　①4-7727-0103-6

◇文学全集の研究　青山毅編著　明治書院　1990.5　251p　22cm　4800円　①4-625-43060-7

◇日本現代小説大事典　浅井清,佐藤勝編　明治書院　2004.7　1613p　22cm　19000円　①4-625-60303-X

◇日本現代小説大事典　浅井清,佐藤勝編　増補縮刷版　明治書院　2009.4　1483p　20cm　7200円　①978-4-625-60308-2

◇今井卓爾コレクション—跡見学園女子大学短期大学部図書館所蔵　寄贈目録　跡見学園女子大学短期大学部図書館　跡見学園女子大学短期大学部図書館　2002.3　18p　26cm

◇浦西和彦書誌選集—谷沢永一・向井敏・開高健　浦西和彦編著　金沢　金沢文圃閣　2011　139p　26cm　（文献探索人叢書　深井人詩編）〈年譜あり〉

◇『毎日新報』文学関係記事索引—1939.1～1945.12.31　大村益夫,布袋敏博編　早稲田大学語学教育研究所　2002.2　185p　30cm

◇大森一彦書誌選集—寺田寅彦・田丸卓郎・小宮豊隆　大森一彦著　金沢　金沢文圃閣　2012　154p　26cm　（文献探索人叢書　深井人詩編）〈年譜あり　著作目録あり　文献あり〉　3000円

◇日本近代文学書誌書目抄　大屋幸世著　日本古書通信社　2006.3　283p　21cm　〈著作目録あり〉　2800円　①4-88914-024-7

◇ポケット日本名作事典　小田切進,尾崎秀樹監修　新版　平凡社　2000.3　473p　18cm　2500円　①4-582-12418-6

◇日本文学研究文献要覧—現代日本文学　2000-2004　勝又浩,梅沢亜由美監修,日外アソシエーツ株式会社編　日外アソシエーツ　2005.7　806p　27cm　〈紀伊国屋書店（発売）〉　38000円　①4-8169-1932-5

◇文芸雑誌小説初出総覧—1945-1980　勝又浩監修,日外アソシエーツ株式会社編　日外アソシエーツ　2005.7　1294p　27cm　〈紀伊国屋書店（発売）〉　47000円　①4-8169-1935-X

◇文芸雑誌小説初出総覧—1981-2005　勝又浩監修,日外アソシエーツ株式会社編　日外アソシエーツ　2006.7　1442p　27cm　〈紀伊国屋書店（発売）〉　47000円　①4-8169-1984-8

◇文芸雑誌小説初出総覧—作品名篇　勝又浩監修,日外アソシエーツ株式会社編　日外アソシエーツ　2007.7　1166p　27cm　〈紀伊国屋書店（発売）〉　38000円　①978-4-8169-2053-0

◇ペンネームの由来事典　紀田順一郎著　東京堂出版　2001.9　331p　20cm　2600円　①4-490-10581-9

◇現代文学鑑賞辞典　栗坪良樹編　東京堂出版　2002.3　430p　20cm　〈他言語標題：Modern literature of Japan 1885-2001〉　2900円　①4-490-10594-0

◇谷沢永一先生書目・書影　栗原純編　〔中山町（山形県）〕〔栗原純〕　2012.3　123p　21cm　〈私家版〉　非売品

◇作品別・近代文学研究事典　国文学編集部編　学燈社　1990.4　225p　21cm　〈『国文学』第32巻9号改装版〉　1550円　①4-312-10029-2

◇近代文学作中人物事典　国文学編集部編　学燈社　1992.8　216p　21cm　〈『国文学第36巻11号』改装版〉　1550円　①4-312-10035-7

◇作家のペンネーム辞典　佐川章著　創拓社　1990.11　509p　18cm　1600円　①4-87138-110-2

現代日本文学（辞典・書誌）

◇明治・大正・昭和作家研究大事典　作家研究大事典編纂会編　桜楓社　1992.9　619p　27cm〈監修：重松泰雄〉　19000円　①4-273-02594-9

◇社会文学事典　『社会文学事典』刊行会編　冬至書房　2007.1　341,43p　22cm〈年表あり〉　6000円　①4-88582-143-6

◇東京都近代文学博物館所蔵資料目録　東京都近代文学博物館編　東京都近代文学博物館　1989.3　369p　26cm

◇東京都近代文学博物館所蔵資料目録―第2集　東京都近代文学博物館編　東京都近代文学博物館　1997.2　193p　26cm

◇日本文学・日本語学・日本漢文学研究を志す外国人研究者のための文献案内　西沢美仁編　集代表　上智大学文学部国文学科　2011.12　146p　21cm　（上智大学国文学科紀要別冊）〈背のタイトル：外国人研究者のための文献案内〉

◇作家・小説家人名事典　日外アソシエーツ編　日外アソシエーツ　1990.12　61,649p　21cm〈紀伊国屋書店（発売）〉　5800円　①4-8169-1011-5

◇日本の小説全情報―27/90　日外アソシエーツ株式会社編　日外アソシエーツ　1991.12　2冊　22cm〈紀伊国屋書店（発売）〉　全39800円　①4-8169-1114-6

◇全集・作家名綜覧―第2期　日外アソシエーツ株式会社編　日外アソシエーツ　1993.7　676p　22cm　（現代日本文学綜覧シリーズ 10）〈紀伊国屋書店（発売）〉　25000円　①4-8169-1194-4,4-8169-0146-9

◇全集・作品名綜覧―第2期　日外アソシエーツ株式会社編　日外アソシエーツ　1993.7　412p　22cm　（現代日本文学綜覧シリーズ 11）〈紀伊国屋書店（発売）〉　20000円　①4-8169-1195-2,4-8169-0146-9

◇全集・内容綜覧―第2期　日外アソシエーツ株式会社編　日外アソシエーツ　1993.7　292p　22cm　（現代日本文学綜覧シリーズ 9）〈紀伊国屋書店（発売）〉　15000円　①4-8169-1193-6,4-8169-0146-9

◇文学作品書き出し事典　日外アソシエーツ編　集部編　日外アソシエーツ　1994.7　746p　22cm〈紀伊国屋書店（発売）〉　18000円　①4-8169-1246-0

◇日本の小説全情報―91/93　日外アソシエーツ株式会社編　日外アソシエーツ　1994.11　718p　22cm〈紀伊国屋書店（発売）〉　12800円　①4-8169-1266-5

◇日本文学研究文献要覧―現代日本文学　1985～1989　日外アソシエーツ編　日外アソシエーツ　1995.6　615p　27cm　（20世紀文献要覧大系 27）　36000円　①4-8169-1309-2

◇日本の小説全情報―94/96　日外アソシエーツ編　日外アソシエーツ　1997.3　781p　22cm　13905円　①4-8169-1413-7

◇全集/個人全集・作家名綜覧―第3期 上　日外アソシエーツ編　日外アソシエーツ　1998.6　31,726p　22cm　（現代日本文学綜覧シリーズ 19）　①4-8169-1491-9,4-8169-0146-9

◇全集/個人全集・作家名綜覧―第3期 下　日外アソシエーツ編　日外アソシエーツ　1998.6　29p,p727～1333　22cm　（現代日本文学綜覧シリーズ 19）　①4-8169-1491-9,4-8169-0146-9

◇全集/個人全集・作品名綜覧―第3期 上　日外アソシエーツ編　日外アソシエーツ　1998.6　14,620p　22cm　（現代日本文学綜覧シリーズ 20）　①4-8169-1492-7,4-8169-0146-9

◇全集/個人全集・作品名綜覧―第3期 下　日外アソシエーツ編　日外アソシエーツ　1998.6　12p,p621～1225　22cm　（現代日本文学綜覧シリーズ 20）　①4-8169-1492-7,4-8169-0146-9

◇全集/個人全集・内容綜覧―第3期　日外アソシエーツ編　日外アソシエーツ　1998.6　14,764p　22cm　（現代日本文学綜覧シリーズ 18）　36000円　①4-8169-1490-0,4-8169-0146-9

◇近代文学難読作品名辞典　日外アソシエーツ編　日外アソシエーツ　1998.11　290p　21cm　7000円　①4-8169-1512-5

◇日本文学研究文献要覧―現代日本文学　1990-1994　日外アソシエーツ編　日外アソシエーツ　1999.4　621p　27cm　37000円　①4-8169-1539-7

◇日本の小説全情報―1997-1999　日外アソシエーツ編　日外アソシエーツ　2000.3

896p　22cm〈紀伊国屋書店（発売）〉14000円　ⓘ4-8169-1596-6
◇日本文学研究文献要覧―現代日本文学 1995-1999　日外アソシエーツ編　日外アソシエーツ　2000.6　709p　27cm〈紀伊国屋書店（発売）〉　38000円　ⓘ4-8169-1614-8
◇短編小説12万作品名目録　日外アソシエーツ編　日外アソシエーツ　2001.7　1613p　27cm〈紀伊国屋書店（発売）〉　29000円　ⓘ4-8169-1679-2
◇作家・小説家人名事典　日外アソシエーツ編　新訂　日外アソシエーツ　2002.10　811p　22cm〈紀伊国屋書店（発売）〉　9800円　ⓘ4-8169-1739-X
◇日本の小説全情報―2000-2002　日外アソシエーツ編　日外アソシエーツ　2003.2　994p　22cm〈紀伊国屋書店（発売）〉　15000円　ⓘ4-8169-1762-4
◇作品名から引ける日本文学全集案内―第2期　日外アソシエーツ編　日外アソシエーツ　2003.7　860p　21cm〈紀伊国屋書店（発売）〉　9800円　ⓘ4-8169-1791-8
◇作家名から引ける日本文学全集案内―第2期　日外アソシエーツ編　日外アソシエーツ　2004.2　926p　21cm〈紀伊国屋書店（発売）〉　9800円　ⓘ4-8169-1824-8
◇全集/個人全集・内容総覧―第4期　日外アソシエーツ編　日外アソシエーツ　2004.4　933p　22cm　（現代日本文学綜覧シリーズ 25）〈紀伊国屋書店（発売）〉　36000円　ⓘ4-8169-1833-7,4-8169-0146-9,4-8169-1833-7
◇全集/個人全集・作家名綜覧―第4期 上　日外アソシエーツ編　日外アソシエーツ　2004.5　20,802p　22cm　（現代日本文学綜覧シリーズ 26）〈紀伊国屋書店（発売）〉　ⓘ4-8169-1834-5,4-8169-0146-9,4-8169-1834-5
◇全集/個人全集・作家名綜覧―第4期 下　日外アソシエーツ編　日外アソシエーツ　2004.5　19p,p803～1557　22cm　（現代日本文学綜覧シリーズ 26）〈紀伊国屋書店（発売）〉　ⓘ4-8169-1834-5,4-8169-0146-9,4-8169-1834-5
◇全集/個人全集・作品名綜覧―第4期 上　あ～せ　日外アソシエーツ編　日外アソシエーツ　2004.6　15,776p　22cm　（現代日本文学綜覧シリーズ 27）〈紀伊国屋書店（発売）〉　ⓘ4-8169-1835-3,4-8169-0146-9,4-8169-1835-3
◇全集/個人全集・作品名綜覧―第4期 下　そ～わ　日外アソシエーツ編　日外アソシエーツ　2004.6　13,p777～1516　22cm　（現代日本文学綜覧シリーズ 27）〈紀伊国屋書店（発売）〉　ⓘ4-8169-1835-3,4-8169-0146-9,4-8169-1835-3
◇現代日本文学全集綜覧―EPWING版　日外アソシエーツ株式会社編　増補改訂版　日外アソシエーツ　2004.11　CD-ROM2枚　12cm〈付属資料：取扱説明書（41p ; 26cm）電子的内容：テキスト・データ　OS 日本語Windows 95,98,Me,NT 4.0,2000,XP　Windowsの場合EPWING検索ソフトまたは検索ソフト「ViewIng」　ディスク容量　プログラム本体1.4MB　Macintoshの場合EPWING検索ソフト　ホルダー入（28cm）〉380000円　ⓘ4-8169-8178-0
◇現代の作家　日外アソシエーツ株式会社編　日外アソシエーツ　2005.3　632p　22cm　（年譜集成 1）〈紀伊国屋書店（発売）〉　16000円　ⓘ4-8169-1890-6
◇作品名から引ける日本文学作家・小説家個人全集案内―第2期　日外アソシエーツ株式会社編　日外アソシエーツ　2005.6　17,957p　21cm〈紀伊国屋書店（発売）〉　9500円　ⓘ4-8169-1927-9
◇作品名から引ける日本文学評論・思想家個人全集案内―第2期　日外アソシエーツ株式会社編　日外アソシエーツ　2005.6　13,588p　21cm〈紀伊国屋書店（発売）〉　9500円　ⓘ4-8169-1929-5
◇日本の小説全情報―2003-2005　日外アソシエーツ株式会社編　日外アソシエーツ　2006.2　1065p　22cm〈紀伊国屋書店（発売）〉　15000円　ⓘ4-8169-1963-5
◇明治大正期文芸書総目録―小説・戯曲・詩歌・随筆・評論・研究　日外アソシエーツ株式会社編　日外アソシエーツ　2007.5　1399p　22cm〈紀伊国屋書店（発売）〉　46667円　ⓘ978-4-8169-2041-7
◇短編小説12万作品名目録―続（2001-2008）　日外アソシエーツ株式会社編　日外アソシ

現代日本文学（辞典・書誌）

エーツ　2009.4　1505p　27cm〈紀伊国屋書店（発売）〉　23800円　①978-4-8169-2177-3

◇短編小説24万作家名目録　日外アソシエーツ株式会社編　日外アソシエーツ　2010.1　1889p　27cm〈紀伊国屋書店（発売）〉　38000円　①978-4-8169-2229-9

◇現代日本文学綜覧シリーズ―31　全集/個人全集・内容綜覧　第5期　日外アソシエーツ株式会社編　日外アソシエーツ　2010.2　814p　22cm〈紀伊国屋書店（発売）〉　36000円　①978-4-8169-2233-6

◇現代日本文学綜覧シリーズ―32〔上〕　全集/個人全集・作家名綜覧　第5期　上（あ～そ）　日外アソシエーツ株式会社編　日外アソシエーツ　2010.3　728p　22cm〈紀伊国屋書店（発売）〉　①978-4-8169-2234-3

◇現代日本文学綜覧シリーズ―32〔下〕　全集/個人全集・作家名綜覧　第5期　下（た～わ）　日外アソシエーツ株式会社編　日外アソシエーツ　2010.3　p729-1551　22cm〈紀伊国屋書店（発売）〉　①978-4-8169-2234-3

◇現代日本文学綜覧シリーズ―33〔上〕　全集/個人全集・作品名綜覧　第5期　上（あ～せ）　日外アソシエーツ株式会社編　日外アソシエーツ　2010.4　722p　22cm〈紀伊国屋書店（発売）〉　①978-4-8169-2235-0

◇現代日本文学綜覧シリーズ―33〔下〕　全集/個人全集・作品名綜覧　第5期　下（そ～わ）　日外アソシエーツ株式会社編　日外アソシエーツ　2010.4　p723-1429　22cm〈紀伊国屋書店（発売）〉　①978-4-8169-2235-0

◇日本文学研究文献要覧―現代日本文学 2005～2009　日外アソシエーツ株式会社編, 勝又浩, 梅沢亜由美監修　日外アソシエーツ　2010.6　819p　27cm〈紀伊国屋書店（発売）　文献あり　索引あり〉　38000円　①978-4-8169-2256-5

◇文芸雑誌小説初出総覧―翻訳小説篇 1945-2010　日外アソシエーツ株式会社編　日外アソシエーツ　2011.1　884p　27cm〈紀伊国屋書店（発売）　索引あり〉　47000円　①978-4-8169-2297-8

◇現代文学難読作品名辞典　日外アソシエーツ株式会社編集　日外アソシエーツ　2012.7　315p　21cm〈紀伊国屋書店（発売）〉　9400円　①978-4-8169-2372-2

◇文芸年鑑―昭和31年版　日本文芸家協会編　復刻版　日本図書センター　1998.1　277p　22cm　9000円　①4-8205-1968-9,4-8205-1967-0

◇文芸年鑑―昭和32年版　日本文芸家協会編　復刻版　日本図書センター　1998.1　225,96p　22cm　10000円　①4-8205-1969-7,4-8205-1967-0

◇文芸年鑑―昭和33年版　日本文芸家協会編　復刻版　日本図書センター　1998.1　141,105p　22cm　9000円　①4-8205-1970-0,4-8205-1967-0

◇文芸年鑑―昭和34年版　日本文芸家協会編　復刻版　日本図書センター　1998.1　180,111p　22cm　9000円　①4-8205-1971-9,4-8205-1967-0

◇文芸年鑑―昭和35年版　日本文芸家協会編　復刻版　日本図書センター　1998.1　208,116p　22cm　10000円　①4-8205-1972-7,4-8205-1967-0

◇文芸年鑑―昭和36年版　日本文芸家協会編　復刻版　日本図書センター　1998.1　228,119p　22cm　11000円　①4-8205-1973-5,4-8205-1967-0

◇文芸年鑑―昭和37年版　日本文芸家協会編　復刻版　日本図書センター　1998.1　227,124p　22cm　11000円　①4-8205-1974-3,4-8205-1967-0

◇文芸年鑑―昭和38年版　日本文芸家協会編　復刻版　日本図書センター　1998.1　255,129p　22cm　12000円　①4-8205-1975-1,4-8205-1967-0

◇文芸年鑑―昭和39年版　日本文芸家協会編　復刻版　日本図書センター　1998.1　275,139p　22cm　12000円　①4-8205-1976-X,4-8205-1967-0

◇文芸年鑑―昭和40年版　日本文芸家協会編　復刻版　日本図書センター　1998.1　285,139p　22cm　12000円　①4-8205-1977-8,4-8205-1967-0

◇日本近代文学の書誌研究　坂敏弘著　国分寺　武蔵野書房　1998.9　286p　20cm　2000円

◇日本現代文学大事典　三好行雄ほか編　明治書院　1994.6　2冊　27cm〈「作品篇」「人名・事項篇」に分冊刊行〉　全26000円

ⓘ4-625-40063-5
◇近代作家名文句辞典　村松定孝編　東京堂出版　1990.9　165p　20cm　1300円　ⓘ4-490-10281-X
◇近代作家エピソード辞典　村松定孝編　東京堂出版　1991.7　210p　20cm　1900円　ⓘ4-490-10290-9
◇青山毅現代文学コレクション目録　山梨県立文学館編　甲府　山梨県立文学館　1996.2　104p　26cm
◇『現代日本小説大系』（河出書房版）解説集成―第1巻　写実主義/写実主義時代/浪漫主義時代/自然主義/新浪漫主義　ゆまに書房　2009.9　492p　22cm　（書誌書目シリーズ91）〈複製〉　ⓘ978-4-8433-3278-8
◇『現代日本小説大系』（河出書房版）解説集成―第2巻　新理想主義/新現実主義/プロレタリア文学　ゆまに書房　2009.9　407p　22cm　（書誌書目シリーズ91）〈複製〉　ⓘ978-4-8433-3278-8
◇『現代日本小説大系』（河出書房版）解説集成―第3巻　モダニズム/昭和十年代/戦後篇/人名・作品索引　ゆまに書房　2009.9　417p　22cm　（書誌書目シリーズ91）〈索引あり　複製〉　ⓘ978-4-8433-3278-8

ブックガイド・文学案内

◇こどもの目大人の目―教科書で読む児童文学から村上春樹まで　渥見秀夫著　松山　晴耕雨読　2012.5　229p　19cm　1400円　ⓘ978-4-925082-34-1
◇短編小説を読もう　阿刀田高著　岩波書店　2005.12　232p　18cm　（岩波ジュニア新書524）　780円　ⓘ4-00-500524-1
◇日本の小説101　安藤宏編　新書館　2003.6　226p　21cm　1800円　ⓘ4-403-25070-X
◇池内式文学館　池内紀著　白水社　2007.7　240p　20cm　2100円　ⓘ978-4-560-03164-3
◇名作の書き出し―漱石から春樹まで　石原千秋著　光文社　2009.9　285p　18cm　（光文社新書 422）　820円　ⓘ978-4-334-03525-9
◇日本・名著のあらすじ　一校舎国語研究会編　永岡書店　2004.5　255p　15cm　486円　ⓘ4-522-47547-0
◇日本・名著のあらすじ―精選40冊　一校舎国語研究会編　永岡書店　2004.8　255p　15cm　486円　ⓘ4-522-47555-1
◇溜息に似た言葉―セリフで読み解く名作　岩松了著　ポット出版　2009.9　190p　18cm　〈写真：中村紋子ほか　著作目録あり〉　2200円　ⓘ978-4-7808-0133-0
◇まるごと小説は面白い　上田博著　京都　晃洋書房　2006.4　182p　19cm　1800円　ⓘ4-7710-1716-6
◇初心者のための「文学」　大塚英志著　角川書店　2006.6　285p　19cm　1200円　ⓘ4-04-883955-1
◇初心者のための「文学」　大塚英志著　角川書店　2008.7　327p　15cm　（角川文庫）〈2006年刊の増訂　角川グループパブリッシング（発売）〉　667円　ⓘ978-4-04-419124-5
◇名作への招待日本篇―アメリカ文学者による作品ガイド　岡田量一著　彩流社　2009.7　237p　20cm　2000円　ⓘ978-4-7791-1450-2
◇あらすじで味わう名作文学―古今東西の名著三〇選　小川和佑監修　広済堂出版　2004.3　221p　21cm　〈文献あり〉　1200円　ⓘ4-331-51030-1
◇あらすじで読む日本の名著　小川義男編　楽書舘　2003.7　173p　21cm　〈他言語標題：Great Japanese literature at a glance　中経出版（発売）〉　1000円　ⓘ4-8061-1820-6
◇あらすじで読む日本の名著―no.2　小川義男編著　楽書舘　2003.11　157p　21cm　〈他言語標題：Great Japanese literature at a glance　中経出版（発売）〉　1000円　ⓘ4-8061-1908-3
◇あらすじで読む日本の名著―no.3　小川義男編著　楽書舘　2003.12　159p　21cm　〈他言語標題：Great Japanese literature at a glance　中経出版（発売）〉　1000円　ⓘ4-8061-1941-5
◇あらすじで読む日本の名著　小川義男編著　新人物往来社　2012.6　319p　15cm　（新人物文庫 お-9-1）〈楽書舘 2003年刊の一部改稿〉　733円　ⓘ978-4-404-04203-3
◇新人を読む―10年の小説1990-2000　尾高修也著　国書刊行会　2005.3　263p　19cm　1800円　ⓘ4-336-04697-2
◇いけない読書マニュアル―ベスト・セレク

現代日本文学（ブックガイド・文学案内）

ト・ノヴェルズ350篇　風間賢二著　自由国民社　1994.5　237p　18cm　(J.K books)　1200円　Ⓘ4-426-47000-5

◇あのころ読んだ小説―川村湊書評集　川村湊著　勉誠出版　2009.10　448p　20cm　2400円　Ⓘ978-4-585-05504-4

◇言葉のなかに風景が立ち上がる　川本三郎著　新潮社　2006.12　239p　20cm　1700円　Ⓘ4-10-377603-X

◇面白本ベスト100　北上次郎著　本の雑誌社　1997.11　251p　19cm　1600円　Ⓘ4-938463-65-2

◇読むのが怖い！―帰ってきた書評漫才～激闘編　北上次郎,大森望著　ロッキング・オン　2008.4　331p　19cm　1700円　Ⓘ978-4-86052-074-8

◇Jブンガク―英語で出会い、日本語を味わう名作50　ロバート・キャンベル編　東京大学出版会　2010.3　242p　21cm〈他言語標題：J-lit　英語併記　文献あり〉1800円　Ⓘ978-4-13-083054-6

◇世界最高の日本文学―こんなにすごい小説があった　許光俊著　光文社　2005.10　226p　18cm　（光文社新書）　700円　Ⓘ4-334-03326-1

◇偏愛文学館　倉橋由美子著　講談社　2005.7　221p　20cm　1600円　Ⓘ4-06-212950-7

◇偏愛文学館　倉橋由美子著　講談社　2008.7　225p　15cm　（講談社文庫）　476円　Ⓘ978-4-06-276092-8

◇知っ得21世紀を拓く現代の作家・ガイド100　国文学編集部編　学燈社　2007.7　214p　21cm〈背のタイトル：知っ得現代の作家・ガイド100〉　1800円　Ⓘ978-4-312-70018-6

◇知っ得現代作家便覧　国文学編集部編　学燈社　2007.11　210p　21cm〈「国文学　増刊」(1990年5月刊)改装版　文献あり〉1800円　Ⓘ978-4-312-70027-8

◇知っ得現代の小説101篇の読み方　国文学編集部編　学燈社　2008.6　216p　21cm〈「国文学　増刊」(1992年9月刊)改装版〉1800円　Ⓘ978-4-312-70038-4

◇人生の並木道―文豪の心にしみるあの言葉　小嶋宏著　文芸社　2007.5　106p　19cm　1000円　Ⓘ978-4-286-02743-2

◇児玉清の「あの作家に会いたい」―人と作品をめぐる25の対話　児玉清著　PHP研究所　2009.7　222p　19cm〈述：大崎善生ほか〉1200円　Ⓘ978-4-569-77004-8

◇愛と死の日本文学―心ときめく、読書への誘い　小林一仁著　東洋館出版社　2011.10　195p　21cm　2500円　Ⓘ978-4-491-02729-6

◇いますぐ読みたい!!〈新時代〉作家ファイル100　小峰慎也,山本亮介著,佐藤勝監修　明治書院　2007.6　220p　21cm　1300円　Ⓘ978-4-625-65400-8

◇「あらすじ」だけで人生の意味が全部わかる世界の古典13　近藤康太郎著　講談社　2012.11　270p　18cm　（講談社＋α新書　212-3C）　895円　Ⓘ978-4-06-272781-5

◇名作にひそむ涙が流れる一行―この文章が人生を変える！　斎藤孝著　ジョルダン　2009.5　205p　19cm　（ジョルダンブックス）　1200円　Ⓘ978-4-915933-18-9

◇あの声優が読むあの名作　斎藤孝監修　マガジンハウス　2010.7　93p　18cm　1500円　Ⓘ978-4-8387-2139-9

◇ふり仮名なしで読めますか？　あの名作の名場面―漢字テストに挑戦薀蓄で納得　彩流社編集部編　彩流社　2006.4　109p　21cm　（大人の常識トレーニング 1）〈年表あり〉952円　Ⓘ4-7791-1004-1

◇ふり仮名をつけながら文学散歩　彩流社編集部,斎木徹志編　彩流社　2006.7　111p　21cm　（大人の常識トレーニング 3）　952円　Ⓘ4-7791-1006-8

◇一冊で愛の話題作100冊を読む　酒井茂之編著　友人社　1991.3　231p　19cm　（一冊で100シリーズ 10）　1240円　Ⓘ4-946447-12-1

◇一冊で日本の名著100冊を読む―続　酒井茂之編著　友人社　1992.3　231p　19cm　（一冊で100シリーズ 20）　1240円　Ⓘ4-946447-23-7

◇作家の運命を変えた一冊の本　塩沢実信著　新装版　市川　出版メディアパル　2012.7　269p　19cm〈文献あり〉2400円　Ⓘ978-4-902251-77-7

◇教科書の文学を読みなおす　島内景二著　筑摩書房　2008.9　158p　18cm　（ちくまプリマー新書 92）　720円　Ⓘ978-4-480-68795-1

◇独断流「読書」必勝法　清水義範著, 西原理恵子え　講談社　2007.4　374p　19cm　1500円　Ⓘ978-4-06-214057-7

◇一日の終わりに50の名作一編　清水義範編著　成美堂出版　2008.10　285p　16cm　（成美文庫）〈年表あり〉　562円　Ⓘ978-4-415-40077-8

◇人生に二度読む本　城山三郎, 平岩外四著　講談社　2005.2　222p　20cm　1429円　Ⓘ4-06-212789-X

◇Jブンガクーマンガで読む英語で味わう日本の名作文学12編　「Jブンガク」制作プロジェクト編, ロバート・キャンベル監修　ディスカヴァー・トゥエンティワン　2011.1　226p　21cm〈イラスト：むとうけんじ〉　1300円　Ⓘ978-4-88759-889-8

◇名作は隠れている　千石英世, 千葉一幹編著　京都　ミネルヴァ書房　2009.1　223p　20cm　（ミネルヴァ評論叢書〈文学の在り処〉別巻 3）　2500円　Ⓘ978-4-623-05245-5

◇カフェで読む物語の名シーン　SOHOギルド編　クラブハウス　2004.7　183p　19cm　（カフェ・ブックス 1）　1100円　Ⓘ4-906496-33-4

◇この小説の輝き！—20の名作の名場面で読む「人間」の一生　高橋敏夫著　中経出版　2006.11　255p　15cm　（中経の文庫）　552円　Ⓘ4-8061-2566-0

◇日本文学名作案内　立石伯監修　友人社　2008.3　175p　21cm　1000円　Ⓘ978-4-946447-47-1

◇名作の書き出しを諳んじる　谷沢永一著　幻冬舎　2008.2　211p　19cm　1300円　Ⓘ978-4-344-01456-5

◇名作はこのように始まる—1　千葉一幹, 芳川泰久編著　京都　ミネルヴァ書房　2008.3　206p　20cm　（ミネルヴァ評論叢書〈文学の在り処〉別巻 1）　2500円　Ⓘ978-4-623-04932-5

◇近代日本文学案内　十川信介著　岩波書店　2008.4　385,17p　15cm　（岩波文庫—岩波文庫別冊）　760円　Ⓘ978-4-00-350022-4

◇日本の名作おさらい　中嶋骏史, 勝木美千子著　自由国民社　2010.7　191p　19cm　（おとなの楽習 16）〈シリーズの編者：現代用語の基礎知識編集部　年表あり〉　1200円　Ⓘ978-4-426-10796-3

◇名作はこのように始まる—2　中村邦生, 千石英世編著　京都　ミネルヴァ書房　2008.3　208p　20cm　（ミネルヴァ評論叢書〈文学の在り処〉別巻 2）　2500円　Ⓘ978-4-623-04999-8

◇現代人気作家101人　日外アソシエーツ編　日外アソシエーツ　1996.7　503p　21cm　（読書案内・作品編）　5459円　Ⓘ4-8169-1383-1

◇ひと目でわかる日本の名作　日本の名作を読む会編著　ぶんか社　2006.8　239p　15cm　（ぶんか社文庫）〈文献あり〉　619円　Ⓘ4-8211-5061-1

◇日本の名作出だしの一文—あの物語の意外な冒頭部分　樋口裕一著　日本文芸社　2012.6　278p　19cm　1400円　Ⓘ978-4-537-25946-9

◇作家の本棚　ヒヨコ舎編　アスペクト　2012.5　155p　15cm　（アスペクト文庫 D8-1）〈「本棚」「本棚 2」(2008年刊) の再編集〉　762円　Ⓘ978-4-7572-2070-6

◇大作家"ろくでなし"列伝—名作99篇で読む大人の痛みと歓び　福田和也著　ワニ・プラス　2009.10　261p　18cm　（ワニブックス〈plus〉新書 003）〈『ろくでなしの歌』(メディアファクトリー平成12年刊) の加筆修正　ワニブックス（発売）〉　800円　Ⓘ978-4-8470-6004-5

◇絵で読むあらすじ日本の名著—1話5分で名作が読める！　藤井組編著, 舌霧スズメ絵　中経出版　2007.4　172p　21cm〈他言語標題：Great Japanese literature at a glance：a pictorial guide〉　1200円　Ⓘ978-4-8061-2698-0

◇作品より長い作品論—名作鑑賞の試み　細江光著　大阪　和泉書院　2009.3　690p　22cm　（近代文学研究叢刊 41）　15000円　Ⓘ978-4-7576-0506-0

◇この一冊でわかる日本の名作　本と読書の会編　青春出版社　2010.1　186p　19cm　（知の強化書 SC-002）〈文献あり〉　952円　Ⓘ978-4-413-10956-7

◇作家の読書道　Web本の雑誌編　本の雑誌社　2005.10　218p　19cm　1500円　Ⓘ4-86011-053-6

◇作家の読書道―2　本の雑誌編集部編　本の雑誌社　2007.8　253p　19cm　1500円　①978-4-86011-072-7

◇作家の読書道―3　Web本の雑誌, 本の雑誌編集部編　本の雑誌社　2010.5　235p　19cm　1500円　①978-4-86011-204-2

◇萌えで読みとく名作文学案内　牧野武文著　インフォレスト　2007.11　239p　19cm〈ローカス（発売）〉　1500円　①978-4-89814-880-8

◇ネットノベルパーフェクトガイド　三浦一則, メディアスタジオオッドジョブ編著　ラトルズ　2005.3　223p　21cm　1200円　①4-89977-104-5

◇若い読者のための短編小説案内　村上春樹著　文芸春秋　1997.10　268p　20cm　1238円　①4-16-353320-6

◇若い読者のための短編小説案内　村上春樹著　文芸春秋　2004.10　251p　16cm（文春文庫）　448円　①4-16-750207-0

◇あらすじダイジェスト―教養が試される名作70　明治書院企画編集部編著　幻冬舎　2003.11　219p　19cm　1200円　①4-344-00419-1

◇もう一度読みたかった本　柳田邦男著　平凡社　2011.2　283p　16cm（平凡社ライブラリー 726）〈並列シリーズ名：Heibonsha Library〉　780円　①978-4-582-76726-1

◇「ネタになる」名作文学33―学校では教えない大人の読み方　山下敦史著　プレジデント社　2008.9　118p　20cm（ピンポイント選書）　952円　①978-4-8334-1884-3

◇読みたい本がわかる　結城信孝著　中経出版　1993.7　222p　19cm（ビジネスマンの知りたいbook）　1300円　①4-8061-0676-3

◇とにかく面白い傑作小説70冊―読まなきゃ損する！　通勤、休日の退屈しのぎに最適の大興奮小説、教えます！　夢プロジェクト編　河出書房新社　2004.10　223p　15cm（Kawade夢文庫）　514円　①4-309-49551-6

◇文学の楽しみ　吉田健一著　講談社　2010.5　276p　16cm（講談社文芸文庫　よD17）〈並列シリーズ名：Kodansha Bungei bunko　著作目録あり　年譜あり〉　1400円　①978-4-06-290087-4

◇女性のための名作・人生案内　和田芳恵著　沖積舎　2005.11　190p　19cm　1600円　①4-8060-4085-1

◇私学的、あまりに私学的な―陽気で利発な若者へおくる小説・批評・思想ガイド　渡部直己著　ひつじ書房　2010.7　513p　19cm　2300円　①978-4-89476-525-2

◇一冊で100名作の「さわり」を読む　友人社　1992.2　223p　19cm（一冊で100シリーズ 19）〈付・日本文学の書き出し名作選　監修：檜谷昭彦〉　1240円　①4-946447-22-9

◇一冊で怪談ばなし100冊を読む―日本怪異文学名作案内　友人社　1992.7　231p　19cm（一冊で100シリーズ 22）〈監修：檜谷昭彦〉　1240円　①4-946447-25-3

◇恋愛に関する101冊の本　三笠書房　1994.2　261p　15cm（知的生きかた文庫）〈監修：秋元康〉　480円　①4-8379-0630-3

◇もっと！　これがワタシたちの小説ベストセレクション70　マッグガーデン　2008.1　159p　19cm　1143円　①978-4-86127-464-0

◇掘りだしものカタログ―1　先生×小説　佐野正俊編著　明治書院　2009.2　140p　22cm〈索引あり〉　952円　①978-4-625-65407-7

◇掘りだしものカタログ―2　青春×小説　掛野剛史編著　明治書院　2009.2　148p　22cm〈索引あり〉　952円　①978-4-625-65408-4

◇掘りだしものカタログ―4　輸出×小説　山本亮介編著　明治書院　2009.3　158p　21cm〈索引あり〉　952円　①978-4-625-65410-7

◇掘りだしものカタログ―5　1万字×小説　小峰慎也編著　明治書院　2009.4　154p　21cm〈索引あり〉　952円　①978-4-625-65411-4

◇掘りだしものカタログ―6　信じる心×小説　位田将司編著　明治書院　2009.4　144p　21cm〈索引あり〉　952円　①978-4-625-65412-1

文芸時評・展望

◇文芸時評という感想　荒川洋治著　四月社　2005.12　339p　20cm〈著作目録あり　木魂社（発売）〉　3200円　①4-87746-097-7

現代日本文学（文芸時評・展望）

◇祝祭の書物―表現のゼロをめぐって　安藤礼二著　文芸春秋　2012.9　275p　20cm　1980円　Ⓘ978-4-16-375610-3

◇文林通言　石川淳著　講談社　2010.8　273p　16cm　（講談社文芸文庫　いA13）〈並列シリーズ名：Kodansha Bungei bunko　著作目録あり　年譜あり〉　1400円　Ⓘ978-4-06-290095-9

◇全文芸時評　江藤淳著　新潮社　1989.11　2冊　20cm　全7500円　Ⓘ4-10-303307-X

◇常識的文学論　大岡昇平著　講談社　2010.6　304p　16cm　（講談社文芸文庫　おC12）〈並列シリーズ名：Kodansha Bungei bunko　著作目録あり　年譜あり〉　1500円　Ⓘ978-4-06-290088-1

◇反文学論　柄谷行人著　講談社　1991.11　234p　15cm　（講談社学術文庫）　700円　Ⓘ4-06-159001-4

◇反文学論　柄谷行人著　講談社　2012.5　253p　16cm　（講談社文芸文庫　かB10）〈底本：講談社学術文庫（1991年刊）　著作目録あり　年譜あり〉　1200円　Ⓘ978-4-06-290161-1

◇文芸時評　川端康成著　講談社　2003.9　439p　16cm　（講談社文芸文庫）〈年譜あり　著作目録あり〉　1600円　Ⓘ4-06-198346-6

◇文芸時評―1993-2007　川村湊著　水声社　2008.7　632p　22cm　5000円　Ⓘ978-4-89176-682-5

◇変容する文学のなかで―文芸時評1982-1990　上　菅野昭正著　集英社　2002.7　469p　20cm　4200円　Ⓘ4-08-774594-5

◇変容する文学のなかで―文芸時評1991-2001　下　菅野昭正著　集英社　2002.8　441,28p　20cm　4200円　Ⓘ4-08-774595-3

◇変容する文学のなかで―文芸時評2002-2004　菅野昭正著　集英社　2007.6　159,30p　20cm　〈年表あり〉　3500円　Ⓘ978-4-08-774822-2

◇小林秀雄全文芸時評集―上　小林秀雄著　講談社　2011.7　341p　16cm　（講談社文芸文庫　こB3）〈並列シリーズ名：Kodansha Bungei bunko〉　1600円　Ⓘ978-4-06-290129-1

◇小林秀雄全文芸時評集―下　小林秀雄著　講談社　2011.8　315p　16cm　（講談社文芸文庫　こB4）〈並列シリーズ名：Kodansha Bungei bunko　著作目録あり　年譜あり〉　1600円　Ⓘ978-4-06-290130-7

◇最後の文芸時評―90年代日本文学総ざらい　清水良典著　四谷ラウンド　1999.7　363,43,8p　20cm　2000円　Ⓘ4-946515-33-X

◇筒井康隆の文芸時評　筒井康隆著　河出書房新社　1994.2　195p　20cm　1100円　Ⓘ4-309-00888-7

◇筒井康隆の文芸時評　筒井康隆著　河出書房新社　1996.5　203p　15cm　（河出文庫）　440円　Ⓘ4-309-40475-8

◇文芸綺譚　坪内祐三著　扶桑社　2012.4　295p　20cm　1900円　Ⓘ978-4-594-06591-1

◇夢見る頃を過ぎても―中島梓の文芸時評　中島梓著　多摩　ベネッセコーポレーション　1995.6　264p　20cm　1200円　Ⓘ4-8288-2506-1

◇夢見る頃を過ぎても―中島梓の文芸時評　中島梓著　筑摩書房　1999.3　267p　15cm　（ちくま文庫）　720円　Ⓘ4-480-03471-4

◇世界文学から/世界文学へ―文芸時評の塊1993-2011　沼野充義著　作品社　2012.10　506,16p　21cm　〈索引あり〉　3800円　Ⓘ978-4-86182-402-9

◇絶対文芸時評宣言　蓮實重彦著　河出書房新社　1994.2　189p　20cm　1500円　Ⓘ4-309-00838-0

◇激動する世界と文学―文芸時評1992　細窪孝著　東京出版センター　1993.2　150p　20cm　2200円　Ⓘ4-88571-035-9

◇天上大風―全同時代評一九八六年―一九九八年　堀田善衞著　筑摩書房　1998.12　548p　22cm　7200円　Ⓘ4-480-81420-5

◇文芸時評―現状と本当は恐いその歴史　吉岡栄一著　彩流社　2007.9　446,24p　20cm　3500円　Ⓘ978-4-7791-1290-4

◇吉本隆明資料集―73　文芸時評―『空虚としての主題』初出　上　吉本隆明著　高知　猫々堂　2008.3　115p　21cm　1300円

◇吉本隆明資料集―74　文芸時評―『空虚としての主題』初出　下　吉本隆明著　高知　猫々堂　2008.4　116p　21cm　1300円

現代日本文学（文学賞）

同人誌評

◇同人雑誌目録―茨木市立図書館所蔵　大阪府茨木市立図書館編　茨木　大阪府茨木市立図書館　1989.12　76p　26cm　（富士正晴資料整理報告書　第1集）

◇同人雑誌小説月評―1968-1996　北川荘平著　大阪　大阪文学学校　1997.7　298,20p　19cm　1800円　①4-7952-3700-X

◇回覧雑誌『密室』解説　木股知史編　神戸　甲南大学文学部木股知史研究室　2009.3　67,10p　26cm

◇同人誌雑評と『銅鑼』些文　保昌正夫著　鎌倉　港の人　2001.1　107p　24cm　非売品　①4-89629-050-X

◇『ふるさと』と『裸像』　富山　桂書房　1989.8　5冊　23cm〈『裸像』（裸像社大正14年1月～5月刊）全4巻の複製と同人座談会の記録（富山市民文化事業団編）　外箱入〉　全12360円

文学賞

◇僕が出会った作家と作品―五木寛之選評集　五木寛之著　東京書籍　2010.9　691p　20cm〈索引あり〉　1500円　①978-4-487-80502-0

◇井上ひさし全選評　井上ひさし著　白水社　2010.3　772,49p　20cm〈索引あり〉　5800円　①978-4-560-08038-2

◇文学賞メッタ斬り！　大森望,豊崎由美著　パルコ　2004.3　391p　19cm　1600円　①4-89194-682-2

◇文学賞メッタ斬り！　リターンズ　大森望,豊崎由美著　パルコ　2006.8　383p　19cm　1600円　①4-89194-741-1

◇文学賞メッタ斬り！―2007年版（受賞作はありません編）　大森望,豊崎由美著　パルコ　2007.5　303p　19cm　1200円　①978-4-89194-754-5

◇文学賞メッタ斬り！　大森望,豊崎由美著　筑摩書房　2008.1　398p　15cm　（ちくま文庫）　740円　①978-4-480-42413-6

◇文学賞メッタ斬り！―2008年版（たいへんよくできました編）　大森望,豊崎由美著　パルコ　2008.5　323p　19cm　1400円　①978-4-89194-774-3

◇文学賞メッタ斬り！　ファイナル　大森望,豊崎由美著　パルコエンタテインメント事業部　2012.8　371p　19cm　1600円　①978-4-89194-975-4

◇ノーベル文学賞―作家とその時代　柏倉康夫著　丸善　1992.10　207p　18cm　（丸善ライブラリー　64）　620円　①4-621-05064-8

◇ノーベル文学賞―「文芸共和国」をめざして　柏倉康夫著　吉田書店　2012.10　341p　19cm〈丸善1992年刊の増訂〉　2200円　①978-4-905497-08-0

◇文学賞の光と影　小谷野敦著　青土社　2012.7　285,30p　20cm〈索引あり〉　1800円　①978-4-7917-6659-8

◇それぞれの芥川賞直木賞　豊田健次著　文芸春秋　2004.2　245p　18cm　（文春新書）　720円　①4-16-660365-5

◇文学賞事典　日外アソシエーツ編　最新　日外アソシエーツ　1989.10　569p　22cm〈紀伊国屋書店（発売）〉　9900円　①4-8169-0906-0

◇最新文学賞事典―89/93　日外アソシエーツ株式会社編　日外アソシエーツ　1994.1　340p　22cm〈紀伊国屋書店（発売）〉　9980円　①4-8169-1218-5

◇文学賞受賞作品図書目録　日外アソシエーツ株式会社編　日外アソシエーツ　1994.10　526p　22cm〈紀伊国屋書店（発売）〉　9800円　①4-8169-1258-4

◇最新文学賞事典―1994/1998　日外アソシエーツ編　日外アソシエーツ　1999.3　403p　22cm　9800円　①4-8169-1533-8

◇最新文学賞事典―1999-2003　日外アソシエーツ編　日外アソシエーツ　2004.5　499p　22cm〈紀伊国屋書店（発売）〉　①4-8169-1844-2

◇文学賞事典賞名受賞者名総索引―明治期―2003　日外アソシエーツ編　日外アソシエーツ　2004.5　603p　21cm〈紀伊国屋書店（発売）〉　①4-8169-1844-2

◇最新文学賞事典―2004-2008　日外アソシエーツ株式会社編　日外アソシエーツ　2009.3　474p　22cm〈紀伊国屋書店（発売）索引あり〉　14200円　①978-4-8169-2168-1

◇文学賞受賞作品目録―2005-2009　日外アソ

現代日本文学（文学賞）

シエーツ株式会社編　日外アソシエーツ　2010.7　468p　21cm　〈紀伊国屋書店（発売）　索引あり〉　14000円　①978-4-8169-2265-7
◇文学賞・文化賞受賞作品目録—1994‐1998　日外アソシエーツ　1999.12　351p　21cm　9500円　①4-8169-1578-8

芥川賞

◇芥川賞・直木賞—受賞者総覧 生いたち・栄光のプロフィール 最新版　芥川賞・直木賞—受賞者総覧—編集委員会編　東村山　教育社　1990.3　595p　18cm　（Newton database）〈背・表紙の書名：芥川・直木賞 教育社出版サービス（発売）〉　1500円　①4-315-51107-2

◇芥川・直木賞—受賞者総覧 生いたち・栄光のプロフィール 1992年版　芥川・直木賞—受賞者総覧—編集委員会編　東村山　教育社　1992.6　683p　18cm　（Newton database）〈付：読売文学賞・文学界新人賞・オール読物新人賞一覧, 芥川・直木賞受賞一覧, 芥川・直木賞出身県別・出身校別リスト『芥川賞・直木賞』の改題 教育社出版サービス（発売）〉　1500円　①4-315-51263-X

◇芥川賞はなぜ村上春樹に与えられなかったか—擬態するニッポンの小説　市川真人著　幻冬舎　2010.7　310p　18cm　（幻冬舎新書 173）〈文献あり〉　880円　①978-4-344-98174-4

◇芥川賞を取らなかった名作たち　佐伯一麦著　朝日新聞出版　2009.1　244,15p　18cm　（朝日新書 158）〈並列シリーズ名：Asahi shinsho〉　780円　①978-4-02-273258-3

◇芥川賞の若者の深層心理—"綿矢・金原・白岩玄世代"と"石原・村上世代"間の断層　阪井敏郎著　文芸社　2005.5　197p　19cm　〈文献あり〉　1300円　①4-8355-9014-7

◇芥川直木賞のとり方—あこがれが"勝利の女神"に！ 今　百々由紀男著　出版館ブック・クラブ　1994.2　223p　19cm　1500円　①4-915884-04-X

◇芥川賞・直木賞は、とれる！—名作（ベストセラー）を生むヒットの黄金律　百々由紀男著　出版館ブック・クラブ　1999.7　227p　19cm　1500円　①4-915884-36-8

◇芥川賞90人のレトリック—新装版　彦素勉編　潮文社　2000.4　206p　19cm　1456円　①4-8063-1344-0

直木賞

◇芥川賞・直木賞—受賞者総覧 生いたち・栄光のプロフィール 最新版　芥川賞・直木賞—受賞者総覧—編集委員会編　東村山　教育社　1990.3　595p　18cm　（Newton database）〈背・表紙の書名：芥川・直木賞 教育社出版サービス（発売）〉　1500円　①4-315-51107-2

◇芥川・直木賞—受賞者総覧 生いたち・栄光のプロフィール 1992年版　芥川・直木賞—受賞者総覧—編集委員会編　東村山　教育社　1992.6　683p　18cm　（Newton database）〈付：読売文学賞・文学界新人賞・オール読物新人賞一覧, 芥川・直木賞受賞一覧, 芥川・直木賞出身県別・出身校別リスト『芥川賞・直木賞』の改題 教育社出版サービス（発売）〉　1500円　①4-315-51263-X

◇芥川直木賞のとり方—あこがれが"勝利の女神"に！ 今　百々由紀男著　出版館ブック・クラブ　1994.2　223p　19cm　1500円　①4-915884-04-X

◇芥川賞・直木賞は、とれる！—名作（ベストセラー）を生むヒットの黄金律　百々由紀男著　出版館ブック・クラブ　1999.7　227p　19cm　1500円　①4-915884-36-8

新人賞

◇新人賞・可視化される〈作家権〉　近代文学合同研究会編　横須賀　近代文学合同研究会　2004.10　120p　21cm　（近代文学合同研究会論集 第1号）

◇もう一度だけ新人賞の獲り方おしえます　久美沙織著　徳間書店　1995.4　318p　19cm　1200円　①4-19-860153-4

◇これがトドメの新人賞の獲り方おしえます　久美沙織著　徳間書店　1998.3　313p　19cm　1400円　①4-19-860823-7

◇新人賞の獲り方おしえます　久美沙織著　徳間書店　1999.11　362p　16cm　（徳間文庫）　552円　①4-19-891204-1

◇本気で新人賞—ここまでやらなきゃ作家にな

日本近現代文学案内　61

現代日本文学（小説論）

◇れない　小説・童話・エッセイ　実践公募塾編　修文社　1996.4　249p　19cm　1500円　Ⓘ4-916064-01-1

◇小説家になる方法―本気で考える人のための創作活動のススメ　清水義範著　ビジネス社　2007.11　230p　19cm　1300円　Ⓘ978-4-8284-1398-3

◇小説家になる！―天才教師中条省平の新人賞を獲るための12講　中条省平著　メタローグ　1995.5　293p　19cm　（CWSレクチャーブックス）　1500円　Ⓘ4-8398-1013-3

◇小説家になる！―2　中条省平著　メタローグ　2001.1　301p　19cm　（CWSレクチャーブックス）〈「2」のサブタイトル：芥川賞・直木賞だって狙える12講〉　1500円　Ⓘ4-8398-1018-4

◇小説家になる！―芥川賞・直木賞だって狙える12講　中条省平著　筑摩書房　2006.11　315p　15cm　（ちくま文庫）　760円　Ⓘ4-480-42277-3

◇新人賞の極意―人気作家10人が教える　友清哲編著　二見書房　2002.12　245p　19cm　1300円　Ⓘ4-576-02185-0

◇小説新人賞は、こうお獲り遊ばせ―下読み嬢の告白　奈河静香著　飛鳥新社　1997.12　238p　19cm　1400円　Ⓘ4-87031-313-8

◇小説新人賞の傾向と対策―キャラクターと舞台設定で狙う　若桜木虔著　雷鳥社　2008.4　298p　19cm　1500円　Ⓘ978-4-8441-3503-6

◇久美沙織の新人賞の獲り方おしえます　徳間書店　1993.3　292p　19cm〈監修：久美沙織〉　1200円　Ⓘ4-19-555124-2

各種文学賞

◇群馬県文学賞の三十年―群馬県文学賞三十周年記念誌　群馬県教育委員会ほか編　前橋　群馬県教育委員会　1993.3　271p　19cm〈共同刊行：群馬県文学会議, 群馬県教育文化事業団〉

◇群馬県文学賞の四十年―群馬県文学賞四十周年記念誌　群馬県教育委員会, 群馬県文学会議, 群馬県教育文化事業団編　〔前橋〕　群馬県教育委員会, 群馬県文学会議, 群馬県教育文化事業団　2003.3　252p　19cm〈年表あり〉　1800円

◇舟橋聖一文学賞・舟橋聖一顕彰文学賞受賞録―平成19年度　彦根市編　彦根　彦根市　2008.2　61p　26cm

◇舟橋聖一文学賞・舟橋聖一顕彰文学賞受賞録―平成20年度　彦根市編　彦根　彦根市　2009.2　81p　26cm

古書

◇古本探偵覚え書　青木正美著　東京堂出版　1995.9　272p　19cm　2800円　Ⓘ4-490-20272-5

◇古本屋と作家　岩森亀一著　日本古書通信社　1993.9　82p　11cm　（こつう豆本　106）　600円

小説論

◇純文学の素　赤瀬川原平著　筑摩書房　1990.3　426p　15cm　（ちくま文庫）　690円　Ⓘ4-480-02390-9

◇小説の読み方―2　散文の構造と『ノルウェイの森』　秋本博夫著　レーヴック　2011.5　177p　20cm〈星雲社（発売）〉　1500円　Ⓘ978-4-434-15394-5

◇短編小説のレシピ　阿刀田高著　集英社　2002.11　249p　18cm　（集英社新書）　700円　Ⓘ4-08-720165-1

◇阿部和重対談集　阿部和重著　講談社　2005.7　386p　19cm〈著作目録あり〉　1900円　Ⓘ4-06-211185-3

◇小説的思考のススメ―「気になる部分」だらけの日本文学　阿部公彦著　東京大学出版会　2012.3　220p　19cm〈文献あり〉　2200円　Ⓘ978-4-13-083058-4

◇メガクリティック―ジャンルの闘争としての文学　池田雄一著　文芸春秋　2011.10　334p　20cm　1900円　Ⓘ978-4-16-374030-0

◇小説の方法　伊藤整著　岩波書店　2006.6　341p　15cm　（岩波文庫）　760円　Ⓘ4-00-310963-5

◇小説の認識　伊藤整著　岩波書店　2006.8　303p　15cm　（岩波文庫）　700円　Ⓘ4-00-310965-1

◇小説の読み方の教科書　岩崎夏海著　潮出版社　2011.10　222p　19cm　1300円

Ⓘ978-4-267-01885-5

◇小説理解の方法―行間をどう読むか　大沢隆幸著　船橋　石川書房　2001.12　206p　21cm　1905円　Ⓘ4-916150-15-5

◇現代日本文学研究　荻久保泰幸著　明治書院　1989.12　289p　19cm　（国文学研究叢書）　2900円　Ⓘ4-625-58053-6

◇小説―書くために読む　尾高修也著　増訂版　美巧社　2006.3　241p　21cm　1500円　Ⓘ4-938236-94-X

◇私の好きな長編小説　加賀乙彦著　新潮社　1993.1　221p　19cm　（新潮選書）　1000円　Ⓘ4-10-600431-3

◇小説論―読まれなくなった小説のために　金井美恵子著　朝日新聞出版　2008.4　253p　15cm　（朝日文庫）〈岩波書店1987年刊の増訂〉　600円　Ⓘ978-4-02-261567-1

◇小説の現実　金子昌夫著　菁柿堂　2004.1　237p　19cm　（Seishido brochure）〈星雲社（発売）〉　1800円　Ⓘ4-434-04051-0

◇小説の終焉　川西政明著　岩波書店　2004.9　214p　18cm　（岩波新書）　700円　Ⓘ4-00-430908-5

◇大長編小説の超読破術―9人の完全読破日記から盗む　紀田順一郎編　マガジンハウス　1996.6　189p　18cm　（マグ・カルチャー33）　796円　Ⓘ4-8387-0697-9

◇キムラ弁護士、小説と闘う　木村晋介著　本の雑誌社　2010.2　253p　19cm　1600円　Ⓘ978-4-86011-092-5

◇あたりまえのこと　倉橋由美子著　朝日新聞社　2001.11　221p　20cm　1400円　Ⓘ4-02-257679-0

◇小説の生まれる場所―大阪文学学校講演集　河野多恵子ほか著，大阪文学学校編　大阪　編集工房ノア　2004.3　273p　20cm　2200円　Ⓘ4-89271-124-1

◇小説修業　小島信夫，保坂和志著　朝日新聞社　2001.10　213p　19cm　1600円　Ⓘ4-02-257667-7

◇面白い小説を見つけるために　小林信彦著　光文社　2004.5　394p　16cm　（知恵の森文庫）〈年譜あり〉　686円　Ⓘ4-334-78285-X

◇小説のストラテジー　佐藤亜紀著　青土社　2006.9　249p　19cm　1900円　Ⓘ4-7917-6291-6

◇小説のストラテジー　佐藤亜紀著　筑摩書房　2012.11　309p　15cm　（ちくま文庫　さ33-3）〈青土社 2006年刊の再刊〉　880円　Ⓘ978-4-480-42979-7

◇小説の面白さを語ろう　佐藤和正著　大阪　和泉書院　2007.2　140p　19cm　（Izumi books 11）〈文献あり〉　1200円　Ⓘ978-4-7576-0400-1

◇小説の読み書き　佐藤正午著　岩波書店　2006.6　232p　18cm　（岩波新書）　740円　Ⓘ4-00-431024-5

◇小説の一行目　小説の一行目研究会編　しょういん　2006.10　327p　19cm　933円　Ⓘ4-901460-28-5

◇人生に二度読む本　城山三郎，平岩外四著　講談社　2010.1　298p　15cm　（講談社文庫　し3-16）　600円　Ⓘ978-4-06-276421-6

◇小説の方法―ポストモダン文学講義　真銅正宏著　奈良　萌書房　2007.4　197,7p　21cm〈文献あり〉　2400円　Ⓘ978-4-86065-028-5

◇ショートショートの世界　高井信著　集英社　2005.9　189p　18cm　（集英社新書）　660円　Ⓘ4-08-720308-5

◇大長編小説礼讃　高田宏著　徳間書店　1993.6　269p　20cm　1500円　Ⓘ4-19-175212-X

◇エクリチュールの真実―kawolleria・詩的文学論　高橋馨著　瀧林書房　2004.3　159p　21cm　2000円

◇ニッポンの小説―百年の孤独　高橋源一郎著　筑摩書房　2012.4　521p　15cm　（ちくま文庫　た63-1）〈文芸春秋 2007年刊の再刊　文献あり〉　1100円　Ⓘ978-4-480-42928-5

◇人生のことは、小説が教えてくれた―二五作の名場面で読む人間の《幼年・青春・中年・晩年》　高橋敏夫著　中経出版　2004.7　270p　19cm　1600円　Ⓘ4-8061-2040-5

◇小説の近代―「私」の行方　滝藤満義著　おうふう　2004.10　344p　20cm　2800円　Ⓘ4-273-03353-4

◇「純文学」的現在　谷口孝男著　JCA出版　1994.10　178p　19cm　1200円　Ⓘ4-88062-002-5

◇言葉の箱―小説を書くということ　辻邦生著

現代日本文学（作法）

　メタローグ　2000.4　178p　20cm　1500円　①4-8398-2023-6

◇言葉の箱―小説を書くということ　辻邦生著　中央公論新社　2004.8　200p　16cm　（中公文庫）　648円　①4-12-204408-1

◇短篇小説講義　筒井康隆著　岩波書店　1990.6　200p　18cm　（岩波新書）　520円　①4-00-430128-9

◇小説のゆくえ　筒井康隆著　中央公論新社　2003.4　332p　20cm　1800円　①4-12-003382-1

◇小説のゆくえ　筒井康隆著　中央公論新社　2006.3　381p　16cm　（中公文庫）　686円　①4-12-204666-1

◇小説神髄　坪内逍遥著　改版　岩波書店　2010.6　276p　15cm　（岩波文庫　31-004-1）　560円　①978-4-00-310041-7

◇近代「小品」考　朴裕河著,富士ゼロックス小林節太郎記念基金編　富士ゼロックス小林節太郎記念基金　1993.7　26p　26cm〈富士ゼロックス小林節太郎記念基金1992年度研究助成論文〉　非売品

◇「赤」の誘惑―フィクション論序説　蓮実重彦　新潮社　2007.3　284p　20cm　2400円　①978-4-10-304351-5

◇小説の方法　葉山修平著　東銀座出版社　1994.4　358p　19cm　（銀選書）　1800円　①4-938652-47-1

◇小説の読み方―感想が語れる着眼点　平野啓一郎著　PHP研究所　2009.3　243p　18cm　（PHP新書 588）〈並列シリーズ名：PHP shinsho〉　720円　①978-4-569-70434-0

◇視線は人を殺すか―小説論11講　広野由美子著　京都　ミネルヴァ書房　2008.1　206p　20cm　（Minerva歴史・文化ライブラリー 11）〈文献あり〉　2000円　①978-4-623-05071-0

◇短篇小説の快楽　ぼくらはカルチャー探偵団編　角川書店　1991.10　482p　15cm　（角川文庫）　680円　①4-04-163509-8

◇小説の自由　保坂和志著　新潮社　2005.6　360p　20cm〈著作目録あり〉　1700円　①4-10-398205-5

◇小説の誕生　保坂和志著　新潮社　2006.9　475p　20cm〈著作目録あり〉　1900円　①4-10-398206-3

◇小説、世界の奏でる音楽　保坂和志著　新潮社　2008.9　471p　20cm〈著作目録あり〉　1900円　①978-4-10-398207-4

◇小説の自由　保坂和志著　中央公論新社　2010.5　409p　16cm　（中公文庫　ほ12-12）〈文献あり　著作目録あり〉　838円　①978-4-12-205316-8

◇小説の誕生　保坂和志著　中央公論新社　2011.8　534p　16cm　（中公文庫　ほ12-13）〈文献あり　著作目録あり〉　1048円　①978-4-12-205522-3

◇小説、世界の奏でる音楽　保坂和志著　中央公論新社　2012.10　518p　16cm　（中公文庫　ほ12-14）〈新潮社2008年刊の再刊　著作目録あり〉　1048円　①978-4-12-205709-8

◇小説の設計図　前田塁著　青土社　2008.3　240,25p　19cm　1900円　①978-4-7917-6395-5

◇出生の秘密　三浦雅士著　講談社　2005.8　617p　20cm　3000円　①4-06-213005-X

◇昭和の長編小説　安川定男編　至文堂　1992.7　461p　22cm　7800円　①4-7843-0112-7

◇0点の思考で描いた世界―もうひとつの人生（ゼロソフィ）　山口翔,高知龍著　赤穂　双里出版　2012.10　111p　21cm　1350円　①978-4-907092-00-9

◇小説の効用　青べか日記　山本周五郎著　光文社　2009.2　336p　16cm　（光文社知恵の森文庫 tや3-1）　819円　①978-4-334-78523-9

◇緑陰のつどい　短編小説の会　2012.4　329p　21cm　非売品

作法

◇ライティングデスクの向こう側―文章から小説にいたる技術　浅倉卓弥著　宝島社　2006.9　190p　19cm〈著作目録あり〉　1300円　①4-7966-5433-X

◇アイデアを捜せ　阿刀田高著　文芸春秋　1999.2　264p　15cm　（文春文庫）　448円　①4-16-727817-0

◇小説の書き方―文章作法　伊藤桂一著　講談社　1997.4　321p　20cm　2000円　①4-06-208597-6

現代日本文学（作法）

◇小説の方法　伊藤整著　筑摩書房　1989.11　278p　19cm　（筑摩叢書 338）　1750円　Ⓘ4-480-01338-5

◇わたしの小説の書き方　岩崎正吾著　甲府　山梨ふるさと文庫　2004.1　252p　19cm　2000円

◇作家は教えてくれない小説のコツ─驚くほどきちんと書ける技術　後木砂男著　彩流社　2011.1　118p　21cm　（オフサイド・ブックス 60）〈並列シリーズ名：Offside BOOKS〉　1500円　Ⓘ978-4-7791-1087-0

◇作家は教えてくれない小説のコツ─驚くほどきちんと書ける技術　後木砂男著　言視舎　2011.4　118p　21cm　（言視ブックス）〈文献あり〉　1500円　Ⓘ978-4-905369-01-1

◇作家は編集者と寝るべきか　内田春菊著　草思社　2007.2　237p　20cm　1200円　Ⓘ978-4-7942-1557-4

◇小さな物語のつくり方─ショートショート創作技術塾・星派道場　江坂遊著　横浜　樹立社　2011.10　237p　19cm〈奥付のタイトル：小さな物語の作り方〉　1400円　Ⓘ978-4-901769-56-3

◇電子書籍で人気小説を書こう!!　榎本秋著　秀和システム　2010.11　223p　21cm〈文献あり〉　1400円　Ⓘ978-4-7980-2788-3

◇プロになりたい人のための小説作法ハンドブック　榎本秋著　アスペクト　2012.6　205p　21cm〈文献あり〉　1500円　Ⓘ978-4-7572-2077-5

◇小説の方法　大江健三郎著　岩波書店　1998.9　235p　20cm　（「特装版」岩波現代選書）　2400円　Ⓘ4-00-026258-0

◇小説講座売れる作家の全技術─デビューだけで満足してはいけない　大沢在昌著　角川書店　2012.7　379p　19cm〈角川グループパブリッシング（発売）　他言語標題：Every Techniupe to Become a Successful Author〉　1500円　Ⓘ978-4-04-110252-7

◇物語の体操─みるみる小説が書ける6つのレッスン　大塚英志著　朝日新聞社　2000.12　215p　19cm　1400円　Ⓘ4-02-257546-8

◇物語の体操─みるみる小説が書ける6つのレッスン　大塚英志著　朝日新聞社　2003.4　230p　15cm　（朝日文庫）　560円　Ⓘ4-02-264300-5

◇ストーリーメーカー─創作のための物語論　大塚英志著　アスキー・メディアワークス　2008.10　265p　18cm　（アスキー新書）〈角川グループパブリッシング（発売）〉　752円　Ⓘ978-4-04-867415-7

◇神話の練習帳─物語作者になるためのドリル式ストーリー入門　大塚英志著　キネマ旬報社　2011.9　160p　26cm〈文献あり〉　1500円　Ⓘ978-4-87376-366-8

◇いやしの在りかまで─小説創作論ノート　大原剛著　審美社　2012.11　242p　20cm　2200円　Ⓘ978-4-7883-4131-9

◇読まずに小説書けますか─作家になるための必読ガイド　岡野宏文,豊崎由美著　メディアファクトリー　2010.9　267p　19cm　（〔ダ・ヴィンチブックス〕）　1200円　Ⓘ978-4-8401-3477-4

◇必携小説の作法　尾高修也著　美巧社　2009.4　183p　19cm　1300円　Ⓘ978-4-86387-000-0

◇必携小説の作法　尾高修也著　増訂版　ファーストワン　2012.1　211p　19cm　1500円　Ⓘ978-4-9906232-0-3

◇「文」を「芸」にするヒント─基礎編　菊池寛作家育成会編　バリッシュスタッフィング　2008.2　59p　18cm〈ジュリアン（発売）　文：菊池夏樹　文献あり〉　1000円　Ⓘ978-4-902584-62-2

◇「文」を「芸」にするヒント─応用編　菊池寛作家育成会編　バリッシュスタッフィング　2008.2　60p　18cm〈ジュリアン（発売）　文：菊池夏樹〉　1000円　Ⓘ978-4-902584-63-9

◇北村薫の創作表現講義─あなたを読む、わたしを書く　北村薫著　新潮社　2008.5　315,4p　20cm　（新潮選書）　1300円　Ⓘ978-4-10-603603-3

◇小説を書きたい人の本─好奇心、観察力、感性があれば、小説は書ける！　清原康正監修　成美堂出版　2005.6　191p　22cm　1100円　Ⓘ4-415-02983-3

◇小説を書きたがる人々　久美沙織著　角川書店　1998.6　287p　19cm　1400円　Ⓘ4-04-883536-X

◇小説の秘密をめぐる十二章　河野多恵子著

日本近現代文学案内　65

現代日本文学（作法）

◇文芸春秋　2005.10　253p　16cm　（文春文庫）　524円　①4-16-714403-4

◇懸賞小説神髄―応募原稿「下読み」のプロが手取り足取り指南する、稼げる小説家になるための最短ルート！　斎藤とみたか著　洋泉社　2012.3　223p　19cm　1300円　①978-4-86248-891-6

◇小説のはじめ―書き出しに学ぶ文章テクニック　佐藤健児著　雷鳥社　2005.8　307,10p　20cm　1500円　①4-8441-3427-2

◇実戦小説の作法　佐藤洋二郎著　日本放送出版協会　2002.5　189p　18cm　（生活人新書）　640円　①4-14-088028-7

◇はじめて文章を書く　重兼芳子著　主婦の友社　1990.11　223p　19cm　1300円　①4-07-936380-X

◇柴田さんと高橋さんの「小説の読み方、書き方、訳し方」　柴田元幸, 高橋源一郎著　河出書房新社　2009.3　228p　19cm　1400円　①978-4-309-01917-8

◇小説作法（さほう）ABC　島田雅彦著　新潮社　2009.3　253p　20cm　（新潮選書）〈並列シリーズ名：Shincho sensho〉　1200円　①978-4-10-603631-8

◇2週間で小説を書く！　清水良典著　幻冬舎　2006.11　234p　18cm　（幻冬舎新書）　740円　①4-344-98007-7

◇あらゆる小説は模倣である。　清水良典著　幻冬舎　2012.7　234p　18cm　（幻冬舎新書　し-1-3）〈文献あり〉　800円　①978-4-344-98270-3

◇たとえば純文学はこんなふうにして書く―若手作家に学ぶ実践的創作術　女性文学会編　同文書院　1997.2　237p　19cm　1300円　①4-8103-7364-9

◇物語工学論―入門篇　キャラクターをつくる　新城カズマ著　角川学芸出版　2009.8　190p　19cm　〈角川グループパブリッシング（発売）文献あり〉　1500円　①978-4-04-621482-9

◇それでも作家になりたい人のためのブックガイド　絓秀実, 渡部直己著　太田出版　1994.5　269p　19cm　1500円　①4-87233-143-5

◇何がなんでも作家になりたい！　鈴木輝一郎著　河出書房新社　2002.9　205p　19cm　1300円　①4-309-01498-3

◇文才がなくても書ける小説講座　鈴木信一著　ソフトバンククリエイティブ　2009.4　231p　18cm　（ソフトバンク新書 102）〈文献あり〉　730円　①978-4-7973-5388-4

◇あなたも作家になれる　高橋一清著　ベストセラーズ　2008.6　238p　19cm　1429円　①978-4-584-13086-5

◇小説家―乱歩賞受賞作家の小説入門　高橋克彦著　実業之日本社　1991.6　213p　19cm　（仕事＝発見シリーズ 4）　1030円　①4-408-41049-7

◇小説家―直木賞作家になれるかもしれない秘訣　高橋克彦著　講談社　1996.1　195p　15cm　（講談社文庫）　420円　①4-06-263147-4

◇投稿少年―小説家になるための29の方法　高橋源一郎ほか著　角川書店　1997.2　125p　12cm　（角川mini文庫）　194円　①4-04-700132-5

◇一億三千万人のための小説教室　高橋源一郎著　岩波書店　2002.6　187p　18cm　（岩波新書）　700円　①4-00-430786-4

◇いま、文学の森へ―創作の基礎と実践　高畠寛著　大阪　大阪文学学校　1997.4　327p　20cm　2200円　①4-7952-3698-4

◇小説の方法　高城修三著　京都　昭和堂　1998.6　200p　21cm　2300円　①4-8122-9813-X

◇本気で小説を書きたい人のためのガイドブック―ダ・ヴィンチ渾身　ダ・ヴィンチ編集部編　メディアファクトリー　2007.3　253p　19cm　1300円　①978-4-8401-1832-3

◇小説の解剖学　中条省平著　筑摩書房　2002.9　302p　15cm　（ちくま文庫）〈「小説家になる！」（メタローグ1995年刊）の改訂〉　760円　①4-480-03774-8

◇ぼくは小説家になった―「小説業界」の裏の裏まで　司悠司著　イースト・プレス　1994.5　223p　15cm　（イースト文庫―業界を読む 24）　540円　①4-87257-014-6

◇リ・クリエイティブ表現術―発想～チューニング～書き方　津田広志著・写真　新水社　2009.3　189p　19cm　〈文献あり〉　1800円　①978-4-88385-115-7

◇「童門式」資料整理法　童門冬二著　実業之日本社　1999.1　246p　20cm　1400円

◇作家になる技術　友清哲著　扶桑社　2005.11　327p　16cm　（扶桑社文庫）〈「新人賞の極意」(二見書房2002年刊)の改題〉　667円　ⓘ4-594-05068-9
◇現代小説の方法　中上健次著,高沢秀次編・解説　作品社　2007.2　237p　20cm　2000円　ⓘ978-4-86182-112-7
◇人は誰でも作家になれる―最初の一冊が出るまでの101章　中谷彰宏著　ダイヤモンド社　1996.9　101p　20cm　1100円　ⓘ4-478-70117-2
◇人は誰でも作家になれる―最初の一冊が出るまでの101章　中谷彰宏著　PHP研究所　2003.10　215p　15cm　（PHP文庫）〈著作目録あり〉　514円　ⓘ4-569-66051-7
◇小説を書くための基礎メソッド―1週間でマスター　小説のメソッド〈初級編〉　奈良裕明著,編集の学校監修　雷鳥社　2003.4　397p　19cm　1600円　ⓘ4-8441-3415-9
◇小説を書くならこの作品に学べ！―1週間でマスター　奈良裕明著,編集の学校監修　雷鳥社　2005.4　270p　19cm　（小説のメソッド 2（実践編））　1500円　ⓘ4-8441-3430-2
◇長編小説のかたち―1週間でマスター　奈良裕明著,編集の学校監修　雷鳥社　2006.8　254p　19cm　（小説のメソッド 3（未来への熱と力））　1500円　ⓘ4-8441-3433-7
◇小説家になるには　野原一夫著　ぺりかん社　1993.7　155p　19cm　（なるにはbooks 33）　1100円　ⓘ4-8315-0603-6
◇小説の読み方/論文の書き方　野間正二著　京都　昭和堂　2011.4　351p　21cm〈他言語標題：Ways of Reading Novels/Writing Academic Papers　文献あり　索引あり〉　2300円　ⓘ978-4-8122-1114-4
◇会社勤めをしながら3年間で作家になる方法　野村正樹著　青春出版社　2002.7　255p　20cm　1300円　ⓘ4-413-03351-5
◇小説家への道　『鳩よ！』編集部編　マガジンハウス　1997.8　255p　19cm　1500円　ⓘ4-8387-0894-7
◇小説家への道―2　『鳩よ！』編集部編　マガジンハウス　1999.6　255p　19cm　1500円　ⓘ4-8387-1144-1

◇書きあぐねている人のための小説入門　保坂和志著　草思社　2003.10　218p　19cm　1400円　ⓘ4-7942-1254-2
◇書きあぐねている人のための小説入門　保坂和志著　中央公論新社　2008.11　356p　16cm　（中公文庫）　667円　ⓘ978-4-12-204991-8
◇物語編集力―人を動かす。仕事をつくる。　松岡正剛監修,イシス編集学校執筆構成　ダイヤモンド社　2008.2　314p　19cm〈文献あり〉　1800円　ⓘ978-4-478-00386-2
◇本気で書きたい人の小説「超」入門　松島義一著　さいたま　メディア・ポート　2005.1　245p　19cm　1500円　ⓘ4-901611-13-5
◇まだ見ぬ書き手へ　丸山健二著　朝日新聞社　1994.7　209p　20cm　1400円　ⓘ4-02-256750-3
◇まだ見ぬ書き手へ　丸山健二著　朝日新聞社　1997.6　220p　15cm　（朝日文芸文庫）　480円　ⓘ4-02-264146-0
◇小説読本　三島由紀夫著　中央公論新社　2010.10　231p　18cm　1300円　ⓘ978-4-12-004162-4
◇大鼎談―W大学文芸科創作教室番外編　三田誠広,笹倉明,岳真也著　朝日ソノラマ　1998.5　259p　20cm　1600円　ⓘ4-257-03532-3
◇天気の好い日は小説を書こう―ワセダ大学小説教室　三田誠広著　集英社　2000.3　270p　16cm　（集英社文庫）　495円　ⓘ4-08-747175-6
◇深くておいしい小説の書き方―ワセダ大学小説教室　三田誠広著　集英社　2000.4　317p　16cm　（集英社文庫）　533円　ⓘ4-08-747187-X
◇こころに効く小説の書き方　三田誠広著　光文社　2004.4　258p　19cm　1400円　ⓘ4-334-97440-6
◇プロを目指す文章術―大人のための小説教室　三田誠広著　PHP研究所　2008.5　214p　19cm　1200円　ⓘ978-4-569-69943-1
◇書く人はここで蹴く！―作家が明かす小説作法　宮原昭夫著　河出書房新社　2001.4　199p　19cm　1300円　ⓘ4-309-90441-6
◇小説の書き方―リンとソフィの場合：ノンフィクション　目莞ゆみ,ノベルプロジェク

ト著　厚木　冰水パブリッシング　2012.5　116p　19cm　930円　①978-4-9906041-2-7
◇スーパー編集長のシステム小説術—才能なんていらない！　校條剛著　ポプラ社　2009.4　286p　19cm　〈文献あり〉　1500円　①978-4-591-10929-8
◇小説家という職業　森博嗣著　集英社　2010.6　199p　18cm　（集英社新書）　700円　①978-4-08-720548-0
◇小説道場　森村誠一著　小学館　2007.10　331p　19cm　1800円　①978-4-09-387741-1
◇作家とは何か—小説道場 総論　森村誠一著　角川書店　2009.4　207p　18cm　（角川oneテーマ21 B-118）〈角川グループパブリッシング（発売）〉　705円　①978-4-04-710186-9
◇小説の書き方—小説道場 実践編　森村誠一著　角川書店　2009.4　253p　18cm　（角川oneテーマ21 B-119）〈角川グループパブリッシング（発売）〉　724円　①978-4-04-710187-6
◇はみ出し銀行マンの夢の印税生活マニュアル　横田浜夫著　WAVE出版　1998.12　222p　19cm　1400円　①4-87290-041-3
◇しろうとでも一冊本が出せる24の方法　横田浜夫著　祥伝社　2001.9　259p　16cm　（祥伝社黄金文庫）〈「はみ出し銀行マンの夢の印税生活マニュアル」(WAVE出版平成10年刊)の増訂〉　571円　①4-396-31269-5
◇作家養成講座—それでも小説を書きたい人への最強アドバイス95　若桜木虔著　ベストセラーズ　1998.3　223p　19cm　1400円　①4-584-18328-7
◇作家デビュー完全必勝講座—若桜木流奥義書　若桜木虔著　文芸社　2002.2　350p　19cm　1300円　①4-8355-3713-0
◇プロ作家養成塾—小説の書き方すべて教えます　若桜木虔著　ベストセラーズ　2002.4　262p　18cm　（ベスト新書）　680円　①4-584-12039-0
◇作家養成塾—プロの小説家になる　若桜木虔著　ベストセラーズ　2004.11　267p　19cm　1400円　①4-584-18835-1
◇プロ作家になるための四十カ条　若桜木虔著　ベストセラーズ　2006.8　299p　18cm　（ベスト新書）　781円　①4-584-12114-1
◇新人賞を狙える小説プロット実戦講座—作家デビューしたい！　若桜木虔著　雷鳥社　2007.4　248p　19cm　1500円　①978-4-8441-3488-6
◇小説キャラクターの創り方—漫画・アニメ・映画、小説から学ぶ　若桜木虔,すぎたとおる,高橋桐矢著　雷鳥社　2009.4　239p　19cm　1500円　①978-4-8441-3519-7
◇創作の現場から　渡辺淳一著　集英社　1994.2　236p　20cm　1400円　①4-08-774052-8
◇創作の現場から　渡辺淳一著　集英社　1997.2　253p　16cm　（集英社文庫）　440円　①4-08-748585-4
◇本気で作家になりたければ漱石に学べ！—小説テクニック特訓講座中級者編　渡部直己著　太田出版　1996.12　260p　19cm　1500円　①4-87233-312-8
◇小説の教科書—1　立川　出版評論社　2008.8　28p　21cm　①978-4-904436-00-4

文学論争

◇現代文学論争　小谷野敦著　筑摩書房　2010.10　380p　19cm　（筑摩選書 0004）　1800円　①978-4-480-01501-3
◇文豪たちの大喧嘩—鷗外・逍遥・樗牛　谷沢永一著　筑摩書房　2012.8　360p　15cm　（ちくま文庫 た64-1）〈新潮社 2003年刊の再刊〉　880円　①978-4-480-42976-6
◇現代日本文学論争史—上巻　平野謙,小田切秀雄,山本健吉編　新版　未来社　2006.9　645p　22cm　6800円　①4-624-60104-1
◇現代日本文学論争史—中巻　平野謙,小田切秀雄,山本健吉編　新版　未来社　2006.9　542p　22cm　5800円　①4-624-60105-X
◇現代日本文学論争史—下巻　平野謙,小田切秀雄,山本健吉編　新版　未来社　2006.9　429p　22cm　5800円　①4-624-60106-8

表現の自由・差別問題

◇文学における差別　金城盛紀ほか　和泉桃山学院大学総合研究所　2001.3　128p　21cm　（研究叢書 15）〈他言語標題：Discrimination in literature〉　①4-944181-07-8

◇作家と差別語―表現の自由と用語規制のジレンマ　塩見鮮一郎著　明石書店　1993.12　174p　18cm　1300円　Ⓘ4-7503-0557-X
◇「超」言葉狩り宣言　絓秀実著　太田出版　1994.9　254p　19cm　1600円　Ⓘ4-87233-176-1
◇「超」言葉狩り論争　絓秀実著　情況出版　1995.10　221p　19cm　1650円　Ⓘ4-915252-17-5
◇「差別表現」を考える　日本ペンクラブ編　光文社　1995.10　254p　19cm　1400円　Ⓘ4-334-97109-1
◇挑発ある文学史―誤読され続ける部落/ハンセン病文芸　秦重雄著　京都　かもがわ出版　2011.10　364p　20cm　2800円　Ⓘ978-4-7803-0481-7

検閲

◇検閲と文学―1920年代の攻防　紅野謙介著　河出書房新社　2009.10　219p　19cm　（河出ブックス　004）　1200円　Ⓘ978-4-309-62404-4

テーマ別研究

◇作家は移動する　青木保著　新書館　2010.9　269p　20cm　〈文献あり〉　2400円　Ⓘ978-4-403-21103-4
◇物語からの風　赤坂憲雄著　五柳書院　1996.12　245p　20cm　（五柳叢書 51）　2136円　Ⓘ4-906010-74-1
◇近代文学美の諸相　秋山公男著　翰林書房　2001.10　559p　20cm　4200円　Ⓘ4-87737-134-6
◇古代の幻―日本近代文学の〈奈良〉　浅田隆,和田博文編　京都　世界思想社　2001.4　284p　20cm　（Sekaishiso seminar）　2500円　Ⓘ4-7907-0873-X
◇文学でたどる世界遺産・奈良　浅田隆,和田博文編　名古屋　風媒社　2002.1　227p　22cm　2200円　Ⓘ4-8331-4031-4
◇時間ループ物語論―成長しない時代を生きる　浅羽通明著　洋泉社　2012.11　287p　21cm　1600円　Ⓘ978-4-8003-0018-8
◇日本近代民俗文学論　阿部正路著　おうふう　1998.4　318p　22cm　8800円　Ⓘ4-273-03031-4
◇経済・労働・格差―文学に見る　綾目広治,大和田茂,鈴木斌編　冬至書房　2008.3　259p　19cm　3000円　Ⓘ978-4-88582-155-4
◇反骨と変革―日本近代文学と女性・老い・格差　綾目広治著　御茶の水書房　2012.8　329,8p　21cm　〈索引あり〉　3200円　Ⓘ978-4-275-00979-1
◇障害と文学―「しののめ」から「青い芝の会」へ　荒井裕樹著　現代書館　2011.2　253p　20cm　〈文献あり〉　2200円　Ⓘ978-4-7684-3511-3
◇会社員とは何者か？―会社員小説をめぐって　伊井直行著　講談社　2012.4　327p　20cm　2400円　Ⓘ978-4-06-217601-9
◇出ふるさと記　池内紀著　新潮社　2008.4　219p　20cm　1600円　Ⓘ978-4-10-375505-0
◇「職業」の発見―転職の時代のために　池田功,上田博編　京都　世界思想社　2009.9　290,11p　19cm　〈年譜あり　索引あり〉　2100円　Ⓘ978-4-7907-1435-4
◇名作の中の地球環境史　石弘之著　岩波書店　2011.3　318,15p　20cm　〈索引あり〉　2900円　Ⓘ978-4-00-002269-9
◇告白の文学―森鷗外から三島由紀夫まで　伊藤氏貴著　鳥影社　2002.8　326p　22cm　2850円　Ⓘ4-88629-670-X
◇文芸の並木道そして街路樹　稲垣正雄著　〔和光〕　〔稲垣正雄〕　2011.12　213p　21cm
◇文学にみる日本の色　伊原昭著　朝日新聞社　1994.2　257p　19cm　（朝日選書 493）　1300円　Ⓘ4-02-259593-0
◇異都憧憬日本人のパリ　今橋映子著　平凡社　2001.2　607p　16cm　（平凡社ライブラリー）　〈年表あり　文献あり〉　1700円　Ⓘ4-582-76382-0
◇文学に現れた川崎大師　入谷清久著　川崎　川崎大師遍照叢書刊行会　2004.5　267p　21cm　（川崎大師遍照叢書　5）
◇小説の中の先生　上田博,池田功,前芝憲一編　おうふう　2008.9　223p　21cm　2000円　Ⓘ978-4-273-03503-7
◇小説で読む生老病死　梅谷薫著　医学書院

現代日本文学（テーマ別研究）

2003.2 215p 21cm 1900円 ①4-260-12703-9

◇おじさん・おばさん論 海野弘著 幻戯書房 2011.4 301p 20cm〈文献あり〉 2800円 ①978-4-901998-71-0

◇走り読み文学探訪―ランニングは何をシンボル化するか 榎本博康著 文芸社 2003.2 302p 19cm 1300円 ①4-8355-5210-5

◇メロスが見た星―名作に描かれた夜空をさぐる ＠名博、えびなみつる著 祥伝社 2005.11 260p 18cm （祥伝社新書） 780円 ①4-396-11025-1

◇心にしみる四字熟語 円満字二郎著 光文社 2007.10 213p 18cm （光文社新書） 700円 ①978-4-334-03422-1

◇森羅変容―近代日本文学と自然 大久保喬樹著 小沢書店 1996.12 305p 22cm 4120円 ①4-7551-0334-7

◇色彩文学論―色彩表現から見直す近代文学 大熊利夫著 五月書房 1995.11 237p 20cm 2000円 ①4-7727-0238-5

◇人身御供論―通過儀礼としての殺人 大塚英志著 角川書店 2002.7 264p 15cm （角川文庫）〈新曜社1994年刊の増訂 著作目録あり〉 552円 ①4-04-419111-5

◇文学近見と遠見と―社会主義と文学、その他 小田切秀雄著 集英社 1996.8 260p 20cm 2200円 ①4-08-774219-9

◇名作文学に見る「家」 小幡陽次郎文、横島誠司図 朝日新聞社 1992.12 237p 22cm 2800円 ①4-02-256555-1

◇名作文学に見る「家」―愛と家族編 小幡陽次郎、横島誠司著 朝日新聞社 1997.8 246p 15cm （朝日文庫） 700円 ①4-02-261203-7

◇名作文学に見る「家」―謎とロマン編 小幡陽次郎、横島誠司著 朝日新聞社 1997.8 253p 15cm （朝日文庫） 700円 ①4-02-261204-5

◇文学と科学はいかにして融合しうるか―評論集 嘉悦勲著 高崎 嘉悦勲 2009.3 213p 21cm 2000円 ①978-4-9904535-2-7

◇生と死と文学 加賀乙彦著 潮出版社 1996.4 300p 20cm 1500円 ①4-267-01399-3

◇数学を愛した作家たち 片野善一郎著 新潮社 2006.5 191p 18cm （新潮新書）〈文献あり〉 680円 ①4-10-610167-X

◇作家の筆跡。作家の逸品。―開館二〇周年記念収蔵コレクション展 神奈川文学振興会編 〔横浜〕 県立神奈川近代文学館 2004.10 80p 26cm〈会期：2004年10月2日～11月28日 共同刊行：神奈川文学振興会〉

◇雑草の夢―近代日本における「故郷」と「希望」 デンニッツァ・ガブラコヴァ著 横浜 世織書房 2012.5 392,7p 22cm〈文献あり 索引あり〉 4000円 ①978-4-902163-63-6

◇子どもたちのマジックアワー―フィクションのなかの子ども 川本三郎著 新曜社 1989.11 290p 20cm （ノマド叢書） 1850円 ①4-7885-0358-1

◇近代日本の象徴主義 木股知史編 おうふう 2004.3 220p 21cm〈文献あり〉 2000円 ①4-273-03301-1

◇展示される文学―人・モノ・記憶 近代文学合同研究会編 横須賀 近代文学合同研究会 2007.10 88p 21cm （近代文学合同研究会論集 第4号）

◇文学の中のシルク―文学でシルクを旅する 日本絹の里第14回企画展 群馬県立日本絹の里編 高崎 群馬県立日本絹の里 2007.9 42p 30cm

◇日本近・現代文学における知的障害者表象―私たちは人間をいかに語り得るか 河内重雄著 福岡 九州大学出版会 2012.3 395,16p 22cm〈索引あり〉 6600円 ①978-4-7985-0068-3

◇〈予言文学〉の世界―過去と未来を繋ぐ言説 小峯和明編 勉誠出版 2012.12 261p 21cm （アジア遊学 159）〈文献あり〉 2500円 ①978-4-585-22625-3

◇作家の家 コロナ・ブックス編集部編 平凡社 2010.11 147p 22cm （コロナ・ブックス 156）〈並列シリーズ名：CORONA BOOKS 文献あり〉 1600円 ①978-4-582-63454-9

◇文士のきもの 近藤富枝著 河出書房新社 2008.11 199p 20cm 1800円 ①978-4-309-01891-1

◇罪と死の文学―戦後文学の軌跡 斎藤末弘著 増補新版 新教出版社 2001.4 237p

現代日本文学（テーマ別研究）

19cm　2500円　ⓣ4-400-62715-2
◇文学の断層―セカイ・震災・キャラクター　斎藤環著　朝日新聞出版　2008.7　277p　20cm　1900円　ⓣ978-4-02-250408-1
◇文学的商品学　斎藤美奈子著　紀伊国屋書店　2004.2　253p　20cm　1600円　ⓣ4-314-00958-6
◇文学的商品学　斎藤美奈子著　文芸春秋　2008.2　293p　16cm　（文春文庫）　600円　ⓣ978-4-16-771765-0
◇現実界の探偵―文学と犯罪　作田啓一著　白水社　2012.3　253p　19cm　2600円　ⓣ978-4-560-08185-3
◇文学における変身　佐藤泰正編　笠間書院　1992.12　218p　19cm　（笠間選書167―梅光女学院大学公開講座論集　第32集）　1030円　ⓣ4-305-60233-4
◇文学における仮面　佐藤泰正編　笠間書院　1994.7　152,27p　19cm　（笠間選書170―梅光女学院大学公開講座論集　第35集）　1030円　ⓣ4-305-60236-9
◇文学における道化　佐藤泰正編　笠間書院　1995.7　154,32p　19cm　（笠間選書172―梅光女学院大学公開講座論集　第37集）　1030円　ⓣ4-305-60238-5
◇能登へ・レクイエム　沢田誠一著　青蛾書房　2000.7　295p　20cm　2500円　ⓣ4-7906-0196-X
◇日本文学における住まい　島内裕子著　放送大学教育振興会　2004.3　268p　21cm　（放送大学教材　2004）　2500円　ⓣ4-595-23757-X
◇文学にとっての歴史意識　新船海三郎著　本の泉社　2001.10　263p　20cm　2300円　ⓣ4-88023-374-9
◇疎外論―日本近代文学に表れた疎外者の研究　須藤宏明著　おうふう　2002.3　406p　22cm　8800円　ⓣ4-273-03219-8
◇流行と虚栄の生成―消費文化を映す日本近代文学　瀬崎圭二著　京都　世界思想社　2008.3　394p　22cm　4800円　ⓣ978-4-7907-1304-3
◇北国のこころ　高田宏著　日本放送出版協会　2002.10　241p　20cm　1500円　ⓣ4-14-080723-7
◇主題としての〈終り〉―文学の構想力　高橋修著　新曜社　2012.3　284p　20cm　〈索引あり〉　2600円　ⓣ978-4-7885-1283-2
◇友情の文学誌　高橋英夫著　岩波書店　2001.3　225p　18cm　（岩波新書）　740円　ⓣ4-00-430720-1
◇母なるもの―近代文学と音楽の場所　高橋英夫著　日本点字図書館（点字版印刷・製本）　2012.3　3冊　27cm　〈厚生労働省委託　原本：文芸春秋2009〉
◇無垢の力―〈少年〉表象文学論　高原英理著　講談社　2003.6　261p　20cm　2400円　ⓣ4-06-211671-5
◇近代日本人のフランス―かの国にたどる芸術家十人の生の軌跡　滝沢寿章著　駿河台出版社　2007.3　214p　22cm　3800円　ⓣ978-4-411-02226-4
◇日本近代文学と家族　滝藤満義編　〔千葉〕千葉大学大学院社会文化科学研究科　2001.3　77p　30cm　（千葉大学大学院社会文化科学研究科研究プロジェクト報告書　第2集）
◇日本近代文学と子ども―2001-2002年度　滝藤満義編　〔千葉〕千葉大学大学院社会文化科学研究科　2003.3　75p　30cm　（社会文化科学研究科研究プロジェクト報告書　第89集）〈他言語標題：Children in Japanese modern literature〉
◇「盗作疑惑」の研究―現代日本文学「禁断の木の実」を食べた文豪たち　竹山哲著　PHP研究所　2002.4　233p　20cm　1500円　ⓣ4-569-62150-3
◇変身放火論　多田道太郎著　講談社　1998.4　288p　20cm　2500円　ⓣ4-06-209301-4
◇人造美女は可能か？　巽孝之,荻野アンナ編著　慶応義塾大学出版会　2006.9　318,3p　20cm　2500円　ⓣ4-7664-1301-6
◇上海・文学残像―日本人作家の光と影　趙夢雲著　田畑書店　2000.5　301p　22cm　（現代アジア叢書　35）　2500円　ⓣ4-8038-0301-3
◇衣装の美学―身体と世界の接点　塚本瑞代著　京都　行路社　1994.7　300p　20cm　2500円
◇季節の美学―身体・衣服・季節　塚本瑞代著　新曜社　2006.10　373p　20cm　〈他言語標題：The aesthetics of seasons　文献あり〉

日本近現代文学案内　71

現代日本文学（テーマ別研究）

◇果物の文学誌　塚谷裕一著　朝日新聞社　1995.10　219,8p　19cm　（朝日選書 538）　1200円　①4-02-259638-4

◇大和古寺幻想―連子窓に透しみる名作の女人抱影　寺尾勇著　大阪　東方出版　2000.3　218p　22cm　2000円　①4-88591-653-4

◇幽霊―メイド・イン・ジャパン　暉峻康隆著　桐原書店　1991.7　207p　20cm　1500円　①4-342-80360-7

◇時間　東洋女子短期大学・東洋学園大学ことばを考える会編　リーベル出版　1998.1　343p　20cm　（シリーズことばのスペクトル）　2500円　①4-89798-554-4

◇文学における家族の問題　東洋大学井上円了記念学術センター編　すずさわ書店　1999.4　229p　19cm　（えっせんてぃあ選書 8）　1800円　①4-7954-0138-1

◇文学のなかの家族　十川信介著、愛知県教育サービスセンター編　名古屋　第一法規出版東海支社　1990.3　29p　21cm　（県民大学叢書 16）　250円

◇生きつづけるということ―文学にみる病いと老い　長井苑子著,泉孝英注記　大阪　メディカルレビュー社　2004.11　352p　22cm〈注記：泉孝英　年表あり〉　1800円　①4-89600-777-8

◇生きつづけるということ―文学にみる病いと老い 続　長井苑子著　大阪　メディカルレビュー社　2009.6　391p　22cm〈注記：泉孝英〉　1800円　①978-4-7792-0382-4

◇文学の中の法　長尾龍一著　日本評論社　1998.7　208p　19cm　1800円　①4-535-51112-8

◇文学の中の法　長尾龍一著　新版　慈学社出版　2006.9　306p　20cm　（慈学社叢書）〈大学図書（発売）〉　2600円　①4-903425-06-1

◇文学のなかの法感覚　中川剛著　信山社出版　1997.4　265p　20cm　2800円　①4-7972-2093-7

◇モダニティの想像力―文学と視覚性　中川成美著　新曜社　2009.3　387p　20cm　3400円　①978-4-7885-1147-7

◇魚つりと鯨とりの文学　中島顕治著　彩流社　1993.9　333p　20cm　3200円　①4-

3200円　①4-7885-1022-7

◇果物の文学誌　塚谷裕一著　朝日新聞社　1995.10　219,8p　19cm　（朝日選書 538）　1200円　①4-02-259638-4

[column 2]

88202-268-0

◇障害者の文学　中島虎彦著　明石書店　1997.8　312p　20cm　3800円　①4-7503-0960-5

◇文学の闇/近代の「沈黙」　中山昭彦,島村輝,飯田祐子,高橋修,吉田司雄編　横浜　世織書房　2003.11　446p　22cm　（文学年報 1）　4300円　①4-902163-03-9

◇怪獣はなぜ日本を襲うのか？　長山靖生著　筑摩書房　2002.11　223p　20cm　1900円　①4-480-82351-4

◇今昔お金恋しぐれ―文学にみるカネと相場99話　鍋島高明著　市場経済研究所　2000.5　280p　20cm〈河出書房新社（発売）〉　1800円　①4-309-90390-8

◇和算小説のたのしみ　鳴海風著　岩波書店　2008.3　117,3p　19cm　（岩波科学ライブラリー 142）〈文献あり〉　1300円　①978-4-00-007482-7

◇近代文学の〈朝鮮〉体験　南富鎮著　勉誠出版　2001.11　302p　20cm　（遊学叢書 19）〈文献あり〉　2800円　①4-585-04079-X

◇湖沼の文学　日本文学風土学会編　朝文社　1992.12　367p　20cm　3000円　①4-88695-078-7

◇越境するトポス―環境文学論序説　野田研一,結城正美編　彩流社　2004.7　322p　22cm〈文献あり〉　4500円　①4-88202-910-3

◇風の文化誌　梅花女子大学日本文化創造学科「風の文化誌」の会編　大阪　和泉書院　2006.3　170p　20cm　（和泉選書 150）　2200円　①4-7576-0362-2

◇箏の情景　羽賀伸,羽賀陽子編著　音楽之友社　1993.11　452p　20cm　4900円　①4-276-13332-7

◇日本文学のなかの障害者像―近・現代篇　花田春兆編著　明石書店　2002.3　365p　20cm〈年表あり〉　3800円　①4-7503-1534-6

◇文学の明かり　榛名信夫著　東京書籍　2007.12　303p　20cm〈年表あり〉　2500円　①978-4-487-80249-4

◇架空世界の悪党図鑑　光クラブ著　講談社　2004.12　295p　19cm　2000円　①4-06-212656-7

◇スポーツする文学―1920-30年代の文化詩学

疋田雅昭,日高佳紀,日比嘉高編著　青弓社
2009.6　332p　21cm〈年表あり〉　2800円
①978-4-7872-9189-9
◇スポーツする文学—1920-30年代の文化詩学
疋田雅昭,日高佳紀,日比嘉高編著　青弓社
2009.6　332p　21cm〈年表あり〉　2800円
①978-4-7872-9189-9
◇日本人の帽子　樋口覚著　講談社　2000.11
430,14p　20cm　3400円　①4-06-210296-X
◇雑音考—思想としての転居　樋口覚著　京都　人文書院　2001.12　258p　20cm
2400円　①4-409-16082-6
◇〈夕暮れ〉の文学史　平岡敏夫著　おうふう
2004.10　395p　22cm　4800円　①4-273-03354-2
◇夕暮れの文学　平岡敏夫著　おうふう
2008.5　290p　20cm　2800円　①978-4-273-03500-6
◇江戸前—日本近代文芸のなかの江戸主義　平岡正明著　ビレッジセンター出版局　2000.3
269p　20cm　2400円　①4-89436-132-9
◇アニミズムを読む—日本文学における自然・生命・自己　平川祐弘,鶴田欣也編　新曜社
1994.1　447p　20cm　3914円　①4-7885-0474-X
◇異国への憧憬と祖国への回帰　平川祐弘編
明治書院　2000.9　337p　19cm　3500円
①4-625-65300-2
◇旅と日本文学　広島女学院大学日本語日本文学科編　広島　広島女学院大学総合研究所
2001.3　132p　21cm　（広島女学院大学公開講座論集 2000）　非売品
◇旅に出たくなる日本語　福田章著　実業之日本社　2004.1　262p　19cm　1400円
①4-408-00790-0
◇物語の結婚　藤井貞和著　筑摩書房
1995.10　233,4p　15cm　（ちくま学芸文庫）　880円　①4-480-08233-6
◇雨降りの心理学—雨が心を動かすとき　藤掛明著　大阪　燃焼社　2010.8　220p　19cm
1600円　①978-4-88978-094-9
◇青春という亡霊—近代文学の中の青年　古屋健三著　日本放送出版協会　2001.10　316p
19cm　（NHKブックス）　1160円　①4-14-001926-3
◇二つの世紀転換期における文学と社会　文学的モデルネ研究プロジェクト著　〔大東〕
大阪産業大学産業研究所　1995.9　248p
21cm　（産研叢書 3）
◇文芸心理学から見た日本文学　星野五彦著
印西　万葉書房　2002.12　281p　21cm
（研究叢書 1）　①4-944185-05-7
◇新編迷子論　堀切直人著　右文書院　2008.4
261p　19cm　（堀切直人コレクション 3）
2200円　①978-4-8421-0709-7
◇萌える日本文学　堀越英美著　幻冬舎
2008.3　315p　20cm　1500円　①978-4-344-01483-1
◇フィクションとしての子ども　本田和子著
新曜社　1989.12　286p　20cm　（ノマド叢書）　1850円　①4-7885-0357-3
◇現代日本文学に見るこどもと教育　前島康男著　創風社　2001.11　140p　20cm　1300円　①4-88352-054-4
◇近代文学にあらわれた男の生き方—2003年度男性学セミナー　まちだ中央公民館編
〔町田〕　まちだ中央公民館　2003.9　65p
30cm〈奥付のタイトル：男性学セミナーのまとめ　年譜あり〉
◇物質と記憶　松浦寿輝著　思潮社　2001.12
333p　20cm　2900円　①4-7837-1604-8
◇ルナティックス—月を遊学する　松岡正剛著
作品社　1993.8　294p　22cm　2800円
①4-87893-184-1
◇「時」に生き「時」を超えて—物語に表れた「時」「母」「父」を読む　松平信久著　聖公会出版　2008.10　428p　20cm　2800円
①978-4-88274-188-6
◇流離抄　松本寧至著　勉誠出版　2001.6
247p　20cm　（遊学叢書 15）　2500円
①4-585-04075-7
◇メランコリーの水脈　三浦雅士著　福武書店　1989.7　315p　16cm　（福武文庫）
700円　①4-8288-3103-7
◇青春の終焉　三浦雅士著　講談社　2001.9
484p　20cm　2800円　①4-06-210780-5
◇メランコリーの水脈　三浦雅士著　講談社
2003.5　337p　16cm　（講談社文芸文庫）
〈年譜あり　著作目録あり〉　1400円　①4-06-198331-8
◇作家は何を嗅いできたか—におい、あるいは

感性の歴史　三橋修著　現代書館　2009.6　229p　20cm　1900円　ⓘ978-4-7684-5605-7

◇文学にあらわれた「獅子頭」―作家と其の炉ばた周辺　眠牛荘主人著　上尾　眠牛社　1993.3　1冊（頁付なし）　26cm

◇異聞・文学にあらわれた獅子頭―2　眠牛荘主人著　上尾　眠牛舎　1994.5　34p　26cm　〈『文学にあらわれた「獅子頭」』の続編〉

◇日本文学における運命の展開　森田喜郎著　新典社　1996.5　350p　22cm　（新典社研究叢書 97）　11000円　ⓘ4-7879-4097-X

◇名作を生んだ宿　矢島裕紀彦, サライ編集部編　小学館　1998.11　123p　21cm　（Shotor travel）　1500円　ⓘ4-09-343136-1

◇文人たちの寄席　矢野誠一著　文芸春秋　2004.10　232p　16cm　（文春文庫）　552円　ⓘ4-16-746011-4

◇マザコン男がブンガクしている―父になれない、こんな事情　山下悦子著　ベストセラーズ　1994.5　221p　20cm　（ワニの選書）　1200円　ⓘ4-584-19109-3

◇20世紀日本怪異文学誌―ドッペルゲンガー文学考　山下武著　有楽出版社　2003.9　391p　20cm　〈実業之日本社（発売）〉　2500円　ⓘ4-408-59208-0

◇文学に見る化粧考―化粧と化粧品　山蔦恒著　週刊粧業　1996.7　198p　21cm　1800円　ⓘ4-915073-70-X

◇名作・温泉カタログ　山本容朗著　文芸春秋　1989.12　289,9p　18cm　1300円　ⓘ4-16-343910-2

◇文学に描かれた教師たち―漱石・賢治・啄木・藤村・介山　山本龍生著　新風舎　1999.9　161p　19cm　1500円　ⓘ4-7974-0885-5

◇水の音の記憶―エコクリティシズムの試み　結城正美著　水声社　2010.7　267p　20cm　〈文献あり　索引あり〉　3000円　ⓘ978-4-89176-790-7

◇父の像　吉本隆明著　筑摩書房　2010.6　214p　15cm　（ちくま文庫　よ2-6）　680円　ⓘ978-4-480-42715-1

◇親と子の愛と憎しみと　歴史と文学の会編　勉誠出版　2008.11　286p　20cm　2400円　ⓘ978-4-585-05403-0

◇言語都市・パリ 1862-1945　和田博文ほか著　藤原書店　2002.3　366p　22cm　〈年表あり〉　3800円　ⓘ4-89434-278-2

◇文芸の中の子供―共同研究　共立女子大学文学芸術研究所　1996.3　198p　21cm　（研究叢書　第14輯）

◇文学における悪　笠間書院　1996.8　140,21p　19cm　（笠間選書 174―梅光女学院大学公開講座論集　第39集）　1000円　ⓘ4-305-60240-7

◇特集・少年×タナトス　アトリエサード　2005.7　175p　21cm　（トーキングヘッズ叢書 no.24）〈奥付のタイトル：少年×タナトス　書苑新社（発売）〉　1238円　ⓘ4-88375-071-X

◇文学―物語・消費・大衆　西早稲田近代文学の会　2007.3　156p　21cm

老いと文学

◇煌きのサンセット―文学に「老い」を読む　一番ケ瀬康子ほか著　中央法規出版　1993.4　255p　21cm　（福祉文化ライブラリー）〈監修：福祉文化学会〉　2000円　ⓘ4-8058-1073-4

◇老いについて―豊かな人生を考える64冊　大塚野百合著　大阪　創元社　1990.1　262p　20cm　1800円　ⓘ4-422-93023-0

◇老いの愉楽―「老人文学」の魅力　尾形明子, 長谷川啓編　東京堂出版　2008.9　305p　20cm　2600円　ⓘ978-4-490-20646-3

◇介護文学にみる老いの姿　小椰治宣著　朝文社　2006.11　139p　19cm　〈文献あり〉　1429円　ⓘ4-88695-189-9

◇老いへの不安―歳を取りそこねる人たち　春日武彦著　朝日新聞出版　2011.4　214p　20cm　1600円　ⓘ978-4-02-250852-2

◇姨捨の系譜　工藤茂著　おうふう　2005.2　253p　22cm　12000円　ⓘ4-273-03371-2

◇語る老女語られる老女―日本近現代文学にみる女の老い　倉田容子著　学芸書林　2010.2　355,3p　20cm　〈文献あり　年表あり　索引あり〉　2800円　ⓘ978-4-87517-083-9

◇老いるということ　黒井千次著　日本放送出版協会　2006.4　160p　21cm　（NHKシリーズ―NHKこころをよむ）〈下位シリーズの責任表示：日本放送協会, 日本放送出

現代日本文学（テーマ別研究）

協会編　放送期間：2006年4月―6月〉　760円　ⓘ4-14-910584-7
◇老いるということ　黒井千次著　講談社　2006.11　232p　18cm　（講談社現代新書）〈日本放送出版協会刊の増訂〉　720円　ⓘ4-06-149865-7
◇文学における老い　佐藤泰正編　笠間書院　1991.12　182p　19cm　（笠間選書 165―梅光女学院大学公開講座論集 第30集）　1030円
◇老人文学論―戦争・政治・性をめぐって　鈴木斌著　菁柿堂　2011.11　302p　19cm　（Seishido brochure）〈星雲社（発売）〉　2000円　ⓘ978-4-434-16204-6
◇臨死のまなざし　立川昭二著　新潮社　1993.4　289p　20cm　1400円　ⓘ4-10-364703-5
◇年をとって、初めてわかること　立川昭二著　新潮社　2008.7　284p　20cm　（新潮選書）　1200円　ⓘ978-4-10-603612-5
◇描かれたエルダー　日本経済新聞社編　創美社　2002.4　211p　20cm〈集英社（発売）〉　1400円　ⓘ4-420-31004-9
◇日本文学と老い　水野裕美子著　新典社　1991.7　125p　19cm　（叢刊・日本の文学 19）　1009円　ⓘ4-7879-7519-6
◇〈介護小説〉の風景―高齢社会と文学　米村みゆき, 佐々木亜紀子編　森話社　2008.11　299p　20cm　2400円　ⓘ978-4-916087-91-1

記憶

◇文学的記憶・一九四〇年前後―昭和期文学と戦争の記憶　大原祐治著　翰林書房　2006.11　350p　22cm　4800円　ⓘ4-87737-237-7
◇女たちの記憶―〈近代〉の解体と女性文学　岡野幸江著　双文社出版　2008.4　249,5p　20cm　2500円　ⓘ978-4-88164-585-7

死

◇死刑文学を読む　池田浩士, 川村湊著　インパクト出版会　2005.2　269,5p　20cm〈年表あり〉　2400円　ⓘ4-7554-0148-8
◇作家の自殺を考える　鬼頭陸明著　京都洛西書院　2010.10　148p　20cm　1500円　ⓘ978-4-947525-24-6
◇作家その死　神津拓夫著　近代文芸社　2008.10　311p　20cm　2300円　ⓘ978-4-7733-7587-9
◇日米文学の中の「生」と「死」―アニミズムの復権　神徳昭甫著　近代文芸社　1998.2　205p　20cm　3107円　ⓘ4-7733-6308-8
◇文学における死生観　佐藤泰正編　笠間書院　1996.2　169,27p　19cm　（笠間選書 173―梅光女学院大学公開講座論集 第38集）　1030円　ⓘ4-305-60239-3
◇文学に出てくる死―医療系の若い人のために　設楽哲也著　日本図書刊行会　2001.7　223p　18cm〈近代文芸社（発売）〉　1100円　ⓘ4-8231-0731-4
◇臨死のまなざし　立川昭二著　新潮社　1996.6　300p　15cm　（新潮文庫）　440円　ⓘ4-10-147111-8
◇日本人の死生観　立川昭二著　筑摩書房　1998.6　255p　20cm　1800円　ⓘ4-480-81605-4
◇日本文学と死　中西進著　新典社　1989.5　149p　19cm　（叢刊・日本の文学 2）　1009円　ⓘ4-7879-7502-1
◇文学に現れた遺書・遺言　長谷川泉編　至文堂　1998.5　240p　21cm　（現代のエスプリ別冊）　2000円　ⓘ4-7843-6003-4
◇作家たちの死　火野和弥著　文芸社　2010.6　274p　19cm　1400円　ⓘ978-4-286-08902-7
◇自殺ブンガク選―名文で死を学ぶ　宝泉薫編　彩流社　2010.6　189p　21cm　（オフサイド・ブックス 56）〈並列シリーズ名：Offside BOOKS　文献あり〉　1400円　ⓘ978-4-7791-1072-6
◇死という鏡―この30年の日本文芸を読む　三輪太郎著　講談社　2011.3　275p　15cm　（講談社文庫 み60-2）　629円　ⓘ978-4-06-276890-0
◇死の日本文学史　村松剛著　中央公論社　1994.5　571p　16cm　（中公文庫）　980円

自然

◇きのこ文学大全　飯沢耕太郎著　平凡社　2008.12　319p　18cm　（平凡社新書）　880

現代日本文学（テーマ別研究）

◇マジカル・ミステリアス・マッシュルーム・ツアー　飯沢耕太郎著　東京キララ社　2010.7　157p　18cm〈河出書房新社（発売）他言語標題：Magical mysterious mushroom tour〉　1600円　①978-4-309-90879-3

◇フングス・マギクス—精選きのこ文学渉猟　飯沢耕太郎著　東洋書林　2012.11　241p　20cm〈他言語標題：Fungus magicus　索引あり〉　2400円　①978-4-88721-805-5

◇花の文学碑—続　石塚弥左衛門編著　大日本図書　1989.10　142p　20cm　2060円　①4-477-11171-1

◇本朝三十六河川—川に流れる文学　大森亮尚著　世界思想社　1989.10　256p　19cm（Sekaishiso seminar）　1950円　①4-7907-0359-2

◇川・文学・風景　尾形明子著　大東出版社　2002.11　265p　20cm　1900円　①4-500-00683-4

◇桜の文学史　小川和佑著　朝日新聞社　1991.3　244p　15cm（朝日文庫）　470円　①4-02-260641-X

◇桜と日本人　小川和佑著　新潮社　1993.6　221p　20cm（新潮選書）　1100円　①4-10-600440-2

◇桜讃歌—日本人のこころ　小川和佑著　ビジネス社　1994.3　214p　20cm　1600円　①4-8284-0555-0

◇桜誌—その文化と時代　小川和佑著　原書房　1998.3　276p　20cm　1600円　①4-562-03058-5

◇桜の文学史　小川和佑著　文芸春秋　2004.2　291p　18cm（文春新書）〈文献あり〉　820円　①4-16-660363-9

◇桜文化と日本人—美しい桜への招待　小川和佑著　大阪　竹林館　2011.4　100p　21cm　1500円　①978-4-86000-207-7

◇日本文学から「自然」を読む　川村晃生著　勉誠出版　2004.6　223p　19cm（智慧の海叢書　4）〈文献あり〉　1400円　①4-585-07104-0

◇野あるき花ものがたり　久保田淳著　小学館　2004.3　246p　20cm　1600円　①4-09-362066-0

◇富士山の文学　久保田淳著　文芸春秋　2004.10　302p　18cm（文春新書）　830円　①4-16-660404-X

◇梅と日本人　小林祥次郎著　勉誠出版　2008.2　302,4p　20cm　3200円　①978-4-585-05387-3

◇つくられた自然　小森陽一,富山太佳夫,沼野充義,兵藤裕己,松浦寿輝編　岩波書店　2003.1　265p　22cm（岩波講座文学　7　小森陽一ほか編）〈付属資料：10p：月報5　シリーズ責任表示：小森陽一〔ほか〕編〉　3400円　①4-00-011207-4

◇植物と日本文化　斎藤正二著　八坂書房　2002.11　196p　20cm　2400円　①4-89694-812-2

◇花々に聴く　早良冨美子著　文芸社　2008.4　210p　20cm　1500円　①978-4-286-04545-0

◇自然と文学—環境論の視座から　柴田陽弘編著　慶応義塾大学出版会　2001.10　318p　21cm　3000円　①4-7664-0866-7

◇花ごよみ　杉本秀太郎著　講談社　1994.9　309p　15cm（講談社学術文庫）　900円　①4-06-159141-X

◇夏を楽しむ花ごよみ　杉本秀太郎著　平凡社　1998.2　118p　22cm（コロナ・ブックス　39）　1524円　①4-582-63338-2

◇春を楽しむ花ごよみ　杉本秀太郎著　平凡社　1998.2　118p　22cm（コロナ・ブックス　38）　1524円　①4-582-63337-4

◇秋を楽しむ花ごよみ　杉本秀太郎著　平凡社　1998.9　118p　22cm（コロナ・ブックス　52）　1524円　①4-582-63349-8

◇冬を楽しむ花ごよみ　杉本秀太郎著　平凡社　1998.11　118p　22cm（コロナ・ブックス　54）　1524円　①4-582-63352-8

◇すみれの花の歌—ひとつの文学鑑賞　鈴木保昭著　専修大学出版局　1990.6　387p　20cm（SP選書）　2500円　①4-88125-047-7

◇すみれの花の歌—ひとつの文学鑑賞　鈴木保昭著　新装版　専修大学出版局　1996.3　387p　19cm　3300円　①4-88125-081-7

◇水の誘い海辺の怪異　橘正典著　大阪　編集工房ノア　2009.7　261p　20cm　2000円　①978-4-89271-174-9

◇異界の花—ものがたり植物図鑑　塚谷裕一著

◇マガジンハウス　1996.7　216,5p　20cm　1600円　ⓘ4-8387-0784-3
◇花のかたち―日本人と桜　近代　中西進著　角川書店　1995.4　346p　20cm　2300円　ⓘ4-04-884095-9
◇梅の文化誌　梅花女子大学日本文学科編　大阪　和泉書院　2001.3　225p　20cm　(和泉選書 125)　2300円　ⓘ4-7576-0099-2
◇富士山トポグラフィー――透谷・正秋・康成らの旅　橋詰静子著　増補版　一芸社　2006.4　254p　19cm　(Ichigei library)　1800円　ⓘ4-901253-71-9
◇風の名前風の四季　半藤一利,荒川博著　平凡社　2001.11　231p　18cm　(平凡社新書)　760円　ⓘ4-582-85113-4
◇川舟考―日本海洋文学論序説　樋口覚著　五柳書院　1998.12　238p　20cm　(五柳叢書 62)　2200円　ⓘ4-906010-85-7
◇自然と日本文学―広島女学院大学公開講座論集　広島女学院大学日本文学科編　広島　広島女学院大学　1992.7　158p　19cm　非売品　ⓘ4-938709-02-3
◇ルナティックス―月を遊学する　松岡正剛著　中央公論新社　2005.7　342p　16cm　(中公文庫)　933円　ⓘ4-12-204559-2
◇文学の花しおり　森千春著　毎日新聞社　2007.3　206p　19cm　1400円　ⓘ978-4-620-31804-2
◇自然と文学のダイアローグ―都市・田園・野生　国際シンポジウム沖縄2003　山里勝己,高田賢一,野田研一,高橋勤,スコット・スロヴィック編　彩流社　2004.9　258p　22cm　2800円　ⓘ4-88202-917-0
◇富士百景―その文学と美　山梨県立文学館編　甲府　山梨県立文学館　2001.9　80p　30cm　〈会期：2001年9月29日～12月2日〉
◇山の文学展―日本人美とこころのふるさと　山梨県立文学館編　甲府　山梨県立文学館　2005.9　72p　30cm　〈会期・会場：2005年9月23日～11月27日 山梨県立文学館企画展示室〉
◇人と花と　横尾健一郎著　名古屋　横尾健一郎　1991.1　442,6,21p　22cm　〈丸善名古屋出版サービスセンター(製作)〉

食と文学

◇食卓の文学史　秋元潔著　福岡　葦書房　1994.9　451p　21cm　3605円　ⓘ4-7512-0571-4
◇カステラ文学館これくしょん　明坂英二,下谷二助著　長崎　松翁軒　2007.12　127p　20×21cm　〈タイピントギャラリー(発売)〉　1200円
◇楽酒　明間登喜雄著　新風舎　2007.4　171p　15cm　(新風舎文庫)　〈文献あり〉　700円　ⓘ978-4-289-50372-8
◇文人悪食　嵐山光三郎著　マガジンハウス　1997.3　429p　20cm　1800円　ⓘ4-8387-0620-0
◇文人悪食　嵐山光三郎著　新潮社　2000.9　562p　15cm　(新潮文庫)　743円　ⓘ4-10-141905-1
◇文人暴食　嵐山光三郎著　マガジンハウス　2002.9　431p　20cm　1800円　ⓘ4-8387-1390-8
◇文人暴食　嵐山光三郎著　新潮社　2006.1　577p　16cm　(新潮文庫)　〈文献あり〉　743円　ⓘ4-10-141908-6
◇文士の舌　嵐山光三郎著　新潮社　2010.12　199p　20cm　1500円　ⓘ978-4-10-360105-0
◇文学とすし―名作を彩った鮨ばなし　大柴晏清著　栄光出版社　1991.4　281p　20cm　1500円　ⓘ4-7541-9101-3
◇名作の食卓―文学に見る食文化　大本泉著　角川学芸出版　2005.8　247p　19cm　(角川学芸ブックス)〈角川書店(発売)〉　文献あり〉　1500円　ⓘ4-04-651983-5
◇名作が描く昭和の食と時代　小川和佑著　大阪　竹林館　2006.4　194p　19cm　1500円　ⓘ4-86000-102-8
◇鷗外のマカロン―近代文学喫茶洋菓子御馳走帖　奥野響子著　丸善プラネット　2006.1　73,4p　20cm　〈丸善出版事業部(発売)〉　940円　ⓘ4-901689-45-2
◇紅茶と露台と夕暮と―紅茶アンソロジー　奥野響子著　丸善プラネット　2006.12　81p　図版12p　20cm　〈丸善出版事業部(発売)〉　1300円　ⓘ4-901689-61-4
◇バッカナリア酒と文学の饗宴　杳掛良彦,阿部賢一編　横浜　成文社　2012.3　382p

20cm　3000円　①978-4-915730-90-0
◇作家の食卓　コロナ・ブックス編集部編　平凡社　2005.7　126p　22cm　（コロナ・ブックス　119）　1600円　①4-582-63416-8
◇作家のおやつ　コロナ・ブックス編集部編　平凡社　2009.1　130p　22cm　（コロナ・ブックス　144）〈文献あり　並列シリーズ名：Corona books〉　1600円　①978-4-582-63442-6
◇定食と文学　今柊二著　本の雑誌社　2010.11　197p　19cm　1400円　①978-4-86011-211-0
◇食の名文家たち　重金敦之著　文芸春秋　1999.5　302p　20cm　1619円　①4-16-355170-0
◇作家の食と酒と　重金敦之著　左右社　2010.12　279p　19cm〈著作目録あり〉　1800円　①978-4-903500-44-7
◇食通小説の記号学　真銅正宏著　双文社出版　2007.11　268p　22cm〈文献あり〉　3600円　①978-4-88164-578-9
◇酒のかたみに―酒で綴る亡き作家の半生史　続　高山恵太郎監修、藤本義一、高瀬善夫、安村圭介、阿木翁助、二橋進吾ほか著　大阪　たる出版　2002.1　297p　22cm〈執筆：藤本義一ほか〉　1000円　①4-924713-68-6
◇新・酒のかたみに―酒で綴る亡き作家の半生史　高山恵太郎監修　大阪　たる出版　2004.9　353p　21cm〈付・名映画監督の酔話〉　1000円　①4-924713-78-3
◇喰ふ―達人たちの悦楽　達人倶楽部編・著　ワンツーマガジン社　2002.12　281p　19cm　1300円　①4-901579-19-3
◇食と文学―日本・中国・フランス　中山時子, 石毛直道編　フーディアム・コミュニケーション　1992.5　265p　19cm　1800円　①4-938642-04-2
◇文学の中の紅茶　松浦いね著　日本紅茶協会　1994　62p　26cm〈日本紅茶協会『紅茶会報』連載（1989年3月〜1993年3月）〉
◇文人には食あり―文壇食物誌　山本容朗著　広済堂出版　2002.10　279p　19cm　1800円　①4-331-50921-4
◇文人には食あり　山本容朗著　角川春樹事務所　2005.10　239p　16cm　（グルメ文庫　Gや2-1）　660円　①4-7584-3202-3

◇他火のほうへ―食と文学のインターフェイス　結城正美著　水声社　2012.12　267p　20cm　（エコクリティシズムコレクション）〈文献あり　索引あり〉　2800円　①978-4-89176-935-2
◇酒のかたみに―酒で綴る亡き作家の半生史　大阪　たる出版　1996.3　301p　22cm　1000円　①4-924713-43-0

女性

◇無邪気と悪魔は紙一重　青柳いづみこ著　文芸春秋　2010.3　278p　16cm　（文春文庫　あ52-2）　600円　①978-4-16-777357-1
◇女は変身する　一柳広孝, 吉田司雄編著　青弓社　2008.5　215p　21cm　（ナイトメア叢書　6）〈文献あり〉　2000円　①978-4-7872-9185-1
◇娼婦学ノート―戦後物語られた遊女たちの真相　伊藤裕作著　データハウス　2008.3　266p　20cm〈年表あり〉　1700円　①978-4-88718-962-1
◇伸び支度―名作に描かれた少年少女　上田博監修, 古沢夕起子, 辻本千鶴編　おうふう　2008.3　166p　21cm〈年表あり〉　2000円　①978-4-273-03487-0
◇「少女」と「老女」の聖域―尾崎翠・野溝七生子・森茉莉を読む　江黒清美著　学芸書林　2012.9　275p　20cm　2800円　①978-4-87517-092-1
◇「妹」の運命―萌える近代文学者たち　大塚英志著　思潮社　2011.1　236p　19cm　2200円　①978-4-7837-1668-6
◇いつから私は「対象外の女」　大塚ひかり著　講談社　2002.8　237p　20cm　1600円　①4-06-211161-6
◇オバサン論―オバの復権をめざして　大塚ひかり著　筑摩書房　2006.3　215p　19cm　1400円　①4-480-81645-3
◇時代を生きる―文学の中の女性たち　尾形明子著　東京電力営業部お客さま相談室　1990.7　190p　15cm　（東京電力文庫　69）
◇日本文学女性へのまなざし　奥田勲著　風間書房　2004.9　290p　22cm　8000円　①4-7599-1450-1
◇美少女の逆襲―蘇れ!!心清き、汚れなき、気高

現代日本文学（テーマ別研究）

き少女たちよ　唐沢俊一著　ネスコ　1995.8　253p　20cm　1600円　⓪4-89036-894-9

◇ドナルド・キーン「日本文化と女性」―大妻学院創立100周年記念学術講演会 講演録　ドナルド・キーン述　大妻学院　2008.11　24p　26cm〈会期・会場：平成20年10月18日 大妻女子大学大妻講堂〉非売品

◇女と愛と文学―日本文学の中の女性像　小泉道,三村晃功編　京都　世界思想社　1993.1　282p　20cm（Sekaishiso seminar）2300円　⓪4-7907-0443-2

◇京おんなの肖像　河野仁昭著　京都　京都新聞社　1997.10　277p　20cm　1700円　⓪4-7638-0421-9

◇女と男のことばと文学―性差・言説・フィクション　小森潔編　森話社　1999.3　246p　20cm（叢書・文化学の越境 5）2600円　⓪4-7952-9073-3

◇妊娠小説　斎藤美奈子著　筑摩書房　1994.6　255p　20cm　1800円　⓪4-480-82312-3

◇妊娠小説　斎藤美奈子著　筑摩書房　1997.6　300p　15cm（ちくま文庫）680円　⓪4-480-03281-9

◇文明開化と女性　佐伯順子著　新典社　1991.3　134p　19cm（叢刊・日本の文学 16）1009円　⓪4-7879-7516-1

◇表現のなかの女性像　佐藤泰正編　笠間書院　1994.1　163p　19cm（笠間選書 169―梅光女学院大学公開講座論集 第34集）1030円　⓪4-305-60235-0

◇物語の女たち　下重暁子著　くもん出版　1998.4　173p　20cm　1300円　⓪4-7743-0218-X

◇小説に見る化粧　陶智子著　新典社　1999.10　173p　19cm　1200円　⓪4-7879-7807-1

◇女性表象の近代―文学・記憶・視覚像　関礼子著　翰林書房　2011.5　447p　22cm〈索引あり〉3800円　⓪978-4-87737-319-1

◇名作のなかの女たち―対談紀行　瀬戸内晴美,前田愛著　岩波書店　1996.10　376p　20cm（同時代ライブラリー 284）1339円　⓪4-00-260284-2

◇女子・結婚・男選び―あるいは〈選ばれ男子〉　髙田里恵子著　筑摩書房　2012.7　281p　18cm（ちくま新書 969）〈文献あり〉880円　⓪978-4-480-06674-9

◇少女領域　高原英理著　国書刊行会　1999.10　355p　19cm　2800円　⓪4-336-04194-6

◇日本文学と女性　独協大学広報室編　丸善プラネット　1992.12　158p　19cm（独協大学公開講座 第22回―第1講座）〈丸善（発売）〉1200円　⓪4-944024-08-8

◇日本文学の男性像　西島孜哉編　京都　世界思想社　1994.5　316p　20cm（Sekaishiso seminar）2500円　⓪4-7907-0503-X

◇文学にみる日本女性の歴史　西村汎子,関口裕子,菅野則子,江刺昭子編　吉川弘文館　2000.2　242p　20cm　2800円　⓪4-642-07763-4

◇文学の中の女性―擬態か反抗か―『源氏物語』から村上春樹まで　根本萌騰子著　近代文芸社　2005.5　229,3p　20cm　1500円　⓪4-7733-7262-1

◇妹の力とその変容―女性学の試み　浜下昌宏著　近代文芸社　2002.3　238p　20cm　2200円　⓪4-7733-6929-9

◇日本の母―崩壊と再生　平川祐弘,萩原孝雄編　新曜社　1997.9　484p　22cm　5500円　⓪4-7885-0609-2

◇文学における女性と暴力　福岡女子大学文学研究会編　福岡　福岡女子大学文学研究会　2006.3　169p　22cm（文学における女性表象 第2輯）

◇近代文学にみる女と家と絹物語　堀井正子著　長野　オフィスEMU　1995.6　87p　21cm（みみずく叢書 1）500円

◇男はなぜ悪女にひかれるのか―悪女学入門　堀江珠喜著　平凡社　2003.1　226p　18cm（平凡社新書）〈文献あり〉740円　⓪4-582-85167-3

◇近代文学の女たち―『にごりえ』から『武蔵野夫人』まで　前田愛著　岩波書店　1995.8　238p　16cm（同時代ライブラリー 234）900円　⓪4-00-260234-6

◇近代文学の女たち―『にごりえ』から『武蔵野夫人』まで　前田愛著　岩波書店　2003.7　247p　15cm（岩波現代文庫 文芸）900円　⓪4-00-602075-9

◇萌える名作文学ヒロイン・コレクション　萌える名作文学製作委員会編　コアマガジン

現代日本文学（テーマ別研究）

2010.10　127p　26cm〈執筆：昼間たかしほか〉　1905円　①978-4-86252-859-9
◇小説の中の女たち　藪禎子著　札幌　北海道新聞社　1989.5　221p　20cm　1200円　①4-89363-530-1
◇マザコン文学論―呪縛としての〈母〉　山下悦子著　新曜社　1991.10　267p　20cm（ノマド叢書）　1957円　①4-7885-0398-0
◇時代の女性―愛あればこの命永遠に　山本昭夫著　近代文芸社　1997.9　306p　20cm　1800円　①4-7733-6234-0
◇物語の女―モデルたちの歩いた道　山本茂著　中央公論社　1990.5　343p　16cm　（中公文庫）〈1979年講談社刊の増訂〉　500円　①4-12-201709-2
◇語り得ぬもの：村上春樹の女性（レズビアン）表象　渡辺みえこ著　御茶の水書房　2009.6　118p　21cm　1400円　①978-4-275-00839-8

身体

◇からだの文化誌　立川昭二著　文芸春秋　1996.2　309p　20cm　1700円　①4-16-351290-X
◇たかが歯・されど歯―歯・いのち・文学ノート　久威智編著　ライオン　2001.1　554p　19cm〈共同刊行：富徳会〉　非売品
◇身体の文学史　養老孟司著　新潮社　1997.1　197p　20cm　1339円　①4-10-416001-6
◇身体の文学史　養老孟司著　新潮社　2001.1　221p　16cm　（新潮文庫）　400円　①4-10-130831-4
◇身体の文学史　養老孟司著　新潮社　2010.2　220p　20cm　（新潮選書）〈平成13年刊の増補　並列シリーズ名：Shincho sensho〉　1100円　①978-4-10-603635-4

セクシャリティ

◇近代文学 性の位相　秋山公男著　翰林書房　2005.10　409p　20cm　3800円　①4-87737-212-1
◇「色里」物語めぐり―遊里に花開いた伝説・戯作・小説　朝倉喬司著　現代書館　2006.5　370p　20cm　3000円　①4-7684-6924-8
◇性的身体―「破調」と「歪み」の文学史をめぐって　岡庭昇著　毎日新聞社　2002.6　235p　20cm　3000円　①4-620-31575-3
◇ピグマリオン・コンプレックス―プリティ・ウーマンの系譜　小野俊太郎著　ありな書房　1997.6　227p　22cm　3600円　①4-7566-9748-8
◇オール・アバウト・セックス　鹿島茂著　文芸春秋　2005.3　258,8p　16cm　（文春文庫）〈文献あり〉　562円　①4-16-759004-2
◇性と愛の日本文学　加山郁生著　河出書房新社　1997.7　279,5p　20cm　1500円　①4-309-01143-8
◇文士と姦通　川西政明著　集英社　2003.3　217p　18cm　（集英社新書）　680円　①4-08-720185-6
◇男であることの困難―恋愛・日本・ジェンダー　小谷野敦著　新曜社　1997.10　289p　20cm　2500円　①4-7885-0622-X
◇「色」と「愛」の比較文化史　佐伯順子著　岩波書店　1998.1　389,7p　20cm　4000円　①4-00-002781-6
◇「愛」と「性」の文化史　佐伯順子著　角川学芸出版　2008.11　269p　19cm　（角川選書 431）〈角川グループパブリッシング（発売）　文献あり〉　1500円　①978-4-04-703431-0
◇「女装と男装」の文化史　佐伯順子著　講談社　2009.10　284p　19cm　（講談社選書メチエ 450）〈文献あり　並列シリーズ名：Kodansha sensho metier〉　1700円　①978-4-06-258450-0
◇「色」と「愛」の比較文化史　佐伯順子著　岩波書店　2010.12　396,7p　19cm　（岩波人文書セレクション）〈文献あり　索引あり〉　3000円　①978-4-00-028432-5
◇「秘めごと」礼賛　坂崎重盛著　文芸春秋　2006.1　270p　18cm　（文春新書）　800円　①4-16-660489-9
◇エロースへの招待　坂田正治著　福岡　石風社　2001.6　214p　19cm　2000円　①4-88344-073-7
◇女流作家が描く女の性　坂本満津夫著　府中（東京都）　渓声出版　2008.9　264p　19cm　2000円　①978-4-904002-99-5
◇機械仕掛のエロス　渋沢龍彦著　新装版　青土社　1992.4　251p　22cm　2600円

現代日本文学（テーマ別研究）

ⓘ4-7917-5178-7
◇文学のなかの性と生─対なるエロスを探る 高柳美知子著 大月書店 1992.12 221p 19cm 1600円 ⓘ4-272-41062-8
◇日本近代文学と性─2005-2006年度 滝藤満義編 千葉 千葉大学大学院人文社会科学研究科 2007.3 89p 30cm（人文社会科学研究科研究プロジェクト報告書 第152集）
◇性に取り憑かれた文豪たち─達人たちの悦楽 達人倶楽部編著 ワンツーマガジン社 2003.4 293p 19cm 1200円 ⓘ4-901579-33-9
◇日本ファザコン文学史 田中貴子著 紀伊国屋書店 1998.4 236p 18cm 1600円 ⓘ4-314-00822-9
◇谷沢永一性愛文学 谷沢永一著 ロングセラーズ 2007.11 237p 18cm 905円 ⓘ978-4-8454-0794-1
◇性が語る─二〇世紀日本文学の性と身体 坪井秀人著 名古屋 名古屋大学出版会 2012.2 666,16p 22cm〈索引あり〉 6000円 ⓘ978-4-8158-0694-1
◇日本人の愛と性 暉峻康隆著 岩波書店 1989.10 241p 18cm（岩波新書） 550円 ⓘ4-00-430092-4
◇やおい小説論─女性のためのエロス表現 永久保陽子著 専修大学出版局 2005.3 349p 21cm〈文献あり〉 4200円 ⓘ4-88125-154-6
◇越後女譚 西原亮著 太平書屋 1991.3 299p 22cm 8000円
◇恋と女の日本文学 丸谷才一著 講談社 1996.8 181p 20cm 1400円 ⓘ4-06-208132-6
◇日本のエロティシズム 百川敬仁著 筑摩書房 2000.4 235p 18cm（ちくま新書） 660円 ⓘ4-480-05843-5
◇官能する文学 矢切隆之著 朝日ソノラマ 1996.3 206p 20cm 1500円 ⓘ4-257-03474-2
◇性は乱調にあり─性の快人・怪人録 矢切隆之著 三一書房 1997.5 214p 20cm 1800円 ⓘ4-380-97244-5
◇娼婦─誘惑のディスクール 山田登世子著 日本文芸社 1991.9 151p 20cm 1700円 ⓘ4-537-05005-5

◇性の文学 河出書房新社 1992.7 223p 21cm（別冊新文芸読本） 1500円 ⓘ4-309-70164-7
◇日本の艶本・珍書・総解説─世界に誇るエロティシズム文学＝艶本の絢爛たる世界 自由国民社 1992.11 220p 21cm 2000円 ⓘ4-426-62502-5
◇日本の艶本・珍書・総解説─世界に誇るエロティシズム文学＝艶本の絢爛たる世界 改訂版 自由国民社 1993.12 220p 21cm 2200円 ⓘ4-426-62503-3
◇日本の艶本・珍書─総解説〔1994〕改訂版 自由国民社 1994.12 231p 21cm（総解説シリーズ） 2200円 ⓘ4-426-62504-1

鉄道

◇「坊っちゃん」はなぜ市電の技術者になったか 小池滋著 新潮社 2008.10 209p 16cm（新潮文庫）〈年表あり〉 400円 ⓘ978-4-10-136151-2
◇鉄道の文学誌 小関和弘著 日本経済評論社 2012.5 352p 21cm（近代日本の社会と交通 14）〈文献あり 索引あり〉 3400円 ⓘ978-4-8188-2210-8
◇汽笛のけむり今いずこ 佐藤喜一著 新潮社 1999.4 213p 20cm 1400円 ⓘ4-10-429501-9
◇されど汽笛よ高らかに─文人たちの汽車旅 佐藤喜一著 成山堂書店 2002.9 220p 20cm 1600円 ⓘ4-425-96001-7
◇鉄道の文学紀行─茂吉の夜汽車、中也の停車場 佐藤喜一著 中央公論新社 2006.1 242p 18cm（中公新書） 780円 ⓘ4-12-101830-3
◇汽車旅放浪記 関川夏央著 新潮社 2006.6 282p 20cm 1700円 ⓘ4-10-387603-4
◇汽車旅放浪記 関川夏央著 新潮社 2009.6 349p 16cm（新潮文庫 せ-6-5） 514円 ⓘ978-4-10-110715-8
◇鉄道─関西近代のマトリクス 日本近代文学会関西支部編 大阪 和泉書院 2007.11 63p 21cm（いずみブックレット 1） 900円 ⓘ978-4-7576-0437-7
◇鉄道文学の旅 野村智之著 郁朋社 2009.9 183p 19cm〈文献あり〉 1000円 ⓘ978-

4-87302-450-9
◇文学の中の駅―名作が語る"もうひとつの鉄道史" 原口隆行著 国書刊行会 2006.7 327p 20cm 2000円 Ⓟ4-336-04785-5
◇鉄路の美学―名作が描く鉄道のある風景 原口隆行著 国書刊行会 2006.9 358p 20cm 2000円 Ⓟ4-336-04786-3

動物

◇虫の文学誌 奥本大三郎著,日本放送協会編 日本放送出版協会 1993.4 147p 21cm （NHK人間大学 1993年4月～6月期） 500円
◇文学の中の「猫」の話 お茶の水文学研究会著 集英社 1995.4 271p 16cm （集英社文庫） 480円 Ⓟ4-08-748333-9
◇文学の中の「犬」の話 お茶の水文学研究会著 集英社 1995.5 271p 16cm （集英社文庫） 480円 Ⓟ4-08-748344-4
◇猫だましい 河合隼雄著 新潮社 2000.5 223p 20cm 1400円 Ⓟ4-10-379105-5
◇猫だましい 河合隼雄著 新潮社 2002.12 264p 16cm （新潮文庫） 438円 Ⓟ4-10-125226-2
◇不思議猫の日本史 北嶋広敏著 グラフ社 2010.7 262p 19cm 1429円 Ⓟ978-4-7662-1354-6
◇猫の本棚 木村衣有子著 平凡社 2011.7 181p 20cm 〈文献あり〉 1400円 Ⓟ978-4-582-83512-0
◇犬と人のいる文学誌 小山慶太著 中央公論新社 2009.4 228p 18cm （中公新書 1996）〈文献あり〉 780円 Ⓟ978-4-12-101996-7
◇作家の猫 コロナ・ブックス編集部編 平凡社 2006.6 134p 22cm （コロナ・ブックス 124） 1600円 Ⓟ4-582-63422-2
◇作家の犬 コロナ・ブックス編集部編 平凡社 2007.6 134p 22cm （コロナ・ブックス 133） 1600円 Ⓟ978-4-582-63431-0
◇作家の猫―2 コロナ・ブックス編集部編 平凡社 2011.6 143p 22cm （コロナ・ブックス 160）〈並列シリーズ名：CORONA BOOKS 文献あり〉 1600円 Ⓟ978-4-582-63457-0
◇コオロギの世界に魅せられて 坂口敏之著 大牟田 坂口敏之 1992.9 108p 21cm 非売品
◇詩に踏まれた猫 清水哲男著 武蔵野出窓社 1998.2 221p 20cm 1500円 Ⓟ4-931178-11-1
◇動物とは「誰」か？―文学・詩学・社会学との対話 波戸岡景太著 水声社 2012.4 210p 20cm （エコクリティシズム・コレクション）〈文献あり〉 2200円 Ⓟ978-4-89176-907-9
◇1001匹のおかしな猫たち 袋小路冬彦編著 国書刊行会 1993.8 198p 20cm 1500円 Ⓟ4-336-03506-7
◇狐の文学史 星野五彦著 新典社 1995.10 214p 19cm （新典社選書 8） 1600円 Ⓟ4-7879-6758-4
◇鳥と文学とエッセイと 桝田隆宏著 大阪 大阪教育図書 2010.4 322p 22cm 〈索引あり〉 2500円 Ⓟ978-4-271-11796-4
◇猫の本棚 松村紀代子著 岩波書店 2000.7 182p 20cm 1900円 Ⓟ4-00-001795-0
◇ミツバチの文学誌 渡辺孝著 筑摩書房 1997.5 268,7p 20cm 2400円 Ⓟ4-480-85747-8
◇「総特集」作家と猫 河出書房新社 2000.6 191p 21cm （Kawade夢ムック―文芸別冊） 1143円 Ⓟ4-309-97586-0

貧困

◇文学と格差社会―樋口一葉から中上健次まで 北九州市立文学館第8回特別企画展 中村稔監修,北九州市立文学館編 北九州 北九州市立文学館 2010.10 52p 26cm 〈会期：平成22年10月23日～12月12日〉
◇貧乏するにも程がある―芸術とお金の"不幸"な関係 長山靖生著 光文社 2008.1 241p 18cm （光文社新書） 720円 Ⓟ978-4-334-03435-1

病と文学

◇隔離の文学―ハンセン病療養所の自己表現史 荒井裕樹著 書肆アルス 2011.11 341p 20cm 〈索引あり〉 2200円 Ⓟ978-4-9905595-4-0

現代日本文学（テーマ別研究）

◇神経内科医の文学診断　岩田誠著　白水社　2008.4　237p　20cm〈文献あり〉　1900円　①978-4-560-03180-3

◇文学に見る日本の医薬史　大星光史著　雄渾社　1997.10　549p　22cm　5800円　①4-8418-1197-4

◇小説の処方箋―小説にみる薬と症状　大本泉，後藤康二，石出信正，北条博史，四ッ柳隆夫，千葉正昭編　鼎書房　2011.9　266p　21cm〈文献あり〉　1900円　①978-4-907846-86-2

◇もうひとつの謎解き―医師の眼で読む、おすすめ小説23　小川道雄著　へるす出版　2010.6　249p　18cm　（へるす出版新書　015）　1200円　①978-4-89269-682-4

◇文学に見る痘瘡　川村純一著　京都　思文閣出版　2006.11　279,10p　21cm　5000円　①4-7842-1323-6

◇作家と薬　後藤直良著　薬事日報社　2000.6　168p　18cm　（薬事日報新書）　1100円　①4-8408-0601-2

◇作家と薬―誰も知らなかった作家と薬の話　後藤直良著　新版　薬事日報社　2007.12　299p　20cm〈文献あり〉　2300円　①978-4-8408-1003-6

◇日本近代文学と病―2007-2008年度　滝藤満義編　千葉　千葉大学大学院人文社会科学研究科　2009.3　95p　30cm　（人文社会科学研究科研究プロジェクト報告書　第184集）

◇病いの人間学　立川昭二著　筑摩書房　1999.9　236p　20cm　1800円　①4-480-81612-7

◇小児疾患と文学　角田昭夫著　日本医事新報社出版局　1989.5　276p　22cm　1957円　①4-7849-7135-1

◇病跡学ノート―芸術家の心の風景　中野嘉一著　宝文館出版　1998.1　187p　20cm　2000円　①4-8320-1487-0

◇精神医学からみた作家と作品　菅原千秋，梶谷哲男著　新装版　牧野出版　1998.9　288p　22cm　2400円　①4-89500-053-2

◇病気と日本文学―近現代文学講義　福田和也著　洋泉社　2012.9　284p　18cm　（新書y 269）　920円　①978-4-8003-0009-6

◇結核の文化史―近代日本における病のイメージ　福田真人著　名古屋　名古屋大学出版会　1995.2　398,31p　20cm　4635円　①4-8158-0246-7

◇病跡研究集成―創造と表現の精神病理　宮本忠雄著　金剛出版　1997.8　363p　22cm　7800円　①4-7724-0552-6

◇異形の心的現象―統合失調症と文学の表現世界　吉本隆明，森山公夫著　批評社　2003.12　213p　20cm　1800円　①4-8265-0384-9

◇異形の心的現象―統合失調症と文学の表現世界　吉本隆明，森山公夫著　新装増補改訂版　批評社　2009.9　276p　20cm　1800円　①978-4-8265-0510-9

◇病跡学・おち穂ひろい　米倉育男著　岐阜　米倉育男　1994.3　174p　26cm〈丸善名古屋出版サービスセンター（製作）〉　1200円　①4-89597-082-5

恋愛

◇東西の恋愛文芸　青木生子研究代表　木津町（京都府）　国際高等研究所　2006.3　224p　26cm　（高等研報告書　0501）〈会期・会場：2004年3月13日　高等研レクチャーホール〉　3000円　①4-906671-49-7

◇恋愛小説ふいんき語り　麻野一哉，飯田和敏，米光一成著　ポプラ社　2007.11　365p　19cm　1600円　①978-4-591-10005-9

◇泣ける純愛小説ダイジェスト　有光隆司編　若草書房　2005.7　171p　19cm　952円　①4-948755-86-9

◇〈色好み〉の系譜―女たちのゆくえ　今関敏子著　京都　世界思想社　1996.10　242p　20cm　（Sekaishiso seminar）　2500円　①4-7907-0620-6

◇突然のキス―恋愛で読み解く日本文学　植島啓司著　筑摩書房　2012.3　356p　15cm　（ちくま文庫　う35-1）　840円　①978-4-480-42925-4

◇昭和の結婚小説　上田博編　おうふう　2006.9　220p　21cm　2000円　①4-273-03444-1

◇せつない恋の育て方―ヒロインたちの愛の選択　上村くにこ著　PHP研究所　1997.5　196p　19cm　1200円　①4-569-55589-6

◇考証少女伝説―小説の中の愛し合う乙女たち　大森郁之助著　有朋堂　1994.6　182p　22cm　3500円　①4-8422-0177-0

現代日本文学(テーマ別研究)

◇愛の情景―出会いから別れまでを読み解く　小倉孝誠著　中央公論新社　2011.4　361p　20cm〈他言語標題：Scenes d'amour　文献あり　索引あり〉　2600円　①978-4-12-004222-5

◇赤面と純情―逃げる男の恋愛史　小倉敏彦著　広済堂出版　2002.7　212p　19cm　(広済堂ライブラリー 16)　1400円　①4-331-85015-3

◇耽美小説・ゲイ文学ブックガイド　柿沼瑛子,栗原知代編著　白夜書房　1993.4　1冊　21cm　1900円　①4-89367-323-8

◇文学における愛―結婚と性　加茂章著　国分寺　武蔵野書房　1995.7　231p　19cm　2000円

◇女の子を殺さないために―解読「濃縮還元100パーセントの恋愛小説」　川田宇一郎著　講談社　2012.2　303p　19cm〈他言語標題：Pour ne pas assassiner une fille　文献あり〉　1900円　①978-4-06-217520-3

◇情痴小説の研究　北上次郎著　マガジンハウス　1997.4　244p　20cm　1900円　①4-8387-0881-5

◇情痴小説の研究　北上次郎著　筑摩書房　2001.10　288p　15cm　(ちくま文庫)　760円　①4-480-03667-9

◇恋愛小説を愉しむ　木原武一著　PHP研究所　1998.4　183p　18cm　(PHP新書)　657円　①4-569-60013-1

◇名作のヒロイン―真実の愛をつらぬいた女たち　清川妙著　同文書院　1993.12　206p　19cm　(アテナ選書 6)　1200円　①4-8103-7175-1

◇恋愛を考える―極東証券株式会社寄附講座　文学部は考える 1　慶応義塾大学文学部編　慶応義塾大学文学部　2011.3　182p　19cm〈慶応義塾大学出版会(発売)　文献あり〉　1000円　①978-4-7664-1838-5

◇恋のかたち―日本文学の恋愛像　光華女子大学日本文学科編　大阪　和泉書院　1996.12　238p　20cm　(和泉選書 106)　2575円　①4-87088-830-0

◇恋愛のキーワード集―境界を越えて 文学そして演劇・映画・漫画　国文学編集部編　学灯社　2001.4　216p　22cm〈「国文学 第46巻3号」改装版〉　1700円　①4-312-10052-7

◇知っ得恋愛のキーワード集　国文学編集部編　学灯社　2008.3　216p　21cm〈「国文学 増刊」(2001年2月刊)改装版〉　1800円　①978-4-312-70032-2

◇〈男の恋〉の文学史　小谷野敦著　朝日新聞社　1997.12　280,19p　19cm　(朝日選書 590)　1300円　①4-02-259690-2

◇もてない男―恋愛論を超えて　小谷野敦著　筑摩書房　1999.1　199p　18cm　(ちくま新書)　660円　①4-480-05786-2

◇片思いの発見　小谷野敦著　新潮社　2001.9　197p　20cm〈文献あり〉　1300円　①4-10-449201-9

◇恋愛の昭和史　小谷野敦著　文芸春秋　2005.3　355,23p　20cm〈年表あり〉　1800円　①4-16-366880-2

◇恋愛の昭和史　小谷野敦著　文芸春秋　2008.3　350p　16cm　(文春文庫)〈年表あり〉　600円　①978-4-16-771769-8

◇日本恋愛思想史―記紀万葉から現代まで　小谷野敦著　中央公論新社　2012.11　243p　18cm　(中公新書 2193)〈文献あり 索引あり〉　820円　①978-4-12-102193-9

◇恋愛小説の陥穽　三枝和子著　青土社　1991.1　229p　20cm　1800円　①4-7917-5122-1

◇恋する文豪　柴門ふみ著　角川書店　2006.8　253p　19cm　1100円　①4-04-883958-6

◇恋する文豪　柴門ふみ著　角川書店　2008.5　301p　15cm　(角川文庫)〈角川グループパブリッシング(発売)〉　590円　①978-4-04-190109-0

◇恋愛の技術―名作文学からまなぶ恋のケース・スタディ　坂崎重盛,荒井敏由紀編著　芸文社　1992.1　383p　19cm　1400円　①4-87465-211-5

◇人はいかに愛し生きるか―現代文学のなかの愛と生　佐藤静夫著　学習の友社　1994.10　215p　19cm　1400円　①4-7617-0571-X

◇超絶「恋」講座―愛のブンガク読本　清水良典著　名古屋　海越出版社　1995.3　179p　19cm　1300円　①4-87697-201-X

◇あらすじで読む純愛物語　純愛物語研究会編著　二見書房　2004.8　255p　21cm　1200円　①4-576-04122-3

◇別れの精神哲学―青春小説論ノート　高岡健著　雲母書房　2005.4　212p　20cm　1700円　Ⓘ4-87672-175-0

◇恋愛というテクスト　竹田青嗣著　福岡　海鳥社　1996.10　360,4p　20cm　（竹田青嗣コレクション 2）　3500円　Ⓘ4-87415-169-8

◇小説の恋愛感触　内藤千珠子著　みすず書房　2010.7　217p　20cm〈文献あり〉　2800円　Ⓘ978-4-622-07519-6

◇文学と禁断の愛―近親姦の意味論　原田武著　京都　青山社　2004.6　234p　19cm〈文献あり〉　2300円　Ⓘ4-88179-135-4

◇恋愛とは何か―文学作品を中心に　船木満洲夫著　近代文芸社　1998.1　194p　20cm　1800円　Ⓘ4-7733-6296-0

◇男性と女性の関係を問い直す―共生の視点から読む文学作品　堀井野生夫著　文芸社　2012.5　290p　19cm〈文献あり〉　1500円　Ⓘ978-4-286-11883-3

◇寝取られた男たち　堀江珠喜著　新潮社　2009.7　221p　18cm　（新潮新書 322）〈文献あり〉　720円　Ⓘ978-4-10-610322-3

◇新恋愛小説読本　本の雑誌編集部編　本の雑誌社　2001.2　175p　21cm　（別冊本の雑誌 14）　1600円　Ⓘ4-938463-99-7

◇文豪、偉人の「愛」をたどる旅　黛まどか著　集英社　2009.8　255p　18cm　1048円　Ⓘ978-4-08-781427-9

◇恋と女の日本文学　丸谷才一著　講談社　2000.5　200p　15cm　（講談社文庫）　438円　Ⓘ4-06-264550-5

◇愛を読む　森井道男著　金沢　能登印刷・出版部　1992.2　227p　20cm　2300円　Ⓘ4-89010-168-3

◇恋に死ぬということ―危うき恋と至上の愛の間に命揺れる時　矢島裕紀彦著　青春出版社　2000.10　272p　20cm　1500円　Ⓘ4-413-03221-7

◇日本文学にみる純愛百選　芳川泰久監修　早美出版社　2007.3　463,6p　19cm〈執筆：江南亜美子ほか　他言語標題：Zero degree of 110 love sentences〉　1800円　Ⓘ978-4-86042-032-1

◇日本の艶本・珍書―総解説　改訂版　自由国民社　1998.6　231p　21cm　1900円　Ⓘ4-426-62505-X

◇この恋愛小説がすごい！―2006年版　宝島社　2006.1　125p　21cm　695円　Ⓘ4-7966-5050-4

政治と文学

◇倫理的で政治的な批評へ―日本近代文学の批判的研究　綾目広治著　皓星社　2004.1　288p　22cm　2800円　Ⓘ4-7744-0363-6

◇批判と抵抗―日本文学と国家・資本主義・戦争　綾目広治著　御茶の水書房　2006.8　322,7p　21cm　3200円　Ⓘ4-275-00436-1

◇記憶と文学―「グラウンド・ゼロ」から未来へ　小林孝吉著　御茶の水書房　2003.9　244,4p　21cm　2500円　Ⓘ4-275-00292-X

◇ことばの力平和の力―近代日本文学と日本国憲法　小森陽一著　京都　かもがわ出版　2006.10　231p　19cm　（かもがわCブックス 8）　1700円　Ⓘ4-7803-0052-5

◇政治小説の形成―始まりの近代とその表現思想　西田谷洋著　〔横浜〕　世織書房　2010.11　259,10p　22cm〈文献あり 索引あり〉　3000円　Ⓘ978-4-902163-57-5

◇政治の陥穽と文学の自律　布野栄一著　不二出版　1995.3　297,8p　20cm　2600円

◇文学と政治主義　松原正著　地球社　1993.4　331p　20cm　3605円　Ⓘ4-8049-8033-4

◇政治と文学の接点―漱石・蘆花・竜之介などの生き方　三浦隆著　教育出版センター　1995.1　222p　20cm　（以文選書 46）　2400円　Ⓘ4-7632-1543-4

◇日本の近代化と文学　森修著　大阪　竹林館　2007.3　208p　19cm　（ソフィア叢書 no.18）　1200円　Ⓘ978-4-86000-118-6

◇吉本隆明が語る戦後55年―6　吉本隆明ほか著，吉本隆明研究会編　三交社　2001.9　159p　21cm　2000円　Ⓘ4-87919-206-6

◇政治への挑戦　岩波書店　2003.10　276p　22cm　（岩波講座文学 10　小森陽一ほか編）〈付属資料：7p：月報 10　シリーズ責任表示：小森陽一〔ほか〕編〉　3400円　Ⓘ4-00-011210-4

天皇制

◇現代短歌と天皇制　内野光子著　名古屋風媒社　2001.2　268p　22cm　3500円　ⓘ4-8331-2036-4

◇現代文学と魔法の絨緞─文学史の中の〈天皇〉　栗坪良樹著　有精堂出版　1993.1　240p　19cm　3300円　ⓘ4-640-31037-4

◇現代文学と天皇制イデオロギー　新日本出版社編集部編　新日本出版社　1989.12　314p　19cm　1800円　ⓘ4-406-01793-3

◇不敬文学論序説　渡部直己著　太田出版　1999.7　297p　19cm　（批評空間叢書）　2800円　ⓘ4-87233-472-8

◇不敬文学論序説　渡部直己著　筑摩書房　2006.2　349p　15cm　（ちくま学芸文庫）〈太田出版1999年刊の増訂〉　1200円　ⓘ4-480-08963-2

ナショナリズム

◇「烏の北斗七星」考─受容する"愛国"　沢井繁男著　未知谷　2007.7　139p　20cm　1600円　ⓘ978-4-89642-195-8

◇ナショナル・アイデンティティとジェンダー─漱石・文学・近代　朴裕河著　武蔵野クレイン　2007.7　452p　20cm　3000円　ⓘ978-4-906681-27-3

イデオロギー

◇物語消滅論─キャラクター化する「私」、イデオロギー化する「物語」　大塚英志著　角川書店　2004.10　228p　18cm　（角川oneテーマ21）　743円　ⓘ4-04-704179-3

◇語り寓意イデオロギー　西田谷洋著　翰林書房　2000.3　230p　22cm　4500円　ⓘ4-87737-095-1

◇暴かれるべき文学のイデオロギー─現代文学論　武藤功著　同時代社　2002.12　301p　20cm　3000円　ⓘ4-88683-488-4

◇事件「大逆」の思想と文学　吉田悦志著　明治書院　2009.2　241p　22cm　8000円　ⓘ978-4-625-48400-1

◇昭和イデオロギー─思想としての文学　林淑美著　平凡社　2005.8　444p　20cm　3500円　ⓘ4-582-83273-3

宗教と文学

◇大正宗教小説の流行─その背景と"いま"　五十嵐伸治,佐野正人,千葉幸一郎,千葉正昭編　論創社　2011.7　271p　20cm　2200円　ⓘ978-4-8460-1068-3

◇ことばの実存─禅と文学　上田閑照著　筑摩書房　1997.11　274p　19cm　3000円　ⓘ4-480-84701-4

◇近代日本の宗教と文学者　小川和佑著　経林書房　1996.2　159p　19cm　1800円　ⓘ4-7673-0531-4

◇天理教と文学者─ひとつの天理教観察史　梶山清春著　天理　天理やまと文化会議　1997.5　368,20p　19cm　（教養ブックス14）　1500円　ⓘ4-88688-053-3

◇霊性の文学誌　鎌田東二著　作品社　2005.3　300p　20cm　2400円　ⓘ4-86182-028-6

◇霊性の文学霊的人間　鎌田東二著　角川学芸出版　2010.9　254p　15cm　（角川文庫16464─〔角川ソフィア文庫〕〔G-108-2〕）〈角川グループパブリッシング（発売）　文献あり〉　857円　ⓘ978-4-04-409428-7

◇魂の救済を求めて─文学と宗教との共振　黒古一夫著　佼成出版社　2006.11　309p　20cm　2200円　ⓘ4-333-02247-9

◇近代文学と宗教　杉崎俊夫著　双文社出版　1991.11　349p　22cm　12000円　ⓘ4-88164-342-8

◇日本近代文学と宗教─2003-2004年度　滝藤満義編　千葉　千葉大学大学院社会文化科学研究科　2005.3　77p　30cm　（社会文化科学研究科研究プロジェクト報告書　第120集）〈他言語標題：Religion in Japanese modern literature〉

◇要約日本の宗教文学13篇─完全読破の気分になれる！　立松和平監修　佼成出版社　2004.7　218p　19cm　1400円　ⓘ4-333-02065-4

◇唱導文化の比較研究　林雅彦,小池淳一編　岩田書院　2011.3　385p　22cm　（人間文化叢書─ユーラシアと日本─交流と表象─）　7900円　ⓘ978-4-87294-682-6

◇森川達也評論集成─6　いのちと〈永遠〉─宗

教への希求　森川達也著　審美社　1995.5　499p　20cm　4500円　Ⓘ4-7883-8006-4

◇聖なるものと想像力―上巻　山形和美編　彩流社　1994.3　395p　22cm　4500円　Ⓘ4-88202-292-3

◇聖なるものと想像力―下巻　山形和美編　彩流社　1994.3　397p　22cm　4500円　Ⓘ4-88202-293-1

◇近代文学にみる天理教　山崎国紀著　天理　天理教道友社　1993.10　71p　21cm　（道友社ブックレット）　450円　Ⓘ4-8073-0340-6

キリスト教と文学

◇遠藤周作文学論集―文学篇　遠藤周作著,加藤宗哉,富岡幸一郎編　講談社　2009.11　353p　20cm　2800円　Ⓘ978-4-06-215228-0

◇世界日本キリスト教文学事典　遠藤祐ほか責任編集　教文館　1994.3　772p　22cm　7210円　Ⓘ4-7642-4016-5

◇日本は変わるか？―戦後日本の終末論的考察　大木英夫,富岡幸一郎著　教文館　1996.1　268p　20cm　1854円　Ⓘ4-7642-6529-X

◇日本文学のなかの聖書　大田正紀著　いのちのことば社　1993.4　159p　19cm　1400円　Ⓘ4-264-01394-1

◇高貴なる人間の姿形―近代文学と〈神〉　大田正紀著　大阪　彼方社　1995.3　333p　20cm　2800円　Ⓘ4-7952-1538-3

◇近代日本文芸試論―2　キリスト教倫理と恩寵　大田正紀著　おうふう　2004.3　345p　22cm　3500円　Ⓘ4-273-03315-1

◇祈りとしての文芸―三浦綾子・遠藤周作・山本周五郎・有島武郎　大田正紀著　西宮　日本キリスト改革派西部中会文書委員会　2006.12　286p　19cm　〈発行元：聖恵授産所出版部〉　1800円　Ⓘ978-4-88077-129-8, 4-88077-129-5

◇近代日本文学とキリスト者作家　久保田暁一著　大阪　和泉書院　1989.8　197p　20cm　（和泉選書 46）　2000円　Ⓘ4-87088-369-4

◇日本の作家とキリスト教―二十人の作家の軌跡　久保田暁一著　朝文社　1992.11　255p　20cm　2300円　Ⓘ4-88695-076-0

◇ミステリの深層―名探偵の思考・神学の思考　神代真砂実著　教文館　2008.6　194p　19cm　1800円　Ⓘ978-4-7642-6909-5

◇罪と死の文学―戦後文学の軌跡　斎藤末弘著　増補新版　新教出版社　2001.4　237p　19cm　2500円　Ⓘ4-400-62715-2

◇佐藤泰正著作集―11　初期評論二面 蕪村と近代詩.近代日本文学とキリスト教・試論　佐藤泰正著　翰林書房　1995.3　439p　20cm　4200円　Ⓘ4-906424-61-9

◇佐藤泰正著作集―10　日本近代史とキリスト教　佐藤泰正著　翰林書房　1997.10　472p　20cm　4800円　Ⓘ4-87737-028-5

◇独断の栄耀―聖書見ザルハ悔恨ノ事　塚本邦雄著,安森敏隆聞き手　大阪　葉文館出版　2000.5　199p　20cm　2500円　Ⓘ4-89716-191-6

◇文学　富岡幸一郎責任編集　日本キリスト教団出版局　2006.8　288p　19cm　（講座 日本のキリスト教芸術 3）〈文献あり〉　2600円　Ⓘ4-8184-0611-2

◇ことばとの邂逅　橋浦兵一編著　開文社出版　1998.4　145p　21cm　1800円　Ⓘ4-87571-941-8

◇近代文芸とキリスト教　水谷昭夫　新教出版社　1998.1　343p　20cm　（水谷昭夫著作選集 第3巻）　3700円　Ⓘ4-400-62613-X

◇キリスト教文学を学ぶ人のために　安森敏隆,吉海直人,杉野徹編　京都　世界思想社　2002.9　316p　19cm　2200円　Ⓘ4-7907-0953-1

◇憧憬―近代文学の中のキリスト教　若佐孝夫著　近代文芸社　1999.6　210p　20cm　1600円　Ⓘ4-7733-6450-5

仏教と文学

◇仏教文学とその周辺　石橋義秀ほか編　大阪　和泉書院　1998.5　431p　22cm　（研究叢書 227）　13500円　Ⓘ4-87088-927-7

◇仏教文学講座―第2巻　仏教思想と日本文学　伊藤博之,今成元昭,山田昭全編　勉誠社　1995.1　329p　22cm　6000円　Ⓘ4-585-02060-8

◇仏教文学講座―第6巻　僧伝・寺社縁起・絵巻・絵伝　伊藤博之ほか編　勉誠社　1995.8　393p　22cm　6180円　Ⓘ4-585-02064-0

現代日本文学（メディアと文学）

◇仏教文学講座―第4巻 和歌・連歌・俳諧 伊藤博之ほか編 勉誠社 1995.9 342p 22cm 6180円 ⓘ4-585-02062-4

◇仏教文学講座―第7巻 歌謡・芸能・劇文学 伊藤博之ほか編 勉誠社 1995.12 345p 22cm 6180円 ⓘ4-585-02065-9

◇仏教文学講座―第5巻 物語・日記・随筆 伊藤博之ほか編 勉誠社 1996.4 355p 22cm 6180円 ⓘ4-585-02063-2

◇仏教文学の構想 今成元昭編 新典社 1996.7 622p 22cm （新典社研究叢書 99） 19300円 ⓘ4-7879-4099-6

◇日本文学に現れた法華信仰 上田本昌著 山喜房仏書林 2010.3 656,20p 22cm 13000円 ⓘ978-4-7963-0698-0

◇日本人の「あの世」観 梅原猛著 中央公論社 1989.2 337p 20cm （中公叢書） 1350円 ⓘ4-12-001766-4

◇芭蕉・漱石・庄野潤三・三島由紀夫―日本文学と仏教・虚無 私家版 遠藤誠治著 羽村 遠藤誠治 1996.12 101p 22cm

◇国文学研究資料館講演集―10 仏教と文学 国文学研究資料館編 国文学研究資料館 1989.3 150p 21cm ⓘ4-87592-029-6

◇岩波講座日本文学と仏教―第1巻 人間 今野達ほか編 岩波書店 1993.11 312p 22cm 3800円 ⓘ4-00-010581-7

◇岩波講座日本文学と仏教―第2巻 因果 今野達ほか編 岩波書店 1994.1 278p 22cm 3800円 ⓘ4-00-010582-5

◇岩波講座日本文学と仏教―第3巻 現世と来世 今野達ほか編 岩波書店 1994.3 318p 22cm 3800円 ⓘ4-00-010583-3

◇岩波講座日本文学と仏教―第6巻 経典 今野達ほか編 岩波書店 1994.5 312p 22cm 3800円 ⓘ4-00-010586-8

◇岩波講座日本文学と仏教―第8巻 仏と神 今野達ほか編 岩波書店 1994.7 284p 22cm 3800円 ⓘ4-00-010588-4

◇岩波講座日本文学と仏教―第5巻 風狂と数奇 今野達ほか編 岩波書店 1994.9 321p 22cm 3800円 ⓘ4-00-010585-X

◇岩波講座日本文学と仏教―第4巻 無常 今野達ほか編 岩波書店 1994.11 333p 22cm 3800円 ⓘ4-00-010584-1

◇岩波講座日本文学と仏教―第7巻 霊地 今野達ほか編 岩波書店 1995.1 336p 22cm 3800円 ⓘ4-00-010587-6

◇岩波講座日本文学と仏教―第10巻 近代文学と仏教 今野達ほか編 岩波書店 1995.5 356p 22cm 3800円 ⓘ4-00-010590-6

◇日本の仏教と文学―白土わか講義集 白土わか著,加治洋一校註 大蔵出版 2012.8 487p 20cm 4500円 ⓘ978-4-8043-3074-7

◇文芸の中に息づく仏教語 高田芳夫著 府中（東京都） 渓声出版 2000.7 239p 19cm 1300円 ⓘ4-905847-45-1

◇文芸の中の仏教語 高田芳夫著 府中（東京都） 渓声出版 2003.10 298p 19cm 〈文献あり〉 1500円 ⓘ4-905847-19-2

◇仏教文学の魅力 武石彰夫著 佼成出版社 1989.5 234p 20cm （仏教文化選書） 1650円 ⓘ4-333-01393-3

◇仏教文学を読む事典 武石彰夫編著 佼成出版社 2011.9 403p 19cm 〈索引あり〉 4200円 ⓘ978-4-333-02500-8

◇仏教文学関係図書特別展観目録稿 中前正志編著 〔京都〕 京都女子大学図書館 1997.1 44p 26cm

◇日本文学と『法華経』 西田禎元著 論創社 2000.7 248p 20cm 2500円 ⓘ4-8460-0256-X

◇穢土を厭ひて浄土へ参らむ―仏教文学論 林雅彦著 名著出版 1995.2 416,14p 22cm 12000円 ⓘ4-626-01504-2

◇仏教説話の世界 松本寧至ほか編 宮本企画 1992.3 271p 15cm （かたりべ叢書 34） 1000円

◇現代詩と仏教思想 和田徹三著 沖積舎 2001.6 131p 20cm 2500円 ⓘ4-8060-4666-3

◇仏教文学の周縁 渡辺貞磨著 大阪 和泉書院 1994.6 474p 22cm （研究叢書 149）〈著者の肖像あり〉 14420円 ⓘ4-87088-665-0

メディアと文学

◇投機としての文学―活字・懸賞・メディア 紅野謙介著 新曜社 2003.3 417p 20cm 3800円 ⓘ4-7885-0840-0

現代日本文学（私小説）

◇文芸と言語メディア―その過去と未来　明治大学文学部文学科文芸学専攻 文芸メディア専攻編　小平　蒼丘書林　2005.3　237p　21cm〈会期：2004年6月19日〉　1600円　①4-915442-70-5

映像

◇映像と言語　近藤耕人著　紀伊国屋書店　1994.1　203p　20cm　（精選復刻紀伊国屋新書）　1800円　①4-314-00627-7
◇ヴィデオで見る近代文学選　高木徹編著　京都　白地社　1999.4　185p　21cm　2000円　①4-89359-177-0

サブカルチャー

◇世界はゴミ箱の中に―hyper textalk　青木敬士著　相模原　現代図書　2005.1　253p　19cm　〈星雲社（発売）〉　1714円　①4-434-05678-6
◇サブカルチャー文学論　大塚英志著　朝日新聞社　2004.2　670p　20cm　2800円　①4-02-257893-9
◇サブカルチャー文学論　大塚英志著　朝日新聞社　2007.2　757p　15cm　（朝日文庫）　1400円　①978-4-02-264390-2
◇だいたいで、いいじゃない。　吉本隆明,大塚英志著　文芸春秋　2000.7　253p　20cm　1238円　①4-16-356400-4
◇だいたいで、いいじゃない。　吉本隆明,大塚英志著　文芸春秋　2003.9　299p　16cm　（文春文庫）　571円　①4-16-728906-7

絵画・図像

◇本を読み、絵を見る　井上猪之吉著　美浜町（和歌山県）　井上猪之吉　2010.2　319p　22cm
◇画文共鳴―『みだれ髪』から『月に吠える』へ　木股知史著　岩波書店　2008.1　330,20p　20cm　3400円　①978-4-00-022482-6
◇日本文学と美術―光華女子大学公開講座　光華女子大学日本語日本文学科編　大阪　和泉書院　2001.3　231p　20cm　（和泉選書126）　2500円　①4-7576-0100-X
◇絵画と短歌の対話―歌書　星田郁代著　短歌研究社　2003.1　235p　20cm　2800円　①4-88551-710-9
◇画文交響―明治末期から大正中期へ　山梨県立文学館編　甲府　山梨県立文学館　2000.4　72p　30cm〈会期：2000年4月23日〜6月25日〉

音楽

◇日本近代文学と音楽―堀辰雄・芥川龍之介・宮沢賢治・川端康成・室生犀星　井上二葉著　仙台　丸善仙台出版サービスセンター　2010.12　191p　22cm　1429円　①978-4-86080-110-6
◇聴覚刺激小説案内―音楽家の読書ファイル　奥沢竹彦著　音楽之友社　2002.11　317p　20cm　2200円　①4-276-20187-X
◇ロックが聴こえる本105―小説に登場するロック　北中正和著　シンコー・ミュージック　1991.7　217p　19cm　（Rock library）〈奥付の書名：ロックが聴こえる本〉　1000円　①4-401-61324-4
◇文学と音楽―ことばを奏でる調べ、音に託す文字　久保田淳編　習志野　教友社第一出版部　2005.3　190p　21cm〈年表あり　文献あり〉　1600円　①4-902211-11-4
◇母なるもの―近代文学と音楽の場所　高橋英夫著　文芸春秋　2009.5　277p　20cm　1714円　①978-4-16-371440-0
◇西洋の音、日本の耳―近代日本文学と西洋音楽　中村洪介著　新装版　春秋社　2002.7　531,19p　22cm　5000円　①4-393-93469-5
◇文学と音楽―談話会　松本道介著　八王子　中央大学人文科学研究所　2006.2　59p　19cm　（人文研ブックレット 19）〈会期・会場：2005年3月1日 研究所会議室1〉　非売品

私小説

◇私小説という人生　秋山駿著　新潮社　2006.12　253p　20cm　1700円　①4-10-375703-5
◇私小説の技法―「私」語りの百年史　梅沢亜由美著　勉誠出版　2012.12　337,9p　22cm〈文献あり 索引あり〉　3600円　①978-4-

日本近現代文学案内　89

585-29048-3

◇私小説という哲学―日本近代文学と「末期の眼」　岡庭昇著　平安出版　2006.6　367,7p　20cm〈著作目録あり〉　2800円　ⓘ4-902059-06-1

◇「私」という方法―フィクションとしての私小説　樫原修著　笠間書院　2012.12　348,7p　22cm〈索引あり〉　3600円　ⓘ978-4-305-70680-5

◇20世紀日本文学の「神話」―中国から見る私小説　魏大海著,金子わこ訳　鼎書房　2011.2　293p　20cm〈文献あり〉　2800円　ⓘ978-4-907846-75-6

◇反時代的毒虫　車谷長吉著　平凡社　2004.10　234p　18cm　（平凡社新書）〈著作目録あり〉　760円　ⓘ4-582-85244-0

◇私小説のすすめ　小谷野敦著　平凡社　2009.7　218p　18cm　（平凡社新書 473）　700円　ⓘ978-4-582-85473-2

◇私小説の「嘘」を読む　坂本満津夫著　鳥影社　2010.10　250p　20cm　1600円　ⓘ978-4-86265-264-5

◇語られた自己―日本近代の私小説言説　鈴木登美著, 大内和子, 雲和子訳　岩波書店　2000.1　299,10p　20cm　4000円　ⓘ4-00-002840-5

◇転々私小説論　多田道太郎著　講談社　2012.10　280p　16cm　（講談社文芸文庫 たAJ1）〈著作目録あり　年譜あり〉　1400円　ⓘ978-4-06-290174-1

◇風俗小説論　中村光夫著　講談社　2011.11　195p　16cm　（講談社文芸文庫 なH4）〈年譜あり　著作目録あり〉　1200円　ⓘ978-4-06-290141-3

◇私小説―自己暴露の儀式　イルメラ・日地谷＝キルシュネライト著, 三島憲一ほか訳　平凡社　1992.4　581p　20cm　4400円　ⓘ4-582-33305-2

◇〈自己表象〉の文学史―自分を書く小説の登場　日比嘉高著　翰林書房　2002.5　278p　22cm　4200円　ⓘ4-87737-145-1

◇芸術と実生活　平野謙著　岩波書店　2001.11　383p　15cm　（岩波現代文庫 文芸）　1200円　ⓘ4-00-602043-0

◇私小説の方法　堀巌著　沖積舎　2003.11　172p　20cm　2500円　ⓘ4-8060-4697-3

◇私小説の諸相―魔のひそむ場所　柳沢孝子著　双文社出版　2010.7　282p　20cm　3200円　ⓘ978-4-88164-595-6

◇私小説作家論　山本健吉著　日本図書センター　1990.3　265,9p　22cm　（近代作家研究叢書 105）〈解説：吉田熙生　審美社昭和41年刊の複製〉　6180円　ⓘ4-8205-9062-6

◇私小説作家論　山本健吉著　講談社　1998.7　333p　16cm　（講談社文芸文庫）　1250円　ⓘ4-06-197624-9

◇私小説の展開　山本昌一著　双文社出版　2005.8　298p　22cm　6800円　ⓘ4-88164-567-6

大衆文学

◇大衆文学自筆原稿集　青木正美編　東京堂出版　2004.7　210p　27cm　9000円　ⓘ4-490-20527-9

◇大衆化社会の作家と作品　大久保典夫著　至文堂　2006.11　230p　20cm　2571円　ⓘ4-7843-0265-4

◇大衆文学の歴史　尾崎秀樹著　講談社　1989.3　2冊　20cm　全9800円　ⓘ4-06-204351-3

◇大衆文学　尾崎秀樹著　紀伊國屋書店　1994.1　201p　20cm　（精選復刻紀伊國屋新書）　1800円　ⓘ4-314-00621-8

◇大衆文学論　尾崎秀樹著　講談社　2001.5　485,10p　16cm　（講談社文芸文庫）　1750円　ⓘ4-06-198258-3

◇大衆文学　尾崎秀樹著　復刻版　紀伊國屋書店　2007.6　201p　20cm〈原本：1964年刊　文献あり〉　1800円　ⓘ978-4-314-01030-6

◇大衆文学十六講　木村毅著　中央公論社　1993.7　468p　16cm　（中公文庫）〈著者の肖像あり〉　860円　ⓘ4-12-202016-6

◇日本の大衆文学　セシル・サカイ著, 朝比奈弘治訳　平凡社　1997.2　341p　20cm　（フランス・ジャポノロジー叢書）　2800円　ⓘ4-582-70332-1

◇大衆文学への誘い―新鷹会の文士たち　中谷治夫著　文芸社　2006.5　241,2p　20cm　1500円　ⓘ4-286-01277-8

◇大衆文芸評判記　三田村鳶魚著　覆刻　沖積舎　1998.8　420p　20cm　4800円　ⓘ4-

◇大衆文芸評判記　三田村鳶魚著, 朝倉治彦編　中央公論新社　1999.9　415p　16cm　（中公文庫―鳶魚江戸文庫　別巻 1）　952円　Ⓘ4-12-203507-4

女性文学

◇晶子、愛をうたう―劇でみる、らいてう・わか・菊栄との母性保護論争　阿笠清子著　梨の木舎　2007.2　109p　20cm　1500円　Ⓘ978-4-8166-0701-1

◇女主人公の不機嫌―樋口一葉から富岡多恵子まで　荒井とみよ著　双文社出版　2001.7　265p　22cm　3600円　Ⓘ4-88164-540-4

◇おんな作家読本―明治生まれ篇　市川慎子著　ポプラ社　2008.9　151p　19cm〈年譜あり　文献あり〉　1600円　Ⓘ978-4-591-10456-9

◇日本女性文学大事典　市古夏生, 菅聡子編　日本図書センター　2006.1　512p　27cm〈年表あり　文献あり〉　16000円　Ⓘ4-8205-7880-4

◇Herstories―彼女たちの物語　21世紀女性作家10人インタビュー　榎本正樹著　集英社　2008.9　267p　19cm〈著作目録あり〉　1900円　Ⓘ978-4-08-771247-6

◇女流作家　円地文子, 瀬戸内寂聴, 佐藤愛子, 田辺聖子著　日本経済新聞出版社　2007.4　460p　15cm　（日経ビジネス人文庫―私の履歴書）　1300円　Ⓘ978-4-532-19392-8

◇テーマで読み解く日本の文学―現代女性作家の試み　上　大庭みな子監修　小学館　2004.6　577p　20cm　4200円　Ⓘ4-09-387477-8

◇テーマで読み解く日本の文学―現代女性作家の試み　下　大庭みな子監修　小学館　2004.6　577p　20cm　4200円　Ⓘ4-09-387478-6

◇執筆前夜―女性作家10人が語る、プロの仕事の舞台裏。　恩田陸, 三浦しをん, 角田光代, 酒井順子, 加納朋子, 群ようこ, 中村うさぎ, 野中柊, 林あまり, 鷺沢萌述, CW編集部編　新風舎　2005.12　219p　19cm　（ラセ）　1500円　Ⓘ4-7974-8170-6

◇書く女たち―江戸から明治のメディア・文学・ジェンダーを読む　北田幸恵著　学芸書林　2007.6　398,5p　20cm　3000円　Ⓘ978-4-87517-078-5

◇天璋院篤姫と権領司キヲ―時代を超えた薩摩おごじょ　古閑章著　鹿児島　南方新社　2008.6　230p　19cm〈文献あり〉　2000円　Ⓘ978-4-86124-138-3

◇二〇世紀女性文学を学ぶ人のために　児玉実英, 杉野徹, 安森敏隆編　京都　世界思想社　2007.3　322,22p　19cm〈文献あり〉　2300円　Ⓘ978-4-7907-1240-4

◇彼女たちは小説を書く　後藤繁雄著　メタローグ　2001.3　227p　19cm　1500円　Ⓘ4-8398-2025-2

◇日本文学者評伝集―8　明治女流作家　塩田良平, 森本治吉編　塩田良平著　クレス出版　2008.6　457p　19cm〈肖像あり　青梧堂昭和17年刊の複製　年表あり〉　8000円　Ⓘ978-4-87733-428-4,978-4-87733-429-1

◇女性の自己表現と文化―第2回環太平洋女性会議　城西大学国際文化教育センター, 水田宗子編　田畑書店　1993.4　197p　20cm〈執筆：Yvonne Rainerほか〉　1600円　Ⓘ4-8038-0249-1

◇明治女性文学論　新・フェミニズム批評の会編　翰林書房　2007.11　413p　22cm〈年表あり〉　3800円　Ⓘ978-4-87737-255-2

◇魅惑―女性作家が描く愛のかたち　鈴木勘之著　北溟社　2006.7　211p　18cm　（北溟文芸新書 1）　1200円　Ⓘ4-89448-511-7

◇スリリングな女たち　田中弥生著　講談社　2012.9　210p　19cm　1500円　Ⓘ978-4-06-217892-1

◇紅―ひとすじに熱く　田村実香著　大阪　燃焼社　2009.5　196p　19cm　1500円　Ⓘ978-4-88978-090-1

◇現代女性作家論　松本和也著　水声社　2011.9　268p　20cm〈文献あり〉　2800円　Ⓘ978-4-89176-847-8

◇女の小説　丸谷才一, 和田誠著　光文社　1998.2　225p　22cm　1900円　Ⓘ4-334-97164-4

◇女の小説　丸谷才一, 和田誠著　光文社　2001.9　246p　16cm　（光文社文庫）〈文献あり〉　648円　Ⓘ4-334-73199-6

◇移動する女性たちの文学―多文化時代のジェンダーとエスニシティ　山出裕子著　御茶

◇の水書房　2010.10　247,16p　22cm〈文献あり　索引あり〉　5600円　Ⓘ978-4-275-00897-8
◇女は小説の達人―女性だけの小説教室　山本容朗著　主婦と生活社　1990.10　238p　20cm　1300円　Ⓘ4-391-11270-1
◇現代女性文学を読む　与那覇恵子編　双文社出版　2006.10　189p　19cm〈文献あり〉　1800円　Ⓘ4-88164-083-6

農民文学

◇土の文学への招待　南雲道雄著　創森社　2001.9　237p　19cm　1800円　Ⓘ4-88340-115-4
◇近代日本の知識人と農民　持田恵三著　家の光協会　1997.6　237p　20cm　2400円　Ⓘ4-259-54439-X
◇会員名簿―1990年　日本農民文学会　1990　50p　26cm〈日本農民文学会創立35周年・『農民文学』創刊35周年記念〉

部落問題文学

◇近代文学にみる人権感覚　川端俊英著　京都　部落問題研究所　1995.5　266p　20cm　3090円　Ⓘ4-8298-8025-2
◇人権からみた文学の世界―明治篇　川端俊英著　京都　部落問題研究所　1998.5　150p　19cm　1300円　Ⓘ4-8298-8026-0
◇部落問題文芸素描　住田利夫著　南斗書房　2002.9　238p　19cm〈星雲社（発売）〉　1600円　Ⓘ4-434-02413-2
◇近代文学と被差別部落　渡部巳三郎著　明石書店　1993.1　606p　22cm　13000円　Ⓘ4-7503-0475-1
◇日本近代文学と〈差別〉　渡部直己著　太田出版　1994.7　198p　20cm〈批評空間叢書　2〉〈折り込み表1枚〉　1800円　Ⓘ4-87233-172-9

戦争と文学

◇中国戦線はどう描かれたか―従軍記を読む　荒井とみよ著　岩波書店　2007.5　219p　20cm　2400円　Ⓘ978-4-00-023839-7
◇占領と文学　浦田義和著　法政大学出版局　2007.2　337,4p　22cm　6500円　Ⓘ978-4-588-47003-5
◇文学的記憶・一九四〇年前後―昭和期文学と戦争の記憶　大原祐治著　翰林書房　2006.11　350p　22cm　4800円　Ⓘ4-87737-237-7
◇日本人の戦争―作家の日記を読む　ドナルド・キーン著,角地幸男訳　文芸春秋　2009.7　266p　20cm〈文献あり　索引あり〉　1714円　Ⓘ978-4-16-371570-4
◇想像力がつくる〈戦争〉/〈戦争〉がつくる想像力　近代文学合同研究会編　横須賀　近代文学合同研究会　2008.12　107p　21cm（近代文学合同研究会論集　第5号）
◇戦争は文学にどう描かれてきたか　黒古一夫著　八朔社　2005.7　191p　19cm（21世紀の若者たちへ　3）　1800円　Ⓘ4-86014-102-4
◇世代を超えて語り継ぎたい戦争文学　沢地久枝,佐高信著　岩波書店　2009.6　229,7p　20cm　1700円　Ⓘ978-4-00-023684-3
◇戦争と文学者の知性―永井荷風・野上弥生子・渡辺一夫　新藤謙著　いわき　九条社　2006.5　82p　21cm（九条社ブックレット　no.2）　500円
◇兵士の人間性―戦争文学から何を学ぶか　新藤謙著　いわき　九条社　2007.5　89p　21cm（九条社ブックレット　no.3）　500円
◇戦争へ、文学へ―「その後」の戦争小説論　陣野俊史著　集英社　2011.6　283p　20cm　2200円　Ⓘ978-4-08-771409-8
◇体験なき「戦争文学」と戦争の記憶　千年紀文学の会編著　皓星社　2007.6　217p　21cm（千年紀文学叢書　6）　2800円　Ⓘ978-4-7744-0417-2
◇第一次大戦の〈影〉―世界戦争と日本文学　中山弘明著　新曜社　2012.12　334p　20cm〈年表あり　索引あり〉　3200円　Ⓘ978-4-7885-1315-0
◇近代日本の戦争と文学　西田勝著　法政大学出版局　2007.5　290p　20cm　3500円　Ⓘ978-4-588-46009-8
◇戦争体験の社会学―「兵士」という文体　野上元著　弘文堂　2006.2　284p　22cm　5300円　Ⓘ4-335-55108-8

◇声・映像・ジャーナリズム―メディアの中の戦争と文学 第3回フェリス女学院大学日本文学国際会議 フェリス女学院大学編 横浜 フェリス女学院大学 2005.3 286p 21cm 〈会期・会場：11月12日～11月13日 緑園キャンパス「グリーンホール」〉 年譜あり

◇「反戦」のメディア史―戦後日本における世論と輿論の拮抗 福間良明著 京都 世界思想社 2006.5 386p 19cm （Sekaishiso seminar） 2300円 Ⓘ4-7907-1196-X

植民地文学・ポストコロニアリズム

◇異郷の日本語 青山学院大学文学部日本文学科編，金石範，崔真碩，佐藤泉，片山宏行，李静和著 社会評論社 2009.4 202p 20cm 2000円 Ⓘ978-4-7845-0951-5

◇ブラジル日系コロニア文芸―下巻 安良田済著 Sao Paulo サンパウロ人文科学研究所 2008.8 302p 21cm （ブラジル日本移民百周年記念「人文研々究叢書」第7号）〈年表あり〉

◇「海外進出文学」論・序説 池田浩士著 インパクト出版会 1997.3 394p 22cm 4500円 Ⓘ4-7554-0060-0

◇日本統治期台湾と帝国の〈文壇〉―〈文学懸賞〉がつくる〈日本語文学〉 和泉司著 ひつじ書房 2012.2 434p 22cm （ひつじ研究叢書 文学編 5）〈索引あり 文献あり〉 6600円 Ⓘ978-4-89476-590-0

◇「満洲」文学の研究 尹東燦著 明石書店 2010.6 347p 22cm 〈文献あり〉 6500円 Ⓘ978-4-7503-3232-1

◇旧「満洲」文学関係資料集―1 大村益夫，布袋敏博訳 〔大村益夫〕 2000.3 231p 21×30cm 3000円

◇旧「満州」文学関係資料集―2 大村益夫，布袋敏博編 〔大村益夫〕 2001.3 252p 21cm 〈複製〉 3000円

◇植民地文学の成立 岡庭昇著 菁柿堂 2007.6 206p 20cm 〈星雲社（発売）〉 2500円 Ⓘ978-4-434-10777-1

◇近代文学の傷痕―旧植民地文学論 尾崎秀樹著 岩波書店 1991.6 311p 16cm （同時代ライブラリー 71） 1000円 Ⓘ4-00-260071-8

◇〈外地〉日本語文学論 神谷忠孝，木村一信編 京都 世界思想社 2007.3 307,20p 19cm （Sekaishiso seminar）〈文献あり〉 2300円 Ⓘ978-4-7907-1258-9

◇異郷の昭和文学―「満州」と近代日本 川村湊著 岩波書店 1990.10 226,6p 18cm （岩波新書） 550円 Ⓘ4-00-430144-0

◇南洋・樺太の日本文学 川村湊著 筑摩書房 1994.12 210,11p 20cm 2500円 Ⓘ4-480-82314-X

◇満洲崩壊―「大東亜文学」と作家たち 川村湊著 文芸春秋 1997.8 374p 20cm 2381円 Ⓘ4-16-353200-5

◇文学から見る「満洲」―「五族協和」の夢と現実 川村湊著 吉川弘文館 1998.12 190p 19cm （歴史文化ライブラリー 58） 1700円 Ⓘ4-642-05458-8

◇樺太文学の旅 木原直彦著 札幌 共同文化社 1994.10 2冊 21cm 全4000円 Ⓘ4-905664-85-3

◇ブラジル日系コロニア文芸―上巻 清谷益次，栢野桂山著 Sao Paulo サンパウロ人文科学研究所 2006.5 229p 21cm （ブラジル日本移民百周年記念「人文研々究叢書」第4号）〈年表あり〉 1290円

◇大日本帝国のクレオール―植民地期台湾の日本語文学 フェイ・阮・クリーマン著，林ゆう子訳 慶応義塾大学出版会 2007.11 326,32p 20cm 〈文献あり〉 3200円 Ⓘ978-4-7664-1440-0

◇国境 黒川創著 メタローグ 1998.2 430p 20cm 2800円 Ⓘ4-8398-2016-3

◇「戦後」というイデオロギー―歴史／記憶／文化 高栄蘭著 藤原書店 2010.6 381p 20cm 〈索引あり〉 4200円 Ⓘ978-4-89434-748-9

◇ポストコロニアルの地平 島村輝，飯田祐子，高橋修，中山昭彦，吉田司雄編 横浜 世織書房 2005.8 273p 22cm （文学年報 2） 2700円 Ⓘ4-902163-18-7

◇植民地期朝鮮の作家と日本 白川豊著 岡山 大学教育出版 1995.7 226p 21cm 2500円 Ⓘ4-88730-131-6

◇「昭和」文学史における「満洲」の問題 杉

野要吉編　早稲田大学教育学部杉野要吉研究室　1992.7　237p　21cm　（叢刊「文学史」研究 第1）　1500円　Ⓣ4-915897-01-X
◇「昭和」文学史における「満洲」の問題—第2　杉野要吉編　早稲田大学教育学部杉野要吉研究室　1994.5　432p　21cm　（叢刊「文学史」研究 第2）　2100円　Ⓣ4-915897-02-8
◇「昭和」文学史における「満洲」の問題—第3　杉野要吉編　限定版　早稲田大学教育学部杉野要吉研究室　1996.9　423p　21cm　（叢刊〈文学史〉研究 第3）　1900円　Ⓣ4-915897-03-6
◇『満洲文学二十年』（大内隆雄著）に就いての田川末吉メモ　田川末吉著　〔小平〕　田川末吉　〔1996〕　1冊　26cm
◇台湾の日本語文学—日本統治時代の作家たち　垂水千恵著　五柳書院　1995.1　190p　20cm　（五柳叢書 44）　2000円　Ⓣ4-906010-66-0
◇〈朝鮮〉表象の文化誌—近代日本と他者をめぐる知の植民地化　中根隆行著　新曜社　2004.4　396p　20cm　〈文献あり〉　3700円　Ⓣ4-7885-0897-4
◇文学の植民地主義—近代朝鮮の風景と記憶　南富鎮著　京都　世界思想社　2006.1　292p　19cm　（Sekaishiso seminar）　2300円　Ⓣ4-7907-1158-7
◇植民地と文学　日本社会文学会編　オリジン出版センター　1993.5　270p　20cm　2750円　Ⓣ4-7564-0170-8
◇「満洲文学論」断章　葉山英之著　三交社　2011.2　360p　20cm　〈文献あり〉　3200円　Ⓣ978-4-87919-599-9
◇日系ブラジル移民文学—1　日本語の長い旅〈歴史〉　細川周平著　みすず書房　2012.12　819,6p　22cm　〈年表あり　索引あり〉　15000円　Ⓣ978-4-622-07692-6
◇差異と同一化—ポストコロニアル文学論　山形和美編　研究社出版　1997.3　390p　20cm　4000円　Ⓣ4-327-48134-3
◇言語都市・上海—1840—1945　和田博文ほか著　藤原書店　1999.9　252p　22cm　2800円　Ⓣ4-89434-145-X

在日朝鮮人文学

◇戦後日本文学のなかの朝鮮韓国　磯貝治良著　大和書房　1992.7　286p　20cm　3200円　Ⓣ4-479-84020-6
◇〈在日〉文学論　磯貝治良著　新幹社　2004.4　288p　20cm　2400円　Ⓣ4-88400-037-4
◇生まれたらそこがふるさと—在日朝鮮人文学論　川村湊著　平凡社　1999.9　327p　20cm　（平凡社選書 195）　2400円　Ⓣ4-582-84195-3
◇在日朝鮮人女性文学論　金壎我著　作品社　2004.8　265p　20cm　〈文献あり〉　2000円　Ⓣ4-87893-686-X
◇〈在日〉という根拠　竹田青嗣著　筑摩書房　1995.8　333p　15cm　（ちくま学芸文庫）　1100円　Ⓣ4-480-08221-2
◇魂と罪責—ひとつの在日朝鮮人文学論　野崎六助編著　インパクト出版会　2008.9　431,4p　20cm　〈著作目録あり〉　2800円　Ⓣ978-4-7554-0193-0
◇在日朝鮮人日本語文学論　林浩治著　新幹社　1991.7　265p　20cm　〈草風館（発売）〉　2060円
◇戦後非日文学論　林浩治著　新幹社　1997.11　222p　20cm　2000円　Ⓣ4-915924-83-1
◇戦後〈在日〉文学論—アジア論批評の射程　山崎正純著　洋々社　2003.2　262p　20cm　2400円　Ⓣ4-89674-916-2
◇在日朝鮮人文学の問いかけるもの—市民講座の記録　調布　調布ムルレの会　1990.3　38p　26cm　（調布〔ムルレ〕の会シリーズ 8）　500円

郷土文学

◇文学列島紀行　浅間敏夫著　札幌　正文舎印刷　1995.12　239p　19cm　1262円
◇近代名作紀行—文学と作家のこころに出逢う　小田切進編　ぎょうせい　1992.9　316p　19cm　1800円　Ⓣ4-324-03461-3
◇文学における風土　佐藤泰正編　笠間書院　1989.1　206p　19cm　（笠間選書 159）〈執筆：長岡政憲ほか〉　1000円

現代日本文学（郷土文学）

◇文学のふるさと―上　清水茂雄著　グローバルメデイア　2000.7　371p　20cm　（以文選書 52）　2500円　Ⓣ4-7632-1549-3

◇読んで、行きたい名作のふるさと　清水節治編著　教育出版　2005.8　143p　26cm　2300円　Ⓣ4-316-80112-0

◇文学・人・地域―越境する地理学　杉浦芳夫編　古今書院　1995.7　312p　20cm　2884円　Ⓣ4-7722-1396-1

◇文学空間―風土と文化　竹内清己著　桜楓社　1989.4　237p　19cm　2266円　Ⓣ4-273-02320-2

◇名作再訪―小説のふるさとを歩く　東京新聞文化部編　河出書房新社　1991.6　241p　20cm　1800円　Ⓣ4-309-00698-1

◇文学と風土　日本文学風土学会編　勉誠出版　1998.6　212p　21cm　2800円　Ⓣ4-585-04035-8

◇語り継ぐ日本の歴史と文学　久曽神昇編　青簡舎　2012.8　267p　19cm〈年譜あり〉　1900円　Ⓣ978-4-903996-56-1

◇物語の中のふるさと　読売新聞西部本社編　福岡　海鳥社　2005.8　215p　21cm　1700円　Ⓣ4-87415-536-7

北海道・東北地方

◇東北/庭と花と文学の旅―上　青木登著　八王子　のんぶる舎　1998.3　268p　21cm　2000円　Ⓣ4-931247-52-0

◇東北/庭と花と文学の旅―下　青木登著　八王子　のんぶる舎　1998.9　262p　21cm　2000円　Ⓣ4-931247-55-5

◇青森県の近代文学　青森県近代文学館編　青森　青森県近代文学館　1994.3　72p　30cm

◇資料集―第6輯　青森県近代文学年表　青森県近代文学館編　青森　青森県近代文学館　2010.3　112p　30cm

◇西北五文学散歩―特別展　青森県近代文学館編　青森　青森県近代文学館　2010.7　28p　30cm〈会期：平成22年7月10日～9月5日　年表あり〉

◇東青文学散歩―特別展　青森県立図書館青森県近代文学館編　青森　青森県立図書館青森県近代文学館　2001.10　42p　30cm〈会期：平成13年10月5日～11月11日　年表あり〉

◇青森県の近代文学・大正期―青森県近代文学の成立　特別展　青森県立図書館青森県近代文学館編　青森　青森県近代文学館　2002.10　28p　30cm〈会期：平成14年10月4日～11月10日　年表あり〉

◇志功・太宰・寺山と歩くふるさと青森　青森市文化団体協議会編　青森　北の街社　1996.7　277p　19cm　1600円　Ⓣ4-87373-061-9

◇秋田―ふるさとの文学　秋田県高等学校教育研究会国語部会編　秋田　無明舎出版　2010.4　156p　21cm〈年表あり〉　1000円　Ⓣ978-4-89544-514-6

◇秋田―ふるさとの文学　秋田県高等学校教育研究会国語部会編　改訂　秋田　無明舎出版　2011.3　167p　21cm〈年表あり〉　1000円　Ⓣ978-4-89544-536-8

◇秋田の文芸と風土　秋田風土文学会, 佐々木久春編　秋田　無明舎出版　1999.2　365p　19cm　2800円　Ⓣ4-89544-212-8

◇名作に描かれた青森の風景　阿部誠也著　弘前　路上社　2000.2　285p　21cm　1905円　Ⓣ4-89993-002-X

◇あおもり文学の旅　阿部誠也著　弘前　北方新社　2006.11　191p　19cm　1300円　Ⓣ4-89297-103-0

◇青森の文学その舞台を歩く―上　阿部誠也著　青森　北の街社　2007.4　246p　19cm　1800円　Ⓣ978-4-87373-150-6

◇安達太良山と文学―ある末期癌患者のロマン　猪狩三郎著　会津若松　歴史春秋出版　2004.7　238p　20cm〈文献あり〉　1429円　Ⓣ4-89757-508-7

◇平泉をめぐる文学―芭蕉に至るロマンの世界　石田洵著　仙台　本の森　2010.8　287p　21cm〈文献あり〉　1600円　Ⓣ978-4-904184-28-8

◇岩手の近代文芸家名鑑　浦田敬三編著　盛岡　杜陵高速印刷出版部　2003.3　232p　21cm　2000円　Ⓣ4-88781-105-5

◇みちのく文学散歩　NHKみちのく文学プロジェクト編　日本放送出版協会　1995.5　191p　21cm　1500円　Ⓣ4-14-005213-9

◇東根文学の系譜　大江権八著　東根　北の風出版　2006.12　99p　21cm　1000円

日本近現代文学案内　95

現代日本文学（郷土文学）

◇宮城文学資料　大林昭雄著　仙台　ギャラリー大林（発売）　1997.8　205p　27cm　（日本美術論攷大林昭雄著作集　第18巻）　7000円

◇小笠原克・北方文芸編集長の仕事——一九六八——一九七九　小笠原克著, 佐藤梅子, 坂井悦子編　札幌　坂井悦子　2006.12　249p　21cm　〈年譜あり〉　1000円

◇秋田の文学つれづれ　小野一二著　五城目町（秋田県）　文芸秋田社　2002.9　153p　19cm　1600円

◇会津柳津文学の彩り—文人墨客八人が見た会津柳津　小野孝尚監修, 小野春江著, 奥会津書房編　三島町（福島県）　奥会津書房　2007.12　70p　18cm　1200円

◇北の文脈—青森県人物文学史　続　小野正文著　青森　北の街社　1991.12　216,17p　22cm　2500円　①4-87373-014-7

◇北の文脈—青森県人物文学史　上巻　小野正文著　第2版　青森　北の街社　1991.12　240p　22cm　2800円　①4-87373-015-5

◇地方文学史愁々　風穴真悦著　〔弘前〕〔風穴真悦〕　2001.4　511p　20cm　〈昭和59年刊の増訂〉　非売品

◇会津に魅せられた作家たち　笠井尚著　会津若松　歴史春秋出版　1995.1　188p　19cm　1600円　①4-89757-325-4

◇二本のシラカシの木—近代文学と仙台　金沢規雄著　里文出版　1992.3　258p　20cm　2000円　①4-947546-50-6

◇ふるさと文学散歩—作家たちが描いた東北の人と風景　河北新報社編集局編　仙台　河北新報社　1997.1　214p　21cm　1942円　①4-87341-103-3

◇あおもり文芸散歩—北国のロマン…　北の会編　青森　北の街社　1994.3　246p　19cm　1400円　①4-87373-033-3

◇千島文学の旅—幕末から明治へ　木原直彦著　札幌　共同文化社　2001.10　306p　21cm　2200円　①4-87739-058-8

◇北海道文学ドライブ—第1巻・道央編　北の風土をゆく　木原直彦著　札幌　イベント工学研究所　2002.9　347p　21cm　2000円　①4-901921-00-2

◇北海道文学ドライブ—第2巻・道南編　北の文学旅物語　木原直彦著　札幌　イベント工学研究所　2003.3　281p　21cm　1800円　①4-901921-01-0

◇北海道文学ドライブ—第3巻（道東編）　北の文学旅物語　木原直彦著　札幌　イベント工学研究所　2005.10　381p　21cm　2500円　①4-901921-08-8

◇北海道文学ドライブ—北の文学旅物語　第4巻（道北編）　木原直彦著　札幌　イベント工学研究所　2006.12　405p　21cm　〈文献あり〉　2500円　①4-901921-10-X

◇北海道文学の跫音　木原直彦著　札幌　中西出版　2009.6　375p　22cm　〈文献あり〉　2200円　①978-4-89115-193-5

◇秋田・反骨の肖像　工藤一紘著　横手　イズミヤ出版　2007.10　247p　21cm　〈年譜あり　文献あり〉　1600円　①978-4-9902960-8-7

◇青森県をめぐる50冊の本　工藤英寿著　青森　北の街社　1993.10　240,6p　19cm　1600円　①4-87373-028-7

◇岩波講座日本文学史—第17巻　口承文学2　アイヌ文学　久保田淳ほか編　岩波書店　1997.3　405p　22cm　3399円　①4-00-010687-2

◇本の虫が書いた北の文化誌　栗田幸助著　〔秋田〕　秋田ほんこの会　1996.12　108p　11cm　（秋田ほんこ　第3期　第2集）

◇こころに生きる—東北の作家を偲ぶ　小岩尚好著　仙台　「こころに生きる」刊行会　1991.3　186p　19cm

◇青森県ゆかりの文学　斎藤三千政著　弘前　北方新社　2007.10　412p　19cm　2500円　①978-4-89297-112-9

◇札幌文学散歩　札幌市教育委員会文化資料室編　札幌　札幌市　1992.12　317p　19cm　（さっぽろ文庫　63）　〈共同刊行：札幌市教育委員会〉　非売品

◇札幌文学散歩　札幌市教育委員会文化資料室編　札幌　北海道新聞社　1992.12　317p　19cm　（さっぽろ文庫　63）　1340円　①4-89363-062-8

◇ふるさと文学さんぽ福島　沢正宏監修　大和書房　2012.7　198p　20cm　1600円　①978-4-479-86201-7

◇近代北海道文学論への試み—有島武郎・小林

現代日本文学（郷土文学）

多喜二を中心に　篠原昌彦著　苫小牧　生活協同組合道央市民生協　1996.6　275p　21cm　1748円

◇忘れ得ぬ北海道の作家と文学　志村有弘著　鼎書房　2012.4　178,3p　19cm〈著作目録あり〉　1800円　①978-4-907846-92-3

◇北見の文学ものがたり　菅原政雄著　〔北見〕北見市教育委員会　1996.7　180p　30cm

◇ふるさと文学さんぽ岩手　須藤宏明監修　大和書房　2012.7　206p　20cm　1600円　①978-4-479-86203-1

◇ふるさと文学さんぽ宮城　仙台文学館監修　大和書房　2012.7　206p　20cm　1600円　①978-4-479-86202-4

◇七つの心象―近代作家とふるさと秋田　高橋秀晴著　秋田　秋田魁新報社　2006.12　163p　21cm　1500円　①4-87020-260-3

◇秋田近代小説そぞろ歩き　高橋秀晴著　秋田　秋田魁新報社　2010.3　177p　18cm　（さきがけ選書 1）　1000円　①978-4-87020-288-7

◇北海道人と風土の素描　武井時紀著　札幌　北海道出版企画センター　2003.6　295,12p　19cm〈文献あり〉　1500円　①4-8328-0305-0

◇みちのくの文学風土　伊సససససి　銀の鈴社　2003.5　190p　19cm（銀鈴叢書）　1500円　①4-87786-365-6

◇あきた文学風土記　田宮利雄著　秋田　無明舎出版　1992.11　247p　21cm　2500円

◇文人たちの十和田湖　成田健著　秋田　無明舎出版　2001.9　238p　20cm　1200円　①4-89544-286-1

◇東北の文学源流への旅　成田健著　秋田　無明舎出版　2011.2　514p　20cm　2000円　①978-4-89544-531-3

◇温泉と詩歌―東北地方篇　日本現代詩歌文学館編　北上　日本現代詩歌文学館　2007.3　82p　26cm〈2007年度常設展　会期・会場：2007年3月13日～2008年3月9日　日本現代詩歌文学館展示室〉

◇函館『不良文学』は元町育ち―長谷川海太郎・久生十蘭・水谷準　函館市文学館企画展　函館市文学館編　函館　函館市文学館　2005.9　28p　21cm〈会期・会場：平成17年9月16日～11月13日　函館市文学館　年譜あり〉

◇北海道文学游行　北海道高等学校国語科指導研究会編著　清水書院　2001.4　95,10p　26cm　1900円　①4-389-43049-1

◇函館―青森海峡浪漫　北海道文学館編　札幌　北海道文学館　2003.11　70p　19cm〈会期：2003年11月1日～12月14日〉

◇会津の名歌・名句―古き会津の和歌と俳諧　間島勲著　会津若松　歴史春秋出版　1997.11　63p　19cm〈歴春ブックレット no.17〉　500円　①4-89757-319-X

◇やまがた本の郷土館―2巻　松坂俊夫著　上山　みちのく書房　1997.5　569,8p　20cm　2400円　①4-944077-25-4

◇やまがた本の郷土館―1巻　松坂俊夫著　上山　みちのく書房　1997.10　432,7p　20cm　2200円　①4-944077-24-6

◇やまがた文学のある風景　松坂俊夫著,新関昭男撮影　上山　みちのく書房　2000.8　223p　26cm　1900円　①4-944077-49-1

◇青森県文芸史略年表　三上強二編　〔青森〕〔三上強二〕　〔2002〕　39p　26cm

◇文学のまち盛岡―追悼中津文彦さん　道又力編,岩手の文学展実行委員会監修　盛岡　もりおか暮らし物語読本刊行委員会　2012.6　258p　18cm　（もりおか暮らし物語読本 2）〈共同刊行：盛岡出版コミュニティー　年譜あり　年表あり〉　952円　①978-4-904870-17-4

◇北海道文学を掘る　向井豊昭著　向井豊昭　2001.3　73,20p　26cm

◇室蘭文学散歩　室蘭文学館の会編　室蘭　室蘭市　1992.12　208p　18cm〈室蘭市開港120年市制施行70年記念事業　折り込図1枚〉

◇北天の詩想―啄木・賢治、それ以前・それ以後　遊座昭吾著　桜出版　2008.9　223p　19cm〈文献あり〉　952円　①978-4-903156-07-1

◇凍土に育んだロマン―郷土文芸の系譜をたどって　陸別町広報広聴町史編さん室編　陸別町（北海道）　陸別町　1993.7　156p　21cm　（陸別町郷土叢書 第5巻）

◇胆振文学散歩―登別・伊達・西胆振　竜泉著,江頭洋志絵　〔伊達〕　江頭洋志　1995.8　174p　17×19cm　1500円

現代日本文学（郷土文学）

◇北海道文芸時評　和田謹吾著　札幌　〔和田謹吾〕　1990.5　165p　18cm　（観白亭叢刊 第6）

◇岩見沢文学史　岩見沢　いわみざわ文学叢書刊行会　1990.3　243p　21cm　（いわみざわ文学叢書 第3集）　1300円

◇文芸誌『赤煉瓦』とその周辺展　札幌　自治労全北海道庁労働組合　1991.11　11,20p　26cm　〈会期・会場：1991年11月26日～1992年3月29日 北海道文学館〉

◇岩手の文学・芸能―映像・音楽に飛翔する文学　盛岡市・滝沢村の民俗芸能　滝沢村（岩手県）　盛岡大学日本文学会　1992.3　53p　21cm

◇室蘭文学史―1986-1995　室蘭　室蘭文芸協会　1995.10　120p　21cm　1000円

◇秋田風土文学―第9号　秋田　秋田風土文学会　1997.6　92p　22cm

◇秋田風土文学―第10号　秋田　秋田風土文学会　1998.11　87p　22cm

◇ページのなかのせんだい―杜の文学風景　仙台　宝文堂　1999.3　177,3p　21cm　1200円　①4-8323-0100-4

◇会津の文学―万葉集から現代文学まで　会津若松　会津若松市　2001.3　80p　30cm　（会津若松市史 15（文化編 2 文学））　1000円

◇秋田風土文学―第11号　能代　秋田風土文学会　2001.8　65p　22cm

◇秋田風土文学―第12号　能代　秋田風土文学会　2004.3　76p　22cm〈三十周年記念号　年表あり〉

関東地方

◇かながわの文学100選　青木茂ほか著　横浜　神奈川合同出版　1989.3　246p　15cm　（かもめ文庫）〈企画：神奈川県県民部文化室〉　700円

◇さいたま文学紀行作家たちの描いた風景　朝日新聞さいたま総局編　さいたま　さきたま出版会　2009.3　235p　20cm　1600円　①978-4-87891-096-8

◇神奈川文学その風景―2　朝日新聞横浜支局編　鎌倉　かまくら春秋社　1991.4　131p　28cm〈30編の名作とその風景への散策ガイド〉　1800円

◇鎌倉文学散歩　安宅夏夫著,松尾順造写真　大阪　保育社　1993.7　151p　15cm　（カラーブックス 851）　700円　①4-586-50851-5

◇小田原と文学　石井富之助著　小田原　小田原文芸愛好会　1990.11　244p　19cm　1280円

◇奥上州（利根・沼田・吾妻）の文学と味散歩入門　石田利夫編著　桶川　郷土研究室　1992.11　144p　21cm　2000円

◇山は筑波嶺―文人群像　石塚弥左衛門著　つくば　STEP　1998.12　207p　21cm　1500円　①4-915834-39-5

◇山は筑波嶺―文人群像　続　石塚弥左衛門著　つくば　STEP　2005.11　167p　21cm　1500円　①4-915834-55-7

◇横浜と文学　伊豆利彦編　横浜　横浜市立大学一般教育委員会　1992.3　121p　26cm　（シリーズ一般教育のひろば no.4）　1000円

◇市川の文学―詩歌編　「市川の文学」調査研究会編　市川　市川市文学プラザ　2011.3　136p　21cm

◇市川の文学―散文編　「市川の文学」調査研究会編　市川　市川市文学プラザ　2012.3　168p　21cm

◇八街市の文学　市原善衛著　八街　〔市原善衛〕　1993.2　21p　26cm　非売品

◇成田の文学散歩　市原善衛著　文芸社　1999.8　175p　20cm　1400円　①4-88737-609-X

◇群馬文学年表　伊藤信吉監修,林桂ほか編　〔群馬町（群馬県）〕　群馬県立土屋文明記念文学館　2003.4　270p　30cm

◇横浜・鎌倉・湘南を歩く　井上謙著　日本放送出版協会　2006.10　286p　21cm　（NHKシリーズ―NHKカルチャーアワー 文学探訪）　850円　①4-14-910597-9

◇平塚―ゆかりの文人たち　井上弘著　横浜　門土社総合出版　1993.12　278p　20cm　2000円　①4-89561-159-0

◇文学の中の茨城―近代・現代篇 上　今瀬文也著　土浦　筑波書林　1992.11　124p　18cm　（ふるさと文庫）〈茨城図書（発売）〉　618円

現代日本文学（郷土文学）

◇文学の中の茨城—近代・現代編 下 今瀬文也著 土浦 筑波書林 1993.2 247p 18cm （ふるさと文庫）〈茨城図書（発売）〉 618円

◇さいわい文学散歩—散歩道 文学に現われた幸区 入谷清久著 川崎 川崎市立幸図書館 1991.11 95p 26cm 非売品

◇文学に現れた川崎大師—続 入谷清久著 川崎 川崎大師遍照叢書刊行会 2008.11 207p 21cm （川崎大師遍照叢書 6）

◇かまくら文壇史—近代文学を極めた文士群像 巌谷大四著 鎌倉 かまくら春秋社 1990.5 277p 20cm 1600円

◇房総の文学 江戸川大学・江戸川女子短期大学公開講座委員会編 新典社 1996.10 242p 19cm （新典社文庫 5） 2000円 ①4-7879-6505-0

◇水郷の文学散策—文人墨客編 大久保錦一編著 潮来町（茨城県） デザイン・アンド・デベロップメント 1995.3 362p 21cm （潮来の今昔シリーズ 2） 1900円

◇横浜・湘南の文学風景を歩く 大島和雄著 風濤社 2001.5 233,5p 19cm 〈絵：小林敏也,貝原浩〉 1600円 ①4-89219-203-1

◇大宮文学散歩—ふるさとの面影 大宮市立西部図書館編 大宮 大宮市教育委員会 1991.3 66p 19cm

◇銚子と文学—甦る言葉の海流 岡見晨明編 東京文献センター 2001.6 254p 19cm 2000円 ①4-925187-20-1

◇小田原文芸案内—明治から現代まで 小田原文芸愛好会編 小田原 小田原文芸愛好会 1989.5 187p 19cm 950円

◇横浜の文士たち—港町を舞台に活躍した作家の群像 笠原実著 横浜 公孫樹舎 2008.6 311p 19cm 〈文献あり〉 1700円 ①4-9902416-3-0

◇横浜—文学の港—神奈川文学散歩展 横浜 神奈川文学振興会 1989.7 32p 26cm 〈共同刊行：神奈川近代文学館 付：横浜の文学略年表（折り込） 会期：1989年7月22日～8月27日〉

◇文学者たちの神奈川—神奈川近代文学年表 明治編 神奈川文学振興会編 横浜 神奈川文学振興会 1991.2 71p 26cm

◇文学者たちの神奈川—神奈川近代文学年表 大正・昭和前期編 神奈川文学振興会編 横浜 県立神奈川近代文学館 1995.3 205p 26cm

◇鎌倉 文学の理想郷—神奈川文学散歩展 神奈川文学振興会編 〔横浜〕 神奈川近代文学館 1995.10 64p 26cm

◇箱根・県央—緑と風と文学と—神奈川文学散歩展 神奈川文学振興会編 〔横浜〕 神奈川近代文学館 1996.4 48p 26cm

◇江ノ電沿線文人たちの風景 金子晋著 藤沢 江ノ電沿線新聞社 1990.4 120p 17cm 1500円

◇鎌倉からの手紙鎌倉への手紙—図録 鎌倉市芸術文化振興財団編 鎌倉 鎌倉市芸術文化振興財団 2009.10 72p 15×21cm 〈会期：平成21年10月6日～12月13日 共同刊行：鎌倉文学館〉

◇文学都市かまくら100人 鎌倉市芸術文化振興財団鎌倉文学館編 鎌倉 鎌倉市芸術文化振興財団鎌倉文学館 2005.10 226p 20×20cm 〈会期：平成17年10月1日～12月18日〉

◇鎌倉文学散歩—大船・北鎌倉方面 鎌倉文学館編 鎌倉 鎌倉市教育委員会 1994.2 200p 15cm （鎌倉文学館資料シリーズ 2） 〈折り込図1枚〉

◇鎌倉文学散歩—雪ノ下・浄明寺方面 鎌倉文学館編 〔鎌倉〕 鎌倉市教育委員会 1997.3 208p 15cm （鎌倉文学館資料シリーズ 3）

◇鎌倉文学散歩—長谷・稲村ガ崎方面 鎌倉文学館編 〔鎌倉〕 鎌倉市教育委員会 1999.3 208p 15cm （鎌倉文学館資料シリーズ 4）

◇群馬の文学をたずねて 群馬県高等学校教育研究会国語部会編 改訂版 前橋 煥乎堂 1998.8 112p 21cm 600円

◇古河の歴史と文学—古河文学散歩 古河歴史博物館,古河文学館編 古河 古河歴史博物館 2008.10 111p 21cm 〈共同刊行：古河文学館〉

◇小田原・箱根・真鶴・湯河原文学散歩 後藤隆介ほか 小田原 小田原文芸愛好会 1994.4 187p 19cm 〈監修：内田四方蔵〉 1000円

現代日本文学（郷土文学）

◇小田原・箱根・真鶴・湯河原文学散歩　後藤隆介ほか編　新訂　小田原　小田原文芸愛好会　1996.7　185p　19cm　1000円

◇個性きらめく―藤沢近代の文士たち　小山文雄編著　藤沢　藤沢市教育委員会　1990.10　455p　22cm

◇個性きらめく―藤沢近代の文士たち　続　小山文雄編著　藤沢　藤沢市教育委員会　2002.3　349p　21cm

◇埼玉文芸大会　埼玉県教育局指導部社会教育課編　〔浦和〕　埼玉県教育委員会　1989.9　88p　26cm〈第4回国民文化祭さいたま89・生涯学習を進めるさいたま県民運動協賛　埼玉文芸賞顕彰20周年記念〉

◇さいたま文学案内　埼玉県高等学校国語科教育研究会編　浦和　さきたま出版会　1996.5　201p　21cm　1200円　①4-87891-105-0

◇埼玉現代文学事典　埼玉県高等学校国語科教育研究会埼玉現代文学事典編集委員会編　羽生　埼玉県高等学校国語科教育研究会　1990.11　365p　22cm

◇埼玉の文学―開館記念誌　さいたま文学館編　桶川　さいたま文学館　1997.11　116p　30cm

◇国木田独歩『武蔵野』発表100年記念「武蔵野の文学」―企画展　さいたま文学館編　桶川　さいたま文学館　1998.9　32p　30cm

◇近代埼玉の女性文学―時代の表現者たち　企画展図録　さいたま文学館編　桶川　さいたま文学館　1999.1　14p　30cm

◇埼玉の時代・歴史小説　さいたま文学館編　桶川　さいたま文学館　2001.4　14p　30cm〈企画展：2001年4月17日―8月19日〉

◇埼玉文芸風土記　埼玉文芸家集団刊行委員会編　さいたま　さきたま出版会　2011.3　287,8p　19cm　（埼玉文芸叢書）〈索引あり〉　2200円　①978-4-87891-098-2

◇荒川流域の文学―埼玉をめぐる人と作品　埼玉文芸家集団　刊行委員会編　さいたま　さきたま出版会　2006.6　241p　19cm　（埼玉文芸叢書）〈年表あり〉　2000円　①4-87891-130-1

◇文学と風土―房総を旅した作家たち　坂本哲郎著　丸善　1993.11　239p　18cm　（丸善ライブラリー　105）　660円　①4-621-05105-9

◇日本人の心―房総半島南海岸と文人諸賢九十二人　資料編　しゃっせただお編著　ウエブシステム開発　2009.5　305p　22cm　①978-4-902811-80-3

◇川崎の文学を歩く　杉山康彦著　川崎　多摩川新聞社　1992.11　315p　21cm　1500円

◇横浜文学散歩　鈴木俊裕著　横浜　門土社総合出版　1989.5　142p　19cm　1000円　①4-89561-097-7

◇草加を描いた文芸家たち　草加市企画財政部広報広聴課編　草加　草加市　1989.2　245p　15cm　（草加文庫　2）　400円

◇文芸回廊―街道文芸史　染谷洌著　草加　松風書房　2002.5　208p　21cm　1715円

◇鵠沼・東屋旅館物語　高三啓輔著　博文館新社　1997.11　268p　19cm　2500円　①4-89177-964-0

◇群馬の作家たち　土屋文明記念文学館編　塙書房　1998.6　268p　18cm　（塙新書―土屋文明記念文学館リブレ）　1300円　①4-8273-4074-9

◇20世紀の群馬の戦争文学―内村鑑三・田山花袋・萩原朔太郎・土屋文明・萩原恭次郎・司修・伊藤信吉ら百年の作品　第11回企画展図録　群馬県立土屋文明記念文学館編　群馬町（群馬県）　群馬県立土屋文明記念文学館　2001.6　63p　30cm〈会期：平成13年6月2日―7月1日〉

◇房総を描いた作家たち　中谷順子著　暁印書館　1998.12　228p　19cm　1600円　①4-87015-134-0

◇房総を描いた作家たち―続　中谷順子著　暁印書館　2000.8　246p　19cm　1600円　①4-87015-139-1

◇房総を描いた作家たち―3　中谷順子著　暁印書館　2007.8　224p　19cm　1600円　①978-4-87015-161-1

◇房総を描いた作家たち―4　中谷順子著　暁印書館　2008.12　235p　19cm　1600円　①978-4-87015-166-6

◇文学の先駆者たち　奈良達雄編　あゆみ出版　1998.9　221p　20cm　2000円　①4-7519-7130-1

◇前橋が生んだ現代小説家―司修・豊田有恒・樋口有介が描いた前橋と作品　前橋文学館特

別企画展　萩原朔太郎記念水と緑と詩のまち　前橋文学館編　前橋　萩原朔太郎記念水と緑と詩のまち前橋文学館　2005.2　43p　30cm〈会期：2005年2月5日～3月21日　著作目録あり〉

◇彼女の場合―神奈川・文学のヒロイン紀行　原良枝著　鎌倉　かまくら春秋社　2006.1　198p　19cm〈文献あり〉　1300円　①4-7740-0315-8

◇埼玉の近代文学　原山喜亥著　岩槻　原山喜亥　1989.7　246p　20cm〈林道舎（製作）私家版〉　非売品

◇埼玉の作家たち　原山喜亥著　私家版　限定版　岩槻　原山喜亥　1996.7　107p　19cm　非売品

◇藤沢文学展―個性きらめく人と作品　藤沢市総合市民図書館編　藤沢　藤沢市教育委員会　1990.10　60p　26cm〈藤沢市制施行50周年記念〉

◇文士の愛した鎌倉　文芸散策の会編　JTB　1997.9　143p　21cm　（JTBキャンブックス）　1550円　①4-533-02815-2

◇いばらき文学への18章―歴史と風土・現在と展望　上　堀江信男著　土浦　筑波書林　1990.9　128p　18cm　（ふるさと文庫）〈茨城図書（発売）〉　618円

◇いばらき文学への18章―歴史と風土・現在と展望　下　堀江信男著　土浦　筑波書林　1990.10　p129～231　18cm　（ふるさと文庫）〈茨城図書（発売）〉　618円

◇常世の国茨城―文学に描かれた風土　堀江信男著　〔土浦〕　筑波書林　1996.1　216p　19cm　1400円　①4-900725-32-3

◇房総文学散歩―描かれた作品と風土　毎日新聞社千葉支局編著　流山　崙書房出版　2011.12　201p　18cm　1300円　①978-4-8455-1171-6

◇SHONAN逍遥―文豪たちが愛した湘南　桝田るみ子著　横浜　神奈川新聞社　2012.7　179p　19cm〈文献あり〉　1200円　①978-4-87645-490-7

◇さきたまの文人たち　松本鶴雄著　浦和　さきたま出版会　1997.11　231,21p　19cm　2000円　①4-87891-110-7

◇足柄地域ゆかりの文人―特別展解説書　南足柄市郷土資料館編　南足柄　南足柄市郷土資料館　1998.10　45p　26cm（郷土資料館調査報告書　第8集）

◇まつど文学散歩―総集編　宮田正宏企画・編集・執筆　〔出版地不明〕　〔宮田正宏〕　2011.3　399p　26cm〈折り込1枚　文献あり〉

◇さいたまの近代文学　森川晃治著　大阪　パレード　2010.12　238p　20cm〈星雲社（発売）〉　1429円　①978-4-434-15154-5

◇かまくらで文学を考える　山口博著　愛育社　2001.6　263p　19cm　1800円　①4-7500-0240-2

◇丹沢の文学往還記　山田吉郎著　秦野　夢工房　2009.3　294p　19cm　1800円　①978-4-86158-035-2

◇心の旅路―よこはまかながわ　有隣堂出版部編　横浜　有隣堂　1992.11　254p　19cm〈「有鄰」300号記念〉　2000円　①4-89660-107-6

◇海辺のきらめき―小田原・真鶴・湯河原　神奈川文学散歩展　横浜　神奈川文学振興会　1990.10　24p　26cm〈会期・会場：1990年10月20日～11月25日　神奈川近代文学館〉

◇文学の中の神奈川　横浜　神奈川県県民部広報課　1991.12　319p　19cm〈『月刊かながわ』600号記念誌〉　500円

◇佐倉と文学―文学作品に描かれた佐倉　佐倉　佐倉市立中央公民館　1996.3　41p　21cm

◇成田の近代文学―図録　成田　成田山霊光館　1996.10　16p　26cm

◇ぐんまの文学ガイド　群馬町（群馬県）　群馬県立土屋文明記念文学館　1998.3　31p　21cm

◇栃木県近代文学アルバム　宇都宮　栃木文化協会　2000.7　159p　20cm　①4-88748-045-8

◇鎌倉の禅林と作家たち―建長寺・円覚寺の文学風土　企画展　鎌倉　鎌倉文学館　〔2001〕　23p　30cm〈会期：平成13年10月12日～12月9日　共同刊行：鎌倉市芸術文化振興財団〉

◇ふるさとの散歩道―栃木ゆかりの文学を訪ねて　宇都宮　下野新聞社　2002.3　271p　21cm　（とちぎの小さな文化シリーズ　3　とちぎの小さな文化シリーズ企画編集会議編）〈シリーズ責任表示：とちぎの小さな文化シリーズ企画編集会議編〉　1800円　①4-

現代日本文学（郷土文学）

88286-161-5
◇公開講座『文学史と房総』―1　東金　城西国際大学　2002.7　98p　26cm〈会期：2001年12月1日～2002年2月9日　開学10周年記念特別講座〉
◇女流作家と鎌倉―企画展　鎌倉　鎌倉文学館　2002.9　32p　30cm〈会期：平成14年9月28日～12月8日　共同刊行：鎌倉市芸術文化振興財団〉
◇公開講座『文学史と房総』―2　東金　城西国際大学　2003.12　94p　26cm〈会期：2003年1月11日～2003年3月1日　開学10周年記念特別講座〉
◇文芸作品に描かれた西さがみ　小田原　西さがみ文芸愛好会　2008.11　211p　19cm〈伊勢治書店（発売）〉　1600円

◆東京都

◇名作と歩く多摩・武蔵野文学散歩　青木登著　八王子　のんぶる舎　1999.5　195p　21cm　1500円　①4-931247-68-7
◇名作と歩く東京下町・山の手文学散歩　青木登著　八王子　のんぶる舎　2000.7　149p　21cm〈奥付のタイトル：名作と歩く下町・山の手文学散歩〉　1500円　①4-931247-77-6
◇名作と歩く東京山の手・下町―第1集　青木登文・写真　立川　けやき出版　2003.5　190p　22cm〈文献あり〉　1200円　①4-87751-197-0
◇名作と歩く東京山の手・下町―第2集　青木登文・写真　立川　けやき出版　2003.10　255p　21cm〈文献あり〉　1200円　①4-87751-212-8
◇名作と歩く東京山の手・下町―第3集　青木登著　立川　けやき出版　2004.8　218p　21cm〈文献あり〉　1200円　①4-87751-246-2
◇名作と歩く東京山の手・下町―第4集　青木登文・写真　立川　けやき出版　2004.11　225p　21cm　1200円　①4-87751-254-3
◇名作と歩く東京山の手・下町―第5集　青木登文・写真　立川　けやき出版　2005.2　234p　21cm　1200円　①4-87751-261-6
◇名作と歩く東京山の手・下町―第6集　青木登文・写真　立川　けやき出版　2005.7　228p　21cm　1200円　①4-87751-276-4
◇名作と歩く東京山の手・下町―第7集　青木登文・写真　立川　けやき出版　2006.4　245p　21cm　1200円　①4-87751-310-8
◇思想としての東京―近代文学史論ノート　磯田光一著　講談社　1990.3　215p　16cm（講談社文芸文庫）　790円　①4-06-196070-9
◇磯田光一著作集―5　思想としての東京・鹿鳴館の系譜　磯田光一著　小沢書店　1991.4　558p　20cm　4944円
◇ぶらり雑司が谷文学散歩　伊藤栄洪著　豊島区　2010.3　141,4p　19cm
◇東京文学探訪―大正・昭和を見る、歩く　上　井上謙著　日本放送出版協会　2002.10　157p　21cm（NHKシリーズ―NHKカルチャーアワー）〈放送期間：2002年10月―12月〉　850円　①4-14-910465-4
◇東京文学探訪―大正・昭和を見る、歩く　下　井上謙著　日本放送出版協会　2003.1　158p　21cm（NHKシリーズ―NHKカルチャーアワー）〈放送期間：2003年1月―3月　年表あり〉　850円　①4-14-910466-2
◇東京のかおり―足で確かめた東京の文学遺跡　続　浦和市教育研究会国語部編　浦和　さきたま出版会　1990.2　224p　19cm〈監修：鈴木章〉　1500円　①4-87891-039-9
◇地場演劇ことはじめ―記録・区民とつくる地場演劇の会　江角英明, えすみ友子著　オフィス未来　2003.10　230p　21cm〈年表あり〉　1500円　①4-902224-01-1
◇馬込文士村ガイドブック　東京都大田区立郷土博物館編　改訂版　大田区立郷土博物館　1996.3　104p　21cm
◇万太郎松太郎正太郎―東京生まれの文士たち　大村彦次郎著　筑摩書房　2007.7　363p　20cm〈文献あり〉　2500円　①978-4-480-82360-1
◇東京の文人たち　大村彦次郎著　筑摩書房　2009.1　343p　15cm（ちくま文庫　お49-3）　880円　①978-4-480-42532-4
◇郊外の文学誌　川本三郎著　新潮社　2003.2　300p　20cm　1900円　①4-10-377602-1
◇郊外の文学誌　川本三郎著　岩波書店　2012.1　395,14p　15cm（岩波現代文庫

現代日本文学（郷土文学）

B195）〈索引あり〉　1220円　Ⓘ978-4-00-602195-5

◇文学散歩―東京編　関西文学散歩の会編　大阪　関西書院　1993.10　159p　18cm　1000円　Ⓘ4-7613-0162-7

◇隅田川の文学　久保田淳著　岩波書店　1996.9　228p　18cm　（岩波新書）　650円　Ⓘ4-00-430461-X

◇銀座の柳　車谷弘著　中央公論社　1989.12　265p　16cm　（中公文庫）　420円　Ⓘ4-12-201669-X

◇銀座の柳　車谷弘著　新座　埼玉福祉会　1991.10　461p　22cm　（大活字本シリーズ）　3811円

◇多摩の文学散歩　佐々木和子著　立川　けやき出版　1993.6　198p　19cm　1350円　Ⓘ4-905942-29-2

◇新宿ゆかりの文学者　新宿区生涯学習財団新宿歴史博物館編　新宿区生涯学習財団新宿歴史博物館　2007.9　137p　26cm　〈文献あり〉　1500円

◇文学の武蔵野　成蹊大学文学部学会編　風間書房　2003.3　162p　20cm　（成蹊大学人文叢書　1）　1800円　Ⓘ4-7599-1376-9

◇文学のまち世田谷―世田谷文学館常設展示案内　世田谷文学館編　世田谷文学館　1995.3　79p　26cm

◇あの名作の舞台―文学に描かれた東京世田谷百年物語　世田谷文学館著　梛出版社　2005.11　127p　21cm　1200円　Ⓘ4-7779-0478-4

◇大田文学地図―2　染谷孝哉遺稿　染谷孝哉著, 城戸昇編　文学同人眼の会　1993.7　203,10p　20cm　（文学同人眼の会叢書）〈著者の肖像あり〉　1500円

◇銀座と文士たち　武田勝彦, 田中康子著　明治書院　1991.12　315p　19cm　2800円　Ⓘ4-625-48056-6

◇東京文学地名辞典　槌田満文著　新装普及版　東京堂出版　1997.9　405p　21cm　3000円　Ⓘ4-490-10475-8

◇わが山旅、まちだ文学散歩　寺田和雄著　町田　町田ジャーナル社　1996.6　315p　22cm　1900円

◇大田区ゆかりの作家たち―「馬込文士村」を中心に（図書目録）―大田区立図書館所蔵図書展　東京都大田区立大田図書館　1989.10　48p　26cm〈会期：平成元年10月18日～10月27日〉

◇馬込文士村ガイドブック　東京都大田区立郷土博物館編　大田区立郷土博物館　1989.11　80p　21cm　〈付（図1枚）〉

◇高校生のための東京文学散歩　東京都高等学校国語教育研究会編　教育出版センター　1989.11　206p　22cm　700円　Ⓘ4-7632-7520-8

◇東京文学散歩　東京都高等学校国語教育研究会編　新装版　教育出版センター　1992.10　206p　22cm　800円　Ⓘ4-7632-7521-6

◇文学散歩・東京　東京都高等学校国語教育研究会編著　冬至書房　2004.10　207p　21cm　1200円　Ⓘ4-88582-150-9

◇東京文学の散歩道　中谷治夫著　講談社　2004.7　379p　20cm　2300円　Ⓘ4-06-212522-6

◇私のなかの東京―わが文学散策　野口冨士男著　中央公論社　1989.11　236p　16cm　（中央文庫）　380円　Ⓘ4-12-201661-4

◇私のなかの東京―わが文学散策　野口冨士男著　限定版　新座　埼玉福祉会　1996.12　394p　22cm　（大活字本シリーズ）　3708円

◇東京ハイカラ散歩　野田宇太郎著　角川春樹事務所　1998.5　282p　16cm　（ランティエ叢書 17）　1000円　Ⓘ4-89456-096-8

◇東急沿線文学散歩　藤井武夫著　三水社　2000.6　238p　19cm　1500円　Ⓘ4-88369-001-6

◇文豪の愛した東京山の手―漱石、鷗外、実篤、芥川を求め歩く　文芸散策の会編　日本交通公社出版事業局　1996.11　143p　21cm　（JTBキャンブックス）　1597円　Ⓘ4-533-02582-X

◇東京「探見」―現役高校教師が案内する東京文学散歩　堀越正光著　宝島社　2005.5　223p　21cm　〈文献あり〉　1524円　Ⓘ4-7966-4597-7

◇ことばの森の住人たち―町田ゆかりの文学者開館記念展　町田市民文学館ことばらんど編　町田　町田市民文学館ことばらんど　2006.10　96p　26cm　〈会期・会場：2006年10月27日～2007年3月4日　町田市民文学館ことばらんど　年表あり〉

現代日本文学（郷土文学）

◇三鷹ゆかりの文学者たち—三鷹市市制施行60周年記念展　三鷹市芸術文化振興財団文芸課編　三鷹　三鷹市芸術文化振興財団　2010.11　72p　21cm〈会期・会場：平成22年11月20日～12月19日 三鷹市美術ギャラリー　年表あり〉

◇三鷹文学散歩　三鷹市立図書館編　三鷹　三鷹市立図書館　1990.3　337p　19cm〈監修：大河内昭爾　折り込図2枚〉

◇藤村から始まる白金文学誌　村上文昭著, 明治学院キリスト教研究所編　明治学院キリスト教研究所　2011.1　241p　26cm　（MICSオケイジョナル・ペーパー 13）非売品

◇都市空間を歩く—近代日本文学と東京　明治大学リバティ・アカデミー編　明治大学リバティ・アカデミー　2005.3　69p　21cm　（リバティ・アカデミーブックレット no.2）〈文献あり〉

◇都市空間を歩く—近代日本文学と東京　第2輯　明治大学リバティアカデミー編　明治大学リバティアカデミー　2008.3　75p　21cm　（リバティアカデミーブックレット no.10）〈文献あり〉　740円　①978-4-9903006-7-8

◇文学作品にえがかれた目黒　目黒区守屋教育会館郷土資料室編　目黒区守屋教育会館郷土資料室　1994.9　21p　30cm　200円

◇東京・文学の散歩道　山県喬著　出版芸術社　1997.5　253p　20cm　1600円　①4-88293-139-7

◇多摩文学紀行　山本貴夫著　国立　たましん地域文化財団　1997.7　310p　19cm　1500円　①4-87751-010-9

◇東京近郊ぶらり文学散歩　山本容朗著　文芸春秋　1994.4　326p　18cm　1600円　①4-16-348990-8

◇新宿小説論　横尾和博著　のべる出版企画　2006.5　180p　19cm〈コスモヒルズ（発売）　年表あり〉　1400円　①4-87703-935-X

◇文学のある風景・隅田川—都制50周年記念特別展　東京都近代文学博物館　1993.4　64p　26cm

◇東京の文士村—田端・馬込・落合・阿佐ケ谷　東京都近代文学博物館　1995.1　11p　21×30cm

◇世田谷ゆかりの作家たち　世田谷文学館　1995.3　160p　26cm

◇東京ゆかりの文学者たち—明治　東京都近代文学博物館　1995.4　36p　26cm

◇東京ゆかりの文学者たち—大正　東京都近代文学博物館　1995.10　36p　26cm

◇馬込文士村資料室・資料一覧—著者別所蔵目録　平成8年2月末現在　大田区立馬込図書館　1996.3　49p　30cm

◇東京ゆかりの文学者たち—昭和1　東京都近代文学博物館　1996.4　36p　26cm

◇東京ゆかりの文学者たち—昭和2　東京都近代文学博物館　1996.10　36p　26cm

◇文学のある風景・東京—明治　常設展示　東京都近代文学博物館　1998.4　19p　26cm

◇文学のある風景・東京—常設展示 昭和1　東京都近代文学博物館　1999.4　20p　26cm

中部・東海地方

◇愛知の文学　『愛知の文学』編集委員会著, 愛知県国語教育研究会高等学校部編　春日井　愛知県国語教育研究会高等学校部会　1997.11　239p　22cm　762円　①4-8343-1200-3

◇三重の旅人たち—東海道宿場伝馬制度制定400周年記念特別展　朝日町教育文化施設朝日町歴史博物館編　朝日町（三重県）　朝日町教育文化施設朝日町歴史博物館　2001.10　35p　30cm〈会期：平成13年10月13日～11月18日〉

◇渥美半島と文学—近代以後に飛来した作家たちを中心として　渥美半島郷土研究会編〔田原町（愛知県）〕　渥美半島郷土研究会　1997.11　150p　26cm

◇信濃文学風土記　新井章著　長野　銀河書房　1991.6　285p　19cm　1500円

◇長野県文学全集—第3期（現代作家編）第10巻　資料編・信州を舞台にした文芸作品総覧　荒井武美ほか編　松本　郷土出版社　1990.11　450p　20cm　①4-87663-157-3

◇地方出版・地方作家・事始—山梨ふるさと文庫の15年　岩崎正吾著　甲府　山梨ふるさと文庫　1995.11　256p　19cm　1500円　①4-7952-0744-5

◇上田の風土と近代文学　上田市誌編さん委員会編　上田　上田市　2000.3　217p　26cm

現代日本文学（郷土文学）

（上田市誌 近現代編6）〈共同刊行：上田市誌刊行会〉

◇紀伊半島近代文学事典—和歌山・三重 浦西和彦,半田美永編 大阪 和泉書院 2002.12 286,13p 22cm （和泉事典シリーズ 13）〈年表あり〉 3800円 ①4-7576-0180-8

◇津ゆかりの作家と作品 岡正基著 津 二角獣社 1992.11 217p 19cm 2000円

◇三重ゆかりの作家と作品 岡正基著 津 二角獣社 1993.8 229p 19cm 2000円

◇中部の戦後文学点描 岡田孝一著 名古屋 中日新聞社 1999.3 169p 19cm 1600円 ①4-8062-0373-4

◇伊勢長島文学年譜 岡本耕治編著 長島町（三重県） 岡本耕治 2001.3 135p 26cm 〈名古屋 朝日新聞名古屋本社編集制作センター（製作）〉

◇美濃加治田平井家文芸資料分類目録 加治田文芸資料研究会編 富加町（岐阜県） 富加町教育委員会 2005.3 224,13p 図版12p 21cm （富加町文化財調査報告書 第22号）〈文献あり〉

◇ふるさとの文学—岐阜市とその周辺を訪ねて 岐阜地区高等学校国語教育研究会著 岐阜 大衆書房 1989.3 244p 18cm 970円

◇信濃路文学散歩—小井土昭二フォトエッセイ 1 小井土昭二写真・文 長野 銀河書房（発売） 1994.6 98p 19×20cm 2000円

◇信濃路文学散歩—小井土昭二フォトエッセイ 2 小井土昭二著 長野 信毎書籍出版センター 1998.7 94p 19×20cm 2000円

◇高校生のための静岡県文学読本 「高校生のための静岡県文学読本」編集委員会著,静岡県出版文化会編 改訂 静岡 三創 1991.3 230p 21cm 550円

◇信州文学の肖像 腰原哲朗著 松本 松本大学出版会 2006.5 267p 22cm 2600円 ①4-902915-05-7

◇信濃追分文学譜 近藤富枝著 中央公論社 1990.4 223p 20cm 1300円 ①4-12-001922-5

◇信濃追分文学譜 近藤富枝著 中央公論社 1995.2 276p 16cm （中公文庫） 620円 ①4-12-202246-0

◇信濃追分文学譜 近藤富枝著 中央公論新社 2001.7 270p 21cm （Chuko on demand books）〈文献あり〉 2500円 ①4-12-550024-X

◇静岡県と作家たち—近代の文学誌 静岡近代文学研究会編 静岡 静岡新聞社 1996.1 359p 22cm 2500円 ①4-7838-1054-0

◇詩歌信濃路の旅 信濃毎日新聞社編 長野 信濃毎日新聞社 1995.5 302p 27cm 3000円 ①4-7840-9509-8

◇発掘街道の文学—四日市・楠編 志水雅明著 津 伊勢新聞社 2003.2 283,12p 19cm 2500円 ①4-900457-84-1

◇発掘街道の文学—2 志水雅明著 津 伊勢新聞社 2004.12 295,6p 19cm 2500円 ①4-900457-88-4

◇発掘街道の文学—3（四日市・湯の山編） 志水雅明著 津 伊勢新聞社 2006.11 325p 19cm 2500円 ①4-900457-98-1

◇文学に描かれた清水 清水市教育委員会社会教育課資料調査室編 清水 清水市教育委員会 2000.8 67p 21cm （郷土資料集 第1集）

◇山梨文芸の研究 白倉一由著 甲府 山梨ふるさと文庫 2009.8 522p 20cm 2500円 ①978-4-903680-23-1,978-4-903680-24-8

◇山梨文芸の研究—資料編 白倉一由著 甲府 山梨ふるさと文庫 2009.8 302p 19cm 1000円 ①978-4-903680-24-8

◇しずおか 詩歌の風景 杉山学文,静岡新聞社編 静岡 静岡新聞社 1999.3 127p 21cm 1800円 ①4-7838-0313-7

◇文士たちの伊豆漂泊 鈴木邦彦著 静岡 静岡新聞社 1998.12 266p 19cm 1700円 ①4-7838-0312-9

◇高山市近代文学館調査・研究報告書—平成19年度 高山市文化協会編 高山 高山市文化協会 2008.3 100p 30cm

◇東海道と文学 戸塚恵三著 静岡 静岡新聞社 2001.1 150p 19cm （RomanKaido Tokaido. 5） 1600円 ①4-7838-1074-5

◇三島文学散歩 中尾勇著 静岡 静岡新聞社 1991.7 248p 19cm 1500円 ①4-7838-0691-8

◇三島文学散歩—続 中尾勇著 静岡 静岡新聞社 1994.6 238p 19cm 1500円

日本近現代文学案内 105

現代日本文学（郷土文学）

◇①4-7838-1641-7
◇概説・信濃雅人墨跡小史—永田家所蔵資料を中心に　永田暢男著　岡谷　諏訪文化社　1997.1　345p　22cm　3689円
◇信濃路文学の旅　長野県観光連盟編　教育書籍　1992.5　330p　21cm〈執筆：木下豊, 滝沢貞夫〉　1300円　①4-317-60063-3
◇かるいさわいろ—カクテル・トーク　軽井沢の人と文学　中村真一郎ほか著　白楽　1989.6　184p　21cm　1550円　①4-938617-03-X
◇天城路文学紀行—修善寺から湯ヶ島まで文学史跡を訪ね歩く　中山高明著　静岡　静岡新聞社　1995.7　232p　19cm　1500円　①4-7838-1654-9
◇〈東海〉を読む—近代空間と文学　日本近代文学会東海支部編　名古屋　風媒社　2009.6　352p　22cm〈索引あり〉　3800円　①978-4-8331-2070-8
◇伊勢志摩と近代文学　浜川勝彦監修,半田美永編　大阪　和泉書院　1999.3　301p　20cm　（和泉選書 116）　2500円　①4-87088-968-4
◇「作家」に関わった山梨の文人たち—故小谷剛氏を偲んで　原田重三著　豊田　季刊作家社　2005.10　137p　19cm　1143円
◇伊勢志摩と近代文学—映発する風土　半田美永編, 浜川勝彦監修　大阪　和泉書院　2009.9　294p　19cm　（Izumi books 17）〈1999年刊の新装版　年表あり〉　1800円　①978-4-7576-0523-7
◇信州の近代文学—人と作品　東栄蔵編　長野　信濃毎日新聞社　1991.5　367p　21cm　1800円　①4-7840-9114-9
◇信州の近代文学を探る　東栄蔵著　長野　信濃毎日新聞社　2007.3　447p　20cm　1905円　①978-4-7840-7045-9
◇駿河讃歌　府川松太郎著　清水　追分羊かん　1991.1　435p　21cm〈折り込1枚〉
◇遠い散歩近い旅—山梨文学散歩　福岡哲司著　甲府　山梨ふるさと文庫　2003.6　250p　19cm　（シリーズ山梨の文芸）　1500円
◇山梨の作家—やまなし文学散歩 1　毎日新聞社甲府支局編　甲府　山梨ふるさと文庫　1994.10　304p　19cm〈星雲社（発売）〉　1500円　①4-7952-0737-2

◇山梨の作家—やまなし文学散歩 2　毎日新聞社甲府支局編　甲府　山梨ふるさと文庫　1995.9　289p　19cm　1500円
◇丸子町文学散歩　丸子文学の会著, 平野勝重監修　〔丸子町（長野県）〕　丸子文学の会　1997.12　261p　21cm　1000円
◇街が語った物語—文学で見る静岡　宮下拓三著　静岡　静岡新聞社　1994.5　171p　20cm　1300円　①4-7838-1228-4
◇瀬戸の文学—漢詩文編　補遺　瀬戸の石ぶみ—瀬戸歩き　補遺　村瀬一郎著　瀬戸　村瀬一郎　1999.11　56p　26cm　非売品
◇ふるさとの文学　山田久次著　豊橋　東海日日新聞社　2005.12　143p　21cm〈文献あり〉
◇信州文学研究拾遺　山蔦恒著　北樹出版　2000.4　489p　22cm　4500円　①4-89384-743-0
◇旅の文学山梨の自然と人　山梨県立文学館企画編集　甲府　山梨県立文学館　1991.4　71p　30cm〈会期：平成3年4月27日〜6月2日〉
◇竜之介・牧水・普羅と八ヶ岳—北巨摩の文学　山梨県立文学館編　甲府　山梨県立文学館　1996.7　72p　30cm
◇やまなし・女性の文学—樋口一葉・李良枝・津島佑子・林真理子を軸に　開館十周年記念展1　山梨県立文学館編　甲府　山梨県立文学館　1999.4　72p　30cm
◇山梨の文学—21世紀へ　開館10周年記念展2　山梨県立文学館編　甲府　山梨県立文学館　1999.10　120p　30cm
◇山梨の文学　山梨日日新聞社編　甲府　山梨日日新聞社　2001.3　405p　20cm　2000円　①4-89710-602-8
◇静岡の作家群像　山本恵一郎著　静岡　静岡新聞社　2008.7　296p　18cm　（静新新書）　1143円　①978-4-7838-0349-2
◇知多半島文学散歩　吉田弘著　常滑　吉田弘　2005.12　240p　21cm　1300円　①4-902261-05-7
◇文学者たちの軽井沢—新・軽井沢文学散歩　上巻　吉村祐美著　軽井沢町（長野県）　軽井沢新聞社　2009.3　227p　19cm　1800円　①978-4-9980-7643-8

◇ふるさと・四日市の文学者たち―四日市・北勢地域の文化　四日市大学・四日市学研究会編　四日市　四日市大学・四日市学研究会　2007.3　69p　21cm　（四日市学講座 1）〈会期・会場：2007年1月18日　四日市大学九号館（九一〇一教室）〉

◇静岡文学散歩　和久田雅之著　静岡　羽衣出版　2004.8　225p　20cm　1429円　①4-938138-54-9

◇しずおかSF異次元への扉―SF作品に見る魅惑の静岡県　静岡　静岡県文化財団　2012.6　231p　19cm　（しずおかの文化新書　地域をめぐる知の冒険 9）〈文献あり〉　476円　①978-4-905300-08-3

北陸地方

◇図録石川近代文学館　石川近代文学館監修　金沢　石川近代文学館　1998.3　75p　30cm

◇内灘砂丘と文学　「内灘砂丘と文学」出版実行委員会編　〔内灘町（石川県）〕　内灘町　2001.3　87p　26cm〈折り込1枚〉

◇石川近代文学事典　浦西和彦編著　大阪　和泉書院　2010.3　419,30p　22cm　（和泉事典シリーズ 24）　5000円　①978-4-7576-0543-5

◇柏崎文人山脈　岡村浩著,柏崎ゆかりの文人展実行委員会編　〔柏崎〕　〔柏崎ゆかりの文人展実行委員会〕　2000.7　231p　21cm

◇ほくりく文学紀行―現代小説の舞台を訪ねて　金沢学院大学文学部日本文学科編　金沢　北国新聞社出版局　2007.9　237p　21cm〈文献あり〉　1600円　①978-4-8330-1581-3

◇北陸近代文学の舞台を旅して　金沢学院大学文学部日本文学科編　金沢　北国新聞社　2012.2　201p　21cm　1600円　①978-4-8330-1851-7

◇ふるさと石川の文学　金沢学院大学文学部日本文学研究室編　金沢　金沢学院大学文学部日本文学研究室　2003.4　285p　21cm〈金沢　北国新聞社（製作・発売）　文献あり〉　1600円　①4-8330-1300-2

◇富山の女性文学の検証と富山学発展のための調査研究―平成21年度富山第一銀行奨学財団「助成研究成果報告書」　金子幸代著　富山　富山大学人文学部　2010.3　57p　30cm〈発行責任者：金子幸代　年譜あり〉

◇新潟県文学全集―資料編　新潟県を舞台にした文芸作品総覧　田中栄一ほか編　松本　郷土出版社　1997.2　390p　20cm　3200円

◇新潟ゆかりの文人たち―杖のとめどころ　谷川敏朗著　新潟　考古堂書店　1992.3　210p　21cm　2000円　①4-87499-178-5

◇文学にみる立山―言の葉で紡ぐ、憂き世から浮き世へと…：富山県「立山博物館」平成二十四年度特別企画展　富山県「立山博物館」編　立山町（富山県）　富山県「立山博物館」　2012.7　63p　30cm〈会期：平成24年7月28日〜9月2日〉

◇図書館で読めるふるさと文学作品目録―2010.9月現在　富山県図書館協会編　富山　富山県図書館協会　2012.3　55p　30cm

◇富山県文学事典　富山県文学事典編集委員会編　富山　桂書房　1992.9　519,16p　22cm　9270円

◇文学のさと　新潟日報編集局編　新潟　新潟日報事業社出版部　1990.12　119p　26cm〈奥付の書名：にいがた・文学のさと〉　2980円　①4-88862-426-7

◇とやま文学の森　稲田薫平著　富山　桂書房　1990.9　198p　21cm　1648円

◇越中の文学と風土　広瀬誠著　富山　桂書房　1998.1　460p　22cm　5800円

◇金沢・名作の舞台―文学への旅　「文学への旅金沢・名作の舞台」編集委員会編　〔金沢〕　金沢市　2000.3　193p　19cm

◇北陸・名作の舞台　北国新聞社編集局編　金沢　北国新聞社　1991.4　227p　21cm〈監修：小林輝治〉　1500円　①4-8330-0724-X

◇柏崎刈羽文学散歩　巻口省三編著　柏崎　玄文社　2000.5　302p　22cm　2800円　①4-906645-05-4

◇石川近代文学全集―別巻　軌跡・石川の近代文学　森英一,上田正行,小林輝治編著　金沢　石川近代文学館　1998.10　222p　22cm　1800円　①4-89010-057-1

◇作家が語る富山の文学―言葉の彼方に　吉崎四郎監修,北日本放送,グループフィリア編　富山　富山県民生涯学習カレッジ　2003.1　82p　30cm　（県民カレッジテレビ放送講座テキスト）〈付属資料：1冊：富山文学史

現代日本文学（郷土文学）

執筆：大岡信ほか〉

◇文学風景への旅―再発見！ にいがたガイド 若月忠信ほか著 新潟 考古堂書店 1989.4 2冊 19cm〈監修：田中栄一、清田文武〉各1545円 ①4-87499-152-1

◇宇奈月に魅せられて―文人6人展 第2回特別展 宇奈月町（富山県） 宇奈月町教育委員会 1994.9 22p 26cm〈共同刊行：宇奈月町歴史民俗資料館 会期・会場：平成6年9月27日～11月27日 うなづき友学館〉

◇阿賀野市ゆかりの文人集―2 俳諧資料を中心として 阿賀野 阿賀野市ゆかりの文人展実行委員会 2006.11 256p 26cm〈会期・会場：平成18年11月10日～12日 阿賀野市水原保健センター〉

◇金沢を描いた作家たち 金沢 北国新聞社出版局 2011.11 290p 19cm 1238円 ①978-4-8330-1827-2

近畿地方

◇大阪文学地図 東秀三著 大阪 編集工房ノア 1993.5 398p 19cm 2000円

◇播磨の文学 荒木良雄著 姫路 姫路文学館 1993.3 430,20p 19cm 2300円

◇文学探究奈良大和路 植西耕一著 奈良 奈良新聞社 1989.10 336p 21cm 2000円 ①4-88856-011-0

◇奈良近代文学事典 浦西和彦ほか編 大阪 和泉書院 1989.6 363,14p 22cm 5150円 ①4-87088-359-7

◇大阪近代文学作品事典 浦西和彦編 大阪 和泉書院 2006.8 632p 22cm（和泉事典シリーズ 18） 9000円 ①4-7576-0372-X

◇大阪文学書目 浦西和彦著 大阪 遊文舎 2010.8 520p 21cm

◇吉野の文学 大阪成蹊女子短期大学国文学科研究室編 大阪 和泉書院 1992.6 212,28p 20cm （和泉選書 65） 2060円 ①4-87088-534-2

◇淀川の文化と文学 大阪成蹊女子短期大学文学科研究室編 大阪 和泉書院 2001.12 270p 20cm （上方文庫 24）〈年表あり 文献あり〉 2300円 ①4-7576-0133-6

◇上質の京都案内―文学の花びらを拾う旅 大島一郎著 大阪 図書出版浪速社 2010.3 239p 19cm〈文献あり 年表あり〉 1429円 ①978-4-88854-444-3

◇大津の文学 大津市歴史博物館企画編集 大津 大津市 1993.10 150p 19cm（ふるさと大津歴史文庫 10）

◇播磨の文化・文学の一側面―林田・敬業館にて 岡田勝明、田村祐之、北川秋雄、富田志津子、大森亮尚著 〔姫路〕〔富田志津子〕 2012.1 78p 21cm〈姫路独協大学特別研究助成 年表あり〉

◇京都戦後文学史ノート 賀ли真也子著 京都 ウインかもがわ 2005.4 142p 19cm〈かもがわ出版（発売）〉 1400円 ①4-87699-870-1

◇奈良大和路文学散歩 嘉瀬井整夫著 鳥影社 1998.4 287p 22cm 1980円 ①4-7952-4091-4

◇もうひとつの文士録―阪神の風土と芸術 河内厚郎著 沖積舎 2000.11 337p 20cm 3500円 ①4-8060-4073-8

◇大阪文学散歩―3 大阪を起点とした日帰りコース65選 関西文学散歩の会編 大阪 関西書院 1990.2 285p 18cm 1030円 ①4-7613-0121-X

◇文学散歩―京都編 関西文学散歩の会編 大阪 関西書院 1993.10 159p 18cm 1000円 ①4-7613-0161-9

◇播磨文学紀行 橘川真一著 神戸 神戸新聞総合出版センター 1996.10 283p 19cm（姫路文庫 5） 1300円 ①4-87521-214-3

◇播磨文学紀行 橘川真一著 姫路 ひめしん文化会 1996.10 283p 19cm（姫路文庫 5）

◇作家たちの原風景 橘川真一著 神戸 神戸新聞総合出版センター 2002.10 248p 19cm （姫路文庫 9―播磨文学紀行 2） 1300円 ①4-343-00198-9

◇京都と文学―京都光華女子大学公開講座 京都光華女子大学日本語日本文学科編 大阪 和泉書院 2005.3 203p 20cm（和泉選書 144）〈年表あり〉 2500円 ①4-7576-0262-6

◇京都文学散歩 京都新聞出版センター編 京都 京都新聞出版センター 2006.11 142p 21cm 1333円 ①4-7638-0578-9

◇作家が歩いた京の道―文学散歩 蔵田敏明文

現代日本文学（郷土文学）

◇京都　淡交社　2003.12　127p　21cm　（新撰京の魅力）　1500円　④4-473-03124-1

◇京都現代文学の舞台　河野仁昭著　京都　京都新聞社　1989.9　236p　20cm　1550円　④4-7638-0252-6

◇京都文学紀行　河野仁昭著　京都　京都新聞社　1996.2　317p　20cm　1800円　④4-7638-0391-3

◇京の川―文学と歴史を歩く　河野仁昭著　京都　白川書院　2000.5　269p　20cm　1500円　④4-7867-0029-0

◇京都の昭和文学―1　受難の時代　河野仁昭著　京都　白川書院　2011.12　309p　20cm〈年表あり　文献あり〉　2100円　④978-4-7867-0066-8

◇こうべ文学散歩　神戸新聞総合出版センター編、橘川真一監修　神戸　神戸新聞総合出版センター　2010.4　263p　19cm　（のじぎく文庫）　1700円　④978-4-343-00565-6

◇名作を歩く―ひょうごの近・現代文学　神戸新聞文化部編　神戸　神戸新聞総合出版センター　1995.5　311p　19cm　1500円　④4-87521-484-7

◇関西地下文脈　小島輝正著　大阪　葦書房　1989.1　358,22p　20cm〈浮游社（発売）〉　2000円

◇大阪と近代文学　小林豊著　京都　法律文化社　1989.6　231p　20cm　1854円　④4-589-01476-9

◇小林天眠と関西文壇の形成　真銅正宏,田口道昭,檀原みすず,増田周子編　大阪　和泉書院　2003.3　276p　20cm　（上方文庫26）〈肖像あり　年譜あり〉　2500円　④4-7576-0189-1

◇山紫水明綺譚―京洛の文学散歩　杉山二郎著　富山房インターナショナル　2010.7　307p　20cm　2400円　④978-4-902385-93-9

◇京阪文芸史料―第1巻　多治比郁夫著　武蔵村山　青裳堂書店　2004.9　510p　22cm　（日本書誌学大系 89-1）　26000円

◇京阪文芸史料―第2巻　多治比郁夫著　武蔵村山　青裳堂書店　2005.1　554p　22cm　（日本書誌学大系 89-2）〈年譜あり〉　29000円

◇京阪文芸史料―第3巻　多治比郁夫著　立川　青裳堂書店　2005.9　513p　22cm　（日本書誌学大系 89-3）　28000円

◇京阪文芸史料―第4巻　多治比郁夫著　立川　青裳堂書店　2006.7　407p　22cm　（日本書誌学大系 89-4）　22000円

◇京阪文芸史料―第5巻　多治比郁夫著　立川　青裳堂書店　2007.10　701p　22cm　（日本書誌学大系 89-5）　38000円

◇文士の大和路　田中昭三著　小学館　1998.10　127p　21cm　（Shotor travel）　1600円　④4-09-343135-3

◇鳰の浮巣―近江の文学風景　西本梛枝著・写真　彦根　サンライズ印刷出版部　1996.11　276p　22cm　1800円　④4-88325-028-8

◇湖の風回廊―近江の文学風景　西本梛枝著　大阪　東方出版　2003.4　207,4p　21cm　2000円　④4-88591-835-9

◇奈良・京都文学散歩　二松学舎大学文学部国文学科編　新典社　2010.10　142p　21cm　1200円　④978-4-7879-7551-5

◇兵庫近代文学事典　日本近代文学会関西支部兵庫近代文学事典編集委員会編　大阪　和泉書院　2011.10　376p　22cm　（和泉事典シリーズ 26）〈索引あり〉　5000円　④978-4-7576-0602-9

◇大阪近代文学事典　日本近代文学会関西支部大阪近代文学事典編集委員会編　大阪　和泉書院　2005.5　322,17p　22cm　（和泉事典シリーズ 16）　5000円　④4-7576-0284-7

◇滋賀近代文学事典　日本近代文学会関西支部滋賀近代文学事典編集委員会編　大阪　和泉書院　2008.11　404,22p　22cm　（和泉事典シリーズ 23）〈文献あり〉　8000円　④978-4-7576-0492-6

◇香世界懐古―財団法人月ヶ瀬梅渓保勝会創立百周年記念誌　梅渓史料編集室編,村田栄三郎監修　月ヶ瀬村（奈良県）　月ヶ瀬梅渓保勝会　1999.1　430p　27cm

◇都市大阪文学の風景　橋本寛之著　双文社出版　2002.7　270p　20cm　2700円　④4-88164-544-7

◇近代播磨文学史―鷺城文壇を中心とした　橋本政次著　増補新版　限定版　姫路　姫路文学館　1996.10　238p　20cm　1800円

◇現代文学と近畿―写真で学べる　上　長谷川つとむ著　高文堂出版社　1993.11　216p

現代日本文学（郷土文学）

◇奈良近代文学の風景　林貞行著　田原本町（奈良県）　青垣出版　2012.4　291p　19cm〈星雲社（発売）〉　1500円　ⓘ978-4-434-16524-5

◇文人たちの紀伊半島―近代文学の余波と創造　半田美永著　伊勢　皇学館出版部　2005.3　257p　20cm〈年表あり　文献あり〉　1600円　ⓘ4-87644-120-0

◇播磨の風土と文化―姫路文学館への招待　姫路文学館編　2版　姫路　姫路文学館　1996.5　167p　26cm

◇焼け跡のルネッサンス―昭和二十年代播磨の文学活動 '91播磨文芸祭　姫路文学館'91播磨文芸祭実行委員会編　姫路　姫路文学館　1991.11　155p　21cm

◇意志表示の時代―昭和三十年代播磨の文学活動 '93播磨文芸祭　姫路文学館'93播磨文芸祭実行委員会編　姫路　姫路文学館'93播磨文芸祭実行委員会　1993.1　153p　21cm

◇繚乱の季節―昭和四十年代播磨の文学活動 '94播磨文芸祭　姫路文学館'94播磨文芸祭実行委員会編　姫路　姫路文学館'94播磨文芸祭実行委員会　1994.1　203p　21cm

◇姫路文学散歩　姫路文学研究会編　神戸　神戸新聞総合出版センター　1991.11　309p　19cm　（姫路文庫 1）　1300円　ⓘ4-87521-028-0

◇亀岡文学散歩　福知正温述, 亀岡市, 亀岡市教育委員会編　亀岡　亀岡市　1995.11　53p　19cm　（亀岡生涯学習市民大学　平成6年度―丹波学叢書 4）

◇京都における日本近代文学の生成と展開　仏教大学総合研究所編　京都　仏教大学総合研究所　2008.12　p251p,p254～353　26cm　（仏教大学総合研究所紀要別冊）〈他言語標題：Formation and development of modern Japanese literature in Kyoto〉

◇ふるさと文学さんぽ大阪　船所武志監修　大和書房　2012.12　206p　20cm　1700円　ⓘ978-4-479-86204-8

◇文芸同好会回顧―1　文芸同好会編輯部編纂　堺　文芸同好会　1991.12　30p　18cm　（Jupiter叢書 211）

◇文芸同好会回顧―2　文芸同好会編輯部編纂　堺　文芸同好会　1991.12　32p　18cm　（Jupiter叢書 212）

◇物語に息づく湖国の女たち　毎日新聞社大津支局編　彦根　サンライズ印刷出版部　1995.6　212p　19cm　1600円　ⓘ4-88325-014-8

◇湖国・文学の風景―その光と影　松村隆雄著　大阪　大阪教育図書　1997.7　322p　22cm　2500円　ⓘ4-271-90003-6

◇おはなし「大阪文学史」　水口洋治著　大阪　竹林館　1998.8　225p　19cm　1500円　ⓘ4-924691-62-3

◇室津と文学―室津民俗館特別展　御津町教育委員会編　御津町（兵庫県）　御津町教育委員会　1994.10　42p　26cm　（御津町史編集図録 4）〈監修：八木哲浩　執筆：柏山泰訓　会期：1994年10月29日～11月27日〉

◇阪神間の文学　武庫川女子大学文学部国文学科編　大阪　和泉書院　1998.1　246p　20cm　（和泉選書 112）　1900円　ⓘ4-87088-897-1

◇竜野と文学　山本武夫著　竜野　東丸記念財団　1990.9　123p　21cm　900円

◇大和百話―記紀・万葉から前川佐美雄まで　由良琢郎著　武蔵野書院　1990.12　211p 図版10枚　19cm　（武蔵野文庫 12）　1800円

◇関西大学所蔵大阪文芸資料目録　吹田　関西大学図書館　1990.3　249p　26cm　（関西大学図書館シリーズ no.26）

◇言葉は京でつづられた。　京都　青幻舎　2003.12　115p　20cm　（京都モザイク 7）　1200円　ⓘ4-916094-91-3

中国地方

◇広島の文学　岩崎文人著　広島　渓水社　1991.10　148p　19cm　1545円

◇広島県現代文学事典　岩崎文人編　勉誠出版　2010.12　489,8p　23cm〈索引あり〉　12000円　ⓘ978-4-585-06068-0

◇山陰を旅する人たち―続　上村武男著　大阪　編集工房ノア　1990.5　214p　20cm〈「続」の副書名：与謝蕪村から安野光雅まで〉　1800円

◇山陰を旅する人たち―山川登美子から種田山頭火まで　上村武男著　大阪　編集工房ノ

現代日本文学（郷土文学）

ア　1991.10　252p　20cm　1800円

◇歴史をつづる文学者達―Onomichi文学フェア・プロジェクト　Onomichi文学フェア・プロジェクトteam編　〔尾道〕　尾道市制施行100周年記念事業実行委員会芸術文化部会Onomichi文学フェア・プロジェクト　1998.6　19p　30cm　952円

◇岡山ゆかりの作家たち―その青春の日の彷徨を追って　片山由子著　近代文芸社　2001.11　198p　20cm　1500円　ⓘ4-7733-6791-1

◇大山文学散歩　川上廸彦, 谷野允則著　岡山　山陽新聞社　1996.11　241p　19cm　1553円　ⓘ4-88197-605-2

◇ふるさと文学紀行　げいびグラフ編集部編　三次　菁文社　2003.2　207p　19cm　（芸備選書）　1000円

◇作家たちの萩―読みがき文学散歩　上巻　萩ゆかりの作家たち　高木正煕著　〔萩〕　萩ものがたり　2010.4　63p　21cm（萩ものがたり vol 25）　571円

◇作家たちの萩―読みがき文学散歩　下巻　萩を舞台にした小説や紀行　高木正煕著　〔萩〕　萩ものがたり　2010.4　71p　21cm（萩ものがたり vol 26）　571円

◇おかやま文学の古里　富阪晃著　岡山　山陽新聞社　1992.11　217p　19cm　1500円　ⓘ4-88197-424-6

◇きび路さぬき路文学の古里　富阪晃著　岡山　山陽新聞社　1993.10　272p　19cm　1600円　ⓘ4-88197-479-3

◇現代文学と山陽山陰　長谷川つとむ著　高文堂出版社　1990.11　212p　22cm　2600円　ⓘ4-7707-0342-2

◇掘り起こす広島の文芸―大正デモクラシーから終戦まで　広島市文化協会文芸部会編　広島　広島市文化協会文芸部会　2009.4　96p　21cm〈年表あり〉　500円

◇福山地方の詩と童謡　ふくやま文学館編　福山　ふくやま文学館　2009.9　44p　27cm〈ふくやま文学館開館十周年記念　年譜あり〉

◇やまぐちの文学者たち　やまぐち文学回廊構想推進協議会編　山口　やまぐち文学回廊構想推進協議会　2006.3　135p　30cm〈年譜あり〉

◇やまぐち文学散歩―みつけた！ 文学の中の山口　やまぐち文学回廊構想推進協議会編　山口　やまぐち文学回廊構想推進協議会　2009.3　163p　21cm

◇尾道と近代・現代の文学―新館開館10周年記念誌　尾道　尾道市立図書館　2000.11　97p　26cm〈編集：入船裕二ほか〉

四国地方

◇文学運動の風雪―高知一九三〇年代　猪野睦著　高知　西村謄写堂（製作）　2004.11　324p　20cm　2500円

◇埋もれてきた群像―高知プロレタリア文学運動史　猪野睦著　〔土佐山田町（高知県）〕〔猪野睦〕　2004.11　301p　20cm　2500円　ⓘ4-900679-09-7

◇四国近代文学事典　浦西和彦, 堀部功夫, 増田周子著　大阪　和泉書院　2006.12　457,38p　22cm　（和泉事典シリーズ 19）　10000円　ⓘ4-7576-0380-0

◇えひめの文芸―愛媛文芸誌協会創立五周年記念誌　愛媛文芸誌協会記念誌編集委員会編　北条　愛媛文芸誌協会　1995.6　151p　21cm　1000円

◇高知県文学散歩　岡林清水著　高知　高知市文化振興事業団　1991.3　276p　19cm　1800円

◇近代土佐文学者総覧　岡林清水編　〔高知〕　高知新聞社　1995.8　110p　19cm　非売品

◇香川の文学散歩　香川県高等学校国語教育研究会編　志度町（香川県）　香川県高等学校国語教育研究会　1992.7　195p　21cm　非売品

◇高知文芸年鑑―22号（2009年版）　高知文芸年鑑編集委員会, 高知ペンクラブ編　高知　高知ペンクラブ　2009.4　98,8p　22cm　970円

◇新讃岐の文学散歩　佐々木正夫著　高松　四国新聞社　1998.6　252p　22cm　1800円　ⓘ4-915604-68-5

◇人物しまね文学館　島根県文学館推進協議会編　松江　山陰中央新報社　2010.5　299p　21cm　1714円　ⓘ978-4-87903-143-3

◇人物しまね文学館―続　島根県文学館推進協

現代日本文学（郷土文学）

議会編　松江　山陰中央新報社　2012.5　224p　21cm　1600円　①978-4-87903-166-2

◇愛媛の文学—明治から平成への道のり　図子英雄著　松山　愛媛県文化振興財団　2001.3　319p　18cm　（えひめブックス）　952円　①4-901265-40-7

◇高知の近代文学素描—悲傷と反骨の系譜　高橋正著　高知　土佐文化資料調査研究会　1997.4　73p　26cm　800円

◇宇和島の文学　谷岡武城著　新風舎　2007.11　171p　19cm〈文献あり〉　1400円　①978-4-289-02211-3

◇四国の文学　徳島大学大学開放実践センター放送公開講座専門委員会編　徳島　徳島大学大学開放実践センター放送公開講座専門委員会　1990.9　230p　21cm〈四国地区国立大学放送公開講座（ラジオ）発行所：徳島印刷センター〉

◇四国の文学　徳島文理大学編　志度町（香川県）　徳島文理大学文学部日本文学科　1995.3　121p　21cm　非売品

◇石見地方文学年表　山崎克彦編　浜田〔山崎克彦〕　1994　30p　26cm

◇石見と文学　山崎克彦著　浜田〔山崎克彦〕　1994.9　154p　21cm　1800円

◇うみやまの書—土佐　山田一郎著　高知　高知新聞社　1992.11　270p　20cm　（Koshin books）〈高知新聞企業（発売）〉　2000円

九州地方

◇サークル村の磁場—上野英信・谷川雁・森崎和江　新木安利著　福岡　海鳥社　2011.2　319p　19cm〈年譜あり〉　2200円　①978-4-87415-791-6

◇佐賀市の文学—近現代　歴史と文学者50人　池田賢士郎著　佐賀　佐賀市立図書館　2007.3　64p　19cm　非売品

◇鹿児島・文学の舞台　石田忠彦編　福岡　花書院　1999.2　333p　19cm　2000円　①4-938910-22-5

◇北九州文芸あれこれ　今村元市著　北九州　せいうん　2008.9　331p　21cm　2381円　①978-4-902573-50-3

◇南九州—文学ぶらり旅　岡田哲也著　鹿児島　文化ジャーナル鹿児島社　1998.12　231p　20cm　1600円　①4-938922-04-5

◇五足の靴の旅ものがたり　小野友道著　熊本　熊本日日新聞社　2007.11　210p　18cm　（熊日新書）〈熊日情報文化センター（製作発売）　文献あり〉　952円　①978-4-87755-293-0

◇京築の文学風土　城戸淳一著　福岡　海鳥社　2003.3　229p　20cm　1800円　①4-87415-433-6

◇熊本ゆかりの文学者を語る—展示解説ハンドブック　熊本近代文学館友の会編　熊本　熊本近代文学館友の会　2005.3　141p　19cm〈年譜あり〉

◇熊本の文学—第3　熊本近代文学研究会著　審美社　1996.3　307p　20cm　2575円　①4-7883-4073-9

◇〈みやざきの文学〉生まれ出る場へ—風土・時代・文学　興梠英樹著　宮崎　鉱脈社　2008.11　333p　19cm　（みやざき文庫 57）　2000円　①978-4-86061-291-7

◇奄美の人と文学　茂山忠茂, 秋元有子著　鹿児島　南方新社　2008.4　257p　19cm　1600円　①978-4-86124-130-7

◇明治薩摩琵琶歌　島津正著　ぺりかん社　2001.10　247p　22cm　4200円　①4-8315-1004-1

◇福岡県文学事典　志村有弘編　勉誠出版　2010.3　609,25p　23cm〈索引あり〉　12800円　①978-4-585-06067-3

◇近代文学と熊本—水脈の広がり　首藤基澄著　大阪　和泉書院　2003.10　314p　20cm　（和泉選書 139）　2500円　①4-7576-0229-4

◇五足の靴—西海の南蛮文化探訪　幻の長崎編・要の島原編　鶴田文史著　長崎　長崎文献社　2006.1　241p　21cm　1800円　①4-88851-078-4

◇北九州文学案内　轟良子著　福岡　西日本文化協会　1992.9　48p　26cm　（西日本文化別冊）

◇北九州文学散歩　轟良子文, 久野利季写真　福岡　西日本新聞社　1997.12　239p　21cm　2100円　①4-8167-0449-3

◇ふくおか文学散歩　轟良子文, 轟次雄写真　福岡　西日本新聞社　2001.10　287p　21cm　2190円　①4-8167-0529-5

現代日本文学（郷土文学）

◇ことばの扉—第3集　中山朋之著　高岡町（宮崎県）　本多企画　1994.11　115p　18cm　800円

◇花田俊典の雪月花　花田俊典著　福岡　西日本新聞社　2007.6　257,9p　19cm　1238円　①978-4-8167-0724-7

◇ながさき円形劇場—小説・映画・舞台の中の長崎　林登紀雄編著　長崎　長崎新聞社　2004.2　270p　19cm〈文献あり〉　1429円　①4-931493-47-5

◇九州文学散歩—柳川編　原達郎著　福岡　財界九州社　1991　250p　19cm〈副書名：九州文学のルーツ柳川をめぐる読書エッセイ集〉　2000円

◇郷土が生んだ文学（小説家、文芸評論家）目録—福岡県立図書館所蔵　福岡県立図書館編（福岡）　福岡県立図書館　1995.4　7,66枚　21×30cm

◇福岡県ゆかりの作家著作目録—芥川賞・直木賞受賞作家　福岡県立図書館所蔵　福岡県立図書館編　福岡　福岡県立図書館　2001.10　36,9枚　30cm

◇カフェと文学—レイロで会いましょう　「福岡市文学館」開設記念展　福岡市総合図書館文学・文書課編　福岡　福岡市総合図書館　2002.5　64p　30cm〈会期・会場：平成14年5月25日〜6月16日　福岡市赤煉瓦文化館〉

◇余は発見せり—伊達得夫と旧制福高の文学山脈　福岡市総合図書館文学・文書課編　福岡市総合図書館文学・文書課　2002.9　48p　30cm（クローズアップ・Fukuoka 福岡市文学館秋の企画展 1）〈会期・会場：2002年9月25日〜11月4日　福岡市文学館〉

◇福岡の近代文学—福岡市文学館・公開市民講座　福岡市総合図書館文学・文書課編　福岡市総合図書館文学・文書課　2004.3　115p　21cm〈会期・会場：平成14年12月11日　福岡市文学館　ほか　共同刊行：福岡市文学振興事業実行委員会〉

◇福岡と芥川賞・直木賞—その作家と作品　福岡市総合図書館文学・文書課編　福岡　福岡市総合図書館文学・文書課　2004.6　80p　30cm〈会期・会場：2004年6月30日〜8月1日　福岡市文学館　福岡市文学館企画展2004　年表あり〉

◇サークル誌の時代—労働者の文学運動1950-60年代福岡：2011年福岡市文学館企画展　福岡市文学館編　福岡　福岡市文学館　2011.11　96p　20×21cm〈会期・会場：2011年11月3日〜12月11日　福岡市総合図書館1Fギャラリーほか　年表あり　文献あり〉　762円

◇奄美文芸批評　藤井令一著　鹿児島　南方新社　2010.9　738p　22cm〈索引あり〉　4800円　①978-4-86124-186-4

◇幻影のコンミューン—「サークル村」を検証する　松原新一著　福岡　創言社　2001.4　256p　21cm　2200円　①4-88146-526-0

◇みたけきみこと読むかごしまの文学　三嶽公子著　日置　K&Yカンパニー　2007.11　326p　19cm〈文献あり〉　1600円　①978-4-906452-05-7

◇文学のなかの対馬　山川和男編　〔高松〕山川和男　2003.5　339p　22cm　非売品

◇対馬の文学案内　山川和男編　高松　山川和男　2007.10　445p　22cm　非売品

◇新熊本文学散歩　山崎貞士著　熊本　〔山崎貞士〕　1994.10　342p　20cm〈熊本日日新聞情報文化センター（製作）〉　2500円

◇文学に描かれた宮崎—県北を中心に　1　夕刊デイリー新聞社企画・編, 佐藤隆一著　宮崎　鉱脈社　2001.2　296p　19cm　（みやざき文庫 3）　1800円　①4-906008-69-0

◇文学に描かれた宮崎—県北を中心に　2　夕刊デイリー新聞社企画・編, 佐藤隆一著　宮崎　鉱脈社　2001.8　252p　19cm　（みやざき文庫 6）　1700円　①4-906008-91-7

◇阿蘇の文学　増補改訂版　阿蘇町（熊本県）　阿蘇の司ビラパークホテル　1991.4　51p　26cm〈監修：中村青史〉　1600円

◇舫船の人々　熊本　永田日出男　1997.11　110p　21cm

◇文学の記憶・福岡1945—福岡市文学館企画展2005　福岡　福岡市文学館　2005.7　75p　30cm〈会期・会場：平成17年7月27日〜9月4日　福岡市文学館（福岡市赤煉瓦文化館）　年表あり〉

◇サークル村—第1巻（1巻1号—2巻6号（1958年9月—1959年6月））　不二出版　2006.6　1冊　22cm〈九州サークル研究会1958-1959年刊の復刻版〉　①4-8350-5716-3,4-8350-

日本近現代文学案内　113

現代日本文学（沖縄文学）

5715-5
◇サークル村—第2巻（2巻7号—3巻5号（1959年7月—1960年5月））　不二出版　2006.6　1冊　22cm　〈九州サークル研究会1959-1960年刊の復刻版〉　④4-8350-5717-1,4-8350-5715-5
◇サークル村—第3巻（3巻6号—4巻6号（1960年9月—1961年10月））　不二出版　2006.6　1冊　27cm　〈九州サークル研究会1960-1961年刊の復刻版〉　④4-8350-5718-X,4-8350-5715-5
◇サークル村—附録　不二出版　2006.6　1冊　27cm　〈複製〉　④4-8350-5719-8,4-8350-5715-5
◇サークル村—別冊　不二出版　2006.6　69,17p　21cm　④4-8350-5720-1,4-8350-5715-5
◇「五足の靴」百年—南蛮文学の誕生とその広がり　小郡　野田宇太郎文学資料館　2007.12　56p　26cm　〈野田宇太郎文学資料館ブックレット　7/2007〉

沖縄文学

◇古琉球をめぐる文学言説と資料学—東アジアからのまなざし　池宮正治,小峯和明編　三弥井書店　2010.1　567,36p　22cm　15000円　④978-4-8382-3189-8
◇初心者のための「琉歌入門」　石川盛亀著,石川功,石川ルリ子編　那覇　ニライ社　1998.11　531p　22cm　5000円　④4-931314-34-1
◇琉歌百景—解釈付習字読本　糸洲朝薫書　浦添　沖縄総合図書　1989.9　100p　26cm　〈解説：野原広亀　さし絵：安室二三雄〉　2300円
◇琉球戯曲辞典　伊波普猷著　宜野湾　榕樹社　1992.11　271p　20cm　〈郷土研究社昭和13年刊の複製　緑林堂書店（発売）〉　3900円
◇琉球戯曲集—校註　伊波普猷著　宜野湾　榕樹社　1992.11　787,47p　22cm　〈春陽堂昭和4年刊の複製　緑林堂書店（発売）〉　6900円
◇琉球漢詩選　上里賢一著　那覇　ひるぎ社　1990.1　224p　18cm　（おきなわ文庫　49）　〈選者：島尻勝太郎〉　880円
◇琉歌百景—綾なす言葉たち　上原直彦著　那覇　ボーダーインク　2010.4　157p　19cm　1600円　④978-4-89982-183-0
◇近代文学と〈南〉　浦田義和著　宜野湾　ロマン書房本店　1992.10　264p　21cm　（奄美沖縄ライブラリー　5）　3500円
◇現代文学にみる沖縄の自画像　岡本恵徳著　高文研　1996.6　316p　20cm　2369円　④4-87498-179-8
◇沖縄文学の情景—現代作家・作品をよむ　岡本恵徳著　那覇　ニライ社　2000.2　286p　20cm　1800円　④4-931314-41-4
◇「沖縄」に生きる思想—岡本恵徳批評集　岡本恵徳著　未来社　2007.8　293,25p　20cm　〈著作目録あり　年譜あり〉　2600円　④978-4-624-11198-4
◇沖縄文学全集—第20巻　文学史　沖縄文学全集編集委員会編　国書刊行会　1991.4　336p　22cm　3800円　④4-336-03040-5
◇沖縄文学全集—第18巻　評論 2　沖縄文学全集編集委員会編　国書刊行会　1992.3　380p　22cm　3800円　④4-336-03038-3
◇沖縄文学全集—第17巻　評論 1　沖縄文学全集編集委員会編　国書刊行会　1992.6　362p　22cm　3800円　④4-336-03037-5
◇戦後・小説・沖縄—文学が語る「島」の現実　加藤宏,武山梅乗編　鼎書房　2010.3　314p　20cm　〈文献あり〉　2800円　④978-4-907846-70-1
◇琉歌—その表記と訓みについて　声楽譜付野村流工工四所収の琉歌を中心として　喜友名朝亀著　沖縄　〔喜友名朝亀〕　1990　62p　21cm
◇岩波講座日本文学史—第15巻　琉球文学、沖縄の文学　久保田淳ほか編　岩波書店　1996.5　365p　22cm　3300円　④4-00-010685-6
◇かなし島歌　湖城恵章著　東洋出版　1999.8　199p　19cm　1300円　④4-8096-7298-0
◇琉歌大成　清水彰編著　那覇　沖縄タイムス社　1994.2　2冊　27cm　〈「本文校異編」「解説・索引編」に分冊刊行〉
◇琉歌こぼればなし—辻の名妓をめぐって　清水彰著　那覇　沖縄タイムス社　1994.11　216p　19cm　1600円
◇『琉歌大成』註解編—1　清水彰編著　大阪　和泉書院　1996.3　372p　21cm　4120円

現代日本文学（異文化と文学）

◇『琉歌大成』註解編—2　清水彰著　大阪　和泉書院　1996.6　389p　21cm　4120円　Ⓘ4-87088-809-2

◇沖縄文学という企て—葛藤する言語・身体・記憶　新城郁夫著　インパクト出版会　2003.10　271p　20cm　2400円　Ⓘ4-7554-0135-6

◇到来する沖縄—沖縄表象批判論　新城郁夫著　インパクト出版会　2007.11　246p　20cm　2400円　Ⓘ978-4-7554-0181-7

◇テクストとしての琉球弧　関根賢司著　宜野湾　ロマン書房本店（発売）　1993.3　223p　19cm　（奄美沖縄ライブラリー 10）　2500円

◇南島文学発生論　谷川健一著　思潮社　1991.8　482p　22cm　5800円　Ⓘ4-7837-1544-0

◇南島の文学・民俗・歴史—『南東文学発生論』をめぐって　谷川健一、山下欣一編　三一書房　1992.12　304p　20cm　2900円　Ⓘ4-380-92254-5

◇恩納ナビー—アイロニーの世界　当山安一著　恩納村（沖縄県）　当山安一　1990.3　62p　22cm　1000円

◇悲しき亜言語帯—沖縄・交差する植民地主義　仲里効著　未来社　2012.5　329p　20cm　2800円　Ⓘ978-4-624-60113-3

◇つらねの時代　仲程昌徳著　那覇　ひるぎ社　1990.5　172p　18cm　（おきなわ文庫 51）　780円

◇琉書探求　仲程昌徳著　新泉社　1990.10　217p　20cm　（Books on books）　1800円

◇沖縄の文学—1927年〜1945年　仲程昌徳著　那覇　沖縄タイムス社　1991.3　295p　19cm　（タイムス選書 II・4）　2200円

◇新青年たちの文学　仲程昌徳著　那覇　ニライ社　1994.12　234p　19cm　1800円　Ⓘ4-931314-14-7

◇近代琉歌の基礎的研究　仲程昌徳、前城淳子編著　勉誠出版　1999.1　945p　27cm　31000円　Ⓘ4-585-10038-5

◇アメリカのある風景—沖縄文学の一領域　仲程昌徳著　那覇　ニライ社　2008.9　289p　19cm〈新日本教育図書（発売）〉　1800円　Ⓘ978-4-931314-68-9

◇小説の中の沖縄—本土誌で描かれた「沖縄」をめぐる物語　仲程昌徳著　那覇　沖縄タイムス社　2009.3　255p　21cm〈索引あり〉　2286円　Ⓘ978-4-87127-194-3

◇沖縄文学の諸相—戦後文学・方言詩・戯曲・琉歌・短歌　仲程昌徳著　那覇　ボーダーインク　2010.2　256p　19cm　（叢書・沖縄を知る　法政大学沖縄文化研究所監修）　2000円　Ⓘ978-4-89982-168-7

◇沖縄系ハワイ移民たちの表現—琉歌・川柳・短歌・小説　仲程昌徳著　那覇　ボーダーインク　2012.5　239p　19cm　2000円　Ⓘ978-4-89982-223-3

◇沖縄はゴジラか—〈反〉・オリエンタリズム/南島/ヤポネシア　花田俊典著　福岡　花書院　2006.5　336p　22cm　2667円　Ⓘ4-938910-90-X

◇琉球の恋歌—「恩納なべ」と「よしや思鶴」　福寛美著　新典社　2010.1　127p　18cm　（新典社新書 47）　800円　Ⓘ978-4-7879-6147-1

◇目取真俊の世界（オキナワ）—歴史・記憶・物語　スーザン・ブーテレイ著　影書房　2011.12　253p　20cm〈タイトル：目取真俊の世界　文献あり〉　2500円　Ⓘ978-4-87714-419-7

◇幻想の古代—琉球文学と古代文学　古橋信孝著, ドナルド・キーンほか編　新典社　1989.6　166p　19cm　（叢刊・日本の文学 4）　1009円　Ⓘ4-7879-7504-8

◇南島の抒情—琉歌　外間守善著　中央公論社　1995.2　395p　16cm　（中公文庫）　980円　Ⓘ4-12-202249-5

◇南島文学論　外間守善著　角川書店　1995.5　690p　23cm　12000円　Ⓘ4-04-865050-5

◇琉球文学—琉球の民俗学的研究　屋嘉宗克著　近代文芸社　1995.2　247p　22cm　3000円　Ⓘ4-7733-3962-4

◇沖縄文芸年艦—1999年度版　第25回新沖縄文学賞発表　那覇　沖縄タイムス　1999.12　338p　19cm　1886円　Ⓘ4-87127-405-5

異文化と文学

◇アジアをかける日本近代文学—東京学芸大学・北京師範大学学術交流シンポジウム報告

現代日本文学（文学研究論）

東京学芸大学日本語・日本文学研究講座編　小金井　東京学芸大学日本語・日本文学研究講座　2008.3　131p　21cm

◇交錯する文化と文学―東アジアとヨーロッパの出会い　文教大学文学部編〔越谷〕文教大学出版事業部　2009.11　325p　21cm〈文献あり〉　1800円　Ⓣ978-4-904035-08-5

◇言語都市・ベルリン―1861-1945　和田博文, 真銅正宏, 西村将洋, 宮内淳子, 和田桂子著　藤原書店　2006.10　479p　22cm〈年表あり〉　4200円　Ⓣ4-89434-537-4

◇文学海を渡る　笠間書院　2008.7　189p　19cm　（笠間ライブラリー―梅光学院大学公開講座論集　第56集）〈下位シリーズの責任表示：佐藤泰正‖編〉　1000円　Ⓣ978-4-305-60257-2

ケータイ文学

◇ケータイ小説は文学か　石原千秋著　筑摩書房　2008.6　127p　18cm　（ちくまプリマー新書　85）　680円　Ⓣ978-4-480-68785-2

◇ケータイ小説活字革命論―新世代へのマーケティング術　伊東寿朗著　角川SSコミュニケーションズ　2008.5　173p　18cm　（角川SSC新書）　760円　Ⓣ978-4-8275-5037-5

◇ケータイ小説コレクション　ケータイ小説大好きサークル著, 春日出版編　春日出版　2008.10　90p　18cm　680円　Ⓣ978-4-86321-099-8

◇ケータイ小説家―憧れの作家10人が初めて語る"自分"　佐々木俊尚著　小学館　2008.12　222p　19cm　1000円　Ⓣ978-4-09-387816-6

◇ケータイ小説のリアル　杉浦由美子著　中央公論新社　2008.5　221p　18cm　（中公新書ラクレ）　740円　Ⓣ978-4-12-150279-7

◇ケータイ小説書こう　内藤みか著　中経出版　2008.3　143p　19cm〈他言語標題：How to become a mobile phone novelist〉　1143円　Ⓣ978-4-8061-2967-7

◇ケータイ小説的。―"再ヤンキー化"時代の少女たち　速水健朗著　原書房　2008.6　223p　19cm〈文献あり〉　1500円　Ⓣ978-4-562-04163-3

◇ケータイ小説家になる魔法の方法―女子高生でもベストセラー作家になれる！　魔法のiらんど監修, 伊東おんせん著　ゴマブックス　2007.1　158p　19cm　1200円　Ⓣ4-7771-0548-2

◇このケータイ小説がすごい　魔法の図書館監修　ゴマブックス　2007.7　192p　21cm　700円　Ⓣ978-4-7771-0663-9

◇ケータイ小説がウケる理由　吉田悟美一著　毎日コミュニケーションズ　2008.2　223p　18cm　（マイコミ新書）　780円　Ⓣ978-4-8399-2660-1

文学研究論

◇新研究資料現代日本文学―第2巻　浅井清, 佐藤勝, 篠弘, 鳥居邦朗, 松井利彦, 武川忠一, 吉田煕生編　明治書院　2000.1　387p　21cm　4300円　Ⓣ4-625-51300-6

◇新研究資料現代日本文学―第1巻　浅井清, 佐藤勝, 篠弘, 鳥居邦朗, 松井利彦, 武川忠一ほか編　明治書院　2000.3　463p　21cm　4300円　Ⓣ4-625-51303-0

◇モダンの近似値―スティーヴンズ・大江・アヴァンギャルド　阿部公彦著　松柏社　2001.3　438p　20cm　3000円　Ⓣ4-88198-949-9

◇即興文学のつくり方　阿部公彦著　松柏社　2004.6　245p　20cm　2400円　Ⓣ4-7754-0062-2

◇理論と逸脱―文学研究と政治経済・笑い・世界　綾目広治著　御茶の水書房　2008.9　325,8p　21cm　3200円　Ⓣ978-4-275-00581-6

◇文学理論への招待―"オンデマンド授業"の実際と大学授業の新しい可能性　2001年度版　井桁貞義著　早稲田大学文学部　2001.12　222p　21cm　（文学・言語系演習　34）〈トランスアート（発売）〉　1200円　Ⓣ4-88752-157-X

◇国文学・研究と散策　石井茂著　風間書房　1992.3　519p　22cm〈著者の肖像あり〉　3914円　Ⓣ4-7599-0813-7

◇文学再生計画　石川忠司, 神山修一著　河出書房新社　2000.3　235p　19cm　1800円　Ⓣ4-309-01337-6

◇作品と歴史の通路を求めて―近代文学を〈読

む〉　伊藤忠著　翰林書房　2002.10　197p　20cm　2800円　①4-87737-157-5
◇「私」の探求　今福竜太編　岩波書店　2002.12　235p　20cm　（21世紀文学の創造 2）　2400円　①4-00-026702-7
◇境域の文学　今福竜太編　岩波書店　2003.3　286p　20cm　（21世紀文学の創造 5）　2400円　①4-00-026705-1
◇文学のこゝろとことば—論集 2　内田道雄,大井田義彰編　小金井　『論集文学のこゝろとことば』刊行会　2000.8　254p　21cm　〈七月堂（発売）〉　2400円
◇破局と渦の考察　宇野邦一著　岩波書店　2004.12　255p　20cm　2900円　①4-00-024426-4
◇精神分析以前—無意識の日本近代文学　生方智子著　翰林書房　2009.11　310p　22cm　〈文献あり〉　3800円　①978-4-87737-286-6
◇20世紀のベストセラーを読み解く—女性・読者・社会の100年　江種満子,井上理恵編　学芸書林　2001.3　302p　20cm　2500円　①4-87517-056-4
◇文学的思考へのいざない　大河原忠蔵著　仙台　東北大学出版会　2000.1　270p　21cm　2500円　①4-925085-26-3
◇腐っても「文学」!?—作家が知事になり、タレントが作家になる時代のブンガク論。　大月隆寛監修　宝島社　2001.7　222p　21cm　（別冊宝島real 17号）　1333円　①4-7966-2310-8
◇歴史と文学　桶谷秀昭著　北冬舎　2002.12　315p　20cm　（評論雑感集 下）〈松戸　王国社（発売）〉　2500円　①4-86073-008-9
◇小説の中の語り手「私」　小田島本有著　近代文芸社　2000.10　245p　20cm　2000円　①4-7733-6718-0
◇徴候としての妄想的暴力—新世紀小説論　笠井潔著　平凡社　2003.1　299p　20cm　2200円　①4-582-83136-2
◇日本風景論　加藤典洋著　講談社　2000.11　389p　16cm　（講談社文芸文庫）　1400円　①4-06-198235-4
◇テクストから遠く離れて　加藤典洋著　講談社　2004.1　326p　20cm　1800円　①4-06-212207-3
◇小説の未来　加藤典洋著　朝日新聞社　2004.1　366p　20cm　1800円　①4-02-257894-7
◇定本柄谷行人集—第5巻　歴史と反復　柄谷行人著　岩波書店　2004.7　277p　20cm　2600円　①4-00-026490-7
◇定本柄谷行人集—第1巻　日本近代文学の起源　柄谷行人著　岩波書店　2004.9　330p　20cm〈年表あり〉　2600円　①4-00-026486-9
◇水脈—川上美那子先生退職記念論文集　川上美那子先生退職記念論文集刊行会編　川上美那子先生退職記念論文集刊行会　2002.6　195p　21cm
◇小説、時にはそのほかの本も　川本三郎著　晶文社　2001.12　298p　20cm　2100円　①4-7949-6511-7
◇片桐洋一教授古稀記念国文学論集　関西大学国文学会編　吹田　関西大学国文学会　2002.1　402p　22cm　（関西大学国文学会刊行図書　第6）
◇Pro et contra　近代文学ゼミの会編　船橋　近代文学ゼミの会　2002.8　321p　21cm　〈付属資料：CD-R1枚（12cm）　本文は日本語〉
◇道草文学論序説　古浦義己著　出雲　島根日日新聞社出版部　2002.9　217p　18cm　571円　①4-901590-01-4
◇小説の相貌—"読みの共振運動論"の試み　古閑章著　鹿児島　南方新社　2004.3　373p　22cm　3700円　①4-86124-009-3
◇理論小説学思考ノート　小崎洋著　東洋出版　2002.2　108p　20cm　1200円　①4-8096-7398-7
◇小説家　小林紀晴著　河出書房新社　2001.5　281p　19cm〈肖像あり〉　1800円　①4-309-01411-9
◇出来事としての文学—時間錯誤の構造　小林康夫著　講談社　2000.4　353p　15cm　（講談社学術文庫）　1150円　①4-06-159427-3
◇別冊論輯—テーマ繋がり　駒沢大学大学院国文学会編　駒沢大学大学院国文学会　2003.2　99p　21cm
◇超越性の文学　小森陽一,富山太佳夫,沼野充義,兵藤裕己,松浦寿輝編　岩波書店　2003.8　280p　22cm　（岩波講座文学 8　小森陽一

ほか編)〈付属資料:9p:月報9 シリーズ責任表示:小森陽一〔ほか〕編〕 3400円 ⓘ4-00-011208-2

◇文学理論 小森陽一,富山太佳夫,沼野充義,兵藤裕己,松浦寿輝編 岩波書店 2004.5 340,73p 22cm (岩波講座文学 別巻 小森陽一ほか編)〈付属資料:12p:月報14 シリーズ責任表示:小森陽一〔ほか〕編〕 3400円 ⓘ4-00-011214-7

◇放談文学論の試み 古来侃著 菁柿堂 2005.9 163p 19cm (Edition trombone)〈星雲社(発売)〉 1300円 ⓘ4-434-06824-5

◇臨床文学論―川端康成から吉本ばななまで 近藤裕子著 彩流社 2003.2 281p 20cm 〈文献あり〉 2200円 ⓘ4-88202-793-3

◇永遠の文庫〈解説〉名作選 斎藤慎爾編 メタローグ 2003.8 301p 21cm 2000円 ⓘ4-8398-2029-5

◇大衆小説・文庫〈解説〉名作選―あらすじ付 斎藤慎爾編 メタローグ 2004.12 301p 21cm 2000円 ⓘ4-8398-2036-8

◇脱文学と超文学 斎藤美奈子編 岩波書店 2002.4 302p 20cm (21世紀文学の創造 4) 2300円 ⓘ4-00-026704-3

◇検察側の論告 佐藤亜紀著 四谷ラウンド 2000.3 331p 20cm 1700円 ⓘ4-946515-48-8

◇佐藤泰正著作集―別 シンポジウム日本近代文学の軌跡 佐藤泰正著 翰林書房 2002.10 309p 20cm 3800円 ⓘ4-87737-158-3

◇佐藤泰正著作集―12 文林逍遥 佐藤泰正著 翰林書房 2003.12 606p 20cm 3800円 ⓘ4-87737-184-2

◇日本近代文学の理解と鑑賞 秋錫敏著 〔ソウル〕 J & C Learning Special Publishing Corporation 〔2004〕 229p 23cm ⓘ89-5668-066-3

◇「帝国」の文学―戦争と「大逆」の間 絓秀実著 以文社 2001.7 360p 20cm (以文叢書 6) 3200円 ⓘ4-7531-0216-5

◇対話としての読書 関根牧彦著 判例タイムズ社 2003.5 476p 19cm 2600円 ⓘ4-89186-101-0

◇過去への責任と文学―記憶から未来へ 千年紀文学の会編 皓星社 2003.8 196p 21cm (千年紀文学叢書 4 千年紀文学の会編著)〈シリーズ責任表示:千年紀文学の会編著〕 2800円 ⓘ4-7744-0361-X

◇架橋の試み―1962-2003年 相馬久康著 八王子 中央大学出版部 2004.5 337p 22cm 2500円 ⓘ4-8057-5155-X

◇近現代文学研究―文学における家・家族 大東文化大学大学院文学研究科日本文学専攻渡辺澄子研究室編 大東文化大学日本文学科・院生研究室 2000.3 108p 21cm

◇文学なんかこわくない 高橋源一郎著 朝日新聞社 2001.6 247p 15cm (朝日文庫) 620円 ⓘ4-02-264270-X

◇人に言えない習慣、罪深い愉しみ―読書中毒者の懺悔 高橋源一郎著 朝日新聞社 2003.9 321p 15cm (朝日文庫) 660円 ⓘ4-02-264313-7

◇日本近代文学伝統論―民俗/芸能/無頼 竹内清己著 おうふう 2003.1 543p 22cm 15000円 ⓘ4-273-03264-3

◇日本近代文学評論選―明治・大正篇 千葉俊二,坪内祐三編 岩波書店 2003.12 398p 15cm (岩波文庫) 760円 ⓘ4-00-311711-5

◇日本近代文学評論選―昭和篇 千葉俊二,坪内祐三編 岩波書店 2004.3 457p 15cm (岩波文庫) 800円 ⓘ4-00-311712-3

◇名刀中条スパパパパン!!! 中条省平著 横浜 春風社 2003.11 478p 19cm 2800円 ⓘ4-921146-90-X

◇逸脱と傾斜―文学論集 塚本康彦著 未来社 2002.3 309p 20cm 2800円 ⓘ4-624-60100-9

◇伝統の創造力 辻井喬著 岩波書店 2001.12 206p 18cm (岩波新書) 700円 ⓘ4-00-430762-7

◇文学理論のプラクティス―物語・アイデンティティ・越境 土田知則,青柳悦子著 新曜社 2001.5 288p 19cm (ワードマップ) 2400円 ⓘ4-7885-0761-7

◇現代世界への問い 筒井康隆編 岩波書店 2001.11 266p 20cm (21世紀文学の創造 1) 2200円 ⓘ4-00-026701-9

◇方法の冒険 筒井康隆編 岩波書店 2001.12 238p 20cm (21世紀文学の創造

3) 2200円 ⓘ4-00-026703-5
◇文学を探せ 坪内祐三著 文芸春秋 2001.9 277p 20cm 1619円 ⓘ4-16-357790-4
◇名作の「はじまり」と「おわり」 東栄義彦編 〔田沼町（栃木県）〕 思門出版会 2002.9 95p 20cm ⓘ4-921168-10-5
◇落葉のはきよせ―近代文学研究余禄 十川信介著 十川信介 2009.12 264p 19cm
◇小説の〈かたち〉・〈物語〉の揺らぎ―日本近代小説「構造分析」の試み 戸松泉著 翰林書房 2002.2 422p 22cm 3800円 ⓘ4-87737-142-7
◇言葉という果実 中川千春著 朝文社 2002.6 246p 20cm 2381円 ⓘ4-88695-161-9
◇ぼくは"かつて"ここにいた―文学ノート 長野安晃著 新風舎 2003.11 154p 19cm 1100円 ⓘ4-7974-3311-6
◇〈虚言〉の領域―反人生処方としての文学 中村邦生著 京都 ミネルヴァ書房 2004.7 282p 20cm （ミネルヴァ評論叢書〈文学の在り処〉2）〈文献あり〉 3000円 ⓘ4-623-04045-3
◇対談・人間と文学 中村光夫,三島由紀夫著 講談社 2003.7 249p 16cm （講談社文芸文庫） 1100円 ⓘ4-06-198340-7
◇文学研究における継承と断絶―関西支部草創期から見返す 日本近代文学会関西支部編 大阪 和泉書院 2009.11 77p 21cm （いずみブックレット5）〈会期・会場：2009年6月13日（土）近畿大学〉 1000円 ⓘ978-4-7576-0533-6
◇つなぎわたす知の空間 布村弘著 富山 布村秀子 2000.1 352p 22cm〈肖像あり〉 上尾 小倉編集工房（製作） 3000円
◇文学の遠近法 野口存弥著 国分寺 武蔵野書房 2004.11 249p 20cm 2000円 ⓘ4-943898-53-X
◇長谷川泉著作選―8 文学理論 長谷川泉著 明治書院 1994.10 434p 19cm 5800円 ⓘ4-625-53108-X
◇文学の時間―花房健次郎遺稿集 花房健次郎遺稿集刊行委員会編 本の泉社 2001.11 262p 20cm〈肖像あり〉 1800円 ⓘ4-88023-376-5
◇対話・日本人論 林房雄,三島由紀夫著 夏目書房 2002.3 339p 20cm 2500円 ⓘ4-931391-96-6
◇表象の限界―文学における主体と罪、倫理 原仁司著 御茶の水書房 2004.6 275,5p 21cm 3000円 ⓘ4-275-00330-6
◇文学・文誌・研究 坂敏弘著 仙台 創栄出版 2001.2 210p 20cm 1800円 ⓘ4-88250-967-9
◇書物合戦 樋口覚著 集英社 2004.11 356p 20cm 2800円 ⓘ4-08-774724-7
◇私の文芸論 陽羅義光著 国書刊行会 2001.3 251p 20cm 2300円 ⓘ4-336-04324-8
◇文学的体験とはどのようなものか 平井修正著 おうふう 2000.1 205p 21cm 2000円 ⓘ4-273-03109-4
◇近現代文学研究の可能性―若き研究者とともに 平野栄久編著 大阪 竹林館 2005.8 221p 19cm （ソフィア叢書 no.16） 1600円 ⓘ4-86000-086-2
◇作家の値うち 福田和也著 飛鳥新社 2000.4 245p 19cm 1300円 ⓘ4-87031-395-2
◇現代文学 福田和也著 文芸春秋 2003.2 309p 20cm 1905円 ⓘ4-16-359420-5
◇福田恒存文芸論集 福田恒存著,坪内祐三編 講談社 2004.5 355p 16cm （講談社文芸文庫）〈年譜あり 著作目録あり〉 1400円 ⓘ4-06-198368-7
◇北条元一文学・芸術論集 北条元一著 本の泉社 2002.9 492p 22cm〈肖像あり〉 4761円 ⓘ4-88023-637-3
◇言葉の外へ 保坂和志著 河出書房新社 2003.2 251p 20cm 1800円 ⓘ4-309-01522-0
◇書かれる手 堀江敏幸著 平凡社 2000.5 284p 20cm 2000円 ⓘ4-582-82944-9
◇本の音 堀江敏幸著 晶文社 2002.3 252p 20cm 2000円 ⓘ4-7949-6527-3
◇近代日本の文学空間―歴史・ことば・状況 前田愛著 平凡社 2004.5 456p 16cm （平凡社ライブラリー） 1700円 ⓘ4-582-76499-1
◇哀愁のストーカー―村上龍・村上春樹を越えて 松岡祥男著 那覇 ボーダーインク

2001.2 239p 19cm 1800円 ①4-89982-009-7
◇視点 松本道介著 佐久 邑書林 2000.3 224p 20cm （季刊文科叢書 2） 2200円 ①4-89709-329-5
◇反学問のすすめ 松本道介著 佐久 邑書林 2002.10 235p 20cm （視点 2） 2400円 ①4-89709-382-1
◇心の二重性——文学的エッセー 松本陽正著 広島 渓水社 2003.7 116p 19cm 1000円 ①4-87440-766-8
◇生まれる前の記憶ガイド 真名井拓美著 審美社 2004.9 157p 19cm 1700円 ①4-7883-4117-4
◇ゴシップ的日本語論 丸谷才一著 文芸春秋 2004.5 245p 20cm 1429円 ①4-16-365930-7
◇ロゴス的世界 三木正之著 南窓社 2004.12 292p 22cm 3619円 ①4-8165-0334-X
◇文学的人生論 三島由紀夫著 光文社 2004.11 257p 16cm （知恵の森文庫）〈肖像あり〉 648円 ①4-334-78321-X
◇近代文学研究とは何か——三好行雄の発言 三好行雄著, 『近代文学研究とは何か』刊行会編 勉誠出版 2002.5 311p 22cm 5800円 ①4-585-05061-2
◇濃い人々——いとしの作中人物たち 群ようこ著 講談社 2003.6 218p 15cm （講談社文庫） 419円 ①4-06-273808-2
◇文学を求めて——随想集 茂呂光夫著 新潟 新潟日報事業社（製作） 2004.6 314p 20cm 1905円 ①4-86132-051-8
◇考証論究近現代文学 山本洋三著 日本図書センター 2004.11 264p 22cm （学術叢書） 3200円 ①4-8205-8771-4
◇日本文学研究の現状——2 近代 有精堂編集部編 有精堂出版 1992.6 272p 21cm （別冊日本の文学） 3800円 ①4-640-30310-6
◇現代日本文学のポエジー——虹の聖母子 横山昭正著 広島 渓水社 2004.3 238p 20cm 3000円 ①4-87440-815-X
◇横断する文学——〈表象〉臨界を超えて 芳川泰久著 京都 ミネルヴァ書房 2004.9 325p 20cm （ミネルヴァ評論叢書〈文学の在り処〉4） 3000円 ①4-623-04065-8
◇日本近代文学の名作 吉本隆明著 毎日新聞社 2001.4 187p 20cm 1500円 ①4-620-31515-X
◇川上勉教授退職記念論集 立命館大学法学会編 京都 立命館大学法学会 2004.3 363p 21cm （「立命館法学」別冊——ことばとそのひろがり 2）〈肖像あり 著作目録あり〉
◇隠れた小径 渡辺京二著 福岡 葦書房 2000.7 379p 20cm （渡辺京二評論集成 4 渡辺京二著） 3200円 ①4-7512-0775-X
◇文学における迷宮 笠間書院 2000.9 181p 19cm （笠間ライブラリー——梅光女学院大学公開講座論集 第47集） 1000円 ①4-305-60248-2
◇草稿とテキスト——日本近代文学を中心に 報告集 大妻女子大学草稿・テキスト研究所 2001.1 69p 21cm〈大妻女子大学草稿・テキスト研究所設立記念シンポジウム 会期：1999年10月28日〉 非売品
◇日本文学研究の諸相——畑有三先生退職記念論文集 〔川崎〕 専修大学大学院文学研究科畑研究室 2004.3 171,9p 26cm

方法論別研究

ジェンダー

◇扉を開く女たち——ジェンダーからみた短歌史1945～1953 阿木津英, 内野光子, 小林とし子著 砂子屋書房 2001.9 263p 20cm 3000円 ①4-7904-0587-7
◇ジェンダー解体の軌跡——文学・制度・分化 ポスト構造主義フェミニスト文化批評 有賀千恵子著 California 日米女性センター 1996.11 245p 22cm 2800円 ①4-9654892-0-9
◇彼らの物語——日本近代文学とジェンダー 飯田祐子著 名古屋 名古屋大学出版会 1998.6 314,3p 20cm 3200円 ①4-8158-0342-0
◇欲望する文学——踊る狂女で読み解く日英ジェンダー批評 生駒夏美著 英宝社 2007.10 381p 20cm 4400円 ①978-4-269-72088-6
◇ジェンダーの視点からみた白樺派の文学——志

賀、有島、武者小路を中心として　石井三恵著　新水社　2005.3　413p　20cm　〈文献あり〉　3200円　Ⓘ4-88385-073-0

◇フェミニズム批評への招待——近代女性文学を読む　岩淵宏子ほか編　学芸書林　1995.5　330p　20cm　2800円　Ⓘ4-87517-034-3

◇ジェンダーで読む愛・性・家族　岩淵宏子,長谷川啓編　東京堂出版　2006.10　247p　22cm　〈文献あり〉　2200円　Ⓘ4-490-20596-1

◇女が読む日本近代文学——フェミニズム批評の試み　江種満子,漆田和代編　新曜社　1992.3　246,3p　20cm　〈執筆：関礼子ほか〉　2266円　Ⓘ4-7885-0412-X

◇男性作家を読む——フェミニズム批評の成熟へ　江種満子ほか著　新曜社　1994.9　289,5p　20cm　2575円　Ⓘ4-7885-0499-5

◇わたしの身体、わたしの言葉——ジェンダーで読む日本近代文学　江種満子著　翰林書房　2004.10　553p　22cm　6000円　Ⓘ4-87737-198-2

◇文化表象を読む——ジェンダー研究の現在　お茶の水女子大学21世紀COEプログラムジェンダー研究のフロンティア成果報告　お茶の水女子大学21世紀COEプログラムジェンダー研究のフロンティアプロジェクトD「日本文学領域」編　お茶の水女子大学21世紀COEプログラムジェンダー研究のフロンティア　2008.3　159p　30cm　〈文献あり〉

◇リブという〈革命〉——近代の闇をひらく　加納実紀代責任編集　インパクト出版会　2003.12　320p　21cm　（文学史を読みかえる 7）　2800円　Ⓘ4-7554-0133-X

◇ジェンダーの生成——古今集から鏡花まで　国文学研究資料館編　京都　臨川書店　2002.3　237p　19cm　（古典講演シリーズ 8）　2400円　Ⓘ4-653-03909-7

◇男女という制度　斎藤美奈子編　岩波書店　2001.11　303p　20cm　（21世紀文学の創造 7）　2200円　Ⓘ4-00-026707-8

◇フェミニズムあるいはフェミニズム以後　佐藤泰正編　笠間書院　1991.1　201p　19cm　（笠間選書 163——梅光女学院大学公開講座論集 第28集）　1030円

◇女性文化と文学　昭和女子大学女性文化研究所編　御茶の水書房　2008.3　284p　22cm　（昭和女子大学女性文化研究叢書 第6集）　4500円　Ⓘ978-4-275-00566-3

◇ファンタジーとジェンダー　高橋準著　青弓社　2004.7　244p　19cm　1600円　Ⓘ4-7872-3234-7

◇読むことのポリフォニー——フェミニズム批評の現在　武田美保子ほか著　名古屋　ユニテ　1992.7　280,11p　19cm　2500円　Ⓘ4-8432-4045-1

◇ジェンダーは超えられるか——新しい文学批評に向けて　武田悠一編　彩流社　2000.3　297p　19cm　2500円　Ⓘ4-88202-639-2

◇現代批評のプラクティス——3　フェミニズム　富山太佳夫編　研究社出版　1995.12　261p　20cm　2800円　Ⓘ4-327-15213-7

◇語りかける記憶——文学とジェンダー・スタディーズ　中川成美著　小沢書店　1999.2　233p　20cm　2400円　Ⓘ4-7551-0382-7

◇ジェンダーの日本近代文学　中山和子,江種満子,藤森清編　翰林書房　1998.3　191p　21cm　2000円　Ⓘ4-87737-032-3

◇ナショナル・アイデンティティとジェンダー——漱石・文学・近代　朴裕河著　武蔵野クレイン　2007.7　452p　20cm　3000円　Ⓘ978-4-906681-27-3

◇日本文学の「女性性」　増田裕美子,佐伯順子編　京都　思文閣出版　2011.2　219p　22cm　（二松学舎大学学術叢書）　2300円　Ⓘ978-4-7842-1549-2

◇フェミニズムの彼方——女性表現の深層　水田宗子著　講談社　1991.3　247,12p　22cm　1900円　Ⓘ4-06-205310-1

◇ヒロインからヒーローへ——女性の自我と表現　水田宗子著　新版　田畑書店　1992.6　288p　20cm　1800円　Ⓘ4-8038-0240-8

◇二十世紀の女性表現——ジェンダー文化の外部へ　水田宗子著　学芸書林　2003.11　326p　20cm　2800円　Ⓘ4-87517-076-9

精神分析・臨床論

◇こころの病の文化史　池田功著　おうふう　2006.4　199p　21cm　〈文献あり〉　2000円　Ⓘ4-273-03424-7

◇こころの病の文化史　池田功編　新版　おうふう　2008.3　240p　21cm　〈文献あり〉

現代日本文学（方法論別研究）

2000円　ⓘ978-4-273-03480-1
◇文豪はみんな、うつ　岩波明著　幻冬舎　2010.7　225p　18cm　（幻冬舎新書 176）〈文献あり〉　800円　ⓘ978-4-344-98177-5
◇日本精神分析　柄谷行人著　文芸春秋　2002.7　213,48p　20cm　1333円　ⓘ4-16-358430-7
◇文学の徴候　斎藤環著　文芸春秋　2004.11　358p　20cm　2000円　ⓘ4-16-366450-5
◇「文学」の精神分析　斎藤環著　河出書房新社　2009.5　228p　20cm　1800円　ⓘ978-4-309-01922-2
◇戦後派作家たちの病跡　庄田秀志著　勉誠出版　2011.3　406p　20cm　3800円　ⓘ978-4-585-29009-4
◇天才作家のこころを読む　立山萬里著　文芸春秋企画出版部　2011.5　252p　19cm　〈文芸春秋（発売）〉　1500円　ⓘ978-4-16-008722-4
◇文学（リズム）の精神分析とパラノイア―フロイド, ラカン, 芭蕉, 世阿弥, ダニエル（ダンテ）　長命俊子著　リーベル出版　2003.1　95p　19cm　〈文献あり〉　1500円　ⓘ4-89798-629-X
◇表現の精神病理学―病跡学の世界　林美朗著　相模原　青山社　2005.9　272p　21cm　3333円　ⓘ4-88359-128-X
◇朗月庵独語　林美朗著　相模原　青山社　2005.10　258p　22cm　（表現の精神病理学　病跡学の世界　別冊）〈年譜あり〉　3333円　ⓘ4-88359-231-6

生成論

◇テクストの生成と変容　飯倉洋一編　豊中　大阪大学大学院文学研究科広域文化表現論講座　2008.3　204p　30cm　（大阪大学大学院文学研究科広域文化表現論講座共同研究研究成果報告書　2005-2007年度）〈文献あり〉
◇生成論の探究―テクスト・草稿・エクリチュール　松沢和宏著　名古屋　名古屋大学出版会　2003.6　500,11p　22cm　6000円　ⓘ4-8158-0463-X
◇テクストとその生成―「統合テクスト科学の構築」第3回国際研究集会報告書　松沢和宏編　〔名古屋〕　名古屋大学大学院文学研究

科　2004.3　195p　30cm　（21st century COE program international conference series no.3）〈他言語標題：Le texte et ses genèses　仏文併記〉

テクスト論

◇テクストたちの旅程―移動と変容の中の文学　荒木正純, 名波弘彰著者代表, 筑波大学文化批評研究会編　福岡　花書院　2008.2　329p　21cm　2095円　ⓘ978-4-903554-27-3
◇テクストはまちがわない―小説と読者の仕事　石原千秋著　筑摩書房　2004.3　393p　22cm　4300円　ⓘ4-480-82354-9
◇〈テクスト〉のストラテジー　井上正著　ムイスリ出版　2000.4　52p　21cm　1450円　ⓘ4-89641-006-8
◇テクスト―危機の言説　小林康夫, 松浦寿輝編　東京大学出版会　2000.3　275p　22cm　（表象のディスクール 2　小林康夫, 松浦寿輝編）　3200円　ⓘ4-13-014112-0
◇〈作者〉をめぐる冒険―テクスト論を超えて　柴田勝二著　新曜社　2004.7　342p　20cm　3200円　ⓘ4-7885-0904-0
◇〈声〉とテクストの射程　髙木裕編　知泉書館　2010.3　349,7p　22cm　（新潟大学人文学部研究叢書 6）〈索引あり〉　6800円　ⓘ978-4-86285-078-2
◇テクストの思考―日本近現代文学を読む　林浩平著　横浜　春風社　2011.2　379p　22cm　3048円　ⓘ978-4-86110-253-0

都市論

◇モダン都市東京―日本の一九二〇年代　海野弘著　改版　中央公論新社　2007.5　351p　16cm　（中公文庫）　1238円　ⓘ978-4-12-204860-7
◇それぞれの東京―昭和の町に生きた作家たち　川本三郎著　京都　淡交社　2011.1　237p　21cm　1600円　ⓘ978-4-473-03679-7
◇文学の風景都市の風景―近代日本文学と東京　佐藤義雄著　小平　蒼丘書林　2010.3　342p　20cm　2900円　ⓘ978-4-915442-79-3
◇モダン都市の表現―自己・幻想・女性　鈴木貞美著　京都　白地社　1992.7　311p

現代日本文学（方法論別研究）

20cm　（叢書l'esprit nouveau 7）　2300円　①4-89359-092-8
◇都市—文化変容のトポス　鈴木純一編　札幌　北海道大学言語文化部　1998.1　147p　21cm　（言語文化部研究報告叢書 19）
◇都市　田口律男編　有精堂出版　1995.6　316p　22cm　（日本文学を読みかえる 12）　5356円　①4-640-30991-0,4-640-32544-4
◇都市テクスト論序説　田口律男著　京都　松籟社　2006.2　472p　20cm　〈文献あり〉　2800円　①4-87984-240-0
◇モダン都市と文学　筑和正格編・著　洋泉社　1994.9　262p　21cm　2500円　①4-89691-146-6
◇都市の憂鬱—感情の社会学のために　富永茂樹著　新曜社　1996.3　302p　20cm　2884円　①4-7885-0547-9
◇夢ナキ季節ノ歌—近代日本文学における「浮遊」の諸相　本堂明著　影書房　2011.10　342p　20cm　2500円　①978-4-87714-417-3
◇都市空間のなかの文学　前田愛著　筑摩書房　1992.8　645,18p　15cm　（ちくま学芸文庫）　1600円　①4-480-08014-7
◇都市と文学　前田愛述　みすず書房　2005.12　367p　20cm　（前田愛対話集成 2　前田愛述）〈シリーズ責任表示：前田愛〔述〕〉　4800円　①4-622-07183-5
◇幻景の街—文学の都市を歩く　前田愛著　岩波書店　2006.12　310p　15cm　（岩波現代文庫　文芸）　1000円　①4-00-602110-0
◇文学テクストのハイパーテキスト変換—コンピュータを利用したテクスト研究の新展開　森田均著　雄松堂出版　2007.7　150p　27cm　〈文献あり〉　10500円　①978-4-8419-1206-7
◇文学テクストのハイパーテキスト変換—コンピュータを利用したテクスト研究の新展開　森田均著　雄松堂出版　2007.7　150p　27cm　〈文献あり〉　10500円　①978-4-8419-1206-7
◇テクストのモダン都市　和田博文著　名古屋　風媒社　1999.6　292p　21cm　2940円　①4-8331-3116-1

ナラトロジー・語り

◇談話、「語り」、ナラティヴ—ディスコースのすがた　鴨川卓博編著　大阪　大阪教育図書　2000.3　174p　22cm　〈執筆：内藤祐子ほか〉　3200円　①4-271-11678-5
◇小説のナラトロジー—主題と変奏　北岡誠司,三野博司編　京都　世界思想社　2003.1　319,7p　19cm　（Sekaishiso seminar）　2300円　①4-7907-0966-3
◇物語のナラトロジー—言語と文体の分析　前田彰一著　彩流社　2004.2　314p　20cm　（千葉大学人文科学叢書 3）　2800円　①4-88202-876-X

比較文学

◇比較文学・比較文化—フランス文学・フランス文化の影響　赤瀬雅子著　和泉　桃山学院大学総合研究所　1995.10　199p　22cm　（研究叢書 5）
◇比較文学の地平—東西の接触　秋山正幸ほか　時潮社　2000.7　355p　22cm　2800円　①4-7888-0004-7
◇知の新視界—脱領域的アプローチ　秋山正幸編著　南雲堂　2003.3　742p　22cm　〈英文併載　文献あり〉　10000円　①4-523-29280-9
◇比較文学の世界　秋山正幸,榎本義子編著　南雲堂　2005.8　309p　20cm　〈文献あり〉　2500円　①4-523-29298-1
◇比較文学　阿部幸子著,阿部史郎補訂　第3版　京都　仏教大学通信教育部　1995.3　418p　21cm　非売品
◇比較文学—比較を生きた時代日本・中国　有沢晶子著　研文出版　2011.7　592p　21cm　2800円　①978-4-87636-323-0
◇東西を越えて—比較文学文化のために　伊藤宏見著　文化書房博文社　2005.4　207p　21cm　〈肖像あり〉　2700円　①4-8301-1050-3
◇東西を越えて—比較文学文化のために　伊藤宏見著　改訂増補版　文化書房博文社　2006.4　265p　21cm　〈肖像あり〉　2800円　①4-8301-1079-1
◇学際的視点からの異文化理解の諸相—白百合

現代日本文学（方法論別研究）

女子大学奨励研究報告　岩政伸治, 内田均編　金星堂　2010.3　203p　22cm〈執筆：Ellen Kawaguchiほか〉　2500円　①978-4-7647-1103-7

◇受容と創造—比較文学の試み　江頭彦造編　宝文館出版　1994.12　300p　20cm　3600円　①4-8320-1439-0

◇女の東と西—日英女性作家の比較研究　榎本義子著　南雲堂　2003.3　236p　20cm　2500円　①4-523-29277-9

◇彼我等位—日本・モダニズム/ロシア・アヴァンギャルド　大石雅彦著　水声社　2009.4　324p　20cm　3500円　①978-4-89176-722-8

◇言語のあいだを読む—日・英・韓の比較文学　大沢吉博著　京都　思文閣出版　2010.7　548p　22cm〈文献あり　著作目録あり　年譜あり〉　9000円　①978-4-7842-1524-9

◇比較文学論考—新しい日本文学への取りくみ　大嶋仁著　福岡　花書院　2011.1　216p　22cm　2381円　①978-4-903554-90-7

◇交流は海峡をこえて—文化と文学、そしてことば　岡地ナホヒロ編著　岡山　ふくろう出版　2010.7　151p　21cm　1257円　①978-4-86186-432-2

◇交差するまなざし—日本近代文学とフランス　柏木隆雄著　朝日出版社　2008.3　350p　22cm　3600円　①978-4-255-00421-1

◇現代の比較文学　亀井俊介編　講談社　1994.2　332p　15cm（講談社学術文庫）〈『現代比較文学の展望』（研究社出版1972年刊）の改題〉　940円　①4-06-159114-2

◇山頂に向かう想像力—西欧文学と日本文学の自然観　河村民部著　英宝社　1996.9　480p　20cm　4944円　①4-269-72027-1

◇「岬」の比較文学—近代イギリス文学と近代日本文学の自然描写をめぐって　河村民部著　英宝社　2006.3　335p　20cm〈文献あり〉　3800円　①4-269-75023-5

◇比較文学プロムナード—近代作品再読　剱持武彦著　おうふう　1994.9　307p　20cm　3900円　①4-273-02790-9

◇受容と変容・日本近代文学—ダンテからジッドまで　剱持武彦著　おうふう　2000.3　309p　20cm　3900円　①4-273-03124-8

◇東アジア世界と中国文化—文学・思想にみる伝播と再創　河野貴美子, 張哲俊編　勉誠出版　2012.1　366p　22cm　9800円　①978-4-585-29024-7

◇掛詞の比較文学的考察　小林路易著　早稲田大学出版部　2001.5　759,63p　22cm　9500円　①4-657-01305-X

◇漢文脈の近代—清末=明治の文学圏　斎藤希史著　名古屋　名古屋大学出版会　2005.2　314,8p　22cm　5500円　①4-8158-0510-5

◇日本近代文学と西欧—比較文学の諸相　佐々木昭夫編　翰林書房　1997.7　361p　20cm　4000円　①4-87737-019-6

◇異文化への視線—新しい比較文学のために　佐々木英昭編　名古屋　名古屋大学出版会　1996.3　287p　21cm　2678円　①4-8158-0282-3

◇比較文学入門　イヴ・シュヴレル著, 小林茂訳　白水社　2009.3　146,5p　18cm（文庫クセジュ　934）〈文献あり〉　1050円　①978-4-560-50934-0

◇モダニズムの比較文学的研究　千葉宣一著　おうふう　1998.5　326p　22cm　8000円　①4-273-03024-1

◇比較文学考　張偉雄著　白帝社　2012.2　176p　21cm〈索引あり　文献あり〉　2476円　①978-4-86398-072-3

◇新考日中比較山水文学　徳田進著　ゆまに書房　1995.3　293p　21cm　5000円　①4-89668-908-9

◇東西文学の接点　富田仁著　新版　早稲田大学出版部　1991.3　167p　19cm　1339円　①4-657-91210-0

◇日本文学と外国文学—入門比較文学　中西進, 松村昌家編　英宝社　1990.8　247p　21cm　2500円

◇比較文学への誘い—東西文学十六章　新田義之著　岡山　大学教育出版　1998.4　172p　21cm　1800円　①4-88730-258-4

◇文化と教養—比較文学講演の旅　新田義之著　岡山　大学教育出版　2000.5　243p　21cm　2500円　①4-88730-393-7

◇滅びと異郷の比較文化　日本比較文学会編　京都　思文閣出版　1994.3　512p　22cm　14420円　①4-7842-0821-6

◇越境する言の葉—世界と出会う日本文学　日本比較文学会学会創立六〇周年記念論文集

日本比較文学会編　彩流社　2011.6　486p　22cm〈年表あり　索引あり〉　6000円　Ⓘ978-4-7791-1624-7

◇歩く文化座る文化―比較文学論　野中涼著　早稲田大学出版部　1993.12　496,8p　22cm　7500円　Ⓘ4-657-93628-X

◇歩く文化座る文化―比較文学論　野中涼著　新装版　早稲田大学出版部　2003.12　496,8p　21cm　5800円　Ⓘ4-657-03927-X

◇文化の往還―比較文化のたのしみ　芳賀徹著　福武書店　1989.10　265p　19cm　(Fukutake books 14)　1130円　Ⓘ4-8288-3313-7

◇アジア文化と文学思想―日韓比較の視点から　朴順伊著　文真堂　2009.12　241p　22cm〈文献あり　索引あり〉　2800円　Ⓘ978-4-8309-4664-6

◇日・中・朝の比較文学研究　浜政博司著　大阪　和泉書院　1989.11　351p　20cm　(和泉選書　47)　3800円　Ⓘ4-87088-385-6

◇日本文学とフランス文学の間　原幸雄著　近代文芸社　1995.3　201p　20cm　1800円　Ⓘ4-7733-3840-7

◇比較する目　原幸雄著　菁柿堂　2003.4　251p　20cm〈星雲社(発売)〉　1800円　Ⓘ4-434-03197-X

◇文学の伝承―比較文学ノート　平田邦夫著　吾妻書房　1994.9　548p　22cm　3000円　Ⓘ4-7516-0160-1

◇比較文学―受容鑑賞研究　平林文雄著　大阪　和泉書院　1993.12　189p　20cm　(和泉選書　84)　2781円　Ⓘ4-87088-626-X

◇近代日本と「日の名残り」―二葉亭・鴎外・漱石・荷風の軌跡と錯綜　福多久著　郁朋社　2011.10　326p　20cm〈文献あり〉　1500円　Ⓘ978-4-87302-508-7

◇東アジアの文学・言語空間　藤井省三責任編集　岩波書店　2006.6　319,70p　22cm（岩波講座「帝国」日本の学知　第5巻　山本武利、田中耕司、杉山伸也、末広昭、山室信一、岸本美緒、藤井省三、酒井哲哉編）〈年表あり〉　4800円　Ⓘ4-00-011255-4

◇比較文学概論　ピエール・ブリュネル、イヴ・シュヴレル編　白水出版センター　1993.7　516,38p　22cm〈白水社(発売)〉　9800円

◇猫の比較文学―猫と女とマゾヒスト　堀江珠喜著　京都　ミネルヴァ書房　1996.4　261,6p　20cm　(Minerva21世紀ライブラリー　26)　3090円　Ⓘ4-623-02658-2

◇比較文学を学ぶ人のために　松村昌家編　京都　世界思想社　1995.12　289,9p　19cm　1950円　Ⓘ4-7907-0580-3

◇ドストエフスキイと日本人　松本健一著　朝日新聞社　2005.6　254p　19cm　(朝日選書　37)〈1975年刊を原本としたオンデマンド版　デジタルパブリッシングサービス(発売)〉　2700円　Ⓘ4-86143-031-3

◇ドストエフスキイと日本人―上　二葉亭四迷から芥川龍之介まで　松本健一著　第三文明社　2008.8　212p　18cm　(レグルス文庫　265)〈1975年刊の増補〉　800円　Ⓘ978-4-476-01265-1

◇ドストエフスキイと日本人―下　小林多喜二から村上春樹まで　松本健一著　第三文明社　2008.8　205p　18cm　(レグルス文庫　266)〈1975年刊の増補〉　800円　Ⓘ978-4-476-01266-8

◇フランスの誘惑・日本の誘惑　三浦信孝編著　八王子　中央大学出版部　2003.10　313p　21cm　2100円　Ⓘ4-8057-5151-7

◇文化の類型と比較文学　村上清一著　文芸社　2000.2　111p　19cm　1000円　Ⓘ4-88737-995-1

◇夢想の旅路―比較文学・比較文化ノート　森本真一著　近代文芸社　2009.8　311p　20cm　2000円　Ⓘ978-4-7733-7563-3

◇トルストイと日本　柳富子著　早稲田大学出版部　1998.9　360,6p　21cm　5200円　Ⓘ4-657-98312-1

◇矢野峰人選集―2　比較文学・日本文学　矢野峰人著,井村君江,高遠弘美,富士川義之編纂　国書刊行会　2007.8　593p　22cm　15000円　Ⓘ978-4-336-04929-2

◇十五年戦争と文学―日中近代文学の比較研究　山田敬三,呂元明編　東方書店　1991.2　444p　22cm　2900円　Ⓘ4-497-91306-6

◇異文化アラベスク―神話と伝説　山中知子著　京都　人文書院　2012.2　332p　22cm　3200円　Ⓘ978-4-409-14064-2

◇近代日本における外国文学の受容　山内久明,川本皓嗣編著　放送大学教育振興会　2003.3　207p　21cm　(放送大学教材

◇書物の灰燼に抗して―比較文学論集　四方田犬彦著　工作舎　2011.4　349p　22cm〈索引あり〉　2600円　Ⓘ978-4-87502-437-8

◇フランスの誘惑―近代日本精神史試論　渡辺一民著　岩波書店　1995.10　326,17p　20cm　3000円　Ⓘ4-00-002859-6

◇比較文学研究入門　渡辺洋著　京都　世界思想社　1997.3　192,18p　19cm　（Sekaishiso seminar）　1950円　Ⓘ4-7907-0649-4

◇比較文学的読書のすすめ　渡辺洋著　京都　世界思想社　2000.5　231,11p　19cm　（Sekaishiso seminar）　1900円　Ⓘ4-7907-0818-7

◇バルト以前/バルト以後―言語の臨界点への誘い　渡辺諒著　水声社　1997.10　335p　20cm　3500円　Ⓘ4-89176-392-2

◇中国文化と日本　米沢　山形県立米沢女子短期大学　1994.3　91p　21cm　（山形県立米沢女子短期大学共同研究報告書　平成5年度）

◇異文化との遭遇　笠間書院　1997.9　207p　19cm　（笠間ライブラリー―梅光女学院大学公開講座論集　第41集）　1000円　Ⓘ4-305-60242-3

◇テクストの権威性についての東西比較―文字・テクストについての歴史的・理論的考察　〔出版地不明〕　〔下野正俊〕　〔2010〕　109p　21cm〈2006-08年度愛知大学共同研究助成（B-30）成果報告書　研究代表者：下野正俊　文献あり〉

表象学

◇表象の現代―文学・思想・映像の20世紀　関礼子,原仁司編　翰林書房　2008.10　302p　22cm　3600円　Ⓘ978-4-87737-270-5

◇谷崎潤一郎と大正期の大衆文化表象―女性・浅草・異国　張栄順著　ソウル　オムンハクサ　2008.6　342p　24cm　（韓比文学術叢書 3）〈文献あり〉　Ⓘ978-89-6184-048-4

◇感覚の近代―声・身体・表象　坪井秀人著　名古屋　名古屋大学出版会　2006.2　519,16p　22cm　5400円　Ⓘ4-8158-0533-4

◇〈自己表象〉の文学史―自分を書く小説の登場　日比嘉高著　2版　翰林書房　2008.11　290p　22cm〈文献あり〉　4200円　Ⓘ978-4-87737-272-9

メタフィクション

◇メタフィクションの謀略　巽孝之著　筑摩書房　1993.11　207,28p　19cm　（ちくまライブラリー 95）　1450円　Ⓘ4-480-05195-3

◇メタフィクションの思想　巽孝之著　筑摩書房　2001.3　261,24p　15cm　（ちくま学芸文庫）〈「メタフィクションの謀略」（1993年刊）の増訂〉　1100円　Ⓘ4-480-08624-2

◇メタフィクションの圏域　西田谷洋,五嶋千夏,野牧優里,大橋奈依著　福岡　花書院　2012.12　72p　21cm　1143円　Ⓘ978-4-905324-40-9

モダニズム

◇モダニズム研究―国際比較の観点から 2002～2004年度　時実早苗編　千葉　千葉大学大学院社会文化科学研究科　2005.3　88p　30cm　（社会文化科学研究科研究プロジェクト成果報告書 第107集）〈他言語標題：The study of modernism〉

◇修辞的モダニズム―テクスト様式論の試み　中村三春著　ひつじ書房　2006.5　340p　20cm　（未発選書 第7巻）　2800円　Ⓘ4-89476-272-2

◇修辞的モダニズム―テクスト様式論の試み　中村三春著　ひつじ書房　2006.5　340p　20cm　（未発選書 第7巻）　2800円　Ⓘ4-89476-272-2

◇モダンとポストモダン　岩波書店　2003.6　293p　22cm　（岩波講座文学 12　小森陽一ほか編）〈付属資料：9p；月報 8　シリーズ責任表示：小森陽一〔ほか〕編〉　3400円　Ⓘ4-00-011212-0

各種方法論

◇思想のケミストリー　大沢真幸著　紀伊国屋書店　2005.8　306p　20cm〈文献あり〉　2000円　Ⓘ4-314-00983-7

◇近代日本思想の肖像　大沢真幸著　講談社　2012.3　364p　15cm　（講談社学術文庫 2099）〈『思想のケミストリー』（紀伊国屋書

店2005年刊）の増補、改題、再編集〉　1100円　⓵978-4-06-292099-5
◇文芸社会史の基礎理論―構造主義文学理論批判　滝沢正彦著　花伝社　2000.9　261,15p　22cm〈共栄書房（発売）〉　2800円　⓵4-7634-0359-1

文学史

◇近代文学弱性の形象　秋山公男著　翰林書房　1999.2　358p　20cm　3200円　⓵4-87737-059-5
◇近代日本文学　浅井清編著　放送大学教育振興会　1993.3　196p　21cm　（放送大学教材 1993）　1960円　⓵4-595-85172-3
◇近代の日本文学　浅井清編著　放送大学教育振興会　1997.3　188p　21cm　（放送大学教材 1997）　1600円　⓵4-595-87627-0
◇近代小説の表現機構　安藤宏著　岩波書店　2012.3　415,7p　22cm〈索引あり〉　8600円　⓵978-4-00-022591-5
◇日本のベル・エポック　飯島耕一著　立風書房　1997.6　292p　20cm　2800円　⓵4-651-71048-4
◇文学の見本帖　池内紀著　みすず書房　2004.12　301p　20cm　（池内紀の仕事場 5　池内紀著）〈シリーズ責任表示：池内紀〔著〕〉　2800円　⓵4-622-08135-0
◇文学フシギ帖―日本の文学百年を読む　池内紀著　岩波書店　2010.7　207p　18cm　（岩波新書 新赤版1261）　720円　⓵978-4-00-431261-1
◇異説・日本近代文学　出原隆俊著　吹田　大阪大学出版会　2010.1　313p　22cm〈索引あり〉　3600円　⓵978-4-87259-357-0
◇資料集成日本近代文学史　磯貝英夫著　21版　右文書院　1995.9　284,14p　22cm　1800円　⓵4-8421-7008-5
◇鹿鳴館の系譜―近代日本文芸史誌　磯田光一著　限定版　新座　埼玉福祉会　1997.10　2冊　22cm　（大活字本シリーズ）　3500円
◇日本文学全史―5　近代　市古貞次責任編集、三好行雄編集　増訂版　学燈社　1990.3　695p　23cm　8000円
◇近代文学の多様性　井上謙編　翰林書房　1998.12　501p　22cm　8000円　⓵4-87737-058-7
◇文芸にあらわれた日本の近代―社会科学と文学のあいだ　猪木武徳著　有斐閣　2004.10　221p　20cm〈文献あり〉　2000円　⓵4-641-16219-0
◇日本近代文学の断面―1890-1920　岩佐壮四郎著　彩流社　2009.1　293p　20cm　2800円　⓵978-4-7791-1405-2
◇日本近代文学を学ぶ人のために　上田博, 木村一信, 中川成美編　京都　世界思想社　1997.7　350p　19cm　2380円　⓵4-7907-0659-1
◇リアリズムの源流　江藤淳著　河出書房新社　1989.4　292p　20cm　2700円　⓵4-309-00555-1
◇感情の歴史―近代日本文学試論　大石修平著　有精堂出版　1993.5　511p　22cm　13000円　⓵4-640-31042-0
◇近代日本文学のすすめ　大岡信ほか編　岩波書店　1999.5　353,12p　15cm　（岩波文庫―岩波文庫別冊）　660円　⓵4-00-350017-2
◇近代日本文学の源流　大久保喬樹著　新典社　1991.4　132p　19cm　（叢刊・日本の文学 17）　1009円　⓵4-7879-7517-X
◇現代日本文学史　大久保典夫, 岡保生著　桜楓社　1991.11　161p　21cm〈2刷（1刷：昭和45年）〉　1450円　⓵4-273-00581-6
◇いま、文学の森へ―大阪文学学校の50年　大阪文学協会理事会編　大阪　大阪文学学校・葦書房　2004.3　399p　22cm〈星雲社（発売）　年表あり〉　2000円　⓵4-434-04284-X
◇更新期の文学　大塚英志著　春秋社　2005.12　201p　20cm　1700円　⓵4-393-44413-2
◇乙女の港の花物語をあきらめて―〈少女と少女の物語〉論　大森郁之助著　大学教育社　1992.4　58p　26cm〈桜楓社（発売）　限定版〉　1000円
◇日本近代文学小径―小資料あれこれ　大屋幸世著　日本古書通信社　2010.2　152p　18cm　（大屋幸世叢刊 1）　1600円　⓵978-4-88914-038-5
◇近代日本文学書の書誌・細目八つ　大屋幸世著　日本古書通信社　2011.2　131p　18cm　（大屋幸世叢刊 2）　1000円　⓵978-4-

現代日本文学（文学史）

88914-040-8
◇近代日本文学への糸口―明治期の新聞文芸欄、鷗外・直哉、モダン語　大屋幸世著　日本古書通信社　2011.9　238p　18cm　（大屋幸世叢刊 3）　1600円　①978-4-88914-042-2
◇自由人の軌跡―近代の文学と思想　大和田茂ほか著　国分寺　武蔵野書房　1993.11　219p　20cm　1880円
◇時代を生きる―文学作品にみる人間像　尾崎秀樹,井代恵子共著　ぎょうせい　1998.3　317p　21cm　2800円　①4-324-05337-5
◇もう一つの海流―日本文学の百年　尾崎秀樹著　東京新聞出版局　1999.11　262p　20cm　1600円　①4-8083-0691-3
◇逝く人の声　尾崎秀樹著　北溟社　2000.10　245p　19cm〈肖像あり〉　1800円　①4-89448-142-1
◇日本近代文学年表　小田切進編　小学館　1993.12　506p　23cm　3900円　①4-09-362041-5
◇日本文学の百年　小田切秀雄著　東京新聞出版局　1998.10　318p　20cm　1800円　①4-8083-0653-0
◇文学の力―戦争の傷痕を追って　音谷健郎著　京都　人文書院　2004.10　252p　19cm　2200円　①4-409-16087-7
◇文学史を越えて　片山晴夫著　札幌　響文社　1991.6　145p　19cm　1800円　①4-906198-31-7
◇終焉をめぐって　柄谷行人著　福武書店　1990.5　240p　20cm　1400円　①4-8288-2335-2
◇原典による日本文学史・近代　川副国基ほか著　おうふう　1995.5　320,63p　19cm　1900円　①4-273-00812-2
◇幻談の地平―露伴・鏡花その他　川村二郎著　小沢書店　1994.11　222p　20cm　2266円
◇小説家の風貌　菊地弘著　審美社　2003.3　372p　20cm　3800円　①4-7883-4113-1
◇二十世紀の日本文学　喜多川恒男ほか編　京都　白地社　1995.5　313p　21cm　2500円　①4-89359-169-X
◇文芸東西南北―明治・大正文学諸断面の新研究　木村毅著　平凡社　1997.11　350p　18cm　（東洋文庫）　2800円　①4-582-80625-2
◇日本文学史―近代・現代篇6　ドナルド・キーン著,新井潤美訳　中央公論社　1991.12　310p　20cm　3800円　①4-12-002072-X
◇日本文学史―近代・現代篇7　ドナルド・キーン著,新井潤美訳　中央公論社　1992.4　394p　20cm　3800円　①4-12-002111-4
◇日本文学史―近代・現代篇8　ドナルド・キーン著,角地幸男訳　中央公論社　1992.12　414p　20cm　3800円　①4-12-002177-7
◇日本文学の歴史―10　近代・現代篇 1　ドナルド・キーン著,徳岡孝夫訳　中央公論社　1995.11　384p　21cm　2200円　①4-12-403229-3
◇日本文学の歴史―11　近代・現代篇 2　ドナルド・キーン著,徳岡孝夫訳　中央公論社　1996.1　426p　21cm　2200円　①4-12-403230-7
◇日本文学の歴史―12　近代・現代篇 3　ドナルド・キーン著,徳岡孝夫訳　中央公論社　1996.3　352p　21cm　2200円　①4-12-403231-5
◇日本文学の歴史―13　近代・現代篇 4　ドナルド・キーン著,徳岡孝夫訳　中央公論社　1996.5　390p　21cm　2200円　①4-12-403232-3
◇日本文学の歴史―14　近代・現代篇 5　ドナルド・キーン著,角地幸男訳　中央公論社　1996.7　357p　21cm　2200円　①4-12-403233-1
◇日本文学の歴史―15　近代・現代篇 6　ドナルド・キーン著,徳岡孝夫,角地幸男訳　中央公論社　1996.9　313p　21cm　2200円　①4-12-403234-X
◇日本文学の歴史―16　近代・現代篇 7　ドナルド・キーン著,新井潤美訳　中央公論社　1996.11　330p　21cm　2200円　①4-12-403235-8
◇日本文学の歴史―17　近代・現代篇 8　ドナルド・キーン著,新井潤美訳　中央公論社　1997.1　410p　21cm　2200円　①4-12-403236-6
◇日本文学の歴史―18　近代・現代篇 9　ドナルド・キーン著,角地幸男訳　中央公論社　1997.3　460p　21cm　2200円　①4-12-403237-4

◇日本文学史―近代・現代篇1　ドナルド・キーン著,徳岡孝夫訳　中央公論新社　2011.7　375p　16cm　(中公文庫　キ3-18)〈索引あり〉　895円　Ⓘ978-4-12-205516-2

◇日本文学史―近代・現代篇2　ドナルド・キーン著,徳岡孝夫訳　中央公論新社　2011.9　415p　16cm　(中公文庫　キ3-19)〈索引あり〉　952円　Ⓘ978-4-12-205542-1

◇日本文学史―近代・現代篇3　ドナルド・キーン著,徳岡孝夫訳　中央公論新社　2011.11　343p　16cm　(中公文庫　キ3-20)〈索引あり〉　895円　Ⓘ978-4-12-205571-1

◇日本文学史―近代・現代篇4　ドナルド・キーン著,徳岡孝夫訳　中央公論新社　2012.1　385p　16cm　(中公文庫　キ3-21)〈索引あり〉　952円　Ⓘ978-4-12-205596-4

◇日本文学史―近代・現代篇5　ドナルド・キーン著,角地幸男訳　中央公論新社　2012.3　349p　16cm　(中公文庫　キ3-22)〈索引あり〉　952円　Ⓘ978-4-12-205622-0

◇日本文学史―近代・現代篇6　ドナルド・キーン著,徳岡孝夫,角地幸男訳　中央公論新社　2012.5　307p　16cm　(中公文庫　キ3-23)〈底本:「日本文学の歴史15　近代・現代篇6」(中央公論社 1996年刊)　文献あり　索引あり〉　895円　Ⓘ978-4-12-205647-3

◇日本文学史―近代・現代篇7　ドナルド・キーン著,新井潤美訳　中央公論新社　2012.7　331p　16cm　(中公文庫　き3-24)〈底本:「日本文学の歴史16　近代・現代篇7」(中央公論社 1996年刊)　文献あり　索引あり〉　952円　Ⓘ978-4-12-205671-8

◇日本文学史―近代・現代篇8　ドナルド・キーン著,新井潤美訳　中央公論新社　2012.9　413p　16cm　(中公文庫　キ3-25)〈底本:「日本文学の歴史17　近代・現代篇8」(中央公論社 1997年刊)　文献あり　索引あり〉　1048円　Ⓘ978-4-12-205701-2

◇日本文学史―近代・現代篇9　ドナルド・キーン著,角地幸男訳　中央公論新社　2012.11　397p　16cm　(中公文庫　キ3-26)〈底本:「日本文学の歴史18　近代・現代篇9」(中央公論社 1997年刊)　文献あり　索引あり〉　1048円　Ⓘ978-4-12-205728-9

◇かたすみの「盲目文庫」　久保田清著　近代文芸社　1992.3　160p　20cm　1400円　Ⓘ4-7733-1189-4

◇岩波講座日本文学史―第12巻　20世紀の文学　1　久保田淳ほか編　岩波書店　1996.2　341p　22cm　3000円　Ⓘ4-00-010682-1

◇岩波講座日本文学史―第13巻　20世紀の文学　2　久保田淳ほか編　岩波書店　1996.6　367p　22cm　3000円　Ⓘ4-00-010683-X

◇岩波講座日本文学史―第14巻　20世紀の文学　3　久保田淳ほか編　岩波書店　1997.2　343p　22cm　3090円　Ⓘ4-00-010684-8

◇明治大正昭和名作ダイジェスト　熊本太平編著　三鷹　暖流社　1998.12　211p　19cm　1200円　Ⓘ4-88876-048-9

◇廃虚の可能性―現代文学の誕生　栗原幸夫責任編集,池田浩士ほか編　インパクト出版会　1997.3　296p　21cm　(文学史を読みかえる　1)　2200円　Ⓘ4-7554-0063-5

◇新批評・近代日本文学の構造―8　新構想・近代日本文学史　下　芸術至上主義文芸学会編　国書刊行会　1991.4　408,101p　22cm　4800円　Ⓘ4-336-02045-0

◇書物の近代―メディアの文学史　紅野謙介著　筑摩書房　1992.10　259p　19cm　(ちくまライブラリー　80)　1350円　Ⓘ4-480-05180-5

◇遺稿集連鎖―近代文学側面誌　紅野敏郎著　雄松堂出版　2002.9　385,7p　23cm　7500円　Ⓘ4-8419-0309-7

◇近代日本文学思潮史の研究―思索的転進の諸相　河野基樹著　プランニング21　2000.8　337p　20cm　3500円　Ⓘ4-939155-02-1

◇「仕方がない」日本人をめぐって―近代日本の文学と思想　古閑章編　鹿児島　南方新社　2010.9　252p　21cm　〈年譜あり〉　2000円　Ⓘ978-4-86124-192-5

◇小説は何処から来たか―二〇世紀小説の方法　後藤明生著　京都　白地社　1995.7　430p　20cm　(叢書l'esprit nouveau 14)　2800円　Ⓘ4-89359-099-5

◇争点日本近代文学史　小林修,玉村周編　双文社出版　1995.4　249p　21cm　2300円　Ⓘ4-88164-065-8

◇現代日本文学の軌跡―漱石から島尾敏雄まで　小林崇利著　近代文芸社　1994.12　191p　20cm　1600円　Ⓘ4-7733-3571-8

現代日本文学（文学史）

- ◇評論でみる明治大正文学史　坂井健編　双文社出版　2012.6　118p　21cm〈年表あり〉　1800円　①978-4-88164-090-6
- ◇佐藤泰正著作集―1　漱石以後　1　佐藤泰正著　翰林書房　1994.4　260p　20cm　2800円　①4-906424-40-6
- ◇二十世紀の十大小説　篠田一士著　新潮社　2000.5　562p　16cm　（新潮文庫）　781円　①4-10-118821-1
- ◇ぼくの文学入門記　清水克二著　労働大学　1993.4　223p　19cm　1200円
- ◇「仕方がない」日本人　首藤基澄著　大阪　和泉書院　2008.5　307p　20cm　（和泉選書 163）　2500円　①978-4-7576-0465-0
- ◇ベストセラーのゆくえ―明治大正の流行小説　真銅正宏著　翰林書房　2000.2　246,10p　22cm　4200円　①4-87737-094-3
- ◇狭間にたつ近代文学者たち　菅原孝雄著　沖積舎　2000.10　235p　20cm　3000円　①4-8060-4655-8
- ◇近現代の文学　杉崎俊夫ほか著　おうふう　1994.3　141p　21cm　2000円　①4-273-02770-4
- ◇わが「文学史」講義―近代・人間・自然　杉野要吉著　武蔵野書院　2003.9　383p　22cm　6000円　①4-8386-0407-6
- ◇「生命」で読む20世紀日本文芸　鈴木貞美編　至文堂　1996.2　309p　21cm　（「国文学解釈と鑑賞」別冊）　2000円
- ◇亡命ロシア人が見た近代日本　アイーダ・スレイメノヴァ述　京都　国際日本文化研究センター　2011.3　52p　21cm　（日文研フォーラム　第241回　国際日本文化研究センター編）〔他言語標題：Modern Japan in the works of Russian refugees　会期・会場：2011年1月18日　ハートピア京都　文献あり〕
- ◇「解説」する文学　関川夏央著　岩波書店　2011.11　384p　20cm　2400円　①978-4-00-025824-1
- ◇シドクー漱石から太宰まで　関谷一郎著　洋々社　1996.12　252p　20cm　2100円　①4-89674-908-1
- ◇生きた書いた愛した―対談・日本文学よもやま話　瀬戸内寂聴ほか　新潮社　2000.8　265p　15cm　（新潮文庫）　438円　①4-10-114430-3
- ◇近代日本文学への探索―その方法と思想と　祖父江昭二著　未来社　1990.5　477p　22cm　4944円　①4-624-60086-X
- ◇近代日本文学への射程―その視角と基盤と　祖父江昭二著　未来社　1998.9　325p　20cm　3500円　①4-624-60097-5
- ◇〈名作〉の壁を超えて―『舞姫』から『人間失格』まで　高田知波著　翰林書房　2004.10　253p　20cm　2400円　①4-87737-195-8
- ◇文芸へのいざない―人生にロマンを　高田芳夫著　府中（東京都）　渓声出版　2010.5　309p　19cm　1600円　①978-4-904002-24-7
- ◇明治・大正期の文学世界を開く――歩知識を深める文学史　高橋茂美著　DTP出版　2012.4　98p　15×22cm〈年表あり〉　1200円　①978-4-86211-308-5
- ◇近代文学の古層とその変容　高橋広満著　双文社出版　2012.2　304p　22cm　4800円　①978-4-88164-605-2
- ◇新・現代文学研究必携　竹盛天雄ほか編　学灯社　1993.2　264p　22cm〈別冊『国文学』改装版〉　2000円　①4-312-00533-8
- ◇近代文学への思索　田所周著　翰林書房　1996.11　310p　20cm　3800円　①4-87737-001-3
- ◇近代文学史の構想―日本近代文学研叢　谷沢永一著　大阪　和泉書院　1994.11　583p　22cm　10300円　①4-87088-690-1
- ◇近代の文芸　玉置邦雄編　大阪　和泉書院　1990.10　280p　22cm　2060円　①4-87088-447-X
- ◇近代日本文学論―大正から昭和へ　中央大学人文科学研究所編　八王子　中央大学出版部　1989.11　342,7p　22cm　（中央大学人文科学研究所研究叢書 7）　2884円　①4-8057-5303-X
- ◇反=近代文学史　中条省平著　文芸春秋　2002.9　309p　20cm　2000円　①4-16-358920-1
- ◇反=近代文学史　中条省平著　中央公論新社　2007.9　349p　15cm　（中公文庫）　952円　①978-4-12-204915-4
- ◇日本文学入門　外山悌司著　浜松　〔外山悌司〕　1991.9　203p　18cm
- ◇一回読んだら忘れない文学史・英語　中田慎

現代日本文学（文学史）

二著　徳島　グランド印刷　〔2000〕　147,55p　26cm　1000円

◇回想の文学—古い手帖から　長嶺宏著　高岡町（宮崎県）　本多企画　1997.1　367p　19cm　2428円　Ⓘ4-89445-020-8

◇再読日本近代文学　中村真一郎著　集英社　1995.11　237p　20cm　2200円　Ⓘ4-08-774160-5

◇明治・大正・昭和　中村光夫著　岩波書店　1996.3　194p　16cm　（同時代ライブラリー　258）　900円　Ⓘ4-00-260258-3

◇近代日本の紋章学　長山靖生著　青弓社　1992.10　210p　20cm　2472円　Ⓘ4-7872-9069-X

◇文学の風景　奈良達雄著　東銀座出版社　2003.12　190p　14×20cm　1905円　Ⓘ4-89469-067-5

◇講談博物志　新島広一郎編著　熊谷　昭和資料館　1992.1　199p　30cm〈私家版　付（図1枚 26×37cm）：竜虎の争忍術双六〉非売品

◇近代文学年表　年表の会編　増補3版　双文社出版　1995.2　133p　21cm　951円　Ⓘ4-88164-031-3

◇感性の変容　野坂政司編　札幌　北海道大学言語文化部　1999.2　64p　21cm　（言語文化部研究報告叢書 31）

◇父の肖像—芸術・文学に生きた「父」たちの素顔 2　野々上慶一,伊藤玄二郎編　鎌倉　かまくら春秋社　2004.7　413p　20cm　2000円　Ⓘ4-7740-0267-4

◇近代の日本文学　野山嘉正,安藤宏編著　放送大学教育振興会　2001.3　244p　21cm（放送大学教材 2001）〈文献あり〉　2600円　Ⓘ4-595-67028-1

◇近代の日本文学　野山嘉正,安藤宏編著　改訂版　放送大学教育振興会　2005.3　279p　21cm　（放送大学教材 2005）〈文献あり〉　2500円　Ⓘ4-595-30545-1

◇日本文学新史—現代　長谷川泉編　〔新装版〕　至文堂　1991.2　415p　22cm　4800円　Ⓘ4-7843-0063-5

◇近代への架橋　長谷川泉著　日本図書センター　1992.3　278,8p　22cm　（近代文芸評論叢書 20）〈解説：高橋新太郎　銀杏書房1948年刊の複製〉　6180円　Ⓘ4-8205-9149-5,4-8205-9144-4

◇近代日本文学の位相—下　長谷川泉著　おうふう　1994.2　p349〜608　22cm〈2刷（1刷：昭和49年）〉　Ⓘ4-273-02760-7

◇日本文芸史—表現の流れ　第5巻　近代　1　畑有三,山田有策編　河出書房新社　1990.1　339,14p　22cm　4950円　Ⓘ4-309-60925-2

◇作品で綴る近代文学史　畑有三ほか編　双文社出版　1996.4　293p　21cm　1957円　Ⓘ4-88164-066-6

◇三絃の誘惑—近代日本精神史覚え書　樋口覚著　京都　人文書院　1996.12　334p　20cm　2987円　Ⓘ4-409-16076-1

◇輓近三代文学品題　日夏耿之介著　日本図書センター　1992.3　403,8p　22cm　（近代文芸評論叢書 25）〈解説：竹内清己　実業之日本社昭和16年刊の複製〉　9270円　Ⓘ4-8205-9154-1,4-8205-9144-4

◇塩飽の船影—明治大正文学藻塩草　平岡敏夫著　有精堂出版　1991.5　489p　19cm　5980円　Ⓘ4-640-31023-4

◇文学史家の夢　平岡敏夫著　おうふう　2010.5　810p　22cm〈索引あり〉　12000円　Ⓘ978-4-273-03595-2

◇探書五十年　福田久賀男著　不二出版　1999.3　261,23p　20cm　2800円　Ⓘ4-938303-03-5

◇文学および社会における「近代」—インターカルチャー的観点からみた　文学的モデルネ研究プロジェクト著　〔大東〕　大阪産業大学産業研究所　2001.3　210p　21cm　（産研叢書 13）

◇近代作家自筆原稿集　保昌正夫監修,青木正美収集・解説　東京堂出版　2001.2　210p　27cm　8000円　Ⓘ4-490-20419-1

◇直筆資料集成—毎日新聞社所蔵　書簡追補　毎日新聞社社史編集室編　毎日新聞社　2003.10　55p　24cm　非売品

◇日本文学新史—近代　前田愛,長谷川泉編　〔新装版〕　至文堂　1990.12　489p　22cm　4800円　Ⓘ4-7843-0062-7

◇文学の街—名作の舞台を歩く　前田愛著　小学館　1991.12　280p　16cm　（小学館ライブラリー 15）　780円　Ⓘ4-09-460015-9

◇近代読者の成立　前田愛著　岩波書店

日本近現代文学案内　131

現代日本文学（文学史）

2001.2 391p 15cm （岩波現代文庫 文芸） 1200円 ⓘ4-00-602032-5

◇日本近現代文学の展開―志向と倫理 槙林滉二著 大阪 和泉書院 2002.8 378p 22cm （槙林滉二著作集 第3巻 槙林滉二著）〈シリーズ責任表示：槙林滉二著〉 8000円 ⓘ4-7576-0167-0

◇槙林滉二著作集―第4巻 日本近代文学の内景―様々なる断層 槙林滉二著 大阪 和泉書院 2011.3 465p 22cm 9000円 ⓘ978-4-7576-0577-0

◇春水人情本と近代小説 丸山茂著 新典社 1994.9 238p 22cm （新典社研究叢書 73） 7500円 ⓘ4-7879-4073-2

◇言葉の錬金術―ヴィヨン、ランボー、ネルヴァルと近代日本文学 水野尚著 笠間書院 2012.10 185p 20cm 1900円 ⓘ978-4-305-70600-3

◇書く前に読もう超明解文学史―W大学文芸科創作教室 三田誠広著 朝日ソノラマ 1996.9 277p 20cm 1500円 ⓘ4-257-03492-0

◇書く前に読もう超明解文学史―ワセダ大学小説教室 三田誠広著 集英社 2000.6 282p 16cm （集英社文庫） 514円 ⓘ4-08-747209-4

◇近代文学史必携 三好行雄編 2版 学灯社 1989.4 211p 22cm 〈別冊国文学〉改装版〉 1750円 ⓘ4-312-00515-X

◇三好行雄著作集―第6巻 近代文学史の構想 三好行雄著 筑摩書房 1993.6 369p 22cm 6600円 ⓘ4-480-70046-3

◇おじさんは文学通―1 明治書院企画編集部編著 明治書院 1995.10 157p 18cm 680円 ⓘ4-625-53125-X

◇おじさんは文学通―2 明治書院企画編集部編著 明治書院 1995.10 157p 18cm 680円 ⓘ4-625-53126-8

◇おじさんは文学通―3 明治書院企画編集部編著 明治書院 1995.10 158p 18cm 680円 ⓘ4-625-53127-6

◇近代文学における「運命」の展開 森田喜郎著 大阪 和泉書院 1998.3 728p 22cm （近代文学研究叢刊 15） 8500円 ⓘ4-87088-885-8

◇座談会明治・大正文学史―1 柳田泉、勝本清一郎, 猪野謙二編 岩波書店 2000.1 350p 15cm （岩波現代文庫 文芸） 1100円 ⓘ4-00-602006-6

◇座談会明治・大正文学史―2 柳田泉、勝本清一郎, 猪野謙二編 岩波書店 2000.2 382p 15cm （岩波現代文庫 文芸） 1100円 ⓘ4-00-602007-4

◇座談会明治・大正文学史―3 柳田泉、勝本清一郎, 猪野謙二編 岩波書店 2000.5 370p 15cm （岩波現代文庫 文芸） 1100円 ⓘ4-00-602008-2

◇座談会明治・大正文学史―4 柳田泉、勝本清一郎, 猪野謙二編 岩波書店 2000.5 409p 15cm （岩波現代文庫 文芸） 1100円 ⓘ4-00-602009-0

◇座談会明治・大正文学史―5 柳田泉、勝本清一郎, 猪野謙二編 岩波書店 2000.6 374p 15cm （岩波現代文庫 文芸） 1100円 ⓘ4-00-602010-4

◇座談会明治・大正文学史―6 柳田泉、勝本清一郎, 猪野謙二編 岩波書店 2000.7 281, 60p 15cm （岩波現代文庫 文芸） 1100円 ⓘ4-00-602011-2

◇思想と表現―近代日本文学史の一側面 山口博著 有朋堂 1994.4 214p 22cm 1800円 ⓘ4-8422-0176-2

◇近代の文学 山口博著 愛育社 1997.10 120p 21cm 1000円 ⓘ4-7500-0201-1

◇近代文学―1 山田有策編 学術図書出版社 1991.2 221p 22cm 1957円

◇近代文学の形成と展開 山根巴, 横山邦治編 大阪 和泉書院 1998.2 432p 22cm （研究叢書 214―継承と展開 8） 13000円 ⓘ4-87088-888-2

◇日本文学史を読む―5 近代 1 有精堂編集部編 有精堂出版 1992.6 266p 21cm 3500円 ⓘ4-640-30717-9

◇日本文学史を読む―6 近代 2 有精堂編集部編 有精堂出版 1993.11 242p 21cm 3500円 ⓘ4-640-30718-7

◇時別日本文学史事典―近代編 有精堂編集部編 有精堂出版 1994.6 508p 22cm 8034円 ⓘ4-640-30747-0,4-640-32533-9

◇近代日本奇想小説史―入門篇 横田順彌著 PILAR PRESS 2012.3 282p 19cm 〈索

引あり　文献あり〕　1900円　ⓘ978-4-86194-042-2
◇文学の滅び方　吉田和明著　現代書館　2002.7　246p　20cm　2300円　ⓘ4-7684-6828-4
◇日本近代の素描―文学者の目を通して　吉田達志著　高文堂出版社　1993.1　186p　19cm　2600円　ⓘ4-7707-0409-7
◇日本近代文学と思想性　吉田永宏著　吹田　関西大学出版部　2007.3　648p　21cm　4300円　ⓘ978-4-87354-446-5
◇妊娠するロボット―1920年代の科学と幻想　吉田司雄, 奥山文幸, 中沢弥, 松中正子, 会津信吾, 一柳廣孝, 安田孝著　横浜　春風社　2002.12　279p　21cm　2800円　ⓘ4-921146-63-2
◇日本近代文学概観　吉留杉雄, 王崗編集責任〔出版地不明〕　〔吉留杉雄〕　〔2010〕　140p　21cm
◇高校生からの日本文学ガイド―近代文学編　吉野孝雄ほか編　河出書房新社　1996.3　277,19p　21cm　1500円　ⓘ4-309-01052-0
◇芸術的抵抗と挫折　吉本隆明著　こぶし書房　2012.2　350p　20cm（こぶし文庫　戦後日本思想の原点 52）〈解説：松本昌次　年譜あり　索引あり　著作目録あり〉　3600円　ⓘ978-4-87559-260-0
◇文明批評の系譜―文学者が見た明治・大正・昭和の日本　和田正美著　新典社　2010.3　207p　19cm（新典社選書 30）　1400円　ⓘ978-4-7879-6780-0
◇日本小説技術史　渡部直己著　新潮社　2012.9　569p　20cm〈索引あり〉　3400円　ⓘ978-4-10-386002-0
◇近代文学の分身像　渡辺正彦著　角川書店　1999.2　222p　19cm（角川選書 300）　1500円　ⓘ4-04-703300-6

テーマ別通史

◇石炭の文学史　池田浩士著　インパクト出版会　2012.9　516,30p　22cm（〈海外進出文学〉論 第2部）〈文献あり〉　6000円　ⓘ978-4-7554-0221-0
◇旧制一高の文学―上田敏・谷崎潤一郎・川端康成・池谷信三郎・堀辰雄・中島敦・立原道造らの系譜　稲垣眞美著　国書刊行会　2006.3　264p　20cm〈年表あり〉　2800円　ⓘ4-336-04759-6
◇青の系譜―古事記から宮沢賢治まで　今西浩子著　東信堂　2002.12　138p　19cm（横浜市立大学叢書 6）　1500円　ⓘ4-88713-475-4
◇明治・大正・昭和のベストセラー　太田治子著　日本放送出版協会　2007.7　198p　21cm（NHKシリーズ―NHKカルチャーアワー　文学の世界）〈文献あり〉　850円　ⓘ978-4-14-910634-2
◇上京する文学―漱石から春樹まで　岡崎武志著　新日本出版社　2012.10　190p　19cm　1500円　ⓘ978-4-406-05632-8
◇日本の異端文学　川村湊著　集英社　2001.12　198p　18cm（集英社新書）　660円　ⓘ4-08-720120-1
◇〈盗作〉の文学史―市場・メディア・著作権　栗原裕一郎著　新曜社　2008.6　492p　20cm〈年表あり　文献あり〉　3800円　ⓘ978-4-7885-1109-5
◇戦中戦後文学研究史の鼓動―その一側面　杉野要吉編　川崎　叢刊《文学史》研究発行所　2008.3　461p　21cm（叢刊《文学史》研究 第4）　3000円　ⓘ978-4-915897-04-7
◇家族の昭和　関川夏央著　新潮社　2008.5　245p　20cm　1500円　ⓘ978-4-10-387604-5
◇借家と持ち家の文学史―「私」のうつわの物語　西川祐子著　三省堂　1998.11　379p　20cm　2700円　ⓘ4-385-35881-8
◇近代「書生気質」の変遷史―日本文学に描かれた学生像　八本木浄著　丸善プラネット　2006.6　226p　19cm〈丸善出版事業部（発売）〉　1400円　ⓘ4-901689-53-3
◇虐待と親子の文学史　平田厚著　論創社　2011.5　318p　20cm〈文献あり　年表あり〉　2400円　ⓘ978-4-8460-1064-5
◇夢見る趣味の大正時代―作家たちの散文風景　湯浅篤志著　論創社　2010.3　271p　19cm　2000円　ⓘ978-4-8460-0917-5
◇〈他者〉としての朝鮮―文学的考察　渡辺一民著　岩波書店　2003.6　352,12p　20cm　4300円　ⓘ4-00-023756-X

現代日本文学（文学史）

◆メディア史

◇メディアの力学　小森陽一,富山太佳夫,沼野充義,兵藤裕己,松浦寿輝編　岩波書店　2002.12　246p　22cm〈岩波講座文学　2　小森陽一ほか編〉〈付属資料：8p：月報 4　シリーズ責任表示：小森陽一〔ほか〕編〉3400円　①4-00-011202-3

◆文壇・文士

◇『百年小説』の愉しみ—文壇と作品誕生の物語　秋山稔著　ポプラ社　c2008　110p　20cm〈初回本特典〉

◇笛鳴りやまず—ある日の作家たち　有本芳水著　改版　中央公論新社　2006.4　300p　16cm　（中公文庫）　1429円　①4-12-204676-9

◇作家の生きかた　池内紀著　集英社　2007.3　242p　16cm　（集英社文庫）〈「生きかた名人」綜合社（2004年刊）の改題〉　495円　①978-4-08-746142-8

◇文壇よもやま話—上　池島信平,嶋中鵬二聞き手　中央公論新社　2010.10　472p　16cm　（中公文庫　い4-3）　1143円　①978-4-12-205384-7

◇文壇よもやま話—下　池島信平,嶋中鵬二聞き手　中央公論新社　2010.11　440p　16cm　（中公文庫　い4-4）　1048円　①978-4-12-205402-8

◇戦後文壇暗人列伝　石田健夫著　藤原書店　2002.1　240p　21cm〈文献あり　年表あり〉　2400円　①4-89434-269-3

◇日本文壇史—1　開化期の人々　伊藤整著　講談社　1994.12　333,11p　16cm　（講談社文芸文庫—回想の文学）　980円　①4-06-196300-7

◇日本文壇史—2　新文学の創始者たち　伊藤整著　講談社　1995.2　350,23p　16cm　（講談社文芸文庫—回想の文学）　980円　①4-06-196308-2

◇日本文壇史—3　悩める若人の群　伊藤整著　講談社　1995.4　327,23p　16cm　（講談社文芸文庫—回想の文学）　980円　①4-06-196316-3

◇日本文壇史—4　硯友社と一葉の時代　伊藤整著　講談社　1995.6　310,23p　16cm　（講談社文芸文庫—回想の文学）　980円　①4-06-196325-2

◇日本文壇史—5　詩人と革命家たち　伊藤整著　講談社　1995.8　306,25p　16cm　（講談社文芸文庫—回想の文学）　980円　①4-06-196332-5

◇日本文壇史—6　明治思潮の転換期　伊藤整著　講談社　1995.10　300,27p　16cm　（講談社文芸文庫—回想の文学）　980円　①4-06-196340-6

◇日本文壇史—7　硯友社の時代終る　伊藤整著　講談社　1995.12　328,29p　16cm　（講談社文芸文庫—回想の文学）　980円　①4-06-196348-1

◇日本文壇史—8　日露戦争の時代　伊藤整著　講談社　1996.2　250,22p　16cm　（講談社文芸文庫—回想の文学）　980円　①4-06-196357-0

◇日本文壇史—9　日露戦後の新文学　伊藤整著　講談社　1996.4　250,23p　16cm　（講談社文芸文庫—回想の文学）　980円　①4-06-196364-3

◇日本文壇史—10　新文学の群生期　伊藤整著　講談社　1996.6　274,24p　16cm　（講談社文芸文庫—回想の文学）　980円　①4-06-196372-4

◇日本文壇史—11　自然主義の勃興期　伊藤整著　講談社　1996.8　254,24p　16cm　（講談社文芸文庫—回想の文学）　980円　①4-06-196380-5

◇日本文壇史—12　自然主義の最盛期　伊藤整著　講談社　1996.10　335,27p　16cm　（講談社文芸文庫—回想の文学）　980円　①4-06-196390-2

◇日本文壇史—13　頽唐派の人たち　伊藤整著　講談社　1996.12　288,21p　16cm　（講談社文芸文庫—回想の文学）　980円　①4-06-196396-1

◇日本文壇史—14　反自然主義の人たち　伊藤整著　講談社　1997.2　282,23p　16cm　（講談社文芸文庫—回想の文学）　979円　①4-06-197554-4

◇日本文壇史—15　近代劇運動の発足　伊藤整著　講談社　1997.4　254p　16cm　（講談社文芸文庫—回想の文学）　951円　①4-06-197564-1

◇日本文壇史—16　大逆事件前後　伊藤整著　講談社　1997.6　257,21p　16cm　（講談社文芸文庫　回想の文学）　951円　Ⓘ4-06-197570-6

◇日本文壇史—17　転換点に立つ　伊藤整著　講談社　1997.8　247,19p　16cm　（講談社文芸文庫—回想の文学）　951円　Ⓘ4-06-197580-3

◇日本文壇史—18　明治末期の文壇　伊藤整著　講談社　1997.10　246,16p　16cm　（講談社文芸文庫—回想の文学）　951円　Ⓘ4-06-197586-2

◇作家の誕生　猪瀬直樹著　朝日新聞社　2007.6　244p　18cm　（朝日新書）〈文献あり〉　720円　Ⓘ978-4-02-273148-7

◇めぐり逢った作家たち—谷崎潤一郎・川端康成・井上靖・司馬遼太郎・有吉佐和子・水上勉　伊吹和子著　平凡社　2009.4　313p　20cm〈文献あり〉　1800円　Ⓘ978-4-582-83419-2

◇物語明治文壇外史　巖谷大四著　新人物往来社　1990.10　257p　20cm　2300円　Ⓘ4-404-01769-3

◇東京文壇事始　巖谷大四著　講談社　2004.1　353p　15cm　（講談社学術文庫）〈文献あり〉　1150円　Ⓘ4-06-159634-9

◇中心から周縁へ—作品、作家への視覚　上田正行著　梧桐書院　2008.8　374p　22cm　4000円　Ⓘ978-4-340-40123-9

◇自裁作家文壇史　植田康夫著　北辰堂出版　2008.10　359p　20cm〈文献あり〉　2300円　Ⓘ978-4-904086-83-4

◇文士風狂録—青山光二が語る昭和の作家たち　大川渉著　筑摩書房　2005.12　204,3p　20cm〈文献あり〉　1700円　Ⓘ4-480-88524-2

◇理想の文壇で　大久保房男著　紅書房　1993.9　295p　20cm　2500円　Ⓘ4-89381-069-3

◇終戦後文壇見聞記　大久保房男著　紅書房　2006.5　289p　20cm　2500円　Ⓘ4-89381-214-9

◇文士と編集者　大久保房男著　紅書房　2008.9　345p　20cm　2500円　Ⓘ978-4-89381-239-1

◇戦前の文士と戦後の文士　大久保房男著　紅書房　2012.5　239p　20cm〈索引あり〉　2300円　Ⓘ978-4-89381-273-5

◇明治大正昭和文壇人国記—県別日本文学の旅　西日本　大河内昭爾著　おうふう　2005.3　770p　22cm〈付属資料：索引1冊〉　8400円　Ⓘ4-273-03367-4

◇明治大正昭和文壇人国記—県別日本文学の旅　東日本　大河内昭爾著　おうふう　2005.3　606p　22cm〈付属資料：索引1冊〉　6800円　Ⓘ4-273-03366-6

◇文壇栄華物語　大村彦次郎著　筑摩書房　1998.12　415,12p　20cm　2900円　Ⓘ4-480-82339-5

◇文壇挽歌物語　大村彦次郎著　筑摩書房　2001.5　485,12p　20cm　2900円　Ⓘ4-480-82345-X

◇ある文芸編集者の一生　大村彦次郎著　筑摩書房　2002.9　285p　20cm　2500円　Ⓘ4-480-82350-6

◇文士の生きかた　大村彦次郎著　筑摩書房　2003.10　222p　18cm　（ちくま新書）〈肖像あり　文献あり〉　700円　Ⓘ4-480-06138-X

◇文士のいる風景　大村彦次郎著　筑摩書房　2006.6　313p　15cm　（ちくま文庫）　840円　Ⓘ4-480-42231-5

◇文壇うたかた物語　大村彦次郎著　筑摩書房　2007.10　363,7p　15cm　（ちくま文庫）〈文献あり〉　880円　Ⓘ978-4-480-42365-8

◇荷風百閒夏彦がいた—昭和の文人あの日この日　大村彦次郎著　筑摩書房　2010.8　331,8p　20cm〈索引あり〉　2300円　Ⓘ978-4-480-82368-7

◇文壇挽歌物語　大村彦次郎著　筑摩書房　2011.4　581,14p　15cm　（ちくま文庫　お49-5）〈2001年刊の加筆　文献あり　索引あり〉　1500円　Ⓘ978-4-480-42818-9

◇新宿・大久保文士村界隈　茅原健著　日本古書通信社　2004.11　290,18p　15cm　1600円　Ⓘ4-88914-020-4

◇新・日本文壇史—第1巻　漱石の死　川西政明著　岩波書店　2010.1　261p　20cm〈文献あり〉　2800円　Ⓘ978-4-00-028361-8

◇新・日本文壇史—第2巻　大正の作家たち　川西政明著　岩波書店　2010.4　253p　20cm〈文献あり〉　2800円　Ⓘ978-4-00-

現代日本文学（文学史）

028362-5
◇新・日本文学史―第3巻　昭和文壇の形成　川西政明著　岩波書店　2010.7　254p　20cm〈文献あり〉　2800円　①978-4-00-028363-2
◇新・日本文学史―第4巻　プロレタリア文学の人々　川西政明著　岩波書店　2010.11　308,2p　20cm〈文献あり〉　2800円　①978-4-00-028364-9
◇新・日本文学史―第5巻　昭和モダンと転向　川西政明著　岩波書店　2011.3　280p　20cm〈文献あり〉　2800円　①978-4-00-028365-6
◇新・日本文学史―第6巻　文士の戦争、日本とアジア　川西政明著　岩波書店　2011.8　307,2p　20cm〈文献あり〉　2800円　①978-4-00-028366-3
◇新・日本文学史―第7巻　戦後文学の誕生　川西政明著　岩波書店　2012.1　316,2p　20cm〈文献あり〉　2800円　①978-4-00-028367-0
◇新・日本文学史―第9巻　大衆文学の巨匠たち　川西政明著　岩波書店　2012.10　297,2p　20cm〈文献あり〉　2800円　①978-4-00-028369-4
◇文壇落葉集　川村湊,守屋貴嗣編著　毎日新聞社　2005.11　438p　22cm　8000円　①4-620-31743-8
◇小説家たちの休日―昭和文壇実録　川本三郎文　文芸春秋　2010.8　397p　20cm〈写真：樋口進〉　2667円　①978-4-16-371560-5
◇声の残り―私の文壇交遊録　ドナルド・キーン著,金関寿夫訳　朝日新聞社　1992.12　202,4p　18cm　1250円　①4-02-256568-3
◇思い出の作家たち―谷崎・川端・三島・安部・司馬　ドナルド・キーン著,松宮史朗訳　新潮社　2005.11　148,8p　20cm　1500円　①4-10-331706-X
◇日本文壇史総索引―全24巻総目次総索引　講談社文芸文庫編　講談社　1999.12　59,337p　15cm（講談社文芸文庫）　1900円　①4-06-197686-9
◇近代文壇事件史　国文学編集部編　学灯社　1989.9　198p　21cm〈『国文学』第34巻4号改装版〉　1550円　①4-312-10025-X
◇知っ得近代文壇事件史　国文学編集部編

学灯社　2007.10　198p　21cm〈「国文学増刊」(1989年3月刊)改装版　年表あり　文献あり　文献あり〉　1800円　①978-4-312-70024-7
◇文壇アイドル論　斎藤美奈子著　岩波書店　2002.6　256p　20cm　1700円　①4-00-024613-5
◇文壇アイドル論　斎藤美奈子著　文芸春秋　2006.10　318p　16cm（文春文庫）　629円　①4-16-771708-5
◇わが心の文士たち　坂本満津夫著　府中(東京都)　渓声出版　2010.5　326p　19cm　2300円　①978-4-904002-98-8
◇文壇手帖　笹本寅著　日本図書センター　1989.10　333,11,9p　22cm（近代作家研究叢書 67）〈解説：中島河太郎　橘書店昭和9年刊の複製〉　6695円　①4-8205-9020-0
◇のたれ死にでもよいではないか　志村有弘著　新典社　2008.4　126p　18cm（新典社新書）　800円　①978-4-7879-6104-4
◇市井作家列伝　鈴木地蔵著　右文書院　2005.5　246p　20cm　2300円　①4-8421-0050-8
◇文士の行蔵　鈴木地蔵著　右文書院　2008.7　240,3p　20cm　2200円　①978-4-8421-0714-1
◇家族の昭和　関川夏央著　新潮社　2010.11　314p　16cm（新潮文庫　せ-6-6）　476円　①978-4-10-110716-5
◇奇縁まんだら　瀬戸内寂聴著,横尾忠則画　日本経済新聞出版社　2008.4　305p　20cm　1905円　①978-4-532-16658-8
◇奇縁まんだら―続　瀬戸内寂聴著　日本経済新聞出版社　2009.5　339p　20cm〈画：横尾忠則〉　1905円　①978-4-532-16694-6
◇奇縁まんだら―続の2　瀬戸内寂聴著　日本経済新聞出版社　2010.11　363p　20cm〈画：横尾忠則〉　1905円　①978-4-532-16764-6
◇奇縁まんだら―終り　瀬戸内寂聴著　日本経済新聞出版社　2011.12　377p　20cm〈画：横尾忠則〉　1905円　①978-4-532-16815-5
◇日本文壇史―19　白樺派の若人たち　瀬沼茂樹著　講談社　1997.12　364,32p　16cm（講談社文芸文庫―回想の文学）　1200円　①4-06-197594-3

現代日本文学（文学史）

◇日本文壇史―20　漱石門下の文人たち　瀬沼茂樹著　講談社　1998.2　309,28p　16cm　（講談社文芸文庫―回想の文学）　1100円　Ⓘ4-06-197604-4

◇日本文壇史―21　「新しき女」の群　瀬沼茂樹著　講談社　1998.4　328,33p　16cm　（講談社文芸文庫―回想の文学）　1100円　Ⓘ4-06-197611-7

◇日本文壇史―22　明治文壇の残照　瀬沼茂樹著　講談社　1998.6　313,33p　16cm　（講談社文芸文庫―回想の文学）　1100円　Ⓘ4-06-197618-4

◇日本文壇史―23　大正文学の擡頭　瀬沼茂樹著　講談社　1998.8　306,29p　16cm　（講談社文芸文庫―回想の文学）　1100円　Ⓘ4-06-197628-1

◇日本文壇史―24　明治人漱石の死　瀬沼茂樹著　講談社　1998.10　328,32p　16cm　（講談社文芸文庫―回想の文学）　1100円　Ⓘ4-06-197637-0

◇文壇詩壇歌壇の巨星たち　大悟法利雄著,大悟法静子編　短歌新聞社　1998.6　231p　20cm　2381円　Ⓘ4-8039-0933-4

◇文士のたたずまい―私の文芸手帖　豊田健次著　ランダムハウス講談社　2007.11　231p　20cm　1800円　Ⓘ978-4-270-00280-3

◇文士一瞬―野上透写真集　野上透,根岸基弘著，柏艪舎編　札幌　柏艪舎　2006.1　123p　27cm　〈星雲社（発売）〉　3500円　Ⓘ4-434-07145-9

◇文壇　野坂昭如著　文芸春秋　2005.4　285p　16cm　（文春文庫）　524円　Ⓘ4-16-711913-7

◇私の見た明治文壇―1　野崎左文著,青木稔弥,佐々木亨,山本和明校訂　増補　平凡社　2007.2　305p　18cm　（東洋文庫 759）　2800円　Ⓘ978-4-582-80759-2

◇私の見た明治文壇―2　野崎左文著,青木稔弥,佐々木亨,山本和明校訂　増補　平凡社　2007.3　376p　18cm　（東洋文庫 760）　3000円　Ⓘ978-4-582-80760-8

◇明治文壇の人々　馬場孤蝶著　ウェッジ　2009.10　456p　15cm　（ウェッジ文庫　ば023-1）　838円　Ⓘ978-4-86310-056-5

◇文士と小説のふるさと　林忠彦著　ピエ・ブックス　2007.4　143p　21cm　〈肖像あり〉　1800円　Ⓘ978-4-89444-596-3

◇輝ける文士たち―文芸春秋写真館　樋口進写真・文　文芸春秋　2007.2　279p　31cm　5714円　Ⓘ978-4-16-368880-0

◇記号の霙―井伏鱒二から小沼丹まで　平岡篤頼著　早稲田文学会　2008.5　254p　19cm　〈太田出版（発売）〉　2200円　Ⓘ978-4-7783-1123-0

◇文士の私生活―昭和文壇交友録　松原一枝著　新潮社　2010.9　190p　18cm　（新潮新書 386）　680円　Ⓘ978-4-10-610386-5

◇記憶するシュレッダー―私の愛した昭和の文士たち　水口義朗著　小学館　2006.5　254p　20cm　1400円　Ⓘ4-09-379738-2

◇記憶に残る作家二十五人の素顔　水口義朗著　中央公論新社　2010.11　285p　16cm　（中公文庫　み40-1）〈『記憶するシュレッダー』（小学館2006年刊）の改題、加筆訂正〉　800円　Ⓘ978-4-12-205401-1

◇文壇放浪　水上勉著　新潮社　2001.4　240p　16cm　（新潮文庫）　438円　Ⓘ4-10-114128-2

◇さらば銀座文壇酒場　峯島正行著　青蛙房　2005.8　214p　20cm　1900円　Ⓘ4-7905-0374-7

◇文壇ゴルフ覚え書　三好徹著　集英社　2008.9　219p　20cm　1900円　Ⓘ978-4-08-771258-2

◇阿佐ケ谷文士村　村上護著　春陽堂書店　1994.8　273p　20cm　2000円　Ⓘ4-394-90130-8

◇文士の酒編集者の酒　村松友視著　ランダムハウス講談社　2008.2　189p　15cm　680円　Ⓘ978-4-270-10161-2

◇文士の逸品　矢島裕紀彦文,高橋昌嗣写真　文春ネスコ　2001.9　278p　21cm　〈文芸春秋（発売）〉　1800円　Ⓘ4-89036-136-7

◇文人の素顔―緑風閣の一日　柳原一日著　講談社　2004.6　230p　20cm　1700円　Ⓘ4-06-212392-4

◇親と闘った文豪―昭和の名作はこうして誕生した　山本祥一朗著　有楽出版社　2008.4　220p　18cm　（ゆうらくbooks）〈実業之日本社（発売）〉　762円　Ⓘ978-4-408-59308-1

◇作家のうしろ姿　山本有光著　高知　高知新聞社　2007.11　216p　20cm　〈高知新聞企

業（発売）〉　1810円　①978-4-87503-387-5
◇ひとつの文壇史　和田芳恵著　講談社　2008.6　241p　16cm（講談社文芸文庫）〈著作目録あり　年譜あり〉　1300円　①978-4-06-290018-8

◆女性文学史

◇書くこと恋すること―危機の時代のおんな作家たち　阿部浪子著　社会評論社　2012.7　205p　19cm〈年譜あり〉　1700円　①978-4-7845-1906-4
◇歪む身体―現代女性作家の変身譚　カトリン・アマン著　専修大学出版局　2000.4　213p　21cm　2400円　①4-88125-112-0
◇近代日本婦人文芸女流作家群像　生田花世著　大空社　1996.5　203p　22cm（叢書女性論 25）　7000円　①4-7568-0184-6
◇名作を書いた女たち―自分を生きた13人の人生　池田理代子著　講談社　1995.7　229p　18cm　1300円　①4-06-207622-5
◇名作を書いた女たち　池田理代子著　中央公論社　1997.12　237p　16cm（中公文庫）　629円　①4-12-203012-9
◇短編女性文学―現代　今井泰子ほか編　おうふう　1993.11　252p　21cm〈出版者の名称変更：「近代」は桜楓社〉　2400円　①4-273-02743-7
◇はじめて学ぶ日本女性文学史―近現代編　岩淵宏子, 北田幸恵編著　京都　ミネルヴァ書房　2005.2　414,46p　21cm（シリーズ・日本の文学史 6）〈年表あり　文献あり〉　3500円　①4-623-03864-5
◇編年体近代現代女性文学史　岩淵宏子, 北田幸恵, 長谷川啓編　至文堂　2005.12　320p　21cm（「国文学：解釈と鑑賞」別冊）　2667円
◇物語女流文壇史　巖谷大四著　文芸春秋　1989.6　407p　16cm（文春文庫）　480円　①4-16-739104-X
◇女たちの記憶―〈近代〉の解体と女性文学　岡野幸江著　双文社出版　2008.4　249,5p　20cm　2500円　①978-4-88164-585-7
◇真夜中の彼女たち―書く女の近代　金井景子著　筑摩書房　1995.6　273p　20cm　2200円　①4-480-82319-0

◇読む女書く女―女系読書案内　川崎賢子著　白水社　2003.6　233p　19cm　1800円　①4-560-04985-8
◇新・日本文壇史―第8巻　女性作家の世界　川西政明著　岩波書店　2012.5　310,3p　20cm〈文献あり〉　2800円　①978-4-00-028368-7
◇女性作家《現在》　菅聡子編　至文堂　2004.3　288p　21cm（「国文学解釈と鑑賞」別冊）　2476円
◇女が国家を裏切るとき―女学生、一葉、吉屋信子　菅聡子著　岩波書店　2011.1　280p　20cm　2800円　①978-4-00-022411-6
◇語る老女語られる老女―日本近現代文学にみる女の老い　倉田容子著　学芸書林　2010.2　355,3p　20cm〈文献あり　年表あり　索引あり〉　2800円　①978-4-87517-083-9
◇はじめて学ぶ日本女性文学史―古典編　後藤祥子, 今関敏子, 宮川葉子, 平舘英子編著　京都　ミネルヴァ書房　2003.1　273,30p　21cm（シリーズ・日本の文学史 5）〈文献あり　年表あり〉　3000円　①4-623-03670-7
◇L文学完全読本　斎藤美奈子編・著　マガジンハウス　2002.12　201p　21cm　1300円　①4-8387-1415-7
◇大正女性文学論　新・フェミニズム批評の会編　翰林書房　2010.12　517p　22cm〈文献あり　年表あり〉　4000円　①978-4-87737-308-5
◇ハートフル・トーク―ふくおか発信！　杉本章子ほか著, 福岡市女性センター・アミカス編　NECクリエイティブ　1999.4　254p　20cm　1600円　①4-87269-098-2
◇火と燃えた女流文学―人物近代女性史　瀬戸内寂聴（晴美）編　講談社　1989.5　252p　15cm（講談社文庫）　380円　①4-06-184435-0
◇異性文学論―愛があるのに　千石英世著　京都　ミネルヴァ書房　2004.8　289p　20cm（ミネルヴァ評論叢書「文学の在り処」3）　3000円　①4-623-04066-6
◇戦時下の女性文学―女自らが問う戦争責任　大東文化大学人文科学研究所主催シンポジウムと講演〈文学史の書き換えに向けて〉　大東文化大学人文科学研究所編　大東文化大学

現代日本文学（文学史）

◇人文科学研究所　2001.10　112p　21cm　〈会期：2000年12月16日〉
◇戦場の女流作家たち　高崎隆治著　論創社　1995.8　171p　20cm　2060円　①4-8460-0121-0
◇現代女性作家150人　日外アソシエーツ編　日外アソシエーツ　1997.11　434p　21cm　（読書案内・作品編）　5800円　①4-8169-1461-7
◇女性作家の新流　長谷川泉著　至文堂　1991.5　328p　21cm　〈『国文学解釈と鑑賞』別冊〉　2000円
◇女性文学の現在　林浩平編　東横学園女子短期大学女性文化研究所　1997.3　164p　21cm　（東横学園女子短期大学女性文化研究所叢書　第8輯）　非売品
◇女性作家、あるいは言語の彼岸について　原田伸子著　京都　松籟社　1996.10　213p　19cm　2266円　①4-87984-181-1
◇女性表現の明治史―樋口一葉以前　平田由美著　岩波書店　2011.11　282,11p　19cm　（岩波人文書セレクション）〈年表あり　索引あり〉　2800円　①978-4-00-028512-4
◇物語と反物語の風景―文学と女性の想像力　水田宗子著　田畑書店　1993.12　270p　20cm　2400円　①4-8038-0255-6
◇声のさざなみ　道浦母都子著　文化出版局　2002.9　221p　22cm　1600円　①4-579-30401-2
◇婦人と文学―近代日本の婦人作家　宮本百合子著　大空社　1997.3　262p　22cm　（叢書女性論　43）　8252円　①4-7568-0202-8
◇現代女性文学辞典　村松定孝,渡辺澄子編　東京堂出版　1990.10　483p　19cm　〈付・現代女性文学略年表〉　2900円　①4-490-10284-4
◇女脳文学特講―芙美子、翠、晶子、らいてう、野枝、弥生子、みすゞ　山下聖美著　三省堂　2011.9　207p　19cm　〈年譜あり　文献あり〉　1500円　①978-4-385-36565-7
◇追い風の女たち―女性文学と戦後　山本千恵著　大月書店　1992.5　218p　20cm　1800円　①4-272-60031-1
◇自伝的女流文壇史　吉屋信子著　改版　中央公論新社　2005.5　235p　16cm　（中公文庫）　1333円　①4-12-204529-0

◇日本近代女性文学論―闇を拓く　渡辺澄子著　京都　世界思想社　1998.2　291p　20cm　（Sekaishiso seminar）　2800円　①4-7907-0688-5
◇女性文学を学ぶ人のために　渡辺澄子編　京都　世界思想社　2000.10　286p　19cm　〈年表あり〉　1900円　①4-7907-0830-6

文芸雑誌・新聞

◇旧制一高と雑誌「世代」の青春　網代毅著　福武書店　1990.2　282p　20cm　2000円　①4-8288-2326-3
◇新聞小説の魅力　飯塚浩一,堀啓子,辻原登,尾崎真理子,山城むつみ著　秦野　東海大学出版会　2011.12　187p　22cm　（東海大学文学部叢書）　2800円　①978-4-486-01915-2
◇同人雑誌追加目録―茨木市立図書館所蔵　平成2年1月～12月　茨木市立図書館編　茨木　茨木市立図書館　1991.3　9p　26cm
◇『新青年』の共和国　大石雅彦著　水声社　1992.11　229p　20cm　2060円　①4-89176-277-2
◇戦前地方文芸誌　小柳津緑生著　堺　文芸同好会　1994.1　21p　18cm　（Jupiter叢書　231）
◇新聞小説の周辺で　川合澄男著　学芸通信社　1997.11　221p　20cm　1500円
◇昭和文学の胎動―同人雑誌『日暦』初期ノート　川端要寿著　福武書店　1991.12　241p　20cm　2200円　①4-8288-2407-3
◇雑誌探索　紅野敏郎著　朝日書林　1992.11　356p　22cm　5800円　①4-900616-05-2
◇文芸誌譚―その「雑」なる風景一九一〇-一九三五年　紅野敏郎著　雄松堂出版　2000.1　707,20p　23cm　12000円　①4-8419-0269-4
◇近代文芸雑誌稀少十誌　紅野敏郎編　雄松堂出版　2007.2　14冊　22-23cm　〈複製帙入〉　全76000円　①978-4-8419-0442-0
◇「改造」直筆原稿の研究―山本実彦旧蔵・川内まごころ文学館所蔵　紅野敏郎,日高昭二編　雄松堂出版　2007.10　259,118p　27cm　300000円　①978-4-8419-0461-1,978-4-8419-0460-4
◇明治の文芸雑誌―その軌跡を辿る　杉本邦子著　明治書院　1999.2　313p　22cm　4800

日本近現代文学案内　139

現代日本文学（文学史）

円　①4-625-43078-X
◇新聞小説の時代―メディア・読者・メロドラマ　関肇著　新曜社　2007.12　364p　22cm　3600円　①978-4-7885-1079-1
◇新聞小説史年表　高木健夫編　新装版　国書刊行会　1996.1　389p　27cm　12000円　①4-336-02030-2
◇新編「新日本文学」の運動―評論集　田所泉著　新日本文学会出版部　2000.10　261p　19cm　（新日本21世紀文学叢書）　1500円　①4-88060-004-0
◇同人雑誌追加目録―富士正晴記念館所蔵　平成3年1月～12月　富士正晴記念館編　茨木　富士正晴記念館　1992.3　13p　26cm
◇富士正晴記念館所蔵同人雑誌目録―平成7年（1995年）12月現在　富士正晴記念館編　増補版　茨木　富士正晴記念館　1996.3　55p　26cm　（富士正晴資料整理報告書　第6集）
◇新聞小説の誕生　本田康雄著　平凡社　1998.11　306p　20cm　（平凡社選書 183）　2500円　①4-582-84183-X
◇若く明るい歌声に―新聞小説と〈戦後〉　森延哉著　文芸社　2011.7　263p　19cm　〈文献あり〉　1300円　①978-4-286-10656-4
◇「新青年」をめぐる作家たち　山下武著　筑摩書房　1996.5　290p　20cm　2900円　①4-480-82327-1
◇前田晁・田山花袋・窪田空穂―雑誌「文章世界」を軸に　山梨県立文学館編　甲府　山梨県立文学館　1997.4　96p　30cm
◇聞書抄―まだ見ぬ物語のために　湯浅篤志、大山敏編　博文館新社　1993.6　219p　20cm　（叢書『新青年』）　2800円　①4-89177-942-X
◇早稲田と文学の一世紀―『早稲田文学』創刊100年記念展図録　早稲田大学図書館編　早稲田大学図書館　1991.10　199p　28cm
◇同人誌の変遷―文芸学科所蔵同人誌を中心に　平成22年度日本大学芸術学部芸術資料館企画展　文芸雑誌センター　2010.6　340p　21cm　〈会期・会場：2010年6月22日～7月23日　日本大学芸術学部芸術資料館（日本大学芸術学部江古田校舎西棟3階）　年表あり〉
◇総合雑誌「改造」直筆原稿収蔵図録―3　大正・昭和文士たちのまなざし　薩摩川内　川内まごころ文学館　2010.10　36p　30cm
◇同人誌のころ―これからの書き手へ　日本大学芸術学部文芸学科　2010.12　72p　21cm　〈平成22年度日本大学芸術学部江古田校舎リニューアル記念事業　文献あり〉

作家・作品論

◇近代文学研究叢書―第73巻　秋庭太郎ほか監修、昭和女子大学近代文学研究室著　昭和女子大学近代文化研究所　1997.10　705p　19cm　8600円　①4-7862-0073-5
◇近代文学研究叢書―第74巻　秋庭太郎ほか監修、昭和女子大学近代文学研究室著　昭和女子大学近代文化研究所　1998.10　685p　19cm　8600円　①4-7862-0074-3
◇作家と作品―私のデッサン集成　秋山駿著　小沢書店　1998.4　482p　20cm　3800円　①4-7551-0365-7
◇作家の世界体験―近代日本文学の憧憬と模索　芦谷信和ほか編　京都　世界思想社　1994.4　232,8p　20cm　（Sekaishiso seminar）　2500円　①4-7907-0497-1
◇追悼の達人　嵐山光三郎著　新潮社　1999.12　444p　19cm　1700円　①4-10-360103-5
◇追悼の達人　嵐山光三郎著　新潮社　2002.7　642p　16cm　（新潮文庫）〈平成11年刊の増補　文献あり〉　819円　①4-10-141906-X
◇追悼の達人　嵐山光三郎著　中央公論新社　2011.1　637p　16cm　（中公文庫　あ69-1）〈文献あり〉　1238円　①978-4-12-205432-5
◇たそがれの国　安藤礼二著　筑摩書房　2010.9　305p　20cm　2400円　①978-4-480-82369-4
◇伝綺肖像館　池内紀著　日本文芸社　1989.5　231p　21cm　〈付（12p 19cm）：特別インタビュー〉　1900円　①4-537-04984-7
◇作家のへその緒　池内紀著　新潮社　2011.5　237p　20cm　1700円　①978-4-10-375506-7
◇出ふるさと記―作家の原点　池内紀著　中央公論新社　2011.9　265p　16cm　（中公文庫　い111-2）　648円　①978-4-12-205538-4
◇業界の濃い人　いしかわじゅん著　角川書店　2005.5　302p　15cm　（角川文庫）〈「秘密の手帖」角川書店2002年刊の増訂〉

現代日本文学（文学史）

552円　①4-04-179505-2
◇井上靖全集―第24巻　井上靖著　新潮社　1997.7　739p　22cm　8800円　①4-10-640564-4
◇思い出の人々　井伏鱒二著,東郷克美編　筑摩書房　2004.9　325p　15cm　（ちくま文庫―井伏鱒二文集 1）〈下位シリーズの責任表示：井伏鱒二著〉　1100円　①4-480-03981-3
◇二松学舎の学芸　今西幹一,山口直孝編　翰林書房　2010.3　407p　20cm　2400円　①978-4-87737-297-2
◇物語文壇人国記　巌谷大四著　六興出版　1989.2　332,15p　20cm　2400円　①4-8453-7163-4
◇男流文学論　上野千鶴子ほか著　筑摩書房　1992.1　406p　20cm　1800円　①4-480-82278-X
◇男流文学論　上野千鶴子,小倉千加子,富岡多恵子著　筑摩書房　1997.9　452p　15cm　（ちくま文庫）　920円　①4-480-03328-9
◇文学者となる法　内田魯庵著　図書新聞　1995.7　222p　22cm　2500円　①4-88611-312-5
◇独断的作家論　宇野浩二著　講談社　2003.6　459p　16cm　（講談社文芸文庫）〈年譜あり　著作目録あり〉　1600円　①4-06-198336-9
◇名作ってこんなに面白い―文学への道しるべ　漆原智良著　ゆまに書房　1995.2　123p　27cm　94500円　①4-89668-907-0
◇幼年　大岡昇平著　新座　埼玉福祉会　1994.9　398p　21cm　（大活字本シリーズ）〈原本：文春文庫 限定版〉　3708円
◇文士とは　大久保房男著　紅書房　1999.6　219p　20cm　2300円　①4-89381-131-2
◇作家のインデックス　大倉舜二写真　集英社　1998.11　255p　26cm　4700円　①4-08-783130-2
◇わが友わが文学　大河内昭爾著　横浜　草場書房　2011.10　434p　19cm〈著作目録あり　年譜あり〉　2200円　①978-4-902616-37-8
◇反俗脱俗の作家たち　大星光史著　京都　世界思想社　1991.1　232p　20cm　（Sekaishiso seminar）　2280円　①4-7907-0383-5

◇たそがれの挽歌　大森光章著　菁柿堂　2006.5　262p　20cm〈星雲社（発売）〉　1600円　①4-434-07946-8
◇たそがれの挽歌　大森光章著　菁柿堂　2008.6　313p　20cm〈星雲社（発売）〉　1800円　①978-4-434-12068-8
◇演出家の目で視た作家と作品　岡村嘉隆著〔神戸〕　友月書房　2010.12　193p　21cm〈神戸 交友プランニングセンター（制作）〉　1500円　①978-4-87787-477-3
◇この一冊で日本の作家がわかる！　奥野健男監修　三笠書房　1997.9　428p　15cm　（知的生きかた文庫）　762円　①4-8379-0903-5
◇作家の肖像　小田切進著　永田書房　1991.10　341p　20cm　2700円
◇鳥鳴き、魚の目は涙　小田切秀雄著　菁柿堂　1989.11　221p　20cm　1600円　①4-7952-7930-6
◇内なる軌跡―7人の作家達　上総英郎著　朝文社　1990.9　284p　20cm　2200円　①4-88695-025-6
◇近代日本の作家と作品　片岡懋著　新典社　1991.6　293p　22cm　（新典社研究叢書 41）　9000円　①4-7879-4041-4
◇私説・近代文学論―作品を読む　片山晴夫著　札幌　響文社　1991.6　154p　21cm　2000円　①4-906198-30-9
◇作家たちの往還　勝又浩著　鳥影社　2005.9　287p　20cm　（季刊文科コレクション）　2500円　①4-88629-932-6
◇少し長い文章―現代日本の作家と作品論　加藤典洋著　五柳書院　1997.11　229p　20cm　（五柳叢書）　2300円　①4-906010-79-2
◇文士とっておきの話　金田浩一呂著　講談社　1991.11　280p　20cm　1400円　①4-06-205428-0
◇渡航する作家たち　神田由美子,高橋龍夫編　翰林書房　2012.4　223p　21cm　〈文献あり　年表あり〉　1900円　①978-4-87737-331-3
◇戦後作家論　菊田均著　高文堂出版社　1993.2　185p　19cm　2550円　①4-7707-0416-X
◇生命を見つめた作家たち　岸田正吉著　風土社　1996.7　254p　20cm　1800円　①4-938894-01-7

日本近現代文学案内　141

現代日本文学（文学史）

◇名作はなぜ生まれたか―文豪たちの生涯を読む　木原武一著　同文書院　1993.11　205p　19cm　（アテナ選書5）　1200円　Ⓘ4-8103-7172-7

◇文士の肖像――〇人　木村伊兵衛ほか写真，朝日新聞社編　朝日新聞社　1990.6　168p　29cm　4900円　Ⓘ4-02-258466-1

◇魅力ある文人たち　倉橋羊村著　沖積舎　1998.10　117p　20cm　1800円　Ⓘ4-8060-4633-7

◇師弟炎炎―出会いと別れ　倉橋羊村著　本阿弥書店　1999.11　317p　19cm　2600円　Ⓘ4-89373-514-4

◇私を語れ、だが語るな―栗坪良樹評論集　栗坪良樹著　本阿弥書店　1989.10　242p　20cm　2200円　Ⓘ4-89373-021-5

◇近代日本を生きた人と作品―わが読書の旅から　栗原克丸著　東松山　冬扇社　1989.11　321p　19cm〈高文研（発売）〉　1900円　Ⓘ4-87498-111-9

◇時代の果実　黒井千次著　河出書房新社　2010.12　209p　20cm　1700円　Ⓘ978-4-309-02007-5

◇青艸―桑原清蔵人と作品　桑原清蔵人,山口一易編　上石津町（岐阜県）　桑原君江　1993.8　239p　22cm〈著者の肖像あり〉

◇三田の文人　慶応義塾大学文学部開設百年記念「三田の文人展」実行委員会編　丸善　1990.11　272p　22cm　2369円　Ⓘ4-621-03535-5

◇テキストのなかの作家たち　小泉浩一郎著　翰林書房　1992.11　304p　20cm　3400円　Ⓘ4-906424-03-1

◇テキストのなかの作家たち―続　小泉浩一郎著　翰林書房　1993.10　286p　20cm　3200円　Ⓘ4-906424-13-9

◇いざ生きめやも―富士見高原療養所ものがたり　神津良子著　松本　郷土出版社　2007.2　280p　20cm　（埋もれた歴史・検証シリーズ8）〈年表あり〉　1600円　Ⓘ978-4-87663-878-9

◇作家論への架橋―"読みの共振運動論"序説　古閑章著　日本図書センター　1997.12　428p　22cm　6400円　Ⓘ4-8205-1943-3

◇小島信夫批評集成―第3巻　私の作家評伝　小島信夫著,千石英世,中村邦生,山崎勉編　水声社　2011.3　557p　22cm〈索引あり〉　7000円　Ⓘ978-4-89176-813-3

◇トウキョウジェネレーション　小林紀晴著　河出書房新社　1999.6　230p　19cm　1800円　Ⓘ4-309-01289-2

◇歴訪の作家たち　小林澪子著　論創社　1999.3　238p　20cm　1500円　Ⓘ4-8460-0151-2

◇文学者追跡―1990年1月～1992年3月　小山鉄郎著　文芸春秋　1992.6　262p　19cm　1600円　Ⓘ4-16-346510-3

◇文士と文士　小山文雄著　河合出版　1989.11　237p　20cm　1600円　Ⓘ4-87999-021-3

◇作家論集―島崎藤村から安部公房まで　佐伯彰一著　未知谷　2004.7　346p　20cm　3000円　Ⓘ4-89642-108-6

◇榊原和夫の現代作家写真館　榊原和夫写真・文　公募ガイド社　1995.10　207p　24cm　2900円　Ⓘ4-7952-7853-9

◇大往生事典―作家の死んだ日と死生観　佐川章著　講談社　1996.8　491p　16cm　（講談社＋α文庫）　1200円　Ⓘ4-06-256158-1

◇作家論集―主題と動機　桜井勝司著　〔八王子〕〔桜井勝司〕　2002.11　170p　21cm　1000円

◇吾輩は午である　札幌市厚別図書館編　札幌　札幌市中央図書館　1990.1　33p　26cm　（生まれ年シリーズ）

◇日本の書票・作家と作品―上　佐藤米次郎著　弘前　緑の笛豆本の会　1998.5　38p 図版14枚　9.5cm　（緑の笛豆本　第355集）

◇日本の書票・作家と作品―下　佐藤米次郎著　弘前　緑の笛豆本の会　1998.6　42p 図版24枚　9.5cm　（緑の笛豆本　第356集）

◇エッセーのような沢孝子評論集―「異和の視点のヤポネシア」と「歌と逆に。歌に。」と　沢孝子著　大阪　海風社　2010.11　166p　22cm〈文献あり〉　2200円　Ⓘ978-4-87616-011-2

◇作品論の散歩道―漱石からケータイ小説まで　塩田勉著　書肆アルス　2012.9　350p　22cm〈他言語標題：A Stylistics Stroll through Modern Literary Works　索引あり〉　2800円　Ⓘ978-4-9905595-8-8

◇定本作家の仕事場　篠山紀信写真　新潮社

現代日本文学（文学史）

1996.12 551p 25cm 12000円 ⓐ4-10-326206-0
◇偏愛的作家論　渋沢龍彦著　河出書房新社　1997.7 344p 15cm （河出文庫）　680円　ⓐ4-309-47332-6
◇こんなに優しい日本人　志村有弘著　勉誠出版　2009.8 273p 19cm （人間愛叢書）　2000円　ⓐ978-4-585-01232-0
◇近代文学研究叢書—第63巻　昭和女子大学近代文学研究室著　昭和女子大学近代文化研究所　1990.6 563p 19cm 6500円
◇近代文学研究叢書—第64巻　昭和女子大学近代文学研究室著　昭和女子大学近代文化研究所　1991.4 743p 19cm 8240円　ⓐ4-7862-0064-6
◇近代文学研究叢書—第65巻　昭和女子大学近代文学研究室著　昭和女子大学近代文化研究所　1991.12 717p 19cm 8240円　ⓐ4-7862-0065-4
◇近代文学研究叢書—第66巻　昭和女子大学近代文学研究室著　昭和女子大学近代文化研究所　1992.10 671p 19cm 8000円　ⓐ4-7862-0066-2
◇近代文学研究叢書—第67巻　昭和女子大学近代文学研究室著　昭和女子大学近代文化研究所　1993.7 441p 19cm 5700円　ⓐ4-7862-0067-0
◇近代文学研究叢書—第68巻　昭和女子大学近代文学研究室著　昭和女子大学近代文化研究所　1994.6 751p 19cm 8750円　ⓐ4-7862-0068-9
◇近代文学研究叢書—第69巻　昭和女子大学近代文学研究室著　昭和女子大学近代文化研究所　1995.3 705p 19cm 8240円　ⓐ4-7862-0069-7
◇近代文学研究叢書—第70巻　昭和女子大学近代文学研究室著　昭和女子大学近代文化研究所　1995.11 505p 19cm 6180円　ⓐ4-7862-0070-0
◇近代文学研究叢書—第71巻　昭和女子大学近代文学研究室著　昭和女子大学近代文化研究所　1996.10 411p 19cm　ⓐ4-7862-0071-9
◇近代文学研究叢書—第72巻　昭和女子大学近代文学研究室著　昭和女子大学近代文化研究所　1997.4 321p 19cm 5000円　ⓐ4-7862-0072-7
◇近代文学研究叢書—別巻　昭和女子大学近代文学研究室著　昭和女子大学近代文化研究所　2000.10 837p 19cm〈創立80周年記念出版　肖像あり〉　8600円　ⓐ4-7862-0077-8
◇近代文学研究叢書—75　昭和女子大学近代文化研究所編　昭和女子大学近代文化研究所　1999.11 739p 19cm 8600円　ⓐ4-7862-0075-1
◇女流著作解題　女子学習院編　東出版　1997.2 582p 22cm （辞典叢書 21）　7000円　ⓐ4-87036-039-X
◇創作のとき—前線インタビュー1977〜1998　抒情文芸刊行会編　京都　淡交社　1998.7 343p 19cm 1900円　ⓐ4-473-01613-7
◇作家への飛躍　新船海三郎著　本の泉社　2003.7 254p 20cm 1905円　ⓐ4-88023-811-2
◇茂吉と鷗外、そして仁、恒—日本文学論集　杉沼永一著　山形　山形Bibliaの会　1995.2 125p 22cm 3000円
◇作家の透視図—鈴木健次インタビュー集　鈴木健次編　メディアパル　1991.9 340p 19cm〈述：井上靖ほか〉　1600円　ⓐ4-89610-006-9
◇近代作家の構想と表現—漱石・未明から安吾・茨木のり子まで　清田文武著　翰林書房　2009.11 316p 20cm 3600円　ⓐ978-4-87737-289-7
◇作家の生き死　高井有一著　角川書店　1997.6 267p 20cm 1600円　ⓐ4-04-883474-6
◇座右の名文—ぼくの好きな十人の文章家　高島俊男著　文芸春秋　2007.5 223p 18cm （文春新書）　730円　ⓐ978-4-16-660570-5
◇編集者魂　高橋一清著　青志社　2008.12 253p 20cm 1600円　ⓐ978-4-903853-44-4
◇作家魂に触れた　高橋一清著　青志社　2012.6 262p 20cm 1600円　ⓐ978-4-905042-48-8
◇編集者魂—私の出会った芥川賞・直木賞作家たち　高橋一清著　集英社　2012.7 272p 16cm　（集英社文庫 た79-1）〈青志社 2008年刊の加筆、再編集〉　600円　ⓐ978-4-08-746862-5
◇昭和作家論103　高橋英夫著　小学館

日本近現代文学案内　143

1993.12 510p 20cm 3800円 ⓘ4-09-387099-3
◇持続する文学のいのち 高橋英夫著 翰林書房 1997.7 267p 20cm 2500円 ⓘ4-87737-021-8
◇生と死の風景―文学者たちの肖像 田中欣一著 名古屋 中日新聞社 1999.2 254p 19cm 1600円 ⓘ4-8062-0375-0
◇女の夢男の夢 田辺園子著 作品社 1992.10 205p 20cm〈著者の肖像あり〉 1600円 ⓘ4-87893-175-2
◇近代小説の構成―日本近代文学研叢 谷沢永一著 大阪 和泉書院 1995.4 453p 22cm 8240円 ⓘ4-87088-703-7
◇作家の風貌 田沼武能著 筑摩書房 2000.6 221p 15cm (ちくま文庫) 800円 ⓘ4-480-03569-9
◇物語のモラル―谷崎潤一郎・寺田寅彦など 千葉俊二著 青蛙房 2012.11 293p 20cm 2600円 ⓘ978-4-7905-0343-9
◇「近代」と闘った人びと―作家・作品論考 千葉貢著 高文堂出版社 1994.9 270p 22cm 3250円 ⓘ4-7707-0458-5
◇近代作家論 中央大学人文科学研究所編 八王子 中央大学出版部 2003.2 418p 22cm (中央大学人文科学研究所研究叢書 31) 4700円 ⓘ4-8057-5322-6
◇現代文学の無視できない10人―つかこうへいインタビュー つかこうへい著 集英社 1989.9 262p 16cm (集英社文庫) 380円 ⓘ4-08-749494-2
◇作家談義―評論・エッセイ集 津上忠著 影書房 2010.12 315p 19cm 2000円 ⓘ978-4-87714-412-8
◇ロマン的作家論 塚本康彦著 国分寺 武蔵野書房 1996.1 307p 20cm 2500円
◇考える人 坪内祐三著 新潮社 2006.8 254p 20cm〈年表あり〉 1500円 ⓘ4-10-428103-4
◇考える人 坪内祐三著 新潮社 2009.2 320p 16cm (新潮文庫 つ-18-3)〈年表あり〉 476円 ⓘ978-4-10-122633-0
◇日本人とは何だろうか 鶴見俊輔著 晶文社 1996.1 464,11p 20cm (鶴見俊輔座談) 3800円 ⓘ4-7949-4861-1

◇昼間の酒宴 寺田博著 小沢書店 1997.1 387p 20cm 2472円 ⓘ4-7551-0337-1
◇ささやかな証言―忘れえぬ作家たち 徳島高義著 紅書房 2010.2 281p 20cm 2500円 ⓘ978-4-89381-250-6
◇作家との一時間 富岡幸一郎著 日本文芸社 1990.10 313p 20cm〈付(3枚)著者の肖像あり〉 1650円 ⓘ4-537-04998-7
◇国文学名家肖像集 永井如雲編 京都 臨川書店 1992.7 1冊 27cm〈博美社昭和14年刊の複製〉 12360円 ⓘ4-653-02404-9
◇文学者のきのうきょう―よこ顔とうしろ姿 中島和夫著 国分寺 武蔵野書房 1991.5 178p 20cm 1854円
◇異端作家のアラベスク 中田耕治著 青弓社 1992.7 210p 20cm (中田耕治コレクション 3) 2060円 ⓘ4-7872-9065-7
◇作家の姿勢 中山栄暁著 教育出版センター 1994.6 246p 22cm (研究選書 58) 3500円 ⓘ4-7632-1622-8
◇天皇と倒錯―現代文学と共同体 丹生谷貴志著 青土社 1999.9 275p 19cm 2400円 ⓘ4-7917-5748-3
◇近代文学手稿100選 日本近代文学館編 二玄社 1994.11 100p 33×48cm〈手稿の複製 付(47p 19cm):解説・解題〉 35000円 ⓘ4-544-03029-3
◇文学夜話―作家が語る作家 日本ペンクラブ編 講談社 2000.11 325p 20cm 2500円 ⓘ4-06-210386-9
◇現代語り手論 日本昔話学会編 三弥井書店 1999.7 202p 21cm (昔話 研究と資料 27号) 3500円 ⓘ4-8382-3066-4
◇日本文学者変態論 爆笑問題著 幻冬舎 2009.3 246p 20cm〈文献あり〉 1400円 ⓘ978-4-344-01646-0
◇魅せられて―作家論集 蓮實重彦著 河出書房新社 2005.7 251p 19cm 2200円 ⓘ4-309-01718-5
◇長谷川泉著作選―6 作家・作品論 上 長谷川泉著 明治書院 1995.5 383p 19cm 5800円 ⓘ4-625-53106-3
◇長谷川泉著作選―7 作家・作品論 下 長谷川泉著 明治書院 1995.7 484p 19cm 7800円 ⓘ4-625-53107-1

現代日本文学（文学史）

◇作家の批評　秦恒平著　清水書院　1997.2　288p　20cm　2136円　Ⓘ4-389-50028-7

◇反俗の文人たち　浜川博著　新典社　1995.12　334p　19cm　〈新典社文庫 4〉　2600円　Ⓘ4-7879-6504-2

◇文人追懐――一文芸記者の取材ノート　浜川博著　蝸牛社　1998.9　271p　20cm　1600円　Ⓘ4-87661-343-5

◇おまえは世界の王様か！　原田宗典著　幻冬舎　2002.8　358p　16cm　〈幻冬舎文庫〉　571円　Ⓘ4-344-40273-1

◇スペインを訪れた作家たち　坂本省次著　沖積舎　2011.9　284p　20cm　〈文献あり〉　3500円　Ⓘ978-4-8060-4117-7

◇さまざまな青春　平野謙著　講談社　1991.9　765p　16cm　〈講談社文芸文庫〉　1700円　Ⓘ4-06-196144-6

◇ろくでなしの歌――知られざる巨匠作家たちの素顔　福田和也著　メディアファクトリー　2000.4　254p　20cm　1500円　Ⓘ4-8401-0055-1

◇近代作家回想記　福田清人著, 志村有弘編　宮本企画　1990.11　210p　15cm　〈かたりべ叢書 33〉〈著者の肖像あり〉　1000円

◇現代作家回想記　福田清人著, 志村有弘編　宮本企画　1992.11　135p　15cm　〈かたりべ叢書 36〉〈著者の肖像あり〉　1000円

◇福田恆存評論集――第13巻　作家論 1　福田恆存著　〔柏〕　麗澤大学出版会　2009.11　348p　20cm　〈柏 広池学園事業部（発売）〉　2800円　Ⓘ978-4-89205-583-6

◇作家に聞いたちょっといい話――志賀直哉から吉本ばななまでの101人　藤田昌司著　素朴社　1990.11　326p　19cm　1300円　Ⓘ4-915513-25-4

◇迷宮めぐり――現代作家解体新書　藤田昌司著　河出書房新社　1992.5　227p　20cm　1900円　Ⓘ4-309-00765-1

◇日本〈死〉人名事典――作家篇　古井風烈子編　新人物往来社　1997.12　287p　20cm　2400円　Ⓘ4-404-02562-9

◇文学界わくわく人脈地図――日本初！　全1100名以上　1995　文学界ネットワーク編　ディーエイチシー　1994.12　195p　21cm　1500円　Ⓘ4-88724-034-1

◇想い出の作家たち　文芸春秋編　文芸春秋　2011.5　389p　16cm　〈文春文庫 編2-45〉　714円　Ⓘ978-4-16-721788-4

◇孤高の鬼たち――素顔の作家　文芸春秋編　文芸春秋　1989.11　348p　16cm　〈文春文庫〉　420円　Ⓘ4-16-721719-8

◇想い出の作家たち――1　文芸春秋編　文芸春秋　1993.10　356p　20cm　1700円　Ⓘ4-16-348000-5

◇想い出の作家たち――2　文芸春秋編　文芸春秋　1994.3　324p　20cm　1700円　Ⓘ4-16-347860-4

◇無名時代の私　文芸春秋編　文芸春秋　1995.3　338p　16cm　〈文春文庫〉　460円　Ⓘ4-16-721749-X

◇明治文学作家論　本間久雄著　日本図書センター　1990.1　326,10p　22cm　〈近代作家研究叢書 90〉〈解説：岡保生　早稲田大学出版部昭和26年刊の複製〉　7210円　Ⓘ4-8205-9045-6

◇作家論――新編　正宗白鳥著, 高橋英夫編　岩波書店　2002.6　458,5p　15cm　〈岩波文庫〉　800円　Ⓘ4-00-310394-7

◇作家と作品――生と死の塑像　間瀬昇著　近代文芸社　1997.12　238p　20cm　1800円　Ⓘ4-7733-6295-2

◇文学者知られざる真実　松浦和夫著　近代文芸社　2012.9　196p　20cm　1700円　Ⓘ978-4-7733-7842-9

◇綺想礼讃　松山俊太郎著　国書刊行会　2010.1　546p　22cm　〈付 (16p)：栞〉　6600円　Ⓘ978-4-336-05167-7

◇丸谷才一批評集――第5巻　同時代の作家たち　丸谷才一著　文芸春秋　1996.1　406p　20cm　2200円　Ⓘ4-16-504160-2

◇わがこころの作家――ある編集者の青春　三木章著　三一書房　1989.9　437p　20cm　3800円　Ⓘ4-380-89241-7

◇作家を訪ねて――その3　三木秀生指導・編集　岐阜　岐阜東高等学校　1989.9　65p　26cm　〈岐阜の文学自主研究 6〉

◇作家の死を読む――明治・大正・昭和の人生の終局に臨むそれぞれの生き方　三田英彬著　日新報道　1995.5　255p　19cm　1400円　Ⓘ4-8174-0349-7

◇波の行く末――あなたへの旅路・小さな旅　宮

崎靖久著　文芸社　2004.2　147p　20cm　1100円　ⓘ4-8355-6876-1
◇酔奏の風─作家への書簡集　宮崎靖久著　創英社/三省堂書店　2012.10　263p　20cm〈文献あり〉　1429円　ⓘ978-4-88142-579-4
◇遠い雲遠い海─わたしがめぐりあった作家・演劇人　宮下展夫著　鎌倉　かまくら春秋社　2006.2　317p　20cm　1300円　ⓘ4-7740-0321-2
◇追憶の作家たち　宮田毬栄著　文芸春秋　2004.3　249p　18cm〈文春新書〉　720円　ⓘ4-16-660372-8
◇作品論集　三好文明著　富士　三好あけみ　1994.3　140p　22cm〈著者の肖像あり〉　2500円
◇三好行雄著作集─第5巻　作品論の試み　三好行雄著　筑摩書房　1993.2　456p　22cm　5550円　ⓘ4-480-70045-5
◇三好行雄著作集─第4巻　近現代の作家たち　三好行雄著　筑摩書房　1993.6　381p　22cm　6600円　ⓘ4-480-70044-7
◇村上一郎著作集─第5巻　作家・思想家論1　村上一郎著　国文社　1991.11　435p　22cm〈監修:吉本隆明ほか　著者の肖像あり〉　9064円
◇自分の著作について語る21人の大家─上　明治書院教科書編集部編　明治書院　1997.5　218p　22cm　2800円　ⓘ4-625-43073-9
◇自分の著作について語る21人の大家─下　明治書院教科書編集部編　明治書院　1997.5　245p　22cm　2800円　ⓘ4-625-43074-7
◇秋鶏の旅─ソルジェニツイン・保田与重郎・島尾敏雄・他 作家論集　本村敏雄著　ゆまに書房　1994.11　361p　20cm　2800円　ⓘ4-89668-890-2
◇森川達也評論集成─4　さまざまな個性─同時代の作家たち　森川達也著　審美社　1996.10　493p　20cm　4500円　ⓘ4-7883-8004-8
◇作家論集　保田与重郎著　京都　新学社　2000.10　336p　16cm　(保田与重郎文庫22　保田与重郎著)　1260円　ⓘ4-7868-0043-0
◇文人たちの寄席　矢野誠一著　白水社　1997.5　208p　20cm　1900円　ⓘ4-560-03986-0

◇私の・文学〈遍歴〉─モームから周五郎・芥川・太宰・潤一郎へ…　山口九一著　近代文芸社　1993印刷　235p　20cm　2300円　ⓘ4-7733-2478-3
◇近代化の中の文学者たち─その青春と実存　山口博著　愛育社　1998.4　279p　20cm　1800円　ⓘ4-7500-0205-4
◇文芸エリートの研究─その社会的構成と高等教育　山内乾史著　有精堂出版　1995.10　207p　22cm　5665円　ⓘ4-640-31067-6
◇山室静自選著作集─第5巻　懐かしき詩人・作家たち　山室静著　松本　郷土出版社　1993.5　388p　20cm〈著者の肖像あり〉　3800円　ⓘ4-87663-188-3
◇素晴らしき晩年─文豪はいかに人生を完走したか　山本容朗編　有楽出版社　1995.9　262p　20cm　1600円　ⓘ4-408-59074-6
◇旅は道づれ─出会った作家たちの肖像　吉田新一著　ワイズ出版　2001.10　204p　22cm　2200円　ⓘ4-89830-120-7
◇わが心の小説家たち　吉村昭著　平凡社　1999.5　187p　18cm　(平凡社新書)　640円　ⓘ4-582-85001-4
◇愛する作家たち　吉本隆明著　コスモの本　1994.12　238p　20cm　1500円　ⓘ4-906380-52-2
◇寺山修司コレクション─3　鉛筆のドラキュラ─作家論集　思潮社　1993.4　239p　19cm　1560円　ⓘ4-7837-2303-8
◇驚きももの木20世紀─作家、その愛と死の秘密　ブックマン社　1996.10　233p　19cm　1500円　ⓘ4-89308-296-5

明治時代

◇明治の職業往来─名作に描かれた明治人の生活　池田功,上田博編　京都　世界思想社　2007.3　338p　19cm〈年表あり〉　2300円　ⓘ978-4-7907-1249-7
◇鹿鳴館の系譜─近代日本文芸史誌　磯田光一著　講談社　1991.1　380p　16cm　(講談社文芸文庫)　980円　ⓘ4-06-196110-1
◇卒業研究レポート集─板橋グリーンカレッジ大学院・文学コース　平成22年度　板橋区健康生きがい部生きがい推進課高齢者支援係編　板橋グリーンカレッジ　2011.3　83p

◇30cm〈奥付のタイトル：板橋グリーンカレッジ大学院文学コース卒業研究レポート集　年譜あり　文献あり　年表あり〉
◇明治の探偵小説　伊藤秀雄著　双葉社　2002.2　597,9p　15cm　（双葉文庫―日本推理作家協会賞受賞作全集 56）〈年表あり〉　943円　①4-575-65855-3
◇東京文学探訪―明治を見る、歩く　上　井上謙著　日本放送出版協会　2002.3　221p　16cm　（NHKライブラリー）　830円　①4-14-084147-8
◇東京文学探訪―明治を見る、歩く　下　井上謙著　日本放送出版協会　2002.7　250p　16cm　（NHKライブラリー）　870円　①4-14-084152-4
◇近代文学成立過程の研究―柳北・学海・東海散士・蘇峰　井上弘著　有朋堂　1995.1　319p　22cm　4800円　①4-8422-0178-9
◇明治文学の雅と俗　岩波書店文学編集部編　岩波書店　2001.10　132p　21cm　（「文学」増刊）　1700円　①4-00-002258-X
◇明治文学史　上田博,滝本和成編　京都　晃洋書房　1998.11　193,7p　19cm　2100円　①4-7710-1060-9
◇明治文芸館―4　20世紀初頭の文学―「明星」創刊とその時代　上田博,滝本和成編　京都　嵯峨野書院　1999.11　206,13p　21cm　2000円　①4-7823-0296-7
◇明治文芸館―1　上田博,滝本和成編　京都　嵯峨野書院　2001.5　201,13p　21cm　2300円　①4-7823-0334-3
◇明治文芸館―2　上田博,滝本和成編　京都　嵯峨野書院　2002.10　197,11p　21cm　2300円　①4-7823-0368-8
◇明治文芸館―3　上田博,滝本和成編　京都　嵯峨野書院　2004.3　204,4p　21cm〈年表あり〉　2300円　①4-7823-0393-9
◇明治の結婚小説　上田博編　おうふう　2004.9　223p　21cm〈年表あり〉　2000円　①4-273-03347-X
◇明治文芸館―5　上田博編　京都　嵯峨野書院　2005.10　209,7p　21cm〈年表あり〉　2450円　①4-7823-0422-6
◇小説表現としての近代　宇佐美毅著　おうふう　2004.12　422p　22cm　6000円　①4-273-03352-6

◇象徴主義の光と影　宇佐美斉編著　京都　ミネルヴァ書房　1997.10　340,16p　22cm　4200円　①4-623-02813-5
◇昂誌消息　江南文三著　日本文学館　2003.8　98p　19cm〈肖像あり　年譜あり〉　1000円　①4-7765-0045-0
◇明治文学雑誌　蛯原八郎著　ゆまに書房　1994.10　412,8p　22cm　（書誌書目シリーズ 38）〈学而書院昭和10年刊の複製〉　12000円　①4-89668-895-3
◇1900年前後朝譚―近代文芸の豊かさの秘密　大岡信著　岩波書店　1994.10　346p　20cm　2600円　①4-00-002985-1
◇近代日本文芸試論―2　キリスト教倫理と恩寵　大田正紀著　おうふう　2004.3　345p　22cm　3500円　①4-273-03315-1
◇文学の誕生―藤村から漱石へ　大東和重著　講談社　2006.12　248p　19cm　（講談社選書メチエ 378）　1600円　①4-06-258378-X
◇明治文学論集―2　水脈のうちそと　岡保生著　新典社　1989.9　430p　22cm　（新典社研究叢書 28）　10300円　①4-7879-4028-7
◇文学近代化の諸相―洋学・戯作・自由民権　小笠原幹夫著　高文堂出版社　1993.4　166p　22cm　2000円　①4-7707-0426-7
◇文学近代化の諸相―2　江戸と明治のはざまで　小笠原幹夫著　高文堂出版社　1994.3　209p　22cm　2300円　①4-7707-0448-8
◇文学近代化の諸相―3　産業革命と帝国主義の時代　小笠原幹夫著　高文堂出版社　1996.2　183p　22cm　2300円　①4-7707-0503-4
◇文学近代化の諸相―4　「明治」をつくった人々　小笠原幹夫著　高文堂出版社　1999.3　176p　22cm　2190円　①4-7707-0616-2
◇明治文雅都鄙人名録―芭蕉記念館所蔵本　岡田霞船編,江東区芭蕉記念館編　江東区芭蕉記念館　2009.11　31p　30cm〈（平成20年度報告）第29集　共同刊行：江東区〉　700円
◇明治期文学の諸相―研究と資料　尾形国治著　八千代出版　1994.6　278p　22cm　2800円　①4-8429-0936-6
◇物と眼―明治文学論集　ジャン＝ジャック・オリガス著　岩波書店　2003.9　239p

現代日本文学（文学史）

20cm　2400円　Ⓝ4-00-025294-1

◇文明開化の光と影　笠原伸夫著　新典社　1989.5　150p　19cm　（叢刊・日本の文学 3）　1009円　Ⓝ4-7879-7503-X

◇ディスクールの帝国—明治三〇年代の文化研究　金子明雄、高橋修、吉田司雄編　新曜社　2000.4　394p　22cm　3500円　Ⓝ4-7885-0716-1

◇明治文学史　亀井秀雄著　岩波書店　2000.3　254,10p　21cm　（岩波テキストブックス）　2200円　Ⓝ4-00-026024-3

◇定本日本近代文学の起源　柄谷行人著　岩波書店　2008.10　352p　15cm　（岩波現代文庫 学術）〈年表あり〉　1200円　Ⓝ978-4-00-600202-2

◇日本近代文学の起源—原本　柄谷行人著　講談社　2009.3　285p　16cm　（講談社文芸文庫 かB8）〈著作目録あり 年譜あり 並列シリーズ名：Kodansha bungei bunko〉　1200円　Ⓝ978-4-06-290041-6

◇メディアの時代—明治文学をめぐる状況　菅聡子著　双文社出版　2001.11　213p　22cm　2800円　Ⓝ4-88164-542-0

◇明治文学における明治の時代性　神立春樹著　御茶の水書房　1999.11　253p　21cm　（岡山大学経済学研究叢書）　3200円　Ⓝ4-275-01787-0

◇剽窃の文学史—オリジナリティの近代　甘露純規著　森話社　2011.12　438p　20cm　〈索引あり〉　3600円　Ⓝ978-4-86405-030-2

◇明治文学余話　木村毅著　〈リキエスタ〉の会　2001.4　104p　21cm　〈トランスアート市谷分室（発売）〉　1300円　Ⓝ4-88752-139-1

◇岩波講座日本文学史—第11巻　変革期の文学 3　久保田淳ほか編　岩波書店　1996.10　355p　22cm　3090円　Ⓝ4-00-010681-3

◇近世と近代の通廊—十九世紀日本の文学　神戸大学文芸思想史研究会編　双文社出版　2001.2　301p　22cm　4800円　Ⓝ4-88164-536-6

◇明治開化期と文学—幕末・明治期の国文学　国文学研究資料館編　京都　臨川書店　1998.3　291p　22cm　4200円　Ⓝ4-653-03493-1

◇非自然主義　後藤宙外著　日本図書センター　1990.10　220,120,9p　22cm　（近代文芸評論叢書 10）〈解説：小林一郎 春陽堂明治41年刊の複製〉　5150円　Ⓝ4-8205-9124-X,4-8205-9114-2

◇メディア・表象・イデオロギー—明治三十年代の文化研究　小森陽一、紅野謙介、高橋修編　小沢書店　1997.5　338p　21cm　3300円　Ⓝ4-7551-0345-2

◇明治文学の世界—鏡像としての新世紀　斎藤慎爾編　柏書房　2001.5　278p　26cm　3800円　Ⓝ4-7601-2057-2

◇文明開化と女性　佐伯順子著　新典社　1991.3　134p　19cm　（叢刊・日本の文学 16）　1009円　Ⓝ4-7879-7516-1

◇恋愛の起源—明治の愛を読み解く　佐伯順子著　日本経済新聞社　2000.2　236p　20cm　1500円　Ⓝ4-532-16327-7

◇ベストセラーのゆくえ—明治大正の流行小説　真銅正宏著　翰林書房　2000.2　246,10p　22cm　4200円　Ⓝ4-87737-094-3

◇正統の垂直線—透谷・鑑三・近代　新保祐司著　構想社　1997.11　234p　20cm　2400円　Ⓝ4-87574-063-8

◇京大坂の文人—続々々　管宗次著　大阪　和泉書院　2010.2　164p　20cm　（上方文庫 36）　2400円　Ⓝ978-4-7576-0540-4

◇「一九〇五年」の彼ら—「現代」の発端を生きた十二人の文学者　関川夏央著　NHK出版　2012.5　244p　18cm　（NHK出版新書 378）　780円　Ⓝ978-4-14-088378-5

◇日本文化におけるドイツ文化受容—明治末から大正期を中心に　関口裕昭編　日本独文学会　2008.6　81p　21cm　（日本独文学会研究叢書 53号）〈年表あり〉　Ⓝ978-4-901909-53-2

◇明治全小説戯曲大観　高木文編　東出版　1997.2　187,215p　22cm　（辞典叢書 22）　8000円　Ⓝ4-87036-038-1

◇文学者たちの大逆事件と韓国併合　高沢秀次著　平凡社　2010.11　234p　18cm　（平凡社新書 555）〈年譜あり〉　760円　Ⓝ978-4-582-85555-5

◇近代文学の起源　高田知波編　若草書房　1999.7　271p　22cm　（日本文学研究論文集成 24）　3500円　Ⓝ4-948755-51-6

◇明治初期文学攷　高野実貴雄著　近代文芸

現代日本文学（文学史）

社　2002.2　146p　18cm　（近代文芸社新書）　1000円　Ⓘ4-7733-6982-5
◇「反戦平和」の源流をたどる─明治文学鑑賞　高柳泰三編著　京都　ウインかもがわ　1998.8　209p　21cm　1905円　Ⓘ4-87699-408-0
◇言葉のゆくえ─明治二〇年代の文学　谷川恵一著　平凡社　1993.1　323p　20cm　（平凡社選書 146）　2678円　Ⓘ4-582-84146-5
◇歴史の文体小説のすがた─明治期における言説の再編成　谷川恵一著　平凡社　2008.2　364p　20cm　3600円　Ⓘ978-4-582-83387-4
◇明治文学石摺考─続続　塚越和夫著, 白根孝美編　葦真文社　2001.8　602p　20cm　6000円　Ⓘ4-900057-23-1
◇明治期雑誌メディアにみる〈文学〉　筑波大学近代文学研究会編　つくば　筑波大学近代文学研究会　2000.6　295p　21cm　〈発行所：佐藤印刷筑波営業所〉　Ⓘ4-921201-90-0
◇明治文学遊学案内　坪内祐三編　筑摩書房　2000.8　311p　19cm　1900円　Ⓘ4-480-82342-5
◇「近代日本文学」の誕生─百年前の文壇を読む　坪内祐三著　PHP研究所　2006.10　384p　18cm　（PHP新書）　840円　Ⓘ4-569-65641-2
◇慶応三年生まれ七人の旋毛曲り─漱石・外骨・熊楠・露伴・子規・紅葉・緑雨とその時代　坪内祐三著　新潮社　2011.7　764p　16cm　（新潮文庫 つ-18-4）　895円　Ⓘ978-4-10-122634-7
◇明治文学回想集─上　十川信介編　岩波書店　1998.12　354p　15cm　（岩波文庫）　660円　Ⓘ4-00-311581-3
◇明治文学回想集─下　十川信介編　岩波書店　1999.2　370,43p　15cm　（岩波文庫）　660円　Ⓘ4-00-311582-1
◇明治文学─ことばの位相　十川信介著　岩波書店　2004.4　390p　20cm　4600円　Ⓘ4-00-002261-X
◇明治文芸と薔薇─話芸への通路　中込重明著　右文院　2004.4　239p　22cm　2700円　Ⓘ4-8421-0041-9
◇西洋の音、日本の耳─近代日本文学と西洋音楽　中村洪介著　新装版　春秋社　2002.7　531,19p　22cm　5000円　Ⓘ4-393-93469-5
◇民友社の文学　中村青史著　三一書房　1995.12　380p　23cm　5000円　Ⓘ4-380-95294-0
◇政治小説の形成─始まりの近代とその表現思想　西田谷洋著　〔横浜〕　世織書房　2010.11　259,10p　22cm　〈文献あり　索引あり〉　3000円　Ⓘ978-4-902163-57-5
◇寂しい近代─漱石・鷗外・四迷・露伴　西村好子著　翰林書房　2009.6　374p　20cm　2900円　Ⓘ978-4-87737-279-8
◇近代小説の成立─明治の青春　野山嘉正著　岩波書店　1997.11　270,5p　22cm　6600円　Ⓘ4-00-002762-X
◇日本近代文学の詩と散文─明治の視角から　野山嘉正著　明治書院　2012.8　256p　22cm　〈索引あり〉　7000円　Ⓘ978-4-625-45403-5
◇〈自己表象〉の文学史─自分を書く小説の登場　日比嘉高著　2版　翰林書房　2008.11　290p　22cm　〈文献あり〉　4200円　Ⓘ978-4-87737-272-9
◇煩悶青年と女学生の文学誌─「西洋」を読み替えて　平石典子著　新曜社　2012.2　358p　22cm　〈索引あり〉　4200円　Ⓘ978-4-7885-1273-3
◇日本近代文学の出発　平岡敏夫著　新版　塙書房　1992.9　264p　18cm　（塙新書）　1200円　Ⓘ4-8273-4066-8
◇佐幕派の文学史─福沢諭吉から夏目漱石まで　平岡敏夫著　おうふう　2012.2　399p　22cm　4800円　Ⓘ978-4-273-03645-4
◇民友社文学・作品論集成　平林一, 山田博光編　三一書房　1992.3　307p　20cm　3200円　Ⓘ4-380-92214-6
◇明治文学と私　広瀬朱実著　右文院　1997.8　422p　21cm　4400円　Ⓘ4-8421-9701-3
◇小説の考古学へ─心理学・映画から見た小説技法史　藤井淑禎著　名古屋　名古屋大学出版会　2001.2　286p　20cm　3200円　Ⓘ4-8158-0401-X
◇明治初期文学の展開─後退戦の経絡　槙林滉二著　大阪　和泉書院　2001.2　488p　22cm　（槙林滉二著作集 第2巻　槙林滉二著）　〈シリーズ責任表示：槙林滉二著〉　9000円　Ⓘ4-7576-0075-5

◇明治の碩学　三浦叶著　汲古書院　2003.6　356p　20cm　〈汲古選書 34〉　4300円　ⓘ4-7629-5034-3

◇言葉の文明開化―継承と変容　宮崎真素美、遠山一郎、山口俊雄著　学術出版会　2007.5　184p　20cm　〈学術叢書〉〈日本図書センター（発売）〉　2800円　ⓘ978-4-284-00063-5

◇明治文学研究夜話　柳田泉著　〈リキエスタ〉の会　2001.4　130p　21cm　〈トランスアート市谷分室〉　1300円　ⓘ4-88752-138-3

◇明治文学―随筆 1（政治篇・文学篇）　柳田泉著、谷川恵一ほか校訂　平凡社　2005.8　431p　18cm　（東洋文庫 741）　3000円　ⓘ4-582-80741-0

◇明治文学―随筆 2（文学篇・人物篇）　柳田泉著、谷川恵一ほか校訂　平凡社　2005.9　425p　18cm　（東洋文庫 742）　3000円　ⓘ4-582-80742-9

◇明治文学―随筆 3（人物篇・叢話篇）　柳田泉著、谷川恵一ほか校訂　平凡社　2005.11　476p　18cm　（東洋文庫 744）　3100円　ⓘ4-582-80744-5

◇幻想の近代―逍遥・美妙・柳浪　山田有策著　おうふう　2001.11　549p　22cm　8000円　ⓘ4-273-03154-X

◇小説の維新史―小説はいかに明治維新を生き延びたか　山本良著　風間書房　2005.2　247,6p　22cm　5800円　ⓘ4-7599-1488-9

◇快絶壮遊「天狗倶楽部」―明治バンカラ交遊録　横田順彌著　教育出版　1999.6　192p　19cm　（江戸東京ライブラリー 8）　1500円　ⓘ4-316-35740-9

◇近代日本奇想小説史―明治篇　横田順彌著　PILAR PRESS　2011.1　1218p　20cm　〈文献あり　索引あり〉　12000円　ⓘ978-4-86194-016-3

◇風俗壊乱―明治国家と文芸の検閲　ジェイ・ルービン著、今井泰子、大木俊夫、木股知史、河野賢司、鈴木美津子訳　横浜　世織書房　2011.4　477,20p　22cm　〈文献あり　年表あり　索引あり〉　5000円　ⓘ978-4-902163-59-9

◇明治文芸院始末記　和田利夫著　筑摩書房　1989.12　322p　20cm　2580円　ⓘ4-480-82271-2

◇鎌倉と明治文学者―漱石・独歩・樗牛・天知特別展　鎌倉　鎌倉市教育委員会　1993.10　24p　26cm　〈共同刊行：鎌倉文学館　会期：平成5年10月15日～11月28日〉

◆◆青木 健作（1883～1964）

◇青木健作―初期作品の世界　桑原伸一著　笠間書院　1992.2　275p　20cm　〈青木健作の肖像あり〉　2575円

◇夏目成美と井本健作先生　高柳乙晴著　茅ヶ崎　高柳乙晴　2000.6　139p　21cm　非売品

◆◆岡本 綺堂（1872～1939）

◇岡本綺堂日記―続　岡本経一編　青蛙房　1989.3　669p　図版16枚　20cm　5000円

◇綺堂年代記　岡本経一編　青蛙房　2006.7　505p　20cm　〈肖像あり　年表あり〉　3800円　ⓘ4-7905-0808-0

◇物語の法則―岡本綺堂と谷崎潤一郎　千葉俊二著　青蛙房　2012.6　277p　20cm　2300円　ⓘ978-4-7905-0342-2

◇綺堂は語る、半七が走る―異界都市江戸東京　横山泰子著　教育出版　2002.12　193p　19cm　（江戸東京ライブラリー 22）　1500円　ⓘ4-316-35910-X

◇近代作家追悼文集成―第26巻　牧野信一・中原中也・岡本綺堂　ゆまに書房　1992.12　273p　22cm　〈監修：稲村徹元　複製　牧野信一ほかの肖像あり〉　6489円　ⓘ4-89668-650-0

◆◆◆「半七捕物帳」

◇『半七捕物帳』と中国ミステリー　有坂正三著　文芸社　2005.9　229p　20cm　〈文献あり〉　1500円　ⓘ4-286-00144-X

◇半七は実在した―「半七捕物帳」江戸めぐり　今井金吾著　河出書房新社　1989.9　229p　20cm　1600円　ⓘ4-309-22167-X

◇「半七捕物帳」江戸めぐり―半七は実在した　今井金吾著　筑摩書房　1999.3　296p　15cm　（ちくま文庫）　720円　ⓘ4-480-03459-5

◇半七捕物帳事典　今内孜編著　国書刊行会　2010.1　980,22p　22cm〈文献あり　索引あり〉　8500円　Ⓣ978-4-336-05163-9

◇半七の見た江戸―『江戸名所図会』でたどる「半七捕物帳」　岡本綺堂著,今井金吾編著　河出書房新社　1999.5　213p　22cm　2500円　Ⓣ4-309-22349-4

◇「半七捕物帳」解説　岡本経一著　青蛙房　2009.3　125p　19cm〈年表あり〉　1500円　Ⓣ978-4-7905-0807-6

◇半七捕物帳を歩く―ぼくの東京遊覧　田村隆一著　朝日新聞社　1991.6　252p　15cm（朝日文庫）　460円　Ⓣ4-02-260649-5

◆◆押川　春浪（1876～1914）

◇快男児押川春浪　横田順弥,会津信吾著　徳間書店　1991.5　408p　16cm（徳間文庫）　580円　Ⓣ4-19-579321-1

◇熱血児押川春浪―野球害毒論と新渡戸稲造　横田順弥著　三一書房　1991.12　282p　20cm　1800円　Ⓣ4-380-91242-6

◆◆加能　作次郎（1885～1941）

◇加能作次郎の人と文学　坂本政親著　金沢「加能作次郎の人と文学」刊行会　1991.11　401p　22cm〈能登印刷・出版部（発売）加能作次郎の肖像あり〉　5000円　Ⓣ4-89010-144-6

◇加能作次郎ノート　杉原米和著　国分寺　武蔵野書房　2000.10　202p　20cm　2000円　Ⓣ4-943898-09-2

◇美しき作家加能作次郎　志賀町（石川県）志賀町立図書館　2011.3　181p　26cm〈年譜あり　著作目録あり〉

◆◆上司　小剣（1874～1947）

◇上司小剣文学研究　荒井真理亜著　大阪　和泉書院　2005.10　272p　22cm（近代文学研究叢刊 31）〈肖像あり〉　8000円　Ⓣ4-7576-0335-5

◇星ひとつ―小剣さんを歩く　大塚子悠著　猪名川町（兵庫県）信樹舎　2006.9　337p　21cm〈著作目録あり　文献あり〉　非売品

◇上司小剣コレクション目録　日本近代文学館編　日本近代文学館　2011.3　53p　21cm（日本近代文学館所蔵資料目録 32）

◇上司（かみづかさ）小剣論―人と作品　吉田悦志著　翰林書房　2008.11　319p　20cm　3200円　Ⓣ978-4-87737-273-6

◆◆木下　尚江（1869～1937）

◇木下尚江語録　青木吉蔵編　新訂版　清水靖久校訂　福岡　清水靖久　1991.9　74p　26cm　非売品

◇木下尚江研究　青木信雄著　双文社出版　1991.11　249p　22cm　6800円　Ⓣ4-88164-339-8

◇生誕120周年記念木下尚江資料展目録　木下尚江顕彰会実行委員会編　長野県豊科町　木下尚江顕彰会実行委員会　1989.11　54p　21cm

◇木下尚江考　後神俊文著　近代文芸社（発売）　1994.1　350p　20cm　2500円　Ⓣ4-7733-2049-4

◇野生の信徒木下尚江　清水靖久著　福岡　九州大学出版会　2002.2　386,5p　21cm　5200円　Ⓣ4-87378-720-3

◆◆小泉　八雲（1850～1904）

◇続 ラフカディオ・ハーン再考―熊本ゆかりの作品を中心に　熊本大学小泉八雲研究会編　恒文社　1999.6　218p　21cm　2400円　Ⓣ4-7704-1001-8

◇作家の自伝―82　小泉八雲　小泉八雲著,池田雅之編訳解説　日本図書センター　1999.4　310p　22cm（シリーズ・人間図書館）　2600円　Ⓣ4-8205-9527-X,4-8205-9525-3

◇小泉八雲と早稲田大学　関田かをる著　恒文社　1999.5　280,9p　19cm　3000円　Ⓣ4-7704-0998-2

◇人生の教師ラフカディオ・ハーン　仙北谷晃一著　恒文社　1996.4　373,9p　19cm　2900円　Ⓣ4-7704-0865-X

◇オリエンタルな夢―小泉八雲と霊の世界　平川祐弘著　筑摩書房　1996.10　329p　19cm　2472円　Ⓣ4-480-82331-X

◆◆佐藤 緑葉（1886～1960）

◇佐藤緑葉の文学—上州近代の作家　伊藤信吉著　塙書房　1999.3　284p　18cm（塙新書75—土屋文明記念文学館リブレ）　1600円　①4-8273-4075-7

◇佐藤緑葉と伴に—若山牧水・白石実三・田中辰雄 図録　群馬県立土屋文明記念文学館編　群馬町（群馬県）　群馬県立土屋文明記念文学館　2000.6　71p　30cm〈第9回企画展：平成12年6月3日—7月2日〉

◆◆田沢 稲舟（1874～1896）

◇作家・田沢稲舟—明治文学の炎の薔薇　伊東聖子著　社会評論社　2005.2　299p　22cm〈「炎の女流作家・田沢稲舟」(東洋書館1977年刊)の新版〉　3600円　①4-7845-0930-5

◇田沢稲舟研究資料　細矢昌武編著　秋田　無明舎出版　2001.3　579p　22cm　4800円　①4-89544-267-5

◇田沢稲舟—作品の軌跡　松坂俊夫著　山形　山形女子短期大学出版部　1992.3　174p　20cm〈田沢稲舟の肖像あり〉　1800円

◇田沢稲舟—作品の軌跡　松坂俊夫著　鶴岡　東北出版企画　1996.9　178p　20cm　1942円

◆◆半井 桃水（1860～1926）

◇ある明治人の朝鮮観—半井桃水と日朝関係　上垣外憲一著　筑摩書房　1996.11　300p　22cm　6695円　①4-480-86101-7

◇一葉と桃水　高橋和彦著　〔小郡〕　菊葉短歌研究会　2012.3　187p　19cm

◆◆西 萩花（1889～1908）

◇もう一つの明治の青春—西萩花遺稿集　西萩花ほか著,小林一郎編著　教育出版センター　1992.3　239p　22cm（研究選書 51）〈西萩花の肖像あり〉　3000円　①4-7632-1525-6

◆◆丹羽 花南（1846～1878）

◇花南丹羽賢—付・花南小稿　斎田作楽編著　太平書屋　1991.7　212p　19cm（太平文庫 19）〈丹羽花南の肖像あり〉　4000円

◆◆広津 柳浪（1861～1928）

◇広津柳浪・和郎・桃子展—広津家三代の文学　神奈川文学振興会編　横浜　県立神奈川近代文学館　1998.4　67p　26cm

◆◆宮崎 夢柳（1855～1889）

◇宮崎夢柳論　西田谷洋著　名古屋　マナハウス　2004.8　134p　21cm　1429円　①4-901730-25-8

◆◆村井 弦斎（1863～1927）

◇『食道楽』の人村井弦斎　黒岩比佐子著　岩波書店　2004.6　427,9p　20cm〈文献あり　年譜あり〉　4200円　①4-00-023394-7

◆戯作文学

◇明治戯作の研究—草双紙を中心として　佐々木亨著　早稲田大学出版部　2009.10　295,3p　30cm（早稲田大学モノグラフ 21）　3334円　①978-4-657-09908-2

◆◆仮名垣 魯文（1829～1894）

◇仮名垣魯文—文明開化の戯作者　興津要著　横浜　有隣堂　1993.6　207p　18cm（有隣新書）　980円　①4-89660-112-2

◇『成田道中膝栗毛』を読む　仮名垣魯文著,斎藤均編　流山　崙書房出版　1990.11　159p　18cm（ふるさと文庫）　803円

◇幕末・開化期文学資料集—平成二十一年度国学院大学「特色ある教育研究」研究成果報告書 仮名垣魯文 2　国学院大学仮名垣魯文研究会編　国学院大学文学部日本文学一〇一五研究室　2010.3　269p　26cm

◇明治初期文学資料集—平成17年度国学院大学「特色ある教育研究」研究成果報告書 仮名垣魯文 1　国学院大学明治初期文学研究会編　国学院大学文学部日本文学第八研究室　2006.3　248p　26cm〈文献あり〉

◇仮名垣魯文　平塚良宜著　第2刷　平塚良宣　1995.8　162p　19cm

◇仮名垣魯文百覧会展示目録—国文学研究資料館二〇〇六年度秋季特別展 3版　国文学研究資料館　2006.11　49p　30cm

◆◆河竹　黙阿弥（1816〜1893）

◇作者の家―黙阿弥以後の人びと　河竹登志夫著　新版　悠思社　1991.10　411p　22cm　4800円　①4-946424-06-7

◇黙阿弥　河竹登志夫著　文芸春秋　1996.5　310p　16cm　（文春文庫）　480円　①4-16-744502-6

◇河竹黙阿弥―人と作品　没後百年　早稲田大学坪内博士記念演劇博物館編　早稲田大学坪内博士記念演劇博物館　1993.4　324p　26cm〈付（図1枚）：黙阿弥江戸芝居地図　会期：1993年4月9日〜5月30日〉

◇黙阿弥の明治維新　渡辺保著　新潮社　1997.10　349p　20cm　2000円　①4-10-394103-0

◆翻訳文学

◇明治翻訳異聞　秋山勇造著　新読書社　2000.5　230,9p　20cm　2000円　①4-7880-7043-X

◇文豪の翻訳力―近現代日本の作家翻訳　谷崎潤一郎から村上春樹まで　井上健著　武田ランダムハウスジャパン　2011.8　431p　20cm　2200円　①978-4-270-00665-8

◇翻訳文学の視界―近現代日本文化の変容と翻訳　井上健編　京都　思文閣出版　2012.1　291,2p　21cm〈文献あり〉　2500円　①978-4-7842-1600-0

◇英学の先駆者―平田禿木　鏡味国彦著　文化書房博文社　2003.9　105p　19cm　1800円　①4-8301-1012-0

◇翻訳の日本語　川村二郎,池内紀著　中央公論新社　2000.7　404p　16cm　（中公文庫）　1048円　①4-12-203686-0

◇明治大正翻訳ワンダーランド　鴻巣友季子著　新潮社　2005.10　204p　18cm　（新潮新書）　680円　①4-10-610138-6

◇近代日本の翻訳文化と日本語―翻訳王・森田思軒の功績　斉藤美野著　京都　ミネルヴァ書房　2012.9　269p　22cm〈文献あり　索引あり〉　6000円　①978-4-623-06446-5

◇翻訳文学のあゆみ―イソップからシェイクスピアまで　新熊清著　京都　世界思想社　2008.10　258p　22cm　2300円　①978-4-7907-1363-0

◆◆青柳　瑞穂（1899〜1971）

◇青柳瑞穂の生涯―真贋のあわいに　青柳いづみこ著　新潮社　2000.9　316p　20cm　1900円　①4-10-439901-9

◇青柳瑞穂の生涯―真贋のあわいに　青柳いづみこ著　平凡社　2006.11　397p　16cm　（平凡社ライブラリー　594）　1500円　①4-582-76594-7

◆◆黒岩　涙香（1862〜1920）

◇黒岩涙香―探偵実話　いいだもも著　リブロポート　1992.3　402,10p　19cm　（シリーズ民間日本学者　33）〈黒岩涙香の肖像あり〉　1854円　①4-8457-0703-9

◇言葉の戦士―涙香と定輔　明治新聞人の気概を知りたい　井川充雄,南部哲郎,張宝芸企画構成,日本新聞博物館編　横浜　日本新聞博物館　2007.2　96,96p　21×30cm〈会期：2007年2月17日〜4月22日　著作目録あり　年表あり　年譜あり〉　1429円

◇涙香外伝　伊藤秀雄著　三一書房　1995.6　249p　20cm　2500円　①4-380-95250-9

◇黒岩涙香の研究と書誌―黒岩涙香著訳書総覧　伊藤秀雄,榊原貴教編著　ナダ出版センター　2001.6　244p　22cm　（翻訳研究・書誌シリーズ　別巻1）〈肖像あり　五月書房（発売）〉　5500円　①4-7727-0354-3

◇黒岩涙香　涙香会編　日本図書センター　1992.10　930,10p　22cm　（近代作家研究叢書　111）〈解説：伊藤秀雄　扶桑社大正11年刊の複製　黒岩涙香の肖像あり〉　16995円　①4-8205-9210-6,4-8205-9204-1

◆◆内藤　濯（1883〜1977）

◇星の王子の影とかたちと　内藤初穂著　筑摩書房　2006.3　430p　20cm　2800円　①4-480-81826-X

◆自然主義

◇自然主義のレトリック　永井聖剛著　双文社出版　2008.2　318p　22cm　4600円　①978-4-88164-582-6

◇自然主義　長谷川天渓著　日本図書セン

ター　1992.3　416,8,9p　22cm　〈近代文芸評論叢書 21〉〈解説：垣田時也 博文館明治41年刊の複製〉　9785円　①4-8205-9150-9,4-8205-9144-4

◇自然主義文学盛衰史　正宗白鳥著　講談社　2002.11　224p　16cm　〈講談社文芸文庫〉〈年譜あり〉　1100円　①4-06-198314-8

◇ヨーロッパの翻訳本と日本自然主義文学　山本昌一著　双文社出版　2012.1　270p　22cm　5600円　①978-4-88164-604-5

◇自然主義作家展―花袋・藤村・秋声・泡鳴・白鳥　館林　館林市教育委員会文化振興課　1997.10　44p　26cm

◆◆岩野　泡鳴（1873～1920）

◇岩野泡鳴全集―第16巻　岩野美衞著,岩野泡鳴全集刊行会編　京都　臨川書店　1997.7　443,33p　23cm　8800円　①4-653-02777-3,4-653-02761-7

◇岩野泡鳴の研究　大久保典夫著　笠間書院　2002.10　411p　22cm　〈肖像あり〉　6800円　①4-305-70244-4

◇徳田秋声と岩野泡鳴―自然主義の再検討　小川武敏編　有精堂出版　1992.8　265p　22cm　〈日本文学研究資料新集 16〉　3650円　①4-640-30965-1

◇岩野泡鳴研究　鎌倉芳信著　有精堂出版　1994.6　261p　22cm　7725円　①4-640-31050-1

◇岩野泡鳴文学の生成　伴悦著　おうふう　2006.3　342p　22cm　〈文献あり〉　12000円　①4-273-03428-X

◇近代作家追悼文集成―第19巻　上田敏・岩野泡鳴　ゆまに書房　1992.12　270p　22cm　〈監修：稲村徹元　複製　上田敏および岩野泡鳴の肖像あり〉　5562円　①4-89668-643-8

◇岩野泡鳴全集 月報―1-17　京都　臨川書店　1994.10～1997.7　1冊　19cm

◆◆島崎　藤村（1872～1943）

◇知られざる晩年の島崎藤村　青木正美著　国書刊行会　1998.9　318p　22cm　〈島崎藤村コレクション 第2巻〉　5200円　①4-336-04092-3

◇島崎藤村と東北学院　渥美孝子編　仙台　東北学院特別企画「島崎藤村と東北学院」実施委員会　2002.10　159p　26cm　〈会期・会場：2002年10月15日～20日 東北学院大学　年譜あり〉

◇藤村をめぐる女性たち　伊東一夫著　国書刊行会　1998.11　282p　22cm　〈島崎藤村コレクション 第3巻〉　5000円　①4-336-04093-1

◇肉筆原稿で読む島崎藤村　伊東一夫,青木正美編　国書刊行会　1998.12　235p　22cm　〈島崎藤村コレクション 第4巻〉　5200円　①4-336-04094-X

◇伊藤信吉著作集―第1巻　伊藤信吉著　沖積舎　2002.10　576p　21cm　〈肖像あり〉　9000円　①4-8060-6574-9

◇島崎こま子の「夜明け前」―エロス愛・狂・革命　梅本浩志著　社会評論社　2003.9　350p　20cm　2700円　①4-7845-0928-3

◇島崎藤村とパリ・コミューン　梅本浩志著　社会評論社　2004.8　298p　22cm　〈肖像あり〉　3000円　①4-7845-0929-1

◇藤村永遠の恋人　佐藤輔子　及川和男著　仙台　本の森　1999.11　309p　19cm　2000円　①4-938965-21-6

◇群像日本の作家―4　島崎藤村　大岡信ほか編,井出孫六ほか著　小学館　1992.2　321p　20cm　〈島崎藤村の肖像あり〉　1800円　①4-09-567004-5

◇近代日本文芸試論―透谷・藤村・漱石・武郎　大田正紀著　桜楓社　1989.5　237p　22cm　2884円　①4-273-02331-8

◇文学の径を歩く―透谷・藤村から現代へ　片山晴夫著　小平　蒼丘書林　2012.11　333p　22cm　3400円　①978-4-915442-89-6

◇島崎藤村展　神奈川文学振興会編　〔横浜〕県立神奈川近代文学館　2012.10　64p　26cm　〈会期・会場：2012年10月6日～11月18日 県立神奈川近代文学館　生誕140年記念共同刊行：神奈川文学振興会　年譜あり〉

◇島崎藤村――漂泊者の肖像　亀井勝一郎著　日本図書センター　1993.1　186,17p　22cm　〈近代作家研究叢書 124〉〈解説：垣田時也 弘文堂書房昭和14年刊の複製〉　4120円　①4-8205-9225-4,4-8205-9221-1

◇表現の身体―藤村・白鳥・漱石・賢治　川島秀一著　双文社出版　2004.12　310p

22cm　6500円　ⓘ4-88164-562-5

◇島崎藤村の人間観　川端俊英著　新日本出版社　2006.3　190p　20cm　〈肖像あり　年譜あり〉　1900円　ⓘ4-406-03253-3

◇藤村のパリ　河盛好蔵著　新潮社　1997.5　351p　20cm　3200円　ⓘ4-10-306005-0

◇藤村のパリ　河盛好蔵著　新潮社　2000.9　399p　15cm　（新潮文庫）　552円　ⓘ4-10-102604-1

◇歴史と人間について——藤村と近代日本　小谷汪之著　東京大学出版会　1991.8　222p　19cm　（UP選書　265）　1648円　ⓘ4-13-002065-X

◇島崎藤村抵抗と容認の構造　小林明子著　双文社出版　2012.10　238p　22cm　〈索引あり〉　4000円　ⓘ978-4-88164-612-0

◇島崎藤村　小林利裕著　京都　三和書房　1991.11　191p　20cm　1800円

◇島崎藤村——『春』前後　佐々木雅発著　審美社　1997.5　525p　22cm　6000円　ⓘ4-7883-4079-8

◇島崎藤村と下仁田　里見倫夫著　甘楽町（群馬県）〔里見倫夫〕　1990.9　346p　22cm　〈島崎藤村の肖像あり〉

◇父藤村の思い出と書簡　島崎楠雄著, 藤村記念館編　山口村（長野県）　藤村記念館　2002.8　324p　19cm　〈肖像あり〉　1700円　ⓘ4-88411-020-X

◇藤村の旅路　島崎古巡絵・文　松本　郷土出版社　2010.11　153p　22×31cm　2500円　ⓘ978-4-86375-082-1

◇作家の自伝——42　島崎藤村　島崎藤村著, 瓜生清編解説　日本図書センター　1997.4　259p　22cm　（シリーズ・人間図書館）　2600円　ⓘ4-8205-9484-2, 4-8205-9482-6

◇論集 島崎藤村　島崎藤村学会編　おうふう　1999.10　329p　21cm　4800円　ⓘ4-273-03103-5

◇島崎藤村　下山嬢子著　宝文館出版　1997.10　381p　22cm　4500円　ⓘ4-8320-1484-6

◇島崎藤村　下山嬢子編　若草書房　1999.4　270p　22cm　（日本文学研究論文集成　30　藤井貞和ほか監修）　3500円　ⓘ4-948755-42-7

◇島崎藤村——人と文学　下山嬢子著　勉誠出版　2004.10　216p　20cm　（日本の作家100人）〈年譜あり　文献あり〉　1800円　ⓘ4-585-05176-7

◇近代の作家島崎藤村　下山嬢子著　明治書院　2008.2　500p　22cm〈「島崎藤村」（宝文館出版1997年刊）の増補訂正版〉　10000円　ⓘ978-4-625-45400-4

◇若き「藤村研究家」とその遺産——他　鈴木保男著　岡谷　鈴木保男　2007.3　256p　20cm　2000円

◇島崎藤村とこま子その愛　鈴木保男著　日本文学館　2009.2　256p　19cm　1200円　ⓘ978-4-7765-1900-3

◇島崎藤村展——言葉につながるふるさと　仙台文学館編　仙台　仙台文学館　2002.3　38p　26cm　〈会期：平成14年4月20日（土）-6月9日（日）〉

◇島崎藤村——遠いまなざし　高橋昌子著　大阪　和泉書院　1994.5　307,7p　22cm　（近代文学研究叢刊　5）　3811円　ⓘ4-87088-662-6

◇藤村の近代と国学　高橋昌子著　双文社出版　2007.9　198p　22cm　3800円　ⓘ978-4-88164-576-5

◇島崎藤村——苦悩と悲哀の生涯　土屋道雄著　小川町（埼玉県）　笠原書房　2011.5　223p　20cm　2000円

◇島崎藤村研究　栩瀬良平著　上山　みちのく書房　1996.9　374p　22cm　2912円　ⓘ4-944077-16-5

◇島崎藤村論——明治の青春　永野昌三著　土曜美術社出版販売　1998.12　238p　20cm　（現代詩人論叢書　12）　2500円　ⓘ4-8120-0743-7

◇島崎藤村と小諸——神津猛の友情をめぐって　並木張著　佐久　櫟　1990.7　305p　19cm　（千曲川文庫　15）〈神津猛および島崎藤村の肖像あり〉　1800円　ⓘ4-900408-29-8

◇小諸時代の藤村　並木張著　佐久　櫟　1992.11　300p　19cm　（千曲川文庫　18）　1800円　ⓘ4-900408-44-1

◇島崎藤村春雨の旅　並木張著　佐久　並木張　1998.2　270p　19cm

◇島崎藤村——文明批評と詩と小説と　平岡敏夫,剣持武彦編　双文社出版　1996.10　262p　22cm　4800円　ⓘ4-88164-510-2

現代日本文学（文学史）

◇島崎藤村　平野謙著　岩波書店　2001.11　241p　15cm　（岩波現代文庫 文芸）　1000円　ⓒ4-00-602042-2

◇島崎藤村／文明論的考察　平林一著　双文社出版　2000.5　175p　22cm〈付属資料：15p〉　2800円　ⓒ4-88164-531-5

◇島崎藤村―藤一也個人誌　第3号　藤一也編　仙台　藤一也　1991.6　72p　21cm

◇島崎藤村―藤一也個人誌　第4号　藤一也編　仙台　藤一也　1992.8　106p　21cm　350円

◇島崎藤村―藤一也個人誌　第5号　藤一也編　仙台　藤一也　1993.8　101p　21cm　350円

◇島崎藤村―藤一也個人誌　第6号　藤一也編　仙台　藤一也　1994.8　82p　21cm　350円

◇島崎藤村―藤一也個人誌　第7号　藤一也編　仙台　藤一也　1995.6　69p　21cm　350円

◇島崎藤村―藤一也個人誌　第8号　藤一也編　仙台　藤一也　1996.2　86p　21cm　350円

◇島崎藤村―藤一也個人誌　第10号　藤一也編　仙台　藤一也　1997.11　92p　21cm　350円

◇若き日の藤村―仙台時代を中心に　藤一也著　仙台　本の森　1998.11　277p　19cm　1800円　ⓒ4-938965-11-9

◇島崎藤村―藤一也個人誌　第11号　藤一也編　仙台　藤一也　1998.12　176p　21cm

◇島崎藤村―藤一也個人誌　第13号　藤一也編　仙台　藤一也　2001.12　76p　21cm

◇春回生の世界―島崎藤村の文学　松本鶴雄著　勉誠出版　2010.5　349p　20cm〈年譜あり〉　4500円　ⓒ978-4-585-29001-8

◇三好行雄著作集―第1巻　島崎藤村論　三好行雄著　筑摩書房　1993.7　398p　22cm　6600円　ⓒ4-480-70041-2

◇僕たちのシテール島―海水館、藤村「春」左団次「自由劇場」ゆかりの家　明治学院藤村研究部OB会編　〔川口〕　明治学院藤村研究部OB会　1998.7　76p　20cm　1000円

◇島崎藤村と英語　八木功著　双文社出版　2003.2　254p　22cm　4700円　ⓒ4-88164-548-X

◇ある詩人の生涯―詩的藤村私論　評伝　矢田順治著　小郡町（山口県）　現代詩研究会　1995.11　269p　19cm　1200円

◇ある知識人の悲劇―青山半蔵の生涯　評伝　矢田順治著　山口　現代詩研究会　2001.10　324p　19cm　（詩的藤村私論 第3部）　1200円

◇ある詩人の晩年―その良心の軌跡　評伝　矢田順治著　山口　現代詩研究会　2004.10　318p　19cm　（詩的藤村私論 第4部）　1200円

◇透谷・藤村・一葉　藪禎子著　明治書院　1991.7　356p　19cm　（新視点シリーズ日本近代文学 4）　2900円　ⓒ4-625-53024-5

◇片思い―島崎藤村ノート　山崎義男著　上田　山崎義男　1991.11　212p　19cm　非売品

◇制度の近代―藤村・鷗外・漱石　山田有策著　おうふう　2003.5　421p　22cm　4000円　ⓒ4-273-03266-X

◇山室静自選著作集―第4巻　鷗外・藤村論　山室静著　松本　郷土出版社　1992.7　325p　20cm〈森鷗外, 島崎藤村および著者の肖像あり〉　3800円　ⓒ4-87663-187-5

◇島崎藤村―マイクロ版論文集 2　和田謹吾著　札幌　〔和田謹吾〕　1992.5　104p　18cm　（観白亭叢刊 第8）〈はり込図1枚 限定版〉

◇島崎藤村　和田謹吾著　翰林書房　1993.10　287p　22cm　6800円　ⓒ4-906424-23-6

◇島崎藤村を読み直す　渡辺広士著　創樹社　1994.6　254p　20cm　1800円　ⓒ4-7943-0359-9

◇島崎藤村と一関　一関　文学の蔵設立委員会　1993.12　108p　21cm〈島崎藤村一関曽遊百年・没後五十年記念　編集：及川和男ほか　島崎藤村の肖像あり〉　1200円

◇桜の実　明治学院大学藤村研究部　〔1998〕　1冊　26cm

◆◆◆比較・影響

◇藤村とルソー　小池健男著　双文社出版　2006.10　206p　20cm〈文献あり〉　2800円　ⓒ4-88164-572-2

◇四迷・啄木・藤村の周縁―近代文学管見　高阪薫著　大阪　和泉書院　1994.6　307,5p　22cm　（近代文学研究叢刊 6）　3811円　ⓒ4-87088-670-7

◆◆◆詩

◇島崎藤村詩への招待　神田重幸編　双文社出版　2000.4　168p　21cm　1800円　Ⓘ4-88164-074-7

◇近代の詩人―2　島崎藤村　中村真一郎編・解説　潮出版社　1991.12　385p　23cm　〈島崎藤村の肖像あり〉　5000円　Ⓘ4-267-01240-7

◇島崎藤村研究―詩の世界　水本精一郎著　近代文芸社　2010.12　249p　20cm　〈著作目録あり　年譜あり〉　2000円　Ⓘ978-4-7733-7619-7

◆◆◆小説

◇島崎藤村小説研究　伊狩弘著　双文社出版　2008.10　286p　22cm　4600円　Ⓘ978-4-88164-588-8

◇藤村小説の世界　金貞恵著　大阪　和泉書院　2008.8　225p　20cm　（和泉選書 165）　3500円　Ⓘ978-4-7576-0482-7

◇愛と生の獲得―藤村「新生」をめぐって　佐々木淫著　佐久　櫟　1995.3　125p　21cm　1600円　Ⓘ4-900408-54-9

◇小説家島崎藤村　笹淵友一著　明治書院　1990.1　492p　22cm　9800円　Ⓘ4-625-43056-9

◇島崎藤村―小説の方法　滝藤満義著　明治書院　1991.10　308p　19cm　（新視点シリーズ日本近代文学 5）　2900円　Ⓘ4-625-53025-3

◇島崎藤村「東方の門」　藤一也著　沖積舎　1999.10　519p　22cm　6800円　Ⓘ4-8060-4640-X

◇島崎藤村研究―小説の世界　水本精一郎著　近代文芸社　2010.12　467p　20cm　〈著作目録あり　年譜あり〉　2800円　Ⓘ978-4-7733-7620-3

◆◆◆「破戒」

◇島崎藤村『破戒』100年　大阪人権博物館編　大阪　大阪人権博物館　2006.9　119p　30cm　〈会期・会場：2006年9月12日～11月12日　大阪人権博物館　年表あり　年譜あり〉

◇藤村の『破戒』と正岡子規　亀田順一著　神戸　兵庫県部落問題研究所　1993.11　64p　21cm　（ヒューマンブックレット no.21）　600円　Ⓘ4-89202-095-8

◇破戒という奇跡―再刊本とは何だったのか　塩見鮮一郎著　河出書房新社　2010.1　198p　20cm　〈年表あり〉　1900円　Ⓘ978-4-309-24508-9

◇「破戒」の牧場と悲話―島崎藤村の観察と作品から　並木張著　長野　ほおずき書籍　1994.10　290p　19cm　〈星雲社（発売）〉　1800円　Ⓘ4-7952-1981-8

◇島崎藤村『破戒』を歩く―上　『破戒』を歩く　成沢栄寿著　京都　部落問題研究所　2008.3　191p　21cm　1600円　Ⓘ978-4-8298-2069-8

◇島崎藤村『破戒』を歩く―下　「藤村」を歩く　成沢栄寿著　京都　部落問題研究所　2009.10　440p　21cm　3400円　Ⓘ978-4-8298-2072-8

◇『破戒』百年物語　宮武利正著　大阪　解放出版社　2007.11　254p　20cm　〈年表あり〉　2000円　Ⓘ978-4-7592-5134-0

◆◆◆「夜明け前」

◇島崎藤村『夜明け前』作品論集成―1　剣持武彦編　大空社　1997.11　577p　27cm　（近代文学作品論叢書 16）　Ⓘ4-87236-824-X

◇島崎藤村『夜明け前』作品論集成―2　剣持武彦編　大空社　1997.11　549p　27cm　（近代文学作品論叢書 16）　Ⓘ4-87236-824-X

◇島崎藤村『夜明け前』作品論集成―3　剣持武彦編　大空社　1997.11　545p　27cm　（近代文学作品論叢書 16）　Ⓘ4-87236-824-X

◇島崎藤村『夜明け前』作品論集成―4　剣持武彦編　大空社　1997.11　433p　27cm　（近代文学作品論叢書 16）　Ⓘ4-87236-824-X

◇木曽路文学散歩―夜明け前の舞台を訪ねて　佐藤昭編　浜松　佐藤昭　1993.3　97p　26cm

◇夜明け前ものがたり―写真で辿る島崎藤村「夜明け前」　白木益三著,白木一男編　中津川　白木一男　2010.12　79p　26cm　Ⓘ978-4-9905474-0-0

◇『夜明け前』論―史料と翻刻　鈴木昭一著　おうふう　1994.2　565p　22cm　24000円　Ⓘ4-273-02744-5

◇『夜明け前』探究―史料と翻刻　鈴木昭一著　おうふう　1998.10　363p　22cm　19000円　①4-273-03029-2

◇『夜明け前』『東方の門』研究―史料と翻刻　鈴木昭一著　おうふう　2008.1　369p　22cm　24000円　①978-4-273-03473-3

◇国家と個人―島崎藤村『夜明け前』と現代　相馬正一著　人文書館　2006.9　224p　20cm〈年譜あり〉　2500円　④4-903174-07-7

◇『夜明け前』の世界―「大黒屋日記」を読む　高木俊輔著　平凡社　1998.10　173p　19cm（セミナー「原典を読む」11）　2000円　①4-582-36431-4

◇戦間期の『夜明け前』―現象としての世界戦争　中山弘明著　双文社出版　2012.10　302p　22cm〈年表あり　索引あり〉　4200円　①978-4-88164-611-3

◇島崎藤村『夜明け前』リアリティの虚構と真実―木曽山林事件にみる転落の文学の背景　北条浩著　御茶の水書房　1999.8　337p　22cm　4500円　①4-275-01769-2

◆◆◆書簡

◇写真と書簡による島崎藤村伝　伊東一夫, 青木正美編　国書刊行会　1998.8　201,3p　22cm（島崎藤村コレクション　第1巻）4800円　①4-336-04091-5

◇島崎藤村からの手紙―藤村と残星の師弟愛　土屋克夫著　佐久　樸　2012.11　87p　27cm〈年譜あり〉

◆◆島村　抱月（1871～1918）

◇抱月のベル・エポック―明治文学者と新世紀ヨーロッパ　岩佐壮四郎著　大修館書店　1998.5　330p　22cm　3200円　①4-469-22139-2

◇評伝島村抱月―鉄山と芸術座　上巻　岩町功著　浜田　石見文化研究所　2009.6　811, 21p　22cm

◇評伝島村抱月―鉄山と芸術座　下巻　岩町功著　浜田　石見文化研究所　2009.6　830, 21p　22cm〈年譜あり　文献あり〉

◇島村抱月―幼年期と生いたち　隅田正三著　金城戸（島根県）　波佐文化協会　1991.4　71p　26cm〈島村抱月の肖像あり〉　1000円

◇文豪「島村抱月」　隅田正三著　浜田　波佐文化協会　2010.12　86p　21cm　1200円

◆◆田山　花袋（1871～1930）

◇田山花袋というカオス　尾形明子著　沖積舎　1999.2　344p　20cm　3000円　①4-8060-4635-3

◇田山花袋作品研究　岸規子著　双文社出版　2003.10　284p　22cm　4600円　①4-88164-551-X

◇田山花袋―人と文学　五井信著　勉誠出版　2008.11　192p　20cm（日本の作家100人）〈年譜あり　文献あり〉　2000円　①978-4-585-05195-4

◇田山花袋の詩と評論　沢豊彦著　沖積舎　1992.2　288p　20cm　3000円　①4-8060-4564-0

◇田山花袋の詩と評論　沢豊彦著　沖積舎　1996.11　316p　20cm（ちゅうせき叢書　25）　3500円　①4-8060-7522-1

◇田山花袋と大正モダン　沢豊彦著　菁柿堂　2005.3　283p　22cm〈星雲社（発売）〉　3500円　①4-434-06049-X

◇田山花袋の「伝記」　沢豊彦著　菁柿堂　2009.10　267p　19cm（Edition trombone）〈星雲社（発売）〉　2200円　①978-4-434-13804-1

◇田山花袋と館林　館林市教育委員会, 館林市立図書館編　館林　館林市教育委員会　2000.3　234p　19cm（館林双書　第28巻）〈共同刊行：館林市立図書館〉　非売品

◇花袋周辺作家の書簡集―1　館林市教育委員会文化振興課編　館林　館林市　1994.3　467p　22cm（田山花袋記念館研究叢書　第3巻）

◇花袋周辺作家の書簡集―2　館林市教育委員会文化振興課編〔館林〕　館林市　1995.3　443p　22cm（田山花袋記念館研究叢書　第4巻）

◇田山花袋宛書簡集―花袋周辺百人の書簡　館林市教育委員会文化振興課編〔館林〕　館林市　1996.3　417p　22cm（田山花袋記念館研究叢書　第5巻）

◇作家の自伝―25　田山花袋　田山花袋著, 相

馬庸郎編解説　日本図書センター　1995.11　292p　22cm　〈シリーズ・人間図書館〉　2678円　ⓘ4-8205-9395-1,4-8205-9411-7

◇田山花袋記念館収蔵資料目録―1　田山花袋記念館編　館林市教育委員会　1989.3　191p　26cm〈(注)田山家受入資料3834点　一般受入資料〉

◇田山花袋記念館収蔵資料目録―2　田山花袋記念館編　館林　館林市教育委員会　1998.3　204p　26cm

◇田山花袋作和歌目録　田山花袋記念文学館著　田山花袋記念文学館　2006.3　5,239p　21cm

◇田山花袋記念文学館収蔵資料目録―3　コレクション目録　田山花袋記念文学館編　館林　田山花袋記念文学館　2011.3　103p　図版〔15〕枚　26cm〈共同刊行：館林市教育委員会〉

◇自然主義のレトリック　永井聖剛著　双文社出版　2008.2　318p　22cm　4600円　ⓘ978-4-88164-582-6

◇田山花袋論集―1　中川健治著　〔亀岡〕中川健治　1998.2　126p　27cm　非売品

◇田山花袋論集―2　中川健治著　〔亀岡〕中川健治　2002.2　100p　27cm　非売品

◇雄山房雑記―林徹俳話　林徹著　角川書店　2002.9　313p　20cm　2700円　ⓘ4-04-871999-8

◇田山花袋周辺の系譜　程原健編　限定版〔館林〕　程原健　1995.10　1冊　27cm

◇書影花袋書目　程原健編著　前橋　上毛新聞社（発売）　2000.5　326p　27cm　23800円

◇田山花袋書誌　宮内俊介著　桜楓社　1989.3　495p　21cm〈(注)作品年表　著書目録　索引（書名、人名）〉　36000円

◇田山花袋全小説解題　宮内俊介著　双文社出版　2003.2　413p　22cm　9500円　ⓘ4-88164-547-1

◇田山花袋論攷　宮内俊介著　双文社出版　2003.10　440p　22cm〈著作目録あり〉　5600円　ⓘ4-88164-555-2

◇田山花袋の文学―1　花袋文学の母胎　柳田泉著　日本図書センター　1989.10　309,9p　22cm　〈近代作家研究叢書 68〉〈解説：尾形明子　春秋社昭和32年刊の複製　折り込み図1枚〉　6695円　ⓘ4-8205-9021-9

◇花袋・フローベール・モーパッサン―続　山川篤著　駿河台出版社　1995.3　174p　22cm　3200円　ⓘ4-411-02072-6

◇山荘にひとりゐて―富士見高原の花袋　田山花袋記念館第10回特別展　館林　館林市教育委員会文化振興課　1993.10　11p　26cm〈会期：平成5年10月14日～11月28日〉

◇徳田秋声と田山花袋―自然主義文学の軌跡　田山花袋記念館第11回特別展　館林　館林市教育委員会文化振興課　1994.10　11p　26cm〈館林市制40周年記念 徳田秋声と田山花袋の肖像あり 会期：平成6年10月15日～11月27日〉

◆◆◆「蒲団」

◇田山花袋『蒲団』作品論集成―1　加藤秀爾編　大空社　1998.7　435p　27cm　〈近代文学作品論叢書 5〉　ⓘ4-87236-825-8

◇田山花袋『蒲団』作品論集成―2　加藤秀爾編　大空社　1998.7　445p　27cm　〈近代文学作品論叢書 5〉　ⓘ4-87236-825-8

◇田山花袋『蒲団』作品論集成―3　加藤秀爾編　大空社　1998.7　491p　27cm　〈近代文学作品論叢書 5〉　ⓘ4-87236-825-8

◇「蒲団」をめぐる書簡集　館林市教育委員会文化振興課編　館林　館林市　1993.3　445p　22cm　〈田山花袋記念館研究叢書 第2巻〉

◇吉本隆明資料集―112　国男と花袋・世界観権力の終焉と言語　吉本隆明著　高知　猫々堂　2012.1　158p　21cm　1700円

◇吉本隆明資料集―116　漱石の時間の生命力『遠野物語』と『蒲団』の接点　吉本隆明著　高知　猫々堂　2012.6　162p　21cm　1700円

◆◆近松　秋江（1876～1944）

◇近松秋江全集―第13巻　紅野敏郎ほか編　八木書店　1994.9　1冊　22cm　9800円　ⓘ4-8406-9393-5

◇近松秋江私論―青春の終焉　沢豊彦著　菁柿堂　2005.6　329p　19cm　〈Edition trombone〉〈紙鳶社1990年刊の新版　星雲社（発売）　年譜あり〉　2600円　ⓘ4-434-

◇「天保政談」論─近松秋江の政治小説　沢豊彦著　菁柿堂　2010.8　189p　18cm　（菁柿堂新書）〈星雲社（発売）　並列シリーズ名：seishido selection　文献あり　年譜あり〉　900円　①978-4-434-14826-2

◇光陰─亡父近松秋江断想　徳田道子著　大阪　中尾民子　1993.6　197p　20cm〈私家版　近松秋江の肖像あり〉

◇「私」を語る小説の誕生─近松秋江・志賀直哉の出発期　山口直孝著　翰林書房　2011.3　279p　22cm　2800円　①978-4-87737-313-9

◆◆徳田　秋声（1871～1943）

◇小説家の起源─徳田秋声論　大杉重男著　講談社　2000.4　248p　20cm　2500円　①4-06-210104-1

◇徳田秋声と岩野泡鳴─自然主義の再検討　小川武敏編　有精堂出版　1992.8　265p　22cm　（日本文学研究資料新集 16）　3650円　①4-640-30965-1

◇徳田秋声、仮装と成熟　沢村修治著　〔横浜〕　開港堂　2010.3　215p　18cm　980円

◇秋声と東京回顧─森川町界隈　徳田一穂著　日本古書通信社　2008.11　257p　19cm〈著作目録あり〉　2100円　①978-4-88914-032-3

◇作家の自伝─83　徳田秋声　徳田秋声著、松本徹編解説　日本図書センター　1999.4　275p　22cm　（シリーズ・人間図書館）　2600円　①4-8205-9528-8,4-8205-9525-3

◇徳田秋声全集　別巻　年譜・書誌・著作目録・書簡他─別巻　徳田秋声著　八木書店　2006.7　312,22p　22cm〈1巻─42巻の索引あり　著作目録あり　年譜あり〉　12000円　①4-8406-9743-2

◇徳田秋声短編小説の位相　西田谷洋、大橋奈依、木村友子、権田昭芳、中村雅未、野牧優里著　岐阜　コームラ　2011.10　44p　21cm　857円　①978-4-904767-08-5

◇金沢の三文豪─鏡花・秋声・犀星　北国新聞社編　金沢　北国新聞社　2003.8　539p　22cm　3200円　①4-8330-1159-X

◇秋声から芙美子へ　森英一著　金沢　能登印刷・出版部　1990.10　245p　19cm　2500円　①4-89010-122-5

◇近代作家追悼文集成─第29巻　萩原朔太郎・与謝野晶子・徳田秋声　ゆまに書房　1992.12　341p　22cm〈監修：稲村徹元　複製　萩原朔太郎ほかの肖像あり〉　7210円　①4-89668-653-5

◇徳田秋声と田山花袋─自然主義文学の軌跡　田山花袋記念館第11回特別展　館林　館林市教育委員会文化振興課　1994.10　11p　26cm〈館林市制40周年記念　徳田秋声と田山花袋の肖像あり　会期：平成6年10月15日～11月27日〉

◇秋声─徳田秋声記念館　金沢　金沢市　2005.4　69p　26cm〈共同刊行：徳田秋声記念館　年譜あり〉

◇泉鏡花徳田秋声室生犀星資料目録─石川近代文学館収蔵　金沢　石川近代文学館　2010.3　36p　30cm

◆◆中村　星湖（1884～1974）

◇中村星湖展　山梨県立文学館編　甲府　山梨県立文学館　1994.10　80p　30cm〈著者の肖像あり　会期：1994年10月1日～12月4日〉

◆◆正宗　白鳥（1879～1962）

◇若き日の正宗白鳥─伝記考証　岡山編　磯佳和著　三弥井書店　1998.9　349p　20cm（三弥井選書 25）　3800円　①4-8382-9044-6

◇一つの水脈─独歩・白鳥・鱒二　岩崎文人著　広島　渓水社　1990.9　245p　20cm　2884円　①4-87440-227-5

◇昭和史の正宗白鳥─自由主義の水脈　上田博著　国分寺　武蔵野書房　1992.12　201p　20cm　2000円

◇正宗白鳥─何云つてやがるんだ　大嶋仁著　京都　ミネルヴァ書房　2004.10　301,8p　20cm　（ミネルヴァ日本評伝選）〈肖像あり　文献あり　年譜あり〉　2500円　①4-623-04149-2

◇正宗白鳥─死を超えるもの　おしだとしこ著　沖積舎　2008.7　162p　19cm　2500円　①978-4-8060-4733-9

◇表現の身体─藤村・白鳥・漱石・賢治　川島秀一著　双文社出版　2004.12　310p

◇22cm 6500円 ⓘ4-88164-562-5
◇正宗白鳥蔵書目録―洋書の部 栗原健太郎編 松山 栗原健太郎 1995.8 29p 37cm
◇正宗白鳥―文学と生涯 後藤亮著 日本図書センター 1993.6 360,10p 22cm〈近代作家研究叢書 145〉解説：瓜生清 思潮社昭和41年刊の複製〉 7725円 ⓘ4-8205-9249-1,4-8205-9239-4
◇正宗白鳥―明治世紀末の青春 勝呂奏著 右文書院 1996.10 243p 21cm 2500円 ⓘ4-8421-9603-3
◇作家の自伝―5 正宗白鳥 正宗白鳥著,中島河太郎編解説 日本図書センター 1994.10 279p 22cm（シリーズ・人間図書館）〈監修：佐伯彰一,松本健一 著者の肖像あり〉 2678円 ⓘ4-8205-8006-X,4-8205-8001-9
◇ふるさと幻想の彼方―白鳥の世界 松本鶴雄著 勉誠社 1996.3 369,8p 20cm 2987円 ⓘ4-585-05018-3
◇泣菫小伝―10 三宅昭三叙述 倉敷 薄田泣菫顕彰会 2012.8 81p 21cm〈「10」のタイトル関連情報：泣菫と平尾不孤・正宗白鳥〉
◇正宗白鳥―その底にあるもの 山本健吉著 講談社 2011.1 306p 16cm（講談社文芸文庫 やB4）〈並列シリーズ名：Kodansha Bungei bunko 著作目録あり 年譜あり〉 1600円 ⓘ978-4-06-290109-3
◇近代作家追悼文集成―第38巻 吉川英治・飯田蛇笏・正宗白鳥・久保田万太郎 ゆまに書房 1999.2 340p 22cm 8000円 ⓘ4-89714-641-0,4-89714-639-1

◆◆真山 青果（1878〜1948）

◇青果劇のこころ―現代史劇の巨星 大山功著 木耳社 1989.4 190p 19cm（オリエントブックス）〈真山青果の肖像あり〉 1200円 ⓘ4-8393-8490-8
◇近代文学研究叢書―第64巻 昭和女子大学近代文学研究室著 昭和女子大学近代文化研究所 1991.4 743p 19cm 8240円 ⓘ4-7862-0064-6
◇真山青果―大いなる魂 田辺明雄著 沖積舎 1999.8 263p 20cm（作家論叢書 20） 3500円 ⓘ4-8060-7020-3

◇評伝真山青果 野村喬著 リブロポート 1994.10 455p 20cm 3605円 ⓘ4-8457-0957-0

◆写実主義

◆◆坪内 逍遥（1859〜1935）

◇父逍遥の背中 飯塚くに著,小西聖一編 中央公論社 1994.7 278p 20cm〈坪内逍遥および著者の肖像あり〉 1950円 ⓘ4-12-002336-2
◇父逍遥の背中 飯塚クニ著,小西聖一編 中央公論社 1997.11 308p 16cm（中公文庫） 762円 ⓘ4-12-202987-2
◇坪内逍遥―文人の世界 植田重雄著 恒文社 1998.6 332p 20cm 2800円 ⓘ4-7704-0975-3
◇坪内逍遥と愛知英語学校 加藤詔士著 弘前 緑の笛豆本の会 2000.5 52p 9.4cm（緑の笛豆本 第379集）
◇「小説」論―『小説神髄』と近代 亀井秀雄著 岩波書店 1999.9 290,3p 22cm 4800円 ⓘ4-00-023341-6
◇坪内逍遥「小説外務大臣」―翻刻と研究 逍遥研究会編 双文社出版 1994.4 345p 22cm 16480円 ⓘ4-88164-502-1
◇文豪たちの大喧嘩―鴎外・逍遥・樗牛 谷沢永一著 新潮社 2003.5 316p 20cm 1900円 ⓘ4-10-384504-X
◇文豪たちの大喧嘩―鴎外・逍遥・樗牛 谷沢永一著 筑摩書房 2012.8 360p 15cm（ちくま文庫 た64-1）〈新潮社 2003年刊の再刊〉 880円 ⓘ978-4-480-42976-6
◇坪内逍遥伝 千葉亀雄著 湖北社 1989.3 300p 21cm（近代日本学芸資料叢書 第11輯）〈改造社昭和9年刊の複製 坪内逍遥の肖像あり〉 4800円
◇滑稽な巨人―坪内逍遥の夢 津野海太郎著 平凡社 2002.12 315p 20cm〈著作目録あり〉 2400円 ⓘ4-582-83137-0
◇演劇人坪内逍遥―早稲田大学創立125周年記念企画展示 中野正昭編集・解説 早稲田大学坪内博士記念演劇博物館 2007.10 123p 30cm〈会期・会場：2007年10月1日〜11月11日 早稲田大学坪内博士記念演劇博物館1・

2階展示室　年譜あり〉

◇坪内逍遙―人とその芸術　本間久雄著　日本図書センター　1993.1　229,8p　22cm　（近代作家研究叢書 126）〈解説：浅井清　松柏社昭和34年刊の複製　坪内逍遥の肖像あり〉5665円　Ⓘ4-8205-9227-0,4-8205-9221-1

◇文豪たちの情と性へのまなざし―逍遥・漱石・谷崎と英文学　松村昌家著　京都　ミネルヴァ書房　2011.2　279,6p　20cm（Minerva歴史・文化ライブラリー 18）〈索引あり〉　3500円　Ⓘ978-4-623-05875-4

◇「情熱の人坪内逍遙」展示図録　美濃加茂市民ミュージアム編　美濃加茂　美濃加茂市民ミュージアム　2005.2　61p　30cm〈会期・会場：平成17年2月5日～3月21日　美濃加茂市民ミュージアム　肖像あり　年譜あり〉

◇坪内逍遥の妻―大八幡楼の恋　矢田山聖子著　作品社　2004.11　201p　20cm〈肖像あり　文献あり〉　1600円　Ⓘ4-86182-006-5

◇坪内逍遥　新潮社　1996.4　111p　20cm（新潮日本文学アルバム 57）　1300円　Ⓘ4-10-620661-7

◇「坪内逍遙の演劇分野の功績に関する多角的研究」報告書―平成21年度（2009）演劇映像学連携研究拠点共同研究　名古屋　「坪内逍遥の演劇分野の功績に関する多角的研究」研究会　2010.2　79p　21cm〈共同刊行：早稲田大学演劇博物館演劇映像学連携研究拠点　文献あり〉

◆◆二葉亭　四迷（1864～1909）

◇二葉亭四迷とその時代　亥能春人著　宝文館出版　1998.2　539p　20cm　3800円　Ⓘ4-8320-1486-2

◇二葉亭四迷『あひゞき』の表記研究と本文・索引　太田紘子編著　大阪　和泉書院　1997.6　305p　27cm（索引叢書 42）　12000円　Ⓘ4-87088-876-9

◇二葉亭四迷と明治日本　桶谷秀昭著　新版　小沢書店　1997.3　335p　20cm（小沢コレクション 47）　2472円　Ⓘ4-7551-2047-0

◇二葉亭四迷研究　佐藤清郎著　有精堂出版　1995.5　480p　22cm　13390円　Ⓘ4-640-31058-7

◇文学への洗礼　須磨一彦著　八王子　中央大学出版部　2007.5　352,9p　22cm（中央大学学術図書 66）〈文献あり〉　3700円　Ⓘ978-4-8057-5164-0

◇二葉亭・透谷―考証と試論　関良一著　教育出版センター　1992.8　556p　23cm（研究選書 47）　15000円　Ⓘ4-7632-1482-9

◇二葉亭四迷の明治四十一年　関川夏央著　文芸春秋　1996.11　317p　20cm　1800円　Ⓘ4-16-352290-5

◇二葉亭四迷の明治四十一年　関川夏央著　文芸春秋　2003.7　334p　16cm（文春文庫）　590円　Ⓘ4-16-751908-9

◇四迷・啄木・藤村の周縁―近代文学管見　高阪薫著　大阪　和泉書院　1994.6　307,5p　22cm（近代文学研究叢刊 6）　3811円　Ⓘ4-87088-670-7

◇二葉亭四迷伝―ある先駆者の生涯　中村光夫著　講談社　1993.8　442p　16cm（講談社文芸文庫）〈二葉亭四迷の肖像あり〉1200円　Ⓘ4-06-196236-1

◇作家の自伝―1　二葉亭四迷　二葉亭四迷著、畑有三編解説　日本図書センター　1994.10　261p　22cm（シリーズ・人間図書館）〈監修：佐伯彰一,松本健一　著者の肖像あり〉2678円　Ⓘ4-8205-8002-7,4-8205-8001-9

◇二葉亭四迷士魂の炎　幕内満雄著　叢文社　2004.5　167p　20cm〈肖像あり　年譜あり　文献あり〉　1500円　Ⓘ4-7947-0486-0

◇日本近代文学と『猟人日記』―二葉亭四迷と嵯峨の屋おむろにおける『猟人日記』翻訳の意義を通して　籾内裕子著　水声社　2006.12　409p　22cm　6000円　Ⓘ978-4-89176-621-4

◆◆◆「浮雲」

◇いま、『浮雲』を読む/考える　近代文学合同研究会編　〔横須賀〕　近代文学合同研究会　2012.12　125p　21cm（近代文学合同研究会論集　第9号）

◇二葉亭四迷『浮雲』の成立　田中邦夫著　双文社出版　1998.2　351p　22cm（大阪経済大学研究叢書 第32冊）　8800円　Ⓘ4-88164-520-X

◆言文一致

◇日本近代文学の〈誕生〉—言文一致運動とナショナリズム　絓秀実著　太田出版　1995.4　373p　20cm　（批評空間叢書 6）　2900円　①4-87233-212-1

◇失われた近代を求めて—1　言文一致体の誕生　橋本治著　朝日新聞出版　2010.4　245p　20cm　1800円　①978-4-02-250733-4

◇表象空間の近代—明治「日本」のメディア編制　李孝德著　新曜社　1996.2　342p　19cm　2987円　①4-7885-0546-0

◆硯友社

◇硯友社の文学運動　福田清人著　日本図書センター　1992.3　335,8p　22cm　（近代文芸評論叢書 28）〈解説：伊狩章　山海堂出版部昭和8年刊の複製〉　9270円　①4-8205-9157-6,4-8205-9144-4

◆◆巖谷　小波（1870〜1933）

◇巖谷小波日記翻刻と研究—自明治二十年至明治二十七年　巖谷小波著，桑原三郎監修　慶応義塾大学出版会　1998.3　391p　27cm（白百合児童文化研究センター叢書）①4-7664-0688-5

◇波の聲音—巖谷小波伝　巖谷大四著　文芸春秋　1993.12　304p　16cm　（文春文庫）　580円　①4-16-739105-8

◇巖谷小波とドイツ文学—〈お伽噺〉の源　植田敏郎著　大日本図書　1991.10　658p　20cm　5200円　①4-477-00147-9

◇巖谷小波お伽作家への道—日記を手がかりに　勝尾金弥著　慶応義塾大学出版会　2000.11　259p　20cm　3500円　①4-7664-0832-2

◇巖谷小波お伽作品目録稿　藤本芳則編　吹田　藤本芳則　1992.2　142p　26cm〈付（別冊 27p）：補遺〉

◇日本のアンデルセン巖谷小波—ブックレット　水口町教育委員会編　水口町（滋賀県）　水口町教育委員会　2003.3　23p　22cm〈年譜あり〉

◇巖谷小波「十亭叢書」の註解　ゆまに書房　1994.9　163,2p　22cm（監修：桑原三郎，松井千恵　手稿本の複製および翻刻を含む〉　3500円　①4-89668-887-2

◆◆小栗　風葉（1875〜1926）

◇小栗風葉資料集成　遠藤一義編著　半田　小栗風葉をひろめる会　2005.9　142p　26cm〈著作目録あり　年譜あり　文献あり〉　2000円

◇小栗風葉あんない—半田の生んだ明治文壇の惑星　小栗風葉をひろめる会編　半田　小栗風葉をひろめる会　1997.11　58p　26cm　500円

◇小栗風葉あんない—2号　小栗風葉をひろめる会編　半田　小栗風葉をひろめる会　1999.3　72p　26cm　800円

◇小栗風葉あんない—3号　小栗風葉をひろめる会編　半田　小栗風葉をひろめる会　2000.3　84p　26cm　800円

◇小栗風葉あんない—4号　小栗風葉をひろめる会編　半田　小栗風葉をひろめる会　2001.3　88p　26cm　800円

◇小栗風葉あんない—5号　小栗風葉をひろめる会編　半田　小栗風葉をひろめる会　2002.3　104p　26cm〈年譜あり〉　800円

◇小栗風葉あんない—6号　小栗風葉をひろめる会編　半田　小栗風葉をひろめる会　2003.3　104p　26cm　800円

◇小栗風葉あんない—7号　小栗風葉をひろめる会編　半田　小栗風葉をひろめる会　2004.3　112p　26cm〈著作目録あり〉　800円

◇小栗風葉あんない—8号　小栗風葉をひろめる会編　半田　小栗風葉をひろめる会　2005.3　84p　26cm　800円

◇小栗風葉あんない—9号　小栗風葉をひろめる会編　半田　小栗風葉をひろめる会　2006.3　106p　26cm　800円

◇小栗風葉あんない—10号　小栗風葉をひろめる会編　半田　小栗風葉をひろめる会　2007.3　92p　26cm　800円

◇小栗風葉あんない—11号　小栗風葉をひろめる会編　半田　小栗風葉をひろめる会　2008.3　90p　26cm　800円

◇小栗風葉あんない—12号　小栗風葉をひろめる会編　半田　小栗風葉をひろめる会

◇小栗風葉あんない―13号　小栗風葉をひろめる会編　半田　小栗風葉をひろめる会　2010.3　76p　26cm　800円

◇小栗風葉あんない―14号　小栗風葉をひろめる会編　半田　小栗風葉をひろめる会　2011.3　66p　26cm　800円

◇小栗風葉あんない―15号　小栗風葉をひろめる会編　半田　小栗風葉をひろめる会　2012.3　92p　26cm　800円

◆◆尾崎　紅葉（1867～1903）

◇紅葉全集―第11巻　尾崎紅葉著,大岡信ほか編　岩波書店　1995.1　430p　23cm　6000円　Ⓘ4-00-091781-1

◇紅葉全集―第12巻　尾崎紅葉著,大岡信ほか編　岩波書店　1995.9　615,11p　23cm　6800円　Ⓘ4-00-091782-X

◇尾崎紅葉の研究　木谷喜美枝著　双文社出版　1995.1　304p　22cm　6800円　Ⓘ4-88164-504-8

◇尾崎紅葉と翻案―その方法から読み解く「近代」の具現と限界　酒井美紀著　福岡　花書院　2010.3　259p　21cm　（比較社会文化叢書　17）〈文献あり〉　2381円　Ⓘ978-4-903554-68-6

◇慶応三年生まれ七人の旋毛曲り―漱石・外骨・熊楠・露伴・子規・紅葉・緑雨とその時代　坪内祐三著　マガジンハウス　2001.3　552p　20cm　2900円　Ⓘ4-8387-1206-5

◇紅葉文学の水脈　土佐亨著　大阪　和泉書院　2005.11　512p　22cm　（近代文学研究叢刊　30）　10000円　Ⓘ4-7576-0318-5

◇「小説家」登場―尾崎紅葉の明治二〇年代　馬場美佳著　笠間書院　2011.2　293p　22cm　4200円　Ⓘ978-4-305-70536-5

◇和装のヴィクトリア文学―尾崎紅葉の『不言不語』とその原作　堀啓子著・訳　秦野　東海大学出版会　2012.7　246p　22cm　（東海大学文学部叢書）〈文献あり〉　2800円　Ⓘ978-4-486-01942-8

◇子規と紅葉―ことばの冒険　市制施行百二十周年記念　松山市立子規記念博物館第55回特別企画展　松山市立子規記念博物館編　松山　松山市立子規記念博物館　2009.7　72p　30cm〈会期・会場：平成21年7月25日～8月23日　松山市立子規記念博物館　年譜あり〉

◇紅葉作品の諸相　川崎　専修大学大学院文学研究科畑研究室　1992.3　116p　26cm〈尾崎紅葉の肖像あり〉

◇紅葉作品の諸相―続　川崎　専修大学大学院文学研究科畑研究室　1993.6　109p　26cm

◆◆◆「金色夜叉」

◇尾崎紅葉の「金色夜叉」―ビギナーズ・クラシックス　近代文学編　尾崎紅葉原著,山田有策著　角川学芸出版　2010.9　255p　15cm（角川文庫　16463―〔角川ソフィア文庫〕〔C-1-6〕）〈角川グループパブリッシング（発売）　文献あり〉　819円　Ⓘ978-4-04-407217-9

◇『金色夜叉』に秘められた人間模様―岡山の偉人・川田甕江没後百二十余年に憶う　岸本文人著　文芸社　2010.9　201p　20cm〈年譜あり　文献あり〉　1400円　Ⓘ978-4-286-09157-0

◇金色夜叉のモデルたち　森羅夢太郎著　文芸社　2008.4　69p　15cm　600円　Ⓘ978-4-286-04473-6

◇金色夜叉　山川公子編著　有精堂出版　1992.8　218p　19cm　（長編ダイジェスト　3）　1300円　Ⓘ4-640-30642-3

◆◆川上　眉山（1869～1908）

◇明治文学石摺考―続　緑雨・眉山・深川作家論　塚越和夫著　葦真文社　1989.6　281p　20cm　3200円　Ⓘ4-900057-18-5

◆◆山田　美妙（1868～1910）

◇山田美妙研究　塩田良平著　日本図書センター　1989.10　561,9p　22cm　（近代作家研究叢書　72）〈解説：山田有策　人文書院昭和13年刊の複製　山田美妙の肖像あり〉　9270円　Ⓘ4-8205-9025-1

◇孤りの歩み―山田美妙論　深作硯史著　近代文芸社　1994.6　105p　20cm　1500円　Ⓘ4-7733-2742-1

◇山田美妙―人と文学　山田篤朗著　勉誠出版　2005.12　252p　20cm　（日本の作家100人）

〈年譜あり〉　2000円　ⓘ4-585-05183-X
◇「草創期のメディアに生きて山田美妙没後100年」展図録―日本近代文学館特別展　京都　臨川書店　2010.10　30p　26cm〈会期：平成22年10月2日～11月27日　年譜あり〉　1500円　ⓘ978-4-653-04110-8

◆理想主義

◆◆幸田　露伴（1867～1947）

◇小石川の家　青木玉著　講談社　1994.8　214p　20cm　1500円　ⓘ4-06-206198-8
◇小石川の家　青木玉著　東京電力　1995.10　3冊　27cm（東電文庫 71）　各1700円
◇祖父のこと母のこと―青木玉対談集　青木玉ほか著　小沢書店　1997.11　251p　21cm　2200円　ⓘ4-7551-0355-X
◇小石川の家　青木玉著　講談社　1998.4　259p　15cm（講談社文庫）　467円　ⓘ4-06-263746-4
◇記憶の中の幸田一族―青木玉対談集　青木玉著　講談社　2009.5　287p　15cm（講談社文庫 あ74-7）〈『祖父のこと母のこと』（小沢書店1997年刊）の改題〉　552円　ⓘ978-4-06-276351-6
◇露伴随筆『潮待ち草』を読む　池内輝雄, 成瀬哲生著　岩波書店　2002.2　271p　19cm（岩波セミナーブックス 85）　2600円　ⓘ4-00-026605-5
◇市川の幸田露伴一家と水木洋子脚色の〈おとうと〉　市川市文学プラザ編　市川　市川市文学プラザ　2008.1　71p　26cm（市川市文学プラザ企画展図録 3）〈幸田露伴生誕140年・没後60年記念　年表あり　文献あり〉
◇幸田露伴の世界　井波律子, 井上章一共編　京都　思文閣出版　2009.1　313p　22cm〈年譜あり〉　5000円　ⓘ978-4-7842-1444-0
◇幸田露伴　牛山之雄著　〔諏訪〕　〔牛山之雄〕　2000.10　261p　22cm
◇露伴の「小学の事」に関する皮相的考察　大槻賢一著　文芸社　2001.4　94p　19cm　1000円　ⓘ4-8355-1247-2
◇手記と作家―「般若心経第二義注」より露伴研究第五作　大槻賢一著　日本文学館　2006.5　83p　19cm　1000円　ⓘ4-7765-0990-3
◇幸田露伴と西洋―キリスト教の影響を視座として　岡田正子著　西宮　関西学院大学出版会　2012.10　16,593p　22cm〈折り込1枚〉　6800円　ⓘ978-4-86283-123-1
◇父―その死　幸田文著　新潮社　2004.8　224p　20cm　1600円　ⓘ4-10-307707-7
◇作家の自伝―81　幸田露伴　幸田露伴著, 登尾豊編解説　日本図書センター　1999.4　257p　22cm（シリーズ・人間図書館）　2600円　ⓘ4-8205-9526-1,4-8205-9525-3
◇蝸牛庵覚え書―露伴翁談叢抄　斎藤越郎著　増補　立川　けやき出版　1994.11　189p　20cm〈附・父素影斎藤八郎のこと　幸田露伴の肖像あり〉　1700円　ⓘ4-905942-59-4
◇幸田露伴　斎藤礎英著　講談社　2009.6　389p　20cm〈文献あり〉　3300円　ⓘ978-4-06-215391-1
◇釣り人露伴　桜井良二著　近代文芸社　1995.7　250p　20cm　2000円　ⓘ4-7733-4186-6
◇幸田露伴論　関谷博著　翰林書房　2006.3　369p　22cm　5600円　ⓘ4-87737-221-0
◇幸田露伴の非戦思想―人権・国家・文明―〈少年文学〉を中心に　関谷博著　平凡社　2011.2　243p　20cm〈文献あり〉　2200円　ⓘ978-4-582-83503-8
◇露伴と現代　瀬里広明著　福岡　創言社　1989.1　344p　22cm　3200円　ⓘ4-88146-310-1
◇幸田露伴―詩と哲学　瀬里広明著　福岡　創言社　1990.12　370p　22cm　3500円　ⓘ4-88146-344-6
◇露伴―自然・ことば・人間　瀬里広明著　福岡　海鳥社　1993.4　305p　20cm　3400円　ⓘ4-87415-047-0
◇露伴と大拙―儒と禅と念仏の世界　瀬里広明著　〔直方〕　白鴎社　1995.7　248p　21cm　2000円
◇露伴の修省論を読む―易経と旧約聖書　瀬里広明著　直方　白鴎社　1997.11　277p　19cm　2000円
◇幸田露伴と安岡正篤―東洋と西洋　瀬里広明著　直方　白鴎社　1998.10　265p　19cm

現代日本文学（文学史）

◇露伴とその時代　瀬里広明著　直方　白鷗社　2000.1　277p　20cm

◇現代に生きる幸田露伴　瀬里広明著　直方　白鷗社　2000.12　371p　19cm

◇幸田露伴の世界―孔子とハイデッガー　瀬里広明著　直方　白鷗社　2002.11　366p　19cm

◇露伴と道教　瀬里広明著　福岡　海鳥社　2004.8　239p　22cm　2800円　ⓘ4-87415-488-3

◇露伴小説の諸相　川崎　専修大学大学院文学研究科畑研究室　1989.3　131p　26cm

◇人間露伴　高木卓著　日本図書センター　1990.3　243,8p　22cm　（近代作家研究叢書 94）〈解説：登尾豊 丹頂書房昭和23年刊の複製〉　6180円　ⓘ4-8205-9051-0

◇露伴の俳話　高木卓著　講談社　1990.4　181p　15cm　（講談社学術文庫）　500円　ⓘ4-06-158921-0

◇慶応三年生まれ七人の旋毛曲り―漱石・外骨・熊楠・露伴・子規・紅葉・緑雨とその時代　坪内祐三著　マガジンハウス　2001.3　552p　20cm　2900円　ⓘ4-8387-1206-5

◇幸田露伴と根岸党の文人たち―もうひとつの明治　出口智之著　教育評論社　2011.7　303p　20cm〈年表あり〉　3200円　ⓘ978-4-905706-61-8

◇幸田露伴の文学空間―近代小説を超えて　出口智之著　青簡舎　2012.9　315p　22cm　3800円　ⓘ978-4-903996-57-8

◇幸田露伴論考　登尾豊著　学術出版会　2006.10　418p　22cm　（学術叢書）〈日本図書センター（発売）〉　6000円　ⓘ4-8205-9412-5

◇幸田家のしつけ　橋本敏男著　平凡社　2009.2　254p　18cm　（平凡社新書 452）〈文献あり〉　740円　ⓘ978-4-582-85452-7

◇露伴九十九章　日沼滉治著　未知谷　2006.8　620p　20cm　7000円　ⓘ4-89642-167-1

◇幸田露伴と明治の東京　松本哉著　PHP研究所　2004.1　270p　18cm　（PHP新書）〈年譜あり〉　740円　ⓘ4-569-63348-X

◇幸田露伴の語録に学ぶ自己修養法　渡部昇著　致知出版社　2002.10　254p　20cm　1600円　ⓘ4-88474-633-3

◇近代作家追悼文集成―第31巻　三宅雪嶺・幸田露伴・武田麟太郎・横光利一・織田作之助　ゆまに書房　1997.1　330p　22cm　8240円　ⓘ4-89714-104-4

◆◆樋口　一葉（1872～1896）

◇樋口一葉真情をみつめて　愛知峰子著　おうふう　2010.10　320p　22cm　8000円　ⓘ978-4-273-03615-7

◇一葉論攷―立志の家系・樋口奈津から作家一葉へ　青木一男著　おうふう　1996.12　374p　22cm　8800円　ⓘ4-273-02936-7

◇門―「千年の夢」より　赤木かん子編, 斎藤なずな著　ポプラ社　2008.4　43p　21cm　（ポプラ・ブック・ボックス 剣の巻 8）　ⓘ978-4-591-10193-3

◇女主人公の不機嫌―樋口一葉から富岡多恵子まで　荒井とみよ著　双文社出版　2001.7　265p　22cm　3600円　ⓘ4-88164-540-4

◇塵の中の一葉―下谷竜泉寺町に住んだ樋口一葉　荒木慶胤著　講談社出版サービスセンター　1993.11　211p　19cm〈付・日記,随想,和歌,仕入帳 一葉を偲ぶ会（発売）樋口一葉の肖像あり〉　2500円　ⓘ4-87601-304-7

◇一葉と時雨―伝記・樋口一葉/長谷川時雨　生田花世著　大空社　1992.7　285,7p　22cm　（伝記叢書 91）〈潮文閣昭和18年刊の複製〉　8000円　ⓘ4-87236-390-6

◇樋口一葉その人と作品―美登利の苦悩遊郭吉原の黒い淵　和泉怜子著　郁朋社　2004.10　87p　19cm　952円　ⓘ4-87302-279-7

◇評伝樋口一葉　板垣直子著　日本図書センター　1989.10　320,9p　22cm　（近代作家研究叢書 70）〈解説：松坂俊夫 桃蹊書房昭和17年刊の複製〉　6180円　ⓘ4-8205-9023-5

◇樋口一葉と市川の文人たち　市川市文学プラザ編　市川　市川市文学プラザ　2008.3　57p　26cm　（市川市文学プラザ企画展図録 4）　800円

◇樋口一葉に聞く　井上ひさし, こまつ座編著　ネスコ　1995.12　249p　20cm　1600円　ⓘ4-89036-909-0

◇樋口一葉に聞く　井上ひさし, こまつ座編著　文芸春秋　2003.3　307p　16cm　（文春文

庫）〈肖像あり　年譜あり　文献あり〉 714円 Ⓘ4-16-711125-X

◇樋口一葉　今井邦子著　日本図書センター 1993.1 299,10p 22cm （近代作家研究叢書 129）〈解説：関礼子 万里閣昭和15年刊の複製〉 6695円 Ⓘ4-8205-9230-0,4-8205-9221-1

◇樋口一葉事典　岩見照代ほか編　おうふう 1996.11 525p 22cm 4900円 Ⓘ4-273-03191-4

◇一葉の歯ぎしり晶子のおねしょ―樋口一葉・与謝野晶子にみる幸せのかたち　内田聖子著 新風舎 2006.7 255p 15cm （新風舎文庫）〈文献あり〉 750円 Ⓘ4-7974-9948-6

◇一葉の面影を歩く　槐一男著　大月書店 1995.3 110p 20cm （こだわり歴史散策 4） 1400円 Ⓘ4-272-61074-0

◇つっぱってしたたかに生きた樋口一葉　槐一男著　教育史料出版会 2005.7 206p 19cm〈肖像あり　年譜あり　文献あり〉 1600円 Ⓘ4-87652-459-9

◇群像日本の作家―3 樋口一葉　大岡信ほか編，岩橋邦枝ほか著　小学館 1992.3 319p 20cm〈樋口一葉の肖像あり〉 1800円 Ⓘ4-09-567003-7

◇明治文学論集―1 硯友社・一葉の時代　岡保生著　新典社 1989.5 430p 22cm （新典社研究叢書 27） 10300円 Ⓘ4-7879-4027-9

◇樋口一葉と甲州　荻原留則著　甲陽書房 1989.11 262p 20cm〈樋口一葉の肖像あり〉 2500円

◇樋口一葉と甲州―続　荻原留則著　甲府 山梨ふるさと文庫 2004.6 234p 19cm 1500円

◇樋口一葉と甲州　荻原留則著　新装改版 甲府 山梨ふるさと文庫 2005.3 280p 19cm〈肖像あり　年譜あり〉 1500円

◇樋口一葉私考―身分と階級 小石川界隈を歩く　加瀬順一著　加瀬順一 2005.4 112p 21cm〈折り込4枚〉

◇樋口一葉―その詩と真実　川口昌男著　沖積舎 2010.7 295p 20cm 2800円 Ⓘ978-4-8060-7023-8

◇時代と女と樋口一葉―漱石も鷗外も描けなかった明治　菅聡子著　日本放送出版協会 1999.1 301p 15cm （NHKライブラリー） 970円 Ⓘ4-14-084097-8

◇一葉という現象―明治と樋口一葉　北川秋雄著　双文社出版 1998.11 248p 20cm 2800円 Ⓘ4-88164-524-2

◇樋口一葉と十三人の男たち　木谷喜美枝監修　青春出版社 2004.11 219p 18cm （プレイブックスインテリジェンス）〈年譜あり〉 700円 Ⓘ4-413-04105-4

◇樋口一葉と現代　木村真佐幸編　翰林書房 2005.5 203p 20cm〈年譜あり〉 1800円 Ⓘ4-87737-209-1

◇一葉のきもの　近藤富枝，森まゆみ著　河出書房新社 2005.9 111p 21cm （らんぷの本） 1600円 Ⓘ4-309-72745-X

◇一葉語録　佐伯順子編　岩波書店 2004.7 357p 15cm （岩波現代文庫 文芸）〈年譜あり〉 1000円 Ⓘ4-00-602086-4

◇結ばれる一葉―メディアと作家イメージ　笹尾佳代著　双文社出版 2012.2 282p 22cm〈索引あり　文献あり〉 3400円 Ⓘ978-4-88164-606-9

◇樋口一葉　沢田章子著　新日本出版社 1989.6 222p 18cm （新日本新書）〈樋口一葉の肖像あり〉 670円 Ⓘ4-406-01738-0

◇一葉伝―樋口夏子の生涯　沢田章子著　新日本出版社 2005.1 222p 20cm〈肖像あり　年譜あり　文献あり〉 1800円 Ⓘ4-406-03131-6

◇樋口一葉　島木英著　日本図書センター 1993.6 206,10p 22cm （近代作家研究叢書 143）〈解説：関礼子 紀伊国屋書店1973年刊の複製〉 4120円 Ⓘ4-8205-9247-5,4-8205-9239-4

◇一葉樋口夏子の肖像　杉山武子著　績文堂出版 2006.10 270p 20cm〈「夢とうつせみ」の新版　年譜あり　文献あり〉 1800円 Ⓘ4-88116-099-0

◇樋口一葉をよむ　関礼子著　岩波書店 1992.6 61p 21cm （岩波ブックレット No.259―クラシックスと現代）〈樋口一葉の肖像あり〉 350円 Ⓘ4-00-003199-6

◇姉の力樋口一葉　関礼子著　筑摩書房 1993.11 256p 19cm （ちくまライブラリー 94） 1450円 Ⓘ4-480-05194-5

◇語る女たちの時代―一葉と明治女性表現　関

礼子著　新曜社　1997.4　387p　20cm　3800円　①4-7885-0583-5
◇一葉以後の女性表現―文体・メディア・ジェンダー　関礼子著　翰林書房　2003.11　335,9p　22cm　3800円　①4-87737-182-6
◇樋口一葉　関礼子著　岩波書店　2004.5　198p　18cm　（岩波ジュニア新書）〈文献あり〉　740円　①4-00-500469-5
◇わたしの樋口一葉　瀬戸内寂聴著　小学館　1996.11　271p　20cm　1500円　①4-09-362022-9
◇炎凍る―樋口一葉の恋　瀬戸内寂聴著　小学館　2004.12　253p　15cm　（小学館文庫）〈「わたしの樋口一葉」（1996年刊）の増訂　年譜あり〉　533円　①4-09-402114-0
◇樋口一葉論への射程　高田知波著　双文社出版　1997.11　218p　22cm　4600円　①4-88164-519-6
◇（万葉集・甲子夜話・樋口一葉）論文集　高橋和彦著　〔小郡〕〔高橋和彦〕　2011.7　162,46p　26cm　〈文献あり　年譜あり〉
◇一葉と桃水　高橋和彦著　〔小郡〕　菊葉短歌研究会　2012.3　187p　19cm
◇一葉文学生成と展開　滝藤満義著　明治書院　1998.2　274p　19cm　（国文学研究叢書）　2900円　①4-625-58061-7
◇樋口一葉「いやだ！」と云ふ　田中優子著　集英社　2004.7　206p　18cm　（集英社新書）　720円　①4-08-720249-6
◇伊東夏子関係田辺家資料　田辺家資料を読む会著　〔日野〕　田辺家資料を読む会　1997.3　117p　21cm
◇樋口一葉作品研究　趙恵淑著　専修大学出版局　2007.2　215p　21cm　2600円　①978-4-88125-187-4
◇樋口一葉と斎藤緑雨―共振するふたつの世界　塚本章子著　笠間書院　2011.6　362,8p　22cm　4200円　①978-4-305-70554-9
◇樋口一葉―人と文学　戸松泉著　勉誠出版　2008.3　268p　20cm　（日本の作家100人）〈年譜あり　文献あり〉　2000円　①978-4-585-05194-7
◇複数のテクストへ―樋口一葉と草稿研究　戸松泉著　翰林書房　2010.3　407p　22cm　〈他言語標題：Literary text development〉

3800円　①978-4-87737-292-7
◇さざなみ日記―樋口一葉の世界　永田龍太郎著　永田書房　2005.5　315p　19cm　〈肖像あり　年譜あり　文献あり〉　1600円　①4-8161-0704-5
◇樋口一葉考　中村稔著　青土社　2012.11　361p　20cm　2200円　①978-4-7917-6672-7
◇一葉・25歳の生涯　西尾能仁著　信山社出版　1989.9　303p　19cm　〈大学図書（発売）〉　3800円　①4-88261-041-8
◇私語り樋口一葉　西川祐子著　リブロポート　1992.6　263,5p　19cm　（シリーズ民間日本学者　34）〈樋口一葉の肖像あり〉　1648円　①4-8457-0735-7
◇私語り樋口一葉　西川祐子著　岩波書店　2011.1　315,4p　15cm　（岩波現代文庫　B182）〈文献あり　年譜あり　索引あり〉　1040円　①978-4-00-602182-5
◇樋口一葉を読みなおす　日本文学協会新・フェミニズム批評の会編　学芸書林　1994.6　318p　20cm　2575円　①4-87517-006-8
◇全集樋口一葉―別巻　一葉伝説　野口碩校注　小学館　1996.12　542p　22cm　4800円　①4-09-352104-2
◇樋口一葉と歩く明治・東京　野口碩監修,藤井恵子著　小学館　2004.12　127p　21cm　（Shotor travel）〈年譜あり〉　1600円　①4-09-343187-6
◇樋口一葉丸山福山町時代の小説小論　橋口晋作著　金峰町（鹿児島県）　文旦屋　1994.3　139p　21cm
◇樋口一葉作品研究　橋本威著　大阪　和泉書院　1990.1　312p　22cm　（近代文学研究叢刊　1）　6000円　①4-87088-381-3
◇樋口一葉初期小説の展開　橋本のぞみ著　翰林書房　2010.12　246p　22cm　〈文献あり〉　3600円　①978-4-87737-307-8
◇作家の自伝―22　樋口一葉　樋口一葉著,山田有策編解説　日本図書センター　1995.11　218p　22cm　（シリーズ・人間図書館）　2678円　①4-8205-9392-7,4-8205-9411-7
◇論集樋口一葉　樋口一葉研究会編　おうふう　1996.11　311p　22cm　4800円　①4-273-02935-9
◇論集樋口一葉―2　樋口一葉研究会編　おう

ふう　1998.11　175p　22cm　3800円　①4-273-03043-8
◇論集樋口一葉―3　樋口一葉研究会編　おうふう　2002.9　333p　22cm　4800円　①4-273-03241-4
◇論集樋口一葉―4　樋口一葉研究会編　おうふう　2006.11　277p　22cm　4800円　①4-273-03447-6
◇樋口一葉を歩く―山梨編　福岡哲司著　甲府　猫町文庫　2010.6　88p　26cm　（猫町ブックレット no.1）〈年譜あり〉　1000円　①978-4-904797-00-6
◇樋口一葉の世界　前田愛著　平凡社　1993.6　337p　16cm　（平凡社ライブラリー）　1200円　①4-582-76004-X
◇近代文学の女たち―『にごりえ』から『武蔵野夫人』まで　前田愛著　岩波書店　2003.7　247p　15cm　（岩波現代文庫 文芸）　900円　①4-00-602075-9
◇樋口一葉　増田みず子著　新典社　1998.7　231p　19cm　（女性作家評伝シリーズ 1）　1600円　①4-7879-7301-0
◇樋口一葉―作家の軌跡　松坂俊夫著　鶴岡　東北出版企画　1996.11　325p　20cm　2718円　①4-924611-86-7
◇樋口一葉―近代日本の女性職業作家　真鍋和子著　講談社　2009.3　205p　18cm　（講談社火の鳥伝記文庫 109）〈文献あり 年表あり〉　590円　①978-4-06-149910-2
◇一葉に逢いたくて―檜細工、針穴写真で甦る樋口一葉の世界　三浦宏檜細工，田所美恵子針穴写真，森まゆみ解説　河出書房新社　2007.5　95p　26cm〈年譜あり〉　2200円　①978-4-309-26951-1
◇一葉文学の研究　峯村至津子著　岩波書店　2006.3　271,12p　22cm　（岩波アカデミック叢書）　7800円　①4-00-026738-8
◇一葉の四季　森まゆみ著　岩波書店　2001.2　213p　18cm　（岩波新書）　700円　①4-00-430715-5
◇こんにちは一葉さん―明治・東京に生きた女性作家　森まゆみ著　日本放送出版協会　2003.12　155p　21cm　（NHK人間講座　日本放送協会，日本放送出版協会編）〈シリーズ責任表示：日本放送協会，日本放送出版協会編　2003年12月―2004年1月期　年譜あり〉　560円　①4-14-189094-4
◇こんにちは一葉さん　森まゆみ著　日本放送出版協会　2004.11　221p　16cm　（NHKライブラリー）〈年譜あり〉　830円　①4-14-084189-3
◇透谷・藤村・一葉　藪禎子著　明治書院　1991.7　356p　19cm　（新視点シリーズ日本近代文学 4）　2900円　①4-625-53024-5
◇樋口一葉私論　矢部彰著　近代文芸社　1995.9　317p　20cm　2500円　①4-7733-4628-0
◇樋口一葉　山田せいこ漫画，野口碩監修　ポプラ社　2012.3　126p　23cm　（コミック版世界の伝記 18）〈年表あり　文献あり〉　950円　①978-4-591-12742-1
◇深層の近代―鏡花と一葉　山田有策著　おうふう　2001.1　317p　22cm　4000円　①4-273-03155-8
◇樋口一葉の世界　山梨県立文学館企画・編集　改訂版　甲府　山梨県立文学館　1991.5　80p　30cm〈樋口一葉の肖像あり 会期：平成2年10月13日～11月18日〉
◇われは女なりけるものを―作品の軌跡　山梨県立文学館編　甲府　山梨県立文学館　2004.7　80p　30cm　（樋口一葉展 1）〈会期：2004年7月3日～8月22日　年譜あり〉
◇生き続ける女性作家――一葉をめぐる人々　山梨県立文学館編　甲府　山梨県立文学館　2004.10　72p　30cm　（樋口一葉展 2）〈会期：2004年10月2日～12月5日〉
◇樋口一葉と甲州　山梨県立文学館編　甲府　山梨県立文学館　2009.9　64p　30cm〈会期・会場：2009年9月19日～11月23日 山梨県立文学館企画展示室　年譜あり〉
◇樋口一葉豊饒なる世界へ　山本欣司著　大阪　和泉書院　2009.10　264p　22cm　（近代文学研究叢刊 44）　7000円　①978-4-7576-0524-4
◇一葉偲ぶぐさ―樋口一葉と「文学界」　吉松勝郎著　鹿児島　高城書房　2011.3　339p　20cm〈文献あり〉　2000円　①978-4-88777-140-6
◇江戸最後の女―樋口一葉と渋谷三郎　蘭藍子著　文芸社　2011.3　111p　20cm〈文献あり 年譜あり〉　1100円　①978-4-286-09978-1

◇明治前期女流作品論—樋口一葉とその前後　和田繁二郎著　桜楓社　1989.5　621,17p　22cm　18540円　①4-273-02325-3

◇樋口一葉研究　和田芳恵編　日本図書センター　1992.10　454,10p 図版13枚　22cm（近代作家研究叢書 117）〈解説：松坂俊夫　新世社昭和17年刊の複製〉　9785円　①4-8205-9216-5,4-8205-9204-1

◇一葉誕生　和田芳恵著　日本図書センター　1993.6　181,9p　22cm（近代作家研究叢書 142）〈解説：松坂俊夫　現書館昭和44年刊の複製〉　4120円　①4-8205-9246-7,4-8205-9239-4

◇目で見る明治・大正文学からみた被服・生活用語集—3　樋口一葉編　文学からみた生活用語研究会　1998.12　45p　26cm

◇樋口一葉—資料目録　新版　台東区立一葉記念館　2006.11　102p　30cm〈年譜あり〉

◇樋口一葉—資料目録　新版　台東区立一葉記念館　2009.12（第3刷）　116p　30cm〈年譜あり〉

◇台東区立一葉記念館開館五十周年記念誌　台東区立一葉記念館　2012.3　126p　30cm〈共同刊行：台東区芸術文化財団　年表あり〉

◇一葉のポルトレ　みすず書房　2012.6　184p　20cm（大人の本棚）〈年譜あり〉　2400円　①978-4-622-08099-2

◆◆◆「たけくらべ」

◇それぞれのたけくらべ—作品研究・一葉のために　牛山潔志著　さいたま　メディア・ポート　2008.1　260p　21cm　1200円　①978-4-901611-29-9

◇たけくらべ総索引　鶴岡昭夫編　笠間書院　1992.9　251p　22cm（笠間索引叢刊 103）　4635円

◇「たけくらべ」アルバム　樋口一葉著, 木村荘八絵巻　芳賀書店　1995.10　166p　26cm（「芸術…夢紀行」…シリーズ 2）　3260円　①4-8261-0902-4

◆◆◆日記・書簡

◇樋口一葉の手紙　川口昌男著　大修館書店　1998.11　282p　20cm　2300円　①4-469-22144-9

◇樋口一葉全集—第4巻下　和歌3.書簡.和歌索引　塩田良平ほか責任編集　筑摩書房　1994.6　1160p　22cm　8800円　①4-480-73006-0

◇樋口一葉日記の世界　白崎昭一郎著　鳥影社　2005.7　233p　20cm（季刊文科コレクション）　2000円　①4-88629-916-4

◇樋口一葉日記を読む　鈴木淳著　岩波書店　2003.11　175p　19cm（岩波セミナーブックス 89）　2600円　①4-00-026609-8

◇樋口一葉日記—完全現代語訳　高橋和彦訳　アドレエー　1993.11　455p　19cm〈アートダイジェスト（発売）著者の肖像あり〉　2800円　①4-900455-19-9

◇樋口一葉来簡集　野口碩編　筑摩書房　1998.10　581p　22cm　8800円　①4-480-82334-4

◇一葉恋愛日記　樋口一葉著,和田芳恵編注　改版再販　角川書店　1997.5　210p　15cm（角川文庫）　440円　①4-04-100704-6

◇樋口一葉日記・書簡集　樋口一葉著, 関礼子編　筑摩書房　2005.11　313p　15cm（ちくま文庫）　900円　①4-480-42103-3

◇全集樋口一葉—3　日記編　前田愛,野口碩校注　小学館　1996.11　356p　22cm　2800円　①4-09-352103-4

◇かしこ一葉—『通俗書簡文』を読む　森まゆみ著　筑摩書房　1996.11　376p　20cm　2369円　①4-480-81410-8

◇樋口一葉の手紙教室—『通俗書簡文』を読む　森まゆみ著　筑摩書房　2004.5　270p　15cm（ちくま文庫）〈肖像あり〉　680円　①4-480-03938-4

◇一葉の日記　和田芳恵編　講談社　1995.11　382p　16cm（講談社文芸文庫—現代日本の評伝）　1100円　①4-06-196347-3

◇一葉の日記　和田芳恵著　新装版　講談社　2005.4　382p　16cm（講談社文芸文庫）〈著作目録あり　年譜あり〉　1650円　①4-06-198403-9

◆浪漫主義

◇ロマン主義文学の水脈　浜田泉著　緑地社　1997.3　246p　20cm　2000円　①4-89751-034-1

◇英雄と詩人　保田与重郎著　京都　新学社　1999.4　310p　15cm　（保田与重郎文庫 2）　1200円　Ⓘ4-7868-0023-6

◇浪曼主義への挽歌―日本近代精神史序説　吉田達志著　〔春日井〕　〔吉田達志〕〔2011〕　331p　21cm

◆◆泉　鏡花（1873～1939）

◇泉鏡花論―心境小説的特質をめぐって　赤尾勝子著　西田書店　2005.12　369p　20cm　2800円　Ⓘ4-88866-412-9

◇新編泉鏡花集―別巻 2　秋山稔,吉田昌志ほか編　岩波書店　2006.1　5,435p　23cm　〈著作目録あり　年譜あり〉　6400円　Ⓘ4-00-092582-2

◇鏡花万華鏡　生島遼一著　筑摩書房　1992.6　252p　19cm　（筑摩叢書 365）　1800円　Ⓘ4-480-01365-2

◇作家の自伝―41　泉鏡花　泉鏡花著,松村友視編解説　日本図書センター　1997.4　309p　22cm　（シリーズ・人間図書館）　2600円　Ⓘ4-8205-9483-4,4-8205-9482-6

◇泉鏡花の「婦系図」―ビギナーズクラシックス　近代文学編　泉鏡花,山田有策著　角川学芸出版　2011.6　250p　15cm　（角川文庫 16803―〔角川ソフィア文庫〕　〔C-1-7〕）〈角川グループパブリッシング（発売）〉　年譜あり〉　857円　Ⓘ978-4-04-407223-0

◇鏡花―泉鏡花記念館　泉鏡花記念館編　金沢　泉鏡花記念館　2009.3　95p　26cm　〈共同刊行：金沢文化振興財団　年譜あり　文献あり〉

◇論集泉鏡花―第2集　泉鏡花研究会編　有精堂出版　1991.11　250p　22cm　7800円　Ⓘ4-640-30359-9

◇論集泉鏡花―第3集　泉鏡花研究会編　大阪　和泉書院　1999.7　221p　22cm　5000円　Ⓘ4-87088-995-1

◇論集泉鏡花―第1集　泉鏡花研究会編　新装版　大阪　和泉書院　1999.10　265p　22cm　6000円　Ⓘ4-87088-993-5

◇論集泉鏡花―第2集　泉鏡花研究会編　新装版　大阪　和泉書院　1999.10　251p　22cm　6000円　Ⓘ4-87088-994-3

◇論集 大正期の泉鏡花　泉鏡花研究会編　おうふう　1999.12　326p　21cm　4800円　Ⓘ4-273-03104-3

◇昭和期の泉鏡花―論集　泉鏡花研究会編　おうふう　2002.5　209p　22cm　3800円　Ⓘ4-273-03233-3

◇論集泉鏡花―第4集　泉鏡花研究会編　大阪　和泉書院　2006.1　238p　22cm　〈文献あり〉　6000円　Ⓘ4-7576-0345-2

◇論集泉鏡花―第5集　泉鏡花研究会編　大阪　和泉書院　2011.9　300p　22cm　〈文献あり〉　8000円　Ⓘ978-4-7576-0601-2

◇鷗外・漱石・鏡花―実証の糸　上田正行著　翰林書房　2006.6　557p　22cm　9000円　Ⓘ4-87737-231-8

◇群像日本の作家―5　泉鏡花　大岡信ほか編,津島佑子ほか著　小学館　1992.1　319p　20cm　〈泉鏡花の肖像あり〉　1800円　Ⓘ4-09-567005-3

◇評伝泉鏡花　笠原伸夫著　京都　白地社　1995.1　386p　20cm　（コレクション人と作品 1）　3200円　Ⓘ4-89359-151-7

◇泉鏡花展―水の迷宮　神奈川文学振興会編　〔横浜〕　県立神奈川近代文学館　1995.4　63p　26cm

◇幻想空間の東西―フランス文学をとおしてみた泉鏡花　金沢大学フランス文学会編,平川祐弘ほか著　金沢　十月社　1990.1　265p　22cm　〈泉鏡花の肖像あり〉　3700円　Ⓘ4-915665-09-7

◇白山の水―鏡花をめぐる　川村二郎著　講談社　2000.12　310p　20cm　2800円　Ⓘ4-06-210443-1

◇白山の水―鏡花をめぐる　川村二郎著　講談社　2008.9　393p　16cm　（講談社文芸文庫）〈著作目録あり　年譜あり〉　1700円　Ⓘ978-4-06-290024-9

◇鏡花幻創―鏡花文学賞二十五周年記念誌　鏡花文学賞二十五周年記念誌編集委員会編　〔金沢〕　金沢市　1999.3　132p　28cm　1400円　Ⓘ4-89010-310-4

◇文学に見る女と男・その愛のかたち―泉鏡花と夏目漱石　久保田淳ほか　川崎　川崎市生涯学習振興事業団かわさき市民アカデミー出版部　2004.6　89p　21cm　（かわさき市民アカデミー講座ブックレット　no.20）〈シーエーピー出版（発売）　年譜あり〉　650円

現代日本文学（文学史）

ⓘ4-916092-69-4
◇泉鏡花　佐伯順子著　筑摩書房　2000.8　237p　18cm　（ちくま新書）　660円　ⓘ4-480-05860-5
◇泉鏡花と花—その隠された秘密　菅原孝雄著　沖積舎　2007.11　322p　20cm　3500円　ⓘ978-4-8060-4725-4
◇幻想のオイフォリー—泉鏡花を起点として　高桑法子著　小沢書店　1997.8　210p　20cm　2400円　ⓘ4-7551-0338-X
◇鏡花変化帖　橘正典著　国書刊行会　2002.5　255p　20cm　3000円　ⓘ4-336-04424-4
◇鏡花と怪異　田中貴子著　平凡社　2006.5　268p　20cm　〈文献あり〉　2200円　ⓘ4-582-83327-6
◇泉鏡花文学の成立　田中励儀著　双文社出版　1997.11　265p　22cm　5800円　ⓘ4-88164-518-8
◇泉鏡花論—到来する「魔」　種田和加子著　立教大学出版会　2012.3　268p　20cm　〈有斐閣（発売）〉　2800円　ⓘ978-4-901988-21-6
◇泉鏡花「海の鳴る時」の宿—晴浴雨浴日記・辰口温泉篇　種村季弘著　辰口町（石川県）まつさき　1996.11　93p　18cm　1800円　ⓘ4-915665-51-8
◇泉鏡花とその周辺　手塚昌行著　国分寺　武蔵野書房　1989.7　316p　22cm　2400円
◇泉鏡花　寺田透著　筑摩書房　1991.11　224p　20cm　3700円　ⓘ4-480-82291-7
◇泉鏡花—人と文学　東郷克美著　東京電力営業部お客さま相談室　1990.4　159p　15cm　（東京電力文庫　66）〈泉鏡花の肖像あり〉
◇泉鏡花—美と幻想　東郷克美編　有精堂　1991.1　266p　22cm　（日本文学研究資料新集　12）　3650円　ⓘ4-640-30961-9
◇異界の方へ—鏡花の水脈　東郷克美著　有精堂出版　1994.2　520p　20cm　3800円　ⓘ4-640-31047-1
◇「文芸人間学」の試み—日本近代文学考　中島公子著　近代文芸社　1994.10　248p　20cm　2000円　ⓘ4-7733-3396-0
◇鏡花文学　日夏耿之介著　研文社　1989.2　205p　20cm　〈付 (7p)：栞〉
◇金沢の三文豪—鏡花・秋声・犀星　北国新聞社編　金沢　北国新聞社　2003.8　539p　22cm　3200円　ⓘ4-8330-1159-X
◇泉鏡花呪詞の形象　真有澄香著　鼎書房　2001.2　280p　20cm　2000円　ⓘ4-907846-04-5
◇泉鏡花—人と文学　真有澄香著　勉誠出版　2007.8　204p　20cm　（日本の作家100人）〈年譜あり　文献あり〉　2000円　ⓘ978-4-585-05189-3
◇泉鏡花の文学と伊勢—光と闇の古市　三品理絵述　伊勢　皇学館大学出版部　2012.12　71p　19cm　（皇学館大学講演叢書　第144輯）　477円
◇泉鏡花　三田英彬編　国書刊行会　1996.3　394p　22cm　（日本文学研究大成）　3900円　ⓘ4-336-03088-X
◇反近代の文学—泉鏡花・川端康成　三田英彬著　おうふう　1999.5　405p　22cm　9500円　ⓘ4-273-03068-3
◇泉鏡花研究　村松定孝著　日本図書センター　1992.10　394,8p　22cm　（近代作家研究叢書　108）〈解説：笠原伸夫　冬樹社昭和49年刊の複製に増補　泉鏡花の肖像あり〉　7210円　ⓘ4-8205-9207-6,4-8205-9204-1
◇言葉の影像—鏡花五十年　村松定孝著　東京布井出版　1994.4　257p　20cm　〈著者の肖像あり〉　2000円　ⓘ4-8109-1096-2
◇定本泉鏡花研究　村松定孝著　有精堂出版　1996.3　210p　22cm　3914円　ⓘ4-640-31072-2
◇泉鏡花—百合と宝珠の文学史　持田叙子著　慶応義塾大学出版会　2012.9　348p　20cm　〈文献あり　年譜あり〉　2800円　ⓘ978-4-7664-1972-6
◇深層の近代—鏡花と一葉　山田有策著　おうふう　2001.1　317p　20cm　4000円　ⓘ4-273-03155-8
◇魔界への遠近法—泉鏡花論　吉村博任著　近代文芸社　1991.1　177p　20cm　（紫陽花叢書　1）　2000円　ⓘ4-7733-1037-5
◇幻想の論理　脇明子著　増補　沖積舎　1992.11　237p　20cm　3500円　ⓘ4-8060-4578-0
◇泉鏡花論—幻影の杯機　渡部直己著　河出書房新社　1996.7　281p　20cm　2600円　ⓘ4-309-01062-8

◇商人文化と泉鏡花の文学―尾張町界隈の歴史と文学の散歩道　金沢　尾張町商店街振興組合　1990.7　16p　21cm　〈老舗の街・尾張町シリーズ　10〉〈共同刊行：尾張町若手会〉

◇泉鏡花　河出書房新社　1991.11　223p　21cm　〈新文芸読本〉〈泉鏡花の肖像あり〉　1200円　Ⓘ4-309-70161-2

◇金沢泉鏡花フェスティバル　金沢　金沢泉鏡花フェスティバル委員会　1993.3　78p　21cm〈泉鏡花文学賞20周年記念　ブレーン・オアシス（編集・製作）会期：1992年11月9日～14日〉

◇金沢泉鏡花フェスティバル―第2回　〔金沢〕　金沢泉鏡花フェスティバル委員会　1998.3　86p　21cm

◇金沢泉鏡花フェスティバル―第3回　金沢　金沢泉鏡花フェスティバル委員会　2003.3　66p　21cm〈会期：2002年11月6日～10日　泉鏡花文学賞30周年記念〉

◇泉鏡花徳田秋声室生犀星資料目録―石川近代文学館収蔵　金沢　石川近代文学館　2010.3　36p　30cm

◆◆◆「天守物語」

◇評釈「天守物語」―妖怪のコスモロジー　笠原伸夫著　国文社　1991.5　258p　20cm　2575円　Ⓘ4-7720-0004-6

◇泉鏡花と『天守物語』の世界―特別展　姫路文学館編　姫路　姫路文学館　2001.10　63p　30cm〈会期：2001年10月5日～11月18日　文献あり〉

◆◆北村　透谷（1868～1894）

◇北村透谷―彼方への夢　青木透著　丸善　1994.7　190p　18cm　（丸善ライブラリー　128）　640円　Ⓘ4-621-05128-8

◇北村透谷　色川大吉著　東京大学出版会　1994.4　320p　20cm〈北村透谷の肖像あり〉　2472円　Ⓘ4-13-013017-X

◇北村透谷　色川大吉著　新装版　東京大学出版会　2007.9　320p　20cm　（近代日本の思想家 6）〈年譜あり　文献あり〉　2800円　Ⓘ978-4-13-014156-7

◇近代日本文芸試論―透谷・藤村・漱石・武郎　大田正紀著　桜楓社　1989.5　237p　22cm　2884円　Ⓘ4-273-02331-8

◇北村透谷の回復―憑依と覚醒　岡部隆志著　三一書房　1992.12　244p　20cm　2400円　Ⓘ4-380-92255-3

◇北村透谷　桶谷秀昭著　筑摩書房　1994.10　295p　15cm　（ちくま学芸文庫）　980円　Ⓘ4-480-08160-7

◇透谷と現代―21世紀へのアプローチ　桶谷秀昭, 平岡敏夫, 佐藤泰正編　翰林書房　1998.5　372p　20cm　4000円　Ⓘ4-87737-043-9

◇透谷と多摩―幻境・文学研究散歩　小沢勝美著　町田　法政大学多摩地域社会研究センター　1997.11　72p　21cm　（法政大学多摩地域社会研究センターブックレット　1）

◇小田原と北村透谷　小沢勝美著　秦野　夢工房　2003.2　163p　19cm　（小田原ライブラリー　10　小田原ライブラリー編集委員会企画・編集）〈シリーズ責任表示：小田原ライブラリー編集委員会企画・編集　年譜あり〉　1200円　Ⓘ4-946513-87-6

◇『北村透谷没後100年』展図録―土岐運来　小田原市立図書館編　小田原　小田原市立図書館　1994.11　55p　26cm〈略年譜：p45～52　主な参考文献・資料所蔵：p54〉

◇北村透谷論―近代ナショナリズムの潮流の中で　尾西康充著　明治書院　1998.2　288p　22cm　7800円　Ⓘ4-625-43076-3

◇北村透谷研究―〈内部生命〉と近代日本キリスト教　尾西康充著　双文社出版　2006.7　289p　22cm〈文献あり〉　5600円　Ⓘ4-88164-571-4

◇詩の近代を超えるもの―透谷・朔太郎・中也など　評論集　北川透著　思潮社　2000.9　281p　20cm　（詩論の現在 2）　2900円　Ⓘ4-7837-1596-3

◇透谷全集―第3巻　北村透谷著, 勝本清一郎編纂・校訂　岩波書店　1994.4　710p　19cm〈第19刷（第1刷：1955年）著者の肖像あり〉　4500円　Ⓘ4-00-090003-X

◇透谷と近代日本　北村透谷研究会編　翰林書房　1994.5　433,4p　20cm　4800円　Ⓘ4-906424-42-2

◇北村透谷とは何か　北村透谷研究会編　笠間書院　2004.6　276,4p　22cm〈文献あり〉　2800円　Ⓘ4-305-70271-1

◇北村透谷と小田原事情――一点の花なかれよ　北村透谷没後百年祭実行委員会編　秦野夢工房　1995.5　212p　19cm　1200円

◇北村透谷論　桑原敬治著　学芸書林　1994.10　393p　20cm　3500円　Ⓘ4-87517-009-2

◇北村透谷　笹淵友一著　日本図書センター　1993.1　407,9p　22cm　(近代作家研究叢書 122)〈解説：佐藤泰正　福467書店1950年刊の複製　北村透谷の肖像あり〉　7725円　Ⓘ4-8205-9223-8,4-8205-9221-1

◇北村透谷――その創造的営為　佐藤善也著　翰林書房　1994.6　294p　20cm　3800円　Ⓘ4-906424-43-0

◇北村透谷と人生相渉論争　佐藤善也著　近代文芸社　1998.4　260p　20cm　2200円　Ⓘ4-7733-6290-1

◇北村透谷――《批評》の誕生　新保祐司編　至文堂　2006.3　307p　21cm　(「国文学：解釈と鑑賞」別冊)〈文献あり〉　2667円

◇北村透谷――「文学」・恋愛・キリスト教　永淵朋枝著　大阪　和泉書院　2002.8　335p　20cm　(和泉選書 132)　2800円　Ⓘ4-7576-0168-9

◇北村透谷研究―第4　平岡敏夫著　有精堂出版　1993.4　520p　20cm　6200円　Ⓘ4-640-31041-2

◇北村透谷研究評伝　平岡敏夫著　有精堂出版　1995.1　576p　19cm　7416円　Ⓘ4-640-31056-0

◇北村透谷――没後百年のメルクマール　平岡敏夫著　おうふう　2009.4　318p　22cm〈年譜あり〉　4000円　Ⓘ978-4-273-03527-3

◇北村透谷その詩と思想としての恋愛　堀部茂樹著　七月堂　2012.11　445p　22cm〈年譜あり　文献あり〉　4500円　Ⓘ978-4-87944-198-0

◇北村透谷　槙林滉二編　国書刊行会　1998.12　395p　22cm　(日本文学研究大成)　3900円　Ⓘ4-336-03087-1

◇北村透谷研究―絶対と相対との抗抵　槙林滉二著　大阪　和泉書院　2000.5　447p　22cm　(槙林滉二著作集 第1巻　槙林滉二著)　9000円　Ⓘ4-7576-0029-1

◇透谷と美那子　町田市立自由民権資料館編　町田　町田市教育委員会　1989.3　79p　21cm　(民権ブックス 2)

◇透谷・藤村・一葉　藪禎子著　明治書院　1991.7　356p　19cm　(新視点シリーズ日本近代文学 4)　2900円　Ⓘ4-625-53024-5

◆◆◆比較・影響

◇透谷と漱石―自由と民権の文学　小沢勝美著　双文社出版　1991.6　370p　20cm　3980円　Ⓘ4-88164-337-1

◇透谷・漱石・独立の精神　小沢勝美著　勉誠出版　2001.2　308,6p　20cm　(遊学叢書 13)　3000円　Ⓘ4-585-04073-0

◇透谷・漱石と近代日本文学　小沢勝美著　論創社　2012.1　301p　19cm　2800円　Ⓘ978-4-8460-1116-1

◇透谷、操山とマシュー・アーノルド　佐藤善也著　近代文芸社　1997.7　258p　20cm　2000円　Ⓘ4-7733-5996-X

◇人権と福祉と近代文学―北村透谷と島崎藤村、有島武郎の場合　篠原昌彦著　苫小牧生活協同組合道央市民生協　1996.6　164p　21cm　1457円

◇二葉亭・透谷―考証と試論　関良一著　教育出版センター　1992.8　556p　23cm　(研究選書 47)　15000円　Ⓘ4-7632-1482-9

◇差異の近代―透谷・啄木・プロレタリア文学　中山和子著　翰林書房　2004.6　633p　22cm　(中山和子コレクション 2　中山和子著)〈シリーズ責任表示：中山和子著〉　5000円　Ⓘ4-87737-176-1

◇北村透谷と国木田独歩　平岡敏夫著　おうふう　2009.4　223p　20cm〈年譜あり〉　2800円　Ⓘ978-4-273-03525-9

◇北村透谷と国木田独歩―比較文学の研究　山田博光著　近代文芸社　1990.12　190p　20cm　2000円　Ⓘ4-7733-1024-3

◆◆国木田 独歩 (1871～1908)

◇国木田独歩研究 (1)　芦谷信和著　京都　芦谷信和　2005.9　30p

◇国木田独歩研究 (2)　芦谷信和著　京都　芦谷信和　2006.9　32p

◇国木田独歩の文学圏　芦谷信和著　双文社出版　2008.11　237p　22cm　4500円

◇国木田独歩—その求道の軌跡　伊藤久男著　近代文芸社　2001.6　458p　22cm　3500円　①4-7733-6781-4

◇国木田独歩空知川の岸辺で　岩井洋著　札幌　北海道新聞社　2003.11　281p　19cm　（道新選書 38）〈文献あり〉　1500円　①4-89453-273-5

◇一つの水脈—独歩・白鳥・鱒二　岩崎文人著　広島　渓水社　1990.9　245p　20cm　2884円　①4-87440-227-5

◇国木田独歩の短篇と生涯　右遠俊郎著　西東京　右遠俊郎　2007.7　207p　20cm〈文献あり〉　1400円

◇独歩の身辺　岡落葉著　日本古書通信社　1990.12　78p　10.2cm　（こつう豆本 91）　600円

◇若き日の国木田独歩—佐伯時代の研究　小野茂樹著　日本図書センター　1993.6　264,9p　22cm　（近代作家研究叢書 138）〈解説：北野昭彦　アポロン社昭和34年刊の複製　国木田独歩の肖像あり〉　8240円　①4-8205-9242-4,4-8205-9239-4

◇国木田独歩と吉田松陰　小野末夫監修・解説　復刻版　牧野出版　2000.5　189p　22cm　（近代文学研究文献叢書 1—国木田独歩研究 6）〈原本：山口県文芸懇話会昭和49年刊〉　①4-89500-064-8

◇国木田独歩と其周囲　小野末夫監修・解説　復刻版　牧野出版　2000.5　314p　22cm　（近代文学研究文献叢書 1—国木田独歩研究 2）〈原本：小学館昭和18年刊〉　①4-89500-064-8

◇青年時代の国木田独歩　小野末夫監修・解説　復刻版　牧野出版　2000.5　204p　22cm　（近代文学研究文献叢書 1—国木田独歩研究 5）〈原本：柳井市立図書館昭和45年刊　肖像あり〉　①4-89500-064-8

◇独歩と武蔵野　小野末夫監修・解説　復刻版　牧野出版　2000.5　272p　22cm　（近代文学研究文献叢書 1—国木田独歩研究 1）〈原本：晃文社昭和17年刊〉　①4-89500-064-8

◇「独歩」回想　小野末夫監修・解説　復刻版　牧野出版　2000.5　142p　22cm　（近代文学研究文献叢書 1—国木田独歩研究 4）〈原本：柳井独歩会昭和28年刊　肖像あり〉　①4-89500-064-8

◇国木田独歩論　小野末夫著　牧野出版　2003.9　258p　20cm　4000円　①4-89500-115-6

◇作家の自伝—23　国木田独歩　国木田独歩著,北野昭彦編解説　日本図書センター　1995.11　271p　22cm　（シリーズ・人間図書館）　2678円　①4-8205-9393-5,4-8205-9411-7

◇国木田独歩・志賀直哉論考—明治・大正時代を視座として　栗林秀雄著　双文社出版　2012.6　253p　22cm　3600円　①978-4-88164-609-0

◇編集者国木田独歩の時代　黒岩比佐子著　角川学芸出版　2007.12　346,4p　19cm　（角川選書 417）〈角川グループパブリッシング（発売）　年譜あり　文献あり〉　1700円　①978-4-04-703417-4

◇独歩と漱石—汎神論の地平　佐々木雅発著　翰林書房　2005.11　366p　20cm　3000円　①4-87737-216-4

◇独歩と藤村—明治三十年代文学のコスモロジー　新保邦寛著　有精堂出版　1996.2　344,16p　22cm　8549円　①4-640-31069-2

◇国木田独歩論—独歩における文学者の誕生　鈴木秀子著　春秋社　1999.6　319p　21cm　10000円　①4-393-44143-5

◇国木田独歩—短編小説の魅力　中島礼子著　おうふう　2000.7　302p　22cm　8800円　①4-273-03127-2

◇国木田独歩の研究　中島礼子著　おうふう　2009.7　679p　22cm〈索引あり〉　12000円　①978-4-273-03536-5

◇国木田独歩　中根駒十郎編　日本図書センター　1990.3　206,8p　22cm　（近代作家研究叢書 103）〈解説：滝藤満義　新潮社明治41年刊の複製　折り込み図1枚　国木田独歩の肖像あり〉　5150円　①4-8205-9060-X

◇田布施時代の国木田独歩　林芙美夫著　田布施町（山口県）　田布施町教育委員会　1995.11　74p　21cm　（郷土館叢書 第2集）　800円

◇北村透谷と国木田独歩　平岡敏夫著　おうふう　2009.4　223p　20cm〈年譜あり〉　2800円　①978-4-273-03525-9

◇北村透谷と国木田独歩—比較文学的研究　山

田博光著　近代文芸社　1990.12　190p　20cm　2000円　ⓘ4-7733-1024-3

◆◆戸川　秋骨（1870〜1939）

◇近代作家追悼文集成—第27巻　戸川秋骨・水上滝太郎　ゆまに書房　1992.12　247p　22cm〈監修：稲村徹元　複製　戸川秋骨および水上滝太郎の肖像あり〉　5150円　ⓘ4-89668-651-9

◆◆徳冨　蘆花（1868〜1927）

◇徳富蘆花とトルストイ—日露文学交流の足跡　阿部軍治著　彩流社　1989.4　300p　20cm〈徳富蘆花およびトルストイの肖像あり〉　2800円

◇徳富蘆花とトルストイ—日露文学交流の足跡　阿部軍治著　改訂増補　彩流社　2008.4　362p　20cm〈肖像あり　文献あり〉　3500円　ⓘ978-4-7791-1350-5

◇至宝の徳冨蘆花　熊本県立大学編著　熊本　熊日情報文化センター（制作発売）　2009.6　214p　18cm（熊日新書）〈熊本日日新聞社〉　952円　ⓘ978-4-87755-337-1

◇蘆花の青春—その京都時代　河野仁昭著　恒文社　1989.5　317p　20cm〈徳冨健次郎の肖像あり〉　2500円　ⓘ4-7704-0697-5

◇弟・徳富蘆花　徳富蘇峰著　中央公論社　1997.10　238p　20cm　1700円　ⓘ4-12-002735-X

◇弟・徳富蘆花　徳富蘇峰著　中央公論新社　2001.5　226p　16cm（中公文庫）〈肖像あり　折り込1枚〉　724円　ⓘ4-12-203828-6

◇徳冨蘆花集—別巻　解題・資料編　吉田正信編　復刻　日本図書センター　1999.2　199p　22cm　ⓘ4-8205-2863-7,4-8205-2802-5,4-8205-2814-9

◇二人の父・蘆花と蘇峰『みみずのたはこと』と鶴子　渡辺勲著　創友社　2007.4　202p　20cm　2200円　ⓘ978-4-915658-57-0

◆◆馬場　孤蝶（1869〜1940）

◇近代作家追悼文集成—第28巻　吉江喬松・馬場孤蝶　ゆまに書房　1992.12　282p　22cm〈監修：稲村徹元　複製　吉江喬松および馬場孤蝶の肖像あり〉　6077円　ⓘ4-89668-652-7

◆◆星野　天知（1862〜1950）

◇近代文学研究叢書—第68巻　昭和女子大学近代文学研究室著　昭和女子大学近代文化研究所　1994.6　751p　19cm　8750円　ⓘ4-7862-0068-9

◇文学者の日記—4　星野天知　星野天知著　博文館新社　1999.7　402p　22cm（日本近代文学館資料叢書）　5000円　ⓘ4-89177-974-8

◆◆森　鷗外（1862〜1922）

◇鷗外の花暦　青木宏一郎著　養賢堂　2008.9　157p　21cm　2000円　ⓘ978-4-8425-0444-5

◇晩年の森鷗外と私の晩年と　赤羽貞雄著　辰野町（長野県）　ユースビジコム出版〔2005〕　130p　19cm　1500円　ⓘ4-946517-86-3

◇森鷗外　生松敬三著　新装版　東京大学出版会　2007.9　233,6p　20cm（近代日本の思想家 4）〈年譜あり〉　2800円　ⓘ978-4-13-014154-3

◇森鷗外と近代日本　池内健次著　京都　ミネルヴァ書房　2001.12　298,8p　20cm（Minerva21世紀ライブラリー 67）〈文献あり〉　3500円　ⓘ4-623-03559-X

◇森鷗外の青春文学　池野誠著　松江　山陰文芸協会　1999.8　274p　19cm（山陰文芸シリーズ 2）　2000円　ⓘ4-921080-02-X

◇鷗外「小倉左遷」の謎　石井郁男著　福岡　葦書房　1996.3　196p　20cm　1957円　ⓘ4-7512-0623-0

◇森鷗外　石川淳著　日本図書センター　1993.1　237,11p　22cm（近代作家研究叢書 135）〈解説：長谷川泉　三笠書房昭和16年刊の複製〉　5665円　ⓘ4-8205-9236-X,4-8205-9221-1

◇森鷗外　石川淳著　筑摩書房　1994.12　252p　15cm（ちくま学芸文庫）　880円　ⓘ4-480-08169-0

◇石川淳全集—第12巻　石川淳著　筑摩書房　1990.3　698p　21cm〈著者の肖像あり〉　9270円　ⓘ4-480-70312-8

◇森鷗外の都市論とその時代　石田頼房著　日本経済評論社　1999.6　276p　19cm　〈都市叢書〉　2500円　Ⓘ4-8188-1061-4

◇演劇場裏の詩人森鷗外─若き日の演劇・劇場論を読む　井戸田総一郎著　慶応義塾大学出版会　2012.4　243,7p　22cm　〈索引あり〉　4800円　Ⓘ978-4-7664-1938-2

◇鷗外・漱石・鏡花─実証の糸　上田正行著　翰林書房　2006.6　557p　22cm　9000円　Ⓘ4-87737-231-8

◇森鷗外資料目録─2001年版　文京区立鷗外記念本郷図書館編　文京区立鷗外記念本郷図書館　2001.3　312p　30cm　〈2000年7月末現在〉　2500円

◇森鷗外『スバル』の時代　鷗外研究会編　双文社出版　1997.10　226p　22cm　4600円　Ⓘ4-88164-517-X

◇日清戦争中の森鷗外　大石汎著　横浜　門土社総合出版　1989.3　157p　18cm　600円　Ⓘ4-89561-093-4

◇美神と軍神と─日露戦争中の森鷗外　大石汎著　改訂　横浜　門土社総合出版　1993.1　203p　19cm　1300円　Ⓘ4-89561-149-3

◇群像日本の作家─2　森鷗外　大岡信ほか編，池内夏樹ほか著　小学館　1992.5　319p　20cm　〈森鷗外の肖像あり〉　1800円　Ⓘ4-09-567002-9

◇鷗外、屈辱に死す　大谷晃一著　大阪　編集工房ノア　2000.9　222p　19cm　（ノアコレクション 3）〈人文書院1983年刊の増補　年譜あり　文献あり〉　1800円

◇鷗外を読み拓く　大塚美保著　朝文社　2002.8　309p　20cm　3000円　Ⓘ4-88695-163-5

◇鷗外涓滴　大屋幸世著　日本古書通信社　1994.7　82p　11cm　（こつう豆本 110）　600円

◇森鷗外研究と資料　大屋幸世著　翰林書房　1999.5　254p　20cm　2800円　Ⓘ4-87737-074-9

◇鷗外・茂吉・杢太郎─「テエベス百門」の夕映え　岡井隆著　書肆山田　2008.10　501p　20cm　4800円　Ⓘ978-4-87995-752-8

◇「私の鷗外」を求めて　尾崎健次著　近代文芸社　1995.9　214p　20cm　1600円　Ⓘ4-7733-4640-X

◇『鷗外』散策　尾崎健次著　驢馬出版　2001.7　204p　20cm　（驢馬文芸叢書 19）　1500円　Ⓘ4-89802-034-8

◇森鷗外展─近代の扉をひらく　神奈川文学振興会編　横浜　県立神奈川近代文学館　2009.4　64p　26cm　〈会期・会場：2009年4月25日～6月7日 県立神奈川近代文学館　共同刊行：神奈川文学振興会　折り込1枚　年譜あり〉

◇鷗外と〈女性〉─森鷗外論究　金子幸代著　大東出版社　1992.11　360p　20cm　3800円　Ⓘ4-500-00588-9

◇鷗外と神奈川　金子幸代著　横浜　神奈川新聞社　2004.1　238p　20cm　〈年譜あり〉　1500円　Ⓘ4-87645-339-X

◇森鷗外『椋鳥通信』の人名紹介・人名索引─森鷗外『椋鳥通信』における西欧文化の受容・伝播の総合的研究 文学における国際交流シンポジウム報告書　金子幸代著　富山　富山大学人文学部　2010.12　138p　30cm　〈富山県高等教育振興財団助成事業　「森鷗外『椋鳥通信』における西欧文化の受容・伝播の総合的研究報告書」（2009年刊）の改訂　発行責任者：金子幸代〉

◇鷗外と近代劇　金子幸代著　大東出版社　2011.3　467,20p　20cm　〈年表あり　索引あり〉　4500円　Ⓘ978-4-500-00737-0

◇鷗外全集刊行会版『鷗外全集』資料集　鷗出版編集室編　松戸　鷗出版　2009.10　248p　22cm　〈索引あり〉　4800円　Ⓘ978-4-903251-07-3

◇森鷗外と奈良　喜多野徳俊著　東大阪　ミューズ木本　2005.10　64p　19cm　885円　Ⓘ4-9902044-1-7

◇鷗外のことなど　木下章雄著　六法出版社　1990.5　183p　20cm　2200円　Ⓘ4-89770-249-6

◇鷗外の降誕祭（クリスマス）─森家をめぐる年代記　クラウス・クラハト、克美・タテノ＝クラハト著　NTT出版　2012.12　458p　22cm　5600円　Ⓘ978-4-7571-5085-0

◇森鷗外の系族　小金井喜美子著　岩波書店　2001.4　465p　15cm　（岩波文庫）〈肖像あり〉　760円　Ⓘ4-00-311612-7

◇鷗外・康成・鱒二─長谷川泉ゼミナール論文集　国学院大学大学院長谷川泉ゼミナール編

国学院大学日本文学第九(阿部正路)研究室　1994.10　177p　21cm
◇ことばの重み―鷗外の謎を解く漢語　小島憲之著　講談社　2011.2　281p　15cm　(講談社学術文庫 2035)　960円　Ⓘ978-4-06-292039-1
◇森鷗外論―「エリーゼ来日事件」の隠された真相　小平克著　おうふう　2005.4　295p　22cm　〈文献あり〉　7600円　Ⓘ4-273-03386-0
◇森鷗外論―現象と精神　小林幸夫著　龍ケ崎　国研出版　2009.8　251p　22cm　(国研叢書 9)〈星雲社(発売)〉　5000円　Ⓘ978-4-434-13246-9
◇鷗外の小倉―小林安司著作集　小林安司著　北九州　北九州森鷗外記念会　2003.4　302p　20cm〈肖像あり　年譜あり　著作目録あり〉　1500円
◇鷗外の遺産―第2巻　母と子　小堀鷗一郎, 横光桃子編, 小尾俊人編註　小堀鷗一郎, 横光桃子編, 小尾俊人編註　幻戯書房　2005.8　679p　22cm〈文献あり〉　26667円　Ⓘ4-901998-10-2
◇鷗外の遺産―第3巻　社会へ　小堀鷗一郎, 横光桃子編, 小尾俊人編註　小堀鷗一郎, 横光桃子編, 小尾俊人編註　幻戯書房　2006.6　764p　22cm〈折り込2枚　文献あり〉　26667円　Ⓘ4-901998-11-0
◇森鷗外―批評と研究　小堀桂一郎著　岩波書店　1998.11　391p　20cm　4000円　Ⓘ4-00-025283-6
◇鷗外の恋人―百二十年後の真実　今野勉著　日本放送出版協会　2010.11　317p　20cm　2000円　Ⓘ978-4-14-081442-0
◇歴史に聞く―森鷗外論集　酒井敏, 原国人編　新典社　2000.5　351p　19cm　3000円　Ⓘ4-7879-7808-X
◇出会いの衝撃―森鷗外論集　酒井敏, 原国人編　新典社　2001.12　285p　19cm　2500円　Ⓘ4-7879-7810-1
◇森鷗外とその文学への道標　酒井敏著　新典社　2003.3　382p　22cm　(新典社研究叢書 146)〈年譜あり〉　8000円　Ⓘ4-7879-4146-1
◇彼より始まる―森鷗外論集　酒井敏, 原国人編　新典社　2004.7　318p　19cm　2800円　Ⓘ4-7879-7837-3
◇鷗外最大の悲劇　坂内正著　新潮社　2001.5　308p　20cm　(新潮選書)　1400円　Ⓘ4-10-603500-6
◇鷗外白描　佐々木雅発著　翰林書房　2010.3　606p　22cm〈年譜あり　著作目録あり〉　8000円　Ⓘ978-4-87737-295-8
◇森鷗外―永遠の希求　佐々木雄爾著　河出書房新社　1992.3　382p　22cm　3500円　Ⓘ4-309-90093-3
◇長明・兼好・芭蕉・鷗外―老年文学の系譜　佐々木雄爾著　河出書房新社　2004.10　318p　22cm　2300円　Ⓘ4-309-90592-7
◇新輯鷗外箚記　沢柳大五郎著　小沢書店　1989.8　397p　22cm　4120円
◇森鷗外　重松泰雄編著　3版　桜楓社　1991.6　183p　22cm〈森鷗外の肖像あり〉　1600円　Ⓘ4-273-00970-6
◇鷗外残照　重松泰雄著　おうふう　2001.9　506p　22cm　8800円　Ⓘ4-273-03200-7
◇鷗外は何故袴をはいて死んだのか―「非医」鷗外・森林太郎と脚気論争　志田信男著　公人の友社　2009.1　240p　20cm　2500円　Ⓘ978-4-87555-540-7
◇森鷗外の構図　篠原義彦著　近代文芸社　1993.3　220p　20cm　1800円　Ⓘ4-7733-1848-1
◇森鷗外論考　篠原義彦著　近代文芸社　1998.5　249p　20cm　1900円　Ⓘ4-7733-6265-0
◇森鷗外―もう一つの実像　白崎昭一郎著　吉川弘文館　1998.6　216p　19cm　(歴史文化ライブラリー 39)　1700円　Ⓘ4-642-05439-1
◇森鷗外と日清・日露戦争　末延芳晴著　平凡社　2008.8　359p　20cm〈年表あり〉　2600円　Ⓘ978-4-582-83407-9
◇森鷗外―永遠の問いかけ　杉本完治著　新典社　2012.9　298p　19cm　(新典社選書 56)〈文献あり〉　2200円　Ⓘ978-4-7879-6806-7
◇鷗外の文学世界　須田喜代次著　新典社　1990.6　318p　22cm　(新典社研究叢書 36)　10300円　Ⓘ4-7879-4036-8
◇位相鷗外森林太郎　須田喜代次著　双文社出版　2010.7　396p　22cm〈索引あり〉

4800円　Ⓘ978-4-88164-594-9
◇鷗外文芸の研究―中年期篇　清田文武著　有精堂出版　1991.1　474,20p　22cm　13000円　Ⓘ4-640-31017-X,4-640-31015-3
◇鷗外文芸の研究―青年期篇　清田文武著　有精堂出版　1991.10　417,23p　22cm　13000円　Ⓘ4-640-31016-1,4-640-31015-3
◇鷗外文芸とその影響　清田文武著　翰林書房　2007.11　559p　22cm　9000円　Ⓘ978-4-87737-254-5
◇父からの贈りもの―森鷗外と娘たち　せたがや文化財団世田谷文学館学芸部学芸課編　せたがや文化財団世田谷文学館学芸部学芸課　2010.10　98,13p　30cm　（世田谷文学館資料目録　2（森鷗外家族資料））〈会期：平成22年10月2日～11月28日　年表あり〉
◇漱石と鷗外―新書で入門　高橋昭男著　新潮社　2006.8　191p　18cm　（新潮新書）〈文献あり〉　680円　Ⓘ4-10-610179-3
◇鷗外と津和野―私の鷗外遍歴　竹村栄一著　東中野図書館友の会　1993.12　113p　19cm〈私家版　鷗外の肖像あり　限定版〉　1200円
◇森鷗外必携　竹盛天雄編　学灯社　1989.10　224p　21cm　（別冊国学　37）〈（注）研究史及び作品論　作家森鷗外研究史（檀原みすず），作品事典（稲垣達郎），略年表・参考文献（酒井敏）ほか〉　1000円
◇森鷗外必携　竹盛天雄編　学灯社　1990.2　222p　22cm〈『別冊国文学』改装版〉　1750円　Ⓘ4-312-00528-1
◇学芸小品　森鷗外・稲垣達郎　竹盛天雄著　明治書院　1999.2　300p　19cm　3990円　Ⓘ4-625-43079-8
◇明治文学の脈動―鷗外・漱石を中心に　竹盛天雄著　国書刊行会　1999.2　444p　22cm　4800円　Ⓘ4-336-04121-0
◇医師としての森鷗外―続　伊達一男著　績文堂出版　1989.4　282p　23cm〈著者の肖像あり〉　4300円
◇文豪たちの大喧嘩―鷗外・逍遥・樗牛　谷沢永一著　新潮社　2003.5　316p　20cm　1900円　Ⓘ4-10-384504-X
◇文豪たちの大喧嘩―鷗外・逍遥・樗牛　谷沢永一著　筑摩書房　2012.8　360p　15cm　（ちくま文庫　た64-1）〈新潮社2003年刊の再刊〉　880円　Ⓘ978-4-480-42976-6
◇エリスのえくぼ―森鷗外への試み　千葉俊二著　小沢書店　1997.3　302p　20cm　2800円　Ⓘ4-7551-0339-8
◇鷗外をめぐる医師たち　土屋重朗著　清水戸田書店　1998.2　238p　19cm　1905円
◇森鷗外小倉時代の業績　出口隆著者代表　北九州　北九州森鷗外記念会　2012.12　304p　21cm〈森鷗外生誕一五〇年記念〉　1000円
◇鷗外東西紀行―津和野発ベルリン経由千駄木行き　寺岡襄文,小松健一写真　京都　京都書院　1997.12　319p　15cm　（京都書院アーツコレクション　61　旅行7）　1000円　Ⓘ4-7636-1561-0
◇〔森〕鷗外研究文献目録1982―1986　東京都文京区立鷗外記念本郷図書館編　東京都文京区立鷗外記念本郷図書館　1984.2～1988.3　5冊（12p,6p）　26cm
◇鷗外留学始末　中井義幸著　岩波書店　2010.12　358p　19cm　（岩波人文書セレクション）〈文献あり〉　2800円　Ⓘ978-4-00-028434-9
◇森鷗外の翻訳文学―「即興詩人」から「ペリカン」まで　長島要一著　至文堂　1993.1　291p　20cm　3689円　Ⓘ4-7843-0135-6
◇森鷗外―文化の翻訳者　長島要一著　岩波書店　2005.10　228p　18cm　（岩波新書）〈年譜あり　文献あり〉　740円　Ⓘ4-00-430976-X
◇鷗外その側面　中野重治著　筑摩書房　1994.9　421p　15cm　（ちくま学芸文庫）　1300円　Ⓘ4-480-08155-0
◇森鷗外と明治国家　中村文雄著　三一書房　1992.12　278p　20cm　2700円　Ⓘ4-380-92253-7
◇鷗外研究年表　苦木虎雄著　松戸　鷗出版　2006.6　1265p　22cm〈肖像あり〉　12000円　Ⓘ4-903251-01-2
◇森鷗外主筆・主宰雑誌目録　苦木虎雄編著　松戸　鷗出版　2007.6　289,11p　22cm　7800円　Ⓘ978-4-903251-03-5
◇森鷗外の日本近代　野村幸一郎著　京都　白地社　1995.3　206p　20cm　1800円　Ⓘ4-89359-163-0
◇森鷗外の歴史意識とその問題圏―近代的主体

の構造　野村幸一郎著　京都　晃洋書房　2002.11　206p　20cm　2200円　Ⓣ4-7710-1398-5

◇点滴森鷗外論　長谷川泉著　明治書院　1990.10　423p　19cm　4500円　Ⓣ4-625-43061-5

◇森鷗外盛儀　長谷川泉著　教育出版センター　1992.12　126p　20cm　(以文選書40)　1800円　Ⓣ4-7632-1537-X

◇森鷗外偶記　長谷川泉著　三弥井書店　1993.12　248p　20cm　2900円　Ⓣ4-8382-8026-2

◇森鷗外燦遺映　長谷川泉著　明治書院　1998.12　102p　22cm　2400円　Ⓣ4-625-53150-0

◇森鷗外燦遺映―続　長谷川泉著　明治書院　2000.3　220p　22cm　6800円　Ⓣ4-625-45300-3

◇長谷川泉著作選―1　森鷗外論考　長谷川泉著　明治書院　1991.7　1057p　19cm　12000円　Ⓣ4-625-53101-2

◇長谷川泉著作選―2　森鷗外論考―涓滴　長谷川泉著　明治書院　1992.6　478p　19cm〈折り込図1枚　森鷗外の肖像あり〉　9200円　Ⓣ4-625-53102-0

◇長谷川泉著作選―4　鷗外文献集纂　長谷川泉著　明治書院　1993.12　866p　19cm　20000円　Ⓣ4-625-53104-7

◇異郷における森鷗外、その自己像獲得への試み　林正子著　近代文芸社　1993.2　220p　20cm　2400円

◇森鷗外の独逸体験と東洋　半田美永述　伊勢　皇学館大学出版部　2012.5　49p　19cm　(皇学館大学講演叢書　第132輯)〈他言語標題：森鷗外的徳国体験与東洋　中国語併記〉　477円

◇森鷗外不遇への共感　平岡敏夫著　おうふう　2000.4　303p　22cm　4000円　Ⓣ4-273-03121-3

◇鷗外の作品　平川祐弘,平岡敏夫,竹盛天雄編　新曜社　1997.5　464p　20cm　(講座森鷗外　第2巻)　4500円　Ⓣ4-7885-0598-3

◇鷗外の人と周辺　平川祐弘,平岡敏夫,竹盛天雄編　新曜社　1997.5　478p　20cm　(講座森鷗外　第1巻)　4500円　Ⓣ4-7885-0597-5

◇鷗外の知的空間　平川祐弘,平岡敏夫,竹盛天雄編　新曜社　1997.6　472p　20cm　(講座・森鷗外　3)　4500円　Ⓣ4-7885-0603-3

◇森鷗外論　平島英利子著　近代文芸社　1994.6　192p　20cm　1600円　Ⓣ4-7733-2455-4

◇森鷗外論―2　平島英利子著　近代文芸社　1995.12　201p　20cm　1600円　Ⓣ4-7733-4764-3

◇森鷗外論―3　平島英利子著　近代文芸社　1998.11　179p　20cm　1600円　Ⓣ4-7733-6404-1

◇鷗外のベルリン―交通・衛生・メディア　美留町義雄著　水声社　2010.8　223p　22cm　3500円　Ⓣ978-4-89176-797-6

◇鷗外・漱石・竜之介―意中の文士たち〈上〉　福永武彦著　講談社　1994.7　213p　16cm　(講談社文芸文庫―現代日本のエッセイ)　880円　Ⓣ4-06-196283-3

◇鷗外をめぐる女たち　文沢隆一著　大宮　林道舎　1992.7　307p　20cm　2575円　Ⓣ4-947632-42-9

◇森鷗外資料目録―1990年版　文京区立鷗外記念本郷図書館編　文京区立鷗外記念本郷図書館　1991.3　166p　26cm〈1990年9月末現在〉

◇森鷗外資料目録―1996年版　東京都文京区立鷗外記念本郷図書館編　文京区立鷗外記念本郷図書館　1996.3　2冊(別冊とも)　30cm

◇写真でたどる森鷗外の生涯―生誕140周年記念　文京区立鷗外記念本郷図書館編　文京区教育委員会　2002.12　66p　30cm　(所蔵資料図録　第1集(「写真」(全)))〈年譜あり　文献あり〉　1560円

◇150年目の鷗外―観潮楼からはじまる：文京区立森鷗外記念館開館記念特別展　文京区立森鷗外記念館編　文京区立森鷗外記念館　2012.11　61p　30cm〈会期・会場：2012年11月1日～2013年1月20日　文京区立森鷗外記念館　年譜あり〉

◇軍医森鷗外―統帥権と文学　松井利彦著　桜楓社　1989.3　305p　22cm〈森鷗外の肖像あり〉　4800円　Ⓣ4-273-02291-5

◇両像・森鷗外　松本清張著　文芸春秋　1994.11　286p　20cm　1400円　Ⓣ4-16-315230-X

現代日本文学（文学史）

◇両像・森鷗外　松本清張著　文芸春秋　1997.11　309p　16cm　（文春文庫）　438円　⓵4-16-710684-1
◇三好行雄著作集―第2巻　森鷗外・夏目漱石　三好行雄著　筑摩書房　1993.4　373p　22cm　5500円　⓵4-480-70042-0
◇投書家時代の森鷗外―草創期活字メディアを舞台に　宗像和重著　岩波書店　2004.7　331p　20cm　3800円　⓵4-00-024129-X
◇森鷗外、自我と自尊心　村岡功著　〔村岡功〕　2001.10　240p　21cm　非売品
◇森鷗外、史伝と探墓　村岡功著　〔村岡功〕　2002.7　251p　21cm　非売品
◇明治三十一年から始まる『鷗外史伝』　目野由希著　広島　渓水社　2003.2　250p　22cm　6000円　⓵4-87440-736-6
◇森鷗外読本　森鷗外著, 田中実ほか編　双文社出版　1991.5　252p　21cm　2060円　⓵4-88164-054-2
◇作家の自伝―2　森鷗外　森鷗外著, 長谷川泉編解説　日本図書センター　1994.10　231p　22cm　（シリーズ・人間図書館）〈監修：佐伯彰一, 松本健一　著者の肖像あり〉　2678円　⓵4-8205-8003-5,4-8205-8001-9
◇鷗外女性論集　森鷗外著, 金子幸代編・解説　不二出版　2006.4　341p　21cm　2800円　⓵4-8350-3497-X
◇父親としての森鷗外　森於菟著　筑摩書房　1993.9　436p　15cm　（ちくま文庫）〈森鷗外及び著者の肖像あり〉　920円　⓵4-480-02768-8
◇『鷗外全集』の誕生―森潤三郎あて与謝野寛書簡群の研究　森富, 阿部武彦, 渡辺善雄著　松戸　鷗出版　2008.5　294p　22cm〈年表あり〉　6000円　⓵978-4-903251-05-9
◇鷗外の坂　森まゆみ著　新潮社　1997.10　367p　20cm　1800円　⓵4-10-410002-1
◇鷗外の坂　森まゆみ著　新潮社　2000.7　451p　15cm　（新潮文庫）　629円　⓵4-10-139022-3
◇鷗外の坂　森まゆみ著　中央公論新社　2012.9　441p　16cm　（中公文庫　も31-2）〈新潮文庫 2000年刊の再刊　文献あり〉　895円　⓵978-4-12-205698-5
◇鷗外の子供たち―あとに残されたものの記録　森類著　筑摩書房　1995.6　255p　15cm　（ちくま文庫）　640円　⓵4-480-03039-5
◇森家の人びと―鷗外の末子の眼から　森類著　三一書房　1998.6　413p　22cm　3800円　⓵4-380-98279-3
◇森鷗外―教育の視座　矢部彰著　近代文芸社　1991.1　342p　20cm　2500円　⓵4-7733-1021-9
◇森鷗外―明治四十年代の文学　矢部彰著　近代文芸社　1995.4　448p　20cm　3000円　⓵4-7733-3985-3
◇鷗外『椋鳥通信』全人名索引　山口徹著　翰林書房　2011.10　551p　19×27cm〈他言語標題：Personenregister zu Mukudori-Tsushin von Mori Ogai〉　7600円　⓵978-4-87737-321-4
◇森鷗外―二生を行く人　山崎一穎著　新典社　1991.11　334p　19cm　（日本の作家 36）〈森鷗外の肖像あり〉　2769円　⓵4-7879-7036-4
◇森鷗外明治人の生き方　山崎一穎著　筑摩書房　2000.3　237p　18cm　（ちくま新書）　660円　⓵4-480-05837-0
◇鷗外その終焉―津和野への回帰　森鷗外生誕一四〇周年記念第2期特別展　山崎一穎監修, 森鷗外記念館編　津和野町（島根県）　森鷗外記念館　2002.7　54p　30cm〈会期：平成14年7月6日～9月1日〉　1429円
◇森鷗外・歴史文学研究　山崎一穎著　おうふう　2002.10　379p　22cm　8800円　⓵4-273-03242-2
◇鷗外十話　山崎一穎著　鳥影社　2005.6　208p　8.3cm　1500円　⓵4-88629-913-X
◇森鷗外論攷　山崎一穎著　おうふう　2006.12　719p　22cm　8800円　⓵4-273-03446-8
◇鷗外ゆかりの人々　山崎一穎著　おうふう　2009.5　612p　22cm〈年譜あり〉　8800円　⓵978-4-273-03522-8
◇森鷗外　国家と作家の狭間で　山崎一穎著　新日本出版社　2012.11　207p　20cm　1900円　⓵978-4-406-05653-3
◇森鷗外―基層的論究　山崎国紀著　八木書店　1989.3　347p　22cm　（近代文学研究双書）　4800円　⓵4-8406-9016-2
◇鷗外森林太郎　山崎国紀著　京都　人文書

現代日本文学（文学史）

院　1992.12　283p　20cm　2472円　Ⓘ4-409-16059-1

◇森鷗外を学ぶ人のために　山崎国紀編　京都　世界思想社　1994.2　368,10p　19cm　2500円　Ⓘ4-7907-0491-2

◇鷗外―成熟の時代　山崎国紀著　大阪　和泉書院　1997.1　293p　22cm　（近代文学研究叢刊 12）　7210円　Ⓘ4-87088-836-X

◇鷗外の三男坊―森類の生涯　山崎国紀著　三一書房　1997.1　313p　20cm　3296円　Ⓘ4-380-97205-4

◇評伝森鷗外　山崎国紀著　大修館書店　2007.7　849,17p　23cm〈肖像あり　年譜あり　文献あり〉　12000円　Ⓘ978-4-469-22189-3

◇歴史の主体としての創造　山碕雄一著　デジタルパブリッシングサービス　2001.3　245p　21cm〈オンデマンド版〉　2500円　Ⓘ4-925219-16-2

◇鷗外森林太郎と脚気紛争　山下政三著　日本評論社　2008.11　472p　22cm　4700円　Ⓘ978-4-535-98302-1

◇軍医森鷗外　山田弘倫著　日本図書センター　1992.10　307,4,20p　22cm　（近代作家研究叢書 120）〈解説：長谷川泉　文松堂書店昭和18年刊の複製　森鷗外の肖像あり〉　7210円　Ⓘ4-8205-9219-X,4-8205-9204-1

◇評伝森鷗外　山室静著　講談社　1999.4　299p　16cm　（講談社文芸文庫）　1200円　Ⓘ4-06-197661-3

◇山室静自選著作集―第4巻　鷗外・藤村論　山室静著　松本　郷土出版社　1992.7　325p　20cm〈森鷗外, 島崎藤村および著者の肖像あり〉　3800円　Ⓘ4-87663-187-5

◇鷗外・闘う啓蒙家　渡辺善雄著　新典社　2007.2　542p　22cm　（新典社研究叢書 182）　15000円　Ⓘ978-4-7879-4182-4

◇森鷗外展―日本文学の巨峰　東京都近代文学博物館　1992.9　64p　26cm〈開館25周年記念〉

◇森鷗外研究―8　大阪　和泉書院　1999.11　217p　21cm　5000円　Ⓘ4-7576-0000-3

◇鷗外を読む　笠間書院　2000.5　179p　19cm　（笠間ライブラリー―梅光女学院大学公開講座論集第46集）　1000円　Ⓘ4-305-60247-2

◆◆◆比較・影響

◇鷗外・漱石と近代の文苑　伊狩章著　翰林書房　2001.7　482p　22cm〈付：整・譲・八一等の回想　著作目録あり〉　9000円　Ⓘ4-87737-132-X

◇鷗外と茂吉　加賀乙彦著　潮出版社　1997.7　204p　20cm　1200円　Ⓘ4-267-01480-9

◇鷗外・漱石・芥川　蒲生芳郎著　洋々社　1998.6　245p　20cm　2400円　Ⓘ4-89674-910-3

◇比較文学論攷―鷗外・漢詩・西洋化　神田孝夫著, 神田孝夫遺稿集刊行会編　明治書院　2001.12　571p　22cm〈年譜あり　著作目録あり〉　15000円　Ⓘ4-625-45304-6

◇観潮楼の一夜―鷗外と光太郎　北川太一著　北斗会出版部（製作）　2009.1　110p　22cm〈肖像あり〉　非売品

◇森鷗外と村山槐多―わが空はなつかしき　佐々木央著　冨山房インターナショナル　2012.7　93p　20cm〈文献あり〉　1200円　Ⓘ978-4-905194-42-2

◇文豪の古典力―漱石・鷗外は源氏を読んだか　島内景二著　文芸春秋　2002.8　234p　18cm　（文春新書）　700円　Ⓘ4-16-660264-0

◇小説の悪魔―鷗外と茉莉　田中美代子著　試論社　2005.8　300p　20cm〈年譜あり〉　2800円　Ⓘ4-903122-00-X

◇鷗外留学始末　中井義幸著　岩波書店　1999.7　349p　20cm　3200円　Ⓘ4-00-022362-3

◇鷗外と漱石―思考と感情　中村啓著　近代文芸社　1994.5　321p　18cm　850円　Ⓘ4-7733-3272-7

◇森鷗外と原田直次郎―ミュンヘンに芽生えた友情の行方　新関公子著　東京芸術大学出版会　2008.2　181p　20cm〈年譜あり　文献あり〉　2000円　Ⓘ978-4-904049-03-7

◇鷗外漱石から荷風へ―Nil admirariの表明と主人公達　福多久著　郁朋社　2009.2　294p　20cm〈文献あり〉　1500円　Ⓘ978-4-87302-431-8

◇漱石その軌跡と系譜―鷗外・竜之介・有三文学の哲学的考察　藤田健治著　紀伊国屋書店　1991.6　228p　20cm　2600円　Ⓘ4-

◇子規と鷗外―知られざる交流 第57回特別企画展　松山市立子規記念博物館編　〔松山〕松山市立子規記念博物館　2011.7　56p　30cm〈会期：平成23年7月30日～8月28日　年表あり〉　314-00561-0

◇本文の生態学―漱石・鷗外・芥川　山下浩著　日本エディタースクール出版部　1993.6　168p　20cm　1800円　ⓘ4-88888-206-1

◇制度の近代―藤村・鷗外・漱石　山田有策著　おうふう　2003.5　421p　22cm　4000円　ⓘ4-273-03266-X

◇鷗外・啄木・荷風隠された闘い―いま明らかになる天才たちの輪舞　吉野俊彦著　ネスコ　1994.3　270p　20cm〈文芸春秋（発売）〉　1900円　ⓘ4-89036-867-1

◆◆◆詩歌

◇森鷗外の『うた日記』　岡井隆著　書肆山田　2012.1　273p　20cm　3200円　ⓘ978-4-87995-838-9

◇森鷗外が詠んだ『奈良五十首』の足跡　竹村照雄著　〔上牧町（奈良県）〕　〔竹村照雄〕　2011.9　125p　21cm〈写真・表装・編集：片山治之　年譜あり〉　1000円　ⓘ978-4-925170-21-5

◇森鷗外の漢詩―上　陳生保編著　明治書院　1993.6　297p　21cm　4800円　ⓘ4-625-43067-4

◇森鷗外の漢詩―下　陳生保編著　明治書院　1993.6　p301～568　21cm　4800円　ⓘ4-625-43068-2

◇森鷗外と漢詩　藤川正数著　有精堂出版　1991.9　260,12p　22cm　8800円　ⓘ4-640-31026-9

◆◆◆小説

◇鷗外、初期小説と土地意識　明石利代著　近代文芸社　1991.8　176p　20cm　1500円　ⓘ4-7733-1099-5

◇森鷗外―現代小説の世界　滝本和成著　大阪　和泉書院　1995.10　204p　20cm　（和泉選書 97）　2575円　ⓘ4-87088-758-4

◆◆◆「ヰタ・セクスアリス」

◇長谷川泉著作選―3　鷗外「ヰタ・セクスアリス」考　長谷川泉著　明治書院　1991.9　499p　22cm〈森鷗外の肖像あり〉　9000円　ⓘ4-625-53103-9

◇鷗外・五人の女と二人の妻―もうひとつのヰタ・セクスアリス　吉野俊彦著　ネスコ　1994.8　298p　20cm〈文芸春秋（発売）〉　2000円　ⓘ4-89036-878-7

◆◆◆「雁」

◇文学の径を歩く―透谷・藤村から現代へ　片山晴夫著　小平　蒼丘書林　2012.11　333p　22cm　3400円　ⓘ978-4-915442-89-6

◇森鷗外における「奇」と中国の明清小説―『雁』と『虞初新志』との関連を中心に　林淑丹著,富士ゼロックス小林節太郎記念基金編　富士ゼロックス小林節太郎記念基金　2002.8　59p　30cm〈富士ゼロックス小林節太郎記念基金2001年度研究助成論文〉　非売品

◆◆◆「舞姫」

◇法学と文学・歴史学との交錯　植木哲著　成文堂　2010.4　259p　20cm　（成文堂選書 51）　2500円　ⓘ978-4-7923-9202-4

◇「舞姫」のベルリン　浦部重雄著　大阪　和泉書院　1998.9　163p　20cm　2000円　ⓘ4-87088-937-4

◇森鷗外「我百首」と「舞姫事件」　小平克著　同時代社　2006.6　247p　20cm　2500円　ⓘ4-88683-577-5

◇世界文学のなかの『舞姫』　西成彦著　みすず書房　2009.5　142p　19cm　（理想の教室）〈文献あり〉　1600円　ⓘ978-4-622-08329-0

◇仮面の人・森鷗外―「エリーゼ来日」三日間の謎　林尚孝著　同時代社　2005.4　233p　20cm〈肖像あり　年表あり　文献あり〉　2200円　ⓘ4-88683-549-X

◇鷗外の恋舞姫エリスの真実　六草いちか著　講談社　2011.3　332p　20cm〈文献あり〉　2000円　ⓘ978-4-06-216758-1

◆◆◆歴史小説・史伝

◇森鷗外の歴史小説　稲垣達郎著　岩波書店　1989.4　287p　20cm　2400円　ⓘ4-00-002280-6

◇鷗外の歴史小説―史料と方法　尾形仂著　岩波書店　2002.8　304p　15cm　〈岩波現代文庫 文芸〉〈筑摩書房1979年刊の改訂〉　1000円　ⓘ4-00-602054-6

◇鷗外歴史小説―よこ道うら道おもて道　神沢秀太郎著　文芸社　2002.12　491p　20cm　〈文献あり〉　1500円　ⓘ4-8355-4820-5

◇森鷗外『渋江抽斎』作品論集成　長谷川泉編　大空社　1996.11　521p　27cm　（近代文学作品論叢書 13）　17000円　ⓘ4-87236-819-3

◇鷗外歴史小説の研究―「歴史其儘」の内実　福本彰著　限定版　大阪　和泉書院　1996.1　366p　22cm　（近代文学研究叢刊 11）　3605円　ⓘ4-87088-766-5

◇鷗外史伝の根源　渡辺哲夫著　西田書店　1996.10　100p　20cm　1500円　ⓘ4-88866-252-5

◆◆◆日記・書簡

◇森鷗外の『独逸日記』―〈鷗外文学〉の淵　植田敏郎著　大日本図書　1993.1　465p　20cm　4500円　ⓘ4-477-00267-X

◇小倉日記　森鷗外著　北九州　北九州森鷗外記念会　1994.11　250p　21cm　〈著者の肖像あり〉

◇森鷗外全集―13　独逸日記・小倉日記　森鷗外著　筑摩書房　1996.7　510p　15cm　（ちくま文庫）　1350円　ⓘ4-480-03093-X

◇妻への手紙　森鷗外著,小堀杏奴編　筑摩書房　1996.9　238p　15cm　（ちくま文庫）　620円　ⓘ4-480-03189-8

◇森鷗外「北游日乗」の足跡と漢詩　安川里香子著　審美社　1999.2　237p　20cm　3000円　ⓘ4-7883-4101-8

◇鷗外宛年賀状―森鷗外生誕140周年記念第3期特別展　第3集　山崎一穎監修　津和野町（島根県）　森鷗外記念館　2002.11　50p　30cm　〈会期：平成14年11月15日～平成15年1月19日　第2集までのタイトル：鷗外宛の年賀状〉　1000円

◇森鷗外の手紙　山崎国紀著　大修館書店　1999.11　218p　20cm　1900円　ⓘ4-469-22150-3

◇鷗外をめぐる百枚の葉書　文京区教育委員会　1992.7　112p　30cm　〈編集：森鷗外記念会〉　1500円

大正時代

◇転換期の文学　青野季吉著　日本図書センター　1990.10　464,8p　22cm　（近代文芸評論叢書 1）〈解説：蒲西和彦 春秋社昭和2年刊の複製〉　9270円　ⓘ4-8205-9115-0,4-8205-9114-2

◇クラルテ運動と『種蒔く人』―反戦文学運動"クラルテ"の日本と朝鮮での展開　安斎育郎, 李修京編　御茶の水書房　2000.4　234p　21cm　2800円　ⓘ4-275-01804-4

◇超近代派宣言　生田長江著　日本図書センター　1990.10　520,8p　22cm　（近代文芸評論叢書 2）〈解説：神谷忠孝 至上社大正14年刊の複製〉　9270円　ⓘ4-8205-9116-9,4-8205-9114-2

◇〈大衆〉の登場―ヒーローと読者の20～30年代　池田浩士責任編集,池田浩士ほか編　インパクト出版会　1998.1　291p　21cm　（文学史を読みかえる 2）　2200円　ⓘ4-7554-0072-4

◇大正文学史　上田博, 国末泰平, 田辺匡, 滝本和成編　京都　晃洋書房　2001.11　255,6p　19cm　2600円　ⓘ4-7710-1303-9

◇大正の結婚小説　上田博編　おうふう　2005.9　218p　21cm　〈年表あり〉　2000円　ⓘ4-273-03390-9

◇個の自覚―大衆の時代の始まりのなかで　小田切秀雄編著　社会評論社　1990.1　312p　21cm　（思想の海へ「解放と変革」 13）　2600円

◇我孫子文化村の文人たち―文学散歩の覚え書　上条彰著　柏　長妻和男　1996.2　108p　19cm　777円

◇日本精神分析　柄谷行人著　講談社　2007.6　291p　15cm　（講談社学術文庫）　1050円　ⓘ978-4-06-159822-5

◇人権からみた文学の世界―大正篇　川端俊英

現代日本文学（文学史）

◇著　京都　部落問題研究所　2001.4　159p　19cm　1300円　①4-8298-8027-9
◇大正幻影　川本三郎著　新潮社　1990.10　261p　20cm　1500円　①4-10-377601-3
◇大正幻影　川本三郎著　筑摩書房　1997.5　334p　15cm　（ちくま文庫）　860円　①4-480-03266-5
◇大正幻影　川本三郎著　岩波書店　2008.4　349p　15cm　（岩波現代文庫　文芸）　1000円　①978-4-00-602133-7
◇大正期の文芸叢書　紅野敏郎著　雄松堂出版　1998.11　457,34p　23cm　①4-8419-0253-8
◇大正の作家　古木鉄太郎著　復刻版　白河書院　2005.7　193p　19cm〈文献あり〉1700円
◇田端文士村　近藤富枝著　改版　中央公論新社　2003.12　275p　16cm　（中公文庫）〈年表あり　文献あり〉　895円　①4-12-204302-6
◇大正生命主義と現代　鈴木貞美編　河出書房新社　1995.3　297p　22cm　3900円　①4-309-24162-X
◇「生命」で読む日本近代—大正生命主義の誕生と展開　鈴木貞美著　日本放送出版協会　1996.2　278p　19cm　（NHKブックス　760）　1100円　①4-14-001760-0
◇近代日本の自画像—作家たちの社会認識　寺岡寛著　名古屋　中京大学経営学部　2009.8　293,7p　22cm　（中京大学経営研究双書　第30号）〈年表あり　文献あり〉　非売品
◇田端文士村—よみがえる田端のありし日　東京都北区立田端図書館編　東京都北区立中央図書館　1990.3　21p　26cm〈新装版第2集（通号第10集）〉
◇大正文人と田園主義　中尾正己著　近代文芸社　1996.9　187p　20cm　1500円　①4-7733-5887-4
◇都市と文学—大正社会文学の創生　藤田富士男著　かたりべ舎　1997.10　164p　21cm　1425円
◇近代文学思潮史—大正篇　堀井哲夫,浜川勝彦編　おうふう　1994.4　189p　21cm〈第2刷（第1刷：昭和51年）〉　2200円　①4-273-00906-2
◇大正幻滅　堀切直人著　リブロポート　1992.7　251p　20cm　2884円　①4-8457-0740-3
◇大正流亡　堀切直人著　沖積舎　1998.11　222p　20cm　3000円　①4-8060-4634-5
◇文学者はつくられる　山本芳明著　ひつじ書房　2000.12　326p　20cm　（未発選書　第9巻）　3600円　①4-89476-130-0
◇早稲田大学図書館編大正文芸書集成総目録—マイクロフィッシュ版　第一編—第四編　早稲田大学図書館編　雄松堂出版　2002.3　208p　26cm　非売品
◇文学1921年前後　西早稲田近代文学の会　2004.3　187p　21cm
◇文学—特集1910年代　西早稲田近代文学の会　2006.4　156p　21cm
◇大正文学論叢—第1号　明治大学大学院宮越ゼミ　2012.2　242p　21cm〈文献あり〉

◆◆生田　花世（1888〜1970）

◇鎮魂—生田花世の生涯　伝記・生田花世　和田艶子著　大空社　1995.12　104,5p　22cm　（伝記叢書　200）　4000円　①4-87236-499-6
◇生田花世の会文集—第1集　〔板野町（徳島）〕生田花世の会　〔1996〕　110p　26cm

◆◆稲垣　足穂（1900〜1977）

◇タルホと多留保　稲垣足穂,稲垣志代著　沖積舎　2007.9　465p　20cm〈年譜あり〉　4800円　①978-4-8060-4104-7
◇稲垣足穂の世界—タルホスコープ　コロナ・ブックス編集部編　平凡社　2007.3　125p　22cm　（コロナ・ブックス　132）　1600円　①978-4-582-63429-7
◇タルホ/未来派　茂田真理子著　河出書房新社　1997.1　172p　20cm　2060円　①4-309-01105-5
◇当世文人気質—2　稲垣足穂論・三島由紀夫論　清水信著　鈴鹿　いとう書店　2004.10　44p　22cm　（清水信文学選 9　清水信著）〈シリーズ責任表示：清水信著〉
◇タルホ逆流事典　高橋康雄著　国書刊行会　1990.5　432p　20cm　3300円　①4-336-03000-6
◇タルホ空中飛行器　寺村摩耶子著　白亜書房　2003.11　218p　20cm〈肖像あり〉

1800円　①4-89172-673-3
◇孤光の三巨星―稲垣足穂・滝口修三・埴谷雄高　中村幸夫著　名古屋　風琳堂　1994.5　233p　19cm　2060円　①4-89426-511-7
◇星の声―回想の足穂先生　萩原幸子著　筑摩書房　2002.6　116p　19cm〈肖像あり〉1800円　①4-480-82348-4
◇稲垣足穂　河出書房新社　1993.1　223p　21cm　（新文芸読本）〈稲垣足穂の肖像あり〉　1600円　①4-309-70165-5

◆◆内田　百閒（1889～1971）

◇百鬼園日記帖　内田百閒著　福武書店　1992.11　357p　15cm（福武文庫）680円　①4-8288-3257-2
◇百鬼園戦後日記　内田百閒著　新装版　小沢書店　1993.7　2冊　20cm　各2678円
◇恋文・恋日記　内田百閒著　増補版　多摩ベネッセコーポレーション　1995.4　453p　20cm　2200円　①4-8288-2501-0
◇百鬼園写真帖　内田百閒著　筑摩書房　2004.9　262p　15cm（ちくま文庫―内田百閒集成 24）〈下位シリーズの責任表示：内田百閒著　肖像あり　年譜あり　著作目録あり〉　1100円　①4-480-03904-X
◇内田百閒と谷中安規―百鬼園先生と風船画伯　岡山県立美術館岡山の美術展特別企画　内田百閒, 谷中安規作, 岡山県立美術館編　岡山　岡山県立美術館　2011.2　123p　21cm〈会期：2011年2月1日～3月21日　年譜あり〉
◇内田百閒―『冥途』の周辺　内田道雄著　翰林書房　1997.10　206p　20cm　2400円　①4-87737-027-7
◇内田百閒論―他者と認識の原画　大谷哲著　新典社　2012.1　414p　22cm　（新典社研究叢書 224）〈索引あり　文献あり〉　12000円　①978-4-7879-4224-1
◇岡山の内田百閒　岡将男著　岡山　日本文教出版　1989.3　173p　15cm　（岡山文庫 137）〈内田百閒の肖像あり〉　750円　①4-8212-5137-X
◇内田百閒〈百鬼〉の愉楽　酒井英行著　有精堂出版　1993.9　362p　19cm　5000円　①4-640-31044-7
◇百閒愛の歩み・文学の歩み　酒井英行著　有精堂出版　1995.10　224p　19cm　1854円　①4-640-31066-8
◇内田百閒―愛・文学の歩み　酒井英行著　沖積舎　2003.6　224p　19cm〈肖像あり〉2000円　①4-8060-4686-8
◇内田百閒「百鬼」の愉楽　酒井英行著　沖積舎　2003.6　362p　19cm　3500円　①4-8060-4685-X
◇内田百閒書簡・写真集―多田基旧蔵　実践女子大学文芸資料研究所編　日野　実践女子大学文芸資料研究所　2011.5　98p　21cm（実践女子大学所蔵優品録 3）
◇内田百閒―ひとりぼっちのピエロ　庄司肇著　沖積舎　1993.10　193p　20cm　（作家論叢書 15）　2800円　①4-8060-7015-7
◇内田百閒　庄司肇著　沖積舎　2002.11　193p　20cm　（庄司肇コレクション 7　庄司肇著）〈シリーズ責任表示：庄司肇著　平成5年刊の複製〉　2500円　①4-8060-6597-8
◇夢幻系列―漱石・竜之介・百閒　高橋英夫著　小沢書店　1989.2　227p　20cm　2500円
◇内田百閒と私　中村武志著　岩波書店　1993.4　349p　16cm　（同時代ライブラリー 145）　1050円　①4-00-260145-5
◇百鬼園と風船画伯　平山三郎著　第2版　柏　朝昼晩社　1990.9　56p　13cm〈限定版　和装〉　2800円
◇内田百閒の本　平山三郎著　日本古書通信社　1993.2　62p　11cm　（こつう豆本 101）　600円
◇内田百閒の本―続　平山三郎著　日本古書通信社　1993.9　70p　11cm　（こつう豆本 104）　600円
◇内田百閒我楽多箱―読む事典　備仲臣道著　皓星社　2012.2　240p　19cm〈文献あり〉　1600円　①978-4-7744-0461-5
◇内田百閒の世界　真杉秀樹著　教育出版センター　1993.11　167p　20cm　（以文選書 41）　2400円　①4-7632-1538-8
◇書誌・内田百閒帖（おぼえがきひゃっきえんノート）　森田左飢著　湘南堂書店　1994.10　334p　27cm〈内田百閒の肖像あり〉　10000円　①4-915940-02-0
◇内田百閒帖―The Hyakkien-note　森田左飢著　湘南堂書店　2005.4　493p　27cm

〈「書誌・内田百閒帖」(平成6年刊)の増補改訂版　肖像あり　年譜あり　文献あり〉　6667円　Ⓞ4-915940-50-0
◇内田百閒―イヤダカラ、イヤダの流儀　湯原公浩編　平凡社　2008.9　159p　29cm　(別冊太陽)〈著作目録あり　年譜あり〉　2300円　Ⓞ978-4-582-94516-4
◇内田百閒　新潮社　1993.12　111p　20cm　(新潮日本文学アルバム 42)〈編集・評伝：内田道雄　エッセイ：池沢夏樹　内田百閒の肖像あり〉　1300円　Ⓞ4-10-620646-3

◆◆宇野　千代（1897〜1996）

◇作家の自伝―32　宇野千代　宇野千代著,渡辺正彦編解説　日本図書センター　1995.11　246p　22cm　(シリーズ・人間図書館)　2678円　Ⓞ4-8205-9402-8,4-8205-9411-7
◇自伝的恋愛論　宇野千代著　新装版　大和書房　1996.7　231p　19cm　1400円　Ⓞ4-479-01091-2
◇思いのままに生きて―私の文学的回想記　宇野千代著　集英社　1998.10　205p　16cm　(集英社文庫)　400円　Ⓞ4-08-748871-3
◇宇野千代展―書いた、恋した、生きた。　宇野千代,世田谷文学館編　世田谷文学館　2005.4　103p　21cm　〈会期・会場：平成17年4月29日〜6月12日　世田谷文学館　世田谷文学館開館10周年記念　著作目録あり　年譜あり〉
◇宇野千代女の一生　宇野千代,小林庸浩ほか著　新潮社　2006.11　127p　21cm　(とんぼの本)〈著作目録あり　年譜あり〉　1400円　Ⓞ4-10-602150-1
◇宇野千代の生き方　奥田富子著　日本文学館　2012.8　66p　15cm〈文献あり〉　500円　Ⓞ978-4-7765-3331-3
◇宇野千代の札幌時代―女流作家の誕生　神垣努著　札幌　共同文化社　2000.8　257p　21cm　2100円　Ⓞ4-87739-045-6
◇わたしの宇野千代　瀬戸内寂聴著　中央公論社　1996.9　269p　19cm　1200円　Ⓞ4-12-002619-1
◇活力のある男底力のある女―中村天風と宇野千代の幸福論　マインド・フォーカス研究所著　アートブック本の森　2001.1　190p

19cm　〈コアラブックス(発売)〉　1200円　Ⓞ4-87693-616-1
◇宇野千代の世界　山梨県立文学館編　甲府　山梨県立文学館　1996.4　88p　30cm
◇宇野千代　新潮社　1993.4　111p　20cm　(新潮日本文学アルバム 47)〈編集・評伝：保昌正夫　エッセイ：瀬戸内寂聴　宇野千代の肖像あり〉　1300円　Ⓞ4-10-620651-X
◇宇野千代の世界―決定版　生誕110年没後10年特別企画　ユーリーグ　2006.3　145p　29cm〈いきいき特別編集　著作目録あり　年譜あり〉　1800円　Ⓞ4-946491-44-9
◇北原武夫と宇野千代―華麗なる文学の同伴者　北原武夫生誕百年記念文学回顧展　壬生町(栃木県)　壬生町立歴史民俗資料館　2009.2　103p　24cm〈会期・会場：2009年2月14日〜3月22日　壬生町立歴史民俗資料館　著作目録あり　年譜あり　編集：中野正人ほか〉

◆◆悦田　喜和雄（1896〜1983）

◇評伝悦田喜和雄―忘れられた農民作家　後藤公丸著　徳島　四国文学会　2001.12　266p　21cm〈肖像あり〉　2000円

◆◆江戸川　乱歩（1894〜1965）

◇乱歩夜の夢こそまこと　石塚公昭著　パロル舎　2005.8　135p　20cm　2000円　Ⓞ4-89419-038-9
◇江戸川乱歩と私　植草甚一著　新装版　晶文社　2004.12　245p　19cm　(植草甚一スクラップ・ブック 8　植草甚一著)〈付属資料：16p；月報 3　シリーズ責任表示：植草甚一著〉　1400円　Ⓞ4-7949-2568-9
◇貼雑年譜　江戸川乱歩著　講談社　1989.7　190p　21×30cm〈『江戸川乱歩推理文庫』特別補巻〉　3000円　Ⓞ4-06-195266-8
◇江戸川乱歩コレクション―6　謎と魔法の物語―自作に関する解説　江戸川乱歩著,新保博久,山前譲編　河出書房新社　1995.6　432p　15cm　(河出文庫)　980円　Ⓞ4-309-40449-9
◇作家の自伝―90　江戸川乱歩　江戸川乱歩著,中島河太郎編解説　日本図書センター　1999.4　249p　22cm　(シリーズ・人間図

現代日本文学（文学史）

書館）　2600円　Ⓘ4-8205-9535-0,4-8205-9525-3

◇大槻ケンヂが語る江戸川乱歩―私のこだわり人物伝　江戸川乱歩,大槻ケンヂ著　角川書店　2010.4　196p　15cm〈角川文庫16243〉〈角川グループパブリッシング（発売）〉　552円　Ⓘ978-4-04-184721-3

◇少年探偵団読本―乱歩と小林少年と怪人二十面相　黄金髑髏の会　情報センター出版局　1995.1　235p　21cm　1600円　Ⓘ4-7958-0843-0

◇われらは乱歩探偵団　小野孝二著　勉誠社　1995.9　242p　20cm　1854円　Ⓘ4-585-05016-7

◇大乱歩展　神奈川文学振興会編　横浜　県立神奈川近代文学館　2009.10　72p　26cm〈会期・会場：2009年10月3日～11月15日 県立神奈川近代文学館　共同刊行：神奈川文学振興会　神奈川近代文学館開館25周年記念　折り込1枚　年譜あり〉

◇乱歩彷徨―なぜ読み継がれるのか　紀田順一郎著　横浜　春風社　2011.11　266p　20cm〈文献あり 著作目録あり 年譜あり〉　1905円　Ⓘ978-4-86110-284-4

◇回想の江戸川乱歩　小林信彦著　メタローグ　1994.10　193p　20cm　1600円　Ⓘ4-8398-2003-1

◇回想の江戸川乱歩　小林信彦著　文芸春秋　1997.5　190p　16cm〈文春文庫〉　400円　Ⓘ4-16-725605-3

◇乱歩と名古屋―地方都市モダニズムと探偵小説原風景　小松史生子著　名古屋　風媒社　2007.5　201p　19cm〈東海風の道文庫 2〉〈年譜あり〉　1200円　Ⓘ978-4-8331-0622-1

◇江戸川乱歩徹底追跡　志村有弘著　勉誠出版　2009.11　337p　21cm〈年譜あり　文献あり〉　2000円　Ⓘ978-4-585-05438-2

◇江戸川乱歩アルバム　新保博久編　河出書房新社　1994.10　206p　22cm〈監修：平井隆太郎〉　2800円　Ⓘ4-309-00937-9

◇幻影の蔵―江戸川乱歩探偵小説蔵書目録　新保博久,山前譲編著　東京書籍　2002.10　121,294p　20cm〈付属資料：CD-ROM1枚（12cm）　外箱入　著作目録あり〉　8000円　Ⓘ4-487-79758-6

◇江戸川乱歩　太陽編集部編　平凡社　1998.6　124p　22cm（コロナ・ブックス 46）　1524円　Ⓘ4-582-63343-9

◇感覚のモダン―朔太郎・潤一郎・賢治・乱歩　高橋世織著　せりか書房　2003.12　273p　20cm　2500円　Ⓘ4-7967-0253-9

◇笑う耕助、ほほえむ小五郎―ミーハー文学散歩・日本一の名探偵たち　橘マリノ著　新風舎　2006.7　158p　15cm（新風舎文庫）　650円　Ⓘ4-7974-8909-X

◇私の江戸川乱歩体験　長谷部史親著　広済堂出版　1995.4　192,4p　20cm　1700円　Ⓘ4-331-05642-2

◇子不語の夢―江戸川乱歩小酒井不木往復書簡集　浜田雄介編　上野　乱歩蔵びらき委員会　2004.10　343,15p　22cm〈皓星社（発売）　付属資料：CD-ROM1枚（12cm）　年表あり〉　4200円　Ⓘ4-7744-0373-3

◇乱歩年譜著作目録集大成　平井隆太郎,中島河太郎責任編集　講談社　1989.5　213p　15cm（江戸川乱歩推理文庫 65）　500円

◇江戸川乱歩執筆年譜　平井隆太郎,中島河太郎監修　名張　名張市立図書館　1998.3　302p　22cm（江戸川乱歩リファレンスブック 2）　3000円

◇江戸川乱歩著書目録　平井隆太郎監修　名張　名張市立図書館　2003.3　310p　22cm（江戸川乱歩リファレンスブック 3）　3000円

◇うつし世の乱歩―父・江戸川乱歩の憶い出　平井隆太郎著,本多正一編　河出書房新社　2006.6　219p　20cm〈肖像あり〉　1800円　Ⓘ4-309-01763-0

◇乱歩の軌跡―父の貼雑帖から　平井隆太郎著　東京創元社　2008.7　254p 図版8p　16×22cm〈年譜あり〉　4300円　Ⓘ978-4-488-02430-7

◇明智小五郎年代学―および明智小五郎の人と家族とライバル　平山雄一著　改訂第2版　三鷹　The Men with the Twisted Konjo　1994.9　48p　21cm〈限定版〉

◇江戸川乱歩小説キーワード辞典　平山雄一著,新保博久,山前譲監修　東京書籍　2007.7　777,100p　22cm〈文献あり〉　9500円　Ⓘ978-4-487-79938-1

◇江戸川乱歩と大衆の二十世紀　藤井淑禎編　至文堂　2004.8　296p　21cm（「国文学解

現代日本文学（文学史）

釈と鑑賞」別冊）〈年譜あり　文献あり〉　2476円
◇僕たちの好きな明智小五郎　別冊宝島編集部編　宝島社　2012.6　219p　16cm　（宝島SUGOI文庫　Bへ-1-24）〈2007年刊の改訂　文献あり〉　667円　①978-4-7966-9941-9
◇乱歩おじさん―江戸川乱歩論　松村喜雄著　晶文社　1992.9　264p　20cm　2300円　①4-7949-6092-1
◇乱歩と東京　松山巌著　筑摩書房　1994.7　283p　15cm　（ちくま学芸文庫）　980円　①4-480-08144-5
◇乱歩と東京―1920都市の貌　松山巌著　双葉社　1999.11　298p　15cm　（双葉文庫―日本推理作家協会賞受賞作全集 49）　571円　①4-575-65848-0
◇江戸川乱歩と名張　三品理絵述　伊勢　皇学館大学出版部　2012.12　56p　19cm　（皇学館大学講演叢書　第143輯）　477円
◇江戸川乱歩作品論――人二役の世界　宮本和歌子著　大阪　和泉書院　2012.3　225p　20cm　（和泉選書 172）〈文献あり〉　3000円　①978-4-7576-0617-3
◇江戸川乱歩　河出書房新社　1992.4　223p　21cm　（新文芸読本）〈江戸川乱歩の肖像あり〉　1600円　①4-309-70163-9
◇江戸川乱歩　新潮社　1993.10　111p　20cm　（新潮日本文学アルバム 41）〈編集・評伝：鈴木貞美　エッセイ：松山巌　江戸川乱歩の肖像あり〉　1300円　①4-10-620645-5
◇江戸川乱歩99の謎―生誕百年・探偵小説の大御所　二見書房　1994.11　247p　15cm　（二見wai wai文庫）〈監修：仁賀克雄〉　500円　①4-576-94168-2
◇乱歩文献データブック　限定版　名張　名張市立図書館　1997.3　290p　22cm　（江戸川乱歩リファレンスブック 1）　3000円
◇近代作家追悼文集成―第40巻　江戸川乱歩・谷崎潤一郎・高見順　ゆまに書房　1999.2　348p　22cm　8000円　①4-89714-643-7,4-89714-639-9
◇日本の文学傑作100選―ブックコレクション　第5号　江戸川乱歩　デアゴスティーニ・ジャパン　2004.6　2冊（付録とも）　21-29cm〈付録（315p）：黒蜥蜴　江戸川乱歩著〉　全1324円　①4-8135-0658-5

◆◆江馬 修（1889～1975）

◇江馬修論　永平和雄著　おうふう　2000.2　397p　22cm　18000円　①4-273-03108-6
◇「山の民」覚書ノート　菱村文夫著　飛騨　菱村文夫　2010.4　202p　30cm
◇飛騨百姓騒動記「覚書ノート」―『本郷村善九郎』・『長次郎の妻』・『流人』　菱村文夫著　飛騨　菱村文夫　2011.10　164p　30cm

◆◆翁 久允（1888～1973）

◇翁久允と移民社会1907-1924―在米十八年の軌跡　逸見久美著　勉誠出版　2002.11　388p　20cm　3600円　①4-585-05068-X
◇翁久允の世界　立山町教育委員会編　立山町（富山県）　立山町教育委員会　2002.10　32p　30cm〈会期・会場：平成14年10月25日～11月16日　立山町郷土資料館　年譜あり　文献あり　著作目録あり〉
◇筆魂・翁久允の生涯　稗田童平著　富山　桂書房　1994.9　299,11p　19cm〈翁久允の肖像あり〉　2060円

◆◆大佛 次郎（1897～1973）

◇鞍馬天狗のゆくえ―大仏次郎の少年小説　相川美恵子著　未知谷　2008.6　169,4p　20cm〈著作目録あり〉　2000円　①978-4-89642-229-0
◇秘密結社の時代―鞍馬天狗で読み解く百年　海野弘著　河出書房新社　2010.4　213p　19cm　（河出ブックス 014）〈文献あり　年譜あり〉　1300円　①978-4-309-62414-3
◇鞍馬天狗とは何者か―大仏次郎の戦中と戦後　小川和也著　藤原書店　2006.7　246p　20cm〈著作目録あり〉　2800円　①4-89434-526-9
◇大仏次郎の「大東亜戦争」　小川和也著　講談社　2009.10　286p　18cm　（講談社現代新書 2019）　760円　①978-4-06-288019-0
◇大仏次郎敗戦日記　大仏次郎著　草思社　1995.4　354p　20cm　2200円　①4-7942-0600-3
◇作家の自伝―91　大仏次郎　大仏次郎著,村上光彦編解説　日本図書センター　1999.4　300p　22cm　（シリーズ・人間図書館）

日本近現代文学案内　189

現代日本文学（文学史）

2600円　①4-8205-9536-9,4-8205-9525-3

◇おさらぎ選書—第4集　大仏次郎記念館蔵書目録　社会科学・自然科学・工学・産業・芸術・語学　平成元年12月末日現在　大仏次郎記念会編　横浜　大仏次郎記念会　1990.3　141,47p　26cm

◇おさらぎ選書—第5集　大仏次郎初期作品集「二つの種子」から「一高ロマンス」「鼻」まで　大仏次郎記念会編　横浜　大仏次郎記念会　1991.3　132p　22cm〈大仏次郎の肖像あり〉

◇おさらぎ選書—第6集　大仏次郎エッセイ作品目録　大仏次郎記念会編　横浜　大仏次郎記念会　1992.3　175p　21cm〈大仏次郎の肖像あり〉

◇おさらぎ選書—第7集　大仏次郎記念会編　横浜　大仏次郎記念会　1993.3　104p　21cm

◇おさらぎ選書—第8集　大仏次郎作品掲載紙誌目録　大仏次郎記念会編　横浜　大仏次郎記念会　1993.3　49p　26cm

◇おさらぎ選書—第9集　大仏次郎記念館蔵目録　文学 文学総記・日本文学　平成5年12月末日現在　大仏次郎記念会編　横浜　大仏次郎記念会　1994.3　143p　26cm

◇おさらぎ選書—第10集　大仏次郎記念会蔵書目録　文学 外国文学　平成6年12月末日現在　大仏次郎記念会編　横浜　大仏次郎記念会　1995.3　55p　26cm

◇おさらぎ選書—第11集　大仏次郎記念会蔵書目録　総記・哲学、補遺　平成13年12月末日現在　大仏次郎記念会編　横浜　大仏次郎記念会　2002.3　70p　26cm

◇おさらぎ選書—第12集　大仏次郎研究会〈講演と研究発表〉論文集　大仏次郎記念館編　横浜　大仏次郎記念館　2004.3　86p　21cm

◇おさらぎ選書—第13集　大仏次郎研究会〈シンポジウムと講演〉集　大仏次郎記念館編　横浜　大仏次郎記念館　2005.3　78p　21cm

◇おさらぎ選書—第14集　〈講演と研究発表〉論文集　大仏次郎記念館編　横浜　大仏次郎記念館　2006.3　55,69p　21cm

◇おさらぎ選書—第15集　大仏次郎研究会〈研究発表と講演〉集　大仏次郎記念館編　横浜　大仏次郎記念館　2007.3　116p　21cm

◇鞍馬天狗読本　大仏次郎記念館編　文芸春秋　2008.1　158p　19cm　1571円　①978-4-16-369850-2

◇おさらぎ選書—第16集　〈講演と研究発表〉論文集　大仏次郎記念館編　横浜　大仏次郎記念館　2008.5　74p　21cm

◇おさらぎ選書—第17集　大仏次郎記念館編　横浜　大仏次郎記念館　2009.3　164,33p　21cm〈大仏次郎記念館開館30周年記念　年表あり〉

◇おさらぎ選書—第18集　大仏次郎研究会〈講演〉論文集　大仏次郎記念館編　横浜　大仏次郎記念館　2010.9　79,7p　21cm

◇おさらぎ選書—第19集　大仏次郎記念館編　横浜　大仏次郎記念館　2011.7　128,9p　21cm

◇おさらぎ選書—第20集　大仏次郎記念館編　横浜　大仏次郎記念館　2012.5　108,9p　21cm

◇私の鵠沼日記—大仏次郎・幸田文の思い出　金田元彦著　風間書房　1999.9　281p　19cm　1800円　①4-7599-1162-6

◇生誕一〇〇年記念大仏次郎展—「鞍馬天狗」から「天皇の世紀」まで 図録　野尻政子,福島行一,松井道昭監修,朝日新聞社文化企画局文化企画部編　朝日新聞社文化企画局文化企画部　c1997　128p　26cm

◇大仏次郎—上巻　福島行一著　草思社　1995.4　220p　20cm　2000円　①4-7942-0598-8

◇大仏次郎—下巻　福島行一著　草思社　1995.4　269p　20cm　2000円　①4-7942-0599-6

◇大仏次郎の横浜　福島行一著　〔横浜〕　神奈川新聞社　1998.6　276p　20cm　2200円　①4-87645-234-2

◇大仏次郎私抄—生と死を見つめて　宮地佐一郎著　日本文芸社　1996.1　238p　20cm　1800円　①4-537-02500-X

◇大仏次郎—その精神の冒険　村上光彦著　朝日新聞社　2005.6　300p　19cm　（朝日選書 92）〈1977年刊を原本としたオンデマンド版　デジタルパブリッシングサービス（発売）　肖像あり〉　3100円　①4-86143-033-X

◇大仏次郎と鎌倉—特別展　鎌倉　鎌倉市教

育委員会　1991.6　24p　26cm〈共同刊行：鎌倉文学館　大仏次郎の肖像あり　会期：平成3年6月14日～7月28日〉
◇大仏次郎　新潮社　1995.11　111p　20cm（新潮日本文学アルバム　63）　1300円　ⓘ4-10-620667-6
◇生誕百年記念大仏次郎―文学・人・鎌倉〔鎌倉〕　鎌倉市教育委員会　1997.10　24p　30cm
◇鞍馬天狗展―昭和のヒーローの誕生　解説書　弥生美術館　1998.1　32p　26cm

◆◆北沢　喜代治（1906～1980）

◇北沢喜代治―人と作品　三木ふみ著　塩尻「屋上」の会　2007.12　236p　20cm〈肖像あり　年譜あり〉　非売品

◆◆小酒井　不木（1890～1929）

◇子不語の夢―江戸川乱歩小酒井不木往復書簡集　浜田雄介編　上野　乱歩蔵びらき委員会　2004.10　343,15p　22cm〈皓星社（発売）　付属資料：CD-ROM1枚（12cm）　年表あり〉　4200円　ⓘ4-7744-0373-3

◆◆小島　政二郎（1894～1994）

◇天味無限の人―小島政二郎とともに　小島視英子著　弥生書房　1994.12　227p　20cm　1800円　ⓘ4-8415-0693-4

◆◆小山　勝清（1896～1965）

◇小山勝清小伝―他2編　小山勝樹著　五曜書房　2004.3　276p　20cm〈星雲社（発売）〉　1900円　ⓘ4-434-04132-0

◆◆佐佐木　茂索（1894～1966）

◇大正文士颯爽　小山文雄著　講談社　1995.10　349p　20cm　2200円　ⓘ4-06-207671-3

◆◆白石　実三（1886～1937）

◇白石実三とその時代―第13回企画展　図録　宇田川昭子監修，群馬県立土屋文明記念文学館編　群馬町（群馬県）　群馬県立土屋文明

記念文学館　2002.4　60p　30cm〈会期：平成14年4月27日～6月9日　年譜あり〉
◇慟哭の巡礼者白石実三　及川郁郎著　碧天舎　2003.12　144p　20cm　1000円　ⓘ4-88346-412-1

◆◆宗　瑛（1907～）

◇物語の娘―宗瑛を探して　川村湊著　講談社　2005.5　318p　20cm〈文献あり〉　1900円　ⓘ4-06-212958-2

◆◆滝井　孝作（1894～1984）

◇一生の春―父・滝井孝作　小町谷新子著　蝸牛社　1990.11　294p　20cm〈滝井孝作および著者の肖像あり〉　2300円　ⓘ4-87661-142-4
◇作家の自伝―88　滝井孝作　滝井孝作著，保昌正夫編解説　日本図書センター　1999.4　246p　22cm　（シリーズ・人間図書館）　2600円　ⓘ4-8205-9533-4,4-8205-9525-3
◇滝井孝作書誌　津田亮一著　多摩〔津田亮一〕　1994.8　472p　23cm〈中央公論事業出版（製作）滝井孝作の肖像あり　限定版〉　28000円

◆◆武林　無想庵（1880～1962）

◇無想庵物語　山本夏彦著　文芸春秋　1989.10　348p　20cm〈武林無想庵の肖像あり〉　1500円　ⓘ4-16-343590-5
◇無想庵物語　山本夏彦著　文芸春秋　1993.9　413p　16cm　（文春文庫）〈武林無想庵の肖像あり〉　530円　ⓘ4-16-735207-9

◆◆田村　俊子（1884～1945）

◇旅人たちのバンクーバー―わが青春の田村俊子　工藤美代子著　集英社　1991.5　239p　16cm　（集英社文庫）　400円　ⓘ4-08-749714-3
◇田村俊子　瀬戸内晴美著　講談社　1993.12　493p　16cm　（講談社文芸文庫）　1300円　ⓘ4-06-196252-3
◇作家の自伝―87　田村俊子　田村俊子著,長谷川啓編解説　日本図書センター　1999.4　268p　22cm　（シリーズ・人間図書館）

現代日本文学（文学史）

2600円　①4-8205-9532-6,4-8205-9525-3
◇田村俊子―谷中天王寺町の日々　福田はるか著　図書新聞　2003.4　299p　20cm〈肖像あり　年譜あり　文献あり〉　2300円　①4-88611-401-6
◇田村俊子の世界―作品と言説空間の変容　山崎真紀子著　彩流社　2005.1　337p　20cm〈年譜あり〉　2800円　①4-88202-956-1
◇今という時代の田村俊子―俊子新論　渡辺澄子編　至文堂　2005.7　252p　21cm（「国文学：解釈と鑑賞」別冊）　2400円
◇田村俊子作品の諸相　川崎　専修大学大学院文学研究科畑研究室　1990.3　97p　26cm

◆◆直木　三十五（1891～1934）

◇この人直木三十五―芸術は短く貧乏は長し　植村鞆音編　鱒書房　1991.4　331p　20cm〈監修：尾崎秀樹　直木三十五の肖像あり〉　1600円　①4-89598-010-3
◇直木三十五伝　植村鞆音著　文芸春秋　2005.6　273p　20cm〈肖像あり　年譜あり　文献あり〉　1714円　①4-16-367150-1
◇直木三十五伝　植村鞆音著　文芸春秋　2008.6　324p　16cm（文春文庫）〈年譜あり　文献あり〉　619円　①978-4-16-771786-5
◇直木三十五全集―別巻　資料篇・評伝・年譜　示人社　1991.7　385p　22cm〈複製　直木三十五の肖像あり〉
◇直木三十五全集―第21巻　随筆・書簡・著作年表・著者年表・著者小伝　示人社　1991.7　432p　20cm〈改造社昭和9～10年刊の複製〉
◇近代作家追悼文集成―第23巻　小林多喜二・直木三十五・土田杏村　ゆまに書房　1992.12　331p　22cm〈監修：稲村徹元　複製　小林多喜二ほかの肖像あり〉　6901円　①4-89668-647-0

◆◆中里　介山（1885～1944）

◇中里介山・愛の屈折―雪花蝶に寄せる思慕　武井昌博著　甲府　山梨ふるさと文庫　1992.4　320p　19cm〈標題紙・奥付の書名（誤植）：中里介山・愛の掘折　星雲社（発売）〉　1800円　①4-7952-0726-7

◇作家の自伝―45　中里介山　中里介山著，松本健一編解説　日本図書センター　1997.4　273p　22cm（シリーズ・人間図書館）　2600円　①4-8205-9487-7,4-8205-9482-6
◇「多摩川の生んだ文豪中里介山」資料集―'93特別展　羽村市郷土博物館編　羽村　'93特別展実行委員会　1993.10　21p　26cm〈Tamaらいふ21〉
◇中里介山―辺境を旅するひと　松本健一著　風人社　1993.6　267p　20cm　2575円　①4-938643-08-1
◇果てもない道中記―上　安岡章太郎著　講談社　1995.11　417p　20cm　2000円　①4-06-205960-6
◇果てもない道中記―下　安岡章太郎著　講談社　1995.11　417p　20cm　2000円　①4-06-207894-5
◇中里介山　新潮社　1994.5　111p　20cm（新潮日本文学アルバム　37）〈編集・評伝：竹盛天雄　エッセイ：埴谷雄高　中山介山の肖像あり〉　1300円　①4-10-620641-2
◇中里介山―人と作品　羽村　羽村市郷土博物館　1995.3　198p　21cm（羽村市郷土博物館資料集　1）

◆◆◆「大菩薩峠」

◇「大菩薩峠」を読む―峠の旅人　今村仁司著　筑摩書房　1996.9　237p　18cm（ちくま新書）　680円　①4-480-05682-3
◇「大菩薩峠」を読む―峠の旅人　今村仁司著　日本点字図書館（製作）　1997.9　3冊　27cm　全5100円
◇中里介山その創世界―『大菩薩峠』と現代文学との連関　遠藤誠治著　オリジン出版センター　1994.2　317p　20cm〈中里介山の肖像あり〉　3090円　①4-7564-0182-1
◇大菩薩峠　尾崎秀樹編　至文堂　1994.1　312p　21cm（「国文学解釈と鑑賞」別冊）〈付・対談「大菩薩峠」の魅力　安岡章太郎,尾崎秀樹述〉　2000円
◇中里介山と大菩薩峠　桜沢一昭著　同成社　1997.6　228p　20cm　1900円　①4-88621-149-6
◇中里介山―大菩薩峠　笹本寅著　日本図書センター　1990.3　270,9p　22cm（近代

作家研究叢書 95)〈解説：中島河太郎 河出書房昭和31年刊の複製 中里介山の肖像あり〉 6180円　①4-8205-9052-9
◇大乗小説がゆく―私の「大菩薩峠」論　高梨義明著　創英社　2009.6　174p　18cm〈三省堂書店（発売）　文献あり〉　800円　①978-4-88142-385-1
◇大菩薩峠と中里介山写真集　柞木田竜善著　天心大菩薩会　1990.3　1冊（頁付なし）　30×30cm〈書名は奥付による　中里介山の肖像あり〉　6000円
◇大菩薩峠側面史　柞木田竜善著　天心大菩薩会　1993.4　222p　22cm〈中里介山の肖像あり〉　5000円
◇大菩薩峠中里介山総集編　柞木田竜善著　大菩薩会　1996.9　256p　22cm　6000円
◇「大菩薩峠」論　成田龍一著　青土社　2006.11　262p　20cm　2200円　①4-7917-6303-3
◇『大菩薩峠』の世界像　野口良平著　平凡社　2009.7　294p　20cm〈文献あり　年表あり〉　2800円　①978-4-582-83441-3
◇謎解き『大菩薩峠』　野崎六助著　大阪　解放出版社　1997.11　301p　20cm　2800円　①4-7592-5122-7
◇果てもない道中記―上　安岡章太郎著　講談社　2002.6　446p　16cm〈講談社文芸文庫〉　1400円　①4-06-198298-2

◆◆中西　伊之助（1887～1958）

◇中西伊之助―その人と作品　追悼集準備号　中西伊之助追悼実行委員会編　藤沢治安維持法犠牲者国家賠償同盟神奈川県本部　1991.9　84p　26cm〈没後33年記念　中西伊之助の肖像あり〉

◆◆永代　静雄（1886～1944）

◇「アリス物語」「黒姫物語」とその周辺　大西小生著　大阪　ネガ！スタジオ　2007.11　98p　21cm（赤本叢書 4―シリーズ永代静雄作品研究 1）〈年譜あり　文献あり〉

◆◆細井　和喜蔵（1897～1925）

◇『女工哀史』から80年―いま、和喜蔵の声が聞こえる　宮津　細井和喜蔵を顕彰する会　2007.12　226p　21cm〈共同刊行：あまのはしだて出版　細井和喜蔵没後80年「女工哀史」出版80年記念誌　年譜あり〉　1238円　①978-4-900783-46-1

◆◆牧野　信一（1896～1936）

◇牧野信一と小田原　金子昌夫著　秦野　夢工房　2002.8　133p　19cm（小田原ライブラリー 7　小田原ライブラリー編集委員会企画・編集）〈シリーズ責任表示：小田原ライブラリー編集委員会企画・編集〉　1200円　①4-946513-78-7
◇牧野信一の文学―その「人と作品」の資料的考察　上巻　近田茂芳著　秦野　夢工房　2004.6　460p　22cm〈肖像あり〉　①4-946513-92-2
◇牧野信一の文学―その「人と作品」の資料的考察　下巻　近田茂芳著　秦野　夢工房　2004.6　461p　22cm〈肖像あり　年譜あり　文献あり〉　①4-946513-92-2
◇牧野信一と四人の作家―北村透谷・谷崎潤一郎・宮沢賢治・太宰治　近田茂芳著　秦野　夢工房　2005.3　134p　19cm〈肖像あり　文献あり〉　1200円　①4-86158-000-5
◇牧野信一―イデアの猟人　柳沢孝子著　小沢書店　1990.5　265p　20cm　3090円
◇近代作家追悼文集成―第26巻　牧野信一・中原中也・岡本綺堂　ゆまに書房　1992.12　273p　22cm〈監修：稲村徹元　複製　牧野信一ほかの肖像あり〉　6489円　①4-89668-650-0

◆◆三上　於菟吉（1891～1944）

◇三上於菟吉読本　庄和高地理歴史部、春日部高文学部編　庄和町（埼玉県）　庄和高校地歴部　1990.9　2冊　22cm（庄和高校地理歴史研究部年報　第4,5号）〈「生涯編」「作品編」に分冊刊行〉

◆◆水上　滝太郎（1887～1940）

◇近代作家追悼文集成―第27巻　戸川秋骨・水上滝太郎　ゆまに書房　1992.12　247p　22cm〈監修：稲村徹元　複製　戸川秋骨および水上滝太郎の肖像あり〉　5150円　①4-

◆◆水守 亀之助（1886〜1958）

◇水守亀之助伝　桑本幸信著　相生　桑本幸信　1992.7　445p　22cm〈水守亀之助の肖像あり〉

◆◆村松 梢風（1889〜1961）

◇色機嫌―女・おんな、また女　村松梢風の生涯　村松暎著　彩古書房　1989.5　256p　20cm　1400円　Ⓘ4-915612-26-0

◆◆森下 雨村（1890〜1965）

◇探偵小説の父森下雨村　森下時男著　文源庫　2007.11　285p　20cm　2200円　Ⓘ978-4-903347-06-6

◆◆山田 順子（1901〜1961）

◇山田順子研究　高野喜代一著　秋田　無明舎出版　1992.11　121p　20cm〈山田順子の肖像あり〉　2000円

◆◆山中 峯太郎（1885〜1966）

◇夢いまだ成らず―評伝山中峯太郎　尾崎秀樹著　中央公論社　1995.10　592p　16cm（中公文庫）　1300円　Ⓘ4-12-202441-2

◆◆夢野 久作（1889〜1936）

◇太宰治と夢野久作　明石矛先著　文芸社　2005.6　246p　19cm〈文献あり〉　1400円　Ⓘ4-8355-9096-1

◇夢想の深遠―夢野久作論　伊ماء里和著　沖積舎　2012.9　236,6p　20cm〈索引あり〉　2800円　Ⓘ978-4-8060-4759-9

◇夢野一族―杉山家三代の軌跡　多田茂治著　三一書房　1997.5　447,7p　20cm　3800円　Ⓘ4-380-97243-7

◇夢野久作読本　多田茂治著　福岡　弦書房　2003.10　305p　19cm〈肖像あり　年譜あり　文献あり〉　2200円　Ⓘ4-902116-13-8

◇夢野久作と杉山一族　多田茂治著　福岡　弦書房　2012.9　384p　21cm（「夢野一族」（三一書房1997年刊）の改題改訂　文献あり　

年譜あり　索引あり〉　2800円　Ⓘ978-4-86329-079-2

◇夢野久作―迷宮の住人　鶴見俊輔著　リブロポート　1989.6　287,5p　19cm（シリーズ民間日本学者　20）〈夢野久作の肖像あり〉　1442円　Ⓘ4-8457-0407-2

◇夢野久作と埴谷雄高　鶴見俊輔著　深夜叢書社　2001.9　270p　20cm　2400円　Ⓘ4-88032-244-X

◇夢野久作迷宮の住人　鶴見俊輔著　双葉社　2004.6　253p　15cm（双葉文庫―日本推理作家協会賞受賞作全集　63）〈年譜あり〉　524円　Ⓘ4-575-65862-6

◇どぐら綺譚　松本健一著　作品社　1993.2　234p　20cm　1600円　Ⓘ4-87893-177-9

◇どぐら綺譚―魔人伝説　高山彦九郎から夢野久作に繋ぐ幻　松本健一著　増補・新版　取手　辺境社　2009.9　244p　20cm（松本健一伝説シリーズ　8　松本健一著）〈初版の出版者：作品社　勁草書房（発売）〉　2200円　Ⓘ978-4-326-95045-4

◇夢野久作―方法としての異界　百川敬仁著　岩波書店　2004.12　238p　19cm（岩波セミナーブックス　S4）　2300円　Ⓘ4-00-028054-6

◆◆横溝 正史（1902〜1981）

◇横溝正史研究―創刊号　江藤茂博、山口直孝、浜田知明編　戎光祥出版　2009.4　250p　21cm〈文献あり　著作目録あり　年譜あり〉　2400円　Ⓘ978-4-900901-95-7

◇横溝正史研究―2　江藤茂博，山口直孝，浜田知明編　戎光祥出版　2010.8　363p　21cm〈年譜あり〉　2400円　Ⓘ978-4-86403-007-6

◇横溝正史研究―3　江藤茂博，山口直孝，浜田知明編　戎光祥出版　2010.9　325p　21cm〈年譜あり〉　2400円　Ⓘ978-4-86403-024-3

◇名探偵・金田一耕助99の謎―ミステリー・ファイル　大多和伴彦著　二見書房　1996.11　264p　15cm（二見waiwai文庫）　500円　Ⓘ4-576-96163-2

◇横溝正史に捧ぐ新世紀からの手紙　角川書店編　角川書店　2002.5　283p　20cm〈肖像あり〉　1900円　Ⓘ4-04-883723-0

◇金田一ファミリーの謎――も知らないジッ

現代日本文学（文学史）

チャンの秘密　金田一ファミリー研究会編　飛鳥新社　1996.12　213p　18cm　971円　⓪4-87031-256-5

◇金田一耕助the complete―日本一たよりない名探偵とその怪美な世界　小嶋優子,別冊ダ・ヴィンチ編集部編　メディアファクトリー　2004.6　254p　19cm　（ダ・ヴィンチ特別編集 6）〈年譜あり〉　1500円　⓪4-8401-1097-2

◇横溝正史全小説案内　昭和探偵小説研究会編　洋泉社　2012.11　191p　21cm〈文献あり　著作目録あり　年譜あり〉　1700円　⓪978-4-8003-0017-1

◇横溝正史旧蔵資料　新保博久監修,世田谷文学館学芸課編　世田谷文学館　2004.3　194p　24cm　（世田谷文学館資料目録 1）〈付属資料：CD-ROM1枚（12cm）：横溝正史あて江戸川乱歩書簡〉

◇横溝正史と「新青年」の作家たち―世田谷文学館開館記念展　世田谷文学館編　世田谷文学館　1995.3　175p　22cm

◇笑う耕助、ほほえむ小五郎―ミーハー文学散歩・日本一の名探偵たち　橘マリノ著　新風舎　2006.7　158p　15cm　（新風舎文庫）　650円　⓪4-7974-8909-X

◇僕たちの好きな金田一耕助　別冊宝島編集部編　宝島社　2009.1　254p　16cm　（宝島sugoi文庫）　562円　⓪978-4-7966-6860-6

◇横溝正史読本　横溝正史述,小林信彦編　改版　角川書店　2008.9　286p　15cm　（角川文庫）〈角川グループパブリッシング（発売）　年譜あり〉　514円　⓪978-4-04-138216-5

◇真山仁が語る横溝正史（せいし）―私のこだわり人物伝　横溝正史,真山仁著　角川書店　2010.7　209p　15cm　（角川文庫 16369）〈角川グループパブリッシング（発売）　タイトル：真山仁が語る横溝正史〉　552円　⓪978-4-04-394369-2

◆◆吉川　英治（1892～1962）

◇吉川英治―人と世界　池田大作著　六興出版　1989.9　285p　20cm〈著者の肖像あり〉　1300円　⓪4-8453-7167-7

◇吉川英治―下駄の鳴る音　大野風太郎著　大阪　葉文館出版　1997.12　255p　20cm　1800円　⓪4-916067-76-2

◇吉川英治とわたし―復刻版吉川英治全集月報　講談社編　講談社　1992.9　466p　21cm〈吉川英治生誕百年記念〉　3900円　⓪4-06-205904-5

◇剣と横笛―『宮本武蔵』の深層　島内景二著　新典社　1991.9　132p　19cm　（叢刊・日本の文学 20）　1009円　⓪4-7879-7520-X

◇吉川英治ものがたりの時代―『新・平家物語』『私本太平記』の世界　中島誠著　論創社　2004.5　260p　20cm　2000円　⓪4-8460-0420-1

◇吉川英治と宮本武蔵　姫路文学編編　姫路　姫路文学館　1999.4　71p　30cm

◇人間吉川英治　松本昭著,吉川英明監修　学陽書房　2000.9　347p　19cm　（吉川英治幕末維新小説名作選集 別巻　吉川英治著,吉川英明監修〉〈六興出版1987年刊の増補〉　1600円　⓪4-313-85148-8

◇世相心眼―吉川英治清談　山田秀三郎著　山手書房新社　1992.8　193p　19cm〈著者および吉川英治の肖像あり〉　1500円　⓪4-8413-0059-7

◇吉川英治と明治の横浜―自伝小説『忘れ残りの記』を解剖する　横浜近代文学研究会編　白楽　1989.3　43p　19×26cm〈折り込図1枚〉　800円　⓪4-938617-02-1

◇忘れ残りの記　吉川英治著　講談社　1989.4　357p　15cm　（吉川英治歴史時代文庫 77）　560円　⓪4-06-196577-8

◇父吉川英治　吉川英明著　学習研究社　2003.6　287p　図版14枚　20cm〈肖像あり　年譜あり〉　1905円　⓪4-05-402096-8

◇父吉川英治　吉川英明著　新装版　講談社　2012.6　350p　15cm　（講談社文庫 よ11-3）〈1978年刊の加筆・訂正　年譜あり〉　743円　⓪978-4-06-277284-6

◇吉川英治小説作品目録　吉川英治記念館編　改訂版　吉川英治国民文化振興会　1992.9　43p　26cm

◇近代作家追悼文集成―第38巻　吉川英治・飯田蛇笏・正宗白鳥・久保田万太郎　ゆまに書房　1999.2　340p　22cm　8000円　⓪4-89714-641-0,4-89714-639-9

日本近現代文学案内　195

◆◆吉田 絃二郎（1886～1956）

◇考証・吉田絃二郎の生いたちを語る―実妹・橋本晴子の留書とその周辺　末永実著　〔京都〕　末永国紀　1996.11　52p　21cm　非売品

◇吉田絃二郎の文学・人と作品　原岡秀人著　近代文芸社　1993.2　232p　20cm〈吉田絃二郎の肖像あり〉　2000円　①4-7733-1763-9

◆◆吉屋 信子（1896～1973）

◇二女流の児童文学―北川千代と吉屋信子　大河原宣明著　千葉　里艸　1997.9　84p　19cm　非売品

◇生誕110年吉屋信子展―女たちをめぐる物語　神奈川文学振興会編　横浜　県立神奈川近代文学館　2006.4　52p　26cm〈会期・会場：2006年4月22日～6月4日 県立神奈川近代文学館　共同刊行：神奈川文学振興会　年譜あり〉

◇吉屋信子展―特別展　〔鎌倉〕　鎌倉市教育委員会　1989.5　24p　26cm〈共同刊行：鎌倉文学館 吉屋信子の肖像あり 会期：平成元年5月26日～7月11日〉

◇吉屋信子―隠れフェミニスト　駒尺喜美著　リブロポート　1994.12　278,2p　19cm（シリーズ民間日本学者 39）〈吉屋信子の肖像あり〉　2060円　①4-8457-0954-6

◇ゆめはるか吉屋信子―秋灯机の上の幾山河 下　田辺聖子著　朝日新聞社　1999.9　579p　19cm　2200円　①4-02-257393-7

◇風を見ていたひと―回想の吉屋信子　吉屋えい子著　朝日新聞社　1992.10　238p　20cm　1500円　①4-02-258520-X

◇作家の自伝―66　吉屋信子　吉屋信子著，松本鶴雄編解説　日本図書センター　1998.4　281p　22cm　（シリーズ・人間図書館）　2600円　①4-8205-9510-5,4-8205-9504-0

◇吉屋信子―黒薔薇の処女たちのために紡いだ夢　河出書房新社　2008.12　175p　21cm（Kawade道の手帖）〈肖像あり　著作目録あり　年譜あり〉　1500円　①978-4-309-74021-8

◆余裕派

◆◆夏目 漱石（1867～1916）

◇漱石という思想の力　赤井恵子著　朝文社　1998.11　267p　20cm　3000円　①4-88695-144-9

◇夏目漱石　赤木桁平著　日本図書センター　1993.6　338,29,12p　22cm　（近代作家研究叢書 140）〈解説：平岡敏夫 新潮社大正6年刊の複製 夏目漱石の肖像あり〉　8755円　①4-8205-9244-0,4-8205-9239-4

◇漱石文学考説―初期作品の豊饒性　秋山公男著　おうふう　1994.5　274p　22cm　8800円　①4-273-02775-5

◇漱石という生き方　秋山豊著　トランスビュー　2006.5　361p　20cm　2800円　①4-901510-39-8

◇漱石の森を歩く　秋山豊著　トランスビュー　2008.3　348,6p　20cm　2800円　①978-4-901510-57-8

◇漱石―作品の誕生　浅田隆編　京都　世界思想社　1995.10　278p　20cm　（Sekaishiso seminar）　2300円　①4-7907-0571-4

◇夏目漱石関係所蔵目録―1　跡見学園短期大学図書館編　跡見学園短期大学図書館　1990.4　329p　26cm〈平成2年1月受入分まで〉

◇夏目漱石関係所蔵目録―2　跡見学園短期大学図書館編　跡見学園短期大学図書館　1991.4　365p　26cm〈平成2年11月受入分まで〉

◇夏目漱石関係所蔵目録―3　跡見学園短期大学図書館編　跡見学園短期大学図書館　1992.1　237p　26cm〈平成2年12月受入分まで〉

◇漱石の〈明〉、漱石の〈暗〉　飯島耕一著　みすず書房　2005.11　243p　20cm　3200円　①4-622-07176-2

◇漱石―円い輪の上で　石川正一著　金沢　能登印刷・出版部　1991.9　189p　21cm　2500円　①4-89010-143-8

◇漱石と道徳思想　石川正一著　金沢　能登印刷出版部　1996.7　239p　21cm　1600円　①4-89010-261-2

◇漱石の方法　石崎等著　有精堂出版　1989.7

現代日本文学（文学史）

334,5p 19cm （Litera works 1） 3500円 ⓘ4-640-30910-4,4-640-32536-3
◇愛を追う漱石　石田忠彦著　双文社出版　2011.12　217p　19cm　1700円　ⓘ978-4-88164-602-1
◇夏目漱石―反転するテクスト　石原千秋編　有精堂出版　1990.4　264p　22cm　（日本文学研究資料新集 14）　3650円　ⓘ4-640-30963-5
◇反転する漱石　石原千秋　青土社　1997.11　386p　20cm　2800円　ⓘ4-7917-5593-6
◇漱石の記号学　石原千秋著　講談社　1999.4　254p　19cm　（講談社選書メチエ 156）　1500円　ⓘ4-06-258156-6
◇漱石と三人の読者　石原千秋著　講談社　2004.10　252p　18cm　（講談社現代新書）〈文献あり〉　740円　ⓘ4-06-149743-X
◇漱石はどう読まれてきたか　石原千秋著　新潮社　2010.5　367p　20cm　（新潮選書）〈並列シリーズ名：Shincho Sensho〉　1500円　ⓘ978-4-10-603659-0
◇漱石と天皇制　伊豆利彦著　有精堂出版　1989.9　354p　19cm　3600円　ⓘ4-640-31001-3
◇夏目漱石　伊豆利彦著　新日本出版社　1990.4　222p　18cm　（新日本新書）　680円　ⓘ4-406-01830-1
◇明治・大正期における根岸町子規庵の風景　磯部彰編著　仙台　東北大学東北アジア研究センター　2003.10　123p　26cm　（東北アジア研究センター叢書 第14号）〈年表あり　文献あり〉　非売品　ⓘ4-901449-14-1
◇ソローと漱石の森―環境文学のまなざし　稲本正著　日本放送出版協会　1999.6　333p　19cm　2200円　ⓘ4-14-080442-4
◇夏目漱石入門　猪野謙二、鈴木醇爾編　筑摩書房　1989.12　240,4p　21cm〈夏目漱石の肖像あり〉　950円　ⓘ4-480-91711-X
◇漱石2時間ウォーキング　井上明久著, 藪野健絵　中央公論新社　2003.9　183p　19cm〈年譜あり〉　1900円　ⓘ4-12-003436-4
◇夏目漱石試論―近代文学ノート　井上百合子著　河出書房新社　1990.4　403p　20cm　1800円　ⓘ4-309-90077-1
◇夏目漱石とその周辺　井上百合子著　近代文芸社　1992.2　209p　20cm　2000円　ⓘ4-7733-1089-8
◇漱石文学の思想―第2部　自己本位の文学　今西順吉著　筑摩書房　1992.1　635p　20cm　5400円　ⓘ4-480-82302-6
◇夏目漱石―『明暗』まで　内田道雄著　おうふう　1998.2　351p　22cm　4800円　ⓘ4-273-03016-0
◇夏目漱石―作品論　内田道雄, 久保田芳太郎編　2版　双文社出版　2000.11　431p　22cm〈文献あり　年譜あり〉　4800円　ⓘ4-88164-201-4
◇対話する漱石　内田道雄著　翰林書房　2004.11　293p　20cm　3200円　ⓘ4-87737-197-4
◇漱石は文豪か？　海野底著　績文堂出版　1993.11　188p　20cm　1648円　ⓘ4-88116-052-4
◇漱石論集　江藤淳著　新潮社　1992.4　333p　20cm　1700円　ⓘ4-10-303308-8
◇夏目漱石　江藤淳著　日本図書センター　1993.1　208,9p　22cm　（近代作家研究叢書 128）〈解説：平岡敏夫　東京ライフ社昭和31年刊の複製〉　4120円　ⓘ4-8205-9229-7,4-8205-9221-1
◇漱石とその時代―第3部　江藤淳著　新潮社　1993.10　429p　19cm　（新潮選書）　1700円　ⓘ4-10-600447-X
◇漱石とその時代―第4部　江藤淳著　新潮社　1996.10　449p　19cm　（新潮選書）　1800円　ⓘ4-10-600505-0
◇漱石とその時代―第5部　江藤淳著　新潮社　1999.12　290p　19cm　（新潮選書）　1600円　ⓘ4-10-600575-1
◇文豪・夏目漱石―そのこころとまなざし　江戸東京博物館, 東北大学編　朝日新聞社　2007.9　142p　21cm〈年譜あり　文献あり〉　1600円　ⓘ978-4-02-250331-2
◇小説家夏目漱石　大岡昇平著　筑摩書房　1992.6　522p　15cm　（ちくま学芸文庫）　1300円　ⓘ4-480-08001-5
◇群像日本の作家―1　夏目漱石　大岡信ほか編, 加賀乙彦ほか著　小学館　1991.2　379p　20cm〈夏目漱石の肖像あり〉　1800円　ⓘ4-09-567001-0

現代日本文学(文学史)

◇拝啓漱石先生　大岡信著　世界文化社　1999.2　278p　22cm　1800円　Ⓘ4-418-99503-X

◇アンチ漱石―固有名批判　大杉重男著　講談社　2004.3　327p　20cm　2400円　Ⓘ4-06-212208-1

◇近代日本文芸試論―透谷・藤村・漱石・武郎　大田正紀著　桜楓社　1989.5　237p　22cm　2884円　Ⓘ4-273-02331-8

◇漱石文学の基底　大竹雅則著　桜楓社　1992.11　268p　22cm　8800円

◇漱石初期作品論の展開　大竹雅則著　おうふう　1995.3　252p　22cm　8800円　Ⓘ4-273-02824-7

◇漱石その遐なるもの　大竹雅則著　おうふう　1999.4　258p　22cm　8800円　Ⓘ4-273-03067-5

◇夏目漱石―近代という迷宮　大橋健三郎著　小沢書店　1995.6　243p　20cm　2266円

◇漱石と英語　大村喜吉著　本の友社　2000.12　230p　22cm　2800円　Ⓘ4-89439-346-8

◇漱石私論―そのロマンと真実　岡部茂著　朝日新聞出版サービス(製作)　2002.12　418p　20cm　2500円

◇文学の内景―漱石とその前後　荻久保泰幸著　双文社出版　2001.3　334p　20cm　4000円　Ⓘ4-88164-537-4

◇夏目漱石の作品研究　荻原桂子著　増補　福岡　花書院　2001.4　337p　22cm　2800円　Ⓘ4-938910-43-8

◇漱石の迷走と救い―近代日本文学と聖書(上)　奥山実著　小平　マルコーシュ・パブリケーション　1994.1　153p　20cm〈奥付の書名:漱石の迷走と福音〉　1400円　Ⓘ4-87207-128-X

◇夏目漱石―ウィリアム・ジェームズ受容の周辺　小倉脩三著　有精堂出版　1989.2　226p　20cm　2400円　Ⓘ4-640-30595-8

◇漱石の教養　小倉脩三著　翰林書房　2010.10　238p　22cm〈他言語標題:Soseki's culture〉　4200円　Ⓘ978-4-87737-303-0

◇文学の権能―漱石・賢治・安吾の系譜　押野武志著　翰林書房　2009.11　285p　22cm　4200円　Ⓘ978-4-87737-288-0

◇夏目漱石の研究と書誌　小田切靖明,榊原鳴海堂著　ナダ出版センター　2002.7　318p　22cm（翻訳研究・書誌シリーズ　別巻2）　6000円　Ⓘ4-931522-10-6

◇夏目漱石―2　片岡豊編　若草書房　1998.9　258p　22cm（日本文学研究論文集成 27）　3500円　Ⓘ4-948755-33-8

◇夏目漱石と蘇格蘭　加藤詔士著　弘前　緑の笛豆本の会　1998.2　55p　9.5cm（緑の笛豆本　第352集）

◇漱石の「則天去私」の沿革及び哲学　加藤敏夫著　大宮　さいたま〈マイブック〉サービス　1992.9　68p　21cm（マイブック・シリーズ 89）　1000円

◇夏目漱石展―21世紀へのことば　神奈川文学振興会編　横浜　県立神奈川近代文学館　2002.4　64p　26cm〈会期:2002年4月27日～6月9日　夏目漱石遺品受贈記念　共同刊行:神奈川文学振興会　肖像あり　年譜あり〉

◇夏目漱石落款集成―神奈川近代文学館蔵　神奈川文学振興会編　雄松堂書店　2007.12　58枚,9p　31cm〈帙入〉　28000円　Ⓘ978-4-8419-0457-4

◇夏目漱石論―序説　神山睦美著　砂子屋書房　1995.10　321p　20cm　3106円

◇夏目漱石は思想家である　神山睦美著　思潮社　2007.5　271p　20cm〈折り込1枚　年表あり　文献あり〉　2800円　Ⓘ978-4-7837-1635-8

◇夏目漱石と個人主義―〈自律〉の個人主義から〈他律〉の個人主義へ　亀山佳明著　新曜社　2008.2　290p　20cm　3000円　Ⓘ978-4-7885-1092-0

◇夏目漱石―その実存主義的接近　加茂章著　教育出版センター　1994.1　452p　22cm（研究選書 57）　4800円　Ⓘ4-7632-1621-X

◇漱石論集成　柄谷行人著　第三文明社　1992.9　415p　20cm　2000円　Ⓘ4-476-03177-3

◇漱石をよむ　柄谷行人ほか著　岩波書店　1994.7　274p　19cm（岩波セミナーブックス 48）　2300円　Ⓘ4-00-004218-1

◇英語教師夏目漱石　川島幸希著　新潮社　2000.4　253p　20cm（新潮選書）　1100円　Ⓘ4-10-600586-7

◇書き写したい言葉―漱石の巻　川島幸希著　新潮社　2002.5　220p　20cm　1300円　Ⓘ4-10-442102-2

◇漱石のデザイン論―建築家を夢見た文豪からのメッセージ　川床優著　六耀社　2012.12　261p　20cm〈文献あり 年表あり〉　2000円　Ⓘ978-4-89737-730-8

◇漱石を読む―読書会「桐の会」とともに　北岡清道著　広島　渓水社　2010.9　218p　22cm　Ⓘ978-4-86327-112-8

◇漱石と歩く東京―東京大好きの地理屋さんが書いた文学散歩 東京の街歩きが楽しくなる漱石と作品がもっと身近になる　北野豊著　金沢　雪嶺文学会　2011.6　148p　26cm（雪嶺叢書 第7集）〈年譜あり〉　500円　Ⓘ978-4-921217-03-7

◇柴田宵曲文集―第7巻　漱石覚え書・紙人形・煉瓦塔　木村新ほか編　小沢書店　1993.9　554p　22cm〈付（1枚）：栞〉　8755円

◇漱石を読む　木村游著　木村游　1995.4　142p　19cm　非売品

◇世界と漱石国際シンポジウム報告書　「'96くまもと漱石博」推進100人委員会編　〔熊本〕　「'96くまもと漱石博」推進100人委員会　1997.9　73,39p　30cm

◇漱石の四年三カ月―くまもとの青春 '96くまもと漱石博記念誌　「'96くまもと漱石博」推進100人委員会編　熊本　'96くまもと漱石博推進100人委員会　1997.11　272p　26cm　1905円　Ⓘ4-87755-012-7

◇漱石―その志向するもの　久保田芳太郎著　三弥井書店　1994.12　370p　20cm　3500円　Ⓘ4-8382-8027-0

◇今も新しい漱石の女性観―則天去私への道　熊谷和代著　日本文学館　2007.10　118p　19cm　800円　Ⓘ978-4-7765-1508-1

◇夏目漱石の世界　熊坂敦子著　翰林書房　1995.8　350p　22cm　5000円　Ⓘ4-906424-65-1

◇迷羊のゆくえ―漱石と近代　熊坂敦子編　翰林書房　1996.6　418p　22cm　4200円　Ⓘ4-906424-94-5

◇夏目漱石ものしり読本―明治、そして大文豪がいま興味深い　グループ文明開化著　広済堂出版　1990.6　258p　18cm（Kosaido books）　760円　Ⓘ4-331-00486-4

◇日常生活の漱石　黒須純一郎著　八王子　中央大学出版部　2008.12　242p　20cm〈文献あり〉　2200円　Ⓘ978-4-8057-5169-5

◇夏目漱石―漱石山房の日々 第17回企画展　群馬県立土屋文明記念文学館編　群馬町（群馬県）　群馬県立土屋文明記念文学館　2005.10　40p　30cm〈会期・会場：平成17年10月15日～11月27日 土屋文明記念文学館企画展示室・特別展示室　年譜あり〉

◇漱石的世界の男と女　Kent井上著　日本図書刊行会　1994.2　367p　20cm〈近代文芸社（発売）〉　2000円　Ⓘ4-7733-2561-5

◇夏目漱石論―〈男性の言説〉と〈女性の言説〉　小泉浩一郎著　翰林書房　2009.5　366p　22cm　6000円　Ⓘ978-4-87737-283-5

◇漱石、ジャムを舐める　河内一郎著　大阪　創元社　2006.7　295p　20cm〈年表あり　文献あり〉　2300円　Ⓘ4-422-93043-5

◇漱石、ジャムを舐める　河内一郎著　新潮社　2008.4　381p　16cm（新潮文庫）〈創元社平成18年刊の増訂　年表あり　文献あり〉　590円　Ⓘ978-4-10-133651-0

◇漱石のマドンナ　河内一郎著　朝日新聞出版　2009.2　206p　20cm〈文献あり〉　1800円　Ⓘ978-4-02-250506-4

◇漱石のユートピア　河内一郎著　現代書館　2011.7　197p　20cm〈文献あり〉　1600円　Ⓘ978-4-7684-5654-5

◇漱石を読む―日本文学の未来　小島信夫著　福武書店　1993.1　576p　20cm　4800円　Ⓘ4-8288-2446-4

◇小島信夫批評集成―第8巻　漱石を読む　小島信夫著, 千石英世, 中村邦生, 山崎勉編　水声社　2010.11　679p　22cm〈著作目録あり 年譜あり〉　8000円　Ⓘ978-4-89176-818-8

◇夏目漱石の研究　小林一郎著　至文堂　1989.3　366p　22cm　3600円　Ⓘ4-7843-0086-4

◇夏目漱石をよむ　小森陽一著　岩波書店　1993.12　55p　21cm（岩波ブックレット no.325―クラシックスと現代）　350円　Ⓘ4-00-003265-8

◇夏目漱石をよむ　小森陽一著　京都　京都ライトハウス点字出版部　1994.8　120p　26cm〈原本：岩波書店 1993 岩波ブックレッ

ト no.325 クラシックスと現代〉 1500円
◇漱石を読みなおす 小森陽一著 筑摩書房 1995.6 254p 18cm （ちくま新書） 680円 Ⓘ4-480-05637-8
◇出来事としての読むこと 小森陽一著 東京大学出版会 1996.3 275p 21cm （Liberal arts） 2060円 Ⓘ4-13-083022-8
◇世紀末の予言者・夏目漱石 小森陽一著 講談社 1999.3 286p 20cm 2000円 Ⓘ4-06-208767-7
◇漱石文学全注釈―9 小森陽一, 五味淵典嗣, 内藤千珠子注釈 若草書房 2001.3 352p 22cm 6800円 Ⓘ4-948755-68-0
◇漱石論―21世紀を生き抜くために 小森陽一著 岩波書店 2010.5 350p 20cm〈年表あり〉 2800円 Ⓘ978-4-00-023724-6
◇夏目漱石を江戸から読む―新しい女と古い男 小谷野敦著 中央公論社 1995.3 229p 18cm （中公新書） 720円 Ⓘ4-12-101233-X
◇漱石とあたたかな科学―文豪のサイエンス・アイ 小山慶太著 文芸春秋 1995.1 244p 18cm 1400円 Ⓘ4-16-349780-3
◇漱石とあたたかな科学―文豪のサイエンス・アイ 小山慶太著 講談社 1998.4 238p 15cm （講談社学術文庫） 800円 Ⓘ4-06-159324-2
◇漱石と会津っぽ・山嵐 近藤哲著 会津若松 歴史春秋出版 1995.5 267p 19cm 1600円 Ⓘ4-89757-327-0
◇夏目漱石論 権藤三鉉著 文芸書房 2010.3 113p 19cm〈文献あり〉 700円 Ⓘ978-4-89477-345-5
◇夏目漱石―人生を愉快に生きるための「悩み力」 斎藤孝著 大和書房 2006.8 126p 21cm （斎藤孝の天才伝 5 斎藤孝著）〈肖像あり 年譜あり 文献あり〉 1400円 Ⓘ4-479-79171-X
◇壁にぶつかったら僕は漱石を読む 斎藤孝著 ロングセラーズ 2011.9 239p 18cm （〔ロング新書〕） 905円 Ⓘ978-4-8454-0881-8
◇夏目漱石の小説と俳句 斉藤英雄著 翰林書房 1996.4 342p 20cm 3800円 Ⓘ4-906424-86-4
◇漱石その陰翳 酒井英行著 有精堂出版 1990.4 287p 19cm 2800円 Ⓘ4-640-31010-2
◇漱石その陰翳 酒井英行著 沖積舎 2007.9 287p 19cm 2800円 Ⓘ978-4-8060-4729-2
◇漱石の猫と遊ぼう 坂海司著 文芸社 2000.10 241p 19cm 1100円 Ⓘ4-8355-0641-3
◇夏目漱石 坂本育雄著 永田書房 1992.10 257p 20cm 2800円 Ⓘ4-8161-0608-1
◇声で読む夏目漱石 坂本浩著 学灯社 2007.1 251p 19cm〈肖像あり 年譜あり〉 1700円 Ⓘ978-4-312-70001-8
◇漱石文学の水脈 坂元昌樹, 田中雄次, 西槇偉, 福沢清編 京都 思文閣出版 2010.3 271p 20cm 2800円 Ⓘ978-4-7842-1506-5
◇夏目漱石の純愛不倫文学 相良英明著 横浜 神奈川新聞社 2006.3 76p 22cm （比較文化研究ブックレット no.4 鶴見大学比較文化研究所企画・編集） 600円 Ⓘ4-87645-378-0
◇夏目漱石の文学 佐古純一郎著 朝文社 1990.2 286p 20cm 1800円 Ⓘ4-88695-017-5
◇漱石論究 佐古純一郎著 朝文社 1990.5 372p 20cm 2200円 Ⓘ4-88695-021-3
◇夏目漱石の文学 佐古純一郎著 朝文社 1993.3 288p 19cm 1500円 Ⓘ4-88695-088-4
◇夏目漱石と女性―愛させる理由 佐々木英昭著 新典社 1990.12 134p 19cm （叢刊・日本の文学 15） 1009円 Ⓘ4-7879-7515-3
◇漱石文学全注釈―8 佐々木英昭注釈 若草書房 2000.6 526p 22cm 7000円 Ⓘ4-948755-64-8
◇漱石先生の暗示（サジェスチョン） 佐々木英昭著 名古屋 名古屋大学出版会 2009.8 315,5p 20cm〈索引あり〉 3400円 Ⓘ978-4-8158-0619-4
◇夏目漱石蔵書（洋書）の記録―東北大学所蔵「漱石文庫」に見る 佐々木靖章著 てんとうふ社 2007.10 101p 21cm Ⓘ978-4-9903356-2-5
◇夏目漱石蔵書（洋書）の記録―東北大学所蔵「漱石文庫」に見る 増補改訂版 佐々木靖章著 てんとうふ社 2008.3 208p 21cm

①978-4-9903356-3-2
◇漱石片付かない〈近代〉 佐藤泉著 日本放送出版協会 2002.1 277p 16cm （NHKライブラリー 145） 920円 ①4-14-084145-1
◇漱石イギリスの恋人 佐藤高明著 勉誠出版 1999.9 297p 19cm （遊学叢書 5） 2500円 ①4-585-04065-X
◇佐藤泰正著作集—2 漱石以後 2 佐藤泰正著 翰林書房 2001.6 481p 20cm 4800円 ①4-87737-130-3
◇漱石 芥川 太宰 佐藤泰正，佐古純一郎著 新版 朝文社 2009.11 298p 20cm 3014円 ①978-4-88695-227-1
◇これが漱石だ。—文学講義録 佐藤泰正著 北九州 桜の森通信社 2010.1 434p 21cm〈年譜あり〉 2500円 ①978-4-9905053-0-1
◇漱石のセオリー—『文学論』解読 佐藤裕子著 おうふう 2005.12 414p 22cm 6800円 ①4-273-03394-1
◇思い出すままに—漱石・芭蕉・リラダン・東京外語の人々 佐藤良雄著 日本古書通信社 2005.6 536p 19cm〈肖像あり 著作目録あり〉 3800円 ①4-88914-021-2
◇漱石文学の愛の構造 沢英彦著 沖積舎 1994.11 671p 20cm 6800円 ①4-8060-4597-7
◇漱石文学の愛の構造 沢英彦著 沖積舎 2007.9 671p 19cm 6800円 ①978-4-8060-4726-1
◇夏目漱石の百年 沢英彦著 沖積舎 2010.3 407p 20cm 3800円 ①978-4-8060-4744-5
◇漱石—その歴程 重松泰雄著 おうふう 1994.3 341p 22cm 4900円 ①4-273-02764-X
◇漱石—その新たなる地平 重松泰雄著 おうふう 1997.5 382p 22cm 6800円 ①4-273-02990-1
◇漱石—その解纜 重松泰雄著 おうふう 2001.9 507p 22cm 8800円 ①4-273-03199-X
◇漱石覚え書 柴田宵曲著，小出昌洋編 中央公論新社 2009.9 249p 16cm （中公文庫 し42-1）〈索引あり〉 876円 ①978-4-12-205204-8
◇漱石のなかの〈帝国〉—「国民作家」と近代日本 柴田勝二著 翰林書房 2006.12 286p 22cm〈年譜あり〉 3000円 ①4-87737-240-7
◇夏目さんの人及思想 島為男著 日本図書センター 1990.3 278,8p 図版12枚 22cm （近代作家研究叢書 101）〈解説：井上百合子 大同館書店昭和2年刊の複製 夏目漱石の肖像あり〉 7210円 ①4-8205-9058-8
◇文豪の古典力—漱石・鷗外は源氏を読んだか 島内景二著 文芸春秋 2002.8 234p 18cm （文春新書） 700円 ①4-16-660264-0
◇漱石を書く 島田雅彦著 岩波書店 1993.12 215p 18cm （岩波新書） 580円 ①4-00-430315-X
◇自転車に乗る漱石—百年前のロンドン 清水一嘉著 朝日新聞社 2001.12 297p 19cm （朝日選書） 1400円 ①4-02-259789-5
◇漱石—その反オイディプス的世界 清水孝純著 翰林書房 1993.10 337p 20cm 3800円 ①4-906424-29-5
◇漱石そのユートピア的世界 清水孝純著 翰林書房 1998.10 301p 20cm 3800円 ①4-87737-051-X
◇漱石に見る愛のゆくえ 清水忠平著 グラフ社 1992.12 206p 19cm 1200円 ①4-7662-0248-1
◇漱石単行本書誌・粗稿—第2回大阪女子大学図書館蔵漱石作品展 清水康次編 奈良〔清水康次〕 1992.3 94p 26cm
◇「漱石山房」の復元に関する基礎調査報告書 新宿区地域文化部文化観光国際課，丹青社調査・編集 新宿区 2012.3 479p 30cm
◇文豪ナビ夏目漱石 新潮文庫編 新潮社 2004.11 159p 16cm （新潮文庫）〈年譜あり〉 400円 ①4-10-101000-5
◇夏目漱石と経済—ヘーゲルから浪子まで 鈴木英雄著 近代文芸社 1996.6 252p 20cm 1600円 ①4-7733-5344-9
◇文科大学講師夏目金之助 鈴木良昭著 冬至書房 2010.2 269p 20cm 2800円 ①978-4-88582-167-7
◇続・漱石—漱石作品のパロディと続編 関恵実著 専修大学出版局 2010.2 226p 22cm 2400円 ①978-4-88125-243-7

現代日本文学（文学史）

◇夏目漱石　瀬沼茂樹著　新装版　東京大学出版会　2007.9　342p　20cm　（近代日本の思想家 5）〈年譜あり　文献あり〉　2800円　Ⓘ978-4-13-014155-0

◇漱石作品の内と外　高木文雄著　大阪　和泉書院　1994.3　490,16p　22cm　（近代文学研究叢刊 4）　8240円　Ⓘ4-87088-641-3

◇夢幻系列―漱石・竜之介・百閒　高橋英夫著　小沢書店　1989.2　227p　20cm　2500円

◇洋灯の孤影―漱石を読む　高橋英夫著　幻戯書房　2006.7　316p　20cm　2600円　Ⓘ4-901998-17-X

◇夏目漱石抄伝鏡子礼賛　高橋誠著　文芸社　2006.6　139p　20cm　1200円　Ⓘ4-286-01368-5

◇漱石文学が物語るもの―神経衰弱者への畏敬と癒し　高橋正雄著　みすず書房　2009.10　243p　20cm〈年譜あり〉　3800円　Ⓘ978-4-622-07493-9

◇回想子規・漱石　高浜虚子著　岩波書店　2010.1　278p　19cm　（ワイド版岩波文庫 318）　1100円　Ⓘ978-4-00-007318-9

◇漱石の東京　武田勝彦著　早稲田大学出版部　1997.5　246,18p　20cm　2800円　Ⓘ4-657-97522-6

◇漱石の東京―2　武田勝彦著　早稲田大学出版部　2000.2　265,17p　20cm　2800円　Ⓘ4-657-00207-4

◇若き日の漱石　竹長吉正著　右文書院　1992.11　286p　22cm　2980円　Ⓘ4-8421-9209-7

◇漱石文学の端緒　竹盛天雄著　筑摩書房　1991.6　359p　22cm　5400円　Ⓘ4-480-82288-7

◇漱石から漱石へ　玉井敬之編　翰林書房　2000.5　406p　20cm　8000円　Ⓘ4-87737-104-4

◇夏目漱石の京都　丹治伊津子著　翰林書房　2010.12　366p　22cm〈文献あり〉　3400円　Ⓘ978-4-87737-309-2

◇漱石のユーモア―〈明治〉の構造　張建明著　講談社　2001.2　230p　19cm　（講談社選書メチエ 204）　1500円　Ⓘ4-06-258204-X

◇漱石論考　塚越和夫,千石隆志著　所沢　葦真文社　2002.4　325p　20cm　3000円　Ⓘ4-900057-24-X

◇漱石、もう一つの宇宙―病跡学的アプローチ　塚本嘉寿著　新曜社　1994.7　266p　20cm　2575円　Ⓘ4-7885-0495-2

◇漱石の白くない白百合　塚谷裕一著　文芸春秋　1993.4　253p　20cm　1500円　Ⓘ4-16-347470-6

◇慶応三年生まれ七人の旋毛曲り―漱石・外骨・熊楠・露伴・子規・紅葉・緑雨とその時代　坪内祐三著　マガジンハウス　2001.3　552p　20cm　2900円　Ⓘ4-8387-1206-5

◇夏目漱石が面白いほどわかる本―後世にその名を残す大作家の「人」と「作品」がわかる入門書！　出口汪著　中経出版　2005.7　345p　21cm〈他言語標題：An easy guide to Soseki Natsume〉　1600円　Ⓘ4-8061-2257-2

◇再発見夏目漱石―65の名場面で読む　出口汪著　祥伝社　2009.9　244p　18cm　（祥伝社新書 171）〈並列シリーズ名：Shodensha shinsho〉　780円　Ⓘ978-4-396-11171-7

◇倫敦赤毛布見物（ロンドンパンパン）　出久根達郎著　文芸春秋　1999.6　258p　19cm　1524円　Ⓘ4-16-355280-4

◇漱石先生とスポーツ　出久根達郎著　朝日新聞社　2000.12　236p　20cm　1600円　Ⓘ4-02-257387-2

◇漱石の心的世界―「甘え」による作品分析　土居健郎著　弘文堂　1994.9　261p　19cm　1800円　Ⓘ4-335-65085-X

◇倫敦の不愉快な漱石東京の孤独な漱石　中井康行著　双文社出版　2011.9　291p　22cm〈年表あり〉　3500円　Ⓘ978-4-88164-599-4

◇漱石学入門―吾輩は隣のおじさんである　長尾剛著　ごま書房　1994.8　219p　18cm　（ゴマブックス）　850円　Ⓘ4-341-01627-X

◇漱石の「ちょっといい言葉」―時代を超えて人生に効く名言録　長尾剛著　日本実業出版社　1995.1　222p　19cm　1300円　Ⓘ4-534-02271-9

◇漱石復活　長尾剛著　アリアドネ企画　1995.8　222p　19cm　（Ariadne entertainment）　1200円　Ⓘ4-384-02250-6

◇あなたの知らない漱石こぼれ話　長尾剛著　日本実業出版社　1997.5　222p　19cm　1300円　Ⓘ4-534-02631-5

◇もう一度読む夏目漱石―目からウロコの新解

現代日本文学（文学史）

釈　長尾剛著　双葉社　1997.5　270p　19cm　1400円　ⓘ4-575-28705-9

◇漱石ゴシップ　長尾剛著　文芸春秋　1997.6　251p　16cm　〈文春文庫〉　448円　ⓘ4-16-733606-5

◇心が強くなる漱石の助言　長尾剛著　朝日ソノラマ　1999.1　238p　20cm　1600円　ⓘ4-257-03557-9

◇自分の心を高める漱石の言葉　長尾剛著　PHP研究所　2000.3　235p　20cm　1400円　ⓘ4-569-61049-8

◇漱石のステッキ　中沢宏紀著　第一書房　1996.9　285p　19cm　1854円　ⓘ4-8042-0113-0

◇漱石と松山──子規から始まった松山との深い関わり　中村英利子編著　松山　アトラス出版　2001.7　215p　21cm　〈年譜あり〉　1600円　ⓘ4-901108-17-4

◇漱石空間　中村完著　有精堂出版　1993.12　237p　19cm　2800円　ⓘ4-640-31046-3

◇漱石・女性・ジェンダー　中山和子著　翰林書房　2003.12　530p　22cm　（中山和子コレクション 1　中山和子著）〈シリーズ責任表示：中山和子著〉　5000円　ⓘ4-87737-175-3

◇夏目漱石の修善寺──修善寺は漱石再生の地　中山高明著　〔静岡〕　中山高明　2002.9　213p　20cm　〈静岡　静岡新聞社（発売）　年譜あり　文献あり〉　1143円　ⓘ4-7838-9537-6

◇夏目漱石の修善寺　中山高明著　新訂版　静岡　静岡新聞社　2005.4　220p　20cm　〈年譜あり　文献あり〉　1143円　ⓘ4-7838-9623-2

◇「漱石」の御利益──現代人のための人生よろず相談　長山靖生著　ベストセラーズ　2001.11　249p　18cm　〈ベスト新書〉　680円　ⓘ4-584-12026-9

◇漱石の思い出　夏目鏡子述,松岡譲筆録　文芸春秋　1994.7　462p　16cm　〈文春文庫〉　560円　ⓘ4-16-720802-4

◇漱石の思ひ出　夏目鏡子述,松岡譲筆録　第14刷改版　岩波書店　2003.10　432p　20cm　〈肖像あり　年譜あり〉　4600円　ⓘ4-00-001223-1

◇父・夏目漱石　夏目伸六著　文芸春秋　1992.2　318p　16cm　〈文春文庫〉　420円　ⓘ4-16-754001-0

◇父・夏目漱石　夏目伸六著　新座　埼玉福祉会　1994.9　2冊　21cm　〈大活字本シリーズ〉〈原本：文春文庫 限定版〉　各3605円

◇作家の自伝──24　夏目漱石　夏目漱石著,小森陽一編解説　日本図書センター　1995.11　254p　22cm　〈シリーズ・人間図書館〉　2678円　ⓘ4-8205-9394-3,4-8205-9411-7

◇漱石の孫　夏目房之介著　実業之日本社　2003.4　277p　20cm〈肖像あり　年譜あり〉　1700円　ⓘ4-408-32171-0

◇孫が読む漱石　夏目房之介著　実業之日本社　2006.2　324p　20cm　1800円　ⓘ4-408-53479-X

◇漱石の孫　夏目房之介著　新潮社　2006.5　264p　16cm　〈新潮文庫〉〈肖像あり〉　476円　ⓘ4-10-133512-5

◇孫が読む漱石　夏目房之介著　新潮社　2009.3　301p　16cm　〈新潮文庫　な-28-3〉〈実業之日本社2006年刊の改訂〉　514円　ⓘ978-4-10-133513-1

◇「漱石の美術愛」推理ノート　新関公子著　平凡社　1998.6　269p　20cm　2000円　ⓘ4-582-82927-9

◇近代文学の風景──有島・漱石・啄木など　西垣勤著　績文堂出版　2004.5　377p　20cm　2800円　ⓘ4-88116-055-9

◇漱石作品を読む──「二七会」輪読五十年　二七会編集委員会編　広島　渓水社　2008.11　341p　22cm　4500円　ⓘ978-4-86327-038-1

◇散歩する漱石──詩と小説の間　西村好子著　翰林書房　1998.9　271p　20cm　2800円　ⓘ4-87737-045-5

◇夏目漱石の時間の創出　野網摩利子著　東京大学出版会　2012.3　331,25p　22cm　〈索引あり　文献あり〉　6500円　ⓘ978-4-13-086042-0

◇夏目漱石初期作品攷──奔流の水脈　硲香文著　大阪　和泉書院　1998.2　254p　22cm　〈近代文学研究叢刊 16〉　8000円　ⓘ4-87088-901-3

◇夏目漱石論　蓮実重彦著　講談社　2012.9　365p　16cm　（講談社文芸文庫　はM1）〈底本：福武文庫 1988年刊　著作目録あり　年譜あり〉　1600円　ⓘ978-4-06-290175-8

日本近現代文学案内　203

◇漱石文学のモデルたち　秦郁彦著　講談社　2004.12　294p　20cm　1900円　ⓘ4-06-212303-7

◇漱石のサイエンス　林浩一著　寒灯舎　2009.11　201p　20cm〈れんが書房新社（発売）〉　1800円　ⓘ978-4-8462-0359-7

◇漱石の秘密—『坊っちゃん』から『心』まで　林順治著　論創社　2011.10　299p　20cm〈文献あり　年表あり〉　2500円　ⓘ978-4-8460-1100-0

◇喪章を着けた千円札の漱石—伝記と考証　原武哲著　笠間書院　2003.10　415,15p　図版12p　20cm　3800円　ⓘ4-305-70254-1

◇漱石先生ぞな、もし　半藤一利著　文芸春秋　1992.9　317p　18cm　1300円　ⓘ4-16-346810-2

◇漱石先生ぞな、もし—続　半藤一利著　文芸春秋　1993.6　318p　18cm　1300円　ⓘ4-16-347660-1

◇漱石先生ぞな、もし　半藤一利著　日本点字図書館（製作）　1994.6　4冊　27cm〈厚生省委託　原本：文芸春秋 1993〉　全6800円

◇漱石先生ぞな、もし—続　半藤一利著　日本点字図書館（製作）　1994.7　4冊　27cm〈厚生省委託　原本：文芸春秋 1993〉　全6800円

◇夏目漱石青春の旅　半藤一利編　文芸春秋　1994.8　255p　16cm（文春文庫ビジュアル版）　680円　ⓘ4-16-810009-X

◇漱石先生ぞな、もし　半藤一利著　文芸春秋　1996.3　302p　16cm（文春文庫）　450円　ⓘ4-16-748304-1

◇漱石先生大いに笑う　半藤一利著　講談社　1996.7　302p　18cm　1400円　ⓘ4-06-208322-1

◇漱石先生ぞな、もし—続　半藤一利著　文芸春秋　1996.12　324p　16cm（文春文庫）　460円　ⓘ4-16-748305-X

◇漱石俳句探偵帖　半藤一利著　角川書店　1999.11　239p　19cm（角川選書）　1400円　ⓘ4-04-703310-3

◇漱石先生大いに笑う　半藤一利著　筑摩書房　2000.5　274p　15cm（ちくま文庫）　700円　ⓘ4-480-03561-3

◇漱石先生お久しぶりです　半藤一利著　平凡社　2003.2　291p　20cm　1600円　ⓘ4-582-83146-X

◇漱石先生お久しぶりです　半藤一利著　文芸春秋　2007.1　303p　16cm（文春文庫）　619円　ⓘ978-4-16-748316-6

◇漱石・明治・日本（にっぽん）の青春　半藤一利著　新講社　2010.4　270p　20cm　1700円　ⓘ978-4-86081-286-7

◇漱石・明治日本（にっぽん）の青春　半藤一利著　新講社　2011.12　214p　18cm（Wide shinsho）〈タイトル：漱石・明治日本の青春　2010年刊の再構成、新版〉　900円　ⓘ978-4-86081-413-7

◇漱石の長襦袢　半藤末利子著　文芸春秋　2009.9　254p　20cm　1429円　ⓘ978-4-16-371750-0

◇漱石の長襦袢　半藤末利子著　文芸春秋　2012.5　266p　16cm（文春文庫　は43-1）　600円　ⓘ978-4-16-780193-9

◇神経症夏目漱石　平井富雄著　福武書店　1990.11　425p　20cm〈著者および夏目漱石の肖像あり〉　2000円　ⓘ4-8288-1198-2

◇夏目漱石—1　平岡敏夫編　国書刊行会　1989.10　364p　22cm（日本文学研究大成）　3900円

◇夏目漱石—2　平岡敏夫編　国書刊行会　1991.3　419p　22cm（日本文学研究大成）　4100円　ⓘ4-336-03081-2

◇夏目漱石研究資料集成—第1巻　平岡敏夫編　日本図書センター　1991.5　448p　22cm　7931円　ⓘ4-8205-9132-0,4-8205-9131-2

◇夏目漱石研究資料集成—第2巻　平岡敏夫編　日本図書センター　1991.5　440p　22cm　7931円　ⓘ4-8205-9133-9,4-8205-9131-2

◇夏目漱石研究資料集成—第3巻　平岡敏夫編　日本図書センター　1991.5　440p　22cm　7931円　ⓘ4-8205-9134-7,4-8205-9131-2

◇夏目漱石研究資料集成—第4巻　平岡敏夫編　日本図書センター　1991.5　422p　22cm　7931円　ⓘ4-8205-9135-5,4-8205-9131-2

◇夏目漱石研究資料集成—第5巻　平岡敏夫編　日本図書センター　1991.5　464p　22cm　7931円　ⓘ4-8205-9136-3,4-8205-9131-2

◇夏目漱石研究資料集成—第6巻　平岡敏夫編　日本図書センター　1991.5　403p　22cm　7931円　ⓘ4-8205-9137-1,4-8205-9131-2

現代日本文学（文学史）

◇夏目漱石研究資料集成―第7巻　平岡敏夫編　日本図書センター　1991.5　420p　22cm　7931円　Ⓘ4-8205-9138-X,4-8205-9131-2

◇夏目漱石研究資料集成―第8巻　平岡敏夫編　日本図書センター　1991.5　406p　22cm　7931円　Ⓘ4-8205-9139-8,4-8205-9131-2

◇夏目漱石研究資料集成―第9巻　平岡敏夫編　日本図書センター　1991.5　419p　22cm　7931円　Ⓘ4-8205-9140-1,4-8205-9131-2

◇夏目漱石研究資料集成―第10巻　平岡敏夫編　日本図書センター　1991.5　359p　22cm　7931円　Ⓘ4-8205-9141-X,4-8205-9131-2

◇夏目漱石研究資料集成―別巻1　平岡敏夫編　日本図書センター　1991.5　178p　22cm　5150円　Ⓘ4-8205-9142-8,4-8205-9131-2

◇漱石―ある佐幕派子女の物語　平岡敏夫著　おうふう　2000.1　447p　22cm　4800円　Ⓘ4-273-03120-5

◇夏目漱石事典　平岡敏夫,山形和美,影山恒男編　勉誠出版　2000.7　440,27p　23cm　6000円　Ⓘ4-585-06016-2

◇夏目漱石―非西洋の苦闘　平川祐弘著　講談社　1991.11　468p　15cm　（講談社学術文庫）　1100円　Ⓘ4-06-158995-4

◇漱石と歩く、明治の東京　広岡祐著　祥伝社　2012.4　297p　16cm　（祥伝社黄金文庫　G ひ11-1）〈文献あり　著作目録あり　年譜あり〉　781円　Ⓘ978-4-396-31575-7

◇漱石の20世紀　深江浩著　翰林書房　1996.10　187p　20cm　2400円　Ⓘ4-906424-98-8

◇鷗外・漱石・竜之介―意中の文士たち〈上〉福永武彦著　講談社　1994.7　213p　16cm　（講談社文芸文庫―現代日本のエッセイ）　880円　Ⓘ4-06-196283-3

◇夏目漱石―1　藤井淑禎編　若草書房　1998.4　278p　22cm　（日本文学研究論文集成　26）　3500円　Ⓘ4-948755-25-7

◇漱石文学全注釈―12　藤井淑禎注釈　若草書房　2000.4　404p　22cm　6000円　Ⓘ4-948755-61-3

◇漱石の近代日本　藤尾健剛著　勉誠出版　2011.2　403p　22cm　6500円　Ⓘ978-4-585-29013-1

◇漱石作品論集　藤田寛著　国文社　2002.4　134p　20cm　1500円　Ⓘ4-7720-0926-4

◇夏目漱石と美術―文豪漱石を美術の目で見る　富士美術館学芸課編　富士宮　富士美術館　1989.7　1冊（頁付なし）　30cm〈夏休み特別企画・カタログ　夏目漱石の肖像あり　会期：平成元年7月21日〜8月27日〉

◇一冊で名作がわかる夏目漱石　藤森清監修,小石川文学研究会編　ロングセラーズ　2007.3　207p　18cm〈年譜あり〉　905円　Ⓘ978-4-8454-0778-1

◇日本人が知らない夏目漱石　ダミアン・フラナガン著　京都　世界思想社　2003.7　218p　22cm　2600円　Ⓘ4-7907-1000-9

◇世界文学のスーパースター夏目漱石　ダミアン・フラナガン著,大野晶子訳　講談社インターナショナル　2007.11　249p　20cm〈他言語標題：Natsume Soseki：superstar of world literature　文献あり〉　1600円　Ⓘ978-4-7700-4088-6

◇漱石作品論集成―別巻　漱石関係記事及び文献　堀部功夫,村田好哉編　桜楓社　1991.12　315p　22cm　4600円　Ⓘ4-273-02422-5

◇ヘタな人生論より夏目漱石　本田有明著　河出書房新社　2012.11　222p　20cm〈文献あり　年譜あり〉　1500円　Ⓘ978-4-309-02139-3

◇漱石と花　前川貞子著　新風舎　2007.11　87p　19cm　1250円　Ⓘ978-4-289-02567-1

◇新聞記者夏目漱石　牧村健一郎著　平凡社　2005.6　229p　18cm　（平凡社新書）〈文献あり〉　780円　Ⓘ4-582-85277-7

◇夏目漱石論―漱石文学における「意識」　増満圭子著　大阪　和泉書院　2004.6　522p　22cm　（近代文学研究叢刊　29）〈文献あり〉　10000円　Ⓘ4-7576-0261-8

◇孫娘から見た漱石　松岡陽子マックレイン著　新潮社　1995.2　184p　20cm　（新潮選書）　950円　Ⓘ4-10-600474-7

◇漱石夫妻愛のかたち　松岡陽子マックレイン著　朝日新聞社　2007.10　206p　18cm　（朝日新書）　700円　Ⓘ978-4-02-273170-8

◇夏目漱石―上巻　松原正著　地球社　1995.11　333p　20cm　3500円　Ⓘ4-8049-8037-7

◇夏目漱石―中巻　松原正著　地球社

日本近現代文学案内　205

現代日本文学（文学史）

　1999.10　345p　19cm　3400円　①4-8049-8038-5

◇漱石の精神界—続　松本健次郎著　近代文芸社　1991.11　225p　20cm　「正」編の出版者：金剛社　1500円　①4-7733-1178-9

◇漱石の実験—現代をどう生きるか　松元寛著　朝文社　1993.6　270p　20cm　2500円　①4-88695-093-0

◇漱石の実験—現代をどう生きるか　松元寛著　増補改訂　朝文社　1997.11　318p　19cm　（朝文社百科シリーズ）　1800円　①4-88695-141-2

◇坊っちゃん百年—漱石のあしあと　第五十二回特別企画展　松山市立子規記念博物館編　松山　松山市立子規記念博物館　2006.7　92p　30cm〈年譜あり〉

◇闊歩する漱石　丸谷才一著　講談社　2000.7　244p　20cm　1600円　①4-06-210266-8

◇闊歩する漱石　丸谷才一著　講談社　2006.2　248p　15cm　（講談社文庫）　590円　①4-06-275302-2

◇漱石—母に愛されなかった子　三浦雅士著　岩波書店　2008.4　248p　18cm　（岩波新書）　740円　①978-4-00-431129-4

◇漱石の京都　水川隆夫著　平凡社　2001.5　302p　20cm〈文献あり〉　1800円　①4-582-82958-9

◇漱石文芸の世界　水谷昭夫著　新教出版社　1997.6　337p　20cm　（水谷昭夫著作選集 第1巻）　3700円　①4-400-62611-3

◇漱石の原風景　水谷昭夫著　新教出版社　1997.10　283p　20cm　（水谷昭夫著作選集 第2巻）　3700円　①4-400-62612-1

◇愛したのは、「拙にして聖」なる者—漱石文学に秘められた男たちの確執の記憶　みもとけいこ著　松山　創風社出版　2003.11　199p　19cm　（風ブックス 12）〈文献あり〉　1300円　①4-86037-034-1

◇漱石と立花銑三郎—その影熊本・三池・ロンドン　宮崎明著　日本図書刊行会　1999.7　176p　20cm　1600円　①4-8231-0421-8

◇百年後に漱石を読む　宮崎かすみ著　トランスビュー　2009.8　367p　20cm　2800円　①978-4-901510-76-9

◇夏目漱石—思想の比較と未知の探究　宮本盛太郎,関静雄著　京都　ミネルヴァ書房　2000.2　324,7p　20cm　（Minerva21世紀ライブラリー 57）〈肖像あり〉　3500円　①4-623-03138-1

◇夏目漱石事典　三好行雄編　学灯社　1992.4　410p　22cm〈別冊『国文学』改装版〉　3000円

◇三好行雄著作集—第2巻　森鷗外・夏目漱石　三好行雄著　筑摩書房　1993.4　373p　22cm　5500円　①4-480-70042-0

◇夏目漱石—物語と史蹟をたずねて　武蔵野次郎著　成美堂出版　1995.4　286p　16cm　（成美文庫）　560円　①4-415-06419-1

◇漱石に見る夫婦のかたち、その不毛を問う—『明暗』の結末を考える　村山美清著　大阪　風詠社　2012.12　187p　19cm〈星雲社（発売）〉　1200円　①978-4-434-17378-3

◇漱石に学ぶ心の平安を得る方法　茂木健一郎著　講談社　2011.9　307p　15cm　（講談社文庫 も50-4）　648円　①978-4-06-277018-7

◇千駄木の漱石　森まゆみ著　筑摩書房　2012.10　243,10p　20cm〈文献あり 年譜あり〉　1700円　①978-4-480-81514-9

◇夏目漱石論—「運命」の展開　森田喜郎著　大阪　和泉書院　1995.3　148p　20cm　（和泉選書 92）　2266円　①4-87088-715-0

◇夏目漱石　森田草平著　日本図書センター　1992.10　404,9p　22cm　（近代作家研究叢書 116）〈解説：平岡敏夫　甲鳥書林昭和18年刊の複製　夏目漱石の肖像あり〉　8240円　①4-8205-9215-7,4-8205-9204-1

◇漱石の文学　森田草平著　社会思想社　1995.1　317p　15cm　（現代教養文庫 113）　680円　①4-390-10113-7

◇漱石文学の研究　安宗伸郎著　広島　渓水社　2004.6　388p　22cm〈文献あり　年譜あり〉　①4-87440-817-6

◇夏目漱石の言語空間　山崎甲一著　笠間書院　2003.1　443p　22cm　8000円　①4-305-70249-5

◇制度の近代—藤村・鷗外・漱石　山田有策著　おうふう　2003.5　421p　22cm　4000円　①4-273-03266-X

◇〈漱石〉を読む　山中正樹編　名古屋　三恵社　2004.10　110p　21cm〈年譜あり〉

現代日本文学（文学史）

1239円　①4-88361-271-6
◇夏目漱石展―木曜日を面会日と定め候　山梨県立文学館編　甲府　山梨県立文学館　2001.4　72p　30cm〈会期：2001年4月28日～7月1日〉
◇漱石の転職―運命を変えた四十歳　山本順二著　彩流社　2005.11　204p　20cm〈文献あり〉　2000円　①4-7791-1128-5
◇世紀末と漱石　尹相仁著　岩波書店　1994.2　410,7p　20cm　4000円　①4-00-001209-6
◇世紀末と漱石　尹相仁著　岩波書店　2010.12　414,7p　19cm　（岩波人文書セレクション）〈文献あり　索引あり〉　3000円　①978-4-00-028433-2
◇わたくしの漱石先生―異邦人のアプローチ　楊璧慈著　近代文芸社　1994.6　179p　20cm　1800円　①4-7733-2710-3
◇漱石とグールド―8人の「草枕」協奏曲　横田庄一郎編　朔北社　1999.9　297p　19cm　2000円　①4-931284-45-0
◇元祖・漱石の犬　横山俊之著　朝日クリエ　2012.5　130p　19cm〈文献あり〉　1000円　①978-4-903623-24-5
◇岡山の夏目金之助（漱石）―岡山逗留と愛弟子廉孫　横山俊之著,熊代正英編著,吉備路文学館編　岡山　日本文教出版　2012.10　156p　15cm　（岡山文庫　280）〈文献あり〉　860円　①978-4-8212-5280-0
◇漱石論―鏡あるいは夢の書法　芳川泰久著　河出書房新社　1994.5　371p　20cm　3800円　①4-309-00911-5
◇漱石の夢の女　吉田敦彦著　青土社　1994.10　358p　20cm　2400円　①4-7917-5336-4
◇夏目漱石を読む　吉本隆明著　筑摩書房　2002.11　258p　20cm　1800円　①4-480-82349-2
◇漱石の巨きな旅　吉本隆明著　日本放送出版協会　2004.7　188p　20cm〈年譜あり〉　1200円　①4-14-005457-3
◇漱石的主題　吉本隆明,佐藤泰正著　新装版　春秋社　2004.11　294p　20cm　1900円　①4-393-44412-4
◇夏目漱石を読む　吉本隆明著　筑摩書房　2009.9　287p　15cm　（ちくま文庫　よ2-5）

800円　①978-4-480-42642-0
◇吉本隆明資料集―116　漱石的時間の生命力　『遠野物語』と『蒲団』の接点　吉本隆明著　高知　猫々堂　2012.6　162p　21cm　1700円
◇わたしの漱石　米田利昭著　勁草書房　1990.8　293p　20cm　2678円　①4-326-85109-0
◇漱石文学における「雨」と「横臥」のイマージュ研究　李哲権著,富士ゼロックス小林節太郎記念基金編　富士ゼロックス小林節太郎記念基金　1994.9　29p　26cm〈富士ゼロックス小林節太郎記念基金1993年度研究助成論文〉　非売品
◇漱石のリアル―測量としての文学　若林幹夫著　紀伊国屋書店　2002.6　329p　20cm　2500円　①4-314-00920-9
◇漱石まちをゆく―建築家になろうとした作家　若山滋著　彰国社　2002.9　239p　19cm　1800円　①4-395-00686-8
◇自分を深めろ！人生を拓け！―漱石の仕事論に学ぶ　鷲田小弥太著　大和書房　1999.5　186p　19cm　1400円　①4-479-79045-4
◇漱石の「仕事論」―人生、窮まれば仕事　鷲田小弥太著　彩流社　2005.7　206p　20cm　（鷲田小弥太《人間哲学》コレクション　3　鷲田小弥太著）　1900円　①4-88202-943-X
◇夏目漱石―マイクロ版論文集　和田謹吾著　札幌　〔和田謹吾〕　1991.5　104p　18cm　（観白亭叢刊　第7）〈はり込図1枚　限定版〉
◇漱石文学のユーモア　和田利男著　めるくまーる　1995.1　197p　20cm　1700円　①4-8397-0083-4
◇夏目漱石　河出書房新社　1990.6　223p　21cm　（新文芸読本）〈夏目漱石の肖像あり〉　1200円　①4-309-70151-5
◇新編夏目漱石研究叢書―1　近代文芸社　1993.4　266p　20cm　2300円　①4-7733-1717-5
◇漱石火山脈展　東京都近代文学博物館　1993.12　36p　26cm〈夏目漱石の肖像あり〉
◇朝日新聞記者夏目漱石　立風書房　1994.7　211p　26cm〈執筆：夏目漱石ほか　夏目漱石の肖像あり〉　1800円　①4-651-70063-2

日本近現代文学案内　207

◇漱石を"読む"—私を探す旅 〔三鷹〕 鏡の会 1996.9 638p 20cm

◇「漱石」がわかる。 朝日新聞社 1998.9 176p 26cm （アエラムック） 1050円 Ⓘ4-02-274091-4

◇漱石を読む 笠間書院 2001.4 199p 19cm （笠間ライブラリー—梅光女学院大学公開講座論集 第48集） 1000円 Ⓘ4-305-60249-0

◇漱石論集成 増補 平凡社 2001.8 575p 16cm （平凡社ライブラリー）〈初版：第三文明社刊〉 1300円 Ⓘ4-582-76402-9

◇明治・大正期の文人たち—漱石をとりまく人々 平成15年度東北大学附属図書館企画展 仙台 東北大学附属図書館 2003.10 115p 26cm〈会期：平成15年10月31日〜11月9日 年表あり 文献あり〉 非売品

◇日本の文学傑作100選—ブックコレクション 創刊号 夏目漱石 デアゴスティーニ・ジャパン 2004.4 2冊（付録とも） 21-29cm〈付録(315p)：こころ 夏目漱石著 ホルダー入〉 全562円 Ⓘ4-8135-0654-2

◆◆◆比較・影響

◇諭吉・漱石・七平—「自己規定」の様相 赤井恵子著 朝文社 2012.6 272p 20cm〈文献あり〉 4200円 Ⓘ978-4-88695-250-9

◇漱石と鑑三—「自然」と「天然」 赤木善光著 教文館 1993.11 307p 20cm 3090円 Ⓘ4-7642-6524-9

◇バルザックを読む漱石 飯島耕一著 青土社 1996.11 294p 20cm 2330円 Ⓘ4-7917-5501-4

◇鷗外・漱石と近代の文苑 伊狩章著 翰林書房 2001.7 482p 22cm〈付：整・譲・八一等の回想 著作目録あり〉 9000円 Ⓘ4-87737-132-X

◇漱石と次代の青年—芥川龍之介の型の問題 石井和夫著 有朋堂 1993.10 280p 20cm 2800円 Ⓘ4-8422-0173-8

◇夏目漱石と日本美術 伊藤宏見著 国書刊行会 2012.4 349p 22cm 3800円 Ⓘ978-4-336-05458-6

◇夏目漱石と倫敦留学 稲垣瑞穂著 吾妻書房 1990.11 308p 20cm 『漱石とイギリスの旅』(1987年刊)の改訂新版 夏目漱石の肖像あり〉 2060円 Ⓘ4-7516-0159-8

◇比較の視野—漱石・オースティン・マードック 井内雄四郎著 旺史社 1997.5 195,9p 19cm 2400円 Ⓘ4-87119-060-9

◇鷗外・漱石・鏡花—実証の糸 上田正行著 翰林書房 2006.6 557p 22cm 9000円 Ⓘ4-87737-231-8

◇開化・恋愛・東京—漱石・竜之介 海老井英次著 おうふう 2001.3 247p 22cm 2800円 Ⓘ4-273-03158-2

◇鷗外・漱石—ラディカリズムの起源 大石直記著 横浜 春風社 2009.3 598p 22cm 5600円 Ⓘ978-4-86110-175-5

◇漱石と「露西亜の小説」 大木昭男著 東洋書店 2010.6 63p 21cm （ユーラシア・ブックレット no.151）〈シリーズの企画・編集者：ユーラシア研究所・ブックレット編集委員会 年表あり〉 600円 Ⓘ978-4-88595-924-0

◇漱石・龍之介と世阿弥 大友泰司著 翰林書房 2011.12 262p 20cm 2800円 Ⓘ978-4-87737-326-9

◇漱石・芥川・太宰と聖書 奥山実著 立川 マルコーシュ・パブリケーション 1998.11 461p 20cm 2700円 Ⓘ4-87207-178-6

◇透谷と漱石—自由と民権の文学 小沢勝美著 双文社出版 1991.6 370p 20cm 3980円 Ⓘ4-88164-337-1

◇透谷・漱石・独立の精神 小沢勝美著 勉誠出版 2001.2 308,6p 20cm （遊学叢書13） 3000円 Ⓘ4-585-04073-0

◇透谷・漱石と近代日本文学 小沢勝美著 論創社 2012.1 301p 19cm 2800円 Ⓘ978-4-8460-1116-1

◇語られる経験—夏目漱石・辻邦生をめぐって 小田島本有著 近代文芸社（発売） 1994.7 196p 20cm 2000円 Ⓘ4-7733-2764-2

◇子規・漱石写真ものがたり—日本営業写真史資料余聞 風戸始著, 松山子規会編 松山 松山子規会 1989.1 246p 27cm （松山子規会叢書 第21集） 2000円

◇流動する概念—漱石と朔太郎 勝田和学著 勝田和学論文集刊行委員会 2001.1 386p 22cm〈発行所：竜書房〉 4571円 Ⓘ4-

947734-43-4
◇英文学者夏目漱石　亀井俊介著　松柏社　2011.6　245p　20cm〈年譜あり　文献あり〉　①978-4-7754-0176-7
◇漱石を比較文学的に読む　河村民部著　近代文芸社　2000.8　307p　20cm　3000円　①4-7733-6711-3
◇漱石と朝鮮　金正勲著　八王子　中央大学出版部　2010.2　212p　20cm〈文献あり〉　1800円　①978-4-8057-5172-5
◇子規断章―漱石と虚子　日下徳一著　〔出版地不明〕　日下徳一　2012.10　229p　20cm〈朝日新聞出版（発売）　文献あり〉　2000円　①978-4-02-100212-0
◇文学に見る女と男・その愛のかたち―泉鏡花と夏目漱石　久保田淳著　川崎　川崎市生涯学習振興事業団かわさき市民アカデミー出版部　2004.6　89p　21cm　（かわさき市民アカデミー講座ブックレット　no.20）〈シーエーピー出版（発売）　年譜あり〉　650円　①4-916092-69-4
◇漱石・子規の病を読む　後藤文夫著　前橋　上毛新聞社出版局（製作・発売）　2007.2　364p　19cm〈文献あり〉　1500円　①978-4-88058-965-7
◇漱石の「不愉快」―英文学研究と文明開化　小林章夫著　PHP研究所　1998.7　199p　18cm　（PHP新書）　657円　①4-569-60151-0
◇夏目漱石と門下生・皆川正禧　近藤哲著　会津若松　歴史春秋出版　2009.7　549p　20cm〈文献あり　年譜あり〉　2800円　①978-4-89757-734-0
◇漱石と世界文学　坂元昌樹,田中雄次,西槇偉,福沢清編　京都　思文閣出版　2009.3　252p　20cm〈文献あり〉　2800円　①978-4-7842-1460-0
◇越境する漱石文学　坂元昌樹,西槇偉,福沢清編　京都　思文閣出版　2011.3　271p　20cm　2800円　①978-4-7842-1565-2
◇独歩と漱石―汎神論の地平　佐々木雅発著　翰林書房　2005.11　366p　20cm　3000円　①4-87737-216-4
◇漱石・芥川・太宰　佐藤泰正,佐古純一郎著　朝文社　1992.1　289p　20cm　2800円　①4-88695-054-X

◇漱石と世紀末芸術　佐渡谷重信著　講談社　1994.1　336p　15cm　（講談社学術文庫）　960円　①4-06-159110-X
◇漱石と寅彦　沢英彦著　沖積舎　2002.9　622p　20cm　8800円　①4-8060-4676-0
◇村上春樹と夏目漱石―二人の国民作家が描いた〈日本〉　柴田勝二著　祥伝社　2011.7　296p　18cm　（祥伝社新書　243）〈並列シリーズ名：SHODENSHA SHINSHO　年表あり〉　820円　①978-4-396-11243-1
◇漱石と鷗外の遠景―古典で読み解く近代文学　島内景二著　ブリュッケ　1999.3　181p　20cm　1500円　①4-7952-1677-0
◇漱石と寅彦―落椿の師弟　志村史夫著　牧野出版　2008.9　285p　20cm〈年譜あり　文献あり〉　2000円　①978-4-89500-122-9
◇夏目金之助ロンドンに狂せり　末延芳晴著　青土社　2004.4　523p　20cm〈年譜あり　文献あり〉　3400円　①4-7917-6110-3
◇漱石・藤村―〈主人公〉の影　関谷由美子著　愛育社　1998.5　303p　22cm　4800円　①4-7500-0206-2
◇漱石と鷗外―新書で入門　高橋昭男著　新潮社　2006.8　191p　18cm　（新潮新書）〈文献あり〉　680円　①4-10-610179-3
◇回想子規・漱石　高浜虚子著　岩波書店　2002.8　278p　15cm　（岩波文庫）　600円　①4-00-360012-6
◇漱石が聴いたベートーヴェン―音楽に魅せられた文豪たち　滝井敬子著　中央公論新社　2004.2　228p　18cm　（中公新書）〈文献あり〉　760円　①4-12-101735-8
◇漱石倫敦の宿　武田勝彦著　近代文芸社　2002.12　246p　20cm　1800円　①4-7733-6960-4
◇セイレーンの誘惑―漱石と賢治　武田秀夫著　現代書館　1994.9　262p　20cm　2369円　①4-7684-6651-6
◇吾輩はロンドンである　多胡吉郎著　文芸春秋　2003.8　231p　18cm　1429円　①4-16-365210-8
◇スコットランドの漱石　多胡吉郎著　文芸春秋　2004.9　211p　18cm　（文春新書）　690円　①4-16-660398-1
◇二葉亭・漱石と自然主義　田中保隆著　翰林

書房　2003.1　620p　22cm〈肖像あり　年譜あり　著者目録あり〉　12000円　①4-87737-161-3
◇漱石と英国―留学体験と創作との間　塚本利明著　日本点字図書館（製作）　1990.5　3冊　27cm〈厚生省委託 原本：彩流社 1987〉　全4500円
◇漱石と英国―留学体験と創作との間　塚本利明著　増補版　彩流社　1999.3　304p　20cm　2500円　①4-88202-463-2
◇漱石、賢治、啄木のひとり歩きの愉しみ　辻真先著　青春出版社　1997.3　221p　18cm（プレイブックス）　810円　①4-413-01685-8
◇夏目漱石・小泉八雲の西海路探訪―天草・島原・長崎・三角・「草枕」の里を訪ねて　鶴田文史著　本渡　西海文化史研究所　1997.2　436p　19cm　2427円　①4-905884-90-X
◇ロンドンの夏目漱石　出口保夫著　新装版　河出書房新社　1991.5　280,6p　20cm　1900円　①4-309-00700-7
◇夏目漱石とロンドンを歩く　出口保夫著　PHP研究所　1993.2　244,7p　15cm（PHP文庫）〈『ロンドン漱石文学散歩』（旺文社1986年刊）の改題〉　500円　①4-569-56527-1
◇漱石のロンドン風景　出口保夫，アンドリュー・ワット編著　中央公論社　1995.5　297p　16cm（中公文庫）　880円　①4-12-202319-X
◇漱石と不愉快なロンドン　出口保夫著　柏書房　2006.4　304p　22cm〈「ロンドンの夏目漱石」（河出書房新社1982年刊）の増訂　年譜あり　文献あり〉　2800円　①4-7601-2913-8
◇漱石とともにロンドンを歩く　出口保夫文・画　ランダムハウス講談社　2007.7　294,7p　15cm〈「夏目漱石とロンドンを歩く」（PHP研究所1993年刊）の増訂〉　680円　①978-4-270-10111-7
◇漱石とその時代の作家―天理ギャラリー第109回展　天理大学附属天理図書館編　天理ギャラリー　1998.5　32p　26cm
◇鷗外と漱石―思考と感情　中村啓著　近代文芸社　1994.5　321p　18cm　850円　①4-7733-3272-7
◇漱石と子規、漱石と修―大逆事件をめぐって　中村文雄著　大阪　和泉書院　2002.12　436p　22cm　3200円　①4-7576-0185-9
◇係争中の主体―漱石・太宰・賢治　中村三春著　翰林書房　2006.2　334p　20cm　3800円　①4-87737-219-9
◇鷗外のオカルト、漱石の科学　長山靖生著　新潮社　1999.9　231p　20cm　1400円　①4-10-424102-4
◇漱石と白樺派　西垣勤著　有精堂出版　1990.6　408p　19cm　4300円　①4-640-31012-9
◇文人の系譜―王維～田能村竹田～夏目漱石　范淑文著　三和書籍　2012.3　265p　21cm〈文献あり〉　3800円　①978-4-86251-128-7
◇漱石の源泉―創造への階梯　飛ヶ谷美穂子著　慶応義塾大学出版会　2002.10　287,45p　22cm　3200円　①4-7664-0962-0
◇グレン・グールドを聴く夏目漱石　樋口覚著　五柳書院　2001.7　245p　20cm（五柳叢書）　2200円　①4-906010-92-X
◇内と外からの夏目漱石　平川祐弘著　河出書房新社　2012.7　492p　20cm　3800円　①978-4-309-02119-5
◇鷗外漱石から荷風へ―Nil admirariの表明と主人公達　福多久著　郁朋社　2009.2　294p　20cm〈文献あり〉　1500円　①978-4-87302-431-8
◇不如帰の時代―水底の漱石と青年たち　藤井淑禎著　名古屋　名古屋大学出版会　1990.3　284p　20cm　2884円　①4-8158-0133-9
◇漱石と異文化体験　藤田栄一著　大阪　和泉書院　1999.3　248p　20cm（和泉選書 117）　2500円　①4-87088-971-4
◇漱石その軌跡と系譜―鷗外・竜之介・有三文学の哲学的考察　藤田健治著　紀伊国屋書店　1991.6　228p　20cm　2600円　①4-314-00561-0
◇凡常の発見―漱石・谷崎・太宰　細谷博著　明治書院　1996.2　469p　20cm（南山大学学術叢書）　3600円　①4-625-43072-0
◇夏目漱石における東と西　松村昌家編　京都　思文閣出版　2007.3　198p　22cm（大手前大学比較文化研究叢書 4）　2800円　①978-4-7842-1335-1

◇文豪たちの情と性へのまなざし—逍遥・漱石・谷崎と英文学　松村昌家著　京都　ミネルヴァ書房　2011.2　279,6p　20cm　（Minerva歴史・文化ライブラリー　18）〈索引あり〉　3500円　ⓘ978-4-623-05875-4

◇漱石・子規の交友詩歌　松本松吉編著　松山　吟道明教館総本部　1995.8　301p　19cm　1950円　ⓘ4-88299-022-9

◇図録漱石と子規—愚陀仏庵一〇〇年　第31回特別企画展　松山市立子規記念博物館編　大阪　朝日新聞社文化企画局大阪企画部　1995.4　120p　26cm

◇漱石と芥川を読む—愛・エゴイズム・文明　万田務著　双文社出版　2001.10　261p　22cm　4600円　ⓘ4-88164-541-2

◇漱石と落語　水川隆夫著　増補　平凡社　2000.5　296p　16cm　（平凡社ライブラリー）〈初版：彩流社1986年刊　文献あり〉　1100円　ⓘ4-582-76342-1

◇漱石と仏教—則天去私への道　水川隆夫著　平凡社　2002.9　218p　20cm　1600円　ⓘ4-582-83119-2

◇夏目漱石と戦争　水川隆夫著　平凡社　2010.6　287p　18cm　（平凡社新書　528）〈文献あり　年表あり〉　880円　ⓘ978-4-582-85528-9

◇日本の心は亡びゆく—夏目漱石と本居宣長　屋敷紘一著　文化書房博文社　2007.3　201p　21cm　2500円　ⓘ978-4-8301-1102-0

◇漱石と良寛　安田未知夫著　新潟　考古堂書店　2006.8　229p　20cm〈年譜あり　文献あり〉　1800円　ⓘ4-87499-656-6

◇良寛の生き方と晩年の漱石　安田未知夫著　幻冬舎ルネッサンス　2008.2　207p　19cm〈文献あり〉　1200円　ⓘ978-4-7790-0231-1

◇本文の生態学—漱石・鷗外・芥川　山下浩著　日本エディタースクール出版部　1993.6　168p　20cm　1800円　ⓘ4-88888-206-1

◇漱石と魯迅における伝統と近代　欒殿武著　勉誠出版　2004.2　365p　22cm〈文献あり〉　9800円　ⓘ4-585-05095-7

◇漱石と魯迅の比較文学研究　林叢著　新典社　1993.10　362p　22cm　（新典社研究叢書　66）　11300円　ⓘ4-7879-4066-X

◇夏目漱石と小宮豊隆—書簡・日記にみる漱石と豊隆の師弟関係に就いて　脇昭子著　近代文芸社　2000.3　90p　20cm　1200円　ⓘ4-7733-6628-1

◇女々しい漱石、雄々しい鷗外　渡辺澄子著　京都　世界思想社　1996.1　255p　20cm　（Sekaishiso seminar）　2500円　ⓘ4-7907-0581-1

◇夏目漱石と芥川龍之介—特別企画展　札幌　北海道立文学館　1999.8　44p　26cm

◆◆◆言語・表現・文体

◇表現の身体—藤村・白鳥・漱石・賢治　川島秀一著　双文社出版　2004.12　310p　22cm　6500円　ⓘ4-88164-562-5

◇漱石の文法　北川扶生子著　水声社　2012.4　284p　22cm〈文献あり　索引あり〉　4000円　ⓘ978-4-89176-902-4

◇人生に効く漱石の言葉　木原武一著　新潮社　2009.6　203p　20cm　（新潮選書）〈並列シリーズ名：Shincho sensho〉　1100円　ⓘ978-4-10-603642-2

◇漱石—男の言葉・女の仕草　金正勲著　大阪　和泉書院　2002.2　229p　22cm　（近代文学研究叢刊　27）〈文献あり〉　4500円　ⓘ4-7576-0057-7

◇目で見る明治・大正文学からみた被服・生活用語集—1　夏目漱石編　後藤淑ほか著　文学からみた生活用語研究会　1990.4　43p　26cm　880円

◇漱石響き合うことば　佐々木亜紀子著　双文社出版　2006.10　261p　22cm〈文献あり〉　3600円　ⓘ4-88164-573-0

◇漱石解読—〈語り〉の構造　佐藤裕子著　大阪　和泉書院　2000.5　322p　22cm　（近代文学研究叢刊　22）　6000円　ⓘ4-7576-0044-5

◇漱石と石鼓文　枥尾武著　渡辺出版　2007.3　219p　20cm〈折り込1枚　文献あり〉　2800円　ⓘ978-4-902119-06-0

◇漱石の文体　宮沢健太郎著　洋々社　1997.9　261p　20cm　2400円　ⓘ4-89674-909-X

◆◆◆詩・俳句

◇海棠花—子規漢詩と漱石　飯田利行著　柏書房　1991.10　221p　20cm　2400円

①4-7601-0738-X
◇子規漢詩と漱石—海棠花　飯田利行著　新装版　柏美術出版　1993.7　221p　20cm　2400円　①4-906443-35-4
◇風呂で読む漱石の俳句　石井和夫著　京都世界思想社　1998.1　104p　19cm　951円　①4-7907-0686-9
◇漱石と河上肇—日本の二大漢詩人　一海知義著　藤原書店　1996.12　301p　20cm　2884円　①4-89434-056-9
◇漱石の漢詩—はじめて漢詩を作ろうとするひとへ　大久保静夫著　近代文芸社　1995.5　176p　22cm　1300円　①4-7733-4164-5
◇漱石さんの俳句—私の好きな五十選　大高翔著　実業之日本社　2006.12　230p　20cm　〈肖像あり〉　1400円　①4-408-53499-4
◇漱石の俳句・漢詩　神山睦美著　笠間書院　2011.10　137p　19cm　（コレクション日本歌人選　037）〈他言語標題：Soseki no Haiku,Kanshi　年譜あり　文献あり〉　1200円　①978-4-305-70637-9
◇夏目漱石名詩百選　小村定吉著　古川書房　1989.6　181p　19cm　（古川叢書）　1854円　①4-89236-038-4
◇漱石・龍之介の俳句　斉藤英雄著　翰林書房　2009.5　278p　20cm　3000円　①978-4-87737-277-4
◇夏目漱石詩句印譜　玉井敬之著　翰林書房　2004.9　51p　20cm　〈帙入　和装〉　4000円　①4-87737-192-3
◇漱石漢詩と禅の思想　陳明順著　勉誠社　1997.8　363p　22cm　9500円　①4-585-03052-2
◇俳人漱石　坪内稔典著　岩波書店　2003.5　216p　18cm　（岩波新書）　700円　①4-00-430838-0
◇漱石・熊本百句　坪内稔典,あざ蓉子編　松山　創風社出版　2006.11　142p　19cm　〈年譜あり〉　800円　①4-86037-079-1
◇漱石・松山百句　坪内稔典,中居由美編　松山　創風社出版　2007.2　135p　16cm　〈年譜あり〉　800円　①978-4-86037-080-0
◇風呂で読む漱石の漢詩　豊福健二著　京都世界思想社　1996.6　104p　19cm　980円　①4-7907-0596-X
◇漱石俳句を愉しむ　半藤一利著　PHP研究所　1997.2　213p　18cm　（PHP新書）　680円　①4-569-55478-4
◇漱石俳句探偵帖　半藤一利著　文芸春秋　2011.6　269p　16cm　（文春文庫）　629円　①978-4-16-748319-7
◇風談漱石句抄　東出甫国著　毎日ワンズ　2010.3　211p　20cm　〈文献あり〉　1400円　①978-4-901622-48-6
◇漱石の俳諧落穂拾い—知られざる江の島　鎌倉　湯河原句　漱石異説　山影冬彦著　彩流社　2012.4　202p　20cm　2000円　①978-4-7791-1789-3
◇漱石詩注　吉川幸次郎著　岩波書店　1992.5　207p　18cm　（岩波新書）〈第11刷（第1刷：1967年）〉　550円　①4-00-414037-4

◆◆◆小説

◇漱石文学論究—中期作品の小説作法　秋山公男著　おうふう　1997.2　293p　22cm　9064円　①4-273-02937-5
◇漱石作品論集成—第3巻　虞美人草・野分・坑夫　浅田隆,木股知史編　桜楓社　1991.7　284p　22cm　4200円　①4-273-02412-8
◇漱石とアーサー王伝説—『薤露行』の比較文学的研究　江藤淳著　講談社　1991.6　372p　15cm　（講談社学術文庫）　960円　①4-06-158973-3
◇夏目漱石の全小説を読む　国文学編集部編　学灯社　1994.7　216p　21cm　〈付・文学批評を読む　『国文学第39巻2号』改装版〉　1550円　①4-312-10040-3
◇知っ得夏目漱石の全小説を読む　国文学編集部編　学灯社　2007.9　216p　21cm　1800円　①978-4-312-70022-3
◇夏目漱石と新感覚派前後の小説—論集　島崎市誠著　龍書房　2007.11　264p　19cm　2667円　①978-4-903418-25-4
◇「漱石の名作」がすごい！　出口汪著　中経出版　2009.4　447p　15cm　（中経の文庫　で-1-4）〈『夏目漱石が面白いほどわかる本』（2005年刊）の改題、新編集〉　667円　①978-4-8061-3327-8
◇漱石ゴシップ—小説のすき間を読む　長尾剛著　ネスコ　1993.10　253p　18cm　〈文芸春秋（発売）〉　1200円　①4-89036-858-2

◇夏目漱石「自意識」の罠―後期作品の世界　松尾直昭著　大阪　和泉書院　2008.2　296p　22cm　（近代文学研究叢刊 38）　5000円　⑪978-4-7576-0450-6

◇夏目漱石論―『それから』から『明暗』を中心に　八木良夫著　大阪　丸善大阪出版サービスセンター（製作）　2003.8　355p　19cm〈文献あり〉　2300円　⑪4-901583-05-0

◆◆◆「草枕」

◇草枕異聞・陸前の大梅寺―則天去私への軌跡　高橋巌著　近代文芸社　1997.7　454p　22cm　3800円　⑪4-7733-5985-4

◇「草枕の里」を彩った人々―桃源郷・小天町（熊本県）　天水町　1990.10　90p　26cm〈執筆：中村青史,上村希美雄　熊本日日新聞情報文化センター（製作）〉　1000円

◆◆◆「虞美人草」

◇漱石の殺したかった女―『虞美人草』の謎「漱石先生お久しぶりです」より　赤木かん子編,半藤一利著　ポプラ社　2008.4　30p　21cm　（ポプラ・ブック・ボックス 剣の巻 11）　⑪978-4-591-10196-4

◇漱石作品論集成―第3巻　虞美人草・野分・坑夫　浅田隆,木股知史編　桜楓社　1991.7　284p　22cm　4200円　⑪4-273-02412-8

◇夏目漱石研究―第3巻　『虞美人草』と「京に着ける夕べ」の研究　岡三郎著　国文社　1995.10　802p　22cm　15450円　⑪4-7720-0353-3

◆◆◆「行人」

◇漱石作品論集成―第9巻　行人　浅田隆,戸田民子編　桜楓社　1991.2　298p　22cm　4200円　⑪4-273-02418-7

◇私論夏目漱石―『行人』を基軸として　安東璋二著　おうふう　1995.11　319p　22cm　8000円　⑪4-273-02885-9

◇漱石「行人」論―決定版　盛忍著　作品社　2006.5　389p　20cm　2800円　⑪4-86182-083-9

◆◆◆「こころ」

◇『こころ』大人になれなかった先生　石原千秋著　みすず書房　2005.7　155p　19cm　（理想の教室）〈年表あり　文献あり〉　1300円　⑪4-622-08306-X

◇漱石の謎をとく・『こころ』論　井原三男著　勁草出版サービスセンター　1989.12　320p　20cm〈勁草書房（発売）〉　1200円　⑪4-326-93159-0

◇『心』の秘密―漱石の挫折と再生　今西順吉著　トランスビュー　2010.4　408p　20cm　3800円　⑪978-4-901510-91-2

◇夫婦で語る『こゝろ』の謎―漱石異説　木村澄子,山影冬彦著　彩流社　2006.1　263p　20cm〈文献あり〉　2000円　⑪4-7791-1135-8

◇漱石異説『こころ』反証　木村直人著　国分寺　武蔵野書房　1995.2　210p　20cm　2000円

◇漱石の『こころ』―総力討論　小森陽一ほか編著　翰林書房　1994.1　227p　20cm　2400円　⑪4-906424-31-7

◇漱石の「こゝろ」を読む　佐々木雅発著　翰林書房　2009.4　147p　20cm　1800円　⑪978-4-87737-276-7

◇『こころ』の読めない部分　志村太郎著　文芸社　2005.10　123p　19cm〈文献あり〉　1200円　⑪4-286-00319-1

◇漱石作品論集成―第10巻　こゝろ　玉井敬之,藤井淑禎編　桜楓社　1991.4　381p　22cm　4800円　⑪4-273-02419-5

◇夏目漱石『心』論　徳永光展著　風間書房　2008.3　363,10p　22cm〈文献あり〉　6500円　⑪978-4-7599-1678-2

◇『こゝろ』研究史　仲秀和著　大阪　和泉書院　2007.3　302p　20cm〈文献あり〉　4000円　⑪978-4-7576-0407-0

◇漱石の「こころ」　夏目漱石著,角川書店編　角川学芸出版　2005.8　254p　15cm　（角川文庫―角川ソフィア文庫 ビギナーズ・クラシックス 近代文学編）〈肖像あり　角川書店（発売）　年譜あり　文献あり〉　590円　⑪4-04-357412-6

◇漱石の『こゝろ』―どう読むか,どう読まれてきたか　平川祐弘,鶴田欣也編　新曜社

現代日本文学（文学史）

1992.11　441p　20cm　3605円　①4-7885-0435-9

◇漱石「こゝろ」の謎　水川隆夫著　彩流社　1989.10　216p　20cm　2200円

◇夏目漱石「こゝろ」を読みなおす　水川隆夫著　平凡社　2005.8　212p　18cm　（平凡社新書）　720円　①4-582-85287-4

◆◆◆「三四郎」

◇学生と読む『三四郎』　石原千秋著　新潮社　2006.3　286p　20cm　（新潮選書）　1200円　①4-10-603561-8

◇夏目漱石―「三四郎の度胸」など　加藤富一著　教育出版センター　1991.12　334p　22cm　（研究選書 49）　3500円　①4-7632-1524-8

◇『三四郎』の世界―漱石を読む　千種キムラ・スティーブン著　翰林書房　1995.6　315p　20cm　3200円　①4-906424-73-2

◇漱石作品論集成―第5巻　三四郎　玉井敬之,村田好哉編　桜楓社　1991.1　265p　22cm　3800円　①4-273-02414-4

◇漱石のレシピー『三四郎』の駅弁　藤森清編著　講談社　2003.2　211p　18cm　（講談社＋α新書）〈年譜あり〉　800円　①4-06-272182-1

◇漱石『三四郎』書誌　村田好哉編　翰林書房　1994.2　271,14p　22cm　4800円　①4-906424-19-8

◆◆◆「それから」

◇漱石作品論集成―第6巻　それから　太田登ほか編　桜楓社　1991.9　283p　22cm　4800円　①4-273-02415-2

◇『それから』から『明暗』へ　神山睦美著　再版　砂子屋書房　1995.12　348p　20cm　3106円

◆◆◆「彼岸過迄」

◇漱石の謎をとく・『彼岸過迄』論　井原三男著　勁草出版サービスセンター　1994.2　473p　20cm〈勁草書房（発売）〉　3296円　①4-326-93318-6

◇漱石作品論集成―第8巻　彼岸過迄　玉井敬之,坪内稔典編　桜楓社　1991.8　314p　22cm　4800円　①4-273-02417-9

◇漱石文学全注釈―10　夏目漱石著,田口律男,瀬崎圭二注釈　若草書房　2005.11　474p　22cm〈文献あり〉　9300円　①4-948755-88-5

◆◆◆「坊っちゃん」

◇『坊っちゃん』の秘密　五十嵐正朋著　新風舎　2007.4　237p　20cm　1800円　①978-4-289-01518-4

◇漱石作品論集成―第2巻　坊っちゃん・草枕　片岡豊,小森陽一編　桜楓社　1990.12　304p　22cm　3800円　①4-273-02411-X

◇小説『坊っちゃん』のモデル関根萬司―紹介者/堀川三四郎　勝山一義著　上越　たかだ越書林（製作）　2006.11　144p　21cm〈勝山幸子　年譜あり　発行所：ホコ自習館〉　1000円

◇小説『坊っちゃん』誕生秘話　勝山一義著　文芸社　2009.9　213p　20cm〈年表あり　文献あり〉　1300円　①978-4-286-07529-7

◇『坊っちゃん』と『明暗』―「腕力」の決断の物語　川野純江著　鶴書院　2005.1　372p　20cm〈肖像あり　星雲社（発売）〉　2300円　①4-434-05629-8

◇漱石異説二題―「坊っちゃん」抱腹・「道草」俳徊　木村直人著　彩流社　1994.3　202p　20cm　2000円　①4-88202-289-3

◇漱石異説『坊つちやん』見落―『漱石研究』落選集　木村直人著　国分寺　武蔵野書房　1998.7　186p　20cm　2000円

◇「坊っちゃん」はなぜ市電の技術者になったか―日本文学の中の鉄道をめぐる8つの謎　小池滋著　早川書房　2001.10　223p　19cm　1500円　①4-15-208372-7

◇文学研究から文化研究へ―『坊ちゃん』とその時代　小森陽一述,愛知県教育サービスセンター編　名古屋　第一法規出版東海支社　1999.3　28p　21cm　（県民大学叢書 62）　250円

◇放談文学論の試み　古来侃著　菁柿堂　2005.9　163p　19cm　（Edition trombone）〈星雲社（発売）〉　1300円　①4-434-06824-5

◇誰も知らない『坊っちゃん』　島田裕巳著　牧野出版　2008.8　187p　20cm　1500円　①978-4-89500-121-2

◇坊ちゃん―六書校合定本　高木文雄校注　朝日書林　1999.2　329p　21cm　2800円　①4-900616-24-9

◇坊っちゃん絵物語　坊っちゃん遺蹟めぐり　夏目漱石文，岡本一平画，川九洸，大野康成編，岡本一平画・文，川九洸，大野康成編　松山　MIC　2005.12　142p　21cm　〈文献あり〉　1300円　①4-9902814-0-3

◇「坊っちゃん」の世界　平岡敏夫著　塙書房　1992.1　222p　18cm　（塙新書）　900円　①4-8273-4065-X

◇漱石異説『坊っちゃん』練想―指導力不足教員としての坊っちゃん　山影冬彦著　文芸社　2005.5　163p　20cm　1400円　①4-8355-8839-8

◇一〇〇年の坊っちゃん　山下聖美著　我孫子D文学研究会　2007.4　342p　22cm　〈星雲社（発売）〉　2800円　①978-4-434-10479-4

◇『坊っちゃん』とたどる明治の松山―愛媛新聞創刊百三十周年記念　松山　愛媛新聞社　2006.9　148p　31cm　非売品

◆◆◆ 「道草」

◇漱石のなぞ―『道草』と『思い出』との間　小山田義文著　平河出版社　1998.3　251p　20cm　1800円　①4-89203-297-2

◇漱石異説二題―「坊っちゃん」抱腹・「道草」徘徊　木村直人著　彩流社　1994.3　202p　20cm　2000円　①4-88202-289-3

◇漱石の変身―『門』から『道草』への羽ばたき　熊倉千之著　筑摩書房　2009.3　309p　20cm　〈文献あり〉　2800円　①978-4-480-82363-1

◇漱石作品論集成―第11巻　道草　小森陽一，芹沢光興編　桜楓社　1991.6　339p　22cm　4500円　①4-273-02420-9

◆◆◆ 「明暗」

◇漱石の「明暗」と明治の気骨　石原礼三著　船橋　石原礼三　2008.10　134p　21cm　非売品

◇漱石の『明暗』にとり入れられた「第二の自然主義の手法」　加藤敏夫著　大宮　さいたま「マイブック」サービス　1990.7　45p　21cm　（マイブック・シリーズ 64）　1965円

◇漱石の『明暗』の理念及構造及び結末　加藤敏夫著　大宮　さいたま「マイブック」サービス　1991.5　102p　21cm　（マイブック・シリーズ 74）　1000円

◇漱石の「則天去私」と『明暗』の構造　加藤敏夫著　リーベル出版　1996.6　693p　20cm　7004円　①4-89798-524-2

◇『坊っちゃん』と『明暗』―「腕力」の決断の物語　川野純江著　鶴林院　2005.1　372p　20cm　〈肖像あり　星雲社（発売）〉　2300円　①4-434-05629-8

◇漱石のたくらみ―秘められた『明暗』の謎をとく　熊倉千之著　筑摩書房　2006.10　318p　20cm　〈文献あり〉　2200円　①4-480-82358-1

◇『明暗』夫婦の言語力学　小林千草著　東海教育研究所　2012.12　334p　19cm　〈秦野　東海大学出版会（発売）〉　2300円　①978-4-486-03745-3

◇躓きとしての文学―漱石「明暗」論　坂口曜子　河出書房新社　1989.4　247p　20cm　2200円　①4-309-00561-6

◇漱石『明暗』の漢詩　田中邦夫著　翰林書房　2010.7　541p　22cm　（大阪経済大学研究叢書　第70冊）　6800円　①978-4-87737-299-6

◇漱石作品論集成―第12巻　明暗　鳥井正晴，藤井淑禎編　桜楓社　1991.11　407p　22cm　4800円　①4-273-02421-7

◇『明暗』論集清子のいる風景　鳥井正晴監修，近代部会編　大阪　和泉書院　2007.8　406p　22cm　（近代文学研究叢刊 35）〈文献あり〉　6500円　①978-4-7576-0424-7

◇夏目漱石絶筆『明暗』における「技巧」をめぐって　中村美子著　大阪　和泉書院　2007.11　226p　22cm　（近代文学研究叢刊 36）〈文献あり〉　6000円　①978-4-7576-0435-3

◆◆◆ 「門」

◇漱石作品論集成―第7巻　門　赤井恵子，浅

現代日本文学（文学史）

野洋編　桜楓社　1991.10　275p　22cm　4600円　⓵4-273-02416-0

◇漱石の変身―『門』から『道草』への羽ばたき　熊倉千之著　筑摩書房　2009.3　309p　20cm〈文献あり〉　2800円　⓵978-4-480-82363-2

◆◆◆「漾虚集」

◇漱石と英文学―「漾虚集」の比較文学的研究　塚本利明著　彩流社　1999.4　594p　20cm　3800円　⓵4-88202-464-0

◇漱石と英文学―「漾虚集」の比較文学的研究　塚本利明著　改訂増補版　彩流社　2003.8　676,12p　20cm　4000円　⓵4-88202-825-5

◇漱石作品論集成―第4巻　漾虚集・夢十夜　鳥井正晴,藤井淑禎編　桜楓社　1991.5　320p　22cm　4500円　⓵4-273-02413-6

◇『漾虚集』論考―「小説家夏目漱石」の確立　宮薗美佳著　大阪　和泉書院　2006.6　211p　22cm（近代文学研究叢刊 34）　6000円　⓵4-7576-0373-8

◆◆◆「吾輩は猫である」

◇漱石作品論集成―第1巻　吾輩は猫である　浅野洋,太田登編　桜楓社　1991.3　259p　22cm　3800円　⓵4-273-02410-1

◇吾輩は猫である・伝　高橋康雄著　北宋社　1998.3　315p　22cm　3200円　⓵4-89463-016-8

◇『吾輩は猫である』を読む　谷口巖著　近代文芸社　1997.1　198p　20cm　1500円　⓵4-7733-5967-6

◇「吾輩は猫である」の謎　長山靖生著　文芸春秋　1998.10　221p　18cm（文春新書）　690円　⓵4-16-660009-5

◇吾輩の哲学―再読『猫』のことば　間宮周吉著　文芸春秋企画出版部　2010.2　231p　19cm〈文芸春秋（発売）〉　1200円　⓵978-4-16-008090-4

◇苦沙弥先生の生活　間宮周吉著　松山　創風社出版　2012.11　193p　19cm〈文献あり〉　1200円　⓵978-4-86037-180-1

◆◆◆小品・随筆・紀行

◇夏目漱石の房総旅行―『木屑録』を読む　斎藤均著　流山　崙書房出版　1992.3　174p　18cm　（ふるさと文庫）　1000円

◇旅する漱石先生―文豪と歩く名作の道　牧村健一郎著　小学館　2011.9　271p　19cm〈文献あり　年譜あり〉　1500円　⓵978-4-09-388204-0

◆◆◆「夢十夜」

◇夏目漱石『夢十夜』作品論集成―1　坂本育雄編　大空社　1996.6　563p　27cm（近代文学作品論叢書 6）　⓵4-87236-817-7

◇夏目漱石『夢十夜』作品論集成―2　坂本育雄編　大空社　1996.6　492p　27cm（近代文学作品論叢書 6）　⓵4-87236-817-7

◇夏目漱石『夢十夜』作品論集成―3　坂本育雄編　大空社　1996.6　528p　27cm（近代文学作品論叢書 6）　⓵4-87236-817-7

◇夢十夜を十夜で―『新人文感覚1風神の袋』『新人文感覚2雷神の撥』副読本　高山宏著　羽鳥書店　2011.12　309p　15cm（はとり文庫 003）　1300円　⓵978-4-904702-30-7

◇漱石作品論集成―第4巻　漾虚集・夢十夜　鳥井正晴,藤井淑禎編　桜楓社　1991.5　320p　22cm　4500円　⓵4-273-02413-6

◇漱石―『夢十夜』以後　仲秀和著　大阪　和泉書院　2001.3　227p　20cm（和泉選書 124）　2500円　⓵4-7576-0055-0

◇リンボウ先生が読む漱石「夢十夜」　夏目漱石著,林望著　ぴあ　2006.3　109p　21cm　2000円　⓵4-8356-1624-3

◇漱石の病と『夢十夜』　三好典彦著　松山　創風社出版　2009.8　330p　20cm　2500円　⓵978-4-86037-124-1

◇夢十夜参究　山田晁著　朝日書林　1993.12　302p　17cm　3800円　⓵4-900616-11-7

◆◆◆日記・書簡

◇読む愉しみ―漱石の書簡・日記など　木村游著　私家版　木村游　1995.4　174p　19cm

◇漱石先生からの手紙―寅彦・豊隆・三重吉　小山文雄著　岩波書店　2006.11　207p

◇漱石先生の手紙　出久根達郎著　日本放送出版協会　2001.4　253p　20cm　1500円　①4-14-080604-4
◇漱石先生の手紙　出久根達郎著　講談社　2004.7　271p　15cm　(講談社文庫)〈年譜あり〉　552円　①4-06-274808-8
◇夏目漱石の手紙　中島国彦,長島裕子著　大修館書店　1994.4　264p　20cm　2100円　①4-469-22098-1
◇漱石全集―第19巻　夏目金之助著　岩波書店　1995.11　521p　20cm　3200円　①4-00-091819-2
◇漱石全集―第22巻　夏目金之助著　岩波書店　1996.3　727,32p　20cm　3600円　①4-00-091822-2
◇漱石全集―第20巻　夏目金之助著　岩波書店　1996.7　685p　20cm　3400円　①4-00-091820-6
◇漱石全集―第23巻　夏目金之助著　岩波書店　1996.9　573,38p　20cm　3400円　①4-00-091823-0
◇漱石全集―第24巻　夏目金之助著　岩波書店　1997.2　677,58p　20cm　3600円　①4-00-091824-9
◇漱石書簡集　夏目漱石著,三好行雄編　岩波書店　1990.4　359p　15cm　(岩波文庫)　520円　①4-00-319003-3
◇漱石日記　夏目漱石著,平岡敏夫編　岩波書店　1990.4　280p　15cm　(岩波文庫)　460円　①4-00-319002-5
◇心を癒す漱石からの手紙―文豪といわれた男の、苦しみとユーモアと優しさの素顔　矢島裕紀彦著　青春出版社　1999.12　288p　20cm　1600円　①4-413-03163-6
◇心を癒す漱石の手紙　矢島裕紀彦著　小学館　2009.8　333p　15cm　(小学館文庫　や12-1)〈『心を癒す漱石からの手紙』(青春出版社1999年刊)の改題、加筆修正　文献あり〉　600円　①978-4-09-408425-2

◆◆森田　草平（1881～1949）

◇近代文学研究叢書―第67巻　昭和女子大学近代文学研究室著　昭和女子大学近代文化研究所　1993.7　441p　19cm　5700円　①4-7862-0067-0
◇森田草平の歩んだ道　森崎憲司著,岐阜新聞情報センター編　岐阜　岐阜新聞社　2007.9　107p　21cm〈著作目録あり　年譜あり〉非売品
◇詳注煤煙　森田草平原著,佐々木英昭編注,根岸正純共同注釈　京都　国際日本文化研究センター　1999.3　527p　26cm　(日文研叢書　18)

◆耽美派

◆◆谷崎　潤一郎（1886～1965）

◇谷崎潤一郎―自己劇化の文学　明里千章著　大阪　和泉書院　2001.6　289p　20cm　(和泉選書　128)　2300円　①4-7576-0114-X
◇谷崎潤一郎資料目録―芦屋市谷崎潤一郎記念館所蔵　北川真三収集　真三堂文庫目録　芦屋市谷崎潤一郎記念館編　芦屋　芦屋市谷崎潤一郎記念館　2005.3　124p　21cm〈共同刊行：芦屋市文化振興財団〉
◇谷崎潤一郎資料目録―芦屋市谷崎潤一郎記念館所蔵　近藤良貞収集　近藤良貞文庫目録　芦屋市谷崎潤一郎記念館編　芦屋　芦屋市谷崎潤一郎記念館　2005.3　181p　21cm〈共同刊行：芦屋市文化振興財団〉
◇秘本谷崎潤一郎―第1巻　稲沢秀夫著　流山　鳥有堂　1991.12　202p　21cm〈谷崎潤一郎の肖像あり　特装版　限定版　和装〉10000円
◇秘本谷崎潤一郎―第2巻　稲沢秀夫著　流山　鳥有堂　1992.1　172p　21cm〈谷崎潤一郎の肖像あり　特装版　限定版　和装〉10000円
◇秘本谷崎潤一郎―第3巻　稲沢秀夫著　流山　鳥有堂　1992.7　196p　21cm〈谷崎潤一郎の肖像あり　特装限定版　和装〉10000円
◇秘本谷崎潤一郎―第4巻　稲沢秀夫著　流山　鳥有堂　1992.10　164p　21cm〈特装版　限定版　和装〉10000円
◇秘本谷崎潤一郎―第5巻　稲沢秀夫著　流山　鳥有堂　1993.1　192p　図版68枚　21cm〈谷崎潤一郎の肖像あり　特装限定版　和装〉10000円
◇われよりほかに―谷崎潤一郎最後の十二年　伊吹和子著　講談社　1994.2　541p　22cm

現代日本文学（文学史）

◇われよりほかに—谷崎潤一郎最後の十二年 上 伊吹和子著 講談社 2001.10 361p 16cm （講談社文芸文庫） 1400円 ⓘ4-06-198278-8

◇われよりほかに—谷崎潤一郎最後の十二年 下 伊吹和子著 講談社 2001.11 387p 16cm （講談社文芸文庫） 1400円 ⓘ4-06-198279-6

◇群像日本の作家—8 谷崎潤一郎 大岡信ほか編, 谷崎昭男ほか著 小学館 1991.5 350p 20cm 〈谷崎潤一郎の肖像あり〉 1800円 ⓘ4-09-567008-8

◇青年期—谷崎潤一郎論 尾高修也著 小沢書店 1999.7 301p 22cm 3600円 ⓘ4-7551-0387-8

◇谷崎潤一郎論—青年期 尾高修也著 作品社 2007.9 336p 20cm 〈小沢書店1999年刊の増訂〉 2300円 ⓘ978-4-86182-158-5

◇谷崎潤一郎論—壮年期 尾高修也著 作品社 2007.9 335p 20cm 2300円 ⓘ978-4-86182-159-2

◇谷崎潤一郎展 神奈川文学振興会編 横浜 県立神奈川近代文学館 1998.10 63p 26cm

◇谷崎潤一郎と京都—京都光華女子大学大学院文学研究科日本語日本文学専攻 平成18年度〜20年度共同研究・研究報告書 京都光華女子大学日本語日本文学科編 京都 京都光華女子大学日本語日本文学科 2009.3 153p 21cm

◇谷崎における女性美の変遷—西洋文学との関係を中心として 吉美顕著 福岡 花書院 2007.12 212p 21cm （比較社会文化叢書 10）〈文献あり〉 2660円 ⓘ978-4-903554-22-8

◇小出楢重と谷崎潤一郎—小説「蓼喰ふ虫」の真相 小出龍太郎編著, 明里千章, 荒川朋子著 横浜 春風社 2006.10 269p 20cm 2500円 ⓘ4-86110-084-4

◇谷崎文学の愉しみ 河野多恵子著 中央公論社 1993.6 226p 20cm 1600円 ⓘ4-12-002225-0

◇谷崎文学の愉しみ 河野多恵子著 中央公論社 1998.2 300p 16cm （中公文庫） 781円 ⓘ4-12-203060-9

◇いかにして谷崎潤一郎を読むか 河野多恵子編 中央公論新社 1999.4 193p 20cm 1500円 ⓘ4-12-002888-7

◇谷崎潤一郎—京都への愛着 河野仁昭著 京都 京都新聞社 1992.6 314p 20cm 1800円 ⓘ4-7638-0297-6

◇谷崎潤一郎の京都を歩く 河野仁昭文, 渡部巌写真 京都 淡交社 2005.10 127p 21cm （新撰京の魅力）〈文献あり〉 1500円 ⓘ4-473-03262-0

◇谷崎潤一郎伝—堂々たる人生 小谷野敦著 中央公論新社 2006.6 445p 20cm 〈文献あり〉 2400円 ⓘ4-12-003741-X

◇谷崎潤一郎東京地図 近藤信行著 教育出版 1998.10 188p 19cm （江戸東京ライブラリー 3） 1500円 ⓘ4-316-35720-4

◇物語芸術論—谷崎・芥川・三島 佐伯彰一著 中央公論社 1993.9 304p 16cm （中公文庫） 580円 ⓘ4-12-202032-8

◇谷崎潤一郎型と表現 佐藤淳一著 青簡舎 2010.12 291p 22cm 〈索引あり〉 3800円 ⓘ978-4-903996-34-9

◇虚構の天体谷崎潤一郎 清水良典著 講談社 1996.3 214p 20cm 2000円 ⓘ4-06-208091-5

◇文豪ナビ谷崎潤一郎 新潮文庫編 新潮社 2005.1 159p 16cm （新潮文庫）〈著作目録あり 年譜あり〉 400円 ⓘ4-10-100500-1

◇谷崎潤一郎先生覚え書き 末永泉著 中央公論新社 2004.5 203p 20cm 〈肖像あり 年譜あり〉 2400円 ⓘ4-12-003527-1

◇つれなかりせばなかなかに—文豪谷崎の「妻譲渡事件」の真相 瀬戸内寂聴著 中央公論新社 1999.12 210p 15cm （中公文庫） 514円 ⓘ4-12-203556-2

◇感覚のモダン—朔太郎・潤一郎・賢治・乱歩 高橋世織著 せりか書房 2003.12 273p 20cm 2500円 ⓘ4-7967-0253-9

◇谷崎潤一郎 辰野隆著 日本図書センター 1992.10 120,8p 22cm （近代作家研究叢書 113）〈解説：秦恒平 イヴニング・スター社昭和22年刊の複製〉 4120円 ⓘ4-8205-9212-2, 4-8205-9204-1

◇谷崎潤一郎・「関西」の衝撃 たつみ都志著 大阪 和泉書院 1992.11 299p 20cm

（和泉選書 70）　2884円　①4-87088-547-6
◇懐しき人々—兄潤一郎とその周辺　谷崎終平著　文芸春秋　1989.8　181p　22cm〈谷崎潤一郎および著者の肖像あり〉　1400円　①4-16-343460-7
◇懐しき人々—兄潤一郎とその周辺　谷崎終平著　日本点字図書館（製作）　1990.8　2冊　27cm〈厚生省委託　原本：文芸春秋 1989〉全3000円
◇芦屋市谷崎潤一郎記念館資料集—1　映像・音声資料　谷崎潤一郎ほか述, 細江光編　芦屋　芦屋市谷崎潤一郎記念館　1995.12　70p　30cm
◇作家の自伝—85　谷崎潤一郎　谷崎潤一郎著, 千葉俊二編解説　日本図書センター　1999.4　267p　22cm（シリーズ・人間図書館）　2600円　①4-8205-9530-X, 4-8205-9525-3
◇蘆辺の夢　谷崎松子著　中央公論社　1998.10　414p　20cm　1900円　①4-12-002843-7
◇谷崎潤一郎—物語の方法　千葉俊二編　有精堂出版　1990.1　263p　22cm（日本文学研究資料新集 18）　3650円　①4-640-30967-8
◇谷崎潤一郎—狐とマゾヒズム　千葉俊二著　小沢書店　1994.6　299p　20cm　2884円
◇谷崎潤一郎必携　千葉俊二編　学燈社　2002.4　212p　22cm〈「別冊国文学」改装版　肖像あり　文献あり〉　2000円　①4-312-00545-1
◇谷崎潤一郎文学案内　千葉俊二編　中央公論新社　2006.10　153p　16cm（中公文庫）〈著作目録あり　年譜あり〉　381円　①4-12-204768-4
◇谷崎潤一郎—境界を超えて　千葉俊二, アンヌバヤール・坂井編　笠間書院　2009.2　383p　22cm　3800円　①978-4-305-70453-5
◇物語の法則—岡本綺堂と谷崎潤一郎　千葉俊二著　青蛙房　2012.9　277p　20cm　2300円　①978-4-7905-0342-2
◇谷崎潤一郎と大正期の大衆文化表象—女性・浅草・異国　張栄順著　ソウル　オムンハクサ　2008.6　342p　24cm（韓比文学術叢書 3）〈文献あり〉　①978-89-6184-048-4
◇谷崎潤一郎—その妖術とミステリー性　塚谷晃弘著　沖積舎　1991.4　201p　20cm（作家論叢書 13）　3000円　①4-8060-4559-4
◇谷崎潤一郎論—伏流する物語　永栄啓伸著　双文社出版　1992.6　249p　20cm（Arcadia）　2800円　①4-88164-343-6
◇評伝谷崎潤一郎　永栄啓伸著　大阪　和泉書院　1997.7　385p　22cm（近代文学研究叢刊 13）　6000円　①4-87088-870-X
◇谷崎潤一郎書誌研究文献目録　永栄啓伸, 山口政幸著, 文献目録・諸資料等研究会編　勉誠出版　2004.10　421p　22cm〈著作目録あり　年譜あり〉　8800円　①4-585-06051-0
◇谷崎潤一郎と古典—明治・大正篇　長野甞一著　勉誠出版　2004.1　309p　22cm（学術選書）〈「谷崎潤一郎」（明治書院昭和55年刊）の改題〉　3800円　①4-585-07083-4
◇谷崎潤一郎と古典—大正続・昭和篇　長野甞一著　勉誠出版　2004.1　314p　22cm（学術選書）〈「谷崎潤一郎」（明治書院昭和55年刊）の改題〉　3800円　①4-585-07084-2
◇谷崎潤一郎とオリエンタリズム—大正日本の中国幻想　西原大輔著　中央公論新社　2003.7　346p　20cm（中公叢書）〈文献あり〉　2000円　①4-12-003419-4
◇眠りと文学—プルースト、カフカ、谷崎は何を描いたか　根本美作子著　中央公論新社　2004.6　232p　18cm（中公新書）〈文献あり〉　740円　①4-12-101753-6
◇谷崎潤一郎と異国の言語　野崎歓著　京都　人文書院　2003.6　223p　20cm　2000円　①4-409-16085-0
◇谷崎潤一郎　秦恒平著　筑摩書房　1989.1　329p　19cm（筑摩叢書 331）　2000円　①4-480-01331-8
◇谷崎潤一郎「少将滋幹の母」論　風呂本薫著　東広島　風呂本薫　2005.10印刷　62p　30cm〈谷崎潤一郎生誕百年記念草稿　文献あり〉
◇谷崎潤一郎の思想—「少将滋幹の母」をめぐって　風呂本薫著〔東広島〕〔風呂本薫〕　2012.7　170p　22cm〈没後50年記念　文献あり　（2005年刊）の新装改訂版〉　非売品
◇谷崎潤一郎国際シンポジウム　アドリアー

現代日本文学（文学史）

ナ・ボスカロほか著　中央公論社　1997.7　169p　26cm　2400円　ⓘ4-12-002711-2

◇谷崎潤一郎深層のレトリック　細江光著　大阪　和泉書院　2004.3　976p　22cm　（近代文学研究叢刊 28）〈年譜あり〉15000円　ⓘ4-7576-0251-0

◇谷崎潤一郎物語の生成　前田久徳著　洋々社　2000.3　321p　20cm　2500円　ⓘ4-89674-914-6

◇谷崎潤一郎と世紀末　松村昌家編　京都　思文閣出版　2002.4　206p　22cm　（大手前大学比較文化研究叢書 1）　2800円　ⓘ4-7842-1104-7

◇文豪たちの情と性へのまなざし—逍遥・漱石・谷崎と英文学　松村昌家著　京都　ミネルヴァ書房　2011.2　279,6p　20cm　（Minerva歴史・文化ライブラリー 18）〈索引あり〉3500円　ⓘ978-4-623-05875-4

◇谷崎潤一郎と大阪　三島佑一著　大阪　和泉書院　2003.11　225p　20cm　（上方文庫 27）　2300円　ⓘ4-7576-0236-7

◇谷崎潤一郎—異郷往還　宮内淳子著　国書刊行会　1991.1　221p　19cm　2500円　ⓘ4-336-03198-3

◇潤一郎ごのみ　宮本徳蔵著　文芸春秋　1999.5　196p　20cm　1714円　ⓘ4-16-355090-9

◇ポーランドにおける谷崎潤一郎文学　ミコワイ・メラノヴィッチ述,国際日本文化研究センター編　京都　国際日本文化研究センター　1992.3　16p　21cm〈第31回日文研フォーラム〉非売品

◇谷崎潤一郎の表現—作品に見る関西方言　安井寿枝著　大阪　和泉書院　2010.8　250p　22cm　（研究叢書 407）〈文献あり　索引あり〉8000円　ⓘ978-4-7576-0562-6

◇谷崎潤一郎の小説　安田孝著　翰林書房　1994.10　198p　20cm　2800円　ⓘ4-906424-54-6

◇谷崎潤一郎—人と文学　山口政幸著　勉誠出版　2004.1　237p　20cm　（日本の作家100人）〈肖像あり　年譜あり　文献あり〉2000円　ⓘ4-585-05169-4

◇小田原事件—谷崎潤一郎と佐藤春夫　ゆりはじめ著　秦野　夢工房　2006.12　141p　19cm　（小田原ライブラリー 16　小田原ライブラリー編集委員会企画・編集）　1200円　ⓘ4-86158-011-0

◇花は桜、魚は鯛—祖父谷崎潤一郎の思い出　渡辺たをり著　中央公論新社　2000.9　222p　16cm　（中公文庫）〈肖像あり〉629円　ⓘ4-12-203717-4

◇祖父谷崎潤一郎　渡辺たをり著　中央公論新社　2003.3　225p　16cm　（中公文庫）724円　ⓘ4-12-204181-3

◇落花流水—谷崎潤一郎と祖父関雪の思い出　渡辺千萬子著　岩波書店　2007.4　p165p　図版2枚　20cm　1700円　ⓘ978-4-00-002424-2

◇谷崎潤一郎—擬態の誘惑　渡部直己著　新潮社　1992.6　205p　20cm　1700円　ⓘ4-10-386001-4

◇「志賀直哉と谷崎潤一郎」図録—芦屋市谷崎潤一郎記念館第十二回特別展　芦屋　芦屋市谷崎潤一郎記念館　1993.7　63p　30cm〈編集：生井知子,細江光〉

◇近代作家追悼文集成—第40巻　江戸川乱歩・谷崎潤一郎・高見順　ゆまに書房　1999.2　348p　22cm　8000円　ⓘ4-89714-643-7,4-89714-639-9

◇谷崎潤一郎作品の諸相　〔川崎〕専修大学大学院文学研究科畑研究室　2001.9　97,22p　26cm

◇谷崎潤一郎資料目録—芦屋市谷崎潤一郎記念館蔵　図書・逐次刊行物編 2001年版　芦屋　芦屋市谷崎潤一郎記念館　2002.3　183p　21cm〈共同刊行：芦屋市文化振興財団〉

◇谷崎潤一郎作品の諸相—続　川崎　専修大学大学院文学研究科畑研究室　2003.12　127,33p　26cm〈文献あり　著作目録あり〉

◆◆◆「刺青」

◇谷崎潤一郎『刺青』作品論集成—1　笠原伸夫編　大空社　1997.6　373p　27cm　（近代文学作品論叢書 9）　ⓘ4-87236-821-5

◇谷崎潤一郎『刺青』作品論集成—2　笠原伸夫編　大空社　1997.6　387p　27cm　（近代文学作品論叢書 9）　ⓘ4-87236-821-5

◆◆◆「春琴抄」

◇谷崎潤一郎—『春琴抄』考　大里恭三郎著

審美社　1993.3　198p　20cm　1900円　Ⓘ4-7883-4069-0
◇『春琴抄』の研究　久保田修著　双文社出版　1995.11　258p　20cm　2800円　Ⓘ4-88164-507-2
◇名作の戯れ―『春琴抄』『こころ』の真実　秦恒平著　三省堂　1993.4　198p　20cm　1700円　Ⓘ4-385-35484-7
◇谷崎潤一郎『春琴抄』の謎　三島佑一著　京都　人文書院　1994.5　186p　20cm　1854円　Ⓘ4-409-16066-4

◆◆◆書簡

◇谷崎先生の書簡―ある出版社社長への手紙を読む　谷崎潤一郎,水上勉編著　中央公論社　1991.3　193p　20cm　2300円　Ⓘ4-12-001993-4
◇谷崎潤一郎＝渡辺千萬子往復書簡　谷崎潤一郎,渡辺千萬子著　中央公論新社　2006.1　428p　16cm　(中公文庫)　952円　Ⓘ4-12-204634-3
◇谷崎先生の書簡―ある出版社社長への手紙を読む　谷崎潤一郎,水上勉,千葉俊二編著　増補改訂版　中央公論新社　2008.5　409p　20cm　〈初版の出版者：中央公論社〉　2600円　Ⓘ978-4-12-003939-3

◆◆永井　荷風（1879～1959）

◇荷風余話　相磯凌霜著,小出昌洋編　岩波書店　2010.5　421,14p　20cm　〈著作目録あり　索引あり〉　6000円　Ⓘ978-4-00-022498-7
◇永井荷風の読書遍歴―書誌学的研究　赤瀬雅子,志保田務著　荒竹出版　1990.2　204p　23cm　4000円　Ⓘ4-87043-070-3
◇考証永井荷風―上　秋庭太郎著　岩波書店　2010.5　392p　15cm　(岩波現代文庫　B164)　1220円　Ⓘ978-4-00-602164-1
◇考証永井荷風―下　秋庭太郎著　岩波書店　2010.5　382,27p　15cm　(岩波現代文庫　B165)〈索引あり〉　1220円　Ⓘ978-4-00-602165-8
◇荷風と市川　秋山征夫著　慶応義塾大学出版会　2012.5　200p　20cm　2400円　Ⓘ978-4-7664-1942-9
◇荷風文学とその周辺　網野義紘著　翰林書房　1993.10　246p　20cm　2800円　Ⓘ4-906424-28-7
◇荷風文学考　石内徹著　クレス出版　1999.7　236p　20cm　4700円　Ⓘ4-87733-074-7
◇都市の迷路―地図のなかの荷風　石阪幹将著　京都　白地社　1994.4　295p　20cm　(叢書l'esprit nouveau 11)　2300円　Ⓘ4-89359-096-0
◇永井荷風　磯田光一著　講談社　1989.1　388p　16cm　(講談社文芸文庫)　780円　Ⓘ4-06-196034-2
◇荷風2時間ウォーキング　井上明久著,藪野健絵　中央公論新社　2004.1　145p　19cm　〈年譜あり〉　1700円　Ⓘ4-12-003484-4
◇荷風散策―紅茶のあとさき　江藤淳著　新潮社　1996.3　297p　20cm　1800円　Ⓘ4-10-303309-6
◇荷風散策―紅茶のあとさき　江藤淳著　新潮社　1999.7　347p　16cm　(新潮文庫)　514円　Ⓘ4-10-110803-X
◇日和下駄とスニーカー―東京今昔凸凹散歩　大竹昭子文と写真　洋泉社　2012.7　237p　19cm　1600円　Ⓘ978-4-86248-966-1
◇永井荷風の生涯　小門勝二著　新装版　冬樹社　1990.10　326p　19cm　1400円　Ⓘ4-8092-1504-0
◇荷風文学みちしるべ　奥野信太郎,近藤信行編　岩波書店　2011.12　247p　15cm　(岩波現代文庫　B193)　920円　Ⓘ978-4-00-602193-1
◇俳人荷風　加藤郁乎著　岩波書店　2012.7　257p　15cm　(岩波現代文庫―文芸 204)〈索引あり〉　920円　Ⓘ978-4-00-602204-4
◇永井荷風展　神奈川文学振興会編　〔横浜〕県立神奈川近代文学館　1999.10　63p　26cm
◇荷風型自適人生　金沢大士著　近代文芸社　1994.11　261p　22cm　2880円　Ⓘ4-7733-3318-9
◇荷風のリヨン―『ふらんす物語』を歩く　加太宏邦著　白水社　2005.2　261p　20cm　〈文献あり〉　2600円　Ⓘ4-560-02774-9
◇荷風好日　川本三郎著　岩波書店　2002.2　225p　20cm　1800円　Ⓘ4-00-022426-3
◇図説永井荷風　川本三郎,湯川説子著　河出書房新社　2005.5　111p　22cm　(ふくろ

◇うの本）〈年譜あり〉　1800円　①4-309-76064-3
◇荷風好日　川本三郎著　岩波書店　2007.1　267p　15cm　（岩波現代文庫　文芸）　1000円　①978-4-00-602111-5
◇永井荷風巡歴　菅野昭正著　岩波書店　1996.9　307,6p　20cm　2300円　①4-00-001545-1
◇永井荷風巡歴　菅野昭正著　岩波書店　2009.4　357,7p　15cm　（岩波現代文庫　B143）〈索引あり〉　1000円　①978-4-00-602143-6
◇永井荷風再考　菅野昭正著　日本放送出版協会　2011.1　206p　21cm　（NHKシリーズ—NHKカルチャーラジオ　文学の世界）〈放送期間：2011年1月～3月　文献あり　年譜あり〉　857円　①978-4-14-910748-6
◇永井荷風—その反抗と復讐　紀田順一郎著　リブロポート　1990.3　240,4p　19cm　（シリーズ民間日本学者　23）〈永井荷風の肖像あり〉　1339円　①4-8457-0482-X
◇荷風流東京ひとり歩き　近藤富枝監修　JTBパブリッシング　2008.11　144p　21cm　（楽学ブックス—文学歴史　8）〈年譜あり〉　1700円　①978-4-533-07293-2
◇永井荷風資料目録　さいたま文学館編　桶川　さいたま文学館　1999.3　128p　30cm
◇永井荷風論考　坂上博一著　おうふう　2010.11　550p　22cm〈文献あり　索引あり〉　9500円　①978-4-273-03628-7
◇荷風雑観　佐藤春夫著　日本図書センター　1989.10　226,8p　22cm　（近代作家研究叢書　69）〈解説：竹盛天雄　国立書院昭和22年刊の複製　永井荷風の肖像あり〉　5150円　①4-8205-9022-7
◇荷風と静枝—明治大逆事件の陰画　塩浦彰著　洋々社　2007.4　264p　20cm　2400円　①978-4-89674-920-5
◇荷風ノ散歩道　市立市川歴史博物館編　市川　市立市川歴史博物館　1990.9　45p　26cm〈永井荷風の肖像あり　会期：平成2年10月7日～11月11日〉
◇戦争と文学者の知性—永井荷風・野上弥生子・渡辺一夫　新藤謙著　いわき　九条社　2006.5　82p　21cm　（九条社ブックレット　no.2）　500円

◇永井荷風・音楽の流れる空間　真銅正宏著　京都　世界思想社　1997.3　238p　19cm　（SEKAI SHISO SEMINAR）　2500円　①4-7907-0646-X
◇永井荷風・ジャンルの彩り　真銅正宏著　京都　世界思想社　2010.1　332p　20cm〈索引あり〉　2600円　①978-4-7907-1451-4
◇永井荷風の見たあめりか　末延芳晴著　中央公論社　1997.11　338p　20cm　2600円　①4-12-002738-4
◇荷風とニューヨーク　末延芳晴著　青土社　2002.10　436p　20cm〈年譜あり　文献あり〉　2800円　①4-7917-5992-3
◇荷風のあめりか　末延芳晴著　平凡社　2005.12　479p　16cm　（平凡社ライブラリー　560）「永井荷風の見たあめりか」（中央公論社1997年刊）の増訂　年表あり　文献あり〉　1600円　①4-582-76560-2
◇若き荷風の文学と思想　鈴木文孝著　以文社　1995.1　254p　20cm　2300円
◇永井荷風のシングル・シンプルライフ—世田谷文学館編　世田谷文学館　世田谷文学館　2008.2　111p　21cm〈会期・会場：平成20年2月16日～4月6日　世田谷文学館　年譜あり〉
◇ロマン的断想—荷風のことなど　塚本康彦著　国分寺　武蔵野書房　1991.5　279p　20cm　1988円
◇永井荷風—仮面と実像　柘植光彦編著　ぎょうせい　2009.9　265p　22cm〈年譜あり〉　2857円　①978-4-324-08854-8
◇「永井荷風と東京」展　東京都江戸東京博物館編　東京都江戸東京博物館　1999.7　219p　30cm　①4-924965-19-7
◇作家の自伝—4　永井荷風　永井荷風著,高橋俊夫編解説　日本図書センター　1994.10　225p　22cm　（シリーズ・人間図書館）〈監修：佐伯彰一,松本健一　著者の肖像あり〉　2678円　①4-8205-8005-1,4-8205-8001-9
◇荷風全集—第28巻　永井壮吉著,稲垣達郎ほか編　岩波書店　1994.2　587p　22cm〈著者の肖像あり〉　4600円　①4-00-091748-X
◇荷風全集—第27巻　永井壮吉著,稲垣達郎ほか編　岩波書店　1995.3　611p　22cm　4800円　①4-00-091747-1

現代日本文学（文学史）

◇荷風全集―第30巻　永井壮吉著,稲垣達郎ほか編　岩波書店　1995.8　422,181p　22cm　5400円　Ⓟ4-00-091750-1

◇父荷風　永井永光著　白水社　2005.6　221p　20cm　〈年譜あり〉　2400円　Ⓟ4-560-02780-3

◇永井荷風ひとり暮らしの贅沢　永井永光,水野恵美子,坂本真典著　新潮社　2006.5　126p　21cm　（とんぼの本）〈年譜あり〉　1400円　Ⓟ4-10-602142-0

◇荷風と私の銀座百年　永井永光著　白水社　2008.7　219p　20cm　2000円　Ⓟ978-4-560-03186-5

◇荷風と踊る　中沢千磨夫著　三一書房　1996.3　358p　20cm　3500円　Ⓟ4-380-96213-X

◇わが荷風　野口冨士男著　講談社　2002.12　324p　16cm　（講談社文芸文庫）〈肖像あり　年譜あり　文献あり　著作目録あり〉　1300円　Ⓟ4-06-198316-4

◇わが荷風―上　野口冨士男著　新座　埼玉福祉会　2004.11　228p　21cm　（大活字本シリーズ）〈原本：集英社刊〉　2800円　Ⓟ4-88419-300-8

◇わが荷風―下　野口冨士男著　新座　埼玉福祉会　2004.11　276p　21cm　（大活字本シリーズ）〈原本：集英社刊〉　2900円　Ⓟ4-88419-301-6

◇わが荷風　野口冨士男著　岩波書店　2012.3　290,8p　15cm　（岩波現代文庫 B198）〈年譜あり　索引あり　文献あり〉　1040円　Ⓟ978-4-00-602198-6

◇永井荷風と部落問題　野町均著　リベルタ出版　2012.3　222p　20cm　〈年譜あり〉　1900円　Ⓟ978-4-903724-31-7

◇荷風のいた街　橋本敏男著　増補　ウェッジ　2009.4　278p　16cm　（ウェッジ文庫　は017-1）〈初版：文芸社平成17年刊　文献あり　年表あり〉　743円　Ⓟ978-4-86310-045-9

◇荷風晩年と市川　橋本敏男著　流山　崙書房出版　2012.5　217p　18cm　（ふるさと文庫 202）〈文献あり　年譜あり〉　1300円　Ⓟ978-4-8455-0202-8

◇荷風さんと「昭和」を歩く　半藤一利著　プレジデント社　1995.4　318p　20cm　1500円　Ⓟ4-8334-1546-1

◇永井荷風の昭和　半藤一利著　文芸春秋　2000.6　350p　16cm　（文春文庫）〈「荷風さんと「昭和」を歩く」（プレジデント社1994年刊）の改題〉　562円　Ⓟ4-16-748309-2

◇荷風さんの戦後　半藤一利著　筑摩書房　2006.9　277p　20cm　〈文献あり〉　1700円　Ⓟ4-480-81478-7

◇荷風さんの戦後　半藤一利著　筑摩書房　2009.4　302p　15cm　（ちくま文庫　は24-12）〈文献あり〉　760円　Ⓟ978-4-480-42594-2

◇荷風さんの昭和　半藤一利著　筑摩書房　2012.5　366p　15cm　（ちくま文庫　は24-14）〈「永井荷風の昭和」（文春文庫 2000年刊）の改題　文献あり〉　840円　Ⓟ978-4-480-42941-4

◇荷風文学　日夏耿之介著　平凡社　2005.7　307p　16cm　（平凡社ライブラリー 544）　1300円　Ⓟ4-582-76544-0

◇私の荷風記　広瀬千香著　日本古書通信社　1989.10　90p　10.1cm　（こつう豆本 85）　600円

◇私の荷風記―続　広瀬千香著　日本古書通信社　1989.10　85p　10.1cm　（こつう豆本 86）　600円

◇永井荷風その他の文人達　深瀬重治著　国分寺　武蔵野書房　2004.5　270p　20cm　2000円　Ⓟ4-943898-49-1

◇永井荷風論―西欧的「熱情」の沸点と冷却　福多久著　郁朋社　2006.6　254p　20cm　〈文献あり〉　1500円　Ⓟ4-87302-350-5

◇永井荷風冬との出会い　古屋健三著　朝日新聞社　1999.11　430p　20cm　3400円　Ⓟ4-02-257443-7

◇永井荷風の愛した東京下町―荷風流独り歩きの楽しみ　文芸散策の会編　日本交通公社出版事業局　1996.2　144p　21cm　（JTBキャンブックス）　1600円　Ⓟ4-533-02378-9

◇吾妻橋のほとり―永井荷風私記　前之園明良著　有楽出版社　2004.10　317p　20cm　2000円

◇荷風と歩く東京いまむかし―文人が住んだ町、歩いた街、愛したまち　前之園明良著　有楽出版社　2011.10　215p　19cm　〈実業之日本社（発売）　文献あり　年譜あり〉　1500円　Ⓟ978-4-408-59362-3

◇永井荷風オペラの夢　松田良一著　音楽之友社　1992.7　250p　20cm　1600円　Ⓘ4-276-21130-1

◇永井荷風—ミューズの使徒　松田良一著　勉誠社　1995.12　394p　22cm　4944円　Ⓘ4-585-05017-5

◇永井荷風の東京空間　松本哉著　河出書房新社　1992.12　255p　20cm　〈折り込図2枚〉　2500円　Ⓘ4-309-00809-7

◇永井荷風ひとり暮し　松本哉著　三省堂　1994.3　215p　20cm　1900円　Ⓘ4-385-35559-2

◇荷風極楽　松本哉著　三省堂　1998.12　239p　20cm　1600円　Ⓘ4-385-35899-0

◇永井荷風ひとり暮し　松本哉著　朝日新聞社　1999.8　238p　15cm　（朝日文庫）　600円　Ⓘ4-02-264203-3

◇荷風極楽　松本哉著　朝日新聞社　2001.11　277p　15cm　（朝日文庫）　660円　Ⓘ4-02-264281-5

◇女たちの荷風　松本哉著　白水社　2002.10　286p　20cm　2200円　Ⓘ4-560-04980-7

◇永井荷風という生き方　松本哉著　集英社　2006.10　219p　18cm　（集英社新書）　680円　Ⓘ4-08-720364-6

◇女たちの荷風　松本哉著　筑摩書房　2009.6　350p　15cm　（ちくま文庫　ま36-1）　〈年表あり　索引あり〉　780円　Ⓘ978-4-480-42608-6

◇永井荷風のニューヨーク・パリ・東京—造景の言葉　南明日香著　翰林書房　2007.6　398p　22cm　〈年表あり〉　3800円　Ⓘ978-4-87737-251-4

◇朝寝の荷風　持田叙子著　京都　人文書院　2005.5　242p　20cm　2300円　Ⓘ4-409-16088-5

◇荷風へ、ようこそ　持田叙子著　慶応義塾大学出版会　2009.4　328p　20cm　〈文献あり　年譜あり〉　2800円　Ⓘ978-4-7664-1609-1

◇荷風の誤植　矢野誠一著　青蛙房　2002.8　204p　20cm　1900円　Ⓘ4-7905-0412-3

◇永井荷風　吉田精一著　日本図書センター　1992.10　240,10p　22cm　（近代作家研究叢書 114）〈解説：髙橋俊夫　八雲書店昭和22年刊の複製〉　5150円　Ⓘ4-8205-9213-0, 4-8205-9204-1

◇「断腸亭」の経済学—荷風文学の収支決算　吉野俊彦著　日本放送出版協会　1999.7　533p　19cm　2300円　Ⓘ4-14-080448-3

◇帰朝者・荷風　劉建輝著　明治書院　1993.1　241p　22cm　5400円　Ⓘ4-625-43065-8

◇荷風全集　月報—1-30　岩波書店　1992.5〜1995.8　1冊　20cm

◇近代作家追悼文集成—第36巻　加藤道夫・高浜虚子・岸田国士・永井荷風・坂口安吾　ゆまに書房　1997.1　411p　22cm　8240円　Ⓘ4-89714-109-5

◆◆◆比較・影響

◇永井荷風とフランス文化—放浪の風土記　赤瀬雅子著　荒竹出版　1998.11　182p　22cm　2800円　Ⓘ4-87043-142-4

◇荷風とル・コルビュジエのパリ　東秀紀著　新潮社　1998.2　261p　20cm　（新潮選書）　1100円　Ⓘ4-10-600533-6

◇荷風と左団次—交情蜜のごとし　近藤富枝著　河出書房新社　2009.10　210p　20cm　〈文献あり〉　1800円　Ⓘ978-4-309-01945-1

◇永井荷風の批判的審美主義—特に艶情小説を巡って　鈴木文孝著　以文社　2010.9　461p　22cm　〈他言語標題：Kafu Nagai and his critical aestheticism〉　4700円　Ⓘ978-4-7531-0281-5

◇永井荷風ゾライズムの射程—初期作品をめぐって　林信蔵著　横浜　春風社　2010.4　269,15p　22cm　〈文献あり〉　3619円　Ⓘ978-4-86110-222-6

◇鷗外漱石から荷風へ—Nil admirariの表明と主人公達　福多久著　郁朋社　2009.2　294p　20cm　〈文献あり〉　1500円　Ⓘ978-4-87302-431-8

◇鷗外・啄木・荷風隠された闘い—いま明らかになる天才たちの輪舞　吉野俊彦著　ネスコ　1994.3　270p　20cm　〈文芸春秋（発売）〉　1900円　Ⓘ4-89036-867-1

◇永井荷風と河上肇—放蕩と反逆のクロニクル　吉野俊彦著　日本放送出版協会　2001.6　476p　20cm　〈肖像あり〉　2200円　Ⓘ4-14-080613-3

現代日本文学（文学史）

◆◆◆「断腸亭日乗」

◇荷風と東京―『断腸亭日乗』私註　川本三郎著　都市出版　1996.9　606p　22cm　3200円　ⓘ4-924831-38-7

◇荷風と東京―『断腸亭日乗』私註　上　川本三郎著　岩波書店　2009.10　335p　15cm　（岩波現代文庫 B153）　1000円　ⓘ978-4-00-602153-5

◇荷風と東京―『断腸亭日乗』私註　下　川本三郎著　岩波書店　2009.10　330,21p　15cm　（岩波現代文庫 B154）〈文献あり　索引あり〉　1000円　ⓘ978-4-00-602154-2

◇『断腸亭日乗』を読む　新藤兼人著　岩波書店　2009.5　264p　15cm　（岩波現代文庫 B151）　1000円　ⓘ978-4-00-602151-1

◇摘録断腸亭日乗―上　永井荷風著,磯田光一編　岩波書店　1991.1　460p　19cm　（ワイド版岩波文庫）　1200円　ⓘ4-00-007021-5

◇摘録断腸亭日乗―下　永井荷風著,磯田光一編　岩波書店　1991.1　426p　19cm　（ワイド版岩波文庫）　1200円　ⓘ4-00-007022-3

◇荷風全集―第26巻　永井壮吉著,稲垣達郎ほか編　岩波書店　1995.1　352p　22cm　3800円　ⓘ4-00-091746-3

◆◆◆「濹東綺譚」

◇永井荷風『濹東綺譚』作品論集成―1　高橋俊夫編　大空社　1995.3　581p　27cm　（近代文学作品論叢書 26）　ⓘ4-87236-814-2

◇永井荷風『濹東綺譚』作品論集成―2　高橋俊夫編　大空社　1995.3　563p　27cm　（近代文学作品論叢書 26）　ⓘ4-87236-814-2

◇永井荷風『濹東綺譚』作品論集成―3　高橋俊夫編　大空社　1995.3　433p　27cm　（近代文学作品論叢書 26）　ⓘ4-87236-814-2

◇永井荷風『濹東綺譚』作品論集成―4　高橋俊夫編　大空社　1995.3　419p　27cm　（近代文学作品論叢書 26）　ⓘ4-87236-814-2

◇私の濹東綺譚　安岡章太郎著　新潮社　1999.6　163p　19cm　2300円　ⓘ4-10-321909-2

◇私の濹東綺譚　安岡章太郎著　新潮社　2003.7　180p　16cm　（新潮文庫）　362円　ⓘ4-10-113010-8

◆◆◆「四畳半襖の下張」

◇永井荷風「四畳半襖の下張」惣ざらえ　高橋俊夫編著　大空社　1997.9　241p　22cm　5000円　ⓘ4-7568-0565-5

◇なぜ『四畳半襖の下張』は名作か　矢切隆之著　三一書房　1995.3　225p　20cm　2000円　ⓘ4-380-95216-9

◆白樺派

◇白樺派とトルストイ―武者小路実篤・有島武郎・志賀直哉を中心に　阿部軍治著　彩流社　2008.10　301p　20cm　3500円　ⓘ978-4-7791-1384-0

◇ジェンダーの視点からみた白樺派の文学―志賀、有島、武者小路を中心として　石井三恵著　新水社　2005.3　413p　20cm〈文献あり〉　3200円　ⓘ4-88385-073-0

◇白樺たちの大正　関川夏央著　文芸春秋　2003.6　437p　20cm　2000円　ⓘ4-16-365060-1

◇白樺たちの大正　関川夏央著　文芸春秋　2005.10　478p　16cm　（文春文庫）　762円　ⓘ4-16-751911-9

◇白樺派の作家たち―志賀直哉・有島武郎・武者小路実篤　生井知子著　大阪　和泉書院　2005.12　325p　20cm　（和泉選書 148）　3600円　ⓘ4-7576-0338-X

◇白樺派の文人たちと手賀沼―その発端から終焉まで　山本鉱太郎著　流山　崙書房出版　2011.10　247p　18cm　（ふるさと文庫 200）〈文献あり〉　1300円　ⓘ978-4-8455-0200-4

◇「白樺」精神の系譜　米山禎一著　国分寺　武蔵野書房　1996.4　459p　22cm　5000円

◇美を求めて―白樺同人が愛した美術　調布　調布市武者小路実篤記念館　1996.10　22p　26cm

◇1910年、『白樺』創刊―特別展　調布　調布市武者小路実篤記念館　2000.4　31p　26cm

◆◆有島　生馬（1882〜1974）

◇有島三兄弟―それぞれの青春――有島武郎/有島生馬/里見弴　四館共同特別企画展　有島三兄弟四館共同企画展実行委員会編　ニセコ

町（北海道）　有島記念館　2008.10　78p　26cm〈会期：平成20年6月8日～8月10日ほか　共同刊行：有島生馬記念館ほか　年譜あり〉

◇有島三兄弟―それぞれの青春　有島武郎/有島生馬/里見弴　四館共同特別企画展　有島三兄弟四館共同企画展実行委員会編　鎌倉　鎌倉市芸術文化振興財団　2009.4　78p　26cm〈会期・会場：平成20年6月8日～8月10日　有島記念館ほか　年表あり〉

◇有島武郎・有島生馬・里見弴展―白樺派三兄弟の芸術　横浜　神奈川文学振興会　1990.3　40p　26cm〈会期・会場：1990年3月31日～5月6日　県立神奈川近代文学館〉

◆◆有島　武郎（1878～1923）

◇作家の自伝―63　有島武郎　有島武郎著,石丸晶子編解説　日本図書センター　1998.4　269p　22cm　（シリーズ・人間図書館）　2600円　①4-8205-9507-5,4-8205-9504-0

◇有島武郎の作品―上　有島武郎研究会編　右文書院　1995.5　226p　21cm　（有島武郎研究叢書　第1集）　2500円　①4-8421-9501-0

◇有島武郎の作品―中　有島武郎研究会編　右文書院　1995.5　197p　21cm　（有島武郎研究叢書　第2集）　2300円　①4-8421-9503-7

◇有島武郎　愛/セクシュアリティ　有島武郎研究会編　右文書院　1995.5　238p　21cm　（有島武郎研究叢書　第6集）　2500円　①4-8421-9504-5

◇有島武郎の作品―下　有島武郎研究会編　右文書院　1995.8　201p　21cm　（有島武郎研究叢書　第3集）　2400円　①4-8421-9505-3

◇有島武郎の評論　有島武郎研究会編　右文書院　1996.6　264p　21cm　（有島武郎研究叢書　第4集）　2400円　①4-8421-9507-X

◇有島武郎事典　有島武郎研究会編　勉誠出版　2010.12　430,30p　22cm〈文献あり　著作目録あり　年譜あり　索引あり〉　4800円　①978-4-585-06065-9

◇有島武郎―作家作品研究　石丸晶子著　明治書院　2003.4　363p　22cm　8000円　①4-625-45306-2

◇有島武郎　虚構と実像　内田満著　有精堂出版　1996.5　333,7p　21cm　7210円　①4-640-31075-7

◇有島武郎の読書記録　Masaki Uchida,Henri J. Bourneuf著　古河　〔内田真木〕　1992.6　161p　21×30cm

◇有島武郎の研究　江頭太助著　朝文社　1992.6　345p　20cm　3000円　①4-88695-068-X

◇近代日本文芸試論―透谷・藤村・漱石・武郎　大田正紀著　桜楓社　1989.5　237p　22cm　2884円　①4-273-02331-8

◇雨の軽井沢挽歌―美貌の人妻と文豪の旅立ち　金沢聖章　新風舎　2006.7　214p　19cm〈肖像あり　文献あり〉　1600円　①4-7974-4787-7

◇父有島武郎と私　神尾行三著　右文書院　1997.9　362p　20cm　1905円　①4-8421-9704-8

◇有島武郎論―二〇世紀の途絶した夢とその群像の物語　北村巌著　札幌　柏艪舎　2007.12　227p　20cm　（柏艪舎エルクシリーズ）〈星雲社（発売）　文献あり〉　1500円　①978-4-434-11330-7

◇亡命・有島武郎のアメリカ―〈どこでもない所〉への旅　栗田広美著　右文書院　1998.3　411,8p　20cm　3790円　①4-8421-9801-X

◇死と飛躍・有島武郎の青春―〈優等生〉からの離脱　栗田広美著　右文書院　2002.9　422,8p　20cm　3800円　①4-8421-0009-5

◇愛と革命・有島武郎の可能性―〈叛逆者〉とヒューマニズム　栗田広美著,「栗田広美君遺稿集」編集委員会編　右文書院　2011.3　377p　20cm　3800円　①978-4-8421-0741-7

◇愛の書簡集―有島武郎よりティルダ・ヘックへ　星座の会編　ニセコ町（北海道）　星座の会　1993.6　203p　18cm　（星座の会シリーズ　5）〈共同文化社（発売）〉　1200円　①4-905664-83-7

◇有島武郎の思想と文学―クロポトキンを中心に　高山亮二著　明治書院　1993.4　582p　22cm　14000円　①4-625-43066-6

◇いま見直す有島武郎の軌跡―「相互扶助」思想の形成とその実践　図録　高山亮二,ニセコ町有島記念館編著　ニセコ町（北海道）　ニセコ町・有島記念館　1998.7　140p　21cm

◇有島武郎と向きあって―追悼高山亮二有島記念館名誉館長　高山亮二ほか著, ニセコ町教育委員会, 有島記念館編　〔ニセコ町（北海道）〕　ニセコ町教育委員会　2002.3　135p　21cm〈奥付のタイトル：高山亮二追悼録　共同刊行：有島記念館　肖像あり〉

◇有島武郎とその農場・農団―北辺に息吹く理想　高山亮二著　第2版　石狩　星座の会　2003.5　78p　14cm　（星座の会シリーズ　1）〈肖像あり〉

◇有島武郎試論　田辺健二著　広島　渓水社　1991.1　213p　20cm　2884円　①4-87440-233-X

◇夢のかけ橋―晶子と武郎有情　永畑道子著　文芸春秋　1990.10　292p　16cm　（文春文庫）〈有島武郎および与謝野晶子の肖像あり〉　450円　①4-16-752402-3

◇言葉の意志―有島武郎と芸術史的転回　中村三春著　有精堂出版　1994.3　339p　19cm　4500円　①4-640-31048-X

◇有島武郎論―関係にとって〈同情〉とはなにか　丹羽一彦著　新装版　名古屋　風琳堂　1995.11　356p　20cm　2472円　①4-89426-501-X

◇有島武郎序説　浜賀知彦著　東京図書の会　1995.6　157p　21cm　1050円

◇有島武郎―「個性」から「社会」へ　外尾登志美著　右文書院　1997.4　357p　22cm　3800円　①4-8421-9604-1

◇有島武郎研究　増子正一著　新教出版社　1994.8　896,55p　22cm　12360円　①4-400-61470-0

◇有島武郎の詩と詩論　宮野光男著　朝文社　2002.6　497p　22cm　5000円　①4-88695-162-7

◇有島武郎〈作家〉の生成　山田俊治著　小沢書店　1998.9　334p　20cm　3500円　①4-7551-0369-X

◇有島武郎・有島生馬・里見弴展―自樺派三兄弟の芸術　横浜　神奈川文学振興会　1990.3　40p　26cm〈会期・会場：1990年3月31日～5月6日 県立神奈川近代文学館〉

◇有島記念館収蔵品目録　ニセコ町（北海道）　ニセコ町教育委員会　1992.3　182p　26cm

◆◆◆比較・影響

◇有島三兄弟―それぞれの青春――有島武郎/有島生馬/里見弴 四館共同特別企画展　有島三兄弟四館共同企画展実行委員会編　ニセコ町（北海道）　有島記念館　2008.10　78p　26cm〈会期：平成20年6月8日～8月10日ほか　共同刊行：有島生馬記念館ほか　年譜あり〉

◇有島三兄弟―それぞれの青春 有島武郎/有島生馬/里見弴 四館共同特別企画展　有島三兄弟四館共同企画展実行委員会編　鎌倉　鎌倉市芸術文化振興財団　2009.4　78p　26cm〈会期・会場：平成20年6月8日～8月10日 有島記念館ほか　年表あり〉

◇有島武郎と社会　有島武郎研究会編　右文書院　1995.5　212p　21cm　（有島武郎研究叢書 第5集）　2400円　①4-8421-9502-9

◇有島武郎とキリスト教　有島武郎研究会編　右文書院　1995.8　269p　21cm　（有島武郎研究叢書 第7集）　2500円　①4-8421-9506-1

◇有島武郎と作家たち　有島武郎研究会編　右文書院　1996.6　261p　21cm　（有島武郎研究叢書 第8集）　2500円　①4-8421-9508-8

◇有島武郎と場所　有島武郎研究会編　右文書院　1996.7　237p　21cm　（有島武郎研究叢書 第10集）　2500円　①4-8421-9510-X

◇有島武郎と西洋　有島武郎研究会編　右文書院　1996.7　218p　21cm　（有島武郎研究叢書 第9集）　2500円　①4-8421-9509-6

◇ユートピア紀行―有島武郎 宮沢賢治 武者小路実篤　伊藤信吉著　講談社　1997.5　398p　16cm　（講談社文芸文庫―現代日本のエッセイ）　1170円　①4-06-197567-6

◇『或る女』とアメリカ体験―有島武郎の理想と叛逆　尾西康充著　岩波書店　2012.2　211p　22cm〈文献あり〉　3700円　①978-4-00-022069-9

◇有島武郎とキリスト教並びにその周辺　川鎮郎著　笠間書院　1998.4　279p　20cm　1900円　①4-305-70179-0

◇有島武郎と同時代文学　川上美那子著　審美社　1993.12　304p　20cm　3090円

◇近代の闇を拓いた日中文学―有島武郎と魯迅

を視座として　康鴻音著　日本僑報社　2005.12　250p　22cm〈文献あり〉　8800円　Ⓘ4-86185-019-3

◇新編言葉の意志—有島武郎と芸術史的転回　中村三春著　ひつじ書房　2011.2　537p　20cm　(未発選書 第17巻)〈索引あり〉　4800円　Ⓘ978-4-89476-529-0

◇有島武郎とヨーロッパ—ティルダ、まだ僕のことを覚えていますか。　北海道文学館編　札幌　北海道立文学館　1998.8　47p　26cm

◇人生を奏でる二組のデュオ—有島武郎と木田金次郎・里見弴と中戸川吉二展　北海道文学館編　札幌　北海道立文学館　2007.2　48p　30cm〈会期・会場：2007年2月17日〜3月18日　北海道立文学館特別展示室　年譜あり〉

◇有島武郎におけるエロスと死—ホイットマンの受容をめぐって　水崎野里子著　箕面　詩画工房　2012.9　129p　21cm　1429円　Ⓘ978-4-902839-43-2

◇芥川龍之介と有島武郎—生の原拠と死の美学　吉田俊彦著　おうふう　2009.4　265p　22cm　6000円　Ⓘ978-4-273-03523-5

◆◆◆「或る女」

◇有島武郎研究—「或る女」まで　植栗弥著　有精堂出版　1990.3　289,7p　22cm　6000円　Ⓘ4-640-31009-9

◇ジェンダーで読む『或る女』—総力討論　中山和子、江種満子編　翰林書房　1997.10　263p　20cm　2600円　Ⓘ4-87737-029-3

◆◆倉田　百三（1891〜1943）

◇倉田百三選集—別巻（倉田百三評伝）　亀井勝一郎編　日本図書センター　1994.7　1冊　22cm〈大東出版社昭和23年刊の複製　著者の肖像あり〉　Ⓘ4-8205-9315-3,4-8205-9285-8

◇倉田百三—光り合ういのち　倉田百三著　日本図書センター　2001.9　243p　20cm　(人間の記録 121)〈肖像あり　年譜あり〉　1800円　Ⓘ4-8205-5971-0

◇倉田百三の精神世界—出家とその弟子　白鵠会編　三次　白鵠会　1991.4　269p　図版16枚　21cm〈共同刊行：永田文昌堂（京都）　倉田百三の肖像あり〉　1500円

◆◆里見　弴（1888〜1983）

◇有島三兄弟—それぞれの青春——有島武郎/有島生馬/里見弴　四館共同特別企画展　有島三兄弟四館共同企画展実行委員会編　ニセコ町（北海道）　有島記念館　2008.10　78p　26cm〈会期：平成20年6月8日〜8月10日ほか　共同刊行：有島生馬記念館ほか　年譜あり〉

◇有島三兄弟—それぞれの青春　有島武郎/有島生馬/里見弴　四館共同特別企画展　有島三兄弟四館共同企画展実行委員会編　鎌倉　鎌倉市芸術文化振興財団　2009.4　78p　26cm〈会期・会場：平成20年6月8日〜8月10日　有島記念館ほか　年表あり〉

◇里見弴伝—「馬鹿正直」の人生　小谷野敦著　中央公論新社　2008.12　487p　20cm〈文献あり　著作目録あり　索引あり〉　2800円　Ⓘ978-4-12-003998-0

◇人生を奏でる二組のデュオ—有島武郎と木田金次郎・里見弴と中戸川吉二展　北海道文学館編　札幌　北海道立文学館　2007.2　48p　30cm〈会期・会場：2007年2月17日〜3月18日　北海道立文学館特別展示室　年譜あり〉

◇有島武郎・有島生馬・里見弴展—白樺派三兄弟の芸術　横浜　神奈川文学振興会　1990.3　40p　26cm〈会期・会場：1990年3月31日〜5月6日　県立神奈川近代文学館〉

◇里見弴—特別展　鎌倉　鎌倉市教育委員会　1994.6　24p　26cm〈共同刊行：鎌倉文学館　里見弴の肖像あり　会期・会場：平成6年6月10日〜7月24日　鎌倉文学館〉

◆◆志賀　直哉（1883〜1971）

◇志賀直哉—上　阿川弘之著　岩波書店　1994.7　460p　20cm　1800円　Ⓘ4-00-002940-1

◇志賀直哉—下　阿川弘之著　岩波書店　1994.7　472p　20cm　1800円　Ⓘ4-00-002941-X

◇志賀直哉—上　阿川弘之著　日本点字図書館（製作）　1995.9　9冊　27cm　全15300円

◇志賀直哉—下　阿川弘之著　日本点字図書館（製作）　1995.10　9冊　27cm　全15300円

◇志賀直哉—上　阿川弘之著　新潮社　1997.8　525p　16cm　(新潮文庫)　705円　Ⓘ4-10-

◇志賀直哉―下　阿川弘之著　新潮社　1997.8　542p　16cm　（新潮文庫）　705円　Ⓘ4-10-111016-6

◇志賀直哉の領域　池内輝雄著　有精堂出版　1990.8　290,10p　19cm　（Litera works 3）　3200円　Ⓘ4-640-30912-0

◇志賀直哉―自我の軌跡　池内輝雄編　有精堂出版　1992.5　268p　22cm　（日本文学研究資料新集 21）　3605円　Ⓘ4-640-30970-8

◇近代文学の領域―戦争・メディア・志賀直哉など　池内輝雄著　蒼丘書林　2009.3　358p　22cm　3500円　Ⓘ978-4-915442-77-3

◇志賀直哉ノオト　石井庄司著　日本図書センター　1990.3　239,9p　22cm　（近代作家研究叢書 100）〈解説：遠藤祐　斎藤書店昭和23年刊の複製〉　6180円　Ⓘ4-8205-9057-X

◇大江健三郎・志賀直哉・ノンフィクション―虚実の往還―　一条孝夫著　大阪　和泉書院　2012.8　318p　22cm　（近代文学研究叢刊 50）〈索引あり〉　6000円　Ⓘ978-4-7576-0628-9

◇群像日本の作家―9　志賀直哉　大岡信ほか編, 佐佐木幸綱ほか著　小学館　1991.12　343p　20cm〈志賀直哉の肖像あり〉　1800円　Ⓘ4-09-567009-6

◇国木田独歩・志賀直哉論考―明治・大正時代を視座として　栗林秀雄著　双文社出版　2012.6　253p　22cm　3600円　Ⓘ978-4-88164-609-0

◇志賀直哉、上高畑の『サロン』をめぐる考察―生きられた日本の近代　呉谷充利著　大阪　創元社　2003.3　228p　22cm　2000円　Ⓘ4-422-90025-0

◇認知への想像力―志賀直哉論　小林幸夫著　双文社出版　2004.3　260p　22cm　4500円　Ⓘ4-88164-559-5

◇志賀直哉随聞記　桜井勝美著　宝文館出版　1989.8　236p　20cm〈著者および志賀直哉の肖像あり〉　2000円　Ⓘ4-8320-1345-9

◇証言里見弴―志賀直哉を語る　里見弴述, 石原亨著　武蔵野書院　1995.7　281p　20cm　1500円　Ⓘ4-8386-0382-7

◇作家の自伝―28　志賀直哉　志賀直哉著, 紅野敏郎編解説　日本図書センター　1995.11　258p　22cm　（シリーズ・人間図書館）　2678円　Ⓘ4-8205-9398-6,4-8205-9411-7

◇志賀直哉交友録　志賀直哉著, 阿川弘之編　講談社　1998.8　329p　16cm　（講談社文芸文庫）　1100円　Ⓘ4-06-197626-5

◇志賀直哉ルネッサンス　篠沢秀夫著　集英社　1994.9　230p　20cm〈志賀直哉の肖像あり〉　2000円　Ⓘ4-08-774089-7

◇志賀直哉とドストエフスキー　清水正著　鳥影社　2003.9　254p　22cm　4200円　Ⓘ4-88629-780-3

◇志賀直哉―自然と日常を描いた小説家　清水正著　我孫子　D文学研究会　2005.11　403p　22cm〈星雲社（発売）　付属資料：16p〉　3200円　Ⓘ4-434-07135-1

◇志賀直哉の方法　下岡友加著　笠間書院　2007.2　274p　20cm　2800円　Ⓘ978-4-305-70342-2

◇志賀直哉　庄司肇著　沖積舎　2002.9　217p　20cm　（庄司肇コレクション 6　庄司肇著）〈シリーズ責任表示：庄司肇著〉　2500円　Ⓘ4-8060-6596-X

◇志賀直哉展―没後三十年　世田谷文学館編　世田谷文学館　2001.10　151p　24cm〈会期：平成13年10月6日～11月11日　肖像あり　年譜あり〉

◇志賀直哉―見ることの神話学　高橋英夫著　小沢書店　1995.5　250p　20cm　2060円

◇志賀直哉対談日誌　滝井孝作著, 紅野敏郎編・解説　日本図書センター　1992.10　154,21p　22cm　（近代作家研究叢書 112）〈全国書房昭和22年刊の複製に増補〉　5150円　Ⓘ4-8205-9211-4,4-8205-9204-1

◇志賀さんの生活など　滝井孝作著　日本図書センター　1993.6　353,9p　22cm　（近代作家研究叢書 139）〈解説：紅野敏郎　新潮社昭和49年刊の複製〉　7210円　Ⓘ4-8205-9243-2,4-8205-9239-4

◇ひき裂かれた〈わたし〉―思想としての志賀直哉　新形信和著　新曜社　2009.9　274p　20cm〈年譜あり　文献あり〉　2600円　Ⓘ978-4-7885-1181-1

◇志賀直哉宛書簡集―白樺の時代　日本近代文学館編　岩波書店　2008.9　396p　23cm　9400円　Ⓘ978-4-00-023446-7

◇志賀直哉と信州　深堀郁夫著　長野　深堀

現代日本文学（文学史）

◇郁夫　2008.7　107p　19cm　800円　ⓘ978-4-88411-072-7

◇志賀直哉・天皇・中野重治　藤枝静男著　講談社　2011.11　220p　16cm　（講談社文芸文庫　ふB5）〈年譜あり　著作目録あり〉　1500円　ⓘ978-4-06-290139-0

◇志賀直哉の〈家庭〉―女中・不良・主婦　古川裕佳著　森話社　2011.2　325p　20cm　〈索引あり〉　3200円　ⓘ978-4-86405-019-7

◇志賀直哉―上　本多秋五著　岩波書店　1990.1　249p　18cm　（岩波新書）　550円　ⓘ4-00-430107-6

◇志賀直哉―下　本多秋五著　岩波書店　1990.2　286p　18cm　（岩波新書）　550円　ⓘ4-00-430108-4

◇志賀直哉　町田栄編　国書刊行会　1992.10　396p　22cm　（日本文学研究大成）　3900円　ⓘ4-336-03080-4

◇志賀直哉―青春の構図　宮越勉著　国分寺　武蔵野書房　1991.4　333p　22cm　2400円

◇花まんだら　宮地たか著　奈良　奈良新聞社　2007.6　259p　19cm　1600円　ⓘ978-4-88856-067-2

◇志賀直哉はなぜ名文か―あじわいたい美しい日本語　山口翼著　祥伝社　2006.5　228p　18cm　（祥伝社新書）　740円　ⓘ4-396-11037-5

◇「私」を語る小説の誕生―近松秋江・志賀直哉の出発期　山口直孝著　翰林書房　2011.3　279p　22cm　2800円　ⓘ978-4-87737-313-9

◇「志賀直哉と谷崎潤一郎」図録―芦屋市谷崎潤一郎記念館第十二回特別展　芦屋　芦屋市谷崎潤一郎記念館　1993.7　63p　30cm　〈編集：生井知子,細江光〉

◇近代作家追悼文集成―第43巻　高橋和巳・志賀直哉・川端康成　ゆまに書房　1999.2　253p　22cm　8000円　ⓘ4-89714-646-1,4-89714-639-9

◆◆◆「暗夜行路」

◇『暗夜行路』を読む―世界文学としての志賀直哉　平川祐弘,鶴田欣也編　新曜社　1996.8　489p　20cm　4635円　ⓘ4-7885-0568-1

◇志賀直哉―暗夜行路の交響世界　宮越勉著　翰林書房　2007.7　406p　22cm　〈年譜あり〉　6700円　ⓘ978-4-87737-252-1

◇文学1920年代―特集「暗夜行路」　西早稲田近代文学の会　2005.4　290p　21cm　〈文献あり〉

◆◆◆「和解」

◇志賀直哉『和解』作品論集成―1　池内輝雄編　大空社　1998.12　417p　27cm　（近代文学作品論叢書 15）　ⓘ4-87236-827-4

◇志賀直哉『和解』作品論集成―2　池内輝雄編　大空社　1998.12　403p　27cm　（近代文学作品論叢書 15）　ⓘ4-87236-827-4

◆◆長与　善郎（1888～1961）

◇『項羽と劉邦』の研究―漢楚軍談の受容に見る　徳田進著　ゆまに書房　1992.6　179p　26cm　2000円　ⓘ4-89668-590-3

◇文学者の日記―5　長与善郎・生田長江・生田春月　長与善郎,生田長江,生田春月著　博文館新社　1999.5　288p　22cm　（日本近代文学館資料叢書）　5000円　ⓘ4-89177-975-6

◆◆武者小路　実篤（1885～1976）

◇武者小路実篤研究―実篤と新しき村　大津山国夫著　明治書院　1997.10　426p　22cm　15000円　ⓘ4-625-43075-5

◇武者小路実篤、新しき村の生誕　大津山国夫著　八王子　武蔵野書房　2008.10　328p　22cm　3000円　ⓘ978-4-943898-86-3

◇生ける武者小路実篤　金子洋文著　日本図書センター　1993.6　1冊　22cm　（近代作家研究叢書 147）〈解説：遠藤祐　種蒔き社大正11年刊の複製〉　3605円　ⓘ4-8205-9251-3,4-8205-9239-4

◇講演記録集―1985年度～1987年度　調布市武者小路実篤記念館編　調布　調布市武者小路実篤記念館　1989.3　88p　26cm

◇心の譜―らくがき帳　調布　調布市武者小路実篤記念館　1989.3　155p　21cm

◇所蔵品目録―1990年　調布市武者小路実篤記念館編　調布　調布市武者小路実篤記念館　1991.3　369p　26cm

現代日本文学（文学史）

◇調布市武者小路実篤記念館20年のあゆみ—平成17年　調布市武者小路実篤記念館編　調布　調布市教育委員会　2006.1　59p　30cm〈年表あり〉

◇武者小路実篤の研究—美と宗教の様式　寺沢浩樹著　翰林書房　2010.6　398p　22cm〈索引あり〉　3800円　①978-4-87737-301-6

◇武者小路実篤—その人と作品の解説　中川孝著　皆美社　1995.1　315p　20cm　2000円　①4-87322-024-6

◇武者先生の世界—武者小路実篤展　第四回特別展　武者小路実篤著, 島田市博物館編　島田　島田市博物館　1994.4　86p　30cm〈著者の肖像あり　会期：平成6年4月23日〜6月19日〉

◇画道三昧—新しき村美術館所蔵品より　秋の特別展　武者小路実篤著　調布　調布市武者小路実篤記念館　1994.10　1冊（頁付なし）　26cm〈著者の肖像あり　会期：1994年10月22日〜11月27日〉

◇作家の自伝—7　武者小路実篤　武者小路実篤著, 遠藤祐編解説　日本図書センター　1994.10　275p　22cm　（シリーズ・人間図書館）〈監修：佐伯彰一, 松本健一　著者の肖像あり〉　2678円　①4-8205-8008-6,4-8205-8001-9

◇武者小路実篤の自画像—スケッチ帖より　武者小路実篤画, 渡辺貫二編　毛呂山町（埼玉県）　新しき村　1995.11　93p　22cm　1000円　①4-87322-032-7

◇父・実篤の周辺で　武者小路辰子著　調布　調布市武者小路実篤記念館〈友の会〉　2012.2　281p　20cm〈年表あり　著作目録あり〉　非売品

◇武者小路実篤九十年—年譜風略伝　渡辺貫二編　毛呂山町（埼玉県）　新しき村　1995.4　91p　22cm　1000円　①4-87322-025-4

◇武者小路実篤の著作　渡辺貫二編　毛呂山町（埼玉県）　新しき村　1995.11　125p　22cm　1000円　①4-87322-031-9

◇武者小路実篤全集—第18巻　小学館　1991.4　879p　23cm　7000円　①4-09-656018-5

◇調布市武者小路実篤記念館—図録　調布　調布市武者小路実篤記念館　1994.5　95p　26cm〈奥付の書名：武者小路実篤記念館　武者小路実篤の肖像あり〉

◇描かれた実篤像—資料館開館記念特別展　調布　調布市武者小路実篤記念館　1994.5　1冊（頁付なし）　26cm〈会期：1994年5月13日〜6月19日〉

◇ほくろの呼鈴—実篤と家族　調布　調布市武者小路実篤記念館　1996.4　22p　26cm

◇中川孝収集実篤文庫展—神奈川近代文学館収蔵　春の特別展　調布　調布市武者小路実篤記念館　1998.4　22p　26cm

◇武者小路実篤—文学・人・鎌倉　企画展　鎌倉　鎌倉文学館　2002.4　24p　30cm〈会期：平成14年4月26日〜6月2日　共同刊行：鎌倉市芸術文化振興財団〉

◆◆◆比較・影響

◇武者小路実篤と魯迅の比較研究　楊英華著　雄松堂出版　2004.9　303p　27cm〈文献あり〉　10000円　①4-8419-1173-1

◇書信往来—志賀直哉との六十年　調布　調布市武者小路実篤記念館　1997.10　22p　26cm

◆新思潮派

◇若き久米正雄・芥川龍之介・菊池寛—文芸雑誌『新思潮』にかけた思い　特別企画展　郡山　郡山市文学の森資料館　2008.11　44p　30cm〈会期・会場：平成20年11月1日〜12月14日　郡山市文学資料館企画展示室〉

◆◆芥川　龍之介（1892〜1927）

◇追想芥川龍之介　芥川文著, 中野妙子記　改版　中央公論新社　2007.1　207p　16cm（中公文庫）　1238円　①978-4-12-204805-8

◇作家の自伝—31　芥川竜之介　芥川竜之介著, 松本健一編解説　日本図書センター　1995.11　259p　22cm　（シリーズ・人間図書館）　2678円　①4-8205-9401-X,4-8205-9411-7

◇芥川龍之介全集—第23巻　芥川龍之介著　岩波書店　1998.1　654p　20cm　3600円　①4-00-091993-8

◇芥川龍之介全集　補遺・年譜・単行本書誌　他—第24巻　芥川龍之介著　岩波書店　2008.12　428,147p　19cm　①978-4-00-

日本近現代文学案内　231

現代日本文学（文学史）

091994-4
◇芥川龍之介　浅野洋編　若草書房　1999.10　272p　22cm　（日本文学研究論文集成 33　藤井貞和ほか監修）　3800円　ⒾⒷ4-948755-53-2

◇芥川竜之介を学ぶ人のために　浅野洋,芹沢光興,三嶋譲編　京都　世界思想社　2000.3　287,15p　19cm〈年譜あり〉　2300円　ⒾⒷ4-7907-0805-5

◇芥川龍之介の癒し―比較論的研究　荒木正見編著　福岡　中川書店　2005.3　232p　19cm　1900円　ⒾⒷ4-931363-43-1

◇芥川龍之介―絵画・開化・都市・映画　安藤公美著　翰林書房　2006.3　554p　22cm　5600円　ⒾⒷ4-87737-224-5

◇翡翠記　井川恭著,寺本喜徳編　松江　島根国語国文会　1992.4　75p　21cm〈折り込図2枚〉

◇〈芥川〉とよばれた芸術家―中期作品の世界　石割透著　有精堂出版　1992.8　257p　19cm　3600円　ⒾⒷ4-640-31031-5

◇芥川龍之介と房総　市原善衛著　八街　〔市原善衛〕　1992.4　30p　26cm〈芥川龍之介生誕百年記念 芥川龍之介の肖像あり〉　非売品

◇芥川龍之介房総の足跡　市原善衛著　文芸社　2006.5　154p　20cm〈著作目録あり　年譜あり〉　1300円　ⒾⒷ4-286-01255-7

◇日本近代文学と西洋音楽―堀辰雄・芥川竜之介・宮沢賢治　井上二葉著　仙台　丸善仙台出版サービスセンター（製作）　2002.12　337p　22cm　1715円　ⒾⒷ4-86080-012-5

◇文学作品にみる色彩表現分析―芥川龍之介作品への適用　上村和美著　双文社出版　1999.6　163p　22cm　2800円　ⒾⒷ4-88164-526-9

◇芥川龍之介―作品論　海老井英次,宮坂覚編　双文社出版　1990.12　461p　22cm　4800円　ⒾⒷ4-88164-204-9

◇芥川竜之介―人と文学　海老井英次著　勉誠出版　2003.8　222p　20cm　（日本の作家100人）〈年譜あり　文献あり〉　1800円　ⒾⒷ4-585-05161-9

◇群像日本の作家―11　芥川龍之介　大岡信ほか編,後藤明生ほか著　小学館　1991.4　351p　20cm〈芥川龍之介の肖像あり〉　1800円　ⒾⒷ4-09-567011-8

◇近代文学の時制・色彩と芥川文学―語学的文体論の試み　岡崎晃一著　姫路　岡崎晃一　2005.8　213p　26cm

◇府立三中7回生・芥川龍之介―「学友会雑誌」と『芥川全集』を読む　岡田孝一著　淡交会資料室委員会　2008.12　113p　26cm　1200円

◇資料集成・芥川龍之介　岡田孝一著　横浜　岡田孝一　2009.10　137p　30cm

◇芥川龍之介論　奥野政元著　翰林書房　1993.9　295p　20cm　2800円　ⒾⒷ4-906424-24-4

◇世紀末のエロスとデーモン―芥川龍之介とその病い　小山田義文著　河出書房新社　1994.4　225p　20cm　2000円　ⒾⒷ4-309-00902-6

◇芥川龍之介作品研究　笠井秋生著　双文社出版　1993.5　271p　22cm　6800円　ⒾⒷ4-88164-346-0

◇芥川竜之介展―21世紀文学の預言者　神奈川文学振興会編　〔横浜〕　神奈川近代文学館　2004.4　64p　26cm　会期：2004年4月24日～6月6日　共同刊行：神奈川文学振興会　年譜（折り込1枚）あり

◇芥川龍之介の槍ヶ岳登山と河童橋―芥川龍之介槍ヶ岳登頂100周年記念 1909-2009　上高地登山案内人組合監修,牛丸工企画・編集　松本　上高地登山案内人組合　2008.11　210p　22cm〈年表あり〉

◇芥川竜之介―その文学的技巧　川上光教著　国分寺　武蔵野書房　2001.5　141p　20cm　2000円　ⒾⒷ4-943898-18-1

◇芥川竜之介と江戸・東京　神田由美子著　双文社出版　2004.5　262p　22cm　4500円　ⒾⒷ4-88164-560-9

◇芥川龍之介―表現と存在　菊地弘著　明治書院　1994.1　251p　19cm　（国文学研究叢書）　2900円　ⒾⒷ4-625-58060-9

◇芥川龍之介―1　菊地弘編　国書刊行会　1994.9　336p　22cm　（日本文学研究大成）　3900円　ⒾⒷ4-336-03090-1

◇芥川竜之介―〈ことば〉の仕組み 対照読解　菊地弘,田中実編　小平　蒼丘書林　1995.2　333p　19cm　2000円　ⒾⒷ4-915442-58-6

◇芥川竜之介—2　菊地弘編　国書刊行会　1995.9　339p　22cm　（日本文学研究大成）　3900円　ⓘ4-336-03091-X

◇芥川竜之介事典　菊地弘, 久保田芳太郎, 関口安義編　増訂版　明治書院　2001.7　916p　22cm〈肖像あり〉　18000円　ⓘ4-625-60301-3

◇芥川龍之介の中国—神話と現実　邱雅芬著　福岡　花書院　2010.3　320p　22cm〈文献あり〉　2381円　ⓘ978-4-903554-67-9

◇芥川龍之介の文学　国末泰平著　大阪　和泉書院　1997.6　237p　20cm　（和泉選書108）　2800円　ⓘ4-87088-848-3

◇芥川龍之介—影の無い肖像　久保田正文著　木精書房　1997.9　239p　20cm　1800円　ⓘ4-7952-4745-5

◇芥川龍之介中国題材作品と病　孔月著　学術出版会　2012.9　227p　22cm　（学術叢書）〈日本図書センター（発売）　文献あり〉　4200円　ⓘ978-4-284-10369-5

◇窓は夢想—芥川竜之介を巡る文学・詩歌の旅　小林尹夫著　新風舎　2003.6　157p　20cm　1200円　ⓘ4-7974-2629-2

◇物語芸術論—谷崎・芥川・三島　佐伯彰一著　中央公論社　1993.9　304p　16cm　（中公文庫）　580円　ⓘ4-12-202032-8

◇芥川龍之介作品の迷路　酒井英行著　有精堂出版　1993.7　310p　19cm　4500円　ⓘ4-640-31043-9

◇芥川龍之介作品の迷路　酒井英行著　沖積舎　2007.9　310p　19cm　3000円　ⓘ978-4-8060-4728-5

◇芥川龍之介　鷺只雄編著　河出書房新社　1992.6　222p　22cm　（年表作家読本）〈芥川龍之介の肖像あり〉　1600円　ⓘ4-309-70053-5

◇芥川龍之介の文学　佐古純一郎著　朝文社　1991.6　310p　20cm　2000円　ⓘ4-88695-039-6

◇芥川論究　佐古純一郎著　朝文社　1991.8　365p　20cm　2500円

◇芥川龍之介の文学—語りとしての文学批評　佐古純一郎著　新装　朝文社　2010.2　310p　19cm　2524円　ⓘ978-4-88695-231-8

◇芥川竜之介文学空間　佐々木雅発著　翰林書房　2003.9　517p　22cm〈年譜あり　著作目録あり〉　4000円　ⓘ4-87737-181-8

◇芥川竜之介—その文学の、地下水を探る　佐藤嗣男著　おうふう　2001.3　303p　21cm　2800円　ⓘ4-273-03173-6

◇佐藤泰正著作集—4　芥川竜之介論　佐藤泰正著　翰林書房　2000.9　377p　20cm　3800円　ⓘ4-87737-112-5

◇芥川竜之介を読む　佐藤泰正編　笠間書院　2003.5　221p　19cm　（笠間ライブラリー—梅光学院大学公開講座論集　第51集）〈下位シリーズの責任表示：佐藤泰正編〉　1000円　ⓘ4-305-60252-0

◇漱石　芥川　太宰　佐藤泰正, 佐古純一郎著　新版　朝文社　2009.11　298p　20cm　3014円　ⓘ978-4-88695-227-1

◇芥川竜之介の読書遍歴—壮烈な読書のクロノロジー　志保田務, 山田忠彦, 赤瀬雅子編著　学芸図書　2003.12　341p　27cm　4800円　ⓘ4-7616-0376-3

◇芥川龍之介の夢—「海軍機関学校」若い英語教官の日　清水昭三著　原書房　2007.3　270p　20cm　1800円　ⓘ978-4-562-04056-8

◇芥川文学の方法と世界　清水康次著　大阪　和泉書院　1994.4　328p　22cm　（近代文学研究叢刊 3）　7210円　ⓘ4-87088-642-1

◇芥川龍之介伝説　志村有弘著　朝文社　1993.2　247p　20cm　2400円　ⓘ4-88695-085-X

◇芥川竜之介大事典　志村有弘編　勉誠出版　2002.7　1006,32p　23cm　9800円　ⓘ4-585-06036-7

◇芥川龍之介の回想　下島勲著　日本図書センター　1990.3　1冊　22cm　（近代作家研究叢書 91）〈解説：平岡敏夫　複製〉　3090円　ⓘ4-8205-9048-0

◇文豪ナビ芥川竜之介　新潮文庫編　新潮社　2004.11　158p　16cm　（新潮文庫）〈著作目録あり　年譜あり〉　400円　ⓘ4-10-102500-2

◇アプローチ芥川龍之介　関口安義編　明治書院　1992.5　290p　21cm　2800円　ⓘ4-625-33005-X

◇芥川龍之介—闘いの生涯　関口安義著　毎日新聞社　1992.7　242p　20cm〈芥川龍之介の肖像あり〉　1600円　ⓘ4-620-30866-8

◇芥川龍之介研究資料集成—第1巻　関口安義

現代日本文学（文学史）

◇編　日本図書センター　1993.9　358p　22cm　7931円　①4-8205-9257-2,4-8205-9256-4
◇芥川龍之介研究資料集成—第2巻　関口安義編　日本図書センター　1993.9　338p　22cm　7931円　①4-8205-9258-0,4-8205-9256-4
◇芥川龍之介研究資料集成—第3巻　関口安義編　日本図書センター　1993.9　339p　22cm　7931円　①4-8205-9259-9,4-8205-9256-4
◇芥川龍之介研究資料集成—第4巻　関口安義編　日本図書センター　1993.9　362p　22cm　7931円　①4-8205-9260-2,4-8205-9256-4
◇芥川龍之介研究資料集成—第5巻　関口安義編　日本図書センター　1993.9　342p　22cm　7931円　①4-8205-9261-0,4-8205-9256-4
◇芥川龍之介研究資料集成—第6巻　関口安義編　日本図書センター　1993.9　352p　22cm　7931円　①4-8205-9262-9,4-8205-9256-4
◇芥川龍之介研究資料集成—第7巻　関口安義編　日本図書センター　1993.9　364p　22cm　7931円　①4-8205-9263-7,4-8205-9256-4
◇芥川龍之介研究資料集成—第8巻　関口安義編　日本図書センター　1993.9　340p　22cm　7931円　①4-8205-9264-5,4-8205-9256-4
◇芥川龍之介研究資料集成—第9巻　関口安義編　日本図書センター　1993.9　342p　22cm　7931円　①4-8205-9265-3,4-8205-9256-4
◇芥川龍之介研究資料集成—第10巻　関口安義編　日本図書センター　1993.9　350p　22cm　7931円　①4-8205-9266-1,4-8205-9256-4
◇芥川龍之介研究資料集成—別巻1　関口安義編　日本図書センター　1993.9　152p　22cm　5150円　①4-8205-9267-X,4-8205-9256-4
◇芥川竜之介　関口安義著　岩波書店　1995.10　220,8p　18cm　（岩波新書）　650円　①4-00-430414-8

◇特派員芥川竜之介—中国でなにを視たのか　関口安義著　毎日新聞社　1997.2　214p　20cm　1700円　①4-620-31149-9
◇芥川龍之介の復活　関口安義著　洋々社　1998.11　286p　20cm　2400円　①4-89674-911-1
◇芥川龍之介と児童文学　関口安義著　久山社　2000.1　116p　21cm　（日本児童文化史叢書 25）　1553円　①4-906563-85-6
◇芥川龍之介全作品事典　関口安義,庄司達也編　勉誠出版　2000.6　641,36p　23cm　9600円　①4-585-06015-4
◇芥川龍之介旅とふるさと　関口安義編　至文堂　2001.1　323p　21cm　（「国文学解釈と鑑賞」別冊）〈文献あり〉　2400円
◇芥川竜之介の素顔　関口安義著　イー・ディー・アイ　2003.6　300p　22cm　（EDI学術選書）　3810円　①4-901134-28-0
◇芥川竜之介新辞典　関口安義編　翰林書房　2003.12　832p　22cm〈年譜あり　文献あり〉　12000円　①4-87737-179-6
◇芥川竜之介—その知的空間　関口安義編　至文堂　2004.1　367p　21cm　（「国文学解釈と鑑賞」別冊）　2476円
◇芥川竜之介の歴史認識　関口安義著　新日本出版社　2004.10　206p　20cm　〈肖像あり〉　1800円　①4-406-03111-1
◇芥川龍之介　関口安義著　日本放送出版協会　2005.4　231p　21cm　（NHKシリーズ—NHKカルチャーアワー　文学探訪）〈年譜あり　文献あり　放送期間：2005年4月—9月〉　850円　①4-14-910566-9
◇芥川龍之介永遠の求道者　関口安義著　洋々社　2005.5　258p　20cm　2400円　①4-89674-918-9
◇よみがえる芥川龍之介　関口安義著　日本放送出版協会　2006.6　329p　16cm　（NHKライブラリー 207）〈年譜あり　文献あり〉　1020円　①4-14-084207-5
◇世界文学としての芥川龍之介　関口安義著　新日本出版社　2007.6　240,14p　20cm　2000円　①978-4-406-05047-0
◇芥川龍之介新論　関口安義著　翰林書房　2012.5　616p　22cm　8600円　①978-4-87737-335-1

現代日本文学（文学史）

◇芥川竜之介覚え書　千石隆志著　所沢　葦真文社　2001.5　222p　20cm　2400円　①4-900057-22-3

◇人間・芥川龍之介―やさしかつた、かなしかつた… 没後80年記念特別展　仙台文学館編　仙台　仙台文学館　2007.3　80p　26cm　〈会期：平成19年4月21日～7月1日　肖像あり　著作目録あり　年譜あり〉

◇夢幻系列―漱石・竜之介・百閒　高橋英夫著　小沢書店　1989.2　227p　20cm　2500円

◇芥川龍之介の愛した女性―「藪の中」と「或阿呆の一生」に見る　高宮檀著　彩流社　2006.7　224p　20cm　2000円　①4-7791-1183-8

◇芥川竜之介青春の軌跡―イゴイズムをはなれた愛　田村修一著　京都　晃洋書房　2003.10　212,11p　22cm〈年表あり〉　2800円　①4-7710-1474-4

◇芥川竜之介の遺書　曺紗玉著　新教出版社　2001.12　189p　19cm　1800円　①4-400-62727-6

◇芥川龍之介と中国―受容と変容の軌跡　張蕾著　国書刊行会　2007.4　349p　20cm〈年表あり　文献あり〉　3800円　①978-4-336-04845-5

◇佇立する芥川龍之介　東郷克美著　双文社出版　2006.12　315p　20cm　2300円　①4-88164-574-9

◇一冊で名作がわかる芥川龍之介　戸田原文三監修, 小石川文学研究会編　ロングセラーズ　2007.6　207p　18cm〈年譜あり〉　905円　①978-4-8454-0785-9

◇芥川龍之介の鎌倉物語―青春のうた 図録　富岡幸一郎監修, 鎌倉市芸術文化振興財団鎌倉文学館編　鎌倉　鎌倉市芸術文化振興財団鎌倉文学館　2006.9　63p　20×20cm　〈会期：平成18年9月29日～12月3日　肖像あり　他言語標題：Kamakura story of Akutagawa　年譜あり〉

◇初期芥川龍之介論　友田悦生著　翰林書房　1994.11　236p　20cm　3000円　①4-906424-49-X

◇芥川龍之介の文学碑　中田雅敏著　国分寺　武蔵野書房　1993.10　175p　20cm　1880円

◇芥川竜之介文章修業―写生文の系譜　中田雅敏著　洋々社　1995.4　258p　20cm　2060円　①4-89674-906-5

◇芥川竜之介―小説家と俳人　中田雅敏著　鼎書房　2000.11　338p　20cm　2000円　①4-907846-03-7

◇芥川竜之介と古典　長野甞一著　勉誠出版　2004.1　392p　22cm　（学術選書）〈「古典と近代作家」（有朋堂昭和42年刊）の改題〉　4300円　①4-585-07081-8

◇芥川竜之介王朝物の背景　長野甞一著　勉誠出版　2004.7　246p　19cm　（智慧の海叢書 9）　1400円　①4-585-07109-1

◇もう一つの山吹　萩駿著　高槻　萩駿　1994.10　40p　26cm

◇芥川龍之介書誌・序　坂敏弘著　近代文芸社　1992.9　194p　20cm　1800円　①4-7733-1688-8

◇もうひとりの芥川龍之介　平岡敏夫著　おうふう　2006.10　274p　20cm　2800円　①4-273-03439-5

◇芥川龍之介論　平島英利子著　近代文芸社　1991.5　184p　20cm　1500円　①4-7733-1031-6

◇鷗外・漱石・竜之介―意中の文士たち〈上〉　福永武彦著　講談社　1994.7　213p　16cm　（講談社文芸文庫―現代日本のエッセイ）　880円　①4-06-196283-3

◇芥川龍之介―〈不安〉の諸相と美学イデオロギー　藤井貴志著　笠間書院　2010.2　320,11p　22cm〈索引あり〉　4200円　①978-4-305-70504-4

◇芥川龍之介自筆資料目録　藤沢市文書館編　藤沢　藤沢市文書館　2006.3　125p　30cm　〈附・葛巻家資料目録稿〉

◇芥川龍之介のナラトロジー　真杉秀樹著　沖積舎　1997.6　243p　20cm　3500円　①4-8060-4618-3

◇新時代の芥川龍之介　松沢信祐著　洋々社　1999.11　247p　19cm　2400円　①4-89674-913-8

◇越し人慕情発見芥川竜之介　松本寧至著　勉誠社　1995.1　301p　20cm　2884円　①4-585-05007-8

◇芥川龍之介―理智と抒情　宮坂覚編　有精堂出版　1993.6　265p　22cm　（日本文学研究資料新集 19）　3650円　①4-640-30968-6

現代日本文学（文学史）

◇芥川龍之介全集総索引—付年譜　宮坂覚編　岩波書店　1993.12　67,189p　23cm〈『芥川龍之介全集』（1977年版）の総索引〉　4800円　⓵4-00-000059-4

◇芥川龍之介—人と作品　宮坂覚編　新版　翰林書房　1998.4　183p　19cm　1600円　⓵4-87737-036-6

◇三好行雄著作集—第3巻　芥川龍之介論　三好行雄著　筑摩書房　1993.3　349p　22cm　5450円　⓵4-480-70043-9

◇フォーラム本是山中人—父の故郷で語ろう芥川龍之介の人と文学　美和町教育委員会編　美和町（山口県）　美和町教育委員会　1999.10　100p　26cm

◇芥川龍之介　山岸外史著　日本図書センター　1992.10　365,8p　22cm　（近代作家研究叢書 106）〈解説：宮坂覚　ぐろりあ・そさえて昭和15年刊の複製〉　6695円　⓵4-8205-9205-X,4-8205-9204-1

◇芥川龍之介の言語空間—君看双眼色　山崎甲一著　笠間書院　1999.3　433p　22cm　8800円　⓵4-305-70195-2

◇藪の中の家—芥川自死の謎を解く　山崎光夫著　文芸春秋　1997.6　261p　20cm　1619円　⓵4-16-353020-7

◇藪の中の家—芥川自死の謎を解く　山崎光夫著　中央公論新社　2008.7　312p　16cm（中公文庫）　838円　⓵978-4-12-205093-8

◇芥川竜之介の芸術論　山敷和男著　現代思潮新社　2000.7　237p　20cm　2500円　⓵4-329-00412-7

◇芥川龍之介資料集　山梨県立文学館編　甲府　山梨県立文学館　1993.11　3冊　39cm〈限定版「図版」（2分冊）と「解説」に分冊刊行〉

◇芥川龍之介—イラスト版オリジナル　吉田和明文,田島董美イラスト　現代書館　1989.10　174p　21cm　（For beginnersシリーズ）　979円

◇芥川龍之介　吉田精一著　日本図書センター　1993.1　380,8p　22cm　（近代作家研究叢書 121）〈解説：宮坂覚　三省堂昭和17年刊の複製〉　7210円　⓵4-8205-9222-X,4-8205-9221-1

◇ロシア文学者昇曙夢&芥川竜之介論考　和田芳英著　大阪　和泉書院　2001.11　310p　22cm　2500円　⓵4-7576-0105-0

◇芥川龍之介　河出書房新社　1990.7　223p　21cm　（新文芸読本）〈芥川龍之介の肖像あり〉　1200円　⓵4-309-70153-1

◇芥川龍之介展—生誕一〇〇年　横浜　神奈川文学振興会　1992.4　64p　26cm〈編集：中村真一郎　芥川龍之介の肖像あり　付（1枚）会期・会場：1992年4月4日～5月10日　神奈川近代文学館〉

◇芥川龍之介—生誕百年、そして今　毎日新聞社　1992.5　146p　30cm　（毎日グラフ別冊）〈芥川龍之介の肖像あり〉　1800円

◇芥川龍之介全集 月報—1-24　岩波書店　1995.11～1998.3　1冊　18cm

◇熊谷秀隆後期作品集　大阪狭山　熊谷秀隆　1997.3　239p　19cm　1000円

◇芥川竜之介作品論集成—第1巻　羅生門—今昔物語の世界　浅野洋編　翰林書房　2000.3　349p　22cm　4000円　⓵4-87737-081-1

◇芥川竜之介作品論集成—別巻　芥川文学の周辺　宮坂覚編　翰林書房　2001.3　390p　22cm　6000円　⓵4-87737-087-0

◇日本の文学傑作100選—ブックコレクション第6号　芥川竜之介　デアゴスティーニ・ジャパン　2004.6　2冊（付録とも）　21-29cm〈付録（315p）：羅生門　芥川竜之介著〉全1324円　⓵4-8135-0659-3

◆◆◆キリスト教と芥川文学

◇芥川竜之介—愛と絶望の狭間で—近代日本文学と聖書（中）　奥山実著　小平　マルコーシュ・パブリケーション　1995.2　156p　20cm　1600円　⓵4-87207-141-7

◇芥川龍之介の基督教思想　河泰厚著　翰林書房　1998.5　358p　20cm　3800円　⓵4-87737-037-4

◇芥川龍之介とキリスト教　川上光教著　京都　白地社　2005.1　133p　20cm〈文献あり〉　1600円　⓵4-89359-228-9

◇芥川龍之介のクリスト像—折れた梯子とエマヲの旅びとたち　佐藤善也著　近代文芸社　1997.5　170p　20cm　1600円　⓵4-7733-5995-1

◇この人を見よ—芥川竜之介と聖書　関口安義著　小沢書店　1995.7　232p　20cm　1854円

◇芥川竜之介とキリスト教　曺紗玉著　翰林書房　1995.3　285p　20cm　3000円　①4-906424-63-5

◆◆◆比較・影響

◇漱石と次代の青年―芥川龍之介の型の問題　石井和夫著　有朋堂　1993.10　280p　20cm　2800円　①4-8422-0173-8

◇開化・恋愛・東京―漱石・竜之介　海老井英次著　おうふう　2001.3　247p　22cm　2800円　①4-273-03158-2

◇漱石・龍之介と世阿弥　大友泰司著　翰林書房　2011.12　262p　20cm　2800円　①978-4-87737-326-9

◇芥川龍之介と堀辰雄―信と認識のはざま　影山恒男著　有精堂出版　1994.11　206p　19cm　3090円　①4-640-31054-4

◇中島敦と芥川龍之介の居る風景　笠原実著　横浜　公孫樹舎　2006.6　203p　19cm　1600円　①4-9902416-1-4

◇芥川龍之介と久米正雄―われら作家を目指したり　図録　鎌倉市芸術文化振興財団・国際ビルサービス共同事業体編　〔鎌倉〕　鎌倉市芸術文化振興財団・国際ビルサービス共同事業体　2011.10　63p　19cm　〈会期：平成23年10月8日～12月18日　共同刊行：鎌倉文学館　年表あり　著作目録あり〉

◇芥川龍之介と中島敦　鷺只雄著　翰林書房　2006.4　258p　20cm　2800円　①4-87737-225-3

◇漱石・芥川・太宰　佐藤泰正,佐古純一郎著　朝文社　1992.1　289p　20cm　2800円　①4-88695-054-X

◇芥川龍之介と英文学　柴田多賀治著　八潮出版社　1993.7　275p　20cm　2500円　①4-89650-091-1

◇恋文をめぐって―潤一郎と春夫龍之介を介在として：講演・シンポジウム記録集　新宮市立佐藤春夫記念館,佐藤春夫記念会編　〔新宮〕　新宮市立佐藤春夫記念館　2012.3　93,9p　21cm　（むささびブックス　1）〈会期：平成23年5月6日　共同刊行：佐藤春夫記念会〉

◇芥川龍之介とその時代　関口安義著　筑摩書房　1999.3　740p　22cm　6500円　①4-480-82338-7

◇芥川と太宰の文学　千田実編著　双文社出版　1990.3　216p　21cm　1800円　①4-88164-049-6

◇太宰治と芥川龍之介　相馬正一著　審美社　2010.5　281p　20cm〈年譜あり〉　2800円　①978-4-7883-4130-2

◇芥川竜之介と現代　平岡敏夫著　大修館書店　1995.7　433p　20cm　3090円　①4-469-22110-4

◇漱石その軌跡と系譜―鷗外・竜之介・有三　文学の哲学的考察　藤田健治著　紀伊国屋書店　1991.6　228p　20cm　2600円　①4-314-00561-0

◇漱石と芥川を読む―愛・エゴイズム・文明　万田務著　双文社出版　2001.10　261p　22cm　4600円　①4-88164-541-2

◇本文の生態学―漱石・鷗外・芥川　山下浩著　日本エディタースクール出版部　1993.6　168p　20cm　1800円　①4-88888-206-1

◇芥川竜之介と菊池寛・久米正雄―文士の友情　山梨県立文学館編　甲府　山梨県立文学館　2003.9　88p　30cm〈会期：2003年9月27日～11月30日　年譜あり〉

◇芥川龍之介と有島武郎―生の原拠と死の美学　吉田俊彦著　おうふう　2009.4　265p　22cm　6000円　①978-4-273-03523-5

◇吉本隆明資料集―64　小林秀雄・芥川龍之介における虚と実　吉本隆明著　吉本隆明著　高知　猫々堂　2007.4　119p　21cm　1300円

◆◆◆詩歌

◇芥川竜之介の俳句に学ぶ　大須賀魚師著　近代文芸社　2000.3　99p　20cm　1300円　①4-7733-6457-2

◇芥川竜之介の詩歌　小室善弘著　本阿弥書店　2000.8　285p　20cm　3000円　①4-89373-592-6

◇漱石・龍之介の俳句　斉藤英雄著　翰林書房　2009.5　278p　20cm　3000円　①978-4-87737-277-4

◆◆◆小説

◇1時間で読める！　芥川龍之介―要約『羅生門』

『河童』　芥川龍之介著, 講談社編　講談社　2007.4　81p　19cm〈肖像あり　年譜あり　文献あり〉　800円　①978-4-06-213927-4
◇芥川龍之介と腸詰め―「鼻」をめぐる明治・大正期のモノと性の文化誌　荒木正純著　悠書館　2008.1　296p　20cm　2500円　①978-4-903487-14-4
◇芥川作品の方法―紫檀の机から　奥野久美子著　大阪　和泉書院　2009.7　253p　22cm（近代文学研究叢刊 42）　7500円　①978-4-7576-0516-9
◇芥川文学の達成と摸索―「芋粥」から「六の宮の姫君」まで　高橋博史著　至文堂　1997.5　200p　20cm　（至文堂国文学書下ろしシリーズ）　2800円　①4-7843-0172-0
◇現代のバイブル―芥川龍之介「河童」注解　羽鳥徹哉, 布川純子監修, 成蹊大学大学院近代文学研究会編　勉誠出版　2007.6　421,32p　20cm〈文献あり〉　3800円　①978-4-585-05375-0

◆◆◆「歯車」

◇僕はこの暗号を不気味に思ひ…―芥川龍之介『歯車』、ストリンドベリ、そして狂気　マッツ・アーネ・カールソン述　京都　国際日本文化研究センター　2005.8　31p　21cm　（日文研フォーラム　第177回　国際日本文化研究センター編）〈シリーズ責任表示：国際日本文化研究センター編　会期・会場：2005年2月8日　アーバネックス御池ビル東館　他言語標題：I felt something ominous about this coincidence…〉
◇「歯車」の迷宮（ラビリンス）―注釈と考察　三嶋譲, 福岡大学日本文学専攻院生の会著　福岡　花書院　2009.12　188p　21cm　1905円　①978-4-903554-58-7

◆◆◆「薮の中」

◇「薮の中」の死体　上野正彦著　新潮社　2005.4　219p　20cm　1300円　①4-10-475501-X
◇芥川龍之介―『薮の中』を解く　大里恭三郎著　審美社　1990.12　196p　20cm　1900円

◆◆◆「羅生門」

◇1時間で読める！芥川龍之介―要約『羅生門』『河童』　芥川龍之介著, 講談社編　講談社　2007.4　81p　19cm〈肖像あり　年譜あり　文献あり〉　800円　①978-4-06-213927-4
◇「羅生門」と廃仏毀釈―芥川龍之介の江戸趣味と実利主義の時代　荒木正純著　悠書館　2010.12　390p　19cm〈索引あり〉　2500円　①978-4-903487-44-1
◇〈新解釈〉羅生門―「いじめ」の視点から芥川を読み直す　神川仁憲　文芸社　2007.6　149p　19cm　1100円　①978-4-286-03094-4
◇芥川竜之介『羅生門』作品論集成―1　志村有弘編　大空社　1995.11　551p　27cm　（近代文学作品論叢書 12）　①4-87236-816-9
◇芥川竜之介『羅生門』作品論集成―2　志村有弘編　大空社　1995.11　573p　27cm　（近代文学作品論叢書 12）　①4-87236-816-9
◇芥川竜之介の小説を読む―『羅生門』、『蜜柑』、『蜘蛛の糸』と『カラマーゾフの兄弟』論　関口収著　鳥影社　2003.5　198p　20cm〈文献あり〉　1800円　①4-88629-697-1
◇「羅生門」を読む　関口安義著　三省堂　1992.1　206p　19cm　（三省堂選書 165）　1600円　①4-385-43165-5
◇「羅生門」を読む　関口安義著　小沢書店　1999.2　236p　20cm　1900円　①4-7551-0381-9
◇「羅生門」の誕生　関口安義著　翰林書房　2009.5　214p　20cm　1800円　①978-4-87737-282-8

◆◆◆日記・書簡

◇芥川龍之介全集―第18巻　芥川龍之介著　岩波書店　1997.4　430,28p　20cm　3100円　①4-00-091988-1
◇芥川龍之介全集―第19巻　芥川龍之介著　岩波書店　1997.6　381,29p　20cm　3100円　①4-00-091989-X
◇芥川龍之介全集―第20巻　芥川龍之介著　岩波書店　1997.8　405,52p　20cm　3100円　①4-00-091990-3
◇芥川竜之介全集―第17巻　紅野敏郎ほか編　岩波書店　1997.3　400,24p　20cm　3193

円　Ⓘ4-00-091987-3
◇芥川龍之介の手紙　関口安義著　大修館書店　1992.10　213p　20cm　1854円　Ⓘ4-469-22088-4
◇芥川龍之介の手紙―敬愛する友恒藤恭へ　山梨県立文学館編　甲府　山梨県立文学館　2008.4　72p　30cm〈会期・会場：2008年4月26日～6月22日　山梨県立文学館企画展示室　年譜あり〉

◆◆菊池　寛（1888～1948）

◇菊池寛の仕事―文芸春秋、大映、競馬、麻雀…時代を編んだ面白がり屋の素顔　井上ひさし，こまつ座編・著　ネスコ　1999.1　252p　20cm　1800円　Ⓘ4-89036-990-2
◇こころの王国―菊池寛と文芸春秋の誕生　猪瀬直樹著　文芸春秋　2004.4　294p　19cm　1400円　Ⓘ4-16-365850-5
◇菊池寛全著作目録　大西良生編著　牟礼町（香川県）　大西良生　1992.10　124p　26cm
◇菊池寛全著作目録―補遺　大西良生編著　牟礼町（香川県）　大西良生　1993.12　39p　26cm
◇菊池寛の世界　大西良生編著　牟礼町（香川県）　大西良生　1997.11　168,72p　30cm
◇菊池寛残影　大西良生著　高松　大西良生　2007.10　315p　19cm〈年譜あり〉
◇菊池寛研究資料　大西良生編著　高松　大西良生　2010.11　277p　19cm
◇菊池寛研究資料―別冊　大西良生編著　高松　大西良生　2010.11　116p　26cm〈著作目録あり　年表あり〉
◇菊池寛の航跡―初期文学精神の展開　片山宏行著　大阪　和泉書院　1997.9　341,18p　22cm　（近代文学研究叢刊 14）　6000円　Ⓘ4-87088-873-4
◇菊池寛のうしろ影　片山宏行著　未知谷　2000.11　206,6p　20cm　2200円　Ⓘ4-89642-022-5
◇歴史としての文芸春秋　金子勝昭著　日本エディタースクール出版部　1991.10　214p　20cm　（出版人評伝シリーズ）〈『菊池寛の時代』（たいまつ社1979年刊）の増補〉　2200円　Ⓘ4-88888-180-4

◇作家の自伝―10　菊池寛　菊池寛著，浅井清編解説　日本図書センター　1994.10　232p　22cm　（シリーズ・人間図書館）〈監修：佐伯彰一，松本健一　著者の肖像あり〉　2678円　Ⓘ4-8205-8011-6,4-8205-8001-9
◇菊池寛のあそび心　菊池寛，菊池夏樹著　ぶんか社　2009.7　214p　15cm　（ぶんか社文庫　き-4-1）〈文献あり　年表あり〉　619円　Ⓘ978-4-8211-5227-8
◇菊池寛急逝の夜　菊池夏樹著　白水社　2009.4　236p　20cm〈文献あり〉　2000円　Ⓘ978-4-560-03198-8
◇菊池寛と大映　菊池夏樹著　白水社　2011.2　237p　20cm〈文献あり〉　2400円　Ⓘ978-4-560-08116-7
◇菊池寛急逝の夜　菊池夏樹著　中央公論新社　2012.8　220p　16cm　（中公文庫　き38-1）〈白水社 2009年刊の再刊　文献あり〉　800円　Ⓘ978-4-12-205682-4
◇菊池寛資料集成　菊池寛顕彰会編　改訂版　高松　菊池寛顕彰会　2009.3　207p　26cm〈年譜あり〉
◇菊池寛―人と文学　小林和子著　勉誠出版　2007.11　233p　20cm　（日本の作家100人）〈年譜あり　文献あり〉　2000円　Ⓘ978-4-585-05193-0
◇人間・菊池寛　佐藤碧子著　新風舎　2003.9　318p　19cm　1500円　Ⓘ4-7974-3205-5
◇近代文学研究叢書―第63巻　昭和女子大学近代文学研究室　昭和女子大学近代文化研究所　1990.6　563p　19cm　6500円
◇菊池寛を読む　日高昭二著　岩波書店　2003.3　233p　19cm　（岩波セミナーブックス 88）　2400円　Ⓘ4-00-026608-X
◇口きかん―わが心の菊池寛　矢崎泰久著　飛鳥新社　2003.4　266p　20cm　1700円　Ⓘ4-87031-554-8
◇芥川竜之介と菊池寛・久米正雄―文士の友情　山梨県立文学館編　甲府　山梨県立文学館　2003.9　88p　30cm〈会期：2003年9月27日～11月30日　年譜あり〉
◇菊池寛　新潮社　1994.1　111p　20cm　（新潮日本文学アルバム 39）〈編集・評伝：浅井清　エッセイ：丸谷才一〉　1300円　Ⓘ4-10-620643-9
◇近代作家追悼文集成―第32巻　菊池寛・太

宰治　ゆまに書房　1997.1　287p　22cm　8240円　Ⓘ4-89714-105-2

◆◆木村 艸太（1889〜1950）

◇魔の宴―前五十年文学生活の回想　木村艸太著　日本図書センター　1990.1　337,9p　22cm　（近代作家研究叢書 79）〈解説：中島河太郎　朝日新聞社昭和25年刊の複製〉　7210円　Ⓘ4-8205-9034-0

◆◆久米 正雄（1891〜1952）

◇芥川龍之介と久米正雄―われら作家を目指したり 図録　鎌倉市芸術文化振興財団・国際ビルサービス共同事業体編　〔鎌倉〕鎌倉市芸術文化振興財団・国際ビルサービス共同事業体　2011.10　63p　19cm　〈会期：平成23年10月8日〜12月18日　共同刊行：鎌倉文学館　年表あり　著作目録あり〉

◇久米正雄―人と作品　久米正雄ほか著, 創立30周年事業実行委員会記念事業部会編　郡山　郡山青年会議所　1991.11　186p　21cm　〈郡山青年会議所創立30周年・久米賞百合子賞制定30周年・久米正雄生誕百年記念　著者の肖像あり〉　1000円

◇久米正雄伝―微苦笑の人　小谷野敦著　中央公論新社　2011.5　605p　20cm　〈文献あり　年譜あり　索引あり〉　2900円　Ⓘ978-4-12-004200-3

◇近代文学研究叢書―第71巻　昭和女子大学近代文学研究室著　昭和女子大学近代文化研究所　1996.10　411p　19cm　Ⓘ4-7862-0071-9

◇芥川竜之介と菊池寛・久米正雄―文士の友情　山梨県立文学館編　甲府　山梨県立文学館　2003.9　88p　30cm　〈会期：2003年9月27日〜11月30日　年譜あり〉

◇近代作家追悼文集成―第34巻　久米正雄・斎藤茂吉・土井晩翠　ゆまに書房　1997.1　384p　22cm　8240円　Ⓘ4-89714-107-9

◆◆豊島 与志雄（1890〜1955）

◇近代文学研究叢書―第76巻　昭和女子大学近代文学研究室著　昭和女子大学近代文化研究所　2001.5　651p　19cm　〈肖像あり〉　7800円　Ⓘ4-7862-0076-X

◇豊島与志雄と児童文学―夢と寓意の物語　関口安義著　久山社　1997.9　118p　21cm　（日本児童文化史叢書 18）　1553円　Ⓘ4-906563-78-3

◇豊島与志雄童話の世界　中野隆之著　福岡　海鳥社　2003.9　170p　19cm　〈肖像あり　著作目録あり　文献あり　年譜あり〉　1500円　Ⓘ4-87415-455-7

◇豊島与志雄論―火の会、生い立ち、童話　永淵道彦著　双文社出版　1997.3　169p　20cm　2060円　Ⓘ4-88164-515-3

◇豊島与志雄への測鉛　永淵道彦著　福岡　花書院　2005.12　279p　22cm　〈著作目録あり〉　3810円　Ⓘ4-938910-82-9

◆◆中戸川 吉二（1896〜1942）

◇中戸川吉二ノート　盛厚三著, 小谷厚三編　春日部　小谷デザインプランニング　1994.8　118p　26cm　〈中戸川吉二の肖像あり〉

◆◆松岡 譲（1891〜1969）

◇評伝松岡譲　関口安義著　小沢書店　1991.1　404p　22cm　〈松岡譲の肖像あり〉　6180円

◇作家・松岡譲への旅　中野信吉著　上尾　林道舎　2004.5　362p　20cm　4000円　Ⓘ4-947632-60-7

◆◆山本 有三（1887〜1974）

◇有三文学の原点　田辺匡著　近代文芸社　1996.3　241p　15cm　（近代文芸社文庫）　800円　Ⓘ4-7733-5358-9

◇いいものを少し―父山本有三の事ども　永野朋子著　武蔵野　永野朋子　1998.3　292p　23cm　3500円

◇山本有三研究―中短編小説を中心に　平林文雄著　大阪　和泉書院　2012.8　208p　20cm　（和泉選書 173）　3800円　Ⓘ978-4-7576-0626-5

◇漱石その軌跡と系譜―鷗外・竜之介・有三文学の哲学的考察　藤田健治著　紀伊国屋書店　1991.6　228p　20cm　2600円　Ⓘ4-314-00561-0

◇解説三鷹市山本有三記念館　三鷹市芸術文化振興財団, 三鷹市山本有三記念館編　三鷹

三鷹市芸術文化振興財団　2009.10　39p　26cm〈共同刊行：三鷹市山本有三記念館　他言語標題：Yuzo Yamamoto Memorial Museum　年譜あり〉

◇山本有三と三鷹の家と郊外生活　三鷹市山本有三記念館,三鷹市芸術文化振興財団編　三鷹　三鷹市山本有三記念館　2006.6　62p　21cm〈はる書房（発売）　共同刊行：三鷹市芸術文化振興財団　年譜あり　文献あり〉　700円　①4-89984-077-2

◇みんなで読もう山本有三　三鷹市山本有三記念館編　笠間書院　2006.11　230p　20cm〈著作目録あり　年譜あり　文献あり〉　1900円　①4-305-70337-8

◇作家の自伝—48　山本有三　山本有三著,今村忠純編解説　日本図書センター　1997.4　279p　22cm　（シリーズ・人間図書館）　2600円　①4-8205-9490-7,4-8205-9482-6

◆奇蹟派

◆◆宇野　浩二（1891〜1961）

◇大正文学—6　総特集・宇野浩二　伊狩弘ほか編　仙台　大正文学会　2002.9　286p　18cm

◇作家の自伝—30　宇野浩二　宇野浩二著,田沢基久編解説　日本図書センター　1995.11　267p　22cm　（シリーズ・人間図書館）　2678円　①4-8205-9400-1,4-8205-9411-7

◇救済者としての都市—佐多稲子と宇野浩二における都市空間　小林隆久著　木魂社　2003.6　135p　20cm　2000円　①4-87746-090-X

◇人間宇野浩二　長沼弘毅著　日本図書センター　1989.10　263,9p　22cm　（近代作家研究叢書 63）〈解説：榎本隆司　講談社昭和40年刊の複製　宇野浩二の肖像あり〉　5665円　①4-8205-9016-2

◇宇野浩二文学の書誌的研究　増田周子著　大阪　和泉書院　2000.6　282p　22cm　（近代文学研究叢刊 18）　6000円　①4-7576-0051-8

◇作家の肖像—宇野浩二・川端康成・阿部知二　森本穫著　上尾　林道舎　2005.1　413p　20cm　5500円　①4-947632-61-5

現代日本文学（文学史）

◆◆葛西　善蔵（1887〜1928）

◇葛西善蔵没後70年特別展—作品の舞台を訪ねて　青森県立図書館編　青森　青森県立図書館　1998.10　36p　30cm

◇大正文学—3　特集・葛西善蔵　伊狩弘ほか編著　名取　大正文学会　1992.12　153p　18cm

◇貧困の逆説—葛西善蔵の文学　伊藤博著　京都　晃洋書房　2011.9　343,15p　22cm〈文献あり　索引あり〉　3800円　①978-4-7710-2201-0

◇作家の自伝—64　葛西善蔵　葛西善蔵著,榎本隆司解説　日本図書センター　1998.4　261p　22cm　（シリーズ・人間図書館）　2600円　①4-8205-9508-3,4-8205-9504-0

◇椎の若葉に光あれ—葛西善蔵の生涯　鎌田慧著　講談社　1994.6　238p　22cm　1900円　①4-06-206709-9

◇椎の若葉に光あれ—葛西善蔵の生涯　鎌田慧著　岩波書店　2006.5　268p　15cm　（岩波現代文庫　社会）　1000円　①4-00-603133-5

◇葛西善蔵論—雪をんなの美学　神谷忠孝著　札幌　響文社　1992.11　176p　19cm〈葛西善蔵の肖像あり〉　1600円　①4-906198-38-4

◇放浪の作家—葛西善蔵評伝　谷崎精二著　日本図書センター　1990.3　210,9p　22cm　（近代作家研究叢書 93）〈解説：大森澄雄　現代社昭和30年刊の複製〉　5150円　①4-8205-9050-2

◇近代作家追悼文集成—第22巻　葛西善蔵・岸田劉生・生田春月・梶井基次郎　ゆまに書房　1992.12　291p　22cm〈監修：稲垣達元　複製　葛西善蔵ほかの肖像あり〉　6592円　①4-89668-646-2

◇葛西善蔵文学資料目録　芦別　葛西善蔵芦別顕彰会　1996.3　77p　30cm

◆◆広津　和郎（1891〜1968）

◇広津柳浪・和郎・桃子展—広津家三代の文学　神奈川文学振興会編　横浜　県立神奈川近代文学館　1998.4　67p　26cm

◇広津和郎、娘桃子との交流記—輝いていた

日本近現代文学案内　241

現代日本文学（文学史）

日々　亀山恒子著　図書新聞　2012.6　223p　20cm　1600円　Ⓘ978-4-88611-448-8

◇松川事件と広津和郎—裁判批判の論理と思想　木下英夫著　同時代社　2003.12　278p　22cm〈肖像あり〉　3000円　Ⓘ4-88683-512-0

◇評伝広津和郎—真正リベラリストの生涯　坂本育雄著　翰林書房　2001.9　278p　20cm〈年譜あり〉　2800円　Ⓘ4-87737-133-8

◇広津和郎研究　坂本育雄著　翰林書房　2006.9　511p　22cm〈肖像あり　年譜あり〉　6800円　Ⓘ4-87737-232-6

◇広津和郎再考　橋本迪夫著　西田書店　1991.9　219p　20cm　1600円　Ⓘ4-88866-145-6

◇作家の自伝—65　広津和郎　広津和郎著, 紅野謙介編解説　日本図書センター　1998.4　288p　22cm（シリーズ・人間図書館）　2600円　Ⓘ4-8205-9509-1, 4-8205-9504-0

◇続 年月のあしおと—下　広津和郎著　講談社　1999.3　279p　15cm（講談社文芸文庫）　1300円　Ⓘ4-06-197657-5

◇怠惰の逆説—広津和郎の人生と文学　松原新一著　講談社　1998.2　245p　20cm　2000円　Ⓘ4-06-209048-1

◇近代作家追悼文集成—第41巻　窪田空穂・壺井栄・広津和郎・伊藤整・西条八十　ゆまに書房　1999.2　329p　22cm　8000円　Ⓘ4-89714-644-5, 4-89714-639-9

◆『青鞜』

◇『青鞜』という場—文学・ジェンダー・〈新しい女〉　飯田祐子編　森話社　2002.4　251p　20cm（叢書・文化学の越境 8）　2700円　Ⓘ4-916087-26-7

◇文学としての『青鞜』　岩田ななつ著　不二出版　2003.4　271, 8p　20cm〈著作目録あり　年表あり〉　1800円　Ⓘ4-8350-1261-5

◇『青鞜』を読む　新・フェミニズム批評の会編　学芸書林　1998.11　537p　21cm　3300円　Ⓘ4-87517-047-5

◇「青鞜」と「女人芸術」—時代をつくった女性たち展　世田谷文学館編　世田谷文学館　1996.10　191p　22cm

◇『青鞜』を学ぶ人のために　米田佐代子, 池田恵美子編　京都　世界思想社　1999.12　276p　19cm　2500円　Ⓘ4-7907-0785-7

◇『青鞜』人物事典—110人の群像　らいてう研究会編　大修館書店　2001.5　267p　22cm〈文献あり〉　3000円　Ⓘ4-469-01266-1

◆◆平塚 らいてう（1886～1971）

◇今朝の丘—平塚らいてうと俳句　飯島ユキ著　佐久　邑書林　2007.11　155p　19cm〈年譜あり　文献あり〉　1800円　Ⓘ978-4-89709-586-8

◇作家の自伝—8　平塚らいてう　平塚らいてう著, 岩見照代編解説　日本図書センター　1994.10　279p　22cm（シリーズ・人間図書館）〈監修：佐伯彰一, 松本健一　著者の肖像あり〉　2678円　Ⓘ4-8205-8009-4, 4-8205-8001-9

◆◆水野 仙子（1888～1919）

◇水野仙子—理智の母親なる私の心　武田房子著　ドメス出版　1995.10　230p　19cm　2060円　Ⓘ4-8107-0411-4

昭和時代

◇「阿佐ヶ谷会」文学アルバム　青柳いづみこ, 川本三郎監修　幻戯書房　2007.8　352p　22cm〈年表あり　文献あり〉　3800円　Ⓘ978-4-901998-25-3

◇昭和期文学・思想文献資料集成—第4輯　世界文学月報　青山毅編　五月書房　1990.4　391, 10p　27cm〈複製〉　49440円　Ⓘ4-7727-0105-2

◇昭和期文学・思想文献資料集成—第5輯　改造社文学月報　青山毅編　五月書房　1990.6　603, 10p　22cm〈複製〉　49440円　Ⓘ4-7727-0135-4

◇昭和期文学・思想文献資料集成—第6輯　昭和維新　青山毅編　五月書房　1990.7　476, 8p　37cm〈複製〉　90640円　Ⓘ4-7727-0139-7

◇昭和期文学・思想文献資料集成—第7輯　第一戦線　青山毅編　五月書房　1990.9　95, 100, 87p　22cm〈複製　折り込図1枚〉　49440円　Ⓘ4-7727-0143-5

現代日本文学(文学史)

◇昭和期文学・思想文献資料集成—第8輯 プロレタリア文化連盟 青山毅編 五月書房 1990.11 398p 27cm〈複製 折り込図2枚〉 49440円 ⓘ4-7727-0148-6

◇昭和期文学・思想文献資料集成—第9輯 国民文芸会会報 青山毅編 五月書房 1991.2 1冊 22cm〈複製 折り込図1枚〉 49440円 ⓘ4-7727-0150-8

◇昭和期文学・思想文献資料集成—第10輯 近代劇全集月報 青山毅編 五月書房 1991.3 646,4p 22cm〈複製〉 49440円 ⓘ4-7727-0151-6

◇昭和期文学・思想文献資料集成—第11輯 世界戯曲全集編輯たより 青山毅編 五月書房 1991.5 384,4p 22cm〈複製〉 49440円 ⓘ4-7727-0152-4

◇昭和期文学・思想文献資料集成—第12輯 新興教育に就いて 青山毅編 五月書房 1991.5 114p 27cm〈複製 折り込図1枚〉 49440円 ⓘ4-7727-0153-2

◇男は語る—私と12人の話題の男たち 阿川佐和子著 PHP研究所 1992.3 234p 20cm 1400円 ⓘ4-569-53564-X

◇あんな作家、こんな作家、どんな作家 阿川佐和子著 講談社 1992.9 352p 20cm 1500円 ⓘ4-06-205744-1

◇あんな作家こんな作家どんな作家 阿川佐和子著 講談社 2001.3 301p 15cm (講談社文庫) 571円 ⓘ4-06-273096-0

◇男は語る—アガワと12人の男たち 阿川佐和子著 文芸春秋 2001.5 278p 16cm (文春文庫) 486円 ⓘ4-16-743510-1

◇私の文人墨客伝—故旧忘れ得べき 旭季彦著 新読書社 1998.6 304p 20cm 2500円 ⓘ4-7880-7036-7

◇ドキュメント昭和の文学展図録 朝日新聞東京本社企画第一部編 朝日新聞東京本社企画第一部 1990.7 133p 26cm〈監修:小田切進ほか 会期・会場:平成2年3月29日~4月10日 東武百貨店ほか〉

◇昭和文壇側面史 浅見淵著 講談社 1996.5 394,28p 16cm (講談社文芸文庫—回想の文学) 1200円 ⓘ4-06-196360-0

◇自意識の昭和文学—現象としての「私」 安藤宏著 至文堂 1994.3 249p 20cm (至文堂国文学書下ろしシリーズ) 2800円

ⓘ4-7843-0171-2

◇悪文の初志 井口時男著 講談社 1993.11 244p 20cm 2000円 ⓘ4-06-206657-2

◇あらすじで味わう昭和のベストセラー 井家上隆幸監修 広済堂出版 2004.6 207p 21cm 1200円 ⓘ4-331-51049-2

◇座談会昭和文学史—第1巻 井上ひさし,小森陽一編著 集英社 2003.9 557,19p 20cm〈年表あり〉 3500円 ⓘ4-08-774647-X

◇座談会昭和文学史—第2巻 井上ひさし,小森陽一編著 集英社 2003.10 546,20p 20cm〈年表あり〉 3500円 ⓘ4-08-774648-8

◇座談会昭和文学史—第3巻 井上ひさし,小森陽一編著 集英社 2003.11 463,15p 20cm〈年表あり〉 3400円 ⓘ4-08-774649-6

◇座談会昭和文学史—第4巻 井上ひさし,小森陽一編著 集英社 2003.12 433,13p 20cm〈年譜あり〉 3400円 ⓘ4-08-774650-X

◇座談会昭和文学史—第5巻 井上ひさし,小森陽一編著 集英社 2004.1 418,14p 20cm〈年表あり〉 3400円 ⓘ4-08-774651-8

◇座談会昭和文学史—第6巻 井上ひさし,小森陽一編著 集英社 2004.2 442,95p 20cm〈年譜あり〉 3400円 ⓘ4-08-774652-6

◇昭和文学全集—別巻 昭和文学史論・昭和文学史・昭和文学大年表 井上靖ほか編,磯田光一ほか著 小学館 1990.9 938p 23cm 4120円 ⓘ4-09-568036-9

◇昭和文学の終焉—抵抗文学の系譜 猪俣貞敏著 右文書院 1989.3 212p 21cm 1800円 ⓘ4-8421-8903-7

◇ロマンのふるさと—文学のある風景 巌谷大四著 博文館新社 1991.5 207p 20cm 2500円 ⓘ4-89177-928-4

◇眩暈を鎮めるもの 上田三四二著 講談社 1990.1 265p 15cm (講談社学術文庫) 700円 ⓘ4-06-158909-1

◇反市民の文学—対話的批評を求めて 宇波彰著 京都 白地社 1991.10 239p 20cm (叢書l'esprit nouveau 1) 2000円 ⓘ4-89359-086-3

◇昭和文学年表—第7巻 索引 作品篇1 浦西和彦,青山毅編 明治書院 1996.12

現代日本文学（文学史）

374p　22cm　5500円　Ⓘ4-625-53122-5

◇昭和文学年表—第8巻　索引　作品篇2　浦西和彦,青山毅編　明治書院　1996.12　p375〜717　22cm　5500円　Ⓘ4-625-53123-3

◇昭和文学年表—第9巻　索引　人名篇　浦西和彦,青山毅編　明治書院　1996.12　271p　22cm　5500円　Ⓘ4-625-53124-1

◇離脱と回帰と—昭和文学の時空間　江藤淳著　日本文芸社　1989.5　189p　20cm〈著者の肖像あり〉　1300円　Ⓘ4-537-04985-5

◇現代文学の風景　大久保典夫著　高文堂出版社　1992.3　307p　21cm　（大久保典夫双書）　3000円　Ⓘ4-7707-0372-4

◇現代文学と故郷喪失　大久保典夫著　高文堂出版社　1992.9　196p　19cm　（大久保典夫双書）　2200円　Ⓘ4-7707-0378-3

◇現代文学の宿命と構図　大久保典夫著　高文堂出版社　1993.3　207p　22cm　（大久保典夫双書）　2750円　Ⓘ4-7707-0419-4

◇文壇うたかた物語　大村彦次郎著　筑摩書房　1995.5　287p　20cm　2400円　Ⓘ4-480-81377-2

◇文学的孤児たちの行方　小笠原賢二著　五柳書院　1990.10　182p　20cm　（五柳叢書）　1700円　Ⓘ4-906010-43-1

◇時代を超える意志—昭和作家論抄　小笠原賢二著　作品社　2001.10　311p　20cm　2500円　Ⓘ4-87893-440-9

◇幻に向かって人は立つ　岡庭昇著　青豹書房　1991.9　233p　20cm　（青豹選書）〈星雲社（発売）〉　2000円　Ⓘ4-7952-8757-0

◇小説構造の解析　小川和佑著　三鷹　丘書房　1990.5　205p　21cm　（人文叢書）　2400円　Ⓘ4-87141-045-5

◇奥野健男文芸時評—上巻　奥野健男著　河出書房新社　1993.11　291p　20cm　4900円　Ⓘ4-309-00870-4

◇奥野健男文芸時評—下巻　奥野健男著　河出書房新社　1993.11　312,49p　20cm　4900円　Ⓘ4-309-00871-2

◇昭和精神史　桶谷秀昭著　文芸春秋　1992.6　677p　20cm　3500円　Ⓘ4-16-346560-X

◇昭和精神の風貌　桶谷秀昭著　河出書房新社　1993.1　218p　20cm　2400円　Ⓘ4-309-00810-0

◇昭和精神史　桶谷秀昭著　文芸春秋　1996.4　731p　16cm　（文春文庫）　1200円　Ⓘ4-16-724204-4

◇昭和文学論考—マチとムラと　小田切進先生退職記念論文集　小田切進編　八木書店　1990.4　513p　22cm　5800円　Ⓘ4-8406-9079-0

◇シングル・ルームの生き方　小原信著　新潮社　1992.3　279p　19cm　（新潮選書）　1050円　Ⓘ4-10-600416-X

◇物語のウロボロス　笠井潔著　筑摩書房　1999.9　351p　15cm　（ちくま学芸文庫）　1100円　Ⓘ4-480-08509-2

◇蘭の季節　川崎賢子著　深夜叢書社　1993.10　205p　22cm　2524円

◇彼等の昭和—長谷川海太郎・〔リン〕二郎・潾・四郎　川崎賢子著　白水社　1994.12　330,6p　20cm　2800円　Ⓘ4-560-04337-X

◇私の変幻　川西政明著　福武書店　1991.7　314p　20cm　3000円　Ⓘ4-8288-2386-7

◇昭和文学史—上巻　川西政明著　講談社　2001.7　679p　20cm　4800円　Ⓘ4-06-210553-5

◇昭和文学史—中巻　川西政明著　講談社　2001.9　654p　20cm　4800円　Ⓘ4-06-210554-3

◇昭和文学史—下巻　川西政明著　講談社　2001.11　594,126p　20cm　5200円　Ⓘ4-06-210555-1

◇隣人のいる風景—川村湊評論集4　川村湊著　国文社　1992.3　274p　20cm　2575円　Ⓘ4-7720-0376-2

◇風を読む水に書く—マイノリティー文学論　川村湊著　講談社　2000.5　422p　20cm　2400円　Ⓘ4-06-209913-6

◇小説を考える—変転する時代のなかで　菅野昭正著　講談社　1992.10　293p　20cm　2500円　Ⓘ4-06-205498-1

◇昭和十年代作家の周辺　木全円寿著　名古屋　北斗工房　1993.12　557p　19cm　5000円

◇戦時下の文学—拡大する戦争空間　木村一信編　インパクト出版会　2000.2　362p　21cm　（文学史を読みかえる　4）　2800円　Ⓘ4-7554-0096-1

◇昭和作家の〈南洋行〉　木村一信著　京都

世界思想社　2004.4　394p　22cm　6800円　①4-7907-1047-5
◇文芸編集者の戦中戦後　木村徳三著　大空社　1995.7　315p　22cm　2800円　①4-7568-0007-6
◇日通文学の歩み―私の日通文学小史上　草野文良著　日通ペンクラブ　1991.12　234p　19cm　非売品
◇編集室だより―私の日通文学小史（中）　草野文良著　日通ペンクラブ　1992.4　219p　19cm　非売品
◇文人の社会科学―守節と転向をめぐる精神史　河野基樹著　審美社　2008.10　266p　20cm　3000円　①978-4-7883-4123-4
◇作家の風景　小島千加子著　毎日新聞社　1990.6　257p　20cm　1300円　①4-620-30746-7
◇大井、平野、本多―『現代文学』から『近代文学』まで　小堀用一朗著　国分寺　武蔵野書房　2006.1　243p　20cm　2000円　①4-943898-57-2
◇回想―私の出会った作家たち　佐伯彰一著　文芸春秋　2001.7　238p　20cm　1857円　①4-16-357550-2
◇昭和文学の「赤と黒」　坂本満津夫著　鳥影社　2012.2　238p　20cm　1500円　①978-4-86265-343-7
◇文人の誓願　笹本毅編　呉　笹本毅　1994.4　41p　21cm〈限定版〉非売品
◇昭和文学の光と影　佐藤静夫著　大月書店　1989.8　221p　19cm　（科学全書 30）〈叢書の編者：日本科学者会議〉　1340円
◇佐藤泰正著作集―9　近代文学遠近　2　佐藤泰正著　翰林書房　1998.12　399p　20cm　4200円　①4-87737-048-X
◇時代別日本文学史事典―現代編　時代別日本文学史事典編集委員会編　東京堂出版　1997.5　488p　22cm　6000円　①4-490-10455-3
◇現代作家論―1　清水信著　鈴鹿　いとう書店　2004.8　42p　22cm　（清水信文学選 8　清水信著）〈シリーズ責任表示：清水信著〉
◇作文する小説家　清水良典著　筑摩書房　1993.9　253p　20cm　2800円　①4-480-82305-0
◇昭和の心ひかれる作家たち　庄司肇著　沖積舎　1998.8　438p　20cm　6800円　①4-8060-4632-9
◇同世代の作家たち　庄司肇著　沖積舎　2001.10　270p　20cm　（庄司肇コレクション 4　庄司肇著）〈シリーズ責任表示：庄司肇著〉　2500円　①4-8060-6589-7
◇文芸その時々　白石省吾著　近代文芸社　1994.3　341,4p　22cm　2800円　①4-7733-2717-0
◇ドストエフスキイへの旅　白川正芳著　国分寺　武蔵野書房　1991.3　356p　20cm　2987円
◇貸本小説　末永昭二著　アスペクト　2001.9　301p　20cm　1800円　①4-7572-0855-3
◇「昭和文学」のために―フィクションの領略　鈴木貞美評論集　鈴木貞美著　思潮社　1989.10　287p　20cm　（〈昭和〉のクリティック）　2400円　①4-7837-1521-1
◇現代日本文学の思想―解体と再編のストラテジー　鈴木貞美著　五月書房　1992.12　289p　20cm　（トランスモダン叢書 1）　3200円　①4-7727-0181-8
◇農と風土と作家たち　鈴木俊彦著　角川書店　1994.2　254p　20cm　1600円　①4-04-883360-X
◇昭和文学60場面集―小説空間を読む 6　居住篇　鈴村和成,山形和美編著　中教出版　1990.7　310p　22cm　1800円　①4-483-00106-X
◇表象の現代―文学・思想・映像の20世紀　関礼子,原仁司編　翰林書房　2008.10　302p　22cm　3600円　①978-4-87737-270-5
◇昭和文学60場面集―小説空間を読む 2　都市篇　曽根博義,永坂田津子編著　中教出版　1991.9　317p　22cm　1800円　①4-483-00102-7
◇新編文学の責任　高橋和巳著　講談社　1995.5　288p　16cm　（講談社文芸文庫）　980円　①4-06-196321-X
◇小説は玻瑠の輝き　高橋英夫著　翰林書房　2000.7　533p　20cm　4500円　①4-87737-111-7
◇文学の旧街道―作家論　多岐祐介著　旺史社　2002.2　405p　19cm　3000円　①4-87119-076-5
◇先師先人　竹之内静雄著　講談社　1992.1

◇340p　16cm　(講談社文芸文庫—現代日本のエッセイ)〈著者の肖像あり〉　980円　Ⓓ4-06-196160-8
◇戦中文学青春譜—「こをろ」の文学者たち　多田茂治著　福岡　海鳥社　2006.2　272p　19cm　(海鳥ブックス 24)〈文献あり〉　1700円　Ⓓ4-87415-560-X
◇昭和の跫音　立川昭二著　筑摩書房　1992.6　269p　20cm　1650円　Ⓓ4-480-81312-8
◇永遠の子供　立松和平著　有学書林　1994.7　222p　20cm　1800円　Ⓓ4-946477-14-4
◇文芸読本　田中宏和著　立川　新風舎　1993.8　120p　19cm　2000円　Ⓓ4-88306-101-9
◇教師の小説百編—「文芸広場」四十年の歩み　津川正四著　国分寺　武蔵野書房　1994.12　350p　20cm　2800円
◇一九四〇年代の日本文学—読書私史　私家版　序章　徳光方夫著　〔西宮〕　徳光方夫　1998.4　49p　25cm　非売品
◇一九四〇年代の日本文学—読書私史　限定私家版　第1章　徳光方夫著　〔西宮〕　徳光方夫　1998.9　65p　21cm　非売品
◇一九四〇年代の日本文学—読書私史　限定私家版　第2章　徳光方夫著　〔西宮〕　徳光方夫　1999.10　25p　26cm　非売品
◇一九四〇年代の日本文学—読書私史　第3章　徳光方夫著　〔西宮〕　徳光方夫　2000.9　30p　26cm〈限定私家版〉　非売品
◇一九四〇年代の日本文学—読書私史　第4章　徳光方夫著　〔西宮〕　徳光方夫　2001.3　32p　26cm〈限定私家版〉　非売品
◇一九四〇年代の日本文学—読書私史　第5章　徳光方夫著　〔西宮〕　〔徳光方夫〕　2001.9　30p　26cm〈限定私家版〉　非売品
◇一九四〇年代の日本文学—読書私史　第6章　徳光方夫著　〔西宮〕　徳光方夫　2002.2　32p　26cm〈限定私家版〉　非売品
◇一九四〇年代の日本文学—読書私史　第7章　徳光方夫著　〔西宮〕　徳光方夫　2002.9　32p　26cm〈限定私家版〉　非売品
◇一九四〇年代の日本文学—読書私史　第8章　徳光方夫著　〔西宮〕　徳光方夫　2003.9　32p　26cm〈限定私家版〉　非売品
◇一九四〇年代の日本文学—読書私史　第9章　徳光方夫著　〔西宮〕　徳光方夫　2004.3　32p　26cm〈限定私家版〉　非売品
◇一九四〇年代の日本文学—読書私史　第10章　徳光方夫著　〔西宮〕　徳光方夫　2004.11　36p　26cm〈限定私家版　年表あり〉　非売品
◇打ちのめされるようなすごい小説　富岡幸一郎著　飛鳥新社　2003.6　301p　19cm　1600円　Ⓓ4-87031-559-9
◇短歌と小説の周辺　中井正義著　沖積舎　1993.7　303p　20cm　3000円　Ⓓ4-8060-4580-2
◇私説・昭和の国文学者—随書偏読　長坂成行著　斑鳩町(奈良県)　長坂成行　2012.10　456p　21cm〈私家版　文献あり〉
◇文学の輪郭　中島梓著　筑摩書房　1992.5　260p　15cm　(ちくま文庫)　520円　Ⓓ4-480-02617-7
◇昭和文学60場面集—小説空間を読む　4　情念篇　中村博保,利沢行夫編著　中教出版　1990.9　349p　22cm　2000円　Ⓓ4-483-00104-3
◇フィクションの機構　中村三春著　ひつじ書房　1994.5　422p　20cm　(未発選書 第1巻)　3200円　Ⓓ4-938669-27-7
◇視角の螺階昭和文学私論　野坂幸弘著　双文社出版　2001.6　240p　20cm　2800円　Ⓓ4-88164-539-0
◇誤解の王国　樋口覚著　京都　人文書院　1995.10　249p　20cm　2472円　Ⓓ4-409-16072-9
◇文学の転換　日沼倫太郎著　日本図書センター　1992.3　296,9p　22cm　(近代文芸評論叢書 29)〈解説：阿部正路　南北社昭和39年刊の複製〉　7210円　Ⓓ4-8205-9158-4, 4-8205-9144-4
◇昭和文学史の残像—1　平岡敏夫著　有精堂出版　1990.1　390,9p　22cm　9800円　Ⓓ4-640-31003-X
◇昭和文学史の残像—2　平岡敏夫著　有精堂出版　1990.3　375,13p　22cm　9800円　Ⓓ4-640-31004-8,4-640-31002-1
◇内面の文学　平野仁啓著　たいら書房　1991.2　153p　20cm〈星雲社(発売)限定版〉　2300円　Ⓓ4-7952-3436-1
◇知識人の文学　平野謙著　日本図書セン

現代日本文学（文学史）

ター　1992.3　222,9p　22cm　（近代文芸評論叢書 26）〈解説：中山和子　近代文庫社昭和23年刊の複製〉　5665円　①4-8205-9155-X,4-8205-9144-4

◇危機における文化—現代史への試み　平林一著　京都　白地社　1993.11　430p　20cm　3800円　①4-89359-127-4

◇世界が読む日本の近代文学　福岡ユネスコ協会編　丸善　1996.8　254p　19cm　（丸善ブックス 50）　1800円　①4-621-06050-3

◇未踏の時代　福島正実著　2版　早川書房　1995.9　244p　20cm　2000円　①4-15-203138-7

◇周縁者の精神—昭和文学研究　藤中正義著　三一書房　1996.1　276p　20cm　3000円　①4-380-96209-1

◇異議あり！　現代文学—インタビュー集　文学時標社編　河合出版　1991.3　261p　20cm　1600円　①4-87999-049-3

◇現代文学で遊ぶ本　別冊宝島編集部編　JICC出版局　1990.3　265p　21cm　1400円　①4-88063-839-0

◇昭和文学点描　保昌正夫著　勉誠社　1993.2　208p　20cm　1800円　①4-585-05001-9

◇昭和文学歳時私記　保昌正夫著　日本古書通信社　2000.11　82p　11cm　（こつう豆本 136）　750円

◇近代自我の解体　松本道介著　勉誠社　1995.5　353p　20cm　2575円　①4-585-05013-2

◇露のきらめき—昭和期の文人たち　真鍋呉夫著　KSS出版　1998.11　243p　20cm　2400円　①4-87709-298-6

◇心の棲み家—昭和の作家群像　萬田務著　双文社出版　1998.8　261p　20cm　2400円　①4-88164-521-8

◇思想としての現代文学　三浦健治著　青磁社　1992.8　193p　20cm　2500円　①4-88095-327-X

◇わが別辞—導かれた日々　水上勉著　小沢書店　1995.1　317p　20cm　2060円

◇詩語の密度　宮城松隆著　那覇　脈発行所　1994.12　162p　19cm　（沖縄の評論・エッセイ文庫 1）　1500円

◇オフ・センター—日米摩擦の権力・文化構造　マサオ・ミヨシ著,佐復秀樹訳　平凡社　1996.3　427p　20cm　3800円　①4-582-74013-8

◇わが思い出のヒーローたち—大衆文芸の昭和史　武蔵野次郎著　PHP研究所　1989.9　332p　15cm　（PHP文庫）〈『かってヒーローがいた』（六興出版1985年刊）の改題〉　560円　①4-569-56220-5

◇幻想書誌学序説　村上博美著　青弓社　1993.1　197p　20cm　2472円　①4-7872-9074-6

◇昭和文学60場面集—小説空間を読む 5　小道具篇　森常治,福田陸太郎編著　中教出版　1991.9　358p　22cm　2000円　①4-483-00105-1

◇『婦人公論』にみる昭和文芸史　森まゆみ著　中央公論新社　2007.3　349p　18cm　（中公新書ラクレ）〈年表あり　文献あり〉　940円　①978-4-12-150239-1

◇昭和文芸史　森まゆみ著　中央公論新社　2012.1　320p　16cm　（中公文庫 も31-1）〈年表あり　文献あり　『婦人公論』にみる昭和文芸史』（2007年刊）の改題〉　762円　①978-4-12-205592-6

◇矢崎弾、その乱反射する鏡像　矢崎弾著〔小平〕　鳥の飛翔通信社　〔1995〕　2冊（別冊とも）　26cm　非売品

◇国文学の時空—久松潜一と日本文化論　安田敏朗著　三元社　2002.4　320p　19cm　2600円　①4-88303-094-6

◇近代の終焉　保田与重郎　新学社　2002.1　225p　16cm　（保田与重郎文庫 9　保田与重郎著）〈シリーズ責任表示：保田与重郎著〉　990円　①4-7868-0030-9

◇日本文学の形相—ロゴスとポイエマ　山形和美著　彩流社　1994.3　309p　20cm　3000円　①4-88202-291-5

◇文学のプログラム　山城むつみ著　太田出版　1995.4　205p　20cm　（批評空間叢書 5）　2500円　①4-87233-205-9

◇文学のプログラム　山城むつみ著　講談社　2009.11　247p　16cm　（講談社文芸文庫 やN1）〈著作目録あり 年譜あり　並列シリーズ名：Kodansha bungei bunko〉　1400円　①978-4-06-290068-3

◇偏愛的男性論—ついでに現代思想入門　山田

日本近現代文学案内　247

現代日本文学（文学史）

登世子著　作品社　1995.5　212p　20cm　1600円　ⓘ4-87893-224-4

◇近代文学—2　山田有策編　学術図書出版社　1990.4　213p　22cm　1957円

◇日本現代文学考　山内祥史著　双文社出版　2001.2　207p　20cm　2600円　ⓘ4-88164-535-8

◇講座昭和文学史—第4巻　日常と非日常—昭和三、四十年代　有精堂編集部編　有精堂出版　1989.1　311p　22cm　3500円　ⓘ4-640-30243-6,4-640-32534-7

◇講座昭和文学史—第5巻　解体と変容—日本文学の現状　有精堂編集部編　有精堂出版　1989.5　267p　22cm　3650円　ⓘ4-640-30244-4,4-640-32534-7

◇吉本隆明歳時記　吉本隆明著　広済堂出版　1992.1　172p　16cm　（広済堂文庫）　450円　ⓘ4-331-65124-X

◇掌の思い出　ボリス・ラスキン著　潮出版社　1992.11　174p　20cm　1200円　ⓘ4-267-01298-9

◇中国語で残された日本文学—日中戦争のなかで　呂元明著、西田勝訳　法政大学出版局　2001.12　354p　20cm　4000円　ⓘ4-588-46008-0

◇中野重治評論集　林淑美編　平凡社　1996.5　566p　16cm　（平凡社ライブラリー　147）　1500円　ⓘ4-582-76147-X

◇昭和文芸院瑣末記　和田利夫著　筑摩書房　1994.3　316,22p　20cm　2980円　ⓘ4-480-82308-5

◇故郷論　渡辺一民著　筑摩書房　1992.3　194p　20cm　2200円　ⓘ4-480-82296-8

◇千頭剛文芸評論集　青磁社　1990.5　377p　20cm　2800円

◇志田延義エッセイシリーズ—1　昭和の証言　至文堂　1990.6　147p　20cm　2300円　ⓘ4-7843-0092-9

◇日本文学報国会・大日本言論報国会設立関係書類—上巻　吹田　関西大学出版部　2000.3　608p　23cm　（関西大学図書館影印叢書　第1期　第10巻　関西大学図書館編）　15000円　ⓘ4-87354-316-7

◇日本文学報国会・大日本言論報国会設立関係書類—下巻　吹田　関西大学出版部　2000.3　610,28p　23cm　（関西大学図書館影印叢書　第1期　第10巻　関西大学図書館編）　15000円　ⓘ4-87354-317-7

昭和（戦前）時代

◇事変下の文学　板垣直子著　日本図書センター　1992.3　392,8p　22cm　（近代文芸評論叢書　22）〈解説：鷺只雄　第一書房昭和16年刊の複製〉　9785円　ⓘ4-8205-9151-7,4-8205-9144-4

◇文学・一九三〇年前後—〈私〉の行方　梅本宣之著　大阪　和泉書院　2010.12　260p　22cm　（近代文学研究叢刊　48）　7000円　ⓘ978-4-7576-0574-9

◇昭和文学年表—第1巻　浦西和彦,青山毅編　明治書院　1995.3　361p　22cm　4500円　ⓘ4-625-53116-0

◇昭和文学年表—第2巻　浦西和彦,青山毅編　明治書院　1995.5　344p　22cm　4500円　ⓘ4-625-53117-9

◇検閲と文学—1920年代の攻防　紅野謙介著　河出書房新社　2009.10　219p　19cm　（河出ブックス　004）　1200円　ⓘ978-4-309-62404-4

◇暗い春—お茶の水女高師の時代　小林恒子著　東京布井出版　1996.8　178p　20cm　（きのふの空　第3部）　1854円　ⓘ4-8109-1115-2

◇喪の中の虹　桜井琢巳著　本阿弥書店　2000.6　219p　20cm　2300円　ⓘ4-89373-557-8

◇探書遍歴—封印された戦時下文学の発掘　桜本富雄著　新評論　1994.1　259,11p　20cm　2500円　ⓘ4-7948-0199-8

◇誰だ？　花園を荒す者は！　中村武羅夫著　日本図書センター　1990.10　311,8p　22cm　（近代文芸評論叢書　5）〈解説：遠藤祐　新潮社昭和5年刊の複製〉　6695円　ⓘ4-8205-9119-3,4-8205-9114-2

◇近代の夢と知性—文学・思想の昭和一〇年前後（1925～1945）　文学・思想懇話会編　翰林書房　2000.10　366p　22cm　5800円　ⓘ4-87737-113-3

◇物質と記憶　松浦寿輝著　思潮社　2001.12　333p　20cm　2900円　ⓘ4-7837-1604-8

◇国文学の時空―久松潜一と日本文化論　安田敏朗著　三元社　2002.4　320p　19cm　2600円　①4-88303-094-6

◇文学報国会の時代　吉野孝雄著　河出書房新社　2008.2　288p　20cm　〈文献あり〉　2000円　①978-4-309-01857-7

◆◆東　文彦（1920～1943）

◇東文彦―祖父石光真清からの系譜　阿部誠著　新潟　太陽書房　2005.11　191p　図版5p　21cm　〈肖像あり　年譜あり　文献あり〉　1800円　①4-901351-86-9

◇東文彦ガイド―作品編　阿部誠著　新潟　太陽書房　2006.1　189p　21cm　1900円　①4-901351-89-3

◇東文彦ガイド―評伝編　阿部誠著　新潟　太陽書房　2006.1　187p　21cm　〈年譜あり〉　1900円　①4-901351-90-7

◆◆荒木　精之（1907～1981）

◇荒木精之宛書簡集―資料　荒木いおり編　熊本　荒木いおり　2003.4　175p　19cm　非売品

◇荒木精之著作目録　荒木精之著　熊本　熊本出版文化会館　1994.1　112p　20cm　〈付・消えていった日日　創流出版（発売）〉　非売品　①4-915796-12-4

◆◆石川　達三（1905～1985）

◇石川達三研究　青木信雄著　双文社出版　2008.3　488p　22cm　8500円　①978-4-88164-581-9

◇石川達三の戦争小説　白石喜彦著　翰林書房　2003.3　205p　22cm　3800円　①4-87737-168-0

◆◆石上　玄一郎（1910～2009）

◇石上玄一郎論―観念の帝王　矢島道弘著　審美社　2004.7　161p　20cm　2200円　①4-7883-4115-8

◆◆岩下　俊作（1906～1980）

◇無法松の影　大月隆寛著　毎日新聞社　1995.11　303p　20cm　2200円　①4-620-31080-8

◇霧のなかの赤いランプ―無法松・俊作の一生　八田昂著　北九州　北九州文学協会　2008.6　165p　20cm　〈肖像あり　文献あり〉　1500円

◆◆牛島　春子（1913～2002）

◇満洲・重い鎖―牛島春子の昭和史　多田茂治著　福岡　弦書房　2009.7　244p　19cm　〈文献あり　著作目録あり　年譜あり〉　2100円　①978-4-86329-024-2

◆◆海野　十三（1897～1949）

◇海野十三メモリアル・ブック―没後五十年追悼特別出版　佐野英ほか監修, 海野十三の会編著　徳島　海野十三の会　2000.5　128p　26cm　〈北島町（徳島県）先鋭疾風社（発売）〉　1200円

◇海野十三全集―別巻2　日記・書簡・雑纂　三一書房　1993.1　668p　20cm　〈監修：小松左京, 紀田順一郎　著者の肖像あり〉　3500円　①4-380-93538-8

◇日本SFの父・海野十三展―生誕一一〇年記念　徳島県立文学書道館文学特別展　徳島　徳島県立文学書道館　〔2008〕　40p　30cm　〈会期・会場：平成20年1月5日～2月10日　徳島県立文学書道館一階特別展示室・ギャラリー　年譜あり〉

◆◆大原　富枝（1912～2000）

◇大原富枝全集 附録―第1回―第8回　小沢書店　1995.2～1996.8　1冊　20cm

◆◆岡本　かの子（1889～1939）

◇岡本かの子―資料にみる愛と炎の生涯　入谷清久著　川崎　多摩川新聞社　1998.5　248p　21cm　2000円　①4-924882-20-8

◇かの子の記―伝記・岡本かの子　岡本一平著　大空社　1990.4　309,5p　22cm　〈伝記叢書 74〉〈小学館昭和18年刊の複製　岡本かの子の肖像あり〉　8300円　①4-87236-373-6

◇かの子の記　岡本一平著　日本図書センター　1992.10　309,8p　22cm　（近代作家

研究叢書 109）〈解説：熊坂敦子 小学館昭和18年刊の複製 岡本かの子の肖像あり〉 6180円 ⓘ4-8205-9208-4,4-8205-9204-1

◇かの子の記 岡本一平著 新装版 チクマ秀版社 1996.11 351p 20cm 1942円 ⓘ4-8050-0291-3

◇岡本かの子全集―12 岡本かの子著 筑摩書房 1994.7 526p 15cm （ちくま文庫） 1300円 ⓘ4-480-02832-3

◇作家の自伝―56 岡本かの子 岡本かの子著,宮内淳子編解説 日本図書センター 1997.4 292p 22cm （シリーズ・人間図書館） 2600円 ⓘ4-8205-9498-2,4-8205-9482-6

◇愛よ、愛 岡本かの子著 メタローグ 1999.5 205p 18cm （パサージュ叢書） 1200円 ⓘ4-8398-3006-1

◇母の手紙―母かの子・父一平への追想 岡本太郎著 新装版 チクマ秀版社 1993.6 296p 20cm 1800円 ⓘ4-8050-0234-4

◇かの子歌の子 尾崎左永子著 集英社 1997.12 285p 20cm 2200円 ⓘ4-08-781158-1

◇与謝野晶子・岡本かの子 木股知史,外村彰著 京都 晃洋書房 2005.5 240p 20cm （新しい短歌鑑賞 第1巻）〈年譜あり 文献あり〉 2700円 ⓘ4-7710-1631-3

◇岡本かの子いのちの回帰 高良留美子編 翰林書房 2004.11 221p 20cm〈肖像あり 年譜あり 著作目録あり〉 2400円 ⓘ4-87737-194-X

◇岡本かの子 三枝和子著 新典社 1998.5 158p 19cm （女性作家評伝シリーズ 4） 1300円 ⓘ4-7879-7304-5

◇かの子撩乱その後 瀬戸内晴美著 講談社 1994.1 248p 15cm （講談社文庫） 400円 ⓘ4-06-185578-6

◇岡本かの子の小説―〈ひたごころ〉の形象 外村彰著 おうふう 2005.9 332p 22cm〈年表あり〉 7800円 ⓘ4-273-03389-5

◇岡本かの子短歌と小説―主我と没我と 外村彰著 おうふう 2011.3 282p 22cm〈年譜あり〉 7800円 ⓘ978-4-273-03635-5

◇散華抄―評伝 妻でない妻 永田竜太郎著 永田書房 2001.11 301p 20cm 1762円 ⓘ4-8161-0682-0

◇岡本かの子研究ノート 久威智著 菁柿堂 1993.8 274p 20cm 2800円 ⓘ4-7952-7939-X

◇岡本かの子―華やぐいのち 古屋照子著 沖積舎 1996.8 332p 20cm （作家論叢書 6） 2800円 ⓘ4-8060-7006-8

◇岡本かの子作品研究―女性を軸として 溝田玲子著 専修大学出版局 2006.3 211p 22cm 2400円 ⓘ4-88125-171-6

◇岡本かの子―無常の海へ 宮内淳子著 国分寺 武蔵野書房 1994.10 290p 20cm 2400円

◇吉本隆明資料集―98 岡本かの子・「新らしい」という映画 吉本隆明著 高知 猫々堂 2010.8 124p 21cm 1400円

◇岡本かの子 新潮社 1994.7 111p 20cm （新潮日本文学アルバム 44）〈編集・評伝：熊坂敦子 エッセイ：河野多恵子 岡本かの子の肖像あり〉 1300円 ⓘ4-10-620648-X

◇岡本かの子作品の諸相 川崎 専修大学大学院文学研究科畑研究室 1995.6 119p 26cm

◇岡本かの子作品の諸相―続 川崎 専修大学大学院文学研究科畑研究室 1996.6 116,26p 26cm

◇晶子・かの子と鎌倉―愛・いのち・文学 特別展 〔鎌倉〕 鎌倉市教育委員会 2000.9 33p 30cm〈共同刊行：鎌倉文学館 会期：平成12年9月29日～12月3日〉

◆◆尾崎 一雄（1899～1983）

◇尾崎一雄・川崎長太郎展―小田原の文学風土が生んだ私小説作家 特別展 小田原市郷土文化館 小田原 小田原市郷土文化館 1989.5 70p 26cm〈尾崎一雄・川崎長太郎の肖像あり 会期・会場：平成元年5月27日～6月11日 小田原市郷土文化館分館松永記念館〉

◇尾崎一雄回想 高橋英夫著 日本古書通信社 1998.1 86p 11cm （こつう豆本 127） 750円

◇贅沢なる人生 中野孝次著 文芸春秋 1994.9 204p 20cm 1400円 ⓘ4-16-349230-5

◇ふたりの一枝 中村一枝,古川一枝著 講談

現代日本文学（文学史）

◆◆尾崎 翠（1896～1971）

◇「少女」と「老女」の聖域―尾崎翠・野溝七生子・森茉莉を読む　江黒清美著　学芸書林　2012.9　275p　20cm　2800円　Ⓡ978-4-87517-092-1

◇尾崎翠の感覚世界　加藤幸子著　創樹社　1990.7　126p　19cm　1500円

◇尾崎翠砂丘の彼方へ　川崎賢子著　岩波書店　2010.3　441p　20cm　4500円　Ⓡ978-4-00-022405-5

◇尾崎翠論―尾崎翠の戦略としての「妹」について　塚本靖代著　近代文芸社　2006.10　201p　20cm　〈著作目録あり　文献あり〉　1500円　Ⓡ4-7733-7417-9

◇金子みすゞと尾崎翠―一九二〇・三〇年代の詩人たち　寺田操著　京都　白地社　2000.2　254p　19cm　2000円　Ⓡ4-89359-208-4

◇都市文学と少女たち―尾崎翠・金子みすゞ・林芙美子を歩く　寺田操著　京都　白地社　2004.6　263p　20cm　（叢書l'esprit nouveau 16）〈年譜あり　文献あり〉　2200円　Ⓡ4-89359-101-0

◇尾崎翠と野溝七生子―二十一世紀を先取りした女性たち　寺田操著　京都　白地社　2011.5　265p　20cm　（叢書l'esprit nouveau 21）〈文献あり〉　2300円　Ⓡ978-4-89359-257-6,978-4-89359-106-7

◇尾崎翠と花田清輝―ユーモアの精神とパロディの論理　土井淑平著　北斗出版　2002.7　283p　20cm　〈文献あり　年譜あり〉　2400円　Ⓡ4-89474-025-7

◇尾崎翠―1896-1971　鳥取県立図書館編　鳥取　鳥取県立図書館　2011.3　88p　22cm　（郷土出身文学者シリーズ7）〈他言語標題：Midori Osaki　文献あり　年譜あり〉　500円

◇尾崎翠への旅―本と雑誌の迷路のなかで　日出山陽子著　小学館スクウェア　2009.9　139p　20cm　1500円　Ⓡ978-4-7979-8086-5

◇微熱の花びら―林芙美子・尾崎翠・左川ちか　福田知子著　神戸　蜘蛛出版社　1990.5　191p　21cm　2000円

社　2003.9　268p　20cm　〈肖像あり〉　1700円　Ⓡ4-06-211814-9

◇尾崎翠―『第七官界彷徨』の世界　水田宗子著　新典社　2005.3　175p　19cm　（女性作家評伝シリーズ5）〈肖像あり　年譜あり　文献あり〉　1400円　Ⓡ4-7879-7305-3

◇尾崎翠　群ようこ著　文芸春秋　1998.12　190p　18cm　（文春新書）　680円　Ⓡ4-16-660016-8

◇尾崎翠作品の諸相　〔川崎〕　専修大学大学院文学研究科畑研究室　2000.6　87,19p　26cm

◇尾崎（おさき）翠―モダンガアルの偏愛　河出書房新社　2009.6　191p　21cm　（Kawade道の手帖）〈著作目録あり　年譜あり〉　1500円　Ⓡ978-4-309-74028-7

◆◆海音寺 潮五郎（1901～1977）

◇海音寺潮五郎―特別展　〔鎌倉〕　鎌倉市教育委員会　1996.9　24p　30cm

◆◆川口 松太郎（1899～1985）

◇人情話松太郎　高峰秀子著　筑摩書房　1990.5　197p　15cm　（ちくま文庫）　430円　Ⓡ4-480-02433-6

◇人情話松太郎　高峰秀子著　文芸春秋　2004.1　209p　16cm　（文春文庫）　524円　Ⓡ4-16-758708-4

◆◆川崎 長太郎（1901～1985）

◇尾崎一雄・川崎長太郎展―小田原の文学風土が生んだ私小説作家　特別展　小田原市郷土文化館編　小田原　小田原市郷土文化館　1989.5　70p　26cm　〈尾崎一雄・川崎長太郎の肖像あり　会期・会場：平成元年5月27日～6月11日　小田原市郷土文化館分館松永記念館〉

◇川崎長太郎抄　保昌正夫著　鎌倉　港の人　1997.11　109p　18cm　1800円　Ⓡ4-89629-000-3

◆◆上林 暁（1902～1980）

◇上林暁関係書目ほか　門脇照男編著　山本町（香川県）　門脇照男　1992.2　50p　21cm　〈限定・私家版　上林暁の肖像あり〉

◇わが上林暁―上林暁との対話　サワダオサム

著　大津　ニュースマーケティング研究所　2008.10　363,5p　19cm〈三月書房（発売）〉　2250円

◆◆木々 高太郎（1897～1969）

◇松本清張と木々高太郎　山梨県立文学館編　甲府　山梨県立文学館　2002.9　88p　30cm〈会期：2002年9月28日～12月1日〉

◆◆北原 武夫（1907～1973）

◇北原武夫と宇野千代―華麗なる文学の同伴者　北原武夫生誕百年記念文学回顧展　壬生町（栃木県）　壬生町立歴史民俗資料館　2009.2　103p　24cm〈会期・会場：2009年2月14日～3月22日 壬生町立歴史民俗資料館　著作目録あり　年譜あり　編集：中野正人ほか〉

◆◆木山 捷平（1904～1968）

◇木山捷平の基礎的研究―著書目録・論文・作品索引　磯佳和編著　〔横浜〕　磯佳和　2004.10　144p　21cm

◇木山さん、捷平さん　岩阪恵子著　新潮社　1996.7　256p　20cm　1600円　①4-10-384702-6

◇木山さん、捷平さん　岩阪恵子著　講談社　2012.12　305p　16cm　（講談社文芸文庫 いF3）〈底本：新潮社 1996年刊　文献あり　著作目録あり 年譜あり〉　1500円　①978-4-06-290181-9

◇木山捷平研究―第3号　木山捷平文学研究会編　府中（東京都）　木山捷平文学研究会　2009.5　125p　21cm　800円

◇木山捷平の生涯　栗谷川虹著　筑摩書房　1995.3　300p　20cm　2400円　①4-480-82317-4

◇木山捷平―『大陸の細道』への道　定金恒次著　岡山　西日本法規出版　1991.4　330p　20cm　3900円

◇木山捷平の世界　定金恒次著　岡山　日本文教出版　1992.10　173p　15cm　（岡山文庫 159）〈木山捷平の肖像あり〉　750円　①4-8212-5159-0

◇木山捷平研究　定金恒次著　岡山　西日本法規出版　1996.3　203p　19cm　2200円　①4-7952-9036-9

◇井伏鱒二と木山捷平　ふくやま文学館編　福山　ふくやま文学館　2008.9　62p　27cm〈会期：2008年9月12日～11月24日　年譜あり〉

◆◆駒田 信二（1914～1994）

◇書きつづけて死ねばいいんです―駒田信二の遺した言葉　加地慶子著　新潮社　1998.11　207p　20cm　1700円　①4-10-426701-5

◆◆今 官一（1909～1983）

◇資料集―第7輯　今官一・未発表作品集「月下点」他　青森県近代文学館編　青森　青森県近代文学館　2012.3　97p　30cm

◇「種蒔く人」の精神―発祥地秋田からの伝言　「種蒔く人」の精神編集委員会編　出版地不明　「種蒔く人」顕彰会　2005.9　250p　20cm〈肖像あり　発行所：DTP出版　文献あり〉　2600円　①4-901809-96-2

◇直木賞作家今官一先生と私　安田保民著　〔七戸町（青森県）〕　安田保民　2003.4　257p　19cm〈私家版　年譜あり〉

◆◆榊山 潤（1900～1980）

◇歴史作家榊山潤―その人と作品　小田淳著　叢文社　2002.8　172p　20cm　2000円　①4-7947-0405-4

◇回想・榊山潤　榊の会編　横浜　榊の会　1991.9　91p　19cm〈榊山潤の肖像あり〉

◆◆佐々木 邦（1883～1964）

◇評伝佐々木邦―ユーモア作家の元祖ここにあり　小坂井澄著　テーミス　2001.7　243p　20cm　2381円　①4-901331-05-1

◆◆渋川 驍（1905～1993）

◇渋川驍と昭和の時代　東京都近代文学博物館　1995.1　36p　26cm

◆◆下村　湖人（1884～1955）

◇近代文学研究叢書—第76巻　昭和女子大学近代文学研究室著　昭和女子大学近代文化研究所　2001.5　651p　19cm〈肖像あり〉　7800円　⒤4-7862-0076-X

◇台湾における下村湖人—文教官僚から作家へ　張李琳著　東方書店　2009.3　256p　22cm　3500円　⒤978-4-497-20904-7

◆◆神西　清（1903～1957）

◇神西清　石内徹編　日外アソシエーツ　1991.6　254,10p　22cm　（人物書誌大系23）〈神西清の肖像あり〉　9800円　⒤4-8169-1028-X,4-8169-0128-0

◇神西清蔵書目録　石内徹編　改訂版　日本図書センター　1993.8　93,20p　22cm　3090円　⒤4-8205-9238-6

◇神西清文芸譜　石内徹著　鎌倉　港の人　1998.9　189p　20cm　3400円　⒤4-89629-015-1

◇神西清文業瑣記　石内徹著　睦沢町（千葉県）　神西清研究会　2011.3　305p　20cm〈年譜あり〉　非売品

◆◆住井　すゑ（1902～1997）

◇母・住井すゑの横顔　犬田章著　大和書房　1999.1　190p　20cm　1600円　⒤4-479-01115-3

◇「橋のない川」を読む　住井すゑ,福田雅子著　大阪　解放出版社　1999.3　314p　20cm　2500円　⒤4-7592-5125-1

◇橋のない川住井すゑの生涯　北条常久著　風濤社　2003.5　221p　20cm〈肖像あり〉　1800円　⒤4-89219-231-7

◇住井すゑペンの生涯　増田れい子著　労働旬報社　1996.5　85p　19cm　（メッセージ21 25）　800円　⒤4-8451-0433-4

◇母住井すゑ　増田れい子著　海竜社　1998.1　238p　20cm　1500円　⒤4-7593-0535-1

◆◆芹沢　光治良（1896～1993）

◇芹沢光治良の世界　梶川敦子著　青弓社　2000.6　229p　20cm　2400円　⒤4-7872-9141-6

◇評伝芹沢光治良—同伴する作家　勝呂奏著　翰林書房　2008.9　345p　22cm　4000円　⒤978-4-87737-265-1

◇芹沢光治良研究　鈴木吉維著　おうふう　2007.11　279p　19cm　2500円　⒤978-4-273-03495-5

◇芹沢光治良前田千寸・雛書簡集　芹沢光治良,前田千寸・雛著,沼津市芹沢光治良記念館編　沼津　沼津市芹沢光治良記念館　2011.9　37p　19cm　（沼津市芹沢光治良記念館資料集　第1集）

◇芹沢光治良と沼津　芹沢記念会編著　芹沢記念企画　1996.10　154p　22cm　1115円　⒤4-7838-9092-7

◇芹沢文学の世界—海と風と愛　沼津市立図書館編　沼津　沼津市立図書館　1997.10　123p　30cm

◇芹沢光治良—人と文学　野乃宮紀子著　勉誠出版　2005.4　251p　20cm　（日本の作家100人）〈著作目録あり　年譜あり　文献あり〉　2000円　⒤4-585-05179-1

◇芹沢光治良—世界に発信する福音としての文学　野乃宮紀子,渡部芳紀編　至文堂　2006.5　295p　21cm　（「国文学：解釈と鑑賞」別冊）〈肖像あり　年譜あり　文献あり〉　2476円

◇芹沢光治良　新潮社　1995.7　111p　20cm　（新潮日本文学アルバム　62）　1300円　⒤4-10-620666-8

◇芹沢光治良先生追悼文集　厚木　芹沢光治良文学愛好会　1995.10　397p　22cm　非売品

◇芹沢光治良文学館　月報—1-12　新潮社　1995.10～1997.8　1冊　17cm

◆◆田岡　典夫（1908～1982）

◇『田岡典夫没後20年』図録—企画展　高知県立文学館編　高知　高知県立文学館　2002.9　88p　30cm〈会期：平成14年9月12日～10月14日〉

◆◆谷口　善太郎（1899～1974）

◇たにぜんの文学　加藤則夫著　京都　ウインかもがわ　2012.4　191p　19cm〈京都

現代日本文学（文学史）

かもがわ出版（発売）　別タイトル：谷口善太郎の文学　年譜あり〉　1200円　Ⓣ978-4-903882-39-0

◆◆田畑 修一郎（1903〜1943）

◇田畑修一郎の手紙―愛惜の作家生活をたどる　渡辺利喜子著　国分寺　武蔵野書房　1994.5　262p　20cm〈田畑修一郎の肖像あり〉　2000円

◇田畑文学との歳月―田畑修一郎生誕百年　渡辺利喜子著　国分寺　武蔵野書房　2003.9　258p　19cm　2000円　Ⓣ4-943898-46-7

◆◆堤 千代（1917〜1955）

◇オフェリアの薔薇―堤千代追想記　大屋絹子著　福岡　〔大屋絹子〕　1991.5　156p　22cm〈奥付の書名：オフェリヤの薔薇　堤千代の肖像あり〉

◆◆外村 繁（1902〜1961）

◇当世文人気質―4　清水信著　鈴鹿　いとう書店　2005.12　45p　22cm（清水信文学選15　清水信著）〈シリーズ責任表示：清水信著〉

◆◆富田 常雄（1904〜1967）

◇姿三四郎と富田常雄　よしだまさし著　本の雑誌社　2006.2　253p　19cm〈肖像あり　著作目録あり〉　1600円　Ⓣ4-86011-056-0

◆◆直井 潔（1915〜1997）

◇直井潔断簡　松岡ひでたか著　福崎町（兵庫県）　松岡ひでたか　2004.5　288p　19cm〈神戸 交友プランニングセンター（製作）〉　1800円　Ⓣ4-87787-214-0

◆◆中沢 茂（1909〜1997）

◇中沢茂―ひとりの賑やかさ　中沢茂著　〔札幌〕　北海道文学館　2002.6　42p　21cm〈付属資料：絵はがき3枚（袋入）　共同刊行：北海道立文学館〉

◆◆中島 敦（1909〜1942）

◇新しい中島敦像―その苦悩・遍歴・救済　閻瑜著　相模原　桜美林大学北東アジア総合研究所　2011.3　333p　20cm〈年譜あり〉　3000円　Ⓣ978-4-904794-13-5

◇中島敦と問い　小沢秋広著　河出書房新社　1995.6　270p　20cm　3500円　Ⓣ4-309-00982-4

◇中島敦と芥川龍之介の居る風景　笠原実著　横浜　公孫樹舎　2006.6　203p　19cm　1600円　Ⓣ4-9902416-1-4

◇中島敦　勝又浩,木村一信編　双文社出版　1992.11　244p　22cm（昭和作家のクロノトポス）　3800円　Ⓣ4-88164-380-0

◇中島敦の遍歴　勝又浩著　筑摩書房　2004.10　204p　20cm　2200円　Ⓣ4-480-82356-5

◇狼疾正伝―中島敦の文学と生涯　川村湊著　河出書房新社　2009.6　349p　20cm〈文献あり　年譜あり〉　3200円　Ⓣ978-4-309-01921-5

◇論攷中島敦　木村瑞夫著　大阪　和泉書院　2003.9　199p　20cm（和泉選書140）　1800円　Ⓣ4-7576-0232-4

◇中島敦書誌　斎藤勝著　大阪　和泉書院　1997.6　416p　22cm（近代文学書誌大系4）　12000円　Ⓣ4-87088-868-8

◇中島敦論―「狼疾」の方法　鷺只雄著　有精堂出版　1990.5　388p　19cm（Litera works 2）　4500円　Ⓣ4-640-32536-3

◇芥川龍之介と中島敦　鷺只雄著　翰林書房　2006.4　258p　20cm　2800円　Ⓣ4-87737-225-3

◇中島敦「山月記伝説」の真実　島内景二著　文芸春秋　2009.10　223p　18cm（文春新書720）〈文献あり〉　760円　Ⓣ978-4-16-660720-4

◇求道者の文学・中島敦論　清水雅洋著　文芸社　2002.1　229p　20cm〈肖像あり　文献あり〉　1300円　Ⓣ4-8355-3062-4

◇中島敦と中国思想―その求道意識を軸に　孫樹林著　金沢　桐文社　2011.11　401p　22cm〈星雲社（発売）　文献あり〉　4000円　Ⓣ978-4-434-14582-7

◇中島敦・光と影　田鍋幸信編著　新有堂

現代日本文学（文学史）

　　1989.3　363p　20cm〈中島敦の肖像あり〉
　　3500円　①4-88033-013-2
◇中島敦―注釈鑑賞研究　平林文雄編著　大阪　和泉書院　2003.3　237p　20cm〈著作目録あり　文献あり　年譜あり〉　2900円　①4-7576-0208-1
◇中島敦研究　藤村猛著　広島　渓水社　1998.12　296p　22cm　4200円　①4-87440-516-9
◇世界文学のなかの中島敦　ポール・マッカーシー,オクナー深山信子著　せりか書房　2009.12　180,25p　19cm〈文献あり〉　2000円　①978-4-7967-0293-5
◇評伝・中島敦―家学からの視点　村山吉広著　中央公論新社　2002.9　174p　20cm　2800円　①4-12-003317-1
◇中島敦　森田誠吾著　文芸春秋　1995.1　190p　16cm　（文春文庫）　400円　①4-16-732404-0
◇虎の書跡―中島敦とボルヘス、あるいは換喩文学論　諸坂成利著　水声社　2004.12　217p　22cm　3000円　①4-89176-540-2
◇汐汲坂―中島敦との六年　山口比男著　えつ出版　1993.5　184p　19cm　2300円
◇中島敦論　渡辺一民著　みすず書房　2005.3　224p　20cm　2800円　①4-622-07135-5
◇中島敦展――一閃の光芒　没後五〇年　横浜　神奈川文学振興会　1992.9　32p　26cm〈中島敦の肖像あり　会期・会場：1992年9月26日〜11月8日　神奈川近代文学館〉
◇中島敦―生誕100年、永遠に越境する文学　河出書房新社　2009.1　191p　21cm　（Kawade道の手帖）〈年譜あり〉　1500円　①978-4-309-74023-2

◆◆◆「山月記」

◇山月記の叫び　進藤純孝著　六興出版　1992.1　227p　20cm　1900円　①4-8453-7185-5
◇夏雲―『山月記』中島敦と、その母　武内雷龍著　海象社　2012.5　279p　20cm〈文献あり〉　2300円　①978-4-907717-31-5
◇大人読み『山月記』　増子和男、林和利、勝又浩著　明治書院　2009.6　166p　19cm　1200円　①978-4-625-68600-9

◆◆◆「李陵」

◇小説『李陵』新考　徳田進著　ゆまに書房　1996.8　242p　21cm　3000円　①4-89714-019-6
◇中島敦『李陵』の創造―創作関係資料の研究　村田秀明著　明治書院　1999.5　290p　22cm　3800円　①4-625-43081-X

◆◆中谷　孝雄（1901〜1995）

◇中谷孝雄と古典　志村有弘著・編　宮本企画　1990.11　188p　15cm　（かたりべ叢書 32）〈中谷孝雄の肖像あり〉　1000円

◆◆新田　潤（1904〜1978）

◇新田潤の生涯　遠藤恭介編著　半田収一郎　1990.5　174p　19cm〈新田潤の肖像あり〉　2500円
◇新田潤の小説　滝沢昌忠著　鳥影社　2009.2　155p　20cm〈文献あり〉　1500円　①978-4-86265-170-9

◆◆丹羽　文雄（1904〜2005）

◇文士のゴルフ―丹羽学校三十三年の歴史に沿って　大久保房男著　展望社　2000.10　243p　20cm　1800円　①4-88546-067-0
◇追悼丹羽文雄　大河内昭爾著　鳥影社　2006.4　174p　19cm　（季刊文科コレクション）　1400円　①4-88629-987-3
◇丹羽文雄と田村泰次郎　浜川勝彦,半田美永,秦昌弘,尾西康充編著　学術出版会　2006.10　401p　21cm　（学術叢書）〈日本図書センター（発売）　年譜あり〉　3800円　①4-8205-2144-6
◇うゐのおくやま―続・私の中の丹羽文雄　福島保夫著　国分寺　武蔵野書房　1999.8　219p　19cm　2000円
◇父・丹羽文雄介護の日々　本田桂子著　中央公論社　1997.6　198p　20cm　1200円　①4-12-002696-5
◇父・丹羽文雄介護の日々　本田桂子著　中央公論新社　1999.9　206p　16cm　（中公文庫）　533円　①4-12-203500-7
◇丹羽文雄記念室展示品目録―平成元年3月現

日本近現代文学案内　255

在　四日市市立図書館丹羽文雄記念室編　四日市　四日市市立図書館丹羽文雄記念室　1989.3　41p　26cm

◆◆野上　弥生子（1885〜1985）

◇野上弥生子関係所蔵目録　跡見学園短期大学図書館編　跡見学園短期大学図書館　1992.12　228p　26cm

◇野上弥生子の文学とその周辺　伊藤誠二編著　横浜　草場書房　2010.4　101p　21cm〈年譜あり〉　1000円　①978-4-902616-23-1

◇「野上弥生子日記」を読む─上　稲垣信子著　明治書院　2003.3　266p　22cm〈肖像あり〉　2400円　①4-625-65302-9

◇「野上弥生子日記」を読む─下　稲垣信子著　明治書院　2003.3　278p　22cm〈文献あり〉　2400円　①4-625-65303-7

◇「野上弥生子日記」を読む─戦後編　上　稲垣信子著　明治書院　2005.5　231p　22cm〈肖像あり　戦後編のサブタイトル：『迷路』完成まで〉　2200円　①4-625-65305-3

◇「野上弥生子日記」を読む─戦後編　下　稲垣信子著　明治書院　2005.5　270p　22cm〈肖像あり　戦後編のサブタイトル：『迷路』完成まで　文献あり〉　2200円　①4-625-65306-1

◇「野上弥生子日記」を読む─完結編　上　稲垣信子著　明治書院　2008.6　289p　22cm〈完結編のサブタイトル：『私の中国旅行』から『秀吉と利休』を経て『森』へ　肖像あり〉　3200円　①978-4-625-65404-6

◇「野上弥生子日記」を読む─完結編　中　稲垣信子著　明治書院　2008.6　309p　22cm〈完結編のサブタイトル：『私の中国旅行』から『秀吉と利休』を経て『森』へ〉　3200円　①978-4-625-65405-3

◇「野上弥生子日記」を読む─完結編　下　稲垣信子著　明治書院　2008.6　286p　22cm〈完結編のサブタイトル：『私の中国旅行』から『秀吉と利休』を経て『森』へ　肖像あり　文献あり〉　3200円　①978-4-625-65406-0

◇評伝野上弥生子─迷路を抜けて森へ　岩橋邦枝著　新潮社　2011.9　215p　20cm〈文献あり〉　1800円　①978-4-10-357203-9

◇野上弥生子と臼杵　大分の文化と自然探険隊・Bahan事業部編　大分　極東印刷紙工　1992.2　47p　30cm　（Bahan no.7)〈野上弥生子の肖像あり〉　550円

◇野上弥生子とその時代　狩野美智子著　ゆまに書房　2009.5　411,8p　20cm〈文献あり　年譜あり　索引あり〉　3800円　①978-4-8433-3062-3

◇野上弥生子　古庄ゆき子著〔大分〕　大分県教育委員会　2011.3　349p　19cm　（大分県先哲叢書　大分県立先哲史料館編）〈著作目録あり　年譜あり　文献あり〉

◇野上弥生子　古庄ゆき子編　ドメス出版　2011.11　350p　19cm　（大分県先哲叢書）〈年譜あり　文献あり　著作目録あり　大分県教育委員会2011年刊の改版〉　1900円　①978-4-8107-0755-7

◇野上弥生子　逆井尚子著　未来社　1992.12　334p　20cm　3914円　①4-624-60089-4

◇戦争と文学者の知性─永井荷風・野上弥生子・渡辺一夫　新藤謙著　いわき　九条社　2006.5　82p　21cm　（九条社ブックレット no.2)　500円

◇野上弥生子と「世界名作大観」─野上弥生子における西欧文学受容の一側面　田村道美著　高松　香川大学教育学部　1999.1　441p　21cm　（香川大学教育学部研究叢書 7）　非売品

◇人間・野上弥生子─『野上弥生子日記』から　中村智子著　思想の科学社　1994.5　204p　22cm　2000円　①4-7836-0079-1

◇山荘往来─野上豊一郎・野上弥生子往復書簡　野上豊一郎,野上弥生子著,宇田健編　岩波書店　1995.7　386p　20cm　3600円　①4-00-000895-1

◇野上弥生子全集─第2期第17巻1　日記　17　野上弥生子著　岩波書店　1990.1　693p　20cm〈著者の肖像あり〉　4700円　①4-00-091167-8

◇野上弥生子全集─第2期第17巻2　日記　18　野上弥生子著　岩波書店　1990.4　725p　20cm〈著者の肖像あり〉　4700円　①4-00-091178-3

◇野上弥生子全集─第2期第17巻3　日記　19　野上弥生子著　岩波書店　1990.8　769p　20cm〈著者の肖像あり〉　5000円　①4-00-091179-1

◇野上弥生子全集—第2期第24巻　書簡　1　野上弥生子著　岩波書店　1991.1　647p　20cm〈著者の肖像あり〉　4600円　Ⓘ4-00-091174-0

◇野上弥生子全集—第2期第25巻　書簡　2　野上弥生子著　岩波書店　1991.2　601p　20cm〈著者の肖像あり〉　4600円　Ⓘ4-00-091175-9

◇野上弥生子全集—第2期第26巻　書簡　3　野上弥生子著　岩波書店　1991.3　496p　20cm〈著者の肖像あり〉　4100円　Ⓘ4-00-091176-7

◇野上弥生子全集—第2期第27巻　書簡　4　野上弥生子著　岩波書店　1991.4　529p　20cm〈著者の肖像あり〉　4500円　Ⓘ4-00-091177-5

◇作家の自伝—44　野上弥生子　野上弥生子著,助川徳是編解説　日本図書センター　1997.4　303p　22cm　(シリーズ・人間図書館)　2600円　Ⓘ4-8205-9486-9,4-8205-9482-6

◇野上弥生子　藪禎子著　新典社　2009.10　270p　19cm（女性作家評伝シリーズ　3）〈年譜あり　文献あり〉　2100円　Ⓘ4-7879-7303-0

◇野上弥生子—人と文学　渡辺澄子著　勉誠出版　2007.2　226p　20cm（日本の作家100人）〈年譜あり　文献あり〉　2000円　Ⓘ978-4-585-05186-2

◆◆野口　冨士男（1911〜1993）

◇六十一歳の大学生、父野口冨士男の遺した一万枚の日記に挑む　平井一麦著　文芸春秋　2008.10　302p　18cm（文春新書）　900円　Ⓘ978-4-16-660664-1

◇野口冨士男　平井一麦編　日外アソシエーツ　2010.5　318p　22cm（人物書誌大系　42）〈紀伊国屋書店（発売）　文献あり　著作目録あり　年譜あり　索引あり〉　18000円　Ⓘ978-4-8169-2253-4

◇野口冨士男文庫　越谷　越谷市立図書館　1994.10　31p　30cm

◇野口富士男と昭和の時代　東京都近代文学博物館　1996.10　36p　26cm

◆◆野溝　七生子（1897〜1987）

◇「少女」と「老女」の聖域—尾崎翠・野溝七生子・森茉莉を読む　江黒清美著　学芸書林　2012.9　275p　20cm　2800円　Ⓘ978-4-87517-092-1

◇尾崎翠と野溝七生子—二十一世紀を先取りした女性たち　寺田操著　京都　白地社　2011.5　265p　20cm　(叢書l'esprit nouveau 21)〈文献あり〉　2300円　Ⓘ978-4-89359-257-6,978-4-89359-106-7

◇野溝七生子というひと—散けし団欒　矢川澄子著　晶文社　1990.1　214p　20cm〈野溝七生子の肖像あり〉　2500円

◆◆野村　胡堂（1882〜1963）

◇野村胡堂・あらえびすとその時代　太田愛人著　教文館　2003.9　586p　20cm〈文献あり〉　2800円　Ⓘ4-7642-6575-3

◇野村胡堂・あらえびす著書目録　佐藤昭八ほか編纂　新座　佐藤昭八　1995.12　94p　30cm

◇野村胡堂関係書簡目録—松田家・野村家旧蔵　佐藤昭八編　紫波町（岩手県）　野村胡堂・あらえびす記念館　2001.3　100p　30cm

◇野村胡堂・あらえびす記念館の展望—記念館への堂子会の支援策を探る　外崎菊敏編　盛岡　外崎菊敏　1997.3　44p　26cm

◇野村胡堂・あらえびすの研究—堂子会の記念館への支援活動の研究　外崎菊敏編　盛岡　外崎菊敏　1998.5　45p　26cm

◇野村胡堂・あらえびすの研究—父野村長四郎と子胡堂　外崎菊敏著　盛岡　外崎菊敏　2008.3　135p　26cm

◇銭形平次を読み解く—人間胡堂と捕物名人平次の合わせ鏡　外崎菊敏著　盛岡　外崎菊敏　2011.8　150p　26cm（野村胡堂・あらえびすの研究）〈年譜あり〉

◇野村胡堂文庫目録　日本近代文学館編　日本近代文学館　2008.3　45p　21cm（日本近代文学館所蔵資料目録　31）

◇野村胡堂・あらえびす小伝　野村胡堂・あらえびす記念館編　改訂版　紫波町（岩手県）　野村胡堂・あらえびす記念館　2008.10　69p　21cm〈年譜あり〉　476円　Ⓘ978-4-

現代日本文学（文学史）

944053-45-2

◇野村胡堂・あらえびす―人と作品　野村胡堂・あらえびす図譜　野村胡堂・あらえびす調査会編纂　紫波町（岩手県）　紫波町　1995.6　71p　26cm　1000円

◇わたしの野村胡堂・あらえびす　藤倉四郎著　エム・ビー・シー21　1990.9　273p　20cm　〈野村胡堂の肖像あり〉　1350円

◇銭形平次の心―野村胡堂あらえびす伝　藤倉四郎著　文芸春秋　1995.9　414p　20cm　2000円　Ⓘ4-16-350650-0

◇カタクリの群れ咲く頃の―野村胡堂・あらえびす夫人ハナ　藤倉四郎著　青蛙房　1999.2　446p　19cm　2800円　Ⓘ4-7905-0332-1

◇バッハから銭形平次―野村胡堂・あらえびすの一生　藤倉四郎著　青蛙房　2005.11　414p　20cm　〈文献あり〉　2800円　Ⓘ4-7905-0335-6

◇野村胡堂からの手紙――少年との十九年の交流　藤倉利恵子編著, 住川碧監修　文芸春秋企画出版部　2011.10　270p　20cm　〈文芸春秋（発売）　他言語標題：Letters from Kodo Nomura　文献あり　著作目録あり〉　1400円　Ⓘ978-4-16-008729-3

◆◆長谷川　海太郎（1900～1935）

◇長谷川海太郎―一人三人（谷譲次・林不忘・牧逸馬）の大衆作家　菊池達也著　鎌倉かまくら春秋社出版事業部　2002.9　237p　20cm　〈年譜あり〉　1200円　Ⓘ4-7740-0213-5

◇『丹下左膳』を読む―長谷川海太郎の仕事　工藤英太郎著　西田書店　1998.3　240p　20cm　1800円　Ⓘ4-88866-274-6

◆◆長谷川　伸（1884～1963）

◇長谷川伸論―義理人情とはなにか　佐藤忠男著　岩波書店　2004.5　355p　15cm　（岩波現代文庫　文芸）〈肖像あり〉　1000円　Ⓘ4-00-602084-8

◇長谷川伸はこう読め！―メリケン波止場の沓掛時次郎　平岡正明著　彩流社　2011.12　271p　19cm　〈年譜あり　『長谷川伸』（リブロポート1987年刊）の復刻版〉　2200円　Ⓘ978-4-7791-1659-9

◇義理と人情―長谷川伸と日本人のこころ　山折哲雄著　新潮社　2011.10　215p　20cm　（新潮選書）〈並列シリーズ名：Shincho Sensho　文献あり〉　1100円　Ⓘ978-4-10-603689-7

◆◆林　芙美子（1903～1951）

◇フミコと芙美子　池田康子著　市井社　2003.6　525p　20cm　〈年譜あり〉　3000円　Ⓘ4-88208-064-8

◇林芙美子とその周辺　井上隆晴著　国分寺　武蔵野書房　1990.5　285p　20cm　〈林芙美子および著者の肖像あり〉　1988円

◇林芙美子展―花のいのちはみじかくて… 生誕100年記念　今川英子監修, 風呂舎, アートプランニングレイ編　アートプランニングレイ　c2003　67p　28cm　〈付属資料：12p　会期・会場：2003年4月5日～5月25日　仙台文学館ほか　年譜あり〉

◇石の花―林芙美子の真実　太田治子著　筑摩書房　2008.4　363p　20cm　〈文献あり〉　2200円　Ⓘ978-4-480-88526-5

◇華やかな孤独　作家林芙美子　尾形明子著　藤原書店　2012.10　288p　20cm　〈文献あり　年譜あり　索引あり〉　2800円　Ⓘ978-4-89434-878-3

◇林芙美子女のひとり旅　角田光代, 橋本由起子著　新潮社　2010.11　135p　21cm　（とんぼの本）〈文献あり　年譜あり〉　1400円　Ⓘ978-4-10-602212-8

◇いま輝く林芙美子―没後60年記念展　神奈川文学振興会編　横浜　県立神奈川近代文学館　2011.10　64p　26cm　〈会期・会場：2011年10月1日～11月13日　県立神奈川県近代文学館　共同刊行：神奈川文学振興会　折り込1枚　年譜あり〉

◇林芙美子の昭和　川本三郎著　新書館　2003.2　427p　22cm　〈文献あり　年譜あり〉　2800円　Ⓘ4-403-21082-1

◇私の林芙美子　斎藤富一著　流山　崙書房出版（発売）　1997.4　286p　22cm　2500円　Ⓘ4-8455-1037-5

◇林芙美子実父への手紙　佐藤公平著　名古屋　KTC中央出版　2001.10　279p　20cm　2000円　Ⓘ4-87758-226-6

◇林芙美子・恋の作家道　清水英子著　文芸社　2007.7　221p　20cm〈文献あり〉　1500円　①978-4-286-03030-2

◇林芙美子、初恋・尾道　清水英子著　東京図書出版会　2008.5　197p　20cm〈リフレ出版（発売）〉　1500円　①978-4-86223-247-2

◇林芙美子と屋久島　清水正著　我孫子　D文学研究会　2011.4　156p　21cm〈星雲社（発売）〉　1500円　①978-4-434-15532-1

◇近代文学研究叢書―第69巻　昭和女子大学近代文学研究室著　昭和女子大学近代文化研究所　1995.3　705p　19cm　8240円　①4-7862-0069-7

◇林芙美子資料目録　新宿区生涯学習財団新宿歴史博物館編　新宿区生涯学習財団新宿歴史博物館　2004.3　109p　30cm（新宿歴史博物館所蔵資料目録 2）

◇林芙美子―新宿に生きた女　新宿歴史博物館特別展図録　新宿区立新宿歴史博物館編　新宿区教育委員会　1991　88p　26cm〈平成3年度特別展　会期：平成3年10月26日～11月24日〉

◇林芙美子記念館　新宿歴史博物館編　3版　新宿未来創造財団　2011.3　64p　26cm〈奥付のタイトル：林芙美子記念館図録　年譜あり〉

◇女流―林芙美子と有吉佐和子　関川夏央著　集英社　2006.9　229p　20cm〈文献あり〉　1800円　①4-08-774818-9

◇女流―林芙美子と有吉佐和子　関川夏央著　集英社　2009.8　269p　16cm（集英社文庫 せ3-6）〈文献あり〉　552円　①978-4-08-746473-3

◇林芙美子とその時代　高山京子著　論創社　2010.6　403p　20cm〈文献あり〉　3000円　①978-4-8460-1046-1

◇林芙美子伝に真実をもとめて　土橋義信著　大阪　近文社　1990.5　89p　21cm　1340円　①4-906324-44-4

◇都市文学と少女たち―尾崎翠・金子みすゞ・林芙美子を歩く　寺田操著　京都　白地社　2004.6　263p　20cm（叢書l'esprit nouveau 16）〈年譜あり　文献あり〉　2200円　①4-89359-101-0

◇作家の自伝―17　林芙美子　林芙美子著、尾形明子編解説　日本図書センター　1994.10　303p　22cm（シリーズ・人間図書館）〈監修：佐伯彰一、松本健一　著者の肖像あり〉　2678円　①4-8205-8018-3,4-8205-8001-9

◇林芙美子　宮本百合子　平林たい子著　講談社　2003.10　301p　16cm（講談社文芸文庫）〈年譜あり　著作目録あり〉　1300円　①4-06-198349-0

◇フミさんのこと―林芙美子の尾道時代　深川賢郎編著　広島　渓水社　1995.6　203p　19cm　1545円　①4-87440-349-2

◇微熱の花びら―林芙美子・尾崎翠・左川ちか　福田知子著　神戸　蜘蛛出版社　1990.5　191p　21cm　2000円

◇『林芙美子』を訪ねる旅　藤原牧子著　京都　鳴滝書房　1999.4　106p　20cm　952円　①4-9900112-5-2

◇林芙美子―『花のいのち』の謎　宮田俊行著　鹿児島　高城書房　2005.3　222p　20cm（鹿児島人物叢書 2）〈文献あり〉　1300円　①4-88777-069-3

◇飢え　群ようこ著　角川書店　1998.4　221p　20cm　1300円　①4-04-873101-7

◇飢え　群ようこ著　角川書店　2000.4　229p　15cm（角川文庫）　457円　①4-04-171713-2

◇林芙美子とボルネオ島―南方従軍と『浮雲』をめぐって　望月雅彦編著　ヤシの実ブックス　2008.7　171p　19cm　1905円　①978-4-9903693-1-6

◇秋声から芙美子へ　森英一著　金沢　能登印刷・出版部　1990.10　245p　19cm　2500円　①4-89010-122-5

◇林芙美子の形成―その生と表現　森英一著　有精堂出版　1992.5　309,6p　19cm　4200円　①4-640-31029-3

◇梅は匂ひよ、人は心よ―信州を愛した・林芙美子　山本秀麿著　山ノ内町（長野県）「林芙美子」出版刊行委員会　2008.10　160p　31cm〈発行所：北信ローカル〉　1905円　①978-4-9903302-2-4

◇尾道の林芙美子―今ひとつの視点　尾道　尾道市立図書館　1994.6　113p　30cm〈尾道市立図書館創立八十周年記念〉

◇近代作家追悼文集成―第33巻　宮本百合子・林芙美子・前田夕暮　ゆまに書房　1997.1

266p 22cm 8240円 ①4-89714-106-0
◇ざくろの会会報—林芙美子記念館ガイド 創刊号 ざくろの会 2011.6 133p 30cm 非売品
◇林芙美子の芸術—日本大学芸術学部創設90周年記念：林芙美子没後60周年記念 日本大学芸術学部図書館 2011.11 191p 26cm 〈著作目録あり〉

◆◆◆「放浪記」

◇林芙美子・ゆきゆきて「放浪記」 清水英子著 新人物往来社 1998.6 222p 20cm 2600円 ①4-404-02622-6
◇放浪記アルバム 林芙美子著,中村光夫ほか同時代評 芳賀書店 1996.11 163p 26cm （「芸術…夢紀行」…シリーズ 3） 3260円 ①4-8261-0903-2

◆◆北条 民雄（1914～1937）

◇定本北条民雄全集—下 川端康成,川端香男里編纂 東京創元社 1996.9 524p 15cm （創元ライブラリ） 1500円 ①4-488-07009-4
◇吹雪と細雨—北条民雄・いのちの旅 清原工著 皓星社 2002.12 264p 20cm 2600円 ①4-7744-0328-8
◇火花—北条民雄の生涯 高山文彦著 飛鳥新社 1999.8 398p 19cm 1900円 ①4-87031-373-1
◇火花—北条民雄の生涯 高山文彦著 角川書店 2003.6 397p 15cm （角川文庫）〈年譜あり〉 857円 ①4-04-370801-7
◇火花—北条民雄の生涯 高山文彦著 七つ森書館 2012.10 390p 19cm （ノンフィクション・シリーズ"人間" 9 佐高信監修・解説）〈角川文庫 2003年刊の再刊 文献あり 年譜あり〉 2400円 ①978-4-8228-7009-6

◆◆本庄 陸男（1905～1939）

◇オホック育ち本庄陸男—「石狩川」の人の肖像 松田貞夫著 紋別 佐々木留奈 2000.5 285p 22cm 2000円
◇オホック育ち本庄陸男—「石狩川」の人の肖像 続 松田貞夫著 紋別 松田靖子

2002.4 308p 22cm

◆◆正木 不如丘（1887～1962）

◇正木不如丘文学への誘い—結核医療に生涯を捧げた大衆作家 児平美和著 松戸 万葉書房 2005.9 290p 21cm （研究叢書 2）〈肖像あり 著作目録あり 年譜あり〉 2400円 ①4-944185-08-1

◆◆三角 寛（1903～1971）

◇三角寛「サンカ小説」の誕生 今井照容著 現代書館 2011.10 415p 20cm 3200円 ①978-4-7684-5658-3
◇いま、三角寛サンカ小説を読む サンカ研究会編 現代書館 2002.8 276p 20cm 2000円 ①4-7684-6826-8
◇父・三角寛—サンカ小説家の素顔 三浦寛子著 現代書館 1998.9 210p 20cm 2000円 ①4-7684-6737-7

◆◆森田 たま（1894～1970）

◇森田たまと素木しづ—しなやかに煌めく感性のかたち 特別企画展 北海道立文学館,北海道文学館編 札幌 北海道立文学館 1997.4 88p 26cm

◆◆森山 啓（1904～1991）

◇森山啓の記録—その人と文学 森山啓生誕一〇〇年記念誌発行委員会編 小松 小松市立図書館 2004.10 192p 27cm 〈森山啓生誕100年記念 肖像あり 年譜あり 著作目録あり〉

◆◆八木 義徳（1911～1999）

◇心には北方の憂愁（トスカ）—八木義徳書誌〈1933-2007〉 土合弘光編著 町田 町田市民文学館ことばらんど 2008.11 311p 26cm 〈町田市市制50周年記念 年譜あり 八木義徳書誌刊行会1986年刊の増訂 文献あり〉
◇八木義徳展—文学の鬼を志望す 町田市市制50周年記念特別企画展 町田市民文学館ことばらんど編 町田 町田市民文学館こと

ばらんど 2008.10 87p 26cm 〈会期・会場：2008年10月18日～12月14日 町田市民文学館ことばらんど 肖像あり 著作目録あり 年譜あり〉

◇日本人を生きる―評伝八木義徳 宮下拓三著 近代文芸社 1993.6 288p 20cm 〈八木義徳の肖像あり〉 2000円 ①4-7733-1988-7

◇八木義徳書誌 室蘭文学館の会研究部会編著 室蘭 室蘭文学館の会 1997.4 321p 26cm （港の文学館叢書 第1巻） 3000円

◆◆矢田 津世子（1907～1944）

◇矢田津世子宛書簡 紅野敏郎編 朝日書林 1996.1 476p 22cm 18000円 ①4-900616-17-6

◆◆山岡 荘八（1907～1978）

◇山岡荘八と私の少年記 山内好雄著 日本図書刊行会 1994.8 66p 20cm 〈奥付の書名（誤植）：山岡荘八と私の少年期 近代文芸社（発売）〉 800円 ①4-7733-3243-3

◆◆横田 文子（1909～1985）

◇横田文子―人と作品 横田文子著, 東栄蔵編著 長野 信濃毎日新聞社 1993.8 433p 20cm 〈著者の肖像あり〉 2500円 ①4-7840-9311-7

◆◆劉 寒吉（1906～1986）

◇吹くは風ばかり―私の中の劉寒吉 高尾稔著 創思社出版 1993.4 275p 20cm 〈劉寒吉の肖像あり〉 1800円

◆◆若杉 慧（1903～1987）

◇若杉慧資料目録 広島市立中央図書館編 広島 広島市立中央図書館 2002.3 349p 30cm

◆◆鷲尾 雨工（1892～1951）

◇雨工春秋―第2回直木賞に輝く小説家鷲尾雨工その全体像を知る 黒埼町教育委員会社会教育課編 黒埼町（新潟県） 黒埼町 1993.11 1冊（頁付なし） 30cm 〈鷲尾雨工の肖像あり〉

◇鷲尾雨工の生涯 塩浦林也著 恒文社 1992.4 653p 22cm 9800円 ①4-7704-0746-7

◇鷲尾雨工資料―3 鷲尾雨工著, 塩浦林也編 〔亀田町（新潟県）〕 塩浦林也 〔1995〕 133p 21cm

◇鷲尾雨工資料―4 鷲尾雨工著, 塩浦林也編 〔亀田町（新潟県）〕 塩浦林也 〔1996〕 123p 21cm

◇鷲尾雨工資料―5 鷲尾雨工著, 塩浦林也編 〔亀田町（新潟県）〕 塩浦林也 〔1996〕 211p 21cm

◇鷲尾雨工資料―9 鷲尾雨工著, 塩浦林也編 〔出版地不明〕 〔塩浦林也〕 〔2012〕 74p 31cm 〈著作目録あり〉

◆◆和田 伝（1900～1985）

◇和田伝―相模平野に生きた農民文学作家 厚木市文化財協会編 〔厚木〕 厚木市 2000.10 264p 27cm 〈肖像あり〉

◇和田伝著作目録調査報告書―第1次 厚木 厚木市立中央図書館 1993.3 45p 26cm 〈和田伝の肖像あり〉

◆新感覚派・モダニズム

◇新感覚派の誕生 千葉亀雄著 日本図書センター 1992.3 343,8p 22cm （近代文芸評論叢書 18）〈編解説：岩田光子 複製〉 9785円 ①4-8205-9147-9,4-8205-9144-4

◇モダニズム研究 モダニズム研究会著 思潮社 1994.3 633,29p 22cm 7800円 ①4-7837-1563-7

◆◆川端 康成（1899～1972）

◇『山の音』こわれゆく家族 ジョルジョ・アミトラーノ著 みすず書房 2007.3 121p 19cm （理想の教室 亀山郁夫, 小森陽一, 巽孝之, 西成彦, 小林章, 和田忠彦編）〈文献あり〉 1500円 ①978-4-622-08324-5

◇川端康成その人とふるさと―挿話編 茨木市立川端康成文学館ほか編 〔茨木〕 茨木市 1989.3 135p 26cm 〈共同刊行：茨木市教育委員会ほか〉

現代日本文学（文学史）

◇川端康成その人とふるさと　茨木市立川端康成文学館ほか編　〔改版〕　茨木　茨木市　1994.12　128p　26cm〈共同刊行：茨木市教育委員会　川端康成の肖像あり〉

◇川端康成瞳の伝説　伊吹和子著　PHP研究所　1997.4　326p　20cm　2400円　Ⓘ4-569-55596-9

◇川端康成—後姿への独白　岩田光子著　ゆまに書房　1992.9　317p　22cm　6800円　Ⓘ4-89668-642-X

◇群像日本の作家—13　川端康成　大岡信ほか編, 田久保英夫ほか著　小学館　1991.7　323p　20cm〈川端康成の肖像あり〉　1800円　Ⓘ4-09-567013-4

◇川端康成—美しい日本の私　大久保喬樹著　京都　ミネルヴァ書房　2004.4　253,7p　20cm　（ミネルヴァ日本評伝選）〈肖像あり　著作目録あり　文献あり　年譜あり〉　2400円　Ⓘ4-623-04032-1

◇川端康成と三島由紀夫—伝統へ、世界へ　開館25周年記念特別展　図録　鎌倉市芸術文化振興財団編　〔鎌倉〕　鎌倉市芸術文化振興財団　2010.10　96p　19cm〈会期：平成22年10月2日～12月12日　協同刊行：鎌倉文学館　年譜あり　著作目録あり〉

◇伊豆と川端文学事典　川端文学研究会編　勉誠出版　1999.6　206p　21cm　1800円　Ⓘ4-585-06009-X

◇川端文学への視界　川端文学研究会編　教育出版センター　1999.6　150p　19cm　（川端文学研究 14）　2500円　Ⓘ4-7632-1565-5

◇世界の中の川端文学—川端康成生誕百年記念　川端文学研究会編　おうふう　1999.11　519p　21cm　3800円　Ⓘ4-273-03118-3

◇川端康成のふるさと宿久庄　川端富枝著　〔茨木〕　〔川端富枝〕　1989.4　81p　21cm〈川端康成の肖像あり〉

◇川端康成とふるさと宿久庄　川端富枝著　茨木　川端富枝　1990.4　163p　22cm〈川端康成および著者の肖像あり〉　非売品

◇作家の自伝—15　川端康成　川端康成著, 羽鳥徹哉編解説　日本図書センター　1994.10　325p　22cm　（シリーズ・人間図書館）〈監修：佐伯彰一, 松本健一　著者の肖像あり〉　2678円　Ⓘ4-8205-8016-7,4-8205-8001-9

◇川端康成文学館のあゆみ—茨木市立川端康成文学館　川端康成文学館編　〔茨木〕　茨木市　2001.3　90p　30cm〈共同刊行：茨木市教育委員会〉

◇川端康成と信州　川俣従道著　あすか書房　1996.11　245p　20cm　1748円　Ⓘ4-317-80061-6

◇哀愁を旅行く人—川端文学の諸相　川俣従道著　長野　ボロンテ。　2006.2　267p　20cm〈文献あり〉　1800円　Ⓘ4-939127-15-X

◇誰も知らなかった「伊豆の踊子」の深層　菅野春雄著　〔出版地不明〕　菅野春雄　2011.7　250p　19cm〈静岡　静岡新聞社（発売）〉　1400円　Ⓘ978-4-7838-9804-7

◇川端康成と東洋思想　康林著　新典社　2005.4　173p　22cm　（新典社研究叢書 167）　4800円　Ⓘ4-7879-4167-4

◇川端康成—内なる古都　河野仁昭著　京都　京都新聞社　1995.6　273p　20cm　1800円　Ⓘ4-7638-0377-8

◇鷗外・康成・鱒二—長谷川泉ゼミナール論文集　国学院大学大学院長谷川泉ゼミナール編　国学院大学日本文学第九（阿部正路）研究室　1994.10　177p　21cm

◇川端康成—作品論　木幡瑞枝著　勁草書房　1992.6　294p　20cm　2678円　Ⓘ4-326-85121-X

◇文豪ナビ川端康成　新潮文庫編　新潮社　2004.12　159p　16cm　（新潮文庫）〈文献あり　年譜あり〉　400円　Ⓘ4-10-100100-6

◇横光利一と川端康成展—川端康成生誕100年記念　世田谷文学館編　世田谷文学館　1999.4　178p　22cm

◇川端康成—〈ことば〉の仕組み　対照読解　田中実ほか編　小平　蒼丘書林　1994.2　293p　19cm　2500円

◇川端文学の世界—1　田村充正, 馬場重行, 原善編　勉誠出版　1999.3　303,9p　22cm　3200円　Ⓘ4-585-02068-3

◇川端文学の世界—2　田村充正, 馬場重行, 原善編　勉誠出版　1999.3　299,9p　22cm　3200円　Ⓘ4-585-02069-1

◇川端文学の世界—3　その深化　田村充正, 馬場重行, 原善編　勉誠出版　1999.4　294,9p　21cm　3200円　Ⓘ4-585-02070-5

現代日本文学（文学史）

◇川端文学の世界―4　その背景　田村充正,
馬場重行,原善編　勉誠出版　1999.5　372,
3p　21cm　3200円　Ⓘ4-585-02071-3

◇川端文学の世界―5　その思想　田村充正編
勉誠出版　1999.5　294,7p　21cm　3200円
Ⓘ4-585-02072-1

◇川端康成の美の性格　張月環著　サン・エン
タープライズ　2001.11　382p　22cm
3047円　Ⓘ4-915501-20-5

◇私の川端康成　土居竜二著　文化書房博文
社　1995.3　241p　19cm　1854円　Ⓘ4-
8301-0716-2

◇「名作」はつくられる―川端康成とその作品
十重田裕一著　日本放送出版協会　2009.7
174p　21cm　（NHKシリーズ―NHKカル
チャーラジオ　文学の世界）〈年表あり　文
献あり〉　857円　Ⓘ978-4-14-910710-3

◇川端文学の「をさなごころ」と「むすめごこ
ろ」―昭和八年を中心に　中嶋展子著　龍書
房　2011.12　265p　19cm〈文献あり〉
2400円　Ⓘ978-4-903418-92-6

◇川端康成の方法―二〇世紀モダニズムと「日
本」言説の構成　仁平政人著　仙台　東北
大学出版会　2011.9　262p　22cm　3000円
Ⓘ978-4-86163-172-6

◇川端康成燦遺映　長谷川泉著　至文堂
1998.9　256p　22cm　4000円　Ⓘ4-7843-
0193-3

◇川端康成燦遺映―続　長谷川泉著　至文堂
2000.5　214p　22cm　3800円　Ⓘ4-7843-
0200-X

◇長谷川泉著作選―5　川端康成論考　長谷川
泉著　明治書院　1991.11　753p　19cm
〈川端康成の肖像あり〉　8800円　Ⓘ4-625-
53105-5

◇川端康成―日本の美学　羽鳥徹哉編　有精堂
出版　1990.6　269p　22cm　（日本文学研
究資料新集　27）　3650円　Ⓘ4-640-30976-7

◇作家川端の展開　羽鳥徹哉著　教育出版セ
ンター　1993.3　607p　22cm　（研究選書
55）〈『作家川端の基底』（昭和54年刊）の続
編〉　6800円　Ⓘ4-7632-1530-2

◇川端康成全作品研究事典　羽鳥徹哉,原善編
勉誠出版　1998.6　406,14p　23cm　4000
円　Ⓘ4-585-06008-1

◇川端康成作品論集成―第1巻　招魂祭一景・
伊豆の踊子　羽鳥徹哉,林武志,原善監修
鈴木伸一,山田吉郎編　おうふう　2009.11
327p　21cm　6800円　Ⓘ978-4-273-03571-6

◇川端康成作品論集成―第2巻　浅草紅団・水
晶幻想　羽鳥徹哉,林武志,原善監修　石川
巧,吉田秀樹編　おうふう　2009.12　279p
21cm〈文献あり〉　6800円　Ⓘ978-4-273-
03572-3

◇川端康成作品論集成―第3巻　禽獣・抒情歌
羽鳥徹哉,林武志,原善監修　須藤宏明,高根
沢紀子編　おうふう　2010.3　315p　21cm
〈文献あり〉　6800円　Ⓘ978-4-273-03573-0

◇川端康成作品論集成―第5巻　十六歳の日
記・名人　羽鳥徹哉,林武志,原善監修　深沢
晴美,細谷博編　おうふう　2010.9　324p
21cm〈文献あり〉　6800円　Ⓘ978-4-273-
03575-4

◇川端康成作品論集成―第4巻　雪国　羽鳥徹
哉,林武志,原善監修　片山倫太郎編　おう
ふう　2011.2　356p　21cm〈文献あり〉
6800円　Ⓘ978-4-273-03574-7

◇川端康成作品論集成―第6巻　羽鳥徹哉,林
武志,原善監修　おうふう　2011.11　260p
21cm〈文献あり〉　6800円　Ⓘ978-4-273-
03576-1

◇川端康成作品論集成―第7巻　千羽鶴　羽鳥
徹哉,林武志,原善監修　馬場重行編　おう
ふう　2012.1　275p　21cm〈文献あり〉
6800円　Ⓘ978-4-273-03577-8

◇川端康成―その遠近法　原善著　大修館書
店　1999.4　278p　20cm　2500円　Ⓘ4-
469-22148-1

◇知識も理屈もなく、私はただ見てゐる。―川
端康成コレクションと東山魁夷：川端康成・
東山魁夷コレクション展　東山魁夷作,川端
香男里,東山すみ監修　〔出版地不明〕　川
端香男里　2011　331p　29cm〈会期・会
場：平成14年10月29日〜12月8日　サントリー
美術館ほか　編集：平林彰ほか　年譜あり〉

◇川端康成―余白を埋める　平山城児著　研
文出版　2003.6　368,7p　20cm　（研文選
書　86）　2300円　Ⓘ4-87636-218-1

◇川端康成―文豪が愛した美の世界　没後三〇
年　平山三男,サントリー美術館編　日中ビ
デオネットワーク　2002.10　135p　30cm
〈会期・会場：2002年10月29日〜12月8日　サ

現代日本文学（文学史）

◇川端康成に描かれた女たち　町田雅絵著　小山　小山ワープロ製版　1991.6　46p　21cm

◇篝火に誓った恋―川端康成が歩いた岐阜の町　三木秀生著　岐阜　岐阜新聞社　2005.5　115p　23cm　〈岐阜　岐阜新聞情報センター出版室（発売）〉　952円　Ⓘ4-87797-099-1

◇孤児漂白―川端康成の世界　森本穫著　大宮　林道舎　1990.4　158p　20cm　2060円　Ⓘ4-947632-35-6

◇作家の肖像―宇野浩二・川端康成・阿部知二　森本穫著　上尾　林道舎　2005.1　413p　20cm　5500円　Ⓘ4-947632-61-5

◇川端康成―ほろびの文学　森安理文著　国書刊行会　1989.10　454p　22cm　6000円

◇実録川端康成　読売新聞文化部編　日本図書センター　1992.10　227,8p　22cm　（近代作家研究叢書 110）〈解説：羽鳥徹哉　読売新聞社昭和44年刊の複製〉　5150円　Ⓘ4-8205-9209-2,4-8205-9204-1

◇夕日に魅せられた川端康成と日向路　渡辺綱纜著　宮崎　鉱脈社　2012.9　95p　16cm　（宮崎文庫ふみくら 1）〈年譜あり〉　380円　Ⓘ978-4-86061-452-2

◇近代作家追悼文集成―第43巻　高橋和巳・志賀直哉・川端康成　ゆまに書房　1999.2　253p　22cm　8000円　Ⓘ4-89714-646-1,4-89714-639-9

◇生誕百年記念川端康成―美しい日本・そして鎌倉　鎌倉文学館特別展　鎌倉　鎌倉市教育委員会　1999.10　32p　30cm

◇日本の文学傑作100選―ブックコレクション第4号　川端康成　デアゴスティーニ・ジャパン　2004.5　2冊（付録とも）　21-29cm　〈付録(317p)：雪国 川端康成著〉　全1324円　Ⓘ4-8135-0657-7

◆◆◆比較・影響

◇川端康成と東山魁夷―響きあう美の世界　川端康成,東山魁夷著,川端香男里,東山すみ監修,「川端康成と東山魁夷響きあう美の世界」製作委員会編　求龍堂　2006.9　357p　21cm　〈年譜あり〉　2500円　Ⓘ4-7630-0643-6

◇大和し美し―川端康成と安田靫彦　川端康成,安田靫彦著,川端香男里,安田建一監修　求龍堂　2008.9　463p　21cm　〈編者：水原園博ほか　良寛生誕二五〇年川端生誕一一〇年〉　2625円　Ⓘ978-4-7630-0819-0

◇川端康成と三島由紀夫をめぐる21章　滝田夏樹著　風間書房　2002.1　215p　20cm　〈年譜あり〉　2000円　Ⓘ4-7599-1296-7

◇康成・鷗外―研究と新資料　野末明著　審美社　1997.11　398p　20cm　4500円　Ⓘ4-7883-4078-X

◇川端と横光　保昌正夫著　日本古書通信社　1995.3　76p　11cm　（こつう豆本 114）　600円

◆◆◆「掌の小説」

◇論集川端康成―掌の小説　川端文学研究会編　おうふう　2001.3　312p　22cm　4800円　Ⓘ4-273-03174-4

◇川端康成『掌の小説』論―「日向」その他　森晴雄著　龍書房　2007.12　287p　19cm　2800円　Ⓘ978-4-903418-32-2

◇川端康成『掌の小説』論―「有難う」その他　森晴雄著　龍書房　2012.3　227p　19cm　2400円　Ⓘ978-4-903418-93-3

◆◆◆「雪国」

◇川端康成『雪国』作品論集成　岩田光子編　大空社　1996.11　3冊　27cm　（近代文学作品論叢書 22）　全45000円　Ⓘ4-87236-820-7

◇川端康成『雪国』を読む　奥出健著　三弥井書店　1989.5　240p　20cm　2200円

◇「雪国」は小説なのか―比較文学試論　田村充正著　中央公論事業出版　2002.6　269p　20cm　〈中央公論新社（発売）〉　2500円　Ⓘ4-12-003285-X

◆◆◆日記・書簡

◇川端康成・三島由紀夫往復書簡　川端康成,三島由紀夫著　新潮社　1997.12　234p　20cm　1500円　Ⓘ4-10-420001-8

◇川端康成―大阪茨木時代と青春書簡集　笹川隆平著　大阪　和泉書院　1991.9　246p　20cm　（和泉選書 60）〈川端康成の肖像あ

り〉　2884円　ⓘ4-87088-494-1

◆◆今　東光（1898～1977）

◇今東光物語　菊池達也著　日本図書刊行会　1998.7　430p　20cm　1800円　ⓘ4-8231-0094-8
◇今東光の横顔―生誕100年に寄せて　市民と文化を考える会編　〔八尾〕　市民と文化を考える会　1998.9　99p　30cm　300円

◆◆中河　与一（1897～1994）

◇文豪中河与一寄贈コレクション展―特別展　小田原市郷土文化館編　小田原　小田原市郷土文化館　1992.5　53p　26cm　〈松永記念館別館落成記念 中河与一の肖像あり 会期：平成4年5月30日～6月14日〉
◇小説「天の夕顔」余聞　上平隆憲編　高山　高山市民時報社　2008.8　95p　21cm　〈年表あり〉　900円　ⓘ978-4-924732-66-7
◇中河与一生誕百年記念行事集録　〔坂出〕　中河与一生誕百年記念行事実行委員会　〔1998〕　40p　26cm

◆◆横光　利一（1898～1947）

◇横光利一の文学世界　石田仁志, 渋谷香織, 中村三春編　翰林書房　2006.4　227p　21cm　〈年譜あり　文献あり〉　2500円　ⓘ4-87737-227-X
◇横光利一―評伝と研究　井上謙著　おうふう　1994.11　697p　22cm　〈横光利一の肖像あり〉　15000円　ⓘ4-273-02789-5
◇横光利一事典　井上謙, 神谷忠孝, 羽鳥徹哉編　おうふう　2002.10　569p　22cm　〈肖像あり　年譜あり　著作目録あり　文献あり〉　8000円　ⓘ4-273-03243-0
◇横光利一―欧洲との出会い―『欧洲紀行』から『旅愁』へ　井上謙, 掛野剛史, 井上明芳編　おうふう　2009.7　222p　21cm　〈年譜あり〉　2800円　ⓘ978-4-273-03532-7
◇横光利一と中国―『上海』の構成と五・三〇事件　井上聰著　翰林書房　2006.10　317p　22cm　〈年表あり　複製を含む　文献あり〉　3800円　ⓘ4-87737-234-2
◇横光利一―比較文化的研究　小田桐弘子著　南窓社　2000.4　298p　20cm　3500円　ⓘ4-8165-0265-3
◇横光利一　神谷忠孝編　国書刊行会　1991.8　378p　22cm　（日本文学研究大成）　3900円　ⓘ4-336-03092-8
◇戦時下の文学と〈日本的なもの〉―横光利一と保田与重郎　河田和子著　福岡　花書院　2009.3　302p　21cm　（比較社会文化叢書　15）〈文献あり〉　2660円　ⓘ978-4-903554-41-9
◇青春時代の利一と一英―上巻　川出博章編著　限定版　弘前　緑の笛豆本の会　1997.1　58p　9.5cm　（緑の笛豆本　第339集）
◇青春時代の利一と一英―下巻　川出博章編著　限定版　弘前　緑の笛豆本の会　1997.2　62p　9.5cm　（緑の笛豆本　第340集）
◇横光利一　菅野昭正著　福武書店　1991.1　318p　20cm　2500円　ⓘ4-8288-2369-7
◇新聞で見る横光利一生誕百年記念顕彰事業　北出楢夫編　上野　北出楢夫　1998.7　27枚　30×42cm
◇横光利一論　栗坪良樹著　永田書房　1990.2　317p　20cm　2500円　ⓘ4-8161-0560-3
◇横光利一と関西文化圏　黒田大河, 重松恵美, 島村健司, 杣谷英紀, 田口律男, 山崎義光共編　京都　松籟社　2008.12　331p　20cm　〈文献あり〉　3800円　ⓘ978-4-87984-268-8
◇東と西―横光利一の旅愁　関川夏央著　講談社　2012.9　356p　20cm　2200円　ⓘ978-4-06-217828-0
◇横光利一と川端康成展―川端康成生誕100年記念　世田谷文学館編　世田谷文学館　1999.4　178p　22cm
◇横光利一　田口律男編　若草書房　1999.3　277p　22cm　（日本文学研究論文集成 38）　3500円　ⓘ4-948755-41-9
◇村上春樹・横光利一・中野重治と堀辰雄―現代日本文学生成の水脈　竹内清己著　鼎書房　2009.11　239p　20cm　2200円　ⓘ978-4-907846-65-7
◇横光利一　玉村周著　明治書院　1992.1　291p　19cm　（新視点シリーズ日本近代文学　6）　2900円　ⓘ4-625-53026-1
◇横光利一―瞞された者　玉村周著　明治書院　2006.6　373p　21cm　〈平成4年刊の増

現代日本文学（文学史）

補〉　3800円　①4-625-45308-9
◇横光利一資料目録―横光家寄贈寄託　鶴岡市教育委員会編　鶴岡　鶴岡市教育委員会　2008.3　73p　26cm〈肖像あり〉
◇横光利一―文学と俳句　中田雅敏著　勉誠社　1997.10　229p　20cm　2200円　①4-585-05036-1
◇横光利一と敗戦後文学　野中潤著　笠間書院　2005.3　443p　20cm　3700円　①4-305-70290-8
◇論攷横光利一　浜川勝彦著　大阪　和泉書院　2001.3　299p　22cm〈近代文学研究叢刊 24〉　7000円　①4-7576-0086-0
◇横光利一見聞録　保昌正夫著　勉誠社　1994.11　337p　20cm　2575円　①4-585-05009-4
◇横光利一―菊池寛・川端康成の周辺　保昌正夫著　笠間書院　1999.12　167p　19cm　1700円　①4-305-70203-7
◇横光利一の俳句　松岡ひでたか著　福崎町（兵庫県）　松岡ひでたか　2010.3　135p　19cm〈神戸 交友プランニングセンター（制作）〉　2000円　①978-4-87787-452-0
◇時間のかかる読書―横光利一『機械』を巡る素晴らしきぐずぐず　宮沢章夫著　河出書房新社　2009.11　290p　19cm　1600円　①978-4-309-01944-4
◇横光利一の表現世界―日本の小説　茂木雅夫著　勉誠社　1995.10　284p　22cm　4635円　①4-585-05015-9
◇日本文学の魅力―横光文学の位置　茂木雅夫著　府中（東京都）　エスアイビー・アクセス　2003.3　288p　22cm　3500円　①4-434-02945-2
◇横光利一と小説の論理　山本亮介著　笠間書院　2008.2　462,8p　22cm〈他言語標題：Yokomitsu Riichi,logics of novel〉　5500円　①978-4-305-70372-9
◇青春の横光利一―中学時代の日記・書簡を中心に　横光利一著,横光利一研究会編　増補改訂　上野　横光利一研究会　1990.8　159p　19cm〈著者の肖像あり〉　非売品
◇作家の自伝―49　横光利一　横光利一著,栗坪良樹編解説　日本図書センター　1997.4　265p　22cm（シリーズ・人間図書館）　2600円　①4-8205-9491-5,4-8205-9482-6

◇吉本隆明資料集―70　横光利一論・南方的要素　吉本隆明著　高知　猫々堂　2007.11　110p　21cm　1300円
◇横光利一と宇佐　「旅愁」文学碑建立記念誌編集委員会編　宇佐　「旅愁」文学碑建立記念誌編集委員会　1993.10　181p　19cm（翰林選書 4）〈発行所：翰林書房　横光利一の肖像あり〉　2400円　①4-906424-32-5
◇横光利一　新潮社　1994.8　111p　20cm（新潮日本文学アルバム 43）〈編集・評伝：井上謙　エッセイ：辻邦生　横光利一の肖像あり〉　1300円　①4-10-620647-1
◇近代作家追悼文集成―第31巻　三宅雪嶺・幸田露伴・武田麟太郎・横光利一・織田作之助　ゆまに書房　1997.1　330p　22cm　8240円　①4-89714-104-4
◇横光利一と鶴岡―21世紀に向けて　鶴岡　横光利一文学碑建立実行委員会　2000.9　156p　21cm

◆◆◆「夜の靴」

◇横光利一「夜の靴」研究本文校異、注釈及び関連資料調査　井上明芳研究代表著　国学院大学　2012.3　316p　26cm（文学部共同研究報告書 平成23年度）〈年表あり〉
◇横光利一「夜の靴」の世界　村上文昭著　鶴岡　東北出版企画　2004.9　282p　21cm〈年譜あり〉　2500円　①4-88761-016-5

◆新興芸術派

◆◆阿部 知二（1903～1973）

◇阿部知二が描いた"北京"　王成述　京都　国際日本文化研究センター　2004.9　59p　21cm〈日文研フォーラム 第165回　国際日本文化研究センター編〉〈他言語標題：Abe Tomoji's depiction of Peking　シリーズ責任表示：国際日本文化研究センター編　会期・会場：2003年10月14日　キャンパスプラザ京都〉
◇阿部知二―道は晴れてあり　竹松良明著　神戸　神戸新聞総合出版センター　1993.11　257p　20cm〈阿部知二の肖像あり〉　2000円　①4-87521-066-3
◇阿部知二論―〈主知〉の光芒　竹松良明著

双文社出版　2006.3　220p　22cm　4800円　Ⓘ4-88164-570-6
◇阿部知二―抒情と行動―昭和の作家　姫路文学館編　姫路　姫路文学館　1993.9　96p　30cm〈阿部知二の肖像あり　会期：平成5年9月14日～11月28日〉
◇阿部知二文庫目録―阿部知二遺族寄贈・寄託資料　姫路文学館編　姫路　姫路文学館　1995.3　179p　18×26cm
◇阿部知二研究　水上勲著　双文社出版　1995.3　347p　22cm　6800円　Ⓘ4-88164-505-6
◇阿部知二原郷への旅　森本穫著　上尾　林道舎　1997.2　305p　20cm　4500円　Ⓘ4-947632-52-6
◇作家の肖像―宇野浩二・川端康成・阿部知二　森本穫著　上尾　林道舎　2005.1　413p　20cm　5500円　Ⓘ4-947632-61-5

◆◆井伏 鱒二（1898～1993）

◇尊魚堂主人―井伏さんを偲ぶ　飯田竜太ほか　筑摩書房　2000.7　256p　20cm　2800円　Ⓘ4-480-81424-8
◇作家の自伝―94　井伏鱒二　井伏鱒二著,紅野敏郎編解説　日本図書センター　1999.4　249p　22cm　（シリーズ・人間図書館）　2600円　Ⓘ4-8205-9539-3,4-8205-9525-3
◇一つの水脈―独歩・白鳥・鱒二　岩崎文人著　広島　渓水社　1990.9　245p　20cm　2884円　Ⓘ4-87440-227-5
◇群像日本の作家―16　井伏鱒二　大岡信ほか編,小沼丹ほか著　小学館　1990.12　353p　20cm〈井伏鱒二の肖像あり〉　1800円　Ⓘ4-09-567016-9
◇井伏家のうどん―随筆　大河内昭爾著　三月書房　2004.4　228p　15cm〈肖像あり〉　2286円　Ⓘ4-7826-0191-3
◇清水町先生―井伏鱒二氏のこと　小沼丹著　筑摩書房　1992.3　198p　20cm　2500円　Ⓘ4-480-82295-X
◇清水町先生　小沼丹著　筑摩書房　1997.6　216p　15cm　（ちくま文庫）　680円　Ⓘ4-480-03269-X
◇釣師井伏鱒二　嘉瀬井整夫著　大宮　林道舎　1989.8　134p　20cm　1700円　Ⓘ4-947632-32-1
◇詩人井伏鱒二　嘉瀬井整夫著　大宮　林道舎　1991.6　130p　20cm　1700円　Ⓘ4-947632-38-0
◇旅人井伏鱒二　嘉瀬井整夫著　上尾　林道舎　1993.11　145p　20cm　2060円　Ⓘ4-947632-45-3
◇井伏鱒二の博物誌　嘉瀬井整夫著　上尾　林道舎　1995.3　166p　20cm　2575円　Ⓘ4-947632-48-8
◇太宰と井伏―ふたつの戦後　加藤典洋著　講談社　2007.4　197p　20cm　1500円　Ⓘ978-4-06-213940-3
◇井伏鱒二―サヨナラダケガ人生　川島勝著　文芸春秋　1994.9　198p　20cm　1400円　Ⓘ4-16-349220-8
◇井伏鱒二―サヨナラダケガ人生　川島勝著　文芸春秋　1997.8　254p　16cm　（文春文庫）　467円　Ⓘ4-16-748703-9
◇井伏さんの横顔　河盛好蔵編　弥生書房　1993.9　229p　20cm　2000円　Ⓘ4-8415-0677-2
◇井伏鱒二　栗栖武士郎著,中国新聞社編　広島　広島県　1991.2　121p　19cm　（広島県名誉県民小伝集）〈井伏鱒二の肖像あり〉
◇鴎外・康成・鱒二―長谷川泉ゼミナール論文集　国学院大学大学院長谷川泉ゼミナール編　国学院大学日本文学第九（阿部正路）研究室　1994.10　177p　21cm
◇井伏鱒二―山椒魚と蛙の世界　佐藤嗣男著　国分寺　武蔵野書房　1994.3　286p　20cm　2500円
◇井伏鱒二追悼特別展　杉並区立郷土博物館編　杉並区立郷土博物館　1994.7　37p　26cm〈井伏鱒二の肖像あり　会期：平成6年7月3日～31日〉
◇井伏鱒二と『荻窪風土記』の世界―生誕百年記念特別展　東京都杉並区立郷土博物館編　杉並区立郷土博物館　1998.2　39p　30cm　1000円
◇井伏鱒二の軌跡　相馬正一著　弘前　津軽書房　1995.6　308p　20cm　2575円　Ⓘ4-8066-0145-4
◇井伏鱒二の軌跡―続　相馬正一著　弘前　津軽書房　1996.11　354p　20cm　2575円　Ⓘ4-8066-0160-8

現代日本文学（文学史）

◇井伏鱒二の軌跡―続　相馬正一著　改訂版　弘前　津軽書房　2011.3　354p　20cm〈索引あり〉　2500円　①978-4-8066-0218-7

◇井伏鱒二と「ちぐはぐ」な近代―漂流するアクチュアリティ　滝口明祥著　新曜社　2012.11　374p　20cm〈索引あり〉　3800円　①978-4-7885-1314-3

◇わが井伏鱒二・わが横浜　寺田透著　講談社　1995.7　293p　16cm　（講談社文芸文庫―現代日本のエッセイ）　980円　①4-06-196330-9

◇阿佐ケ谷界隈の文士展―井伏鱒二と素晴らしき仲間たち　東京都杉並区立郷土博物館編　杉並区立郷土博物館　1989.5　48p　26cm

◇「杉並文学館―井伏鱒二と阿佐ヶ谷文士」展示図録　東京都杉並区立郷土博物館編　杉並区立郷土博物館　2000.3　54p　30cm〈タイトルは奥付による　折り込2枚〉　700円

◇井伏鱒二―昭和作家のクロノトポス　東郷克美, 寺横武夫著　双文社出版　1996.6　270p　22cm　3800円　①4-88164-381-9

◇井伏鱒二の風貌姿勢―生誕100年記念　東郷克美編　至文堂　1998.2　321p　21cm（「国文学解釈と鑑賞」別冊）　2400円

◇井伏鱒二全集索引　東郷克美編　双文社出版　2003.3　226p　22cm　2200円　①4-88164-549-8

◇井伏鱒二という姿勢　東郷克美著　ゆまに書房　2012.11　317p　20cm　2800円　①978-4-8433-4098-1

◇知られざる井伏鱒二　豊田清史著　蒼洋社　1996.7　286p　19cm　1800円　①4-89242-781-0

◇おせっかいな手紙―拝啓井伏鱒二様　中込重春著, 中込演三編　国分寺　武蔵野書房　1990.6　281p　20cm〈井伏鱒二および著者の肖像あり〉　1988円

◇井伏鱒二聞き書き　萩原得司著　青弓社　1994.4　245p　20cm　2472円　①4-7872-9095-9

◇井伏鱒二の魅力　萩原得司著　横浜　草場書房　2005.7　205p　20cm〈年譜あり〉　2000円　①4-902616-03-3

◇井伏鱒二研究　長谷川泉, 鶴田欣也編著　明治書院　1990.3　321p　22cm〈付：参考文献　井伏鱒二年譜：p293～312〉　7800円　①4-625-43059-3

◇井伏鱒二と交友した文学者たち―師・友人・弟子・後輩　ふくやま文学館編　福山　ふくやま文学館　2000.3　73p　30cm

◇井伏文学のふるさと　ふくやま文学館編　福山　ふくやま文学館　2000.9　31p　30cm

◇井伏鱒二と太宰治　ふくやま文学館編　福山　ふくやま文学館　2001.10　40p　30cm

◇井伏鱒二と木山捷平　ふくやま文学館編　福山　ふくやま文学館　2008.9　62p　27cm〈会期：2008年9月12日～11月24日　年譜あり〉

◇井伏鱒二の〈まげもの〉―1　龍馬の時代と井伏鱒二の歴史小説　ふくやま文学館編　福山　ふくやま文学館　2010.9　41p　27cm

◇井伏先生の書斎　藤谷千恵子著　求竜堂　2004.2　193p　20cm　1700円　①4-7630-0406-9

◇井伏鱒二―宿縁の文学　松本武夫著　国分寺　武蔵野書房　1997.4　265p　22cm　2500円

◇井伏鱒二―人と文学　松本武夫著　勉誠出版　2003.8　222p　20cm（日本の作家100人）〈年譜あり　文献あり〉　1800円　①4-585-05166-X

◇井伏鱒二「宿縁」への眼差　松本武夫著　東京堂出版　2003.10　290p　22cm　8000円　①4-490-20510-4

◇井伏鱒二―日常のモティーフ　松本鶴雄著　増補　沖積舎　1992.11　453p　19cm〈井伏鱒二の肖像あり〉　3500円　①4-8060-4575-6

◇井伏鱒二と飯田龍太―往復書簡その四十年　山梨県立文学館編　甲府　山梨県立文学館　2010.9　56p　30cm〈会期・会場：2010年9月18日～11月23日　山梨県立文学館　年譜あり〉

◇井伏文学の本質―老釣り師と日本の心　アントニー・V.リーマン著　明治書院　1994.12　2冊　19cm　（世界の日本文学シリーズ　8）　各2900円　①4-625-53015-6

◇井伏鱒二をめぐる人々―夏目漱石／森鷗外／尾崎士郎・宇野千代／中村正常／小沼丹／黄瀛　涌田佑著　大宮　林道舎　1991.2　206p　20cm　2575円　①4-947632-37-2

◇井伏鱒二事典　涌田佑編　明治書院

2000.12　524p　22cm　18000円　Ⓘ4-625-60300-5

◇井伏鱒二の世界　朝日新聞社　1992.6　177p　30cm　（アサヒグラフ別冊）　2000円

◇井伏鱒二対談集　新潮社　1993.4　378p　20cm〈著者の肖像あり〉　1700円　Ⓘ4-10-302609-X

◇井伏鱒二　新潮社　1994.6　111p　20cm　（新潮日本文学アルバム 46）〈編集・評伝：松本武夫 エッセイ：安岡章太郎 井伏鱒二の肖像あり〉　1300円　Ⓘ4-10-620650-1

◇井伏鱒二郷土風物誌―井伏鱒二文学碑除幕記念　福山　井伏鱒二在所の会　1995.11　27p　26cm

◆◆尾崎 士郎（1898～1964）

◇作家の自伝―14　尾崎士郎　尾崎士郎著, 都築久義編解説　日本図書センター　1994.10　273p　22cm　（シリーズ・人間図書館）〈監修：佐伯彰一, 松本健一 著者の肖像あり〉　2678円　Ⓘ4-8205-8015-9,4-8205-8001-9

◇ふたりの一枝　中村一枝, 古川一枝著　講談社　2003.9　268p　20cm〈肖像あり〉　1700円　Ⓘ4-06-211814-9

◇士郎さんいまここに―尾崎士郎生誕一〇〇年記念　吉良町（愛知県）　尾崎士郎生誕100年記念事業実行委員会　1998.2　18p　30cm

◆◆梶井 基次郎（1901～1932）

◇梶井基次郎　安藤靖彦著　明治書院　1996.1　303p　19cm　（新視点シリーズ日本近代文学 7）　2900円　Ⓘ4-625-53027-X

◇梶井基次郎論　石川弘著　日本図書センター　1993.6　124,10p　22cm　（近代作家研究叢書 137）〈解説：熊木哲 荒野発行所昭和39年刊の複製 梶井基次郎の肖像あり〉　4120円　Ⓘ4-8205-9241-6,4-8205-9239-4

◇評伝評論梶井基次郎　内田照子著　牧野出版　1993.6　921p　23cm〈梶井基次郎の肖像あり〉　15000円　Ⓘ4-89500-030-3

◇梶井基次郎・川端康成・一茶―その作品の成立　遠藤誠治著　私家版　〔羽村〕　遠藤誠治　1995.11　135p　22cm

◇評伝梶井基次郎　大谷晃一著　河出書房新社　1989.4　380p　20cm〈再・新装版〉　1800円　Ⓘ4-309-00563-2

◇評伝梶井基次郎　大谷晃一著　沖積舎　2002.11　383p　19cm〈肖像あり　年譜あり　文献あり〉　3000円　Ⓘ4-8060-4681-7

◇作家の自伝―50　梶井基次郎　梶井基次郎著, 鈴木貞美編解説　日本図書センター　1997.4　255p　22cm　（シリーズ・人間図書館）　2600円　Ⓘ4-8205-9492-3,4-8205-9482-6

◇梶井基次郎の青春―『檸檬』の時代　柏倉康夫著　丸善　1995.11　241p　19cm　（丸善ブックス 35）　1600円　Ⓘ4-621-06035-X

◇梶井基次郎研究　古閑章著　おうふう　1994.11　411p　22cm　18000円　Ⓘ4-273-02800-X

◇梶井基次郎の文学　古閑章著　おうふう　2006.3　646p　22cm〈文献あり〉　15000円　Ⓘ4-273-03399-2

◇梶井基次郎　鈴木貞美編著　河出書房新社　1995.10　227p　22cm　（年表作家読本）　2200円　Ⓘ4-309-70056-X

◇梶井基次郎表現する魂　鈴木貞美著　新潮社　1996.3　301p　20cm　2000円　Ⓘ4-10-411101-5

◇梶井基次郎の世界　鈴木貞美著　作品社　2001.11　652p　22cm　9000円　Ⓘ4-87893-431-X

◇梶井基次郎「檸檬」の諸相―倉地亜由美追悼論集　西田谷洋, 丹藤博文, 五嶋千夏, 森川雄介著　刈谷　愛知教育大学出版会　2010.10　67,8p　19cm　857円　Ⓘ978-4-903389-52-3

◇梶井基次郎と吉行淳之介　西野浩子著　帖面舎　1995.2　175p　20cm　1500円　Ⓘ4-924455-15-6

◇梶井基次郎論　浜川勝彦著　翰林書房　2000.5　253p　20cm　3600円　Ⓘ4-87737-099-4

◇梶井基次郎ノート　飛高隆夫著　北冬舎　2003.10　206p　20cm〈松戸 王国社（発売）〉　2000円　Ⓘ4-86073-014-3

◇近代作家追悼文集成―第22巻　葛西善蔵・岸田劉生・生田春月・梶井基次郎　ゆまに書房　1992.12　291p　22cm〈監修：稲村徹元 複製 葛西善蔵ほかの肖像あり〉　6592円　Ⓘ4-89668-646-2

◆◆ 嘉村 礒多（1897〜1933）

◇嘉村礒多の妻ちとせ　太田静一ほか著　長野　鳥影社　1993.10　163p　19cm〈星雲社（発売）嘉村ちとせの肖像あり〉　1500円　①4-7952-5197-5
◇嘉村礒多─「業苦」まで　多田みちよ著　皆美社　1997.7　287p　19cm　2375円　①4-87322-041-6
◇嘉村礒多ノート─私家本　多田みちよ著〔山口〕多田みちよ　2002.11　227p　19cm〈肖像あり〉
◇嘉村礒多ノート─続　多田みちよ著〔山口〕〔多田みちよ〕　2012.11　260p　19cm　1500円
◇遥かなる雲─私小説作家・嘉村礒多の苦闘の短い生涯　堂迫充著　防府　東洋図書出版　2007.9　255p　19cm〈文献あり〉　1300円
◇嘉村礒多論　広瀬晋也著　双文社出版　1996.10　581p　22cm　9600円　①4-88164-511-0

◆◆ 高橋 丈雄（1906〜1986）

◇感性で捉える神（抄）─高橋丈雄先生の宗教観　高須賀昭夫著　松山　虹出版　1993.10　134p　21cm　600円

◆◆ 深田 久弥（1903〜1971）

◇「日本百名山」の背景─深田久弥・二つの愛　安宅夏夫著　集英社　2002.4　254p　18cm（集英社新書）　700円　①4-08-720136-8
◇山へ登ろう。いろんな山へ─子どもたちへの深田久弥のメッセージ　勝尾金弥著　富山　桂書房　2012.11　287p　19cm〈文献あり〉　1800円　①978-4-905345-35-0
◇深田久弥その山と文学　近藤信行著　平凡社　2011.12　268p　19cm　2800円　①978-4-582-83422-2
◇日本百名山と深田久弥　高辻謙輔著　八王子　白山書房　2004.11　272,5p　19cm〈著作目録あり〉　1600円　①4-89475-089-9
◇百名山の人─深田久弥伝　田沢拓也著　ティビーエス・ブリタニカ　2002.3　313p　20cm　1600円　①4-484-02203-6
◇百名山の人─深田久弥伝　田沢拓也著　角川書店　2005.3　372p　15cm（角川文庫）　819円　①4-04-368902-0
◇深田さんの温顔　藤原一晃著〔藤原一晃〕2003.9　31p　22cm〈会期・会場：2003年3月23日　大聖寺地区会館　深田久弥生誕100年記念講演〉　非売品
◇深田久弥と俳句　松岡ひでたか著　福崎町（兵庫県）松岡ひでたか　2012.4　117p　19cm〈神戸　交友プランニングセンター，友月書房（制作）〉　2000円　①978-4-87787-542-8
◇『日本百名山』の深田久弥と山の文学展　世田谷文学館　1995.8　143p　22cm

◆◆ 舟橋 聖一（1904〜1976）

◇碑文花の生涯　秋元藍著　講談社　1993.9　282p　20cm　2000円　①4-06-206558-4

◆ 新心理主義

◇新心理主義文学　伊藤整作　ゆまに書房　1995.4　218,3p　19cm（現代の芸術と批評叢書　21）　①4-89668-894-5

◆◆ 伊藤 整（1905〜1969）

◇伊藤整　桶谷秀昭著　新潮社　1994.4　355p　20cm　2200円　①4-10-348902-2
◇伊藤整に関する十八章　杵淵雄一著　仙台　緑丘社　1990.5　212p　20cm　1200円
◇伊藤整研究─新心理主義文学の顛末　佐々木冬流著　双文社出版　1995.10　261p　22cm　7800円　①4-88164-506-4
◇モダニスト伊藤整　佐藤公一著　有精堂出版　1992.5　175p　20cm（新鋭研究叢書　13）　2800円　①4-640-30812-4,4-640-32526-6
◇ジョイス・ロレンス・伊藤整　柴田多賀治著　八潮出版社　1991.1　211p　19cm　1800円　①4-89650-087-3
◇若い詩人の肖像─伊藤整、青春のかたち　伊藤整文学賞創設十周年記念企画展図録　市立小樽文学館,伊藤整文学賞の会,北海道新聞社編　小樽　市立小樽文学館　1999.6　72p　30cm
◇文体力─西脇順三郎と伊藤整と　田中実著　朝日出版社　2012.3　266p　20cm　1238円　①978-4-255-00642-0

◇伊藤整論　野坂幸弘著　双文社出版　1995.1　297p　22cm　5800円　Ⓘ4-88164-503-X

◇伊藤整　新潮社　1995.8　111p　20cm　（新潮日本文学アルバム　66）　1300円　Ⓘ4-10-620670-6

◇近代作家追悼文集成―第41巻　窪田空穂・壺井栄・広津和郎・伊藤整・西条八十　ゆまに書房　1999.2　329p　22cm　8000円　Ⓘ4-89714-644-5,4-89714-639-9

◆◆堀 辰雄（1904～1953）

◇近代文学研究叢書―第73巻　秋庭太郎ほか監修,昭和女子大学近代文学研究室著　昭和女子大学近代文化研究所　1997.10　705p　19cm　8600円　Ⓘ4-7862-0073-5

◇堀辰雄とモダニズム　池内輝雄編　至文堂　2004.2　260p　21cm　（「国文学解釈と鑑賞」別冊）　2400円

◇日本近代文学と西洋音楽―堀辰雄・芥川竜之介・宮沢賢治　井上二葉著　仙台　丸善仙台出版サービスセンター（製作）　2002.12　337p　22cm　1715円　Ⓘ4-86080-012-5

◇昭和の文人　江藤淳著　新潮社　1989.7　267p　20cm　1300円　Ⓘ4-10-303306-1

◇昭和の文人　江藤淳著　新潮社　2000.7　339p　16cm　（新潮文庫）　514円　Ⓘ4-10-110804-8

◇堀辰雄覚書　サド伝　遠藤周作著　講談社　2008.2　266p　16cm　（講談社文芸文庫）〈著作目録あり　年譜あり〉　1300円　Ⓘ978-4-06-290003-4

◇芥川龍之介と堀辰雄―信と認識のはざま　影山恒男著　有精堂出版　1994.11　206p　19cm　3090円　Ⓘ4-640-31054-4

◇堀辰雄論―雪の上の足跡をたどって　倉持丘著　日野　光陽社出版　1995.10　167p　19cm　2000円

◇堀辰雄　小久保実著　日本図書センター　1993.6　269,9p　22cm　（近代作家研究叢書　144）〈解説：杉野要吉　現代文学研究会　昭和26年刊の複製〉　6180円　Ⓘ4-8205-9248-3,4-8205-9239-4

◇堀辰雄と昭和文学　竹内清己著　三弥井書店　1992.6　440p　22cm　5700円　Ⓘ4-8382-3034-6

◇堀辰雄事典　竹内清己編　勉誠出版　2001.11　535,20p　23cm　〈年譜あり　文献あり〉　9800円　Ⓘ4-585-06037-5

◇堀辰雄―人と文学　竹内清己著　勉誠出版　2004.12　222p　20cm　（日本の作家100人）〈肖像あり　著作目録あり　年譜あり　文献あり〉　1800円　Ⓘ4-585-05175-9

◇村上春樹・横光利一・中野重治と堀辰雄―現代日本文学生成の水脈　竹内清己著　鼎書房　2009.11　239p　20cm　2200円　Ⓘ978-4-907846-65-7

◇立原道造と堀辰雄―往復書簡を中心として　立原道造,堀辰雄著,立原道造記念館研究資料室編　立原道造記念館　2000.3　137p　30cm　（Hyacinth edition no.8）〈開館3周年記念特別展：2000年3月25日―9月24日〉　Ⓘ4-925086-07-3

◇墨東の堀辰雄―その生い立ちを探る　谷田昌平著　弥生書房　1997.7　189p　20cm　1800円　Ⓘ4-8415-0733-7

◇堀辰雄の生涯と文学を追って―私の堀辰雄　内藤セツコ著　鳥影社　2010.12　171p　20cm　〈文献あり〉　1500円　Ⓘ978-4-86265-277-5

◇堀辰雄―昭和十年代の文学　中島昭著　リーベル出版　1992.12　254p　22cm　2575円　Ⓘ4-89798-205-7

◇堀辰雄全集―第7巻 下　中村真一郎,福永武彦編　筑摩書房　1997.2　654p　21cm　7725円　Ⓘ4-480-70111-7

◇堀辰雄全集―第8巻　中村真一郎,福永武彦編　筑摩書房　1997.3　466p　21cm　7313円　Ⓘ4-480-70108-7

◇堀辰雄試解　西原千博著　小平　蒼丘書林　2000.10　278p　20cm　2500円　Ⓘ4-915442-63-2

◇雲流れる高原―信濃追分と富士見高原　日達良文,小林正彦著　諏訪　長野日報社　2005.5　302p　19cm　（長野日報文芸叢書 10）　1524円　Ⓘ4-86125-029-3

◇辰雄・朔太郎・犀星―意中の文士たち〈下〉　福永武彦著　講談社　1994.11　250p　16cm　（講談社文芸文庫―現代日本のエッセイ）　940円　Ⓘ4-06-196299-X

◇堀辰雄の周辺　堀多恵子著　角川書店　1996.2　257p　20cm　1900円　Ⓘ4-04-

現代日本文学（文学史）

883439-8
◇野ばらの匂う散歩みち―堀多恵子談話集　堀多恵子述,堀辰雄文学記念館編　〔軽井沢町（長野県）〕　軽井沢町教育委員会　2003.7　164p　22cm
◇雉子日記　堀辰雄著　講談社　1995.5　289p　16cm　（講談社文芸文庫―現代日本のエッセイ）　980円　①4-06-196322-8
◇作家の自伝―52　堀辰雄　堀辰雄著,竹内清己編解説　日本図書センター　1997.4　305p　22cm　（シリーズ・人間図書館）　2600円　①4-8205-9494-X,4-8205-9482-6
◇堀辰雄全集―別巻1　堀辰雄著　4刷　筑摩書房　1997.4　645p　21cm　7500円　①4-480-70109-5
◇堀辰雄全集―別巻2　堀辰雄著　2刷　筑摩書房　1997.5　554,18p　21cm　7100円　①4-480-70110-9
◇異空間軽井沢―堀辰雄と若き詩人たち　堀井正子著　長野　オフィス・エム　1996.5　85p　21cm　（みみずく叢書）　500円　①4-900918-04-0
◇堀辰雄文学記念館常設展示図録　堀辰雄文学記念館編　軽井沢町（長野県）　堀辰雄文学記念館　1996.7　40p　26cm
◇堀辰雄文学記念館常設展示図録　堀辰雄文学記念館編　改訂版　〔軽井沢町（長野県）〕　軽井沢町教育委員会　2003.7　47p　30cm　〈他言語標題：Hori Tatsuo Literature Museum　英語併記　奥付のタイトル：堀辰雄文学記念館図録　年譜あり〉
◇堀辰雄没後50年特別企画展―図録　僕は歩いてゐた風のなかを…　堀辰雄文学記念館編　〔軽井沢町（長野県）〕　軽井沢町教育委員会　2003.7　31p　30cm　〈会期：平成15年7月3日～12月27日　年譜あり〉
◇堀辰雄生誕百年特別企画展図録―生の中心から遠ざかれば遠ざかるほどその動きが無駄に大きくなる　堀辰雄文学記念館編　〔軽井沢町（長野県）〕　軽井沢町教育委員会　2004.8　39p　30cm　〈会期：平成16年7月8日～12月27日　年譜あり〉
◇堀辰雄の実像　三島佑一著　増補　大宮　林道舎　1992.4　211p　20cm　2575円　①4-947632-41-0
◇堀辰雄と開かれた窓『四季』　水口洋治著　長岡京　竹林館　2001.4　281p　19cm　（ソフィア叢書 no.1）　1200円　①4-924691-86-0
◇信濃追分紀行―わが青春の思い出信濃追分は健在なり　宮沢肇,大石規子,鈴木豊志夫,秋谷千春,久保木宗一執筆　前橋　風塵舎　2012.4　68p　21cm　2000円
◇堀辰雄―魂の遍歴として　吉村貞司著　日本図書センター　1989.10　204,9p　22cm　（近代作家研究叢書 71）〈解説：池内輝雄　東京ライフ社昭和30年刊の複製〉　5150円　①4-8205-9024-3
◇流動するテクスト堀辰雄　渡部麻実著　翰林書房　2008.11　335p　22cm〈文献あり〉　3600円　①978-4-87737-268-2
◇堀辰雄全集 月報―1-11　筑摩書房　1996.6～1997.5　1冊　20cm
◇近代作家追悼文集成―第35巻　伊東静雄・折口信夫・堀辰雄　ゆまに書房　1997.1　401p　22cm　8240円　①4-89714-108-7

◆プロレタリア文学

◇昭和期文学・思想文献資料集成―第1輯　文学新聞　青山毅編　五月書房　1989.7　166,18p　37cm　59740円　①4-7727-0097-8
◇昭和期文学・思想文献資料集成―第2輯　美術新聞　青山毅編　五月書房　1989.10　198,9p　37cm〈附・プロレタリア美術,美術運動 複製〉　59740円　①4-7727-0099-4
◇種蒔く人文庫目録―秋田県立秋田図書館所蔵　秋田県立秋田図書館編　秋田　秋田県立秋田図書館　1992.3　102p　26cm〈付・今野文庫目録〉
◇プロレタリア文学はものすごい　荒俣宏著　平凡社　2000.10　258p　18cm　（平凡社新書）　680円　①4-582-85057-X
◇上野壮夫全集―第3巻　評論・随想　上野壮夫著　図書新聞　2011.12　630p　22cm
◇現代文学研究の枝折　浦西和彦著　大阪　和泉書院　2001.12　401p　22cm　（近代文学研究叢刊 26）　6000円　①4-7576-0127-1
◇浦西和彦著書述と書誌―第1巻　新・日本プロレタリア文学の研究　浦西和彦著　大阪　和泉書院　2009.1　526p　22cm〈索引あり〉　13000円　①978-4-7576-0476-6

現代日本文学（文学史）

◇浦西和彦著述と書誌―第4巻　日本プロレタリア文学書目―増補　浦西和彦著　大阪　和泉書院　2009.1　622p　22cm〈索引あり〉　15000円　Ⓘ978-4-7576-0479-7

◇社会運動と文芸雑誌―『種蒔く人』時代のメディア戦略　大和田茂著　菁柿堂　2012.5　250p　19cm　（Edition Trombone）〈星雲社（発売）　索引あり〉　2000円　Ⓘ978-4-434-16754-6

◇社会文学・社会主義文学研究　小田切秀雄著　勁草書房　1990.1　335,18p　22cm　3811円　Ⓘ4-326-80024-0

◇反貧困の文学　北村隆志著　学習の友社　2010.9　190p　19cm〈文献あり〉　1429円　Ⓘ978-4-7617-0666-1

◇新社会派文学　久野豊彦,浅原六朗著　日本図書センター　1990.10　232,3,8p　22cm　（近代文芸評論叢書 3）〈解説：長谷川泉　厚生閣書店昭和7年刊の複製〉　5150円　Ⓘ4-8205-9117-7,4-8205-9114-2

◇新社会派文学　久野豊彦,浅原六朗作　ゆまに書房　1995.4　232,3p　19cm　（現代の芸術と批評叢書 23）　Ⓘ4-89668-894-5

◇歴史の道標から―日本的〈近代〉のアポリアを克服する思想の回路　栗原幸夫著　れんが書房新社　1989.7　400p　20cm　2884円

◇プロレタリア文学とその時代　栗原幸夫著　増補新版　インパクト出版会　2004.1　347p　22cm　3500円　Ⓘ4-7554-0136-4

◇だからプロレタリア文学―名文・名場面で「いま」を照らしだす17の傑作　楜沢健著　勉誠出版　2010.6　222,4p　19cm〈年表あり　索引あり〉　1800円　Ⓘ978-4-585-29005-6

◇二〇世紀文学の黎明期―『種蒔く人』前後　祖父江昭二著　新日本出版社　1993.2　278p　20cm　3300円　Ⓘ4-406-02160-4

◇「種蒔く人」七十年記念誌　「種蒔く人」七十年記念誌編集委員会編　秋田　「種蒔く人」七十年記念事業実行委員会　1993.6　98p　27cm〈付（図1枚）〉　2000円

◇フロンティアの文学―雑誌『種蒔く人』の再検討　『種蒔く人』『文芸戦線』を読む会編　論創社　2005.3　242p　22cm〈年表あり〉　2500円　Ⓘ4-8460-0430-9

◇座談によるプロレタリア文学案内　津田孝ほか著　新日本出版社　1990.4　278,5p　19cm　1800円　Ⓘ4-406-01831-X

◇差異の近代―透谷・啄木・プロレタリア文学　中山和子著　翰林書房　2004.6　633p　22cm　（中山和子コレクション 2　中山和子著）〈シリーズ責任表示：中山和子著〉　5000円　Ⓘ4-87737-176-1

◇「種蒔く人」研究―秋田の同人を中心として　北条常久著　桜楓社　1992.1　315p　22cm　4800円　Ⓘ4-273-02573-6

◇夢前川―小坂多喜子現つを生きて　堀江朋子著　図書新聞　2007.12　270p　20cm〈肖像あり　著作目録あり　年譜あり　文献あり〉　1600円　Ⓘ978-4-88611-418-1

◇虚構の中のアイデンティティ―日本プロレタリア文学研究序説　前田角蔵著　法政大学出版局　1989.9　330p　20cm　（叢書・日本文学史研究）　2884円　Ⓘ4-588-45013-1

◇プロレタリア文学の経験を読む―浮浪ニヒリズムの時代とその精神史　武藤武美著　影書房　2011.11　330p　20cm　2500円　Ⓘ978-4-87714-418-0

◇文学に見る反戦と抵抗―私のプロレタリア作品案内　山口守圀著　福岡　海鳥社　2001.12　385p　21cm　2300円　Ⓘ4-87415-374-7

◇短編小説の魅力―『文芸戦線』『戦旗』を中心に　山口守圀著　福岡　海鳥社　2005.4　204p　20cm　1300円　Ⓘ4-87415-519-7

◇文学に見る反戦と抵抗　山口守圀著　増補版　福岡　海鳥社　2011.5　427p　21cm　2400円　Ⓘ978-4-87415-817-3

◇プロレタリア文学運動―その理想と現実　湯地朝雄著　晩声社　1991.11　596,4p　21cm　4944円

◇「種蒔く人資料室」目録―秋田市立土崎図書館所蔵　秋田　秋田市立土崎図書館　2001.2　108p　30cm

◆◆池田　勇作（1913～1944）

◇魂の道標へ―池田勇作と郁の軌跡　深い闇い谷間の時代に治安維持法も懼れず斗いそして輝いた若きプロレタリア文学担い手の記録　池田勇作著,佐藤幸夫,堀司朗編著　鶴岡

池田道正　2007.3　394p　21cm〈年表あり　年譜あり〉　1500円　ⓘ978-4-9903623-8-6

◆◆伊藤　永之介（1903～1959）

◇受難の昭和農民文学―伊藤永之介と丸山義二、和田伝　佐賀郁朗著　日本経済評論社　2003.9　229p　20cm〈年表あり　文献あり〉　1800円　ⓘ4-8188-1546-2

◇伊藤永之介を偲ぶ―没後三十年　島内きく子、岡里ちさ子編　伊藤永之介を偲ぶ会　1989.8　185p　19cm〈伊藤永之介の肖像あり〉

◇伊藤永之介生誕百年―深い愛、静かな怒りのリアリズム　分銅惇作編　至文堂　2003.9　272p　21cm（「国文学解釈と鑑賞」別冊）〈肖像あり　著作目録あり　年譜あり〉　2476円

◆◆井東　憲（1895～1945）

◇井東憲―人と作品　井東憲著,井東憲研究会編　〔静岡〕　〔井東憲研究会〕　2001.2　95p　19cm〈肖像あり〉　500円

◆◆江口　渙（1887～1975）

◇わが文学半生記　江口渙著　日本図書センター　1989.10　299,9p　22cm（近代作家研究叢書 64）〈解説：浦西和彦　青木書店昭和28年刊の複製〉　6180円　ⓘ4-8205-9017-0

◇江口渙の部屋へようこそ　小木宏,礪波周平著　本の泉社　2008.7　222p　19cm〈著作目録あり　文献あり〉　1600円　ⓘ978-4-7807-0388-7

◆◆片岡　鉄兵（1894～1944）

◇片岡鉄兵書誌と作品　瀬沼寿雄編　京王書林　2000.11　470p　20cm〈京王商事（発売）　肖像あり〉　5000円

◇片岡鉄兵コレクション目録　日本近代文学館編　日本近代文学館　2005.5　30p　21cm（日本近代文学館所蔵資料目録 29）

◆◆金子　洋文（1894～1985）

◇金子洋文と『種蒔く人』―文学・思想・秋田　須田久美著　冬至書房　2009.1　263p　19cm　3000円　ⓘ978-4-88582-160-8

◇金子洋文資料目録―秋田市立土崎図書館所蔵　秋田　秋田市立土崎図書館　2007.3　278p　30cm〈肖像あり〉

◆◆貴司　山治（1899～1973）

◇貴司山治研究　貴司山治研究会編　不二出版　2011.1　478p　22cm（「貴司山治全日記DVD版」別冊）〈著作目録あり　年譜あり〉　7000円　ⓘ978-4-8350-5989-1

◆◆黒島　伝治（1898～1943）

◇黒島伝治の軌跡　浜賀知彦著　青磁社　1990.11　301p　22cm〈黒島伝治の肖像あり〉　3000円

◇文学運動と黒島伝治　山口守圀著　福岡　海鳥社　2004.8　278p　21cm　1800円　ⓘ4-87415-489-1

◆◆小林　多喜二（1903～1933）

◇読本・秋田と小林多喜二―秋田県多喜二祭の記録　「秋田と小林多喜二」刊行会編　秋田　「秋田と小林多喜二」刊行会　2001.4　319p　21cm　2500円

◇戦争と文学―いま、小林多喜二を読む　伊豆利彦著　我孫子　白樺文学館多喜二ライブラリー　2005.7　223p　21cm〈本の泉社（発売）〉　1905円　ⓘ4-88023-914-3

◇小林多喜二私論　右遠俊郎著　本の泉社　2008.2　206p　20cm　1524円　ⓘ978-4-7807-0365-8

◇小林多喜二の文学と運動　大田努著　日本民主主義文学会　2012.2　230p　20cm（民主文学館　日本民主主義文学会編）〈光陽出版社（発売）〉　1429円　ⓘ978-4-87662-541-3

◇小林多喜二とその周圏　小笠原克著　翰林書房　1998.10　355p　20cm　3800円　ⓘ4-87737-047-1

◇小林多喜二と小樽―ガイドブック　小樽多喜二祭実行委員会編　新日本出版社　1994.2　92p　19cm　1100円　ⓘ4-406-02235-X

◇小樽小林多喜二を歩く　小樽多喜二祭実行委

員会著　新日本出版社　2003.2　47p　21cm〈肖像あり　年表あり〉　1100円　Ⓘ4-406-02988-5

◇多喜二の視点から見た身体（body）・地域（region）・教育（education）—2008年オックスフォード小林多喜二記念シンポジウム論文集　オックスフォード小林多喜二記念シンポジウム論文集編集委員会編　小樽　小樽商科大学出版会　2009.2　14,313p　21cm〈英語併載　会期・会場：2008年9月16日〜18日 オックスフォード大学　紀伊國屋書店（発売）　小樽商科大学創立100周年記念出版　背のタイトル：Report of 2008 Kobayashi Takiji memorial symposium at Oxford〉2000円　Ⓘ978-4-87738-361-9

◇ガイドブック小林多喜二の東京　「ガイドブック小林多喜二の東京」編集委員会編　学習の友社　2008.3　48p　21cm〈年譜あり〉1048円　Ⓘ978-4-7617-0647-0

◇「文学」としての小林多喜二　神谷忠孝, 北条常久, 島村輝編　至文堂　2006.9　293p　21cm　（「国文学：解釈と鑑賞」別冊）〈年譜あり〉　2476円

◇小林多喜二伝　倉田稔著　論創社　2003.12　913p　20cm〈年譜あり〉　6800円　Ⓘ4-8460-0408-2

◇小林多喜二・宮本百合子論　蔵原惟人著　新日本出版社　1990.3　299p　18cm　（新日本新書）　720円　Ⓘ4-406-01837-9

◇多喜二ノオト　桑原正二著　京都　洛西書院　1999.3　189p　19cm　1400円　Ⓘ4-947525-58-4

◇母の語る小林多喜二　小林セキ述, 小林広編　新日本出版社　2011.7　190p　19cm〈解説：荻野富士夫〉　1400円　Ⓘ978-4-406-05491-1

◇作家の自伝—51　小林多喜二　小林多喜二著, 小笠原克編解説　日本図書センター　1997.4　281p　22cm　（シリーズ・人間図書館）　2600円　Ⓘ4-8205-9493-1,4-8205-9482-6

◇小林多喜二全集—第7巻　小林多喜二著　新装版　新日本出版社　1992.12　706,12p　20cm　6000円　Ⓘ4-406-02146-9

◇生誕100年記念小林多喜二国際シンポジウムpart2報告集　白樺文学館多喜二ライブラリー企画・編, 島村輝監修　東銀座出版社（発売）　2004.12　200p　30cm〈年譜あり〉　2381円　Ⓘ4-89469-085-3

◇いま中国によみがえる小林多喜二の文学—中国小林多喜二国際シンポジウム論文集　白樺文学館多喜二ライブラリー編, 張如意監修　東銀座出版社　2006.2　304p　21cm〈会期・会場：2005年11月12日〜13日 河北大学〉　1524円　Ⓘ4-89469-095-0

◇生誕100年記念小林多喜二展記録集—2004年・第39回秋田県多喜二祭　第39回秋田県多喜二祭・生誕100年記念小林多喜二展記録集編纂委員会編　秋田　第39回秋田県多喜二祭・生誕100年記念小林多喜二展記録集編纂委員会　2004.12　108p　30cm〈会期・会場：2月18日〜21日 秋田市・アトリオン　背・表紙のタイトル：記録生誕100年記念小林多喜二展〉

◇小林多喜二青春の記録—多喜二の文学は時代を超えて力強く読み継がれた　高田光子著　八朔社　2011.1　410p　20cm　（叢書ベリタス）〈文献あり　年譜あり〉　3200円　Ⓘ978-4-86014-051-9

◇多喜二文学と奪還事件—多喜二奪還事件80周年記念論文集　多喜二奪還事件80周年記念文集編集委員会編　〔伊勢崎〕　伊勢崎・多喜二祭実行委員会　2011.9　124p　30cm　1500円　Ⓘ978-4-99048-192-6

◇小林多喜二　手塚英孝著　新日本出版社　2008.8　317p　20cm〈著作目録あり　年譜あり〉　1900円　Ⓘ978-4-406-05160-6

◇青春の小林多喜二　土井大助著　光和堂　1997.3　259p　20cm　1900円　Ⓘ4-87538-113-1

◇よみがえれ小林多喜二—詩とエッセー　土井大助著　白樺文学館多喜二ライブラリー　2003.11　164p　19cm〈本の泉社（発売）〉　1300円　Ⓘ4-88023-829-5

◇「多喜二奪還事件」の文学的前提—群馬プロレタリア文学の発見とその展開　長谷田直之編集・解説　伊勢崎　伊勢崎・多喜二祭実行委員会　2009.9　93p　30cm　（「多喜二奪還事件」資料集 2）　1000円　Ⓘ978-4-99048-190-2

◇「多喜二奪還事件」の記録—伝説から史実へ　長谷田直之編集・解説　伊勢崎　伊勢崎・多

◇小林多喜二 "破綻"の文学―プロレタリア文学再考　畑中康雄著　彩流社　2006.3　358p 20cm 2800円　①4-7791-1150-1

◇極める眼―小林多喜二とその時代　浜林正夫著，白樺文学館多喜二ライブラリー企画・編　東銀座出版社　2004.8　233p 19cm 1905円　①4-89469-081-0

◇火を継ぐもの―小林多喜二―兵頭勉「小林多喜二講演録」　兵頭勉著　弘前　日本民主主義文学会弘前支部　2009.12　145p 20cm〈年譜あり〉　1000円

◇小林多喜二―21世紀にどう読むか　ノーマ・フィールド著　岩波書店　2009.1　263p 18cm　（岩波新書　新赤版1169）〈文献あり　年譜あり〉　780円　①978-4-00-431169-0

◇小林多喜二とその盟友たち　藤田広登著　学習の友社　2007.12　143p 21cm　1429円　①978-4-7617-0646-3

◇小林多喜二の人と文学　布野栄一著　翰林書房　2002.10　223p 20cm 2800円　①4-87737-156-7

◇小林多喜二時代への挑戦　不破哲三著　新日本出版社　2008.7　190p 20cm〈年譜あり〉　1200円　①978-4-406-05149-1

◇煌めきの章―多喜二くんへ，山宣さんへ　本庄豊著　京都　かもがわ出版　2012.1　125p 19cm〈年表あり〉　1200円　①978-4-7803-0523-4

◇小林多喜二の文学―近代文学の流れから探る　松沢信祐著　光陽出版社　2003.11　313,5p 22cm〈肖像あり　年譜あり〉　3000円　①4-87662-348-1

◇魂のメッセージ―ロシア文学と小林多喜二　松本忠司著，白樺文学館多喜二ライブラリー企画・編　東銀座出版社　2004.7　184p 20cm〈年譜あり　著作目録あり〉　1905円　①4-89469-077-2

◇小林多喜二と宮本百合子―三浦光則文芸評論集　三浦光則著　日本民主主義文学会　2009.3　221p 20cm　（民主文学館　日本民主主義文学会編）〈光陽出版社（発売）〉　1429円　①978-4-87662-495-9

◇近代作家追悼文集成―第23巻　小林多喜二・直木三十五・土田杏村　ゆまに書房　1992.12　331p 22cm〈監修：稲村徹元　複製　小林多喜二ほかの肖像あり〉　6901円　①4-89668-647-0

◇暗黒の中の光芒―小林多喜二・緑川英子・槙村浩　高知　平和資料館・草の家　1994.8　73p 21cm　（草の家ブックレット　5）　600円

◇小林多喜二生誕100年・没後70周年記念シンポジウム記録集　白樺文学館多喜二ライブラリー　2004.2　120p 30cm〈東銀座出版社（発売）〉　1619円　①4-89469-074-8

◇伊勢崎署占拠・多喜二奪還事件資料集―2008年9月7日伊勢崎・多喜二祭　伊勢崎　伊勢崎・多喜二祭実行委員会　2008.9　50p 30cm〈年譜あり〉　非売品

◆◆◆「蟹工船」

◇「蟹工船」を読み解く―魂の革命家小林多喜二　鈴木邦男著　データハウス　2009.3　253p 19cm〈年表あり〉　1300円　①978-4-7817-0002-1

◇「蟹工船」の社会史―小林多喜二とその時代　浜林正夫著　学習の友社　2009.2　230p 21cm 《『極める眼』（東銀座出版社2004年刊）の増補新装版》　1714円　①978-4-7617-0655-5

◇小林多喜二と『蟹工船』　河出書房新社　2008.9　191p 21cm　（Kawade道の手帖）〈著作目録あり　年譜あり　文献あり〉　1500円　①978-4-309-74018-8

◆◆里村　欣三（1902〜1945）

◇里村欣三の旗―プロレタリア作家はなぜ戦場で死んだのか　大家真悟著　論創社　2011.5　438p 20cm〈文献あり　著作目録あり　作品目録あり　年譜あり〉　3800円　①978-4-8460-0843-7

◆◆武田　麟太郎（1904〜1946）

◇武田麟太郎　浦西和彦，児島千波編　日外アソシエーツ　1989.6　185p 21cm　（人物書誌大系　21）〈（注）著書目録　作品目録　参考文献目録　年譜〉　6180円

◇近代作家追悼文集成―第31巻　三宅雪嶺・

幸田露伴・武田麟太郎・横光利一・織田作之助　ゆまに書房　1997.1　330p　22cm　8240円　①4-89714-104-4

◆◆壺井 繁治（1897〜1975）

◇薔薇の詩人―壷井繁治のそこが知りたい 生誕百年記念　〔琴平町（香川県）〕　香川県詩人協会事務局　1997.7　36p　21cm　500円

◆◆徳永 直（1899〜1958）

◇作家の自伝―68　徳永直　徳永直著，浦西和彦編解説　日本図書センター　1998.4　281p　22cm　（シリーズ・人間図書館）　2600円　①4-8205-9512-1,4-8205-9504-0

◇孟宗竹に吹く風―熊本が生んだ世界的作家徳永直没後50年記念シンポジウム報告書　徳永直没後50年記念事業期成会編著　熊本　徳永直没後50年記念事業期成会　2008.10　70p　21cm〈会期・会場：2008年5月31日 県民交流館パレアホール（鶴屋東館10階）〉　1000円

◆◆沼田 流人（1898〜1964）

◇沼田流人伝―埋れたプロレタリア作家　武井静夫著　倶知安町（北海道）　倶知安郷土研究会　1992.3　61p　15cm　（倶知安双書 13）

◆◆葉山 嘉樹（1894〜1945）

◇葉山嘉樹―文学的抵抗の軌跡　浅田隆著　翰林書房　1995.10　274p　20cm　3800円　①4-906424-76-7

◇葉山嘉樹―考証と資料　浦西和彦著　明治書院　1994.1　338p　19cm　（国文学研究叢書）〈葉山嘉樹の肖像あり〉　2900円　①4-625-58059-5

◇浦西和彦著述と書誌―第3巻　年譜葉山嘉樹伝　浦西和彦著　大阪　和泉書院　2008.10　520p　22cm〈著作目録あり〉　13000円　①978-4-7576-0478-0

◇葉山嘉樹・真実を語る文学　楜沢健他著，三人の会編　福岡　花乱社　2012.5　182p　21cm　（花乱社選書 3）〈文献あり〉　1600円　①978-4-905327-18-9

◇葉山嘉樹論―戦時下の作品と抵抗　鈴木章吾著　菁柿堂　2005.8　267p　19cm　（Edition trombone）〈星雲社（発売）　年譜あり　文献あり〉　2100円　①4-434-06568-8

◇葉山嘉樹への旅　原健一著　京都　かもがわ出版　2009.3　275p　19cm〈文献あり〉　1800円　①978-4-7803-0271-4

◆◆平林 たい子（1905〜1972）

◇平林たい子　中山和子著　新典社　1999.3　190p　19cm　（女性作家評伝シリーズ 8）　1500円　①4-7879-7308-8

◇作家の自伝―93　平林たい子　平林たい子著，中山和子編解説　日本図書センター　1999.4　255p　22cm　（シリーズ・人間図書館）　2600円　①4-8205-9538-5,4-8205-9525-3

◇沙漠に咲く―平林たい子と私　村野民子著　国分寺　武蔵野書房　1991.12　210p　20cm〈平林たい子および著者の肖像あり〉　1988円

◇刻を彫って―平林たい子を偲ぶ　村野民子著　出版地不明　村野民子　2009.9　295p　20cm　非売品

◇孤花　村野民子著　宮崎　鉱脈社　2012.6　190p　20cm　1400円　①978-4-86061-443-0

◇刻を彫って―平林たい子を偲ぶ　村野民子著　宮崎　鉱脈社　2012.7　258p　20cm　1600円　①978-4-86061-446-1

◇妖精と妖怪のあいだ―評伝・平林たい子　群ようこ著　文芸春秋　2005.7　203p　20cm　1429円　①4-16-366460-2

◇妖精と妖怪のあいだ―平林たい子伝　群ようこ著　文芸春秋　2008.7　241p　16cm　（文春文庫）　533円　①978-4-16-748513-9

◆◆前田河 広一郎（1888〜1957）

◇前田河広一郎における「アメリカ」　中田幸子著　国書刊行会　2000.10　273,43p　20cm　3500円　①4-336-04288-8

◆◆松田 解子（1905〜2004）

◇松田解子とわたし―往復書簡・ふるさとに心

結びて　佐藤征子著　影書房　2002.10　349p　20cm　2000円　①4-87714-294-0
◇歩きつづけて、いまも―私の人生と文学　松田解子著　新日本出版社　1995.9　197p　20cm　2000円　①4-406-02381-X
◇松田解子白寿の行路―生きてたたかって愛して書いて　松田解子著,新船海三郎聞き手　本の泉社　2004.7　191p　19cm　1429円　①4-88023-851-1

◆◆間宮　茂輔（1899〜1975）

◇六頭目の馬―間宮茂輔の生涯　間宮武著　国分寺　武蔵野書房　1994.11　250p　20cm　2000円

◆◆山川　亮（1887〜1957）

◇輝く晩年―作家・山川亮の歌と足跡　小泉修一著　光陽出版社　2004.2　139p　20cm　〈年譜あり〉　1238円　①4-87662-359-7
◇「種蒔く人」の一人　小泉修一著　光陽出版社　2006.11　149p　20cm　1238円　①4-87662-442-9

◆◆若杉　鳥子（1892〜1937）

◇若杉鳥子―その人と作品　奈良達雄著　東銀座出版社　2007.6　136p　18cm　1429円　①978-4-89469-110-0

◆転向文学

◇危機の時代と転向の意識　上条晴史,坂内仁編著　社会評論社　1990.7　309p　21cm　（思想の海へ「解放と変革」　15）　2600円
◇「転向」の明暗―「昭和十年前後」の文学　長谷川啓著　インパクト出版会　1999.5　352p　21cm　（文学史を読みかえる　3）　2800円　①4-7554-0084-8

◆◆島木　健作（1903〜1945）

◇島木健作論　北村巌著　近代文芸社　1994.6　209p　20cm　1200円　①4-7733-2817-7
◇島木健作―義に飢ゑ渇く者　新保祐司著　リブロポート　1990.7　268,3p　19cm　（シリーズ民間日本学者　26）〈島木健作の肖像あり〉　1545円　①4-8457-0530-3
◇近代作家追悼文集成―第30巻　西田幾多郎・三木清・島木健作・木下杢太郎　ゆまに書房　1997.1　342p　22cm　8240円　①4-89714-103-6

◆◆高見　順（1907〜1965）

◇高見順研究　梅本宣之著　大阪　和泉書院　2002.3　223p　20cm　（和泉選書　129）　3500円　①4-7576-0151-4
◇高見順昭和の時代の精神　川上勉著　奈良　萌書房　2011.8　235p　20cm　〈文献あり〉　2300円　①978-4-86065-061-2
◇詩人高見順―その生と死　上林猷夫著　講談社　1991.9　301p　20cm〈高見順の肖像あり〉　2500円　①4-06-205441-8
◇生としての文学―高見順論　小林敦子著　笠間書院　2010.12　279p　22cm　〈他言語標題：Jun Takami：Literature as Life〉　2500円　①978-4-305-70532-7
◇高見順論―魂の粉飾決算　坂本満津夫著　東京新聞出版局　2002.11　249p　20cm　〈肖像あり〉　1500円　①4-8083-0775-8
◇文士・高見順―高見文学96の花束　坂本満津夫著　おうふう　2003.11　229p　20cm　2200円　①4-273-03313-5
◇高見順の「昭和」　坂本満津夫著　鳥影社　2006.5　351p　20cm　1600円　①4-88629-988-1
◇高見順の「青春」　坂本満津夫著　鳥影社　2008.3　258p　20cm　1500円　①978-4-86265-118-1
◇評伝・高見順　坂本満津夫著　鳥影社　2011.7　264p　20cm　1600円　①978-4-86265-308-6
◇闘病日記・上　高見順著,中村真一郎編　岩波書店　1990.11　378p　16cm　（同時代ライブラリー　48）〈著者の肖像あり〉　950円　①4-00-260048-3
◇闘病日記・下　高見順著,中村真一郎編　岩波書店　1990.11　357p　16cm　（同時代ライブラリー　49）〈著者の肖像あり〉　950円　①4-00-260049-1
◇敗戦日記　高見順著　新装版　文芸春秋　1991.8　376p　16cm　（文春文庫）　500円

◇④4-16-724906-5
◇終戦日記　高見順著　文芸春秋　1992.1　493p　16cm　(文春文庫)　『完本・高見順日記』(凡書房新社1959年刊)の改題　560円　④4-16-724907-3
◇作家の自伝—96　高見順　高見順著,亀井秀雄編解説　日本図書センター　1999.4　273p　22cm　(シリーズ・人間図書館)　2600円　④4-8205-9541-5,4-8205-9525-3
◇高見順文壇日記　中村真一郎編　岩波書店　1991.2　298p　16cm　(同時代ライブラリー　60)〈著者の肖像あり〉　1200円　④4-00-260060-2
◇高見順の航跡を見つめて—私は日本海の荒磯の生まれ…　宮守正雄著　昭和の文学研究会　2008.11　183p　21cm　2000円
◇高見順—特別展　〔鎌倉〕　鎌倉市教育委員会　1995.9　25p　30cm
◇近代作家追悼文集成—第40巻　江戸川乱歩・谷崎潤一郎・高見順　ゆまに書房　1999.2　348p　22cm　8000円　④4-89714-643-7,4-89714-639-9

◆◆中野　重治（1902～1979）

◇中野重治との日々　石堂清倫著　勁草書房　1989.6　189,7p　20cm　1960円　④4-326-15220-6
◇中野重治と社会主義　石堂清倫著　勁草書房　1991.11　329,8p　20cm　2987円　④4-326-15262-1
◇わが友中野重治　石堂清倫著　平凡社　2002.4　313p　20cm　2400円　④4-582-82997-X
◇昭和の文人　江藤淳著　新潮社　1989.7　267p　20cm　1300円　④4-10-303306-1
◇昭和の文人　江藤淳著　新潮社　2000.7　339p　16cm　(新潮文庫)　514円　④4-10-110804-8
◇斎藤茂吉と中野重治　岡井隆著　砂子屋書房　1993.9　183p　22cm　2427円
◇中野重治自由散策　岡田孝一著　国分寺　武蔵野書房　1995.10　248p　20cm　2000円
◇中野重治拾遺　小川重明著　国分寺　武蔵野書房　1998.4　262p　20cm　2700円
◇中野重治余滴　小川重明著　菁柿堂　2011.5　286p　20cm〈星雲社（発売）〉　2800円　④978-4-434-15693-9
◇中野重治—文学の根源から　小田切秀雄著　講談社　1999.3　267p　20cm　2500円　④4-06-209614-5
◇中野重治と北海道の人びと　市立小樽文学館編　〔小樽〕　市立小樽文学館　2000.7　77p　26cm〈特別展：平成12年7月22日—9月3日　付属資料：8p：展示資料一覧〉
◇蟹シャボテンの花—中野重治と室生犀星　笠森勇著　龍書房　2006.7　207p　20cm　1429円　④4-903418-09-X
◇中野重治論—思想と文学の行方　木村幸雄著　おうふう　1995.10　288p　19cm　2800円　④4-273-02878-6
◇重治・百合子覚書—あこがれと苦さ　近藤宏子著　社会評論社　2002.9　303p　20cm　2300円　④4-7845-0520-2
◇中野重治私記　定道明著　構想社　1990.11　218p　20cm　1600円　④4-87574-050-6
◇「しらなみ」紀行—中野重治の青春　定道明著　河出書房新社　2001.2　306p　20cm　1500円　④4-309-90444-0
◇中野重治伝説　定道明著　河出書房新社　2002.7　279p　20cm　(人間ドキュメント)　2200円　④4-309-01479-8
◇中野重治『村の家』作品論集成—1　佐藤健一編　大空社　1998.12　395p　27cm　(近代文学作品論叢書　23)　④4-87236-828-2
◇中野重治『村の家』作品論集成—2　佐藤健一編　大空社　1998.12　419p　27cm　(近代文学作品論叢書　23)　④4-87236-828-2
◇中野重治『村の家』作品論集成—3　佐藤健一編　大空社　1998.12　431p　27cm　(近代文学作品論叢書　23)　④4-87236-828-2
◇昭和という時代—中野重治をめぐる恣意的ノート・他　直原弘道著　神戸　エディション・カイエ　1990.3　217p　20cm〈星雲社（発売）〉　2200円　④4-7952-5557-1
◇中野重治—論集　島崎市誠著　龍書房　2008.11　283p　19cm　2667円　④978-4-903418-44-5
◇中野重治と朝鮮　鄭勝云著　新幹社　2002.11　225p　20cm〈文献あり〉　2000円　④4-88400-029-3

現代日本文学（文学史）

◇中野重治とモダン・マルクス主義　ミリアム・シルババーグ著，林淑美，林淑姫，佐復秀樹訳　平凡社　1998.11　379p　22cm　5400円　①4-582-48644-4

◇中野重治資料集　高橋克博編　加古川　印南書房　1992.8　277p　21cm

◇中野重治〈書く〉ことの倫理　竹内栄美子著　エディトリアルデザイン研究所　1998.11　300p　22cm　（EDI学術選書）　3500円　①4-901134-08-6

◇中野重治―人と文学　竹内栄美子著　勉誠出版　2004.10　216p　20cm　（日本の作家100人）〈年譜あり　文献あり〉　1800円　①4-585-05174-0

◇批評精神のかたち―中野重治・武田泰淳　竹内栄美子著　イー・ディー・アイ　2005.3　338p　22cm　（EDI学術選書）　3334円　①4-901134-31-0

◇戦後日本、中野重治という良心　竹内栄美子著　平凡社　2009.10　264p　18cm　（平凡社新書　490）〈文献あり〉　840円　①978-4-582-85490-9

◇村上春樹・横光利一・中野重治と堀辰雄―現代日本文学生成の水脈　竹内清己著　鼎書房　2009.11　239p　20cm　2200円　①978-4-907846-65-7

◇中野重治『甲乙丙丁』の世界　津田道夫著　社会評論社　1994.10　253p　20cm　2678円　①4-7845-0527-X

◇中野重治ある昭和の軌跡　円谷真護著　社会評論社　1990.7　254p　20cm　2266円

◇敗戦前日記　中野重治著　中央公論社　1994.1　656p　20cm〈著者の肖像あり〉　3500円　①4-12-002271-4

◇作家の自伝―67　中野重治　中野重治著，杉野要吉編解説　日本図書センター　1998.4　287p　22cm　（シリーズ・人間図書館）　2600円　①4-8205-9511-3,4-8205-9504-0

◇中野重治全集―第28巻　中野重治著　定本版　筑摩書房　1998.7　540p　22cm　8700円　①4-480-72048-0

◇中野重治は語る　中野重治著，松下裕編　平凡社　2002.1　295p　16cm　（平凡社ライブラリー）　1400円　①4-582-76420-7

◇中野重治―文学アルバム　中野重治研究会企画・編集　金沢　能登印刷・出版部　1989.6　162p　22cm〈中野重治の肖像あり〉　2000円　①4-89010-076-8

◇中野重治と私たち―「中野重治研究と講演の会」記録集　中野重治研究会編　国分寺　武蔵野書房　1989.11　323p　22cm〈中野重治の肖像あり〉　3296円

◇中野重治原稿資料目録　中野重治の会編　金沢　石川県　2008.3　87p　30cm〈共同刊行：石川近代文学館　肖像あり　年譜あり〉

◇黒田道宅寄贈資料目録　中野重治文庫記念丸岡町民図書館編　丸岡町（福井県）　中野重治文庫記念丸岡町民図書館　1997.3　19p　21cm

◇中嶋藤作寄贈資料と目録　中野重治文庫記念丸岡町民図書館編　丸岡町（福井県）　中野重治文庫記念丸岡町民図書館　1998.3　31p　21cm

◇中野重治生誕百年を迎えて―記録集　中野重治文庫記念丸岡町民図書館中野重治生誕100年記念事業事務局編　〔丸岡町（福井県）〕　中野重治文庫記念丸岡町民図書館中野重治生誕100年記念事業事務局　2003.2　35p　26cm〈中野重治生誕百年記念行事〉

◇中野重治の肖像　林尚男著　創樹社　2001.5　322,13p　20cm　2190円　①4-7943-0566-4

◇中野重治訪問記　松尾尊兊著　岩波書店　1999.2　204p　20cm　2500円　①4-00-001548-6

◇評伝中野重治　松下裕著　筑摩書房　1998.10　416p　22cm　4900円　①4-480-82337-9

◇評伝中野重治　松下裕著　増訂　平凡社　2011.5　623p　16cm　（平凡社ライブラリー　736）〈初版：筑摩書房1998年刊　並列シリーズ名：Heibonsha Library　年譜あり　索引あり〉　2200円　①978-4-582-76736-0

◇中野重治連続する転向　林淑美著　八木書店　1993.1　311,10p　22cm　4800円　①4-8406-9085-5

◇批評の人間性中野重治　林淑美著　平凡社　2010.4　356p　20cm　3400円　①978-4-582-83465-9

◇中野重治　新潮社　1996.1　111p　20cm　（新潮日本文学アルバム　64）　1300円　①4-10-620668-4

◆日本浪曼派

◇日本浪曼派批判序説　橋川文三著　増補　新装版　未来社　1995.8　382p　20cm　2884円　Ⓘ4-624-60093-2

◇日本浪曼派批判序説　橋川文三著　講談社　1998.6　324p　16cm　〈講談社文芸文庫〉　1050円　Ⓘ4-06-197619-2

◇日本浪曼派批判序説　橋川文三著　増補　新装版　未来社　2009.5〈第2刷〉　382p　20cm　3200円　Ⓘ978-4-624-60093-8

◇日本浪曼派の時代　保田与重郎著　京都　新学社　1999.4　382p　15cm　〈保田与重郎文庫 19〉　1200円　Ⓘ4-7868-0040-6

◆◆中村 地平（1908〜1963）

◇〈南方文学〉その光と影―中村地平試論　岡林稔著　宮崎　鉱脈社　2002.2　313p　19cm　〈みやざき文庫 11〉　2400円　Ⓘ4-86061-006-7

◆◆保田 与重郎（1910〜1981）

◇不敗の条件―保田与重郎と世界の思潮　ロマノ・ヴルピッタ著　中央公論社　1995.2　305p　20cm　〈中公叢書〉　1900円　Ⓘ4-12-002404-0

◇保田与重郎　桶谷秀昭著　講談社　1996.12　245p　15cm　〈講談社学術文庫〉　760円　Ⓘ4-06-159261-0

◇浪曼的滑走―保田与重郎と近代日本　桶谷秀昭著　新潮社　1997.7　222p　20cm　2000円　Ⓘ4-10-348903-0

◇戦時下の文学と〈日本的なもの〉―横光利一と保田与重郎　河田和子著　福岡　花書院　2009.3　302p　21cm　〈比較社会文化叢書 15〉〈文献あり〉　2660円　Ⓘ978-4-903554-41-9

◇イロニアの大和　川村二郎著　講談社　2003.11　269p　20cm　2500円　Ⓘ4-06-212123-9

◇保田与重郎の維新文学―私のその述志案内　古木春哉著　白河書院　2005.1　193p　20cm　〈肖像あり〉

◇保田与重郎の時代　近藤洋太著　七月堂　2003.4　375p　20cm　3000円　Ⓘ4-87944-053-1

◇花のなごり―先師保田与重郎　谷崎昭男著　京都　新学社　1997.9　259p　20cm　2200円　Ⓘ4-7868-0021-X

◇私の保田与重郎　谷崎昭男他著　京都　新学社　2010.3　658p　20cm　4000円　Ⓘ978-4-7868-0185-3

◇保田与重郎と昭和の御代　福田和也著　文芸春秋　1996.6　221p　20cm　1700円　Ⓘ4-16-351690-5

◇保田与重郎を知る　前田英樹著　京都　新学社　2010.11　209p　20cm〈付属資料（DVD-Video1枚 12cm）：自然に生きる　年譜あり〉　2800円　Ⓘ978-4-7868-0186-0

◇保田与重郎のくらし―京都・身余堂の四季　水野克比古,水野秀比古写真,谷崎昭男ほか文　京都　新学社　2007.12　127p　27cm　〈肖像あり〉　4000円　Ⓘ978-4-7868-0163-1

◇作家の自伝―97　保田与重郎　保田与重郎著,桶谷秀昭編解説　日本図書センター　1999.4　279p　22cm　〈シリーズ・人間図書館〉　2600円　Ⓘ4-8205-9542-3,4-8205-9525-3

◇空ニモ書カン―保田与重郎の生涯　吉見良三著　京都　淡交社　1998.10　456p　20cm　3000円　Ⓘ4-473-01622-6

◇保田与重郎研究――九三〇年代思想史の構想　渡辺和靖著　ぺりかん社　2004.2　614p　22cm〈著作目録あり〉　6800円　Ⓘ4-8315-1065-3

◆◆若林 つや（1905〜1998）

◇白き薔薇よ―若林つやの生涯　堀江朋子著　図書新聞　2003.6　229p　20cm〈肖像あり　文献あり　年譜あり　著作目録あり〉　2200円　Ⓘ4-88611-402-4

昭和（戦後）時代

◇文学の戦後―対談　鮎川信夫,吉本隆明述　講談社　2009.10　195p　16cm　〈講談社文芸文庫　あR1〉〈文献あり　並列シリーズ名：Kodansha bungei bunko〉　1300円　Ⓘ978-4-06-290063-8

◇幻視の作家　荒川法勝著　東京文芸館　1996.3　190p　20cm　1456円　Ⓘ4-

◇知識人99人の死に方―もうひとつの戦後史　荒俣宏責任編集　角川書店　1994.12　159p　26cm　(Wonder X series 3)　1900円　⓪4-04-841012-1

◇知識人99人の死に方　荒俣宏監修　角川書店　2000.10　319p　15cm　(角川文庫―角川ソフィア文庫)〈1994年刊の増訂〉　648円　⓪4-04-169034-X

◇私の戦後史―その文学的回想　五十嵐藤之助著　そうぶん社出版　2001.12　294p　20cm　⓪4-88328-277-5

◇〈いま〉を読みかえる―「この時代」の終わり　池田浩士責任編集　インパクト出版会　2007.1　404p　21cm　(文学史を読みかえる 8　池田浩士,加納実紀代,川村湊,木村一信,栗原幸夫,長谷川啓編)　3500円　⓪978-4-7554-0167-1

◇「生」をめざす―昭和・戦後の文学　石田健夫著　新評論　1989.3　293p　20cm　1800円　⓪4-7948-0026-6

◇敗戦国民の精神史―文芸記者の眼で見た四十年　石田健夫著　藤原書店　1998.1　306p　20cm　2800円　⓪4-89434-092-5

◇戦後文壇畸人列伝　石田健夫著　藤原書店　2002.1　240p　21cm〈文献あり　年表あり〉　2400円　⓪4-89434-269-3

◇戦後史の空間　磯田光一著　新潮社　1993.8　297p　20cm　1800円　⓪4-10-358003-8

◇戦後史の空間　磯田光一著　新潮社　2000.8　366p　16cm　(新潮文庫)　514円　⓪4-10-133231-2

◇磯田光一著作集―4　戦後史の空間・左翼がサヨクになるとき　磯田光一著　小沢書店　1991.12　587p　20cm　4944円

◇戦後文学を読む　伊藤成彦著　論創社　1990.5　310p　20cm　2500円

◇時標としての文学―1984～1995　伊藤成彦著　御茶の水書房　1995.9　504p　21cm　3914円　⓪4-275-01600-9

◇父と兄の時間―戦後小説の継承　岩谷征捷著　鳥影社　2006.1　298p　20cm　1800円　⓪4-88629-957-1

◇昭和文学年表―第3巻　浦西和彦,青山毅編　明治書院　1995.7　361p　22cm　4500円　⓪4-625-53118-7

◇昭和文学年表―第4巻　浦西和彦,青山毅編　明治書院　1995.11　481p　22cm　5500円　⓪4-625-53119-5

◇昭和文学年表―第5巻　浦西和彦,青山毅編　明治書院　1996.4　481p　22cm　5500円　⓪4-625-53120-9

◇昭和文学年表―第6巻　浦西和彦,青山毅編　明治書院　1996.9　625p　22cm　5500円　⓪4-625-53121-7

◇大江からばななまで―現代文学研究案内　榎本正樹ほか編　日外アソシエーツ　1997.4　268p　21cm　2500円　⓪4-8169-1424-2

◇戦後文学は生きている　海老坂武著　講談社　2012.9　285p　18cm　(講談社現代新書 2175)　800円　⓪978-4-06-288175-3

◇昭和文学への証言―私の敗戦後文壇史　大久保典夫著　論創社　2012.11　198p　20cm　2000円　⓪978-4-8460-1184-0

◇黄霊芝物語―ある日文台湾作家の軌跡　岡崎郁子著　研文出版　2004.2　293p　22cm〈年譜あり　文献あり〉　7000円　⓪4-87636-227-0

◇「幸福」の可能性―逆風の中の文学者たち　小笠原賢二著　洋々社　2004.11　258p　20cm　2400円　⓪4-89674-917-0

◇昭和精神史―戦後篇　桶谷秀昭著　文芸春秋　2000.6　490p　20cm　3238円　⓪4-16-356350-4

◇昭和精神史―戦後篇　桶谷秀昭著　文芸春秋　2003.10　570p　16cm　(文春文庫)〈文献あり〉　867円　⓪4-16-724205-2

◇通り過ぎた人々　小沢信男著　みすず書房　2007.4　163p　20cm　2400円　⓪978-4-622-07288-1

◇日本の現代作家12人の横顔―桃の実のエロス　マンフレート・オステン著,大杉洋訳　諏訪　鳥影社・ロゴス企画　2008.1　195p　20cm　1600円　⓪978-4-86265-110-5

◇私の文学―「文」の対話　小田実著　新潮社　2000.5　302p　20cm　2600円　⓪4-10-423202-5

◇時代の転換点と文学　乙部宗徳著　日本民主主義文学会　2004.1　251p　20cm　(民主文学館　日本民主主義文学会編)〈光陽出版社(発売)　シリーズ責任表示：日本民主主義文学会編〉　1905円　⓪4-87662-356-2

現代日本文学（文学史）

◇日経小説でよむ戦後日本　小野俊太郎著　筑摩書房　2001.4　204p　18cm　（ちくま新書）　680円　①4-480-05891-5

◇戦後文学を読む　小畑勝行著　盛岡　熊谷印刷出版部　2006.11　463p　20cm　1714円　①4-87720-299-4

◇終焉の終り—1991文学的考察　笠井潔著　福武書店　1992.3　242p　20cm　1800円　①4-8288-2420-0

◇物語の世紀末—エンターテインメント批評宣言　笠井潔著　集英社　1999.4　278,5p　20cm　2200円　①4-08-774398-5

◇青き怒濤—片岡巍遺稿・追悼文集　片岡巍ほか著　鎌倉　片岡巍遺稿・追悼文集刊行会　1992.8　168p　22cm〈著者の肖像あり〉　2000円

◇「鐘の鳴る丘」世代とアメリカ—廃墟・占領・戦後文学　勝又浩著　白水社　2012.2　275,6p　20cm〈索引あり〉　2500円　①978-4-560-08189-1

◇後方見聞録　加藤郁乎著　学習研究社　2001.10　314p　15cm　（学研M文庫）〈昭和51年刊の増補〉　680円　①4-05-902049-4

◇「新日本文学」の60年　鎌田慧編集代表　七つ森書館　2005.11　539p　22cm　4700円　①4-8228-0511-5

◇二十一世紀の戦争　神山睦美著　思潮社　2009.8　288,7p　20cm〈文献あり　索引あり〉　3000円　①978-4-7837-1651-8

◇皆殺し文芸批評—かくも厳かな文壇バトル・ロイヤル　柄谷行人ほか著　四谷ラウンド　1998.6　336p　20cm　2000円　①4-946515-18-6

◇「死霊」から「キッチン」へ—日本文学の戦後50年　川西政明著　講談社　1995.9　240p　18cm　（講談社現代新書）　650円　①4-06-149270-5

◇戦後文学を問う—その体験と理念　川村湊著　岩波書店　1995.1　239,5p　18cm　（岩波新書）　620円　①4-00-430371-0

◇戦後文学を問う—その体験と理念　川村湊著　日本点字図書館（製作）　1997.9　3冊　27cm　全5100円

◇「戦後」という制度—戦後社会の「起源」を求めて　川村湊,文学史を読みかえる研究会編　インパクト出版会　2002.3　332p　21cm　（文学史を読みかえる　5）　2800円　①4-7554-0116-X

◇戦後文学の五十年　菊池章一著　国分寺　武蔵野書房　1998.9　423p　22cm　5000円

◇ぼくらの時代には貸本屋があった—戦後大衆小説考　菊池仁著　新人物往来社　2008.8　371p　20cm　2800円　①978-4-404-03566-0

◇想像と形象—北村耕書評集　北村耕著　驢馬出版　1997.6　197p　20cm　（驢馬文芸叢書　1）　1500円　①4-89802-012-7

◇声の残り—私の文壇交遊録　ドナルド・キーン著,金関寿夫訳　朝日新聞社　1997.8　178,4p　18cm　（朝日文芸文庫）　500円　①4-02-264152-5

◇編集室だより—私の日通文学小史（中～2）続　草野文良著　日通ペンクラブ　1998.8　199p　19cm　非売品

◇ぼやき編集長39年—私の日通文学小史（下）　草野文良著　横浜　草野文良　2007.3　133p　19cm〈著作目録あり〉　非売品

◇私の戦後文学史　窪田精著　青磁社　1990.4　345p　20cm　2800円

◇大転換期—「60年代」の光芒　栗原幸夫編　インパクト出版会　2003.1　352p　21cm　（文学史を読みかえる　6）　2800円　①4-7554-0128-3

◇わが先行者たち—文学的肖像　栗原幸夫著　水声社　2010.9　460p　20cm〈年譜あり〉　4500円　①978-4-89176-803-4

◇近代説話展—文壇に新風を起こした文芸雑誌　古河文学館編　古河　古河文学館　2000.10　121p　21cm〈会期：平成12年10月21日～11月26日〉

◇現代の小説101篇の読み方　国文学編集部編　学灯社　1993.2　216p　21cm　（『国文学第37巻11号』改装版）　1550円　①4-312-10037-3

◇存在と自由—文学半世紀の経験　小林孝吉著　皓星社　1997.10　275p　20cm　2700円　①4-7744-0075-0

◇〈時代〉の闇—戦後日本の文学と真理　小林康夫編　東京大学グローバルCOE「共生のための国際哲学教育研究センター」　2012.3　179,8p　21cm　（UTCP booklet 25）〈他言語標題：Thresholds of epochs〉

現代日本文学（文学史）

◇「国文学」の戦後空間―大東亜共栄圏から冷戦へ　笹沼俊暁著　学術出版会　2012.9　260p　22cm　（学術叢書）〈日本図書センター（発売）　索引あり〉　4200円　①978-4-284-10367-1

◇戦後を読む―50冊のフィクション　佐高信著　岩波書店　1995.6　206p　18cm　（岩波新書）　620円　①4-00-430393-1

◇文学で社会を読む　佐高信著　岩波書店　2001.6　285p　15cm　（岩波現代文庫　社会）　900円　①4-00-603039-8

◇閉じられない寓話　柴田勝二著　沖積舎　2006.11　266p　20cm　（ちゅうせき叢書 30）　2500円　①4-8060-7529-9

◇文学がどうした!?　清水良典著　毎日新聞社　1999.6　255p　18cm　1500円　①4-620-31345-9

◇文学にみる二つの戦後―日本とドイツ　アーネスティン・シュラント, J.トーマス・ライマー編, 大社淑子ほか訳　朝日新聞社　1995.8　337,53p　20cm　3600円　①4-02-256882-8

◇小ブル急進主義批評宣言―90年代・文学・解読　絓秀実著　四谷ラウンド　1999.1　451p　19cm　1900円　①4-946515-26-7

◇昭和を彩った作家と芸能人　鈴木俊彦著　国書刊行会　2010.5　244p　19cm　1800円　①978-4-336-05229-2

◇小説の「私」を探して　鈴村和成著　未来社　1999.6　226p　20cm　2300円　①4-624-60099-1

◇不機嫌な作家たち　祖田浩一著　青蛙房　2004.2　267p　20cm　2300円　①4-7905-0334-8

◇文学者の視点から「生きること」の意味を問う―高野斗志美講義録　高野斗志美述, たかの塾編　第2版　〔旭川〕　たかの塾　2003.7　131p　22cm〈年譜あり〉

◇文学のミクロポリティクス―昭和・ポストモダン・闘争　高橋敏夫著　れんが書房新社　1989.11　306p　20cm　2369円

◇変容する文学のかたち　高橋英夫著　翰林書房　1997.7　263p　20cm　2500円　①4-87737-022-6

◇小説は瑠璃の輝き　高橋英夫著　翰林書房　2000.7　533p　20cm　4500円　①4-87737-111-7

◇世界の「壊れ」を見る　竹田青嗣著　福岡　海鳥社　1997.3　357,5p　20cm　（竹田青嗣コレクション 3）　3914円　①4-87415-189-2

◇あの戦場を越えて―日本現代文学論　田中和生著　講談社　2005.4　229p　20cm　1800円　①4-06-212869-1

◇伝説の編集者坂本一亀とその時代　田辺園子著　作品社　2003.6　206p　20cm〈年表あり〉　1600円　①4-87893-567-7

◇戦後文学の作家たち　千頭剛著　大阪　関西書院　1995.5　240p　20cm　2600円　①4-7613-0182-1

◇戦後東京南部の文学運動―関係雑誌細目　第11輯　東京南部文学運動研究会編　東京南部文学運動研究会　2005.8　24p　26cm　200円

◇一九五〇年代の日本文学―読書私史 1　徳光方夫著　西宮　K文学研究会　2006.12　14,4p　26cm〈限定私家版〉　非売品

◇わが懐かしき文学者たち　中島和夫著　文芸社　2006.6　377p　20cm　1700円　①4-286-01321-9

◇異嗜食的作家論　沼正三著　現代書館　2009.5　323p　20cm〈芳賀書店1973年刊の増補〉　2600円　①978-4-7684-5606-4

◇物語の国境は越えられるか―戦後・アメリカ・在日　野崎六助著　大阪　解放出版社　1996.6　366p　20cm　3296円　①4-7592-5117-0

◇復員文学論　野崎六助著　インパクト出版会　1997.12　236p　19cm　2000円　①4-7554-0070-8

◇清新な光景の軌跡―西日本戦後文学史　花田俊典著　福岡　西日本新聞社　2002.5　765,20p　22cm　2856円　①4-8167-0550-3

◇鬼の言葉　花房健次郎著　京都　かもがわ出版　1996.10　259p　20cm　2400円　①4-87699-276-2

◇影絵の時代　埴谷雄高著　新装版　河出書房新社　1997.5　191p　20cm　2000円　①4-309-01141-1

◇戦後東京南部の文学運動―関係雑誌細目　第7輯　浜賀知彦編輯　東京南部文学運動研究会　2002.7　34p　26cm　200円

◇戦後東京南部の文学運動―関係雑誌細目　第8輯　浜賀知彦編輯　東京南部文学運動研究会　2003.2　36p　26cm　200円
◇戦後東京南部の文学運動―関係雑誌細目　第9輯　浜賀知彦編輯　東京南部文学運動研究会　2003.10　30p　26cm　200円
◇戦後東京南部の文学運動―関係雑誌細目　第10輯　浜賀知彦編　東京南部文学運動研究会　2004.12　20p　26cm〈奥付の出版者：東京文学運動研究会〉　200円
◇まにまに　林浩治著　新日本文学会出版部　2001.2　208p　19cm　(新日本21世紀文学叢書)　1500円　ⓘ4-88060-006-7
◇ある文学史家の戦中と戦後―戦後文学・隅田川・上州　平岡敏夫著　日本図書センター　1999.9　426p　22cm　6000円　ⓘ4-8205-2670-7
◇ドイツと日本の戦後文学を架ける　平野栄久著　オリジン出版センター　1997.4　241p　19cm　2000円　ⓘ4-7564-0205-4
◇喧嘩の火だね　福田和也著　新潮社　1999.10　220p　20cm　1400円　ⓘ4-10-390905-6
◇純愛の精神誌―昭和三十年代の青春を読む　藤井淑禎著　新潮社　1994.6　230p　20cm　(新潮選書)　1000円　ⓘ4-10-600460-7
◇沈黙という文体―第一評論集　藤田寛著　水戸　水戸評論出版局　1995.11　106p　20cm　1000円
◇文学の復権―藤田寛第二評論集　藤田寛著　近代文芸社　1997.7　188p　20cm　1800円　ⓘ4-7733-6222-7
◇文学の精神―文学はどこへ向かうのか　藤田寛著　大阪　せせらぎ出版　2005.10　293p　20cm　2600円　ⓘ4-88416-149-1
◇電脳的　布施英利著　毎日新聞社　1994.6　220p　20cm　2000円　ⓘ4-620-30989-3
◇詩と小説のコスモロジィ―戦後を読む　古谷鏡子著　創樹社　1996.4　238p　20cm　2200円　ⓘ4-7943-0400-5
◇文学よもやま話―池島信平対談集　上　文芸春秋出版部編　新装版　恒文社　1995.12　276p　20cm　2600円　ⓘ4-7704-0861-7
◇文学よもやま話―池島信平対談集　下　文芸春秋出版部編　新装版　恒文社　1995.12　261p　20cm　2600円　ⓘ4-7704-0862-5
◇戦後文学の出発　細窪孝著　東京出版センター　1992.1　145p　20cm　2200円
◇物語戦後文学史―上　本多秋五著　岩波書店　1992.3　319p　16cm　(同時代ライブラリー　106)　950円　ⓘ4-00-260106-4
◇物語戦後文学史―中　本多秋五著　岩波書店　1992.4　334p　16cm　(同時代ライブラリー　107)　950円　ⓘ4-00-260107-2
◇物語戦後文学史―下　本多秋五著　岩波書店　1992.5　299,25p　16cm　(同時代ライブラリー　108)　1000円　ⓘ4-00-260108-0
◇物語戦後文学史―上　本多秋五著　岩波書店　2005.8　331p　15cm　(岩波現代文庫　文芸)　1000円　ⓘ4-00-602091-0
◇物語戦後文学史―中　本多秋五著　岩波書店　2005.9　347p　15cm　(岩波現代文庫　文芸)　1000円　ⓘ4-00-602092-9
◇物語戦後文学史―下　本多秋五著　岩波書店　2005.10　312,36p　15cm　(岩波現代文庫　文芸)〈年表あり〉　1000円　ⓘ4-00-602093-7
◇戦後文学と編集者　松本昌次著　一葉社　1994.11　254p　20cm　2060円　ⓘ4-87196-002-1
◇冷戦文化論―忘れられた曖昧な戦争の現在性　丸川哲史著　双風舎　2005.3　255p　19cm〈年表あり　文献あり〉　2200円　ⓘ4-902465-05-1
◇私という現象　三浦雅士著　講談社　1996.10　273p　15cm　(講談社学術文庫)　800円　ⓘ4-06-159250-5
◇青春の終焉　三浦雅士著　講談社　2012.4　539p　15cm　(講談社学術文庫　2104)　1500円　ⓘ978-4-06-292104-6
◇現代小説考―その実態社会学的価値　宮沢鏡一著　上尾　林道舎　1999.5　223p　20cm　3000円　ⓘ4-947632-57-7
◇占領の記憶/記憶の占領―戦後沖縄・日本とアメリカ　マイク・モラスキー著, 鈴木直子訳　青土社　2006.3　395,29p　20cm〈文献あり〉　3200円　ⓘ4-7917-6220-7
◇戦後文学空間の想像力　諸田和治著　上尾　林道舎　1997.4　171p　20cm　2500円　ⓘ4-947632-53-4

◇再生の近代—戦後という文体　山田有策著　おうふう　2008.10　577p　22cm　6800円　①978-4-273-03481-8
◇戦後文学あるばむ—文学のなかの戦争　ゆりはじめ著　おうふう　1996.4　238p　21cm　2800円　①4-273-02906-5
◇被占領下の文学に関する基礎的研究—資料編　横手一彦著　国分寺　武蔵野書房　1995.10　230p　26cm　3800円
◇被占領下の文学に関する基礎的研究—論考編　横手一彦著　国分寺　武蔵野書房　1996.2　254p　21cm　3800円
◇小説愛—世界一不幸な日本文学を救うために　芳川泰久著　三一書房　1995.6　292p　20cm　2700円　①4-380-95242-8
◇吉本隆明が語る戦後55年—2　吉本隆明ほか著, 吉本隆明研究会編　三交社　2001.2　147p　21cm　2000円　①4-87919-202-3
◇模写と鏡　吉本隆明著　新装版　春秋社　2008.9　415p　20cm　2000円　①978-4-393-33286-3
◇文学という内服薬　脇地炯著　砂子屋書房　1998.8　218p　20cm　2800円
◇電通文学にまみれて—チャート式小説技術時評　渡部直己著　太田出版　1992.9　295p　20cm　1700円　①4-87233-067-6
◇現代文学の読み方・書かれ方—まともに小説を読みたい/書きたいあなたに　渡部直己著　河出書房新社　1998.3　347p　19cm　1800円　①4-309-01208-6
◇かくも繊細なる横暴—日本「六八年」小説論　渡部直己著　講談社　2003.3　271p　20cm　2200円　①4-06-211718-5
◇戦後文学を読む　笠間書院　2007.6　181p　19cm　（笠間ライブラリー—梅光学院大学公開講座論集　第55集）〈下位シリーズの責任表示：佐藤泰正編〉　1000円　①978-4-305-60256-5

◆◆天城　一（1919～2007）

◇天城一読本・補遺　飯城勇三編　大阪　甲影会　2008.8　96p　21cm

◆◆鮎川　哲也（1919～2002）

◇鮎川哲也読本　芦辺拓, 有栖川有栖, 二階堂黎人編　原書房　1998.9　421p　20cm　1800円　①4-562-03113-1
◇鮎川哲也の論理—本格推理ひとすじの鬼　三国隆三著　展望社　1999.10　254p　19cm　1905円　①4-88546-021-2
◇本格一筋六十年想い出の鮎川哲也　山前譲編　東京創元社　2002.12　256p　21cm〈肖像あり　年譜あり〉　1500円　①4-488-02431-9

◆◆有馬　頼義（1918～1980）

◇有馬頼義と丹羽文雄の周辺—「石の会」と「文学者」　上坂高生著　国分寺　武蔵野書房　1995.6　268p　20cm　2000円

◆◆安藤　鶴夫（1908～1969）

◇安藤鶴夫—あんつるさん 四谷に住んだ直木賞作家 企画展　東京都新宿区新宿歴史博物館編　東京都新宿区教育委員会　1999.7　39p　30cm
◇私説安藤鶴夫伝　須貝正義著　論創社　1994.5　521p　20cm　3000円　①4-8460-0116-4
◇安藤鶴夫コレクション目録—2　テープ・レコード・郷土玩具目録　桶川　桶川市図書館　1990.3　16p　26cm　（桶川市立図書館叢書　3）
◇安藤鶴夫コレクション目録—3　所蔵雑誌目録　桶川　桶川市図書館　1991.3　15p　26cm　（桶川市立図書館叢書　5）
◇安藤鶴夫コレクション目録—4　仕事目録1（昭和20年～23年）　桶川　桶川市図書館　1992.3　18p　26cm　（桶川市図書館叢書　6）
◇安藤鶴夫コレクション目録—5　仕事目録2（昭和24年～25年）　桶川　桶川市図書館　1993.3　19p　26cm　（桶川市図書館叢書　7）
◇安藤鶴夫コレクション目録—8　仕事目録5（昭和28年）〔桶川〕　桶川市図書館　1996.3　20p　26cm　（桶川市図書館叢書　10）

◇安藤鶴夫コレクション目録—9　仕事目録6（昭和29年）〔桶川〕　桶川市図書館　1996.12　18p　26cm　（桶川市図書館叢書11）

◆◆石坂 洋次郎（1900～1986）

◇石坂洋次郎映画と旅とふるさと　五十嵐康夫編　至文堂　2003.2　296p　21cm　（「国文学解釈と鑑賞」別冊）　2400円

◇石坂洋次郎論　伊沢元美著　限定版　弘前　緑の笛豆本の会　1995.12　46p　9.5cm　（緑の笛豆本　第336集）

◇石坂洋次郎・原稿「マヨンの煙」　石坂洋次郎著　青森　青森県立図書館青森県近代文学館　2006.2　126p　30cm　（資料集　第4輯　青森県立図書館青森県近代文学館編）〈複製を含む〉

◇山のかなたに—石坂洋次郎と「青い山脈」によせるエッセイ集　石坂洋次郎と青い山脈の碑をつくる会編　岩木町（青森県）　対馬昇　2001.5　214p　19cm〈〔弘前〕路上社（製作）〉　1143円　①4-89993-006-2

◇石坂洋次郎「若い人」をよむ妖しの娘・江波恵子　柏倉康夫著　吉田書店　2012.7　255p　20cm　1800円　①978-4-905497-07-3

◇青春雑記帳—戦後出会った映画・文学　鬼頭陸明著　京都　洛西書院　2010.10　141p　20cm　1500円　①978-4-947525-23-9

◇回想の師石坂洋次郎　高橋昌洋著　横手　高橋昌洋　1994.9　197p　20cm〈新潮社（製作）石坂洋次郎および著者の肖像あり〉　1200円

◇疎開中の石坂先生　千葉寿夫著　弘前　緑の笛豆本の会　1993.9　46p　9.4cm　（緑の笛豆本　第299集）〈石坂洋次郎の肖像あり　限定版〉

◇「青い山脈」のかなたに—クラス担任石坂洋次郎先生　半田亮悦著　秋田　秋田魁新報社　1995.4　288p　20cm　1800円　①4-87020-146-1

◇石坂洋次郎物語—上巻　吉村和夫著　弘前　緑の笛豆本の会　1997.11　45p　9.5cm　（緑の笛豆本　第349集）

◇石坂洋次郎物語—下巻　吉村和夫著　弘前　緑の笛豆本の会　1997.12　45p　9.5cm　（緑の笛豆本　第350集）

◆◆井上 靖（1907～1991）

◇旭岳の裾野にて—井上靖生誕百年に寄せて　秋岡康晴著　旭川　グラフ旭川　2007.5　209p　21cm〈肖像あり　年表あり〉　1000円

◇井上靖とわが町　天城湯ケ島町日本一地域づくり実行委員会編　天城湯ケ島町（静岡県）　天城湯ケ島町　1994.1　84p　26cm　（天城湯ケ島町ふるさと叢書　第3集）

◇天城湯ケ島からの発信—国際化時代の井上靖　天城湯ケ島町「ふるさと叢書」編集委員会編〔天城湯ケ島町（静岡県）〕　天城湯ケ島町　2002.1　126p　26cm　（天城湯ケ島町ふるさと叢書　第11集）〈英文併載　共同刊行：天城湯ケ島町教育委員会〉

◇地域文化のポリフォニー—井上靖を考える　天城湯ケ島町「ふるさと叢書」編集委員会編〔天城湯ケ島町（静岡県）〕　天城湯ケ島町　2003.1　90p　26cm　（天城湯ケ島町ふるさと叢書　第12集）〈共同刊行：天城湯ケ島町教育委員会〉

◇天城の人と文化の融合—思い出の井上靖　天城湯ケ島町「ふるさと叢書」編集委員会編〔天城湯ケ島町（静岡県）〕　天城湯ケ島町　2004.1　136p　26cm　（天城湯ケ島町ふるさと叢書　第13集）〈共同刊行：天城湯ケ島町教育委員会〉

◇追悼・井上靖　天城湯ケ島日本一地域づくり実行委員会編　天城湯ケ島町（静岡県）　天城湯ケ島町　1993.1　85p　27cm〈井上靖の肖像あり〉

◇井上靖—老いと死を見据えて　新井巳喜雄著　近代文芸社　1997.10　248p　20cm　2000円　①4-7733-6240-5

◇井上靖と信州　新井巳喜雄著　新風舎　2004.11　151p　20cm〈年表あり〉　1800円　①4-7974-4506-8

◇井上靖特集—平成六年度文化祭展示　市川学園図書委員会著　市川　市川学園図書委員会　1995.1　27p　26cm

◇グッドバイ、マイ・ゴッドファーザー—父・井上靖へのレクイエム　井上卓也著　文芸春秋　1991.6　181p　20cm　1100円　①4-

16-345320-2
◇作家の自伝―18　井上靖　井上靖著,竹内清己編解説　日本図書センター　1994.10　241p　22cm　(シリーズ・人間図書館)〈監修:佐伯彰一,松本健一　著者の肖像あり〉　2678円　Ⓟ4-8205-8019-1,4-8205-8001-9
◇群像日本の作家―20　井上靖　大岡信ほか編,高橋英夫ほか著　小学館　1991.3　369p　20cm　1800円　Ⓟ4-09-567020-7
◇井上靖高校生と語る―若者への熱いメッセージ　小俣正己,稲垣信子共編　国分寺　武蔵野書房　1992.1　126p　19cm〈井上靖の肖像あり〉　1500円
◇井上靖展―詩と物語の大河　北国氷壁敦煌しろばんば孔子　神奈川文学振興会編　横浜　神奈川近代文学館　2003.10　64p　26cm〈会期:2003年10月4日～11月16日　共同刊行:神奈川文学振興会　年譜(折り込1枚)あり〉
◇小説『四角な船』の謎―井上靖・現代への発言　工藤茂著　近代文芸社　2006.4　117p　20cm　1400円　Ⓟ4-7733-7367-9
◇父・井上靖の一期一会　黒田佳子著　潮出版社　2000.2　221p　20cm　1600円　Ⓟ4-267-01547-3
◇井上靖青春記　佐藤英夫編著　沼津　英文堂書店　2004.5　294p　19cm　(駿河新書4)〈文献あり〉　1400円　Ⓟ4-900372-01-3
◇花過ぎ―井上靖覚え書　白神喜美子著　紅書房　1993.5　163p　20cm　1800円　Ⓟ4-89381-068-5
◇井上靖展―世田谷文学館開館5周年記念　世田谷文学館編　世田谷文学館　2000.4　191p　24cm〈会期:平成12年4月29日～6月11日〉
◇井上靖詩と物語の饗宴　曽根博義編　至文堂　1996.12　335p　21cm　(「国文学解釈と鑑賞」別冊)　2500円
◇井上靖研究序説―材料の意匠化の方法　高木伸幸著　国分寺　武蔵野書房　2002.7　176p　20cm　1800円　Ⓟ4-943898-29-7
◇井上靖―人と文学　田村嘉勝著　勉誠出版　2007.6　245p　20cm　(日本の作家100人)〈年譜あり　文献あり〉　2000円　Ⓟ978-4-585-05187-9
◇井上靖と天城湯ケ島　日本一地域づくり実行委員会編　天城湯ケ島(静岡県)　天城湯ケ島町　1991.8　70p　26cm〈井上靖の肖像あり〉

◇井上靖晩年の詩業―日本現代詩歌文学館を中心に　日本現代詩歌文学館振興会監修　北上　日本現代詩歌文学館振興会　1997.3　247p　21cm　1500円
◇井上靖評伝覚　福田宏年著　増補　集英社　1991.10　488,13p　20cm　3000円　Ⓟ4-08-772815-3
◇わが心の井上靖―いつまでも『星と祭』　福田美鈴著　長泉町(静岡県)　井上靖文学館　2004.6　159p　18cm　1200円
◇若き日の井上靖研究　藤沢全著　三省堂　1993.12　524,10p　22cm〈井上靖の肖像あり　折り込図1枚〉　5800円　Ⓟ4-385-35539-8
◇井上靖―グローバルな認識　藤沢全編著　大空社　2005.4　197p　19cm〈年譜あり〉　1800円　Ⓟ4-283-00136-8
◇詩人井上靖―若き日の叙情と文学の原点　藤沢全著　角川学芸出版角川出版企画センター　2010.9　159p　20cm〈角川グループパブリッシング(発売)　年譜あり〉　1400円　Ⓟ978-4-04-653730-0
◇井上靖の詩の世界―生誕百年記念　三鬼宏著　文芸社　2007.10　502p　22cm　2200円　Ⓟ978-4-286-03758-5
◇井上靖の詩の世界―生誕百年記念　三鬼宏著　改訂版　文芸社　2009.4　502p　22cm　2200円　Ⓟ978-4-286-06852-7
◇井上靖研究―若き日の魂の軌跡　宮崎潤一著　前橋　〔宮崎潤一〕　1991.2　244p　21cm〈井上靖の肖像(はり込)あり〉
◇若き日の井上靖―詩人の出発　宮崎潤一著　土曜美術社出版販売　1995.1　248p　20cm　(現代詩人論叢書6)　2575円　Ⓟ4-8120-0529-9
◇残照井上靖―道彩々　森井道男著　金沢　北国新聞社　2012.10　210p　19cm　1800円　Ⓟ978-4-8330-1895-1
◇井上靖について　柳谷隆幸著　碧天舎　2005.12　90p　20cm　1000円　Ⓟ4-7789-0249-1
◇追憶井上靖　毎日新聞社　1991.7　130p　30cm　(毎日グラフ別冊)〈井上靖の肖像あり〉　1600円
◇井上靖　新潮社　1993.11　111p　20cm

(新潮日本文学アルバム 48)〈編集・評伝：曽根博義 エッセイ：宮本輝 井上靖の肖像あり〉 1300円 ⓘ4-10-620652-8
◇詩歌文学館ものがたり 〔北上〕 日本現代詩歌文学館 2000.5 175p 18cm〈日本現代詩歌文学館開館10周年記念 共同刊行：日本現代詩歌文学館振興会〉

◆◆◆「しろばんば」

◇しろばんばの里―井上靖―1 天城湯ケ島町文学のふるさと実行委員会編 〔天城湯ケ島町（静岡県）〕 天城湯ケ島町 1998.1 118p 26cm（天城湯ケ島ふるさと叢書 第7集）
◇しろばんばの里―井上靖―2 天城湯ケ島町文学のふるさと実行委員会編 〔天城湯ケ島町（静岡県）〕 天城湯ケ島町 1999.1 70p 26cm（天城湯ケ島ふるさと叢書 第8集）
◇しろばんばの里―井上靖―3 天城湯ケ島町文学のふるさと実行委員会編 〔天城湯ケ島町（静岡県）〕 天城湯ケ島町 2000.1 92p 26cm（天城湯ケ島ふるさと叢書 第9集）
◇しろばんばの里―井上靖―4 天城湯ケ島町文学のふるさと実行委員会編 〔天城湯ケ島町（静岡県）〕 天城湯ケ島町 2001.1 78p 26cm（天城湯ケ島ふるさと叢書 第10集）

◆◆◆「孔子」

◇日中比較文学上の『孔子』 徳田進著 ゆまに書房 1991.3 50p 21cm 1030円 ⓘ4-89668-421-4
◇「孔子」への道―晩年の井上靖先生 山川泰夫著 山川泰夫 1992.9 206p 20cm〈講談社出版サービスセンター（製作）限定版〉非売品

◆◆円地 文子（1905～1986）

◇作家の自伝―72 円地文子 円地文子著, 小林富久子編解説 日本図書センター 1998.4 282p 22cm（シリーズ・人間図書館） 2600円 ⓘ4-8205-9516-4,4-8205-9504-0
◇円地文子―ジェンダーで読む作家の生と作品 小林富久子著 新典社 2005.1 287p 19cm（女性作家評伝シリーズ 11）〈年譜あり 文献あり〉 2100円 ⓘ4-7879-7311-8
◇円地文子論 須浪敏子著 おうふう 1998.9 199p 19cm 2800円 ⓘ4-273-03033-0
◇円地文子の軌跡 野口裕子著 大阪 和泉書院 2003.7 211p 20cm（和泉選書 137）〈文献あり〉 2800円 ⓘ4-7576-0218-9
◇円地文子―人と文学 野口裕子著 勉誠出版 2010.11 274p 20cm（日本の作家100人）〈文献あり 年譜あり〉 2000円 ⓘ978-4-585-05198-5
◇母・円地文子 富家素子著 新潮社 1989.3 149p 20cm 1150円 ⓘ4-10-373001-3
◇円地文子―妖の文学 古屋照子著 沖積舎 1996.8 253p 20cm（作家論叢書 17） 3500円 ⓘ4-8060-7017-3
◇円地文子事典 馬渡憲三郎、高野良知、竹内清己、安田義明編 鼎書房 2011.4 440p 22cm〈年譜あり 文献あり〉 7500円 ⓘ978-4-907846-78-7

◆◆大西 巨人（1919～）

◇大西巨人闘争する秘密 石橋正孝著 左右社 2010.1 222p 18cm（流動する人文学）〈文献あり 著作目録あり〉 1000円 ⓘ978-4-903500-24-9
◇大西巨人・走り続ける作家―2008年福岡市文学館企画展 福岡市文学館編 福岡 福岡市文学館 2008.11 60p 30cm〈会期・会場：2008年11月15日～12月21日 福岡市文学館（福岡市赤煉瓦文化館）ほか 年譜あり〉
◇戦後文学の出発―野間宏『暗い絵』と大西巨人『精神の氷点』 湯地朝雄著 スペース伽耶 2002.7 302p 22cm 2800円
◇大西巨人文選 月報―1-4 みすず書房 1996.8～1996.12 1冊 19cm

◆◆香山 滋（1909～1975）

◇香山滋全集―別巻 香山滋著, 山村正夫監修, 竹内博責任編集 三一書房 1997.9 656p 23cm 8400円 ⓘ4-380-97533-9

◆◆川内 康範（1920～2008）

◇生涯助ッ人―回想録 川内康範著 集英社

1997.5 369p 20cm 1900円 ①4-08-780247-7

◆◆河内 幸一郎（1902〜1994）

◇河内幸一郎めもりある 越書房編著 新潟 越書房 1996.11 179p 21cm 1000円

◆◆きだ みのる（1895〜1975）

◇きだみのる―自由になるためのメソッド 太田越知明著 未知谷 2007.2 364p 20cm 〈年譜あり〉 3000円 ①978-4-89642-182-8
◇歓待の航海者―きだみのるの仕事 太田越知明著 未知谷 2012.10 249p 20cm 〈布装 文献あり〉 2500円 ①978-4-89642-385-3
◇永遠の自由人―生きているきだみのる 北実三郎著 未知谷 2006.3 206p 20cm 〈年譜あり〉 2000円 ①4-89642-152-3

◆◆金 達寿（1919〜1997）

◇わが文学と生活 金達寿著 青丘文化社 1998.5 301p 22cm （青丘文化叢書 3） 2800円 ①4-87924-079-6
◇わがアリランの歌 金達寿著 復刻版 中央公論新社 1999.10 261p 18cm （中公新書） 840円 ①4-12-170470-3
◇金達寿ルネサンス―文学・歴史・民族 辛基秀編 大阪 解放出版社 2002.2 231p 19cm 〈肖像あり 年譜あり〉 ①4-7592-6214-8
◇海峡に立つ人―金達寿の文学と生涯 崔孝先著 批評社 1998.12 282p 19cm 2800円 ①4-8265-0262-1

◆◆久坂 葉子（1931〜1952）

◇久坂葉子資料手引き目録―富士正晴記念館蔵 茨木市立中央図書館併設富士正晴記念館編 茨木 茨木市立中央図書館併設富士正晴記念館 2010.2 70p 19×26cm （富士正晴資料整理報告書 第18集）
◇神戸残照久坂葉子 柏木薫,志村有弘,久坂葉子研究会編 勉誠出版 2006.3 455p 20cm 〈肖像あり 年譜あり〉 3200円 ①4-585-05328-X

◆◆源氏 鶏太（1912〜1985）

◇源氏鶏太作品便覧 あそうしげお編著 〔高岡〕 あそうしげお 1996.9 134p 19cm
◇資料・源氏鶏太 高杉方宏著 フリープレス 2000.9 328p 21cm 〈星雲社（発売）〉 2286円 ①4-434-00513-8

◆◆小谷 剛（1924〜1991）

◇作家・小谷剛と『作家』 戸田鎮子著 名古屋 中日出版社 1999.1 171p 19cm 1500円 ①4-88519-145-9

◆◆五味 康祐（1921〜1980）

◇没後30年五味康祐の世界―作家の遺品が語るもの―展―図録 練馬区文化振興協会 2010.9 147p 30cm 〈会期・会場：平成22年9月5日〜10月11日 練馬区立石神井公園ふるさと文化館二階企画展示室 年譜あり 著作目録あり 文献あり〉

◆◆小山 清（1911〜1965）

◇評伝小山清 田中良彦著 朝文社 2008.11 465p 22cm 〈著作目録あり 年譜あり 文献あり〉 7857円 ①978-4-88695-216-5

◆◆今 日出海（1903〜1984）

◇今日出海 今まど子編 日外アソシエーツ 2009.7 325p 22cm （人物書誌大系 40） 〈紀伊国屋書店（発売） 文献あり 著作目録あり 年譜あり 索引あり〉 14200円 ①978-4-8169-2196-4

◆◆獅子 文六（1893〜1969）

◇文豪獅子文六先生の南国宇和島滑稽譚 木下博民著 小金井 南予奨学会 2011.10 194p 21cm （南予明倫館文庫） 1000円
◇獅子文六先生の応接室―「文学座」騒動のころ 福本信子著 影書房 2003.11 358p 20cm 1800円 ①4-87714-311-4
◇獅子文六の二つの昭和 牧村健一郎著 朝日新聞出版 2009.4 304p 19cm （朝日選書 854） 〈文献あり 並列シリーズ名：

◇小説『箱根山』の裏話　安本利正著　安本利正　2003.5　73p　21cm〈追記清遊雑録〉

◆◆柴田　錬三郎（1917〜1978）

◇無頼の河は清冽なり―柴田錬三郎伝　沢辺成徳著　集英社　1992.11　222p　20cm　1600円　Ⓘ4-08-772886-2

◆◆澁澤　龍彦（1928〜1987）

◇渋沢龍彦の時代―幼年皇帝と昭和の精神史　浅羽通明著　青弓社　1993.8　387,9p　20cm　3090円　Ⓘ4-7872-9083-5

◇花には香り本には毒を―サド裁判・埴谷雄高・渋沢竜彦・道元を語る　石井恭二著　現代思潮新社　2002.9　294p　20cm〈文献あり〉　2000円　Ⓘ4-329-00424-0

◇渋沢龍彦考　巌谷国士著　河出書房新社　1990.2　241,8p　21cm　2500円　Ⓘ4-309-00605-1

◇渋沢竜彦を語る―1992〜1995の対話　巌谷国士ほか著　河出書房新社　1996.2　293p　20cm　2600円　Ⓘ4-309-01045-8

◇渋沢龍彦の時空　巌谷国士著　河出書房新社　1998.3　287,3p　21cm　3000円　Ⓘ4-309-01202-7

◇渋沢龍彦幻想文学館　巌谷国士監修・文　アートプランニングレイ　c2007　47p　26cm〈会期・会場：2007年9月15日〜11月25日　仙台文学館　著作目録あり　年譜あり　文献あり　編集：豊田奈穂子〉

◇渋沢龍彦幻想美術館　巌谷国士監修・文　平凡社　2007.4　246p　26cm〈肖像あり　著作目録あり　年譜あり　文献あり〉　2571円　Ⓘ978-4-582-28611-3

◇渋沢龍彦回顧展―ここちよいサロン　生誕八〇年　神奈川文学振興会編　横浜　神奈川近代文学館　2008.4　64p　26cm〈会期・会場：2008年4月26日〜6月8日　神奈川近代文学館　共同刊行：神奈川文学振興会　肖像あり　折り込1枚　年譜あり〉

◇渋沢龍彦―カマクラノ日々　図録　鎌倉市芸術文化振興財団鎌倉文学館編　鎌倉　鎌倉市芸術文化振興財団鎌倉文学館　2007.4　63p　16×19cm〈会期：平成19年4月28日〜7月8日　著作目録あり　年譜あり〉

◇渋沢龍彦をめぐるエッセイ集成―1　河出書房新社編集部編　河出書房新社　1998.4　467p　22cm　4900円　Ⓘ4-309-01213-2

◇渋沢龍彦をめぐるエッセイ集成―2　河出書房新社編集部編　河出書房新社　1998.5　460p　22cm　4900円　Ⓘ4-309-01214-0

◇渋沢龍彦をもとめて　「季刊みづゑ」編集部編　美術出版社　1994.6　109p　30cm〈渋沢竜彦の肖像あり〉　2000円　Ⓘ4-568-20150-0

◇渋沢・三島・六〇年代　倉林靖著　リブロポート　1996.9　261p　20cm　2575円　Ⓘ4-8457-1092-7

◇渋沢龍彦―回想と批評　「幻想文学」編集部編　幻想文学出版局　1990.4　334p　22cm　2800円

◇書物の宇宙誌―渋沢龍彦蔵書目録　国書刊行会編集部編　国書刊行会　2006.10　473p　図版32p　27cm〈他言語標題：Cosmographia libraria〉　9500円　Ⓘ4-336-04751-0

◇渋沢竜彦の少年世界　渋沢幸子著　集英社　1997.4　254p　20cm　1600円　Ⓘ4-08-783107-8

◇滞欧日記　渋沢龍彦著,巌谷国士編　河出書房新社　1993.2　369p　20cm　2400円　Ⓘ4-309-00814-3

◇渋沢竜彦全集―別巻1　渋沢竜彦著　河出書房新社　1995.4　572p　21cm　5800円　Ⓘ4-309-70673-8

◇渋沢竜彦全集―別巻2　渋沢竜彦著　河出書房新社　1995.6　768,37p　21cm　7800円　Ⓘ4-309-70674-6

◇作家の自伝―79　渋沢龍彦　渋沢龍彦著,山下悦子編解説　日本図書センター　1998.4　269p　22cm　（シリーズ・人間図書館）　2600円　Ⓘ4-8205-9523-7,4-8205-9504-0

◇滞欧日記　渋沢龍彦著,巌谷国士編　河出書房新社　1999.12　408p　15cm　（河出文庫）　1100円　Ⓘ4-309-40601-7

◇渋沢龍彦のイタリア紀行　渋沢龍彦,渋沢龍子,小川熙著　新潮社　2007.9　127p　21cm　（とんぼの本）〈年譜あり〉　1500円　Ⓘ978-4-10-602161-9

◇渋沢龍彦日本作家論集成―上　渋沢龍彦著　河出書房新社　2009.11　407p　15cm　（河出文庫　し1-55）〈並列シリーズ名：Kawade bunko〉　1300円　Ⓘ978-4-309-40990-0

◇渋沢龍彦日本作家論集成―下　渋沢龍彦著　河出書房新社　2009.11　428p　15cm　（河出文庫　し1-56）〈並列シリーズ名：Kawade bunko〉　1300円　Ⓘ978-4-309-40991-7

◇私の少年時代　渋沢龍彦著　河出書房新社　2012.5　299p　15cm　（河出文庫　し1-62）〈年譜あり〉　950円　Ⓘ978-4-309-41149-1

◇渋沢龍彦との日々　渋沢龍子著　白水社　2005.4　207p　20cm〈肖像あり〉　2000円　Ⓘ4-560-02777-3

◇渋沢龍彦との日々　渋沢龍子著　白水社　2009.10　219p　18cm（白水Uブックス　1107）〈並列シリーズ名：U books〉　1100円　Ⓘ978-4-560-72107-0

◇渋沢龍彦との旅　渋沢龍子著　白水社　2012.4　231p　20cm　2000円　Ⓘ978-4-560-08197-6

◇回想の渋沢竜彦　『渋沢竜彦全集』編集委員会編　河出書房新社　1996.5　358p　20cm　3500円　Ⓘ4-309-01071-7

◇渋沢さん家で午後五時にお茶を　種村季弘著　河出書房新社　1994.7　233p　20cm　2000円　Ⓘ4-309-00925-5

◇渋沢さん家で午後五時にお茶を　種村季弘著　学習研究社　2003.7　323p　15cm　（学研M文庫）〈河出書房新社1994年刊の増補〉　850円　Ⓘ4-05-904006-1

◇綺譚庭園―渋沢竜彦のいる風景　出口裕弘著　河出書房新社　1995.11　253p　20cm　2800円　Ⓘ4-309-01024-5

◇渋沢龍彦の手紙　出口裕弘著　朝日新聞社　1997.6　225p　20cm　2000円　Ⓘ4-02-257118-7

◇おにいちゃん―回想の渋沢竜彦　矢川澄子著　筑摩書房　1995.9　187p　20cm　1500円　Ⓘ4-480-81385-3

◇渋沢龍彦展―特別展　鎌倉　鎌倉市教育委員会　1990.6　24p　18cm〈共同刊行：鎌倉文学館　渋沢竜彦の肖像あり　会期：平成2年6月15日～7月22日〉

◇渋沢龍彦―新文芸読本　河出書房新社　1993.4　223p　21cm〈渋沢竜彦の肖像あり〉　1600円　Ⓘ4-309-70167-1

◇渋沢龍彦全集　月報―1-24　河出書房新社　1993.5～1995.6　1冊　18cm

◇渋沢龍彦　新潮社　1993.8　111p　20cm　（新潮日本文学アルバム　54）〈編集・評伝：種村季弘、エッセイ：平出隆　渋沢竜彦の肖像あり〉　1300円　Ⓘ4-10-620658-7

◇渋沢竜彦画廊　日動出版　1995.6　103p　22cm　1600円　Ⓘ4-88870-069-9

◇渋沢竜彦事典　平凡社　1996.4　124p　22cm　（コロナ・ブックス　9）　1600円　Ⓘ4-582-63306-4

◆◆島　比呂志（1918～2003）

◇島比呂志―書くことは生きること　立石富生著　鹿児島　高城書房　2006.1　242p　19cm　（鹿児島人物叢書　3）〈文献あり〉　1300円　Ⓘ4-88777-080-4

◇海の蠍―明石海人と島比呂志　ハンセン病文学の系譜　山下多恵子著　未知谷　2003.10　267p　20cm〈文献あり〉　2400円　Ⓘ4-89642-085-3

◆◆白洲　正子（1910～1998）

◇白洲正子自伝　白洲正子著　新潮社　1999.10　302p　15cm　（新潮文庫）　476円　Ⓘ4-10-137907-6

◆◆杉浦　明平（1913～2001）

◇明平さんのいる風景―杉浦明平生前追想集　玉井五一、はらてつし編　名古屋　風媒社　1999.6　271p　21cm　2500円　Ⓘ4-8331-2034-8

◇杉浦明平論―定点を生きる　平野栄久著　オリジン出版センター　1989.4　298p　20cm〈杉浦明平の肖像あり〉　2220円

◇立原道造と杉浦明平―往復書簡を中心として　開館五周年記念特別展　宮本則子編　立原道造記念館　2002.3　129p　30cm〈会期：2002年3月30日～9月29日〉　Ⓘ4-925086-09-X

◆◆高木　彬光（1920～1995）

◇ミステリーの魔術師―高木彬光没後10年特

別展　青森県立図書館青森県近代文学館編　青森　青森県立図書館青森県近代文学館　2005.7　28p　30cm〈会期：平成17年7月15日～8月28日　年譜あり〉

◇ミステリーの魔術師―高木彬光・人と作品　有村智賀志著　青森　北の街社　1990.3　377,18p　20cm〈高木彬光の肖像あり〉　2500円　①4-87373-002-3

◇想い出大事箱―父・高木彬光と高木家の物語　高木晶子著　出版芸術社　2008.5　235p　20cm〈年表あり〉　1700円　①978-4-88293-345-8

◆◆田中　富雄（1918～2004）

◇田中富雄作品解説事典　田中富雄を顕彰する会編著　出版地不明　田中富雄を顕彰する会　2006.3　267p　22cm〈肖像あり　年譜あり〉　2381円　①4-88627-601-6

◆◆田宮　虎彦（1911～1988）

◇田宮虎彦論　山崎行雄著　オリジン出版センター　1991.2　351p　20cm〈田宮虎彦の肖像あり〉　3420円

◆◆田村　泰次郎（1911～1983）

◇田村泰次郎の戦争文学―中国山西省での従軍体験から　尾西康充著　笠間書院　2008.8　337p　図版26p　22cm〈肖像あり　文献あり〉　2800円　①978-4-305-70370-5

◇丹羽文雄と田村泰次郎　浜川勝彦, 半田美永, 秦昌弘, 尾西康充編著　学術出版会　2006.10　401p　21cm（学術叢書）〈日本図書センター（発売）　年譜あり〉　3800円　①4-8205-2144-6

◇田村泰次郎文庫目録―三重県立図書館収蔵　津　三重県立図書館　1994.3　619p　26cm〈田村泰次郎の肖像あり〉

◆◆佃　實夫（1925～1979）

◇リスボンは青い風―最後の「文学青年」・佃実夫とわたし　佃陽子著　思想の科学社　1998.1　251p　20cm　1715円　①4-7836-0091-0

◇没後30年「知の希求者・佃実夫の仕事」展　徳島県立文学書道館編　徳島　徳島県立文学書道館　2010.1　52p　30cm〈会期・会場：2010年1月5日～2月7日　徳島県立文学書道館一階特別展示室・ギャラリー　年譜あり〉

◆◆壺井　栄（1900～1967）

◇壺井栄伝　戎居仁平治著　内海町（香川県）　壺井栄文学館　1995.1　192p　19cm　1500円

◇壺井栄　小林裕子著　新典社　2012.5　287p　19cm（女性作家評伝シリーズ 12）〈文献あり　年譜あり〉　2100円　①978-4-7879-7312-2

◇壺井栄　鷺只雄編　日外アソシエーツ　1992.10　287p　22cm（人物書誌大系 26）〈紀伊国屋書店（発売）　壺井栄の肖像あり〉　14800円　①4-8169-1149-9,4-8169-0128-0

◇【評伝】壺井栄　鷺只雄著　翰林書房　2012.5　470p　22cm〈年譜あり　文献あり〉　8000円　①978-4-87737-334-4

◇わたしの愛した子どもたち―二十四の瞳・壺井栄物語　滝いく子著　労働旬報社　1995.8　227p　20cm　1800円　①4-8451-0406-7

◇作家の自伝―55　壺井栄　壺井栄著, 鷺只雄編解説　日本図書センター　1997.4　293p　22cm（シリーズ・人間図書館）　2600円　①4-8205-9497-4,4-8205-9482-6

◇壺井栄全集―12　壺井栄著　文泉堂出版　1999.3　264,142p　22cm　9524円　①4-8310-0058-2

◇「二十四の瞳」をつくった壺井栄―壺井栄人と作品　西沢正太郎著　ゆまに書房　1998.6　194p　22cm（ヒューマンブックス―「児童文学」をつくった人たち 8）　3500円　①4-89714-273-3

◇壺井　栄　森玲子著　牧羊社　1991.10　149p　20cm〈壺井栄の肖像あり〉　2000円　①4-8333-1370-7

◇壺井　栄　森玲子著　北溟社　1995.8　170p　18cm（北溟新書 1）　1100円

◇近代作家追悼文集成―第41巻　窪田空穂・壺井栄・広津和郎・伊藤整・西条八十　ゆまに書房　1999.2　329p　22cm　8000円　①4-89714-644-5,4-89714-639-9

◆◆豊田 三郎（1907〜1959）

◇豊田三郎回想と研究　染谷冽編者　草加　松風書房　2000.5　256p　19cm〈肖像あり〉　2000円

◆◆豊田 穣（1920〜1994）

◇長良川悲憤—豊田穣の霊に捧ぐ　進藤純孝,作家社編　名古屋　中日新聞本社　1996.7　241p　20cm　1600円　①4-8062-0322-X

◆◆永井 龍男（1904〜1990）

◇永井龍男—特別展　鎌倉　鎌倉市教育委員会　1991.10　24p　26cm〈共同刊行：鎌倉文学館　永井龍男の肖像あり　会期：平成3年10月18日〜12月1日〉

◇最後の鎌倉文士永井龍男—追悼号　鎌倉　かまくら春秋社　1991.11　233p　21cm〈『かまくら春秋』別冊　永井龍男の肖像あり〉　950円

◆◆中薗 英助（1920〜2002）

◇北京の光芒・中薗英助の世界　立石伯著　オリジン出版センター　1998.3　238p　20cm　2400円　①4-7564-0207-0

◆◆新田 次郎（1912〜1980）

◇こぶしの花—新田次郎物語　内藤成雄著,毎日新聞社甲府支局編　ぎょうせい　1989.2　316p　19cm〈新田次郎の肖像あり〉　1500円　①4-324-01487-6

◇新田次郎の跫音　内藤成雄著　叢文社　2003.7　208p　20cm　2000円　①4-7947-0454-2

◇小説に書けなかった自伝　新田次郎著　新潮社　2012.6　289p　16cm（新潮文庫　に-2-29）〈「完結版新田次郎全集」第11巻（1983年刊）「わが夫新田次郎」（1981年刊）ほかを合本し、改題　年譜あり〉　550円　①978-4-10-112229-8

◇新田次郎文学事典　新田次郎記念会編　新人物往来社　2005.2　306p　22cm〈肖像あり　年譜あり〉　2800円　①4-404-03237-4

◇父への恋文—新田次郎の娘に生まれて　藤原咲子著　山と渓谷社　2001.8　254p　20cm　1400円　①4-635-17159-0

◇父への恋文—新田次郎の娘に生まれて　藤原咲子著　山と渓谷社　2011.3　286p　15cm（ヤマケイ文庫）〈並列シリーズ名：Yamakei Library〉　880円　①978-4-635-04728-9

◇よくわかる新田次郎—山を描ききった作家の肖像　山と渓谷社編　山と渓谷社　2012.7　221p　21cm〈作品目録あり　年譜あり〉　1800円　①978-4-635-34030-4

◆◆長谷川 四郎（1909〜1987）

◇父・長谷川四郎の謎　長谷川元吉著　草思社　2002.8　221p　20cm　2200円　①4-7942-1151-1

◇長谷川四郎—生誕100年時空を超えた自由人　河出書房新社　2009.8　191p　21cm（Kawade道の手帖）〈著作目録あり　年譜あり〉　1600円　①978-4-309-74030-0

◆◆氷川 瓏（1913〜1989）

◇飽満の種子—氷川瓏とその時代　登芳久著　さいたま　さきたま出版会　2004.11　207p　19cm〈著作目録あり〉　2000円　①4-87891-371-1

◆◆久生 十蘭（1902〜1957）

◇久生十蘭—『魔都』『十字街』解読　海野弘著　右文書院　2008.4　298,6p　20cm〈文献あり〉　2600円　①978-4-8421-0710-3

◇久生十蘭　江口雄輔著　白水社　1994.1　195,5p　20cm　1800円　①4-560-04316-7

◇函館時代の久生十蘭—新資料紹介を中心に：合同公開講座函館学2011　小林真二著　〔函館〕　キャンパス・コンソーシアム函館・事務局　2012.3　77p　21cm（函館学ブックレット no. 21）〈発行所：キャンパス・コンソーシアム函館　年譜あり〉　400円

◇久生十蘭—遁走するファントマ　久生十蘭著　博文館新社　1992.7　315p　20cm（叢書『新青年』）〈監修：江口雄輔,川崎賢子　著者の肖像あり〉　2800円　①4-89177-940-3

◆◆富士 正晴（1913〜1987）

◇富士正晴記念館所蔵富士正晴資料増加目録—昭和62年7月—平成14年9月　茨木市立中央図書館併設富士正晴記念館編　茨木　茨木市立中央図書館併設富士正晴記念館　2003.3　226p 26cm　（富士正晴資料整理報告書　第11集）

◇富士正晴の詩作—詩タイトル総目録　茨木市立中央図書館併設富士正晴記念館編　茨木　茨木市立中央図書館併設富士正晴記念館　2004.9　114p 26cm　（富士正晴資料整理報告書　第13集）

◇スクラップ目録—富士正晴著作スクラップタイトル集　茨木市立中央図書館併設富士正晴記念館編　茨木　茨木市立中央図書館併設富士正晴記念館　2006.12　69p 26cm　（富士正晴資料整理報告書　第15集）

◇茨木市立図書館所蔵同人雑誌目録　茨木市立図書館編　同館　1989.12　76p 26cm　〈（注）富士正晴旧蔵書 985誌5138冊〉

◇竹林の隠者—富士正晴の生涯　大川公一著　影書房　1999.6　257p 20cm　2200円　①4-87714-265-7

◇富士さんの置土産　古賀光著　大阪　編集工房ノア　2001.10　126p 20cm　1600円

◇竹林童子失せにけり　島京子著　大阪　編集工房ノア　1992.6　193p 20cm　1880円

◇富士正晴略年譜　広重聡編　芦屋　広重聡　1993.5　34p 21cm　（Vikingシリーズ別冊）

◇富士正晴資料目録—富士正晴記念館所蔵 1　書籍編　富士正晴記念館編　茨木　富士正晴記念館　1992.4　428p 26cm

◇富士正晴資料目録—富士正晴記念館所蔵 2　雑誌・同人雑誌編　富士正晴記念館編　茨木　富士正晴記念館　1993.3　441p 26cm

◇富士正晴資料目録—富士正晴記念館所蔵 3　原稿、創作ノート・日記、切り抜き、書画　富士正晴記念館編　茨木　富士正晴記念館　1994.3　188p 26cm

◇富士正晴資料目録—富士正晴記念館所蔵 4　書簡（富士正晴宛）編　富士正晴記念館編　茨木　富士正晴記念館　1995.3　2冊 26cm

◇富士正晴著作目録索引　富士正晴記念館編　茨木　富士正晴記念館　1995.3　36p 26cm　（富士正晴資料整理報告書　第5集）

◇富士正晴資料目録—富士正晴記念館所蔵 5　書簡（竹内勝太郎関係）編　富士正晴記念館編　茨木　富士正晴記念館　1996.3　147p 26cm

◇富士正晴資料目録—富士正晴記念館所蔵 6　富士正晴記念館編　茨木　富士正晴記念館　1997.3　175p 26cm

◇富士正晴資料目録—富士正晴記念館所蔵 7　雑類編　富士正晴記念館編　茨木　富士正晴記念館　1998.3　92p 26cm

◇富士正晴未発表散文—散文タイトル集（付内容紹介）　富士正晴記念館編　茨木　富士正晴記念館　2006.1　42p 26cm　（富士正晴資料整理報告書　第14集）

◇「知友」スクラップ目録—1954〜1987年　富士正晴記念館編　茨木　富士正晴記念館　2009.2　67p 19×26cm　（富士正晴資料整理報告書　第17集）

◇富士さんとわたし—手紙を読む　山田稔著　大阪　編集工房ノア　2008.7　527p 22cm　3500円　①978-4-89271-168-8

◇富士正晴著作目録　茨木　富士正晴記念館　1993.3　112p 26cm　（富士正晴資料整理報告書　第3集）

◇富士正晴参考文献目録　茨木　富士正晴記念館　1994.3　54p 26cm　（富士正晴資料整理報告書　第4集）

◇富士正晴文学アルバム　茨木　富士正晴記念館　2002.2　72p 21cm　（富士正晴資料整理報告書　第10集）〈年譜あり　著作目録あり〉

◆◆船山 馨（1914〜1981）

◇船山馨—北の抒情　北海道文学館編　札幌　北海道新聞社　1996.5　172p 18cm　（北海道文学ライブラリー）　1100円　①4-89363-240-X

◇黄色い虫—船山馨と妻・春子の生涯　由井りょう子著　小学館　2010.7　223p 19cm　1200円　①978-4-09-388123-4

◆◆山崎 豊子（1924〜）

◇山崎豊子問題小説の研究—社会派「国民作

家」の作られ方　鵜飼清著　社会評論社　2002.11　425p　21cm　4300円　①4-7845-0926-7

◇卡子の検証　遠藤誉著　明石書店　1997.1　480,6p　19cm　2500円　①4-7503-0878-1

◇山崎豊子への誘い　前川文夫著　京都　白地社　2005.5　274p　19cm　1600円　①4-89359-231-9

◇『大地の子』と私　山崎豊子著　文芸春秋　1996.5　222p　18cm　1200円　①4-16-351580-1

◇『大地の子』と私　山崎豊子著　日本点字図書館（製作）　1997.1　3冊　27cm　全5100円

◇『大地の子』と私　山崎豊子著　文芸春秋　1999.6　270p　16cm　（文春文庫）　514円　①4-16-755605-7

◇作家の使命私（わたし）の戦後―山崎豊子自作を語る　作品論　山崎豊子著　新潮社　2012.1　362p　16cm　（新潮文庫　や-5-49）〈タイトル：作家の使命私の戦後〉　550円　①978-4-10-110449-2

◆◆山代　巴（1912～2004）

◇山代巴―中国山地に女の沈黙を破って　小坂裕子著　広島　家族社　2004.7　209p　21cm　（Kazoku-sya・1000シリーズ　6）〈年譜あり　文献あり〉　1500円　①4-907684-12-6

◇秋の蝶を生きる―山代巴平和への模索　佐々木暁美著　三次　山代巴研究室　2005.10　330p　22cm〈著作目録あり　年譜あり〉　2381円　①4-901630-03-2

◆◆山田　風太郎（1922～2001）

◇山田風太郎全仕事―幻妖　青木逸美, 秋山新, 宇佐美尚也, 日下三蔵, 小池啓介, 高橋義和, 中村優紀, 夏葉薫, 森本陽, 山本豪志執筆　一迅社　2007.4　127p　26cm　（一迅社ビジュアルbookシリーズ）〈著作目録あり〉　1800円　①978-4-7580-1075-7

◇もう一人の山田風太郎　有本倶子著　新訂　出版芸術社　2009.7　185p　20cm〈初版：砂子屋書房2000年刊　年譜あり〉　1800円　①978-4-88293-370-0

◇山田風太郎（ふうたろう）―列外の奇才　角川書店編集部編　角川書店　2010.11　202,5p　21cm〈角川グループパブリッシング（発売）　タイトル：山田風太郎　著作目録あり〉　1700円　①978-4-04-874143-9

◇山田風太郎（ふうたろう）全仕事　角川書店編集部編　角川書店　2011.11　250p　15cm　（角川文庫　17109）〈角川グループパブリッシング（発売）　タイトル：山田風太郎全仕事　一迅社2007年刊の再構成〉　667円　①978-4-04-394488-0

◇山田風太郎幻妖のロマン　志村有弘編　勉誠出版　2003.7　210p　20cm〈年譜あり　文献あり〉　2000円　①4-585-05087-6

◇戦中派天才老人・山田風太郎　関川夏央著　マガジンハウス　1995.4　269p　20cm　1400円　①4-8387-0618-9

◇戦中派天才老人・山田風太郎　関川夏央著　筑摩書房　1998.12　294p　15cm　（ちくま文庫）　700円　①4-480-03433-1

◇山田風太郎・降臨―忍法帖と明治伝奇小説以前　野崎六助著　青弓社　2012.7　226p　19cm〈文献あり〉　2400円　①978-4-7872-9207-0

◇風太郎はこう読め―山田風太郎全体論　平岡正明著　図書新聞　1992.12　357p　20cm　2900円　①4-88611-302-8

◇戦中派虫けら日記―滅失への青春　昭和17年～昭和19年　山田風太郎著　未知谷　1994.8　413p　20cm　3090円　①4-915841-17-0

◇戦中派不戦日記　山田風太郎著　日本点字図書館（製作）　1994.11　9冊　27cm〈厚生省委託　原本：講談社　1993　講談社文庫〉　全15300円

◇戦中派虫けら日記―滅失への青春　山田風太郎著　筑摩書房　1998.6　602p　15cm　（ちくま文庫）　1200円　①4-480-03409-9

◇追悼山田風太郎展　山田風太郎著, 世田谷文学館編　世田谷文学館　2002.4　143p　24cm〈会期：平成14年4月20日～6月9日　年譜あり〉

◇鹿島茂が語る山田風太郎（ふうたろう）―私のこだわり人物伝　山田風太郎, 鹿島茂著　角川書店　2010.5　210p　15cm　（角川文庫　16284）〈角川グループパブリッシング（発売）　タイトル：鹿島茂が語る山田風太

郎〉　552円　Ⓘ978-4-04-361602-2

◆◆山本　周五郎（1903〜1967）

◇山本周五郎最後の日　大河原英与著　マルジュ社　2009.6　177p　20cm　〈文献あり〉　1800円　Ⓘ978-4-89616-143-4

◇文体を読む　岡崎和夫著　青山学院女子短期大学　1992.3　233p　図版12枚　19cm　（青山学院女子短期大学学芸懇話会シリーズ　18）　非売品

◇武士道に殉ず―山本周五郎の世界　士道編・婦道編　北影雄幸著　白亜書房　2000.1　367p　20cm　1800円　Ⓘ4-89172-659-8

◇山本周五郎作品の女性たち　北影雄幸著　光人社　2004.5　299p　19cm　1800円　Ⓘ4-7698-1180-2

◇山本周五郎―青春時代　木村久邇典著　福武書店　1990.2　309p　15cm　（福武文庫）　650円　Ⓘ4-8288-3123-1

◇山本周五郎―馬込時代　木村久邇典著　福武書店　1990.6　292p　15cm　（福武文庫）〈山本周五郎の肖像あり〉　650円　Ⓘ4-8288-3141-X

◇山本周五郎―横浜時代　木村久邇典著　福武書店　1990.7　392p　15cm　（福武文庫）　780円　Ⓘ4-8288-3146-0

◇さぶの呟き―山本周五郎の眼と心　木村久邇典著　世界文化社　1992.4　360p　20cm　1500円　Ⓘ4-418-92502-3

◇周五郎に生き方を学ぶ　木村久邇典著　実業之日本社　1995.11　252p　20cm　1600円　Ⓘ4-408-10181-8

◇山本周五郎―下巻　木村久邇典著　アールズ出版　2000.3　427p　20cm　〈福武書店1990年刊の復刊〉　2200円　Ⓘ4-901226-03-7

◇山本周五郎―上巻　木村久邇典著　アールズ出版　2000.3　474p　20cm　〈福武書店1990年刊の復刊〉　2400円　Ⓘ4-901226-02-9

◇山本周五郎が描いた男たち―さまざまな男の心情15の物語　木村久邇典著　グラフ社　2010.8　262p　19cm　〈『男としての人生』（昭和57年刊）の新装版〉　1300円　Ⓘ978-4-7662-1360-7

◇山本周五郎のことば　清原康正著　新潮社　2003.6　190p　18cm　（新潮新書）〈著作目録あり〉　680円　Ⓘ4-10-610020-7

◇間門園日記―山本周五郎ご夫妻とともに　斎藤博子著　深夜叢書社　2010.5　321p　20cm　1900円　Ⓘ978-4-88032-302-2

◇わが師山本周五郎　早乙女貢著　第三文明社　2003.6　247p　20cm　〈年譜あり〉　1400円　Ⓘ4-476-03253-2

◇わが師山本周五郎　早乙女貢著　集英社　2009.7　263p　16cm　（集英社文庫　さ5-36）〈年譜あり〉　495円　Ⓘ978-4-08-746462-7

◇藤沢周平と山本周五郎―時代小説大論議　佐高信, 高橋敏夫著　毎日新聞社　2004.11　239p　20cm　1600円　Ⓘ4-620-31679-2

◇藤沢周平と山本周五郎　佐高信, 高橋敏夫著　光文社　2012.1　306p　16cm　（光文社知恵の森文庫　aさ2-13）〈毎日新聞社2004年刊の加筆修正〉　686円　Ⓘ978-4-334-78596-3

◇文豪ナビ山本周五郎　新潮文庫編　新潮社　2005.1　159p　16cm　（新潮文庫）〈年譜あり　文献あり〉　400円　Ⓘ4-10-113400-6

◇周五郎流―激情が人を変える　高橋敏夫著　日本放送出版協会　2003.11　222p　18cm　（生活人新書）〈年譜あり〉　680円　Ⓘ4-14-088086-4

◇山本周五郎庶民の空間　竹添敦子著　双文社出版　1997.3　254p　20cm　2575円　Ⓘ4-88164-512-9

◇周五郎の江戸町人の江戸　竹添敦子著　角川春樹事務所　2007.9　219p　16cm　（ハルキ文庫―時代小説文庫）　640円　Ⓘ978-4-7584-3309-9

◇山本周五郎初期習作集―私家版　堀内万寿夫解説・翻刻・註　甲府　堀内万寿夫　2009.4　71p　21cm　〈堀内万寿夫退職記念〉

◇山本周五郎の世界　水谷昭夫著　新教出版社　1998.6　301p　20cm　（水谷昭夫著作選集　別巻）　3700円　Ⓘ4-400-62614-8

◇山本周五郎―宿命と人間の絆　山田宗睦著　日本図書センター　1989.10　294,11p　22cm　（近代作家研究叢書 73）〈解説：木村久邇典　芸術生活社昭和49年刊の複製〉　6180円　Ⓘ4-8205-9026-X

◇曲軒・山本周五郎の世界―読者の支持を賞した作家　山梨県立文学館編　甲府　山梨県立文学館　1998.10　72p　30cm

◇作家の自伝—33　山本周五郎　山本周五郎著,浅井清編解説　日本図書センター　1995.11　291p　22cm　（シリーズ・人間図書館）　2678円　ⓘ4-8205-9403-6,4-8205-9411-7

◇山本周五郎を読む　『歴史読本』編集部編　新人物往来社　2012.1　335p　22cm〈年譜あり　著作目録あり〉　1905円　ⓘ978-4-404-04138-8

◇山本周五郎展　横浜　神奈川文学振興会　1991.4　32p　26cm〈折り込図1枚　会期・会場：1991年4月6日～5月12日　県立神奈川近代文学館〉

◇山本周五郎読本　新人物往来社　1998.4　424p　21cm　（別冊歴史読本　63—作家シリーズ　2）　1800円　ⓘ4-404-02608-0

◆戦争文学

◇紙の中の戦争　開高健著　岩波書店　1996.8　302p　16cm　（同時代ライブラリー　278）　1100円　ⓘ4-00-260278-8

◇戦場へ征く、戦場から還る—火野葦平、石川達三、榊山潤の描いた兵士たち　神子島健著　新曜社　2012.8　562p　22cm〈文献あり　年表あり　索引あり〉　5200円　ⓘ978-4-7885-1300-6

◇「戦争と知識人」を読む—戦後日本思想の原点　加藤周一, 凡人会著　青木書店　1999.10　281p　19cm　1900円　ⓘ4-250-99020-6

◇南方徴用作家—戦争と文学　神谷忠孝, 木村一信編　京都　世界思想社　1996.3　296p　20cm　（Sekaishiso seminar）　2500円　ⓘ4-7907-0588-9

◇戦争はどのように語られてきたか　川村湊ほか著　朝日新聞社　1999.8　301p　20cm　1800円　ⓘ4-02-257403-8

◇戦争文学を読む　川村湊, 成田龍一, 上野千鶴子, 奥泉光, イ・ヨンスク, 井上ひさし, 高橋源一郎, 古処誠二著　朝日新聞出版　2008.8　353p　15cm　（朝日文庫）〈「戦争はどのように語られてきたか」（朝日新聞社1999年刊）の改題　関連タイトル：戦争はどのように語られてきたか　年表あり〉　720円　ⓘ978-4-02-261588-6

◇もうひとつの文学史—「戦争」へのまなざし　木村一信著　長泉町（静岡県）　増進会出版社　1996.11　248p　19cm　（Z会ペブル選書　6）　900円　ⓘ4-87915-340-0

◇日本人の戦争—作家の日記を読む　ドナルド・キーン著,角地幸男訳　文芸春秋　2011.12　318p　16cm　（文春文庫　キ14-1）〈索引あり　文献あり〉　600円　ⓘ978-4-16-765180-0

◇日本文学報国会—大東亜戦争下の文学者たち　櫻本富雄著　青木書店　1995.6　499,27p　20cm　6695円　ⓘ4-250-95023-9

◇ああ、若い血潮の—特攻、予科練の文学　清水昭三著　新読書社　1995.1　187p　20cm　1957円　ⓘ4-7880-7021-9

◇死者よ語れ—戦争と文学　遠丸立著　国分寺　武蔵野書房　1995.7　325p　20cm　3500円

◇歴史と戦争文学　新津淳著　〔光陽出版社〕　2011.10　175p　20cm　1500円

◇戦争文学試論　野呂邦暢著　芙蓉書房出版　2002.8　310p　21cm　「失われた兵士たち」（昭和52年刊）の新装再刊〉　2800円　ⓘ4-8295-0320-3

◇作家たちの戦争　保阪正康著　毎日新聞社　2011.7　297p　20cm　（昭和史の大河を往く　第11集）　1600円　ⓘ978-4-620-32065-6

◇近代日本戦争文学論　森安理文著　松戸　森安理文先生米寿記念『近代日本戦争文学論』刊行会　2003.10　377p　22cm〈年譜あり〉　ⓘ4-88876-051-9

◇定本戦争文学論　安田武著　朝文社　1994.8　353p　20cm〈第3文明社1977年刊の再刊〉　3000円　ⓘ4-88695-114-7

◇近代戦争文学事典—第1輯　矢野貫一編　大阪　和泉書院　1992.11　328,15p　22cm　（和泉事典シリーズ　3）　10300円　ⓘ4-87088-560-3

◇近代戦争文学事典—第2輯　矢野貫一編　大阪　和泉書院　1993.8　282,12p　22cm　（和泉事典シリーズ　4）　10300円　ⓘ4-87088-604-9

◇近代戦争文学事典—第3輯　矢野貫一編　大阪　和泉書院　1994.6　277,11p　22cm　（和泉事典シリーズ　5）　10300円　ⓘ4-87088-644-8

◇近代戦争文学事典—第4輯　矢野貫一編　大阪　和泉書院　1995.7　275,14p　22cm　（和泉事典シリーズ　6）　10300円　ⓘ4-

◇近代戦争文学事典—第5輯　矢野貫一編　大阪　和泉書院　1996.12　335,11p　22cm　（和泉事典シリーズ 7）　10300円　Ⓘ4-87088-827-0

◇近代戦争文学事典—第6輯　矢野貫一編　大阪　和泉書院　2000.6　295p　22cm　（和泉事典シリーズ 10）　10000円　Ⓘ4-7576-0043-7

◇近代戦争文学事典—第7輯　矢野貫一編　大阪　和泉書院　2002.5　417p　22cm　（和泉事典シリーズ 11）　12000円　Ⓘ4-7576-0154-9

◇近代戦争文学事典—第8輯　矢野貫一編　大阪　和泉書院　2004.6　417p　22cm　（和泉事典シリーズ 15）　12000円　Ⓘ4-7576-0255-3

◇近代戦争文学事典—第9輯　矢野貫一編　大阪　和泉書院　2005.11　497p　22cm　（和泉事典シリーズ 17）　13000円　Ⓘ4-7576-0333-9

◇近代戦争文学事典—第10輯　矢野貫一編　大阪　和泉書院　2008.6　603p　22cm　（和泉事典シリーズ 22）　14000円　Ⓘ978-4-7576-0462-9

◇近代戦争文学事典—第11輯　矢野貫一編　大阪　和泉書院　2010.6　633p　22cm　（和泉事典シリーズ 25）〈索引あり〉　15000円　Ⓘ978-4-7576-0557-2

◇日本近代文学と戦争—「十五年戦争」期の文学を通じて　山口俊雄編　三弥井書店　2012.3　265,8p　19cm〈索引あり〉　2500円　Ⓘ978-4-8382-3225-3

◇戦争と文学　笠間書院　2001.11　181p　19cm　（笠間ライブラリー—梅光学院大学公開講座論集 第49集）〈下位シリーズの責任表示：佐藤泰正編〉　1000円　Ⓘ4-305-60250-4

◇作家と戦争—太平洋戦争70年　河出書房新社　2011.6　191p　21cm　（Kawade道の手帖）〈年譜あり〉　1600円　Ⓘ978-4-309-74038-6

◆◆伊藤 桂一（1917〜）

◇私の戦旅歌とその周辺　伊藤桂一著　講談社　1998.7　304p　20cm　2200円　Ⓘ4-06-209264-6

◇小説に描かれた大日寺—伊藤桂一氏の生家を訪ねて　加納俊彦編著　〔出版地不明〕　伊藤桂一顕彰委員会　2010.4　38p　22cm　（水車叢書 第1篇）〈共同刊行：四日市地域ゆかりの「郷土作家」顕彰事業委員会〉

◇鎮魂と癒しの世界—評伝・伊藤桂一　津坂治男著　能勢町（大阪府）　詩画工房　2003.2　249p　20cm　2000円　Ⓘ4-916041-80-1

◆◆井上 光晴（1926〜1992）

◇ひどい感じ—父・井上光晴　井上荒野著　講談社　2002.8　195p　20cm　1600円　Ⓘ4-06-211423-2

◇ひどい感じ—父・井上光晴　井上荒野著　講談社　2005.10　205p　15cm　（講談社文庫）　495円　Ⓘ4-06-275202-6

◇作家の自伝—77　井上光晴　井上光晴著, 松本健一編解説　日本図書センター　1998.4　265p　22cm　（シリーズ・人間図書館）　2600円　Ⓘ4-8205-9521-0,4-8205-9504-0

◇狼火はいまだあがらず—井上光晴追悼文集　影書房編集部編　影書房　1994.5　464p　22cm〈井上光晴の肖像あり〉　6180円　Ⓘ4-87714-183-9

◇「超」小説作法—井上光晴文学伝習所講義　片山義佑著　影書房　2001.5　190p　20cm〈肖像あり〉　1800円　Ⓘ4-87714-280-0

◇生き尽くす人—全身小説家・井上光晴のガン一〇〇〇日　山川暁著　新潮社　1997.4　293p　20cm　1600円　Ⓘ4-10-349203-1

◇野いばら咲け—井上光晴文学伝習所と私　山下智恵子著　名古屋　風媒社　2006.6　242p　20cm　1500円　Ⓘ4-8331-2059-3

◆◆早乙女 勝元（1932〜）

◇ゴメメの歯ぎしり—平和を探して生きる　早乙女勝元著　河出書房新社　2004.7　254p　20cm　1800円　Ⓘ4-309-22415-6

◆◆高木 敏子（1932〜）

◇『ガラスのうさぎ』：未来への伝言—平和の語り部高木敏子の軌跡　笠原良郎編著　金の星社　2009.2　94p　26cm〈著作目録あり　年譜あり〉　3900円　Ⓘ978-4-323-07144-2

◆◆中山 義秀（1900〜1969）

◇中山義秀の生涯　清原康正著　新人物往来社　1993.5　213p　19cm〈中山義秀の肖像あり〉　1300円　Ⓘ4-404-02024-4

◇鎌倉極楽寺九十一番地　中山日女子著　講談社　1997.4　224p　20cm　1600円　Ⓘ4-06-208536-4

◇中山義秀の歴史小説　三瓶達司著　新典社　1993.6　173p　19cm　（新典社選書 5）　1854円　Ⓘ4-7879-6755-X

◇中山義秀展―特別展　鎌倉　鎌倉市教育委員会　1990.10　24p　26cm〈共同刊行：鎌倉文学館　著者の肖像あり　会期：平成2年10月26日〜12月2日〉

◆◆野坂 昭如（1930〜）

◇戦災孤児の神話―野坂昭如＋戦後の作家たち　清水節治著　教育出版センター　1995.11　413p　20cm　（以文選書 48）　2800円　Ⓘ4-7632-1545-0

◇作家の自伝―19　野坂昭如　野坂昭如著, 遠丸立編解説　日本図書センター　1994.10　281p　22cm　（シリーズ・人間図書館）〈監修：佐伯彰一, 松本健一　著者の肖像あり〉　2678円　Ⓘ4-8205-8020-5,4-8205-8001-9

◇野荒れ　野坂昭如言葉, 荒木経惟写真, 黒田征太郎画　講談社　2008.1　1冊（ページ付なし）　27cm　3000円　Ⓘ978-4-06-214330-1

◇野坂昭如―アドリブ自叙伝　野坂昭如著　日本図書センター　2012.2　235p　20cm　（人間の記録 188）〈年譜あり〉　1800円　Ⓘ978-4-284-70063-4

◇暴力への時間小説への力学―初期遠藤周作の方法について　水谷真人著　試論社　2010.5　221p　20cm　2800円　Ⓘ978-4-903122-13-7

◆◆火野 葦平（1907〜1960）

◇火野葦平―激動の時代を駆け抜けた作家 1　葦平と河伯洞の会編　北九州　葦平と河伯洞の会　2003.7　32p　30cm〈福岡 花書院（発売）　著作目録あり　年譜あり〉　953円　Ⓘ4-938910-60-8

◇火野葦平―2（九州文学の仲間たち）　葦平と河伯洞の会編　北九州　葦平と河伯洞の会　2005.6　41p　30cm〈福岡 花書院（発売）〉　953円　Ⓘ4-938910-78-0

◇火野葦平―3　僕のアルバム　葦平と河伯洞の会編　北九州　葦平と河伯洞の会　2009.4　50p　30cm〈花書院（発売）〉　953円　Ⓘ978-4-903554-47-1

◇火野葦平論　池田浩士著　インパクト出版会　2000.12　566,10p　22cm　（「海外進出文学」論 第1部）　5600円　Ⓘ4-7554-0087-2

◇ペンと兵隊―火野葦平の戦争認識　今村修著　福岡　石風社　2012.11　237p　20cm　2000円　Ⓘ978-4-88344-220-1

◇河童群像を求めて―火野葦平とその時代　暮安翠著　北九州　葦平と河伯洞の会　2005.3　236p　19cm〈年譜あり〉

◇青狐の賦―火野葦平の天国と地獄　暮安翠著　中間　九州文学社　2009.7　343p　19cm　1429円　Ⓘ978-4-905597-38-4

◇母の郷里なり―火野葦平と庄原　寿山五朗著　庄原　寿山五朗　1993.3　181p　19cm　1500円

◇葦平と母マン　寿山五朗著　庄原　寿山五朗　1997.12　272p　19cm　2000円

◇河伯洞余滴―我が父、火野葦平その語られざる波瀾万丈の人生　玉井史太郎著　学習研究社　2000.5　201p　20cm　1400円　Ⓘ4-05-401240-X

◇河伯洞往来　玉井史太郎著　福岡　創言社　2004.8　203p　19cm　1500円　Ⓘ4-88146-551-1

◇河童憂愁―葦平と昭和史の時空　鶴島正男述, 城戸洋著　福岡　西日本新聞社　1994.10　272p　19cm　1500円　Ⓘ4-8167-0375-6

◇作家の自伝―57　火野葦平　火野葦平著, 川津誠編解説　日本図書センター　1997.4　315p　22cm　（シリーズ・人間図書館）　2600円　Ⓘ4-8205-9499-0,4-8205-9482-6

◇葦平曼陀羅―河伯洞余滴　玉井家私版　火野葦平著　北九州　玉井闘志　1999.1　222p　21cm　1905円

◇「北九州の文学」私記―火野葦平とその周辺　星加輝光著　福岡　梓書院　2000.2　317p　19cm　1905円　Ⓘ4-87035-154-4

◇火野葦平作品掲載雑誌目録　矢富巌夫編　増補・3訂　火野葦平資料保存会　1994.3

130p　19×26cm〈私家版　電子複写　限定版〉非売品
◇火野葦平著作目録　矢富巌夫編　福岡　創言社　2004.12　288p　21cm〈企画：葦平と河伯洞の会　肖像あり〉3000円　①4-88146-556-2
◇火野葦平寄託資料目録—1　北九州　北九州市立文学館　2011.3　327p　30cm（北九州市立文学館所蔵資料目録　1）

◆◆吉田　満（1923～1979）

◇鎮魂吉田満とその時代　粕谷一希著　文芸春秋　2005.4　284p　18cm（文春新書）790円　①4-16-660436-8
◇大和よ武蔵よ—吉田満と渡辺清　勢古浩爾著　洋泉社　2009.7　283p　20cm〈文献あり　年譜あり〉2400円　①978-4-86248-404-8
◇「戦艦大和」の最期、それから—吉田満の戦後史　千早耿一郎著　筑摩書房　2010.7　364,4p　15cm（ちくま文庫　ち13-1）〈『大和の最期、それから』（講談社2004年刊）の加筆・訂正、改題　文献あり　年譜あり〉950円　①978-4-480-42743-4

◆◆渡辺　清（1925～1981）

◇大和よ武蔵よ—吉田満と渡辺清　勢古浩爾著　洋泉社　2009.7　283p　20cm〈文献あり　年譜あり〉2400円　①978-4-86248-404-8

◆原爆文学

◇原爆手記掲載図書・雑誌総目録—1945‐1995　宇吹暁編著　日外アソシエーツ　1999.7　503p　21cm　6600円　①4-8169-1563
◇原爆文学展—ヒロシマ・ナガサキ　原民喜から林京子まで　神奈川文学振興会編　横浜　県立神奈川近代文学館　2000.10　64p　26cm〈会期：2000年10月7日～11月12日　共同刊行：神奈川文学振興会〉
◇原爆文学という問題領域　川口隆行著　福岡　創言社　2008.4　242p　19cm　2200円　①978-4-88146-576-9
◇原爆文学という問題領域（プロブレマティーク）　川口隆行著　増補版　福岡　創言社　2011.5　265p　19cm　2200円　①978-4-88146-585-1
◇原爆文学論—核時代と想像力　黒古一夫著　彩流社　1993.7　267p　20cm　2200円　①4-88202-264-8
◇原爆は文学にどう描かれてきたか　黒古一夫著　八朔社　2005.8　169p　19cm（21世紀の若者たちへ　4）〈文献あり〉1600円　①4-86014-103-2
◇原爆文学研究増刊号　原爆文学研究会編　福岡　花書院　2006.3　69p　21cm〈会期・会場：2005年9月10日　九州大学六本松キャンパス本館二階・第一会議室　他言語標題：Journal of genbaku literature extra number〉762円　①4-938910-88-8
◇破壊からの誕生—原爆文学の語るもの　津久井喜子著　日野　明星大学出版部　2005.7　148p　21cm　2500円　①4-89549-152-8
◇グラウンド・ゼロを書く—日本文学と原爆　ジョン・W.トリート著，水島裕雅，成定薫，野坂昭雄監訳　法政大学出版局　2010.7　627,27p　22cm〈文献あり　索引あり〉9500円　①978-4-588-47004-2
◇永井隆～人と短歌　松岡ひでたか著　福崎町（兵庫県）　松岡ひでたか　2011.10　187p　19cm〈神戸　交友プランニングセンター，友月書房（制作）〉2500円　①978-4-87787-523-7

◆◆大田　洋子（1903～1963）

◇作家の自伝—38　大田洋子　大田洋子著,浦西和彦編解説　日本図書センター　1995.11　264p　22cm（シリーズ・人間図書館）2678円　①4-8205-9408-7,4-8205-9411-7

◆◆峠　三吉（1917～1953）

◇峠三吉バラエティー帖—原爆詩人の時空における多次元的展開　天瀬裕康著　広島　渓水社　2012.11　203p　20cm〈文献あり〉1800円　①978-4-86327-198-2
◇雲雀と少年/峠三吉論　寺島洋一著　文芸社　2001.6　215p　20cm　1500円　①4-8355-1846-2

◆◆林　京子（1930～）

◇林京子論—「ナガサキ」・上海・アメリカ

現代日本文学（文学史）

黒古一夫著　日本図書センター　2007.6　213p　22cm〈著作目録あり　年譜あり〉2400円　①978-4-284-10002-1
◇被爆を生きて―作品と生涯を語る　林京子著,島村輝聞き手　岩波書店　2011.7　63p　21cm　（岩波ブックレット　no.813）〈年譜あり〉　500円　①978-4-00-270813-3
◇林京子―人と文学―"見えない恐怖"の語り部として　渡辺澄子著　長崎　長崎新聞社　2005.7　173p　21cm〈奥付のタイトル（誤植）：林京子―人と作品　肖像あり〉　1600円　①4-931493-65-3
◇林京子―人と文学　渡辺澄子,スリアーノ・マヌエラ著　勉誠出版　2009.6　320p　20cm　（日本の作家100人）〈年譜あり〉2000円　①978-4-585-05197-8

◆◆原　民喜（1905～1951）

◇原民喜―人と文学　岩崎文人著　勉誠出版　2003.8　221p　20cm　（日本の作家100人）〈年譜あり　文献あり〉　1800円　①4-585-05162-7
◇嘆きよ、僕をつらぬけ　小沢美智恵著　河出書房新社　1996.1　154p　20cm　1300円　①4-309-01038-5
◇作家の自伝―71　原民喜　原民喜著,川津誠編解説　日本図書センター　1998.4　253p　22cm　（シリーズ・人間図書館）　2600円　①4-8205-9515-6,4-8205-9504-0

◆無頼派

◇無頼派の戦中と戦後―太宰治・田中英光・伊藤整・坂口安吾　近代文学の作家と作品　磯佳和編著　横浜　磯佳和　2005.5　97,54p　21cm〈著作目録あり　年譜あり〉
◇無頼派とその周辺　塚越和夫著　所沢　葦真文社　2001.5　382p　20cm　3800円　①4-900057-21-5
◇無頼派を読む―作品論への誘い　主要作品・同時代評・論収載書目便覧　無頼文学会編　至文堂　1998.1　295p　21cm　（「国文学解釈と鑑賞」別冊）　2800円

◆◆石川　淳（1899～1987）

◇石川淳前期作品解読　畦地芳弘著　大阪　和泉書院　1998.10　523p　22cm　（近代文学研究叢刊　17）　8000円　①4-87088-944-7
◇石川淳後期作品解読　畦地芳弘著　大阪　和泉書院　2009.10　927p　22cm　（近代文学研究叢刊　43）　14000円　①978-4-7576-0522-0
◇石川淳の小説　井沢義雄著　岩波書店　1992.5　384p　20cm　3400円　①4-00-000135-3
◇晴のち曇、所により大雨―回想の石川淳　石川活著　筑摩書房　1993.11　214p　20cm〈著者の肖像あり〉　1800円　①4-480-81345-4
◇石川淳コスモスの知慧　加藤弘一著　筑摩書房　1994.2　221p　20cm　2500円　①4-480-82310-7
◇石川淳著『黄金伝説』その他の翻訳について　ウイリアム・J.タイラー述,国際日本文化研究センター編　京都　国際日本文化研究センター　2000.3　30p　21cm　（日文研フォーラム　第117回）〈他言語標題：On translating Isikawa Jun's legend of gold & other stories　会期・会場：1999年4月13日　国際交流基金京都支部〉
◇石川淳と戦後日本　ウィリアム・J.タイラー,鈴木貞美編著　京都　人間文化研究機構国際日本文化研究センター　2010.3　366,226p　22cm　（日文研叢書　45）〈京都　ミネルヴァ書房（発売）　英語併載　文献あり　年譜あり〉　①978-4-901558-50-1
◇石川淳と戦後日本　ウィリアム・J.タイラー,鈴木貞美編著　京都　国際日本文化研究センター　2010.4　366,226p　22cm　（日文研叢書）〈京都　ミネルヴァ書房（発売）　年譜あり〉　4500円　①978-4-623-05617-0
◇石川淳論　立石伯著　オリジン出版センター　1990.3　267p　20cm〈石川淳の肖像あり〉　3090円
◇石川淳研究　森安理文,本田典国共編　三弥井書店　1991.11　322p　22cm〈石川淳の肖像あり〉　4800円　①4-8382-3030-3
◇石川淳作品研究―「佳人」から「焼跡のイエス」まで　山口俊雄著　双文社出版　2005.7

420p　22cm　7600円　Ⓘ4-88164-565-X
◇立ちこゆる文学―石川淳作品論集・他　吉田恵美子著　横浜　門土社　2002.4　268p　22cm　3000円　Ⓘ4-89561-245-7
◇石川淳伝―昭和10年代20年代を中心に　渡辺喜一郎著　明治書院　1992.10　248p　19cm　(国文学研究叢書)　2900円　Ⓘ4-625-58057-9
◇石川淳　新潮社　1995.2　111p　20cm　(新潮日本文学アルバム 65)　1300円　Ⓘ4-10-620669-2

◆◆織田 作之助（1913～1947）

◇純血無頼派の生きた時代―織田作之助・太宰治を中心に　青山光二著　双葉社　2001.9　310p　20cm　1800円　Ⓘ4-575-29271-0
◇織田作之助文芸事典　浦西和彦編　大阪　和泉書院　1992.7　290p　20cm　(和泉事典シリーズ 2)〈織田作之助の肖像あり〉5150円　Ⓘ4-87088-558-1
◇織田作之助―生き愛し書いた　大谷晃一著　沖積舎　1998.7　371p　20cm　(作家論叢書 19)　3500円　Ⓘ4-8060-7019-X
◇近代作家追悼文集成―第31巻　三宅雪嶺・幸田露伴・武田麟太郎・横光利一・織田作之助　ゆまに書房　1997.1　330p　22cm　8240円　Ⓘ4-89714-104-4

◆◆坂口 安吾（1906～1955）

◇坂口安吾と南川潤―江口恭平七回忌法要　江口恭平著　高崎　江口文陽　2004.9　87p　26cm　953円
◇坂口安吾事典―作品編　荻久保泰幸,島田昭男,矢島道弘編　至文堂　2001.9　324p　21cm　(「国文学解釈と鑑賞」別冊)　2800円
◇坂口安吾事典―事項編　荻久保泰幸,島田昭男,矢島道弘編　至文堂　2001.12　284p　21cm　(「国文学解釈と鑑賞」別冊)　2800円
◇アイ・ラブ安吾　荻野アンナ著　朝日新聞社　1992.2　202p　20cm　1200円　Ⓘ4-02-256395-8
◇坂口安吾　奥野健男著　文芸春秋　1996.10　415p　16cm　(文春文庫)　600円　Ⓘ4-16-714902-8
◇文学の権能―漱石・賢治・安吾の系譜　押野武志著　翰林書房　2009.11　285p　22cm　4200円　Ⓘ978-4-87737-288-0
◇坂口安吾と中上健次　柄谷行人著　講談社　2006.9　412p　16cm　(講談社文芸文庫)〈著作目録あり　年譜あり〉1400円　Ⓘ4-06-198452-7
◇坂口安吾と三好達治―小田原時代　金原左門著　秦野　夢工房　2001.11　115p　19cm　(小田原ライブラリー 1　小田原ライブラリー編集委員会企画・編集)〈シリーズ責任表示:小田原ライブラリー編集委員会企画・編集〉1200円　Ⓘ4-946513-70-1
◇図録桐生ルネッサンス―坂口安吾・南川潤・浅田晃彦 第6回企画展　群馬県立土屋文明記念文学館編　群馬町(群馬県)　群馬県立土屋文明記念文学館　1998.10　112p　30cm
◇無頼の先へ―坂口安吾魂の軌跡:第76回企画展　群馬県立土屋文明記念文学館編　高崎　群馬県立土屋文明記念文学館　2012.4　52p　26cm〈会期:平成24年4月21日～6月17日　年譜あり〉
◇坂口安吾　小林利裕著　近代文芸社　2005.9　182p　20cm　1800円　Ⓘ4-7733-7291-5
◇太宰治・坂口安吾の世界―反逆のエチカ　斎藤慎爾責任編集著　新装版　柏書房　2010.2　244p　26cm〈年譜あり〉1950円　Ⓘ978-4-7601-3761-9
◇作家の自伝―53　坂口安吾　坂口安吾著,村上護編解説　日本図書センター　1997.4　278p　22cm　(シリーズ・人間図書館)　2600円　Ⓘ4-8205-9495-8,4-8205-9482-6
◇安吾マガジン　坂口安吾文,坂口綱男写真・監修　イースト・プレス　2007.8　223p　21cm〈年譜あり〉1300円　Ⓘ978-4-87257-747-1
◇安吾と三千代と四十の豚児と　坂口綱男著　集英社　1999.2　191p　19cm　1600円　Ⓘ4-08-774384-5
◇安吾のいる風景　坂口綱男著　春陽堂書店　2006.7　117p　21cm　1500円　Ⓘ4-394-90241-X
◇クラクラ日記　坂口三千代著　筑摩書房　1989.10　355p　15cm　(ちくま文庫)〈潮出版社1973年刊に加筆したもの〉580円　Ⓘ4-480-02354-2
◇追憶坂口安吾　坂口三千代著　筑摩書房

1995.11 264p 20cm 2700円 Ⓢ4-480-81389-6

◇ひとりという幸福　坂口三千代著　メタローグ　1999.5　205p　18cm　(パサージュ叢書 2)　1200円　Ⓢ4-8398-3007-X

◇越境する安吾　坂口安吾研究会編　ゆまに書房　2002.9　206p　21cm　(坂口安吾論集 1)　2800円　Ⓢ4-8433-0722-X

◇安吾からの挑戦状　坂口安吾研究会編　ゆまに書房　2004.11　208p　21cm　(坂口安吾論集 2)　2800円　Ⓢ4-8433-1566-4

◇新世紀への安吾　坂口安吾研究会編　ゆまに書房　2007.10　194p　21cm　(坂口安吾論集 3)〈文献あり〉　2800円　Ⓢ978-4-8433-2661-9

◇坂口安吾論集成　庄司肇著　沖積舎　1992.10　417p　20cm　Ⓢ4-8060-4573-X

◇坂口安吾　庄司肇著　沖積舎　2003.6　226p　20cm　(庄司肇コレクション 8　庄司肇著)〈シリーズ責任表示：庄司肇　文献あり〉　2500円　Ⓢ4-8060-6598-6

◇近代文学研究叢書―第76巻　昭和女子大学近代文学研究室編　昭和女子大学近代文化研究所　2001.5　651p　19cm〈肖像あり〉　7800円　Ⓢ4-7862-0076-X

◇坂口安吾展　世田谷文学館編　世田谷文学館　1996.4　186p　22cm

◇若き日の坂口安吾　相馬正一著　洋々社　1992.10　306p　20cm　2300円　Ⓢ4-89674-903-0

◇坂口安吾戦後を駆け抜けた男―farce & allegory　相馬正一著　人文書館　2006.11　451p　20cm〈年譜あり〉　3900円　Ⓢ4-903174-09-3

◇太宰と安吾　檀一雄著　バジリコ　2003.5　397p　20cm　1800円　Ⓢ4-901784-15-3

◇坂口安吾百歳の異端児　出口裕弘著　新潮社　2006.7　220p　20cm　1500円　Ⓢ4-10-410204-0

◇坂口安吾・人生ギリギリの言葉　長尾剛編著　PHP研究所　2009.9　251p　19cm　1300円　Ⓢ978-4-569-77262-2

◇評伝坂口安吾―魂の事件簿　七北数人著　集英社　2002.6　271p　20cm〈年譜あり〉　1900円　Ⓢ4-08-775304-2

◇人間坂口安吾　野原一夫著　新潮社　1991.9　221p　20cm　1200円　Ⓢ4-10-335305-8

◇人間坂口安吾　野原一夫著　学陽書房　1996.11　251p　16cm　(人物文庫)　680円　Ⓢ4-313-75017-7

◇坂口安吾生成―笑劇・悲願・脱構築　花田俊典著　京都　白地社　2005.6　576p　22cm　(21世紀叢書 2)〈他言語標題：The formation of Ango Sakaguchi〉　10000円　Ⓢ4-89359-235-1

◇坂口安吾と太平洋戦争　半藤一利著　PHP研究所　2009.2　322p　20cm〈文献あり〉　1600円　Ⓢ978-4-569-70494-4

◇奇蹟への回路―小林秀雄・坂口安吾・三島由紀夫　松本徹著　勉誠社　1994.10　360p　20cm　2575円　Ⓢ4-585-05008-6

◇安吾よふるさとの雪はいかに　丸山一著　新潟　考古堂書店　2005.2　256p　20cm　1620円　Ⓢ4-87499-632-9

◇安吾碑を彫る　丸山一著　新潟　考古堂書店　2006.11　292p　20cm　1905円　Ⓢ4-87499-665-5

◇鉄棒する漱石、ハイジャンプの安吾　矢島裕紀彦著　日本放送出版協会　2003.8　210p　18cm　(生活人新書)　680円　Ⓢ4-14-088077-5

◇無限大な安吾―〈東洋大学公開講演〉論文集　山崎甲一著者代表　菁柿堂　2007.8　225p　19cm　(Seishido brochure)〈星雲社(発売)〉　1600円　Ⓢ978-4-434-11030-6

◇坂口安吾の旅　若月忠信著　春秋社　1994.7　221p　20cm〈著者の肖像あり〉　2060円　Ⓢ4-393-44122-2

◇近代作家追悼文集成―第36巻　加藤道夫・高浜虚子・岸田国士・永井荷風・坂口安吾　ゆまに書房　1997.1　411p　22cm　8240円　Ⓢ4-89714-109-5

◆◆太宰　治（1909～1948）

◇山梨太宰治の記憶―おはなし歴史風土記　相原千里編　甲府　山梨ふるさと文庫　2011.3　270p　19cm　(シリーズ山梨の文芸)　1500円　Ⓢ978-4-903680-33-0

◇太宰治論　饗庭孝男著　小沢書店　1997.1　277p　20cm　(小沢コレクション 48)

現代日本文学（文学史）

◇太宰文学の女性像　青木京子著　京都　思文閣出版　2006.6　321,5p　22cm　2800円　①4-7842-1308-2

◇資料集—第5輯　太宰治・旧制弘高時代ノート「英語」「修身」　青森県近代文学館編　太宰治著　青森　青森県近代文学館　2008.3　149p　30cm

◇太宰治生誕100年特別展　青森県近代文学館編　青森　青森県近代文学館　2009.7　68p　30cm〈会期：平成21年7月11日～9月6日　年譜あり〉

◇資料集—第1輯　青森県立図書館青森県近代文学館編　青森　青森県立図書館青森県近代文学館　2000.2　106p　30cm

◇資料集—第2輯　青森県立図書館青森県近代文学館編　青森　青森県立図書館青森県近代文学館　2001.8　53p　30cm

◇資料集—第3輯　青森県立図書館青森県近代文学館編　青森　青森県立図書館青森県近代文学館　2003.10　37p　30cm

◇純血無頼派の生きた時代—織田作之助・太宰治を中心に　青山光二著　双葉社　2001.9　310p　20cm　1800円　①4-575-29271-0

◇戦時下の太宰治　赤木孝之著　国分寺　武蔵野書房　1994.8　236p　22cm　2800円

◇注釈『晩年』抄　赤木孝之編　新典社　1996.5　222p　21cm　1800円　①4-7879-0616-X

◇ミステリー的太宰治論　明石矛先著　創栄出版　1997.4　261p　19cm　1600円　①4-88250-676-9

◇深愛なる太宰治様　明石矛先著　文芸社　2009.6　227p　19cm〈他言語標題：Dear Osamu Dazai　文献あり〉　1400円　①978-4-286-06853-4

◇太宰讃歌　阿久津レイ子著　彩図社　2001.7　166p　15cm（ぶんりき文庫）　500円　①4-88392-185-9

◇太宰治—探査の論証　浅田高明著　京都　文理閣　1991.5　242p　20cm　2000円　①4-89259-169-6

◇探求太宰治—「パンドラの匣」のルーツ木村庄助日誌　浅田高明著　京都　文理閣　1996.12　281p　20cm　2427円　①4-89259-266-8

◇太宰治　安藤宏編　若草書房　1998.5　277p　22cm（日本文学研究論文集成 41）　3500円　①4-948755-28-1

◇太宰治弱さを演じるということ　安藤宏著　筑摩書房　2002.10　218p　18cm（ちくま新書）　700円　①4-480-05967-9

◇展望太宰治　安藤宏編著　ぎょうせい　2009.6　279p　22cm〈年譜あり〉　3333円　①978-4-324-08791-6

◇太宰治〈習作〉論—傷つく魂の助走　五十嵐誠毅著　翰林書房　1995.3　435p　20cm　4200円　①4-906424-66-X

◇太宰治と私—激浪の青春　石上玄一郎著　集英社　1990.5　419p　16cm（集英社文庫）　660円　①4-08-749585-X

◇太宰を支えた女性たち　市川渓二著　青森　北の街社　1999.5　183p　21cm　1905円　①4-87373-095-3

◇追跡・太宰治　市川渓二著　青森　北の街社　2004.9　197p　20cm〈文献あり〉　1800円　①4-87373-138-0

◇やっぱり、太宰治　市川渓二著　青森　北の街社　2009.5　124p　18cm　953円　①978-4-87373-161-2

◇太宰治に聞く　井上ひさし、こまつ座編・著　ネスコ　1998.7　253p　20cm　1600円　①4-89036-976-7

◇太宰治に聞く　井上ひさし、こまつ座編著　文芸春秋　2002.7　347p　16cm（文春文庫）〈年譜あり　文献あり〉　590円　①4-16-711123-3

◇太宰治　井伏鱒二著　筑摩書房　1989.11　257p　20cm　2270円　①4-480-82273-9

◇太宰治の〈物語〉　遠藤祐著　翰林書房　2003.10　375,3p　20cm　3800円　①4-87737-183-4

◇太宰治の四字熟語辞典　円満字二郎著　三省堂　2009.6　256p　19cm〈索引あり〉　1300円　①978-4-385-36435-3

◇群像日本の作家—17　太宰治　大岡信ほか編,長部日出雄ほか著　小学館　1991.1　355p　20cm〈太宰治の肖像あり〉　1800円　①4-09-567017-7

◇太宰治『黄金風景』—多言語翻訳　大阪大学大学院文学研究科日本文学・国語学研究室日

本文学多言語翻訳チーム編,合山林太郎責任編集　〔豊中〕　大阪大学大学院文学研究科日本文学・国文学研究室　2012.11　72p　30cm〈大阪大学大学院文学研究科日本文学・国語学研究室日本文学多言語翻訳プロジェクト　英語・中国語・ヒンディー語・ハングル・ロシア語・タイ語・ウルドゥー語併記〉

◇明るい方へ―父・太宰治と母・太田静子　太田治子著　朝日新聞出版　2009.9　236p　20cm　1500円　①978-4-02-250634-4

◇明るい方へ―父・太宰治と母・太田静子　太田治子著　朝日新聞出版　2012.6　309p　15cm　（朝日文庫）　780円　①978-4-02-264671-2

◇太宰治コレクション　大藤笛郎編　むつ　杉山克也　2006.6　225p　19cm

◇太宰萌え―入門者のための文学ガイドブック　岡崎武志監修　毎日新聞社　2009.10　123p　21cm〈文献あり　著作目録あり〉　1429円　①978-4-620-31961-2

◇津軽・太宰治―道化の生を追う　小笠原功著　弘前　路上社　1993.12　403p　20cm　2300円　①4-947612-59-2

◇太宰治の表現と思想　岡村知子著　双文社出版　2012.4　278p　22cm〈著作目録あり〉　4800円　①978-4-88164-607-6

◇太宰治　奥野健男著　文芸春秋　1998.2　361p　16cm　（文春文庫）　514円　①4-16-714903-6

◇太宰治語録　小野才八郎著　弘前　津軽書房　1998.6　172p　20cm　1600円　①4-8066-0169-1

◇太宰治再読　小野才八郎著　審美社　2008.6　161p　20cm　1600円　①978-4-7883-4122-7

◇太宰治再読―続　小野才八郎著　審美社　2010.3　156p　20cm　1600円　①978-4-7883-4129-6

◇太宰治をどう読むか―その文学と人間と風土　小野正文著　新版　サイマル出版会　1990.5　272p　19cm〈太宰治および著者の肖像あり〉　1500円　①4-377-40844-5

◇太宰治之事―対談集　小野正文,伊奈かっぺい著　青森　おふいす・ぐう　2001.6　194p　19cm　1143円

◇太宰治をどう読むか　小野正文著　未知谷　2006.3　263p　20cm　2400円　①4-89642-150-7

◇選ばれし者の悲哀とリリシズム―太宰治の思想　梶原宣俊著　文芸社　2003.12　162p　19cm　1300円　①4-8355-6724-2

◇太宰治を文化人類学者が読む―アレゴリーとしての文化　春日直樹著　新曜社　1998.10　198p　20cm　2000円　①4-7885-0653-X

◇太宰治愛の奇跡　片山英一郎著　古川書房　1989.2　294p　19cm　2500円　①4-89236-268-9

◇津軽のレリーフ太宰治　金沢大士著　近代文芸社　1998.6　302p　20cm　2500円　①4-7733-6266-9

◇津軽・斜陽の家―太宰治を生んだ「地主貴族」の光芒　鎌田慧著　祥伝社　2000.6　338p　20cm　1700円　①4-396-63172-3

◇津軽・斜陽の家―太宰治を生んだ「地主貴族」の光芒　鎌田慧著　講談社　2003.6　320p　15cm　（講談社文庫）　590円　①4-06-273767-1

◇太宰治全作品研究事典　神谷忠孝,安藤宏編　勉誠社　1995.11　313,10p　22cm　3914円　①4-585-06003-0

◇太宰との接点―桜桃忌に寄せて　木立民五郎著　限定版　弘前　緑の笛豆本の会　1995.7　59p　9.4cm　（緑の笛豆本　第321集）

◇新編太宰治と青森のまち　北の会編　青森　北の街社　1998.4　241p　19cm　1500円　①4-87373-086-4

◇太宰治と歩く文学散歩　木村綾子著　角川書店　2010.2　101p　21cm〈角川グループパブリッシング（発売）　文献あり〉　1500円　①978-4-04-885051-3

◇太宰治翻案作品論　木村小夜著　大阪　和泉書院　2001.2　249p　22cm　（近代文学研究叢刊 25）　4800円　①4-7576-0097-6

◇太宰治―聖書を中心として　昭和四十一年度卒業論文　木村将人著　高木書房　2010.6　140p　25cm　1400円　①978-4-88471-419-2

◇作家用語索引太宰治　近代作家用語研究会,教育技術研究所編　〔東村山〕　教育社　1989.2　7冊　22cm　各22000円　①4-315-50811-X

◇太宰治の青春像―太宰文学の両極性　久保喬著　朝日書林　1993.6　248p　20cm〈太宰治の肖像あり〉　1800円　①4-900616-07-9

◇太宰治―戦中と戦後　郡継夫著　笠間書院　2005.10　374p　20cm　2800円　Ⓘ4-305-70299-1

◇太宰治　小林利裕著　近代文芸社　1995.7　194p　20cm　1800円　Ⓘ4-7733-4583-7

◇風貌―太宰治のこと　小山清著　弘前　津軽書房　1997.6　193p　20cm　1800円　Ⓘ4-8066-0164-0

◇わが友太宰治　今官一著　弘前　津軽書房　1992.6　222p　20cm　2000円　Ⓘ4-8066-0119-5

◇太宰治・坂口安吾の世界―反逆のエチカ　斎藤慎爾責任編集著　新装版　柏書房　2010.2　244p　26cm〈年譜あり〉　1950円　Ⓘ978-4-7601-3761-9

◇若いうちに読みたい太宰治　斎藤孝著　筑摩書房　2009.5　189p　18cm　（ちくまプリマー新書 108）〈並列シリーズ名：Chikuma primer shinsho〉　780円　Ⓘ978-4-480-68813-2

◇新世紀太宰治　斎藤理生，松本和也編　双文社出版　2009.6　298p　22cm　4000円　Ⓘ978-4-88164-590-1

◇太宰治の文学　佐古純一郎著　朝文社　1992.4　286p　20cm　2500円　Ⓘ4-88695-062-0

◇太宰論究　佐古純一郎著　朝文社　1992.6　440p　20cm　3200円　Ⓘ4-88695-066-3

◇太宰治の文学　佐古純一郎著　朝文社　1993.6　288p　19cm〈新装〉　1500円　Ⓘ4-88695-094-9

◇太宰治演戯と空間　佐々木啓一著　洋々社　1989.5　226p　20cm〈太宰治の肖像あり〉　1800円　Ⓘ4-89674-505-1

◇太宰治論　佐々木啓一著　大阪　和泉書院　1989.6　463p　22cm　（研究叢書 76）　6700円　Ⓘ4-87088-364-3

◇太宰治の強さ―中期を中心に 太宰を誤解している全ての人に　佐藤隆之著　大阪　和泉書院　2007.8　287p　20cm　（和泉選書 158）　2800円　Ⓘ978-4-7576-0413-1

◇佐藤泰正著作集―5　太宰治論　佐藤泰正著　翰林書房　1997.2　310p　20cm　3800円　Ⓘ4-87737-008-0

◇太宰治を読む―梅光女学院大学公開講座 第45集　佐藤泰正編　笠間書院　1999.10　174p　19cm　（笠間ライブラリー）　1000円　Ⓘ4-305-60246-6

◇漱石 芥川 太宰　佐藤泰正，佐古純一郎著　新版　朝文社　2009.11　298p　20cm　3014円　Ⓘ978-4-88695-227-1

◇じょっぱり―啄木・賢治・太宰　芝田啓治著　東京図書出版会　2003.7　186p　20cm　（おいてけぼり 2）〈星雲社（発売）〉　1300円　Ⓘ4-434-03124-4

◇太宰治大事典　志村有弘，渡部芳紀編　勉誠出版　2005.1　950,20p　23cm〈年譜あり　文献あり〉　9800円　Ⓘ4-585-06043-X

◇近代文学研究叢書―第64巻　昭和女子大学近代文学研究室著　昭和女子大学近代文化研究所　1991.4　743p　19cm　8240円　Ⓘ4-7862-0064-6

◇文豪ナビ太宰治　新潮文庫編　新潮社　2004.12　159p　16cm　（新潮文庫）〈文献あり　年譜あり〉　400円　Ⓘ4-10-100600-8

◇太宰治を探して　菅原治子著　かりばね書房　2012.6　160p　20cm　1300円　Ⓘ978-4-904390-06-1

◇太宰治の表現空間　相馬明文著　大阪　和泉書院　2010.11　298p　22cm　（近代文学研究叢刊 47）　4000円　Ⓘ978-4-7576-0571-8

◇太宰治の生涯と文学　相馬正一著　洋々社　1990.11　224p　20cm　1800円　Ⓘ4-89674-506-X

◇若き日の太宰治　相馬正一著　増補　弘前　津軽書房　1991.5　292p　20cm〈初版の出版社：筑摩書房 太宰治の肖像あり〉　2000円　Ⓘ4-8066-0002-4

◇評伝太宰治―上巻　相馬正一著　改訂版　弘前　津軽書房　1995.2　502p　22cm　6180円　Ⓘ4-8066-0138-1

◇評伝太宰治―下巻　相馬正一著　改訂版　弘前　津軽書房　1995.2　450p　22cm　5665円　Ⓘ4-8066-0139-X

◇太宰治の原点　相馬正一著　審美社　2009.6　273p　20cm〈年譜あり〉　2800円　Ⓘ978-4-7883-4125-8

◇太宰治〈語りの場〉という装置　高塚雅著　双文社出版　2011.11　218p　22cm〈索引あり〉　3600円　Ⓘ978-4-88164-601-4

◇蕩児の肖像―人間太宰治　高山秀三著　弘前　津軽書房　2004.7　561p　20cm　2800

円　①4-8066-0186-1
◇作家の自伝—36　太宰治　太宰治著,大森郁之助編解説　日本図書センター　1995.11　264p　22cm　〈シリーズ・人間図書館〉　2678円　①4-8205-9406-0,4-8205-9411-7
◇太宰治のことば—愛と苦悩の人生　太宰治著,野原一夫編　筑摩書房　1998.5　311p　15cm　〈ちくま文庫〉　700円　①4-480-03398-X
◇泣ける太宰笑える太宰—太宰治アンソロジー　太宰治著,宝泉薫編　彩流社　2009.5　190p　21cm　〈オフサイド・ブックス 52〉〈文献あり 年表あり　並列シリーズ名：Offside books〉　1300円　①978-4-7791-1047-4
◇肉声太宰治　太宰治述,山口智司編纂　彩図社　2009.7　189p　19cm　〈文献あり 年表あり〉　1000円　①978-4-88392-695-4
◇太宰治と旅する津軽　太宰治,小松健一著,新潮社編　新潮社　2009.9　143p　21cm　〈とんぼの本〉〈文献あり〉　1500円　①978-4-10-602192-3
◇太宰治ファッションコレクション2011　太宰治著,パブリック・ブレイン編　パブリック・ブレイン　2011.10　118p　21cm　〈星雲社 (発売)　他言語標題：Osamu Dazai Fashion Collection 2011〉　1200円　①978-4-434-16008-0
◇もっと太宰治—太宰治がわかる本　太宰治倶楽部編　ロングセラーズ　1989.5　230p　18cm　〈ムックの本〉　760円　①4-8454-0280-7
◇太宰治の作り方　田沢拓也著　角川学芸出版　2011.3　205p　19cm　〈角川選書 486〉〈角川グループパブリッシング (発売)　文献あり〉　1800円　①978-4-04-703486-0
◇新約太宰治　田中和生著　講談社　2006.7　256p　20cm　2000円　①4-06-213408-X
◇師太宰治　田中英光著　弘前　津軽書房　1994.7　203p　20cm　〈著者の肖像あり〉　1800円　①4-8066-0133-0
◇太宰治全集—第10巻　太宰治著　筑摩書房　1990.12　662p　21cm〈著者の肖像あり〉　7720円　①4-480-71010-8
◇太宰治全集—別巻　太宰治著　筑摩書房　1992.4　819p　21cm　12000円　①4-480-71013-2

◇女が読む太宰治　筑摩書房編集部編　筑摩書房　2009.5　122p　18cm　〈ちくまプリマー新書 109〉〈年表あり　並列シリーズ名：Chikuma primer shinsho〉　680円　①978-4-480-68812-5
◇太宰治と私　津川武一著　弘前　緑の笛豆本の会　1991.7～8　2冊　9.5cm　〈緑の笛豆本　第69期第273集,第274集〉〈著者の肖像あり 限定版〉
◇回想の太宰治　津島美知子著　増補改訂版　人文書院　1997.11　293p　20cm　2500円　①4-409-16079-6
◇回想の太宰治　津島美知子著　講談社　2008.3　333p　16cm　〈講談社文芸文庫〉〈年譜あり〉　1400円　①978-4-06-290007-2
◇太宰治　鶴谷憲三編著　有精堂　1994.4　167p　19cm　〈Spirit作家と作品〉〈太宰治の肖像あり〉　1800円　①4-640-00207-6
◇太宰治論—充溢と欠如　鶴谷憲三著　有精堂出版　1995.8　256p　19cm　3605円　①4-640-31063-3
◇太宰治事典　東郷克美編　学灯社　1995.5　310p　22cm　3000円
◇太宰治という物語　東郷克美著　筑摩書房　2001.3　296p　20cm　3800円　①4-480-82344-1
◇人生を励ます太宰治の言葉　童門冬二著　致知出版社　2011.1　203p　20cm　1500円　①978-4-88474-911-8
◇誰も知らない太宰治　飛鳥蓉子著　〔ロサンゼルス〕　飛鳥蓉子　2011.2　175p　20cm　〈朝日新聞出版 (発売)　文献あり〉　1300円　①978-4-02-100187-1
◇太宰治ADHD説—医師の読み解く「100年の謎」注意欠陥・多動性障害　富永国比古著　三五館　2010.9　197p　20cm　1400円　①978-4-88320-510-3
◇太宰治　鳥居邦朗編　国書刊行会　1997.10　306p　22cm　〈日本文学研究大成〉　3800円　①4-336-03093-6
◇太宰治その終戦を挟む思想の転位—シンポジウム　長野隆編　双文社出版　1999.7　191p　20cm　2400円　①4-88164-528-5
◇太宰治・生涯と作品の深層心理　中野久夫著　審美社　2009.9　214p　20cm　2400円　①978-4-7883-4126-5

現代日本文学（文学史）

◇係争中の主体―漱石・太宰・賢治　中村三春著　翰林書房　2006.2　334p　20cm　3800円　Ⓘ4-87737-219-9

◇太宰治文庫目録　日本近代文学館編　日本近代文学館　1992.6　10p　21cm　（日本近代文学館所蔵資料目録 23）

◇図説太宰治　日本近代文学館編　筑摩書房　2000.5　284p　15cm　（ちくま学芸文庫）　1200円　Ⓘ4-480-08556-4

◇太宰治・現代文学の地平線　野口存弥著　東大和　踏青社　2009.5　262p　20cm　1800円　Ⓘ978-4-924440-58-6

◇太宰治結婚と恋愛　野原一夫著　新潮社　1989.1　205p　20cm　1150円　Ⓘ4-10-335303-1

◇回想太宰治　野原一夫著　新装版　新潮社　1998.5　221p　20cm　1500円　Ⓘ4-10-335308-2

◇太宰治生涯と文学　野原一夫著　筑摩書房　1998.5　468p　15cm　（ちくま文庫）　950円　Ⓘ4-480-03397-1

◇太宰治氏の大逆説―西暦2002 続々矢来町半世紀　野平健一著　野平健一　2002.6　125p　20cm　〈新潮社（製作）〉

◇終末への序章―太宰治論　服部康喜著　日本図書センター　2001.3　244p　22cm　4800円　Ⓘ4-8205-6238-X

◇太宰治のレクチュール　花田俊典著　双文社出版　2001.3　401p　22cm　5600円　Ⓘ4-88164-534-X

◇太宰治新論　陽羅義光著　図書刊行会　1997.10　193p　20cm　2300円　Ⓘ4-336-04038-9

◇太宰治という人―太宰治生誕100年記念　弘前市立郷土文学館編　弘前　弘前市立郷土文学館　2009.2　92p　21cm

◇太宰治論―キリスト教と愛と義と　福永収佑著　文芸社　2006.12　189p　19cm　1300円　Ⓘ4-286-02048-7

◇太宰治　細谷博著　岩波書店　1998.5　215p　18cm　（岩波新書）　640円　Ⓘ4-00-430560-8

◇太宰治の青春―津島修治であったころ　北海道文学館編　札幌　北海道立文学館　2007.6　40p　30cm　〈会期・会場：2007年6月30日～8月22日 北海道立文学館特別展示室　著作目録あり　年譜あり〉

◇昭和十年前後の太宰治―〈青年〉・メディア・テクスト　松本和也編　ひつじ書房　2009.3　322p　20cm　（未発選書 15）　2800円　Ⓘ978-4-89476-427-9

◇太宰治含羞のひと伝説　松本健一著　取手　辺境社　2009.2　289p　20cm　（松本健一伝説シリーズ 7）〈『太宰治とその時代』（第三文明社1982年刊）の増補・新版　勁草書房（発売）〉　2300円　Ⓘ978-4-326-95044-7

◇太宰治の愛と文学をたずねて　松本侑子著　潮出版社　2011.6　208p　19cm　〈文献あり〉　1500円　Ⓘ978-4-267-01873-2

◇太宰ノオト　三木学編著　柏艪舎　2009.6　197p　18cm　（〔柏艪舎文芸シリーズ〕）〈星雲社（発売）　他言語標題：Dazai note　年譜あり〉　905円　Ⓘ978-4-434-13085-4

◇没後50年太宰治展―心の王者　三鷹市教育委員会生涯学習部社会教育課編、渡部芳紀監修　三鷹　三鷹市教育委員会　1998.11　47p　26cm

◇太宰治三鷹からのメッセージ―没後60年記念展 図録　三鷹市芸術文化振興財団編　三鷹　三鷹市芸術文化振興財団　2008.11　63p　26cm　〈会期・会場：2008年11月22日～12月21日 三鷹市美術ギャラリー　肖像あり　年譜あり〉

◇太宰治―法衣の俗人　矢島道弘著　明治書院　1994.11　202p　19cm　2900円　Ⓘ4-625-43069-0

◇含羞の人―私の太宰治　矢代静一著　河出書房新社　1998.1　277p　15cm　（河出文庫）　750円　Ⓘ4-309-40522-3

◇太宰治とわくわく遊ぶ　矢部彰著　菁柿堂　2009.9　397p　20cm　〈星雲社（発売）〉　4000円　Ⓘ978-4-434-13579-8

◇人間太宰治　山岸外史著　筑摩書房　1989.8　596p　15cm　（ちくま文庫）　950円　Ⓘ4-480-02337-2

◇太宰治をおもしろく読む方法　山口俊雄編　名古屋　風媒社　2006.9　230p　21cm　〈肖像あり　年譜あり　文献あり〉　1900円　Ⓘ4-8331-2060-7

◇転形期の太宰治　山崎正純著　洋々社　1998.1　286p　20cm　2400円　Ⓘ4-89674-507-8

日本近現代文学案内　309

現代日本文学（文学史）

◇太宰治展―生誕100年　山梨県立文学館編　甲府　山梨県立文学館　2009.5　80p　30cm〈会期・会場：2009年5月2日～6月28日　山梨県立文学館企画展示室　年譜あり〉

◇太宰治論集―同時代篇第1巻　山内祥史編　ゆまに書房　1992.10　388p　22cm　8000円　ⓘ4-89668-599-7

◇太宰治論集―同時代篇第2巻　山内祥史編　ゆまに書房　1992.10　413p　22cm　8000円　ⓘ4-89668-600-4

◇太宰治論集―同時代篇第3巻　山内祥史編　ゆまに書房　1992.10　398p　22cm　8000円　ⓘ4-89668-601-2

◇太宰治論集―同時代篇第4巻　山内祥史編　ゆまに書房　1992.10　406p　22cm　8000円　ⓘ4-89668-602-0

◇太宰治論集―同時代篇第5巻　山内祥史編　ゆまに書房　1992.10　421p　22cm　8000円　ⓘ4-89668-603-9

◇太宰治論集―同時代篇第6巻　山内祥史編　ゆまに書房　1993.2　378p　22cm　8000円　ⓘ4-89668-604-7

◇太宰治論集―同時代篇第7巻　山内祥史編　ゆまに書房　1993.2　463p　22cm　8000円　ⓘ4-89668-605-5

◇太宰治論集―同時代篇第8巻　山内祥史編　ゆまに書房　1993.2　359p　22cm　8000円　ⓘ4-89668-606-3

◇太宰治論集―同時代篇第9巻　山内祥史編　ゆまに書房　1993.2　460p　22cm　8000円　ⓘ4-89668-607-1

◇太宰治論集―同時代篇第10巻　山内祥史編　ゆまに書房　1993.2　375p　22cm　8000円　ⓘ4-89668-608-X

◇太宰治論集―同時代篇別巻　山内祥史編　ゆまに書房　1993.2　512p　22cm　8000円　ⓘ4-89668-609-8

◇太宰治論集―作家論篇第1巻　山内祥史編　ゆまに書房　1994.3　389p　22cm　8000円　ⓘ4-89668-770-1

◇太宰治論集―作家論篇第2巻　山内祥史編　ゆまに書房　1994.3　420p　22cm　8000円　ⓘ4-89668-771-X

◇太宰治論集―作家論篇第3巻　山内祥史編　ゆまに書房　1994.3　369p　22cm　8000円　ⓘ4-89668-772-8

◇太宰治論集―作家論篇第4巻　山内祥史編　ゆまに書房　1994.3　425p　22cm　8000円　ⓘ4-89668-773-6

◇太宰治論集―作家論篇第5巻　山内祥史編　ゆまに書房　1994.3　414p　22cm　8000円　ⓘ4-89668-774-4

◇太宰治論集―作家論篇第6巻　山内祥史編　ゆまに書房　1994.7　364p　22cm　8000円　ⓘ4-89668-775-2

◇太宰治論集―作家論篇第7巻　山内祥史編　ゆまに書房　1994.7　452p　22cm　8000円　ⓘ4-89668-776-0

◇太宰治論集―作家論篇第8巻　山内祥史編　ゆまに書房　1994.7　494p　22cm　8000円　ⓘ4-89668-777-9

◇太宰治論集―作家論篇第9巻　山内祥史編　ゆまに書房　1994.7　341p　22cm　8000円　ⓘ4-89668-778-7

◇太宰治論集―作家論篇別巻　山内祥史編　ゆまに書房　1994.7　351p　22cm　8000円　ⓘ4-89668-779-5

◇太宰治著述総覧　山内祥史編　東京堂出版　1997.9　1132,17p　22cm　32000円　ⓘ4-490-20319-5

◇太宰治に出会った日―珠玉のエッセイ集　山内祥史編　ゆまに書房　1998.6　326p　20cm　1800円　ⓘ4-89714-478-7

◇太宰治研究―6　作品論―特輯『駈込み訴へ』から『乞食学生』まで　山内祥史編　大阪　和泉書院　1999.6　287p　21cm　5000円　ⓘ4-87088-982-X

◇太宰治研究―9　山内祥史編　大阪　和泉書院　2001.6　262p　22cm　5000円　ⓘ4-7576-0117-4

◇二十世紀旗手・太宰治―その恍惚と不安と　山内祥史,笠井秋生,木村一信,浅野洋編　大阪　和泉書院　2005.3　319p　20cm　（和泉選書　146）　3600円　ⓘ4-7576-0309-6

◇太宰治の年譜　山内祥史著　大修館書店　2012.12　349p　22cm〈索引あり〉　2800円　ⓘ978-4-469-22226-5

◇『青い花』と太宰治―詩譚　山本龍生著　砂子屋書房　2009.11　109p　20cm〈太宰治生誕一〇〇年記念出版〉　2000円　ⓘ978-4-7904-1188-8

◇太宰治の生と死―外はみぞれ何を笑ふやレニン像　ゆりはじめ著　マルジュ社　2004.12　366p　20cm〈文献あり〉　2500円　①4-89616-139-4

◇太宰治というフィクション―さまよえる〈非在〉　吉田和明著　パロル舎　1993.6　302p　20cm　2300円　①4-89419-105-9

◇太宰治はミステリアス　吉田和明著　社会評論社　2008.5　278p　21cm　2000円　①978-4-7845-0953-9

◇吉本隆明資料集―61　太宰治試論・情況の根源から　吉本隆明著　吉本隆明著　高知猫々堂　2006.12　94p　21cm　1200円

◇太宰の面影を歩く　若狭東一著, 若狭東一編集・写真　三鷹　文伸(印刷)　2012.5　36p　26cm〈年譜あり〉

◇探訪太宰治の世界　渡部芳紀文, 渡部芳紀, 斎藤郁男, 勝俣正希写真　ゼスト出版事業部　1998.12　93p　22cm　(探訪シリーズ)　1500円　①4-88377-051-6

◇太宰治　渡部芳紀著　日本放送出版協会　2006.4　235p　21cm　(NHKシリーズ―NHKカルチャーアワー　文学探訪)〈年譜あり　文献あり　放送期間：2006年4月―9月〉　850円　①4-14-910596-0

◇一冊で名作がわかる太宰治　渡部芳紀監修, 小石川文学研究会編　ロングセラーズ　2007.8　207p　18cm〈著作目録あり　年譜あり〉　905円　①978-4-8454-0787-3

◇太宰治　河出書房新社　1990.6　223p　21cm　(新文芸読本)〈太宰治の肖像あり〉　1200円　①4-309-70152-3

◇新編太宰治研究叢書―1　近代文芸社　1992.4　238p　20cm　2300円　①4-7733-1630-6

◇新編太宰治研究叢書―2　近代文芸社　1993.4　164p　20cm　2300円　①4-7733-1717-5

◇近代作家追悼文集成―第32巻　菊池寛・太宰治　ゆまに書房　1997.1　287p　22cm　8240円　①4-89714-105-2

◇日本の文学傑作100選―ブックコレクション第2号　太宰治　デアゴスティーニ・ジャパン　2004.4　2冊(付録とも)　21-29cm〈付録(297p)：人間失格 太宰治著　ホルダー入〉　全1324円　①4-8135-0655-0

◇太宰治哲学的文学論　文化科学高等研究院出版局　2009.7　113p　21cm　(文化学docu. 山本哲士監修責任)　1350円　①978-4-938710-54-5

◇私の太宰その魅力　青森　東奥日報社　2009.12　298p　22cm　1800円　①978-4-88561-096-7

◆◆◆比較・影響

◇太宰治と夢野久作　明石矛先著　文芸社　2005.6　246p　19cm〈文献あり〉　1400円　①4-8355-9096-1

◇太宰と井伏―ふたつの戦後　加藤典洋著　講談社　2007.4　197p　20cm　1500円　①978-4-06-213940-3

◇滅びの美学―太宰治と三島由紀夫　河村政敏著　至文堂　1992.7　214p　20cm　2800円　①4-7843-0111-9

◇太宰治と外国文学―翻案小説の「原典」へのアプローチ　九頭見和夫著　大阪　和泉書院　2004.3　330p　20cm　(和泉選書 143)　2800円　①4-7576-0245-6

◇太宰・漱石・モームの小説―他作家の影響を探る　越川正三著　吹田　関西大学出版部　1997.4　251,4p　22cm　4000円　①4-87354-216-2

◇太宰治・坂口安吾の世界―反逆のエチカ　斎藤慎爾責任編集　柏書房　1998.5　244p　26cm　2500円　①4-7601-1647-8

◇沙和宋一と太宰治―上巻　榊弘子著　弘前緑の笛豆本の会　2001.7　55p　9.4cm　(緑の笛豆本 第393集)〈肖像あり〉

◇沙和宋一と太宰治―下巻　榊弘子著　弘前緑の笛豆本の会　2001.8　57p　9.4cm　(緑の笛豆本 第394集)

◇沙和宋一と太宰治　榊弘子著　さいたま　さきたま出版会　2005.3　223p　19cm〈肖像あり　年譜あり　文献あり〉　1800円　①4-87891-373-8

◇漱石・芥川・太宰　佐藤泰正, 佐古純一郎著　朝文社　1992.1　289p　20cm　2800円　①4-88695-054-X

◇椎名麟三の神と太宰治の神　清水昭三著　原書房　2011.5　262p　20cm　1800円　①978-4-562-04699-7

◇教会には行きませんが、聖書は読みます─太宰治とキリスト　清水氾著　真菜書房　1996.5　233p　19cm　（清水氾著作集　第2巻）　2060円　Ⓘ4-916074-09-2
◇芥川と太宰の文学　千田実編著　双文社出版　1990.3　216p　21cm　1800円　Ⓘ4-88164-049-6
◇太宰治と芥川龍之介　相馬正一著　審美社　2010.5　281p　20cm　〈年譜あり〉　2800円　Ⓘ978-4-7883-4130-2
◇太宰治と「聖書知識」　田中良彦著　朝文社　1994.4　274p　20cm　2500円　Ⓘ4-88695-109-0
◇太宰治と「聖書知識」　田中良彦著　新版　朝文社　2004.6　274p　20cm　3100円　Ⓘ4-88695-171-6
◇太宰と安吾　檀一雄著　沖積舎　1996.7　393p　19cm　3000円　Ⓘ4-8060-4534-9
◇太宰と安吾　檀一雄著　バジリコ　2003.5　397p　20cm　1800円　Ⓘ4-901784-15-3
◇太宰治と聖書　野原一夫著　新潮社　1998.5　201p　20cm　1500円　Ⓘ4-10-335307-4
◇太宰治論─キリスト教と愛と義と　福永収佑著　白石書店　1992.4　188p　20cm　2060円　Ⓘ4-7866-0259-0
◇井伏鱒二と太宰治　ふくやま文学館編　福山　ふくやま文学館　2001.10　40p　30cm
◇太宰治と檀一雄　山梨県立文学館編　甲府　山梨県立文学館　2000.9　96p　30cm　〈会期：2000年9月30日〜12月3日〉

◆◆◆「人間失格」

◇太宰治『人間失格』を読み直す　松本和也著　水声社　2009.6　216p　20cm　（水声文庫）　〈文献あり〉　2500円　Ⓘ978-4-89176-731-6
◇太宰治の自伝的小説を読みひらく─「思ひ出」から『人間失格』まで　松本和也著　立教大学出版会　2010.3　233p　20cm　〈有斐閣（発売）　索引あり〉　2400円　Ⓘ978-4-901988-15-5

◆◆◆日記・書簡

◇太宰治はがき抄─山岸外史にあてて　近畿大学日本文化研究所編　翰林書房　2006.3　223p　21cm　2500円　Ⓘ4-87737-223-7
◇愛と苦悩の手紙　太宰治著,亀井勝一郎編　改訂　角川書店　1998.6　333,5p　15cm　（角川文庫）　520円　Ⓘ4-04-109909-9
◇太宰治全集─第12巻　書簡　太宰治著　筑摩書房　1999.4　591p　21cm　5900円　Ⓘ4-480-71062-0
◇太宰治全集─第11巻　太宰治著　筑摩書房　1991.3　490p　21cm　〈著者の肖像あり〉　5970円　Ⓘ4-480-71011-6
◇太宰治の手紙　東郷克美著　大修館書店　2009.7　305p　20cm　〈年譜あり〉　2300円　Ⓘ978-4-469-22205-0

◆◆田中　英光（1913〜1949）

◇田中英光評伝─無頼と無垢と　南雲智著　論創社　2006.11　220p　20cm　2000円　Ⓘ4-8460-0461-9
◇田中英光私研究─第1輯　西村賢太著　西村賢太　1994.1　99p　19cm　〈私家版〉
◇田中英光私研究─第2輯　西村賢太著　〔西村賢太〕　1994.4　112p　19cm　〈私家版〉
◇田中英光私研究─第6輯　西村賢太著　私家版　西村賢太　1995.1　113p　19cm
◇田中英光私研究─第7輯　西村賢太著　私家版　西村賢太　1995.11　159p　19cm
◇田中英光私研究─第8輯　西村賢太著　私家版　西村賢太　1996.11　198p　19cm
◇彷徨する酒呑童子─風論・田中英光　矢島道弘著　三弥井書店　2001.11　276p　20cm　2800円　Ⓘ4-8382-9055-1

◆◆檀　一雄（1912〜1976）

◇檀一雄の光と影─「恵子」からの発信　入江杏子著　文芸春秋　1999.9　184p　20cm　1524円　Ⓘ4-16-355030-5
◇ポルトガルの緑の丘─檀一雄の回想・三十五年　志村孝夫著　沖積舎　1995.4　204p　22cm　2500円　Ⓘ4-8060-4593-4
◇檀一雄─言語芸術に命を賭けた男　相馬正一著　人文書館　2008.12　539p　20cm　〈年譜あり〉　4800円　Ⓘ978-4-903174-20-4
◇作家の自伝─70　檀一雄　檀一雄著,野原一夫編解説　日本図書センター　1998.4

271p　22cm　〈シリーズ・人間図書館〉　2600円　ⓘ4-8205-9514-8,4-8205-9504-0
◇檀一雄展―練馬を愛した作家・詩人：生誕100年　檀一雄画,檀太郎,真鍋呉夫監修　練馬区文化振興協会　2012.11　125p　30cm　〈会期・会場：平成24年11月29日～12月24日　練馬区立石神井公園ふるさと文化館企画展示室ほか　編集：山城千恵子　年譜あり〉
◇人間檀一雄　野原一夫著　筑摩書房　1992.9　478p　15cm　〈ちくま文庫〉　940円　ⓘ4-480-02645-2
◇檀と真鍋―平成22年度福岡市文学館企画展・図録　福岡市文学館編　福岡　福岡市文学館　2010.11　151p　21cm　〈会期・会場：2010年11月3日～12月12日　総合図書館1階ギャラリーほか　折り込2枚　年譜あり　著作目録あり〉　1143円
◇檀一雄全集―別巻（研究篇）　真鍋呉夫編　沖積舎　1992.11　372p　22cm　〈著者の肖像あり〉　7500円　ⓘ4-8060-6510-2
◇太宰治と檀一雄　山梨県立文学館編　甲府　山梨県立文学館　2000.9　96p　30cm　〈会期：2000年9月30日～12月3日〉
◇花逢の記―檀一雄生誕百周年記念　福岡　花逢忌の会　2012.5　133p　26cm　〈年譜あり〉　1000円

◆民主主義文学

◇ちゅらかさ―民主主義文学運動と私　霜多正次著　こうち書房　1993.5　242p　20cm　〈桐書房（発売）〉　2300円　ⓘ4-87647-209-2
◇民主主義文学運動の歴史と理論　日本民主主義文学同盟　増補新装版　青磁社　1989.8　544p　20cm　2500円
◇文学運動の歴史と理論　日本民主主義文学会編　日本民主主義文学会　2010.6　619p　22cm　〈新日本出版社（発売）〉　3333円　ⓘ978-4-406-05369-3

◆◆佐多　稲子（1904～1998）

◇佐多稲子小論　梅地和子著　ながらみ書房　2006.3　89p　19cm　952円　ⓘ4-86023-386-7
◇遠く逝く人―佐多稲子さんとの縁　川口祐二著　ドメス出版　2000.7　208p　20cm　1700円　ⓘ4-8107-0520-X
◇近景・遠景―私の佐多稲子　川口祐二著　ドメス出版　2006.10　214p　20cm　2000円　ⓘ4-8107-0671-0
◇佐多稲子研究　北川秋雄著　双文社出版　1993.10　294p　22cm　5800円　ⓘ4-88164-348-7
◇救済者としての都市―佐多稲子と宇野浩二における都市空間　小林隆久著　木魂社　2003.6　135p　20cm　2000円　ⓘ4-87746-090-X
◇佐多稲子　小林裕子編　日外アソシエーツ　1994.6　249p　22cm　〈人物書誌大系 28〉〈紀伊国屋書店（発売）　佐多稲子の肖像あり〉　15800円　ⓘ4-8169-1240-1,4-8169-0128-0
◇佐多稲子―体験と時間　小林裕子著　翰林書房　1997.5　271p　20cm　2800円　ⓘ4-87737-015-3
◇佐多稲子と戦後日本　小林裕子,長谷川啓編　七つ森書館　2005.11　247p　22cm　〈肖像あり　年譜あり〉　2800円　ⓘ4-8228-0512-3
◇昭和十年代の佐多稲子　小林美恵子著　双文社出版　2005.3　310p　22cm　〈著作目録あり　年表あり〉　6500円　ⓘ4-88164-564-1
◇作家の自伝―34　佐多稲子　佐多稲子著,長谷川啓編解説　日本図書センター　1995.11　278p　22cm　〈シリーズ・人間図書館〉　2678円　ⓘ4-8205-9404-4,4-8205-9411-7
◇佐多稲子―中野重治・野上弥生子ほか来簡が語る生の足跡　佐多稲子ほか　博文館新社　2006.4　324p　22cm　〈日本近代文学館資料叢書　第2期―文学者の手紙 7　日本近代文学館編〉〈肖像あり〉　6600円　ⓘ4-89177-997-7
◇佐多稲子論　長谷川啓著　オリジン出版センター　1992.7　386p　20cm　〈佐多稲子の肖像あり〉　3590円　ⓘ4-7564-0162-7

◆◆宮本　百合子（1899～1951）

◇文学の森―トルストイから宮本百合子　秋元有子著　日本民主主義文学同盟　2001.5　322p　19cm　〈民主文学自選叢書〉〈東銀座出版社（発売）〉　1429円　ⓘ4-89469-034-9

◇いまに生きる宮本百合子　伊豆利彦, 沢田章子, 岩淵剛, 羽田澄子, 須沢知花ほか　新日本出版社　2004.9　188p　20cm　1900円　Ⓣ4-406-03108-1

◇宮本百合子―家族、政治、そしてフェミニズム　岩淵宏子著　翰林書房　1996.10　333p　20cm　2800円　Ⓣ4-906424-96-1

◇宮本百合子の時空　岩淵宏子, 北田幸恵, 沼沢和子編　翰林書房　2001.6　362p　20cm　3800円　Ⓣ4-87737-127-3

◇宮本百合子研究　臼井吉見編　日本図書センター　1990.3　272,8p　22cm　(近代作家研究叢書　98)〈解説：浦西和彦　津人書房昭和23年刊の複製〉　6180円　Ⓣ4-8205-9055-3

◇若き日の宮本百合子　大森寿恵子著　新日本出版社　1994.2　398p　20cm〈『早春の巣立ち』(1977年刊)の増補〉　3800円　Ⓣ4-406-02194-9

◇百合子輝いて―写真でたどる半世紀　大森寿恵子編　新日本出版社　1999.2　63p　22cm　1500円　Ⓣ4-406-02647-9

◇小林多喜二・宮本百合子論　蔵原惟人著　新日本出版社　1990.3　299p　18cm　(新日本新書)　720円　Ⓣ4-406-01837-9

◇重治・百合子覚書―あこがれと苦さ　近藤宏子著　社会評論社　2002.9　303p　20cm　2300円　Ⓣ4-7845-0520-2

◇宮本百合子と同時代の文学　佐藤静夫著　本の泉社　2001.5　350p　22cm　3200円　Ⓣ4-88023-356-0

◇近代文学研究叢書―第68巻　昭和女子大学近代文学研究室著　昭和女子大学近代文化研究所　1994.6　751p　19cm　8750円　Ⓣ4-7862-0068-9

◇人生と小説の方法―リアリズムは発展する　津田孝著　新日本出版社　1992.11　227p　20cm　2300円　Ⓣ4-406-02132-9

◇宮本百合子と今野大力―その時代と文学　津田孝著　新日本出版社　1996.5　197p　20cm　2900円　Ⓣ4-406-02436-0

◇百合子めぐり　中村智子著　未来社　1998.12　238p　20cm　2000円　Ⓣ4-624-60098-3

◇宮本百合子論　沼沢和子著　国分寺　武蔵野書房　1993.10　365p　22cm　2400円

◇回想宮本百合子　平田敏子著, 斎藤麗子聞き書き・構成　大宮　斎藤麗子　2000.5　228p　21cm　非売品

◇林芙美子　宮本百合子　平林たい子著　講談社　2003.10　301p　16cm　(講談社文芸文庫)〈年譜あり　著作目録あり〉　1300円　Ⓣ4-06-198349-0

◇私の宮本百合子論―『獄中への手紙』から『道標』へ　不破哲三著　新日本出版社　1991.6　235p　20cm　1700円　Ⓣ4-406-01966-9

◇小林多喜二と宮本百合子―三浦光則文芸評論集　三浦光則著　日本民主主義文学会　2009.3　221p　20cm　(民主文学館　日本民主主義文学会編)〈光陽出版社(発売)〉　1429円　Ⓣ978-4-87662-495-9

◇百合子追想　宮本顕治著　日本図書センター　1990.1　252,8p　22cm　(近代作家研究叢書　87)〈解説：浦西和彦　第三書房昭和26年刊の複製〉　6180円　Ⓣ4-8205-9042-1

◇露草あをし―宮本百合子文学散策　宮本顕治ほか著　郡山　宮本百合子文学散策編纂委員会　1996.11　205p　19cm　1942円　Ⓣ4-89757-089-1

◇作家の自伝―46　宮本百合子　宮本百合子著, 沢田章子編解説　日本図書センター　1997.4　268p　22cm　(シリーズ・人間図書館)　2600円　Ⓣ4-8205-9488-5,4-8205-9482-6

◇近代作家追悼文集成―第33巻　宮本百合子・林芙美子・前田夕暮　ゆまに書房　1997.1　266p　22cm　8240円　Ⓣ4-89714-106-0

◆戦後派

◆◆安部　公房（1924〜1993）

◇安部公房伝　安部ねり著　新潮社　2011.3　333p　20cm〈他言語標題：The Biography of Kobo Abe〉　3200円　Ⓣ978-4-10-329351-4

◇安部公房の都市　苅部直著　講談社　2012.2　237p　20cm〈文献あり〉　1700円　Ⓣ978-4-06-217493-0

◇安部公房の〈戦後〉―植民地経験と初期テクストをめぐって　呉美姃著　武蔵野クレイン　2009.11　256p　19cm〈文献あり〉　2500円　Ⓣ978-4-906681-33-4

◇安部公房文学研究参考文献目録　桑原真臣編　奈良　桑原真臣　2000.5　232p　30cm　2000円　Ⓘ4-9980876-0-6

◇安部公房の劇場　ナンシー・K.シールズ著，安保大有訳　新潮社　1997.7　228p　21cm　2400円　Ⓘ4-10-535701-8

◇安部公房展―没後10年　世田谷文学館編　世田谷文学館　2003.9　179p　24cm〈他言語標題：Kobo Abe exhibition　会期：2003年9月27日～11月3日　年譜あり〉

◇安部公房の演劇　高橋信良著　水声社　2004.4　323p　22cm（千葉大学人文科学叢書）〈年表あり〉　4000円　Ⓘ4-89176-522-4

◇安部公房文学の研究　田中裕之著　大阪　和泉書院　2012.3　288p　22cm（近代文学研究叢刊　49）　6500円　Ⓘ978-4-7576-0614-2

◇安部公房レトリック事典　谷真介著　新潮社　1994.8　488p　20cm　2400円　Ⓘ4-10-399101-1

◇安部公房評伝年譜　谷真介編著　新泉社　2002.7　275p　22cm　4500円　Ⓘ4-7877-0206-8

◇運動体・安部公房　鳥羽耕史著　一葉社　2007.5　343,7p　20cm〈年譜あり　文献あり〉　3000円　Ⓘ978-4-87196-037-3

◇安部公房・荒野の人　宮西忠正著　菁柿堂　2009.3　205p　19cm（Seishido brochure）〈星雲社（発売）　年譜あり〉　2000円　Ⓘ978-4-434-12940-7

◇もうひとつの安部システム―師・安部公房その素顔と思想　渡辺聡著　本の泉社　2002.9　165p　20cm　1700円　Ⓘ4-88023-635-7

◇安部公房　新潮社　1994.4　111p　20cm（新潮日本文学アルバム　51）〈編集・評伝：高野斗志美　エッセイ：佐伯彰一　安部公房の肖像あり〉　1300円　Ⓘ4-10-620655-2

◆◆梅崎　春生（1915～1965）

◇戦後派作家梅崎春生　戸塚麻子著　論創社　2009.7　347p　20cm　2500円　Ⓘ978-4-8460-0893-2

◇人生幻化ニ似タリ―梅崎春生のこと　広瀬勝世著　成瀬書房　1995.11　118p　18cm　1942円　Ⓘ4-930708-59-1

◆◆大岡　昇平（1909～1988）

◇大岡昇平の世界　大江健三郎他著　岩波書店　1989.9　312p　20cm　2300円　Ⓘ4-00-000243-0

◇作家の自伝―59　大岡昇平　大岡昇平著，富岡幸一郎編解説　日本図書センター　1997.4　282p　22cm（シリーズ・人間図書館）　2600円　Ⓘ4-8205-9501-6,4-8205-9482-6

◇群像日本の作家―19　大岡昇平　大岡信ほか編，金井美恵子ほか著　小学館　1992.6　339p　20cm〈大岡昇平の肖像あり〉　1800円　Ⓘ4-09-567019-3

◇大岡昇平展　神奈川文学振興会編　横浜　県立神奈川近代文学館　1996.10　63p　26cm

◇大岡昇平と歴史　柴口順一著　翰林書房　2002.5　238p　22cm　4800円　Ⓘ4-87737-144-3

◇大岡昇平論―柔軟に，そして根源的に　鈴木斌著　教育出版センター　1990.7　214p　20cm（以文選書　32）　2400円　Ⓘ4-7632-1520-5

◇野間宏文学と親鸞―悪と救済の論理　張偉著　京都　法蔵館　2002.1　254p　22cm　7000円　Ⓘ4-8318-7267-9

◇贅沢なる人生　中野孝次著　文芸春秋　1994.9　204p　20cm　1400円　Ⓘ4-16-349230-5

◇大岡昇平の仕事　中野孝次編　岩波書店　1997.3　219p　20cm　2060円　Ⓘ4-00-022355-0

◇贅沢なる人生　中野孝次著　文芸春秋　1997.9　207p　16cm（文春文庫）　371円　Ⓘ4-16-752304-3

◇大岡昇平の創作方法―『俘虜記』『野火』『武蔵野夫人』　野田康文著　笠間書院　2006.4　197p　22cm〈肖像あり　文献あり〉　3800円　Ⓘ4-305-70319-X

◇大岡昇平研究　花崎育代著　双文社出版　2003.10　312p　22cm　5600円　Ⓘ4-88164-556-0

◇一九四六年の大岡昇平　樋口覚著　新潮社　1993.11　175p　20cm　1500円　Ⓘ4-10-394801-9

◇三人の跫音―大岡昇平・富永太郎・中原中也　樋口覚著　五柳書院　1994.2　174p　20cm　(五柳叢書 40)　1700円　Ⓘ4-906010-61-X

◇三島由紀夫と大岡昇平――一条の道　平松達夫著　出版地不明　平松達夫　2008.3　226p　20cm〈朝日新聞社(発売)〉　1200円　Ⓘ978-4-02-100140-6

◇小説家大岡昇平―敗戦という十字架を背負って　松元寛著　東京創元社　1994.10　270p　20cm　1800円　Ⓘ4-488-02340-1

◇大岡昇平論―美意識の使徒　ゆりはじめ著　マルジュ社　1992.9　260p　20cm　2400円

◇鑑賞日本現代文学―26巻　大岡昇平・武田泰淳　吉田熙生,菊田均編　角川書店　1990.12　500p　20cm　3800円　Ⓘ4-04-580826-4

◇大岡昇平　新潮社　1995.10　111p　20cm　(新潮日本文学アルバム 67)　1300円　Ⓘ4-10-620671-4

◆◆椎名 麟三(1911～1973)

◇椎名麟三と〈解離〉―戦後文学における実存主義　尾西康充著　朝文社　2007.6　298p　22cm〈文献あり〉　6952円　Ⓘ978-4-88695-199-1

◇石原吉郎・椎名麟三氏に導かれて―聖母マリアの奇蹟　木村閑子著　文芸社　2004.2　169p　20cm〈「聖母マリアの奇蹟」(菁柿堂1998年刊)の増補　年譜あり　文献あり〉　1400円　Ⓘ4-8355-6973-3

◇椎名麟三とアルベエル・カミュの文学―その道程と思想の異質点　久保田暁一著　京都　白地社　1991.10　225p　20cm　1800円　Ⓘ4-89359-108-8

◇椎名麟三論―回心の瞬間　小林孝吉著　菁柿堂　1992.3　252p　20cm　2000円　Ⓘ4-7952-7936-5

◇作品論椎名麟三　斎藤末弘著　桜楓社　1989.3　240p　22cm〈椎名麟三の肖像あり〉　4800円

◇評伝椎名麟三　斎藤末弘著　朝文社　1992.2　241p　20cm　2500円　Ⓘ4-88695-055-8

◇作品論椎名麟三―2　斎藤末弘著　おうふう　2003.10　317p　22cm〈肖像あり〉　6800円　Ⓘ4-273-03298-8

◇佐藤泰正著作集―7　遠藤周作と椎名麟三　佐藤泰正著　翰林書房　1994.10　271p　20cm　2800円　Ⓘ4-906424-51-1

◇作家の自伝―58　椎名麟三　椎名麟三著,斎藤末弘編解説　日本図書センター　1997.4　287p　22cm　(シリーズ・人間図書館)　2600円　Ⓘ4-8205-9500-8,4-8205-9482-6

◇論集椎名麟三　椎名麟三研究会編　おうふう　2002.3　291p　22cm　4800円　Ⓘ4-273-03230-9

◇椎名麟三の神と太宰治の神　清水昭三著　原書房　2011.5　262p　20cm　1800円　Ⓘ978-4-562-04699-7

◇椎名麟三論―その作品にみる　高堂要著　新教出版社　1989.2　256p　20cm〈椎名麟三の肖像あり〉　2400円　Ⓘ4-400-61465-4

◇椎名麟三管見―1951年のヘア・ピン　田麿新著　神戸　神文書院(製作)　1991.3　308p　20cm〈著者の肖像あり〉　2000円　Ⓘ4-915646-09-2

◇聖書のイエスと椎名麟三　冨吉建周著　福岡　創言社　2000.2　298p　21cm　3000円　Ⓘ4-88146-515-5

◇聖書のイエスと椎名麟三　冨吉建周著　増補版　福岡　創言社　2005.3　325p　21cm〈文献あり〉　3200円　Ⓘ4-88146-554-6

◇椎名麟三の昭和―混沌からの蘇生　姫路文学館編　姫路　姫路文学館　1997.9　135p　30cm

◇神の懲役人―椎名麟三文学と思想　松本鶴雄著　菁柿堂　1999.5　238p　20cm　2500円　Ⓘ4-7952-7982-9

◇語りえぬものへのつぶやき―椎名麟三の文学　宮野光男著　ヨルダン社　1989.5　184p　20cm　2100円　Ⓘ4-8428-0028-3

◇椎名麟三論―〈判らないもの〉を求めて　宮野光男著　朝文社　1992.6　195p　20cm　2400円　Ⓘ4-88695-067-1

◇椎名麟三教会関係資料―含未発表書簡　明治学院大学キリスト教研究所編　明治学院大学キリスト教研究所　2005.3　50p　26cm　(MICSオケイジョナル・ペーパー 6)〈年譜あり〉　非売品

◆◆島尾 敏雄(1917～1986)

◇島尾敏雄の本　青山毅著　市川　青山毅

1993.9　111p　21cm〈泰明舎（製作）限定版〉

◇追想島尾敏雄―奄美―沖縄―鹿児島　奄美・島尾敏雄研究会編　鹿児島　南方新社　2005.12　217p　20cm　1800円　Ⓘ4-86124-072-7

◇島尾敏雄私記　岩谷征捷著　近代文芸社　1992.9　229p　20cm〈島尾敏雄の肖像あり〉　1600円　Ⓘ4-7733-1670-5

◇島尾敏雄　岩谷征捷著　鳥影社　2012.7　343p　20cm〈文献あり　年譜あり〉　1800円　Ⓘ978-4-86265-364-2

◇島尾敏雄―還相の文学　岡田啓著　国文社　1990.3　301p　20cm〈島尾敏雄の肖像あり〉　2781円

◇「ヤポネシア論」の輪郭―島尾敏雄のまなざし　岡本恵徳著　那覇　沖縄タイムス社　1990.11　211p　19cm　（タイムス選書Ⅱ・3）　1800円

◇島尾敏雄書誌　神戸市外国語大学図書館編　神戸　神戸市外国語大学　1991.10　56p　30cm

◇島尾敏雄の文学―表現者の生　小林崇利著　近代文芸社　1994.2　191p　20cm　1500円　Ⓘ4-7733-2610-7

◇小高へ―父島尾敏雄への旅　島尾伸三著　河出書房新社　2008.8　186p　20cm　2400円　Ⓘ978-4-309-01876-8

◇検証島尾敏雄の世界　島尾伸三,志村有弘編　勉誠出版　2010.5　335p　20cm〈文献あり　年譜あり〉　3500円　Ⓘ978-4-585-29003-2

◇夢日記　島尾敏雄著　河出書房新社　1992.1　236p　15cm（河出文庫）　680円　Ⓘ4-309-40330-1

◇作家の自伝―60　島尾敏雄　島尾敏雄著,遠丸立編解説　日本図書センター　1997.4　277p　22cm（シリーズ・人間図書館）　2600円　Ⓘ4-8205-9502-4,4-8205-9482-6

◇島尾敏雄―2　島尾ミホほか著　宮本企画　1990.4　159p　15cm　（かたりべ叢書 30）〈島尾敏雄の肖像あり〉　1000円

◇島尾敏雄事典　島尾ミホ,志村有弘編　勉誠出版　2000.7　693,14p　23cm〈肖像あり〉　9500円　Ⓘ4-585-06014-6

◇島尾敏雄　島尾敏雄の会編　鼎書房　2000.12　164p　22cm　1200円　Ⓘ4-907846-02-9

◇南島へ南島から―島尾敏雄研究　高阪薫,西尾宣明編　大阪　和泉書院　2005.4　349p　20cm　（和泉選書 147）〈文献あり〉　2500円　Ⓘ4-7576-0321-5

◇島尾敏雄論―日常的非日常の文学　対馬勝淑著　大阪　海風社　1990.5　311p　19cm　（シリーズ作家論 2）　2000円　Ⓘ4-87616-201-8

◇島尾紀―九州大学最後の夏休み　予備学生への道・島尾敏雄の場合　寺内邦夫著　河南町（大阪府）　大宝文庫　2000.8　78p　21cm

◇島尾紀―2　寺内邦夫著　河南町（大阪府）　大宝文庫　2001.12　142p　21cm

◇島尾紀―島尾敏雄文学の一背景　寺内邦夫著　大阪　和泉書院　2007.11　355p　20cm　（和泉選書 161）〈肖像あり　文献あり〉　2800円　Ⓘ978-4-7576-0426-1

◇島尾敏雄論他　中山正道著　近代文芸社　1989.12　242p　20cm　2000円　Ⓘ4-7733-0111-2

◇島尾敏雄・ミホの世界―ワルシャワ・奄美・鹿児島　久井稔子著　鹿児島　高城書房出版　1994.3　248p　19cm　1500円　Ⓘ4-924752-47-9

◇島尾敏雄論　堀部茂樹著　京都　白地社　1992.3　279p　20cm　2575円　Ⓘ4-89359-112-6

◇森川達也評論集成―3　作家へのアプローチ―島尾敏雄論・埴谷雄高論　森川達也著　審美社　1996.7　557p　20cm　4500円　Ⓘ4-7883-8003-X

◇辺境から　山本巌著　福岡　書肆侃侃房　2002.10　111p　21cm　（山本巌ブックレット 3　山本巌著）〈シリーズ責任表示：山本巌著〉　600円　Ⓘ4-9980675-4-0

◇島尾敏雄　吉本隆明著　筑摩書房　1990.11　388p　19cm　（筑摩叢書 344）　1960円　Ⓘ4-480-01344-X

◇吉本隆明資料集―58　島尾敏雄の世界　吉本隆明著　高知　猫々堂　2006.9　151p　21cm　1500円

◇島尾敏雄　新潮社　1995.9　111p　20cm　（新潮日本文学アルバム 70）　1300円　Ⓘ4-10-620674-9

現代日本文学（文学史）

◆◆◆「死の棘」

◇椿咲く丘の町―島尾敏雄『死の棘』と佐倉　高比良直美著　佐倉　高比良直美　1993.1　166p　15cm　600円

◇島尾敏雄を読む―『死の棘』と『死の棘日記』を検証する　比嘉加津夫著　那覇　ボーダーインク　2012.7　222p　19cm　2200円　⒤978-4-89982-226-4

◆◆武田　泰淳（1912～1976）

◇サイカイ武田泰淳―「ひかりごけ」「異形の者」「審判」「蝮のすえ」〈俳句〉を作品論と資料で読む　伊藤博子著　府中（東京都）　希窓社　2009.12　207p　20cm　2000円　⒤978-4-9904851-0-8

◇上海1944-1945―武田泰淳『上海の蛍』注釈　大橋毅彦、趙夢雲、竹松良明、山崎真紀子、松本陽子、木田隆文編著・注釈　双文社出版　2008.6　260p　22cm〈年表あり〉　5600円　⒤978-4-88164-584-0

◇武田泰淳伝　川西政明著　講談社　2005.12　518p　20cm〈年譜あり〉　2800円　⒤4-06-213238-9

◇だれも書けなかった宮沢賢治論・武田泰淳論―知覚の扉の彼方から　神田浩延著　講談社出版サービスセンター　2006.3　316p　20cm〈文献あり〉　1500円　⒤4-87601-732-8

◇当世文人気質―3　清水信著　鈴鹿　いとう書店　2005.4　44p　22cm　(清水信文学選12　清水信著)〈シリーズ責任表示：清水信著〉

◇武田泰淳の世界―諸行無常の系譜　関伊佐雄著　国分寺　武蔵野書房　1996.4　184p　20cm　1942円

◇批評精神のかたち―中野重治・武田泰淳　竹内栄美子著　イー・ディー・アイ　2005.3　338p　22cm　(EDI学術選書)　3334円　⒤4-901134-31-0

◇滅亡を超えて―田中小実昌・武田泰淳・深沢七郎　多羽田敏夫著　作品社　2007.10　159p　20cm　1800円　⒤978-4-86182-153-0

◇富士の気分―深沢七郎・三島由紀夫・武田泰淳による綺想譜　船木拓生著　西田書店　2000.8　286p　20cm　1800円　⒤4-88866-317-3

◇鑑賞日本現代文学―26巻　大岡昇平・武田泰淳　吉田熙生、菊田均編　角川書店　1990.12　500p　20cm　3800円　⒤4-04-580826-4

◇武田泰淳と竹内好―近代日本にとっての中国　渡辺一民著　みすず書房　2010.2　324,8p　20cm〈索引あり〉　3800円　⒤978-4-622-07515-8

◆◆中村　真一郎（1918～1997）

◇時のいろどり―夫中村真一郎との日々によせて　佐岐えりぬ著　里文出版　1999.7　281p　19cm　2000円　⒤4-89806-103-6

◇当世文人気質―5（野間宏論・中村真一郎論）　清水信著　鈴鹿　いとう書店　2006.2　45p　22cm　(清水信文学選16　清水信著)

◇滞欧日録―1995・夏　中村真一郎、佐岐えりぬ著　限定版　調布　ふらんす堂　1996.1　71p　18cm　2100円　⒤4-89402-154-4

◆◆野間　宏（1915～1991）

◇野間宏と戦後派の作家たち展　神奈川文学振興会編　横浜　県立神奈川近代文学館　2001.10　63p　26cm〈会期・会場：2001年10月6日～11月11日　県立神奈川近代文学館　共同刊行：神奈川文学振興会　折り込1枚　年表あり〉

◇野間宏―人と文学　黒古一夫著　勉誠出版　2004.6　232p　20cm　(日本の作家100人)〈年譜あり　文献あり〉　2000円　⒤4-585-05172-4

◇当世文人気質―5（野間宏論・中村真一郎論）　清水信著　鈴鹿　いとう書店　2006.2　45p　22cm　(清水信文学選16　清水信著)

◇野間宏文学と親鸞―悪と救済の論理　張偉著　京都　法蔵館　2002.1　254p　22cm　7000円　⒤4-8318-7267-9

◇作家の自伝―73　野間宏　野間宏著, 小笠克編解説　日本図書センター　1998.4　270p　22cm　(シリーズ・人間図書館)　2600円　⒤4-8205-9517-2,4-8205-9504-0

◇追悼野間宏　「文芸」編集部編　河出書房新社　1991.5　307p　21cm〈未発表初期作品収載　野間宏の肖像あり〉　1500円　⒤4-309-

◇野間宏論—欠如のスティグマ　山下実著　彩流社　1994.7　265p　20cm　2500円　①4-88202-308-3

◇戦後文学の出発—野間宏『暗い絵』と大西巨人『精神の氷点』　湯地朝雄著　スペース伽耶　2002.7　302p　22cm　2800円

◇野間宏は生きている—野間宏さんを偲ぶ会記念誌　部落解放同盟中央本部　1991　56p　26cm　〈野間宏の肖像あり〉

◆◆花田　清輝（1909～1974）

◇転形期における知識人の闘い方—甦る花田清輝　石井伸男著　窓社　1996.2　230p　20cm　2580円　①4-943983-86-3

◇花田清輝論—吉本隆明/戦争責任/コミュニズム　乾口達司著　京都　柳原出版　2003.2　309p　20cm　2800円　①4-8409-4601-9

◇フェミニスト花田清輝　菅本康之著　国分寺　武蔵野書房　1996.7　225p　20cm　2060円

◇尾崎翠と花田清輝—ユーモアの精神とパロディの論理　土井淑平著　北斗出版　2002.7　283p　20cm　〈文献あり　年譜あり〉　2400円　①4-89474-025-7

◆◆埴谷　雄高（1909～1997）

◇メタフィジカ！　池田晶子著　京都　法蔵館　1992.4　201p　20cm　2200円　①4-8318-7197-4

◇オン！—埴谷雄高との形而上対話　池田晶子著　講談社　1995.7　236p　20cm　1600円　①4-06-207715-9

◇花には香り本には毒を—サド裁判・埴谷雄高・渋沢竜彦・道元を語る　石井恭二著　現代思潮新社　2002.9　294p　20cm　〈文献あり〉　2000円　①4-329-00424-0

◇埴谷雄高と存在論—自同律の不快・虚体・存在の革命　鹿島徹著　平凡社　2000.10　342p　20cm　（平凡社選書 209）　2800円　①4-582-84209-7

◇評伝埴谷雄高　川西政明著　河出書房新社　1997.7　339p　20cm　3000円　①4-309-01148-9

◇奇抜の人—埴谷雄高のことを27人はこう語った　木村俊介著　平凡社　1999.2　390p　20cm　2000円　①4-582-82931-7

◇変人埴谷雄高の肖像　木村俊介著　文芸春秋　2009.3　420p　16cm　（文春文庫　き31-1）〈『奇抜の人』（平凡社1999年刊）の改題〉　781円　①978-4-16-776401-2

◇埴谷雄高—夢みるカント　熊野純彦著　講談社　2010.11　298p　19cm　（再発見日本の哲学）〈文献あり　年譜あり〉　1400円　①978-4-06-278763-5

◇埴谷雄高・吉本隆明の世界　斎藤慎爾責任編集　朝日出版社　1996.2　271p　29cm　（二十世紀の知軸 1）　2900円　①4-255-96001-1

◇埴谷雄高論全集成　白川正芳著　国分寺　武蔵野書房　1996.3　753p　22cm　6901円

◇始まりにして終わり—埴谷雄高との対話　白川正芳著　文芸春秋　1997.8　217p　20cm　1524円　①4-16-353160-2

◇埴谷雄高との対話　白川正芳著　慶応義塾大学出版会　2006.10　421p　20cm　3200円　①4-7664-1311-3

◇夢野久作と埴谷雄高　鶴見俊輔著　深夜叢書社　2001.9　270p　20cm　2400円　①4-88032-244-X

◇埴谷雄高　鶴見俊輔著　講談社　2005.2　357p　20cm　2400円　①4-06-212776-8

◇埴谷雄高と神秘宇宙—ユングとの邂逅　遠丸立著　国分寺　武蔵野書房　1989.8　228p　20cm　1988円

◇孤光の三巨星—稲垣足穂・滝口修三・埴谷雄高　中村幸夫著　名古屋　風琳堂　1994.5　233p　19cm　2060円　①4-89426-511-5

◇精神のリレー—講演集　埴谷雄高ほか著　新装版　河出書房新社　1997.5　220p　20cm　2000円　①4-309-01142-X

◇作家の自伝—100　埴谷雄高　埴谷雄高著，遠丸立編解説　日本図書センター　1999.4　263p　22cm　（シリーズ・人間図書館）　2600円　①4-8205-9545-8,4-8205-9525-3

◇埴谷雄高文学論集　埴谷雄高著，白石伯編　講談社　2004.4　393p　16cm　（講談社文芸文庫—埴谷雄高評論選書 3）〈下位シリーズの責任表示：埴谷雄高〔著〕　年譜あり　著作目録あり〉　1400円　①4-06-198367-9

◇埴谷雄高—影絵の世界　埴谷雄高著　日本

◇図書センター　2012.2　246p　20cm　〈人間の記録 181〉〈年譜あり〉　1800円　⑭978-4-284-70056-6
◇埴谷雄高への感謝―わが般若豊全集　冨貴高司著　大宮町（京都府）　多島海社　2000.9　165p　21cm〈肖像あり〉　1000円
◇埴谷雄高論―『農民闘争』時代をめぐって　藤一也著　沖積舎　2001.9　251p　20cm　4000円　⑭4-8060-4663-9
◇埴谷雄高―「農民闘争」時代をめぐって　藤一也著　沖積舎　2006.7　251p　20cm　4000円　⑭4-8060-7022-X
◇如来の果て―文学か宗教か　芳沢鶴彦著　近代文芸社　2001.11　233p　20cm　1800円　⑭4-7733-6905-1
◇埴谷雄高―新たなる黙示　河出書房新社　2006.8　191p　21cm　（Kawade道の手帖）〈年譜あり〉　1500円　⑭4-309-74013-8

◆◆◆「死霊」

◇無限大の宇宙―埴谷雄高『死霊』展　神奈川文学振興会編　横浜　県立神奈川近代文学館　2007.10　64p　26cm〈会期・会場：2007年10月6日〜11月25日　県立神奈川近代文学館　共同刊行：神奈川文学振興会　折り込1枚　年譜あり〉
◇謎解き『死霊』論　川西政明著　河出書房新社　1996.10　242p　20cm　2500円　⑭4-309-01106-3
◇定本謎解き『死霊』論　川西政明著　河出書房新社　2007.1　274p　20cm　3400円　⑭978-4-309-01802-7
◇埴谷雄高『死霊』論―夢と虹　小林孝吉著　御茶の水書房　2012.5　290p　21cm〈年譜あり〉　3200円　⑭978-4-275-00965-4
◇埴谷雄高独白「死霊」の世界　埴谷雄高著，NHK編，白川正芳責任編集　日本放送出版協会　1997.7　316p　22cm　2600円　⑭4-14-005277-5
◇埴谷雄高研究―『死霊』論　兵道流著　名古屋　ブイツーソリューション　2007.6　159p　19cm〈星雲社（発売）　文献あり〉　1200円　⑭978-4-434-10633-0
◇埴谷雄高〈死霊〉論　藤一也著　沖積舎　2006.10　703p　20cm　15000円　⑭4-8060-4722-8

◆◆平野　謙（1907〜1978）

◇昭和の文人　江藤淳著　新潮社　1989.7　267p　20cm　1300円　⑭4-10-303306-1
◇昭和の文人　江藤淳著　新潮社　2000.7　339p　16cm　（新潮文庫）　514円　⑭4-10-110804-8
◇三人の"八高生"―平野謙、本多秋五そして藤枝静男　小堀用一朗著　鷹書房弓プレス　1998.11　246p　20cm　1800円　⑭4-8034-0441-0
◇ある批評家の肖像―平野謙の〈戦中・戦後〉　杉野要吉著　勉誠出版　2003.2　614,19p　22cm〈肖像あり〉　16000円　⑭4-585-03100-6
◇平野謙閑談　高崎俊彦著　国分寺　武蔵野書房　1994.6　499p　19cm　3000円
◇平野謙と「戦後」批評　中山和子著　翰林書房　2005.5　692p　22cm　（中山和子コレクション 3　中山和子著）〈シリーズ責任表示：中山和子著　著作目録あり〉　5000円　⑭4-87737-177-X
◇平野謙松本清張探求―1960年代平野謙の松本清張論・推理小説評論　平野謙著，森信勝編　同時代社　2003.6　227,13p　20cm〈他言語標題：The best anthology of literatur Seicho Matsumoto by the Ken Hirano　年譜あり〉　2500円　⑭4-88683-499-X

◆◆堀田　善衛（1918〜1998）

◇堀田善衛―その文学と思想　中野信子，武藤功，牧梶郎，山根献，上原真著　同時代社　2001.11　350p　20cm　3800円　⑭4-88683-451-5
◇めぐりあいし人びと　堀田善衛著　集英社　1999.9　231p　15cm　（集英社文庫）　438円　⑭4-08-747102-0
◇堀田善衛展―スタジオジブリが描く乱世。横浜　県立神奈川近代文学館　2008.10　64p　26cm〈会期・会場：2008年10月4日〜11月24日　県立神奈川近代文学館　共同刊行：神奈川文学振興会　年譜あり〉

◆◆本多 秋五（1908〜2001）

◇本多秋五の文芸批評──芸術・歴史・人間　文芸理論研究会編　菁柿堂　2004.11　259p　19cm　(Edition Trombone)〈星雲社（発売）付属資料：16p：追想・本多先生〉2000円　①4-434-05357-4

◇本多秋五全集─別巻1　本多秋五著　菁柿堂　1999.2　2冊（付録とも）　22cm　14656円　①4-7952-7966-7

◇本多秋五論　元橋正宜著　国分寺　武蔵野書房　1997.9　186p　19cm　2000円

◆◆三島 由紀夫（1925〜1970）

◇三島由紀夫物語る力とジェンダー──『豊饒の海』の世界　有元伸子著　翰林書房　2010.3　322p　20cm　2800円　①978-4-87737-293-4

◇三島由紀夫研究文献目録　安藤武編　浦和〔安藤武〕　1994　32,56,18p　27cm〈三島由紀夫の肖像あり〉

◇三島由紀夫研究文献目録　安藤武編　私家版〔浦和〕　安藤武〔1995〕　1冊　27cm

◇三島由紀夫「日録」　安藤武著　未知谷　1996.4　478p　20cm　3605円　①4-915841-39-1

◇三島由紀夫の生涯　安藤武著　夏目書房　1998.9　350p　22cm　3400円　①4-931391-39-7

◇三島由紀夫全文献目録　安藤武編著　夏目書房　2000.12　452p　20cm　3900円　①4-931391-81-8

◇三島由紀夫全文献目録　安藤武著　安藤武　2008　1冊　26cm

◇〈ミシマ〉から〈オウム〉へ──三島由紀夫と近代　飯島洋一著　平凡社　1998.6　354p　20cm　(平凡社選書 178)　2300円　①4-582-84178-3

◇1970・11・25三島由紀夫　いいだもも著, 宮台真司解説　世界書院（発売）　2004.3　221p　19cm〈「三島由紀夫」（都市出版社1970年刊）の増訂〉　1200円　①4-7927-2067-2

◇三島由紀夫の日蝕　石原慎太郎著　新潮社　1991.3　201p　20cm　1150円　①4-10-301507-1

◇磯田光一著作集─1　三島由紀夫全論考・比較転向論序説　磯田光一著　小沢書店　1990.6　596p　20cm〈著者の肖像あり　付(10p)〉　4944円

◇極説・三島由紀夫──切腹とフラメンコ　板坂剛著　夏目書房　1997.6　271p　20cm　1800円　①4-931391-28-1

◇真説三島由紀夫──謎の原郷　板坂剛著　夏目書房　1998.8　267p　20cm　1800円　①4-931391-44-3

◇三島由紀夫と一九七〇年　板坂剛編, 鈴木邦男対談　鹿砦社　2010.11　127p　21cm〈付属資料（DVD-Video1枚 12cm）：MISHIMA〉　1143円　①978-4-8463-0772-1

◇最後のロマンティーク三島由紀夫　伊藤勝彦著　新曜社　2006.3　218p　20cm〈年譜あり　文献あり〉　1900円　①4-7885-0981-4

◇三島由紀夫虚無の光と闇─三島由紀夫論集　井上隆史著　試社　2006.11　334p　20cm　2800円　①4-903122-06-9

◇三島由紀夫──豊饒なる仮面　井上隆史著　新典社　2009.5　252p　19cm　（日本の作家 49）〈年譜あり　文献あり〉　2000円　①4-7879-7049-7

◇三島由紀夫幻の遺作を読む─もう一つの『豊饒の海』　井上隆史著　光文社　2010.11　262p　18cm　（光文社新書 491）〈年表あり〉　820円　①978-4-334-03594-5

◇ペルソナ──三島由紀夫伝　猪瀬直樹著　文芸春秋　1995.11　403p　20cm　1900円　①4-16-350810-4

◇ペルソナ──三島由紀夫伝　猪瀬直樹著　文芸春秋　1999.11　478p　15cm　（文春文庫）　590円　①4-16-743109-2

◇ペルソナ──三島由紀夫伝　猪瀬直樹著　小学館　2001.11　443p　19cm　（日本の近代　猪瀬直樹著作集 2　猪瀬直樹著）　1400円　①4-09-394232-3

◇素顔の三島由紀夫　今村靖著　東京経済　1992.4　162p　20cm〈三島由紀夫および著者の肖像あり〉　1000円　①4-8064-0302-4

◇ヒタメン──三島由紀夫が女に逢う時…　岩下尚史著　雄山閣　2011.12　327p　20cm　1800円　①978-4-639-02197-1

◇断章三島由紀夫　梅津斉著　碧天舎　2006.2

現代日本文学（文学史）

346p 20cm〈文献あり〉 1300円 Ⓘ4-7789-0299-8

◇群像日本の作家―18 三島由紀夫 大岡信ほか編, 秋山駿ほか著 小学館 1990.10 413p 20cm〈三島由紀夫の肖像あり〉 1800円 Ⓘ4-09-567018-5

◇三島由紀夫 太田映子編 栃木 書誌研究の会 1996.8 206p 26cm（書誌研究の会叢刊 1） 3700円

◇三島由紀夫古本屋の書誌学 大場啓志著 2刷 ワイズ出版 1998.12 262p 20cm 2400円 Ⓘ4-948735-98-1

◇三島由紀夫少年詩 小川和佑著 新装版 冬樹社 1991.4 269p 19cm 1600円 Ⓘ4-8092-1515-6

◇三島由紀夫伝説 奥野健男著 新潮社 1993.2 477p 20cm 2200円 Ⓘ4-10-390801-7

◇三島由紀夫伝説 奥野健男著 新潮社 2000.11 492p 16cm（新潮文庫） 667円 Ⓘ4-10-135602-5

◇三島由紀夫 小埜裕二編 若草書房 2000.4 278p 22cm（日本文学研究論文集成 42 藤井貞和ほか監修） 3800円 Ⓘ4-948755-62-1

◇三島由紀夫論 上総英郎著 パピルスあい 2005.8 275p 20cm〈社会評論社（発売）〉 2800円 Ⓘ4-7845-9106-0

◇三島由紀夫ドラマティックヒストリー―生誕80年・没後35年記念展 神奈川文学振興会編 横浜 県立神奈川近代文学館 2005.4 64p 26cm〈会期・会場：2005年4月23日〜6月5日 県立神奈川近代文学館 共同刊行：神奈川文学振興会 折り込1枚 年譜あり〉

◇三島由起夫 川島勝著 文芸春秋 1996.2 239p 20cm 1400円 Ⓘ4-16-351280-2

◇三島由紀夫とテロルの倫理 千種・キムラ・スティーブン著 作品社 2004.8 287p 20cm 2400円 Ⓘ4-87893-648-7

◇ゲイの民俗学 礫川全次編 批評社 2006.1 286p 22cm（歴史民俗学資料叢書 第3期 第1巻） 4500円 Ⓘ4-8265-0435-6

◇三島由紀夫論―命の形 小杉英了著 三一書房 1997.9 227p 20cm 2300円 Ⓘ4-380-97272-0

◇三島由紀夫と「天皇」 小室直樹著 天山出版 1990.11 239p 16cm（天山文庫）〈大陸書房（発売）〉 460円 Ⓘ4-8033-2818-8

◇物語芸術論―谷崎・芥川・三島 佐伯彰一著 中央公論社 1993.9 304p 16cm（中公文庫） 580円 Ⓘ4-12-202032-8

◇三島由紀夫論―その詩人性と死をめぐって 佐久間隆史著 土曜美術社出版販売 2009.11 235p 20cm（新・現代詩人論叢書 3） 2500円 Ⓘ978-4-8120-1760-9

◇三熊野幻想―天皇と三島由紀夫 佐々木孝次著 せりか書房 1989.3 269p 22cm 2000円

◇三島由紀夫―美とエロスの論理 佐藤秀明編 有精堂出版 1991.5 269p 22cm（日本文学研究資料新集 30） 3650円 Ⓘ4-640-30979-1

◇三島由紀夫没後参考文献目録稿 佐藤秀明編 名古屋 佐藤秀明 1996.10 402p 26cm 非売品

◇決定版 三島由紀夫全集 年譜・書誌―42 佐藤秀明ほか著 新潮社 2005.8 905p 19cm

◇三島由紀夫―人と文学 佐藤秀明著 勉誠出版 2006.2 254p 20cm（日本の作家100人）〈年譜あり 文献あり〉 2000円 Ⓘ4-585-05184-8

◇三島由紀夫の文学 佐藤秀明著 試論社 2009.5 539p 20cm 4500円 Ⓘ978-4-903122-12-0

◇三島由紀夫を読む 佐藤泰正編 笠間書院 2011.3 181p 19cm（笠間ライブラリー―梅光学院大学公開講座論集 第59集） 1000円 Ⓘ978-4-305-60260-2

◇平凡パンチの三島由紀夫 椎根和著 新潮社 2007.3 254p 20cm 1400円 Ⓘ978-4-10-304151-1

◇平凡パンチの三島由紀夫 椎根和著 新潮社 2009.10 342p 16cm（新潮文庫 し-67-1） 514円 Ⓘ978-4-10-128881-9

◇平凡パンチの三島由紀夫 椎根和著 完全版 茉莉社 2012.10 494p 20cm〈河出書房新社（発売） 初版の出版社：新潮社〉 2800円 Ⓘ978-4-309-90963-9

◇三島由紀夫―魅せられる精神 柴田勝二著 おうふう 2001.11 370p 22cm 5600円

現代日本文学（文学史）

①4-273-03209-0
◇三島由紀夫作品に隠された自決への道　柴田勝二著　祥伝社　2012.11　283p　18cm　（祥伝社新書 300）〈年譜あり〉　820円　①978-4-396-11300-1
◇三島由紀夫—豊饒の海へ注ぐ　島内景二著　京都　ミネルヴァ書房　2010.12　372,10p　20cm　（ミネルヴァ日本評伝選）〈文献あり　年譜あり　索引あり〉　3000円　①978-4-623-05912-6
◇三島由紀夫解釈—初期作品を中心とした精神分析的考察　島田亨著　西田書店　1995.9　583p　22cm　4500円　①4-88866-234-7
◇当世文人気質—2　稲垣足穂論・三島由紀夫論　清水信著　鈴鹿　いとう書店　2004.10　44p　22cm　（清水信文学選 9　清水信著）〈シリーズ責任表示：清水信著〉
◇グラフィカ三島由紀夫　新潮社編　新潮社　1990.9　1冊（頁付なし）　27cm〈三島由紀夫の肖像あり〉　2500円　①4-10-310202-0
◇文豪ナビ三島由紀夫　新潮文庫編　新潮社　2004.11　159p　16cm　（新潮文庫）〈文献あり　年譜あり〉　400円　①4-10-105000-7
◇三島由紀夫と自衛隊—秘められた友情と信頼　杉原裕介, 杉原剛介著　並木書房　1997.11　229p　20cm　1600円　①4-89063-087-2
◇「三島由紀夫」の誕生　杉山欣也著　翰林書房　2008.2　374p　22cm〈文献あり〉　4500円　①978-4-87737-260-6
◇「兵士」になれなかった三島由紀夫　杉山隆男著　小学館　2007.8　219p　20cm　1400円　①978-4-09-379773-3
◇「兵士」になれなかった三島由紀夫　杉山隆男著　小学館　2010.4　244p　15cm　（小学館文庫　す7-2）〈文献あり〉　533円　①978-4-09-408473-3
◇三島由紀夫生と死　ヘンリー・スコット=ストークス著, 徳岡孝夫訳　清流出版　1998.11　390p　20cm　2000円　①4-916028-52-X
◇遺魂—三島由紀夫と野村秋介の軌跡　鈴木邦男著　無双舎　2010.10　319p　20cm〈年表あり〉　1800円　①978-4-86408-439-0
◇三島由紀夫の詩と劇　高橋和幸著　大阪　和泉書院　2007.3　283p　20cm　（和泉選書 157）　3800円　①978-4-7576-0412-4

◇三島あるいは優雅なる復讐　高橋英郎著　飛鳥新社　2010.8　284p　20cm〈年譜あり〉　1800円　①978-4-86410-028-1
◇三島由紀夫の世界—夭逝の夢と不在の美学　高橋文二著, ドナルド・キーンほか編　新典社　1989.7　146p　19cm　（叢刊・日本の文学 5）　1009円　①4-7879-7505-6
◇三島由紀夫論　田坂昂著　増補 新装版　風濤社　2007.6　343p　19cm　2500円　①978-4-89219-291-3
◇三島由紀夫神の影法師　田中美代子著　新潮社　2006.10　301p　20cm　2000円　①4-10-302971-4
◇三島由紀夫と能楽—『近代能楽集』、または堕地獄者のパラダイス　田村景子著　勉誠出版　2012.11　281p　20cm　2800円　①978-4-585-29046-9
◇三島由紀夫と戦後　中央公論編集部編　中央公論新社　2010.10　243p　21cm　『中央公論』特別編集　年譜あり〉　1600円　①978-4-12-004161-7
◇三島由紀夫が死んだ日—あの日、何が終り何が始まったのか　中条省平編・監修　実業之日本社　2005.4　278p　20cm〈肖像あり　年譜あり〉　1800円　①4-408-53472-2
◇三島由紀夫が死んだ日—続　中条省平編・監修　実業之日本社　2005.11　333p　20cm〈続のサブタイトル：あの日は、どうしていまも生々しいのか〉　1900円　①4-408-53482-X
◇三島由紀夫・昭和の迷宮　出口裕弘著　新潮社　2002.10　228p　20cm　1800円　①4-10-410203-2
◇三島文学の原型—始原・根茎隠喩・構造　テレングトアイトル著　日本図書センター　2002.9　440p　22cm　6400円　①4-8205-6619-9
◇劇人三島由紀夫　堂本正樹著　劇書房　1994.4　446,3p　20cm〈構想社（発売）〉　3800円　①4-87574-559-1
◇回想回転扉の三島由紀夫　堂本正樹著　文芸春秋　2005.11　172p　18cm　（文春新書）〈肖像あり〉　710円　①4-16-660477-5
◇五衰の人—三島由紀夫私記　徳岡孝夫著　文芸春秋　1996.11　294p　20cm　1600円　①4-16-352230-1

- ◇五衰の人―三島由紀夫私記　徳岡孝夫著　文芸春秋　1999.11　327p　15cm　（文春文庫）　476円　Ⓣ4-16-744903-X
- ◇仮面の神学―三島由紀夫論　富岡幸一郎著　構想社　1995.11　206p　20cm　1800円
- ◇留魂人を動かす　長尾遼著　原書房　1998.6　328p　20cm　2300円　Ⓣ4-562-03093-3
- ◇昭和45年11月25日―三島由紀夫自決、日本が受けた衝撃　中川右介著　幻冬舎　2010.9　284p　18cm　（幻冬舎新書 184）〈文献あり〉　880円　Ⓣ978-4-344-98185-0
- ◇日本近代文学「死の系譜」―新説三島由紀夫事件　中島信文著　三想社　2002.11　483p　22cm〈東洋出版（発売）〉　2500円　Ⓣ4-8096-9334-1
- ◇三島文学の美の謎を解く　中西武良著　東京図書出版会　2001.7　92p　15cm〈星雲社（発売）〉　600円　Ⓣ4-434-01126-X
- ◇三島由紀夫の謎を解く　中西武良著　日本文学館　2007.11　75p　15cm　400円　Ⓣ978-4-7765-1530-2
- ◇未踏の三島由紀夫―運命もしくは獣の戯れ　中原定人著　横浜　舷窓工房　2007.12　79p　21cm　1800円
- ◇三島由紀夫の死と私　西尾幹二著　PHP研究所　2008.12　262p　20cm　1500円　Ⓣ978-4-569-70537-8
- ◇三島由紀夫―ダンディズムの文芸世界　西本匡克著　双文社出版　1999.6　178p　22cm　2800円　Ⓣ4-88164-527-7
- ◇三島由紀夫―ある評伝　ジョン・ネイスン著,野口武彦訳　新版　新潮社　2000.8　346p　20cm〈肖像あり〉　2500円　Ⓣ4-10-505702-2
- ◇赫奕たる逆光　野坂昭如著　文芸春秋　1991.4　246p　16cm　（文春文庫）　380円　Ⓣ4-16-711912-9
- ◇三島由紀夫論集成　橋川文三著,太田和徳編　深夜叢書社　1998.12　237p　20cm　2800円　Ⓣ4-88032-226-1
- ◇「三島由紀夫」とはなにものだったのか　橋本治著　新潮社　2002.1　382p　20cm　1800円　Ⓣ4-10-406104-2
- ◇「三島由紀夫」とはなにものだったのか　橋本治著　新潮社　2005.11　473p　15cm　（新潮文庫）　629円　Ⓣ4-10-105414-2
- ◇三島由紀夫の知的運命　長谷川泉著　至文堂　1990.6　261p　20cm〈『彩絵硝子の美学』1973年刊の改訂増補版〉　1900円　Ⓣ4-7843-0058-9
- ◇三島由紀夫の復活　服部俊著　夏目書房　2000.11　190p　20cm　2000円　Ⓣ4-931391-80-X
- ◇熱海の青年将校―三島由紀夫と私　原竜一著　新風舎　2004.11　134p　20cm　1400円　Ⓣ4-7974-4324-3
- ◇MISHIMA！―三島由紀夫の知的ルーツと国際的インパクト　イルメラ・日地谷＝キルシュネライト編　京都　昭和堂　2010.12　325p　19cm〈年譜あり〉　2500円　Ⓣ978-4-8122-1064-2
- ◇三島由紀夫文庫目録―清水文雄先生旧蔵　比治山女子短期大学図書館編　広島　比治山女子短期大学図書館　1993.3　72p　26cm
- ◇三島由紀夫文庫通信―1　比治山大学図書館編　広島　比治山大学図書館　2000.3　23p　26cm
- ◇三島由紀夫文庫通信―2　比治山大学図書館編　広島　比治山大学図書館　2002.3　22p　26cm
- ◇三島由紀夫文庫目録―三島瑤子氏寄贈　比治山大学・比治山女子短期大学図書館編　広島　比治山大学・比治山女子短期大学図書館　1996.3　71p　26cm
- ◇倅・三島由紀夫　平岡梓著　文芸春秋　1996.11　269p　16cm　（文春文庫）　420円　Ⓣ4-16-716204-0
- ◇資料三島由紀夫　福島鋳郎著　朝文社　1989.6　299p　20cm〈双柿舎1982年刊の新版〉　2900円　Ⓣ4-88695-013-2
- ◇資料三島由紀夫　福島鋳郎著　増補改訂　朝文社　1992.11　307p　20cm　2900円　Ⓣ4-88695-077-9
- ◇資料三島由紀夫　福島鋳郎著　再訂　朝文社　2005.9　341p　20cm〈年表あり　文献あり〉　5048円　Ⓣ4-88695-180-5
- ◇三島由紀夫―剣と寒紅　福島次郎著　文芸春秋　1998.3　282p　20cm　1429円　Ⓣ4-16-317630-6
- ◇三島由紀夫論　藤田寛著　大阪　せせらぎ出版　2004.6　147p　20cm　1600円　Ⓣ4-

現代日本文学（文学史）

88416-134-3

◇三島由紀夫と神格天皇　藤野博著　勉誠出版　2012.6　289p 20cm〈文献あり〉　3500円　①978-4-585-29033-9

◇富士の気分—深沢七郎・三島由紀夫・武田泰淳による綺想譜　船木拓生著　西田書店　2000.8　286p 20cm　1800円　①4-88866-317-3

◇三島由紀夫と楯の会事件　保阪正康著　角川書店　2001.4　376p 15cm　（角川文庫）　667円

◇三島由紀夫関係文献目録　星合正敏編　大阪　〔星合正敏〕　1993.9　304p 26cm〈電子複写 限定版〉

◇三島由紀夫関係文献目録　星合正敏編　〔大阪〕　星合正敏　1996.3　371p 26cm　非売品

◇三島由紀夫「最後の独白」—市ケ谷自決と2・26　前田宏一著　毎日ワンズ　2005.11　222p 19cm　1400円　①4-901622-13-7

◇三島由紀夫　松浦和夫著　近代文芸社　2000.12　118p 20cm　1300円　①4-7733-6766-0

◇今よみがえる三島由紀夫—自決より四十年　松浦芳子著, 松浦博監修　高木書房　2010.11　247p 19cm　1300円　①978-4-88471-086-6

◇血滾ル三島由紀夫「憲法改正」　松藤竹二郎著　毎日ワンズ　2003.12　217p 19cm　1400円　①4-901622-04-8

◇三島由紀夫「残された手帳」　松藤竹二郎著　毎日ワンズ　2007.7　243p 19cm　1100円　①978-4-901622-24-0

◇三島由紀夫の二・二六事件　松本健一著　文芸春秋　2005.11　206p 18cm　（文春新書）　710円　①4-16-660475-9

◇三島由紀夫亡命伝説　松本健一著　増補・新版　取手　辺境社　2007.3　220p 20cm　（松本健一伝説シリーズ 2）〈初版の出版者：河出書房新社　勁草書房（発売）〉　2000円　①978-4-326-95039-3

◇三島由紀夫　松本徹編著　河出書房新社　1990.4　251p 22cm　（年表作家読本）〈三島由紀夫の肖像あり〉　1600円　①4-309-70052-7

◇三島由紀夫の最期　松本徹著　文芸春秋　2000.11　206p 20cm　1429円　①4-16-356820-4

◇三島由紀夫事典　松本徹, 佐藤秀明, 井上隆史編　勉誠出版　2000.11　729,29p 23cm　9000円　①4-585-06018-9

◇三島由紀夫の時代　松本徹, 佐藤秀明, 井上隆史編　勉誠出版　2001.3　318p 22cm　（三島由紀夫論集 1　松本徹, 佐藤秀明, 井上隆史編）〈シリーズ責任表示：松本徹, 佐藤秀明, 井上隆史編〉　4500円　①4-585-04041-2

◇三島由紀夫の表現　松本徹, 佐藤秀明, 井上隆史編　勉誠出版　2001.3　285p 22cm　（三島由紀夫論集 2　松本徹, 佐藤秀明, 井上隆史編）〈シリーズ責任表示：松本徹, 佐藤秀明, 井上隆史編〉　4500円　①4-585-04042-0

◇世界の中の三島由紀夫　松本徹, 佐藤秀明, 井上隆史編　勉誠出版　2001.3　266p 22cm　（三島由紀夫論集 3　松本徹, 佐藤秀明, 井上隆史編）〈シリーズ責任表示：松本徹, 佐藤秀明, 井上隆史編〉　4500円　①4-585-04043-9

◇三島由紀夫エロスの劇　松本徹著　作品社　2005.5　325p 20cm　2800円　①4-86182-038-3

◇あめつちを動かす—三島由紀夫論集　松本徹著　試論社　2005.12　282p 20cm　3000円　①4-903122-01-8

◇三島由紀夫を読み解く　松本徹著　日本放送出版協会　2010.7　191p 21cm　（NHKシリーズ—NHKカルチャーラジオ 文学の世界）〈放送期間：2010年7月—9月　文献あり　年譜あり〉　857円　①978-4-14-910746-2

◇同時代の証言三島由紀夫　松本徹, 佐藤秀明, 井上隆史, 山中剛史編　鼎書房　2011.5　449p 20cm　2800円　①978-4-907846-77-0

◇胎児たちの密儀—作家の出生前記憶・三島由紀夫ほか　真名井拓美著　審美社　1992.10　325p 20cm　2800円　①4-7883-4067-4

◇作家の自伝—37　三島由紀夫　三島由紀夫著, 佐伯彰一編解説　日本図書センター　1995.11　286p 22cm　（シリーズ・人間図書館）　2678円　①4-8205-9407-9,4-8205-9411-7

◇三島由紀夫未発表書簡—ドナルド・キーン氏宛の97通　三島由紀夫著　中央公論社　1998.5　209p 20cm　1400円　①4-12-002799-6

◇三島由紀夫十代書簡集　三島由紀夫著　新

現代日本文学（文学史）

潮社　1999.11　201p　20cm　1400円　①4-10-321024-9

◇三島由紀夫ロゴスの美神　三島由紀夫著，山内由紀人編　岳陽舎　2003.7　369,11p　20cm〈著作目録あり〉　2400円　①4-907737-43-2

◇写真集三島由紀夫―'25～'70　三島瑶子，藤田三男編　新潮社　2000.11　1冊（ページ付なし）　16cm　（新潮文庫）〈「グラフィカ三島由紀夫」（1990年刊）の改題〉　438円　①4-10-105091-0

◇「憂国忌」の四十年―三島由紀夫氏追悼の記録と証言　三島由紀夫研究会編　並木書房　2010.11　307p　20cm　1800円　①978-4-89063-262-6

◇級友　三島由紀夫　三谷信著　中央公論新社　1999.12　190p　15cm（中公文庫）　533円　①4-12-203557-0

◇三島由紀夫論　光栄堯夫著　沖積舎　2000.11　261p　20cm　2800円　①4-8060-4658-2

◇三島由紀夫『以後』―日本が「日本でなくなる日」　宮崎正弘著　並木書房　1999.10　286p　19cm　1700円　①4-89063-112-7

◇三島由紀夫はいかにして日本回帰したのか　宮崎正弘著　清流出版　2000.11　332p　20cm　1800円　①4-916028-80-5

◇三島由紀夫の現場―金閣寺、豊饒の海から市ヶ谷事件現場まで　宮崎正弘著　並木書房　2006.11　254p　20cm　1700円　①4-89063-207-7

◇三島由紀夫の愛した美術　宮下規久朗、井上隆史著　新潮社　2010.10　127p　21cm（とんぼの本）〈文献あり　年譜あり〉　1500円　①978-4-10-602211-1

◇三島由紀夫必携　三好行雄編　学燈社　1989.4　220p　22cm〈『別冊国文学』改装版　三島由紀夫の肖像あり〉　1750円　①4-312-00522-2

◇ミーハーが見た三島由紀夫　村上伊知郎著　東京図書出版　2011.9　183p　19cm〈リフレ出版（発売）　年表あり　文献あり〉　1200円　①978-4-86223-501-5

◇君たちには分からない―「楯の会」で見た三島由紀夫　村上建夫著　新潮社　2010.10　188p　20cm〈年表あり〉　1400円　①978-4-10-327851-1

◇三島由紀夫の世界　村松剛著　新潮社　1990.9　515p　20cm　2200円　①4-10-321402-3

◇三島由紀夫の世界　村松剛著　新潮社　1996.11　598p　15cm（新潮文庫）　680円　①4-10-149711-7

◇「私」の行方―オウムは三島の末裔である　山羊しずか著　日本図書刊行会　1997.3　86p　20cm　1200円　①4-89039-179-7

◇三島由紀夫研究―「知的概観的な時代」のザインとゾルレン　柳瀬善治著　福岡　創言社　2010.9　488p　19cm　4600円　①978-4-88146-583-7

◇三島由紀夫の時間　山内由紀人著　ワイズ出版　1998.11　157p　20cm　2000円　①4-948735-99-X

◇三島由紀夫、左手に映画　山内由紀人著　河出書房新社　2012.11　354p　20cm〈文献あり〉　2400円　①978-4-309-02144-7

◇三島由紀夫作品総覧　山口基作成　新訂版　山口基　1995.8　317,121,7p　21cm　15000円

◇三島由紀夫年譜　山口基著　新版　山口基　1995.8　150,18p　21cm

◇三島由紀夫作品総覧　山口基著　新訂版　山口基　1995.11　2冊（別冊とも）　21cm

◇三島由紀夫作品総覧　山口基著　新訂4版　山口基　1996.9　2冊（別冊とも）　21cm

◇三島由紀夫年譜　山口基著　新訂4版　山口基　1996.9　224,16p　21cm

◇三島由紀夫研究文献総覧　山口基編著　出版ニュース社　2009.11　790p　22cm　10000円　①978-4-7852-0126-5

◇自衛隊「影の部隊」―三島由紀夫を殺した真実の告白　山本舜勝著　講談社　2001.6　241p　20cm　1600円　①4-06-210781-3

◇三島由紀夫あるいは空虚のヴィジョン　マルグリット・ユルスナール著，渋沢竜彦訳　河出書房新社　1995.12　180p　15cm（河出文庫）　640円　①4-309-46143-3

◇三島由紀夫の来た夏　横山郁代著　扶桑社　2010.11　245p　19cm〈文献あり〉　1400円　①978-4-594-06306-1

◇三島由紀夫の作品世界―『金閣寺』と『豊饒

の海』　吉田達志著　高文堂出版社　2003.5　244p　19cm　2000円　ⓘ4-7707-0700-2
◇三島由紀夫　吉村貞司著　日本図書センター　1992.10　202,13p　22cm　（近代作家研究叢書 118）〈解説：長谷川泉　東京ライフ社昭和31年刊の複製〉　4120円　ⓘ4-8205-9217-3,4-8205-9204-1
◇吉本隆明資料集―109　三島由紀夫の思想と行動・詩的な喩の問題　吉本隆明著　高知猫々堂　2011.10　153p　21cm　1600円
◇三島由紀夫　ジェニフェール・ルシュール著, 鈴木雅生訳　祥伝社　2012.11　316p　18cm　（祥伝社新書 299―ガリマール新評伝シリーズ）〈年譜あり〉　880円　ⓘ978-4-396-11299-8
◇女のいない死の楽園―供犠の身体・三島由紀夫　渡辺みえこ著　パンドラ　1997.10　145p　20cm　1900円　ⓘ4-7684-7781-X
◇三島由紀夫　河出書房新社　1990.11　223p　21cm　（新文芸読本）〈三島由紀夫の肖像あり〉　1200円　ⓘ4-309-70155-8
◇近代作家追悼文集成―第42巻　三島由紀夫　ゆまに書房　1999.2　328p　22cm　8000円　ⓘ4-89714-645-3,4-89714-639-9

◆◆◆比較・影響

◇三島由紀夫の沈黙―その死と江藤淳・石原慎太郎　伊藤勝彦著　東信堂　2002.7　281p　20cm　2500円　ⓘ4-88713-448-7
◇福田恆存と三島由紀夫―1945～1970　上　遠藤浩一著　〔柏〕　麗沢大学出版会　2010.4　337p　20cm〈柏　広池学園事業部（発売）〉　2800円　ⓘ978-4-89205-596-6
◇福田恆存と三島由紀夫―1945～1970　下　遠藤浩一著　〔柏〕　麗沢大学出版会　2010.4　317p　20cm〈柏　広池学園事業部（発売）　文献あり〉　2800円　ⓘ978-4-89205-597-3
◇川端康成と三島由紀夫―伝統へ、世界へ　開館25周年記念特別展　図録　鎌倉市芸術文化振興財団編　〔鎌倉〕　鎌倉市芸術文化振興財団　2010.10　96p　19cm〈会期：平成22年10月2日～12月12日　協同刊行：鎌倉文学館　年譜あり　著作目録あり〉
◇滅びの美学―太宰治と三島由紀夫　河村政敏著　至文堂　1992.7　214p　20cm　2800円

ⓘ4-7843-0111-9
◇三島由紀夫と葉隠武士道　北影雄幸著　春日部　白亜書房　2006.11　352p　19cm　1900円　ⓘ4-89172-683-0
◇三島由紀夫と歌舞伎　木谷真紀子著　翰林書房　2007.12　310p　20cm　2800円　ⓘ978-4-87737-258-3
◇三島由紀夫におけるニーチェ―サルトル実存的精神分析を視点として　清真人著　思潮社　2010.2　390p　20cm　3800円　ⓘ978-4-7837-1657-0
◇三島由紀夫と檀一雄　小島千加子著　筑摩書房　1996.8　270p　15cm　（ちくま文庫）　780円　ⓘ4-480-03182-0
◇金閣寺の燃やし方　酒井順子著　講談社　2010.10　257p　20cm　1600円　ⓘ978-4-06-216619-5
◇村上春樹の隣には三島由紀夫がいつもいる。　佐藤幹夫著　PHP研究所　2006.3　308p　18cm　（PHP新書）　780円　ⓘ4-569-64934-3
◇三島由紀夫とニーチェ　青海健著　青弓社　1992.9　178p　20cm　2060円　ⓘ4-7872-9066-5
◇川端康成と三島由紀夫をめぐる21章　滝田夏樹著　風間書房　2002.1　215p　20cm〈年譜あり〉　2000円　ⓘ4-7599-1296-7
◇ロマン派から現代へ―村上春樹、三島由紀夫、ドイツ・ロマン派　舘野日出男著　鳥影社　2004.3　289p　22cm　（松山大学研究叢書　第45巻）　3000円　ⓘ4-88629-820-6
◇三島由紀夫・岡潔・小林秀雄―今甦る二十一世紀への指標として　辻道著　文芸社　1998.8　98p　20cm　1200円　ⓘ4-88737-123-3
◇最後の思想―三島由紀夫と吉本隆明　富岡幸一郎著　アーツアンドクラフツ　2012.11　206p　20cm〈年譜あり〉　2200円　ⓘ978-4-901592-81-9
◇三島由紀夫と北一輝　野口武彦著　新装版　福村出版　1992.4　221p　20cm　1900円　ⓘ4-571-30029-8
◇三島由紀夫とトーマス・マン　林進著　諏訪　鳥影社　1999.6　263p　19cm　1800円　ⓘ4-88629-102-3
◇意志の美学―三島由紀夫とドイツ文学　林進

現代日本文学（文学史）

著　諏訪　鳥影社・ロゴス企画　2012.9　311p　22cm　2200円　①978-4-86265-373-4
◇三島由紀夫とG.バタイユ―近代作家と西欧　平野幸仁著　開文社出版　1991.3　296p　20cm　3200円　①4-87571-853-5
◇三島由紀夫と大岡昇平――一条の道　平松達夫著　出版地不明　平松達夫　2008.3　226p　20cm〈朝日新聞社（発売）〉　1200円　①978-4-02-100140-6
◇薔薇のサディズム―ワイルドと三島由紀夫　堀江珠喜著　英宝社　1992.4　254p　22cm　3000円　①4-268-00037-2
◇三島由紀夫と司馬遼太郎―「美しい日本」をめぐる激突　松本健一著　新潮社　2010.10　237p　20cm　（新潮選書）〈並列シリーズ名：Shincho Sensho〉　1200円　①978-4-10-603667-5
◇奇蹟への回路―小林秀雄・坂口安吾・三島由紀夫　松本徹著　勉誠社　1994.10　360p　20cm　2575円　①4-585-05008-6
◇三島由紀夫とアンドレ・マルロー――「神なき時代」をいかに生きるか　宮下隆二著　PHP研究所　2008.7　332p　20cm〈文献あり〉　1600円　①978-4-569-70159-2
◇三島由紀夫と橋川文三　宮嶋繁明著　福岡　弦書房　2005.1　286p　20cm　2400円　①4-902116-28-6
◇三島由紀夫と橋川文三　宮嶋繁明著　新装版　福岡　弦書房　2011.4　288p　19cm　2200円　①978-4-86329-058-7
◇証言三島由紀夫・福田恆存たった一度の対決　持丸博, 佐藤松男著　文芸春秋　2010.10　263p　20cm　1619円　①978-4-16-373250-3
◇三島由紀夫vs.司馬遼太郎―戦後精神と近代　山内由紀人著　河出書房新社　2011.7　298p　20cm〈文献あり〉　2400円　①978-4-309-02051-8

◆◆◆「仮面の告白」

◇三島由紀夫・文学と事件―予言書『仮面の告白』を読む　清水正著　我孫子　D文学研究会　2005.9　391p　22cm〈星雲社（発売）〉付属資料：16p；栞〉　3200円　①4-434-06750-8
◇三島由紀夫仮面の告白の世界　竹原崇雄著

風間書房　1994.10　231p　20cm　2678円　①4-7599-0899-4

◆第三の新人

◇第三の新人　安岡章太郎, 阿川弘之, 庄野潤三, 遠藤周作著　日本経済新聞出版社　2007.1　440p　15cm　（日経ビジネス人文庫―私の履歴書）　1200円　①978-4-532-19380-5

◆◆遠藤　周作（1923～1996）

◇「遠藤周作」とShusaku Endo―アメリカ「沈黙と声」遠藤文学研究学会報告　遠藤周作ほか著　春秋社　1994.11　215,6p　20cm　2163円　①4-393-44406-X
◇作家の日記―1950・6～1952・8　遠藤周作著　多摩　ベネッセコーポレーション　1996.12　446p　15cm　（福武文庫）　900円　①4-8288-5794-X
◇作家の自伝―98　遠藤周作　遠藤周作著, 佐藤泰正編解説　日本図書センター　1999.4　235p　22cm　（シリーズ・人間図書館）　2600円　①4-8205-9543-1,4-8205-9525-3
◇落第坊主を愛した母　遠藤周作著, 山根道公監修　海竜社　2006.9　221p　20cm〈肖像あり　年譜あり〉　1500円　①4-7593-0946-2
◇夫・遠藤周作を語る　遠藤順子, 鈴木秀子著　文芸春秋　1997.9　211p　20cm　1238円　①4-16-353280-3
◇夫の宿題　遠藤順子著　PHP研究所　1998.7　233p　20cm　1333円　①4-569-60169-3
◇再会―夫の宿題それから　遠藤順子著　PHP研究所　2000.1　224p　20cm　1350円　①4-569-60863-9
◇夫・遠藤周作を語る　遠藤順子著, 鈴木秀子聞き手　文芸春秋　2000.9　234p　15cm　（文春文庫）　429円　①4-16-728002-7
◇夫の宿題　遠藤順子著　PHP研究所　2000.12　291p　15cm　（PHP文庫）　533円　①4-569-57490-4
◇再会―夫の宿題それから　遠藤順子著　PHP研究所　2002.9　261p　15cm　（PHP文庫）〈2000年刊の増訂〉　552円　①4-569-57808-X

◇群像日本の作家―22　遠藤周作　大岡信ほか編,江藤淳ほか著　小学館　1991.8　367p　20cm〈遠藤周作の肖像あり〉　1800円　①4-09-567022-3

◇遠藤周作―作品論　笠井秋生,玉置邦雄編　双文社出版　2000.1　349p　22cm　4800円　①4-88164-205-7

◇十字架を背負ったピエロ―狐狸庵先生と遠藤周作　上総英郎著　朝文社　1990.12　234p　20cm　2200円　①4-88695-031-0

◇遠藤周作へのワールド・トリップ　上総英郎著　パピルスあい　2005.4　281p　20cm〈社会評論社（発売）〉　2800円　①4-7845-9104-4

◇遠藤周作おどけと哀しみ―わが師との三十年　加藤宗哉著　文芸春秋　1999.5　235p　20cm　1619円　①4-16-355160-3

◇遠藤周作　加藤宗哉著　慶応義塾大学出版会　2006.10　292p　20cm〈年譜あり〉　2500円　①4-7664-1290-7

◇遠藤周作展―21世紀の生命のために　没後15年　神奈川文学振興会編　〔横浜〕　県立神奈川近代文学館　2011.4　64p　26cm〈会期・会場：2011年4月23日～6月5日　県立神奈川近代文学館　共同刊行：神奈川文学振興会　年譜あり〉

◇遠藤周作の世界―シンボルとメタファー　兼子盾夫著　教文館　2007.8　190p　19cm〈文献あり〉　1500円　①978-4-7642-9935-1

◇遠藤周作―愛の同伴者　川島秀一著　大阪　和泉書院　1993.6　236p　20cm　（和泉選書 77）　2884円　①4-87088-597-2

◇遠藤周作―〈和解〉の物語　川島秀一著　大阪　和泉書院　2000.9　280p　22cm　（近代文学研究叢刊 23）　4500円　①4-7576-0074-7

◇遠藤周作論―「救い」の位置　小嶋洋輔著　双文社出版　2012.12　300p　22cm　4600円　①978-4-88164-614-4

◇佐藤泰正著作集―7　遠藤周作と椎名麟三　佐藤泰正著　翰林書房　1994.10　271p　20cm　2800円　①4-906424-51-1

◇遠藤周作を読む　佐藤泰正編　笠間書院　2004.5　185p　19cm　（笠間ライブラリー―梅光学院大学公開講座論集 第52集）〈下位シリーズの責任表示：佐藤泰正編〉　1000円　①4-305-60253-9

◇遠藤周作とドストエフスキー　清水正著　我孫子　D文学研究会　2004.9　340p　22cm〈星雲社（発売）〉　3200円　①4-434-04823-6

◇遠藤周作論―母なるイエス　辛承姫著　専修大学出版局　2009.2　276p　20cm　2800円　①978-4-88125-217-8

◇遠藤周作展　世田谷文学館編　世田谷文学館　1998.4　153p　22cm

◇遠藤周作―挑発する作家　柘植光彦編　至文堂　2008.10　292p　21cm〈文献あり〉　2476円　①978-4-7843-0269-7

◇吾が人生の「遠藤周作」　永井寿昭著　近代文芸社　2004.3　205p　20cm　1400円　①4-7733-7129-3

◇遠藤文学の素描　永田直美著　福岡　中川書店　2008.1　185p　19cm〈年譜あり〉　1500円　①978-4-931363-58-8

◇遠藤周作私論　浜崎史朗著　京都　青山社　2007.9　139p　20cm〈他言語標題：My shusaku〉　1700円　①4-88179-139-7

◇光の序曲　久松健一監修,町田市民文学館編　町田　町田市民文学館ことばらんど　2007.9　93p　30cm　（町田市民文学館蔵遠藤周作蔵書目録 欧文篇）

◇遠藤周作のすべて　広石廉二著　朝文社　1991.4　345p　20cm　2500円　①4-88695-037-X

◇遠藤周作の縦糸　広石廉二著　朝文社　1991.10　291p　20cm　2500円　①4-88695-045-0

◇遠藤周作のすべて　広石廉二著　新装　朝文社　2006.4　345p　20cm〈年譜あり〉　4152円　①4-88695-183-X

◇遠藤周作の縦糸　広石廉二著　新装　朝文社　2006.4　291p　20cm〈年譜あり〉　3048円　①4-88695-184-8

◇遠藤周作のすべて　文芸春秋編　文芸春秋　1998.4　381p　16cm　（文春文庫）　486円　①4-16-721766-X

◇遠藤周作とPaul Endo―母なるものへの旅　1923-1996　開館一周年記念特別企画展　町田市民文学館ことばらんど編　町田　町田市民文学館ことばらんど　2007.9　119p　26cm〈会期・会場：2007年9月29日～12月

現代日本文学（文学史）

　16日　町田市民文学館ことばらんど　肖像あり　著作目録あり　年譜あり〉

◇町田市と遠藤周作—「遠藤周作の世界展」特別展示図録　町田市立図書館編　町田市立図書館　2000.2　24p　30cm　300円

◇わが友遠藤周作—ある日本的キリスト教徒の生涯　三浦朱門著　PHP研究所　1997.12　213p　19cm　1286円　ⓘ4-569-55866-6

◇遠藤・辻の作品世界—美と信と愛のドラマ　三木サニア著　双文社出版　1993.11　302p　20cm　3605円　ⓘ4-88164-349-5

◇暴力への時間小説への力学—初期遠藤周作の方法について　水谷真人著　試論社　2010.5　221p　20cm　2800円　ⓘ978-4-903122-13-7

◇遠藤周作—その文学世界　山形和美編　竜ヶ崎　国研出版　1997.12　419,8p　20cm　（国研選書 3）　2800円　ⓘ4-7952-9215-9

◇遠藤周作その人生と『沈黙』の真実　山根道公著　朝文社　2005.3　500p　20cm　〈著作目録あり　年譜あり〉　6000円　ⓘ4-88695-176-7

◇遠藤周作の世界—追悼保存版　朝日出版社　1997.9　279p　26cm　2500円　ⓘ4-255-97029-7

◇母なる神を求めて—遠藤周作の世界展　アートデイズ　1999.5　189p　26cm　2095円　ⓘ4-900708-49-6

◆◆◆「深い河」

◇「深い河」をさぐる　遠藤周作ほか著　文芸春秋　1994.12　220p　18cm　1200円　ⓘ4-16-349600-9

◇『深い河』創作日記　遠藤周作著　講談社　1997.9　163p　20cm　1500円　ⓘ4-06-208860-6

◇遠藤周作『深い河』を読む—マザー・テレサ、宮沢賢治と響きあう世界　山根道公著　朝文社　2010.9　293p　22cm　〈奥付のタイトル（誤植）：遠藤周作の『深い河』を読む　文献あり〉　2686円　ⓘ978-4-88695-236-3

◆◆小沼　丹（1918～1996）

◇小沼丹の芸—その他　大島一彦著　慧文社　2005.10　335p　19cm　2800円　ⓘ4-905849-33-0

◆◆小島　信夫（1915～2006）

◇小島信夫—性—その深層と日常　坂内正著　近代文芸社　2009.4　367p　20cm　2700円　ⓘ978-4-7733-7639-5

◇小島信夫の読んだ本—小島信夫文庫蔵書目録　昭和女子大学図書館編　水声社　2012.5　117p　31cm　〈著作目録あり〉　5000円　ⓘ978-4-89176-903-1

◇小島信夫—暗示の文学、鼓舞する寓話　千石英世著　彩流社　2006.12　358p　20cm　〈小沢書店1988年刊の復刊増補版〉　2800円　ⓘ4-7791-1192-7

◇『別れる理由』が気になって　坪内祐三著　講談社　2005.3　317p　20cm　2000円　ⓘ4-06-212823-3

◇未完の小島信夫　中村邦生,千石英世著　水声社　2009.7　290p　20cm　2500円　ⓘ978-4-89176-736-5

◆◆庄野　潤三（1921～2009）

◇個人全集月報集—安岡章太郎全集：吉行淳之介全集：庄野潤三全集　講談社文芸文庫編　講談社　2012.9　341p　16cm　（講談社文芸文庫　こJ25）　1600円　ⓘ978-4-06-290170-3

◇文学交友録　庄野潤三著　新潮社　1995.3　323p　20cm　1700円　ⓘ4-10-310608-5

◇文学交友録　庄野潤三著　新潮社　1999.10　415p　16cm　（新潮文庫）　590円　ⓘ4-10-113902-4

◇ワシントンのうた　庄野潤三著　文芸春秋　2007.4　197p　20cm　1238円　ⓘ978-4-16-369040-7

◆◆安岡　章太郎（1920～2013）

◇母の死んでゆく病院—安岡章太郎「海辺の光景」論　大貫虎吉著　創樹社　1989.7　186p　19cm　（呼夢叢書）　1700円

◇個人全集月報集—安岡章太郎全集：吉行淳之介全集：庄野潤三全集　講談社文芸文庫編　講談社　2012.9　341p　16cm　（講談社文芸文庫　こJ25）　1600円　ⓘ978-4-06-290170-3

◇ある「戦後」の遍歴—安岡章太郎を読む　坂

井利夫著　どうぶつ社　2006.5　333p　20cm　2600円　Ⓘ4-88622-065-7
◇当世文人気質―1　深沢七郎論・安岡章太郎論　清水信著　鈴鹿　いとう書店　2004.7　45p　22cm　(清水信文学選 7　清水信著)〈シリーズ責任表示：清水信著〉
◇愛玩―安岡章太郎の「戦後」のはじまり　第111回日文研フォーラム　アハマド・ムハマド・ファトヒ・モスタファ述, 国際日本文化研究センター編　京都　国際日本文化研究センター　1999.3　40p　21cm
◇群像日本の作家―28　安岡章太郎　安岡章太郎ほか著　小学館　1997.12　266p　20cm　2140円　Ⓘ4-09-567028-2
◇安岡章太郎・遁走する表現者　吉田春生著　彩流社　1993.10　229p　20cm　2200円　Ⓘ4-88202-275-3

◆◆結城　信一（1916～1984）

◇結城信一コレクション目録　日本近代文学館編　日本近代文学館　2006.12　21p　21cm（日本近代文学館所蔵資料目録 30）
◇結城信一と岡鹿之助　矢部登著　矢部登　1989.5　71p　19cm
◇結城信一の青春　矢部登著　〔矢部登〕　1991.7　61p　19cm
◇結城信一の青春　矢部登著　帖面舎　1992.10　191p　20cm〈限定版〉Ⓘ4-924455-14-8
◇結城信一の世界―1　矢部登著　矢部登　1995.11　19p　19cm
◇結城信一と清宮質文　矢部登著　エディトリアルデザイン研究所　1998.10　157p　20cm　2500円　Ⓘ4-901134-07-8
◇結城信一の世界―2　矢部登著　矢部登　1999.10　20p　19cm
◇眩暈と夢幻―結城信一頌　矢部登著　〔矢部登〕　2011.2　205p　20cm〈私家版〉

◆◆吉行　淳之介（1924～1994）

◇吉行淳之介をめぐる17の物語　相庭泰志構成　ベストセラーズ　2002.2　167p　20cm〈年譜あり〉1200円　Ⓘ4-584-18647-2
◇群像日本の作家―21　吉行淳之介　大岡信ほか編, 菅野昭正ほか著　小学館　1991.11　319p　20cm〈吉行淳之介の肖像あり〉1800円　Ⓘ4-09-567021-5
◇「暗室」のなかで―吉行淳之介と私が隠れた深い穴　大塚英子著　河出書房新社　1995.6　183p　20cm　1500円　Ⓘ4-309-00992-1
◇「暗室」のなかで―吉行淳之介と私が隠れた深い穴　大塚英子著　河出書房新社　1997.12　239p　15cm　(河出文庫)　580円　Ⓘ4-309-40519-3
◇「暗室」日記―上巻 1984-1988　大塚英子著　河出書房新社　1998.9　264p　20cm　1900円　Ⓘ4-309-01234-5
◇「暗室」日記―下巻 1989-1994　大塚英子著　河出書房新社　1998.9　290p　20cm　1900円　Ⓘ4-309-01235-3
◇夜の文壇博物誌―吉行淳之介の恋人をめぐる銀座「ゴードン」の憎めない人々　大塚英子著　出版研　1999.7　233p　20cm　1429円　Ⓘ4-87969-076-7
◇「暗室」のなかの吉行淳之介―通う男と待つ女が織り成す極上の人生機微と二人の真実　大塚英子著　日本文芸社　2004.12　222p　20cm　1500円　Ⓘ4-537-25248-0
◇個人全集月報集―安岡章太郎全集：吉行淳之介全集：庄野潤三全集　講談社文芸文庫編　講談社　2012.9　341p　16cm　(講談社文芸文庫　こJ25)　1600円　Ⓘ978-4-06-290170-3
◇人を惚れさせる男―吉行淳之介伝　佐藤嘉尚著　新潮社　2009.4　285p　20cm　1700円　Ⓘ978-4-10-314631-5
◇吉行淳之介論―1　清水信著　鈴鹿　いとう書店　2003.6　44p　22cm　(清水信文学選 1　清水信著)〈シリーズ責任表示：清水信著〉
◇わが友吉行淳之介―その素顔と作品　鈴木重生著　未知谷　2007.5　207p　20cm〈年譜あり〉2000円　Ⓘ978-4-89642-191-0
◇〈他者〉の消去―吉行淳之介と近代文学　関根英二著　勁草書房　1993.3　236p　20cm　2200円　Ⓘ4-326-93278-3
◇吉行淳之介展　世田谷文学館編　世田谷文学館　1998.10　173p　22cm
◇吉行淳之介―人と文学　高橋広満著　勉誠

◇出版　2007.10　244p　20cm　（日本の作家100人）〈年譜あり　文献あり〉　2000円　Ⓘ978-4-585-05192-3
◇淳之介さんのこと　宮城まり子著　文芸春秋　2001.4　341p　20cm　1857円　Ⓘ4-16-357390-9
◇淳之介さんのこと　宮城まり子著　文芸春秋　2003.4　396p　16cm　（文春文庫）　638円　Ⓘ4-16-765662-0
◇淳之介流―やわらかい約束　村松友視著　河出書房新社　2007.4　208p　20cm　1500円　Ⓘ978-4-309-01814-0
◇淳之介流―やわらかい約束　村松友視著　河出書房新社　2010.2　232p　15cm　（河出文庫　む2-6）〈並列シリーズ名：Kawade bunko〉　690円　Ⓘ978-4-309-41003-6
◇人間・吉行淳之介　山本容朗著　文芸春秋　1995.7　218p　20cm　1400円　Ⓘ4-16-350400-1
◇人間・吉行淳之介　山本容朗著　文芸春秋　1998.7　285p　16cm　（文春文庫）　486円　Ⓘ4-16-739702-1
◇母・あぐりの淳への手紙　吉行あぐり著　文園社　1998.7　273p　20cm　1500円　Ⓘ4-89336-122-8
◇自家謹製小説読本　吉行淳之介著　集英社　1991.3　282p　16cm　（集英社文庫）　450円　Ⓘ4-08-749693-7
◇作家の自伝―39　吉行淳之介　吉行淳之介著, 鳥居邦朗編解説　日本図書センター　1995.11　273p　22cm　（シリーズ・人間図書館）　2678円　Ⓘ4-8205-9409-5,4-8205-9411-7
◇吉行淳之介全集―第11巻　吉行淳之介ほか著　新潮社　1998.8　657p　20cm　6000円　Ⓘ4-10-646011-4
◇吉行淳之介エッセイ・コレクション―4　トーク　吉行淳之介著, 荻原魚雷編　筑摩書房　2004.5　329p　15cm　（ちくま文庫）　780円　Ⓘ4-480-03934-1
◇淳之介の背中　吉行文枝著　鎌倉　港の人　2004.6　145p　19cm　〈新宿書房（発売）〉　1600円　Ⓘ4-88008-318-5

◆昭和30年代

◇高度経済成長期の文学　石川巧著　ひつじ書房　2012.2　564p　22cm　（ひつじ研究叢書　文学編 4）〈年表あり　索引あり〉　6800円　Ⓘ978-4-89476-597-9
◇高度成長と文学　近代文学合同研究会編〔横須賀〕　近代文学合同研究会　2010.12　86p　21cm　（近代文学合同研究会論集　第7号）

◆◆有吉　佐和子（1931～1984）

◇身がわり―母・有吉佐和子との日日　有吉玉青著　新潮社　1989.3　214p　20cm　〈有吉佐和子および著者の肖像あり〉　1200円　Ⓘ4-10-372901-5
◇身がわり―母・有吉佐和子との日日　有吉玉青著　新潮社　1992.3　251p　15cm　（新潮文庫）〈有吉佐和子および著者の肖像あり〉　360円　Ⓘ4-10-113270-4
◇有吉佐和子の世界　井上謙, 半田美永, 宮内淳子編　翰林書房　2004.10　334p　22cm　〈年譜あり　文献あり　著作目録あり〉　3800円　Ⓘ4-87737-193-1
◇女流―林芙美子と有吉佐和子　関川夏央著　集英社　2006.9　229p　20cm　〈文献あり〉　1800円　Ⓘ4-08-774818-9
◇女流―林芙美子と有吉佐和子　関川夏央著　集英社　2009.8　269p　16cm　（集英社文庫　せ3-6）〈文献あり〉　552円　Ⓘ978-4-08-746473-3
◇有吉佐和子とわたし　丸川賀世子著　文芸春秋　1993.7　214p　20cm　1200円　Ⓘ4-16-347780-2
◇有吉佐和子　新潮社　1995.5　111p　20cm　（新潮日本文学アルバム　71）　1300円　Ⓘ4-10-620675-7

◆◆池波　正太郎（1923～1990）

◇池波正太郎全仕事―王道　相川司, 青木逸美, 秋山新, 宇佐美尚也, 大津波悦子, 沢村信, 中村優紀, 夏葉薫, 西上心太, 森本陽執筆　一迅社　2007.4　127p　26cm　（一迅社ビジュアルbookシリーズ）〈著作目録あり〉　1800円　Ⓘ978-4-7580-1076-4

現代日本文学（文学史）

◇作家の自伝—76　池波正太郎　池波正太郎著,清原康正編解説　日本図書センター　1998.4　261p　22cm　（シリーズ・人間図書館）　2600円　Ⓘ4-8205-9520-2,4-8205-9504-0

◇池波正太郎の世界　池波正太郎著,太陽編集部編　平凡社　1998.12　126p　22cm　（コロナ・ブックス 56）　1524円　Ⓘ4-582-63353-6

◇池波正太郎が残したかった「風景」　池波正太郎,重金敦之,土屋郁子,近藤文夫ほか　新潮社　2002.4　143p　21cm　（とんぼの本）　1300円　Ⓘ4-10-602088-2

◇山本一力が語る池波正太郎—私のこだわり人物伝　池波正太郎,山本一力著　角川書店　2010.3　198p　15cm　（角川文庫 16102）〈角川グループパブリッシング（発売）〉　552円　Ⓘ978-4-04-132342-7

◇池波正太郎と歩く京都　池波正太郎,重金敦之著,とんぼの本編集部編　新潮社　2010.4　111p　21cm　（とんぼの本）〈文献あり〉　1400円　Ⓘ978-4-10-602203-6

◇池波正太郎記念文庫図録　池波正太郎記念文庫編　台東区教育委員会　2006.10　117p　26cm〈年表あり　年譜あり　標題紙等のタイトル：池波正太郎記念文庫〉

◇池波正太郎のリズム　熊切圭介写真　展望社　2000.7　167p　23cm　2200円　Ⓘ4-88546-062-X

◇池波正太郎が歩いた京都　蔵田敏明文,宮武秀治写真　京都　淡交社　2002.7　127p　21cm　（新撰京の魅力）　1500円　Ⓘ4-473-01912-8

◇池波正太郎「自前」の思想　佐高信,田中優子著　集英社　2012.5　197p　18cm　（集英社新書 0642）〈年譜あり〉　720円　Ⓘ978-4-08-720642-5

◇池波正太郎への手紙　佐藤隆介著　ゴマブックス　2005.6　237p　20cm　1500円　Ⓘ4-7771-0134-7

◇池波正太郎の食まんだら　佐藤隆介著　新潮社　2007.12　282p　16cm　（新潮文庫）　438円　Ⓘ978-4-10-145322-4

◇あの日、鬼平先生は何を食べたか—池波正太郎フランス旅日記　佐藤隆介著　日本放送出版協会　2008.2　252p　18cm　（生活人新書 244）　740円　Ⓘ978-4-14-088244-3

◇食道楽の作法—池波正太郎指南　佐藤隆介著　新潮社　2009.10　205p　20cm　1500円　Ⓘ978-4-10-445302-3

◇池波正太郎直伝男の心得　佐藤隆介著　新潮社　2010.4　312p　16cm　（新潮文庫 い-17-53）　476円　Ⓘ978-4-10-145323-1

◇池波正太郎劇場　重金敦之著　新潮社　2006.4　223p　18cm　（新潮新書）　700円　Ⓘ4-10-610163-7

◇「仕掛人・梅安」のキーワード　鈴木一風斎著　小学館　1999.10　219p　15cm　（小学館文庫）　676円　Ⓘ4-09-417041-3

◇池波正太郎を歩く　須藤靖貴著　毎日新聞社　2009.1　254p　19cm　1500円　Ⓘ978-4-620-31920-9

◇池波正太郎を歩く　須藤靖貴著　講談社　2012.9　326p　15cm　（講談社文庫 す40-2）〈毎日新聞社 2009年刊の加筆・修正〉　648円　Ⓘ978-4-06-277363-8

◇池波正太郎の世界展　世田谷文学館編　世田谷文学館　2004.4　144p　24cm〈会期：平成16年4月24日〜6月13日　年譜あり〉

◇池波正太郎ガイドマップ—台東区とその周辺作品の舞台と池波正太郎ゆかりの地を巡る　台東区教育委員会中央図書館池波正太郎記念文庫編　台東区教育委員会　2010.1　地図1枚：両面色刷　60×84cm（折りたたみ21cm）〈ホルダー入（23cm）〉

◇必冊池波正太郎　筒井ガンコ堂著　平凡社　1998.3　263p　19cm　1400円　Ⓘ4-582-82919-8

◇江戸切絵図にひろがる剣客商売仕掛人・藤枝梅安　鶴松房治解説,人文社編集部編　人文社　2004.6　143p　26cm　（時代小説シリーズ）　1600円　Ⓘ4-7959-1932-1

◇古地図で散策する池波正太郎真田太平記　鶴松房治解説　人文社　2005.9　119p　26cm　（時代小説シリーズ）〈年表あり〉　1600円　Ⓘ4-7959-1934-8

◇池波正太郎を読む　常盤新平著　潮出版社　1994.6　209p　20cm　1200円　Ⓘ4-267-01350-0

◇快読解読池波正太郎　常盤新平著　小学館　1998.4　284p　15cm　（小学館文庫）　552円　Ⓘ4-09-402331-3

◇池波正太郎の東京・下町を歩く　常盤新平著　ベストセラーズ　2012.2　221p　18cm　〈ベスト新書 364〉　800円　⑰978-4-584-12364-5

◇池波正太郎の江戸東京を歩く　常盤新平著　ベストセラーズ　2012.8　221p　18cm　〈ベスト新書 378〉　800円　⑰978-4-584-12378-2

◇池波正太郎。男の世界　中村嘉人著, 鷲田小弥太監修　PHP研究所　1997.10　267p　20cm　1429円　⑰4-569-55834-8

◇池波正太郎全仕事　文春文庫編集部編　文芸春秋　2010.11　356p　16cm　〈文春文庫 編2-42〉〈一迅社2007年刊の再構成　著作目録あり〉　705円　⑰978-4-16-780112-0

◇男の生き方―池波正太郎に学ぶ男の作法　柳下要司郎著　中経出版　2012.12　286p　15cm　〈中経の文庫 や-13-1〉〈文献あり〉　619円　⑰978-4-8061-4560-8

◇池波正太郎を読む　『歴史読本』編集部編　新人物往来社　2010.7　335p　21cm　〈著作目録あり 年譜あり〉　1500円　⑰978-4-404-03882-1

◇池波正太郎　新潮社　1993.9　111p　20cm　〈新潮日本文学アルバム 53〉〈編集・評伝：縄田一男　エッセイ：奥本大三郎　池波正太郎の肖像あり〉　1300円　⑰4-10-620657-9

◇池波正太郎読本　新人物往来社　1997.11　368p　21cm　〈別冊歴史読本 34―作家シリーズ 1〉　1800円　⑰4-404-02545-9

◇王道―池波正太郎全仕事　一迅社　2007.4　127p　26cm

◆◆◆「鬼平犯科帳」

◇鬼平犯科帳の世界　池波正太郎編　文芸春秋　1990.5　274p　16cm　〈文春文庫〉　400円　⑰4-16-714243-0

◇『鬼平犯科帳』をひもとく―死と向いあう生　木幡瑞枝著　大村書店　1997.3　212p　19cm　1500円　⑰4-7563-1020-6

◇「鬼平犯科帳」の真髄　里中哲彦著　現代書館　1998.10　270p　19cm　1800円　⑰4-7684-6740-7

◇鬼平犯科帳の人生論　里中哲彦著　文芸春秋　2004.7　282p　16cm　〈文春文庫〉　571円　⑰4-16-767917-5

◇鬼平犯科帳盗賊指南　Super Stringsサーフライダー21著　徳間書店　1996.7　286p　20cm　1600円　⑰4-19-860529-7

◇江戸切絵図にひろがる鬼平犯科帳雲霧仁左衛門―池波正太郎×江戸切絵図　鶴松房治解説　人文社　2003.9　126p　30cm　〈時代小説シリーズ〉〈付属資料：絵図1枚〉　2400円　⑰4-7959-1930-5

◇江戸切絵図にひろがる鬼平犯科帳雲霧仁左衛門　鶴松房治解説, 人文社編集部編　普及版　人文社　2004.6　126p　26cm　〈時代小説シリーズ〉　1600円　⑰4-7959-1933-X

◇「鬼平犯科帳」を助太刀いたす―データで愉しむ全二十四巻・全一六四話　西尾忠久著　ベストセラーズ　1996.10　326p　20cm　〈ワニの選書〉　1400円　⑰4-584-19131-X

◇「鬼平犯科帳」に恋して候―鬼平の魅力、再発見！　西尾忠久著　清流出版　1997.12　300p　19cm　1500円　⑰4-916028-37-6

◇「鬼平犯科帳」お愉しみ読本　文芸春秋編　文芸春秋　1995.2　254p　16cm　〈文春文庫〉　450円　⑰4-16-714252-X

◇鬼平犯科帳・悪党列伝　別冊宝島編集部編　宝島社　2008.9　413p　16cm　〈宝島社文庫〉〈「「鬼平犯科帳」盗賊のすべて」（2003年刊）の改訂〉　495円　⑰978-4-7966-6608-4

◇鬼平に乾杯！―鬼平を読む・楽しむ・極める　吉野準著　ごま書房　1996.8　278p　20cm　1500円　⑰4-341-17106-2

◆◆石原　慎太郎（1932～）

◇三島由紀夫の沈黙―その死と江藤淳・石原慎太郎　伊藤勝彦著　東信堂　2002.7　281p　20cm　2500円　⑰4-88713-448-7

◇作家・石原慎太郎―価値紊乱者の軌跡　鈴木斌著　菁柿堂　2008.4　225p　19cm　〈Edition trombone〉〈星雲社（発売）〉　1800円　⑰978-4-434-11814-2

◇国家論―石原慎太郎と江藤淳。「敗戦」がもたらしたもの―　渡辺望著　総和社　2012.9　226p　19cm　1500円　⑰978-4-86286-062-0

◆◆薄井 清（1930～2007）

◇土に生きる―農民作家薄井清さんを偲ぶ　『薄井清さんを偲ぶ本』をつくる実行委員会編　町田　『薄井清さんを偲ぶ本』をつくる実行委員会　2009.7　283p　22cm〈年譜あり〉

◆◆大江 健三郎（1935～）

◇大江健三郎の文学　安藤始著　おうふう　2006.12　382p　20cm　3800円　⑪4-273-03463-8

◇危機と闘争―大江健三郎と中上健次　井口時男著　作品社　2004.11　246p　20cm　2500円　⑪4-87893-694-0

◇大江健三郎―その文学世界と背景　一条孝夫著　大阪　和泉書院　1997.2　286p　20cm　2884円　⑪4-87088-839-4

◇大江健三郎・志賀直哉・ノンフィクション―虚実の往還―　一条孝夫著　大阪　和泉書院　2012.8　318p　22cm〈近代文学研究叢刊 50〉〈索引あり〉　6000円　⑪978-4-7576-0628-9

◇大江健三郎論―「狂気」と「救済」を軸にして　クラウプロトック・ウォララック著　専修大学出版局　2007.2　240p　21cm　2600円　⑪978-4-88125-188-1

◇大江健三郎―八〇年代のテーマとモチーフ　榎本正樹著　審美社　1989.5　187p　20cm　1900円

◇大江健三郎の八〇年代　榎本正樹著　彩流社　1995.2　301p　20cm　2500円　⑪4-88202-337-7

◇再啓蒙から文化批評へ―大江健三郎の1957～1967　王新新著　仙台　東北大学出版会　2007.2　255p　22cm〈文献あり〉　3000円　⑪978-4-86163-044-6

◇私という小説家の作り方　大江健三郎著　新潮社　1998.4　203p　20cm　1400円　⑪4-10-303617-9

◇ゆるやかな絆　大江健三郎文、大江ゆかり画　講談社　1999.9　230p　15cm（講談社文庫）　724円　⑪4-06-264634-X

◇大江健三郎・再発見　大江健三郎、すばる編集部編　集英社　2001.7　250p　20cm　1400円　⑪4-08-774540-6

◇群像日本の作家―23　大江健三郎　大岡信ほか編、マサオ・ミヨシほか著　小学館　1992.8　375p　20cm〈大江健三郎の肖像あり〉　1800円　⑪4-09-567023-1

◇大江健三郎研究―四国の森と文学的想像力　フィールドワーク　大隈満、鈴木健司編著　高知　リーブル出版　2004.4　160p　21cm〈折り込1枚〉　1238円　⑪4-947727-52-7

◇大江健三郎研究―2　大江健三郎と「谷間の村」の諸相　大隈満、鈴木健司編著　高知　リーブル出版　2009.3　180p　21cm　1238円　⑪978-4-86338-008-0

◇大江健三郎がカバにもわかる本―コレ1冊！あといらないッ！　オーケンで遊ぶ青年の会編　洋泉社　1995.3　258p　21cm　1600円　⑪4-89691-161-X

◇九十年代以降の大江健三郎―民話の再生と再建のユートピア　霍士富著　菁柿堂　2005.3　265p　19cm（Edition trombone）〈星雲社（発売）〉　2000円　⑪4-434-05400-7

◇球体と亀裂　笠井潔著　情況出版　1995.1　348p　20cm　3200円　⑪4-915252-12-4

◇文学地図―大江と村上と二十年　加藤典洋著　朝日新聞出版　2008.12　411,5p　19cm（朝日選書 850）　1600円　⑪978-4-02-259950-6

◇大江健三郎論―森の思想と生き方の原理　黒古一夫著　彩流社　1989.8　238p　20cm　1900円

◇大江健三郎とこの時代の文学　黒古一夫著　勉誠社　1997.12　300p　20cm　2500円　⑪4-585-05037-X

◇作家はこのようにして生まれ、大きくなった―大江健三郎伝説　黒古一夫著　河出書房新社　2003.9　261p　20cm　1800円　⑪4-309-01575-1

◇大江健三郎論　桑原丈和著　三一書房　1997.4　258p　20cm　2600円　⑪4-380-97246-1

◇歴史認識と小説―大江健三郎論　小森陽一著　講談社　2002.6　310p　20cm　2300円　⑪4-06-211304-X

◇大江健三郎―その肉体と魂の苦悩と再生　哲学的評論　ジャン・ルイ・シェフェル著、菅原聖喜訳、白岡順写真　明窓出版　2001.8　79p　19cm　1700円　⑪4-89634-077-9

◇大江健三郎文学事典―全著作・年譜・文献完全ガイド　篠原茂著　改訂版　森田出版　1998.9　597p　20cm　4762円　①4-944189-01-X

◇大江健三郎論―地上と彼岸　柴田勝二著　有精堂出版　1992.8　273p　19cm　3600円　①4-640-31032-3

◇大江健三郎　島村輝編　若草書房　1998.3　278p　22cm　(日本文学研究論文集成　45)　3500円　①4-948755-24-9

◇大江健三郎論―〈神話形成〉の文学世界と歴史認識　蘇明仙著　福岡　花書院　2006.1　227p　21cm　(比較社会文化叢書　1)〈年表あり　文献あり〉　2380円　①4-938910-83-7

◇こんな日本に誰がした―戦後民主主義の代表者・大江健三郎への告発状　谷沢永一著　クレスト社　1995.6　223p　20cm　1600円　①4-87712-029-7

◇こんな日本に誰がした　谷沢永一著　ベストセラーズ　1999.12　233p　15cm　(ワニ文庫)　648円　①4-584-39112-2

◇トポスの呪力―大江健三郎と中上健次　張文穎著　専修大学出版局　2002.1　207p　21cm　2400円　①4-88125-124-4

◇大江健三郎―文学の軌跡　中村泰行著　新日本出版社　1995.6　253p　20cm　2400円　①4-406-02358-5

◇大江健三郎わたしの同時代ゲーム　平野栄久著　オリジン出版センター　1995.7　221p　20cm　2060円　①4-7564-0195-3

◇よくわかる大江健三郎　文芸研究プロジェ編著　ジャパン・ミックス　1995.3　271p　19cm　1300円　①4-88321-162-2

◇よくわかる大江健三郎―文芸鑑賞読本　文芸研究プロジェ編著　改訂新版　ジャパン・ミックス　1998.2　287p　19cm　1300円　①4-88321-466-4

◇大江健三郎書誌・稿―第1部　森昭夫編　松任　能登印刷　2002.10　245p　26cm

◇大江健三郎書誌・稿―第2部（初出目録）　森昭夫編　金沢　小林太一印刷所　2004.9　394p　26cm

◇大江健三郎書誌・稿―第3部（文献目録）　森昭夫編　金沢　小林太一印刷所　2010.10　221p　26cm

◇如来の果て―文学か宗教か　芳沢鶴彦著　近代文芸社　2001.11　233p　20cm　1800円　①4-7733-6905-1

◇大江健三郎とは誰か―鼎談：人・作品・イメージ　鷲田小弥太ほか共著　三一書房　1995.8　280p　18cm　(三一新書)　850円　①4-380-95020-4

◇大江健三郎　渡辺広士著　増補新版　審美社　1994.12　167p　20cm　(審美文庫　15)　1545円　①4-7883-4074-7

◇大江健三郎　講談社　1995.4　292p　21cm　(講談社mook)　1300円

◆◆大庭 みな子（1930～2007）

◇大庭みな子の世界―アラスカ・ヒロシマ・新潟　江種満子著　新曜社　2001.10　311p　20cm　3500円　①4-7885-0780-3

◇終わりの蜜月―大庭みな子の介護日誌　大庭利雄著　新潮社　2002.8　252p　20cm　1600円　①4-10-455601-7

◇郁る樹の詩―母と娘の往復書簡　大庭みな子,大庭優著　中央公論社　1992.9　197p　20cm　1300円　①4-12-002144-0

◇大庭みな子「三匹の蟹」―ミニスカート文化の中の女と男　チグサ・キムラ・スティーブン述　京都　国際日本文化研究センター　2005.3　50p　21cm　(日文研フォーラム　第145回　国際日本文化研究センター編)〈会期・会場：2001年12月11日　国際交流基金京都支部　他言語標題：Oba Minako's "Three crabs"〉

◆◆大藪 春彦（1935～1996）

◇蘇える野獣―大藪春彦の世界　徳間書店編　徳間書店　1999.2　397p　20cm　2400円　①4-19-860973-X

◇大藪春彦伝説―遥かなる野獣の挽歌　野崎六助著　ビレッジセンター出版局　1996.8　357p　20cm　2300円　①4-89436-035-7

◆◆開高 健（1930～1989）

◇開高健書誌　浦西和彦著　大阪　和泉書院　1990.10　530p　22cm　(近代文学書誌大系　1)〈開高健の肖像あり〉　15450円　①4-

◇開高健―その人と文学　大岡玲、加賀乙彦、川村湊、黒井千次、高樹のぶ子、増田みず子著　ティビーエス・ブリタニカ　1999.12　205p　19cm　1600円　①4-484-99217-5

◇衣食足りて文学は忘れられた!?―文学論　開高健著　中央公論社　1991.12　515p　16cm　(中公文庫)　780円　①4-12-201866-8

◇開高健展　神奈川文学振興会編　〔横浜〕　神奈川近代文学館　1999.4　72p　26cm

◇開高健とオーパ！を歩く　菊池治男著　河出書房新社　2012.2　222p　20cm　1800円　①978-4-309-02095-2

◇開高健のいる風景　菊谷匡祐著　集英社　2002.6　250p　20cm　1600円　①4-08-781266-9

◇開高健が喰った!!　菊谷匡祐著　実業之日本社　2005.11　172p　19cm　1400円　①4-408-40316-4

◇開高健がいた。　コロナ・ブックス編集部編　平凡社　2003.4　125p　22cm　(コロナ・ブックス　106)　1600円　①4-582-63403-6

◇悠々として急げ―開高健と昭和　展示図録　平成20年度写真展　杉並区立郷土博物館編　杉並区立郷土博物館　2009.3　32p　30cm　〈会期・会場：平成21年1月24日～平成21年3月15日　折り込み1枚　年譜あり〉　600円

◇開高健の旅、神とともに行け。　高橋曻撮影　集英社　1990.12　1冊(頁付なし)　31cm　3800円　①4-08-772767-X

◇男、が、いた。開高健―Noboru Takahashi photographic book　高橋曻撮・文　小学館　2005.1　1冊(ページ付なし)　19cm　〈背のタイトル：開高健・男、が、いた。〉　1900円　①4-09-387552-9

◇旅人開高健　高橋曻著　つり人社　2005.6　216p　21cm　〈肖像あり〉　2000円　①4-88536-534-1

◇開高健夢駆ける草原　高橋曻著　つり人社　2006.10　203p　21cm　2000円　①4-88536-548-1

◇長靴を履いた開高健　滝田誠一郎著　小学館　2006.6　271p　20cm　(ラピタ・ブックス)　1600円　①4-09-341122-0

◇長靴を履いた開高健　滝田誠一郎著　朝日新聞出版　2010.5　339p　15cm　(朝日文庫　た55-1)　700円　①978-4-02-261666-1

◇回想開高健　谷沢永一著　新潮社　1992.2　204p　20cm　1200円　①4-10-384501-5

◇回想開高健　谷沢永一著　PHP研究所　1999.1　269p　15cm　(PHP文庫)　552円　①4-569-57229-4

◇開高健の名言　谷沢永一著　ロングセラーズ　2009.5　318p　20cm　1600円　①978-4-8454-2149-7

◇開高健とトリスな時代―「人間」らしくやりたいナ　生誕80周年開高健いくつもの肖像　共催展　茅ヶ崎市文化振興財団茅ヶ崎市美術館編　茅ヶ崎　茅ヶ崎市文化振興財団茅ヶ崎市美術館　2010.11　56p　23cm　〈会期：2010年11月21日～2011年1月16日　年譜あり〉

◇開高健の憂鬱　仲間秀典著　文芸社　2004.5　180p　20cm　〈文献あり〉　1400円　①4-8355-6894-X

◇大阪で生まれた開高健　難波利三、藤本義一、柳原良平、岡田圭二、来田仁成、金戸述、谷口博之、作花済夫、菊谷匡祐、坪松博之著　大阪　たる出版　2011.3　312p　20cm　〈年譜あり〉　1500円　①978-4-924713-98-7

◇開高健―闇をはせる光芒　平野栄久著　オリジン出版センター　1991.9　248p　20cm　〈開高健の肖像あり〉　2760円

◇わたしの開高健(けん)　細川布久子著　創美社　2011.5　228p　20cm　〈集英社(発売)　タイトル：わたしの開高健〉　1600円　①978-4-420-31053-6

◇悠々として急げ―追悼開高健　牧羊子編　筑摩書房　1991.10　225p　20cm　〈開高健の肖像あり〉　2800円　①4-480-81298-9

◇開高健青春の闇　向井敏著　文芸春秋　1992.9　179p　20cm　1100円　①4-16-346160-4

◇開高健　青春の闇　向井敏著　文芸春秋　1999.11　195p　15cm　(文春文庫)　476円　①4-16-717005-1

◇開高健・旅と表現者　吉田春生著　彩流社　1992.1　237p　20cm　2000円　①4-88202-216-8

◇ザ・開高健―巨匠への鎮魂歌　読売新聞社　1990.7　174p　29cm　〈開高健の肖像あり〉　2100円　①4-643-90062-8

◇開高健　新潮社　2002.4　111p　20cm

現代日本文学（文学史）

（新潮日本文学アルバム 52）〈肖像あり　年譜あり　文献あり　著作目録あり〉　1200円　Ⓟ4-10-620656-0

◆◆梶山 季之（1930〜1975）

◇梶山季之総仕事全方位解析事始―半定量的チョー作家論メモ　天瀬裕康著　〔広島〕西日本文化出版　2000.5　148p　19cm　非売品

◇梶山季之の文学空間―ソウル、広島、ハワイ、そして人びと　天瀬裕康著　広島　渓水社　2009.4　281p　20cm　2700円　Ⓟ978-4-86327-059-6

◇梶葉―通巻3　「梶葉」刊行委員会編　広島　「梶葉」刊行委員会　1995.9　236p　21cm　1000円

◇梶葉―通巻4　「梶葉」刊行委員会編　広島　「梶葉」刊行委員会　1996.7　284p　21cm　1000円

◇梶葉―通巻5　「梶葉」刊行委員会編　広島　「梶葉」刊行委員会　1997.7　418p　21cm　1000円

◇梶葉―通巻6　「梶葉」刊行委員会編　広島　「梶葉」刊行委員会　1998.7　331p　21cm　1000円

◇梶葉―通巻7　「梶葉」刊行委員会編　広島　「梶葉」刊行委員会　1999.8　358p　21cm　1000円

◇積乱雲―梶山季之―その軌跡と周辺　梶山美那江編　季節社　1998.2　1053p　22cm　4500円　Ⓟ4-87738-033-7

◇梶山季之と月刊「噂」　梶山季之の資料室編　京都　松籟社　2007.5　1冊　22cm　〈年譜あり　複製を含む〉　2300円　Ⓟ978-4-87984-252-7

◇梶葉―梶山季之文学碑建立記念誌　梶山季之文学碑管理委員会編　広島　梶山季之文学碑管理委員会　1991.8　249p　21cm　〈折込図1枚〉

◇梶山季之　橋本健午著　日本経済評論社　1997.7　266p　20cm　（20世紀の群像 1）　1800円　Ⓟ4-8188-0936-5

◇梶山季之を偲んで―梶山季之記念講座報告集　広島朝鮮史セミナー事務局編　広島　広島朝鮮史セミナー事務局　2007.6　81p　

21cm　〈会期：1996年5月11日ほか〉

◇時代を先取りした作家梶山季之をいま見直す―没後33年記念事業　広島　中国新聞社　2007.11　138p　30cm　〈会期・会場：2007年5月20日　広島平和記念資料館（原爆資料館）メモリアルホールほか　年譜あり〉　2000円　Ⓟ978-4-88517-349-3

◆◆北 杜夫（1927〜2011）

◇どくとるマンボウ青春記　北杜夫著　改版　中央公論社　1990.6　322p　16cm　（中公文庫）　480円　Ⓟ4-12-201722-X

◇パパは楽しい躁うつ病　北杜夫, 斎藤由香著　朝日新聞出版　2009.1　189p　20cm　1300円　Ⓟ978-4-02-250499-9

◇追悼・どくとるマンボウ北杜夫―昆虫と躁うつと文学と：第77回企画展　群馬県立土屋文明記念文学館編　高崎　群馬県立土屋文明記念文学館　2012.7　32p　30cm　〈年譜あり〉

◇北杜夫展―世田谷文学館開館5周年記念　世田谷文学館編　世田谷文学館　2000.9　143p　24cm　〈会期：平成12年9月23日〜11月5日〉

◇斎藤茂吉と『楡家の人びと』展　世田谷文学館編　世田谷文学館　2012.10　115p　21cm　〈会期・会場：2012年10月6日〜12月2日　世田谷文学館　斎藤茂吉生誕130年　年表あり〉

◆◆今日泊 亜蘭（1910〜2008）

◇評伝・SFの先駆者今日泊亜蘭―"韜晦して現さず"の生涯　峯島正行著　青蛙房　2001.10　251p　20cm　2200円　Ⓟ4-7905-0376-3

◆◆倉橋 由美子（1935〜2005）

◇倉橋由美子　田中絵美利, 川島みどり編　日外アソシエーツ　2008.3　295p　22cm　（人物書誌大系 38）〈肖像あり　年譜あり〉　16000円　Ⓟ978-4-8169-2099-8

◇倉橋由美子―夢幻の毒想　河出書房新社　2008.11　191p　21cm　（Kawade道の手帖）〈著作目録あり　年譜あり〉　1500円　Ⓟ978-4-309-74019-5

◆◆黒岩 重吾（1924〜2003）

◇生きてきた道―私の履歴書　黒岩重吾著　集英社　1997.1　188p　20cm　1400円　⒤4-08-774240-7

◆◆幸田 文（1904〜1990）

◇小石川の家　青木玉著　講談社　1994.8　214p　20cm　1500円　⒤4-06-206198-8

◇幸田文の箪笥の引き出し　青木玉著　新潮社　1995.5　205p　22cm　2200円　⒤4-10-405201-9

◇祖父のこと母のこと―青木玉対談集　青木玉ほか著　小沢書店　1997.11　251p　21cm　2200円　⒤4-7551-0355-X

◇幸田文の箪笥の引き出し　青木玉著　新潮社　2000.9　237p　15cm　（新潮文庫）　552円　⒤4-10-121621-5

◇記憶の中の幸田一族―青木玉対談集　青木玉著　講談社　2009.5　287p　15cm　（講談社文庫 あ74-7）〈『祖父のこと母のこと』（小沢書店1997年刊）の改題〉　552円　⒤978-4-06-276351-6

◇幸田文の世界　金井景子ほか編　翰林書房　1998.10　397p　22cm　2400円　⒤4-87737-054-2

◇幸田文―人と文学　岸睦子著　勉誠出版　2007.10　279p　20cm　（日本の作家100人）〈年譜あり　文献あり〉　2000円　⒤978-4-585-05191-6

◇作家の自伝―99　幸田文　幸田文著, 橋詰静子編解説　日本図書センター　1999.4　274p　22cm　（シリーズ・人間図書館）　2600円　⒤4-8205-9544-X,4-8205-9525-3

◇幸田家のしつけ　橋本敏男著　平凡社　2009.2　254p　18cm　（平凡社新書 452）〈文献あり〉　740円　⒤978-4-582-85452-7

◇幸田文のかたみ　深谷考編　青弓社　2002.10　286p　20cm　2000円　⒤4-7872-9161-0

◇幸田文「わたし」であることへ―「想ひ出屋」から作家への軌跡をたどる　藤本寿彦著　翰林書房　2007.8　231p　20cm　2800円　⒤978-4-87737-253-8

◇幸田文のマッチ箱　村松友視著　河出書房新社　2005.7　234p　20cm　1500円　⒤4-309-01722-3

◇幸田文のマッチ箱　村松友視著　河出書房新社　2009.3　276p　15cm　（河出文庫 む 2-5）〈文献あり　並列シリーズ名：Kawade bunko〉　680円　⒤978-4-309-40949-8

◇幸田文　由里幸子著　新典社　2003.9　207p　19cm　（女性作家評伝シリーズ 13）〈年譜あり　文献あり〉　1500円　⒤4-7879-7313-4

◇幸田文全集 月報―1-23　岩波書店　1994.12〜1997.2　1冊　19cm

◇幸田文　新潮社　1995.1　111p　20cm　（新潮日本文学アルバム 68）　1300円　⒤4-10-620672-2

◇幸田文没後10年―総特集　河出書房新社　2000.12　215p　21cm　（Kawade夢ムック―文芸別冊）〈肖像あり〉　1143円　⒤4-309-97598-4

◆◆小松 左京（1931〜2011）

◇SFへの遺言　小松左京著　光文社　1997.6　253p　20cm　1800円　⒤4-334-97142-3

◇小松左京自伝―実存を求めて　小松左京著　日本経済新聞出版社　2008.2　429p　20cm　〈年譜あり〉　2500円　⒤978-4-532-16653-3

◇さよなら小松左京―完全読本　小松左京ほか著　徳間書店　2011.11　294p　21cm〈付属資料：CD1枚 12cm：手塚治虫×小松左京年表あり〉　2200円　⒤978-4-19-863303-5

◆◆佐藤 得二（1899〜1970）

◇教学の山河―佐藤得二の生涯　佐藤秀昭著　金ケ崎町（岩手県）　金ケ崎町　1999.6　250p　22cm

◆◆斯波 四郎（1910〜1989）

◇斯波四郎を読む　庄司肇著　森啓夫　2009.1　240p　15cm　（「文学街」文庫―わが残夢抄 2）〈年譜あり〉　800円

◆◆司馬 遼太郎（1923〜1996）

◇司馬遼太郎と三つの戦争―戊辰・日露・太平洋　青木彰著　朝日新聞社　2004.3　208p

19cm　（朝日選書）　1100円　①4-02-259847-6
◇司馬遼太郎の遺産「街道をゆく」　朝日新聞社編　朝日新聞社　1996.11　286p　15cm　（朝日文芸文庫）　680円　①4-02-264134-7
◇司馬遼太郎—伊予の足跡　アトラス編集部「司馬遼太郎—伊予の足跡」制作チーム編著　〔松山〕　アトラス出版　1999.5　111p　26cm　1800円　①4-901108-02-6
◇司馬遼太郎を歩く　荒井魏,楠戸義昭,重里徹也著　毎日新聞社　2001.5　253p　20cm　1500円　①4-620-31517-6
◇司馬遼太郎を歩く—2　荒井魏,楠戸義昭,重里徹也著　毎日新聞社　2002.5　253p　20cm　1500円　①4-620-31568-0
◇司馬遼太郎を歩く—3　荒井魏,楠戸義昭,重里徹也著　毎日新聞社　2003.12　252p　20cm　1524円　①4-620-31663-6
◇司馬遼太郎の「武士道」　石原靖久著　平凡社　2004.8　231p　20cm　〈肖像あり〉　1600円　①4-582-83230-X
◇司馬遼太郎で読む日本通史　石原靖久著　PHP研究所　2006.2　269p　20cm　1500円　①4-569-64801-0
◇司馬遼太郎を読めば常識がひっくり返る！—歴史の雑学　石原靖久著　新講社　2009.12　223p　18cm　（Wide shinsho）　857円　①978-4-86081-303-1
◇司馬遼太郎の風音　磯貝勝太郎著　日本放送出版協会　2001.2　326p　20cm　1700円　①4-14-080585-4
◇司馬遼太郎の幻想ロマン　磯貝勝太郎著　集英社　2012.4　251p　18cm　（集英社新書　0638）〈文献あり　年譜あり〉　760円　①978-4-08-720638-8
◇異評司馬遼太郎　岩倉博著　草の根出版会　2006.2　235p　20cm　〈文献あり〉　2000円　①4-87648-228-4
◇武士の国—司馬遼太郎氏の「サムライ」を鑑る　宇治琢美著　文芸社　2000.4　83p　20cm　1100円　①4-8355-0070-9
◇司馬遼太郎—歴史物語—司馬文学を読み解く　日本を識る　碓井昭雄著　心交社　2009.12　263p　19cm　（Shinkosha selection）〈文献あり〉　1500円　①978-4-7781-0870-0

◇「司馬遼太郎が愛した世界」展図録　NHK, NHKプロモーション,朝日新聞社編　NHK　c1999　223p　30cm
◇司馬遼太郎の風景—1　時空の旅人・司馬遼太郎—NHKスペシャル　NHK「街道をゆく」プロジェクト著　日本放送出版協会　1997.10　205p　22cm　1800円　①4-14-080336-3
◇司馬遼太郎の風景—2　湖西のみち・韓のくに紀行／モンゴル紀行—NHKスペシャル　NHK「街道をゆく」プロジェクト著　日本放送出版協会　1998.1　212p　22cm　1800円　①4-14-080337-1
◇司馬遼太郎の風景—3　北のまほろば・南蛮のみち—NHKスペシャル　NHK「街道をゆく」プロジェクト著　日本放送出版協会　1998.4　212p　22cm　1800円　①4-14-080338-X
◇司馬遼太郎の風景—4　長州路・肥薩のみち／本郷界隈—NHKスペシャル　NHK「街道をゆく」プロジェクト著　日本放送出版協会　1998.7　212p　22cm　1800円　①4-14-080339-8
◇司馬遼太郎の風景—5　オランダ紀行—NHKスペシャル　NHK「街道をゆく」プロジェクト著　日本放送出版協会　1998.12　205p　22cm　1800円　①4-14-080402-5
◇司馬遼太郎の風景—6　沖縄・先島への道／奥州白河・会津のみち—NHKスペシャル　NHK「街道をゆく」プロジェクト著　日本放送出版協会　1999.3　203p　22cm　1800円　①4-14-080403-3
◇司馬遼太郎の風景—7　オホーツク街道／十津川街道　NHK「街道をゆく」プロジェクト著　日本放送出版協会　1999.5　219p　22cm　（NHKスペシャル）　1800円　①4-14-080404-1
◇司馬遼太郎の風景—8　愛蘭土紀行　NHK「街道をゆく」プロジェクト著　日本放送出版協会　1999.7　187p　22cm　（NHKスペシャル）　1800円　①4-14-080405-X
◇司馬遼太郎の風景—9　南伊予・西土佐の道／檮原街道／阿波紀行　NHK「街道をゆく」プロジェクト著　日本放送出版協会　1999.11　203p　22cm　1800円　①4-14-080470-X
◇司馬遼太郎の風景—10　中国—江南のみち／

蜀と雲南のみち/閩のみち　NHK「街道をゆく」プロジェクト著　日本放送出版協会　2000.7　195p　22cm　1800円　Ⓘ4-14-080471-8

◇司馬遼太郎の風景―11　砂鉄のみち/因幡・伯耆のみち/芸備の道　NHK「街道をゆく」プロジェクト著　日本放送出版協会　2000.9　209p　22cm　1800円　Ⓘ4-14-080472-6

◇『空海の風景』を旅する　NHK取材班著　中央公論新社　2005.8　374p　16cm　(中公文庫)〈文献あり〉　686円　Ⓘ4-12-204564-9

◇司馬遼太郎について―裸眼の思索者　NHK出版編　日本放送出版協会　1998.2　239,8p　22cm　2000円　Ⓘ4-14-080358-4

◇司馬遼太郎のテムズ紀行など―フォトドキュメント 歴史の旅人　NHK出版編, 司馬遼太郎, 吉田直哉著, 飯田隆夫写真　日本放送出版協会　2001.2　213p　23cm　1800円　Ⓘ4-14-080544-7

◇司馬遼太郎について―裸眼の思索者　NHK出版編　日本放送出版協会　2006.1　221p　16cm　(NHKライブラリー 202)〈執筆：尾崎秀樹ほか　年譜あり〉　870円　Ⓘ4-14-084202-4

◇海を超える司馬遼太郎―東アジア世界に生きる「在日日本人」　遠藤芳信著　大阪フォーラム・A　1998.10　254p　21cm　1762円　Ⓘ4-89428-122-8

◇歴史の中の地図―司馬遼太郎の世界　尾崎秀樹著　文芸春秋　1991.9　462p　16cm　(文春文庫)　540円　Ⓘ4-16-752603-4

◇司馬遼太郎の流儀―その人と文学　小山内美江子, 鶴見俊輔, 出久根達郎, 半藤一利著　日本放送出版協会　2001.2　193p　20cm　1400円　Ⓘ4-14-080584-6

◇司馬遼太郎をなぜ読むか　桂英史著　新書館　1999.4　282p　19cm　1900円　Ⓘ4-403-21067-8

◇司馬遼太郎への手紙　加藤哲也著　名古屋加藤哲也　1996.8　129p　20cm

◇司馬遼太郎と網野善彦―「この国のかたち」を求めて　川原崎剛雄著　明石書店　2008.1　294p　20cm〈文献あり〉　2000円　Ⓘ978-4-7503-2688-7

◇武士道の真髄―司馬遼太郎の世界 幕末維新編 上巻　北影雄幸著　白亜書房　1999.11　351p　20cm　1800円　Ⓘ4-89172-657-1

◇武士道の真髄―司馬遼太郎の世界 幕末維新編 下巻　北影雄幸著　白亜書房　1999.11　351p　20cm　1800円　Ⓘ4-89172-658-X

◇司馬遼太郎作品の武士道　北影雄幸著　光人社　2004.10　349p　19cm　1900円　Ⓘ4-7698-1211-6

◇司馬史観がわかる本―決定版 幕末史観編　北影雄幸著　白亜書房　2005.2　326p　19cm　1800円　Ⓘ4-89172-677-6

◇司馬史観がわかる本―決定版 明治史観編　北影雄幸著　白亜書房　2005.5　309p　19cm　1800円　Ⓘ4-89172-678-4

◇司馬史観がわかる本―決定版 源平・戦国史観編　北影雄幸著　白亜書房　2005.9　368p　19cm　1900円　Ⓘ4-89172-681-4

◇司馬遼太郎作品の女性たち　北影雄幸著　越谷 文芸企画　2006.2　357p　19cm〈星雲社(発売)〉　1800円　Ⓘ4-434-07496-2

◇『功名が辻』の正しい読み方　北影雄幸著　光人社　2006.3　364p　19cm　1800円　Ⓘ4-7698-1288-7

◇手掘り司馬遼太郎―その作品世界と視角　北山章之助著　日本放送出版協会　2003.12　382p　20cm　1800円　Ⓘ4-14-080840-3

◇手掘り司馬遼太郎　北山章之助著　角川書店　2006.6　413p　15cm　(角川文庫)　667円　Ⓘ4-04-382501-3

◇司馬遼太郎旅路の鈴　北山章之助著　日本放送出版協会　2006.9　318p　20cm〈年表あり〉　1600円　Ⓘ4-14-081141-2

◇敢為の小説家司馬遼太郎「宇和島へゆきたい」　木下博民著　小金井 南予奨学会　2011.7　146p　21cm　(南予明倫館文庫)　1000円

◇司馬遼太郎が愛した「風景」　芸術新潮編集部編　新潮社　2001.10　119p　22cm　(とんぼの本)　1400円　Ⓘ4-10-602086-6

◇司馬遼太郎―読む・学ぶ ビジネスマン読本　現代作家研究会編　日本能率協会マネジメントセンター　1993.2　245p　19cm　1500円　Ⓘ4-8207-0913-5

◇司馬遼太郎読本　現代作家研究会著　徳間書店　1996.11　284p　16cm　(徳間文庫)　520円　Ⓘ4-19-890590-8

現代日本文学（文学史）

◇司馬遼太郎考─モラル的緊張へ　小林竜雄著　中央公論新社　2002.2　325p　20cm　1900円　Ⓘ4-12-003228-0

◇司馬遼太郎が書いたこと、書けなかったこと　小林竜雄著　小学館　2010.9　371p　15cm　（小学館文庫　こ17-1)〈『司馬遼太郎考』（中央公論新社2002年刊）の加筆修正　文献あり〉　638円　Ⓘ978-4-09-408541-9

◇司馬遼太郎の世紀　斎藤慎爾責任編集　保存版　朝日出版社　1996.6　255p　29cm　2800円　Ⓘ4-255-96028-3

◇司馬遼太郎と藤沢周平─「歴史と人間」をどう読むか　佐高信著　光文社　1999.6　266p　20cm　1500円　Ⓘ4-334-97223-3

◇司馬遼太郎と藤沢周平─「歴史と人間」をどう読むか　佐高信著　光文社　2002.5　257p　16cm　（知恵の森文庫）　514円　Ⓘ4-334-78154-3

◇司馬遼太郎作品の女たち─巨匠が描いたヒロインの秘密　三猿舎編　メディアファクトリー　2006.2　205p　19cm　（ダ・ヴィンチ特別編集 9)　1200円　Ⓘ4-8401-1476-5

◇司馬遼太郎展─19世紀の青春群像　産経新聞大阪本社編　〔大阪〕　産経新聞大阪本社　c1998　193p　30cm

◇新聞記者司馬遼太郎　産経新聞社著　産経新聞ニュースサービス　2000.2　301p　20cm〈肖像あり　扶桑社（発売)〉　1429円　Ⓘ4-594-02858-6

◇新聞記者司馬遼太郎　産経新聞社編　産経新聞ニュースサービス　2001.11　303p　16cm　（扶桑社文庫）〈扶桑社（発売）　肖像あり　年譜あり〉　571円　Ⓘ4-594-03326-1

◇司馬遼太郎の躍音　司馬遼太郎ほか著　中央公論社　1998.1　753p　16cm　（中公文庫）　1143円　Ⓘ4-12-203032-3

◇群像日本の作家─30　司馬遼太郎　司馬遼太郎ほか著　小学館　1998.7　339p　20cm　2140円　Ⓘ4-09-567030-4

◇司馬遼太郎　司馬遼太郎著,司馬遼太郎記念財団企画編集　東大阪　司馬遼太郎記念財団　2001.11　116p　22×24cm

◇司馬遼太郎と寺社を歩く　司馬遼太郎著　光文社　2007.1　237p　22cm　1800円　Ⓘ978-4-334-97515-9

◇司馬遼太郎と寺社を歩く　司馬遼太郎著　光文社　2010.1　327p　16cm　（光文社文庫　し26-4)　648円　Ⓘ978-4-334-74721-3

◇日本の名著3分間読書100─『古事記』から『司馬遼太郎』まで　嶋岡晨監修　海竜社　2003.2　254p　19cm〈年表あり〉　1400円　Ⓘ4-7593-0750-8

◇司馬遼太郎の世界　志村有弘編　至文堂　2002.7　399p　21cm　（「国文学解釈と鑑賞」別冊)〈年譜あり　文献あり〉　2600円

◇司馬遼太郎事典　志村有弘編　勉誠出版　2007.12　425,9p　22cm〈年譜あり　文献あり〉　3800円　Ⓘ978-4-585-06058-1

◇司馬遼太郎からの手紙─上　週刊朝日編集部編　朝日新聞社　2004.5　444p　15cm　（朝日文庫）　660円　Ⓘ4-02-261444-7

◇司馬遼太郎からの手紙─下　週刊朝日編集部編　朝日新聞社　2004.5　451p　15cm　（朝日文庫）　660円　Ⓘ4-02-261445-5

◇司馬遼太郎の戦国─1　信長と秀吉、三成　週刊朝日編集部著　朝日新聞出版　2012.2　286p　15cm　（朝日文庫　し1-104)　660円　Ⓘ978-4-02-264649-1

◇司馬遼太郎の幕末維新─1　竜馬と土方歳三　週刊朝日編集部著　朝日新聞出版　2012.2　286p　15cm　（朝日文庫　し1-103)　660円　Ⓘ978-4-02-264648-4

◇司馬遼太郎の幕末維新─2　『世に棲む日日』『峠』『花神』の世界　週刊朝日編集部著　朝日新聞出版　2012.3　274p　15cm　（朝日文庫　し1-105)〈文献あり〉　660円　Ⓘ978-4-02-264654-5

◇司馬遼太郎の戦国─2　『梟の城』『功名が辻』『馬上少年過ぐ』の世界　週刊朝日編集部著　朝日新聞出版　2012.4　278p　図版16p　15cm　（朝日文庫　し1-106)〈「週刊司馬遼太郎」「週刊司馬遼太郎2」（朝日新聞社　2006、2007年刊）および「週刊司馬遼太郎4」「週刊司馬遼太郎5」（朝日新聞出版　2008、2009年刊）をもとに再構成・加筆・修正　著作目録あり〉　660円　Ⓘ978-4-02-264663-7

◇司馬遼太郎の幕末維新─3　『翔ぶが如く』『最後の将軍』『胡蝶の夢』の世界　週刊朝日編集部著　朝日新聞出版　2012.4　257p　図版16p　15cm　（朝日文庫　し1-107)〈「週刊司馬遼太郎3」（朝日新聞社　2008年刊）と

◇「週刊司馬遼太郎5」(朝日新聞社 2009年刊)をもとに再構成・加筆・修正　660円　①978-4-02-264665-1

◇司馬遼太郎全作品大事典　新人物往来社編　新人物往来社　2010.11　302p　21cm〈年譜あり　索引あり〉　1600円　①978-4-404-03936-1

◇司馬遼太郎の「かたち」―「この国のかたち」の十年　関川夏央著　文芸春秋　2000.6　262p　20cm　1333円　①4-16-356360-1

◇あの夏の日の司馬遼太郎―昭和の巨星の若き日の姿を追う　早乙女務著　講談社出版サービスセンター　2006.12　233p　20cm〈文献あり〉　1500円　①4-87601-763-8

◇この国のあした―司馬遼太郎の戦争観　高橋誠一郎著　のべる出版企画　2002.8　209p　20cm〈コスモヒルズ(発売)〉　1900円　①4-87703-909-0

◇司馬遼太郎と時代小説―「風の武士」「梟の城」「国盗り物語」「功名が辻」を読み解く　高橋誠一郎著　のべる出版企画　2006.12　236p　20cm〈コスモヒルズ(発売)　年譜あり〉　1900円　①4-87703-942-2

◇司馬遼太郎とロシア　高橋誠一郎著　東洋書店　2010.10　63p　21cm〈ユーラシア・ブックレット no.156〉〈シリーズの企画・編集者：ユーラシア研究所・ブックレット編集委員会　年表あり〉　600円　①978-4-88595-949-3

◇司馬遼太郎の贈りもの　谷沢永一著　PHP研究所　1994.2　258p　20cm　1500円　①4-569-54252-2

◇司馬遼太郎の贈りもの―2　谷沢永一著　PHP研究所　1995.11　237p　20cm　1500円　①4-569-54899-7

◇司馬遼太郎の贈りもの―3　谷沢永一著　PHP研究所　1996.7　324p　15cm　(PHP文庫)　620円　①4-569-56911-0

◇司馬遼太郎エッセンス　谷沢永一著　文芸春秋　1996.8　213p　16cm　(文春文庫)　400円　①4-16-741102-4

◇司馬遼太郎　谷沢永一著　PHP研究所　1996.10　233p　20cm　1500円　①4-569-55281-1

◇司馬遼太郎の贈りもの―3　谷沢永一著　PHP研究所　1997.8　233p　20cm　1476円　①4-569-55707-4

◇司馬遼太郎の贈りもの―2　谷沢永一著　PHP研究所　1998.4　327p　15cm　(PHP文庫)　590円　①4-569-57137-9

◇司馬遼太郎の贈りもの―4　谷沢永一著　PHP研究所　1999.4　236p　20cm　1429円　①4-569-60558-3

◇司馬遼太郎の贈りもの―5　谷沢永一著　PHP研究所　2001.3　237p　20cm　1500円　①4-569-61513-9

◇司馬遼太郎の遺言　谷沢永一著　ビジネス社　2005.9　260p　18cm　(B選書)〈「円熟期司馬遼太郎エッセンス」の改訂新版〉　952円　①4-8284-1217-4

◇司馬遼太郎覚書―『坂の上の雲』のことなど　辻井喬著　京都　かもがわ出版　2011.12　202p　20cm　1800円　①978-4-7803-0486-2

◇司馬遼太郎がゆく―激動期を生きるテキスト　中島誠著　第三文明社　1994.1　286p　20cm　1800円　①4-476-03179-X

◇司馬遼太郎と丸山真男　中島誠著　現代書館　1998.2　238p　20cm　2000円　①4-7684-6726-1

◇会いたかった人、司馬遼太郎　中村義著　文芸社　2012.6　144p　20cm〈文献あり〉　1200円　①978-4-286-11462-0

◇戦後思想家としての司馬遼太郎　成田龍一著　筑摩書房　2009.7　394p　20cm〈文献あり　年譜あり〉　2800円　①978-4-480-82364-9

◇司馬遼太郎とその時代―戦中篇　延吉実著　青弓社　2002.2　313p　20cm　2400円　①4-7872-9152-1

◇司馬遼太郎とその時代―戦後篇　延吉実著　青弓社　2003.9　306p　20cm　2400円　①4-7872-9167-X

◇清張さんと司馬さん―昭和の巨人を語る　半藤一利著　日本放送出版協会　2001.10　166p　21cm　(NHK人間講座　日本放送協会編)〈シリーズ責任表示：日本放送協会編　2001年10月―11月期〉　560円　①4-14-189055-3

◇司馬遼太郎がゆく―「知の巨人」が示した「良き日本」への道標　愛蔵版　半藤一利,山折哲雄,童門冬二,吉岡忍,村松友視ほか　プレジデント社　2001.11　339p　20cm　1600円　①4-8334-1732-4

現代日本文学（文学史）

◇清張さんと司馬さん　半藤一利著　日本放送出版協会　2002.10　251p　20cm　1400円　Ⓘ4-14-080719-9

◇清張さんと司馬さん　半藤一利著　文芸春秋　2005.10　287p　16cm　（文春文庫）〈年譜あり〉　552円　Ⓘ4-16-748314-9

◇司馬さんは夢の中　福田みどり著　中央公論新社　2004.10　269p　20cm　1500円　Ⓘ4-12-003573-5

◇司馬さんは夢の中―3　福田みどり著　中央公論新社　2007.10　282p　20cm　1500円　Ⓘ978-4-12-003880-8

◇司馬さんは夢の中―1　福田みどり著　中央公論新社　2008.5　266p　16cm　（中公文庫）　648円　Ⓘ978-4-12-205023-5

◇司馬さんは夢の中―2　福田みどり著　中央公論新社　2008.10　273p　16cm　（中公文庫）　648円　Ⓘ978-4-12-205061-7

◇司馬さんは夢の中―3　福田みどり著　中央公論新社　2012.1　283p　16cm　（中公文庫　ふ42-3）　648円　Ⓘ978-4-12-205590-2

◇司馬さんは夢の中―上　福田みどり著　新座　埼玉福祉会　2012.12　234p　21cm　（大活字本シリーズ）〈限定500部　底本：中公文庫「司馬さんは夢の中 1」〉　2800円　Ⓘ978-4-88419-830-5

◇司馬さんは夢の中―下　福田みどり著　新座　埼玉福祉会　2012.12　234p　21cm　（大活字本シリーズ）〈限定500部　底本：中公文庫「司馬さんは夢の中 1」〉　2800円　Ⓘ978-4-88419-831-2

◇司馬遼太郎の世界　文芸春秋編　文芸春秋　1999.9　571p　16cm　（文春文庫）　705円　Ⓘ4-16-721769-4

◇司馬遼太郎の世界　文芸春秋編　文芸春秋　1996.10　486p　19cm　1600円　Ⓘ4-16-505390-2

◇司馬遼太郎書誌研究文献目録　松本勝久著，文献目録・諸資料等研究会編　勉誠出版　2004.10　351p　22cm〈著作目録あり　年譜あり〉　8800円　Ⓘ4-585-06052-9

◇司馬遼太郎―歴史は文学の華なり、と。　松本健一著　小沢書店　1996.11　167p　20cm　1600円　Ⓘ4-7551-0329-0

◇司馬遼太郎―司馬文学の「場所」　松本健一著　学習研究社　2001.2　209p　15cm　（学研M文庫）〈小沢書店1996年刊の増補〉　530円　Ⓘ4-05-901039-1

◇司馬遼太郎を読む　松本健一著　めるくまーる　2005.11　212p　20cm　1500円　Ⓘ4-8397-0124-5

◇司馬遼太郎の「場所」　松本健一著　筑摩書房　2007.2　266p　15cm　（ちくま文庫）〈「司馬遼太郎」（学習研究社2001年刊）の増補〉　760円　Ⓘ978-4-480-42311-5

◇司馬遼太郎を読む　松本健一著　新潮社　2009.10　224p　16cm　（新潮文庫　ま-35-1）　400円　Ⓘ978-4-10-128731-7

◇三島由紀夫と司馬遼太郎―「美しい日本」をめぐる激突　松本健一著　新潮社　2010.10　237p　20cm　（新潮選書）〈並列シリーズ名：Shincho Sensho〉　1200円　Ⓘ978-4-10-603667-5

◇レクイエム司馬遼太郎　三浦浩編　講談社　1996.11　422p　20cm　2800円　Ⓘ4-06-208299-3

◇司馬遼太郎とそのヒーロー　三浦浩著　大村書店　1998.8　206p　20cm　1800円　Ⓘ4-7563-1072-9

◇司馬遼太郎をやさしく読む　岬竜一郎著　ベストセラーズ　1996.6　239p　20cm　（ワニの選書）　1200円　Ⓘ4-584-19130-1

◇司馬遼太郎「この国」への言葉―憂国の発言考　岬竜一郎著　本の森出版センター　1996.10　214p　19cm　（「超」読解講座）　1400円　Ⓘ4-87693-316-2

◇司馬遼太郎の歳月　向井敏著　文芸春秋　2000.8　257p　20cm　1476円　Ⓘ4-16-356500-0

◇街道をついてゆく―司馬遼太郎番の6年間　村井重俊著　朝日新聞出版　2008.6　299p　20cm　1400円　Ⓘ978-4-02-250443-2

◇街道をついてゆく―司馬遼太郎番の六年間　村井重俊著　朝日新聞出版　2011.2　323p　15cm　（朝日文庫　し1-101）　620円　Ⓘ978-4-02-264593-7

◇三島由紀夫vs.司馬遼太郎―戦後精神と近代　山内由紀人著　河出書房新社　2011.7　298p　20cm〈文献あり〉　2400円　Ⓘ978-4-309-02051-8

◇発掘司馬遼太郎　山野博史著　文芸春秋　2001.1　226p　20cm　1381円　Ⓘ4-16-

356960-X

◇みどり夫人「追悼の司馬遼太郎」─司馬遼太郎さんと私　夕刊フジ、産経新聞社編　産経新聞ニュースサービス　1997.1　204p　20cm　1262円　Ⓘ4-594-02174-3

◇司馬遼太郎の「遺言」─司馬遼太郎さんと私　夕刊フジ編　産経新聞ニュースサービス　1997.2　397p　20cm　1553円　Ⓘ4-594-02191-3

◇司馬遼太郎。人間の大学　鷲田小弥太著　PHP研究所　1997.9　218p　20cm　1333円　Ⓘ4-569-55798-8

◇司馬遼太郎。人間の大学─人間の基本を学ぶために　鷲田小弥太著　PHP研究所　2004.10　237p　15cm　（PHP文庫）　457円　Ⓘ4-569-66276-5

◇司馬遼太郎を「活用」する！─司馬作品が教えてくれる生き方・考え方　鷲田小弥太著　彩流社　2010.2　175p　20cm　〈文献あり　著作目録あり〉　2000円　Ⓘ978-4-7791-1065-8

◇司馬遼太郎という人　和田宏著　文芸春秋　2004.10　252p　18cm　（文春新書）　720円　Ⓘ4-16-660409-0

◇司馬遼太郎がわかる。　朝日新聞社　2000.8　175p　26cm　（アエラムック no.62）　1200円　Ⓘ4-02-274112-0

◆◆◆「坂の上の雲」

◇子規と「坂の上の雲」　石原文蔵著　新講社　2010.2　233p　19cm　〈文献あり〉　1400円　Ⓘ978-4-86081-316-1

◇『坂の上の雲』の正しい読み方　北影雄幸著　光人社　2005.4　365p　19cm　1900円　Ⓘ4-7698-1241-8

◇若者に語った「坂の上の雲」の要所　合田盛文著　出版地不明　合田盛文　2009.9印刷　268p　18cm

◇地図で読む『坂の上の雲』─秋山兄弟、正岡子規が駆け抜けた明治という時代　清水靖夫監修　日本文芸社　2010.10　127p　30cm　〈背のタイトル：坂の上の雲　ナビゲーター：松平定知　文献あり　年表あり〉　1800円　Ⓘ978-4-537-25740-3

◇「坂の上の雲」と日本人　関川夏央著　文芸春秋　2006.3　291p　20cm　1714円　Ⓘ4-16-368000-4

◇「坂の上の雲」と日本人　関川夏央著　文芸春秋　2009.10　346p　16cm　（文春文庫　せ3-12）　581円　Ⓘ978-4-16-751912-4

◇写説『坂の上の雲』を行く　太平洋戦争研究会著　ビジネス社　2005.5　175p　22cm　〈年表あり〉　1600円　Ⓘ4-8284-1191-7

◇誤謬だらけの『坂の上の雲』─明治日本を美化する司馬遼太郎の詐術　高井弘之著　合同出版　2010.12　215p　21cm　〈文献あり　年表あり〉　1800円　Ⓘ978-4-7726-1011-7

◇司馬遼太郎の平和観─『坂の上の雲』を読み直す　高橋誠一郎著　東海教育研究所　2005.4　239p　19cm　〈秦野　東海大学出版会（発売）　年表あり　文献あり〉　1800円　Ⓘ4-486-03134-2

◇司馬遼太郎「坂の上の雲」を読む　谷沢永一著　幻冬舎　2009.4　213p　18cm　〈年表あり〉　952円　Ⓘ978-4-344-01662-0

◇一冊でわかる『坂の上の雲』─司馬遼太郎が伝えたもの　谷沢永一著　PHP研究所　2009.7　218p　18cm　〈『司馬遼太郎の贈りもの 3』（1997年刊）の改題、加筆・修正〉　950円　Ⓘ978-4-569-77140-3

◇人生に役立つ『坂の上の雲』名言集　津曲公二,酒井昌昭著　総合法令出版　2011.12　285p　19cm　〈年表あり〉　1400円　Ⓘ978-4-86280-281-1

◇『坂の上の雲』と司馬史観　中村政則著　岩波書店　2009.11　241p　20cm　〈文献あり〉　1800円　Ⓘ978-4-00-023029-2

◇司馬遼太郎の幕末・明治─『竜馬がゆく』と『坂の上の雲』を読む　成田竜一著　朝日新聞社　2003.5　309p　19cm　（朝日選書）　1300円　Ⓘ4-02-259828-X

◇「坂の上の雲」100人の名言　東谷暁著　文芸春秋　2011.9　259,3p　18cm　（文春新書 823）〈索引あり〉　780円　Ⓘ978-4-16-660823-2

◇司馬遼太郎と朝鮮─『坂の上の雲』─もう一つの読み方　備仲臣道著　批評社　2007.10　187p　20cm　〈文献あり〉　1800円　Ⓘ978-4-8265-0471-3

◇仕事で大事なことは『坂の上の雲』が教えてくれた　古川裕倫著　三笠書房　2009.11

現代日本文学（文学史）

213p　15cm　（知的生きかた文庫　ふ26-2)
〈文献あり〉　571円　ⓘ978-4-8379-7822-0
◇「坂の上の雲」人物読本（とくほん）　文芸春秋編　文芸春秋　2010.11　315p　16cm　（文春文庫　編2-43）〈タイトル：「坂の上の雲」人物読本〉　571円　ⓘ978-4-16-721787-7
◇司馬遼太郎『坂の上の雲』—なぜ映像化を拒んだか　牧俊太郎著　近代文芸社　2009.10　169p　19cm〈文献あり〉　952円　ⓘ978-4-7733-7674-6

◆◆◆「竜馬がゆく」

◇『竜馬がゆく』読本　一坂太郎著　世論時報社　1997.8　228p　19cm　1800円　ⓘ4-915340-42-2
◇司馬遼太郎記念館「竜馬がゆく」展　司馬遼太郎記念財団企画・編集　東大阪　司馬遼太郎記念財団　c2002　26p　26cm〈会期：平成14年4月23日～8月18日〉
◇司馬遼太郎の幕末・明治—『竜馬がゆく』と『坂の上の雲』を読む　成田竜一著　朝日新聞社　2003.5　309p　19cm　（朝日選書）　1300円　ⓘ4-02-259828-X

◆◆城山　三郎（1927～2007）

◇城山三郎が娘に語った戦争　井上紀子著　朝日新聞社　2007.8　153p　19cm〈年譜あり〉　1200円　ⓘ978-4-02-250322-0
◇父でもなく、城山三郎でもなく　井上紀子著　毎日新聞社　2008.6　152p　20cm　1300円　ⓘ978-4-620-31884-4
◇城山三郎が娘に語った戦争　井上紀子著　朝日新聞出版　2009.7　205p　15cm　（朝日文庫　い74-2）〈朝日新聞社2007年刊の加筆　年譜あり〉　480円　ⓘ978-4-02-261635-7
◇父でもなく、城山三郎でもなく　井上紀子著　新潮社　2011.8　184p　16cm　（新潮文庫　し-7-81）　438円　ⓘ978-4-10-113336-2
◇気骨の人城山三郎　植村鞆音著　扶桑社　2011.3　226p　20cm〈文献あり　年譜あり〉　1800円　ⓘ978-4-594-06396-2
◇筆に限りなし—城山三郎伝　加藤仁著　講談社　2009.3　310p　20cm〈文献あり　著作目録あり〉　1800円　ⓘ978-4-06-215341-6

◇城山三郎展—昭和の旅人　神奈川文学振興会編　〔横浜〕　県立神奈川近代文学館　2010.4　64p　26cm〈会期・会場：2010年4月24日～6月6日　県立神奈川近代文学館　共同刊行：神奈川文学振興会　折り込1枚　年譜あり〉
◇城山三郎—読む・学ぶ　現代作家研究会編　日本能率協会マネジメントセンター　1993.9　242p　20cm　（ビジネスマン読本）　1500円　ⓘ4-8207-0979-8
◇城山三郎の昭和　佐高信著　角川書店　2004.6　252p　20cm　1500円　ⓘ4-04-883887-3
◇城山三郎の昭和　佐高信著　角川書店　2007.4　269p　15cm　（角川文庫）〈角川グループパブリッシング（発売）〉　514円　ⓘ978-4-04-377506-4
◇城山三郎命の旅　佐高信,内橋克人編　講談社　2007.7　190p　21cm〈肖像あり　年譜あり〉　1500円　ⓘ978-4-06-214196-3
◇城山三郎の遺志　佐高信編　岩波書店　2007.8　230p　20cm　1700円　ⓘ978-4-00-023441-2
◇城山三郎『素直な戦士たち』論　德永光展著　双文社出版　2012.4　280p　22cm〈索引あり〉　4000円　ⓘ978-4-88164-608-3
◇城山三郎伝—昭和を生きた気骨の作家　西尾典祐著　京都　ミネルヴァ書房　2011.3　369,12p　20cm〈文献あり　年譜あり　索引あり〉　2400円　ⓘ978-4-623-05923-2
◇作家と戦争—城山三郎と吉村昭　森史朗著　新潮社　2009.7　396p　20cm　（新潮選書）〈文献あり　並列シリーズ名：Shincho sensho〉　1500円　ⓘ978-4-10-603644-6

◆◆杉森　久英（1912～1997）

◇杉森久英—ふるさとの文学者小伝　水洞幸夫著　金沢　金沢市・文化政策課　2002.3　19p　21cm〈肖像あり　年譜あり〉
◇杉森久英　渡辺美好編　日外アソシエーツ　1990.5　201p　22cm　（人物書誌大系　22）〈紀伊国屋書店（発売）杉森久英の肖像あり〉　8200円　ⓘ4-8169-0921-4,4-8169-0128-0

◆◆曽野 綾子（1931～）

◇雪原に朝陽さして―函館トラピスト修道院神父との往復書簡　曽野綾子,高橋重幸著　小学館　1991.3　253p　19cm　1100円　①4-09-345301-2

◇雪原に朝陽さして―函館トラピスト修道院神父との往復書簡　曽野綾子,高橋重幸著　小学館　1993.8　267p　16cm　（小学館ライブラリー）　780円　①4-09-460049-3

◇曽野綾子―天駆けるほどの軽やかな魂の自由　曽野綾子著,外尾登志美編　日本図書センター　2010.6　319p　20cm　（人間の記録180）〈年譜あり〉　1800円　①978-4-284-70050-4

◇この世に恋して―曽野綾子自伝　曽野綾子著　ワック　2012.12　202p　20cm　1400円　①978-4-89831-196-7

◆◆高橋 和巳（1931～1971）

◇高橋和巳作品論―自己否定の思想　伊藤益著　北樹出版　2002.1　255p　20cm　2600円　①4-89384-840-2

◇高橋和巳の文学とその世界　梅原猛,小松左京編　阿部出版　1991.6　426p　20cm　2200円　①4-87242-019-5

◇高橋和巳序説―わが遙かなる日々の宴　太田代志朗著　上尾　林道舎　1998.4　365p　20cm　4000円　①4-947632-55-0

◇評伝高橋和巳　川西政明著　講談社　1995.10　261p　16cm　（講談社文芸文庫―現代日本の評伝）　940円　①4-06-196341-4

◇呪詛はどこからくるか　遠丸立著　日本図書センター　1993.6　290,10p　22cm　（近代作家研究叢書150）〈解説：阿部正路　改訂版（未來社1972年刊）に増補したものの複製〉　6180円　①4-8205-9254-8,4-8205-9239-4

◇高橋和巳棄子の風景　橋本安央著　試論社　2007.3　238p　20cm　〈文献あり〉　2800円　①978-4-903122-07-6

◇闇を抱きて―高橋和巳の晩年　村井英雄著　阿部出版　1990.6　269p　20cm　1500円　①4-87242-001-2

◇書誌的・高橋和巳　村井英雄著　阿部出版　1991.4　361p　20cm　1800円　①4-87242-017-9

◇闇を抱きて―高橋和巳の晩年　村井英雄著　新装版　大阪　和泉書院　1996.6　265p　20cm　2575円　①4-87088-803-3

◇書誌的・高橋和巳　村井英雄著　新装版　大阪　和泉書院　1996.6　358p　20cm　3090円　①4-87088-802-5

◇孤立の憂愁を甘受す―高橋和巳論　脇坂充著　社会評論社　1999.9　327p　20cm　2700円　①4-7845-0924-0

◇近代作家追悼文集成―第43巻　高橋和巳・志賀直哉・川端康成　ゆまに書房　1999.2　253p　22cm　8000円　①4-89714-646-1,4-89714-639-9

◆◆竹西 寛子（1929～）

◇水に就いて―竹西寛子幻想　伊藤和也著　砂子屋書房　1998.11　68p　20cm　2000円

◆◆立原 正秋（1926～1980）

◇立原正秋展　神奈川文学振興会編　横浜　神奈川近代文学館　1997.4　63p　26cm

◇蒼穹と共生―立原正秋・山川方夫・開高健の文学　金子昌夫著　菁柿堂　1999.6　222p　20cm　2000円　①4-7952-7983-7

◇立原正秋風姿伝　鈴木佐代子著　中央公論社　1991.4　257p　16cm　（中公文庫）　500円　①4-12-201798-X

◇立原正秋　高井有一著　新潮社　1991.11　289p　20cm　1500円　①4-10-311605-6

◇立原正秋　高井有一著　新潮社　1994.12　344p　15cm　（新潮文庫）　480円　①4-10-137411-2

◇立原正秋小説事典　武田勝彦,田中康子編著　早稲田大学出版部　1993.9　413p　22cm　6800円　①4-657-93418-X

◇身閑ならんと欲すれど風熄まず―立原正秋伝　武田勝彦著　KSS出版　1998.10　268p　20cm　1800円　①4-87709-265-X

◇美のなごり―立原正秋の骨董　立原潮著　コエランス　2004.3　124p　23cm　〈神無書房（発売）　年譜あり〉　2800円　①4-87358-089-7

◇冬の二人―立原正秋小川国夫往復書簡　立原正秋,小川国夫著　小沢書店　1996.8　200p

20cm　1800円　Ⓐ4-7551-0328-2
◇立原正秋全集―別巻　立原正秋著　角川書店　1998.5　244p　23cm　5800円　Ⓐ4-04-573925-4
◇立原正秋の鎌倉―立原幹と歩く　立原正秋,立原幹著,原田寛写真　講談社　1998.6　143p　21cm　（講談社カルチャーブックス126）　1700円　Ⓐ4-06-198129-3
◇立原正秋の鎌倉―立原幹と歩く　立原正秋,立原幹著　日本障害者リハビリテーション協会　2000.2　CD-ROM1枚　12cm〈電子的内容：録音データ　DAISY ver.2.0　平成10年度厚生省委託事業　原本：講談社 1998 講談社カルチャーブックス126　収録時間：5時間14分〉
◇風のように光のように―父立原正秋　立原幹著　KSS出版　1998.10　206p　18cm　1300円　Ⓐ4-87709-290-0
◇追想―夫立原正秋　立原光代著　KSS出版　1998.8　187p　18cm　1300円　Ⓐ4-87709-262-5
◇立原正秋食通事典　立原正秋文学研究会編著　新装版　青弓社　1997.6　188p　20cm　1800円　Ⓐ4-7872-9119-X
◇立原正秋　新潮社　1994.3　111p　20cm（新潮日本文学アルバム　55）〈編集・評伝：兵藤正之助　エッセイ：吉本ばなな　立原正秋の肖像あり〉　1300円　Ⓐ4-10-620659-5
◇立原正秋―美と伝統を求めて　企画展　鎌倉　鎌倉文学館　2004.4　55p　26cm〈会期：平成16年4月23日～6月27日　共同刊行：鎌倉市芸術文化振興財団　年譜あり　著作目録あり〉

◆◆田辺 聖子（1928～）

◇田辺聖子書誌　浦西和彦著　大阪　和泉書院　1995.11　513p　22cm　（近代文学書誌大系 3）　15450円　Ⓐ4-87088-751-7
◇田辺聖子―戦後文学への新視角　菅聡子編　至文堂　2006.7　274p　21cm　（『国文学：解釈と鑑賞』別冊）〈年譜あり　文献あり〉　2476円
◇楽天少女通ります―私の履歴書　田辺聖子著　日本経済新聞社　1998.4　268p　20cm　1500円　Ⓐ4-532-16249-1

◇まいにち薔薇いろ―田辺聖子A to Z　田辺聖子ほか著,『田辺聖子全集』編集室編　集英社　2006.12　125p　21cm〈年譜あり〉　1500円　Ⓐ4-08-774837-5
◇われにやさしき人多かりき―わたしの文学人生　田辺聖子著　集英社　2011.3　350p　20cm　1700円　Ⓐ978-4-08-775399-8
◇一生、女の子　田辺聖子著　講談社　2011.5　179p　19cm　1400円　Ⓐ978-4-06-216922-6

◆◆団 鬼六（1931～2011）

◇赦す人　大崎善生著　新潮社　2012.11　409p　20cm　1900円　Ⓐ978-4-10-459403-0
◇花は紅―団鬼六の世界　幻冬舎編　幻冬舎　1999.2　375p　21cm　1500円　Ⓐ4-87728-283-1
◇シミュレーション・セックス―エイズ世代のための性と愛と文学　J.G.バラード,E.ギベール,M.プイグ,S.グリーンリーフ,団鬼六…　トーキングヘッズ編集室編　トーキングヘッズ編集室　1994.12　189p　21cm　（トーキングヘッズ叢書　第6巻）〈書苑新社（発売）〉　1133円　Ⓐ4-915125-69-6
◇団鬼六論　堀江珠喜著　平凡社　2004.1　222p　18cm　（平凡社新書）〈文献あり〉　720円　Ⓐ4-582-85210-6
◇団鬼六―愛と悦楽の文学 総特集　河出書房新社　2000.10　227p　21cm　（Kawade夢ムック―文芸別冊）〈肖像あり〉　1143円　Ⓐ4-309-97595-X

◆◆辻 邦生（1925～1999）

◇太虚へ―辻邦生歴史小説の世界　上坂信男著　右文書院　2004.1　324p　21cm　3800円　Ⓐ4-8421-0037-0
◇語られる経験―夏目漱石・辻邦生をめぐって　小田島本有著　近代文芸社（発売）　1994.7　196p　20cm　2000円　Ⓐ4-7733-2764-2
◇辻邦生のパリ滞在　佐々木涇著　駿河台出版社　2006.2　370p　26cm　5238円　Ⓐ4-411-02222-2
◇手紙、栞を添えて　辻邦生,水村美苗著　朝日新聞社　1998.3　253p　20cm　1800円　Ⓐ4-02-257223-X
◇辻邦生のために　辻佐保子著　新潮社

2002.5　195p　20cm　1600円　Ⓘ4-10-454001-3
◇「たえず書く人」辻邦生と暮らして　辻佐保子著　中央公論新社　2008.4　188p　20cm　1400円　Ⓘ978-4-12-003931-7
◇「たえず書く人」辻邦生と暮らして　辻佐保子著　中央公論新社　2011.5　242p　16cm　（中公文庫 つ27-1）　514円　Ⓘ978-4-12-205479-0
◇辻邦生のために　辻佐保子著　中央公論新社　2011.12　210p　16cm　（中公文庫 つ27-2）　552円　Ⓘ978-4-12-205578-0
◇遠藤・辻の作品世界―美と信と愛のドラマ　三木サニア著　双文社出版　1993.11　302p　20cm　3605円　Ⓘ4-88164-349-5
◇辻邦生―人と文学　三木サニア著　勉誠出版　2009.6　267p　20cm　（日本の作家100人）〈年譜あり〉　2000円　Ⓘ978-4-585-05196-1
◇辻邦生展　山梨県立文学館編　甲府　山梨県立文学館　2006.4　64p　30cm〈会期・会場：2006年4月29日～6月25日 山梨県立文学館　肖像あり　年譜あり〉

◆◆戸板　康二（1915～1993）

◇戸板康二の歳月　矢野誠一著　文芸春秋　1996.6　258p　20cm　1600円　Ⓘ4-16-351720-0
◇戸板康二の歳月　矢野誠一著　筑摩書房　2008.9　365p　15cm　（ちくま文庫）　880円　Ⓘ978-4-480-42472-3

◆◆富島　健夫（1931～1998）

◇富島健夫書誌　荒川佳洋編著　出版地不明　富島健夫書誌刊行会　2009.10　320p　26cm〈年譜あり〉

◆◆永井　路子（1925～）

◇永井路子―特別展　鎌倉　鎌倉市教育委員会　〔1999〕　32p　30cm

◆◆仁木　悦子（1928～1986）

◇猫と車イス―思い出の仁木悦子　後藤安彦著　早川書房　1992.11　329p　20cm〈仁木悦子の肖像あり〉　1800円　Ⓘ4-15-203541-2

◆◆西村　京太郎（1930～）

◇拝啓十津川迷警部殿―トラベル・ミステリーを2倍楽しもう　池田光雅著　冬樹社　1989.3　258p　19cm　1200円　Ⓘ4-8092-3037-6
◇西村京太郎読本　郷原宏編　KSS出版　1998.12　239p　20cm　2200円　Ⓘ4-87709-295-1
◇十津川警部の真実　十津川警部応援会著　コスミックインターナショナル　1998.4　189p　19cm　（Cosmo books）　1000円　Ⓘ4-88532-908-6
◇十津川警部の謎　十津川警部を応援する会著　本の森出版センター　1994.12　156p　18cm〈コアラブックス（発売）〉　1000円　Ⓘ4-87693-206-9
◇緊急指令十津川警部を解剖せよ　西村京太郎編著　諏訪　鳥影社　1997.11　366p　19cm　1800円　Ⓘ4-7952-3598-8

◆◆萩原　葉子（1920～2005）

◇作家の自伝―78　萩原葉子　萩原葉子著,長野隆編解説　日本図書センター　1998.4　279p　22cm　（シリーズ・人間図書館）　2600円　Ⓘ4-8205-9522-9,4-8205-9504-0
◇小説家萩原葉子―自分との出会い　萩原朔太郎記念水と緑と詩のまち前橋文学館編　前橋　前橋文学館　2000.8　43p　30cm〈前橋文学館特別企画展：2000年8月5日～10月1日　著作目録あり　年譜あり〉
◇萩原葉子追悼展図録―萩原朔太郎生誕120年記念　萩原朔太郎記念水と緑と詩のまち文学館編　前橋　萩原朔太郎記念水と緑と詩のまち前橋文学館　2006.7　34p　26cm〈会期：2006年7月1日～2006年7月30日　肖像あり　年譜あり〉

◆◆長谷川　修（1926～1979）

◇野呂邦暢・長谷川修往復書簡集　陸封魚の会編　福岡　葦書房　1990.5　269p　22cm〈著者の肖像あり〉　2884円

◆◆原田　康子（1928～2009）

◇「北海文学」の航跡―作家、原田康子「挽

歌」のナビゲーション　永田秀郎著　言海書房　2003.5　240,7p　19cm　1200円　①4-901891-05-7
◇原田康子の北海道―小説「挽歌」から50年　原田康子著,北海道文学館編　札幌　北海道立文学館　2005.9　120p　21cm　〈年譜あり〉
◇原田康子―「挽歌」から「海霧」まで　北海道文学館編　札幌　北海道新聞社　2010.10　259p　21cm　〈年譜あり〉　2000円　①978-4-89453-572-5
◇「挽歌」物語―作家原田康子とその時代　盛厚三著,釧路市教育委員会生涯学習課編〔釧路〕　釧路市教育委員会　2011.10　205p　18cm　（釧路新書 31）〈折り込1枚　年譜あり〉　700円

◆◆平岩 弓枝（1932〜）

◇平岩弓枝。家族のかたち　我孫子晴美著,鷲田小弥太監修　PHP研究所　1997.11　201p　20cm　1333円　①4-569-55887-9
◇「御宿かわせみ」百八十話の謎―江戸の人々の光と影　立原洋一著　本の森出版センター　1997.4　182p　19cm　（『超』読解講座）　1300円　①4-87693-341-3

◆◆深沢 七郎（1914〜1987）

◇庶民讃歌―深沢七郎作品論　赤尾利弘著　新風舎　2006.9　157p　21cm　1300円　①4-289-00701-5
◇深沢七郎―その存在と文学　安藤始著　おうふう　2012.7　300p　22cm　〈布装〉　2800円　①978-4-273-03695-9
◇「虚無」を生きる―深沢七郎入門　大橋弘著　日本図書刊行会　2005.11　138p　20cm　〈近代文芸社（発売）〉　1200円　①4-8231-0676-8
◇当世文人気質―1　深沢七郎論・安岡章太郎論　清水信著　鈴鹿　いとう書店　2004.7　45p　22cm　（清水信文学選 7　清水信著）〈シリーズ責任表示：清水信著〉
◇深沢七郎外伝―淋しいって痛快なんだ　新海均著　潮出版社　2011.12　257p　20cm　〈文献あり〉　2095円　①978-4-267-01889-3
◇深沢七郎―この面妖なる魅力　相馬庸郎著　勉誠出版　2000.7　311p　20cm　（遊学叢書 8）　2800円　①4-585-04068-4
◇こころの旅人深沢七郎　田中真寿子著　京都　「唯一者」発行所（発売）　1998.11　249p　22cm　2500円
◇滅亡を超えて―田中小実昌・武田泰淳・深沢七郎　多羽田敏夫著　作品社　2007.10　159p　20cm　1800円　①978-4-86182-153-0
◇呪詛はどこからくるか　遠丸立著　日本図書センター　1993.6　290,10p　22cm　（近代作家研究叢書 150）〈解説：阿部正路　改訂版（未来社1972年刊）に増補したものの複製〉　6180円　①4-8205-9254-8,4-8205-9239-4
◇深沢七郎の滅亡対談　深沢七郎著　筑摩書房　1993.12　466p　15cm　（ちくま文庫）　920円　①4-480-02836-6
◇深沢七郎ラプソディ　福岡哲司著　ティビーエス・ブリタニカ　1994.7　265p　20cm　〈深沢七郎の肖像あり〉　1400円　①4-484-94214-3
◇富士の気分―深沢七郎・三島由紀夫・武田泰淳による綺想譜　船木拓生著　西田書店　2000.8　286p　20cm　1800円　①4-88866-317-3
◇深沢七郎回想録　森田進著　八王子　清水工房（印刷）　2004.11　113p　19cm　〈年譜あり〉　1000円
◇深沢七郎への思い　森田進著　〔加須〕〔森田進〕　2012.8　220p　19cm　〈年譜あり〉
◇深沢七郎の文学―「楢山節考」ギターの調べとともに　企画展　山梨県立文学館編　甲府　山梨県立文学館　2011.9　56p　30cm　〈会期・会場：2011年9月10日〜11月6日　山梨県立文学館企画展示室　年譜あり〉
◇深沢七郎―没後25年ちょっと一服、冥土の道草　河出書房新社　2012.5　223p　21cm　（KAWADE道の手帖）〈年譜あり〉　1600円　①978-4-309-74045-4

◆◆星 新一（1926〜1997）

◇あのころの未来―星新一の預言　最相葉月著　新潮社　2003.4　251p　20cm　1500円　①4-10-459801-1
◇あのころの未来―星新一の預言　最相葉月著

新潮社　2005.9　340p　16cm　（新潮文庫）
　514円　①4-10-148222-5

◇星新一一〇〇一話をつくった人　最相葉月著
　新潮社　2007.3　571p　20cm〈文献あり〉
　2300円　①978-4-10-459802-1

◇星新一空想工房へようこそ　最相葉月監修
　新潮社　2007.11　127p　21cm　（とんぼの
　本）〈年譜あり〉　1300円　①978-4-10-
　602164-0

◇星新一一一〇〇一話をつくった人　上巻　最
　相葉月著　新潮社　2010.4　404p　16cm
　（新潮文庫　さ-53-5）〈平成19年刊の加筆修
　正　文献あり　年譜あり　索引あり〉　629円
　①978-4-10-148225-5

◇星新一一一〇〇一話をつくった人　下巻　最
　相葉月著　新潮社　2010.4　477p　16cm
　（新潮文庫　さ-53-6）〈平成19年刊の加筆修
　正　文献あり　年譜あり　索引あり〉　667円
　①978-4-10-148226-2

◇星新一「未来いそっぷ」を読む。　同志社高
　校「現代国語」講座生執筆・浄書，弘英正編
　集責任　〔京都〕　どらねこ工房　1996.9
　312p　21cm　777円

◆◆松本　清張（1909〜1992）

◇霧の中の巨人─回想・私の松本清張　梓林太
　郎著　祥伝社　2003.11　242p　20cm
　1700円　①4-396-63241-X

◇回想・松本清張─私だけが知る巨人の素顔
　梓林太郎著　祥伝社　2009.10　286p
　16cm　（祥伝社文庫　あ9-21）〈年譜あり
　平成15年刊の加筆・訂正〉　600円　①978-
　4-396-33534-2

◇松本清張あらかると　阿刀田高著　中央公
　論社　1997.12　395p　18cm　1900円
　①4-12-002734-1

◇松本清張を推理する　阿刀田高著　朝日新
　聞出版　2009.4　234p　18cm　（朝日新書
　169）〈著作目録あり　並列シリーズ名：
　Asahi shinsho〉　740円　①978-4-02-
　273269-9

◇「象徴の設計」と「二・二六事件」におけ
　る、松本清張の「上官命令絶対服従制度」に
　関する考察　網屋喜行著　北九州　北九州
　市立松本清張記念館　2008.10　47p　30cm
　（松本清張研究奨励事業研究報告書　第9回
　北九州市立松本清張記念館編）

◇清張ミステリーの本質　安間隆次著　光文
　社　1990.1　290,7p　16cm　（光文社文庫）
　〈松本清張の肖像あり〉　440円　①4-334-
　71085-9

◇一冊で松本清張傑作100選を読む　入江康範
　編　友人社　1992.12　246p　19cm　（一冊
　で100シリーズ　24）　1500円　①4-946447-
　27-X

◇松本清張書誌研究文献目録　岩見幸恵著，文
　献目録・諸資料等研究会編　勉誠出版
　2004.10　407p　22cm〈著作目録あり　年
　譜あり〉　8800円　①4-585-06053-7

◇小説に読む考古学─松本清張文学と中近東
　大津忠彦著　三鷹　中近東文化センター
　2005.3　39p　30cm〈年譜あり〉

◇香椎からプロヴァンスへ─松本清張の文学
　加納重文著　新典社　2006.3　319p　19cm
　（新典社選書　16）　2300円　①4-7879-6766-
　5

◇砂漠の海─清張文学の世界　加納重文著
　大阪　和泉書院　2008.5　262p　20cm
　（和泉選書　162）　2800円　①978-4-7576-
　0458-2

◇松本清張作品研究　加納重文著　大阪　和
　泉書院　2008.6　389p　22cm　（近代文学
　研究叢刊　40）〈付・参考資料〉　9000円
　①978-4-7576-0464-3

◇松本清張研究奨励事業研究報告書─第1回
　北九州市立松本清張記念館編　北九州　北
　九州市立松本清張記念館　2000.8　136p
　30cm

◇松本清張の旅─松本清張没後10年特別企画
　展　図録　北九州市立松本清張記念館編　北
　九州　北九州市立松本清張記念館　2003.1
　24p　30cm〈会期：平成15年1月18日〜3月
　31日　年譜あり〉

◇中高生のための松本清張読本　北九州市立松
　本清張記念館編　北九州　北九州市立松本清
　張記念館　2009.6　63p　21cm〈年譜あり〉

◇松本清張と東アジア描かれた〈東アジア・
　東南アジア〉読まれる〈清張〉─松本清張記
　念館特別企画展　日中韓東アジア文学フォー
　ラム2010 in九州　北九州市立松本清張記
　念館編　北九州　北九州市立松本清張記念
　館　2010.12　64p　30cm〈ハングル・中国

語併載　会期・会場：平成22年12月1日〜平成23年3月31日　北九州市立松本清張記念館「企画展示室」　年表あり〉

◇松本清張―読む・学ぶ　現代作家研究会編　日本能率協会マネジメントセンター　1993.3　230p　19cm　〈ビジネスマン読本〉　1500円　①4-8207-0961-5

◇松本清張事典―決定版　郷原宏著　角川学芸出版　2005.4　429p　19cm　〈角川書店（発売）　年譜あり　文献あり〉　3143円　①4-04-651966-5

◇清張とその時代　郷原宏著　双葉社　2009.11　384p　20cm　〈文献あり　年譜あり〉　2500円　①978-4-575-30182-3

◇松本清張時代の闇を見つめた作家　権田萬治著　文芸春秋　2009.11　271p　19cm　〈文献あり〉　1524円　①978-4-16-371910-8

◇松本清張―清張と戦後民主主義　佐藤友之著　三一書房　1999.11　239p　19cm　〈三一「知と発見」シリーズ 4〉　2000円　①4-380-99215-2

◇松本清張を読む　佐藤泰正編　笠間書院　2009.10　155p　19cm　〈笠間ライブラリー―梅光学院大学公開講座論集　第58集〉〈年譜あり〉　1000円　①978-4-305-60259-6

◇当世文人気質―3　清水信著　鈴鹿　いとう書店　2005.4　44p　22cm　〈清水信文学選 12　清水信著〉〈シリーズ責任表示：清水信著〉

◇松本清張事典　志村有弘, 歴史と文学の会共編　増補版　勉誠出版　2008.5　523,13p　20cm　〈年譜あり　文献あり〉　3200円　①978-4-585-06060-4

◇松本清張の世界―その人生と文学　田村栄著　光和堂　1993.5　270p　20cm　〈松本清張の肖像あり〉　2000円　①4-87538-100-X

◇松本清張の世界―その人生と文学　続　田村栄著　光和堂　1993.6　273p　20cm　〈『松本清張』（1976年, 1977年刊）の新版〉　2000円　①4-87538-101-8

◇私（わたし）の松本清張論―タブーに挑んだ国民作家　辻井喬著　新日本出版社　2010.11　190p　19cm　〈タイトル：私の松本清張論　年譜あり〉　1500円　①978-4-406-05399-0

◇松本清張関係文献目録　椿満男編　改訂増補版　自家版　〔横浜〕　椿満男　1996.12　289p　31cm

◇「松本清張関係文献資料」集成　椿満男企画・編　アイアールディー企画　1998.12　378p　31cm　3800円　①4-901061-03-8

◇松本清張地図帖―地図にみる懐かしの昭和三十年代　帝国書院編集部著　帝国書院　2010.5　112p　26cm　〈文献あり　年表あり　索引あり〉　1600円　①978-4-8071-5909-3

◇松本清張の時代小説　中島誠著　現代書館　2003.6　214p　20cm　1800円　①4-7684-6859-4

◇松本清張の現実と虚構―あなたは清張の意図にどこまで気づいているか　仲正昌樹著　ビジネス社　2006.2　255p　18cm　（B選書）　952円　①4-8284-1254-9

◇松本清張の「遺言」―『神々の乱心』を読み解く　原武史著　文芸春秋　2009.6　264p　18cm　（文春新書 703）〈年表あり〉　800円　①978-4-16-660703-7

◇清張さんと司馬さん―昭和の巨人を語る　半藤一利著　日本放送出版協会　2001.10　166p　21cm　（NHK人間講座　日本放送協会編）〈シリーズ責任表示：日本放送協会編　2001年10月—11月期〉　560円　①4-14-189055-3

◇清張さんと司馬さん　半藤一利著　日本放送出版協会　2002.10　251p　20cm　1400円　①4-14-080719-9

◇清張さんと司馬さん　半藤一利著　文芸春秋　2005.10　287p　16cm　（文春文庫）〈年譜あり〉　552円　①4-16-748314-9

◇松本清張書誌―作品目録篇　平井隆一編著　日本図書刊行会　2002.12　251p　27cm　〈近代文芸社（発売）〉　7000円　①4-8231-0817-5

◇平野謙松本清張探求―1960年代平野謙の松本清張論・推理小説評論　平野謙著, 森信勝編　同時代社　2003.6　227,13p　20cm　〈他言語標題：The best anthology of literatur Seicho Matsumoto by the Ken Hirano　年譜あり〉　2500円　①4-88683-499-X

◇「黒い霧」は晴れたか―松本清張の歴史眼　藤井忠俊著　窓社　2006.2　214p　20cm　2200円　①4-89625-080-X

◇清張ミステリーと昭和三十年代　藤井淑禎著　文芸春秋　1999.3　189p　18cm　（文春新

書）　660円　Ⓘ4-16-660033-8
◇清張闘う作家―「文学」を超えて　藤井淑禎著　京都　ミネルヴァ書房　2007.6　264p　20cm　（Minerva歴史・文化ライブラリー　10）　3000円　Ⓘ978-4-623-04930-1
◇松本清張の残像　藤井康栄著　文芸春秋　2002.12　222p　18cm　（文春新書）〈年譜あり〉　700円　Ⓘ4-16-660290-X
◇松本清張の世界　文芸春秋編　文芸春秋　2003.3　744p　16cm　（文春文庫）〈年譜あり〉　895円　Ⓘ4-16-721778-3
◇松本清張と昭和史　保阪正康著　平凡社　2006.5　252p　18cm　（平凡社新書）〈年譜あり〉　720円　Ⓘ4-582-85320-X
◇松本清張を読む―『張込み』から『砂の器』まで　細谷正充著　ベストセラーズ　2005.2　237p　18cm　（ベスト新書）〈著作目録あり　年譜あり　文献あり〉　780円　Ⓘ4-584-12080-3
◇松本清張が追い求めたヨーロッパの幻影を求めて―欧州統合運動の隠された一面　前田洋平著　北九州　北九州市立松本清張記念館　2011.1　97p　30cm　（松本清張研究奨励事業研究報告書　第11回　北九州市立松本清張記念館編）
◇半生の記　松本清張著　新座　埼玉福祉会　1991.10　347p　22cm　（大活字本シリーズ）〈原本：河出書房新社刊　限定版〉　3605円
◇半生の記　松本清張著　新装版　河出書房新社　1992.9　238p　20cm　1500円　Ⓘ4-309-00788-0
◇松本清張全集―65　清張日記・エッセイより　松本清張著　文芸春秋　1996.2　550p　20cm　3200円　Ⓘ4-16-508270-8
◇松本清張と近代の巫女たち―『神々の乱心』にみる「御神鏡」の研究　美馬弘, 磯部直希, 望月規史著　北九州　北九州市立松本清張記念館　2012.3　90p　30cm　（松本清張研究奨励事業研究報告書　第12回　北九州市立松本清張記念館編）〈文献あり〉
◇モダニスト松本清張―マスメディアとの相互関連性をめぐる研究　宗像和重, 十重田裕一著　北九州　北九州市立松本清張記念館　2006.1　17p　30cm　（松本清張研究奨励事業研究報告書　第6回　北九州市立松本清張

記念館編）
◇松本清張への召集令状　森史朗著　文芸春秋　2008.3　317p　18cm　（文春新書）〈文献あり〉　890円　Ⓘ978-4-16-660624-5
◇松本清張歴史小説のたのしみ　森本穫著　洋々社　2008.11　253p　20cm　2400円　Ⓘ978-4-89674-922-9
◇松本清張と木々高太郎　山梨県立文学館編　甲府　山梨県立文学館　2002.9　88p　30cm〈会期：2002年9月28日～12月1日〉
◇松本清張と金聖鐘―日韓の戦後探偵小説比較研究　李建志著　北九州　北九州市立松本清張記念館　2006.1　25p　30cm　（松本清張研究奨励事業研究報告書　第6回　北九州市立松本清張記念館編）
◇松本清張事典　歴史と文学の会編　勉誠出版　1998.6　481,12p　20cm　2800円　Ⓘ4-585-06007-3
◇動機と時空という視座からみた清張推理小説の社会性　和田稜三著　北九州　北九州市立松本清張記念館　2011.1　27p　30cm　（松本清張研究奨励事業研究報告書　第10回　北九州市立松本清張記念館編）
◇松本清張　新潮社　1994.11　111p　20cm　（新潮日本文学アルバム　49）〈編集・評伝：権田万治　エッセイ：尾崎秀樹〉　1300円　Ⓘ4-10-620653-6
◇松本清張黒の地図帖―昭和ミステリーの舞台を旅する　平凡社　2010.3　95p　26cm　（別冊太陽―太陽の地図帖　2）〈年譜あり　著作目録あり〉　1000円　Ⓘ978-4-582-94529-4

◆◆三浦 哲郎（1931～2010）

◇三浦哲郎芥川賞受賞40年記念展―特別展　青森県立図書館, 青森県近代文学館編　青森　青森県立図書館　2000.9　40p　30cm〈共同刊行：青森県近代文学館　会期：平成12年9月29日～11月12日〉
◇三浦哲郎、内なる楕円　深谷考著　青弓社　2011.9　287p　20cm　2600円　Ⓘ978-4-7872-9202-5
◇芥川賞作家三浦哲郎―作風と文学への旅　吉田德寿著　青森　東奥日報社　2012.6　323p　21cm〈年譜あり　文献あり〉　2400

円　①978-4-88561-124-7
◇三浦哲郎の世界―作家生活50年　八戸デーリー東北新聞社　2005.10　76p　30cm〈著作目録あり　年譜あり〉

◆◆水上 勉（1919〜2004）

◇雁と雁の子―父・水上勉との日々　窪島誠一郎著　平凡社　2005.8　157p　20cm〈肖像あり〉　1600円　①4-582-83276-8
◇水上勉の京都を歩く　蔵田敏明文,宮武秀治写真　京都　淡交社　2006.10　127p　21cm（新撰京の魅力）〈年譜あり〉　1500円　①4-473-03340-6
◇金閣寺の燃やし方　酒井順子著　講談社　2010.10　257p　20cm　1600円　①978-4-06-216619-5
◇回り道の人生―水上勉さんと私　藤本明男著　清流出版　2001.11　222p　19cm　1200円　①4-916028-98-8
◇作家の自伝―74　水上勉　水上勉著,国松昭編解説　日本図書センター　1998.4　264p　22cm（シリーズ・人間図書館）　2600円　①4-8205-9518-0,4-8205-9504-0
◇水上勉―わが六道の闇夜　水上勉著　日本図書センター　2012.4　173p　20cm（人間の記録 198）〈「わが六道の闇夜」（読売新聞社 1975年刊）の改題　年譜あり〉　1800円　①978-4-284-70074-0
◇浮遊人間水上勉―女性の視線が描くモザイク絵　村上義雄著　朝日ソノラマ　1997.10　265p　20cm　1700円　①4-257-03511-0
◇ブンナが世界をつなぐ　銀座屋出版社　1989.1　31p　30cm〈英文『ブンナよ、木からおりてこい』出版〉　515円　①4-87675-001-7
◇「総特集」水上勉―癒しと鎮魂の文学　河出書房新社　2000.8　231p　21cm（Kawade夢ムック―文芸別冊）〈肖像あり　著作目録あり　年譜あり〉　1143円　①4-309-97590-9

◆◆森 茉莉（1903〜1987）

◇吉岡実と森茉莉と　秋元幸人著　思潮社　2007.10　143p　20cm　2200円　①978-4-7837-1641-9
◇「少女」と「老女」の聖域―尾崎翠・野溝七生子・森茉莉を読む　江黒清美著　学芸書林　2012.9　275p　20cm　2800円　①978-4-87517-092-1
◇小説の悪魔―鷗外と茉莉　田中美代子著　試論社　2005.8　300p　20cm〈年譜あり〉　2800円　①4-903122-00-X
◇森茉莉かぶれ　早川茉莉著　筑摩書房　2007.9　267p　19cm〈年譜あり　文献あり〉　1800円　①978-4-480-82361-8
◇贅沢貧乏のマリア　群ようこ著　角川書店　1996.4　231p　20cm　1400円　①4-04-872944-6
◇贅沢貧乏のマリア　群ようこ著　角川書店　1998.10　236p　15cm（角川文庫）　438円　①4-04-171710-8
◇ぼやきと怒りのマリア―ある編集者への手紙　森茉莉著,小島千加子編　筑摩書房　1998.2　438p　21cm　3700円　①4-480-81415-9
◇「父の娘」たち―森茉莉とアナイス・ニン　矢川澄子著　新潮社　1997.7　215p　20cm　1600円　①4-10-327803-X
◇「父の娘」たち―森茉莉とアナイス・ニン　矢川澄子著　平凡社　2006.7　255p　16cm（平凡社ライブラリー 579）　950円　①4-582-76579-3

◆◆山口 瞳（1926〜1995）

◇「係長」山口瞳の処世術　小玉武著　筑摩書房　2009.3　311p　20cm〈文献あり 年譜あり〉　1900円　①978-4-480-81829-4
◇回想山口瞳―田沼武能写真集 江分利満氏の想い出四〇年　田沼武能著　岩崎美術社　1997.8　106p　25×27cm　3800円　①4-7534-1363-2
◇国立の先生山口瞳を読もう　常盤新平著,中野朗編　札幌　柏艪舎　2007.8　276p　19cm〈星雲社（発売）〉　1715円　①978-4-434-10714-6
◇くにたちを愛した山口瞳―特別展図録　特別展「くにたちを愛した山口瞳」実施委員会,くにたち文化・スポーツ振興財団編　国立　特別展「くにたちを愛した山口瞳」実施委員会　1999.10　80p　30cm
◇変奇館の主人―山口瞳評伝・書誌　中野朗著

札幌　響文社　1999.11　553p　21cm　3334円　①4-906198-00-7
◇ぼくの父はこうして死んだ―男性自身外伝　山口正介著　新潮社　1996.5　178p　20cm　1200円　①4-10-390603-0
◇山口瞳の行きつけの店　山口正介著　ランダムハウス講談社　2007.4　222p　20cm　1500円　①978-4-270-00202-5
◇山口瞳の行きつけの店　山口正介著　ランダムハウス講談社　2008.3　241p　15cm　〈2007年刊の増訂〉　700円　①978-4-270-10168-1
◇江分利満家の崩壊　山口正介著　新潮社　2012.10　251p　20cm　1400円　①978-4-10-390605-6
◇瞳さんと　山口治子著, 中島茂信聞き書き　小学館　2007.6　271p　20cm　1600円　①978-4-09-387612-4
◇瞳さんと　山口治子著　小学館　2012.2　346p　15cm　〈小学館文庫　や20-1〉〈聞き書き：中島茂信　文献あり〉　638円　①978-4-09-408690-4
◇年金老人奮戦日記　山口瞳著　新潮社　1994.12　460p　19cm　〈男性自身シリーズ　26〉　1700円　①4-10-322638-2
◇山口瞳の人生作法　山口瞳ほか　新潮社　2004.11　393p　16cm　〈新潮文庫〉〈年譜あり　著作目録あり〉　552円　①4-10-111135-9
◇この人生に乾杯！　山口瞳と三十人著　ティビーエス・ブリタニカ　1996.9　334p　22cm　2000円　①4-484-96218-7

◆◆結城　昌治（1927～1996）

◇淡色の熱情―結城昌治論　中辻理夫著　東京創元社　2012.6　204,4p　20cm　〈KEY LIBRARY〉〈著作目録あり　索引あり〉　2000円　①978-4-488-01534-3

◆昭和40年代

◇一九七二年作家の肖像　佐伯剛正著　清流出版　2011.5　255p　21cm　〈文献あり〉　2500円　①978-4-86029-354-3

◆◆荒巻　義雄（1933～）

◇落日の艦隊―シミュレーション戦記批判序説　如月東著　ベストブック　1998.8　223p　19cm　1400円　①4-8314-9320-1
◇シュルレアリスト精神分析―ボッシュ＋ダリ＋マグリット＋エッシャー＋初期荒巻義雄／論　藤元登四郎著　中央公論事業出版（制作・発売）　2012.7　222p　22cm　〈文献あり　索引あり〉　2600円　①978-4-89514-387-5
◇紺碧事典　徳間書店　1993.10　247p　20cm　〈監修：荒巻義雄〉　1500円　①4-19-860006-6

◆◆李　恢成（1935～）

◇李恢成の文学―根生いの地から朝鮮半島・世界へ：特別展　北海道文学館編　札幌　北海道立文学館　2012.1　95p　26cm　〈会期・会場：2012年1月28日～3月25日　北海道立文学館特別展示室　年譜あり〉

◆◆いいだ　もも（1926～2011）

◇鬼才いいだもも　いいだももさんを偲ぶ会編　変革のアソシエ　2012.3　175p　19cm　〈論創社（発売）　著作目録あり　年譜あり〉　1500円　①978-4-8460-1135-2

◆◆五木　寛之（1932～）

◇風のホーキにまたがって―往復書簡集　五木寛之, 駒尺喜美著　読売新聞社　1991.5　252p　19cm　1300円　①4-643-91037-2
◇風のホーキにまたがって―往復書簡集　五木寛之, 駒尺喜美著　東京電力　1991.10　3冊　27cm　〈東電文庫 53〉〈点字版製作：日本点字図書館　原本：読売新聞社 1991〉　全4500円
◇日記―十代から六十代までのメモリー　五木寛之著　岩波書店　1995.7　245p　18cm　〈岩波新書〉　620円　①4-00-430400-8
◇白夜の旅人五木寛之　植田康夫著　ブレーン　2012.1　267p　20cm　〈北辰堂出版（発売）　文献あり〉　2300円　①978-4-86427-072-4
◇暗愁は時空を超えて―五木寛之紀行　斎藤慎爾著　札幌　響文社　2007.6　149p　20cm

1500円　①978-4-87799-045-9
◇五木寛之風狂とデラシネ　志村有弘編　勉誠出版　2003.7　272p　20cm〈年譜あり　文献あり〉　2000円　①4-585-05086-8
◇旅する作家五木寛之—戸沢裕司写真集2001～2006　戸沢裕司著　講談社　2007.5　155p　21cm　2200円　①978-4-06-213933-5
◇五木寛之論—時の過ぎゆくままに　中田耕治著　札幌　響文社　2004.5　364p　20cm　1800円　①4-87799-023-2
◇五木寛之論　松本鶴雄著　上尾　林道舎　1995.9　201p　20cm　2575円　①4-947632-50-X
◇五木寛之の読み方—本物のプラス思考とは、何か？　松本幸夫著　総合法令出版　1999.1　221p　19cm　1500円　①4-89346-625-9
◇五木寛之の文学—ひとつの読み方　森英一著　金沢　能登印刷出版部　2005.7　155p　19cm　1800円　①4-89010-438-0
◇五木寛之を読む—困難な時代を生きるテキストとして　山川健一著　ベストセラーズ　2005.9　269p　20cm　1500円　①4-584-18894-7

◆◆大城　立裕（1925～）

◇大城立裕文学アルバム　黒古一夫編　勉誠出版　2004.3　149p　21cm〈著作目録あり〉　2500円　①4-585-09044-4
◇琉球弧の文学—大城立裕の世界　里原昭著　法政大学出版局　1991.12　222p　20cm（教養学校叢書　7）　1339円　①4-588-05307-8

◆◆長部　日出雄（1934～）

◇長部日出雄展—特別展　青森県立図書館編　青森　青森県近代文学館　2001.7　40p　30cm〈会期：平成13年7月27日～9月9日〉

◆◆金井　美恵子（1947～）

◇書くことの戦場—後藤明生・金井美恵子・古井由吉・中上健次　芳川泰久著　早美出版社　2004.4　313p　20cm　2500円　①4-86042-017-9

◇金井美恵子の想像的世界　芳川泰久著　水声社　2011.6　275p　20cm　2800円　①978-4-89176-835-5

◆◆金　石範（1925～）

◇存在の原基金石範文学　小野悌次郎著　新幹社　1998.8　268p　20cm　2000円　①4-915924-92-0
◇金石範《火山島》小説世界を語る！—済州島四・三事件/在日と日本人/政治と文学をめぐる物語　金石範著, 安達史人, 児玉幹夫インタヴュー, 内田亜里写真　右文書院　2010.4　366p　19cm　2400円　①978-4-8421-0737-0
◇光る鏡—金石範の世界　円谷真護著　論創社　2005.10　475p　20cm　3800円　①4-8460-0459-7

◆◆河野　多恵子（1926～）

◇河野多恵子文芸事典・書誌　浦西和彦著　大阪　和泉書院　2003.3　653p　22cm（和泉事典シリーズ　14）〈肖像あり　年譜あり〉　15000円　①4-7576-0191-3

◆◆小林　信彦（1932～）

◇1960年代日記　小林信彦著　筑摩書房　1990.1　314p　15cm（ちくま文庫）〈『小林信彦60年代日記』（白水書房1985年刊）の改題〉　490円　①4-480-02372-0

◆◆佐藤　愛子（1923～）

◇佐藤家の人びと—「血脈」と私　佐藤愛子著　文芸春秋　2008.5　191p　16cm（文春文庫）〈年表あり〉　533円　①978-4-16-745014-4
◇佐藤愛子展　世田谷文学館編　世田谷文学館　2001.4　135p　24cm〈会期：平成13年4月28日～6月10日　肖像あり　年譜あり〉

◆◆瀬戸内　寂聴（1922～）

◇小説家の誕生瀬戸内寂聴　秋山駿著　おうふう　2004.10　155p　20cm　1500円　①4-273-03346-1
◇瀬戸内寂聴の世界—人気小説家の元気な日々

◇伊藤千晴写真　平凡社　2001.3　144p　29cm　（太陽カルチャーブックス）〈折り込1枚　年譜あり〉　1500円　Ⓘ4-582-83051-X
◇瀬戸内寂聴伝　奥田富子著　日本文学館　2010.8　95p　19cm〈文献あり〉　1000円　Ⓘ978-4-7765-2415-1
◇寂聴—瀬戸内晴美＋瀬戸内寂聴　勝山泰佑写真集　勝山泰佑著　朝日新聞社　1991.6　1冊（頁付なし）　28cm〈文：井上光晴〉　3300円　Ⓘ4-02-256299-4
◇寂聴伝—良夜玲瓏　斎藤慎爾著　白水社　2008.7　407,9p　20cm〈年譜あり〉　2800円　Ⓘ978-4-560-03183-4
◇寂聴伝—良夜玲瓏　斎藤慎爾著　新潮社　2011.5　517p　16cm　（新潮文庫　さ-75-1）〈年譜あり〉　743円　Ⓘ978-4-10-135041-7
◇晴美と寂聴のすべて　瀬戸内寂聴著　集英社　1998.11　461p　20cm　1900円　Ⓘ4-08-774361-6
◇寂聴さんがゆく—瀬戸内寂聴の世界　瀬戸内寂聴著,伊藤千晴写真　平凡社　2006.11　126p　22cm　（コロナ・ブックス　128）〈年譜あり〉　1600円　Ⓘ4-582-63427-3
◇素顔の寂聴さん　瀬戸内寂聴文,斉藤ユーリ撮影　小学館　2008.1　111p　18cm〈他言語標題：Private Jakuchou〉　1238円　Ⓘ978-4-09-387756-5
◇瀬戸内寂聴に聞く寂聴文学史　瀬戸内寂聴述,尾崎真理子著　中央公論新社　2009.9　349p　20cm〈年譜あり〉　1600円　Ⓘ978-4-12-004059-7
◇私の中の瀬戸内寂聴—人々がいる、「自閉症者」がいる、私がいる　鶴島緋沙子著　柘植書房新社　2005.3　189p　20cm　1700円　Ⓘ4-8068-0519-X
◇瀬戸内寂聴・永田洋子往復書簡—愛と命の淵に　福武書店　1993.5　405p　15cm　（福武文庫）　750円　Ⓘ4-8288-3270-X

◆◆高橋　たか子（1932～）

◇高橋たか子論　須浪敏子著　桜楓社　1992.4　194p　19cm　2800円　Ⓘ4-273-02576-0
◇高橋たか子の風景　中川成美,長谷川啓編　彩流社　1999.12　238p　19cm　2500円　Ⓘ4-88202-466-7

◇神と出会う—高橋たか子論　山内由紀人著　書肆山田　2002.3　356p　20cm　2800円　Ⓘ4-87995-537-X

◆◆陳　舜臣（1924～）

◇境域を越えて—私の陳舜臣論ノート　稲畑耕一郎著　大阪　創元社　2007.3　411p　20cm〈他言語標題：The world will be as one〉　2200円　Ⓘ978-4-422-93044-2
◇Who is 陳舜臣？—陳舜臣読本　陳舜臣編　集英社　2003.6　393p　19cm〈肖像あり　著作目録あり〉　2300円　Ⓘ4-08-774653-4

◆◆津島　佑子（1947～）

◇津島佑子　川村湊編　鼎書房　2005.12　157p　22cm　（現代女性作家読本 3）〈年譜あり　文献あり〉　1800円　Ⓘ4-907846-34-7
◇津島佑子　庄司肇著　沖積舎　2003.7　231p　20cm　（庄司肇コレクション 9　庄司肇著）〈シリーズ責任表示：庄司肇著〉　2500円　Ⓘ4-8060-6599-4

◆◆筒井　康隆（1934～）

◇筒井康隆読本—東海道戦争から文学部唯野教授まで　月刊オーパス編集部編　創現社　1991.8　189p　21cm　（オーパス・ライブラリー）　1400円　Ⓘ4-88245-013-5
◇筒井康隆「断筆」めぐる大論争　月刊「創」編集部編　創出版　1995.3　352p　21cm　1500円　Ⓘ4-924718-14-9
◇筒井康隆「無人警察」角川教科書てんかん差別問題—何だかおかしい　佐藤めいこ著　近代文芸社　1995.4　202p　20cm　1500円　Ⓘ4-7733-4103-3
◇腹立半分日記　筒井康隆著　文芸春秋　1991.5　350p　16cm　（文春文庫）　440円　Ⓘ4-16-718108-8
◇筒井康隆スピーキング—対談・インタヴュー集成　筒井康隆著　出帆新社　1996.3　420p　22cm　2200円　Ⓘ4-915497-20-8
◇文学部唯野教授の女性問答　筒井康隆著　中央公論社　1997.7　168p　16cm　（中公文庫）　457円　Ⓘ4-12-202889-2

現代日本文学(文学史)

◇筒井康隆大事典―ふたたび・part1　全書籍・全作品目録　平石滋編　平石滋　1991.5　294p　26cm　2700円

◇筒井康隆はこう読めの報復　平岡正明著　大陸書房　1990.11　239p　20cm　1350円　④4-8033-3148-0

◇筒井康隆の逆襲―言論の自由を圧殺しているのは誰か　平岡正明編著　現代書林　1994.2　255p　19cm〈執筆：岡庭昇ほか〉　1300円　④4-87620-715-1

◇筒井康隆断筆をめぐるケンカ論集　平岡正明著　ビレッジセンター出版局　1994.9　226p　19cm　990円　④4-938704-43-9

◇筒井康隆はこう読め　平岡正明著　改訂新版　ビレッジセンター出版局　1995.7　797p　22cm　6000円　④4-89436-010-1

◇筒井康隆断筆祭全記録―祭のあとの宴の準備　山下洋輔責任編集　ビレッジセンター　1994.10　243p　21cm〈筒井康隆の肖像あり　付属資料（録音ディスク1枚 12cm 袋入）〉　2340円　④4-938704-44-7

◇筒井康隆「断筆」の深層―闘筆宣言「言葉狩り」を許すな、擬制の自由社会を撃て　横尾和博著　諏訪　鳥影社　1994.4　92p　20cm〈星雲社（発売）〉　800円　④4-7952-7566-1

◆◆津村　節子（1928～）

◇小説家・津村節子　坂本満津夫著　おうふう　2003.6　249p　20cm〈著作目録あり〉　2200円　④4-273-03280-5

◆◆鄭　承博（1923～2001）

◇人生いろいろありました―鄭承博遺稿・追悼集　鄭承博著　新幹社　2002.2　365p　20cm〈肖像あり　略年譜あり〉　3000円　④4-88400-023-4

◆◆中井　英夫（1922～1993）

◇中井英夫短歌論集　中井英夫著　国文社　2001.11　187p　19cm（現代歌人文庫 40）〈著作目録あり〉　1500円　④4-7720-0440-8

◇彗星との日々―中井英夫との四年半　本多正一著　光村印刷　1996.2　71p　17×19cm（Bee books 48）　2060円　④4-89615-548-3

◇プラネタリウムにて―中井英夫に　本多正一著　大阪　葉文館出版　2000.2　173p　20cm　2000円　④4-89716-158-4

◇中井英夫スペシャル―1　反世界の手帖　改訂版　川口　幻想文学出版局　1993.2　239p　21cm（別冊幻想文学）　1700円

◇中井英夫スペシャル―2　虚無へ捧ぐる　川口　幻想文学出版局　1993.2　239p　21cm（別冊幻想文学）　1700円

◇中井英夫―虚実の間に生きた作家　河出書房新社　2007.6　195p　21cm（Kawade道の手帖）〈年譜あり〉　1500円　④978-4-309-74016-4

◆◆なだ　いなだ（1929～）

◇なだいなだ論―意地と意志の弁証法　在柄寧聞著　勁草出版サービスセンター　1989.11　222p　20cm〈勁草書房（発売）〉　1000円　④4-326-93158-2

◆◆野呂　邦暢（1937～1980）

◇彷徨と回帰―野呂邦暢の文学世界　中野章子著　福岡　西日本新聞社　1995.5　187p　19cm　1500円　④4-8167-0391-8

◇野呂邦暢・長谷川修往復書簡集　陸封魚の会編　福岡　葦書房　1990.5　269p　22cm〈著者の肖像あり〉　2884円

◆◆秦　恒平（1935～）

◇秦恒平の文学―夢のまた夢　原善著　右文書院　1994.11　235p　19cm　2000円　④4-8421-9402-2

◆◆藤枝　静男（1907～1993）

◇藤枝静男と私　小川国夫著　小沢書店　1993.11　188p　20cm〈藤枝静男の肖像あり〉　2369円

◆◆藤沢　周平（1927～1997）

◇藤沢周平が描ききれなかった歴史―『義民が駆ける』を読む　青木美智男著　柏書房

2009.8　214p　20cm　1800円　①978-4-7601-3248-5

◇物語とはなにか―鶴屋南北と藤沢周平の主題によるカプリッチオ　浅沼圭司著　水声社　2007.11　300p　22cm　4000円　①978-4-89176-650-4

◇藤沢周平のツボ―至福の読書案内　朝日新聞週刊百科編集部編　朝日新聞社　2007.12　215p　15cm　（朝日文庫）　500円　①978-4-02-264425-1

◇藤沢周平残日録　阿部達二著　文芸春秋　2004.1　270p　18cm　（文春新書）〈年譜あり〉　790円　①4-16-660359-0

◇わたしの藤沢周平　NHK『わたしの藤沢周平』制作班編,遠藤崇寿・展子監修　宝島社　2009.1　287p　19cm〈著作目録あり〉　1400円　①978-4-7966-5995-6

◇わたしの藤沢周平　NHK『わたしの藤沢周平』制作班編,遠藤崇寿,遠藤展子監修　文芸春秋　2012.10　288p　16cm　（文春文庫　ふ1-92）〈宝島社2009年刊の再刊　著作目録あり　作品目録あり〉　695円　①978-4-16-783827-0

◇藤沢周平父の周辺　遠藤展子著　文芸春秋　2006.9　286p　18cm　1333円　①4-16-368390-9

◇父・藤沢周平との暮し　遠藤展子著　新潮社　2007.1　204p　20cm　1300円　①978-4-10-303471-1

◇父・藤沢周平との暮し　遠藤展子著　新潮社　2009.10　233p　16cm　（新潮文庫　ふ-11-71）　400円　①978-4-10-128681-5

◇藤沢周平父の周辺　遠藤展子著　文芸春秋　2010.1　277p　16cm　（文春文庫　ふ1-91）　467円　①978-4-16-777338-0

◇藤沢周平の世界―ひとが生きるところ　岡庭昇著〔川崎〕岡庭昇事務所　2011.9　218p　20cm〈星雲社（発売）　著作目録あり〉　2500円　①978-4-434-16061-5

◇藤沢周平の礎小菅留治　粕谷昭二著　鶴岡　東北出版企画　2008.2　183p　21cm〈年譜あり〉　1800円　①978-4-88761-046-0

◇藤沢周平「海坂藩」の原郷　蒲生芳郎著　小学館　2002.7　365p　15cm　（小学館文庫）〈肖像あり〉　657円　①4-09-402796-3

◇命を生きる！藤沢周平の世界―下巻　北影雄幸著　大村書店　2003.9　278p　19cm　1600円　①4-7563-3024-X

◇命を生きる！藤沢周平の世界―上巻　北影雄幸著　大村書店　2003.9　261p　19cm　1600円　①4-7563-3023-1

◇藤沢周平に学ぶ―人間は、人生は、こうありたい…　月刊『望星』編集部編　秦野　東海教育研究所　2006.12　278p　21cm　（望星ライブラリー　v.7）〈肖像あり　著作目録あり　東海大学出版会（発売）〉　2300円　①4-486-03192-X

◇時代小説の人間像―藤沢周平とともに歩く　幸津国生著　花伝社　2002.12　208,7p　20cm〈共栄書房（発売）　文献あり〉　1905円　①4-7634-0398-2

◇兄藤沢周平　小菅繁治著　毎日新聞社　2001.2　237p　20cm　1600円　①4-620-31500-1

◇江戸切絵図にひろがる藤沢周平の世界　桜井洋子説明・案内文,人文社編集部編　人文社　2004.6　111p　26cm　（時代小説シリーズ）〈説明・案内文：桜井洋子〉　1600円　①4-7959-1931-3

◇司馬遼太郎と藤沢周平―「歴史と人間」をどう読むか　佐高信著　光文社　2002.5　257p　16cm　（知恵の森文庫）　514円　①4-334-78154-3

◇藤沢周平と山本周五郎―時代小説大論議　佐高信,高橋敏夫著　毎日新聞社　2004.11　239p　20cm　1600円　①4-620-31679-2

◇拝啓藤沢周平様　佐高信,田中優子著　オフィス遊気空間　2008.8　237p　20cm〈イースト・プレス（発売）〉　1600円　①978-4-87257-982-6

◇藤沢周平と山本周五郎　佐高信,高橋敏夫著　光文社　2012.1　306p　16cm　（光文社知恵の森文庫　aさ2-13）〈毎日新聞社2004年刊の加筆修正〉　686円　①978-4-334-78596-3

◇藤沢周平事典　志村有弘編　勉誠出版　2007.12　492,7p　22cm〈年譜あり　文献あり〉　3800円　①978-4-585-06059-8

◇人生に志あり藤沢周平　新船海三郎著　本の泉社　1999.7　252p　20cm　1800円　①4-88023-301-3

◇藤沢周平志たかく情あつく　新船海三郎著　新日本出版社　2007.8　254p　20cm〈年譜

あり　文献あり）　1900円　①978-4-406-05060-9
◇藤沢周平―負を生きる物語　高橋敏夫著　集英社　2002.1　238p　18cm　（集英社新書）　680円　①4-08-720125-2
◇藤沢周平という生き方　高橋敏夫著　PHP研究所　2007.1　229p　18cm　（PHP新書）　700円　①978-4-569-65994-7
◇藤沢周平と江戸を歩く　高橋敏夫, 呉光生著　光文社　2008.5　241p　19cm　1700円　①978-4-334-97540-1
◇藤沢周平《人生の愉しみ》　高橋敏夫著　三笠書房　2009.1　244p　15cm　（知的生きかた文庫　た52-1）　571円　①978-4-8379-7761-2
◇藤沢周平の言葉―ひとの心にそっとよりそう　高橋敏夫著　角川SSコミュニケーションズ　2009.5　221p　18cm　（角川SSC新書 072）〈著作目録あり　年譜あり〉　780円　①978-4-8275-5072-6
◇追憶の藤沢周平―留治さんとかたむちょ父ちゃん　高山秀子著　集英社　2007.5　153p　20cm　1300円　①978-4-08-775372-1
◇『蟬しぐれ』の世界―鶴岡市立藤沢周平記念館開館記念特別企画展　鶴岡市立藤沢周平記念館編　鶴岡　鶴岡市立藤沢周平記念館　2011.2　46p　30cm〈会期・会場：平成22年4月29日〜11月28日　鶴岡市立藤沢周平記念館〉
◇『用心棒日月抄』の世界―鶴岡市立藤沢周平記念館開館一周年記念特別企画展　鶴岡市立藤沢周平記念館編　修正版　鶴岡　鶴岡市立藤沢周平記念館　2011.8　40p　30cm〈会期・会場：平成23年4月20日〜11月6日　鶴岡市立藤沢周平記念館〉
◇『義民が駆ける』の世界―鶴岡市立藤沢周平記念館第四回企画展　鶴岡市立藤沢周平記念館編　鶴岡　鶴岡市立藤沢周平記念館　2011.11　40p　30cm〈会期・会場：平成23年11月9日〜平成24年7月1日　鶴岡市立藤沢周平記念館〉
◇藤沢周平を読む　常盤新平ほか著　プレジデント社　1995.2　233p　20cm　（プレジデントビジネスマン読本）　1400円　①4-8334-1558-5
◇藤沢周平論　中島誠著　講談社　1998.1

221p　20cm　1800円　①4-06-209049-X
◇ヘタな人生論より藤沢周平　野火迅著　河出書房新社　2009.9　230p　20cm　1500円　①978-4-309-01934-5
◇ヘタな人生論より藤沢周平　野火迅著　河出書房新社　2011.10　249p　15cm　（河出文庫　の3-1）　640円　①978-4-309-41107-1
◇藤沢周平。人生の極意　広瀬誠著, 鷲田小弥太監修　PHP研究所　1997.12　225p　20cm　1333円　①4-569-55940-9
◇半生の記　藤沢周平著　文芸春秋　1994.9　181p　20cm　1400円　①4-16-349310-7
◇藤沢周平心の風景　藤沢周平, 佐藤賢一, 山本一力, 八尾坂弘喜著　新潮社　2005.9　117p　21cm　（とんぼの本）　1400円　①4-10-602136-6
◇藤沢周平とっておき十話　藤沢周平著, 沢田勝雄編　大月書店　2011.4　203p　19cm〈年譜あり〉　1500円　①978-4-272-61225-3
◇藤沢周平のすべて　文芸春秋編　文芸春秋　1997.10　433p　20cm　1524円　①4-16-353390-7
◇藤沢周平の世界　文芸春秋編　文芸春秋　1994.6　301p　19cm　1500円　①4-16-348700-X
◇藤沢周平の世界　文芸春秋編　文芸春秋　1997.4　270p　16cm　（文春文庫）　438円　①4-16-721763-5
◇藤沢周平のすべて　文芸春秋編　文芸春秋　2001.2　530p　16cm　（文春文庫）〈肖像あり〉　638円　①4-16-721775-9
◇藤沢周平の本―全65冊完全案内　別冊宝島編集部編　宝島社　2005.10　333p　16cm　（宝島社文庫）　705円　①4-7966-4868-2
◇藤沢周平の眼差し―海坂藩に生きる人びと　松田静子著　鶴岡　荘内日報社　2006.6　226p　20cm　1905円
◇海坂藩遥かなり―藤沢周平こころの故郷　松田静子, 本間安子, 小野田健能編著　三修社　2007.8　212p　21cm〈肖像あり　著作目録あり　年譜あり〉　1700円　①978-4-384-03892-7
◇藤沢周平が愛した静謐な日本　松本健一著　朝日新聞社　2007.10　226p　19cm　1400円　①978-4-02-250336-7

現代日本文学（文学史）

◇藤沢周平が愛した静謐な日本　松本健一著　朝日新聞出版　2010.11　245p　15cm　（朝日文庫　ま25-5）　680円　Ⓘ978-4-02-264571-5

◇海坂藩の侍たち—藤沢周平と時代小説　向井敏著　文芸春秋　1994.12　262p　20cm　1300円　Ⓘ4-16-349720-X

◇海坂藩の侍たち—藤沢周平と時代小説　向井敏著　文芸春秋　1998.1　326p　16cm　（文春文庫）　448円　Ⓘ4-16-717004-3

◇藤沢周平と庄内—海坂藩を訪ねる旅　山形新聞社編　ダイヤモンド社　1997.7　200p　20cm　1600円　Ⓘ4-478-94146-7

◇藤沢周平と庄内—海坂藩の人と風　続　山形新聞社編　ダイヤモンド社　1999.6　193p　20cm　1600円　Ⓘ4-478-94174-2

◇藤沢周平が愛した風景—庄内・海坂藩を訪ねる旅　山形新聞社編　祥伝社　2000.10　217p　16cm　（祥伝社黄金文庫）〈「藤沢周平と庄内」（ダイヤモンド社1997年刊）の改題〉　524円　Ⓘ4-396-31231-8

◇藤沢周平の山形　山本陽史編著　山形　山形大学出版会　2010.2　191p　21cm　762円　Ⓘ978-4-903966-07-6

◇藤沢周平を読む　『歴史読本』編集部編　新人物往来社　2010.9　333p　21cm〈年譜あり〉　1500円　Ⓘ978-4-404-03912-5

◇藤沢周平の世界へようこそ　和田あき子著　川崎　川崎市生涯学習振興事業団かわさき市民アカデミー出版部　2002.3　90p　21cm（かわさき市民アカデミー講座ブックレット no.10）〈シーエーピー出版（発売）〉　650円　Ⓘ4-916092-49-X

◇藤沢周平読本　新人物往来社　1998.10　360p　21cm　（別冊歴史読本 90—作家シリーズ 3）　1800円　Ⓘ4-404-02666-8

◇藤沢周平—人間の哀歓と過ぎし世のぬくもりを描いた小説家　平凡社　2006.10　174p　29cm　（別冊太陽）〈著作目録あり　年譜あり〉　2200円　Ⓘ4-582-94501-5

◇鶴岡市立藤沢周平記念館　鶴岡　鶴岡市立藤沢周平記念館　2010.4　95p　26cm〈年譜あり　著作目録あり〉

◆◆三浦　綾子（1922〜1999）

◇三浦綾子随筆書誌—1964年7月〜2001年3月　自家版　東延江編　旭川　東延江　2001.8　115p　21×30cm〈連載含む　付・全著作目録ほか〉

◇拝啓三浦綾子様　東竜著　日本図書刊行会　1994.9　304p　20cm　（阿弥陀如来とイエス・キリストシリーズ 4）〈近代文芸社（発売）〉　1700円　Ⓘ4-7733-3316-2

◇三浦綾子—人と文学　岡野裕行著　勉誠出版　2005.11　246p　20cm　（日本の作家100人）〈年譜あり　文献あり〉　2000円　Ⓘ4-585-05182-1

◇三浦綾子研究　上出恵子著　双文社出版　2001.3　269p　22cm　4800円　Ⓘ4-88164-538-2

◇愛と証しの文学—三浦綾子の人と作品 文芸評論　久保田暁一著　高島町（滋賀県）　だるま書房　1989.4　224p　20cm　1300円

◇三浦綾子の世界—その人と作品　久保田暁一著　大阪　和泉書院　1996.4　257p　20cm　2000円　Ⓘ4-87088-784-3

◇三浦綾子の世界—その人と作品　久保田暁一著　大阪　和泉書院　1998.6　257p　19cm　（Izumi books 3）　1500円　Ⓘ4-87088-930-7

◇「お陰さまで」三浦綾子さん100通の手紙　久保田暁一著, 三浦綾子手紙　小学館　2001.3　221p　15cm　（小学館文庫）　476円　Ⓘ4-09-402187-6

◇三浦綾子の文学　久保田暁一著　高島　だるま書房　2011.12　284p　19cm〈年譜あり〉　1500円

◇三浦綾子論—「愛」と「生きること」の意味　黒古一夫著　小学館　1994.6　222p　20cm　2300円　Ⓘ4-09-387123-X

◇三浦綾子書誌　黒古一夫監修, 岡野裕行著　勉誠出版　2003.4　321p　22cm　5000円　Ⓘ4-585-05083-3

◇三浦綾子論—「愛」と「生きること」の意味　黒古一夫著　増補版　札幌　柏艪舎　2009.5　281p　20cm〈初版：小学館1994年刊　星雲社（発売）　年譜あり〉　2286円　Ⓘ978-4-434-12636-9

◇三浦綾子100の希望　込堂一博著　いのちの

ことば社フォレストブックス　2012.4　221p　18cm〈他言語標題：AYAKO MIURA 100 WORDS OF HOPE〉　1200円　Ⓣ978-4-264-02997-7

◇遙かなる三浦綾子―写真集　近藤多美子撮影　講談社出版サービスセンター　2000.10　1冊（ページ付なし）　30cm　3800円　Ⓣ4-87601-543-0

◇三浦綾子のこころ　佐古純一郎著　朝文社　1993.2　302p　19cm〈新装〉　1500円　Ⓣ4-88695-087-6

◇「銃口」を読む―綴方事件とそのモデルたち　三浦綾子最後の小説　佐藤将寛著　札幌　柏艪舎　2006.8　247p　20cm〈星雲社（発売）〉　1600円　Ⓣ4-434-08195-0

◇三浦綾子―文学アルバム　主婦の友社編　主婦の友社　1991.4　111p　29cm〈三浦綾子の肖像あり〉　2500円　Ⓣ4-07-929279-1

◇評伝三浦綾子―ある魂の軌跡　高野斗志美著　旭川　旭川振興公社　2001.10　369p　18cm　（旭川叢書　第27巻　旭川市中央図書館編）〈シリーズ責任表示：旭川市中央図書館編　年譜あり　文献あり〉　1400円

◇綾子・大雪に抱かれて―三浦文学道案内　道新旭川支局経文化懇話会編　札幌　北海道新聞社　1998.6　96p　19×19cm　900円　Ⓣ4-89363-899-8

◇三浦綾子に出会う本　フォレストブックス編集部企画・編　改訂新版　いのちのことば社フォレストブックス　2004.4　93p　21cm（フォレストブックス　フォレスト・ブックス編集部企画・編集）〈シリーズ責任表示：フォレスト・ブックス編集部企画・編集〉　1300円　Ⓣ4-264-02201-0

◇三浦綾子文学アルバム―幼な児のごとく　北海道新聞社編　札幌　北海道新聞社　1994.11　134p　28cm〈三浦綾子の肖像あり〉　2800円　Ⓣ4-89363-750-9

◇三浦綾子―いのちへの愛　北海道文学館編　札幌　北海道新聞社　1998.5　173p　18cm　（北海道文学ライブラリー）　1238円　Ⓣ4-89363-241-8

◇難病日記　三浦綾子著　主婦の友社　1995.10　286p　20cm　1700円　Ⓣ4-07-216734-7

◇三浦綾子対話集―4　共に歩む　三浦綾子編　旬報社　1999.4　237p　21cm　2000円　Ⓣ4-8451-0571-3

◇命ある限り　三浦綾子著　角川書店　1999.6　279p　15cm　（角川文庫）　552円　Ⓣ4-04-143718-0

◇明日をうたう―命ある限り　三浦綾子著　角川書店　1999.12　266p　19cm　1300円　Ⓣ4-04-883509-2

◇綾子・光世愛つむいで　三浦綾子,三浦光世著,後山一朗写真　札幌　北海道新聞社　2003.6　111p　20×21cm〈肖像あり〉　1600円　Ⓣ4-89453-265-4

◇妻と共に生きる　三浦光世著　主婦の友社　1995.10　206p　20cm　1600円　Ⓣ4-07-940039-X

◇死ぬという大切な仕事　三浦光世著　光文社　2000.5　212p　20cm　1300円　Ⓣ4-334-97263-2

◇妻と共に生きる　三浦光世著　角川書店　2000.6　205p　15cm　（角川文庫）〈肖像あり〉　419円　Ⓣ4-04-143720-2

◇綾子へ　三浦光世著　角川書店　2000.10　244p　20cm　1300円　Ⓣ4-04-883642-0

◇三浦綾子創作秘話―綾子の小説と私　三浦光世著　主婦の友社　2001.12　189p　20cm〈角川書店（発売）〉　1600円　Ⓣ4-07-232101-X

◇妻三浦綾子と生きた四十年　三浦光世著　海竜社　2002.5　238p　20cm　1500円　Ⓣ4-7593-0712-5

◇希望は失望に終わらず―綾子からのメッセージ　三浦光世著　致知出版社　2002.8　221p　20cm　1500円　Ⓣ4-88474-630-9

◇綾子へ　三浦光世著　角川書店　2002.9　266p　15cm　（角川文庫）　514円　Ⓣ4-04-143724-5

◇死ぬという大切な仕事　三浦光世著　光文社　2004.6　240p　16cm　（光文社文庫）　476円　Ⓣ4-334-73698-X

◇二人三脚　三浦光世著　立川　福音社　2004.6　183p　19cm〈立川 三育協会（発売）〉　1800円　Ⓣ4-89222-300-X

◇愛と光と生きること　三浦光世著　日本キリスト教団出版局　2005.4　60p　21cm　950円　Ⓣ4-8184-0562-0

◇二人三脚　三浦光世著　新装版　立川　福

音社　2005.7　183p　19cm〈芳賀町（栃木県）マルコーシュ・パブリケーション（発売）〉　1800円　①4-87207-237-5,4-89222-300-X
◇三浦綾子創作秘話　三浦光世著　小学館　2006.7　237p　15cm（小学館文庫）〈主婦の友社2001年刊の増補〉　495円　①4-09-408090-2
◇生きることゆるすこと―三浦綾子新文学アルバム　三浦綾子記念文学館編著　札幌　北海道新聞社　2007.6　128p　27cm〈著作目録あり　年譜あり〉　1800円　①978-4-89453-411-7
◇三浦綾子―愛と祈りの文芸　水谷昭夫著　主婦の友社　1989.12　296p　20cm〈著者および三浦綾子の肖像あり〉　1600円　①4-07-932293-3
◇三浦家の居間で―三浦綾子―その生き方にふれて　宮嶋裕子著　マナブックス　2004.1　222p　20cm〈いのちのことば社（発売）著作目録あり〉　1260円　①4-264-02207-X
◇神さまに用いられた人三浦綾子　宮嶋裕子著　教文館　2007.10　155p　19cm　1200円　①978-4-7642-6424-3
◇綾子・大雪に抱かれて　改訂版　札幌　北海道新聞社　1999.10　117p　19×19cm　857円　①4-89453-049-X

◆◆宮　林太郎（1911～2003）

◇無縫庵日録―第1巻　宮林太郎著　砂子屋書房　1990.10　400p　20cm　2000円
◇無縫庵日録―作家としての生きる道 40-45　宮林太郎著　宮林太郎　1990.12　103p　19cm〈クリスマス・ナンバー〉
◇無縫庵日録―作家としての生きる道 28-31　宮林太郎著　宮林太郎　1991.4　87p　19cm〈スプリング・ナンバー〉
◇無縫庵日録―no.3　宮林太郎著　宮林太郎　1991.8　102p　19cm〈サマータイム・ナンバー〉
◇無縫庵日録―第2巻　宮林太郎著　全作家出版局　1992.4　397p　20cm〈第1巻の出版者：砂子屋書房〉　2000円
◇無縫庵日録―no.4　宮林太郎著　宮林太郎　1992.8　111p　18cm〈夏期・ナンバー〉
◇無縫庵日録―第3巻　宮林太郎著　全作家出版局　1992.12　417p　20cm　2000円
◇無縫庵日録―第4巻　宮林太郎著　全作家出版局　1993.9　436p　20cm　2000円
◇無縫庵日録―第5巻　宮林太郎著　全作家出版局　1994.5　460p　20cm　2000円
◇無縫庵日録―索引・目次　第1巻～第5巻　宮林太郎編　宮林太郎　〔1995〕　76p　19cm
◇無縫庵日録―第6巻　宮林太郎著　全作家出版局　1995.6　536p　20cm　2000円

◆◆森　敦（1912～1989）

◇森敦―月に還った人　新井満著　文芸春秋　1992.6　253p　20cm〈森敦の肖像あり〉　1500円　①4-16-346420-4
◇森敦論　井上謙著　笠間書院　1997.7　314p　20cm　2800円　①4-305-70169-3
◇森敦全集―別巻　書簡・書誌・年譜　森敦著　筑摩書房　1995.12　800p　22cm　9800円　①4-480-70039-0
◇逢坂―さらば我が師よ　森川翠著　〔田沼町（栃木県）〕　森川翠　1995.9　140p　20cm

◆◆森　万紀子（1934～1992）

◇「雪女」伝説―謎の作家・森万紀子　高橋光子著　潮出版社　1995.11　217p　20cm　1500円　①4-267-01396-9

◆◆森村　桂（1940～2004）

◇桂よ。―わが愛その死　三宅一郎著　海竜社　2005.9　238p　20cm　1600円　①4-7593-0888-1

◆◆森村　誠一（1933～）

◇森村誠一の証明―現代社会のリポーター　企画展図録　さいたま文学館編　桶川　さいたま文学館　1999.8　32p　30cm
◇森村誠一展―拡大する文学　町田市民文学館開館3周年記念特別企画展　町田市民文学館ことばらんど編　町田　町田市民文学館ことばらんど　2009.10　119p　26cm〈会期・会場：2009年10月17日～2010年1月17日　町田市民文学館ことばらんど　著作目録あり

年譜あり〉

◆◆吉村 昭（1927〜2006）

◇吉村昭　川西政明著　河出書房新社　2008.8　333p　20cm　2400円　①978-4-309-01871-3

◇吉村昭年譜—平成14年版　木村暢男編　〔狭山〕　〔木村暢男〕　2002.7　227p　21×30cm　非売品

◇吉村昭年譜—平成15年版　木村暢男編　〔狭山〕　〔木村暢男〕　2003.6　245p　21×30cm　非売品

◇吉村昭年譜—平成16年版　木村暢男編　〔狭山〕　〔木村暢男〕　2004.6　274p　21×30cm　非売品

◇吉村昭年譜—平成17年版　木村暢男編　狭山　木村暢男　2005.6　319p　21×30cm　非売品

◇吉村昭年譜—平成18年版　木村暢男編　狭山　木村暢男　2006.6　298p　21×30cm　非売品

◇吉村昭　木村暢男編　日外アソシエーツ　2010.3　458p　22cm　（人物書誌大系 41）〈紀伊國屋書店（発売）　文献あり　著作目録あり　年譜あり　索引あり〉　18200円　①978-4-8169-2240-4

◇吉村昭と北海道—歴史を旅する作家のまなざし　特別展　北海道文学館編　札幌　北海道立文学館　2010.11　80p　26cm〈会期・会場：平成22年11月27日〜平成23年2月6日　北海道立文学館　年譜あり〉

◇作家と戦争—城山三郎と吉村昭　森史朗著　新潮社　2009.7　396p　20cm　（新潮選書）〈文献あり　並列シリーズ名：Shincho sensho〉　1500円　①978-4-10-603644-6

◇私の文学漂流　吉村昭著　新潮社　1992.11　209p　20cm　1200円　①4-10-324222-1

◇私の文学漂流　吉村昭著　新潮社　1995.4　317p　15cm　（新潮文庫）　480円　①4-10-111735-7

◆◆和田 芳恵（1906〜1977）

◇和田芳恵抄　保昌正夫著　鎌倉　港の人　1998.8　189p　18cm　2000円　①4-89629-014-3

◇こおろぎの神話—和田芳恵私抄　吉田時善著　新潮社　1995.7　221p　20cm　1700円　①4-10-342702-7

◇命の残り—夫和田芳恵　和田静子著　河出書房新社　1989.10　164p　20cm〈和田芳恵の肖像あり〉　1800円　①4-309-00590-X

◆◆渡辺 淳一（1933〜）

◇『愛の流刑地』オフィシャル・ガイドブック—男と女で極める愛とエクスタシーの真髄　『愛の流刑地』公式ガイド委員会著　講談社　2007.1　189p　20cm　1500円　①978-4-06-213822-2

◇リラ冷え伝説—渡辺淳一の世界　川西政明著　集英社　1993.11　343p　20cm　2000円　①4-08-774038-2

◇渡辺淳一の世界　川西政明著　集英社　1997.11　475p　16cm　（集英社文庫）　781円　①4-08-748715-6

◇渡辺淳一作品にみるヒロインたちの生きかた　郷原宏, 安宅夏夫著　ケイエスエス　1999.7　239p　19cm　1800円　①4-87709-329-X

◇「失楽園」白書—あなたは、愛で死ねますか　「失楽園」研究会編　勁文社　1997.9　238p　19cm　1300円　①4-7669-2810-5

◇渡辺淳一—ロマンの旅人　北海道文学館編　札幌　北海道新聞社　1997.3　181p　18cm　（北海道文学ライブラリー）　1262円　①4-89363-284-1

◇渡辺淳一文学展　札幌　北海道文学館　1990.11　36p　26cm〈渡辺淳一の肖像あり〉

◇渡辺淳一全集 月報—1-24　角川書店　1995.10〜1997.10　1冊　18cm

◇渡辺淳一の世界　集英社　1998.6　255p　30cm　2400円　①4-08-774332-2

◇渡辺淳一の世界—2（1999-2008）『失楽園』から『鈍感力』まで　集英社　2008.7　195p　30cm〈肖像あり　著作目録あり　年譜あり〉　2800円　①978-4-08-781400-2

◆内向の世代

◇「内向の世代」論　古屋健三著　慶応義塾大学出版会　1998.7　352p　20cm　2800円　①4-7664-0707-5

◆◆阿部 昭（1934〜1989）

◇海辺の人間―阿部昭論　深谷考著　青弓社　1991.5　267p　20cm　2400円

◇阿部昭の〈時間〉　深谷考著　青弓社　1994.12　288p　20cm　2884円　Ⓘ4-7872-9103-3

◆◆小川 国夫（1927〜2008）

◇小川国夫作品の比較文学的研究―William Faulkner作品との関わりで　石井洋子著　〔出版地不明〕　石井洋子　2011.10　263p　22cm〈静岡　静岡新聞社（発売）　年譜あり　文献あり〉　1429円　Ⓘ978-4-7838-9807-8

◇銀色の月―小川国夫との日々　小川恵著　岩波書店　2012.6　118p　20cm　1400円　Ⓘ978-4-00-022594-6

◇故郷を見よ―小川国夫文学の世界　静岡新聞社編　静岡　静岡新聞社　2007.1　52p　27cm　4286円　Ⓘ978-4-7838-9690-6

◇小川国夫を囲む会―1980〜1989　勝呂奏編　静岡　江崎書店　1989.11　55p　21cm〈小川国夫の肖像あり〉　500円

◇小川国夫文学の出発―アポロンの島　勝呂奏著　双文社出版　1993.7　237p　20cm　2500円　Ⓘ4-88164-347-9

◇荒野に呼ぶ声―小川国夫文学の枢奥　勝呂奏著　審美社　2000.7　294p　20cm〈折り込2枚〉　2800円　Ⓘ4-7883-4104-2

◇評伝小川国夫―生きられる"文士"　勝呂奏著　勉誠出版　2012.10　401,18p　22cm〈索引あり〉　6000円　Ⓘ978-4-585-29040-7

◇呪詛はどこからくるか　遠丸立著　日本図書センター　1993.6　290,10p　22cm〈近代作家研究叢書 150〉〈解説：阿部正路　改訂版（未来社1972年刊）に増補したものの複製〉　6180円　Ⓘ4-8205-9254-8,4-8205-9239-4

◇魅せられた魂―小川国夫への手紙　丹羽正著　小沢書店　1996.2　143p　20cm　2884円

◇藤枝市文学館開館記念展示解説図録―開館記念特別展小川国夫文学展『アポロンの島』から50年　開館記念展藤枝の文学―藤枝ゆかりの文学者たち　藤枝市文学館,藤枝市郷土博物館編　藤枝　藤枝市文学館　2007.9　61p　30cm〈会期：平成19年9月29日〜11月30日　共同刊行：藤枝市郷土博物館　年譜あり〉

◇歴史の主体としての創造　山碕雄一著　デジタルパブリッシングサービス　2001.3　245p　21cm〈オンデマンド版〉　2500円　Ⓘ4-925219-16-2

◇若き小川国夫―『アポロンの島』の十年　山本恵一郎著　小沢書店　1996.9　298p　20cm　2884円　Ⓘ4-7551-0327-4

◇年譜制作者　山本恵一郎著　小沢書店　1998.3　182p　20cm　2200円　Ⓘ4-7551-0364-9

◆◆後藤 明生（1932〜1999）

◇日本近代文学との戦い―後藤明生遺稿集　後藤明生著　京都　柳原出版　2004.4　316,2p　20cm〈肖像あり　年譜あり　著作目録あり〉　2286円　Ⓘ4-8409-4602-7

◇書くことの戦場―後藤明生・金井美恵子・古井由吉・中上健次　芳川泰久著　早美出版社　2004.4　313p　20cm　2500円　Ⓘ4-86042-017-9

◆◆古井 由吉（1937〜）

◇小説家の帰還―古井由吉対談集　古井由吉ほか著　講談社　1993.12　253p　20cm　2200円　Ⓘ4-06-206675-0

◇遠くからの声―往復書簡　古井由吉,佐伯一麦著　新潮社　1999.10　165p　20cm　1800円　Ⓘ4-10-319205-4

◇書くことの戦場―後藤明生・金井美恵子・古井由吉・中上健次　芳川泰久著　早美出版社　2004.4　313p　20cm　2500円　Ⓘ4-86042-017-9

◇古井由吉論　和田勉著　おうふう　1999.3　398p　22cm　6800円　Ⓘ4-273-03055-1

◇古井由吉初期作品研究　金沢　金沢大学大学院文学研究科上田研究室　1994.4　81p　26cm

◆昭和50年代以後

◇高度成長の終焉と1980年代の文学　近代文学合同研究会編　〔横須賀〕　近代文学合同研究会　2011.12　91p　21cm（近代文学合同研究会論集　第8号）

現代日本文学（文学史）

◆◆青野　聰（1943～）

◇青野聰論―海外放浪と帰還者の文学　吉岡栄一著　彩流社　1989.9　308p　20cm　2300円

◆◆赤川　次郎（1948～）

◇三毛猫ホームズと仲間たち―新・赤川次郎読本　赤川次郎著　学習研究社　1990.7　207p 図版16枚　20cm〈著者の肖像あり〉　1000円　①4-05-105067-X

◇三毛猫ホームズと仲間たち―新・赤川次郎読本　赤川次郎著　光文社　1993.7　353p　16cm　（光文社文庫）〈学習研究社1990年刊の増補　著者の肖像あり〉　560円　①4-334-71722-5

◇赤川次郎系　大妻女子大学赤川次郎研究会著　テイ・アイ・エス　1995.12　236p　19cm　1000円　①4-88618-136-8

◇「三毛猫ホームズ」の謎　楓田新人, 絵空言著　あっぷる出版社　1996.5　221p　18cm　1000円　①4-87177-145-8

◇「赤川次郎」公式ガイドブック　郷原宏著　三笠書房　2001.1　262p　15cm　（王様文庫）　495円　①4-8379-6073-1

◇三毛猫ホームズの謎　三毛猫ホームズ研究会編　角川書店　2012.4　135p　18cm〈角川グループパブリッシング（発売）　著作目録あり〉　900円　①978-4-04-110217-6

◆◆阿刀田　高（1935～）

◇ミステリー主義　阿刀田高著　講談社　1999.11　237p　19cm　1800円　①4-06-209898-9

◇阿刀田高『新トロイア物語』を読む　岡三郎著　国文社　2011.11　326p　20cm　（トロイア叢書　第5巻）　3000円　①978-4-7720-0490-9

◆◆安部　譲二（1937～）

◇まだ懲りないの安部譲二さん！―前妻チンコロ姐さんのドタバタ始末記　安部まゆみ著　主婦と生活社　1991.4　237p　20cm　1300円　①4-391-11302-3

◆◆天野　哲夫（1926～2008）

◇わが汚辱の世界　天野哲夫著　毎日新聞社　1999.10　302p　19cm　2500円　①4-620-31393-9

◆◆色川　武大（1929～1989）

◇宿六・色川武大　色川孝子著　文芸春秋　1990.4　187p　20cm　1200円　①4-16-344200-6

◇宿六・色川武大　色川孝子著　文芸春秋　1993.11　212p　16cm　（文春文庫）〈1990年刊に加筆〉　380円　①4-16-729607-1

◇阿佐田哲也色川武大人生修羅場ノオト　春日原浩文, 中村龍生写真　ベストセラーズ　1999.3　189p　20cm　1500円　①4-584-18389-9

◇田中小実昌と色川武大　庄司肇著　沖積舎　2003.10　150p　20cm　（庄司肇コレクション 10　庄司肇著）〈シリーズ責任表示：庄司肇著〉　2500円　①4-8060-6600-1

◆◆臼井　吉見（1905～1987）

◇臼井吉見の『安曇野』を歩く―上　市民タイムス編　松本　郷土出版社　2005.3　319p　20cm　1600円　①4-87663-733-4

◇臼井吉見の『安曇野』を歩く―中　市民タイムス編　松本　郷土出版社　2006.7　326p　20cm　1600円　①4-87663-838-1

◇臼井吉見の『安曇野』を歩く―下　市民タイムス編　松本　郷土出版社　2008.3　356p　20cm〈年表あり〉　1600円　①978-4-87663-944-1

◆◆内田　康夫（1934～）

◇浅見光彦の謎　浅見光彦を愛する会著　コアラブックス　1995.12　187p　18cm　1000円　①4-87693-243-3

◇浅見光彦の謎　浅見光彦を愛する会著　コアラブックス　1997.9　213p　16cm　（K bunko）　600円　①4-87693-364-2

◇浅見光彦the complete―華麗なる100事件の軌跡　浅見光彦倶楽部著, 内田康夫監修　メディアファクトリー　2006.4　237p　19cm　（ダ・ヴィンチ特別編集 10）〈年表あり〉

1300円　Ⓘ4-8401-1529-X

◇浅見光彦へのlove letter―より深く読解するためのマスターズブック　上西恵子著　ベストセラーズ　1997.3　214p　18cm　（ワニの本―ベストセラーシリーズ）　855円　Ⓘ4-584-01011-0

◇浅見光彦のミステリー紀行―はじめて明かす創作の裏話　内田康夫著　光文社　1992.9　259p　16cm　（光文社文庫）　440円　Ⓘ4-334-71577-X

◇浅見光彦のミステリー紀行―第2集　内田康夫著　光文社　1993.4　272p　16cm　（光文社文庫）〈第2集の副書名：小説に書かなかった話〉　460円　Ⓘ4-334-71682-2

◇浅見光彦のミステリー紀行―第3集　内田康夫著　光文社　1993.9　283p　16cm　（光文社文庫）〈第3集の副書名：殺人よりもアブナイ話〉　480円　Ⓘ4-334-71753-5

◇浅見光彦のミステリー紀行―第4集　内田康夫著　光文社　1994.9　329p　16cm　（光文社文庫）〈第4集の副書名：悲喜こもごも、作家と編集者たち〉　560円　Ⓘ4-334-71932-5

◇浅見光彦のミステリー紀行―番外編1　内田康夫著　光文社　1995.5　326p　16cm　（光文社文庫）　560円　Ⓘ4-334-72046-3

◇軽井沢通信―センセと名探偵の往復書簡　内田康夫,浅見光彦著　角川書店　1995.6　264p　20cm　1000円　Ⓘ4-04-883411-8

◇浅見光彦のミステリー紀行―第5集　内田康夫著　光文社　1995.9　313p　16cm　（光文社文庫）　540円　Ⓘ4-334-72104-4

◇浅見光彦のミステリー紀行―番外編2　内田康夫著　光文社　1996.9　413p　16cm　（光文社文庫）　620円　Ⓘ4-334-72279-2

◇我流ミステリーの美学　内田康夫著,浅見光彦倶楽部編　中央公論社　1997.3　294p　20cm　（内田康夫自作解説　第1集）　1800円　Ⓘ4-12-002702-3

◇浅見光彦のミステリー紀行―第6集　内田康夫著　光文社　1998.9　300p　16cm　（光文社文庫）　514円　Ⓘ4-334-72689-5

◇軽井沢通信―浅見光彦からの手紙　内田康夫著　角川書店　1998.11　249p　15cm　（角川文庫）　438円　Ⓘ4-04-160744-2

◇浅見光彦のミステリー紀行―第7集　内田康夫著　光文社　1999.9　345p　16cm　（光文社文庫）　571円　Ⓘ4-334-72887-1

◇浅見光彦たちの旅　内田康夫,早坂真紀編著　光文社　2001.6　235p　16cm　（知恵の森文庫）　495円　Ⓘ4-334-78101-2

◇浅見光彦のミステリー紀行―第8集　内田康夫著　光文社　2001.12　315p　16cm　（光文社文庫）〈第8集のサブタイトル：すべては『不思議？』から始まった〉　533円　Ⓘ4-334-73254-2

◇浅見光彦のミステリー紀行―第9集　内田康夫著　光文社　2005.12　348p　16cm　（光文社文庫）〈第9集のサブタイトル：二十一世紀へ新化する作家　著作目録あり〉　571円　Ⓘ4-334-73987-3

◇浅見光彦のミステリー紀行―総集編1　内田康夫著　光文社　2008.3　384p　16cm　（光文社文庫）〈著作目録あり〉　629円　Ⓘ978-4-334-74401-4

◇浅見光彦のミステリー紀行―総集編2　内田康夫著　光文社　2008.4　378p　16cm　（光文社文庫）〈著作目録あり〉　629円　Ⓘ978-4-334-74414-4

◇浅見光彦のミステリー紀行―総集編3　内田康夫著　光文社　2008.5　412p　16cm　（光文社文庫）〈著作目録あり〉　705円　Ⓘ978-4-334-74426-7

◆◆岡嶋　二人

◇おかしな二人―岡嶋二人盛衰記　井上夢人著　講談社　1996.12　635p　15cm　（講談社文庫）　900円　Ⓘ4-06-263399-X

◆◆落合　信彦（1942～）

◇落合信彦・最後の真実　奥菜秀次著　西宮鹿砦社　1999.1　279p　21cm　1400円　Ⓘ4-8463-0305-5

◆◆菊地　秀行（1949～）

◇吸血鬼ハンター"D"読本　朝日ソノラマ編集部編　新版　朝日新聞社　2007.10　207p　21cm　1600円　Ⓘ978-4-02-213818-7

◇菊地秀行全仕事―夢幻世界の誘惑　菊地秀行監修・執筆　一迅社　2006.4　159p　26cm

（一迅社ビジュアルbookシリーズ） 1500円 ①4-7580-1050-1

◇菊地秀行解体新書　全日本菊地秀行ファンクラブ編,菊地秀行,田辺匡著　スコラ　1996.4　198p　21cm　1200円　①4-7962-0377-X

◆◆北方　謙三（1947～）

◇替天行道―北方水滸伝読本　北方謙三編著　集英社　2005.10　261p　20cm　〈年表あり〉　1200円　①4-08-775352-2

◇替天行道―北方水滸伝読本　北方謙三編著　集英社　2008.4　419p　16cm　（集英社文庫）〈2005年刊の増訂　年表あり〉　600円　①978-4-08-746283-8

◇吹毛剣―楊令伝読本　北方謙三編著　集英社　2012.8　379p　16cm　（集英社文庫　き3-82）〈年表あり〉　550円　①978-4-08-746866-3

◆◆桐山　襲（1949～1992）

◇桐山襲と日本現代文学のために―書誌・1982-1992　二瓶浩明著　長久手町（愛知県）二瓶浩明　1992.7　53枚　26cm　1000円

◆◆栗本　薫（1953～2009）

◇グイン・サーガ読本　栗本薫ほか著,早川書房編集部編　早川書房　1995.11　285p　21cm　1200円　①4-15-207968-1

◇グイン・サーガ・ハンドブック―1　栗本薫監修,早川書房編集部編　早川書房　1999.6　343p　16cm　（ハヤカワ文庫JA）　620円　①4-15-030617-6

◇グイン・サーガ・ハンドブック―2　栗本薫監修,早川書房編集部編　早川書房　1999.7　311p　16cm　（ハヤカワ文庫JA）　620円　①4-15-030621-4

◇グイン・サーガ・ハンドブック―3　栗本薫監修,早川書房編集部編　早川書房　2005.4　287p　16cm　（ハヤカワ文庫JA）　620円　①4-15-030790-3

◇グイン・サーガの鉄人　田中勝義,八巻大樹著,栗本薫監修　早川書房　2009.7　223p　19cm　1200円　①978-4-15-209052-2

◇ぼくらの伊集院大介の挽歌への階段　浜名湖うなぎ著　〔出版地不明〕　なかとも会　2010.12　85p　21cm　（UNA 3―栗本薫全著作レビュー vol.1 ミステリー・現代小説編）　700円

◇グイン・サーガ・ハンドブックfinal　早川書房編集部編,栗本薫,天狼プロダクション監修　早川書房　2010.2　382p　16cm　（ハヤカワ文庫 JA982）　680円　①978-4-15-030982-4

◇栗本薫・中島梓―JUNEからグイン・サーガまで　堀江あき子編　河出書房新社　2010.7　127p　21cm　（らんぷの本―Mascot）〈文献あり　著作目録あり　年譜あり　年表あり〉　1600円　①978-4-309-72773-8

◆◆佐伯　泰英（1942～）

◇鎌倉河岸捕物控街歩き読本　鎌倉河岸捕物控読本編集部編,佐伯泰英監修　角川春樹事務所　2010.7　203p　16cm　（ハルキ文庫　さ8-34―時代小説文庫）〈文献あり〉　571円　①978-4-7584-3488-1

◇「密命」読本　佐伯泰英著,祥伝社文庫編　祥伝社　2005.4　441p　16cm　（祥伝社文庫）〈折り込1枚〉　714円　①4-396-33218-1

◇佐伯泰英！―ロングインタビュー&作品ガイド　佐伯泰英述,宝島社出版部編　宝島社　2007.6　222p　21cm　〈著作目録あり　年表あり〉　933円　①978-4-7966-5880-5

◇「居眠り磐音江戸双紙」読本　佐伯泰英著・監修　双葉社　2008.1　398p　15cm　（双葉文庫）〈折り込1枚　年表あり〉　648円　①978-4-575-66315-0

◇佐伯泰英！　佐伯泰英述,宝島社出版部編　宝島社　2008.8　366p　16cm　（宝島社文庫）〈2007年刊の改訂　著作目録あり〉　476円　①978-4-7966-6588-9

◇夏目影二郎「狩り」読本　佐伯泰英著　光文社　2009.10　329p　16cm　（光文社文庫　さ18-32―〔光文社時代小説文庫〕）〈文献あり〉　619円　①978-4-334-74666-7

◇「佐伯泰英」大研究　鷲田小弥太著　日本経済新聞出版社　2009.5　314p　15cm　（日経ビジネス人文庫　494）〈文献あり　著作目録あり〉　714円　①978-4-532-19494-9

◆◆堺屋 太一（1935～）

◇堺屋太一がゆく―官僚20年、作家20年、大臣20年!?　皆木和義著　総合法令出版　1999.2　220p　19cm　1500円　⓪4-89346-627-5

◆◆島田 雅彦（1961～）

◇島田雅彦〈恋物語〉の誕生　小林孝吉著　勉誠出版　2010.3　246p　20cm　（新鋭作家論叢書）　2200円　⓪978-4-585-05514-3

◆◆志茂田 景樹（1940～）

◇カゲキちゃんの秘密　麻布十番カゲキ探偵団著　実業之日本社　1993.10　222p　18cm　900円　⓪4-408-53208-8

◆◆鈴木 いづみ（1949～1986）

◇鈴木いづみ―1949-1986　西村珠美編　文遊社　1994.1　237p　21cm　〈鈴木いづみの肖像あり〉　2500円　⓪4-89257-014-1

◆◆高樹 のぶ子（1946～）

◇高樹のぶ子　与那覇恵子編　鼎書房　2006.8　166p　22cm　（現代女性作家読本 6）〈年譜あり　文献あり〉　1800円　⓪4-907846-37-1

◆◆高杉 良（1939～）

◇高杉良の世界―小説が描く会社ドラマ　佐高信著　社会思想社　1998.1　258p　20cm　1500円　⓪4-390-60419-8

◇高杉良の世界―小説が描く会社ドラマ　佐高信著　社会思想社　2000.11　298p　15cm　（現代教養文庫）〈肖像あり〉　720円　⓪4-390-11636-3

◆◆高橋 克彦（1947～）

◇開封高橋克彦　道又力編　平凡社　2000.12　414p　21cm　2300円　⓪4-582-82950-3

◇開封高橋克彦　道又力著　講談社　2006.12　280p　15cm　（講談社文庫）〈著作目録あり　年譜あり〉　514円　⓪4-06-275599-8

◆◆高橋 源一郎（1951～）

◇ハルキ・バナナ・ゲンイチロー―時代の感受性を揺らす三つのシグナル　松沢正博著　青弓社　1989.9　206p　20cm　1380円

◇高橋源一郎　思潮社　2003.10　306p　21cm　（現代詩手帖特集版）〈肖像あり　年譜あり　著作目録あり〉　1600円　⓪4-7837-1858-X

◆◆武田 百合子（1925～1993）

◇富士日記―上巻　武田百合子著　改版　中央公論社　1997.4　474p　15cm　（中公文庫）　933円　⓪4-12-202841-8

◇富士日記―中巻　武田百合子著　改版　中央公論社　1997.5　496p　16cm　（中公文庫）　933円　⓪4-12-202854-X

◇富士日記―下巻　武田百合子著　改版　中央公論社　1997.6　483p　15cm　（中公文庫）　933円　⓪4-12-202873-6

◇百合子さんは何色―武田百合子への旅　村松友視著　筑摩書房　1994.9　222p　20cm　〈武田百合子の肖像あり〉　1500円　⓪4-480-81354-3

◇百合子さんは何色―武田百合子への旅　村松友視著　日本点字図書館（製作）　1995.11　3冊　27cm　全5100円

◇百合子さんは何色―武田百合子への旅　村松友視著　筑摩書房　1997.12　232p　15cm　（ちくま文庫）　560円　⓪4-480-03339-4

◆◆立松 和平（1947～2010）

◇立松和平―疾走する「境界」　黒古一夫著　六興出版　1991.9　238p　20cm　1700円　⓪4-8453-7182-0

◇立松和平―疾走する文学精神　黒古一夫著　増補　宇都宮　随想舎　1997.12　258p　20cm　2000円　⓪4-88748-002-4

◇立松和平伝説　黒古一夫著　河出書房新社　2002.6　249p　20cm　（人間ドキュメント）　2200円　⓪4-309-01472-0

◇風と話そう―立松和平対談集　立松和平著　家の光協会　1993.1　239p　20cm　1400円　⓪4-259-54420-9

◇風と歌おう―立松和平対談集　立松和平著　家の光協会　1993.6　263p　20cm　1400円

ⓘ4-259-54444-6
◇ドロップアウト　立松和平著,横尾和博編　ビレッジセンター出版局　1995.5　237p　19cm　1400円　ⓘ4-89436-004-7
◇アジア偏愛日記　立松和平著　東京書籍　1998.9　337p　20cm　1600円　ⓘ4-487-79394-7
◇文学の修羅として―対話・評論・講演　立松和平著,横尾和博編　のべる出版企画　1999.1　238p　20cm　1600円　ⓘ4-87703-143-X
◇知床丸太小屋日記　立松和平著　講談社　1999.9　220p　20cm　(The new fifties―黄金の濡れ落葉講座)　1500円　ⓘ4-06-268338-5
◇物語を生きる小説家の至福―立松和平書評集　立松和平著　勉誠出版　2009.10　337p　20cm　2200円　ⓘ978-4-585-05503-7
◇さらば、立松和平―二日酔いの無念きわまるぼくのためもっと電車よまじめに走れ　福島泰樹編著　ウェイツ　2010.7　303p　20cm　1800円　ⓘ978-4-901391-08-5

◆◆田中　小実昌（1925～2000）

◇田中小実昌―行軍兵士の実存　岡庭昇著　菁柿堂　2010.5　206p　20cm〈星雲社(発売)　著作目録あり 年譜あり〉　2500円　ⓘ978-4-434-14598-8
◇田中小実昌と色川武大　庄司肇著　沖積舎　2003.10　150p　20cm　(庄司肇コレクション 10 庄司肇著)〈シリーズ責任表示：庄司肇著〉　2500円　ⓘ4-8060-6600-1
◇滅亡を超えて―田中小実昌・武田泰淳・深沢七郎　多羽田敏夫著　作品社　2007.10　159p　20cm　1800円　ⓘ978-4-86182-153-0

◆◆田中　康夫（1956～）

◇田中康夫―しなやかな革命 総特集　河出書房新社　2001.5　263p　21cm　(Kawade夢ムック―文芸別冊)〈肖像あり〉　1143円　ⓘ4-309-97609-3

◆◆田中　芳樹（1952～）

◇「銀河英雄伝説」研究序説　「銀英伝」研究特務班著　三一書房　1999.8　269p　21cm　1600円　ⓘ4-380-99221-7
◇『銀河英雄伝説』の謎を楽しむ本　銀英伝考察団編著　PHP研究所　2012.6　223p　19cm　800円　ⓘ978-4-569-80506-1
◇「創竜伝」公式ガイドブック　田中芳樹著　講談社　1997.8　251p　15cm　(講談社文庫)　476円　ⓘ4-06-263457-0
◇「田中芳樹」公式ガイドブック　田中芳樹著　講談社　1999.6　630p　15cm　(講談社文庫)　857円　ⓘ4-06-263938-6
◇田中芳樹読本　早川書房編集部らいとすたっふ編　早川書房　1994.9　176p　21cm　1000円　ⓘ4-15-207874-X
◇エンサイクロペディア銀河英雄伝説　らいとすたっふ編著　徳間書店　1992.7　337p　20cm〈背の書名：Encyclopaedia die Legende der Sternhelden 折り込図1枚〉　2000円　ⓘ4-19-124916-9
◇「銀河英雄伝説」読本　らいとすたっふ編　徳間書店　1997.3　193p　21cm　1400円　ⓘ4-19-860661-7
◇エンサイクロペディア「銀河英雄伝説」　らいとすたっふ監修　新訂　徳間書店　1997.5　364p　18cm　(Tokuma novels)　952円　ⓘ4-19-850377-X

◆◆中上　健次（1946～1992）

◇危機と闘争―大江健三郎と中上健次　井口時男著　作品社　2004.11　246p　20cm　2500円　ⓘ4-87893-694-0
◇中上健次発言集成―1 対談 1　柄谷行人,絓秀実編　第三文明社　1995.10　321p　20cm　2600円　ⓘ4-476-03189-7
◇中上健次発言集成―2 対談 2　柄谷行人,絓秀実編　第三文明社　1995.12　353p　20cm　2800円　ⓘ4-476-03196-X
◇中上健次発言集成―5 談話・インタビュー　柄谷行人,絓秀実編　第三文明社　1996.5　353p　20cm　2800円　ⓘ4-476-03198-6
◇中上健次発言集成―3 対談 3　柄谷行人,絓秀実編　第三文明社　1996.9　383p　20cm　3000円　ⓘ4-476-03203-6
◇群像日本の作家―24　中上健次　柄谷行人ほか著　小学館　1996.12　306p　20cm

◇2200円 ⓘ4-09-567024-X
◇中上健次発言集成—4 対談 4 柄谷行人,絓秀実編 第三文明社 1997.2 351p 20cm 2800円 ⓘ4-476-03206-0
◇中上健次と熊野 柄谷行人,渡部直己編 太田出版 2000.6 325p 20cm 2200円 ⓘ4-87233-507-4
◇坂口安吾と中上健次 柄谷行人著 講談社 2006.9 412p 16cm (講談社文芸文庫) 〈著作目録あり 年譜あり〉 1400円 ⓘ4-06-198452-7
◇中上健次と村上春樹—〈脱六〇年代〉的世界のゆくえ 柴田勝二著 府中(東京都) 東京外国語大学出版会 2009.3 350p 20cm 〈年譜あり 索引あり〉 2500円 ⓘ978-4-904575-03-1
◇評伝中上健次 高沢秀次著 集英社 1998.7 267p 20cm 2000円 ⓘ4-08-774344-6
◇中上健次事典—論考と取材日録 高沢秀次著 恒文社21 2002.8 382p 20cm 〈恒文社(発売)〉 3200円 ⓘ4-7704-1067-0
◇エレクトラ—中上健次の生涯 高山文彦著 文芸春秋 2007.11 413p 20cm 2381円 ⓘ978-4-16-369680-5
◇エレクトラ—中上健次の生涯 高山文彦著 文芸春秋 2010.8 463p 16cm (文春文庫 た79-1) 781円 ⓘ978-4-16-777390-8
◇トポスの呪力—大江健三郎と中上健次 張文穎著 専修大学出版局 2002.1 207p 21cm 2400円 ⓘ4-88125-124-4
◇アニの夢 私のイノチ 津島佑子著 講談社 1999.7 299p 19cm 2000円 ⓘ4-06-209743-5
◇作家の自伝—80 中上健次 中上健次著,栗坪良樹解説 日本図書センター 1998.4 267p 22cm (シリーズ・人間図書館) 2600円 ⓘ4-8205-9524-5,4-8205-9504-0
◇中上健次発言集成—6 座談/講演 中上健次著,柄谷行人,絓秀実編 第三文明社 1999.9 357p 20cm 2800円 ⓘ4-476-03216-8
◇夢の船旅—父中上健次と熊野 中上紀著 河出書房新社 2004.7 151p 20cm 1300円 ⓘ4-309-01645-6
◇中上健次論—熊野・路地・幻想 守安敏司著 大阪 解放出版社 2003.7 316p 20cm

〈文献あり〉 2800円 ⓘ4-7592-5129-4
◇書くことの戦場—後藤明生・金井美恵子・古井由吉・中上健次 芳川泰久著 早美出版社 2004.4 313p 20cm 2500円 ⓘ4-86042-017-9
◇貴種と転生・中上健次 四方田犬彦著 新潮社 1996.8 356,6p 20cm 2500円 ⓘ4-10-367102-5
◇貴種と転生・中上健次 四方田犬彦著 筑摩書房 2001.7 452p 15cm (ちくま学芸文庫) 1500円 ⓘ4-480-08639-0
◇中上健次論—愛しさについて 渡部直己著 河出書房新社 1996.4 221p 20cm 1900円 ⓘ4-309-01056-3
◇中上健次全集 月報—1-15 集英社 1995.5～1996.8 1冊 19cm

◆◆永倉 万治（1948～2000）

◇万治クン 永倉有子著 ホーム社 2003.10 286p 20cm 〈集英社(発売)〉 1600円 ⓘ4-8342-5091-1

◆◆原田 宗典（1959～）

◇Now and then原田宗典—原田宗典自身による全作品解説＋56の質問 原田宗典著 角川書店 1997.7 125p 20cm 1000円 ⓘ4-04-883486-X

◆◆干刈 あがた（1943～1992）

◇干刈ウィーク 石川博司著 青梅 光県研究会 1998.11 32p 21cm
◇干刈とホームページ 石川博司著 青梅 光県研究会 2001.3 60p 21cm
◇響け、わたしを呼ぶ声—勇気の人干刈あがた 小沢美智恵著 八千代出版 2010.10 261p 20cm 〈文献あり〉 1500円 ⓘ978-4-8429-1529-6

◆◆日野 啓三（1929～2002）

◇日常を超える闘い—日野啓三論 奥野忠昭著 大阪 ドット・ウィザード 2008.10 253p 20cm 2000円 ⓘ978-4-904481-01-1
◇アジア、幻境の旅—日野啓三と楼蘭美女 鈴村和成著 集英社 2006.11 243p 20cm

〈著作目録あり　年譜あり〉　3300円　①4-08-774827-8

◇日野啓三―意識と身体の作家　相馬庸郎著　大阪　和泉書院　2010.6　362p　22cm（近代文学研究叢刊 46）〈年譜あり〉　8000円　①978-4-7576-0560-2

◇日野啓三の世界　ふくやま文学館編　福山　ふくやま文学館　2005.10　56p　27cm〈会期：2005年10月14日〜2006年1月22日　著作目録あり　年譜あり〉

◆◆氷室　冴子（1957〜2008）

◇氷室冴子読本　氷室冴子責任編集　徳間書店　1993.7　210p　21cm　1000円　①4-19-175242-1

◆◆船戸　与一（1944〜）

◇船戸与一と叛史のクロニクル　小田光雄著　青弓社　1997.7　252p　20cm　2000円　①4-7872-9120-3

◆◆松浦　理英子（1958〜）

◇松浦理英子　清水良典編　鼎書房　2006.6　156p　22cm（現代女性作家読本 5）〈年譜あり　文献あり〉　1800円　①4-907846-36-3

◇松浦理英子とPセンスな愛の美学―ゆらぐ性差の物語　トーキングヘッズ編集室編　トーキングヘッズ編集室　1995.12　173p　21cm（トーキングヘッズ叢書 第8巻）　1133円　①4-915125-74-2

◆◆宮尾　登美子（1926〜）

◇宮尾登美子の世界　朝日新聞社編　朝日新聞社　2004.7　143p　21cm〈年譜あり〉　1900円　①4-02-257935-8

◇宮尾登美子の錦と龍村平蔵の美展　宮尾登美子著, 龍村平蔵作, 高知県立文学館編　高知　高知県立文学館　2012.4　60p　26cm〈会期：2012年4月10日〜5月27日　年表あり〉

◇宮尾登美子全集―第15巻　朝日新聞社　1994.1　331p　23cm　5300円　①4-02-256452-0

◆◆宮本　輝（1947〜）

◇宿命と永遠―宮本輝の物語　安藤始著　おうふう　2003.10　512p　20cm〈著作目録あり〉　2800円　①4-273-03311-9

◇宮本輝論　酒井英行著　翰林書房　1998.9　239p　20cm　2500円　①4-87737-046-3

◇女であること―宮本輝論　酒井英行著　沖積舎　2004.8　219p　20cm　3000円　①4-8060-4705-8

◇おいてけぼり―宮本輝論　芝田啓治著　近代文芸社　1996.10　189p　20cm　1500円　①4-7733-5882-3

◇宮本輝書誌　二瓶浩明編　愛知県長久手町　二瓶浩明　1989.8　116p　26cm〈（注）'76―'89分収録　ワープロ私家版〉

◇宮本輝十五年―1976-1990 文学書誌　二瓶浩明著　長久手町（愛知県）　二瓶浩明　1990.8　137枚　26cm〈付（別冊 13枚）：名古屋ヴァージョン〉　1500円

◇宮本輝書誌　二瓶浩明編　大阪　和泉書院　1992.7　358p　22cm（近代文学書誌大系 2）〈宮本輝の肖像あり〉　9270円　①4-87088-553-0

◇宮本輝宿命のカタルシス　二瓶浩明著　エディトリアルデザイン研究所　1998.7　219p　22cm（EDI学術選書）　2500円

◇宮本輝書誌―2　二瓶浩明著　大阪　和泉書院　2012.12　514p　22cm（近代文学書誌大系 5）　13000円　①978-4-7576-0638-8

◇宮本輝の本―記憶の森　宮本輝監修　宝島社　2005.4　137p　26cm〈肖像あり　著作目録あり　年譜あり　付属資料：16p：スワートの男〉　1524円　①4-7966-4570-5

◆◆三好　京三（1931〜2007）

◇なにがなんでも作家になりたい！―三好京三の文学的自叙伝　三好京三著　洋々社　2003.9　265p　19cm　1600円　①4-89674-350-4

◆◆向田　邦子（1929〜1981）

◇向田邦子をめぐる17の物語　相庭泰志構成　ベストセラーズ　2002.2　167p　20cm〈年譜あり〉　1200円　①4-584-18648-0

◇私立向田図書館―「触れもせで―向田邦子との二十年」より　赤木かん子編,久世光彦著　ポプラ社　2008.4　18p　21cm　（ポプラ・ブック・ボックス　王冠の巻 10）　ⓘ978-4-591-10215-2

◇向田邦子鑑賞事典　井上謙,神谷忠孝編　翰林書房　2000.7　445p　20cm　3200円　ⓘ4-87737-108-7

◇向日葵と黒い帽子―向田邦子の青春・銀座・映画・恋　上野たま子著　KSS出版　1999.1　191p　18cm　1500円　ⓘ4-87709-317-6

◇雑誌記者向田邦子　上野たま子著　扶桑社　2007.10　210p　20cm〈「向日葵と黒い帽子」(KSS出版1999年刊)の増訂〉　1500円　ⓘ978-4-594-05499-1

◇向田邦子の陽射し　太田光著　文芸春秋　2011.8　267p　20cm　1524円　ⓘ978-4-16-374350-9

◇名文探偵、向田邦子の謎を解く　鴨下信一著　いそっぷ社　2011.7　253p　20cm　1600円　ⓘ978-4-900963-52-8

◇向田邦子と昭和の東京　川本三郎著　新潮社　2008.4　203p　18cm　（新潮新書）　680円　ⓘ978-4-10-610259-2

◇娘の眼―向田邦子の作品における父親像　木戸みどり著　近代文芸社　1995.1　76p　19cm　1200円　ⓘ4-7733-3034-1

◇触れもせで―向田邦子との二十年　久世光彦著　講談社　1992.9　222p　18cm　1200円　ⓘ4-06-206013-2

◇夢あたたかき―向田邦子との二十年　久世光彦著　講談社　1995.10　191p　18cm　1300円　ⓘ4-06-207088-X

◇触れもせで―向田邦子との二十年　久世光彦著　講談社　1996.4　241p　15cm　（講談社文庫）　420円　ⓘ4-06-263075-3

◇夢あたたかき―向田邦子との二十年　久世光彦著　講談社　1998.11　193p　15cm　（講談社文庫）　419円　ⓘ4-06-263927-0

◇向田邦子との二十年　久世光彦著　筑摩書房　2009.4　382p　15cm　（ちくま文庫　く6-3）〈年譜あり〉　840円　ⓘ978-4-480-42588-1

◇向田邦子の全ドラマ―謎をめぐる12章　小林竜雄著　徳間書店　1996.3　312p　19cm　1500円　ⓘ4-19-860458-4

◇向田邦子最後の炎　小林竜雄著　読売新聞社　1998.6　243p　20cm　1400円　ⓘ4-643-98056-7

◇向田邦子最後の炎　小林竜雄著　中央公論新社　2000.10　268p　16cm　（中公文庫）　724円　ⓘ4-12-203732-8

◇向田邦子恋のすべて　小林竜雄著　中央公論新社　2003.9　244p　20cm　1600円　ⓘ4-12-003438-0

◇向田邦子恋のすべて　小林竜雄著　中央公論新社　2007.5　265p　16cm　（中公文庫）　724円　ⓘ978-4-12-204856-0

◇向田邦子名作読本　小林竜雄著　中央公論新社　2011.2　339p　16cm　（中公文庫　こ39-3）　686円　ⓘ978-4-12-205441-7

◇向田邦子のかくれんぼ　佐怒賀三夫著　NHK出版　2011.6　222p　19cm〈年表あり〉　1300円　ⓘ978-4-14-005601-1

◇メルヘン誕生―向田邦子をさがして　高島俊男著　いそっぷ社　2000.7　278p　20cm　1700円　ⓘ4-900963-13-5

◇向田邦子『冬の運動会』を読む　高橋行徳著　諏訪　鳥影社・ロゴス企画　2011.2　268p　20cm〈文献あり〉　1800円　ⓘ978-4-86265-283-6

◇向田邦子の比喩トランプ　半沢幹一著　新典社　2011.2　159p　18cm　（新典社新書55）　1000円　ⓘ978-4-7879-6155-6

◇向田邦子のこころと仕事―父を恋ふる　平原日出夫著　小学館　1993.8　239p　20cm　1800円　ⓘ4-09-387103-5

◇向田邦子・家族のいる風景　平原日出夫編著　清流出版　2000.4　252p　20cm〈他言語標題：Invitation to the world of Kuniko Mukoda〉　1600円　ⓘ4-916028-73-2

◇向田邦子ふたたび　文芸春秋編　新装版　文芸春秋　2011.7　255p　16cm　（文春文庫）〈年譜あり　著作目録あり〉　686円　ⓘ978-4-16-721789-1

◇向田邦子心の風景　松田良一著　講談社　1996.6　338p　20cm　1700円　ⓘ4-06-208084-2

◇かけがえのない贈り物―ままやと姉・邦子　向田和子著　文芸春秋　1994.12　230p　20cm　1300円　ⓘ4-16-349650-5

◇かけがえのない贈り物―ままやと姉・向田邦

◇子　向田和子著　文芸春秋　1997.11　254p　16cm　〈文春文庫〉　419円　①4-16-715605-9

◇向田邦子の青春―写真とエッセイで綴る姉の素顔　向田和子編著　ネスコ　1999.4　182p　22cm　1600円　①4-89036-998-8

◇向田邦子の遺言　向田和子著　文芸春秋　2001.11　173p　18cm　952円　①4-16-357980-X

◇向田邦子の恋文　向田和子著　新潮社　2002.7　141p　20cm　1200円　①4-10-455401-4

◇向田邦子の青春―写真とエッセイで綴る姉の素顔　向田和子編著　文芸春秋　2002.8　238p　16cm　〈文春文庫〉〈肖像あり　年譜あり〉　648円　①4-16-715606-7

◇向田邦子の遺言　向田和子著　文芸春秋　2003.12　205p　16cm　〈文春文庫〉　400円　①4-16-715607-5

◇向田邦子の恋文　向田和子著　新潮社　2005.8　174p　16cm　〈新潮文庫〉　362円　①4-10-119041-0

◇向田邦子暮しの愉しみ　向田邦子,向田和子著　新潮社　2003.6　143p　21cm　〈とんぼの本〉〈肖像あり　文献あり　年譜あり〉　1400円　①4-10-602103-X

◇素顔の幸福―向田邦子研究会誌　向田邦子研究会編　日野　向田邦子研究会　1992.8　150,10p　21cm〈向田邦子の肖像あり〉　非売品

◇向田邦子熱　向田邦子研究会著　いそっぷ社　1998.12　231p　19cm　1600円　①4-900963-06-2

◇向田邦子愛　向田邦子研究会著　いそっぷ社　2008.12　283p　19cm　1600円　①978-4-900963-43-6

◇向田邦子の世界―没後十年いまふたたび　「向田邦子の世界展」実行委員会　1991　64p　30cm　〈向田邦子の肖像あり〉

◇向田邦子全集自立語索引　日野　実践女子学園　1998.3　3冊　27cm

◇向田邦子を旅する。　マガジンハウス　2000.12　201p　30cm　(Magazine House mook)〈『クロワッサン』特別編集〉　1429円　①4-8387-8302-7

◆◆村上　春樹（1949～）

◇村上春樹の映画記号学　明里千章著　若草書房　2008.10　334p　20cm　(Murakami Haruki study books 11)〈文献あり〉　3000円　①978-4-904271-02-5

◇ぽぴゅらりてぃーのレッスン―村上春樹長編小説音楽ガイド　飯塚恒雄著　シンコー・ミュージック　2000.8　286p　22cm　1800円　①4-401-61655-3

◇村上春樹の聴き方　飯塚恒雄著　角川書店　2002.12　267,16p　15cm　〈角川文庫〉〈『ぽぴゅらりてぃーのレッスン』(シンコー・ミュージック2000年刊)の改訂　文献あり〉　590円　①4-04-367401-5

◇休日の村上春樹―コアにさわる　伊川竜郎著　那覇　ボーダーインク　2000.5　241p　19cm　1800円　①4-938923-87-4

◇謎とき村上春樹　石原千秋著　光文社　2007.12　332p　18cm　(光文社新書)　840円　①978-4-334-03430-6

◇村上春樹の読みかた　石原千秋,亀山郁夫,三浦雅士,藤井省三,加藤典洋著,菅野昭正編　平凡社　2012.7　283p　19cm　1600円　①978-4-582-83580-9

◇村上春樹と日本の「記憶」　井上義夫著　新潮社　1999.7　293p　20cm　1800円　①4-10-431401-3

◇村上春樹―Offの感覚　今井清人著　国研出版　1990.10　302p　20cm　(国研選書 2)　2200円　①4-7952-9205-1

◇村上春樹スタディーズ2000-2004　今井清人編　若草書房　2005.5　339p　20cm〈文献あり〉　2500円　①4-948755-85-0

◇村上春樹スタディーズ―2008-2010　今井清人編　若草書房　2011.5　291p　20cm〈文献あり　著作目録あり〉　2500円　①978-4-904271-09-4

◇村上春樹論―コミュニケーションの物語　林正著　専修大学出版局　2002.3　177p　22cm〈他言語標題：Haruki,the literary medium〉　2400円　①4-88125-126-0

◇村上春樹と一九八〇年代　宇佐美毅,千田洋幸編　おうふう　2008.11　335p　22cm　2500円　①978-4-273-03508-2

◇村上春樹と一九九〇年代　宇佐美毅,千田洋

幸編　おうふう　2012.5　334p　22cm　2500円　ⓘ978-4-273-03680-5

◇村上春樹にご用心　内田樹著　稲城　アルテスパブリッシング　2007.10　253p　19cm　1600円　ⓘ978-4-903951-00-3

◇もういちど村上春樹にご用心　内田樹著　武蔵野　アルテスパブリッシング　2010.11　269p　19cm　〈『村上春樹にご用心』(2007年刊)の新版〉　1600円　ⓘ978-4-903951-37-9

◇村上春樹を歩く―作品の舞台と暴力の影　浦澄彬著　彩流社　2000.12　195p　19cm　1500円　ⓘ4-88202-690-2

◇村上春樹と中国　王海藍著　アーツアンドクラフツ　2012.3　220p　21cm　〈文献あり〉　2400円　ⓘ978-4-901592-71-0

◇村上春樹論―サブカルチャーと倫理　大塚英志著　若草書房　2006.7　296p　20cm　(Murakami Haruki study books 4)　2400円　ⓘ4-948755-93-1

◇物語論で読む村上春樹と宮崎駿―構造しかない日本　大塚英志著　角川書店　2009.7　253p　18cm　(角川oneテーマ21 A-102)　〈角川グループパブリッシング(発売)〉　705円　ⓘ978-4-04-710199-9

◇近代文学以後―「内向の世代」から見た村上春樹　尾高修也著　作品社　2011.9　220p　20cm　1600円　ⓘ978-4-86182-349-7

◇村上春樹をめぐる冒険―対話篇　笠井潔ほか著　河出書房新社　1991.6　253p　19cm　1600円　ⓘ4-309-00699-X

◇越境する「僕」―村上春樹、翻訳文体と語り手　風丸良彦著　試論社　2006.5　300p　20cm　2400円　ⓘ4-903122-05-0

◇村上春樹短篇再読　風丸良彦著　みすず書房　2007.4　244p　20cm　2500円　ⓘ978-4-622-07290-4

◇村上春樹―イエローページ 作品別 (1979～1996)　加藤典洋編　荒地出版社　1997.4　222p　21cm　1553円　ⓘ4-7521-0097-5

◇群像日本の作家―26　村上春樹　加藤典洋ほか著　小学館　1997.5　321p　20cm　2140円　ⓘ4-09-567026-3

◇村上春樹―イエローページ作品別 pt.2 (1995-2004)　加藤典洋編著　荒地出版社　2004.5　213p　21cm　1600円　ⓘ4-7521-0135-1

◇村上春樹―イエローページ 1　加藤典洋編　幻冬舎　2006.8　249p　16cm　(幻冬舎文庫)　495円　ⓘ4-344-40822-5

◇村上春樹―イエローページ 2　加藤典洋編　幻冬舎　2006.10　266p　16cm　(幻冬舎文庫)　495円　ⓘ4-344-40846-2

◇文学地図―大江と村上と二十年　加藤典洋著　朝日新聞出版　2008.12　411,5p　19cm　(朝日選書 850)　1600円　ⓘ978-4-02-259950-6

◇村上春樹の短編を英語で読む1979～2011―But Writing About Them In Japanese　加藤典洋著　講談社　2011.8　602p　20cm　〈他言語標題：Haruki Murakami Short Stories 1979～2011〉　3600円　ⓘ978-4-06-217030-7

◇村上春樹の「物語」―夢テキストとして読み解く　河合俊雄著　新潮社　2011.8　252p　20cm　1700円　ⓘ978-4-10-330861-4

◇村上春樹、河合隼雄に会いにいく　河合隼雄、村上春樹著　新潮社　1999.1　225p　15cm　(新潮文庫)　438円　ⓘ4-10-100145-6

◇村上春樹をどう読むか　川村湊著　作品社　2006.12　230p　20cm　2000円　ⓘ4-86182-109-6

◇村上春樹論集成　川本三郎著　若草書房　2006.5　213p　20cm　(Murakami Haruki study books 3)　2000円　ⓘ4-948755-92-3

◇村上春樹　木股知史編　若草書房　1998.1　278p　22cm　(日本文学研究論文集成 46)　3500円　ⓘ4-948755-21-4

◇村上春樹の哲学ワールド―ニーチェ的長編四部作を読む　清真人著　はるか書房　2011.4　236p　21cm　〈星雲社(発売)〉　1900円　ⓘ978-4-434-15525-3

◇村上春樹スタディーズ―1　栗坪良樹, 柘植光彦編　若草書房　1999.6　271p　20cm　1800円　ⓘ4-948755-43-5

◇村上春樹スタディーズ―2　栗坪良樹, 柘植光彦編　若草書房　1999.7　277p　20cm　1800円　ⓘ4-948755-46-X

◇村上春樹スタディーズ―3　栗坪良樹, 柘植光彦編　若草書房　1999.8　306p　20cm　1800円　ⓘ4-948755-48-6

◇村上春樹スタディーズ―4　栗坪良樹, 柘植

現代日本文学（文学史）

光彦編　若草書房　1999.9　275p　20cm　1800円　Ⓘ4-948755-49-4

◇村上春樹スタディーズ—5　栗坪良樹, 柘植光彦編　若草書房　1999.10　292p　20cm　1800円　Ⓘ4-948755-50-8

◇村上春樹を音楽で読み解く　栗原裕一郎, 大谷能生, 鈴木淳史, 大和田俊之, 藤井勉著, 栗原裕一郎監修　日本文芸社　2010.10　231p　19cm　1600円　Ⓘ978-4-537-25789-2

◇村上春樹—ザ・ロスト・ワールド　黒古一夫著　六興出版　1989.12　206p　20cm　1300円　Ⓘ4-8453-7172-3

◇村上春樹と同時代の文学　黒古一夫著　河合出版　1990.12　295p　20cm　1500円　Ⓘ4-87999-044-2

◇村上春樹—ザ・ロスト・ワールド　黒古一夫著　第三書館　1993.5　255p　20cm　1800円　Ⓘ4-8074-9323-X

◇村上春樹—「喪失」の物語から「転換」の物語へ　黒古一夫著　勉誠出版　2007.10　294p　20cm　2400円　Ⓘ978-4-585-05382-8

◇村上春樹の音楽図鑑　小西慶太著　ジャパン・ミックス　1995.7　277p　19cm　1500円　Ⓘ4-88321-177-0

◇村上春樹の音楽図鑑　小西慶太著　改訂新版　ジャパンミックス　1998.3　303p　19cm　1500円　Ⓘ4-88321-487-7

◇「村上春樹」を聴く。—ムラカミワールドの旋律　小西慶太著　阪急コミュニケーションズ　2007.4　321p　21cm　1600円　Ⓘ978-4-484-07206-7

◇村上春樹論—フロイト・ラカンを基軸として　小林正明著　青山学院女子短期大学学芸懇話会　1997.3　194p　19cm　〈青山学院女子短期大学学芸懇話会シリーズ 20〉　非売品

◇村上春樹・塔と海の彼方に　小林正明著　森話社　1998.11　253p　20cm　2400円　Ⓘ4-7952-9072-5

◇村上春樹を読みつくす　小山鉄郎著　講談社　2010.10　262p　18cm　〈講談社現代新書 2071〉　760円　Ⓘ978-4-06-288071-8

◇空想読解なるほど、村上春樹　小山鉄郎著　共同通信社　2012.11　279p　19cm　〈著作目録あり 年譜あり〉　1400円　Ⓘ978-4-7641-0655-0

◇村上春樹分身との戯れ　酒井英行著　翰林書房　2001.4　245p　20cm　1800円　Ⓘ4-87737-129-X

◇『ダンス・ダンス・ダンス』解体新書—座談会村上春樹　酒井英行ほか　沖積舎　2007.8　147p　20cm　2500円　Ⓘ978-4-8060-4727-8

◇村上春樹を語る—世界の終りとハードボイルド・ワンダーランド　酒井英行ほか　沖積舎　2008.9　217p　19cm　2000円　Ⓘ978-4-8060-4734-6

◇村上春樹の隣には三島由紀夫がいつもいる。　佐藤幹夫著　PHP研究所　2006.3　308p　18cm　（PHP新書）　780円　Ⓘ4-569-64934-3

◇村上春樹はどう誤訳されているか—村上春樹を英語で読む　塩浜久雄著　若草書房　2007.1　348p　20cm　（Murakami Haruki study books 5）　3000円　Ⓘ978-4-948755-95-6

◇僕と鼠と羊の物語　四季が岳太郎著　杉並けやき出版　2007.10　206p　19cm　〈星雲社（発売）〉　1000円　Ⓘ978-4-434-11144-0

◇中上健次と村上春樹—〈脱六〇年代〉的世界のゆくえ　柴田勝二著　府中（東京都）　東京外国語大学出版会　2009.3　350p　20cm　〈年譜あり 索引あり〉　2500円　Ⓘ978-4-904575-03-1

◇村上春樹と夏目漱石—二人の国民作家が描いた〈日本〉　柴田勝二著　祥伝社　2011.7　296p　18cm　（祥伝社新書 243）〈並列シリーズ名：SHODENSHA SHINSHO　年表あり〉　820円　Ⓘ978-4-396-11243-1

◇世界は村上春樹をどう読むか—a wild Haruki chase　柴田元幸, 沼野充義, 藤井省三, 四方田犬彦編　文芸春秋　2006.10　315p　20cm　〈企画：国際交流基金〉　1714円　Ⓘ4-16-368470-0

◇世界は村上春樹をどう読むか　柴田元幸, 沼野充義, 藤井省三, 四方田犬彦編　文芸春秋　2009.6　360p　16cm　（文春文庫）〈企画：国際交流基金〉　657円　Ⓘ978-4-16-775389-4

◇村上春樹はくせになる　清水良典著　朝日新聞社　2006.10　236p　18cm　（朝日新書）〈年表あり〉　720円　Ⓘ4-02-273104-4

◇Murakami—龍と春樹の時代　清水良典著

現代日本文学（文学史）

幻冬舎　2008.9　276p　18cm　（幻冬舎新書）　840円　①978-4-344-98095-2

◇村上春樹と物語の条件―『ノルウェイの森』から『ねじまき鳥クロニクル』へ　鈴木智之著　青弓社　2009.8　348p　20cm　3000円　①978-4-7872-9190-5

◇村上春樹クロニクル―1983-1995　鈴村和成著　洋泉社　1994.9　241p　21cm　1500円　①4-89691-148-2

◇村上春樹とネコの話　鈴村和成著　彩流社　2004.5　219p　20cm　1600円　①4-88202-888-3

◇アイロンをかける青年―村上春樹とアメリカ　千石英世著　彩流社　1991.11　233p　20cm　2200円　①4-88202-208-7

◇ハルキの国の人々　高橋丁未子著　CBS・ソニー出版　1990.12　215p　19cm　1100円　①4-7897-0555-2

◇羊のレストラン―村上春樹の食卓　高橋丁未子著　増訂　講談社　1996.5　269p　16cm（講談社+α文庫）　600円　①4-06-256144-1

◇村上春樹・横光利一・中野重治と堀辰雄―現代日本文学生成の水脈　竹内清己著　鼎書房　2009.11　239p　20cm　2200円　①978-4-907846-65-7

◇ロマン派から現代へ―村上春樹、三島由紀夫、ドイツ・ロマン派　舘野日出男著　鳥影社　2004.3　289p　22cm　（松山大学研究叢書　第45巻）　3000円　①4-88629-820-6

◇村上春樹―テーマ・装置・キャラクター　柘植光彦編　至文堂　2008.1　276p　21cm（「国文学：解釈と鑑賞」別冊）〈文献あり〉　2476円

◇村上春樹の秘密―ゼロからわかる作品と人生　柘植光彦著　アスキー・メディアワークス　2010.4　249p　18cm　（アスキー新書 149）〈角川グループパブリッシング（発売）　索引あり〉　762円　①978-4-04-868560-3

◇アメリカ―村上春樹と江藤淳の帰還　坪内祐三著　扶桑社　2007.12　225p　20cm　1600円　①978-4-594-05539-4

◇村上春樹のエロス　土居豊著　ロングセラーズ　2010.7　177p　19cm　1300円　①978-4-8454-2185-5

◇ハルキとハルヒ―村上春樹と涼宮ハルヒを解読する　土居豊著　岡山　大学教育出版　2012.4　184p　21cm　（ACADEMIA SOCIETY NO.5　杉田米行監修）〈文献あり〉　2000円　①978-4-86429-127-9

◇村上春樹と小阪修平の1968年　とよだもとゆき著　新泉社　2009.8　317p　20cm〈文献あり　年譜あり〉　2300円　①978-4-7877-0909-7

◇村上春樹超短篇小説案内―あるいは村上朝日堂の16の超短篇をわれわれはいかに読み解いたか　波瀬蘭著　学研パブリッシング　2011.3　238p　19cm〈学研マーケティング（発売）　著作目録あり〉　1300円　①978-4-05-404910-9

◇村上春樹と小説の現在　日本近代文学会関西支部編　大阪　和泉書院　2011.3　225,5p　21cm〈年譜あり〉　2400円　①978-4-7576-0582-4

◇〈教室〉の中の村上春樹　馬場重行,佐野正俊編　ひつじ書房　2011.8　349p　21cm　2800円　①978-4-89476-551-1

◇象が平原に還った日―キーワードで読む村上春樹　久居つばき,くわ正人著　新潮社　1991.11　269p　20cm　1500円　①4-10-382901-X

◇ノンフィクションと華麗な虚偽―村上春樹の地下世界　久居つばき著　マガジンハウス　1998.4　231p　19cm　1300円　①4-8387-1021-6

◇村上春樹の読み方―キーワードの由来とその意味　久居つばき,くわ正人著　雷韻出版　2003.2　287p　19cm〈「象が平原に還った日」（新潮社1991年刊）の改訂〉　1500円　①4-947737-35-2

◇村上春樹小説案内―全長編の愉しみ方　平居謙著　双文社出版　2010.5　151p　21cm　1500円　①978-4-88164-593-2

◇村上春樹と《最初の夫の死ぬ物語》　平野芳信著　翰林書房　2001.4　202p　19cm　1800円　①4-87737-128-1

◇村上春樹―人と文学　平野芳信著　勉誠出版　2011.3　312p　20cm〈日本の作家100人〉〈文献あり　年譜あり〉　2000円　①978-4-585-05200-5

◇村上春樹と《最初の夫の死ぬ物語》　平野芳信著　2版　翰林書房　2011.12　202,2p　19cm　1800円　①978-4-87737-323-8

現代日本文学（文学史）

◇村上春樹「風の歌を聴け」を読む。　弘英正編集責任　〔京都〕　どらねこ工房　1997.9　312p　21cm　800円

◇村上春樹の歌　深海遥著　青弓社　1990.11　203p　20cm　1545円

◇探訪村上春樹の世界―東京編 1968―1997　深海遥構成・文,斎藤郁男写真　ゼスト　1998.3　93p　22cm　（探訪シリーズ）　1400円　Ⓘ4-916090-97-7

◇村上春樹12の長編小説―1979年に開かれた「僕」の戦線　福田和也著　広済堂出版　2012.3　231p　19cm　1500円　Ⓘ978-4-331-51590-7

◇村上春樹のなかの中国　藤井省三著　朝日新聞社　2007.7　265,4p　19cm　（朝日選書　826）　1200円　Ⓘ978-4-02-259926-1

◇東アジアが読む村上春樹―東京大学文学部中国文学科国際共同研究　藤井省三編　若草書房　2009.6　367p　20cm　（Murakami Haruki study books 12）　3000円　Ⓘ978-4-904271-03-2

◇「村上春樹」が好き！　別冊宝島編集部編　宝島社　2004.10　253p　16cm　（宝島社文庫）〈「僕たちの好きな村上春樹」（2003年刊）の改訂　文献あり〉　600円　Ⓘ4-7966-4308-7

◇「村上春樹」大好き！　別冊宝島編集部編　宝島社　2012.4　269p　16cm　（宝島SUGOI文庫 Dへ-1-27）〈「「村上春樹」が好き！」（宝島社文庫 2004年刊）の増補・改訂・改題〉　648円　Ⓘ978-4-7966-9789-7

◇ハルキ・バナナ・ゲンイチロー―時代の感受性を揺らす三つのシグナル　松沢正博著　青弓社　1989.9　206p　20cm　1380円

◇村上春樹―都市小説から世界文学へ　松本健一著　第三文明社　2010.2　239p　19cm　〈文献あり 著作目録あり〉　1500円　Ⓘ978-4-476-03303-8

◇村上春樹と柴田元幸のもうひとつのアメリカ　三浦雅士著　新書館　2003.7　291p　20cm　1800円　Ⓘ4-403-21080-5

◇村上春樹ワンダーランド　宮脇俊文著　いそっぷ社　2006.11　239p　21cm　〈著作目録あり〉　1600円　Ⓘ4-900963-36-4

◇村上春樹を読む。―全小説と作品キーワード　宮脇俊文著　イースト・プレス　2010.10　353p　15cm　（文庫ぎんが堂 み1-1）〈文献あり 作品目録あり 年表あり〉　800円　Ⓘ978-4-7816-7035-5

◇村上春樹作品研究事典　村上春樹研究会編　増補版　鼎書房　2007.10　352,5p　23cm　〈著作目録あり　年譜あり　文献あり〉　4000円　Ⓘ978-4-907846-54-1,978-4-907846-07-7

◇村上春樹イエロー辞典　村上ワールド研究会著　アートブック本の森　1999.5　197p　19cm　1000円　Ⓘ4-87693-467-3

◇村上春樹の本文改稿研究　山崎真紀子著　若草書房　2008.1　334p　20cm　（Murakami Haruki study books 9）　3000円　Ⓘ978-4-948755-99-4

◇村上春樹とドストエーフスキイ　横尾和博著　近代文芸社　1991.11　238p　20cm　1700円　Ⓘ4-7733-1190-8

◇村上春樹の二元的世界　横尾和博著　鳥影社　1992.7　182p　20cm〈星雲社（発売）〉　1800円　Ⓘ4-7952-5175-4

◇村上春樹×九〇年代―再生の根拠　横尾和博著　第三書館　1994.5　178p　20cm　2200円　Ⓘ4-8074-9414-7

◇村上春樹とハルキムラカミ―精神分析する作家　芳川泰久著　京都　ミネルヴァ書房　2010.4　240,3p　20cm〈文献あり 索引あり〉　2800円　Ⓘ978-4-623-05771-9

◇村上春樹、転換する　吉田春生著　彩流社　1997.11　266p　20cm　1900円　Ⓘ4-88202-495-0

◇村上春樹とアメリカ―暴力性の由来　吉田春生著　彩流社　2001.6　236p　20cm　2000円　Ⓘ4-88202-709-7

◇ハルキ・ムラカミと言葉の音楽　ジェイ・ルービン著,畔柳和代訳　新潮社　2006.9　463p　20cm　3000円　Ⓘ4-10-505371-X

◇語り得ぬもの：村上春樹の女性（レズビアン）表象　渡辺みえこ著　御茶の水書房　2009.6　118p　21cm　1400円　Ⓘ978-4-275-00839-8

◇村上春樹がわかる。　朝日新聞社　2001.12　176p　26cm　（アエラムック no.72）〈年譜あり〉　1200円　Ⓘ4-02-274125-2

◆◆◆「1Q84」

◇集中講義『1Q84』　風丸良彦著　若草書房　2010.6　298p　20cm　(Murakami Haruki study books 15)〈文献あり〉　2500円　①978-4-904271-06-3

◇村上春樹『1Q84』をどう読むか　河出書房新社編集部編　河出書房新社　2009.7　222p　21cm〈著作目録あり〉　1200円　①978-4-309-01933-8

◇村上春樹『1Q84』の世界を深読みする本　空気さなぎ調査委員会著　ぶんか社　2009.9　174p　19cm〈文献あり〉　952円　①978-4-8211-4275-0

◇『1Q84』批判と現代作家論　黒古一夫著　アーツアンドクラフツ　2011.2　245p　20cm　2200円　①978-4-901592-61-1

◇村上春樹・戦記―『1Q84』のジェネシス　鈴村和成著　彩流社　2009.8　229p　21cm〈年表あり〉　1700円　①978-4-7791-1052-8

◇村上春樹『1Q84』の性表出―BOOK 1のパラフレーズ　谷崎龍彦著　彩流社　2011.5　233p　19cm　1800円　①978-4-7791-1633-9

◇村上春樹の「1Q84 BOOK3」大研究　平居謙著　データハウス　2010.5　267p　19cm　1300円　①978-4-7817-0054-0

◇1Q84スタディーズ―book 1　若草書房　2009.11　265p　20cm　(Murakami Haruki study books 13)〈他言語標題：1Q84 studies〉　2300円　①978-4-904271-04-9

◇1Q84スタディーズ―book 2　若草書房　2010.1　275p　20cm　(Murakami Haruki study books 14)〈他言語標題：1Q84 studies〉　2300円　①978-4-904271-05-6

◆◆◆「海辺のカフカ」

◇『海辺のカフカ』ひとつの等式と偶然の系列　久間義文著　〔出版地不明〕　久間義文　2011.8　161p　26cm　1905円

◇村上春樹論―『海辺のカフカ』を精読する　小森陽一著　平凡社　2006.5　277p　18cm　(平凡社新書)　780円　①4-582-85321-8

◇村上春樹を英語で読む：海辺のカフカ　塩浜久雄著　若草書房　2008.7　278p　20cm　(Murakami Haruki study books 1)　2800円　①978-4-904271-01-8

◆◆◆「ノルウェイの森」

◇小説の読み方―2　散文の構造と『ノルウェイの森』　秋本博夫著　レーヴック　2011.5　177p　20cm〈星雲社（発売）〉　1500円　①978-4-434-15394-5

◇村上春樹『ノルウェイの森』の研究　酒井英行,堀口真利子著　沖積舎　2011.9　157p　19cm　2000円　①978-4-8060-4757-5

◆◆村上　龍（1952～）

◇村上龍―「危機」に抗する想像力　黒古一夫著　勉誠出版　2009.7　285p　20cm　(新鋭作家論叢書)　2200円　①978-4-585-05511-2

◇Murakami―龍と春樹の時代　清水良典著　幻冬舎　2008.9　276p　18cm　(幻冬舎新書)　840円　①978-4-344-98095-2

◇龍以後の世界―村上龍という「最終兵器」の研究　陣野俊史著　彩流社　1998.7　219p　19cm　(オフサイド・ブックス四六スーパー)　1600円　①4-88202-652-X

◇リュウズ・ウイルス―村上龍読本　野崎六助著　毎日新聞社　1998.2　243p　19cm　1500円　①4-620-10583-X

◇村上龍作家作品研究―村上龍の世界地図　南雄太著　専修大学出版局　2007.2　254p　21cm　2600円　①978-4-88125-186-7

◇群像日本の作家―29　村上龍　村上龍ほか著　小学館　1998.4　303p　20cm　2140円　①4-09-567029-0

◇存在の耐えがたきサルサ―村上龍対談集　村上龍著　文芸春秋　1999.6　477p　19cm　1714円　①4-16-355380-0

◇吉本隆明資料集―71　現代詩の思想・村上龍『コインロッカー・ベイビーズ』　吉本隆明著　高知　猫々堂　2007.12　100p　21cm　1200円

◇Ryu book―村上龍　思潮社　1990.9　314p　21cm〈『現代詩手帖』特集版　村上龍の肖像あり〉　1500円　①4-7837-1850-4

◆◆群 ようこ（1954～）

◇十五年目の玄米パン―群ようこの世界　幻冬舎編　幻冬舎　1999.12　332p　21cm　1400円　①4-87728-343-9

◇Now and then群ようこ―群ようこ自身による全作品解説+95の質問　群ようこ著　角川書店　1997.12　125p　20cm　1000円　①4-04-883506-8

◆◆森 瑤子（1940～1993）

◇森瑤子・わが娘の断章　伊藤三男著　文芸春秋　1998.5　252p　20cm　1429円　①4-16-353930-1

◇小さな貝殻―母・森瑤子と私　マリア・ブラッキン著　新潮社　1995.12　240p　20cm　1400円　①4-10-409701-2

◇小さな貝殻―母・森瑤子と私　マリア・ブラッキン著　新潮社　1998.11　278p　16cm　（新潮文庫）　438円　①4-10-141221-9

◆◆山田 詠美（1959～）

◇山田詠美　原善編　鼎書房　2007.3　146p　22cm　（現代女性作家読本 9）〈年譜あり　文献あり〉　1800円　①4-907846-40-1

◇山田詠美愛の世界―マンガ・恋愛・吉本ばなな　松田良一著　東京書籍　1999.11　269p　20cm　2200円　①4-487-79496-X

◇メンアットワーク―山田詠美対談集　山田詠美著　幻冬舎　2001.8　380p　16cm　（幻冬舎文庫）〈肖像あり〉　600円　①4-344-40157-3

◆◆夢枕 獏（1951～）

◇仰天・夢枕獏―夢枕獏全仕事 特別号　夢枕獏ほか著, 夢枕獏事務所編　波書房　1999.1　287p　21cm　1600円　①4-8164-1247-6

◇夢枕獏全仕事―熱い幻想　夢枕獏監修・執筆　一迅社　2006.4　159p　26cm　（一迅社ビジュアルbookシリーズ）　1500円　①4-7580-1051-X

◆◆吉田 知子（1934～）

◇吉田知子論　庄司肇著　沖積舎　1994.10　318p　20cm　2800円　①4-8060-4595-0

◆◆よしもと ばなな（1964～）

◇吉本ばなな―イエローページ 作品別（1987～1999）　木股知史編著　荒地出版社　1999.7　207p　21cm　1600円　①4-7521-0111-4

◇よしもとばなな　現代女性作家読本刊行会編　鼎書房　2011.6　178p　21cm　（現代女性作家読本 13）〈他言語標題：BANANA YOSHIMOTO　文献あり　年譜あり〉　1800円　①978-4-907846-83-1

◇吉本ばなな「ムーン・ライト・シャドー」を読む　同志社高校「現代国語」講座生著, 弘英正編集責任　〔京都〕　どらねこ工房　1989.11　160p　21cm　500円

◇吉本ばななと俵万智　古橋信孝著　筑摩書房　1990.3　193p　20cm　1230円　①4-480-82280-1

◇ハルキ・バナナ・ゲンイチロー―時代の感受性を揺らす三つのシグナル　松沢正博著　青弓社　1989.9　206p　20cm　1380円

◇吉本ばなな論―「フツー」という無意識　松本孝幸著　JICC出版局　1991.7　238p　20cm　1650円　①4-7966-0150-3

◇吉本ばなな神話　三井貴之, 鷲ി小弥太著　青弓社　1989.12　194p　20cm　1545円

◇ばななは自然食品―楽園国家崩壊中の心理学　二十世紀末吉本ばななが象したもの　八木方子著　今治　〔八木方子〕　1990.10　91p　17cm

◇B級Banana―ばなな読本　吉本ばなな著　角川書店　1999.5　229p　15cm　（角川文庫）　533円　①4-04-180009-9

◇シンクロする直感―よしもとばなな『アムリタ』の意味するもの　渡辺佳明著　文芸社　2005.5　222p　19cm　1400円　①4-8355-8994-7

◆◆隆 慶一郎（1923～1989）

◇隆慶一郎の世界　大宮信光著　三交社　1996.7　270p　20cm　1800円　①4-87919-562-6

◇隆慶一郎の世界　中島誠著　第三文明社　1997.11　272p　20cm　1800円　①4-476-

◇歌う舟人―父隆慶一郎のこと　羽生真名著　講談社　1991.10　226p　20cm〈隆慶一郎および著者の肖像あり〉　1400円　Ⓘ4-06-205663-1

◇隆慶一郎男の「器量」―その熱き生涯に学ぶ　松岡せいじ著　本の森出版センター　1997.1　180p　19cm　(「超」読解講座)　1359円　Ⓘ4-87693-331-6

◇隆慶一郎を読む　『歴史読本』編集部編　新人物往来社　2010.10　319p　21cm〈著者目録あり　年譜あり〉　1500円　Ⓘ978-4-404-03928-6

◇隆慶一郎読本　新人物往来社　1999.4　360p　21cm　(別冊歴史読本　第17号―作家シリーズ 4)　2000円　Ⓘ4-404-02717-6

平成時代

◇暴力的な現在　井口時男著　作品社　2006.9　255p　20cm　2800円　Ⓘ4-86182-104-5

◇現代小説のレッスン　石川忠司著　講談社　2005.6　231p　18cm　(講談社現代新書)　720円　Ⓘ4-06-149791-X

◇現代日本の小説　尾崎真理子著　筑摩書房　2007.11　171,4p　18cm　(ちくまプリマー新書 71)〈文献あり〉　760円　Ⓘ978-4-480-68771-5

◇人間の消失・小説の変貌　笠井潔著　東京創元社　2009.10　286p　19cm　(Key library)〈文献あり〉　2100円　Ⓘ978-4-488-01527-5

◇ロバートキャンベルの小説家神髄―現代作家6人との対話　ロバート・キャンベル編　NHK出版　2012.2　191p　19cm　1300円　Ⓘ978-4-14-081518-2

◇関係の化学としての文学　斎藤環著　新潮社　2009.4　315p　20cm〈索引あり〉　2200円　Ⓘ978-4-10-314051-1

◇嫌悪のレッスン―文学・ロック・身振り・ミステリー　高橋敏夫著　三一書房　1994.6　230p　20cm　2000円　Ⓘ4-380-94244-9

◇あの戦場を越えて―日本現代文学論　田中和生著　講談社　2005.4　229p　20cm　1800円　Ⓘ4-06-212869-1

◇千年残る日本語へ　富岡幸一郎著　NTT出版　2012.8　179p　20cm　2400円　Ⓘ978-4-7571-4262-6

◇文学―ポスト・ムラカミの日本文学　仲俣暁生著　朝日出版社　2002.5　165p　18cm　(カルチャー・スタディーズ)〈他言語標題：Literature　奥付のタイトル：日本文学〉　1200円　Ⓘ4-255-00161-8

◇極西文学論―Westway to the world　仲俣暁生著　晶文社　2004.12　234p　19cm　1600円　Ⓘ4-7949-6645-8

◇「鍵のかかった部屋」をいかに解体するか　仲俣暁生, 舞城王太郎, 愛媛川十三著　バジリコ　2007.3　253p　19cm　1500円　Ⓘ978-4-86238-042-5

◇現代人は救われ得るか―平成の思想と文芸　福田和也著　新潮社　2010.6　426,4p　20cm〈索引あり〉　2200円　Ⓘ978-4-10-390913-2

◇村上龍文学的エッセイ集　村上龍著　シングルカット　2006.1　459p　22cm〈他言語標題：Ryu Murakami essays on literature and life〉　2000円　Ⓘ4-938737-50-7

◇メルトダウンする文学への九通の手紙　渡部直己著　早美出版社　2005.11　239p　20cm　2000円　Ⓘ4-86042-030-6

◇震災とフィクションの"距離"　早稲田文学会　2012.3　268,224p　19cm　(早稲田文学記録増刊)〈他言語標題：Ruptured fiction(s) of the earthquake　英語併記〉　1800円　Ⓘ978-4-948717-05-3

◆◆あかほり　さとる（1965～）

◇あかほりさとる全書―"外道"が歩んだメディアミックスの25年　オトナアニメ編集部, 前田久編著　洋泉社　2012.9　207p　21cm　(オトナアニメCOLLECTION)〈作品目録あり〉　1600円　Ⓘ978-4-8003-0000-3

◆◆浅田　次郎（1951～）

◇浅田次郎新選組読本　浅田次郎著, 文芸春秋編　文芸春秋　2004.10　271p　19cm〈肖像あり〉　1476円　Ⓘ4-16-366260-X

◇天切り松読本　浅田次郎監修, 集英社文庫編集部編　集英社　2007.6　223p　16cm　(集英社文庫)〈年表あり〉　400円　Ⓘ978-

4-08-746167-1
◇浅田次郎ルリ色人生講座―浅田次郎物語　スタッフ霞町著　本の森出版センター　1999.2　206p　19cm　1143円　⓵4-87693-463-0

◆◆綾辻　行人（1960～）

◇綾辻行人―ミステリ作家徹底解剖　スニーカー・ミステリー倶楽部編　角川書店　2002.10　207p　21cm〈年譜あり〉　1500円　⓵4-04-883774-5

◆◆江国　香織（1964～）

◇江国香織　現代女性作家読本刊行会編　鼎書房　2010.9　146p　21cm　（現代女性作家読本 11）〈文献あり　年譜あり〉　1800円　⓵978-4-907846-71-8
◇江国香織―ホリー・ガーデン　酒井英行ほか　沖積舎　2008.11　213p　19cm　2000円　⓵978-4-8060-4736-0

◆◆小川　洋子（1962～）

◇小川洋子―見えない世界を見つめて　綾目広治著　勉誠出版　2009.10　232p　20cm　（新鋭作家論叢書 2）〈年譜あり　文献あり〉　2200円　⓵978-4-585-05513-6
◇小川洋子　高根沢紀子編　鼎書房　2005.11　162p　22cm　（現代女性作家読本 2）〈年譜あり　文献あり〉　1800円　⓵4-907846-33-9

◆◆恩田　陸（1964～）

◇恩田陸　現代女性作家読本刊行会編　鼎書房　2012.2　188p　21cm　（現代女性作家読本 14）〈文献あり　年譜あり〉　1800円　⓵978-4-907846-91-6

◆◆角田　光代（1967～）

◇角田光代　現代女性作家読本刊行会編　鼎書房　2012.9　211p　21cm　（現代女性作家読本 15）〈文献あり　年譜あり〉　1800円　⓵978-4-907846-95-4

◆◆片山　恭一（1959～）

◇「皮てんぷら」から『世界の中心で、愛をさけぶ』まで　片山玲子著　文芸社　2009.10　211p　20cm　1300円　⓵978-4-286-07635-5

◆◆金原　ひとみ（1983～）

◇蹴りたい背中・蛇にピアス―第百三十回芥川賞受賞作考　倉田東平著　高崎　ジャスト月刊ヴィアン　2005.6　256p　20cm　1900円

◆◆唐沢　俊一（1958～）

◇唐沢俊一研究―トンデモ病患者への処方箋　唐沢俊一研究会著　増補版　出版地不明　東淀川大学雑学部OB会　2008.3　243p　19cm
◇唐沢俊一研究―トンデモ病患者への処方箋　滝田六助著　出版地不明　滝田六助　2007.8　207p　19cm

◆◆川上　弘美（1958～）

◇川上弘美　原善編　鼎書房　2005.11　151p　22cm　（現代女性作家読本 1）〈年譜あり　文献あり〉　1800円　⓵4-907846-32-0

◆◆京極　夏彦（1963～）

◇京極夏彦「超」事典―解体新書1999　京極DO研究会編著　本の森出版センター　1998.12　234p　19cm　1000円　⓵4-87693-454-1
◇京極夏彦の謎―謎が謎を…中禅寺秋彦の秘密　『京極ワールド』研究会著　本の森出版センター　1997.7　199p　18cm　1000円　⓵4-87693-354-5
◇京極夏彦の謎―謎が謎を…京極堂の秘密　2　新『京極ワールド』研究会編著　本の森出版センター　1998.2　186p　19cm　1000円　⓵4-87693-398-7
◇京極堂の偽　津田庄一著　データハウス　1997.11　345p　18cm　1300円　⓵4-88718-466-2
◇京極夏彦の世界　永瀬唯ほか著　青弓社　1999.9　206p　19cm　（寺子屋ブックス 4）　1600円　⓵4-7872-9135-1

現代日本文学（文学史）

◇超絶ミステリの世界―京極夏彦読本　野崎六助著　情報センター出版局　1998.12　255p　19cm　1200円　Ⓘ4-7958-2862-8
◇僕たちの好きな京極夏彦　別冊宝島編集部編　宝島社　2004.9　303p　16cm　（宝島社文庫）　648円　Ⓘ4-7966-4269-2

◆◆車谷　長吉（1945～）

◇作家車谷長吉。―魂の記録―書くことが、ただ一つの救いだった。特別展　姫路文学館編　姫路　姫路文学館　2007.10　67p　30cm〈会期：平成19年10月12日～11月25日　著作目録あり　年譜あり〉

◆◆佐藤　洋二郎（1949～）

◇佐藤洋二郎の文学　清水正著　我孫子　D文学研究会　2000.3　322p　22cm〈星雲社（発売）〉　3200円　Ⓘ4-7952-9967-6
◇佐藤洋二郎を読む　清水正編著　日本大学芸術学部文芸学科研究室　2000.8　233p　21cm〈肖像あり　著作目録あり　文献あり〉
◇佐藤洋二郎を読む　清水正編著　我孫子　D文学研究会　2001.12　232p　21cm〈星雲社（発売）　肖像あり　著作目録あり〉　1200円　Ⓘ4-7952-9970-6

◆◆笙野　頼子（1956～）

◇なぜ男は笙野頼子を畏れるのか　海老原暁子著　横浜　春風社　2012.8　238p　20cm　2381円　Ⓘ978-4-86110-318-6
◇笙野頼子虚空の戦士　清水良典著　河出書房新社　2002.4　190p　20cm〈年譜あり〉　2500円　Ⓘ4-309-01460-7
◇笙野頼子　清水良典編　鼎書房　2006.2　164p　22cm　（現代女性作家読本　4）〈年譜あり　文献あり〉　1800円　Ⓘ4-907846-35-5

◆◆鈴木　銀一郎（1934～）

◇ゲーム的人生ろん　鈴木銀一郎著　NECクリエイティブ　1996.2　222p　19cm　1400円　Ⓘ4-87269-024-9

◆◆鈴木　光司（1957～）

◇『リング』『らせん』そして『ループ』の謎―鈴木光司の世界・徹底研究　伊東麻紀著　コスミックインターナショナル　1999.2　200p　19cm　（Cosmo books）　1200円　Ⓘ4-88532-824-1

◆◆妹尾　河童（1930～）

◇間違いだらけの少年H―銃後生活史の研究と手引き　山中恒,山中典子著　取手　辺境社　1999.5　845p　20cm　5600円　Ⓘ4-326-95028-5

◆◆高村　薫（1953～）

◇高村薫の世界―あるいは虚無の深奥への招待　野崎六助著　情報センター出版局　2002.6　286p　20cm　1500円　Ⓘ4-7958-3822-4
◇高村薫の本　別冊宝島編集部編　宝島社　2006.3　319p　16cm　（宝島社文庫）〈著作目録あり　年表あり〉　676円　Ⓘ4-7966-5084-9

◆◆田口　ランディ（1959～）

◇田口ランディその「盗作＝万引き」の研究　大月隆寛編　西宮　鹿砦社　2002.11　382p　21cm　1600円　Ⓘ4-8463-0468-X
◇感読田口ランディ―80のレビューで探る作品世界　レビュージャパン　2001.4　203p　19cm　（rj anthology v.2）〈ブッキング（発売）　POD版　著作目録あり〉　2300円　Ⓘ4-8354-7032-X

◆◆谷川　流（1970～）

◇涼宮ハルヒの観測―OFFICIAL FANBOOK　スニーカー文庫編集部編　角川書店　2011.6　203p　15cm　（角川文庫　16855―〔角川スニーカー文庫〕）〈角川グループパブリッシング（発売）　年表あり〉　533円　Ⓘ978-4-04-474850-0
◇ハルキとハルヒ―村上春樹と涼宮ハルヒを解読する　土居豊著　岡山　大学教育出版　2012.4　184p　21cm　（ACADEMIA SOCIETY NO.5　杉田米行監修）〈文献あ

り〉　2000円　①978-4-86429-127-9

◆◆多和田　葉子（1960〜）

◇多和田葉子　高根沢紀子編　鼎書房　2006.10　155p　22cm　（現代女性作家読本7）〈年譜あり　文献あり〉　1800円　①4-907846-38-X

◆◆千葉　暁（1960〜）

◇聖刻1092読本　ワースプロジェクト編　新版　朝日新聞社　2007.10　246p　21cm　〈初版の出版者：朝日ソノラマ社〉　1600円　①978-4-02-213806-4

◆◆辻　仁成（1959〜）

◇僕のヒコーキ雲―日記1994―1997　辻仁成著　集英社　1997.12　325p　20cm　1500円　①4-08-774264-4

◆◆中島　らも（1952〜2004）

◇中島らも烈伝　鈴木創士著　河出書房新社　2005.1　169p　18cm　1200円　①4-309-01688-X

◇らも―中島らもとの三十五年　中島美代子著　集英社　2007.7　201,4p　20cm　〈年譜あり〉　1400円　①978-4-08-775381-3

◇さかだち日記　中島らも著　講談社　1999.4　262p　20cm　1500円　①4-06-206884-2

◆◆長野　まゆみ（1959〜）

◇長野まゆみ　現代女性作家読本刊行会編　鼎書房　2010.10　138p　21cm　（現代女性作家読本 12）〈他言語標題：MAYUMI NAGANO　文献あり 年譜あり〉　1800円　①978-4-907846-74-9

◆◆西　加奈子（1977〜）

◇西加奈子　立教女学院短期大学編　鼎書房　2011.3　163p　21cm　（現代女性作家読本 別巻 2）〈他言語標題：Kanako Nishi　文献あり　年譜あり〉　1800円　①978-4-907846-81-7

◆◆西尾　維新（1981〜）

◇西尾維新クロニクル　宝島社　2006.2　127p　26cm　1600円　①4-7966-5092-X

◆◆畠中　恵（1959〜）

◇しゃばけ読本　畠中恵,柴田ゆう著,バーチャル長崎屋奉公人編　新潮社　2007.11　158p　20cm　1200円　①978-4-10-450708-5

◇しゃばけ読本　畠中恵,柴田ゆう著　新潮社　2010.12　192p　16cm　（新潮文庫　は-37-50）　552円　①978-4-10-146170-0

◆◆東野　圭吾（1958〜）

◇東野圭吾公式ガイド―読者1万人が選んだ東野作品人気ランキング発表　東野圭吾作家生活25周年祭り実行委員会編　講談社　2012.2　236p　15cm　（講談社文庫　ひ17-0）　381円　①978-4-06-277209-9

◇東野圭吾の謎―東野作品の研究・考察集成　東野作品研究会編著　データハウス　2009.10　221p　19cm　〈文献あり〉　1500円　①978-4-7817-0036-6

◇僕たちの好きな東野圭吾　別冊宝島編集部編　宝島社　2009.12　253p　16cm　（宝島sugoi文庫）〈2009年刊の改訂　著作目録あり〉　457円　①978-4-7966-7556-7

◇もっと！　東野圭吾―東野圭吾をもっと楽しむための7つの視点　INFASパブリケーションズ　2010.5　163p　21cm　（Infas books―Studio Voice books）〈著作目録あり 年表あり〉　1000円　①978-4-904843-05-5

◆◆平野　啓一郎（1975〜）

◇平野啓一郎―新世紀文学の旗手　NHK「トップランナー」制作班,KTC中央出版編　名古屋　KTC中央出版　2000.9　85p　22cm　（別冊トップランナー）　1200円　①4-87758-195-2

◆◆福井　晴敏（1968〜）

◇How to build福井晴敏　福井晴敏監修　幻冬舎　2005.7　175p　21cm　1400円　①4-344-01017-5

◆◆辺見 庸（1944〜）

◇想像力の可能性と限界―『もの食う人びと』をめぐって　辺見庸述,富山県民生涯学習カレッジ編　富山　富山県民生涯学習カレッジ　1996.3　74p　19cm　（県民カレッジ叢書　60）

◆◆誉田 哲也（1969〜）

◇誉田哲也All Works　誉田哲也監修　宝島社　2012.3　205p　19cm　1048円　①978-4-7966-8355-5

◆◆町田 康（1962〜）

◇町田康―言葉の生まれる瞬間　前橋文学館特別企画展　第九回萩原朔太郎賞受賞者展覧会　町田康展図録　前橋文学館編　前橋　前橋文学館　2002.12　61p　30cm〈会期：2002年3月23日〜5月26日　年譜あり〉

◆◆宮部 みゆき（1960〜）

◇まるごと宮部みゆき　朝日新聞社文芸編集部編　朝日新聞社　2002.8　198p　19cm　980円　①4-02-257765-7

◇まるごと宮部みゆき　朝日新聞社文芸編集部編　改訂文庫版　朝日新聞社　2004.8　245p　15cm　（朝日文庫）〈年譜あり〉　560円　①4-02-264333-1

◇宮部みゆきが読まれる理由　中島誠著　現代書館　2002.11　222p　20cm　1800円　①4-7684-6840-3

◇宮部みゆきの謎―最強の女流ミステリを徹底分析する　野崎六助著　情報センター出版局　1999.6　263p　19cm　1200円　①4-7958-2952-7

◇大学生『火車』を読む―フェリス女学院大学の挑戦 2　フェリス女学院大学附属図書館著　ひつじ書房　2009.3　240p　20cm　1800円　①978-4-89476-434-7

◇僕たちの好きな宮部みゆき　別冊宝島編集部編　宝島社　2006.3　253p　16cm　（宝島社文庫）〈2003年刊の改訂　著作目録あり　年譜あり〉　619円　①4-7966-5156-X

◇宮部みゆきの魅力　歴史と文学の会編　勉誠出版　2003.4　131p　22cm　（Museo 13）

〈年譜あり〉　1200円　①4-585-09078-9

◆◆森 博嗣（1957〜）

◇森博嗣本　別冊宝島編集部編　宝島社　2006.3　351p　16cm　（宝島社文庫）　714円　①4-7966-5143-8

◇森博嗣のミステリィ工作室　森博嗣著　メディアファクトリーダ・ヴィンチ編集部　1999.3　305p　19cm　（ダ・ヴィンチブックス―ダ・ヴィンチミステリシリーズ）　1300円　①4-88991-802-7

◆◆梁 石日（1936〜）

◇梁石日は世界文学である　平岡正明著　ビレッジセンター出版局　1995.12　237p　20cm　1800円　①4-89436-020-9

◇修羅を生きる―「恨」をのりこえて　梁石日著　講談社　1995.2　215p　18cm　（講談社現代新書）　650円　①4-06-149240-3

◇修羅を生きる　梁石日著　幻冬舎　1999.12　241p　15cm　（幻冬舎アウトロー文庫）　495円　①4-87728-827-9

◆◆柳 美里（1968〜）

◇柳美里　川村湊編　鼎書房　2007.2　164p　22cm　（現代女性作家読本 8）〈年譜あり　文献あり〉　1800円　①4-907846-39-8

◇柳美里―〈柳美里〉という物語　永岡杜人著　勉誠出版　2009.10　195p　20cm　（新鋭作家論叢書）　2200円　①978-4-585-05512-9

◇柳美里―1991-2010　原仁司編　翰林書房　2011.2　279p　21cm〈文献あり〉　2800円　①978-4-87737-310-8

◇Now and then柳美里―柳美里自身による全作品解説＋51の質問　柳美里著　角川書店　1997.7　125p　20cm　1000円　①4-04-883487-8

◆◆米原 万里（1950〜2006）

◇米原万里、そしてロシア　伊藤玄二郎編　鎌倉　かまくら春秋社　2009.4　124p　19cm〈執筆：井上ひさしほか　年譜あり〉　800円　①978-4-7740-0434-1

◇米原万里を語る　井上ユリ,小森陽一編著,井

現代日本文学（文学史）

上ひさし,吉岡忍,金平茂紀執筆　京都　かもがわ出版　2009.5　180p　19cm　1500円
①978-4-7803-0279-0

◆◆リービ英雄（1950～）

◇リービ英雄―〈鄙〉の言葉としての日本語
　笹沼俊暁著　論創社　2011.12　297p
　19cm　2500円　①978-4-8460-1114-7

◆◆綿矢 りさ（1984～）

◇蹴りたい背中・蛇にピアス―第百三十回芥川賞受賞作考　倉田東平著　高崎　ジャスト月刊ヴィアン　2005.6　256p　20cm　1900円

エンターテインメント（作法）

エンターテインメント

◇このアニメ★ノベライズがすごい！―Animation Novels Chronicle 1974-2012　アニメ・ノベライズ研究委員会編著　竹書房　2012.11　271p　19cm　1200円　Ⓟ978-4-8124-9206-2

◇ミリタリーネーミング辞典　新紀元社編集部編集　新紀元社　2012.8　295p　19cm〈索引あり〉　1300円　Ⓟ978-4-7753-1052-6

◇軍事小説50冊―このミリタリーノベルスがおもしろい！　アリアドネ企画編集部編　アリアドネ企画　2007.12　207p　19cm（Ariadne military）〈三修社（発売）〉　1400円　Ⓟ978-4-384-03949-8

◇20世紀冒険小説読本―日本篇　井家上隆幸著　早川書房　2000.6　515p　20cm　3000円　Ⓟ4-15-208277-1

◇異端の匣―ミステリー・ホラー・ファンタジー論集　川村湊著　インパクト出版会　2010.3　351p　20cm　2800円　Ⓟ978-4-7554-0203-6

◇読むのが怖い！―2000年代のエンタメ本200冊徹底ガイド　北上次郎, 大森望著　ロッキング・オン　2005.3　327p　19cm　1600円　Ⓟ4-86052-050-5

◇エンターテインメント作家ファイル108―国内編　北上次郎著　本の雑誌社　2006.8　381p　19cm　2200円　Ⓟ4-86011-061-7

◇はじめて話すけど…―小森収インタビュー集　小森収編著　フリースタイル　2002.7　317p　19cm　1800円　Ⓟ4-939138-08-9

◇アニメノベライズの世界　坂井由人, 坂井直人ほか著　洋泉社　2006.7　223p　19cm　1500円　Ⓟ4-86248-049-7

◇やおい幻論―「やおい」から見えたもの　榊原史保美著　夏目書房　1998.6　225p　20cm　1800円　Ⓟ4-931391-42-7

◇解体全書neo―作家はいかにつくられるか　ダ・ヴィンチ編集部編　メディアファクトリー　2003.2　190p　30cm〈「ダ・ヴィンチ」スペシャルエディション〉　1200円　Ⓟ4-8401-0715-7

◇やおい小説論―女性のためのエロス表現　永久保陽子著　専修大学出版局　2005.3　349p　21cm〈文献あり〉　4200円　Ⓟ4-88125-154-6

文学賞

◇江戸川乱歩賞と日本のミステリー　関口苑生著　マガジンハウス　2000.5　421p　20cm　2500円　Ⓟ4-8387-1204-9

◇本格ミステリ大賞全選評―2001～2010（第1回～第10回）　本格ミステリ作家クラブ編　光文社　2010.9　513p　21cm〈他言語標題：Honkaku Mystery Grand Prize All Selecting And Commenting〉　2400円　Ⓟ978-4-334-97625-5

作法

◇マンガライトノベル入門―マンガで読むライトノベル創作講座・入門編　浅尾典彦作, 永井道紀作画　大阪　青心社　2011.9　141p　21cm　1100円　Ⓟ978-4-87892-385-2

◇ライトノベル作家のつくりかた―実践！ライトノベル創作講座　浅尾典彦&ライトノベル研究会著　大阪　青心社　2007.9　204p　21cm〈文献あり〉　1440円　Ⓟ978-4-87892-342-5

◇超ライトノベル実戦作法―売れるライトノベルは書く前に"9割"決まる　バーバラ・アスカ, 若桜木虔著　アスペクト　2010.4　189p　19cm　1300円　Ⓟ978-4-7572-1766-9

◇推理作家製造学―入門編　姉小路祐著　講談社　1991.6　294p　18cm（講談社ノベルス）　720円　Ⓟ4-06-181558-X

◇推理作家製造学―入門編　姉小路祐著　講談社　1994.7　366p　15cm（講談社文庫）

日本近現代文学案内　**387**

エンターテインメント（作法）

580円　Ⓓ4-06-185708-3

◇ミステリを書く！　綾辻行人ほか著　ビレッジセンター出版局　1998.10　318p　19cm　1500円　Ⓓ4-89436-118-3

◇歴史ミステリー作家養成講座　井沢元彦,中津文彦,高橋克彦著　祥伝社　2000.9　230p　16cm　（祥伝社文庫）〈「歴史ミステリー講座」（新人物往来社平成9年刊）の改題〉　533円　Ⓓ4-396-32802-8

◇えろ萌え☆テクニック―はぁはぁテキストのお作法　イラストとコミックで学ぶ、18禁テキストの書き方　ウェッジホールディングス編著,高橋直樹監修　双葉社　2011.3　127p　21cm　1300円　Ⓓ978-4-575-30302-5

◇「冲方式」ストーリー創作塾　冲方丁著　宝島社　2005.6　189p　19cm　1300円　Ⓓ4-7966-4658-2

◇冲方丁のライトノベルの書き方講座　冲方丁著　宝島社　2008.5　234p　16cm　（宝島社文庫）〈「「冲方式」ストーリー創作塾」（2005年刊）の増訂〉　457円　Ⓓ978-4-7966-6359-5

◇冲方丁のライトノベルの書き方講座　冲方丁著　新装版　宝島社　2011.11　221p　16cm　（このライトノベルがすごい！文庫　う-1-1）　590円　Ⓓ978-4-7966-8808-6

◇推理小説作法―あなたもきっと書きたくなる　江戸川乱歩,松本清張共編　光文社　2005.8　307p　16cm　（光文社文庫）　552円　Ⓓ4-334-73928-8

◇はやわかり!!ライトノベル・ファンタジー　榎本秋編著　小学館　2006.9　251p　18cm　838円　Ⓓ4-09-106313-6

◇ライトノベルを書きたい人の本　榎本秋著　成美堂出版　2008.10　191p　21cm　1100円　Ⓓ978-4-415-30387-1

◇ライトノベルを書こう！　榎本秋著　宝島社　2009.7　223p　16cm　（宝島sugoi文庫）　457円　Ⓓ978-4-7966-7205-4

◇ライトノベル作家になる　榎本秋著　新紀元社　2010.7　191p　21cm〈著作目録あり〉　950円　Ⓓ978-4-7753-0845-5

◇幻想レシピ―ファンタジー世界のつくり方　榎本秋著　新紀元社　2010.12　175p　21cm〈文献あり〉　1800円　Ⓓ978-4-7753-0866-0

◇実践！ライトノベル文章作法　榎本秋著　新紀元社　2011.7　191p　21cm　（ライトノベル作家になるシリーズ）〈著作目録あり〉　950円　Ⓓ978-4-7753-0925-4

◇図解でわかる！エンタメ小説を書きたい人のための黄金パターン100　榎本秋著　アスペクト　2011.10　206p　21cm〈文献あり〉　1500円　Ⓓ978-4-7572-1990-8

◇キャラクターレシピ―創作世界の100キャラクター　榎本秋著　新紀元社　2011.12　223p　21cm　（レシピシリーズ）〈他言語標題：CHARACTER RECIPE　文献あり〉　1800円　Ⓓ978-4-7753-0967-4

◇図解でわかる！エンタメ小説を書きたい人のための黄金パターン100―キャラクター編　榎本秋著　アスペクト　2012.2　206p　21cm〈文献あり〉　1500円　Ⓓ978-4-7572-2023-2

◇実践！ストーリー構成法　榎本秋著　新紀元社　2012.3　207p　21cm　（ライトノベル作家になるシリーズ）　950円　Ⓓ978-4-7753-0990-2

◇ライトノベル長編まるまる一本添削講座　榎本秋著　秀和システム　2012.4　287p　21cm　1800円　Ⓓ978-4-7980-3301-3

◇ゲームで広げるキャラ＆ストーリー　榎本秋著　新紀元社　2012.5　191p　21cm　（ライトノベル作家になるシリーズ）　950円　Ⓓ978-4-7753-1010-6

◇ライトノベル創作Q&A100　榎本秋著　新紀元社　2012.6　191p　21cm　（ライトノベル作家になるシリーズ）　950円　Ⓓ978-4-7753-1024-3

◇実践！シチュエーション別表現法　榎本秋著　新紀元社　2012.9　191p　21cm　（ライトノベル作家になるシリーズ）〈文献あり〉　950円　Ⓓ978-4-7753-1049-6

◇目指せ！ライトノベル作家超（スーパー）ガイド　榎本秋著　トランスワールドジャパン　2012.10　231p　21cm　（TWJ BOOKS―CREATORS BIBLE vol.2）〈文献あり〉　1400円　Ⓓ978-4-86256-111-4

◇ライトノベル・ゲームで使える印象に残るストーリー作りのためのアイテム事典100―パターンから学ぶ「お約束」　榎本秋,諸星崇,榎本事務所著　秀和システム　2012.11　255p　21cm〈他言語標題：100 Sample items for impressive your story ideas　文献あり〉　1800円　①978-4-7980-3552-9

◇これだけは覚えておきたいライトノベルのための日本語表現　榎本秋, 諸星崇, 榎本事務所著　秀和システム　2012.12　191p　21cm〈文献あり〉　1300円　①978-4-7980-3617-5

◇ライトノベル・ゲームで使える魅力あふれるストーリー作りのためのキャラクター事典100―パターンから学ぶ「お約束」　榎本秋, 諸星崇, 榎本事務所著　秀和システム　2012.12　255p　21cm〈他言語標題：100 Sample stories for fascinating your story ideas　文献あり〉　1800円　①978-4-7980-3602-1

◇マンガを読んで小説家になろう！　大内明日香, 若桜木虔著　アスペクト　2007.3　189p　19cm〈文献あり〉　1300円　①978-4-7572-1353-1

◇すべてのオタクは小説家になれる！　大内明日香, 若桜木虔著　イーグルパブリシング　2009.1　191p　19cm　1300円　①978-4-86146-152-1

◇キャラクター小説の作り方　大塚英志著　講談社　2003.2　309p　18cm　（講談社現代新書）　760円　①4-06-149646-8

◇キャラクター小説の作り方　大塚英志著　角川書店　2006.6　357p　15cm　（角川文庫）〈講談社2003年刊の増訂　折り込1枚〉　629円　①4-04-419122-0

◇ライトノベルを書く！―クリエイターが語る創作術　ガガガ文庫編集部編　小学館　2006.9　207p　21cm　1143円　①4-09-106314-4

◇今から目指せる歴史小説家―50歳過ぎてもチャンスはある　加来耕三著　ポプラ社　2005.2　278p　19cm　1500円　①4-591-08555-4

◇推理小説入門――度は書いてみたい人のために　木々高太郎, 有馬頼義共編　光文社　2005.9　251p　16cm　（光文社文庫）　476円　①4-334-73943-1

◇ミステリーを書いてみませんか　斎藤栄著　文芸春秋　1991.3　321p　16cm　（文春文庫）〈『斎藤栄のミステリー作法』（昭和62年刊）の改題〉　440円　①4-16-750303-4

◇ミステリーを書いてみませんか　斎藤栄著　新版　集英社　1998.11　241,6p　16cm　（集英社文庫）　495円　①4-08-748868-3

◇島田荘司のミステリー教室　島田荘司著　南雲堂　2007.1　289p　18cm　（SSK―SSKノベルス）　950円　①978-4-523-26460-6

◇すごいっ！ ミステリーはこんなふうにして書く―傑作ミステリーを作り上げる作家たちの創作術　女性文学会編著　同文書院　1999.1　237p　19cm　1300円　①4-8103-7562-5

◇物語工学論―キャラクターのつくり方　新城カズマ著　角川学芸出版　2012.5　234p　15cm　（〔角川ソフィア文庫〕　〔SP N-221-1〕）〈角川グループパブリッシング（発売）　2009年刊の再構成　文献あり〉　705円　①978-4-04-406424-2

◇エロティック小説完全創作レシピ　菅野温子著　三一書房　1997.12　222p　19cm　1600円　①4-380-97305-0

◇時代小説が書きたい！　鈴木輝一郎著　河出書房新社　2004.5　209p　19cm　1400円　①4-309-01637-5

◇清涼院流水の小説作法　清涼院流水著　PHPエディターズ・グループ　2011.10　205p　19cm〈PHP研究所（発売）　著作目録あり〉　1200円　①978-4-569-79960-5

◇作家養成講座―官能小説編　館淳一, 睦月影郎, 北原童夢, 田拝聡一郎編著　ベストセラーズ　2000.3　271p　19cm〈「官能小説編」のサブタイトル：ベストセラーH小説の書き方教えます！〉　1400円　①4-584-18536-0

◇都筑道夫のミステリイ指南　都筑道夫著　講談社　1990.7　238p　15cm　（講談社文庫）　420円　①4-06-184716-3

◇推理小説作法　土屋隆夫著　東京創元社　1996.7　283p　15cm　（創元ライブラリ）　750円　①4-488-07007-8

◇ファンタジーメイキングガイド　朱鷺田祐介著　新紀元社　1991.3　259p　21cm　（Fantasy making series 1）　1650円　①4-915146-41-3

◇すごいライトノベルが書ける本―これで万全！ 創作テクニック 実例サンプル満載　西谷史, 榎本秋著　総合科学出版　2011.8　191p　21cm　1400円　①978-4-88181-814-5

◇ミステリーの書き方　日本推理作家協会編著　幻冬舎　2010.11　480p　19cm　1800円

エンターテインメント（探偵小説・推理小説・ミステリ）

◇ミステリの書き方12講　野崎六助著　青弓社　1999.9　225p　19cm　〈寺子屋ブックス 3〉　1600円　①4-7872-9134-3

◇ミステリを書く！　10のステップ　野崎六助著　東京創元社　2002.11　281p　19cm　1500円　①4-488-02429-7

◇ミステリを書く！　10のステップ　野崎六助著　最新版　東京創元社　2011.10　283p　15cm　〈創元ライブラリ L の1-2〉〈並列シリーズ名：SOGEN LIBRARY〉　980円　①978-4-488-07068-7

◇ライトノベルの書き方―キャラクターを立てるための設定・シーン・ストーリーの秘訣　野島けんじ著　ソフトバンククリエイティブ　2011.12　271p　21cm　〈Next creator〉〈索引あり〉　1780円　①978-4-7973-6381-4

◇ボーイズラブ小説の書き方―「萌え」の伝え方、教えます。　花丸編集部編・著　白泉社　2004.8　189p　21cm〈付属資料：CD-ROM1枚（12cm）〉　1429円　①4-592-73224-3

◇漫画ノベライズによるラノベ上達教室　日昌晶著　秀和システム　2011.2　215p　21cm〈索引あり〉　1800円　①978-4-7980-2865-1

◇耽美小説の書き方　丸茂ジュン著　ひらく　1997.6　219p　19cm　1000円　①4-341-19010-5

◇「物語」のつくり方入門7つのレッスン　円山夢久著　雷鳥社　2012.5　223p　19cm〈文献あり〉　1500円　①978-4-8441-3587-6

◇私（わたし）の「とっておき」ラノベ作家デビュー術―新人賞をとらずに著書50冊　みかづき紅月著　秀和システム　2012.3　215p　19cm〈タイトル：私の「とっておき」ラノベ作家デビュー術〉　1200円　①978-4-7980-3257-3

◇空想世界構築教典―あなただけのファンタジーワールドの作り方　宮永忠将著　洋泉社　2011.11　223p　19cm〈索引あり〉　1300円　①978-4-86248-819-0

◇空想世界幻獣創造教典―あなただけの幻獣・モンスターの作り方　宮永忠将著　洋泉社　2012.3　223p　19cm　1700円　①978-4-86248-895-4

◇空想世界武器・戦闘教典―あなただけの最強武器と戦闘の基礎・応用　宮永忠将著　洋泉社　2012.8　223p　19cm　1700円　①978-4-86248-981-4

◇欲情の文法　睦月影郎著　星海社　2012.1　235p　18cm〈星海社新書 10〉〈講談社（発売）〉　820円　①978-4-06-138511-5

◇あなたにも書ける官能小説―女流作家10人が教える　山瀬よいこ著　雷鳥社　2003.3　326p　19cm　1500円　①4-8441-3413-2

◇ライトノベル創作教室　ライトノベル作法研究所著　秀和システム　2008.10　255p　21cm　1500円　①978-4-7980-2085-3

◇キャラクター設計教室　ライトノベル作法研究所著　秀和システム　2009.8　255p　21cm　1500円　①978-4-7980-2339-7

◇ライトノベル新人賞攻略　ライトノベル作法研究所, 日昌晶著　秀和システム　2010.4　207p　21cm〈文献あり〉　1400円　①978-4-7980-2583-4

◇ライトノベル創作Q&A（エー）　ライトノベル作法研究所, 日昌晶著　秀和システム　2010.4　287p　21cm　1800円　①978-4-7980-2580-3

◇キャラクター設計教室―人物が動けばストーリーが動き出す！　ライトノベル作法研究所著　最新　秀和システム　2012.4　279p　21cm〈文献あり〉　1600円　①978-4-7980-3305-1

◇ミステリーはこう書く！―最新完全メソッド　若桜木虔著　文芸社　2002.9　407p　19cm　1400円　①4-8355-4146-4

◇時代小説家になる秘伝―プロ作家養成塾　若桜木虔著　ベストセラーズ　2008.1　206p　18cm　〈ベスト新書〉　781円　①978-4-584-12172-6

◇時代小説を書く　若桜木虔, 鳴海風, 上田秀人, 貴辻敦子, 窪埼和哉, 松岡弘一, 藤水名子著　雷鳥社　2010.3　304p　19cm〈文献あり〉　1500円　①978-4-8441-3526-5

探偵小説・推理小説・ミステリ

◇ヤミツキ！　探偵ミステリー読本　D.C.L編　ぶんか社　2004.1　174p　21cm〈「ポツダ

エンターテインメント（探偵小説・推理小説・ミステリ）

ム犯罪」天城一著を含む〉　1300円　ⓘ4-8211-0858-5
◇J'sミステリーズking & queen　相川司,青山栄編　荒地出版社　2002.12　229,15p　21cm　1500円　ⓘ4-7521-0129-7
◇課外授業―ミステリにおける男と女の研究　青木雨彦著　双葉社　1996.11　318p　15cm　（双葉文庫―日本推理作家協会賞受賞作全集 35）　600円　ⓘ4-575-65832-4
◇女性のためのミステリ・トーク　赤木かん子著　自由国民社　1994.4　255p　18cm　（J.K books）　1000円　ⓘ4-426-46800-0
◇誘拐トリックス―アイデアと情念のミステリ　あすな峡著　三一書房　1994.2　309p　18cm　（三一新書）　900円　ⓘ4-380-94002-0
◇こんな探偵小説が読みたい―幻の探偵作家を求めて　鮎川哲也著　晶文社　1992.9　445p　20cm　3200円　ⓘ4-7949-6089-1
◇作家の犯行現場　有栖川有栖著,川口宗道写真　メディアファクトリーダ・ヴィンチ編集部　2002.2　322p　21cm　（ダ・ヴィンチミステリーシリーズ）〈メディアファクトリー（発売）〉　1500円　ⓘ4-8401-0511-1
◇迷宮逍遥　有栖川有栖著　角川書店　2002.8　275p　20cm　1400円　ⓘ4-04-883767-2
◇有栖川有栖の密室大図鑑　有栖川有栖文,磯田和一画　新潮社　2003.2　367p　16cm　（新潮文庫）　552円　ⓘ4-10-120432-2
◇密室入門！　有栖川有栖,安井俊夫著　メディアファクトリー　2008.11　181p　19cm　（ナレッジエンタ読本 14）〈文献あり〉　900円　ⓘ978-4-8401-2606-9
◇密室入門　有栖川有栖,安井俊夫著　メディアファクトリー　2011.8　190p　18cm　（メディアファクトリー新書 036）〈2008年刊の加筆　文献あり〉　740円　ⓘ978-4-8401-4220-5
◇ミステリーと煙草　有村智賀志著　青森クリエイト近江や　2003.5　233p　22cm　〈肖像あり〉　非売品
◇車はミステリの名脇役　有瀬瑠範著　早川書房　1992.6　222p　20cm　1500円　ⓘ4-15-203518-8
◇ミステリ・ベスト201―日本篇　池上冬樹編　新書館　1997.12　238p　21cm　（Mystery handbook）　1200円　ⓘ4-403-25029-7
◇ヒーローたちの荒野　池上冬樹著　本の雑誌社　2002.6　253p　19cm　1600円　ⓘ4-86011-013-7
◇だからミステリーは面白い―対論集　井沢元彦著　集英社　1996.5　227p　16cm　（集英社文庫）　460円　ⓘ4-08-748485-8
◇歴史ミステリー講座　井沢元彦,中津文彦,高橋克彦著　新人物往来社　1997.10　243p　20cm　1600円　ⓘ4-404-02537-8
◇デウス・エクス・マキーナ―機械仕掛けの神　石井敏弘著　岡山　ふくろう出版　2007.9　155p　19cm　1905円　ⓘ978-4-86186-322-6
◇名探偵たちのユートピア―黄金期・探偵小説の役割　石上三登志著　東京創元社　2007.1　305,9p　19cm　（Key library）〈年表あり〉　2100円　ⓘ978-4-488-01522-0
◇大正の探偵小説―涙香・春浪から乱歩・英治まで　伊藤秀雄著　三一書房　1991.4　412,13p　20cm　3500円　ⓘ4-380-91213-2
◇昭和の探偵小説―昭和元年～昭和20年　伊藤秀雄著　三一書房　1993.2　354,9p　20cm　3300円　ⓘ4-380-93203-6
◇近代の探偵小説　伊藤秀雄著　三一書房　1994.6　396,7p　20cm　4500円　ⓘ4-380-94253-8
◇探偵小説のプロフィル　井上良夫著　国書刊行会　1994.7　364,12p　20cm　（探偵クラブ）　3000円　ⓘ4-336-03563-6
◇ミステリの原稿は夜中に徹夜で書こう　植草甚一著　双葉社　1997.11　512p　15cm　（双葉文庫―日本推理作家協会賞受賞作全集 39）　819円　ⓘ4-575-65836-7
◇探偵小説のたのしみ　植草甚一著　新装版　晶文社　2005.9　342p　19cm　（植草甚一スクラップ・ブック 31　植草甚一著）〈シリーズ責任表示：植草甚一著　付属資料：16p：月報 35〉　1400円　ⓘ4-7949-2591-3
◇「藪の中」の死体　上野正彦著　新潮社　2005.4　219p　20cm　1300円　ⓘ4-10-475501-X
◇「死体」を読む　上野正彦著　新潮社　2008.6　261p　16cm　（新潮文庫）〈「「藪の中」の死体」（平成17年刊）の改題〉　438円　ⓘ978-4-10-134751-6

エンターテインメント（探偵小説・推理小説・ミステリ）

◇探偵小説の社会学　内田隆三著　岩波書店　2001.1　253p　20cm　2400円　①4-00-001292-4
◇探偵小説の社会学　内田隆三著　岩波書店　2011.11　261p　19cm　（岩波人文書セレクション）　2200円　①978-4-00-028503-2
◇幻影城　江戸川乱歩著　双葉社　1995.5　515,23p　15cm　（双葉文庫―日本推理作家協会賞受賞作全集 7）　880円　①4-575-65806-5
◇幻影城―探偵小説評論集 続　江戸川乱歩著　第3版　早川書房　1995.9　295,93p　19cm　3200円　①4-15-203005-4
◇江戸川乱歩日本探偵小説事典　江戸川乱歩，新保博久，山前譲編　河出書房新社　1996.10　526p　22cm　6800円　①4-309-01065-2
◇幻影城―探偵小説評論集　江戸川乱歩著　覆刻　沖積舎　1997.10　403,17p　21cm　7500円　①4-8060-4622-1
◇探偵小説の「謎」　江戸川乱歩著　新版　社会思想社　1999.4　237p　15cm　（現代教養文庫）　600円　①4-390-11622-3
◇探偵小説四十年―上　江戸川乱歩著　光文社　2006.1　837p　16cm　（光文社文庫―江戸川乱歩全集 第28巻）〈下位シリーズの責任表示：江戸川乱歩著　著作目録あり〉　1143円　①4-334-74009-X
◇探偵小説四十年―下　江戸川乱歩著　光文社　2006.2　873p　16cm　（光文社文庫―江戸川乱歩全集 第29巻）〈下位シリーズの責任表示：江戸川乱歩著　著作目録あり〉　1200円　①4-334-74023-5
◇幻影城―探偵小説評論集　江戸川乱歩著　新装覆刻　沖積舎　2012.10　403,17p　21cm〈限定500部　文献あり　著作目録あり　索引あり　岩谷書店　昭和26年刊の複製〉　3800円　①978-4-8060-4761-2
◇「謎」の解像度―ウェブ時代の本格ミステリ　円堂都司昭著　光文社　2008.4　309p　20cm　2000円　①978-4-334-97539-5
◇「謎」の解像度（レゾリューション）―ウェブ時代の本格ミステリ　円堂都司昭著　日本点字図書館（印刷・製本）　2010.2　5冊　27cm〈厚生労働省委託　原本：光文社 2008〉　全9000円
◇日本の探偵小説・推理小説と中国―その中国における受容と意味共同研究　王成，林濤，王志松，李菁，王中忱著　北九州　北九州市立松本清張記念館　2006.1　106p　30cm（松本清張研究奨励事業研究報告書 第6回北九州市立松本清張記念館編）
◇女性探偵たちの履歴書　大津波悦子，柿沼瑛子著　同文書院インターナショナル　1993.12　250p　19cm〈同文書院（発売）〉　1300円　①4-8103-7182-4
◇〈男らしさ〉の神話―変貌する「ハードボイルド」　小野俊太郎著　講談社　1999.9　254p　19cm　（講談社選書メチエ 166）　1500円　①4-06-258166-3
◇社会が惚れた男たち―日本ハードボイルド40年の軌跡　小野俊太郎著　河出書房新社　2000.7　270p　20cm　1800円　①4-309-01361-9
◇バカミスの世界―史上空前のミステリガイド　小山正，バカミステリーズ編　ビー・エス・ピー　2001.2　225p　21cm〈美術出版社（発売）〉　1500円　①4-568-22110-2
◇模倣における逸脱―現代探偵小説論　笠井潔著　彩流社　1996.7　310p　20cm　2500円　①4-88202-406-3
◇本格ミステリの現在　笠井潔編　国書刊行会　1997.9　487p　20cm　3000円　①4-336-04000-1
◇虚空の螺旋　笠井潔著　東京創元社　1998.12　302p　20cm　（探偵小説論 2―Key library）　2400円　①4-488-01515-8
◇氾濫の形式　笠井潔著　東京創元社　1998.12　300p　20cm　（探偵小説論 1―Key library）　2400円　①4-488-01514-X
◇ミネルヴァの梟は黄昏に飛びたつか？―探偵小説の再定義　笠井潔著　早川書房　2001.3　286p　20cm　2600円　①4-15-208339-5
◇探偵小説論序説　笠井潔著　光文社　2002.3　259p　20cm　1800円　①4-334-97336-1
◇探偵小説と二〇世紀精神―ミネルヴァの梟は黄昏に飛びたつか？　笠井潔著　東京創元社　2005.11　267p　20cm　（Key library）　2400円　①4-488-01519-0
◇探偵小説と記号的人物―ミネルヴァの梟は黄昏に飛びたつか？　笠井潔著　東京創元社　2006.7　330p　20cm　（Key library）　2800円　①4-488-01521-2

エンターテインメント（探偵小説・推理小説・ミステリ）

◇探偵小説論―3　昭和の死　笠井潔著　東京創元社　2008.10　341p　20cm　〈Key library〉　2800円　⓪978-4-488-01526-8

◇探偵小説は「セカイ」と遭遇した　笠井潔著　南雲堂　2008.11　293p　20cm　2600円　⓪978-4-523-26480-4

◇探偵小説と叙述トリック―ミネルヴァの梟は黄昏に飛びたつか？　笠井潔著　東京創元社　2011.4　342p　20cm　〈Key library〉〈文献あり〉　3000円　⓪978-4-488-01531-2

◇探偵小説の室内　柏木博著　白水社　2011.2　246p　20cm　〈文献あり〉　2400円　⓪978-4-560-08115-0

◇彼女にあいたい―フェミ感覚ミステリ案内　梶原葉月著　亜紀書房　1995.4　259p　19cm　1550円　⓪4-7505-9509-8

◇探偵小説美味礼賛1999　佳多山大地,鷹城宏著　双葉社　1999.12　228p　19cm　1600円　⓪4-575-29055-6

◇ミステリ評論革命　佳多山大地,鷹城宏著　双葉社　2000.12　232p　19cm　1600円　⓪4-575-29185-4

◇謎解き名作ミステリ講座　佳多山大地著　講談社　2011.10　211p　19cm　1700円　⓪978-4-06-217293-6

◇新本格ミステリの話をしよう　佳多山大地著　講談社　2012.10　293p　19cm　1900円　⓪978-4-06-217946-1

◇日本ミステリー最前線―1995年版　香山二三郎著　双葉社　1994.12　452p　20cm　2400円　⓪4-575-28364-9

◇日本ミステリー最前線―1　香山二三郎著　双葉社　2000.5　297p　15cm　〈双葉文庫〉　552円　⓪4-575-71142-X

◇日本ミステリー最前線―2　香山二三郎著　双葉社　2000.7　314p　15cm　〈双葉文庫〉　571円　⓪4-575-71153-5

◇ミステリー＆エンターテインメント700　河田陸村,藤井鞠子編著　東京創元社　1996.6　199p　21cm　1300円　⓪4-488-02416-5

◇ミステリー・ランドの人々　川村湊,松山巌著　作品社　1989.2　245p　19cm　〈イラスト：宇野亜喜良〉　1300円　⓪4-87893-145-0

◇ミステリと東京　川本三郎著　平凡社　2007.11　495p　20cm　〈他言語標題：Mystery novels and Tokyo〉　2400円　⓪978-4-582-83377-5

◇戦後創成期ミステリ日記　紀田順一郎著　京都　松籟社　2006.4　333,11p　20cm　〈年表あり〉　2200円　⓪4-87984-242-7

◇冒険小説の時代　北上次郎著　集英社　1990.7　462,27p　16cm　〈集英社文庫〉　800円　⓪4-08-749610-4

◇ベストミステリー10年　北上次郎著　晶文社　1993.10　423,15p　19cm　2500円　⓪4-7949-6138-3

◇冒険小説―近代ヒーロー像一〇〇年の変遷　北上次郎著　早川書房　1993.12　556p　20cm　2400円　⓪4-15-207825-1

◇冒険小説ベスト100　北上次郎著　本の雑誌社　1994.12　251p　19cm　1600円　⓪4-938463-43-1

◇読書狂刑事！―警察小説を「元警視庁刑事」北芝健が案内する　北芝健著　ミリオン出版　2006.10　315p　19cm　〈大洋図書(発売)〉　950円　⓪4-8130-2049-6

◇ミステリ十二か月　北村薫著　中央公論新社　2004.10　269,8p　20cm　1800円　⓪4-12-003574-3

◇ミステリ十二か月　北村薫著　中央公論新社　2008.1　297p　16cm　〈中公文庫〉　933円　⓪978-4-12-204962-8

◇息子たちに薦める冒険小説　木宮健太郎著　日本図書刊行会　1994.5　358p　20cm　〈近代文芸社(発売)〉　1500円　⓪4-7733-2264-0

◇キムラ弁護士、ミステリーにケンカを売る　木村晋介著　筑摩書房　2007.11　218p　19cm　1400円　⓪978-4-480-81658-0

◇ミステリ交差点―博覧強記の現代エンターテインメント時評　日下三蔵著　本の雑誌社　2008.8　334p　19cm　2000円　⓪978-4-86011-084-0

◇探偵小説の哲学　ジークフリート・クラカウアー著,福本義憲訳　法政大学出版局　2005.1　172,2p　20cm　〈叢書・ウニベルシタス 811〉　2000円　⓪4-588-00811-0

◇推理小説論叢―第40輯 創立五十周年記念号　慶応義塾大学推理小説同好会　慶応義塾大学推理小説同好会　2002.9　218p　21cm　〈トパーズプレス(発売)〉　1100円　⓪4-

エンターテインメント（探偵小説・推理小説・ミステリ）

924815-30-6
◇幻影城の時代　「幻影城の時代」の会編　出版地不明　エディション・プヒピヒ　2006.12　318p　21cm〈文献あり〉　1500円
◇21世紀探偵小説—ポスト新本格と論理の崩壊　限界研編　南雲堂　2012.7　447p　20cm〈執筆：飯田一史ほか〉　2500円　①978-4-523-26508-5
◇探偵小説のクリティカル・ターン　限界小説研究会編　南雲堂　2008.1　297p　20cm　2500円　①978-4-523-26469-9
◇ミステリの深層—名探偵の思考・神学の思考　神代真砂実著　教文館　2008.6　194p　19cm　1800円　①978-4-7642-6909-5
◇名探偵事典—日本編　郷原宏著　東京書籍　1995.10　307p　19cm　1800円　①4-487-73195-X
◇このミステリーを読め！—日本篇　郷原宏著　三笠書房　2000.1　274,20p　15cm（王様文庫）　533円　①4-8379-6014-6
◇物語日本推理小説史　郷原宏著　講談社　2010.11　349p　20cm〈文献あり　年表あり〉　2300円　①978-4-06-216621-8
◇犯罪文学研究　小酒井不木著、長山靖生編　国書刊行会　1991.9　336p　20cm（クライム・ブックス）　2800円　①4-336-03294-7
◇このミステリーがすごい！—2011年のミステリー＆エンターテインメントベスト20　2012年版　『このミステリーがすごい！』編集部編　宝島社　2011.12　271p　21cm　476円　①978-4-7966-8812-3
◇このミステリーがすごい！—2012年のミステリー＆エンターテインメントベスト20　2013年版　『このミステリーがすごい！』編集部編　宝島社　2012.12　255p　21cm　476円　①978-4-8002-0527-8
◇地獄の読書録　小林信彦著　筑摩書房　1989.5　493,28p　15cm（ちくま文庫）　①4-480-02314-3
◇ミステリよりおもしろいベスト・ミステリ論18　小森収編　宝島社　2000.7　238p　18cm（宝島社新書）　700円　①4-7966-1897-X
◇探偵小説の論理学—ラッセル論理学とクイーン、笠井潔、西尾維新の探偵小説　小森健太朗著　南雲堂　2007.9　291p　20cm　2400円　①978-4-523-26467-5
◇探偵小説の様相論理学　小森健太朗著　南雲堂　2012.5　292p　20cm　2500円　①978-4-523-26506-1
◇女流名探偵に乾杯！—ミステリーnewガイド　権田万治著　悠思社　1991.10　242p　19cm　1300円　①4-946424-03-2
◇日本探偵作家論　権田万治編　悠思社　1992.6　330p　20cm　3200円　①4-946424-26-1
◇日本探偵作家論　権田万治著　双葉社　1996.5　357,11p　15cm（双葉文庫—日本推理作家協会賞受賞作全集　30）　720円　①4-575-65824-3
◇日本ミステリー事典　権田万治,新保博久監修　新潮社　2000.2　450p　19cm（新潮選書）　2000円　①4-10-600581-6
◇サイコミステリー・ベスト100　サイコミステリー研究会編著　三一書房　1992.8　238p　18cm（三一新書）　850円　①4-380-92012-7
◇百万ドルの幻聴　斎藤純著　新潮社　1993.12　343p　20cm（新潮ミステリー倶楽部）　1700円　①4-10-602734-8
◇ミステリー殺しのテクニック　殺人トリック研究会編著　三一書房　1993.12　241p　18cm（三一新書）　800円　①4-380-93016-5
◇推理小説はなぜ人を殺すのか　佐野衛著　北宋社　1991.8　203p　20cm　1500円　①4-938620-19-7
◇推理小説はなぜ人を殺すのか　佐野衛著　新装版　北宋社　2000.11　203p　19cm　1800円　①4-89463-038-9
◇推理日記—4　佐野洋著　講談社　1992.3　284p　15cm（講談社文庫）　480円　①4-06-185105-5
◇推理日記—part6　佐野洋著　講談社　1992.4　255p　20cm　1800円　①4-06-205798-0
◇推理日記—part 7　佐野洋著　講談社　1995.1　285p　20cm　2000円　①4-06-207399-4
◇推理日記—5　佐野洋著　講談社　1995.8　560p　15cm（講談社文庫）　980円　①4-06-263028-1

エンターテインメント(探偵小説・推理小説・ミステリ)

◇推理日記―pt.8　佐野洋著　講談社　1997.11　265p　20cm　2200円　①4-06-208898-3

◇推理日記―pt.9　佐野洋著　講談社　2001.1　304p　20cm　2200円　①4-06-210462-8

◇推理日記―6　佐野洋著　講談社　2002.4　699p　15cm　(講談社文庫)　1200円　①4-06-273416-8

◇推理日記―pt.10　佐野洋著　講談社　2005.9　283p　20cm　2300円　①4-06-213108-0

◇推理日記―pt.11　佐野洋著　講談社　2008.9　269p　20cm　2300円　①978-4-06-214959-4

◇推理日記―FINAL　佐野洋著　講談社　2012.12　299p　19cm　2000円　①978-4-06-217899-0

◇名無し探偵の憂鬱な日々　四季が岳太郎著　杉並けやき出版　2008.2　217p　19cm〈星雲社(発売)〉　1000円　①978-4-434-11514-1

◇本格推理物語が変わるとき、終焉と創生と　四季が岳太郎著　杉並けやき出版　2008.6　210p　19cm〈星雲社(発売)〉　1300円　①978-4-434-11993-4

◇ミステリー小説ベスト10―1993年版　シネマノヴェルズ・ミステリー委員会編　ビクター音楽産業　1992.12　108p　18cm　400円　①4-89389-076-X

◇本格ミステリー宣言　島田荘司著　講談社　1993.7　288p　15cm　(講談社文庫)　460円　①4-06-185439-9

◇本格ミステリー宣言―2　ハイブリッド・ヴィーナス論　島田荘司著　講談社　1995.6　267p　20cm　1700円　①4-06-207606-3

◇本格ミステリー館　島田荘司, 綾辻行人著　角川書店　1997.12　319p　15cm　(角川文庫)　520円　①4-04-168203-7

◇本格ミステリー宣言―2　島田荘司著　講談社　1998.6　326p　15cm　(講談社文庫)　552円　①4-06-263806-1

◇21世紀本格宣言　島田荘司著　講談社　2003.6　364p　20cm　2100円　①4-06-211962-5

◇21世紀本格宣言　島田荘司著　講談社　2007.12　517p　15cm　(講談社文庫)　800円　①978-4-06-275917-5

◇傑作ミステリーベスト10―20世紀総集完全保存版　週刊文春編　文芸春秋　2001.5　607p　16cm　(文春文庫plus)　914円　①4-16-766018-0

◇週刊文春傑作ミステリー・ベスト10―最強の300冊　「週刊文春」編集部編　ネスコ　1996.9　264,6p　19cm　1400円　①4-89036-926-0

◇ミステリーがわかる。―1995-2001　小説トリッパー編　朝日新聞社　2002.1　337,30p　15cm　(朝日文庫)　660円　①4-02-264282-3

◇推理百貨店―別館　新保博久著　冬樹社　1989.8　261p　19cm　1400円　①4-8092-3040-6

◇推理百貨店―本館　新保博久著　冬樹社　1989.8　286p　19cm　1400円　①4-8092-3039-2

◇世紀末日本推理小説事情　新保博久著　筑摩書房　1990.1　246p　19cm　(ちくまライブラリー　35)　1130円　①4-480-05135-X

◇名探偵登場―日本篇　新保博久著　筑摩書房　1995.8　238p　18cm　(ちくま新書)　680円　①4-480-05643-2

◇日本ミステリ解読術　新保博久著　河出書房新社　1996.3　257p　20cm　2200円　①4-309-01046-6

◇私が愛した名探偵　新保博久編著　朝日新聞社　2001.11　294p　19cm　1400円　①4-02-257548-4

◇これだけは知っておきたい名作ミステリー100　杉江松恋編　フィールドワイ　2004.5　207p　21cm　(Book of dreams)　1219円　①4-901722-30-1

◇本格ミステリーは探偵で読め！―読めば必ずくせになる！　本格ミステリーガイド　スタジオ・ハードMX編　ぶんか社　2000.12　176p　21cm　1300円　①4-8211-0722-8

◇絶対ミステリーが好き！―読めば読むほどクセになる本格ミステリーガイド　スタジオ・ハードMX編　ぶんか社　2001.12　175p　21cm　(Bunkasha mook)　1300円　①4-8211-0760-0

◇ミステリーが生まれる　成蹊大学文学部学会編　風間書房　2008.4　289p　20cm　(成

エンターテインメント（探偵小説・推理小説・ミステリ）

蹊大学人文叢書 6） 2000円 ⓘ978-4-7599-1681-2

◇夢想の研究—活字と映像の想像力 瀬戸川猛資著 早川書房 1993.2 262p 20cm 1600円 ⓘ4-15-203552-8

◇ミステリ・ベスト201—Mystery handbook 瀬戸川猛資編 新書館 1994.8 227p 21cm 1200円 ⓘ4-403-25002-5

◇ミステリ絶対名作201 瀬戸川猛資編 新書館 1995.12 227p 21cm （Mystery handbook） 1200円 ⓘ4-403-25010-6

◇ニューウェイヴ・ミステリ読本 千街晶之、福井健太編 原書房 1997.3 266,11p 21cm 1442円 ⓘ4-562-02920-X

◇ミステリを書く！ 千街晶之インタビュー、綾辻行人、井上夢人、大沢在昌、恩田陸、笠井潔、京極夏彦、柴田よしき、法月綸太郎、馳星周、山口雅也著 小学館 2002.3 405p 15cm （小学館文庫）〈インタビュー：千街晶之〉 657円 ⓘ4-09-402626-3

◇本格ミステリ・フラッシュバック 千街晶之ほか著 東京創元社 2008.12 339,6p 21cm （Key library）〈索引あり〉 2300円 ⓘ978-4-488-01525-1

◇幻視者のリアル—幻想ミステリの世界観 千街晶之著 東京創元社 2011.3 362p 20cm （Key library） 2600円 ⓘ978-4-488-01530-5

◇ミステリー迷宮道案内ナビゲート—1999-2003 ミステリーダ・ヴィンチ完全保存版 ダ・ヴィンチ編集部編 メディアファクトリー 2003.3 256p 30cm〈「ダ・ヴィンチ」スペシャルエディション〉 1500円 ⓘ4-8401-0738-6

◇だからミステリーは面白い—気鋭big4対論集 高橋克彦ほか著 有学書林 1995.4 256p 19cm 1500円 ⓘ4-946477-19-5

◇ミステリーの社会学—近代的「気晴らし」の条件 高橋哲雄著 中央公論社 1989.9 255p 18cm （中公新書） 640円 ⓘ4-12-100940-1

◇ミステリの経済倫理学 竹内靖雄著 講談社 1997.12 342p 20cm 1800円 ⓘ4-06-208556-9

◇論理の蜘蛛の巣の中で 巽昌章著 講談社 2006.10 268p 20cm 1800円 ⓘ4-06-213521-3

◇戦前戦後異端文学論—奇想と反骨 谷口基著 新典社 2009.5 478p 22cm （新典社研究叢書 198） 12000円 ⓘ978-4-7879-4198-5

◇殺人は面白い—僕のミステリ・マップ 田村隆一著 徳間書店 1991.4 379p 16cm （徳間文庫）〈『ミステリーの料理事典』（三省堂1984年刊）に加筆〉 560円 ⓘ4-19-599305-9

◇本格ミステリ・ベスト100—1975-1994 探偵小説研究会編著 東京創元社 1997.9 175p 21cm 1300円 ⓘ4-488-02421-1

◇本格ミステリ・ベスト10—1998 探偵小説研究会編著 東京創元社 1998.3 127p 21cm 700円 ⓘ4-488-02423-8

◇本格ミステリ・ベスト10—1999 探偵小説研究会編著 東京創元社 1999.3 159p 21cm 840円 ⓘ4-488-02425-4

◇本格ミステリ・ベスト10—2000 探偵小説研究会編・著 東京創元社 2000.3 143p 21cm 980円 ⓘ4-488-02427-0

◇本格ミステリ・ベスト10—2001 探偵小説研究会編 原書房 2000.12 174p 21cm 800円 ⓘ4-562-03382-7

◇本格ミステリこれがベストだ！—2001 探偵小説研究会ほか 東京創元社 2001.4 108,8p 15cm （創元推理文庫） 300円 ⓘ4-488-49501-X

◇本格ミステリ・ベスト10—2002 探偵小説研究会編 原書房 2001.12 197p 21cm 800円 ⓘ4-562-03466-1

◇本格ミステリこれがベストだ！—2002 探偵小説研究会著 東京創元社 2002.4 126p 15cm （創元推理文庫）〈『創元推理21』別冊〉 400円 ⓘ4-488-49504-4

◇本格ミステリ・クロニクル300 探偵小説研究会編著 原書房 2002.9 261p 21cm 1200円 ⓘ4-562-03548-X

◇本格ミステリ・ベスト10—2003 探偵小説研究会編著 原書房 2002.12 190p 21cm 850円 ⓘ4-562-03586-2

◇本格ミステリこれがベストだ！—2003 探偵小説研究会編 東京創元社 2003.4 157p 15cm （創元推理文庫） 480円 ⓘ4-488-49509-5

エンターテインメント（探偵小説・推理小説・ミステリ）

◇本格ミステリ・ベスト10─2004　探偵小説研究会編著　原書房　2003.12　183p　21cm　850円　①4-562-03718-0

◇本格ミステリこれがベストだ！─2004　探偵小説研究会編　東京創元社　2004.6　158p　15cm　（創元推理文庫）　560円　①4-488-49510-9

◇本格ミステリ・ベスト10─2005　探偵小説研究会編著　原書房　2004.12　182p　21cm　850円　①4-562-03856-X

◇本格ミステリ・ベスト10─2006　探偵小説研究会編著　原書房　2005.12　183p　21cm　850円　①4-562-03972-8

◇本格ミステリ・ベスト10─2007　探偵小説研究会編著　原書房　2006.12　225p　21cm　900円　①4-562-04047-5

◇本格ミステリ・ベスト10─2008　探偵小説研究会編著　原書房　2007.12　187p　21cm　850円　①978-4-562-04134-3

◇ニアミステリのすすめ─新世紀の多角的読書ナビゲーション　探偵小説研究会編著　原書房　2008.7　233p　20cm　2000円　①978-4-562-04162-6

◇本格ミステリ・ベスト10─2009　探偵小説研究会編著　原書房　2008.12　199p　21cm　850円　①978-4-562-04234-0

◇本格ミステリ・ベスト10─2010　探偵小説研究会編著　原書房　2009.12　175p　21cm　850円　①978-4-562-04542-6

◇本格ミステリ・ベスト10─2011　探偵小説研究会編著　原書房　2010.12　207p　21cm　850円　①978-4-562-04655-3

◇本格ミステリ・ベスト10─2012　探偵小説研究会編著　原書房　2011.12　203p　21cm　850円　①978-4-562-04754-3

◇本格ミステリ・ディケイド300　探偵小説研究会編著　原書房　2012.6　255p　21cm　〈索引あり〉　1400円　①978-4-562-04845-8

◇本格ミステリ・ベスト10─2013　探偵小説研究会編著　原書房　2012.12　179p　21cm　900円　①978-4-562-04879-3

◇鉄道ミステリ各駅停車─乗り鉄80年書き鉄40年をふりかえる　辻真先著　交通新聞社　2012.8　195p　18cm　（交通新聞社新書046）〈著作目録あり　索引あり〉　800円　①978-4-330-30112-9

◇推理小説作法　土屋隆夫著　光文社　1992.4　268p　20cm　1600円　①4-334-97072-9

◇推理小説医学考　角田昭夫著　横浜　角田昭夫　1996.1　203p　22cm　2000円　①4-7849-7132-7

◇日本のミステリー小説登場人物索引─アンソロジー篇　DBジャパン編　横浜　DBジャパン　2002.5　89,727p　21cm　20000円　①4-9900690-5-6

◇日本のミステリー小説登場人物索引─単行本篇　下（ち-ん）　DBジャパン編　横浜　DBジャパン　2003.1　94p,p981～1939　21cm　①4-9900690-7-2,4-9900690-8-0

◇日本のミステリー小説登場人物索引─単行本篇　上（あ-た）　DBジャパン編　横浜　DBジャパン　2003.1　124,979p　21cm　①4-9900690-6-4,4-9900690-8-0

◇日本のミステリー小説登場人物索引─アンソロジー篇2001-2011　DBジャパン編集　横浜　DBジャパン　2012.5　74,620p　21cm　20000円　①978-4-86140-018-6

◇1億人のためのミステリー！─読みたい人＆書きたい人の完全保存版　伊坂幸太郎と仙台を歩く　友清哲監修　ランダムハウス講談社　2004.4　111p　26cm　952円　①4-270-00013-9

◇日本推理小説史─第1巻　中島河太郎著　東京創元社　1993.4　297,27p　22cm　4635円　①4-488-02305-3

◇日本推理小説史─第2巻　中島河太郎著　東京創元社　1994.11　327,18p　22cm　4635円　①4-488-02306-1

◇推理小説展望　中島河太郎著　双葉社　1995.11　498p　15cm　（双葉文庫─日本推理作家協会賞受賞作全集 20）　880円　①4-575-65819-7

◇日本推理小説史─第3巻　中島河太郎著　東京創元社　1996.12　260,19p　22cm　4841円　①4-488-02307-X

◇探偵小説辞典　中島河太郎著　講談社　1998.9　647p　15cm　（講談社文庫─江戸川乱歩賞全集 1）　1190円　①4-06-263875-4

◇ミステリー風味グルメの世界　西尾忠久著　東京書籍　1991.10　263p　20cm　1500円

エンターテインメント（探偵小説・推理小説・ミステリ）

④4-487-75399-6
◇ミステリーがちょっぴり好きな友へ　西尾忠久著　東京書籍　1993.8　325p　19cm　1500円　④4-487-79133-2
◇ミステリー気になる女たち　西尾忠久著　東京書籍　1994.8　269p　19cm　1300円　④4-487-79092-1
◇日本最初の翻訳ミステリー小説—吉野作造と神田孝平　西田耕三編　気仙沼　耕風社　1997.10　279p　21cm　（みやぎ文学館ライブラリー　2—みやぎ文学館シリーズ）　2800円
◇これがミステリガイドだ！　野崎六助著　毎日新聞社　1997.3　370p　20cm　1648円　④4-620-31161-8
◇世紀末ミステリ完全攻略　野崎六助著　ビレッジセンター出版局　1997.5　363p　20cm　2100円　④4-89436-100-0
◇異常心理小説大全　野崎六助著　早川書房　1997.9　262p　20cm　2000円　④4-15-208106-6
◇複雑系ミステリを読む　野崎六助著　毎日新聞社　1997.9　264p　19cm　1500円　④4-620-31186-3
◇これがミステリガイドだ！—1988-2000　野崎六助著　東京創元社　2001.11　644,42p　15cm　（創元ライブラリ）〈毎日新聞社1996年刊の増補〉　1500円　④4-488-07043-4
◇世界の果てのカレイドスコープ—「ミステリの明日」を解読する　野崎六助著　原書房　2003.7　297,6p　20cm　2200円　④4-562-03669-9
◇日本探偵小説論　野崎六助著　水声社　2010.10　439p　20cm〈文献あり　索引あり〉　4000円　④978-4-89176-801-0
◇ミステリで読む現代日本　野崎六助著　青弓社　2011.11　280p　19cm〈文献あり〉　2000円　④978-4-7872-9203-2
◇謎解きが終ったら—法月綸太郎ミステリー論集　法月綸太郎著　講談社　1998.9　209p　20cm　1900円　④4-06-209344-8
◇謎解きが終ったら—法月綸太郎ミステリー論集　法月綸太郎著　講談社　2002.2　306p　15cm　（講談社文庫）〈1998年刊の増訂　著作目録あり〉　629円　④4-06-273368-4
◇複雑な殺人芸術　法月綸太郎著　講談社　2007.1　297p　20cm　（法月綸太郎ミステリー塾　海外編　法月綸太郎著）　2000円　④978-4-06-213787-4
◇名探偵はなぜ時代から逃れられないのか　法月綸太郎著　講談社　2007.1　299p　20cm　（法月綸太郎ミステリー塾　日本編　法月綸太郎著）　2000円　④978-4-06-213786-7
◇ミステリ百科事典　間羊太郎著　文芸春秋　2005.11　757p　16cm　（文春文庫）〈現代教養文庫1981年刊の新装版〉　1286円　④4-16-767968-X
◇推理小説に見る古書趣味　長谷部史親著　図書出版社　1993.1　222p　20cm　（Bibliophile series）　3090円　④4-8099-0507-1
◇日本ミステリー進化論—この傑作を見逃すな　長谷部史親著　日本経済新聞社　1993.8　438p　20cm　2500円　④4-532-16107-X
◇一級ミステリー—名作を知る愉しみ　馬場啓一著　同文書院　1993.10　205p　19cm　（面白Books 26）　1100円　④4-8103-7155-7
◇人生に必要なすべてをミステリーに学ぶ　馬場啓一著　同文書院　1994.1　206p　19cm　（面白books 27）　1100円　④4-8103-7190-5
◇おいしいミステリーの歩き方—ミステリーを味わいつくす、もう一つの楽しみ方！　馬場啓一著　同文書院　1996.12　206p　18cm　1000円　④4-8103-7357-6
◇ミステリ・ハンドブック　早川書房編集部編　早川書房　1991.9　575p　16cm　（ハヤカワ・ミステリ文庫）　680円　④4-15-078501-5
◇冒険・スパイ小説ハンドブック　早川書房編集部編　早川書房　1992.10　623p　16cm　（ハヤカワ文庫—NV）　720円　④4-15-040674-X
◇ハヤカワ・ミステリ総解説目録—1953年—1998年　早川書房編集部編　早川書房　1998.10　556p　18cm　1500円　④4-15-208193-7
◇ミステリの名書き出し100選　早川書房編集部編　早川書房　2006.11　213p　21cm　1300円　④4-15-208775-7
◇本格ミステリ鑑賞術　福井健太著　東京創

エンターテインメント（探偵小説・推理小説・ミステリ）

元社　2012.3　261,14p　19cm　（Key library）〈索引あり〉　1800円　Ⓘ978-4-488-01533-6

◇福岡ミステリー案内―赤煉瓦館事件簿　福岡市文学館企画展　福岡市総合図書館文学・文書課編　福岡　福岡市総合図書館文学・文書課　2006.12　100p　30cm〈会期・会場：2006年12月1日〜2007年1月14日　福岡市文学館（福岡市赤煉瓦文化館）〉

◇ミステリーと色彩　福田邦夫著　青娥書房　1991.5　254p　19cm　1600円　Ⓘ4-7906-0129-3

◇深夜の散歩―ミステリの愉しみ　福永武彦、中村真一郎、丸谷才一著　早川書房　1997.11　287p　16cm　（ハヤカワ文庫JA）　600円　Ⓘ4-15-030591-9

◇現代ミステリー・スタンダード　扶桑社ミステリー編集部編　扶桑社　1997.11　274p　19cm　1429円　Ⓘ4-594-02377-0

◇絶対ミステリーが好き！―2　ブレインナビ編　ぶんか社　2002.12　173p　21cm　（Bunkasha mook）〈「2」のサブタイトル：本格ミステリーは「密室」で読め！〉　1300円　Ⓘ4-8211-0803-8

◇このミステリーがすごい！―ミステリー中毒者が選んだベストテン　1989　別冊宝島編集部編　JICC出版局　1990.1　95p　21cm　420円　Ⓘ4-88063-765-3

◇このミステリーがすごい！―ミステリー中毒者が選んだベストテン　1991年版　別冊宝島編集部編　JICC出版局　1991.1　95p　21cm　490円　Ⓘ4-7966-0083-3

◇このミステリーがすごい！―読書の達人たちが選んだベスト10　1992年版　別冊宝島編集部編　JICC出版局　1992.1　95p　21cm　（JICCブックレット）　490円　Ⓘ4-7966-0234-8

◇このミステリーがすごい！―読書の達人たちが選んだベスト10　1993年版　別冊宝島編集部編　JICC出版局　1993.1　95p　21cm　490円　Ⓘ4-7966-0523-1

◇このミステリーがすごい！―読書探偵団が選んだベスト10　1994年版　別冊宝島編集部編　宝島社　1993.12　111p　21cm〈出版者の名称変更：1993年版まではJICC出版局〉　590円　Ⓘ4-7966-0763-3

◇このミステリーがすごい！―1995年版　別冊宝島編集部編　宝島社　1994.12　95p　21cm〈1995年版の副書名：ミステリー＆エンターテインメントベスト10〉　590円　Ⓘ4-7966-0898-2

◇このミステリーがすごい！―1996年版　別冊宝島編集部編　宝島社　1995.12　95p　21cm　590円　Ⓘ4-7966-1052-9

◇このミステリーがすごい！―1997年版　別冊宝島編集部編　宝島社　1996.12　175p　21cm　880円　Ⓘ4-7966-1170-3

◇このミステリーがすごい！　傑作選―「覆面座談会」完全収録＆最恐のブックガイド　別冊宝島編集部編　宝島社　1997.10　318p　19cm　1295円　Ⓘ4-7966-1260-2

◇このミステリーがすごい！―ミステリー＆エンターテインメントベスト10　1998年版　別冊宝島編集部編　宝島社　1997.12　175p　21cm　667円　Ⓘ4-7966-1293-9

◇このミステリーがすごい！―ミステリー＆エンターテインメントベスト10　1999年版　別冊宝島編集部編　宝島社　1998.12　175p　21cm　667円　Ⓘ4-7966-1451-6

◇このミステリーがすごい！―ミステリー＆エンターテインメントベスト10　2000年版　別冊宝島編集部編　宝島社　1999.12　175p　21cm　667円　Ⓘ4-7966-1676-4

◇このミステリーがすごい！―ミステリー＆エンターテインメントベスト10　2001年版　別冊宝島編集部編　宝島社　2000.12　175p　21cm　667円　Ⓘ4-7966-2043-5

◇このミステリーがすごい！―ミステリー＆エンターテインメントベスト10　2002年版　別冊宝島編集部編　宝島社　2001.12　175p　21cm　667円　Ⓘ4-7966-2528-3

◇このミステリーがすごい！―2003年版　別冊宝島編集部編　宝島社　2002.12　175p　21cm　667円　Ⓘ4-7966-3025-2

◇ミステリ作家の自分でガイド　本格ミステリ作家クラブ編　原書房　2010.9　189p　21cm　1400円　Ⓘ978-4-562-04596-9

◇幻影城の時代―完全版　本多正一編　講談社　2008.12　660p　22cm　（講談社box）　5800円　Ⓘ978-4-06-215144-3

◇ミステリーの現場　毎日新聞学芸部編　毎日新聞社　2000.11　201p　19cm　1400円

エンターテインメント（探偵小説・推理小説・ミステリ）

Ⓘ4-620-31482-X
◇短歌の呼ぶ殺人　前田芳彦著　本阿弥書店　1993.1　205p　19cm　1800円　Ⓘ4-89373-062-2
◇探偵たちよスパイたちよ　丸谷才一編　文芸春秋　1991.4　350p　16cm　（文春文庫）　470円　Ⓘ4-16-713808-5
◇消えるミステリーブック・ガイド500選　三国隆三著　青弓社　1995.3　266,10p　19cm　2060円　Ⓘ4-7872-9106-8
◇危機管理のミステリーブック・ガイド300選　三国隆三著　青弓社　1995.8　236,2,6p　19cm　2000円　Ⓘ4-7872-9109-2
◇今日の事件簿─ミステリー雑学366日　三国隆三著　展望社　2000.11　318p　19cm　1600円　Ⓘ4-88546-068-9
◇ミステリ読書案内─ニッポン編　ミステリ面白倶楽部編　シネマハウス　1996.9　268p　19cm　2200円　Ⓘ4-7952-8241-2
◇ゲームシナリオのためのミステリ事典─知っておきたいトリック・セオリー・お約束110　ミステリ事典編集委員会著,森瀬繚監修　ソフトバンククリエイティブ　2012.3　254p　21cm　（Next creator）〈索引あり　文献あり〉　1890円　Ⓘ978-4-7973-6456-9
◇ホラーミステリー・ベスト100　三谷茉沙夫編著　三一書房　1994.4　274p　18cm　（三一新書）　850円　Ⓘ4-380-94009-8
◇探偵日和　向井敏著　毎日新聞社　1998.5　365p　20cm　2300円　Ⓘ4-620-31220-7
◇ミステリアス・ジャム・セッション─人気作家30人インタヴュー　村上貴史構成・文　早川書房　2004.1　286p　21cm〈著作目録あり〉　1600円　Ⓘ4-15-208544-4
◇名探偵ベスト101　村上貴史著　新書館　2004.1　238p　21cm　（Mystery handbook）　1600円　Ⓘ4-403-25073-4
◇推理小説常習犯─ミステリー作家への13階段＋おまけ　森雅裕著　ベストセラーズ　1996.8　277p　18cm　（ワニの本─ベストセラーシリーズ）　880円　Ⓘ4-584-00984-8
◇推理小説常習犯─ミステリー作家への13階段＋おまけ　森雅裕著　講談社　2003.4　299p　16cm　（講談社＋α文庫）〈著作目録あり〉　840円　Ⓘ4-06-256728-8

◇現代本格ミステリの研究─「後期クイーン的問題」をめぐって　諸岡卓真著　札幌　北海道大学出版会　2010.3　239,4p　22cm　（北海道大学大学院文学研究科研究叢書 17）〈文献あり　索引あり〉　3200円　Ⓘ978-4-8329-6732-8
◇犯行現場の作り方　安井俊夫著　メディアファクトリー　2006.12　231p　19cm　1200円　Ⓘ4-8401-1757-5
◇物語の迷宮─ミステリーの詩学　山路竜天ほか著　東京創元社　1996.8　270,16p　15cm　（創元ライブラリ）　850円　Ⓘ4-488-07005-1
◇探偵小説の饗宴　山下武著　青弓社　1990.11　242,10p　20cm　2060円
◇日本ミステリーの100年─おすすめ本ガイド・ブック　山前譲著　光文社　2001.3　370p　16cm　（知恵の森文庫）　648円　Ⓘ4-334-78081-4
◇探偵雑誌目次総覧　山前譲編,ミステリー文学資料館監修　日外アソシエーツ　2009.6　884p　22cm〈紀伊國屋書店（発売）　文献あり　索引あり〉　19000円　Ⓘ978-4-8169-2173-5
◇推理文壇戦後史─ミステリーブームの軌跡をたどる 4　山村正夫著　双葉社　1989.6　263p　20cm　1500円　Ⓘ4-575-28063-1
◇あなたが名探偵・殺人トリック！─仕掛けられた奇抜な罠を見破れ　山村正夫著　日本文芸社　1995.7　238p　15cm　（にちぶん文庫）　480円　Ⓘ4-537-06010-7
◇わが懐旧的探偵作家論　山村正夫著　双葉社　1996.5　349p　15cm　（双葉文庫─日本推理作家協会賞受賞作全集 32）　700円　Ⓘ4-575-65826-X
◇ミステリーの泣きどころ─トリック・ワナの裏をかく　由良三郎著　ベストセラーズ　1992.12　222p　19cm　1000円　Ⓘ4-584-18142-X
◇探偵小説と日本近代　吉田司雄編著　青弓社　2004.3　284p　20cm〈年表あり〉　2600円　Ⓘ4-7872-9170-X
◇探偵作家尋訪─八切止夫・土屋光司　若狭邦男著　日本古書通信社　2010.2　288p　19cm〈年譜あり〉　2000円　Ⓘ978-4-88914-037-8

エンターテインメント（SF小説）

◇なぜ、北海道はミステリー作家の宝庫なのか？　鷲田小弥太,井上美香著　札幌　亜璃西社　2009.7　274p　19cm〈著作目録あり〉　1600円　Ⓘ978-4-900541-81-8

◇毒殺は完全犯罪をめざす——ミステリーのための毒殺読本　和田はつ子著　三一書房　1994.6　303p　18cm（三一新書）　900円　Ⓘ4-380-94016-0

◇異常心理小説・ベスト100　和田はつ子,異常心理研究会編著　三一書房　1997.9　253p　18cm（三一新書）　850円　Ⓘ4-380-97017-5

◇Jミステリー——全ジャンル最新事件簿　総特集　河出書房新社　2000.3　191p　21cm（Kawade夢ムック—文芸別冊）　1143円　Ⓘ4-309-97582-8

◇このミステリーがすごい！——2004年版　宝島社　2003.12　191p　21cm　690円　Ⓘ4-7966-3766-4

◇このミステリーがすごい！——2005年版　宝島社　2004.12　191p　21cm　695円　Ⓘ4-7966-4406-7

◇このミステリーがすごい！——2006年版　宝島社　2005.12　191p　21cm　695円　Ⓘ4-7966-5033-4

◇このミステリーがすごい！——2007年版　宝島社　2006.12　191p　21cm　648円　Ⓘ4-7966-5577-8

◇このミステリーがすごい！——2008年版　宝島社　2007.12　191p　21cm　476円　Ⓘ978-4-7966-6146-1

◇このミステリーがすごい！——2009年版　宝島社　2008.12　191p　21cm　476円　Ⓘ978-4-7966-6716-6

◇このミステリーがすごい！——2009年のミステリー＆エンターテインメントベスト10　2010年版　宝島社　2009.12　263p　21cm　476円　Ⓘ978-4-7966-7520-8

◇このミステリーがすごい！——2010年のミステリー＆エンターテインメントベスト20　2011年版　宝島社　2010.12　311p　21cm　476円　Ⓘ978-4-7966-7959-6

◇この警察小説がすごい！——ALL THE BEST　宝島社　2012.10　159p　21cm〈このミステリーがすごい！　特別編集〉　657円　Ⓘ978-4-8002-0195-9

SF小説

◇シミュレーション小説の発見　荒巻義雄著　中央公論社　1994.12　210p　18cm　1200円　Ⓘ4-12-002392-3

◇SFの時代——日本SFの胎動と展望　石川喬司著　双葉社　1996.11　488p　15cm（双葉文庫—日本推理作家協会賞受賞作全集 36）　960円　Ⓘ4-575-65833-2

◇S-F図書解説総目録——1971〜1980年 上　石原藤夫編　鎌倉　S-F資料研究会　1989.1　2冊　26cm

◇S-F図書解説総目録——1971〜1980年 下　石原藤夫編　鎌倉　S-F資料研究会　1991.1　3冊　26cm

◇S-F図書解説総目録——1946〜70年 下　石原藤夫編　増補改訂版　秦野　S-F資料研究会　1996.8　p635〜1624　26cm

◇SFベスト201　伊藤典夫編　新書館　2005.6　221p　21cm　1600円　Ⓘ4-403-25084-X

◇塵も積もれば——宇宙塵40年史　「宇宙塵四十年史」編集委員会編　出版芸術社　1997.11　253p　22cm　3000円　Ⓘ4-88293-149-4

◇3・11の未来——日本・SF・創造力　海老原豊,藤田直哉編,笠井潔,巽孝之監修　作品社　2011.9　393p　21cm〈執筆：小松左京ほか　文献あり〉　1800円　Ⓘ978-4-86182-347-3

◇現代SF1500冊——乱闘編（1975-1995）　大森望著　太田出版　2005.6　390p　19cm〈他言語標題：1500 books of modern science fiction　年表あり〉　2300円　Ⓘ4-87233-927-4

◇現代SF1500冊——回天編（1996-2005）　大森望著　太田出版　2005.10　500p　19cm〈他言語標題：1500 books of modern science fiction　年表あり〉　2400円　Ⓘ4-87233-988-6

◇特盛！SF翻訳講座——翻訳のウラ技、業界のウラ話　大森望著　研究社　2006.3　255p　19cm〈著作目録あり〉　1800円　Ⓘ4-327-37696-5

◇21世紀SF1000　大森望著　早川書房　2011.12　591p　16cm（ハヤカワ文庫 JA1052）〈索引あり　文献あり〉　1100円　Ⓘ978-4-15-031052-3

エンターテインメント（SF小説）

◇新編SF翻訳講座　大森望著　河出書房新社　2012.10　332p　15cm　（河出文庫　お20-101）〈「特盛！ SF翻訳講座」（研究社 2006年刊）の改題、再編集〉　850円　⑪978-4-309-41171-2

◇機械じかけの夢―私的SF作家論　笠井潔著　新版　筑摩書房　1990.2　286p　20cm　〈講談社1982年刊の増補版〉　2270円　⑪4-480-82279-8

◇機械じかけの夢　笠井潔著　筑摩書房　1999.2　437p　15cm　（ちくま学芸文庫）　1250円　⑪4-480-08467-3

◇タイムトラベル・ロマンス―時空をかける恋―物語への招待　梶尾真治著　平凡社　2003.7　157p　20cm　（serie 'aube'）〈文献あり〉　1300円　⑪4-582-83169-9

◇検証！ バーチャル艦隊の軍事力　如月東, DTM編　同文書院　1998.11　207p　19cm　1300円　⑪4-8103-7548-X

◇徹底研究！ 架空戦記の"実戦"力　如月東, DTM編　同文書院　1999.3　207p　19cm　（バーチャル艦隊の軍事力 2）　1300円　⑪4-8103-7578-1

◇SF万国博覧会　北原尚彦著　青弓社　2000.1　254p　19cm　（寺子屋ブックス 11）　1600円　⑪4-7872-9138-6

◇SF奇書天外　北原尚彦著　東京創元社　2007.8　325,8p　19cm　（Key library）　2300円　⑪978-4-488-01524-4

◇虚構（バーチャル）戦記研究読本―戦術・作戦篇　北村賢志著　光人社　1999.8　230p　21cm　1800円　⑪4-7698-0932-8

◇虚構（バーチャル）戦記研究読本―兵器・戦略篇　北村賢志著　光人社　1999.8　206p　21cm　1800円　⑪4-7698-0933-6

◇日本SF全集・総解説　日下三蔵著　早川書房　2007.11　309p　19cm　1800円　⑪978-4-15-208876-5

◇敵か味方か―ロボットをめぐる文化　慶応義塾におけるドイツ年記念公開セミナー　慶応義塾大学教養研究センター編　横浜　慶応義塾大学教養研究センター　2006.3　33p　30cm　（CLA-アーカイブズ 5）〈会期・会場：2005年11月11日 慶応義塾大学日吉キャンパスJ14番教室〉　⑪4-903248-06-2

◇女性状無意識（テクノガイネーシス）―女性

◇SF論序説　小谷真理著　勁草書房　1994.1　283,11p　20cm〈著者の肖像あり〉　2987円　⑪4-326-15289-3

◇地獄の読書録　小林信彦著　筑摩書房　1989.5　493,28p　15cm　（ちくま文庫）　⑪4-480-02314-3

◇想像の翼を広げて―未知への旅 SFファンタジー談義　小山茉美著　ブラス出版　1994.10　226p　21cm〈著者の肖像あり〉　1200円　⑪4-938750-02-3

◇乱れ殺法SF控―SFという暴力　水鏡子著　大阪　青心社　1991.7　300p　15cm　600円　⑪4-915333-96-5

◇架空戦記スペシャルガイド　スタジオ・ハード編著　横浜　光栄　1995.2　172p　21cm　1400円　⑪4-87719-182-8

◇SF作家瀬名秀明が説く！ さあ今から未来についてはなそう　瀬名秀明著　技術評論社　2012.11　190p　19cm　1480円　⑪978-4-7741-5322-3

◇TOKON 10 official souvenir book―第49回日本SF大会2010　第49回日本SF大会TOKON 10 Official Souvenir Book編集委員会編　第49回日本SF大会2010 TOKON 10実行委員会　2010.8　144p　30cm〈会期・会場：2010年8月7日〜8日 タワーホール船堀〉

◇現代SFのレトリック　巽孝之著　岩波書店　1992.6　251,15p　20cm　2300円　⑪4-00-000620-7

◇ジャパノイド宣言―現代日本SFを読むために　巽孝之著　早川書房　1993.11　246p　20cm　1800円　⑪4-15-207822-7

◇日本SF論争史　巽孝之編　勁草書房　2000.5　379,46p　22cm　5000円　⑪4-326-80044-5

◇SFはこれを読め！　谷岡一郎著　筑摩書房　2008.4　175p　18cm　（ちくまプリマー新書 81）　760円　⑪978-4-480-68783-8

◇肉体のヌートピア―ロボット、パワード・スーツ、サイボーグの考古学　永瀬唯著　青弓社　1996.12　210,12p　20cm　2678円　⑪4-7872-3131-6

◇欲望の未来―機械じかけの夢の文化誌　永瀬唯著　水声社　1999.6　268p　20cm　2500円　⑪4-89176-387-6

エンターテインメント（ライトノベル）

◇戦後SF事件史―日本的想像力の70年　長山靖生著　河出書房新社　2012.2　279,5p　19cm　（河出ブックス 039）〈索引あり 文献あり〉　1500円　①978-4-309-62439-6

◇SF入門　日本SF作家クラブ編　早川書房　2001.12　238p　21cm〈年表あり〉　1500円　①4-15-208386-7

◇スペース・オペラの書き方―宇宙SF冒険大活劇への試み　野田昌宏著　新版　早川書房　1994.10　431p　16cm（ハヤカワ文庫―JA）　640円　①4-15-030409-2

◇SF書誌の書誌　野村真人編　秦野　S-F資料研究会　1997.7　350p　26cm

◇SFハンドブック　早川書房編集部編　早川書房　1990.7　487p　16cm（ハヤカワ文庫―SF）　580円　①4-15-010875-7

◇新・SFハンドブック　早川書房編集部編　早川書房　2001.4　543p　16cm（ハヤカワ文庫 SF）　740円　①4-15-011353-X

◇SF本の雑誌　本の雑誌編集部編　本の雑誌社　2009.7　175p　21cm　（別冊本の雑誌 15）　1500円　①978-4-86011-097-0

◇現代SF最前線　森下一仁著　双葉社　1998.12　734p　20cm　3800円　①4-575-28919-1

◇思考する物語―SFの原理・歴史・主題　森下一仁著　東京創元社　2000.1　239,7p　20cm　2000円　①4-488-01516-6

◇読書会　山田正紀,恩田陸著　徳間書店　2007.1　289p　19cm　1500円　①978-4-19-862279-4

◇トンデモ本？　違う、SFだ！ returns　山本弘著　洋泉社　2006.3　222p　19cm〈「トンデモ本？　違う、SFだ！」（2004年刊）の続編〉　1500円　①4-86248-009-8

◇SFなんでも講座　横田順弥編　大阪　日本ライトハウス　1993.6　2冊　27cm〈原本：草土文化 1987 ジュニアSF選〉　全2800円

◇明治「空想小説」コレクション―奇想天外、荒唐無稽、摩訶不思議… 百年前のイマジネーション　横田順弥著　PHP研究所　1995.12　271p　20cm　1700円　①4-569-55001-0

◇乱視読者のSF講義　若島正著　国書刊行会　2011.11　307,8p　20cm〈索引あり〉　2400円　①978-4-336-05441-8

◇日本SF作家クラブ40年史―日本SF作家クラブ40周年記念誌 1963〜2003　武蔵野　日本SF作家クラブ　2007.6　159p　27cm〈年表あり〉

ライトノベル

◇ベストセラー・ライトノベルのしくみ―キャラクター小説の競争戦略　飯田一史著　青土社　2012.4　366p　20cm〈文献あり〉　1900円　①978-4-7917-6649-9

◇ライトノベル研究序説　一柳廣孝,久米依子編著　青弓社　2009.4　303p　21cm〈文献あり 年表あり〉　2000円　①978-4-7872-9188-2

◇ライトノベルデータブック―作家＆シリーズ／少年系　榎本秋編著　蒼草社　2005.2　240p　21cm　1300円　①4-921040-08-7

◇ライトノベル文学論　榎本秋著　NTT出版　2008.10　200p　19cm　1600円　①978-4-7571-4199-5

◇このライトノベルがすごい！―2005　『このミステリーがすごい！』編集部編　宝島社　2004.12　151p　21cm〈年表あり〉　690円　①4-7966-4388-5

◇このライトノベル作家がすごい！　『このミステリーがすごい！』編集部編　宝島社　2005.4　191p　21cm　933円　①4-7966-4557-8

◇このライトノベルがすごい！―2006　『このミステリーがすごい！』編集部編　宝島社　2005.12　151p　21cm　690円　①4-7966-5012-1

◇このライトノベルがすごい！―2007　『このミステリーがすごい！』編集部編　宝島社　2006.12　175p　21cm　857円　①4-7966-5559-X

◇このライトノベルがすごい！―2008　『このライトノベルがすごい！』編集部編　宝島社　2007.12　175p　21cm　552円　①978-4-7966-6140-9

◇このライトノベルがすごい！―side-B　『このライトノベルがすごい！』編集部編　宝島社　2008.8　175p　21cm　552円　①978-4-7966-6440-0

◇このライトノベルがすごい！―2009　『こ

のライトノベルがすごい！』編集部編　宝島社　2008.12　175p　21cm　552円　①978-4-7966-6695-4

◇このライトノベルがすごい！―2010　作品＆人気キャラ＆イラストレーター2009年度版ランキング!!　『このライトノベルがすごい！』編集部編　宝島社　2009.12　191p　21cm　〈索引あり〉　476円　①978-4-7966-7490-4

◇このライトノベルがすごい！―2011　作品＆人気キャラ＆イラストレーター2010年度版ランキング!!　『このライトノベルがすごい！』編集部編　宝島社　2010.12　191p　21cm　〈索引あり〉　476円　①978-4-7966-7963-3

◇このライトノベルがすごい！―2012　作品＆人気キャラ＆イラストレーター2011年度版ランキング!!　『このライトノベルがすごい！』編集部編　宝島社　2011.12　191p　21cm　〈索引あり〉　476円　①978-4-7966-8716-4

◇このライトノベルがすごい！―2013　作品＆人気キャラ＆イラストレーター2012年度版ランキング!!　『このライトノベルがすごい！』編集部編　宝島社　2012.12　191p　21cm　〈索引あり〉　476円　①978-4-8002-0357-1

◇ライトノベル「超」入門　新城カズマ著　ソフトバンククリエイティブ　2006.4　293p　18cm　（ソフトバンク新書）〈年表あり〉　750円　①4-7973-3338-3

◇ライトノベル作家のための魔法事典―This is a Magic item to establish your own world　東方創造騎士団著　ハーヴェスト出版　2012.8　253p　21cm　〈星雲社（発売）文献あり　索引あり〉　1680円　①978-4-434-16843-7

◇シャカイ系の想像力　中西新太郎著　岩波書店　2011.3　162p　19cm　（若者の気分）〈シリーズの編者：浅野智彦、土井隆義、中西新太郎、本田由紀　文献あり〉　1500円　①978-4-00-028453-0

◇空想ライトノベル読本　福江純著　メディアファクトリー　2010.11　239p　15cm　（空想科学文庫 24）　524円　①978-4-8401-3573-1

◇ライトノベル表現論―会話・創造・遊びのディスコースの考察　泉子・K・メイナード著　明治書院　2012.4　357p　21cm　〈文献あり　索引あり〉　3000円　①978-4-625-43448-8

◇ライトノベルよ、どこへいく―一九八〇年代からゼロ年代まで　山中智省著　青弓社　2010.9　194p　21cm　〈年表あり〉　2000円　①978-4-7872-9197-4

◇ライトノベル設定資料生徒会のしくみ　ライトノベル作法研究所著　秀和システム　2011.10　238p　21cm　〈文献あり　索引あり〉　1800円　①978-4-7980-3116-3

怪奇小説・ホラー

◇ホラーを書く！　朝松健ほか著, 東雅夫インタビュー　ビレッジセンター出版局　1999.7　255p　19cm　1600円　①4-89436-128-0

◇ホラーを書く！　朝松健, 飯田譲治, 井上雅彦, 小野不由美, 菊地秀行, 小池真理子, 篠田節子, 瀬名秀明, 皆川博子, 森真沙子著, 東雅夫インタビュー　小学館　2002.7　393p　15cm　（小学館文庫）〈年表あり〉　657円　①4-09-402836-6

◇怨念の日本文化―幽霊篇　阿部正路著　角川書店　1995.6　273p　19cm　（角川選書 261）　1400円　①4-04-703261-1

◇怨念の日本文化―妖怪篇　阿部正路著　角川書店　1995.7　216p　19cm　（角川選書 264）　1200円　①4-04-703264-6

◇ホラー小説講義　荒俣宏著　角川書店　1999.6　272,8p　22cm　2900円　①4-04-883571-8

◇ホラー・ジャパネスクの現在　一柳広孝, 吉田司雄編著　青弓社　2005.11　236p　21cm　（ナイトメア叢書 1）〈文献あり〉　2000円　①4-7872-9178-5

◇妖怪は繁殖する　一柳広孝, 吉田司雄編著　青弓社　2006.12　250p　21cm　（ナイトメア叢書 3）〈文献あり〉　2400円　①4-7872-9181-5

◇霊を読む―近代日本心霊文学セレクション　一柳広孝, 安藤恭子, 奥山文幸共編　小平蒼丘書林　2007.3　221p　21cm　〈年表あり　文献あり〉　2000円　①978-4-915442-69-8

◇ナイトメア叢書―8　天空のミステリー　一

エンターテインメント（幻想小説・ファンタジー）

柳広孝, 吉田司雄編著　青弓社　2012.1　171p　21cm　2000円　Ⓘ978-4-7872-9204-9

◇夢魔たちの宝箱―井上雅彦の異形対談　井上雅彦監修　メディアファクトリーダ・ヴィンチ編集部　2001.12　223p　19cm　（ダ・ヴィンチミステリーシリーズ）　1500円　Ⓘ4-8401-0387-9

◇異形コレクション読本　井上雅彦, 光文社文庫編集部編　光文社　2007.2　484p　16cm　（光文社文庫）〈文献あり〉　781円　Ⓘ978-4-334-74171-6

◇ホラー・ジャパネスク読本　岩井志麻子, 加門七海, 京極夏彦, 津原泰水, 福沢徹三, 三津田信三, 宮部みゆき著, 東雅夫編　双葉社　2006.3　335p　15cm　（双葉文庫）〈「ホラー・ジャパネスクを語る」2003年刊の増訂〉　648円　Ⓘ4-575-71312-0

◇ホラー・ガイドブック　尾之上浩司編　角川書店　2003.1　432p　15cm　（角川ホラー文庫）　895円　Ⓘ4-04-368001-5

◇怪談の学校　怪談之怪著　メディアファクトリーダ・ヴィンチ編集部　2006.2　317p　19cm　（怪談双書）〈メディアファクトリー（発売）〉　1200円　Ⓘ4-8401-1497-8

◇ホラー小説大全―ドラキュラからキングまで　風間賢二著　角川書店　1997.7　267,7p　19cm　（角川選書　285）　1600円　Ⓘ4-04-703285-9

◇ホラー小説大全　風間賢二著　増補版　角川書店　2002.7　429,12p　15cm　（角川ホラー文庫）　895円　Ⓘ4-04-366501-6

◇女の怪異学　鈴木紀子, 林久美子, 野村幸一郎編　京都　晃洋書房　2007.3　210p　20cm　（京都橘大学女性歴史文化研究所叢書）〈文献あり〉　2100円　Ⓘ978-4-7710-1827-3

◇ホラー小説でめぐる「現代文学論」―高橋敏夫教授の早大講義録　高橋敏夫著　宝島社　2007.10　223p　18cm　（宝島社新書）　720円　Ⓘ978-4-7966-5904-8

◇幽霊―冥土・いん・じゃぱん　暉峻康隆著　岩波書店　1997.8　220p　16cm　（同時代ライブラリー）　900円　Ⓘ4-00-260317-2

◇ホラー小説時評―1990-2001　東雅夫著　双葉社　2002.8　414p　20cm　2400円　Ⓘ4-575-23448-6

◇ホラー・ジャパネスクを語る　東雅夫編, 岩井志麻子, 加門七海, 京極夏彦, 津原泰水, 福沢徹三, 宮部みゆき著　双葉社　2003.6　205p　19cm　1000円　Ⓘ4-575-23469-9

◇江戸東京怪談文学散歩　東雅夫著　角川学芸出版　2008.8　238p　19cm　（角川選書　428）〈角川グループパブリッシング（発売）〉　1500円　Ⓘ978-4-04-703428-0

◇怪談文芸ハンドブック―愉しく読む、書く、蒐める　東雅夫著　メディアファクトリー　2009.3　335p　19cm　1490円　Ⓘ978-4-8401-2751-6

◇なぜ怪談は百年ごとに流行するのか　東雅夫著　学研パブリッシング　2011.8　206p　18cm　（学研新書　096）〈学研マーケティング（発売）　並列シリーズ名：Gakken Shinsho　文献あり　年表あり〉　760円　Ⓘ978-4-05-405016-7

◇文学の極意は怪談である―文豪怪談の世界　東雅夫著　筑摩書房　2012.3　247p　19cm　〈年表あり　文献あり〉　1800円　Ⓘ978-4-480-82373-1

◇一冊で日本怪異文学100冊を読む―お化けばなしの魅力と恐ろしさ　友人社　1994.4　231p　19cm　（一冊で100シリーズ　22）〈監修：檜谷昭彦〉　1240円　Ⓘ4-946447-32-6

◇このホラーが恐い！―1999年版　ぶんか社　1998.12　117p　22cm　700円　Ⓘ4-8211-0620-5

◇最恐ホラー・ナビ―2000 日本篇　河出書房新社　2000.7　189p　21cm　（Kawade夢ムック―文芸別冊）　1143円　Ⓘ4-309-97588-7

幻想小説・ファンタジー

◇和の幻想ネーミング辞典　新紀元社編集部編集　新紀元社　2012.8　327p　19cm　〈索引あり〉　1300円　Ⓘ978-4-7753-1042-7

◇ファンタジーの世界　池田紘一, 真方忠道編　福岡　九州大学出版会　2002.3　325p　21cm　2800円　Ⓘ4-87378-724-6

◇ファンタジーノベルズガイド　いするぎりょうこ著　新紀元社　1992.7　305p　21cm　1650円　Ⓘ4-88317-214-7

エンターテインメント（幻想小説・ファンタジー）

◇幻想文学、近代の魔界へ　一柳廣孝,吉田司雄編著　青弓社　2006.5　274p　21cm　（ナイトメア叢書 2）〈年表あり　文献あり〉　2400円　①4-7872-9179-3

◇ナイトメア叢書—7　闇のファンタジー　一柳廣孝,吉田司雄編著　青弓社　2010.8　219p　21cm〈文献あり〉　2000円　①978-4-7872-9195-0

◇ファンタジー万華鏡　井辻朱美著　研究社　2005.5　238p　20cm　2300円　①4-327-48148-3

◇ファンタジー文学案内　海野弘著　ポプラ社　2008.12　307p　20cm〈文献あり〉　1800円　①978-4-591-10720-1

◇グリフィンとお茶を—ファンタジーに見る動物たち　荻原規子著　徳間書店　2012.2　227p　20cm〈挿絵：中川千尋〉　1500円　①978-4-19-863355-4

◇ジャンル別・作家別永遠の伝奇小説best 1000　学習研究社編集部編　学習研究社　2002.10　502p　15cm　（学研M文庫）　1500円　①4-05-900194-5

◇幻想物語の文法　私市保彦著　筑摩書房　1997.5　283,11p　15cm　（ちくま学芸文庫）　1000円　①4-480-08336-7

◇幻想と怪奇の時代　紀田順一郎著　京都松籟社　2007.3　257,9p　20cm　2000円　①978-4-87984-250-3

◇幻想怪奇譚の世界　紀田順一郎著　京都松籟社　2011.10　243,10p　20cm〈索引あり〉　1900円　①978-4-87984-297-8

◇夢の断片、悪夢の破片—倉阪鬼一郎のブックガイド　倉阪鬼一郎著　同文書院　2000.5　318,16p　20cm　1800円　①4-8103-7723-7

◇ゲームシナリオ創作のためのファンタジー用語大事典—クリエイターが知っておきたい空想世界の歴史・約束事・知識　ゲームシナリオ研究会編　コスミック出版　2012.7　287p　21cm〈文献あり　索引あり〉　1800円　①978-4-7747-9083-1

◇幻想世界のハローワーク—『ドラクエ』の勇者から『FF』の聖騎士まで！　幻想職業案内所著　笠倉出版社　2012.11　255p　19cm　〈別タイトル：幻想世界の職業事典　文献あり　索引あり〉　848円　①978-4-7730-8638-6

◇ファンタジー・ネーミング辞典EX—13ケ国語対応！　幻想世界研究会著　宝島社　2011.12　287p　19cm〈索引あり〉　829円　①978-4-7966-8850-5

◇幻想文学1500ブックガイド　「幻想文学」編集部編,石堂藍,東雅夫編　国書刊行会　1997.8　305,37p　21cm　2000円　①4-336-03997-6

◇幻想文学の手帖　国文学編集部編　学燈社　1989.3　226p　21cm《『国文学』第33巻4号改装版》　1550円　①4-312-10021-7

◇幻想文学の劇場　国文学編集部編　学燈社　1990.3　222p　21cm《『国文学』第34巻15号改装版》　1550円　①4-312-10027-8

◇現代幻想小説の読み方101—世界そして日本の　国文学編集部編　学燈社　1996.9　216p　22cm　1550円　①4-312-10045-4

◇知っ得幻想文学の手帖　国文学編集部編　学燈社　2007.10　226p　21cm〈「国文学増刊」（1987年4月刊）改装版　文献あり〉　1800円　①978-4-312-70025-4

◇ファンタジーの冒険　小谷真理著　筑摩書房　1998.9　220p　18cm　（ちくま新書）　660円　①4-480-05774-9

◇星のカギ、魔法の小箱—小谷真理のファンタジー＆SF案内　小谷真理著　中央公論新社　2005.12　126p　20cm　1800円　①4-12-003694-4

◇うちのファンタジー世界の考察＋　小林裕也著　新紀元社　2010.6　112p　26cm〈他言語標題：Consideration of the fantasy world〉　1500円　①978-4-7753-0816-5

◇ファンタジーの諸相—猪熊葉子先生古稀記念論文集　白百合女子大学大学院猪熊葉子ゼミ編集委員会編　調布　白百合女子大学児童文化研究センター　2001.2　110p　26cm〈他言語標題：Aspects of fantasy〉

◇日本幻想文学史　須永朝彦著　白水社　1993.9　285,17p　20cm　2500円　①4-560-04313-2

◇日本幻想文学全景　須永朝彦編　新書館　1998.1　291p　22cm　3200円　①4-403-21062-7

◇探究するファンタジー—神話からメアリー・ポピンズまで　成蹊大学文学部学会編　風間書房　2010.3　292p　20cm　（成蹊大学人文叢書 7）　2000円　①978-4-7599-1794-9

エンターテインメント（歴史小説・時代小説）

◇ファンタジーとジェンダー　高橋準著　青弓社　2004.7　244p　19cm　1600円　ⓘ4-7872-3234-7
◇月光果樹園—美味なる幻想文学案内　高原英理著　平凡社　2008.5　262p　20cm　2400円　ⓘ978-4-582-83398-0
◇幻想の地誌学　谷川渥著　筑摩書房　2000.10　301,9p　15cm　（ちくま学芸文庫）〈トレヴィル1996年刊の増補〉　1100円　ⓘ4-480-08581-5
◇ファンタジー死と再生の序章　谷出千代子著　近代文芸社　2005.3　161p　20cm　1500円　ⓘ4-7733-1725-6
◇中村うさぎのすきだぜっ!!ファンタジー—うきゃうきゃ対談　中村うさぎほか著　メディアワークス　1997.5　270p　21cm　1300円　ⓘ4-07-306124-0
◇幻想世界11カ国語ネーミング辞典　ネーミング研究会著　笠倉出版社　2011.6　302p　19cm〈索引あり〉　848円　ⓘ978-4-7730-8554-9
◇幻想文学講義—「幻想文学」インタビュー集成　東雅夫編　国書刊行会　2012.8　713p　22cm　6400円　ⓘ978-4-336-05520-0
◇幻想文学入門　東雅夫編著　筑摩書房　2012.11　339,12p　15cm　（ちくま文庫　ひ21-1—世界幻想文学大全）〈年表あり　索引あり〉　820円　ⓘ978-4-480-43011-3
◇ひかわ玲子のファンタジー私history　ひかわ玲子著　東京書籍　1999.8　238p　20cm　1300円　ⓘ4-487-79416-1
◇萌えわかり！ファンタジービジュアルガイド　藤浪智之,KuSiNaDa著　モエールパブリッシング　2006.8　163p　21cm　1619円　ⓘ4-903028-81-X
◇若い読者のためのメルヘン　ヴィンフリート・フロイント著，木下康光訳　中央公論美術出版　2007.3　244p　22cm〈文献あり〉　3600円　ⓘ978-4-8055-0532-8
◇反世界の夢—日本幻想小説論　真杉秀樹著　沖積舎　1999.12　313p　19cm　3500円　ⓘ4-8060-4643-4
◇幻想文学伝統と近代　村松定孝編　双文社出版　1989.5　329p　22cm〈著者の肖像あり〉　6850円　ⓘ4-88164-330-1
◇ゲームシナリオのためのファンタジー事典—知っておきたい歴史・文化・お約束110　山北篤著　ソフトバンククリエイティブ　2010.8　259p　21cm〈共同刊行：Next Creator　文献あり〉　1890円　ⓘ978-4-7973-5984-8
◇魔法ファンタジーの世界　脇明子著　岩波書店　2006.5　210,4p　18cm　（岩波新書）〈文献あり〉　700円　ⓘ4-00-431020-2
◇幻想世界の職業（ジョブ）file—決定版　学習研究社　2009.4　255p　19cm〈文献あり　索引あり〉　552円　ⓘ978-4-05-404121-9

社会・経済小説

◇小説で読む企業ガイド　岩出博著　文芸春秋　1999.10　365p　19cm　1905円　ⓘ4-16-355640-0
◇経済小説がおもしろい。—日本の未来を解く30冊　斎藤貴男著　日経BP社　2001.6　209p　20cm〈日経BP出版センター（発売）〉　1400円　ⓘ4-8222-4233-1
◇日本経済のドラマ—経済小説で読み解く1945-2000　堺憲一著　東洋経済新報社　2001.3　367,11p　20cm　1800円　ⓘ4-492-37092-7
◇この経済小説がおもしろい！—ビジネスと人生の本質に迫る絶対オススメ78冊　堺憲一著　ダイヤモンド社　2010.9　275p　19cm　1300円　ⓘ978-4-478-01380-9
◇会社を読む—経済小説が描いた日本の企業　佐高信著　徳間書店　1991.3　286p　16cm　（徳間文庫）　460円　ⓘ4-19-599280-X
◇経済小説のモデルたち　佐高信著　社会思想社　1994.6　294p　15cm　（現代教養文庫　1545）〈『会社人類学入門』（講談社1986年刊）の改題〉　640円　ⓘ4-390-11545-6
◇経済小説の読み方　佐高信著　増補版　社会思想社　1996.6　279p　15cm　（現代教養文庫　1595）　640円　ⓘ4-390-11595-2
◇経済小説の読み方　佐高信著　光文社　2004.8　404p　16cm　（知恵の森文庫）　781円　ⓘ4-334-78303-1

歴史小説・時代小説

◇歴史小説の読み方—吉川英治から司馬遼太郎

エンターテインメント（歴史小説・時代小説）

まで　会田雄次著　PHP研究所　1992.11　213p　15cm　（PHP文庫）　440円　④4-569-56431-3

◇歴史小説に学ぶ　会田雄次,津本陽ほか著　プレジデント社　1995.2　332p　20cm　（プレジデントビジネスマン読本）　1650円　④4-8334-1557-7

◇時代小説礼讃　秋山駿著　日本文芸社　1990.12　297p　20cm　1550円　④4-537-04999-5

◇ちょん髷とネクタイ―時代小説を楽しむ　池内紀著　新潮社　2001.11　229p　20cm　1800円　④4-10-375503-2

◇風景劇場―歴史小説のトポロジー　海野弘著　六興出版　1992.5　249p　20cm　1700円　④4-8453-7190-1

◇時代小説の「風景」　海野弘著　学習研究社　2001.8　307p　15cm　（学研M文庫）〈風景劇場（六興出版1992年刊）の改題〉　620円　④4-05-902046-X

◇歴史小説論　大岡昇平著　岩波書店　1990.11　277p　16cm　（同時代ライブラリー　47）　750円　④4-00-260047-5

◇時代小説盛衰史　大村彦次郎著　筑摩書房　2005.11　523,10p　20cm　〈文献あり〉　2900円　④4-480-82357-3

◇時代小説盛衰史・上　大村彦次郎著　筑摩書房　2012.7　412p　15cm　（ちくま文庫　お49-6）　1000円　④978-4-480-42950-6

◇時代小説盛衰史・下　大村彦次郎著　筑摩書房　2012.7　336,12p　15cm　（ちくま文庫　お49-7）〈文献あり　索引あり〉　1000円　④978-4-480-42951-3

◇時代小説巡遊記―剣の精神と武のこころ　小川和佑著　光芒社　2002.7　201p　19cm　1500円　④4-89542-195-3

◇歴史文学夜話―鴎外からの180篇を読む　尾崎秀樹著　講談社　1990.7　352p　20cm　1900円　④4-06-204878-7

◇海の文学志　尾崎秀樹著　白水社　1992.8　256p　20cm　2000円　④4-560-04291-8

◇歴史・時代小説の作家たち　尾崎秀樹著　講談社　1996.4　342p　20cm　2200円　④4-06-208108-3

◇歴史・時代小説事典　尾崎秀樹監修,大衆文学研究会編　有楽出版社　2000.9　486p　21cm〈実業之日本社（発売）〉　3800円　④4-408-59138-6

◇時代小説の愉しみ　小沢信男,多田道太郎,原章二著　平凡社　2001.3　203p　18cm　（平凡社新書）　660円　④4-582-85078-2

◇大江戸小説・実況中継―読んで楽しい異色のブックガイド　オフサイド・ブックス編集部編　彩流社　2000.6　171,2p　21cm　（オフサイド・ブックス　12）　1200円　④4-88202-612-0

◇時代小説「熱烈」読書ガイド―必読おもしろ作品100　加来耕三編著　講談社　2011.6　238p　19cm〈文献あり〉　1400円　④978-4-06-216881-6

◇歴史小説の空間―鴎外小説とその流れ　勝倉寿一著　大阪　和泉書院　2008.3　301p　22cm　（近代文学研究叢刊　39―福島大学叢書新シリーズ　7）　5500円　④978-4-7576-0452-0

◇不滅の剣豪3人展―鞍馬天狗、眠狂四郎、宮本武蔵　神奈川文学振興会編　横浜　神奈川近代文学館　2003.4　64p　26cm〈会期：2003年4月26-6月8日　共同刊行：神奈川文学振興会〉

◇歴史小説の人生ノート　清原康正著　青蛙房　2006.11　222p　19cm　1900円　④4-7905-0328-3

◇この時代小説がすごい！―文庫書き下ろし版　『この時代小説がすごい！』編集部編　宝島社　2012.8　159p　21cm　690円　④978-4-7966-9879-5

◇この時代小説が面白い！　「この時代小説が面白い！」を研究する会著　扶桑社　2000.8　270p　19cm　1333円　④4-594-02944-2

◇この時代小説がおもしろい―この作家ならこれを読め　桜井秀勲著　編書房　1999.3　214p　19cm　1500円　④4-7952-3742-5

◇時代小説百番勝負　時代小説の会著　筑摩書房　1996.4　222p　18cm　（ちくま新書）　680円　④4-480-05667-X

◇歴史小説真剣勝負　島内景二著　新人物往来社　2002.4　291p　20cm　1800円　④4-404-02963-2

◇歴史小説と大衆文学　志村有弘著　宮本企画　1990.1　347p　15cm　（かたりべ叢書　28）〈限定版〉

エンターテインメント(歴史小説・時代小説)

◇鞍馬天狗はどこへ行く―小説に読む幕末・維新　新船海三郎著　新日本出版社　2009.8　254p　20cm〈文献あり〉　1900円　①978-4-406-05260-3

◇時代小説で読む日本史　末国善己著　文芸春秋　2011.3　253p　19cm　1429円　①978-4-16-372970-1

◇これだけは読んでおきたい名作時代小説100選　杉江松恋編　アスキー・メディアワークス　2009.1　415p　18cm　(アスキー新書093)〈『これだけは知っておきたい名作時代小説100』(フィールドワイ2004年刊)の改題、加筆・再構成　角川グループパブリッシング(発売)　索引あり〉　1000円　①978-4-04-867576-5

◇おじさんはなぜ時代小説が好きか　関川夏央著　岩波書店　2006.2　244p　19cm　(ことばのために)〈文献あり〉　1700円　①4-00-027104-0

◇おじさんはなぜ時代小説が好きか　関川夏央著　集英社　2010.7　282p　16cm　(集英社文庫　せ3-7)〈文献あり〉　571円　①978-4-08-746597-6

◇時代小説のヒーローたち展　世田谷文学館編　世田谷文学館　1997.10　190p　22cm

◇歴史・時代小説ベスト113　大衆文学研究会編　中央公論新社　2001.1　487p　16cm　(中公文庫)　1000円　①4-12-203774-3

◇時代小説に会う!―その愉しみ、その怖さ、そのきらめきへ　高橋敏夫著　原書房　2007.12　324p　19cm　1800円　①978-4-562-04136-7

◇時代小説が来る!―広く、深く、にぎやかに　高橋敏夫著　原書房　2010.12　299p　19cm　1800円　①978-4-562-04647-8

◇百冊の時代小説―決定版　寺田博著　文芸春秋　1999.11　258p　20cm　1905円　①4-16-355650-8

◇百冊の時代小説―決定版　寺田博著　文芸春秋　2003.4　403p　16cm　(文春文庫)　676円　①4-16-765663-9

◇時代小説の勘どころ　寺田博著　河出書房新社　2008.4　272p　20cm　1600円　①978-4-309-01861-4

◇歴史・時代小説登場人物索引―アンソロジー篇　DBジャパン編　横浜　DBジャパン　2000.11　517p　21cm　20000円　①4-9900690-0-5

◇歴史・時代小説登場人物索引―単行本篇　DBジャパン編　横浜　DBジャパン　2001.4　847p　21cm　22000円　①4-9900690-1-3

◇歴史・時代小説登場人物索引―遡及版・アンソロジー篇　DBジャパン編　横浜　DBジャパン　2003.7　806p　21cm〈1946-1989;附・文庫本(1946-1999)〉　21000円　①4-9900690-9-9

◇歴史・時代小説登場人物索引―アンソロジー篇 2000-2009　DBジャパン編　横浜　DBジャパン　2010.5　643p　21cm　20000円　①978-4-86140-014-8

◇歴史・時代小説登場人物索引―単行本篇 2000-2009　DBジャパン編　横浜　DBジャパン　2010.12　1137p　21cm　22000円　①978-4-86140-015-5

◇歴史小説を斬る―戦国武将編　外川淳著　ミオシン出版　2000.1　237p　19cm　1300円　①4-88701-852-5

◇私の好きな時代小説　常盤新平著　晶文社　2008.12　221p　19cm　1900円　①978-4-7949-6736-7

◇時代小説の時代　中島誠著　現代書館　1991.9　230p　20cm　1560円

◇「時代小説」から何を学ぶか―ビジネスマンに贈る　描かれた人間像、歴史観をたどって生き方の指針を探る　中島誠著　オーエス出版　1995.6　263p　19cm　1400円　①4-87190-695-7

◇遍歴と興亡―二十一世紀時代小説論　中島誠著　講談社　2001.1　406p　20cm　2400円　①4-06-210103-3

◇二卵性双生児の文学―時代小説と歴史小説の間　中谷治夫著　講談社　2007.8　181p　20cm〈文献あり〉　2000円　①978-4-06-214289-2

◇時代小説の読みどころ―傑作・力作徹底案内　縄田一男著　日本経済新聞社　1991.6　318p　20cm　1500円　①4-532-16005-7

◇時代小説の読みどころ―傑作・力作徹底案内　縄田一男著　光文社　1995.1　304p　16cm　540円　①4-334-71993-7

◇捕物帳の系譜　縄田一男著　新潮社　1995.4　219p　20cm　1500円　①4-10-404401-6

エンターテインメント（官能小説・ポルノ）

◇歴史・時代小説100選　縄田一男著　PHP研究所　1996.5　217p　19cm　1300円　Ⓘ4-569-54587-4

◇時代小説の読みどころ―傑作・力作徹底案内　縄田一男著　増補版　角川書店　2002.10　507p　15cm　（角川文庫）　895円　Ⓘ4-04-367101-6

◇捕物帳の系譜　縄田一男著　中央公論新社　2004.7　265p　16cm　（中公文庫）　686円　Ⓘ4-12-204394-8

◇日経時代小説時評―1992～2010　縄田一男著　日本経済新聞出版社　2011.9　454,6p　19cm　3200円　Ⓘ978-4-532-16806-3

◇捕物帖の百年―歴史の光と影　野崎六助著　彩流社　2010.7　278,20p　19cm　〈文献あり　索引あり〉　2000円　Ⓘ978-4-7791-1519-6

◇時代小説ベスト100　ファーザーアンドマザー編　ジャパン・ミックス　1996.10　221p　21cm　（Cult generation）　1359円　Ⓘ4-88321-289-0

◇面白いほどよくわかる時代小説名作100―江戸の人情、戦国の傑物、閃く剣！　昭和期から平成の名作を紹介　細谷正充監修　日本文芸社　2010.6　238p　19cm　（学校で教えない教科書）　1400円　Ⓘ978-4-537-25770-0

◇時代小説評判記　三田村鳶魚著,朝倉治彦編　中央公論新社　1999.10　326p　16cm　（中公文庫―鳶魚江戸文庫 別巻2）　781円　Ⓘ4-12-203526-0

◇時代小説作家ベスト101　向井敏編　新書館　2002.10　220p　21cm　1800円　Ⓘ4-403-25065-3

◇名字で読む歴史・時代小説　森岡浩著　東京書籍　2012.4　188p　19cm　1400円　Ⓘ978-4-487-80625-6

◇歴史小説の懐　山室恭子著　朝日新聞社　2000.7　418p　20cm　2500円　Ⓘ4-02-257494-1

◇ぼくらが惚れた時代小説　山本一力、縄田一男、児玉清著　朝日新聞社　2007.1　207,4p　18cm　（朝日新書）　720円　Ⓘ978-4-02-273123-4

◇ぼくらが惚れた時代小説　山本一力、縄田一男、児玉清著　朝日新聞出版　2011.10　239,10p　15cm　（朝日文庫　や20-5―〔朝日時代小説文庫〕）〈朝日新聞2007年刊の加筆・修正　索引あり〉　600円　Ⓘ978-4-02-264633-0

◇時代小説の愉しみ　隆慶一郎著　新装版　講談社　1999.10　248p　20cm　1500円　Ⓘ4-06-209916-0

◇時代小説人物事典　歴史群像編集部編　学習研究社　2007.4　336p　19cm　〈年表あり〉　1600円　Ⓘ978-4-05-402839-5

◇時代小説にみる親子もよう　鷲田小弥太著　東京書籍　2000.1　191p　19cm　1400円　Ⓘ4-487-79511-7

◇時代小説の快楽　鷲田小弥太著　五月書房　2000.10　241p　20cm　1900円　Ⓘ4-7727-0330-6

◇時代小説に学ぶ人間学―寝食を忘れさせるブックガイド　鷲田小弥太著　彩流社　2007.4　208p　20cm　（鷲田小弥太《人間哲学》コレクション 6　鷲田小弥太著）　1800円　Ⓘ978-4-7791-1013-9

◇ビジネスマンのための時代小説の読み方　鷲田小弥太著　日本経済新聞出版社　2008.12　333p　15cm　（日経ビジネス人文庫 472）　762円　Ⓘ978-4-532-19472-7

◇この文庫書き下ろし時代小説がすごい！―時代小説愛好会が選ぶベストシリーズ20　宝島社　2009.4　159p　21cm　600円　Ⓘ978-4-7966-6916-0

官能小説・ポルノ

◇性愛を書く！　江国香織ほか著,色川奈緒インタビュー　ビレッジセンター出版局　1998.10　280p　19cm　1500円　Ⓘ4-89436-119-1

◇活字のエロ事師たち　城市郎著　沖積舎　2003.7　345p　21cm　3200円　Ⓘ4-8060-4688-4

◇この官能小説がスゲェ！―ベストセレクション　高橋源一郎,官能小説研究会編　ベストセラーズ　2002.1　176p　21cm　848円　Ⓘ4-584-18639-1

◇わたしのエロ本考察―寂しい男と悲しい女　中井清美著　柘植書房　1994.9　253p　19cm　1700円　Ⓘ4-8068-0339-1

◇官能小説用語表現辞典　永田守弘編　マガジンハウス　2002.1　346p　19cm　2300円

エンターテインメント（官能小説・ポルノ）

　①4-8387-1359-2
◇官能小説用語表現辞典　永田守弘編　筑摩書房　2006.10　362p　15cm　（ちくま文庫）〈マガジンハウス2002年刊の増補〉780円　①4-480-42233-1
◇官能小説の奥義　永田守弘著　集英社　2007.9　206p　18cm　（集英社新書）　686円　①978-4-08-720410-0
◇官能小説「絶頂」表現用語用例辞典　永田守弘編　河出書房新社　2008.11　361p　15cm　（河出i文庫）　700円　①978-4-309-48175-3
◇教養としての官能小説案内　永田守弘著　筑摩書房　2010.3　237p　18cm　（ちくま新書　836）〈並列シリーズ名：Chikuma shinsho〉　740円　①978-4-480-06541-4
◇オノマトペは面白い──官能小説の擬声語・擬態語辞典　永田守弘編著　河出書房新社　2012.12　427p　15cm　（河出i文庫　iな1-4）　1200円　①978-4-309-48193-7
◇アダルトノベルズ──いま、活字のエロスが面白い　1997　平成官能小説読書会編　日本出版社　1997.8　295p　21cm　1400円　①4-89048-551-1

記録（評伝・自伝）

記録

◇ノンフィクション新世紀―世界を変える、現実を書く。　石井光太責任編集著　河出書房新社　2012.8　269p　21cm〈年表あり〉　1600円　①978-4-309-02128-7

◇ノンフィクションを書く！　井田真木子、江口まゆみ、加賀孝英、金子達仁、小林紀晴、高山文彦、永沢光雄、中村智志、野村進、吉田司著、藤吉雅春インタビュー　ビレッジセンター出版局　1999.7　271p　19cm　1600円　①4-89436-129-9

◇大江健三郎・志賀直哉・ノンフィクション―虚実の往還―　一条孝夫著　大阪　和泉書院　2012.8　318p　22cm　（近代文学研究叢刊 50）〈索引あり〉　6000円　①978-4-7576-0628-9

◇ルポルタージュを書く　鎌田慧著　岩波書店　1992.10　227p　16cm　（同時代ライブラリー 126）　800円　①4-00-260126-9

◇私の体験的ノンフィクション術　佐野真一著　集英社　2001.11　238p　18cm　（集英社新書）　680円　①4-08-720117-1

◇だから、僕は、書く。　佐野真一著　平凡社　2003.3　214p　20cm　（佐野真一の10代のためのノンフィクション講座 1（総論篇）佐野真一著）〈シリーズ責任表示：佐野真一著〉　1300円　①4-582-83144-3

◇だから、君に、贈る。　佐野真一著　平凡社　2003.7　286p　20cm　（佐野真一の10代のためのノンフィクション講座 2（実践篇）佐野真一著）〈シリーズ責任表示：佐野真一著〉　1500円　①4-582-83172-9

◇目と耳と足を鍛える技術―初心者からプロまで役立つノンフィクション入門　佐野真一著　筑摩書房　2008.11　174p　18cm　（ちくまプリマー新書 95）〈文献あり〉　760円　①978-4-480-68796-8

◇10人のノンフィクション術　関朝之著　青弓社　2002.10　270p　19cm　1600円　①4-7872-9162-9

◇明治下層記録文学　立花雄一著　筑摩書房　2002.5　330p　15cm　（ちくま学芸文庫）〈創樹社1981年刊の増訂　文献あり〉　1200円　①4-480-08686-2

◇ノンフィクションの作法　筑紫哲也ほか編著　潮出版社　1989.7　284p　20cm　1500円　①4-267-01207-5

◇東京記録文学事典―明治元年―昭和二〇年　槌田満文編　柏書房　1994.5　518,17p　22cm　6800円　①4-7601-0919-6

◇1950年代―「記録」の時代　鳥羽耕史著　河出書房新社　2010.12　222p　19cm　（河出ブックス 023）〈索引あり〉　1300円　①978-4-309-62423-5

◇ルポルタージュを書こう―市民のコレギウムをめざして　中里喜昭編著　同時代社　2004.7　252p　19cm　1800円　①4-88683-533-3

◇ノンフィクション・ルポルタージュ図書目録―93/95　日外アソシエーツ編　日外アソシエーツ　1996.5　769p　22cm　24000円　①4-8169-1371-8

◇調べる技術・書く技術　野村進著　講談社　2008.4　254p　18cm　（講談社現代新書）〈文献あり〉　740円　①978-4-06-287940-8

評伝・自伝

◇伝記ジャンル東と西―談話会　佐伯彰一著　八王子　中央大学人文科学研究所　1993.8　64p　19cm　（人文研ブックレット 2）〈期日：1993年2月23日〉　非売品

◇わが愛する伝記作家たち　佐伯彰一著　講談社　1997.11　271p　20cm　2800円　①4-06-208954-8

◇自伝の世紀　佐伯彰一著　講談社　2001.12　465p　15cm　（講談社文芸文庫）〈年譜あり〉　1600円　①4-06-198283-4

◇作家伝の魅力と落とし穴　佐伯彰一著　勉

誠出版　2006.3　334p　20cm　3000円　①4-585-05356-5
◇自分史を読む　中里富美雄著　菁柿堂　2010.10　237p　19cm〈星雲社（発売）〉　1600円　①978-4-434-14941-2
◇伝記文学の面白さ　中野好夫著　岩波書店　1995.2　215p　16cm　（同時代ライブラリー　216）　900円　①4-00-260216-8
◇文学としての評伝　中村真一郎著　新潮社　1992.4　219p　20cm　1700円　①4-10-315516-7

紀行

◇文学を紀行する　浅間敏夫著　札幌　北海道新聞社　1989.5　238p　20cm　1200円　①4-89363-527-1
◇近代の作家と温泉　安達清治著　近代文芸社　2009.10　109p　18cm　（近代文芸社新書）〈文献あり〉　1000円　①978-4-7733-7664-7
◇旅のエクリチュール　石川美子著　白水社　2000.6　251,15p　20cm　2400円　①4-560-04680-8
◇空間・人・移動―文学からの視線　伊藤進, 郡伸哉, 栩正行著　名古屋　中京大学文化科学研究所　2006.2　171,4p　22cm　（中京大学文化科学叢書　第7輯）〈文献あり〉
◇紀行文学のなかにスポーツ文化を読む　稲垣正浩著　叢文社　2002.10　261p　20cm　（スポーツ学選書　7）　2000円　①4-7947-0429-1
◇文豪たちの釣旅　大岡玲著　日野　フライの雑誌社　2012.6　287p　18cm　（フライの雑誌社新書）　1143円　①978-4-939003-50-9
◇入門旅の文章術　大隈秀夫著　実務教育出版　1990.4　254p　19cm　1200円　①4-7889-1387-9
◇旅行記はこう書く　岳真也著　自由国民社　1994.7　303p　18cm　（J.K books）　1200円　①4-426-47700-X
◇上手な旅行記の書き方―旅を書く読む本にする　岳真也著　心交社　2006.6　215p　19cm　1500円　①4-7781-0246-0
◇温泉文学論　川村湊著　新潮社　2007.12　207p　18cm　（新潮新書）〈文献あり〉　680円　①978-4-10-610243-1

◇作家と温泉―お湯から生まれた27の文学　草彅洋平編　河出書房新社　2011.1　119p　21cm　（らんぷの本）〈文献あり〉　1700円　①978-4-309-72778-3
◇作家の旅　コロナ・ブックス編集部編　平凡社　2012.3　143p　22cm　（コロナ・ブックス　168）〈文献あり〉　1600円　①978-4-582-63465-5
◇たとえば旅の文学はこんなふうにして書く―旅の感動・記録を、どう書くか、どう伝えるか　関朝之著　同文書院　1999.9　255p　19cm　1300円　①4-8103-7655-9
◇旅の図書館　高田宏著　白水社　1999.12　224p　20cm　2000円　①4-560-04930-0
◇東海道書遊五十三次　種村季弘著　朝日新聞社　2001.12　293p　20cm　2000円　①4-02-257610-3
◇旅の話　鶴見俊輔, 長田弘著　晶文社　1993.4　408p　20cm　2800円　①4-7949-6116-2
◇旅と文学　独協大学広報部編　丸善プラネット　1994.11　244p　19cm　（独協大学公開講座　第24回　第1講座）　1200円　①4-944024-17-7
◇文豪が愛した百名山　中川博樹, 泉久恵著　東京新聞出版局　2008.7　221p　21cm　1429円　①978-4-8083-0894-0
◇アンソロジー内容総覧―評論・随筆　日外アソシエーツ株式会社編　日外アソシエーツ　2006.7　27,1201p　22cm〈紀伊国屋書店（発売）〉　36000円　①4-8169-1993-7
◇南へと、あくがれる―名作とゆく山河　乳井昌史著　福岡　弦書房　2010.12　246p　19cm〈文献あり〉　1800円　①978-4-86329-049-5
◇文豪が愛し、名作が生まれた温泉宿　福田国士著　祥伝社　2008.12　267p　18cm　（祥伝社新書）　800円　①978-4-396-11138-0
◇山の文学紀行　福田宏年著　新装版　沖積舎　1994.8　275p　20cm　3000円　①4-8060-4044-4
◇文士が愛した町を歩く　矢島裕紀彦著, 高橋昌嗣写真　日本放送出版協会　2005.3　204p　18cm　（生活人新書）　660円　①4-14-088138-0

日本近現代文学案内　413

記録（書簡）

日記

◇自己中心の文学―日記が語る明治・大正・昭和　青木正美著　博文館新社　2008.9　283p　図版10p　20cm　2500円　①978-4-86115-162-0

◇人はなぜ日記を書くか　大島一雄著　芳賀書店　1998.11　333p　20cm　2400円　①4-8261-0751-X

◇面白すぎる日記たち―逆説的日本語読本　鴨下信一著　文芸春秋　1999.5　238p　18cm　〈文春新書〉　690円　①4-16-660042-7

◇日記の虚実　紀田順一郎著　筑摩書房　1995.1　306p　15cm　〈ちくま文庫〉　680円　①4-480-02946-X

◇こころの譜―日記つれづれ　京都新聞社編　京都　京都新聞社　1993.7　391p　20cm　〈執筆：杉田博明,三浦隆夫〉　1800円　①4-7638-0327-1

◇日本文学における日誌の地位　Donald Keene著　京都　同志社　1998.5　95p　21cm　〈新島講座　第17回〉　1200円

◇日記の目録―雑誌の部　田熊渭津子編　芦屋　田熊渭津子　1990.8　84p　22cm

◇こころに響く日記　立松和平編著　法研　1995.9　201p　20cm　1500円　①4-87954-121-4

◇20世紀日記抄　「This is 読売」編集部編,佐伯彰一ほか著　博文館新社　1999.3　229p　19cm　2500円　①4-89177-968-3

◇日記書簡集解題目録―1　作家・芸術家　日外アソシエーツ編集部編　日外アソシエーツ　1997.12　625p　23cm　34000円　①4-8169-1466-8

◇文人学者の留学日記　福田秀一著　武蔵野書院　2007.12　604p　22cm　12000円　①978-4-8386-0419-7

◇日記逍遙昭和を行く―木戸幸一から古川ロッパまで　山本一生著　平凡社　2011.1　263p　18cm　〈平凡社新書　567〉〈文献あり〉　800円　①978-4-582-85567-8

書簡

◇大正の作家たち―芥川龍之介・島崎藤村・竹久夢二　芥川龍之介ほか　博文館新社　2005.9　299p　22cm　（日本近代文学館資料叢書　第2期―文学者の手紙 3　日本近代文学館編）〈シリーズ責任表示：日本近代文学館編〉　6600円　①4-89177-993-4

◇女の手紙　荒井とみよ,永淵朋枝編　双文社出版　2004.7　219p　22cm　2800円　①4-88164-561-7

◇作家の手紙　有栖川有栖,佐藤正午,池上永一,豊島ミホ,伊藤たかみ,中村うさぎ,歌野晶午,中村航,江上剛,新津きよみ,逢坂剛,西田俊也,大島真寿美,楡周平,奥田英朗,野中柊,角田光代,蜂飼耳,川端裕人,日向蓬,菊地秀行,姫野カオルコ,北方謙三,星野智幸,小池真理子,枡野浩一,五条瑛,又吉栄喜,古処誠二,松久淳,小林紀晴,素樹文生,近藤史恵,森絵都,酒井順子,盛田隆二著　角川書店　2007.2　192p　20cm　〈角川グループパブリッシング（発売）〉　1500円　①978-4-04-883972-3

◇昭和の文学者たち―片岡鉄兵・深尾須磨子・伊藤整・野間宏　伊藤整ほか　博文館新社　2007.5　315p　22cm　（日本近代文学館資料叢書　第2期―文学者の手紙 4　日本近代文学館編）　6600円　①978-4-89177-994-8

◇作家の恋文　宇佐美齊著　筑摩書房　2004.1　239p　20cm　2200円　①4-480-82353-0

◇作家たちの愛の書簡　大島和雄著　風濤社　2003.5　223p　20cm　〈文献あり〉　1800円　①4-89219-232-5

◇まごころを伝える手紙―文豪たちの書簡に学ぶ　ラブレターから見舞い、賀状まで…　門倉岬著　雄鶏社　1993.6　222p　19cm　（On select）　1100円　①4-277-88019-3

◇還ってきた手紙―その愛と死のかたみに　北村比呂志編　弥生書房　1993.5　237p　20cm　2200円　①4-8415-0673-X

◇〈手紙〉としての「物語」　近代文学合同研究会編　横須賀　近代文学合同研究会　2005.10　88p　21cm　（近代文学合同研究会論集　第2号）

◇作家の手紙をのぞき読む　佐伯彰一著　講談社　2000.4　255p　20cm　3200円　①4-06-210102-5

◇文学における手紙　佐藤泰正編　笠間書院　1991.8　184p　19cm　（笠間選書 164―梅光女学院大学公開講座論集　第29集）　1030円

◇恋愛書簡術―古今東西の文豪に学ぶテクニック講座　中条省平著　中央公論新社　2011.12　253p　20cm〈文献あり〉　1800円　①978-4-12-004314-7

◇文豪・名文家に習う手紙の書き方―こころに響く50の書簡　中川越著　同文書院　1998.9　223p　19cm　1300円　①4-8103-7539-0

◇文豪たちの手紙の奥義―ラブレターから借金依頼まで　中川越著　新潮社　2010.6　276p　16cm　(新潮文庫　な-71-1)〈文献あり〉　438円　①978-4-10-132691-7

◇近代の女性文学者たち―鎬を削る自己実現の苦闘　中嶋歌子ほか　博文館新社　2007.9　325p　22cm　(日本近代文学館資料叢書　第2期―文学者の手紙　5　日本近代文学館編)　6600円　①978-4-89177-995-5

◇明治の文人たち―候文と言文一致体　夏目漱石ほか　博文館新社　2008.3　297p　22cm　(日本近代文学館資料叢書　第2期―文学者の手紙　1　日本近代文学館編)　6600円　①978-4-89177-979-5

◇愛の手紙―文学者の様々な愛のかたち　日本近代文学館編　青土社　2002.4　209p　23cm　2200円　①4-7917-5948-6

◇愛の手紙―友人・師弟篇　日本近代文学館編　青土社　2003.11　229p　23cm〈肖像あり〉　2400円　①4-7917-6071-9

◇手紙読本　日本ペンクラブ編, 江国滋選　福武書店　1990.1　261p　16cm　(福武文庫)　550円　①4-8288-3119-3

◇近代作家書簡文鑑賞辞典　村松定孝編　東京堂出版　1992.12　239p　20cm　1900円　①4-490-10329-8

◇書簡の文学―手紙にみる作家の素顔　山梨県立文学館企画編集　甲府　山梨県立文学館　1990.4　72p　30cm〈会期：平成2年4月28日～6月24日〉

◇キッスキッスキッス　渡辺淳一著　小学館　2002.10　371p　20cm　1500円　①4-09-379134-1

◇ラヴ・レター―性愛と結婚の文化を読む　度会好一著　南雲堂　1994.8　280p　20cm　1600円　①4-523-26206-3

随筆

◇エッセイ入門　板谷美世子編著　〔釧路〕〔板谷美世子〕　2004.11　165p　26cm　非売品

◇エッセイ脳―800字から始まる文章読本　岸本葉子著　中央公論新社　2010.4　201p　20cm　1400円　①978-4-12-004116-7

◇エッセイを書くたしなみ　木村治美著　文芸春秋　1995.11　277p　18cm　1300円　①4-16-350800-7

◇エッセイを書きたいあなたに　木村治美著　文芸春秋　1996.4　261p　16cm　(文春文庫)　450円　①4-16-723208-1

◇六十代からのエッセイ教室―エッセイ力は人生力　木村治美著　海竜社　2006.4　245p　19cm　1500円　①4-7593-0929-2

◇ステップアップエッセイ　木村治美エッセイストグループ著　〔京都〕　日本語文章能力検定協会　1999.6　179p　21cm　(文検分野別シリーズ)　1000円　①4-87116-040-8

◇美味い！エッセイはこんなふうにして書く―人気作家・エッセイスト20人に学ぶ文章術　女性文学会編著　大和出版　1999.7　238p　19cm　1400円　①4-8047-6068-7

◇エッセイ上達法―実例！9000作品の添削から生まれた1週間で文章家！　武田輝著, 加藤康男監修　フローラル出版　2001.5　252p　19cm　1400円　①4-930831-33-4

◇新・エッセイ入門　中里富美雄著　府中(東京都)　渓声出版　1996.6　239p　19cm　1300円　①4-905847-83-4

◇日本のエッセイ8000冊　日外アソシエーツ編　日外アソシエーツ　1996.11　936p　21cm　(読書案内・作品編)　9991円　①4-8169-1387-4

◇日本の随筆全情報―1996-2002　日外アソシエーツ編　日外アソシエーツ　2003.4　919p　22cm〈紀伊国屋書店(発売)〉　15000円　①4-8169-1773-X

◇アンソロジー内容総覧―評論・随筆　日外アソシエーツ株式会社編　日外アソシエーツ　2006.7　27,1201p　22cm〈紀伊国屋書店(発売)〉　36000円　①4-8169-1993-7

◇エッセイの書き方　日本エッセイスト・クラ

記録（文学史）

ブ編　岩波書店　1999.2　242p　20cm　1800円　①4-00-000219-8
◇あなたにも書けるエッセイ・自分史—作例付き　丸田研一著　小学館スクウェア　2012.10　234p　19cm　1143円　①978-4-7979-8738-6
◇プロの書き技—水野麻里の実践エッセイ講座　水野麻里著　新風舎　2004.6　247p　19cm　1200円　①4-7974-4983-7
◇読ませる技術—コラム・エッセイの王道　山口文憲著　マガジンハウス　2001.3　221p　19cm　1300円　①4-8387-0798-3
◇読ませる技術—書きたいことを書く前に　山口文憲著　筑摩書房　2004.3　214p　15cm　（ちくま文庫）　600円　①4-480-03920-1
◇随筆家列伝　渡部昇一著　文芸春秋　1989.4　246p　20cm　1200円　①4-16-343200-0

文学史

◆◆青木　玉（1929〜）

◇帰りたかった家　青木玉著　講談社　1997.2　196p　20cm　1442円　①4-06-208530-5
◇帰りたかった家　青木玉著　講談社　2000.2　220p　15cm　（講談社文庫）　400円　①4-06-264792-3

◆◆安藤　盛（1893〜1938）

◇放浪の作家安藤盛と「からゆきさん」　青木澄夫著　名古屋　中部大学　2009.3　141p　21cm　（中部大学ブックシリーズアクタ　12）〈風媒社（発売）　文献あり　著作目録あり　年表あり〉　1000円　①978-4-8331-4068-3

◆◆池田　寿一（1906〜1992）

◇内に静かにたたえる力—人間山脈・池田寿一評伝　南信州新聞社編　飯田　池田寿一　1993.5　138p　19cm〈池田寿一の肖像あり〉

◆◆石牟礼　道子（1927〜）

◇不知火—石牟礼道子のコスモロジー　石牟礼道子著　藤原書店　2004.2　259p　23cm〈年譜あり〉　2200円　①4-89434-358-4
◇石牟礼道子の世界　岩岡中正編　福岡　弦書房　2006.11　262p　19cm〈著作目録あり〉　2200円　①4-902116-67-7
◇ロマン主義から石牟礼道子へ—近代批判と共同性の回復　岩岡中正著　木鐸社　2007.2　258p　22cm　3000円　①978-4-8332-2385-0
◇夢劫の人—石牟礼道子の世界　河野信子,田部光子著　藤原書店　1992.1　27,221p　20cm　2400円　①4-938661-42-X
◇石牟礼道子の形成　新藤謙著　深夜叢書社　2010.9　174p　19cm〈著作目録あり〉　1800円　①978-4-88032-305-3
◇辺境から　山本巌著　福岡　書肆侃侃房　2002.10　111p　21cm（山本巌ブックレット　3　山本巌著）〈シリーズ責任表示：山本巌著〉　600円　①4-9980675-4-0

◆◆上野　英信（1923〜1987）

◇サークル村の磁場—上野英信・谷川雁・森崎和江　新木安利著　福岡　海鳥社　2011.2　319p　19cm〈年譜あり〉　2200円　①978-4-87415-791-6
◇蕨の家—上野英信と晴子　上野朱著　福岡　海鳥社　2000.6　210p　20cm〈肖像あり〉　1700円　①4-87415-309-7
◇父を焼く—上野英信と筑豊　上野朱著　岩波書店　2010.8　198p　20cm　2200円　①978-4-00-023864-9
◇キジバトの記　上野晴子著　新装版　福岡　海鳥社　2012.9　206p　20cm〈初版：裏山書房　1998年刊〉　1700円　①978-4-87415-860-9
◇上野英信の肖像　岡友幸編　福岡　海鳥社　1989.11　174p　20cm〈上野英信の肖像あり〉　2200円　①4-906234-60-7
◇闇こそ砦—上野英信の軌跡　川原一之著　大月書店　2008.4　245p　20cm〈著作目録あり　年譜あり〉　2600円　①978-4-272-54046-4

◆◆児玉　隆也（1937〜1975）

◇無念は力—伝説のルポライター児玉隆也の38年　坂上遼著　情報センター出版局

2003.11 415p 20cm〈年譜あり 著作目録あり〉 1700円 ①4-7958-4092-X

◆◆澤地 久枝（1930～）

◇沢地久枝への誘い 前川文夫著 京都 白地社 2000.6 349p 20cm 2300円 ①4-89359-211-4

◆◆東海林 さだお（1937～）

◇なんたって「ショージ君」―東海林さだお入門 東海林さだお自選 文芸春秋 1999.11 798p 19cm 2476円 ①4-16-355810-1

◆◆高杉 一郎（1908～2008）

◇若き高杉一郎―改造社の時代 太田哲男著 未来社 2008.6 294p 20cm〈著作目録あり 文献あり〉 3500円 ①978-4-624-60108-9

◇高杉一郎・小川五郎追想 「高杉一郎・小川五郎追想」編集委員会編 京都 「高杉一郎・小川五郎追想」編集委員会 2009.7 282p 21cm〈かもがわ出版（発売） 著作目録あり 年譜あり〉 2000円 ①978-4-7803-0289-9

◆◆司 修（1936～）

◇司修―描くことと書くこと 開館1周年記念特別企画展 司修展図録 前橋文学館編 前橋 前橋文学館 1994.7 40p 30cm〈司修の肖像あり 会期：平成6年7月23日～9月30日〉

◆◆真尾 悦子（1919～）

◇真尾倍弘・悦子展―たった二人の工場から 図録 いわき市立草野心平記念文学館編 いわき いわき市立草野心平記念文学館 2004.7 59p 30cm〈会期：2004年7月10日～9月12日 年譜あり〉

◆◆山際 淳司（1948～1995）

◇急ぎすぎた旅人―山際淳司 山際澪著 講談社 1998.8 235p 20cm 1500円 ①4-06-209320-0

◇急ぎすぎた旅人―山際淳司 山際澪著 角川書店 2001.7 231p 15cm （角川文庫） 571円 ①4-04-154066-6

◆◆山田 竹系（1912～1986）

◇漂泊の文人山田竹系伝 日下利春編著 〔高松〕 南海不動産研究所出版部 1997.10 177p 26cm 2000円

◆◆山本 茂実（1917～1998）

◇「あゝ野麦峠」と山本茂実 山本和加子著 角川学芸出版 2010.1 261p 20cm〈角川グループパブリッシング（発売） 文献あり 著作目録あり〉 1800円 ①978-4-04-621474-4

◆◆山本 夏彦（1915～2002）

◇魔法使い・山本夏彦の知恵 小池亮一著 東洋経済新報社 1999.11 296p 19cm 1600円 ①4-492-04125-7

◆◆吉野 せい（1899～1977）

◇土着と反逆―吉野せいの文学について 杉山武子著 鹿児島 出版企画あさんてさーな 2011.11 251p 19cm 1429円 ①978-4-902212-48-8

◇裸足の女―吉野せい 山下多恵子著 未知谷 2008.6 194p 20cm〈文献あり〉 2000円 ①978-4-89642-232-0

◇吉野せい―この足どり 土に生きて 吉田千代子編著 福島 福島県女性のあゆみ研究会 1994.6 121p 21cm （福島県女性のあゆみ叢書 7）〈限定版〉

◇吉野せい展図録―生誕百年記念 私は百姓女 吉野せい著,いわき市立草野心平記念文学館編 いわき いわき市立草野心平記念文学館 1999.10 49p 30cm

批評

◇新研究資料現代日本文学―第3巻　浅井清, 佐藤勝, 篠弘, 鳥居邦朗, 松井利彦, 武川忠一, 吉田煕生編　明治書院　2000.5　380p　21cm　4300円　⑪4-625-51305-7

◇新研究資料現代日本文学―第4巻　浅井清, 佐藤勝, 篠弘, 鳥居邦朗, 松井利彦, 武川忠一, 吉田煕生編　明治書院　2000.7　443p　21cm　3800円　⑪4-625-51307-3

◇脱＝文学研究―ポストモダニズム批評に抗して　綾目広治著　日本図書センター　1999.2　383p　22cm　5800円　⑪4-8205-2722-3

◇批評の誕生/批評の死　井口時男著　講談社　2001.5　317p　20cm　3000円　⑪4-06-210475-X

◇読むための理論―文学・思想・批評　石原千秋ほか著　横浜　世織書房　1992.3　400p　20cm　2575円　⑪4-906388-01-9

◇読みのポリティク―文学テクスト入門　岩本一著　雄山閣出版　1993.9　155p　22cm　2500円　⑪4-639-01188-1

◇引用の想像力　宇波彰著　新装版　冬樹社　1991.5　174p 図版12枚　19cm　1800円　⑪4-8092-1517-2

◇高校生のための批評入門　梅田卓夫, 清水良典, 服部左右一, 松川由博編　筑摩書房　2012.3　542p　15cm　（ちくま学芸文庫　ン7-3）〈索引あり〉　1600円　⑪978-4-480-09440-7

◇散文世界の散漫な散策―二〇世紀の批評を読む　大谷能生著　メディア総合研究所　2008.12　158p　19cm　（ブレインズ叢書　2）　1300円　⑪978-4-944124-31-2

◇越境する文芸批評　奥野健男著　平凡社　1995.12　299p　20cm　2600円　⑪4-582-36412-8

◇批評の現在―哲学・文学・演劇・音楽・美術　懐徳堂記念会編　大阪　和泉書院　1999.10　246p　19cm　（懐徳堂ライブラリー　2）　2800円　⑪4-87088-988-9

◇僕が批評家になったわけ　加藤典洋著　岩波書店　2005.5　249p　19cm　（ことばのために）　1700円　⑪4-00-027105-9

◇創作は進歩するのか　加藤典洋, 鶴見俊輔著　京都　編集グループ〈SURE〉　2006.9　79p　21cm　（セミナーシリーズ鶴見俊輔と囲んで　5　鶴見俊輔著）　700円

◇批評と〈孤〉〈独〉―小林秀雄からはじめて　金山誠著　熊本　三章文庫　1996.2　366p　22cm　2800円

◇近代日本の批評―昭和篇　上　柄谷行人編著　福武書店　1990.12　257p　20cm　1500円　⑪4-8288-2365-4

◇近代日本の批評―昭和篇　下　柄谷行人編著　福武書店　1991.3　233p　20cm　1400円　⑪4-8288-2376-X

◇近代日本の批評―明治・大正篇　柄谷行人編著　福武書店　1992.1　329p　20cm　1800円　⑪4-8288-2411-1

◇近代日本の批評―1（昭和篇　上）　柄谷行人編　講談社　1997.9　310,12p　15cm　（講談社文芸文庫）　1050円　⑪4-06-197582-X

◇近代日本の批評―2（昭和篇　下）　柄谷行人編　講談社　1997.11　280,13p　16cm　（講談社文芸文庫）　980円　⑪4-06-197592-7

◇近代日本の批評―3（明治・大正篇）　柄谷行人編　講談社　1998.1　383,17p　15cm　（講談社文芸文庫）　1300円　⑪4-06-197600-1

◇最新文学批評用語辞典　川口喬一, 岡本靖正編　研究社出版　1998.8　344p　19cm　2800円　⑪4-327-46134-2

◇戦後批評論　川村湊著　講談社　1998.3　266p　20cm　2400円　⑪4-06-208665-4

◇批評のスタイル/創作のスタイル　近代文学合同研究会編　〔横須賀〕　近代文学合同研究会　2009.12　36p　21cm　（近代文学合同研究会論集　第6号）

◇東浩紀のゼロアカ道場伝説の「文学フリマ」決戦　講談社box編, 東浩紀著　講談社　2009.3　543p　19cm　(講談社box コC-01)〈並列シリーズ名：Kodansha box〉1800円　ⓘ978-4-06-283705-7

◇日本文芸の詩学—分析批評の試みとして　小西甚一著　みすず書房　1998.11　302p　20cm　3200円　ⓘ4-622-04668-7

◇反＝文芸評論—文壇を遠く離れて　小谷野敦著　新曜社　2003.6　290p　20cm〈文献あり〉2400円　ⓘ4-7885-0859-1

◇絶対安全文芸批評　佐々木敦著　Infasパブリケーションズ　2008.2　383p　21cm（Infas books）1800円　ⓘ978-4-900785-60-1

◇「批評」とは何か？—批評家養成ギブス　佐々木敦著　メディア総合研究所　2008.12　352p　19cm（ブレインズ叢書 1）1600円　ⓘ978-4-944124-30-5

◇戦後批評のメタヒストリー—近代を記憶する場　佐藤泉著　岩波書店　2005.8　298p　20cm　3000円　ⓘ4-00-023654-7

◇文芸評論　新保祐司著　構想社　1991.3　250p　20cm　1800円　ⓘ4-87574-052-2

◇文芸時評というモード—最後の/最初の闘い　絓秀実著　集英社　1993.8　286p　20cm　2000円　ⓘ4-08-774021-8

◇歴史認識と文芸評論の基軸　鈴木斌著　菁柿堂　2004.5　231p　19cm（Edition trombone）〈星雲社（発売）〉1900円　ⓘ4-434-04493-1

◇資料・日本モダニズムと「現代の芸術と批評叢書」　関井光男編著　ゆまに書房　1995.4　312p　22cm（現代の芸術と批評叢書 資料）ⓘ4-89668-894-5

◇批評の精神　高橋英夫著　講談社　2004.9　380p　16cm（講談社文芸文庫）〈年譜あり 著作目録あり〉1500円　ⓘ4-06-198382-2

◇批評の創造性　高橋康也編　岩波書店　2002.2　286p　20cm（21世紀文学の創造 8）2300円　ⓘ4-00-026708-6

◇批評の戦後と現在—竹田青嗣対談集　竹田青嗣著　平凡社　1990.1　217p　20cm　2200円　ⓘ4-582-36411-X

◇文芸批評を学ぶ人のために　田辺保ほか編　京都　世界思想社　1994.4　285,11p　19cm　1950円　ⓘ4-7907-0505-6

◇大正期の文芸評論　谷沢永一著　中央公論社　1990.1　263p　16cm（中公文庫）420円　ⓘ4-12-201679-7

◇近代評論の構造　谷沢永一著　大阪　和泉書院　1995.7　494p　22cm（日本近代文学研叢）8755円　ⓘ4-87088-734-7

◇批評理論　丹治愛編　講談社　2003.10　238p　19cm（講談社選書メチエ 282—知の教科書）〈文献あり〉1500円　ⓘ4-06-258282-1

◇クリニック・クリティック—私批評宣言　千葉一幹著　京都　ミネルヴァ書房　2004.6　275p　20cm（ミネルヴァ評論叢書〈文学の在り処〉1）3000円　ⓘ4-623-03970-6

◇間テクスト性の戦略　土田知則著　夏目書房　2000.5　253p　19cm（Natsume哲学の学校 2）1900円　ⓘ4-931391-72-9

◇批評の現在　富岡幸一郎著　構想社　1991.1　283p　20cm　1800円　ⓘ4-87574-051-4

◇近代読者論　外山滋比古著　みすず書房　2002.6　350p　20cm（外山滋比古著作集 2　外山滋比古著）〈シリーズ責任表示：外山滋比古［著］〉3000円　ⓘ4-622-04852-3

◇作品名から引ける日本文学評論・思想家個人全集案内　日外アソシエーツ株式会社編　日外アソシエーツ　1992.2　10,748p　22cm〈紀伊國屋書店（発売）〉9991円　ⓘ4-8169-1119-7

◇小説の心、批評の目　日本民主主義文学会編　日本民主主義文学会　2005.9　268p　19cm〈新日本出版社（発売）〉1905円　ⓘ4-406-03214-2

◇日本近代批評のアングル　野口武彦著　青土社　1992.3　289p　20cm　2400円　ⓘ4-7917-5158-2

◇文学批判序説—小説論＝批評論　蓮実重彦著　河出書房新社　1995.8　345p　15cm（河出文庫）880円　ⓘ4-309-40450-2

◇コンテンツ批評に未来はあるか　波戸岡景太著　水声社　2011.12　224p　20cm〈文献あり〉2500円　ⓘ978-4-89176-882-9

◇『作家の値うち』の使い方　福田和也著　飛鳥新社　2000.12　267p　19cm　1300円　ⓘ4-87031-442-8

批評（時評・展望）

◇響くものと流れるもの—小説と批評の対話　福田和也, 柳美里著　PHPソフトウェア・グループ　2002.3　254p　20cm〈PHP研究所（発売）〉　1400円　Ⓘ4-569-62006-X

◇近代文学論の現在　分銅惇作編　小平　蒼丘書林　1998.12　366p　22cm　3500円　Ⓘ4-915442-96-9

◇文学批評は成り立つか—沖縄・批評と思想の現在　平敷武蕉著　那覇　ボーダーインク　2005.9　400p　20cm　2500円　Ⓘ4-89982-097-6

◇沖縄からの文学批評—思想と批評の現在　平敷武蕉著　那覇　ボーダーインク　2007.8　379p　19cm　2000円　Ⓘ978-4-89982-128-1

◇開かれた言葉—文学空間の亀裂　山形和美著　彩流社　1992.4　310p　20cm　2800円　Ⓘ4-88202-222-2

◇メドゥーサからムーサへ—文学批評の布置　山形和美著　彩流社　2004.3　350,19p　20cm〈著作目録あり〉　3500円　Ⓘ4-88202-879-4

◇吉本隆明が語る戦後55年—12　批評とは何か/丸山真男について　吉本隆明ほか著, 吉本隆明研究会編　三交社　2003.11　146p　21cm　2000円　Ⓘ4-87919-212-0

時評・展望

◇文芸時評大系—昭和篇1 第1巻（昭和2年）　池内輝雄編　ゆまに書房　2007.10　467p　22cm〈複製〉　20000円　Ⓘ978-4-8433-1709-9,978-4-8433-2284-0,978-4-8433-1673-3

◇文芸時評大系—昭和篇1 第2巻（昭和3年）　池内輝雄編　ゆまに書房　2007.10　531p　22cm〈複製〉　20000円　Ⓘ978-4-8433-1710-5,978-4-8433-2284-0,978-4-8433-1673-3

◇文芸時評大系—昭和篇1 第3巻（昭和4年）　池内輝雄編　ゆまに書房　2007.10　559p　22cm〈複製〉　20000円　Ⓘ978-4-8433-1711-2,978-4-8433-2284-0,978-4-8433-1673-3

◇文芸時評大系—昭和篇1 第4巻（昭和5年）　池内輝雄編　ゆまに書房　2007.10　585p　22cm〈複製〉　20000円　Ⓘ978-4-8433-1712-9,978-4-8433-1673-3,978-4-8433-2284-0

◇文芸時評大系—昭和篇1 第5巻（昭和6年）　池内輝雄編　ゆまに書房　2007.10　621p　22cm〈複製〉　20000円　Ⓘ978-4-8433-1713-6,4-8433-1713-6,978-4-8433-2284-0,978-4-8433-1673-3

◇文芸時評大系—昭和篇1 第6巻（昭和7年）　池内輝雄編　ゆまに書房　2007.10　618p　22cm〈複製〉　20000円　Ⓘ978-4-8433-1714-3,978-4-8433-2284-0,978-4-8433-1673-3

◇文芸時評大系—昭和篇1 第7巻（昭和8年）　池内輝雄編　ゆまに書房　2007.10　643p　22cm〈複製〉　20000円　Ⓘ978-4-8433-1715-0,978-4-8433-2284-0,978-4-8433-1673-3

◇文芸時評大系—昭和篇1 第8巻（昭和9年　上）　池内輝雄編　ゆまに書房　2007.10　561p　22cm〈複製〉　20000円　Ⓘ978-4-8433-1716-7,978-4-8433-2284-0,978-4-8433-1673-3

◇文芸時評大系—昭和篇1 第9巻（昭和9年　下）　池内輝雄編　ゆまに書房　2007.10　551p　22cm〈複製〉　20000円　Ⓘ978-4-8433-1717-4,978-4-8433-2284-0,978-4-8433-1673-3

◇文芸時評大系—昭和篇1 第10巻（昭和10年　上）　池内輝雄編　ゆまに書房　2007.10　540p　22cm〈複製〉　20000円　Ⓘ978-4-8433-1718-1,978-4-8433-2284-0,978-4-8433-1673-3

◇文芸時評大系—昭和篇1 第11巻（昭和10年　下）　池内輝雄編　ゆまに書房　2007.10　496p　22cm〈複製〉　20000円　Ⓘ978-4-8433-1719-8,978-4-8433-2284-0,978-4-8433-1673-3

◇文芸時評大系—昭和篇1 第12巻（昭和11年　上）　池内輝雄編　ゆまに書房　2007.10　543p　22cm〈複製〉　20000円　Ⓘ978-4-8433-1720-4,978-4-8433-2284-0,978-4-8433-1673-3

◇文芸時評大系—昭和篇1 第13巻（昭和11年　下）　池内輝雄編　ゆまに書房　2007.10　555p　22cm〈複製〉　20000円　Ⓘ978-4-8433-1721-1,978-4-8433-2284-0,978-4-8433-1673-3

批評（時評・展望）

◇文芸時評大系―昭和篇１　第14巻（昭和12年）　池内輝雄編　ゆまに書房　2007.10　586p　22cm〈複製〉　20000円　①978-4-8433-1722-8,978-4-8433-2284-0,978-4-8433-1673-3

◇文芸時評大系―昭和篇１　第15巻（昭和13年）　池内輝雄編　ゆまに書房　2007.10　571p　22cm〈複製〉　20000円　①978-4-8433-1723-5,978-4-8433-2284-0,978-4-8433-1673-3

◇文芸時評大系―昭和篇１　第16巻（昭和14年）　池内輝雄編　ゆまに書房　2007.10　521p　22cm〈複製〉　20000円　①978-4-8433-1724-2,978-4-8433-2284-0,978-4-8433-1673-3

◇文芸時評大系―昭和篇１　第17巻（昭和15年）　池内輝雄編　ゆまに書房　2007.10　539p　22cm〈複製〉　20000円　①978-4-8433-1725-9,978-4-8433-2284-0,978-4-8433-1673-3

◇文芸時評大系―昭和篇１　第18巻（昭和16年―昭和17年）　池内輝雄編　ゆまに書房　2007.10　699p　22cm〈複製〉　20000円　①978-4-8433-1726-6,978-4-8433-2284-0,978-4-8433-1673-3

◇文芸時評大系―昭和篇１　第19巻（昭和18年―昭和20年）　池内輝雄編　ゆまに書房　2007.10　478p　22cm〈複製〉　20000円　①978-4-8433-1727-3,978-4-8433-2284-0,978-4-8433-1673-3

◇文芸時評大系―昭和篇１　別巻（索引）　池内輝雄,宗像和重編　ゆまに書房　2008.3　160,466p　22cm　20000円　①978-4-8433-1753-2

◇文芸時評大系―昭和篇２　第１巻（昭和21年）　曽根博義編　ゆまに書房　2008.10　450p　22cm〈複製〉　①978-4-8433-1728-0,978-4-8433-2285-7

◇文芸時評大系―昭和篇２　第２巻（昭和22年）　曽根博義編　ゆまに書房　2008.10　456p　22cm〈複製〉　①978-4-8433-1729-7,978-4-8433-2285-7

◇文芸時評大系―昭和篇２　第３巻（昭和23年）　曽根博義編　ゆまに書房　2008.10　536p　22cm〈複製〉　①978-4-8433-1730-3,978-4-8433-2285-7

◇文芸時評大系―昭和篇２　第４巻（昭和24年）　曽根博義編　ゆまに書房　2008.10　358p　22cm〈複製〉　①978-4-8433-1731-0,978-4-8433-2285-7

◇文芸時評大系―昭和篇２　第５巻（昭和25年）　曽根博義編　ゆまに書房　2008.10　580p　22cm〈複製〉　①978-4-8433-1732-7,978-4-8433-2285-7

◇文芸時評大系―昭和篇２　第６巻（昭和26年）　曽根博義編　ゆまに書房　2008.10　484p　22cm〈複製〉　①978-4-8433-1733-4,978-4-8433-2285-7

◇文芸時評大系―昭和篇２　第７巻（昭和27年）　曽根博義編　ゆまに書房　2008.10　520p　22cm〈複製〉　①978-4-8433-1734-1,978-4-8433-2285-7

◇文芸時評大系―昭和篇２　第８巻（昭和28年）　曽根博義編　ゆまに書房　2008.10　582p　22cm〈複製〉　①978-4-8433-1735-8,978-4-8433-2285-7

◇文芸時評大系―昭和篇２　第９巻（昭和29年）　曽根博義編　ゆまに書房　2008.10　560p　22cm〈複製〉　①978-4-8433-1736-5,978-4-8433-2285-7

◇文芸時評大系―昭和篇２　第10巻（昭和30年）　曽根博義編　ゆまに書房　2008.10　548p　22cm〈複製〉　①978-4-8433-1737-2,978-4-8433-2285-7

◇文芸時評大系―昭和篇２　第11巻（昭和31年）　曽根博義編　ゆまに書房　2008.10　593p　22cm〈複製〉　①978-4-8433-1738-9,978-4-8433-2285-7

◇文芸時評大系―昭和篇２　第12巻（昭和32年）　曽根博義編　ゆまに書房　2008.10　602p　22cm〈複製〉　①978-4-8433-1739-6,978-4-8433-2285-7

◇文芸時評大系―昭和篇２　第13巻（昭和33年）　曽根博義編　ゆまに書房　2008.10　534p　22cm〈複製〉　①978-4-8433-1740-2,978-4-8433-2285-7

◇文芸時評大系―昭和篇２　別巻（索引）　曽根博義,宗像和重編　ゆまに書房　2009.3　97,342p　22cm　20000円　①978-4-8433-1754-9

◇文芸時評大系―昭和篇３　第１巻（昭和34年）　曽根博義編　ゆまに書房　2009.10　594p　22cm〈複製〉　20000円　①978-4-8433-3312-9,978-4-8433-2286-4

批評（時評・展望）

◇文芸時評大系—昭和篇 3 第2巻（昭和35年）　曽根博義編　ゆまに書房　2009.10　659p　22cm〈複製〉　20000円　Ⓘ978-4-8433-3313-6,978-4-8433-2286-4

◇文芸時評大系—昭和篇 3 第3巻（昭和36年）　曽根博義編　ゆまに書房　2009.10　679p　22cm〈複製〉　20000円　Ⓘ978-4-8433-3314-3,978-4-8433-2286-4

◇文芸時評大系—昭和篇 3 第4巻（昭和37年）　曽根博義編　ゆまに書房　2009.10　741p　22cm〈複製〉　20000円　Ⓘ978-4-8433-3315-0,978-4-8433-2286-4

◇文芸時評大系—昭和篇 3 第5巻（昭和38年）　曽根博義編　ゆまに書房　2009.10　710p　22cm〈複製〉　20000円　Ⓘ978-4-8433-3316-7,978-4-8433-2286-4

◇文芸時評大系—昭和篇 3 第6巻（昭和39年）　曽根博義編　ゆまに書房　2009.10　688p　22cm〈複製〉　20000円　Ⓘ978-4-8433-3317-4,978-4-8433-2286-4

◇文芸時評大系—昭和篇 3 第7巻（昭和40年）　曽根博義編　ゆまに書房　2009.10　646p　22cm〈複製〉　20000円　Ⓘ978-4-8433-3318-1,978-4-8433-2286-4

◇文芸時評大系—昭和篇 3 第8巻（昭和41年）　曽根博義編　ゆまに書房　2009.10　736p　22cm〈複製〉　20000円　Ⓘ978-4-8433-3319-8,978-4-8433-2286-4

◇文芸時評大系—昭和篇 3 第9巻（昭和42年）　曽根博義編　ゆまに書房　2009.10　649p　22cm〈複製〉　20000円　Ⓘ978-4-8433-3320-4,978-4-8433-2286-4

◇文芸時評大系—昭和篇 3 第10巻（昭和43年）　曽根博義編　ゆまに書房　2009.10　624p　22cm〈複製〉　20000円　Ⓘ978-4-8433-3321-1,978-4-8433-2286-4

◇文芸時評大系—昭和篇 3 第11巻（昭和44年）　曽根博義編　ゆまに書房　2009.10　604p　22cm〈複製〉　20000円　Ⓘ978-4-8433-3322-8,978-4-8433-2286-4

◇文芸時評大系—昭和篇 3 第12巻（昭和45年）　曽根博義編　ゆまに書房　2009.10　719p　22cm〈複製〉　20000円　Ⓘ978-4-8433-3323-5,978-4-8433-2286-4

◇文芸時評大系—昭和篇 3 別巻（索引）　曽根博義,宗像和重編　ゆまに書房　2010.4　91,352p　22cm　20000円　Ⓘ978-4-8433-1755-6

◇文芸時評大系—明治篇 第1巻（明治19年—明治27年）　中島国彦編　ゆまに書房　2005.11　476p　22cm〈複製〉　18000円　Ⓘ4-8433-1680-6,4-8433-2062-5,4-8433-1674-1,4-8433-1673-3

◇文芸時評大系—明治篇 第2巻（明治28年—明治29年）　中島国彦編　ゆまに書房　2005.11　417p　22cm〈複製〉　18000円　Ⓘ4-8433-1681-4,4-8433-2062-5,4-8433-1674-1,4-8433-1673-3

◇文芸時評大系—明治篇 第3巻（明治30年—31年）　中島国彦編　ゆまに書房　2005.11　442p　22cm〈複製〉　18000円　Ⓘ4-8433-1682-2,4-8433-2062-5,4-8433-1674-1,4-8433-1673-3

◇文芸時評大系—明治篇 第4巻（明治32年—明治33年）　中島国彦編　ゆまに書房　2005.11　355p　22cm〈複製〉　18000円　Ⓘ4-8433-1683-0,4-8433-2062-5,4-8433-1674-1,4-8433-1673-3

◇文芸時評大系—明治篇 第5巻（明治34年）　中島国彦編　ゆまに書房　2005.11　343p　22cm〈複製〉　18000円　Ⓘ4-8433-1684-9,4-8433-2062-5,4-8433-1674-1,4-8433-1673-3

◇文芸時評大系—明治篇 第6巻（明治35年）　中島国彦編　ゆまに書房　2005.11　319p　22cm〈複製〉　18000円　Ⓘ4-8433-1685-7,4-8433-2062-5,4-8433-1674-1,4-8433-1673-3

◇文芸時評大系—明治篇 第7巻（明治36年—明治37年）　中島国彦編　ゆまに書房　2005.11　311p　22cm〈複製〉　18000円　Ⓘ4-8433-1686-5,4-8433-2062-5,4-8433-1674-1,4-8433-1673-3

◇文芸時評大系—明治篇 第8巻（明治38年）　中島国彦編　ゆまに書房　2005.11　265p　22cm〈複製〉　18000円　Ⓘ4-8433-1687-3,4-8433-2062-5,4-8433-1674-1,4-8433-1673-3

◇文芸時評大系—明治篇 第9巻（明治39年）　中島国彦編　ゆまに書房　2005.11　325p　22cm〈複製〉　18000円　Ⓘ4-8433-1688-1,4-8433-2062-5,4-8433-1674-1,4-8433-1673-3

◇文芸時評大系—明治篇 第10巻（明治40年）　中島国彦編　ゆまに書房　2005.11　377p

批評（文学史）

22cm〈複製〉 18000円 ①4-8433-1689-X,
4-8433-2062-5,4-8433-1674-1,4-8433-1673-3
◇文芸時評大系―明治篇 第11巻（明治41年）
中島国彦編 ゆまに書房 2005.11 410p
22cm〈複製〉 18000円 ①4-8433-1690-3,
4-8433-2062-5,4-8433-1674-1,4-8433-1673-3
◇文芸時評大系―明治篇 第12巻（明治42年）
中島国彦編 ゆまに書房 2005.11 476p
22cm〈複製〉 18000円 ①4-8433-1691-1,
4-8433-2062-5,4-8433-1674-1,4-8433-1673-3
◇文芸時評大系―明治篇 第13巻（明治43年）
中島国彦編 ゆまに書房 2005.11 607p
22cm〈複製〉 18000円 ①4-8433-1692-X,
4-8433-2062-5,4-8433-1674-1,4-8433-1673-3
◇文芸時評大系―明治篇 第14巻（明治44年）
中島国彦編 ゆまに書房 2005.11 597p
22cm〈複製〉 18000円 ①4-8433-1693-8,
4-8433-2062-5,4-8433-1674-1,4-8433-1673-3
◇文芸時評大系―明治篇 第15巻（明治45年・
大正元年） 中島国彦編 ゆまに書房
2005.11 528p 22cm〈複製〉 18000円
①4-8433-1694-6,4-8433-2062-5,4-8433-
1674-1,4-8433-1673-3
◇文芸時評大系―明治篇 別巻（索引） 中島国
彦,宗像和重編 ゆまに書房 2006.5 190,
371p 22cm 18000円 ①4-8433-1751-9
◇文芸時評大系―大正篇 第1巻（大正2年） 宗
像和重編 ゆまに書房 2006.10 398p
22cm〈複製〉 20000円 ①4-8433-1695-4,
4-8433-2283-0
◇文芸時評大系―大正篇 第2巻（大正3年） 宗
像和重編 ゆまに書房 2006.10 410p
22cm〈複製〉 20000円 ①4-8433-1696-2,
4-8433-2283-0
◇文芸時評大系―大正篇 第3巻（大正4年） 宗
像和重編 ゆまに書房 2006.10 437p
22cm〈複製〉 20000円 ①4-8433-1697-0,
4-8433-2283-0
◇文芸時評大系―大正篇 第4巻（大正5年） 宗
像和重編 ゆまに書房 2006.10 406p
22cm〈複製〉 20000円 ①4-8433-1698-9,
4-8433-2283-0
◇文芸時評大系―大正篇 第5巻（大正6年） 宗
像和重編 ゆまに書房 2006.10 369p
22cm〈複製〉 20000円 ①4-8433-1699-7,
4-8433-2283-0

◇文芸時評大系―大正篇 第6巻（大正7年） 宗
像和重編 ゆまに書房 2006.10 466p
22cm〈複製〉 20000円 ①4-8433-1700-4,
4-8433-2283-0
◇文芸時評大系―大正篇 第7巻（大正8年） 宗
像和重編 ゆまに書房 2006.10 547p
22cm〈複製〉 20000円 ①4-8433-1701-2,
4-8433-2283-0
◇文芸時評大系―大正篇 第8巻（大正9年） 宗
像和重編 ゆまに書房 2006.10 679p
22cm〈複製〉 20000円 ①4-8433-1702-0,
4-8433-2283-0
◇文芸時評大系―大正篇 第9巻（大正10年）
宗像和重編 ゆまに書房 2006.10 577p
22cm〈複製〉 20000円 ①4-8433-1703-9,
4-8433-2283-0
◇文芸時評大系―大正篇 第10巻（大正11年）
宗像和重編 ゆまに書房 2006.10 386p
22cm〈複製〉 20000円 ①4-8433-1704-7,
4-8433-2283-0
◇文芸時評大系―大正篇 第11巻（大正12年）
宗像和重編 ゆまに書房 2006.10 482p
22cm〈複製〉 20000円 ①4-8433-1705-5,
4-8433-2283-0
◇文芸時評大系―大正篇 第12巻（大正13年）
宗像和重編 ゆまに書房 2006.10 684p
22cm〈複製〉 20000円 ①4-8433-1706-3,
4-8433-2283-0
◇文芸時評大系―大正篇 第13巻（大正14年）
宗像和重編 ゆまに書房 2006.10 475p
22cm〈複製〉 20000円 ①4-8433-1707-1,
4-8433-2283-0
◇文芸時評大系―大正篇 第14巻（大正15年・
昭和元年） 宗像和重編 ゆまに書房
2006.10 599p 22cm〈複製〉 20000円
①4-8433-1708-X,4-8433-2283-0
◇文芸時評大系―大正篇 別巻（索引） 宗像和
重編 ゆまに書房 2007.3 171,336p
22cm 20000円 ①978-4-8433-1752-5

文学史

明治・大正時代

◆◆青野 季吉（1890～1961）

◇文学五十年 青野季吉著 日本図書セン

批評（文学史）

ター　1990.1　191,11p　22cm　〈近代作家研究叢書 76〉〈解説：祖父江昭二　筑摩書房昭和32年刊の複製　著者の肖像あり〉　4120円　①4-8205-9031-6

◆◆生田 長江（1882〜1936）

◇生田長江　鳥取県立図書館編　鳥取　鳥取県立図書館　2010.3　73,18p　21cm　〈郷土出身文学者シリーズ 6〉〈文献あり　年譜あり〉　500円

◇文学者の日記―5　長与善郎・生田長江・生田春月　長与善郎,生田長江,生田春月著　博文館新社　1999.5　288p　22cm　〈日本近代文学館資料叢書〉　5000円　①4-89177-975-6

◆◆石橋 忍月（1865〜1926）

◇石橋忍月研究―評伝と考証　千葉真郎著　八木書店　2006.2　666p　22cm　〈著作目録あり　年譜あり　文献あり〉　13500円　①4-8406-9033-2

◆◆内田 魯庵（1868〜1929）

◇魯庵日記　内田魯庵著　講談社　1998.7　281p　16cm　（講談社文芸文庫）　1200円　①4-06-197622-2

◇内田魯庵と井伏鱒二　片岡懋,片岡哲著　新典社　1995.5　413p　22cm　〈新典社研究叢書 78〉　12500円　①4-7879-4078-3

◇内田魯庵研究―明治文学史の一側面　木村有美子著　大阪　和泉書院　2001.5　187p　20cm　（和泉選書 127）〈肖像あり〉　3000円　①4-7576-0112-3

◇内田魯庵伝　野村喬著　リブロポート　1994.5　460p　20cm　〈内田魯庵の肖像あり〉　3605円　①4-8457-0921-X

◇内田魯庵山脈―〈失われた日本人〉発掘　山口昌男著　晶文社　2001.1　597,23p　22cm　6600円　①4-7949-6463-3

◇内田魯庵山脈―〈失われた日本人〉発掘　上　山口昌男著　岩波書店　2010.11　369p　15cm　（岩波現代文庫 G245）　1360円　①978-4-00-600245-9

◇内田魯庵山脈―〈失われた日本人〉発掘　下　山口昌男著　岩波書店　2010.12　454,40p　15cm　（岩波現代文庫 G246）〈文献あり　索引あり〉　1600円　①978-4-00-600246-6

◆◆内村 鑑三（1861〜1930）

◇漱石と鑑三―「自然」と「天然」　赤木善光著　教文館　1993.11　307p　20cm　3090円　①4-7642-6524-9

◇内村鑑三・我が生涯と文学　正宗白鳥著　講談社　1994.2　312p　16cm　（講談社文芸文庫―現代日本のエッセイ）　980円　①4-06-196261-2

◆◆大槻 文彦（1847〜1928）

◇文彦　啄木　藤村　佐々木邦著　一関　北上書房　1996.1　242p　19cm　1300円　①4-905662-04-4

◆◆河上 肇（1879〜1946）

◇奔馬　河上肇の妻　草川八重子著　角川書店　1996.6　294p　19cm　1800円　①4-04-872971-3

◇永井荷風と河上肇―放蕩と反逆のクロニクル　吉ட俊彦著　日本放送出版協会　2001.6　476p　20cm　〈肖像あり〉　2200円　①4-14-080613-3

◆◆小島 輝正（1920〜1987）

◇わが思い出の家青谷　小島種子著　〔豊中〕　小島種子　1996.9　273p　19cm

◇冬暁―夫・小島輝正との最後の一年間　小島種子著　福山　正文社印刷所（印刷）　1998.6　272p　19cm

◇小島輝正ノート　中尾務著　奈良　浮游社　2001.1　235p　20cm　1600円　①4-939157-02-4

◆◆小宮 豊隆（1884〜1966）

◇小宮豊隆と夏目漱石展示図録―平成9年度特別展　豊津町歴史民俗資料館編　豊津町（福岡県）　豊津町歴史民俗資料館　1997.5　35p　26cm

◇夏目漱石と小宮豊隆―書簡・日記にみる漱石

批評(文学史)

と豊隆の師弟関係に就いて　脇昭子著　近代文芸社　2000.3　90p　20cm　1200円　Ⓘ4-7733-6628-1

◆◆斎藤　緑雨（1867〜1904）

◇斎藤緑雨論攷　池田一彦著　おうふう　2005.6　278p　20cm　4800円　Ⓘ4-273-03388-7

◇斎藤緑雨―評論　小林広一著　アジア文化社文芸思潮企画　2010.8　208p　20cm〈年譜あり　文献あり〉　1500円　Ⓘ978-4-902985-58-0

◇明治文学石摺考―続　緑雨・眉山・深川作家論　塚越和夫著　葦真社　1989.6　281p　20cm　3200円　Ⓘ4-900057-18-5

◇樋口一葉と斎藤緑雨―共振するふたつの世界　塚本章子著　笠間書院　2011.6　362,8p　22cm　4200円　Ⓘ978-4-305-70554-9

◇慶応三年生まれ七人の旋毛曲り―漱石・外骨・熊楠・露伴・子規・紅葉・緑雨とその時代　坪内祐三著　マガジンハウス　2001.3　552p　20cm　2900円　Ⓘ4-8387-1206-5

◇飢は恋をなさず―斎藤緑雨伝　吉野孝雄著　筑摩書房　1989.5　217p　20cm　1440円　Ⓘ4-480-82264-X

◆◆志賀　重昂（1863〜1927）

◇朝天虹ヲ吐ク―志賀重昂『在札幌農学校第弐年期中日記』　亀井秀雄、松木博編著　札幌　北海道大学図書刊行会　1998.6　461p　21cm　7500円　Ⓘ4-8329-5961-1

◆◆高野　辰之（1876〜1947）

◇志をはたして高野辰之―その学問と人間像　野沢温泉村斑山文庫収集委員会編　野沢温泉村（長野県）　野沢温泉村教育会　1992.2　66p　21cm〈高野辰之の肖像あり〉　600円

◇菜の花畑に入り日うすれ―童謡詩人としての高野辰之　三田英彬著　理論社　2002.5　259p　20cm〈肖像あり　文献あり〉　2000円　Ⓘ4-652-01756-1

◆◆高山　樗牛（1871〜1902）

◇高山樗牛―美とナショナリズム　先崎彰容著　論創社　2010.8　221p　20cm〈文献あり　索引あり〉　2200円　Ⓘ978-4-8460-0802-4

◇文豪たちの大喧嘩―鷗外・逍遥・樗牛　谷沢永一著　新潮社　2003.5　316p　20cm　1900円　Ⓘ4-10-384504-X

◇文豪たちの大喧嘩―鷗外・逍遥・樗牛　谷沢永一著　筑摩書房　2012.8　360p　15cm（ちくま文庫た64-1）〈新潮社2003年刊の再刊〉　880円　Ⓘ978-4-480-42976-6

◇高山樗牛資料目録―高山家寄託　鶴岡市教育委員会編　鶴岡　鶴岡市　2001.8　138p　31cm

◇青年の国のオリオン―明治日本と高山樗牛　理崎啓著　新座　哲山堂　2010.4　159p　19cm〈文献あり〉　1200円　Ⓘ978-4-9905122-0-0

◆◆滝田　樗陰（1882〜1925）

◇近代作家追悼文集成―第20巻　滝田樗陰・内藤鳴雪　ゆまに書房　1992.12　241p　22cm〈監修：稲村徹元　複製　滝田樗陰および内藤鳴雪の肖像あり〉　4944円　Ⓘ4-89668-644-6

◆◆土田　杏村（1891〜1934）

◇近代作家追悼文集成―第23巻　小林多喜二・直木三十五・土田杏村　ゆまに書房　1992.12　331p　22cm〈監修：稲村徹元　複製　小林多喜二ほかの肖像あり〉　6901円　Ⓘ4-89668-647-0

◆◆辻　潤（1884〜1944）

◇風狂のひと辻潤―尺八と宇宙の音とダダの海　高野澄著　人文書館　2006.7　379p　21cm〈肖像あり〉　3800円　Ⓘ4-903174-06-9

◇放浪のダダイスト辻潤―俺は真性唯一者である　玉川信明著　社会評論社　2005.10　423p　20cm（玉川信明セレクション―日本アウトロー烈伝 1）〈『評伝・辻潤』（三一書房1971年刊）の増補　付属資料：4p：月報1〉　4300円　Ⓘ4-7845-0561-X

日本近現代文学案内　425

批評（文学史）

◆◆寺田 寅彦（1878〜1935）

◇寅彦と冬彦―私のなかの寺田寅彦　池内了編　岩波書店　2006.6　255p　20cm　2100円　Ⓘ4-00-024136-2

◇寺田寅彦―いまを照らす科学者のことば　池内了責任編集著　河出書房新社　2011.11　191p　21cm　（Kawade道の手帖）〈年譜あり　文献あり〉　1600円　Ⓘ978-4-309-74041-6

◇寺田寅彦断章　上田寿著　高知　高知新聞社　1994.7　214p　20cm　（Koshin books）〈高知新聞企業（発売）〉　1500円

◇新・寺田寅彦断章　上田寿著　高知　上田偉　2010.11　156p　19cm〈高知 高知新聞企業（発売）　年譜あり〉　1500円　Ⓘ978-4-87503-131-4

◇寺田寅彦　太田文平著　新潮社　1990.6　350p　20cm〈寺田寅彦の肖像あり〉　2500円　Ⓘ4-10-376401-5

◇寺田寅彦―人と芸術　太田文平著　〔柏〕麗沢大学出版会　2002.2　331p　20cm〈柏広池学園事業部（発売）　肖像あり　年譜あり〉　2600円　Ⓘ4-89205-446-1

◇寺田寅彦　大森一彦編　日外アソシエーツ　2005.9　334p　22cm　（人物書誌大系 36）〈紀伊国屋書店（発売）　肖像あり〉　16000円　Ⓘ4-8169-1939-2

◇寺田寅彦と連句　小林惟司著　勉誠出版　2002.12　370p　20cm　3600円　Ⓘ4-585-05067-1

◇寺田寅彦と連句　榊原忠彦著　近代文芸社　2003.12　244p　20cm　1800円　Ⓘ4-7733-7096-3

◇漱石と寅彦　沢英彦著　沖積舎　2002.9　622p　20cm　8800円　Ⓘ4-8060-4676-0

◇漱石と寅彦―落椿の師弟　志村史夫著　牧野出版　2008.9　285p　20cm〈年譜あり　文献あり〉　2000円　Ⓘ978-4-89500-122-9

◇父・寺田寅彦　寺田東一ほか著,太田文平編　くもん出版　1992.11　253p　19cm　（くもん選書）〈寺田寅彦の肖像あり〉　1600円　Ⓘ4-87576-760-9

◇寅彦をよむ　細川光洋著　改訂　高知　『心伎』発行所　2008.5　126p　19cm　1500円

◇寺田寅彦語録　堀切直人著　論創社　2012.6　251p　20cm　2200円　Ⓘ978-4-8460-1140-6

◇寺田寅彦―俳句の窓から　巻田泰治著　文学の森　2012.12　291p　19cm〈年譜あり　文献あり〉　1905円　Ⓘ978-4-86438-106-2

◇寺田寅彦は忘れた頃にやって来る　松本哉著　集英社　2002.5　238p　18cm　（集英社新書）　680円　Ⓘ4-08-720144-9

◇寺田寅彦の風土　山田一郎著　高知　高知市民図書館　2001.10　314p　20cm〈肖像あり〉　1715円

◇寺田寅彦―妻たちの歳月　山田一郎著　岩波書店　2006.9　362p　20cm〈肖像あり〉　3900円　Ⓘ4-00-024020-X

◇近代作家追悼文集成―第25巻　寺田寅彦　ゆまに書房　1992.12　364p　22cm〈監修：稲村徹元　複製　寺田寅彦の肖像あり〉　7416円　Ⓘ4-89668-649-7

◆◆徳富 蘇峰（1863〜1957）

◇二人の父・蘆花と蘇峰―『みみずのたはこと』と鶴子　渡辺勲著　創友社　2007.4　202p　20cm　2200円　Ⓘ978-4-915658-57-0

◆◆西田 幾太郎（1870〜1945）

◇西田幾多郎心象の歌　伊藤宏見著　大東出版社　1996.8　240p　20cm　2300円　Ⓘ4-500-00629-X

◇西田哲学の世界―あるいは哲学の転回　大橋良介著　筑摩書房　1995.5　251,3p　21cm　4600円　Ⓘ4-480-84236-5

◇近代作家追悼文集成―第30巻　西田幾多郎・三木清・島木健作・木下杢太郎　ゆまに書房　1997.1　342p　22cm　8240円　Ⓘ4-89714-103-6

◆◆福沢 諭吉（1834〜1901）

◇諭吉・漱石・七平―「自己規定」の様相　赤井恵子著　朝文社　2012.6　272p　20cm〈文献あり〉　4200円　Ⓘ978-4-88695-250-9

◇福沢諭吉のすゝめ　大嶋仁著　新潮社　1998.11　253p　20cm　（新潮選書）　1200円　Ⓘ4-10600555-7

◇福沢諭吉と桃太郎―明治の児童文化　桑原三郎著　慶応通信　1996.2　382,12p　22cm

批評（文学史）

4800円　Ⓘ4-7664-0621-4

◆◆福原　麟太郎（1894〜1981）

◇二都詩問―往復書簡　福原麟太郎,吉川幸次郎著　新潮社　1992.10　107p　20cm〈3刷（1刷：1971年）〉　1600円　Ⓘ4-10-388801-6

◆◆芳賀　矢一（1867〜1927）

◇近代作家追悼文集成―第21巻　芳賀矢一　ゆまに書房　1992.12　261p　22cm〈監修：稲村徹元　複製　芳賀矢一の肖像あり〉　5871円　Ⓘ4-89668-645-4

◆◆平林　初之輔（1892〜1931）

◇社会文学・一九二〇年前後―平林初之輔と同時代文学　大和田茂著　不二出版　1992.6　331,10p　20cm　2800円

◇平林初之輔写真集　平林初之輔生誕百年記念事業実行委員会著　弥栄町（京都府）　平林初之輔生誕百年事業実行委員会　1992.11　44p　19×26cm〈平林初之輔生誕百年記念出版　付・年譜、論文2編、他　平林初之輔の肖像あり〉

◆◆本間　久雄（1886〜1981）

◇本間久雄書誌　平田耀子編著　オンデマンド版　雄松堂出版　2008.10　143p　27cm　8000円　Ⓘ978-4-8419-3174-7

◇本間久雄文庫目録　早稲田大学図書館編　早稲田大学図書館　1990.3　136p　26cm（早稲田大学図書館文庫目録　第13輯）

◆◆前田　晃（1979〜1961）

◇前田晃と花袋―「文章世界」が結んだ絆　田山花袋記念館第13回特別展　館林　館林市教育委員会文化振興課　1996.10　38p　26cm

◆◆南方　熊楠（1867〜1941）

◇慶応三年生まれ七人の旋毛曲り―漱石・外骨・熊楠・露伴・子規・紅葉・緑雨とその時代　坪内祐三著　マガジンハウス　2001.3　552p　20cm　2900円　Ⓘ4-8387-1206-5

◇南方熊楠　河出書房新社　1993.4　231p　21cm　（新文芸読本）〈南方熊楠の肖像あり〉　1600円　Ⓘ4-309-70166-3

◇南方熊楠邸資料目録　南方熊楠邸保存会　2005.3　526p　26cm

◆◆柳田　国男（1875〜1962）

◇柳田国男と近代文学　井口時男著　講談社　1996.11　285p　20cm　2400円　Ⓘ4-06-208486-4

◇柳田国男と近代文学　井口時男著　日本障害者リハビリテーション協会　2000.2　CD-ROM1枚　12cm〈電子的内容：録音データ　DAISY ver.2.0　平成10年度厚生省委託事業　原本：講談社　1996　収録時間：9時間30分〉

◇柳田国男と折口信夫―学問と創作の間　高橋広満編　有精堂出版　1989.2　263p　22cm（日本文学研究資料新集　29）〈参考文献：p257〜262〉　3500円　Ⓘ4-640-30978-3,4-640-32528-2

◇作家の自伝―61　柳田国男　柳田国男著,岡谷公二編解説　日本図書センター　1998.4　261p　22cm　（シリーズ・人間図書館）　2600円　Ⓘ4-8205-9505-9,4-8205-9504-0

◇柳田国男文芸論集　柳田国男著,井口時男編　講談社　2005.10　314p　16cm　（講談社文芸文庫）〈著作目録あり　年譜あり〉　1400円　Ⓘ4-06-198421-7

◇吉本隆明資料集―112　国男と花袋・世界観権力の終焉と言語　吉本隆明著　高知　猫々堂　2012.1　158p　21cm　1700円

◇柳田国男　河出書房新社　1992.2　223p　21cm　（新文芸読本）〈柳田国男の肖像あり　年譜・ブックガイド：p216〜223〉　1600円　Ⓘ4-309-70162-0

◆◆◆「遠野物語」

◇柳田国男『遠野物語』作品論集成―1　石内徹編　大空社　1996.6　437p　27cm　（近代文学作品論叢書　7）〈複製　柳田国男の肖像あり〉　Ⓘ4-87236-818-5

◇柳田国男『遠野物語』作品論集成―2　石内徹編　大空社　1996.6　497p　27cm　（近代文学作品論叢書　7）〈複製〉　Ⓘ4-87236-818-5

批評（文学史）

◇柳田国男『遠野物語』作品論集成―3　石内徹編　大空社　1996.6　467p　27cm　（近代文学作品論叢書 7）〈複製〉　①4-87236-818-5

◇柳田国男『遠野物語』作品論集成―4　石内徹編　大空社　1996.6　509p　27cm　（近代文学作品論叢書 7）〈複製〉　①4-87236-818-5

◇遠野物語の周辺　水野葉舟著，横山茂雄編　国書刊行会　2001.11　331p　20cm　2800円　①4-336-04258-6

◇吉本隆明資料集―116　漱石的時間の生命力『遠野物語』と『蒲団』の接点　吉本隆明著　高知　猫々堂　2012.6　162p　21cm　1700円

◆◆◆短歌

◇森のふくろう―柳田国男の短歌　来嶋靖生著　新装版　河出書房新社　1994.4　229p　20cm　2800円　①4-309-00907-7

◇柳田国男と短歌―続森のふくろう　来嶋靖生著　河出書房新社　1994.4　245p　20cm　2800円　①4-309-00898-4

昭和・平成時代

◆◆青山　二郎（1901～1979）

◇青山二郎の話　宇野千代著　改版　中央公論新社　2004.9　151p　16cm　（中公文庫）　648円　①4-12-204424-3

◇いまなぜ青山二郎なのか　白洲正子著　新潮社　1999.3　195p　15cm　（新潮文庫）　400円　①4-10-137905-X

◇高級な友情―小林秀雄と青山二郎　野々上慶一著　小沢書店　1989.11　255p　20cm　2575円

◆◆生田　耕作（1924～1994）

◇イクタ　コウサク　生田耕作友の会編　〔出版地不明〕　エス・エス・アイ・スマートセット　1997.2　274p　22cm　2800円　①4-88693-808-6

◆◆上田　三四二（1923～1989）

◇含羞の人―歌人・上田三四二の生涯　秋元千恵子著　不識書院　2005.8　237p　20cm　〈著作目録あり〉　3000円　①4-86151-037-6

◇短歌研究詠草上田三四二選後感想集　上田三四二著　短歌研究社　2001.4　219p　20cm　2000円　①4-88551-597-1

◇上田三四二賞発表会記念講演集　小野市ほか編　短歌研究社　1994.5　110p　22cm　2000円　①4-88551-109-7

◇上田三四二賞発表会記念講演集　小野市，小野市教育委員会，小野市文化連盟編　短歌研究社　1999.5　121p　22cm　①4-88551-430-4

◇上田三四二賞発表会記念講演集―第3集　小野市，小野市教育委員会，小野市文化連盟編　短歌研究社　2004.5　126p　22cm　〈著作目録あり〉　①4-88551-831-8

◇上田三四二を偲ぶ―回想文集　小野市立好古館編　小野　小野市立好古館　1999.4　92p　22cm

◇この一身は努めたり―上田三四二の生と文学　小高賢著　トランスビュー　2009.4　311p　20cm　〈年譜あり〉　2800円　①978-4-901510-74-5

◇鑑賞・現代短歌―8　上田三四二　玉井清弘著　本阿弥書店　1993.6　251p　20cm　1800円　①4-89373-063-0

◇花浄土―上田三四二・文学の慰め　永井秀幸著　短歌研究社　1996.6　214p　20cm　2000円　①4-88551-237-9

◇上田三四二　間瀬昇著　近代文芸社　1997.12　198p　20cm　1500円　①4-7733-6280-4

◆◆上野　千鶴子（1948～）

◇上野千鶴子が文学を社会学する　上野千鶴子著　朝日新聞社　2003.11　295p　15cm　（朝日文庫）　600円　①4-02-264319-6

◆◆内村　剛介（1920～2009）

◇シベリアの思想家―内村剛介とソルジェニーツィン　陶山幾朗著　名古屋　風琳堂　1994.5　305p　20cm　2575円　①4-89426-

510-9

◆◆江藤 淳（1932〜1999）

◇江藤さんの決断　朝日新聞「こころ」のページ編　朝日新聞社　2000.1　238p　19cm　1200円　Ⓘ4-02-257473-9
◇江藤淳の生活と意見　池谷敏忠著　名古屋　晃学出版　2001.8　101p　19cm　5000円　Ⓘ4-905952-85-9
◇三島由紀夫の沈黙―その死と江藤淳・石原慎太郎　伊藤勝彦著　東信堂　2002.7　281p　20cm　2500円　Ⓘ4-88713-448-7
◇群像日本の作家―27　江藤淳　江藤淳ほか著　小学館　1997.7　298p　20cm　2247円　Ⓘ4-09-567027-4
◇作家の自伝―75　江藤淳　江藤淳著,武藤康史編解説　日本図書センター　1998.4　261p　22cm　（シリーズ・人間図書館）　2600円　Ⓘ4-8205-9519-9,4-8205-9504-0
◇江藤淳と少女フェミニズム的戦後―サブカルチャー文学論序章　大塚英志著　筑摩書房　2001.11　219p　20cm　1600円　Ⓘ4-480-82347-6
◇江藤淳と少女フェミニズム的戦後　大塚英志著　筑摩書房　2004.9　239p　15cm　（ちくま学芸文庫）　900円　Ⓘ4-480-08876-8
◇江藤―神話からの覚醒　高沢秀次著　筑摩書房　2001.11　257p　20cm　（戦後思想の挑戦）　2300円　Ⓘ4-480-84733-2
◇江藤淳　田中和生著　慶応義塾大学出版会　2001.7　246p　20cm　2200円　Ⓘ4-7664-0857-8
◇江藤淳1960　中央公論編集部編　中央公論新社　2011.10　223p　21cm　（『中央公論』特別編集　年譜あり）　2200円　Ⓘ978-4-12-004296-6
◇アメリカ―村上春樹と江藤淳の帰還　坪内祐三著　扶桑社　2007.12　225p　20cm　1600円　Ⓘ978-4-594-05539-4
◇江藤淳氏の批評とアメリカ―『アメリカと私』をめぐって　広木寧著　慧文社　2010.4　480p　19cm　3000円　Ⓘ978-4-86330-040-8
◇江藤淳という人　福田和也著　新潮社　2000.6　199p　20cm　1400円　Ⓘ4-10-390906-4
◇国家論―石原慎太郎と江藤淳。「敗戦」がもたらしたもの―　渡辺望著　総和社　2012.9　226p　19cm　1500円　Ⓘ978-4-86286-062-0

◆◆小笠原 克（1931〜1999）

◇北の風土の批評精神―発生と展開　風巻景次郎から小笠原克へ　北海道文学館編　札幌　北海道文学館　2005.2　50p　26cm　〈会期・会場：2005年2月26日〜3月27日　北海道立文学館特別展示室　年表あり〉

◆◆尾崎 秀樹（1928〜1999）

◇歳月―尾崎秀樹の世界　尾崎秀樹著　学陽書房　1999.11　261p　19cm　1500円　Ⓘ4-313-85130-5
◇尾崎秀樹著作目録　尾崎恵子　2007.9　40,134p　21cm

◆◆小田 実（1932〜2007）

◇小田実「タダの人」の思想と文学　黒古一夫著　勉誠出版　2002.1　253p　20cm　（遊学叢書 22）　2300円　Ⓘ4-585-04082-X
◇市民たちの青春―小田実と歩いた世界　小中陽太郎著　講談社　2008.11　245p　20cm　1500円　Ⓘ978-4-06-214977-8
◇小田実の思想と文学―全体小説を短編で書くこと　ローマン・ローゼンバウム述　京都　国際日本文化研究センター　2011.3　34p　21cm　（日文研フォーラム　第240回　国際日本文化研究センター編）〈他言語標題：The thought and literature of Oda Makoto　会期・会場：2010年12月14日　ハートピア京都〉

◆◆小田切 秀雄（1916〜2000）

◇小田切秀雄・書簡と追想　小田切秀雄著,今谷弘編著　弘前　水星舎　2006.2　113p　18cm　1000円
◇小田切秀雄研究　「囲む会」編　菁柿堂　2001.10　302p　22cm〈年譜あり〉　3500円　Ⓘ4-7952-8000-2
◇小田切秀雄の文学論争　囲む会編　菁柿堂　2005.10　318p　22cm〈星雲社（発売）〉　3500円　Ⓘ4-434-07047-9

批評（文学史）

◇先生のふみあと—小田切秀雄の片鱗　清水節治編著　出版地不明　清水節治　2006.11　221p　26cm〈私家版　肖像あり〉　非売品

◆◆折原 脩三（1918〜1991）

◇ひとつの昭和精神史—折原脩三の老いる、戦場、天皇と親鸞　伊藤益臣著　思想の科学社　2006.12　347p　20cm〈肖像あり〉　2500円　⑪4-7836-0100-3

◆◆風巻 景次郎（1902〜1960）

◇北の風土の批評精神—発生と展開　風巻景次郎から小笠原克へ　北海道文学館編　札幌　北海道文学館　2005.2　50p　26cm〈会期・会場：2005年2月26日〜3月27日 北海道立文学館特別展示室　年表あり〉

◆◆亀井 勝一郎（1907〜1966）

◇亀井勝一郎研究序説　渡部治著　新訂　三芳町（埼玉県）　現代思想研究会　2012.11　187p　22cm〈年譜あり〉　非売品

◆◆唐木 順三（1904〜1980）

◇わが内なる唐木順三　大野順一著　南雲堂フェニックス　2006.11　287p　20cm〈肖像あり　年譜あり〉　2800円　⑪4-88896-379-7

◇反時代的思索者—唐木順三とその周辺　粕谷一希著　藤原書店　2005.6　316p　20cm　2500円　⑪4-89434-457-2

◆◆柄谷 行人（1941〜）

◇吉本隆明と柄谷行人　合田正人著　PHP研究所　2011.5　313p　18cm　（PHP新書 733）〈並列シリーズ名：PHP SHINSHO　文献あり〉　760円　⑪978-4-569-79431-0

◇柄谷行人　関井光男編　至文堂　1995.12　344p　21cm　（「国文学解釈と鑑賞」別冊）　2200円

◇柄谷行人論　久本福子著　エディター・ショップ　2000.7　240p　20cm　1600円　⑪4-9980884-0-8

◇文化ファシズム—緊急liveレポート　久本福子著　エディター・ショップ　2001.6　276p　21cm〈星雲社（発売）〉　1600円　⑪4-434-01006-9

◆◆河上 徹太郎（1902〜1980）

◇河上徹太郎私論　遠山一行著　新潮社　1992.9　258p　20cm　2000円　⑪4-10-314903-5

◇ある回想—小林秀雄と河上徹太郎　野々上慶一著　新潮社　1994.10　213p　20cm　2500円　⑪4-10-401001-4

◆◆北川 省一（1911〜1993）

◇貧道豊かなり—良寛と生きた北川省一　評伝　坂本竜彦著　恒文社　1994.5　286p　20cm　2500円　⑪4-7704-0763-7

◆◆北川 透（1935〜）

◇感受性の冒険者・北川透　高堂敏治著　名古屋　風琳堂　1990.6　239p　20cm　2060円

◇塹壕と模倣—鮎川信夫・北川透・中原中也　成田昭男著　東郷町（愛知県）　幻原社　2011.4　480p　22cm　3000円

◆◆紀田 順一郎（1935〜）

◇横浜少年物語—歳月と読書　紀田順一郎著　文芸春秋　2009.2　254p　20cm　1619円　⑪978-4-16-371250-5

◆◆キーン, ドナルド（1922〜）

◇ドナルド・キーン「日本文化と女性」—大妻学院創立100周年記念学術講演会 講演録　ドナルド・キーン述　大妻学院　2008.11　24p　26cm〈会期・会場：平成20年10月18日 大妻女子大学大妻講堂〉　非売品

◆◆小林 秀雄（1902〜1983）

◇小林秀雄論覚え書　阿部到著　おうふう　1999.1　199p　21cm　3400円　⑪4-273-03047-0

◇作家論　粟津則雄著　思潮社　2007.7　619p　23cm　（粟津則雄著作集 第4巻 粟津則雄著）〈肖像あり〉　7800円　⑪978-4-

批評（文学史）

◇メタフィジカ！　池田晶子著　京都　法蔵館　1992.4　201p　20cm　2200円　①4-8318-7197-4

◇小林秀雄と〈うた〉の倫理―『無常という事』を読む　出岡宏著　ぺりかん社　2010.12　238p　20cm〈索引あり〉　2600円　①978-4-8315-1287-1

◇超克の思想　岩本真一著　水声社　2008.12　279p　22cm　3500円　①978-4-89176-704-4

◇小林秀雄論―批評精神から創造精神へ　梅崎幸吉著　JCA出版　1992.5　109p　22cm　1200円

◇小林秀雄　江藤淳著　講談社　2002.8　505p　16cm　（講談社文芸文庫）　1700円　①4-06-198303-2

◇群像日本の作家―14　小林秀雄　大岡信ほか編, 阿部良雄ほか著　小学館　1991.10　343p　20cm〈小林秀雄の肖像あり〉　1800円　①4-09-567014-2

◇戦時下の小林秀雄に関する研究　尾上新太郎著　大阪　和泉書院　2006.3　238p　22cm（近代文学研究叢刊 33）　7000円　①4-7576-0365-7

◇小林秀雄とは誰か―断ち切られた時間と他者　荻原真著　洋々社　1999.6　222p　19cm　2200円　①4-89674-912-X

◇小林秀雄―越知保夫全作品　越知保夫著, 若松英輔編　慶応義塾大学出版会　2010.5　531p　20cm〈文献あり　年譜あり〉　2400円　①978-4-7664-1738-8

◇小林秀雄批評という方法　樫原修著　洋々社　2002.10　269p　22cm　2400円　①4-89674-915-4

◇小林秀雄の昭和　神山睦美著　思潮社　2010.10　278,10p　20cm〈文献あり　索引あり〉　3000円　①978-4-7837-1662-4

◇声で読む小林秀雄　川副国基著　学灯社　2007.5　261p　19cm〈肖像あり　年譜あり〉　1800円　①978-4-312-70008-7

◇小林秀雄の思ひ出―その世界をめぐつて　郡司勝義著　文芸春秋　1993.11　445p　20cm　2000円　①4-16-348150-8

◇わが小林秀雄ノート―向日性の時代　郡司勝義著　未知谷　2000.2　413p　20cm　3200円　①4-89642-006-3

◇批評の出現　郡司勝義著　未知谷　2000.10　444p　20cm　（わが小林秀雄ノート　第2）　3500円　①4-89642-019-5

◇歴史の探究　郡司勝義著　未知谷　2001.3　445p　20cm　（わが小林秀雄ノート　第3）　3500円　①4-89642-031-4

◇作家の自伝―92　小林秀雄　小林秀雄著, 吉田煕生解説　日本図書センター　1999.4　228p　22cm　（シリーズ・人間図書館）　2600円　①4-8205-9537-7,4-8205-9525-3

◇小林秀雄　小林秀雄著　京都　新学社　2006.6　359p　16cm　（新学社近代浪漫派文庫 38）　1343円　①4-7868-0096-1

◇小林秀雄の永久革命―漱石・直哉・整・健三郎　佐藤公一著　アーツアンドクラフツ　2006.7　438p　20cm　3800円　①4-901592-34-3

◇小林秀雄のコア―文学イデオロギー　佐藤公一著　アーツアンドクラフツ　2007.7　220p　20cm　2200円　①978-4-901592-43-7

◇小林秀雄の超＝近代―セザンヌ・ゴッホ・ピカソ・漱石　佐藤公一著　アーツ・アンド・クラフツ　2009.2　258p　20cm　2500円　①978-4-901592-51-2

◇小林秀雄創造と批評　佐藤雅男著　専修大学出版局　2004.4　287p　21cm〈年譜あり〉　2800円　①4-88125-151-1

◇小林秀雄―近代日本の発見　佐藤正英著　講談社　2008.3　230p　19cm　（再発見日本の哲学）〈年譜あり　文献あり〉　1300円　①978-4-06-278755-0

◇小林秀雄―悪を許す神を赦せるか　島弘之著　新潮社　1994.3　213p　20cm　1800円　①4-10-396801-X

◇小林秀雄全集―別巻2　白洲明子ほか　新潮社　2002.7　495p　23cm〈肖像あり　年譜あり　著作目録あり〉　8000円　①4-10-643536-5

◇人生の鍛錬―小林秀雄の言葉　新潮社編　新潮社　2007.4　253p　18cm　（新潮新書）〈年譜あり〉　720円　①978-4-10-610209-7

◇小林秀雄への試み―〈関係〉の飢えをめぐって　関谷一郎著　洋々社　1994.10　263p　20cm　2000円　①4-89674-905-7

◇小林秀雄―声と精神　高橋英夫著　小沢書店　1993.10　246p　20cm　2266円

日本近現代文学案内　431

批評（文学史）

◇生きること生かされること―続　高見沢潤子著　海竜社　1989.3　206p　20cm　〈「続」の副書名：兄小林秀雄の真実〉　1200円　Ⓘ4-7593-0226-3

◇生きることは愛すること―兄小林秀雄の実践哲学　高見沢潤子著　海竜社　1993.2　214p　20cm　1300円　Ⓘ4-7593-0337-5

◇人間の老い方死に方―兄小林秀雄の足跡　高見沢潤子著　海竜社　1995.11　203p　20cm　1500円　Ⓘ4-7593-0435-5

◇兄小林秀雄　高見沢潤子著　限定版　新座埼玉福祉会　1999.5　2冊　22cm　（大活字本シリーズ）　各3400円

◇兄小林秀雄との対話―人生について　高見沢潤子著　講談社　2011.10　242p　16cm　（講談社文芸文庫　たAI1）〈並列シリーズ名：Kodansha Bungei bunko　年譜あり〉　1400円　Ⓘ978-4-06-290137-6

◇小林秀雄の宗教的魂　永藤武著　日本教文社　1990.2　295p　20cm　（教文選書）　1700円　Ⓘ4-531-01514-2

◇わが従兄・小林秀雄　西村孝次著　筑摩書房　1995.7　223p　20cm　2000円　Ⓘ4-480-82322-0

◇小林秀雄とともに　西村貞二著　求竜堂　1994.2　214p　20cm　〈小林秀雄および著者の肖像あり〉　2200円　Ⓘ4-7630-9331-2

◇小林秀雄のこと　二宮正之著　岩波書店　2000.2　370p　20cm　3200円　Ⓘ4-00-022808-0

◇思い出の小林秀雄　野々上慶一著　新潮社　2003.2　237p　20cm　1900円　Ⓘ4-10-401002-2

◇小林秀雄美的モデルネの行方　野村幸一郎著　大阪　和泉書院　2006.9　234p　20cm　（和泉選書 151）　3500円　Ⓘ4-7576-0381-9

◇小林秀雄の恵み　橋本治著　新潮社　2007.12　414p　20cm　1800円　Ⓘ978-4-10-406110-5

◇小林秀雄の恵み　橋本治著　新潮社　2011.3　523p　16cm　（新潮文庫　は-15-6）　667円　Ⓘ978-4-10-105416-2

◇小林秀雄先生来る　原田宗典著　新潮社　2008.12　138p　20cm　1300円　Ⓘ978-4-10-381105-3

◇小林秀雄論　藤田寛著　大阪　せせらぎ出版　2003.6　178p　20cm　1800円　Ⓘ4-88416-120-3

◇小林秀雄ノオト　星加輝光著　新訂　福岡　梓書院　2001.5　302p　19cm　〈年譜あり〉　1905円　Ⓘ4-87035-157-9

◇小林秀雄論―〈孤独〉から〈無私〉へ　細谷博著　おうふう　2002.2　293p　22cm　（南山大学学術叢書）　4800円　Ⓘ4-273-03218-X

◇小林秀雄―人と文学　細谷博著　勉誠出版　2005.3　242p　20cm　（日本の作家100人）〈年譜あり　文献あり〉　1800円　Ⓘ4-585-05178-3

◇小林秀雄　前田英樹著　河出書房新社　1998.1　248p　20cm　2300円　Ⓘ4-309-01194-2

◇夢みたさきに―小林秀雄魂の呻き　増田由喜子著　佐久　櫟　2011.1　169p　19cm　〈文献あり〉　1800円　Ⓘ978-4-903880-07-5

◇青春の終焉　三浦雅士著　講談社　2012.4　539p　15cm　（講談社学術文庫 2104）　1500円　Ⓘ978-4-06-292104-6

◇批評と文芸批評と―小林秀雄「感想」の周辺　水谷真人著　試論社　2007.7　251p　20cm　2800円　Ⓘ978-4-903122-08-3

◇小林秀雄と福田恆存の信頼―評論集　宮入弘光著　さいたま　軌跡社　2012.11　242p　20cm　〈著作目録あり〉　2000円　Ⓘ978-4-9906607-2-7

◇小林秀雄の脳を覗く―辺縁系的な生の批評家　森崎信尋著　近代文芸社　2008.10　192p　18cm　（近代文芸社新書）　1000円　Ⓘ978-4-7733-7590-9

◇小林秀雄の論理―美と戦争　森本淳生著　京都　人文書院　2002.7　439p　19cm　2900円　Ⓘ4-409-16083-4

◇小林秀雄論―精神史としての批評の究極　森脇善明著　京都　晃洋書房　2003.7　401,12p　22cm　〈文献あり〉　3800円　Ⓘ4-7710-1413-2

◇文体の論理―小林秀雄の思考の構造　柳父章著　新装版　法政大学出版局　2003.3　258p　20cm　2500円　Ⓘ4-588-43608-2

◇小林秀雄の流儀　山本七平著　PHP研究所　1994.6　299p　15cm　（PHP文庫）　660円　Ⓘ4-569-56648-0

◇小林秀雄の流儀　山本七平著　新潮社　2001.5　339p　16cm　（新潮文庫）　514円　①4-10-129422-4

◇小林秀雄論―イカロス失墜　ゆりはじめ著　マルジュ社　1991.2　206p　20cm　1900円

◇小林秀雄必携　吉田熈生編　学灯社　1989.4　236p　22cm〈『別冊国文学』改装版〉　1750円　①4-312-00526-5

◇吉本隆明資料集―69　戦後詩における修辞論・小林秀雄をめぐって　吉本隆明著　高知　猫々堂　2007.10　112p　21cm　1300円

◆◆◆比較・影響

◇小林秀雄とその時代　饗庭孝男著　小沢書店　1997.3　322p　20cm　（小沢コレクション 50）　2472円　①4-7551-2050-0

◇小林秀雄とサルトル　金山誠著　熊本　三章文庫　1998.1　285p　19cm　1800円

◇小林秀雄とドストエフスキー　神山宏著〔神山宏〕　2002.2　205p　20cm　2500円

◇小林秀雄とドストエフスキー　神山宏著　文芸社　2004.1　209p　20cm　1500円　①4-8355-6801-X

◇世界という背理―小林秀雄と吉本隆明　竹田青嗣著　講談社　1996.4　246p　15cm　（講談社学術文庫）　760円　①4-06-159225-4

◇小林秀雄とウィトゲンシュタイン　中村昇著　横浜　春風社　2007.3　244p　20cm〈他言語標題：Hideo Kobayashi-Ludwig Josef Johann Wittgenstein　文献あり〉　2500円　①978-4-86110-106-9

◇高級な友情―小林秀雄と青山二郎　野々上慶一著　小沢書店　1989.11　255p　20cm　2575円

◇ある回想―小林秀雄と河上徹太郎　野々上慶一著　新潮社　1994.10　213p　20cm　2500円　①4-10-401001-4

◇高級な友情―小林秀雄と青山二郎　野々上慶一著　講談社　2008.8　285p　16cm　（講談社文芸文庫）〈著作目録あり　年譜あり〉　1400円　①978-4-06-290023-2

◇奇蹟への回路―小林秀雄・坂口安吾・三島由紀夫　松本徹著　勉誠社　1994.10　360p　20cm　2575円　①4-585-05008-6

◇小林秀雄とベルクソン―「感想」を読む　山崎行太郎著　彩流社　1991.1　222p　20cm　2000円　①4-88202-189-7

◇小林秀雄とベルクソン―「感想」を読む　山崎行太郎著　増補版　彩流社　1997.11　251p　20cm　2400円　①4-88202-497-7

◇吉本隆明資料集―64　小林秀雄・芥川龍之介における虚と実　吉本隆明著　吉本隆明著　高知　猫々堂　2007.4　119p　21cm　1300円

◆◆小松　清（1900～1962）

◇小松清―ヒューマニストの肖像　林俊, クロード・ピショワ共著　白亜書房　1999.8　516,9p　19cm　3800円　①4-89172-656-3

◆◆須賀　敦子（1929～1998）

◇須賀敦子が歩いた道　須賀敦子, 松山巌, アレッサンドロ・ジェレヴィーニ, 芸術新潮編集部著　新潮社　2009.9　127p　21cm　（とんぼの本）〈文献あり　年譜あり〉　1400円　①978-4-10-602193-0

◇須賀敦子静かなる魂の旅―永久保存ボックス/DVD＋愛蔵本　須賀敦子, 中山エツコ, ジョルジョ・アミトラーノほか著　河出書房新社　2010.9　94p　20cm〈著作目録あり　年譜あり〉　4800円　①978-4-309-02003-7

◇須賀敦子を読む　湯川豊著　新潮社　2009.5　205p　20cm〈著作目録あり　年譜あり〉　1600円　①978-4-10-314931-6

◇須賀敦子を読む　湯川豊著　新潮社　2011.12　238p　16cm　（新潮文庫 ゆ-12-1）〈年譜あり　著作目録あり〉　460円　①978-4-10-136756-9

◆◆洲之内　徹（1913～1987）

◇彼もまた神の愛でし子か―洲之内徹の生涯　大原富枝著　ウェッジ　2008.8　242p　16cm　（ウェッジ文庫）〈文献あり〉　667円　①978-4-86310-027-5

◇洲之内徹の風景　「回想の現代画廊」刊行会編　春秋社　1996.2　329p　20cm　3914円　①4-393-44714-X

◇洲之内徹絵のある一生　洲之内徹, 関川夏央,

批評（文学史）

丹尾安典,大倉宏ほか著　新潮社　2007.10　143p　21cm　（とんぼの本）　1600円　①978-4-10-602163-3

◇洲之内徹という男　深谷考著　青弓社　1998.3　206p　20cm　2200円　①4-7872-9127-0

◆◆滝口 修造（1903～1979）

◇滝口修造沈黙する球体　岩崎美弥子著　水声社　1998.9　221p　20cm　2800円　①4-89176-366-3

◇孤光の三巨星―稲垣足穂・滝口修三・埴谷雄高　中村幸夫著　名古屋　風琳堂　1994.5　233p　19cm　2060円　①4-89426-511-7

◆◆武井 昭夫（1927～2010）

◇幻のヤマー「武井昭夫小論」・その他　畑中康雄著　国分寺　武蔵野書房　1998.12　195p　20cm　2000円

◆◆竹内 好（1910～1977）

◇竹内好の文学精神　岡山麻子著　論創社　2002.6　295,3p　20cm　3000円　①4-8460-0223-1

◇竹内好という問い　孫歌著　岩波書店　2005.5　321p　20cm　〈年譜あり〉　3600円　①4-00-023764-0

◇無根のナショナリズムを超えて―竹内好を再考する　鶴見俊輔,加々美光行編　日本評論社　2007.7　285p　19cm　2200円　①978-4-535-58506-5

◇竹内好論　松本健一著　岩波書店　2005.6　332p　15cm　（岩波現代文庫 学術）〈第三文明社1975年刊の増補〉　1100円　①4-00-600147-9

◇竹内好アジアとの出会い―人と思考の軌跡　丸川哲史著　河出書房新社　2010.1　220p　19cm　（河出ブックス 010）〈年譜あり〉　1300円　①978-4-309-62410-3

◇武田泰淳と竹内好―近代日本にとっての中国　渡辺一民著　みすず書房　2010.2　324,8p　20cm　〈索引あり〉　3800円　①978-4-622-07515-8

◆◆辰野 隆（1888～1964）

◇辰野隆・日仏の円形広場　出口裕弘著　新潮社　1999.9　226p　20cm　1700円　①4-10-410202-4

◆◆種村 季弘（1933～2004）

◇種村季弘の箱―怪人タネラムネラ　長坂町（山梨県）　アトリエOCTA　2002.4　256p　21cm　（別冊幻想文学 13）　1800円　①4-900757-13-6

◇種村季弘―ぼくたちの伯父さん　追悼特集　河出書房新社　2006.1　191p　21cm　（Kawade道の手帖）〈著作目録あり　年譜あり〉　1500円　①4-309-74006-5

◆◆津川 武一（1910～1988）

◇津川武一日記―第3巻　日本民主主義文学同盟弘前支部編　弘前　北方新社　1991.9　628p　23cm　〈著者の肖像あり〉　3800円

◇津川武一日記―第1巻　日本民主主義文学同盟弘前支部編　弘前　北方新社　1992.3　482p　23cm　〈著者の肖像あり〉　3800円

◇津川武一日記―第2巻　日本民主主義文学同盟弘前支部編　弘前　北方新社　1992.9　495p　23cm　〈著者の肖像あり〉　3800円

◇津川武一日記―第4巻　日本民主主義文学同盟弘前支部編　弘前　北方新社　1993.3　498p　23cm　〈著者の肖像あり〉　3800円

◇津川武一日記―第5巻　日本民主主義文学同盟弘前支部編　弘前　北方新社　1993.3　563p　23cm　〈著者の肖像あり〉　3800円

◇津川武一日記―第6巻　日本民主主義文学同盟弘前支部編　弘前　北方新社　1994.3　570p　23cm　〈著者の肖像あり〉　3800円

◇津川武一日記―第7巻　日本民主主義文学同盟弘前支部編　弘前　北方新社　1994.9　597p　23cm　〈著者の肖像あり〉　3800円

◇津川武一日記―第8巻　日本民主主義文学同盟弘前支部編　弘前　北方新社　1995.3　588p　23cm　3800円　①4-89297-001-8

◆◆鳥居 省三（1925～2006）

◇鳥居省三書誌　木村修一編　釧路　釧路短

期大学　1998.10　155p　21cm　非売品

◆◆中野　孝次（1925〜2004）

◇中野孝次展―今ここに生きる　神奈川文学振興会編　横浜　県立神奈川近代文学館　2006.6　36p　26cm〈会期・会場：2006年6月10日〜7月30日 県立神奈川近代文学館　共同刊行：神奈川文学振興会　年譜あり〉

◆◆中村　光夫（1911〜1988）

◇超克の思想　岩本真一著　水声社　2008.12　279p　22cm　3500円　①978-4-89176-704-4
◇中村光夫論　河底尚吾著　国分寺　武蔵野書房　1998.3　443p　22cm　4762円
◇中村光夫研究　論究の会編　七月堂（発売）　1995.6　228p　22cm　2000円

◆◆丹羽　正明（1932〜）

◇丹羽正明書誌・稿―東京南部の文学運動のなかで 1957〜2005 私家版　浜賀知彦編　浜賀知彦　2005.10　46p　21cm〈年譜あり〉

◆◆蓮田　善明（1904〜1945）

◇蓮田善明日本伝説　松本健一著　河出書房新社　1990.11　184p　20cm　1800円　①4-309-00657-4

◆◆長谷川　泉（1918〜2004）

◇長谷川泉著作選―10　対談　長谷川泉著　明治書院　1993.4　312p　19cm　3800円　①4-625-53110-1
◇長谷川泉著作選　月報―1-12　明治書院　1991.6〜1998.2　1冊　19cm

◆◆福田　恆存（1912〜1994）

◇劇的なる精神福田恒存　井尻千男著　日本教文社　1994.6　266p　20cm（教文選書）1700円　①4-531-01517-7
◇劇的なる精神・福田恒存　井尻千男著　徳間書店　1998.7　299p　16cm（徳間文庫―教養シリーズ）552円　①4-19-890934-2
◇超克の思想　岩本真一著　水声社　2008.12　279p　22cm　3500円　①978-4-89176-704-4
◇福田恒存と三島由紀夫―1945〜1970 上　遠藤浩一著　〔柏〕　麗沢大学出版会　2010.4　337p　20cm〈柏 広池学園事業部（発売）〉　2800円　①978-4-89205-596-6
◇福田恒存と三島由紀夫―1945〜1970 下　遠藤浩一著　〔柏〕　麗沢大学出版会　2010.4　317p　20cm〈柏 広池学園事業部（発売）　文献あり〉　2800円　①978-4-89205-597-3
◇福田恒存論　金子光彦著　近代文芸社　1996.5　211p　20cm　1800円　①4-7733-5405-4
◇福田恒存―人間は弱い　川久保剛著　京都　ミネルヴァ書房　2012.7　269,15p　20cm（ミネルヴァ日本評伝選）〈文献あり 年譜あり 索引あり〉　3000円　①978-4-623-06388-8
◇福田恒存と戦後の時代―保守の精神とは何か　土屋道雄著　日本教文社　1989.8　276p　20cm（教文選書）1600円　①4-531-01511-8
◇絶対の探求―福田恒存の軌跡　中村保男著　〔柏〕　麗沢大学出版会　2003.8　220p　20cm〈柏 広池学園事業部（発売）〉　2000円　①4-89205-467-4
◇福田恒存思想の〈かたち〉―イロニー・演戯・言葉　浜崎洋介著　新曜社　2011.11　426p　20cm〈索引あり〉　3900円　①978-4-7885-1263-4
◇文学の救ひ―福田恒存の言説と行為と　前田嘉則著　郁朋社　1999.4　187p　19cm　1500円　①4-87302-020-4
◇小林秀雄と福田恒存の信頼―評論集　宮入弘光著　さいたま　軌跡社　2012.11　242p　20cm〈著作目録あり〉　2000円　①978-4-9906607-2-7
◇証言三島由紀夫・福田恒存たった一度の対決　持丸博,佐藤松男著　文芸春秋　2010.10　263p　20cm　1619円　①978-4-16-373250-3

◆◆松尾　聰（1907〜1997）

◇忘れえぬ女性―松尾聰遺稿拾遺と追憶　松尾聰,松尾八洲子,松尾光著　横浜　翔の会　2001.10　406p　20cm〈肖像あり〉　4500円　①4-939063-03-8

批評（文学史）

◆◆松村 緑（1909〜1978）

◇松村緑の人と学問―日本近代詩研究の一足跡　大嶋知子著　教育出版センター　1995.1　247p　20cm　〈以文選書 43〉　2400円　①4-7632-1540-X

◇評伝松村緑―明治の詩人研究に生涯をかけた女性　黒田えみ著　岡山　詩の会・裸足　2003.2　117p　13×19cm　〈肖像あり〉　800円

◆◆丸谷 才一（1925〜2012）

◇群像日本の作家―25　丸谷才一　丸谷才一ほか著　小学館　1997.3　283p　20cm　2200円　①4-09-567025-8

◆◆丸山 眞男（1914〜1996）

◇丸山真男戦中備忘録　丸山真男著　日本図書センター　1997.7　171p　27cm　4800円　①4-8205-1941-7

◇丸山真男と文学の光景　山崎正純著　洋々社　2008.4　258p　20cm　2400円　①978-4-89674-921-2

◇吉本隆明が語る戦後55年―12　批評とは何か／丸山真男について　吉本隆明ほか著, 吉本隆明研究会編　三交社　2003.11　146p　21cm　2000円　①4-87919-212-0

◇吉本隆明資料集―46　丸山眞男論―一橋新聞初出　吉本隆明著　高知　猫々堂　2005.6　107p　21cm　〈文献あり〉　1300円

◆◆村上 一郎（1920〜1975）

◇振りさけ見れば　村上一郎著　新装版　而立書房　1990.7　455p　20cm　1854円　①4-88059-011-8

◆◆安原 顯（1939〜2003）

◇ヤスケンの海　村松友視著　幻冬舎　2003.5　277p　20cm　1600円　①4-344-00347-0

◆◆山岸 外史（1904〜1977）

◇人間山岸外史　池内規行著　水声社　2012.11　412p　20cm　〈「評伝・山岸外史」（万有企画 昭和60年刊）改題、加筆増補　文献あり　著作目録あり　年譜あり〉　4000円　①978-4-89176-924-6

◆◆山室 静（1906〜2000）

◇山室静とふるさと　荒井武美著　長野　一草舎出版　2006.3　322p　20cm　〈肖像あり　著作目録あり　年譜あり〉　3500円　①4-902842-20-3

◇山室静論　諏訪優著, 堀江泰紹編　町田　町田ジャーナル社　2000.5　144p　22cm　〈肖像あり〉　1000円

◇記念誌「故郷」―山室静先生文学碑建立　山室静先生文学碑建設実行委員会記念誌編集委員編　佐久　山室静先生文学碑建設委員会　1995.1　47p　26cm　非売品

◇山室静自選著作集月報　松本　郷土出版社　1993.11　95p　18cm　非売品

◆◆山本 健吉（1907〜1988）

◇走馬灯―父山本健吉の思い出　山本安見著　富士見書房　1989.5　222p　20cm　1600円　①4-8291-7077-8

◇K氏のベレー帽・父・山本健吉をめぐって　山本安見子著　河出書房新社　2000.12　239p　20cm　2000円　①4-309-01391-0

◆◆吉本 隆明（1924〜2012）

◇吉本隆明の東京　石関善治郎著　作品社　2005.12　260p　20cm　〈年譜あり〉　1800円　①4-86182-060-X

◇吉本隆明の帰郷　石関善治郎著　思潮社　2012.8　211p　20cm　2200円　①978-4-7837-1680-8

◇磯田光一著作集―2　戦後批評家論・吉本隆明全論考　磯田光一著　小沢書店　1990.9　490p　20cm　4944円

◇花田清輝論―吉本隆明／戦争責任／コミュニズム　乾口達司著　京都　柳原出版　2003.2　309p　20cm　2800円　①4-8409-4601-9

◇吉本隆明をよむ日　岡井隆著　思潮社　2002.2　234p　20cm　2400円　①4-7837-1605-6

◇吉本隆明1968　鹿島茂著　平凡社　2009.5

423p　18cm　(平凡社新書 459)　960円　①978-4-582-85459-6

◇吉本隆明論―戦争体験の思想　梶原宣俊著　新風舎　2004.12　159p　19cm〈文献あり　年譜あり〉　1200円　①4-7974-4935-7

◇吉本隆明の批評における〈孤立〉と〈独立〉　金山誠著　熊本　三章文庫　1996.10　216p　19cm　1456円

◇吉本隆明という「共同幻想」　呉智英著　筑摩書房　2012.12　222p　19cm　1400円　①978-4-480-84300-5

◇吉本隆明と柄谷行人　合田正人著　PHP研究所　2011.5　313p　18cm　(PHP新書 733)〈並列シリーズ名：PHP SHINSHO 文献あり〉　760円　①978-4-569-79431-0

◇吉本隆明―思想の普遍性とは何か　小浜逸郎著　筑摩書房　1999.3　328p　20cm　(戦後思想の挑戦)　2200円　①4-480-84732-4

◇吉本隆明入門　斎藤慎爾編　思潮社　2003.11　300p　21cm　(現代詩手帖臨時増刊「吉本隆明」 3(2003))〈執筆：磯田光一ほか　肖像あり　年譜あり　著作目録あり〉　1800円　①4-7837-1857-1

◇吉本隆明に関する12章　斎藤慎爾責任編集　洋泉社　2007.5　286p　18cm　(新書y)　820円　①978-4-86248-145-0

◇米沢時代の吉本隆明　斎藤清一編著　梟社　2004.6　251p　20cm〈新泉社(発売)〉　2000円　①4-7877-6313-X

◇吉本隆明の時代　絓秀実著　作品社　2008.11　385p　20cm〈年表あり〉　2800円　①978-4-86182-208-7

◇吉本隆明の言葉と「望みなきとき」のわたしたち　瀬尾育生著,佐藤幹夫聞き手　言視舎　2012.9　244p　19cm　(飢餓陣営叢書)　1800円　①978-4-905369-44-8

◇生きていくのに大切な言葉吉本隆明74語　勢古浩爾著　二見書房　2005.1　255p　19cm　1100円　①4-576-04233-5

◇ぼくが真実を口にすると―吉本隆明88語　勢古浩爾著　筑摩書房　2011.3　294p　15cm　(ちくま文庫　せ12-1)〈『生きていくのに大切な言葉』(二見書房2005年刊)の改題、増補〉　880円　①978-4-480-42805-9

◇最後の吉本隆明　勢古浩爾著　筑摩書房　2011.4　366p　19cm　(筑摩選書 0016)〈文献あり〉　1800円　①978-4-480-01519-8

◇主題としての吉本隆明　芹沢俊介著　春秋社　1998.2　205p　20cm　1900円　①4-393-33176-1

◇宿業の思想を超えて―吉本隆明の親鸞　芹沢俊介著　批評社　2012.7　175p　19cm　(サイコ・クリティーク 18)　1700円　①978-4-8265-0564-2

◇吉本隆明―現代思想の光貌　添田馨著　大宮　林道舎　1989.1　117p　20cm　1600円　①4-947632-30-5

◇吉本隆明―論争のクロニクル　添田馨著　札幌　響文社　2010.7　239p　20cm〈索引あり〉　1800円　①978-4-87799-069-5

◇吉本隆明―1945-2007　高沢秀次著　インスクリプト　2007.9　269p　20cm　2800円　①978-4-900997-17-2

◇思想の危険について―吉本隆明のたどった軌跡　田川建三著　新装版　インパクト出版会　2004.10　406p　20cm　3000円　①4-7554-0145-3

◇吉本隆明の世界　中央公論編集部編　中央公論新社　2012.6　223p　21cm〈中央公論特別編集　年譜あり〉　1800円　①978-4-12-004396-3

◇最後の思想―三島由紀夫と吉本隆明　富岡幸一郎著　アーツアンドクラフツ　2012.11　206p　20cm〈年譜あり〉　2200円　①978-4-901592-81-9

◇私が読んだ吉本隆明　西山道子著　日本図書刊行会　2002.12　187p　20cm〈近代文芸社(発売)〉　1500円　①4-8231-0822-1

◇永遠の吉本隆明　橋爪大三郎著　洋泉社　2003.11　190p　18cm　(新書y)〈文献あり〉　720円　①4-89691-771-5

◇永遠の吉本隆明　橋爪大三郎著　増補版　洋泉社　2012.5　36p p12～228　18cm　(新書y 264)〈著作目録あり〉　800円　①978-4-86248-953-1

◇吉本隆明のDNA　藤生京子著　朝日新聞出版　2009.7　299p　19cm〈インタビュイー：姜尚中ほか　年譜あり〉　1900円　①978-4-02-250584-2

◇吉本隆明異和　松崎健一郎著　〔水戸〕　真昼のうみかぜ社　2012.1　303p　21cm

批評（文学史）

1800円　①978-4-9906206-0-8
◇「語る人」吉本隆明の一念　松崎之貞著　光文社　2012.7　277p　20cm　1500円　①978-4-334-97703-0
◇批評という鬱　三浦雅士著　岩波書店　2001.9　300p　20cm　2500円　①4-00-001926-0
◇吉本隆明における疎外から言葉へ　宮内広利著　新風舎　2003.7　95p　20cm　900円　①4-7974-3264-0
◇次の時代のための吉本隆明の読み方　村瀬学著,佐藤幹夫聞き手　洋泉社　2003.4　222p　20cm　2200円　①4-89691-717-0
◇次の時代のための吉本隆明の読み方　村瀬学著,佐藤幹夫聞き手　増補言視舎版　言視舎　2012.5　280p　19cm　（飢餓陣営叢書）〈初版の出版者：洋泉社〉　1900円　①978-4-905369-34-9
◇吉本隆明の思想　山本哲士著　三交社　2008.8　501p　20cm〈著作目録あり〉　3800円　①978-4-87919-594-4
◇吉本隆明論―続　吉田和明著　パロル舎　1991.2　273p　20cm　2300円
◇わが「転向」　吉本隆明著　文芸春秋　1995.2　197p　20cm　1100円　①4-16-349900-8
◇吉本隆明の文化学―プレ・アジア的ということ　吉本隆明ほか著　文化科学高等研究院出版局　1996.6　125p　22cm　1300円　①4-938710-10-2
◇背景の記憶　吉本隆明著　平凡社　1999.11　381p　16cm　（平凡社ライブラリー）　1200円　①4-582-76309-X
◇吉本隆明資料集―44　日本現代詩論争史―日本近代詩の源流　吉本隆明著　高知　猫々堂　2005.2　86p　21cm　1200円
◇吉本隆明資料集―45　抵抗詩・国鉄王国をやぶれ　吉本隆明著　高知　猫々堂　2005.5　87p　21cm　1200円
◇吉本隆明資料集―46　丸山真男論―一橋新聞初出　吉本隆明著　高知　猫々堂　2005.6　107p　21cm〈文献あり〉　1300円
◇吉本隆明資料集―51　書物の解体学―『海』初出　上　吉本隆明著　高知　猫々堂　2005.12　110p　21cm　1250円
◇吉本隆明資料集―52　書物の解体学―『海』初出　中　吉本隆明著　高知　猫々堂　2006.1　109p　21cm　1250円
◇吉本隆明資料集―63　戦後詩の体験・宮沢賢治論　吉本隆明著　吉本隆明著　高知　猫々堂　2007.3　88p　21cm　1200円
◇吉本隆明自著を語る　吉本隆明著　ロッキング・オン　2007.6　213p　20cm　1600円　①978-4-86052-066-3
◇吉本隆明資料集―67　賢治文学におけるユートピア・「死霊」について　吉本隆明著　吉本隆明著　高知　猫々堂　2007.8　116p　21cm　1300円
◇吉本隆明資料集―70　横光利一論・南方的要素　吉本隆明著　高知　猫々堂　2007.11　110p　21cm　1300円
◇吉本隆明資料集―71　現代詩の思想・村上龍『コインロッカー・ベイビーズ』　吉本隆明著　高知　猫々堂　2007.12　100p　21cm　1200円
◇吉本隆明の声と言葉。―その講演を立ち聞きする74分　吉本隆明監修,糸井重里編集構成　東京糸井重里事務所　2008.3　73p　22cm　（Hobonichi books）〈他言語標題：Voices and words of Yoshimoto Takaaki〉　1428円　①978-4-902516-19-7
◇吉本隆明が最後に遺した三十万字―上巻　吉本隆明、自著を語る　吉本隆明著　ロッキング・オン　2012.12　319p　20cm　2500円　①978-4-86052-111-0
◇吉本隆明が最後に遺した三十万字―下巻　吉本隆明、時代と向き合う　吉本隆明著　ロッキング・オン　2012.12　407p　20cm　2500円　①978-4-86052-112-7
◇吉本隆明論―戦後思想史の検証　鷲田小弥太著　三一書房　1990.6　471,6p　20cm　3900円　①4-380-90222-6
◇吉本隆明論―戦後思想史の検証　鷲田小弥太著　増補版　三一書房　1992.8　499,6p　20cm　4200円　①4-380-92240-5
◇吉本隆明の一九四〇（せんきゅうひゃくよんじゅう）年代　渡辺和靖著　ぺりかん社　2010.4　278p　20cm〈タイトル：吉本隆明の一九四〇年代〉　2800円　①978-4-8315-1266-6
◇吉本隆明の戦後――九五〇年代の軌跡　渡辺

和靖著　ぺりかん社　2012.3　301p　20cm　2800円　①978-4-8315-1316-8
◇吉本隆明　思潮社　2003.11　262p　21cm　（現代詩手帖臨時増刊「吉本隆明」　1（1972））〈執筆：鮎川信夫ほか　「現代詩手帖 1972年8月臨時増刊」新装版　年譜あり〉　1600円　①4-7837-1855-5
◇吉本隆明と〈現在〉　思潮社　2003.11　360p　21cm　（現代詩手帖臨時増刊「吉本隆明」　2（1986））〈執筆：磯田光一ほか　「現代詩手帖 1986年12月臨時増刊号」新装版　肖像あり　著作目録あり〉　1800円　①4-7837-1856-3

◆◆◆「共同幻想論」

◇吉本隆明と共同幻想　高橋順一著　社会評論社　2011.9　218p　19cm　（Auslegung Yoshimoto Takaakis 2）〈年譜あり〉　1800円　①978-4-7845-1807-4
◇ミシェル・フーコーと『共同幻想論』　吉本隆明, 中田平著　丸山学芸図書　1999.3　285p　20cm　2300円　①4-89542-157-0
◇吉本隆明『共同幻想論』を解体する―穴倉の中の欲望　和田司著　明石書店　2012.7　292p　20cm　2800円　①978-4-7503-3629-9

◆◆吉田　健一（1912～1977）

◇吉田健一の文明批評　池谷敏忠著　名古屋晃学出版　2006.2　83p　22cm　3500円　①4-905952-61-1
◇吉田健一の時間―黄昏の優雅　清水徹著　水声社　2003.9　282p　22cm　3500円　①4-89176-497-X
◇琥珀の夜から朝の光へ―吉田健一逍遥　高橋英夫著　新潮社　1994.6　217p　20cm　1800円　①4-10-312006-1
◇吉田健一頌　丹生谷貴志ほか著　書肆風の薔薇　1990.7　207p　19cm　（風の薔薇叢書）〈白馬書房（発売）〉　2060円　①4-89176-233-0
◇吉田健一頌　丹生谷貴志, 四方田犬彦, 松浦寿輝, 柳瀬尚紀著　第2版　水声社　2003.10　221p　19cm　（風の薔薇叢書）　2000円　①4-89176-498-8
◇吉田健一集成―別巻　新潮社　1994.6　533p　22cm　6000円　①4-10-645609-5
◇吉田健一　新潮社　1995.12　111p　20cm　（新潮日本文学アルバム　69）　1300円　①4-10-620673-0
◇吉田健一―生誕100年最後の文士　河出書房新社　2012.2　191p　21cm　（Kawade道の手帖）〈年譜あり〉　1600円　①978-4-309-74043-0

◆◆渡辺　一夫（1901～1975）

◇渡辺一夫小論―生き方の研究　芝仁太郎著　思想の科学社　1994.11　158p　22cm　1600円　①4-7836-0081-3
◇戦争と文学者の知性―永井荷風・野上弥生子・渡辺一夫　新藤謙著　いわき　九条社　2006.5　82p　21cm　（九条社ブックレット no.2）　500円

戯曲

◇新研究資料現代日本文学—第1巻　浅井清，佐藤勝，篠弘，鳥居邦朗，松井利彦，武川忠一ほか編　明治書院　2000.3　463p　21cm　4300円　Ⓣ4-625-51303-0

◇戯曲資本論　阪本勝著　ゆまに書房　2004.6　405,5p　22cm　（新・プロレタリア文学精選集 17　浦西和彦監修）〈シリーズ責任表示：浦西和彦監修　日本評論社昭和6年刊の複製　著作目録あり〉　14000円　Ⓣ4-8433-1196-0

◇悲劇論　高沖陽造著　創樹社　1994.1　343p　20cm　2500円　Ⓣ4-7943-0356-4

◇ドラマの中の人間　竹内敏晴著　晶文社　1999.10　327p　20cm　2400円　Ⓣ4-7949-6414-5

◇世界の演劇文化史—人類史の生のリズムを映す世界劇場　永野藤夫著　原書房　2001.12　383p　20cm　2800円　Ⓣ4-562-03467-X

◇戯曲・シナリオ集内容綜覧　日外アソシエーツ編　日外アソシエーツ　2002.5　1059p　22cm　（現代日本文学綜覧シリーズ 24）〈紀伊國屋書店（発売）〉　48000円　Ⓣ4-8169-1716-0,4-8169-0146-9,4-8169-1716-0

◇現代日本文学綜覧シリーズ—34　戯曲・シナリオ集内容綜覧 第2期　日外アソシエーツ株式会社編集　日外アソシエーツ　2012.5　34,490p　22cm　〈紀伊國屋書店（発売）〉　38000円　Ⓣ978-4-8169-2362-3

◇20世紀の戯曲—3（現代戯曲の変貌）　日本演劇学会・日本近代演劇史研究会編　社会評論社　2005.6　622p　22cm　6200円　Ⓣ4-7845-0169-X

◇20世紀の戯曲—日本近代戯曲の世界　日本近代演劇史研究会編　社会評論社　1998.2　404p　22cm　4700円　Ⓣ4-7845-0154-1

◇20世紀の戯曲—2　日本近代演劇史研究会編　社会評論社　2002.7　480p　22cm　〈文献あり〉　5800円　Ⓣ4-7845-0165-7

◇20世紀の戯曲—日本近代戯曲の世界　日本近代演劇史研究会編　改訂版　社会評論社　2005.6　404p　22cm　4700円　Ⓣ4-7845-0170-3

◇日本文学講座—11　芸能・演劇　日本文学協会編，秦恒平他著　大修館書店　1989.3　295p　21cm　2400円　Ⓣ4-469-12041-3,4-469-12030-8

◇戯曲と舞台　野村喬著　リブロポート　1995.10　581p　20cm　6695円　Ⓣ4-8457-1033-1

◇Gikyoku-workshop　平田オリザ，山岡徳貴子著　演劇ぶっく社　2001.3　191p　21cm　〈本文は日本語　星雲社（発売）〉　1400円　Ⓣ4-434-00591-X

◇ドラマトゥルギー　山内登美雄著　紀伊國屋書店　1994.1　198p　20cm　（精選復刻紀伊國屋新書）　1800円　Ⓣ4-314-00628-5

シナリオ

◇シナリオ錬金術—いきなりドラマを面白くする ちょっとのコツでスラスラ書ける33のテクニック　浅田直亮著　言視舎　2011.6　143p　21cm　（言視舎版「シナリオ教室」シリーズ）〈イラスト：西純子〉　1600円　Ⓣ978-4-905369-02-8

◇シナリオを書きたい人の本—ドラマ作りの楽しさを『実作指導』を通して伝える　芦沢俊郎著　成美堂出版　2010.4　191p　22cm　1100円　Ⓣ978-4-415-30716-9

◇シナリオ作法入門—発想・構成・描写の基礎トレーニング　新井一著　映人社　2010.4　186p　21cm　1143円　Ⓣ978-4-87100-228-8

◇目からウロコのシナリオ虎の巻　新井一著　増補版　彩流社　2011.2　268p　19cm　1600円　Ⓣ978-4-7791-1091-7

◇映画のなかの文学 文学のなかの映画　飯島正著　新装復刊　白水社　2002.6　346p　20cm　3800円　Ⓣ4-560-03569-5

◇ライトノベル・ゲームで使えるオリジナリ

戯曲(シナリオ)

ティあふれるストーリー作りのためのシナリオ事典100―パターンから学ぶ「お約束」　榎本秋著　秀和システム　2012.3　255p　21cm　1800円　①978-4-7980-3247-4

◇現代テレビドラマ作劇法―実感的研究・三十項　岡本克己著　映人社　1993.10　342p　20cm　(シナリオ創作研究叢書)　3200円　①4-87100-219-5

◇「超短編シナリオ」を書いて小説とシナリオをものにする本　柏田道夫著　彩流社　2010.4　174p　21cm　(「シナリオ教室」シリーズ 5)　1600円　①978-4-7791-1068-9

◇1億人の超短編シナリオ実践添削教室―600字書ければ、なんでも書ける！　柏田道夫著　言視舎　2011.6　161p　21cm　(言視舎版「シナリオ教室」シリーズ)　1600円　①978-4-905369-03-5

◇「超短編シナリオ」を書いて小説とシナリオをものにする本　柏田道夫著　言視舎　2011.11　174p　21cm　(言視舎版「シナリオ教室」シリーズ)　1600円　①978-4-905369-16-5

◇シナリオの書き方―映画・TV・コミックからゲームまでの創作実践講座　柏田道夫著　映人社　2012.3　189p　21cm　1143円　①978-4-87100-231-8

◇シナリオ創作演習十二講　川辺一外著　映人社　1992.9　251p　22cm　(シナリオ創作研究叢書)　3200円　①4-87100-217-9

◇だれでも書けるシナリオ教室　岸川真著　芸術新聞社　2010.4　224,47p　21cm　1850円　①978-4-87586-189-8

◇脚本通りにはいかない！　君塚良一著　キネマ旬報社　2002.9　287p　20cm〈著作目録あり〉　1900円　①4-87376-243-X

◇私のシナリオ体験―技法と実践　国弘威雄著　映人社　1997.5　377p　20cm　3000円　①4-87100-221-7

◇TVドラマはこう書く！―マニュアル以前のマニュアル26項　西条道彦著　映人社　1998.6　345p　20cm　(シナリオ創作研究叢書)　3000円　①4-87100-222-5

◇戯曲が書ける―構想から台詞まで 劇作家協会インターネット戯曲講座　斎藤憐, 篠原久美子, 小里清, 野中友博講師　日本劇作家協会　2005.2　302p　21cm〈ブロンズ新社(発売)〉　2200円　①4-89309-347-9

◇劇作は愉し―名作戯曲に作劇を学ぶ　斎藤憐著　日本劇作家協会　2006.3　505,6p　21cm〈ブロンズ新社(発売)　文献あり〉　2800円　①4-89309-390-8

◇シナリオライターになろう！―人気作家が語るヒットドラマ創作法　佐竹大心著　同文書院　1998.1　239,15p　19cm　1300円　①4-8103-7465-3

◇シェイクスピアが笑うまで―中学生のための脚本創作法　志子田宣生著　晩成書房　2008.7　126p　21cm〈文献あり〉　1200円　①978-4-89380-365-8

◇シナリオ文献　谷川義雄編　増補改訂版(1997年度)　風濤社　1997.11　111,46p　26cm　5700円　①4-89219-162-0

◇ゼロからの脚本術―10人の映画監督・脚本家のプロット論　泊貴洋編　誠文堂新光社　2010.9　303p　19cm　1900円　①978-4-416-81053-8

◇どんなストーリーでも書けてしまう本―すべてのエンターテインメントの基礎になる創作システム　仲村みなみ著　言視舎　2012.5　126p　21cm　(「シナリオ教室」シリーズ)　1600円　①978-4-905369-33-2

◇映画の書き方―アカデミー賞映画で学ぶ　新田晴彦著　名古屋　スクリーンプレイ出版(発売)　1996.12　299p　21cm　1300円　①4-89407-140-1

◇放送作家教室テキスト　日本脚本家連盟教育事業委員会編　第3版　日本脚本家連盟　1994.10　2冊　21cm

◇超簡単！売れるストーリー&キャラクターの作り方　沼田やすひろ著　講談社　2011.10　231p　21cm　1800円　①978-4-06-217246-2

◇脚本を書こう！　原田佳夏著　青弓社　2004.12　235p　19cm〈文献あり〉　1600円　①4-7872-9173-4

◇ふじたあさやの体験的脚本創作法　ふじたあさや著　晩成書房　1995.4　199p　19cm　2060円　①4-89380-174-7

◇別役実のコント教室―不条理な笑いへのレッスン　別役実著　白水社　2003.12　195p　19cm　1700円　①4-560-03579-2

◇放送作家入門―放送作家を志す人のために　前田達郎著　堺　大阪創作出版会　1990.8

戯曲（文学史）

　222p　21cm　1957円　ⓣ4-900357-06-5
◇映画とペン―4　松田昭三著　審美社
　1997.8　201p　20cm　1800円　ⓣ4-7883-6075-6
◇だれでも書けるコメディシナリオ教室　丸山智子著　芸術新聞社　2011.11　183,31p　21cm〈付属資料：DVD-Video1枚 12cm：花坂荘の人々〉　2380円　ⓣ978-4-87586-297-0
◇あなたも書けるシナリオ術　三宅直子著　筑摩書房　1998.3　206p　19cm　（にこにこブックス 22）　1300円　ⓣ4-480-69032-8
◇ドラマを創ろう―知っておきたい基礎知識　森治美著　言視舎　2012.3　205p　19cm〈文献あり〉　1600円　ⓣ978-4-905369-26-4
◇シナリオをつくる　山田洋次,朝間義隆著　筑摩書房　1994.1　267p　20cm　1700円　ⓣ4-480-87236-1

文学史

劇作家論

◇劇作家白書　内村直也著　参青山　2004.9　496p　22cm　（内村直也随想集　内村直也著）〈シリーズ責任表示：内村直也著〉
◇私のあとがき帖　岡本経一著　青蛙房　2006.7　275p　21cm　（On demand books）〈昭和55年刊を原本としたオンデマンド版〉　3000円　ⓣ4-7905-0770-X
◇にっぽん脚本家クロニクル　桂千穂編・著　ワールドマガジン社　1996.8　862p　22cm　4800円　ⓣ4-88296-801-0
◇ドラマの風景―同時代14人の作家たち　佐怒賀三夫著　日本放送出版協会　1995.5　230p　19cm　1400円　ⓣ4-14-005212-0
◇藤川健夫戯曲集―別巻　演劇評論と藤川劇評　青雲書房　1990.5　396p　20cm〈著者の肖像あり〉　2800円　ⓣ4-88079-068-0

明治・大正時代

◇「サロメ」の変容―翻訳・舞台　井村君江著　新書館　1990.4　309p　20cm　2400円　ⓣ4-403-21047-3

◆◆秋田　雨雀（1883～1962）

◇"秋田雨雀"紀行―1905～1908　工藤正広著　弘前　津軽書房　2008.8　173p　20cm　1700円　ⓣ978-4-8066-0207-1

◆◆小山内　薫（1881～1928）

◇小山内薫―伝記・小山内薫　堀川寛一著　大空社　1998.6　401,6p　22cm　（伝記叢書 293）　13000円　ⓣ4-7568-0504-3

◆◆北村　小松（1901～1964）

◇北村小松展―没後30年 特別展　青森　青森県立図書館　1994.7　34p　30cm〈共同刊行：青森県近代文学館 北村小松の肖像あり　会期：平成6年7月20日～8月24日〉

◆◆長谷川　時雨（1879～1941）

◇一葉と時雨―伝記・樋口一葉/長谷川時雨　生田花世著　大空社　1992.7　285,7p　22cm　（伝記叢書 91）〈潮文閣昭和18年刊の複製〉　8000円　ⓣ4-87236-390-6
◇評伝長谷川時雨　岩橋邦枝著　筑摩書房　1993.9　300p　20cm〈長谷川時雨の肖像あり〉　2200円　ⓣ4-480-82306-9
◇評伝　長谷川時雨　岩橋邦枝著　講談社　1999.11　365p　15cm　（講談社文芸文庫）　1300円　ⓣ4-06-197687-7
◇「輝ク」の時代―長谷川時雨とその周辺　尾形明子著　ドメス出版　1993.9　316p　20cm　3090円　ⓣ4-8107-0365-7
◇作家の自伝―26　長谷川時雨　長谷川時雨著,尾形明子編解説　日本図書センター　1995.11　229p　22cm　（シリーズ・人間図書館）　2678円　ⓣ4-8205-9396-X,4-8205-9411-7
◇文学者の日記―8　長谷川時雨・深尾須磨子　長谷川時雨,深尾須磨子著　博文館新社　1999.11　372p　22cm　（日本近代文学館資料叢書）　5000円　ⓣ4-89177-978-0
◇わたしの長谷川時雨　森下真理著　ドメス出版　2005.12　398p 図版4,8p　20cm〈肖像あり　年譜あり〉　3600円　ⓣ4-8107-0657-5

◆◆依田 学海（1833〜1909）

◇学海日録―第7巻　依田学海著,学海日録研究会編纂　岩波書店　1990.11　418p　20cm　4700円　Ⓡ4-00-091627-0

◇学海日録―第8巻　依田学海著,学海日録研究会編纂　岩波書店　1991.1　389p　20cm　4500円　Ⓡ4-00-091628-9

◇学海日録―第9巻　依田学海著,学海日録研究会編纂　岩波書店　1991.3　391p　20cm　4600円　Ⓡ4-00-091629-7

◇学海日録―第10巻　依田学海著,学海日録研究会編纂　岩波書店　1991.5　520p　20cm　5400円　Ⓡ4-00-091630-0

◇学海日録―第11巻　依田学海著,学海日録研究会編纂　岩波書店　1991.7　342p　20cm　4300円　Ⓡ4-00-091631-9

◇学海日録―第1巻　依田学海著,学海日録研究会編纂　岩波書店　1991.9　390p　20cm　〈著者の肖像あり〉　4700円　Ⓡ4-00-091621-1

◇学海日録―第2巻　依田学海著,学海日録研究会編纂　岩波書店　1991.11　359p　20cm　4500円　Ⓡ4-00-091622-X

◇学海日録―第3巻　依田学海著,学海日録研究会編纂　岩波書店　1992.1　416p　20cm　〈著者の肖像あり〉　5000円　Ⓡ4-00-091623-8

◇学海日録―第4巻　依田学海著,学海日録研究会編纂　岩波書店　1992.3　358p　20cm　4500円　Ⓡ4-00-091624-6

◇学海日録―第5巻　依田学海著,学海日録研究会編纂　岩波書店　1992.5　399p　20cm　4700円　Ⓡ4-00-091625-4

◇学海日録―第6巻　依田学海著,学海日録研究会編纂　岩波書店　1992.7　385p　20cm　〈著者の肖像あり〉　4800円　Ⓡ4-00-091626-2

◇学海日録―別巻　依田学海著,学海日録研究会編纂　岩波書店　1993.6　153,256p　20cm　6000円　Ⓡ4-00-091632-7

昭和・平成時代

◇転向とドラマトゥルギー――一九三〇年代の劇作家たち　宮岸泰治著　影書房　2003.6　206p　20cm　2200円　Ⓡ4-87714-304-1

◆◆青江 舜二郎（1904〜1983）

◇龍の星霜―異端の劇作家青江舜二郎　大嶋拓著　横浜　春風社　2011.4　221p　19cm　〈著作目録あり　作品目録あり　年譜あり〉　1500円　Ⓡ978-4-86110-274-5

◆◆秋元 松代（1911〜2001）

◇秋元松代のフォークロア的世界―「異界」との交流　岡本利佳著　近代文芸社　2011.4　194p　20cm　〈文献あり〉　1700円　Ⓡ978-4-7733-7773-6

◇秋元松代―希有な怨念の劇作家　相馬庸郎著　勉誠出版　2004.8　435p　20cm　〈年譜あり〉　3800円　Ⓡ4-585-05309-3

◆◆井上 ひさし（1934〜2010）

◇井上ひさし―東北への眼差し　市川市文学プラザ編　市川　市川市文学プラザ　2011.10　72p　26cm　（市川市文学プラザ企画展図録12）〈会期：2011年10月8日〜2012年1月22日　年譜あり〉

◇物語と夢―対談集　井上ひさし著　岩波書店　1999.2　305p　20cm　1600円　Ⓡ4-00-025284-4

◇井上ひさし用語用法辞典　遠藤知子編　集英社　1997.10　300p　16cm　（集英社文庫）　590円　Ⓡ4-08-748666-4

◇井上ひさし伝　桐原良光著　白水社　2001.6　353p　20cm　〈肖像あり〉　2400円　Ⓡ4-560-04937-8

◇ひさし伝　笹沢信著　新潮社　2012.4　494p　20cm　〈年譜あり〉　3000円　Ⓡ978-4-10-332071-5

◇井上ひさし　扇田昭彦責任編集著　白水社　2011.9　243p　21cm　（日本の演劇人）　2600円　Ⓡ978-4-560-09412-9

◇井上ひさしの劇世界　扇田昭彦著　国書刊行会　2012.8　458,46p　19cm　〈年譜あり〉　3000円　Ⓡ978-4-336-05495-1

◇井上ひさしの世界　仙台文学館編　仙台　仙台文学館　2009.3　71p　26cm　〈会期：2009年3月28日〜7月5日　著作目録あり　年

戯曲（文学史）

◇井上ひさし希望としての笑い―むずかしいことをやさしく、やさしいことをふかく…　高橋敏夫著　角川SSコミュニケーションズ　2010.9　222p　18cm（角川SSC新書 104）〈角川グループパブリッシング（発売）　著作目録あり　年譜あり〉　780円　Ⓘ978-4-04-731527-3

◇表裏井上ひさし協奏曲　西舘好子著　牧野出版　2011.9　389p　20cm〈年表あり〉　2000円　Ⓘ978-4-89500-149-6

◆◆唐　十郎（1940〜）

◇唐十郎特別展　飯沢文夫ほか編　明治大図書館　2006.11　8p　30cm

◇作家の自伝―20　唐十郎　唐十郎著,扇田昭彦編解説　日本図書センター　1994.10　211p　22cm（シリーズ・人間図書館）〈監修：佐伯彰一,松本健一　著者の肖像あり〉　2678円　Ⓘ4-8205-8021-3,4-8205-8001-9

◆◆菊田　一夫（1908〜1973）

◇菊田一夫の仕事―浅草・日比谷・宝塚　井上理恵著　社会評論社　2011.6　254,12p　21cm〈文献あり〉　2700円　Ⓘ978-4-7845-0199-1

◇評伝菊田一夫　小幡欣治著　岩波書店　2008.1　279p　20cm〈文献あり〉　2600円　Ⓘ978-4-00-001942-2

◇ママによろしくな―父・菊田一夫のまなざし　菊田伊寧子著　鎌倉　かまくら春秋社　2008.4　206p　20cm　1600円　Ⓘ978-4-7740-0389-4

◆◆菊谷　栄（1901〜1937）

◇昭和のモダニズム・菊谷栄―エノケンを支えた　北の会,北の街社編　青森　北の街社　1992.10　348p　19cm〈菊谷栄の肖像あり〉　2000円　Ⓘ4-87373-022-8

◆◆岸田　国士（1890〜1954）

◇岸田国士論考―近代的知識人の宿命の生涯　渥美国泰著　近代文芸社　1995.3　213p　20cm　2000円　Ⓘ4-7733-3719-2

◇近代文学研究叢書―75　昭和女子大学近代文化研究所編　昭和女子大学近代文化研究所　1999.11　739p　19cm　8600円　Ⓘ4-7862-0075-1

◇岸田国士の世界　駿河台文学会編　駿河台文学会　1994.8　148p　20cm〈審美社（発売）　岸田国士の肖像あり〉　1800円　Ⓘ4-7883-4072-0

◇岸田国士の世界　日本近代演劇史研究会編　翰林書房　2010.3　401p　22cm〈文献あり〉　4500円　Ⓘ978-4-87737-294-1

◇近代作家追悼文集成―第36巻　加藤道夫・高浜虚子・岸田国士・永井荷風・坂口安吾　ゆまに書房　1997.1　411p　22cm　8240円　Ⓘ4-89714-109-5

◆◆北村　想（1952〜）

◇青空と迷宮―戯曲の中の北村想　安住恭子著　小学館スクウェア　2003.5　238p　19cm　1429円　Ⓘ4-7979-8643-3

◆◆木下　順二（1914〜2006）

◇木下順二の世界　新藤謙著　大阪　東方出版　1998.12　260p　20cm　2500円　Ⓘ4-88591-583-X

◇木下順二・戦後の出発　関きよし,吉田一著　影書房　2011.8　254p　20cm　2500円　Ⓘ978-4-87714-416-6

◇木下順二論　宮岸泰治著　岩波書店　1995.5　245p　20cm　2800円　Ⓘ4-00-002746-8

◆◆久保　栄（1900〜1958）

◇久保栄の世界　井上理恵著　社会評論社　1989.10　374p　21cm〈久保栄の肖像あり〉　4120円

◇久保栄―小笠原克評論集　小笠原克著,吉井よう子編　新宿書房　2004.12　230p　20cm〈付属資料：12p　年譜あり　著作目録あり〉　3800円　Ⓘ4-88008-327-5

◇久保栄資料目録―収蔵資料目録　北海道文学館,北海道立文学館編　札幌　北海道文学館　2005.3　61p　30cm〈共同刊行：北海道立文学館　年譜あり〉

◇久保栄と北海道―激動の時代を生きた劇作家

の軌跡 北海道立文学館特別企画展図録　北海道立文学館,北海道文学館編　札幌　北海道立文学館　1996.9　32p　26cm
◇久保栄『火山灰地』を読む　吉田一著　法政大学出版局　1997.11　480p　20cm　6000円　Ⓣ4-588-46005-6

◆◆倉本 聡（1935～）

◇「北の国から」の父と子　加藤理著　久山社　1999.8　116p　21cm　(育つということ 2―日本児童文化史叢書 22)　1553円　Ⓣ4-906563-82-1
◇倉本聡のこころと仕事―「北の国から」の愛　平原日出夫著　小学館　1995.11　254p　20cm　1800円　Ⓣ4-09-387172-8
◇倉本聡研究　北海学園「北海道から」編集室編　理論社　1990.3　291p　19cm〈倉本聡の肖像あり〉　1500円　Ⓣ4-652-07145-0
◇倉本聡研究　北海学園「北海道から」編集室編　新装版　理論社　1992.9　291p　19cm　2000円　Ⓣ4-652-07150-7

◆◆小山 祐士（1904～1982）

◇小山祐士―瀬戸内の劇詩人　小山祐士記念事業実行委員会編　福山　小山祐士記念事業実行委員会　1992.9　179p　27cm〈小山祐士没後10周年記念 奥付の書名：小山祐士追悼記念誌 発行所：福山文化連盟 小山祐士の肖像あり〉　2000円

◆◆新藤 兼人（1912～2012）

◇新藤兼人人としなりお　新藤兼人ほか著,シナリオ作家協会「新藤兼人人としなりお」出版委員会編　シナリオ作家協会　1996.11　481p　20cm　3398円　Ⓣ4-915048-07-1

◆◆鈴木 尚之（1929～2005）

◇鈴木尚之人とシナリオ　鈴木尚之著,シナリオ作家協会「鈴木尚之人とシナリオ」出版委員会編　シナリオ作家協会　1998.5　474p　20cm　3398円　Ⓣ4-915048-08-X

◆◆佃 血秋（1904～1951）

◇佃血秋関係資料調査目録　氷見市教育委員会編　氷見　氷見市教育委員会　1993.6　57p　26cm〈佃血秋の肖像あり〉

◆◆野沢 尚（1960～2004）

◇野沢尚のミステリードラマは眠らない―あなたにこの物語は書けない！　野沢尚著　日本放送出版協会　2000.10　206p　19cm　1000円　Ⓣ4-14-080556-0

◆◆野田 高梧（1893～1968）

◇野田高梧人とシナリオ　野田高梧ほか著,シナリオ作家協会「野田高梧人とシナリオ」出版委員会編　シナリオ作家協会　1993.9　431p　20cm〈野田高梧の肖像あり〉　3000円

◆◆平沢 計七（1889～1923）

◇評伝 平沢計七―亀戸事件で犠牲となった労働演劇・生協・労金の先駆者　藤田富士男,大和田茂著　恒文社　1996.7　221p　19cm　1800円　Ⓣ4-7704-0880-3

◆◆北条 秀司（1902～1996）

◇北条秀司詩情の達人　田辺明雄著　大阪　編集工房ノア　1994.8　330p　20cm　(大阪文学叢書 3)　2266円

◆◆三谷 幸喜（1961～）

◇Now and then三谷幸喜―三谷幸喜自身による全作品解説+51の質問　三谷幸喜著　角川書店　1997.4　125p　20cm　980円　Ⓣ4-04-883476-2

◆◆三好 十郎（1902～1958）

◇悲しい火だるま―評伝・三好十郎　片島紀男著　日本放送出版協会　2003.6　574p　20cm〈年譜あり　文献あり〉　2500円　Ⓣ4-14-080793-8
◇三好十郎伝―悲しい火だるま　片島紀男著　五月書房　2004.7　600p　20cm〈「悲しい

戯曲（文学史）

火だるま」（NHK出版2003年刊）の新装改訂版　肖像あり　年譜あり　文献あり〉　3800円　①4-7727-0410-8

◇三好十郎論　田中単之著　菁柿堂　1995.1　387p　20cm　3200円　①4-7952-7958-6

◇三好十郎論　田中単之著　第2版　菁柿堂　2003.12　345p　19cm　（Edition trombone）〈文献あり〉　2800円　①4-434-03977-6

◇実存への旅立ち―三好十郎のドラマトゥルギー　西村博子著　而立書房　1989.10　350p　20cm　2575円

◇劇作家三好十郎―三好十郎没後50年記念誌　三好十郎没後50年記念誌編集委員会編　佐賀　書肆草茫々　2008.10　330p　26cm〈著作目録あり　年譜あり〉　1500円

◆◆盛　善吉（1931～2000）

◇又会おうどこかで―盛善吉（作家・脚本家・映画監督）の世界　盛善吉著,盛善吉さんを偲ぶ会編集委員会編　盛善吉さんを偲ぶ会編集委員会　2000.6　390p　19cm〈神戸　みずのわ出版（発売）〉　2500円　①4-944173-08-3

◆◆八住　利雄（1903～1991）

◇八住利雄人とシナリオ　八住利雄ほか著,シナリオ作家協会「八住利雄人とシナリオ」出版委員会編　日本シナリオ作家協会　1992.10　411p　20cm〈肖像あり〉

◆◆山田　太一（1934～）

◇山田太一　木村晃治編　日外アソシエーツ　1996.2　277p　22cm　（人物書誌大系 33）　12800円　①4-8169-1355-6,4-8169-0128-0

◇物語が出来るまで　山田太一述,富山県民生涯学習カレッジ編　富山　富山県民生涯学習カレッジ　1997.3　60p　19cm　（県民カレッジ叢書 66）

詩

◇不まじめな神々　阿賀猥著　詩学社　1996.10　122p　21cm　1700円　①4-88312-094-5

◇冬春・夏秋の美的世界—詩論 3　芥川義男著　松山　葦牙詩学会　1991.5　204p　21cm　3000円

◇聖家族教会の鐘が鳴り響くとき—わが詩の周辺　浅井薫著　名古屋　独行社　2009.3　436p　20cm　〈文献あり〉　2800円

◇詩から見た法律　油谷文夫著　京都　詩書出版詩の体操　1994.7　10p　19cm　〈限定版〉　非売品

◇詩はどこに住んでいるか　天沢退二郎著　思潮社　1990.5　143p　22cm　2400円　①4-7837-1531-9

◇鮎川信夫全集—第3巻　評論 2　鮎川信夫著、三好豊一郎、吉本隆明、大岡信監修　思潮社　1998.7　622p　22cm　9500円　①4-7837-2285-4

◇現代詩との出合い—わが名詩選　鮎川信夫, 田村隆一, 黒田三郎, 中桐雅夫, 菅原克己, 吉野弘, 山本太郎著　思潮社　2006.6　172p　18cm　（詩の森文庫 E9）　980円　①4-7837-2009-6

◇詩論のバリエーション　荒川洋治著　学芸書林　1989.1　269p　20cm　1800円　①4-905640-44-X

◇詩とことば　荒川洋治著　岩波書店　2004.12　167p　19cm　（ことばのために）　1700円　①4-00-027103-2

◇詩とことば　荒川洋治著　岩波書店　2012.6　210p　15cm　（岩波現代文庫—文芸 202）　〈文献あり〉　860円　①978-4-00-602202-0

◇現代生活語詩考　有馬敲著　京都　京都文学研究所　2008.6　515p　20cm　〈発行所：未踏社〉　3200円　①978-4-944015-16-0

◇詩の中の風景—くらしの中によみがえる　石垣りん著　婦人之友社　1992.10　131p　22cm　1500円　①4-8292-0145-2

◇詩の原郷　石原武著　土曜美術社出版販売　1994.7　145p　19cm　（詩論・エッセー文庫 5）　1300円　①4-8120-0480-2

◇詩壇—エッセイ集　石原武, 筧槙二著　横須賀　山脈文庫　1998.1　79p　18cm　（山脈叢書 27）　700円　①4-946420-29-0

◇詩性の徘徊—第1部　石山淳著　姫路　SSP出版　2005.5　439p　20cm　4000円　①4-86007-261-8

◇詩性の徘徊—第2部　石山淳著　姫路　SSP出版　2005.7　252p　19cm　2476円　①4-86007-262-6

◇詩的間伐—対話2002-2009　稲川方人, 瀬尾育生著　思潮社　2009.10　388p　20cm　3500円　①978-4-7837-1654-9

◇言の葉さやげ　茨木のり子著　新装版　花神社　1996.7　193p　20cm　1800円　①4-7602-1161-6

◇詩と展景　今道友信著　ぎょうせい　1990.6　153p　21cm　1800円　①4-324-02255-0

◇私の詩論大全—評論集　岩成達也著　思潮社　1995.6　316p　20cm　3200円　①4-7837-1568-8

◇詩法の復権—現代日本語韻律の可能性　梅本健三著　西田書店　1989.8　365p　20cm　2500円　①4-88866-092-1

◇フラクタル韻律論—美貌の詩歌についての対話　梅本健三著　西田書店　1997.10　269p　20cm　2000円　①4-88866-268-1

◇いっぽんのアンテナ　上滝望観著　長崎　子午線社　1991.8　215p　19cm

◇バシュラールの詩学　及川馥著　法政大学出版局　1989.3　253,4p　20cm　2400円　①4-588-13010-2

◇現代詩入門—対談　大岡信, 谷川俊太郎著　中央公論社　1989.4　217p　16cm　（中公文庫）　360円　①4-12-201608-8

◇連詩の愉しみ　大岡信著　岩波書店　1991.1　214p　18cm　（岩波新書）　550円　①4-00-

詩

430156-4
◇詩をよむ鍵　大岡信著　講談社　1992.6　333p　20cm　2200円　Ⓘ4-06-205763-8
◇現代詩入門―ことば・日本語・詩　対談　大岡信,谷川俊太郎著　思潮社　2006.3　206p　18cm　(詩の森文庫 E7)　980円　Ⓘ4-7837-2007-X
◇いのちへの慈しみ―生と死とをみつめる文学　大久保晴雄著　新装版　教育出版センター　1991.4　215p　20cm　1900円　Ⓘ4-7632-1523-X
◇世界の恋愛詩華抄―ひとは恋せずにはいられない　1　大塚欽一著,大塚欽一,大塚綾子共編　水戸　泊船堂　2009.5　307p　22cm　〈文献あり〉　1429円　Ⓘ978-4-904389-02-7
◇はらっぱ詩談―詩のエッセイ　岡田武雄著　福岡　梓書院　1997.1　163p　22cm　2000円　Ⓘ4-87035-085-8
◇こころにひびくことば　小塩トシ子文,児島昭雄写真　日本基督教団出版局　1998.7　87p　20cm　1800円　Ⓘ4-8184-0319-9
◇詩と時代―加賀谷春雄詩論集　加賀谷春雄著　潮流出版社　1992.11　256p　19cm　2575円　Ⓘ4-88525-906-1
◇ことばの現在位置　笠井嗣夫著　土曜美術社出版販売　1994.9　142p　19cm　(詩論・エッセー文庫 6)　1300円　Ⓘ4-8120-0504-3
◇詩の魅力/詩への道　金丸桝一著　宮崎　鉱脈社　1999.12　731p　21cm　6000円　Ⓘ4-906008-39-9
◇山河微笑　兼元辰巳著　近代文芸社　1997.7　198p　20cm　1700円　Ⓘ4-7733-6007-0
◇酔茗詩話　河井酔茗著　日本図書センター　1990.1　320,2,8p　図版18枚　22cm　(近代作家研究叢書 84)〈解説：野山嘉正　人文書院昭和12年刊の複製〉　7210円　Ⓘ4-8205-9039-1
◇すてきな詩をどうぞ　川崎洋著　筑摩書房　1989.9　212p　19cm　(ちくまライブラリー 29)　1130円　Ⓘ4-480-05129-5
◇ひととき詩をどうぞ　川崎洋著　筑摩書房　1990.11　214p　19cm　(ちくまライブラリー 49)　1130円　Ⓘ4-480-05149-X
◇こころに詩をどうぞ　川崎洋著　筑摩書房　1992.3　204p　19cm　(ちくまライブラリー 71)　1100円　Ⓘ4-480-05171-6
◇教科書の詩をよみかえす　川崎洋著　筑摩書房　1993.9　208p　19cm　(ちくまプリマーブックス 75)　1100円　Ⓘ4-480-04175-3
◇ひととき詩をどうぞ　川崎洋著　大阪　日本ライトハウス　1995.1　3冊　27cm　全3750円
◇すてきな詩をどうぞ　川崎洋著　筑摩書房　1995.9　255p　19cm　(ちくま文庫)　540円　Ⓘ4-480-03082-4
◇あなたの世界が広がる詩　川崎洋著　小学館　1998.12　191p　19cm　(小学館ジェイブックス)　1200円　Ⓘ4-09-504422-5
◇歌と詩の系譜　川本皓嗣編　中央公論社　1994.7　462p　20cm　(叢書比較文学比較文化 5)　4800円　Ⓘ4-12-002343-5
◇詩の自立―批評&エッセイ　国井克彦著　和光　ミッドナイト・プレス　1990.6　96p　18cm〈星雲社(発売)〉　1500円　Ⓘ4-7952-3759-X
◇『日の底』ノート―他　栗原澪子著　七月堂　2007.10　221p　20cm　2000円　Ⓘ978-4-87944-110-2
◇「さよリーグ・現代詩大会」とは何か　河野俊一編　宮崎　鉱脈社　2002.5　75p　21cm　762円　Ⓘ4-86061-015-6
◇ちょっと、詩　小柳玲子著　詩学社　2006.10　131p　21cm　1905円　Ⓘ4-88312-258-1
◇名詩の美学　西郷竹彦著　名古屋　黎明書房　1993.7　313p　20cm　2800円　Ⓘ4-654-07547-X
◇文芸の構造―視点と対象・形象の相関　西郷竹彦著　光村図書出版　2005.8　212p　21cm　(名詩の世界　西郷文芸学入門講座　第1巻)　2095円　Ⓘ4-89528-334-8
◇文芸学の筋論―表記の表現性・形象性　西郷竹彦著　光村図書出版　2005.10　215p　21cm　(名詩の世界　西郷文芸学入門講座　第6巻)　2095円　Ⓘ4-89528-339-9
◇文芸の美と真―ファンタジー・条件・縁起　西郷竹彦著　光村図書出版　2005.11　285p　21cm　(名詩の世界　西郷文芸学入門講座　第7巻)〈第1-7巻の総索引あり〉　2381円　Ⓘ4-89528-340-2

詩

◇西条八十全集—13 詩論・詩話 西条八十著 国書刊行会 1999.9 715p 21cm 8500円 ⓘ4-336-03313-7
◇詩学序説—詩の崩壊と再建 佐久間隆史著 花神社 1998.8 243p 20cm 2400円 ⓘ4-7602-1513-1
◇佐藤泰正著作集—11 初期評論二面 蕪村と近代詩.近代日本文学とキリスト教・試論 佐藤泰正著 翰林書房 1995.3 439p 20cm 4200円 ⓘ4-906424-61-9
◇詩への道しるべ 柴田翔著 筑摩書房 2006.6 191p 18cm （ちくまプリマー新書 37） 760円 ⓘ4-480-68737-8
◇詩に誘われて 柴田翔著 筑摩書房 2007.4 191p 18cm （ちくまプリマー新書 56） 760円 ⓘ978-4-480-68757-9
◇現代詩つれづれ草 清水哲男著 新潮社 1993.10 221p 20cm 1350円 ⓘ4-10-394301-7
◇大千応感動 釈誓道著 立川 新風舎 1990.4 63p 19cm 1000円
◇詩の履歴書—「いのち」の詩学 新川和江著 思潮社 2006.6 204p 18cm （詩の森文庫 E8） 980円 ⓘ4-7837-2008-8
◇詩とメーロス—詩論1980〜1990 菅谷規矩雄著 思潮社 1990.10 517p 20cm 4840円 ⓘ4-7837-1535-1
◇詩の起源—生きる意味問い続ける詩 杉谷昭人著 宮崎 鉱脈社 1996.5 382p 21cm 3000円
◇詩と生きるかたち 杉山平一著 大阪 編集工房ノア 2006.9 315p 20cm 2200円 ⓘ4-89271-140-3
◇主題と方法—鈴木茂夫詩論集 鈴木茂夫著 潮流出版社 1994.4 192p 19cm 2575円 ⓘ4-88525-907-X
◇詩の原故郷へ—詩的反復力2 1993—1997 鈴木比佐雄詩論集 鈴木比佐雄著 高岡町（宮崎県） 本多企画 1997.12 269p 19cm 2500円 ⓘ4-89445-031-3
◇フォルモサの島より 鈴木敏幸著 土曜美術社出版販売 1997.2 150p 19cm （詩論・エッセー文庫 11） 1300円 ⓘ4-8120-0632-5
◇悪の意識の系譜—影のロマンティシズムの考察 鈴木瑠璃子著 近代文芸社 1993.7 213p 20cm 2000円 ⓘ4-7733-1982-8
◇われわれ自身である寓意—詩は死んだ、詩作せよ 瀬尾育生評論集 瀬尾育生著 思潮社 1991.8 301p 20cm （〈昭和〉のクリティック） 3000円 ⓘ4-7837-1543-2
◇あたらしい手の種族—詩論1990-96 瀬尾育生著 五柳書院 1996.4 301p 20cm （五柳叢書 49） 2800円 ⓘ4-906010-72-5
◇機—ともに震える言葉 関口涼子,吉増剛造著 書肆山田 2006.7 245p 20cm 2500円 ⓘ4-87995-680-5
◇詩の真実とことば—七人の詩人たち 高野守正著 慶応義塾大学出版会 1996.8 263p 20cm 2900円 ⓘ4-7664-0635-4
◇日録—高橋喜久晴の作品論・詩人論 3（詩劇・詩と書に游ぶ・自筆年譜補遺） 高橋喜久晴著 静岡 游々窟 2007.7 32,133p 19cm 〈著作目録あり 年譜あり〉 1000円
◇意地悪なミューズ 高橋順子著 書肆山田 1991.10 279p 19cm 2060円
◇詩の贈りもの12カ月—秋・冬 財部鳥子著 思潮社 1993.8 136p 19cm 1800円 ⓘ4-7837-1557-2
◇詩の贈りもの12カ月—春・夏 財部鳥子著 思潮社 1993.8 149p 19cm 1800円 ⓘ4-7837-1556-4
◇センスの場所—近代詩散歩 竹内清己著 市川 みとす社出版部 1995.11 233,5p 19cm （おーとるじゅ叢書） 2000円
◇星のかがやき—評論 武田隆了著 宝文館出版 1992.1 86p 19cm 1000円 ⓘ4-8320-1389-0
◇詩人の山—わたしの詞華集 田中清光著 恒文社 1994.7 190p 20cm 1800円 ⓘ4-7704-0805-6
◇詩と存在・その逆説的な出会い 田中房太郎著 土曜美術社出版販売 1996.4 139p 19cm （詩論・エッセー文庫 8） 1300円 ⓘ4-8120-0573-6
◇詩を書く—なぜ私は詩をつくるか 谷川俊太郎著 思潮社 2006.3 222p 18cm （詩の森文庫 C7） 980円 ⓘ4-7837-1707-9
◇ナンセンス詩人の肖像 種村季弘著 筑摩書房 1992.12 369p 15cm （ちくま学芸

詩

◇文庫）1100円　①4-480-08030-9
◇処女詩集の頃　中日詩人会『処女詩集の頃』編集委員会編　名古屋　中日詩人会『処女詩集の頃』編集委員会　1995.9　275p　22cm　3500円
◇かんたんな混沌　辻征夫著　思潮社　1991.10　221p　20cm　2400円　①4-7837-1546-7
◇私の現代詩入門―むずかしくない詩の話　辻征夫著　思潮社　2005.1　192p　18cm　（詩の森文庫 104）　980円　①4-7837-2004-5
◇詩が生まれるとき―私の現代詩入門　辻井喬著　講談社　1994.3　254p　18cm　（講談社現代新書）　600円　①4-06-149196-2
◇都築響一の夜露死苦現代詩　都築響一著　新潮社　2006.8　283p　19cm　1600円　①4-10-301431-8
◇夜露死苦現代詩　都築響一著　筑摩書房　2010.4　391p　15cm　（ちくま文庫 つ9-7）　950円　①978-4-480-42702-1
◇詩と自由―恋と革命　鶴見俊輔著　思潮社　2006.1　189p　18cm　（詩の森文庫 C11）　980円　①4-7837-1711-7
◇詩の暗誦について―詩の可能性と内面への探検　遠山信男著　日本図書刊行会　1998.12　334p　20cm　2200円　①4-8231-0228-2
◇詩とは何か―罵倒詞華抄　中川千春編　思潮社　1998.11　228,8p　20cm　2800円　①4-7837-1583-1
◇近代詩の展開―第4回大学図書館特別展示・学術資料講演会　中島洋一著　西宮　関西学院大学図書館　1994.5　26p　26cm〈会期・会場：1994年5月31日～6月2日 関西学院大学図書館ほか〉
◇詩について―蒙昧一撃　中村鉄太郎著　書肆山田　1998.5　316p　20cm　2500円　①4-87995-435-7
◇詩のプライオリティ　中村不二夫著　土曜美術社出版販売　1993.11　142p　19cm　（詩論・エッセー文庫 1）〈監修：小海永二〉　1300円　①4-8120-0450-7
◇詩学入門　中村不二夫,川中子義勝編　土曜美術社出版販売　2008.3　451p　22cm　3800円　①978-4-8120-1655-8

◇ポエジーと肉体の書　中村文昭著　創樹社　1989.6　282p　19cm　（呼夢叢書）　1900円
◇天才のポエジー　夏石番矢著　邑書林　1993.2　343p　20cm　3000円　①4-946407-50-2
◇文字・声・自然　成田昭男著　名古屋　風琳堂　1993.10　274p　19cm　2060円　①4-89426-508-7
◇妖の継承　西岡光秋著　土曜美術社出版販売　1993.11　158p　19cm　（詩論・エッセー文庫 3）　1300円　①4-8120-0452-7
◇超現実主義詩論　西脇順三郎作　ゆまに書房　1995.1　168,8,4p　19cm　（現代の芸術と批評叢書 14）　①4-89668-893-7
◇斜塔の迷信―詩論集　西脇順三郎著　新装版　恒文社　1996.8　214p　19cm　2000円　①4-7704-0886-2
◇隠喩的思考　野沢啓著　思潮社　1993.11　272p　20cm　2800円　①4-7837-1559-9
◇移動論　野沢啓著　思潮社　1998.11　201p　20cm　2800円　①4-7837-1580-7
◇ポエムの泉　野沢俊雄著　宇都宮　橋の会　2006.12　140p　21cm　1500円
◇散文センター　野村喜和夫著　思潮社　1996.9　278,5p　20cm　3200円　①4-7837-1573-4
◇討議詩の現在　野村喜和夫,城戸朱理著　思潮社　2005.11　384p　20cm　3600円　①4-7837-1627-7
◇詩のガイアをもとめて　野村喜和夫著　思潮社　2009.10　249p　20cm　2800円　①978-4-7837-1655-6
◇リアリズム詩論のための覚書　浜田知章著　風濤社　1997.4　249p　20cm　2500円　①4-89219-154-X
◇近代詩現代詩必携　原子朗編　学灯社　1989.4　212p　22cm〈『別冊国文学』改装版〉　1750円　①4-312-00524-9
◇楡のパイプを口にして―詩論と散文　春山行夫著　ゆまに書房　1994.10　4,208,6p　19cm　（現代の芸術と批評叢書 4）〈厚生閣書店昭和4年刊の複製 著者の肖像あり〉　①4-89668-892-9
◇詩の研究　春山行夫作　ゆまに書房　1995.4　265,6p　19cm　（現代の芸術と批評叢書

20）　①4-89668-894-5
◇異界の冒険者たち―近・現代詩異界読本　平居謙著　朝文社　1992.8　357p　20cm　2800円　①4-88695-070-1
◇風呂で読む現代詩入門　平居謙著　京都　世界思想社　1999.6　96p　19cm　951円　①4-7907-0762-8
◇光の疑い　平出隆著　小沢書店　1992.11　327,11p　19cm　2884円
◇Jupiter叢書刊行当初―1　平野銀洋子著　堺〔文芸同好会〕　1992.11　33p　17cm　（Jupiter叢書　218）
◇Jupiter叢書刊行当初―2　平野銀洋子著　堺〔文芸同好会〕　1992.12　33p　18cm　（Jupiter叢書　219）
◇Jupiter叢書刊行当初―3　平野銀洋子著　堺〔文芸同好会〕　1992.12　33p　18cm　（Jupiter叢書　220）
◇Jupiter叢書刊行当初―4　平野銀洋子著　堺〔文芸同好会〕　1993.1　33p　18cm　（Jupiter叢書　225）
◇Jupiter叢書刊行当初―5　平野銀洋子著　堺　文芸同好会　1993.4　31p　18cm　（Jupiter叢書　226）
◇Jupiter叢書刊行当初―6　平野銀洋子著　堺〔文芸同好会〕　1993.6　33p　18cm　（Jupiter叢書　227）
◇ことばの花束―私が書いた序文・跋文　前編　福中都生子著　大阪　ひまわり書房　1992.5　191p　20cm　2000円　①4-938597-26-8
◇あぶらの海―詩作の原風景　藤井壮次著　尾道　編集工房ぱぴるす　1996.8　89p　19cm　1000円
◇口誦さむべき一篇の詩とは何か―藤井貞和詩論集　藤井貞和著　思潮社　1989.7　263,3p　20cm　2200円　①4-7837-1514-9
◇湾岸戦争論―詩と現代　藤井貞和著　河出書房新社　1994.3　165p　20cm　1800円　①4-309-00893-3
◇詩的分析　藤井貞和著　書肆山田　2007.9　429p　20cm　3000円　①978-4-87995-718-4
◇親詩有情―藤淵欣哉詩随想　藤淵欣哉著　長浜町（愛媛県）　詩扇社　1997.1　276p　21cm　非売品

◇詩への小路　古井由吉著　書肆山田　2005.12　250p　21cm　2800円　①4-87995-660-0
◇詩ありて友あり　風呂本武敏著　京都　山口書店　1993.2　243p　19cm　2000円　①4-8411-0842-4
◇喩の島の懸崖　堀内統義著　松山　創風社出版　1990.8　209p　19cm　1545円　①4-915699-17-X
◇詩から詩へ―エッセイ集　本多寿著　高岡町（宮崎県）　本多企画　1991.2　270p　19cm　2000円
◇微かな余韻―詩と日常と　本多寿著　高岡町（宮崎県）　本多企画　1997.8　260p　19cm　2000円　①4-89445-024-0
◇暮らしの中の現代詩―評論集　松尾茂夫著　神戸　摩耶出版社　1993.9　219p　18cm　1500円
◇一詩一週　松田文夫著　〔出版地不明〕　松田文夫　2010.6　282p　20cm〈朝日新聞出版（発売）　文献あり　年表あり〉　1500円　①978-4-02-100178-9
◇日本近代詩の抒情構造論　松原勉著　大阪　和泉書院　1994.9　220p　22cm　（近代文学研究叢刊　7）　6180円　①4-87088-685-5
◇露風詩話　三木露風著　日本図書センター　1993.1　206,9p　22cm　（近代作家研究叢書　132）〈解説：三浦仁　第一書房大正15年刊の複製〉　4635円　①4-8205-9233-5,4-8205-9221-1
◇恋の前方後円墳―花の種・言葉の花　水野ひかる著　箕面　詩画工房　2007.6　272p　20cm　2000円　①978-4-902839-12-8,4-902839-08-3
◇抒情の世紀　三田洋著　土曜美術社出版販売　1998.2　143p　19cm　（詩論・エッセー文庫　12）　1300円　①4-8120-0698-8
◇詩を読む人のために　三好達治著　岩波書店　1991.1　284p　15cm　（岩波文庫）　520円　①4-00-310823-X
◇現代詩体験―村田正夫詩論集　村田正夫著　潮流出版社　1989.10　160p　19cm　2060円　①4-88525-904-5
◇風刺／詩／笑い―村田正夫詩論集　村田正夫著　潮流出版社　1997.10　96p　19cm　2500円　①4-88525-913-7

詩（辞典・書誌）

◇詩とユーモア―村田正夫詩論集　村田正夫著　潮流出版社　1999.10　96p　19cm　2500円　①4-88525-915-0

◇歌びとたち　村野幸紀著　邑書林　1998.8　312p　20cm　2500円　①4-89709-294-9

◇続おじさんは文学通―1（詩編）　明治書院第三編集部編著　明治書院　1997.7　208p　18cm　880円　①4-625-53134-9

◇人間の詩　望月芳明著,江別市教育委員会会教育課編　江別　江別市　1994.3　366,8p　20cm　（叢書・江別に生きる 5）〈共同刊行：江別市教育委員会〉　1600円

◇人間の詩　望月芳明著,江別市教育委員会会教育課編　改訂版　江別　江別市　1994.10　366,8p　20cm　（叢書・江別に生きる 5）〈共同刊行：江別市教育委員会〉　1600円

◇反＝詩的文法―インター・ポエティックス　守中高明著　思潮社　1995.6　229p　20cm　2800円　①4-7837-1570-X

◇詩を読む詩をつかむ―評論集　谷内修三著　思潮社　1999.1　297p　20cm　3200円　①4-7837-1585-8

◇詩論　藪内春彦著　堺　文芸同好会　1995.6　24p　18cm　（Jupiter叢書 255）

◇新詩論　藪内春彦著　堺　文芸同好会　1995.7　33p　18cm　（Jupiter叢書 257）

◇新詩論―続　藪内春彦著　堺　文芸同好会　1995.7　32p　18cm　（Jupiter叢書 258）

◇新詩論―続々　藪内春彦著　堺　文芸同好会　1995.7　32p　18cm　（Jupiter叢書 259）

◇詩脳論析　藪内春彦著　堺　文芸同好会　1995.8　40p　18cm　（Jupiter叢書 260）

◇詩の空間と時間　山田直著　土曜美術社出版販売　1996.2　144p　19cm　（詩論・エッセー文庫 7）　1300円　①4-8120-0575-2

◇詩が、追いこされていく　山本哲也著　福岡　西日本新聞社　1996.11　269p　22cm　2425円　①4-8167-0429-9

◇探詩標渺　鎗田清太郎著　土曜美術社出版販売　1998.6　183p　19cm　（詩論・エッセー文庫 13）　1300円　①4-8120-0704-6

◇ポエティカル・クライシス―現代詩の戦意のために　横木徳久著　思潮社　1996.6　279,9p　20cm　3200円　①4-7837-1572-6

◇詩のトポス―不透明から愛へ　吉田加南子著　思潮社　1993.3　291p　20cm　3200円　①4-7837-1550-5

◇「さみなしにあわれ」の構造―禁忌と引用　吉田文憲評論集　吉田文憲著　思潮社　1991.7　236p　20cm　〈〈昭和〉のクリティック〉　2800円　①4-7837-1542-4

◇顕れる詩―言葉は他界に触れている　吉田文憲著　思潮社　2009.10　317p　20cm　3200円　①978-4-7837-1652-5

◇酔生夢詩　吉野弘著　青土社　1995.10　389p　20cm　2400円　①4-7917-5381-X

◇詩のすすめ―詩と言葉の通路　吉野弘著　思潮社　2005.1　169p　18cm　（詩の森文庫 103）　980円　①4-7837-2003-7

◇現代詩入門　吉野弘著　新装版　青土社　2007.7　255p　19cm　1200円　①978-4-7917-6352-8

◇詩学叙説　吉本隆明著　思潮社　2006.1　284p　20cm　2200円　①4-7837-1630-7

◇詩を書きはじめた君への手紙―短詩入門　来空著　二宮町（神奈川県）　蒼天社　1993.1　163p　19cm　（来空文庫 1）〈越谷　表現社（発売）〉　1200円

◇北の夏の詩人たち　日本詩人クラブ　1995.10　60p　21cm　500円

辞典・書誌

◇現代詩大事典　安藤元雄,大岡信,中村稔監修,大塚常樹,勝原晴希,国生雅子,沢正宏,島村輝,杉浦静,宮崎真素美,和田博文編　三省堂　2008.2　781,39p　22cm　〈年表あり　文献あり〉　12000円　①978-4-385-15398-8

◇現代詩歌人名鑑―1989　現代詩歌人名鑑編集委員会編　芸風書院　1989.1　407p　21cm　5500円

◇日本詩歌小辞典　塩田丸男著　白水社　2007.9　269,27p　20cm　2800円　①978-4-560-03168-1

◇岩瀬正雄現代詩文庫目録―豊橋市中央図書館所蔵　豊橋市中央図書館編　豊橋　豊橋市教育委員会　2000.3　116p　30cm

◇詩の本―京都ノートルダム女子大学図書館所蔵　長沼光彦著　京都　「文化の航跡」刊行

詩(辞典・書誌)

会　2010.3　39p　22cm　(「文化の航跡」ブックレット 3)

◇作品名から引ける日本文学詩歌・俳人個人全集案内　日外アソシエーツ株式会社編　日外アソシエーツ　1992.2　9,835p　22cm〈紀伊国屋書店(発売)〉　12360円　ⓘ4-8169-1118-9

◇日本の詩歌全情報—27/90　日外アソシエーツ株式会社編　日外アソシエーツ　1992.3　1309p　22cm〈紀伊国屋書店(発売)〉　35900円　ⓘ4-8169-1125-1

◇詩歌人名事典　日外アソシエーツ株式会社編　日外アソシエーツ　1993.4　675p　22cm〈紀伊国屋書店(発売)〉　18000円　ⓘ4-8169-1167-7

◇日本の詩歌全情報—91/95　日外アソシエーツ編　日外アソシエーツ　1996.6　454p　22cm　18540円　ⓘ4-8169-1375-0

◇日本の詩歌全情報—1996-2000　日外アソシエーツ株式会社編　日外アソシエーツ　2001.3　750p　22cm〈紀伊国屋書店(発売)〉　19000円　ⓘ4-8169-1652-0

◇詩歌人名事典　日外アソシエーツ編著　新訂第2版　日外アソシエーツ　2002.7　763p　22cm〈紀伊国屋書店(発売)〉　16000円　ⓘ4-8169-1728-4

◇作品名から引ける日本文学詩歌・俳人個人全集案内—第2期　日外アソシエーツ株式会社編　日外アソシエーツ　2005.6　13,841p　21cm〈紀伊国屋書店(発売)〉　9500円　ⓘ4-8169-1928-7

◇日本の詩歌全情報—2001-2005　日外アソシエーツ株式会社編　日外アソシエーツ　2006.3　818p　22cm〈紀伊国屋書店(発売)〉　19000円　ⓘ4-8169-1967-8

◇現代詩—1920-1944 モダニズム詩誌作品要覧　和田博文監修,日外アソシエーツ株式会社編　日外アソシエーツ　2006.10　1164p　22cm〈紀伊国屋書店(発売)〉　38000円　ⓘ4-8169-2004-8

◇戦後詩誌総覧—1　戦後詩のメディア　1 (現代詩手帖・日本未来派)　和田博文,杉浦静監修・編集　日外アソシエーツ　2007.12　769p　22cm〈紀伊国屋書店(発売)〉　28000円　ⓘ978-4-8169-2076-9

◇戦後詩誌総覧—2　戦後詩のメディア　2 (詩学・詩と批評・詩と思想)　和田博文,杉浦静監修・編集　日外アソシエーツ　2008.12　15,851p　22cm〈紀伊国屋書店(発売)〉　28000円　ⓘ978-4-8169-2077-6

◇戦後詩誌総覧—3　戦後詩のメディア　3 (「ユリイカ」「歴程」)　和田博文,杉浦静編　日外アソシエーツ　2009.1　512p　22cm〈紀伊国屋書店(発売)　索引あり〉　28000円　ⓘ978-4-8169-2078-3

◇戦後詩誌総覧—4　第二次世界大戦後の〈実存〉と〈思想〉　和田博文,杉浦静編　日外アソシエーツ　2009.6　511p　22cm〈紀伊国屋書店(発売)　索引あり〉　28000円　ⓘ978-4-8169-2079-0

◇戦後詩誌総覧—5　感受性のコスモロジー　和田博文,杉浦静編　日外アソシエーツ　2009.11　559p　22cm〈紀伊国屋書店(発売)　索引あり〉　28000円　ⓘ978-4-8169-2216-9

◇戦後詩誌総覧—6　1950年代の〈日常〉と〈想像力〉　和田博文,杉浦静編　日外アソシエーツ　2010.2　598p　22cm〈紀伊国屋書店(発売)　索引あり〉　28000円　ⓘ978-4-8169-2236-7

◇戦後詩誌総覧—7　言葉のラディカリズム　和田博文,杉浦静編　日外アソシエーツ　2010.5　653p　22cm〈紀伊国屋書店(発売)　索引あり〉　28000円　ⓘ978-4-8169-2252-7

◇戦後詩誌総覧—8　60年代詩から70年代詩へ　和田博文,杉浦静編　日外アソシエーツ　2010.8　945p　22cm〈紀伊国屋書店(発売)　索引あり〉　28000円　ⓘ978-4-8169-2269-5

◇詩歌全集・作家名綜覧—第2期　日外アソシエーツ　1999.12　2冊(セット)　21cm　(現代日本文学綜覧シリーズ 22)　47000円　ⓘ4-8169-1575-3

◇詩歌全集・作品名綜覧—第2期 上　日外アソシエーツ　2000.1　618p　22cm　(現代日本文学綜覧シリーズ 23)〈紀伊国屋書店(発売)〉　ⓘ4-8169-1576-1,4-8169-0146-9,4-8169-1576-1

◇詩歌全集・作品名綜覧—第2期 下　日外アソシエーツ　2000.1　619～1246p　22cm　(現代日本文学綜覧シリーズ 23)〈紀伊国屋書店(発売)〉　ⓘ4-8169-1576-1,4-8169-0146-9,4-8169-1576-1

詩（作法）

時評・展望

◇詩とインターネット—戦後からのまなざし　現代詩時評1975〜2010　葵生川玲著　視点社　2010.9　441p　20cm　（詩の仕事 1）　2500円　①978-4-9904988-2-5

◇2001年詩の旅　仲津真治著　講談社出版サービスセンター　2002.7　183p　20cm　1300円　①4-87601-627-5

◇現代詩展望—1994〜1997　中村不二夫著　能勢町（大阪府）　詩画工房　1998.10　360p　22cm　2381円　①4-916041-40-2

◇現代詩展望—2　中村不二夫著　能勢町（大阪府）　詩画工房　2000.5　399p　22cm〈「2」のサブタイトル：世界詩の創造と条件〉　2381円　①4-916041-54-2

◇現代詩展望—3　中村不二夫著　能勢町（大阪府）　詩画工房　2002.10　377p　22cm〈「3」のサブタイトル：詩と詩人の紹介〉　2381円　①4-916041-75-5

◇現代詩展望—4　中村不二夫著　能勢町（大阪府）　詩画工房　2005.3　385p　22cm〈「4」のサブタイトル：反戦詩の方法〉　2381円　①4-916041-99-2

◇現代詩展望—5　中村不二夫著　箕面　詩画工房　2007.11　365p　22cm〈「4」のサブタイトル：詩的言語の生成〉　2381円　①978-4-902839-14-2

◇現代詩展望—6　中村不二夫著　箕面　詩画工房　2010.7　401p　22cm〈「6」のタイトル関連情報：詩界展望〉　2381円　①978-4-902839-24-1

◇現代詩展望—7　中村不二夫著　箕面　詩画工房　2012.5　421p　22cm〈「7」のタイトル関連情報：詩人の言語空間〉　2381円　①978-4-902839-41-8

◇展望現代の詩歌—第1巻（詩 1）　飛高隆夫,野山嘉正編　明治書院　2007.1　297p　22cm〈年譜あり　文献あり〉　2800円　①978-4-625-55400-1

◇展望現代の詩歌—第2巻（詩 2）　飛高隆夫,野山嘉正編　明治書院　2007.2　313p　22cm〈文献あり〉　2800円　①978-4-625-55401-8

◇展望現代の詩歌—第3巻（詩 3）　飛高隆夫,野山嘉正編　明治書院　2007.3　318p　22cm〈文献あり〉　2800円　①978-4-625-55402-5

◇展望現代の詩歌—第4巻（詩 4）　飛高隆夫,野山嘉正編　明治書院　2007.8　264p　22cm〈文献あり〉　2800円　①978-4-625-55403-2

◇展望現代の詩歌—第5巻（詩 5）　飛高隆夫,野山嘉正編　明治書院　2007.12　329p　22cm〈文献あり〉　2800円　①978-4-625-55404-9

文学賞

◇小熊秀雄賞四十年の軌跡——一九六八年〜二〇〇七年　小熊秀雄賞実行委員会記念誌編集部会編　旭川　旭川文化団体協議会　2007.5　154p　30cm〈共同刊行：小熊秀雄賞後援会　折り込1枚　年譜あり〉　2000円

◇白鳥省吾賞十周年記念誌—テーマ「自然」の詩、「人間愛」の詩。　白鳥省吾「詩」募集事務局編　栗原　栗原市　2009.2　105p　30cm〈著作目録あり　年譜あり〉

作法

◇ことばを深呼吸　川口晴美,渡辺十糸子著　東京書籍　2009.5　189p　21cm　1400円　①978-4-487-80285-2

◇連作ソネットについて　本郷博英著,本郷杜詩夫編　堺　文芸同好会　1991.2　32p　18cm　（Jupiter叢書 201）

◇やさしい詩の作り方　本郷博英著　堺　文芸同好会　1991.3　22p　18cm　（Jupiter叢書 208）

◇詩の作り方　黒田三郎編　2訂版　明治書院　1993.5　241p　19cm　（作法叢書）　1700円　①4-625-58143-5

◇詩の作り方　黒田三郎著　新装版　明治書院　2003.11　241p　19cm　（作法叢書）　1700円　①4-625-62306-5

◇詩が生まれるとき書けるとき—だれにでもできる楽しい詩のつくり方　白谷明美著　鎌倉　銀の鈴社　2009.11　138p　21cm　1200円　①978-4-87786-338-8

◇詩—面白く読んで楽しく書ける　長岡昭四郎著　プラザ企画　2001.9　229p　19cm〈折り込1枚〉　1000円

◇詩—面白く読んで楽しく書ける　長岡昭四郎

著　再版　ブラザー商会　2004.10　231p　19cm　1000円　①4-901792-01-6
◇ぼくらの言葉塾　ねじめ正一著　岩波書店　2009.10　212p　18cm　〈岩波新書　新赤版1215〉〈文献あり〉　700円　①978-4-00-431215-4
◇現代詩作マニュアル―詩の森に踏み込むために　野村喜和夫著　思潮社　2005.1　207p　18cm　〈詩の森文庫 105〉〈文献あり〉　980円　①4-7837-2005-3
◇だれでも詩人になれる本―あなたも詩人　やなせたかし著　鎌倉　かまくら春秋社　2009.2　270p　19cm　1200円　①978-4-7740-0426-6

鑑賞・評釈

◇名詩渉猟―わが名詩選　天沢退二郎ほか　思潮社　2005.1　181p　18cm　〈詩の森文庫 102〉　980円　①4-7837-2002-9
◇詩のレッスン―現代詩一〇〇人・21世紀への言葉の冒険　井坂洋子ほか編　小学館　1996.4　461p　19cm　2000円　①4-09-379522-3
◇忘れえぬ詩―わが名詩選　大岡信, 那珂太郎, 飯島耕一, 岩田宏, 堀川正美, 三木卓著　思潮社　2006.9　172p　18cm　〈詩の森文庫 E10〉　980円　①4-7837-2010-X
◇岡井隆の現代詩入門―短歌の読み方、詩の読み方　岡井隆著　思潮社　2007.1　206p　18cm　〈詩の森文庫 C12〉　980円　①4-7837-1712-5
◇日本近代詩―研究と鑑賞　角田敏郎著　大阪　和泉書院　1989.10　292p　22cm　〈研究叢書 82〉　7500円　①4-87088-372-4
◇詩人の愛―百年の恋、五〇人の詩　正津勉著　河出書房新社　2002.7　196p　20cm　1500円　①4-309-01478-X
◇日本の現代詩101　高橋順子編著　新書館　2007.5　211p　21cm　1600円　①978-4-403-25092-7
◇詩を読む―詩人のコスモロジー　谷川俊太郎著　思潮社　2006.9　213p　18cm　〈詩の森文庫 C10〉　980円　①4-7837-1710-9
◇本のゆくえ　土屋繁子著　作品社　2002.5　196p　20cm　1600円　①4-87893-467-0

◇詩をよむ歓び　中西進著　柏　麗沢大学出版会　2007.2　329p　20cm　〈広池学園事業部（発売）〉　1600円　①978-4-89205-519-5
◇鑑賞愛の詩　西岡光秋著　慶友社　2001.4　221p　22cm　2500円　①4-87449-035-2
◇教科書でおぼえた名詩　文芸春秋編　文芸春秋　2005.5　251,4p　16cm　〈文春文庫plus〉　505円　①4-16-766085-7
◇日本近代詩鑑賞―昭和編　吉田精一著　創拓社　1990.6　348p　18cm　1600円　①4-87138-093-9
◇日本近代詩鑑賞―大正編　吉田精一著　創拓社　1990.6　318p　18cm　1600円　①4-87138-092-0
◇日本近代詩鑑賞―明治編　吉田精一著　創拓社　1990.6　346p　18cm　1600円　①4-87138-091-2

翻訳

◇日本詩仏訳のこころみ―朔太郎・中也・太郎・達治　イヴ＝マリ・アリュー著, 大槻鉄男訳　白水社　2007.12　310p　20cm　〈「日本詩を読む」(1979年刊)の新装版〉　3800円　①978-4-560-00345-9
◇名詩名訳ものがたり―異郷の調べ　亀井俊介, 沓掛良彦著　岩波書店　2005.11　244p　20cm　〈年表あり〉　2800円　①4-00-002263-6
◇比較詩学と文化の翻訳　川本皓嗣, 上垣外憲一編　京都　思文閣出版　2012.6　271p　22cm　〈大手前大学比較文化研究叢書 8〉　2500円　①978-4-7842-1637-6

詩論・詩論研究

◇詩行論　秋山基夫著　思潮社　2003.4　218p　20cm　2400円　①4-7837-1615-3
◇新研究資料現代日本文学―第7巻　浅井清, 佐藤勝, 篠弘, 鳥居邦朗, 松井利彦, 武川忠一, 吉田煕生編　明治書院　2000.6　450p　21cm　4300円　①4-625-51306-5
◇詩への希望　浅尾忠男著　光陽出版社　2000.6　197p　21cm　2381円　①4-87662-262-0
◇詩人―荒川法勝遺稿集　荒川法勝著　ジャ

詩（詩論・詩論研究）

ニス　2000.5　502p　22cm〈肖像あり〉
◇詩的ディスクール―比較詩学をめざして　安藤元雄,乾昌幸編　白鳳社　1993.10　357,8p　22cm　（明治大学人文科学研究所叢書）　5000円　ⓘ4-8262-0076-5
◇フーガの技法　安藤元雄著　思潮社　2001.10　263p　20cm　2600円　ⓘ4-7837-1603-X
◇詩の両岸をそぞろ歩きする―江戸と、フランスから　飯島耕一著　清流出版　2004.1　348p　20cm　3200円　ⓘ4-86029-059-3
◇詩論の周辺―続　池田実著　文芸書房　2001.8　192p　18cm　1200円　ⓘ4-89477-098-9
◇はじめの穴終わりの口　井坂洋子著　幻戯書房　2010.12　253p　20cm　2800円　ⓘ978-4-901998-60-4
◇遠いうた―マイノリティの詩学　石原武著　能勢町（大阪府）　詩画工房　2000.6　269p　20cm　1905円　ⓘ4-916041-56-9
◇君を夏の一日に響えようか―詩の遠景　石原武著　さいたま　さきたま出版会　2002.5　257p　19cm　2000円　ⓘ4-87891-364-9
◇詩と道化―グアンタナモという主題　石原武著　所沢　書肆青樹社　2010.4　118p　19cm　（現代詩論文庫　書肆青樹社　1）　2000円　ⓘ978-4-88374-250-9
◇雨新者の詩想―新しきものを雨らす詩的精神（1977-2006）石村柳三詩論集　石村柳三著　コールサック社　2007.4　463p　21cm　（石炭袋新書　詩論・芸術論　2）　2000円　ⓘ4-903393-05-4
◇時の耳と愛語の詩想―石村柳三詩論集　石村柳三著　コールサック社　2011.12　444p　21cm　（詩論・芸術論石炭袋新書　8）〈付属資料：8p：栞解説文　芳賀章内,鈴木比佐雄著〉　2000円　ⓘ978-4-86435-041-9
◇アレゴリーの卵―出海渓也詩論集　出海渓也著　潮流出版社　2000.10　96p　19cm　2500円　ⓘ4-88525-916-9
◇言葉は躍る　伊藤玄二郎編　鎌倉　かまくら春秋社　2000.10　159p　20cm〈述：荒川洋治ほか〉　1600円　ⓘ4-7740-0150-3
◇詩にかかわる―評論集　入沢康夫著　思潮社　2002.6　285p　20cm　2800円　ⓘ4-7837-1607-2
◇詩の構造についての覚え書―ぼくの〈詩作品入門〉評論集　入沢康夫著　増補改訂新版　思潮社　2002.10　175p　20cm　1800円　ⓘ4-7837-1612-9
◇詩の逆説　入沢康夫著　書肆山田　2004.3　427p　20cm〈サンリオ出版1973年刊の改訂　肖像あり〉　3500円　ⓘ4-87995-600-7
◇詩の誕生　大岡信,谷川俊太郎著　思潮社　2004.7　205p　20cm〈付属資料：22p：大岡信への33の質問　1975年刊の新版〉　1600円　ⓘ4-7837-1620-X
◇詩道考―1　大塚欽一著　〔水戸〕　泊船堂〔2011〕　463p　22cm〈文献あり〉　2381円　ⓘ978-4-904389-07-2
◇ポエジー―詩・芸術・神話の源泉を求めて　小川英晴著　土曜美術社出版販売　2004.12　271p　22cm〈他言語標題：Poesy〉　2800円　ⓘ4-8120-1478-6
◇詩論＋続詩論＋想像力　小野十三郎著　思潮社　2008.10　290p　20cm　（思潮ライブラリー　名著名詩選）　2800円　ⓘ978-4-7837-1646-4
◇詩魂に寄せる―エッセイ集　柏木恵美子著　東村山　書肆青樹社　2004.10　287p　20cm　3000円　ⓘ4-88374-129-X
◇近・現代詩のはじまり―評論　1　柏原宏文著〔水戸〕　泊船堂　2012.1　279p　22cm　2381円　ⓘ978-4-904389-09-6
◇交わす言の葉　川崎洋著　沖積舎　2002.11　241p　19cm　2300円　ⓘ4-8060-4082-7
◇教科書の詩をよみかえす　川崎洋著　筑摩書房　2011.3　214p　15cm　（ちくま文庫　か4-3）　580円　ⓘ978-4-480-42802-8
◇ルリアンス―他者と共にある詩　河津聖恵著　思潮社　2007.6　214p　20cm〈他言語標題：Reliance〉　2400円　ⓘ978-4-7837-1637-2
◇現代詩への旅立ち　神崎崇著　能勢町（大阪府）　詩画工房　2001.9　246p　20cm　1905円　ⓘ4-916041-65-8
◇夕焼けと自転車　菊田守著　土曜美術社出版販売　2006.7　217p　19cm　「新」詩論・エッセー文庫　8）　1400円　ⓘ4-8120-1543-X
◇詩的スクランブルへ―言葉に望みを託すとい

詩（詩論・詩論研究）

◇うこと 評論集 北川透著 思潮社 2001.4 287p 20cm （詩論の現在 3） 2900円 Ⓘ4-7837-1600-5

◇生と変容 木津川昭夫著 土曜美術社出版販売 2003.10 247p 20cm （詩論・エッセー集 1） 2500円 Ⓘ4-8120-1407-7

◇詩と遊行 木津川昭夫著 土曜美術社出版販売 2005.12 296p 20cm （詩論・エッセー集 2） 2500円 Ⓘ4-8120-1527-8

◇しなやかな抵抗の詩想―詩人の生き方と言葉のあり方(1962-2010) くにさだきみ詩論集 くにさだきみ著 コールサック社 2010.10 287p 21cm （石炭袋新書 詩論・芸術論 5） 2000円 Ⓘ978-4-903393-75-9

◇わが心の母のうた 窪島誠一郎編著 長野 信濃毎日新聞社 2010.2 237p 20cm〈著作目録あり〉 1700円 Ⓘ978-4-7840-7127-2

◇詩を読んで生きる小池昌代の現代詩入門 小池昌代著 NHK出版 2011.10 173p 21cm （NHKシリーズ―NHKカルチャーラジオ 詩歌を楽しむ）〈放送期間：2011年10月―12月 文献あり〉 905円 Ⓘ978-4-14-910798-1

◇人への愛のあるところに―評論集 小島きみ子著 名古屋 洪水企画 2011.12 155p 21cm〈横浜 草場書房（発売）〉 1800円 Ⓘ978-4-902616-42-2

◇名詩の美学 西郷竹彦著 増補 名古屋 黎明書房 2011.8 386p 20cm 4000円 Ⓘ978-4-654-07625-3

◇真なるバルバロイの詩想―北上からの文化史的証言(1953-2010) 斎藤彰吾詩論集 斎藤彰吾著 コールサック社 2011.3 383p 21cm （石炭袋新書 詩論・芸術論 6） 2000円 Ⓘ978-4-86435-013-6

◇生理的抒情試論 斎藤忠著 土曜美術社出版販売 2003.5 143p 19cm （「新」詩論・エッセー文庫 2） 1400円 Ⓘ4-8120-1386-0

◇詩と自我像 斎藤まもる著 土曜美術社出版販売 2005.9 182p 19cm （「新」詩論・エッセー文庫 6） 1400円 Ⓘ4-8120-1506-5

◇モノクロームの彼方から―詩文集 嵯峨昇三著〔八戸〕〔嵯峨昇〕 2011.5 141p 21cm 2200円

◇詩と東洋の叡知―詩は、計らいの、遥か彼方に 佐久間隆史著 土曜美術社出版販売 2012.7 267p 20cm 2500円 Ⓘ978-4-8120-1963-4

◇抒情の岸辺―詩を愛する人たちへ：評論集 佐古祐二著 大阪 竹林館 2012.8 401p 19cm 2600円 Ⓘ978-4-86000-234-3

◇21世紀の詩想の港―佐相憲一詩論集 佐相憲一著 コールサック社 2011.12 391p 21cm （詩論・芸術論石炭袋新書 9） 2000円 Ⓘ978-4-86435-045-7

◇友よ 執行草舟著 講談社 2010.12 453p 20cm 2300円 Ⓘ978-4-06-215725-4

◇言霊ほぐし 篠原資明著 五柳書院 2001.9 126p 20cm （五柳叢書） 1800円 Ⓘ4-906010-93-8

◇詩の喜び詩の悲しみ 柴崎聰著 新教出版社 2004.9 222p 20cm 1900円 Ⓘ4-400-62766-7

◇螺旋の言語―渋沢孝輔詩論選 渋沢孝輔著 思潮社 2006.10 249p 20cm〈著作目録あり〉 2400円 Ⓘ4-7837-1633-1

◇詩の風景・詩人の肖像 白石かずこ著 書肆山田 2007.11 459p 22cm〈著作目録あり〉 3500円 Ⓘ978-4-87995-723-8

◇詩の尺度 鈴木東海子著 思潮社 2006.2 245p 20cm 2500円 Ⓘ4-7837-1629-3

◇詩の降り注ぐ場所―詩的反復力3(1997-2005) 鈴木比佐雄詩論集 鈴木比佐雄著, コールサック社編 柏 コールサック社 2005.12 371p 21cm （石炭袋新書 詩論・芸術論 1） 1429円 Ⓘ978-4-903393-00-1, 4-903393-00-3

◇純粋言語論 瀬尾育生著 五柳書院 2012.7 197p 20cm （五柳叢書 95） 2000円 Ⓘ978-4-901646-19-2

◇一期一詩―〈こころの詩〉をよむ 瀬上敏雄著 春秋社 2006.9 258p 20cm 1600円 Ⓘ4-393-13355-2

◇詩人の行方―詩論・エッセイ集 高田太郎著 宇都宮 コウホネの会 2007.12 397p 20cm 3000円

◇現代詩再考 髙村昌憲著〔川崎〕〔髙村昌憲〕 2004.3 183p 21cm〈文献あり〉 1333円

◇批評という余白 田中勲著 名古屋 風琳

詩（詩論・詩論研究）

堂　1994.7　217p　19cm　2060円　ⓘ4-89426-509-5

◇原点が存在する―谷川雁詩文集　谷川雁著，松原新一編　講談社　2009.11　277p　16cm　〈講談社文芸文庫　たAG1〉〈文献あり　著作目録あり　年譜あり　並列シリーズ名：Kodansha bungei bunko〉　1400円　ⓘ978-4-06-290067-6

◇批評の生理　谷川俊太郎，大岡信著　新版　思潮社　2004.11　283p　20cm〈付属資料：23p：谷川俊太郎への33の質問　肖像あり〉　1800円　ⓘ4-7837-1621-8

◇詩を考える―言葉が生まれる現場　谷川俊太郎著　思潮社　2006.6　222p　18cm　〈詩の森文庫 C9〉　980円　ⓘ4-7837-1709-5

◇詩的クロノス　築山登美夫著　書肆山田　2011.12　353p　20cm　2800円　ⓘ978-4-87995-836-5

◇生光　辻井喬著　藤原書店　2011.2　282p　20cm　2000円　ⓘ978-4-89434-787-8

◇日本語の新しい方向へ　鶴見俊輔ほか　熊本　熊本子どもの本の研究会　2003.12　231p　19cm　1300円　ⓘ4-9900585-5-0

◇詩的自叙伝―行為としての詩学　寺山修司著　思潮社　2006.4　190p　18cm　〈詩の森文庫 C8〉　980円　ⓘ4-7837-1708-7

◇思索と抒情―近代詩文論　伝馬義澄著　審美社　2000.7　366p　20cm　4000円　ⓘ4-7883-4103-4

◇思索の小径―詩論・エッセイ集　鳥巣郁美著　コールサック社　2009.9　285p　22cm　2000円　ⓘ978-4-903393-52-0

◇そぞろおもい　中原澄子著　福岡　石風社　2007.5　180p　20cm　1800円

◇いま一度詩の心を―中原道夫詩論集　続　中原道夫著　能勢町（大阪府）　詩画工房　2003.6　287p　22cm　2381円　ⓘ4-916041-83-6

◇現代詩、されど詩の心を―詩論・エッセイ集　中原道夫著　土曜美術社出版販売　2010.12　344p　20cm　2800円　ⓘ978-4-8120-1840-8

◇詩の音―エッセイ集　中村不二夫著　土曜美術社出版販売　2011.9　273p　19cm　2500円　ⓘ978-4-8120-1863-7

◇詩の発見　西一知著　〔高知〕　高知新聞社　2003.11　213p　19cm〈高知　高知新聞企業（発売）〉　1600円　ⓘ4-87503-350-8

◇触発の点景―詩論・エッセー集　西岡光秋著　土曜美術社出版販売　2005.11　333p　20cm　2500円　ⓘ4-8120-1472-7

◇世界に届け大漁節―JUNPA欧州ツアー報告：国際交流基金日本文化助成採択プロジェクト報告書　日本国際詩人協会編　京都　日本国際詩人協会　2011.11　124p　30cm〈JUNPA books〉〈奥付のタイトル：世界へ届け大漁節　英語併載〉　非売品

◇「ことば」を生きる―私の日本語修業　ねじめ正一著　講談社　1994.2　213p　18cm（講談社現代新書）　600円　ⓘ4-06-149187-3

◇言葉の力を贈りたい　ねじめ正一著　日本放送出版協会　2002.8　315p　19cm　1500円　ⓘ4-14-080713-X

◇二十一世紀ポエジー計画―評論集　野村喜和夫著　思潮社　2001.4　283p　20cm　2900円　ⓘ4-7837-1602-1

◇移動と律動と眩暈と　野村喜和夫著　書肆山田　2011.4　213p　20cm　2500円　ⓘ978-4-87995-818-1

◇詩的言語の現在―芳賀章内詩論集　芳賀章内著　コールサック社　2012.4　316p　21cm　2000円　ⓘ978-4-86435-052-5

◇〈現代詩〉の条件―詩論　原子修著　東村山　書肆青樹社　2005.10　218p　21cm　2500円　ⓘ4-88374-198-2

◇近代詩雑纂　飛高隆夫著　新座　有文社　2012.3　595p　20cm　3800円　ⓘ978-4-946374-39-5

◇多方通行路　平出隆著　書肆山田　2004.7　247p　20cm〈肖像あり〉　2500円　ⓘ4-87995-609-0

◇自由詩学　藤井貞和著　思潮社　2002.9　237p　20cm　2400円　ⓘ4-7837-1610-2

◇人類の詩　藤井貞和著　思潮社　2012.10　355,10p　19cm〈索引あり〉　3200円　ⓘ978-4-7837-1682-2

◇詩人たちの森―ポエジーの輝き　藤田晴央著　弘前　北方新社　2012.5　341p　21cm　2300円　ⓘ978-4-89297-167-9

◇詩の窓　藤富保男著　思潮社　2011.12　233p　19cm　2500円　ⓘ978-4-7837-1673-0

詩（詩論・詩論研究）

◇ポエムの虎―2003秋吉台現代詩セミナー　「ポエムの虎」実行委員会編　福岡　海鳥社　2004.12　191p　21cm　1700円　⑪4-87415-505-7

◇対論―この詩集を読め：2008〜2011　細見和之,山田兼士著　大阪　澪標　2012.4　257p　19cm　1500円　⑪978-4-86078-206-1

◇詩の森を歩く―日本の詩と詩人たち　本多寿著　宮崎　本多企画　2011.11　301p　19cm〈文献あり〉　2500円　⑪978-4-89445-458-3

◇詩圏光耀――詩人の詩想の歩み　前原正治著　土曜美術社出版販売　2005.9　209p　19cm　（「新」詩論・エッセー文庫 5）〈付属資料：1枚〉　1400円　⑪4-8120-1495-6

◇逸脱論―批評のアメリカ性と―文法論等、ある大横断の試み　松元秋六著　東海　人間未来社　2004.8　174p　20cm　1714円

◇馬松集―評論・エッセイ　三沢浩二著　高岡町（宮崎県）　本多企画　2001.4　273p　19cm　2500円　⑪4-89445-071-2

◇多元文化の実践詩考―水崎野里子詩論集2000-2008　水崎野里子著　コールサック社　2008.8　382p　21cm　（石炭袋新書 詩論・芸術論 3）　2000円　⑪978-4-903393-25-4

◇流動する今日の世界の中で日本の詩とは―二〇〇九年―二〇一一年　水崎野里子著　箕面　詩画工房　2011.9　204p　21cm　2000円　⑪978-4-902839-34-0

◇ポエジーその至福の舞―詩論集　三田洋著　土曜美術社出版販売　2009.12　286p　19cm　2000円　⑪978-4-8120-1759-3

◇詩とは何か　宮田小夜子著　大阪　編集工房ノア　2011.12　282p　20cm〈文献あり〉　2000円　⑪978-4-89271-724-6

◇詩&思想　村椿四朗著　菁柿堂　2007.11　158p　22cm〈星雲社（発売）〉　2000円　⑪978-4-434-11322-2

◇詩とハンセン病　森田進著　土曜美術社出版販売　2003.6　210p　19cm　（「新」詩論・エッセー文庫 3）　1400円　⑪4-8120-1399-2

◇詩の真実を求めて―詩美の原質を探る　柳田光紀著　土曜美術社出版販売　2005.12　135p　19cm　（「新」詩論・エッセー文庫 7）　1400円　⑪4-8120-1540-5

◇海の見える部屋―詩と批評　やまぐち・けい著　八戸　朔社　2006.3　177p　21cm　（朔叢書 第15集）　2381円

◇詩の現在を読む―2007-2009　山田兼士著　大阪　澪標　2010.7　249p　19cm　2000円　⑪978-4-86078-166-8

◇詩を呼吸する―現代詩・フルクサス・アヴァンギャルド　ヤリタミサコ著　水声社　2006.10　319p　19cm　2800円　⑪4-89176-614-X

◇ビンボーチョー――1　横山仁菜　秋田　書肆えん　2008.8　58p　19cm　600円　⑪978-4-904151-06-8

◇言葉の向こうから　吉田加南子著　みすず書房　2000.10　293p　20cm　2700円　⑪4-622-04714-4

◇詩をポケットに―下　吉増剛造著　日本放送出版協会　2002.7　177p　21cm　（NHKシリーズ―NHKカルチャーアワー）〈放送期間：2002年7月―9月〉　850円　⑪4-14-910464-6

◇詩をポケットに―愛する詩人たちへの旅　吉増剛造著　日本放送出版協会　2003.9　307p　16cm　（NHKライブラリー）　970円　⑪4-14-084166-4

◇詩学講義無限のエコー　吉増剛造著　慶応義塾大学出版会　2012.12　429p　22cm　4200円　⑪978-4-7664-2004-3

◇吉本隆明が語る戦後55年―11　吉本隆明ほか著,吉本隆明研究会編　三交社　2003.7　151p　22cm　2000円　⑪4-87919-211-2

◇詩とはなにか―世界を凍らせる言葉　吉本隆明著　思潮社　2006.3　190p　18cm　（詩の森文庫 C6）〈著作目録あり〉　980円　⑪4-7837-1706-0

◇北方抒情―亜寒帯の詩と思想　若宮明彦著　所沢　書肆青樹社　2010.11　145p　19cm　（現代詩論文庫 3）　2000円　⑪978-4-88374-263-9

◇記憶の泉　鷲巣繁男著　沖積舎　2000.7　300p　22cm　（詩歌逍遥游 第1）　3000円　⑪4-8060-4651-5

◇聖なるものとその変容　鷲巣繁男著　沖積舎　2000.8　373p　22cm　（詩歌逍遥游 第2）　3000円　⑪4-8060-4652-3

◇あなゆな―現代作家二三七人　詩・短歌・俳

詩（定型詩）

句評論集　美研インターナショナル　2004.12　287p　21cm〈星雲社（発売）〉　1200円　Ⓣ4-434-05605-0

◇詩歌を楽しむ―2012年7月～9月　詩のトビラひらけごま！―「ポケット詩集」を読む　田中和雄著　NHK出版　2012.7　167p　21cm　（NHKシリーズ―カルチャーラジオ）　905円　Ⓣ978-4-14-910834-6

朗読

◇詩のボクシング声の力　楠かつのり著　東京書籍　1999.8　169p　22cm　2000円　Ⓣ4-487-79434-X

◇「詩のボクシング」って何だ!?　楠かつのり著　新書館　2002.1　205p　20cm　1400円　Ⓣ4-403-21077-5

◇詩のボクシング声と言葉のスポーツ　楠かつのり著　東京書籍　2005.9　173p　21cm　〈他言語標題：Poetry boxing Japan〉　2000円　Ⓣ4-487-79879-5

◇詩の声―朗読の記録　鈴木東海子著　思潮社　2001.12　201p　20cm　2400円　Ⓣ4-7837-1606-4

◇詩語りの現場報告　田川紀久雄著　漉林書房　1998.10　89p　21cm　1300円

◇詩語りの現場報告―続　田川紀久雄著　漉林書房　2002.11　180p　21cm　1800円

◇詩語りの現場報告―3　田川紀久雄著　漉林書房　2004.1　129p　21cm　1800円

◇詩人のための朗読講座　田川紀久雄著　漉林書房　2005.3　111p　21cm　1500円

◇詩に翼を―詩の朗読運動史　寺田弘著　能勢町（大阪府）　詩画工房　1992.5　317p　20cm　2000円

◇声を立たせる・言葉を立たせる―詩の朗読10年の歩みノート　日高てる著　大和高田　日高てる　1992.9　189p　21cm〈発行所：Blackpan社〉　2000円

◇声で読む入門現代詩　保坂弘司, 海野哲治郎著　学灯社　2007.2　239p　19cm　1700円　Ⓣ978-4-312-70004-9

◇声で読む現代詩　吉田精一著　学灯社　2007.1　274p　19cm　1700円　Ⓣ978-4-312-70003-2

◇詩語りの旅―くずれ三味線苦土節　田川紀久雄・坂井のぶこ　1　詩語り倶楽部（発売）　2001.5　32p　21cm

言語・表現・修辞

◇修辞と転位―詩論・エッセイ集　埋田昇二著　土曜美術社出版販売　2008.11　492p　20cm　3500円　Ⓣ978-4-8120-1672-5

◇詩的レトリック入門　北川透著　思潮社　1993.5　332,14p　19cm　2800円　Ⓣ4-7837-1555-6

◇日本語による脚韻の踏み方　木村哲也著　函館　木村哲也　2001.6　28p　22cm

◇日本語脚韻のガイド　木村哲也著　〔函館〕　〔木村哲也〕　2002.7　28p　21cm

◇ことばの芸術―言語・文法をふまえて　西郷竹彦著　光村図書出版　2005.8　265p　21cm　（名詩の世界　西郷文芸学入門講座　第2巻）　2381円　Ⓣ4-89528-335-6

◇題材と主題―詩の形・比喩の本質　西郷竹彦著　光村図書出版　2005.9　229p　21cm　（名詩の世界　西郷文芸学入門講座　第3巻）　2095円　Ⓣ4-89528-336-4

◇比較（類比・対比）―典型と比喩について　西郷竹彦著　光村図書出版　2005.9　272p　21cm　（名詩の世界　西郷文芸学入門講座　第4巻）　2381円　Ⓣ4-89528-337-2

◇虚構の方法・世界―展開法と層序法と折衷法　西郷竹彦著　光村図書出版　2005.10　221p　21cm　（名詩の世界　西郷文芸学入門講座　第5巻）　2095円　Ⓣ4-89528-338-0

◇方言詩の世界―ことば遊びを中心に　島田陽子著　能勢町（大阪府）　詩画工房　2003.6　238p　20cm　1600円　Ⓣ4-916041-84-4

◇隠喩の消滅　永坂田津子著　審美社　1994.12　253p　20cm　2781円　Ⓣ4-7883-4071-2

定型詩

◇定型論争　飯島耕一著　名古屋　風媒社　1991.12　329p　20cm　1900円

◇押韻定型詩の系譜　木村哲也著　函館　木村哲也　2002.1　26p　22cm

◇現代短詩型文学の交差点―シンポジウム 3 詩型の未来を問う 日本現代詩歌文学館編 北上 日本現代詩歌文学館 1992.12 68p 26cm （日本現代詩歌文学館報告書 第3輯）〈期日：平成4年6月27日〉

◇ことばの詩学―定型詩というポエムの幻想 村椿四朗著 土曜美術社出版販売 2001.12 253p 20cm 2500円 ⓒ4-8120-1322-4

短詩

◇心にひびく短詩の世界 篠原資明著 講談社 1996.11 219p 18cm （講談社現代新書―Jeunesse） 650円 ⓒ4-06-149331-0

◇短詩論 藪内春彦著 堺 文芸同好会 1995.6 36p 18cm （Jupiter叢書 256）

◇日本短詩言霊論―ジェルマントマ「日本待望論」に答えながら 来空著 二宮町（神奈川県） 蒼天社 2003.5 138p 19cm （来空文庫 8） 1200円 ⓒ4-921214-10-7

歌謡

◇替歌研究 有馬敲著 〔京都〕 京都文学研究所 2000.11 728,8p 19cm 〈発行所：KTC中央出版（名古屋）〉 6190円 ⓒ4-87758-202-9

◇替歌・戯歌研究 有馬敲著 〔京都〕 京都文学研究所 2003.5 567p 19cm 〈出版所：KTC中央出版〉 5000円 ⓒ4-87758-309-2

◇時代を生きる替歌・考―諷刺・笑い・色気 有馬敲著 京都 人文書院 2003.9 265p 19cm 〈文献あり〉 1900円 ⓒ4-409-54065-3

◇臼田甚五郎著作集―第3巻 日本歌謡研究 臼田甚五郎 限定版 おうふう 1995.4 336p 22cm 18000円 ⓒ4-273-02813-1

◇臼田甚五郎著作集―第4巻 歌謡民俗記 臼田甚五郎著 限定版 おうふう 1995.10 414p 22cm 18000円 ⓒ4-273-02814-X

◇歌のなかの言葉の魔法 小貫信昭著 ヤマハミュージックメディア 2003.3 191p 19cm 1400円 ⓒ4-636-20654-1

◇歌謡文学を学ぶ人のために 小野恭靖編 京都 世界思想社 1999.10 262p 19cm 2300円 ⓒ4-7907-0774-1

◇明治・大正・昭和のうた―童謡・唱歌・歌謡曲・軍歌・戦時歌謡・寮歌・校歌 梧桐書院編集部編 梧桐書院 2003.12 479p 19cm 1200円 ⓒ4-340-40023-8

◇最強作詞バイブル―添削実例満載 沢井昭治著 改訂版 ソニー・マガジンズ 1995.3 224p 19cm 1100円 ⓒ4-7897-0969-8

◇作詞で儲ける―楽しい印税生活への道 沢井昭治著 トライエックス 1995.7 184p 19cm 1300円 ⓒ4-924903-25-6

◇B'zに学ぶ作詞レッスン 沢井昭治著 トライエックス 1996.4 233p 19cm （「Sawai塾」「大ヒット曲に学ぶ作詞レッスン」シリーズ 1） 1000円 ⓒ4-924903-28-0

◇マイラバに学ぶ作詞レッスン 沢井昭治著 トライエックス 1996.5 192p 19cm （「Sawai塾」「大ヒット曲に学ぶ作詞レッスン」シリーズ 2） 1000円 ⓒ4-924903-31-0

◇ドリカムに学ぶ作詞レッスン 沢井昭治著 トライエックス 1996.6 233p 19cm （「Sawai塾」「大ヒット曲に学ぶ作詞レッスン」シリーズ 3） 1000円 ⓒ4-924903-32-9

◇スピッツに学ぶ作詞レッスン 沢井昭治著 トライエックス 1996.7 246p 19cm （「Sawai塾」「大ヒット曲に学ぶ作詞レッスン」シリーズ 4） 1000円 ⓒ4-924903-33-7

◇昭和歌謡全集北海道編―流行歌にみる民衆史の深層 市立小樽文学館編 小樽 市立小樽文学館 〔1999〕 230p 21cm

◇生きている七七七五―続 中道風迅洞編 現代どどいつ教室四〇周年記念行事委員会 1995.7 180p 26cm 3000円

◇恋するJポップ―平成における恋愛のディスクール 難波江和英著 京都 冬弓舎 2004.3 230p 19cm 1800円 ⓒ4-925220-09-8

◇日本近代歌謡史 西沢爽著 桜楓社 1990.11 3冊 27cm 〈付（別冊 24p 26cm）：日本流行歌大系・略史「上」「下」「資料編」に分冊刊行〉 全82400円

◇日本名歌曲百選詩の分析と解釈 畑中良輔監修,塚田佳男編曲・構成,黒沢弘光解説 音楽之友社 1998.3 113p 26cm 2300円 ⓒ4-276-13195-2

詩（漢詩）

◇日本名歌曲百選詩の分析と解釈―2　畑中良輔監修,塚田佳男選曲・構成,黒沢弘光解説　音楽之友社　2002.4　93p　26cm　1800円　Ⓘ4-276-13196-0

◇日本の歌謡　真鍋昌弘ほか編　双文社出版　1995.4　225p　22cm　2200円　Ⓘ4-88164-064-X

◇Jポップの日本語―歌詞論　見崎鉄著　彩流社　2002.7　286p　19cm　1600円　Ⓘ4-88202-752-6

◇「箱根八里」と作詞家・鳥居忱―第9回企画展　壬生町立歴史民俗資料館編　壬生町（栃木県）　壬生町立歴史民俗資料館　〔1996〕　183p　25cm

◇世界の名歌、日本の詩情　由井竜三著　春秋社　2003.12　252p　20cm　1600円　Ⓘ4-393-43623-7

漢詩

◇僧林漢詩作例講義　有賀要延著　国書刊行会　1995.9　2冊　21cm　全11000円　Ⓘ4-336-03769-8

◇漢詩入門韻引辞典　飯田利行著　柏書房　1991.1　312p　22cm　3500円　Ⓘ4-7601-0617-0

◇漢詩入門韻引辞典　飯田利行著　改訂新版　柏書房　1994.5　312p　22cm　3500円　Ⓘ4-906443-54-0

◇漢詩―評釈・創作　池田次郎著　池田次郎　1992.1　68p　13×19cm　〈私家版　限定版　和装〉

◇長安好日―わが漢詩の日々　石川忠久華甲記念漢詩選集　石川忠久著　東方書店　1992.4　286p　20cm　〈著者の肖像あり〉　3200円　Ⓘ4-497-92346-0

◇「漢詩」の心―自然を謳い人生を詠む　石川忠久ほか著　プレジデント社　1995.6　265p　20cm　1500円　Ⓘ4-8334-1569-0

◇漢詩を作る　石川忠久著　大修館書店　1998.6　200p　19cm　（あじあブックス　1）　1600円　Ⓘ4-469-23141-X

◇日本人の漢詩―風雅の過去へ　石川忠久著　大修館書店　2003.2　332p　20cm　2500円　Ⓘ4-469-23228-9

◇典故の思想　一海知義著　藤原書店　1994.1　422p　20cm　4200円　Ⓘ4-938661-85-3

◇詩魔―二十世紀の人間と漢詩　一海知義著　藤原書店　1999.3　320p　20cm　4200円　Ⓘ4-89434-125-5

◇日本漢詩　猪口篤志著,菊地隆雄編　明治書院　1996.7　242p　18cm　（新書漢文大系　7）　980円　Ⓘ4-625-57307-6

◇近代文学としての明治漢詩　入谷仙介著　研文出版　1989.2　245p　20cm　（研文選書　42）　1800円　Ⓘ4-87636-085-5

◇七七―平仄便覧　『新字源』の音訓索引にそった　内田義人編　神戸　内田義人　1993.10　156p　26cm

◇日本漢文学論集―第1巻　大曽根章介著　汲古書院　1998.6　652p　22cm　14000円　Ⓘ4-7629-3419-4

◇日本漢文学論集―第2巻　大曽根章介著　汲古書院　1998.8　676p　22cm　14000円　Ⓘ4-7629-3420-8

◇日本漢文学論集―第3巻　大曽根章介著　汲古書院　1999.7　501,96p　22cm　14000円　Ⓘ4-7629-3421-6

◇詩吟のための日本漢詩選　大竹松堂著　日中出版　1992.11　201p　19cm　2060円　Ⓘ4-8175-1208-3

◇日本漢文学史　岡田正之著　増訂版　吉川弘文館　1996.10　458,10p　22cm　8755円　Ⓘ4-642-08516-5

◇漢詩習作ノート―服部承風先生指導　漢詩文研修センター心声社漢詩習作ノート編集委員会編　名古屋　漢詩文研修センター心声社漢詩習作ノート編集委員会　1990.5　244p　22cm　2500円　Ⓘ4-89597-013-2

◇新しい漢詩への誘い　木暮霞由著　近代文芸社　1996.3　183p　20cm　1800円　Ⓘ4-7733-4569-1

◇漢語逍遙　小島憲之著　岩波書店　1998.3　311p　20cm　3400円　Ⓘ4-00002825-1

◇玉屑詩語　小松智山著　〔岡谷〕　小松智山　1996.7　458p　27cm　非売品

◇稿本向山黄村伝　坂口筑母著　〔高根町（山梨県）〕　坂口筑母　〔1998〕　493p　21cm

◇吟詠を楽しむ365日　佐藤佐太郎編・著　佐藤佐太郎　1995.1　391p　21cm　非売品

◇漢詩作詩小事典　進藤虚籟編著　木耳社

詩（詩と他分野）

◇上毛之漢詩―第1集　須賀昌五著　藪塚本町（群馬県）　あかぎ出版　1990.3　120p　18cm〈監修：滝沢精一郎〉　1800円　1991.11　325p　19cm　1800円　①4-8393-1551-5

◇大東文化大学図書館所蔵市川任三先生寄贈図書目録―明治以来漢詩文集　大東文化大学図書館編　大東文化大学図書館　1992.3　181p　26cm

◇続おじさんは文学通―5（漢詩編）　田口暢穂編著　明治書院　1998.7　231p　18cm　880円　①4-625-53148-9

◇現代人のための正しい漢詩の作り方　棚橋篁峰著　京都　日中友好漢詩協会　1994.5　304p　26cm

◇日本漢文学通史　戸田浩暁著　13版　武蔵野書院　1995.3　161p　22cm　1200円

◇日本文学と漢詩―外国文学の受容について　中西進著　岩波書店　2004.10　201,3p　19cm　（岩波セミナーブックス S2）　2200円　①4-00-028052-X

◇漢詩閑話―他三篇　中村丈夫著,中村正夫編輯　関　メインスタンプ　1991.11　299p　19cm〈著者の肖像あり〉　非売品

◇世界最短漢字文化圏通用詩歌　中山栄造編著　編集　松戸　中山栄造　1996.8　28p　21cm　500円

◇漢詩をつくってみよう―身近な山々をテーマに　林久仁於著　国分寺　新風舎　1996.2　313p　19cm　1800円　①4-88306-620-7

◇漢詩への招待―漢詩考　藤森治幸著　長野　余清荘吟社　1992.9　200p　22cm〈発行所：玉田書院〉　1500円

◇漢詩碑を訪ねて―続続　星野正大著　名古屋　星野正大　1994.8　233p　21cm

◇明治の漢学―第3集　三浦叶著　岡山　三浦叶　1996.2　194p　26cm

◇明治の漢学　三浦叶著　汲古書院　1998.5　493p　22cm　12000円　①4-7629-3417-8

◇明治漢文学史　三浦叶著　汲古書院　1998.6　478p　22cm　12000円　①4-7629-3418-6

◇全訳霞浦游藻　三島中洲原著,大地武雄著　土浦　筑波書林　1997.10　138p　19cm　1200円　①4-900725-53-3

◇漢詩と日本人　村上哲見著　講談社　1994.12　269p　19cm　（講談社選書メチエ 33）　1500円　①4-06-258033-0

◇瀬戸の文学―図会と陶碑石碑に見る　漢詩文編　村瀬一郎著　瀬戸　村瀬一郎　1991.11　122p　27×37cm〈丸善名古屋出版サービスセンター（製作）著者の肖像あり〉　9000円　①4-89597-042-6

◇文豪だって漢詩をよんだ　森岡ゆかり著　新典社　2005.1　127p　18cm　（新典社新書 34）〈年譜あり　文献あり〉　800円　①4-7879-7311-8

◇西風東波　森崎蘭外著　堺　〔森崎蘭外〕　1991.4　1冊（頁付なし）　26cm　非売品

◇謖謖―漢詩研究　安井壮三編　高松　露風舎　1998.9　64p　21cm　2000円

◇窪田畔夫の人と作品　山極ひさ編　〔長野〕　山極ひさ　〔1997〕　43p　22cm

◇窪田畔夫の人と作品　山極ひさ編　〔長野〕　山極ひさ　1999.2　81p　21cm

◇詩偈指南　山口晴通著　曹洞宗宗務庁　1996.9　247p　19cm　1000円

◇漢詩人列伝　横須賀司久著　五月書房　1997.9　225p　20cm　3800円　①4-7727-0200-8

◇日本漢詩紀行　渡部英喜著　東方書店　1995.8　208p　22cm　2300円　①4-497-95457-9

◇雅友吟社名簿―平成4年　広島　〔雅友吟社〕　1992　1冊（頁付なし）　26cm

詩と他分野

◇詩と音楽―その構造と原理　伊藤康円著　絃灯社　2005.7　447p　22cm　3000円　①4-87782-052-3

◇俳句と詩の交差点　小沢克己著　東京四季出版　2003.5　337p　19cm　2500円　①4-8129-0269-X

◇新短歌と詩のあいだ―非定型の美学をもとめて　中野嘉一著　芸術と自由社　1995.9　139p　20cm　2000円

◇詩う作家たち―詩と小説のあいだ　野山嘉正編　至文堂　1997.4　330p　22cm　3800円　①4-7843-0183-6

日本近現代文学案内　463

テーマ別研究

◇熱海を詠んだ詩歌抄―伊豆・箱根・相模文化圏をめざして　熱海を詠んだ詩歌編集委員会編　〔熱海〕　伊豆の日金・熱海を語る会　2000.4　47p　21cm　（日金を語る　第1集）

◇東京を詠んだ詩歌―和歌・狂歌・詩・童謡篇　小林茂多編　流山　小林茂多　2004.3　291p　22cm

◇バラはバラの木に咲く―花と木をめぐる10の詞章　坂本公延著　みすず書房　2009.11　197p　20cm　（大人の本棚）　2800円　①978-4-622-08079-4

◇花と詩　佐野欣三著　京都　柳原書店　1996.12　203p　20cm　2000円　①4-8409-7043-2

◇人はなぜ山を詠うのか　正津勉著　アーツアンドクラフツ　2004.7　213p　20cm　2000円　①4-901592-22-X

◇恋のうた―100の想い100のことば　三井葉子著　大阪　創元社　1995.5　227p　20cm　1800円　①4-422-91018-3

◇社会的主題―村田正夫詩論集　村田正夫編　潮流出版社　1995.8　192p　19cm　2575円　①4-88525-910-X

◇現代詩と仏教思想　和田徹三著　沖積舎　2001.6　131p　20cm　2500円　①4-8060-4666-3

戦争と詩

◇近代日本の戦争と詩人　阿部猛著　同成社　2005.12　253p　20cm　（同成社近現代史叢書　9）　2500円　①4-88621-343-X

◇〈日本の戦争〉と詩人たち　石川逸子著　影書房　2004.7　267p　20cm　2400円　①4-87714-317-3

◇君は反戦詩を知ってるか―反戦詩・反戦川柳ノート　井之川巨著　皓星社　1999.6　429p　19cm　2800円　①4-7744-0255-9

◇偏向する勁さ―反戦詩の系譜　井之川巨著　一葉社　2001.12　381p　20cm　2800円　①4-87196-025-0

◇詩的90年代の彼方へ―戦争詩の方法　評論集　北川透著　思潮社　2000.2　259p　20cm　（詩論の現在　1）　2900円　①4-7837-1590-4

◇明治日本の詩と戦争―アジアの賢人と詩人　ポール＝ルイ・クーシュー著，金子美都子，柴田依子訳　みすず書房　1999.11　317,20p　20cm　4000円　①4-622-04677-6

◇怒りの苦さまた青さ―詩・論「反戦詩」とその世界　黒川純著　宇都宮　随想舎　2004.9　143p　18cm　（ずいそうしゃ新書　14）　1000円　①4-88748-107-1

◇戦争を生きた詩人たち―1　斎藤庸一著　沖積舎　1997.12　238p　20cm　2000円　①4-8060-4627-2

◇戦争を生きた詩人たち―2　斎藤庸一著　沖積舎　1998.7　230p　20cm　2000円　①4-8060-4628-0

◇戦争詩論―1910-1945　瀬尾育生著　平凡社　2006.7　339p　20cm　3400円　①4-582-34605-7

◇声の祝祭―日本近代詩と戦争　坪井秀人著　名古屋　名古屋大学出版会　1997.8　384,42p　22cm　7600円　①4-8158-0328-5

◇吉永小百合、オックスフォード大学で原爆詩を読む　早川敦子取材・構成　集英社　2012.11　188p　18cm　（集英社新書　0665）　700円　①978-4-08-720665-4

学生・児童詩

◇なんだか不思議詩の力―朝日新聞石川版連載・小学生の詩「小さな目」　井崎外枝子編著　金沢　能登印刷出版部　2010.6　135p　21cm　1400円　①978-4-89010-536-6

◇子どもに向けての詩のつくりかた入門―その基礎理論と技法　畑島喜久生著　川崎　てらいんく　2006.3　247p　19cm　1400円　①4-925108-08-5

郷土文学

◇詩で歩く武蔵野　秋谷豊編著　浦和　さきたま出版会　1998.10　189p　19cm　（さきたま双書）　1500円　①4-87891-072-0

◇旭川詩壇史　東延江著　旭川　〔東延江〕　1993.3　253p　21cm　2000円

◇北の詩人たち　石川誠著　風濤社　2002.1　359p　20cm　3000円

◇神戸の詩人たち　伊勢田史郎著　大阪　編

詩（郷土文学）

集工房ノア　2002.3　275p　19cm〈他言語標題：Poets in Kobe〉　2000円
◇鳥取の詩人たち―その他　井上嘉明著　鳥取　流氷群同人会　2012.7　258p　19cm〈文献あり〉　1500円
◇詩風土の開花展図録―昭和戦前のいわき　いわき市立草野心平記念文学館編　いわき　いわき市立草野心平記念文学館　2002.10　59p　30cm〈会期：2002年10月5日～12月1日〉
◇詩の上州展―草野心平と群馬の詩人たち 図録　いわき市立草野心平記念文学館編　いわき　いわき市立草野心平記念文学館　2005.10　59p　30cm〈会期・会場：2005年10月8日～12月4日　いわき市立草野心平記念文学館　年譜あり〉
◇岩手の詩展―岩手県近・現代詩年表,展示資料目録　「岩手の詩展」実行委員会編　盛岡　岩手県詩人クラブ　1994.10　59p　26cm〈岩手県詩人クラブ結成40周年記念事業　会期・会場：1994年10月29日～11月27日　日本現代詩歌文学館〉　500円
◇大井康暢著作集―第5巻　静岡県詩史　大井康暢著　沖積舎　2010.5　471p　20cm　3500円　Ⓘ978-4-8060-6666-8
◇川崎の詩と詩人たち　金子秀夫著　〔川崎〕「川崎評論」編集部　2003.6　221p　21cm　2000円
◇東京南部・戦後サークル運動の記録―2　詩と真実・松川運動の十五年　城戸昇著　文学同人・眼の会　1991.1　137p　26cm　（文学同人・眼の会叢書 no.1）　1000円
◇東京南部・戦後サークル運動の記録―1　詩と状況・激動の50年代―敗戦から60年安保闘争まで　城戸昇編著　文学同人・眼の会　1992.7　2冊（別冊とも）　26cm　（文学同人・眼の会叢書 no.2）〈別冊（167p）：東京南部戦後サークル運動史年表〉　1500円
◇山上の蜘蛛―神戸モダニズムと海港都市ノート　季村敏夫著　神戸　みずのわ出版　2009.9　403p　22cm〈索引あり〉　2500円　Ⓘ978-4-944173-71-6
◇中部日本の詩人たち　久野治著　名古屋　中日出版社　2002.5　322p　19cm　2500円　Ⓘ4-88519-180-7
◇中部日本の詩人たち―続　久野治著　名古屋　中日出版社　2004.1　309p　19cm　2500円　Ⓘ4-88519-219-6
◇中部日本の詩人たち―続々　久野治著　名古屋　中日出版社　2010.5　367p　19cm　2500円　Ⓘ978-4-88519-355-2
◇戦後京都の詩人たち　河野仁昭著　大阪　編集工房ノア　2004.3　294p　20cm　2000円　Ⓘ4-89271-120-9
◇現代・房総の詩人　五喜田正巳著　LD書房　1995.9　327p　22cm　（麦の会叢書 第46篇）　4300円
◇私の戦後詩―あまりに自伝的な栃木県詩壇50年史　小林猛雄著　宇都宮　条件グループ　1997.12　309,35p　20cm　3000円
◇みちのくの詩学　坂口昌明著　未知谷　2007.8　282p　20cm　2500円　Ⓘ978-4-89642-196-5
◇年表・静岡県の詩の歴史―2　静岡県詩史編纂委員会編　焼津　静岡県詩人会　2001.1　58p　21cm〈「年表・静岡県の詩の歴史・140年」の続篇〉　1500円
◇年表・静岡県の詩の歴史・140年　静岡県詩史編纂委員会編　浜松　静岡県詩人会　1989.3　137p　21cm　2500円
◇戦後関西詩壇回想　杉山平一著　思潮社　2003.2　271p　20cm　2600円　Ⓘ4-7837-1614-5
◇群馬の昭和の詩人―人と作品　関俊治ほか著　前橋　みやま文庫　1996.9　228p　19cm　（みやま文庫 144）　1500円
◇文芸誌　瀬戸市文化協会編　瀬戸　瀬戸市文化協会　1992.3　37p　26cm〈平成3年度文芸事業〉
◇九州・沖縄の詩誌―第26回九州詩人祭長崎大会資料 1996　第26回九州詩人祭長崎大会事務局編纂　〔諫早〕　第26回九州詩人祭長崎大会実行委員会　1996.8　189p　21cm　1000円
◇島根の詩人たち　田村のり子著　安来　島根県詩人連合　1998.8　129p　20cm　1200円
◇群馬の詩人―近現代詩の革新地から 第16回企画展　群馬県立土屋文明記念文学館編　群馬町（群馬県）　群馬県立土屋文明記念文学館　2004.10　72p　30cm〈会期：平成16年10月2日～11月23日　群馬文学全集刊行記念　年表あり〉

詩（郷土文学）

◇北の詩人たちとその時代　永井浩著　札幌　北海道新聞社　1990.1　229p　19cm　1200円　①4-89363-550-6

◇九州詩人祭史─1971-1989　長崎県詩人会編　長崎　長崎県詩人会事務局　1989.6　99p　22cm　1000円

◇西さがみの詩びとたち─現代・神奈川県西の詩人、歌人、俳人名鑑　西さがみの詩びとたち編集委員会編　小田原　西さがみの詩びとたち編集事務局　2001.9　152p　19cm　〈小田原　八小堂（発売）〉　1250円

◇群馬県・昭和の文学　根岸謙之助著　前橋　みやま文庫　1994.7　191p　19cm　（みやま文庫 135）

◇近代詩歌のふるさと─東日本篇　長谷川泉編　至文堂　1992.12　306p　21cm　（「国文学解釈と鑑賞」別冊）　2000円

◇山形・詩と詩人の系譜─鈴木健太郎と『血潮』・『詩脈』　藤沢太郎著　町田　村里社　2012.7　157p　21cm

◇北海道詩史補遺─1989-2007　北海道詩人協会編　千歳　北海道詩人協会　2008.5　252p　21cm　〈年表あり〉

◇現代岩手の詩人群像─なぜ今、詩歌文学なのか　盛岡大学日本文学会企画展実行委員会編　滝沢村（岩手県）　盛岡大学日本文学会　1991.7　73p　21cm

◇茨城の近代詩を語る　柳生四郎著　土浦　筑波書林　1989.1　2冊　18cm　（ふるさと文庫）〈茨城図書（発売）〉　各600円

◇信濃路の詩碑　矢島幸雄文・写真　長野　銀河書房　1990.9　189p　19cm　1200円

◇やまがた現代詩の流れ─2006（やまがたの詩の現在）　やまがた文学祭実行委員会編　山形　やまがた文学祭実行委員会　2006.10　56p　21cm　〈年表あり　平成18年度山形市芸術祭主催事業/県民芸術祭参加〉

◇やまがた現代詩の流れ─2012　〈詩的山形〉への招待　やまがた文学祭実行委員会著　〔山形〕　山形文学祭実行委員会　2012.11　83p　21cm〈平成24年度山形市芸術文化祭参加事業/県民芸術祭参加　年譜あり　年表あり〉

◇特集・戦後山口県主要詩社の歩み　山口県詩人懇話会編　山口　〔山口県詩人懇話会〕　1993　67p　21cm〈山口県芸術祭・現代山口県詩選30周年記念　『現代山口県詩選』30集付録〉

◇長崎県の現代詩史　山田かん著　長崎　長崎新聞社　2007.8　375p　19cm　1429円　①978-4-931493-84-1

◇和歌山戦後詩史　和歌山詩人協会編　和歌山　和歌山詩人協会　2010.11　144p　18cm〈年表あり〉　非売品

◇文芸の小径　中山町（鳥取県）　報恩峠文芸の小径委員会　1991.11　83p　31cm

◇鎌倉と詩人たち─特別展　鎌倉　鎌倉市教育委員会　1992.10　24p　26cm〈共同刊行：鎌倉文学館　会期：平成4年10月16日〜11月29日〉

◇福島県現代詩人会会員名簿─平成5年9月1日現在　会津高田町（福島県）　福島県現代詩人会　1993　34p　13×19cm

◇徳島の現代詩史──一九四五〜一九九三　貞光町（徳島県）　徳島現代詩協会　1994.3　336p　22cm

◇八戸における詩人・詩史の軌跡　八戸　朔社　1995.1　78p　22cm

◇中部地方の戦後詩書年表─1946年5月〜2001年3月　名古屋　中日詩人会　2002.6　100p　21cm　1000円

◇福島県現代詩史年表　会津高田町（福島県）　福島県現代詩人会　2003.12　74p　30cm　〈表紙のタイトル：福島県詩史年表〉　非売品

◇筑紫の詩人たち─福岡県の現代詩史　小郡　小郡市立図書館野田宇太郎文学資料館　2004.11　128p　26cm　（ブックレット 6 (2004)）〈付：現代詩人37名のエッセイ・福岡県の詩集・詩書年表〉

◇中部の戦後詩誌─1945年12月〜2006年5月　名古屋　中日詩人会　2006.11　186p　26cm　1000円

◇九州の詩40年そして現代詩の先へ─第40回九州詩人祭福岡大会　第47回福岡市民芸術祭参加　〔福岡〕　〔福岡県詩人会〕　〔2010〕　62p　26cm〈会期・会場：2010年10月23日　西鉄イン福岡ホール　主催：福岡県詩人会　折り込み1枚〉

◇ふるさとを見つめる─群馬の詩歌句　前橋　みやま文庫　2010.12　308p　19cm　（みや

詩（詩史）

ま文庫 200）　1500円

詩史

◇近代詩の誕生―軍歌と恋歌　尼ケ崎彬著　大修館書店　2011.12　297p　20cm〈文献あり〉　2000円　Ⓘ978-4-469-22217-3

◇近代詩から現代詩へ―明治、大正、昭和の詩人　鮎川信夫著　思潮社　2005.1　179p　18cm　（詩の森文庫 4）〈「詩の見方」(1966年刊)の改題〉　980円　Ⓘ4-7837-1704-4

◇日本の存在の詩の系譜　荒川法勝著　土曜美術社出版販売　1996.7　144p　19cm　（詩論・エッセー文庫 9）　1300円　Ⓘ4-8120-0609-0

◇蕩児の家系―日本現代詩の歩み　大岡信著　復刻新版　思潮社　2004.7　300p　22cm　（思潮ライブラリー　名著名詩集復刻）〈付属資料：16p　原本：1969年刊〉　2800円　Ⓘ4-7837-2330-3

◇近代詩歌精講―展望と評釈　岡一男著　国研出版　1993.10　296p　22cm　（国研叢書 4）〈学灯社1953年刊の複製　星雲社（発売）〉　3000円　Ⓘ4-7952-9211-6

◇詩歌の近代　岡井隆著　岩波書店　1999.3　227p　20cm　（日本の50年日本の200年）　2300円　Ⓘ4-00-026313-7

◇ことばで織られた都市―近代の詩と詩人たち　君野隆久著　三元社　2008.6　238p　20cm　2500円　Ⓘ978-4-88303-225-9

◇詩が生まれるところ　栗原敦著　小平　蒼丘書林　2000.9　330p　20cm　2800円　Ⓘ4-915442-62-4

◇名詩朗読でつづる日本の詩史　桑原啓善編著　逗子　でくのぼう出版　1993.7　174p　21cm〈星雲社（発売）〉　1800円　Ⓘ4-7952-9159-1

◇自転車乗りの夢―現代詩の20世紀　佐々木幹郎著　五柳書院　2001.1　374p　20cm　（五柳叢書）　2500円　Ⓘ4-906010-91-1

◇詩の在りか―口語自由詩をめぐる問い　佐藤伸宏著　笠間書院　2011.3　261p　20cm　3200円　Ⓘ978-4-305-70534-1

◇作品で読む近代詩史　沢正宏,和田博文編著　京都　白地社　1990.4　177p　21cm　1339円

◇作品で読む現代詩史　沢正宏,和田博文編著　京都　白地社　1993.3　245p　21cm　1500円　Ⓘ4-89359-121-5

◇詩の成り立つところ―日本の近代詩、現代詩への接近　沢正宏著　翰林書房　2001.9　291,10p　20cm　3800円　Ⓘ4-87737-118-4

◇現代詩の運命　嶋岡晨著　飯塚書店　1991.4　233p　22cm　2900円　Ⓘ4-7522-0156-9

◇詩とは何か　嶋岡晨著　新潮社　1998.9　333p　20cm　（新潮選書）　1500円　Ⓘ4-10-600552-2

◇現代詩の魅力―日本文学の百年　嶋岡晨著　東京新聞出版局　2000.2　282p　20cm　1600円　Ⓘ4-8083-0696-4

◇隅田川とセーヌ河―フランス詩の受容　嶋岡晨著　日本図書センター　2001.4　185p　22cm　4800円　Ⓘ4-8205-5726-2

◇埋もれた詩人の肖像―同時代詩史の落丁をひろう　遠丸立著　国分寺　武蔵野書房　1993.1　385p　20cm　2987円

◇資料・現代の詩2001―1945～2000　日本現代詩人会編　角川書店　2001.4　810p　22cm〈創立50年記念出版〉　13000円　Ⓘ4-04-884131-9

◇「日本の詩」一〇〇年　日本詩人クラブ編　土曜美術社出版販売　2000.8　662p　22cm　8000円　Ⓘ4-8120-1256-2

◇近代日本の詩と史実　野口武彦著　中央公論新社　2002.10　313p　19cm　（中公叢書）　1850円　Ⓘ4-12-003313-9

◇近代詩歌の歴史　野山嘉正著　放送大学教育振興会　1999.3　218p　21cm　（放送大学教材 1999）　2400円　Ⓘ4-595-23509-7

◇近代詩歌の歴史　野山嘉正著　改訂版　放送大学教育振興会　2004.3　233p　21cm　（放送大学教材 2004）　2200円　Ⓘ4-595-23750-2

◇口語自由詩の形成　羽生康二著　雄山閣出版　1989.1　183p　20cm　1800円　Ⓘ4-639-00787-6

◇近代の詩精神　飛高隆夫著　翰林書房　1997.10　290p　20cm　3800円　Ⓘ4-87737-031-5

◇ことばたちの揺曳―日本近代詩精神史ノート　日原正彦著　高知　ふたば工房　2008.10　521p　22cm　3000円　Ⓘ978-4-939150-55-5

詩（詩史）

◇近現代詩の可能性—モダニズムの視点・女性の視線 第8回：フェリス女学院大学日本文学国際会議　フェリス女学院大学編　横浜　フェリス女学院大学　2011.3　248p　21cm〈会期：2010年11月19日～20日〉
◇近代詩の思想　福島朝治著　教育出版センター　1997.7　262p　20cm（以文選書50）　2400円　ⓘ4-7632-1547-7
◇詩の継承—『新体詩抄』から朔太郎まで　三浦仁著　おうふう　1998.11　636p　22cm　34000円　ⓘ4-273-03045-4
◇近代詩人の生と詩—発見と追跡　宮本一宏著　福岡　花書院　2001.11　278p　20cm　1905円　ⓘ4-938910-52-7
◇三好行雄著作集—第7巻　詩歌の近代　三好行雄著　筑摩書房　1993.9　430p　22cm　7450円　ⓘ4-480-70047-1
◇近・現代詩苑逍遥—朔太郎・順三郎・光晴ら　山本捨三著　おうふう　1996.5　269p　22cm　4800円　ⓘ4-273-02920-0
◇吉本隆明資料集—44　日本現代詩論争史—日本近代詩の源流　吉本隆明著　高知　猫々堂　2005.3　86p　21cm　1200円
◇近現代詩を学ぶ人のために　和田博文編　京都　世界思想社　1998.4　300,16p　19cm　2500円　ⓘ4-7907-0704-0

詩誌・結社

◇過ぎ去った日への—詩風土と詩季詩集と詩人達と私と　新井正一郎著　京都　洛西書院　2003.2　206p　20cm　2500円　ⓘ4-947525-87-8
◇現代詩誌総覧—4　レスプリ・ヌーボーの展開　現代詩誌総覧編集委員会編　日外アソシエーツ　1996.3　621p　22cm　26000円　ⓘ4-8169-1343-2
◇現代詩誌総覧—1　前衛芸術のコスモロジー　現代詩誌総覧編集委員会編　日外アソシエーツ　1996.7　635p　22cm　27810円　ⓘ4-8169-1384-X
◇現代詩誌総覧—2　革命意識の系譜　現代詩誌総覧編集委員会編　日外アソシエーツ　1997.2　576,155p　22cm　28840円　ⓘ4-8169-1411-0
◇現代詩誌総覧—3　リリシズムの変容　現代詩誌総覧編集委員会編　日外アソシエーツ　1997.7　815p　22cm　29000円　ⓘ4-8169-1447-1
◇現代詩誌総覧—5　都市モダニズムの光と影1　現代詩誌総覧編集委員会編　日外アソシエーツ　1998.1　793p　22cm　29000円　ⓘ4-8169-1475-7
◇現代詩誌総覧—6　都市モダニズムの光と影2　現代詩誌総覧編集委員会編　日外アソシエーツ　1998.7　507p　22cm　25000円　ⓘ4-8169-1504-4
◇現代詩誌総覧—7　十五年戦争下の詩学　現代詩誌総覧編集委員会編　日外アソシエーツ　1998.12　879p　22cm　29000円　ⓘ4-8169-1517-6
◇都市モダニズムの奔流—「詩と詩論」のレスプリ・ヌーボー　沢正宏,和田博文編　翰林書房　1996.3　323,3p　20cm　2800円　ⓘ4-906424-84-8
◇戦前の詩誌・半世紀の年譜　志賀英夫著　能勢町（大阪府）　詩画工房　2002.1　285p　22cm　2381円　ⓘ4-916041-72-0
◇「在日」と50年代文化運動—幻の詩誌『ヂンダレ』『カリオン』を読む　ヂンダレ研究会編　京都　人文書院　2010.5　215p　19cm〈年表あり〉　2200円　ⓘ978-4-409-24087-8
◇詩洋五十年史—中巻5　田中規久雄著　アポロン社　1991.1　731p　22cm　15000円
◇中日詩人会の歴史—1951年～2001年　中日詩人会　名古　「中日詩人会の歴史」刊行委員会　2004.7　120p　30cm〈折り込2枚〉　1000円
◇日本の詩雑誌　日本現代詩研究者国際ネットワーク編　有精堂出版　1995.5　269p　22cm　8240円　ⓘ4-640-31060-9
◇文芸同好会十七年史　文芸同好会史編纂委員会編纂　堺　文芸同好会　1991.3　32p　18cm　（Jupiter叢書　210）
◇「白鯨」「赤道」の詩人たち　みえのふみあき著　宮崎　鉱脈社　2002.7　361p　21cm〈付・宮崎の文芸時評1996-99年〉　3600円　ⓘ4-86061-023-7
◇詩「新詩人」の軌跡と戦後現代詩　南川隆雄著　思潮社　2011.11　205p　20cm〈索引あり　文献あり〉　2500円　ⓘ978-4-7837-1675-4

詩（詩史）

◇「現代詩手帖」編集長日録—1965-1969　八木忠栄著　思潮社　2011.9　269p　20cm　2800円　①978-4-7837-1671-6

◇「湾」の詩と詩人　和田徹三編　沖積舎　1990.10　105p　21cm〈湾創刊35周年記念〉2300円

◇コレクション・都市モダニズム詩誌—第1巻　短詩運動　和田博文監修　小泉京美編　ゆまに書房　2009.5　832p　22cm〈亜社大正13〜昭和2年刊ほかの複製合本〉　25000円　①978-4-8433-2883-5,978-4-8433-2878-1

◇コレクション・都市モダニズム詩誌—第2巻　アナーキズム　和田博文監修　竹内栄美子編　ゆまに書房　2009.5　832p　22cm〈太平洋詩人協会大正15〜昭和2年刊と社会評論社昭和2年刊の複製合本〉　25000円　①978-4-8433-2884-2,978-4-8433-2878-1

◇コレクション・都市モダニズム詩誌—第3巻　シュールレアリスム　和田博文監修　鶴岡善久編　ゆまに書房　2009.5　930p　22cm〈耽美荘昭和2年刊ほかの複製合本〉　25000円　①978-4-8433-2885-9,978-4-8433-2878-1

◇コレクション・都市モダニズム詩誌—第4巻　ダダイズム　和田博文監修　佐藤健一編　ゆまに書房　2010.3　840p　22cm〈売恥社大正13年刊ほかの複製合本〉　25000円　①978-4-8433-2886-6,978-4-8433-3341-9

◇コレクション・都市モダニズム詩誌—第6巻　新即物主義　和田博文監修　和田博文編　ゆまに書房　2010.3　1111p　22cm〈山崎泰雄昭和4〜6年刊ほかの複製合本〉　25000円　①978-4-8433-2888-0,978-4-8433-3341-9

◇コレクション・都市モダニズム詩誌—第7巻　主知的抒情詩の系譜　1　和田博文監修　大塚常樹編　ゆまに書房　2010.3　711p　22cm〈椎の木社大正15〜昭和2年刊ほかの複製合本〉　25000円　①978-4-8433-2889-7,978-4-8433-3341-9

◇コレクション・都市モダニズム詩誌—第8巻　主知的抒情詩の系譜2・昭和の象徴主義1　和田博文監修　国生雅子編　ゆまに書房　2010.8　895p　22cm〈信天翁社昭和3年刊ほかの複製合本〉　25000円　①978-4-8433-2890-3,978-4-8433-3372-3

◇コレクション・都市モダニズム詩誌—第9巻　昭和の象徴主義　2　和田博文監修　木股知史編　ゆまに書房　2010.8　791p　22cm〈アトリエ社昭和8年刊の複製合本〉　25000円　①978-4-8433-2891-0,978-4-8433-3372-3

◇コレクション・都市モダニズム詩誌—第10巻　レスプリ・ヌーボーの展開　和田博文監修　杉浦静編　ゆまに書房　2010.8　833p　22cm〈紀伊國屋書店昭和5〜6年刊ほかの複製合本〉　25000円　①978-4-8433-2892-7,978-4-8433-3372-3

◇コレクション・都市モダニズム詩誌—第11巻　都市モダニズム詩の大河　1　和田博文監修　勝原晴希編　ゆまに書房　2010.11　778p　22cm〈紀伊國屋書店昭和9〜10年刊ほかの複製合本〉　25000円　①978-4-8433-2893-4,978-4-8433-3373-0

◇コレクション・都市モダニズム詩誌—第12巻　都市モダニズム詩の大河　2　和田博文監修　阿毛久芳編　ゆまに書房　2010.11　757p　22cm〈紀伊國屋出版部昭和10年刊ほかの複製合本〉　25000円　①978-4-8433-2894-1,978-4-8433-3373-0

◇コレクション・都市モダニズム詩誌—第13巻　アルクイユクラブの構想　和田博文監修　宮崎真素美編　ゆまに書房　2010.11　775p　22cm〈アルクイユのクラブとボン書店昭和7〜9年刊の複製合本〉　25000円　①978-4-8433-2895-8,978-4-8433-3373-0

◇コレクション・都市モダニズム詩誌—第14巻　VOUクラブの実験　和田博文監修　西村将洋編　ゆまに書房　2011.4　793p　22cm〈VOU発行所昭和10年刊ほかの複製合本〉　25000円　①978-4-8433-2896-5,978-4-8433-3374-7

◇コレクション・都市モダニズム詩誌—第15巻　VOUクラブと十五年戦争　和田博文監修　沢正宏編　ゆまに書房　2011.4　801p　22cm〈民族社昭和13年とVOUクラブ昭和13〜17年刊の複製合本〉　25000円　①978-4-8433-2897-2,978-4-8433-3374-7

◇コレクション・都市モダニズム詩誌—第5巻　新散文詩運動　和田博文監修　藤本寿彦編　ゆまに書房　2011.4　712p　22cm〈時間社昭和5〜6年刊の複製合本〉　25000円　①978-4-8433-2887-3,978-4-8433-3374-7

◇コレクション・都市モダニズム詩誌—第16巻　和田博文監修　ゆまに書房　2012.1　784p

詩（詩史）

22cm　〈第一芸文社昭和12〜13年刊の複製合本〉　25000円　Ⓘ978-4-8433-3766-0
◇コレクション・都市モダニズム詩誌―第17巻　和田博文監修　ゆまに書房　2012.1　806p　22cm　〈シナリオ研究十人会社昭和13〜15年刊の複製合本〉　25000円　Ⓘ978-4-8433-3767-7
◇コレクション・都市モダニズム詩誌―第18巻　和田博文監修　ゆまに書房　2012.1　905p　22cm　〈君と僕大正12年刊ほかの複製合本〉　25000円　Ⓘ978-4-8433-3768-4
◇コレクション・都市モダニズム詩誌―19　美術と詩　2　和田博文監修　川勝麻里編　ゆまに書房　2012.7　808p　22cm　〈文献あり　年表あり　「アルト」第8号〜第13号（紀伊国屋書店1928〜1929年刊）の複製〉　25000円　Ⓘ978-4-8433-3769-1
◇コレクション・都市モダニズム詩誌―20　音楽と詩　和田博文監修　野呂芳信編　ゆまに書房　2012.7　729p　22cm　〈文献あり　年表あり　複製〉　25000円　Ⓘ978-4-8433-3770-7
◇コレクション・都市モダニズム詩誌―第21巻　和田博文監修　ゆまに書房　2012.10　786p　22cm　〈複製　年表あり〉　25000円　Ⓘ978-4-8433-3771-4
◇コレクション・都市モダニズム詩誌―第22巻　和田博文監修　ゆまに書房　2012.10　925p　22cm　〈複製　文献あり　年表あり〉　25000円　Ⓘ978-4-8433-3772-1
◇コレクション・都市モダニズム詩誌―第23巻　名古屋のモダニズム　和田博文監修　井原あや編　ゆまに書房　2012.10　836p　22cm　〈複製　年表あり　文献あり〉　25000円　Ⓘ978-4-8433-3773-8
◇関西詩人協会設立十周年記念誌　交野　関西詩人協会　2004.11　238p　26cm　〈他言語標題：In commemoration of the 10th anniversary of the Kansai Poets' Association　大阪　竹林館（発売）　タイトルは奥付による　年表あり〉　2000円　Ⓘ4-86000-078-1
◇詩脈への旅―詩運動の軌跡：詩脈六十五周年記念集　鳴門　詩脈社　2012.3　113p　24cm　〈編集：牧野美佳　年表あり〉　1000円

詩人論

◇ある「詩人古本屋」伝―風雲児ドン・ザッキーを探せ　青木正美著　筑摩書房　2011.2　228p　20cm　〈年譜あり〉　2800円　Ⓘ978-4-480-81670-2
◇郷愁の詩人像　阿部堅磐著　〔名古屋〕〔阿部堅磐〕　2001.7　20p　26cm　（詩歌鑑賞ノート　3）　非売品
◇詩人たちの年譜　伊藤信吉著　日本古書通信社　1993.9　78p　11cm　（こつう豆本　105）　600円
◇激動期の詩と詩人　伊藤信吉編　横浜　激動期の詩と詩人刊行会　1993.11　293p　19cm　〈川島書店（発売）〉　4800円　Ⓘ4-7610-0518-1
◇うたの心に生きた人々　茨木のり子著　筑摩書房　1994.9　295p　15cm　（ちくま文庫）　740円　Ⓘ4-480-02879-X
◇詩人の変奏―ことばと生のあいだ　宇佐美斉著　小沢書店　1992.9　297p　20cm　2575円
◇大井康暢著作集―第2巻　現代詩と詩人たち　大井康暢著　沖積舎　2009.12　358p　19cm　3000円　Ⓘ978-4-8060-6663-7
◇現代詩人論　大岡信著　講談社　2001.2　415p　16cm　（講談社文芸文庫）　1500円　Ⓘ4-06-198247-8
◇無心の詩学―大橋政人、谷川俊太郎、まど・みちおと文学人類学的批評　大熊昭信著　風間書房　2012.7　312p　21cm　〈文献あり〉　3500円　Ⓘ978-4-7599-1935-6
◇詩人の紙碑　長田弘著　朝日新聞社　1996.6　258p　19cm　（朝日選書　554）　1300円　Ⓘ4-02-259654-6
◇懐しの詩人達　小柳津緑生著　堺　文芸同好会　1993.8　55p　17cm
◇詩学創造　菅野昭正著　平凡社　2001.5　495p　16cm　（平凡社ライブラリー）　1600円　Ⓘ4-582-76394-4
◇死んでなお生きる詩人　北川朱実著　思潮社　2001.3　228p　20cm　2600円　Ⓘ4-7837-1601-3
◇詩神を求めて　久我雅紹著　南窓社　2012.12　230p　22cm　2700円　Ⓘ978-4-8165-0406-8

◇新編私の中の流星群―死者への言葉　草野心平著　筑摩書房　1991.5　330,3p　19cm　〈筑摩叢書 352〉　2160円　Ⓘ4-480-01352-0

◇花筐―帝都の詩人たち　久世光彦著　都市出版　2001.7　242p　22cm　1714円　Ⓘ4-924831-97-2

◇詩人たちの絵　窪島誠一郎著　平凡社　2006.2　245p　16cm　（平凡社ライブラリー 567―Offシリーズ）　1400円　Ⓘ4-582-76567-X

◇「未来派」と日本の詩人たち　香内信子著　JPG　2007.12　280p　19cm　〈グスコー出版（発売）〉　2800円　Ⓘ978-4-901423-56-4

◇詩人の生き方　小海永二著　土曜美術社出版販売　1993.11　142p　19cm　（詩論・エッセー文庫 2）　1300円　Ⓘ4-8120-0451-9

◇詩人の立場　小海永二著　土曜美術社出版販売　1997.9　218p　20cm　2500円　Ⓘ4-8120-0678-3

◇詩人を旅する　小松健一著　草の根出版会　1999.6　135p　21cm　（母と子でみる A8）　2200円　Ⓘ4-87648-140-7

◇サンチョ・パンサの行方―私の愛した詩人たちの思い出　小柳玲子著　詩学社　2004.12　329p　22cm　2667円　Ⓘ4-88312-235-2

◇放浪と土と文学と―高木護/松永伍一/谷川雁　沢宮優著　現代書館　2005.10　237p　20cm　〈文献あり〉　2000円　Ⓘ4-7684-6913-2

◇三田の詩人たち　篠田一士著　講談社　2006.1　222p　16cm　（講談社文芸文庫）〈「現代詩大要」（小沢書店昭和62年刊）の改題　著作目録あり　年譜あり〉　1300円　Ⓘ4-06-198429-2

◇詩人という不思議な人々―わたしの現代詩人事典　嶋岡晨著　大阪　燃焼社　1999.4　311p　19cm　2000円　Ⓘ4-88978-991-X

◇華麗島文学志―日本詩人の台湾体験　島田謹二著　明治書院　1995.6　489p　22cm　12000円　Ⓘ4-625-43071-2

◇ある詩人の思い出　島村豊著　皆美社　1996.2　193p　16cm　500円　Ⓘ4-87322-034-3

◇詩でしかとらえられないもの―1910〜1975　詩人論　新城明博著　郡山　文芸旬報社　2003.10　318p　19cm　非売品

◇詩人の深層探求―鈴木比佐雄詩論集　鈴木比佐雄著　コールサック社　2011.4　655p　21cm　（石炭袋新書 詩論・芸術論 7―詩的反復力 4（2006-2011））　2000円　Ⓘ978-4-86435-019-8

◇憂愁の十二の詩人　鈴木敏幸著　笠間書院　1992.9　286p　20cm　2575円

◇点灯夫―楢崎成直追悼特集 詩誌　鈴木正義編　郡山　鈴木正義　1990.12　48p　21cm　〈楢崎成直の肖像あり〉　非売品

◇異端と自由―17人の詩人たち　清藤磧郎著　弘前　北方新社　2000.1　260p　19cm　2000円　Ⓘ4-89297-034-4

◇表現者の廻廊―井上靖残影　瀬戸口宣司著　アーツアンドクラフツ　2006.10　186p　20cm　1500円　Ⓘ4-901592-36-X

◇空とぶ詩たち―私の好きな詩人　『空とぶ詩たち』刊行委員会編　花社　2011.9　215p　22cm　3000円

◇詩人と文明との修羅場　高内壮介著　宇都宮　雁塔舎　1997.5　332p　20cm　2000円　Ⓘ4-906637-02-7

◇音楽が聞える―詩人たちの楽興のとき　高橋英夫著　筑摩書房　2007.11　284p　20cm　2500円　Ⓘ978-4-480-82362-5

◇青春を読む―日本の近代詩二十七人　高橋睦郎著　小沢書店　1992.11　336p　20cm　2060円

◇青春を読む―日本の近代詩二十七人　高橋睦郎著　日本点字図書館（製作）　1994.4　4冊　27cm〈厚生省委託 原本：小沢書店 1992〉各1700円

◇詩人その生の軌跡―高村光太郎・釈迢空・浅野晃・伊藤静雄・西垣脩　高橋渡著　土曜美術社出版販売　1999.2　237p　20cm　（現代詩人論叢書 13）　2500円　Ⓘ4-8120-0753-4

◇余白の起源―滝本明評論選集　滝本明著　京都　白地社　2006.5　199p　19cm　1600円　Ⓘ4-89359-238-6

◇詩人の戦後日記―1951.2.17〈査問〉とは何だったのか　武内辰郎著　オリジン出版センター　1993.12　148p　20cm　2060円　Ⓘ4-7564-0180-5

◇現代世界の暴力と詩人　竹田日出夫著　西東京　武蔵野大学　2005.1　219p　21cm

詩（詩史）

- （武蔵野大学シリーズ 1） 2500円 ⓘ4-9902353-0-4
- ◇汝、尾をふらざるか―詩人とは何か 谷川雁著 思潮社 2005.1 221p 18cm （詩の森文庫 2） 980円 ⓘ4-7837-1702-8
- ◇声色つかいの詩人たち 栩木伸明著 みすず書房 2010.4 281p 20cm 3200円 ⓘ978-4-622-07535-6
- ◇詩人臨終大全 中川千春著 未知谷 2005.12 356p 20cm 3000円 ⓘ4-89642-144-2
- ◇原風景との対話―詩人たちの風貌（1984-2009）長津功三良詩論集 長津功三良著 コールサック社 2009.8 319p 21cm （石炭袋新書 詩論・芸術論 4） 2000円 ⓘ978-4-903393-56-8
- ◇わが心の詩人たち―藤村、白秋、朔太郎、達治 中村真一郎著 潮出版社 1998.7 410p 19cm （潮ライブラリー） 1800円 ⓘ4-267-01501-5
- ◇抵抗と表現―社会派の詩人たち 西杉夫著 海燕書房 1992.6 282p 20cm 2500円 ⓘ4-87319-080-0
- ◇詩人たちへの花束―追悼エッセイ集 西岡光秋著 日本未来派 2002.8 162p 19cm （日本未来派叢書 pt.1） 1800円 ⓘ4-915853-56-X
- ◇詩人と詩集 野田宇太郎著 新装版 沖積舎 1995.10 262p 20cm 2500円 ⓘ4-8060-4051-7
- ◇悲しみのエナジー―友よ、私が死んだからって 福島泰樹著 三一書房 2009.4 302p 20cm 1800円 ⓘ978-4-380-09200-8
- ◇詩的創造の水脈―北村透谷・金子筑水・園頼三・竹中郁 福田知子著 京都 晃洋書房 2008.11 278p 22cm 〈文献あり〉 3300円 ⓘ978-4-7710-2003-0
- ◇毒舌的詩人論―Jupiter詩人を巡って 座談会 文芸同好会編輯部編 堺 文芸同好会 1993.1 22p 18cm （Jupiter叢書 230）
- ◇近代詩人・歌人自筆原稿集 保昌正夫監修、青木正美収集・解説 東京堂出版 2002.6 217p 27cm 9000円 ⓘ4-490-20470-1
- ◇心の虹・詩人のふるさと紀行 増田れい子著 労働旬報社 1996.8 247p 19cm 1800円 ⓘ4-8451-0441-5
- ◇わが青春の詩人たち 三木卓著 岩波書店 2002.2 334p 20cm 2500円 ⓘ4-00-002642-9
- ◇詩にさそわれて―1 水内喜久雄著 あゆみ出版 1995.2 214p 22cm 2100円 ⓘ4-7519-1122-8
- ◇詩にさそわれて―2 水内喜久雄著 あゆみ出版 1995.10 222p 21cm 2100円 ⓘ4-7519-1123-6
- ◇詩にさそわれて―3 水内喜久雄著 あゆみ出版 1996.9 222p 21cm 2100円 ⓘ4-7519-1124-4
- ◇ステキな詩に会いたくて―54人の詩人をたずねて 水内喜久雄著 小学館 2010.7 157p 22cm 1400円 ⓘ978-4-09-388133-3
- ◇現代詩作家考―批評から詩学科への架橋 宮本一宏批評集 宮本一宏著 福岡 詩美学研究会 1990.5 105p 21cm （陽炎叢書 2） 1800円
- ◇現代詩作家考―批評から詩学科への架橋：宮本一宏批評集 宮本一宏著 復刻版 福岡 花書院 2012.5 110p 22cm 〈著作目録あり 原本：詩美学研究会1990年刊〉 1715円 ⓘ978-4-905324-33-1
- ◇詩人の姿勢―村田正夫詩論集 村田正夫著 潮流出版社 1992.10 192p 19cm 2575円 ⓘ4-88525-905-3
- ◇詩と批評―潮流詩派詩人論 村田正夫編 潮流出版社 1996.8 304p 19cm 3090円 ⓘ4-88525-911-8
- ◇現代詩人―政治・女性・脱構造・ディスクール 村椿四朗著 翰林書房 1993.4 209,5p 19cm 2400円 ⓘ4-906624-15-5
- ◇詩人の面影―近代日本の抒情詩 由井龍三著 春秋社 2008.6 237p 20cm 1700円 ⓘ978-4-393-43631-8
- ◇際限のない詩魂―わが出会いの詩人たち 吉本隆明著 思潮社 2005.1 194p 18cm （詩の森文庫 1） 980円 ⓘ4-7837-1701-X
- ◇行きかう詩人たちの系譜 和田英子著 大阪 編集工房ノア 2002.12 221p 19cm 〈文献あり〉 2000円 ⓘ4-89271-106-3
- ◇朱の入った付箋 和田英子著 大阪 編集工房ノア 2005.3 240p 19cm （行きかう詩人たちの系譜 続） 2000円 ⓘ4-89271-135-7

◇カンヌオー〈神の青領〉―山口恒治・多恵子追悼集 〔出版地不明〕 山口恒治・多恵子追悼集刊行委員会 2003.10 158p 21cm〈発行所：榕樹書林〉 1500円 ⓘ4-947667-96-6

◆女性詩人

◇現代女性詩人論―時代を駆ける女性たち 麻生直子著 土曜美術社 1991.12 315p 20cm（現代詩論叢書 4） 2500円 ⓘ4-88625-325-3

◇〈女性詩〉事情 新井豊美著 思潮社 1994.6 224p 20cm 2800円 ⓘ4-7837-1564-5

◇近代女性詩を読む 新井豊美著 思潮社 2000.8 180p 20cm 2400円 ⓘ4-7837-1594-7

◇女性詩史再考―「女性詩」から「女性性の詩」へ 新井豊美著 思潮社 2007.2 190p 18cm（詩の森文庫 E11） 980円 ⓘ978-4-7837-2011-9

◇詩女神の娘たち―女性詩人、十七の肖像 杳掛良彦編 未知谷 2000.9 350p 20cm 3000円 ⓘ4-89642-013-6

◇林三佐子遺歌集「槐の花」によせて―書簡集 斎藤寛編 長崎 昭和堂印刷（印刷） 1997.8 2冊（補遺とも） 21cm

◇モダニズムと〈戦後女性詩〉の展開 水田宗子著 思潮社 2012.1 217p 20cm 2500円 ⓘ978-4-7837-1676-1

明治時代

◇明治詩史論―透谷・羽衣・敏を視座として 九里順子著 大阪 和泉書院 2006.3 315p 22cm（近代文学研究叢刊 32） 8000円 ⓘ4-7576-0359-2

◇詩的近代の生成―明治の詩と詩人たち 野口存彌著 踏青社 2007.4 242p 20cm 2000円 ⓘ978-4-924440-56-2

◇明治詩の成立と展開―学校教育との関わりから 山本康治著 ひつじ書房 2012.2 389p 22cm〈索引あり 文献あり〉 5600円 ⓘ978-4-89476-592-4

◆◆有本 芳水（1886〜1976）

◇わが心の有本芳水 後藤茂著 六興出版 1992.2 293p 20cm 2000円 ⓘ4-8453-7187-1

◇有本芳水―少年の日の春は行く 姫路文学館編 姫路 姫路文学館 2000.3 79p 30cm〈会期：平成12年4月21日〜6月4日〉

◆◆磯貝 雲峰（1865〜1897）

◇磯貝雲峰 半田喜作編著 高崎 あさを社 1998.6 251p 22cm 2000円

◆◆大塚 甲山（1880〜1911）

◇大塚甲山詩研究―続 今谷弘著 弘前 水星舎 1992.12 199p 19cm〈「続」編の副書名：もうひとつの山脈 「正」編の出版社：文芸協会出版〉 1800円 ⓘ4-87608-079-8

◇評伝大塚甲山 きしだみつお著 未来社 1990.12 350,6p 20cm〈大塚甲山の肖像あり〉 2884円 ⓘ4-624-60087-8

◆◆大沼 枕山（1818〜1891）

◇漢詩人たちの手紙―大沼枕山と嵩古香 ゆまに書房 1994.5 238p 27cm〈監修：尾形仂 大沼枕山および嵩古香の肖像あり〉 3000円 ⓘ4-89668-799-X

◆◆大和田 建樹（1857〜1910）

◇大和田建樹ノート 木下博民著 小金井 南予奨学会 2010.10 169p 21cm（南予明倫館文庫）〈年譜あり〉 1000円

◆◆嵩 古香（1837〜1919）

◇漢詩人たちの手紙―大沼枕山と嵩古香 ゆまに書房 1994.5 238p 27cm〈監修：尾形仂 大沼枕山および嵩古香の肖像あり〉 3000円 ⓘ4-89668-799-X

◆◆児玉 花外（1874〜1943）

◇不遇の放浪詩人―児玉花外・明治期社会主義の魁 太田雅夫著 文芸社 2007.8 203p 19cm〈肖像あり 著作目録あり 年譜あ

詩（詩史）

り〉 1400円 ⓘ978-4-286-03271-9

◆◆清水 橘村（1879～1965）

◇詩人清水橘村 小野孝尚著 〔水戸〕 小野孝尚 2001.6 137p 21cm〈肖像あり 年譜あり〉

◆◆杉浦 梅潭（1826～1900）

◇詩人杉浦梅潭とその時代 国文学研究資料館編 京都 臨川書店 1998.2 271p 19cm（古典講演シリーズ 2） 2800円 ⓘ4-653-03485-0

◆◆相馬 御風（1883～1950）

◇相馬御風宛書簡目録―糸魚川市歴史民俗資料館所蔵 糸魚川市歴史民俗資料館編 糸魚川 糸魚川市教育委員会 1993.12 262p 26cm （糸魚川市歴史民俗資料館叢書 第2輯）〈相馬御風の肖像あり〉

◇相馬御風作詞目録稿―校歌・歌謡・童謡等 糸魚川市歴史民俗資料館編 改訂版 糸魚川 糸魚川市教育委員会 1994.3 189p 26cm〈初版の出版者：糸魚川青年会議所〉

◇相馬御風作詞目録稿―校歌・歌謡・童謡等 糸魚川青年会議所編 糸魚川 糸魚川青年会議所 1991.9 177p 26cm 非売品

◇相馬御風宛書簡集―2 糸魚川歴史民俗資料館（相馬御風記念館）編 糸魚川 糸魚川市教育委員会 2006.3 525p 22cm〈肖像あり〉

◇相馬御風宛書簡集―3 芸術家・芸能人・出版者・教育者・宗教家の書簡 糸魚川歴史民俗資料館（相馬御風記念館）編 糸魚川 糸魚川市教育委員会 2009.3 740p 22cm

◇相馬御風宛書簡集―4 学者・研究者・政治家・軍人・実業家の書簡 糸魚川歴史民俗資料館（相馬御風記念館）編 〔糸魚川〕 糸魚川市教育委員会 2010.3 759p 22cm〈年表あり〉

◇御風聴聞記―2 猪又ミワ著,吉崎志保子編 備前 〔吉崎志保子〕 1991.11 99p 21cm

◇御風聴聞記―1 猪又ミワ著,吉崎志保子編 備前 〔吉崎志保子〕 1992.8 86p 21cm

◇御風と未明―平成18年度小川未明文学館特別展示記録 小川未明文学館編 上越 上越市 2007.2 31p 30cm〈会期：平成18年9月30日～11月12日〉

◇こんにちは御風さん 金子善八郎著 新潟 新潟日報事業社 2007.5 337p 20cm〈肖像あり 年譜あり 文献あり〉 1800円 ⓘ978-4-86132-219-8

◇近代文学研究叢書―第68巻 昭和女子大学近代文学研究室著 昭和女子大学近代文化研究所 1994.6 751p 19cm 8750円 ⓘ4-7862-0068-9

◇若き日の相馬御風―文学への萌芽 相馬文子著 三月書房 1995.5 248p 20cm 2500円 ⓘ4-7826-0152-2

◇相馬御風遺墨集―没後60年 図版篇 相馬御風筆 〔糸魚川〕 相馬御風遺墨集刊行委員会 2010.5 532p 30cm

◇相馬御風遺墨集―資料研究篇 相馬御風筆 〔糸魚川〕 相馬御風遺墨集刊行委員会 2010.5 182p 30cm〈年譜あり〉

◇相馬御風資料目録―相馬御風記念館所蔵 1 相馬御風記念館編 糸魚川 糸魚川市教育委員会 1996.12 250p 26cm （相馬御風記念館叢書 第4輯）

◇相馬御風宛書簡集―1 相馬御風記念館編 〔糸魚川〕 糸魚川市教育委員会 2002.3 488p 22cm〈肖像あり〉

◇相馬御風資料目録―相馬御風記念館所蔵 2 相馬御風記念館編 糸魚川 糸魚川市教育委員会 2003.3 116p 26cm （相馬御風記念館叢書 第5輯）〈肖像あり〉

◆◆中西 梅花（1866～1898）

◇〈文学青年〉の誕生―評伝・中西梅花 大井田義彰著 七月堂 2006.6 157p 19cm〈著作目録あり〉 1800円 ⓘ4-87944-093-0

◆◆中野 逍遥（1867～1894）

◇中野逍遥の詩とその生涯―夭折の浪漫詩人 川崎宏著 〔松山〕 愛媛県 1995.3 196p 18cm

詩（詩史）

◆◆成島 柳北（1837〜1884）

◇『柳橋新誌』研究―漢文戯作による自己実現　具島美佐子著　出版地不明　具島美佐子　2005.7　133p　21cm〈伊丹　牧歌舎（製作）　文献あり〉

◆◆野口 雨情（1882〜1945）

◇野口雨情そして啄木　井上信興著　広島　渓水社　2008.7　221p　20cm　1800円　①978-4-86327-022-0

◇童謡と私―野口雨情生誕120周年記念・エッセイ集　茨城県・野口雨情生誕120周年記念事業実行委員会編著　大阪　中央文化出版　2002.12　262p　20cm　1400円　①4-924736-40-6

◇雨情讃歌―雨情生誕一二〇年記念発起人コメント集　雨情会企画・編集　相模原　雨情会　2002.5　40p　21cm　非売品

◇童謡詩人野口雨情ものがたり　楠木しげお作,坂道なつ絵　鎌倉　銀の鈴社　2010.8　164p　22cm（ジュニア・ノンフィクション）〈文献あり 年譜あり〉　1200円　①978-4-87786-539-9

◇七つの子―野口雨情歌のふるさと　古茂田信男著　大月書店　1992.4　167p　22cm（大月CDブック）〈付属資料（録音ディスク1枚 12cm 袋入）〉　3800円　①4-272-61023-6

◇夜雨と雨情　滝沢精一郎著　桜楓社　1993.2　228p　20cm〈著者の肖像あり〉　2800円　①4-273-02626-0

◇野口雨情こころの変遷―「枯れすすき」や「赤い靴」が問いかけるもの　奈良達雄著　あゆみ出版　1997.7　262p　20cm　2000円　①4-7519-6142-X

◇野口雨情―名作の底に流れるもの　奈良達雄著　東銀座出版社　2012.3　44p　19cm　476円　①978-4-89469-151-3

◇新資料野口雨情〈詩と民謡〉　野口雨情著　踏青社　2002.5　280p　22cm〈編纂：野口存弥,東道人〉　3200円　①4-924440-49-3

◇野口雨情―郷愁の詩とわが生涯の真実　野口雨情著,野口存弥編　日本図書センター　2010.1　288p　20cm（人間の記録 172）〈年譜あり〉　1800円　①978-4-284-70042-6

◇野口雨情―詩と人と時代　野口存弥著　新装版　未来社　1996.3　295p　20cm　2884円　①4-624-60094-0

◇郷愁と童心の詩人野口雨情伝　野口不二子著　講談社　2012.11　223p　20cm〈文献あり　年譜あり〉　2762円　①978-4-06-217924-9

◇野口雨情詩と民謡の旅　東道人著　踏青社　1995.10　650p　20cm　4500円　①4-924440-31-0

◇野口雨情童謡の時代　東道人著　踏青社　1999.6　304p　20cm　2800円　①4-924440-39-6

◇阿波路の雨情―野口雨情生誕120年記念　溝淵匠著　徳島　第一出版　2002.5　139p　26cm〈肖像あり　年譜あり　参考文献あり〉　1238円

◇阿波路の雨情―続　溝淵匠著　徳島　第一出版　2006.8　179p　26cm〈年譜あり　野口雨情来徳70周年記念〉　1619円

◇童心の詩人雨情乃あしあと―野口雨情全国詩碑集大成　渡辺力編著　磯原町（茨城県）　渡辺力　2002.5　255p　31cm〈金の星社（発売）　野口雨情生誕百二十年を記念して　肖像あり〉　5000円　①4-323-07028-4

◆◆野口 米次郎（1875〜1947）

◇ヨネ・ノグチ―夢を追いかけた国際詩人　星野文子著　彩流社　2012.10　196,17p　20cm〈他言語標題：Yone Noguchi〉　2500円　①978-4-7791-1833-3

◇「二重国籍」詩人野口米次郎　堀まどか著　名古屋　名古屋大学出版会　2012.2　565,14p　22cm〈索引あり〉　8400円　①978-4-8158-0697-2

◆◆藤田 祐四郎（1895〜1971）

◇祐四郎の人と作品　森正太郎著,藤田祐四郎歌碑建立委員会編　真壁町（茨城県）　藤田祐四郎歌碑建立委員会　1994.11　141p　21cm〈藤田祐四郎の肖像あり〉

◇横瀬夜雨と藤田祐四郎―筑簸の詩歌人　〔真壁町（茨城県）〕　真壁町歴史民俗資料館　〔1995〕　18p　26cm

詩（詩史）

◆◆三富 朽葉（1889〜1917）

◇海の声彼方の声―評伝三富朽葉　勝野良一著　近代文芸社（発売）　1994.1　408p　22cm　3000円　①4-7733-2479-1

◆◆横瀬 夜雨（1878〜1934）

◇長塚節・横瀬夜雨―その生涯と文学碑　石塚弥左衛門編著　増補版　明治書院　1992.8　151p　27cm　〈長塚節，横瀬夜雨の肖像あり〉　2800円　①4-625-43064-X

◇長塚節・横瀬夜雨―その生涯と文学碑　石塚弥左衛門編著　新修版　明治書院　1995.5　157p　27cm　2900円　①4-625-43070-4

◇夜雨と私　木村信吉著，飯田昌夫編　明野町（茨城県）　野生芸術社　2001.5　118p　19cm　900円

◇夜雨と雨情　滝沢精一郎著　桜楓社　1993.2　228p　20cm　〈著者の肖像あり〉　2800円　①4-273-02626-0

◇横瀬夜雨と長塚節―常総の近代文学雑考　横瀬隆雄著　土浦　筑波書林　2006.5　320p　22cm　3333円　①4-86004-063-5

◇横瀬夜雨と長塚節―常総の近代文学雑考　横瀬隆雄著　土浦　筑波書林　2006.5　320p　22cm　3333円　①4-86004-063-5

◇横瀬夜雨と藤田祐四郎―筑鎮の詩歌人　〔真壁町（茨城県）〕　真壁町歴史民俗資料館　〔1995〕　18p　26cm

◆◆吉江 喬松（1880〜1940）

◇近代作家追悼文集成―第28巻　吉江喬松・馬場孤蝶　ゆまに書房　1992.12　282p　22cm　〈監修：稲村徹元　複製　吉江喬松および馬場孤蝶の肖像あり〉　6077円　①4-89668-652-7

◆◆吉野 臥城（1876〜1926）

◇吉野臥城評伝的著作略年譜　城戸昇編　吉野臥城研究会　1994.2　200p　21cm　〈付・吉野裕回顧録「吉野臥城のことども」　限定版〉　1200円

◆新体詩

◇『新体詩抄』前後―明治の詩歌　赤塚行雄著　学芸書林　1991.8　447,54p　20cm　3000円　①4-905640-80-6

◇中村秋香『秋香集長歌』翻刻と解題　中村秋香著，鈴木亮純　武蔵野書院　2012.9　114p　22cm　〈著作目録あり〉　3000円　①978-4-8386-0438-8

◇『新体詩抄』研究と資料　西田直敏著　翰林書房　1994.4　475p　22cm　18000円　①4-906424-38-4

◆◆大町 桂月（1869〜1925）

◇余材庵余滴―1（蔦温泉帖と冬籠帖について）　大町芳章著　町田　大町芳章　2006.9　166p　21cm　非売品

◇瓢箪に二人の顔に紅葉かな―児玉花外と大町桂月　大町芳章著　町田　大町芳章　2007.6　130p　21cm　（余材庵余滴 2）〈肖像あり　年譜あり〉　非売品

◇大町桂月の大雪山―登山の検証とその同行者たち　清水敏一著　札幌　北海道出版企画センター　2010.3　224p　22cm　〈年表あり　索引あり〉　2800円　①978-4-8328-1002-0

◇評伝大町桂月　高橋正emp著　高知　高知市民図書館　1991.3　309,7p　20cm　〈大町桂月の肖像あり〉　3300円

◇光風―大町桂月条幅解読集　津島光著　十和田　津島光　2003.10　113p　21cm

◇酒仙・鉄脚の旅人大町桂月―作品と資料でつづる桂月の青森県内における足跡 1869-1925　棟方徳治，久末正明企画・編集，小笠原耕四郎編　十和田湖町（青森県）　小笠原耕四郎　1995.9　386p　26cm　4300円

◇虚空蔵山祭り―大町桂月先生を讃えて　限定版　土佐　土佐市虚空蔵山観光協会　1995.9　64p　26cm　非売品

◆◆宮崎 湖処子（1864〜1922）

◇宮崎湖処子国木田独歩の詩と小説　北野昭彦著　大阪　和泉書院　1993.6　391p　22cm　（近代文学研究叢刊 2）　8240円　①4-87088-608-1

◇宮崎湖処子伝―甦る明治の知識人　木村圭三

詩（詩史）

著　彩流社　2009.6　555,48p　22cm〈奥付のタイトル（誤植）：宮崎湖処子　年譜あり　索引あり〉　6000円　Ⓡ978-4-7791-1435-9

◆◆湯浅　半月（1858～1943）

◇湯浅半月　半田喜作編著　〔安中〕　「湯浅半月」刊行会　1989.11　314p　22cm〈高崎あさを社（製作）湯浅半月の肖像あり〉　2000円

◆浪漫詩

◆◆伊良子　清白（1877～1946）

◇宮瀬規矩宛伊良子清白（『白鳥』）自筆原稿―S11.1.25-S13.9.8　伊良子清白著,鳥羽市教育委員会生涯学習課編　鳥羽　鳥羽市教育委員会生涯学習課　2012.3　282p　26cm〈複製〉

◇伊良子清白　鳥取県立図書館編　鳥取　鳥取県立図書館　2009.3　53p　21cm（郷土出身文学者シリーズ5）〈年譜あり　文献あり〉　500円

◇伊良子清白の研究　橋爪博著　伊勢　橋爪博　2000.12　399p　21cm　3800円

◇伊良子清白―月光抄　平出隆著　新潮社　2003.10　187p　22cm〈文献あり〉　Ⓡ4-10-463201-5

◇伊良子清白―日光抄　平出隆著　新潮社　2003.10　187p　22cm〈文献あり〉　Ⓡ4-10-463201-5

◇伊良子清白文学アルバム―詩集『孔雀船』とその後　松本和男編著　小平　松本和男　2007.7　p27p 図版28枚　21cm〈私家版　肖像あり〉

◆◆土井　晩翠（1871～1952）

◇名歌「荒城の月」の歌詞に関する一考察　後藤英明著　宮崎　鉱脈社　2001.4　95p　19cm〈付・若山牧水の一首の解釈について〉　1000円　Ⓡ4-906008-77-1

◇名歌「荒城の月」の歌詞に関する解釈と鑑賞―植うる剣を中心として　後藤英明著　増補新訂版　宮崎　鉱脈社　2003.6　126p　19cm〈初版のタイトル：名歌「荒城の月」の歌詞に関する一考察〉　1200円　Ⓡ4-86061-062-8

◇近代文学研究叢書―第72巻　昭和女子大学近代文学研究室著　昭和女子大学近代文化研究所　1997.4　321p　19cm　5000円　Ⓡ4-7862-0072-7

◇土井晩翠の詩碑を訪ねて　丸谷慶二郎著　新版　仙台　宝文堂　2006.12　127p　21cm〈年譜あり〉　1239円　Ⓡ4-89698-081-6

◇近代作家追悼文集成―第34巻　久米正雄・斎藤茂吉・土井晩翠　ゆまに書房　1997.1　384p　22cm　8240円　Ⓡ4-89714-107-9

◆象徴詩

◇日本の象徴詩人　窪田般弥著　紀伊国屋書店　1994.1　206p　20cm（精選復刻紀伊国屋新書）　1800円　Ⓡ4-314-00612-9

◇日本近代象徴詩の研究　佐藤伸宏著　翰林書房　2005.10　383p　22cm　8000円　Ⓡ4-87737-214-8

◇青空―フランス象徴詩と日本の詩人たち　水島裕雅著　木魂社　1995.10　204p　20cm　2200円

◆◆上田　敏（1874～1916）

◇上田敏とイギリス世紀末芸術　尹相仁著,富士ゼロックス・小林節太郎記念基金編　富士ゼロックス・小林節太郎記念基金　1990.11　56p　26cm〈富士ゼロックス・小林節太郎記念基金1989年度研究助成論文〉　非売品

◇近代作家追悼文集成―第19巻　上田敏・岩野泡鳴　ゆまに書房　1992.12　270p　22cm〈監修：稲村徹元　複製　上田敏および岩野泡鳴の肖像あり〉　5562円　Ⓡ4-89668-643-8

◆◆蒲原　有明（1876～1952）

◇蒲原有明の周辺　笠原実著　横浜　公孫樹社　2012.4　114p　22cm〈年譜あり〉　1238円　Ⓡ978-4-9904032-4-9

◇近代文学研究叢書―第70巻　昭和女子大学近代文学研究室著　昭和女子大学近代文化研究所　1995.11　505p　19cm　6180円　Ⓡ4-7862-0070-0

詩（詩史）

◆◆薄田 泣菫（1877〜1945）

◇百年目の泣菫『暮笛集』―『暮笛集』から『みだれ髪』へ　木村真理子著　日本図書刊行会　2002.12　373p　22cm〈近代文芸社（発売）〉　1700円　①4-8231-0813-2
◇薄田泣菫の世界　黒田えみ著　岡山　日本文教出版　2007.2　156p　15cm〈岡山文庫 245〉〈肖像あり　年譜あり〉　800円　①978-4-8212-5245-9
◇薄田泣菫―詩の創造と思索の跡　松浦澄恵著　アーツアンドクラフツ　2007.3　161p　20cm〈文献あり〉　2000円　①978-4-901592-39-0
◇泣菫残照―薄田泣菫関連資料を中心に　満谷昭夫著　大阪　創元社　2003.1　222p　22cm〈年譜あり〉　2200円　①4-422-93069-9
◇泣菫小伝―1　三宅昭三叙述　倉敷　薄田泣菫顕彰会　2002.5　46p　21cm
◇泣菫小伝―2　三宅昭三叙述　倉敷　薄田泣菫顕彰会　2003.5　52p　21cm
◇泣菫小伝―3　三宅昭三叙述　倉敷　薄田泣菫顕彰会　2004.3　58p　21cm〈「3」のサブタイトル：新体詩第一人者への道〉
◇泣菫小伝―4　三宅昭三叙述　倉敷　薄田泣菫顕彰会　2005.4　57p　21cm〈「4」のサブタイトル：新体詩完成者としての泣菫　肖像あり〉
◇泣菫小伝―5　三宅昭三叙述　倉敷　薄田泣菫顕彰会　2006.4　55p　21cm〈「5」のサブタイトル：苦悩と模索の時代の泣菫〉
◇泣菫小伝―6　三宅昭三叙述　倉敷　薄田泣菫顕彰会　2007.4　56p　21cm〈「6」のサブタイトル：新聞人としての活躍と「茶話」〉
◇泣菫小伝―7（拾遺篇）　三宅昭三叙述　倉敷　薄田泣菫顕彰会　2008.7　55p　21cm
◇泣菫小伝―8　三宅昭三叙述　倉敷　薄田泣菫顕彰会　2009.2　52p　21cm〈「8」のタイトル関連情報：鈴木鼓村との交友　文献あり〉
◇泣菫小伝―9　三宅昭三叙述　倉敷　薄田泣菫顕彰会　2010.10　75p　21cm〈「9」のタイトル関連情報：独学時代から『暮笛集』の頃〉
◇泣菫小伝―10　三宅昭三叙述　倉敷　薄田泣菫顕彰会　2012.8　81p　21cm〈「10」のタイトル関連情報：泣菫と平尾不孤・正宗白鳥〉
◇薄田泣菫宛芥川龍之介書簡解読と解説　倉敷　薄田泣菫顕彰会　2005.11　62p　26cm〈薄田泣菫歿後六十周年・泣菫資料寄贈記念「薄田泣菫をめぐる人々-芥川龍之介を中心にして―」〉

◆◆竹内 勝太郎（1894〜1935）

◇竹内勝太郎の象徴詩世界　徳光方夫著　西宮　徳光方夫　2005.6　30p　26cm〈限定私家版〉　非売品

◆◆三木 露風（1889〜1964）

◇若き日の三木露風　家森長治郎著　大阪　和泉書院　2000.5　289p　22cm〈近代文学研究叢刊 20〉　4000円　①4-7576-0008-9
◇三木露風略年譜　梅本光子著　竜野　三木露風生誕百年祭実行委員会　1989.4　21p　26cm〈監修：家森長治郎〉
◇三木露風　霞城館編　たつの　たつの市　2007.4　48p　30cm〈年譜あり〉
◇露風の童謡　霞城館編　第2版　たつの　たつの市　2007.4　107p　20×21cm〈会期：平成15年4月3日〜4月24日〉
◇作家の自伝―62　三木露風　三木露風著, 中島洋一編解説　日本図書センター　1998.4　284p　22cm（シリーズ・人間図書館）　2600円　①4-8205-9506-7,4-8205-9504-0
◇三木露風の歩み―三鷹で暮らした「赤とんぼ」の詩人　三鷹市芸術文化振興財団編　三鷹　三鷹市芸術文化振興財団　2007.11　84p　21cm〈はる書房（発売）　文献あり〉　1000円　①978-4-89984-089-3
◇三木露風研究―象徴と宗教　森田実歳著　明治書院　1999.2　584p　22cm　13500円　①4-625-43080-1
◇三木露風―赤とんぼの情景　和田典子著　神戸　神戸新聞総合出版センター　1999.11　254p　19cm　1800円　①4-343-00049-4

478　日本近現代文学案内

詩（詩史）

◆耽美派

◆◆北原 白秋（1885～1942）

◇白秋と茂吉　飯島耕一著　みすず書房　2003.10　296p　20cm　4000円　⓪4-622-07065-0

◇石川啄木と北原白秋―思想と詩語　上田博,中島国彦編　有精堂出版　1989.11　270p　22cm　（日本文学研究資料新集 17）　3650円　⓪4-640-30966-X

◇北原白秋の世界―その世紀末的詩境の考察　河村政敏著　至文堂　1997.4　356p　22cm　5400円　⓪4-7843-0184-4

◇白秋望景　川本三郎著　新書館　2012.2　433p　22cm〈年表あり〉　2800円　⓪978-4-403-21105-8

◇作家の自伝―27　北原白秋　北原白秋著,野山嘉正編解説　日本図書センター　1995.11　259p　22cm　（シリーズ・人間図書館）　2678円　⓪4-8205-9397-8,4-8205-9411-7

◇父母たちへの旅―白秋のことなど　北原東代著　大東出版社　1992.9　211p　20cm　2200円　⓪4-500-00587-0

◇白秋片影　北原東代著　春秋社　1995.2　254p　20cm　2575円　⓪4-393-44133-8

◇白秋の水脈　北原東代著　春秋社　1997.7　251p　20cm　2500円　⓪4-393-44138-9

◇立ちあがる白秋　北原東代著　京都　灯影舎　2002.9　289p　19cm〈肖像あり〉　2400円　⓪4-924520-03-9

◇沈黙する白秋―地鎮祭事件の全貌　北原東代著　春秋社　2004.11　230p　20cm〈肖像あり〉　2000円　⓪4-393-44160-5

◇響きあう白秋　北原東代著　短歌新聞社　2010.9　293p　20cm　2381円　⓪978-4-8039-1479-5

◇白秋研究―1　短歌編　木俣修著　日本図書センター　1989.10　300,9p　22cm　（近代作家研究叢書 74）〈解説：横尾文子　新典書房昭和29年刊の複製〉　6695円　⓪4-8205-9027-8

◇白秋研究―2　白秋とその周辺　木俣修著　日本図書センター　1989.10　330,10p　22cm　（近代作家研究叢書 75）〈解説：横尾文子　新典書房昭和30年刊の複製〉　6695円　⓪4-8205-9028-6

◇北原白秋の都市計画論　新藤東洋男著　熊本　熊本出版文化会館　1999.7　227p　19cm　1500円　⓪4-915796-28-0

◇北原白秋研究―『ARS』『近代風景』など　杉本邦子著　明治書院　1994.2　367p　22cm　7800円　⓪4-625-46048-4

◇白秋　髙貝弘也著　書肆山田　2008.6　222p　20cm〈文献あり〉　2500円　⓪978-4-87995-740-5

◇北原白秋―うたと言葉と　高野公彦著　NHK出版　2012.1　175p　21cm　（NHKシリーズ―NHKカルチャーラジオ　詩歌を楽しむ）〈放送期間：2012年1月―3月　年譜あり〉　905円　⓪978-4-14-910799-8

◇北原白秋―第27回九州詩人祭福岡県・柳川大会　文学資料　高松文樹編　〔福岡〕　各務章　1997.7　37p　26cm

◇白秋文学逍遥　田島清司著　柳川　〔田島清司〕　1992.11　139p　22cm

◇北原白秋文学逍遥　田島清司著　近代文芸社　1995.11　197p　20cm　1500円　⓪4-7733-4815-1

◇北原白秋―象徴派詩人から童謡・民謡作家への軌跡　中路基夫著　新典社　2008.3　316p　22cm　（新典社研究叢書 191）〈文献あり〉　9000円　⓪978-4-7879-4191-6

◇詩歌と戦争―白秋と民衆、総力戦への「道」　中野敏男著　NHK出版　2012.5　318p　19cm　（NHKブックス 1191）〈文献あり　年譜あり〉　1200円　⓪978-4-14-091191-4

◇北原白秋―その小田原時代―木菟の家をめぐる人たち　野上飛雲著　鎌倉　かまくら春秋社　1992.11　207p　19cm〈北原白秋の肖像あり〉　1600円　⓪4-7740-0005-1

◇阿佐ケ谷時代の北原白秋　野北和義著　砂子屋書房　1992.5　233p　20cm〈肖像あり〉　2427円　⓪4-7904-9220-6

◇白秋の食卓―柳川編　原達郎著　福岡　財界九州社　1993　267p　22cm　「続九州文学散歩・柳川」を含む〉　2800円

◇北原白秋　三木卓著　筑摩書房　2005.3　416p　20cm〈文献あり〉　2800円　⓪4-480-88521-8

◇北原白秋萩原朔太郎―対応詩集詩誌等の検証

日本近現代文学案内　479

詩（詩史）

比較研究　宮本一宏著　福岡　櫂歌書房　1993.3　157,7p　21cm〈付・論考〉　1800円　⑭4-924527-16-5

◇随筆北原白秋　藪田義雄著, 小田原市立図書館編　小田原　小田原市立図書館　1992.3　332p　19cm　(小田原市立図書館叢書 4)〈北原白秋および著者の肖像あり〉　非売品

◇風曜日—白秋うたごよみ　横尾文子著　樹花舎　1992.10　214p　20cm〈星雲社(発売)〉　1800円　⑭4-7952-2657-1

◇北原白秋—近代詩のトポロジー　横木徳久著　思潮社　1989.10　223p　20cm　2060円　⑭4-7837-1522-X

◇メロディアの笛—白秋とその時代　渡英子著　ながらみ書房　2011.12　333p　20cm〈文献あり　年譜あり〉　2700円　⑭978-4-86023-748-6

◆◆◆詩

◇白秋というひと　北原東代述, 富山県民生涯学習カレッジ編　富山　富山県民生涯学習カレッジ　1998.3　72p　19cm　(県民カレッジ叢書 72)

◇夢魂の譜　永井津枝著　大阪　竹林館　2005.1　184p　20cm　1000円　⑭4-86000-071-4

◇近代の詩人—5　北原白秋　中村真一郎編・解説　潮出版社　1993.8　615p　23cm〈北原白秋の肖像あり〉　6500円　⑭4-267-01243-1

◇北原白秋と検事長—邪宗門の回廊　西田洪三著　あき書房(発売)　2003.9　260p　19cm〈肖像あり〉　1500円　⑭4-900428-42-6

◆◆◆短歌

◇北原白秋　国生雅子著　笠間書院　2011.5　122p　19cm　(コレクション日本歌人選 17)〈他言語標題：Kitahara Hakushu　年譜あり　文献あり〉　1200円　⑭978-4-305-70617-1

◇北原白秋の秀歌—鑑賞　吉野昌夫著　短歌新聞社　1995.3　298p　19cm　(現代短歌鑑賞シリーズ)　2500円　⑭4-8039-0774-9

◆◆◆童謡・民謡

◇トンカ・ジョンの世界—白秋童謡散策　古賀哲二著　近代文芸社　2008.3　150p　20cm　1200円　⑭978-4-7733-7548-0

◇子どもの言葉と児童文学　柴田奈美著　岡山　大学教育出版　1996.4　173p　19cm　1800円　⑭4-88730-149-9

◇北原白秋と児童自由詩運動　野口茂夫著　興英文化社　1997.5　469p　22cm

◇北原白秋再発見—白秋批判をめぐって　畑島喜久生著　大阪　リトル・ガリヴァー社　1997.8　214p　19cm　1500円　⑭4-7952-0359-8

◆◆木下 杢太郎（1885〜1945）

◇木下杢太郎の世界へ　池田功, 上田博, 木内英実, 古沢夕起子編　おうふう　2012.3　215p　21cm〈年譜あり〉　2000円　⑭978-4-273-03681-2

◇鴎外・茂吉・杢太郎—「テエベス百門」の夕映え　岡井隆著　書肆山田　2008.10　501p　20cm　4800円　⑭978-4-87995-752-8

◇木下杢太郎　小林利裕著　近代文芸社　1994.11　195p　20cm　1800円　⑭4-7733-3077-5

◇木下杢太郎—ユマニテの系譜　杉山二郎著　中央公論社　1995.8　531p　16cm　(中公文庫)　1100円　⑭4-12-202391-2

◇木下杢太郎と熊本—「五足の靴」天草を訪ねる　第101回日本皮膚科学会総会編著　〔熊本〕　熊本日日新聞社　2003.6　291p　20cm〈熊本　熊本日日新聞情報文化センター(製作発売)　年譜あり　文献あり〉　2000円　⑭4-87755-144-1

◇芭蕉と杢太郎—連句でつながる　谷本光典著　MBC21　1999.5　365p　19cm　2000円　⑭4-8064-0627-9

◇ユマニテの人—木下杢太郎とハンセン病　成田稔著　〔出版地不明〕　成田稔　2004.3　288p　21cm〈日本医事新報社(発売)　肖像あり　年譜あり〉　1429円　⑭4-7849-7317-6

◇木下杢太郎—郷土から世界人へ　杢太郎会編　伊東　杢太郎会　1995.5　237p　19cm　1553円　⑭4-9900363-1-X

◇近代作家追悼文集成—第30巻　西田幾多郎・三木清・島木健作・木下杢太郎　ゆまに書房　1997.1　342p　22cm　8240円　Ⓘ4-89714-103-6

大正時代

◇『日本詩人』と大正詩—〈口語共同体〉の誕生　勝原晴希編　森話社　2006.7　371p　22cm　6500円　Ⓘ4-916087-66-6

◇韓国文学の中の日本近代文学——一九二〇年代の詩と詩人たち　申銀珠著,富士ゼロックス小林節太郎記念基金編　富士ゼロックス小林節太郎記念基金　1995.4　101p　26cm　非売品

◇大正詩展望　田中清光著　筑摩書房　1996.8　289p　22cm　4635円　Ⓘ4-480-82329-8

◆◆赤松　月船（1897〜1997）

◇赤松月船の世界　定金恒次著　岡山　日本文教出版　2004.2　156p　15cm　（岡山文庫　228）　800円　Ⓘ4-8212-5228-7

◇慧僧詩人赤松月船　定金恒次著　岡山　西日本法規出版　2004.3　190p　19cm〈星雲社（発売）　肖像あり　年譜あり　文献あり〉　2500円　Ⓘ4-434-04373-0

◆◆一戸　謙三（1899〜1979）

◇一戸謙三・詩の軌跡　一戸謙三著,弘前ペンクラブ編　〔弘前〕　一戸謙三詩碑建立の会　1997.11　170p　19cm　1905円

◇瀋陽からの手紙—父・恭造から一戸謙三へ　高木淳著　青森　北の街社　1992.9　219p　19cm　1600円　Ⓘ4-87373-021-X

◇抒情詩人一戸謙三　船水清著　弘前　緑の笛豆本の会　1993.11　54p　9.4cm　（緑の笛豆本　第301集）〈一戸謙三の肖像あり　限定版〉

◆◆尾崎　喜八（1892〜1974）

◇花咲ける孤独—評伝・尾崎喜八　重本恵津子著　潮出版社　1995.10　249p　20cm　1500円　Ⓘ4-267-01388-8

◆◆小畠　貞一（1888〜1942）

◇詩魔に憑かれて—犀星の甥・小畠貞一の生涯と作品　森勲夫著　金沢　橋本確文堂（制作・印刷）　2010.10　203p　19cm〈年譜あり〉　1905円

◆◆海達　公子（1916〜1933）

◇評伝海達公子—「赤い鳥」の少女詩人　規工川佑輔著　〔熊本〕　熊本日日新聞社　2004.8　292p　20cm〈熊本　熊本日日新聞情報文化センター（製作・発売）　肖像あり　年譜あり　文献あり〉　2000円　Ⓘ4-87755-189-1

◆◆北村　初雄（1897〜1922）

◇『海港』派の青春—詩人・北村初雄　江森国友著　以文社　2003.4　178p　20cm〈文献あり〉　1800円　Ⓘ4-7531-0226-2

◆◆サトウ　ハチロー（1903〜1973）

◇サトウハチローのこころ　長田暁二,星野哲郎,こわせたまみ,松原泰道,富田富士也,紀野一義著　佼成出版社　2002.10　152p　20cm　（ことばの花束）　1600円　Ⓘ4-333-01977-X

◇佐藤家の人びと—「血脈」と私　佐藤愛子著　文芸春秋　2008.5　191p　16cm　（文春文庫）〈年表あり〉　533円　Ⓘ978-4-16-745014-4

◇サトウハチロー——落第坊主　サトウハチロー著　日本図書センター　1999.2　247p　20cm　（人間の記録 91）　1800円　Ⓘ4-8205-4337-7,4-8205-4326-1

◇ぼくは浅草の不良少年—実録サトウ・ハチロー伝　玉川しんめい著　作品社　1991.7　284p　20cm　1600円　Ⓘ4-87893-163-9

◇ぼくは浅草の不良少年—実録サトウ・ハチロー伝　玉川しんめい著　新装版　作品社　2005.1　284p　20cm　1600円　Ⓘ4-86182-021-9

◆◆沢　ゆき（1894〜1972）

◇詩人沢ゆきの世界　小野孝尚著　土浦　筑

詩（詩史）

波書林　1991.3　119p　19cm〈茨城図書（発売）沢ゆきの肖像あり〉　1500円

◆◆霜田　史光（1896〜1933）

◇評伝霜田史光　竹長吉正著　日本図書センター　2003.9　274,7p　22cm　（学術叢書）〈肖像あり　年譜あり　著作目録あり　文献あり〉　4800円　①4-8205-7999-1

◇霜田史光―作品と研究　竹長吉正編著　大阪和泉書院　2003.11　230p　22cm　（近代作家文学選集　第3巻）〈「流れの秋」ほか童話作品10篇を含む。　年譜あり　著作目録あり　文献あり〉　2700円　①4-7576-0237-5

◆◆高橋　元吉（1893〜1965）

◇高橋元吉―内から見えてくるもの　前橋文学館特別企画展図録　萩原朔太郎記念水と緑と詩のまち前橋文学館編　前橋　萩原朔太郎記念水と緑と詩のまち前橋文学館　2004.2　44p　30cm〈会期：2004年2月7日〜3月14日　年譜あり〉

◇高橋元吉の世界―内生の詩人　第5回特別展　群馬町（群馬県）　群馬県立土屋文明記念文学館　1998.7　24p　26cm

◆◆高群　逸枝（1894〜1964）

◇伴侶―高群逸枝を愛した男　栗原葉子著　平凡社　1999.2　274p　19cm　2000円　①4-582-82426-9

◆◆滝口　武士（1904〜1982）

◇詩人滝口武士　滝口武士ほか著,滝口武士顕彰委員会編　武蔵町（大分県）　武蔵町教育委員会　2002.2　315p　22cm〈付属資料：1枚：執筆者一覧　肖像あり　年譜あり〉非売品

◆◆竹久　夢二（1884〜1934）

◇私の竹久夢二　上田周二著　沖積舎　1999.10　577p　20cm　5900円　①4-8060-4067-3

◇夢二宵待草秘話　中右瑛著　弘前　緑の笛豆本の会　1994.2　2冊　9.5cm　（緑の笛豆本　第303,4集）〈限定版〉

◇夢二謎の書簡　中右瑛著　弘前　緑の笛豆本の会　1997.9　38p　9.5cm　（緑の笛豆本　第347集）

◇夢二と私　長田幹雄著　日本古書通信社　1998.1　99p　11cm　（こつう豆本　129）　750円

◇竹久夢二の俳句　松岡ひでたか著　大阪　天満書房　1996.3　209p　18cm　1800円　①4-924948-20-9

◇竹久夢二文学館―別巻（資料編）　日本図書センター　1993.12　300p　22cm〈監修：萬田務〉　3800円　①4-8205-9281-5,4-8205-9271-8

◆◆多田　不二（1893〜1968）

◇新生の詩　星野晃一編著　松山　愛媛新聞社　2002.8　283p　19cm　1800円　①4-900248-94-0

◆◆富永　太郎（1901〜1925）

◇剥製の詩学―富永太郎再見　青木健著　小沢書店　1996.6　179p　20cm　2266円　①4-7551-0325-8

◇中原中也と富永太郎展―二つのいのちの火花　神奈川文学振興会編　横浜　県立神奈川近代文学館　2007.4　64p　26cm〈会期・会場：2007年4月21日〜6月3日　県立神奈川近代文学館　共同刊行：神奈川文学振興会　年譜あり〉

◇空の歌―中原中也と富永太郎の現代性　権田浩美著　翰林書房　2011.10　430p　22cm　4200円　①978-4-87737-320-7

◇三人の跫音―大岡昇平・富永太郎・中原中也　樋口覚著　五柳書院　1994.2　174p　20cm　（五柳叢書　40）　1700円　①4-906010-61-X

◆◆中川　一政（1893〜1991）

◇中川一政伝―文芸篇　山田幸男著　沖積舎　1990.9　281p　22cm〈中川一政の肖像あり〉　4800円　①4-8060-4550-0

◆◆深尾　須磨子（1888〜1974）

◇深尾須磨子―女の近代をうたう　逆井尚子著

詩（詩史）

◇詩人深尾須磨子―ともに過ごした戦時下の青春　高野芳子著　文芸社　2001.7　203p　20cm〈「わが青春・深尾須摩子」（無限昭和51年刊）の増補　肖像あり〉　1200円　①4-8355-2023-8

◆◆福士　幸次郎（1889～1946）

◇福士幸次郎物語　吉村和夫著　限定版　弘前　緑の笛豆本の会　1996.10　42p　9.5cm（緑の笛豆本　第336集）

◆◆三石　勝五郎（1888～1976）

◇三石勝五郎―人と作品　佐久の生んだ大詩人・昭和の良寛　三石勝五郎詩，宮沢康造編　佐久　欅　2004.3　310p　21cm〈肖像あり　年譜あり〉　2381円　①4-900408-93-X

◆◆百田　宗治（1893～1955）

◇百田宗治と校歌―校歌作成の顛末　佐藤将寛著　新生出版　2004.3　334p　19cm〈ディーディーエヌ（発売）〉　1600円　①4-86128-028-1

◇近代文学研究叢書―第76巻　昭和女子大学近代文学研究室著　昭和女子大学近代文化研究所　2001.5　651p　19cm〈肖像あり〉　7800円　①4-7862-0076-X

◆◆柳沢　健（1889～1953）

◇詩人柳沢健　小野孝尚著　双文社出版　1989.9　251p　22cm〈柳沢健の肖像あり〉　8600円

◆◆柳原　白蓮（1885～1967）

◇柳原白蓮　井上洋子著　福岡　西日本新聞社　2011.10　262p　19cm（西日本人物誌20　西日本人物誌編集委員会編）〈年譜あり　文献あり〉　1500円　①978-4-8167-0833-6

◇恋の華・白蓮事件　永畑道子著　文芸春秋　1990.4　270p　16cm（文春文庫）〈柳原白蓮の肖像あり〉　450円　①4-16-752401-5

◇恋の華・白蓮事件　永畑道子著　藤原書店　2008.10　270p　20cm〈肖像あり　年譜あり〉　1800円　①978-4-89434-655-0

◆理想主義詩

◆◆高村　光太郎（1883～1956）

◇日本近代詩論高村光太郎の研究　安藤靖彦著　明治書院　2001.11　421p　22cm　9800円　①4-625-45303-8

◇高村光太郎の生　井田康子著　教育出版センター　1993.7　561p　22cm（研究選書56）　5500円　①4-7632-1531-0

◇高村光太郎の詩の彫刻性　井田康子著〔奈良〕　井田康子〔1995〕　151p　30cm

◇高村光太郎の詩の彫刻性　井田康子著　増補版〔奈良〕　井田康子〔1997〕　165p　30cm

◇高村光太郎の詩　井田康子著　大阪　和泉書院　1998.8　316p　22cm　5000円　①4-87088-936-6

◇亡命・高村光太郎　伊藤信吉著　日本古書通信社　1998.1　86p　11cm（こつう豆本128）　750円

◇伊藤信吉著作集―第3巻　伊藤信吉著　沖積舎　2002.9　567p　21cm〈肖像あり〉　9000円　①4-8060-6576-5

◇智恵子と生きた―高村光太郎の生涯　茨木のり子作　童話屋　2007.4　147p　16cm（詩人の評伝シリーズ　4）　1250円　①978-4-88747-070-5

◇高村光太郎・智恵子展図録　いわき市立草野心平記念文学館編　いわき　いわき市立草野心平記念文学館　2003.7　59p　30cm〈会期：2003年7月5日～9月7日　標題紙等のタイトル：高村光太郎・智恵子展　年譜あり〉

◇高村光太郎の世界　請川利夫著　新典社　1990.12　170p　19cm（新典社選書2）　1854円　①4-7879-6752-5

◇高村光太郎のパリ・ロンドン　請川利夫，野末明著　新典社　1993.10　270p　19cm（新典社選書7）　2800円　①4-7879-6757-6

◇高村光太郎ノート　北川太一著，堀津省二編　北斗会出版部　1991.3　391p　20cm〈文治堂書店（発売）〉　3500円

◇光太郎凝視　北川太一著　日本古書通信社

詩（詩史）

1994.3　78p　11cm　（こつう豆本 107）600円
◇光太郎と智恵子　北川太一ほか著　新潮社　1995.7　111p　22cm　（とんぼの本）　1400円　①4-10-602038-6
◇高村光太郎を語る―光太郎祭講演 高村光太郎文学碑除幕十周年記念　北川太一著　女川町（宮城県）　女川・光太郎の会　2002.4　395p　22cm　非売品
◇新帰朝者光太郎―「緑色の太陽」の背景　北川太一著　蒼史社　2006.4　162p　19cm　（高村光太郎ノート）　1286円　①4-916036-08-5
◇連翹忌五十年　北川太一編輯　高村光太郎記念会　2007.4　238p　22cm　非売品
◇観潮楼の一夜―鷗外と光太郎　北川太一著　北斗会出版部（製作）　2009.1　110p　22cm　〈肖像あり〉　非売品
◇わが光太郎　草野心平著　講談社　1990.9　440p　15cm　（講談社文芸文庫―現代日本のエッセイ）〈著者の肖像あり〉　980円　①4-06-196096-2
◇高村光太郎のフェミニズム　駒尺喜美著　朝日新聞社　1992.6　234p　15cm　（朝日文庫）　500円　①4-02-260707-6
◇光太郎と赤城―その若き日の哀歓　佐藤浩美著　名古屋　三恵社　2006.4　257p　21cm　〈年表あり〉　1905円　①4-88361-351-8
◇高村光太郎・智恵子展―その芸術と愛の道程　仙台文学館編　仙台　仙台文学館　2006.3　55p　26cm　〈会期：2006年4月15日～6月25日　年譜あり　文献あり〉
◇高村光太郎考―ぼろぼろな駝鳥　高木馨著　文治堂書店　2011.10　385p　20cm　〈文献あり〉　1900円　①978-4-938364-15-1
◇光太郎覚書　高原村夫著　創栄出版　1993.8　120p　20cm　〈著者の肖像あり〉　1200円　①4-88250-349-2
◇静かに息づく愛の詩―高村光太郎作品から　高原村夫著　レーヴック　2006.3　84p　20cm
◇作家の自伝―9　高村光太郎　高村光太郎著, 北川太一編解説　日本図書センター　1994.10　295p　22cm　（シリーズ・人間図書館）〈監修：佐伯彰一, 松本健一　著者の肖像あり〉　2678円　①4-8205-8010-8, 4-8205-8001-9
◇高村光太郎全集―第12巻　高村光太郎著　増補版　筑摩書房　1995.9　469p　20cm　5800円　①4-480-70232-6
◇高村光太郎全集―第13巻　高村光太郎著　増補版　筑摩書房　1995.10　615p　20cm　5800円　①4-480-70233-4
◇高村光太郎全集―第14巻　高村光太郎著　増補版　筑摩書房　1995.11　444p　20cm　5800円　①4-480-70234-2
◇高村光太郎全集―第15巻　高村光太郎著　増補版　筑摩書房　1995.12　433p　20cm　5800円　①4-480-70235-0
◇高村光太郎全集―第21巻　高村光太郎著　筑摩書房　1996.11　621,12p　20cm　6901円　①4-480-70241-5
◇高村光太郎―いのちと愛の軌跡　高村光太郎作, 山梨県立文学館編　甲府　山梨県立文学館　2007.4　80p　30cm　〈会期・会場：2007年4月28日～6月24日 山梨県立文学館企画展展示室　年譜あり〉
◇光太郎回想　高村豊周著　日本図書センター　2000.9　278p　20cm　（人間叢書）〈肖像あり〉　1800円　①4-8205-5782-3
◇高村光太郎新出書簡―大正期田村松魚宛　田村松魚研究会編　笠間書院　2006.12　275p　20cm〈年譜あり　複製及び翻刻〉　3800円　①4-305-70334-3
◇近代の詩人―4　高村光太郎　中村稔編・解説　潮出版社　1991.10　539p　23cm　〈高村光太郎の肖像あり〉　5000円　①4-267-01242-3
◇雨男高村光太郎　西浦基著　東京図書出版会　2009.8　243p　20cm〈リフレ出版（発売）　文献あり〉　1500円　①978-4-86223-346-2
◇愛のかたち―魅力の詩人論 高村光太郎・宮沢賢治・菊岡久利　畠山義郎著　土曜美術社出版販売　2009.6　155p　21cm　〈著作目録あり〉　1500円　①978-4-8120-1730-2
◇高村光太郎『道程』全詩鑑賞　飛高隆夫著　明治書院　2009.3　455p　22cm　15000円　①978-4-625-45402-8
◇「高村光太郎」という生き方　平居高志著　三一書房　2007.5　279p　20cm　〈文献あり〉　2000円　①978-4-380-07205-5
◇北川太一とその仲間達　北斗会出版部編

詩（詩史）

◇文治堂書店　2011.3　375p　20cm〈著作目録あり　年譜あり〉　2400円　Ⓘ978-4-938364-14-4

◇高村光太郎論―典型的日本人の詩と真実　堀江信男著　おうふう　1996.2　373p　22cm　18000円　Ⓘ4-273-02905-7

◇高村光太郎の読書―少年期・美術学校時代資料　堀津省二編、北川太一補注　北斗会出版部　1992.12　313,6p　20cm〈文治堂書店（発売）限定版〉　3000円

◇光太郎智恵子　政宗一成著　新風舎　2004.9　124p　22cm〈付属資料：CD1枚（12cm）文献あり〉　3200円　Ⓘ4-7974-4333-2

◇光太郎智恵子―言霊　政宗一成著　文芸社　2008.11　139p　20cm〈年譜あり　文献あり〉　1200円　Ⓘ978-4-286-05681-4

◇高村光太郎―智恵子と遊ぶ夢幻の生　湯原かの子著　京都　ミネルヴァ書房　2003.10　313,4p　20cm（ミネルヴァ日本評伝選）〈肖像あり　文献あり　年譜あり〉　2200円　Ⓘ4-623-03870-X

◇高村光太郎　吉本隆明著　講談社　1991.2　465p　15cm（講談社文芸文庫）〈著者の肖像あり〉　980円　Ⓘ4-06-196117-9

◇吉本隆明資料集―43　高村光太郎―飯塚書店版　吉本隆明著　高知　猫々堂　2005.2　169p　21cm〈年譜あり〉　1800円

◇高村光太郎全集　月報―1-22　〔増補版〕　筑摩書房　1994.10～1998.4　1冊　19cm

◆◆◆「智恵子抄」

◇智恵子抄の光と影　上杉省和著　大修館書店　1999.3　239p　20cm　2000円　Ⓘ4-469-22147-3

◇『智恵子抄』の世界　大島竜彦,大島裕子編著　新典社　2004.4　255p　19cm〈年譜あり　文献あり〉　1900円　Ⓘ4-7879-7836-5

◇智恵子抄の新見と実証　大島龍彦著　新典社　2008.11　270p　22cm（新典社研究叢書　194）〈年表あり〉　7500円　Ⓘ978-4-7879-4194-7

◇智恵子抄を読む　大島龍彦著　新典社　2011.1　174p　19cm（新典社選書　40）〈文献あり〉　1300円　Ⓘ978-4-7879-6790-9

◇『智恵子抄』という詩集―第72回企画展　群馬県立土屋文明記念文学館編　高崎　群馬県立土屋文明記念文学館　2011.4　48p　25×26cm〈年譜あり〉

◇智恵子抄アルバム　高村光太郎著,高村規写真　芳賀書店　1995.3　175p　26cm（「芸術…夢紀行」…シリーズ　1）　3260円　Ⓘ4-8261-0901-6

◆◆宮沢　賢治（1896～1933）

◇宮沢賢治―光の交響詩　赤祖父哲二著　六興出版　1989.11　217p　20cm　1600円　Ⓘ4-8453-7168-5

◇宮沢賢治―現代思想への衝撃　赤祖父哲二著　六興出版　1991.1　224p　20cm　1600円　Ⓘ4-8453-7178-2

◇宮沢賢治―物語の原郷へ　赤祖父哲二著　六興出版　1992.1　238p　20cm　1700円　Ⓘ4-8453-7184-7

◇賢治鳥類学　赤田秀子,杉浦嘉雄,中谷俊雄著　新曜社　1998.5　398p　20cm　3300円　Ⓘ4-7885-0642-4

◇宮沢賢治北方への志向　秋枝美保著　朝文社　1996.9　327p　20cm　3200円　Ⓘ4-88695-138-4

◇宮沢賢治の文学と思想―透明な幽霊の複合体―開かれた自己　「孤立系」からの開放　秋枝美保著　朝文社　2004.9　449p　20cm〈年表あり〉　5600円　Ⓘ4-88695-174-0

◇生誕百年記念「宮沢賢治の世界」展図録　朝日新聞社文化企画局東京企画部編　朝日新聞社文化企画局東京企画部　c1995　155p　29cm

◇「銀河鉄道の夜」をつくった宮沢賢治―宮沢賢治の生涯と作品　東光敬著　ゆまに書房　1998.6　265p　22cm（ヒューマンブックス―「児童文学」をつくった人たち　7）　3500円　Ⓘ4-89714-272-5

◇宮沢賢治関係所蔵目録―増補版1　跡見学園短期大学図書館編　跡見学園短期大学図書館　1994.3　611p　26cm〈平成5年1月受入分まで〉

◇宮沢賢治関係所蔵目録―増補版2　跡見学園短期大学図書館編　跡見学園短期大学図書館　1995.3　305p　26cm

◇宮沢賢治の彼方へ　天沢退二郎著　新増補

詩（詩史）

改訂版　筑摩書房　1993.1　293p　15cm
（ちくま学芸文庫）　960円　①4-480-08032-5

◇宮沢賢治ハンドブック　天沢退二郎編　新書館　1996.6　238p　21cm　(Literature handbook)　1600円　①4-403-25014-9

◇〈宮沢賢治〉注　天沢退二郎著　筑摩書房　1997.7　462p　22cm　5800円　①4-480-82332-8

◇《宮沢賢治》のさらなる彼方を求めて　天沢退二郎著　筑摩書房　2009.7　398p　20cm　3600円　①978-4-480-82365-6

◇宮沢賢治イーハトヴ学事典　天沢退二郎,金子務,鈴木貞美編　弘文堂　2010.12　687p　22cm〈索引あり〉　14000円　①978-4-335-95037-7

◇図説宮沢賢治　天沢退二郎,栗原敦,杉浦静編　筑摩書房　2011.5　254p　15cm（ちくま学芸文庫 ミ18-1）〈年譜あり〉　1500円　①978-4-480-09377-6

◇宮沢賢治の冒険　新木安利著　福岡　海鳥社　1995.9　360p　19cm　2500円　①4-87415-113-2

◇宮沢賢治〈力〉の構造　安藤恭子著　朝文社　1996.6　253p　20cm　2800円　①4-88695-137-6

◇宮沢賢治　安藤恭子編　若草書房　1998.11　295p　22cm（日本文学研究論文集成 35）　3500円　①4-948755-36-2

◇宮沢賢治との接点　池川敬司著　大阪　和泉書院　2008.7　275p　20cm（和泉選書 164）　3200円　①978-4-7576-0469-8

◇言葉の流星群　池沢夏樹著　角川書店　2003.3　302p　20cm　1600円　①4-04-883556-4

◇宮沢賢治10の予言　石寒太著　幻冬舎　2008.10　117p　18cm〈年譜あり〉　1000円　①978-4-344-01577-7

◇宮沢賢治祈りのことば―悲しみから這い上がる希望の力　石寒太著　実業之日本社　2011.12　223p　19cm〈年譜あり　文献あり〉　1400円　①978-4-408-10909-1

◇宮沢賢治研究―時代人間童話　石岡直美著　碧天舎　2004.6　159p　19cm　1000円　①4-88346-666-3

◇賢治さんカルタ　いしかわ企画編　新座　いしかわ企画　2007.8　117p　19cm　750円

◇宮沢賢治イーハトーブ札幌駅　石本裕之著　札幌　響文社　2005.8　195p　19cm〈年譜あり〉　1500円　①4-87799-034-8

◇宮沢賢治　泉秀樹原作,山田えいし作画　盛岡　岩手日報社　1989.5　119p　21cm（まんが岩手人物シリーズ 3）〈監修：板谷英紀〉　670円　①4-87201-114-7

◇賢治と岩手を歩く　板谷英紀著,岩手日報社出版部編　盛岡　岩手日報社　1989.6　185p　19cm　1200円　①4-87201-029-9

◇宮沢賢治の見た心象―田園の風と光の中から　板谷栄城著　日本放送出版協会　1990.4　212p　19cm（NHKブックス 591）　780円　①4-14-001591-8

◇宮沢賢治の宝石箱　板谷栄城著　朝日新聞社　1991.9　330p　15cm（朝日文庫）《『賢治博物誌』（れんが書房新社1979年刊）に加筆》　560円　①4-02-260662-2

◇素顔の宮沢賢治　板谷栄城著　平凡社　1992.6　235p　20cm〈宮沢賢治の肖像あり〉　1800円　①4-582-36704-6

◇宮沢賢治宝石の図誌　板谷栄城著　平凡社　1994.5　231p　24cm　3200円　①4-582-36705-4

◇宮沢賢治美しい幻想感覚の世界　板谷栄城著　鎌倉　でくのぼう出版　2000.11　270p　19cm（Kenji books 1）〈星雲社（発売）〉　1524円　①4-7952-0586-8

◇宮沢賢治の喜怒哀寂　板谷栄城著　鎌倉　でくのぼう出版　2001.9　237p　19cm（Kenji books 2）〈星雲社（発売）〉　1524円　①4-7952-0588-4

◇賢治小景　板谷栄城著　盛岡　熊谷印刷出版部　2005.11　216p　19cm　1143円　①4-87720-294-3

◇賢治・志功・一英―「児童文学」を巡る人々　一宮市博物館編　一宮　一宮市博物館　1996.4　55p　30cm

◇宮沢賢治と植物―植物学で読む賢治の詩と童話　伊藤光弥著　砂書房　1998.1　216p　18cm　1000円　①4-915818-53-5

◇イーハトーヴの植物学―花壇に秘められた宮沢賢治の生涯　伊藤光弥著　洋々社　2001.3　285p　20cm　2400円　①4-89674-214-1

詩（詩史）

◇森からの手紙—宮沢賢治地図の旅　伊藤光弥著　洋々社　2004.5　295p　20cm〈年譜あり〉　2400円　Ⓘ4-89674-217-6

◇宮沢賢治と東北砕石工場の人々　伊藤良治著　国文社　2005.3　302p　20cm〈肖像あり　折り込1枚　年譜あり　文献あり〉　2800円　Ⓘ4-7720-0938-8

◇石ッコ賢さん—宮沢賢治と寄居　井戸川真則著　寄居町（埼玉県）〔井戸川真則〕1993.10　193p　19cm〈宮沢賢治の肖像あり　付・平将軍相馬将門抄ほか〉

◇賢治、『赤い鳥』への挑戦　井上寿彦著　菁柿堂　2005.9　171p　19cm（Edition trombone）〈星雲社（発売）　文献あり〉　1400円　Ⓘ4-434-06943-8

◇宮沢賢治に聞く　井上ひさし,こまつ座編著　ネスコ　1995.9　250p　20cm　1600円　Ⓘ4-89036-901-5

◇宮沢賢治に聞く　井上ひさし,こまつ座編著　文芸春秋　2002.12　321p　16cm（文春文庫）〈年譜あり　文献あり〉　619円　Ⓘ4-16-711124-1

◇日本近代文学と西洋音楽—堀辰雄・芥川竜之介・宮沢賢治　井上二葉著　仙台　丸善仙台出版サービスセンター（製作）　2002.12　337p　22cm　1715円　Ⓘ4-86080-012-5

◇宮沢賢治—プリオシン海岸からの報告　入沢康夫著　筑摩書房　1991.7　490,5p　22cm　5500円　Ⓘ4-480-82290-9

◇宮沢賢治と心象スケッチ　入沢康夫著　倉敷　作陽学園出版部　1998.4　58p　21cm（作陽ブックレット 2）　476円　Ⓘ4-8462-0195-3

◇ナーサルパナマの謎—宮沢賢治研究余話　入沢康夫著　書肆山田　2010.9　253p　20cm（[Le livre de luciole]　〔73〕）　2800円　Ⓘ978-4-87995-805-1

◇宮沢賢治—賢治と心平 開館一周年記念特別企画展 図録　いわき市立草野心平記念文学館編　いわき　いわき市立草野心平文学館　1999.7　79p　30cm

◇図説宮沢賢治　上田哲ほか著　河出書房新社　1996.3　111p　22cm　1800円　Ⓘ4-309-72552-X

◇図説宮沢賢治　上田哲,関山房兵,大矢邦宣,池野正樹著　新装版　河出書房新社　2009.8　111p　22cm〈文献あり　年譜あり〉　1800円　Ⓘ978-4-309-76129-9

◇宮沢賢治とドイツ文学—〈心象スケッチ〉の源　植田敏郎著　大日本図書　1989.4　379p　20cm　2300円　Ⓘ4-477-11907-0

◇イーハトヴへの招待　遠藤祐著　洋々社　2008.12　261p　20cm　2400円　Ⓘ978-4-89674-222-0

◇群像日本の作家—12　宮沢賢治　大岡信ほか編,三木卓ほか著　小学館　1990.10　399p　20cm　1800円　Ⓘ4-09-567012-6

◇「宮沢賢治」の誕生—そのとき銀河鉄道の汽笛が鳴った　大角修著　中央公論新社　2010.5　244p　20cm〈文献あり〉　2400円　Ⓘ978-4-12-004127-3

◇宮沢賢治心象の宇宙論　大塚常樹著　朝文社　1993.7　331p　20cm　3000円　Ⓘ4-88695-097-3

◇宮沢賢治心象の記号論　大塚常樹著　朝文社　1999.9　338p　20cm　3400円　Ⓘ4-88695-147-3

◇宮沢賢治心象の宇宙論　大塚常樹著　新版　朝文社　2003.6　331p　20cm　4190円　Ⓘ4-88695-167-8

◇宮沢賢治まことの愛　大橋富士子著　真世界社　1996.8　248p　19cm　1800円　Ⓘ4-89302-142-7

◇八ケ岳の空から—本当のしあわせを求めて：宮沢賢治と共に　大村紘一郎著　甲府　山梨ふるさと文庫　2011.10　209p　19cm〈文献あり〉　1500円　Ⓘ978-4-903680-37-8

◇病床の賢治—看護婦の語る宮沢賢治　大八木敦彦著　舷灯社　2009.3　77p　21cm〈文献あり　年譜あり〉　700円　Ⓘ978-4-87782-091-6

◇イーハトーブ温泉学　岡村民夫著　みすず書房　2008.7　331p　20cm〈折り込1枚　文献あり〉　3200円　Ⓘ978-4-622-07393-2

◇宮沢賢治論—賢治作品をどう読むか　岡屋昭雄著　おうふう　1995.2　353p　22cm　3800円　Ⓘ4-273-02806-9

◇盛岡中学生宮沢賢治　小川達雄著　河出書房新社　2004.2　334p　20cm　2500円　Ⓘ4-309-01617-0

◇隣に居た天才—盛岡中学生・宮沢賢治　小川達雄著　河出書房新社　2005.5　233p

詩（詩史）

◇宮沢賢治を読む　荻原桂子著　福岡　花書院　2012.4　170p　21cm〈年譜あり　文献あり〉　2000円　①978-4-905324-30-0

◇宮沢賢治の山旅—イーハトーブの山を訪ねて　奥田博著　東京新聞出版局　1996.8　211p　21cm　1400円　①4-8083-0572-0

◇宮沢賢治研究資料探索　奥田弘著　小平　蒼丘書林　2001.10　302p　20cm　2800円　①4-915442-64-0

◇宮沢賢治研究叢書—2　賢治地理　小沢俊郎編　学芸書林　1989.7　232p　22cm〈新装版〉　2200円　①4-905640-49-0

◇宮沢賢治の美学　押野武志著　翰林書房　2000.5　338,4p　20cm　3200円　①4-87737-101-X

◇童貞としての宮沢賢治　押野武志著　筑摩書房　2003.4　221p　18cm（ちくま新書）〈文献あり〉　700円　①4-480-06109-6

◇文学の権能—漱石・賢治・安吾の系譜　押野武志著　翰林書房　2009.11　285p　22cm　4200円　①978-4-87737-288-0

◇宮沢賢治論—1　人と芸術　恩田逸夫著,原子朗,小沢俊郎編　新装版　東京書籍　1991.5　390p　21cm　2800円

◇賢治と鉱物—文系のための鉱物学入門　加藤碵一,青木正博著　工作舎　2011.7　269p　22cm〈他言語標題：MINERALS AND MIYAZAWA　年譜あり　索引あり〉　3200円　①978-4-87502-438-5

◇鬼と鹿と宮沢賢治　門屋光昭著　集英社　2000.6　254p　18cm（集英社新書）　700円　①4-08-720038-8

◇宮沢賢治と西域幻想　金子民雄著　中央公論社　1994.7　418p　16cm　920円　①4-12-202116-2

◇賢治の周辺　金子民雄著　日本古書通信社　1996.6　82p　11cm（こつう豆本 121）　600円

◇イーハトーブ幻想—賢治の遺した風景　河北新報社編集局編　仙台　河北新報社　1996.10　117p　24cm　2000円　①4-87341-100-9

◇だれも書けなかった宮沢賢治論・武田泰淳論—知覚の扉の彼方から　神田浩延著　講談社出版サービスセンター　2006.3　316p　20cm〈文献あり〉　1500円　①4-87601-732-8

◇文学の表現分析と作者の認識—宮沢賢治の表現世界　菅野圭昭著　教育出版センター　1989.10　134p　22cm　2060円　①4-7632-2245-7

◇私の賢治散歩—上巻　菊池忠二著　紫波町（岩手県）　菊池忠二　2006.3　343p 図版8p　21cm　1000円

◇私の賢治散歩—下巻　菊池忠二著　紫波町（岩手県）　菊池忠二　2006.3　351p 図版4p　21cm〈年譜あり〉　1000円

◇宮沢賢治論　木嶋孝法著　思潮社　2005.12　239p　20cm〈付属資料：3p：月報〉　2800円　①4-7837-1628-5

◇宮沢賢治と天然石　北出幸男著　青弓社　2010.8　269p　19cm〈年譜あり〉　2000円　①978-4-7872-9196-7

◇雑草の声—宮沢賢治の作品を通して聖書に親しむために　木村百代著　文芸社　2003.5　255p　20cm　1300円　①4-8355-5632-1

◇宮沢賢治研究叢書—1　宮沢賢治と星　草下英明著　学芸書林　1989.7　187p　22cm〈新装版〉　2000円　①4-905640-48-2

◇宮沢賢治覚書　草野心平著　講談社　1991.3　308p　16cm（講談社文芸文庫—現代日本のエッセイ）　940円　①4-06-196120-9

◇宮沢賢治—世紀末を超える予言者　久慈力著　新泉社　1989.2　262p　19cm　1600円

◇宮沢賢治—世紀末を超える予言者　久慈力著　増補　新泉社　1995.1　301p　19cm　1900円　①4-7877-9503-1

◇賢治論考　工藤哲夫著　大阪　和泉書院　1995.3　300p　22cm（近代文学研究叢刊9）　5150円　①4-87088-721-5

◇賢治考証　工藤哲夫著　大阪　和泉書院　2010.3　390p　22cm（近代文学研究叢刊45）〈索引あり〉　9000円　①978-4-7576-0546-6

◇宮沢賢治鳥の世界　国松俊英著　小学館　1996.5　285p　20cm　1600円　①4-09-387180-9

◇スピリチュアルな宮沢賢治の世界　熊谷えり子著　鎌倉　でくのぼう出版　2009.8　260p　19cm〈星雲社（発売）〉　1400円

詩（詩史）

◇宮沢賢治―透明な軌道の上から　栗原敦著　新宿書房　1992.8　474p　20cm　5200円　Ⓘ4-88008-168-X　Ⓘ978-4-434-13451-7
◇宮沢賢治　栗原敦著　日本放送出版協会　2005.10　199p　21cm　（NHKシリーズ―NHKカルチャーアワー　文学探訪）〈年譜あり　文献あり　放送期間：2005年10月―2006年3月〉　850円　Ⓘ4-14-910567-7
◇宮沢賢治異界を見た人　栗谷川虹著　角川書店　1997.1　289p　15cm　（角川文庫）　577円　Ⓘ4-04-341201-0
◇宮沢賢治の霊の世界―ほんとうの愛と幸福を探して　桑原啓善著　土曜美術社出版販売　1992.7　205p　20cm〈宮沢賢治の肖像あり〉　1500円　Ⓘ4-88625-393-8
◇宮沢賢治の霊の世界―ほんとうの愛と幸福を探して　桑原啓善著　新装再版　鎌倉　でくのぼう出版　2001.6　222p　20cm〈初版：土曜美術出版平成4年刊　星雲社（発売）〉　2476円　Ⓘ4-7952-0587-6
◇変革の風と宮沢賢治―特別講演　桑原啓善著　鎌倉　でくのぼう出版　2002.2　205p　20cm〈星雲社（発売）〉　2095円　Ⓘ4-7952-0589-2
◇銀河鉄道の彼方に―宮沢賢治・作品への招待　現代文学の会著　上尾　トーチ出版　1992.7　228p　21cm　1500円　Ⓘ4-924469-01-7
◇宮沢賢治のユートピア志向―その生成、崩壊と再構築　黄英著　福岡　花書院　2009.2　209p　21cm　（比較社会文化叢書 14）〈文献あり〉　2380円　Ⓘ978-4-903554-40-2
◇知の冒険・宮沢賢治　高知大学宮沢賢治研究会編　高知　リーブル出版　2006.2　178p　21cm〈幻冬舎ルネッサンス（発売）〉　1238円　Ⓘ4-7790-0032-7
◇或る詩人の生涯―知られざる宮沢賢治　後藤隆雄著　国分寺　新風舎　1995.11　137p　19cm　1300円　Ⓘ4-88306-601-0
◇わたしの宮沢賢治論　小西正保著　創風社　1997.3　351p　19cm　2060円　Ⓘ4-915659-88-2
◇宮沢賢治　小林可多入漫画, 佐藤竜一監修　ポプラ社　2012.3　126p　23cm　（コミック版世界の伝記 20）〈年表あり　文献あり〉　950円　Ⓘ978-4-591-12837-4

◇宮沢賢治―風を織る言葉　小林俊子著　勉誠出版　2003.6　276p　20cm　3500円　Ⓘ4-585-05089-2
◇宮沢賢治絶唱―かなしみとさびしさ　小林俊子著　勉誠出版　2011.8　332,29p　22cm〈索引あり〉　4800円　Ⓘ978-4-585-29016-2
◇雨ニモマケズ―宮沢賢治の世界　小松正衛著　大阪　保育社　1995.6　151p　15cm　（カラーブックス 875）　700円　Ⓘ4-586-50875-2
◇最新宮沢賢治講義　小森陽一著　朝日新聞社　1996.12　256p　19cm　（朝日選書 568）　1300円　Ⓘ4-02-259668-6
◇いま、宮沢賢治を読みなおす　小森陽一著　川崎　川崎市生涯学習振興事業団かわさき市民アカデミー出版部　2001.11　86p　21cm　（かわさき市民アカデミー講座ブックレット no.7）〈シーエーピー出版（発売）〉　650円　Ⓘ4-916092-42-2
◇宮沢賢治が面白いほどわかる本　小柳学著　中経出版　2004.11　327p　21cm〈他言語標題：A reader's guide to Kenji Miyazawa　年譜あり　文献あり〉　1500円　Ⓘ4-8061-2124-X
◇宮沢賢治への接近　近藤晴彦著　河出書房新社　2001.10　432p　20cm　2200円　Ⓘ4-309-90467-X
◇宮沢賢治「二相ゆらぎ」の世界　西郷竹彦著　名古屋　黎明書房　2009.8　367p　22cm　7000円　Ⓘ978-4-654-01829-1
◇宮沢賢治見て楽しむ作品の世界―資料目録　資料展　埼玉県立久喜図書館編　久喜　埼玉県立久喜図書館　1996.11　26p　30cm
◇宮沢賢治と「アザリア」の友たち―企画展　さいたま文学館編　桶川　さいたま文学館　2003.4　35p　30cm〈会期：平成15年4月26日～8月24日〉
◇宮沢賢治という身体―生のスタイル論へ　斎藤孝著　横浜　世織書房　1997.2　196p　20cm　1900円　Ⓘ4-906388-51-5
◇宮沢賢治―四次元論の展開　斎藤文一著　国文社　1991.2　788p　22cm〈折り込図1枚　付（別冊 19p）：妙宗式目五大門図検〉　12360円　Ⓘ4-7720-0001-1
◇銀河系と宮沢賢治―落葉広葉樹林帯の思想　斎藤文一著　国文社　1996.3　257p　20cm

日本近現代文学案内　489

詩（詩史）

2369円 ⓘ4-7720-0423-8
◇宮沢賢治の春—その光と風のエッセイ　斎藤文一著　国文社　2002.7　174p　20cm　2000円　ⓘ4-7720-0932-9
◇宮沢賢治の世界—銀河系を意識して　斎藤文一著　国文社　2003.2　197p　20cm　2000円　ⓘ4-7720-0933-7
◇科学者としての宮沢賢治　斎藤文一著　平凡社　2010.7　226p　18cm　（平凡社新書533）　760円　ⓘ978-4-582-85533-3
◇宮沢賢治「初期短編綴」の世界　榊昌子著　秋田　無明舎出版　2000.6　346p　20cm　2200円　ⓘ4-89544-243-8
◇賢治のイーハトーブ植物園　桜田恒夫解説・写真, 岩手日報社出版部編　盛岡　岩手日報社　1996.10　214p　19cm　1800円　ⓘ4-87201-214-3
◇賢治のイーハトーブ植物園—続　桜田恒夫解説・写真, 岩手日報社出版部編　盛岡　岩手日報社　1997.4　217p　19cm　1700円　ⓘ4-87201-218-6
◇宮沢賢治交響する魂　佐藤栄二著　小平　蒼丘書林　2006.8　270p　20cm〈年譜あり　文献あり〉　2000円　ⓘ4-915442-68-3
◇宮沢賢治の音楽　佐藤泰平著　筑摩書房　1995.3　282p　20cm　3200円　ⓘ4-480-81369-1
◇宮沢賢治—素顔のわが友　佐藤隆房著　新版　冨山房　1994.6　335p　図版18枚　20cm〈宮沢賢治および著者の肖像あり〉　2500円　ⓘ4-572-00772-1
◇宮沢賢治—素顔のわが友 私家版　佐藤隆房著　花巻　桜地人館　2000.10（第2刷）　287p　図版18枚　18cm〈編集：佐藤進　年譜あり〉
◇宮沢賢治—素顔のわが友　佐藤隆房著　最新版　冨山房企画　2012.3　373p　20cm〈冨山房インターナショナル（発売）　年譜あり　初版：冨山房1951年刊〉　2600円　ⓘ978-4-905194-27-5
◇今日の賢治先生—宮沢賢治37年の生涯全月日をたどる　佐藤司著　盛岡　永代印刷出版部　2008.1　587p　21cm　3500円　ⓘ4-903340-09-0
◇宮沢賢治外伝—日高野にともる因果交流電灯　佐藤成著　逗子　でくのぼう出版　1996.12　327p　20cm　1800円　ⓘ4-7952-9199-3

◇賢治と気仙　佐藤成著　大船渡　共和印刷企画センター　2003.6　118p　16cm〈年譜あり〉　700円
◇宮沢賢治から〈宮沢賢治〉へ　佐藤通雅著　学芸書林　1993.11　271p　20cm　2000円　ⓘ4-905640-99-7
◇宮沢賢治の文学世界—短歌と童話　佐藤通雅著　新装版　泰流社　1996.5　296p　19cm　2472円　ⓘ4-8121-0176-X
◇宮沢賢治・東北砕石工場技師論　佐藤通雅著　洋々社　2000.2　293p　20cm　2400円　ⓘ4-89674-213-3
◇宮沢賢治必携　佐藤泰正編　学灯社　1989.4　214p　22cm〈『別冊国文学』改装版〉　1750円
◇佐藤泰正著作集—6　宮沢賢治論　佐藤泰正著　翰林書房　1996.5　254p　20cm　2400円　ⓘ4-906424-87-2
◇宮沢賢治を読む　佐藤泰正編　笠間書院　2002.5　197p　19cm　（笠間ライブラリー—梅光学院大学公開講座論集 第50集）〈下位シリーズの責任表示：佐藤泰正編〉　1000円　ⓘ4-305-60251-2
◇宮沢賢治の東京—東北から何を見たか　佐藤竜一著　日本地域社会研究所　1995.11　215p　19cm　1600円　ⓘ4-89022-754-7
◇世界の作家宮沢賢治—エスペラントとイーハトーブ　佐藤竜一著　彩流社　2004.2　185p　19cm〈文献あり〉　1600円　ⓘ4-88202-862-X
◇宮沢賢治あるサラリーマンの生と死　佐藤竜一著　集英社　2008.9　174p　18cm　（集英社新書）〈文献あり〉　680円　ⓘ978-4-08-720461-2
◇親子で読みたい「宮沢賢治」—心を育てる名作ガイド　沢口たまみ著　PHP研究所　2009.2　246p　15cm　（PHP文庫 さ45-1）　571円　ⓘ978-4-569-67152-9
◇宮沢賢治愛のうた　沢口たまみ著　盛岡　盛岡出版コミュニティー　2010.4　309p　15cm　（もりおか文庫 さ1-1）〈並列シリーズ名：MORIOKA BUNKO　文献あり　年譜あり〉　762円　ⓘ978-4-904870-13-6
◇宮沢賢治と幻の恋人—沢田キヌを追って　沢村修治著　河出書房新社　2010.8　261p　20cm〈文献あり　年表あり〉　2400円

詩（詩史）

⑲978-4-309-02002-0

◇宮沢賢治のことば―ほんとうの幸をさがしに　沢村修治編・著　理論社　2012.2　199p　19cm〈画：津田櫓冬　年譜あり〉　1500円　⑲978-4-652-04227-4

◇宮沢賢治のこころ　三宮麻由子,司修,中野東禅,三好京三,エムナマエ,山根一真著　佼成出版社　2005.2　150p　20cm　（ことばの花束）〈年譜あり〉　1600円　⑲4-333-02129-4

◇「宮沢賢治」の生き方に学ぶ―太陽のごとく人々を包む　サンマーク出版編集部編　サンマーク出版　1999.6　189p　21cm　（エヴァ・ブックス）　1600円　⑲4-7631-9275-2

◇宮沢賢治―雨ニモマケズという祈り　重松清,沢口たまみ,小松健一著　新潮社　2011.7　125p　22cm　（とんぼの本）〈文献あり　年譜あり〉　1600円　⑲978-4-10-602221-0

◇宮沢賢治思想と生涯―南へ走る汽車　柴田まどか著　洋々社　1996.6　246p　20cm　2060円　⑲4-89674-211-7

◇ケンジ・コードの神秘　清水正著　清流出版　2007.6　259p　19cm　1800円　⑲978-4-86029-207-2

◇賢治によせて　紫藻辺伊佐久編著　伊那ひろば　1994.11　196p　20cm　1400円

◇異次元夢旅行―宮沢賢治のリアルをはしる　白石秀人著　横浜　春風社　2004.4　225p　19cm　2200円　⑲4-921146-99-3

◇宮沢賢治――一通の復命書　市立小樽文学館編　小樽　市立小樽文学館　c1997　64p　30cm

◇宮沢賢治の青春―"ただ一人の友"保阪嘉内をめぐって　菅原千恵子著　宝島社　1994.8　270p　20cm　2000円　⑲4-7966-0839-7

◇宮沢賢治の青春―"ただ一人の友"保阪嘉内をめぐって　菅原千恵子著　角川書店　1997.11　306p　15cm　（角川文庫）　520円　⑲4-04-343301-8

◇宮沢賢治の子ども像―思いの動揺と作品への反映　菅原弘士著　講談社出版サービスセンター（製作）　1990.4　101p　19cm　1000円　⑲4-87601-200-8

◇宮沢賢治の子ども像―思いの動揺と作品への反映　菅原弘士著　郁朋社　2004.4　102p　22cm　1200円　⑲4-87302-273-8

◇宮沢賢治と環境教育　杉浦嘉雄著　大分　日本文理大学文化講演会編集室　1997.5　106p　19cm

◇宮沢賢治幻想空間の構造　鈴木健司著　小平　蒼丘書林　1994.11　293p　20cm　2800円　⑲4-915442-57-8

◇宮沢賢治という現象―読みと受容への試論　鈴木健司著　小平　蒼丘書林　2002.5　431p　20cm　3500円　⑲4-915442-65-9

◇宮沢賢治文学における地学的想像力―〈心象〉と〈現実〉の谷をわたる　鈴木健司著　小平　蒼丘書林　2011.5　269p　21cm　2800円　⑲978-4-915442-86-5

◇宮沢賢治を読むということ　須田浅一郎著　近代文芸社　1991.3　125p　20cm　1000円　⑲4-7733-1032-4

◇宮沢賢治に酔う幸福　須田浅一郎著　日本図書刊行会　1998.3　169p　20cm　1400円　⑲4-89039-919-4

◇父と僕と賢治と遊ぶ―イーハトーヴォの物語に心育まれて　須田純一著　雲母書房　2006.8　195p　21cm　1400円　⑲4-87672-207-2

◇宮沢賢治―遠くからの知恵　簾内敬司著　影書房　1995.7　143p　20cm　1854円　⑲4-87714-208-8

◇宮沢賢治物語　関登久也著　新装版　学習研究社　1995.12　433p　20cm　1800円　⑲4-05-400615-9

◇宮沢賢治の宇宙を歩く―童話・詩を読みとく鍵　芹沢俊介著　角川書店　1996.7　264p　19cm　（角川選書　274）　1400円　⑲4-04-703274-3

◇宮沢賢治展inセンダード―永久の未完成　開館5周年記念特別展　仙台文学館編　仙台　仙台文学館　2004.3　79p　26cm〈会期：2004年4月17日～7月11日　年譜あり〉

◇宮沢賢治の謎　宗左近著　新潮社　1995.9　273p　20cm　（新潮選書）　1200円　⑲4-10-600483-6

◇宮沢賢治をめぐる冒険―水や光や風のエコロジー　高木仁三郎著　社会思想社　1995.4　156p　19cm　1200円　⑲4-390-60389-2

◇宮沢賢治をめぐる冒険―水や光や風のエコロジー　高木仁三郎著　新装版　七つ森書館　2011.10　152p　19cm〈絵：高頭祥八　初

詩（詩史）

版：社会思想社1995年刊〉 1300円 ⓘ978-4-8228-1140-2
◇感覚のモダン―朔太郎・潤一郎・賢治・乱歩 高橋世織著 せりか書房 2003.12 273p 20cm 2500円 ⓘ4-7967-0253-9
◇どこから―宮沢賢治という風 田木久著 Gallery Oculus 1995.8 189p 22cm 2500円
◇修羅とデクノボー―宮沢賢治とともに考える 滝浦静雄著 仙台 東北大学出版会 2011.10 300p 21cm〈他言語標題：Between Asura and Dunce 文献あり〉 3000円 ⓘ978-4-86163-170-2
◇縄文の末裔・宮沢賢治 田口昭典著 秋田 無明舎出版 1993.3 244p 20cm 2200円
◇宮沢賢治・時空の旅人―文学が描いた相対性理論 竹内薫,原田章夫著 日経サイエンス社 1996.3 208p 19cm 1500円 ⓘ4-532-52052-5
◇宮沢賢治物語 竹沢克夫著 彩流社 1992.7 240p 19cm 1700円 ⓘ4-88202-226-5
◇宮沢賢治解読 竹沢克夫著 彩流社 1994.5 266p 20cm 2500円 ⓘ4-88202-301-6
◇宮沢賢治〈心象〉の現象学 田中末男著 洋々社 2003.5 347p 20cm 2400円 ⓘ4-89674-216-5
◇ものがたり交響 谷川雁著 筑摩書房 1989.2 224p 20cm 1400円 ⓘ4-480-82256-9
◇賢治オノマトペの謎を解く 田守育啓著 大修館書店 2010.9 251p 19cm〈索引あり〉 1600円 ⓘ978-4-469-22209-8
◇宮沢賢治―作品と人間像 丹慶英五郎著 日本図書センター 1993.1 431,9p 22cm〈近代作家研究叢書 134〉〈解説：萬田務 若樹書房昭和37年刊の複製〉 7725円 ⓘ4-8205-9235-1,4-8205-9221-1
◇賢治を探せ 千葉一幹著 講談社 2003.9 234p 19cm〈講談社選書メチエ 278〉〈文献あり〉 1500円 ⓘ4-06-258278-3
◇イーハトーヴォ幻想 司修著 岩波書店 1996.6 288p 20cm 1600円 ⓘ4-00-002773-5
◇宮沢賢治新聞を読む―社会へのまなざしとその文学 対馬美香著 築地書館 2001.7 229p 20cm 2600円 ⓘ4-8067-1228-0
◇宮沢賢治研究叢書―7〈初期作品〉研究 続橋達雄編 学芸書林 1989.9 249p 22cm〈新装版〉 2300円 ⓘ4-905640-54-7
◇宮沢賢治研究資料集成―第1巻 続橋達雄編 日本図書センター 1990.6 438p 22cm 5974円 ⓘ4-8205-9082-0
◇宮沢賢治研究資料集成―第2巻 続橋達雄編 日本図書センター 1990.6 439p 22cm 5974円 ⓘ4-8205-9083-9
◇宮沢賢治研究資料集成―第3巻 続橋達雄編 日本図書センター 1990.6 405p 22cm 5974円 ⓘ4-8205-9084-7
◇宮沢賢治研究資料集成―第4巻 続橋達雄編 日本図書センター 1990.6 430p 22cm 5974円 ⓘ4-8205-9085-5
◇宮沢賢治研究資料集成―第5巻 続橋達雄編 日本図書センター 1990.6 379p 22cm 5974円 ⓘ4-8205-9086-3
◇宮沢賢治研究資料集成―第6巻 続橋達雄編 日本図書センター 1990.6 442p 22cm 5974円 ⓘ4-8205-9087-1
◇宮沢賢治研究資料集成―第7巻 続橋達雄編 日本図書センター 1990.6 453p 22cm 5974円 ⓘ4-8205-9088-X
◇宮沢賢治研究資料集成―第8巻 続橋達雄編 日本図書センター 1990.6 473p 22cm 5974円 ⓘ4-8205-9089-8
◇宮沢賢治研究資料集成―第9巻 続橋達雄編 日本図書センター 1990.6 426p 22cm 5974円 ⓘ4-8205-9090-1
◇宮沢賢治研究資料集成―第10巻 続橋達雄編 日本図書センター 1990.6 455p 22cm 5974円 ⓘ4-8205-9091-X
◇宮沢賢治研究資料集成―別巻1 続橋達雄編 日本図書センター 1990.6 84p 22cm 4120円 ⓘ4-8205-9092-8
◇宮沢賢治研究資料集成―第11巻 続橋達雄編 日本図書センター 1992.2 399p 22cm 7210円 ⓘ4-8205-9162-2,4-8205-9161-4
◇宮沢賢治研究資料集成―第12巻 続橋達雄編 日本図書センター 1992.2 389p 22cm 7210円 ⓘ4-8205-9163-0,4-8205-9161-4
◇宮沢賢治研究資料集成―第13巻 続橋達雄編 日本図書センター 1992.2 381p 22cm

詩（詩史）

7210円　ⓟ4-8205-9164-9,4-8205-9161-4
◇宮沢賢治研究資料集成―第14巻　続橋達雄編　日本図書センター　1992.2　402p　22cm　7210円　ⓟ4-8205-9165-7,4-8205-9161-4
◇宮沢賢治研究資料集成―第15巻　続橋達雄編　日本図書センター　1992.2　394p　22cm　7210円　ⓟ4-8205-9166-5,4-8205-9161-4
◇宮沢賢治研究資料集成―第16巻　続橋達雄編　日本図書センター　1992.2　389p　22cm　7210円　ⓟ4-8205-9167-3,4-8205-9161-4
◇宮沢賢治研究資料集成―第17巻　続橋達雄編　日本図書センター　1992.2　377p　22cm　7210円　ⓟ4-8205-9168-1,4-8205-9161-4
◇宮沢賢治研究資料集成―第18巻　続橋達雄編　日本図書センター　1992.2　384p　22cm　7210円　ⓟ4-8205-9169-X,4-8205-9161-4
◇宮沢賢治研究資料集成―第19巻　続橋達雄編　日本図書センター　1992.2　393p　22cm　7210円　ⓟ4-8205-9170-3,4-8205-9161-4
◇宮沢賢治研究資料集成―第20巻　続橋達雄編　日本図書センター　1992.2　398p　22cm　7210円　ⓟ4-8205-9171-1,4-8205-9161-4
◇宮沢賢治研究資料集成―第21巻　続橋達雄編　日本図書センター　1992.2　380p　22cm　7210円　ⓟ4-8205-9172-X,4-8205-9161-4
◇宮沢賢治研究資料集成―別巻2　続橋達雄編　日本図書センター　1992.2　116p　22cm　5150円　ⓟ4-8205-9173-8,4-8205-9161-4
◇宮沢賢縄文の記憶　綱沢満昭著　名古屋　風媒社　1990.11　220p　20cm　2060円
◇宮沢賢治―縄文の記憶　綱沢満昭著　新装版　名古屋　風媒社　1996.5　220p　20cm　2060円　ⓟ4-8331-2031-3
◇ベジタリアン宮沢賢治　鶴田静著　晶文社　1999.11　269p　20cm　2200円　ⓟ4-7949-6421-8
◇宮沢賢治の魅力を語る　でくのぼう出版編集部編　逗子　でくのぼう出版　1996.2　219p　19cm　1500円　ⓟ4-7952-9192-6
◇宮沢賢治の魅力を語る―第2集　でくのぼう出版編集部編　逗子　でくのぼう出版　1996.9　304p　19cm　1600円　ⓟ4-7952-9197-7
◇宮沢賢治早池峰山麓の岩石と童話の舞台　照井一明写真・薄片、亀井茂写真・版画、イーハトーヴ団栗団企画編　〔滝沢村（岩手県）〕イーハトーヴ団栗団企画　2009.12　118p　21cm
◇賢治と南吉の演劇世界　富田博之著　国土社　1991.1　218p　19cm　（国土社の教育選書25）　1350円　ⓟ4-337-66125-5
◇賢治と種山ヶ原―ミラファイアーの高原　舞い・うたい・つくり・遊ぶ　鳥山敏子編　横浜　世織書房　1998.6　292p　26cm　3000円　ⓟ4-906388-56-6
◇宮沢賢治と裁判の話　那珂川裕次郎著　文芸社　2007.9　153p　20cm　1100円　ⓟ978-4-286-03426-3
◇宮沢賢治のレストラン　中野由貴著,出口雄大絵　平凡社　1996.4　169p　18cm　1600円　ⓟ4-582-36707-0
◇宮沢賢治のお菓子な国　中野由貴著,出口雄大絵　平凡社　1998.4　169p　17cm　1600円　ⓟ4-582-36709-7
◇宮沢賢治―銀河系のセロイスト　中村文昭著　新装版　冬樹社　1990.10　269p　19cm　1400円　ⓟ4-8092-1508-3
◇宮沢賢治ふたたび　中村稔著　思潮社　1994.4　211p　22cm　2400円　ⓟ4-7837-1560-2
◇係争中の主体―漱石・太宰・賢治　中村三春著　翰林書房　2006.2　334p　20cm　3800円　ⓟ4-87737-219-9
◇森のゲリラ宮沢賢治　西成彦著　岩波書店　1997.2　190p　20cm　2266円　ⓟ4-00-025282-8
◇新編森のゲリラ宮沢賢治　西成彦著　平凡社　2004.5　268p　16cm　（平凡社ライブラリー）〈『森のゲリラ宮沢賢治』(岩波書店1997年刊)の増訂〉　1000円　ⓟ4-582-76500-9
◇ジョバンニの耳―宮沢賢治の音楽世界　西崎専一著　名古屋　風媒社　2008.1　230p　20cm　1600円　ⓟ978-4-8331-2065-4
◇宮沢賢治を読む　西田良子編　大阪　創元社　1992.2　293p　21cm　2300円　ⓟ4-422-93024-9
◇宮沢賢治―その独自性と同時代性　西田良子著　翰林書房　1995.8　230p　20cm　2600円　ⓟ4-906424-74-0
◇宮沢賢治読者論　西田良子著　翰林書房

日本近現代文学案内　493

詩（詩史）

◇宮沢賢治　西本鶏介文,柿本幸造絵　ひさかたチャイルド　2006.12　31p　27cm　（伝記絵本ライブラリー）〈年譜あり〉　1400円　①4-89325-671-8

◇宮沢賢治　西本鶏介文　ポプラ社　2009.3　173p　18cm　（ポプラポケット文庫 072-6―子どもの伝記 6）〈1998年刊の新装版　ものしりガイドつき　文献あり 年表あり〉　570円　①978-4-591-10862-8

◇宮沢賢治―本当のさいわいをねがった童話作家　西本鶏介文,黒井健絵　京都　ミネルヴァ書房　2012.3　31p　27cm　（よんでしらべて時代がわかるミネルヴァ日本歴史人物伝）〈年表あり　索引あり　文献あり〉　2500円　①978-4-623-06191-4

◇宮沢賢治―言葉と表現　沼田純子著　大阪　和泉書院　1994.5　249p　20cm　（和泉選書 83）　2575円　①4-87088-629-4

◇宮沢賢治イーハトヴ自然館―生きもの・大地・気象・宇宙との対話　ネイチャー・プロ編集室編　東京美術　2006.8　207p　22cm　〈年譜あり〉　2800円　①4-8087-0805-1

◇宮沢賢治とエスペラント　野島安太郎著,峰芳隆編　大阪　リベーロイ社　1996.6　145p　21cm　（リベーロイ双書 2）　①4-947691-04-2

◇宮沢賢治「銀河鉄道」への旅　萩原昌好著　河出書房新社　2000.10　231p　20cm　2500円　①4-309-01378-3

◇宮沢賢治幻想辞典―全創作鑑賞　畑山博著　六興出版　1990.10　450,5p　20cm　3000円　①4-8453-7174-X

◇宮沢賢治の夢と修羅―イーハトーブのセールスマン　畑山博著　プレジデント社　1995.9　285p　20cm　1600円　①4-8334-1587-9

◇美しき死の日のために―宮沢賢治の死生観　畑山博著　学習研究社　1995.12　318p　20cm　1800円　①4-05-400608-6

◇宮沢賢治幻想紀行　畑山博,石寒太編著,中村太郎写真　求竜堂　1996.5　123p　30cm　（求竜堂グラフィックス）　2900円　①4-7630-9611-7

◇わが心の宮沢賢治　畑山博著　学陽書房　1996.8　340p　15cm　（人物文庫）　680円　①4-313-75013-4

◇銀河鉄道魂への旅　畑山博著　PHP研究所　1996.9　294p　20cm　1600円　①4-569-55288-9

◇宮沢賢治〈宇宙羊水〉への旅　畑山博著　日本放送出版協会　1996.12　267p　16cm　（NHKライブラリー 48）　922円　①4-14-084048-X

◇宮沢賢治幻想紀行　畑山博,石寒太編著,中村太郎写真　新装改訂版　求龍堂　2011.7　127p　30cm　（求竜堂グラフィックス）〈文献あり 年譜あり〉　2900円　①978-4-7630-1129-9

◇宮沢賢治語彙辞典　原子朗編著　東京書籍　1989.10　945,123p　20cm　9800円　①4-487-73150-X

◇新宮沢賢治語彙辞典　原子朗著　東京書籍　1999.7　930,139p　22cm　15000円　①4-487-73149-6

◇宮沢賢治とはだれか　原子朗著　早稲田大学出版部　1999.11　207p　19cm　（ワセダ・オープンカレッジ双書）　2500円　①4-657-99927-3

◇新宮沢賢治語彙辞典　原子朗著　第2版　東京書籍　2000.8　930,138p　22cm　〈年譜あり　著作目録あり〉　15000円　①4-487-73149-6

◇宮沢賢治論―銀河のいざない　原子修著　土曜美術社出版販売　1993.4　224p　20cm　（現代詩人論叢書 5）　1900円　①4-8120-0428-4

◇英語で読み解く賢治の世界　ロジャー・パルバース著,上杉隼人訳　岩波書店　2008.6　212p　18cm　（岩波ジュニア新書 598）　780円　①978-4-00-500598-7,4-00-500598-5

◇宮沢賢治―銀河鉄道で星空を旅したファンタジー作家　柊ゆたか漫画,三上修平シナリオ　集英社　2010.10　141p　23cm　（集英社版・学習漫画―世界の伝記next）〈解説：斎藤孝　文献あり 年表あり〉　900円　①978-4-08-240047-7

◇宮沢賢治の視点と心象　東百道著　木鶏社　2012.7　442p　20cm　（朗読のための文学作品論）〈星雲社（発売）〉　2500円　①978-4-434-16781-2

◇イーハトーヴォ幻想―たまゆらの宮沢賢治抄　尋口澪著　福岡　葦書房　1993.4　139p

詩（詩史）

20cm　1300円　①4-7512-0491-2

◇不思議の国の宮沢賢治―天才の見た世界　福島章著　日本教文社　1996.8　213p　20cm　1500円　①4-531-06286-8

◇宮沢賢治と東京宇宙　福島泰樹著　日本放送出版協会　1996.12　238p　19cm　（NHKブックス）　874円　①4-14-001785-6

◇宮沢賢治とサハリン―「銀河鉄道」の彼方へ　藤原浩著　東洋書店　2009.6　63p　21cm　（ユーラシア・ブックレット　no.137）〈シリーズの企画・編集者：ユーラシア研究所・ブックレット編集委員会　年譜あり〉　600円　①978-4-88595-862-5

◇宮沢賢治への旅―名作の故郷イーハトーヴ紀行　文芸春秋編　文芸春秋　1991.3　254p　16cm　（文春文庫　ビジュアル版）　600円　①4-16-810007-3

◇イーハトーボゆき軽便鉄道　別役実著　白水社　2003.9　253p　18cm　（白水Uブックス）　980円　①4-560-07363-5

◇賢治風五目ご飯―宮沢賢治でダシをとった社会主義、戦争、炭酸ガス、裁判、そして水俣　千呂閏著　文芸社　2010.5　189p　19cm　1200円　①978-4-286-08806-8

◇石で読み解く宮沢賢治　細田嘉吉著, 鈴木健司, 照井一明編　小平　蒼丘書林　2008.5　119p　21cm　1500円　①978-4-915442-75-9

◇宮沢賢治年譜　堀尾青史編　筑摩書房　1991.2　325p　22cm　4940円　①4-480-82287-9

◇年譜宮沢賢治伝　堀尾青史著　中央公論社　1991.2　471p　16cm　（中公文庫）〈宮沢賢治の肖像あり〉　820円　①4-12-201782-3

◇修羅の渚―宮沢賢治拾遺　真壁仁著　法政大学出版局　1995.12　200p　20cm　1957円　①4-588-46003-X

◇宮沢賢治愛の宇宙　牧野立雄著　小学館　1991.10　203p　16cm　（小学館ライブラリー）　680円　①4-09-460011-6

◇賢治と盛岡　牧野立雄著　盛岡　賢治と盛岡刊行委員会　2009.8　275p　19cm〈折り込1枚　年表あり〉　838円　①978-4-88781-113-3

◇賢治の時代　増子義久著　岩波書店　1997.2　287p　16cm　（同時代ライブラリー　294）　1133円　①4-00-260294-X

◇イーハトーブ乱入記―僕の宮沢賢治体験　ますむらひろし著　筑摩書房　1998.5　206p　18cm　（ちくま新書）　660円　①4-480-05756-0

◇宮沢賢治北紀行　松岡義和著　札幌　北海道新聞社　1996.4　208p　19cm　1800円　①4-89363-823-8

◇宮沢賢治花の図誌　松田司郎著, 笹川弘三写真　平凡社　1991.5　238p　24cm　3200円　①4-582-36703-8

◇宮沢賢治イーハトーヴ図誌　松田司郎文・写真　平凡社　1996.6　238p　24cm　3200円　①4-582-36708-9

◇宮沢賢治の深層世界　松田司郎著　洋々社　1998.2　279p　20cm　2400円　①4-89674-212-5

◇宮沢賢治存在の解放へ　松田司郎著　洋々社　2005.9　392p　20cm　2800円　①4-89674-218-4

◇宮沢賢治自然のシグナル　萬田務著　翰林書房　1994.11　297p　20cm　2900円　①4-906424-55-4

◇宮沢賢治修羅への旅　三上満文, 小松健一写真　ルック　1997.11　127p　19×27cm　3500円　①4-947676-58-2

◇ほんとうの幸いもとめて―宮沢賢治修羅への旅　三上満著　ルック　1999.1　110p　21cm　1200円　①4-947676-63-9

◇明日への銀河鉄道―わが心の宮沢賢治　三上満著　新日本出版社　2002.10　286p　20cm〈肖像あり〉　1800円　①4-406-02947-8

◇野の教育者・宮沢賢治　三上満著　新日本出版社　2005.8　254p　19cm　1600円　①4-406-03205-3

◇賢治の北斗七星―明日へのバトン　三上満著　新日本出版社　2009.10　253p　19cm　1600円　①978-4-406-05283-2

◇いま、宮沢賢治の生き方に学ぶ　三上満著　本の泉社　2012.5　71p　21cm　571円　①978-4-7807-0693-2

◇宮沢賢治―存在の祭りの中へ　見田宗介著　岩波書店　1991.8　290p　16cm　（同時代ライブラリー　77）　800円　①4-00-260077-7

◇宮沢賢治―存在の祭りの中へ　見田宗介著　岩波書店　2001.6　300p　15cm　（岩波現

詩（詩史）

◇代文庫 文芸）　1000円　ⓘ4-00-602035-X
◇宮沢賢治、めまいの練習帳　宮川健郎著　久山社　1995.10　92p　21cm〈日本児童文化史叢書 5〉　1600円　ⓘ4-906563-65-1
◇宮沢賢治と植物の世界　宮城一男,高村毅一著　築地書館　1989.7　193p　19cm〈新装版 宮沢賢治の肖像あり〉　1442円　ⓘ4-8067-5678-4
◇宮沢賢治農民の地学者　宮城一男著　築地書館　1989.7　211p　19cm《『農民の地学者・宮沢賢治』(1975年刊)の新装版 宮沢賢治の肖像あり》　1442円　ⓘ4-8067-5677-6
◇宮沢賢治と南部　宮城一男著　弘前　緑の笛豆本の会　1994.8　49p　9.4cm（緑の笛豆本 第310集）〈宮沢賢治の肖像あり 限定版〉
◇宮沢賢治と東山─"石の技師"の記録　宮城一男著　限定版　弘前　緑の笛豆本の会　1996.8　46p　9.4cm（緑の笛豆本 第334集）
◇宮沢賢治と秋田─石灰肥料セールスの旅　宮城一男著　弘前　緑の笛豆本の会　2000.7　45p　9.4cm（緑の笛豆本 第381集）〈肖像あり〉
◇伯父は賢治　宮沢淳郎著　八重岳書房　1989.2　182p　20cm　1200円　ⓘ4-89646-116-9
◇宮沢賢治近代と反近代　宮沢賢治著　洋々社　1991.9　208p　20cm　2000円　ⓘ4-89674-207-9
◇宮沢賢治入門　宮沢賢治著,分銅惇作,栗原敦編　筑摩書房　1992.6　228p　21cm〈著者の肖像あり〉　950円　ⓘ4-480-91712-8
◇宮沢賢治全集─9　書簡　宮沢賢治著　筑摩書房　1995.3　625,12p　15cm（ちくま文庫）　1100円　ⓘ4-480-02948-6
◇宮沢賢治イーハトーヴの光と影　宮沢賢治著,高野建三写真　山と渓谷社　1996.5　126p　26cm　1800円　ⓘ4-635-63004-8
◇よくわかる宮沢賢治─イーハトーブ・ロマン 1　愛と修羅の物語　宮沢賢治ほか著　学習研究社　1996.6　521p　21cm　2500円　ⓘ4-05-400578-0
◇よくわかる宮沢賢治─イーハトーブ・ロマン 2　すきとおった風の物語　宮沢賢治ほか著　学習研究社　1996.7　555p　21cm　2500円　ⓘ4-05-400579-9

◇〈新〉校本宮沢賢治全集─第14巻　雑纂　宮沢賢治著　筑摩書房　1997.4　2冊　22cm　7500円　ⓘ4-480-72834-1
◇〈新〉校本宮沢賢治全集─第13巻 上　覚書・手帳　宮沢賢治著　筑摩書房　1997.7　2冊　22cm　全7600円　ⓘ4-480-72833-3,4-480-72827-9
◇〈新〉校本宮沢賢治全集─第13巻 下　ノート・メモ　宮沢賢治著　筑摩書房　1997.11　2冊　22cm　全5800円　ⓘ4-480-72838-4,4-480-72827-9
◇〈新〉校本宮沢賢治全集─第16巻 上　補遺・資料　宮沢賢治著,宮沢清六ほか編　筑摩書房　1999.4　2冊　22cm　全7600円　ⓘ4-480-72836-8
◇こころで読む宮沢賢治─氷砂糖をほしいくらいもたないでも　宮沢賢治童話,熊谷えり子著　鎌倉　でくのぼう出版　2002.6　318p　21cm〈星雲社（発売）〉　1600円　ⓘ4-7952-0590-6
◇とし子抄　宮沢賢治著,井上文勝編・解説　未知谷　2012.11　121p　19cm　1400円　ⓘ978-4-89642-389-1
◇兄のトランク　宮沢清六著　筑摩書房　1991.12　275p　15cm（ちくま文庫）〈宮沢賢治および著者の肖像あり〉　580円　ⓘ4-480-02574-X
◇〈新〉校本宮沢賢治全集─第15巻　書簡　宮沢清六ほか編纂　筑摩書房　1995.12　2冊　22cm　全7400円　ⓘ4-480-72835-X
◇宮沢賢治エピソード313　宮沢賢治を愛する会編　扶桑社　1996.10　215p　20cm　1200円　ⓘ4-594-02108-5
◇宮沢賢治─驚異の想像力─その源泉と多様性　宮沢賢治生誕一一〇年記念第三回宮沢賢治国際研究大会　宮沢賢治学会イーハトーブセンター編集委員会編　朝文社　2008.1　320,26p　21cm〈年表あり 文献あり〉　3400円　ⓘ978-4-88695-207-3
◇宮沢賢治作品・研究図書資料目録　宮沢賢治記念館編　花巻　宮沢賢治記念館　1999.3　131p　30cm
◇宮沢賢治国際フェスティバル2000記録集─宮沢賢治─多文化の交流する場所 銀河と風と花のまつり　宮沢賢治国際フェスティバル2000実行委員会編　花巻　宮沢賢治国際フェ

スティバル2000実行委員会　2001.3　93p　30cm〈会期：平成12年8月24日～27日〉
◇宮沢賢治国際フェスティバル2000「風のセミナー」記録集―銀河と風と花のまつり　宮沢賢治国際フェスティバル2000実行委員会事務局企画・編集　〔花巻〕　宮沢賢治国際フェスティバル2000実行委員会　2001.3　169p　30cm
◇修羅はよみがえった―宮沢賢治没後七十年の展開　宮沢賢治没後七十年「修羅はよみがえった」刊行編集委員会編　花巻　宮沢賢治記念会　2007.9　524p　22cm〈ブッキング（発売）　著作目録あり　年表あり　年譜あり〉　3800円　①978-4-8354-8067-1
◇「賢治」の心理学―献身という病理　矢幡洋著　彩流社　1996.9　208p　20cm　2266円　①4-88202-410-1
◇宮沢賢治の教育論―学校・技術・自然　矢幡洋著　朝文社　1998.3　235p　19cm　（朝文社百科シリーズ）　1800円　①4-88695-143-0
◇宮沢賢治　山内修編著　河出書房新社　1989.9　228p　21cm　（年表作家読本）　1600円
◇宮沢賢治研究ノート―受苦と祈り　山内修著　河出書房新社　1991.9　285p　20cm　2500円　①4-309-00719-8
◇私の宮沢賢治―かの透明な軌道への模索　山内和子著　〔鹿沼〕　山内和子　2004.9　305p　20cm〈朝日新聞社書籍編集部（製作）〉　2000円
◇デクノボーになりたい―私の宮沢賢治　山折哲雄著　小学館　2005.3　222p　20cm　1600円　①4-09-387542-1
◇デクノボー宮沢賢治の叫び　山折哲雄, 吉田司著　朝日新聞出版　2010.8　261p　19cm　1600円　①978-4-02-330837-4
◇宮沢賢治伝説―ガス室のなかの「希望」へ　山口泉著　河出書房新社　2004.8　490p　20cm　（人間ドキュメント）　2400円　①4-309-01653-7
◇宮沢賢治を読む　山下聖美著　我孫子　D文学研究会　1998.9　326p　20cm　2200円　①4-7952-1883-8
◇検証・宮沢賢治論　山下聖美著　我孫子　D文学研究会　1999.7　404,8p　22cm　2200円　①4-7952-1420-4
◇賢治文学「呪い」の構造　山下聖美著　三修社　2007.8　226p　20cm〈文献あり〉　1800円　①978-4-384-04125-5
◇宮沢賢治のちから―新書で入門　山下聖美著　新潮社　2008.9　190p　18cm　（新潮新書）〈年譜あり　文献あり〉　680円　①978-4-10-610280-6
◇宮沢賢治妹トシの拓いた道―「銀河鉄道の夜」へむかって　山根知子著　朝文社　2003.9　389p　20cm〈年譜あり〉　4000円　①4-88695-169-4
◇イーハトーヴからのいのちの言葉―宮沢賢治の名言集　山根道公, 山根知子編著　角川書店　1996.8　240p　18cm　1300円　①4-04-883454-1
◇宮沢賢治の感動する短いことば　山根道公, 山根知子編著　角川書店　1996.11　127p　12cm　（角川mini文庫）　194円　①4-04-700114-7
◇チェロと宮沢賢治―ゴーシュ余聞　横田庄一郎著　音楽之友社　1998.7　269p　20cm　1800円　①4-276-21044-5
◇宮沢賢治―イラスト版オリジナル　吉田和明文, 小林賢司, 小林まさみイラスト　現代書館　1992.6　174p　21cm　（For beginnersシリーズ　61）　979円　①4-7684-0061-2
◇宮沢賢治碑真景　吉田精美写真・文　単独舎　1993.6　112p　19×27cm　3000円
◇宮沢賢治の碑―全国編　吉田精美編著　新訂　花巻　花巻市文化団体協議会　2000.5　142p　19cm〈肖像あり〉
◇宮沢賢治殺人事件　吉田司著　太田出版　1997.3　256p　20cm　1700円　①4-87233-321-7
◇宮沢賢治殺人事件　吉田司著　文芸春秋　2002.1　317p　16cm　（文春文庫）〈年譜あり　文献あり〉　629円　①4-16-734103-4
◇宮沢賢治―妖しい文字の物語　吉田文憲著　思潮社　2005.10　237p　20cm　2400円　①4-7837-1625-0
◇宮沢賢治―幻の郵便脚夫を求めて　吉田文憲著　大修館書店　2009.11　221p　20cm〈文献あり〉　2200円　①978-4-469-22206-7
◇宮沢賢治―天上のジョバンニ・地上のゴーシュ　吉田美和子著　小沢書店　1997.8

詩（詩史）

309p　20cm　2800円　ⓘ4-7551-0351-7
◇宮沢賢治の言葉　吉見正信著　勁文社　1996.7　223p　20cm　1300円　ⓘ4-7669-2514-9
◇近代日本詩人選─13　宮沢賢治　吉本隆明著　筑摩書房　1989.7　370p　19cm〈宮沢賢治の肖像あり〉　2160円　ⓘ4-480-13913-3
◇宮沢賢治　吉本隆明著　筑摩書房　1996.6　397p　15cm　（ちくま学芸文庫）　1200円　ⓘ4-480-08279-4
◇宮沢賢治の世界　吉本隆明著　筑摩書房　2012.8　373p　19cm　（筑摩選書 0048）　1800円　ⓘ978-4-480-01548-8
◇宮沢賢治の手紙　米田利昭著　大修館書店　1995.7　298p　20cm　2369円　ⓘ4-469-22109-0
◇宮沢賢治を創った男たち　米村みゆき著　青弓社　2003.12　236p　20cm　3000円　ⓘ4-7872-9169-6
◇岩手県ボラン町字七つ森へ─宮沢賢治への旅　和順高雄文,中里和人写真　偕成社　1995.1　221p　19cm　2000円　ⓘ4-03-529380-6
◇風呂で読む宮沢賢治　和田博文著　京都　世界思想社　1996.6　104p　19cm　980円　ⓘ4-7907-0601-X
◇宮沢賢治のヒドリ─本当の百姓になる　和田文雄著　コールサック社　2008.10　391p　20cm〈文献あり〉　2000円　ⓘ978-4-903393-35-3
◇宮沢賢治名作の旅　渡部芳紀著　至文堂　1992.11　246p　21cm　（「国文学解釈と鑑賞」別冊）　2000円
◇宮沢賢治名作の旅　渡部芳紀著　至文堂　1993.12　246p　21cm　2500円　ⓘ4-7843-0146-1
◇宮沢賢治大事典　渡部芳紀著　勉誠出版　2007.8　21,599,18p　23cm〈肖像あり〉　9800円　ⓘ978-4-585-06050-5
◇宮沢賢治、中国に翔る想い　王敏著　岩波書店　2001.6　211p　20cm　2800円　ⓘ4-00-002198-2
◇宮沢賢治と中国─賢治文学に秘められた、遥かなる西域への旅路　王敏著　国際言語文化振興財団　2002.5　262p　22cm〈サンマーク出版（発売）〉　2500円　ⓘ4-7631-2324-6
◇宮沢賢治を読むための研究事典　学灯社　1989.12　188p　21cm　（国文学 解釈と教材の研究 34（14））　850円
◇宮沢賢治　河出書房新社　1990.9　223p　21cm　（新文芸読本）〈宮沢賢治の肖像あり〉　1200円　ⓘ4-309-70154-X
◇「宮沢賢治の青春時代」展─企画展示　花巻　宮沢賢治記念館　1992.12　32p　26cm〈監修・解説：井上克弘〉
◇「東京」ノートの〈東京〉─企画展示　花巻　宮沢賢治記念館　1995.8　27p　30cm
◇宮沢賢治をもっと知りたい─賢治に魅せられた37人が案内する賢治ワールド探検の手引き　世界文化社　1996.4　138p　26cm　（別冊家庭画報）　1300円
◇宮沢賢治キーワード図鑑　平凡社　1996.7　110p　22cm　（コロナ・ブックス 12）　1600円　ⓘ4-582-63309-9
◇賢治セミナーin神戸講演記録集　神戸　神戸山手女子短期大学環境文化研究所　1997.12　54p　21cm　（神戸山手セミナーブック 1）
◇雪渡り─10周年記念誌　〔小諸〕　こもろ「賢治を読む会」　2000.6　167p　21cm
◇日本の文学傑作100選─ブックコレクション　第3号　宮沢賢治　デアゴスティーニ・ジャパン　2004.5　2冊（付録とも）　21-29cm〈付録（309p）：銀河鉄道の夜 宮沢賢治著　ホルダー入〉　全1324円　ⓘ4-8135-0656-9
◇絵で読む宮沢賢治展─賢治と絵本原画の世界　企画展覧会　花巻　萬鉄五郎記念美術館　2007.7　268p　26cm〈会期・会場：2007年7月14日～9月9日 萬鉄五郎記念美術館ほか　共同刊行：平塚市美術館ほか　他言語標題：Kenji Miyazawa exhibition　年譜あり　編集：千葉瑞夫ほか〉

◆◆◆比較・影響

◇教師・啄木と賢治─近代日本における「もうひとつの教育史」　荒川紘著　新曜社　2010.6　406p　20cm〈年表あり 索引あり〉　3800円　ⓘ978-4-7885-1201-6
◇宮沢賢治と平田篤胤─二人が描くアセンションの風景　市川修著　横浜　藍パブリッシング　2010.2　96p　19cm　1200円　ⓘ978-4-904871-00-3
◇宮沢賢治とドイツ文学─〈心象スケッチ〉の

詩（詩史）

源　植田敏郎著　講談社　1994.5　382p　15cm（講談社学術文庫）　1000円　Ⓘ4-06-159125-8

◇賢治とモリスの環境芸術―芸術をもてあの灰色の労働を燃せ　大内秀明編著　時潮社　2007.10　236p　21cm〈肖像あり〉　2500円　Ⓘ978-4-7888-0621-4

◇佐藤春夫と宮沢賢治　岡田純也著　KTC中央出版　2005.2　349p　20cm　（岡田純也著作選集 5　岡田純也著）〈シリーズ責任表示：岡田純也著　年譜あり〉　4200円　Ⓘ4-87758-343-2

◇表現の身体―藤村・白鳥・漱石・賢治　川島秀一著　双文社出版　2004.12　310p　22cm　6500円　Ⓘ4-88164-562-5

◇深層の抒情―宮沢賢治と中原中也　倉橋健一著　横浜　矢立出版　1992.7　302p　20cm（宮沢賢治論叢書 2）〈奥付の書名（誤植）：抒情の深層〉　2500円　Ⓘ4-946350-02-0

◇じょっぱり―啄木・賢治・太宰　芝田啓治著　東京図書出版会　2003.7　186p　20cm（おいてけぼり 2）〈星雲社（発売）〉　1300円　Ⓘ4-434-03124-4

◇啄木と賢治―詩物語　関厚夫著　産経新聞出版　2008.9　430p　20cm〈年譜あり　扶桑社（発売）〉　1700円　Ⓘ978-4-594-05750-3

◇宮沢賢治と法華経について―宮沢賢治入門　田口昭典著　鎌倉　でくのぼう出版　2006.9　279p　19cm〈星雲社（発売）　文献あり〉　1400円　Ⓘ4-434-08360-0

◇セイレーンの誘惑―漱石と賢治　武田秀夫著　現代書館　1994.9　262p　20cm　2369円　Ⓘ4-7684-6651-6

◇宮沢賢治とベートーヴェン―病と恋　多田幸正著　洋々社　2008.10　251p　20cm　2400円　Ⓘ978-4-89674-221-3

◇宮沢賢治と白鳥省吾―「田舎なれども」文学論攷　千葉貢著　高文堂出版社　2006.12　330p　22cm〈年譜あり〉　3333円　Ⓘ4-7707-0759-2

◇賢治vs南吉―徹底比較　日本児童文学者協会編　文渓堂　1994.6　269p　22cm　2800円　Ⓘ4-89423-026-7

◇イーハトーブと満洲国―宮沢賢治と石原莞爾が描いた理想郷　宮下隆二著　PHP研究所　2007.6　254p　20cm　1500円　Ⓘ978-4-569-69246-3

◇賢治とエンデ―宇宙と大地からの癒し　矢谷慈国著　近代文芸社　1997.4　286p　20cm　2500円

◇抒情の宿命・詩の行方―朔太郎・賢治・中也　山田兼士著　思潮社　2006.8　239p　20cm　2200円　Ⓘ4-7837-1631-5

◇夢よぶ啄木、野をゆく賢治　山本玲子, 牧野立雄著　洋々社　2002.6　242p　19cm〈肖像あり　年譜あり〉　1600円　Ⓘ4-89674-215-X

◇啄木と賢治　遊座昭吾著　おうふう　2004.5　270p　19cm　2500円　Ⓘ4-273-03328-3

◇賢治と啄木　米田利昭著　大修館書店　2003.6　250p　20cm　1700円　Ⓘ4-469-22160-0

◆◆◆信仰

◇宮沢賢治とユング―般若心経と聖書の元型　浅井進三郎著　日本図書刊行会　1998.7　218p　20cm　1800円　Ⓘ4-8231-0097-2

◇宮沢賢治の宗教世界　大島宏之編　淡水社　1992.2　763p　22cm〈北辰堂（発売）宮沢賢治の肖像あり〉　18000円　Ⓘ4-89287-196-6

◇クラムボンの世界からキリストへの道―宮沢賢治　木村百代著　キリスト新聞社　1994.11　234p　19cm　1600円　Ⓘ4-87395-260-3

◇宮沢賢治の法華文学―彷徨する魂　呉善華著　東海大学出版会　2000.2　442p　22cm　9500円　Ⓘ4-486-01498-7

◇宮沢賢治と親鸞　小桜秀謙著　新装版　弥生書房　1996.6　227p　20cm　1800円　Ⓘ4-8415-0711-6

◇宮沢賢治の深層―宗教からの照射　プラット・アブラハム・ジョージ, 小松和彦編　京都　法蔵館　2012.3　492p　22cm　7000円　Ⓘ978-4-8318-7100-8

◇宮沢賢治の仏教　須田浅一郎著　りん書房　1993.10　122p　20cm〈星雲社（発売）〉　1000円　Ⓘ4-7952-7374-X

◇宮沢賢治―愛と信仰と実践　多田幸正著　日本点字図書館（製作）　1990.4　3冊　27cm〈厚生省委託 原本：有精堂出版 1987〉

日本近現代文学案内　499

詩（詩史）

全4500円

◇宗教詩人宮沢賢治―大乗仏教にもとづく世界観　丹治昭義著　中央公論社　1996.10　242p 18cm　（中公新書）　760円　①4-12-101329-8

◇宮沢賢治の文学と法華経　分銅惇作著　新装版　水書坊　1993.3　285p 19cm　1600円　①4-943843-65-4

◇宮沢賢治と法華経　分銅惇作著、日蓮宗現代宗教研究所編　日蓮宗宗務院　1996.3　67p 18cm　（現宗研教化資料シリーズ no.23）

◇宮沢賢治―その文学と宗教　山田野理夫著　新装版　潮文社　1996.5　261p 19cm　1200円　①4-8063-1297-5

◇タゴールと賢治―まことの詩人の宗教と文学　吉江久弥著　武蔵野書院　1999.7　319p 22cm　6000円　①4-8386-0184-0

◆◆◆詩歌

◇宮沢賢治・心象スケッチを読む　池上雄三著　雄山閣出版　1992.7　247p 20cm　1980円　①4-639-01120-2

◇宮沢賢治とその周縁　池川敬司著　双文社出版　1991.6　233p 20cm　2500円　①4-88164-336-3

◇宮沢賢治の俳句―その生涯と全句鑑賞　石寒太著　PHP研究所　1995.6　286p 19cm　1400円　①4-569-54669-2

◇宮沢賢治の全俳句　石寒太著　飯塚書店　2012.6　127p 19cm　1000円　①978-4-7522-2064-0

◇宮沢賢治の、短歌のような―幻想感覚を読み解く　板谷栄城著　日本放送出版協会　1999.4　247p 19cm　（NHKブックス）　970円　①4-14-001858-5

◇宮沢賢治〈旅程幻想〉を読む　伊藤真一郎著　朝文社　2010.11　269p 22cm　4438円　①978-4-88695-237-0

◇文語詩人宮沢賢治　岡井隆著　筑摩書房　1990.4　235p 20cm　1750円　①4-480-82281-X

◇賢治歩行詩考―長篇詩「小岩井農場」の原風景　岡部敏男著　未知谷　2005.12　p198 図版16枚　20cm　2200円　①4-89642-145-0

◇宮沢賢治研究叢書―8　薄明穹を行く―賢治詩私読　小沢俊郎著　学芸書林　1989.9　289p 22cm〈新装版〉　2500円　①4-905640-55-5

◇宮沢賢治論―2　詩研究　恩田逸夫著, 原子朗, 小沢俊郎編　新装版　東京書籍　1991.5　414p 21cm　2800円

◇賢治短歌へ　佐藤通雅著　洋々社　2007.5　300p 20cm〈文献あり〉　2600円　①978-4-89674-220-6

◇宮沢賢治研究文語詩稿・叙説　島田隆輔著　朝文社　2005.12　534p 22cm　8000円　①4-88695-181-3

◇宮沢賢治―その人と俳句　菅原閧也著　創栄出版　1991.7　245p 19cm〈宮沢賢治の肖像あり〉　1600円　①4-88250-197-X

◇宮沢賢治の歌―心象風景のフラグメント　田江岑子著　近代文芸社　1996.5　225p 20cm　2200円　①4-7733-5437-2

◇宮沢賢治の短歌をよむ―続橋達雄筆録／六人会「賢治ノート」　続橋達雄筆録, 奥田弘編　小平　蒼丘書林　2004.9　123p 26cm　1400円　①4-915442-66-7

◇近代の詩人―8　宮沢賢治　中村稔編・解説　潮出版社　1992.1　477p 23cm〈宮沢賢治の肖像あり〉　5000円　①4-267-01246-6

◇宮沢賢治「文語詩稿五十篇」評釈　信時哲郎著　朝文社　2010.12　452,14p 22cm〈索引あり〉　6000円　①978-4-88695-238-7

◇愛のかたち―魅力の詩人論　高村光太郎・宮沢賢治・菊岡久利　畠山義郎著　土曜美術社出版販売　2009.6　155p 21cm〈著作目録あり〉　1500円　①978-4-8120-1730-2

◇宮沢賢治《遷移》の詩学　平沢信一著　小平　蒼丘書林　2008.6　279p 20cm　2800円　①978-4-915442-76-6

◇宮沢賢治「妹トシへの詩」鑑賞　宮沢賢治著, 暮尾淳著, 青娥書房編集部編　青娥書房　1996.10　135p 19cm　1545円　①4-7906-0159-5

◇「新」校本宮沢賢治全集―第2巻　詩1　宮沢清六ほか編纂　筑摩書房　1995.7　2冊　22cm　全6400円　①4-480-72822-8

◇〈新〉校本宮沢賢治全集―第5巻　詩4　宮沢清六ほか編纂　筑摩書房　1995.8　2冊　22cm　全5800円　①4-480-72825-2

◇〈新〉校本宮沢賢治全集―第4巻　詩3　宮

沢清六ほか編纂　筑摩書房　1995.10　2冊　22cm　全6400円　Ⓡ4-480-72824-4
◇〈新〉校本宮沢賢治全集―第3巻　詩　2　宮沢清六ほか編纂　筑摩書房　1996.2　2冊　22cm　全8200円　Ⓡ4-480-72823-6
◇〈新〉校本宮沢賢治全集―第1巻　短歌・短唱　宮沢清六ほか編纂　筑摩書房　1996.3　2冊　22cm　全6200円　Ⓡ4-480-72821-X
◇〈新〉校本宮沢賢治全集―第6巻　詩　5　宮沢清六ほか編纂　筑摩書房　1996.5　2冊　22cm　全6200円　Ⓡ4-480-72826-0
◇〈新〉校本宮沢賢治全集―第7巻　詩　6　宮沢清六ほか編纂　筑摩書房　1996.10　2冊　22cm　全8240円　Ⓡ4-480-72827-9
◇宮沢賢治文語詩の森　宮沢賢治研究会編　柏プラーノ　1999.6　303p　20cm　2400円　Ⓡ4-7601-1756-3
◇宮沢賢治文語詩の森―第2集　宮沢賢治研究会編　柏プラーノ　2000.9　278p　20cm〈柏書房（発売）〉　2400円　Ⓡ4-7601-1948-5
◇宮沢賢治文語詩の森―第3集　宮沢賢治研究会編　柏プラーノ　2002.7　284p　20cm〈柏書房（発売）　文献あり〉　2400円　Ⓡ4-7601-2262-1
◇宮沢賢治―私たちの詩人　森荘已池著, みちのく研究会企画・編集　盛岡　熊谷印刷出版部　1994.4　205p　22cm　2000円　Ⓡ4-87720-174-2
◇宮沢賢治―詩と修羅　毎日新聞社　1991.10　130p　30cm　『毎日グラフ』別冊　1600円
◇大島「三原三部」展―宮沢賢治の原風景・パート3 企画展示　花巻　宮沢賢治記念館　1994.12　19p　30cm〈会期：1994年12月1日～1995年7月31日〉

◆◆◆「雨ニモマケズ」

◇「ヒドリ」か、「ヒデリ」か―宮沢賢治「雨ニモマケズ」中の一語をめぐって　入沢康夫著　書肆山田　2010.5　129p　20cm〈年表あり〉　1900円　Ⓡ978-4-87995-795-5
◇宮沢賢治「雨ニモマケズ手帳」研究　小倉豊文著　筑摩書房　1996.5　323p　22cm　6200円　Ⓡ4-480-82325-5
◇「雨ニモマケズ」の根本思想―宮沢賢治の法華経日蓮主義　竜門寺文蔵著　大蔵出版　1991.8　198p　20cm　1800円　Ⓡ4-8043-2510-7

◆◆◆「春と修羅」

◇宮沢賢治研究叢書―3　「春と修羅」研究　1　天沢退二郎編　学芸書林　1989.8　231p　22cm〈新装版〉　2200円　Ⓡ4-905640-50-4
◇宮沢賢治研究叢書―4　「春と修羅」研究　2　天沢退二郎編　学芸書林　1989.8　238p　22cm〈新装版〉　2200円　Ⓡ4-905640-51-2
◇宮沢賢治『春と修羅』論―言語と映像　奥山文幸著　双文社出版　1997.7　285p　20cm　3800円　Ⓡ4-88164-516-1
◇宮沢賢治〈春と修羅第二集〉研究―その動態の解明　木村東吉著　広島　渓水社　2000.2　2冊　27cm　全24000円　Ⓡ4-87440-591-6
◇異空間の探求と仏教―宮沢賢治春と修羅第一集「序」文の解釈　中川秀夫著　新風舎　2003.9　141p　19cm　1100円　Ⓡ4-7974-3172-5
◇宮沢賢治「オホーツク挽歌」旅の謎　西村宗信著　神谷書房　2000.6　191p　19cm　1500円
◇宮沢賢治「修羅」への旅　萩原昌好著　朝文社　1994.12　348p　20cm　3200円　Ⓡ4-88695-121-X
◇隠された恋―若き賢治の修羅と愛　牧野立雄著　れんが書房新社　1990.6　201p　20cm　1648円
◇「春と修羅」第二集研究　宮沢賢治学会イーハトーブセンター生誕百年祭委員会記念刊行部会編　花巻　宮沢賢治学会イーハトーブセンター　1998.3　315p　22cm　2400円　Ⓡ4-7837-1569-6

◆◆◆童話

◇賢治イーハトヴ童話―「法華文学」の結実　井上寿彦著　菁柿堂　2007.2　181p　19cm（Edition trombone）〈星雲社（発売）〉　文献あり　1400円　Ⓡ978-4-434-10381-0
◇《ゴーシュ》という名前―《セロ弾きのゴーシュ》論　梅津時比古著　東京書籍　2005.12　204p　20cm　1500円　Ⓡ4-487-80111-7

詩（詩史）

◇宮沢賢治の〈ファンタジー空間〉を歩く　遠藤祐著　双文社出版　2005.7　238p　20cm　3400円　ⓘ4-88164-566-8

◇宮沢賢治の物語たち　遠藤祐著　洋々社　2006.10　253p　20cm　2400円　ⓘ4-89674-219-2

◇イーハトーブ悪人列伝―宮沢賢治童話のおかしなやつら　大角修著　勉誠出版　2011.2　254p　19cm　2000円　ⓘ978-4-585-29012-4

◇宮沢賢治童話における色彩語の研究　大藤幹夫著　日本図書センター　1993.6　1冊　22cm　〈近代作家研究叢書 146〉〈解説：萬田務　私家版（昭和45年刊）を改訂して複製したもの〉　6695円　ⓘ4-8205-9250-5, 4-8205-9239-4

◇童話論宮沢賢治―純化と浄化　小埜裕二著　小平　蒼丘書林　2011.7　302p　20cm　2800円　ⓘ978-4-915442-87-2

◇宮沢賢治論―3　童話研究―他　恩田逸夫著, 原子朗, 小沢俊郎編　新装版　東京書籍　1991.5　401p　21cm　2800円

◇宮沢賢治―童話の宇宙　栗原敦編　有精堂出版　1990.12　263p　22cm　〈日本文学研究資料新集 26〉　3650円　ⓘ4-640-30975-9

◇宮沢賢治の全童話を読む　国文学編集部編　学燈社　2003.5　206p　22cm　「国文学 48巻3号」（2003年2月刊）改装版〉　1700円　ⓘ4-312-10055-1

◇知っ得宮沢賢治の全童話を読む　国文学編集部編　学燈社　2008.3　206p　21cm　〈「国文学 増刊」（2003年2月刊）改装版〉　1800円　ⓘ978-4-312-70033-9

◇宮沢賢治の童話を読む　佐野美津男著　新装版　取手　辺境社　1996.4　271p　20cm　2200円　ⓘ4-326-95025-0

◇宮沢賢治・童話の謎―『ポラーノの広場』をめぐって　清水正著　諏訪　鳥影社　1993.5　471p　22cm　〈星雲社（発売）〉　4800円　ⓘ4-7952-5194-0

◇宮沢賢治・童話のエロス―謎とき『どんぐりと山猫』　清水正著　我孫子　D文学研究会　1995.7　190p　19cm　1700円　ⓘ4-7952-1222-8

◇宮沢賢治・終末と創世の秘儀―『まなづるとダァリヤ』の謎　清水正著　我孫子　D文学研究会　1996.8　275p　22cm　2800円　ⓘ4-7952-1224-7

◇宮沢賢治・憤怒とダンディズム―『土神ときつね』をめぐって　清水正著　我孫子　D文学研究会　1996.8　127p　21cm　1400円　ⓘ4-7952-1225-2

◇学生と読む賢治の童話　清水正編著　我孫子　D文学研究会　1996.11　404p　21cm　2200円　ⓘ4-7952-4876-1

◇宮沢賢治悪・エロス・力　清水正著　我孫子　D文学研究会　1997.11　255p　19cm　2000円　ⓘ4-7952-4879-6

◇ケンジ童話の深淵　清水正著　我孫子　D文学研究会　1999.8　292p　22cm　2200円　ⓘ4-7952-1884-6

◇謎がいっぱいケンジ童話劇場―ミステリーゾーン　清水正著　鳥影社　2001.3　277p　20cm　1400円　ⓘ4-88629-561-4

◇ケンジ童話を読め―1　清水正著　鳥影社　2003.12　294p　20cm　〈著作目録あり〉　2500円　ⓘ4-88629-800-9

◇ケンジ童話の授業―「雪渡り」研究　清水正, 山下聖美, 峰村澄子著　我孫子　D文学研究会　2005.5　240p　22cm　〈星雲社（発売）　付属資料：DVD-Video1枚（12cm）文献あり〉　2800円　ⓘ4-434-05942-4

◇賢治童話を読む　関口安義著　鎌倉　港の人　2008.12　632p　22cm　〈港の人児童文化研究叢書 3）　9000円　ⓘ978-4-89629-202-2

◇宮沢賢治童話のオイディプス　高山秀三著　未知谷　2008.2　285p　20cm　2800円　ⓘ978-4-89642-209-2

◇賢治童話の方法　多田幸正著　勉誠社　1996.9　286p　20cm　2987円　ⓘ4-585-05023-X

◇宮沢賢治とファンタジー童話　谷本誠剛著　北星堂書店　1997.8　206p　19cm　〈関東学院大学人文科学研究所研究選書 4〉　1900円　ⓘ4-590-01038-0

◇宮沢賢治・童話の読解　中野新治著　翰林書房　1993.9　294p　20cm　3200円　ⓘ4-906424-18-X

◇宮沢賢治童話作品　中野隆之著　福岡　葦書房　1996.8　328p　19cm　3296円　ⓘ4-7512-0649-4

◇童話の宮沢賢治―太母、子供ハ人間ノ父　中村文昭著　洋々社　1992.3　269p　20cm

詩（詩史）

◇宮沢賢治作『紫紺染について』—（追録）宮沢賢治の愛と修羅　藤田勉著　新版　盛岡草紫堂　2003.5　126,64p　26cm
◇宮沢賢治の旅—イーハトーヴ童話のふるさと　松田司郎著　増補改訂版　五柳書院　1994.11　343p　20cm　（五柳叢書 7）　2500円　①4-906010-65-2
◇名作童話を読む未明・賢治・南吉　宮川健郎編　春陽堂書店　2010.5　278p　20cm　〈年譜あり〉　2500円　①978-4-394-90276-8
◇宮沢賢治童話への招待—作品と資料　宮沢賢治著，大藤幹夫，万田務編　おうふう　1995.11　235p　21cm　2800円　①4-273-02841-7
◇賢治の言葉—童話編　宮沢賢治著，山崎博士編　タルタルーガ社　2011.7　188p　19cm　〈星雲社（発売）　文献あり〉　1200円　①978-4-434-15733-2
◇宮沢賢治の心を読む—1　宮沢賢治著，草山万兎著　童話屋　2011.9　157p　16cm　〈銅版画：加藤昌男〉　1250円　①978-4-88747-109-2
◇宮沢賢治の心を読む—2　宮沢賢治著，草山万兎著　童話屋　2012.7　189p　16cm　1250円　①978-4-88747-112-2
◇〈新〉校本宮沢賢治全集—第8巻　童話　1　宮沢清六ほか編纂　筑摩書房　1995.5　2冊　22cm　全5800円　①4-480-72828-7
◇〈新〉校本宮沢賢治全集—第10巻　童話　3　宮沢清六ほか編纂　筑摩書房　1995.9　2冊　22cm　全5800円　①4-480-72830-9
◇〈新〉校本宮沢賢治全集—第12巻　童話5・劇—その他　宮沢清六ほか編纂　筑摩書房　1995.11　2冊　22cm　全6200円　①4-480-72832-5
◇〈新〉校本宮沢賢治全集—第11巻　童話　4　宮沢清六ほか編纂　筑摩書房　1996.1　2冊　22cm　全5800円　①4-480-72831-7
◇「なめとこ山の熊」展—その風土と小十郎の生きざま　企画展示　宮沢賢治記念館監修・解説　花巻　宮沢賢治記念館　1998.8　15p　30cm
◇「鹿踊りのはじまり」展—イーハトーブのエレメントが語る（そのとき）　企画展示　宮沢賢治記念館監修・解説　花巻　宮沢賢治記念館　1999.4　15p　30cm
◇ケンジ童話とその周辺　山下聖美著　我孫子　D文学研究会　2000.3　198p　21cm　〈星雲社（発売）〉　1700円　①4-7952-9968-4
◇賢治童話の気圏　吉江久弥著　大修館書店　2002.7　345p　22cm　4000円　①4-469-22157-0
◇宮沢賢治の童話文学　和田利男著　日本図書センター　1992.10　190,8p　22cm　（近代作家研究叢書 119）〈解説：萬田務　不二社昭和24年刊の複製〉　5150円　①4-8205-9218-1,4-8205-9204-1
◇賢治の童話・絵本展　盛岡　岩手県立図書館　1989.〔4〕　6p　26cm

◆◆◆「オツベルと象」

◇宮沢賢治の神秘—『オツベルと象』をめぐって　清水正著　諏訪　鳥影社　1992.10　533p　22cm　〈星雲社（発売）〉　6800円　①4-7952-5180-0
◇宮沢賢治を解く—『オツベルと象』の謎　清水正著　鳥影社　1993.4　140p　21cm　〈星雲社（発売）〉　1400円　①4-7952-5193-2

◆◆◆「貝の火」

◇宮沢賢治・不条理の火と聖性—『貝の火』をめぐって　清水正著　諏訪　鳥影社　1994.5　241p　22cm　〈星雲社（発売）〉　2200円　①4-7952-7568-8
◇賢治童話の魅力—学生と読む『貝の火』『水仙月の四日』　清水正編著　我孫子　D文学研究会　1995.10　314p　21cm　2000円　①4-7952-1223-6
◇宮沢賢治・ものがたりの生命—『貝の火』の夜に燃え盛るもの　竹田文香著　我孫子　D文学研究会　1996.8　108p　21cm　1400円　①4-7952-4875-3

◆◆◆「風の又三郎」

◇宮沢賢治「風の又三郎」精読　大室幹雄著　岩波書店　2006.1　302p　15cm　（岩波現代文庫　文芸）〈文献あり〉　1100円　①4-00-602099-6
◇宮沢賢治の神秘的世界—『風の又三郎』と

詩（詩史）

『よだかの星』をめぐって　清水正著　鳥影社　1990.12　206p　22cm〈星雲社（発売）　宮沢賢治の肖像あり〉　2200円　Ⓣ4-7952-5154-1

◇臨時緯度観測所と宮沢賢治「風野又三郎」　沼田尚道著　〔出版地不明〕　〔沼田尚道〕2011.7　1冊　30cm〈文献あり〉

◆◆◆「銀河鉄道の夜」

◇宮沢賢治『銀河鉄道の夜』作品論集　石内徹編　クレス出版　2001.4　389p　22cm（近代文学作品論集成 9）　4800円　Ⓣ4-87733-112-3,4-87733-103-4

◇賢治からの切符―「銀河鉄道の夜」想索ノート　伊藤孝博著　秋田　無明舎出版　1995.11　333p　20cm　2800円　Ⓣ4-89544-123-7

◇『銀河鉄道の夜』とは何か―討議　入沢康夫,天沢退二郎著　新装版　青土社　1990.5　283p　22cm　2200円　Ⓣ4-7917-5077-2

◇宮沢賢治―銀河鉄道と光のふぁんたじあ　大石加奈子著　大津　行路社　2005.1　162p　20cm〈文献あり〉　1800円　Ⓣ4-87534-371-X

◇「銀河鉄道の夜」の世界　北岡武司著　神戸　みずのわ出版　2005.12　113p　20cm（みずのわ文庫 3）　1400円　Ⓣ4-944173-35-0

◇「銀河鉄道の夜」の真相―宇宙のワープウェイ　桑原啓善著　逗子　でくのぼう出版　1996.6　165p　19cm　1200円　Ⓣ4-7952-9195-0

◇「銀河鉄道の夜」物語としての構造―宮沢賢治の聖性と魔性　斎藤純著　洋々社　1994.7　237p　20cm〈宮沢賢治の肖像あり〉　2000円　Ⓣ4-89674-210-9

◇宮沢賢治『銀河鉄道の夜』の真実を探って　佐々木賢二著　誠文堂新光社　2011.5　318p　20cm　2000円　Ⓣ978-4-416-91102-0

◇宮沢賢治とドストエフスキー――『銀河鉄道の夜』と『カラマーゾフの兄弟』における死と復活の秘儀　清水正著　創樹社　1989.5　266p　19cm　（呼夢叢書）〈呼夢書房（編集・製作）〉　1880円

◇宮沢賢治の宇宙―『銀河鉄道の夜』の謎　清水正著　鳥影社　1992.9　233p　21cm〈星雲社（発売）〉　2800円　Ⓣ4-7952-5179-7

◇銀河鉄道と星の王子―二つのファンタジーの、接点　高波秋著　ジャン・ジャック書房　2006.12　208p　19cm〈著作目録あり〉　1200円　Ⓣ4-9980745-7-1

◇『銀河鉄道の夜』しあわせさがし　千葉一幹著　みすず書房　2005.7　142p　19cm（理想の教室）〈文献あり〉　1300円　Ⓣ4-622-08309-4

◇「銀河鉄道の夜」探検ブック　畑山博著　文芸春秋　1992.4　269p　20cm　1400円　Ⓣ4-16-346320-8

◇「銀河鉄道の夜」探検ブック　畑山博著　文芸春秋　1996.6　297p　16cm　（文春文庫）　450円　Ⓣ4-16-740402-8

◇宮沢賢治銀河鉄道の夜　ロジャー・パルバース著　NHK出版　2012.5　153p　19cm（NHK「100分de名著」ブックス）〈他言語標題：Night on the Milky Way Train　「銀河鉄道の夜 宮沢賢治」に補遺「第4回放送の対談」などを追加し一部加筆・修正したもの　タイトルは奥付・背による.標題紙のタイトル：銀河鉄道の夜　文献あり 年譜あり〉　1000円　Ⓣ978-4-14-081525-0

◇星でつづる「銀河鉄道の夜」　本城美智子文,八板康麿写真　誠文堂新光社　1996.8　32p　21cm　1600円　Ⓣ4-416-29627-4

◇童話「銀河鉄道の夜」の舞台は矢巾・南昌山―宮沢賢治直筆ノート新発見　松本隆著　矢巾町（岩手県）　ツーワンライフ　2010.11　349p　22cm〈文献あり 年譜あり〉　1905円　Ⓣ978-4-924981-75-1

◇宮沢賢治「銀河鉄道の夜」の原稿のすべて　宮沢賢治原著,入沢康夫監修・解説　花巻　宮沢賢治記念館　1997.3　111p　21×30cm

◇『銀河鉄道の夜』とは何か　村瀬学著　大和書房　1989.7　286p　20cm　1700円　Ⓣ4-479-72033-2

◇『銀河鉄道の夜』とは何か　村瀬学著　新装版　大和書房　1994.1　286p　20cm　1800円　Ⓣ4-479-39029-4

◆◆◆「グスコーブドリの伝記」

◇実践の教育―「グスコーブドリの伝記」にみる教育的実践　風間効著　リーベル出版

詩（詩史）

2004.9　279p　22cm　(宮沢賢治学習シリーズ 2)〈年表あり　文献あり〉　3000円　Ⓣ4-89798-643-5

◇宮沢賢治・イーハトーブの森―『グスコーブドリの伝記』をめぐって　清水正著　諏訪鳥影社　1993.12　185p　22cm〈星雲社（発売）〉　2200円　Ⓣ4-7952-7562-9

◆◆◆「注文の多い料理店」

◇『注文の多い料理店』考―イーハトヴからの風信　赤坂憲雄,吉田文憲編・著　五柳書院　1995.4　269p　20cm　(五柳叢書 45)　2500円　Ⓣ4-906010-68-7

◇『注文の多い料理店』の世界―宮沢賢治を読む　清水正著　鳥影社　1991.10　198p　21cm〈星雲社（発売）〉　2000円　Ⓣ4-7952-5164-9

◇童話集「注文の多い料理店」を読む　清水正著　我孫子　D文学研究会　2007.1　687p　22cm　(清水正・宮沢賢治論全集　清水正著)〈星雲社（発売）〉　3500円　Ⓣ978-4-434-10213-4

◇〈注文の多い料理店〉伝　高橋康雄著　春秋社　1996.7　254p　20cm　2575円　Ⓣ4-393-44126-5

◇宮沢賢治研究叢書―5　「注文の多い料理店」研究　1　続橋達雄編　学芸書林　1989.8　193p　22cm〈新装版〉　2000円　Ⓣ4-905640-52-0

◇宮沢賢治研究叢書―6　「注文の多い料理店」研究　2　続橋達雄編　学芸書林　1989.9　202p　22cm〈新装版〉　2000円　Ⓣ4-905640-53-9

◆◆◆「やまなし」

◇宮沢賢治「やまなし」の世界　西郷竹彦著　名古屋　黎明書房　1994.10　385p　20cm　3800円　Ⓣ4-654-07552-6

◇宮沢賢治「やまなし」の世界　西郷竹彦著　増補　名古屋　黎明書房　2009.7　419p　20cm　4200円　Ⓣ978-4-654-07615-4

◇宮沢賢治・不条理と母性―『やまなし』をめぐって　清水正著　我孫子　D文学研究会　1998.9　131p　19cm　1200円　Ⓣ4-7952-1882-X

◆◆◆農業

◇農への銀河鉄道―いま地人・宮沢賢治を　小林節夫著　本の泉社　2006.9　295p　20cm　1905円　Ⓣ4-88023-983-6

◇証言宮沢賢治先生―イーハトーブ農学校の1580日　佐藤成著　農山漁村文化協会　1992.6　536p　22cm　6000円　Ⓣ4-540-92020-0

◇先生はほほ～っと宙に舞った―宮沢賢治の教え子たち　写真集　塩原日出夫写真,鳥山敏子文　自然食通信社　1992.7　149p　26cm　2266円

◇教師宮沢賢治のしごと　畑山博著　小学館　1992.8　236p　16cm　(小学館ライブラリー)　760円　Ⓣ4-09-460029-9

◇野の教師宮沢賢治　森荘已池著　日本図書センター　1990.1　256,9p　22cm　(近代作家研究叢書 86)〈解説：続橋達雄　普通社昭和35年刊の複製〉　5150円　Ⓣ4-8205-9041-3

◆◆室生 犀星（1889～1962）

◇室生犀星―戦争の詩人・避戦の作家　伊藤信吉著　集英社　2003.7　196p　20cm　2400円　Ⓣ4-08-774644-5

◇室生犀星と王朝文学　上坂信男著　三弥井書店　1989.7　353p　21cm　3800円　Ⓣ4-8382-3026-5

◇室生犀星文学アルバム―第27回特別展図録　大田区立郷土博物館編　大田区立郷土博物館　1992.10　95p　30cm

◇室生犀星への/からの地平　大橋毅彦著　若草書房　2000.2　333p　22cm　5800円　Ⓣ4-948755-60-5

◇室生犀星寸描　大森盛和,葉山修平編著　竜書房　2000.9　279p　20cm　2380円　Ⓣ4-947734-36-1

◇詩の華―室生犀星と萩原朔太郎　笠森勇著　金沢　能登印刷出版部　1990.6　231p　20cm〈室生犀星・萩原朔太郎の肖像あり〉　2000円　Ⓣ4-89010-112-8

◇犀星のいる風景　笠森勇著　龍書房　1997.12　205p　20cm　1905円　Ⓣ4-947734-02-7

◇蟹シャボテンの花―中野重治と室生犀星　笠

詩（詩史）

森勇著　龍書房　2006.7　207p　20cm　1429円　①4-903418-09-X

◇犀星と周辺の文学者　笠森勇著　金沢　北国新聞社　2008.12　347p　21cm　2381円　①978-4-8330-1659-9

◇この1冊で犀星を知る―室生犀星の小説60選　笠森勇編　金沢　生活文化社　2009.1　191p　18cm〈年譜あり〉　857円

◇ふるさとは遠きにありて―室生犀星詩伝　木戸逸郎著　宝文館出版　1989.3　314p　20cm　2000円　①4-8320-1335-1

◇室生犀星研究　久保忠夫著　有精堂出版　1990.11　359p　19cm　4500円　①4-640-31020-X

◇室生犀星・草野心平―風来の二詩人　大正の叙情小曲と昭和の詩的アナキズム　第4回企画展　群馬県立土屋文明記念文学館編　群馬町（群馬県）　群馬県立土屋文明記念文学館　1997.10　123p　30cm

◇佐藤春夫と室生犀星―詩と小説の間　佐久間保明,大橋毅彦編　有精堂出版　1992.11　268p　22cm　（日本文学研究資料新集 23）　3650円　①4-640-30972-4

◇当世文人気質―4　清水信著　鈴鹿　いとう書店　2005.12　45p　22cm　（清水信文学選 15　清水信著）〈シリーズ責任表示：清水信著〉

◇室生犀星　庄司肇著　沖積舎　2001.8　272p　20cm　（庄司肇コレクション 3　庄司肇著）〈シリーズ責任表示：庄司肇著〉　2500円　①4-8060-6588-9

◇室生犀星研究―小説的世界の生成と展開　高瀬真理子著　翰林書房　2006.3　399p　22cm〈文献あり〉　5000円　①4-87737-226-1

◇猫柳祭―犀星の満洲　財部鳥子著　書肆山田　2011.8　154p　20cm　1800円　①978-4-87995-827-3

◇回想の室生犀星―文学の背景　田辺徹著　博文館新社　2000.3　262p　20cm〈肖像あり〉　2500円　①4-89177-985-3

◇田端文士村―室生犀星生誕百年特集　東京都北区立田端図書館編　東京都北区立中央図書館　1989.3　19p　26cm〈室生犀星の肖像あり〉

◇犀星文学いのちの呼応―庭といもの　外村彰著　鼎書房　2012.11　292p　20cm〈年譜あり〉　2500円　①978-4-907846-97-8

◇室生犀星　富岡多恵子著　筑摩書房　1994.8　288p　15cm　（ちくま学芸文庫）〈室生犀星の肖像あり〉　950円　①4-480-08150-X

◇室生犀星　豊長みのる編著　蝸牛社　1993.4　170p　19cm　（蝸牛俳句文庫 7）　1400円　①4-87661-217-X

◇犀星襍記　林土岐男著　竜書房　2001.1　188p　20cm　1905円　①4-947734-44-2

◇我が愛する詩人の伝記にみる室生犀星　葉山修平編著　竜書房　2000.9　195p　20cm　2666円　①4-947734-34-5

◇室生犀星事典　葉山修平監修,大森盛和,笠森勇,志村有弘,竹内清己,船登芳雄企画・編集　鼎書房　2008.7　637,6p　22cm〈年譜あり　文献あり〉　9500円　①978-4-907846-56-5

◇辰雄・朔太郎・犀星―意中の文士たち〈下〉　福永武彦著　講談社　1994.11　250p　16cm　（講談社文芸文庫―現代日本のエッセイ）　940円　①4-06-196299-X

◇評伝室生犀星　船登芳雄著　三弥井書店　1997.6　295p　20cm　（三弥井選書 24）　2500円　①4-8382-9037-3

◇室生犀星―幽遠・哀惜の世界　星野晃一著　明治書院　1992.10　281p　19cm　（国文学研究叢書）　2900円　①4-625-58058-7

◇室生犀星―創作メモに見るその晩年　星野晃一著　踏青社　1997.9　220p　20cm　2000円　①4-924440-35-3

◇犀星―句中游泳　星野晃一著　紅書房　2000.1　339p　20cm　2300円　①4-89381-142-8

◇室生犀星―何を盗み何をあがなはむ　星野晃一著　東大和　踏青社　2009.4　547p　20cm　3800円　①978-4-924440-57-9

◇金沢の三文豪―鏡花・秋声・犀星　北国新聞社編　金沢　北国新聞社　2003.8　539p　22cm　3200円　①4-8330-1159-X

◇室生犀星伝　本多浩著　明治書院　2000.11　364p　21cm　4200円　①4-625-65301-0

◇室生犀星―詩業と鑑賞　三浦仁著　おうふう　2005.4　423p　22cm　12000円　①4-273-03375-5

◇切なき思ひを愛す―室生犀星文学アルバム

詩（詩史）

◇室生犀星文学アルバム刊行会編　菁柿堂　2012.3　118p　21cm〈星雲社（発売）　歿後50年記念出版　年譜あり〉　1500円　Ⓘ978-4-434-16506-1

◇父犀星の俳景　室生朝子著　毎日新聞社　1992.3　237p　20cm　1500円　Ⓘ4-620-30845-5

◇父室生犀星　室生朝子著　三笠書房　1992.7　233p　15cm　（知的生きかた文庫）　450円　Ⓘ4-8379-0522-6

◇晩年の父犀星　室生朝子著　講談社　1998.3　290p　16cm　（講談社文芸文庫）　980円　Ⓘ4-06-197608-7

◇おでいと—晩年の父・犀星　室生朝子著　ポプラ社　2009.7　339p　20cm〈『晩年の父犀星』（講談社1998年刊）の増補〉　1800円　Ⓘ978-4-591-11053-9

◇作家の自伝—11　室生犀星　室生犀星著, 本多浩編解説　日本図書センター　1994.10　277p　22cm　（シリーズ・人間図書館）〈監修：佐伯彰一, 松本健一　著者の肖像あり〉　2678円　Ⓘ4-8205-8012-4, 4-8205-8001-9

◇論集室生犀星の世界—上　室生犀星学会編　竜書房　2000.9　199p　22cm　Ⓘ4-947734-33-7

◇論集室生犀星の世界—下　室生犀星学会編　竜書房　2000.9　p201〜474　22cm　Ⓘ4-947734-33-7

◇犀星抄　結城信一著, 矢部登編　日本古書通信社　1996.6　74p　11cm　（こつう豆本120）　600円

◇犀星—室生犀星記念館　金沢　室生犀星記念館　2002.8　93p　26cm〈共同刊行：金沢市〉

◇泉鏡花徳田秋声室生犀星資料目録—石川近代文学館収蔵　金沢　石川近代文学館　2010.3　36p　30cm

◆◆八木　重吉（1898〜1927）

◇八木重吉とキリスト教—詩心と「神学」のあいだ　今高義也著　教文館　2003.1　233p　19cm〈年譜あり　文献あり〉　2500円　Ⓘ4-7642-6571-0

◇このあかるさのなかへ—八木重吉の詩を読む　今高義也著　新教出版社　2008.10　225p　20cm〈年譜あり　文献あり〉　2300円　Ⓘ978-4-400-62767-8

◇八木重吉・詩の祈り　四竈経夫編著　宝文館出版　1989.7　190p　19cm〈『八木重吉詩がたみ・祈り』（1967年刊）の改題　八木重吉の肖像あり〉　1300円　Ⓘ4-8320-1342-4

◇単純な祈り—八木重吉との対話　関茂著　日本基督教団出版局　1990.3　239p　19cm　1960円　Ⓘ4-8184-0046-7

◇八木重吉—詩と生涯と信仰　関茂著　新教出版社　1996.10　220p　18cm　（新教新書）　1200円　Ⓘ4-400-64112-0

◇八木重吉に出会う本　フォレストブックス編　いのちのことば社フォレストブックス　2003.3　94p　21cm　（フォレストブックス）〈年譜あり〉　1500円　Ⓘ4-264-02087-5

◇わがよろこびの頌歌はきえず—詩人・八木重吉のこころ　八木重吉著, 百万人の福音・マナプロジェクト企画・編　いのちのことば社　1992.3　79p　27cm　1700円　Ⓘ4-264-01322-4

◆◆山村　暮鳥（1884〜1924）

◇山村暮鳥・大手拓次—土屋文明記念文学館第2回企画展　群馬県立土屋文明記念文学館編　群馬町（群馬県）　群馬県立土屋文明記念文学館　1996.10　65p　図版8p　30cm

◇暮鳥伝—付石楠集　小山茂市著　日本図書センター　1990.1　188,8p　22cm　（近代作家研究叢書88）〈解説：和田義昭　小山茂市昭和39年刊の複製　山村暮鳥の肖像あり〉　4635円　Ⓘ4-8205-9043-X

◇山村暮鳥論　中村不二夫著　有精堂出版　1995.9　389p　20cm　4635円　Ⓘ4-640-31065-X

◇山村暮鳥—聖職者詩人　中村不二夫著　沖積舎　2006.7　387p　20cm〈著作目録あり　文献あり〉　3500円　Ⓘ4-8060-7021-1

◇山村暮鳥の世界　暮鳥会編著　土浦　筑波書林　2004.12　184p　19cm〈年譜あり〉　1400円　Ⓘ4-86004-051-1

◇山村暮鳥の文学　堀江信男著　土浦　筑波書林　1994.5　314p　20cm〈茨城図書（発売）　山村暮鳥の肖像あり〉　2300円　Ⓘ4-900725-08-0

詩（詩史）

◇梅ふくいく―山村暮鳥保和苑詩碑建立記念誌　水戸　山村暮鳥詩碑建立実行委員会　2003.11　118p　21cm

◆民衆詩

◇現代詩人群像―民衆詩派とその周圏　乙骨明夫著　笠間書院　1991.5　387p　22cm〈著者の肖像あり〉　3914円

◆◆生田 春月（1892～1930）

◇春月と瑛二郎　竹内一朔著　秋田　秋田文化出版　2007.11　263p　21cm〈肖像あり〉　非売品　①978-4-87022-516-9

◇生田春月　鳥取県立図書館編　鳥取　鳥取県立図書館　2006.3　65,10p　21cm（郷土出身文学者シリーズ 2）〈肖像あり　著作目録あり　年譜あり〉

◇文学者の日記―5　長与善郎・生田長江・生田春月　長与善郎,生田長江,生田春月著　博文館新社　1999.5　288p　22cm（日本近代文学館資料叢書）　5000円　①4-89177-975-6

◇近代作家追悼文集成―第22巻　葛西善蔵・岸田劉生・生田春月・梶井基次郎　ゆまに書房　1992.12　291p　22cm〈監修：稲村徹元　複製 葛西善蔵ほかの肖像あり〉　6592円　①4-89668-646-2

◆◆白鳥 省吾（1890～1973）

◇宮沢賢治と白鳥省吾―「田舎なれども」文学論攷　千葉貢著　高文堂出版社　2006.12　330p　22cm〈年譜あり〉　3333円　①4-7707-0759-2

◇白鳥省吾物語―上巻　「白鳥省吾を研究する会」事務局編　栗駒町（宮城県）「白鳥省吾を研究する会」事務局　2002.11　490p　22cm　3900円

◇白鳥省吾物語―下巻　「白鳥省吾を研究する会」事務局編著　栗駒町（宮城県）「白鳥省吾を研究する会」事務局　2003.11　500p　22cm〈年譜あり〉　3900円

◇白鳥省吾のふるさと逍遥　「白鳥省吾のふるさと逍遥」編集委員会編　築館町（宮城県）白鳥ナヲエ　2000.1　227p　22cm〈肖像あり〉　2000円　①4-915948-18-8

◆◆富田 砕花（1890～1984）

◇富田砕花資料目録―第1集　書簡・葉書類　芦屋市教育委員会芦屋市民センター内文化財資料室編　芦屋　芦屋市教育委員会　1990.3　90p　18×26cm〈富田砕花の肖像あり〉

◇富田砕花資料目録―第2集　雑誌類　芦屋市教育委員会編　芦屋　芦屋市教育委員会　1992.3　172p　18×26cm〈富田砕花の肖像あり〉

◇富田砕花資料目録―第3集　原稿類　芦屋市教育委員会編　芦屋　芦屋市教育委員会　1994.3　128p　18×26cm〈富田砕花の肖像あり〉

◇富田砕花資料目録―第4集　書籍類　芦屋市教育委員会編　芦屋　芦屋市教育委員会　1997.3　405p　19×26cm

◇富田砕花の世界―平成十年特別展　芦屋市立美術博物館編　芦屋　芦屋市立美術博物館　1998.9　85p　30cm

◆◆福田 正夫（1893～1952）

◇福田正夫・ペンの農夫―詩作品鑑賞を中心に　金子秀夫著　秦野　夢工房　2007.7　168p　19cm（小田原ライブラリー 17　小田原ライブラリー編集委員会企画・編集）〈肖像あり　年譜あり〉　1200円　①978-4-86158-017-8

◇近代文学研究叢書―第71巻　昭和女子大学近代文学研究室著　昭和女子大学近代文化研究所　1996.10　411p　19cm　①4-7862-0071-9

◇福田正夫没後50年記念行事記念資料―『焔』誌から　福田正夫ほか〔横浜〕福田正夫詩の会〔2002〕159p　21cm

◇父福田正夫『民衆』以後　福田美鈴著〔横浜〕〔福田美鈴〕〔2002〕284p　21cm（福田美鈴文集 1　福田美鈴著）〈シリーズ責任表示：福田美鈴〔著〕〉

詩（詩史）

◆芸術派

◆◆西条 八十（1892～1970）

◇西条八十とその周辺―論考と資料　上村直己著　近代文芸社　2003.1　344p　21cm　2300円　①4-7733-6921-3

◇西条八十の見たベルリン五輪　上村直己著　熊本　熊本出版文化会館　2012.7　206,4p　19cm〈創流出版（発売）　文献あり　索引あり〉　1500円　①978-4-906897-01-8

◇父西条八十は私の白鳥だった　西条嫩子著　集英社　1990.5　235p　16cm　（集英社文庫）　480円　①4-08-749586-8

◇「かなりや」をつくった西条八十―父西条八十　西条嫩子著　ゆまに書房　1998.4　367p　22cm　（ヒューマンブックス―「児童文学」をつくった人たち　2）　3500円　①4-89714-267-9

◇西条八十―唄の自叙伝　西条八十著　日本図書センター　1997.6　208p　20cm　（人間の記録 29）　1800円　①4-8205-4270-2,4-8205-4261-3

◇父・西条八十の横顔　西条八束著,西条八峯編　名古屋　風媒社　2011.7　308p　21cm　2200円　①978-4-8331-3159-9

◇ジャズで踊ってリキュルで更けて―昭和不良伝・西条八十　斎藤憐著　岩波書店　2004.10　284p　20cm〈文献あり〉　2400円　①4-00-023404-8

◇西条八十　筒井清忠著　中央公論新社　2005.3　418p　20cm　（中公叢書）　2200円　①4-12-003623-5

◇西条八十と昭和の時代　筒井清忠編著　ウェッジ　2005.6　210p　19cm　（ウェッジ選書 19）　1400円　①4-900594-84-9

◇西条八十　筒井清忠著　中央公論新社　2008.12　534p　16cm　（中公文庫 つ25-1）　1238円　①978-4-12-205085-3

◇カナリアの唄―西条八十氏との邂逅　中堀泰和著　大阪　幻想社　1992.12　77p　19cm　900円　①4-87468-071-2

◇近代作家追悼文集成―第41巻　窪田空穂・壺井栄・広津和郎・伊藤整・西条八十　ゆまに書房　1999.2　329p　22cm　8000円　①4-89714-644-5,4-89714-639-9

◆◆佐藤 惣之助（1890～1942）

◇多彩な惣之助展図録―佐藤惣之助生誕百年記念　川崎市市民ミュージアム編　川崎　川崎市市民ミュージアム　1990　66p　26cm〈佐藤惣之助の肖像あり　会期：1990年11月21日～12月24日〉

◆◆佐藤 春夫（1892～1964）

◇佐藤春夫作品研究―大正期を中心として　遠藤郁子著　専修大学出版局　2004.3　236p　21cm　2400円　①4-88125-144-9

◇佐藤春夫と宮沢賢治　岡田純也著　KTC中央出版　2005.2　349p　20cm　（岡田純也著作選集　5　岡田純也著）〈シリーズ責任表示：岡田純也著　年譜あり〉　4200円　①4-87758-343-2

◇憂鬱の文学史　菅野昭正著　新潮社　2009.2　271p　20cm　2200円　①978-4-10-313481-7

◇佐藤春夫と室生犀星―詩と小説の間　佐久間保明,大橋毅彦編　有精堂出版　1992.11　268p　22cm　（日本文学研究資料新集 23）　3650円　①4-640-30972-4

◇作家の自伝―12　佐藤春夫　佐藤春夫著,鳥居邦朗解説　日本図書センター　1994.10　325p　22cm　（シリーズ・人間図書館）〈監修：佐伯彰一,松本健一　著者の肖像あり〉　2678円　①4-8205-8013-2,4-8205-8001-9

◇定本 佐藤春夫全集―第23巻　評論・随筆　5　佐藤春夫著　京都　臨川書店　1999.11　458p　21cm　8800円　①4-653-03333-1

◇新編図録佐藤春夫―多様・多彩な展開　佐藤春夫記念会編　新宮　新宮市教育委員会　2008.3　103p　30cm〈共同刊行：新宮市立佐藤春夫記念館　年譜あり〉

◇図録佐藤春夫―望郷の詩人・偉大な文学者　佐藤春夫記念館編　新宮　佐藤春夫記念館　1990.5　74p　26cm

◇佐久の佐藤春夫　庄野英二著　大阪　編集工房ノア　1990.11　198p　20cm　1850円

◇恋文をめぐって―潤一郎と春夫龍之介を介在として：講演・シンポジウム記録集　新宮市立佐藤春夫記念館,佐藤春夫記念会編　〔新宮〕　新宮市立佐藤春夫記念館　2012.3　93,9p　21cm　（むささびブックス 1）〈会

詩（詩史）

期：平成23年5月6日　共同刊行：佐藤春夫記念会）

◇佐久における佐藤春夫とその周辺　中沢弘之著　佐久　榛　2002.4　314p　19cm　2000円　①4-900408-89-1

◇佐藤春夫論　中村光夫著　日本図書センター　1990.1　230,10p　22cm　（近代作家研究叢書 81）〔解説：鳥居邦朗　文芸春秋新社昭和37年刊の複製〕　5150円　①4-8205-9036-7

◇佐藤春夫研究　半田美永著　双文社出版　2002.9　326p　22cm　6800円　①4-88164-546-3

◇佐藤春夫　保田与重郎著　日本図書センター　1993.1　165,11p　22cm　（近代作家研究叢書 123）〔解説：高橋世織　弘文堂書房昭和15年刊の複製〕　4120円　①4-8205-9224-6,4-8205-9221-1

◇小田原事件—谷崎潤一郎と佐藤春夫　ゆりはじめ著　秦野　夢工房　2006.12　141p　19cm　（小田原ライブラリー 16　小田原ライブラリー編集委員会企画・編集）　1200円　①4-86158-011-0

◇佐藤春夫の『車塵集』—中国歴朝名媛詩の比較研究　吉川発輝著　新典社　1989.1　253p　22cm　（新典社研究叢書 34）　7725円　①4-7879-4034-1

◇佐藤春夫　新潮社　1997.9　111p　20cm　（新潮日本文学アルバム 59）　1200円　①4-10-620663-3

◇近代作家追悼文集成—第39巻　佐佐木信綱・三好達治・佐藤春夫　ゆまに書房　1999.2　357p　22cm　8000円　①4-89714-642-9,4-89714-639-9

◆◆萩原　朔太郎（1886〜1942）

◇日本近代詩論萩原朔太郎の研究　安藤靖彦著　明治書院　1998.12　429p　22cm　9800円　①4-625-43077-1

◇萩原朔太郎—1　飯島耕一著　みすず書房　2004.1　269p　20cm　〈角川書店1975年刊の新版〉　3500円　①4-622-07079-0

◇萩原朔太郎—2　飯島耕一著　みすず書房　2004.1　231p　20cm　〈角川書店1975年刊の新版〉　3200円　①4-622-07080-4

◇萩原朔太郎　磯田光一著　講談社　1993.1　414p　16cm　（講談社文芸文庫）　1200円　①4-06-196206-X

◇伊藤信吉著作集—第2巻　伊藤信吉著　沖積舎　2001.11　583p　21cm　〈肖像あり〉　9000円　①4-8060-6575-7

◇群像日本の作家—10　萩原朔太郎　大岡信ほか編，佐々木幹郎ほか著　小学館　1992.7　311p　20cm　〈萩原朔太郎の肖像あり〉　1800円　①4-09-567010-X

◇萩原朔太郎　大岡信著　筑摩書房　1994.4　291p　15cm　（ちくま学芸文庫）〈萩原朔太郎の肖像あり〉　900円　①4-480-08126-7

◇萩原朔太郎晩年の光芒—大谷正雄詩的自伝　大谷正雄著，佐々木靖章編　郡山　てんとうふ社　2006.10　389p　19cm　〈肖像あり〉　2400円　①4-9903356-1-9

◇詩の華—室生犀星と萩原朔太郎　笠森勇著　金沢　能登印刷出版部　1990.6　231p　20cm　〈室生犀星・萩原朔太郎の肖像あり〉　2000円　①4-89010-112-8

◇流動する概念—漱石と朔太郎と　勝田和学著　勝田和学論文集刊行委員会　2001.1　386p　22cm　〈発行所：竜書房〉　4571円　①4-947734-43-4

◇私の萩原朔太郎　岸本嘉名男著　改定版　長岡京　竹林館　2000.11　131p　18cm　（春秋新書）　800円　①4-924691-67-4

◇私の萩原朔太郎　岸本嘉名男著　日本文学館　2011.8　393p　15cm　600円　①978-4-7765-2950-7

◇萩原朔太郎〈言語革命〉論　北川透著　筑摩書房　1995.3　281p　20cm　2600円　①4-480-82315-8

◇詩の近代を超えるもの—透谷・朔太郎・中也など　評論集　北川透著　思潮社　2000.9　281p　20cm　（詩論の現在 2）　2900円　①4-7837-1596-3

◇萩原朔太郎『猫町』私論　清岡卓行著　筑摩書房　1991.8　238p　19cm　（筑摩叢書 354）　1700円　①4-480-01354-7

◇萩原朔太郎論—上　久保忠夫著　塙書房　1989.6　507p　20cm　（日本の近代作家 4）　4944円

◇萩原朔太郎論—下　久保忠夫著　塙書房　1989.6　p513〜1018　20cm　（日本の近代作家 5）　4944円

詩（詩史）

◇萩原朔太郎の俳句と俳句観　倉林ひでを著　高崎　あさを社　2000.8　142p　19cm　1500円　Ⓣ4-87024-319-9

◇萩原朔太郎ノート『ソライロノハナ』私考　小松郁子著　桜楓社　1989.9　174p　19cm　〈萩原朔太郎の肖像あり〉　1648円　Ⓣ4-273-02341-5

◇萩原朔太郎ノート作品考―「乃木坂倶楽部」他　小松郁子著　桜楓社　1992.9　246p　19cm　〈萩原朔太郎の肖像あり〉　2800円　Ⓣ4-273-02596-5

◇詩人萩原朔太郎とキリスト教―『浄罪詩篇』の罪の問題をめぐって　権点淑著,富士ゼロックス・小林節太郎記念基金編　富士ゼロックス・小林節太郎記念基金　1990.4　26,4p　26cm〈富士ゼロックス・小林節太郎記念基金1988年度研究助成論文〉　非売品

◇萩原朔太郎―詩の光芒　坂根俊英著　広島　渓水社　1997.12　277p　21cm　2800円　Ⓣ4-87440-472-3

◇〈復讐〉の文学―萩原朔太郎研究　嶋岡晨著　武蔵野書院　1992.12　268p　20cm　2500円　Ⓣ4-8386-0374-6

◇朔太朗の俳句と抒情―「第十七回文学館講座」記録集　清水哲男述,久保木宗一編　前橋　久保木宗一　2006.3　79p　21cm〈会期・会場：平成13年11月3日　前橋文学館ほか　発行所：風塵舎〉　非売品

◇感覚のモダン―朔太郎・潤一郎・賢治・乱歩　高橋世織著　せりか書房　2003.12　273p　20cm　2500円　Ⓣ4-7967-0253-9

◇萩原朔太郎　田村圭司編　国書刊行会　1994.5　388p　22cm　（日本文学研究大成）　3900円　Ⓣ4-336-03089-8

◇萩原朔太郎「意志」の覚醒　堤玄太著,勝原晴希,安藤宏,山下真史編　森話社　2012.12　244p　22cm　〈著作目録あり〉　3800円　Ⓣ978-4-86405-043-2

◇萩原朔太郎論―〈詩〉をひらく　坪井秀人著　大阪　和泉書院　1989.4　319,12p　22cm　（研究叢書 69）　5150円　Ⓣ4-87088-345-7

◇抒情の方法―朔太郎・静雄・中也　評論集　長野隆著　思潮社　1999.8　238p　20cm　2800円　Ⓣ4-7837-1586-6

◇長野隆著作集―第壱巻　長野隆著　大阪　和泉書院　2002.8　336p　22cm〈付属資料：12P：月報 1〉　5000円　Ⓣ4-7576-0170-0

◇近代の詩人―7　萩原朔太郎　中村真一郎編・解説　潮出版社　1991.9　416p　23cm〈萩原朔太郎の肖像あり〉　5000円　Ⓣ4-267-01245-8

◇萩原朔太郎コレクション目録　日本近代文学館編　日本近代文学館　1999.3　8p　21cm（日本近代文学館所蔵資料目録 26）

◇萩原朔太郎　野村喜和夫著　中央公論新社　2011.11　278p　20cm　（中公選書 002）〈文献あり〉　1600円　Ⓣ978-4-12-110002-3

◇朔太郎と前橋　波宜亭倶楽部編著　前橋　萩原朔太郎記念水と緑と詩のまち前橋文学館　2009.3　231p　21cm〈文献あり〉

◇萩原朔太郎―入門・テキスト　萩原朔太郎著,嶋岡晨編　飯塚書店　1994.4　142p　19cm〈著者の肖像あり〉　1500円　Ⓣ4-7522-0157-7

◇のすたるぢゃ―詩人が撮ったもうひとつの原風景　萩原朔太郎写真作品　萩原朔太郎写真・詩　新潮社　1994.10　93p　20cm　（フォト・ミュゼ）　1600円　Ⓣ4-10-602403-9

◇作家の自伝―47　萩原朔太郎　萩原朔太郎著,国生雅子編解説　日本図書センター　1997.4　299p　22cm　（シリーズ・人間図書館）　2600円　Ⓣ4-8205-9489-3,4-8205-9482-6

◇朔太郎の背中　萩原隆著　深夜叢書社　2002.10　268p　20cm〈付属資料：1枚　年譜あり〉　2800円　Ⓣ4-88032-252-0

◇朔太郎とおだまきの花　萩原葉子著　新潮社　2005.8　157p　20cm　1400円　Ⓣ4-10-316807-2

◇萩原朔太郎と郷土詩人たち―郷土が結んだ詩人の絆　前橋文学館特別企画展　萩原朔太郎記念水と緑と詩のまち前橋文学館編　前橋　萩原朔太郎記念水と緑と詩のまち前橋文学館　2002.10　43p　30cm〈会期：2002年10月19日～2003年1月13日　前橋市制施行110周年記念事業〉

◇萩原朔太郎―抒情の光彩　生誕110年記念　萩原朔太郎記念水と緑と詩のまち前橋文学館編　前橋　前橋文学館　1996.8　44p　30cm

◇萩原朔太郎の音楽―われより出でて徘徊し、歩道に種を蒔きてゆく　前橋文学館特別企画展　萩原朔太郎記念水と緑と詩のまち前橋文

詩（詩史）

学館編　前橋　萩原朔太郎記念水と緑と詩のまち前橋文学館　2010.10　95p　26cm〈会期：2010年10月23日～12月19日　著作目録あり　年譜あり〉
◇日清戦争異聞萩原朔太郎が描いた戦争　樋口覚著　青土社　2008.12　157p　20cm〈文献あり〉　1800円　Ⓘ978-4-7917-6460-0
◇辰雄・朔太郎・犀星—意中の文士たち〈下〉福永武彦著　講談社　1994.11　250p　16cm　（講談社文芸文庫—現代日本のエッセイ）　940円　Ⓘ4-06-196299-X
◇萩原朔太郎　藤原定著　日本図書センター　1990.1　208,9p　22cm　（近代作家研究叢書 89）〈解説：坪内稔典　角川書店昭和26年刊の複製〉　4635円　Ⓘ4-8205-9044-8
◇萩原朔太郎記念・水と緑と詩のまち前橋文学館常設展示図録　前橋文学館編　前橋　前橋文学館　1993.12　39p　30cm〈書名は奥付による　表紙の書名：前橋文学館〉
◇朔太郎と私—現代人に息づく詩人像　水と緑と詩のまち前橋文学館編　前橋　水と緑と詩のまち前橋文学館　1995.7　215p　22cm　1500円
◇萩原朔太郎とデザイン—非日常への回路　前橋文学館特別企画展　水と緑と詩のまち前橋文学館編　前橋　水と緑と詩のまち前橋文学館　2007.9　52p　26cm〈会期：2007年9月29日～11月11日　年譜あり〉
◇北原白秋萩原朔太郎—対応詩集詩誌等の検証比較研究　宮本一宏著　福岡　櫂歌書房　1993.3　157,7p　21cm〈付・論考〉　1800円　Ⓘ4-924527-16-5
◇萩原朔太郎　三好達治著　講談社　2006.11　325p　16cm　（講談社文芸文庫）〈著作目録あり　年譜あり〉　1400円　Ⓘ4-06-198460-8
◇萩原朔太郎というメディア—ひき裂かれる近代/詩人　安智史著　森話社　2008.1　401p　22cm〈文献あり〉　5400円　Ⓘ978-4-916087-81-2
◇抒情の宿命・詩の行方—朔太郎・賢治・中也　山田兼士著　思潮社　2006.8　239p　20cm　2200円　Ⓘ4-7837-1631-5
◇萩原朔太郎の詩想と論理　米倉巌著　桜楓社　1993.5　274p　20cm　3800円　Ⓘ4-273-02629-5

◇萩原朔太郎論攷—詩学の回路/回路の思索　米倉巌著　おうふう　2002.9　655p　22cm〈文献あり〉　12000円　Ⓘ4-273-03247-3
◇萩原朔太郎—詩人の思想史　渡辺和靖著　ぺりかん社　1998.4　344,10p　20cm　3200円　Ⓘ4-8315-0838-1
◇萩原朔太郎　河出書房新社　1991.7　223p　21cm　（新文芸読本）〈萩原朔太郎の肖像あり〉　1200円　Ⓘ4-309-70160-4
◇近代作家追悼文集成—第29巻　萩原朔太郎・与謝野晶子・徳田秋声　ゆまに書房　1992.12　341p　22cm〈監修：稲村徹元　複製　萩原朔太郎ほかの肖像あり〉　7210円　Ⓘ4-89668-653-5
◇水と緑と詩のまち前橋文学館収蔵資料目録—萩原朔太郎書簡編　前橋　萩原朔太郎記念水と緑と詩のまち前橋文学館　2008.3　23p　30cm
◇水と緑と詩のまち前橋文学館収蔵資料目録—萩原朔太郎遺蔵書編　前橋　萩原朔太郎記念水と緑と詩のまち前橋文学館　2010.3　12p　30cm
◇水と緑と詩のまち前橋文学館収蔵資料目録—萩原朔太郎音楽資料編　前橋　萩原朔太郎記念水と緑と詩のまち前橋文学館　2011.3　14p　30cm
◇萩原朔太郎展—生誕125年　世田谷文学館　2011.10　111p　21cm〈会期・会場：2011年10月8日～12月4日 世田谷文学館　編集：庭山貴裕ほか　年譜あり　著作目録あり〉

◆◆日夏　耿之介（1890～1971）

◇日夏耿之介コレクション目録—1　遺愛の書画編　飯田市美術博物館編　飯田　飯田市美術博物館　〔1999〕　88p　30cm
◇日夏耿之介コレクション目録—2　書簡編　飯田市美術博物館編　飯田　飯田市美術博物館　2010.3　134p　30cm

◆◆堀口　大学（1892～1981）

◇堀口大学論—帰朝者・堀口大学の初期創作に関する考察　学位論文　東順子著　ムーゼイオン　2001.12　50p　21cm
◇黄昏の詩人—堀口大学とその父のこと　工藤

美代子著　マガジンハウス　2001.3　270p　20cm　1800円　①4-8387-1291-X

◇詩人・堀口大学と美の世界—新潟の美術 2002　新潟県立近代美術館編　長岡　新潟県立近代美術館　2002.2　71p　30cm　（新潟県立近代美術館セレクト　3）〈他言語標題：Le monde artistique de"Nico"：Daigaku Horiguchi et ses amis　会期・会場：2002年2月27日～3月19日　新潟県民会館ギャラリー　年譜あり　文献あり〉

◇父の形見草—堀口大学と私　堀口すみれ子著　文化出版局　1991.4　134p　22cm〈写真：佐藤裕〉　1600円　①4-579-30325-3

◇日本の鶯—堀口大学聞書き　堀口大学述, 関容子著　岩波書店　2010.12　413p　15cm（岩波現代文庫　B181）　1220円　①978-4-00-602181-8

◇詩人堀口大学　松本和男著　白鳳社　1996.1　520p　20cm　5000円　①4-8262-0083-8

◇堀口大学「婀娜の魚沼びと」考　松本和男著　私家版　小平　松本和男　1996.8　68p　23cm

◇堀口大学研究資料集成—第1輯　松本和男編輯　小平　松本和男　2006.3　408p　図版12p　21cm〈私家版　著作目録あり〉

◇堀口大学研究資料集成—第2輯　松本和男編輯　小平　松本和男　2006.6　389p　図版20p　21cm〈私家版〉

◇堀口大学研究資料集成—第3輯　松本和男編輯　小平　松本和男　2006.9　367p　図版24p　21cm〈私家版〉

◇堀口大学研究資料集成—第4輯　松本和男編輯　小平　松本和男　2006.12　425p　図版13p　21cm〈私家版〉

◇堀口大学研究資料集成—第5輯　松本和男編輯　小平　松本和男　2007.3　412p　図版24p　21cm〈私家版　肖像あり〉

昭和時代

◇昭和詩史—運命共同体を読む　大岡信著　思潮社　2005.1　193p　18cm　（詩の森文庫　5）　980円　①4-7837-1705-2

◇咲—昭和詩鈔美のありかを探る　熊本県立大学文学部日本語日本文学科著　〔熊本〕　熊本県立大学半藤研究室　2010.1　55p　26cm〈編集責任者：佐藤友哉〉

◇ポエジーの挑戦—昭和詩論史ノート　嶋岡晨著　京都　白地社　1996.7　263p　19cm　2500円　①4-89359-178-9

◇権力と抒情詩　田中綾著　ながらみ書房　2001.12　293p　20cm　2800円　①4-86023-058-2

◇昭和詩人論　日本現代詩研究者国際ネットワーク編　有精堂出版　1994.4　286p　22cm　8000円　①4-640-31049-8

◇昭和詩史の試み　羽生康二著　鎌倉　想像発行所　2008.3　297p　19cm〈他言語標題：Essays on the history of poetry in the Showa period　思想の科学社（発売）　文献あり〉　2000円　①978-4-7836-0105-0

◇昭和詩の発生—「三種の詩器」を充たすもの　評論集　樋口覚著　思潮社　1990.5　279p　20cm　（〈昭和〉のクリティック）　2500円　①4-7837-1529-7

◇戦中戦後詩的時代の証言—1935-1955　平林敏彦著　思潮社　2009.1　367p　20cm　3800円　①978-4-7837-1649-5

◇昭和詩史への試み—表現への架橋　馬渡憲三郎著　朝文社　1993.3　290p　20cm　2700円　①4-88695-089-2

昭和（戦前）時代

◇幻影解「大東亜戦争」—戦争に向き合わされた詩人たち　今村冬三著　福岡　葦書房　1989.8　383p　20cm　2500円

◇戦時下の詩人たち　大滝修一著　かたりべ舎　1991.2　79p　21cm　（かたりべ文庫　1）　450円

◇昭和の詩精神と居場所の喪失　佐久間隆史著　土曜美術社出版販売　2003.9　249p　20cm　2500円　①4-8120-1410-7

◇戦争のなかの詩人たち—「荒地」のまなざし　宮崎真素美著　学術出版会　2012.9　280p　22cm　（学術叢書）〈日本図書センター（発売）　索引あり〉　4800円　①978-4-284-10370-1

◇満州詩生成伝　守屋貴嗣著　翰林書房　2012.3　412p　20cm〈文献あり〉　3800円　①978-4-87737-325-2

詩（詩史）

◆◆秋山 清（1905〜1988）

◇わが解説―『ある孤独』『白い花』ほか　秋山清著　文治堂書店　2004.11　263p　19cm〈付属資料：8p：月報 no.4〉　2800円　Ⓘ4-938364-49-2

◇詩人秋山清の孤独　岡田孝一著　土曜美術社出版販売　1996.10　181p　20cm　1854円　Ⓘ4-8120-0630-9

◇秋山清の詩と思想　新藤謙著　土曜美術社出版販売　2008.6　214p　20cm　（新・現代詩人論叢書 2）　2500円　Ⓘ978-4-8120-1665-7

◆◆天野 忠（1909〜1993）

◇天野忠さんの歩み　河野仁昭著　大阪　編集工房ノア　2010.3　203p　20cm〈著作目録あり〉　2000円　Ⓘ978-4-89271-180-0

◇北園町九十三番地―天野忠さんのこと　山田稔著　大阪　編集工房ノア　2000.9　211p　20cm　1900円

◆◆伊藤 勇雄（1898〜1975）

◇伊藤勇雄の足跡―開拓の詩人　伊藤明子編　千厩町（岩手県）　伊藤弘一　1990.1　31p　26cm〈伊藤勇雄の肖像あり〉

◆◆伊藤 信吉（1906〜2002）

◇伊藤信吉展―追悼・上州烈風の詩人　伊藤信吉その文学的軌跡詩と評論　第15回企画展 図録　群馬県立土屋文明記念文学館編　群馬町（群馬県）　群馬県立土屋文明記念文学館　2003.10　76p　30cm〈会期：平成15年10月4日〜平成16年1月11日　年譜あり〉

◇伊藤信吉論―未完の近代を旅した詩人　東谷篤著　沖積舎　2010.12　365p　20cm〈年譜あり〉　3800円　Ⓘ978-4-8060-4751-3

◇伊藤信吉―群馬における文化的足跡　野口武久編　前橋　みやま文庫　2006.11　244p　19cm　（みやま文庫 184）〈肖像あり〉　1500円

◇伊藤信吉論―伊藤信吉生誕100年記念展　萩原朔太郎生誕120年記念　萩原朔太郎記念・水と緑と詩のまち前橋文学館編　前橋　萩原朔太郎記念・水と緑と詩のまち前橋文学館　2006.12　67p　26cm〈会期：2006年12月23日〜2007年1月28日　著作目録あり　年譜あり〉

◇伊藤信吉―近代詩・現代詩そして郷土詩の途　萩原朔太郎記念水と緑と詩のまち前橋文学館編　前橋　前橋文学館　1995.11　48p　30cm

◆◆井上 多喜三郎（1902〜1966）

◇近江の詩人井上多喜三郎　外村彰著　彦根　サンライズ　2002.12　199,5p　19cm　（別冊淡海文庫 10）〈肖像あり　年譜あり〉　1600円　Ⓘ4-88325-135-7

◆◆伊波 南哲（1902〜1976）

◇情熱の祝祭―愛郷詩人・伊波南哲　江波洸著　那覇　琉球新報社　2005.8　233p　19cm〈肖像あり　文献あり〉　2000円　Ⓘ4-89742-068-7

◆◆上里 春生（1897〜1939）

◇沖縄・山原の二才達　谷脇和幸著　島袋和幸　2001.2　218p　19cm〈発行所：ルンビニ社〉

◆◆江口 章子（1887〜1946）

◇女人追悼―北原白秋夫人・江口章子の生涯　杉山宮子著　流山　崙書房出版　1992.6　239p　18cm　（ふるさと文庫）　1000円

◇さすらいの歌　原田種夫著　日本図書センター　1990.3　272,9p　22cm　（近代作家研究叢書 92）〈解説：中島河太郎　新潮社昭和47年刊の複製〉　6180円　Ⓘ4-8205-9049-9

◆◆大江 満雄（1906〜1991）

◇大江満雄論―転形期・思想詩人の肖像　渋谷直人著　大月書店　2008.9　404p　20cm〈年譜あり〉　4800円　Ⓘ978-4-272-43076-5

◆◆大関 松三郎（1926〜1944）

◇大関松三郎の四季―『山芋』の少年詩人　南雲道雄著　社会思想社　1994.4　213p　15cm　（現代教養文庫）　480円　Ⓘ4-390-

詩（詩史）

11543-X

◆◆大手 拓次（1887〜1934）

◇薔薇の詩人―大手拓次の生涯　安中市ふるさと学習館編　安中　安中市ふるさと学習館　2007.10　67p　30cm〈会期：平成19年10月27日〜平成20年2月3日　肖像あり　年譜あり〉

◇大手拓次曼陀羅―日記の実像　大手拓次著, 斎田朋雄著　富岡　西毛文学社　1996.10　280p　19cm　2000円

◇山村暮鳥・大手拓次―土屋文明記念文学館第2回企画展　群馬県立土屋文明記念文学館編　群馬町（群馬県）　群馬県立土屋文明記念文学館　1996.10　65p　図版8p　30cm

◆◆尾形 亀之助（1900〜1942）

◇尾形亀之助論　秋元潔著　七月堂　1995.8　530p　16cm　2640円

◇単独者のあくび―尾形亀之助　吉田美和子著　木犀社　2010.6　452p　20cm〈文献あり　年譜あり〉　3500円　①978-4-89618-057-2

◆◆小熊 秀雄（1901〜1940）

◇小熊秀雄　岡田雅勝著　清水書院　1991.1　228p　19cm　（Century books―人と作品45）〈小熊秀雄の肖像あり〉　620円　①4-389-40045-2

◇詩人とその妻―小熊秀雄とつね子　小川恵以子著　創樹社　1993.2　247p　19cm〈小熊秀雄および小熊つね子の肖像あり〉　1800円

◇一〇〇年目の小熊秀雄〜20世紀詩のアヴァンギャルド―特別企画展　小熊秀雄著, 北海道文学館編　札幌　北海道立文学館　2001.8　75p　26cm〈会期：平成13年8月25日〜10月8日　年譜あり〉

◇小熊秀雄とその時代　田中益三, 河合修編著　三鷹　せらび書房　2002.5　243p　21cm〈年譜あり〉　2600円　①4-915961-02-8

◇小熊秀雄と池袋モンパルナス―池袋モンパルナスそぞろ歩き　玉井五一編, 池袋モンパルナスの会責任編集　オクターブ　2008.3　68p　21cm　1200円　①978-4-89231-059-1

◇灰色に立ちあがる詩人―小熊秀雄研究　塔崎健二著,『小熊秀雄研究』編纂委員会編, 高野斗志美監修　旭川　旭川振興公社　1998.3　375p　18cm　（旭川叢書　第24巻）　2500円

◇暁の網にて天を掬ひし者よ―小熊秀雄の詩の世界　法橋和彦著　未知谷　2007.3　351p　20cm　3000円　①978-4-89642-184-2

◆◆遠地 輝武（1901〜1967）

◇夢前川の河童―詩人・遠地輝武の生涯　市川宏三編著　神戸　神戸新聞総合出版センター　1994.6　311p　19cm　（姫路文庫　3）〈遠地輝武の肖像あり〉　1300円　①4-87521-071-X

◆◆金子 みすゞ（1903〜1930）

◇金子みすゞいのちのうた―2　石川教張, 山本竜雄, 尾崎文英著　JULA出版局　2003.3　123p　19cm　1000円　①4-88284-292-0

◇金子みすゞいのちのうた―1　上山大峻, 外松太恵子著　JULA出版局　2002.12　126p　19cm〈肖像あり〉　1000円　①4-88284-291-2

◇金子みすゞがうたう心のふるさと　上山大峻著　京都　自照社出版　2011.3　129p　19cm〈年表あり〉　1000円　①978-4-903858-60-9

◇童謡詩人金子みすゞ―いのちとこころの宇宙　金子みすゞ著, 矢崎節夫監修　JULA出版局　2005.1　127p　27cm〈年譜あり　表紙のタイトル：金子みすゞ〉　1800円　①4-88284-300-5

◇みすゞさんのうれしいまなざし　金子みすゞ作, 矢崎節夫著　JULA出版局　2008.7　166p　19cm　1200円　①978-4-88284-299-6

◇金子みすゞさくら道―本当に薄幸なのか　金子みすゞ詩, 田中昶恵絵・文　銀座ひさギャラリー　2011.6　118p　21cm〈発行所：アイブックス〉　1600円　①978-4-905092-02-5

◇酒井大岳と読む金子みすゞの詩　金子みすゞ詩, 酒井大岳著　ザ・ブック　2011.6　167p　20cm〈河出書房新社（発売）〉　1200円　①978-4-309-90918-9

◇金子みすゞの詩とたましい―生きる力がわく40の詩と仏さまのことば　金子みすゞ詩, 酒井大岳文　静山社　2011.8　229p　15cm

詩（詩史）

◇（静山社文庫 A-さ-1-2）〈『金子みすゞの詩と仏教』（大法輪閣2006年刊）の改題・新編集　文献あり　年譜あり〉　619円　①978-4-86389-133-3

◇金子みすゞをめぐって―Misuzu talk 3　河谷史夫,日色ともゑ,D.P.ダッチャー,上村ふさえ著,矢崎節夫聞き手　JULA出版局　2004.10　126p　19cm　1000円　①4-88284-296-3

◇金子みすゞふたたび　今野勉著　小学館　2007.10　318p　20cm〈文献あり〉　1600円　①978-4-09-387733-6

◇金子みすゞふたたび　今野勉著　小学館　2011.8　379p　15cm　（小学館文庫 こ21-1）〈2007年刊の修正　文献あり〉　657円　①978-4-09-408636-2

◇金子みすゞの詩を生きる　酒井大岳著　JULA出版局　1994.8　205p　19cm〈金子みすゞの肖像あり〉　1300円　①4-88284-087-1

◇金子みすゞの詩と仏教　酒井大岳著　大法輪閣　2006.10　233p　19cm〈年譜あり〉　1600円　①4-8046-1240-8

◇金子みすゞをめぐって―Misuzu talk 1　佐治晴夫,オギノ芳信,早坂暁,あまんきみこ著,矢崎節夫聞き手　JULA出版局　2003.9　122p　19cm　1000円　①4-88284-294-7

◇金子みすゞ詩と真実　詩と詩論研究会編　勉誠出版　2000.7　310p　20cm　2500円　①4-585-05045-0

◇金子みすゞ永遠の母性　詩と詩論研究会編　勉誠出版　2001.8　317p　20cm〈肖像あり〉　2500円　①4-585-05046-9

◇金子みすゞの世界　詩と詩論研究会編　勉誠出版　2002.7　174p　22cm　（Museo 9）〈文献あり〉　1300円　①4-585-09074-6

◇金子みすゞ花と海と空の詩　詩と詩論研究会編　勉誠出版　2003.2　292p　20cm　2500円　①4-585-05047-7

◇金子みすゞこの愛に生きる　詩と詩論研究会編　勉誠出版　2003.11　275p　20cm　2500円　①4-585-05048-5

◇金子みすゞ夭折の詩人たち　詩と詩論研究会編　勉誠出版　2004.5　291p　20cm　2500円　①4-585-05049-3

◇金子みすゞ美しさと哀しみの詩　詩と詩論研究会編　勉誠出版　2004.7　280p　20cm　2500円　①4-585-05300-X

◇金子みすゞこだまする家族愛　詩と詩論研究会編　勉誠出版　2009.4　217p　20cm　2400円　①978-4-585-05409-2

◇金子みすゞ母の心子の心　詩と詩論研究会編　勉誠出版　2009.4　221p　20cm　2400円　①978-4-585-05408-5

◇金子みすゞ永遠の抒情　詩と詩論研究会編　勉誠出版　2010.9　219p　20cm　2400円　①978-4-585-29500-6

◇金子みすゞ仏への祈り　詩と詩論研究会編　勉誠出版　2011.4　217p　20cm　2000円　①978-4-585-29501-3

◇金子みすゞ愛と願い　詩と詩論研究会編　勉誠出版　2012.8　317p　20cm〈文献あり〉　2800円　①978-4-585-29502-0

◇金子みすゞへの旅　島田陽子著　大阪　編集工房ノア　1995.8　154p　20cm　1800円

◇金子みすゞと清水澄子の詩　志村有弘著　勉誠出版　2002.11　279p　18cm　（べんせいライブラリー―青春文芸セレクション）　1000円　①4-585-10367-8

◇詩論金子みすゞ―その視点の謎　高遠信次著　東京図書出版会　1999.11　283p　19cm　2000円　①4-7952-4817-6

◇わたしの金子みすゞ　ちばてつや著　メディアファクトリー　2002.9　71p　18×19cm　1600円　①4-8401-0613-4

◇金子みすゞと尾崎翠―一九二〇・三〇年代の詩人たち　寺田操著　京都　白地社　2000.2　254p　19cm　2000円　①4-89359-208-4

◇都市文学と少女たち―尾崎翠・金子みすゞ・林芙美子を歩く　寺田操著　京都　白地社　2004.6　263p　20cm　（叢書l'esprit nouveau 16）〈年譜あり　文献あり〉　2200円　①4-89359-101-8

◇みすゞとわたし―〔昭和63年度〕　長門ロータリークラブ編　〔長門〕　長門ロータリークラブ　1989.3　44p　26cm〈奥付の書名：金子みすゞと私〔昭和63年度〕の副書名：児童感想画・感想文集〉

◇みすゞとわたし―児童感想画・感想文集 第8号　長門ロータリークラブ編　〔長門〕　長門ロータリークラブ　1995.3　44p　26cm

詩（詩史）

◇金子みすゞの世界―音とエッセイで旅する　増田れい子ほか著, 矢崎節夫監修　JULA出版局　1997.6　111p　22cm　3500円　Ⓘ4-88284-095-2

◇童謡詩人金子みすゞの生涯　矢崎節夫著　JULA出版局　1993.2　350p　22cm〈金子みすゞの肖像あり〉　3500円　Ⓘ4-88284-085-5

◇みすゞコスモス―わが内なる宇宙　矢崎節夫著　JULA出版局　1996.12　153p　20cm　1854円　Ⓘ4-88284-180-0

◇みすゞさんへの手紙　矢崎節夫選　JULA出版局　1998.7　232p　19cm　1500円　Ⓘ4-88284-182-7

◇金子みすゞこころの宇宙　矢崎節夫著　ニュートンプレス　1999.7　249p　19cm（ニュートンプレス選書 12）　1200円　Ⓘ4-315-51538-2

◇みすゞコスモス―2　矢崎節夫著　JULA出版局　2001.4　153p　20cm〈2のサブタイトル：いのちこだます宇宙〉　1800円　Ⓘ4-88284-189-4

◇金子みすゞのこころ　矢崎節夫, 里中満智子, 玄侑宗久, 荒了寛, 片岡鶴太郎ほか　佼成出版社　2002.9　149p　20cm　（ことばの花束）　1600円　Ⓘ4-333-01975-3

◇金子みすゞをめぐって―Misuzu talk 2　矢崎節夫著　JULA出版局　2003.11　122p　19cm　1000円　Ⓘ4-88284-295-5

◇あなたはあなたでいいの―金子みすゞ・ことばのまど　矢崎節夫著　ポプラ社　2005.6　219p　20cm　1200円　Ⓘ4-591-08702-6

◇みんなを好きに―金子みすゞ物語　矢崎節夫著　JULA出版局　2009.4　287p　22cm〈さし絵：上野紀子　年表あり〉　1700円　Ⓘ978-4-88284-298-9

◇金子みすゞ―没後80年 みんなちがって、みんないい。　矢崎節夫監修　JULA出版局　2010.3　127p　30cm〈年譜あり〉　1905円　Ⓘ978-4-88284-302-3

◇「総特集」金子みすゞ―没後70年　河出書房新社　2000.1　235p　21cm（Kawade夢ムック―文芸別冊）〈肖像あり　文献あり　年譜あり〉　1143円　Ⓘ4-309-97578-X

◆◆木下 夕爾（1914～1965）

◇木下夕爾ノート―望都と優情　市川速男著　講談社出版サービスセンター　1998.10　244p　20cm　2000円　Ⓘ4-87601-456-6

◇露けき夕顔の花―詩と俳句・木下夕爾の生涯　栗谷川虹著　笠岡　みさご発行所　2000.6　300p　19cm〈肖像あり　笠岡 笠岡愛の善意銀行（発売）〉　1500円

◇木下夕爾の俳句　朔多恭著　牧羊社　1991.5　247p　20cm〈木下夕爾の肖像あり〉　2200円　Ⓘ4-8333-1102-X

◇木下夕爾　朔多恭編著　蝸牛社　1993.4　170p　19cm　（蝸牛俳句文庫 8）　1400円　Ⓘ4-87661-218-8

◇木下夕爾の俳句　朔多恭著　新版　北溟社　2001.3　219p　20cm〈初版：牧羊社1991年刊　肖像あり〉　2000円　Ⓘ4-89448-153-7

◆◆原理 充雄（1907～1932）

◇西灘村の青春―原理充雄人と作品　高橋夏男著　尼崎　風来舎　2006.1　227p　20cm　2300円　Ⓘ4-89301-959-7

◆◆耕 治人（1906～1988）

◇耕治人文庫目録　熊本県立図書館, 熊本近代文学館編　熊本　熊本県立図書館　1991.3　57,21p　26cm　（熊本近代文学館目録 第2集）〈共同刊行：熊本近代文学館〉

◇耕治人とこんなご縁で　村上文昭著　国分寺　武蔵野書房　2006.12　224p　20cm　2000円　Ⓘ4-943898-66-1

◆◆今野 大力（1904～1935）

◇もっと知りたい今野大力―2002年連続講座報告　治安維持法犠牲者国家賠償要求同盟道北支部編　旭川　治安維持法犠牲者国家賠償要求同盟道北支部　2003.12　64p　26cm〈年表あり〉　800円

◆◆佐伯 郁郎（1901～1992）

◇佐伯郁郎資料展―第1回　交流詩人の手紙を中心として　佐伯研二編著　江刺　江刺市立図書館　1997.2　74p　21×30cm

詩（詩史）

◇佐伯郁郎資料展―第2回　交流作家の手紙を中心として　佐伯研二編著　江刺　江刺市立図書館　1998.2　112p　21×30cm

◇佐伯郁郎資料展―第3回　交流児童文学者の手紙を中心として　佐伯研二編　江刺　江刺市立図書館　1999.2　62p　21×30cm

◆◆佐藤　一英（1899～1979）

◇賢治・志功・一英―「児童文学」を巡る人々　一宮市博物館編　一宮　一宮市博物館　1996.4　55p　30cm

◇「児童文学」と佐藤一英　川出博章著　弘前　緑の笛本の会　1993.5　44p　9.5cm　（緑の笛豆本　第74期　第295集）〈限定版〉

◇青春時代の利一と一英―上巻　川出博章編著　限定版　弘前　緑の笛本の会　1997.1　58p　9.5cm　（緑の笛豆本　第339集）

◇青春時代の利一と一英―下巻　川出博章編著　限定版　弘前　緑の笛本の会　1997.2　62p　9.5cm　（緑の笛豆本　第340集）

◆◆更科　源蔵（1904～1985）

◇原野彷徨―更科源蔵書誌　小野寺克己編　札幌　小野寺克己　1990.7　205p　21cm〈私家版　サッポロ堂書店（発売）〉　2800円

◇更科源蔵書誌　小野寺克己編　札幌　小野寺克己　2011.9　721p　23cm〈著作目録あり　文献あり　年譜あり〉　非売品

◇詩人更科源蔵と山形　杉沼永一編著　山形　山形ビブリアの会　1993.3　137p　22cm　2000円

◇北の原野の物語―更科源蔵生誕一〇〇年　北海道文学館編　札幌　北海道立文学館　2004.7　31p　26cm〈会期：2004年7月24日～9月26日　年譜あり〉

◆◆渋江　周堂（1903～1945）

◇古川賢一郎・渋江周堂と戦争　山田かん著　諫早　山田和子　2008.12　393p　19cm〈発行所：長崎新聞社〉　1429円　⑭978-4-931493-94-0

◆◆島田　芳文（1898～1973）

◇青春の丘を越えて―詩人・島田芳文とその時代　松井義弘著　福岡　石風社　2007.11　263p　19cm　2000円　⑭978-4-88344-154-9

◆◆清水　房之丞（1903～1964）

◇清水房之丞―清水美術館蔵版　太田　清水美術館　2001.2　48p　19cm　非売品

◆◆鈴木　伸治（1912～1940）

◇岩手の農民詩人の状況―『黄海村』の伸治の場合　鈴木展充著　水沢　岩手出版　1990.9　450p　19cm〈鈴木伸治の肖像あり〉　4000円

◆◆鈴木　泰治（1912～1938）

◇プロレタリア詩人・鈴木泰治―作品と生涯　尾西康充, 岡村洋子編　大阪　和泉書院　2002.8　259p　20cm　（和泉選書　134）〈肖像あり〉　2800円　⑭4-7576-0174-3

◆◆高木　恭造（1903～1987）

◇高木恭造の青春世界　篠崎淳之介著　青森　北の街社　1995.9　253p　19cm　1600円　⑭4-87373-049-X

◇瀋陽からの手紙―父・恭造から一戸謙三へ　高木淳著　青森　北の街社　1992.9　219p　19cm　1600円　⑭4-87373-021-X

◆◆田中　冬二（1894～1980）

◇田中冬二展―青い夜道の詩人　山梨県立文学館編　甲府　山梨県立文学館　1995.9　72p　30cm

◇郷愁の詩人田中冬二　和田利夫著　筑摩書房　1991.11　472,30p　22cm〈田中冬二の肖像あり〉　7900円　⑭4-480-82293-3

◇ロマンを追った詩人田中冬二展―特別企画展　郡山　こおりやま文学の森　2010.10　40p　30cm〈会期・会場：平成22年10月30日～12月5日　郡山市文学資料館企画展示室　年譜あり〉

◆◆永瀬 清子（1906～1995）

◇永瀬清子の詩の世界―資料集　赤磐市教育委員会熊山分室編　赤磐　赤磐市教育委員会熊山分室　2012.3　54p　30cm
◇女性史の中の永瀬清子―戦前・戦中篇　井久保伊登子著　ドメス出版　2007.1　482p　20cm〈肖像あり　年譜あり　文献あり〉　3500円　①978-4-8107-0670-3
◇女性史の中の永瀬清子―戦後篇　井久保伊登子著　ドメス出版　2009.1　570p　20cm〈文献あり　年譜あり　索引あり〉　4000円　①978-4-8107-0713-7
◇永瀬清子　井坂洋子著　五柳書院　2000.11　237p　20cm　（五柳叢書）〈年譜あり〉　2000円　①4-906010-89-X
◇永瀬清子資料目録―雑誌　熊山町教育委員会編　熊山町（岡山県）　熊山町教育委員会　2001.3　247p　30cm
◇永瀬清子資料目録―図書　熊山町教育委員会編　熊山町（岡山県）　熊山町教育委員会　2002.3　189p　30cm
◇永瀬清子資料目録追補―図書・雑誌　熊山町教育委員会編　熊山町（岡山県）　熊山町教育委員会　2004.10　179p　30cm
◇永瀬清子とともに―『星座の娘』から『あけがたにくる人よ』まで　藤原菜穂子著　思潮社　2011.6　259p　20cm〈文献あり　著作目録あり〉　2600円　①978-4-7837-1670-9

◆◆中野 鈴子（1906～1958）

◇詩人中野鈴子の生涯　稲木信夫著　光和堂　1997.11　283p　20cm　2400円　①4-87538-114-X
◇すずこ記―詩人中野鈴子の青春　稲木信夫著　福井　しんふくい出版（製作）　2006.1　216p　20cm〈私家版　文献あり〉　1980円
◇中野鈴子　大牧冨士夫編著　北方町（岐阜県）　幻野工房　1997.9　674p　22cm　2500円
◇ある戦後史―中野鈴子とその周辺　小辻幸雄著　福井　ゆきのした文化協会　1997.12　317p　21cm　2000円

◆◆西原 正春（1912～1945）

◇西原正春の青春と詩―幻の詩集　西原正春著, 草倉哲夫編著　朝倉　朝倉書林　2010.10　137p　21cm〈年譜あり〉　500円
◇西原正春の青春と詩―幻の詩集　西原正春著, 草倉哲夫編著　増補改訂版　朝倉　朝倉書林　2011.8　221p　21cm〈年譜あり〉　1000円

◆◆野田 宇太郎（1909～1984）

◇背に廻った未来―小郡市政30周年・野田宇太郎文学資料館15周年記念誌　小郡　野田宇太郎文学資料館　2002.12　243p　26cm〈肖像あり　年譜あり　年表あり〉
◇蝶を追ふ―野田宇太郎生誕一〇〇年　小郡　野田宇太郎文学資料館　2010.3　94p　26cm（野田宇太郎文学資料館ブックレット　8）

◆◆長谷川 善雄（1898～1955）

◇長谷川善雄歴観　松岡秀隆著　福崎町（兵庫県）　松岡秀隆　2008.7　129p　21cm　1500円

◆◆原田 種夫（1901～1989）

◇九州文壇日記　原田種夫著, 志村有弘責任編集　叢文社　1991.2　400p　22cm〈著者の肖像あり〉　9800円　①4-7947-0179-9
◇ペンの悦び―原田種夫の世界　福岡市総合図書館文学・文書課編　福岡　福岡市総合図書館文学・文書課　2004.2　36p　30cm　（クローズアップ・Fukuoka 福岡市文学館企画展 2）〈会期・会場：平成16年2月10日～3月21日 福岡市文学館　年譜あり　著作目録あり〉
◇原田種夫文庫目録―作家原田種夫　福岡市民図書館編　福岡　福岡市民図書館　1993.11　600p　26cm

◆◆半谷 三郎（1902～1944）

◇ある詩人の肖像―評伝半谷三郎　小堀文一著　三一書房　2000.8　173p　20cm〈肖像あり〉　1600円　①4-380-00208-X

詩（詩史）

◆◆逸見 猶吉（1907〜1946）

◇逸見猶吉ウルトラマリンの世界　尾崎寿一郎著　千葉　尾崎寿一郎　2004.9　303p　20cm
◇逸見猶吉―火襤褸篇　尾崎寿一郎著　川崎　漉林書房　2006.12　143p　19cm　1600円
◇詩人逸見猶吉　尾崎寿一郎著　コールサック社　2011.11　397p　20cm〈付属資料：7p：栞解説文　鈴木比佐雄著　文献あり〉　2000円　①978-4-86435-037-2

◆◆真壁 仁（1907〜1984）

◇真壁仁とともに　斎藤たきち, 木村迪夫, 星寛治著　山形　東北芸術工科大学東北文化研究センター　2000.12　48p　21cm　（東北文化の広場 3）〈著作目録あり〉　500円
◇真壁仁を取りまく詩人たち―第1集　杉沼永一編著　山形　山形Bibliaの会　1994.7　168p　22cm　3000円
◇真壁仁を取りまく詩人たち―第2集　杉沼永一編著　山形　山形Bibliaの会　1996.7　170p　22cm　3000円

◆◆槙村 浩（1912〜1938）

◇暗黒の中の光芒―小林多喜二・緑川英子・槙村浩　高知　平和資料館・草の家　1994.8　73p　21cm　（草の家ブックレット 5）　600円

◆◆増田 晃（1915〜1943）

◇生き残りの記―『嫁菜の記』その後　鈴木利子著　講談社出版サービスセンター　2007.3　134p　20cm　①978-4-87601-804-8

◆◆村井 武生（1904〜1946）

◇村井武生（詩人・人形劇研究家）年譜表　滝口征士著　増補版　金沢　ふるさと資料普及会　1993.10　1冊（頁付なし）　26cm〈電子複写〉　555円

◆◆森 三千代（1901〜1977）

◇金子光晴と森三千代―おしどりの歌に萌える牧羊子著　マガジンハウス　1992.6　204p　20cm〈金子光晴, 森三千代の肖像あり〉　1300円　①4-8387-0282-5

◆◆山中 散生（1905〜1977）

◇山中散生書誌年譜　黒沢義輝編　丹精社　2005.10　237p　23cm〈肖像あり　他言語標題：Tiroux Yamanaka chronologie et bibliographie　著作目録あり　明文書房（発売）　文献あり〉　6800円　①4-8391-1013-1

◆◆矢山 哲治（1918〜1943）

◇矢山哲治　近藤洋太著　小沢書店　1989.9　240p　20cm〈矢山哲治の肖像あり〉　3090円
◇矢山哲治と「こをろ」の時代　杉山武子著　績文堂出版　2010.5　250p　20cm〈文献あり〉　1600円　①978-4-88116-072-5
◇「こをろ」の時代―矢山哲治と戦時下の文学　田中岬太郎著　福岡　葦書房　1989.7　254p　20cm〈矢山哲治の肖像あり〉　2200円

◆◆吉川 行雄（1907〜1937）

◇月夜の詩人吉川行雄　矢崎節夫著　川崎　てらいんく　2007.8　474p　22cm〈肖像あり　年譜あり〉　3600円　①978-4-86261-010-2

◆◆渡辺 修三（1903〜1978）

◇石の下のこおろぎ―詩人渡辺修三の世界　本多寿著　高岡町（宮崎県）　本多企画　1994.9　232p　21cm　2000円

◆『四季』

◇『四季』派詩人の詩想と様式　米倉巌著　おうふう　1997.3　272p　19cm　3090円　①4-273-02952-9

◆◆伊東 静雄（1906〜1953）

◇伊東静雄青春書簡―詩人への序奏　伊東静雄著, 大塚梓, 田中俊広編　高岡町（宮崎県）　本多企画　1997.12　241p　22cm　3000円　①4-89445-028-3

◇作家の自伝—69　伊東静雄　伊東静雄著, 久米依子編解説　日本図書センター　1998.4　244p　22cm　〈シリーズ・人間図書館〉　2600円　①4-8205-9513-X,4-8205-9504-0

◇伊東静雄日記詩へのかどで　伊東静雄著, 柊和典, 吉田仙太郎, 上野武彦編　思潮社　2010.3　523p　20cm　〈表紙のタイトル：詩へのかどで　年譜あり〉　7600円　①978-4-7837-2356-1

◇詩人、その生涯と運命　小高根二郎著　日本図書センター　1990.1　967,10p　22cm　〈近代作家研究叢書 78〉〈解説：田中俊広　新潮社昭和40年刊の複製〉　16480円　①4-8205-9033-2

◇詩人の夏—西脇順三郎と伊東静雄　城戸朱理著　横浜　矢立出版　1994.6　57p　26cm　800円　①4-946350-23-3

◇伊東静雄　杉本秀太郎著　講談社　2009.5　336p　16cm　〈講談社文芸文庫〉〈著作目録あり　年譜あり〉　1600円　①978-4-06-290049-2

◇雑誌コギトと伊東静雄　高橋渡著　双文社出版　1992.6　286p　20cm　3200円　①4-88164-344-4

◇痛き夢の行方伊東静雄論　田中俊広著　日本図書センター　2003.2　259p　22cm　〈年譜あり〉　4800円　①4-8205-8768-4

◇伊東静雄論・中原中也論　永藤武著　おうふう　2002.2　485p　22cm　〈肖像あり〉　8800円　①4-273-03216-3

◇伊東静雄　野村聡著　審美社　1996.6　188p　20cm　2575円　①4-7883-4076-3

◇伊東静雄—詠唱の詩碑　溝口章著　土曜美術社出版販売　1998.8　213p　20cm　〈現代詩人論叢書 11〉　2500円　①4-8120-0721-6

◇伊東静雄と大阪/京都　山本皓造著　長岡京　竹林館　2002.5　155p　19cm　〈ソフィア叢書 no.5〉　1400円　①4-86000-016-1

◇近代作家追悼文集成—第35巻　伊東静雄・折口信夫・堀辰雄　ゆまに書房　1997.1　401p　22cm　8240円　①4-89714-108-7

◆◆蔵原　伸二郎（1899～1965）

◇蔵原伸二郎研究　岩本晃代著　双文社出版　1998.10　286p　22cm　7500円　①4-88164-522-6

◇蔵原伸二郎と飯能　町田多加次著　飯能『蔵原伸二郎と飯能』刊行委員会　2000.8　257p　19cm　〈浦和　さきたま出版会（製作・発売）〉　1714円　①4-87891-354-1

◆◆杉山　平一（1914～2012）

◇詩人杉山平一論—星と映画と人間愛と　佐古祐二著　長岡京　竹林館　2002.10　224p　19cm　〈肖像あり〉　1800円　①4-86000-024-2

◇杉山平一青をめざして　安水稔和著　大阪　編集工房ノア　2010.6　235p　20cm　2300円　①978-4-89271-183-1

◆◆竹中　郁（1904～1982）

◇竹中郁詩人さんの声　安水稔和著　大阪　編集工房ノア　2004.6　347p　20cm　2500円　①4-89271-126-8

◆◆立原　道造（1914～1939）

◇立原道造　宇佐美斉著　新装版　筑摩書房　2006.11　275p　19cm　〈肖像あり　年譜あり　文献あり〉　2400円　①4-480-82359-X

◇立原道造と山崎栄治—困難な時代の蜜房　影山恒男著　双文社出版　2004.3　230p　20cm　4200円　①4-88164-558-7

◇三好達治と立原道造—感受性の森　国中治著　至文堂　2005.12　315p　20cm　3238円　①4-7843-0257-3

◇立原道造—永遠に青春の詩人として佇つことの宿命　久保木宗一著　前橋　風塵舎　2005.12　56p　21cm　1500円

◇僕の一歩はいつもそちらに向いてゐる—立原道造論　自家版　佐藤実著　盛岡　ボワ社　2004.10　119p　21cm

◇深沢紅子と立原道造　佐藤実著　杜陵高速印刷出版部　2005.7　216p　21cm　〈肖像あり〉　1715円　①4-88781-107-1

◇抒情の光芒—立原道造への旅　田代俊一郎著　高岡町（宮崎県）　本多企画　1989.9　153p　18cm　〈立原道造の肖像あり〉　850円

◇立原道造への旅—夢はそのさきにはもうゆかない　田代俊一郎文　福岡　書肆侃侃房

詩（詩史）

2008.12 191p 19cm〈写真：井手高太郎 文献あり 年譜あり〉 1500円 ⓘ978-4-902108-92-7

◇立原道造と堀辰雄―往復書簡を中心として 立原道造,堀辰雄著,立原道造記念館研究資料室編 立原道造記念館 2000.3 137p 30cm（Hyacinth edition no.8）〈開館3周年記念特別展：2000年3月25日～9月24日〉 ⓘ4-925086-07-3

◇ふるさとの夜に寄す―開館記念特別展 立原道造記念館研究資料室編 立原道造記念館 1997.3 39p 30cm（Hyacinth・edition no.1） ⓘ4-925086-00-6

◇立原道造と『四季』の詩人たち―秋期企画展 立原道造記念館研究資料室編 立原道造記念館 1997.10 23p 30cm（Hyacinth edition no.2） ⓘ4-925086-01-4

◇立原道造と生田勉―建築へのメッセージ 開館一周年記念特別展 立原道造記念館研究資料室編 立原道造記念館 1998.3 26p 30cm（Hyacinth edition no.3） ⓘ4-925086-02-2

◇「優しき歌」の世界―立原道造と水戸部アサイ 没後六〇年記念特別展 立原道造記念館研究資料室編 立原道造記念館 1999.3 91p 30cm（Hyacinth・edition no.4） ⓘ4-925086-03-0

◇答のない問ひ―立原道造の詩 限定私家版 徳光方夫著 〔西宮〕 徳光方夫 1999.1 24p 26cm 非売品

◇立原道造の詩学 名木橋忠大著 双文社出版 2012.7 298p 22cm 4000円 ⓘ978-4-88164-610-6

◇立原道造 野村聡著 双文社出版 2006.2 233p 20cm〈年譜あり 文献あり〉 3200円 ⓘ4-88164-569-2

◇立原道造 長谷川泉監修,宮本則子編 至文堂 2001.5 568p 21cm（「国文学解釈と鑑賞」別冊）〈文献あり 年譜あり〉 2857円

◇立原道造と小場晴夫―大学時代の友として 秋季企画展 宮本則子編 立原道造記念館 2001.10 151p 30cm（Hyacinth edition no.9）〈会期：2001年10月4日～12月24日 年譜あり〉 ⓘ4-925086-08-1

◇立原道造と杉浦明平―往復書簡を中心として 開館五周年記念特別展 宮本則子編 立原道造記念館 2002.3 129p 30cm〈会期：2002年3月30日～9月29日〉 ⓘ4-925086-09-X

◇天才・立原道造の建築世界―1914-1939 武藤秀明著 文芸社 2006.3 196p 19cm〈肖像あり〉 1300円 ⓘ4-286-00937-8

◇立原道造と伝統詩 持田季未子著 新典社 1991.6 117p 19cm（叢刊・日本の文学 18） 1009円 ⓘ4-7879-7518-8

◇啄木・道造の風かほる盛岡 山崎益矢著 文芸社 2001.4 283p 19cm 1800円 ⓘ4-8355-0041-5

◇恋しくて来ぬ啄木郷 山崎益矢著 文芸社 2012.11 438p 15cm〈文献あり 年譜あり〉 740円 ⓘ978-4-286-12763-7

◇たてに書かれたソネット―立原道造と中原中也 山下利昭著 塩尻 松本歯科大学出版会 2000.2 268p 21cm 2300円 ⓘ4-944171-06-4

◇四季―立原道造追悼号 復刻版 立原道造記念館 2003.3 84p 23cm（Hyacinth edition no.11）〈付属資料：1枚：刊行覚書 原本：「四季 七月号」（四季社1939年刊） 肖像あり ホルダー入 外箱入〉 2200円 ⓘ4-925086-10-3

◆◆津村 信夫（1909～1944）

◇戸隠の絵本―津村信夫その愛と詩 堀井正子作・構成,中村仁絵・写真 長野 信濃毎日新聞社 1999.2 127p 15×21cm 1600円 ⓘ4-7840-9819-4

◆◆中原 中也（1907～1937）

◇中原中也 青木健編著 河出書房新社 1993.1 207p 22cm（年表作家読本） 1800円 ⓘ4-309-70054-3

◇中原中也―盲目の秋 青木健著 河出書房新社 2003.5 312p 20cm〈文献あり〉 2800円 ⓘ4-309-01547-6

◇中原中也―永訣の秋 青木健著 河出書房新社 2004.2 368p 20cm〈文献あり〉 3000円 ⓘ4-309-01611-1

◇中原中也再見―もう一つの銀河 青木健著 角川学芸出版 2007.11 211p 19cm（角川学芸ブックス）〈角川グループパブリッシ

詩(詩史)

ング(発売) 文献あり〉 1429円 ⓘ978-4-04-651999-3
◇知れざる炎―評伝中原中也 秋山駿著 講談社 1991.5 478p 16cm (講談社文芸文庫) 1000円 ⓘ4-06-196126-8
◇中原中也―中也と心平の青春交友 図録 いわき市立草野心平記念文学館編 いわき いわき市立草野心平記念文学館 2001.7 67p 30cm 〈会期:2001年7月7日〜8月26日〉
◇中原中也とランボー 宇佐美斉著 筑摩書房 2011.9 245p 20cm 2600円 ⓘ978-4-480-82371-7
◇中原中也写真集 内田伸編 山口 山口市歴史民俗資料館 1990 47p 21cm
◇中原中也写真集 内田伸編 山口 山口市観光協会 1994.9 47p 21cm
◇中原中也論 大井康暢著 土曜美術社出版販売 1998.7 481p 20cm 4000円 ⓘ4-8120-0717-8
◇大井康暢著作集―第6巻 抒情のエゴイズム―中原中也論集成 大井康暢著 沖積舎 2011.6 616p 20cm 〈索引あり〉 4300円 ⓘ978-4-8060-6667-5
◇中原中也 大岡昇平著 講談社 1989.2 366p 16cm (講談社文芸文庫) 740円 ⓘ4-06-196037-7
◇群像日本の作家―15 中原中也 大岡信ほか編,中沢けいほか著 小学館 1991.6 333p 20cm 〈中原中也の肖像あり〉 1800円 ⓘ4-09-567015-0
◇解読・中原中也の詩 太田静一著 鳥影社 1991.2 204p 19cm 〈星雲社(発売)〉 2300円 ⓘ4-7952-5156-8
◇中原中也の詩と生活 太田静一著 諏訪 鳥影社 1995.7 186p 19cm 1800円 ⓘ4-7952-7588-2
◇中原中也「在りし日の歌」全釈 太田静一著 鳥影社 1997.7 329p 20cm 2200円 ⓘ4-7952-9438-0
◇文体を読む 岡崎和夫著 青山学院女子短期大学 1992.3 233p 図版12枚 19cm (青山学院女子短期大学学芸懇話会シリーズ 18) 非売品
◇中原中也―名づけ得ぬものへ 岡崎和夫著 新典社 2005.8 350p 19cm (日本の作家 55) 〈肖像あり 年譜あり〉 2800円

ⓘ4-7879-7055-0
◇希求の詩人・中原中也 笠原敏雄著 〔柏〕麗沢大学出版会 2004.11 410p 20cm 〈柏 広池学園事業部(発売) 年譜あり 文献あり〉 2800円 ⓘ4-89205-486-0
◇中原中也と詩の近代 加藤邦彦著 角川学芸出版 2010.3 397,16p 22cm 〈角川グループパブリッシング(発売)〉 6000円 ⓘ978-4-04-653603-7
◇近代の詩人―10 中原中也 加藤周一編・解説 潮出版社 1991.11 366p 23cm 〈中原中也の肖像あり〉 5000円 ⓘ4-267-01248-2
◇中原中也と富永太郎展―二つのいのちの火花 神奈川文学振興会編 横浜 県立神奈川近代文学館 2007.4 64p 26cm 〈会期・会場:2007年4月21日〜6月3日 県立神奈川近代文学館 共同刊行:神奈川文学振興会 年譜あり〉
◇中原中也詩に生きて―図録 鎌倉市芸術文化振興財団編 鎌倉 鎌倉市芸術文化振興財団 2007.10 63p 15×19cm 〈会期:平成19年10月6日〜12月16日 年譜あり〉
◇中原中也の世界 北川透著 紀伊国屋書店 1994.1 213p 20cm (精選復刻紀伊国屋新書) 1800円 ⓘ4-314-00635-8
◇詩の近代を超えるもの―透谷・朔太郎・中也など 評論集 北川透著 思潮社 2000.9 281p 20cm (詩論の現在 2) 2900円 ⓘ4-7837-1596-3
◇中原中也論集成 北川透著 思潮社 2007.10 748p 20cm 〈文献あり〉 6800円 ⓘ978-4-7837-1638-9
◇深層の抒情―宮沢賢治と中原中也 倉橋健一著 横浜 矢立出版 1992.7 302p 20cm (宮沢賢治論叢書 2) 〈奥付の書名(誤植):抒情の深層〉 2500円 ⓘ4-946350-02-0
◇空の歌―中原中也と富永太郎の現代性 権田浩美著 翰林書房 2011.10 430p 22cm 4200円 ⓘ978-4-87737-320-7
◇中原中也 佐々木幹郎著 筑摩書房 1994.11 305p 15cm (ちくま学芸文庫) 1000円 ⓘ4-480-08162-3
◇中原中也悲しみからはじまる 佐々木幹郎著 みすず書房 2005.9 151p 19cm (理想の教室) 〈文献あり〉 1300円 ⓘ4-622-

日本近現代文学案内 523

詩（詩史）

◇中原中也悲しみからはじまる　佐々木幹郎著　日本点字図書館（製作）　2011.3　2冊　27cm〈厚生労働省委託　原本：みすず書房2005 理想の教室〉　全3600円
◇中原中也という場所　佐藤泰正著　思潮社　2008.5　413p　20cm　4800円　①978-4-7837-1644-0
◇中原中也展―汚れつちまつた悲しみに…　特別展　仙台文学館編　仙台　仙台文学館　2002.9　55p　26cm〈会期：平成14年9月7日～10月20日〉
◇中原中也の時代　長沼光彦著　笠間書院　2011.2　384p　22cm〈他言語標題：THE AGE OF TYUYA NAKAHARA　文献あり　年譜あり〉　3800円　①978-4-305-70530-3
◇中原中也―魂とリズム　長野隆編　有精堂出版　1992.2　271p　22cm〈日本文学研究資料新集 28〉　3650円　①4-640-30977-5
◇作家の自伝―54　中原中也　中原中也著, 吉田煕生編解説　日本図書センター　1997.4　304p　22cm〈シリーズ・人間図書館〉　2600円　①4-8205-9496-6,4-8205-9482-6
◇風呂で読む中原中也　中原中也著, 阿毛久芳著　京都　世界思想社　1998.1　104p　19cm　951円　①4-7907-0687-7
◇名言中原中也　中原中也著, 彩図社文芸部編纂　彩図社　2007.6　189p　19cm〈年譜あり〉　1000円　①978-4-88392-597-1
◇名言中原中也　中原中也述, 彩図社文芸部編纂　彩図社　2010.12　189p　15cm〈文献あり　年表あり〉　571円　①978-4-88392-770-8
◇中原中也―その頃の生活　日記〈一九三六年〉他　中原中也著　日本図書センター　2012.4　251p　20cm　〈人間の記録 200）〈「作家の自伝 54」（1997年刊）の改題　年譜あり〉　1800円　①978-4-284-70076-4
◇私の上に降る雪は―わが子中原中也を語る　中原フク述, 村上護編　講談社　1998.6　300p　16cm〈講談社文芸文庫〉　1200円　①4-06-197620-6
◇『歴程』と中原中也―特別企画展　中原中也記念館編　山口　中原中也記念館　2008.7　40p　21cm〈会期・会場：2008年7月30日～9月28日　中原中也記念館　年表あり〉

◇伊東静雄論・中原中也論　永藤武著　おうふう　2002.2　485p　22cm〈肖像あり〉　8800円　①4-273-03216-3
◇中原中也―言葉なき歌　中村稔著　筑摩書房　1990.11　284p　19cm〈筑摩叢書 343〉〈『言葉なき歌・中原中也論』（角川書店昭和48年刊）の増補版〉　1850円　①4-480-01343-1
◇中原中也研究　中村稔編　日本図書センター　1993.1　256,9p　22cm（近代作家研究叢書 127）〈解説：北川透　書肆ユリイカ1959年刊の複製〉　5665円　①4-8205-9228-9,4-8205-9221-1
◇中也を読む―詩と鑑賞　中村稔著　青土社　2001.7　288p　20cm〈年譜あり〉　2200円　①4-7917-5897-8
◇中原中也私論　中村稔著　思潮社　2009.9　354p　20cm　2800円　①978-4-7837-1656-3
◇塹壕と模倣―鮎川信夫・北川透・中原中也　成田昭男著　東郷町（愛知県）　幻原社　2011.4　480p　22cm　3000円
◇文圃堂こぼれ話―中原中也のことども　野々上慶一著　小沢書店　1998.3　236p　20cm　2200円　①4-7551-0362-2
◇中也ノオト―私と中原中也　野々上慶一著　鎌倉　かまくら春秋社　2003.9　126p　20cm〈肖像あり　年譜あり〉　1500円　①4-7740-0243-7
◇中原中也―キリスト教とダダイズム　長谷川晃著　札幌　響文社　2009.6　204p　20cm　2200円　①978-4-87799-059-6
◇接続する中也　疋田雅昭著　笠間書院　2007.5　246,7p　22cm　2800円　①978-4-305-70351-4
◇三人の聲音―大岡昇平・富永太郎・中原中也　樋口覚著　五柳書院　1994.2　174p　20cm　（五柳叢書 40）　1700円　①4-906010-61-X
◇中原中也―いのちの声　樋口覚著　講談社　1996.2　266p　19cm〈講談社選書メチエ 68〉　1500円　①4-06-258068-3
◇中原中也天体の音楽　樋口覚著　青土社　2007.11　252p　20cm　2200円　①978-4-7917-6375-7
◇中原中也帝都慕情　福島泰樹著　日本放送出版協会　2007.2　317p　19cm〈文献あり〉　1400円　①978-4-14-081176-4

詩（詩史）

◇誰も語らなかった中原中也　福島泰樹著　PHP研究所　2007.5　317p　18cm　（PHP新書）〈文献あり〉　800円　①978-4-569-69253-1

◇中原中也と維新の影　堀雅昭著　福岡　弦書房　2009.7　270p　21cm〈年譜あり　文献あり〉　2200円　①978-4-86329-022-8

◇中原中也のこころ　山折哲雄、柴門ふみ、福島泰樹、岡井隆、久世光彦、柳田邦男著　俊成出版社　2004.6　152p　20cm　（ことばの花束）〈年譜あり〉　1600円　①4-333-02060-3

◇たてに書かれたソネット―立原道造と中原中也　山下利昭著　塩尻　松本歯科大学出版会　2000.2　268p　21cm　2300円　①4-944171-06-4

◇抒情の宿命・詩の行方―朔太郎・賢治・中也　山田兼士著　思潮社　2006.8　239p　20cm　2200円　①4-7837-1631-5

◇中原中也論―中也のなかの横浜　ゆりはじめ著　新版　マルジュ社　2002.4　333p　20cm〈折り込1枚　文献あり　著作目録あり〉　2800円　①4-89616-133-5

◇中原中也の詩　吉田煕生述、愛知県教育サービスセンター編　名古屋　第一法規出版東海支社　1993.3　28p　21cm　（県民大学叢書　35）　250円

◇評伝中原中也　吉田煕生著　東京書籍　1996.5　313p　16cm　（講談社文芸文庫―現代日本の評伝）　980円　①4-06-196371-6

◇中原中也―生と身体の感覚　吉竹博著　新曜社　1996.3　277p　20cm　2266円　①4-7885-0552-5

◇中原中也―メディアの要請に応える詩　渡辺浩史著　れんが書房新社　2012.7　249p　20cm　2000円　①978-4-8462-0385-6

◇中原中也　河出書房新社　1991.2　223p　21cm　（新文芸読本）〈中原中也の肖像あり〉　1200円　①4-309-70157-4

◇近代作家追悼文集成―第26巻　牧野信一・中原中也・岡本綺堂　ゆまに書房　1992.12　273p　22cm〈監修：稲村徹元　複製　牧野信一ほかの肖像あり〉　6489円　①4-89668-650-0

◇中原中也―鎌倉の軌跡　特別展　〔鎌倉〕　鎌倉市教育委員会　1998.10　24p　30cm

◇中原中也を読む　笠間書院　2006.7　185p　19cm　（笠間ライブラリー―梅光学院大学公開講座論集　第54集）〈下位シリーズの責任表示：佐藤泰正編〉　1000円　①4-305-60255-5

◇映像としての中也のことば　山口　山口情報芸術センター　c2007　1冊（ページ付なし）　21cm〈会期・会場：2006年11月3日～2007年1月8日　山口情報芸術センター　他言語標題：Imaginary Chuya　編集：土居美智子ほか〉　2000円

◇日仏合同企画『中原中也―日仏近代詩の交感』記録集　〔山口〕　中原中也の会　2010.2　64p　30cm

◆◆◆「山羊の歌」

◇中原中也「山羊の歌」全釈　太田静一著　鳥影社　1996.10　295p　20cm　2300円　①4-7952-6373-6

◇山羊の歌―中原中也詩集　中原中也著, 佐々木幹郎編　角川書店　1997.6　252p　15cm　（角川文庫）　440円　①4-04-117102-4

◆◆丸山　薫（1899～1974）

◇西川町岩根沢春秋―詩人丸山薫を囲む人々　池上久治郎著　西川町（山形県）　池上ミヨ子　2006.6　159p　24cm〈肖像あり　年譜あり〉

◇丸山薫と岩根沢　井上雄次著　東京書籍　1997.4　333p　20cm　2000円　①4-487-79801-9

◇昭和詩の抒情―丸山薫・〈四季派〉を中心に　岩本晃代著　双文社出版　2003.10　357p　22cm〈文献あり〉　6000円　①4-88164-552-8

◇舷灯はるかに―詩人・丸山薫の生涯と風土　長谷川敬著　和光　木食工房　1999.2　410p　19cm　3000円

◇涙した神たち―丸山薫とその周辺　八木憲爾著　東京新聞出版局　1999.10　331p　20cm　2500円　①4-8083-0677-8

◆『歴程』

◇「歴程」の軌跡展―図録　いわき市立草野心平記念文学館編　いわき　いわき市立草野

詩（詩史）

心平記念文学館　2008.10　77p　30cm　〈会期・会場：2008年10月4日～12月14日　いわき市立草野心平記念文学館　年表あり〉

◆◆小野 十三郎（1903～1996）

◇小野十三郎ノート—別冊　寺島珠雄著　大阪　松本工房　1997.10　253p　20cm　2300円　Ⓘ4-944055-31-5

◇小野十三郎の二日間—傘寿を迎える初春に　橋本照嵩写真集　橋本照嵩著　大阪　澪標　1999.11　95p　24cm　2381円　Ⓘ4-944164-34-3

◇小野十三郎論—風景にうたは鳴るか　明珍昇著　土曜美術社出版販売　1996.5　247p　20cm　（現代詩人論叢書 8）　2575円　Ⓘ4-8120-0591-4

◇小野十三郎—歌とは逆に歌　安水稔和著　大阪　編集工房ノア　2005.4　387p　20cm　〈著作目録あり　文献あり〉　2600円　Ⓘ4-89271-133-0

◇小野十三郎を読む　山田兼士, 細見和之編　思潮社　2008.9　267p　20cm　2800円　Ⓘ978-4-7837-1645-7

◆◆金子 光晴（1895～1975）

◇金子光晴論—世界にもう一度revoltを！　石黒忠著　土曜美術社　1991.11　289p　20cm　（現代詩人論叢書 3）　2500円　Ⓘ4-88625-347-4

◇個人のたたかい—金子光晴の詩と真実　茨木のり子作　童話屋　1999.11　153p　16cm　1250円　Ⓘ4-88747-008-8

◇放浪—金子光晴を書く　加藤曙見著作集　加藤曙見著　ジャパンビルド　2005.11　55p　19×19cm　500円　Ⓘ4-916212-15-0

◇詩人—金子光晴自伝　金子光晴著　講談社　1994.7　271p　16cm　（講談社文芸文庫—現代日本のエッセイ）　980円　Ⓘ4-06-196281-7

◇作家の自伝—13　金子光晴　金子光晴著, 首藤基澄解説　日本図書センター　1994.10　281p　22cm　（シリーズ・人間図書館）〈監修：佐伯彰一, 松本健一　著者の肖像あり〉　2678円　Ⓘ4-8205-8014-0,4-8205-8001-9

◇金子光晴旅の形象—アジア・ヨーロッパ放浪の画集　金子光晴著, 今橋映子編著　平凡社　1997.3　166p　19×19cm　2884円　Ⓘ4-582-82905-8

◇金子光晴の詩法の変遷—その契機と軌跡　金雪梅著　福岡　花書院　2011.3　361p　21cm　（比較社会文化叢書 20）〈年譜あり　文献あり〉　2500円　Ⓘ978-4-905324-01-0

◇狂骨の詩人金子光晴　竹川弘太郎著　現代書館　2009.7　242p　20cm　1900円　Ⓘ978-4-7684-5612-5

◇金子光晴散歩帖—1972.3-1975.6　峠彩三撮影・文　アワ・プランニング　2002.3　1冊（ページ付なし）　28cm　〈現代書館（発売）〉　3500円　Ⓘ4-7684-8896-X

◇金子光晴—〈戦争〉と〈生〉の詩学　中村誠著　笠間書院　2009.4　383,8p　20cm　〈年譜あり　索引あり〉　2800円　Ⓘ978-4-305-70470-2

◇金子光晴を読もう　野村喜和夫著　未来社　2004.7　199p　19cm　2200円　Ⓘ4-624-60101-7

◇評伝金子光晴　原満三寿著　北溟社　2001.12　709p　22cm　6000円　Ⓘ4-89448-246-0

◇金子光晴とすごした時間　堀木正路著　現代書館　2003.11　262p　20cm　2200円　Ⓘ4-7684-6869-1

◇金子光晴と森三千代—おしどりの歌に萌える　牧羊子著　マガジンハウス　1992.6　204p　20cm　〈金子光晴, 森三千代の肖像あり〉　1300円　Ⓘ4-8387-0282-5

◇金子光晴と森三千代　牧羊子著　中央公論社　1996.3　239p　16cm　（中公文庫）　600円　Ⓘ4-12-202557-5

◇父・金子光晴伝—夜の果てへの旅　森乾著　書肆山田　2002.5　399p　20cm　2800円　Ⓘ4-87995-542-6

◇金子光晴　新潮社　1994.2　111p　20cm　（新潮日本文学アルバム 45）〈編集・評伝：原満三寿　エッセイ：沢木耕太郎　金子光晴の肖像あり〉　1300円　Ⓘ4-10-620649-8

◆◆草野 心平（1903～1988）

◇草野心平—その人と芸術展—図録　いわき市立美術館編　いわき　いわき市立美術館

◇作家の自伝―16　草野心平　草野心平著, 吉田熙生解説　日本図書センター　1994.10　259p　22cm　〈シリーズ・人間図書館〉〈監修：佐伯彰一, 松本健一　著者の肖像あり〉　2678円　Ⓘ4-8205-8017-5,4-8205-8001-9

◇日中友好のいしずえ―草野心平・陶晶孫と日中戦争下の文化交流　佐藤竜一著　日本地域社会研究所　1999.6　237p　19cm　1700円　Ⓘ4-89022-780-6

◇唸る星雲・草野心平　新藤謙著　土曜美術社出版販売　1997.5　264p　20cm　（現代詩人論叢書 9）　2500円　Ⓘ4-8120-0653-8

◇風邪には風―草野心平の前橋時代―前橋文学館特別企画展　萩原朔太郎記念水と緑と詩のまち前橋文学館編　前橋　萩原朔太郎記念水と緑と詩のまち前橋文学館　2011.11　67p　26cm　〈会期：2011年11月5日～12月18日　年表あり〉

◇詩友国境を越えて―草野心平と光太郎・賢治・黄瀛　北条常久著　風濤社　2009.2　285p　20cm　〈年譜あり〉　2500円　Ⓘ978-4-89219-314-9

◇草野心平―るるる葬送　思潮社　1989.3　281p　21cm　（現代詩読本 特装版）〈草野心平の肖像あり〉　1600円　Ⓘ4-7837-1849-0

◆◆高橋 新吉（1901〜1987）

◇高橋新吉五億年の旅　金田弘著　春秋社　1998.4　244p　20cm　2500円　Ⓘ4-393-44139-7

◇高橋新吉研究　平居謙著　思潮社　1993.4　313p　20cm　〈高橋新吉の肖像あり〉　3600円　Ⓘ4-7837-1554-8

◆◆山之口 貘（1903〜1963）

◇貘さんがゆく　茨木のり子作　童話屋　1999.4　155p　16cm　1250円　Ⓘ4-88747-005-3

◇僕は文明をかなしんだ―沖縄詩人山之口貘の世界　高良勉著　弥生書房　1997.11　213p　20cm　1600円　Ⓘ4-8415-0741-8

◇アルバム・山之口貘―山之口貘生誕100年記念　山之口泉,沖縄タイムス社編　那覇　沖縄タイムス社　2003.8　63p　21cm　〈肖像あり〉　952円　Ⓘ4-87127-161-7

◇父・山之口貘　山之口泉著　新版　思潮社　2010.12　255p　20cm　2500円　Ⓘ978-4-7837-1667-9

◇貘のいる風景―山之口貘賞20周年記念誌　山之口貘記念会編集委員会編　那覇　山之口貘記念会　1997.7　259p　21cm　1500円

◆◆吉田 一穂（1898〜1973）

◇詩人吉田一穂詩と童話の世界　添田邦裕著　一穂社　1997.10　336p　21cm　3800円　Ⓘ4-900482-14-5

◇吉田一穂―究極の詩の構図　田村圭司著　笠間書院　2005.5　423p　20cm　3700円　Ⓘ4-305-70293-2

◇北斗の印―吉田一穂　古平町ほか編　古平町（北海道）　古平町　1999.2　79p　26cm

◇ふるさとの吉田一穂　水見悠々子著　古平町（北海道）　水見ヨネ　1998.8　69p　26cm　非売品

◇吉田一穂の世界　吉田美和子著　小沢書店　1998.7　400p　22cm　3800円　Ⓘ4-7551-0373-8

◇定本吉田一穂全集―別巻　小沢書店　1993.4　596p　23cm　9785円

◆前衛詩・モダニズム詩

◇窓の微風―モダニズム詩断層　季村敏夫著　神戸　みずのわ出版　2010.8　500p　22cm　〈索引あり〉　3800円　Ⓘ978-4-86426-001-5

◇〈前衛詩〉の時代―日本の1920年代　古俣裕介著　創成社　1992.5　162p　22cm　1800円　Ⓘ4-7944-6002-3

◇前衛詩運動史の研究―モダニズム詩の系譜　中野嘉一著　沖積舎　2003.12　480p　22cm　〈年表あり〉　8000円　Ⓘ4-8060-4699-X

◇周縁としてのモダニズム―日本現代詩の底流　藤本寿彦著　双文社出版　2009.2　286p　22cm　4600円　Ⓘ978-4-88164-589-5

◇前衛詩詩論　四方章人著　思潮社　1999.6　228p　20cm　2800円　Ⓘ4-7837-1582-3

◇シュールレアリスムの詩と批評　和田博文編　本の友社　2000.6　652p　23cm　（コレクション・日本シュールレアリスム 1　和田博

詩（詩史）

文監修）〈複製〉　12000円　Ⓘ4-89439-281-X,4-89439-324-7

◇日本のアヴァンギャルド　和田博文編　京都　世界思想社　2005.5　296p　20cm　(Sekaishiso seminar)〈年表あり　文献あり〉　2500円　Ⓘ4-7907-1132-3

◇"現代詩のフロンティア―モダニズムの系譜"展―北園克衛・滝口修造・西脇順三郎　日本現代詩歌文学館特別企画展　北上　日本現代詩歌文学館　1994.7　29,6p　26cm（日本現代詩歌文学館図録 3）〈折り込表1枚 付(1枚)〉

◆◆安西　冬衛（1898～1965）

◇花がたみ―安西冬衛の思い出　安西美佐保著　沖積舎　1992.11　190p　20cm〈安西冬衛及び著者の肖像あり〉　2500円　Ⓘ4-8060-4032-0

◇安西冬衛―モダニズム詩に隠されたロマンティシズム　富上芳秀著　未来社　1989.10　312p　20cm　2575円　Ⓘ4-624-60084-3

◇海峡を渡った蝶―安西冬衛の詩　徳光方夫著　出版地不明　徳光方夫　2006.3　30p　26cm〈限定私家版〉　非売品

◆◆岩本　修蔵（1908～1979）

◇ぼくの父は詩人だった　岩本隼著　新潮社　1999.11　249p　20cm　1800円　Ⓘ4-10-413202-0

◆◆北川　冬彦（1900～1990）

◇北川冬彦―第二次『時間』の詩人達　藤一也著　沖積舎　1993.11　256p　20cm　3500円　Ⓘ4-8060-7016-5

◆◆北園　克衛（1902～1978）

◇北園克衛の詩　金沢一志著　思潮社　2010.8　158p　20cm〈他言語標題：LA POESIE DE KATUE KITASONO　文献あり　年譜あり〉　2200円　Ⓘ978-4-7837-1660-0

◇北園克衛の詩と詩学―意味のタペストリーを細断する　ジョン・ソルト著, 田口哲也監訳　思潮社　2010.11　501,14p　22cm〈付(24p)：資料集　文献あり　索引あり〉　6500円　Ⓘ978-4-7837-1659-4

◇評伝北園克衛　藤富保男著　沖積舎　2003.3　291,6p　20cm〈肖像あり　文献あり　年譜あり　著作目録あり〉　3000円　Ⓘ4-8060-4682-5

◆◆左川　ちか（1911～1936）

◇微熱の花びら―林芙美子・尾崎翠・左川ちか　福田知子著　神戸　蜘蛛出版社　1990.5　191p　21cm　2000円

◆◆西脇　順三郎（1894～1982）

◇ベイタリアン西脇順三郎　伊藤勲著　小沢書店　1999.8　315p　22cm　4000円　Ⓘ4-7551-0389-4

◇西脇順三郎の研究―『旅人かへらず』とその前後　芋生裕信著　新典社　2000.2　206p　19cm（新典社選書 13）　1800円　Ⓘ4-7879-6763-0

◇西脇順三郎と小千谷―折口信夫への序章　太田昌孝著　名古屋　風媒社　2008.6　238p　20cm〈肖像あり〉　1700円　Ⓘ978-4-8331-2067-8

◇西脇順三郎論―〈古代〉そして折口信夫　太田昌孝著　新典社　2012.11　250p　22cm（新典社研究叢書 234）〈文献あり〉　7500円　Ⓘ978-4-7879-4234-0

◇馥郁タル火夫ヨ―生誕100年西脇順三郎その詩と絵画　神奈川近代文学館ほか編　横浜　神奈川近代文学館　1994　136p　27cm〈共同刊行：神奈川文学振興会, 神奈川県立近代美術館　会期・会場：1994年5月28日～7月3日〉

◇詩人の夏―西脇順三郎と伊東静雄　城戸朱理著　横浜　矢立出版　1994.6　57p　26cm　800円　Ⓘ4-946350-23-3

◇寂しい声―西脇順三郎の生涯　工藤美代子著　筑摩書房　1994.1　285p　20cm〈西脇順三郎の肖像あり〉　2200円　Ⓘ4-480-82309-3

◇寂しい声―西脇順三郎の生涯　上　工藤美代子著　新座　埼玉福祉会　2004.11　289p　21cm　（大活字本シリーズ）〈原本：筑摩書房刊〉　3000円　Ⓘ4-88419-302-4

◇寂しい声―西脇順三郎の生涯　下　工藤美代子著　新座　埼玉福祉会　2004.11　291p　21cm　（大活字本シリーズ）〈原本：筑摩書

◇西脇順三郎論―詩と故郷の喪失　佐久間隆史著　土曜美術社　1990.6　219p　20cm　(現代詩人論叢書　1)　1900円　Ⓘ4-88625-220-6
◇西脇順三郎『Ambarvalia〈アムバルワリア〉』作品論集成―1　沢正宏編　大空社　1997.6　383p　27cm　(近代文学作品論叢書　18)　Ⓘ4-87236-822-3
◇西脇順三郎『Ambarvalia〈アムバルワリア〉』作品論集成―2　沢正宏編　大空社　1997.6　377p　27cm　(近代文学作品論叢書　18)　Ⓘ4-87236-822-3
◇西脇順三郎のモダニズム―「ギリシア的抒情詩」全篇を読む　沢正宏著　双文社出版　2002.9　188p　22cm　2800円　Ⓘ4-88164-545-5
◇没後二十年西脇順三郎展　世田谷文学館編　世田谷文学館　2002.9　151p　24cm　〈会期：平成14年9月28日～11月4日〉
◇文体力―西脇順三郎と伊藤整と　田中実著　朝日出版社　2012.3　266p　20cm　1238円　Ⓘ978-4-255-00642-0
◇西脇順三郎、永遠に舌を濡らして　中村鉄太郎著　書肆山田　2004.6　242p　20cm　2500円　Ⓘ4-87995-608-2
◇西脇順三郎変容の伝統　新倉俊一著　増補新版　東峰書房　1994.1　328p　20cm　〈初版：花曜社1979年刊〉　2700円　Ⓘ4-88592-023-X
◇詩人たちの世紀―西脇順三郎とエズラ・パウンド　新倉俊一著　みすず書房　2003.5　304p　20cm　(大人の本棚)　〈年譜あり〉　2400円　Ⓘ4-622-04840-X
◇西脇順三郎絵画的旅　新倉俊一著　慶応義塾大学出版会　2007.11　202,2p　20cm　〈他言語標題：Junzaburo Nishiwaki voyage pittoresque　年譜あり　文献あり〉　2800円　Ⓘ978-4-7664-1432-5
◇西脇順三郎研究資料集―第1巻　西脇順三郎著,沢正宏編集・解説　クロスカルチャー出版　2011.11　718p　27cm　〈The Cayme Press1925年刊ほかの複製合本〉　Ⓘ978-4-905388-41-2
◇西脇順三郎研究資料集―第2巻　西脇順三郎著,沢正宏編集・解説　クロスカルチャー出版　2011.11　622p　27cm　〈厚生閣書店1929年刊ほかの複製合本〉　Ⓘ978-4-905388-42-5
◇西脇順三郎研究資料集―第3巻　西脇順三郎著,沢正宏編集・解説　クロスカルチャー出版　2011.11　693p　27cm　〈複製合本〉　Ⓘ978-4-905388-43-2
◇幻影の人西脇順三郎を語る　西脇順三郎を偲ぶ会編　恒文社　1994.8　309p　20cm　〈西脇順三郎の肖像あり〉　3200円　Ⓘ4-7704-0804-8
◇幻影の人西脇順三郎を語る―続　西脇順三郎を偲ぶ会編　恒文社　2003.12　301p　20cm　〈肖像あり〉　2500円　Ⓘ4-7704-1106-5
◇永遠の詩人西脇順三郎―ニシワキ宇宙とはりまの星たち　特別展　姫路文学館編　姫路姫路文学館　2008　40p　30cm　〈会期・会場：平成20年10月3日～11月16日　姫路文学館　肖像あり〉
◇定本西脇順三郎全集―別巻　筑摩書房　1994.12　688p　22cm　〈著者の肖像あり〉　8600円　Ⓘ4-480-71833-8

◆◆萩原　恭次郎（1899～1938）

◇萩原恭次郎とその時代―生誕百年記念　図録　第7回企画展　群馬県立土屋文明記念文学館編　群馬町(群馬県)　群馬県立土屋文明記念文学館　1999.6　68p　30cm
◇時代を駆けぬけた詩人―「恭次郎生誕百年記念のつどい」記録集　萩原朔太郎記念水と緑と詩のまち前橋文学館編　〔前橋〕　萩原朔太郎記念水と緑と詩のまち前橋文学館　2000.3　35p　30cm

◆◆春山　行夫（1902～1994）

◇春山行夫覚書―小説　中村洋子著　弘前　緑の笛豆本の会　1998.10　43p　9.5cm　(緑の笛豆本　第360集)

◆◆三好　達治（1900～1964）

◇坂口安吾と三好達治―小田原時代　金原左門著　秦野　夢工房　2001.11　115p　19cm　(小田原ライブラリー　1　小田原ライブラリー編集委員会企画・編集)　〈シリーズ責任

詩（詩史）

表示：小田原ライブラリー編集委員会企画・編集　1200円　①4-946513-70-1
◇三好達治と立原道造—感受性の森　国中治著　至文堂　2005.12　315p　20cm　3238円　①4-7843-0257-3
◇三好達治風景と音楽　杉山平一著　大阪　編集工房ノア　1992.4　237p　20cm　（大阪文学叢書2）〈三好達治の肖像あり〉1880円
◇接点の叙情—三好達治ノート　高橋夏男著　加古川　〔播磨灘詩話会〕　1994　113p　19cm
◇こころの琴線—三好達治の詩魂　限定私家版　徳光方夫著　〔西宮〕　徳光方夫　2000.2　21p　25cm　〈はり込み写真1枚〉　非売品
◇近代の詩人—9　三好達治　中村真一郎編・解説　潮出版社　1992.5　407p　23cm　〈三好達治の肖像あり〉　5000円
◇天上の花—三好達治抄　萩原葉子著　講談社　1996.7　211p　15cm　（講談社文芸文庫）　880円　①ISBN4-06-196378-3
◇三好達治・西垣脩　飛高隆夫著　新座　有文社　2011.10　270p　20cm　2000円　①978-4-946374-38-8
◇詩人三好達治と周辺の人々　みくに竜翔館（三国町郷土資料館）編　三国町（福井県）みくに竜翔館　1993.10　65p　30cm　〈第10回特別展　三好達治の肖像あり　主催：三国町教育委員会　会期：平成5年10月29日〜11月29日〉
◇三好達治論—詩の言語とは何か　溝口章著　土曜美術社出版販売　2011.12　419p　20cm　2800円　①978-4-8120-1917-7
◇作家の自伝—95　三好達治　三好達治著, 杉山平一編解説　日本図書センター　1999.4　269p　22cm　（シリーズ・人間図書館）2600円　①4-8205-9540-7,4-8205-9525-3
◇三好達治詩の風景　竜前貞夫著　新風舎　2004.9　237p　20cm　〈文献あり〉　2200円　①4-7974-4426-6
◇近代作家追悼文集成—第39巻　佐佐木信綱・三好達治・佐藤春夫　ゆまに書房　1999.2　357p　22cm　8000円　①4-89714-642-9,4-89714-639-9

◆◆村野　四郎（1901〜1975）

◇詩人村野四郎　府中文化振興財団府中市郷土の森博物館編　府中（東京都）　府中文化振興財団府中市郷土の森博物館　2003.2　65p　21cm　（府中市郷土の森博物館ブックレット3）〈年譜あり〉
◇飢えた孔雀—父、村野四郎　村野晃一著　慶応義塾大学出版会　2000.12　246p　20cm　2800円　①4-7664-0831-4

昭和（戦後）・平成時代

◇戦後詩の方法論—出海渓也詩論集　出海渓也著　横浜　知加書房　2002.10　166p　19cm　（新・現代詩論集シリーズ1）1400円
◇戦後詩年表—処女詩集　井谷英世編　増補版　美幌町（北海道）　井谷英世　2005.2　84p　21cm
◇詩があった！—五〇年代の戦後文化運動から不戦六十年の夜まで　井之川巨著　一葉社　2005.8　398p　22cm　〈肖像あり　年譜あり〉　4600円　①4-87196-034-X
◇大井康暢著作集—第1巻　戦後詩の歴史的運命について　大井康暢著　沖積舎　2009.8　357p　20cm　3000円　①978-4-8060-6662-0
◇大井康暢著作集—第3巻　定型論争と岩礁の周辺　大井康暢著　沖積舎　2010.12　379p　20cm　3000円　①978-4-8060-6664-4
◇詩の時代としての戦後　大岡信著　岩波書店　2000.3　433p　20cm　（日本の古典詩歌　別巻）　4800円　①4-00-026396-X
◇現代詩の星座　岡本勝人著　審美社　2003.7　258p　20cm　2800円　①4-7883-4107-7
◇戦後詩壇私史　小田久郎著　新潮社　1995.2　459p　20cm　2500円　①4-10-400901-6
◇詩が円熟するとき—詩的60年代環流　倉橋健一著　思潮社　2010.9　263,7p　20cm　〈索引あり〉　2800円　①978-4-7837-1661-7
◇〈戦後〉というアポリア　近藤洋太著　思潮社　2000.3　229p　20cm　2800円　①4-7837-1591-2
◇戦後詩誌の系譜　志賀英夫編著　箕面　詩画工房　2008.12　618p　22cm　〈文献あり　索引あり〉　4000円　①978-4-902839-18-0

◇詩的モダニティの舞台　絓秀実著　思潮社　1990.9　255p　20cm　2500円　Ⓘ4-7837-1532-7

◇詩的モダニティの舞台　絓秀実著　増補新版　論創社　2009.1　341p　20cm〈初版：思潮社1990年刊〉　2500円　Ⓘ978-4-8460-0697-6

◇須藤伸一・時代の楮冊　須藤伸一著　須藤伸一追悼出版会　1994.12　203p　21cm〈善文社（発売）〉　1942円　Ⓘ4-915856-14-3

◇詩人たちユリイカ抄　伊達得夫著　平凡社　2005.11　261p　16cm（平凡社ライブラリー　558）〈「詩人たち」（日本エディタースクール出版部1971年刊）の改題〉　1200円　Ⓘ4-582-76558-0

◇戦後詩—ユリシーズの不在　寺山修司著　筑摩書房　1993.5　253p　15cm（ちくま文庫）　540円　Ⓘ4-480-02739-4

◇〈彼岸〉の詩学—戦後詩的〈喩〉の意味　中村不二夫著　有精堂出版　1992.6　260p　20cm　3000円　Ⓘ4-640-31030-7

◇戦後サークル詩の系譜—中村不二夫詩集　中村不二夫著　横浜　知加書房　2003.12　178p　19cm（新・現代詩論集シリーズ　2）　1500円

◇資料・現代の詩—1945〜2009　2010　日本現代詩人会編　相模原　『資料・現代の詩 2010』刊行委員会日本現代詩人会　2010.4　959p 図版18p　22cm〈創立60年記念出版　年表あり〉　15000円

◇〈現代詩〉の50年　日本詩人クラブの50年編集委員会編　邑書林　1997.7　335p　22cm　3000円　Ⓘ4-89709-226-4

◇討議戦後詩—詩のルネッサンスへ　野村喜和夫, 城戸朱理著　思潮社　1997.1　371,16p　20cm　3800円　Ⓘ4-7837-1575-0

◇わが戦後詩の「詩と思想」—詩と神学　藤一也著　沖積舎　1997.11　178p　20cm　3000円　Ⓘ4-8060-4624-8

◇風土に根ざした奔念のエコー—戦後を生きた岐阜の詩人点描　藤吉秀彦著　岐阜　岐阜新聞社　2011.6　307p　22cm〈岐阜　岐阜新聞情報センター（発売）〉　2381円　Ⓘ978-4-87797-165-6

◇多様な座標軸—堀川豊平第二詩集「流刑地光景」の反響集成　評価集成　堀川豊平編　藍住町（徳島県）　堀川豊平　1992.4　59p　18cm〈限定版〉

◇涯—福田崇広追悼集　松本州弘ほか編　浦和　福田久枝　1992.4　71p　21cm〈福田崇広の肖像あり〉

◇モダニズムと〈戦後女性詩〉の展開　水田宗子著　思潮社　2012.1　217p　20cm　2500円　Ⓘ978-4-7837-1676-1

◇詩のある人生—潮流詩派の50年　村田正夫著　潮流出版社　2005.8　272p　19cm　2500円　Ⓘ4-88525-922-3

◇吉本隆明資料集—45　抵抗詩・国鉄王国をやぶれ　吉本隆明著　高知　猫々堂　2005.5　87p　21cm　1200円

◇戦後詩史論　吉本隆明著　思潮社　2005.5　281,5p　20cm〈大和書房1983年刊の新版〉　1800円　Ⓘ4-7837-2332-X

◇戦後詩のポエティクス—1935〜1959　和田博文編　京都　世界思想社　2009.4　318p　19cm（Sekaishiso seminar）〈文献あり 年表あり 索引あり〉　2400円　Ⓘ978-4-7907-1403-3

◇移動祝祭日—『凶区』へ、そして『凶区』から　渡辺武信著　思潮社　2010.11　371,8p　22cm〈文献あり 年表あり 索引あり〉　3800円　Ⓘ978-4-7837-1658-7

◇戦後60年〈詩と批評〉総展望—保存版　思潮社　2005.9　380p　21cm（現代詩手帖特集版）〈年表あり〉　2400円　Ⓘ4-7837-1862-8

◆◆阿久 悠（1937〜2007）

◇星をつくった男—阿久悠と、その時代　重松清著　講談社　2009.9　283p　20cm〈文献あり〉　1700円　Ⓘ978-4-06-215783-4

◇星をつくった男—阿久悠と、その時代　重松清著　講談社　2012.9　365p　15cm（講談社文庫　し61-15）〈文献あり〉　629円　Ⓘ978-4-06-277362-1

◇阿久悠のいた時代—戦後歌謡史　篠田正浩, 斎藤慎爾責任編集　柏書房　2007.12　310p　21cm〈著作目録あり　年譜あり〉　2200円　Ⓘ978-4-7601-3275-1

詩（詩史）

◆◆足立 巻一（1913〜1985）

◇足立巻一　東秀三著　大阪　編集工房ノア　1995.8　244p　20cm　2000円

◆◆荒川 法勝（1921〜1998）

◇「夢の海図」荒川法勝論―評論　中谷順子著　昭和書院　1991.10　201p　19cm　1500円　①4-915122-61-1

◆◆荒川 洋治（1949〜）

◇荒川洋治ブックーリストで知る詩人の真実　彼方社編　大阪　彼方社　1994.5　221p　21cm〈星雲社（発売）〉　2000円　①4-7952-1533-2

◇荒川洋治―『娼婦論』から『心理』まで　第13回萩原朔太郎賞受賞者展覧会　萩原朔太郎記念・水と緑と詩のまち前橋文学館　前橋　萩原朔太郎記念・水と緑と詩のまち前橋文学館　2006.8　44p　26cm

◆◆有馬 敲（1931〜）

◇評伝有馬敲　田中茂次郎, 水崎野里子著　土曜美術社出版販売　2011.11　258p　19cm〈著作目録あり〉　2500円　①978-4-8120-1905-4

◆◆安藤 元雄（1934〜）

◇安藤元雄―『秋の鎮魂』から『めぐりの歌』まで　第7回萩原朔太郎賞受賞者展覧会　萩原朔太郎記念水と緑と詩のまち前橋文学館編　前橋　前橋文学館　2000.3　44p　30cm〈前橋文学館特別企画展：2000年3月4日―5月14日　年譜あり〉

◆◆石垣 りん（1920〜2004）

◇石垣りん　思潮社　2005.5　224p　21cm（現代詩手帖特集版）〈著作目録あり　年譜あり　付属資料：CD1枚（12cm）〉　1800円　①4-7837-1860-1

◆◆石原 吉郎（1915〜1977）

◇石原吉郎のシベリア　落合東朗著　論創社　1999.5　279p　19cm　2500円　①4-8460-0143-1

◇聖母マリアの奇蹟―石原吉郎氏に導かれて　木村閑子著　菁柿堂　1998.11　157p　18cm　1200円　①4-7952-7976-4

◇石原吉郎・椎名麟三氏に導かれて―聖母マリアの奇蹟　木村閑子著　文芸社　2004.2　169p　20cm〈『聖母マリアの奇蹟』（菁柿堂1998年刊）の増補　年譜あり　文献あり〉　1400円　①4-8355-6973-3

◇石原吉郎詩文学の核心　柴崎聰著　新教出版社　2011.5　349p　20cm〈文献あり　年譜あり〉　2200円　①978-4-400-62770-8

◇内なるシベリア抑留体験―石原吉郎・鹿野武一・菅季治の戦後史　多田茂治著　社会思想社　1994.5　259p　20cm　2300円　①4-390-60374-4

◇石原吉郎「昭和」の旅　多田茂治著　作品社　2000.2　279p　20cm　2000円　①4-87893-341-0

◇内なるシベリア抑留体験―石原吉郎・鹿野武一・菅季治の戦後史　多田茂治著　文元社　2004.2　259p　19cm（教養ワイドコレクション）〈紀伊国屋書店（発売）　社会思想社1994年刊を原本としたOD版　文献あり〉　3000円　①4-86145-092-6

◇シベリア抑留とは何だったのか―詩人・石原吉郎のみちのり　畑谷史代著　岩波書店　2009.3　201p　18cm（岩波ジュニア新書618）〈文献あり　年譜あり　並列シリーズ名：Iwanami junior paperbacks〉　740円　①978-4-00-500618-2

◆◆伊藤 聚（1935〜1999）

◇伊藤聚読本　New感情　2000.3　138p　21cm（New感情・別冊）〈書肆山田（発売）〉　1200円　①4-87995-478-0

◆◆伊藤 海彦（1925〜1995）

◇黒の会通信―第17号　特集伊藤海彦追悼　「黒の会」編　国立　黒の会　1996.3　100p　21cm　1200円　①4-915556-70-0

詩（詩史）

◆◆伊藤 比呂美（1955～）

◇伊藤比呂美―『草木の空』から『とげ抜き新巣鴨地蔵縁起』まで 前橋文学館特別企画展 第15回萩原朔太郎賞受賞者展覧会 伊藤比呂美著, 萩原朔太郎記念水と緑と詩のまち前橋文学館編 前橋 萩原朔太郎記念水と緑と詩のまち前橋文学館 2008.7 125p 26cm〈会期：2008年7月26日～8月31日 著作目録あり 年譜あり〉

◆◆入江 亮太郎（1925～1986）

◇水晶の人―詩人・入江亮太郎へ 小長井和子著 幻冬舎ルネッサンス 2008.10 242p 20cm 1400円 ①978-4-7790-0377-6

◆◆入沢 康夫（1931～）

◇入沢康夫を松江でよむ―松江出身の詩人 田村のり子著 松江 山陰詩人グループ 2003.10 65p 22cm 700円

◇入沢康夫の詩の世界 野村喜和夫, 城戸朱理編 邑書林 1998.4 369p 20cm 3200円 ①4-89709-277-9

◇入沢康夫―入沢康夫のバックグラウンド 前橋文学館特別企画展 第10回萩原朔太郎賞受賞者展覧会 入沢康夫展図録 萩原朔太郎記念水と緑と詩のまち前橋文学館編 前橋 萩原朔太郎記念水と緑と詩のまち前橋文学館 2003.9 43p 30cm〈会期：2003年9月15日～10月19日 著作目録あり〉

◆◆岩泉 晶夫（1931～1988）

◇光の中にいなさい―岩泉晶夫追悼集 盛岡 岩泉晶夫追悼集刊行委員会 1990.10 204p 21cm〈発行所：富士屋印刷所 岩泉晶夫の肖像あり〉

◆◆上田 幸法（1916～1998）

◇上田幸法論 丸山由美子著 潮流出版社 2007.8 96p 19cm〈年譜あり〉 2500円 ①978-4-88525-287-5

◆◆永 六輔（1933～）

◇旅に生きる、時間の職人 福原義春, 永六輔著 求龍堂 1997.3 104p 19cm（福原義春サクセスフルエイジング対談） 1000円 ①4-7630-9713-X

◆◆江口 榛一（1914～1979）

◇江口榛一著作集―第3巻 自伝・ルポルタージュ編 江口木綿子編 国分寺 武蔵野書房 1992.5 578p 20cm〈著者の肖像あり〉 5974円

◆◆江代 充（1952～）

◇江代充―『公孫樹』から『梢にて』まで 第8回萩原朔太郎賞受賞者展覧会 萩原朔太郎記念水と緑と詩のまち前橋文学館編 前橋 前橋文学館 2001.3 43p 30cm〈前橋文学館特別企画展：2001年3月3日―5月13日 年譜あり〉

◆◆大滝 修一（1911～2004）

◇傘寿の可逆 大滝修一著 砂子屋書房 1993.11 249p 20cm〈著者の肖像あり〉

◆◆小笠原 茂介（1933～）

◇弘前の詩人小笠原茂介氏の九つの詩集をめぐって 類家有二著 〔八戸〕〔類家有二〕 2012.11 159p 21cm

◆◆萩原 迪夫（1930～1990）

◇言霊の里に眠る―故萩原迪夫追悼録 追悼録刊行会編 座間 ブルーキャニオンプレス 1991.10 180p 21cm〈萩原迪夫の肖像あり〉

◆◆長田 弘（1939～）

◇詩人であること 長田弘著 岩波書店 1997.10 327,10p 16cm（同時代ライブラリー） 1100円 ①4-00-260323-7

◆◆押切 順三（1918～1999）

◇読本押切順三 「読本・押切順三」刊行会編 秋田 秋田文化出版 2000.7 215p 21cm〈肖像あり〉 2000円 ①4-87022-421-6

日本近現代文学案内 **533**

詩（詩史）

◆◆小山 正孝（1916〜2002）

◇主人は留守、しかし… 小山常子著 パルシステム連合会セカンドリーグ支援室「のんびる編集部」 2011.7 180p 19cm 1200円

◆◆香川 弘夫（1933〜1994）

◇香川弘夫・津軽街道の詩人 香川弘夫著 安代町（岩手県） 香川弘夫・津軽街道の詩人刊行会 1997.5 266p 23cm

◆◆片岡 文雄（1933〜）

◇片岡文雄の世界—方言詩をめぐって 「詩朗読と講演の夕べ」実行委員会編 高岡町（宮崎県） 本多企画 1993.8 124p 18cm 〈片岡文雄の肖像あり〉 1000円

◆◆河邨 文一郎（1917〜2004）

◇物質の真昼—詩人・河邨文一郎展—市立小樽文学館特別展 市立小樽文学館編 小樽 市立小樽文学館 c1996 28p 26cm

◆◆金井 直（1926〜1997）

◇金井直著作目録 坂本正博著 〔福岡〕〔坂本正博〕 〔1989〕 p100〜115 26cm 《糸高文林第37号》福岡県立糸島高等学校校友会文化部1989年3月発行の抜刷〉

◇金井直研究文献目録—付、略年譜 坂本正博著 福岡 坂本正博 1989.4 20p 26cm 400円

◇金井直の詩—金子光晴・村野四郎の系譜 坂本正博著 おうふう 1997.11 398p 22cm 12000円 ①4-273-02991-X

◇帰郷の瞬間—金井直『昆虫詩集』まで 坂本正博著 国文社 2006.11 341p 20cm 〈年譜あり〉 4300円 ①4-7720-0946-9

◆◆金井 広（1907〜2002）

◇母恋詩人・医師—父・金井広備忘録 金井政二著 光陽出版社 2003.11 308p 22cm 〈著作目録あり〉 2857円 ①4-87662-345-7

◆◆蟹沢 悠夫（1921〜1995）

◇神戸詩史の片隅で—中島正夫（蟹沢悠夫）ノート 直原弘道著 神戸 直原弘道 2007.12 115p 21cm 非売品

◆◆岸田 衿子（1929〜2011）

◇忘れた秋—おもいでは永遠に岸田衿子展：第78回企画展 群馬県立土屋文明記念文学館編 高崎 群馬県立土屋文明記念文学館 2012.10 48p 30cm 〈年譜あり 著作目録あり〉

◆◆木下 和郎（1932〜1990）

◇詩人木下和郎素描 島田勇著 佐世保 芸文堂 1995.5 291p 20cm 2000円 ①4-905897-73-4

◆◆金 時鐘（1929〜）

◇リズムと抒情の詩学—金時鐘と「短歌的抒情の否定」 呉世宗著 生活書院 2010.8 398p 22cm 〈文献あり〉 5200円 ①978-4-903690-59-9

◇金時鐘の詩—もう一つの日本語 シンポジウム「言葉のある場所」金時鐘詩集「化石の夏」を読むために 野口豊子編 大阪 もず工房 2000.4 302p 20cm 〈奈良 宇多出版企画（発売）〉 2381円

◇ディアスポラを生きる詩人金時鐘 細見和之著 岩波書店 2011.12 244p 20cm 2700円 ①978-4-00-024036-9

◇70年代の金時鐘論—日本語を生きる金時鐘とわれらの日々 松原新一,倉橋健一著 砂子屋書房 2010.7 296p 19cm 〈奥付のタイトル：金時鐘論〉 2800円 ①978-4-7904-1281-6

◆◆清岡 卓行（1922〜2006）

◇清岡卓行論集成—1 宇佐美斉,岩阪恵子編 勉誠出版 2008.6 502p 22cm ①978-4-585-03185-7

◇清岡卓行論集成—2 宇佐美斉,岩阪恵子編 勉誠出版 2008.6 616,17p 22cm 〈著作目録あり 年譜あり〉 ①978-4-585-03185-7

◆◆銀色 夏生（1960～）

◇銀色夏生「Lesson」を読む。　同志社高校「現代国語」講座生執筆・浄書, 弘英正ほか編　京都　どらねこ工房　1991.1　245p　21cm　600円

◆◆串田 孫一（1915～2005）

◇流れ去る歳月―日記　串田孫一著　筑摩書房　1998.9　526p　21cm　（串田孫一集 第8巻）　6500円　①4-480-70388-8
◇アルプ―特集串田孫一　山口耀久, 三宅修, 大谷一良編　山と渓谷社　2007.7　349p　22cm　〈肖像あり　著作目録あり　年譜あり〉　3200円　①978-4-635-34021-2

◆◆栗原 貞子（1913～2005）

◇生ましめんかな―〈栗原貞子記念平和文庫〉開設記念　栗原貞子記念平和文庫運営委員会編　広島　広島女学院　2009.7　67p　21cm　①978-4-938709-09-9

◆◆黒田 喜夫（1926～1984）

◇「食んにゃぐなれば、ホイドすれば宜いんだから！」考―わが黒田喜夫論ノート　大場義宏著　書肆山田　2009.5　429p　22cm　2800円　①978-4-87995-763-4
◇わが黒田喜夫論ノート―続　大場義宏著　土曜美術社出版販売　2012.11　359p　22cm　〈「続」のタイトル関連情報：試論・「現代史の現在」の萃点はどこに在ったか〉　2800円　①978-4-8120-1990-0

◆◆小池 昌代（1959～）

◇小池昌代―川をさかのぼって―「水の町」から「コルカタ」へ　前橋文学館特別企画展・第18回萩原朔太郎賞受賞者展覧会　小池昌代著, 萩原朔太郎記念水と緑と詩のまち前橋文学館編　前橋　萩原朔太郎記念水と緑と詩のまち前橋文学館　2011.7　77p　26cm　〈会期：2011年7月30日～9月11日　著作目録あり　年譜あり〉

◆◆幸喜 孤洋（1950～1998）

◇いまを病む無明の時―幸喜孤洋追悼集　「こよう」会編　中城村（沖縄県）　「こよう」会　1999.1　193p　21cm

◆◆阪田 寛夫（1925～2005）

◇阪田寛夫の世界　谷悦子著　大阪　和泉書院　2007.3　291p　20cm　（和泉選書 155）〈肖像あり　著作目録あり　年譜あり〉　2500円　①978-4-7576-0404-9

◆◆坂村 真民（1909～2006）

◇花のなかの碑―平和を祈る第三百三番碑物語　小原靖夫著　小田原　Bestopia　1997.3　327p　20cm
◇白鳥の歌びと―坂村真民　紀野一義著　柏樹社　1990.9　269p　20cm　1650円
◇一寸先は光―坂村真民の詩が聞こえる　坂村真民著, 小池邦夫監修　清流出版　2012.3　111p　25cm　〈年譜あり　文献あり〉　2000円　①978-4-86029-382-6
◇心の薬―坂村真民「詩国」八十八篇を読む　杉本省邦著　近代文芸社　2002.7　228p　20cm　1800円　①4-7733-6149-2
◇一道を行く―坂村真民の世界　藤尾秀昭編　致知出版社　2009.9　139p　21cm　1238円　①978-4-88474-862-3

◆◆佐岐 えりぬ（1932～）

◇軽井沢発・作家の行列　佐岐えりぬ著　マガジンハウス　1993.1　287p　20cm　2000円　①4-8387-0409-7
◇おしめをした玉鬘―私のパリ回想　佐岐えりぬ著　有学書林　1993.4　310p　20cm　2500円　①4-946477-08-X

◆◆桜井 哲夫（1924～2011）

◇しがまっこ溶けた―詩人桜井哲夫との歳月　金正美著　日本放送出版協会　2002.7　277p　20cm　1600円　①4-14-080704-0

詩（詩史）

◆◆佐々木 逸郎（1927〜1992）

◇残照—佐々木逸郎先生追悼集　札幌　佐々木逸郎先生追悼編集委員会　1993.1　96p　22cm〈佐々木逸郎の肖像あり〉

◆◆貞松 瑩子（1930〜）

◇貞松瑩子の人と作品　福田信夫編　八王子　武蔵野書房　2010.4　267p　19cm　2000円　①978-4-943898-92-4

◆◆渋沢 孝輔（1930〜1998）

◇渋沢孝輔読本　渋沢孝輔著　思潮社　2006.2　64p　23cm（渋沢孝輔全詩集 別冊）〈肖像あり〉

◇渋沢孝輔—『場面』から『行き方知れず抄』まで　萩原朔太郎記念水と緑と詩のまち前橋文学館編　前橋　萩原朔太郎記念水と緑と詩のまち前橋文学館　1998.3　43p　30cm

◆◆島崎 光正（1919〜2000）

◇島崎光正—悲しみ多き日々を生きて　永野昌三著　教文館　2010.1　238p　20cm　1800円　①978-4-7642-9941-2

◆◆島田 利夫（1929〜1958）

◇島田利夫試論　松本悦治著　藤岡　あかしあ書房　2001.4　268p　18cm〈年譜あり〉　1500円

◆◆清水 哲男（1938〜）

◇清水哲男—『喝采』から『夕陽に赤い帆』まで　萩原朔太郎記念水と緑と詩のまち前橋文学館編　前橋　前橋文学館　1995.1　43p　30cm

◆◆杉尾 優衣（1972〜）

◇十五歳のアリア—夭折の天才詩人杉尾優衣の生涯　中原文也著　日本文学館　2006.10　117p　19cm　980円　①4-7765-1157-6

◆◆杉山 参緑（1926〜1990）

◇わが文学の師杉山参緑　日高三郎著　福岡　海鳥社　2012.12　199p　19cm　1600円　①978-4-87415-872-2

◆◆鈴木 正義（1915〜1993）

◇点灯夫—鈴木正義追悼号 詩誌　大谷正雄ほか編　郡山　てんとうふ社　1994.4　158p　21cm〈鈴木正義の肖像あり〉　1000円

◆◆瀬谷 耕作（1923〜）

◇瀬谷耕作の詩　阿部堅磐著〔名古屋〕〔阿部堅磐〕　2001.6　12p　26cm（詩歌鑑賞ノート）　非売品

◆◆宗 左近（1919〜2006）

◇宗左近と市川の詩人たち　市川市文学プラザ編　市川　市川市文学プラザ　2009.6　48p　26cm（市川市文学プラザ企画展図録 8）〈会期：平成21年6月13日〜10月12日　宗左近生誕90年記念　著作目録あり　年譜あり〉

◆◆高田 敏子（1914〜1989）

◇諏訪の森の詩—高田敏子の世界 平成5年度新宿歴史博物館企画展　東京都新宿区立新宿歴史博物館編　新宿区教育委員会　1994.2　62p　26cm

◇母の手—詩人・高田敏子との日々　久冨純江著　光芒社　2000.3　329p　20cm　2500円　①4-89542-170-8

◆◆財部 鳥子（1933〜）

◇財部鳥子—『わたしが子供だったころ』から『烏有の人』まで　萩原朔太郎記念水と緑と詩のまち前橋文学館編　前橋　萩原朔太郎記念水と緑と詩のまち前橋文学館　1999.3　43p　30cm

◆◆竹内 浩三（1921〜1945）

◇ぼくもいくさに征くのだけれど—竹内浩三の詩と死　稲泉連著　中央公論新社　2004.7　301p　20cm〈文献あり〉　2200円　①4-12-

003554-9
◇ぼくもいくさに征くのだけれど―竹内浩三の詩と死　稲泉連著　中央公論新社　2007.7　346p　16cm　(中公文庫)〈文献あり〉　724円　Ⓘ978-4-12-204886-7
◇竹内浩三をめぐる旅　たかとう匡子著　大阪　編集工房ノア　1994.7　206p　20cm　1880円

◆◆田中　国男（1943〜）

◇詩の力―田中国男論　京都　行路社　2002.3　300p　20cm　2000円　Ⓘ4-87534-723-5

◆◆谷川　雁（1923〜1995）

◇サークル村の磁場―上野英信・谷川雁・森崎和江　新木安利著　福岡　海鳥社　2011.2　319p　19cm〈年譜あり〉　2200円　Ⓘ978-4-87415-791-6
◇谷川雁のめがね　内田聖子著　藤沢　山人舎　1998.4　205p　20cm　1500円　Ⓘ4-89219-165-5
◇谷川雁のめがね　内田聖子著　新版　日本文学館　2011.11　202p　19cm〈初版：山人舎1998年刊　文献あり〉　1200円　Ⓘ978-4-7765-2943-9
◇放浪と土と文学と―高木護/松永伍一/谷川雁　沢宮優著　現代書館　2005.10　237p　20cm〈文献あり〉　2000円　Ⓘ4-7684-6913-2
◇谷川雁革命伝説――度きりの夢　松本健一著　河出書房新社　1997.6　201p　20cm　1800円　Ⓘ4-309-01154-3
◇谷川雁革命伝説――度きりの夢　松本健一著　増補・新版　取手　辺境社　2010.4　226p　20cm　(松本健一伝説シリーズ　9)〈勁草書房（発売）　初版：河出書房新社1997年刊〉　2000円　Ⓘ978-4-326-95046-1
◇谷川雁―詩人思想家、復活　河出書房新社　2009.3　191p　21cm　(Kawade道の手帖)〈年譜あり〉　1600円　Ⓘ978-4-309-74026-5

◆◆辻　征夫（1939〜2000）

◇辻征夫―『学校の思い出』から『俳諧辻詩集』まで　辻征夫著,萩原朔太郎記念水と緑と詩のまち前橋文学館編　前橋　前橋文学館　1997.2　43p　30cm
◇詩の話をしよう　辻征夫著,山本かずこ聞き手　ミッドナイト・プレス　2003.12　145p　20cm〈星雲社（発売）　年譜あり〉　2200円　Ⓘ4-434-03709-9

◆◆辻井　喬（1927〜）

◇辻井喬―創造と純化　小川和佑著　アーツアンドクラフツ　2008.12　229p　20cm　2500円　Ⓘ978-4-901592-50-5
◇辻井喬論―修羅を生きる　黒古一夫著　論創社　2011.12　296p　20cm　2300円　Ⓘ978-4-8460-1115-4

◆◆土井　大助（1927〜）

◇末期戦中派の風来記　土井大助著　本の泉社　2008.11　302p　21cm　1714円　Ⓘ978-4-7807-0420-4

◆◆塔　和子（1929〜）

◇命いとおし―詩人・塔和子の半生　隔離の島から届く魂の詩　安宅温著　京都　ミネルヴァ書房　2009.2　205p　20cm〈文献あり〉　2000円　Ⓘ978-4-623-05352-0

◆◆東宮　七男（1897〜1988）

◇詩人・東宮七男―その文学運動の軌跡　生誕100年　前橋文学館特別企画展図録　萩原朔太郎記念水と緑と詩のまち前橋文学館編　前橋　前橋文学館　1997.9　44p　30cm

◆◆徳本　和子（1942〜1984）

◇詩の翼をつけて―徳本和子の詩と生涯　宮川美枝子著　名古屋　七賢出版　1992.1　289p　20cm〈徳本和子の肖像あり〉　1800円　Ⓘ4-88304-040-2

◆◆土橋　治重（1909〜1993）

◇土橋治重を語る　「土橋治重を語る」刊行委員会　2006.6　127p　21cm　1000円

詩(詩史)

◆◆伴野 憲(1902～1992)

◇伴野憲詩集『クルス燃える』を読む―詩歌鑑賞ノート　阿部堅磐著　〔名古屋〕　〔阿部堅磐〕　2000.11　22p　26cm　非売品

◆◆那珂 太郎(1922～)

◇俳句と人生―那珂太郎対談集　那珂太郎著　東京四季出版　2005.12　215p　20cm　2500円　Ⓘ4-8129-0409-9

◇那珂太郎―〈無〉の詩学 前橋文学館特別企画展　那珂太郎作, 萩原朔太郎記念水と緑と詩のまち前橋文学館編　前橋　萩原朔太郎記念水と緑と詩のまち前橋文学館　2008.10　111p　26cm〈会期:2008年10月11日～11月24日　肖像あり　著作目録あり　年譜あり〉

◆◆西垣 脩(1919～1978)

◇三好達治・西垣脩　飛高隆夫著　新座　有文社　2011.10　270p　20cm　2000円　Ⓘ978-4-946374-38-8

◆◆林 喜芳(1908～1994)

◇地べたから視る―神戸下町の詩人林喜芳　たかとう匡子著　大阪　編集工房ノア　1995.10　197p　20cm　1880円

◆◆林 富士馬(1914～2001)

◇林富士馬の文学　志村有弘著　鼎書房　2002.3　63p　19cm　800円　Ⓘ4-907846-13-4

◆◆平田 俊子(1955～)

◇平田俊子―『ラッキョウの恩返し』から『詩七日』まで 第12回萩原朔太郎賞受賞者展覧会平田俊子展図録 前橋文学館特別企画展　萩原朔太郎記念水と緑と詩のまち前橋文学館編　前橋　萩原朔太郎記念水と緑と詩のまち前橋文学館　2005.7　43p　30cm〈会期・会場:2005年7月23日～8月31日 萩原朔太郎記念水と緑と詩のまち前橋文学館　著作目録あり　年譜あり〉

◆◆福永 武彦(1918～1979)

◇死の島からの旅―福永武彦と神話・芸術・文学　岩津航著　京都　世界思想社　2012.12　230p　20cm　(金沢大学人間社会研究叢書)〈索引あり〉　3200円　Ⓘ978-4-7907-1580-1

◇福永武彦ノート　河田忠著　宝文館出版　1999.1　115p　20cm　1800円　Ⓘ4-8320-1500-1

◇福永武彦論―戦争の影の下に　倉持丘著　小平　光陽社出版　2003.2　136p　19cm〈文献あり　年譜あり〉　1500円

◇福永武彦を語る―2009-2012　近藤圭一, 岩津航, 西岡亜紀, 山田兼士編　大阪　澪標　2012.12　223p　19cm　1500円　Ⓘ978-4-86078-228-3

◇福永武彦・魂の音楽　首藤基澄著　おうふう　1996.10　333p　21cm　3200円　Ⓘ4-273-02934-0

◇我々は何処へ行くのか―福永武彦・島尾ミホ作品論集　鳥居真知子著　大阪　和泉書院　2007.12　204p　22cm　(近代文学研究叢刊 37)〈他言語標題:Où allons-nous ?〉　3800円　Ⓘ978-4-7576-0436-0

◇福永武彦論―「純粋記憶」の生成とボードレール　西岡亜紀著　東信堂　2008.10　292p　22cm〈年譜あり　文献あり〉　3200円　Ⓘ978-4-88713-858-2

◇日は過ぎ去って僕のみは―福永武彦, 魂の旅　北海道文学館編　札幌　北海道立文学館　2011.6　83p　21cm〈会期・会場:2011年6月4日～7月10日 北海道立文学館特別展示室　年譜あり〉

◇福永武彦巡礼―風のゆくえ　水谷昭夫著　新教出版社　1989.3　270p　20cm　1800円　Ⓘ4-400-61466-2

◇福永武彦論　和田能卓著　教育出版センター　1994.10　138p　20cm〈福永武彦および著者の肖像あり〉　1800円　Ⓘ4-7632-1542-6

◇時の形見に―福永武彦研究論集　和田能卓編　京都　白地社　2005.11　195p　20cm　2000円　Ⓘ4-89359-232-7

◇福永武彦　新潮社　1994.12　111p　20cm　(新潮日本文学アルバム 50)〈編集・評伝:小久保実 エッセイ:菅野昭正〉　1300円　Ⓘ4-10-620654-4

詩（詩史）

◆◆福間 健二（1949〜）

◇福間健二―青い家にたどりつくまで：前橋文学館特別企画展・第19回萩原朔太郎賞受賞者展覧会　福間健二著, 萩原朔太郎記念水と緑と詩のまち前橋文学館編　前橋　萩原朔太郎記念水と緑と詩のまち前橋文学館　2012.7　95p　26cm〈会期：2012年7月14日〜9月9日　前橋市制施行120周年記念事業〉

◆◆藤 一也（1922〜）

◇藤一也の世界　渡辺元蔵編　沖積舎　1995.2　123p　21cm　2500円

◆◆藤川 正夫（1922〜1945）

◇暁の前に―藤川正夫の詩　今道友信著　藤川千代子　2002.4　340p　20cm〈肖像あり〉　4000円

◆◆古川 賢一郎（1903〜1955）

◇古川賢一郎・渋江周堂と戦争　山田かん著　諫早　山田和子　2008.12　393p　19cm〈発行所：長崎新聞社〉　1429円　①978-4-931493-94-0

◆◆古田 草一（1928〜）

◇詩と自由とアメリカと―ある在米詩人のメモワール　古田草一著　清流出版　1996.8　267p　20cm　1600円　①4-916028-23-6

◆◆星野 富弘（1946〜）

◇「星野富弘花の詩画展」記念誌　「星野富弘花の詩画展」記念誌編集委員会編　〔君津〕君津市社会福祉協議会　2012.5　46p　30cm〈会期・会場：2012年2月11日〜19日 君津市生涯学習交流センター　君津市市制施行40周年君津市社会福祉協議会法人化40周年記念, 第40回君津市社会福祉大会特別企画〉

◆◆本郷 隆（1922〜1978）

◇本郷隆―ある詩人の精神の軌跡　斎藤勇一著　秋田　無明舎出版　1992.4　153p　20cm〈本郷隆の肖像あり〉　2000円

◆◆本多 利通（1932〜1989）

◇赤道―本多利通追悼号　赤道の会編　高岡町（宮崎県）　本多企画　1990.6　180p　21cm〈『赤道』別冊 本多利通の肖像あり〉　1500円

◆◆真尾 倍弘（1918〜2001）

◇真尾倍弘・悦子展―たった二人の工場から　図録　いわき市立草野心平記念文学館編　いわき　いわき市立草野心平記念文学館　2004.7　59p　30cm〈会期：2004年7月10日〜9月12日　年譜あり〉

◆◆松浦 寿輝（1954〜）

◇松浦寿輝―『ウサギのダンス』から『吃水都市』まで 前橋文学館特別企画展・第十七回萩原朔太郎賞受賞者展覧会　松浦寿輝著, 萩原朔太郎記念水と緑と詩のまち前橋文学館編　前橋　萩原朔太郎記念水と緑と詩のまち前橋文学館　2010.7　94p　26cm〈会期：2010年7月31日〜9月12日 著作目録あり　年譜あり〉

◆◆松木 千鶴（1920〜1949）

◇松木千鶴―憶　ぱる出版　1998.7　76p　19cm　（松木千鶴詩集 別冊）　①4-89386-661-3

◆◆丸山 豊（1915〜1989）

◇丸山豊の声―輝く泥土の国から　松原新一編著　福岡　弦書房　2012.4　164p　21cm〈年譜あり〉　1900円　①978-4-86329-073-0

◆◆三木 卓（1935〜）

◇三木卓の文学世界　宮下拓三著　国分寺　武蔵野書房　1995.3　201p　20cm　2000円

◆◆水野 源三（1937〜1984）

◇こんな美しい朝に―瞬きの詩人・水野源三の世界　水野源三著,『百万人の福音』マナブックス・プロジェクト企画・編集　いのちのことば社　1990.10　79p　27cm〈著者の肖像あり〉　1600円　①4-264-01132-9

詩（詩史）

◆◆三井 葉子（1936～）

◇三井葉子の世界—〈うた〉と永遠　斎藤慎爾編　深夜叢書社　2001.6　211p　26cm〈年譜あり〉　3800円　①4-88032-245-8

◆◆村田 正夫（1932～2011）

◇批評の結実—村田正夫試論　鈴木茂夫詩論集　鈴木茂夫著　潮流出版社　1995.8　96p　19cm　2575円　①4-88525-909-6

◇批評の視角—村田正夫論集成　鈴木茂夫編　潮流出版社　1997.2　128p　19cm　2500円　①4-88525-912-6

◇生き残った少年—村田正夫私論　丸山由美子著　潮流出版社　2003.10　96p　19cm　2500円　①4-88525-920-7

◇日常と幻視—村田正夫の世界　宮城松隆著　潮流出版社　1998.10　112p　19cm　2500円　①4-88525-914-2

◇自由な表現—村田正夫詩論集　村田正夫著　潮流出版社　2004.8　96p　19cm　2500円　①4-88525-921-5

◇社会性の座標—村田正夫研究　山本聖子著　潮流出版社　2002.6　96p　19cm　2500円　①4-88525-917-7

◆◆百瀬 博教（1940～2008）

◇Momose—伝説の用心棒不良のカリスマ・百瀬博教　塩沢幸登著　茉莉花社　2006.4　679p　20cm〈河出書房新社（発売）〉　2800円　①4-309-90674-5

◆◆森 英介（～1951）

◇森英介—愛と漂白と受難の詩人　米沢　火の会　1998.3　195p　26cm　10000円

◆◆森崎 和江（1927～）

◇サークル村の磁場—上野英信・谷川雁・森崎和江　新木安利著　福岡　海鳥社　2011.2　319p　19cm〈年譜あり〉　2200円　①978-4-87415-791-6

◇おんな愛いのち—与謝野晶子/森崎和江/ヘーゲル　園田久子著　福岡　創言社　1999.7　272p　19cm　2500円　①4-88146-511-2

◇日本断層論—社会の矛盾を生きるために　森崎和江, 中島岳志著　NHK出版　2011.4　269p　18cm　（NHK出版新書 347）〈年譜あり〉　820円　①978-4-14-088347-1

◆◆安井 かずみ（1939～1994）

◇女は今, 華麗に生きたい—もっと真剣に, もっと積極的に　安井かずみ著　大和出版　1990.9　201p　19cm〈『自由という名の服を着た女』(大和書房1980年刊)の増訂〉　1150円　①4-8047-0108-7

◆◆八十島 四郎（1920～）

◇日本の〈敗戦〉を最初に歌った詩人—八十島四郎の足跡　山科恭一著　文芸社　2003.8　183p　20cm　1000円　①4-8355-6083-3

◆◆山田 かまち（1960～1977）

◇山田かまち伝説　板垣英憲著　データハウス　1994.2　238p　19cm　1200円　①4-88718-202-3

◇ありがとう, かまち—山田かまちへの熱いメッセージ　文芸春秋編　文芸春秋　1996.4　206p　20cm　1300円　①4-16-351530-5

◇かまちの海　山田千鶴子著　文芸春秋　2001.5　266p　20cm　1333円　①4-16-357430-1

◇かまちの海　山田千鶴子著　文芸春秋　2004.3　294p　16cm　（文春文庫plus）　552円　①4-16-766072-5

◆◆山田 かん（1930～2003）

◇かんの洵—山田かん追想　中里喜昭, 山田和子編　諫早　草土詩舎　2004.8　150p　26cm〈年譜あり〉

◆◆山本 陽子（1943～1984）

◇韻流の宇宙—山本陽子論集　渡辺元彦著　瀧林書房　2001.6　272p　22cm　3000円

◆◆吉岡 実（1919～1990）

◇吉岡実アラベスク　秋元幸人著　書肆山田　2002.5　488p　20cm　3800円　①4-87995-

◇吉岡実と森茉莉と　秋元幸人著　思潮社　2007.10　143p　20cm　2200円　Ⓘ978-4-7837-1641-9

◇矢印を走らせて—吉岡実詩集〈神秘的な時代の詩〉評釈7　小林一郎著　文芸空間　1992.8　38p　21cm（文芸空間会報 第21号）　240円

◇吉岡実全詩篇標題索引　小林一郎編　限定版　文芸空間　1995.5　40p　21cm　500円

◇吉岡実全詩篇標題索引　小林一郎編　改訂第2版　文芸空間　2000.12　44p　21cm〈限定版〉　1000円

◇吉岡実　思潮社　1991.4　327p　21cm（現代詩読本 特装版）〈吉岡実の肖像あり〉　2280円　Ⓘ4-7837-1851-2

◆◆吉原　幸子（1932〜2002）

◇吉原幸子—『幼年連祷』から『発光』まで　萩原朔太郎記念水と緑と詩のまち前橋文学館編　前橋　前橋文学館　1996.1　43p　30cm

◇吉原幸子　思潮社　2003.3　208p　21cm（現代詩手帖特集版）〈肖像あり　年譜あり　著作目録あり〉　1600円　Ⓘ4-7837-1854-7

◆◆吉増　剛造（1939〜）

◇吉増剛造—黄金の象　国文学編集部編　学燈社　2006.9　185p　21cm〈「国文学 第51巻6号」改装版　年譜あり〉　1800円　Ⓘ4-312-00552-4

◇裸形の言ノ葉—吉増剛造を読む　林浩平著　書肆山田　2007.12　201p　20cm〈年譜あり〉　2000円　Ⓘ978-4-87995-724-5

◇吉増剛造詩の黄金の庭—北への挨拶　吉増剛造著,北海道文学館編　札幌　北海道文学館　2008.8　96p　26cm〈折り込み1枚　中西出版（発売）〉　1800円　Ⓘ978-4-89115-179-9

◆◆四元　康祐（1959〜）

◇四元康祐—詩のなかの自画像 前橋文学館特別企画展 第11回萩原朔太郎賞受賞者展覧会 四元康祐展図録　四元康祐著,萩原朔太郎記念水と緑と詩のまち前橋文学館編　前橋　萩原朔太郎記念水と緑と詩のまち前橋文学館　2004.9　43p　30cm〈会期：2004年9月4日〜10月17日　年譜あり〉

◆◆鷲巣　繁男（1915〜1982）

◇評伝鷲巣繁男　神谷光信著　小沢書店　1998.12　419p　22cm　5600円　Ⓘ4-7551-0371-1

◇詩のカテドラル—鷲巣繁男とその周辺　神谷光信著　沖積舎　2002.11　250p　20cm〈年譜あり〉　3000円　Ⓘ4-8060-4679-5

◆◆和田　徹三（1909〜1999）

◇評伝和田徹三—形而上詩への道　神谷光信著　沖積舎　2001.6　313p　20cm〈肖像あり　年譜あり〉　3500円　Ⓘ4-8060-4664-7

◇和田徹三論叢　和田徹三論叢刊行会編　沖積舎　1997.8　297p　22cm　8000円　Ⓘ4-8060-6559-5

◆◆『荒地』

◇若い荒地　田村隆一著　講談社　2007.2　371p　16cm（講談社文芸文庫）〈著作目録あり　年譜あり〉　1400円　Ⓘ978-4-06-198469-1

◆◆鮎川　信夫（1920〜1986）

◇荒野へ　中井晨著　横浜　春風社　2007.1　591p　22cm（鮎川信夫と『新領土』　1）〈年表あり〉　9333円　Ⓘ978-4-86110-096-3

◇塹壕と模倣—鮎川信夫・北川透・中原中也　成田昭男著　東郷町（愛知県）　幻原社　2011.4　480p　22cm　3000円

◇鮎川信夫研究—精神の架橋　宮崎真素美著　日本図書センター　2002.7　483p　22cm　5800円　Ⓘ4-8205-5728-9

◇鮎川信夫—路上のたましい　牟礼慶子著　思潮社　1992.10　338,6p　20cm〈鮎川信夫の肖像あり〉　3200円　Ⓘ4-7837-1549-1

◇鮎川信夫からの贈りもの　牟礼慶子著　思潮社　2003.10　206p　20cm〈著作目録あり〉　2400円　Ⓘ4-7837-1617-X

詩（詩史）

◆◆北村　太郎（1922〜1992）

◇センチメンタルジャーニー―ある詩人の生涯　北村太郎著　草思社　1993.9　189p　20cm　1800円　⑪4-7942-0520-1
◇詩人北村太郎　北村太郎の全詩篇刊行委員会編　飛鳥新社　2012.11　213p　22cm〈文献あり　著作目録あり〉
◇珈琲とエクレアと詩人―スケッチ・北村太郎　橋口幸子著　鎌倉　港の人　2011.4　117p　19cm　1200円　⑪978-4-89629-231-2
◇北村太郎を探して　北冬舎編集部編　北冬舎　2004.11　459p　20cm〈松戸　王国社（発売）　年譜あり　著作目録あり〉　2800円　⑪4-86073-026-7

◆◆黒田　三郎（1919〜1980）

◇黒田三郎の死―静岡県詩史の片隅から　大井康暢著　瀧林書房　2002.9　289p　20cm　1800円

◆◆田村　隆一（1923〜1998）

◇詩人からの伝言　田村隆一著　リクルート・ダ・ヴィンチ編集部　1996.6　180p　19cm　971円　⑪4-88991-383-1
◇田村隆一詩人の航海日誌―図録　田村隆一詩, 鎌倉市芸術文化振興財団編　鎌倉　鎌倉市芸術文化振興財団　2008.4　64p　15×19cm〈会期：平成20年4月26日〜7月6日　著作目録あり　年譜あり〉
◇田村隆一―My way of life 前橋文学館特別企画展　萩原朔太郎記念水と緑と詩のまち前橋文学館編　前橋　前橋文学館　2001.8　44p　30cm〈会期：2001年8月4日〜2001年10月21日　年譜あり〉
◇田村隆一　思潮社　2000.8　335p　21cm　（現代詩読本　特装版）〈肖像あり　年譜あり　著作目録あり〉　2400円　⑪4-7837-1853-9
◇田村隆一―20世紀詩人の肖像　全集刊行記念総特集　永久保存版　河出書房新社　2010.9　191p　21cm　（Kawade道の手帖）〈年譜あり〉　1600円　⑪978-4-309-74035-5

◆『櫂』

◆◆茨木　のり子（1926〜2006）

◇鎮魂の詩歌―茨木のり子・山中智恵子　池谷敏忠著　名古屋　晃学出版　2006.5　57p　22cm　3000円　⑪4-905952-79-4
◇茨木のり子の家　茨木のり子詩著　平凡社　2010.11　127p　22cm　1800円　⑪978-4-582-83480-2
◇清冽―詩人茨木のり子の肖像　後藤正治著　中央公論新社　2010.11　270p　20cm　1900円　⑪978-4-12-004096-2
◇茨木のり子　増補　花神社　1996.7　210p　22cm　（花神ブックス　1）　1800円　⑪4-7602-1413-5

◆◆大岡　信（1931〜）

◇大岡信　思潮社　1992.8　364p　21cm　（現代詩読本　特装版）〈大岡信の肖像あり〉　2800円　⑪4-7837-1852-0

◆◆谷川　俊太郎（1931〜）

◇谷川俊太郎『二十億光年の孤独』に関わる初期詩篇ノート―翻刻　伊藤真一郎, 橋本典子編　広島　安田女子大学言語文化研究所　2003.3　185p　27cm　（安田女子大学言語文化研究叢書　8）　非売品
◇詩と世界の間で―往復書簡　大岡信, 谷川俊太郎著　思潮社　2004.12　213p　20cm〈付属資料：14p：武満徹への33の質問　鼎談：武満徹　1984年刊の復刻新版　肖像あり〉　1800円　⑪4-7837-1622-6
◇谷川俊太郎の世界―北川透評論集　北川透著　思潮社　2005.4　232p　20cm〈著作目録あり〉　2200円　⑪4-7837-1623-4
◇谷川俊太郎《詩》を読む　谷川俊太郎ほか　大阪　澪標　2004.10　211p　21cm〈著作目録あり〉　1300円　⑪4-86078-042-6
◇谷川俊太郎《詩の半世紀》を読む　谷川俊太郎, 田原, 山田兼士, 四元康祐, 大阪芸大の学生たち著　大阪　澪標　2005.8　225p　21cm〈著作目録あり〉　1500円　⑪4-86078-064-7
◇ぼくはこうやって詩を書いてきた―谷川俊太郎, 詩と人生を語る 1942-2009　谷川俊太

郎, 山田馨著　ナナロク社　2010.7　735p
21cm〈年譜あり〉　2800円　①978-4-
904292-06-8

◇谷川俊太郎論　田原著　岩波書店　2010.12
278p　20cm　2400円　①978-4-00-023790-1

◇谷川俊太郎―『二十億光年の孤独』から『世
間知ラズ』まで　前橋文学館編　前橋　前
橋文学館　1994.1　48p　30cm〈第1回萩原
朔太郎賞受賞者展覧会 著者の肖像あり　会
期：平成6年1月22日～5月8日〉

◇谷川俊太郎の詩学　山田兼士著　思潮社
2010.7　249p　20cm〈付(24p)：対話―谷
川俊太郎×山田兼士〉　2600円　①978-4-
7837-1663-1

◇谷川俊太郎学―言葉VS沈黙　四元康祐著
思潮社　2011.12　336p　20cm　3000円
①978-4-7837-1672-3

◆◆吉野　弘（1926～）

◇吉野弘の詩想　今村冬三著　沖積舎
1999.11　186p　19cm　2000円　①4-8060-
4644-2

◇吉野弘　増補　花神社　1998.7　210p
22cm　（花神ブックス 2）　1800円　①4-
7602-1520-4

短歌

◇小歌文集　青木実著　国分寺　青木実　1995.12　79p　20cm　非売品
◇母音憧憬　秋山佐和子著　砂子屋書房　1996.1　373p　20cm　3500円
◇今と永生と―現代語歌私論　天久卓夫著　潮汐社　1991.10　210p　22cm　2500円
◇うたの地平―定型の魅力を読む　雨宮雅子著　本阿弥書店　1993.11　259p　20cm　（短歌ライブラリー 6）　2600円　⊕4-89373-068-1
◇短歌の源流を尋ねて―実作者の立場から　綾部光芳著　短歌研究社　2008.7　454p　20cm　（響叢書 第19篇）〈文献あり〉　3619円　⊕978-4-86272-090-0
◇和歌文学講座―第10巻　現代の短歌　有吉保ほか編, 武川忠一責任編集　勉誠社　1994.1　425p　20cm　4800円　⊕4-585-02031-4
◇和歌文学講座―第9巻　近代の短歌　有吉保ほか編, 武川忠一責任編集　勉誠社　1994.1　374p　20cm　4800円　⊕4-585-02030-6
◇現代詩としての短歌　石井辰彦著　書肆山田　1999.12　305p　19cm　（りぶるどるしおる 31）　2500円　⊕4-87995-473-X
◇短歌要説　石岡雅憲著, 歌縁舎叢書刊行委員会編　歌縁舎　1993.6　93p　21cm　（歌縁叢書 篇外第1巻）　非売品
◇歌の乾坤―簡素の歌学　石田比呂志歌論集　石田比呂志著　砂子屋書房　1994.7　416p　20cm　3690円　⊕4-7904-0418-8
◇短歌真髄　石田比呂志著　砂子屋書房　2005.3　349p　20cm　3500円　⊕4-7904-0846-9
◇長醉居雑録　石田比呂志著　砂子屋書房　2007.10　355p　20cm　3500円　⊕978-4-7904-1042-3
◇石本隆一評論集―7　歌の山河・歌の隣邦　石本隆一著　短歌新聞社　1999.5　163p　20cm　（氷原叢書 100）　2381円　⊕4-8039-0960-1
◇石本隆一評論集―10　短歌随感　続　石本隆一著　短歌新聞社　2010.10　197p　20cm　（氷原叢書）　2381円　⊕978-4-8039-1507-5
◇短歌の現在―礒幾造歌論集　礒幾造著　短歌新聞社　1999.10　364p　19cm　3619円　⊕4-8039-0982-2
◇現代短歌の相貌　櫟原聰著　大阪　竹林館　2004.6　148p　19cm　（ソフィア叢書 no.14）　1400円　⊕4-86000-067-6
◇空の炎―時代と定型　評論集　伊藤一彦著　砂子屋書房　1994.4　307p　20cm　2427円
◇矢的の月光　伊藤一彦著　宮崎　鉱脈社　1997.11　219p　21cm　2500円
◇道芝　井上嘉子著　津山　〔井上嘉子〕　1991.7　88p　21cm
◇ひたすらなる生と歌―現代短歌ノート　伊吹純著　〔武豊町（愛知県）〕　黒豹発行所　2003.12　254p　20cm　2500円
◇歌の心・歌のいのち―岩田正評論集　岩田正著　雁書館　1990.11　225p　20cm　（雁書 20）　2300円
◇歌びとの悲願　上田三四二著　春秋社　1993.7　221p　20cm　1800円　⊕4-393-44116-8
◇歌びとの悲願　上田三四二著　日本点字図書館（製作）　1994.4　3冊　27cm〈厚生省委託　原本：春秋社 1993〉　各1700円
◇短歌のはなし　碓田のぼる著　〔出版地不明〕大野清　2010.2　143p　19cm〈編集：光陽出版社〉　1143円　⊕978-4-87662-508-6
◇労働と余暇との両立と余暇としての短歌　内田邦夫著　新星書房　2008.5　140p　15cm　（国民文学叢書 第527篇）　2000円
◇おおどかに短歌は生き続ける―歌人中島哀浪考　梅埜秀子著　銀の鈴社　2003.5　143p　20cm　（ひのくに叢書 82篇）〈（銀鈴叢書）〉　1500円　⊕4-87786-363-X

544　日本近現代文学案内

短歌

◇初心短歌の美しさ　海野哲治郎著　愛育出版　1991.7　319p　18cm　680円　ⓘ4-87002-002-5
◇星の林に月の船─声で楽しむ和歌・俳句　大岡信編　岩波書店　2005.6　222,7p　18cm　（岩波少年文庫 131）　640円　ⓘ4-00-114131-0
◇我が愛する歌　大河原惇行著　短歌新聞社　1994.11　223p　20cm　2200円　ⓘ4-8039-0760-9
◇鑑賞父兄のこころに　大沢寿夫著　五所川原津軽アスナロ短歌会　1995.9　150p　21cm　（津軽アスナロ叢書　第61編）　1500円
◇定型の力　大島史洋著　砂子屋書房　1993.5　247p　20cm
◇言葉の遊歩道─短歌を読む楽しみ　大島史洋著　ながらみ書房　2004.7　247p　19cm　2095円　ⓘ4-86023-237-2
◇春江花月─イメージの世界　太田絢子歌論集　太田絢子著　短歌新聞社　1991.7　223p　20cm　2500円
◇短歌、底辺と周辺　太田青丘著　雁書館　1997.2　309p　20cm　3398円
◇短歌開眼　太田青丘著　短歌新聞社　1999.4　227p　19cm　（短歌新聞選書）　1048円
◇現代短歌の魅力　大滝貞一著　短歌新聞社　1997.5　434p　20cm　4500円　ⓘ4-8039-0875-3
◇あした色の恋歌日記　大槻涼湖著　名古屋エフエー出版　1992.10　198p　19cm　1200円　ⓘ4-87208-031-9
◇子規への溯行　大辻隆弘著　砂子屋書房　1996.4　299p　20cm　2912円
◇短歌・俳句の社会学　大野道夫著　はる書房　2008.3　255p　20cm　2200円　ⓘ978-4-89984-095-4
◇詩歌と出会う時　大原富枝著　角川書店　1997.6　204p　20cm　2500円　ⓘ4-04-883482-7
◇夕陽居歌話　大屋正吉著　町田　木兎出版　1994.9　303p　20cm　（橄欖叢書　第320篇）　3000円
◇短詩型文学論　岡井隆,金子兜太著　紀伊国屋書店　1994.1　214p　20cm　（精選復刻紀伊国屋新書）　1800円　ⓘ4-314-00613-7

◇岡井隆コレクション─2　短詩型文学論集成　岡井隆著　思潮社　1995.2　492p　20cm　5800円　ⓘ4-7837-2306-0
◇岡井隆コレクション─1　初期短歌論集成　岡井隆著　思潮社　1995.5　517p　20cm　5800円　ⓘ4-7837-2307-9
◇岡井隆コレクション─8　エッセイ・小品集成　岡井隆著　思潮社　1996.8　511p　20cm　5800円　ⓘ4-7837-2311-7
◇現代短歌入門　岡井隆著　講談社　1997.1　340p　15cm　（講談社学術文庫）　960円　ⓘ4-06-159266-1
◇現代にとって短歌とは何か　岡井隆ほか編　岩波書店　1998.12　301p　20cm　（短歌と日本人 1）　2800円　ⓘ4-00-026291-2
◇短歌の創造力と象徴性　岡井隆編　岩波書店　1999.2　314p　20cm　（短歌と日本人 7）　2800円　ⓘ4-00-026297-1
◇短歌─この騒がしき詩型─「第二芸術論」への最終駁論　岡井隆著　短歌研究社　2002.7　287p　20cm　4700円　ⓘ4-88551-687-0
◇拡張される視野─現代短歌の可能性　小笠原賢二著　ながらみ書房　2001.12　562p　20cm　3500円　ⓘ4-86023-051-5
◇歌を恋うる歌　岡野弘彦著　中央公論社　1990.10　320p　20cm　2300円　ⓘ4-12-001970-5
◇歌を恋うる歌　岡野弘彦著　中央公論社　1994.1　352p　16cm　（中公文庫）　760円　ⓘ4-12-202061-1
◇聞き耳をたてて読む─短歌評論集　岡部隆志著　洋々社　2004.4　299p　20cm　（月光歌論叢書 1）　2400円　ⓘ4-89674-836-0
◇七五調のアジア─音数律からみる日本短歌とアジアの歌　岡部隆志,工藤隆,西条勉編著　大修館書店　2011.2　282p　20cm　2000円　ⓘ978-4-469-22213-5
◇短歌とその周囲─続　岡山巌著,岡山たづ子編　短歌新聞社　1992.12　309p　19cm　3000円
◇優雅に楽しむ短歌─歌を詠む第一歩から秀歌鑑賞まで、わかりやすく解説　沖ななも著　日東書院　1999.10　250p　19cm　1200円　ⓘ4-528-01368-1
◇短歌と時代　小木宏著　光陽出版社　1996.3

日本近現代文学案内　545

短歌

259p　20cm　2500円　①4-87662-175-6
◇抒情とただごと―奥村晃作歌集　奥村晃作著　本阿弥書店　1994.9　289p　20cm　（短歌ライブラリー 7）　2900円　①4-89373-072-X
◇新定型論―抒情をめざめさせるもの　小塩卓哉評論集　小塩卓哉著　短歌研究社　1994.4　253p　20cm　2500円　①4-88551-103-8
◇戦後への提言―続　笠井直倫省,鎌田みち子編　短歌新聞社　2009.10　225p　20cm　2381円　①978-4-8039-1466-5
◇風の歌人たち―定型の存在論　笠原勝子著　札幌　響文社　1996.1　243p　20cm　2200円　①4-906198-69-4
◇おのずからの世界―加藤克巳随談　加藤克巳著　角川書店　2008.6　215p　20cm　2381円　①978-4-04-652022-7
◇TKO―現代短歌の試み　加藤治郎著　五柳書院　1995.7　206p　20cm　（五柳叢書 47）　2000円　①4-906010-70-9
◇美意識の変容―加藤孝男短歌論集　加藤孝男著　雁書館　1993.3　231p　20cm　（雁叢書 22）　2500円
◇現代短歌のすがた　加藤将之著,水甕静岡支社編　静岡　水甕静岡支社　1990.9　43p　19cm 〈著者の肖像あり〉
◇一首に想う　川合千鶴子著　短歌新聞社　2008.11　197p　19cm　（明日香叢書 第179篇）　2381円　①978-4-8039-1437-5
◇短歌、マクロとミクロ　河合恒治著　不識書院　1992.6　267p　20cm　（水甕叢書 第572篇）　2500円
◇短歌の周辺―川口幾久雄評論集　川口幾久雄著　弘前　水星舎　1992.10　257p　19cm　1800円　①4-87608-078-X
◇体あたり現代短歌　河野裕子著　本阿弥書店　1992.2　222p　20cm　（短歌ライブラリー 4）　2500円　①4-89373-048-7
◇詩歌のほとり　川端弘著　短歌新聞社　1995.6　402p　20cm　（林間叢書 第339篇）　3000円　①4-8039-0778-1
◇傷痕よりの出発―河村盛明評論集　河村盛明著　六法出版社　1992.5　320p　19cm　（ほるす歌書）　2500円　①4-89770-895-8
◇歌人の山　来嶋靖生著　作品社　1998.4　232,6p　19cm　1800円　①4-87893-297-X
◇現代短歌の秋―短歌論集　来嶋靖生著　角川書店　1999.4　331p　20cm　3800円　①4-04-884123-8
◇秀歌月ごよみ　来嶋靖生著　柊書房　2006.11　198p　19cm　（槻の木叢書 第199篇）　1800円　①4-89975-150-8
◇真木も雑木も　清野房太著　長野　鬼灯書籍　1997.12　429p　22cm
◇歌林逍遥　楠田立身著　〔姫路〕　短歌ぐるうぶ象の会　2002.10　168p　19cm　（象文庫 第8輯）
◇短歌美学の諸相―工藤幸一歌論集　工藤幸一著　仙台　北東風短歌社　1992.12　329p　19cm　（北東風叢書 第6篇）　2500円
◇ことばの森―歌ことばおぼえ書　久保田淳著　明治書院　2008.4　243p　20cm　3800円　①978-4-625-44401-2
◇名歌人生読本―2　短歌のこころ和のこころ　久米建寿著　文芸社　2009.11　277p　20cm　1800円　①978-4-286-06788-9
◇街角の事物たち　小池光著　五柳書院　1991.1　301p　20cm　（五柳叢書 23）　1800円　①4-906010-44-X
◇短歌物体のある風景　小池光著　本阿弥書店　1993.10　269p　20cm　（短歌ライブラリー 5）　2700円　①4-89373-070-3
◇批評への意志―現代短歌の可能性　評論集　小高賢著　雁書館　1989.7　253p　20cm　（雁叢書 17）　2500円
◇転形期と批評―現代短歌の挑戦　小高賢著　柊書房　2003.3　321p　20cm　2500円　①4-89975-051-X
◇「台湾万葉集」物語　孤蓬万里著　岩波書店　1994.1　63p　21cm　（岩波ブックレット no.329）　350円　①4-00-003269-0
◇孤蓬万里半世紀　孤蓬万里編著　集英社　1997.9　342p　20cm　2000円　①4-08-781155-7
◇歌の話　小見山輝著　〔京都〕　みぎわ書房　1997.8　377p　19cm　（龍叢書 第160編）　2500円　①4-89359-187-8
◇独り精進　小見山輝著　岡山　大学教育出版　2008.1　392p　19cm　（龍叢書 第222篇）　2800円　①978-4-88730-809-1

◇短歌と歩いた道―第2巻　三社合同短歌会・市民短歌会・渦短歌会　是永光男著　北九州〔是永光男〕　1990.10　122p　21cm　（叢書　第13集）　1000円

◇短歌と思想―近藤芳美歌論集　近藤芳美著　砂子屋書房　1992.6　342p　20cm　2913円

◇無名者の歌　近藤芳美著　岩波書店　1993.5　339p　16cm　（同時代ライブラリー　148）　1050円　Ⓘ4-00-260148-X

◇新しき短歌の規定　近藤芳美著　講談社　1993.11　264p　15cm　（講談社学術文庫）〈十字屋書店1952年刊の再刊〉　780円　Ⓘ4-06-159099-5

◇歌のドルフィン　今野寿美著　ながらみ書房　2009.1　292p　19cm　（りとむコレクション　66）　2700円　Ⓘ978-4-86023-582-6

◇生まれては死んでゆけ―新世紀短歌入門　さいかち真著　北溟社　2006.4　221p　19cm　（精鋭歌論ベスト10　1）　1800円　Ⓘ4-89448-501-X

◇どうして採れないか―私の作歌理念　斎樹富太郎著　波佐見町（長崎県）〔斎樹富太郎〕　1992.9　95p　21cm　（斎樹叢書　第50篇）　1000円

◇「討論」現代短歌の修辞学　三枝昂之著　ながらみ書房　1996.3　196p　19cm　1800円

◇こころの歳時記　三枝昂之著　甲府　山梨日日新聞社　2006.7　210p　20cm　2000円　Ⓘ4-89710-612-5

◇言葉の海を泳ぐ―短歌とその周辺　斎藤祥郎著　徳島　徳島歌人新社　2003.9　272p　20cm　（徳島歌人叢書　第55編）　3000円

◇影たちの棲む国　佐伯裕子著　北冬舎　1996.12　209p　20cm　1553円　Ⓘ4-900456-43-8

◇深層短歌宣言　坂野信彦著　邑書林　1990.8　254p　20cm　2600円

◇夕暮れから曙へ―現代短歌論　桜井琢巳著　本阿弥書店　1996.4　247p　20cm　2500円　Ⓘ4-89373-090-8

◇六花有情―句歌雑談　笹野儀一著　徳島　第一出版　1991.7　302p　19cm〈著者の肖像あり〉　1200円

◇横書きの現代短歌　佐藤通雅著　五柳書院　1990.5　174p　20cm　（五柳叢書　21）　1500円　Ⓘ4-906010-42-3

◇リアルタイムの短歌論　佐藤通雅著　五柳書院　1991.11　221p　20cm　（五柳叢書　28）　1800円　Ⓘ4-906010-49-0

◇わが随縁記　椎名恒治著　ながらみ書房　2005.9　222p　20cm　（地中海叢書　第799篇）　2500円　Ⓘ4-86023-351-4

◇歌と海―評論集　志垣澄幸著　高岡町（宮崎県）　本多企画　1994.5　217p　20cm　2500円

◇生き方の表現　篠弘著　日本放送出版協会　1996.4　220p　19cm　（NHK短歌入門）　1300円　Ⓘ4-14-016082-9

◇時空を散歩する―出会い・三八九首　島内将雄著　佐世保　湾の会　1992.7　186p　19cm　1800円

◇山高し―窓日六十五周年記念　清水比庵著　鹿沼　窓日短歌会　1994.2　219p　22cm　（窓日叢書　第93篇）〈編集：東京比庵会　著者の肖像あり〉　3500円

◇加藤将之歌話　水甕静岡支社編　再版　静岡　水甕静岡支社　1990.10　140p　18cm　（水甕新書　4）　1000円

◇時の雫　杉本清子著　川口　あけぼの企画　1997.11　115枚　21×30cm　3000円

◇流憩―評論・随筆他　鈴木幸輔著,長風短歌会編集部編　短歌新聞社　1993.8　513p　20cm　5000円　Ⓘ4-8039-0710-2

◇歌を読む悦び―鈴木竹志評論集　鈴木竹志著　本阿弥書店　1997.9　302p　20cm　2900円　Ⓘ4-89373-227-7

◇現代短歌そのこころみ　関川夏央著　日本放送出版協会　2004.6　305p　21cm　1700円　Ⓘ4-14-005454-9

◇綱手通信集成　田井安曇著　西宮　甑岩書房　1996.11　317p　18cm　1000円

◇田井安曇著作集―第4巻　評論・歌論篇　田井安曇著　不識書院　1998.10　665p　20cm　6000円　Ⓘ4-938289-22-9

◇うたの前線　高野公彦著　本阿弥書店　1990.11　213p　20cm　（短歌ライブラリー　3）　2300円　Ⓘ4-89373-039-8

◇あやもよう―『六花』に寄せて　武田茂子編　そうぶん社出版　2001.12　93p　19cm〈肖像あり〉　Ⓘ4-88328-265-1

短歌

◇短歌運動史考―田島静香遺稿集　田島静香著, 佐瀬良幸編　宝塚　田嶋ヨシ子　1990.7　552p　20cm〈著者の肖像あり　付(10p)：追悼田島静香〉

◇こころのうちそと―2　田中子之吉著　ながらみ書房　2007.7　193p　21cm〈「2」のサブタイトル：作歌とその周辺〉　2500円　①978-4-86023-473-7

◇〈劇〉的短歌論　谷岡亜紀著　邑書林　1993.6　267p　20cm　2700円　①4-946407-62-6

◇喜劇の方へ　玉城徹著　邑書林　1990.11　171p　18cm　1900円

◇短歌こぼればなし　田村賢一著　府中(東京都)　渓声出版　2007.9　296p　19cm　(逃水叢書　第98篇)　1800円　①978-4-904002-01-8

◇宇宙塵―短歌雑感　田谷鋭著　調布　ふらんす堂　2005.5　228p　18cm　1429円　①4-89402-727-5

◇短歌をよむ　俵万智著　岩波書店　1993.10　244p　18cm　(岩波新書)　580円　①4-00-430304-4

◇短歌をよむ　俵万智著　東京ヘレン・ケラー協会点字出版局　1994.8　3冊　27cm〈原本：岩波書店 1993 岩波新書〉　全11200円

◇短歌歳時記―上　短歌新聞社編　短歌新聞社　2008.4　232p　19cm　1905円　①978-4-8039-1401-6

◇短歌歳時記―下　短歌新聞社編　短歌新聞社　2008.4　253p　19cm　1905円　①978-4-8039-1402-3

◇良い歌とは、その条件―評論集　千代国一著　短歌新聞　1996.10　304p　20cm　(国民文学叢書　第430篇)　3884円　①4-8039-0853-2

◇不可解ゆえに我愛す―真の西行・茂吉を求めて　塚本邦雄著　花曜社　1991.9　257p　20cm　2800円　①4-87346-078-6

◇新武園歌話　土屋正夫著　表現社　1997.7　313p　19cm　(国民文学叢書　第439篇―軽雪叢書　第26篇)　4000円

◇短歌の私、日本の私　坪内稔典編　岩波書店　1999.5　291p　20cm　(短歌と日本人 5)　2800円　①4-00-026295-5

◇言葉のゆくえ―俳句短歌の招待席　坪内稔典, 永田和宏著, 京都新聞社編　京都　京都新聞出版センター　2009.3　190p　20cm　1400円　①978-4-7638-0614-7

◇青き玻璃―歌論集　棟幸子著　短歌新聞社　1998.11　337p　19cm　3333円　①4-8039-0950-4

◇野男の短歌流儀　時田則雄著　本阿弥書店　2005.10　163p　19cm　1700円　①4-7768-0175-2

◇現代短歌の視点―歌論集　外塚喬著　短歌新聞社　1992.3　240p　20cm　2300円

◇詩歌と芸能の身体感覚　富岡多恵子編　岩波書店　1999.3　293p　20cm　(短歌と日本人 4)　2800円　①4-00-026294-7

◇短歌に体当たり―中高年こそ適齢期　中島悠果著　文芸社　2004.11　218p　19cm〈文献あり〉　1400円　①4-8355-8188-1

◇永田典子エッセイ集―私の歌人体験　永田典子著　ながらみ書房　1996.8　205p　20cm　(日月叢書 1篇)　2427円

◇放埓の夢―わが心の現代詩歌　中西進著　有学書林　1995.2　285p　20cm　2000円　①4-946477-16-0

◇現代短歌の一面―全電通労働者の短歌　評論集　中村昇著　かたりべ舎　1990.6　229p　19cm　1500円

◇短歌と音楽―続　名和長昌著　短歌新聞社　1998.1　192p　19cm　1905円　①4-8039-0914-8

◇わが詩論　任空人著　日本図書刊行会　1993.11　155p　20cm〈近代文芸社(発売)〉　1300円　①4-7733-2453-8

◇わが心のうちなる歌碑―2　野地潤家著　広島　渓水社　1990.9　216p　19cm〈「1」の出版者：桜楓社〉　1545円

◇わが心のうちなる歌碑―3　野地潤家著　共文社　1993.9　222p　19cm〈「2」の出版者：渓水社(広島)〉　2200円　①4-7643-0043-5

◇短歌その形と心―NHK短歌入門　馬場あき子著　日本放送出版協会　1990.5　223p　20cm〈著者の肖像あり〉　1300円　①4-14-016059-4

◇かく咲きたらば　馬場あき子著　朝日新聞社　1992.6　256p　20cm　1400円　①4-02-256459-8

◇歌の彩事記　馬場あき子著　読売新聞社　1996.11　317p　20cm　1600円　ⓈⒸ4-643-96103-1

◇はるかな父へ―うたの歳時記　馬場あき子著　小学館　1999.7　239p　18cm　1300円　ⓈⒸ4-09-840057-X

◇短歌実作者周辺―浜田蝶二郎評論集　浜田蝶二郎著　短歌研究社　1992.3　192,4p　20cm　（醍醐叢書　第101篇）　3000円　ⓈⒸ4-924363-94-4

◇幻の花翁草―歌書　林谷広著　山形　アドセンター三次郎　1990.10　243p　20cm　2800円

◇菱川善夫著作集―10　自伝的スケッチ―運動体への導火線　菱川善夫著,菱川善夫著作集刊行委員会編　沖積舎　2012.2　319p　20cm〈付属資料：2p：月報　著作目録あり　年譜あり　索引あり〉　3500円　ⓈⒸ978-4-8060-6625-5

◇短歌のこころ語りの心―短歌と「語り」をつなぐもの　平野啓子著　リヨン社　2007.12　254p　20cm〈二見書房（発売）〉　1700円　ⓈⒸ978-4-576-07219-7

◇フェスタ・イン・なごや―現代短歌'90s 記録集　「フェスタ・イン・なごや記録集」刊行委員会編　六法出版社　1991.6　97p　21cm〈歌人集団・中の会十周年記念〉　2300円　ⓈⒸ4-89770-860-5

◇短歌における批評とは　藤井貞和編　岩波書店　1999.4　330p　20cm　（短歌と日本人　6）　2800円　ⓈⒸ4-00-026296-3

◇歌の明日へ　藤井常世著　柊書房　2002.9　230p　20cm　2500円　ⓈⒸ4-89975-019-6

◇歌論の研究　藤平春男著　ぺりかん社　1989.6　338p　22cm〈新装版〉　3940円

◇短歌の引力―藤原竜一郎短歌発言集　藤原竜一郎著　柊書房　2000.7　327p　20cm　2500円　ⓈⒸ4-939005-75-5

◇短歌素人時代　双木秀著　近代文芸社　1994.11　98p　20cm　1300円　ⓈⒸ4-7733-2988-2

◇現代短歌を「立見席」から読む―2　古島哲朗著　ながらみ書房　2001.11　371p　20cm〈付属資料：2枚：人名索引〉　3000円　ⓈⒸ4-86023-008-6

◇歌心往還　星崎茂著　小田原　西さがみ文芸愛好会　2007.6　298p　19cm　2000円

◇絵画と短歌の対話―歌書　星田郁代著　短歌研究社　2003.1　235p　20cm　2800円　ⓈⒸ4-88551-710-9

◇歌暦　星野丑三著　香蘭短歌会　1997.1　364p　20cm　（香蘭叢書　第190編）　3800円

◇歌の転換―細井剛評論集　細井剛著　沖積舎　1990.12　189p　20cm　3000円　ⓈⒸ4-8060-4554-3

◇短歌寸言　堀松太郎著　浜田　堀松太郎　1990.2　73p　21cm　1500円

◇山河慟哭　前登志夫著　小沢書店　1991.8　334p　20cm　（小沢コレクション　33）　2060円

◇櫺窓雑記　前山礼次著　北九州　〔前山礼次〕　1990.4　201p　20cm

◇作歌少閑　水城孝著　短歌新聞社　1991.2　374p　20cm　（十字路叢書　第8篇）　3500円

◇水町京子集　水町京子文集刊行会編　横浜　遠つびと短歌会　1991.11　316p　19cm〈生誕百年記念　著者の肖像あり〉　3400円

◇四十代、今の私がいちばん好き　道浦母都子著　岩波書店　1994.6　227p　20cm　1800円　ⓈⒸ4-00-002382-9

◇続海浜独唱―5　397〜433　御津磯夫著　石川書房　1991.4　299p　19cm　（三河アララギ叢書　第86篇）　4000円

◇多感短歌論　皆吉司著　東京四季出版　1990.6　229p　20cm　2500円　ⓈⒸ4-87621-347-X

◇写生の原点―宮岡昇評論集　宮岡昇著　短歌新聞社　1990.11　256p　20cm　2500円　ⓈⒸ4-8039-0622-X

◇今、短歌とは―宮岡昇評論集　宮岡昇著　短歌研究社　1994.6　190p　20cm　（樹液叢書　第6篇）　2500円　ⓈⒸ4-88551-121-6

◇次郎歌話　村野次郎著　香蘭短歌会　1990.6　2冊　22cm〈著者の肖像あり〉　全4500円

◇続おじさんは文学通―2（短歌編）　明治書院第三編集部編著　明治書院　1997.7　197p　18cm　880円　ⓈⒸ4-625-53135-7

◇ヨハネの苺　森村浅香著　短歌研究社　1991.8　165p　20cm　3000円　ⓈⒸ4-

◇歌集の森　安田純生著　大阪　和泉書院　1999.6　201p　20cm　〈歌のこころシリーズ 1〉　2500円　①4-87088-925-0

◇世紀末短歌読本　山下雅人著　邑書林　1994.12　242p　20cm　2700円　①4-89709-116-0

◇一休庵雑言　山隅衛著　広島　中村章子　1993.5　375p　26cm〈著者の肖像あり〉

◇短歌のこころ　山田輝彦著　日本青年協議会　1996.9　205p　19cm　1300円　①4-9900536-0-5

◇短歌と自由　山田富士郎著　邑書林　1997.12　268p　20cm　2800円　①4-89709-261-2

◇近代の短歌　山根巴,大久保晴雄編　双文社出版　1992.3　133p　21cm　1800円　①4-88164-057-7

◇歌話と俳談—数寄者の系譜　資料篇　山本唯一,北村朋典共編　大垣　正安書院　1993.10　123p　21cm　1200円

◇短歌心覚論私解—続篇　吉原徳太郎著　京都　青虹社　1993.4　272p　22cm　3000円

◇拡大と変容　米口実著　京都　青磁社　2009.9　404p　20cm　2667円　①978-4-86198-127-2

◇ぽあ—レディース・ジャーナル　総集編1　レディース・ジャーナルぽあ企画,梅津ふみ子編　短歌研究社　1990.12　608p　22cm　3000円　①4-924363-39-1

◇ぽあ—レディース・ジャーナル　総集編2　レディース・ジャーナルぽあ企画,梅津ふみ子編　短歌研究社　1991.12　510p　22cm　3000円　①4-924363-81-2

◇連作と現代短歌　若宮貞次著　短歌新聞社　2005.2　236p　20cm　2381円　①4-8039-1187-8

◇上野理旧蔵資料目録　早稲田大学図書館　早稲田大学図書館　2009.10　65p　26cm〈著作目録あり　年譜あり〉

◇石原純歌論集　和田耕作編　ナテック　2004.11　385p　20cm　（PHN叢書 第3篇）〈著作目録あり〉　5800円　①4-901937-03-0

◇抒情への視野—短歌随想　渡辺成雄著　新潟〔渡辺成雄〕　1990.5　226p　21cm　1500円

◇歌のいのち—歌論集　渡辺朝一著　砂子屋書房　1991.8　221p　20cm　（あらたえ叢書 第26篇）　2200円

◇響批評特集　大野町（広島県）　表現短歌会広島支部　1991.5　44p　21cm〈奥付の書名：合同歌集『響』批評特集〉　1000円

◇石本隆一評論集—8　碑文谷雑記　短歌新聞社　1994.5　213p　20cm　（氷原叢書 70）　2500円　①4-8039-0739-0

◇加藤克巳評論集成　沖積舎　1994.10　1053p　22cm　（加藤克巳著作選 2）〈著者の肖像あり 付（11p 21cm）：栞〉　14000円　①4-8060-6545-5

◇加藤克巳批評集成　沖積舎　1995.11　591p　22cm　（加藤克巳著作選 3）

◇ポケット短歌その日その日　新装版　平凡社　1996.2　337p　18cm　1800円　①4-582-12412-7

◇ポケット短歌その日その日—続　新装版　平凡社　1996.2　336p　18cm　1800円　①4-582-12413-5

◇歌の源流を考える　ながらみ書房　1999.4　302p　20cm　2500円　①4-8262-5008-8

◇歌の源流を考える—2　ながらみ書房　2002.7　354p　20cm〈白鳳社（発売）〉　2800円　①4-8262-5009-6

辞典・書誌

◇枕詞辞典　阿部萬蔵,阿部猛編　改訂版　同成社　2010.9　349p　22cm〈初版：高科書店1989年刊　文献あり　索引あり〉　5700円　①978-4-88621-538-3

◇短歌表現辞典—草樹花編　飯塚書店編集部編　飯塚書店　1996.2　286p　20cm　2800円　①4-7522-1025-8

◇短歌表現辞典—鳥獣虫魚編　飯塚書店編集部編　飯塚書店　1997.5　263p　20cm　2800円　①4-7522-1026-6

◇短歌表現辞典—天地・季節編　飯塚書店編集部編　飯塚書店　1998.2　261p　20cm　2800円　①4-7522-1028-2

◇短歌表現辞典—生活・文化編　飯塚書店編集部編　飯塚書店　1998.11　283p　20cm　2800円　①4-7522-1029-0

◇名句鑑賞辞典　飯田竜太,稲畑汀子,森澄雄監

短歌（辞典・書誌）

修　角川書店　2000.4　429p　20cm　2600円　①4-04-884126-2

◇和歌大辞典　犬養廉ほか編　明治書院　1992.4　1201p　27cm　24720円　①4-625-40029-5

◇日本うたことば表現辞典―1（植物編　上巻）　大岡信監修, 日本うたことば表現辞典刊行委員会編　遊子館　1997.7　24,422p　27cm　①4-946525-04-1,4-946525-03-3

◇日本うたことば表現辞典―1（植物編　下巻）　大岡信監修, 日本うたことば表現辞典刊行委員会編　遊子館　1997.7　p423～744,73p　27cm　①4-946525-05-X,4-946525-03-3

◇日本うたことば表現辞典―3（動物編）　大岡信監修, 日本うたことば表現辞典刊行委員会編　遊子館　1998.1　23,415,39p　27cm　18000円　①4-946525-06-8

◇日本うたことば表現辞典―4（叙景編）　大岡信監修, 日本うたことば表現辞典刊行会編　遊子館　1998.8　21,445,37p　27cm　18000円　①4-946525-09-2

◇日本うたことば表現辞典―5（恋愛編）　大岡信監修, 日本うたことば表現辞典刊行会編　遊子館　1999.1　19,409,31p　27cm　18000円　①4-946525-14-9

◇日本うたことば表現辞典―6（生活編　上巻）　大岡信監修, 日本うたことば表現辞典刊行会編　遊子館　2000.3　24,446p　27cm　①4-946525-23-8

◇日本うたことば表現辞典―7（生活編　下巻）　大岡信監修, 日本うたことば表現辞典刊行会編　遊子館　2000.3　22p,p447～717,172p　27cm　①4-946525-24-6

◇日本うたことば表現辞典―8（狂歌・川柳編　上巻）　大岡信監修, 日本うたことば表現辞典刊行会編　遊子館　2000.11　444,15p　27cm　①4-946525-29-7

◇日本うたことば表現辞典―9（狂歌・川柳編　下巻）　大岡信監修, 日本うたことば表現辞典刊行会編　遊子館　2000.11　p447～833p　27cm　①4-946525-29-7

◇短歌俳句植物表現辞典―歳時記版　大岡信監修　遊子館　2002.4　589,28p　19cm　3500円　①4-946525-38-3

◇短歌俳句自然表現辞典―歳時記版　大岡信監修　遊子館　2002.5　486,18p　19cm　3300円　①4-946525-40-8

◇短歌俳句動物表現辞典―歳時記版　大岡信監修　遊子館　2002.10　476,20p　19cm　3300円　①4-946525-39-4

◇短歌俳句愛情表現辞典　大岡信監修　遊子館　2002.11　554p　19cm　3300円　①4-946525-42-4

◇狂歌川柳表現辞典―歳時記版　大岡信監修　遊子館　2003.1　533,13p　19cm　3300円　①4-946525-43-2

◇短歌俳句生活表現辞典―歳時記版　大岡信監修　遊子館　2003.1　587,33p　19cm　3500円　①4-946525-41-6

◇日本うたことば表現辞典―10（枕詞編　上巻）　大岡信監修, 日本うたことば表現辞典刊行会編　遊子館　2007.7　59,404p　27cm〈文献あり〉　①978-4-946525-83-4

◇日本うたことば表現辞典―11（枕詞編　下巻）　大岡信監修, 日本うたことば表現辞典刊行会編　遊子館　2007.7　405～726,57p　27cm　①978-4-946525-83-4

◇日本うたことば表現辞典―12（歌枕編　上巻）　大岡信監修, 日本うたことば表現辞典刊行会編　遊子館　2008.8　442p　27cm〈文献あり〉　①978-4-946525-92-6

◇日本うたことば表現辞典―13（歌枕編　下巻）　大岡信監修, 日本うたことば表現辞典刊行会編　遊子館　2008.8　p443～819　27cm　①978-4-946525-92-6

◇日本うたことば表現辞典―15（本歌本説取編）　大岡信監修, 日本うたことば表現辞典刊行会編　遊子館　2009.6　400,40p　27cm〈文献あり　索引あり〉　18000円　①978-4-86361-000-2

◇岩波現代短歌辞典―CD-ROM版　岡井隆監修, 三枝昂之ほか編　岩波書店　c2002　CD-ROM1枚　12cm（付属資料：取扱説明書（37p ; 22cm）　電子的内容：テキスト・データ　Windows　OS 日本語版Windows 95/98/Me/2000Pro/XP　CPU Pentium以上　メモリ 32MB以上推奨　CD-ROMドライブ 4倍速以上推奨　Macintosh　OS 日本語版Mac OS 7.6以上　CPU PowerPC以上　メモリ 32MB以上推奨　CD-ROMドライブ 4倍速以上推奨　外箱入）　9000円　①4-00-130145-8

短歌（辞典・書誌）

◇私撰枕ことば辞典　鏡山昭典著　中央公論新社　2005.11　320p　20cm〈年表あり〉　2800円　Ⓘ4-12-003678-2

◇埼玉短歌事典　加藤克巳,清水房雄監修,埼玉県歌人会「埼玉短歌事典刊行委員会」編　狭山　埼玉短歌事典刊行委員会事務局　2007.3　383,13p　22cm〈年表あり〉　3800円

◇古今歌ことば辞典　菅野洋一,仁平道明編著　新潮社　1998.11　333p　20cm　（新潮選書）　1400円　Ⓘ4-10-600556-5

◇例解短歌用語辞典　窪田空穂,尾山篤二郎著　創拓社　1990.12　761p　19cm〈『短歌作法講座第3巻作歌辞典』（改造社昭和11年刊）の改題〉　3800円　Ⓘ4-87138-112-9

◇歌ことば歌枕大辞典　久保田淳,馬場あき子編　角川書店　1999.5　1031p　24cm　20000円　Ⓘ4-04-023100-7

◇名歌名句大事典―歳時　人　自然　久保田淳,長島弘明編　予約版　明治書院　2012.5　134,863p　27cm〈年表あり　索引あり〉　30000円　Ⓘ978-4-625-40402-3

◇名歌名句大事典―歳時　人　自然　久保田淳,長島弘明編　明治書院　2012.7　134,863p　27cm〈年表あり　索引あり〉　35000円　Ⓘ978-4-625-40403-0

◇現代短歌ハンドブック　小池光,三枝昂之,佐佐木幸綱,菱川善夫編　雄山閣出版　1999.7　271,16p　19cm　2800円　Ⓘ4-639-01613-1

◇日本歌語事典　佐佐木幸綱ほか編　大修館書店　1994.7　1194p　27cm　18540円　Ⓘ4-469-01239-4

◇短歌名言辞典　佐佐木幸綱編著　東京書籍　1997.10　648p　22cm　8500円　Ⓘ4-487-73222-0

◇三省堂名歌名句辞典　佐佐木幸綱,復本一郎編　三省堂　2004.9　1066,90p　19cm〈年表あり〉　4600円　Ⓘ4-385-15382-5

◇三省堂名歌名句辞典　佐佐木幸綱,復本一郎編　机上版　三省堂　2005.9　1066,90p　22cm〈年表あり〉　7500円　Ⓘ4-385-15383-3

◇詩歌作者事典　詩歌作者事典刊行会,鼎書房編集部編,志村有弘監修　鼎書房　2011.11　448,23p　22cm〈年表あり〉　8000円　Ⓘ978-4-907846-87-9

◇日本詩歌小辞典　塩田丸男著　白水社　2007.9　269,27p　20cm　2800円　Ⓘ978-4-560-03168-1

◇日本詩歌小辞典　塩田丸男著　白水社　2007.9　269,27p　20cm　2800円　Ⓘ978-4-560-03168-1

◇短歌用語辞典　司代隆三編著,飯塚書店編集部編　新版　飯塚書店　1993.10　489p　20cm　3800円　Ⓘ4-7522-1007-X

◇現代短歌大事典　篠弘,馬場あき子,佐佐木幸綱監修,大島史洋,河野裕子,来嶋靖生,小高賢,三枝昂之,島田修三,高野公彦,内藤明,米川千嘉子編　三省堂　2000.6　716,34p　22cm　6800円　Ⓘ4-385-15424-4

◇現代短歌大事典　篠弘,馬場あき子,佐佐木幸綱監修　普及版　三省堂　2004.7　716,34p　19cm〈付属資料：CD1枚（12cm）　年表あり〉　4800円　Ⓘ4-385-15419-8

◇近代秀歌総索引　鈴木一彦編著　東宛社　2002.5　183p　22cm　3200円　Ⓘ4-924694-47-9

◇通解名歌辞典　武田祐吉,土田知雄著　創拓社　1990.12　1061p　19cm　4000円　Ⓘ4-87138-114-5

◇現代短歌分類辞典―14巻　自さやさや至さんどう　津端亭編纂　杉戸町（埼玉県）　現代短歌分類辞典刊行所　1990.7　446p　31cm〈新装判　通巻172〉　16000円

◇現代短歌分類辞典―15巻　自さんどう至しくしくと　津端亭編纂　杉戸町（埼玉県）　現代短歌分類辞典刊行所　1990.9　446,11p　31cm〈新装判　通巻173〉　16000円　Ⓘ4-87706-173-8

◇現代短歌分類辞典―16巻　自しくしくなきーて至しずまり　津端亭編纂　杉戸町（埼玉県）　現代短歌分類辞典刊行所　1990.12　446,12p　31cm〈新装判　通巻174〉　16480円

◇現代短歌分類辞典―17巻　自しずまり至しなえ　津端亭編纂　杉戸町（埼玉県）　現代短歌分類辞典刊行所　1991.1　446,11p　31cm〈新装判　通巻175〉　16000円　Ⓘ4-87706-175-4

◇現代短歌分類辞典―18巻　自しなえ至しみじみと　津端亭編纂　杉戸町（埼玉県）　現代短歌分類辞典刊行所　1991.3　466,11p　31cm〈新装判　通巻176〉　16000円　Ⓘ4-

短歌（辞典・書誌）

87706-176-2
◇現代短歌分類辞典—19巻　自しみじみと至じゅうにがつ　津端亭編纂　杉戸町(埼玉県)　現代短歌分類辞典刊行所　1991.6　440,12p　31cm〈新装判 通巻177〉　16000円　①4-87706-177-0
◇現代短歌分類辞典—20巻　自じゅうにかはら至じょこう　津端亭編纂　杉戸町(埼玉県)　現代短歌分類辞典刊行所　1991.10　446,11p　31cm〈新装判 通巻178〉　16000円　①4-87706-178-9
◇現代短歌分類辞典—21巻　自じょこう至しろく　津端亭編纂　杉戸町(埼玉県)　現代短歌分類辞典刊行所　1991.11　440,11p　31cm〈新装判 通巻179〉　16000円　①4-87706-179-7
◇現代短歌分類辞典—22巻　自しろく至すぎ　津端亭編纂　杉戸町(埼玉県)　現代短歌分類辞典刊行所　1992.1　460,12p　31cm〈新装判 通巻180〉　16000円　①4-87706-180-0
◇現代短歌分類辞典—23巻　自ずき至すでに　津端亭編纂　杉戸町(埼玉県)　現代短歌分類辞典刊行所　1992.4　460,11p　31cm〈新装判 通巻181〉　16000円　①4-87706-181-9
◇現代短歌分類辞典—24巻　自すでに至せいざん　津端亭編纂　杉戸町(埼玉県)　現代短歌分類辞典刊行所　1992.7　460,11p　31cm〈新装判 通巻182〉　16000円　①4-87706-182-7
◇現代短歌分類辞典—25巻　自せいざん至そう　津端亭編纂　杉戸町(埼玉県)　現代短歌分類辞典刊行所　1992.7　460,11p　31cm〈新装判 通巻183〉　16000円　①4-87706-183-5
◇現代短歌分類辞典—26巻　自そう至そよぐ　津端亭編纂　杉戸町(埼玉県)　現代短歌分類辞典刊行所　1992.10　460,12p　31cm〈新装判 通巻184〉　16000円　①4-87706-184-3
◇現代短歌分類辞典—27巻　自そよぐ至たく　津端亭編纂　杉戸町(埼玉県)　現代短歌分類辞典刊行所　1992.11　460,12p　31cm〈新装判 通巻185〉　16000円　①4-87706-185-1
◇現代短歌分類辞典—28巻　自たく至だに　津端亭編纂　杉戸町(埼玉県)　現代短歌分類辞典刊行所　1992.12　460,12p　31cm〈新装判 通巻186〉　16000円　①4-87706-186-X
◇現代短歌分類辞典—29巻　自だに至たる　津端亭編纂　杉戸町(埼玉県)　現代短歌分類辞典刊行所　1993.2　460,11p　31cm〈新装判 通巻187〉　16000円　①4-87706-187-8
◇現代短歌分類辞典—30巻　自たる至ちやき　津端亭編纂　杉戸町(埼玉県)　現代短歌分類辞典刊行所　1993.4　460,12p　31cm〈新装判 通巻188〉　16000円　①4-87706-188-6
◇現代短歌分類辞典—31巻　自ちゃき至つくづくと　津端亭編纂　杉戸町(埼玉県)　現代短歌分類辞典刊行所　1993.5　460,12p　31cm〈新装判 通巻189〉　17200円　①4-87706-189-4
◇現代短歌分類辞典—32巻　自つくづくと至つゆ　津端亭編纂　杉戸町(埼玉県)　現代短歌分類辞典刊行所　1993.9　460,13p　31cm〈新装判 通巻190〉　16700円　①4-87706-190-8
◇現代短歌分類辞典—33巻　自つや至てもと　津端亭編纂　杉戸町(埼玉県)　現代短歌分類辞典刊行所　1993.12　460,14p　31cm〈新装判 通巻191〉　16700円　①4-87706-191-6
◇現代短歌分類辞典—34巻　自てもと至とうげ　津端亭編纂　杉戸町(埼玉県)　現代短歌分類辞典刊行所　1994.2　460,12p　31cm〈新装判 通巻192〉　16700円　①4-87706-192-4
◇現代短歌分類辞典—35巻　自とうげ至とこ　津端亭編纂　杉戸町(埼玉県)　現代短歌分類辞典刊行所　1994.3　460,13p　31cm〈新装判 通巻193〉　16700円　①4-87706-193-2
◇現代短歌分類辞典—36巻　自とこ至とも　津端亭編纂　杉戸町(埼玉県)　現代短歌分類辞典刊行所　1994.3　460,12p　31cm〈新装判 通巻194〉　16700円　①4-87706-194-0
◇現代短歌分類辞典—37巻　自とも至なか　津端亭編纂　杉戸町(埼玉県)　現代短歌分類辞典刊行所　1994.4　460,12p　31cm〈新装判 通巻195〉　16700円　①4-87706-195-9
◇現代短歌分類辞典—38巻　自なか至なくに　津端亭編纂　杉戸町(埼玉県)　現代短歌分類辞典刊行所　1994.5　460,13p　31cm〈新装判 通巻196〉　17200円　①4-87706-196-7
◇現代短歌分類辞典—39巻　自なくに至なみ　津端亭編纂　杉戸町(埼玉県)　現代短歌分類

短歌（辞典・書誌）

類辞典刊行所　1994.5　460,12p　31cm〈新装判　通巻197〉　17400円　ⓈI4-87706-197-5
◇現代短歌分類辞典—40巻　自なみ至にっぽん　津端亭編纂　杉戸町（埼玉県）　現代短歌分類辞典刊行所　1994.6　460,13p　31cm〈新装判　通巻198〉　17400円　ⓈI4-87706-198-3
◇現代短歌分類辞典—41巻　自にっぽん至ねむり　津端亭編纂　杉戸町（埼玉県）　現代短歌分類辞典刊行所　1994.7　460,14p　31cm〈新装判　通巻199〉　17400円　ⓈI4-87706-199-1
◇現代短歌分類辞典—42巻　自ねむり至はがき　津端亭編纂　杉戸町（埼玉県）　現代短歌分類辞典刊行所　1994.8　460,13p　31cm〈新装判　通巻200〉　17400円　ⓈI4-87706-200-9
◇現代短歌分類辞典—43巻　自はがき至はたらく　津端亭編纂　杉戸町（埼玉県）　現代短歌分類辞典刊行所　1994.9　460,13p　31cm〈新装判　通巻201〉　17400円　ⓈI4-87706-201-7
◇現代短歌分類辞典—44巻　自はたらく至はむら　津端亭編纂　杉戸町（埼玉県）　現代短歌分類辞典刊行所　1994.9　460,15p　31cm〈新装判　通巻202〉　17400円　ⓈI4-87706-202-5
◇現代短歌分類辞典—45巻　自はむら至ひかげ　津端亭編纂　杉戸町（埼玉県）　現代短歌分類辞典刊行所　1994.10　460,15p　31cm〈新装判　通巻203〉　17400円　ⓈI4-87706-203-3
◇現代短歌分類辞典—46巻　自ひかげ至ひとつひとつ　津端亭編纂　杉戸町（埼玉県）　現代短歌分類辞典刊行所　1994.11　460,15p　31cm〈新装判　通巻204〉　17400円　ⓈI4-87706-204-1
◇現代短歌分類辞典—47巻　自ひとつひとつ至ひる　津端亭編纂　杉戸町（埼玉県）　現代短歌分類辞典刊行所　1994.12　460,15p　31cm〈新装判　通巻205〉　17400円　ⓈI4-87706-205-X
◇現代短歌分類辞典—48巻　自ひる至ぶっつ　津端亭編纂　杉戸町（埼玉県）　現代短歌分類辞典刊行所　1995.1　460,14p　31cm　17400円　ⓈI4-87706-206-8
◇現代短歌分類辞典—49巻　自ぶっつ至ふんにょうせん　津端亭編纂　杉戸町（埼玉県）　現代短歌分類辞典刊行所　1995.2　460,15p　31cm　17400円　ⓈI4-87706-207-6
◇現代短歌分類辞典—50巻　自ふんぬ至ほし　津端亭編纂　杉戸町（埼玉県）　現代短歌分類辞典刊行所　1995.3　460,15p　31cm　17400円　ⓈI4-87706-208-4
◇現代短歌分類辞典—51巻　自ほし至まうす　津端亭編纂　杉戸町（埼玉県）　現代短歌分類辞典刊行所　1995.4　460,13p　31cm　17400円　ⓈI4-87706-209-2
◇現代短歌分類辞典—52巻　自まうす至まったく　津端亭編纂　杉戸町（埼玉県）　現代短歌分類辞典刊行所　1995.5　460,15p　31cm　17400円　ⓈI4-87706-210-6
◇現代短歌分類辞典—53巻　自まつたけ至みかづき　津端亭編纂　杉戸町（埼玉県）　現代短歌分類辞典刊行所　1995.6　460,15p　31cm　17400円　ⓈI4-87706-211-4
◇現代短歌分類辞典—54巻　自みかづき至みほとけ　津端亭編纂　杉戸町（埼玉県）　現代短歌分類辞典刊行所　1995.10　460,14p　31cm　17400円　ⓈI4-87706-212-2
◇現代短歌分類辞典—55巻　自みほとけ至むらさき　津端亭編纂　杉戸町（埼玉県）　現代短歌分類辞典刊行所　1995.11　460,14p　31cm　17400円　ⓈI4-87706-213-0
◇現代短歌分類辞典—56巻　自むらさき至もみじ　津端亭編纂　杉戸町（埼玉県）　現代短歌分類辞典刊行所　1996.1　460,13p　31cm　17400円　ⓈI4-87706-214-9
◇現代短歌分類辞典—57巻　自もみじ至やまい　津端亭編纂　杉戸町（埼玉県）　現代短歌分類辞典刊行所　1996.4　460,13p　31cm　17400円　ⓈI4-87706-215-7
◇現代短歌分類辞典—58巻　自やまい至ゆうひ　津端亭編纂　杉戸町（埼玉県）　現代短歌分類辞典刊行所　1996.5　460,14p　31cm　17400円　ⓈI4-87706-216-5
◇現代短歌分類辞典—59巻　自ゆうひ至ようじ　津端亭編纂　杉戸町（埼玉県）　現代短歌分類辞典刊行所　1996.6　460,15p　31cm　17400円　ⓈI4-87706-217-3
◇現代短歌分類辞典—60巻　自ようじ至りょうかん　津端亭編纂　杉戸町（埼玉県）　現代短歌分類辞典刊行所　1996.7　460,14p　31cm　17400円　ⓈI4-87706-218-1

短歌（辞典・書誌）

◇現代短歌分類辞典—61巻 自りょうかん至わたす 津端亭編纂 杉戸町（埼玉県） 現代短歌分類辞典刊行所 1996.8 460,102,7p 31cm 17400円 Ⓘ4-87706-219-X

◇典拠検索新名歌辞典 中村薫編, 久保田淳新訂 明治書院 2007.7 17,730p 27cm 24000円 Ⓘ978-4-625-40401-6

◇短歌・俳句—季語辞典 中村幸弘, 藤井圀彦監修 ポプラ社 2008.3 227p 29cm （ポプラディア情報館） 6800円 Ⓘ978-4-591-10088-2,978-4-591-99950-9

◇雅語・歌語五七語辞典—雅語・歌語自由自在…名歌・名句の五音七音表現 西方草志編 三省堂 2012.3 432p 19cm 〈索引あり 文献あり〉 2000円 Ⓘ978-4-385-13648-6

◇作品名から引ける日本文学詩歌・俳人個人全集案内 日外アソシエーツ株式会社編 日外アソシエーツ 1992.2 9,835p 22cm 〈紀伊国屋書店（発売）〉 12360円 Ⓘ4-8169-1118-9

◇日本の詩歌全情報—27/90 日外アソシエーツ株式会社編 日外アソシエーツ 1992.3 1309p 22cm 〈紀伊国屋書店（発売）〉 35900円 Ⓘ4-8169-1125-1

◇詩歌人名事典 日外アソシエーツ株式会社編 日外アソシエーツ 1993.4 675p 22cm 〈紀伊国屋書店（発売）〉 18000円 Ⓘ4-8169-1167-7

◇日本の詩歌全情報—91/95 日外アソシエーツ編 日外アソシエーツ 1996.6 454p 22cm 18540円 Ⓘ4-8169-1375-0

◇日本の詩歌全情報—1996-2000 日外アソシエーツ株式会社編 日外アソシエーツ 2001.3 750p 22cm 〈紀伊国屋書店（発売）〉 19000円 Ⓘ4-8169-1652-0

◇詩歌人名事典 日外アソシエーツ編著 新訂第2版 日外アソシエーツ 2002.7 763p 22cm 〈紀伊国屋書店（発売）〉 16000円 Ⓘ4-8169-1728-4

◇和歌・俳諧史人名事典 日外アソシエーツ編 日外アソシエーツ 2003.1 479p 22cm 〈紀伊国屋書店（発売）〉 12000円 Ⓘ4-8169-1758-2

◇作品名から引ける日本文学詩歌・俳人個人全集案内—第2期 日外アソシエーツ株式会社編 日外アソシエーツ 2005.6 13,841p 21cm 〈紀伊国屋書店（発売）〉 9500円 Ⓘ4-8169-1928-7

◇日本の詩歌全情報—2001-2005 日外アソシエーツ株式会社編 日外アソシエーツ 2006.3 818p 22cm 〈紀伊国屋書店（発売）〉 19000円 Ⓘ4-8169-1967-8

◇日本うたことば表現辞典—14（掛詞編） 日本うたことば表現辞典刊行会編, 大岡信監修 遊子館 2010.3 348,31p 27cm 〈文献あり 索引あり〉 18000円 Ⓘ978-4-86361-006-4

◇吟詠辞典—現代短歌 美研インターナショナル編 美研インターナショナル 2008.6 573p 21cm 〈星雲社（発売）〉 3800円 Ⓘ978-4-434-11929-3

◇和歌植物表現辞典 平田喜信, 身崎寿著 東京堂出版 1994.7 438p 20cm 3800円 Ⓘ4-490-10371-9

◇福井久蔵和歌連歌著作選—1 大日本歌書綜覧 上 福井久蔵著, 広木一人編・解説 クレス出版 2011.1 934p 22cm 〈不二書房大正15年刊の複製〉 20000円 Ⓘ978-4-87733-568-7,978-4-87733-574-8

◇福井久蔵和歌連歌著作選—2 大日本歌書綜覧 中 福井久蔵著, 広木一人編・解説 クレス出版 2011.1 986p 22cm 〈不二書房大正15年刊の複製〉 20000円 Ⓘ978-4-87733-569-4,978-4-87733-574-8

◇福井久蔵和歌連歌著作選—3 大日本歌書綜覧 下 福井久蔵著, 広木一人編・解説 クレス出版 2011.1 416,74,8p 22cm 〈不二書房大正15年刊の複製 索引あり〉 10000円 Ⓘ978-4-87733-570-0,978-4-87733-574-8

◇五七語辞典—新発想が湧く…名句・名歌の五音七音表現 仏淵健悟, 西方草志編 三省堂 2010.6 407p 19cm 〈文献あり〉 2000円 Ⓘ978-4-385-36427-8

◇詩歌全集・作家名綜覧—第2期 日外アソシエーツ 1999.12 2冊（セット） 21cm （現代日本文学綜覧シリーズ 22） 47000円 Ⓘ4-8169-1575-3

◇詩歌全集・作品名綜覧—第2期 上 日外アソシエーツ 2000.1 618p 22cm （現代日本文学綜覧シリーズ 23）〈紀伊国屋書店（発売）〉 Ⓘ4-8169-1576-1,4-8169-0146-9, 4-8169-1576-1

◇詩歌全集・作品名綜覧—第2期 下 日外アソ

短歌（歌論・歌論研究）

シエーツ　2000.1　619〜1246p　22cm　（現代日本文学綜覧シリーズ 23）〈紀伊国屋書店（発売）〉　Ⓘ4-8169-1576-1,4-8169-0146-9,4-8169-1576-1
◇新墾現代歌人写真名鑑—創刊70周年記念増刊号　札幌　新墾社　2000.6　68p　21cm

時評・展望

◇時の基底—短歌時評98-07　大辻隆弘著　六花書林　2008.9　333p　20cm〈開発社（発売）〉　2800円　Ⓘ978-4-903480-21-3
◇対峙と対話—週刊短歌時評06-08　大辻隆弘, 吉川宏志著　京都　青磁社　2009.8　398p　20cm　（青磁社評論シリーズ 4）　2857円　Ⓘ978-4-86198-129-6
◇岡井隆コレクション—7　時評・情況論集成　岡井隆著　思潮社　1996.2　509p　20cm　5800円　Ⓘ4-7837-2310-9
◇批評と展望—評論集　千代国一著　短歌新聞社　1990.3　332p　20cm　（国民文学叢書 第328篇）　3200円
◇伴奏者—わたしの「短歌時評と短歌小論」集　遠野瑞香著　砂子屋書房　2012.12　164p　20cm〈布装〉　2500円　Ⓘ978-4-7904-1431-5
◇「同時代」の横顔—短歌時評 1986—1990　永田和宏著　砂子屋書房　1991.6　231p　20cm　2136円
◇現代短歌展望—戦後隆盛期　中村昇著　かたりべ舎　1994.10　683p　22cm　12000円
◇未来への投弾—時評と文明論　菱川善夫著, 菱川善夫著作集刊行委員会編　沖積舎　2011.8　279p　20cm　（菱川善夫著作集 8）〈付属資料：2p：月報　索引あり〉　3000円　Ⓘ978-4-8060-6623-1

歌誌評

◇近代歌誌探訪　武川忠一著　角川書店　2006.2　455p　22cm　4000円　Ⓘ4-04-651764-6

歌書・歌集評

◇歌集を読む　林多美子著　札幌　柏艪舎　2011.12　298p　19cm　（瑠璃叢書 3）　2500円
◇水平と垂直—吉本洋子評論集　吉本洋子著　短歌公論社　1989.2　161p　20cm　（醍醐叢書 第82篇）　2000円
◇歌集・歌書批評—1993　志木　〔「人」短歌会〕　1993.12　40p　21cm
◇合同歌集『渓泉』批評特集　大野町（広島県）　表現短歌会広島支部　1997.7　50p　21cm　1000円

歌論・歌論研究

◇イシュタルの林檎—歌から突き動かすフェミニズム　阿木津英著　五柳書院　1992.6　222p　20cm　（五柳叢書）　2500円　Ⓘ4-906010-53-9
◇閑人囈語　石田比呂志著　砂子屋書房　2012.2　328p　19cm　3000円　Ⓘ978-4-7904-1381-3
◇月光の涅槃—歌がめざすもの　伊藤一彦著　ながらみ書房　2011.10　322p　20cm　2667円　Ⓘ978-4-86023-725-7
◇現代短歌と史実—リアリズムの原点　井上美地編　〔所沢〕　綱手短歌会　2010.5　230p　19cm〈発行所：ながらみ書房〉　2380円　Ⓘ978-4-86023-661-8
◇千観—歌文集　梅田重雄著　金沢　梅田五月　2010.11　151p　21cm〈金沢　能登印刷出版部（制作）〉
◇短詩型文学論　岡井隆, 金子兜太著　復刻版　紀伊国屋書店　2007.6　214p　20cm〈原本：1963年刊〉　1800円　Ⓘ978-4-314-01029-0
◇季節の楽章—短歌で楽しむ24節気　沖ななも著　本阿弥書店　2012.9　223p　19cm　1700円　Ⓘ978-4-7768-0925-8
◇うたの散策・思索—おのでらゆきお歌論集　おのでらゆきお著　神戸　短歌薫風社　2010.2　334p　18cm　（薫風叢書 113輯）　非売品
◇歌の話　歌の円寂する時—他一篇　折口信夫著　岩波書店　2009.10　215p　15cm　（岩波文庫 31-186-1）　560円　Ⓘ978-4-00-311861-0
◇短歌と俳句はどう違うのか　加藤孝男著

短歌（歌論・歌論研究）

〔出版地不明〕　表文研　2011.4　152p　18cm〈共同刊行：ダイテックホールディング〉　880円　①978-4-86293-070-5

◇語る俳句短歌　金子兜太,佐佐木幸綱著,黒田杏子編　藤原書店　2010.6　265p　20cm　2400円　①978-4-89434-746-5

◇詩の鉱脈―迢空・古今・現代短歌　河田育子詩歌論集　河田育子著　雁書館　1995.1　196p　20cm　2500円

◇体あたり現代短歌　河野裕子著　角川学芸出版　2012.8　238p　19cm　〈角川短歌ライブラリー〉〈角川グループパブリッシング（発売）〉　1600円　①978-4-04-652617-5

◇深層との対話―川本千栄評論集　川本千栄著　京都　青磁社　2012.6　228p　20cm（塔21世紀叢書　第199篇―青磁社評論シリーズ7）〈文献あり〉　2500円　①978-4-86198-193-7

◇うたの源泉―詩歌論集　喜多昭夫著　沖積舎　2010.6　283p　20cm　2500円　①978-4-8060-4746-9

◇うたの深淵―詩歌論集　喜多昭夫著　沖積舎　2010.10　250p　20cm　2500円　①978-4-8060-4749-0

◇和歌への招待―四季の歌ごころ：NHK短歌　久保田淳著　NHK出版　2012.2　223p　20cm　1700円　①978-4-14-016200-2

◇大隈言道と私　桑原廉靖著　福岡　海鳥社　2001.4　298p　20cm〈肖像あり〉　2500円　①4-87415-343-7

◇うたの人物記―短歌に詠まれた人びと　小池光著　角川学芸出版　2012.2　201p　19cm（角川短歌ライブラリー）〈角川グループパブリッシング（発売）　索引あり〉　1600円　①978-4-04-652605-2

◇汽水の蟹　小見山輝著　京都　潮汐社　2010.5　325p　19cm（龍叢書　第234編―歌の話　2）　2858円　①978-4-88523-009-7

◇歌がたみ　今野寿美著　平凡社　2012.5　251p　20cm〈文献あり〉　2200円　①978-4-582-30516-5

◇斎藤史講話集　斎藤史講師,高槻文子リライト　姫路　原型歌人会　2012.4　735p　21cm

◇世界と同じ色の憂愁―近代短歌・現代短歌　坂井修一評論集　坂井修一著　京都　青磁社　2009.11　175p　20cm（青磁社評論シリーズ　6）〈文献あり〉　2381円　①978-4-86198-128-9

◇歌品　坂口昌弘著　彩図社　2002.8　382p　15cm　（ぶんりき文庫）　670円　①4-88392-276-6

◇クレバスとしての短歌　佐藤通雅著　ながらみ書房　2005.5　251p　20cm　2700円　①4-86023-311-5

◇歌によせて　敷田千枝子著　短歌研究社　2011.8　213p　19cm　3000円　①978-4-86272-256-0

◇残すべき歌論―二十世紀の短歌論　篠弘著　角川書店　2011.3　583p　22cm〈角川グループパブリッシング（発売）〉　10000円　①978-4-04-653226-8

◇「おんな歌」論序説　島田修三著　ながらみ書房　2006.3　322p　20cm　2800円　①4-86023-375-1

◇短歌と人生　杉山喜代子著　角川学芸出版　2011.10　223p　19cm　（角川フォレスタ）〈角川グループパブリッシング（発売）〉　1200円　①978-4-04-653770-6

◇うたの回廊―短歌と言葉　評論集　高野公彦著　柊書房　2011.4　231p　20cm　（コスモス叢書　第965篇）　2667円　①978-4-89975-253-0

◇ことのはしらべ―万葉集と現代短歌　田中教子著　文芸社　2012.11　210p　20cm〈文献あり　索引あり〉　1500円　①978-4-286-12481-0

◇左岸だより　玉城徹著　短歌新聞社　2010.12　1281p　21cm　8095円　①978-4-8039-1518-1

◇うたのある歳月　恒成美代子著　本阿弥書店　2010.8　291p　20cm　2800円　①978-4-7768-0726-1

◇青き宙に―歌論集　棟幸子著　美研インターナショナル　2007.6　79p　22cm（華音シリーズ―フローラブックス）〈星雲社（発売）〉　1300円　①978-4-434-10821-1

◇〈時・差・広・場〉全記録―異なる時間の集まる空間　トークセッション　時・差・広・場編,真中朋久,吉川宏志,江戸雪,川本千栄,なみの亜子述　〔出版地不明〕　時・差・広・場　2010.8　84p　21cm〈会期・会場：

短歌（歌論・歌論研究）

2010年5月9日 メルパルク京都） 500円

◇ダイオウイカは知らないでしょう 西加奈子,せきしろ著 マガジンハウス 2010.10 227p 19cm 1400円 ⓘ978-4-8387-2191-7

◇ラファエロの青―小論集/短歌 間ルリ著 短歌研究社 2006.10 77,104p 21cm〈英語併記 他言語標題：Raffaello's azure〉 1429円 ⓘ4-86272-001-3

◇短歌主客一体説―歌論 林宏匡著 短歌新聞社 2008.6 251p 20cm 2381円 ⓘ978-4-8039-1407-8

◇批評のことば 榛名貢著 不識書院 2008.12 274p 22cm （水甕叢書 第811篇）〈文献あり〉 3000円 ⓘ4-86151-069-4

◇火の言葉―現代文化論 菱川善夫著 沖積舎 2006.7 167p 20cm （菱川善夫著作集 3 菱川善夫著） 2000円 ⓘ4-8060-6618-4

◇千年の射程―現代文学論 菱川善夫著,菱川善夫著作集刊行委員会編 沖積舎 2011.10 354p 20cm （菱川善夫著作集 9）〈付属資料：2p：月報〉 3800円 ⓘ978-4-8060-6624-8

◇短歌寸描 古島哲朗著 六花書林 2010.11 225p 20cm〈開発社（発売）〉 2500円 ⓘ978-4-903480-45-9

◇桔梗の風―天涯からの歌 辺見じゅん著 幻戯書房 2012.9 203p 20cm 2200円 ⓘ978-4-86488-003-9

◇短歌の友人 穂村弘著 河出書房新社 2007.12 266p 20cm 1900円 ⓘ978-4-309-01841-6

◇短歌の友人 穂村弘著 河出書房新社 2011.2 269p 15cm （河出文庫 ほ6-2）〈並列シリーズ名：kawade bunko〉 690円 ⓘ978-4-309-41065-4

◇語りつぎたい歌ものがたり―物語や唄になった和歌・短歌と詠み人の記録 堀口進著 八王子 揺籃社 2012.10 171p 27cm〈文献あり〉 2500円 ⓘ978-4-89708-321-6

◇短歌は記憶する 松村正直著 六花書林 2010.11 218p 20cm （塔21世紀叢書 第174篇）〈開発社（発売） 文献あり〉 2200円 ⓘ978-4-903480-49-7

◇歌の早春 馬淵礼子著 短歌研究社 2006.7 340p 20cm （馬淵礼子評論集 2 馬淵礼子著）〈年表あり 文献あり〉 3333円 ⓘ4-88551-908-X

◇定型の石―歌と歌論 水本協一著 角川学芸出版 2012.10 449p 20cm （青虹叢書） 2857円 ⓘ978-4-04-652546-8

◇女うた男うた 道浦母都子,坪内稔典著 リブロポート 1991.2 167p 22cm 1545円 ⓘ4-8457-0593-1

◇女うた男うた―2 道浦母都子,坪内稔典著 リブロポート 1993.1 179p 22cm 1751円 ⓘ4-8457-0775-6

◇女うた男うた 道浦母都子,坪内稔典編著 平凡社 2000.10 251p 16cm （平凡社ライブラリー） 1000円 ⓘ4-582-76368-5

◇抒情の水位 武藤雅治著 ながらみ書房 2000.2 336p 20cm 2800円 ⓘ4-931201-20-2

◇古歌に尋ねよ 森朝男著 竹柏会『心の花』 2011.8 234p 19cm〈発行所：ながらみ書房〉 1905円 ⓘ978-4-86023-727-1

◇うたの近代―短歌的発想と和歌的発想 安森敏隆著 角川学芸出版 2012.11 397p 20cm （ポトナム叢書 第500篇）〈角川グループパブリッシング（発売）〉 4762円 ⓘ978-4-04-652584-0

◇短歌が人を騙すとき 山田消児著 彩流社 2010.1 309p 20cm 2200円 ⓘ978-4-7791-1496-0

◇椿の岸から 山中智恵子著 砂子屋書房 2011.12 219p 20cm 3000円 ⓘ978-4-7904-1369-1

◇作歌の道―横山岩男評論集 横山岩男著 新星書房 2007.7 167p 20cm （国民文学叢書 第522篇） 2500円

◇風景と実感―短歌評論集 吉川宏志著 京都 青磁社 2008.1 277p 20cm （塔21世紀叢書 第115篇―青磁社評論シリーズ 1）〈文献あり〉 2667円 ⓘ978-4-86198-078-7

◇正十七角形な長城のわたくし 依田仁美著 北冬舎 2010.11 149p 19cm （ポエジー21） 1900円 ⓘ978-4-903792-30-9

◇あなゆな―現代作家二三七人 詩・短歌・俳句評論集 美研インターナショナル 2004.12 287p 21cm〈星雲社（発売）〉 1200円 ⓘ4-434-05605-0

作法

◇短歌文法論稿　秋月豊文著　熊本　〔秋月豊文〕　1991.10　210p　19cm　2000円

◇作歌のすすめ―最新短歌入門　秋葉四郎著　短歌新聞社　2001.10　298p　19cm　2571円　ⓘ4-8039-1060-X

◇作歌のすすめ　秋葉四郎著　短歌新聞社　2010.7　265p　15cm　（短歌新聞社選書）1048円　ⓘ978-4-8039-1498-6

◇短歌入門―決定版　秋葉四郎, 岡井隆, 佐佐木幸綱, 馬場あき子監修, 『短歌』編集部編　角川学芸出版　2012.6　254p　19cm　（角川短歌ライブラリー）〈角川グループパブリッシング（発売）〉　1600円　ⓘ978-4-04-652613-7

◇短歌入門―誰にもできる作歌と鑑賞　秋山清著　文治堂書店　2008.12　246p　19cm　〈三一書房1963年刊の新装版　著作目録あり　年譜あり〉　1429円　ⓘ978-4-938364-00-7

◇ウタノタネ―だれでも歌人、どこでも短歌　天野慶著　ポプラ社　2008.2　191p　16cm　1500円　ⓘ978-4-591-10182-7

◇短歌文法入門　飯塚書店編集部編　新版　飯塚書店　1994.11　269p　20cm　1800円　ⓘ4-7522-1023-1

◇短歌の技法―オノマトペ　擬音語・擬態語　飯塚書店編集部編　飯塚書店　1999.5　262p　20cm　2600円　ⓘ4-7522-1030-4

◇短歌の文法―2（助詞編）　飯塚書店編集部編　新版　飯塚書店　2000.1　262p　20cm　2190円　ⓘ4-7522-1032-0

◇今日から始める短歌入門　池田はるみ編・著　家の光協会　2003.10　237p　19cm　1300円　ⓘ4-259-54645-7

◇落ち穂拾い　一関吉美著, 市木公太編　秋田寒流社　1996.7　463p　19cm　1300円

◇短歌のこころ―実作と鑑賞　伊藤一彦著　宮崎　鉱脈社　2004.3　255p　17cm　1200円　ⓘ4-86061-083-0

◇俳句十二か月―自然とともに生きる俳句　稲畑汀子著　日本放送出版協会　2000.2　175p　21cm　（NHK俳壇の本）　1600円　ⓘ4-14-016091-8

◇短歌よ定型に還れ！　岩沢謙輔著　夏目書房　2000.11　270p　19cm　2000円　ⓘ4-931391-82-6

◇短歌文法65講　岩田晋次著　京都　京都カルチャー出版　1993.6　319p　19cm　2000円　ⓘ4-87682-100-3

◇熟年からの短歌入門　岩田正著　本阿弥書店　1997.8　249p　20cm　2500円　ⓘ4-89373-164-5

◇短歌創作教室歌を愛するすべての人へ　碓田のぼる著　飯塚書店　2003.10　248p　20cm　2400円　ⓘ4-7522-1034-7

◇新・短歌作法　生方たつゑ著　創拓社　1990.6　258p　18cm　1300円　ⓘ4-87138-102-1

◇60歳からの楽しい短歌入門　江田浩司著　有楽出版社　2007.5　213p　19cm　〈実業之日本社（発売）〉　1400円　ⓘ978-4-408-59287-9

◇今日から歌人！―誰でも画期的に短歌がよめる楽しめる本　江戸雪著　すばる舎リンケージ　2012.5　207p　19cm　〈すばる舎（発売）　文献あり〉　1400円　ⓘ978-4-7991-0139-1

◇新しい短歌の作法　大塚布見子著　短歌新聞社　1997.10　231p　20cm　2190円　ⓘ4-8039-0901-6

◇新しい短歌の作法　大塚布見子著　短歌新聞社　2011.9　193p　15cm　（短歌新聞社選書）　952円　ⓘ978-4-8039-1559-4

◇添削教室　大西民子著　短歌新聞社　1992.11　211p　20cm　2000円　ⓘ4-8039-0671-8

◇短歌の世界　岡井隆著　岩波書店　1995.11　214p　18cm　（岩波新書）　620円　ⓘ4-00-430418-0

◇歌を創るこころ　岡井隆著　日本放送出版協会　1996.12　221p　19cm　（NHK短歌入門）　1262円　ⓘ4-14-016086-1

◇今はじめる人のための短歌入門　岡井隆著　角川学芸出版　2011.9　222p　15cm　（角川文庫17043―〔角川ソフィア文庫〕〔D-130-1〕）〈角川グループパブリッシング（発売）　角川書店1988年刊の加筆・訂正〉　705円　ⓘ978-4-04-405402-1

◇岡井隆の短歌塾―入門編　岡井隆著　角川学芸出版　2012.5　193p　19cm　（角川短

短歌（作法）

歌ライブラリー）〈角川グループパブリッシング（発売）　六法出版社1984年刊の再刊〉　1600円　①978-4-04-652611-3

◇短歌・俳句の表現力　岡田寛之著　新風舎　2001.10　116p　19cm　(Shinpu books)　1400円　①4-7974-1694-7

◇短歌を作ってみませんか　岡野久米著　野田　ふるさと工房　1990.11　123p　21cm　(とも双書1)〈著者の肖像あり〉　800円

◇今からはじめる短歌入門—たくさんの例歌でわかりやすい!!　沖ななも著　飯塚書店　2011.11　249p　19cm　〈『優雅に楽しむ短歌』（日東書院1999年刊）の加筆、改訂、新編集〉　1600円　①978-4-7522-1038-2

◇現代短歌入門　尾崎左永子著　沖積舎　1996.7　225p　19cm　1800円　①4-8060-4562-4

◇短歌カンタービレ—はじめての短歌レッスン　尾崎左永子著　鎌倉　かまくら春秋社　2007.9　253p　19cm　1400円　①978-4-7740-0370-2

◇名歌のメカニズム　小塩卓哉著　本阿弥書店　2012.2　238p　20cm〈索引あり〉　2500円　①978-4-7768-0847-3

◇言霊に見ゆ—現代語によって古語の世界を誘う手引書　新編　小野寺金雄編　〔奥州〕　小野寺金雄　2012.8　687p　19cm

◇私の短歌作法—テクニックと鑑賞　春日真木子著　オリジン社　1993.7　219p　19cm〈主婦の友社（発売）〉　1400円　①4-07-939591-4

◇中高年の短歌教室　来嶋靖生,水野昌雄著　飯塚書店　1994.6　221p　20cm　1800円　①4-7522-1022-3

◇採れなかった歌—短歌入門　来嶋靖生著　新版　本阿弥書店　2001.10　268p　19cm　1700円　①4-89373-783-X

◇短歌の技法—韻律・リズム　来嶋靖生著　飯塚書店　2003.1　223p　20cm　2600円　①4-7522-1033-9

◇中高年の短歌教室—2　次のステップ　来嶋靖生著　飯塚書店　2008.12　254p　19cm　1886円　①978-4-7522-1036-8

◇短歌入門　窪田章一郎著　春秋社　2001.10　208p　20cm　1800円　①4-393-44002-1

◇短歌をつくろう　栗木京子著　岩波書店　2010.11　189,2p　18cm　（岩波ジュニア新書 669）〈並列シリーズ名：IWANAMI JUNIOR PAPERBACKS〉　780円　①978-4-00-500669-4

◇短歌入門—今日よりは明日　小島ゆかり著　本阿弥書店　2002.4　219p　19cm　1700円　①4-89373-803-8

◇現代短歌作法　小高賢著　新書館　2006.12　304p　20cm　1800円　①4-403-21093-7

◇短歌のための文語文法入門　今野寿美著　角川学芸出版　2012.7　205p　19cm　（角川短歌ライブラリー）〈角川グループパブリッシング（発売）〉　1600円　①978-4-04-652614-1

◇どうして採れないか—私の作歌理念　斎樹富太郎著　2版　波佐見町（長崎県）〔斎樹富太郎〕　1992.10　121p　21cm　（斎樹叢書第50篇）　2000円

◇どうして採れないか—私の作歌理念　斎樹富太郎著　3版　波佐見町（長崎県）〔斎樹富太郎〕　1993.3　137p　21cm　（斎樹叢書第50篇）　2000円

◇作歌へのいざない—NHK短歌　三枝昂之著　日本放送出版協会　2010.1　255p　19cm　1400円　①978-4-14-016177-7

◇今さら聞けない短歌のツボ100　三枝昂之編著　角川学芸出版　2012.2　198p　19cm　（角川短歌ライブラリー）〈角川グループパブリッシング（発売）〉　1600円　①978-4-04-652604-5

◇ここからはじめる短歌入門　坂井修一著　角川学芸出版　2010.9　213p　19cm　（角川選書 475）〈角川グループパブリッシング（発売）〉　1500円　①978-4-04-703475-4

◇短歌読本—はじめて学ぶ人たちと共に　桜木甚吾著　会津若松　歴史春秋出版　1992.7　192p　19cm　1600円　①4-89757-271-1

◇笹公人の念力短歌トレーニング　笹公人著　扶桑社　2008.4　230p　19cm　1300円　①978-4-594-05631-5

◇「全然知らない」から始める短歌入門　佐佐木幸綱監修,土岐秋子編著　日東書院本社　2008.10　238p　19cm〈文献あり〉　1200円　①978-4-528-01356-8

◇短歌を作るこころ　佐藤佐太郎著　新座

短歌（作法）

埼玉福祉会　1990.10　2冊　22cm　〈大活字本シリーズ〉〈原本：角川選書 限定版〉3193円,3296円

◇短歌を作るこころ　佐藤佐太郎著　角川学芸出版　2005.3　282p　19cm〈角川書店（発売）〉1500円　ⓉⒾ4-04-651964-9

◇しきなみ短歌読本―初心者のために　しきなみ短歌会編　新世書房　1998.6　158p　18cm　1500円

◇楽しみながら学ぶ作歌文法―上（助動詞篇）島内景二著　短歌研究社　2002.11　169p　20cm　2800円　ⓉⒾ4-88551-731-1

◇楽しみながら学ぶ作歌文法―下（動詞、形容詞、他さまざまな品詞篇）島内景二著　短歌研究社　2002.11　205p　20cm　2800円　ⓉⒾ4-88551-732-X

◇短歌の技法―イメージ・比喩　嶋岡晨著　飯塚書店　1997.6　250p　20cm　2600円　ⓉⒾ4-7522-1027-4

◇短歌入門―基礎から歌集出版までの五つのステージ　島田修三著　池田書店　1998.6　223p　19cm　1200円　ⓉⒾ4-262-14676-6

◇国語を守る者―作歌論とエッセイ　嶋村忠夫著　前橋　上毛新聞社出版局（製作発売）2000.9　248p　20cm　〈地表叢書　第77篇〉2000円

◇短歌入門　下郡峯生著　短歌研究社　2000.4　229p　20cm　3000円　ⓉⒾ4-88551-496-7

◇レッツ短歌　下村すみよ著　生活ジャーナル　2007.7　131p　19cm　1143円　ⓉⒾ978-4-88259-129-0

◇雅言解　鈴木重嶺編　大空社　1997.9　1冊　22cm　〈明治期国語辞書大系 雅2〉11000円　ⓉⒾ4-7568-0638-4

◇短歌上達の手引き―推敲と添削　鈴木諄三著　本阿弥書店　2007.11　231p　19cm　2300円　ⓉⒾ978-4-7768-0400-0

◇ぼくの現代短歌〈再〉入門　田島邦彦著　邑書林　1996.2　241p　19cm　1900円　ⓉⒾ4-89709-170-5

◇今日からはじめる短歌の作り方―小さな感動を歌によむ　田島邦彦著　成美堂出版　2000.12　247p　19cm　900円　ⓉⒾ4-415-01477-1

◇楽しく始める短歌　田島邦彦著　金園社　2004.11　223p　19cm　1360円　ⓉⒾ4-321-22708-9

◇考える短歌―作る手ほどき、読む技術　俵万智著　新潮社　2004.9　171p　18cm　（新潮新書）660円　ⓉⒾ4-10-610083-5

◇短歌の作り方、教えてください　俵万智,一青窈著　角川学芸出版　2010.5　257p　19cm〈角川グループパブリッシング（発売）〉1429円　ⓉⒾ978-4-04-621428-7

◇新短歌入門　土屋文明著　新座　埼玉福祉会　1994.9　469p　21cm　〈大活字本シリーズ〉〈原本：筑摩書房刊 限定版〉3914円

◇古今短歌歳時記　鳥居正博編著　東村山　教育社　1994.2　1425p　22cm〈教育社出版サービス（発売）〉15000円　ⓉⒾ4-315-51316-4

◇短歌はどう味わいどう作るか―小・中・高校生のために　中嶋真二著　豊科町（長野県）中嶋真二　2005.4　69p　21cm　476円　ⓉⒾ4-88411-041-2

◇作歌のヒント―NHK短歌　永田和宏著　日本放送出版協会　2007.12　252p　19cm　1400円　ⓉⒾ978-4-14-016158-6

◇春の木―合字歌　永野忠一著　高石　習俗同攻会　2000.4　81p　18cm　（習俗双書 no.20）〈満白寿記念〉

◇梅ほころびぬ―窪田章一郎先生指導 歌集　中村喜良雄著　板柳町（青森県）泉短歌会　1992.6　196p　19cm　（泉叢書 第10篇）非売品

◇楽しい短歌の作り方　西岡光秋著　日本法令　1991.3　143p　9.1×13cm　（Horeiポケットブックス）500円　ⓉⒾ4-539-75347-9

◇新・短歌歳時記　長谷部淳編著　おうふう　1994.4　289p　19cm　〈監修：近藤芳美〉1900円　ⓉⒾ4-273-02769-0

◇短歌セミナー　馬場あき子著　短歌新聞社　1993.9　244p　20cm　2300円　ⓉⒾ4-8039-0716-1

◇短歌・俳句同時入門　馬場あき子,黒田杏子監修　東洋経済新報社　1997.11　259p　19cm　1400円　ⓉⒾ4-492-04102-8

◇速修短歌入門読本　林宏匡著　松江　湖笛会　2010.9　110p　19cm　（湖笛叢書 第146集）900円

◇とやま短歌ごよみ　久泉迪雄著　富山

シー・エー・ピー　1997.3　239p　18cm　2000円　①4-916181-01-8

◇短歌の〈文法〉―歌あそび言葉あそびのススメ NHK短歌　藤井常世著　日本放送出版協会　2010.6　351p　19cm　1600円　①978-4-14-016182-1

◇50歳からはじめる俳句・川柳・短歌の教科書―「私に合っているのは、どれ？」がよくわかる！ ゼロからはじめられる：アクティブな50代・60代・70代を応援！　坊城俊樹, やすみりえ, 東直子監修　滋慶出版/土屋書店　2012.8　159p　21cm　1480円　①978-4-8069-1273-6

◇短歌という爆弾―今すぐ歌人になりたいあなたのために　穂村弘著　小学館　2000.4　255p　19cm　1500円　①4-09-387312-7

◇短歌はじめました。―百万人の短歌入門　穂村弘, 東直子, 沢田康彦著　角川学芸出版　2005.10　253p　15cm　（角川文庫―角川ソフィア文庫）〈角川書店（発売）〉　629円　①4-04-405401-0

◇かんたん短歌の作り方―マスノ短歌教を信じますの？　枡野浩一著　筑摩書房　2000.11　251p　20cm　1300円　①4-480-81429-9

◇一人で始める短歌入門　枡野浩一著　筑摩書房　2007.6　254p　15cm　（ちくま文庫）580円　①978-4-480-42337-5

◇実践・短歌塾―その第一歩から上達法まで　松坂弘著　角川学芸出版　2010.6　221p　19cm　（角川学芸ブックス）〈角川グループパブリッシング（発売）　並列シリーズ名：KADOKAWA GAKUGEI BOOKS〉　1600円　①978-4-04-621278-8

◇短歌推敲のポイント―よりよい歌を求めて　御供平佶著　本阿弥書店　2009.8　251p　19cm　（国民文学叢書 第539篇）　2300円　①978-4-7768-0617-2

◇短歌への手引　宮岡昇著　六法出版社　1991.9　152p　19cm　（樹液叢書 no.2）〈（ほるす歌書）〉　1500円　①4-89770-261-5

◇明題部類抄　宗政五十緒ほか編　新典社　1990.10　380p　22cm　（新典社叢書 16）　11330円　①4-7879-3016-8

◇歌づくりのための文法　村松和夫著　六法出版社　1990.6　147p　19cm　（ほるす歌書）　1200円　①4-89770-248-8

◇歌づくりのための文法　村松和夫著　六法出版社　1994.4　148p　19cm　（ほるす歌書）　1200円　①4-89770-248-8

◇新・短歌入門　安永蕗子著　砂子屋書房　2003.7　239p　20cm　2500円　①4-7904-0723-3

◇風呂で読む短歌入門　安森敏隆著　京都　世界思想社　1999.7　96p　19cm　951円　①4-7907-0766-0

◇ゆたかに生きる―現代語短歌ガイダンス　吉岡生夫著　名古屋　ブイツーソリューション　2012.2　142p　18cm〈星雲社（発売）〉　1000円　①978-4-434-16443-9

◇ひまわり―短歌会資料　吉田秋陽著　札幌　北土短歌会　2003.6　204p　19cm　（北土叢書 第29編）　1500円

◇ひまわり―短歌会資料 続　吉田秋陽著　札幌　北土短歌会　2005.11　229p　19cm　（北土叢書 第33編）　1500円

◇現代短歌の文法　米口実著　短歌新聞社　1990.9　312p　19cm　2000円

◇現代短歌の文法　米口実著　短歌新聞社　2010.5　295p　15cm　（短歌新聞社選書）〈索引あり〉　1143円　①978-4-8039-1487-0

鑑賞・評釈

◇信濃の歌と人　新井章著　短歌新聞社　1993.7　265p　20cm　2200円　①4-8039-0700-5

◇石本隆一評論集―9　石本隆一著　短歌新聞社　2003.9　203p　20cm　（氷原叢書）2381円　①4-8039-1123-1

◇石本隆一評論集―6　近現代歌人偶景　続　石本隆一著　短歌新聞社　2004.8　235p　20cm　2381円　①4-8039-1165-7

◇師説撰歌和歌集―本文と研究　井上宗雄, 安井重雄編　大阪　和泉書院　1993.4　80p　21cm　2884円　①4-87088-590-5

◇文人短歌―うた心をいしずえに 1　今西幹一編著　朝文社　1992.1　258p　20cm　2500円　①4-88695-052-3

◇四季の歌―中　大沢寿夫著　五所川原　津軽アスナロ短歌会　1992.8　126p　21cm

短歌（鑑賞・評釈）

（津軽アスナロ叢書　第39編）〈第二十回 "西の高野山弘法寺" 県下短歌大会記念発刊〉　1400円

◇岩木嶺付記—1　大沢寿夫著　五所川原　津軽アスナロ短歌会　1992.11　79p　21cm（津軽アスナロ叢書　第40編）　1000円

◇鑑賞吾いさぎよく　大沢寿夫著　五所川原　津軽アスナロ短歌会　1994.8　164p　21cm（津軽アスナロ叢書　第53編）　1500円

◇短歌歳時記　大塚布見子著　短歌研究社　1991.6　179p　20cm（サキクサ叢書　第29篇）　3000円

◇秀歌鑑賞　大塚雅春著　短歌新聞社　1993.10　178p　20cm（サキクサ叢書　第41篇）　2000円　Ⓘ4-8039-0714-5

◇岡井隆の短歌塾—鑑賞編5　金剛の巻　岡井隆総編集　六法出版社　1990.9　205p　19cm　（ほるす歌書）　1500円　Ⓘ4-89770-338-7

◇岡井隆の短歌塾—鑑賞編6　土竜の巻　岡井隆総編集　六法出版社　1990.10　210p　19cm　（ほるす歌書）　1500円　Ⓘ4-89770-339-5

◇岡井隆の短歌塾—鑑賞編7　日輪の巻　岡井隆総編集　六法出版社　1990.11　199p　19cm　（ほるす歌書）　1500円　Ⓘ4-89770-340-9

◇岡井隆の短歌塾—鑑賞編4　木鶏の巻　岡井隆総編集　六法出版社　1990.11　209p　19cm　（ほるす歌書）　1500円　Ⓘ4-89770-337-9

◇あなたと短歌を　岡井隆編著　角川書店　1995.5　275p　20cm　1600円　Ⓘ4-04-884096-7

◇現代百人一首　岡井隆編著　朝日新聞社　1996.1　226p　22cm　2000円　Ⓘ4-02-256858-5

◇現代百人一首　岡井隆編著　朝日新聞社　1997.8　238p　15cm（朝日文芸文庫）　620円　Ⓘ4-02-264154-1

◇わかりやすい現代短歌読解法　岡井隆著　ながらみ書房　2006.12　281p　19cm　2500円　Ⓘ4-86023-430-8

◇鑑賞・短歌入門　岡山巌著, 岡山たづ子編　短歌新聞社　1994.1　313p　19cm　3000円

◇今昔秀歌百撰　桶谷秀昭監修, 市川浩, 谷田貝常夫編　文字文化協会　2012.1　217p　22cm　非売品　Ⓘ978-4-9905312-2-5

◇昭和は愛し—『昭和万葉集』秀歌鑑賞　小野沢実著　講談社　1990.8　277p　20cm　1600円　Ⓘ4-06-205021-8

◇季節の秀時　亀山桃子著　角川書店　1994.1　219p　18cm　1000円　Ⓘ4-04-884092-4

◇桃李—亀山桃子歌集　亀山桃子著　梧葉出版　2004.1　270p　19cm　2000円　Ⓘ4-901831-09-7

◇白桃—亀山桃子歌評集　亀山桃子著　梧葉出版　2004.1　235p　19cm　1800円　Ⓘ4-901831-08-9

◇愛国百人一首　川田順著　河出書房新社　2005.5　190p　20cm〈大日本雄弁会講談社1941年刊の改訂〉　1800円　Ⓘ4-309-01711-8

◇現代うた景色　河野裕子著　京都　京都新聞社　1994.5　225p　20cm　1600円　Ⓘ4-7638-0347-6

◇うたの歳時記　河野裕子著　白水社　2012.4　261p　20cm　2200円　Ⓘ978-4-560-08209-6

◇天上に歌満つれば　喜多弘樹著　ながらみ書房　2000.9　309p　20cm　2800円　Ⓘ4-931201-63-6

◇秀歌鑑賞　北野ルル著　徳島　北野ルル　2009.1　133p　19cm　600円

◇写実の信念　木下孝一著　短歌新聞社　2001.12　354p　20cm（表現叢書　第78篇）　2857円　Ⓘ4-8039-1067-7

◇土のうた—地球への季節のメッセージ　草川俊著　光風社出版　1992.10　253p　19cm（光風社選書）　1200円

◇名歌集探訪—時代を啓く一冊　栗木京子著　ながらみ書房　2007.10　321p　19cm（塔21世紀叢書　第106篇）　2600円　Ⓘ978-4-86023-494-2

◇街角の歌　黒瀬珂瀾著　調布　ふらんす堂　2008.4　226p　19cm（365日短歌入門シリーズ 1）　1905円　Ⓘ978-4-7814-0014-3

◇現代短歌の鑑賞101　小高賢編著　新書館　1999.5　215p　21cm　1400円　Ⓘ4-403-25038-6

◇短歌のこころ—秀歌涓滴集成　小山義雄著　木更津　うらべ書房　1992.1　206p　20cm　1800円　Ⓘ4-87230-024-6

短歌（鑑賞・評釈）

◇今朝のうた─詩歌の今を読む　酒井佐忠著　本阿弥書店　2003.12　195p　19cm　1700円　Ⓢ4-89373-993-X

◇今朝のうた─詩歌の今を読む　第2集　酒井佐忠著　本阿弥書店　2006.10　209p　19cm　1700円　ⓈI4-7768-0285-6

◇うた歳彩　佐佐木幸綱著　小学館　1991.11　366p　20cm　2400円　ⓈI4-09-387076-4

◇文明選歌の諸問題　佐藤嗣二著　大阪　読売ライフ　2011.7　139p　21cm　1600円

◇文明選歌の諸問題─続篇　佐藤嗣二著　大阪　読売ライフ　2011.10　137p　21cm　1600円

◇福島民報短歌選評集　佐藤輝子編　福島　佐藤輝子　2010.12　303p　21cm

◇現代秀歌百人一首　篠弘, 馬場あき子編著　実業之日本社　2000.11　259p　20cm　2000円　ⓈI4-408-53390-4

◇近代短歌一首又一首　島津忠夫著　明治書院　1991.3　220p　19cm　（国文学研究叢書）　2900円　ⓈI4-625-58055-2

◇短歌私抄　須永義夫著　短歌新聞社　1996.6　261p　19cm　2427円　ⓈI4-8039-0834-6

◇わが秀歌鑑賞─歌の光彩のほとりで　高野公彦著　角川学芸出版　2012.3　190p　19cm　（角川短歌ライブラリー）〈角川グループパブリッシング（発売）〉　1600円　ⓈI978-4-04-652608-3

◇短歌の生命反応　高柳蕗子著　北冬舎　2002.9　149p　19cm　（北冬草庭）〈松戸　王国社（発売）〉　1700円　ⓈI4-86073-004-6

◇この歌集この一首─現代短歌のディテール　田島邦彦編　ながらみ書房　1991.1　228p　20cm　2000円

◇これでよくわかる短歌鑑賞・批評用語　田島邦彦著　本阿弥書店　2007.9　323p　19cm　2500円　ⓈI978-4-7768-0421-5

◇口語短歌の研究　田中収著　名古屋　愛知書房　2002.9　478p　21cm　4286円　ⓈI4-900556-42-4

◇三十一文字のパレット　俵万智著　中央公論社　1995.4　197p　18cm　1100円　ⓈI4-12-002421-0

◇あなたと読む恋の歌百首　俵万智著　朝日新聞社　1997.8　231p　20cm　1200円　ⓈI4-02-257163-2

◇三十一文字のパレット　俵万智著　中央公論社　1998.4　195p　16cm　（中公文庫）　438円　ⓈI4-12-203111-7

◇三十一文字のパレット─2　俵万智著　中央公論新社　2000.3　196p　18cm〈正編の出版者：中央公論社〉　1200円　ⓈI4-12-002998-0

◇あなたと読む恋の歌百首　俵万智著　朝日新聞社　2001.2　239p　15cm　（朝日文庫）　460円　ⓈI4-02-264261-0

◇花咲くうた　俵万智著　中央公論新社　2005.7　197p　18cm　（三十一文字のパレット　3）　1300円　ⓈI4-12-003656-1

◇あなたと読む恋の歌百首　俵万智著　文芸春秋　2005.12　228p　16cm　（文春文庫）　505円　ⓈI4-16-754805-4

◇三十一文字のパレット　俵万智著　新座　埼玉福祉会　2007.5　321p　21cm　（大活字本シリーズ）〈底本：中公文庫「三十一文字のパレット」〉　3100円　ⓈI978-4-88419-458-1

◇花咲くうた─三十一文字のパレット3　俵万智著　中央公論新社　2009.3　198p　16cm　（中公文庫　た54-5）　533円　ⓈI978-4-12-205127-0

◇現代の秀歌500　短歌新聞社編　短歌新聞社　1994.6　277p　22cm　2500円　ⓈI4-8039-0735-8

◇漢訳日本の現代短歌　短歌新聞社編, 鄭民欽訳　短歌新聞社　1995.1　326p　22cm　4500円　ⓈI4-8039-0758-7

◇批評の軌跡─評論集　千代国一著　短歌新聞社　1993.3　321p　20cm　（国民文学叢書　第377篇）　3500円

◇現代百歌園─明日にひらく詞華　塚本邦雄著　花曜社　1990.7　214p　20cm　2500円　ⓈI4-87346-075-1

◇現代短歌を観る　坪野哲久ほか著, 片山令子編　砂子屋書房　2007.8　476p　22cm　5000円　ⓈI978-4-7904-1028-7

◇『地表』同人短歌鑑賞　登坂喜三郎著　前橋　地表短歌社　2012.8　280p　20cm　（地表叢書　第143篇）　2900円

◇百恋一首　鳥越碧著　講談社　1994.4　214p　19cm　1300円　ⓈI4-06-206828-1

短歌（鑑賞・評釈）

◇新しい短歌鑑賞―第2巻　正岡子;斎藤茂吉　内藤明,安森敏隆著　京都　晃洋書房　2008.4　241p　20cm〈年譜あり　文献あり〉　2700円　①978-4-7710-1926-3

◇歌は人その心―第2集　中村喜良雄著　板柳町（青森県）　中村喜良雄　1992.8　158p　19cm　（泉叢書　第12篇）〈著者の肖像あり〉　1500円

◇現代秀歌鑑賞　中村秀子著　短歌新聞社　1991.8　303p　20cm　（池上叢書　第86篇）　2700円　①4-8039-0641-6

◇珠玉の近・現代短歌　中村幸弘,宮原俊二著　学習研究社　2004.7　263p　19cm　1200円　①4-05-402450-5

◇青春短歌大学　秦恒平著　平凡社　1995.3　229p　19cm　1680円　①4-582-37204-X

◇現代短歌の鑑賞事典　馬場あき子監修　東京堂出版　2006.8　299p　22cm　2800円　①4-490-10687-4

◇日本のかなしい歌100選　林和清著　京都　淡交社　2011.3　223p　19cm〈索引あり〉　1200円　①978-4-473-03727-5

◇歌の海―現代秀歌抄 1　菱川善夫著　沖積舎　2005.12　319p　20cm　（菱川善夫著作集 1　菱川善夫著）〈肖像あり〉　3500円　①4-8060-6616-8

◇展望現代の詩歌―第6巻（短歌 1）　飛高隆夫,野山嘉正編　明治書院　2007.3　322p　22cm〈文献あり〉　2800円　①978-4-625-55405-6

◇展望現代の詩歌―第7巻（短歌 2）　飛高隆夫,野山嘉正編　明治書院　2007.6　312p　22cm〈文献あり〉　2800円　①978-4-625-55406-3

◇展望現代の詩歌―第8巻（短歌 3）　飛高隆夫,野山嘉正編　明治書院　2008.1　326p　22cm〈文献あり〉　2800円　①978-4-625-55407-0

◇名歌集逍遥　藤岡武雄著　短歌新聞社　2006.7　404p　20cm　2857円　①4-8039-1292-0

◇短歌があるじゃないか。――一億人の短歌入門　穂村弘,東直子,沢田康彦著　角川書店　2004.5　222p　19cm　1300円　①4-04-883882-2

◇短歌ください　穂村弘著　メディアファクトリー　2011.3　253p　20cm　（〔ダ・ヴィンチブックス〕）　1400円　①978-4-8401-3864-2

◇ひとりの夜を短歌とあそぼう　穂村弘,東直子,沢田康彦著　角川学芸出版　2012.1　220p　15cm　（角川文庫 17241―〔角川ソフィア文庫〕　〔D-102-2〕）〈角川グループパブリッシング（発売）　『短歌はプロに訊け！』（本の雑誌2000年刊）の改題、再編集〉　667円　①978-4-04-405403-8

◇近代百人一首　松崎哲久著　中央公論社　1995.2　285p　20cm　1600円　①4-12-002399-0

◇物語のはじまり―短歌でつづる日常　松村由利子著　中央公論新社　2007.1　246p　20cm　1800円　①978-4-12-003799-3

◇語りだすオブジェ―いつも、そこに短歌　松村由利子著　本阿弥書店　2008.6　207p　19cm　1700円　①978-4-7768-0473-4

◇31文字のなかの科学　松村由利子著　NTT出版　2009.7　208p　19cm　（NTT出版ライブラリーレゾナント 053）　1800円　①978-4-7571-5069-0

◇京都百人一首　松本章男著　大月書店　1992.4　253p　20cm　1600円　①4-272-60030-3

◇復刻作成新聞会報等合本集―2003～2010　丸山晴久著　長和町（長野県）　丸山晴久　2011.1　646p　31cm　6000円

◇水辺のうた　道浦母都子著　邑書林　1991.3　75p　27cm　1900円

◇水辺のうた―パート2　道浦母都子著,小黒世茂挿画　邑書林　1995.11　82p　27cm　1900円　①4-89709-160-8

◇詠め―秀句鑑賞　百瀬美津著　津書房　2004.11　542p　21cm　3000円

◇四季のうた―純粋短歌鑑賞12か月　山内照夫著　本阿弥書店　2003.2　378p　20cm　3200円　①4-89373-891-7

◇いのちを詠ふ―歌壇選評　山口悌治選　日本教文社　1990.7　330p　22cm　3500円　①4-531-06213-2

◇現代短歌作品解析―創るために読む　山下和夫著　行路文芸社　1998.9　223p　19cm　2381円　①4-907700-01-6

日本近現代文学案内　565

◇現代短歌作品解析―創るために読む 3 山下和夫著 ながらみ書房 2007.2 239p 19cm 2500円 ①978-4-86023-446-1

◇をんな百人一首―鈴鹿百人一首 山中智恵子撰 市井社 1994.4 225p 20cm 1700円 ①4-88208-023-0

◇歌のあれこれ―晶子・啄木以来の短歌論 1 米長保著 鳥影社 2002.7 162p 22cm 2300円 ①4-88629-672-6

言語・表現・修辞

◇現代"うたことば"入門 伊藤一彦著 日本放送出版協会 2006.12 230p 19cm 1300円 ①4-14-016146-9

◇言葉の重力―短歌の言葉論 岡部隆志著 洋々社 1999.3 250p 20cm （月光叢書別冊 1） 2400円 ①4-89674-831-X

◇短歌レトリック入門―修辞の旅人 加藤治郎著 名古屋 風媒社 2005.9 208p 19cm 1600円 ①4-8331-2052-6

◇短歌表現の可能性 菊池良子著 短歌新聞社 2000.3 172p 20cm （郷土叢書 第37篇） 2381円 ①4-8039-0997-0

◇歌ことばの歴史 小町谷照彦，三角洋一責任編集 笠間書院 1998.5 242p 22cm 5800円 ①4-305-40111-8

◇短歌の感動と表現―評論集 鈴木諄三著 短歌新聞社 1989.4 288p 20cm （創生叢書 第24篇） 2500円

◇現代短歌と日本語―I II 講演会記録'93 高野公彦著 青山学院女子短期大学学芸懇話会編集委員会 1994.3 67p 18cm

◇テニハ秘伝の研究 テニハ秘伝研究会編 勉誠出版 2003.2 156,227p 22cm〈文献あり〉 12000円 ①4-585-10090-3

◇ことば雑記 榛名貢著 不識書院 2008.12 329p 22cm （水甕叢書 第810篇）〈文献あり〉 3000円 ①4-86151-068-6

◇歌言葉雑記 宮地伸一著 短歌新聞社 1992.11 280p 19cm 2700円 ①4-8039-0672-6

◇歌言葉考言学 宮地伸一著 本阿弥書店 1999.7 209p 19cm 2000円 ①4-89373-385-0

◇現代短歌のことば 安田純生著 邑書林 1993.11 214p 19cm 1900円 ①4-946407-84-7

◇現代短歌用語考 安田純生著 邑書林 1997.4 210p 19cm 1900円 ①4-89709-222-1

◇短歌の具体的表現 山本寛太著 短歌新聞社 1990.4 367p 20cm 3500円 ①4-8039-0608-4

歌枕

◇歌伝枕説 荒俣宏著 世界文化社 1998.10 239p 20cm 1500円 ①4-418-98528-X

◇「歌枕」謎ときの旅―歌われた幻想の地へ 荒俣宏著 光文社 2005.7 274p 16cm （知恵の森文庫）〈「歌伝枕説」（世界文化社1998年刊）の増訂〉 667円 ①4-334-78369-4

◇京畿の歌枕を訪ねて―万葉集から現代までの歌千首 大木恵理子著 〔茨木〕 〔大木恵理子〕 2011.12 413p 19cm （塔21世紀叢書 第191篇）〈文献あり〉 1800円

◇枕詞辞典・逆引枕詞辞典 大木陽太郎著 新風舎 2005.7 109p 19cm 1000円 ①4-7974-5694-9

◇現代歌枕紀行 岡田泰子，田中穂波，山口恵子著 角川書店 2003.5 208p 20cm （続かりん百番 no.78） 2700円 ①4-04-876149-8

◇歌枕考 奥村恒哉著 筑摩書房 1995.2 308p 22cm 5900円 ①4-480-82298-4

◇歌枕を学ぶ人のために 片桐洋一編 京都 世界思想社 1994.3 300p 19cm 1950円 ①4-7907-0493-9

◇歌枕への理解―歌びとに与うる書 金沢規雄著 おうふう 1995.10 188p 18cm 1800円 ①4-273-02879-4

◇現代歌枕紀行 川井盛次ほか著 雁書館 1992.9 198p 20cm （かりん百番 45） 2400円

◇旅の歌、歌の旅―歌枕おぼえ書 久保田淳著 おうふう 2008.4 205p 20cm 2500円 ①978-4-273-03498-6

◇現代歌まくら 小池光著 五柳書院 1997.7 341p 20cm （五柳叢書） 2700円 ①4-

◇枕詞論―古層と伝承　近藤信義著　2刷　お
うふう　1997.11　405p　22cm　15000円
①4-273-02408-X

◇東国歌枕　佐佐木忠慧著　おうふう
2005.12　893p　22cm　80000円　①4-273-
03397-6

◇大和国歌枕　佐佐木忠慧著　おうふう
2008.9　428p　22cm　48000円　①978-4-
273-03509-9

◇全国歌枕の旅　高井貢著　近代文芸社
2005.10　286p　20cm　1500円　①4-7733-
7296-6

◇東国の歌枕　高橋良雄著　桜楓社　1991.9
167p　19cm　2600円　①4-273-02553-1

◇しずおか歌枕紀行　田中章義著　静岡　静
岡新聞社　2011.5　166p　18cm　（静新新
書 041）〈索引あり〉　900円　①978-4-
7838-0364-5

◇和歌・歌枕で巡る日本の景勝地　富田文雄,
山梨勝弘,山梨将典写真,関屋淳子文　ビエ・
ブックス　2011.1　319p　21cm〈文献あ
り〉　2400円　①978-4-89444-891-9

◇枕詞便覧　内藤弘作著　早稲田出版　2008.5
518p　19cm〈年表あり〉　2500円　①978-
4-89827-332-6

◇越中の歌枕　長崎健,岡本聡,綿抜豊昭編
富山　桂書房　1997.12　189p　18cm　（桂
新書）　800円

◇現代歌枕紀行　松本ノリ子,名取二三江,鷲尾
三枝子著　短歌研究社　1998.6　193p
20cm　（続かりん百番 36）　2500円　①4-
88551-415-0

◇歌人が巡る四国の歌枕　宮野恵基著　文化
書房博文社　2011.11　180p　22cm〈文献
あり〉　1800円　①978-4-8301-1210-2

◇歌枕試論　安田純生著　大阪　和泉書院
1992.9　202p　20cm　（和泉選書 71）
2575円　①4-87088-559-X

◇歌枕の風景　安田純生著　砂子屋書房
2000.12　195p　20cm　2300円　①4-7904-
0543-5

◇歌枕新考　山下道代著　青簡舎　2010.8
204p　20cm　2800円　①978-4-903996-30-1

◇和歌の歌枕・地名大辞典　吉原栄徳著　おう
ふう　2008.5　32,2282p　27cm　24000円

①978-4-273-03435-1

定型・韻律

◇定型の裾野をあゆむ―評論　市村八洲彦著
府中（東京都）　渓声出版　2002.6　277p
20cm　2700円　①4-905847-69-9

◇短歌切字論　大木葉末著　そうよう
2000.10　282p　19cm〈折り込1枚〉　1600
円　①4-7938-0166-8

◇韻律から短歌の本質を問う　馬場あき子編
岩波書店　1999.6　263p　20cm　（短歌と
日本人 3）　2800円　①4-00-026293-9

◇定型の力と日本語表現―松坂弘評論集　松坂
弘著　雁書館　2004.9　223p　20cm
2940円

◇不可解な殺意―短歌定型という可能性　森井
マスミ著　ながらみ書房　2008.12　236p
19cm　2600円　①978-4-86023-570-3

自由律短歌・前衛短歌

◇岡井隆コレクション―3　前衛短歌論集成
岡井隆著　思潮社　1994.10　512p　20cm
5800円　①4-7837-2305-2

◇前衛短歌運動の渦中で―一歌人の回想　岡井
隆著　ながらみ書房　1998.4　229p　20cm
2300円　①4-938133-81-4

◇私の短歌履歴書―魚仲卸売人の自由律運動史
小倉三郎著　ながらみ書房　1995.3　334p
22cm　3000円

連歌

◇連歌の世界　伊地知鉄男著　新装版　吉川
弘文館　1995.9　444,9p　20cm　（日本歴
史叢書 新装版）　3296円　①4-642-06621-7

◇連歌史の諸相　岩下紀之著　汲古書院
1997.12　422,41p　22cm　11000円　①4-
7629-3410-0

◇歌仙の愉しみ　大岡信,岡野弘彦,丸谷才一著
岩波書店　2008.3　233p　18cm　（岩波新
書）　780円　①978-4-00-431121-8

◇聯句連歌と韻書の研究―資料篇　大友信一監
修,木村晟,辜玉茹編輯　鎌倉　港の人
2001.6　213p　22cm　（古辞書研究文献 2）

短歌（テーマ別研究）

◇俳諧の連歌―研究と創作の間　大畑健治著　小林静司　1998.10　654p　19cm　9500円　3000円　①4-89629-053-4

◇平野法楽連歌―過去から未来へ　杭全神社編　大阪　和泉書院　2012.4　288p　22cm　3500円　①978-4-7576-0620-3

◇つける―連歌作法閑談　鈴木元著　新典社　2012.9　157p　18cm　（新典社新書 60）〈文献あり〉　1000円　①978-4-7879-6160-0

◇可能性としての連歌　高城修三著　大阪　澪標　2004.11　210p　20cm　1600円　①4-86078-043-4

◇連歌の本　鶴見大学図書館編　横浜　鶴見大学図書館　1996.12　40p　21cm　（特定テーマ別蔵書目録集成 9）①4-924874-13-2

◇連歌論の研究　寺島樵一著　大阪　和泉書院　1996.2　318p　22cm　（研究叢書 182）10300円　①4-87088-791-6

◇連歌辞典　広木一人編　東京堂出版　2010.3　346p　20cm　〈文献あり　索引あり〉　3200円　①978-4-490-10778-4

◇連歌入門―ことばと心をつむぐ文芸　広木一人著　三弥井書店　2010.11　214p　19cm　〈文献あり　索引あり〉　1980円　①978-4-8382-3200-0

◇福井久蔵和歌連歌著作選―4　連歌の史的研究　前編　福井久蔵著、広木一人編・解説　クレス出版　2011.1　495p　22cm　〈成美堂書店昭和5年刊の複製　年表あり〉　11000円　①978-4-87733-571-7,978-4-87733-574-8

◇福井久蔵和歌連歌著作選―5　連歌の史的研究　後編　福井久蔵著、広木一人編・解説　クレス出版　2011.1　558,35,10p　22cm　〈成美堂書店昭和6年刊の複製　索引あり〉　12000円　①978-4-87733-572-4,978-4-87733-574-8

◇福井久蔵和歌連歌著作選―6　連歌文学の研究　福井久蔵著、広木一人編・解説　クレス出版　2011.1　507,7p　22cm　〈喜久屋書店昭和23年刊の複製〉　11000円　①978-4-87733-573-1,978-4-87733-574-8

◇付合文芸史の研究　宮田正信著　大阪　和泉書院　1997.10　723p　22cm　（研究叢書 208）　25000円　①4-87088-871-8

◇連歌語彙の研究―論考及び千句連歌七種総索引　山内洋一郎著　大阪　和泉書院　1995.2　629p　22cm　（研究叢書 163）16480円　①4-87088-709-6

◇連歌総目録　連歌総目録編纂会編　明治書院　1997.4　1813p　27cm　18000円　①4-625-40072-4

歌会

◇宮中歌会始　菊葉文化協会編　毎日新聞社　1995.4　336p　20cm　2200円　①4-620-10520-1

◇平成の宮中歌会始　菊葉文化協会編　日本放送出版協会　2009.9　185p　21cm　〈天皇陛下御即位20年記念出版〉　2400円　①978-4-14-039504-2

◇和歌を歌う―歌会始と和歌披講　日本文化財団編　笠間書院　2005.8　185p　20cm　〈付属資料：CD1枚（12cm）〉　2800円　①4-305-70294-0

◇詠歌としての和歌―歌会作法・字余り歌　山本啓介著　新典社　2009.1　573p　22cm　（新典社研究叢書 196）〈付・〈翻刻〉和歌会作法書〉　15000円　①978-4-7879-4196-1

テーマ別研究

◇詩歌にみる死生観―短歌　犬飼春雄著　横浜　犬飼春雄　2009.5　27p　26cm　（二本の杖　第14集）　非売品

◇現代短歌をよみとく―主題がときあかすうたびとの抒情　岩田正著　本阿弥書店　2002.7　243p　20cm　2600円　①4-89373-786-4

◇反哲学と短歌　内田邦夫著　新星書房　2008.10　118p　15cm　（国民文学叢書　第533篇）　2000円

◇芸術としての短歌　内田邦夫著　新星書房　2009.4　120p　15cm　2000円

◇お菓子のうた―甘味の文化誌　岡部史著　名古屋　ブイツーソリューション　2012.5　235p　19cm　〈文献あり〉　952円　①978-4-86476-012-6

◇〈殺し〉の短歌史　現代短歌研究会編　水声社　2010.6　272p　22cm　〈執筆：田中綾ほか　索引あり〉　2800円　①978-4-89176-787-7

◇老いの歌―新しく生きる時間へ　小高賢著　岩波書店　2011.8　195p　18cm　(岩波新書　新赤版1327)〈文献あり〉　700円　①978-4-00-431327-4

◇短歌パラダイス―歌合二十四番勝負　小林恭二著　岩波書店　1997.4　256p　18cm　(岩波新書)　660円　①4-00-430498-9

◇戦争と短歌　近藤芳美著　岩波書店　1991.5　62p　21cm　(岩波ブックレット　no.197)　350円　①4-00-003137-6

◇生のうた死のうた　佐伯裕子著　京都　禅文化研究所　2006.6　237p　20cm　2000円　①4-88182-211-X

◇文明選歌に見る老いの歌―昭和37年3月―35年8月　佐藤嗣二著　大阪　読売ライフ　2012.5　124p　21cm　2000円

◇歌で味わう日本の食べもの　塩田丸男著　白水社　2005.2　248p　20cm　1800円　①4-560-02775-7

◇科学を短歌によむ　諏訪兼位著　岩波書店　2007.10　119p　19cm　(岩波科学ライブラリー　136)　1200円　①978-4-00-007476-6

◇中国旅行詠の世界　高崎淳子著　角川書店　2010.3　185p　20cm　〈文献あり〉　2381円　①978-4-04-652263-4

◇うたを味わう―食べ物の歌　高野公彦著　柊書房　2011.4　187p　19cm　(コスモス叢書　第964篇)　1714円　①978-4-89975-254-7

◇短歌博物誌　樋口覚著　文芸春秋　2007.4　259p　18cm　(文春新書)　780円　①978-4-16-660565-1

◇都市詠の百年―街川の向こう　古谷智子著　短歌研究社　2003.8　254p　20cm　(中部短歌叢書　第208篇)〈文献あり〉　2800円　①4-88551-739-7

◇歌合の研究　峯岸義秋著　パルトス社　1995.8　737,22p　22cm　3700円

◇いま、社会詠は―Web時評から発展した論争・シンポジウムの全記録　吉川康編、小高賢、大辻隆弘、吉川宏志、松村正直、林和清、沢村斉美、高島裕、塩見恵介著　京都　青磁社　2007.9　126p　21cm　1500円　①978-4-86198-072-5

異文化と短歌

◇アジアのなかの和歌の誕生　西条勉著　笠間書院　2009.3　365,5p　22cm　〈文献あり　索引あり〉　8800円　①978-4-305-70452-8

恋の歌

◇つくも恋歌―評論とエッセイ　飯嶋武太郎著　九十九里町(千葉県)　九十九俳句会　2005.9　335p　21cm　2500円

◇恋歌の歴史―日本における恋歌観の変遷　岩井茂樹著　京都　人間文化研究機構国際日本文化研究センター　2007.3　190,9p　26cm　(日文研叢書　39)　①4-901558-33-1

◇現代短歌愛のうた60人　岩田正著　本阿弥書店　2000.5　242,13p　20cm　2500円　①4-89373-445-8

◇性的不能時代の相聞歌　内田邦夫著　新星書房　2010.3　110p　15cm　2000円

◇あした色の恋歌日記　大槻涼湖著　名古屋　エフエー出版　1992.10　198p　19cm　1200円　①4-87208-031-9

◇大人のための恋歌の授業―"君"への想いを詩歌にのせて　近藤真著　太郎次郎社エディタス　2012.4　253p　19cm　1600円　①978-4-8118-0755-3

◇文明選歌に見る性愛　佐藤嗣二著　大阪　読売ライフ　2010.9　101p　21cm　非売品

◇文明選歌に見る性愛　佐藤嗣二著　増補改訂版　大阪　読売ライフ　2011.1　103p　21cm　非売品

◇文明選歌に見る性愛―昭和33年以降の「アララギ」　佐藤嗣二著　大阪　読売ライフ　2011.12　131p　21cm　非売品

◇刹那の恋、永遠の愛―相聞句歌40章　正津勉著　河出書房新社　2003.8　190p　20cm　〈文献あり〉　1500円　①4-309-01562-X

◇恋うたの現在　日本近代文学館編、中村稔、馬場あき子責任編集　角川学芸出版　2006.5　221p　19cm　〈角川書店(発売)〉　1238円　①4-04-651681-X

◇リンボウ先生の日本の恋歌　林望著　集英社　2007.11　257p　16cm　(集英社文庫)　571円　①978-4-08-746236-4

短歌（海外の短歌）

◇愛の歌恋の歌　坂東真理子著　さいたま　関東図書　2008.1　334p　19cm　1619円　①978-4-904006-01-6

自然詠

◇花の歌歳時記　大塚布見子著　短歌研究社　2007.11　204p　20cm　（サキクサ叢書第100篇）　3809円　①978-4-86272-068-9

◇歌の花、花の歌　久保田淳著, 三品隆司画　明治書院　2007.6　166p　23cm　3800円　①978-4-625-64400-9

◇季語百話―花をひろう　高橋睦郎著　中央公論新社　2011.1　227p　18cm　（中公新書2091）　780円　①978-4-12-102091-8

◇雨よ、雪よ、風よ。　高柳蕗子著　北冬舎　2006.12　152p　20cm　（《主題》で楽しむ100年の短歌　天候の歌）　2000円

◇あっ、蛍―蛍と水辺の風景　吉岡生夫著　六花書林　2006.9　181p　19cm　〈開発社（発売）　著作目録あり〉　2200円　①4-903480-04-6

写生・写実

◇現代写生短歌　秋葉四郎著　短歌新聞社　1989.9　215p　20cm　2000円

◇写生への視点―制作規範としての　歌論　板橋磐根著　福岡　はかた学芸出版　2006.3　387p　22cm　〈文献あり〉　3000円　①4-903381-01-3

◇短歌写生説の新解釈　内田邦夫著　新星書房　2007.2　118p　15cm　（国民文学叢書第519篇）　2000円

学生・児童短歌

◇中学生による短歌鑑賞　小瀬洋喜編, 西井みちる指導, 静岡県浜松市立可美中学校生徒著　岐阜　岐阜県歌人クラブ　1997.10　53p　26cm

◇短歌青春―東洋大学『現代学生百人一首』批評集　神作光一, 大滝貞一編　勉誠出版　2001.10　246p　18cm　（勉誠新書）　800円　①4-585-00276-6

天皇御歌

◇四季の歌―昭和天皇御製　岡野弘彦著　京都　同朋舎メディアプラン　2006.12　61p　37cm　〈年譜あり〉　5714円　①4-86236-001-7

◇平成の大みうたを仰ぐ―2　国民文化研究会編　展転社　2008.12　262p　20cm　〈年譜あり〉　2000円　①978-4-88656-327-9

◇皇后宮美智子さま祈りの御歌　竹本忠雄著　扶桑社　2008.5　228p　22cm　〈肖像あり　著作目録あり　年譜あり〉　2286円　①978-4-594-05658-2

◇皇后宮（きさいのみや）美智子さま祈りの御歌　竹本忠雄著　新装版　海竜社　2011.9　268p　20cm　〈タイトル：皇后宮美智子さま祈りの御歌　初版：扶桑社平成20年刊　年譜あり〉　1800円　①978-4-7593-1206-5

◇天皇皇后両陛下祈りの二重唱　竹本忠雄著　海竜社　2012.5　199p　20cm　〈布装　年譜あり〉　1800円　①978-4-7593-1249-2

◇昭和天皇の和歌　田所泉著　創樹社　1997.12　241p　20cm　1800円　①4-7943-0522-2

◇歌くらべ明治天皇と昭和天皇　田所泉著　創樹社　1999.1　302p　20cm　2000円　①4-7943-0540-0

◇大正天皇の〈文学〉　田所泉著　風濤社　2003.2　310p　20cm　〈文献あり〉　2000円　①4-89219-226-0

◇昭和天皇の〈文学〉　田所泉著　風濤社　2005.9　310p　20cm　2000円　①4-89219-270-8

◇天皇たちの和歌　谷知子著　角川学芸出版　2008.4　239p　19cm　（角川選書　421）　〈角川グループパブリッシング（発売）〉　1500円　①978-4-04-703421-1

海外の短歌

◇ひとりで学べるtanka英訳考―愛の歌、自然の歌300首　香川清美著　三野町（香川県）　香川清美　1992.10　300p　27cm　2000円

郷土文学

◇五十年のあゆみ―創立五十周年記念誌　青森県歌人懇話会創立五十周年記念誌委員会編　青森　青森県歌人懇話会　2004.6　111p　26cm〈年表あり〉　1500円

◇朝日新聞ふくしま歌壇　阿久津善治選評, ケルン短歌会編　郡山　ケルン短歌会　1993.4　442p　19cm〈背の書名：ふくしま歌壇　著者の肖像あり〉　2500円

◇伯耆の昭和短歌史　綾女正雄編　倉吉　綾女正雄　1990.4　17,526p　22cm　5500円

◇鳥取の短歌あれこれ　綾女正雄著　倉吉　綾女正雄　1990.7　63p　21cm　非売品

◇房総の歌人群像―2　新井章著　短歌新聞社　1990.11　254p　20cm　2100円　①4-8039-0624-6

◇房総のうたびと―その、短歌現在　新井章著　流山　崙書房出版　1994.6　218p　20cm　2000円　①4-8455-1006-5

◇歌人風土記　新井章著　第3版　短歌新聞社　1999.8　331p　19cm　2857円　①4-8039-0966-0

◇土佐歌さんぽ　石本昭雄ほか著　〔高知〕　石本昭雄　1995.10　283p　19cm　2000円

◇ありぎぬの―三重の名所の歌　伊勢・志摩・伊賀・紀伊　英訳　出丸恒雄撰歌編集, 出丸久之英訳編集　一志町（三重県）　南窓舎　1994　p71〜136　26cm　〈桑梓文庫　第3集―歌枕：三重の歌　第3集〉〈英語書名：Rustle in silks 日英両文併記〉　500円

◇九州歌碑の山旅　井上優著　福岡　西日本新聞社　1997.7　223p　19cm　1900円　①4-8167-0442-6

◇群馬の昭和の歌人　大井恵夫, 内田紀満共著　前橋　みやま文庫　2000.6　210p　19cm　〈みやま文庫　158〉　1500円

◇越のうた散歩―詩歌歳時記　大滝貞一著　新潟　新潟日報事業社　2004.12　238p　19cm　〈とき選書〉〈1985年刊の改訂〉　1400円　①4-86132-082-8

◇隠岐は絵の島歌の島　大西正矩, 大西智恵, 大西俊輝共著　東洋出版　2001.8　204p　19cm　1000円　①4-8096-7385-5

◇越後の歌びと　大星光史著　短歌新聞社　2006.8　300p　20cm　2571円　①4-8039-1297-1

◇朝日新聞岐阜版「岐阜歌壇」の20年　小瀬洋喜ほか編　岐阜　小瀬洋喜　1994.12　340p　21cm〈水口真砂子, 細江仙子（共同刊行）　朝日新聞名古屋本社・編集制作センター（製作）〉　1500円

◇ふるさと讃歌―詩歌でたどる麻績の里今・むかし　麻績村詩歌集作成委員会編　麻績村（長野県）　麻績村　1993.3　133p　21cm　〈信濃観月文庫〉〈長野　ほおずき書籍（製作・発売）〉　1000円　①4-89341-176-4

◇さつまの和歌―黎明館企画特別展　鹿児島県歴史資料センター黎明館編　鹿児島　鹿児島県歴史資料センター黎明館　1989.7　143p　26cm

◇茨城県の歌人たち―筑波山周辺　川村ハツエ, 土浦短歌同好会編　〔土浦〕　土浦短歌同好会　2000.11　200p　21cm　〈短歌つくうら叢書　第1号〉　1500円

◇うたの信濃　草но照子著　長野　信濃毎日新聞社　1997.4　287p　20cm　1800円　①4-7840-9706-6

◇近代信濃歌人評伝　神戸利郎著　幻冬舎ルネッサンス　2007.12　350p　20cm　1800円　①978-4-7790-0284-7

◇東京を詠んだ詩歌―俳句・川柳・流行歌篇　小林茂多編　流山　小林茂多　2004.1　246p　22cm〈私家版〉

◇東京を詠んだ詩歌―和歌・狂歌・詩・童謡篇　小林茂多編　流山　小林茂多　2004.3　291p　22cm

◇美方の俳句と和歌史　斎藤耕子著　鯖江　福井県俳句史研究会　2003.7　179p　22cm　1000円

◇富津岬と歌人たち―富津岬周辺と歌人たちの知られざる足跡　坂井昭著　君津　坂井昭　2009.5　60p　26cm

◇佐渡のうたびとたち　酒井友二著　新潟　新潟日報事業社出版部　1994.9　190p　19cm　1800円

◇北海道の歌碑　坂田資宏著　札幌　原始林社　1990.7　206p　21cm　〈原始林叢書　第208篇〉　2000円

◇北海道の歌碑―第2集　坂田資宏著　札幌

短歌（郷土文学）

原始林社　1992.9　208p　21cm　（原始林叢書　第227篇）　2000円

◇北海道の歌碑総覧―明治・大正・昭和篇　坂田資宏編　札幌　原始林社　1995.9　69,12p　21cm　（原始林叢書　第242篇）　1500円

◇北海道歌書年表　坂田資宏,菱川善夫編　増補版　札幌　坂田資宏　2007.5　141,27,45p　26cm　非売品

◇岡山和歌俳諧人名辞典　直原正一著　京都　思文閣出版　1992.12　250p　20cm　2987円　⊕4-7842-0754-6

◇信濃歌人伝―2　信濃文学会編纂　謙光社　1991.12　381p　22cm　3500円　⊕4-905864-90-9

◇新秋田県短歌史　『新秋田県短歌史』編集委員会編　秋田　秋田県歌人懇話会　2008.3　463p　22cm　〈年表あり〉

◇物語村の短歌史―泰一郎・林城・馬彦とその系譜　関口克巳編　伊勢崎　二葉印刷(印刷)　1996.11　975p　22cm　非売品

◇草加詩ごよみ　草加市企画財政部広報広聴課編　草加　草加市　1993.3　235p　15cm　（草加文庫　7）　600円

◇アララギと角館　高橋恵一編　角館町（秋田県）　文化サミット「アララギの父を語る」実行委員会　1991.10　123p　21cm　〈文化サミット「アララギの父を語る」記念〉

◇倶知安文学運動史―俳句・短歌編　武井静夫著　倶知安町（北海道）　倶知安郷土研究会　1994.9　78p　15cm　（倶知安双書　14）　400円

◇京・歌枕の旅　竹村俊則文,横山健蔵写真　京都　淡交社　1998.6　190p　21cm　2300円　⊕4-473-01608-0

◇群馬をうたった歌人―上毛うたの旅　上巻　田島武夫著　群馬出版センター　1996.12　214p　21cm　⊕4-906366-27-9

◇群馬をうたった歌人―上毛うたの旅　下巻　田島武夫著　群馬出版センター　1997.5　205,4p　21cm　⊕4-906366-28-7

◇みちのくの和歌、遥かなり　伊達宗弘著　踏青社　1998.8　198p　20cm　1905円　⊕4-924440-38-8

◇群馬の歌人―近代短歌の豊穣な展開　第25回特別展　群馬県立土屋文明記念文学館編　群馬町（群馬県）　群馬県立土屋文明記念文学館　2004.2　36p　30cm　〈会期：平成16年2月1日～3月28日　群馬文学全集刊行記念年表あり〉

◇鹿児島歌壇史―和歌革新運動以後の鹿児島歌壇　鶴田義直著　鹿児島　ジャプラン　1992.10　289p　19cm　3000円

◇山梨の歌人たち　中沢玉恵著　甲府　山梨日日新聞社　2006.8　281p　18cm　（山日ライブラリー）　1200円　⊕4-89710-720-2

◇京都うた紀行―近現代の歌枕を訪ねて　永田和宏,河野裕子著　京都　京都新聞出版センター　2010.10　270p　20cm　1600円　⊕978-4-7638-0637-6

◇長野県短歌史　長野県短歌史刊行実行委員会企画・編集　長野　長野県歌人連盟　2001.4　364p　22cm　3500円

◇沖縄近代短歌の基礎的研究　仲程昌徳,知念真理編著　勉誠出版　2001.2　831p　27cm　29000円　⊕4-585-10076-8

◇青森県うた草紙　中村キネ,兼平一子編著　青森　北の街社　1994.1　266p　19cm　1600円　⊕4-87373-032-5

◇明治に於ける板柳の短歌活動　中村喜良雄著　板柳町（青森県）　中村喜良雄　1990.11　338p　21cm　（泉叢書　第9篇）　3000円

◇歴史のなかの文学　奈良達雄著　青竜社　2001.7　230p　20cm　2000円　⊕4-9990772-1-0

◇新塾六十年史　新塾六十年史編纂委員会編纂　札幌　新塾社　1991.1　374p　21cm　〈創刊60周年記念〉

◇鑑賞茨城の文学―短歌編　橋浦洋志監修,網谷厚子著　〔土浦〕　筑波書林　2003.4　236p　19cm　（五浦文学叢書　2）　（土浦　茨城図書（発売））　1800円　⊕4-86004-037-6

◇近江百人一首を歩く　畑裕子著　彦根　サンライズ印刷出版部　1994.7　205p　19cm　（淡海文庫　2）　1000円　⊕4-88325-102-0

◇備中児島名所和歌考―いにしへの歌人に詠まれた　原圭一郎編著　倉敷　クラシキ・クラシック　2011.3　127p　30cm　〈年表あり〉　非売品

◇備中児島名所和歌考―いにしへの歌人に詠まれた　続編　原圭一郎編著　倉敷　クラシ

◇キ・クラッシック　2012.3　149p　30cm　非売品

◇槌の音―人吉球磨・短歌探訪　福岡雄一郎著　人吉　人吉中央出版社　2005.8　329p　21cm　1905円　①4-9902684-1-5

◇福島県歌人会五十年史　福島県歌人会五十年史編集委員会編　福島　福島県歌人会　2001.4　358,65p　22cm

◇忘れ得ぬ人々―茨城歌人余話　藤咲豊著　土浦　筑波書林　1990.7　111p　18cm　(ふるさと文庫)〈茨城図書(発売)〉　618円

◇北海道の短歌―特別企画展　北海道立文学館,北海道文学館編　札幌　北海道立文学館　1998.4　33p　26cm

◇信州伊那谷の歌人群像　堀江玲子著　長野　信濃毎日新聞社(製作)　1994.9　209p　20cm　(樹木叢書)　1800円

◇長崎歌人伝ここは肥前の長崎か　堀田武弘著　長崎　あすなろ社　1997.10　810p　22cm　(あすなろ叢書 47編―光源寺文庫 3編)　6000円

◇京の恋歌近代の彩　松本章男著　京都　京都新聞社　1999.4　273p　20cm　1800円　①4-7638-0454-5

◇佐久の短歌散歩　松本武著　佐久　櫟　1993.4　197p　19cm　(千曲川文庫 17)　2000円　①4-900408-39-5

◇現代短歌・かごしま　南史郎著　鹿児島　春苑堂出版　1996.6　228p　19cm　(かごしま文庫 32)　1500円　①4-915093-39-5

◇歌碑を訪ねて　宮坂万次著　諏訪　歌碑を訪ねて刊行委員会　1998.1　248p　23cm　(あさかげ叢書 第78篇)

◇ひょうご四季のうた　宮崎修二朗著　神戸　神戸新聞総合出版センター　1992.10　251p　19cm　(のじぎく文庫)　1300円　①4-87521-474-X

◇山形歌壇の現状と展望―やまがた文学祭　やまがた文学祭実行委員会編　山形　やまがた文学祭実行委員会　2008.10　69p　21cm　〈会期・会場:平成20年11月7日〜9日　山形市民会館　年表あり　年譜あり　平成20年度山形市/山形県民芸術祭参加〉

◇群馬歌びと紀行―魔空への走者たち 1集　山下和夫著　群馬出版センター　1999.9　212p　19cm　2190円　①4-906366-34-1

◇悲しきロマンス　山住久編集執筆　〔大分〕　山住久　1995.5　28p　26cm

◇青森県歌壇小史　和田山蘭ほか著　青森　成田小五郎　1994.12　200p　21cm　(青森アララギ叢書 第22篇)　2500円

◇上山市における歌壇の展望―戦後から昭和62年まで　渡部春雄著　上山　上山印刷　1990.3　62p　19cm

◇詩歌の琉球　渡英子著　砂子屋書房　2008.6　278p　20cm　(弧琉球叢書 7)〈文献あり〉　3000円　①978-4-7904-1104-8

◇妹に恋ひ―伊勢にゆかりの和歌　一志町(三重県)　南窓舎　1993.6　30p　26cm　(桑梓文庫 第1集)　非売品

◇神奈川県歌人会五〇年史　〔藤沢〕　神奈川県歌人会　2001.5　371p　21cm　4000円

短歌史

◇新研究資料現代日本文学―第5巻　浅井清,佐藤勝,篠弘,鳥居邦朗,松井利彦,武川忠一,吉田煕生編　明治書院　2000.4　402p　21cm　4300円　①4-625-51304-9

◇子規から茂吉へ　扇畑忠雄著　おうふう　1996.3　434p　22cm　(扇畑忠雄著作集 第3巻)　16000円　①4-273-02846-8

◇うたの風景―古典と現在　太田一郎著　青土社　2006.8　272p　20cm　2400円　①4-7917-6285-1

◇日本近代短歌史の構築―晶子・啄木・八一・茂吉・佐美雄　太田登著　八木書店　2006.4　475,10p　22cm　7800円　①4-8406-9034-0

◇終焉からの問い―現代短歌考現学　小笠原賢二著　ながらみ書房　1994.12　368p　20cm〈はる書房(発売)〉　2800円　①4-938133-53-9

◇近代短歌史の研究　加藤孝男著　明治書院　2008.3　403p　22cm　8000円　①978-4-625-45401-1

◇Tankaの魅力　川村ハツエ著　七月堂　1992.5　282p　20cm　(かりん百番 50)　2000円

◇歌の光芒　桑原正紀著　柊書房　2005.10　283p　20cm　(コスモス叢書 第777篇)

短歌（短歌史）

2857円　④4-89975-119-2

◇知っ得短歌の謎―近代から現代まで　国文学編集部編　学灯社　2007.7　206p　21cm　1800円　④978-4-312-70017-9

◇名歌でたどる日本の心―スサノオノミコトから昭和天皇まで　国民文化研究会,小柳陽太郎編著　草思社　2005.8　285p　20cm　1900円　④4-7942-1426-X

◇うたの水脈　三枝昂之著　而立書房　1990.11　282p　20cm　2575円　④4-88059-146-7

◇現代短歌史の争点―対論形式による　篠弘著　短歌研究社　1998.12　312,3p　20cm　5000円　④4-88551-403-7

◇和歌の心と情景　島内裕子,渡部泰明編著　放送大学教育振興会　2010.3　230p　21cm　（放送大学教材）〈[日本放送出版協会]（発売）　索引あり〉　2300円　④978-4-595-31193-2

◇風呂で読む近代の名歌　島田修三著　京都　世界思想社　1995.2　102p　19cm　980円　④4-7907-0537-4

◇花鳥諷詠新論　社本武著　角川書店　2006.2　338p　20cm　2762円　④4-04-651652-6

◇和歌史を学ぶ人のために　鈴木健一,鈴木宏子編　京都　世界思想社　2011.8　314,20p　19cm〈文献あり　年表あり　索引あり〉　2300円　④978-4-7907-1533-7

◇近代短歌の系譜　鈴木善一著,多久麻編　ながらみ書房　1996.1　415p　20cm　4000円

◇短歌学入門―万葉集から始まる〈短歌革新〉の歴史　辰巳正明著　笠間書院　2005.10　237p　21cm　1800円　④4-305-70302-5

◇近代短歌とその源流―白秋牧水まで　玉城徹著　短歌新聞社　1995.7　274p　20cm　2700円　④4-8039-0785-4

◇現代短歌の検証―長谷川銀作生誕百年記念論文集　長流短歌会編集委員会編　長流短歌会　1995.2　88p　21cm　1500円

◇近代詩歌の歴史　野山嘉正著　放送大学教育振興会　1999.3　218p　21cm　（放送大学教材　1999）　2400円　④4-595-23509-7

◇近代詩歌の歴史　野山嘉正著　改訂版　放送大学教育振興会　2004.3　233p　21cm　（放送大学教材　2004）　2200円　④4-595-23750-2

◇短歌憧憬―評論とエッセイ　橋本喜典著　短歌新聞社　2000.9　407p　20cm　3333円　④4-8039-1015-4

◇燃焼―人生に於ける白熱のとき　福本邦雄著　フジ出版社　1990.10　429p　22cm　3500円　④4-89226-079-7

◇眼を開いてみる夢―写実と抒情のはざまで　福本邦雄著　フジ出版社　1992.7　286p　20cm　2500円　④4-89226-080-0

◇外へ向かう眼内へ向かう眼―写実の探求とそれへの反逆　福本邦雄著　フジ出版社　1995.10　245p　20cm　2500円　④4-89226-081-9

◇炎立つとは―むかし女ありけり　福本邦雄著　講談社　2004.6　323p　20cm　1700円　④4-06-212394-0

◇和歌史論集　藤平春男著　笠間書院　2003.2　575p　22cm　（藤平春男著作集　第5巻　藤平春男著）〈付属資料：10p(20cm)：月報5　シリーズ責任表示：藤平春男著　年譜あり　著作目録あり〉　13000円　④4-305-60104-4

◇歴史の中の短歌　水野昌雄著　アイ企画　1997.8　511,7p　20cm　4500円　④4-900822-10-8

◇歴史の中の短歌―評論　続　水野昌雄著　生活ジャーナル　2007.10　480p　19cm〈著作目録あり〉　2381円　④978-4-88259-130-6

◇歴史の中の短歌―評論　続・続　水野昌雄著　生活ジャーナル　2007.11　360p　19cm　1714円　④978-4-88259-131-3

◇茂吉のことなど―現代の抒情を求めて　村松和夫著　六法出版社　1992.9　259p　20cm　2500円　④4-89770-906-7

◇近代文学のなかの短歌―私の研究回顧をめぐって　本林勝夫著　伊勢　皇学館大学出版部　1991.3　57p　19cm　（皇学館大学講演叢書　第65輯）　300円

◇近代短歌と現代短歌　安森敏隆,末竹淳一郎編　双文社出版　1997.3　190p　22cm　2000円　④4-88164-069-0

◇近代短歌を学ぶ人のために　安森敏隆,上田博編　京都　世界思想社　1998.5　312,18p　19cm　2800円　④4-7907-0705-9

歌壇・結社

◇緑野五十年史―島根県石見地方歌壇史　浅井喜多治著　益田　緑野短歌会　1996.4　178p　21cm　2500円
◇新墾八十年史　新墾八十年史編纂委員会編纂　札幌　新墾社　2010.12　284p　21cm〈創刊80周年記念　年表あり〉
◇市原歌人会十五年のあゆみ　市原歌人会十五年史編集委員会編　市原　市原歌人会十五年史編集委員会事務局　2005.10　58p　26cm
◇知多短歌会その歩み　遠藤一義著　半田　麦同人社　1997.1　307p　19cm　（麦叢書）　1500円
◇知多短歌会その歩み―続　遠藤一義著　半田　麦同人社　1999.1　259p　19cm　（麦叢書）　2000円
◇あゆみ―十八周年記念誌　おおひら短歌会編　大平町（栃木県）　おおひら短歌会　2009.5　175p　21cm　（おおひら短歌会叢書　第10篇）
◇現代歌人協会五十年の歴史　現代歌人協会企画委員会編　現代歌人協会　2006.12　129p　22cm〈年表あり〉　3000円
◇俳人協会宮城県支部創立二十周年記念誌　宮城県支部二十周年記念事業実行委員会編　仙台　俳人協会宮城県支部　2003.5　126p　26cm
◇ポトナムの歌人　安森敏隆, 上田博編　京都　晃洋書房　2008.11　229p　20cm　（ポトナム叢書　第444篇―新しい短歌鑑賞　別巻）　2400円　⓵978-4-7710-1994-2
◇横浜の歌人たち―3（2005）　横浜歌人会編　横浜　横浜歌人会　2006.1　277p　21cm〈横浜歌人会創立35周年記念〉　2500円
◇楢岡―創立35周年記念号　南外村（秋田県）　楢岡短歌会　1996.12　102p　26cm
◇相模原市民短歌会創立五十年の歩み　相模原　相模原市民短歌会　2005.9　227p　21cm〈タイトルは表紙による〉　非売品
◇中部日本歌人会創立50周年記念誌　名古屋　中部日本歌人会　2007.3　83p　30cm〈年表あり　標題紙等のタイトル：中部日本歌人会五十周年記念誌〉
◇歩みの記録　弘前　弘前潮音会　2009.6　55p　21cm〈年表あり〉　非売品
◇東総短歌会小史　匝瑳　東総短歌会　2010.8　39p　30cm〈年表あり〉
◇アルバムと年表による「未来」六十年史―「未来」創刊六十周年記念　未来短歌会　2011.11　140p　26cm〈年表あり〉
◇呉歌人協会十年史―呉歌人協会三十年史・十年史続編　呉　呉歌人協会　2011.11　131p　21cm〈呉歌人協会五十年記念　自平成十二年秋至平成二十三年春　奥付のタイトル：呉市歌人協会十年史　発行所：リプリント広〉

◆歌誌

◇サキクサ―短歌誌　別冊　創刊三十周年記念号　大塚布見子編　千葉　サキクサ短歌会　2009.8　423p　21cm〈年表あり〉　5000円
◇「未来」と現代短歌―アルバムと年表による40年史　未来創刊四十周年記念事業委員会企画編集　六法出版社　1991.6　163p　27cm（ほるす歌書）　3000円　⓵4-89770-259-3
◇写真に見る・花鏡・二十年の歩み　神戸　花鏡短歌会　2004.11　145p　30cm　16000円　⓵4-87787-235-3

歌人論

◇啄木以後の悲歌の系譜　相沢源七著　仙台　仙台啄木会　1992.6　112p　19cm〈宝文堂（発売）石川啄木の肖像あり〉　1500円
◇現代歌人論―遠景の獅子たち　青井史評論集　青井史著　雁書館　1989.4　161p　20cm　（雁叢書　111）　2200円
◇湯めぐり歌めぐり　池内紀著　集英社　2000.10　238p　18cm　（集英社新書）　680円　⓵4-08-720059-0
◇昭和に生きた歌人たち　石川誠彦　砂子屋書房　1997.8　433p　20cm　5000円
◇意中の歌人たち―評論集　石野勝美著　潮汐社　1997.3　225p　20cm　（あらたえ叢書　第36篇）　3000円
◇現代の歌人　岩田正著　新版　牧羊社　1989.5　244p　20cm　1760円　⓵4-8333-0958-0
◇現代歌人の世界―作家の顔・作品の力　岩田正著　本阿弥書店　1990.7　213p　20cm

短歌（短歌史）

（短歌ライブラリー 1）　2200円　①4-89373-032-0

◇大野とくよ評論・エッセイ集—2　大野とくよ著　ながらみ書房　1998.4　320p　20cm〈新宴叢書　第21篇〉　3500円

◇岡井隆コレクション—5　詩論・詩人論集成　岡井隆著　思潮社　1995.9　511p　20cm　5800円　①4-7837-2308-7

◇岡井隆コレクション—6　正岡子規・作家論集成　岡井隆著　思潮社　1995.11　511p　20cm　5800円　①4-7837-2309-5

◇ぼくの交遊録　岡井隆著　ながらみ書房　2005.8　323p　20cm〈横浜　春風社（発売）〉　2800円　①4-86110-044-5

◇現代の肖像百歌人—続　小方悟撮影　東京　四季出版　1991.12　230p　31cm　12000円　①4-87621-489-1

◇戦後への提言　笠井直倫著　短歌新聞社　1997.3　360p　20cm　2912円　①4-8039-0870-2

◇抒情の行程　梶木剛著　短歌新聞社　1999.8　354p　21cm　3333円　①4-8039-0979-2

◇鬼古里の賦—川村杏平俳人歌人論集　川村杏平著　コールサック社　2012.7　606p　19cm　2000円　①978-4-86435-047-1

◇臍墨帖　北島瑠璃子編　京都　臍墨会　1990.4　110p　21cm　2000円

◇悲恋の歌人たち—恋愛歌ものがたり　木俣修著　北辰堂　1990.12　239p　19cm〈昭和30年刊の再刊〉　2000円　①4-89287-170-2

◇歌の架橋—インタビュー集　久々湊盈子著　砂子屋書房　2009.8　362p　21cm　3500円　①978-4-7904-1171-0

◇写生の歌人五人—土屋文明記念文学館開館記念展　群馬県立土屋文明記念文学館編　群馬町（群馬県）　群馬県立土屋文明記念文学館　1996.7　130p　30cm

◇随縁鈔　古泉千樫著,白銀小浪編　編集復刻版　アテネ社　2008.5　190p　19cm　1900円　①978-4-900841-37-6

◇底より歌え—近代歌人論　佐佐木幸綱著　小沢書店　1989.10　247p　20cm（小沢コレクション　24）　2060円

◇佐佐木幸綱の世界—11　同時代歌人論　2　佐佐木幸綱著,『佐佐木幸綱の世界』刊行委員会編　河出書房新社　1999.7　290p　19cm　3500円　①4-309-70381-X

◇それぞれの歌それぞれの旅　佐藤房儀著　名古屋　中日新聞本社　1994.8　287p　21cm　1400円　①4-8062-0274-6

◇戦後歌人名鑑　十月会編　増補改訂版　短歌新聞社　1993.7　437p　22cm　7000円　①4-8039-0704-8

◇昭和歌人名鑑　昭和歌人名鑑刊行会編　日本図書センター　1991.2　233p　22cm（日本人物誌叢書　13）〈紅玉堂書店昭和4年刊の複製〉　6180円　①4-8205-4044-0

◇歌人片影—出会いの風景　晋樹隆彦著　はる書房　1993.12　153p　19cm　1700円　①4-938133-46-6

◇田井安曇著作集—第1巻　作家篇　1（土屋文明他）　田井安曇著　不識書院　1997.11　605p　20cm　6000円　①4-938289-08-3

◇田井安曇著作集—第2巻　作家篇　2（近藤芳美他）　田井安曇著　不識書院　1998.2　434p　20cm　5000円　①4-938289-10-5

◇田井安曇著作集—第3巻　作家篇　3（岡井隆他）　田井安曇著　不識書院　1998.6　582p　20cm　6000円　①4-938289-15-6

◇田井安曇著作集—第6巻　評伝篇　田井安曇著　不識書院　1999.9　691p　20cm　6000円　①4-938289-36-9

◇萬葉集と近代歌人たち　高岡市万葉歴史館編　高岡　高岡市万葉歴史館　1997.3　146p　19cm（高岡市萬葉歴史館叢書　7）

◇大君へのおもい—大嘗祭と近代歌人　谷分道長著〔伊勢〕〔谷分道長〕　1989.6　36p　21cm〈付（1枚）：追補

◇残花遺珠—知られざる名作　塚本邦雄著　邑書林　1995.6　202p　20cm　2600円　①4-89709-126-8

◇昭和の歌人たち　永田和宏著　短歌新聞社　1994.3　226p　20cm（昭和歌人集成　別巻）　2000円　①4-8039-0734-X

◇美の四重奏—先駆的歌人の世界　早崎ふき子著　雁書館　1993.12　218p　20cm（雁叢書　112）　2500円

◇叛逆と凝視—近代歌人論　菱川善夫著,菱川善夫著作集刊行委員会編　沖積舎　2010.12　349p　20cm（菱川善夫著作集　6）〈索引

短歌（短歌史）

あり〉　3500円　①978-4-8060-6621-7

◇近代詩人・歌人自筆原稿集　保昌正夫監修，青木正美収集・解説　東京堂出版　2002.6　217p　27cm　9000円　①4-490-20470-1

◇素描—自叙伝体短歌選釈　前田夕暮著　日本図書センター　1990.3　368,10,3p　22cm　（近代作家研究叢書 96）〈解説：石本隆一　八雲書林昭和15年刊の複製〉　8240円　①4-8205-9053-7

◇男流歌人列伝　道浦母都子著　岩波書店　1993.12　247p　16cm　（同時代ライブラリー 167）　950円　①4-00-260167-6

◇百年の恋　道浦母都子著　小学館　2003.6　381p　20cm〈年譜あり　文献あり〉　1800円　①4-09-387446-8

◇現代歌人三十人　三橋竹蔵著　短歌新聞社　1993.11　248p　20cm　（樹林叢書）　2800円

◇文人たちのうた—もう一つの短歌の世界　本林勝夫著　短歌研究社　1994.12　185p　20cm　2900円　①4-88551-171-2

◇明治大正歌書解題　本美鉄三著　東出版　1997.2　248p　22cm　（辞典叢書 23）　6000円　①4-87036-042-X

◇現代歌人の宴—二十一世紀への架橋　山梨県立文学館編　甲府　山梨県立文学館　1997.10　96p　30cm

◇ひとつかがやく—雪野真菰評論集　雪野真菰著　本阿弥書店　2012.2　147p　20cm〈文献あり〉　2000円　①978-4-7768-0858-9

◇歌人回想録—今世紀への遺産　エッセイ＆50首抄 3の巻　ながらみ書房　2006.3　366p　20cm　2857円　①4-86023-376-X

◇歌人回想録—今世紀への遺産　エッセイ＆50首抄 4の巻　ながらみ書房　2009.7　354p　20cm　2857円　①978-4-86023-614-4

◆女性歌人

◇二十世紀短歌と女の歌　阿木津英著　学芸書林　2011.4　421p　20cm　3000円　①978-4-87517-091-4

◇短歌に出会った女たち　内野光子著　三一書房　1996.10　208p　20cm　2200円　①4-380-96279-2

◇群馬の女流歌人・1993　久保田淳子撮影・編集　高崎　あさを社　1994.3　282p　22cm　3500円

◇エセー・現代女性歌人　佐藤きよみ，藤室苑子著　短歌研究社　1999.1　192p　20cm　（続かりん百番 37）　2500円　①4-88551-375-8

◇同世代女性—歌のエコロジー　佐波洋子, 古谷智子著　角川書店　1994.9　196p　20cm　2600円　①4-04-883384-7

◇疾走する女性歌人—現代短歌の新しい流れ　篠弘著　集英社　2000.4　238p　18cm　（集英社新書）　680円　①4-08-720028-0

◇孤独なる歌人たち—現代女性歌人論　鈴木竹志著　六花書林　2011.5　206p　20cm　（コスモス叢書 第967篇）〈開発社（発売）〉　2500円　①978-4-903480-56-5

◇女流歌人花の幻想　田中きわ子著　府中（東京都）　渓声出版　1999.1　240p　19cm　1300円　①4-905847-97-4

◇女歌人小論—2　長沢美津ほか著, 女人短歌会編　短歌新聞社　1989.8　293p　20cm　2000円

◇ミューズへの挑発—現代短歌・七歌人論　檜葉奈穂著　東銀座出版社　2003.11　245p　20cm〈年表あり〉　2381円　①4-89469-061-6

◇乳房のうたの系譜　道浦母都子著　筑摩書房　1995.11　201p　20cm　1600円　①4-480-81386-1

◇女歌の百年　道浦母都子著　岩波書店　2002.11　226p　18cm　（岩波新書）　740円　①4-00-430813-5

◇女性短歌評論年表—1945〜2001　森岡貞香監修　砂子屋書房　2008.12　148p　19cm　1500円　①978-4-7904-1130-7

◇現代から見た女性歌人の軌跡　渡辺謙著　短歌新聞社　1998.6　142p　19cm　2000円

◇「同時代」としての女性短歌　河出書房新社　1992.9　421p　21cm　（Bungei special 1）　1500円　①4-309-00795-3

明治時代

◇帝国の和歌　浅田徹, 勝原晴希, 鈴木健一, 花部英雄, 渡部泰明編　岩波書店　2006.6　230p　22cm　（和歌をひらく　第5巻　浅田

短歌（短歌史）

徹,勝原晴希,鈴木健一,花部英雄,渡部泰明編） 3700円　Ⓘ4-00-027070-2
◇囚われて短歌を遺した人びと　小木宏著　本の泉社　2006.5　271p　19cm　1429円　Ⓘ4-88023-946-1
◇御歌所と国学者　宮本誉士著　弘文堂　2010.12　338,5p　22cm　（久伊豆神社小教院叢書 9）〈索引あり〉　5200円　Ⓘ978-4-335-16063-9
◇明治短歌の文学的潮流　明治神宮編纂　短歌新聞社　1996.4　317p　19cm　2500円　Ⓘ4-8039-0825-7

◆◆会津 八一（1881～1956）

◇会津八一・吉野秀雄往復書簡　会津八一,吉野秀雄著,会津八一記念館監修,伊狩章,岡村浩,近藤悠子編　限定版　二玄社　1997.10　2冊　23cm　全29000円　Ⓘ4-544-03035-8
◇上司海雲宛会津八一書簡図録—奈良大学図書館所蔵　会津八一著,浅田隆,東野治之,藤本寿彦,安田真紀子編　奈良　奈良大学図書館　2008.3　88p　30cm
◇会津八一vs北大路魯山人—傲岸不遜の芸術家：平成二十三年度特別展　会津八一,北大路魯山人作,会津八一記念館編　新潟　新潟市会津八一記念館　2011.9　89p　30cm〈会期・会場：平成23年9月16日～11月30日　新潟市会津八一記念館　会津八一生誕130年没後55年記念　年譜あり〉
◇会津八一のいしぶみ　会津八一記念館監修　新潟　新潟日報事業社　2000.11　125p　21cm　1600円　Ⓘ4-88862-833-5
◇会津八一と吉野秀雄—誇り高き歌びと　平成14年特別展吉野秀雄生誕100年記念　会津八一記念館編　新潟　新潟市会津八一記念館　2002.8　81p　30cm
◇会津八一と越の学び舎—平成21年度特別展　新潟大学創立60周年記念　会津八一記念館編　新潟　新潟市会津八一記念館　2009.9　92p　30cm〈会期・会場：平成21年9月19日～11月29日　新潟市会津八一記念館〉
◇孤高の巨人が遺したもの—会津八一、信州の足跡　青柳直良著　長野　竜鳳書房　2004.1　287p　22cm〈肖像あり〉　2800円　Ⓘ4-947697-23-7

◇会津八一と吉野秀雄　伊丹末雄著　青簡舎　2011.8　245p　22cm　3200円　Ⓘ978-4-903996-44-8
◇秋艸道人会津八一書簡集　植田重雄編著　恒文社　1991.1　574p　22cm〈会津八一の肖像あり〉　6000円　Ⓘ4-7704-0727-0
◇秋艸道人会津八一の芸術　植田重雄著　恒文社　1994.12　534p　22cm〈会津八一の肖像あり〉　5500円　Ⓘ4-7704-0817-X
◇秋艸道人会津八一の学芸　植田重雄著　清流出版　2005.2　323p　20cm〈肖像あり〉　3000円　Ⓘ4-86029-109-3
◇歌人の風景—良寛・会津八一・吉野秀雄・宮柊二の歌と人　大星光史著　恒文社　1997.12　406p　20cm　2800円　Ⓘ4-7704-0950-8
◇会津八一と奈良　小笠原忠編著　宝文館出版　1989.6　178p　19cm〈『会津八一歌がたみ奈良』（1979年刊）の改題　会津八一の肖像あり〉　1300円　Ⓘ4-8320-1341-6
◇会津八一の眼光　金田弘著　春秋社　1992.11　270p　22cm　2800円　Ⓘ4-393-44112-5
◇会津八一の歌境　喜多上著　春秋社　1993.11　189p　20cm〈会津八一の肖像あり〉　2200円　Ⓘ4-393-44131-1
◇野の人会津八一　工藤美代子著　新潮社　2000.7　318p　20cm　1900円　Ⓘ4-10-422002-7
◇会津八一・吉野秀雄—土屋文明記念文学館第3回企画展　群馬県立土屋文明記念文学館編　群馬町（群馬県）　群馬県立土屋文明記念文学館　1997.6　83p　30cm
◇会津八一の旅　小林新一著　春秋社　1997.12　205p　20cm　2400円　Ⓘ4-393-44407-8
◇憤怒の会津八一　小松重男著　〔新潟〕　八吾の会　2010.5　74p　19cm〈年譜あり〉　1143円　Ⓘ978-4-902261-33-2
◇会津八一歌語俳語索引　塩浦林也編　亀田町（新潟県）　〔塩浦林也〕　1990　312p　21cm
◇会津八一用語索引—歌語・俳語　塩浦林也編　高志書院　2007.3　192p　21cm　3000円　Ⓘ978-4-86215-020-2
◇山ばとのさと・秋艸道人のひととせ—中条疎

短歌（短歌史）

開を中心として　高沢吉郎著　邑書林　1995.4　189p 図版12枚　20cm　2400円　Ⓘ4-89709-128-4

◇会津八一・娘紀伊子への鎮魂歌　時任森著　青娥書房　1996.11　111p　19cm　1545円　Ⓘ4-7906-0158-7

◇会津八一の学風―ひとつの評伝　豊原治郎著　京都　晃洋書房　1996.2　227p　20cm　1700円　Ⓘ4-7710-0820-5

◇教育者会津八一論　豊原治郎著　京都　晃洋書房　1997.9　176p　20cm　1600円　Ⓘ4-7710-0957-0

◇孤高の学匠会津八一　豊原治郎著　京都　晃洋書房　1999.7　175p　20cm　1600円　Ⓘ4-7710-1110-9

◇文学者会津八一論　豊原治郎著　京都　晃洋書房　2000.11　206p　20cm　1700円　Ⓘ4-7710-1212-1

◇随筆家会津八一論　豊原治郎著　京都　晃洋書房　2001.6　213p　20cm〈文献あり〉 1800円　Ⓘ4-7710-1279-2

◇学匠会津八一の生涯　豊原治郎著　京都　晃洋書房　2002.6　224p　20cm　1800円　Ⓘ4-7710-1381-0

◇会津八一の手紙　豊原治郎著　京都　晃洋書房　2003.4　164p　20cm　1600円　Ⓘ4-7710-1451-5

◇会津八一の史眼　豊原治郎著　京都　晃洋書房　2004.2　187p　20cm〈文献あり〉 1700円　Ⓘ4-7710-1506-6

◇会津八一と私―中田みづほ随筆集より　中田瑞穂著, 中田紳一郎編　新潟　新潟日報事業社　1989.5　228p　19cm〈著者および会津八一の肖像あり〉 1300円　Ⓘ4-88862-377-5

◇会津八一と信州　新潟市会津八一記念館監修　松本　郷土出版社　1999.1　178p　26cm　2400円　Ⓘ4-87663-431-9

◇会津八一と奈良―歌と書の世界　西世古柳平著, 入江泰吉写真　二玄社　1992.10　238p　21cm　2000円　Ⓘ4-544-02014-X

◇私説会津八一　原田清著　近代文芸社　1996.5　344p　20cm　2000円　Ⓘ4-7733-5386-4

◇会津八一鹿鳴集評釈　原田清著　東京堂出版　1998.3　328p　20cm　2000円　Ⓘ4-490-20341-1

◇会津八一―個人主義の軌跡　堀巌著　沖積舎　1996.10　160p　20cm　（作家論叢書18）　2500円　Ⓘ4-8060-7018-1

◇会津八一もうひとつの世界　皆川喜代弘編著　新潟　新潟日報事業社出版・印刷部　1996.8　164p　31cm　4800円　Ⓘ4-88862-621-9

◇会津八一　宮川寅雄著　紀伊国屋書店　1994.1　189p　20cm　（精選復刻紀伊国屋新書）〈会津八一の肖像あり〉 1800円　Ⓘ4-314-00637-4

◇会津八一の文学　宮川寅雄著　新装版　恒文社　1998.6　241p　20cm　2500円　Ⓘ4-7704-0968-0

◇会津八一の歌　山崎馨著　大阪　和泉書院　1990.3　275p　16cm　1900円　Ⓘ4-87088-398-8

◇会津八一の歌　山崎馨著　新装普及版　大阪　和泉書院　1993.7　275p　15cm　1200円　Ⓘ4-87088-605-7

◇秋艸道人の歌　山崎馨著　大阪　和泉書院　1997.4　282p　16cm　2000円　Ⓘ4-87088-849-1

◇会津八一の旅の歌　山崎馨著　大阪　和泉書院　2003.5　258p　15cm　1500円　Ⓘ4-7576-0214-6

◇秋艸道人会津八一関係書籍目録―書名五十音順　横手暎央著　さいたま　横手暎央　2006.11　142p　30cm〈肖像あり〉

◇鹿鳴集歌解　吉野秀雄著　日本図書センター　1990.3　202,10p　22cm　（近代作家研究叢書 102）〈解説：若月忠信　創元社1947年刊の複製〉 5150円　Ⓘ4-8205-9059-6

◇秋艸道人会津八一　吉野秀雄著　春秋社　1993.3　2冊　20cm〈著者および会津八一の肖像あり〉 全6500円　Ⓘ4-393-44114-1

◇会津八一―その人とコレクション　吉村怜, 大橋一章著　早稲田大学出版部　1997.4　171p　21cm　2800円　Ⓘ4-657-97415-7

◇会津八一の名歌―古都奈良の詩情　和光慧著　池田出版　1996.8　206p　20cm

◇定本会津八一の名歌―古都奈良の詩情　和光慧著　大阪　和泉書院　1998.10　236p　20cm　1800円　Ⓘ4-87088-935-8

◇会津八一とゆかりの地―歌と書の世界　和光慧著　二玄社　2000.1　237p　21cm　2000

短歌（短歌史）

円　①4-544-02019-0
◇会津八一生誕120年記念展―早稲田大学・新潟市会津八一記念館所蔵品交換　早稲田大学会津八一記念博物館, 会津八一記念館編　早稲田大学会津八一記念博物館　2001.9　120p　30cm〈共同刊行：新潟市会津八一記念館　年譜あり〉
◇会津八一逸話集　渡辺秀英著　新潟　新潟日報事業社　1999.2　389p　22cm　2500円　①4-88862-737-1
◇会津八一　新潮社　1995.6　111p　20cm（新潮日本文学アルバム　61）　1300円　①4-10-620665-X
◇The life and works of Aizu Yaichi—his aesthetics,tanka poetry,and calligraphy　Niigata　Aizu Yaichi Memorial Museum　c2010　77p　30cm〈日本語・英語併記　年譜あり〉

◆◆赤松　景福（1864～1948）

◇赤松景福の「讃岐慕情」　井下香泉著　高松　讃岐先賢顕彰会　2005.9　203p　21cm　1250円
◇赤松景福の「詠史の旅」　井下香泉著　高松　讃岐先賢顕彰会　2008.4　246p　21cm　1500円

◆◆天田　鉄眼（1854～1904）

◇愚庵文庫所蔵主要目録　遠藤守正, 白井欽一編　改訂増補版　いわき　愚庵文庫　1993.8　50p　26cm〈1993年8月現在〉　非売品

◆◆尾形　紫水（1884～1958）

◇俚のうたびと―尾形紫水の人と作品　西田耕三執筆, 尾形紫水顕彰事業実行委員会顕彰図書編集委員会　気仙沼　気仙沼地域先人顕彰協会（制作）　1990.4　321p　21cm　2000円

◆◆岡本　倶伎羅（1877～1907）

◇万堂嶺―岡本倶伎羅の歌　金山敏美著　家島町（兵庫県）〔金山敏美〕　1992.10　125p　22cm

◆◆尾上　柴舟（1876～1957）

◇尾上柴舟・石川啄木　和田周三, 上田博著　京都　晃洋書房　2002.5　261p　20cm（新しい短歌鑑賞　第4巻）　2900円　①4-7710-1355-1

◆◆斎藤　良右衛門（1818～1884）

◇斎藤良右衛門詠章―古き世の和歌―幕末から明治の初め　八重樫和子著　北上　八重樫和子　2008.8　36p　26cm〈肖像あり　年譜あり〉

◆◆佐佐木　信綱（1872～1963）

◇佐佐木信綱の世界―「信綱かるた」歌のふるさと　衣斐賢譲著　名古屋　中日新聞社　2008.11　359p　19cm〈年表あり　文献あり〉　1714円　①978-4-8062-0580-7
◇羽族の国―思草（佐々木信綱歌集）評釈　川田順著　短歌新聞社　1994.7　245p　20cm　2800円　①4-8039-0744-7
◇佐々木信綱先生とふるさと鈴鹿　鈴鹿市教育委員会編　新訂　鈴鹿　鈴鹿市教育委員会　1994.8　112p　21cm
◇佐々木信綱資料館収蔵品図録　鈴鹿市教育委員会編　鈴鹿　鈴鹿市教育委員会　2001.3　105p　30cm
◇近代作家追悼文集成―第39巻　佐佐木信綱・三好達治・佐藤春夫　ゆまに書房　1999.2　357p　22cm　8000円　①4-89714-642-9,4-89714-639-9

◆◆高塩　背山（1882～1956）

◇自然歌人・高塩背山―その歌と人生　高塩幸雄著　浦和　高塩幸雄　1990.9　116p　19cm〈主婦の友出版サービスセンター（製作）〉　1000円

◆◆橘　糸重（1873～1939）

◇橘糸重歌文集　橘糸重著,阪本幸男編著　短歌新聞社　2009.10　345p　22cm〈著作目録あり　年譜あり　文献あり〉　3619円　①978-4-8039-1471-9

◆◆中島　歌子（1844～1903）

◇郷土出身の歌人中島歌子資料集　坂戸市教育委員会編　坂戸　坂戸市教育委員会　2008.3　207p　30cm

◆◆鳴海　要吉（1883～1959）

◇うらぶる人―口語歌人鳴海要吉の生涯　高橋明雄著　弘前　津軽書房　1993.7　220p　20cm　2000円　①4-8066-0123-3

◇評伝鳴海要吉　竹浪和夫著　むつ　下北文化社編集委員会　2010.8　365p　20cm〈発行所：下北文化社　年譜あり〉　2857円

◆◆新島　襄（1843～1890）

◇新島襄の短歌―和歌的発想と短歌的発想　安森敏隆著　京都　同志社　2000.3　38p　19cm　（新島講座　第20回　同志社新島基金運営委員会編）〈会期・会場：1999年10月9日　有楽町朝日スクエア〉　500円

◆◆西出　朝風（1884～1943）

◇口語歌人西出朝風　敷田千枝子著　短歌研究社　2007.10　245p　20cm〈年譜あり〉　3429円　①978-4-86272-058-0

◆◆松浦　辰男（1844～1909）

◇松浦辰男の生涯―桂園派最後の歌人　兼清正徳著　作品社　1994.6　229p　20cm〈松浦辰男の肖像あり〉　2400円　①4-87893-196-5

◆新詩社

◇越後明星派点鬼簿―明治無名文学青年たちの記録　塩浦彰著　新潟　新潟日報事業社（発売）　2010.3　281p　19cm　1400円　①978-4-86132-391-1

◇新詩社文庫目録―湯浅光雄収集　日本近代文学館編　日本近代文学館　1991.10　15p　21cm　（日本近代文学館所蔵資料目録 21）

◆◆石上　露子（1882～1959）

◇石上露子の人生と時代背景　「石上露子を学び語る会」編著　追補版　〔大阪狭山〕　全日本年金者組合大阪河南地域交流・連絡会「石上露子を学び語る会」　2012.5　202p　26cm〈年譜あり　年表あり〉

◇夕ちどり―忘れられた美貌の歌人・石上露子　碓田のぼる著　ルック　1998.10　245p　20cm　1800円　①4-947676-62-0

◇不滅の愛の物語り―忘れられた美貌の歌人・石上露子　碓田のぼる著　ルック　2005.10　207p　19cm〈文献あり〉　1800円　①4-86121-039-9

◇石川啄木と石上露子―その同時代性と位相　碓田のぼる著　光陽出版社　2006.4　238p　22cm　2381円　①4-87662-432-1

◇石上露子が生涯をかけた恋人長田正平―その生涯と作品　碓田のぼる著　光陽出版社　2010.11　201p　20cm〈奥付のタイトル：石上露子の生涯の恋人長田正平　年譜あり　著作目録あり〉　1429円　①978-4-87662-521-5

◇石上露子研究―第1輯　松村緑編，松本和男補　小平　松本和男　1996.11　309p　21cm　非売品

◇石上露子研究―第2輯　松本和男編修　小平　松本和男　1997.7　291p　21cm　非売品

◇石上露子研究―第3輯　松本和男編修　小平　松本和男　1997.12　332p　21cm　非売品

◇石上露子研究―第4輯　松本和男編修　小平　松本和男　1998.5　342p　21cm　非売品

◇石上露子研究―第5輯　松本和男編修　小平　松本和男　1998.8　259p　21cm　非売品

◇石上露子研究―第6輯　松本和男編修　小平　松本和男　1999.1　328p　21cm　非売品

◇石上露子研究―第7輯　松本和男編輯　小平　松本和男　1999.4　267p　21cm　非売品

◇石上露子研究―第8輯　松本和男編輯　小平　松本和男　1999.7　309p　21cm　非売品

◇評伝石上露子　松本和男著　中央公論新社　2000.11　587p　20cm〈肖像あり〉　5500円　①4-12-003076-8

◇論集石上露子　松本和男編著　中央公論事業出版　2002.12　351p　20cm〈肖像あり〉　2800円　①4-89514-194-2

◇石上露子をめぐる青春群像―下巻　松本和男編輯　小平　松本和男　2003.7　p477～984　20cm〈私家版　文献あり〉

短歌（短歌史）

◇石上露子文学アルバム　松本和男編著　小平　松本和男　2009.10　167p　21cm〈限定私家版　年譜あり〉

◇石上露子百歌―解釈と鑑賞　宮本正章著　大阪　竹林館　2009.10　175p　20cm〈文献あり　年譜あり〉　1800円　Ⓘ978-4-86000-177-3

◆◆内海 信之（1884〜1968）

◇内海信之―花と反戦の詩人　安水稔和著　大阪　編集工房ノア　2007.9　477p　20cm〈肖像あり　年譜あり　文献あり〉　3800円　Ⓘ978-4-89271-155-8

◆◆香川 不抱（1889〜1917）

◇明星派歌人香川不抱生家跡建碑記念　香川俊一ほか編　丸亀　〔香川俊一〕　1994.3　43p　26cm〈香川不抱の肖像あり〉

◆◆川井 静子（1890〜1956）

◇母―川井静子の追憶　駒井美代子語り, 関幸子構成執筆　武石村（長野県）　武石村教育委員会　2000.8　221p　19cm〈肖像あり〉　953円

◇赤彦を慕う日々―川井静子小伝　関幸子著　長野　信毎書籍出版センター　1999.3　393p　20cm　1700円

◆◆菅野 真澄（1882〜1907）

◇歌人菅野真澄―人と作品 地域の文学　西田耕三編　気仙沼　耕風社　1998.3　267p　21cm　2500円

◆◆窪田 空穂（1877〜1967）

◇窪田空穂論　岩田正著　角川学芸出版　2007.11　184p　19cm〈角川学芸ブックス〉〈角川グループパブリッシング（発売）〉　1238円　Ⓘ978-4-04-651997-9

◇窪田空穂の歌　岩田正, 日置俊次, 大井学, 森川多佳子, 田村広志, 米川千嘉子, 藤室苑子編著　角川学芸出版　2008.6　189p　19cm〈角川学芸ブックス〉〈角川グループパブリッシング（発売）　年譜あり〉　1238円　Ⓘ978-4-04-621262-7

◇窪田空穂以後　来嶋靖生著　短歌新聞社　1991.4　327p　19cm（槻の木叢書　第119篇）　2500円　Ⓘ4-8039-0632-7

◇わが文学体験　窪田空穂著　岩波書店　1999.3　247p　15cm（岩波文庫）　560円　Ⓘ4-00-311552-X

◇亡妻の記　窪田空穂著　角川学芸出版　2005.12　261p　19cm〈角川書店（発売）　年譜あり〉　2095円　Ⓘ4-04-651961-4

◇窪田空穂の短歌　窪田章一郎著　短歌新聞社　1996.6　1214p　22cm　15000円　Ⓘ4-8039-0831-1

◇ある死刑囚の短歌と空穂―『遺愛集』（島秋人著）が語りかけるもの 平成17年度窪田空穂記念館企画展記録集　窪田空穂記念館編　松本　窪田空穂記念館　2006.3　134p　30cm〈年譜あり〉

◇窪田空穂―人と文学　窪田空穂記念館編　柊書房　2007.6　125p　18cm〈肖像あり　著作目録あり　年譜あり〉　1000円　Ⓘ978-4-89975-168-7

◇空穂と妻藤野―その愛と悲しみ 平成18年度窪田空穂記念館企画展記録集　窪田空穂記念館編　松本　窪田空穂記念館　2007.8　47p　30cm〈会期・会場：平成18年9月30日〜11月26日　窪田空穂記念館　年譜あり〉

◇青春のうた―あの時わたしは若かった 平成19年度窪田空穂記念館特別展　窪田空穂記念館編　松本　窪田空穂記念館　2007.9　110p　26cm〈会期・会場：平成19年9月29日〜11月25日　窪田空穂記念館　松本市市制施行100周年・窪田空穂生誕130年記念特別展〉

◇歌人への道―窪田空穂の青春 平成22年度窪田空穂記念館企画展　窪田空穂記念館編　松本　窪田空穂記念館　2010.9　63p　26cm〈年譜あり〉

◇窪田空穂と早稲田―国文学者・教育者空穂：平成23年度窪田空穂記念館企画展　窪田空穂記念館編　松本　窪田空穂記念館　2011.11　80p　26cm〈年譜あり〉

◇いのちのうた―晩年の窪田空穂と獄窓の歌人・島秋人：平成24年度窪田空穂記念館企画展　窪田空穂記念館編　松本　窪田空穂記念館　2012.12　111p　26cm〈年譜あり〉

◇窪田空穂と万葉集―亡き母挽歌と富士関係歌

鈴木武晴著　新典社　2011.11　318p　19cm　〈新典社選書 45〉〈文献あり〉　2400円　Ⓘ978-4-7879-6795-4

◇窪田空穂論　西村真一著　短歌新聞社　2008.1　412p　20cm〈肖像あり　著作目録あり　年譜あり〉　2857円　Ⓘ978-4-8039-1389-7

◇近代作家追悼文集成—第41巻　窪田空穂・壺井栄・広津和郎・伊藤整・西条八十　ゆまに書房　1999.2　329p　22cm　8000円　Ⓘ4-89714-644-5,4-89714-639-9

◆◆中原　綾子（1898～1969）

◇歌人中原綾子　松本和男編著　中央公論事業出版　2002.1　735p　20cm〈肖像あり　年譜あり　文献あり〉　7500円　Ⓘ4-89514-177-2

◆◆中谷　善次（1902～1967）

◇中谷善次—ある明星派歌人の歌と生涯　奥村和子著　大阪　竹林館　2012.6　421p　22cm〈歌誌解説：宮本正章　文献あり　年譜あり〉　2300円　Ⓘ978-4-86000-232-9

◆◆平出　修（1878～1914）

◇大逆事件に挑んだロマンチスト—平出修の位相　平出修研究会編　同時代社　1995.4　381p　20cm　3600円　Ⓘ4-88683-323-3

◆◆前田　純孝（1880～1911）

◇つひに北を指す針—前田純孝の世界　有本俱子著　河出書房新社　1994.9　299p　20cm〈前田純孝の肖像あり〉　2800円　Ⓘ4-309-00930-1

◇前田純孝と葛原滋　有本俱子著　短歌新聞社　2002.11　171p　20cm　1905円　Ⓘ4-8039-1105-3

◇葛原しげる青春日記—前田純孝との友情　有本俱子編　神戸　神戸新聞総合出版センター　2009.4　142p　19cm〈年譜あり〉　1600円　Ⓘ978-4-343-00516-8

◇海は夕焼け—前田純孝と但馬の四季　喜尚晃子著　大阪　手鞠文庫　1996.11　312p　20cm　2500円　Ⓘ4-924721-18-2

◇さては恋しき—翠渓・前田純孝の新体詩　西崎昌著　鳥取　今井書店鳥取出版企画室　2008.11　485p　22cm〈文献あり〉　2381円　Ⓘ978-4-938875-55-8

◆◆水野　葉舟（1883～1947）

◇忘れえぬ赤城—水野葉舟、そして光太郎その後　佐藤浩美著　名古屋　三恵社　2011.4　179p　21cm〈文献あり　年譜あり　著作目録あり〉　1524円　Ⓘ978-4-88361-829-3

◆◆山川　登美子（1879～1909）

◇山川登美子私論—清部千鶴子小論集　清部千鶴子著　短歌新聞社　2002.11　156p　20cm　2381円　Ⓘ4-8039-1103-7

◇わがふところにさくら来てちる—山川登美子と「明星」　今野寿美著　五柳書院　1998.3　294,3,5p　20cm　〈五柳叢書〉　2300円　Ⓘ4-906010-80-6

◇山川登美子と明治歌壇　白崎昭一郎著　吉川弘文館　1996.11　356p　20cm　2987円　Ⓘ4-642-07495-3

◇山川登美子—「明星」の歌人　竹西寛子著　講談社　1992.7　251p　16cm　（講談社文芸文庫—現代日本のエッセイ）〈著者の肖像あり〉　940円　Ⓘ4-06-196182-9

◇山川登美子と与謝野晶子　直木孝次郎著　塙書房　1996.9　246p　20cm　2884円　Ⓘ4-8273-0076-3

◇白百合考—歌人・山川登美子論　松本聡子著　波乗社　1992.7　215p　20cm　（夢本シリーズ）〈一季出版（発売）山川登美子の肖像あり〉　2300円　Ⓘ4-900451-73-8

◇山川登美子の世界—夭折の歌人　安田純生監修, 山川登美子俱楽部「しろゆりの会」編　京都　青磁社　2007.4　156p　19cm〈年譜あり〉　1800円　Ⓘ978-4-86198-060-2

◆◆与謝野　晶子（1878～1942）

◇与謝野晶子研究—明治の青春　赤塚行雄著　学芸書林　1990.8　318p　20cm　2470円　Ⓘ4-905640-74-1

◇与謝野晶子研究—明治、大正そして昭和へ　決定版　赤塚行雄著　学芸書林　1994.10

短歌（短歌史）

435p　20cm　3000円　Ⓘ4-87517-007-6

◇女をかし与謝野晶子―横浜貿易新報の時代　赤塚行雄著　〔横浜〕　神奈川新聞社　1996.11　351p　20cm　2500円　Ⓘ4-87645-205-9

◇与謝野晶子の「源氏物語礼讃歌」　伊井春樹著　京都　思文閣出版　2011.3　217p　19cm〈年譜あり〉　1400円　Ⓘ978-4-7842-1568-3

◇与謝野晶子ノート　石川恭子著　角川書店　1992.8　187p　20cm　2600円　Ⓘ4-04-884084-3

◇与謝野晶子ノート―続　石川恭子著　角川書店　2000.4　239p　20cm　3500円　Ⓘ4-04-871831-2

◇与謝野晶子と源氏物語　市川千尋著　竜ケ崎　国研出版　1998.7　431p　22cm　（国研叢書　6）　7500円　Ⓘ4-7952-9216-7

◇与謝野晶子と小林一三　逸翁美術館編, 伊井春樹監修　池田　逸翁美術館　2011.4　94p　30cm〈京都　思文閣出版（発売）　他言語標題：Akiko Yosano & Ichizou Kobayashi　会期：平成23年4月2日（土）～6月12日（日）　文献あり　年譜あり〉　1000円　Ⓘ978-4-7842-1567-6

◇『夢之華』全釈―与謝野晶子第六歌集　逸見久美著　八木書店　1994.7　284p　22cm　5800円　Ⓘ4-8406-9095-2

◇舞姫全釈　逸見久美著　短歌新聞社　1999.7　242p　21cm　2857円　Ⓘ4-8039-0975-X

◇回想与謝野寛晶子研究　逸見久美著　勉誠出版　2006.11　255p　20cm　2800円　Ⓘ4-585-05346-8

◇評伝与謝野寛晶子―明治篇　逸見久美著　八木書店　2007.8　750p　22cm〈『評伝与謝野鉄幹晶子』（1975年刊）の新版〉　12000円　Ⓘ978-4-8406-9035-5

◇評伝与謝野寛晶子―大正篇　逸見久美著　八木書店　2009.8　493p　22cm〈『評伝与謝野鉄幹晶子』（昭和50年刊）の新版〉　12000円　Ⓘ978-4-8406-9036-2

◇評伝与謝野寛晶子―昭和篇　逸見久美著　新版　八木書店　2012.8　542,78p　22cm〈初版のタイトル：評伝・与謝野鉄幹晶子　布装　索引あり〉　12000円　Ⓘ978-4-8406-9037-9

◇君死にたもうことなかれ―与謝野晶子の真実の母性　茨木のり子作　童話屋　2007.4　131p　16cm　（詩人の評伝シリーズ 3）　1250円　Ⓘ978-4-88747-069-9

◇与謝野晶子とその時代―女性解放と歌人の人生　入江春行著　新日本出版社　2003.4　183,6p　20cm〈肖像あり〉　2100円　Ⓘ4-406-02998-2

◇晶子百歌―精選 解釈と鑑賞　入江春行著　奈良　奈良新聞社　2004.4　146p　19cm　1800円　Ⓘ4-88856-048-X

◇与謝野晶子　入江春行著　笠間書院　2011.10　121p　19cm　（コレクション日本歌人選　039）〈他言語標題：Yosano Akiko　年譜あり　文献あり〉　1200円　Ⓘ978-4-305-70639-3

◇与謝野晶子とトルストイ　岩崎紀美子著　文芸社　2012.4　343p　15cm　740円　Ⓘ978-4-286-11578-8

◇与謝野晶子書簡集　岩野喜久代編　新版　大東出版社　1996.2　363p　20cm　2500円　Ⓘ4-500-00621-4

◇与謝野晶子を学ぶ人のために　上田博, 富村俊造編　京都　世界思想社　1995.5　400p　19cm　2500円　Ⓘ4-7907-0554-4

◇与謝野寛・晶子心の遠景　上田博著　京都　嵯峨野書院　2000.9　167p　21cm〈「明星」百年記念〉　2000円　Ⓘ4-7823-0312-2

◇一葉の歯ぎしり晶子のおねしょ―樋口一葉・与謝野晶子にみる幸せのかたち　内田聖子著　新風舎　2006.7　255p　15cm　（新風舎文庫）〈文献あり〉　750円　Ⓘ4-7974-9948-6

◇与謝野晶子「女性地位向上と文学」―三十一字の詩形と自己表現　宇山照江著　札幌　宇山照江　2004.4　95p　19cm〈北海道大学2部人文学部日本文化学科〈卒論〉　年譜あり〉

◇入門与謝野晶子　江原秀子著　邑書林　1993.8　113p　20cm〈与謝野晶子の肖像あり〉　2300円　Ⓘ4-946407-77-4

◇群像日本の作家―6　与謝野晶子　大岡信ほか編, 尾崎左永子ほか著　小学館　1992.4　295p　20cm〈与謝野晶子の肖像あり〉　1800円　Ⓘ4-09-567006-1

◇センシュアルな晶子か？ それからの晶子か？　大嶽洋子著　大津　素人社　2010.7　216p　20cm　1900円　Ⓘ978-4-88170-415-8

短歌（短歌史）

◇資料与謝野晶子と旅　沖良機著　国分寺　武蔵野書房　1996.7　239p　22cm　2575円
◇与謝野晶子『明星抄』の研究　荻野恭茂著　桜楓社　1992.6　487p　22cm〈『明星抄』の複製を含む〉　18000円　①4-273-02586-8
◇晶子の美学―珠玉の百首鑑賞　荻野恭茂著　新典社　2009.3　142p　19cm　（新典社選書 23）〈文献あり　索引あり〉　1260円　①978-4-7879-6773-2
◇愛のうた―晶子・啄木・茂吉　尾崎左永子著　創樹社　1993.3　173p　19cm　1500円
◇恋ひ恋ふ君と―与謝野寛・晶子　鎌倉市芸術文化振興財団鎌倉文学館編　鎌倉　鎌倉市芸術文化振興財団鎌倉文学館　2006.4　64p　24cm〈会期：平成18年4月28日～7月9日　肖像あり　年譜あり〉
◇与謝野晶子の児童文学　上笙一郎著　日本図書センター　1993.6　181,7p　22cm　（近代作家研究叢書 148）〈解説：和田典子　関西児童文化史研究会1988年刊の複製に増補したもの〉　5150円　①4-8205-9252-1,4-8205-9239-4
◇わが晶子わが啄木―近代短歌史上に輝く恒星と遊星　川内通生著　有朋堂　1993.11　360p　19cm　2000円　①4-8422-0167-3
◇秋風遍路―四国路の与謝野寛・晶子　菊池寛記念館第十六回文学展「与謝野寛・晶子展」図録　菊池寛記念館編　高松　菊池寛記念館　2007.6　74p　30cm〈会期：2007年6月15日～7月22日〉
◇与謝野晶子・岡本かの子　木股知史,外村彰著　京都　晃洋書房　2005.5　240p　20cm　（新しい短歌鑑賞 第1巻）〈年譜あり　文献あり〉　2700円　①4-7710-1631-3
◇与謝野晶子―昭和期を中心に　香内信子著　ドメス出版　1993.10　230p　19cm　2369円　①4-8107-0370-3
◇与謝野晶子と周辺の人びと―ジャーナリズムとのかかわりを中心に　香内信子著　創樹社　1998.7　334p　20cm　2300円　①4-7943-0529-X
◇与謝野晶子―さまざまな道程　香内信子著　一穂社　2005.8　381,7p　20cm　3800円　①4-900482-22-6
◇鉄幹・晶子―夢の憧憬　国文学編集部編　学燈社　2007.10　162p　21cm〈「国文学 第52巻7号」改装版　年譜あり〉　1800円　①978-4-312-00553-3
◇九州における与謝野寛と晶子　近藤晋平著　大阪　和泉書院　2002.6　168p　20cm　（和泉選書 130）　1800円　①4-7576-0160-3
◇寛と晶子―九州の知友たち　近藤晋平著　大阪　和泉書院　2011.9　168p　20cm　（和泉選書 169）〈文献あり　索引あり〉　1800円　①978-4-7576-0598-5
◇24のキーワードで読む与謝野晶子　今野寿美著　本阿弥書店　2005.4　303p　20cm〈年譜あり　文献あり〉　2600円　①4-7768-0145-0
◇堺市立中央図書館蔵与謝野晶子著書・研究書目録　堺市,堺市立中央図書館編　堺市　1992.11　15p　26cm〈共同刊行：堺市立中央図書館〉
◇与謝野晶子歌碑めぐり　堺市国際文化部編　新訂　大阪　二瓶社　2007.5　212p　19cm〈年譜あり〉　1200円　①978-4-86108-038-8
◇与謝野晶子―その生涯と作品　没50年記念特別展　堺市博物館編　堺　堺市博物館　1991.3　132p　26cm〈会期：平成3年4月27日～6月9日〉
◇与謝野晶子歌碑めぐり―全国版　堺市博物館編　大阪　二瓶社　1991.4　191p　19cm　1000円　①4-931199-09-7
◇晶子・鉄幹と石川啄木―『明星』ルネサンスとその時代　与謝野晶子ギャラリー開館1周年記念特別企画展パンフレット　堺市文化振興財団,与謝野晶子ギャラリーアルフォンスミュシャギャラリー堺編　堺　堺市文化振興財団　1995.9　28p　26cm
◇堺発与謝野晶子―堺市所蔵初公開資料を中心に　開館10周年記念特別展図録　堺市立文化館与謝野晶子文芸館編　堺　堺市立文化館与謝野晶子文芸館　2010.11　59p　30cm〈会期・会場：平成22年11月20日～平成23年3月21日 堺市立文化館与謝野晶子文芸館　年譜あり〉
◇与謝野晶子―女性の自立と自由を高らかにうたった情熱の歌人　神宮寺一漫画,三上修平シナリオ,加藤美奈子監修・解説　集英社　2011.12　141p　23cm　（集英社版・学習漫画―世界の伝記next）〈年表あり　文献あり〉　900円　①978-4-08-240054-5

日本近現代文学案内　**585**

短歌（短歌史）

◇与謝野晶子未発表書簡―昭和女子大学近代文庫所蔵　杉本邦子,大塚豊子編　昭和女子大学女性文化研究所　1991.10　193,3p 図版10枚　22cm　（昭和女子大学女性文化研究叢書 第1集）〈著者の肖像あり〉　4800円

◇与謝野晶子温泉と歌の旅　杉山由美子著　小学館　2010.6　223p　20cm　1500円　①978-4-09-388126-5

◇与謝野寛・晶子展　仙台文学館編　仙台　仙台文学館　2005.3　69p　26cm　〈会期・会場：2005年4月16日～5月22日ほか　年譜あり　文献あり〉

◇おんな愛いのち―与謝野晶子/森崎和江/ヘーゲル　園田久子著　福岡　創言社　1999.7　272p　19cm　2500円　①4-88146-511-2

◇陸は海より悲しきものを―歌の与謝野晶子　竹西寛子著　筑摩書房　2004.9　204p　20cm　〈年譜あり〉　1900円　①4-480-82355-7

◇与謝野晶子に学ぶ―幸福になる女性とジェンダーの拒絶　中川八洋著　グラフ社　2005.3　197p　20cm　1429円　①4-7662-0872-2

◇憂国の詩―鉄幹と晶子・その時代　永畑道子著　新評論　1989.2　412p　20cm　〈与謝野晶子ほかの肖像あり〉　2200円　①4-7948-0023-1

◇夢のかけ橋―晶子と武郎有情　永畑道子著　文芸春秋　1990.10　292p　16cm　（文春文庫）〈有島武郎および与謝野晶子の肖像あり〉　450円　①4-16-752402-3

◇鉄幹と晶子詩の革命　永畑道子著　筑摩書房　1996.1　411p　15cm　（ちくま文庫）　950円　①4-480-03147-2

◇君死にたまふこと勿れ　中村文雄著　大阪　和泉書院　1994.2　278p　20cm　（和泉選書 85）〈与謝野晶子の肖像あり〉　2500円　①4-87088-627-8

◇随想の記　中山成彬著　藤沢　中山成彬　2008.11　321p　21cm

◇晶子讃歌　中山凡流著　沖積舎　1994.10　279p　20cm　2800円　①4-8060-4598-5

◇与謝野晶子―情熱をうたいあげた歌人　西本鶏介文,宮嶋友美絵,安田常雄監修　京都　ミネルヴァ書房　2012.3　31p　27cm　（よんでしらべて時代がわかるミネルヴァ日本歴史人物伝）〈年表あり　索引あり　文献あり〉　2500円　①978-4-623-06192-1

◇与謝野晶子　平子恭子編著　河出書房新社　1995.4　242p　22cm　（年表作家読本）　2200円　①4-309-70055-1

◇与謝野晶子の歌鑑賞　平子恭子著　短歌新聞社　2003.6　340p　20cm〈年譜あり　文献あり〉　2857円　①4-8039-1124-X

◇与謝野晶子の思想形成と思想―男女共同参画社会へ向けて　平子恭子著　おうふう　2012.9　253p　22cm〈年譜あり〉　9600円　①978-4-273-03699-7

◇山を仰ぐ―晶子を学び続けて　福井絢子著　堺　〔福井絢子〕　1994　82p　26cm

◇与謝野晶子童話の世界　古沢夕起子著　京都　嵯峨野書院　2003.4　186,2p　21cm〈年譜あり〉　2100円　①4-7823-0373-4

◇風呂で読む与謝野晶子　松平盟子著　京都　世界思想社　1999.2　104p　19cm　951円　①4-7907-0741-5

◇与謝野晶子　松村由利子著　中央公論新社　2009.2　314p　20cm　（中公叢書）〈著作目録あり　索引あり〉　2200円　①978-4-12-004010-8

◇子規と鉄幹・晶子―近代短歌の黎明　子規生誕一四〇年記念　松山市立子規記念博物館第53回特別企画展　松山市立子規記念博物館編　松山　松山市立子規記念博物館　2007.7　68p　30cm

◇与謝野寛と晶子と板柳町―青森県民文化祭元年・晶子没五十年記年の津軽の歌碑　間山洋八編著　青森　鈴木康生　1991.12　150p　23cm　（青森県社会教育小史双書 第5集）〈大観堂書店（発売）与謝野寛・晶子の肖像あり〉

◇三国路の晶子―与謝野晶子展　三国路紀行文学館編　新治村（群馬県）　三国路紀行文学館　1992.6　106p　26cm〈没50年記念〉　1000円

◇絵画と色彩と晶子の歌―私の与謝野晶子　持谷靖子著　国立　にっけん教育出版社　1996.12　393p　21cm　（にっけんの文学・文芸シリーズ）　3200円　①4-7952-0194-3

◇晶子とシャネル　山田登世子著　勁草書房　2006.1　337p　20cm　2200円　①4-326-65313-2

◇作家の自伝―3　与謝野晶子　与謝野晶子著,

短歌（短歌史）

逸見久美編解説　日本図書センター　1994.10　283p　22cm　〈シリーズ・人間図書館〉〈監修：佐伯彰一,松本健一　著者の肖像あり〉　2678円　ⓘ4-8205-8004-3,4-8205-8001-9

◇晶子と寛の思い出　与謝野光著　京都　思文閣出版　1991.9　262p　20cm〈与謝野晶子および著者の肖像あり〉　1800円　ⓘ4-7842-0668-X

◇火の色す―富村俊造・与謝野晶子アカデミーの軌跡　与謝野晶子アカデミー百回記念誌編集委員会編　京都　『山の動く日』の会　1997.9　235p　21cm　1500円

◇歌のあれこれ―晶子・啄木以来の短歌論 1　米長保著　鳥影社　2002.7　162p　22cm　2300円　ⓘ4-88629-672-6

◇与謝野晶子　渡辺澄子著　新典社　1998.10　223p　19cm　〈女性作家評伝シリーズ 2〉　1600円　ⓘ4-7879-7302-9

◇与謝野晶子　河出書房新社　1991.6　223p　21cm　〈新文芸読本〉〈与謝野晶子の肖像あり〉　1200円　ⓘ4-309-70158-2

◇近代作家追悼文集成―第29巻　萩原朔太郎・与謝野晶子・徳田秋声　ゆまに書房　1992.12　341p　22cm〈監修：稲村徹元　複製　萩原朔太郎ほかの肖像あり〉　7210円　ⓘ4-89668-653-5

◇晶子・かの子と鎌倉―愛・いのち・文学　特別展　〔鎌倉〕　鎌倉市教育委員会　2000.9　33p　30cm〈共同刊行：鎌倉文学館　会期：平成12年9月29日～12月3日〉

◇伝えよう！　晶子の国際性―国際シンポジウム報告書・南大阪地域学　堺　大阪府立大学　2008.3　38p　30cm〈英語併載　会期・会場：2007年5月26日　大阪府立大学中百舌鳥キャンパスUホール白鷺　文部科学省平成17年度現代的教育ニーズ取組支援プログラム「地域学による地域活性化と高度人材養成」事業〉

◆◆◆「みだれ髪」

◇与謝野晶子『みだれ髪』作品論集成―1　逸見久美編　大空社　1997.11　433p　27cm　〈近代文学作品論叢書 4〉　ⓘ4-87236-823-1

◇与謝野晶子『みだれ髪』作品論集成―2　逸見久美編　大空社　1997.11　487p　27cm　〈近代文学作品論叢書 4〉　ⓘ4-87236-823-1

◇与謝野晶子『みだれ髪』作品論集成―3　逸見久美編　大空社　1997.11　489p　27cm　〈近代文学作品論叢書 4〉　ⓘ4-87236-823-1

◇百年目の泣童『暮笛集』―『暮笛集』から『みだれ髪』へ　木村真理子著　日本図書刊行会　2002.12　373p　22cm〈近代文芸社（発売）〉　1700円　ⓘ4-8231-0813-2

◆◆与謝野　鉄幹（1873～1935）

◇与謝野鉄幹―鬼に喰われた男　青井史著　深夜叢書社　2005.10　508p　22cm〈著作目録あり　年譜あり　文献あり〉　3800円　ⓘ4-88032-271-7

◇回想与謝野寛晶子研究　逸見久美著　勉誠出版　2006.11　255p　20cm　2800円　ⓘ4-585-05346-8

◇評伝与謝野寛晶子―明治篇　逸見久美著　八木書店　2007.8　750p　22cm〈『評伝与謝野鉄幹晶子』（1975年刊）の新版〉　12000円　ⓘ978-4-8406-9035-5

◇評伝与謝野寛晶子―大正篇　逸見久美著　八木書店　2009.8　493p　22cm〈『評伝与謝野鉄幹晶子』（昭和50年刊）の新版〉　12000円　ⓘ978-4-8406-9036-2

◇評伝与謝野寛晶子―昭和篇　逸見久美著　新版　八木書店　2012.8　542,78p　22cm〈初版のタイトル：評伝・与謝野鉄幹晶子　布装　索引あり〉　12000円　ⓘ978-4-8406-9037-9

◇与謝野寛・晶子心の遠景　上田博著　京都　嵯峨野書院　2000.9　167p　21cm〈「明星」百年記念〉　2000円　ⓘ4-7823-0312-2

◇文壇照魔鏡―第1　廓清会編　湖北社　1990.11　128p　21cm　〈近代日本学芸資料叢書 第15輯〉〈大日本廓清会明治34年刊の複製　付（1枚）：雑誌「明星」与謝野鉄幹文章〉　4944円

◇恋ひ恋ふ君と―与謝野寛・晶子　鎌倉市芸術文化振興財団鎌倉文学館編　鎌倉　鎌倉市芸術文化振興財団鎌倉文学館　2006.4　64p　24cm〈会期：平成18年4月28日～7月9日　肖像あり　年譜あり〉

◇秋風遍路―四国路の与謝野寛・晶子　菊池寛

短歌（短歌史）

◇記念館第十六回文学展「与謝野寛・晶子展」図録　菊池寛記念館編　高松　菊池寛記念館　2007.6　74p　30cm〈会期：2007年6月15日～7月22日〉

◇鉄幹・晶子――夢の憧憬　国文学編集部編　学灯社　2007.10　162p　21cm〈「国文学　第52巻7号」改装版　年譜あり〉　1800円　①978-4-312-00553-3

◇九州における与謝野寛と晶子　近藤晋平著　大阪　和泉書院　2002.6　168p　20cm（和泉選書 130）　1800円　①4-7576-0160-3

◇寛と晶子――九州の知友たち　近藤晋平著　大阪　和泉書院　2011.9　168p　20cm（和泉選書 169）〈文献あり　索引あり〉　1800円　①978-4-7576-0598-5

◇晶子・鉄幹と石川啄木――『明星』ルネサンスとその時代　与謝野晶子ギャラリー開館1周年記念特別企画展パンフレット　堺市文化振興財団, 与謝野晶子ギャラリーアルフォンスミュシャギャラリー堺編　堺　市文化振興財団　1995.9　28p　26cm

◇与謝野寛・晶子展　仙台文学館編　仙台　仙台文学館　2005.3　69p　26cm〈会期・会場：2005年4月16日～5月22日ほか　年譜あり　文献あり〉

◇与謝野鉄幹研究――明治の覇気のゆくえ　永岡健右著　おうふう　2006.1　436p　22cm　15000円　①4-273-03373-9

◇憂国の詩――鉄幹と晶子・その時代　永畑道子著　新評論　1989.2　412p　20cm〈与謝野晶子ほかの肖像あり〉　2200円　①4-7948-0023-1

◇鉄幹と晶子詩の革命　永畑道子著　筑摩書房　1996.1　411p　15cm（ちくま文庫）　950円　①4-480-03147-2

◇西村一平コレクション目録　星の降る里百年記念館編　芦別　星の降る里百年記念館　1995.3　94p　30cm

◇子規と鉄幹・晶子――近代短歌の黎明　子規生誕一四〇年記念　松山市立子規記念博物館第53回特別企画展　松山市立子規記念博物館編　松山　松山市立子規記念博物館　2007.7　68p　30cm

◇与謝野寛と晶子と板柳町――青森県民文化祭元年・晶子没五十年記年の津軽の歌碑　間山洋八編著　青森　鈴木康生　1991.12　150p　23cm　（青森県社会教育小史双書　第5集）〈大観堂書店（発売）与謝野寛・晶子の肖像あり〉

◇晶子と寛の思い出　与謝野光著　京都　思文閣出版　1991.9　262p　20cm〈与謝野晶子および著者の肖像あり〉　1800円　①4-7842-0668-X

◇近代作家追悼文集成――第24巻　与謝野鉄幹　ゆまに書房　1992.12　269p　22cm〈監修：稲村徹忠　複製　与謝野鉄幹の肖像あり〉　6386円　①4-89668-648-9

◆根岸短歌会

◆◆伊藤　左千夫（1864～1913）

◇写生の文学　梶木剛著　短歌新聞社　2001.3　407p　20cm　3333円　①4-8039-1042-1

◇野の花の魂　鈴木貞男著　国分寺　武蔵野書房　1997.4　200p　20cm　2000円

◇伊藤左千夫　土屋文明著　日本図書センター　1989.10　312,8p　22cm　（近代作家研究叢書 62）〈解説：藤岡武雄　白玉書房昭和37年刊の複製〉　6695円　①4-8205-9015-4

◇伊藤左千夫の研究　永塚功著　桜楓社　1991.10　890p　図版11枚　22cm〈伊藤左千夫の肖像あり〉　28000円　①4-273-02563-9

◇伊藤左千夫と成東――思郷の文学　野菊の里　永塚功著　笠間書院　1996.4　253p　18cm　1200円　①4-305-70163-4

◇伊藤左千夫文学アルバム　永塚功著, 伊藤左千夫記念館監修　蒼洋社　1998.3　79p　26cm　1800円　①4-273-03014-4

◇伊藤左千夫と万葉集――その人麻呂論を巡って　牧野博行著　短歌新聞社　2005.11　186p　20cm　2381円　①4-8039-1234-3

◆◆岡　麓（1877～1951）

◇山々の雨――歌人・岡麓　秋山加代著　文芸春秋　1992.10　283p　20cm　1500円　①4-16-346900-1

◇近代文学研究叢書――第69巻　昭和女子大学近代文学研究室編　昭和女子大学近代文化研究所　1995.3　705p　19cm　8240円　①4-7862-0069-7

◇都雅の歌人――岡麓伝　中嶋真二著　〔豊科町

（長野県）〕　中嶋真二　1995.3　526p　22cm　3800円
◇岡麓私論—彷徨・最晩年の歌人たち　中村初也著　文芸春秋企画出版部　2011.11　158p　20cm〈年譜あり　文献あり〉　2500円
◇歌人岡麓　松山市立子規記念博物館編　松山　松山市立子規記念博物館　1993.10　88p　26cm　（特別企画展図録　第28回）〈岡麓の肖像あり〉

◆◆長塚 節（1879～1915）

◇長塚節・横瀬夜雨—その生涯と文学碑　石塚弥左衛門編著　増補版　明治書院　1992.8　151p　27cm〈長塚節, 横瀬夜雨の肖像あり〉　2800円　Ⓘ4-625-43064-X
◇長塚節・横瀬夜雨—その生涯と文学碑　石塚弥左衛門編著　新修版　明治書院　1995.5　157p　27cm　2900円　Ⓘ4-625-43070-4
◇長塚節の研究　大戸三千枝著　桜楓社　1990.12　717p　22cm　29000円　Ⓘ4-273-02394-6
◇長塚節の研究　大戸三千枝著　重版　おうふう　2000.11　717p　22cm〈出版者の名称変更：初版は桜楓社〉　29000円　Ⓘ4-273-03170-1
◇写生の文学　梶木剛著　短歌新聞社　2001.3　407p　20cm　3333円　Ⓘ4-8039-1042-1
◇作家の自伝—84　長塚節　長塚節著, 佐々木靖章編解説　日本図書センター　1999.4　252p　22cm　（シリーズ・人間図書館）　2600円　Ⓘ4-8205-9529-6,4-8205-9525-3
◇長塚節の文学—"気品と冴え"長塚文学の精髄を解き明かす　長塚節研究会編著　〔土浦〕　筑波書林　1995.9　170p　19cm　1200円　Ⓘ4-900725-23-4
◇長塚節・生活と作品　平輪光三著　日本図書センター　1992.10　352,2,8p　22cm　（近代作家研究叢書 115）〈解説：大戸三千枝　六芸社昭和18年刊の複製　長塚節の肖像あり〉　8240円　Ⓘ4-8205-9214-9,4-8205-9204-1
◇土の文学—長塚節・芥川龍之介　村上林造著　翰林書房　1997.10　283p　20cm　3800円　Ⓘ4-87737-026-9
◇長塚節の世界　森田孟編著　つくば　筑波大学文芸・言語学系　1994.3　145p　19cm

◇大地の歌—長塚節・芦塚高子　安田暁男著　金沢　能登印刷出版部　2001.7　268p　19cm　1800円　Ⓘ4-89010-381-3
◇長塚節『鍼の如く』　安田速正著　ながらみ書房　2004.11　413p　19cm〈文献あり〉　3000円　Ⓘ4-86023-274-7
◇草食獣への手紙—吉岡生夫評論集　吉岡生夫著　大阪　和泉書院　1992.9　210p　20cm　2200円　Ⓘ4-87088-564-6
◇長塚節と友人たち　石下町（茨城県）　石下町地域交流センター　1994.10　68p　26cm　（特別企画展図録　第1回）〈会期：1994年10月18日～12月18日〉

◆◆◆「土」

◇長塚節『土』作品論集成—1　梶木剛, 河合透編　大空社　1998.7　547p　27cm　（近代文学作品論叢書 8）　Ⓘ4-87236-826-6
◇長塚節『土』作品論集成—2　梶木剛, 河合透編　大空社　1998.7　503p　27cm　（近代文学作品論叢書 8）　Ⓘ4-87236-826-6
◇長塚節『土』作品論集成—3　梶木剛, 河合透編　大空社　1998.7　475p　27cm　（近代文学作品論叢書 8）　Ⓘ4-87236-826-6
◇長塚節『土』作品論集成—4　梶木剛, 河合透編　大空社　1998.7　497p　27cm　（近代文学作品論叢書 8）　Ⓘ4-87236-826-6
◇「可惜」命の文学—長塚節『土』を中心に　千葉貢著　双文社出版　1991.12　277p　20cm　3800円　Ⓘ4-88164-341-X
◇長塚節『土』—鈴木大拙から読む　安田速正著　横浜　春風社　2011.3　421p　19cm〈文献あり〉　2200円　Ⓘ978-4-86110-252-3
◇長塚節「土」の世界—写生派歌人の長篇小説による明治農村百科　山形洋一著　未知谷　2010.4　270p　20cm〈文献あり　索引あり〉　2500円　Ⓘ978-4-89642-292-4
◇『土』の言霊—歌人節のオノマトペ　山形洋一著　未知谷　2012.3　319p　20cm〈文献あり〉　3000円　Ⓘ978-4-89642-368-6

大正時代

◇大正歌壇史私稿　来嶋靖生著　ゆまに書房　2008.4　266p　20cm〈年表あり〉　2500円

短歌(短歌史)

①978-4-8433-2831-6
◇昭和短歌まで―その生成過程　玉城徹著　短歌新聞社　1991.2　298p　20cm　2500円　①4-8039-0626-2
◇大正世代の歌　玉城徹著　短歌新聞社　1991.8　321p　20cm　〈現代短歌全集　別巻〉　2500円　①4-8039-0642-4

◆◆青山 哀囚(1894〜1929)

◇わが魂は北にあゆめり―青山哀囚・人と作品　青山哀囚会「わが魂は北にあゆめり」編集委員会編　七戸町(青森県)　青山哀囚会　1997.11　264p　22cm

◆◆石原 純(1881〜1947)

◇石原純―科学と短歌の人生　和田耕作著　ナテック　2003.8　401p　20cm　〈PHN叢書第2篇〉〈肖像あり　年譜あり　著作目録あり　文献あり〉　4800円　①4-901937-01-4

◆◆今中 楓渓(1883〜1963)

◇あかねさす―歌人・教育者今中楓渓　田中繁美著　大阪　宣成社　2000.6　71p　21cm　非売品

◆◆小田 観蛍(1886〜1973)

◇蛍観る人小田観蛍―岩手における足跡　田江岑子著　盛岡　杜若庵　1992.2　166p　19cm　〈小田観蛍の肖像あり〉　1500円

◆◆尾山 篤二郎(1889〜1963)

◇評伝尾山篤二郎　滝沢博夫著　短歌新聞社　1989.6　591p　20cm　〈尾山篤二郎の肖像あり〉　7000円
◇尾山篤二郎―ふるさとの文学者小伝　津川洋三著　〔金沢〕　金沢市文化振興課　1998.3　21p　21cm

◆◆賀川 豊彦(1888〜1960)

◇わが妻恋し―賀川豊彦の妻ハルの生涯　加藤重著　晩声社　1999.3　301p　19cm　2400円　①4-89188-286-7

◆◆片山 広子(1878〜1957)

◇片山広子―孤高の歌人　清部千鶴子著　短歌新聞社　1997.4　170p　20cm　2500円　①4-8039-0873-7

◆◆川上 小夜子(1898〜1951)

◇命ひとつが自由にて―歌人・川上小夜子の生涯　古谷鏡子著　影書房　2012.2　382p　20cm　2400円　①978-4-87714-423-4

◆◆九条 武子(1887〜1928)

◇九条武子―その生涯とあしあと　籠谷真智子著　新装版　京都　淡交社　2002.2　418p　22cm　〈初版:同朋舎出版昭和63年刊　年譜あり〉　3700円　①4-473-01883-0
◇麗人九条武子―伝記・九条武子　佐佐木信綱著　大空社　1994.5　484,5p　22cm　〈伝記叢書　147〉〈弘文社昭和9年刊の複製〉　13000円　①4-87236-446-5
◇豊かに生きる―無憂華のかおり　生活にいきる仏教　三宮義信編　京都　同朋舎出版　1990.10　137p　19cm　〈執筆:壬生佐久子ほか〉　1200円　①4-8104-0915-5
◇九条武子―北の無憂華　谷川美津枝著　札幌　共同文化社　2001.2　243p　20cm　〈肖像あり〉　1500円　①4-87739-050-2

◆◆黒木 伝松(1900〜1967)

◇歌人黒木伝松―歌と評伝　本田節子著　2刷　軽装版　熊本　熊本出版文化会館　2007.7　315p　21cm　〈肖像あり　創流出版(発売)〉　2000円　①978-4-915796-64-7

◆◆館山 一子(1896〜1967)

◇つむぎの人―館山一子の歌とその生涯　藪道子著　〔柏〕　藪道子　1996.3　142p　19cm　〈郷土叢書　第31篇〉　1748円

◆◆谷 鼎(1896〜1960)

◇谷鼎・人と作品　野村昌平著　秦野　秦野市立図書館　1998.3　125p　21cm　〈郷土文学叢書　第13巻〉

◆◆中村　柊花（1888～1970）

◇土の歌人中村柊花―若山牧水・喜志子とのえにし　三沢静子著　長野　銀河書房　1996.10　522p　20cm　3000円

◆◆丹羽　洋岳（1889～1973）

◇苦悩の歌人丹羽洋岳―上巻　船水清著　弘前　緑の笛豆本の会　1999.5　66p　9.4cm　（緑の笛豆本　第367集）

◇苦悩の歌人丹羽洋岳―下巻　船水清著　弘前　緑の笛豆本の会　1999.6　66p　9.4cm　（緑の笛豆本　第368集）

◆◆橋田　東声（1886～1930）

◇橋田東声の研究　佐田毅著　短歌新聞社　2001.7　456p　20cm　（覇王樹叢書　第187篇）〈肖像あり〉　3810円　①4-8039-1050-2

◆◆二木　好晴（1903～1994）

◇繭白かりき―二木好晴人と作品　二木好晴著, 高木寛編　長野　鬼灯書籍　1995.6　704p　20cm　3500円　①4-89341-197-7

◆◆正宗　敦夫（1881～1958）

◇正宗敦夫をめぐる文雅の交流　赤羽淑著　大阪　和泉書院　1995.2　276p　22cm　（近代文学研究叢刊 8）　8652円　①4-87088-719-3

◆◆矢代　東村（1889～1952）

◇父矢代東村―近代短歌史の一側面　小野弘子著　短歌新聞社　2012.4　422p　20cm〈現代短歌社（発売）　年譜あり　文献あり〉　3333円　①978-4-906846-02-3

◆◆吉植　庄亮（1884～1958）

◇吉植庄亮とその周辺　大屋正吉著　町田　木兎出版　1993.10　277p　20cm　（橄欖叢書 第311篇）　2700円

◇吉植庄亮の秀歌　工藤幸一著　近代文芸社　1991.12　121p　19cm　（文芸評論文庫　第16集）　2000円　①4-7733-1219-X

◆◆渡辺　順三（1894～1972）

◇占領軍検閲と戦後短歌―続評伝・渡辺順三　碓田のぼる著　京都　かもがわ出版　2001.12　239p　20cm　2200円　①4-87699-632-6

◇渡辺順三執筆年譜総集　碓田のぼる編　増補決定版　我孫子　碓田のぼる　2007.2　83p　21cm〈肖像あり〉　1000円

◇渡辺順三研究　碓田のぼる著　京都　かもがわ出版　2007.10　204p　20cm　2000円　①978-4-7803-0124-3

◇渡辺順三執筆年譜総集　碓田のぼる編　増補最終版　光陽メディア（印刷）　2011.2　95p　21cm〈著作目録あり〉　1000円

◇父渡辺順三と私のこと　渡辺進著　新日本歌人協会　2009.6　241p　20cm　1429円

◆自然派

◆◆石川　啄木（1886～1912）

◇啄木と共に五十年　相沢慎吉著　気仙沼　相沢慎吉　1995.4　329p　25×27cm　非売品

◇啄木の風景　天野仁著　洋々社　1995.9　280p　20cm　2060円　①4-89674-312-1

◇啄木―よみがえる20世紀を代表する歌人の生涯　啄木生誕120年記念出版　荒波力著　川根町（静岡県）　南アルプス書房　2006.3　2冊　26cm〈肖像あり〉

◇石川啄木―国際性への視座　池田功著　おうふう　2006.4　346p　22cm〈年譜あり〉　6800円　①4-273-03423-9

◇石川啄木―その散文と思想　池田功著　京都　世界思想社　2008.3　298p　22cm　（明治大学人文科学研究所叢書）　5800円　①978-4-7907-1313-5

◇啄木新しき明日（あした）の考察　池田功著　新日本出版社　2012.3　189p　20cm〈タイトル：啄木新しき明日の考察　年譜あり　文献あり〉　1900円　①978-4-406-05567-3

◇啄木と渋民の人々　伊兵沢富雄編著　近代文芸社　1993.3　272p　20cm　1600円　①4-7733-1731-0

◇作家の自伝―43　石川啄木　石川啄木著, 上田博編解説　日本図書センター　1997.4

短歌（短歌史）

282p 22cm （シリーズ・人間図書館） 2600円 ⓘ4-8205-9485-0,4-8205-9482-6

◇人間啄木─復刻版 伊東圭一郎著 盛岡 岩手日報社 1996.7 330p 19cm 1300円 ⓘ4-87201-194-5

◇石川啄木研究─言語と行為 伊藤淑人著 翰林書房 1996.12 241,10p 22cm 5000円 ⓘ4-87737-006-4

◇啄木私記─続 井上信興著 そうぶん社出版 1990.2 130p 19cm 1600円

◇新編啄木私記 井上信興著 そうぶん社出版 1992.8 318p 19cm 2000円

◇啄木断章 井上信興著 広島 溪水社 1996.5 300p 19cm 2000円 ⓘ4-87440-404-9

◇漂泊の人─実録・石川啄木の生涯 井上信興著 文芸書房 2001.1 373p 20cm 1800円 ⓘ4-89477-080-6

◇薄命の歌人─石川啄木小論集 井上信興著 広島 溪水社 2005.4 213p 20cm 1500円 ⓘ4-87440-871-0

◇終章石川啄木 井上信興著 広島 溪水社 2006.6 209p 20cm〈文献あり〉 1800円 ⓘ4-87440-930-X

◇終章石川啄木─続 井上信興著 広島 溪水社 2007.8 243p 20cm 1800円 ⓘ978-4-87440-981-7

◇啄木文学の定説をめぐって 井上信興著 そうぶん社出版 2009.1 165p 18cm 800円 ⓘ978-4-88328-495-5

◇啄木と教師堀田秀子─「東海の小島」は八戸・蕪嶋 岩織政美著 冲積舎 1999.5 141p 19cm 2000円 ⓘ4-8060-4062-2

◇啄木讃歌─明治の天才の軌跡 岩城之徳著 桜楓社 1989.3 299p 20cm 2800円 ⓘ4-273-02274-5

◇石川啄木とその時代 岩城之徳著 おうふう 1995.4 361p 19cm 2800円 ⓘ4-273-02821-2

◇石川啄木と幸徳秋水事件 岩城之徳著,近藤典彦編 吉川弘文館 1996.10 281,7p 22cm 6901円 ⓘ4-642-03665-2

◇声で読む石川啄木 岩城之徳著 学灯社 2007.2 247p 19cm〈年譜あり〉 1700円 ⓘ978-4-312-70005-6

◇青年教師石川啄木 上田庄三郎著 国土社 1992.11 249p 20cm （現代教育101選 50） 2500円 ⓘ4-337-65950-1

◇受容と継承の軌跡─啄木文学・編年資料 上田哲著 水沢 岩手出版 1999.8 653p 21cm 5300円

◇啄木評論の世界 上田博,田口道昭著 京都 世界思想社 1991.5 284p 20cm （Sekaishiso seminar） 2300円 ⓘ4-7907-0390-8

◇石川啄木抒情と思想 上田博著 三一書房 1994.3 405,6p 20cm 3900円 ⓘ4-380-94222-8

◇啄木について 上田博著 大阪 和泉書院 1996.5 177p 20cm （和泉選書 101） 2575円 ⓘ4-87088-779-7

◇石川啄木─時代閉塞状況と「人間」 上田博著 三一書房 2000.5 203p 19cm （三一「知と発見」シリーズ 5） 1800円 ⓘ4-380-00206-3

◇石川啄木と「大逆事件」 碓田のぼる著 新日本出版社 1990.10 206p 18cm （新日本新書）〈石川啄木の肖像あり〉 680円 ⓘ4-406-01893-X

◇石川啄木光を追う旅 碓田のぼる文,小松健一写真 ルック 1996.8 127p 19×27cm 2800円 ⓘ4-947676-45-0

◇石川啄木の新世界 碓田のぼる著 光陽出版社 2000.9 246p 22cm 2857円 ⓘ4-87662-272-8

◇石川啄木─その社会主義への道 碓田のぼる著 京都 かもがわ出版 2004.9 255p 20cm 2200円 ⓘ4-87699-830-2

◇石川啄木と石上露子─その同時代性と位相 碓田のぼる著 光陽出版社 2006.4 238p 22cm 2381円 ⓘ4-87662-432-1

◇石川啄木─風景と言葉 碓田のぼる著 光陽出版社 2012.3 267p 22cm〈文献あり〉 1905円 ⓘ978-4-87662-542-0

◇啄木と秋瑾─啄木歌誕生の真実 内田弘著 社会評論社 2010.11 379p 22cm〈文献あり 年表あり 索引あり〉 3700円 ⓘ978-4-7845-0908-9

◇啄木と古里─啄木再発見の文学ガイド 及川和哉著 八重岳書房 1995.2 159p 19cm 850円 ⓘ4-8412-1165-9

◇群像日本の作家―7　石川啄木　大岡信ほか編,高井有一ほか著　小学館　1991.9　319p　20cm〈石川啄木の肖像あり〉　1800円　Ⓘ4-09-567007-X

◇石川啄木と朝日新聞―編集長佐藤北江をめぐる人々　太田愛人著　恒文社　1996.7　221p　20cm　1800円　Ⓘ4-7704-0879-X

◇啄木新論　大西好弘著　近代文芸社　2002.10　277,9p　20cm　2200円　Ⓘ4-7733-6875-6

◇人生の旅人・啄木　岡田喜秋著　秀作社出版　2012.4　257p　22cm〈著作目録あり　年譜あり〉　2800円　Ⓘ978-4-88265-505-3

◇石川啄木　小川武敏著　国分寺　武蔵野書房　1989.9　338p　22cm　2600円

◇石川啄木研究　尾崎元昭著　近代文芸社　1993.6　309p　20cm（林間叢書　第328篇）　3000円　Ⓘ4-7733-1936-4

◇新・小樽のかたみ―石川啄木と小樽啄木会五十五年　小樽啄木会・小樽文学館編　小樽「新・小樽のかたみ」刊行委員会　2003.5　82p　21cm〈年表あり〉　1500円

◇啄木は大間に来た　川崎むつを著　限定版　弘前　緑の笛豆本の会　1995.4　37p　9.4cm　（緑の笛豆本　第318集）

◇石川啄木の系図　北畠康次編　福島　メグミ出版　1999.2　1冊　31cm（有名人の系図 1）　10000円

◇石川啄木の系図―2　北畠康次編　福島　メグミ出版　1999.5　1冊　31cm（有名人の系図 2）　10000円

◇石川啄木の系図―3　北畠康次編　福島　メグミ出版　1999.5　1冊　31cm（有名人の系図 3）　10000円

◇啄木に魅せられて―釧路時代の啄木を探る　北畠立朴著　釧路　北竜出版　1993.7　198p　21cm〈豊文堂書店（発売）〉　1900円

◇釧路時代啄木をめぐる女性たち　北畠立朴著　弘前　緑の笛豆本の会　1994.4　40p　9.3cm　（緑の笛豆本　第306集）〈限定版〉

◇石川啄木・一九〇九年　木ստ知史著　増補新訂版　沖積舎　2011.7　325p　20cm〈初版:富岡書房1984年刊　年譜あり〉　3000円　Ⓘ978-4-8060-4754-4

◇石川啄木　金田一京助著　日本図書センター　1989.10　488,11p　22cm　（近代作家研究叢書 61）〈解説:上田博　文教閣昭和9年刊の複製　著者および石川啄木の肖像あり〉　8755円　Ⓘ4-8205-9014-6

◇新編石川啄木　金田一京助著　講談社　2003.3　312p　16cm　（講談社文芸文庫）　1300円　Ⓘ4-06-198327-X

◇啄木論序説　国崎望久太郎著　日本図書センター　1992.10　337,9p　22cm　（近代作家研究叢書 107）〈解説:上田博　法律文化社1960年刊の複製に増補〉　6695円　Ⓘ4-8205-9206-8,4-8205-9204-1

◇石川啄木と小樽　倉田稔著　横浜　成文社　2005.3　53p　21cm　300円　Ⓘ4-915730-47-6

◇論集石川啄木　国際啄木学会編　おうふう　1997.10　279p　22cm　4800円　Ⓘ4-273-02997-9

◇石川啄木事典　国際啄木学会編　おうふう　2001.9　647p　22cm〈肖像あり〉　4500円　Ⓘ4-273-03175-2

◇論集石川啄木―2　国際啄木学会編　おうふう　2004.4　300p　22cm　4800円　Ⓘ4-273-03320-8

◇安藤重雄『啄木文庫』所収作品集―一九八二～一九九七年　後藤正人編集・解説　和歌山　和歌山大学教育学部後藤正人研究室　2006.11　1冊　22×30cm〈電子複写〉　非売品

◇私の啄木　小堀文一著　柏　創開出版社　2008.1　156p　20cm　1400円　Ⓘ978-4-921207-05-2

◇啄木と岩手日報　駒井耀介著　弘前　緑の笛豆本の会　1998.4　43p　9.5cm　（緑の笛豆本　第354集）

◇啄木・賢治北の旅　小松健一著　京都　京都書院　1997.11　254p　15cm　（京都書院アーツコレクション 60　旅行 6）　1000円　Ⓘ4-7636-1560-2

◇国家を撃つ者―石川啄木　近藤典彦著　同時代社　1989.5　328p　20cm　2472円　Ⓘ4-88683-216-4

◇石川啄木と明治の日本　近藤典彦著　吉川弘文館　1994.6　280,6p　22cm　6386円　Ⓘ4-642-03655-5

◇啄木六の予言―何が見えたのか、どう書き残

短歌（短歌史）

したのか　近藤典彦著　ネスコ　1995.6　241p　20cm　1600円　④4-89036-892-2

◇啄木―ふるさとの空遠みかも　三枝昻之著　本阿弥書店　2009.9　383p　20cm　〈年譜あり　索引あり〉　2800円　①978-4-7768-0622-6

◇啄木名歌の美学―歌として詠み、詩として読む三行書き形式の文芸学的考察　西郷竹彦著　名古屋　黎明書房　2012.12　341p　20cm　〈索引あり〉　6500円　①978-4-654-07628-4

◇国際啄木学会誕生す　桜井健治著　弘前　緑の笛豆本の会　1991.4　49p　9.5cm　（緑の笛豆本　第270集）〈限定版〉

◇啄木を愛した女たち―釧路時代の石川啄木　佐々木信恵著　札幌　太陽　2010.6　124p　15cm　（くま文庫 59）　476円　①978-4-88642-263-7

◇啄木の肖像　佐藤勝著　国分寺　武蔵野書房　2002.3　361p　22cm　3000円　④4-943898-27-0

◇じょっぱり―啄木・賢治・太宰　芝田啓治著　東京図書出版会　2003.7　186p　20cm　（おいてけぼり 2）〈星雲社（発売）〉　1300円　④4-434-03124-4

◇石川啄木―愛とロマンと革命と　清水卯之助著　大阪　和泉書院　1990.4　241p　20cm　（和泉選書 53）〈石川啄木の肖像あり〉　2800円　④4-87088-423-2

◇三十年のあゆみ―仙台啄木会　仙台啄木会「三十年記念誌」編集委員会編　仙台　仙台啄木会「三十年記念誌」編集委員会　1998.12　117p　26cm　2000円

◇漂白過海的啄木論述―国際啄木学会台湾高雄大会論文集　台湾啄木学会編著　〔台北〕　台湾啄木学会　2003.7　199p　21cm　①957-29419-0-5

◇啄木の函館―実に美しき海区なり　竹原三哉著　紅書房　2012.8　295p　20cm　〈年譜あり　年表あり〉　1905円　①978-4-89381-271-1

◇石川啄木ノート―その文学と思想、作品と書簡から　多田晋著　近代文芸社　1991.8　294p　20cm　1500円　④4-7733-1093-6

◇啄木とその系譜　田中礼著　洋々社　2002.2　296p　20cm　2400円　④4-89674-313-X

◇石川啄木展―時代を駆け抜けた天才　第14回企画展　群馬県立土屋文明記念文学館編，中村稔，近藤典彦監修　群馬町（群馬県）　群馬県立土屋文明記念文学館　2002.10　55p　30cm　〈会期：平成14年10月12日～11月24日〉

◇啄木を読む―思想への望郷文学篇　寺山修司著　角川春樹事務所　2000.4　280p　16cm　（ハルキ文庫）　700円　④4-89456-679-6

◇石川啄木―その釧路時代　鳥居省三著，釧路市教育委員会生涯学習課編　増補/北畠立朴/補注　〔釧路〕　釧路市教育委員会　2011.1　214p　18cm　（釧路新書 30）　700円

◇啄木慕情―犬の年の大水後　鳥海健太郎著　近代文芸社　1995.5　79p　20cm　1200円　①4-7733-3498-3

◇啄木挽歌―思想と人生　中島嵩著　〔盛岡〕　ねんりん舎　2002.4　240p　21cm　1800円

◇われ泣きぬれて―石川啄木の生涯　永田龍太郎著　永田書房　2005.11　282p　20cm　1524円　④4-8161-0706-1

◇石川啄木という生き方―二十六歳と二ヶ月の生涯　長浜功著　社会評論社　2009.10　305p　21cm　〈文献あり　年表あり〉　2700円　①978-4-7845-0907-2

◇啄木を支えた北の大地―北海道の三五六日　長浜功著　社会評論社　2012.2　260p　21cm　〈文献あり〉　2700円　①978-4-7845-0910-2

◇差異の近代―透谷・啄木・プロレタリア文学　中山和子著　翰林書房　2004.6　633p　22cm　（中山和子コレクション 2　中山和子著）〈シリーズ責任表示：中山和子著〉　5000円　④4-87737-176-1

◇玫瑰花―ハマナスに魅せられて　南条範男編著　仙台　仙台啄木会　1993.9　272p　26cm　非売品

◇高校生のための…石川啄木読本　南条範男著　仙台　宝文堂　1995.3　153p　18cm　1000円　④4-8323-0074-1

◇近代文学の風景―有島・漱石・啄木など　西垣勤著　續文堂出版　2004.5　377p　20cm　2800円　④4-88116-055-9

◇石川啄木悲哀の源泉　西脇巽著　同時代社　2002.3　319p　20cm　3000円　④4-88683-469-8

◇石川啄木矛盾の心世界　西脇巽著　同時代

短歌（短歌史）

社　2003.2　317p　20cm〈文献あり〉　2600円　Ⓣ4-88683-494-9
◇石川啄木骨肉の怨　西脇巽著　同時代社　2004.1　234p　19cm　1800円　Ⓣ4-88683-518-X
◇石川啄木の友人―京助、雨情、郁雨　西脇巽著　同時代社　2006.2　215p　19cm　1600円　Ⓣ4-88683-569-4
◇石川啄木東海歌二重歌格論　西脇巽著　同時代社　2007.1　269p　19cm　1600円　Ⓣ978-4-88683-597-0
◇『一握の砂』から100年―啄木の現在　日本現代詩歌文学館編　北上　日本現代詩歌文学館振興会　2011.3　56p　20cm　（日本現代詩歌文学館開館20周年記念シンポジウム 1）
◇石川啄木論　平岡敏夫著　おうふう　1998.9　321p　22cm　4000円　Ⓣ4-273-03036-5
◇北海道時代の啄木とその経済生活　福地順一著　弘前　緑の笛豆本の会　1999.4　38p　9.4cm　（緑の笛豆本　第366集）
◇石川啄木余話　藤田庄一郎著　国分寺　武蔵野書房　1994.7　282p　20cm　2500円
◇石川啄木―貧苦と挫折を超えて　北海道文学館編　札幌　北海道立文学館　2006.7　64p　30cm〈会期：2006年7月22日～8月27日　年譜あり〉
◇石川啄木―地方、そして日本の全体像への視点　堀江信男著　おうふう　1999.3　242p　22cm　3400円　Ⓣ4-273-03066-7
◇啄木を恋ふ　松浦常雄著　美浦町（茨城県）　松浦ルリ　1996.10　120p　20cm　1300円
◇石川啄木望郷伝説　松本健一著　増補・新版　取手　辺境社　2007.6　290p　20cm　（松本健一伝説シリーズ 3）〈初版の出版者：筑摩書房　勁草書房（発売）〉　2300円　Ⓣ978-4-326-95040-9
◇悲しき兄啄木　三浦光子著　日本図書センター　1990.1　112,40,11p　22cm　（近代作家研究叢書 77）〈初音書房昭和23年刊の複製　石川啄木の肖像あり〉　4120円　Ⓣ4-8205-9032-4
◇小樽啄木余話　水口忠著　余市町（北海道）　余市豆本の会　2007.10　96p　9.5×9.6cm　（余市豆本　第5集第2号）
◇小樽啄木余話　水口忠著　余市町（北海道）　余市豆本の会　2008.10　96p　9.5×9.6cm　（余市豆本　第5集第2号）　500円
◇石川啄木と北海道大学　三留昭男著　弘前　緑の笛豆本の会　1997.4　57p　9.5cm　（緑の笛豆本　第342集）
◇盛岡中学校時代の石川啄木　森義真著　弘前　緑の笛豆本の会　2000.4　46p　9.4cm　（緑の笛豆本　第378集）
◇啄木の母方の血脈―新資料「工藤家由緒系譜」に拠る　森義真、佐藤静子、北田まゆみ編　出版地不明　遊座昭吾　2008.5　85p　21cm〈文献あり〉
◇Theザ・啄木展―啄木生誕120年記念4館共同企画　もりおか啄木・賢治青春館、石川啄木記念館、盛岡市先人記念館、盛岡てがみ館企画・構成・編集、門屋光昭監修　盛岡　啄木・賢治生誕記念事業実行委員会　2006.8　48p　21cm〈会期・会場：平成18年8月24日～11月5日　もりおか啄木・賢治青春館ほか　年譜あり〉
◇石川啄木とロシア　安元隆子著　翰林書房　2006.2　386p　22cm〈年譜あり〉　4800円　Ⓣ4-87737-222-9
◇自分の言葉に嘘はなけれど―石川啄木の家族愛　山川純子著　現代出版社　2012.12　291p　22cm〈文献あり〉　2800円
◇恋しくて来ぬ啄木郷　山崎益矢著　文芸社　2012.11　438p　15cm〈文献あり　年譜あり〉　740円　Ⓣ978-4-286-12763-7
◇啄木と郁雨―友の恋歌矢ぐるまの花　山下多恵子著　未知谷　2010.9　284p　20cm〈文献あり〉　2500円　Ⓣ978-4-89642-311-2
◇石川啄木愛と悲しみの歌―企画展　山梨県立文学館編　甲府　山梨県立文学館　2012.4　56p　30cm〈会期・会場：2012年4月28日～6月24日　山梨県立文学館企画展示室　年譜あり〉
◇拝啓啄木さま　山本玲子著　盛岡　熊谷印刷出版部　1999.7　237p　15cm　667円　Ⓣ4-87720-237-4
◇拝啓啄木さま―新編　山本玲子著　盛岡　熊谷印刷出版部　2007.11　297p　15cm〈年譜あり〉　762円　Ⓣ978-4-87720-302-3
◇啄木の木霊―林中幻想　遊座昭吾著　八重岳書房　1999.9　222p　20cm　1905円　Ⓣ4-8412-1197-7

短歌（短歌史）

◇詩人の夢―啄木評伝　理崎啓著　日本文学館　2004.1　180p　19cm　1000円　⓪4-7765-0194-5

◇第16回〔石川〕啄木関係資料展（目録）　盛岡　岩手県立図書館　1989.4　13p　26cm

◇石川啄木　河出書房新社　1991.1　223p　21cm　〈新文芸読本〉〈石川啄木の肖像あり〉　1200円　⓪4-309-70156-6

◇石川啄木展―貧苦と挫折を超えて　姫路　姫路文学館　2000.8　26p　21cm　〈会期：2000年8月18日～10月1日　執筆：日本近代文学館〉

◇石川啄木生誕一二〇年記念図録　函館　函館市文学館　2006.4　52p　30cm　〈年譜あり〉

◇国際啄木学会20年の歩み　国際啄木学会　2010.9　54p　21cm　〈奥付のタイトル：国際啄木学会20年のあゆみ〉

◆◆◆比較・影響

◇教師・啄木と賢治―近代日本における「もうひとつの教育史」　荒川紘著　新曜社　2010.6　406p　20cm　〈年表あり　索引あり〉　3800円　⓪978-4-7885-1201-6

◇野口雨情そして啄木　井上信興著　広島　渓水社　2008.7　221p　20cm　1800円　⓪978-4-86327-022-0

◇石川啄木と北原白秋―思想と詩語　上田博，中島国彦編　有精堂出版　1989.11　270p　22cm　〈日本文学研究資料新集 17〉　3650円　⓪4-640-30966-X

◇啄木と「昴」とアジア―ラビシャンカールのシタール響く　小木曽友，沢木あや子歌と文著　名古屋　ブイツーソリューション　2012.12　202p　19cm　〈星雲社（発売）〉　1200円　⓪978-4-434-17328-8

◇愛のうた―晶子・啄木・茂吉　尾崎左永子著　創樹社　1993.3　173p　19cm　1500円

◇啄木への目線―鴎外・道造・修司・周平　門屋光昭著　洋々社　2007.12　252p　20cm　〈肖像あり〉　2400円　⓪978-4-89674-314-2

◇わが晶子わが啄木―近代短歌史上に輝く恒星と遊星　川内通生著　有朋堂　1993.11　360p　19cm　2000円　⓪4-8422-0167-3

◇谷静湖と石川啄木　北沢文武著　川口　塩ブックス　2009.2　105p　21cm　600円

◇978-4-9904-5700-6

◇啄木と西村陽吉　斉藤英子著　短歌新聞社　1993.9　224,11p　19cm　〈新短歌叢書　第116篇〉　3000円

◇啄木と賢治―詩物語　関厚夫著　産経新聞出版　2008.9　430p　20cm　〈年譜あり　扶桑社（発売）〉　1700円　⓪978-4-594-05750-3

◇啄木と郁雨―友情は不滅　西脇巽著　青森　青森文学会　2005.3　303p　19cm　〈青森文芸図書（発売）〉　1200円

◇啄木と朝日歌壇の周辺　平野英雄著　平原社　2008.2　117p　22cm　1000円　⓪978-4-938391-43-0

◇啄木と苜蓿社の同人達　目良卓著　国分寺　武蔵野書房　1995.10　302p　20cm　3000円

◇啄木・道造の風かほる盛岡　山崎益矢著　文芸社　2001.4　283p　19cm　1800円　⓪4-8355-0041-5

◇忘れな草―啄木の女性たち　山下多恵子著　未知谷　2006.9　253p　20cm　〈他言語標題：Vergisz mein nicht　文献あり〉　2400円　⓪4-89642-170-1

◇夢よぶ啄木、野をゆく賢治　山本玲子，牧野立雄著　洋々社　2002.6　242p　19cm　〈肖像あり　年譜あり〉　1600円　⓪4-89674-215-X

◇啄木と賢治　遊座昭吾著　おうふう　2004.5　270p　19cm　2500円　⓪4-273-03328-3

◇鴎外・啄木・荷風隠された闘い―いま明らかになる天才たちの輪舞　吉野俊彦著　ネスコ　1994.3　270p　20cm　〈文芸春秋（発売）〉　1900円　⓪4-89036-867-1

◇賢治と啄木　米田利昭著　大修館書店　2003.6　250p　20cm　1700円　⓪4-469-22160-0

◆◆◆詩

◇石川啄木の詩稿ノート―"Ebb and flow"の研究　飯田敏著　光陽出版社　1997.6　175p　22cm　2500円　⓪4-87662-201-9

◇啄木の詩歌と其一生　中西悟堂著　日本図書センター　1990.3　376,11p　22cm　〈近代作家研究叢書 99〉〈解説：上田博　交蘭社昭和8年刊の複製〉　6180円　⓪4-8205-9056-1

◇近代の詩人—6　石川啄木　中村稔編・解説　潮出版社　1992.4　365p　23cm〈石川啄木の肖像あり〉　5000円　Ⓘ4-267-01244-X

◆◆◆短歌

◇小樽日報記者石川啄木と幻の歌人たち　荒木茂著　弘前　緑の笛豆本の会　1992.4　45p　9.4cm（緑の笛豆本　第282集）〈奥付・背の書名：石川啄木と幻の歌人たち　限定版〉

◇啄木歌ごよみ　石川啄木記念館企画・編集　玉山村（岩手県）　石川啄木記念館　1996.10　183p　20cm　971円

◇啄木歌集カラーアルバム—石川啄木　上田博監修　芳賀書店　1998.1　159p　26cm（「芸術…夢紀行」…シリーズ 4）　3170円　Ⓘ4-8261-0904-0

◇石川啄木歌集全歌鑑賞　上田博著　おうふう　2001.11　426p　22cm　8000円　Ⓘ4-273-03210-4

◇悲哀と鎮魂—啄木短歌の秘密　大沢博著　おうふう　1997.4　182p　19cm　2200円　Ⓘ4-273-02980-4

◇啄木短歌論考—抒情の軌跡　太田登著　八木書店　1991.3　274p　22cm　4000円　Ⓘ4-8406-9080-4

◇石川啄木と青森県の歌人　川崎むつを著　青森　青森県啄木会　1991.12　269p　19cm〈著者の肖像あり〉　2500円

◇石川啄木　河野有時著　笠間書院　2012.1　118p　19cm（コレクション日本歌人選035）〈他言語標題：Ishikawa Takuboku　年譜あり　文献あり〉　1200円　Ⓘ978-4-305-70635-5

◇啄木短歌に時代を読む　近藤典彦著　吉川弘文館　2000.1　230p　19cm（歴史文化ライブラリー 84）　1700円　Ⓘ4-642-05484-7

◇啄木短歌小感　斉藤英子著　八王子　新世代の会　2000.3　203p　19cm（新短歌叢書第147篇）〈（新世代叢書 第3篇）〉　3500円

◇啄木短歌小感　斉藤英子著　文芸社　2004.2　218p　19cm　1400円　Ⓘ4-8355-6935-0

◇資料石川啄木—啄木の歌と我が歌と　佐藤勝著　国分寺　武蔵野書房　1992.3　323p　22cm　2987円

◇石川啄木東海歌の謎　西脇巽著　同時代社　2004.1　154p　19cm　1300円　Ⓘ4-88683-521-X

◇石川くん—啄木の短歌は、とんでもない！　枡野浩一著,朝倉世界一画　朝日出版社　2001.11　180p　19cm（ほぼ日ブックス #6　糸井重里監修）　700円　Ⓘ4-255-00123-5

◇石川くん　枡野浩一著　集英社　2007.4　239p　16cm（集英社文庫）〈肖像あり　年譜あり〉　438円　Ⓘ978-4-08-746153-4

◇啄木短歌の方法　望月善次著　盛岡　ジロー印刷企画　1997.3　218p　21cm　1905円

◇石川啄木歌集外短歌評釈—愛蔵版 1　望月善次著　盛岡　信山社　2003.5　350p　22cm（信山社学術文庫 117）　5800円　Ⓘ4-86075-051-9

◇啄木短歌の読み方—歌集外短歌評釈一千首とともに　愛蔵版　望月善次著　盛岡　信山社　2004.3　326p　22cm（信山社学術文庫 126）〈信山社販売（発売）〉　6476円　Ⓘ4-86075-062-4

◇尾上柴舟・石川啄木　和田周三,上田博著　京都　晃洋書房　2002.5　261p　20cm（新しい短歌鑑賞　第4巻）　2900円　Ⓘ4-7710-1355-1

◇啄木の二つの歌　渡辺三好著　近代文芸社　1995.1　179p　20cm　1300円　Ⓘ4-7733-3392-8

◆◆◆「一握の砂」

◇石川啄木『一握の砂』の秘密　大沢博著　論創社　2010.3　181p　20cm　2000円　Ⓘ978-4-8460-0915-1

◇『一握の砂』の研究　近藤典彦著　おうふう　2004.2　303p　22cm　6800円　Ⓘ4-273-03309-7

◇石川啄木『一握の砂』研究—もう一人の著者の存在　住友洸著　日本図書刊行会　1999.5　271p　19cm　2000円　Ⓘ4-8231-0401-3

◇啄木『一握の砂』難解歌稿　橋本威著　大阪　和泉書院　1993.10　250p　20cm（和泉選書 79）　3914円　Ⓘ4-87088-616-2

◇風紋—石川啄木『一握の砂』出版一〇〇周年記念作品集　美研インターナショナル編　美研インターナショナル　2010.2　219p

短歌（短歌史）

20cm 〈星雲社（発売）年譜あり 索引あり〉1300円 Ⓘ978-4-434-14068-6

◇新しき明日の来るを信じて―私の中の『一握の砂』 山田昇著 京都 ウインかもがわ 2012.11 158p 19cm 〈京都 かもがわ出版（発売）文献あり〉 1400円 Ⓘ978-4-903882-45-1

◇なみだは重きものにしあるかな―啄木と郁雨：宮崎郁雨「歌集『一握の砂』を読む」石川啄木「郁雨に与ふ」 遊座昭吾編 桜出版 2010.12 227p 18cm 952円 Ⓘ978-4-903156-11-8

◆◆◆「悲しき玩具」

◇あっぱれ啄木―『あこがれ』から『悲しき玩具』まで 林順治著 論創社 2012.12 235p 20cm 〈文献あり〉 2500円 Ⓘ978-4-8460-1194-9

◇悲しき玩具―啄木短歌の世界 村上悦也ほか編 京都 世界思想社 1994.4 192p 20cm （Sekaishiso seminar） 2300円 Ⓘ4-7907-0499-8

◆◆◆日記・書簡

◇啄木日記を読む 池田功著 新日本出版社 2011.2 190p 20cm 〈文献あり 年譜あり〉 1900円 Ⓘ978-4-406-05463-8

◇盛岡啄木手帳―閑天地・時代閉塞の現状・渋民日記など 石川啄木著 盛岡 盛岡啄木手帳刊行委員会 2008.10 380p 16cm 〈共同刊行：東山堂 肖像あり 年表あり〉 952円 Ⓘ978-4-92458-503-4

◇啄木「ローマ字日記」を読む 石川啄木原著,西連寺成子著 教育評論社 2012.4 254p 19cm 〈文献あり 年譜あり〉 1800円 Ⓘ978-4-905706-67-0

◇啄木からの手紙 関西啄木懇話会編 大阪 和泉書院 1992.8 231p 20cm （和泉選書 69） 2884円 Ⓘ4-87088-546-8

◇石川啄木の手紙 平岡敏夫著 大修館書店 1996.12 302p 20cm 2369円 Ⓘ4-469-22128-7

◆◆西村 陽吉（1892～1959）

◇西村陽吉 斉藤英子著 短歌新聞社 1996.12 187,9p 19cm （新短歌叢書 第133篇） 2913円 Ⓘ4-8039-0860-5

◆◆前田 夕暮（1883～1951）

◇前田夕暮をめぐる群像―第一期「詩歌」通覧 小野勝美著 角川書店 2007.11 434p 22cm 4000円 Ⓘ978-4-04-651689-3

◇前田夕暮の旅と歌―続 香川進著 秦野 秦野市立図書館 1992.3 140p 19cm （郷土文学叢書 第8巻）〈監修：香川進〉 1000円

◇夕暮の書簡―上 香川進,佐久間晟著 秦野 秦野市立図書館 1993.10 168p 19cm （郷土文学叢書 第11巻）〈監修：香川進〉 1000円

◇夕暮の書簡―下 香川進,佐久間晟著 秦野 秦野市立図書館 1993.10 189p 19cm （郷土文学叢書 第12巻）〈監修：香川進〉 1000円

◇前田夕暮の歌を読む 草野拓也著 青天短歌会 2001.4 294p 19cm 2500円

◇前田夕暮の研究 斎藤光陽著 三鷹 エスカ 1994.5 795p 22cm 〈前田夕暮の肖像あり〉 5600円

◇近代文学研究叢書―第69巻 昭和女子大学近代文学研究室著 昭和女子大学近代文化研究所 1995.3 705p 19cm 8240円 Ⓘ4-7862-0069-7

◇前田夕暮記念室所蔵資料図録―前田夕暮生誕110年記念 秦野市立図書館編 秦野 秦野市立図書館 1993.10 35p 26cm 〈前田夕暮の肖像あり〉

◇前田夕暮記念室所蔵資料図録―2 秦野市立図書館編 秦野 秦野市立図書館 2001.3 32p 26cm 〈肖像あり〉

◇前田透と夕暮―父子の生活と芸術 前田芳彦著 秦野 秦野市立図書館 1993.3 171p 19cm （郷土文学叢書 第10巻）〈監修：香川進〉

◇金の向日葵―前田夕暮の生涯 村岡嘉子著 角川書店 1993.10 429p 20cm 〈前田夕暮の肖像あり〉 2800円 Ⓘ4-04-872773-7

◇夕暮歌碑めぐり―前田夕暮の歌碑と文学 村岡嘉子著 秦野 秦野市立図書館 1999.3 124p 21cm （郷土文学叢書 第14巻）

◇前田夕暮百首　村岡嘉子、山田吉郎編　秦野　秦野市立図書館　2005.10　259p　20cm　（郷土文学叢書　第17巻）〈肖像あり　秦野市制施行50周年記念　年譜あり〉
◇前田夕暮の文学　山田吉郎著　秦野　夢工房　1992.2　123p　19cm　1200円
◇前田夕暮研究—受容と創造　山田吉郎著　風間書房　2001.6　641p　22cm　Ⓘ4-7599-1271-1
◇前田夕暮とその周辺の歌人—上1　前期「詩歌」時代　〔1〕　秦野　秦野市立図書館　1990.3　196p　19cm　（郷土文学叢書　第3巻）〈監修：香川進〉　1000円
◇前田夕暮とその周辺の歌人—上2　前期「詩歌」時代　〔2〕　秦野　秦野市立図書館　1990.10　219p　19cm　（郷土文学叢書　第4巻）〈監修：香川進〉　1000円
◇前田夕暮とその周辺の歌人—〔中〕　口語自由律短歌時代　秦野　秦野市立図書館　1991.3　167p　19cm　（郷土文学叢書　第5巻）〈監修：香川進〉　1000円
◇前田夕暮とその周辺の歌人—下1　現代の群像　1　秦野　秦野市立図書館　1992.3　171p　19cm　（郷土文学叢書　第6巻）〈監修：香川進〉　1000円
◇前田夕暮とその周辺の歌人—下2　現代の群像　2　秦野　秦野市立図書館　1993.10　198p　19cm　（郷土文学叢書　第7巻）〈監修：香川進〉　1000円
◇前田夕暮・透の文学、鑑賞と研究　船橋　青天短歌会　1994.8　212p　22cm　非売品
◇近代作家追悼文集成—第33巻　宮本百合子・林芙美子・前田夕暮　ゆまに書房　1997.1　266p　22cm　8240円　Ⓘ4-89714-106-0

◆◆若山　牧水（1885〜1928）

◇若き牧水・愛と故郷の歌　伊藤一彦著　宮崎　鉱脈社　1989.8　162p　18cm　（ひむか新書　12）　700円
◇命の砕片—牧水かるた百首鑑賞　伊藤一彦著　東郷町（宮崎県）　宮崎県東郷町牧水顕彰会　2001.3　119p　19cm〈宮崎　鉱脈社（発売）年譜あり〉　858円　Ⓘ4-86061-000-8
◇あくがれゆく牧水—青春と故郷の歌　伊藤一彦著　宮崎　鉱脈社　2001.9　307p　19cm　（みやざき文庫　7）　1800円　Ⓘ4-906008-93-3
◇牧水の心を旅する　伊藤一彦著　角川学芸出版　2008.10　249p　19cm　（角川学芸ブックス）〈角川グループパブリッシング（発売）年譜あり〉　1619円　Ⓘ978-4-04-621268-9
◇いざ行かむ、まだ見ぬ山へ—若山牧水の歌と人生　伊藤一彦著　宮崎　鉱脈社　2010.2　240p　19cm〈年譜あり〉　1800円　Ⓘ978-4-86061-344-0
◇ぼく、牧水！—歌人に学ぶ「まろび」の美学　伊藤一彦、堺雅人述　角川書店　2010.9　246p　18cm　（角川oneテーマ21 A-122）〈角川グループパブリッシング（発売）　文献あり　年譜あり〉　781円　Ⓘ978-4-04-710253-8
◇わが牧水論—再見若山牧水の短歌　岩崎義信著　水俣　水俣市短歌研究会山桜短歌会　2003.10　243p　19cm　2500円
◇牧水・朝鮮五十七日間の旅　上杉有著　アイオーエム　1999.7　193p　19cm　2190円　Ⓘ4-900442-21-6
◇風呂で読む牧水　上田博著　京都　世界思想社　1996.6　104p　19cm　980円　Ⓘ4-7907-0599-4
◇若山牧水歌碑インデックス　榎本尚美著〔相模原〕　榎本尚美　1996.10　213p　21cm
◇若山牧水歌碑インデックス　榎本尚美、榎本篁子著　改訂版　相模原　榎本尚美　2005.12　349p　21cm
◇わたしへの旅—牧水・こころ・かたち　大岡信ほか著　長泉町（静岡県）　増進会出版社　1994.5　293p　20cm　2500円　Ⓘ4-87915-183-1
◇若山牧水ものがたり　楠木しげお文、山中冬児絵　銀の鈴社　2007.4　206p　22cm　（ジュニア・ノンフィクション）〈肖像あり　年譜あり〉　1200円　Ⓘ978-4-87786-536-8
◇牧水の生涯—白玉の歯にしみとほる　近義松著　短歌新聞社　2002.2　267p　20cm〈肖像あり〉　2571円　Ⓘ4-8039-1074-X
◇若山牧水書の世界　四位英樹著　文芸社　2012.6　137p　27cm〈文献あり　著作目録あり〉　2000円　Ⓘ978-4-286-11992-2
◇牧水の生涯　塩月儀市著，牧水生誕百年祭記

念実行委員会編　新装版　宮崎　鉱脈社　2012.8　131p　19cm〈年譜あり〉　800円　①978-4-86061-449-2
◇牧水百歌　志垣澄幸著　高岡町（宮崎県）本多企画　1989.5　123p　19cm　1000円
◇牧水・上州の旅――下巻　清水寥人著　高崎　あさを社　1991.7　252p　26cm（風の中の街道 3）〈若山牧水の肖像あり〉　2580円
◇現代短歌とは何か――若山牧水論序説他　白石昂著　砂子屋書房　1998.10　377p　20cm　3800円
◇最後の牧水研究　大悟法利雄著　短歌新聞社　1993.6　293p　19cm〈若山牧水および著者の肖像あり〉　2700円　①4-8039-0697-1
◇若山牧水さびしかなし　田村志津枝著　晶文社　2003.11　231p　20cm　1900円　①4-7949-6589-3
◇佐藤緑葉と伴に――若山牧水・白石実三・田中辰雄 図録　群馬県立土屋文明記念文学館編　群馬町（群馬県）　群馬県立土屋文明記念文学館　2000.6　71p　30cm〈第9回企画展：平成12年6月3日～7月2日〉
◇ふるさとの若山牧水――第4巻　喜志子慕情の歌　中尾勇著　三島　中尾勇　1990.2　311p　19cm（『あるご』叢書）　1400円
◇あくがれの歌人――若山牧水の青春　中嶋祐治著　文芸社　2001.10　514p　20cm　1400円　①4-8355-2347-4
◇若山牧水　見尾久美恵著　笠間書院　2011.11　119p　19cm（コレクション日本歌人選 038）〈他言語標題：Wakayama Bokusui　年譜あり　文献あり〉　1200円　①978-4-305-70638-6
◇若山牧水――1　牧水短歌における形成期　吉岡美幸著　短歌新聞社　1993.9　175p　20cm　3500円
◇作家の自伝――86　若山牧水　若山牧水著、藤岡武雄編解説　日本図書センター　1999.4　251p　22cm（シリーズ・人間図書館）　2600円　①4-8205-9531-8,4-8205-9525-3
◇牧水の書と歌と人と　若山牧水著,日向市牧水の書・書簡編纂委員会編,伊藤一彦、榎本篁子監修　日向　日向市　2010.1　161p　31cm〈年譜あり〉
◇牧水富士山　牧水著,沼津牧水会編　沼津牧水会　2012.11　319p　15cm〈著作目録あり　年譜あり〉

◆耽美派

◆◆吉井　勇（1886～1960）

◇南予をこよなく愛した歌人吉井勇　木下博民著　小金井　南予奨学会　2009.9　144p　22cm（南予明倫館文庫）〈附・吉井勇の慕った中野逍遥〉
◇吉井勇没後50年展――吉井勇と四国路・新資料とともに　高知県立文学館・吉井勇記念館合同企画　高知県立文学館編　高知　高知県立文学館　2010.9　95p　30cm〈会期・会場：平成22年9月23日～11月7日　高知県立文学館2F常設展示室特設コーナー　年譜あり　文献あり〉
◇吉井勇の土佐　西村時衛著　追補版　高知　西村時衛　1991.7　189p　19cm　1500円
◇近代作家追悼文集成――第37巻　吉井勇・和辻哲郎・小川未明・西東三鬼　ゆまに書房　1999.2　291p　22cm　8000円　①4-89714-640-2,4-89714-639-9

◆アララギ派

◇アララギの人々　大島史洋著　角川学芸出版　2012.8　285p　20cm〈角川グループパブリッシング（発売）〉　3000円　①978-4-04-652555-0
◇アララギの脊梁　大辻隆弘著　京都　青磁社　2009.2　333p　20cm（青磁社評論シリーズ 2）〈文献あり〉　2667円　①978-4-86198-094-7
◇アララギ叢書解題――近代歌集の書誌的探索　川瀬清著　短歌新聞社　2000.4　274p　20cm　2571円　①4-8039-0998-9
◇アララギ歌人論　小谷稔著　短歌新聞社　1999.7　312p　19cm　2571円　①4-8039-0976-8
◇アララギの山脈――近代歌人論　柴生田稔著　笠間書院　1995.10　386p　20cm　3800円　①4-305-70155-3
◇歌のいしぶみこだわり紀行――アララギ歌人の足跡を訪ねて　田野陽著　ながらみ書房　1995.2　247p　20cm　2700円

短歌（短歌史）

◇アララギ女性歌人十人　三宅奈緒子著　短歌新聞社　2011.7　149p　20cm　1905円　①978-4-8039-1546-4

◇森山汀川あて書簡にみるアララギ巨匠たちの素顔　宮坂丹保著　長野　銀河書房　1996.3　388p　19cm　1600円　①4-87413-006-2

◆◆大塚　金之助（1892～1977）

◇歌人・大塚金之助ノート　武田弘之著　横浜　大塚会　2011.12　119p　21cm　1500円

◆◆小原　節三（1897～1953）

◇小原節三展―島木赤彦直弟子の歌人「岩手アララギ」とのかかわりと建築家としての一面　盛岡　岩手県立盛岡第一高等学校図書館　1994　1冊　26cm　（白堊人脈シリーズ　第26回）〈期日：1994年9月3日・4日　背の書名：「小原節三展」資料〉

◆◆金田　千鶴（1902～1934）

◇悲恋の歌人金田千鶴　佐々木茂著　長野　飯田下伊那歌人連盟　1992.5　136p　19cm

◇金田千鶴研究資料―3　佐々木茂編　短歌新聞社　1994.7　186p　20cm〈「2」までの出版者：飯田下伊那歌人連盟〉　2500円

◇金田千鶴アルバム　佐々木茂著　〔飯田〕飯田下伊那歌人連盟　1996.10　96p　22cm　3000円

◇金田千鶴研究資料―4　佐々木茂編著　飯田　飯田下伊那歌人連盟　1997.11　202p　20cm　2800円

◇金田千鶴研究資料―5　佐々木茂編著　〔飯田〕飯田下伊那歌人連盟　1998.9　84p　20cm　1000円

◇悲恋の歌人金田千鶴の生涯―生誕百年記念　佐々木茂著　〔飯田〕　金田千鶴研究会　2001.11　178p　18cm〈共同刊行：飯田下伊那歌人連盟　年譜あり〉　1000円

◇小説「夏蚕時」「霜」の世界―金田千鶴生誕百年記念　佐々木茂著　〔飯田〕　金田千鶴研究会　2002.5　181p　18cm〈共同刊行：飯田下伊那歌人連盟〉　1000円

◇金田千鶴文学あるばむ―「信濃の星」顕彰六十八年史　生誕百年記念　佐々木茂著　〔飯田〕　金田千鶴研究会　2002.12　195p　18cm〈共同刊行：飯田下伊那歌人連盟　肖像あり〉　2000円

◆◆加納　小郭家（1887～1939）

◇アララギの歌人加納小郭家台湾の歌　篠原正巳著　和鳴会　2003.12　32,379p　22cm〈共同刊行：致良出版社〉　①957-786-225-X

◆◆斎藤　茂吉（1882～1953）

◇新論歌人茂吉―その魅力再発見　秋葉四郎著　角川書店　2003.10　225p　20cm　2286円　①4-04-651903-7

◇歌人茂吉人間茂吉　秋葉四郎著　日本放送出版協会　2011.1　175p　21cm　（NHKシリーズ―NHKカルチャーラジオ　短歌をよむ）〈放送期間：2011年1月～3月　著作目録あり　年譜あり〉　857円　①978-4-14-910750-9

◇茂吉　幻の歌集『萬軍』―戦争と斎藤茂吉　秋葉四郎編著　岩波書店　2012.8　164p　20cm　2100円　①978-4-00-025311-6

◇近代文学研究叢書―第73巻　秋庭太郎ほか監修,昭和女子大学近代文学研究室著　昭和女子大学近代文化研究所　1997.10　705p　19cm　8600円　①4-7862-0073-5

◇斎藤茂吉秀歌朗詠集―追刊　第一歌集「赤光」から第十七歌集「つきかげ」まで　解釈と吟じ方付　斎藤茂吉没後五十周年記念　安食岳帥著　〔山形〕　茂吉秀歌に親しみ朗詠する研究会　2003.5　86p　30cm〈肖像あり〉

◇茂吉への挑戦　入谷稔著　本阿弥書店　1992.4　217p　20cm　2500円

◇大石田町立歴史民俗資料館史料集―別集　斎藤茂吉病床日誌　大石田町教育委員会編纂　斎藤茂吉述,板垣チヨエ〕著　大石田町（山形県）　大石田町教育委員会　2007.1　78p　26cm〈複製および翻刻〉

◇愛の茂吉―リビドウの連鎖　評論集　岡井隆著　短歌研究社　1993.3　325p　20cm　3800円　①4-88551-009-0

◇岡井隆コレクション―4　斎藤茂吉論集成　岡井隆著　思潮社　1994.7　512p　20cm　5800円　①4-7837-2304-4

◇茂吉の短歌を読む　岡井隆著　岩波書店

短歌(短歌史)

　1995.8　294p　20cm　(岩波セミナーブックス 54)　2300円　Ⓘ4-00-004224-6
◇茂吉と現代―リアリズムの超克　岡井隆著　短歌研究社　1996.7　473p　20cm　5800円　Ⓘ4-88551-219-0
◇斎藤茂吉―その迷宮に遊ぶ　岡井隆、小池光、永田和宏著　砂子屋書房　1998.12　391p　20cm　3800円　Ⓘ4-7904-0439-0
◇歌集『ともしび』とその背景―後期斎藤茂吉の出発　岡井隆著　短歌新聞社　2007.10　218p　20cm　2381円　Ⓘ978-4-8039-1363-7
◇鴎外・茂吉・杢太郎―「テエベス百門」の夕映え　岡井隆著　書肆山田　2008.10　501p　20cm　4800円　Ⓘ978-4-87995-752-8
◇今から読む斎藤茂吉　岡井隆著　砂子屋書房　2012.4　269p　20cm　2700円　Ⓘ978-4-7904-1383-7
◇精神病医斎藤茂吉の生涯　岡田靖雄著　京都　思文閣出版　2000.11　336,16p　19cm〈肖像あり〉　3000円　Ⓘ4-7842-1056-3
◇斎藤茂吉―人と文学　小倉真理子著　勉誠出版　2005.5　211p　20cm　(日本の作家100人)〈年譜あり　文献あり〉　1800円　Ⓘ4-585-05181-3
◇斎藤茂吉「小園」考　加藤茂正著　東銀座出版社　1993.8　282p　19cm　(銀選書)　1800円　Ⓘ4-938652-43-9
◇近代の詩人―3　斎藤茂吉　加藤周一編・解説　潮出版社　1993.7　381p　23cm〈斎藤茂吉の肖像あり〉　5000円　Ⓘ4-267-01241-5
◇斎藤茂吉の十五年戦争　加藤淑子著　みすず書房　1990.3　276p　20cm　2575円　Ⓘ4-622-03342-9
◇茂吉形影　加藤淑子著　幻戯書房　2007.7　255p　20cm〈年譜あり〉　3000円　Ⓘ978-4-901998-26-0
◇加藤淑子著作集―1　斎藤茂吉と医学　加藤淑子著　みすず書房　2009.9　300p　20cm〈年譜あり　索引あり〉　5000円　Ⓘ978-4-622-08221-7
◇加藤淑子著作集―2　山口茂吉―斎藤茂吉の周辺　加藤淑子著　みすず書房　2009.9　411p　20cm〈年譜あり〉　5000円　Ⓘ978-4-622-08222-4
◇加藤淑子著作集―3　斎藤茂吉の十五年戦争　加藤淑子著　みすず書房　2009.9　334p　20cm　5000円　Ⓘ978-4-622-08223-1
◇茂吉再生―生誕130年斎藤茂吉展　神奈川文学振興会編　〔横浜〕　県立神奈川近代文学館　2012.4　64p　26cm〈会期・会場：2012年4月28日~6月10日　県立神奈川近代文学館　共同刊行：神奈川文学振興会　折り込1枚　年譜あり〉
◇斎藤茂吉秀歌評釈　鎌田五郎著　風間書房　1995.2　1136p　22cm　32960円　Ⓘ4-7599-0915-X
◇斎藤茂吉―その歌と解釈　河原冬蔵著　近代文芸社　1994.11　121p　19cm　1500円　Ⓘ4-7733-3179-8
◇壮年茂吉―「つゆじも」~「ともしび」時代　北杜夫著　岩波書店　1993.7　235p　20cm　1800円　Ⓘ4-00-001238-X
◇茂吉彷徨―「たかはら」~「小園」時代　北杜夫著　岩波書店　1996.3　259p　20cm　1900円　Ⓘ4-00-002296-2
◇茂吉晩年―「白き山」「つきかげ」時代　北杜夫著　岩波書店　1998.3　276p　20cm　1900円　Ⓘ4-00-025281-X
◇青年茂吉―「赤光」「あらたま」時代　北杜夫著　岩波書店　2001.1　288p　15cm　(岩波現代文庫　文芸)　1000円　Ⓘ4-00-602027-9
◇壮年茂吉―「つゆじも」~「ともしび」時代　北杜夫著　岩波書店　2001.2　249p　15cm　(岩波現代文庫　文芸)　1000円　Ⓘ4-00-602028-7
◇茂吉彷徨―「たかはら」~「小園」時代　北杜夫著　岩波書店　2001.3　275p　15cm　(岩波現代文庫　文芸)　1000円　Ⓘ4-00-602029-5
◇茂吉晩年―「白き山」「つきかげ」時代　北杜夫著　岩波書店　2001.4　296p　15cm　(岩波現代文庫　文芸)　1000円　Ⓘ4-00-602030-9
◇茂吉を読む―五十代五歌集　小池光著　五柳書院　2003.6　261p　20cm　(五柳叢書)　2300円　Ⓘ4-901646-00-1
◇茂吉と九州　合力栄著　福岡　葦書房　2003.10　335p　19cm〈折り込1枚　文献あり〉　2200円　Ⓘ4-7512-0860-8
◇斎藤茂吉　小林利裕著　近代文芸社　2003.9　194p　20cm　1800円　Ⓘ4-7733-7068-8

◇茂吉を読む　小松原千里著　短歌新聞社　2000.11　282p　20cm　2857円　Ⓘ4-8039-1027-8
◇斎藤茂吉　西郷信綱著　朝日新聞社　2002.10　295,13p　20cm〈年譜あり〉　2500円　Ⓘ4-02-257793-2
◇西郷信綱著作集—第5巻　詩論と詩学 2　西郷信綱著, 秋山虔, 市村弘正, 大隅和雄, 阪下圭八, 龍沢武編　平凡社　2012.5　434p　22cm〈付属資料：8p：月報 7　布装　年譜あり〉　9000円　Ⓘ978-4-582-35709-7
◇回想の父茂吉母輝子　斎藤茂太著　中央公論社　1993.10　215p　20cm〈斎藤茂吉・輝子の肖像あり〉　1300円　Ⓘ4-12-002253-6
◇茂吉の周辺　斎藤茂太著　限定版　新座　埼玉福祉会　1997.10　2冊　22cm　(大活字本シリーズ)　3500円
◇回想の父茂吉母輝子　斎藤茂太著　中央公論社　1997.12　259p　16cm　(中公文庫)　552円　Ⓘ4-12-203008-0
◇茂吉の体臭　斎藤茂太著　岩波書店　2000.9　392p　15cm　(岩波現代文庫 文芸)〈肖像あり〉　1100円　Ⓘ4-00-602020-1
◇兄茂吉の手紙　斎藤茂吉著, 斎藤淑子編　横浜　斎藤淑子　1991.7　102p 図版14枚　20cm　非売品
◇作家の自伝—29　斎藤茂吉　斎藤茂吉著, 藤岡武雄編解説　日本図書センター　1995.11　279p　22cm　(シリーズ・人間図書館)　2678円　Ⓘ4-8205-9399-4, 4-8205-9411-7
◇斎藤茂吉　斎藤茂吉作, 小倉真理子著　笠間書院　2011.2　125p　19cm　(コレクション日本歌人選 018)〈他言語標題：Saito Mokichi　並列シリーズ名：Collected Works of Japanese Poets シリーズの監修者：和歌文学会　文献あり 年譜あり〉　1200円　Ⓘ978-4-305-70618-8
◇斎藤茂吉記念館主要資料目録　斎藤茂吉記念館編　上山　斎藤茂吉記念館　1991.11　187p　26cm
◇今甦る茂吉の心とふるさと山形—斎藤茂吉没後50周年記念シンポジウム/全四回　斎藤茂吉没後50周年事業実行委員会編　短歌研究社　2004.3　221p　22cm〈会期・会場：平成15年2月15日　遊学館 ほか　年譜あり　著作目録あり　文献あり〉　2625円　Ⓘ4-88551-834-2
◇茂吉覚書—評論を読む　佐藤通雅著　京都　青磁社　2009.9　246p　20cm　(青磁社評論シリーズ 5)〈文献あり〉　2667円　Ⓘ978-4-86198-126-5
◇ふる里の味噌はよき味噌—斎藤茂吉の〈食〉の歌　鮫島満著　いりの舎　2012.11　181p　19cm〈文献あり〉　1619円　Ⓘ978-4-906754-12-0
◇斎藤茂吉—あかあかと一本の道とほりたり　品田悦一著　京都　ミネルヴァ書房　2010.6　345,4p　20cm　(ミネルヴァ日本評伝選)〈文献あり 著作目録あり 年譜あり 索引あり〉　3000円　Ⓘ978-4-623-05782-5
◇斎藤茂吉を知る　柴生田稔著　笠間書院　1998.12　391p　20cm　3800円　Ⓘ4-305-70156-1
◇斎藤茂吉と『楡家の人びと』展　世田谷文学館編　世田谷文学館　2012.10　115p　21cm〈会期・会場：2012年10月6日～12月2日　世田谷文学館　斎藤茂吉生誕130年　年表あり〉
◇斎藤茂吉追慕全国大会『二十年の歴史』　第二十回記念斎藤茂吉追慕全国大会実行委員会編　上山　斎藤茂吉記念館　1994.12　174p　27cm〈斎藤茂吉の肖像あり〉
◇茂吉短歌の諸相　高橋宗伸著　短歌新聞社　1993.6　381p　20cm　3000円　Ⓘ4-8039-0694-7
◇茂吉短歌の諸相—続　高橋宗伸著　短歌新聞社　2002.3　285p　20cm　2571円　Ⓘ4-8039-1080-4
◇茂吉短歌表現考　高橋宗伸著　短歌新聞社　2002.3　309p　20cm　2571円　Ⓘ4-8039-1079-0
◇茂吉歳時記—続々　高橋光義著　短歌新聞社　1996.11　298p　19cm　(山麓叢書 第85篇)　2500円　Ⓘ4-8039-0858-3
◇茂吉と吾妻—再編　高湯温泉観光協会再編集　福島　高湯温泉観光協会　〔20--〕　47p　21cm
◇茂吉秀歌—『つゆじも』『遠遊』『遍歴』『ともしび』『たかはら』『連山』『石泉』百首　塚本邦雄著　講談社　1994.7　403p　15cm　(講談社学術文庫)　1000円　Ⓘ4-06-159134-7

短歌（短歌史）

◇茂吉秀歌—『白桃』『暁紅』『寒雲』『のぼり路』百首　塚本邦雄著　講談社　1994.12　395p　15cm〈講談社学術文庫〉　1000円　ⓘ4-06-159155-X

◇茂吉秀歌—『霜』『小園』『白き山』『つきかげ』百首　塚本邦雄著　講談社　1995.9　399p　15cm〈講談社学術文庫〉　1000円　ⓘ4-06-159195-9

◇茂吉の山河—ふるさとの風景　塚本邦雄監修・著, 斎藤茂吉, 斎藤茂太, 北杜夫, 本林勝夫, 佐藤佐太郎著, 石寒太編, 中村太郎撮影　求竜堂　2003.3　201p　26cm〈斎藤茂吉没後五十年記念出版　年譜あり　文献あり〉　2800円　ⓘ4-7630-0301-1

◇斎藤茂吉ノート　中野重治著　筑摩書房　1995.1　429p　15cm〈ちくま学芸文庫〉　1400円　ⓘ4-480-08180-1

◇斎藤茂吉ノート　中野重治著　講談社　2012.7　381p　16cm〈講談社文芸文庫　なB9〉　1500円　ⓘ978-4-06-290166-6

◇茂吉追慕—永井ふさ子書簡より　林谷広著　東京四季出版　1995.12　255p　20cm　3500円　ⓘ4-87621-767-X

◇少年茂吉　林谷広著　短歌新聞社　2002.11　182p　19cm〈年譜あり〉　2381円　ⓘ4-8039-1107-X

◇推すか敲くか—斎藤茂吉の創作技術を検証する　平柳一夫著　碧天舎　2003.3　319p　20cm　1000円　ⓘ4-88346-173-4

◇茂吉評伝　藤岡武雄著　桜楓社　1989.6　258p　22cm〈斎藤茂吉の肖像あり〉　2884円　ⓘ4-273-02333-4

◇斎藤茂吉入門　藤岡武雄編著　京都　思文閣出版　1994.6　151p　23cm〈斎藤茂吉の肖像あり〉　2400円　ⓘ4-7842-0832-1

◇斎藤茂吉二百首　藤岡武雄編　短歌新聞社　1995.3　232p　20cm　2300円　ⓘ4-8039-0754-4

◇書簡にみる斎藤茂吉　藤岡武雄著　短歌新聞社　2002.6　437p　22cm　3810円　ⓘ4-8039-1086-3

◇年譜斎藤茂吉伝　藤岡武雄著　新訂版　沖積舎　2003.6　356p　19cm〈初版：図書新聞社昭和42年刊　肖像あり〉　3000円　ⓘ4-8060-4687-6

◇斎藤茂吉論—歌にたどる巨大な抒情的自我　松林尚志著　北宋社　2006.6　240p　20cm　2800円　ⓘ4-89463-076-1

◇定本茂吉と信濃　松本武著　石川書房　1997.3　363p　20cm　3000円

◇おばさんの茂吉論　宮原望子著　柊書房　2005.1　179p　19cm　2095円　ⓘ4-89975-103-6

◇斎藤茂吉の研究—その生と表現　本林勝夫著　桜楓社　1990.5　545p　22cm　9000円　ⓘ4-273-02377-6

◇茂吉遠望—さまざまな風景　本林勝夫著　短歌新聞社　1996.7　384p　20cm　4000円　ⓘ4-8039-0832-X

◇斎藤茂吉短歌研究　安森敏隆著　京都　世界思想社　1998.3　460,22p　22cm　10000円　ⓘ4-7907-0696-6

◇斎藤茂吉の研究　山根巴著　双文社出版　1996.3　669p　22cm　18540円　ⓘ4-88164-509-9

◇吉本隆明資料集—117　時代という現場/茂吉短歌の初期　吉本隆明著　高知　猫々堂　2012.7　162p　21cm　1700円

◇斎藤茂吉　米田利昭著　砂子屋書房　1990.11　327p　20cm　2913円

◇続・茂吉秀歌　米田利昭著, 米田幸子編　短歌研究社　2003.11　334p　20cm　3500円　ⓘ4-88551-770-2

◇斎藤茂吉記念館　上山　斎藤茂吉記念館　1991　1冊（頁付なし）　28cm〈斎藤茂吉の肖像あり〉

◇近代作家追悼文集成—第34巻　久米正雄・斎藤茂吉・土井晩翠　ゆまに書房　1997.1　384p　22cm　8240円　ⓘ4-89714-107-9

◆◆◆比較・影響

◇白秋と茂吉　飯島耕一著　みすず書房　2003.10　296p　20cm　4000円　ⓘ4-622-07065-0

◇永井ふさ子の歌と茂吉—葛飾雑筆　大島徳丸著　ながらみ書房　1991.2　250p　19cm　2500円

◇斎藤茂吉と中野重治　岡井隆著　砂子屋書房　1993.9　183p　22cm　2427円

◇愛のうた—晶子・啄木・茂吉　尾崎左永子著　創樹社　1993.3　173p　19cm　1500円

◇子規の像、茂吉の影　梶木剛著　短歌新聞社　2003.3　435p　20cm〈文献あり〉　3333円　⓵4-8039-1119-3

◇茂吉と文明　後藤直二著　短歌新聞社　1994.7　273p　20cm〈斎藤茂吉ほかの肖像あり〉　2500円　⓵4-8039-0745-5

◇かぜのみなもと―茂吉・逍空・リルケ　小松原千里著　短歌新聞社　2011.2　214p　20cm（ポトナム叢書　第456篇）　1905円　⓵978-4-8039-1524-2

◇斎藤茂吉と仏教　斎藤邦明著　酒田　斎藤邦明　1996.7　366p　22cm（山麓叢書　第86篇）　3400円

◇斎藤茂吉から塚本邦雄へ　坂井修一著　五柳書院　2006.12　214p　20cm（五柳叢書）〈文献あり〉　2000円　⓵4-901646-10-9

◇斎藤茂吉と土屋文明―その場合場合　清水房雄著　明治書院　1999.3　415p　22cm　8000円　⓵4-625-41118-1

◇子規から茂吉へ―第24回特別企画展　松山市立子規記念博物館編　松山　松山市立子規記念博物館　1991.10　86p　26cm〈会期：平成3年10月22日～11月24日〉

◇芭蕉と茂吉の山河　皆川盤水著　東京新聞出版局　2000.8　276p　20cm　1600円　⓵4-8083-0712-X

◇論考茂吉と文明　本林勝夫編著　明治書院　1991.10　349p　22cm　6800円　⓵4-625-46046-8

◇幻想の視角―斎藤茂吉と塚本邦雄　安森敏隆著　双文社出版　1989.12　207,31p　20cm（Arcadia）　2500円　⓵4-88164-420-0

◆◆◆「あらたま」

◇青年茂吉―『赤光』『あらたま』時代　北杜夫著　岩波書店　1991.6　269p　20cm　2000円　⓵4-00-001199-5

◇茂吉秀歌『あらたま』百首　塚本邦雄著　講談社　1993.10　360p　15cm（講談社学術文庫）　980円　⓵4-06-159095-2

◆◆◆「赤光」

◇斎藤茂吉『赤光』作品論集成―1　梶木剛編　大空社　1995.11　577p　27cm（近代文学作品論叢書　11）　⓵4-87236-813-4

◇斎藤茂吉『赤光』作品論集成―2　梶木剛編　大空社　1995.11　573p　27cm（近代文学作品論叢書　11）　⓵4-87236-813-4

◇斎藤茂吉『赤光』作品論集成―3　梶木剛編　大空社　1995.11　515p　27cm（近代文学作品論叢書　11）　⓵4-87236-813-4

◇斎藤茂吉『赤光』作品論集成―4　梶木剛編　大空社　1995.11　521p　27cm（近代文学作品論叢書　11）　⓵4-87236-813-4

◇斎藤茂吉『赤光』作品論集成―5　梶木剛編　大空社　1995.11　423p　27cm（近代文学作品論叢書　11）　⓵4-87236-813-4

◇茂吉秀歌―『赤光』百首　塚本邦雄著　新装版　講談社　1993.6　357p　15cm（講談社学術文庫）　980円　⓵4-06-159077-4

◇『赤光』全注釈　吉田漱著　短歌新聞社　1991.4　439p　20cm〈斎藤茂吉の肖像あり〉　3000円　⓵4-8039-0631-9

◆◆◆「白き山」

◇白き山研究―斎藤茂吉歌集　扇畑忠雄監修　補訂版　短歌新聞社　2001.1　420p　22cm（斎藤茂吉記念館叢書　斎藤茂吉記念館編著）〈シリーズ責任表示：斎藤茂吉記念館編著　初版：右文書院昭和44年刊〉　3810円　⓵4-8039-1034-0

◇「白き山」全注釈　吉田漱著　短歌新聞社　1997.6　452p　20cm　3810円　⓵4-8039-0877-X

◆◆篠原　志都児（1881～1917）

◇歌人篠原志都児―その生涯と交友　茅野市八ヶ岳総合博物館、八ヶ岳岳麓文芸館編　茅野　茅野市八ヶ岳総合博物館　2001.10　34p　26cm〈会期：平成13年10月13日～平成14年1月13日　八ヶ岳岳麓文芸館開館1周年記念特別企画展　共同刊行：八ヶ岳岳麓文芸館　年譜あり〉

◆◆島木　赤彦（1876～1926）

◇島木赤彦秀歌注釈　新井章著　短歌新聞社　1995.1　185p　20cm　2500円　⓵4-8039-0763-3

◇島木赤彦研究　新井章著　短歌新聞社

短歌（短歌史）

　　1997.11　319p　20cm　3333円　Ⓘ4-8039-0900-8
◇島木赤彦記念館―文学探訪　伊東才治ほか編著　小平　蒼丘書林　1993.6　150p　18cm〈監修：下諏訪町教育委員会〉　1100円
◇島木赤彦の歌　大越一男著　短歌新聞社　1998.11　284p　20cm　2381円　Ⓘ4-8039-0951-2
◇島木赤彦論―文芸の成立と歌風の展開　神田重幸著　府中（東京都）　渓声出版　2011.4　288,9p　22cm　3500円　Ⓘ978-4-904002-30-8
◇父赤彦の俤―幼時の追想　上　久保田夏樹著　長野　信濃毎日新聞社　1996.7　265p　20cm　1700円　Ⓘ4-7840-9622-1
◇父赤彦の俤―幼時の追想　下　久保田夏樹著　長野　信濃毎日新聞社　1996.7　272p　20cm　1700円　Ⓘ4-7840-9623-X
◇島木赤彦　神戸利郎著,赤彦記念誌編集委員会編　下諏訪町（長野県）　下諏訪町教育委員会　1993.6　1冊（頁付なし）28cm〈島木赤彦の肖像あり〉
◇赤彦静子との愛の軌跡　関幸子著　〔丸子町（長野県）〕　関幸子　2002.10　272p　20cm　1600円
◇教育者としての島木赤彦　土橋荘司著　同友館　1992.9　160p　19cm　1500円　Ⓘ4-496-01932-9
◇島木赤彦―歌人・教育者　徳永文一著　府中（東京都）　渓声出版　2003.10　362p　20cm〈肖像あり　文献あり〉　2700円　Ⓘ4-905847-54-0
◇歌のしおり―赤彦を追い求めた男・永山嘉之の遺文集　永山嘉之著　出版地不明　あさかげ短歌会都北支社永山嘉之遺文集刊行委員会　2005.6　429p　19cm〈あさかげ叢書第105篇〉〈絢文社（印刷）〉　1905円
◇わらべ唄の詩学　畑中圭一著　名古屋　名古屋石田学園事業部名英図書出版協会　1998.3　115p　21cm　952円
◇わが心の赤彦童謡　藤田郁子著　新樹社　1996.12　283p　20cm　2200円　Ⓘ4-7875-8469-3
◇島木赤彦論　宮川康雄著　おうふう　2007.3　367p　22cm　12000円　Ⓘ978-4-273-03465-8

◇島木赤彦　守屋喜七編　日本図書センター　1990.1　127,63,12p　22cm（近代作家研究叢書 82）〈複製　島木赤彦の肖像あり〉　4120円　Ⓘ4-8205-9037-5
◇島木赤彦一首を読む　所沢　綱手短歌会　2007.9　180p　21cm〈綱手20周年記念出版〉　2300円
◇島木赤彦百首合評　所沢　綱手短歌会　2007.10　213p　21cm〈年譜あり〉　2500円

◆◆高田　浪吉（1898〜1962）

◇アララギ派歌人高田浪吉―上　神田重幸著　府中　渓声出版　1997.9　351p　20cm　3000円　Ⓘ4-905847-86-9
◇アララギ派歌人高田浪吉―下　神田重幸著　府中（東京都）　渓声出版　2004.5　510p　20cm〈肖像あり　年譜あり〉　3334円　Ⓘ4-905847-12-5

◆◆土屋　文明（1890〜1990）

◇折り折りの独白　青木辰雄著　甲府　青木文子　1992.4　406p　19cm〈著者の肖像あり〉　3500円
◇土屋文明全歌集小題名索引　石塚市子,新貝雅子,三原仁子共編　〔大宮〕　石塚市子　1998.2　58p　21cm
◇土屋文明―短歌の周辺　大井恵夫著　砂子屋書房　1990.4　233p　20cm〈肖像あり〉　1942円
◇中国の土屋文明―『韮菁集』日乗　叶楯夫著　札幌　北方書林　2003.12　28p　21cm（宇波百合2003 4）　1000円
◇土屋文明秀歌評釈　鎌田五郎著　風間書房　1999.2　1424p　22cm　34000円　Ⓘ4-7599-1132-4
◇土屋文明―ひとすじの道―群馬県立土屋文明記念文学館「常設展図録」　群馬県立土屋文明記念文学館編　群馬町（群馬県）　群馬県立土屋文明記念文学館　1998.3　30p　30cm
◇文明・喜博に学ぶ―ケノクニ短歌おぼえ書　監物昌美著　近代文芸社　1995.9　194p　20cm　2000円　Ⓘ4-7733-4637-X
◇かぐのひとつみ―父文明のこと　小市草子著　一茎書房　2004.2　223p　20cm　2500円

◇4-87074-132-6

◇土屋文明百首　小市巳世司編　短歌新聞社　1990.7　224p　20cm〈土屋文明の肖像あり〉　2000円　Ⓘ4-8039-0606-8

◇うた土屋文明―小市巳世司百選　小市巳世司著　前橋　上毛新聞社　1997.7　205p　19cm　（上毛文庫）　1400円　Ⓘ4-88058-660-9

◇土屋文明短歌の展開　小谷稔著　短歌新聞社　1991.1　244p　20cm　2500円　Ⓘ4-8039-0625-4

◇茂吉と文明　後藤直二著　短歌新聞社　1994.7　273p　20cm〈斎藤茂吉ほかの肖像あり〉　2500円　Ⓘ4-8039-0745-5

◇土屋文明論　近藤芳美著　六法出版社　1992.12　201p　20cm　2500円　Ⓘ4-89770-280-1

◇文明選歌の口語歌　佐藤嗣二著　大阪　葉文館出版　1998.1　217p　20cm　2857円　Ⓘ4-916067-79-7

◇土屋文明の植物歌―2　須永義夫著　短歌新聞社　1989.4　374p　20cm　2500円

◇土屋文明―人と作品　関俊治ほか編　前橋　みやま文庫　1995.7　277p　19cm　（みやま文庫 138）

◇土屋文明と北海道　田保愛明著　札幌　北方書林　2003.12　230p　21cm　（宇波百合 2003 3）　3000円

◇韮菁集全解読―土屋文明戦地歌集 その解釈と鑑賞　土屋文明著, 猪股静弥述　ながらみ書房　2007.9　257p　22cm　3000円　Ⓘ978-4-86023-496-6

◇歌人土屋文明―ひとすじの道　土屋文明記念文学館編　塙書房　1996.6　229p　18cm　（塙新書）　1200円　Ⓘ4-8273-4072-2

◇中島周介・土屋文明木草の交わり―「中島周介旧蔵資料」展 第20回特別展図録　群馬県立土屋文明記念文学館編　群馬町（群馬県）　群馬県立土屋文明記念文学館　2002.12　40p　30cm〈会期：平成14年12月7日～平成15年2月2日　年譜あり〉

◇土屋文明私観　原一雄著　高崎　高崎哲学堂設立の会　1991.9　147p　21cm〈土屋文明の肖像あり〉

◇土屋文明私観　原一雄著　増補　砂子屋書房　1996.11　201p　20cm　2427円

◇わが『ふゆくさ』抄―土屋文明短歌評釈　牧野博行著　短歌新聞社　2009.8　151p　20cm　2381円　Ⓘ978-4-8039-1461-0

◇土屋文明私論―歌・人・生　宮ð荘平著　新典社　2010.9　256p　19cm　（新典社選書 34）　2100円　Ⓘ978-4-7879-6784-8

◇土屋文明紀行―続篇　村松和夫著　六法出版社　1989.8　195p　19cm〈土屋文明の肖像あり〉　2300円　Ⓘ4-89770-239-9

◇論考茂吉と文明　本林勝夫編著　明治書院　1991.10　349p　22cm　6800円　Ⓘ4-625-46046-8

◇土屋文明歌集『ふゆくさ』全注釈　山田繁伸著　冬至書房　2005.12　238p　21cm〈年譜あり　文献あり〉　1500円　Ⓘ4-88582-244-0

◇土屋文明の跡を巡る　横山季由著　短歌新聞社　2004.7　381p　22cm　3333円　Ⓘ4-8039-1162-2

◇土屋文明の添削　横山季由著　短歌新聞社　2007.6　252p　20cm　2381円　Ⓘ978-4-803913-41-5

◇土屋文明の跡を巡る―続　横山季由著　短歌新聞社　2009.10　269p　22cm　2381円　Ⓘ978-4-8039-1464-1

◇土屋文明私記　吉田漱著　増補改訂　六法出版社　1996.7　297p　20cm　2700円　Ⓘ4-89770-969-5

◇関西アララギ土屋文明作品研究―1　大阪　関西アララギ発行所　1997.2　629p　22cm　10000円

◆◆徳田　白楊（1911～1933）

◇天才歌人徳田白楊のすすめ―白楊短歌をあなたに　後藤清春著　一茎書房　2010.2　278p　18cm〈年譜あり〉　1500円　Ⓘ978-4-87074-161-4

◇雁が音の歌―天才歌人徳田白楊の悲恋　後藤幸信著　日本文学館　2006.12　218p　15cm　600円　Ⓘ4-7765-1203-3

◆◆中村　憲吉（1889～1934）

◇憲吉と文明　扇畑忠雄著　おうふう　1996.4　382p　22cm　（扇畑忠雄著作集 第4巻）　16000円　Ⓘ4-273-02847-6

短歌（短歌史）

◇中村憲吉とその周辺　関口昌男著　短歌新聞社　1994.8　412p　22cm〈著者の肖像あり〉　6000円　Ⓘ4-8039-0751-X

◇評伝中村憲吉　藤原勇次著　京都　青磁社　2008.10　16,343p　20cm（塔21世紀叢書第123篇）〈肖像あり　年譜あり　文献あり〉　1800円　Ⓘ978-4-86198-092-3

◇中村憲吉―歌と人　山根巴著　双文社出版　1998.10　276p　20cm　2800円　Ⓘ4-88164-523-4

◇中村憲吉論考　吉田漱著　六法出版社　1990.11　266p　22cm（六法出版社ほるす歌書）〈中村憲吉の肖像あり〉　3500円　Ⓘ4-89770-252-6

◆◆原　阿佐緒（1888～1969）

◇原阿佐緒―うつし世に女と生れて　秋山佐和子著　京都　ミネルヴァ書房　2012.4　333,4p　20cm（ミネルヴァ日本評伝選）〈文献あり　年譜あり　索引あり〉　3500円　Ⓘ978-4-623-06337-6

◇原阿佐緒論―その愛と歌と　阿部誠文著　福岡　花書院　2000.2　296p　20cm　2381円　Ⓘ4-938910-33-0

◇原阿佐緒　大原富枝著　講談社　1996.2　188p　20cm　1700円　Ⓘ4-06-208014-1

◇原阿佐緒文学アルバム　小野勝美編　至芸出版社　1990.5　75p　22cm〈原阿佐緒の肖像あり〉　2500円　Ⓘ4-88189-136-7

◇涙痕―原阿佐緒の生涯　小野勝美著　至芸出版社　1995.6　180p　20cm　1800円　Ⓘ4-88189-194-4

◇歌人原阿佐緒展―生きながら針に貫かれし蝶のごと…　仙台文学館編　仙台　仙台文学館　2003.11　71p　26cm〈会期：2003年11月8日～2004年1月18日　年譜あり　文献あり〉

◇原阿佐緒のおもいで　大和町（宮城県）　原阿佐緒記念館友の会　1996.11　170p　19cm　1200円

◆◆堀内　卓（1888～1910）

◇堀内卓・望月光―明治の青春と抒情の黎明（資料）　所沢　綱手短歌会　2002.7　299p　22cm　3000円

◆◆松倉　米吉（1895～1919）

◇墨東惜春譜―行路詩社ノート　小池守之著　東銀座出版社　2011.6　539p　19cm　2381円　Ⓘ978-4-89469-142-1

◇松倉米吉歌語索引　塩浦林也編　亀田町（新潟県）〔塩浦林也〕　1990　63p　21cm

◆◆三ケ島　葭子（1886～1927）

◇歌ひつくさばゆるされむかも―歌人三ヶ島葭子の生涯　秋山佐和子著　ティビーエス・ブリタニカ　2002.8　310p　20cm〈年譜あり　文献あり〉　2400円　Ⓘ4-484-02216-8

◇三ケ島葭子―2　所沢市教育委員会編　所沢　所沢市教育委員会　2004.9　139p　22cm〈肖像あり　年表あり〉

◇三ケ島葭子　三ケ島葭子編集委員会編　所沢　所沢市教育委員会　1994.3　122p　22cm〈三ケ島葭子の肖像あり〉

◆◆望月　光（1885～1911）

◇堀内卓・望月光―明治の青春と抒情の黎明（資料）　所沢　綱手短歌会　2002.7　299p　22cm　3000円

◆◆山口　好（1895～1920）

◇歌人山口好とその周辺―近代大牟田アララギ派　大牟田近代文芸家顕彰会編　大牟田　大牟田近代文芸家顕彰会　2009.8　328p　19cm〈奥付の責任表示・出版者（誤植）：近代大牟田文芸家顕彰会〉　2000円

昭和時代

◇現代短歌と天皇制　内野光子著　名古屋　風媒社　2001.2　268p　22cm　3500円　Ⓘ4-8331-2036-4

◇短歌の社会学　大野道夫著　はる書房　1999.1　162p　20cm　1800円　Ⓘ4-938133-73-3

◇写真で見る昭和短歌史　加藤克巳ほか編　短歌新聞社　1995.11　275p　31cm　8000円　Ⓘ4-8039-0789-7

◇昭和短歌の再検討　小池光ほか　砂子屋書房　2001.7　357p　20cm　3800円　Ⓘ4-

短歌（短歌史）

◇歌人の原風景―昭和短歌の証言　三枝昂之編著　本阿弥書店　2005.3　379p　20cm　3000円　⑪4-7768-0144-2

◇昭和短歌の精神史　三枝昂之著　本阿弥書店　2005.7　522p　20cm　3800円　⑪4-7768-0174-4

◇昭和短歌の精神史　三枝昂之著　角川学芸出版　2012.3　543p　15cm　〔角川文庫 17329―〔角川ソフィア文庫〕 D-131-1〕〈角川グループパブリッシング（発売）　索引あり〉　1300円　⑪978-4-04-405404-5

◇昭和の短歌を読む　島田修二著　岩波書店　1998.2　192,4p　19cm　（岩波セミナーブックス 71）　2100円　⑪4-00-004241-6

◇短歌の私的展景　関原英治著　砂子屋書房　1997.12　214p　20cm　2800円

◇昭和の歌私の昭和　高井有一著　講談社　1996.6　253p　20cm　2000円　⑪4-06-208249-7

◇権力と抒情詩　田中綾著　ながらみ書房　2001.12　293p　20cm　2800円　⑪4-86023-058-2

◇時代を生きる短歌　田中礼著　京都　かもがわ出版　2003.1　206p　20cm　1900円　⑪4-87699-723-3

◇定本黒衣の短歌史　中井英夫著　ワイズ出版　1993.1　285p　22cm〈著者の肖像あり〉　3900円　⑪4-948735-14-0

◇短歌と小説の周辺　中井正義著　沖積舎　1993.6　303p　20cm　3000円　⑪4-8060-4580-2

◇短歌と小説の周辺　中井正義著　沖積舎　1996.7　302p　20cm　（ちゅうせき叢書 23）　3500円　⑪4-8060-7523-X

◇美と思想―短歌史論 4　菱川善夫著　沖積舎　2007.6　262p　20cm　（菱川善夫著作集 4　菱川善夫著）　3000円　⑪978-4-8060-6619-4

◇前衛短歌の列柱―現代歌人論　菱川善夫著, 菱川善夫著作集刊行委員会編　沖積舎　2011.3　309p　20cm　（菱川善夫著作集 7）〈付属資料:2p：月報　索引あり〉　3500円　⑪978-4-8060-6622-1

◇水甕叢書解題―2　水甕名古屋支社編　名古屋　水甕名古屋支社　1991.8　107p　18cm　（水甕新書 10）〈平成3年度水甕全国大会記念〉　1200円

◇現代短歌の全景―男たちのうた　河出書房新社　1995.10　280p　21cm　（Bungei special 4）　2500円　⑪4-309-01000-8

昭和（戦前）時代

◇大戦中の近代歌人たち　石川誠著　砂子屋書房　1995.9　282p　20cm　2800円

◇大戦中に於ける台湾の短歌―斎藤勇を中心として　井東襄著　近代文芸社　1998.9　80p　20cm　1000円　⑪4-7733-6274-X

◇歌人の戦争責任　小木宏著　ながらみ書房　2012.8　123p　19cm　1000円　⑪978-4-86023-778-3

◇短歌で読む昭和感情史―日本人は戦争をどう生きたのか　菅野匡夫著　平凡社　2011.12　285p　18cm　（平凡社新書 619）〈文献あり〉　800円　⑪978-4-582-85619-4

◇平和の礎―南半球で読む『昭和萬葉集』　高橋暎子著　そうぶん社出版　2008.11　189p　19cm　1200円　⑪978-4-88328-479-5

◇太平洋戦争・最後の世代と短歌―短歌に残された特攻隊員の悲しみ　田浦研一著　田浦研一　2010.8　120p　19cm　2000円

◆◆赤木 健介（1907～1989）

◇赤木健介追悼集　赤木健介追悼集編纂委員会編　所沢　赤木健介追悼集編纂委員会　1993.4　252p　20cm〈赤木健介の肖像あり〉

◆◆明石 海人（1901～1939）

◇海人断想　梅林加津著　皓星社　2008.12　82p　19cm〈年表あり〉　1200円　⑪978-4-7744-0431-8

◇歌人明石海人―海光のかなたへ　岡野久代著　静岡　静岡新聞社　2006.6　174p　20cm〈年譜あり　文献あり〉　2000円　⑪4-7838-9670-4

◇海の蠍―明石海人と島比呂志　ハンセン病文学の系譜　山下多恵子著　未知谷　2003.10　267p　20cm〈文献あり〉　2400円　⑪4-89642-085-3

短歌（短歌史）

◆◆五百木 小平（1895〜1970）

◇歌人五百木小平　五百木美須麻流編　松山　青葉図書　1992.1　2冊　20cm　（橄欖叢書第292篇）〈五百木小平の肖像あり〉　全5000円

◆◆今井 邦子（1890〜1948）

◇近代文学研究叢書―第64巻　昭和女子大学近代文学研究室　昭和女子大学近代文化研究所　1991.4　743p　19cm　8240円　⑪4-7862-0064-6

◇幻の《今井邦子像》の真実―彫刻家高村光太郎が刻んだ歌人の魂　長谷川創一編著　水声社　2005.5　358p　22cm〈肖像あり　年譜あり〉　4000円　⑪4-89176-551-8

◇今井邦子の短歌と生涯　堀江玲子著　短歌新聞社　1998.1　230p　20cm　（樹木叢書）　2381円　⑪4-8039-0918-0

◆◆江口 きち（1913〜1938）

◇かやつり草―歌人・江口きちの生涯　小野勝美著　至芸出版社　1991.9　153p　19cm〈江口きちの肖像あり〉　1300円　⑪4-88189-150-2

◇「武尊の青春江口きちの世界」図録―第18回特別展　群馬県立土屋文明記念文学館編　群馬町（群馬県）　群馬県立土屋文明記念文学館　2002.2　24p　30cm〈会期：平成14年2月9日〜3月24日〉

◆◆太田 青丘（1909〜1996）

◇太田青丘の秀歌―鑑賞　石橋妙子著　短歌新聞社　1990.6　238p　19cm　（現代短歌鑑賞シリーズ）〈太田青丘の肖像あり〉　1800円　⑪4-8039-0610-6

◇太田青丘の世界―続　笠井直倫著　短歌新聞社　1994.6　126p　20cm　2300円

◆◆大野 誠夫（1914〜1984）

◇大野誠夫―河内村出身・芸術派歌人の世界　続　木村修康著　土浦　筑波書林　1990.7　110p　18cm　（ふるさと文庫）〈茨城図書（発売）〉　618円

◇無頼の悲哀―歌人大野誠夫の生涯　坂出裕子著　不識書院　2007.7　341p　20cm〈年譜あり　文献あり〉　3000円　⑪4-86151-060-0

◇大野誠夫の歌の水辺に―鑑賞と詩　高橋協子著　短歌新聞社　2006.2　134p　20cm　（作風叢書　第124篇）　2500円

◆◆岡部 文夫（1908〜1990）

◇岡部文夫―郷土の歌人　志賀町立図書館編　志賀町（石川県）　志賀町立図書館　2008.3　79p　26cm〈年譜あり〉

◇岡部文夫展―北陸の風土をうたう　特別展　永見〔永見市立博物館〕　1991　45p　26cm〈会期：平成3年10月25日〜11月17日〉

◆◆岡山 巌（1894〜1969）

◇岡山巌作品研究　岡山たづ子編　短歌新聞社　1990.9　253p　20cm〈岡山巌の肖像あり〉　2500円　⑪4-8039-0619-X

◇岡山巌研究年譜―歌と観照創刊者　私の短歌ノート4　本田信道編　中間〔本田信道〕　1994　126p　21cm〈岡山巌生誕百年記念付（2枚）〉　非売品

◇岡山巌研究資料　本田信道編修　〔中間〕〔本田信道〕　2012.6　161p　21cm　（歌と観照叢書　第270篇―私の短歌ノート　第7）〈年譜あり〉　非売品

◆◆金子 きみ（1915〜2009）

◇金子きみ伝―開拓農民の子に生まれて　光本恵子著　ながらみ書房　2001.10　231p　20cm　（未来山脈選書　15篇）　2600円　⑪4-931201-94-6

◇わたしの骨にとまる蝶―金子きみ金子智一と生きて　光本恵子著　文芸社　2004.3　226p　20cm〈著作目録あり　文献あり　年譜あり〉　1600円　⑪4-8355-5039-0

◆◆木島 茂夫（1915〜1999）

◇木島茂夫作品一首鑑賞　冬雷短歌会　2003.9　126p　21cm　（冬雷叢書　第33篇）　1500円

◆◆葛原 妙子（1907〜1985）

◇鑑賞・現代短歌—2　葛原妙子　稲葉京子著　本阿弥書店　1992.4　248p　20cm　1800円　Ⓘ4-89373-049-5

◇幻想の重量—葛原妙子の戦後短歌　川野里子著　本阿弥書店　2009.6　461p　20cm〈文献あり　年譜あり〉　3800円　Ⓘ978-4-7768-0580-9

◇われは燃えむよ—葛原妙子論　寺尾登志子著　ながらみ書房　2003.8　345p　20cm〈文献あり〉　2800円　Ⓘ4-86023-169-4

◇葛原妙子—歌への奔情　結城文著　ながらみ書房　1997.1　754p　20cm　4854円

◆◆熊谷 武至（1907〜1983）

◇熊谷武至二百首　松原三夫編　名古屋　水甕名古屋支社　1994.6　227p　18cm（水甕新書 14）　1300円

◆◆児玉 光子（1908〜1937）

◇生きてうれしき—歌人児玉光子とその周辺　江田とし子著　高山町（鹿児島県）〔江田とし子〕　1990.5　206p　22cm〈児玉光子の肖像あり〉　非売品

◆◆五島 美代子（1898〜1978）

◇五島美代子—その近代母性の歌　昭和の女性歌人　阿木津英述　明治神宮社務所　2007.10　55p　21cm（明治記念綜合歌会短歌講座 第3集）〈年譜あり〉

◆◆斎藤 勇（1904〜1987）

◇悲運の逸材斎藤勇—戦前戦後を通じる勇の相貌　井東襄著　近代文芸社　2000.12　68p　19cm　1000円　Ⓘ4-7733-6769-5

◆◆斎藤 史（1909〜2002）

◇斎藤史　河野裕子著　本阿弥書店　1997.10　255p　20cm（鑑賞・現代短歌 3）　2000円　Ⓘ4-89373-251-X

◇斎藤史—存在の歌人　木幡瑞枝著　不識書院　1997.7　156p　20cm　2300円　Ⓘ4-938289-01-6

◇ひたくれなゐに生きて　斎藤史著　河出書房新社　1998.3　162p　20cm　1400円　Ⓘ4-309-01207-8

◇斎藤史の歌　佐伯裕子著　雁書館　1998.2　165p　20cm（現代歌人の世界 10）　2300円

◇額という聖域—斎藤史の歌百首　寺島博子著　不識書院　2008.12　216p　20cm（朔日叢書　第77篇）〈年譜あり　文献あり〉　3000円　Ⓘ4-86151-070-8

◇不死鳥の歌人斎藤史　山名康郎著　東京四季出版　2004.4　246p　20cm〈年譜あり〉　2381円　Ⓘ4-8129-0356-4

◆◆佐藤 佐太郎（1909〜1987）

◇鑑賞・現代短歌—4　佐藤佐太郎　秋葉四郎著　本阿弥書店　1991.6　254p　20cm　1800円　Ⓘ4-89373-044-4

◇歌人佐藤佐太郎　秋葉四郎著　短歌新聞社　1996.2　211p　22cm　2500円　Ⓘ4-8039-0802-8

◇歌人佐藤佐太郎—完本　秋葉四郎著　角川学芸出版　2012.6　301p　20cm〈角川グループパブリッシング（発売）　年譜あり〉　2857円　Ⓘ978-4-04-652536-9

◇佐藤佐太郎『黄月』鑑賞　石川栄一郎著　短歌新聞社　1998.1　219p　20cm　2500円

◇佐藤佐太郎短歌の研究—佐藤佐太郎と昭和期の短歌　今西幹一著　おうふう　2007.11　516p　22cm〈年譜あり〉　8000円　Ⓘ978-4-273-03471-9

◇佐藤佐太郎短歌の諸相　今西幹一著　おうふう　2010.5　402p　22cm〈著作目録あり　索引あり〉　8000円　Ⓘ978-4-273-03602-7

◇短歌清話—佐藤佐太郎随聞 上　佐藤佐太郎述,秋葉四郎著　角川書店　2009.9　499p　20cm〈角川グループパブリッシング（発売）〉　2857円　Ⓘ978-4-04-652188-0

◇短歌清話—佐藤佐太郎随聞 下　佐藤佐太郎述,秋葉四郎著　角川書店　2009.9　552p　20cm〈角川グループパブリッシング（発売）〉　2857円　Ⓘ978-4-04-652189-7

◇佐藤佐太郎百首　佐藤志満編　短歌新聞社　1991.4　230p　20cm〈著者の肖像あり〉

2200円　①4-8039-0634-3
◇佐藤佐太郎私見　佐保田芳訓著　角川書店　2002.12　229p　20cm〈文献あり〉　2300円　①4-04-876118-8
◇佐藤佐太郎短歌入門―鑑賞と解説　田中子之吉著　短歌新聞社　1996.3　260p　19cm　2700円　①4-8039-0809-5
◇佐藤佐太郎随縁随時―その短歌の軌跡　田中子之吉著　短歌研究社　2007.3　257p　20cm（決叢書）〈年譜あり〉　3048円　①978-4-86272-012-2
◇佐藤佐太郎作品研究―続　田野陽著　短歌新聞社　1993.9　209p　20cm　2300円
◇鑑賞佐藤佐太郎の花の歌　戸田佳子著　角川書店　2010.11　320p　20cm〈角川グループパブリッシング（発売）〉　2857円　①978-4-04-652332-7

◆◆四賀　光子（1885〜1976）

◇四賀光子の人と歌　西村真一著　短歌新聞社　2002.7　236p　20cm〈肖像あり〉　2381円　①4-8039-1088-X

◆◆柴谷　武之祐（1908〜1984）

◇柴谷武之祐―その人と作品　木山正規著　赤穂　とべら発行所　1990.5　110p　18cm　1000円

◆◆柴生田　稔（1904〜1991）

◇思い出す人々―わが点鬼簿より　柴生田稔著　短歌新聞社　1992.8　394p　20cm　4000円　①4-8039-0663-7

◆◆島崎　英彦（1911〜1948）

◇『蟹の眼』―島崎英彦の生涯　有本倶子著　不識書院　1990.9　202p　20cm〈島崎英彦の肖像あり〉　2000円

◆◆田中　四郎（1901〜1945）

◇田中四郎ノオト　松岡ひでたか著　福崎町（兵庫県）　松岡ひでたか　2005.2　315p　19cm〈神戸　交友プランニングセンター（製作）〉　2500円　①4-87787-250-7

◆◆坪野　哲久（1906〜1988）

◇戦ひは勝つべきなれや―歌人・坪野哲久の銃後　坪野荒雄著　雁書館　2002.4　246p　20cm　2800円
◇坪野哲久歌集『碧巌』を読む　坪野哲久他著, 片山令子編　砂子屋書房　2010.2　226p　22cm〈年譜あり〉　3500円　①978-4-7904-1224-3
◇坪野哲久論―その反逆と美への詩魂　山本司著　短歌新聞社　1995.5　398p　20cm　5000円　①4-8039-0775-7
◇初評伝・坪野哲久―人間性と美の探究者　山本司著　角川書店　2007.9　639p　20cm〈角川グループパブリッシング（発売）　肖像あり　年譜あり〉　4000円　①978-4-04-621559-8
◇坪野哲久―郷土の歌人　志賀町（石川県）志賀町立図書館　2007.3　79p　26cm〈年譜あり〉

◆◆泥　清一（1908〜1934）

◇泥清一―『風と大空』の歌人　松岡ひでたか著　福崎町（兵庫県）　松岡ひでたか　2006.2　209p　19cm　1500円

◆◆初井　しづ枝（1900〜1976）

◇白秋門下歌人初井しづ枝―羽の裏紅く匂ひし　姫路文学館編　姫路　姫路文学館　1998.9　67p　30cm
◇歌人初井しづ枝　松岡ひでたか著　福崎町（兵庫県）　松岡ひでたか　2011.6　263p　19cm〈神戸　交友プランニングセンター／友月書房（制作）〉　4500円　①978-4-87787-506-0

◆◆檜本　兼夫（1912〜1938）

◇檜本兼夫―或る戦没歌人の生涯　松岡ひでたか著　福崎町（兵庫県）　松岡ひでたか　2005.11　250p　21cm　2000円

◆◆福田　栄一（1909〜1975）

◇福田栄一秀歌　大滝貞一著　短歌新聞社　1997.2　129p　19cm　1748円　①4-8039-

0861-3

◆◆藤沢 古実（1897～1967）

◇藤沢古実―その生涯と芸術 「藤沢古実」刊行会著 箕輪町（長野県） 「藤沢古実」刊行会事務局 2002.10 222p 21cm 〈執筆：小口恵子 肖像あり 年譜あり 文献あり〉 1238円

◆◆星野 麦人（1906～）

◇夢・現考譚―星野麦人歌集「夢・現考」特集 星野麦人編 神戸 ひかり書房 1992.11 89p 21cm （若草叢書 第24編）〈著者の肖像あり〉 非売品

◆◆前川 佐美雄（1903～1990）

◇鑑賞・現代短歌―1 前川佐美雄 伊藤一彦著 本阿弥書店 1993.7 251p 20cm 1800円 ④4-89373-066-5

◇前川佐美雄 三枝昂之著 五柳書院 1993.11 446p 20cm （五柳叢書 39） 3800円 ④4-906010-60-1

◇絢爛たる翼―前川佐美雄論 鳴上善治著 沖積舎 1996.11 315p 20cm 4369円 ④4-8060-4614-0

◆◆宮崎 信義（1912～2009）

◇評釈宮崎信義の世界 川口克己著 短歌新聞社 1990.3 323p 20cm （新短歌叢書 第100編） 3500円

◇宮崎信義―人と作品 村田治男著 短歌研究社 1993.8 261p 20cm （新短歌叢書 第118篇） 2500円 ④4-88551-055-4

◆◆山下 陸奥（1895～1967）

◇歌人山下陸奥伝 塩野崎宏著 短歌新聞社 1996.7 368p 20cm 5000円 ④4-8039-0818-4

◆◆山根 二郎（1901～1946）

◇山根二郎遺歌集「やまなみ」雑感―私家版 山根二郎短歌、山本寛嗣文 阿東町（山口県） 山本寛嗣 2004.12 177p 19cm 〈表紙のタイトル：やまなみ雑感 年譜あり〉

◆◆結城 哀草果（1893～1974）

◇結城哀草果『山麓』の頃―村の農民群像 随筆集 飯野幸雄著 山形 山麓発行所 1996.7 294p 19cm （山麓叢書 第84篇） 2000円

◇結城哀草果私考 斎藤邦明著 短歌新聞社 1995.2 264p 20cm 2622円 ④4-8039-0770-6

◇哀草果秀歌二百首 高橋光義著 短歌新聞社 2005.10 219p 22cm （山麓叢書 第127篇）〈年譜あり〉 2381円 ④4-8039-1223-8

◇哀草果校歌の探訪 西村直次著 山形 結城哀草果顕彰会 1990.12 77p 21cm 非売品

◇結城哀草果百首 西村直次編 短歌新聞社 1993.9 230p 20cm 〈結城哀草果の肖像あり〉 2300円 ④4-8039-0713-7

◆◆吉野 秀雄（1902～1967）

◇会津八一・吉野秀雄往復書簡 会津八一,吉野秀雄著,会津八一記念館監修,伊狩章,岡村浩,近藤悠子編 限定版 二玄社 1997.10 2冊 23cm 全29000円 ④4-544-03035-8

◇会津八一と吉野秀雄―誇り高き歌びと 平成14年特別展吉野秀雄生誕100年記念 会津八一記念館編 新潟 新潟市会津八一記念館 2002.8 81p 30cm

◇会津八一と吉野秀雄 伊丹末雄著 青簡舎 2011.8 245p 22cm 3200円 ④978-4-903996-44-8

◇歌人の風景―良寛・会津八一・吉野秀雄・宮柊二の歌と人 大星光史著 恒文社 1997.12 406p 20cm 2800円 ④4-7704-0950-8

◇歌びと吉野秀雄―生誕100年記念展 神奈川文学振興会編 横浜 神奈川近代文学館 2002.10 64p 26cm 〈会期：2002年10月12日～11月24日 共同刊行：神奈川文学振興会 年譜（折り込み1枚）あり〉

◇会津八一・吉野秀雄―土屋文明記念文学館第3回企画展 群馬県立土屋文明記念文学館編 群馬（群馬県） 群馬県立土屋文明記念文学館 1997.6 83p 30cm

◇吉野秀雄・歌碑とその周辺 高松秀明著 な

短歌（短歌史）

がらみ書房　1995.5　241p　20cm　2500円
◇吉野秀雄の歌　原一雄著,高崎市市長公室広報広聴課編　高崎　高崎市　1995.10　50p　21cm　600円
◇吉野秀雄と柏崎　柏崎　柏崎市立博物館　2001.12　72p　26cm　（柏崎市立博物館調査報告書 第2集）〈肖像あり〉

◆◆若山　喜志子（1888～1968）

◇若山喜志子私論―第2部　女人相聞哀歌　樋口昌訓著　短歌新聞社　1989.5　823p　22cm　（朝霧叢書 第15篇）　9000円
◇若山喜志子私論―第3部　『女子文壇』の女流たち 1　樋口昌訓著　塩尻　〔樋口昌訓〕　1993.12　654p　22cm　（朝霧叢書 第24篇）〈第2部までの出版者：短歌新聞社〉　9000円
◇若山喜志子私論―第4部　『女子文壇』の女流たち 2　樋口昌訓著　塩尻　〔樋口昌訓〕　1993.12　582p　22cm　（朝霧叢書 第25篇）〈著者の肖像あり〉　9000円
◇若山喜志子私論―第5部　自我を貫いた歌人・喜志子　樋口昌訓著　塩尻　日本ハイコム　1996.12　1153p　22cm　（朝霧叢書 第32篇）　10000円
◇喜志子と静子　樋口昌訓著　長野　信毎書籍出版センター　2001.5　237p　20cm　（朝霧叢書 第42篇）〈肖像あり　年譜あり〉　1600円
◇喜志子と信州　樋口昌訓著　塩尻　樋口千鶴　2007.6　442p　20cm〈年譜あり〉　2800円

◆◆渡辺　直己（1908～1939）

◇渡辺直己の生涯と芸術　米田利昭著　沖積舎　1990.9　265p　20cm　①4-8060-4549-7

◆反アララギ派

◆◆太田　水穂（1876～1955）

◇近代文学研究叢書―75　昭和女子大学近代文化研究所編　昭和女子大学近代文化研究所　1999.11　739p　19cm　8600円　①4-7862-0075-1
◇異端の桜―太田水穂研究のために　森本善信著　日本図書刊行会　2005.1　182p　20cm

〈近代文芸社（発売）　文献あり〉　1905円　①4-8231-0792-6
◇太田青丘著作選集―第4巻　太田水穂研究　桜楓社　1989.9　572p　22cm〈太田水穂の肖像あり〉　6180円　①4-273-02284-2

◆◆折口　信夫（1887～1953）

◇折口信夫の女歌論　阿木津英著　五柳書院　2001.10　261p　20cm　（五柳叢書）　2300円　①4-906010-95-4
◇近代文学研究叢書―第74巻　秋庭太郎ほか監修,昭和女子大学近代文学研究室著　昭和女子大学近代文化研究所　1998.10　685p　19cm　8600円　①4-7862-0074-3
◇沼空・折口信夫事典　有山大五,石内徹,馬渡憲三郎編　勉誠出版　2000.2　442,6p　23cm　4600円　①4-585-06012-X
◇折口信夫―折口学の水脈　石内徹著　日本図書センター　1991.11　314,10p　22cm　（近代の作家 1）　4944円　①4-8205-9187-8
◇折口信夫研究資料集成―大正7年～昭和40年　第1巻　石内徹編　大空社　1994.10　258p　27cm〈監修：朝倉治彦　複製　折口信夫の肖像あり〉　①4-87236-928-9
◇折口信夫研究資料集成―大正7年～昭和40年　第2巻　石内徹編　大空社　1994.10　429p　27cm〈監修：朝倉治彦　複製　折口信夫の肖像あり〉　①4-87236-928-9
◇折口信夫研究資料集成―大正7年～昭和40年　第3巻　石内徹編　大空社　1994.10　467p　27cm〈監修：朝倉治彦　複製　折口信夫の肖像あり〉　①4-87236-928-9
◇折口信夫研究資料集成―大正7年～昭和40年　第4巻　石内徹編　大空社　1994.10　386p　27cm〈監修：朝倉治彦　複製　折口信夫の肖像あり〉　①4-87236-928-9
◇折口信夫研究資料集成―大正7年～昭和40年　第5巻　石内徹編　大空社　1994.10　337p　27cm〈監修：朝倉治彦　複製　折口信夫の肖像あり〉　①4-87236-928-9
◇折口信夫研究資料集成―大正7年～昭和40年　第6巻　石内徹編　大空社　1994.10　331p　27cm〈監修：朝倉治彦　複製　折口信夫の肖像あり〉　①4-87236-928-9
◇折口信夫研究資料集成―大正7年～昭和40年

短歌（短歌史）

第7巻　石内徹編　大空社　1994.10　233p　27cm〈監修：朝倉治彦　複製　折口信夫の肖像あり〉　①4-87236-928-9

◇折口信夫研究資料集成—大正7年〜昭和40年　第8巻　石内徹編　大空社　1994.10　355p　27cm〈監修：朝倉治彦　複製　折口信夫の肖像あり〉　①4-87236-928-9

◇折口信夫研究資料集成—大正7年〜昭和40年　第9巻　石内徹編　大空社　1994.10　415p　27cm〈監修：朝倉治彦　複製　折口信夫の肖像あり〉　①4-87236-928-9

◇折口信夫研究資料集成—大正7年〜昭和40年　第10巻　石内徹編　大空社　1994.10　284p　27cm〈監修：朝倉治彦　複製　折口信夫の肖像あり〉　①4-87236-928-9

◇折口信夫研究資料集成—大正7年〜昭和40年　第11巻　石内徹編　大空社　1994.10　269p　27cm〈監修：朝倉治彦　複製〉　①4-87236-928-9

◇折口信夫研究資料集成—大正7年〜昭和40年　別巻　解説・総目録・索引　石内徹編　大空社　1994.10　84,26p　27cm〈監修：朝倉治彦　折口信夫の肖像あり〉　①4-87236-928-9

◇折口信夫—人と文学　石内徹著　勉誠出版　2003.8　253p　20cm（日本の作家100人）〈年譜あり　文献あり〉　2000円　①4-585-05163-5

◇釈迢空文学瑣記　石内徹著　睦沢町（千葉県）　折口信夫研究会　2010.12　341p　20cm　非売品

◇折口学と近代文学雑記　石内徹著　睦沢町（千葉県）　折口信夫研究会　2011.12　292p　20cm　非売品

◇魂の古代学—問いつづける折口信夫　上野誠著　新潮社　2008.8　285p　20cm（新潮選書）〈年譜あり　文献あり〉　1200円　①978-4-10-603614-9

◇西脇順三郎論—〈古代〉そして折口信夫　太田昌孝著　新典社　2012.11　250p　22cm（新典社研究叢書　234）〈文献あり〉　7500円　①978-4-7879-4234-0

◇折口信夫必携　岡野弘彦,西村亨編　学燈社　1993.5　217p　22cm（『別冊国文学』改装版　折口信夫の肖像あり）　1750円　①4-312-00535-4

◇折口信夫の記　岡野弘彦著　中央公論社　1996.10　246p　20cm　2200円　①4-12-002613-2

◇折口信夫伝—その思想と学問　岡野弘彦著　中央公論新社　2000.9　478p　20cm〈肖像あり〉　3400円　①4-12-003023-7

◇作家の自伝—89　折口信夫　折口信夫著,阿部正路編解説　日本図書センター　1999.4　251p　22cm（シリーズ・人間図書館）　2600円　①4-8205-9534-2,4-8205-9525-3

◇わが師折口信夫　加藤守雄著　朝日新聞社　1991.12　247p　15cm（朝日文庫）　510円　①4-02-260676-2

◇折口学と古代学　慶応義塾大学国文学研究会編　桜楓社　1989.11　290p　20cm　2884円　①4-273-02343-1

◇折口信夫・釈迢空—その人と学問　国学院大学折口信夫博士記念古代研究所,小川直之編　おうふう　2005.4　402p　図版4p　20cm〈年譜あり〉　3500円　①4-273-03363-1

◇かぜのみなもと—茂吉・迢空・リルケ　小松原千里著　短歌新聞社　2011.2　214p　20cm（ポトナム叢書　第456篇）　1905円　①978-4-8039-1524-2

◇折口信夫と近世文学　高橋俊夫著　大阪　清文堂出版　2008.4　180p　20cm　2400円　①978-4-7924-1405-4

◇柳田国男と折口信夫—学問と創作の間　高橋広満編　有精堂出版　1989.2　263p　22cm（日本文学研究資料新集　29）〈参考文献：p257〜262〉　3500円　①4-640-30978-3,4-640-32528-2

◇折口信夫—東アジア文化と日本学の成立　辰巳正明著　笠間書院　2007.5　524,8p　22cm　7500円　①978-4-305-70355-2

◇折口信夫の鎮魂論—研究史的位相と歌人の身体感覚　津城寛文著　春秋社　1990.9　307,3p　20cm　2500円　①4-393-29105-0

◇釈迢空ノート　富岡多惠子著　岩波書店　2000.10　345p　20cm　2800円　①4-00-023348-3

◇清らの人折口信夫・釈迢空—「緑色のインク」の幻想　鳥居哲男著　沖積舎　2000.2　306p　20cm　3500円　①4-8060-4641-8

◇釈迢空折口信夫論　奈良橋善司著　おうふう　2003.11　497p　22cm〈年譜あり〉　6800円　①4-273-03279-1

日本近現代文学案内　615

短歌（短歌史）

◇折口信夫事典　西村亨編　増補版　大修館書店　1998.6　787p　23cm　7600円　①4-469-01258-0

◇折口信夫とその古代学　西村亨著　中央公論新社　1999.3　399p　19cm　3600円　①4-12-002878-X

◇折口信夫の詩の成立―詩形/短歌/学　藤井貞和著　中央公論新社　2000.7　262p　20cm　2600円　①4-12-003012-1

◇折口信夫―虚像と実像　穂積生萩著　勉誠社　1996.10　255p　20cm　2266円　①4-585-05026-4

◇私の折口信夫　穂積生萩著　中央公論新社　2001.5　300p　16cm　（中公文庫）　800円　①4-12-203829-4

◇信夫とひでの嬢子塋　穂積生萩著　鼎書房　2002.1　272p　20cm　2000円　①4-907846-12-6

◇折口信夫論　松浦寿輝　太田出版　1995.6　209p　20cm　（批評空間叢書 7）　2500円　①4-87233-224-5

◇折口信夫論　松浦寿輝　増補　筑摩書房　2008.6　256p　15cm　（ちくま学芸文庫）〈初版の出版者：太田出版〉　1100円　①978-4-480-09152-9

◇他者の言葉・折口信夫　村井紀,鎌田東二著　五月社　1990.2　254p　21cm　2500円　①4-87690-060-4

◇反折口信夫論　村井紀著　作品社　2004.4　308p　20cm　3000円　①4-87893-635-5

◇折口信夫独身漂流　持田叙子著　京都　人文書院　1999.1　244p　20cm　2300円　①4-409-54057-2

◇折口信夫―むすびの文学　森安理文著　国書刊行会　1992.6　385p　22cm　7200円　①4-336-03366-8

◇執深くあれ―折口信夫のエロス　山折哲雄,穂積生萩著　小学館　1997.11　252p　19cm　1600円　①4-09-626116-5

◇生涯は夢の中径―折口信夫と歩行　吉増剛造著　思潮社　1999.12　266p　19cm　2800円　①4-7837-1587-4

◇近代作家追悼文集成―第35巻　伊東静雄・折口信夫・堀辰雄　ゆまに書房　1997.1　401p　22cm　8240円　①4-89714-108-7

◇海原のうた―折口博士父子記念歌会二十周年記念誌　〔羽咋〕　〔折口博士父子記念会〕　〔2000〕　200p　27cm

◆◆◆詩歌

◇釈迢空『月しろの旗』注考　石内徹著　睦沢町（千葉県）　折口信夫研究会　1994.3　401p　22cm〈限定版〉　非売品

◇釈迢空　岩田正著　日本図書センター　1990.1　236,10p　22cm　（近代作家研究叢書 80）〈解説：長谷川政春　紀伊国屋書店1972年刊の複製〉　4120円　①4-8205-9035-9

◇釈迢空　岩田正著　紀伊国屋書店　1994.1　236p　20cm　（精選復刻紀伊国屋新書）　1800円　①4-314-00641-2

◇釈迢空 この愛のうた　釈迢空著,穂積生萩選抄・著　画文堂　2005.4　190p　19cm　（新々書ワイド判 2）　1000円　①4-87364-061-X

◇釈迢空ノート　富岡多恵子著　岩波書店　2006.7　375p　15cm　（岩波現代文庫 文芸）〈文献あり〉　1100円　①4-00-602106-2

◇釈迢空―詩の発生と〈折口学〉―私領域からの接近　藤井貞和著　講談社　1994.4　248p　15cm　（講談社学術文庫）　760円　①4-06-159121-5

◇釈迢空と猫　穂積生萩著　ながらみ書房　2009.7　236p　19cm　2190円　①978-4-86023-610-6

◆◆◆「死者の書」

◇釈迢空『死者の書』作品論集成―1　石内徹編　大空社　1995.3　439p　27cm　（近代文学作品論叢書 28）　①4-87236-815-0

◇釈迢空『死者の書』作品論集成―2　石内徹編　大空社　1995.3　415p　27cm　（近代文学作品論叢書 28）　①4-87236-815-0

◇釈迢空『死者の書』作品論集成―3　石内徹編　大空社　1995.3　327p　27cm　（近代文学作品論叢書 28）　①4-87236-815-0

◇折口信夫『死者の書』の世界　森山重雄著　三一書房　1991.3　276p　22cm　5200円　①4-380-91206-X

◆◆川田　順（1882〜1966）

◇川田順ノート　鈴木良昭著　教育出版センター　1991.10　221p　20cm　（以文選書34）　2400円　Ⓣ4-7632-1526-4

◆◆古泉　千樫（1886〜1927）

◇歌人　古泉千樫　北原由夫著　短歌新聞社　1999.4　413p　20cm　3333円　Ⓣ4-8039-0963-6

◇古泉千樫とその歌　白銀小浪著　アテネ社（製作）　2006.3　141p　19cm　〈年譜あり〉　1600円

昭和（戦後）・平成時代

◇インタビュー現代短歌―うた・ひと往来　及川隆彦著　横浜　春風社　2006.6　574p　19cm　2857円　Ⓣ4-86110-066-6

◇詩の時代としての戦後　大岡信著　岩波書店　2000.3　433p　20cm　（日本の古典詩歌　別巻）　4800円　Ⓣ4-00-026396-X

◇戦後短歌結社史　十月会編　増補改訂版　短歌新聞社　1998.5　347p　22cm　6667円　Ⓣ4-8039-0928-8

◇戦後短歌論　杉浦明平著　日本図書センター　1990.10　208,9p　22cm　（近代文芸評論叢書 12）〈解説：今村忠純　ペリカン書房1951年刊の複製〉　3605円　Ⓣ4-8205-9126-6,4-8205-9114-2

◇現代短歌そのこころみ　関川夏央著　集英社　2008.1　318p　16cm　（集英社文庫）　619円　Ⓣ978-4-08-746258-6

◇戦後和歌研究者列伝―うたに魅せられた人びと　田中登,松村雄二責任編集　笠間書院　2006.11　374p　20cm　3500円　Ⓣ4-305-70335-1

◇時代を生きる短歌　田中礼著　京都　かもがわ出版　2003.1　206p　20cm　1900円　Ⓣ4-87699-723-3

◇現代短歌の視点―「言葉」をめぐる諸問題　棚田浩一郎著　短歌研究社　2008.1　259p　20cm　（一路叢書 第319篇）　2667円　Ⓣ978-4-86272-059-7

◇現代短歌の出発点―戦後短歌史序章　中村昇著　かたりべ舎　1992.11　505p　22cm　12000円

◇12の現代俳人論―上　長谷川櫂,櫂未知子,小西昭夫,小林貴子,中岡毅雄,西村和子著　角川学芸出版　2005.11　249p　19cm　（角川選書 384）〈角川書店（発売）　年譜あり〉　1500円　Ⓣ4-04-703384-7

◇素手でつかむ火―90年代短歌論　菱川善夫講演集　菱川善夫著　ながらみ書房　2001.3　240p　20cm　2700円　Ⓣ4-931201-88-1

◇戦後の歌論　前田芳彦著　短歌新聞社　1991.7　179,5p　20cm　2300円　Ⓣ4-8039-0638-6

◇12の現代俳人論―下　正木ゆう子,筑紫磐井,片山由美子,大屋達治,仙田洋子,仁平勝著　角川学芸出版　2005.11　253p　19cm　（角川選書 385）〈角川書店（発売）　年譜あり〉　1500円　Ⓣ4-04-703385-5

◇現代俳句評論史　松岡潔著　角川書店　2005.3　406p　20cm　2857円　Ⓣ4-04-651781-6

◇戦後短歌史抄―作品と時代　水野昌雄著　本の泉社　2000.8　203p　18cm　（泉新書）　952円　Ⓣ4-88023-322-6

◇戦後短歌史抄―作品と時代　続　水野昌雄著　本の泉社　2009.6　229p　18cm　〈索引あり〉　952円　Ⓣ978-4-7807-0441-9

◇現代短歌の歩み―作品鑑賞による　斎藤茂吉から俵万智まで　武川忠一著　飯塚書店　2007.6　373p　20cm　2800円　Ⓣ978-4-7522-1035-1

◇静雲院釈尼貴桜献華集　村川増治郎編　京都　クリエイティブ出版（印刷）　1993.8　186p　20cm　非売品

◇砂上の祝祭―戦後短歌の出発　村永大和著　不識書院　1995.12　446p　20cm　3000円

◆◆阿久津　善治（1922〜1988）

◇阿久津短歌考究―6　華の歌　三本木国喜著　郡山　ケルン短歌会　1990.2　13p　19cm

◇阿久津短歌考究―7　荊棘あるいは孤絶　三本木国喜著　郡山　ケルン短歌会　1990.5　12p　19cm

◇阿久津短歌考究―8　考える葦　三本木国喜著　郡山　ケルン短歌会　1990.8　10p　19cm

短歌（短歌史）

◇阿久津短歌考究―9　時の償い　三本木国喜著　郡山　ケルン短歌会　1990.11　12p　19cm

◇阿久津短歌考究―10　夢と放下　三本木国喜著　郡山　ケルン短歌会　1991.2　12p　19cm

◇阿久津短歌考究―11　光への讃歌　三本木国喜著　郡山　ケルン短歌会　1991.5　12p　19cm

◇阿久津短歌考究　三本木国喜著　郡山　ケルン短歌会　1992.2　193p　19cm　（きさらぎ双書 3）　非売品

◆◆浅田　雅一（1918～2007）

◇白色のリリシズム―浅田雅一短歌抄　村上章子著　短歌研究社　1996.12　221p　20cm　（からたち叢書 第115篇）　2700円　①4-88551-287-5

◆◆阿部　静枝（1899～1974）

◇歌人・阿部静枝とその精神性―短歌作品に見る近代性について　菅原千代著　福島　Saga Design Seeds　2008.8　391p　20cm　〈著作目録あり　年譜あり〉　5400円　①978-4-904418-02-4

◆◆阿部　正路（1931～2001）

◇阿部正路の短歌―歌集『火焔土器』『伊那谷』より　阿部堅磐著　〔名古屋〕　〔阿部堅磐〕　2001.12　19p　26cm　（詩歌鑑賞ノート 4）　非売品

◆◆雨宮　雅子（1929～）

◇雨宮雅子の歌一〇一首鑑賞　木畑紀子著　柊書房　2005.4　225p　20cm　〈年譜あり〉　2571円　①4-89975-113-3

◆◆新井　章（1924～2001）

◇信濃の歌人新井章論　北原由夫著　短歌新聞社　2000.10　274p　20cm　2700円

◇歌人新井章論―東京編　北原由夫著　短歌新聞社　2004.6　352p　20cm　〈年譜あり〉　3048円　①4-8039-1168-1

◆◆飯沼　喜八郎（1914～1999）

◇飯沼喜八郎短歌鑑賞　前橋　地表短歌社　2001.10　239p　19cm　（地表叢書 第79篇）　〈地表創刊45周年記念〉

◆◆石川　不二子（1933～）

◇石川不二子のうた―魂のふるさと　中野昭子著　ながらみ書房　1998.6　241p　20cm　2700円

◆◆石田　比呂志（1930～2011）

◇片雲の風　石田比呂志著　〔熊本〕　熊本日日新聞社　1997.4　146p　19cm　（シリーズ・私を語る）　1238円　①4-87755-002-X

◇石田比呂志のレクチュール　村山寿朗著　短歌新聞社　2010.12　332p　20cm　2381円　①978-4-8039-1517-4

◆◆井田　金次郎（1927～）

◇井田金次郎短歌鑑賞　登坂喜三郎著　前橋　地表社　2007.10　206p　20cm　（地表叢書 第115篇）　2500円

◆◆市村　宏（1904～1989）

◇鑑賞市村宏の歌　迯水短歌会編　府中（東京都）　渓声出版　1995.11　240p　20cm　（迯水叢書 第59篇）　2500円　①4-905847-81-8

◆◆伊藤　一彦（1943～）

◇歌の自然人の自然―伊藤一彦評論集　伊藤一彦著　雁書館　2003.11　255p　20cm　2800円

◆◆稲葉　京子（1933～）

◇渾身の花―稲葉京子ノート　古谷智子著　砂子屋書房　1993.4　190p　20cm　2200円

◆◆伊馬　春部（1908～1984）

◇やさしい昭和の時間―劇作家・伊馬春部　桟比呂子著　福岡　海鳥社　2008.10　248p

19cm〈年譜あり　文献あり〉　1500円
①978-4-87415-698-8

◆◆岩城　康夫（1920～）

◇歌集『青潮』を読む　新井隆著　名古屋　風媒社　2007.10　99p　19cm　800円
①978-4-8331-5171-9

◆◆扇畑　忠雄（1911～2005）

◇扇畑忠雄追悼集　扇畑忠雄追悼集編集委員会編　仙台　東北アララギ会群山発行所　2006.7　518p　21cm（群山叢書　第250編）〈肖像あり　年表あり　年譜あり〉

◆◆太田　一郎（1924～2008）

◇詩歌の森の散歩道―太田一郎と冬扇会の記録　久世洋一編著　短歌研究社　2004.12　172p　20cm　2381円　①4-88551-875-X

◆◆大田　遼一郎（1905～1968）

◇大田遼一郎と「阿蘇」―その人と作品論　五所美子著　福岡　梓書院　1991.6　259p　20cm〈大田遼一郎の肖像あり〉　2000円
①4-87035-043-2

◆◆大塚　陽子（1930～2007）

◇大地の母神向日葵のごとく―大塚陽子論　東出隆著　札幌　共育舎（製作）　2008.8　64p　21cm

◆◆大西　民子（1924～1994）

◇評伝大西民子　有本倶子著　短歌新聞社　2000.1　173p　20cm〈肖像あり〉　1905円
①4-8039-0989-X
◇大西民子の短歌と絵画―正・続　石川朗編著　盛岡　石川朗　2006.11　25,14p　21cm〈「大西民子のうたと絵画」（2006年1月改訂）と「大西民子のうたと絵画　続」（2006年9月刊）の合本〉
◇定本・大西民子のうたと絵画ノート　石川朗編著　改訂　盛岡　石川朗　2007.4　65p　21cm
◇無告のうた―歌人・大西民子の生涯　川村杳平著　角川学芸出版　2009.5　197p　19cm〈角川グループパブリッシング（発売）　年譜あり〉　1400円　①978-4-04-652099-9
◇回想の大西民子　北沢郁子著　砂子屋書房　1997.11　253p　20cm　2800円
◇大西民子の世界―その短歌精神と作歌技法　さいたま市立大宮図書館編　〔さいたま〕さいたま市教育委員会　2003.3　207p　19cm
◇大西民子の歌　沢口芙美著　雁書館　1992.10　158p　20cm（現代歌人の世界　4）　2300円
◇青みさす雪のあけぼの―大西民子の歌と人生　原山喜亥編　浦和　さきたま出版会　1995.10　158p　19cm　1500円　①4-87891-103-4
◇大西民子書誌　原山喜亥編　岩槻　原山喜亥　2001.2　95p　22cm〈年譜あり〉

◆◆大野　とくよ（1924～）

◇大野とくよ評論・エッセイ集―3　大野とくよ著　ながらみ書房　2007.7　177p　20cm（新宴叢書　第44篇）〈肖像あり〉　2600円
①978-4-86023-473-7

◆◆岡井　隆（1928～）

◇岡井隆と初期未来―若き歌人たちの肖像　大辻隆弘著　六花書林　2007.8　388p　20cm〈開発社（発売）〉　3000円　①978-4-903480-10-7
◇前衛歌人と呼ばれるまで――歌人の回想　岡井隆著　ながらみ書房　1996.2　210p　20cm　2200円　①4-938133-63-6
◇私の戦後短歌史　岡井隆著,小高賢聞き手　角川書店　2009.9　318p　20cm〈角川グループパブリッシング（発売）　著作目録あり〉　2667円　①978-4-04-621378-5
◇岡井隆短歌語彙―歌集『O』から『禁忌と好色』まで　川地光枝編著　思潮社　1991.3　272p　22cm　3800円　①4-7837-1536-X
◇鑑賞・現代短歌―10　岡井隆　小池光著　本阿弥書店　1997.6　252p　20cm　2000円
①4-89373-195-5
◇岡井隆ノート―『O』から『朝狩』まで　佐藤通雅著　仙台　路上発行所　2001.4　472p

短歌(短歌史)

20cm 〈路上叢書 1〉〈文献あり〉 3000円
◇岡井隆歌集『神の仕事場』を読む―ライブ版 吉本隆明ほか著 砂子屋書房 1996.10 120p 19cm 1553円

◆◆岡崎 ふゆ子(1901～1991)

◇岡崎ふゆ子のために 三上啓美編 沖積舎 1992.5 289p 20cm〈岡崎ふゆ子の肖像あり〉 2500円

◆◆岡野 弘彦(1924～)

◇白崎の歌碑―歌人・岡野弘彦先生の 井原勲著 大阪〔井原勲〕 1994.5 121p 21cm〈平成五年六月二十六日除幕 岡野弘彦の肖像あり〉
◇岡野弘彦の歌 松坂弘著 雁書館 1990.3 162p 20cm(現代歌人の世界 1) 2300円

◆◆香川 進(1910～1998)

◇香川進と夕暮 椎名恒治著 秦野 秦野市立図書館 1993.3 153p 19cm(郷土文学叢書 第9巻)〈監修:香川進〉
◇香川進の歌鑑賞 船田敦弘著 短歌新聞社 1993.10 211p 20cm(地中海叢書 第530篇) 2500円 ①4-8039-0715-3

◆◆加倉井 只志(1912～1997)

◇木多麻―歌集『韻』 四街道 千葉国文学研究所 1992.4 96p 21cm

◆◆鹿児島 寿蔵(1898～1982)

◇鹿児島寿蔵の歌碑をたずねて 沼口満津男著 近代文芸社 1998.11 173p 20cm 1800円 ①4-7733-6414-9

◆◆春日 真木子(1926～)

◇春日真木子101首鑑賞 春日真木子著,三枝むつみ,宮ол哲子,春日いづみ編 出版地不明 水甕鮎支社 2007.8 216p 19cm〈著作目録あり 発行所:ながらみ書房〉 2600円 ①978-4-86023-486-7

◆◆春日井 建(1938～2004)

◇逢いにゆく旅―建と修司 喜多昭夫著 ながらみ書房 2005.12 352p 20cm〈年譜あり〉 2800円 ①4-86023-342-5

◆◆加藤 克巳(1915～2010)

◇加藤克巳晩歌つれづれ 加藤克巳著,加藤正芳編 〔出版地不明〕 加藤正芳 2012.5 180p 19cm〈年譜あり 著作目録あり〉
◇加藤克巳論・集成 加藤克巳著作選・別巻編集委員会編 沖積舎 1998.8 366p 22cm(加藤克巳著作選 別巻) 6500円 ①4-8060-6547-1
◇加藤克巳作品研究 個性の会著 さいたま 風心社〔2003〕 334p 22cm(個性叢書 no.284) 3809円
◇加藤克巳アルバム 個性の会・加藤克巳アルバム編纂委員会編 浦和 風心社 1993.8 91p 27cm〈加藤克巳の肖像あり〉 4000円
◇加藤克巳の世界―"伝統と革新"の歌人 企画展図録 さいたま文学館編 桶川 さいたま文学館 1998.8 11p 30cm
◇加藤克巳と『善の研究』 関根明子著 砂子屋書房 2000.5 80p 22cm(個性叢書 254篇) 1500円 ①4-7904-0494-3
◇加藤克巳論 光栄尭夫著 沖積舎 1990.6 179p 20cm 2300円 ①4-8060-4539-X
◇花壇のピカソ―孤高の歌人・加藤克巳の航跡 吉村康著 沖積舎 1997.10 411p 20cm 3800円 ①4-8060-4061-4

◆◆河合 恒治(1911～2005)

◇星はきらめく―河合恒治追悼集 四国水甕編集部編 阿南 四国水甕集会 2006.9 171p 21cm〈肖像あり 著作目録あり 年譜あり〉

◆◆河野 裕子(1946～2010)

◇私(わたし)の会った人びと―歌人河野裕子が語る 河野裕子編著,池田はるみ聞き手 本阿弥書店 2008.12 339p 19cm 2700円 ①978-4-7768-0555-7
◇河野裕子 河野裕子ほか著,伊藤一彦監修,真

中朋久, 永田淳編　京都　青磁社　2010.9
187p　22cm　〈シリーズ牧水賞の歌人たち
vol.7〉〈著作目録あり　年譜あり〉　1800円
①978-4-86198-161-6

◇河野裕子読本―角川『短歌』ベストセレク
ション　『短歌』編集部編　角川学芸出版
2011.7　310p　19cm〈角川グループパブ
リッシング（発売）　年譜あり〉　1800円
①978-4-04-621417-1

◆◆岸上　大作（1939～1960）

◇血と雨の墓標―評伝・岸上大作　小川太郎著
神戸　神戸新聞総合出版センター　1999.10
262p　20cm　1800円　①4-343-00064-8

◇岸上大作の歌　高瀬隆和著　雁書館　2004.3
233p　20cm　（炸叢書　第31篇）〈年譜あり
著作目録あり　文献あり〉　2800円

◇歌人岸上大作―'60年ある青春の軌跡　姫路
文学館編　姫路　姫路文学館　1999.10
86p　30cm

◇岸上大作資料目録　姫路　姫路文学館
1994.3　56p　26cm〈岸上大作の肖像あり〉

◆◆木俣　修（1906～1983）

◇朔日会員木俣修をよむ　外塚喬編　短歌新
聞社　1996.7　253p　20cm　（朔日叢書　第
10篇）　2427円　①4-8039-0829-X

◇木俣修百首　吉野昌夫編　短歌新聞社
1992.7　237p　20cm〈著者の肖像あり〉
2200円　①4-8039-0664-5

◆◆清原　日出夫（1937～2004）

◇ナンジャモンジャの白い花―歌人清原日出夫
の生涯　野一色容子著　文芸社　2011.12
239p　19cm〈文献あり〉　1400円　①978-
4-286-11060-8

◆◆久々湊　盈子（1945～）

◇久々湊盈子の風景―100首鑑賞　山下雅人著
砂子屋書房　2006.3　245p　20cm　2500円
①4-7904-0886-8

◆◆窪田　章一郎（1908～2001）

◇窪田章一郎二百首　窪田章一郎著, 橋本喜典
編　短歌新聞社　2006.7　234p　20cm〈肖
像あり　年譜あり〉　2381円　①4-8039-
1287-4

◇歌人窪田章一郎―生活と歌　橋本喜典著
短歌新聞社　1998.8　358p　20cm　3333円
①4-8039-0939-3

◆◆倉田　紘文（1940～）

◇現代俳句鑑賞全集―第9巻　倉田紘文篇　倉
田紘文編　東京四季出版　1998.3　247p
20cm　3800円　①4-87621-953-2

◆◆栗木　京子（1954～）

◇栗木京子の作品世界　佐田公子著　短歌新
聞社　2008.2　440p　20cm　3333円
①978-4-8039-1391-0

◆◆桑原　正紀（1948～）

◇曙光の歌びと―「桑原正紀」を読む　木畑紀
子著　短歌研究社　2011.1　203p　19cm
（コスモス叢書　957篇）〈年譜あり〉　2600
円　①978-4-86272-224-9

◆◆小池　光（1947～）

◇小池光の文学―言葉と抒情　永井秀幸著
短歌研究社　2009.3　164p　20cm　1714円
①978-4-86272-141-9

◇犀に関する差異論的考察―小池光『日々の思
い出』論　梨田鏡著　砂子屋書房　1992.8
270p　20cm

◆◆河野　愛子（1922～1989）

◇河野愛子論―死の思索性、エロスの思想性
中川佐和子著　砂子屋書房　1999.5　311p
20cm　3000円

◆◆小暮　政次（1908～2001）

◇小暮政次の秀歌　大河原惇行著　短歌新聞
社　2008.2　310p　20cm　2381円　①978-
4-8039-1383-5

◆◆小島 ゆかり（1956～）

◇小島ゆかり　小島ゆかりほか著,大松達知,永田淳編　京都　青磁社　2011.5　174p　21cm　（シリーズ牧水賞の歌人たち vol.6）〈シリーズの監修者：伊藤一彦　著作目録あり　年譜あり〉　1800円　①978-4-86198-176-0

◆◆小中 英之（1937～2001）

◇遠き声小中英之　天草季紅著　砂子屋書房　2005.9　210p　20cm〈肖像あり　年譜あり〉　2500円　①4-7904-0858-2

◆◆近藤 芳美（1913～2006）

◇芳美一〇〇選―近藤芳美秀歌鑑賞　石田比呂志著　砂子屋書房　1990.10　136p　20cm　1553円

◇鑑賞・現代短歌―6　近藤芳美　小高賢著　本阿弥店　1991.7　253p　20cm　1800円　①4-89373-046-0

◆◆斎樹 富太郎（1914～）

◇海から山への号外　斎樹富太郎著　波佐見町（長崎県）　陶美短歌会　1991.3　50p　19cm　（斎樹叢書　第45編）〈著者の肖像あり〉

◇海から山への号外　斎樹富太郎著　2版　波佐見町（長崎県）　陶美短歌会　1991.10　81p　19cm　（斎樹叢書　第45編）〈著者の肖像あり〉

◆◆斎藤 喜博（1911～1981）

◇歌人斎藤喜博考　監物昌美著　一茎書房　2003.3　206p　20cm　（ケノクニ短歌おぼえ書 2）　2000円　①4-87074-126-1

◇喜博と文明　堀江厚一著　石川書房　1995.11　261p　20cm　3000円

◆◆佐佐木 由幾（1914～2011）

◇佐佐木由幾論　玉井慶子著　短歌新聞社　1993.6　234p　20cm〈佐佐木由幾の肖像あり〉　2500円　①4-8039-0699-8

◆◆佐佐木 幸綱（1938～）

◇佐佐木幸綱の世界―16　佐佐木幸綱論　佐佐木幸綱著,『佐佐木幸綱の世界』刊行委員会編　河出書房新社　1999.12　418p　19cm　3500円　①4-309-70386-0

◇佐佐木幸綱　佐佐木幸綱ほか著,伊藤一彦監修,奥田亡羊編　京都　青磁社　2006.2　213p　21cm　（シリーズ牧水賞の歌人たち v.2）〈著作目録あり　年譜あり〉　1800円　①4-86198-030-5

◇佐佐木幸綱―人と作品総展望　谷岡亜紀著　ながらみ書房　1996.3　302p　20cm　2600円

◆◆篠 弘（1933～）

◇篠弘の歌　加藤孝男著　雁書館　1996.3　162p　20cm　（現代歌人の世界 8）　2300円

◆◆島 秋人（1934～1967）

◇死刑囚島秋人―獄窓の歌人の生と死　海原卓著　日本経済評論社　2006.5　227p　20cm〈年譜あり　文献あり〉　1800円　①4-8188-1859-3

◇ある死刑囚の短歌と空穂―『遺愛集』（島秋人著）が語りかけるもの　平成17年度窪田空穂記念館企画展記録集　窪田空穂記念館編　松本　窪田空穂記念館　2006.3　134p　30cm〈年譜あり〉

◇いのちのうた―晩年の窪田空穂と獄窓の歌人・島秋人：平成24年度窪田空穂記念館企画展　窪田空穂記念館編　松本　窪田空穂記念館　2012.12　111p　26cm〈年譜あり〉

◇空と祈り―『遺愛集』島秋人との出会い　書簡集　前坂和子編著,島秋人著　東京美術　1997.5　207p　19cm　1200円　①4-8087-0642-3

◆◆島田 修二（1928～2004）

◇ベラフォンテも我も悲しき―島田修二の百首　青木春枝著　北溟社　2006.9　211p　19cm〈年譜あり〉　1800円　①4-89448-517-6

◆◆嶋袋 全幸（1908～1989）

◇名護の浦―嶋袋全幸歌碑建立記念誌　那覇　嶋袋全幸歌碑建立期成会　1993.4　33p　21cm

◆◆正田 篠枝（1910～1965）

◇さんげ―原爆歌人正田篠枝の愛と孤独　広島文学資料保全の会編　社会思想社　1995.7　286p　15cm　（現代教養文庫 1567）　640円　ⓘ4-390-11567-7

◆◆孫 戸妍（1923～2003）

◇風雪の歌人―孫戸妍の半世紀　北出明編著　講談社出版サービスセンター　2001.4　213p　20cm〈肖像あり〉　1500円　ⓘ4-87601-557-0

◇争いのなき国と国なれ―日韓を詠んだ歌人・孫戸妍の生涯　北出明著　英治出版　2005.11　221p　20cm　1500円　ⓘ4-901234-75-7

◆◆田井 安曇（1930～）

◇田井安曇を読む　片山昭子著　ながらみ書房　2003.11　280p　20cm　2800円　ⓘ4-86023-203-8

◇田井安曇を読む　松井満著　本阿弥書店　2010.9　163p　19cm　1800円　ⓘ978-4-7768-0723-0

◆◆高瀬 一誌（1929～2001）

◇高瀬一誌アルバム　三井ゆき　2011.5　82p　22cm

◆◆高野 公彦（1941～）

◇高野公彦の歌　小島ゆかり著　雁書館　2006.9　152p　20cm　（現代歌人の世界 14）　2400円

◇高野公彦　高野公彦著,伊藤一彦監修,津金規雄編　京都　青磁社　2005.5　176p　21cm　（シリーズ牧水賞の歌人たち v.1）〈著作目録あり　年譜あり〉　1800円　ⓘ4-86198-000-3

◆◆高橋 三郎（1912～1987）

◇評伝阿修羅の黒衣　松浦嘉展著　新風舎　2006.2　213p　15cm　（新風舎文庫）〈年譜あり〉　700円　ⓘ4-7974-9814-5

◆◆田中 杜二（1907～1990）

◇歌人田中杜二の生涯　田中勁一郎著,斎樹富太郎補筆　〔佐世保〕　斎樹富太郎　1997.4　92p　21cm　2000円

◆◆俵 万智（1962～）

◇俵万智―等身大の青春　内山英明写真集　内山英明著　深夜叢書社　1989.11　116p　29cm　3500円

◇吉本ばななと俵万智　古橋信孝著　筑摩書房　1990.3　193p　20cm　1230円　ⓘ4-480-82280-1

◆◆千代 国一（1916～2011）

◇千代国一の二百首　国民文学社,横山岩男編　短歌新聞社　2008.12　238p　20cm　（国民文学叢書 第531篇）〈年譜あり〉　2381円　ⓘ978-4-8039-1439-9

◆◆塚本 邦雄（1920～2005）

◇エセー塚本邦雄―往きゆきてつひに還らぬ　青木信著　高槻　書肆季節社　1993.11　125p　20cm　2500円

◇塚本邦雄を考える　岩田正著　本阿弥書店　2008.7　145p　19cm　1500円　ⓘ978-4-7768-0514-4

◇塚本邦雄論―逆信仰の歌　笠原芳光著　増補改訂　砂子屋書房　2011.12　208p　20cm〈初版：審美社1974年刊〉　2500円　ⓘ978-4-7904-1355-4

◇塚本邦雄の青春　楠見朋彦著　ウェッジ　2009.2　362p　16cm　（ウェッジ文庫　く016-1）　800円　ⓘ978-4-86310-041-1

◇短歌定型との戦い―塚本邦雄を継承できるか？　小林幹也著　短歌研究社　2011.4　277p　19cm　2000円　ⓘ978-4-86272-241-6

◇鑑賞・現代短歌―7　塚本邦雄　坂井修一著　本阿弥書店　1996.8　259p　20cm　2000円

◇斎藤茂吉から塚本邦雄へ　坂井修一著　五柳書院　2006.12　214p　20cm　〈五柳叢書〉〈文献あり〉　2000円　Ⓘ4-901646-10-9

◇塚本邦雄の宇宙―詩魂玲瓏　塚本邦雄著,斎藤慎爾,塚本青史責任編集　思潮社　2005.8　352p　21cm　〈現代詩手帖特集版〉〈肖像あり　著作目録あり　年譜あり〉　2400円　Ⓘ4-7837-1861-X

◇塚本邦雄　塚本邦雄作,島内景二著　笠間書院　2011.2　118p　19cm　〈コレクション日本歌人選 019〉〈他言語標題：Tsukamoto Kunio　並列シリーズ名：Collected Works of Japanese Poets シリーズの監修者：和歌文学会　文献あり 年譜あり〉　1200円　Ⓘ978-4-305-70619-5

◇塚本邦雄とは何か―時代史のなかで　早崎ふき子著　角川書店　2012.2　167p　20cm　〈著作目録あり〉　2571円　Ⓘ978-4-04-652496-6

◇幻想の視角―斎藤茂吉と塚本邦雄　安森敏隆著　双文社出版　1989.12　207,31p　20cm　（Arcadia）　2500円　Ⓘ4-88164-332-0

◆◆津田　治子（1912〜1963）

◇歌人・津田治子　米田利昭著　沖積舎　2001.3　300p　20cm　3500円　Ⓘ4-8060-4660-4

◆◆土屋　正夫（1915〜2007）

◇書斎の会話―歌人土屋正夫　鶴岡美代子著　ながらみ書房　2001.9　190p　20cm　（軽雪叢書 第35篇）〈肖像あり〉　2500円　Ⓘ4-86023-040-X

◇道はひとつ―土屋正夫の歌　鶴岡美代子著　ながらみ書房　2004.10　260p　20cm　（軽雪叢書 第39篇）〈年譜あり〉　2700円　Ⓘ4-86023-264-X

◆◆寺山　修司（1935〜1983）

◇寺山修司展―特別展　青森県立図書館,青森県近代文学館編　青森　青森県近代文学館　2003.10　28p　30cm〈会期：平成15年10月3日〜11月9日　共同刊行：青森県立図書館　年譜あり〉

Ⓘ4-89373-089-4

◇寺山修司の俳句　新谷ひろし著　青森　暖鳥発行所　2006.1　95p　19cm　（暖鳥文庫 55）　700円

◇寺山修司の宇宙　市川浩ほか著　新書館　1992.5　262p　20cm　1900円　Ⓘ4-403-21050-3

◇私は寺山修司・考―桃色篇　伊藤裕作著　れんが書房新社　2010.2　266p　19cm　1800円　Ⓘ978-4-8462-0363-4

◇寺山修司その知られざる青春―歌の源流をさぐって　小川太郎著　三一書房　1997.1　243p　20cm　2266円　Ⓘ4-380-97206-2

◇修司断章　金沢茂著　青森　金沢法律事務所　2006.6　214p　20cm　非売品

◇寺山修司の声が聞こえる　岸本宏著　清流出版　2005.12　269p　21cm〈肖像あり　文献あり〉　2600円　Ⓘ4-86029-146-8

◇逢いにゆく旅―建と修司　喜多昭夫著　ながらみ書房　2005.12　352p　20cm〈年譜あり〉　2800円　Ⓘ4-86023-342-5

◇職業・寺山修司―虚構に生きた天才の伝説　北川登園著　日本文芸社　1993.4　243p　20cm　1200円　Ⓘ4-537-02350-3

◇職業、寺山修司。　北川登園著　Studio Cello　2007.5　295p　19cm〈著作目録あり　日本文芸社1993年刊の増補改訂版　年譜あり〉　1500円　Ⓘ978-4-903082-48-6

◇寺山修司入門　北川登園著　春日出版　2009.2　309p　15cm　（春日文庫 003）〈『職業、寺山修司。』(STUDIO CELLO 2007年刊) の加筆、再編集・改題　著作目録あり 作品目録あり 年譜あり　並列シリーズ名：Kasga bunko〉　850円　Ⓘ978-4-86321-130-8

◇ムッシュウ・寺山修司　九条今日子著　筑摩書房　1993.2　286p　15cm　（ちくま文庫）〈『不思議な国のムッシュウ』(主婦と生活社 1985年刊) の増訂〉　580円　Ⓘ4-480-02693-2

◇百年たったら帰っておいで―回想・寺山修司　九条今日子著　八戸　デーリー東北新聞社　2005.10　229p　20cm　1500円　Ⓘ4-9901445-7-0

◇寺山修司論　栗坪良樹著　砂子屋書房　2003.3　248p　20cm　2500円　Ⓘ4-7904-0698-9

◇親ばなれ子ばなれ—寺山修司と家族プログラム　栗坪良樹著　集英社　2006.11　251p　18cm　(集英社新書)　700円　Ⓣ4-08-720366-2

◇寺山修司青春の手紙—拝啓中野トク先生　小菅麻起子著　〔静岡〕　小菅麻起子　1997.8　1冊　26cm

◇寺山修司青春の手紙—拝啓中野トク先生　小菅麻起子著　〔三沢〕　寺山修司五月会　1998.5　1冊　26cm

◇寺山修司の青春俳句　酒井弘司著　弘前　津軽書房　2007.11　174p　19cm　1500円　Ⓣ978-4-8066-0203-3

◇寺山修司海外キネマテアトロ　清水義和編　文化書房博文社　2010.4　202p　21cm〈他言語標題：SHUJI TERAYAMA TERAYAMA UNIVERSAL CINEMA THEATRO　索引あり〉　2500円　Ⓣ978-4-8301-1182-2

◇五月の寺山修司　シュミット村木真寿美著　河出書房新社　2003.1　193p　20cm　1600円　Ⓣ4-309-01520-4

◇寺山修司・遊戯の人　杉山正樹著　新潮社　2000.11　302p　20cm　1600円　Ⓣ4-10-441401-8

◇寺山修司・遊戯の人　杉山正樹著　河出書房新社　2006.7　333p　15cm　(河出文庫)〈年譜あり〉　920円　Ⓣ4-309-40804-4

◇寺山修司　太陽編集部編　平凡社　1997.7　116p　22cm　(コロナ・ブックス　28)　1524円　Ⓣ4-582-63325-0

◇寺山修司論—創造の魔神　高取英著　思潮社　1992.7　294p　20cm〈寺山修司の肖像あり〉　2800円　Ⓣ4-7837-0407-4

◇寺山修司—過激なる疾走　高取英著　平凡社　2006.7　253p　18cm　(平凡社新書)〈年譜あり〉　780円　Ⓣ4-582-85331-5

◇虚人寺山修司伝　田沢拓也著　文芸春秋　1996.5　270p　20cm　1600円　Ⓣ4-16-351630-1

◇虚人寺山修司伝　田沢拓也著　文芸春秋　2005.10　309p　16cm　(文春文庫)〈文献あり〉　619円　Ⓣ4-16-767803-9

◇寺山修司と生きて　田中未知著　新書館　2007.5　378p　20cm　1900円　Ⓣ978-4-403-21094-5

◇「暖鳥」と寺山修司　暖鳥編集部編　青森　暖鳥発行所　2006.1　98p　19cm　(暖鳥文庫　56)　1000円

◇麒麟騎手—寺山修司論・書簡集　塚本邦雄著　沖積舎　2003.10　318p　20cm〈年譜あり　著作目録あり〉　3800円　Ⓣ4-8060-4691-4

◇寺山修司・多面体　寺山修司ほか著　JICC出版局　1991.11　276p　19cm　1500円　Ⓣ4-7966-0214-3

◇作家の自伝—40　寺山修司　寺山修司著,栗坪良樹編解説　日本図書センター　1995.11　233p　22cm　(シリーズ・人間図書館)　2678円　Ⓣ4-8205-9410-9,4-8205-9411-7

◇寺山修司の青春時代展—没後二〇年　寺山修司著,世田谷文学館編　世田谷文学館　2003.4　151p　24cm〈会期：平成15年4月26日～6月15日　肖像あり　年譜あり〉

◇寺山修司青春書簡—恩師・中野トクへの75通　寺山修司著,九条今日子監修,小菅麻起子編著　二玄社　2005.12　191p　21cm〈年譜あり〉　1500円　Ⓣ4-544-02328-9

◇美輪明宏が語る寺山修司—私のこだわり人物伝　寺山修司,美輪明宏著　角川書店　2010.6　204p　15cm　(角川文庫　16327)〈角川グループパブリッシング(発売)〉　552円　Ⓣ978-4-04-131534-7

◇母の蛍—寺山修司のいる風景　寺山はつ著　中央公論社　1991.1　211p　16cm　(中公文庫)〈寺山修司および著者の肖像あり〉　540円　Ⓣ4-12-201775-0

◇寺山修司のいる風景—母の蛍　寺山はつ著　中央公論新社　2009.3　211p　16cm　(中公文庫　て3-2)〈『母の蛍』(中央公論社1991年刊)の改版〉　762円　Ⓣ978-4-12-205128-7

◇寺山修司劇場美術館　寺山偏陸監修　パルコエンタテインメント事業局　2008.5　215p　26cm〈会場：青森県立美術館ほか　折り込6枚　他言語標題：The Terayama Shuji Theatre-Museum　著作目録あり　年譜あり〉　2800円　Ⓣ978-4-89194-778-1

◇寺山修司の情熱の燃やし方—このままの自分でいいのか　寺山修司東京研究会著　文化創作出版　2000.5　217p　19cm　(My book)　1380円　Ⓣ4-89387-189-7

◇虚構地獄寺山修司　長尾三郎著　講談社

短歌(短歌史)

◇1997.8 324p 20cm 1800円 ①4-06-208778-2
◇虚構地獄寺山修司　長尾三郎著　講談社　2002.9 389p 15cm （講談社文庫）629円　①4-06-273547-4
◇孤児への意志―寺山修司論　野島直子著　京都　法蔵館　1995.7 237p 20cm 2400円　①4-8318-7219-9
◇ラカンで読む寺山修司の世界　野島直子著　トランスビュー　2007.3 266p 22cm 3800円　①978-4-901510-47-9
◇思い出のなかの寺山修司　萩原朔美著　筑摩書房　1992.12 205p 20cm 1600円　①4-480-81326-8
◇寺山修司望郷―幡谷紀夫写真集　幡谷紀夫写真　求竜堂　2004.10 135p 26cm〈年譜あり〉3000円　①4-7630-0433-6
◇寺山修司　葉名尻竜一著　笠間書院　2012.2 115p 19cm （コレクション日本歌人選040）〈他言語標題：Terayama Shuji 年譜あり 文献あり〉1200円　①978-4-305-70640-9
◇寺山修司の世界　風馬の会編　情況出版　1993.10 309p 20cm 2500円　①4-915252-05-1
◇寺山修司の墓―夭折者の系譜　福島泰樹著　彩流社　2001.4 294p 19cm 2000円　①4-88202-664-3
◇寺山修司死と生の履歴書　福島泰樹著　彩流社　2010.4 189p 19cm 1800円　①978-4-7791-1069-6
◇居候としての寺山体験　前田律子著　深夜叢書社　1998.3 126p 22cm 2100円　①4-88032-217-2
◇寺山修司の「牧羊神」時代―青春俳句の日々　松井牧歌著　朝日新聞出版　2011.8 246p 20cm 1900円　①978-4-02-330970-8
◇寺山修二―鏡のなかの言葉　三浦雅士著　新装版　新書館　1992.5 315p 20cm 1900円　①4-403-21038-4
◇少年伝記―私の中の寺山修司　エッセイ集　皆吉司著　三鷹　ふらんす堂　1989.10 88p 21cm 1030円　①4-89402-006-8
◇寺山修司の俳句―マリン・ブルーの青春　吉原文音著　日本詩歌句協会　2005.12 213p 19cm〈年譜あり 文献あり　北溟社（発売）〉1500円　①4-89448-494-3
◇寺山修司　新潮社　1993.4 111p 20cm （新潮日本文学アルバム56）〈編集・評伝：栗坪良樹　エッセイ：山口昌男　寺山修司の肖像あり〉1300円　①4-10-620660-9
◇寺山修司メモリアル　読売新聞社　1993.4 176p 26cm〈愛蔵版 寺山修司の肖像あり〉2500円　①4-643-93025-X
◇寺山修司　河出書房新社　1993.5 223p 21cm （新文芸読本）〈寺山修司の肖像あり〉1600円　①4-309-70168-X
◇寺山修司―反逆から様式へ　毎日新聞社　1993.10 143p 30cm （毎日グラフ別冊）2000円
◇歩み―寺山修司記念館　〔三沢〕寺山修司五月会　1998.7 57p 28cm

◆◆時田　則雄（1946〜）

◇野男のフォークロア―極北の歌人・時田則雄と農をめぐる世界　大金義昭著　砂子屋書房　1991.12 242p 図版16枚 20cm 2427円

◆◆富小路　禎子（1926〜2002）

◇富小路禎子の歌　今井恵子著　雁書館　2002.8 151p 20cm （現代歌人の世界12）2400円
◇富小路禎子　高橋順子著　新潮社　2001.8 201p 20cm 1700円　①4-10-427202-7

◆◆長沢　美津（1905〜2005）

◇長沢美津小論　木田そのえ著　不識書院　1994.5 242p 20cm 2500円
◇歌人長沢美津―作品と人間像　樋口美世ほか　短歌新聞社　2000.7 253p 20cm〈肖像あり〉2190円　①4-8039-1011-1

◆◆中城　ふみ子（1922〜1954）

◇中城ふみ子講座　大塚陽子著　帯広　帯広市図書館　1990.8 40p 26cm〈折り込2枚　会期：平成2年6月21日・28日〉
◇聞かせてよ愛の言葉を―ドキュメント・中城ふみ子　小川太郎著　本阿弥書店　1995.8 238p 20cm 2400円　①4-89373-083-5

◇中城ふみ子そのいのちの歌　佐方三千枝著　短歌研究社　2010.4　308p　20cm〈文献あり　年譜あり〉　3000円　①978-4-86272-194-5
◇中城ふみ子資料目録　佐々木啓子編　〔札幌〕　佐々木政夫　2000.5　136p　26cm〈肖像あり〉　1500円
◇中城ふみ子資料目録　佐々木啓子編　補遺・改訂版　札幌　旭図書刊行センター　2006.2　201p　30cm　2500円　①4-86111-044-0
◇中城ふみ子―総集編　佐々木啓子編　札幌　旭図書刊行センター　2010.8　260p　30cm〈年譜あり　著作目録あり　文献あり〉　2600円　①978-4-86111-097-9
◇昭和29年中城ふみ子の記録　真田英夫著　〔札幌〕　〔真田英夫〕　2004印刷　36p　21×30cm〈附・中城博氏の足跡〉
◇中城ふみ子の空　真田英夫編　札幌　真田英夫　2005.7　83p　22×31cm〈付属資料：1枚　附・中城博氏の足跡〉　非売品
◇夭折の歌人中城ふみ子　中島美千代著　勉誠出版　2004.11　254p　20cm〈文献あり〉　2500円　①4-585-05318-2
◇中城ふみ子研究基礎資料集　中城ふみ子著, 佐々木啓子編　札幌　旭図書刊行センター　2006.8　389p　19×26cm〈文献あり〉　5000円　①4-86111-040-8
◇中城ふみ子研究基礎資料集―別冊（短歌編）　中城ふみ子著, 佐々木啓子編　札幌　旭図書刊行センター　2006.8　137p　19×26cm　①4-86111-048-3
◇中城ふみ子短歌作品推敲の跡　中城ふみ子著, 佐々木啓子編　札幌　旭図書刊行センター　2007.6　277p　30cm〈著作目録あり〉　3000円　①978-4-86111-058-0
◇中城ふみ子全短歌作品推敲の軌跡　中城ふみ子著, 佐々木啓子編　札幌　旭図書刊行センター　2009.9　150p　30cm〈年譜あり〉　2000円　①978-4-86111-090-0
◇おのれが花―中城ふみ子論と鑑賞 5　菱川善夫著　沖積舎　2007.11　267p　20cm〈菱川善夫著作集 5　菱川善夫著〉〈肖像あり　年譜あり〉　3000円　①978-4-8060-6620-0
◇中城ふみ子論―受難の美と相克　柳原晶子著　ながらみ書房　2011.3　222p　20cm〈年譜あり　文献あり〉　2571円　①978-4-86023-708-0
◇海よ聞かせて―中城ふみ子の母性愛　山川純子著　本阿弥書店　2008.8　185p　20cm〈年譜あり　文献あり〉　2500円　①978-4-7768-0495-6
◇中城ふみ子の歌―華麗なるエゴイズムの花　山名康郎著　短歌新聞社　2000.8　175p　19cm　1619円　①4-8039-1020-0
◇中城ふみ子―凍土に咲いた薔薇　吉原文音著　日本詩歌句協会　2004.11　224p　18cm（詩歌句新書 2）〈ほくめい出版（発売）〉　年譜あり〉　1000円　①4-89448-478-1
◇花の原型―中城ふみ子展―特別展　小樽　市立小樽文学館　1994　24p　26cm〈著者の肖像あり　会期：平成6年7月23日～9月4日〉

◆◆永田　和宏（1947～）

◇永田和宏　永田和宏ほか著, 伊藤一彦監修, 松村正直編　京都　青磁社　2008.7　207p　21cm　（シリーズ牧水賞の歌人たち v.3）〈著作目録あり　年譜あり〉　1800円　①978-4-86198-096-1
◇永田和宏の歌　三井修著　雁書館　2000.1　154p　20cm（現代歌人の世界 11）　2300円

◆◆中原　勇夫（1907～1981）

◇歌人中原勇夫の周辺―国文の碩学：門人たちが語り継ぐ「常歌」の世界　島津忠夫, 小嶋一郎著　〔佐賀〕　ひのくに短歌会　2012.11　222p　19cm（ひのくに叢書 第97篇）〈執筆：山野吾郎ほか　年譜あり〉　1500円

◆◆成田　れん子（1927～1959）

◇「歌人探究」成田れん子論　檜葉奈穂子著　札幌　共同文化社　2010.8　187p　20cm〈年譜あり〉　2190円　①978-4-87739-186-7

◆◆西田　忠次郎（1930～1999）

◇西田忠次郎の短歌の原点折々の短章・添削のこころみ　梁瀬龍夫著　新庄　梁瀬龍夫　2007.8　291p　22cm　2000円

短歌（短歌史）

◆◆二宮 冬鳥（1913〜1996）

◇歌人二宮冬鳥と大洲一師に捧ぐ　矢野之一著　大州　藤田印刷所（印刷）〔1997〕151p　19cm

◆◆野上 彰（1908〜1967）

◇詩に生き碁に生き―野上彰小伝　牛山剛著　踏青社　1990.8　196p　19cm〈野上彰の肖像あり〉　1500円

◆◆野原 水嶺（1900〜1983）

◇歌の鬼・野原水嶺秀歌鑑賞　時田則雄著　短歌研究社　2005.6　147p　20cm〈肖像あり　年譜あり　文献あり〉　2667円　①4-88551-906-3

◆◆野呂 光正（1918〜1990）

◇鑑賞野呂光正の歌　大沢寿夫著　五所川原　津軽アスナロ短歌会　1991.1　109p　21cm（津軽アスナロ叢書　第27編）〈野呂光正の肖像あり〉　1200円

◆◆橋本 喜典（1928〜）

◇時代の音―短歌随想 橋本喜典歌集『一処の生』の世界　小林信子著　短歌新聞社　2008.8　126p　19cm　1905円　①978-4-8039-1416-0

◆◆馬場 あき子（1928〜）

◇馬場あき子　今野寿美著　本阿弥書店　1992.2　260p　20cm（鑑賞・現代短歌　11）　1800円　①4-89373-051-7

◇詳論馬場あき子―抒情の質と構造　塩見匡著　雁書館　1991.3　192p　20cm（かりん百番　34）　2300円

◇馬場あき子逍遥―折りたたまれた時間のほとり　鳥山瓔子著　ながらみ書房　1991.3　198p　20cm（かりん百番　35）　2500円

◇現代短歌に架ける橋―馬場あき子歌人論集　馬場あき子著　雁書館　1994.10　209p　20cm（雁叢書　113）　2500円

◇馬場あき子全集―別巻　初期作品・短歌索引他　馬場あき子著　三一書房　1998.5　515p　22cm　6800円　①4-380-98542-3

◇馬場あき子百歌　馬場あき子著, 歌林の会編著　三一書房　1998.5　228p　20cm　2200円　①4-380-98244-0

◇馬場あき子の視線　藤室苑子著　雁書館　1992.3　190p　20cm（かりん百番　47）　2300円

◇馬場あき子全集 月報―1-13　三一書房〔1995.9〜1998.5〕　1冊　19cm

◆◆早野 台気（1898〜1974）

◇オブジェ・タンキスト　早野台気著, 藤本朋世編纂　西宮　ヴァイン　2006.7　250p　21cm（早野台気資料集成　2）〈私家版〉

◇早野台気資料集成―1　海への会話周辺　藤本朋世編纂　大阪　ヴァイン　1991.3　219p　21cm〈著者の肖像あり〉　2000円

◆◆浜田 到（1918〜1968）

◇浜田到―歌と詩の生涯　大井学著　角川書店　2007.10　273p　20cm〈角川グループパブリッシング（発売）〉　2857円　①978-4-04-621563-5

◆◆穂村 弘（1962〜）

◇穂村弘ワンダーランド　高柳蕗子責任編集著　沖積舎　2010.10　100p　21cm〈他言語標題：Hiroshi Homura Wonderland　執筆：高原英里ほか　著作目録あり　年譜あり〉　1500円　①978-4-8060-4750-6

◇世界中が夕焼け―穂村弘の短歌の秘密　穂村弘, 山田航著　新潮社　2012.6　279p　20cm〈著作目録あり〉　1600円　①978-4-10-457402-5

◆◆前 登志夫（1926〜2008）

◇歌の飛翔力―前登志夫短歌の宇宙　櫟原聰評論集　櫟原聰著　雁書館　2005.8　189p　20cm（ヤママユ叢書　第68篇）　2835円

◇精霊のゆくえ―晩年の前登志夫　櫟原聰著　本阿弥書店　2011.5　192p　20cm（ヤママユ叢書　第101編）〈年譜あり〉　2800円　①978-4-7768-0800-8

◇子午線の旅人―前登志夫の風景　小林幸子著

ながらみ書房　2000.10　282p　20cm　2800円　Ⓘ4-931201-65-2
◇前登志夫の歌　田島邦彦著　雁書館　1995.1　175p　20cm　（現代歌人の世界7）　2300円
◇われはいかなる河か—前登志夫の歌の基層　萩岡良博著　北冬舎　2007.6　262p　20cm　（ヤママユ叢書第76篇）〈年譜あり　文献あり〉　2600円　Ⓘ978-4-903792-03-3
◇山上のコスモロジー—前登志夫論　日高堯子著　砂子屋書房　1992.9　231p　20cm　2500円
◇鑑賞・現代短歌—9　前登志夫　藤井常世著　本阿弥書店　1993.6　249p　20cm　1800円　Ⓘ4-89373-065-7

◆◆前田　透（1914～1984）

◇前田透と夕暮—父子の生活と芸術　前田芳彦著　秦野　秦野市立図書館　1993.3　171p　19cm　（郷土文学叢書　第10巻）〈監修：香川進〉
◇前田夕暮・透の文学、鑑賞と研究　船橋　青天短歌会　1994.8　212p　22cm　非売品

◆◆松葉　直助（1908～1997）

◇愚かなる白鳥のうた—短歌と共に50年　松葉直助著　沖積舎　1995.9　271p　20cm　2500円　Ⓘ4-8060-4047-9

◆◆松村　英一（1889～1981）

◇松村英一管見—全歌集に旅の歌を読む　川口城司著　匝瑳　川口城司　2006.6　134p　19cm〈年譜あり〉　1300円
◇松村英一の風景　川崎勝信著　ながらみ書房　2002.9　317p　20cm　（国民文学叢書第478篇）〈年譜あり　文献あり〉　2857円　Ⓘ4-86023-105-8
◇松村英一短歌と人生　藤井清著　新星書房　1989.9　160p　20cm　（国民文学叢書第330篇）　1500円
◇松村英一の百首　松村英一著,千代国一編　国民文学社　2003.8　229p　20cm　（国民文学叢書第494篇）〈発行所：新星書房　年譜あり〉　3000円

◆◆水原　紫苑（1959～）

◇時空を超える語り女　相沢光恵著　不識書院　2012.4　297p　20cm　3000円　Ⓘ978-4-86151-100-4

◆◆宮　柊二（1912～1986）

◇ふるさとを愛した歌人宮柊二　磯部定治著　新潟　新潟日報事業社　2001.5　171p　21cm　1600円　Ⓘ4-88862-854-8
◇歌人の風景—良寛・会津八一・吉野秀雄・宮柊二の歌と人　大星光史著　恒文社　1997.12　406p　20cm　2800円　Ⓘ4-7704-0950-8
◇宮柊二の秀歌二百首—戦中・戦後の絶唱　奥村晃作著　ながらみ書房　1989.12　283p　21cm〈宮柊二の肖像あり〉　2500円
◇宮柊二とその時代　小高賢著　五柳書院　1998.5　270p　20cm　（五柳叢書60）　2200円　Ⓘ4-906010-82-2
◇宮柊二柊二初期及び『群鶏』論—評論　佐藤通雅著　柊書房　2012.8　318p　20cm〈文献あり〉　3000円　Ⓘ978-4-89975-285-1
◇宮柊二　宮柊二,高野公彦著　本阿弥書店　2001.10　253p　20cm　（鑑賞・現代短歌5）　2000円　Ⓘ4-89373-762-7
◇宮柊二青春日記　宮英子編　本阿弥書店　1992.9　236p　20cm　3000円　Ⓘ4-89373-058-4
◇雁信片々　宮英子著　本阿弥書店　1992.12　292p　20cm　（コスモス叢書　第404篇）　2200円　Ⓘ4-89373-060-6
◇宮柊二集—別巻　岩波書店　1991.2　782p　20cm　7200円　Ⓘ4-00-091481-2

◆◆村崎　凡人（1914～1989）

◇人間村崎凡人　百二十周年記念事業編集委員会編　岡山　丸善岡山支店出版サービスセンター（製作）　2008.10　642p　22cm〈村崎学園　年表あり　年譜あり〉　10000円　Ⓘ978-4-89620-168-0

◆◆目黒　真理子（1933～1965）

◇目黒真理子の世界—那須野に詠うその光と翳

短歌（短歌史）

杉本増生著　大阪　せせらぎ出版　2006.5　267p　20cm〈肖像あり　年譜あり〉　1900円　ⓘ4-88416-156-4

◆◆森岡　貞香（1916〜2009）

◇森岡貞香の歌　沖ななも著　雁書館　1992.9　184p　20cm　〈現代歌人の世界 3〉　2300円
◇森岡貞香『白蛾』『未知』『甃』の世界—わたくしの全身をこめたわたくしのうたを　言葉・エロス・少年　中野昭子著　短歌研究社　2005.11　222p　20cm〈文献あり〉　2700円　ⓘ4-88551-916-0
◇森岡貞香作品研究　藤井忠著　砂子屋書房　2001.7　340p　20cm　3800円　ⓘ4-7904-0561-3
◇森岡貞香断章—短歌評論　山中登久子著　本阿弥書店　2010.9　243p　20cm　（炸叢書　第48篇）〈文献あり　年譜あり〉　3000円　ⓘ978-4-7768-0727-8

◆◆安永　蕗子（1920〜2012）

◇月花の旅—安永蕗子聞書　安永蕗子述,野口郁子著　福岡　西日本新聞社　1997.2　302p　20cm　2000円　ⓘ4-8167-0435-3

◆◆山崎　方代（1914〜1985）

◇方代を読む　阿木津英著　現代短歌社　2012.11　249p　20cm　2381円　ⓘ978-4-906846-20-7
◇骨壺の底にゆられて—歌人山崎方代の生涯　江宮隆之著　河出書房新社　2000.2　306p　20cm　1800円　ⓘ4-309-01333-3
◇山崎方代のうた　大下一真著　短歌新聞社　2003.2　267p　20cm〈肖像あり　年譜あり　文献あり〉　2381円　ⓘ4-8039-1112-6
◇方代さんの歌をたずねて—ふぉとえっせい　芦川・右左口編　大下一真監修・文,湯川晃敏写真　光村印刷　2007.7　59p　17×19cm　（Bee books）　1905円　ⓘ978-4-89615-294-4
◇方代さんの歌をたずねて—ふぉとえっせい　甲州篇　大下一真監修・文,湯川晃敏写真　光村印刷　2008.8　55p　17×19cm　1905円　ⓘ978-4-89615-295-1
◇方代さんの歌をたずねて—ふぉとえっせい　放浪篇　大下一真監修・文,湯川晃敏写真　光村印刷　2010.5　55p　17×19cm　1905円　ⓘ978-4-89615-357-6
◇方代さんの歌をたずねて—ふぉとえっせい　東京・横浜・鎌倉篇　大下一真監修・文,湯川晃敏写真　光村印刷　2012.8　71p　17×19cm　1905円　ⓘ978-4-89615-360-6
◇道化の孤独—歌人山崎方代　坂出裕子著　不識書院　1998.8　249p　20cm　2500円　ⓘ4-938289-17-2
◇石の心を—山崎方代という歌人　高村寿一著　佐久　邑書林　2000.8　232p　20cm〈肖像あり〉　2200円　ⓘ4-89709-341-4
◇無用の達人・山崎方代　田沢拓也著　角川書店　2003.5　293p　20cm〈文献あり〉　1700円　ⓘ4-04-883832-6
◇無用の達人山崎方代　田沢拓也著　角川学芸出版　2009.6　348p　15cm　（角川文庫15723—〔角川ソフィア文庫〕〔M-108-1〕）〈角川グループパブリッシング（発売）　文献あり〉　781円　ⓘ978-4-04-368903-3
◇山崎方代のうた　山崎方代著,山梨県立文学館編　甲府　山梨県立文学館　2000.11　12p　19×26cm
◇山崎方代展　山梨県立文学館編　甲府　山梨県立文学館　1994.4　80p　30cm〈山崎方代の肖像あり　会期：1994年4月23日〜6月26日〉
◇山崎方代旧蔵資料目録　山梨県立文学館編　〔中道町（山梨県）〕　中道町　1996.8　151p　26cm
◇山崎方代展—右左口はわが帰る村　山梨県立文学館編　甲府　山梨県立文学館　2010.5　64p　30cm〈会期・会場：2010年5月1日〜6月27日　山梨県立文学館企画展示室　年譜あり〉

◆◆山中　治（1930〜）

◇鑑賞回復の道　大沢寿夫著　五所川原　津軽アスナロ短歌会　1998.10　131p　21cm　（津軽アスナロ叢書　第76編）　非売品
◇鑑賞紅き帯　大沢寿夫著　五所川原　津軽アスナロ短歌会　2000.1　120p　21cm　（津軽アスナロ叢書　第82編）　1500円

◆◆山中 智恵子（1925〜2006）

◇鎮魂の詩歌―茨木のり子・山中智恵子　池谷敏忠著　名古屋　晃学出版　2006.5　57p　22cm　3000円　①4-905952-79-4
◇私は言葉だつた―初期山中智恵子論　江田浩司著　北冬舎　2009.10　186p　20cm〈文献あり〉　2200円　①978-4-903792-20-0
◇山中智恵子論集成　田村雅之編　砂子屋書房　2001.7　486p　20cm　5500円　①4-7904-0584-2

◆◆山中 美智子（1936〜）

◇鑑賞回復の道　大沢寿夫著　五所川原　津軽アスナロ短歌会　1998.10　131p　21cm（津軽アスナロ叢書 第76編）　非売品
◇鑑賞紅き帯　大沢寿夫著　五所川原　津軽アスナロ短歌会　2000.1　120p　21cm（津軽アスナロ叢書 第82編）　1500円

◆◆山村 湖四郎（1895〜1985）

◇山村湖四郎作品の鑑賞　小宮山健著,山村泰彦編　短歌新聞社　1995.12　151p　20cm（朝霧叢書 第29篇）　3000円
◇山村湖四郎のうた　山村泰彦編　短歌新聞社　2008.5　187p　22cm（朝霧叢書 第58篇）〈肖像あり　年譜あり〉　2476円　①978-4-8039-1406-1

◆◆山本 かね子（1926〜）

◇山桜の道―山本かね子・人と作品　中野冴子著　〔門真〕　〔中野冴子〕　2011.9　264p　21cm　（沃野叢書 第293篇）　1000円

◆◆山本 友一（1910〜2004）

◇山本友一人と作品　中井正義編　九芸出版　1989.3　361p　20cm〈著者の肖像あり〉　3000円　①4-89608-114-5

◆◆吉野 昌夫（1922〜2012）

◇歌人・吉野昌夫の世界　久保田登著　短歌新聞社　2006.12　209p　19cm〈年譜あり〉　2381円　①4-8039-1322-6

俳句

◇文学としての俳句　饗庭孝男著　小沢書店　1993.4　261p　20cm　2060円
◇文学としての俳句　饗庭孝男著　小沢書店　1996.2　261p　20cm　2060円　①4-7551-0282-0
◇新研究資料現代日本文学―第6巻　浅井清，佐藤勝，篠弘，鳥居邦朗，松井利彦，武川忠一，吉田凞生編　明治書院　2000.2　406p　21cm　4300円　①4-625-51302-2
◇俳句の時代　浅生田圭史著　角川書店　2007.1　237p　20cm　2381円　①978-4-04-651687-9
◇俳句四考―討論集　安達昇ほか著　現代俳句協会　1991.5　235p　19cm　(現代俳句の展開 26)　1200円
◇俳句往還―穴井太評論集　穴井太著　高岡町(宮崎県)　本多企画　1995.3　353p　19cm　2800円
◇吉良常の孤独―俳句エッセー集　穴井太著　福岡　葦書房　1997.5　251p　19cm　2400円　①4-7512-0674-5
◇絶対本質の俳句論　阿部完市著　邑書林　1997.7　271p　20cm　2800円　①4-89709-225-6
◇傷害俳句批判・不思議な平和運動　安部光史著　健友館　2003.1　142p　19cm　1200円　①4-7737-0750-X
◇わたしの俳人交遊録　阿部子峡著　米沢　よねざわ豆本の会　1992.3　69p　9.0×9.0cm　(よねざわ豆本 第58輯)〈限定版〉
◇俳句に先進芸術は可能か―阿部誠文評論集　阿部誠文著　有楽書房　1994.9　274p　20cm〈限定版〉　3500円
◇俳句多重表現の展開　阿部誠文著　邑書林　1995.5　286p　20cm　3000円　①4-89709-125-X
◇山王林だより　綾部仁喜著　角川SSコミュニケーションズ　2008.10　305p　20cm　(泉叢書 第110篇)　2800円　①978-4-8275-3119-0
◇現代俳句の一飛跡　有馬朗人著　深夜叢書社　2003.5　349p　20cm　2857円　①4-88032-256-3
◇俳句のよろこび　阿波野青畝著　富士見書房　1991.8　253p　20cm　(かつらぎ双書)　2000円　①4-8291-7191-X
◇其句其人　安東次男著　調布　ふらんす堂　1999.7　113p　15cm　(ふらんす堂文庫)　1200円　①4-89402-283-4
◇俳句の現在　飯田龍太ほか著　富士見書房　1989.6　331p　20cm　2000円　①4-8291-7070-0
◇季節の名句　飯田竜太著　角川書店　1996.8　203p　19cm　1200円　①4-04-883455-X
◇二十四節気の秀句　池田秀水著　鋭文社　1997.7　93p　18cm　(青山叢書 第46集)　1050円
◇日本語を知らない俳人たち　池田俊二著　PHP研究所　2005.3　311p　20cm　1700円　①4-569-64192-X
◇休むに似たり　池田澄子著　調布　ふらんす堂　2008.7　270p　19cm　2286円　①978-4-7814-0017-4
◇俳句への誘い　井沢正江著　梅里書房　1996.9　213p　20cm　2500円　①4-87227-136-X
◇俳句って何？　石寒太ほか著　邑書林　1992.10　220p　19cm　1800円　①4-946407-46-4
◇俳句日暦―一人一句366　石寒太著　PHP研究所　1995.11　423p　15cm　(PHP文庫)　700円　①4-569-56818-1
◇現代俳句の基礎用語―これだけは知っておきたい　石寒太著　平凡社　2003.1　259p　20cm　1600円　①4-582-30508-3
◇俳句名言集―真髄を解き明かす　石井龍生企画・編著・制作　北溟社　2007.1　183p　19cm　1500円　①4-89448-530-3

俳句

◇俳句の話　石塚友二著　宝文館出版　1992.11　267p　20cm　1900円　⓪4-8320-1406-4
◇栃木俳句会『月々のことば』　石田よし宏著　栃木　石田書房　1996.1　279p　21cm　2800円
◇俳句は「脳の体操」にちょうどいい　石原文蔵著　新講社　2012.9　187p　19cm〈文献あり〉　1400円　⓪978-4-86081-449-6
◇俳句と文芸　石原八束著　飯塚書店　1993.3　297p　20cm　2200円　⓪4-7522-2013-X
◇鎌倉花の四季　磯村光生著　あひる書房　1998.1　227p　19cm　(扉叢書　第13篇)　2300円　⓪4-7952-7142-9
◇伊丹三樹彦全文叢―第3巻　俳句縦横談　伊丹三樹彦著　沖積舎　1998.11　215p　22cm　5500円　⓪4-8060-6541-2
◇A piece of my seventy years with 俳句　伊藤郁子著　文学の森　2006.2　145p　19cm
◇無事是貴人　稲葉継郎著　個人書店銀座店(製作)　2006.10　218p　21cm〈稲葉昭典肖像あり〉　953円　⓪4-86091-303-5
◇俳句の本質　乾裕幸著　吹田　関西大学出版部　2002.9　451p　20cm　4200円　⓪4-87354-363-0
◇俳句と遊ぶ　いのうえかつこ著　〔富士宮〕いのうえかつこ　1998.7　191p　20cm　1200円　⓪4-7838-9121-4
◇俳句の対話術　今津大天著　大垣　つちくれ発行所　2006.8　140p　19cm　(つちくれ叢書　5)　1000円
◇流行から不易へ―俳句　今瀬剛一著　調布　ふらんす堂　1998.3　261p　20cm　2600円　⓪4-89402-218-4
◇名句鑑賞十二か月　井本農一著　小学館　1998.12　197p　20cm　1600円　⓪4-09-387272-4
◇伊予市の俳諧史　伊予市歴史文化の会編　伊予　伊予市歴史文化の会　1994.5　145p　22cm　(伊予市歴史文化双書　3)〈参考文献：p144〉　1300円
◇転換期の俳句と思想　岩岡中正著　朝日新聞社　2002.4　285p　20cm　2600円　⓪4-02-330692-4
◇俳句のヒント　上崎暮潮著　小松島　祖谷発行所　2005.6　379p　20cm〈大阪　天満書房(製作)〉　3000円　⓪4-924948-62-4
◇俳句塾―眼前直覚への211章　上田五千石著　邑書林　1992.8　242p　18cm　2000円　⓪4-946407-38-3
◇俳句―1983～1994　上田五千石著　邑書林　1994.10　254p　20cm　2600円　⓪4-89709-109-8
◇笑いの認知学　上田五千石ほか著　雄山閣出版　1996.10　230p　22cm　(Series俳句世界　2)　2000円　⓪4-639-01397-3
◇旅と風景句　上田五千石編　角川書店　1997.1　254p　19cm　(俳句実作入門講座　5)　1600円　⓪4-04-573805-3
◇俳句の周辺　上野一孝著　絃灯社　2007.6　169p　16cm　819円　⓪978-4-87782-074-9
◇占魚の世界―評論随想集　上村占魚著　紅書房　2008.2　301p　20cm　2858円　⓪978-4-89381-235-3
◇つばくろの日々―現代俳句の現場　宇多喜代子著　深夜叢書社　1994.6　275p　20cm　3000円
◇里山歳時記　宇多喜代子著　新版　角川学芸出版　2012.2　206p　19cm　(角川俳句ライブラリー)〈角川グループパブリッシング(発売)　初版(日本放送出版協会平成16年刊)のタイトル：里山歳時記田んぼのまわりで〉　1600円　⓪978-4-04-652602-1
◇俳句いいとも　宇留田銀香著　四日市　菜の花会　2005.4　241p　19cm　(菜の花叢書　34)　1000円
◇俳句とあそぶ法　江国滋著　限定版　新座　埼玉福社会　1996.9　2冊　22cm　(大活字本シリーズ)　3502円
◇生きながら俳句に葬られ　江里昭彦著　深夜叢書社　1995.6　295p　20cm　2800円
◇新下野俳諧史　江連晴生著　栃木　石田書房　1994.9　228p　21cm〈監修：中田亮〉　2000円
◇日本の詩歌　大岡信著　富山　富山県民生涯学習カレッジ　1992.3　77p　19cm　(県民カレッジ叢書　29)　非売品
◇星の林に月の船―声で楽しむ和歌・俳句　大岡信編　岩波書店　2005.6　222,7p　18cm　(岩波少年文庫　131)　640円　⓪4-00-

俳句

114131-0

◇現代俳句ニューウェイブ　大木あまりほか著　立風書房　1990.5　182p　21cm　2500円　Ⓘ4-651-60047-6

◇ふさの国俳句風土記　大木雪浪著　千葉　大木雪浪　2007.9　199p　21cm　1260円

◇自由に楽しむ俳句—実作の基本から秀句鑑賞まで、やさしく解説　大串章著　日東書院　1999.12　266p　19cm　1200円　Ⓘ4-528-01369-X

◇遠景近景　大沢ひろし著　調布　ふらんす堂　1999.10　331p　19cm　（泉叢書）　3300円　Ⓘ4-89402-301-5

◇俳句に思う—大竹狭田男評論集　大竹狭田男著　狭山　つばさ俳句会　2003.4　177p　21cm　（つばさ叢書 no.17）　1000円

◇俯瞰—大中祥生遺句文集　大中祥生著, 久行保徳編　徳山　草炎俳句会　1990.8　403p　19cm〈著者の肖像あり 限定版〉　非売品

◇短歌・俳句の社会学　大野道夫著　はる書房　2008.3　255p　20cm　2200円　Ⓘ978-4-89984-095-4

◇花鳥諷詠の論—日本文化の一典型としての俳句　大輪靖宏著　南窓社　1996.4　293p　20cm　2884円　Ⓘ4-8165-0191-6

◇俳句に生かす至言　大輪靖宏著　富士見書房　2002.12　261p　20cm　2500円　Ⓘ4-8291-7524-9

◇俳句・精神の風景　岡井省二著　牧羊社　1989.5　307p　20cm　2575円　Ⓘ4-8333-0194-6

◇俳話一滴　岡井省二著　花神社　1993.9　205p　20cm　2500円　Ⓘ4-7602-1271-X

◇槐庵俳語集—俳句真髄　岡井省二著　朝日新聞社　1999.9　243p　20cm　2600円　Ⓘ4-02-330601-0

◇俳句・深層のコスモロジー　岡井隆編　雄山閣出版　1997.7　219p　22cm　（Series俳句世界 5）　2000円　Ⓘ4-639-01457-0

◇俳句の周辺　尾形仂著　富士見書房　1990.3　259p　20cm　2000円　Ⓘ4-8291-7140-5

◇俳句の可能性　尾形仂著　角川書店　1996.12　252p　20cm　2200円　Ⓘ4-04-884107-6

◇俳句往来—芭蕉・蕪村・寅彦そして現代俳句　尾形仂著　富士見書房　2002.7　225p　20cm　2500円　Ⓘ4-8291-7496-X

◇徹底写生への道—俳句本論　岡田日郎著　梅里書房　1990.10　110p　20cm　1500円　Ⓘ4-87227-035-5

◇俳句の余白　岡部六弥太著　福岡　弦書房　2008.1　252p　18cm　2200円　Ⓘ978-4-902116-98-4

◇輪中諷詠—伊勢長島に生まれた文学　岡本耕治著　長島町（三重県）　岡本耕治　1997.10　238p　20cm

◇俳句は日記　岡本眸著　日本放送出版協会　2002.6　175p　21cm　（NHK俳壇の本）〈肖像あり〉　1300円　Ⓘ4-14-016110-8

◇俳句の一会—続　岡本正敏著　札幌　岡本正敏　1992.12　305p　20cm　1700円

◇俳句の一会—続々　岡本正敏著　札幌　岡本正敏　1998.4　259p　20cm　1700円

◇魅了する詩型—現代俳句私論　小川軽舟著　富士見書房　2004.10　229p　20cm〈文献あり〉　2200円　Ⓘ4-8291-7575-3

◇パロディーの世紀　荻野アンナ, 夏石番矢, 復本一郎編　雄山閣出版　1997.10　209p　22cm　（Series俳句世界 6）　2000円　Ⓘ4-639-01475-9

◇処女句集と現在　「沖」俳句会編　邑書林　1995.9　245p　20cm　2700円　Ⓘ4-89709-149-7

◇淡路島の俳諧　奥野真農編　一宮町（兵庫県津名郡）　一宮町教育委員会　1995.7　418p　19cm　非売品

◇俳句の未来—俳句評論集　小沢克己著　蒼海出版　1992.6　300p　19cm　2600円

◇艶の美学　小沢克己著　沖積舎　1993.8　365p　20cm　3500円　Ⓘ4-8060-4585-3

◇新・艶の美学　小沢克己著　本阿弥書店　2002.9　227p　20cm　2800円　Ⓘ4-89373-847-X

◇俳句と詩の交差点　小沢克己著　東京四季出版　2003.5　337p　19cm　2500円　Ⓘ4-8129-0269-X

◇俳句の時空—小沢克己21世紀俳談　小沢克己述　東京四季出版　2006.6　181p　26cm　2381円　Ⓘ4-8129-0441-2

◇句あれば楽あり　小沢昭一著　朝日新聞社　1997.3　231p　20cm　1648円　Ⓘ4-02-

330509-X
◇俳句武者修行　小沢昭一著　朝日新聞社　2005.10　213p　15cm〈朝日文庫〉　500円　Ⓘ4-02-261491-9
◇俳句で綴る変哲半生記　小沢昭一著　岩波書店　2012.12　309p　14×20cm〈年譜あり〉　2600円　Ⓘ978-4-00-024715-3
◇風土の詩―俳句評論集　小原啄葉著　角川書店　1999.7　235p　20cm　3000円　Ⓘ4-04-871778-2
◇否とよ、陛下―俳句評論集　折笠美秋著,折笠美秋俳句評論集刊行会編　折笠美秋俳句評論集刊行会　1998.7　303,5p　19cm　5000円
◇第一句集を語る　櫂未知子,島田牙城聞き手・各作家小論、鷹羽狩行,岡本眸,有馬朗人,鍵和田秞子,阿部完市,稲畑汀子,広瀬直人,黒田杏子,川崎展宏,宇多喜代子著　角川学芸出版　2005.10　343p　20cm〈角川書店(発売)　年譜あり〉　2000円　Ⓘ4-04-621007-9
◇俳句随想　海城わたる著　近代文芸社　2002.2　447p　20cm　2500円　Ⓘ4-7733-6915-9
◇俳句作り仲間作り　懐西会,西村和子共著　デジタルパブリッシングサービス　2000.5　225p　20cm　2000円　Ⓘ4-925219-10-3
◇俳句作り仲間作り　懐西会,西村和子共著　オンデマンド版　デジタルパブリッシングサービス　2000.9　225p　19cm〈原本：2000年刊〉　2000円　Ⓘ4-925219-11-1
◇日本語あそび「俳句の一撃」　かいぶつ句会編　講談社　2003.11　253p　18cm　1400円　Ⓘ4-06-212101-8
◇花影石心　各務章著　福岡　書肆侃侃房　2008.8　163p　14×19cm　1500円　Ⓘ978-4-902108-79-8
◇俳句のある四季　鍵和田秞子著　角川書店　1995.1　262p　19cm〈角川選書 258〉　1400円　Ⓘ4-04-703258-1
◇現代俳句との対話　片山由美子著　本阿弥書店　1993.3　236p　20cm　2500円　Ⓘ4-89373-064-9
◇俳句の生まれる場所―片山由美子対談集　片山由美子著　本阿弥書店　1995.10　267p　19cm　1900円　Ⓘ4-89373-085-1
◇鳥のように風のように―俳句に寄せる心　片山由美子著　調布　ふらんす堂　1998.7　262p　20cm　2800円　Ⓘ4-89402-244-3
◇日本は俳句の国か　加藤郁乎著　角川書店　1996.1　293p　20cm　2700円　Ⓘ4-04-884097-5
◇叛逆の十七文字―魂の一行詩　角川春樹著　思潮社　2007.10　325p　19cm　2800円　Ⓘ978-4-7837-1639-6
◇漂泊の十七文字―魂の一行詩　角川春樹著　思潮社　2008.10　416p　19cm　3200円　Ⓘ978-4-7837-1647-1
◇俳句その魅力展―子規・漱石・虚子・井泉水・山頭火　神奈川文学振興会編　横浜　県立神奈川近代文学館　2006.9　64p　26cm〈荻原井泉水文庫受贈記念　会期・会場：2006年9月30日～11月12日　県立神奈川近代文学館　共同刊行：神奈川文学振興会　年譜あり〉
◇布袋の袋―俳禅余話　金森比呂尾著　角川書店　1995.8　346p　20cm　2600円　Ⓘ4-04-883412-6
◇兜太のつれづれ歳時記　金子兜太著　創拓社　1992.10　236p　18cm　1300円　Ⓘ4-87138-150-1
◇俳句専念　金子兜太著　筑摩書房　1999.1　254p　18cm〈ちくま新書〉　660円　Ⓘ4-480-05784-6
◇中年からの俳句人生塾　金子兜太著　海竜社　2004.2　229p　20cm　1500円　Ⓘ4-7593-0800-8
◇老いを楽しむ俳句人生　金子兜太著　海竜社　2011.10　243p　18cm〈『中年からの俳句人生塾』(2004年刊)の新装版〉　1300円　Ⓘ978-4-7593-1210-2
◇四季の詞―続　川崎展宏著　角川書店　1991.4　248p　19cm〈角川選書 211〉　1200円　Ⓘ4-04-703211-5
◇俳句初心　川崎展宏著　角川書店　1997.12　245p　20cm　2500円　Ⓘ4-04-884114-9
◇ほうき・いなばふるさとの俳人　河本英明編著　鳥取　いなば庵　1997.12　157p　21cm　2000円
◇俳句、はじめました　岸本葉子著　角川学芸出版　2010.1　228p　19cm〈角川グループパブリッシング(発売)〉　1400円　Ⓘ978-4-04-621466-9
◇俳句、はじめました　岸本葉子著　角川学芸

俳句

出版　2012.12　219p　15cm　（〔角川ソフィア文庫〕〔SP D-113-1〕）〈角川グループパブリッシング（発売）　2010年刊の加筆・修正〉　590円　①978-4-04-406511-9

◇礼讃―エッセー集　木曽聡編　八幡浜　井泉編集室　1994.6　123p　21cm

◇俳句療法―ストレス社会の生き方 hop step jump heaven　木下星城著　御殿場　富嶽出版　2008.1　231,5p　19cm　1000円　①978-4-9903496-1-5

◇辞世の一句　木村虹雨著　角川書店　1992.2　278p　20cm　2500円　①4-04-884083-5

◇草の実　草の実編集室編　岡谷　草の実発行所　1995.9　282p　26cm　3000円

◇旅・名句を求めて　草間時彦著　富士見書房　1996.7　270p　20cm　2000円　①4-8291-7319-X

◇近代俳句の流れ　草間時彦著　永田書房　1997.1　226p　20cm　1900円　①4-8161-0647-2

◇スワンの不安―現代俳句の行方 評論集　久保純夫著　弘栄堂書店　1990.7　339p　20cm　3300円　①4-906239-04-8

◇近代俳句　栗田靖,清水弥一編　翰林書房　1995.5　119p　21cm　（日本文学コレクション）　1400円　①4-906424-69-4

◇俳句と出会う　黒田杏子著　小学館　1995.2　286p　19cm　1900円　①4-09-387145-0

◇俳句と出会う　黒田杏子著　小学館　1997.12　380p　16cm　（小学館ライブラリー）　900円　①4-09-460095-7

◇俳句の玉手箱　黒田杏子著　飯塚書店　2008.3　221p　19cm　1600円　①978-4-7522-2053-4

◇ヘップバーンな女たち―39の東京ストーリー　月刊ヘップバーン著　リヨン社　1999.6　173p　19cm　1200円　①4-576-99059-4

◇現代俳句と私性―論集　現代俳句協会青年部著　現代俳句協会　1993.10　271p　19cm　（現代俳句の展開 41）　2000円

◇現代俳句と読み―論集　現代俳句協会青年部著　現代俳句協会　1994.10　299p　19cm　（現代俳句の展開 43）　2000円

◇俳考論―討論集　現代俳句研究会著　現代俳句協会　1990.12　310p　19cm　（現代俳句の展開 25）　1200円

◇香西照雄著作集―3　香西隆子編　保谷　香西隆子　1992.3　517p　20cm〈私家版 精興社（製作）〉　非売品

◇香西照雄著作集―4　香西隆子編　保谷　香西隆子　1992.3　461p　20cm〈私家版 精興社（製作）〉　非売品

◇書で綴る俳句の歴史―鑑賞と解釈　広論社出版局編　広論社　1990.8　226p　26cm　4841円　①4-87535-128-3

◇俳句のことばたち―私の俳諧〈幻〉論　小島厚生著　邑書林　1995.12　201p　20cm　2700円　①4-89709-162-4

◇俳句遠望　後藤比奈夫著　調布　ふらんす堂　1998.6　277p　20cm　2667円　①4-89402-243-5

◇俳句の見える風景　後藤比奈夫著　朝日新聞社　1999.4　179p　20cm　2000円　①4-02-330578-2

◇句作り千夜一夜　後藤比奈夫著　調布　ふらんす堂　2012.4　223p　20cm〈著作目録あり〉　2667円　①978-4-7814-0456-1

◇入門花鳥諷詠―後藤夜半俳話集　後藤夜半著,後藤比奈夫編　角川書店　1991.2　262p　20cm　2300円　①4-04-884080-0

◇俳句の世界―発生から現代まで　小西甚一著　講談社　1995.1　410p　15cm　（講談社学術文庫）　1000円　①4-06-159159-2

◇俳句という遊び―句会の空間　小林恭二著　岩波書店　1991.4　259,1p　18cm　（岩波新書）　580円　①4-00-430169-6

◇俳句という愉しみ―句会の醍醐味　小林恭二著　岩波書店　1995.2　252,1p　18cm　（岩波新書）　620円　①4-00-430379-6

◇俳句という遊び―句会の空間　小林恭二著　日本点字図書館（製作）　1995.8　3冊　27cm　全5100円

◇俳句という愉しみ―句会の醍醐味　小林恭二著　日本点字図書館（製作）　1996.8　3冊　27cm　全5100円

◇実用 青春俳句講座　小林恭二著　筑摩書房　1999.10　260p　15cm　（ちくま文庫）　680円　①4-480-03516-7

◇口車亭覚書―続　小林康治著　横浜　小林美津　1992.12　170p　20cm〈私家版〉

◇俳句力―ゆっくり生きる　小林木造著　日本放送出版協会　2003.10　205p　21cm　1200円　Ⓘ4-14-016119-1

◇風姿雑談―続　小松崎爽青著　永田書房　1995.10　259p　20cm　3600円　Ⓘ4-8161-0641-3

◇名句の美学―上　西郷竹彦著　名古屋　黎明書房　1991.11　230p　20cm　2000円　Ⓘ4-654-07538-0

◇名句の美学―下　西郷竹彦著　名古屋　黎明書房　1991.11　260p　20cm　2200円　Ⓘ4-654-07539-9

◇名句の美学　西郷竹彦著　増補・合本　名古屋　黎明書房　2010.7　230,260,18p　20cm　5800円　Ⓘ978-4-654-07616-1

◇越前朝日町俳諧史　斎藤耕子編　鯖江　福井県俳句史研究会　1994.6　100p　19cm

◇若越俳人列伝―福井県俳諧史　斎藤耕子著　鯖江　福井県俳句史研究会　1996.8　351p　22cm　5000円

◇若越俳句抄　斎藤耕子著　鯖江　福井県俳句史研究会　1997.12　259p　19cm　2000円

◇耕文集　斎藤耕子著　鯖江　福井県俳句史研究会　2009.3　291p　19cm　非売品

◇俳句の風土―2　斉藤美規著　文学の森　2006.9　335p　19cm　2381円　Ⓘ4-86173-468-1

◇俳句の論―古典と現代　佐伯昭市論文集　佐伯昭市著,佐伯昭市論文集刊行会編集委員編　私家版　〔横浜〕　佐伯昭市論文集刊行会　2000.10　372p　22cm　10000円

◇われらが俳句―その序説　逆川鮎太郎著　横浜　栗田書林　2000.6　231p　15cm　（栗田文庫）　476円　Ⓘ4-9980679-0-7

◇花の燭台―ローラント・シュナイダー講演記念エッセイ集・講演記録　坂西八郎編　札幌　響社　1989.6　221p　20cm　2280円　Ⓘ4-906198-21-X

◇俳諧から俳句へ　桜井武次郎著　角川学芸出版　2004.10　205p　20cm　〈角川書店（発売）〉　2476円　Ⓘ4-04-651919-3

◇滅びゆく寒哦―文芸論　笹野儀一著　徳島　第一出版　1998.2　264p　21cm　2000円

◇佐高信の俳論風発―15人の、この人あの歌　佐高信著　七つ森書館　2009.11　205p　20cm　1800円　Ⓘ978-4-8228-0903-4

◇脇町俳壇史　佐藤一風著　〔脇町（徳島県）〕　脇町俳壇　1997.10　188p　26cm　非売品

◇俳句の基本　沢木欣一著　東京新聞出版局　1995.4　302p　19cm　1500円　Ⓘ4-8083-0522-4

◇古今の秀句を観る　椎橋清翠著　北溟社　1999.5　226p　21cm　2400円　Ⓘ4-8096-8201-3

◇季節のこころ　茂里正治著　近代文芸社　1996.5　193p　20cm　1800円　Ⓘ4-7733-5396-1

◇新編俳諧博物誌　柴田宵曲著,小出昌洋編　岩波書店　1999.1　347p　15cm　（岩波文庫）　600円　Ⓘ4-00-311064-1

◇詩のある俳句　嶋岡晨著　飯塚書店　1992.4　229p　20cm　2000円　Ⓘ4-7522-2011-3

◇NHK俳句その間違いと批判―趣味講座平成元年四月―趣味百科平成四年一月　清水杏芽著　沖積舎　1993.11　290p　19cm　2300円　Ⓘ4-8060-4574-8

◇俳句は「切レ」がいのち　清水杏芽著　沖積舎　1993.11　238p　19cm　2300円　Ⓘ4-8060-4042-8

◇本当の俳句を求めて―NHK俳壇の間違いと批判　清水杏芽著　沖積舎　1995.7　236p　19cm　2500円　Ⓘ4-8060-4600-0

◇虚子も蛇笏も俳句を知らなかった　清水杏芽著　島津書房　1997.3　276p　19cm　2718円　Ⓘ4-88218-060-X

◇俳句は十七音字と「切レ」とで成立する詩である　清水杏芽著　沖積舎　1999.6　229p　19cm　2500円　Ⓘ4-8060-4637-X

◇俳句の仕掛け　清水杏芽著　沖積舎　2000.11　144p　19cm　2000円　Ⓘ4-8060-4657-4

◇俳句片言　清水杏芽著　沖積舎　2001.12　212p　19cm　〈著作目録あり〉　2000円　Ⓘ4-8060-4668-X

◇あづま遊び―俳句随想　清水候鳥著　八千代　清水候鳥　2007.6　254p　19cm　2000円

◇遊戯三昧―俳諧襍稿　上甲平谷著　谷沢書房　1992.4　307p　19cm　〈著者の肖像あり〉　2600円

◇吾恥珍宝　菅井魚里編,奥野真農補筆,植野徹

俳句

再補編集 〔津名町（兵庫県）〕 植野徹 〔1997〕 239p 21cm

◇対話と寓意がある風景―評論集 鈴木蚊都夫著 本阿弥書店 1990.4 312p 20cm 2800円 Ⓘ4-89373-026-6

◇せんちみりみり 鈴木純一著 豈の会 2005.8 79,16p 18cm （豈叢書 3）〈佐久邑書林（発売） 他言語標題：I'm getting sentimillilitre over you〉 953円 Ⓘ4-89709-528-X

◇片言自在―俳句この頃 鈴木鷹夫著 調布 ふらんす堂 2002.2 268p 20cm 2800円 Ⓘ4-89402-455-1

◇太郎の体験的俳句入門 鈴木太郎著 北溟社 1999.7 354p 19cm 2000円 Ⓘ4-8096-8202-1

◇俳句という劇場―新世紀俳句の遠近法 須藤徹著 深夜叢書社 1998.12 317p 20cm 2800円 Ⓘ4-88032-225-3

◇現代俳句のメッセージ 須原和男著 ウエップ 2005.4 189p 20cm〈三樹書房（発売）〉 2000円 Ⓘ4-89522-450-3

◇俳句の「場」としてのインターネット―ハイクの統一場理論を目指して 墨岡学ほか 松山 松山大学総合研究所 2003.11 235p 21cm （松山大学言語・情報研究センター叢書 第2巻）

◇俳句と青春―私家版 清田昌弘著 〔鎌倉〕 清田昌弘 2001.8 83p 15cm

◇詩美と魂魄―「合意」への形成 妹尾健著 京都 白地社 1995.8 427p 20cm 3200円 Ⓘ4-89359-168-1

◇妹尾健俳句評論論文選―1 妹尾健著 〔八幡〕 〔妹尾健〕 2004.1 109p 21cm 〈奥付のタイトル：俳句評論論文選〉 非売品

◇風潮と行方―俳句の時代に問う 千田一路集 千田一路著 近代文芸社 1991.8 114p 19cm （文芸評論文庫 第15集） 1300円 Ⓘ4-7733-1094-4

◇21世紀の俳句 宗左近著 東京四季出版 1996.7 275p 19cm 2500円 Ⓘ4-87621-866-1

◇三原古今俳人銘鑑 袖下拝悠著 三原 大東印刷（印刷） 1995.10 61p 19cm 非売品

◇俳句と文章 妙木清著,平野銀洋子編 堺 文芸同好会 1993.2 38p 18cm （Jupiter叢書 228）

◇五苔雑記―俳句 随筆 高井北杜著 徳島 ひまわり俳句会 1990.7 459p 19cm （ひまわり近代叢書第78集）〈五苔雑記100回記念編集〉 2500円

◇俳句芸話 高井北杜著 徳島 ひまわり俳句会 1993.7 633p 19cm （ひまわり近代叢書 第100集）〈私家版 著者の肖像あり〉 3000円

◇あるがままに―俳文編 高木青二郎著 大日本印刷（印刷） 1996.6 481p 22cm 2000円

◇あるがままに―俳論編 高木青二郎著 大日本印刷（印刷） 1997.3 413p 22cm 2000円

◇旅と俳句 高木良多著 白鳳社 1990.12 361p 19cm 2500円

◇水郷の風土 高木良多著 新座 有文社 2009.5 270p 20cm〈年表あり 文献あり〉 2000円 Ⓘ978-4-946374-34-0

◇胡桃の部屋―エッセイ集 鷹羽狩行著 三鷹 ふらんす堂 1991.10 249p 20cm 2100円 Ⓘ4-89402-037-8

◇季節の心 鷹羽狩行著 本阿弥書店 1993.8 251p 20cm 2000円 Ⓘ4-89373-067-3

◇俳句歓談―対談集 鷹羽狩行著 角川書店 2000.12 269p 20cm 2600円 Ⓘ4-04-871906-8

◇名所で名句―決定版 鷹羽狩行著 角川学芸出版 2011.10 185p 15cm （角川文庫 17087―〔角川ソフィア文庫〕 〔D-111-1〕）〈角川グループパブリッシング（発売） 小学館1999年刊の加筆 文献あり〉 667円 Ⓘ978-4-04-406508-9

◇旬の菜滋記 高橋治著 朝日新聞社 1995.6 207p 20cm 1800円 Ⓘ4-02-256866-6

◇慕情旅まくら 高橋治著 角川書店 1998.9 221p 20cm 1600円 Ⓘ4-04-883538-6

◇旬の菜滋記 高橋治著 朝日新聞社 1999.3 213p 15cm （朝日文庫） 940円 Ⓘ4-02-264179-7

◇女ひとり四季 高橋治著 朝日新聞社 1999.4 226p 20cm 1800円 Ⓘ4-02-256903-4

◇俳句の雪女 高橋喜平写真・文 盛岡 岩

手日報社　1996.1　97p　22cm　1800円　Ⓘ4-87201-185-6
◇芭蕉とネットの時代　高橋信之著　松山　水煙ネット　2005.8　134p　21cm　（水煙俳句叢書　別巻1）〈青葉図書（発売）〉　1143円　Ⓘ4-900024-82-1
◇私自身のための俳句入門　高橋睦郎著　新潮社　1992.9　221p　19cm　（新潮選書）　950円　Ⓘ4-10-600427-5
◇百人一句―俳句とは何か　高橋睦郎著　中央公論社　1999.1　236p　18cm　（中公新書）　700円　Ⓘ4-12-101455-3
◇俳句―the poetic key to Japan　高橋睦郎選・文，井上博道写真，高岡一弥アートディレクション，宮下恵美子，リー・ガーガ英訳　新装版　ピエ・ブックス　2009.8　420p　16cm〈英語併記　他言語標題：Haiku〉　1600円　Ⓘ978-4-89444-800-1
◇俳句流山―わたしの原郷　高橋龍著　流山　崙書房出版　2008.6　164p　18cm　（ふるさと文庫 191）　1200円　Ⓘ978-4-8455-0191-5
◇俳句はかく解しかく味う　高浜虚子著　岩波書店　1991.6　201p　19cm　（ワイド版岩波文庫）　800円　Ⓘ4-00-007053-3
◇俳句への道　高浜虚子著　岩波書店　1997.1　251p　15cm　（岩波文庫）　570円　Ⓘ4-00-310287-8
◇俳談　高浜虚子著　岩波書店　1997.12　321p　15cm　（岩波文庫）　600円　Ⓘ4-00-310288-6
◇立子へ抄―虚子より娘へのことば　高浜虚子著　岩波書店　1998.2　361p　15cm　（岩波文庫）　660円　Ⓘ4-00-310289-4
◇俳句とはどんなものか　高浜虚子著　角川学芸出版　2009.11　142p　15cm　（角川文庫 16006―〔角川ソフィア文庫〕〔D-104-2〕）〈角川グループパブリッシング（発売）〉　590円　Ⓘ978-4-04-409412-6
◇俳句の対話法　谷山花猿著　新俳句人連盟　1993.10　353p　19cm　（俳句人叢書 5）〈著者の肖像あり〉　1500円
◇ちょっと帽子を―俳縁雑談集　私家版　田沼文雄著　千葉　田沼文雄　2006.7　213p　18cm
◇俳句大行進―信濃の人と風土を詠む　千曲山人著　長野　銀河書房　1996.4　282p　19cm　1748円　Ⓘ4-87413-007-0
◇俳句って，たのしい　辻桃子著　朝日新聞社　1994.4　289p　15cm　（朝日文庫）　590円　Ⓘ4-02-261013-1
◇俳句の天地　辻桃子，安部元気監修，吉田巧写真　大阪　創元社　2004.6　204p　19cm〈文献あり〉　1600円　Ⓘ4-422-73120-3
◇俳句人名辞典　常石英明編著　金園社　〔1997〕　634p　22cm　6000円　Ⓘ4-321-32701-6
◇俳句―口誦と片言　坪内稔典著　五柳書院　1990.1　292p　20cm　（五柳叢書 16）　2000円　Ⓘ4-906010-37-7
◇俳句のユーモア　坪内稔典著　講談社　1994.4　246p　19cm　（講談社選書メチエ 13）　1500円　Ⓘ4-06-258013-6
◇風呂で読む俳句入門　坪内稔典著　京都　世界思想社　1995.2　102p　19cm　980円　Ⓘ4-7907-0536-6
◇坪内稔典の俳句の授業　坪内稔典著　名古屋　黎明書房　1999.3　244p　19cm　1700円　Ⓘ4-654-01622-8
◇俳句的人間短歌的人間　坪内稔典著　岩波書店　2000.8　248p　20cm　2000円　Ⓘ4-00-002976-2
◇俳句発見　坪内稔典著　富士見書房　2003.12　281p　20cm　2400円　Ⓘ4-8291-7558-3
◇言葉のゆくえ―俳句短歌の招待席　坪内稔典，永田和宏著，京都新聞社編　京都　京都新聞出版センター　2009.3　190p　20cm　1400円　Ⓘ978-4-7638-0614-7
◇超現実と俳句　鶴岡善久著　沖積舎　1998.9　267p　20cm　2800円　Ⓘ4-8060-4630-2
◇隻語の視座―近代と俳句　評論集　鶴巻ちしろ著　横浜　道標俳句会　1990.7　50p　21cm　（道標叢書）　500円
◇日本の伝統文化としての俳句と英米の詩　出原博明著　和泉　桃山学院大学総合研究所　2001.3　146p　21cm　（研究叢書 13）〈他言語標題：Haiku as a Japanese traditional art : parallels with Anglo-American poetry　文献あり〉　Ⓘ4-944181-05-1
◇紙の碑―秋灯かくも短き詩を愛し谷子　寺井谷子著　飯塚書店　2006.7　239p　22cm

2476円　Ⓘ4-7522-2049-0
◇俳句の海へ言葉の海へ―NHK俳句　寺井谷子著　日本放送出版協会　2007.1　173p　21cm　1300円　Ⓘ978-4-14-016147-0
◇俳句善哉　寺西岬骨著　金沢　北国新聞社　1992.5　155p　19cm　1500円　Ⓘ4-8330-0768-1
◇俳句・私の一句　戸板康二著　オリジン社　1993.5　259p　20cm　2000円　Ⓘ4-07-939540-X
◇友あり駄句あり三十年―恥多き男づきあい春重ね　東京やなぎ句会編　日本経済新聞社　1999.3　283p　20cm　1700円　Ⓘ4-532-16298-X
◇五・七・五句宴四十年　東京やなぎ句会編　岩波書店　2009.7　258p　20cm〈執筆：入船亭扇橋ほか〉　2000円　Ⓘ978-4-00-022890-9
◇風のことば―俳句つれづれ　冨岡夜詩彦著　高岡町（宮崎県）　本多企画　1997.7　275p　19cm　2500円　Ⓘ4-89445-023-2
◇花明り―文人たちの俳句　戸村昭子著　河北町（宮城県）　戸村昭子　1992.3　67p　21cm　非売品
◇俳句的　外山滋比古著　みすず書房　1998.9　176p　20cm　2000円　Ⓘ4-622-04659-8
◇短詩型の文学　外山滋比古著　みすず書房　2003.1　348p　20cm（外山滋比古著作集6　外山滋比古著）〈シリーズ責任表示：外山滋比古〔著〕〉　3600円　Ⓘ4-622-04856-6
◇俳句の詩学　外山滋比古著　沖積舎　2006.11　157p　20cm　2500円　Ⓘ4-8060-4721-X
◇俳句逍遥　豊長みのる著　角川書店　1991.9　324p　20cm　3000円　Ⓘ4-04-884081-9
◇俳句のこころ　豊長みのる著　蝸牛社　1997.5　72p　20cm（俳句・俳景5）　1400円　Ⓘ4-87661-304-4
◇俳句のサイズ―自然科学的視点からのアプローチ　執木龍著　梅里書房　1997.8　200p　20cm　2600円　Ⓘ4-87227-145-9
◇俳句の時代―遠野・熊野・吉野聖地巡礼　中上健次,角川春樹著　角川書店　1992.8　262p　15cm（角川文庫）　470円　Ⓘ4-04-145608-8

◇秋のひかりに―俳句の現場　永島靖子著　紅書房　2008.10　319p　20cm　3000円　Ⓘ978-4-89381-240-7
◇この道に古人なし―利休そして芭蕉・蕪村・子規　永田龍太郎著　永田書房　1999.8　294p　20cm　1857円　Ⓘ4-8161-0666-9
◇俳句のこころ―中西舗土作句周辺　中西舗土著　金沢　雪垣社　2006.3　249p　22cm〈発行所：能登印刷出版部〉　2000円　Ⓘ4-89010-456-9
◇俳句の楽しみ方―2　中西竜著　永田書房　1990.5　331p　20cm　2000円　Ⓘ4-8161-0568-9
◇俳句の楽しみ方―3　中西竜著　永田書房　1990.7　315p　20cm　2000円　Ⓘ4-8161-0571-9
◇俳句のたのしみ　中村真一郎著　新潮社　1990.11　238p　20cm　1400円　Ⓘ4-10-315514-0
◇俳句のたのしみ　中村真一郎著　新潮社　1996.5　199p　16cm（新潮文庫）　360円　Ⓘ4-10-107107-1
◇俳句礼賛―こころに残る名句　中村苑子著　富士見書房　2001.4　249p　20cm　2400円　Ⓘ4-8291-7468-4
◇那須乙郎「向日葵」巻頭言集　那須乙郎著　東京四季出版　1998.8　143p　19cm（向日葵叢書　第7輯）　1300円
◇夏井いつきのスパイシーママ　夏井いつき著　松山　愛媛新聞社　2005.8　199p　19cm　1600円　Ⓘ4-86087-036-0
◇現代俳句と21世紀　夏石番矢ほか編　現代俳句協会青年部　1995.10　351p　19cm　2000円
◇〈超早わかり〉現代俳句マニュアル　夏石番矢著　立風書房　1996.12　255p　20cm　2524円　Ⓘ4-651-60065-4
◇俳句は友だち―おぼえておきたい名作80選　夏石番矢編　教育出版　1997.11　79p　17cm　476円　Ⓘ4-316-40011-8
◇俳句は歓びの文学　成田千空著　角川学芸出版　2009.10　239p　19cm〈角川グループパブリッシング（発売）〉　2200円　Ⓘ978-4-04-621484-3
◇俳句の美学　成井恵子著　牧羊社　1992.9　328p　19cm　2600円　Ⓘ4-8333-1536-X

俳句

◇とのさま俳話　成瀬正俊著　梅里書房　1992.11　155p　20cm　2300円　①4-87227-055-X

◇とのさま俳話―2　成瀬正俊著　梅里書房　1993.11　147p　20cm　2300円　①4-87227-069-X

◇とのさま俳話―3　成瀬正俊著　梅里書房　1994.8　157p　20cm　2300円　①4-87227-091-6

◇言葉に恋して―現代俳句を読む行為　鳴戸奈菜著　沖積舎　1993.9　347p　20cm　3000円　①4-8060-4584-5

◇歳時記の経験　鳴戸奈菜著　柏　らんの会　2005.2　168p　19cm　1800円

◇俳句で読者を感動させるしくみ　西池冬扇著　徳島　ひまわり俳句会　2006.6　187p　19cm　(ひまわり近代叢書　第184集―俳句中級講座 1)　1500円

◇松籟居雑筆　西本一都著　長野　西本桃代　1994.5　374p　22cm〈製作協力：銀河書房　著者の肖像あり〉

◇現代短詩型文学の交差点―シンポジウム 2　俳句と川柳の対話　日本現代詩歌文学館編　北上　日本現代詩歌文学館　1992.1　65p　26cm　(日本現代詩歌文学館報告書　第2輯)〈期日：平成3年6月22日〉

◇俳句とハイク―シンポジウム短詩型表現をめぐって―俳句を中心に　日本文体論学会編　花神社　1994.11　215p　21cm　2500円　①4-7602-1328-7

◇俳句とは何か　日本ペンクラブ編,小林恭二選　福武書店　1989.9　301p　16cm　(福武文庫)　600円　①4-8288-3108-8

◇近世・近代ぬまづの俳人たち　沼津市明治史料館編　沼津　沼津市明治史料館　1996.7　56p　26cm

◇わが愛する俳句　根本青憨著　文学の森　2006.5　116p　19cm　1905円　①4-86173-413-1

◇蛍袋の花―随想集　野沢節子著　北溟社　1994.6　211p　20cm　2500円

◇秀句十二か月　能村登四郎著　富士見書房　1990.5　209,18p　20cm　1600円　①4-8291-7141-3

◇無敵の俳句生活　俳筋力の会編　ナナ・コーポレート・コミュニケーション　2002.6　231p　19cm　1600円　①4-901491-06-7

◇俳句を語る　俳人協会編　梅里書房　1996.2　396p　20cm　2500円　①4-87227-129-7

◇風物ことば十二ヵ月　萩谷朴著　新潮社　1998.6　372p　19cm　(新潮選書)　1400円　①4-10-600539-5

◇俳諧余談　橋間石著,和田悟朗編　生駒　白燕俳句会　2009.3　346p　20cm　3000円

◇中島斌雄俳論集　橋爪鶴麿ほか編　麦の会　1996.8　441p　20cm　3900円

◇写生片言―写生俳句への道　橋本鶏二著　富士見書房　1993.4　226p　20cm　(年輪叢書　第108篇)　2600円　①4-8291-7224-X

◇俳句の宇宙　長谷川櫂著　花神社　1989.10　199p　20cm　2000円　①4-7602-1028-8

◇俳句の宇宙　長谷川櫂著　新装版　花神社　1993.7　199p　20cm　2200円　①4-7602-1273-6

◇俳句の宇宙　長谷川櫂著　花神社　2001.9　199p　19cm　2200円　①4-7602-1662-6

◇俳句的生活　長谷川櫂著　中央公論新社　2004.1　286p　18cm　(中公新書)　780円　①4-12-101729-3

◇風紋　土生重次著　あひる書房　2006.8　221p　19cm〈星雲社(発売)〉　2300円　①4-434-07980-8

◇俳句此岸―2004-2008　林桂著　前橋　鬣の会　2009.4　169p　15cm　(風の花冠文庫 6)　952円　①978-4-902404-05-0

◇いまどきの俳句　原満三寿著　沖積舎　1996.7　304p　19cm　3398円　①4-8060-4611-6

◇花春秋　原田利明著　館山　館山ロータリークラブ　1996.3　126p　21cm　1500円

◇俳句考　樋口昌夫著　本阿弥書店　1991.7　143p　20cm　1800円　①4-89373-045-2

◇選者考　尾藤三柳著　大阪　葉文館出版　1999.7　217p　19cm　2667円　①4-89716-113-4

◇現代の俳句　平井照敏編　講談社　1993.1　523p　15cm　(講談社学術文庫)　1200円　①4-06-159056-1

◇蒼いポシェット―平井洋城随筆・俳論集　平井洋城著　平井洋城　1991.8　90p　19cm　1800円

日本近現代文学案内　**641**

俳句

◇現代俳句を考える―平柳青旦子俳句評論集　平柳青旦子著　横浜　群落俳句会　1990.1　159p　18cm　1000円

◇天使のスケッチブック―深町一夫評論集　深町一夫著　芦別　書肆茜屋　2001.5　200p　19cm　（茜屋新書 4）　2300円

◇表現と表白　深谷雄大著　邑書林　1998.7　249p　20cm　1900円　④4-89709-289-2

◇言葉の広がり　福田雅子著　花神社　2004.8　231p　19cm〈文献あり〉　2000円　④4-7602-1781-9

◇俳句を楽しむ―ハレの俳句ケの俳句　復本一郎著　雄山閣出版　1990.4　270p　20cm　1800円　④4-639-00944-5

◇俳人名言集　復本一郎著　朝日新聞社　1992.11　216p　15cm　（朝日文庫）　460円　④4-02-260732-7

◇現代俳句への問いかけ　復本一郎著　邑書林　1997.10　246p　20cm　2600円　④4-89709-240-X

◇俳句と川柳―「笑い」と「切れ」の考え方、たのしみ方　復本一郎著　講談社　1999.11　260p　18cm　（講談社現代新書）　680円　④4-06-149478-3

◇俳句源流考―俳諧発句論の試み　復本一郎著　松山　愛媛新聞社　2000.6　808p　21cm　7000円　④4-900248-71-1

◇俳句芸術論　復本一郎著　沖積舎　2000.11　227p　20cm　3000円　④4-8060-4659-0

◇俳句の方法―現代俳人の青春　藤田湘子著　角川書店　1994.10　254p　19cm　（角川選書 256）　1300円　④4-04-703256-5

◇書のための名句手帖　二瀬西恵編　木耳社　1991.7　239p　19cm　1550円　④4-8393-2547-2

◇俳句　R.H.ブライス著,村松友次,三石庸子共訳　永田書房　2004.4　571p　19cm　3333円　④4-8161-0697-9

◇私の俳句修行　アビゲール・フリードマン著,中野利子訳　岩波書店　2010.11　203,5p　20cm　2200円　④978-4-00-025775-6

◇緋衣とともに―古田謙二（冬草）遺稿集　古田冬草著,古田良三編　コンサルアーツ蟇出版　2009.6　290p　図版4p　22cm〈年譜あり〉

◇共生の文学―別所真紀子俳諧評論集　別所真紀子著　東京文献センター　2001.9　232p　19cm　1800円　④4-925187-23-6

◇俳句の家　坊城中子著　角川学芸出版　2010.3　229p　19cm〈角川グループパブリッシング（発売）〉　2000円　④978-4-04-621437-9

◇俳句とともに　星野椿著　角川書店　1996.11　252p　19cm　1800円　④4-04-884109-2

◇俳句入門のために　堀口星眠著　八王子　揺籃社　1995.6　223p　18cm　1200円　④4-89708-106-8

◇霧くらげ何処へ　堀本吟著　深夜叢書社　1992.11　229p　20cm　2500円

◇俳句定型8ビート論　前川剛著　みくに書房　1992.1　277p　20cm　1500円　④4-943850-43-X

◇形象作品のために―1　前原東作著　鹿児島　ジャプラン　1990.12　417p　22cm　5150円

◇形象作品のために―2　前原東作著　鹿児島　ジャプラン　1990.12　370p　22cm　5150円

◇俳句燦燦―随想集　前山松花著　牧羊社　1993.7　222p　20cm　2000円　④4-8333-1564-5

◇俳句散策　前山松花著　牧羊社　1996.4　311p　20cm　3000円　④4-8333-1596-3

◇俳句を楽しむ　前山松花著　朝日新聞社　2001.1　217p　20cm　2600円　④4-02-330583-9

◇俳句の出発　正岡子規著,中村草田男編　みすず書房　2002.10　290p　20cm　2800円　④4-622-07009-X

◇十七音（じゅうなйおん）の履歴書―俳句をめぐるヒト、コト、モノ。　正木ゆう子著　春秋社　2009.7　216p　20cm　1800円　④978-4-393-43633-2

◇ゆうきりんりん―私の俳句作法　遊季　正木ゆう子著　春秋社　2009.9　197p　20cm　1700円　④978-4-393-43634-9

◇群れ鴉　松井清徳著　沖積舎　1996.7　243p　20cm　3500円　④4-8060-4610-8

◇白の神話―俳句随想集　松浦加古著　市川

みとす社出版部　1995.12　255p　19cm　（おーとるじゅ叢書）　2200円

◇展開する俳句―変容と統合のすすめ　松浦敬親著　北宋社　2005.8　382p　20cm　3800円　①4-89463-070-2

◇大野林火全集―第3巻　評論　松崎鉄之介ほか編　梅里書房　1993.10　473p　22cm　〈監修：井本農一ほか〉　10000円　①4-87227-062-2

◇大野林火全集―第8巻　未刊評論　松崎鉄之介ほか編　梅里書房　1994.11　475p　22cm　〈監修：井本農一ほか〉　10000円　①4-87227-067-3

◇俳諧道　松根東洋城著　日本図書センター　1993.1　331,9p　22cm　（近代作家研究叢書　131）〈解説：山下一海　渋柿社昭和13年刊の複製〉　7210円　①4-8205-9232-7,4-8205-9221-1

◇俳句から俳句へ　松山足羽著　本阿弥書店　2001.8　201p　20cm　2700円　①4-89373-740-6

◇「俳句」と「童謡」―心のふるさと　的場小太郎著　日本図書刊行会　2005.1　351,41p　20cm　〈近代文芸社（発売）　文献あり〉　2400円　①4-8231-0788-8

◇夢みる力―わが詞華感愛抄　真鍋呉夫著　調布　ふらんす堂　1998.11　102p　16cm　（ふらんす堂文庫）　1200円　①4-89402-266-4

◇一茶とワイン―ふらんす流俳諧の楽しみ　マブソン青眼著　角川学芸出版　2006.9　259p　19cm　（角川学芸ブックス）〈角川書店（発売）〉　1600円　①4-04-651988-6

◇恋する俳句　黛まどか著　小学館　1998.8　253p　19cm　1200円　①4-09-396341-X

◇俳諧人物便覧　三浦若海著,加藤定彦編　ゆまに書房　1999.6　598p　22cm　16000円　①4-89714-729-8

◇俳句の本質　水原秋桜子著　創拓社　1990.7　187p　18cm　1000円　①4-87138-103-X

◇女うた男うた　道浦母都子,坪内稔典編著　平凡社　2000.10　251p　16cm　（平凡社ライブラリー）　1000円　①4-582-76368-5

◇俳句の余白　三井彰著　近代文芸社　1994.5　95p　20cm　1200円　①4-7733-2706-5

◇虚子以後　宮坂静生著　花神社　1990.7　259p　20cm　2400円　①4-7602-1091-1

◇俳句原始感覚　宮坂静生著　本阿弥書店　1995.9　303p　20cm　2600円　①4-89373-080-0

◇俳句からだ感覚　宮坂静生著　本阿弥書店　2000.11　315p　20cm　2900円　①4-89373-602-7

◇俳句地貌論―21世紀の俳句へ　宮坂静生著　本阿弥書店　2003.3　335p　20cm　3200円　①4-89373-754-6

◇道東歳時記―随想　宮田黄李夫著　釧路　霧丘舎　1991.8　170p　15cm　〈著者の肖像あり〉

◇毎日が日曜日　宗像夕野火著　紅書房　1994.3　265p　20cm　2000円　①4-89381-076-6

◇俳壇三悪七不思議―評論集　村井和一著　現代俳句協会　1992.3　139p　19cm　（現代俳句の展開　33）　1200円

◇東から西へ―俳句のこころ、聖書のひかり　村井弘著　日本図書刊行会　1994.5　79p　20cm　〈近代文芸社（発売）〉　800円　①4-7733-2702-2

◇俳句の森へ　村上方子著　長野　信濃毎日新聞社　2001.6　228p　18cm　1500円　①4-7840-9897-6

◇今朝の一句―366日の俳句ごよみ　村上護著　講談社　1995.12　399p　18cm　1400円　①4-06-207962-3

◇歌ごころ春秋―記紀・万葉から茂吉・文明　村松和夫著　六法出版社　1995.11　221p　20cm　2500円　①4-89770-952-0

◇花鳥止観―続　村松紅花著　永田書房　1994.5　253p　20cm　2000円　①4-8161-0629-4

◇俳句のうそ　村松紅花著　永田書房　1997.10　253p　20cm　2600円　①4-8161-0658-8

◇俳句の周辺　村山砂田男著　近代文芸社　1994.9　360p　20cm　3500円　①4-7733-3636-6

◇俳句のすすめ　村山秀雄著　長井　〔村山秀雄〕　1992.7　348p　19cm

◇続おじさんは文学通―3（俳句編）　明治書院第三編集部編著　明治書院　1997.7　203p

俳句

18cm　880円　ⓘ4-625-53136-5
◇俳句脳―発想、ひらめき、美意識　茂木健一郎,黛まどか著　角川書店　2008.8　174p　18cm　（角川oneテーマ21 A-85）〈角川グループパブリッシング（発売）〉　705円　ⓘ978-4-04-710147-0
◇澄雄俳話五十題　森澄雄著　永田書房　1993.10　282p　20cm　1850円　ⓘ4-8161-0623-5
◇俳句この豊かなるもの　森澄雄著,榎本好宏きき手　邑書林　1994.8　266p　20cm〈著者の肖像あり〉　2600円　ⓘ4-89709-107-1
◇めでたさの文学　森澄雄著　邑書林　1994.11　240p　20cm〈著者の肖像あり〉　2600円　ⓘ4-89709-118-7
◇俳句のいのち　森澄雄著　角川書店　1998.2　281p　20cm　2200円　ⓘ4-04-884116-5
◇俳句のゆたかさ―森澄雄対談集　森澄雄著　朝日新聞社　1998.7　253p　20cm　2500円　ⓘ4-02-330568-5
◇俳句随想 俳句に学ぶ　森澄雄著　角川書店　1999.3　237p　19cm　2000円　ⓘ4-04-884125-4
◇俳句遊心　森澄雄著　調布　ふらんす堂　2004.9　152p　16cm　（ふらんす堂文庫）　1500円　ⓘ4-89402-669-4
◇新・澄雄俳話百題―上巻　森澄雄著　永田書房　2005.4　360p　19cm　1810円　ⓘ4-8161-0702-9
◇新・澄雄俳話百題―下巻　森澄雄著　永田書房　2005.4　363p　19cm　1810円　ⓘ4-8161-0703-7
◇俳句燦々　森澄雄著　角川学芸出版　2009.6　196p　19cm〈角川グループパブリッシング（発売）　著作目録あり〉　2200円　ⓘ978-4-04-621454-6
◇俳諧とその周辺　森川昭著　翰林書房　2002.9　289p　20cm　2500円　ⓘ4-87737-154-0
◇木枯の吹くころ　森川光郎著　須賀川　木枯句会　2006.12　70p　15cm　（桔梗叢書 8）
◇八木健の皆さん、俳句ですよ　八木健著　松山　晴耕雨読　1999.10　164p　19cm　952円　ⓘ4-925082-07-8,4-434-00031-4
◇伊那路の俳人たち　矢島井声著　諏訪　長野日報社　1997.12　344p　19cm　2700円

ⓘ4-931435-04-1
◇画句味彩　山県章宏著　岡山　日本文教出版　2009.10　165p　20×22cm　2500円　ⓘ978-4-8212-9255-4
◇日本の自然を詠む―現代俳句の道を拓いて　山口誓子講話　大阪　ブレーンセンター　1990.3　169p　18cm　（対話講座なにわ塾叢書 35）〈著者の肖像あり 叢書の編者：大阪府「なにわ塾」〉　620円
◇現代俳句・この未熟なるもの　山口光朗著　叢文社　1996.1　217p　20cm　1500円　ⓘ4-7947-0240-X
◇俳句・そのこころ　山下一海述,日本放送協会編　日本放送出版協会　1990.1　160p　21cm　（ラジオNHK市民大学）〈1990年1月13日～3月31日〉　360円
◇俳句への招待―十七音の世界にあそぶ　山下一海著　小学館　1998.4　191p　19cm　（小学館ジェイブックス）　1200円　ⓘ4-09-504413-6
◇俳々逸諧　山下一海著　調布　ふらんす堂　1998.5　99p　16cm　（ふらんす堂文庫）　1200円　ⓘ4-89402-228-1
◇俳句の歴史―室町俳諧から戦後俳句まで　山下一海著　朝日新聞社　1999.4　287p　20cm　2400円　ⓘ4-02-330575-8
◇山田孝雄/新村出　山田孝雄,新村出著　京都　新学社　2006.11　331p　16cm　（新学社近代浪漫派文庫 18）　1305円　ⓘ4-7868-0076-7
◇俳句とは何か　山本健吉著　角川書店　2000.7　350p　15cm　（角川文庫）　819円　ⓘ4-04-114907-X
◇俳句の世界　山本健吉著　講談社　2005.9　297p　16cm　（講談社文芸文庫）〈著作目録あり 年譜あり〉　1350円　ⓘ4-06-198417-9
◇俳句は下手でかまわない　結城昌治著　朝日新聞社　1997.4　212p　15cm　（朝日文芸文庫）　680円　ⓘ4-02-264024-3
◇俳句友だち　夢本編集部編　波乗社　1993.4　284p　20cm　（夢本シリーズ）〈一季出版（発売）〉　1980円　ⓘ4-900451-81-9
◇銀葉俳句読本―俳句人生六十年の作品百句と俳論七十篇 俳句がうまくなる本　吉田銀葉著,群青俳句会編　前橋　上毛新聞社

俳句（辞典・書誌）

◇2006.3　169p　22cm〈肖像あり〉　2000円　Ⓘ4-88058-947-0

◇一句の周辺　吉田汀史著　徳島　航標俳句会　1995.7　421p　19cm　非売品

◇火と鉄―俳誌「やまびこ」巻頭言集成　吉田未灰著　本阿弥書店　1998.8　272p　22cm　2800円　Ⓘ4-89373-315-X

◇俳句とめぐりあう幸せ―俳句に出会う人と出会う　好本恵著　リヨン社　2005.11　251p　20cm〈二見書房（発売）〉　1700円　Ⓘ4-576-05181-4

◇詩としての俳諧、俳諧としての詩――一茶・クローデル・国際ハイク　マブソン・ローラン著　永田書房　2005.4　294p　19cm〈標題紙の責任表示（誤植）：マブソン・ローマン〉　2800円　Ⓘ4-8161-0705-3

◇平畑静塔俳論集―慶老楽事　永田書房　1990.7　337p　20cm　2500円　Ⓘ4-8161-0567-0

◇勝鬨橋が見える―「ザ・築地」の周辺　句集・反響集　水戸　第三金曜会　1991.6　52p　22cm（俳句史の会資料 89号―35―俳句史の会シリーズ 57集）　非売品

◇良夜満帆―抒情への集合　句集『良夜』の反響集　水戸　第三金曜会　1992.10　70p　22cm（俳句史の会資料 89号―37―俳句史の会シリーズ 59集）　非売品

◇富田潮児文集　本阿弥書店　1995.4　479p　20cm　7500円

◇「宮代の俳諧 多少庵の人々」展示図録―平成8年度特別展　宮代町（埼玉県）　宮代町郷土資料館　〔1996〕　16p　26cm

◇日仏対訳現代俳句　現代俳句協会　1998.2　28p　30cm　1000円

辞典・書誌

◇評解名句辞典　麻生磯次,小高敏郎著　創拓社　1990.12　592p　19cm　3000円　Ⓘ4-87138-113-7

◇俳句用語辞典　有馬朗人,金子兜太監修,石田郷子ほか編纂　新版　飯塚書店　2005.1　553p　22cm　4000円　Ⓘ4-7522-2044-X

◇俳句用語辞典　飯塚書店編集部編　飯塚書店　1991.6　507p　20cm〈監修：石原八束,金子兜太〉　3800円　Ⓘ4-7522-2009-1

◇月明文庫目録　石川県立図書館編　金沢　石川県立図書館　2003.3　10,237,24p　31cm

◇現代俳句大事典　稲畑汀子,大岡信,鷹羽狩行監修,山下一海,今井千鶴子,宇多喜代子,大串章,片山由美子,栗田やすし,仁平勝,長谷川櫂,三村純也編　三省堂　2005.11　665,91p　22cm〈年表あり〉　6800円　Ⓘ4-385-15421-X

◇現代俳句大事典　稲畑汀子,大岡信,鷹羽狩行監修,山下一海,今井千鶴子,宇多喜代子,大串章,片山由美子,栗田やすし,仁平勝,長谷川櫂,三村純也編　普及版　三省堂　2008.9　665,91p　19cm〈年表あり〉　4800円　Ⓘ978-4-385-15423-7

◇俳諧雑誌総合目録―愛媛県内公共図書館及び松山市立子規記念博物館所蔵　平成7年6月末現在　愛媛県図書館協会,愛媛県立図書館編　松山　愛媛県立図書館　1996.3　56p　26cm

◇日本うたことば表現辞典―6（生活編 上巻）　大岡信監修,日本うたことば表現辞典刊行会編　遊子館　2000.3　24,446p　27cm　Ⓘ4-946525-23-8

◇日本うたことば表現辞典―7（生活編 下巻）　大岡信監修,日本うたことば表現辞典刊行会編　遊子館　2000.3　22p,p447～717,172p　27cm　Ⓘ4-946525-24-6

◇短歌俳句愛情表現辞典　大岡信監修　遊子館　2002.11　554p　19cm　3300円　Ⓘ4-946525-42-4

◇俳句用語用例小事典―7　動物の俳句を詠むために　大野雑草子編　博友社　1990.7　225p　11×15cm　1650円　Ⓘ4-8268-0119-X

◇俳句用語用例小事典―8　神と仏を詠むために　大野雑草子編　博友社　1991.2　387p　11×16cm　2500円　Ⓘ4-8268-0134-3

◇俳句用語用例小事典―9　芸術・文化を詠むために　大野雑草子編　博友社　1993.4　301p　11×16cm　2200円　Ⓘ4-8268-0142-4

◇俳句用語用例小事典―10　花と草樹を詠むために　大野雑草子編　博友社　1994.8　389p　11×16cm　2500円　Ⓘ4-8268-0149-1

◇俳句用語用例小事典―別巻　色と光の俳句を詠むために　大野雑草子編　博友社　1995.3

日本近現代文学案内　645

俳句（辞典・書誌）

221p　11×16cm　2000円　Ⓘ4-8268-0154-8
◇俳句用語用例小事典—別巻〔2〕音の俳句を詠むために　大野雑草子編　博友社　1995.11　245p　11×16cm　2200円　Ⓘ4-8268-0160-2
◇俳文学大辞典　尾形仂ほか編　角川書店　1996.3　1184p　27cm　18000円　Ⓘ4-04-022700-X
◇柿衛文庫目録—短冊篇　柿衛文庫編　八木書店　1999.3　313,58p　22cm　13000円　Ⓘ4-8406-0011-2
◇俳句古語辞典　学研辞典編集部,宗田安正編　学習研究社　2001.12　284p　16cm　930円　Ⓘ4-05-301255-4
◇俳句類語表現辞典　学研辞典編集部編,宗田安正監修　学習研究社　2002.12　286p　16cm　1100円　Ⓘ4-05-301326-7
◇吟行・句会必携　角川書店編　角川書店　2000.2　493p　16cm　1500円　Ⓘ4-04-023300-X
◇飯田九一氏旧蔵寄託資料目録—1　図書・雑誌等之部　神奈川県立図書館編　横浜　神奈川県立図書館　1996.3　61p　30cm　（地域資料目録・主題別シリーズ　1）
◇飯田九一氏旧蔵寄託資料目録—2　短冊之部　神奈川県立図書館編　横浜　神奈川県立図書館　1997.3　98p　30cm　（地域資料目録・主題別シリーズ　1）
◇飯田九一文庫目録—地域資料・主題別解説目録　神奈川県立図書館調査部地域資料課編　横浜　神奈川県立図書館　2010.3　199p　21cm〈年譜あり〉
◇俳諧研究文献目録—連歌・俳諧・雑俳・川柳　楠元六男監修,日外アソシエーツ株式会社編　日外アソシエーツ　2008.3　594p　27cm〈紀伊國屋書店（発売）〉　42857円　Ⓘ978-4-8169-2081-3
◇俳句実作辞典—添削と推敲　倉橋羊村著　東京堂出版　2000.9　269p　20cm　2000円　Ⓘ4-490-10554-1
◇現代俳句用語別秀句集成　斎藤圭主編著　小樽　「丹」俳句会　2012.12　427p　22cm〈新潟　出版サポート大樹舎（発売）〉　2400円　Ⓘ978-4-905400-04-2
◇福井俳句辞典　斎藤耕子編　鯖江　福井県俳句史研究会　2008.4　426p　22cm　5000円
◇現代俳句ハンドブック　斎藤慎爾ほか編　雄山閣出版　1995.8　257,23p　19cm　2884円　Ⓘ4-639-01306-X
◇三省堂名歌名句辞典　佐佐木幸綱,復本一郎編　三省堂　2004.9　1066,90p　19cm〈年表あり〉　4600円　Ⓘ4-385-15382-5
◇三省堂名歌名句辞典　佐佐木幸綱,復本一郎編　机上版　三省堂　2005.9　1066,90p　22cm〈年表あり〉　7500円　Ⓘ4-385-15383-3
◇三省堂俳句用字便覧　三省堂編修所編　三省堂　1998.9　555p　16cm　1500円　Ⓘ4-385-13852-4
◇俳句類語辞典—大活字　言葉豊かに　三省堂編修所編　三省堂　2002.5　543p　22cm（Sanseido's senior culture dictionary）2400円　Ⓘ4-385-16041-4
◇三省堂俳句難読語辞典　三省堂編修所編　三省堂　2003.9　381,13p　16cm　1600円　Ⓘ4-385-13742-0
◇日本詩歌小辞典　塩田丸男著　白水社　2007.9　269,27p　20cm　2800円　Ⓘ978-4-560-03168-1
◇俳句難読語辞典　宗田安正監修,学研辞典編集部編　学習研究社　2003.11　286p　16cm　1100円　Ⓘ4-05-301542-1
◇詳解俳句古語辞典　宗田安正監修　学習研究社　2005.4　540p　19cm　2500円　Ⓘ4-05-301765-3
◇現代俳家人名辞典　素人社編　日本図書センター　1991.2　478,32p　22cm（日本人物誌叢書　18）〈新版（素人社書屋昭和7年刊）の複製〉　10300円　Ⓘ4-8205-4049-1
◇俳句カタカナ語辞典　高橋悦男編　文学の森　2005.3　454p　18cm　2667円　Ⓘ4-86173-164-X
◇神谷瓦人文庫資料目録—1　東京都近代文学博物館編　東京都近代文学博物館　1995.2　274p　30cm
◇名句鑑賞辞典　中村幸弘監修　学習研究社　2006.9　288p　18cm　1280円　Ⓘ4-05-302120-0
◇現代俳句キーワード辞典　夏石番矢著　立風書房　1990.7　322p　20cm　2600円　Ⓘ4-651-60046-8

俳句（辞典・書誌）

◇作品名から引ける日本文学詩歌・俳人個人全集案内　日外アソシエーツ株式会社編　日外アソシエーツ　1992.2　9,835p　22cm〈紀伊国屋書店（発売）〉　12360円　ⓘ4-8169-1118-9

◇日本の詩歌全情報―27/90　日外アソシエーツ株式会社編　日外アソシエーツ　1992.3　1309p　22cm〈紀伊国屋書店（発売）〉　35900円　ⓘ4-8169-1125-1

◇詩歌人名事典　日外アソシエーツ株式会社編　日外アソシエーツ　1993.4　675p　22cm〈紀伊国屋書店（発売）〉　18000円　ⓘ4-8169-1167-7

◇日本の詩歌全情報―91/95　日外アソシエーツ編　日外アソシエーツ　1996.6　454p　22cm　18540円　ⓘ4-8169-1375-0

◇日本の詩歌全情報―1996-2000　日外アソシエーツ株式会社編　日外アソシエーツ　2001.3　750p　22cm〈紀伊国屋書店（発売）〉　19000円　ⓘ4-8169-1652-0

◇詩歌人名事典　日外アソシエーツ編著　新訂第2版　日外アソシエーツ　2002.7　763p　22cm〈紀伊国屋書店（発売）〉　16000円　ⓘ4-8169-1728-4

◇和歌・俳諧史人名事典　日外アソシエーツ編　日外アソシエーツ　2003.1　479p　22cm〈紀伊国屋書店（発売）〉　12000円　ⓘ4-8169-1758-2

◇作品名から引ける日本文学詩歌・俳人個人全集案内―第2期　日外アソシエーツ株式会社編　日外アソシエーツ　2005.6　13,841p　21cm〈紀伊国屋書店（発売）〉　9500円　ⓘ4-8169-1928-7

◇日本の詩歌全情報―2001-2005　日外アソシエーツ株式会社編　日外アソシエーツ　2006.3　818p　22cm〈紀伊国屋書店（発売）〉　19000円　ⓘ4-8169-1967-8

◇俳句抒情辞典―近世編　俳句抒情辞典編集委員会編　飯塚書店　2001.1　264p　20cm　3400円　ⓘ4-7522-2041-5

◇俳句抒情辞典―近代編　俳句抒情辞典編集委員会編　飯塚書店　2002.1　266p　20cm　3400円　ⓘ4-7522-2042-3

◇俳句嚢―電子句帳&季語例句辞典　俳句嚢編集委員会編　日外アソシエーツ　2002.7　94p　22cm〈紀伊国屋書店（発売）〉付属資料：CD-ROM1枚（12cm）〉　3800円　ⓘ4-8169-1731-4

◇悪魔の俳句辞典　俳魔神の会編　邑書林　1993.10　173p　19cm　1800円　ⓘ4-946407-81-2

◇歳時記語源辞典　橋本文三郎著　文芸社　2003.9　281p　22cm〈文献あり〉　1700円　ⓘ4-8355-6269-0

◇吟詠辞典―現代俳句　美研インターナショナル編　美研インターナショナル　2008.6　341p　21cm〈星雲社（発売）〉　2800円　ⓘ978-4-434-11928-6

◇俳句の花図鑑―季語になる折々の花、山野草、木に咲く花460種　復本一郎監修　成美堂出版　2004.4　399p　21cm　1700円　ⓘ4-415-02513-7

◇早引き俳句用字辞典―使いたい言葉がわかる　復本一郎監修　三省堂　2008.6　539p　16cm〈「三省堂俳句用字便覧」（1998年刊）の改題新装版〉　1500円　ⓘ978-4-385-13851-0

◇現代俳句表記辞典　水庭進編　博友社　1990.1　357p　11×15cm　2200円　ⓘ4-8268-0115-7

◇現代俳句類語辞典　水庭進編　博友社　1991.3　301p　11×16cm　2100円　ⓘ4-8268-0124-6

◇現代俳句読み方辞典　水庭進編　博友社　1992.1　293p　11×16cm　2100円　ⓘ4-8268-0133-5

◇現代俳句古語逆引き辞典　水庭進編　博友社　1992.11　337p　11×16cm　2400円　ⓘ4-8268-0138-6

◇現代俳句擬音・擬態語辞典　水庭進編　博友社　1993.12　317p　11×16cm　2400円　ⓘ4-8268-0144-0

◇現代俳句言葉づかい辞典　水庭進編　博友社　1995.8　293p　11×16cm　2400円　ⓘ4-8268-0158-0

◇現代俳句慣用表現辞典　水庭進編　博友社　1996.10　309p　11×16cm　2400円　ⓘ4-8268-0164-5

◇現代俳句慣用表現辞典―続　水庭進編　博友社　1997.12　267p　11×16cm　2330円　ⓘ4-8268-0173-4

◇現代俳句表現活用辞典　水庭進編　東京堂出版　2006.12　332,50p　20cm　2800円

俳句（俳論・俳論研究）

ⓘ4-490-10706-4
◇例解俳句作法辞典　水原秋桜子著　創拓社　1990.10　490p　20cm　2800円　ⓘ4-87138-111-0
◇俳句吟行の入門事典　皆川盤水編　三省堂　1992.5　272p　18cm　（三省堂実用 30）　1000円　ⓘ4-385-14183-5
◇俳句入門事典―すぐ役立つ　皆川盤水著　東京新聞出版局　1993.9　262p　20cm　1800円　ⓘ4-8083-0466-X
◇俳句入門事典―すぐ役立つ　皆川盤水著　改訂新版　東京新聞出版局　1994.2　262p　20cm　1800円　ⓘ4-8083-0479-1
◇俳句吟行の入門事典　皆川盤水編　新装版　三省堂　1994.9　272p　18cm　（三省堂実用）　1300円　ⓘ4-385-14239-4
◇新編俳句表現辞典　皆川盤水監修, 山田春生編　東京新聞出版局　2004.4　342p　16cm　1500円　ⓘ4-8083-0806-1
◇伊地知鉄男文庫目録　早稲田大学図書館編　早稲田大学図書館　1992.3　97p　26cm　（早稲田大学図書館文庫目録 第15輯）
◇俳句―現代俳人名鑑100人 現代俳句彩時記　毎日新聞社　1989.2　183p　30cm　（毎日グラフ別冊）　1400円
◇俳句文学誌事典　新訂第3版　文芸出版社　1993.4　623p　27cm　16000円
◇飯田九一氏旧蔵寄託資料目録―1 追加分　図書・雑誌等之部　〔横浜〕　神奈川県立図書館　〔1997〕　13p　30cm　（地域資料目録・主題別シリーズ 1）
◇現代俳句協会図書室蔵書目録―1997年1月現在　現代俳句協会　1998.2　187p　21cm　1000円
◇詩歌全集・作家名綜覧―第2期　日外アソシエーツ　1999.12　2冊（セット）　21cm　（現代日本文学綜覧シリーズ 22）　47000円　ⓘ4-8169-1575-3
◇詩歌全集・作品名綜覧―第2期 上　日外アソシエーツ　2000.1　618p　22cm　（現代日本文学綜覧シリーズ 23）〈紀伊国屋書店（発売）〉　ⓘ4-8169-1576-1,4-8169-0146-9,4-8169-1576-1
◇詩歌全集・作品名綜覧―第2期 下　日外アソシエーツ　2000.1　619〜1246p　22cm　（現代日本文学綜覧シリーズ 23）〈紀伊国屋書店（発売）〉　ⓘ4-8169-1576-1,4-8169-0146-9,4-8169-1576-1

時評・展望

◇風の声を聴け―現代俳句時評2004-2005　上野一孝著　文学の森　2006.9　177p　19cm　1400円　ⓘ4-86173-380-4

俳論・俳論研究

◇火喰い鳥―詞華論集　安藤三佐夫著, 深沢幸雄画　国書刊行会　2008.1　193p　16×22cm
◇いのちの一句―がんと向き合う言葉　いのちの歳時記編集委員会著　毎日新聞社　2010.10　206p　20cm　1700円　ⓘ978-4-620-31990-2
◇自由律俳句とは何か　上田都史著　講談社　1992.1　315p　20cm　1800円　ⓘ4-06-205655-0
◇名句のふるさと　榎本好宏著　飯塚書店　2010.3　111p　21cm　1500円　ⓘ978-4-7522-2057-2
◇自然折々・俳句折々　太田土男著　盛岡杜陵印刷　2011.8　231p　19cm　（百鳥叢書 第70篇）　1000円　ⓘ978-4-9905941-0-7
◇短詩型文学論　岡井隆, 金子兜太著　復刻版　紀伊国屋書店　2007.6　214p　20cm〈原本：1963年刊〉　1800円　ⓘ978-4-314-01029-0
◇俳句は魅了する 詩型　小川軽舟著　角川学芸出版　2012.5　230p　19cm　（角川俳句ライブラリー）〈角川グループパブリッシング（発売）「魅了する 詩型 現代俳句私論」（富士見書房 平成16年刊）の改題　文献あり〉　1700円　ⓘ978-4-04-652610-6
◇春ふたり―句文集　小柳恍朗, 小暮牛男著　日高　小柳恍朗　2011.3　327p　22cm〈私家版〉
◇俳句を読むということ―片山由美子評論集　片山由美子著　角川書店　2006.9　350p　20cm　2381円　ⓘ4-04-621521-6
◇短歌と俳句はどう違うのか　加藤孝男著　〔出版地不明〕　表文研　2011.4　152p　18cm〈共同刊行：ダイテックホールディン

俳句（俳論・俳論研究）

◇グ〉 880円 ①978-4-86293-070-5
◇語る俳句短歌 金子兜太, 佐佐木幸綱著, 黒田杏子編 藤原書店 2010.6 265p 20cm 2400円 ①978-4-89434-746-5
◇俳句は文学でありたい 川名大著 沖積舎 2005.11 302p 19cm 3500円 ①4-8060-4715-5
◇挑発する俳句癒す俳句 川名大著 筑摩書房 2010.9 383p 20cm 3000円 ①978-4-480-82370-0
◇俳句の力学 岸本尚毅著 ウエップ 2008.9 221p 20cm〈三樹書房（発売）〉 2000円 ①978-4-902186-67-3
◇夢 倉田紘文著 ウエップ 2012.10 249p 20cm 2400円 ①978-4-904800-43-0
◇手紙歳時記 黒田杏子著 白水社 2012.11 261p 20cm 2000円 ①978-4-560-08252-2
◇21世紀俳句パースペクティブ―現代俳句の領域 現代俳句協会「21世紀俳句パースペクティブ」編集委員会編 現代俳句協会 2010.3 341p 21cm〈日本エディタースクール出版部（発売）〉 1905円 ①978-4-88888-936-0
◇梧桐に倚る 小島千架子著 ウエップ 2012.2 249p 19cm 2400円 ①978-4-904800-96-6
◇掬った水に揺れている月影―現代俳句評論集 佐滝幻太著 小松島 小鳥の巣出版 2009.11 300p 20cm 1500円
◇佐藤和夫俳論集 佐藤和夫著 角川書店 2006.3 355p 20cm 2600円 ①4-04-876216-8
◇自由豪放―山麓句会十五合目篇 山麓童人編 さいたま 山麓童人 2012.4 381p 19cm
◇山羊の虹―切れ/俳句行為の固有性を求めて 志賀康著 佐久 邑書林 2011.8 203p 20cm 2000円 ①978-4-89709-690-2
◇伊川谷逍遥 白井真貫著 ウエップ 2012.11 298p 20cm 2600円 ①978-4-904800-46-1
◇鯨のノートから―菅原鬨也俳句講演集 菅原鬨也述 仙台 滝発行所 2012.1 104p 21cm〈滝創刊20周年記念別冊〉 1000円
◇俳句編集ノート 鈴木豊一著 石榴舎 2011.5 250p 19cm 2000円 ①978-4-9905823-0-2
◇自作俳句備忘表―紫苑・シオン 須藤剛一作・編 丸善書店出版サービスセンター 2012.10 315p 31cm 2000円 ①978-4-89630-276-9
◇芥川―鑑賞文・俳句 関根瞬泡著 そうぶん社出版 2010.3 260p 20cm 2000円 ①978-4-88328-526-6
◇火の島逍遥 瀬角龍平著 鹿児島 ジャプラン 2012.3 127p 19cm 1300円 ①978-4-906703-06-7
◇死者の鏡―新純粋俳句論のための手紙 高岡修著 鹿児島 ジャプラン 2011.10 204p 20cm 2000円 ①978-4-906703-00-5
◇郷愁―2 高崎唯子著 横浜 高崎正 2011.11 255p 19cm〈〔鹿児島〕 南日本新聞開発センター（制作発売）〉 1429円 ①978-4-86074-180-8
◇真昼の花火―現代俳句論集 高橋修宏著 富山 草子舎 2011.8 267p 20cm ①978-4-902319-17-0
◇俳句時事―閉塞時代の最短詩型 棚山波朗著 梅里書房 2011.10 301p 20cm 2800円 ①978-4-87227-361-8
◇日の乱舞物語の闇 谷口智行著 佐久 邑書林 2010.12 250p 20cm〈文献あり〉 1524円 ①978-4-89709-673-5
◇モーロク俳句ますます盛ん―俳句百年の遊び 坪内稔典著 岩波書店 2009.12 238p 20cm 2200円 ①978-4-00-025305-5
◇俳句のユーモア 坪内稔典著 岩波書店 2010.10 264,5p 15cm（岩波現代文庫 B176）〈文献あり 索引あり〉 980円 ①978-4-00-602176-4
◇楽し句も、苦し句もあり、五・七・五―五百回、四十二年 東京やなぎ句会編 岩波書店 2011.7 220p 20cm 1800円 ①978-4-00-023794-9
◇天真のことば―私の実感的俳句論 友岡子郷著 本阿弥書店 2008.4 276p 20cm 2800円 ①978-4-7768-0441-3
◇省略の詩学―俳句のかたち 外山滋比古著 中央公論新社 2010.10 188p 16cm（中公文庫 と12-9） 571円 ①978-4-12-205382-3
◇壺中の天地―現代俳句の考証と試論 中岡毅

俳句（俳論・俳論研究）

雄著　角川学芸出版　2011.6　403p　20cm 〈角川グループパブリッシング（発売）〉 3000円　①978-4-04-653230-5

◇俳句縦横無尽　夏石番矢, 鎌倉佐弓著　沖積 舎　2010.7　284p　19cm　2500円　①978- 4-8060-4114-6

◇気がつけば俳句　西村和子著　角川学芸出 版　2011.2　245p　19cm 〈角川グループパ ブリッシング（発売）〉　2000円　①978-4- 04-652367-9

◇秋の暮　仁平勝著　沖積舎　2005.11　160p 19cm　2300円　①4-8060-4713-9

◇俳句の射程　仁平勝　富士見書房 2006.10　226p　20cm　2600円　①4-8291- 7625-3

◇信濃の四季　羽場桂子著　諏訪　長野日報 社　2011.12　405p　19cm 〈文献あり〉 1905円　①978-4-86125-098-9

◇俳句・彼方への現在—林桂評論集　林桂著 詩学社　2005.1　411p　20cm 〈他言語標 題：Haiku-the present to the future〉 2500円　①4-88312-238-7

◇俳句・私論・空論—俳論集　春田千歳著　調 布　ふらんす堂　2010.10　168p　20cm ①978-4-7814-0304-5

◇鰐の眼—句集　春田千歳著　調布　ふらん す堂　2010.10　155p　20cm　①978-4- 7814-0304-5

◇観空流俳句論　久野カズエ著　大阪　パ レード　2011.6　89p　19cm　1905円 ①978-4-939061-43-1

◇視野遠近　広瀬直人著　ウエップ　2011.11 183p　20cm 〈三樹書房（発売）〉　2200円 ①978-4-904800-92-8

◇その瞬間—創作の現場ひらめきの時　黛まど か著　角川学芸出版　2010.2　214p　20cm 〈角川グループパブリッシング（発売）　索 引あり〉　1500円　①978-4-04-621436-2

◇引き算の美学—もの言わぬ国の文化力　黛ま どか著　毎日新聞社　2012.2　251p　20cm 〈文献あり〉　1800円　①978-4-620-32110-3

◇小さな神へ—未明の詩学　水野真由美著 高崎　上武印刷　2012.6　249p　15cm （JP叢書）　1400円　①978-4-88390-002-2

◇女うた男うた　道浦母都子, 坪内稔典著　リ ブロポート　1991.2　167p　22cm　1545円

①4-8457-0593-1

◇女うた男うた—2　道浦母都子, 坪内稔典著 リブロポート　1993.1　179p　22cm　1751 円　①4-8457-0775-6

◇女うた男うた　道浦母都子, 坪内稔典編著 平凡社　2000.10　251p　16cm （平凡社ラ イブラリー）　1000円　①4-582-76368-5

◇どんぐり舎の怪人—西荻俳句手帖　皆吉司著 調布　ふらんす堂　2005.3　243p　19cm 2286円　①4-89402-718-6

◇俳句セラピー—軽く、楽しく、一心に！ 務中昌己著　北溟社　2011.4　217p　18cm （詩歌句新書）〈文献あり〉　1300円 ①978-4-89448-654-6

◇木枯の吹くころ—続　森川光郎著〔須賀 川〕木枯句会　2012.10　39p　15cm

◇俳句の明日へ—3　矢島渚男著　紅書房 2010.1　305p　20cm〈3のサブタイトル： 古典と現代のあいだ〉　2400円　①978-4- 89381-249-0

◇海辺のアポリア　安井浩司著,『海辺のアポ リア』編纂委員会編　佐久　邑書林　2009.1 301p　20cm〈付(15p)：海辺のアポリアを 読むために　志賀康ほか著〉　2381円 ①978-4-89709-617-9

◇シマフクロウによろしく　山崎聰著　紅書 房　2011.11　109p　16cm　953円　①978- 4-89381-268-1

◇俳句のちから—古今秀句抄　由井龍三著 春秋社　2012.6　228p　20cm〈文献あり〉 1600円　①978-4-393-43642-4

◇今、俳人は何を書こうとしているのか—新撰 21竟宴シンポジウム全発言　邑書林編　佐 久　邑書林　2010.2　98p　21cm（邑書林 ブックレット no.1）〈会期・会場：2009年 12月23日（水）アルカディア市ケ谷6階〉 1152円　①978-4-89709-652-0

◇五・七・五交遊録　和田誠著　白水社 2011.6　254p　20cm　2300円　①978-4- 560-08145-7

◇あなゆな—現代作家二三七人　詩・短歌・俳 句評論集　美術インターナショナル 2004.12　287p　21cm〈星雲社（発売）〉 1200円　①4-434-05605-0

◇ようこそ招待席へ　新俳句人連盟　2010.5 248p　21cm　1500円

句会

◇冷や酒と君の科白は後で効く―七人の句会　石寒太, 内田春菊, 高橋春男, ねじめ正一, 冨士真奈美, 吉川潮, 吉行和子著　TaKaRa酒生活文化研究所　2001.11　251p　19cm　(酒文ライブラリー)〈世界文化社(発売)〉　1400円　ⓘ4-418-01229-X

◇角川春樹句会手帖　佐藤和歌子著　扶桑社　2009.4　303p　19cm〈索引あり〉　1600円　ⓘ978-4-594-05913-2

◇聖紫花句会二十周年記念句集―句宴二十年の歩み　聖紫花句会編著　〔那覇〕　〔聖紫花句会〕　2011.7　200p　19cm

◇斬り捨てご免―「俳句朝日」実況句会　俳句朝日編　朝日新聞社　2001.10　277p　19cm　2400円　ⓘ4-02-330669-X

◇句会入門　長谷川櫂著　講談社　2010.10　222p　18cm　(講談社現代新書 2074)〈文献あり〉　740円　ⓘ978-4-06-288074-9

文学賞

◇国際俳句フェスティバル正岡子規国際俳句賞関連事業記録集　愛媛県文化振興財団編　松山　愛媛県文化振興財団　2001.2　83p　30cm〈他言語標題：International haiku convention 2000〉

◇国際俳句フェスティバル記録集―平成14年度　愛媛県文化振興財団編　道後町(愛媛県)　愛媛県文化振興財団　2003.3　109p　30cm〈他言語標題：International haiku convention〉

作法

◇俳句必携　R企画編著　R出版　1996.1　194p　15cm　800円　ⓘ4-89778-021-7

◇俳句の花―上巻　青柳志解樹編著, 夏梅陸夫写真　大阪　創元社　1997.12　206p　19cm　1600円　ⓘ4-422-73116-5

◇俳句の花―下巻　青柳志解樹編著, 夏梅陸夫写真　大阪　創元社　1997.12　206p　19cm　1600円　ⓘ4-422-73117-3

◇葦牙北方季題選集―第2集　葦牙北方季題選集編集委員会編　北広島　葦牙俳句会　2001.9　202p　14×19cm　(葦牙叢書 第82集)〈月刊俳誌「葦牙」創刊850号記念9月号増刊〉　2000円

◇俳句の眼―句作の手引　安住敦著　宝文館出版　1995.1　207p　20cm　1751円　ⓘ4-8320-1442-0

◇草花　飯塚書店編集部編　飯塚書店　1998.5　206p　19cm　(俳句創作百科)　1553円　ⓘ4-7522-2038-5

◇花樹　飯塚書店編集部編　飯塚書店　1998.7　206p　19cm　(俳句創作百科)　1553円　ⓘ4-7522-2040-7

◇竜のひげ―初学三年俳句習作ノート　石井清一郎著　創林社(製作)　2003.6　105p　19cm

◇俳句上達の10章　磯貝碧蹄館著　雄山閣出版　1995.1　286p　19cm　1980円　ⓘ4-639-01273-X

◇秀句誕生の鍵　磯貝碧蹄館著　雄山閣出版　1995.12　258p　19cm　1998円　ⓘ4-639-01332-9

◇京都俳句塾俳句授伝書―第1書(初級編)　磯野香澄著　〔京都〕　俳文学研究会京都俳句　2000.6　54p　21cm〈奥付等のタイトル：俳句授伝書　発行所：鴨東庵京都俳句発行所〉　2000円

◇京都俳句塾俳句授伝書―第2書(中級編)　磯野香澄著　〔京都〕　俳文学研究会京都俳句　2000.6　56p　21cm〈奥付等のタイトル：俳句授伝書　発行所：鴨東庵京都俳句発行所〉　2000円

◇京都俳句塾俳句授伝書―第3書(上級編)　磯野香澄著　〔京都〕　俳文学研究会京都俳句　2000.6　52p　21cm〈奥付等のタイトル：俳句授伝書　発行所：鴨東庵京都俳句発行所〉　2000円

◇京都俳句塾俳句授伝書―第4書(シュール編)　磯野香澄著　〔京都〕　俳文学研究会京都俳句　2000.6　62p　21cm〈奥付等のタイトル：俳句授伝書　発行所：鴨東庵京都俳句発行所〉　3000円

◇京都俳句塾俳句授伝書―第5書(奥義編　上巻)　磯野香澄著　〔京都〕　俳文学研究会京都俳句　2000.6　66p　21cm〈奥付等のタイトル：俳句授伝書　発行所：鴨東庵京都俳句発行所〉　3000円

俳句（作法）

◇京都俳句塾俳句授伝書―第6書（奥義編 下巻） 磯野香澄著 〔京都〕 俳文学研究会京都俳句 2000.6 62p 21cm〈奥付等のタイトル：俳句授伝書 発行所：鴨東庵京都俳句発行所〉 3000円

◇芭蕉作風踏襲京都俳句理論と活動 磯野香澄著 京都 鴨東庵京都俳句発行所 2002.9 339p 22cm 8000円

◇俳句上達の早道―四季別添削例に学ぶ 市村究一郎著 本阿弥書店 1996.7 207p 19cm 1500円 ⓘ4-89373-099-1

◇新しい俳句の作り方―中級篇 伊藤敬子著 リバティ書房 1998.4 220p 19cm 1500円 ⓘ4-89810-005-8

◇俳句の手ほどき―入門編 伊藤敬子著 名古屋 中日新聞社 2001.8 189p 19cm 1600円 ⓘ4-8062-0434-X

◇俳句入門―初級から中級へ 稲畑汀子著 PHP研究所 1998.7 203p 18cm （PHP新書） 657円 ⓘ4-569-60016-6

◇自然と語りあうやさしい俳句 稲畑汀子著 新装版 復刻 ホトトギス社 2005.4 128p 18cm〈原本：昭和60年刊〉 952円

◇俳句？ それはね…―汀子は語る―野分会「一句百言」 稲畑汀子, ホトトギス「野分会」編 ホトトギス社 2005.4 310p 18cm 1429円

◇多作こそ飛躍への力―俳句上達講座 茨木和生著 朝日新聞社 2002.11 227p 20cm 2400円 ⓘ4-02-330717-3

◇俳句添削教室 今井千鶴子ほか著 角川書店 1996.3 275p 19cm 1800円 ⓘ4-04-884103-3

◇季語実作セミナー 今瀬剛一著 角川書店 2001.9 380p 19cm （角川選書 327） 1800円 ⓘ4-04-703327-8

◇新・選句練習帳 今瀬剛一著 本阿弥書店 2005.10 233p 19cm 2300円 ⓘ4-7768-0223-6

◇土佐の四季と俳句・365日 岩村牙童ほか著 高知 高知新聞社 1992.7 286,5p 19cm （Koshin books）〈高知新聞企業（発売）〉 1700円

◇古季語と遊ぶ―古い季語・珍しい季語の実作体験記 宇多喜代子著 角川学芸出版 2007.8 267p 19cm （角川選書 414）〈角川グループパブリッシング（発売）〉 1500円 ⓘ978-4-04-703414-3

◇NHKカシャッと一句！ フォト575完全ガイド NHK出版編, NHKエデュケーショナル, 板見浩史監修 日本放送出版協会 2010.3 112p 26cm （教養・文化シリーズ） 1200円 ⓘ978-4-14-407161-4

◇俳句―作る楽しむ発表する 大井恒行著 西東社 2004.9 199p 19cm〈文献あり〉 1000円 ⓘ4-7916-1079-2

◇俳句をより新しく―俳句上達講座 大橋敦子著 朝日新聞社 1999.5 145p 20cm 1500円 ⓘ4-02-330580-4

◇次世代の俳句と連句 大畑健治著 おうふう 2011.5 221p 21cm 2000円 ⓘ978-4-273-03637-9

◇海 大牧広著 飯塚書店 1996.7 204p 19cm （俳句創作百科） 1600円 ⓘ4-7522-2024-5

◇俳句なんでもQ&A 大屋達治著 日本放送出版協会 2002.2 175p 21cm （NHK俳壇の本） 1200円 ⓘ4-14-016108-6

◇俳句の基本とその応用 大輪靖宏著 角川学芸出版 2007.1 263p 19cm （角川学芸ブックス）〈角川グループパブリッシング（発売）〉 1500円 ⓘ978-4-04-651991-7

◇短歌・俳句の表現力 岡田寛著 新風舎 2001.10 116p 19cm （Shinpu books） 1400円 ⓘ4-7974-1694-7

◇現代俳句入門―つくり方と上達法 岡本眸著 家の光協会 1990.12 254p 19cm 1200円 ⓘ4-259-54393-8

◇俳句のはじまる場所―実力俳人への道 小沢実著 角川学芸出版 2007.7 285p 19cm （角川選書 410）〈角川グループパブリッシング（発売） 文献あり〉 1600円 ⓘ978-4-04-703410-5

◇俳句力―上達までの最短コース 櫂未知子著 角川学芸出版 2009.5 157p 19cm （角川学芸ブックス）〈角川グループパブリッシング（発売） 並列シリーズ名：Kadokawa gakugei books〉 1200円 ⓘ978-4-04-621275-7

◇俳句をつくる 鍵和田秞子著 共文社 1991.6 186p 19cm 980円 ⓘ4-7643-0040-0

俳句（作法）

◇作句のチャンス―俳句入門　鍵和田秞子著　本阿弥書店　1992.3　214p　19cm　1500円　Ⓘ4-89373-052-5

◇俳句上達講座―楽しい句作りのために　鍵和田秞子著　朝日新聞社　1997.7　163p　20cm　2000円　Ⓘ4-02-330551-0

◇花旅吟―花と俳句を楽しむ　鍵和田秞子ナビゲーター　フレーベル館　1999.3　127p　22cm　（ウイークエンドナビ）　1600円　Ⓘ4-577-70148-0

◇右脳を働かせ五七五で自分史を作ろう　加藤晃規著　文芸社　2003.11　119p　19cm　900円　Ⓘ4-8355-6544-4

◇兜太の俳句添削塾　金子兜太著　毎日新聞社　1997.10　213p　19cm　1300円　Ⓘ4-620-31188-X

◇金子兜太の俳句入門―鑑賞する楽しみつくる愉しさ　金子兜太著　実業之日本社　1997.12　217p　19×19cm　1400円　Ⓘ4-408-10249-0

◇自分の俳句をこう作っている　金子兜太著　講談社　2001.7　156p　16cm　（講談社+α文庫）〈「金子兜太の俳句入門」（実業之日本社平成9年刊）の増訂〉　880円　Ⓘ4-06-256531-5

◇今日の俳句―古池の「わび」より海の「感動」へ　金子兜太著　光文社　2002.2　265p　16cm　（知恵の森文庫）　552円　Ⓘ4-334-78141-1

◇金子兜太の俳句の作り方が面白いほどわかる本―みんなの俳句学校入門の入門　金子兜太編著　中経出版　2002.6　190p　19cm〈他言語標題：Kaneko Tota's easy guide to haiku〉　1200円　Ⓘ4-8061-1637-8

◇俳句のつくり方が面白いほどわかる本　金子兜太著　中経出版　2006.11　222p　15cm　（中経の文庫）　495円　Ⓘ4-8061-2567-9

◇暮らしの俳句―趣味の俳句をつくってみませんか　河田政雄著　幻冬舎ルネッサンス　2009.3　163p　19cm　1200円　Ⓘ978-4-7790-0443-8

◇岸本尚毅の俳句一問一答　岸本尚毅著　日本放送出版協会　2005.11　175p　21cm　1300円　Ⓘ4-14-016137-X

◇俳句のギモンに答えます　岸本尚毅著　角川学芸出版　2012.4　250p　19cm　（角川俳句ライブラリー）〈角川グループパブリッシング（発売）「岸本尚毅の俳句一問一答」（NHK出版 2005年刊）の改題〉　1600円　Ⓘ978-4-04-652609-0

◇俳句読本　北野清市著　文芸社　2012.4　182p　20cm　1200円　Ⓘ978-4-286-11646-4

◇〈新編〉俳句上達法―"うまい"とうならせる作句の勘どころ　楠本憲吉著　講談社　1990.6　238p　19cm　（ザ・ベストライフ）　1200円　Ⓘ4-06-195345-1

◇愛　倉橋羊村著　飯塚書店　1997.5　206p　19cm　（俳句創作百科）　1553円　Ⓘ4-7522-2034-2

◇知っ得俳句創作鑑賞ハンドブック　国文学編集部編　学灯社　2008.1　205p　21cm〈「国文学 増刊」（1984.12）改装版　年表あり　文献あり〉　1800円　Ⓘ978-4-312-70030-8

◇いまさら聞けない俳句の基本Q&A　小島健著　飯塚書店　2008.8　235p　19cm　1600円　Ⓘ978-4-7522-2054-1

◇ご隠居さんと熊さんの俳句上達談義　小林清之介著　ぎょうせい　1991.10　310p　20cm　1500円　Ⓘ4-324-02937-7

◇花・紅葉　小室善弘著　飯塚書店　1996.9　199p　19cm　（俳句創作百科）　1600円　Ⓘ4-7522-2027-X

◇人生　小室善弘著　飯塚書店　1997.1　205p　19cm　（俳句創作百科）　1600円　Ⓘ4-7522-2030-X

◇樹木　小室善弘著　飯塚書店　1997.11　202p　19cm　（俳句創作百科）　1553円　Ⓘ4-7522-2037-7

◇自由に楽しむ四季の句―季語にこだわりながら　近藤大生著　北樹出版　2010.7　240p　21cm〈文献あり　索引あり〉　1800円　Ⓘ978-4-7793-0236-7

◇河　斎藤夏風著　飯塚書店　1996.8　203p　19cm　（俳句創作百科）　1600円　Ⓘ4-7522-2025-3

◇名句に学ぶ俳句の骨法―上　斎藤夏風ほか　角川書店　2001.4　294p　19cm　（角川選書 323）　1600円　Ⓘ4-04-703323-5

◇名句に学ぶ俳句の骨法―下　斎藤夏風、鍵和田秞子、大串章、高橋悦男、茨木和生ほか　角川書店　2001.4　252p　19cm　（角川選書 324）　1600円　Ⓘ4-04-703324-3

俳句（作法）

◇俳句のための文語文法入門　佐藤郁良著　角川学芸出版　2011.12　250p　19cm〈角川グループパブリッシング（発売）　付属資料：1冊：文法間違い早見表〉　1600円　Ⓘ978-4-04-652603-8

◇イメージ比喩　嶋岡晨著　飯塚書店　1996.6　204p　19cm　（俳句創作百科）　1600円　Ⓘ4-7522-2023-7

◇はじめての季語―ゼロから始める人の俳句の学校　清水潔編著　実業之日本社　2003.3　269p　19cm〈文献あり〉　1400円　Ⓘ4-408-39519-6

◇俳句の基本―帆船三十周年記念　須佐薫子著　帆船発行所　2010.1　112p　21cm

◇わかりやすい俳句の作り方―俳句づくりの基礎から句会、吟行まで　鈴木貞雄著　日本文芸社　1992.3　239p　19cm（ai books）　980円　Ⓘ4-537-01555-1

◇社寺・祭　鈴木詮子著　飯塚書店　1996.6　206p　19cm　（俳句創作百科）　1600円　Ⓘ4-7522-2021-0

◇「入選する俳句」のつくり方―投句から始める俳句上達術のススメ　大栄総研・俳句入選研究プロジェクト編著，塩田丸男監修　大栄出版　1999.7　309p　19cm　1200円　Ⓘ4-8125-1470-3

◇定年後は夫婦で俳句を愉しみなさい―夫婦で愉しむ俳句の世界　平宗星著　明日香出版社　1996.10　270p　19cm　（Asuka business & language books）　1359円　Ⓘ4-87030-957-2

◇俳句を作ろう　高田三九三著　虎ノ門句会　1991.12　109p　19cm〈表記の書名：Let us write haiku　英文併記　著者の肖像あり〉　1000円

◇添削例に学ぶ俳句上達法　鷹羽狩行，片山由美子著　日本経済新聞社　1994.3　255p　20cm　1500円　Ⓘ4-532-16129-0

◇新しい素材と発想　鷹羽狩行編　角川書店　1996.11　262p　19cm　（俳句実作入門講座2）　1553円　Ⓘ4-04-573802-9

◇あなたも俳句名人―季節感を生かす添削歳時記　鷹羽狩行，西宮舞著　日本経済新聞社　2003.8　270p　19cm　1400円　Ⓘ4-532-16446-X

◇添削例に学ぶ俳句上達法　鷹羽狩行，片山由美子著　日本経済新聞社　2005.2　272p　15cm　（日経ビジネス人文庫）　695円　Ⓘ4-532-19276-5

◇俳句表現は添削に学ぶ―入門から上級まで　鷹羽狩行，西山春文著　角川学芸出版　2009.5　253p　19cm　（角川学芸ブックス）〈角川グループパブリッシング（発売）　並列シリーズ名：Kadokawa gakugei books〉　1500円　Ⓘ978-4-04-621274-0

◇鳥・獣　高橋悦男著　飯塚書店　1996.9　204p　19cm　（俳句創作百科）　1600円　Ⓘ4-7522-2028-8

◇俳句のツボ　高橋真紀子著　平凡社　2007.3　205p　19cm　1300円　Ⓘ978-4-582-30509-8

◇宥めたりすかしたり―初心者の俳句　滝佳杖著　北島町（徳島県）　群青俳句会　1990.12　143p　19cm　1000円

◇俳句美への選択―美の標準は各個の感情に存す　立川淳一著　文芸社　2007.5　135p　19cm〈文献あり〉　1100円　Ⓘ978-4-286-02854-5

◇俳句の作り方　辻桃子著　成美堂出版　1992.1　222p　19cm　920円　Ⓘ4-415-07451-0

◇俳句の作り方110のコツ―添削だからよくわかる　辻桃子，安部元気著　主婦の友インフォス情報社　2005.3　238p　19cm〈主婦の友社（発売）〉　1400円　Ⓘ4-07-243636-4

◇添削で覚える俳句のコツ110―まだまだあった！名句をものするテクニック　辻桃子，安部元気著　主婦の友インフォス情報社　2007.4　238p　19cm〈主婦の友社（発売）　無料添削付き〉　1400円　Ⓘ978-4-07-255295-7

◇あなたの俳句はなぜ佳作どまりなのか　辻桃子著　新潮社　2008.2　235p　20cm　1300円　Ⓘ978-4-10-306051-2

◇一年であなたの俳句はここまで伸びる―手取り足取り凡句を名句に　辻桃子著　主婦の友社　2008.10　221p　19cm〈名句に近づく添削つき〉　1400円　Ⓘ978-4-07-262734-1

◇生涯七句（ななく）であなたは達人　辻桃子著　新潮社　2012.3　189p　20cm〈タイトル：生涯七句であなたは達人〉　1300円　Ⓘ978-4-10-306052-9

◇雨・虹　手塚美佐著　飯塚書店　1997.5

俳句（作法）

◇198p　19cm　（俳句創作百科）　1553円　Ⓘ4-7522-2033-4

◇間違いやすい俳句表現─苦手克服25週　戸恒東人著　本阿弥書店　2012.7　190p　19cm　1700円　Ⓘ978-4-7768-0887-9

◇俳句文法心得帖　中岡毅雄著　NHK出版　2011.3　316p　21cm　（NHK俳句）〈索引あり〉　1700円　Ⓘ978-4-14-016189-0

◇詩的編作俳句の理論と作品─俳句で自由詩をつくる技法　中嶋秀夫著　大阪　新風書房　1998.9　175p　19cm　2800円　Ⓘ4-88269-408-5

◇衣食住　中田雅敏著　飯塚書店　1998.5　198p　19cm　（俳句創作百科）　1553円　Ⓘ4-7522-2039-3

◇俳句・名句と宮崎の秀句で学ぶ　長友巌著〔宮崎〕　あすか企画　2010.4　176p　20cm　（宮崎県俳句協会叢書　第31号）

◇100年俳句計画─五七五だからおもしろい！　夏井いつき著　そうえん社　2007.8　247p　20cm　（Soenshaグリーンブックス　N-3）　1200円　Ⓘ978-4-88264-303-6

◇楽しい俳句の作り方　西岡光秋著　日本法令　1990.5　143p　9×13cm　（Horeiポケットブックス）　500円　Ⓘ4-539-75346-0

◇俳句文法ノート　西村一意著　鹿児島　南日本新聞開発センター（製作・発売）　2002.8　139p　22cm　1429円　Ⓘ4-86074-002-5

◇俳句をつくろう　仁平勝著　講談社　2000.11　221p　18cm　（講談社現代新書）660円　Ⓘ4-06-149528-3

◇Let's make HAIKU　野上恵著　美研インターナショナル　2006.7　31p　14×19cm　（アルカディアシリーズ─アポロンブックス）〈星雲社（発売）　日本語・英語併記〉　1000円　Ⓘ4-434-06375-8

◇お父さんお母さんのための俳句の手引き　野口英二著,小池つと夢監修　文芸社　2003.9　178p　19cm　1200円　Ⓘ4-8355-6294-1

◇「渋柿」選後片言─添削篇　上　野村喜舟著　福岡　田原玉乃　1998.1　231p　18cm

◇「渋柿」選後片言─添削篇　下　野村喜舟著　福岡　田原玉乃　1998.1　225p　18cm

◇俳句のしおり　野村秋光子著　鋭文社　1990.10　42p　19cm　1000円

◇俳句技法入門　俳句技法入門編集委員会著　飯塚書店　1992.11　251p　20cm　1560円　Ⓘ4-7522-2012-1

◇俳句実作の基礎用語　「俳句研究」編集部編　富士見書房　2003.7　215p　19cm　2000円　Ⓘ4-8291-7541-9

◇一億人の「切れ」入門　長谷川櫂著　角川学芸出版　2012.2　213p　19cm　（角川俳句ライブラリー）〈角川グループパブリッシング（発売）〉　1600円　Ⓘ978-4-04-652601-4

◇俳人のためのやまとことばワンポイントレッスン─俳句・俳諧の日本語　林義雄著　リヨン社　2005.6　270p　20cm〈奥付のタイトル：やまとことばワンポイントレッスン　二見書房（発売）〉　1800円　Ⓘ4-576-05090-7

◇俳人のためのやまとことばの散歩道─芭蕉は仮名俳号をなぜ"はせを"と書いたのか　林義雄著　リヨン社　2006.12　253p　20cm　〈二見書房（発売）〉　1700円　Ⓘ4-576-06178-X

◇家族　桧紀代著　飯塚書店　1996.7　203p　19cm　（俳句創作百科）　1600円　Ⓘ4-7522-2026-1

◇俳句の手ほどき─テーマ別添削例に学ぶ　桧紀代著　本阿弥書店　1998.9　231p　19cm　1700円　Ⓘ4-89373-286-2

◇歳月　火村卓造著　飯塚書店　1997.2　204p　19cm　（俳句創作百科）　1600円　Ⓘ4-7522-2032-6

◇俳句は技術である─俳句作法ノート補遺篇　平井洋城著　近代文芸社　1990.3　240p　20cm　1800円　Ⓘ4-7733-0390-5

◇俳句作法セミナー　平井洋城著　近代文芸社　1994.6　216p　20cm　（俳句作法ノート・シリーズ　第5巻）　1800円　Ⓘ4-7733-2383-3

◇俳句作法便覧　平井洋城著　近代文芸社　1995.9　269p　18cm　（俳句作法ノート・シリーズ　第6巻）　2000円　Ⓘ4-7733-4698-1

◇俳句がうまくなる100の発想法　ひらのこぼ著　草思社　2007.7　189p　19cm　1300円　Ⓘ978-4-7942-1606-9

◇俳句がどんどん湧いてくる100の発想法　ひらのこぼ著　草思社　2009.2　189p　19cm　1400円　Ⓘ978-4-7942-1695-3

◇俳句発想法100の季語　ひらのこぼ著　草思社　2009.10　250p　19cm　1500円

俳句（作法）

ⓘ978-4-7942-1730-1
◇俳句名人になりきり100の発想法　ひらのこぼ著　草思社　2010.10　230p　19cm　1400円　ⓘ978-4-7942-1783-7
◇名句集100冊から学ぶ俳句発想法　ひらのこぼ著　草思社　2011.11　230p　19cm　1500円　ⓘ978-4-7942-1865-0
◇俳句開眼100の名言　ひらのこぼ著　草思社　2012.11　220p　19cm　1500円　ⓘ978-4-7942-1936-7
◇より深い作句をめざして―俳句上達講座　広瀬直人著　朝日新聞社　2001.7　181p　20cm　2000円　ⓘ4-02-330664-9
◇四季を詠む　深見けん二著　日本放送出版協会　2003.3　175p　21cm　（NHK俳壇の本）　1300円　ⓘ4-14-016116-7
◇折にふれて　深見けん二著　調布　ふらんす堂　2007.6　138p　16cm　（ふらんす堂文庫）　1500円　ⓘ978-4-89402-906-4
◇俳句の実作　深谷雄大著　牧羊社　1993.7　188p　20cm　2000円　ⓘ4-8333-1631-5
◇雪　深谷雄大著　飯塚書店　1997.1　201p　19cm　（俳句創作百科）　1600円　ⓘ4-7522-2029-6
◇新・俳句の実作　深谷雄大著　北溟社　1998.7　302p　20cm　2000円　ⓘ4-89448-050-6
◇肌を通して覚える俳句―入門講座　福田甲子雄著　朝日新聞社　1999.10　243p　19cm　2400円　ⓘ4-02-330602-9
◇俳句実践講義　復本一郎著　岩波書店　2003.4　254p　21cm　（岩波テキストブックス）〈文献あり〉　2500円　ⓘ4-00-026037-5
◇俳句実践講義　復本一郎著　岩波書店　2012.5　358p　15cm　（岩波現代文庫―学術　165）〈文献あり　索引あり〉　1360円　ⓘ978-4-00-600265-7
◇鷹羽狩行の俳句と添削　藤井圀彦, 藤井淑子著　調布　ふらんす堂　2003.4　205p　19cm　2200円　ⓘ4-89402-537-X
◇鷹羽狩行の俳句と添削　藤井圀彦, 藤井淑子著　東洋館出版社　2005.11　205p　19cm　〈ふらんす堂2003年刊の改訂〉　2200円　ⓘ4-491-02136-5
◇男の俳句、女の俳句　藤田湘子著　角川書店　1999.8　247p　20cm　1900円　ⓘ4-04-884127-0
◇言語感覚をみがく俳句　藤田真木子著　本阿弥書店　2008.10　152p　21cm　1500円　ⓘ978-4-7768-0551-9
◇生涯学習の俳句　藤村一樹著　福岡　葦書房　1991.4　256p　19cm　1800円
◇山盛りの十七文字―俳句を楽しもう　藤原和好, 伊藤政美, 谷口雅彦, 尾西康充, 松本吉弘, 森田高志, 山川晃史編　津　三重県生活部文化振興室　2007.3　59p　26cm
◇美・色・香　星野高士著　飯塚書店　1997.11　203p　19cm　（俳句創作百科）　1553円　ⓘ4-7522-2036-9
◇俳句攻略　間瀬艸淞著　碧天舎　2004.1　79p　20cm　1000円　ⓘ4-88346-474-1
◇天―空・雲・日・月・星　松沢昭著　飯塚書店　1996.5　199p　19cm　（俳句創作百科）　1600円　ⓘ4-7522-2019-9
◇作句に役立つ類語いろいろ　水庭進編　竹内書店新社　2000.2　386p　16cm　1800円　ⓘ4-8035-0086-X
◇俳句に詠む喜怒哀楽　水庭進編　博友社　2008.10　332p　11×16cm　2400円　ⓘ978-4-8268-0210-9
◇旅　皆川盤水著　飯塚書店　1996.5　206p　19cm　（俳句創作百科）　1600円　ⓘ4-7522-2020-2
◇俳句の上達法―わかりやすい添削と秀句鑑賞　皆川盤水著　東京新聞出版局　1999.4　257p　19cm　1500円　ⓘ4-8083-0667-0
◇百句おぼえて俳句名人　森須蘭文、角川学芸出版編, 向山洋一監修　角川学芸出版　2009.6　127p　22cm　〈角川グループパブリッシング（発売）　年表あり〉　1800円　ⓘ978-4-04-621643-4
◇これが俳句―三倍早く上達する　森田かずを著　神戸町（岐阜県）　あすなろ俳句会　2006.5　185p　21cm　（あすなろ叢書　17）　2000円
◇八木健のすらすら俳句術　八木健著　岳陽舎　2001.7　222p　19cm　1500円　ⓘ4-907737-25-4
◇海外俳句入門―にっぽん丸句ルージング　八木健著　北溟社　2002.12　169p　19cm

俳句（作法）

1500円　①4-89448-382-3
◇俳句―人生でいちばんいい句が詠める本　八木健監修　主婦と生活社　2008.10　143p　23cm　（カルチャー図解 人生を10倍楽しむ！）　1300円　①978-4-391-13652-4
◇やさしい俳句―実作を中心に　山崎ひさを著　善本社　1990.5　204p　19cm　1600円　①4-7939-0255-3
◇野山　山田みづえ著　飯塚書店　1997.2　206p　19cm　（俳句創作百科）　1600円　①4-7522-2031-8
◇俳句文法ノート　吉岡桂六著　花神社　2005.4　103p　18cm　1000円　①4-7602-1811-4
◇俳句における日本語　吉岡桂六著　新装版　花神社　2008.10　322p　19cm　（たかんな叢書 6）〈文献あり〉　2400円　①978-4-7602-1924-7
◇脳を鍛える俳句ing　朝日新聞社　1993.9　222p　21cm　（朝日ワンテーママガジン 12）　1200円　①4-02-274012-4

入門

◇俳句入門・再入門―かんたん・上達 超初心者から、さらに上を目指す中級者まで　安部元気, 辻桃子著　大阪　創元社　2005.8　238p　19cm　1400円　①4-422-91023-X
◇添削・俳句入門―先達の言葉から学ぶ　あらきみほ編著　日東書院本社　2012.12　223p　19cm〈文献あり〉　1200円　①978-4-528-01349-0
◇俳句入門―決定版　有馬朗人, 稲畑汀子, 宇多喜代子, 鷹羽狩行監修,『俳句』編集部編　角川学芸出版　2012.6　254p　19cm　（角川俳句ライブラリー）〈角川グループパブリッシング（発売）〉　1600円　①978-4-04-652612-0
◇俳句は初心―龍太俳句入門　飯田龍太著　角川学芸出版　2010.4　241p　19cm　（角川学芸ブックス）〈角川グループパブリッシング（発売）〉『飯田竜太俳句の楽しみ』（日本放送出版協会1986年刊）の改題　並列シリーズ名：KADOKAWA GAKUGEI BOOKS〉　1500円　①978-4-04-621282-5
◇俳句はじめの一歩―すぐに役だち、どんどん上達する　石寒太著　リヨン社　2004.6　318p　20cm〈二見書房（発売）〉　1900円　①4-576-04098-7
◇初めての俳句の作り方―写真を見ながらすぐ句作ができる カラー版　石寒太著　成美堂出版　2005.1　159p　22cm　1000円　①4-415-02935-3
◇やさしい俳句入門　伊藤敬子著　リバティ書房　1993.4　206p　19cm　1500円　①4-947629-46-0
◇俳句入門―初心者のために　茨木和生著　朝日新聞社　1997.11　189p　20cm　2000円　①4-02-330542-1
◇俳句入門実作への招待　岩井英雅, 矢野景一著　花神社　1994.1　257p　19cm　2000円　①4-7602-1293-0
◇俳句に大事な五つのこと―五千石俳句入門　上田五千石著　角川学芸出版　2009.11　230p　19cm　（角川学芸ブックス）〈「上田五千石生きることをうたう」（日本放送出版教会1990年刊）の改題　角川グループパブリッシング（発売）〉　1400円　①978-4-04-621277-1
◇入門わかる俳句　江川虹村著　三鷹　ふらんす堂　1991.5　230p　19cm　1500円　①4-89402-025-4
◇入門わかる俳句　江川虹村著　新装版　調布　ふらんす堂　1996.9　230p　19cm　2039円　①4-89402-169-2
◇いまからはじめる俳句　NHK出版編, 宇多喜代子監修　日本放送出版協会　2010.12　127p　26cm　（教養・文化シリーズ―別冊NHK俳句）　1200円　①978-4-14-407174-4
◇俳句入門―本当の自分に出会う手引き　榎本好宏著　池田書店　1998.8　223p　19cm　1200円　①4-262-14677-4
◇日常吟と自分史　岡本眸編　角川書店　1997.5　262p　19cm　（俳句実作入門講座 6）　1553円　①4-04-573806-1
◇ステップ・アップ―柿本多映の俳句入門　柿本多映著　文学の森　2011.9　118p　18cm　1143円　①978-4-86173-350-5
◇定年からの俳句入門　加古宗也著　本阿弥書店　2010.12　175p　19cm　1300円　①978-4-7768-0744-5
◇今日から俳句―はじめの一歩から上達まで

日本近現代文学案内　657

俳句（作法）

片山由美子著　NHK出版　2012.2　203p　19cm　（NHK俳句）　1400円　Ⓘ978-4-14-016199-9

◇知識ゼロからの俳句入門　金子兜太著　幻冬舎　2006.11　190p　21cm　〈画：古谷三敏〉　1300円　Ⓘ4-344-90093-6

◇「全然知らない」から始める俳句入門　金子兜太監修,土岐秋子編著　日東書院本社　2008.5　238p　19cm　1200円　Ⓘ978-4-528-01354-4

◇金子兜太の俳句入門　金子兜太著　角川学芸出版　2012.5　242p　15cm　（〔角川ソフィア文庫〕　〔SP D-112-1〕）〈角川グループパブリッシング（発売）　実業之日本社1997年刊の加筆・修正〉　629円　Ⓘ978-4-04-406509-6

◇俳句を始めて習う人のために　甘田正翠著　東京四季出版　2000.8　129p　19cm　（末黒野叢書 第52）　1400円　Ⓘ4-8129-0080-8

◇写真で俳句をはじめよう―すぐにできる！イメージがふくらむ！　如月真菜著,押山智良写真　ナツメ社　2008.4　159p　21cm　1300円　Ⓘ978-4-8163-4478-7

◇俳句入門　銀林晴生監修　西東社　1998.10　190p　19cm　1100円　Ⓘ4-7916-0436-9

◇実用・俳句のひねり方　楠本憲吉著　ごま書房　2006.3　247p　21cm　1300円　Ⓘ4-341-13112-5

◇俳句をひねる―基本編　楠本憲吉,ごま書房編集部編著　ごま書房　2007.10　143p　19cm　1000円　Ⓘ978-4-341-13147-0

◇俳句のひねり方　楠本憲吉編　ごま書房新社　2009.9　247p　19cm　〈『実用俳句のひねり方』（ごま書房平成18年刊）の新版〉　1200円　Ⓘ978-4-341-08419-6

◇至福の俳句―紘文さんといっしょに遊ぼう　これから俳句を始める人に　倉田紘文著　朝日新聞社　2001.7　225p　20cm　2000円　Ⓘ4-02-330665-7

◇至福の俳句―これから俳句を始める人に：紘文さんといっしょに遊ぼう　倉田紘文著　ウエップ　2011.7　227p　19cm　〈朝日新聞社平成13年刊の新版〉　1600円　Ⓘ978-4-904800-88-1

◇俳句添削入門―添削・推敲　倉橋羊村著　飯塚書店　1995.6　251p　20cm　2000円　Ⓘ4-7522-2017-2

◇今日からはじめる俳句　黒田杏子著　小学館　1992.4　235p　16cm　（小学館ライブラリー）　720円　Ⓘ4-09-460021-3

◇俳句、はじめてみませんか　黒田杏子著　立風書房　1997.4　252p　19cm　1500円　Ⓘ4-651-60066-2

◇はじめての俳句づくり―五・七・五のたのしみ　黒田杏子著　小学館　1997.10　127p　21cm　（小学館フォトカルチャー）　1600円　Ⓘ4-09-331103-X

◇俳句、はじめてみませんか　黒田杏子著　新版　学研パブリッシング　2012.2　268p　19cm　〈学研マーケティング（発売）　初版：立風書房1997年刊〉　1500円　Ⓘ978-4-05-405155-3

◇添削で実践はじめての俳句づくり―NHK学園人気講師の誌上講座　小島健著　学研教育出版　2012.9　191p　21cm　〈学研マーケティング（発売）〉　1200円　Ⓘ978-4-05-405300-7

◇今日の俳句入門　後藤比奈夫著　角川書店　1994.7　239p　19cm　（角川選書 253）〈『俳句初学入門』（富士見書房昭和62年刊）の増訂〉　1300円　Ⓘ4-04-703253-0

◇俳句と歩けば―入門講座　斎藤梅子著　朝日新聞社　2002.11　217p　20cm　2600円　Ⓘ4-02-330718-1

◇ゼロから始める人の俳句の学校　実業之日本社編　実業之日本社　2001.9　268p　19cm　1400円　Ⓘ4-408-39480-7

◇右脳俳句入門―楽しく遊んで脳を活性化　品川嘉也著　史輝出版　1991.8　225p　19cm　1200円　Ⓘ4-915731-13-8

◇俳句をはじめる人のために　清水基吉著　三心堂出版社　1996.9　252p　19cm　1200円　Ⓘ4-88342-080-9

◇狩行俳句入門　鷹羽狩行著　調布ふらんす堂　1997.12　219p　19cm　1700円　Ⓘ4-89402-211-7

◇俳句入学　鷹羽狩行著　日本放送出版協会　2002.2　190p　21cm　（NHK俳壇の本）　1300円　Ⓘ4-14-016107-8

◇俳句の秘法　鷹羽狩行著　角川学芸出版　2009.9　223p　19cm　（角川選書 451）〈角川グループパブリッシング（発売）〉

俳句（作法）

1500円　①978-4-04-703451-8
◇俳句の作りよう　高浜虚子著　角川学芸出版　2009.7　132p　15cm　〈角川文庫　15810—〔角川ソフィア文庫〕〔D-104-1〕〉〈角川グループパブリッシング（発売）〉　590円　①978-4-04-409405-8
◇俳句はいつも新しい―俳句入門講座　棚山波朗著　朝日新聞社　2004.7　219p　20cm　2600円　①4-02-330737-8
◇初めての俳句作り　団野光成著　日本文学館　2004.12　155p　19cm　952円　①4-7765-0403-0
◇俳句いきなり入門　千野帽子著　NHK出版　2012.7　254p　18cm　〈NHK出版新書　383〉　780円　①978-4-14-088383-9
◇桃子のいろはに俳句―やさしい俳句入門―作りながら学ぶ五週間講座　辻桃子著　大栄出版　1999.5　304p　19cm　1100円　①4-8125-1469-X
◇はじめての俳句づくり―句作の基本からワンランク上の作品の仕上げ方　辻桃子著　日本文芸社　2001.12　238p　19cm　1100円　①4-537-20096-0
◇はじめての俳句づくり―句作の基本からワンランク上の作品の仕上げ方　辻桃子,安部元気著　ワイド版　日本文芸社　2006.7　239p　21cm　〈実用best books〉　1300円　①4-537-20465-6
◇寺山修司の俳句入門　寺山修司著　光文社　2006.9　390p　16cm　〈光文社文庫〉　629円　①4-334-74128-2
◇60歳からの楽しい俳句入門　鴇田智哉著　有楽出版社　2008.7　217p　19cm　〈実業之日本社（発売）　文献あり〉　1400円　①978-4-408-59329-6
◇定本俳句入門　中村草田男著　みすず書房　2001.2　218p　19cm　2000円　①4-622-04804-3
◇やつあたり俳句入門　中村裕著　文芸春秋　2003.9　194p　18cm　〈文春新書〉　680円　①4-16-660338-7
◇世界俳句入門　夏石番矢著　沖積舎　2003.11　288p　20cm　〈他言語標題：A guide to world Haiku〉　3500円　①4-8060-4695-7
◇添削で俳句入門―少しの工夫でぐんと良くなる　西村和子著　日本放送出版協会　2006.1　191p　21cm　1300円　①4-14-016138-8
◇はじめての俳句―光や風をことばに　日本放送協会,日本放送出版協会編　日本放送出版協会　2001.7　143p　26cm　〈NHK趣味悠々〉〈講師：鷹羽狩行〉　1000円　①4-14-188322-0
◇俳句ハンドブック　『俳句』編集部編　角川学芸出版　2012.3　127p　18cm　〈角川グループパブリッシング（発売）〉　800円　①978-4-04-652607-6
◇一億人の俳句入門　長谷川櫂著　講談社　2005.10　224p　19cm　〈折り込1枚〉　1429円　①4-06-212930-2
◇俳句実作入門　広瀬直人著　富士見書房　1993.6　284p　20cm　2600円　①4-8291-7233-9
◇添削・俳句入門　深谷雄大著　朝日新聞社　1996.7　211p　20cm　2000円　①4-02-330505-7
◇俳句作法入門　藤田湘子著　角川書店　1993.2　268p　19cm　〈角川選書　236〉　1300円　①4-04-703236-0
◇20週俳句入門―第一作のつくり方から　藤田湘子著　新装版　立風書房　1993.11　253p　19cm　1300円　①4-651-60055-7
◇実作俳句入門―作句のポイント　藤田湘子著　新装版　立風書房　1993.11　253p　19cm　1300円　①4-651-60054-9
◇俳句への出発　藤田湘子編　角川書店　1996.7　254p　19cm　〈俳句実作入門講座　1〉　1600円　①4-04-573801-0
◇新20週俳句入門―第一作のつくり方から　藤田湘子著　立風書房　2000.5　253p　19cm　〈「20週俳句入門」の改訂〉　1400円　①4-651-60071-9
◇新実作俳句入門―作句のポイント　藤田湘子著　立風書房　2000.7　253p　19cm　1400円　①4-651-60072-7
◇俳句の入口―作句の基本と楽しみ方　藤田湘子著　日本放送出版協会　2001.2　175p　21cm　〈NHK俳壇の本〉　1300円　①4-14-016100-0
◇入門俳句の表現　藤田湘子著　角川書店　2002.12　251p　19cm　〈角川選書　348〉　1500円　①4-04-703348-0

俳句（鑑賞・評釈）

◇20週（にじゅっしゅう）俳句入門　藤田湘子著　新版　角川学芸出版　2010.4　253p　19cm　（角川学芸ブックス）〈角川グループパブリッシング（発売）　タイトル：20週俳句入門　初版：立風書房2000年刊　並列シリーズ名：KADOKAWA GAKUGEI BOOKS〉　1500円　①978-4-04-621283-2

◇実作俳句入門　藤田湘子著　新版　角川学芸出版　2012.3　269p　19cm　（角川俳句ライブラリー）〈角川グループパブリッシング（発売）　初版（立風書房2000年刊）のタイトル：新実作俳句入門〉　1600円　①978-4-04-652606-9

◇丑三つの厨のバナナ曲るなり─俳句入門迷宮案内　坊城俊樹著　リヨン社　2006.12　246p　20cm〈二見書房（発売）〉　1700円　①4-576-06202-6

◇坊城俊樹の空飛ぶ俳句教室　坊城俊樹著　飯塚書店　2009.4　238p　19cm　1600円　①978-4-7522-2055-8

◇50歳からはじめる俳句・川柳・短歌の教科書─「私に合っているのは、どれ？」がよくわかる！ゼロからはじめられる：アクティブな50代・60代・70代を応援！　坊城俊樹，やすみりえ，東直子監修　滋慶出版/土屋書店　2012.8　159p　21cm　1480円　①978-4-8069-1273-6

◇俳句入門　保坂リエ著　東京四季出版　2010.5　216p　16cm　（俳句四季文庫）　952円　①978-4-8129-0647-7

◇これからはじめる俳句入門　星野椿著　ナツメ社　2008.8　223p　21cm　1300円　①978-4-8163-4559-3

◇実作俳句教本─俳句は難しくない、易しくない　本庄登志彦著　本阿弥書店　2007.6　267p　19cm　1800円　①978-4-7768-0374-4

◇俳句を作ろう─少年少女向　増山至風著　柏　創開出版社　2012.5　57p　20cm　1100円　①978-4-921207-09-0

◇入門詠んで楽しむ俳句16週間　松田ひろむ著　新星出版社　2002.8　231p　19cm　1000円　①4-405-05558-0

◇一番やさしい俳句再入門　松田ひろむ著　第三書館　2008.5　285p　19cm　1000円　①978-4-8074-0714-9

◇楽しく始める俳句　松村多美著　金園社

2002.11　223p　19cm　1360円　①4-321-22707-0

◇俳句第一歩　宮坂静生著　花神社　1992.7　290p　19cm　1800円　①4-7602-1197-7

◇俳句第一歩　宮坂静生著　改訂版　花神社　2006.10　297p　19cm〈文献あり〉　1800円　①4-7602-1859-9

◇クイズで楽しく俳句入門　若井新一著　飯塚書店　2012.9　219p　19cm　1500円　①978-4-7522-2066-4

◇これならブタでも作れる俳句入門　わたなべけい著　新風舎　2007.9　55p　15cm　（新風舎文庫）　600円　①978-4-289-50583-8

◇ドイツ語圏の若い人々のための俳句入門─絵画を読み、文章を看る　日本語版　渡辺正之著　杉並けやき出版　2001.3　68p　21cm〈絵：村田孝子ほか〉　838円　①4-921051-49-6

鑑賞・評釈

◇名作・名場面と俳句─1　暁萌吾著　日本文学館　2004.9　225p　19cm　1000円　①4-7765-0356-5

◇句集に寄す　阿部誠文著　有楽書房　1993.7　309p　20cm〈限定版〉　3500円

◇俳句鑑賞─即入門　阿部ひろし著　八王子　酸漿発行所　2007.5　398p　21cm　（「酸漿」臨時増刊号）〈「酸漿」創刊30周年記念〉　2500円

◇四季の華─秀句鑑賞　新井佳津子著　三鷹　ふらんす堂　1992.8　202p　20cm　2800円

◇入門秀句鑑賞─続四季の華　新井佳津子著　調布　ふらんす堂　1996.11　209p　19cm　2900円　①4-89402-180-3

◇現代俳句の面白さ　飯田龍太著　新潮社　1990.6　265p　20cm　（新潮選書）　880円　①4-10-600382-1

◇秀句の風姿─現代俳句鑑賞　飯田龍太著　角川書店　1990.12　254p　19cm　（角川選書 206）　1200円　①4-04-703206-9

◇日本名句集成　飯田龍太ほか編　学灯社　1991.11　611p　27cm　19570円　①4-312-00014-X

◇風花俳句鑑賞　井桁汀風子著　そうぶん社出版　2006.11　446p　19cm　2000円

俳句（鑑賞・評釈）

◇秀句三五〇選―17　老　石寒太編　蝸牛社　1990.11　218p　19cm　1400円　①4-87661-127-0

◇命の一句―世界でいちばん小さなメッセージ　石寒太著, 江成常夫写真　徳間書店　2008.7　225p　18cm　1300円　①978-4-19-862555-9

◇こころの歳時記　石寒太著　毎日新聞社　2012.7　221p　19cm〈索引あり〉　1800円　①978-4-620-32143-1

◇俳句哀歓―作句と鑑賞　石田波郷著　宝文館出版　1992.4　224p　20cm〈1957年刊の複製〉　1500円　①4-8320-1384-X

◇現代句秀品批評　石原八束著　飯塚書店　1991.10　302p　20cm　2000円　①4-7522-2010-5

◇俳句の基礎知識―技法と鑑賞　磯貝碧蹄館著　新装版　雄山閣出版　1994.11　273p　19cm　1980円　①4-639-00578-4

◇四季の俳句―秀句を書く　磯貝碧蹄館編著　雄山閣出版　1999.5　192p　19cm　1600円　①4-639-01606-9

◇伊丹三樹彦全文叢―第7巻　俳句読解術　伊丹三樹彦著　沖積舎　1993.11　259p　22cm　4500円　①4-8060-6535-8

◇伊丹三樹彦全文叢―第8巻　句集のすすめ　伊丹三樹彦著　沖積舎　1995.3　552p　22cm　7000円　①4-8060-6536-6

◇伊丹三樹彦全文叢―第6巻　俳句現代派秀句　伊丹三樹彦著　沖積舎　1996.1　420p　22cm　9000円　①4-8060-6540-4

◇伊丹三樹彦全文叢―第9巻　俳句現代派秀句続　伊丹三樹彦著　沖積舎　1996.9　535p　22cm　10000円　①4-8060-6543-9

◇伊丹三樹彦全文叢―第5巻　俳句現代派秀句続続　伊丹三樹彦著　沖積舎　1997.9　317p　22cm　6500円　①4-8060-6539-0

◇秀句三五〇選―34　母　伊藤敬子編著　蝸牛社　1994.4　218p　19cm　1400円　①4-87661-232-3

◇秀句三五〇選―32　海　伊藤通明編著　蝸牛社　1992.10　222p　19cm　1400円　①4-87661-152-1

◇秀句三五〇選―31　影　稲田眸子編著　蝸牛社　1992.8　222p　19cm　1400円　①4-87661-151-3

◇肉声のありかを求めて―現代俳句熟考　上野一孝著　佐久　邑書林　2012.11　139p　20cm　2200円　①978-4-89709-722-0

◇鑑賞徹底写生創意工夫　上村占魚著　紅書房　1990.1　273p　21cm　3000円　①4-89381-038-3

◇現代俳句揮毫手帖―墨場必携　上村占魚編著　木耳社　1990.8　221p　19cm　1550円　①4-8393-2518-9

◇名句十二か月　宇多喜代子著　角川学芸出版　2009.9　281p　19cm（角川選書 450）〈『わたしの名句ノート』(富士見書房平成16年刊)の加筆　角川グループパブリッシング（発売）　索引あり〉　1600円　①978-4-04-703450-1

◇現代俳句の鑑賞事典　宇多喜代子, 黒田杏子監修　東京堂出版　2010.5　324p　22cm　2800円　①978-4-490-10779-1

◇百人百句　大岡信著　講談社　2001.1　382p　20cm　1800円　①4-06-208222-5

◇現代俳句の山河―大串章評論集　大串章著　本阿弥書店　1994.11　302p　20cm　2900円　①4-89373-073-8

◇蛇のねごと　太田蛇秋著, 市民タイムス編　長野　ほおずき書籍　1996.11　291p　19cm　1500円　①4-89341-308-2

◇越のうた散歩―詩歌歳時記　大滝貞一著　新潟　新潟日報事業社　2004.12　238p　19cm（とき選書）〈1985年刊の改訂〉　1400円　①4-86132-082-8

◇新編俳句の解釈と鑑賞事典　尾形仂編　笠間書院　2000.11　685p　20cm〈旺文社1979年刊の改訂増補〉　2800円　①4-305-70223-1

◇秀句三五〇選―29　山　岡田日郎編著　蝸牛社　1991.12　215p　19cm　1400円　①4-87661-149-1

◇季のある暮らし―俳句の読み方・味わい方　岡本眸著　牧羊社　1990.11　283p　19cm　2000円　①4-8333-1100-3

◇旬の菜時記　小川和佑著　広済堂出版　2001.7　207p　18cm　1400円　①4-331-50791-2

◇俳句の情景―1　小沢克己著　角川書店　2004.2　335p　19cm　2381円　①4-04-651730-1

日本近現代文学案内　661

俳句（鑑賞・評釈）

◇秀句三五〇選―33　友　小沢実編著　蝸牛社　1994.2　216p　19cm　1400円　①4-87661-228-5

◇現代秀句鑑賞　小原啄葉著　盛岡　樹氷発行所　1991.7　324p　20cm　2800円

◇樹下逍遙―現代秀句鑑賞　小原啄葉編著　盛岡　樹氷発行所　1998.2　330p　20cm　2900円

◇秀句燦燦―現代俳句鑑賞　小原啄葉著　松尾村（岩手県）　樹氷俳句会　2005.7　329p　20cm　〈盛岡　熊谷印刷（印刷）〉　2800円

◇二句集ふたり　甲斐多津雄著　花神社　2006.7　205p　19cm　2000円　①4-7602-1850-5

◇名句を読む―その秘密を探る　柿沼茂著　花神社　2009.2　202p　19cm　2000円　①978-4-7602-1928-5

◇俳句の壁―評論集　片山花御史著　遠賀町（福岡県）　銀河系社　1995.4　101p　19cm　（銀河系文庫　8）

◇色の一句　片山由美子著　調布　ふらんす堂　2008.9　232p　18cm　（365日入門シリーズ　3）　1714円　①978-4-7814-0070-9

◇秀句三五〇選―20　日　加藤耕子編　蝸牛社　1990.10　220p　19cm　1400円　①4-87661-130-0

◇ときめきの名句　加藤哲也著　東京四季出版　2002.12　233p　19cm　1714円　①4-8129-0230-4

◇覚えておきたい極めつけの名句1000　角川学芸出版編　角川学芸出版　2012.8　283p　15cm　〔角川ソフィア文庫〕〔SP D-110-2〕）〈角川グループパブリッシング（発売）　索引あり〉　667円　①978-4-04-406510-2

◇飯田蛇笏集成―第4巻　鑑賞　1　角川文化振興財団編　角川書店　1994.7　429p　20cm　〈監修：飯田竜太　著者の肖像あり〉　4600円　①4-04-562004-3

◇飯田蛇笏集成―第5巻　鑑賞　2　角川文化振興財団編　角川書店　1994.11　510p　20cm　〈監修：飯田竜太　著者の肖像あり〉　4600円　①4-04-562005-2

◇遠い句近い句―わが愛句鑑賞　金子兜太著　富士見書房　1993.4　240p　20cm　2500円　①4-8291-7229-0

◇現代俳句鑑賞　金子兜太著　飯塚書店　1993.12　249p　20cm　2060円　①4-7522-2015-6

◇他流試合―兜太・せいこうの新俳句鑑賞　金子兜太,いとうせいこう著　新潮社　2001.4　261p　20cm　1500円　①4-10-370104-8

◇金子兜太の俳句塾　金子兜太著　毎日新聞社　2011.5　269p　19cm　1500円　①978-4-620-32061-8

◇俳句の本―光と風と水と　川名大,山下一海著　朝日出版社　2000.1　199p　22cm　〈他言語標題：The book of Haiku〉　2900円　①4-255-00003-4

◇一句万誦―いま詠いだされる秀句　岸原清行著　朝日新聞社　2000.3　221p　22cm　（地平叢書　第62篇）〈（人叢書　第161篇）〉　2600円　①4-02-330611-8

◇名句十二か月　岸本尚毅著　富士見書房　2000.4　277p　20cm　2400円　①4-8291-7443-9

◇生き方としての俳句―句集鑑賞入門　岸本尚毅著　三省堂　2012.1　297p　19cm　1800円　①978-4-385-36583-1

◇花の俳句―鑑賞と作り方　草間時彦著　オリジン社　1991.10　237p　20cm　〈主婦の友社（発売）〉　1800円　①4-07-938380-0

◇食べもの俳句館　草間時彦著　角川書店　1991.10　275p　19cm　（角川選書　219）　1300円　①4-04-703219-0

◇秀句鑑賞十二か月　草間時彦著　朝日新聞社　2000.2　219p　19cm　2200円　①4-02-330604-5

◇怖い俳句　倉阪鬼一郎著　幻冬舎　2012.7　247p　18cm　（幻冬舎新書　く-5-1）〈文献あり〉　800円　①978-4-344-98269-7

◇秀句三五〇選―27　水　倉田紘文編著　蝸牛社　1991.12　216p　19cm　1400円　①4-87661-147-5

◇俳句を味わう　倉橋羊村著　飯塚書店　1995.11　228p　20cm　2000円　①4-7522-2018-0

◇おはよう俳句―名句の花束　倉橋羊村著　北溟社　2007.11　259p　18cm　（詩歌句新書）　1000円　①978-4-89448-547-1

◇俳句とふるさと　栗田靖著　名古屋　中日新聞本社　1994.10　206p　19cm　1400円　①4-8062-0277-0

◇現代俳句鑑賞　黒田杏子著　深夜叢書社　2000.11　403p　23cm　3800円　Ⓘ4-88032-239-3

◇俳句鑑賞—所長の俳話教室より　小島岳青編著　新潟　出版サポート大樹舎（制作）　2009.8　151p　19cm〈放送大学新潟学習センター〉　Ⓘ978-4-9904555-1-4

◇俳諧無辺—俳句のこころを読み解く36章　小島厚生著　邑書林　1994.5　185p　19cm　1900円　Ⓘ4-946407-86-3

◇人生が見えるから俳句は面白い　小島哲夫著　日本詩歌句協会　2006.5　189p　18cm　（詩歌句新書 7—私の出会った俳人たち 1）〈奥付の責任表示（誤植）：小嶋哲夫　北溟社（発売）〉　1200円　Ⓘ4-89448-508-7

◇人生が見えるから俳句は面白い—2　小島哲夫著　北溟社　2010.3　271p　18cm　（詩歌句新書）　1400円　Ⓘ978-4-89448-627-0

◇自習室—現代の俳句を読む　小島良子著　萱の会　2008.1　249p　19cm　2000円

◇俳句鑑賞十二ヶ月　児玉仁良著　入間　児玉仁良　2009.1　268p　19cm　2000円

◇秀句に学ぶ—春・夏篇　児玉南草著　北九州　地平俳句会　1994.2　348p　20cm　（地平叢書 第45篇）　3000円

◇秀句に学ぶ—秋・冬篇　児玉南草著　北九州　地平俳句会　1994.9　357p　20cm　（地平叢書 第46篇）　3000円

◇憧れの名句　後藤比奈夫著　日本放送出版協会　2002.12　239p　22cm　（NHK俳壇の本）　2200円　Ⓘ4-14-016114-0

◇金曜日の朝　小西昭夫著　松山　創風社出版　1997.4　134p　19cm　（風ブックス 3）　1200円　Ⓘ4-915699-58-7

◇この俳句がスゴい！　小林恭二著　角川学芸出版　2012.8　269p　19cm　（角川俳句ライブラリー）〈角川グループパブリッシング（発売）〉　1600円　Ⓘ978-4-04-652616-8

◇秀句三五〇選—30　芸　小林貴子編著　蝸牛社　1991.12　216p　19cm　1400円　Ⓘ4-87661-150-5

◇鑑賞現代俳句　小室善弘著　本阿弥書店　1989.11　271p　20cm　2800円　Ⓘ4-89373-020-7

◇現代百人一句　小山英四郎著　東京四季出版　2000.6　109p　20cm　2095円　Ⓘ4-8129-0078-6

◇今朝のうた—詩歌の今を読む　酒井佐忠著　本阿弥書店　2003.12　195p　19cm　1700円　Ⓘ4-89373-993-X

◇今朝のうた—詩歌の今を読む 第2集　酒井佐忠著　本阿弥書店　2006.10　209p　19cm　1700円　Ⓘ4-7768-0285-6

◇葦の髄から　坂田露苑著　横浜　早蕨文庫　2007.5　278p　20cm〈私家版〉

◇林間微風—選評　阪本謙二著　松山　櫟俳句会　2006.3　332p　21cm〈「櫟 第14巻第3号」付録　「櫟」創刊150号記念〉　1000円

◇郷土作家句歌曼陀羅—批評と鑑賞　笹野儀一著　徳島　第一出版　1993.10　379p　19cm　1200円

◇沖つ石　佐藤鬼房著　佐久　邑書林　2004.10　546,6p　20cm　6666円　Ⓘ4-89709-487-9

◇秀句三五〇選—26　画　佐藤和枝編　蝸牛社　1991.6　216p　19cm　1400円　Ⓘ4-87661-146-7

◇花より俳句—山麓句会八合目篇　山麓童人編　さいたま　山麓童人　2005.5　317p　19cm

◇句は楽のタネ—山麓句会九合目篇　山麓童人編　さいたま　山麓童人　2006.4　315p　19cm

◇とうとう俳人？—山麓句会十合目篇　山麓童人編　さいたま　山麓童人　2007.4　344p　19cm

◇士魂俳才—山麓句会十一合目篇　山麓童人編　さいたま　山麓童人　2008.4　319p　19cm

◇自由にgo！—山麓句会十二合目篇　山麓童人編　さいたま　山麓童人　2009.5　285p　19cm

◇まだまだ登山—山麓句会十三合目篇　山麓童人編　さいたま　山麓童人　2010.5　331p　19cm

◇年ごと新た—山麓句会十四合目篇　山麓童人編　さいたま　山麓童人　2011.4　361p　19cm

◇不失考—俳句の作品行為論 俳句論集　志賀康著　〔蓮田〕　風蓮舎　2004.9　288p　22cm　2381円

◇こころの四季—秀句に学ぶ作句姿勢　柴田いさを著　文芸広場社　1998.3　272p　19cm

俳句（鑑賞・評釈）

（文芸広場叢書 79） 1715円 ⓘ4-938358-45-X
◇秀句三五〇選—15 色 嶋田麻紀編 蝸牛社 1990.2 206p 19cm 1300円 ⓘ4-87661-125-4
◇病窓歳時記—俳句にみる病気とその周辺 清水貴久彦著 岐阜 まつお出版 2001.11 125p 19cm 1600円 ⓘ4-944168-12-8
◇樹界逍遥—「樹」の珠玉たち 「樹界逍遥」編集委員会編 三光村（大分県） 書心社 2004.11 254p 21cm 2000円 ⓘ4-9901520-4-2
◇一風変った自由律の鑑賞 新城宏著 〔鎌倉〕 層雲自由律事業部 2001.12 111p 19cm （層雲自由律叢書） 1000円 ⓘ4-915434-22-2
◇十七音の世界—滝の俳句を読む 菅原鬨也著 仙台 滝発行所 2005.8 324p 19cm （滝俳句叢書 第9編） 2100円 ⓘ4-925072-05-6
◇俳諧伝集集—翻刻 鈴木勝忠編 岡崎 鈴木勝忠 1994.3 399p 21cm〈退職記念私家版〉
◇現代俳句50人名句散策 鈴木勘之著 北溟社 2001.11 258p 19cm 2500円 ⓘ4-89448-190-1
◇秀句三五〇選—28 地 鈴木伸一編 蝸牛社 1991.7 216p 19cm 1400円 ⓘ4-87661-148-3
◇俳句の作り方 鈴木ゆすら著 〔浜松〕〔鈴木八郎〕 2000.5 15p 19cm〈肖像あり〉 350円
◇ヒコーキ俳句—空には夢がある、自由がある 駿河岳水著 本阿弥書店 2005.6 133p 19cm〈肖像あり〉 1300円 ⓘ4-7768-0180-9
◇花の手箱—私の俳句鑑賞 園部孤城子著 相模原 みちのく発行所 2005.11 198p 19cm （みちのく叢書 no.183） 1500円 ⓘ4-943848-06-0
◇時代を生きた名句—大人のための俳句鑑賞読本 高野ムツオ著 NHK出版 2012.7 192p 19cm （NHK俳句） 1200円 ⓘ978-4-14-016206-4
◇花百話—学園の四季 高野陽一著 近代文芸社 1992.8 219p 20cm 1500円 ⓘ4-7733-1698-5
◇現代俳句の狩人 鷹羽狩行著 梅里書房 1995.8 381p 20cm 3200円 ⓘ4-87227-122-X
◇狩俳句鑑賞 鷹羽狩行著 梅里書房 1997.3 474p 22cm 5437円 ⓘ4-87227-140-8
◇諳んじたい俳句88—世界最短詩型の美しい日本語表現 鷹羽狩行監修, 片山由美子文, 石飛博光書 日本放送出版協会 2005.5 190p 21cm 1600円 ⓘ4-14-016134-5
◇鷹羽狩行の名句案内 鷹羽狩行著 日本放送出版協会 2007.3 221p 21cm 1500円 ⓘ978-4-14-016151-7
◇新狩俳句鑑賞 鷹羽狩行著 梅里書房 2009.2 405p 22cm 4800円 ⓘ978-4-87227-340-3
◇秀句鑑賞十二ヶ月 高橋悦男著 東京四季出版 2003.7 347p 19cm 2500円 ⓘ4-8129-0287-8
◇現代俳句一日一句鑑賞 高橋正子著 松山 水煙ネット 2005.8 198p 21cm （水煙俳句叢書 別巻 2）〈青葉図書（発売）〉 1715円 ⓘ4-900024-83-X
◇俳句はかく解しかく味う 高浜虚子著 岩波書店 1989.10 201p 15cm （岩波文庫） 360円 ⓘ4-00-310282-7
◇俳句はかく解しかく味わう 高浜虚子著 角川学芸出版 2011.8 184p 15cm （角川文庫 16989—〔角川ソフィア文庫〕〔D-104-3〕）〈角川グループパブリッシング（発売）〉 514円 ⓘ978-4-04-409440-9
◇ホトトギス雑詠選集100句鑑賞—秋 虚子選, 岸本尚毅編 調布 ふらんす堂 2011.12 203p 18cm〈背のタイトル：虚子選ホトトギス雑詠選集一〇〇句鑑賞 索引あり〉 1500円 ⓘ978-4-7814-0430-1
◇虚子選ホトトギス雑詠選集100句鑑賞—春 虚子選, 岸本尚毅編 調布 ふらんす堂 2012.4 203p 18cm〈索引あり〉 1500円 ⓘ978-4-7814-0470-7
◇虚子選ホトトギス雑詠選集100句鑑賞—夏 虚子選, 岸本尚毅編 調布 ふらんす堂 2012.7 203p 18cm 1500円 ⓘ978-4-7814-0484-4
◇虚子選ホトトギス雑詠選集100句鑑賞—冬 虚子選, 岸本尚毅編 調布 ふらんす堂

俳句（鑑賞・評釈）

◇2012.10 203p 18cm 1500円 ①978-4-7814-0525-4

◇山の花俳句鑑賞　田上悦子,鈴木久美子著,岡田日郎監修　梅里書房　2009.9　269p 20cm 3000円　①978-4-87227-349-6

◇言葉を愛する人に　高山雍子著,久冨風子編　福山　イノウエ出版　2000.6　309p 21cm 2000円

◇秀句三五〇選—18　数　田中裕明編　蝸牛社　1990.2　206p 19cm 1300円　①4-87661-128-9

◇癒しの一句　田中裕明,森賀まり著　調布　ふらんす堂　2000.12　416p 19cm（俳句入門シリーズ 1）2200円　①4-89402-382-2

◇百句燦燦—現代俳諧頌　塚本邦雄著　講談社　2008.6　275p 16cm（講談社文芸文庫）〈著作目録あり　年譜あり〉1300円　①978-4-06-290015-7

◇童子珠玉集—俳句って、やっぱりたのしい　辻桃子著　立川　童子吟社　1990.9　87p 19cm（童子叢書　第10篇）1500円

◇聞いて楽しむ俳句—厳選名句　辻桃子,安部元気編著　大阪　創元社　2008.11　126p 21cm（聞き読み教養ライブラリー）1600円　①978-4-422-68481-9

◇日本の四季句の一句　坪内稔典,仁平勝,細谷亮太著　講談社　2002.2　254p 20cm 1800円　①4-06-210963-8

◇一期一会　遠井俊二著　高岡町（宮崎県）本多企画　1998.2　337p 19cm 2500円　①4-89445-035-6

◇秀句三五〇選—22　夢　友岡子郷編　蝸牛社　1990.11　218p 19cm 1400円　①4-87661-132-7

◇俳句物のみえる風景　友岡子郷著　本阿弥書店　1995.3　229p 20cm 2300円　①4-89373-076-2

◇秀句三五〇選—14　音　豊長みのる編　蝸牛社　1990.10　216p 19cm 1400円　①4-87661-129-7

◇秀句の風姿—風樹作家百二十人　豊長みのる著　豊中　風樹俳句会編集部　1993.10　137p 19cm 2300円

◇乾坤有情　中嶋鬼谷著　深夜叢書社　2010.3　333p 20cm 2800円　①978-4-88032-297-1

◇季題別・類材別秀句鑑賞　永野萌生著　文芸社　2008.11　166p 20cm 1200円　①978-4-286-05407-0

◇名句で味わう四季の言葉　中村裕著,今森光彦写真　小学館　2003.6　191p 22cm 2600円　①4-09-387439-5

◇俳句鑑賞450番勝負　中村裕著　文芸春秋　2007.7　315p 18cm（文春新書）890円　①978-4-16-660581-1

◇現代俳句パノラマ　夏石番矢ほか編　立風書房　1994.7　213p 21cm 2000円　①4-651-60057-3

◇名句鑑賞読本　行方克巳,西村和子著　角川書店　1997.11　286p 19cm 2300円　①4-04-883503-3

◇名句鑑賞読本—茜の巻　行方克巳,西村和子著　角川学芸出版　2005.6　284p 19cm〈角川書店平成9年刊の新装版　角川書店（発売）〉2300円　①4-04-621001-X

◇名句鑑賞読本—藍の巻　行方克巳,西村和子著　角川学芸出版　2005.6　312p 19cm〈角川書店（発売）〉2300円　①4-04-621002-8

◇俳句と話す—現代俳句鑑賞　鳴戸奈菜著　柏らんの会　2012.4　334p 19cm 2000円

◇俳句のすすめ—若き母たちへ　西村和子著　角川学芸出版　2008.7　227p 19cm（角川学芸ブックス）〈角川グループパブリッシング（発売）〉1429円　①978-4-04-621264-1

◇俳句こころ遊び　野中亮介著　実業之日本社　1996.12　269p 19cm 1300円　①4-408-53302-5

◇俳句カレンダー鑑賞　俳人協会編　梅里書房　2001.10　222p 19cm 2400円　①4-87227-218-8

◇新俳句カレンダー鑑賞　俳人協会編　梅里書房　2011.12　222p 19cm 2000円　①978-4-87227-363-2

◇国民的俳句百選　長谷川櫂著　講談社　2008.11　342p 19cm 1700円　①978-4-06-215095-8

◇氷壺抄—「天頂」俳句鑑賞　波戸岡旭編　横浜　天頂俳句会　2009.10　231p 21cm〈創刊10周年記念〉

◇秀句案内　花谷和子著　沖積舎　2000.11

俳句（鑑賞・評釈）

263p 20cm 3500円 ①4-8060-4074-6
◇青児俳句鑑賞 原田青児編 相模原 みちのく発行所 2006.1 197p 22cm （みちのく叢書 no.173）〈肖像あり〉 2500円 ①4-943848-04-4
◇現代俳句月評 東良子著 東京四季出版 2012.7 245p 16cm （俳句四季文庫）〈奥付のタイトル：東良子の現代俳句月評〉 1429円 ①978-4-8129-0708-5
◇展望現代の詩歌—第9巻（俳句 1） 飛高隆夫,野山嘉正編 明治書院 2007.4 336p 22cm〈文献あり〉 2800円 ①978-4-625-55408-7
◇展望現代の詩歌—第10巻（俳句 2） 飛高隆夫,野山嘉正編 明治書院 2007.7 324p 22cm〈文献あり〉 2800円 ①978-4-625-55409-4
◇展望現代の詩歌—第11巻（俳句 3） 飛高隆夫,野山嘉正編 明治書院 2008.2 332p 22cm〈文献あり〉 2800円 ①978-4-625-55410-0
◇季節の秀句—肥田埜勝美鑑賞 肥田埜勝美著,阿吽俳句会編 本阿弥書店 2008.10 199p 19cm （阿吽叢書 第44篇） 2300円 ①978-4-7768-0532-8
◇広瀬直人の折々の秀句 広瀬直人著 ウエップ 2008.8 321p 20cm〈三樹書房（発売）〉 2667円 ①978-4-902186-66-6
◇わたしの名句鑑賞 ふかいみい絵 文芸社 2004.9 1冊（ページ付なし） 20cm 800円 ①4-8355-7563-6
◇ホトトギス雑詠句評会抄 深見けん二ほか編 小学館 1995.11 381p 20cm 3000円 ①4-09-387147-7
◇俳句の扉を開く—実作と鑑賞 深谷雄大著 東京四季出版 1990.3 279p 20cm （雪華叢書第17篇） 1500円 ①4-87621-343-7
◇百句百景 深谷雄大著 東京四季出版 2000.12 141p 18cm 1429円 ①4-8129-0136-7
◇忘れられない名句 福田甲子雄著 毎日新聞社 2004.7 262p 20cm〈肖像あり〉 1905円 ①4-620-31684-9
◇紀州有田四季のうつろい—鑑賞集 福田孝雄著 文学の森 2011.12 231p 19cm
◇光景—現代俳句選評集 福富健男編著 宮崎 鉱脈社 1993.6 98p 25cm 1000円
◇俳句らぶ 福永法弘著 東京書籍 1996.10 251p 19cm 1500円 ①4-487-75472-0
◇たかんな鑑賞歳時記—たかんな15周年記念 2 藤木倶子編 八戸 たかんな発行所 2008.2 234p 21cm （たかんな叢書 第29編） 2200円
◇乃木坂縦横 古館曹人著 富士見書房 1994.12 267p 20cm 2800円 ①4-8291-7263-0
◇詩句の森をゆく 星野恒彦著 梅里書房 2003.4 317p 20cm 3200円 ①4-87227-252-8
◇俳句お花畑—初心者のための秀句鑑賞 堀口星眠著 揺籃社 1990.5 296p 19cm 1500円 ①4-946430-55-5
◇俳句お花畑—初心者のための秀句鑑賞 続 堀口星眠著 八王子 揺籃社 1994.1 169p 19cm 1300円 ①4-946430-94-6
◇十七音の海—俳句という詩にめぐり逢う 堀本裕樹著 カンゼン 2012.4 205p 19cm〈索引あり 文献あり〉 1300円 ①978-4-86255-128-3
◇現代俳句にみる親と子の風景—小児科医の讃歌 本多輝男著 近代文芸社 1992.4 168p 20cm 1800円 ①4-7733-1639-X
◇十人十色—俳句作品鑑賞集 前田恭子著 文学の森 2007.5 277p 20cm 2667円 ①978-4-86173-547-9
◇現代秀句 正木ゆう子著 春秋社 2002.3 242p 20cm （日本秀句 別巻） 2000円 ①4-393-43431-5
◇現代秀句 正木ゆう子著 増補版 春秋社 2012.11 266p 19cm （日本秀句 別巻）〈索引あり〉 2000円 ①978-4-393-43443-7
◇大野林火全集—第5巻 鑑賞 2 松崎鉄之介ほか編 梅里書房 1993.7 449p 22cm〈監修：井本農一ほか〉 10000円 ①4-87227-064-9
◇大野林火全集—第4巻 鑑賞 1 松崎鉄之介ほか編 梅里書房 1994.3 489p 22cm〈監修：井本農一ほか〉 10000円 ①4-87227-063-0
◇大野林火全集—第6巻 鑑賞 3 松崎鉄之介ほか編 梅里書房 1994.6 506p 22cm〈監修：井本農一ほか〉 10000円 ①4-

俳句（鑑賞・評釈）

87227-065-7
◇浜俳句の系譜　松崎鉄之介著　梅里書房　2007.6　493p　22cm　5600円　Ⓘ978-4-87227-325-0
◇俳風自在　松沢昭著　東京四季出版　2003.9　361p　20cm〈「四季」創刊40周年記念〉3810円　Ⓘ4-8129-0292-4
◇知っておきたい「この一句」　黛まどか著　PHP研究所　2007.6　242p　15cm（PHP文庫）　514円　Ⓘ978-4-569-66853-6
◇評釈と鑑賞—第4集　丸山商衣著　〔橋本〕丸山商衣　1995.3　189p　22cm
◇隣りの苑—歌人の俳句随想と鑑賞　水落博著　本阿弥書店　2002.3　352p　20cm　3300円　Ⓘ4-89373-767-8
◇四季の心を選ぶ—下野新聞俳句評　水沼三郎著　宇都宮　下野新聞社　2002.6　190p　21cm　1500円　Ⓘ4-88286-160-7
◇俳句の魅力　皆川盤水著　東京新聞出版局　1995.11　274p　19cm　1700円　Ⓘ4-8083-0543-7
◇わかりやすい現代の名句鑑賞　皆川盤水著　東京新聞出版局　2001.10　285p　20cm　1600円　Ⓘ4-8083-0745-6
◇秀句三五〇選—23　笑　皆吉司編　蝸牛社　1990.10　216p　19cm　1400円　Ⓘ4-87661-133-5
◇秀句三五〇選—21　虫　宮坂静生編　蝸牛社　1990.10　216p　19cm　1400円　Ⓘ4-87661-131-9
◇「方舟」の水脈　宮脇白夜著　本阿弥書店　2002.10　210p　20cm（宮脇白夜著作集第2巻　宮脇白夜著）〈シリーズ責任表示：宮脇白夜著〉　2500円　Ⓘ4-89373-863-1
◇こころを詠んだ昭和の名句　宗内数雄著　毎日新聞社　2007.3　261p　20cm　1700円　Ⓘ978-4-620-31809-7
◇きょうの一句—名句・秀句365日　村上護著　新潮社　2005.1　373,6p　16cm（新潮文庫）　552円　Ⓘ4-10-116121-6
◇けさの一句　村上護著　長野　信濃毎日新聞社　2006.5　222p　19cm　1200円　Ⓘ4-7840-7022-2
◇季のうた　村上護著　高知　高知新聞社　2006.5　222p　19cm〈高知新聞企業（発売）〉　1200円　Ⓘ4-87503-364-8

◇朝の一句　村上護著　福島　福島民友新聞社　2006.5　222p　19cm　1260円
◇けさの一句—第2集　村上護著　長野　信濃毎日新聞社　2007.5　222p　19cm　1200円　Ⓘ978-4-7840-7054-1
◇季のうた—第2集　村上護著　松山　愛媛新聞社　2007.5　222p　19cm　1200円　Ⓘ978-4-86087-062-1
◇朝の一句—第2集　村上護著　福島　福島民友新聞社　2007.5　222p　19cm　1200円
◇けさの一句—第3集　村上護著　長野　信濃毎日新聞社　2008.5　222p　19cm　1200円　Ⓘ978-4-7840-7080-0
◇朝の一句—第3集　村上護著　福島　福島民友新聞社　2008.5　222p　19cm　1200円
◇けさの一句—第4集　村上護著　長野　信濃毎日新聞社　2009.5　222p　19cm　1200円　Ⓘ978-4-7840-7105-0
◇心にしみる仏心の俳句一〇八　村上護著　佼成出版社　2009.9　227p　19cm　1400円　Ⓘ978-4-333-02399-8
◇けさの一句—第5集　村上護著　長野　信濃毎日新聞社　2010.5　222,56p　19cm　1400円　Ⓘ978-4-7840-7133-3
◇名人×名句×名評集—上　明治書院編集部編　明治書院　2012.8　214p　19cm〈「俳句講座6　現代名句評釈」（昭和33年刊）の改題改訂　索引あり〉　1600円　Ⓘ978-4-625-65416-9
◇名人×名句×名評集—下　明治書院編集部編　明治書院　2012.8　250p　19cm〈「俳句講座6　現代名句評釈」（昭和33年刊）の改題改訂　索引あり〉　1600円　Ⓘ978-4-625-65417-6
◇俳句への旅　森澄雄著　角川書店　1990.10　280p　19cm（角川選書　205）　1200円　Ⓘ4-04-703205-0
◇俳句への旅　森澄雄著　角川学芸出版　2009.10　293p　15cm（角川文庫　15960—〔角川ソフィア文庫〕〔D-106-1〕）〈角川グループパブリッシング（発売）　角川書店平成2年刊の加筆〉　857円　Ⓘ978-4-04-409411-9
◇わたしの本棚—時に逢い、時に佇つ　矢倉貞著　文芸社　2005.8　443p　20cm〈東京四季出版平成14年刊の改訂版〉　2000円　Ⓘ4-8355-9373-1

俳句（言語・表現・修辞）

◇あかね風雪集鑑賞　矢島巻城著　そうぶん社出版　2001.6　205p　20cm　（あかね叢書　第16集）　2000円　①4-88328-251-1
◇俳句の明日へ　矢島渚男著　本阿弥書店　1992.10　229p　20cm　（矢島渚男評論集 1)　2300円　①4-89373-056-8
◇私の好きなこの一句—現役俳人の投票による上位340作品　柳川彰治編著　平凡社　2012.4　380p　19cm　〈索引あり〉　2600円　①978-4-582-83570-0
◇俳句鑑賞入門　山口誓子著　新座　埼玉福祉会　2001.6　2冊　22cm　（大活字本シリーズ）〈原本：創元社刊　限定版〉　3300円;3600円　①4-88419-081-5,4-88419-082-3
◇抒情なき世代—『新撰21』の20人を読む　山口優夢著　佐久　邑書林　2010.12　97p　21cm　（邑書林ブックレット no.2)　1152円　①978-4-89709-674-2
◇俳句で歩く江戸東京—吟行八十八ケ所巡り　山下一海, 檜田良枝著　中央公論新社　2003.10　207p　19cm　〈文献あり〉　1400円　①4-12-003448-8
◇花の一句　山西雅子著　調布　ふらんす堂　2011.9　231p　18cm　（365日入門シリーズ 6)　1714円　①978-4-7814-0394-6
◇現代俳句—上　山本健吉著　新版　角川書店　1990.4　310p　19cm　（角川選書 197)　1100円　①4-04-703197-6
◇現代俳句—下　山本健吉著　新版　角川書店　1990.7　295p　19cm　（角川選書 198)　1300円　①4-04-703198-4
◇定本現代俳句　山本健吉著　角川書店　1998.4　581p　19cm　（角川選書 292)　2400円　①4-04-703292-1
◇俳句鑑賞歳時記　山本健吉著　角川書店　2000.2　357p　15cm　（角川文庫）　857円　①4-04-114906-1
◇涅槃西風—一句の周辺　評論　山本つぼみ著　調布　ふらんす堂　2005.7　159p　19cm　2762円　①4-89402-743-7
◇私の俳句史　吉田渭城著　〔相模原〕　冬浪俳句会　2003.12　170p　19cm　〈私家版〉
◇飛翔せよ短詩仲間達—1　来空著　二宮町（神奈川県）　蒼天社　1993.12　147p　19cm　（来空文庫 2)〈越谷 表現社（発売)〉　1200円
◇秀句三五〇選—25　香　渡辺恭子編　蝸牛社　1991.5　216p　19cm　1400円　①4-87661-145-9
◇人生の四季　渡辺真四郎著　文芸社　2004.2　357p　19cm　1600円　①4-8355-7006-5
◇青嶺俳句鑑賞　八戸　青嶺俳句会　1999.5　225p　19cm　（青嶺叢書　第14篇）　2000円

言語・表現・修辞

◇俳句表現の方法　稲畑汀子編　角川書店　1997.3　262p　19cm　（俳句実作入門講座 3)　1600円　①4-04-573803-7
◇俳句難読語の手引き　川岸高真編　八王子　揺籃社　1996.10　372p　19cm　1500円　①4-89708-116-5
◇やさしい俳句の文法と仮名遣い　木村麗水著　日高　加藤英明　1992.6　247p　19cm　（阿吽叢書　第6篇）〈私家版 折り込figure 2枚〉
◇五・七・五, 日本と韓国　金貞礼述, 国際日本文化研究センター編　京都　国際日本文化研究センター　2001.12　35p　21cm　（日文研フォーラム　第129回）〈会期・会場：2000年5月9日 国際交流基金京都支部〉
◇俳句表現の研究　柴田奈美著　岡山　大学教育出版　1994.2　213p　20cm　2500円　①4-924400-74-2
◇定型詩学の原理—詩・歌・俳句はいかに生れたか　筑紫磐井著　調布　ふらんす堂　2001.9　594p　26cm　4500円　①4-89402-437-3
◇時代と新表現　坪内稔典, 夏石番矢, 復本一郎編　雄山閣出版　1998.1　208p　22cm　（Series俳句世界 7)　2000円　①4-639-01508-9
◇「や」「かな」「けり」捨ててこそ…—口語体俳句論・句集　中井三好著　彩流社　2004.8　135p　20cm　1800円　①4-88202-912-X
◇俳枕—西日本　平井照敏編　河出書房新社　1991.9　359p　15cm　（河出文庫）　790円　①4-309-40319-0
◇俳枕—東日本　平井照敏編　河出書房新社　1991.9　360p　15cm　（河出文庫）　790円　①4-309-40318-2
◇俳句に詠む四字熟語　水庭進編　竹内書店

668　日本近現代文学案内

俳句（季題・季語）

新社　1999.5　371p　16cm　1800円　Ⓘ4-8035-0061-4
◇俳句に活かす漢字表記　水庭進編　竹内書店新社　2000.10　314p　16cm　1800円　Ⓘ4-8035-0309-5
◇俳句における日本語　吉岡桂六著　花神社　1997.8　322p　19cm　（たかんな叢書 6）　2400円　Ⓘ4-7602-1466-6

季題・季語

◇「山暦」の俳句―自然と人間そして俳句　青柳志解樹著　角川書店　2004.4　313p　19cm　2800円　Ⓘ4-04-876215-X
◇魂に季語をまとった日本人　秋山巳之流著　北溟社　2001.3　269p　21cm　2600円　Ⓘ4-89448-173-1
◇野鳥の俳句と季語―元禄・天明から昭和・平成まで　浅香富士太著　和光　現代文芸社　2005.6　153p　19cm　1200円　Ⓘ4-901735-12-8
◇葦牙北方季題選集　葦牙北方季題選集編集委員会編　札幌　葦牙俳句会　1990.4　196p　14×19cm　（葦牙叢書　第58集）　1500円
◇今日も俳句日和―歳時記と歩こう　石田郷子著　角川学芸出版　2010.10　205p　19cm　（角川学芸ブックス）〈角川グループパブリッシング（発売）　絵：小林木造　並列シリーズ名：KADOKAWA GAKUGEI BOOKS〉　1500円　Ⓘ978-4-04-621290-0
◇ホトトギス季寄せ　稲畑汀子編　改訂版　三省堂　1997.2　494p　10×14cm　1900円　Ⓘ4-385-30638-9
◇ホトトギス季寄せ　稲畑汀子編　改訂版　三省堂　1997.11　494p　10×14cm　3000円　Ⓘ4-385-30634-6
◇三省堂ホトトギス俳句季題便覧　稲畑汀子編　三省堂　1999.8　464p　16cm　1500円　Ⓘ4-385-13844-3
◇ホトトギス俳句季題辞典　稲畑汀子編　三省堂　2008.6　464p　16cm　「三省堂ホトトギス俳句季題便覧」(1999年刊) の新装改題〉　1500円　Ⓘ978-4-385-13842-8
◇ホトトギス季寄せ　稲畑汀子編　第3版　革装　三省堂　2011.4　493p　11×14cm　〈索引あり〉　3800円　Ⓘ978-4-385-30902-6

◇西の季語物語　茨木和生著　角川書店　1996.5　235p　19cm　2200円　Ⓘ4-04-883448-7
◇季語の現場　茨木和生著　富士見書房　2005.1　285p　20cm　2400円　Ⓘ4-8291-7579-6
◇季語淡彩　井本農一著　小学館　1994.3　190p　20cm　1600円　Ⓘ4-09-387111-6
◇私の季語手帖　井本農一著　小学館　1998.6　299p　16cm　（小学館ライブラリー）　840円　Ⓘ4-09-460111-2
◇ちきゅうにやさしいことば―季語と環境のすてきな関係　上田日差子著，ささきみおイラスト　明治書院　2009.7　63p　21cm　1500円　Ⓘ978-4-625-68601-6
◇占魚季語逍遙　上村占魚著　紅書房　2006.2　315p　19cm〈肖像あり〉　2381円　Ⓘ4-89381-210-6
◇きまぐれ歳時記　江国滋著　朝日新聞社　1989.4　233p　20cm　1250円　Ⓘ4-02-256005-3
◇季語の来歴　榎本好宏著　平凡社　2007.8　250p　20cm　2000円　Ⓘ978-4-582-30510-4
◇風のなまえ　榎本好宏著　白水社　2012.7　236p　20cm　2200円　Ⓘ978-4-560-08232-4
◇新季語選―炎環　「炎環」編集部編　紅書房（発売）　2003.1　271p　16cm　1905円　Ⓘ4-89381-186-X
◇大歳時記―第1巻　句歌春夏　大岡信ほか編　集英社　1989.5　531p　27cm〈監修：山本健吉〉　9800円　Ⓘ4-08-198001-2
◇大歳時記―第2巻　句歌秋冬新年　大岡信ほか編　集英社　1989.8　547p　27cm〈監修：山本健吉〉　9800円　Ⓘ4-08-198002-0
◇大歳時記―第3巻　歌枕俳枕　大岡信ほか編　集英社　1989.10　539p　27cm〈監修：山本健吉〉　9800円　Ⓘ4-08-198003-9
◇早引き季語辞典―夏　大岡信監修, 瓜坊進編　遊子館　2005.5　349p　19cm　1800円　Ⓘ4-946525-66-1
◇早引き季語辞典―秋　大岡信監修, 瓜坊進編　遊子館　2005.8　349p　19cm　1800円　Ⓘ4-946525-67-X
◇早引き季語辞典―冬　大岡信監修, 瓜坊進編　遊子館　2005.11　349p　19cm　1800円

日本近現代文学案内　669

俳句（季題・季語）

◇ ④4-946525-68-8
◇ 早引き季語辞典―新年・春　大岡信監修, 瓜坊進編　遊子館　2005.12　381p　19cm　1800円　④4-946525-69-6
◇ 早引き季語辞典―俳枕　大岡信監修, 瓜坊進編　遊子館　2006.7　358p　19cm　1800円　④4-946525-70-X
◇ 季語の楽しみ　大隅徳保著　伊丹　牧歌舎　2007.12　191p　19cm〈星雲社（発売）〉　1200円　④978-4-434-11418-2
◇ 季語百話　太田文萠著　神戸　百万堂P.C.　2002.11　435p　20cm　3000円
◇ 季語百話―続　太田文萠著　佐久　邑書林　2011.5　421p　20cm〈文献あり〉　2000円　④978-4-89709-686-5
◇ 季寄せ　大野林火, 安住敦編　新装版　明治書院　1997.5　366p　10×15cm　2400円　④4-625-40071-6
◇ 花火と時雨―季題十二か月　大堀柊花著　本阿弥書店　1995.9　214p　19cm　1800円　④4-89373-084-3
◇ 花と香水―続・季題十二か月　大堀柊花著　本阿弥書店　1999.5　284p　19cm　2200円　④4-89373-382-5
◇ 雪と桜貝―新・季題十二か月　大堀柊花著　本阿弥書店　2007.8　278p　19cm〈文献あり〉　2200円　④978-4-7768-0397-3
◇ 扇と狐―季題十二か月　大堀柊花著　本阿弥書店　2010.2　268p　19cm〈文献あり〉　2400円　④978-4-7768-0671-4
◇ 四季の日本・花暦12ヶ月　小川和佑著　大阪　竹林館　2004.3　142p　18cm　1400円　④4-86000-065-X
◇ 季語の底力　櫂未知子著　日本放送出版協会　2003.5　216p　18cm（生活人新書）〈文献あり〉　680円　④4-14-088069-4
◇ 季語、いただきます　櫂未知子著　講談社　2012.1　251p　19cm　1500円　④978-4-06-217457-2
◇ 蝸牛新季寄せ　蝸牛社編集部編　蝸牛社　1995.8　521p　16cm　2000円　④4-87661-255-2
◇ 季語深耕「祭」　鍵和田秞子著　角川書店　1989.4　299p　19cm　（角川選書 185）　1300円　④4-04-703185-2

◇ 俳句・季語　鍵和田秞子著　誠文堂新光社　1990.5　199p　19cm　（ことばの小径）　1100円　④4-416-89016-8
◇ 実作季語入門　鍵和田秞子著　富士見書房　1995.11　269p　20cm　2200円　④4-8291-7304-1
◇ 季語随想　糟谷正孝著　豊田　松籟俳句会　1993.7　199p　21cm〈発行所：ブラザー印刷（岡崎）著者の肖像あり〉
◇ 季語体験　加藤晃規著　文芸社　2009.11　135p　19cm　1000円　④978-4-286-07891-5
◇ 大きい活字の角川季語・用字必携　角川書店編　角川書店　1995.10　518p　16cm　1500円　④4-04-022800-6
◇ 美しい日本の季語―365日で味わう　金子兜太監修　誠文堂新光社　2010.4　399p　19cm〈文献あり　索引あり〉　1800円　④978-4-416-81028-6
◇ 365日で味わう美しい季語の花―イラストで彩る1日1語　金子兜太監修　誠文堂新光社　2011.3　399p　19cm〈文献あり　索引あり〉　1800円　④978-4-416-81124-5
◇ 実作者のための季語200解　草間時彦著　本阿弥書店　1997.12　245p　22cm　2400円　④4-89373-246-3
◇ 滅びゆく季語―自然環境変化と歳時記　久保田至誠著　飯塚書店　2011.10　230p　19cm〈文献あり〉　1600円　④978-4-7522-2063-3
◇ 季語を味わう　倉橋羊村著　飯塚書店　2006.3　214p　20cm　1886円　④4-7522-2047-4
◇ 季語の背景　小林夏冬著　あかねこ舎　2004.2　355p　21cm
◇ 季語溯源　小林祥次郎著　勉誠社　1997.6　540p　22cm　13500円　④4-585-03050-6
◇ 季語再発見―四季を彩ることばの探索　小林祥次郎著　小学館　1998.6　190p　19cm　（小学館ジェイブックス）　950円　④4-09-504414-4
◇ 初期俳諧季題総覧　小林祥次郎著　勉誠出版　2005.2　729p　22cm　22500円　④4-585-10098-9
◇ 季語深耕「鳥」　小林清之介著　角川書店　1989.8　253,4p　19cm　（角川選書 190）　1100円　④4-04-703190-9

俳句（季題・季語）

◇もっと知りたい日本の季語　小林貴子著　本阿弥書店　2005.8　223p　19cm　2200円　①4-7768-0141-8

◇北の季寄せ　近藤潤一著　札幌　北海道新聞社　1993.5　242p　19cm　1200円　①4-89363-678-2

◇季感―独学のすすめ　近藤大生著　北樹出版　2012.9　255p　21cm　〈文献あり　索引あり〉　1800円　①978-4-7793-0340-1

◇とくしま季語探訪　斎藤梅子著　徳島　徳島新聞社　2008.4　183p　21cm　1429円　①978-4-88606-111-9

◇必携季語秀句用字用例辞典　斎藤慎爾, 阿久根末忠編著　柏書房　1997.9　1252p　20cm　3800円　①4-7601-1456-4

◇難読季語早わかり―画数でひく　難字・難読・当て字・読替え　坂田自然, 田中三郎編著　東京図書出版会　2002.5　235p　18cm　〈星雲社（発売）〉　1048円　①4-434-01551-6

◇季語と気象―季のキーワードでつづる17音の気象学　坂根白風子著　大阪　ひこばえ社　1990.3　275p　19cm　（ひこばえ叢書　第22集）　1700円

◇季語の花―夏　佐川広治著, 吉田鴻司監修, 夏梅陸夫写真　ティビーエス・ブリタニカ　2000.4　155p　19cm　1900円　①4-484-00402-X

◇季語の花―秋　佐川広治著, 吉田鴻司監修, 夏梅陸夫写真　ティビーエス・ブリタニカ　2000.7　151p　19cm　1900円　①4-484-00409-7

◇季語の花―冬　佐川広治著, 吉田鴻司監修, 夏梅陸夫写真　ティビーエス・ブリタニカ　2000.10　149p　19cm　1900円　①4-484-00413-5

◇季語の花―春　佐川広治著, 吉田鴻司監修, 夏梅陸夫写真　ティビーエス・ブリタニカ　2001.2　148p　19cm　1900円　①4-484-01402-5

◇季語の食―春　佐川広治著, 不破行雄写真　ティビーエス・ブリタニカ　2002.1　127p　19cm　2000円　①4-484-02401-2

◇季語の食―夏　佐川広治著, 不破行雄写真　ティビーエス・ブリタニカ　2002.4　135p　19cm　2000円　①4-484-02402-0

◇季語の食―秋　佐川広治著, 不破行雄写真　ティビーエス・ブリタニカ　2002.7　127p　19cm　2000円　①4-484-02408-X

◇季語の食―冬　佐川広治著, 不破行雄写真　ティビーエス・ブリタニカ　2002.10　137p　19cm　2000円　①4-484-02409-8

◇無季俳句の遠心力―無季俳句100選　佐佐木幸綱ほか編　雄山閣出版　1997.1　230p　22cm　（Series俳句世界 3）　2000円　①4-639-01423-6

◇季節のことば　茂里正治著　近代文芸社　2005.9　185p　18cm　（近代文芸社新書）　1000円　①4-7733-7286-9

◇眠れる楊貴妃の謎とき―植物季語と植物ジャンボール・絹子, 近田文弘著　永田書房　2009.3　159p　20cm　〈文献あり〉　1619円　①978-4-8161-0715-3

◇季語の林―1　杉野一博著　函館　鷭俳句会　2005.9　309p　16cm　（鷭叢書　第2編）　1800円

◇季語の林―2　杉野一博著　函館　鷭俳句会　2005.9　309p　16cm　（鷭叢書　第3編）　1800円

◇季語の林―1　杉野一博著　改版　函館　鷭俳句会　2005.10　309p　16cm　（鷭叢書　第2編）　1800円

◇季語の林―2　杉野一博著　改版　函館　鷭俳句会　2005.10　309p　16cm　（鷭叢書　第3編）　1800円

◇季語巡礼　鈴木満著　笠間　かいつぶり社　2003.5　357p　19cm　1900円

◇時季のたまもの―季語35を解く　関森勝夫著　本阿弥書店　2008.3　289p　19cm　2700円　①978-4-7768-0455-0

◇季語辞典―日本人なら知っておきたい美しい季節のことば　関屋淳子文, 山梨勝弘, 富田文雄写真　パイインターナショナル　2012.1　319p　19cm　〈索引あり〉　2500円　①978-4-7562-4182-5

◇季語きらり100―四季を楽しむ　船団の会編　京都　人文書院　2012.5　280p　19cm　〈索引あり〉　1800円　①978-4-409-15021-4

◇季語辞典　大後美保編　新装版　東京堂出版　1998.9　656p　19cm　2800円　①4-490-10506-1

◇季語を生かす俳句の作り方　鷹羽狩行, 伊藤

日本近現代文学案内　**671**

俳句（季題・季語）

トキノ著　日本経済新聞社　1998.2　281p　20cm　1500円　Ⓘ4-532-16245-9

◇ラジオ歳時記俳句は季語から　鷹羽狩行著　講談社　2002.12　222p　18cm　（講談社+α新書）　780円　Ⓘ4-06-272167-8

◇季語百話―花をひろう　高橋睦郎著　中央公論新社　2011.1　227p　18cm　（中公新書 2091）　780円　Ⓘ978-4-12-102091-8

◇季寄せ　高浜虚子著,高浜年尾改訂編　改訂版50刷　三省堂　1996.10　323p　10×14cm　1650円　Ⓘ4-385-30118-2

◇季語って、たのしい　辻桃子著　邑書林　1992.10　254p　19cm　2300円　Ⓘ4-946407-49-9

◇美しい日本語季語の勉強―厳選季語225　辻桃子,安部元気監修　大阪　創元社　2004.10　254p　19cm　1400円　Ⓘ4-422-91022-1

◇季語集　坪内稔典著　岩波書店　2006.4　305,5p　18cm　（岩波新書）　860円　Ⓘ4-00-431006-7

◇季題ばなし　戸塚芳亭著　川口　白梅会　1993.11　267p　19cm〈白梅会五十周年記念〉

◇短歌・俳句―季語辞典　中村幸弘,藤井圀彦監修　ポプラ社　2008.3　227p　29cm　（ポプラディア情報館）　6800円　Ⓘ978-4-591-10088-2,978-4-591-99950-9

◇季語のこと・写生のこと　中山世一著　ウエップ　2007.9　193p　19cm　（百鳥叢書第39篇）〈三樹書房（発売）〉　2000円　Ⓘ978-4-902186-49-9

◇絶滅寸前季語辞典　夏井いつき編　東京堂出版　2001.8　333p　20cm　2200円　Ⓘ4-490-10580-0

◇絶滅寸前季語辞典―続　夏井いつき編　東京堂出版　2003.10　300p　20cm　2200円　Ⓘ4-490-10635-1

◇絶滅寸前季語辞典　夏井いつき著　筑摩書房　2010.8　403p　15cm　（ちくま文庫な39-1）〈東京堂出版2001年刊の増補、再編集　索引あり〉　950円　Ⓘ978-4-480-42745-8

◇絶滅危急季語辞典　夏井いつき著　筑摩書房　2011.8　355p　15cm　（ちくま文庫な39-2）〈『絶滅寸前季語辞典 続』（東京堂出版2003年刊）の増補、再編集　索引あり〉　950円　Ⓘ978-4-480-42839-4

◇季語季題よみかた辞典　日外アソシエーツ株式会社編　日外アソシエーツ　1994.7　45,779p　22cm〈紀伊国屋書店（発売）〉　19800円　Ⓘ4-8169-1250-9

◇逆引き季語辞典　日外アソシエーツ編集部編　日外アソシエーツ　1997.5　578p　21cm　2800円　Ⓘ4-8169-1420-X

◇季節の実用語　日本の言葉研究会編著　扶桑社　2005.3　283p　16cm　（扶桑社文庫）　619円　Ⓘ4-594-04923-0

◇季節のことば―夏　野呂希一写真,池藤あかり文　京都　青菁社　2010.6　95p　22cm〈文献あり〉　1800円　Ⓘ978-4-88350-156-4

◇季節のことば―秋　野呂希一写真,池藤あかり文　京都　青菁社　2010.10　95p　22cm〈文献あり〉　1800円　Ⓘ978-4-88350-157-1

◇季節のことば―冬　野呂希一写真,池藤あかり文　京都　青菁社　2010.12　95p　22cm〈文献あり〉　1800円　Ⓘ978-4-88350-158-8

◇一度は使ってみたい季節の言葉　長谷川櫂著,水野克比古写真　小学館　1996.1　188p　21cm　（Shotor library）　1800円　Ⓘ4-09-343071-3

◇一度は使ってみたい季節の言葉―続　長谷川櫂著,水野克比古写真　小学館　1998.3　133p　21cm　（Shotor library）　1500円　Ⓘ4-09-343072-1

◇一億人の季語入門　長谷川櫂著　角川学芸出版　2008.5　253p　19cm　（角川学芸ブックス）〈角川グループパブリッシング（発売）〉　1429円　Ⓘ978-4-04-621263-4

◇連句・俳句季語辞典十七季　東明雅,丹下博之,仏淵健悟編著　第2版　三省堂　2007.12　626p　11×16cm　2500円　Ⓘ978-4-385-13697-4

◇季語と切字と定型と　広瀬直人編　角川書店　1996.9　261p　19cm　（俳句実作入門講座 4）　1600円　Ⓘ4-04-573804-5

◇俳諧つれづれ草―私の俳句歳時記　福田清人著　明治書院　1989.6　301p　19cm　3000円　Ⓘ4-625-46042-5

◇日本人が大切にしてきた季節の言葉　復本一郎著　青春出版社　2007.11　187p　18cm　（青春新書インテリジェンス）〈文献あり〉　780円　Ⓘ978-4-413-04186-7

◇美しい季語たち―現代の俳人たちに詠まれる

俳句（季題・季語）

水庭進編　博友社　2010.8　293p　11×16cm〈文献あり　索引あり〉　2400円　①978-4-8268-0214-7
◇新編月別季寄せ　皆川盤水編　東京新聞出版局　1997.4　419p　16cm　1500円　①4-8083-0587-9
◇季語ところどころ　湊一春著　金沢　湊一春　2001.1　147p　21cm　1800円
◇語りかける季語ゆるやかな日本　宮坂静生著　岩波書店　2006.10　201,7p　20cm　2100円　①4-00-022472-7
◇ゆたかなる季語こまやかな日本　宮坂静生著　岩波書店　2008.4　177,9p　20cm　2100円　①978-4-00-025405-2
◇季語の誕生　宮坂静生著　岩波書店　2009.10　208p　18cm　（岩波新書　新赤版1214）〈文献あり〉　700円　①978-4-00-431214-7
◇四季別俳句添削教室　宮津昭彦、山田弘子著　角川学芸出版　2008.12　214p　19cm　（角川学芸ブックス）〈角川グループパブリッシング（発売）〉　1429円　①978-4-04-621269-6
◇季語の国のアリス　森玲子著　所沢　紫陽社　1989.5　131p　19cm　1236円
◇須賀川桔槹季語紀行　森川光郎監修、俳誌「桔槹」創刊一〇〇〇号記念『須賀川桔槹季語紀行』編纂委員会編　須賀川　桔槹吟社　2010.3　415p　19cm〈俳誌「桔槹」創刊一〇〇〇号記念〉　2000円
◇日本人の暮らしのかたち　森本哲郎著　PHP研究所　2007.9　307p　15cm　（PHP文庫）〈「日本の挽歌」(角川書店1980年刊)の改題〉　619円　①978-4-569-66907-6
◇季語のある風景　山崎聡著　千葉　白灯書房　1998.7　174p　19cm　1500円
◇基本季語五〇〇選　山本健吉著　講談社　1989.3　1019p　15cm　（講談社学術文庫）　1800円　①4-06-158868-0
◇北方季語探索の軌道―「水の会」の記録　札幌　道俳句会　2012.5　261p　19cm　（道文庫　第174号）　2000円

歳時記

◇新山暦俳句歳時記　青柳志解樹監修、山暦俳句歳時記編集委員会編　佐久　邑書林　2004.5　957p　18cm　6500円　①4-89709-473-9
◇新撰俳句歳時記―新年　秋元不死男ほか編　新装版　明治書院　1997.4　375p　11×18cm　2200円　①4-625-40070-8
◇花の大歳時記　秋山庄太郎写真　角川書店　1990.4　599p　27cm〈監修：森澄雄〉12000円　①4-04-871282-9
◇国際歳時記における比較研究―浮遊する四季のことば　東聖子,藤原マリ子編　笠間書院　2012.2　483p　22cm〈文献あり〉　6500円　①978-4-305-70580-8
◇新撰俳句歳時記―冬　安住敦ほか編　新装版　明治書院　1997.4　392p　11×18cm　2200円　①4-625-40069-4
◇平成新俳句歳時記　阿部弘子ほか編　国文社　1991.12　412p　11×16cm　2884円　①4-7720-0366-5
◇草木花歳時記―冬の巻　飴山実,木原浩,清水建美監修,朝日新聞社編　朝日新聞社　1999.5　295,16p　21×23cm　3800円　①4-02-340204-4
◇鳥獣虫魚歳時記―秋・冬の巻　飴山実,稲畑汀子監修・選　朝日新聞社　2000.12　305,6p　21×23cm　3900円　①4-02-340208-7
◇草木花歳時記―冬　飴山実,木原浩,清水建美監修,朝日新聞社編　朝日新聞社　2005.11　237p　15cm　（朝日文庫）　1000円　①4-02-261482-X
◇草木花歳時記―拾遺百句選　飴山実,木原浩,清水建美監修,朝日新聞社編　朝日新聞社　2006.6　238p　15cm　（朝日文庫）　1000円　①4-02-261505-2
◇四季のことば絵事典―日本の春夏秋冬に親しもう！　俳句づくり・鑑賞にも役立つ　荒尾禎秀監修　PHP研究所　2009.1　79p　29cm〈文献あり　索引あり〉　2800円　①978-4-569-68933-3
◇現代俳句歳時記　飯田龍太著　新潮社　1993.3　190p　19cm　（新潮選書）　900円　①4-10-600433-X
◇鑑賞歳時記―第2巻　夏　飯田竜太著　角川書店　1995.5　286p　19cm　1600円　①4-04-562102-4
◇鑑賞歳時記―第3巻　秋　飯田竜太著　角川

俳句（季題・季語）

書店　1995.7　254p　19cm　1600円　Ⓘ4-04-562103-2
◇鑑賞歳時記―第4巻　冬　飯田竜太著　角川書店　1995.9　293p　19cm　1600円　Ⓘ4-04-562104-0
◇鑑賞歳時記―第1巻　春　飯田竜太著　角川書店　1995.11　243p　19cm　1600円　Ⓘ4-04-562101-6
◇新日本大歳時記―カラー版　秋　飯田龍太ほか監修, 講談社編　講談社　1999.10　307p　31cm　7600円　Ⓘ4-06-128969-1
◇カラー版　新日本大歳時記―冬　飯田龍太, 稲畑汀子, 金子兜太, 沢木欣一監修　講談社　1999.12　290p　32cm　7500円　Ⓘ4-06-128970-5
◇新日本大歳時記―カラー版　春　飯田竜太, 稲畑汀子, 金子兜太, 沢木欣一監修　講談社　2000.2　293p　31cm　7500円　Ⓘ4-06-128967-5
◇新日本大歳時記―カラー版　夏　飯田竜太, 稲畑汀子, 金子兜太, 沢木欣一監修　講談社　2000.4　347p　31cm　7800円　Ⓘ4-06-128968-3
◇新日本大歳時記―カラー版　新年　飯田竜太, 稲畑汀子, 金子兜太, 沢木欣一監修, 講談社編　講談社　2000.6　279p　31cm　7300円　Ⓘ4-06-128971-3
◇新日本大歳時記―カラー版　愛蔵版　飯田龍太, 稲畑汀子, 金子兜太, 沢木欣一監修, 講談社編　講談社　2008.10　1151p　31cm〈外箱入〉　13143円　Ⓘ978-4-06-128972-7
◇「歳時記」の真実　石寒太著　文芸春秋　2000.12　214p　18cm　（文春新書）　680円　Ⓘ4-16-660143-1
◇仏教俳句歳時記　石寒太著　大法輪閣　2006.2　358p　19cm　2200円　Ⓘ4-8046-1230-0
◇よくわかる俳句歳時記―オールカラー　石寒太編　ナツメ社　2010.10　799p　19cm〈索引あり〉　2600円　Ⓘ978-4-8163-4951-5
◇新北陸俳句歳時記　石川県俳文学協会編　金沢　北国新聞社　1992.10　384,9p　22cm　5000円　Ⓘ4-8330-0781-9
◇夏の季語事典　石田郷子著, 山田みづえ監修　国土社　2003.1　79p　27cm　（俳句・季語入門 2）　2800円　Ⓘ4-337-16402-2

◇春の季語事典　石田郷子著, 山田みづえ監修　国土社　2003.1　75p　27cm　（俳句・季語入門 1）　2800円　Ⓘ4-337-16401-4
◇秋の季語事典　石田郷子著, 山田みづえ監修　国土社　2003.2　71p　27cm　（俳句・季語入門 3）　2800円　Ⓘ4-337-16403-0
◇冬・新年の季語事典　石田郷子著, 山田みづえ監修　国土社　2003.2　79p　27cm　（俳句・季語入門 4）　2800円　Ⓘ4-337-16404-9
◇笹歳時記　伊藤敬子編　角川書店　2000.5　402p　11×16cm　4762円　Ⓘ4-04-871855-X
◇ホトトギス新歳時記　稲畑汀子編　改訂版　三省堂　1996.11　981p　11×17cm　3700円　Ⓘ4-385-30633-8
◇ホトトギス新歳時記　稲畑汀子編　改訂版　三省堂　1996.11　981p　11×17cm　5000円　Ⓘ4-385-30639-7
◇大きな活字のホトトギス新歳時記　稲畑汀子編　改訂版　三省堂　1996.11　981p　16×22cm　4800円　Ⓘ4-385-30648-6
◇草木花歳時記―秋の巻　稲畑汀子, 木原浩, 清水建美監修, 朝日新聞社編　朝日新聞社　1998.11　311p　21×23cm　3800円　Ⓘ4-02-340201-X
◇汀子句評歳時記　稲畑汀子著　日本伝統俳句協会　2001.11　649,14p　22cm　3500円　Ⓘ4-925122-31-2
◇草木花歳時記―秋 上　稲畑汀子, 木原浩, 清水建美監修, 朝日新聞社編　朝日新聞社　2005.8　238p　15cm　（朝日文庫）　1000円　Ⓘ4-02-261480-3
◇草木花歳時記―秋 下　稲畑汀子, 木原浩, 清水建美監修, 朝日新聞社編　朝日新聞社　2005.8　238p　15cm　（朝日文庫）　1000円　Ⓘ4-02-261481-1
◇ホトトギス新歳時記　稲畑汀子編　第3版　三省堂　2010.6　994p　11×17cm〈索引あり〉　4200円　Ⓘ978-4-385-34275-7
◇ホトトギス新歳時記　稲畑汀子編　第3版 革装　三省堂　2010.6　994p　11×17cm〈索引あり〉　5200円　Ⓘ978-4-385-34276-4
◇大きな活字のホトトギス新歳時記　稲畑汀子編　第3版　三省堂　2010.6　994p　15×22cm〈索引あり〉　5600円　Ⓘ978-4-385-34277-1

俳句（季題・季語）

◇ホトトギス季寄せ　稲畑汀子編　第3版　三省堂　2011.4　493p　11×14cm〈索引あり〉　2400円　Ⓘ978-4-385-30901-9

◇俳句・花木と草花の歳時記―園芸植物の観賞　位田藤郎編　博友社　1990.7　245p　11×16cm　1700円　Ⓘ4-8268-0120-3

◇俳句・野菜と果樹の歳時記―園芸植物の観賞　位田藤郎編　博友社　1991.4　230p　11×16cm　1700円　Ⓘ4-8268-0123-8

◇吟行歳時記　上村占魚編　改訂5版　紅書房　1993.9　556,50p　10×14cm　3500円　Ⓘ4-89381-032-4

◇あした季寄せ―連句必携　宇咲冬男編著、角田双柿共編　あしたの会　2003.9　510p　18cm〈「あした」創刊35周年記念出版〉

◇日本の歳時記　宇多喜代子,西村和子,中原道夫,片山由美子,長谷川櫂編著,小学館編　小学館　2012.1　799p　31cm〈他言語標題：The Shogakukan Haiku Compendium　索引あり　文献あり〉

◇NOC句会歳時記―月例会百回記念（一九九三年二月から二〇〇二年一月まで）　NOC句会編　NOC句会　2002.4　222p　20cm　非売品

◇季語語源成り立ち辞典　榎本好宏著　平凡社　2002.8　394p　19cm　2400円　Ⓘ4-582-12422-4

◇大きな活字季語辞典　榎本好宏著　日東書院　2003.5　326p　17cm　920円　Ⓘ4-528-01750-4

◇短歌俳句植物表現辞典―歳時記版　大岡信監修　遊子館　2002.4　589,28p　19cm　3500円　Ⓘ4-946525-38-6

◇短歌俳句自然表現辞典―歳時記版　大岡信監修　遊子館　2002.5　486,18p　19cm　3300円　Ⓘ4-946525-40-8

◇短歌俳句動物表現辞典―歳時記版　大岡信監修　遊子館　2002.10　476,20p　19cm　3300円　Ⓘ4-946525-39-4

◇短歌俳句生活表現辞典―歳時記版　大岡信監修　遊子館　2003.1　587,33p　19cm　3500円　Ⓘ4-946525-41-6

◇風と雨の歳時記　大隅徳保著　大阪　風詠社　2012.6　215p　19cm〈星雲社（発売）　文献あり〉　1200円　Ⓘ978-4-434-16624-2

◇味覚歳時記　大野雑草子編　博友社　1997.6　268p　11×16cm　2300円　Ⓘ4-8268-0167-X

◇海の歳時記　大野雑草子編　博友社　1998.7　289p　11×16cm　2500円　Ⓘ4-8268-0174-2

◇山の俳句歳時記　大野雑草子編　博友社　2000.8　326p　11×16cm　2600円　Ⓘ4-8268-0182-3

◇旅行・吟行俳句歳時記　大野雑草子編　博友社　2002.2　333p　11×16cm　2600円　Ⓘ4-8268-0185-8

◇花の俳句歳時記　大野雑草子編　博友社　2004.1　251p　11×16cm　2200円　Ⓘ4-8268-0194-7

◇動物の俳句歳時記　大野雑草子編　博友社　2005.1　190p　11×16cm　1900円　Ⓘ4-8268-0197-1

◇神と仏（祈り）の俳句歳時記　大野雑草子編　博友社　2006.5　189p　11×16cm〈文献あり〉　1900円　Ⓘ4-8268-0198-X

◇文学忌俳句歳時記　大野雑草子編　博友社　2007.9　264p　11×16cm　2400円　Ⓘ978-4-8268-0206-2

◇雪月花の俳句歳時記　大野雑草子編　博友社　2010.11　289p　12×16cm〈付・月別俳句歳時記　文献あり　索引あり〉　2400円　Ⓘ978-4-8268-0215-5

◇新撰俳句歳時記―春　大野林火ほか編　新装版　明治書院　1997.4　416p　11×18cm　2200円　Ⓘ4-625-40066-X

◇食の俳句歳時記　岡田日郎編著　新訂　梅里書房　1993.3　276p　19cm　2800円　Ⓘ4-87227-056-8

◇山の俳句歳時記　岡田日郎編著　新訂　梅里書房　1998.11　291p　19cm　2800円　Ⓘ4-87227-163-7

◇言葉の歳事記―36のテーマで俳句力アップ　櫂未知子著　日本放送出版協会　2007.2　183p　21cm　1400円　Ⓘ978-4-14-016148-7

◇花の歳時記―春　鍵和田秞子監修　講談社　2004.2　231p　22cm　2800円　Ⓘ4-06-250231-3

◇花の歳時記―夏　鍵和田秞子監修　講談社　2004.5　283p　22cm　3200円　Ⓘ4-06-250232-1

◇花の歳時記―秋　鍵和田秞子監修　講談社

俳句（季題・季語）

2004.8　239p　22cm　2800円　Ⓘ4-06-250233-X

◇花の歳時記―冬・新年　鍵和田秞子監修　講談社　2004.11　207p　22cm　2400円　Ⓘ4-06-250234-8

◇岳歳時記　岳歳時記刊行委員会編著　第2版　松本　岳俳句会　1996.2　397p　11×18cm（岳俳句叢書 50）　3000円

◇季別季語辞典　学研辞典編集部編、宗田安正監修　学習研究社　2002.7　318p　16cm　1100円　Ⓘ4-05-301325-9

◇大きな字の季語早引き辞典　学研辞典編集部編、宗田安正監修　学習研究社　2002.7　294p　18cm　1280円　Ⓘ4-05-301347-X

◇俳句歳時記　桂信子, 金子兜太, 草間時彦, 広瀬直人, 古沢太穂監修、「新版・俳句歳時記」編纂委員会編　新版　雄山閣　2001.9　1503p　16cm〈付属資料：1枚〉　2500円　Ⓘ4-639-01742-1

◇新版・俳句歳時記　桂信子, 金子兜太, 草間時彦, 広瀬直人, 古沢太穂監修、「新版・俳句歳時記」編纂委員会編　第2版　雄山閣　2003.4　1507p　16cm〈付属資料：1枚〉　2600円　Ⓘ4-639-01793-6

◇俳句歳時記　桂信子, 金子兜太, 草間時彦, 広瀬直人, 古沢太穂監修　新版 第4版／「新版・俳句歳時記」編纂委員会／編集　雄山閣　2012.6　1507p　16cm〈索引あり〉　2600円　Ⓘ978-4-639-02205-3

◇黄鐘歳時記　加藤三七子編　新版　花神社　1998.1　334p　12×16cm　3500円　Ⓘ4-7602-1482-8

◇現代俳句歳時記―春　角川春樹編　角川春樹事務所　1997.4　282p　16cm（ハルキ文庫）　480円　Ⓘ4-89456-304-5

◇現代俳句歳時記―夏　角川春樹編　角川春樹事務所　1997.6　387p　16cm（ハルキ文庫）　540円　Ⓘ4-89456-320-7

◇現代俳句歳時記―秋　角川春樹編　角川春樹事務所　1997.8　309p　16cm（ハルキ文庫）　460円　Ⓘ4-89456-339-8

◇現代俳句歳時記―冬　角川春樹編　角川春樹事務所　1997.10　338p　16cm（ハルキ文庫）　480円　Ⓘ4-89456-353-3

◇現代俳句歳時記―新年　角川春樹編　角川春樹事務所　1997.11　246p　16cm（ハルキ文庫）　460円　Ⓘ4-89456-360-6

◇現代俳句歳時記―合本　角川春樹編　角川春樹事務所　1998.7　1517p　16cm　2800円　Ⓘ4-89456-079-8

◇季寄せ　角川春樹編　角川春樹事務所　2000.3　782p　16cm　1900円　Ⓘ4-89456-174-3

◇角川俳句大歳時記―夏　角川学芸出版編　角川学芸出版　2006.5　755p　22cm〈角川書店（発売）〉　4000円　Ⓘ4-04-621032-X

◇角川俳句大歳時記―秋　角川学芸出版編　角川学芸出版　2006.7　719p　22cm〈角川書店（発売）〉　4000円　Ⓘ4-04-621033-8

◇角川俳句大歳時記―新年　角川学芸出版編　角川学芸出版　2006.11　625p　22cm〈角川書店（発売）〉　4000円　Ⓘ4-04-621035-4

◇角川俳句大歳時記―春　角川学芸出版編　角川学芸出版　2006.12　686p　22cm〈角川書店（発売）〉　4000円　Ⓘ4-04-621031-1

◇俳句歳時記―春　角川学芸出版編　第4版　角川学芸出版　2007.1　236p　15cm（角川文庫）〈角川グループパブリッシング（発売）〉　476円　Ⓘ978-4-04-115912-5

◇角川俳句大歳時記―冬　角川学芸出版編　再版　角川学芸出版　2007.2　643p　22cm〈角川グループパブリッシング（発売）〉　4000円　Ⓘ4-04-621034-6

◇俳句歳時記―夏　角川学芸出版編　第4版　角川学芸出版　2007.4　285p　15cm（角川文庫）〈角川グループパブリッシング（発売）〉　514円　Ⓘ978-4-04-115913-2

◇俳句歳時記―秋　角川学芸出版編　第4版　角川学芸出版　2007.7　224p　15cm（角川文庫）〈角川グループパブリッシング（発売）〉　476円　Ⓘ978-4-04-115914-9

◇俳句歳時記―冬　角川学芸出版編　第4版　角川学芸出版　2007.10　222p　15cm（角川文庫）〈角川グループパブリッシング（発売）〉　476円　Ⓘ978-4-04-115915-6

◇俳句歳時記―新年　角川学芸出版編　第4版　角川学芸出版　2007.11　227p　15cm（角川文庫）〈角川グループパブリッシング（発売）〉　476円　Ⓘ978-4-04-115916-3

◇俳句歳時記―合本　角川学芸出版編　第4版　角川学芸出版　2008.6　1096p　16cm〈角

俳句（季題・季語）

川グループパブリッシング（発売）〉　2300円　⓵978-4-04-621167-5

◇俳句歳時記—秋　角川学芸出版編　第4版増補　角川学芸出版　2011.8　238p　15cm　（角川文庫 16992—〔角川ソフィア文庫〕〔D-109-3〕）〈角川グループパブリッシング（発売）　索引あり〉　514円　⓵978-4-04-406504-1

◇俳句歳時記—夏　角川学芸出版編　第4版増補　角川学芸出版　2011.8　298p　15cm　（角川文庫 16991—〔角川ソフィア文庫〕〔D-109-2〕）〈角川グループパブリッシング（発売）　索引あり〉　514円　⓵978-4-04-406503-4

◇俳句歳時記—春　角川学芸出版編　第4版増補　角川学芸出版　2011.8　253p　15cm　（角川文庫 16990—〔角川ソフィア文庫〕〔D-109-1〕）〈角川グループパブリッシング（発売）　索引あり〉　514円　⓵978-4-04-406502-7

◇今はじめる人のための俳句歳時記　角川学芸出版編　新版　角川学芸出版　2011.9　622p　15cm　（角川文庫 17042—〔角川ソフィア文庫〕〔D-110-1〕）〈角川グループパブリッシング（発売）　初版：角川書店 2003年刊　索引あり〉　781円　⓵978-4-04-406507-2

◇俳句歳時記—冬　角川学芸出版編　第4版増補　角川学芸出版　2011.9　237p　15cm　（角川文庫 17040—〔角川ソフィア文庫〕〔D-109-4〕）〈角川グループパブリッシング（発売）　索引あり〉　514円　⓵978-4-04-406505-8

◇俳句歳時記—新年　角川学芸出版編　第4版増補　角川学芸出版　2011.9　238p　15cm　（角川文庫 17041—〔角川ソフィア文庫〕〔D-109-5〕）〈角川グループパブリッシング（発売）　索引あり〉　514円　⓵978-4-04-406506-5

◇俳句歳時記—合本　角川書店編　新版　角川書店　1993.10　1165p　16cm　〈36版（初版：昭和49年）〉　2000円　⓵4-04-871003-6

◇俳句歳時記—春の部　角川書店編　第3版　角川書店　1996.3　278p　15cm　（角川文庫）　500円　⓵4-04-115906-7

◇俳句歳時記—夏の部　角川書店編　第3版　角川書店　1996.5　340p　15cm　（角川文庫）　560円　⓵4-04-115907-5

◇俳句歳時記—秋の部　角川書店編　第3版　角川書店　1996.8　271p　15cm　（角川文庫）　470円　⓵4-04-115908-3

◇俳句歳時記—冬の部　角川書店編　第3版　角川書店　1996.10　273p　15cm　（角川文庫）　500円　⓵4-04-115909-1

◇今はじめる人のための俳句歳時記—新年　角川書店編　角川書店　1996.11　126p　12cm　（角川mini文庫）　194円　⓵4-04-700120-1

◇俳句歳時記—新年の部　角川書店編　第3版　角川書店　1996.11　240p　15cm　（角川文庫）　470円　⓵4-04-115910-5

◇今はじめる人のための俳句歳時記—春　角川書店編　角川書店　1997.2　127p　12cm　（角川mini文庫）　194円　⓵4-04-700126-0

◇今はじめる人のための俳句歳時記—夏　角川書店編　角川書店　1997.5　127p　12cm　（角川mini文庫）　200円　⓵4-04-700155-4

◇俳句歳時記—合本　角川書店編　第3版　角川書店　1997.5　1303p　16cm　2300円　⓵4-04-871648-4

◇今はじめる人のための俳句歳時記—秋　角川書店編　角川書店　1997.8　127p　12cm　（角川mini文庫）　200円　⓵4-04-700182-1

◇今はじめる人のための俳句歳時記—冬　角川書店編　角川書店　1997.11　127p　12cm　（角川mini文庫）　200円　⓵4-04-700203-8

◇必携季寄せ　角川書店編　角川書店　2003.1　464p　16cm　1400円　⓵4-04-021801-9

◇今はじめる人のための俳句歳時記　角川書店編　角川書店　2003.12　554p　15cm　（角川文庫）　743円　⓵4-04-115911-3

◇ふるさと大歳時記—角川版　2　関東ふるさと大歳時記　角川文化振興財団,加藤楸邨ほか編　角川書店　1991.6　597p　30cm　〈監修：山本健吉〉　14800円　⓵4-04-670302-4

◇ふるさと大歳時記—角川版　7　九州・沖縄ふるさと大歳時記　角川文化振興財団,能村登四郎ほか編　角川書店　1991.11　597p　30cm　〈監修：山本健吉〉　16000円　⓵4-04-670307-5

◇ふるさと大歳時記—角川版　1　北海道・東北ふるさと大歳時記　角川文化振興財団,加藤

俳句（季題・季語）

楸邨ほか編　角川書店　1992.6　597p　30cm〈監修：山本健吉〉　16000円　⓪4-04-670301-6

◇ふるさと大歳時記―角川版 5　近畿ふるさと大歳時記　角川文化振興財団,桂信子ほか編　角川書店　1993.2　590p　30cm〈監修：山本健吉〉　14800円　⓪4-04-670305-9

◇ふるさと大歳時記―角川版 3　甲信・東海ふるさと大歳時記　角川文化振興財団,中村苑子ほか編　角川書店　1993.11　590p　30cm〈監修：山本健吉〉　16000円　⓪4-04-670303-2

◇ふるさと大歳時記―角川版 6　中国・四国ふるさと大歳時記　角川文化振興財団,細見綾子ほか編　角川書店　1994.3　590p　30cm〈監修：山本健吉〉　16800円　⓪4-04-670306-7

◇ふるさと大歳時記―角川版 4　北陸・京滋ふるさと大歳時記　角川文化振興財団,森澄雄ほか編　角川書店　1994.10　590p　30cm〈監修：山本健吉〉　18000円　⓪4-04-670304-0

◇ふるさと大歳時記―角川版 別巻　世界大歳時記　角川文化振興財団,金子兜太ほか編　角川書店　1995.4　403p　30cm　16800円　⓪4-04-670308-3

◇現代俳句歳時記　金子兜太編　改訂版　チクマ秀版社　1996.7　852p　12×16cm　3500円　⓪4-8050-0283-2

◇現代歳時記　金子兜太,黒田杏子,夏石番矢編　成星出版　1997.2　762p　20cm　3600円　⓪4-916008-32-4

◇現代歳時記　金子兜太,黒田杏子,夏石番矢編　改訂版　成星出版　1998.10　762p　20cm　3600円　⓪4-916008-67-7

◇草木花歳時記―春の巻　金子兜太,木原浩,清水建美監修,朝日新聞社編　朝日新聞社　1999.1　312p　21×23cm　3800円　⓪4-02-340202-8

◇現代歳時記　金子兜太,黒田杏子,夏石番矢編　たちばな出版　2001.11　762p　20cm〈成星出版刊の3訂版〉　3600円　⓪4-8133-1451-1

◇子ども俳句歳時記―子どもの俳句の基本図書　04年版　金子兜太監修　蝸牛新社　2003.10　333p　19cm　2000円　⓪4-87800-230-1

◇草木花歳時記―春 上　金子兜太,木原浩,清水建美監修,朝日新聞社編　朝日新聞社　2006.2　238p　15cm　(朝日文庫)　1000円　⓪4-02-261483-8

◇草木花歳時記―春 下　金子兜太,木原浩,清水建美監修,朝日新聞社編　朝日新聞社　2006.2　237p　15cm　(朝日文庫)　1000円　⓪4-02-261484-6

◇新狩歳時記　狩俳句会著　横浜　狩俳句会　1998.10　510p　11×16cm　2381円

◇草木花歳時記―夏の巻　川崎展宏,木原浩,清水建美監修,朝日新聞社編　朝日新聞社　1999.3　311p　21×23cm　3800円　⓪4-02-340203-6

◇鳥獣虫魚歳時記―春・夏の巻　川崎展宏,金子兜太監修・選　朝日新聞社　2000.12　311p　21×23cm　3900円　⓪4-02-340207-9

◇草木花歳時記―夏 上　川崎展宏,木原浩,清水建美監修,朝日新聞社編　朝日新聞社　2006.5　238p　15cm　(朝日文庫)　1000円　⓪4-02-261485-4

◇草木花歳時記―夏 下　川崎展宏,木原浩,清水建美監修,朝日新聞社編　朝日新聞社　2006.5　238p　15cm　(朝日文庫)　1000円　⓪4-02-261486-2

◇窯歳時記　岸川鼓虫子編　有田町（佐賀県）有田ホトトギス会　1990.5　145p　14×19cm　非売品

◇句眼歳時記―続続　北光星著　札幌　道俳句会　1992.10　342p　19cm　(道文庫 第93号)〈著者の肖像あり〉　4000円

◇北の歳時記　木村敏男編著　札幌　にれ発行所　1993.9　397p　19cm　(にれ叢書)〈にれ創刊十五周年記念〉　2000円

◇名所で詠む京都歳時記　京都名句鑑賞会編,水野克比古,大木明写真　講談社　1999.11　252p　18cm　(講談社ことばの新書)　1600円　⓪4-06-268561-2

◇増補俳諧歳時記栞草―上　曲亭馬琴編,堀切実校注　岩波書店　2000.8　563p　15cm　(岩波文庫)　940円　⓪4-00-302255-6

◇増補俳諧歳時記栞草―下　曲亭馬琴編,藍亭青藍補,堀切実校注　岩波書店　2000.10　599p　15cm　(岩波文庫)　1000円　⓪4-00-302256-4

俳句（季題・季語）

◇銀化歳時記　銀化の会編　調布　ふらんす堂　2008.10　251p　22cm〈創刊十周年記念〉　3333円　①978-4-7814-0073-0

◇おぼえておきたい季節のことば〈秋・冬・新年〉　草間時彦著　角川学芸出版　2012.10　269p　19cm　（角川俳句ライブラリー）〈角川グループパブリッシング（発売）「実作者のための季語200解」（本阿弥書店1997年刊）の改題、二分冊に再編集〉　1600円　①978-4-04-652618-2

◇黒田杏子歳時記　黒田杏子著　立風書房　1997.11　474p　20cm　3000円　①4-651-60067-0

◇奥会津歳時記　黒田杏子,榎本好宏編　只見町（福島県）　只見川電源流域振興協議会　2006.3　247p　19cm　非売品

◇暮らしの歳時記―未来への記憶　黒田杏子著　岩波書店　2011.11　249p　20cm　2100円　①978-4-00-022631-8

◇ケータイ歳時記　「ケータイ歳時記」編集委員会編,石寒太監修　石寒太　2008.1　350p　16cm〈紅書房（発売）〉　2381円　①978-4-89381-233-9

◇現代俳句歳時記―春　現代俳句協会編　学習研究社　2004.5　422p　15cm　840円　①4-05-402331-2,4-05-810742-1,4-05-402331-2

◇現代俳句歳時記―夏　現代俳句協会編　学習研究社　2004.5　509p　15cm　840円　①4-05-402332-0,4-05-810742-1,4-05-402332-0

◇現代俳句歳時記―秋　現代俳句協会編　学習研究社　2004.5　365p　15cm　840円　①4-05-402333-9,4-05-810742-1,4-05-402333-9

◇現代俳句歳時記―冬「新年」　現代俳句協会編　学習研究社　2004.5　436p　15cm　840円　①4-05-402334-7,4-05-810742-1,4-05-402334-7

◇現代俳句歳時記―無季「ジュニア」　現代俳句協会編　学習研究社　2004.5　461p　15cm　840円　①4-05-402335-5,4-05-810742-1,4-05-402335-5

◇伝承歳時記　小池淳一著　飯塚書房　2006.10　239p　19cm〈文献あり〉　1800円　①4-7522-2050-4

◇台湾俳句歳時記　黄霊芝著　言叢社　2003.4　325p　21cm　2800円　①4-905913-88-8

◇日本大歳時記　講談社編　常用版　講談社　1996.3　1933p　22cm　6800円　①4-06-128966-7

◇四季の図譜　講談社編　講談社　2008.10　115p　31cm　（新日本大歳時記　特別編集）　2000円　①978-4-06-128973-4

◇土佐俳句歳時記　高知県俳句連盟「土佐俳句歳時記編集委員会」編　高知　高知県俳句連盟　1998.11　523p　22cm　3500円

◇俳句歳時記―オールシーズン版　光文社編　光文社　1991.12　493p　16cm　（光文社文庫）　760円　①4-334-71450-1

◇日本の歳時記　コロナ・ブックス編集部編　平凡社　2012.4　143p　22cm　（コロナ・ブックス　169）〈文献あり　索引あり〉　1800円　①978-4-582-63466-2

◇俳句実作のための草木花春夏秋冬―NHK俳句　斎藤夏風著　日本放送出版協会　2008.1　174p　21cm　1300円　①978-4-14-016159-3

◇福井俳句歳時記　斎藤耕子編輯　鯖江　福井県俳句史研究会　2002.3　568p　13×16cm　2500円

◇福井俳句歳時記　斎藤耕子編　増補版　鯖江　福井県俳句史研究会　2005.8　611p　13×16cm　2700円

◇境港歳時記　佐々木虹橋著　境港　佐々木栄吉　1992.7　299p　22cm

◇和歌・短歌歳時記―大活字　春夏秋冬　佐佐木幸綱監修　三省堂　2003.6　526p　22cm　(Sanseido's senior culture dictionary)　2400円　①4-385-16044-9

◇ザ・俳句歳時記　ザ・俳句歳時記編纂委員会編,有馬朗人,金子兜太,広瀬直人監修　第三書館　2006.1　1471p　19cm　2900円　①4-8074-0526-8

◇大活字美しい日本語おしゃれ季語辞典　三省堂編修所編　三省堂　2001.3　542p　22cm　(Sanseido's senior culture dictionary)　2400円　①4-385-16035-X

◇病窓歳時記―俳句にみる病気とその周辺　清水貴久彦著　岐阜　まつお出版　2001.11　125p　19cm　1600円　①4-944168-12-8

◇増殖する俳句歳時記―日本語の豊かさを日々発見する　清水哲男編著　ナナ・コーポレート・コミュニケーション　2002.8　399p

日本近現代文学案内　**679**

俳句（季題・季語）

◇　19cm　1700円　Ⓘ4-901491-07-5
◇「家族の俳句」歳時記　清水哲男著　主婦の友社　2003.10　223p　19cm　1500円　Ⓘ4-07-237430-X
◇日本の歳時記―別冊　俳句への扉　小学館編　小学館　〔2012〕　127p　31cm〈他言語標題：The Shogakukan Haiku Compendium〉
◇庄内最上歳時記―3　庄内最上歳時記編集委員会編　鶴岡　荘内日報社　1997.4　278p　12×18cm　2000円
◇新版・俳句歳時記　「新版・俳句歳時記」編纂委員会編, 桂信子, 金子兜太, 草間時彦, 広瀬直人, 古沢太穂監修　第3版　雄山閣　2009.2　1507p　16cm〈索引あり　付（1枚）：近現代俳人系統図〉　2600円　Ⓘ978-4-639-02077-6
◇わかりやすい俳句の作り方―俳句づくりの基本から句会、吟行まで　鈴木貞雄著　日本文芸社　2011.11　263p　19cm〈付：季語集・吟行地で役立つ用語集　1992年刊の再編集〉　1000円　Ⓘ978-4-537-20929-7
◇真砂女歳時記　鈴木真砂女著　PHP研究所　1998.4　220p　20cm　1500円　Ⓘ4-569-60097-2
◇真砂女の入門歳時記　鈴木真砂女著　角川春樹事務所　2000.3　209p　15cm（ハルキ文庫）〈『真砂女歳時記』（PHP研究所平成10年刊）の改題〉　560円　Ⓘ4-89456-670-2
◇吟行歳時記　須知白塔編　第5版　耕文社　1992.3　260,49p　16cm　1300円
◇沖縄・奄美南島俳句歳時記　瀬底月城著　佐敷町（沖縄県）　瀬底月城　1995.1　342,15p　19cm　3000円
◇生と死の歳時記―美しく生きるためのヒント　瀬戸内寂聴, 斎藤慎爾著　光文社　2002.11　276p　16cm（知恵の森文庫）〈法研1999年刊の改訂〉　552円　Ⓘ4-334-78194-2
◇吟行・俳句歳時記―カラーで見る季語と名句　岬吟の会編, 中村修写真　祥伝社　1998.4　380p　16cm（ノン・ポシェット）　1429円　Ⓘ4-396-33007-5
◇季語早引き辞典　宗田安正監修, 学研辞典編集部編　学習研究社　2000.10　286p　16cm　930円　Ⓘ4-05-300801-8
◇季語早引き辞典―植物編　宗田安正監修, 学研辞典編集部編　学習研究社　2003.4　66,

222p　18cm　1500円　Ⓘ4-05-301327-5
◇歳時記の宇宙　鷹羽狩行, 夏石番矢, 復本一郎編　雄山閣出版　1997.4　230p　22cm（Series俳句世界 4）　2000円　Ⓘ4-639-01431-7
◇ラジオ歳時記俳句は季語から　鷹羽狩行著　講談社　2002.12　222p　18cm（講談社＋α新書）　780円　Ⓘ4-06-272167-8
◇俳句月別歳時記　高橋悦男編　博友社　1994.11　963p　16cm　3200円　Ⓘ4-8268-0153-X
◇海の俳句歳時記　高橋悦男編　社会思想社　1998.7　283p　15cm（現代教養文庫）　720円　Ⓘ4-390-11626-6
◇俳句月別歳時記　高橋悦男編　改訂版　博友社　2004.3　963p　16cm　3800円　Ⓘ4-8268-0195-5
◇つぶやき歳時記　高橋治著　角川書店　1990.4　241p　20cm　1100円　Ⓘ4-04-883253-0
◇ささやき歳時記　高橋治著　角川書店　1992.3　223p　20cm　1300円　Ⓘ4-04-883310-3
◇つぶやき歳時記　高橋治著　角川書店　1994.5　212p　15cm（角川文庫）　470円　Ⓘ4-04-170603-3
◇ひと恋ひ歳時記　高橋治著　角川書店　1996.5　245p　20cm　1500円　Ⓘ4-04-883447-9
◇ささやき歳時記　高橋治著　角川書店　1996.10　207p　15cm（角川文庫）　430円　Ⓘ4-04-170605-X
◇ひと恋ひ歳時記　高橋治著　角川書店　1998.12　230p　15cm（角川文庫）　495円　Ⓘ4-04-170606-8
◇知らなかった歳時記の謎―俳句がもっと面白くなる　竹内均編　同文書院　1994.6　223p　19cm　1300円　Ⓘ4-8103-7217-0
◇東京俳句歳時記　棚山波朗著　白鳳社　1998.1　250p　20cm　1810円　Ⓘ4-8262-0087-0
◇文芸俳句歳時記―春季編　千葉祐夕編　文芸出版社　1991.2　419p　12×19cm〈監修：山口誓子〉　4500円
◇文芸俳句歳時記―夏季編　千葉祐夕編　文芸出版社　1991.5　547p　12×19cm〈監

俳句（季題・季語）

◇文芸俳句歳時記―秋季編　千葉祐夕編　文芸出版社　1991.8　474p　12×19cm〈監修：山口誓子〉　4500円

◇文芸俳句歳時記―冬季編　千葉祐夕編　文芸出版社　1991.11　434p　12×19cm〈監修：山口誓子〉　4500円

◇文芸俳句歳時記―新年編　千葉祐夕編　文芸出版社　1992.3　334p　12×19cm〈監修：山口誓子〉　4500円

◇桃子歳時記　辻桃子著　カタログハウス　1990.9　175p　22cm　2575円

◇点字歳時記―春　辻桃子編　東京ヘレン・ケラー協会点字出版局　1991.2　26p　27cm〈点字書き下し〉　2678円

◇点字歳時記―夏　辻桃子編　東京ヘレン・ケラー協会点字出版局　1991.8　2冊　27cm〈点字書き下し〉　全6500円

◇点字歳時記―秋　辻桃子編　東京ヘレン・ケラー協会点字出版局　1991.11　237p　27cm〈点字書き下し〉　3800円

◇点字歳時記―冬　辻桃子編　東京ヘレン・ケラー協会点字出版局　1992.2　176p　27cm〈点字書き下し〉　3800円

◇点字歳時記―新年・寒　辻桃子編　東京ヘレン・ケラー協会点字出版局　1992.3　156p　27cm〈点字書き下し〉　3700円

◇実用俳句歳時記　辻桃子編　成美堂出版　1998.6　514p　19cm　1500円　ⓘ4-415-00642-6

◇俳句の鳥　辻桃子監修,吉田巧写真　大阪　創元社　2003.1　230p　19cm　1600円　ⓘ4-422-73118-2

◇俳句の草木　辻桃子監修,夏梅陸夫写真　大阪　創元社　2003.11　204p　19cm　1600円　ⓘ4-422-73119-X

◇実用俳句歳時記　辻桃子編　成美堂出版　2004.12　519p　19cm　1500円　ⓘ4-415-02893-4

◇俳句の暮らしと行事―上巻（春・夏編）　辻桃子,安部元気監修　大阪　創元社　2005.11　214p　19cm　1600円　ⓘ4-422-73121-1

◇俳句の暮らしと行事―下巻（秋・冬・新年編）　辻桃子,安部元気監修　大阪　創元社　2005.11　222p　19cm　1600円　ⓘ4-422-73122-X

◇俳句の祭―上巻（1月～6月）　辻桃子,安部元気監修　大阪　創元社　2007.11　207p　19cm　1600円　ⓘ978-4-422-73123-0

◇俳句の祭―下巻（7月～12月）　辻桃子,安部元気監修　大阪　創元社　2007.11　191p　19cm　1600円　ⓘ978-4-422-73124-7

◇俳句の虫・魚介・動物　辻桃子,安部元気監修　大阪　創元社　2008.10　206p　19cm　1600円　ⓘ978-4-422-73125-4

◇いちばんわかりやすい俳句歳時記―現代の生活に即した四季折々の新旧七千季語を収録：江戸の名句から最新のものまで、手本になる例句が満載　辻桃子,安部元気著　主婦の友社　2012.3　479p　19cm〈索引あり〉　1500円　ⓘ978-4-07-279210-0

◇風の言葉―九州俳句歳時記　寺井谷子著　文学の森　2009.11　171p　19cm　1500円　ⓘ978-4-86173-423-6

◇暉峻康隆の季語辞典　暉峻康隆著　東京堂出版　2002.5　452p　23cm　4500円　ⓘ4-490-10601-7

◇食の歳時記　戸谷満智子著　福岡　海鳥社　2006.11　237p　19cm　1500円　ⓘ4-87415-607-X

◇いきもの歳時記　戸辺喜久雄著　本阿弥書店　2004.12　223p　21cm　2200円　ⓘ4-7768-0093-4

◇俳句歳時記―新年の部　富安風生,飯田蛇笏,井本農一,大野林火,水原秋桜子,山口青邨,山本健吉編　新装版　平凡社　2000.3　441p　13×18cm　2000円　ⓘ4-582-30515-6

◇俳句歳時記―春の部　富安風生,飯田蛇笏,井本農一,大野林火,水原秋桜子,山口青邨,山本健吉編　新装版　平凡社　2000.3　620p　13×18cm　2000円　ⓘ4-582-30511-3

◇俳句歳時記―夏の部　富安風生ほか編　新装版　平凡社　2000.3　790p　13×18cm　2200円　ⓘ4-582-30512-1

◇俳句歳時記―秋の部　富安風生,飯田蛇笏,井本農一,大野林火,水原秋桜子,山口青邨,山本健吉編　新装版　平凡社　2000.3　620p　13×18cm　2000円　ⓘ4-582-30513-X

◇俳句歳時記―冬の部　富安風生,飯田蛇笏,井本農一,大野林火,水原秋桜子,山口青邨,山本健吉編　新装版　平凡社　2000.3　564p

俳句（季題・季語）

13×18cm　2000円　Ⓘ4-582-30514-8
◇風生編歳時記　富安風生編　新装版　東京美術　2001.9　858p　11×16cm　2800円　Ⓘ4-8087-0702-0
◇富安風生編歳時記　富安風生編　東京美術　2006.7　866p　11×16cm〈「風生編歳時記」（2001年刊）の改訂増補版〉　2800円　Ⓘ4-8087-0803-5
◇平凡社俳句歳時記―新年　富安風生編集代表, 大野林火編　新装第2版　平凡社　2012.12　441p　13×18cm〈初版のタイトル：俳句歳時記　索引あり〉　2200円　Ⓘ978-4-582-30521-0
◇平凡社俳句歳時記―春　富安風生編集代表, 飯田蛇笏編　新装第2版　平凡社　2012.12　620p　13×18cm〈初版のタイトル：俳句歳時記　索引あり〉　2300円　Ⓘ978-4-582-30517-3
◇平凡社俳句歳時記―夏　富安風生編集代表, 富安風生編　新装第2版　平凡社　2012.12　790p　13×18cm〈初版のタイトル：俳句歳時記　索引あり〉　2500円　Ⓘ978-4-582-30518-0
◇平凡社俳句歳時記―秋　富安風生編集代表, 水原秋桜子編　新装第2版　平凡社　2012.12　620p　13×18cm〈初版のタイトル：俳句歳時記　索引あり〉　2300円　Ⓘ978-4-582-30519-7
◇平凡社俳句歳時記―冬　富安風生編集代表, 山口青邨編　新装第2版　平凡社　2012.12　564p　13×18cm〈初版のタイトル：俳句歳時記　索引あり〉　2300円　Ⓘ978-4-582-30520-3
◇福音歳時記　永井房代・芙美編　三鷹　ふらんす堂　1993.11　395p　11×16cm〈監修：鷹羽狩行〉　2800円　Ⓘ4-89402-066-1
◇図解昆虫俳句歳時記　中尾舜一著　蝸牛新社　2001.9　165p　19cm〈文献あり〉　1600円　Ⓘ4-87800-156-9
◇現代俳句歳時記―春・夏　中村汀女監修　新装　実業之日本社　2003.1　455p　13×18cm　1900円　Ⓘ4-408-39512-9
◇現代俳句歳時記―秋・冬・新年　中村汀女監修　新装　実業之日本社　2003.1　462p　13×18cm　1900円　Ⓘ4-408-39513-7
◇越佐俳句歳時記　新潟日報事業社編　新潟新潟日報事業社出版部　1990.1　304p　13×18cm　2000円　Ⓘ4-88862-401-1
◇日本人なら知っておきたい「名句・季語・歳時記」の謎　日本雑学能力協会編著　新講社　2004.10　201p　19cm〈「知らなかった歳時記の謎」（同文書院1994年刊）の増補〉　1400円　Ⓘ4-86081-056-2
◇現代歳時記三百六十五日―座右版　俳句αあるふぁ編集部編　毎日新聞社　1994.12　255p　15×21cm　2800円　Ⓘ4-620-60407-0
◇花の歳時記三百六十五日―座右版　俳句αあるふぁ編集部編　毎日新聞社　1996.3　207p　15×21cm　2800円　Ⓘ4-620-60506-9
◇食の歳時記三百六十五日―座右版　俳句αあるふぁ編集部編　毎日新聞社　1996.10　207p　15×21cm　2800円　Ⓘ4-620-60519-0
◇暮らしの歳時記三百六十五日―座右版　俳句αあるふぁ編集部編　毎日新聞社　1997.1　207p　15×21cm　2800円　Ⓘ4-620-60520-4
◇花の歳時記―続　「俳句四季」編集部編　東京四季出版　2000.7　309p　20cm　3800円　Ⓘ4-8129-0087-5
◇歳時記語源辞典　橋本文三郎著　文芸社　2003.9　281p　22cm〈文献あり〉　1700円　Ⓘ4-8355-6269-0
◇日本人の暦―今週の歳時記　長谷川櫂著　筑摩書房　2010.12　350p　19cm（筑摩選書　0009）〈索引あり〉　1800円　Ⓘ978-4-480-01511-2
◇鳥の俳句歳時記　長谷川草洲編著, 岡田日郎監修　梅里書房　2002.4　125p　19cm　1600円　Ⓘ4-87227-229-3
◇湖北観光歳時記―文学歴史散歩　馬場秋星著　長浜　イメーディアシバタ　1990.1　106p　21cm〈著者の肖像あり〉　980円
◇湖北観光歳時記―文学歴史散歩　馬場秋星著　増補　長浜　イメーディアシバタ　1991.9　157p　21cm〈著者の肖像あり〉　980円
◇星のこよみ　林完次著　ソニー・マガジンズ　2006.3　210p　22cm　2500円　Ⓘ4-7897-2655-X
◇みちのく歳時記　原田青児監修, 及川仙舟編　相模原　みちのく発行所　2002.12　308p

俳句（季題・季語）

11×16cm （みちのく叢書 no.151） 2000円
◇連句・俳句季語辞典十七季　東明雅,丹下博之,仏淵健悟編著　三省堂　2001.4　596p　11×15cm　2300円　ⓘ4-385-13696-3
◇遠矢歳時記　檜紀代編　遠矢俳句会　2000.10　886p　16cm　4762円
◇新歳時記―新年　平井照敏編　河出書房新社　1990.1　367p　15cm　（河出文庫）　780円　ⓘ4-309-40259-3
◇新歳時記―秋　平井照敏編　改訂版　河出書房新社　1996.12　411p　15cm　（河出文庫）　880円　ⓘ4-309-42033-8
◇新歳時記―新年　平井照敏編　改訂版　河出書房新社　1996.12　363p　15cm　（河出文庫）　880円　ⓘ4-309-42035-4
◇新歳時記―夏　平井照敏編　改訂版　河出書房新社　1996.12　540p　15cm　（河出文庫）　980円　ⓘ4-309-42032-X
◇新歳時記―春　平井照敏編　改訂版　河出書房新社　1996.12　414p　15cm　（河出文庫）　880円　ⓘ4-309-42031-1
◇新歳時記―冬　平井照敏編　改訂版　河出書房新社　1996.12　420p　15cm　（河出文庫）　880円　ⓘ4-309-42034-6
◇NHK出版季寄せ　平井照敏編　日本放送出版協会　2001.10　863p　12×16cm　2800円　ⓘ4-14-016105-1
◇気象歳時記　平沼洋司著　蝸牛社　1999.3　244p　15cm　1800円　ⓘ4-87661-356-7
◇海辺の歳時記　平野摩周子著　本阿弥書店　2006.7　529p　21cm　5000円　ⓘ4-7768-0269-4
◇新撰俳句歳時記―秋　平畑静塔ほか編　新装版　明治書院　1997.4　381p　11×18cm　2200円　ⓘ4-625-40068-6
◇日々燦句―北の鑑賞歳時記　秋　福士光生,藤田枕流編　弘前　北方新社　2005.9　228p　15cm　1300円　ⓘ4-89297-081-6
◇日々燦句―北の鑑賞歳時記　冬・新年　福士光生,藤田枕流編　弘前　北方新社　2005.12　300p　15cm　1300円　ⓘ4-89297-084-0
◇日々燦句―北の鑑賞歳時記　春　福士光生,藤田枕流編　弘前　北方新社　2006.3　228p　15cm　1300円　ⓘ4-89297-088-3
◇日々燦句―北の鑑賞歳時記　夏　福士光生,藤田枕流編　弘前　北方新社　2006.7　274p　15cm　1300円　ⓘ4-89297-094-8
◇建築の歳時記　福島万沙塔編　京都　学芸出版社　1993.12　319p　20cm　3811円　ⓘ4-7615-3036-7
◇望郷―私の俳句歳時記　福田清人著　宮本企画　1993.3　284p　19cm　（かたりベライブラリー 1）　3000円
◇早引き俳句季語辞典―使いたい言葉がわかる　復本一郎著　三省堂　2003.4　507p　16cm　1900円　ⓘ4-385-15361-2
◇季節のことば辞典―四季別・50音順　復本一郎監修　柏書房　2004.7　543p　20cm　2800円　ⓘ4-7601-2569-8
◇俳句の鳥・虫図鑑―季語になる折々の鳥と虫204種　復本一郎監修　成美堂出版　2005.4　319p　22cm　1500円　ⓘ4-415-02997-3
◇俳句の魚菜図鑑　復本一郎監修　柏書房　2006.4　319p　21cm　2800円　ⓘ4-7601-2887-5
◇たかんな鑑賞歳時記―たかんな10周年記念　藤木倶子編　八戸　たかんな発行所　2003.7　368p　21cm　（たかんな叢書　第20編）　2500円
◇たかんな鑑賞歳時記―たかんな10周年記念　藤木倶子編　第2版　八戸　たかんな発行所　2004.4　398,6p　21cm　（たかんな叢書　第20編）　2500円
◇俳句歳時記　藤原たかを編著　調布　ふらんす堂　2000.5　600p　11×16cm　4000円
◇いきもの歳時記―冬　古舘綾子文,舘あきら他写真,小林絵里子絵　童心社　2011.3　63p　27cm　〈索引あり〉　3000円　ⓘ978-4-494-00835-3,978-4-494-04360-6
◇いきもの歳時記―春　古舘綾子文,舘あきら他写真,小林絵里子絵　童心社　2011.3　63p　27cm　〈索引あり〉　3000円　ⓘ978-4-494-00832-2,978-4-494-04360-6
◇いきもの歳時記―夏　古舘綾子文,舘あきら他写真,小林絵里子絵　童心社　2011.3　63p　27cm　〈索引あり〉　3000円　ⓘ978-4-494-00833-9,978-4-494-04360-6
◇いきもの歳時記―秋　古舘綾子文,舘あきら他写真,小林絵里子絵　童心社　2011.3

俳句（季題・季語）

63p　27cm〈索引あり〉　3000円　⓪978-4-494-00834-6,978-4-494-04360-6
◇平成俳句歳時記―夏　北溟社編　北溟社　2010.1　407p　18cm〈索引あり〉　1800円　⓪978-4-89448-621-8
◇綾子俳句歳時記　細見綾子著　東京新聞出版局　1994.5　343p　18cm〈監修：沢木欣一〉　2300円　⓪4-8083-0482-1
◇北国俳句歳時記　北国新聞社編　金沢　北国新聞社　2003.12　603,74p　22cm〈北国俳壇創設百年記念出版〉　8000円　⓪4-8330-1331-2
◇忌日俳句歳時記　松岡ひでたか著　神戸　交友プランニングセンター（製作）　2007.8　284p　19cm〈松岡ひでたか〉　1800円　⓪978-4-87787-347-9
◇忌日俳句歳時記　松岡ひでたか編著　増訂版　福崎町（兵庫県）　松岡ひでたか　2007.11　265p　19cm　1800円　⓪978-4-87787-347-9
◇ザ・俳句十万人歳時記―春　松田ひろむ編，有馬朗人，宇多喜代子，金子兜太，広瀬直人監修　第三書館　2008.4　927p　22cm　2400円　⓪978-4-8074-0820-7
◇ザ・俳句十万人歳時記―夏　松田ひろむ編，有馬朗人，宇多喜代子，金子兜太，広瀬直人監修　第三書館　2008.8　1224p　22cm　3000円　⓪978-4-8074-0821-4
◇ザ・俳句十万人歳時記―秋　松田ひろむ編，有馬朗人，金子兜太，広瀬直人，宇多喜代子監修　第三書館　2008.11　1211p　22cm〈索引あり〉　3000円　⓪978-4-8074-0822-1
◇ザ・俳句十万人歳時記―冬　松田ひろむ編，有馬朗人，宇多喜代子，金子兜太，広瀬直人監修　第三書館　2009.12　1342p　22cm　3000円　⓪978-4-8074-0820-7
◇ザ・俳句十万人歳時記―新年　松田ひろむ編，有馬朗人，金子兜太，広瀬直人，宇多喜代子監修　第三書館　2012.1　778,85p　22cm〈索引あり〉　3000円　⓪978-4-8074-0824-5
◇俳句歳時記　水原秋桜子編　講談社　1995.12　837p　11×15cm　（講談社文庫）　1600円　⓪4-06-263131-8
◇日本たべもの歳時記―春・夏・秋・冬・新年　水原秋桜子,加藤楸邨,山本健吉監修　講談社　1998.3　541p　16cm　（講談社+α文庫）　1000円　⓪4-06-256253-7

◇俳句小歳時記　水原秋桜子編　新装版　大泉書店　2005.10　397p　18cm　1200円　⓪4-278-03406-7
◇新編実用季寄せ　皆川盤水監修　東京新聞出版局　2003.4　430p　16cm　1600円　⓪4-8083-0778-2
◇新編地名俳句歳時記　皆川盤水監修　東京新聞出版局　2005.5　437p　18cm〈編集：山田春生〉　1800円　⓪4-8083-0826-6
◇新撰俳句歳時記―夏　皆吉爽雨ほか編　新装版　明治書院　1997.4　564p　11×18cm　2200円　⓪4-625-40067-8
◇筆墨俳句歳時記―春　村上護編著　二玄社　2002.3　237p　21cm　2000円　⓪4-544-02044-1
◇筆墨俳句歳時記―夏　村上護編著　二玄社　2002.4　229p　21cm　2000円　⓪4-544-02045-X
◇筆墨俳句歳時記―秋　村上護編著　二玄社　2002.10　237p　21cm　2000円　⓪4-544-02046-8
◇筆墨俳句歳時記―冬・新年　村上護編著　二玄社　2002.12　237p　21cm　2000円　⓪4-544-02047-6
◇美酒佳肴の歳時記―俳句はグルメのキーワード　森下賢一著　徳間書店　1991.10　323p　19cm　1700円　⓪4-19-554682-6
◇わかりやすい俳句推敲入門　矢野景一著　角川学芸出版　2010.5　209p　19cm　（角川学芸ブックス）〈角川グループパブリッシング（発売）　並列シリーズ名：KADOKAWA GAKUGEI BOOKS〉　1500円　⓪978-4-04-621284-9
◇私のとやま歳時記　山崎荻生著　富山　桂書房　1998.6　182p　19cm　1500円
◇昭和歳時記　山下一海著　角川書店　1990.5　241p　19cm　（角川選書 196）　1100円　⓪4-04-703196-8
◇新編月別仏教俳句歳時記　山田春生編，皆川盤水監修　東京新聞出版局　2006.6　373p　18cm　1600円　⓪4-8083-0848-7
◇新編月別祭り俳句歳時記　山田春生編　紅書房　2011.5　357p　18cm　1800円　⓪978-4-89381-266-7
◇ことばの歳時記　山本健吉著　新座　埼玉福祉会　1993.4　2冊　22cm　（大活字本シ

俳句（連句）

リーズ）〈原本：文春文庫 限定版〉 3605円,3193円
◇鑑賞俳句歳時記—春 山本健吉編著 文芸春秋 1997.1 230p 14×19cm 1800円 ⓘ4-16-364500-4
◇鑑賞俳句歳時記—夏 山本健吉編著 文芸春秋 1997.2 244p 14×19cm 1800円 ⓘ4-16-364510-1
◇鑑賞俳句歳時記—秋 山本健吉編著 文芸春秋 1997.4 232p 14×19cm 1748円 ⓘ4-16-364520-9
◇鑑賞俳句歳時記—冬・新年 山本健吉編著 文芸春秋 1997.5 258p 14×19cm 1905円 ⓘ4-16-364530-6
◇俳句鑑賞歳時記 山本健吉著 角川書店 2000.2 357p 15cm 〈角川文庫〉 857円 ⓘ4-04-114906-1
◇野鳥歳時記 山谷春潮著 富山房 1995.5 242,17p 18cm 〈富山房百科文庫 47〉 1500円 ⓘ4-572-00147-2
◇わん句歳時記—犬がいる暮らしを詠む ビジュアル版 吉田悦花著 チクマ秀版社 2006.1 127p 21cm 1400円 ⓘ4-8050-0451-7
◇郁子俳句歳時記—季題別郁子合同句集 鹿児島 郁子発行所 1990.4 316p 12×16cm 3000円
◇いづみ—歳時記 別府 別府老人ホーム 1992 260p 26cm
◇埼玉俳句歳時記 浦和 埼玉新聞社 1993.3 398p 22cm 〈監修：岡安仁義ほか〉 4800円 ⓘ4-87889-136-X
◇ポケット俳句歳時記 日本点字図書館（製作） 1993.11 12冊 27cm 〈厚生省委託 監修：山口青邨、石塚友二 原本：平凡社 1984〉 各1700円
◇現代俳句歳時記辞典 北辰堂 1993.11 373p 20cm 〈監修：復本一郎 執筆：上田日差子ほか〉 3500円 ⓘ4-89287-171-0
◇若丹歳時記 〔舞鶴〕 出版センターまひづる 1995.6 251p 12×19cm
◇しずおか俳句歳時記 静岡 静岡新聞社 1996.2 460p 22cm 3000円 ⓘ4-7838-0305-6
◇ポケット俳句歳時記 新装版 平凡社 1996.2 477p 18cm 2000円 ⓘ4-582-30507-5
◇俳句仏教歳時記 佼成出版社 1996.2 4冊 27cm 全12000円 ⓘ4-333-01783-1
◇日本を楽しむ暮らしの歳時記—春号 平凡社 2000.3 144p 29cm 〈別冊太陽〉 2300円 ⓘ4-582-94337-3
◇日本を楽しむ暮らしの歳時記—秋号 平凡社 2000.9 136p 29cm 〈別冊太陽〉 2300円 ⓘ4-582-94350-0
◇日本を楽しむ暮らしの歳時記—冬号 平凡社 2000.12 144p 29cm 〈別冊太陽〉 2300円 ⓘ4-582-94356-X
◇藤沢俳句歳時記 藤沢 藤沢市俳句協会 2001.5 122p 19cm 2000円
◇沖縄俳句歳時記 那覇 沖縄俳句研究会 2002.5 375p 19cm 3000円
◇堰程歳時記 羽村 堰程俳会 2006.9 159p 21cm 〈編集：花貫寥〉
◇わたしの歳時記 東京四季出版 2008.1 275p 26cm 2384円 ⓘ978-4-8129-0534-0
◇平成俳句歳時記—秋 北溟社 2008.9 298p 18cm 1700円 ⓘ978-4-89448-580-8
◇読本・俳句歳時記 産調出版 2008.10 1399p 19cm 3500円 ⓘ978-4-88282-682-8
◇平成俳句歳時記—冬 北溟社 2009.2 277p 18cm 1700円 ⓘ978-4-89448-590-7
◇平成俳句歳時記—春 北溟社 2009.5 362p 18cm 1700円 ⓘ978-4-89448-602-7

連句

◇連句（歌仙）の式目と作法について—連句雑記帳（連句新案内）の附録 阿片瓢郎著 新座 連句研究会 1992.9 28p 21cm
◇連句雑記帳—新連句案内 俳文集 阿片瓢郎著 新座 連句研究会 1992.9 106p 21cm
◇可能性としての連句—その二律背反の発想 浅沼璞著 ワイズ出版 1996.9 308p 20cm 3300円 ⓘ4-948735-54-X
◇中層連句宣言—引用のひかり 浅沼璞著 北宋社 2000.3 228p 20cm 2800円 ⓘ4-89463-033-8
◇「超」連句入門 浅沼璞著 東京文献センター 2000.10 155p 19cm （「超」入門

日本近現代文学案内 685

俳句（連句）

シリーズ 1）　1500円　Ⓟ4-925187-15-5
◇連句―理解・鑑賞・実作　五十嵐譲介ほか編　おうふう　1999.3　235p　21cm　2000円　Ⓟ4-273-03058-6
◇連句―そこが知りたい！　Q&A　五十嵐譲介,大野鵠士,大畑健治,鈴木千恵子,二村文人,三浦隆著　おうふう　2003.10　215p　21cm　2000円　Ⓟ4-273-03308-9
◇連句―学びから遊びへ　五十嵐譲介,大野鵠士,大畑健治,鈴木千恵子,二村文人,三浦隆著　おうふう　2008.5　185p　21cm　2000円　Ⓟ978-4-273-03482-5
◇連句って何―歌仙実作入門　磯直道著　東京教学社　2001.12　204p　20cm〈折り込1枚〉　2381円　Ⓟ4-8082-8042-6
◇連句への招待　乾裕幸,白石悌三著　新版　大阪　和泉書院　2001.5　239p　19cm（Izumi books 5）〈初版：有斐閣昭和55年刊〉　1500円　Ⓟ4-7576-0116-6
◇現代連句のすすめ　今泉宇涯著　永田書房　1997.10　293p　20cm　3300円　Ⓟ4-8161-0648-0
◇現代の連句―実作ノート　宇咲冬男著　飯塚書店　1997.10　301p　20cm　3400円　Ⓟ4-7522-2035-0
◇連句実習　宇田零雨著　草茎社　1992.10　347p　19cm　3000円
◇次世代の俳句と連句　大畑健治著　おうふう　2011.5　221p　21cm　2000円　Ⓟ978-4-273-03637-9
◇連句のこころ　岡本春人著　富士見書房　1990.7　185p　20cm　2000円　Ⓟ4-8291-7173-1
◇俳諧怡楽―岡本春人の連句人生　岡本星女編　角川書店　1994.7　456p　20cm〈岡本春人の肖像あり〉　5000円　Ⓟ4-04-883359-6
◇俳諧事始―はじめて連句を巻く・作品と手引き　傘の会編著　岐阜　まつお出版　1995.8　148p　21cm　1800円　Ⓟ4-9900168-6-6
◇連句の世界　佐藤勝明ほか編　新典社　1997.4　126p　21cm　1300円　Ⓟ4-7879-0618-1
◇連句のたのしみ　高橋順子著　新潮社　1997.1　179p　20cm（新潮選書）　1030円　Ⓟ4-10-600510-7

◇連句のすすめ　暉峻康隆,宇咲冬男著　桐原書店　1991.4　239p　20cm　1600円　Ⓟ4-342-80350-X
◇現代連句入門（連句ルネッサンス）併せて俳諧新歳時記（実用新案）　中尾青宵編著,俳諧文芸考究会編　横浜　柴庵　2011.9　300p　21cm　2000円　Ⓟ978-4-9905980-0-6
◇ひとり連句春秋―脳力アップのための言葉遊び　野坂昭如作実践,宮田昭宏記録編集　ランダムハウス講談社　2009.6　172p　20cm〈文献あり〉　1600円　Ⓟ978-4-270-00499-9
◇電脳連句で遊ぶ―デイとアンナのパソコン通信　林義雄,辻アンナ著　三省堂　1990.11　238p　19cm（三省堂選書 159）　1300円　Ⓟ4-385-43159-0
◇芦丈翁俳諧聞書　東明雅編　東明雅　1994.3　132p　22cm〈仁デザインコミュニケーション（製作）〉　2000円
◇連語句を楽しむ―1巻　広川治著　近代文芸社　1996.6　338p　20cm　1800円　Ⓟ4-7733-4566-7
◇連語句を楽しむ―2巻　広川治著　近代文芸社　1996.6　358p　20cm　1800円　Ⓟ4-7733-4567-5
◇わいわい連句遊び―連句文芸賞への誘い　平成連句競詠会,二上貴夫編　東京文献センター　2001.3　122,19p　26cm　2000円　Ⓟ4-925187-19-8
◇連句で遊ぼう　水沢周著　新曜社　1995.9　247p　20cm　1854円　Ⓟ4-7885-0531-2
◇連句恋々　矢崎藍著　筑摩書房　1992.12　265p　20cm　1600円　Ⓟ4-480-82299-2
◇おしゃべり連句講座　矢崎藍著　日本放送出版協会　1998.2　236p　20cm　1600円　Ⓟ4-14-016089-6
◇花杏―俳諧寸論と作品集　安江真砂女著　緑地社　1990.1　194p　19cm（慈眼舎連籍 6）〈監修：三好竜肝　著者の肖像あり〉　2800円
◇連俳史と共同制作　四方章夫著　伊丹　A企画　1996.11　214p　21cm　Ⓟ4-900955-01-9

俳句（学生・児童俳句）

テーマ別研究

◇ある俳句戦記―詩華集にみる従軍俳句　阿部誠文著　福岡　花書院　2000.2　266p　20cm　2381円　Ⓘ4-938910-32-2

◇ソ連抑留俳句―人と作品　阿部誠文著　福岡　花書院　2001.3　496p　19cm　2858円　Ⓘ4-938910-44-6

◇一億人のための辞世の句―「五・七・五」で「死と生」を見つめる　荒木清編著　コスモトゥーワン　2010.12　159p　19cm〈文献あり〉　1300円　Ⓘ978-4-87795-200-6

◇詩歌にみる死生観―俳句　犬飼春雄著　横浜　犬飼春雄　2005.5　125p　21cm　（二本の杖　第11集）　非売品

◇ひとたばの手紙から―女性俳人の見た戦争と俳句　宇多喜代子著　邑書林　1995.7　229p　20cm　2200円　Ⓘ4-89709-145-4

◇いのちうれしき―ようこそ、高齢者のための俳句へ　大牧広著　文学の森　2006.6　263p　20cm　2095円　Ⓘ4-86173-439-8

◇エロチシズム　金子兜太ほか編　雄山閣出版　1996.8　230p　22cm　（Series俳句世界1）　2000円　Ⓘ4-639-01382-5

◇歌で味わう日本の食べもの　塩田丸男著　白水社　2005.2　248p　20cm　1800円　Ⓘ4-560-02775-7

◇自然を詠む―俳句と民俗自然誌　篠原徹著　飯塚書店　2010.12　182p　19cm　1800円　Ⓘ978-4-7522-2061-9

◇刹那の恋、永遠の愛―相聞句歌40章　正津勉著　河出書房新社　2003.8　190p　20cm〈文献あり〉　1500円　Ⓘ4-309-01562-X

◇身近な自然の螺旋―季語螺旋論・序説　随想集　関塚康夫著　〔稲城〕　〔関塚康夫〕　2011.6　68p　21cm〈私家版〉

◇お菓子俳句ろん―甘味歳時記　田村ひろじ著　横浜　230クラブ新聞社　1997.10　230p　21cm　1800円　Ⓘ4-931353-20-7

◇お菓子俳句ろん―甘味歳時記　続　田村ひろじ著　本阿弥書店　2010.10　227p　21cm〈正編の出版者：230クラブ　文献あり　索引あり〉　2300円　Ⓘ978-4-7768-0674-5

◇恋俳句レッスン―俳句は恋を育てる　戸田菜穂,大高翔著　マガジンハウス　2010.4　189p　19cm　1300円　Ⓘ978-4-8387-2177-1

◇子どもを詠う　西村和子著　NHK出版　2011.11　175p　19cm　（NHK俳句）　1200円　Ⓘ978-4-14-016196-8

◇花の歳時記　長谷川櫂著　筑摩書房　2012.3　221p　18cm　（ちくま新書　952―カラー新書）〈索引あり〉　950円　Ⓘ978-4-480-06655-8

◇俳句とエロス　復本一郎著　講談社　2005.1　215p　18cm　（講談社現代新書）　720円　Ⓘ4-06-149770-7

◇俳人が見た太平洋戦争　北溟社編　北溟社　2003.8　292p　21cm〈年表あり〉　2500円　Ⓘ4-89448-435-8

◇俳句理解の心理学　皆川直凡著　京都　北大路書房　2005.9　176p　21cm　2800円　Ⓘ4-7628-2463-1

異文化と俳句

◇日中「俳句」往来―作品集『大陸逍遥』を通じて　田建国著,岩城浩幸訳　川口　日本僑報社　2005.8　105,79p　18cm〈中国語併記〉　1400円　Ⓘ4-86185-011-8

写生

◇写生俳句入門　滝沢伊代次著　東京新聞出版局　1996.9　271p　19cm　1500円　Ⓘ4-8083-0576-3

◇季語のこと・写生のこと　中山世一著　ウエップ　2007.9　193p　19cm　（百鳥叢書　第39篇）〈三樹書房（発売）〉　2000円　Ⓘ978-4-902186-49-9

◇写生派のこころ―峠俳話　森田峠著　本阿弥書店　2005.8　267p　20cm　2571円　Ⓘ4-7768-0191-4

学生・児童俳句

◇部活で俳句　今井聖著　岩波書店　2012.8　202,2p　18cm　（岩波ジュニア新書　721）　780円　Ⓘ978-4-00-500721-9

◇親子で楽しむこども俳句塾　大高翔著　明治書院　2010.4　77p　21cm　（寺子屋シリーズ　3）〈文献あり〉　1500円　Ⓘ978-4-

俳句（郷土文学）

625-62412-4
◇親子で楽しむこども俳句塾　大髙翔著　大阪　日本ライトハウス　2012.1　97p　27cm　〈原本：明治書院 2010 寺子屋シリーズ3〉
◇子ども俳句歳時記―子どもの俳句の基本図書 04年版　金子兜太監修　蝸牛新社　2003.10　333p　19cm　2000円　①4-87800-230-1
◇京大俳句会と東大俳句会　栗林浩著　角川書店　2011.1　161p　19cm〈文献あり〉 1143円　①978-4-04-652356-3
◇親子で楽しむこども俳句教室　仙田洋子編著　三省堂　2011.1　223p　19cm〈文献あり索引あり〉 1500円　①978-4-385-36473-5
◇子どもの一句　髙田正子著　調布　ふらんす堂　2010.4　231p　18cm　（365日入門シリーズ 5）〈索引あり〉 1714円　①978-4-7814-0227-7

海外の俳句

◇朝鮮俳壇―人と作品　上巻　阿部誠文著　福岡　花書院　2002.11　559p　19cm　4762円　①4-938910-55-1
◇朝鮮俳壇―人と作品　下巻　阿部誠文著　福岡　花書院　2002.11　496p　19cm〈文献あり〉 4762円　①4-938910-56-X
◇宇咲冬男のヨーロッパの軌跡―俳句と連句〈連歌〉1990～2005　宇咲冬男編著　宇咲冬男事務所　2005.5　363p　26cm〈奥付のタイトル：宇咲冬男のヨーロッパにおける俳句と連句の交流と作品の軌跡　他言語標題：Footprints of Fuyuo Usaki through haiku and renku〈renga〉in Europe〉 2500円
◇世界に広がる俳句　内田園生著　角川学芸出版　2005.9　279p　19cm　（角川学芸ブックス）〈角川書店（発売）〉 1500円　①4-04-651984-3
◇コスモス―イギリスに於ける俳句と連句　加藤耕子編　名古屋　〔Ko Poetry Association〕 1992.11　78p　21cm〈書名は奥付による　背・表紙の書名：Cosmos〉
◇海外俳句紀行―2　ヨーロッパ　加藤耕子編著　蝸牛社　1996.1　174p　19cm　1400円　①4-87661-263-3
◇台湾俳句歳時記　黄霊芝著　言叢社　2003.4　325p　21cm　2800円　①4-905913-88-8

◇布哇俳壇史　小林茘枝著　近代文芸社　1991.10　105p　19cm　1300円　①4-7733-1188-6
◇海を越えた俳句　佐藤和夫著　丸善　1991.5　244p　18cm　（丸善ライブラリー 12）　680円　①4-621-05012-5
◇世界のhaikuへ―翻訳することでわかる俳句の真価　白峰義風著　碧天舎　2002.12　470p　19cm　1000円　①4-88346-149-1
◇世界俳句協会大会講演集―第3回（俳句、その東と西）　世界俳句協会編　富士見　世界俳句協会　2005.7　53p　30cm〈開催地：ブルガリアソフィア〉
◇世界の俳句がやってくる―世界俳句フェスティバル2000招致展　第10回企画展図録　群馬県立土屋文明記念文学館編　群馬町（群馬県）　群馬県立土屋文明記念文学館　2000.10　56p　30cm〈会期：平成12年10月22日～11月26日〉
◇俳句の国際性―なぜ俳句は世界的に愛されるようになったのか　星野慎一著　博文館新社　1995.2　282p　22cm　2700円　①4-89177-956-X
◇西洋における俳句の新しい受容へ　エッケハルト・マイ著, 国際日本文化研究センター編　京都　国際日本文化研究センター　2001.10　26p　21cm　（日文研フォーラム　第139回）〈他言語標題：Toward a new understanding of haiku in the West　会期・会場：2001年5月8日　国際交流基金京都支部〉
◇海外俳句紀行―1　アメリカ　山崎ひさを編著　蝸牛社　1993.7　173p　19cm　1400円　①4-87661-210-2
◇R・H・ブライスの生涯―禅と俳句を愛して　吉村侑久代著　同朋舎出版　1996.6　222p　19cm　2800円　①4-8104-2290-9

郷土文学

◇青森県近代俳句のあゆみ―特別展　青森県立図書館, 青森県近代文学館編　青森　青森県立図書館　2006.7　28p　30cm〈会期：平成18年7月21日～8月31日　共同刊行：青森県近代文学館　年表あり〉
◇百句百景―ふるさとの俳句に見る風土と人　秋元大吉郎著　流山　崙書房出版　2007.9

◇145p 18cm （ふるさと文庫 189） 1200円 ①978-4-8455-0189-2
◇新撰俳枕─4 東海・近畿1 朝日新聞社編 朝日新聞社 1989.2 159p 22cm 2500円 ①4-02-258434-3
◇新撰俳枕─5 近畿2 朝日新聞社編 朝日新聞社 1989.3 159p 22cm 2500円 ①4-02-258435-1
◇新撰俳枕─6 中国・四国 朝日新聞社編 朝日新聞社 1989.6 159p 22cm 2580円 ①4-02-258436-X
◇新撰俳枕─7 九州・沖縄 朝日新聞社編 朝日新聞社 1989.7 159p 22cm 2580円 ①4-02-258437-8
◇大阪の俳人たち─1 安達しげをほか著, 大阪俳句史研究会編 大阪 和泉書院 1989.6 256p 20cm （大阪俳句史研究会叢書 2）〈（上方文庫 9）〉 1900円 ①4-87088-365-1
◇東北・北海道俳諧史の研究 井上隆明著 新典社 2003.6 557p 22cm （新典社研究叢書 150） 14000円 ①4-7879-4150-X
◇大阪の俳人たち─2 茨木和生ほか著, 大阪俳句史研究会編 大阪 和泉書院 1991.7 258p 20cm （大阪俳句史研究会叢書 3）〈（上方文庫 12）〉 2266円 ①4-87088-474-7
◇俳誌「数の子」をめぐって─北九州文学史覚書 今村元市著 北九州 〔今村元市〕 1994.7 57p 26cm
◇三ケ日町の俳人たち 井村経郷著 文学の森 2006.8 273p 21cm〈私家版 年表あり〉
◇松江の俳句碑めぐり 内田映著 〔松江〕 内田映 1996.5 19p 26cm
◇えひめ俳人名鑑─「俳句百年」郷土俳人作品集 愛媛新聞社情報出版局出版部企画・編集 松山 愛媛新聞社 1992.2 1146p 27cm〈愛媛新聞創刊115周年記念出版 付（1枚）：愛媛の俳人師系図〉 8500円 ①4-900248-06-1
◇五七五の地球儀─えひめ発俳句百年 愛媛新聞社情報出版局出版部企画・編集 松山 愛媛新聞社 1992.9 433p 20cm 2000円 ①4-900248-11-2
◇大分県俳壇史 大分県俳壇史編纂委員会編纂〔大分〕 大分県俳句連盟 2000.12 293p 26cm 2000円

◇足尾銅山俳壇史 太田貞祐著 横浜 ユーコン企画 1997.10 413p 22cm 2300円 ①4-946534-00-8
◇越のうた散歩─詩歌歳時記 大滝貞一著 新潟 新潟日報事業社 2004.12 238p 19cm （とき選書）〈1985年刊の改訂〉 1400円 ①4-86132-082-8
◇隠岐は絵の島歌の島 大西正矩, 大西智恵, 大西俊輝共著 東洋出版 2001.8 204p 19cm 1000円 ①4-8096-7385-5
◇桜井家の俳譜─文器・秀甫・定爾・松甫 大村歌子著 富山 桂書房 2005.9 136p 21cm〈付属資料：1枚〉 3000円 ①4-905564-91-3
◇近代三重俳諧年譜 岡本耕治編著 名古屋 朝日新聞名古屋本社編集制作センター（製作） 2008.3 118p 26cm
◇俳人の詠んだあおもり 小野いるま著 弘前 北方新社 2008.8 309p 21cm 2600円 ①978-4-89297-122-8
◇俳人の詠んだあおもり─続 小野いるま著 弘前 北方新社 2009.8 317p 21cm 2600円 ①978-4-89297-139-6
◇俳人の詠んだあおもり─第3集 小野いるま著 弘前 北方新社 2010.11 301p 21cm 2600円 ①978-4-89297-155-6
◇俳人の詠んだあおもり─第4集 小野いるま著 弘前 北方新社 2011.11 321p 21cm 2600円 ①978-4-89297-164-8
◇ふるさと讃歌─詩歌でたどる麻績の里今・むかし 麻績村詩歌集作成委員会編 麻績村（長野県） 麻績村 1993.3 133p 21cm （信濃観月文庫）〈長野 ほおずき書籍（製作・発売）〉 1000円 ①4-89341-176-4
◇兵庫ゆかりの俳人 柿衛文庫編 神戸 神戸新聞総合出版センター 1998.10 154p 21cm 2000円 ①4-343-00006-0
◇和歌山県の俳句俳諧史 柏本史和著 和歌山 青空俳句会出版部 2003.8 152,4p 22cm〈文献あり 年表（折り込1枚）あり〉 2500円
◇北信濃の俳額 金井清敏著 長野 信毎書籍出版センター 2007.2 442p 22cm
◇北海道の一句 北光星編 札幌 北海道新聞社 1997.9 312p 20cm 1500円 ①4-

俳句（郷土文学）

89363-853-X
◇群馬の女流俳人・1991　久保田淳子撮影・編集　高崎　あさを社　1991.10　333p　22cm〈著者の肖像あり〉　3000円
◇群馬の俳人—俳壇を支える人々（男編）'93～'94　久保田淳子編集・撮影　高崎　あさを社　1994.7　281p　22cm　3000円
◇熊谷俳壇小史—熊谷市俳句連盟創立三十周年記念誌　熊谷市俳句連盟創立三十周年記念事業委員会編　熊谷　熊谷市俳句連盟事務所　1996.11　104p　22cm
◇越中俳諧年譜史　蔵巨水編　富山　桂書房　1992.4　312,9p　22cm　4120円
◇温故知新—高知県俳句連盟30周年記念　高知県俳句連盟編　高知　高知県俳句連盟　2001.8　481,9p　22cm　3500円
◇東京を詠んだ詩歌—俳句・川柳・流行歌篇　小林茂多編　流山　小林茂多　2004.1　246p　22cm〈私家版〉
◇福井の俳句—江戸時代から大正時代まで　斎藤耕子著　鯖江　福井県俳句史研究会　2000.2　251p　22cm　3000円
◇福井の俳句—昭和時代　斎藤耕子著　鯖江　福井県俳句史研究会　2001.2　273p　22cm　3000円
◇福井俳句歳時記　斎藤耕子編輯　鯖江　福井県俳句史研究会　2002.3　568p　13×16cm　2500円
◇美方の俳句と和歌史　斎藤耕子著　鯖江　福井県俳句史研究会　2003.7　179p　22cm　1000円
◇若越俳史　斎藤耕子著　鯖江　福井県俳句史研究会　2007.4　286p　22cm〈年譜あり〉　3000円
◇近代徳島俳人論　佐藤義勝著　徳島　航標俳句会　1991.7　344p　19cm　3000円
◇岡山和歌俳諧人名辞典　直原正一著　京都　思文閣出版　1992.12　250p　20cm　2987円　①4-7842-0754-6
◇鎌倉を楽しむ俳句—詩華集　島本千也著　藤沢　湘南社　2010.5　385p　19cm〈文献あり〉　1500円　①978-4-904631-01-0
◇八戸俳諧・俳句年表　関川竹四編　八戸　八戸俳諧・俳句年表刊行会　2003.3　113p　21cm　1500円

◇静岡県俳句紀行　関森勝夫著　静岡　静岡新聞社　1994.9　239p　19cm　1700円　①4-7838-0304-8
◇加賀の細道—俳枕百選　千田一路, 西のぼる著　名古屋　中日新聞社　2002.12　223p　20cm〈画：西のぼる〉　1700円　①4-8062-0455-2
◇梅雨の蓑笠—千里坊慈竹の俳諧美濃紀行　翻刻　千里坊慈竹著, 角田利助編著　山鹿　角田利助　1990.6　231p　22cm〈監修：大内初夫　熊本　熊本日日新聞情報文化センター（製作）著者の肖像あり〉　3000円
◇会津俳人伝　滝沢幸助著　会津若松　歴史春秋社　2000.11　273p　22cm　3000円
◇みやぎ・俳人の歩んだ道—インタビュー・時代の証言　滝15年実行委員会編　仙台　滝発行所　2007.3　168p　21cm（滝俳句叢書 第10編）　1800円　①978-4-925072-06-9
◇下野の俳諧—風雅の人ここにあり　竹末広美著　宇都宮　随想舎　2008.5　359p　20cm〈文献あり〉　3000円　①978-4-88748-173-2
◇備後俳諧人名録　田坂英俊編著　府中（広島県）　慶照寺　2006.9　130p　21cm（備後俳諧資料集 第11集）〈文献あり〉　非売品
◇備後俳諧資料集—第12集　田坂英俊編著　府中（広島県）　慶照寺　2009.4　130p　21cm　非売品
◇静岡新俳句新聞集—上　田中あきら編　静岡　可美古叢書刊行会　1993.1　100p　26cm（可美古叢書 第7編）〈電子複写〉
◇静岡新俳句新聞集—下　田中あきら編　静岡　可美古叢書刊行会　1993.7　113p　26cm（可美古叢書 第8編）〈電子複写〉
◇俳人の大和路　田中昭三,『サライ』編集部編　小学館　1999.10　127p　21cm（Shotor travel）　1600円　①4-09-343162-0
◇大阪の俳人たち—5　田中玉夫ほか著, 大阪俳句史研究会編　大阪　和泉書院　1998.6　185p　20cm（大阪俳句史研究会叢書§上方文庫）　2000円　①4-87088-900-5
◇北海道二〇六句—続　堤白雨著　札幌　北の雲社　1995.4　247p　19cm　1700円
◇神戸の俳句　友岡子郷著　明石　友岡子郷　2011.12　132p　18cm
◇鎌田池菱と尚古社—中島家資料にみる石狩俳

俳句（郷土文学）

壇と各地の俳人たち　中島勝久著　限定版〔石狩町（北海道）〕　石狩町郷土研究会　1995.3　134p　21cm　（いしかり郷土シリーズ 4）　2000円
◇紀州田辺の俳壇　中瀬喜陽編著　田辺　貝寄風発行所　2004.6　158p　22cm〈「貝寄風」創刊20周年記念〉　3000円
◇青森県うた草紙　中村キネ, 兼平一子編著　青森　北の街社　1994.1　266p　19cm　1600円　①4-87373-032-5
◇金沢俳句散歩　中山純子著　金沢　能登印刷・出版部　1992.11　227p　19cm　1500円　①4-89010-186-1
◇西遠の句碑―天竜川以西六九一句を訪ねる　西原勲編著　増補改訂　浜松　〔西原勲〕　1990.4　168p　26cm〈限定版〉
◇俳句の生まれる里100選―熊本県吟行地案内　俳句の生まれる里100選熊本県吟行地案内編集委員会編著　熊本　熊本日日新聞情報文化センター（製作）　2003.5　236p　19cm　1429円　①4-87755-140-9
◇やまがた俳句散歩―山寺・最上川・月山　長谷川耿子著, 長谷川公一編　仙台　本の森　2004.5　685p　22cm〈年譜あり〉　3500円　①4-938965-60-7
◇八戸俳諧のあゆみ―特別展図録　八戸市博物館編　八戸　八戸市博物館　1989.6　33p　26cm
◇『選者吟』をたのしむ―平成十一年朝日新聞栃木俳壇　羽石イミ著　栃木　石田書房　2000.1　83p　21cm
◇ぶらり東海道―俳句三昧　浜田蛙城著　第2版　〔出版地不明〕　小鹿会　2010.10　129p　19cm〈共同刊行：なでしこ出版〉　①978-4-9903111-8-6
◇群馬の俳句と俳句の群馬　林桂著　前橋　みやま文庫　2004.12　230p　19cm　（みやま文庫 176）
◇草加を吟じた俳人達　樋口素秋編著　草加　埼東文化会　2009.3　133p　20cm　（埼東文化叢書 1）〈草加市制施行50周年記念出版〉　1000円
◇ホモ・サピエンス―茨城『人』の俳句史　人支部史料集　『人』誌茨城支部実行委員編　水戸　『人』誌茨城支部　1993.1　104p　21cm　（俳句史の会資料 89-38―シリーズ

60集）　非売品
◇信濃秀句100選―ふるさと信濃を詠んだ名句集　藤岡筑邨著　松本　郷土出版社　1991.1　229p　17cm　1600円　①4-87663-155-7
◇富山の俳句散歩―近代秀句をたずねて　藤縄慶昭著　上市町（富山県）　新樹舎　2001.2　217p　19cm〈富山　シー・エー・ピー（発売）〉　1800円　①4-916181-14-X
◇京都俳句全集　藤原宇城編　京都　藤原宇城　2010.9　140p　21×30cm
◇かごしまの俳句　淵脇護著　鹿児島　春苑堂出版　1993.6　227p　19cm　（かごしま文庫 9）〈春苑堂書店（発売）〉　1500円
◇北海道の俳句―戦後50年の歩み　北海道立文学館特別企画展図録　北海道立文学館, 北海道文学館編　札幌　北海道立文学館　1996.5　31p　26cm
◇七尾の俳壇史　松浦五郎著　七尾　松浦礼　1996.8　287p　19cm　非売品
◇大阪の俳人たち―6　松岡ひでたかほか著, 大阪俳句史研究会編　大阪　和泉書院　2005.6　196p　20cm　（大阪俳句史研究会叢書 29）　2500円　①4-7576-0326-6
◇大阪の俳人たち―3　松崎豊ほか著, 大阪俳句史研究会編　大阪　和泉書院　1993.6　238p　20cm　（大阪俳句史研究会叢書）〈（上方文庫 14）〉　2266円　①4-87088-602-2
◇利根川歳時記―利根河畔の詩人たち　松島光秋著　埼葛文学会　1996.5　1冊　26cm　非売品
◇四季北奥羽百句百景　三ヶ森青雲著　八戸　デーリー東北新聞社　2009.4　223p　30cm〈文献あり〉　2400円　①978-4-9904263-2-3
◇三国湊と俳諧―第9回特別展　みくに竜翔館編　三国町（福井県）　三国町教育委員会　1992.10　40p　26cm〈会期：平成4年10月10日～11月15日〉
◇ひょうご四季のうた　宮崎修二朗著　神戸　神戸新聞総合出版センター　1992.10　251p　19cm　（のじぎく文庫）　1300円　①4-87521-474-X
◇宮崎県の俳句―戦後篇　宮崎県の俳句編集委員会編　宮崎　宮崎県俳句協会　1995.11　220p　22cm　非売品

日本近現代文学案内　691

俳句（郷土文学）

◇長野県俳人名大辞典　矢羽勝幸編著　松本　郷土出版社　1993.10　986p　27cm〈限定版〉　27000円　①4-87663-230-8

◇21世紀にはばたく新たな俳句の創造へ―やまがた文学祭　やまがた文学祭実行委員会編　山形　やまがた文学祭実行委員会　2007.11　80p　21cm〈平成19年度山形市芸術祭主催事業県民芸術祭参加〉

◇大阪の俳人たち―4　山田弘子ほか著, 大阪俳句史研究会編　大阪　和泉書院　1995.7　246p　20cm　（大阪俳句史研究会叢書）　2575円　①4-87088-744-3

◇茨城俳句・余録―8　茨城俳人住所録　3（平成2年現在）　水戸　俳句史の会　1990.3　24p　22cm　（俳句史の会資料　第87号―8）〈（俳句史の会シリーズ　第51集）共同刊行：茨城俳句の会〉　非売品

◇茨城俳壇の資料内訳と保存状況―資料・索引集　水戸　俳句史の会　1990.9　36p　22cm　（俳句史の会資料　40号―2―シリーズ　第53集）　非売品

◇松島芭蕉祭三十五年史　松島町（宮城県）　宮城県俳句協会　1990.11　96p　27cm〈限定版〉　1800円

◇鎌倉の俳人―江戸～明治　鎌倉　鎌倉市教育委員会　1991.12　56p　21cm　（鎌倉近代史資料　第6集）

◇上州の俳諧　藪塚本町（群馬県）　あかぎ出版　1992.1　298p　22cm〈監修：清水寥人〉　5800円

◇茨城俳句物故作家作品資料集―正木曽左運/「枝豆」の作家達/「旗」の作家達　水戸　俳句史の会　1992.4　66p　22cm　（俳句史の会資料　89号―36―シリーズ　第58集）〈付（4p）：俳壇判断no.28〉　非売品

◇星霜庵入門列―八戸の俳諧　八戸　関川竹四　1994.6　59p　13×36cm〈表紙の書名：入門列〉　3000円

◇鎌倉と俳人たち―特別展　鎌倉　鎌倉市教育委員会　1994.10　24p　26cm〈共同刊行：鎌倉文学館　会期：平成6年10月14日～11月27日〉

◇大磯俳句読本―鴫立庵開庵三百年　大磯町（神奈川県）　大磯町　1995.12　151p　19cm

◇西町俊子と水戸「河」支部と　鈴木たか子と岩瀬三域俳壇と　〔水戸〕　俳句史の会　2000.3　116p　21cm　（俳句史の会資料シリーズ　第70集）　非売品

◇藤沢俳句歳時記　藤沢　藤沢市俳句協会　2001.5　122p　19cm　2000円

◇群馬の俳句―連歌（連句）・俳諧・俳句―その軌道と心　第16回国民文化祭・ぐんま2001記念特別展　館林　館林市教育委員会文化振興課　2001.10　27p　30cm〈会期・会場：平成13年10月13日～11月18日　田山花袋記念文学館　共同刊行：田山花袋記念文学館〉

◇沖縄俳句歳時記　那覇　沖縄俳句研究会　2002.5　375p　19cm　3000円

◇俳諧三昧―俳句がはこぶ江戸文化　企画展図録　館山　館山市立博物館　2004.2　58p　26cm　（展示図録 no.15）〈会期：平成16年2月7日～3月21日　年表あり〉

吟行・旅行詠

◇京都「五七五」あるき―旅ゆけば俳句日和　池本健一著　実業之日本社　2002.2　306p　21cm〈文献あり〉　1800円　①4-408-00774-9

◇俳句吟行ガイド―首都圏からのコース115選　伊崎恭子著, 松尾順造写真　日本交通公社出版事業局　1993.12　160p　21cm　（JTBキャンブックス）　1500円　①4-533-02015-1

◇新吟行百選―詩ごころの旅　愛・地球博メモリアル　伊藤敬子監修, 愛・地球博ふれあい吟行俳句実行委員会編著　名古屋　人間社　2006.5　123p　21cm　1714円　①4-931388-47-7

◇芭蕉の旅はるかに―旅を歩く旅　海野弘著　アーツアンドクラフツ　2005.5　220p　19cm　1700円　①4-901592-28-9

◇俳句旅行のすすめ　江国滋著　朝日新聞社　1999.8　285p　15cm　（朝日文庫）　640円　①4-02-264206-8

◇吟行つれづれ　小高和子著　ウエップ　2008.9　169p　20cm　2000円　①978-4-902186-69-7

◇十勝野紀myself―俳句と草花俳句つれづれ　小野寺実著　帯広　小野寺実　2008.9　231p　22cm

◇旅のトポロジー　鎌田東二, 夏石番矢, 復本一

郎編　雄山閣出版　1998.4　217p　22cm　（Series俳句世界 8）　2000円　ⓘ4-639-01529-1

◇俳句列島日本すみずみ吟遊　黒田杏子著　飯塚書店　2005.11　387p　22cm　3200円　ⓘ4-7522-2046-6

◇群馬県吟行地ガイド　群馬県俳句作家協会編　前橋　群馬県俳句作家協会　1998.9　208p　19cm　1500円

◇東京ぶらり吟行日和―俳句と散歩100か所　志士の会，星野高士編　本阿弥書店　2010.9　159p　19cm　1500円　ⓘ978-4-7768-0734-6

◇名所で名句　鷹羽狩行著　小学館　1999.11　238p　19cm　1500円　ⓘ4-09-387296-1

◇俳句で歩く京都　坪内稔典文, 三村博史写真　京都　淡交社　2006.3　127p　21cm　（新撰京の魅力）　1500円　ⓘ4-473-03300-7

◇俳句の生まれる里100選―熊本県吟行地案内　俳句の生まれる里100選熊本県吟行地案内編集委員会編著　熊本　熊本日日新聞情報文化センター（製作）　2003.5　236p　19cm　1429円　ⓘ4-87755-140-9

◇私の武蔵野探勝―吟行入門　深見けん二, 小島ゆかり著　日本放送出版協会　2003.10　207p　21cm　1300円　ⓘ4-14-016118-3

◇信濃路俳句の旅　藤岡筑邨編著　長野　ほおずき書籍　2007.11　196p　21cm〈星雲社（発売）〉　1500円　ⓘ978-4-434-11118-1

◇日一日―吟行記 3　松尾高清編　歳月会　2000.11　136p　19cm　（歳月会叢書 11）〈そうぶん社出版（製作）〉　3000円

◇俳句で歩く江戸東京―吟行八十八ケ所巡り　山下一海, 檜田良枝著　中央公論新社　2003.10　207p　19cm〈文献あり〉　1400円　ⓘ4-12-003448-3

◇俳句で楽しむ佐倉　佐倉　「いには」俳句会　佐倉句会　2008.2　152p　21cm

◇俳枕江戸から東京へ　横浜　あすか社　2009.4　198p　19cm　（あすか叢書 第1号）　1500円

俳句史

◇図説・俳句―子規以降の伝統的・前衛的な現代俳句の流れを俯瞰する　あらきみほ著　日東書院本社　2011.2　223p　19cm〈文献あり　年表あり〉　1300円　ⓘ978-4-528-01359-9

◇文人俳句への招待―文人たちは俳句にいかに接し, 親しんでいたか　石井龍生企画・制作・デザイン・著　五曜書房　2010.3　198p　19cm〈星雲社（発売）　背のタイトル：著名な十七人の文人俳句への招待　文献あり　索引あり〉　1600円　ⓘ978-4-434-14346-5

◇夢追い俳句紀行　大高翔著　日本放送出版協会　2004.4　237p　19cm　1300円　ⓘ4-14-016126-4

◇俳句の行方　小沢克己著　角川書店　1999.7　261p　20cm　2500円　ⓘ4-04-871777-4

◇近代俳句の光彩　甲斐由起子著　角川書店　2006.3　197p　20cm　2667円　ⓘ4-04-651654-2

◇現代俳句―上　川名大著　筑摩書房　2001.5　540p　15cm　（ちくま学芸文庫）　1500円　ⓘ4-480-08641-2

◇現代俳句―下　川名大著　筑摩書房　2001.6　519p　15cm　（ちくま学芸文庫）　1500円　ⓘ4-480-08642-0

◇モダン都市と現代俳句　川名大著　沖積舎　2002.9　241p　22cm　6000円　ⓘ4-8060-4678-7

◇知っ得俳句の謎―近代から現代まで　国文学編集部編　学灯社　2007.7　204p　21cm　1800円　ⓘ978-4-312-70016-2

◇現代俳句の世界　斎藤慎爾責任編集　集英社　1998.6　239p　30cm　2400円　ⓘ4-08-775238-0

◇俳諧史の分岐点　桜井武次郎著　大阪　和泉書院　2004.6　302p　22cm　（研究叢書 315）　12000円　ⓘ4-7576-0268-5

◇沼辺燦燦　下鉢清子著　朝日新聞社　2000.6　161p　20cm　2600円　ⓘ4-02-330605-3

◇花鳥諷詠新論　社本武著　角川書店　2006.2　338p　20cm　2762円　ⓘ4-04-651652-6

◇さあ現代俳句へ　宗左近著　東京四季出版　1990.7　254p　19cm　1800円　ⓘ4-87621-348-8

◇さあ現代俳句へ　宗左近著　新版　東京四季出版　1997.6　353p　19cm　2500円　ⓘ4-87621-833-1

◇伝統の探求〈題詠文学論〉―俳句で季語はな

俳句（俳句史）

◇ぜ必要か　筑紫磐井著　ウエップ　2012.9　255p　20cm〈三樹書房（発売）〉　2400円　①978-4-904800-42-3

◇「俳句」百年の問い　夏石番矢編　講談社　1995.10　475p　15cm　（講談社学術文庫）　1100円　①4-06-159200-9

◇俳句が文学になるとき　仁平勝著　五柳書院　1996.10　174p　20cm　（五柳叢書 50）　2000円　①4-906010-73-3

◇近代詩歌の歴史　野山嘉正著　放送大学教育振興会　1999.3　218p　21cm　（放送大学教材 1999）　2400円　①4-595-23509-7

◇近代詩歌の歴史　野山嘉正著　改訂版　放送大学教育振興会　2004.3　233p　21cm　（放送大学教材 2004）　2200円　①4-595-23750-2

◇俳句史大要―歴史と評伝と評釈　橋間石著, 赤松勝編　沖積舎　2011.6　456p　20cm　〈関書院（昭和27年刊）の復刻〉　4000円　①978-4-8060-4756-8

◇平畑静塔対談俳句史　平畑静塔著　永田書房　1990.5　275p　20cm　2060円　①4-8161-0562-X

◇近代俳句の遠近　松井幸子著　本阿弥書店　1991.9　255p　20cm　2500円　①4-89373-043-6

◇俳諧の系譜―祈り・滑稽・風流　第51回特別企画展　松山市立子規記念博物館　松山　松山市立子規記念博物館　2005.10　56p　30cm〈会期・会場：平成17年10月4日～10月30日　松山市立子規記念博物館〉

◇近代俳句研究―1　鳴弦文庫編　野田　俳句図書館鳴弦文庫　2005.12　35,26p　26cm　（俳句図書館鳴弦文庫研究紀要）〈付・俳句図書館鳴弦文庫目録（追補1）〉　1200円

◇近代俳句研究―2　鳴弦文庫編　野田　俳句図書館鳴弦文庫　2007.3　18,30p　26cm　（俳句図書館鳴弦文庫研究紀要）〈付・俳句図書館鳴弦文庫目録（追補2）〉　700円

◇俳句革新百年―近代から現代へ　東京都近代文学博物館　1994.4　64p　26cm

◇俳諧から俳句へ　笠間書院　2005.7　179p　19cm　（笠間ライブラリー―梅光学院大学公開講座論集 第53集）〈下位シリーズの責任表示：佐藤泰正編〉　1000円　①4-305-60254-7

◇夏休み親子俳句教室20年の歩み　俳人協会　2011.7　43p　26cm〈年表あり〉

俳壇・結社

◇有磯吟社百年史　有磯吟社百年史編集委員会編　氷見　有磯吟社　2001.11　455,11p　22cm　非売品

◇青玄史アルバム―青玄500号記念写真集　伊丹三樹彦編　尼崎　青玄俳句会　1996.4　194p　30cm

◇おおなみの時代―八橋の俳句結社　岩本敏朗編　守山　岩本敏朗　2008.12　189p　19cm

◇現代俳句結社要覧　大野雑草子編　東京四季出版　1991.1　353p　27cm　12000円　①4-87621-375-5

◇鹿笛吟社六十年の歩み　川染砂丘編　鹿追町（北海道）　鹿笛吟社　1991.6　86p　22cm

◇北海道俳句協会五十年の歩み　協会史刊行委員会編　札幌　北海道俳句協会　2005.8　227p　26cm〈年表あり〉　非売品

◇俳人協会三十年小史　草間時彦編　俳人協会　1991.10　107,12p　21cm　1000円

◇群俳協の三十年―二十年以降の十年　群俳協の三十年編集委員会編　前橋　群馬県俳句作家協会　1998.3　194p　21cm　2000円

◇群俳協の四十年―三十年以降の十年　群俳協の四十年編集委員会編　前橋　群馬県俳句作家協会　2007.10　204p　21cm〈年表あり〉　2000円

◇水郷俳壇史　ごまど叱城編　富山　ごまど叱城　1993.8　246p　21cm

◇早苗のあゆみ―創刊700号記念　早苗七〇〇号記念事業実行委員会編　広島　早苗俳句会　2007.10　210p　26cm〈年表あり〉

◇静岡県俳句協会五〇年のあゆみ　静岡県俳句協会五〇周年史編纂委員会編纂　新居町（静岡県）　静岡県俳句協会　2009.6　138p　26cm〈年表あり〉

◇雲橋社関係資料目録　高山市郷土館編　高山　高山市郷土館　1994.3　55p　26cm　（高山市郷土館資料目録 2）

◇「呑」の春秋―ある俳句酒徒集団　「呑の春秋」編集委員会編　釧路　吟社呑の会

◇俳人協会会員名鑑―平成元年　俳人協会編　俳人協会　1989.10　780,55p　27cm　8200円
◇俳人協会会員名鑑―平成6年　俳人協会編　俳人協会　1994.12　624,43p　27cm　5000円
◇俳人協会会員名鑑―平成11年　俳人協会編　俳人協会　1999.1　633,55p　27cm　5000円
◇俳人協会四十年小史　俳人協会編　俳人協会　2001.6　187,8p　21cm　2000円
◇俳人協会の歩み―記録で綴る四十年　俳人協会編　梅里書房　2001.9　319,15p　27cm　8000円　①4-87227-209-9
◇俳人協会の歩み―記録で綴る四十五年　俳人協会編　梅里書房　2006.10　200,6p　19cm　2000円　①4-87227-305-2
◇萬緑兵庫四十年小史　萬緑兵庫支部事務局編　〔出版地不明〕　萬緑兵庫支部　2012.6　40p　21cm　〈年表あり〉
◇北海道俳句協会史　北海道俳句協会史編纂委員会編　札幌　北海道俳句協会　1995.5　105p　21cm　非売品
◇渋柿俳句一〇〇〇号史　松岡潔著　渋柿社　2001.12　237p　22cm　2000円
◇松本金鶏城の俳句―ある明治俳壇外史　相葉有流,西山松之助編　永田書房　1989.5　287p　20cm　〈松本金鶏城の肖像あり〉　4500円　①4-8161-0545-X
◇松山俳壇百年の群像―市制百周年記念　松山市立子規記念博物館編　松山　松山市立子規記念博物館　1989.4　96p　26cm　〈第19回特別企画展　会期：平成元年4月29日〜6月4日〉
◇三重県連句協会十年史　三重県連句協会編　四日市　三重県連句協会事務局　2003.6　94p　26cm　〈年表あり〉
◇富山県俳句連盟会員名簿―平成3年度　富山　富山県俳句連盟　1991.7　22p　22cm
◇松籟30周年記念アルバム　豊田　松籟事務局　1991.12　1冊（頁付なし）　30cm　〈背・表紙の書名：松籟　編集：浅井浚一〉
◇北声会の群像―明治・大正の俳人　金沢　雪垣社　1992.4　312p　23cm　〈監修：中西舗土　北国新聞社（製作・発売）〉　3400円

①4-8330-0764-9
◇日本伝統俳句協会会員名簿―平成4年6月1日　日本伝統俳句協会　1992.6　204p　22cm
◇現代俳句文学アルバム―2　東京四季出版　1994.12　190p　27cm　〈奥付の書名：俳句文学アルバム〉　2800円　①4-87621-752-1
◇日本伝統俳句協会会員名簿―平成7年7月1日　日本伝統俳句協会　1995.7　217p　21cm
◇日本伝統俳句協会会員名簿―平成10年度　日本伝統俳句協会　1998.8　223p　21cm
◇富山県俳句連盟会員名簿―平成11年度　富山　富山県俳句連盟　1999.6　26p　21cm
◇日本伝統俳句協会会員名簿―平成13年度　日本伝統俳句協会　2001.9　203p　21cm　1000円
◇年譜―春灯の六十年―一九六四年〜二〇〇六年　春灯俳句会　〔2006〕　254p　21cm
◇区内俳句会の動向　荒川区俳句連盟　2009.10　20p　21×30cm　〈荒川区俳句連盟50周年記念誌〉
◇青森県俳句懇話会の歩み―青森県俳句懇話会五十年史略年表　青森　青森県俳句懇話会　2009.10　50p　26cm　〈折り込1枚　編集：徳才子青良ほか〉
◇俳諧百年史　〔新庄〕　北陽社　2010.7　109p　31cm　〈年表あり〉
◇長野市俳句連盟三十周年の歩みと作品　長野　長野市俳句連盟三十周年記念誌発行の会　2010.10　177p　21cm
◇釧路俳句連盟五十年史　〔釧路〕　釧路俳句連盟　2012.11　92p　26cm　〈年表あり〉

俳誌

◇光ある花々―結社誌の俳句熟考：上野一孝評論集　上野一孝著　舷灯社　2011.11　173p　19cm　1500円　①978-4-87782-103-6
◇万灯二十年史　江口竹亭編　飯塚　万灯社　1989.5　62p　21cm　〈自昭和44年1月至平成元年3月〉
◇桔槹一千号までのあゆみ　斎藤耕心編　須賀川　桔槹吟社　2010.12　83p　21cm　〈年表あり〉　非売品
◇かびれ七十年史　佐々木とほるほか編　日立　かびれ社　2001.3　215p　30cm

俳句（俳句史）

◇新俳句人連盟機関誌『俳句人』の六〇年　新俳句人連盟創立六〇周年記念事業推進委員会編　新俳句人連盟　2007.10　792p　22cm　5000円

◇鯨のこゑ—俳誌「滝」虚実潺潺セレクション　菅原鬨也著　仙台　滝発行所　2012.1　328p　19cm　（滝俳句叢書 第11篇）〈滝創刊20周年記念〉　2700円　Ⓘ978-4-925072-07-6

◇鯨の耳—「滝」の俳句を中心に　菅原鬨也著　仙台　滝発行所　2012.3　316p　19cm　（滝俳句叢書 第12篇）〈滝創刊20周年記念〉　2700円　Ⓘ978-4-925072-08-3

◇新興俳人の群像—「京大俳句」の光と影　田島和生著　京都　思文閣出版　2005.7　283p　20cm〈年表あり　文献あり〉　2300円　Ⓘ4-7842-1251-5

◇創刊号物語—第1巻　俳人協会編　邑書林　1998.11　257p　19cm　1900円　Ⓘ4-89709-298-1

◇創刊号物語—第2巻　俳人協会編　邑書林　1998.12　249p　19cm　1900円　Ⓘ4-89709-300-7

◇「京大俳句」と「天狼」の時代—平畑静塔俳論集　平畑静塔著　沖積舎　2008.8　336p　20cm　3500円　Ⓘ978-4-8060-4732-2

◇「句と評論」・「広場」・「風」全要綱—新興俳句誌　湊楊一郎編著　再会社　1989.5　210p　21cm　1500円

◇青柳寺に眠る文人たち—町田文学館ことばらんど『八幡城太郎と俳誌「青芝」の人びと』展・記念講演　山本つぼみ述　出版地不明　山本つぼみ　〔2008〕　34p　19cm

◇創刊号物語—第3巻　邑書林編　邑書林　1999.1　191p　19cm　1900円　Ⓘ4-89709-306-1

◇俳句文学館俳誌目録—1989年版　俳人協会　1990.9　145p　21cm〈平成元年12月31日現在 編集：岡田日郎, 鈴木忠太〉　500円

◇歯車300号&50年記念誌　歯車俳句会　2004.11　115p　21cm〈背のタイトル：歯車創刊三百号&五十年記念誌　編集：大久保史彦, 丸山巧〉

◇京鹿子—一〇〇〇号記念誌　京都　京鹿子社　2008.5　479p　27cm　（京鹿子叢書 第245編）〈年表あり〉　非売品

◇狩の歩み30年—昭和53年10月（1号）-平成20年9月（360号）　横浜　狩俳句会　2008.10　161p　21cm〈「狩」第31巻第10号付録〉

◇関西俳誌連盟—結成50周年・2010　大阪　関西俳誌連盟事務局　2010.6　173p　23×23cm〈年表あり〉　1500円

◇耕あゆみ—平成八年一月から二十三年六月の記録　二十五周年記念別冊　名古屋　耕発行所　2011.9　188p　21cm〈標題紙のタイトル：あゆみ　年表あり〉

◇別冊「若葉」の系譜—風生・敏郎・貞雄〔出版地不明〕〔伊東肇〕〔2012〕　233p　21cm〈通巻一千号記念　年譜あり〉

俳人論

◇近代俳句史を彩った人々—中村古松コレクションより　朝日町歴史博物館編　朝日町（三重県）　朝日町教育文化施設朝日歴史博物館　2000.10　20p　30cm〈平成12年度企画展：10月14日—11月19日〉

◇輝ける俳人たち—明治編　阿部誠文著　邑書林　1995.4　306p　19cm　1900円　Ⓘ4-89709-136-5

◇輝ける俳人たち—大正編　阿部誠文著　邑書林　1996.8　310p　19cm　1900円　Ⓘ4-89709-189-6

◇巨人たちの俳句—源内から荷風まで　磯辺勝著　平凡社　2010.4　220p　18cm　（平凡社新書 517）〈文献あり〉　760円　Ⓘ978-4-582-85517-3

◇近代俳人群像　岩井英雅著　大阪　天満書房　2003.10　403p　20cm〈文献あり〉　4500円　Ⓘ4-924948-58-6

◇ひとたばの手紙から—戦火を見つめた俳人たち　宇多喜代子著　角川学芸出版　2006.11　237p　15cm　（角川文庫—角川ソフィア文庫）〈角川書店（発売）〉　552円　Ⓘ4-04-406501-2

◇戦後生まれの俳人たち　宇多喜代子著　毎日新聞社　2012.12　253p　19cm〈索引あり〉　1900円　Ⓘ978-4-620-32168-4

◇東海の一壺—脱俗の俳人　大野秋紅, 永津溢水著　安城　俳人一壺顕彰会　1995.3　212p　21cm　1500円

◇漂泊俳人の系譜　大星光史著　京都　世界思

俳句（俳句史）

想社　1989.11　248p　19cm　（Sekaishiso seminar）　1950円　⒤4-7907-0362-2

◇俳の山なみ―粋で洒脱な風流人帖　加藤郁乎著　角川学芸出版　2009.7　213p　20cm〈角川グループパブリッシング（発売）　著作目録あり〉　2000円　⒤978-4-04-621458-4

◇漂泊の俳人たち　金子兜太著　日本放送出版協会　2000.11　236p　16cm　（NHKライブラリー）〈年譜あり〉　870円　⒤4-14-084124-9

◇現代の俳人101　金子兜太編　新書館　2004.9　222p　21cm　1600円　⒤4-403-25077-7

◇わが心の俳人伝　河内静魚著　文学の森　2007.3　425p　20cm　2857円　⒤978-4-86173-515-8

◇鬼古里の賦―川村杳平俳人歌人論集　川村杳平著　コールサック社　2012.7　606p　19cm　2000円　⒤978-4-86435-047-1

◇俳壇百人―上　倉橋羊村著　牧羊社　1993.8　327p　19cm　2600円　⒤4-8333-1505-X

◇俳壇百人―下　倉橋羊村著　牧羊社　1993.8　311p　19cm　2600円　⒤4-8333-1506-8

◇私説現代俳人像―上巻　倉橋羊村著　東京四季出版　1998.1　329p　19cm　2500円　⒤4-87621-900-1

◇私説現代俳人像―下巻　倉橋羊村著　東京四季出版　1998.5　322p　19cm　2500円　⒤4-87621-901-X

◇俳人探訪　栗林浩著　文学の森　2007.9　318p　20cm　1905円　⒤978-4-86173-604-9

◇俳人探訪―続　栗林浩著　文学の森　2009.2　299p　20cm　1905円　⒤978-4-86173-762-6

◇俳人探訪―続々　栗林浩著　文学の森　2011.8　287p　20cm　1905円　⒤978-4-86173-989-7

◇俳人の生死　小林高寿著　新樹社　1998.8　231p　20cm　2000円　⒤4-7875-8483-9

◇文人俳句の世界　小室善弘著　本阿弥書店　1997.4　330p　20cm　3000円　⒤4-89373-162-9

◇現代俳人の肖像　坂口綱男撮影　春陽堂書店　1993.6　187p　31cm　5000円　⒤4-394-90127-8

◇句品の輝き―同時代俳人論　坂口昌弘著　文学の森　2006.6　341p　20cm　1800円　⒤4-86173-434-7

◇ライバル俳句史―俳句の精神史　坂口昌弘著　文学の森　2009.10　515p　20cm〈文献あり〉　1905円　⒤978-4-86173-829-6

◇消えやらぬ残像―俳句のある風景　朔多恭著　池部出版・デザインオフィス　2003.3　293p　17cm　2000円　⒤4-901379-17-8

◇一徹の貌―近代俳人短冊漫歩　島田一耕史著　本阿弥書店　1997.3　217p　20cm　2427円　⒤4-89373-153-X

◇意中の俳人たち　清水基吉著　富士見書房　1989.4　243p　20cm　1600円　⒤4-8291-7066-2

◇吉岡秋帆影の句を読む―私家版　菅原政雄著〔北見〕　菅原政雄　1997.6　97p　19cm　非売品

◇文人たちの句境―漱石・竜之介から万太郎まで　関森勝夫著　中央公論社　1991.10　251p　18cm　（中公新書）　660円　⒤4-12-101043-4

◇最後の一句―晩年の句より読み解く作家論　宗田安正著　本阿弥書店　2012.11　221p　20cm〈文献あり〉　2300円　⒤978-4-7768-0867-1

◇名句を作った人々　鷹羽狩行著　富士見書房　1999.12　236p　19cm　2000円　⒤4-8291-7437-4

◇現代俳句の肖像　高橋悦男著　北溟社　2001.10　269p　21cm〈年表あり〉　2700円　⒤4-89448-183-9

◇風雅のひとびと―明治・大正文人俳句列伝　高橋康雄著　朝日新聞社　1999.4　379p　20cm　2600円　⒤4-02-330576-6

◇凛然たる青春―若き俳人たちの肖像　高柳克弘著　富士見書房　2007.10　239p　20cm　2600円　⒤978-4-8291-7659-7

◇愛の俳句愛の人生　谷口桂子著　講談社　2001.4　318p　20cm　1900円　⒤4-06-210015-0

◇詩人たちの漂泊の風姿―芭蕉・曽良から放哉・山頭火まで　戸恒東人著　本阿弥書店　2006.2　358p　19cm　（春月叢書　第16篇）　2800円　⒤4-7768-0245-7

◇みんな俳句が好きだった―各界一〇〇人句のある人生　内藤好之著　東京堂出版　2009.7

俳句(俳句史)

◇ 230p 19cm〈索引あり〉 2000円 ①978-4-490-20670-8
◇現代俳人の風貌 「俳句αあるふぁ」編集部編 毎日新聞社 2001.7 222p 26cm (毎日ムック) 933円 ①4-620-79185-7
◇海と竪琴 長谷川櫂著 花神社 2010.4 251p 19cm 2300円 ①978-4-7602-1966-7
◇俳人たちの言葉 復本一郎著 邑書林 1994.10 251p 18cm 2000円 ①4-89709-117-9
◇新・俳人名言集 復本一郎著 春秋社 2007.9 237p 19cm 1700円 ①978-4-393-43438-3
◇主観俳句の系譜 堀古蝶著 邑書林 1998.1 248p 20cm 2800円 ①4-89709-264-7
◇大正の俳人たち 松井利彦著 富士見書房 1996.12 350p 20cm 2500円 ①4-8291-7336-X
◇俳句に憑かれた人たち 松林尚志著 沖積舎 2010.3 332p 19cm 3500円 ①978-4-8060-4747-6
◇文人俳句の系譜 松原珀子著 日本文学館 2003.11 189p 19cm 1200円 ①4-7765-0093-0
◇花鳥諷詠の先駆者たち 松本澄江著 富士見書房 1992.7 189p 20cm 2200円 ①4-8291-7214-2
◇俳壇人物往来─続 皆川盤水著 白鳳社 1992.4 314p 19cm 1800円 ①4-8262-0071-4
◇虹あるごとく─一夭逝俳人列伝 村上護著 本阿弥書店 1990.4 286p 20cm 2300円 ①4-89373-025-8
◇仏心の俳句─わが俳人伝記抄 村上護著 佼成出版社 1992.3 230p 20cm 1500円 ①4-333-01558-0
◇俳句の達人30人が語る「私の極意」 村上護編 講談社 1998.7 586p 15cm (講談社文庫) 933円 ①4-06-263833-9
◇俳句を訊く─村上護と25人の俳人たち 村上護編 佐久 邑書林 2001.4 395p 20cm〈述:飯島晴子ほか〉 2857円 ①4-89709-351-1
◇俳人句話─現代俳人たちの風貌と姿勢 上 森澄雄著 角川書店 1989.9 270p 20cm 2500円 ①4-04-883238-7

◇俳人句話─現代俳人たちの風貌と姿勢 下 森澄雄著 角川書店 1989.10 313p 20cm 2500円 ①4-04-883239-5
◇無数の空─東京石楠偲草 八木絵馬著 浜発行所 1995.9 322p 20cm 2500円
◇鼓動の跡─山田松太郎自伝・句集 山田松太郎著,山田道幸編 川口 山田松太郎 1991.6 149p 19cm〈流山 崙書房出版(製作)私家版〉
◇俳人百傑撰 緑亭川柳原輯 三鷹 東京点字出版所 1991.5 89p 27cm〈原本:マール社 1987〉 2300円
◇現代俳句文学アルバム─3 東京四季出版 1995.5 191p 27cm 2800円 ①4-87621-753-X

◆女性俳人

◇女性俳句の世界 上野さち子著 岩波書店 1989.10 228p 18cm (岩波新書) 520円 ①4-00-430091-6
◇女性俳人の系譜 宇多喜代子著 日本放送出版協会 2002.8 158p 21cm (NHK人間講座 日本放送協会,日本放送出版協会編)〈シリーズ責任表示:日本放送協会,日本放送出版協会編 2002年8月―9月期 文献あり〉 560円 ①4-14-189071-5
◇女性俳句の光と影─明治から平成まで NHK俳句 宇多喜代子著 日本放送出版協会 2008.7 174p 21cm 1300円 ①978-4-14-016164-7
◇現代女性俳句の先覚者─4T+H 中村汀女/星野立子/橋本多佳子/三橋鷹女/杉田久女 小川濤美子ほか監修 東京四季出版 1997.11 256p 26cm 2857円 ①4-87621-895-1
◇俳句の銀河─現代俳句の煌く星座・女性俳人の現在 小沢克己編 本阿弥書店 2006.1 258p 20cm 2800円 ①4-7768-0221-X
◇現代俳句女流百人 片山由美子著 牧羊社 1993.9 234p 22cm 3000円 ①4-8333-1672-2
◇定本 現代俳句女流百人 片山由美子著 北溟社 1999.9 248p 21cm 2500円 ①4-8096-8204-8
◇新世紀女流俳句ワンダーランド 片山由美子,伊丹啓子責任編集 沖積舎 1999.10

111p　21cm　1300円　①4-8060-1573-3
◇鑑賞女性俳句の世界―第1巻　女性俳句の出発　角川学芸出版編　角川学芸出版　2008.1　347p　20cm〈角川グループパブリッシング（発売）　年表あり〉　2667円　①978-4-04-621161-3
◇鑑賞女性俳句の世界―第2巻　個性派の登場　角川学芸出版編　角川学芸出版　2008.2　334p　20cm〈角川グループパブリッシング（発売）　年表あり　文献あり〉　2667円　①978-4-04-621162-0
◇鑑賞女性俳句の世界―第3巻　激動の時代を詠う　角川学芸出版編　角川学芸出版　2008.3　348p　20cm〈角川グループパブリッシング（発売）　年表あり〉　2667円　①978-4-04-621163-7
◇鑑賞女性俳句の世界―第4巻　境涯を超えて　角川学芸出版編　角川学芸出版　2008.4　366p　20cm〈角川グループパブリッシング（発売）　年表あり〉　2667円　①978-4-04-621164-4
◇鑑賞女性俳句の世界―第5巻　いのちの賛歌　角川学芸出版編　角川学芸出版　2008.5　358p　20cm〈角川グループパブリッシング（発売）　肖像あり　年表あり〉　2667円　①978-4-04-621165-1
◇鑑賞女性俳句の世界―第6巻　華やかな群像　角川学芸出版編　角川学芸出版　2008.6　350p　20cm〈角川グループパブリッシング（発売）　肖像あり　年表あり〉　2667円　①978-4-04-621166-8
◇女流俳人を訪ねて　小枝秀穂女,秀俳句会編著　北溟社　1998.6　526p　21cm　3800円　①4-89448-047-6
◇女流俳人を訪ねて―2　小枝秀穂女,秀俳句会編著　北溟社　2003.6　383p　21cm　3800円　①4-89448-416-1
◇黎明期の女流俳人　中嶋秀子著　角川書店　2001.11　269p　20cm　3000円　①4-04-871934-3
◇女性俳句の世界―杉田久女から現代の精鋭まで　「俳句研究」編集部編　富士見書房　2001.6　264p　21cm　（俳句研究別冊）　1500円　①4-8291-7471-4
◇平成女流俳人　毎日新聞社　1991.7　181p　30cm　（毎日グラフ別冊）　1900円

◇女性俳句懇話会会員名簿―1992年12月1日現在　女性俳句懇話会　1992　24p　21cm

明治・大正時代

◇大正俳句のまなざし―多彩なる作家たち　小島健著　日本放送出版協会　2010.10　172p　21cm　（NHKシリーズ―NHKカルチャーラジオ　俳句をよむ）　857円　①978-4-14-910749-3
◇二階堂太竹さみだれ集―市井の俳人が詠んだ戊辰戦争　二階堂太竹作,大島晃一解説　〔一関〕　大島晃一　2011.6　63p　19cm　〈私家版〉
◇新俳句講座―3　俳句史　上　明治書院編集部編　明治書院　2012.7　282p　22cm〈「俳句講座7」(1970年刊)を2分冊し、復刊　文献あり〉　6000円　①978-4-625-41404-6

◆◆天春　静堂（1873～1927）

◇不撓不屈の俳人天春静堂　志水雅明著　四日市　志水舎　1997.8　163p　21cm　（四日市らいぶらりぃ　別冊2）　1200円

◆◆筏井　竹の門（1871～1925）

◇筏井竹の門覚書　江沼半夏著　高岡　折柳草舎　1990.4　286p　22cm〈筏井竹の門の肖像あり〉

◆◆小野　蕪子（1888～1943）

◇小野蕪子管見　松岡ひでたか著　神戸　交友プランニングセンター（制作）　2009.3　234p　19cm〈松岡ひでたか〉　2000円　①978-4-87787-414-8

◆◆金子　せん女（1879～1944）

◇金子せん女素描―下巻　松岡ひでたか著　福崎町（兵庫県）　松岡ひでたか　2003.9　498p　19cm〈神戸　交友プランニングセンター（製作）〉　①4-87787-181-0
◇金子せん女素描―上巻　松岡ひでたか著　福崎町（兵庫県）　松岡ひでたか　2003.9　497p　19cm〈神戸　交友プランニングセンター（製作）〉　①4-87787-180-2

俳句(俳句史)

◆◆近藤 純悟(1875〜1967)

◇近藤純悟と俳句　松岡ひでたか編著　神戸　六甲出版(印刷)　1999.1　142p　19cm　1500円

◆◆佐々木 北涯(1866〜1918)

◇俳人佐々木北涯　児玉正若　鎌倉　かまくら春秋社　1990.3　245p　20cm〈佐々木北涯の肖像あり〉　1800円

◆◆佐藤 紅緑(1874〜1949)

◇佐藤家の人びと―「血脈」と私　佐藤愛子著　文芸春秋　2008.5　191p　16cm　〈文春文庫〉〈年表あり〉　533円　⓵978-4-16-745014-4

◇佐藤紅緑―子規門の多彩人　第49回特別企画展　松山市立子規記念博物館　松山　松山市立子規記念博物館　2004.7　60p　30cm〈会期：平成16年7月27日〜8月22日〉

◇近代文学研究叢書―第66巻　昭和女子大学近代文学研究室著　昭和女子大学近代文化研究所　1992.10　671p　19cm　8000円　⓵4-7862-0066-2

◇佐藤紅緑子規が愛した俳人　復本一郎著　岩波書店　2002.6　237p　19cm　2700円　⓵4-00-023006-9

◆◆沢田 はぎ女(1890〜1982)

◇俳人はぎ女　福田俳句同好会編　富山　桂書房　2005.5　292p　20cm〈肖像あり　年譜あり〉　2000円　⓵4-905564-85-9

◆◆芝 不器男(1903〜1930)

◇芝不器男研究　岡田日郎編著　梅里書房　1997.1　270p　20cm　2718円　⓵4-87227-139-4

◇芝不器男　芝不器男著,飴山実編著　蝸牛社　1994.11　170p　19cm　〈蝸牛俳句文庫 15〉　1400円　⓵4-87661-244-7

◇芝不器男・富沢赤黄男―人と作品　芝不器男,富沢赤黄男著　松山　愛媛新聞社　2011.9　593p　22cm　〈郷土俳人シリーズ　えひめ発百年の俳句 8〉〈著作目録あり　年譜あり〉　4000円　⓵978-4-86087-099-7

◇芝不器男への旅　谷さやん著　松山　創風社出版　2012.4　233p　20cm〈文献あり　年譜あり〉　2200円　⓵978-4-86037-169-2

◇不器男百句　坪内稔典,谷さやん編　松山　創風社出版　2006.11　134p　16cm〈肖像あり　年譜あり〉　800円　⓵4-86037-078-3

◇峡のまれびと―夭折俳人芝不器男の世界　堀内統義著　邑書林　1996.10　178p　20cm　2600円　⓵4-89709-209-4

◇芝不器男　堀内統義著　松山　創風社出版　2008.10　234p　19cm　(風ブックス 18)　1600円　⓵978-4-86037-110-4

◆◆高田 蝶衣(1886〜1930)

◇俳人・高田蝶衣　小早川健著　翰林書房　1993.11　219p　20cm　2800円　⓵4-906424-25-2

◆◆田中 寒楼(1877〜1970)

◇田中寒楼　鳥取県立図書館編　鳥取　鳥取県立図書館　2007.3　83p　21cm　(郷土出身文学者シリーズ 3)〈肖像あり　年譜あり　文献あり〉

◇辺境に埋れた放浪の俳・歌人田中寒楼　牧野和春著　牧野出版　1996.6　320p　20cm　2000円　⓵4-89500-042-7

◇宇宙をもらった男田中寒楼　牧野和春著　坂戸　惜水社　2002.6　190p　19cm〈年譜あり〉　1400円　⓵4-434-02020-X

◆◆鶴田 淡雪(1877〜1955)

◇評伝鶴田淡雪―須古の文台その行方　池田賢士郎著　白石町(佐賀県)　評伝鶴田淡雪刊行会　2009.4　322p　21cm〈著作目録あり　年譜あり〉　3000円

◆◆中川 四明(1849〜1917)

◇俳人四明覚書―4　清水貞夫編著　和光　現代文芸社　2007.3　188p　19cm〈肖像あり　著作目録あり　年譜あり　文献あり〉　非売品　⓵978-4-901735-22-3

◇俳人四明覚書―5　清水貞夫編著　和光　現代文芸社　2011.10　187p　19cm〈年表あ

俳句（俳句史）

◆◆中村 楽天（1865〜1939）

◇中村楽天滴滴　松岡ひでたか著　福崎町（兵庫県）　松岡ひでたか　2010.6　267p　19cm〈神戸 交友プランニングセンター（制作）〉　4200円　①978-4-87787-464-3

◆◆萩原 蘿月（1884〜1961）

◇障子の桟―蘿月春秋　萩原アツ著　感動律俳句会　1992.6　229p　20cm　2200円

◇萩原萩露蘿月抄　萩原アツ編　感動律俳句会　1993.4　175p　20cm　非売品

◆◆長谷川 かな女（1887〜1969）

◇長谷川かな女　星野紗一著　牧羊社　1993.3　120p　22cm〈鑑賞秀句100句選 10〉〈長谷川かな女の肖像あり〉　1600円　①4-8333-1284-0

◆◆長谷川 零余子（1886〜1928）

◇長谷川零余子―人と作品　中里昌之著　永田書房　1989.6　341p　20cm〈長谷川零余子の肖像あり〉　4120円

◆◆蜂庵 採花（1844〜1901）

◇女流俳人蜂庵採花―一世紀にして生地へ還る　佐藤武利編　佐久　佐藤武利　2005.11　86p　19cm　非売品

◆◆原 コウ子（1896〜1988）

◇魂のはな―評伝原コウ子　秋山素子著　調布　ふらんす堂　2002.6　203p　19cm　2500円　①4-89402-484-5

◆◆平田 彩雲（1896〜1921）

◇花を愛して逝った俳人平田彩雲　志水雅明著　四日市　志水舎　1997.9　148p　21cm〈四日市らいぶらりい 別冊 3〉　1200円

◆◆広江 八重桜（1879〜1945）

◇広江八重桜と山陰の明治俳人　日野雅之著　米子　よなごプレス社　1992.9　197p　19cm　1800円

◆◆藤野 古白（1871〜1895）

◇藤野古白と子規派・早稲田派　一条孝夫著　大阪　和泉書院　2000.2　280p　22cm〈近代文学研究叢刊 21〉〈肖像あり〉　5000円　①4-7576-0033-X

◇藤野古白―異才の夭折 第35回特別企画展　松山市立子規記念博物館編　松山　松山市立子規記念博物館　1997.4　63p　26cm

◆◆堀川 鼠来（1818〜1887）

◇堀川鼠来発句集について　古橋一男編著　雄踏町（静岡県）〔古橋一男〕　1992.8　66p　26cm〈監修：岩崎鉄志『鼠来発句集』（明治21年刊）の複製および翻刻を含む〉

◆◆真下 飛泉（1878〜1926）

◇真下飛泉関係著作展目録―保存版　京都教育大学附属図書館編　京都　京都教育大学附属図書館　2006.3　63p　30cm〈会期：平成17年9月12日〜10月13日　年譜あり〉

◇真下飛泉―その生涯と作品　宮本正章著　大阪　創元社　1989.2　338p　19cm〈真下飛泉の肖像あり〉　2000円　①4-422-93019-2

◆◆松島 十湖（1849〜1926）

◇松島十湖　鈴木ゆすら著　浜松　浜松共同印刷（印刷）　1998.10　11p　19cm　350円

◇十湖発句集　松島十湖著,松島勇平編　浜松　松島勇平　1991.10　304,247p　27cm〈著者の肖像あり〉

◆◆三森 幹雄（1829〜1910）

◇三森幹雄評伝―三十余年幹雄研究の結晶　関根林吉著　平田村（福島県）　遠沢繁　2002.7　216p　22cm〈肖像あり〉　3000円　①4-924912-14-X

俳句(俳句史)

◆◆柳原 極堂（1867～1957）

◇柳原極堂—子規を顕彰した偉人の素顔：平成23年度愛媛人物博物館企画展　愛媛県教育委員会編　松山　愛媛県生涯学習センター　2011.12　62p　30cm〈文献あり　年譜あり〉

◇子規の文友柳原極堂の生涯　二神将著　松山　松山子規会　1997.2　305p 図版20p　19cm　（子規会叢書 第25集）　1943円

◇柳原極堂—子規と共に　柳原極堂書,松山市立子規記念博物館編　松山　松山市立子規記念博物館友の会　1991.4　92p　26cm〈第23回特別企画展 柳原極堂の肖像あり　会期：平成3年4月26日～6月2日〉

◆ホトトギス派

◇虚子と「ホトトギス」—近代俳句のメディア　秋尾敏著　本阿弥書店　2006.11　279p　20cm〈文献あり〉　3000円　①4-7768-0300-3

◇よみものホトトギス百年史　稲畑汀子編・著　花神社　1996.12　274p　22cm　2913円　①4-7602-1426-7

◇ホトトギス電子新歳時記　稲畑汀子編　三省堂　2000.11　CD-ROM1枚　12cm〈電子的内容：テキスト・データ　OS 日本語Windows95/98/Me/NT 4.0/2000　CPU・メモリ Pentium 166MHz以上,32MB以上（推奨）　箱入　付属資料：解説書（14p；21cm）〉　5800円　①4-385-61308-7

◇三省堂ホトトギス俳句季題便覧—大活字　稲畑汀子編　三省堂　2004.6　464p　22cm（Sanseido's senior culture dictionary）　2400円　①4-385-13845-1

◇ホトトギスの俳人101　稲畑汀子編　新書館　2010.8　232p　21cm　2000円　①978-4-403-25104-7

◇ホトトギス俳句昭和三、四十年代　佐伯哲夫著　大阪　和泉書院　1989.1　210,6p　20cm　（和泉選書 40）　1800円　①4-87088-332-5

◇ホトトギス俳句昭和晩期—鑑賞と考説　佐伯哲夫著　大阪　天満書房　1993.12　223,11p　20cm　1900円

◆◆青木 月斗（1879～1949）

◇俳人青木月斗　角光雄著　角川学芸出版　2009.10　241p　19cm〈角川グループパブリッシング（発売）　年譜あり　文献あり〉　2800円　①978-4-04-621379-2

◇近代文学研究叢書—第65巻　昭和女子大学近代文学研究室著　昭和女子大学近代文化研究所　1991.12　717p　19cm　8240円　①4-7862-0065-4

◆◆飯田 蛇笏（1885～1962）

◇飯田蛇笏と雲母寒夜句三昧　雨宮更聞著,飯田秀実監修　甲府　山梨日日新聞社　2012.12　436p　22cm〈年譜あり　文献あり〉　4500円　①978-4-89710-622-9

◇飯田蛇笏　飯田蛇笏著,福田甲子雄編著　蝸牛社　1996.12　170p　19cm　（蝸牛俳句文庫 21）　1400円　①4-87661-289-7

◇飯田蛇笏　石原八束著　角川書店　1997.2　513p　22cm　5800円　①4-04-883415-0

◇高悟の俳人—蛇笏俳句の精神性　伊藤敬子著　角川書店　2004.7　201p　20cm〈年譜あり〉　2571円　①4-04-651775-1

◇蛇笏と楸邨　平井照敏著　永田書房　2001.10　261p　20cm　3048円　①4-8161-0683-9

◇作句の現場—蛇笏に学ぶ作句法　広瀬直人著　角川学芸出版　2007.5　231p　19cm〈角川グループパブリッシング（発売）〉　2286円　①978-4-04-621107-1

◇蛇笏・竜太の山河—四季の一句　福田甲子雄編著　甲府　山梨日日新聞社　2001.6　279p　18cm　（山日ライブラリー）　1200円　①4-89710-710-5

◇蛇笏・竜太の旅心—四季の一句　福田甲子雄編著　甲府　山梨日日新聞社　2003.7　281p　18cm　（山日ライブラリー）　1200円　①4-89710-714-8

◇蛇笏・龍太の希求—四季の一句　福田甲子雄編著　甲府　山梨日日新聞社　2005.8　183p　18cm　（山日ライブラリー）〈肖像あり〉　1200円　①4-89710-718-0

◇飯田蛇笏秀句鑑賞　丸山哲郎著　富士見書房　2002.10　277p　20cm　2500円　①4-

8291-7517-6

◇飯田蛇笏展―没後30年　山梨県立文学館編　甲府　山梨県立文学館　1992.10　95p　30cm〈会期：平成4年10月3日～12月6日〉

◇画文交響―飯田蛇笏をめぐる画人たち　山梨県立文学館編　甲府　山梨県立文学館　1998.4　84p　30cm

◇歿後五十年飯田蛇笏展―くろがねの秋の風鈴鳴りにけり：特設展　山梨県立文学館編　甲府　山梨県立文学館　2012.9　64p　30cm〈会期・会場：2012年9月29日～11月25日　山梨県立文学館企画展示室　年譜あり〉

◇蛇笏憧憬　和田知子著　横浜　早蕨文庫　2011.12　121p　22cm〈年譜あり〉　2000円

◇近代作家追悼文集成―第38巻　吉川英治・飯田蛇笏・正宗白鳥・久保田万太郎　ゆまに書房　1999.2　340p　22cm　8000円　①4-89714-641-0,4-89714-639-9

◆◆石井　露月（1873～1928）

◇石井露月日記　石井露月著, 露月日記刊行会編　〔横手〕　露月日記刊行会　1996.9　889,11p　22cm　8253円

◇石井露月で見る生涯―生誕一三〇年記念誌　石井露月生誕一三〇年記念誌編集委員会編　雄和町（秋田県）　石井露月生誕一三〇年記念事業実行委員会　2002.9　89p　26cm　2000円

◇俳人・石井露月　工藤一紘著　秋田　無明舎出版　2011.7　251p　19cm〈文献あり　作品目録あり　年譜あり　索引あり〉　1800円　①978-4-89544-540-5

◇秋田市文化シンポジウム事業報告書―郷土の偉人―石井露月を知る　秋田　秋田市立雄和図書館　2011.2　45p　30cm〈会期・会場：平成22年11月27日　秋田市文化会館小ホール〉

◆◆大橋　桜坡子（1895～1971）

◇大橋桜坡子俳話集　大橋桜坡子著　角川書店　2007.7　237p　22cm〈角川グループパブリッシング（発売）　肖像あり〉　2857円　①978-4-04-621590-1

◆◆川端　茅舎（1897～1941）

◇茅舎浄土巡礼―わたしの川端茅舎句がたり　岩下鱧著　梅里書房　1992.7　397p　20cm〈川端茅舎の肖像あり〉　3950円　①4-87227-054-1

◇川端茅舎　川端茅舎著, 嶋田麻紀, 松浦敬親編著　蝸牛社　1994.10　172p　19cm（蝸牛俳句文庫　11）　1400円　①4-87661-240-4

◇茅舎に学んだ人々　鈴木抱風子編著　梅里書房　1999.11　222p　19cm　2500円　①4-87227-171-8

◇野見山朱鳥全集―第3巻　評論篇　2　野見山朱鳥著　梅里書房　1991.6　393p　22cm〈著者の肖像あり〉　9000円　①4-87227-038-X

◆◆杉田　久女（1890～1946）

◇杉田久女　伊藤敬子著　牧羊社　1991.12　122p　22cm（鑑賞秀句100句選　1）〈杉田久女の肖像あり〉　1600円　①4-8333-1280-8

◇杉田久女　坂本宮尾著　富士見書房　2003.5　269p　20cm〈年譜あり　文献あり〉　2400円　①4-8291-7532-X

◇杉田久女―美と格調の俳人　坂本宮尾著　角川学芸出版　2008.10　281p　19cm（角川選書　435）〈角川グループパブリッシング（発売）　年譜あり　文献あり〉　1600円　①978-4-04-703435-8

◇杉田久女と橋本多佳子　杉田久女ほか著　牧羊社　1989.3　382,25,19p　21cm〈杉田久女および橋本多佳子の肖像あり〉　1900円　①4-8333-0955-6

◇杉田久女の世界　鈴木厚子著　西東京　駒草書房　2010.1　206p　20cm〈年譜あり〉　2500円　①978-4-906480-11-1

◇俳人杉田久女の病跡―つくられた伝説　寺岡葵著　熊本　熊本出版文化会館　2005.4　246p　20cm〈創流出版（発売）　年譜あり　文献あり〉　1900円　①4-915796-50-7

◇花衣―俳人杉田久女：図録　中西由紀子, 竹光玲子, 今川英子企画・編集　北九州　北九州市立文学館　2011.11　65p　16×23cm〈会期：平成23年11月3日～12月25日　年譜あり　文献あり〉

俳句（俳句史）

◇風花―句集 花簪―花衣の人―杉田久女―ノンフィクション 平吹史子著 札幌 粒俳句会 1994.10 311p 21cm〈杉田久女の肖像あり〉 3000円
◇俳人杉田久女の世界 湯本明子著 本阿弥書店 1999.9 365p 20cm 2800円 ⓘ4-89373-427-X
◇大正期の杉田久女 米田利昭著 冲積舎 2002.3 312p 20cm 3500円 ⓘ4-8060-4674-4

◆◆高野 素十（1893～1976）

◇俳人高野素十とふるさと茨城 小川背泳子著 新潟 新潟雪書房 2010.4 166p 22cm〈年譜あり〉
◇高野素十の世界 倉田紘文編著 梅里書房 1989.10 109p 20cm （昭和俳句文学アルバム 16）〈高野素十の肖像あり〉 1700円 ⓘ4-87227-003-7
◇高野素十 高野素十著,倉田紘文編著 蝸牛社 1997.1 170p 19cm （蝸牛俳句文庫 26） 1400円 ⓘ4-87661-294-3
◇高野素十『初鴉』全評釈 高野素十作,倉田紘文著 文学の森 2011.10 549p 22cm 3000円 ⓘ978-4-86173-999-6
◇素十俳句365日 村松紅花編著 梅里書房 1991.10 231p 22cm （名句鑑賞読本 4）〈高野素十の肖像あり〉 2800円 ⓘ4-87227-043-6
◇評伝高野素十 村松友次著 永田書房 2006.4 440p 20cm〈肖像あり〉 3500円 ⓘ4-8161-0707-X

◆◆高浜 虚子（1874～1959）

◇虚子先生の思い出 伊藤柏翠著 大阪 天満書房 1995.4 212p 20cm 2300円 ⓘ4-924948-05-5
◇曽祖父虚子の一句 稲畑広太郎著 調布 ふらんす堂 2002.9 401p 19cm （俳句入門シリーズ 2） 2200円 ⓘ4-89402-511-6
◇虚子百句 稲畑汀子著 富士見書房 2006.9 337p 20cm〈年譜あり〉 2500円 ⓘ4-8291-7622-9
◇定本虚子百句 稲畑汀子著 角川SSコミュニケーションズ 2009.3 341p 20cm〈『虚子百句』（富士見書房平成18年刊）の加筆年譜あり〉 2500円 ⓘ978-4-8275-3138-1
◇虚子と現代 岩岡中正著 角川書店 2010.12 207p 20cm〈角川グループパブリッシング（発売）〉 2381円 ⓘ978-4-04-652355-6
◇子規・虚子 大岡信著 花神社 2001.10 197p 20cm 2000円 ⓘ4-7602-1677-4
◇高浜虚子 大野林火著 日本図書センター 1993.1 349,9p 22cm （近代作家研究叢書 125）〈解説：山下一海 七丈書院昭和19年刊の複製〉 7210円 ⓘ4-8205-9226-2,4-8205-9221-1
◇入門高浜虚子 恩田甲著 おうふう 1995.2 280p 20cm 2500円 ⓘ4-273-02822-0
◇虚子と野見山朱鳥 甲斐多津雄著 花神社 2008.12 160p 20cm 1800円 ⓘ978-4-7602-1923-0
◇高浜虚子俳句の日々―特別展 鎌倉市芸術文化振興財団編 〔鎌倉〕 鎌倉市芸術文化振興財団 2010.4 64p 15×20cm〈会期：平成22年4月24日～7月4日 共同刊行：鎌倉文学館 年譜あり 著作目録あり〉
◇高浜虚子俳句の力 岸本尚毅著 三省堂 2010.11 265p 19cm〈索引あり〉 1600円 ⓘ978-4-385-36505-3
◇子規断章―漱石と虚子 日下徳一著 〔出版地不明〕 日下徳一 2012.10 229p 20cm〈朝日新聞出版（発売） 文献あり〉 2000円 ⓘ978-4-02-100212-0
◇人間虚子 倉橋羊村著 新潮社 1997.4 221p 20cm 1900円 ⓘ4-10-417301-0
◇知られざる虚子 栗林圭魚著 角川学芸出版 2008.4 275p 19cm〈角川グループパブリッシング（発売） 文献あり〉 2476円 ⓘ978-4-04-621060-9
◇虚子百句 小西昭夫著 松山 創風社出版 2010.1 150p 16cm〈年譜あり〉 800円 ⓘ978-4-86037-138-8
◇虚子に学ぶ俳句365日 週刊俳句編 草思社 2011.6 214p 19cm〈文献あり〉 1500円 ⓘ978-4-7942-1824-7
◇作家の自伝―6 高浜虚子 高浜虚子著,松井利彦編解説 日本図書センター 1994.10 286p 22cm （シリーズ・人間図書館）〈監修：佐伯彰一,松本健一 著者の肖像あり〉

俳句（俳句史）

2678円　①4-8205-8007-8,4-8205-8001-9
◇高浜虚子　高浜虚子著,本井英編著　蝸牛社　1996.12　170p　19cm　〈蝸牛俳句文庫 22〉　1400円　①4-87661-290-0
◇高浜虚子―人と作品　高浜虚子著　松山　愛媛新聞社　1997.7　531p　21cm　〈郷土俳人シリーズ えひめ発百年の俳句 3〉　4000円　①4-900248-40-1
◇虚子俳句問答―上（理論編）　高浜虚子著,稲畑汀子監修　角川書店　2001.7　253p　20cm　2400円　①4-04-871935-1
◇虚子俳句問答―下（実践編）　高浜虚子著,稲畑汀子監修　角川書店　2001.7　332p　20cm　2600円　①4-04-871936-X
◇俳人虚子　玉城徹著　角川書店　1996.10　262p　20cm　1800円　①4-04-871621-2
◇近代定型の論理―標語、そして虚子の時代　筑紫磐井著　豈の会　2004.2　307p　26cm　〈豈叢書 1〉〈佐久 邑書林（発売）〉　2000円　①4-89709-467-4
◇桃子流虚子の読み方　辻桃子著　大阪　天満書房　2002.7　169p　20cm　2200円　①4-924948-53-5
◇高浜虚子―人と文学　中田雅敏著　勉誠出版　2007.8　260p　20cm　〈日本の作家100人〉〈年譜あり　文献あり〉　2000円　①978-4-585-05188-6
◇子規、虚子、松山　中村草田男著　みすず書房　2002.9　250p　20cm　2400円　①4-622-07004-9
◇俳句について―高浜虚子をめぐって　鳴瀬善之助著　横浜　まほろば書房　2005.5　363p　22cm〈年譜あり〉　2300円　①4-943974-16-3
◇虚子の京都　西村和子著　角川学芸出版　2004.10　277p　19cm〈角川書店（発売）　年譜あり　文献あり〉　2476円　①4-04-651921-5
◇虚子の近代―仁平勝評論集　仁平勝著　弘栄堂書店　1989.3　182p　19cm　1700円
◇虚子の読み方　仁平勝著　沖積舎　2010.1　195p　20cm　2500円　①978-4-8060-4745-2
◇高浜虚子の世界　『俳句』編集部編　角川学芸出版　2009.4　268p　21cm〈角川グループパブリッシング（発売）　著作目録あり　年譜あり　没後五十年記念出版〉　1800円　①978-4-04-621400-3
◇虚子と越後路―虚子先生・曽遊地めぐりの栞　長谷川耕畝原著,蒲原ひろし補訂　補訂復刻再版　新潟　新潟俳句会　1997.6　46p　21cm　非売品
◇虚子の天地―体験的虚子論　深見けん二著　蝸牛社　1996.6　276p　22cm　3200円　①4-87661-267-6
◇選は創作なり―高浜虚子を読み解く　深見けん二著　NHK出版　2011.4　192p　21cm　〈NHKシリーズ―NHKカルチャーラジオ 詩歌を楽しむ〉〈放送期間：2011年4月―6月　年譜あり〉　905円　①978-4-14-910796-7
◇花鳥諷詠と現代　松永唯道著　飯塚書店　2010.4　222p　20cm〈文献あり〉　2400円　①978-4-7522-2058-9
◇子規の俳句・虚子の俳句　松林尚志著　花神社　2002.12　240p　20cm　2800円　①4-7602-1718-5
◇「子規唖然」「虚子憮然」―『仰臥漫録』自筆稿本始末記　まつばらとうる著　文芸社　2003.10　176p　20cm　1000円　①4-8355-6340-9
◇虚子の小諸―評釈「小諸百句」および「小諸時代」　宮坂静生著　花神社　1995.4　303p　19cm　2400円
◇夕顔の花―虚子連句論　村松友次著　永田書房　2004.3　185p　20cm　2000円　①4-8161-0699-5
◇森田愛子全句集―高浜虚子・小説「虹物語」のヒロイン　森田愛子著,森谷欽一編,伊藤柏翠俳句記念館監修　横浜　森谷欽一　2005.9　85p　26cm〈年譜あり〉　非売品
◇人の世も斯く美し―虚子と愛子と柏翠と　森谷欽一著　〔横浜〕　〔森谷欽一〕　2003.2　180p　26cm〈肖像あり　背のタイトル（誤植）：人の世も斯も美し　文献あり　年譜あり〉　非売品
◇高浜虚子　新潮社　1994.10　111p　20cm　〈新潮日本文学アルバム〉〈編集・評伝：平井照敏　エッセイ：大岡信　高浜虚子の肖像あり〉　1300円　①4-10-620642-0
◇近代作家追悼文集成―第36巻　加藤道夫・高浜虚子・岸田国士・永井荷風・坂口安吾　ゆまに書房　1997.1　411p　22cm　8240円

日本近現代文学案内　705

俳句(俳句史)

①4-89714-109-5

◆◆竹下 しづの女(1887~1951)

◇俳人・竹下しづの女―豊葦原に咲いた華　秋山素子著　北溟社　2012.5　253p　21cm　〈年譜あり〉　2800円　①978-4-89448-676-8
◇解説しづの女句文集　竹下健次郎編　福岡　梓書院　2000.10　278p　22cm　〈肖像あり〉　2476円　①4-87035-147-1
◇回想のしづの女　竹下淑子著　福岡〔竹下淑子〕　2002.2　111p　21cm　1000円

◆◆内藤 鳴雪(1847~1926)

◇近代作家追悼文集成―第20巻　滝田樗陰・内藤鳴雪　ゆまに書房　1992.12　241p　22cm　〈監修：稲村徹元　複製　滝田樗陰および内藤鳴雪の肖像あり〉　4944円　①4-89668-644-6

◆◆中村 汀女(1900~1988)

◇中村汀女の世界―勁健な女うた　今村潤子著　至文堂　2000.6　310p　20cm　〈肖像あり〉　2800円　①4-7843-0199-2
◇汀女俳句365日　小川濤美子編著　梅里書房　1992.12　228p　22cm　(名句鑑賞読本 9)　〈中村汀女の肖像あり〉　2800円　①4-87227-048-7
◇中村汀女との日々　小川濤美子著　富士見書房　2003.12　249p　20cm　2600円　①4-8291-7559-1
◇汀女秀句選　首藤基澄,今村潤子,岩岡中正著　熊本　熊本日日新聞社　2000.11　190p　18cm　(熊日新書)　〈熊本 熊本日日新聞情報文化センター(製作・発売)〉　952円　①4-87755-087-9
◇日めくり汀女俳句　中村一枝著　佐久　邑書林　2002.1　258p　20cm　2600円　①4-89709-375-9
◇中村汀女―汀女自画像　中村汀女著　日本図書センター　1997.12　366p　20cm　(人間の記録 53)　1800円　①4-8205-4296-6,4-8205-4283-4
◇中村汀女俳句入門　中村汀女著　たちばな出版　2000.8　306p　20cm　〈肖像あり〉　2000円　①4-8133-1200-4

◆◆原 石鼎(1886~1951)

◇頂上の石鼎―評伝　岩淵喜代子著　深夜叢書社　2009.9　317p　20cm　〈文献あり〉　2800円　①978-4-88032-294-0
◇原石鼎―二百二十年めの風雅　小島信夫著　河出書房新社　1990.9　320p　20cm　3800円　①4-309-00615-9
◇原石鼎―二百二十年めの風雅　小島信夫著　河出書房新社　1992.9　320p　20cm　1800円　①4-309-00794-5
◇小島信夫批評集成―第7巻　そんなに沢山のトランクを　小島信夫著,千石英世,中村邦生,山崎勉編　水声社　2011.6　739p　22cm　9000円　①978-4-89176-817-1
◇近代文学研究叢書―第70巻　昭和女子大学近代文学研究室著　昭和女子大学近代文化研究所　1995.11　505p　19cm　6180円　①4-7862-0070-0
◇石鼎窟夜話―上巻　原石鼎述,原朝子編　明治書院　2007.9　301p　22cm　〈肖像あり〉　①978-4-625-44400-5
◇石鼎窟夜話―下巻　原石鼎述,原朝子編　明治書院　2007.9　267p　22cm　①978-4-625-44400-5
◇原石鼎　原裕著　本阿弥書店　1992.11　147p　20cm　1800円　①4-89373-061-4
◇石鼎からのメッセージ　山崎隆司著　出雲　山崎隆司　2009.10　297p　22cm　〈年譜あり　文献あり〉

◆◆深川 正一郎(1902~1987)

◇深川正一郎の世界　川口咲子編著　梅里書房　1991.3　109p　20cm　(昭和俳句文学アルバム 25)　〈深川正一郎の肖像あり〉　1700円　①4-87227-015-0

◆◆前田 普羅(1884~1954)

◇前田普羅　岡田日郎編著　蝸牛社　1992.11　168p　19cm　(蝸牛俳句文庫 4)　1400円　①4-87661-214-5
◇前田普羅―その求道の詩魂　中坪達哉著　富山　桂書房　2010.4　240p　20cm　〈年譜あり〉　2000円　①978-4-903351-83-4
◇評伝前田普羅　中西舗土著　明治書院

1991.2　274p　19cm　2900円　⓵4-625-46043-3

◆◆正岡 子規（1867～1902）

◇子規の近代―滑稽・メディア・日本語　秋尾敏著　新曜社　1999.7　302p　20cm　2800円　⓵4-7885-0686-6

◇子規庵追想　阿部正路著　創樹社　1997.6　301p　20cm　2300円　⓵4-7943-0503-6

◇新編子規門下の人々　阿部里雪著　松山　愛媛新聞社　2004.2　301p　19cm　1600円　⓵4-86087-014-X

◇遥かなる子規　天岸太郎著　近代文芸社　1990.4　276p　20cm　1800円　⓵4-7733-0139-2

◇正岡子規　粟津則雄著　講談社　1995.9　391p　16cm　（講談社文芸文庫―現代日本の評伝）　1200円　⓵4-06-196336-8

◇子規解体新書　粟津則雄，夏石番矢，復本一郎編　雄山閣出版　1998.3　211p　22cm　（Series俳句世界 別冊 2）　2200円　⓵4-639-01521-6

◇子規の思い出　粟津則雄編　長泉町（静岡県）　増進会出版社　2002.11　492p　20cm　（子規選集 第12巻　正岡子規著，粟津則雄ほか編）〈シリーズ責任表示：正岡子規著　シリーズ責任表示：粟津則雄〔ほか〕編〉　3800円　⓵4-87915-781-3

◇子規の現在　粟津則雄編　長泉町（静岡県）増進会出版社　2002.12　395p　20cm　（子規選集 第13巻　正岡子規著，粟津則雄ほか編）〈シリーズ責任表示：正岡子規著　シリーズ責任表示：粟津則雄〔ほか〕編〉　3800円　⓵4-87915-782-1

◇作家論　粟津則雄著　思潮社　2007.7　619p　23cm　（粟津則雄著作集 第4巻　粟津則雄著）〈肖像あり〉　7800円　⓵978-4-7837-2340-0

◇子規・遼東半島の33日　池内央著　短歌新聞社　1997.12　261p　20cm　2381円　⓵4-8039-0904-0

◇子規の文学―短歌と俳句　泉寛著　松山　創風社出版　2002.3　197p　19cm　1500円　⓵4-86037-009-0

◇正岡子規の日常　泉寛著　松山　創風社出版

2007.4　81p　19×21cm　（新居浜からの便り pt.3）　1500円　⓵978-4-86037-083-1

◇子規ノート覚書　泉寛著　文芸社　2011.8　131p　20cm　1300円　⓵978-4-286-10687-8

◇明治・大正期における根岸町子規庵の風景　磯部彰編著　仙台　東北大学東北アジア研究センター　2003.10　123p　26cm　（東北アジア研究センター叢書 第14号）〈年表あり　文献あり〉　非売品　⓵4-901449-14-1

◇藤野古白と子規派・早稲田派　一条孝夫著　大阪　和泉書院　2000.2　280p　22cm　（近代文学研究叢刊 21）〈肖像あり〉　5000円　⓵4-7576-0033-X

◇子規の内なる江戸―俳句革新というドラマ　井上泰至著　角川学芸出版　2011.7　205p　19cm　〈角川グループパブリッシング（発売）〉　2381円　⓵978-4-04-652389-1

◇子規・茂吉の原風景　伊吹純著　六法出版社　1995.9　152p　20cm　2000円　⓵4-89770-945-8

◇子規百首・百句　今西幹一,室岡和子著　大阪　和泉書院　1990.5　224p　20cm　（和泉選書 54）　2800円　⓵4-87088-430-5

◇子規のことなど―糸瓜の家めぐりに　今西久穂著　六法出版社　1992.9　227p　20cm　（ほるす歌書）　2300円　⓵4-89770-271-2

◇明治廿五年九月のほととぎす―子規見参　遠藤利国著　未知谷　2010.4　419p　20cm　3200円　⓵978-4-89642-297-9

◇正岡子規―五つの入口　大岡信著　岩波書店　1995.9　255p　20cm　（岩波セミナーブックス 56）　2300円　⓵4-00-004226-2

◇詩歌における文明開化　大岡信著　岩波書店　1999.9　464p　20cm　（日本の古典詩歌 4）　5100円　⓵4-00-026394-3

◇子規・虚子　大岡信著　花神社　2001.10　197p　20cm　2000円　⓵4-7602-1677-4

◇正岡子規　桶谷秀昭著　小沢書店　1993.8　255p　20cm　（小沢コレクション 40）　2060円

◇子規こそわがいのち―越智二良随筆集　越智二良著　松山　松山子規会　1991.10　346p　19cm　（子規会叢書 第22集）〈著者の肖像あり〉　1800円

◇正岡子規と藤の花　落合時典著　弘前　緑

俳句（俳句史）

の笛豆本の会 2003.2 42p 9.4cm （緑の笛豆本 第412集）

◇正岡子規―関西の子規山脈 柿衛文庫秋季特別展図録 柿衛文庫編 伊丹 柿衛文庫 2002.9 91p 30cm 〈会期：平成14年9月14日～11月4日〉

◇正岡子規 梶木剛著 勁草書房 1996.1 363p 22cm 4944円 ①4-326-80035-6

◇写生の文学 梶木剛著 短歌新聞社 2001.3 407p 20cm 3333円 ①4-8039-1042-1

◇子規の像、茂吉の影 梶木剛著 短歌新聞社 2003.3 435p 20cm 〈文献あり〉 3333円 ①4-8039-1119-3

◇子規・漱石写真ものがたり―日本営業写真史資料余聞 風戸始著, 松山子規会編 松山 松山子規会 1989.1 246p 27cm （松山子規会叢書 第21集） 2000円

◇藤村の『破戒』と正岡子規 亀田順一著 神戸 兵庫県部落問題研究所 1993.11 64p 21cm （ヒューマンブックレット no.21） 600円 ①4-89202-095-8

◇子規の回想 河東碧梧桐著 沖積舎 1992.11 500p 22cm 〈昭南書房昭和19年刊の複製〉 8000円 ①4-8060-4577-2

◇子規言行録 河東碧梧桐編 日本図書センター 1993.1 735,8p 22cm （近代作家研究叢書 133）〈解説：坪内稔典 政教社昭和11年刊の複製〉 15965円 ①4-8205-9234-3,4-8205-9221-1

◇子規の回想 河東碧梧桐著 沖積舎 1998.10 500p 22cm 7000円 ①4-8060-4631-0

◇子規を語る 河東碧梧桐著 岩波書店 2002.6 364p 15cm （岩波文庫） 660円 ①4-00-311661-5

◇子規とベースボール 神田順治著 ベースボール・マガジン社 1992.12 133p 図版16枚 22cm 2300円 ①4-583-03037-1

◇正岡子規―ベースボールに賭けたその生涯 城井睦夫著 紅書房 1996.9 267p 20cm 2500円 ①4-89381-089-8

◇子規点描 喜田重行著 松山 青葉図書 1995.7 273p 20cm 1000円 ①4-900024-35-X

◇柴田宵曲文集―第3巻 子規居士・子規居士の周囲―他 木村新ほか編 小沢書店 1992.4 600p 22cm 〈付（1枚）：栞〉 8755円

◇正岡子規 ドナルド・キーン著, 角地幸男訳 新潮社 2012.8 310p 20cm 〈文献あり 索引あり〉 1800円 ①978-4-10-331708-1

◇子規山脈―師弟交友録 日下徳一著 朝日新聞社 2002.10 237p 20cm 2381円 ①4-02-330703-3

◇子規もうひとつの顔 日下徳一著 朝日新聞社 2007.2 236p 20cm 〈文献あり〉 2476円 ①978-4-02-330742-1

◇子規断章―漱石と虚子 日下徳一著 〔出版地不明〕 日下徳一 2012.10 229p 20cm 〈朝日新聞出版（発売） 文献あり〉 2000円 ①978-4-02-100212-0

◇正岡子規の教育人間学的研究―写生観・死生観の生成過程の分析から 工藤真由美著 風間書房 1996.12 398p 22cm 17510円 ①4-7599-1007-7

◇正岡子規 国崎望久太郎著 日本図書センター 1993.1 189,8p 22cm （近代作家研究叢書 130）〈解説：坪内稔典 創元社1956年刊の複製 正岡子規の肖像あり〉 5150円 ①4-8205-9231-9,4-8205-9221-1

◇病者の文学―正岡子規 黒沢勉著 盛岡 信山出版 1998.7 342p 22cm 3980円 ①4-7972-3902-6

◇病者の文学―正岡子規 黒沢勉著 全訂新版 盛岡 信山社 2003.7 334p 22cm （SBC学術文庫 122）〈信山社出版（発売） 文献あり 年譜あり〉 5800円 ①4-86075-052-7

◇漱石・子規の病を読む 後藤文夫著 前橋 上毛新聞社出版局（製作・発売） 2007.2 364p 19cm 〈文献あり〉 1500円 ①978-4-88058-965-7

◇正岡子規評伝 小林高寿著 三鷹 丘書房 1994.1 474p 21cm 5000円 ①4-87141-062-5

◇子規の時代 小林高寿著 エーアンドエー 1998.1 153p 21cm 2000円

◇正岡子規からの手紙 三枝昂之著 五柳書院 1991.3 221p 20cm （五柳叢書） 1800円 ①4-906010-46-6

◇正岡子規の世界 寒川鼠骨著 六法出版社

俳句（俳句史）

1993.11　307p　22cm〈青蛙房昭和31年刊の再刊　正岡子規および著者の肖像あり〉3500円　①4-89770-294-1
◇子規庵要記　寒川鼠骨著，子規庵保存会編　寒川知佳子　2002.3　81p　21cm〈六法出版社（発売）　肖像あり〉1800円　①4-89770-686-6
◇子規・写生—没後百年　沢木欣一編著　角川書店　2001.5　282p　20cm　2700円　①4-04-871885-1
◇正岡子規の面影　塩川京子著　京都　京都新聞社　1996.7　215p　20cm　1600円　①4-7638-0398-0
◇ジャーナリスト子規—子規一〇〇年祭in松山特別企画展　松山市立子規記念博物館編　松山　松山市立子規記念博物館　2001.1　60p　26cm〈会期：1月1日〜28日〉
◇子規と友人たち—子規100年祭in松山特別企画展　松山市立子規記念博物館編　松山　松山市立子規記念博物館　2001.4　84p　30cm〈会期：平成13年4月29日〜5月27日〉
◇子規の文学—子規100年祭in松山特別企画展　松山市立子規記念博物館編　松山　松山市立子規記念博物館　2001.7　83p　30cm〈会期：平成13年7月20日〜10月14日〉
◇子規と故郷—第47回特別企画展　松山市立子規記念博物館編　松山　松山市立子規記念博物館　2002.10　72p　30cm
◇はて知らず—子規と旅　第48回特別企画展　松山市立子規記念博物館編　松山　松山市立子規記念博物館　2003.7　72p　30cm〈会期：平成15年7月29日〜8月24日　年表あり〉
◇正岡子規、従軍す　末延芳晴著　平凡社　2011.5　351p　20cm〈文献あり　年表あり〉2600円　①978-4-582-83515-1
◇写生論ノート—子規論覚え書　角谷道仁著　碧南　原生社　2002.4　403p　21cm　1905円
◇かくれみの街道をゆく—正岡子規の房総旅行　山はいがいが海はどんどん　関宏夫著　流山　崙書房　2002.3　359p　20cm　3000円　①4-8455-1086-3
◇子規、最後の八年　関川夏央著　講談社　2011.3　405p　20cm〈文献あり〉2300円　①978-4-06-216707-9
◇生きている子規—子規庵〈糸瓜忌〉講演　田井安曇著　子規庵保存会　2003.5　45p　21cm〈付・香取秀真という人〉500円　①4-89770-696-3
◇回想子規・漱石　高浜虚子著　岩波書店　2002.8　278p　15cm　（岩波文庫）600円　①4-00-360012-6
◇回想子規・漱石　高浜虚子著　岩波書店　2010.1　278p　19cm　（ワイド版岩波文庫318）1100円　①978-4-00-007318-9
◇絶望をはねのけてこそ人生は楽しい　多湖輝著　新講社　2001.11　229p　19cm　1333円　①4-915872-69-6
◇正岡子規運命を明るいものに変えてしまった男　多湖輝著　新講社　2009.12　189p　18cm　（Wide shinsho）〈『絶望をはねのけてこそ人生は楽しい』（2001年刊）の改題、加筆・新版〉800円　①978-4-86081-304-8
◇子規の苦闘　立川淳一著　文芸社　2002.2　205p　20cm〈文献あり〉1000円　①4-8355-3296-1
◇写生一貫—子規に学ぶ　田中順二著　短歌新聞社　1998.1　213p　20cm　（ハハキギ選書　第154編）2190円　①4-8039-0916-4
◇考証子規と松山　谷光隆著　松山　シード書房　2005.6　958,13p　22cm〈肖像あり〉15000円　①4-9902288-8-X
◇子規—活動する精神　玉城徹著　北溟社　2002.4　239p　19cm　1800円　①4-89448-245-2
◇子規と古典文学　田村憲治著　松山　創風社出版　2001.8　143p　19cm　（Kaze books）1200円　①4-86037-003-1
◇正岡子規—創造の共同性　坪内稔典著　リブロポート　1991.8　298,3p　19cm　（シリーズ民間日本学者32）1545円　①4-8457-0662-8
◇子規山脈　坪内稔典著　日本放送出版協会　1997.10　243p　16cm　（NHKライブラリー）870円　①4-14-084061-7
◇子規のココア・漱石のカステラ　坪内稔典著　日本放送出版協会　1998.2　213p　20cm　1400円　①4-14-005288-0
◇正岡子規の〈楽しむ力〉　坪内稔典著　日本放送出版協会　2009.11　197p　18cm　（生活人新書305）〈文献あり　年譜あり〉700円　①978-4-14-088305-1

俳句（俳句史）

- ◇子規とその時代　坪内稔典著　沖積舎　2010.11　339p　20cm　（坪内稔典コレクション　第2巻）〈文献あり　年譜あり〉　3500円　①978-4-8060-6669-9
- ◇正岡子規―言葉と生きる　坪内稔典著　岩波書店　2010.12　210,2p　18cm　（岩波新書　新赤版1283）〈年譜あり〉　720円　①978-4-00-431283-3
- ◇慶応三年生まれ七人の旋毛曲り―漱石・外骨・熊楠・露伴・子規・紅葉・緑雨とその時代　坪内祐三著　マガジンハウス　2001.3　552p　20cm　2900円　①4-8387-1206-5
- ◇子規と四季のくだもの　戸石重利著　文芸社　2002.9　415p　20cm　1600円　①4-8355-4243-6
- ◇そこが知りたい子規の生涯―同時代人の証言でたどる俳人・正岡子規　土井中照著　松山アトラス出版　2006.10　159p　19cm〈年譜あり　文献あり〉　1200円　①4-901108-52-2
- ◇のぼさんとマツヤマ―俳人・正岡子規の少年時代　土井中照編・著　松山　アトラス出版　2011.8　63p　19cm〈文献あり〉　714円　①978-4-901108-94-2
- ◇漱石と松山―子規から始まった松山との深い関わり　中村英利子編著　松山　アトラス出版　2001.7　215p　21cm〈年譜あり〉　1600円　①4-901108-17-4
- ◇子規、虚子、松山　中村草田男著　みすず書房　2002.9　250p　20cm　2400円　①4-622-07004-9
- ◇近代の詩人―1　正岡子規　中村稔編・解説　潮出版社　1993.10　434p　23cm〈正岡子規の肖像あり〉　6000円　①4-267-01239-3
- ◇子規と啄木　中村稔著　潮出版社　1998.11　263p　19cm　（潮ライブラリー）　1400円　①4-267-01508-2
- ◇子規365日　夏井いつき著　朝日新聞出版　2008.8　286p　18cm　（朝日新書）〈年譜あり　文献あり〉　760円　①978-4-02-273227-9
- ◇二神鷺泉と道後湯之町―子規唯一の師大原其戎に学んだ明治大正の俳人　二神将著　松山　松山子規会　2003.5　323p　19cm　（松山子規会叢書　第27集）〈松山アトラス出版（発売）　肖像あり　年譜あり　文献あり〉　1714円　①4-901108-29-8
- ◇正岡子規の世界　『俳句』編集部編　角川学芸出版　2010.6　236p　21cm〈角川グループパブリッシング（発売）　文献あり　年譜あり〉　1800円　①978-4-04-621429-4
- ◇子規の宇宙　長谷川櫂著　角川学芸出版　2010.10　222p　19cm　（角川選書　477）〈角川グループパブリッシング（発売）　年譜あり〉　1600円　①978-4-04-703477-8
- ◇表現に生きる正岡子規　長谷川孝士著　新樹社　2007.9　274p　20cm〈年譜あり〉　1900円　①978-4-7875-8564-6
- ◇子規と近代　長谷部才太郎著　名古屋　長谷部才太郎　2005.1　321p　19cm　非売品
- ◇子規の軌跡とその周辺　畠中淳著　三島　杜鵑花発行所　2001.10　371p　19cm　（杜鵑花叢書　第25集）　3800円
- ◇曙覧と子規そしてアララギ　福井市橘曙覧記念文学館編　福井　福井市橘曙覧記念文学館　2001.4　35p　21cm〈開館1周年記念特別企画展〉
- ◇正岡子規・革新の日々―子規は江戸俳句から何を学んだか　復本一郎著　本阿弥書店　2002.6　222p　20cm　2500円　①4-89373-827-5
- ◇子規との対話　復本一郎著　佐久　邑書林　2003.9　354p　22cm〈年譜あり〉　4500円　①4-89709-393-7
- ◇余は、交際を好む者なり―正岡子規と十人の俳士　復本一郎著　岩波書店　2009.3　301p　20cm　3100円　①978-4-00-025460-1
- ◇子規のいる風景　復本一郎著　松山　創風社出版　2011.3　175p　16cm　1000円　①978-4-86037-158-6
- ◇子規とその時代　復本一郎著　三省堂　2012.7　317p　20cm　2300円　①978-4-385-36390-5
- ◇作家の自伝―21　正岡子規　正岡子規著,松井利彦編解説　日本図書センター　1995.11　279p　22cm　（シリーズ・人間図書館）　2678円　①4-8205-9391-9,4-8205-9411-7
- ◇子規の一生　正岡子規著,和田克司編　長泉町（静岡県）　増進会出版社　2003.9　760p　20cm　（子規選集　第14巻　正岡子規著,粟津則雄ほか編）〈シリーズ責任表示：正岡子

規著　シリーズ責任表示：粟津則雄〔ほか〕編　3800円　①4-87915-783-X
◇写生の変容―フォンタネージから子規、そして直哉へ　松井貴子著　明治書院　2002.2　448p　22cm　13400円　①4-625-45305-4
◇隣の墓―子規没後の根岸・子規庵変遷史　まつばらとうる著　文芸社　2001.9　430p　20cm　1300円　①4-8355-2333-4
◇伝記正岡子規　松山市教育委員会編著　新装改訂版　松山　松山市立子規記念博物館　2012.3　275p　19cm〈年譜あり〉
◇子規と真之―第一回企画展テーマ展示　松山市総合政策部,坂の上の雲ミュージアム編　松山　松山市総合政策部　2007.4　48p　25×26cm〈会期：平成19年4月28日～平成20年3月23日　共同刊行：坂の上の雲ミュージアム　年表あり〉
◇子規の系族―第21回特別企画展　松山市立子規記念博物館編　松山　松山市立子規記念博物館　1990.4　88p　26cm〈会期：平成2年4月29日～5月27日〉
◇子規庵の日々　松山市立子規記念博物館編　松山　松山市立子規記念博物館　1990.10　86p　26cm　（特別企画展図録　第22回）〈開庵10周年記念　会期：平成2年10月16日～11月15日〉
◇子規から茂吉へ―第24回特別企画展　松山市立子規記念博物館編　松山　松山市立子規記念博物館　1991.10　86p　26cm〈会期：平成3年10月22日～11月24日〉
◇子規と常盤会寄宿舎の仲間たち―第27回特別企画展　松山市立子規記念博物館編　松山　松山市立子規記念博物館　1993.4　88p　26cm〈会期：平成5年4月27日～6月6日〉
◇正岡子規の世界―松山市立子規記念博物館総合案内　松山市立子規記念博物館編　松山　松山市立子規記念博物館　1994.3　109p　26cm〈正岡子規の肖像あり　付（1枚）〉
◇鼠骨と「子規」　松山市立子規記念博物館編　松山　松山市立子規記念博物館　1994.4　85p　26cm　（特別企画展図録　第29回）〈寒川鼠骨の肖像あり　会期：平成6年4月19日～5月8日〉
◇子規と詩歌―第37回特別企画展　松山市立子規記念博物館編　松山　松山市立子規記念博物館　1998.4　72p　26cm

◇子規の青春―第50回特別企画展　松山市立子規記念博物館編　松山　松山市立子規記念博物館　2005.7　64p　30cm〈会期・会場：平成17年7月26日～8月21日　松山市立子規記念博物館〉
◇松山市立子規記念博物館―総合案内　松山市立子規記念博物館編　松山　松山市立子規記念博物館　2005.11　93p　30cm〈肖像あり　年譜あり〉
◇子規と紅葉―ことばの冒険　市制施行百二十周年記念　松山市立子規記念博物館第55回特別企画展　松山市立子規記念博物館編　松山　松山市立子規記念博物館　2009.7　72p　30cm〈会期・会場：平成21年7月25日～8月23日　松山市立子規記念博物館　年譜あり〉
◇子規から山頭火へ―山頭火・一草庵祭子規記念博物館特別企画展　松山市立子規記念博物館編　出版地不明　山頭火・一草庵祭実行委員会　2009.10　60p　30cm〈会期・会場：平成21年10月10日～11月23日　松山市立子規記念博物館　共同刊行：松山市立子規記念博物館〉
◇子規、明治を駆ける―松山市立子規記念博物館第56回特別企画展　松山市立子規記念博物館編　〔松山〕　松山市立子規記念博物館　2010.7　52p　30cm〈会期・会場：平成22年7月31日～8月29日　松山市立子規記念博物館〉
◇子規と鷗外―知られざる交流　第57回特別企画展　松山市立子規記念博物館編　〔松山〕　松山市立子規記念博物館　2011.7　56p　30cm〈会期：平成23年7月30日～8月28日　年表あり〉
◇子規博館蔵名品集―松山市立子規記念博物館　松山市立子規記念博物館編　松山　松山市立子規記念博物館　2011.9　87p　30cm
◇子規と明治の女性たち―八重・律から一葉・晶子まで：松山市立子規記念博物館第58回特別企画展　松山市立子規記念博物館編　〔松山〕　松山市立子規記念博物館　2012.9　64p　30cm〈会期・会場：平成24年9月15日～10月21日　松山市立子規記念博物館〉
◇正岡子規―死生観を見据えて　宮坂静生著　明治書院　2001.9　313p　22cm　6000円　①4-625-45302-X
◇子規と村上家の人びと　森岡正雄著　日本

俳句（俳句史）

◇図書刊行会　1989.9　97p　20cm〈近代文芸社（発売）〉　1000円　Ⓘ4-7733-0102-3

◇子規の書画　山上次郎著　新訂増補　二玄社　2010.3　331p　図版72p　19cm　2200円　Ⓘ978-4-544-20020-1

◇子規新古　山下一海著　武蔵野書院　2001.9　246p　20cm　2300円　Ⓘ4-8386-0400-9

◇正岡子規とその時代　山梨県立文学館編　甲府　山梨県立文学館　2006.9　72p　30cm〈会期・会場：2006年9月23日〜11月23日　山梨県立文学館企画展示室〉

◇正岡子規の写生文学とその周辺　李蕊著　双文社出版　2012.1　207p　20cm〈年譜あり〉　2800円　Ⓘ978-4-88164-603-8

◇正岡子規入門　和田克司編　京都　思文閣出版　1993.5　130p　23cm〈監修：和田茂樹　正岡子規の肖像あり〉　2000円　Ⓘ4-7842-0768-6

◇風呂で読む子規　和田克司著　京都　世界思想社　1996.6　104p　19cm　980円　Ⓘ4-7907-0597-8

◇大谷是空「浪花雑記」―正岡子規との友情の結晶　和田克司編著　大阪　和泉書院　1999.10　513p　21cm〈近代文学研究叢刊19〉　10000円　Ⓘ4-87088-999-4

◇子規の素顔　和田茂樹著　松山　愛媛県文化振興財団　1998.3　397p　18cm〈えひめブックス〉　952円

◇人間正岡子規　和田茂樹著　松山　関奉仕財団　1998.6　299p　21cm　1143円

◇正岡子規とその時代―子規顕彰俳句百年記念展　特別企画展　〔東京都台東区〕　1993　17p　26cm〈会期・会場：平成5年11月1日〜30日・12月7日〜平成6年2月13日　台東区立下町風俗資料館〉

◇正岡子規研究　子規研究の会　2008.6　134p　21cm〈子規研究の会発足20周年記念〉　1800円

◇正岡子規―俳句・短歌革新の日本近代　永久保存版　河出書房新社　2010.10　199p　21cm（Kawade道の手帖）〈年譜あり〉　1600円　Ⓘ978-4-309-74036-2

◆◆◆短歌

◇正岡子規の短歌の世界―『竹乃里歌』の成立と本質　今西幹一著　有精堂出版　1990.1　346p　22cm　9000円　Ⓘ4-640-31007-2

◇柴田宵曲文集―第4巻　「竹の里歌」おぼえ書・根岸の俳句　木村新ほか編　小沢書店　1992.9　541p　22cm〈付（1枚）：栞〉　8755円

◇正岡子規根岸短歌会の位相　小泉苳三著　日本図書センター　1990.3　144,27,11p　22cm　（近代作家研究叢書 97）〈解説：松井利彦　立命館出版部1934年刊の複製　正岡子規の肖像あり〉　3090円　Ⓘ4-8205-9054-5

◇子規の短歌革新　正岡子規著,島田修二編　長泉町（静岡県）　増進会出版社　2002.4　404p　20cm　（子規選集　第7巻　正岡子規著,粟津則雄ほか編）〈シリーズ責任表示：正岡子規著　シリーズ責任表示：粟津則雄〔ほか〕編〉　3700円　Ⓘ4-87915-776-7

◇子規と鉄幹・晶子―近代短歌の黎明　子規生誕一四〇年記念　松山市立子規記念博物館第53回特別企画展　松山市立子規記念博物館編　松山　松山市立子規記念博物館　2007.7　68p　30cm

◇正岡子規　矢羽勝幸著　笠間書院　2012.1　119p　19cm　（コレクション日本歌人選036）〈他言語標題：Masaoka Shiki　年譜あり　文献あり〉　1200円　Ⓘ978-4-305-70636-2

◆◆◆俳句

◇子規と「坂の上の雲」　石原文蔵著　新講社　2010.2　233p　19cm〈文献あり〉　1400円　Ⓘ978-4-86081-316-1

◇子規と近代の俳人たち　稲垣麦男著　角川書店　1996.11　280p　20cm　2913円　Ⓘ4-04-884105-X

◇子規は何を葬ったのか―空白の俳句史百年　今泉恂之介著　新潮社　2011.8　250p　20cm　（新潮選書）〈並列シリーズ名：Shincho Sensho　文献あり〉　1200円　Ⓘ978-4-10-603685-9

◇俳句の天窓―岩井英雅俳句評論集　岩井英雅著　角川書店　2011.2　233p　19cm〈角川グループパブリッシング（発売）〉　2381円　Ⓘ978-4-04-652372-3

◇子規研究資料集成―回顧録編1　俳諧風聞記

俳句（俳句史）

◇友人子規　越後敬子編・解説　岡野知十著，柳原極堂著　クレス出版　2012.2　146,405,10p　22cm　〈白鳩社明治35年刊と前田書房昭和18年刊の複製合本〉　13000円　①978-4-87733-629-5

◇子規研究資料集成―回顧録編 2　随攷子規居士　正岡子規　越後敬子編・解説　寒川陽光著,岡麓著　クレス出版　2012.2　294,269,5p　22cm　〈一橋書房昭和27年刊と白玉書房昭和38年刊の複製合本〉　13000円　①978-4-87733-630-1

◇子規研究資料集成―研究編 1　俳人子規　正岡子規　越後敬子編・解説　木下春雄著,小泉琴三著　クレス出版　2012.2　1冊　22cm　〈年譜あり　著作目録あり　実業之日本社大正6年刊と石狩書房昭和23年刊の複製合本〉　11000円　①978-4-87733-631-8

◇子規研究資料集成―研究編 2　正岡子規　越後敬子編・解説　藤川忠治著　クレス出版　2012.2　1冊　22cm　〈年譜あり　索引あり　文献あり　山海堂出版部昭和8年刊の複製〉　13000円　①978-4-87733-632-5

◇子規研究資料集成―研究編 3　正岡子規研究　正岡子規の新研究　越後敬子編・解説　渡辺順三,篠田太郎,神ını勇,宮畑戊子編,宮畑戊子著　クレス出版　2012.2　1冊　22cm　〈年譜あり　年表あり　楽浪書院昭和8年刊ほかの複製本〉　17000円　①978-4-87733-633-2

◇子規研究資料集成―作品評釈編 1　春夏秋冬子規俳句評釈　正岡子規　越後敬子編・解説　寒川鼠骨著,臼田亜浪編述　クレス出版　2012.2　1冊　22cm　〈大学館明治40年刊ほかの複製本〉　13000円　①978-4-87733-634-9

◇子規研究資料集成―作品評釈編 2　子規句集講義　子規名句評釈　越後敬子編・解説　内藤鳴雪,高浜虚子等輪講,青木月斗著　クレス出版　2012.2　1冊　22cm　〈俳書堂大正5年刊と非凡閣昭和10年刊の複製合本〉　15000円　①978-4-87733-635-6

◇糸瓜考・正岡子規のへなぶり精神―糸瓜句から見える世界　木佐貫洋著　大阪　木佐貫洋　2001.8　210,3p　21cm　〈日本大学大学院・総合社会情報研究科・修士論文　文献あり　年譜あり〉　非売品

◇「俳句」の誕生―子規の近代俳句確立　第40回特別企画展　松山市立子規記念博物館編　松山　松山市立子規記念博物館　2000.4　64p　26cm　〈会期：2000年4月25日〜5月21日〉

◇子規・漱石・虚子―その文芸的交流の研究　柴田奈美著　本阿弥書店　1995.6　287p　20cm　3000円　①4-89373-079-7

◇正岡子規と俳句分類　柴田奈美著　京都　思文閣出版　2001.12　563p　27cm　〈文献あり〉　18000円　①4-7842-1097-0

◇子規に学ぶ俳句365日　週刊俳句編　草思社　2011.12　214p　19cm　〈文献あり〉　1500円　①978-4-7942-1872-8

◇子規に俳句を学ぶ　立川淳一著　近代文芸社　1989.10　267p　20cm　1700円　①4-89607-000-3

◇子規百句　坪内稔典,小西昭夫著　松山　創風社出版　2004.8　143p　16cm　〈年譜あり〉　800円　①4-86037-044-9

◇柿喰ふ子規の俳句作法　坪内稔典著　岩波書店　2005.9　280p　20cm　2200円　①4-00-022454-9

◇正岡子規の脊椎動物句　長尾壮七著　東京四季出版　2006.6　265p　20cm　〈文献あり〉　2476円　①4-8129-0433-1

◇俳句から見た俳諧―子規にとって芭蕉とは何か　復本一郎著　御茶の水書房　1999.9　61p　21cm　（神奈川大学評論ブックレット4）　800円　①4-275-01776-5

◇俳句の発見―正岡子規とその時代　復本一郎著　日本放送出版協会　2007.11　191p　21cm　1300円　①978-4-14-016157-9

◇子規の俳句革新　正岡子規著,坪内稔典編　長泉町（静岡県）　増進会出版社　2002.3　484p　20cm　（子規選集　第6巻　正岡子規著,粟津則雄ほか編）〈シリーズ責任表示：正岡子規著　シリーズ責任表示：粟津則雄〔ほか〕編〉　3800円　①4-87915-775-9

◇子規の俳句分類　正岡子規著,長谷川櫂編　長泉町（静岡県）　増進会出版社　2002.9　499p　20cm　（子規選集　第11巻　正岡子規著,粟津則雄ほか編）〈シリーズ責任表示：正岡子規著　シリーズ責任表示：粟津則雄〔ほか〕編〉　3800円　①4-87915-780-5

◇正岡子規―人と作品　正岡子規著　松山　愛媛新聞社　2003.12　563p　22cm　（郷土

俳句（俳句史）

俳人シリーズ えひめ発百年の俳句 1）〈肖像あり　著作目録あり　年譜あり〉　4000円　Ⓘ4-86087-012-3

◇子規の俳句・虚子の俳句　松林尚志著　花神社　2002.12　240p　20cm　2800円　Ⓘ4-7602-1718-5

◇子規と日本派の人びと—第38回特別企画展　松山市立子規記念博物館編　松山　松山市立子規記念博物館　1999.4　68p　26cm

◇子規秀句考—鑑賞と批評　宮坂静生著　明治書院　1996.9　517p　22cm　6800円　Ⓘ4-625-46051-4

◇俳句の明日へ—芭蕉・蕪村・子規をつなぐ 2　矢島渚男著　紅書房　2001.1　309p　20cm　2400円　Ⓘ4-89381-157-6

◇俳句で読む正岡子規の生涯　山下一海著　永田書房　1992.3　392p　20cm　3300円　Ⓘ4-8161-0600-6

◆◆◆漢詩

◇海棠花—子規漢詩と漱石　飯田利行著　柏書房　1991.10　221p　20cm　2400円　Ⓘ4-7601-0738-X

◇子規漢詩と漱石—海棠花　飯田利行著　新装版　柏美術出版　1993.7　221p　20cm　2400円　Ⓘ4-906443-35-4

◇子規漢詩の周辺　清水房雄著　明治書院　1996.4　417p　22cm　6800円　Ⓘ4-625-46050-6

◆◆◆随筆

◇子規の書簡—その生涯と文学　上巻　黒沢勉著　盛岡　信山社　2000.6　206p　22cm　（黒沢勉文芸・文化シリーズ 5　黒沢勉編）〈信山社出版（発売）　シリーズ責任表示：黒沢勉編　肖像あり〉　2857円　Ⓘ4-7972-3908-5

◇子規の書簡—その生涯と文学　下巻　黒沢勉著　盛岡　信山社　2002.11　283p　22cm　（黒沢勉文芸・文化シリーズ 6　黒沢勉編）〈信山社販売（発売）　シリーズ責任表示：黒沢勉編　年譜あり〉　3800円　Ⓘ4-86075-023-3

◇エッセイストとしての子規　永田圭介著　大阪　編集工房ノア　2011.7　163p　20cm　〈年譜あり〉　2000円　Ⓘ978-4-89271-718-5

◇今、生きる！子規の世界—死の床で写生し俳句を詠んだ日々の記録、『仰臥漫録』を世界に発信する　平井雅子編著・監修, 神戸女学院大学英文学科学生・大学院生「仰臥漫録」英訳チーム英訳　東大阪　遊タイム出版　2003.8　56p　31cm　〈他言語標題：Now, to be！　Shiki's Haiku moments for us today　英文併記　英訳：神戸女学院大学英文学科学生・大学院生「仰臥漫録」英訳チーム　肖像あり〉　2800円　Ⓘ4-86010-040-9

◇子規と写生文—第32回特別企画展　正岡子規著, 松山市立子規記念博物館編　松山　松山市立子規記念博物館　1995.10　85p　26cm

◇子規人生論集　正岡子規著　講談社　2001.7　210p　16cm　（講談社文芸文庫）　850円　Ⓘ4-06-198272-9

◇「子規唖然」「虚子憮然」—『仰臥漫録』自筆稿本始末記　まつばらとうる著　文芸社　2003.10　176p　20cm　1000円　Ⓘ4-8355-6340-9

◇「子規唖然」「虚子憮然」—『仰臥漫録』自筆稿本始末記　まつばらとうる著　再版　東京六法出版　2011.1　178p　19cm　476円　Ⓘ978-4-903083-29-2

◆◆松瀬 青々（1869～1937）

◇松瀬青々　茨木和生編著　蝸牛社　1994.2　172p　19cm　（蝸牛俳句文庫 10）　1400円　Ⓘ4-87661-229-3

◇俳人松瀬青々と貝塚千古吟社　貝塚市教育委員会編　貝塚　貝塚市教育委員会　1993.2　52p　26cm　〈松瀬青々の肖像あり〉

◇青々秀句　古屋秀雄著　邑書林　1990.10　155p　20cm　2600円

◇青々秀句　古屋秀雄著　増補版　邑書林　1991.5　185p　20cm　3000円

◇俳人松瀬青々　堀古蝶著　邑書林　1993.9　338p　22cm　〈松瀬青々の肖像あり〉　4500円

◆◆村上 鬼城（1865～1938）

◇鬼城と俳画　徳田次郎著　西尾　若竹吟社　1990.6　55p　図版7枚　21cm　〈鬼城の肖像

◇村上鬼城新研究　松本旭著　本阿弥書店　2001.4　423p　22cm　5000円　ⓣ4-89373-670-1

◇鬼城と共に―村上鬼城顕彰会の二十年　村上鬼城顕彰会『鬼城と共に』―村上鬼城顕彰会の20年―編集委員会編　高崎　あさを社（製作）　2006.12　266p　27cm〈村上鬼城顕彰会　年表あり〉　2000円　ⓣ978-4-87024-445-0

◆◆村上　霽月（1869～1946）

◇村上霽月―業余俳諧の精神　松山市立子規記念博物館編　松山　松山市立子規記念博物館　1992.4　88p　26cm（特別企画展図録第25回）〈村上霽月の肖像あり　会期：平成4年4月28日～6月7日〉

◆新傾向俳句

◆◆江良　碧松（1888～1977）

◇自由律俳人・江良碧松　久光良一著　田布施町（山口県）　田布施町教育委員会　1997.5　86p　21cm（郷土館叢書　第3集）

◆◆荻原　井泉水（1884～1976）

◇詩と人生―自然と自己と自由と　荻原井泉水著　新装版　潮文社　1997.6　219p　19cm　1500円　ⓣ4-8063-1310-6

◇俳句その魅力展―子規・漱石・虚子・井泉水・山頭火　神奈川文学振興会編　横浜　県立神奈川近代文学館　2006.9　64p　26cm〈荻原井泉水文庫受贈記念　会期・会場：2006年9月30日～11月12日　県立神奈川近代文学館　共同刊行：神奈川文学振興会　年譜あり〉

◇荻原井泉水との"哀歓の日々"―夭折の俳人・句集『寂光帖』著者荻原桂子小伝　香山知加子著　長野　ほおずき書籍　2011.6　119p　30cm（層雲叢書）〈星雲社（発売）　文献あり　年譜あり〉　1800円　ⓣ978-4-434-15592-5

◇随翁井泉水秀句鑑賞　佐瀬広隆監修, 佐瀬茶楽著　横浜　層雲社事業部（製作）　2008.1　180p　22cm（層雲叢書）〈新潟　喜怒哀楽書房〉　非売品

◇井泉水俳句鑑賞―その1　出版地不明　井泉水研究会　2007.10　85p　21cm（会報1　ぎんなん井泉水研究会編）〈その1のサブタイトル：井泉句集第一巻より〉　非売品

◇井泉水俳句鑑賞―その2　〔出版地不明〕ぎんなん井泉水研究会　2010.6　111p　21cm（会報2　ぎんなん井泉水研究会編）〈その2のタイトル関連情報：流転しつつ―（井泉句集第二巻）より〉　非売品

◆◆尾崎　放哉（1885～1926）

◇尾崎放哉―ひとりを生きる　石寒太著　北溟社　2003.1　232p　19cm〈肖像あり　年譜あり　文献あり〉　1800円　ⓣ4-89448-196-0

◇放哉漂泊の彼方―人間存在・人間不在の相剋　名句鑑賞103句　上田都史著　講談社　1990.9　276p　20cm〈尾崎放哉の肖像あり〉　1600円　ⓣ4-06-205022-6

◇人間尾崎放哉―脱俗の詩境とその生涯　上田都史著　新装版　潮文社　1997.8　237p　19cm　1500円　ⓣ4-8063-1312-2

◇放哉の秀句―生死の彼方に　上田都史著　新装版　潮文社　1998.3　210,8p　19cm　1500円　ⓣ4-8063-1311-4

◇風呂で読む放哉　大星光史著　京都　世界思想社　1996.7　104p　19cm　980円　ⓣ4-7907-0598-6

◇尾崎放哉論―放哉作品をどう読むか　岡屋昭雄著　おうふう　1998.9　263p　22cm　3200円　ⓣ4-273-03035-7

◇放哉という男　荻原井泉水著　大法輪閣　1991.4　225p　19cm　1400円　ⓣ4-8046-1096-0

◇尾崎放哉―随筆・書簡　尾崎放哉著　春陽堂書店　1991.2　245p　16cm（俳句文庫）　650円　ⓣ4-394-70016-7

◇呪われた詩人尾崎放哉　見目誠著　春秋社　1996.4　230p　20cm　2575円　ⓣ4-393-44136-2

◇海へ放つ―尾崎放哉句伝　小玉石水著　春秋社　1994.6　179p　19cm　2266円　ⓣ4-393-44152-4

◇暮れ果つるまで―尾崎放哉と二人の女性　小

俳句（俳句史）

山貴子著　春秋社　1999.3　230p　20cm　2000円　⑤4-393-44717-4

◇尾崎放哉　鳥取県立図書館編　鳥取　鳥取県立図書館　2005.3　62p　21cm　（郷土出身文学者シリーズ 1）〈肖像あり　年譜あり　文献あり〉

◇尾崎放哉—淋しいぞ一人　火村卓造著　北溟社　1997.12　311p　20cm　2858円　⑤4-89448-000-X

◇尾崎放哉を知る事典　藤津滋生編　限定版　枚方　藤津滋生　1996.4　154p　26cm　3000円

◇放哉と山頭火　本田烈著　増補版　踏青社　1992.5　283p　20cm〈審美社（発売）〉　2000円　⑤4-924440-22-1

◇放哉以前の放哉　松岡ひでたか著　福崎町（兵庫県）　松岡ひでたか　2011.11　131p　19cm〈神戸　交友プランニングセンター，友月書房（制作）〉　2000円　⑤978-4-87787-527-5

◇放哉評伝　村上護著　春陽堂書店　1991.6　225p　16cm　（俳句文庫）　750円　⑤4-394-70017-5

◇放哉評伝　村上護著　春陽堂書店　2002.10　225p　16cm　（俳句文庫—放哉文庫）〈肖像あり　年譜あり〉　840円　⑤4-394-70052-3

◇底抜けの柄杓—放哉評伝　理崎啓著　田畑書店　2008.8　127p　19cm〈文献あり〉　1000円　⑤978-4-8038-0329-7

◇尾崎放哉—詩と落魄　毎日新聞社　1991.3　130p　30cm　（毎日グラフ別冊）〈尾崎放哉の肖像あり〉　1600円

◆◆河東　碧梧桐（1873〜1937）

◇東京大学国文学研究室所蔵河東碧梧桐資料目録　祝田玲央奈，矢田純子編，安藤宏監修　東京大学文学部国文学研究室　2006.9　57p　21×30cm

◇河東碧梧桐　河東碧梧桐著，栗田靖編著　蝸牛社　1996.1　170p　19cm　（蝸牛俳句文庫 20）　1400円　⑤4-87661-265-X

◇河東碧梧桐の基礎的研究　栗田靖著　翰林書房　2000.2　750p　22cm　16000円　⑤4-87737-088-9

◇忘れられた俳人河東碧梧桐　正津勉著　平凡社　2012.7　222p　18cm　（平凡社新書 649）〈文献あり〉　760円　⑤978-4-582-85649-1

◇細谷不句と師河東碧梧桐　鈴木啓介著　永田書房　2006.4　251p　20cm〈文献あり〉　2500円　⑤4-8161-0708-8

◇甦える碧梧桐—上巻　来空著　二宮町（神奈川県）　蒼天社　1996.5　177p　19cm　（来空文庫 5）　1500円　⑤4-938791-91-9

◇甦える碧梧桐—中巻　来空著　二宮町（神奈川県）　蒼天社　1996.12　171p　19cm　（来空文庫 6）　1500円　⑤4-938791-94-3

◇甦える碧梧桐—下巻　来空著　二宮町（神奈川県）　蒼天社　1997.3　185p　19cm　（来空文庫 7）　1428円　⑤4-938791-96-X

◆◆河本　緑石（1897〜1933）

◇アザリアの友へ—書簡集　河本緑石著, 河本静夫編　倉吉　緑石書簡集刊行会　1997.7　198,17p　30cm

◇河本緑石　鳥取県立図書館編　鳥取　鳥取県立図書館　2008.3　77p　21cm　（郷土出身文学者シリーズ 4）〈年譜あり〉　500円

◆◆木村　緑平（1888〜1968）

◇妙好俳人緑平さん　瓜生敏一著　改装　春陽堂書店　2011.3　302p　19cm〈年譜あり〉　1300円　⑤978-4-394-90284-3

◇山頭火とろっぺいさん—木村緑平「十柿舎日記」抄　原達郎著　改訂　山口　みほり峠　1998.10　119p　19cm　（みほり文庫　第3集）　400円

◆◆久保　白船（1884〜1941）

◇久保白船—ふるさとの自由律俳人　平生町郷土史研究会編　平生町（山口県）　平生町教育委員会　2003.10　546p　22cm〈肖像あり　文献あり　年譜（折り込1枚）あり〉

◆◆種田　山頭火（1882〜1940）

◇化けものを観た—山頭火の世界　秋山巌著　大東出版社　1993.3　221p　20cm　1500円　⑤4-500-00589-7

◇山頭火—濁れる水の流れつつ澄む　朝枝善照

716　日本近現代文学案内

俳句（俳句史）

　著　春秋社　1999.9　228p　20cm　1600円　①4-393-44145-1

◇肥前路の山頭火　浅賀俊作著　長崎　オフィス・タック　1994.8　190p　18cm　〈奥付の書名：山頭火の肥前路　山頭火の肖像あり〉　1900円

◇わたしの山頭火　朝日新聞山口支局編　福岡　葦書房　1990.6　167p　20cm　〈種田山頭火の肖像あり〉　1550円

◇山頭火を歩く—井月を訪ねて、知多・渥美・三河・遠州・伊那の旅　味岡伸太郎著, 山本昌男写真　豊橋　春夏秋冬叢書　2003.2　261p　20cm　（はるなつあきふゆ叢書　4（2003春））〈文献あり〉　3000円　①4-901835-03-3

◇山頭火の世界—行乞流転の旅人　穴井太著　高岡町（宮崎県）　本多企画　1990.2　117p　19cm　850円

◇山頭火の世界—日記と俳句でたどる放浪の軌跡　石寒太著　PHP研究所　1991.3　206p　20cm　1400円　①4-569-53004-4

◇山頭火　石寒太著　文芸春秋　1995.4　318p　16cm　（文春文庫）　480円　①4-16-734502-1

◇山頭火—保存版　石寒太編著　毎日新聞社　1998.6　269p　19cm　1500円　①4-620-31227-4

◇山頭火漂泊の跡を歩く　石寒太監修, 文芸散策の会編　JTB　1999.4　144p　21cm　（JTBキャンブックス）　1600円　①4-533-03199-4

◇山頭火一日一句—いまを生きるこころ　石寒太著　北溟社　2001.8　233p　19cm　〈肖像あり　年譜あり　文献あり〉　1800円　①4-89448-195-2

◇恋・酒・放浪の山頭火—没後70年目の再発見　石寒太著　徳間書店　2010.9　221p　19cm　〈文献あり　年譜あり〉　1300円　①978-4-19-863021-8

◇どうしやうもない私—「わが山頭火伝」　岩川隆著　講談社　1989.7　454p　20cm　1700円　①4-06-204365-3

◇どうしやうもない私—わが山頭火伝　岩川隆著　講談社　1992.5　500p　15cm　（講談社文庫）　680円　①4-06-185141-1

◇酔いどれ山頭火—何を求める風の中ゆく　植田草介著　河出書房新社　2008.12　329p　20cm　〈文献あり〉　2300円　①978-4-309-01888-1

◇山頭火の虚像と実像—その名句195句の鑑賞　上田都史著　講談社　1990.2　205p　20cm　1200円　①4-06-204656-3

◇山頭火の秀句—果てもない旅から　上田都史著　新装版　潮文社　1994.1　254,8p　19cm　1545円　①4-8063-1267-3

◇俳人山頭火—その泥酔と流転の生涯　上田都史著　新装版　潮文社　1995.6　259p　19cm　1545円　①4-8063-1287-8

◇家郷喪失のうた—山頭火—漂泊・郷愁をたどる　上原創著　文芸社ビジュアルアート　2007.2　159p　20cm　〈年譜あり　文献あり〉　1000円　①978-4-86264-090-1

◇山頭火研究　植山正胤著　広島　溪水社　1993.9　388p　22cm　4120円　①4-87440-297-6

◇天龍の山頭火—漂泊の俳人井月を訪ねて　大塚幹郎著　長野　ほおずき書籍　2009.9　117p　21cm　〈星雲社（発売）　年譜あり〉　1500円　①978-4-434-13477-7

◇種田山頭火—証言風狂の俳人　大橋毅著　ほるぷ出版　1993.1　235p　19cm　〈種田山頭火の肖像あり〉　1400円　①4-593-53425-9

◇種田山頭火—その境涯と魂の遍歴　大橋毅著　新読書社　1997.2　306p　19cm　2200円　①4-7880-7032-4

◇風呂で読む山頭火　大星光史著　京都　世界思想社　1995.2　104p　19cm　980円　①4-7907-0535-8

◇俳禅一味の山頭火　大山澄太著　春陽堂書店　1991.5　187p　19cm　1500円　①4-394-90121-9

◇俳人山頭火の生涯　大山澄太著　新装版　弥生書房　2002.1　223p　19cm　1600円　①4-8415-0534-2

◇種田山頭火—『草木塔』にみる笑い　岡田早苗著　近代文芸社　1993.4　97p　19cm　1800円　①4-7733-1877-5

◇山頭火を語る—ほろほろ酔うて　荻原井泉水, 伊藤完吾編　新装版　潮文社　1997.10　220p　19cm　1500円　①4-8063-1313-0

◇山頭火とともに—句と人生の観照　小野沢実著　筑摩書房　1997.10　317p　15cm　（ち

俳句（俳句史）

◇うしろ姿のしぐれてゆくか―山頭火と近木圭之介　桟比呂子著　福岡　海鳥社　2003.6　234p　19cm　1700円　①4-87415-442-5

◇しみ入る心の山頭火　片岡鶴太郎著　主婦と生活社　2008.4　104p　20cm〈年譜あり〉　1429円　①978-4-391-13597-8

◇放浪行乞―山頭火百二十句　金子兜太著　集英社　1992.2　301p　16cm　（集英社文庫）　500円　①4-08-749789-5

◇山頭火虚像伝―全国に足跡をたどり、つくられた伝説を洗い直す、検証・山頭火伝　木下信三著　三省堂　1990.2　205p　19cm　（三省堂選書　156）〈山頭火の肖像あり〉　1500円　①4-385-43156-6

◇山頭火推考帖　木下信三著　〔尾張旭〕　木下信三　1996.5　199p　20cm

◇山頭火推考帖　木下信三著　文芸書房　2004.4　256p　19cm〈肖像あり　年譜あり〉　1300円　①4-89477-162-4

◇山頭火の宿探索行　木下信三著　文芸書房　2010.3　339p　19cm　1300円　①978-4-89477-350-9

◇禅僧・山頭火　倉橋羊村著　沖積舎　1997.8　115p　20cm　1500円　①4-8060-4059-2

◇山頭火周到なる放浪―生かされた人生と句作　河野啓一著　松山　アトラス出版　2000.10　176p　19cm　1000円　①4-901108-12-3

◇山頭火・虚子・文人俳句　斉藤英雄著　おうふう　1999.9　254p　19cm　2500円　①4-273-03093-4

◇山頭火さん　佐藤三千彦書・画・文　木耳社　2006.1　130p　22cm〈文献あり〉　2000円　①4-8393-9888-7

◇山頭火句碑集―第2集　山頭火研究会編　防府　山頭火研究会　1989.12　106p　26cm〈著者の肖像あり〉　1000円

◇山頭火の足跡　山頭火研究会編　防府　山頭火研究会　1992.10　93p　30cm〈山頭火の肖像あり〉

◇山頭火句碑集―長尾　山頭火顕彰会編　長尾町（香川県）　山頭火顕彰会　1998.10　47p　22cm

◇山頭火徹底追跡　志村有弘編　勉誠出版　2010.5　234p　21cm〈年譜あり〉　2000円　①978-4-585-29004-9

◇山頭火のこころ　新保哲著　沖積舎　2003.10　207p　20cm　2800円　①4-8060-4694-9

◇山頭火詩魂の歩々―前編　大雨雄峰著　文芸社　2000.12　253p　20cm　（白骨のラブレター　1）　1400円　①4-8355-1134-4

◇山頭火詩魂の歩々―後編　大雨雄峰著　文芸社　2002.5　266p　20cm　1000円　①4-8355-3947-8

◇信濃路の山頭火　滝沢忠義,春日愚良子,森貘郎,堤隆著　長野　ほおずき書籍　2007.10　206p　22cm〈肖像あり　星雲社（発売）　年譜あり〉　1500円　①978-4-434-10924-9

◇種田山頭火　種田山頭火著,石寒太編著　蝸牛社　1995.1　174p　19cm　（蝸牛俳句文庫　18）　1400円　①4-87661-248-X

◇作家の自伝―35　種田山頭火　種田山頭火著,坪内稔典編解説　日本図書センター　1995.11　255p　22cm　（シリーズ・人間図書館）　2678円　①4-8205-9405-2,4-8205-9411-7

◇種田山頭火句碑百選―写真譜　種田山頭火著,田原覚写真,藤津滋生編　枚方　山文舎　1997.8　148,23p　21cm　2300円

◇種田山頭火―人と作品　種田山頭火著　松山　愛媛新聞社　1998.6　559p　21cm　（郷土俳人シリーズ　えひめ発百年の俳句　6）　4000円　①4-900248-50-9

◇山頭火のぐうたら日記　種田山頭火著,村上護編　春陽堂書店　2008.6　237p　20cm〈年譜あり〉　1800円　①978-4-394-90261-4

◇山頭火―評伝・アルバム　種田山頭火著,村上護編　春陽堂書店　2011.9　502p　15cm　（山頭火文庫　5）〈年譜あり〉　1200円　①978-4-394-70058-6

◇全国山頭火句碑集　田原覚著　新日本教育図書　2007.10　221p　30cm〈年譜あり　文献あり〉　5400円　①978-4-88024-372-6

◇種田山頭火の妻「咲野」　田村悌夫著　防府　山頭火ふるさと会　1998.7　143p　21cm　1000円

◇山頭火句碑採拓の旅　津田峰雲著　〔出版地不明〕　〔津田峰雲〕　2010.2　98p　28cm

◇山頭火百句　坪内稔典,東英幸編　松山　創風社出版　2008.7　137p　16cm〈肖像あり

俳句（俳句史）

◇漂泊の旅路を追って―芭蕉から山頭火まで　戸恒東人著　北溟社　2002.12　249p　19cm　（春月叢書　第7篇）　1600円　Ⓘ4-89448-379-3

◇山頭火と心友木村緑平　仲江健治著　糸田町（福岡県）　仲江健治　1998.10　149p　21cm　2000円

◇山頭火・放浪の旅　仲江健治著　京都　ジャパンインターナショナル総合研究所　2009.1　680p　20cm　〈星雲社（発売）〉　年譜あり〉　2600円　Ⓘ978-4-434-12571-3

◇禅者山頭火　中野東禅著　四季社　2003.10　150p　19cm　（チッタ叢書）〈年譜あり〉　980円　Ⓘ4-88405-224-2

◇私の中の山頭火　中野真琴著　阿知須町（山口県）　中野真琴　1991.2　200p　19cm　1200円

◇私の中の山頭火　中野真琴著　増補　〔阿知須町（山口県）〕　中野真琴　2001.6　264p　19cm　1500円

◇種田山頭火とジェルマン・ヌーボオ　服部伸六著　宝文館出版　1993.12　191p　20cm　1854円　Ⓘ4-8320-1429-3

◇ひともよう―山頭火の一草庵時代　藤岡照房著　松山　藤岡照房　1996.9　297p　20cm　1800円　Ⓘ4-02-100010-0

◇山頭火の謎　藤岡照房著　松山　愛媛新聞メディアセンター　2008.3　291p　19cm　1714円　Ⓘ978-4-86087-068-3

◇山頭火と朱鱗洞　藤岡照房著　松山　愛媛新聞サービスセンター　2012.8　372p　19cm　〈年譜あり〉　2000円　Ⓘ978-4-86087-102-4

◇種田山頭火を知る事典　藤津滋生編　枚方　藤津滋生　1994.2　7,215p　26cm　〈限定版〉　3500円

◇山頭火―自己放下の旅　藤吉秀彦著　砂子屋書房　1993.4　151p　20cm　1942円

◇山頭火の恋　古川敬著　現代書館　2009.2　206p　20cm　1500円　Ⓘ978-4-7684-6992-7

◇放哉と山頭火　本田烈著　増補版　踏青社　1992.5　283p　20cm　〈審美社（発売）〉　2000円　Ⓘ4-924440-22-1

◇山頭火を読む　前山光則著　福岡　海鳥社　1991.12　271p　19cm　（海鳥ブックス　10）　1700円　Ⓘ4-87415-010-1

◇山頭火を読む　前山光則著　新装版　福岡　海鳥社　2000.9　277p　20cm　2000円　Ⓘ4-87415-320-8

◇あるく山頭火　益田悌二著　〔徳地町（山口県）〕　益田悌二　1998.4　253p　21cm

◇山頭火の句を憶測する　益田悌二編　〔徳地町（山口県）〕　〔益田悌二〕　2000.9　59p　21cm

◇山頭火―その精神の風景　松尾勝郎著　おうふう　2000.1　261p　19cm　2000円　Ⓘ4-273-03107-8

◇母を訪ねて山頭火　松原泰道著　佼成出版社　2001.1　268p　19cm　1400円　Ⓘ4-333-01919-2

◇山頭火と松山―終焉の地・松山における山頭火と人々　まつやま山頭火倶楽部編　松山　アトラス出版　2009.7　159p　21cm　〈文献あり　年譜あり〉　1500円　Ⓘ978-4-901108-83-6

◇子規から山頭火へ―山頭火・一草庵祭子規記念博物館特別企画展　松山市立子規記念博物館編　出版地不明　山頭火・一草庵祭実行委員会　2009.10　60p　30cm　〈会期・会場：平成21年10月10日～11月23日　松山市立子規記念博物館　共同刊行：松山市立子規記念博物館〉

◇山頭火の風土―山頭火3　村上護著　本阿弥書店　1989.6　254p　20cm　2575円　Ⓘ4-89373-017-7

◇山頭火―アルバム　村上護責任編集　春陽堂書店　1990.7　213p　16cm　（山頭火文庫　別巻）　800円　Ⓘ4-394-70013-2

◇山頭火名句二十選―四季型絵　村上護,神崎温順著　春陽堂書店　1991.3　51p　26cm　1800円　Ⓘ4-394-90120-0

◇道の空―山頭火百二十句　村上護著　春陽堂書店　1992.11　286p　20cm　1800円　Ⓘ4-394-90126-X

◇山頭火と歩く　村上護,吉岡功治著　新潮社　1994.7　119p　22cm　（とんぼの本）　1400円　Ⓘ4-10-602029-7

◇放浪の俳人山頭火　村上護著　学陽書房　1997.1　420p　15cm　（人物文庫）　660円　Ⓘ4-313-75020-7

◇山頭火の手紙　村上護著　大修館書店

俳句（俳句史）

◇1997.10　406p　20cm　2500円　①4-469-22134-1

◇山頭火、飄々―流転の句と書の世界　村上護著　二玄社　2000.9　205p　21cm　2000円　①4-544-02050-6

◇種田山頭火―うしろすがたのしぐれてゆくか　村上護著　京都　ミネルヴァ書房　2006.9　470,4p　20cm　（ミネルヴァ日本評伝選）〈年譜あり　文献あり〉　2800円　①4-623-04720-2

◇山頭火名句鑑賞　村上護著　春陽堂書店　2007.5　357p　20cm〈年譜あり〉　2800円　①978-4-394-90247-8

◇山頭火漂泊の生涯　村上護著　春陽堂書店　2007.6　365p　20cm　「放浪の俳人山頭火」（講談社1988年刊）の増訂　年譜あり　表紙のタイトル：山頭火〉　2800円　①978-4-394-90248-5

◇山頭火俳句の真髄　村上護著　春陽堂書店　2010.11　335p　20cm〈表紙のタイトル：山頭火〉　2400円　①978-4-394-90278-2

◇山頭火の信濃道　森獏郎板画・編集、春日愚良子ほか著　更埴　板遊舎　1991.9　71p　26cm

◇日向路の山頭火　山口保明著,第4回全国山頭火フェスタinみやざき実行委員会編　宮崎　鉱脈社　1995.11　226p　19cm　（鉱脈叢書22）　1800円

◇山頭火の妻　山田啓代著　読売新聞社　1994.9　244p　20cm　1400円　①4-643-94071-9

◇山頭火の妻　山田啓代著　日本障害者リハビリテーション協会　2000.2　CD-ROM1枚　12cm〈電子的内容：録音データ　DAISY ver.2.0　平成10年度厚生省委託事業　原本：読売新聞社 1994　収録時間：5時間42分〉

◇山頭火俳句のこころ書のひびき　山村曠文、永守蒼穹書　二玄社　2010.3　157p　20cm〈文献あり〉　1700円　①978-4-544-20018-8

◇山頭火と四国遍路　横山良一写真・文　平凡社　2003.9　129p　22cm　（コロナ・ブックス）〈年譜あり〉　1600円　①4-582-63406-0

◇わたしの山頭火　吉富孝汎著　佐世保　佐世保・山頭火ふるさと会　2000.10　315p　19cm　2000円

◇山頭火静岡を行く―風の吹くまま…浜松・伊豆・東三河・南信　和久田雅之著　静岡　羽衣出版　2008.12　253p　20cm〈文献あり〉　1429円　①978-4-938138-68-4

◇九州をめぐる旅―ぬけ道、より道、山頭火　和順高雄文,中里和人写真　偕成社　1995.7　221p　19cm　2000円　①4-03-529400-4

◇山頭火の話　和田健著　山口　〔和田健〕　1991.6　25p　21cm〈種田山頭火の肖像あり〉　300円

◇山頭火の話　和田健著　改訂版　山口　〔和田健〕　1992.9　40p　21cm〈種田山頭火の肖像あり〉　350円

◇山頭火の話　和田健著　改訂増補　〔山口〕　和田健　1997.11　72p　21cm　400円

◇山頭火よもやま話　和田健著　防府　山頭火ふるさと会　2001.3　320p　22cm　2000円

◇種田山頭火の死生―ほろほろほろびゆく　渡辺利夫著　文芸春秋　1998.10　182p　18cm　（文春新書）　640円　①4-16-660008-7

◇山頭火の白い道―うしろすがたのしぐれてゆくか　渡辺紘著　角川学芸出版　2010.10　349p　20cm〈角川グループパブリッシング（発売）　文献あり　年譜あり〉　1700円　①978-4-04-653214-5

◇山頭火―詩と放浪　毎日新聞社　1990.8　130p　30cm　（毎日グラフ別冊）　1600円

◇山頭火読本―男はなぜさすらうのか　牧羊社　1990.12　339p　21cm〈山頭火の肖像あり〉　1800円　①4-8333-1354-5

◇全国山頭火フォーラム　防府　全国山頭火フォーラム実行委員会　1992.10　55p　26cm〈生誕110周年記念　山頭火の肖像あり〉

◇種田山頭火　新潮社　1993.6　111p　20cm　（新潮日本文学アルバム 40）〈編集・評伝：村上護　エッセイ：伊集院静〉　1300円　①4-10-620644-7

昭和時代

◇昭和秀句―2　秋元不死男著　春秋社　2001.1　289p　20cm　（日本秀句 新版 8）　2300円　①4-393-43428-5

◇昭和俳句新詩精神の水脈　川名大著　有精堂出版　1995.12　380p　22cm　9785円　①4-640-31068-4

俳句（俳句史）

◇現代俳句―下　川名大著　筑摩書房　2001.6　519p　15cm　（ちくま学芸文庫）　1500円　⓵4-480-08642-0

◇証言・昭和の俳句―上　黒田杏子聞き手，桂信子，鈴木六林男，草間時彦，金子兜太，成田千空，古舘曹人著　角川書店　2002.3　302p　19cm　（角川選書 333）〈聞き手：黒田杏子　年譜あり〉　1700円　⓵4-04-703333-2

◇一期一会　小西敬次郎著　小田原　西さがみ文芸愛好会　2004.12　170p　19cm　1200円

◇俳人たちの近代―昭和俳句史論考　小室善弘著　本阿弥書店　2002.11　307p　20cm　〈著作目録あり〉　3000円　⓵4-89373-867-4

◇昭和俳句の青春　沢木欣一著　角川書店　1995.5　231p　20cm　2200円　⓵4-04-883404-5

◇昭和の名句集を読む　宗田安正著　本阿弥書店　2004.1　249p　22cm　2700円　⓵4-89373-994-8

◇風への視線　谷山花猿著　新俳句人連盟　2000.2　248p　19cm　（俳句人叢書 16）〈肖像あり〉　1500円

◇証言・昭和の俳句―下　津田清子，古沢太穂，沢木欣一，佐藤鬼房，中村苑子，深見けん二，三橋敏雄著，黒田杏子聞き手　角川書店　2002.3　309p　19cm　（角川選書 334）〈聞き手：黒田杏子　年譜あり〉　1700円　⓵4-04-703334-0

◇俳句の向こうに昭和が見える　坪内稔典著　教育評論社　2012.6　255p　19cm　1900円　⓵978-4-905706-71-7

◇俳人菅裸馬　長瀬達郎著　角川書店　2011.7　237p　19cm　〈年譜あり　文献あり〉　1500円　⓵978-4-04-652383-9

◇俳句のモダン　仁平勝著　五柳書院　2002.12　261p　20cm　（五柳叢書 77）　2200円　⓵4-906010-00-8

◇新稿昭和俳句史　松井利彦著　東京四季出版　2001.9　373p　22cm　3333円　⓵4-8129-0168-5

◇昭和を詠う　宮坂静生著　NHK出版　2012.1　175p　19cm　（NHK俳句）　1200円　⓵978-4-14-016198-2

◇新俳句講座―4　俳句史 下　明治書院編集部編　明治書院　2012.7　436p　22cm　〈「俳句講座 7」（1970年刊）を2分冊し，復刊〉　6000円　⓵978-4-625-41405-3

◇俳句の旗手―戦中戦後俳壇史　山田春生著　西東京　駒草書房　2007.10　406p　22cm　2800円　⓵978-4-906480-09-8

◇木思石語―昭和編　山田みづえ著　邑書林　1995.12　160p　20cm　（木語叢書 第79篇）　3000円　⓵4-89709-153-5

◇俳句つれづれ草―昭和私史ノート　結城昌治著　限定版　新座　埼玉福祉会　1997.10　2冊　22cm　（大活字本シリーズ）　3300円

昭和（戦前）時代

◇戦時下俳句の証言　高崎隆治著　新日本出版社　1992.8　198p　18cm　（新日本新書）　680円　⓵4-406-02101-9

◇渡辺一灯―漂泊の俳人　渡辺一灯著，芥川三平編　新居浜　愛媛新聞新居浜販売　1990.4　36p　図版4枚　19cm　（片々録 第1集）〈著者の肖像あり〉　非売品

◇現代の俳人像―戦前・戦中生れ篇　東京四季出版　2012.2　345p　27cm　3619円　⓵978-4-8129-0707-8

◆◆阿波野　青畝（1899～1992）

◇阿波野青畝　阿波野青畝著，加藤三七子編著　蝸牛社　1997.1　176p　19cm　（蝸牛俳句文庫 25）　1400円　⓵4-87661-293-5

◇青畝俳句365日　阿波野青畝著，森田峠編著　梅里書房　1998.5　227p　22cm　（名句鑑賞読本 7）　2720円　⓵4-87227-046-0

◇山ふところに―〔2〕　加藤三七子著　角川書店　1993.11　429p　20cm　〈〔2〕の副書名：阿波野青畝鑑賞2〉　⓵4-04-883343-X

◇誓子・青畝・楸邨―さらば昭和俳句　立風書房　1994.11　261p　21cm　2400円　⓵4-651-60058-1

◆◆石橋　辰之助（1909～1948）

◇俳句人石橋辰之助―私的ノート　今井洋一著　アルファ・ドゥ（印刷）　2002.8　329p　19cm　500円

日本近現代文学案内　721

俳句（俳句史）

◆◆石橋 秀野（1909〜1947）

◇石橋秀野の世界　西田もとつぐ著　大阪　和泉書院　2002.9　363p　20cm　〈和泉選書 133〉〈年譜あり〉　2500円　①4-7576-0173-5

◇石橋秀野ノート　姫野恭子著　三光村（大分県）　書心社　2003.9　218p　21cm　2700円　①4-9901520-1-8

◇石橋秀野の一〇〇句を読む—俳句と生涯　山本安見子著,宇多喜代子監修　飯塚書店　2010.9　198p　19cm　1500円　①978-4-7522-2060-2

◆◆今枝 蝶人（1894〜1982）

◇定本今枝蝶人句文集　徳島　航標俳句会　1990.10　511p　22cm　〈著者の肖像あり〉　5000円

◆◆榎本 冬一郎（1907〜1982）

◇『尻無河畔』鑑賞—榎本冬一郎第四句集　楠本義雄著　和歌山　群蜂俳句会　1997.2　76p　19cm　（群蜂叢書　第44巻）　1000円

◆◆大野 林火（1904〜1982）

◇大野林火全集—第7巻　自句自解、随筆　松崎鉄之介ほか編　梅里書房　1994.8　475p　22cm　〈監修：井本農一ほか〉　10000円　①4-87227-066-5

◇大野林火の世界　宮津昭彦編著　梅里書房　1990.5　109p　20cm　（昭和俳句文学アルバム 9）〈大野林火の肖像あり〉　1700円　①4-87227-007-X

◆◆久保田 万太郎（1889〜1963）

◇大正文学—2　特集・久保田万太郎　五十嵐伸治ほか編著　名取　大正文学会　1991.5　292p　18cm

◇万太郎の一句　小沢実著　調布　ふらんす堂　2005.7　238p　18cm　（365日入門シリーズ 2—沢俳句叢書 第2篇）　1714円　①4-89402-745-3

◇久保田万太郎　久保田万太郎著,伊藤通明編著　蝸牛社　1997.1　178p　19cm　（蝸牛俳句文庫 24）　1400円　①4-87661-292-7

◇俳句の天才—久保田万太郎　小島政二郎著　新装版　弥生書房　1997.7　196p　20cm　1800円　①4-8415-0735-3

◇素顔の久保田万太郎　俵元昭著　学生社　1995.10　221p　20cm　1854円　①4-311-60221-9

◇記憶の風景—久保田万太郎の小説　千葉正昭著　国分寺　武蔵野書房　1998.11　258p　20cm　2500円

◇万太郎俳句評釈　戸板康二著　富士見書房　1992.10　233p　20cm　2500円　①4-8291-7217-7

◇久保田万太郎の俳句　成瀬桜桃子著　調布　ふらんす堂　1995.10　238p　20cm　2900円　①4-89402-132-3

◇近代作家追悼文集成—第38巻　吉川英治・飯田蛇笏・正宗白鳥・久保田万太郎　ゆまに書房　1999.2　340p　22cm　8000円　①4-89714-641-0,4-89714-639-9

◆◆斎藤 玄（1914〜1980）

◇玄のいる風景—『無畔』私注　近藤潤一著　札幌　響文社　1991.1　349p　20cm　①4-906198-27-9

◆◆佐藤 鬼房（1919〜2002）

◇佐藤鬼房展—その生涯と俳句の世界　企画展　仙台文学館編　仙台　仙台文学館　2005.12　58p　26cm　〈年譜あり　文献あり〉

◆◆高浜 年尾（1900〜1979）

◇高浜年尾の世界　稲畑汀子編著　梅里書房　1990.10　109p　20cm　（昭和俳句文学アルバム 17）〈高浜年尾の肖像あり〉　1700円　①4-87227-010-X

◆◆富安 風生（1885〜1979）

◇富安風生の思い出　遠藤文子編　講談社出版サービスセンター（製作）　2011.2　246p　22cm　①978-4-87601-929-8

◇富安風生の世界　清崎敏郎編著　梅里書房　1991.12　109p　20cm　（昭和俳句文学アルバム 19）〈富安風生の肖像あり〉　1700円

俳句（俳句史）

◇風生俳句365日　清崎敏郎編著　梅里書房　1994.11　226p　22cm　(名句鑑賞読本 11)〈富安風生の肖像あり〉　2800円　Ⓘ4-87227-050-9

◇富安風生　富安風生著,山崎ひさを編著　蝸牛社　1997.1　183p　19cm（蝸牛俳句文庫 27）　1400円　Ⓘ4-87661-295-1

◆◆永田　耕衣（1900～1997）

◇永田耕衣俳句世界　金子晋著　神戸　田工房　2012.4　199p　22cm〈著作目録あり〉　5000円

◇部長の大晩年　城山三郎著　朝日新聞社　1998.9　225p　20cm　1300円　Ⓘ4-02-257293-0

◇部長の大晩年　城山三郎著　朝日新聞社　2001.10　239p　15cm（朝日文庫）　500円　Ⓘ4-02-264276-9

◇耕衣自伝―わが俳句人生　永田耕衣著　沖積舎　1992.10　212p　20cm　3500円　Ⓘ4-8060-4033-9

◇「虚空に遊ぶ俳人永田耕衣の世界」図録―特別展　姫路文学館編　姫路　姫路文学館　1996.10　91p　30cm

◆◆橋本　多佳子（1899～1963）

◇杉田久女と橋本多佳子　杉田久女ほか著　牧羊社　1989.3　382,25,19p　21cm〈杉田久女および橋本多佳子の肖像あり〉　1900円　Ⓘ4-8333-0955-6

◇橋本多佳子―雪はげし抱かれて息のつまりしこと　北九州市立文学館第7回特別企画展　北九州　北九州市立文学館　2010.4　104p　17cm〈会期：2010年4月24日～7月4日　企画・編集：今川英子ほか　年譜あり　著作目録あり〉

◆◆橋本　夢道（1903～1974）

◇夢道母郷集―橋本夢道句碑完成記念誌　漆原伯夫編　〔徳島〕　橋本夢道句碑建立期成同盟会　1995.12　48p　30cm

◇桃咲く藁家から―橋本夢道伝　漆原伯夫著　藍住町〔徳島県〕　漆原都夫　2003.4　270p　19cm〈肖像あり　文献あり〉　1400円

◇橋本夢道物語―妻よおまえはなぜこんなに可愛いんだろうね　殿岡駿星著　勝どき書房　2010.11　422p　20cm〈星雲社（発売）　文献あり　年譜あり〉　1900円　Ⓘ978-4-434-15134-7

◆◆平畑　静塔（1905～1997）

◇静塔文之進百物語―俳句と精神医学　石川文之進著　近代文芸社　1999.4　373p　20cm　1500円　Ⓘ4-7733-6418-1

◇静塔文之進百物語―俳句と精神医学　真蹟集　石川文之進著　第3版　近代文芸社　2004.5　570p　20cm　1800円　Ⓘ4-7733-7172-2

◇精神医学と俳句　石川文之進著　幻冬舎ルネッサンス　2008.11　581p　図版8p　20cm　1800円　Ⓘ978-4-7790-0370-7

◆◆星野　立子（1903～1984）

◇星野立子　星野立子著,星野高士編著　蝸牛社　1998.1　168p　19cm（蝸牛俳句文庫 33）　1500円　Ⓘ4-87661-322-2

◇立子俳句365日　星野椿編著　梅里書房　1991.12　229p　22cm　(名句鑑賞読本 8)〈星野立子の肖像あり〉　2800円　Ⓘ4-87227-047-9

◇星野立子―天才少女のスローライフ　企画展　星野椿,星野高士監修　鎌倉　鎌倉文学館　2004.10　127p　11×16cm〈会期：平成16年10月1日～12月5日　共同刊行：鎌倉市芸術文化振興財団　肖像あり　年譜あり　著作目録あり〉

◇星野立子　山田みづえ著　牧羊社　1992.4　124p　22cm　(鑑賞秀句100句選 12)〈星野立子の肖像あり〉　1600円　Ⓘ4-8333-1283-2

◆◆細見　綾子（1907～1997）

◇細見綾子俳句鑑賞　沢木欣一編　東京新聞出版局　1992.1　307p　20cm　2200円　Ⓘ4-8083-0420-1

◇綾子先生輝いた日々―随筆集　下里美恵子著　文学の森　2007.12　253p　18cm　1200円　Ⓘ978-4-86173-652-0

俳句（俳句史）

◇剥落する青空―細見綾子論　杉橋陽一著　白鳳社　1991.8　246p　20cm　2000円　①4-8262-0069-2

◇細見綾子秀句　林徹著　翰林書房　2000.9　223p　20cm　1800円　①4-87737-109-5

◆◆槇　豊作（1868〜1942）

◇槇不言舎の研究　関口昌男著　静岡　静岡新聞社（製作・発売）　2001.5　354p　20cm　（沼津史談会叢書 第1集）〈肖像あり　年譜あり〉　3200円　①4-7838-9490-6

◆◆松本 たかし（1906〜1956）

◇松本たかしの世界　上村占魚編著　梅里書房　1989.7　109p　20cm　（昭和俳句文学アルバム 27）〈松本たかしの肖像あり〉　1700円　①4-87227-002-9

◇松本たかし俳句私解　上村占魚著　紅書房　2002.3　173p　22cm　2500円　①4-89381-172-X

◇松本たかし　松本たかし著, 山本洋子編著　蝸牛社　1997.1　172p　19cm　（蝸牛俳句文庫 28）　1400円　①4-87661-296-X

◆◆三橋 鷹女（1899〜1972）

◇三橋鷹女句集の季語に学ぶ　安村和馬著　〔横浜〕　安村和馬　2004.9　107p　21cm　〈年譜あり〉

◆◆皆吉 爽雨（1902〜1983）

◇皆吉爽雨の世界　井沢正江編著　梅里書房　1991.6　109p　20cm　（昭和俳句文学アルバム 30）〈皆吉爽雨の肖像あり〉　1700円　①4-87227-020-7

◇言葉を読む―爽雨・蕪城俳句研究　河野頼人著　広島　溪水社　1997.3　302p　22cm　3500円　①4-87440-439-1

◆◆森田 愛子（1917〜1947）

◇森田愛子―その俳句と生涯　みくに竜翔館編　〔三国町（福井県）〕　三国町教育委員会　1996.10　60p　30cm

◇森田愛子全句集―高浜虚子・小説「虹物語」のヒロイン　森田愛子著, 森谷欽一編, 伊藤柏翠俳句記念館監修　横浜　森谷欽一　2005.9　85p　26cm〈年譜あり〉　非売品

◆◆山口 青邨（1892〜1988）

◇九容の長寿―山口青邨・人と作品 評論集 続　鳥羽とほる著　岡谷　草の実発行所　1995.9　150p　21cm　非売品

◇師山口青邨に寄せる門下の書　鳥羽とほる編　岡谷　草の実会　2001.12　455p　21cm　〈年譜あり〉　6000円

◇山口青邨・晩年の俳句世界　「夏草」諏訪支部大町句会著　岡谷　夏草諏訪支部　1991.4　95p　21cm　2000円

◇山口青邨の世界　古館曹人編著　梅里書房　1991.6　109p　20cm　（昭和俳句文学アルバム 31）〈山口青邨の肖像あり〉　1700円　①4-87227-019-3

◇青邨俳句365日　古館曹人編著　梅里書房　1991.7　231p　22cm　（名句鑑賞読本 6）〈山口青邨の肖像あり〉　2800円　①4-87227-045-2

◇山口青邨　山口青邨著, 斎藤夏風編著　蝸牛社　1997.12　141p　19cm　（蝸牛俳句文庫 32）　1500円　①4-87661-321-4

◇青邨句碑散歩　山口林次郎著　岡谷　草の実会　2002.4　119p　23cm　（草の実叢書）〈肖像あり〉　2700円

◇山口青邨生誕百年展―日本現代詩歌文学館図録2　北上　日本現代詩歌文学館　1991.4　27p　26cm〈日本現代詩歌文学館特別企画　山口青邨の肖像あり〉

◆◆山口 草堂（1898〜1985）

◇山口草堂の世界　鶯谷七菜子編著　梅里書房　1990.7　109p　20cm　（昭和俳句文学アルバム 32）〈山口草堂の肖像あり〉　1700円　①4-87227-006-1

◆◆百合山 羽公（1904〜1991）

◇百合山羽公　鈴木八郎著　浜松　〔鈴木八郎〕　1992.3　14p　19cm　400円

◆◆横山 白虹（1899〜1983）

◇白虹俳句史　中島昂著　福岡　創言社　1989.2　568p　22cm〈横山白虹の肖像あり〉　7000円　①4-88146-326-8

◇横山白虹の世界　横山房子編著　梅里書房　1991.1　109p　20cm（昭和俳句文学アルバム　33）〈横山白虹の肖像あり〉　1700円　①4-87227-013-4

◆新興俳句

◇地平線の羊たち―昭和時代と新興俳句　桜井琢巳著　本阿弥書店　1992.1　251p　20cm　2500円　①4-89373-050-9

◇体験的新興俳句史　古川克巳著　調布　オリエンタ社　2000.3　501p　22cm〈調布現代俳句の会（発売）〉　6000円

◆◆安住 敦（1907〜1988）

◇安住敦の世界　成瀬桜桃子編著　梅里書房　1994.6　109p　20cm（昭和俳句文学アルバム　4）〈安住敦の肖像あり〉　1700円　①4-87227-028-2

◇俳人安住敦　西嶋あさ子著　白鳳社　2001.7　214p　20cm〈年譜あり〉　2000円　①4-8262-6009-1

◆◆石田 波郷（1913〜1969）

◇草田男・波郷・楸邨―人間探求派　有富光英著　牧羊社　1990.6　262p　20cm　2800円　①4-8333-1137-2

◇わが父波郷　石田修大著　白水社　2000.6　229p　20cm　2300円　①4-560-04932-7

◇波郷の肖像　石田修大著　白水社　2001.11　227p　20cm　2300円　①4-560-04941-6

◇わが父波郷　石田修大著　白水社　2009.8　249p　18cm（白水Uブックス　1104）〈並列シリーズ名：U books〉　1300円　①978-4-560-72104-9

◇我生きてこの句を成せり―石田波郷とその時代　石田修大著　本阿弥書店　2011.11　245p　20cm　2500円　①978-4-7768-0855-8

◇石田波郷　石田波郷著,山田みづえ編著　蝸牛社　1994.10　172p　19cm（蝸牛俳句文庫　12）　1400円　①4-87661-241-2

◇石田波郷―人と作品　石田波郷著　松山　愛媛新聞社　2004.12　563p　21cm（郷土俳人シリーズ　えひめ発百年の俳句　9）〈肖像あり　著作目録あり　年譜あり〉　4000円　①4-86087-028-X

◇石田波郷　大森澄雄著　朝日書林　2001.9　244p　20cm　3800円　①4-900616-24-9

◇石田波郷の手紙―石田波郷より栗田九霄子への書簡　長谷川耿子著　米沢　よねざわ豆本の会　1990.2　71p　9.1cm（よねざわ豆本　第55輯）〈限定版〉

◇石田波郷の世界　星野麦丘人編著　梅里書房　1990.11　109p　20cm（昭和俳句文学アルバム　6）〈石田波郷の肖像あり〉　1700円　①4-87227-011-8

◇波郷俳句365日　星野麦丘人編著　梅里書房　1992.10　229p　22cm（名句鑑賞読本　10）〈石田波郷の肖像あり〉　2800円　①4-87227-049-5

◇石田波郷　山田みづえ著　蝸牛新社　2002.2　173p　19cm（大活字俳句文庫　1）　1800円　①4-87800-161-5

◆◆加藤 楸邨（1905〜1993）

◇草田男・波郷・楸邨―人間探求派　有富光英著　牧羊社　1990.6　262p　20cm　2800円　①4-8333-1137-2

◇加藤楸邨　石寒太著　牧羊社　1991.8　120p　22cm（鑑賞秀句100句選　9）〈加藤楸邨の肖像あり〉　1500円　①4-8333-1278-6

◇わがこころの加藤楸邨　石寒太著　紅書房　1998.1　381p　20cm　3000円　①4-89381-115-0

◇加藤楸邨の一〇〇句を読む―俳句と生涯　石寒太著　飯塚書店　2012.12　231p　19cm　1600円　①978-4-7522-2068-8

◇真実感合への軌跡―加藤楸邨序論　岡崎桂子著　角川書店　2001.9　155p　20cm　2700円　①4-04-871955-6

◇加藤楸邨　加藤楸邨著,中嶋鬼谷編・著　蝸牛新社　2000.5　172p　19cm（蝸牛俳句文庫　34）　1500円　①4-87800-053-8

◇蛇笏と楸邨　平井照敏著　永田書房　2001.10　261p　20cm　3048円　①4-8161-

俳句（俳句史）

◇楸邨俳句365日　矢島渚男編著　梅里書房　1992.4　227p　22cm　〈名句鑑賞読本 3〉〈加藤楸邨の肖像あり〉　2800円　Ⓘ4-87227-042-8

◇誓子・青畝・楸邨—さらば昭和俳句　立風書房　1994.11　261p　21cm　2400円　Ⓘ4-651-60058-1

◆◆栗林　一石路（1894〜1961）

◇私は何をしたか—栗林一石路の真実　栗林一石路を語る会編著　長野　信濃毎日新聞社　2010.10　314p　22cm　〈著作目録あり　年譜あり〉　2000円　Ⓘ978-4-7840-7141-8

◆◆篠原　鳳作（1906〜1936）

◇篠原鳳作　篠原鳳作著, 宇多喜代子編著　蝸牛社　1997.2　168p　19cm　〈蝸牛俳句文庫 30〉　1400円　Ⓘ4-87661-298-6

◇鳳作の季節　前田霧人著　沖積舎　2006.9　298p　20cm　〈肖像あり　年譜あり　文献あり〉　3500円　Ⓘ4-8060-4719-8

◆◆嶋田　青峰（1882〜1944）

◇嶋田青峰の生涯と俳句　山口源三著　志摩町（三重県）　山口源三　1996.5　162p　20cm　非売品

◆◆富沢　赤黄男（1902〜1962）

◇赤黄男百句　坪内稔典, 松本秀一編　松山　創風社出版　2012.7　129p　16cm　〈文献あり　年譜あり〉　800円　Ⓘ978-4-86037-170-8

◇富沢赤黄男　富沢赤黄男著, 四ツ谷竜編著　蝸牛社　1995.1　168p　19cm　〈蝸牛俳句文庫 16〉　1400円　Ⓘ4-87661-245-5

◇赤黄男幻想　秦夕美著　富士見書房　2007.7　189p　20cm　〈年譜あり〉　2800円　Ⓘ978-4-8291-7638-2

◆◆中村　草田男（1901〜1983）

◇草田男・波郷・楸邨—人間探求派　有富光英著　牧羊社　1990.6　262p　20cm　2800円　Ⓘ4-8333-1137-2

◇中村草田男　泉紫像著　金沢　うつのみや　2001.3　228p　19cm　〈万緑叢書〉　3000円　Ⓘ4-900498-11-4

◇蘇生一句集　草田男とセザンヌ　大村一作著　〔木更津〕　浦辺恒夫　1998.8　271p　20cm　2800円

◇香西照雄著作集—2　香西隆子編　保谷　香西隆子　1992.3　464p　20cm　〈私家版　精興社（製作）〉　非売品

◇草田男俳句365日　中村草田男著, 宮脇白夜編著　梅里書房　1996.4　231p　22cm　〈名句鑑賞読本 1〉　2718円　Ⓘ4-87227-040-1

◇俳句と人生—講演集　中村草田男著　みすず書房　2002.8　270p　20cm　2500円　Ⓘ4-622-07003-0

◇新編・草田男俳句365日　中村草田男著, 宮脇白夜編著　本阿弥書店　2005.11　400p　20cm　3200円　Ⓘ4-7768-0224-4

◇緑なす大樹の蔭に—草田男曼荼羅　中村光子著　中村光子　1995.3　291p　20cm　非売品

◇緑なす大樹の蔭に—草田男曼荼羅　中村光子著　ぺりかん社　1995.4　291p　20cm　1900円　Ⓘ4-8315-0668-0

◇わが父草田男　中村弓子著　みすず書房　1996.3　207p　20cm　2472円　Ⓘ4-622-03376-3

◇中村草田男—人と作品　「中村草田男人と作品」編集委員会編　松山　愛媛新聞社　2002.1　575p　21cm　〈郷土俳人シリーズ　えひめ発百年の俳句 7〉〈肖像あり　著作目録あり　年譜あり〉　4000円　Ⓘ4-900248-87-8

◇草田男の森　宮脇白夜著　本阿弥書店　2002.6　270p　20cm　〈宮脇白夜著作集 第1巻　宮脇白夜著〉〈シリーズ責任表示：宮脇白夜著〉　2700円　Ⓘ4-89373-819-4

◆◆日野　草城（1901〜1956）

◇俳句は東洋の真珠である—日野草城生誕百年　池田市立歴史民俗資料館編　池田　池田市立歴史民俗資料館　2001.10　44p　30cm　〈平成13年度特別展　会期：平成13年10月19日〜12月2日　年譜あり〉

◇日野草城伝　伊丹啓子著　沖積舎　1997.2

俳句（俳句史）

279p　20cm　3000円　Ⓘ4-8060-4616-7
◇日野草城伝　伊丹啓子著　沖積舎　2000.11　281p　20cm〈肖像あり〉　3000円　Ⓘ4-8060-4656-6
◇日野草城の世界　桂信子編著　梅里書房　1990.7　109p　20cm（昭和俳句文学アルバム　24）〈日野草城の肖像あり〉　1700円　Ⓘ4-87227-009-6
◇秀句探訪―日野草城と桂信子　永野萌生著　沖積舎　1995.6　333p　20cm　3500円　Ⓘ4-8060-4602-7
◇日野草城　日野草城著, 伊丹三樹彦編著　蝸牛社　1994.11　170p　19cm（蝸牛俳句文庫　14）　1400円　Ⓘ4-87661-243-9
◇日野草城―俳句を変えた男　復本一郎著　角川学芸出版　2005.6　311p　20cm〈角川書店（発売）　年譜あり　文献あり〉　2800円　Ⓘ4-04-651960-6

◆◆水原　秋桜子（1892〜1981）

◇水原秋桜子全句集索引　小野恵美子編　安楽城出版　2005.5　332p　21cm
◇秋桜子句碑巡礼　久野治著　島影社　1991.10　233p　19cm〈星雲社（発売）〉　1800円　Ⓘ4-7952-5162-2
◇秋桜子とその時代　倉橋羊村著　講談社　1989.9　322p　20cm　1600円　Ⓘ4-06-204581-8
◇水原秋桜子　倉橋羊村著　牧羊社　1991.10　122p　22cm（鑑賞秀句100句選　2）〈水原秋桜子の肖像あり〉　1600円　Ⓘ4-8333-1279-4
◇水原秋桜子　倉橋羊村編著　蝸牛社　1992.11　174p　19cm（蝸牛俳句文庫　5）　1400円　Ⓘ4-87661-215-3
◇水原秋桜子―俳句こそわが文学　倉橋羊村著　三鷹　安楽城出版　1996.1　304p　20cm（安楽城出版選書　3）　2500円
◇水原秋桜子に聞く　倉橋羊村著　本阿弥書店　2007.11　273p　19cm　2500円　Ⓘ978-4-7768-0408-6
◇水原秋桜子先生と昭和医学　昭和大学史料室編　昭和大学　1999.3　117p　21cm
◇秋桜子の秀句　藤田湘子著　小沢書店　1997.7　316p　20cm　2800円　Ⓘ4-7551-0346-0
◇秋桜子俳句365日　水原秋桜子作, 水原春郎編著　梅里書房　1992.3　229p　22cm（名句鑑賞読本　2）〈著者の肖像あり〉　2800円　Ⓘ4-87227-041-X
◇水原秋桜子の世界　水原春郎編著　梅里書房　1992.10　109p　20cm（昭和俳句文学アルバム　28）〈水原秋桜子の肖像あり〉　1700円　Ⓘ4-87227-025-8
◇秋桜子一句　水原春郎編　角川書店　2007.5　170p　20cm〈肖像あり〉　2000円　Ⓘ978-4-04-876286-1

◆◆山口　誓子（1901〜1994）

◇山口誓子と古典　神谷かをる著　明治書院　1989.1　284p　19cm　3200円　Ⓘ4-625-46039-5
◇誓子の宇宙　品川鈴子著　朝日新聞社　2008.3　203p　20cm〈肖像あり　文献あり〉　2667円　Ⓘ978-4-02-100144-4
◇誓子俳句365日　鷹羽狩行編著　梅里書房　1997.5　231p　22cm（名句鑑賞読本　5）　2720円　Ⓘ4-87227-044-4
◇誓子―わがこころの帆　戸恒東人著　本阿弥書店　2011.9　253p　20cm〈文献あり〉　2800円　Ⓘ978-4-7768-0819-0
◇山口誓子の一〇〇句を読む―俳句と生涯　八田木枯監修, 角谷昌子著　飯塚書店　2012.7　222p　19cm〈文献あり〉　1500円　Ⓘ978-4-7522-2065-7
◇誓子・青畝・楸邨―さらば昭和俳句　立風書房　1994.11　261p　21cm　2400円　Ⓘ4-651-60058-1

◆◆吉岡　禅寺洞（1889〜1961）

◇禅寺洞研究―続　片山花御史著　福岡　梓書院　1989.12　278p　21cm〈刊行：吉岡禅寺洞生誕百年事業実行委員会（遠賀町）〉　4000円　Ⓘ4-87035-037-8
◇吉岡禅寺洞と「天の川」―季節の歯車をまわせ　福岡市文学館企画展　福岡市文学館編　福岡　福岡市文学館　2007.10　59p　30cm〈会期・会場：2007年10月24日〜12月16日　福岡市総合図書館1Fギャラリーほか　年表あり　年譜あり〉

俳句（俳句史）

◆◆渡辺 白泉（1913～1969）

◇疾走する俳句―白泉句集を読む　中村裕著　春陽堂書店　2012.9　155p　19cm　1400円　⓵978-4-394-90292-8

昭和（戦後）・平成時代

◇戦後俳句論争史　赤城さかえ著　青磁社　1990.2　198p　21cm　1800円

◇平成俳人代表作全書　大野雑草子編　東京四季出版　1992.8　361p　31cm　12000円　⓵4-87621-535-9

◇現代俳句の海図―昭和三十年世代俳人たちの行方　小川軽舟著　角川学芸出版　2008.9　224p　19cm　（角川学芸ブックス）〈角川グループパブリッシング（発売）　年表あり〉　1714円　⓵978-4-04-621266-5

◇雪の栞―序文集　木村敏男著　東京四季出版　1998.9　340p　20cm　3000円　⓵4-87621-938-9

◇句集讃　児玉南草著　北九州　地平俳句会　1998.1　228p　20cm　（地平叢書 第57篇）　2800円

◇平成俳句の好敵手―俳句精神の今　坂口昌弘著　文学の森　2012.12　425p　20cm　〈文献あり〉　2500円　⓵978-4-86438-063-8

◇主宰者達の俳句と作句技巧　清水杏芽著　沖積舎　1994.9　341p　19cm　2500円　⓵4-8060-4594-2

◇俳壇真空の時代―終戦から昭和20年代の軌跡　鈴木蚊都夫著　本阿弥書店　1997.4　457p　22cm　3800円　⓵4-89373-181-5

◇俳句の海で―「俳句研究」編集後記集'68.4-'83.8　高柳重信著　ワイズ出版　1995.9　334p　20cm　3900円　⓵4-948735-34-5

◇風への視線　谷山花猿著　新俳句人連盟　2000.2　248p　19cm　（俳句人叢書 16）〈肖像あり〉　1500円

◇現代俳句の世界―俳句の未来へ昭和・平成の俳人と名句　「俳句研究」編集部編　富士見書房　2003.1　264p　21cm　（俳句研究別冊）　1600円　⓵4-8291-7525-7

◇戦後秀句―2　平畑静塔著, 正木ゆう子解説　春秋社　2001.5　245p　20cm　（日本秀句新版 10）　2000円　⓵4-393-43430-7

◇戦後俳句を支えた一〇〇俳人―上　松尾正光著　東京四季出版　2005.9　481p　19cm　2381円　⓵4-8129-0393-9

◇戦後俳句を支えた一〇〇俳人―下　松尾正光著　東京四季出版　2006.8　573p　19cm　2381円　⓵4-8129-0394-7

◇戦後俳句を支えた一〇〇俳人―続 上　松尾正光著　東京四季出版　2009.1　397p　19cm　2500円　⓵978-4-8129-0560-9

◇戦後俳句を支えた一〇〇俳人―続 下　松尾正光著　東京四季出版　2011.8　363p　19cm　2381円　⓵978-4-8129-0696-5

◇小津安二郎の俳句―1903-1963　松岡ひでたか著　福崎町（兵庫県）　松岡ひでたか　2012.10　127p　19cm　〈神戸 交友プランニングセンター, 友月書房（制作）〉　2000円　⓵978-4-87787-559-6

◇現代秀句―昭和二十年代以降の精鋭たち　松林尚志著　沖積舎　2005.2　370p　19cm　3500円　⓵4-8060-4710-4

◇戦後世相史と口語俳句　まつもとかずや著　本阿弥書店　1992.3　287p　20cm　2800円　⓵4-89373-053-3

◇吐石さんを語る会　渡辺展編　渡辺展　1992.2　65p　21cm　非売品

◇平成俳壇・歌壇　朝日新聞社　1992.12　210p　30cm　（アサヒグラフ別冊）　1800円

◆◆青柳 志解樹（1929～）

◇青柳志解樹の花俳句つれづれ　前沢宏光著　佐久　邑書林　2009.5　273p　19cm　〈文献あり〉　2500円　⓵978-4-89709-625-4

◆◆赤尾 兜子（1925～1981）

◇火棘―兜子憶へば　秦夕美著　邑書林　1995.7　198p　20cm　2500円　⓵4-89709-146-2

◇赤尾兜子の世界　和田悟朗編著　梅里書房　1991.3　109p　20cm　（昭和俳句文学アルバム 1）〈赤尾兜子の肖像あり〉　1700円　⓵4-87227-014-2

◆◆赤城 さかえ（1908～1967）

◇俳句の平明ということ―赤城さかえ・古沢太

穂・金子兜太の場合　岡崎万寿著　横浜俳句集団つぐみ　2002.12　81p　21cm　(つぐみブックレット1)
◇赤城さかえの世界　古沢太穂編著　梅里書房　1992.5　109p　20cm　(昭和俳句文学アルバム2)〈赤城さかえの肖像あり〉1700円　①4-87227-023-1

◆◆穴井 太（1926〜1997）

◇明日は日曜—穴井太聞き書きノート　佐藤文子著　佐久　邑書林　2003.1　175p　20cm〈年譜あり〉2000円　①4-89709-386-4

◆◆有馬 朗人（1930〜）

◇現代俳句鑑賞全集—第1巻　有馬朗人篇　有馬朗人編　東京四季出版　1998.6　268p　20cm　3619円　①4-87621-945-1

◆◆飯島 晴子（1921〜2000）

◇畳ひかりて—飯島晴子の風景　平石和美著　調布　ふらんす堂　2011.8　233p　19cm〈年譜あり〉2667円　①978-4-7814-0383-0

◆◆飯田 龍太（1920〜2007）

◇飯田龍太—写真集　飯田秀実,山梨日日新聞社出版部編　甲府　山梨日日新聞社　2009.7　109p　27cm　9333円　①978-4-89710-052-4
◇新編飯田龍太読本　飯田龍太著,俳句研究編集部編　富士見書房　1990.9　414p　21cm〈『俳句研究』別冊〉1800円　①4-8291-7177-4
◇飯田龍太展　飯田龍太作,山梨県立文学館編　甲府　山梨県立文学館　2008.9　80p　30cm〈会期・会場：2008年9月27日〜11月24日　山梨県立文学館企画展示室　年譜あり〉
◇龍太啓龕—飯田龍太論と「雲母」「白露」の秀句　加藤嘉風著　本阿弥書店　2012.10　248p　20cm〈布装　年譜あり〉3200円　①978-4-7768-0936-4
◇夢と露の子ども—飯田竜太論　杉橋陽一著　白鳳社　1996.5　289p　20cm　2400円　①4-8262-0084-6
◇飯田龍太の彼方へ　筑紫磐井著　深夜叢社　1994.3　202p　20cm　2000円

◇飯田龍太鑑賞ノート　友岡子郷著　角川書店　2006.10　589p　20cm　4500円　①4-04-876276-1
◇竜太・兜太・狩行—現代俳句の変革者たち　成井恵子著　北溟社　2000.4　220p　21cm　2500円　①4-89448-103-0
◇飯田龍太の俳句　広瀬直人著　新装版　花神社　1993.4　238p　20cm　2400円　①4-7602-1260-4
◇飯田龍太の風土　広瀬直人著　花神社　1998.7　187p　20cm　2400円　①4-7602-1245-0
◇飯田龍太の時代—山盧永訣　広瀬直人,斎藤慎爾,宗田安正責任編集　思潮社　2007.6　352p　21cm　(現代詩手帖特集版)〈肖像あり　著作目録あり　年譜あり〉2200円　①978-4-7837-1864-2
◇竜太俳句365日　福田甲子雄編著　梅里書房　1991.6　229p　22cm　(名句鑑賞読本12)〈飯田竜太の肖像あり〉2800円　①4-87227-051-7
◇飯田竜太の四季　福田甲子雄著　富士見書房　2001.3　237p　20cm　2400円　①4-8291-7465-X
◇蛇笏・竜太の山河—四季の一句　福田甲子雄編著　甲府　山梨日日新聞社　2001.6　279p　18cm　(山日ライブラリー)　1200円　①4-89710-710-5
◇蛇笏・竜太の旅心—四季の一句　福田甲子雄編著　甲府　山梨日日新聞社　2003.7　281p　18cm　(山日ライブラリー)　1200円　①4-89710-714-8
◇蛇笏・龍太の希求—四季の一句　福田甲子雄編著　甲府　山梨日日新聞社　2005.8　183p　18cm　(山日ライブラリー)〈肖像あり〉1200円　①4-89710-718-0
◇井伏鱒二と飯田龍太—往復書簡その四十年　山梨県立文学館編　甲府　山梨県立文学館　2010.9　56p　30cm〈会期・会場：2010年9月18日〜11月23日　山梨県立文学館　年譜あり〉

◆◆石塚 友二（1906〜1986）

◇石塚友二伝—俳人・作家・出版人の生涯　清田昌弘著　沖積舎　2001.12　363p　20cm〈著作目録あり　文献あり〉3800円　①4-

俳句（俳句史）

8060-4670-1
◇石塚友二の世界　村沢夏風編著　梅里書房　1990.1　109p　20cm　（昭和俳句文学アルバム 7）〈石塚友二の肖像あり〉　1700円
Ⓘ4-87227-005-3

◆◆伊丹　公子（1925〜）

◇詩人の家―伊丹公子エッセイ集　伊丹公子著　沖積舎　2001.6　183p　22cm　2500円
Ⓘ4-8060-4076-2

◆◆伊丹　三樹彦（1920〜）

◇軒破れたる―エッセイふう伊丹三樹彦伝　伊丹啓子著　大阪　ビレッジプレス　1991.6　173p　20cm〈伊丹三樹彦の肖像あり〉　2000円　Ⓘ4-938598-14-0

◇伊丹三樹彦全文叢―第1巻　俳句エッセイ　伊丹三樹彦著　沖積舎　2001.9　213p　22cm　5500円　Ⓘ4-8060-6537-4

◆◆伊藤　敬子（1935〜）

◇現代俳句鑑賞全集―第2巻　伊藤敬子篇　伊藤敬子編　東京四季出版　1998.7　222p　20cm　3619円　Ⓘ4-87621-946-X

◆◆伊藤　柏翠（1911〜1999）

◇伊藤柏翠自伝　増補版　長野　鬼灯書籍　1990.9　341p　20cm〈著者の肖像あり〉　2000円　Ⓘ4-89341-148-9

◆◆稲畑　汀子（1931〜）

◇Teiko―俳人稲畑汀子の四季紀行　蛭田有一フォト・インタビュー集　蛭田有一著　求竜堂　2003.11　203p　27cm〈年譜あり〉　3000円　Ⓘ4-7630-0327-5

◆◆射場　秀太郎（1921〜2007）

◇亥の子―射場秀太郎先生追悼集　秀太郎先生追悼集編集会編　上富田町（和歌山県）『春風会』事務局　2008.12　201p　21cm〈年譜あり〉

◆◆今井　聖（1950〜）

◇ライク・ア・ローリングストーン―俳句少年漂流記　今井聖著　岩波書店　2009.1　225p　20cm　2100円　Ⓘ978-4-00-002425-9

◆◆上田　五千石（1933〜1997）

◇春の雁―五千石青春譜　上田五千石著　邑書林　1993.10　143p　18cm〈著者の肖像あり〉　2000円　Ⓘ4-946407-64-2

◇現代俳句鑑賞全集―第4巻　上田五千石篇　上田五千石編　東京四季出版　1998.1　305p　20cm　3800円　Ⓘ4-87621-948-6

◇上田五千石の時空　吉瀬博著　北溟社　2012.9　401p　22cm〈文献あり〉　3400円　Ⓘ978-4-89448-680-5

◆◆上村　占魚（1920〜1996）

◇占魚小話・如是我聞　菊池洋子著　私家版　東村山　みそさざい社　1996.2　125p　15cm

◆◆宇佐美　魚目（1926〜）

◇俳人宇佐美魚目　中村雅樹著　本阿弥書店　2008.10　227p　20cm　（百鳥叢書　第46篇）〈文献あり〉　2700円　Ⓘ978-4-7768-0516-8

◆◆江国　滋（1934〜1997）

◇おい癌め酌みかはさうぜ秋の酒―江国滋闘病日記　江国滋著　新潮社　1997.12　337p　20cm　1600円　Ⓘ4-10-303214-6

◆◆大井　雅人（1932〜）

◇大井雅人の俳句　友岡子郷著　大阪　天満書房　1995.7　181p　18cm　1800円　Ⓘ4-924948-09-8

◆◆大岡　頌司（1937〜）

◇郷土出身の俳人、大岡頌司故郷かわじりを詠む―郷土史料　呉　大岡頌司君をしのぶ会　2004.8　95p　19cm〈著作目録あり〉　非売品

◆◆岡井 省二（1925～2001）

◇岡井省二の世界―霊性と智慧　岡井省二監修・著　北宋社　2001.8　382p　21cm　2800円　Ⓘ4-89463-043-5

◇岡井省二の風景　小形さとる著　角川書店　2010.9　253p　20cm　2381円　Ⓘ978-4-04-652286-3

◆◆岡本 眸（1928～）

◇栞ひも　岡本眸著　角川学芸出版　2007.5　275p　20cm〈角川グループパブリッシング（発売）〉　2381円　Ⓘ978-4-04-621106-4

◇岡本眸読本　富士見書房　1999.12　404p　21cm　1800円　Ⓘ4-8291-7435-8

◆◆尾崎 足（1895～1981）

◇足論―昭和の俳人尾崎足の思想　小亀崇利著　東京四季出版　2008.7　309p　19cm〈年譜あり〉　1524円　Ⓘ978-4-8129-0539-5

◆◆小野 茂樹（1936～1970）

◇小野茂樹片片　小野雅子著　ながらみ書房　2006.5　81p　19cm　（地中海叢書 第794篇）　1000円　Ⓘ4-86023-399-9

◇雲の製法―小野茂樹ノート　久我田鶴子著　砂子屋書房　1997.5　211p　22cm　（地中海叢書 610篇）

◆◆鍵和田 秞子（1932～）

◇鍵和田秞子秀句鑑賞　神林信一著　牧羊社　1992.5　155p　21cm〈鍵和田秞子の肖像あり〉　1800円　Ⓘ4-8333-1519-X

◆◆加倉井 秋を（1909～1988）

◇加倉井秋をの世界　高橋謙次郎編著　梅里書房　1992.7　109p　20cm　（昭和俳句文学アルバム 10）〈加倉井秋をの肖像あり〉　1700円　Ⓘ4-87227-024-X

◆◆春日 こうじ（1923～1982）

◇薪となって燃え上がれ―春日こうじ―社会教育に生涯を捧げた詩人　春日こうじ著,春日

憲子編　仙台　境数樹　2010.5　162p　18cm　非売品

◆◆勝又 木風雨（1914～1997）

◇北を旺んに―勝又木風雨の俳句　脇田繁著　札幌　北の雲社　1995.9　266p　19cm　2000円

◆◆加藤 郁乎（1929～2012）

◇加藤郁乎論　仁平勝著　沖積舎　2003.10　193p　20cm　2500円　Ⓘ4-8060-4693-0

◆◆加藤 燕雨（1920～2003）

◇俳人加藤燕雨　加藤哲也著　東京四季出版　2001.10　189p　19cm〈年譜あり〉　1714円　Ⓘ4-8129-0179-0

◇燕雨俳句の行方　加藤哲也著　東京四季出版　2008.11　231p　19cm〈年譜あり〉　1619円　Ⓘ978-4-8129-0556-2

◆◆加藤 かけい（1900～1983）

◇山椒魚の謎　長谷部文孝著　名古屋　環礁俳句会　1997.10　399p　19cm　2000円

◆◆角川 源義（1917～1975）

◇角川源義の世界　吉田鴻司編著　梅里書房　1989.11　109p　20cm　（昭和俳句文学アルバム 11）〈角川源義の肖像あり〉　1700円　Ⓘ4-87227-004-5

◆◆金子 兜太（1919～）

◇金子兜太　安西篤著　師勝町（愛知県）　海程新社　2001.5　536p　20cm〈肖像あり〉　3000円

◇俳句の平明ということ―赤城さかえ・古沢太穂・金子兜太の場合　岡崎万寿著　横浜　俳句集団つぐみ　2002.12　81p　21cm　（つぐみブックレット 1）

◇二度生きる―凡夫の俳句人生　金子兜太著　チクマ秀版社　1994.12　211p　20cm　1500円　Ⓘ4-8050-0253-0

◇二度生きる―凡夫の俳句人生　金子兜太著

俳句（俳句史）

日本点字図書館（製作）　1995.8　2冊　27cm　全3400円

◇現代俳句鑑賞全集―第8巻　金子兜太篇　金子兜太編　東京四季出版　1998.1　277p　20cm　3800円　Ⓘ4-87621-952-4

◇米寿快談―俳句・短歌・いのち　金子兜太, 鶴見和子著　藤原書店　2006.5　293p　20cm　〈肖像あり〉　2800円　Ⓘ4-89434-514-5

◇酒止めようかどの本能と遊ぼうか―俳童の自画像　金子兜太著　中経出版　2007.10　270p　19cm　1500円　Ⓘ978-4-8061-2844-1

◇人間・金子兜太のざっくばらん　金子兜太著　中経出版　2010.8　224p　19cm　〈他言語標題：THE REAL TOHTA KANEKO：A PEEK INTO HIS THOGHTS〉　1500円　Ⓘ978-4-8061-3740-5

◇金子兜太の俳句を楽しむ人生　金子兜太著　中経出版　2011.2　318p　15cm　（中経の文庫 か-6-2）〈『酒止めようかどの本能と遊ぼうか』（2007年刊）の改題、新編集〉　638円　Ⓘ978-4-8061-3963-8

◇兜太百句　金子兜太, 池田澄子述　調布　ふらんす堂　2011.4　150p　21cm　（百句他解シリーズ 1）〈奥付・表紙のタイトル：兜太百句を読む。　文献あり　索引あり〉　2000円　Ⓘ978-4-7814-0347-2

◇わたしの骨格「自由人」　金子兜太著, 蛭田有一インタビュー・撮影　NHK出版　2012.11　179p　20cm　1600円　Ⓘ978-4-14-081577-9

◇金子兜太養生訓　黒田杏子著　白水社　2005.10　246p　20cm　〈肖像あり　年譜あり〉　1800円　Ⓘ4-560-02782-X

◇金子兜太養生訓　黒田杏子著　新装版　白水社　2009.10　253p　20cm　〈年譜あり〉　2000円　Ⓘ978-4-560-08031-3

◇金子兜太・高柳重信―戦後俳句の光彩　土屋文明記念文学館第5回企画展　群馬県立土屋文明記念文学館編　群馬町（群馬県）　群馬県立土屋文明記念文学館　1998.5　99p　30cm

◇金子兜太の100句を読む　酒井弘司著　飯塚書店　2004.7　211p　20cm　〈年譜あり〉　1886円　Ⓘ4-7522-2043-1

◇兜太往還　塩野谷仁著　佐久　邑書林　2007.10　278p　20cm　3000円　Ⓘ978-4-89709-569-1

◇竜太・兜太・狩行―現代俳句の変革者たち　成井恵子著　北溟社　2000.4　220p　21cm　2500円　Ⓘ4-89448-103-0

◇金子兜太の世界　『俳句』編集部編　角川学芸出版　2009.9　268p　21cm　〈角川グループパブリッシング（発売）　年譜あり〉　1800円　Ⓘ978-4-04-621486-7

◇鯨吹く潮われに及ぶ・青島―金子兜太句碑建立ならびに関連行事の記録　宮崎　金子兜太句碑建立実行委員会　2006.11　67p　21cm〈年表あり〉　非売品

◆◆神尾　季羊（1921～1997）

◇神尾季羊の世界―季羊俳句にまなぶ　甲斐多津雄著　宮崎　鉱脈社　2012.11　179p　19cm　（みやざき文庫 93）　1500円　Ⓘ978-4-86061-465-2

◇慈眼温心―ひむかの俳人神尾季羊の世界　鈴木昌平著　宮崎　鉱脈社　1998.7　337p　21cm　2500円　Ⓘ4-906008-00-3

◆◆川崎　展宏（1927～2009）

◇川崎展宏の百句　須原和男著　調布　ふらんす堂　2003.3　169p　19cm　2000円　Ⓘ4-89402-533-7

◆◆岸　風三楼（1910～1982）

◇岸風三楼の世界　宮下翠舟編著　梅里書房　1993.10　109p　20cm　（昭和俳句文学アルバム 12）〈岸風三楼の肖像あり〉　1700円　Ⓘ4-87227-027-4

◆◆京極　杞陽（1908～1981）

◇京極杞陽の世界　成瀬正俊編著　梅里書房　1990.11　109p　20cm　（昭和俳句文学アルバム 13）〈京極杞陽の肖像あり〉　1700円　Ⓘ4-87227-012-6

◆◆清崎　敏郎（1922～1999）

◇現代俳句鑑賞全集―第10巻　清崎敏郎篇　清崎敏郎編　東京四季出版　1998.10　265p　20cm　3619円　Ⓘ4-87621-954-0

俳句（俳句史）

◆◆楠本 憲吉（1922～1988）

◇楠本憲吉の世界　的野雄編著　梅里書房　1991.5　109p　20cm　（昭和俳句文学アルバム 14）〈楠本憲吉の肖像あり〉　1700円　Ⓘ4-87227-016-9

◆◆工藤 芝蘭子（1890～1971）

◇工藤芝蘭子―集成落柿舎十一世庵主　京都　新学社　2004.2　349p　19cm　〈肖像あり　年譜あり〉　1905円　Ⓘ4-7868-0013-9

◆◆小出 秋光（1926～2006）

◇現代俳句鑑賞全集―第11巻　小出秋光篇　小出秋光編　東京四季出版　1999.5　291p　20cm　3800円　Ⓘ4-87621-955-9

◆◆香西 照雄（1917～1987）

◇香西照雄著作集―1　香西隆子編　保谷　香西隆子　1992.3　414p　20cm　〈私家版　精興社（製作）〉　非売品

◆◆河野 多希女（1922～）

◇河野多希女の俳句　西村弘子著　沖積舎　2000.2　265p　20cm　3000円　Ⓘ4-8060-4645-0

◆◆後藤 比奈夫（1917～）

◇今日の俳句入門―私解後藤比奈夫　遠藤睦子著　調布　ふらんす堂　2004.4　191p　20cm　2900円　Ⓘ4-89402-632-5

◇後藤比奈夫春夏秋冬―評論　遠藤睦子著　調布　ふらんす堂　2010.12　152p　20cm　2762円　Ⓘ978-4-7814-0309-0

◇現代俳句鑑賞全集―第13巻　後藤比奈夫篇　後藤比奈夫編　東京四季出版　1998.3　332p　20cm　3619円　Ⓘ4-87621-957-5

◇比奈夫百句　後藤比奈夫,中原道夫述　調布　ふらんす堂　2011.4　187p　21cm　（百句他解シリーズ 2）〈奥付・表紙のタイトル：比奈夫百句を読む。〉　2100円　Ⓘ978-4-7814-0352-6

◆◆西東 三鬼（1900～1962）

◇西東三鬼の世界　大高弘達編著　梅里書房　1992.2　109p　20cm　（昭和俳句文学アルバム 15）〈西東三鬼の肖像あり〉　1700円　Ⓘ4-87227-017-7

◇西東三鬼物語―ある洒脱な俳人伝　上村敦之著　津山　美作出版社　1989.3　246p　20cm　（作州文庫）〈西東三鬼の肖像あり〉　2500円

◇俳句の鬼西東三鬼の世界　小見山輝著　岡山　日本文教出版　2003.2　157p　15cm　（岡山文庫）〈背のタイトル：西東三鬼の世界　肖像あり　年譜あり〉　800円　Ⓘ4-8212-5221-X

◇西東三鬼　高橋悦男著　牧羊社　1992.1　129p　22cm　（鑑賞秀句100句選 14）〈西東三鬼の肖像あり〉　1600円　Ⓘ4-8333-1281-6

◇西東三鬼資料目録　津山郷土博物館編　津山　津山郷土博物館　2008.3　34p　30cm

◇晩年の三鬼　松本澄江著　永田書房　1995.10　174p　20cm　2400円　Ⓘ4-8161-0640-5

◇近代作家追悼文集成―第37巻　吉井勇・和辻哲郎・小川未明・西東三鬼　ゆまに書房　1999.2　291p　22cm　8000円　Ⓘ4-89714-640-2,4-89714-639-9

◆◆佐滝 幻太（1936～）

◇邃き〈ことば〉の海底から―佐滝幻太句集「空空」を読む　笹野儀一著　小松島　小鳥の巣出版　2005.11　165,44p　22cm　（The birds 1）〈付・定本「空空」〉　1300円

◆◆沢木 欣一（1919～2001）

◇俳句は眼前にあり―沢木欣一の俳句　大坪景章著　船橋　万象発行所　2010.6　270p　図版4p　22cm　〈著作目録あり　年譜あり〉　1500円

◇欣一俳句鑑賞　細見綾子編　東京新聞出版局　1991.9　294p　20cm　2200円　Ⓘ4-8083-0413-9

◇乱世の俳人沢木欣一の世界　山田春生著　紅書房　2000.8　309p　20cm　1800円

俳句（俳句史）

①4-89381-149-5

◆◆篠田 悌二郎（1899～1986）

◇篠田悌二郎番外佳句抄　阿部誠文著　有楽書房　1991.4　142p　20cm〈限定版〉2500円
◇篠田悌二郎―その俳句の歩み　阿部誠文著　有楽書房　1992.4　486p　20cm〈限定版〉6000円

◆◆島 恒人（1924～2000）

◇島恒人句碑建立記念誌　島恒人先生句碑建立実行委員会編　札幌　秋さくらの会　1994.9　22p　20cm

◆◆清水 基吉（1918～2008）

◇現代俳句鑑賞全集―第15巻　清水基吉篇　清水基吉編　東京四季出版　1998.5　270p　20cm　3619円　①4-87621-958-3

◆◆鈴木 しづ子（1919～？）

◇しづ子―娼婦と呼ばれた俳人を追って　川村蘭太著　新潮社　2011.1　508p　20cm〈文献あり　年譜あり〉2400円　①978-4-10-328151-1
◇鈴木しづ子―伝説の女性俳人を追って　生誕90年　河出書房新社　2009.8　191p　21cm（Kawade道の手帖）〈年譜あり〉1500円　①978-4-309-74029-4

◆◆鈴木 真砂女（1906～2003）

◇真砂女の交遊録　鈴木真砂女著　朝日新聞社　1997.7　151p　20cm　1400円　①4-02-330541-3
◇いつまでも、真砂女。　星谷とよみ著, 勝田暉子写真　KSS出版　1998.10　195p　22cm　1900円　①4-87709-263-3
◇今生のいまが倖せ…―母、鈴木真砂女　本山可久子著　講談社　2005.2　206p　20cm〈年譜あり〉1800円　①4-06-212787-3

◆◆住宅 顕信（1961～1987）

◇いつかまた会える―顕信―人生を駆け抜けた詩人　香山リカ著　中央公論新社　2002.7　171p　20cm　1400円　①4-12-003288-4
◇住宅顕信読本―若さとはこんな淋しい春なのか　辻仁成, 香山リカ, 小林恭二, 長嶋有, 石井聰亙ほか　中央公論新社　2002.5　135p　21cm　1800円　①4-12-003271-X
◇住宅顕信―生きいそぎの俳人 25歳の終止符　横田賢一著　七つ森書館　2007.2　255p　20cm　1800円　①978-4-8228-0636-1

◆◆相馬 遷子（1908～1976）

◇相馬遷子―佐久の星　相馬遷子作, 筑紫磐井, 中西夕紀, 原雅子, 深谷義紀, 仲寒蟬編　豈の会　2011.5　143p　26cm〈佐久 邑書林（発売）年譜あり〉2000円　①978-4-89709-691-9
◇相馬遷子―佐久の星　相馬遷子作, 筑紫磐井, 仲寒蟬, 中西夕紀, 原雅子, 深谷義紀著　改訂版　佐久　邑書林　2011.10　240p　21cm〈年表あり　初版：豈の会2011年刊〉2000円　①978-4-89709-698-8

◆◆鷹羽 狩行（1930～）

◇狩行俳句の現代性　足立幸信著　梅里書房　1994.7　344p　20cm　3200円　①4-87227-086-X
◇鷹羽狩行研究　遠藤若狭男著　角川書店　2000.8　307p　20cm　2900円　①4-04-871860-6
◇鷹羽狩行の俳句　太田かほり著　角川書店　2006.10　261p　19cm　2000円　①4-04-621403-1
◇鷹羽狩行の世界　角川書店編　角川書店　2003.8　532p　22cm〈肖像あり〉6000円　①4-04-876167-6
◇鷹羽狩行の一句拝見―俳句の作法　鷹羽狩行著　日本放送出版協会　2001.1　239p　21cm（NHK俳壇の本）〈述：北原亜以子, 真野響子, 森ミドリ〉1600円　①4-14-016099-3
◇竜太・兜太・狩行―現代俳句の変革者たち　成井恵子著　北溟社　2000.4　220p　21cm　2500円　①4-89448-103-0
◇鷹羽狩行俳句鑑賞　南千恵子著　調布　ふらんす堂　2001.9　278p　20cm　2800円

①4-89402-431-4
◇鷹羽狩行句碑建立記念写真集　〔出版地不明〕　〔出版者不明〕　〔2010〕　1冊（ページ付なし）　30cm

◆◆高柳　重信（1923～1983）

◇高柳重信　高柳重信著,夏石番矢編著　蝸牛社　1994.10　168p　19cm（蝸牛俳句文庫13）　1400円　①4-87661-242-0
◇高柳重信展—第17回特別展　戸田市立郷土博物館編　戸田　戸田市立郷土博物館　2001.10　57p　30cm〈会期：平成13年10月10日～12月9日　年譜あり〉
◇高柳重信の世界　中村苑子編著　梅里書房　1991.6　109p　20cm（昭和俳句文学アルバム 18）〈高柳重信の肖像あり〉　1700円　①4-87227-018-5
◇現代俳句を熱くした高柳重信との青春—あきさびしああこりやこりやとうたへども　丸山正義著　七月堂　2007.7　236p　19cm　1800円　①978-4-87944-108-9

◆◆滝　春一（1901～1996）

◇滝春一鑑賞　松林尚志著　沖積舎　2001.7　267p　20cm〈肖像あり　年譜あり〉　3500円　①4-8060-4665-5

◆◆滝　春樹（1939～）

◇滝春樹の俳句にあそぶ　鮫島康子著　三光村（大分県）　書心社　2003.1　213p　21cm

◆◆田中　裕明（1959～2004）

◇田中裕明追悼　調布　ふらんす堂　2005.10　81p　21cm（ふらんす堂通信別冊 no.1）　1000円　①4-89402-772-0

◆◆田畑　美穂女（1909～2001）

◇なにわ住—花鳥諷詠の道をあゆんで　田畑美穂女講話　大阪　ブレーンセンター　1992.10　166p　18cm（対話講座なにわ塾叢書 47）〈著者の肖像あり　叢書の編者：大阪府「なにわ塾」〉　620円　①4-8339-0147-1

◆◆寺島　初巳（1927～）

◇寺島初巳秀句抄　加藤哲也著　東京四季出版　2007.8　159p　19cm〈年譜あり〉　1524円　①978-4-8129-0496-1

◆◆友岡　子郷（1934～）

◇友岡子郷俳句365日　川崎雅子著　調布　ふらんす堂　2006.4　202p　19cm　2600円　①4-89402-816-6

◆◆豊長　みのる（1931～）

◇俳道燦燦—詩の求道者・豊長みのる　二ノ宮一雄著　本阿弥書店　2012.10　232p　20cm〈布装〉　3000円　①978-4-7768-0920-3

◆◆鳥居　おさむ（1926～2004）

◇鳥居おさむの、背骨。—鳥居おさむ作品鑑賞集　鳥居おさむ著,東京ムネモシュネ編　〔出版地不明〕　東京ムネモシュネ（制作）　2012.4　101p　21cm〈鑑賞：熊谷ふみをほか〉

◆◆中島　斌雄（1908～1988）

◇中島斌雄の世界　田沼文雄編著　梅里書房　1992.9　109p　20cm（昭和俳句文学アルバム 20）〈中島斌雄の肖像あり〉　1700円　①4-87227-026-6
◇句のこころ—中島斌雄秀句鑑賞　中島斌雄作,綾野道江著　梅里書房　2006.11　221p　18cm　1800円　①4-87227-313-3

◆◆西川　徹郎（1947～）

◇星月の惨劇—西川徹郎の世界　『西川徹郎全句集』刊行記念論叢　梅原猛ほか　芦別　茜屋書店　2002.9　726p　22cm（茜屋叢書 第3集）〈肖像あり　年譜あり〉　7300円　①4-901494-02-3
◇極北の詩精神—西川徹郎論　小笠原賢二著　芦別　茜屋書店　2004.7　130p　20cm（茜屋叢書 第4集）〈年譜あり〉　2300円　①4-901494-03-1
◇銀河と地獄—西川徹郎論　笠原伸夫著　旭川　西川徹郎文学館　2009.1　190p　18cm

日本近現代文学案内　735

俳句（俳句史）

（西川徹郎文学館新書 1）〈年譜あり〉2000円　ⓘ978-4-901494-06-9

◇銀河の光修羅の闇—西川徹郎の俳句宇宙　小林孝吉著　旭川　西川徹郎文学館　2010.10　252p　18cm　（西川徹郎文学館新書 3）〈芦別　図書出版茜屋書店（発売）　西川徹郎作家生活50年記念出版〉　2000円　ⓘ978-4-901494-10-6

◇世界詩としての俳句—西川徹郎論　桜井琢巳著　沖積舎　2003.11　167p　20cm　2500円　ⓘ4-8060-4696-5

◇暮色の定型—西川徹郎論　高橋愁著　沖積舎　1993.11　449p　22cm〈西川徹郎及び著者の肖像あり〉　9800円　ⓘ4-8060-4589-6

◇永遠の青春性—西川徹郎の世界　森村誠一著　旭川　西川徹郎文学館　2010.1　117p　18cm　（西川徹郎文学館新書 2）〈芦別　図書出版茜屋書店（発売）〉　2000円　ⓘ978-4-901494-08-3

◆◆野沢　節子（1920～1995）

◇野沢節子論　火村卓造著　角川書店　1992.8　354p　20cm　3000円　ⓘ4-04-884085-1

◇初期野沢節子百句吟頌　火村卓造著　北溟社　2002.4　209p　19cm　1800円　ⓘ4-89448-263-0

◇せつせつと—野沢節子俳句鑑賞　松村多美著　文学の森　2003.11　149p　19cm　2300円　ⓘ4-902330-05-9

◆◆野見山　朱鳥（1917～1970）

◇生命諷詠の道—野見山朱鳥とその周辺　園本穹子著　梅里書房　1993.10　368p　20cm　3700円　ⓘ4-87227-070-3

◇助言抄　野見山朱鳥著　3版　直方　菜殻火社　2002.11　140p　18cm　（菜殻火叢書第9篇）〈肖像あり〉　1000円

◇野見山朱鳥の世界　野見山ひふみ編著　梅里書房　1989.5　109p　20cm　（昭和俳句文学アルバム 22）〈野見山朱鳥の肖像あり〉　1700円　ⓘ4-87227-000-2

◇野見山朱鳥　愁絶の火　「野見山朱鳥の世界展」実行委員会編　福岡　海鳥社　1999.12　165p　26cm　2000円　ⓘ4-87415-295-3

◆◆能村　登四郎（1911～2001）

◇能村登四郎その水脈—能村登四郎生誕100年・「沖」創刊40周年記念　市川市文学プラザ編　市川　市川市文学プラザ　2010.10　48p　26cm　（市川市文学プラザ企画展図録 11）〈会期：2010年10月23日～2011年2月24日　年譜あり〉

◇能村登四郎ノート—1　今瀬剛一著　調布　ふらんす堂　2011.10　372p　19cm〈他言語標題：Nomura Toshiro note〉　2857円　ⓘ978-4-7814-0419-6

◇能村登四郎の世界　大牧広著　邑書林　1995.3　226p　20cm　2700円　ⓘ4-89709-122-5

◇能村登四郎読本　能村登四郎著, 俳句研究編集部編　富士見書房　1990.11　414p　21cm〈『俳句研究』別冊〉　1800円　ⓘ4-8291-7181-2

◆◆橋本　鶏二（1907～1990）

◇俳人橋本鶏二　中村雅樹著　本阿弥書店　2012.9　384p　20cm　（百鳥叢書 第69篇）〈文献あり　年譜あり　索引あり〉　3500円　ⓘ978-4-7768-0888-6

◆◆長谷川　双魚（1897～1987）

◇長谷川双魚の世界　長谷川久々子編著　梅里書房　1997.11　109p　20cm　（昭和俳句文学アルバム 23）　1650円　ⓘ4-87227-029-0

◆◆長谷川　素逝（1907～1946）

◇長谷川素逝　石田ひでお著　〔津〕　〔石田ひでお〕　2011.10　118p　21cm〈年譜あり〉

◇長谷川素逝円光の生涯　うさみとしお著　晩紅発行所　2005.9　349p　20cm〈年譜あり〉　3800円

◇素逝秀句　中井正義著　津　三重県良書出版会　1991.3　230p　20cm〈付・長谷川素逝全句集　長谷川素逝の肖像あり〉　2400円

◆◆畑中　秋穂（1909～1953）

◇俳人・畑中秋穂伝　竹浪和夫著　むつ　下

北文化社編集委員会　2007.10　301p　20cm〈肖像あり　年譜あり　発行所：下北文化社　文献あり〉　2857円

◆◆花田　春兆（1925〜）

◇花田春兆―いくつになったら歩けるの　花田春兆著　日本図書センター　2004.10　290p　20cm（人間の記録 160）〈肖像あり　年譜あり　著作目録あり〉　1800円　①4-8205-9584-9

◆◆林　翔（1914〜2009）

◇林翔の一〇〇句を読む―自選一〇〇句俳句と生涯　市ケ谷洋子、岡部名保子、風間圭、徳田千鶴子、野中亮介、橋本栄治著　飯塚書店　2011.10　222p　19cm　1500円　①978-4-7522-2062-6

◆◆原田　青児（1919〜）

◇俳人・原田青児―日の当る遠山を胸に　松浦敬親著　相模原　みちのく発行所　2000.10　143p　22cm（みちのく叢書 no.143）〈みちのく創刊50周年記念刊行　肖像あり〉　非売品

◆◆深谷　雄大（1934〜）

◇深谷雄大百句　大西岩夫ほか著　東京四季出版　1993.7　118p　22cm（雪華叢書 第26篇）〈雪華創刊15周年記念出版〉　2000円　①4-87621-630-4

◇深谷雄大の世界　大西岩夫著　北溟社　2007.12　222p　21cm〈肖像あり　年譜あり〉　2500円　①978-4-89448-540-2

◇現代俳句鑑賞全集―第21巻　深谷雄大篇　深谷雄大編　東京四季出版　1998.7　269p　20cm　3800円　①4-87621-965-6

◆◆福田　蓼汀（1905〜1988）

◇福田蓼汀の世界　岡田日郎編著　梅里書房　1989.6　109p　20cm（昭和俳句文学アルバム 26）〈福田蓼汀の肖像あり〉　1700円　①4-87227-001-0

◆◆藤岡　玉骨（1888〜1966）

◇藤岡玉骨片影　松岡ひでたか著　福崎町（兵庫県）　松岡ひでたか　2010.10　99p　19cm〈〔神戸〕　友月書房（制作）〉　1200円　①978-4-87787-472-8

◆◆藤木　倶子（1931〜）

◇俳句で詠む「みちのく風土記」―倶子俳句の四季　奥田卓司著　八戸　たかんな発行所　2008.2　162p　19cm（たかんな叢書 第30編）　1500円

◆◆古沢　太穂（1913〜2000）

◇俳句の平明ということ―赤城さかえ・古沢太穂・金子兜太の場合　岡崎万寿夫著　横浜　俳句集団つぐみ　2002.12　81p　21cm（つぐみブックレット 1）

◆◆星野　紗一（1921〜2006）

◇現代俳句鑑賞全集―第22巻　星野紗一篇　星野紗一編　東京四季出版　1998.2　261p　20cm　3800円　①4-87621-966-4

◆◆松沢　昭（1925〜2010）

◇現代俳句鑑賞全集―第23巻　松沢昭篇　松沢昭編　東京四季出版　1998.2　245p　20cm　3619円　①4-87621-967-2

◆◆松本　旭（1918〜）

◇松本旭俳句鑑賞　荒井良子著　上尾　橘発行所　2001.5　183p　20cm　1905円

◇風雅の魔心―松本旭俳論集　松本旭著　本阿弥書店　2002.11　336p　22cm　3714円　①4-89373-876-3

◆◆松本　夜詩夫（1925〜）

◇鑑賞・夜詩夫俳句の周辺　吉本孝雄自選作品集　吉本孝雄著　館林　ぬかるみ俳句会　2003.11　205p　26cm（ぬかるみ選集 第20巻）〈年譜あり〉

俳句（俳句史）

◆◆丸山　海道（1924〜1999）

◇現代俳句鑑賞全集―第25巻　丸山海道篇　丸山海道編　東京四季出版　1998.8　276p　20cm　3619円　ⓘ4-87621-969-9

◆◆三橋　敏雄（1920〜2001）

◇評伝三橋敏雄―したたかなダンディズム　遠山陽子著　沖積舎　2012.9　638p　22cm　〈文献あり〉　6800円　ⓘ978-4-8060-4760-5

◆◆皆川　盤水（1918〜2010）

◇皆川盤水俳句鑑賞　高木良多編　東京新聞出版局　1992.9　295p　20cm　2200円　ⓘ4-8083-0441-4

◇盤水一日一句　盤水著, 池内けい吾編　春耕俳句会　2011.12　220p　18cm　〈春耕叢書　平23-2〉　1500円

◇旅の俳人皆川盤水の世界　山田春生著　西東京　駒草書房　2010.3　270p　20cm　〈年譜あり　著作目録あり〉　2500円　ⓘ978-4-906480-12-8

◇鑑賞皆川盤水一〇〇句　渡辺信也著　白鳳社　1992.7　250p　19cm　〈限定版〉　2500円

◆◆三野　虚舟（1910〜1993）

◇虚舟先生のおもかげ　三野虚舟ほか著, 西岡翠編　東プリ　1994.10　273p　19cm　〈著者の肖像あり〉　2500円

◆◆宮坂　静生（1937〜）

◇魚鳥木燦々―宮坂静生俳句鑑賞　窪田英治著　花神社　2006.11　185p　19cm　〈年譜あり〉　1500円　ⓘ4-7602-1854-8

◆◆村野　夏生（1933〜）

◇ランボオ消ゆる―連句覚え書き　村野夏生さん追悼　長岡昭四郎著　プラザ企画　2003.10　38,2p　21cm　〈付・現代詩への道をさぐる、他　折り込1枚〉　非売品

◇歌仙行―村野夏生連句批評　村野夏生著　武蔵野　ああノ会「爛柯」編集部　2001.3　111p　21cm　2000円

◆◆森　澄雄（1919〜2010）

◇俳句の天窓―岩井英雅俳句評論集　岩井英雅著　角川書店　2011.2　233p　19cm　〈角川グループパブリッシング（発売）〉　2381円　ⓘ978-4-04-652372-3

◇森澄雄の107句　上野一孝編　舷灯社　2002.10　142p　19cm　1200円　ⓘ4-87782-033-7

◇森澄雄俳句熟考　上野一孝著　角川書店　2011.4　153p　19cm　〈角川グループパブリッシング（発売）〉　2000円　ⓘ978-4-04-652375-4

◇森澄雄とともに　榎本好宏著　花神社　1993.3　307p　20cm　3000円　ⓘ4-7602-1246-9

◇森澄雄　岡井省二著　牧羊社　1992.7　126p　22cm　（鑑賞秀句100句選　17）〈森澄雄の肖像あり〉　1600円　ⓘ4-8333-1282-4

◇森澄雄の恋の句　鈴木太郎著　邑書林　1992.2　247p　20cm　2700円　ⓘ4-946407-26-X

◇森澄雄の世界―俳句―いのちをはこぶもの　特別展　姫路文学館編　姫路　姫路文学館　2003.4　71p　30cm　〈会期：平成15年4月18日〜6月29日　著作目録あり　年譜あり〉

◇現代俳句鑑賞全集―第26巻　森澄雄篇　森澄雄編　東京四季出版　1998.10　241p　20cm　3619円　ⓘ4-87621-970-2

◇遺稿・澄雄俳集集―上巻　森澄雄著　永田書房　2011.9　307p　19cm　〈標題紙のタイトル：遺稿森澄雄俳話集　背のタイトル：澄雄俳話集〉　1810円　ⓘ978-4-8161-0720-7

◇遺稿・澄雄俳集集―下巻　森澄雄著　永田書房　2011.9　277p　19cm　〈標題紙のタイトル：遺稿森澄雄俳話集　背のタイトル：澄雄俳話集〉　1810円　ⓘ978-4-8161-0721-4

◇森澄雄　脇村禎徳著　邑書林　1996.5　246p　20cm　2700円　ⓘ4-89709-180-2

◇森澄雄　脇村禎徳著　増補版　角川書店　2011.8　265p　19cm　〈初版の出版者：邑書林〉　2381円　ⓘ978-4-04-652469-0

◆◆森田　公司（1926〜）

◇森田公司の世界―さいたまが生んだ遊神の俳

俳句（俳句史）

人　埼玉県さいたま市立大宮図書館編　さいたま　埼玉県さいたま市教育委員会　2005.2　261p　19cm〈肖像あり　年譜あり〉　1000円

◆◆矢島　渚男（1935～）

◇矢島渚男俳句散歩　水上孤城著　本阿弥書店　2007.3　257p　19cm　2400円　①978-4-7768-0348-5

◆◆八幡　城太郎（1912～1985）

◇先師再見—八幡城太郎作品鑑賞　山口孝枝著　町田　青芝俳句会　1998.11　128p　20cm　2000円
◇評伝八幡城太郎　山本つぼみ著　角川書店　1995.4　286p　20cm　2800円　①4-04-884094-0

◆◆矢部　栄子（1930～1954）

◇夭折の俳人矢部栄子　松岡ひでたか著　神戸　交友プランニングセンター（製作）　2007.9　292p　19cm〈松岡ひでたか〉　2000円　①978-4-87787-356-1

◆◆山口　いさを（1921～）

◇山口いさを俳句百景　伊藤政美文・写真　四日市　菜の花会　1997.2　209p　15×18cm（菜の花叢書　27）　2000円

◆◆山崎　百合子（1933～1994）

◇山崎百合子のこと—随想　甲藤卓雄著　津　岡田泉城　2006.11　46p　21cm〈発行所：喜怒哀楽書房〉　非売品

◆◆山田　みづえ（1926～）

◇風はどこから—山田みづえ俳句鑑賞　清水貴久彦著　調布　ふらんす堂　1999.4　109p　18cm　2100円　①4-89402-274-5
◇風はどこから—山田みづえ俳句鑑賞　句集　清水貴久彦著　新装版　調布　ふらんす堂　2006.3　109,105p　18cm〈英語併記　他言語標題：From where the wind blows〉　2667円　①4-89402-792-5

◇現代俳句鑑賞全集—第28巻　山田みづえ篇　山田みづえ編　東京四季出版　1999.2　245p　20cm　3619円　①4-87621-942-7

◆◆吉田　汀史（1931～）

◇不滅のダイアモンド—吉田汀史論　大関靖博著　徳島　航標俳句会　2003.6　363p　19cm〈肖像あり〉　2000円

◆◆吉野　義子（1915～2010）

◇鑑賞吉野義子—1　宇和川喬子著　白風社　1997.2　426p　19cm　2500円
◇現代俳句鑑賞全集—第29巻　吉野義子篇　吉野義子編　東京四季出版　1999.1　354p　20cm　3619円　①4-87621-943-5

◆◆和知　喜八（1913～2004）

◇喜八俳句覚え書—和知喜八の六十年　山崎聡著　紅書房　2001.8　359p　20cm　2858円　①4-89381-164-9

日本近現代文学案内　739

川柳

◇現代川柳を読む―続　秋原秀夫著　詩歌文学刊行会　1997.1　128p　19cm　1200円

◇現代川柳を読む―続々　秋原秀夫著　詩歌文学刊行会　1999.1　119p　19cm　1200円

◇伊勢崎の川柳遺産ここにあり　秋山春海編著　伊勢崎　紙鳶社　2008.8　59p　27cm　1280円　Ⓘ4-915853-79-9

◇クイズ虫食い川柳―頭の体操5・7・5　朝日新聞「虫食い川柳」編　角川春樹事務所　2001.4　144p　18cm　(Haruki books)　724円　Ⓘ4-89456-288-X

◇川柳とは何か―川柳の作り方と味い方　麻生路郎著　大阪　教育情報出版　1998.7　264p　19cm　1905円

◇川柳たけはら鑑賞　石原伯峯著　竹原　竹原川柳会　2003.4　161p　21cm〈肖像あり〉

◇空間表現の世界―現代川柳鑑賞　石森騎久夫著　大阪　葉文館出版　1999.9　319p　19cm　2667円　Ⓘ4-89716-123-1

◇振り向けば風―初心の川柳　石森騎久夫著, 石森隆夫編　名古屋　石森隆夫　2006.3　151p　21cm〈年譜あり〉　非売品

◇波のまにまに人生の面白し―川柳雑学エッセイ集　伊豆丸竹仙著　福岡　櫂歌書房　1996.3　299p　図版10枚　19cm　1500円　Ⓘ4-924527-59-9

◇川柳探訪―新　泉きよし著　釧路　〔泉きよし〕　1990.9　302p　26cm

◇ユーモア川柳乱魚ブログ―2　今川乱魚著, 今川幸子編　大阪　新葉館出版　2011.1　385p　21cm〈他言語標題：Humour senryu Rangyo blog〉　1400円　Ⓘ978-4-86044-420-7

◇ユーモア川柳の作り方と楽しみ方　今川乱魚著　大阪　新葉館出版　2012.4　177p　19cm　1400円　Ⓘ978-4-86044-457-0

◇川柳燦燦―川柳読本・岩井三窓2　岩井三窓著　大阪　創元社　1994.12　361p　21cm　2800円　Ⓘ4-422-91019-1

◇紙鉄砲　岩井三窓著　大阪　新葉館出版　2001.11　249p　18cm　952円　Ⓘ4-86044-156-7

◇紙鉄砲―2　岩井三窓著　大阪　新葉館出版　2008.2　249p　18cm　1000円　Ⓘ978-4-86044-334-4

◇ユーモア党宣言！　江畑哲男監修, 東葛川柳会編　大阪　新葉館出版　2012.11　281p　20cm　2000円　Ⓘ978-4-86044-470-9

◇日本うたことば表現辞典―8（狂歌・川柳編上巻）　大岡信監修, 日本うたことば表現辞典刊行会編　遊子館　2000.11　444,15p　27cm　Ⓘ4-946525-29-7

◇日本うたことば表現辞典―9（狂歌・川柳編下巻）　大岡信監修, 日本うたことば表現辞典刊行会編　遊子館　2000.11　p447～833p　27cm　Ⓘ4-946525-29-7

◇狂歌川柳表現辞典―歳時記版　大岡信監修　遊子館　2003.1　533,13p　19cm　3300円　Ⓘ4-946525-43-2

◇俊秀流川柳入門　大木俊秀著　家の光協会　1999.11　262p　19cm　1400円　Ⓘ4-259-54493-4

◇川柳しよう―川柳入門実体験記　太田垣正義著　開文社出版　2003.6　155p　19cm　1200円　Ⓘ4-87571-866-7

◇映画と川柳に吹く風―川柳論集　大塚ただし絵・文　青森　大塚ただし　2008.8　150p　21cm　1000円

◇川柳、もの申す！　大伴閑人著　岩波書店　2005.1　189p　20cm　1800円　Ⓘ4-00-023650-4

◇うめぼし柳談　大野風柳著　大阪　新葉館出版　2005.1　281p　18cm　（新葉館ブックス）　1200円　Ⓘ4-86044-248-2

◇川柳よ、変わりなさい！　大野風柳著　大阪　新葉館出版　2006.1　257p　18cm　（新葉館ブックス）　1200円　Ⓘ4-86044-279-2

川柳

◇川柳を、はじめなさい！　大野風柳著　大阪　新葉館出版　2010.7　281p　18cm　（新葉館ブックス）　1200円　Ⓘ978-4-86044-401-3

◇新・川柳入門—こんな句が入選する　オール川柳編集部編纂　大阪　葉文館出版　1997.6　247p　19cm　1500円　Ⓘ4-916067-58-4

◇新編川柳大辞典　粕谷宏紀編　東京堂出版　1995.9　836,76p　27cm　19000円　Ⓘ4-490-10376-X

◇「わかる」課題別川柳教室　加藤翠谷著　大阪　葉文館出版　1998.12　285p　19cm　1800円　Ⓘ4-89716-035-9

◇人生としての川柳　木津川計著　角川学芸出版　2010.7　223p　19cm　〈角川学芸ブックス〉〈角川グループパブリッシング（発売）〉　1400円　Ⓘ978-4-04-621288-7

◇わたしのデモシカ川柳　木村謝楽斎著　大阪　新葉館出版　2012.12　103p　21cm　〈背のタイトル：デモシカ川柳〉　1000円　Ⓘ978-4-86044-477-8

◇川柳への誘い—2　木村木念著　弘前　北方新社　1997.10　342p　19cm　1429円　Ⓘ4-89297-014-X

◇川柳への誘い—1　木村木念著　改訂版　弘前　北方新社　2000.9　279p　19cm　1500円　Ⓘ4-89297-039-5

◇川柳への誘い—3　木村木念著　弘前　北方新社　2004.6　268p　19cm　〈文献あり〉　1700円　Ⓘ4-89297-069-7

◇川柳よ何処へゆく　久保田元紀著　大阪　葉文館出版　1999.2　151p　19cm　2381円　Ⓘ4-89716-062-6

◇セレクション柳論　小池正博,樋口由紀子編　佐久　邑書林　2009.4　197p　19cm　〈セレクション柳人　別冊〉　1600円　Ⓘ978-4-89709-629-2

◇蕩尽の文芸—川柳と連句　小池正博著　神戸　まろうど社　2009.6　343p　20cm　2500円　Ⓘ978-4-89612-035-6

◇川柳おぼえがき—その人間性を探る　小松原爽介著　西宮　小松原爽介　1994.5　109p　15cm　〈付・添削50題〉　1000円

◇川柳一言録—その人間性を探る　小松原爽介著　〔西宮〕　〔小松原爽介〕　2003.4　151p　15cm　1000円

◇現代川柳ノート　斎藤大雄著　大阪　葉文館出版　1996.7　177p　19cm　1800円　Ⓘ4-916067-18-5

◇情念の世界—愛憎と欲望の刹那を句に探る　斎藤大雄著　大阪　葉文館出版　1998.5　257p　19cm　1800円　Ⓘ4-89716-005-7

◇川柳入門—はじめのはじめのまたはじめ　斎藤大雄著　大阪　葉文館出版　1999.5　286p　19cm　1700円　Ⓘ4-89716-099-5

◇川柳はチャップリン　斎藤大雄著　札幌　北海道新聞社　2001.2　199p　21cm　1700円　Ⓘ4-89453-139-9

◇選者のこころ　斎藤大雄著　大阪　新葉館出版　2001.2　150p　18cm　1143円　Ⓘ4-901319-07-8

◇現代川柳のこころとかたち—斎藤大雄川柳文集　斎藤大雄著　大阪　新葉館出版　2003.6　201p　18cm　952円　Ⓘ4-86044-189-3

◇名句に学ぶ川柳うたのこころ　斎藤大雄著　大阪　新葉館出版　2004.6　193p　18cm　（新葉館ブックス）　952円　Ⓘ4-86044-230-X

◇現代大衆川柳論　斎藤大雄著　大阪　新葉館出版　2005.12　239p　18cm　（新葉館ブックス）〈文献あり〉　1200円　Ⓘ4-86044-276-8

◇川柳力　斎藤大雄著　大阪　新葉館出版　2007.3　205p　18cm　1200円　Ⓘ978-4-86044-307-8

◇現代川柳の精神　堺利彦著　大宮　埼玉川柳社　1993.2　243p　19cm　1000円　Ⓘ4-915912-02-7

◇現代川柳の精神　堺利彦著　改版　大宮　埼玉川柳社　1993.6　243p　19cm　1000円　Ⓘ4-915912-02-7

◇川柳解体新書　堺利彦著　大阪　新葉館出版　2002.11　273p　18cm　（新葉館ブックス）　1143円　Ⓘ4-86044-177-X

◇子規、滋酔郎、枕流の遊病俳歌絵本　砂崎枕流著　名古屋　ブイツーソリューション　2010.12　151p　21cm　〈星雲社（発売）　絵：REIKO　文献あり〉　952円　Ⓘ978-4-434-15129-3

◇現代川柳の原風景　佐藤岳俊著　青磁社　1992.8　256p　20cm　〈参考文献：p255～256〉　2500円　Ⓘ4-88095-330-X

日本近現代文学案内　**741**

川柳

◇現代川柳の宇宙　佐藤岳俊著　大阪　新葉館出版　2011.11　289p：　19cm〈文献あり〉　2000円　①978-4-86044-444-0

◇川柳は語る激動の戦後　佐藤美文著　大阪　新葉館出版　2009.9　249p　19cm　1600円　①978-4-86044-379-5

◇お国ことばで川柳―NHKあおもり 1　渋谷伯龍著　弘前　北方新社　2006.9　184p　19cm　1000円　①4-89297-098-0

◇お国ことばで川柳―NHKあおもり 2　渋谷伯龍著　弘前　北方新社　2008.6　174p　19cm　1000円　①978-4-89297-117-4

◇お国ことばで川柳―NHKあおもり 3　渋谷伯龍著　弘前　北方新社　2008.6　173p　19cm　1000円　①978-4-89297-118-1

◇お国ことばで川柳―NHKあおもり 4　渋谷伯龍著　弘前　北方新社　2009.8　192p　19cm〈索引あり〉　1000円　①978-4-89297-136-5

◇お国ことばで川柳―NHKあおもり 5　渋谷伯龍著　弘前　北方新社　2011.8　179p　19cm〈索引あり〉　1000円　①978-4-89297-161-7

◇お国ことばで川柳―NHKあおもり 6　渋谷伯龍著　弘前　北方新社　2011.8　176p　19cm〈索引あり〉　1000円　①978-4-89297-162-4

◇江戸は川柳、京は軽口　下山山下著　山手書房新社　1992.5　230p　20cm　1600円　①4-8413-0042-2

◇川柳の理論と実践　新家完司著　大阪　新葉館出版　2011.3　325p　19cm　1600円　①978-4-86044-428-0

◇時実新子川柳の学校　杉山昌善, 渡辺美輪著　有楽出版社　2004.10　186p　19cm〈実業之日本社（発売）〉　1400円　①4-408-59236-6

◇今日から始める現代川柳入門―ドラマチック川柳のすすめ　杉山昌善著　有楽出版社　2011.5　165p　19cm〈実業之日本社（発売）〉　1500円　①978-4-408-59357-9

◇十七文字に生きる庶民の本音―ひねり唄　鈴木昶著　健友館　1990.3　191p　20cm　1540円　①4-87461-198-2

◇川柳くすり百景―薬日柳壇の半世紀から　鈴木昶著　薬事日報社　2006.9　126p　18cm（薬事日報新書）　900円　①4-8408-0924-0

◇如仙の川柳句集事典　鈴木如仙著　〔豊橋〕　鈴木如仙川柳事務所　2003.8　179p　18cm　1000円

◇川柳教室―どうしたらよい句がつくれるか　鈴木東峰著, 山梨新報社編　〔甲府〕　〔鈴木東峰〕　2000.11　337p　21cm　2300円

◇雑俳川柳研究集成―1　清博美編　芝川町（静岡県）　川柳雑俳研究会　2002.4　272p　21cm　非売品

◇雑俳川柳研究集成―2　清博美編　芝川町（静岡県）　川柳雑俳研究会　2002.8　298p　21cm　非売品

◇雑俳川柳研究集成―3　清博美編　芝川町（静岡県）　川柳雑俳研究会　2002.12　318p　21cm　非売品

◇雑俳川柳研究集成―4　清博美編　芝川町（静岡県）　川柳雑俳研究会　2003.4　282p　21cm〈折り込2枚〉　非売品

◇雑俳川柳研究集成―5　清博美編　芝川町（静岡県）　川柳雑俳研究会　2003.9　297p　21cm〈三樹書房（発売）〉　6000円　①4-89522-341-8

◇雑俳川柳研究集成―6　清博美編　芝川町（静岡県）　川柳雑俳研究会　2003.12　302p　21cm〈三樹書房（発売）〉　6000円　①4-89522-363-9

◇雑俳川柳研究集成―7　清博美編　芝川町（静岡県）　川柳雑俳研究会　2004.4　272p　21cm〈三樹書房（発売）〉　6000円　①4-89522-390-6

◇雑俳川柳研究集成―8　清博美編　芝川町（静岡県）　川柳雑俳研究会　2004.8　245p　21cm〈三樹書房（発売）〉　6000円　①4-89522-426-0

◇雑俳川柳研究集成―9　清博美編　芝川町（静岡県）　川柳雑俳研究会　2004.12　296p　21cm〈三樹書房（発売）〉　6000円　①4-89522-427-9

◇川柳つれづれ草　関水華著　大阪　葉文館出版　1996.10　207p　20cm　2500円　①4-916067-41-X

◇川柳入門事典　全日本川柳協会編　大阪　葉文館出版　1999.5　305p　19cm　1905円　①4-89716-097-9

◇きょうからあなたも川柳作家―作句の手引

川柳

川柳噴煙吟社著　熊本　川柳噴煙吟社　2002.6　80p　18cm〈「川柳ふんえん」増刊号〉　500円

◇川柳とあそぶ　田口麦彦　実業之日本社　1992.5　254p　19cm　1300円　①4-408-53173-1

◇麦彦の時事川柳教室　田口麦彦著　東京美術　1992.10　181p　19cm　1200円　①4-8087-0587-7

◇現代川柳入門　田口麦彦著　飯塚書店　1994.4　230p　20cm　1800円　①4-7522-4001-7

◇川柳技法入門　田口麦彦著　飯塚書店　1994.9　235p　20cm　1800円　①4-7522-4002-5

◇時事川柳入門　田口麦彦著　飯塚書店　1995.7　229p　20cm　1800円　①4-7522-4004-1

◇元気が出る川柳　田口麦彦著　大阪　葉文館出版　1999.3　169p　18cm　1200円　①4-89716-076-6

◇川柳表現辞典　田口麦彦編著　飯塚書店　1999.10　309p　20cm　3400円　①4-7522-4005-X

◇川柳入門・はじめのはじめ　田口麦彦著　改訂新版　東京美術　2000.6　212p　19cm　1300円　①4-8087-0685-7

◇楽しみながら上手くなる穴埋め川柳練習帳　田口麦彦著　飯塚書店　2005.2　238p　19cm　1600円　①4-7522-4006-8

◇三省堂現代女流川柳鑑賞事典　田口麦彦編著　三省堂　2006.10　505p　16cm　1800円　①4-385-15896-7

◇地球を読む―川柳的発想のススメ　田口麦彦著　飯塚書店　2008.2　235p　19cm　1600円　①978-4-7522-4008-2

◇川柳入門はじめのはじめ　田口麦彦著　飯塚書店　2012.6　219p　19cm〈東京美術2000年刊に大幅加筆、改訂したもの〉　1300円　①978-4-7522-4011-2

◇川柳を学ぶ人たちへ　竹田光柳著　大阪　新葉館出版　2005.4　233p　19cm　1400円　①4-86044-256-3

◇現代川柳類題辞典―きやり高点句集　竹本瓢太郎監修、竹田光柳編　立川　川柳きやり吟社　2003.1　50,349p　15×22cm　2000円

◇人生の悩みに愛の一行詩―川柳人生論　多田哲朗著　ザ・ブック　1999.11　286p　19cm　1238円　①4-309-90371-1

◇田辺聖子の人生あまから川柳　田辺聖子著　集英社　2008.12　170p　18cm（集英社新書）　680円　①978-4-08-720474-2

◇時事川柳ノススメ―時事川柳作句入門　千葉朱浪著　青蛙房　2005.6　219p　19cm　1900円　①4-7905-0424-7

◇北の断章―評論集　辻晩穂編　北見　北見川柳社　2000.11　356p　21cm　2000円

◇北の系譜―評論集　辻晩穂編　北見　北見川柳社　2002.9　310p　21cm　2000円

◇時代の肖像―評論集　辻晩穂編　北見　北見川柳社　2007.6　260p　21cm　2000円　①978-4-9902052-4-9

◇北の指標―評論集　辻晩穂編　北見　北見川柳社　2009.6　246p　21cm　2000円　①978-4-9902052-5-6

◇北の指座―評論集　辻晩穂編　北見　北見川柳社　2011.6　264p　21cm　2000円　①978-4-9902052-6-3

◇川柳の教科書―スピードマスター　堤丁玄坊著　大阪　新葉館出版　2007.2　97p　21cm　1000円　①978-4-86044-304-7

◇スピードマスター川柳の教科書　堤丁玄坊著　改訂版　大阪　新葉館出版　2012.1　113p　21cm〈索引あり　文献あり〉　1000円　①978-4-86044-448-8

◇かけあい指南川柳入門―一字一字に心を込めて　TBC（東北放送）ラジオ「おはよう広場川柳教室」編　仙台　河北新報社　1997.12　277p　19cm　1600円　①4-87341-112-2

◇川柳世相直撃　手嶋吾郎著　創思社出版　1995.2　227p　20cm　1800円

◇一句で綴る川柳の歩み　東井淳著　近代文芸社　1994.9　179p　20cm　1200円　①4-7733-2389-2

◇川柳を楽しむ―名句の味わいと感動　東井淳著　大阪　葉文館出版　1996.11　273p　19cm　1650円　①4-916067-48-7

◇川柳新子座―Let's senryu　時実新子著　朝日新聞社　1990.2　211p　22cm　1850円　①4-02-256096-7

◇川柳新子座―1990　時実新子著　朝日新聞社

川柳

1991.2　215p　22cm〈「1990」の副書名：Viva senryu〉　2000円　Ⓘ4-02-256253-6
◇川柳新子座―1991　時実新子著　朝日新聞社　1992.2　211p　22cm〈「1991」の副書名：Bravo senryu〉　2300円　Ⓘ4-02-256399-0
◇川柳新子座―1992　遊びせんとや　時実新子著　朝日新聞社　1993.3　211p　22cm　2500円　Ⓘ4-02-256584-5
◇川柳新子座―1993　百色の毯　時実新子著　朝日新聞社　1994.2　213p　19cm　1800円　Ⓘ4-02-256704-X
◇川柳ゆめ芝居―新子座'94　時実新子著　朝日新聞社　1995.3　213p　19cm　1800円　Ⓘ4-02-256834-8
◇新子流川柳入門　時実新子著　ネスコ　1995.9　254p　19cm　1400円　Ⓘ4-89036-902-3
◇川柳新子座―1995　魔術師たち　時実新子著　朝日新聞社　1996.3　211p　19cm　1800円　Ⓘ4-02-256933-6
◇新子流川柳入門　時実新子著　大活字　1997.4　2冊　26cm（大活字文庫 6）各2400円　Ⓘ4-925053-07-8,4-925053-98-1
◇続おじさんは文学通―4（川柳編）　時実新子監修，川柳大学編集部編　明治書院　1998.7　211p　18cm　880円　Ⓘ4-625-53147-0
◇60歳からの新しい川柳―中高年の現代川柳入門　時実新子監修，杉山昌善著　有楽出版社　2006.7　165p　19cm〈実業之日本社（発売）〉　1400円　Ⓘ4-408-59266-8
◇時実新子のだから川柳　時実新子著,安藤まどか,月刊『望星』編集部編　東海教育研究所　2008.3　254p　21cm（望星ライブラリー v.9）〈肖像あり　秦野 東海大学出版会（発売）〉　2300円　Ⓘ978-4-486-03197-0
◇兆吉の肥後狂句―作り方と評釈　冨永兆吉著〔熊本〕　熊本日日新聞社　2003.11　286p　19cm〈熊本 熊本日日新聞情報文化センター（発売）〉　1429円　Ⓘ4-87755-166-2
◇21世紀へ駆ける日本川柳の群像　仲川幸男著　大阪　葉文館出版　2000.3　216p　19cm　1429円　Ⓘ4-89716-174-6
◇兵庫県千種川流域方言川柳句集読後感　中塚礎石編　相生　中塚礎石　2005.5　81p　21cm
◇川柳のなかの中国―日露戦争からアジア・太平洋戦争まで　中村義著　岩波書店　2007.8　272,18p　20cm〈年表あり〉　3600円　Ⓘ978-4-00-023669-0
◇楽しい川柳の作り方　西岡光秋著　日本法令　1990.5　143p　9×13cm（Horeiポケットブックス）　500円　Ⓘ4-539-75345-2
◇ポケット川柳　西木空人編著　童話屋　2006.4　158p　16cm　1250円　Ⓘ4-88747-059-2
◇川柳動物志　西原亮編著　太平書屋　2003.12　430p　22cm　10000円
◇川柳植物志　西原亮編著　太平書屋　2004.4　474p　22cm　10000円
◇川柳覚え書　西村在我著　大阪　葉文館出版　1996.9　175p　19cm　1500円　Ⓘ4-916067-39-8
◇時実新子のハッピー川柳塾　日本放送協会,日本放送出版協会編　日本放送出版協会　2004.9　95p　26cm（NHK趣味悠々）〈講師：時実新子〉　1000円　Ⓘ4-14-188388-3
◇川柳誘遊　野沢省悟著〔青森〕〔野沢省悟〕　2004.6　119p　21cm　1500円
◇川柳の作り方　野谷竹路著　成美堂出版　1992.3　231p　19cm　920円　Ⓘ4-415-07452-9
◇薩摩狂句入門　橋口馬瓜著　鹿児島　高城書房　2012.10　167p　19cm〈文献あり〉　1200円　Ⓘ978-4-88777-149-9
◇道程―ことばを紡いで二十年：川柳エッセイ集　林さだき著　大阪　新葉館出版　2011.5　269p　19cm　1200円　Ⓘ978-4-86044-440-2
◇ポケット川柳のたのしみ　林富士馬著　平凡社　1996.2　389p　18cm　1500円　Ⓘ4-582-37205-8
◇川柳―その作り方・味わい方　番傘川柳本社編　大阪　創元社　1993.11　265p　19cm　1600円　Ⓘ4-422-91014-0
◇川柳×薔薇　樋口由紀子著　調布　ふらんす堂　2011.4　207p　19cm〈他言語標題：Senryu×bara〉　1600円　Ⓘ978-4-7814-0342-7
◇川柳の楽しみ　尾藤一泉著　大阪　新葉館出版　2011.2　127p　15cm（川柳さくらぎ叢書 第1輯 4）　1000円　Ⓘ978-4-86044-

川柳

514-0

◇川柳二〇〇年の実像　尾藤三柳著　雄山閣出版　1989.9　236p　22cm　〈雄山閣books 24〉　2500円　Ⓘ4-639-00921-6

◇やなぎのしずく―三柳漫語　尾藤三柳著　朱雀洞　1992.8　110p　15cm　〈朱雀洞文庫〉〈私家限定版 発行所：川柳公論 著者の肖像あり〉

◇川柳総合事典　尾藤三柳編　新装版　雄山閣出版　1996.8　577p　22cm　5974円　Ⓘ4-639-00368-4

◇現代川柳ハンドブック　尾藤三柳監修, 日本川柳ペンクラブ編　雄山閣出版　1998.11　275,16p　19cm　2800円　Ⓘ4-639-01563-1

◇川柳総合大事典―用語編　尾藤三柳監修, 尾藤一泉編　雄山閣　2007.3　237p　22cm　〈用語編のサブタイトル：新古・川柳関連用語・ことばの宝庫〉　5000円　Ⓘ978-4-639-01969-5

◇川柳総合大事典―第1巻（人物編）　尾藤三柳監修, 堺利彦, 尾藤一泉編　雄山閣　2007.8　296p　22cm　〈肖像あり　人物編のサブタイトル：近世・近代・現代川柳家・関連人物〉　5000円　Ⓘ978-4-639-01967-1

◇川柳神髄―尾藤三柳評論集　尾藤三柳著, 尾藤一泉編　大阪　新葉館出版　2009.3　683,4p　20cm　6000円　Ⓘ978-4-86044-366-5

◇ことば110番―尾藤三柳の川柳用語集　尾藤三柳著　大阪　新葉館出版　2010.10　141p　18cm　1200円　Ⓘ978-4-86044-410-5

◇時事川柳―完全版　尾藤三柳著　大阪　新葉館出版　2012.8　253p　20cm　1800円　Ⓘ978-4-86044-464-8

◇川柳人生―川柳を作ってみませんか 句と随想・川柳観　福岡瓢斉著　金沢　福岡瓢斉　1992.11　136p　21cm　〈著者の肖像あり〉　非売品

◇俳句と川柳―「笑い」と「切れ」の考え方、たのしみ方　復本一郎著　講談社　1999.11　260p　18cm　〈講談社現代新書〉　680円　Ⓘ4-06-149478-3

◇知的に楽しむ川柳　復本一郎著　日東書院　2001.10　251p　19cm　1200円　Ⓘ4-528-01370-3

◇川柳くろがね吟社年表　古谷龍太郎編　中間　川柳くろがね吟社　2007.1　1冊（ページ付なし）　21×30cm

◇北九州の川柳　古谷龍太郎編著　中間　川柳くろがね吟社　2007.10　116p　21×30cm　〈年表あり〉

◇50歳からはじめる俳句・川柳・短歌の教科書―「私に合っているのは、どれ？」がよくわかる！ ゼロからはじめられる：アクティブな50代・60代・70代を応援！　坊城俊樹, やすみりえ, 東直子監修　滋慶出版/土屋書店　2012.8　159p　21cm　1480円　Ⓘ978-4-8069-1273-6

◇現代冠句入門　松尾明美著　京都　文芸塔京都支部　1994.4　120p　18cm　2500円

◇中国人名・事項索引―川柳ノート　南得二編　高槻　古川柳電子情報研究会　1995.9　40p　21cm　非売品

◇川柳という方法―インターネットであんな川柳こんな川柳　南野耕平著　本の泉社　2010.5　271p　19cm　〈文献あり〉　1429円　Ⓘ978-4-7807-0461-7

◇川柳入門書　森脇幽香里著　広島　森脇幽香里　1996.7　89p　19cm　800円

◇川柳人生―エッセー集　森脇幽香里著　広島　森脇幽香里　1997.4　190p　21cm　1500円

◇つぶやき柳談　八木柳雀著　大阪　新葉館出版　2010.12　65p　19cm　1000円　Ⓘ978-4-86044-419-8

◇川柳の作り方・楽しみ方―絶対載りたい！マスコミ投句で選者の目にとまる　山本克夫著　主婦と生活社　1995.12　191p　19cm　1000円　Ⓘ4-391-11846-7

◇楽しく始める川柳　山本克夫著　金園社　1998.12　222p　19cm　1300円　Ⓘ4-321-22706-2

◇オノマトペ川柳辞典　矢本大雪編　川内町（青森県）　かもしか川柳社かもしか川柳文庫刊行会　1997.6　182,20p　19cm　〈かもしか川柳文庫　第50集〉　2000円

◇現代川柳をつくる　矢本大雪編著　川内町（青森県）　かもしか川柳社　1998.5　63p　19cm　〈かもしか川柳文庫　第53集〉　1000円

◇うらがき25年―時事川柳誌川柳瓦版より　幸松キサ著　大阪　新葉館出版　2010.5　253p　21cm　952円　Ⓘ978-4-86044-398-6

日本近現代文学案内　745

川柳（川柳史）

◇オール川柳年鑑―'99　葉文館出版出版部編　大阪　葉文館出版　1999.2　189,146p　21cm　2667円　⒤4-89716-045-6

◇やさしく楽しい川柳の作り方　横村華乱著　大阪　葉文館出版　1997.11　175p　20cm　1800円　⒤4-916067-73-8

◇川柳みちしるべ―入門教室　吉岡竜城著　本阿弥書店　1990.7　341p　19cm　2500円　⒤4-89373-034-7

◇全日本柳人写真名鑑―平成15年版　大阪　全日本川柳協会　2003.4　376p　22cm　4000円

◇南樹風伝―日本短詩・三性川柳派　延岡　南樹川柳社　2007.10　155p　19cm

◇全日本柳人写真名鑑―平成20年版　大阪　全日本川柳協会　2008.4　263p　22cm　4000円

川柳史

◇福岡県川柳史　安座上敦,川淵学,佐藤夏虫,敷田無煙,堤日出緒,冨永紗智子,布谷ゆずる,古谷龍太郎,大場可公,伊豆丸竹仙編　中間　福岡県川柳協会　2011.4　42p　21×30cm　〈福岡県川柳協会創立10周年記念事業　年表あり〉

◇石川近代川柳史　奥美瓜露著　金沢　川柳甘茶くらぶ　1992.10　199p　21cm　（甘茶叢書 no.5）〈著者の肖像あり〉　2000円　⒤4-924861-02-2

◇三重県川柳連盟創立三十周年記念誌　記念誌編集委員会編　名張　三重県川柳連盟　2005.4　162p　21cm　〈年表あり〉　1500円

◇北魚沼の川柳史　田中久五著　三条　中越柳壇吟社　1990.5　185p　19cm　1000円

◇東北海道川柳四十年史　辻晩穂編　北見　北見川柳社　2004.8　263p　21cm　2000円　⒤4-9902052-0-0

◇番傘川柳百年史　番傘川柳本社編　大阪　番傘川柳本社　2008.10　403p　22cm　〈年表あり　番傘創立百年記念出版　文献あり〉

◇目で識る川柳250年　尾藤三柳監修,尾藤一泉執筆　出版地不明　川柳250年実行委員会　2007.9　102p　26cm　〈会期・会場：2007年8月14日～8月26日　テプコ浅草館ほか〉　2800円

◇時事川柳百年　読売新聞社編　読売新聞社　1990.12　285p　20cm　2000円　⒤4-643-90105-5

◇川柳えんぴつ社創立五十周年記念誌　脇坂正夢編　滑川　川柳えんぴつ社　2005.4　137p　21cm　〈年表あり〉

◇オホーツク川柳50年史　北見　オホーツク川柳50年史刊行会　2003.9　306p　21cm　〈発行所：北見川柳社　年表あり〉　2000円　⒤4-87694-056-8

◇札幌川柳社50年史　札幌　札幌川柳社　2008.3　397p　21cm　〈年表あり〉　3000円

作家論

◇撩乱女性川柳―明治以来百年を詠い継ぐ48人の知性と情念の世界　平宗星編著　自然社　1997.4　287p　19cm　2500円　⒤4-89531-677-7

◇川柳の群像―明治・大正・昭和の川柳作家一〇〇人　東野大八著,田辺聖子監修・編　集英社　2004.2　329p　22cm　2500円　⒤4-08-781285-5

◇全日本柳人写真名鑑―平成5年版　大阪　全日本川柳協会　1993.2　519p　21cm　〈社団法人設立記念〉　3500円

◇長野県川柳作家名鑑―第9集　長野　長野県川柳作家連盟　1993.3　182p　22cm　『長野県川柳句集』の改題　非売品

◇全日本柳人写真名鑑―平成10年版　大阪　全日本川柳協会　1998.4　387p　22cm　4000円

◆◆麻生　路郎（1888～1965）

◇麻生路郎読本　麻生路郎著　大阪　川柳塔社　2010.9　514p　21cm　〈「川柳雑誌」「川柳塔」通巻一〇〇〇号記念出版　年譜あり〉

◆◆石曽根　民郎（1910～2005）

◇石曽根コレクションの世界―95年の生涯を川柳に捧げて：特別展　松本　松本市立博物館　2011.10　62p　30cm　〈会期・会場：平成23年10月15日～11月20日　松本市立博物館　年譜あり〉

◆◆礒野 いさむ（1918～）

◇川柳人間―礒野いさむの番傘人生　礒野いさむ著　大阪　葉文館出版　1997.6　271p　19cm　2190円　①4-916067-60-6
◇あのころとこのごろの句―川柳人間―礒野いさむ　くらわんか番傘30周年に寄せて　礒野いさむ著　大阪　新葉館出版　2010.4　198p　20cm　1905円　①978-4-86044-396-2

◆◆井上 剣花坊（1870～1934）

◇井上剣花坊・鶴彬―川柳革新の旗手たち　坂本幸四郎著　リブロポート　1990.1　310,4p　19cm　（シリーズ民間日本学者 22）　1545円　①4-8457-0468-4

◆◆井上 信子（1869～1958）

◇蒼空の人・井上信子―近代女性川柳家の誕生　谷口絹枝著　大阪　葉文館出版　1998.2　351p　20cm　2667円　①4-916067-78-9

◆◆今川 乱魚（1935～2010）

◇今川乱魚の歩み　今川乱魚さんを偲ぶ会編　〔我孫子〕　〔今川乱魚さんを偲ぶ会〕　2010.9　34p　21cm　〈年譜あり〉　非売品

◆◆大野 風柳（1928～）

◇大野風柳の世界　新津　柳都川柳社　1993.7　314p　21cm　（別冊柳都）〈大野風柳の肖像あり〉　1500円

◆◆川上 三太郎（1891～1968）

◇川上三太郎年譜　川上三太郎年譜刊行委員会編　川柳研究社　1989.2　390p　22cm〈著者の肖像あり　限定版〉　4000円
◇川柳人川上三太郎　林えり子著　河出書房新社　1997.3　349p　20cm　2884円　①4-309-01130-6

◆◆田中 五呂八（1895～1937）

◇田中五呂八の川柳と詩論　田中五呂八著,斎藤大雄編　大阪　新葉館出版　2003.9　95p　18cm　（新葉館ブックス）〈肖像あり　年譜あり〉　952円　①4-86044-195-8

◆◆鶴 彬（1909～1938）

◇川柳人鬼才〈鶴彬〉の生涯　岡田一杜,山田文子編著　大阪　日本機関紙出版センター　1997.8　208p　19cm　1300円　①4-88900-805-5
◇だから、鶴彬―抵抗する17文字　楜沢健著　春陽堂書店　2011.4　157p　19cm　1400円　①978-4-394-90281-2
◇鶴彬はばたく―生誕百年記念祭と映画「鶴彬こころの軌跡」製作の記録　「鶴彬こころの軌跡」製作実行委員会編　かほく　鶴彬生誕百年祭実行委員会　2009.10　205p　26cm〈共同刊行：映画「鶴彬こころの軌跡」上映・普及を成功させる会〉　1300円
◇反戦川柳作家鶴彬　深井一郎著　大阪　日本機関紙出版センター　1998.9　224p　19cm　1300円　①4-88900-810-1

児童文学

◇ピッコロ・マルコの児童文学案内　天野翔子絵と文　枚方　ミルキーウェイ　1997.5　50p　21cm　（ミルキーウェイbook 4）　200円

◇児童文学とわたし―講演集　石沢小枝子, 上笙一郎編　茨木　梅花女子大学児童文学会　1992.3　234p　21cm〈梅花女子大学児童文学科創設十周年記念〉

◇子どもの世界へ―メルヘンと遊びの文化誌　石塚正英　社会評論社　1999.11　215p　21cm　（社会思想史の窓　第122号）　2500円　①4-7845-0327-7

◇『チビクロさんぽ』の出版は是か非か―心理学者・学生による電子討論の記録　市川伸一編　京都　北大路書房　1998.12　241p　21cm　2000円　①4-7628-2127-6

◇児童文学最終講義―しあわせな大詰めを求めて　猪熊葉子著　すえもりブックス　2001.10　132,10p　23cm　2500円　①4-915777-31-2

◇子供の本持札公開―a　今江祥智著　みすず書房　2003.7　318,13p　20cm　3000円　①4-622-07049-9

◇子供の本持札公開―b　物語の作者として　今江祥智著　みすず書房　2003.7　374p　20cm　3300円　①4-622-07050-2

◇現代日本児童文学選―資料と研究　上田信道ほか共編　森北出版　1994.9　216p　22cm　2266円　①4-627-98240-2

◇真夜中の庭―物語にひそむ建築　植田実著　みすず書房　2011.6　197p　20cm　2600円　①978-4-622-07600-1

◇大人への児童文化の招待―下　絵本児童文学研究センター編　エイデル研究所　1994.4　190p　20cm〈執筆：神沢利子ほか〉　1500円　①4-87168-187-4

◇子どもの本のちから―越境する児童文学　遠藤育枝編　第三書館　2002.11　317p　20cm　2000円　①4-8074-0220-X

◇島根の子ども文学館　岡正著　松江　今井書店　1995.11　283p　19cm　1900円　①4-89593-012-2

◇子どもの本の魅力―宮沢賢次から安房直子まで　岡田純也著　名古屋　KTC中央出版　1992.9　298p　19cm　2300円　①4-924814-21-0

◇子どもの偶像―小さなシンボル 1946-1956　尾崎秀樹著　楡出版　1991.6　301p　20cm　1600円　①4-931266-03-7

◇児童文学の中の図書館　金沢幾子著　日野〔金沢幾子〕　1994.10　98p　21cm　非売品

◇子どもの本を読む　河合隼雄著　楡出版　1990.6　293p　20cm〈光村図書出版1985年刊の新装版〉　1500円　①4-931266-02-9

◇大人への児童文化の招待―上　河合隼雄, 工藤左千夫著, 絵本児童文学研究センター編　エイデル研究所　1992.11　188p　20cm　1500円　①4-87168-165-3

◇子どもの本を読む　河合隼雄著　講談社　1996.1　367p　16cm　（講談社+α文庫）　840円　①4-06-256129-8

◇物語とふしぎ―子どもが本に出会うとき　河合隼雄著　岩波書店　1996.3　245p　20cm　1500円　①4-00-002293-8

◇子どもの本の森へ　河合隼雄, 長田弘著　岩波書店　1998.2　221p　18cm　1500円　①4-00-002913-4

◇「子どもの目」からの発想　河合隼雄著　講談社　2000.5　339p　15cm　（講談社+α文庫）〈「〈うさぎ穴〉からの発信」（マガジンハウス1990年刊）の改訂〉　780円　①4-06-256434-3

◇子どもといのち　河合隼雄著　岩波書店　2002.5　329p　21cm　（河合隼雄著作集　第2期　第4巻　河合隼雄著）〈付属資料：8p：月報 5　シリーズ責任表示：河合隼雄著〉　3800円　①4-00-092494-X

◇児童文学の故郷　桑原三郎著　岩波書店

1999.1　255p　19cm　（岩波セミナーブックス 76）　2300円　④4-00-004246-7
◇児童文学の心　桑原三郎著　慶応義塾大学出版会　2002.11　312p　20cm　3000円　①4-7664-0963-9
◇子どもの文学100選―大人に読ませたい　国文学編集部編　学燈社　2009.3　179p　21cm　1900円　①978-4-312-00556-4
◇『ちびくろ・さんぼ』はどこへいったの？　子どもの本の明日を考える会編　子どもの本の明日を考える会　1990.2　129p　19cm　800円
◇児童文学と語り　桜井美紀著　語り手たちの会　1992.4　78p　21cm　（語りの文化シリーズ 4）　500円
◇子どもと文学の冒険　定松正著　松柏社　1995.11　268p　20cm　2472円　④4-88198-836-0
◇〈現代児童文学〉をふりかえる　佐藤宗子著　久山社　1997.2　107p　21cm　（日本児童文化史叢書 14）　1553円　④4-906563-74-0
◇少年少女の名作案内―日本の文学リアリズム編　佐藤宗子, 藤田のぼる編著　自由国民社　2010.2　228p　21cm　（明快案内シリーズ　知の系譜）〈索引あり〉　1500円　①978-4-426-10833-5
◇少年少女の名作案内―日本の文学ファンタジー編　佐藤宗子, 藤田のぼる編著　自由国民社　2010.3　228p　21cm　（明快案内シリーズ　知の系譜）〈索引あり〉　1500円　①978-4-426-10834-2
◇超激暗爆笑鼎談・何だ難だ！　児童文学　さねとうあきら, 中島信子, 長谷川知子著　編書房　2000.3　165p　19cm〈星雲社（発売）〉　1500円　①4-7952-3746-8
◇児童文学ざっくばらん　皿海達哉著　文渓堂　1993.10　308p　20cm　（森の小道シリーズ）　1600円　①4-938618-88-5
◇つるじかんはなじかん―児童文学・児童文学研究個人誌　沢出真紀子著　札幌　沢出真紀子　2010.12　216p　21cm　1000円
◇文学の子どもたち　柴田陽弘編著　慶応義塾大学出版会　2004.2　281p　21cm〈文献あり〉　2600円　①4-7664-1040-8
◇子どもの本のまなざし　清水真砂子著　JICC出版局　1992.2　282p　20cm　1650円　④4-7966-0263-1
◇子どもの本のまなざし　清水真砂子著　新装版　洋泉社　1995.10　284p　20cm　1800円　④4-89691-181-4
◇子どもの本の現在　清水真砂子著　岩波書店　1998.7　262p　16cm　（同時代ライブラリー）　1200円　④4-00-260348-2
◇幸福に驚く力　清水真砂子著　京都　かもがわ出版　2006.7　237p　19cm　（かもがわCブックス 7）　1700円　①4-7803-0044-4
◇歴史との対話―十人の声　神宮輝夫, 早川敦子監修　近代文芸社　2002.4　291p　20cm　1800円　④4-7733-6866-7
◇入門児童文学　関口安義ほか編　中教出版　1993.11　239,96p　22cm　（児童文学世界）　2200円　④4-483-00158-2
◇第四回環太平洋児童文学会議（京都大会）報告書　第四回環太平洋児童文学会議実行委員会報告書委員会編　神戸　PRC事務局　1993.11　222p　26cm　〈奥付の書名：第四回環太平洋児童文学会議　付（1枚）会期・会場：1993年8月24日～28日　京都市国際交流会館〉
◇冒険と涙―童話以前　高橋康雄著　北宋社　1999.5　326p　21cm　3800円　①4-89463-025-7
◇児童文学狂時代―あるいは鳥越信の大阪府立国際児童文学館への道　滝田六助著　出版地不明　東淀川大学雑学部OB会　2008.3　238p　19cm
◇マンガと児童文学の〈あいだ〉　竹内オサム著　大日本図書　1989.11　227p　20cm　1350円　①4-477-11925-9
◇児童文学とわたし―講演集 2　谷悦子, 加藤康子編　茨木　梅花女子大学・大学院児童文学会　2002.3　283p　21cm〈梅花女子大学児童文学科創設二十周年記念〉
◇児童文学とは何か―物語の成立と展開　谷本誠剛著　中教出版　1990.9　218p　20cm　2000円　①4-483-00132-9
◇日本児童文学の「近代」　続橋達雄著　大日本図書　1990.6　181p　19cm　（叢書＝児童文学への招待）　1800円　①4-477-16945-0
◇小径から見る青空　東京大学児童文学を読む会編　川崎　てらいんく　2008.3　265p

児童文学

21cm （てらいんくの評論） 1800円 ①978-4-86261-018-8
◇自分探しの旅―児童文学を読む 読書研究会編 京都 かもがわ出版 1993.3 168p 21cm 1500円 ①4-87699-078-6
◇児童文学の大人たち―物語の中の名脇役 鳥越信著 文渓堂 1995.3 191p 20cm （森の小道シリーズ） 1600円 ①4-89423-057-7
◇子どもの本との出会い 鳥越信著 京都 ミネルヴァ書房 1999.1 264,2p 20cm 2600円 ①4-623-03023-7
◇児童文学と朝鮮 仲村修ほか著, 神戸学生青年センター出版部編 神戸 神戸学生青年センター出版部 1989.2 216p 21cm 1100円
◇作家が語るわたしの児童文学15人 日本児童文学者協会編 国立 にっけん教育出版社 2002.8 246p 22cm〈星雲社（発売）〉 1700円 ①4-434-02143-5
◇子どもと本の明日―魅力ある児童文学を探る 日本児童文学者協会編, 古田足日編集代表 新日本出版社 2003.7 188p 20cm 2200円 ①4-406-03015-8
◇児童文学に魅せられた作家たち 林美千代, 山崎かよみ,O.L.V.編著 名古屋 KTC中央出版 2002.4 183p 22cm〈年譜あり 文献あり〉 1400円 ①4-87758-240-1
◇児童文学へのいざない―児童文学ハンドブック 原昌著 建帛社 1989.7 201p 19cm 1500円 ①4-7679-3065-0
◇比較児童文学論 原昌著 大日本図書 1991.7 260p 19cm （叢書=児童文学への招待） 2000円 ①4-477-00118-5
◇児童文学に今を問う 藤田のぼる著 教育出版センター 1990.12 234p 20cm （以文選書 33） 2400円 ①4-7632-1521-3
◇これでいいのか、子どもの本!! 舟崎克彦著 風濤社 2001.2 206p 20cm 1500円 ①4-89219-199-X
◇新日本児童文学論 堀尾幸平著 名古屋 中部日本教育文化会 2002.4 240p 22cm〈年譜あり 文献あり〉 2095円 ①4-88521-053-4
◇現代児童文学の語るもの 宮川健郎著 日本放送出版協会 1996.9 236,14p 19cm （NHKブックス 777） 950円 ①4-14-001777-5
◇児童文学12の扉をひらく 三宅興子,多田昌美著 翰林書房 1999.6 223p 21cm 1800円 ①4-87737-078-1
◇本へのとびら―岩波少年文庫を語る 宮崎駿著 岩波書店 2011.10 167p 18cm （岩波新書 新赤版1332） 1000円 ①978-4-00-431332-8
◇母という経験―自立から受容へ―少女文学を再読して 宮迫千鶴著 学陽書房 1995.11 254p 15cm （女性文庫） 680円 ①4-313-72001-4
◇キリスト教と児童文学 立教女学院短期大学公開講座編 聖公会出版 1993.9 221p 20cm 2500円 ①4-88274-075-3
◇「児童文学講座」講演集―2010年度 立教女学院短期大学図書館編 立教女学院短期大学図書館 2011.3 60p 26cm〈会期：2010年11月13日ほか 年譜あり〉
◇物語のガーデン―子どもの本の植物誌 和田まさ子著 横浜 てらいんく 2003.5 259p 19cm〈文献あり〉 1600円 ①4-925108-70-0
◇シンポジウム日中児童文学の昨日今日そして明日報告書 吹田 大阪国際児童文学館 1991.2 82,70p 26cm〈日本万国博覧会記念協会助成事業 奥付・背の書名：日中児童文学シンポジウム報告書 中国語書名：学術討論会中日児童文学的過去、現在及其将来材料彙編 中文併記 会期：1990年10月13～15日〉
◇さねとうあきら評論集―1 状況の中の児童文学 明石書店 1991.4 249p 20cm 2060円
◇ビランジ―本・子ども・文化・風俗 創刊号 西宮 竹内オサム 1997.10 128p 19cm
◇ビランジ―本・子ども・文化・風俗 第2号 西宮 竹内オサム 1998.3 114p 19cm
◇ビランジ―本〈子ども〉文化+風俗 第3号 西宮 竹内オサム 1998.11 140p 19cm
◇ビランジ―本・子ども・文化・風俗 第4号 西宮 竹内オサム 1999.5 168p 19cm
◇ビランジ―本《子ども》文化+風俗 6号 西宮 竹内オサム 2000.5 120p 19cm
◇ビランジ―本《子ども》文化+風俗 7号 西

児童文学（辞典・書誌）

宮　竹内オサム　2001.1　120p　19cm
◇ビランジ―本《子ども》文化+風俗　8号　西宮　竹内オサム　2001.9　144p　19cm
◇ビランジ―本《子ども》文化+風俗　9号　西宮　竹内オサム　2002.4　160p　19cm
◇ビランジ―本《子ども》文化+風俗　10号　西宮　竹内オサム　2002.9　176p　19cm
◇ビランジ―本・子ども・文化・風俗　11号　西宮　竹内オサム　2003.4　176p　19cm
◇ビランジ―本《子ども》文化+風俗　12号　西宮　竹内オサム　2003.9　172p　19cm
◇ビランジ―本《子ども》文化+風俗　13号　西宮　竹内オサム　2004.4　200p　19cm
◇ビランジ―本《子ども》文化+風俗　14号　西宮　竹内オサム　2004.9　204p　19cm
◇ビランジ―本《子ども》文化+風俗　15号　西宮　竹内オサム　2005.4　216p　19cm
◇ビランジ―本《子ども》文化+風俗　16号　西宮　竹内オサム　2005.9　220p　19cm
◇ビランジ―本《子ども》文化+風俗　17号　西宮　竹内オサム　2006.4　212p　19cm
◇ビランジ―本《子ども》文化+風俗　18号　西宮　竹内オサム　2006.9　170p　19cm
◇ビランジ―本《子ども》文化+風俗　19号　西宮　竹内オサム　2007.4　184p　19cm〈著作目録あり〉
◇ビランジ―本《子ども》文化+風俗　20号　西宮　竹内オサム　2007.9　166p　19cm
◇ビランジ―本〈子ども〉文化+風俗　21号　西宮　竹内オサム　2008.3　172p　19cm
◇ビランジ―本〈子ども〉文化+風俗　22号　西宮　竹内オサム　2008.9　216p　19cm〈文献あり〉
◇ビランジ―本〈子ども〉文化+風俗　23号　西宮　竹内オサム　2009.3　214p　19cm
◇ビランジ―本〈子ども〉文化+風俗　24号　西宮　竹内オサム　2009.9　162p　19cm
◇ビランジ―本〈子ども〉文化+風俗　25号　西宮　竹内オサム　2010.3　188p　19cm
◇ビランジ―本〈子ども〉文化+風俗　26号　西宮　竹内オサム　2010.9　219p　19cm
◇ビランジ―本〈子ども〉文化+風俗　27号　西宮　竹内オサム　2011.3　223p　19cm
◇ビランジ―本〈子ども〉文化+風俗　28号　西宮　竹内オサム　2011.9　195p　19cm
◇ビランジ―本〈子ども〉文化＋風俗　29号　西宮　竹内オサム　2012.3　193p　19cm
◇ビランジ―本〈子ども〉文化＋風俗　30号　京都　竹内長武　2012.9　208p　19cm

辞典・書誌

◇日本児童文学大事典　大阪国際児童文学館編　大日本図書　1993.10　3冊　27cm　全108000円　①4-477-00376-5
◇逐次刊行物目録―戦前篇　大阪国際児童文学館編　吹田　大阪国際児童文学館　1997.3　129p　30cm
◇世界・日本児童文学登場人物辞典　定松正編　町田　玉川大学出版部　1998.4　342p　23cm　8000円　①4-472-11891-2
◇日本児童図書研究文献目次総覧―1945-1999　佐藤苑生、杉山きく子、西田美奈子編　遊子館　2006.3　2冊　27cm〈「上」「下」に分冊刊行〉　全47600円　①4-946525-73-4
◇立川市中央図書館児童資料室明治・大正・昭和前期児童文学関連雑誌目録　立川市図書館編　立川　立川市図書館　1997.3　22p　30cm
◇日本の児童文学登場人物索引―アンソロジー篇　DBジャパン編　横浜　DBジャパン　2004.2　96,1079p　21cm　22000円　①4-86140-000-7
◇日本の児童文学登場人物索引―単行本篇　下（て-ん）　DBジャパン編　横浜　DBジャパン　2004.10　69p,p923～1838　21cm　①4-86140-002-3,4-86140-003-1
◇日本の児童文学登場人物索引―単行本篇　上（あ-つ）　DBジャパン編　横浜　DBジャパン　2004.10　82,922p　21cm　①4-86140-001-5,4-86140-003-1
◇日本の児童文学登場人物索引―民話・昔話集篇　DBジャパン編　横浜　DBジャパン　2006.11　966p　21cm　22000円　①4-86140-008-2
◇日本の物語・お話絵本登場人物索引　DBジャパン編　横浜　DBジャパン　2007.8　640p　21cm　22000円　①4-86140-009-0

児童文学（辞典・書誌）

◇日本の物語・お話絵本登場人物索引―1953-1986（ロングセラー絵本ほか）　DBジャパン編　横浜　DBジャパン　2008.8　643p　21cm　22000円　①978-4-86140-011-7,4-86140-011-2

◇テーマ・ジャンルからさがす物語・お話絵本―1　子どもの世界・生活/架空のもの・ファンタジー/乗り物/笑い話・ユーモア　DBジャパン編　横浜　DBジャパン　2011.9　772p　21cm〈索引あり〉　22000円　①978-4-86140-016-2

◇テーマ・ジャンルからさがす物語・お話絵本―2　民話・昔話・名作/動物/自然・環境・宇宙/戦争と平和・災害・社会問題/人・仕事・生活　DBジャパン編　横浜　DBジャパン　2011.9　782p　21cm〈索引あり〉　22000円　①978-4-86140-017-9

◇児童文学者人名事典―日本人編　下巻　た～わ行　中西敏夫編　出版文化研究会　1999.3　702p　26cm　11000円　①4-921067-02-3

◇YA（ヤングアダルト）人名事典　中西敏夫編　小平　出版文化研究会　2000.10　528p　26cm　（児童文学者人名事典シリーズ　補巻1）　11000円　①4-921067-05-8

◇児童文学個人全集・内容綜覧　日外アソシエーツ株式会社編　日外アソシエーツ　1994.12　560p　22cm　（現代日本文学綜覧シリーズ　14）〈紀伊国屋書店（発売）〉　32000円　①4-8169-1264-9,4-8169-0146-9

◇児童文学個人全集・作品名綜覧　日外アソシエーツ編　日外アソシエーツ　1995.1　2冊　22cm　（現代日本文学綜覧シリーズ　15）　全48000円　①4-8169-1265-7

◇児童文学全集・作家名綜覧　日外アソシエーツ編　日外アソシエーツ　1995.7　876p　22cm　（現代日本文学綜覧シリーズ　17）　23400円　①4-8169-1318-1,4-8169-0146-9

◇児童文学全集・内容綜覧作品名綜覧　日外アソシエーツ編　日外アソシエーツ　1995.7　1022p　22cm　（現代日本文学綜覧シリーズ　16）　26500円　①4-8169-1317-3,4-8169-0146-9

◇児童文化人名事典　日外アソシエーツ編　日外アソシエーツ　1996.1　591p　22cm　14800円　①4-8169-1352-1

◇児童文学書全情報―1991-1995　日外アソシエーツ編　日外アソシエーツ　1999.5　778p　22cm　19000円　①4-8169-1542-7

◇児童文学書全情報―1996-2000　日外アソシエーツ株式会社編　日外アソシエーツ　2001.3　745p　22cm〈紀伊国屋書店（発売）〉　19000円　①4-8169-1653-9

◇アンソロジー内容総覧―児童文学　日外アソシエーツ編　日外アソシエーツ　2001.5　979p　22cm〈紀伊国屋書店（発売）〉　30000円　①4-8169-1667-9

◇児童文学テーマ全集内容総覧―日本編　日外アソシエーツ編　日外アソシエーツ　2003.12　1066p　22cm〈紀伊国屋書店（発売）〉　32000円　①4-8169-1813-2

◇児童文学全集・作家名綜覧―第2期　日外アソシエーツ編　日外アソシエーツ　2004.11　394p　22cm　（現代日本文学綜覧シリーズ　29）〈紀伊国屋書店（発売）〉　20000円　①4-8169-1872-8,4-8169-0146-9,4-8169-1872-8

◇児童文学全集・内容綜覧作品名綜覧―第2期　日外アソシエーツ編　日外アソシエーツ　2004.11　540p　22cm　（現代日本文学綜覧シリーズ　28）〈紀伊国屋書店（発売）〉　28000円　①4-8169-1871-X,4-8169-0146-9,4-8169-1871-X

◇児童文学個人全集・内容綜覧作品名綜覧―第2期　日外アソシエーツ編　日外アソシエーツ　2004.12　565p　22cm　（現代日本文学綜覧シリーズ　30）〈紀伊国屋書店（発売）〉　28000円　①4-8169-1873-6

◇児童文学書全情報―2001-2005　日外アソシエーツ株式会社編　日外アソシエーツ　2006.4　914p　22cm〈紀伊国屋書店（発売）〉　19000円　①4-8169-1971-6

◇作品名から引ける日本児童文学全集案内　日外アソシエーツ株式会社編　日外アソシエーツ　2006.8　1032p　21cm〈紀伊国屋書店（発売）〉　9500円　①4-8169-1996-1

◇作家名から引ける日本児童文学全集案内　日外アソシエーツ株式会社編　日外アソシエーツ　2007.2　73,1042p　21cm〈紀伊国屋書店（発売）〉　9333円　①978-4-8169-2027-1

◇児童文学書全情報―2006-2010　日外アソシエーツ株式会社編　日外アソシエーツ　2011.3　1126p　22cm〈紀伊国屋書店（発

児童文学（児童詩・童謡）

売）　索引あり〉　19000円　①978-4-8169-2309-8

◇アンソロジー内容総覧—児童文学　追補版（2001-2011）　日外アソシエーツ株式会社編　日外アソシエーツ　2012.1　769p　22cm　〈紀伊國屋書店（発売）　索引あり〉　28000円　①978-4-8169-2350-0

◇現代日本児童文学詩人名鑑　日本児童文学者協会編　教育出版センター　1996.7　418p　21cm　3500円　①4-7632-2407-7

◇現代日本児童文学詩人名鑑　日本児童文学者協会編　教育出版センター　1996.7　418p　22cm　9800円　①4-7632-2406-9

◇児童文学関係文献目録—宮城県図書館所蔵雑誌所収 1　宮城県図書館編　仙台　宮城県図書館　1990.3　337p　26cm　〈昭和63年12月31日現在〉

◇児童文学書全情報—1951-1990　日外アソシエーツ　1998.5　3冊　22cm　全45000円　①4-8169-1488-9

◇掘りだしものカタログ—3　子どもの部屋×小説　藤本恵編著　明治書院　2009.3　156p　21cm　〈索引あり〉　952円　①978-4-625-65409-1

時評・展望

◇展望日本の幼年童話　大藤幹夫,藤本芳則編　双文社出版　2005.2　167p　21cm　1800円　①4-88164-078-X

◇西本鶏介児童文学論コレクション—1　児童文学時評―一九七〇-一九八二年〉　西本鶏介著　ポプラ社　2012.8　472,18p　22cm　〈他言語標題：The Collection of Children's Literary Criticism　索引あり〉　3100円　①978-4-591-13046-9

作法

◇童話を書きたい人のための本　上条さなえ著　角川学芸出版　2008.8　187p　19cm　〈角川学芸ブックス〉　〈角川グループパブリッシング（発売）〉　1300円　①978-4-04-621265-8

◇きむらゆういちの「ミリオンセラーのつくり方」—売れるものと売れないものとの差はほんのちょっとの違いだ　木村裕一著　ビジネス社　2006.7　199p　21cm　1400円　①4-8284-1288-3

◇創作のための児童文学理論—入門書にはない創作のヒントとコツ　上坂むねかず著　彦根　サンライズ出版　2004.3　158p　19cm　〈文献あり〉　1400円　①4-88325-250-7

◇童話・童謡創作ハンドブック　日本児童文芸家協会編　ぎょうせい　1990.4　286p　19cm　1500円　①4-324-02209-7

◇童話を書こう！　牧野節子著　完全版　青弓社　2012.2　194p　19cm　1600円　①978-4-7872-9205-6

言語・表現・文体

◇日本の児童表現史　江口季好著　大月書店　1997.6　248,5p　20cm　2500円　①4-272-41097-0

児童詩・童謡

◇童謡のふるさとを歩く　いらみなぜんこ著,沖縄芸能新聞社編　沖縄　プロジェクトzenko　2006.8　256p　22cm　〈文献あり〉　2000円

◇謎とき名作童謡の誕生　上田信道著　平凡社　2002.12　226p　18cm　（平凡社新書）　〈年表あり〉　740円　①4-582-85165-7

◇風呂で読む童謡　植山俊宏著　京都　世界思想社　1998.1　104p　19cm　951円　①4-7907-0684-2

◇子ども歌を学ぶ人のために　小野恭靖著　京都　世界思想社　2007.1　328p　19cm　〈文献あり〉　2300円　①978-4-7907-1230-5

◇「みかんの花咲く丘」わが人生　加藤省吾著　芸術現代社　1989.10　283p　19cm　〈著者の肖像あり〉　2500円　①4-87463-091-X

◇「日本の童謡白秋、八十一そしてまど・みちおと金子みすゞ」展　神奈川文学振興会編　横浜　県立神奈川近代文学館　2005.10　64p　26cm　〈会期・会場：2005年10月1日～11月13日 県立神奈川近代文学館　共同刊行：神奈川文学振興会　折り込1枚　年譜あり〉

◇児童芸術講座—2（童謡篇）　上笙一郎編　久山社　1990.9　1冊　23cm　〈児童芸術研究

児童文学（児童詩・童謡）

◇日本童謡のあゆみ　上笙一郎編　大空社　1997.3　310,55p　22cm　6000円　①4-7568-0378-4

◇日本童謡事典　上笙一郎編　東京堂出版　2005.9　463p　23cm　〈文献あり〉　4800円　①4-490-10673-4

◇現代少年詩論―上巻　菊永謙著　教育出版センター　1992.10　258p　20cm　（以文選書 35）　2400円　①4-7632-1532-9

◇現代少年詩論―下巻　菊永謙著　教育出版センター　1992.12　250p　20cm　（以文選書 36）　2400円　①4-7632-1533-7

◇少年詩・童謡の現在　菊永謙,吉田定一編　川崎　てらいんく　2003.10　419,3p　21cm　（てらいんくの評論）　2476円　①4-925108-56-5

◇おとこ親の書いたこどもの詩　木坂涼著　沖積舎　1997.12　195p　19cm　2300円　①4-8060-4060-6

◇児童詩の本―指導と鑑賞　白秋がえらんだ子どもの詩　北原白秋著,北原隆太郎,関口安義編　久山社　1994.6　489p　22cm　（〈児童表現史〉叢書 4）〈帝国教育会出版部昭和18年刊の複製〉　14420円

◇児童自由詩集成―鑑賞指導　白秋がえらんだ子どもの詩　北原白秋編著,北原隆太郎,関口安義編　久山社　1994.6　586p　23cm　（〈児童表現史〉叢書 3）〈アルス昭和8年刊の複製〉　17510円

◇日本童謡ものがたり　北原白秋著　河出書房新社　2003.6　240p　22cm　1600円　①4-309-01553-0

◇自由詩のひらいた地平―『白秋がえらんだ子どもの詩』別巻　北原隆太郎,関口安義編　久山社　1994.10　196,57p　22cm　3811円

◇少年詩の世界―実践入門教室　現代少年詩集編集委員会編　教育出版センター　1992.6　223p　20cm　（以文選書 38）　2400円　①4-7632-1535-3

◇美しい童謡の解釈―過ぎし時代への郷愁　弘川之宮翁著　東京図書出版会　2010.12　327p　19cm　〈リフレ出版（発売）〉　2200円　①978-4-86223-445-2

◇案外、知らずに歌ってた童謡の謎　合田道人著　祥伝社　2002.2　281p　19cm　1500円　①4-396-61146-3

◇こんなに不思議、こんなに哀しい童謡の謎―2　合田道人著　祥伝社　2002.6　292p　19cm　〈「正編」のタイトル：案外、知らずに歌ってた童謡の謎〉　1500円　①4-396-61153-6

◇こんなに深い意味だった童謡の謎―3　合田道人著　祥伝社　2002.11　313p　19cm　〈「2」のタイトル：こんなに不思議、こんなに哀しい童謡の謎〉　1500円　①4-396-61171-4

◇童謡の秘密―知ってるようで知らなかった　合田道人著　祥伝社　2003.6　251p　19cm　〈文献あり〉　1333円　①4-396-61189-7

◇案外、知らずに歌ってた童謡の謎　合田道人著　祥伝社　2003.10　307p　16cm　（祥伝社黄金文庫）　571円　①4-396-31332-2

◇案外、知らずに歌ってた童謡の謎―2　合田道人著　祥伝社　2004.4　315p　16cm　（祥伝社黄金文庫）〈「こんなに不思議、こんなに哀しい童謡の謎2」（2002年刊）の増訂〉　571円　①4-396-31348-9

◇童謡なぞとき―こんなに深い意味だった　合田道人著　祥伝社　2004.10　331p　16cm　（祥伝社黄金文庫）〈「こんなに深い意味だった童謡の謎 3」（2002年刊）の増訂〉　590円　①4-396-31360-8

◇本当は戦争の歌だった童謡の謎　合田道人著　祥伝社　2005.7　204p　19cm　〈付属資料：CD1枚（12cm）　文献あり〉　1600円　①4-396-61246-X

◇童謡の風景　合田道人文,村上保絵　札幌　北海道新聞社　2008.9　207p　18×19cm　1429円　①978-4-89453-470-4

◇童謡の風景　合田道人文,村上保絵　名古屋　中日新聞社　2008.9　207p　18×18cm　1429円　①978-4-8062-0574-6

◇童謡の風景　合田道人文,村上保絵　鹿児島　南日本新聞社　2008.12　207p　18×18cm　〈南日本新聞開発センター（発売）〉　1429円　①978-4-86074-135-8

◇童謡の風景　合田道人文,村上保絵　水戸　茨城新聞社　2008.12　207p　18cm　1429円　①978-4-87273-234-4

◇童謡の風景―2　合田道人文,村上保絵　名古屋　中日新聞社　2009.7　207p　18×18cm

児童文学（絵本）

◇〈文献あり〉　1429円　Ⓘ978-4-8062-0591-3
◇童謡の風景—3　合田道人,村上保絵　名古屋　中日新聞社　2010.5　219p　18×18cm　〈文献あり〉　1429円　Ⓘ978-4-8062-0610-1
◇子ども心を友として—童謡詩集　斎藤信夫著,斎藤信夫童謡編集委員会編　成東町（千葉県）　成東町教育委員会　1996.3　287p　22cm
◇日本の少年詩・少女詩　佐藤光一著　大空社　1994.9　2冊　22cm　全20000円　Ⓘ4-87236-925-4
◇いっぱいだいすきおかあさん　佐藤浩著　ぱるす出版　1995.5　181p　18cm　1300円　Ⓘ4-8276-0160-7
◇童顔の菩薩たち—仏教と児童詩　佐藤浩著　ぱるす出版　1998.5　157p　18cm　1200円　Ⓘ4-8276-0175-5
◇詩の国は白い馬にのって　白谷明美著　銀の鈴社　2000.3　208p　21cm　（シリーズ・児童詩が光る教室風景）　1500円　Ⓘ4-87786-334-6
◇子どもの言葉が詩になるとき—福島の子どもたちの詩の歩み（明治期から昭和初期まで）　高橋静恵著　郡山　Kプロダクション　2011.7　219p　22cm　〈文献あり〉　2000円
◇魂のふるさと—私の少年詩論　津坂治男著　鈴鹿　稽古舎　1994.11　149p　19cm　1000円
◇心に童謡を—評論とエッセイ　永杉徹夫著　さいたま　さきたま出版会　2002.11　242p　19cm　1500円　Ⓘ4-87891-366-5
◇読んで楽しい日本の童謡　中村幸弘編著　右文書院　2008.6　363p　19cm　1800円　Ⓘ978-4-8421-0713-4
◇「童謡」の摩訶不思議—おもしろおかしく「謎」を解く　日本童謡の不思議研究会編　PHP研究所　2003.1　237p　19cm　1300円　Ⓘ4-569-62566-5
◇本当はこわい日本の童謡—誰も知らなかった日本の童謡研究会編　ワニブックス　2002.2　159p　20cm　〈文献あり〉　1400円　Ⓘ4-8470-1427-8
◇子どものことばと詩　畑島喜久生著　小金井　現代児童詩研究会　1991.3　165p　22cm　（現代児童詩叢書 1）〈風人社（発売）〉
◇いまこそ子どもたちに詩を　畑島喜久生著　国土社　1995.6　226p　20cm　2400円　Ⓘ4-337-47423-4
◇少年詩とは何か—子どもにかかわる詩の問題　畑島喜久生著　国土社　1999.3　227p　20cm　2500円　Ⓘ4-337-47430-7
◇文芸としての童謡—童謡の歩みを考える　畑中圭一著　京都　世界思想社　1997.3　237p　20cm　（Sekaishiso seminar）　2600円　Ⓘ4-7907-0644-3
◇日本の童謡—誕生から九〇年の歩み　畑中圭一著　平凡社　2007.6　402p　22cm　〈文献あり〉　6800円　Ⓘ978-4-582-21970-8
◇少年詩の歩み　弥吉菅一,畑島喜久生編著　教育出版センター　1994.9　263p　20cm　（以文選書 44）　2400円　Ⓘ4-7632-1541-8
◇少年詩の歩み—2　弥吉菅一,畑島喜久生編著　教育出版センター　1996.5　222p　20cm　（以文選書 49）　2400円　Ⓘ4-7632-1546-9
◇言葉をかみしめて歌いたい童謡・唱歌　由井龍三著　春秋社　2010.2　205p　20cm　〈文献あり〉　1600円　Ⓘ978-4-393-43636-3
◇上がる下がる—京のわらべうた　吉川蕉仙著　二玄社　2005.12　122p　20cm　1200円　Ⓘ4-544-20004-0
◇信州松代・童謡紀行　長野　風景社　2003.10　99p　21cm　1238円　Ⓘ4-938270-09-9
◇童謡・唱歌の旅　北辰堂出版　2009.7　127p　23cm　（感傷旅行 1）〈文献あり〉　2500円　Ⓘ978-4-904086-91-9

絵本

◇昔話と絵本　石井正己編　三弥井書店　2009.11　175p　21cm　1700円　Ⓘ978-4-8382-3186-7
◇絵本への道—遊びの世界から科学の絵本へ　加古里子著　福音館書店　1999.5　215p　21cm　1500円　Ⓘ4-8340-1606-4
◇こんな絵本に出会いたい—自分らしく生きるには　木村民子著　フェミックス　2006.11　167p　19cm　〈亜紀書房（発売）〉　1500円　Ⓘ4-7505-0617-6
◇絵本をよんでみる　五味太郎,小野明著　平凡社　1999.8　364p　16cm　（平凡社ライブラリー）　1000円　Ⓘ4-582-76300-6

児童文学（少年少女小説）

◇絵本と童話のユング心理学　山中康裕著　筑摩書房　1997.3　301p　15cm　〈ちくま文芸文庫〉　979円　①4-480-08325-1

童話

◇メルヘン標本箱　天沼春樹著　NTT出版　1993.9　205p　20cm　1400円　①4-87188-227-6
◇童話読んだり書いたり楽しもう　漆原智良著　名古屋　KTC中央出版　1998.4　239p　20cm　1800円　①4-87758-090-5
◇児童芸術講座―1（童話篇）　上笙一郎編　久山社　1990.9　1冊　23cm〈児童芸術研究会大正12～14年刊（全6輯）を再編集し複製したもの〉
◇童話の森　信濃町黒姫童話館編　信濃町（長野県）　信濃町　1991.7　126p　30cm〈監修：子安美知子　長野　銀河書房（発売）〉　2000円
◇童話の語り発達史　勢家肇編　別府　九州語り部実行委員会　1993.2　292p　19cm〈福岡　海鳥社（発売）〉　3000円　①4-87415-043-8
◇童話随想―随想集　関口真魚著　関口真魚　2007.9　237p　20cm〈肖像あり〉　非売品
◇童話の研究　高木敏雄著　クレス出版　2006.7　355p　20cm〈家庭文庫　上笙一郎,山崎朋子編纂〉〈婦人文庫刊行会大正5年刊の複製〉
◇寺村輝夫の童話に生きる全1冊　寺村輝夫著　理論社　2012.8　545,15p　21cm〈寺村輝夫全童話　別2〉〈付属資料：16p：寺村輝夫追悼2　布装　著作目録あり　索引あり〉　8000円　①978-4-652-01980-1
◇なぞときおとぎ話　とくなのぞみ著　文芸社　2010.1　267p　20cm　1500円　①978-4-286-08145-2
◇童話・昔話におけるダブル・バインド―思惟様式の東西比較　十島雍蔵,十島真理著　京都　ナカニシヤ出版　1992.10　174p　19cm　1800円　①4-88848-184-9
◇上手に童話を書くための本　西本鶏介著　鈴木出版　1997.8　239p　19cm　1600円　①4-7902-7149-8
◇童話が育てる子どもの心　西本鶏介著　小学館　1999.8　191p　19cm　1300円　①4-09-837329-7
◇童話は甘いかしょっぱいか―出版までの長い道のり　浜尾まさひろ著　文芸社　2012.7　225p　20cm　1400円　①978-4-286-08572-2
◇童話ってホントは残酷―グリム童話から日本昔話まで38話　三浦佑之監修　二見書房　1999.1　254p　15cm〈二見wai wai文庫〉　495円　①4-576-99006-3
◇童話のすすめ―よりよく子どもを理解するために　三宅光一編著,菅野孝彦,照井隆著　岡山　大学教育出版　2006.11　156p　21cm　1800円　①4-88730-723-3
◇童話のすすめ―よりよく子どもを理解するために　三宅光一編著,菅野孝彦,照井隆著　増補改訂版　岡山　大学教育出版　2010.6　201p　21cm〈文献あり〉　1800円　①978-4-86429-000-5
◇名作童話の深層　森省二,氏原寛編　大阪　創元社　1989.5　328p　19cm　1400円　①4-422-11126-4
◇童話と心の深層　森省二ほか著　大阪　創元社　1996.4　351p　19cm　2000円　①4-422-11175-2
◇物語がこころを癒す―メルヘンの深層心理　森省二,森恭子著　大和書房　1998.6　238p　20cm　1800円　①4-479-75038-X
◇児童文学の書き方　横山充男著　ポプラ社　1999.9　255p　19cm　2000円　①4-591-06169-8
◇童話学がわかる。　朝日新聞社　1999.3　176p　26cm〈アエラムック　no.47〉　1050円　①4-02-274097-3

少年少女小説

◇〈少女小説〉ワンダーランド―明治から平成まで　菅聡子編　明治書院　2008.7　173p　21cm〈他言語標題：Girl's novels wonderland〉　1500円　①978-4-625-68408-1
◇少年少女小説ベスト100―大アンケートによる　文芸春秋編　文芸春秋　1992.2　414p　16cm〈文春文庫　ビジュアル版〉　500円　①4-16-811616-6

ファンタジー

◇涙は世界で一番小さな海―「幸福」と「死」を考える、大人の童話の読み方　一条真也著　三五館　2009.11　204p　19cm　〈文献あり〉　1300円　Ⓘ978-4-88320-485-4

◇夢の仕掛け―私のファンタジーめぐり　井辻朱美著　NTT出版　1994.5　302p　19cm　2500円　Ⓘ4-87188-234-9

◇ファンタジーの森から　井辻朱美著　長坂町(山梨県)　アトリエOCTA　1994.7　216p　20cm　1800円　Ⓘ4-900757-02-0

◇ファンタジーのDNA　荻原規子著　理論社　2006.11　237p　19cm　1500円　Ⓘ4-652-07791-2

◇〈うさぎ穴〉からの発信―子どもとファンタジー　河合隼雄著　マガジンハウス　1990.11　234p　20cm　1300円　Ⓘ4-8387-0179-9

◇ファンタジーを読む　河合隼雄著　楡出版　1991.8　317p　20cm　1700円　Ⓘ4-931266-07-X

◇ファンタジーを読む　河合隼雄著　講談社　1996.11　387p　16cm　(講談社+α文庫)　880円　Ⓘ4-06-256171-9

◇ファンタジー文学の世界へ―主観の哲学のために　工藤左千夫著　成文社　1992.10　145p　20cm　1648円

異文化と児童文学

◇日中児童文学交流史の研究―日本における中国児童文学及び日本児童文学における中国　季穎著　風間書房　2010.2　572p　22cm　〈文献あり〉　9500円　Ⓘ978-4-7599-1760-4

◇子どもの本に描かれたアジア・太平洋―近・現代につくられたイメージ　長谷川潮著　梨の木舎　2007.8　285p　21cm　2800円　Ⓘ978-4-8166-0706-6

翻訳

◇子どもの本・翻訳の歩み展展示会目録―国際子ども図書館開館記念　日本国際児童図書評議会「子どもの本・翻訳の歩み展」実行委員会企画・執筆, 国立国会図書館編　国立国会図書館　2000.3　81p　30cm　〈他言語標題：A history of Japanese translations of children's books from abroad　会期：平成12年5月6日～6月4日　タイトルは奥付による〉　Ⓘ4-87582-560-9

児童文学論・研究

◇児童文学概論―おはなしよいしょ　大西生一朗著　改訂版　明石　大和評論社　2007.4　35p　21cm

◇こどもは本が嫌いです―児童文学概論　こどもの夢と言語力を育てる絵本たち　大西生一朗著　3訂版　明石　大和評論社　2008.4　70p　21cm　非売品　Ⓘ978-4-904304-00-6

◇児童読者論の視覚　岡田純也著　KTC中央出版　2005.2　317p　20cm　(岡田純也著作選集 4　岡田純也著)〈シリーズ責任表示：岡田純也著　年譜あり〉　4000円　Ⓘ4-87758-342-4

◇児童文学作家論　岡田純也著　KTC中央出版　2005.4　316p　20cm　(岡田純也著作選集 2　岡田純也著)〈シリーズ責任表示：岡田純也著　年譜あり〉　4000円　Ⓘ4-87758-340-8

◇〈物語〉のゆらぎ―見切れない時代の児童文学　奥山恵著　くろしお出版　2011.11　255p　20cm　(児童文学批評の新地平 3)〈索引あり〉　2000円　Ⓘ978-4-87424-538-5

◇時代を刻む児童文学　川上蓉子著　ドメス出版　2006.5　232,5p　19cm　1500円　Ⓘ4-8107-0662-1

◇児童文学の伝統と創造　小西正保著　ハッピーオウル社　2005.11　209p　19cm　2000円　Ⓘ4-902528-13-4

◇行きて帰りし物語―キーワードで解く絵本・児童文学　斎藤次郎著　日本エディタースクール出版部　2006.8　306p　19cm　1900円　Ⓘ4-88888-370-X

◇児童文学批評・事始め　児童文学評論研究会編　横浜　てらいんく　2002.10　239p　21cm　(てらいんくの評論)　1905円　Ⓘ4-925108-52-2

◇幸福の書き方　清水真砂子著　JICC出版局　1992.7　229p　19cm　1200円　Ⓘ4-7966-0340-9

児童文学（テーマ別研究）

◇児童文学論―瀬田貞二子どもの本評論集 上巻　瀬田貞二著　福音館書店　2009.5　540p　22cm　⓪978-4-8340-2384-8,978-4-8340-3940-5

◇児童文学論―瀬田貞二子どもの本評論集 下巻　瀬田貞二著　福音館書店　2009.5　501,22p　22cm〈索引あり〉　⓪978-4-8340-2438-8,978-4-8340-3940-5

◇〈共感〉の現場検証―児童文学の読みを読む　西山利佳著　くろしお出版　2011.11　284p　20cm　（児童文学批評の新地平 2）〈索引あり〉　2200円　⓪978-4-87424-537-8

◇児童文学研究の現代史―日本児童文学学会の四十年　日本児童文学学会編　小峰書店　2004.4　476,17p　22cm〈文献あり　年表あり〉　6000円　⓪4-338-01025-8

◇児童文学の行方―読者の視座から児童文学の今を探る　藤田のぼる著　川崎　てらいんく　2010.4　102p　21cm　1200円　⓪978-4-86261-072-0

◇人気のひみつ、魅力のありか―21世紀こども文学論　藤本英二著　久山社　2011.12　147p　22cm　（日本児童文化史叢書 45）　1553円　⓪978-4-906563-36-4

◇現代児童文学を問い続けて　古田足日著　くろしお出版　2011.11　378p　20cm　（児童文学批評の新地平 1）〈索引あり〉　2800円　⓪978-4-87424-536-1

◇児童文学研究、そして、その先へ―上　宮川健郎、横川寿美子編　久山社　2007.11　93p　21cm　（日本児童文化史叢書 40）　1553円　⓪978-4-906563-31-9

◇児童文学研究、そして、その先へ―下　宮川健郎、横川寿美子編　久山社　2007.11　118p　21cm　（日本児童文化史叢書 41）　1553円　⓪978-4-906563-32-6

◇児童文学の愉楽　三宅興子著　翰林書房　2006.12　372p　20cm〈文献あり〉　3600円　⓪4-87737-241-5

◇児童文学研究を拓く―三宅興子先生退職記念論文集　三宅興子先生退職記念論文集刊行会編　翰林書房　2007.5　375p　22cm〈肖像あり　著作目録あり　文献あり〉　4500円　⓪978-4-87737-249-1

メディアと児童文学

◇研究―日本の児童文学―5　メディアと児童文学　日本児童文学学会編、宮川健郎、吉田新一、三宅興子、松居直、石子順ほか著　東京書籍　2003.7　438p　21cm　4800円　⓪4-487-79255-X

テーマ別研究

◇幸福の擁護　今江祥智著　みすず書房　1996.6　420,4p　20cm　2987円　⓪4-622-04605-9

◇児童文学におけるサンタクロースの研究　荻原雄一著　高文堂出版社　1998.12　218p　19cm　2600円　⓪4-7707-0610-3

◇サンタ・マニア　荻原雄一著　のべる出版企画　2008.5　313p　19cm〈コスモヒルズ（発売）〉　2200円　⓪978-4-87703-948-6

◇女が素敵な子どもの本―それからのノラたちの選択　木村民子著　近代文芸社　1996.11　261p　20cm　1500円　⓪4-7733-5939-0

◇幸福の書き方　清水真砂子著　新装版　洋泉社　1995.10　230p　19cm　1400円　⓪4-89691-180-6

◇本にえがかれた子どもたち―町の子ども・村の子ども　特別展　白根記念渋谷区郷土博物館・文学館編　白根記念渋谷区郷土博物館・文学館　2009.1　96p　30cm〈会期・会場：平成21年1月20日～3月22日　白根記念渋谷区郷土博物館・文学館〉

◇児童文学の異界・魔界　白百合怪異研究会編　川崎　てらいんく　2006.2　256p　21cm　（てらいんくの評論）　2000円　⓪4-925108-34-4

◇児童文学の源泉としてのアニミズム　谷悦子、田辺欧、鵜野祐介著　茨木　梅花学園生涯学習センター　2008.3　73p　21cm　（梅花学園生涯学習センター公開講座ブックレット v.1）〈会期・会場：2007年7月20日　梅花女子大学〉　500円　⓪978-4-9904172-0-8

◇老いと死を伝える子どもの本　谷出千代子著　改訂　大空社　2011.5（2刷）　147p　21cm　1800円　⓪978-4-283-00791-8

◇童話と樹木の世界―林学との接点を求めて　筒井迪夫著　朝日新聞社　2005.6　216,6p

19cm （朝日選書 319）〈1990年刊（第4刷）を原本としたオンデマンド版　デジタルパブリッシングサービス（発売）　文献あり〉　2500円　①4-86143-059-3

◇桃太郎の運命　鳥越信著　京都　ミネルヴァ書房　2004.5　243p　21cm〈1983年刊の増訂　文献あり〉　2200円　①4-623-04042-9

◇児童文学と子どもの世界―子どもに何を伝えるか　中川正文述,亀岡市,亀岡市教育委員会編　亀岡　亀岡市　1994.11　71p　19cm（亀岡生涯学習市民大学　平成5年度―丹波学叢書　4）〈共同刊行：亀岡市教育委員会〉

◇児童文学のなかの障害者　長谷川潮著　ぶどう社　2005.10　216p　21cm　2400円　①4-89240-181-1

◇物語にみる世界の子ども日本の子ども　松平信久著　一莖書房　1991.4　177p　20cm　1800円　①4-87074-078-8

◇伝えたいもの伝わるもの絵本・児童文学における老人像　宮地敏子著　グランまま社　1999.4　184p　19cm　1500円　①4-906195-41-5

◇名作に描かれたクリスマス　若林ひとみ著　岩波書店　2005.11　188,6p　20cm〈文献あり〉　1800円　①4-00-002262-8

◇物語のガーデン―子どもの本の植物誌　和田まさ子著　横浜　てらいんく　2003.5　259p　19cm〈文献あり〉　1600円　①4-925108-70-0

◇私の好きな人形物語―絵本・物語の中の人形たち　和田まさ子著　川崎　てらいんく　2009.2　239p　19cm　1400円　①978-4-86261-042-3

◇さねとうあきら評論集―2　子どもの原像　明石書店　1992.5　190p　20cm　2060円

家庭と児童文学

◇現代の子どもの本と家族　白百合女子大学児童文化研究センター児童文学に見る家族の国際比較プロジェクト編　調布　白百合女子大学児童文化研究センター　2008.3　88p　21cm〈文献あり〉

◇子どもの本と家族―白百合女子大学児童文化研究センター児童文学に見る家族の国際比較プロジェクト論文集　白百合女子大学児童文化研究センター児童文学に見る家族の国際比較プロジェクト編　調布　白百合女子大学児童文化研究センター　2010.2　139p　26cm

教育と児童文学

◇読書教育と児童文学　根本正義著　双文社出版　1990.4　213p　20cm　2200円　①4-88164-334-7

◇子どもと教育とことば　根本正義著　高文堂出版社　1994.3　260p　21cm　2800円　①4-7707-0442-9

◇児童文学批評と国語教育―昭和20年代の文献と解題　根本正義著　高文堂出版社　1994.10　196p　21cm　2580円　①4-7707-0460-7

◇教員養成大学における児童文学研究・教育の構築　仙台　宮城教育大学「教員養成大学における児童文学研究・教育の構築に関するプロジェクト・チーム」　1991.3　64p　26cm〈平成2年度教育方法等改善経費〉

戦争と児童文学

◇児童読物の軌跡―戦争と子どもをつないだ表現　相川美恵子著　京都　龍谷学会　2012.8　188p　22cm　（龍谷叢書 25）

◇児童文化にみる戦争責任―子どもたちを戦争にかりたてた大人たち　アジアに対する日本の戦争責任を問う民衆法廷準備会編　樹花舎　1995.7　67p　21cm　（アジア民衆法廷ブックレット―連続〈小法廷〉の記録 6）　700円　①4-7952-5021-9

◇原爆を伝える子どもの文学―ヒロシマからの発信　阿部真人,阿部雅子著　広島　溪水社　2011.5　547p　22cm　4800円　①978-4-86327-142-5

◇賢治・南吉・戦争児童文学―教科書教材を読みなおす　木村功著　大阪　和泉書院　2012.2　309p　20cm　（和泉選書 171）　4500円　①978-4-7576-0611-1

◇児童文学に見る平和の風景　佐々木赫子著　川崎　てらいんく　2006.2　462p　21cm（てらいんくの評論）〈文献あり〉　3200円　①4-925108-09-3

◇はじめて学ぶ日本の戦争児童文学史　鳥越信,長谷川潮編著　京都　ミネルヴァ書房

児童文学（児童文学史）

2012.4　345,21p　21cm　（シリーズ・日本の文学史 8）〈文献あり　年表あり　索引あり〉　3500円　Ⓟ978-4-623-06234-8
◇日本の戦争児童文学―戦前・戦中・戦後　長谷川潮著　久山社　1995.6　118p　21cm　（日本児童文化史叢書 1）　1600円　Ⓟ4-906563-61-9
◇児童戦争読み物の近代　長谷川潮著　久山社　1999.3　108p　21cm　（日本児童文化史叢書 21）　1553円　Ⓟ4-906563-81-3
◇原爆児童文学を読む　水田九八二郎著　三一書房　1995.7　217p　20cm　2100円　Ⓟ4-380-95251-7
◇戦時児童文学論―小川未明、浜田広介、坪田譲治に沿って　山中恒著　大月書店　2010.11　355,11p　20cm〈索引あり〉　2800円　Ⓟ978-4-272-52083-1

児童文学史

◇少女少年のポリティクス　飯田祐子,島村輝,高橋修,中山昭彦編著　青弓社　2009.2　286p　21cm　3000円　Ⓟ978-4-7872-3296-0
◇仙台児童文化史　遠藤実著　久山社　1996.4　104p　21cm　（日本児童文化史叢書 8）　1600円　Ⓟ4-906563-68-6
◇子どもの本の歴史　岡田純也著　名古屋中央出版　1992.5　318p　19cm　2300円　Ⓟ4-924814-19-9
◇児童文芸史　岡田純也著　KTC中央出版　2005.3　221p　20cm　（岡田純也著作選集 1　岡田純也著）〈シリーズ責任表示：岡田純也著　年譜あり〉　3800円　Ⓟ4-87758-339-4
◇明治キリスト教児童文学史　沖野岩三郎著　久山社　1995.6　93p　21cm　（日本児童文化史叢書 2）　1600円　Ⓟ4-906563-62-7
◇伝記児童文学のあゆみ―1891から1945年　勝尾金弥著　京都　ミネルヴァ書房　1999.11　388,6p　20cm　（Minerva21世紀ライブラリー 55）　3200円　Ⓟ4-623-03085-7
◇児童文化史の森　上笙一郎著　大空社　1994.9　662,21p　22cm　9000円　Ⓟ4-87236-924-6
◇文化学院児童文学史稿　上笙一郎著　社会思想社　2000.6　352,14p　20cm　4000円　Ⓟ4-390-60435-X
◇日本児童文学学会四十年史　上笙一郎著　鎌倉　港の人　2007.11　398p　22cm　（港の人児童文化研究叢書 2）　7000円　Ⓟ978-4-89629-179-7
◇越境する文学―朝鮮児童文学の生成と日本児童文学者による口演童話活動　金成妍著　福岡　花書院　2010.3　301p　21cm　（比較社会文化叢書 16）〈年表あり　文献あり〉　2660円　Ⓟ978-4-903554-66-2
◇不安に生きる文学誌―森鷗外から中上健次まで　木村一信著　双文社出版　2008.2　295p　22cm　4600円　Ⓟ978-4-88164-580-2
◇明治少年文学史―第1巻　少年文学史―改訂増補　明治篇 上巻　木村小舟著　大空社　1995.2　444p　20cm　Ⓟ4-87236-944-0
◇明治少年文学史―第2巻　少年文学史―改訂増補　明治篇 下巻　木村小舟著　大空社　1995.2　432p　20cm　Ⓟ4-87236-944-0
◇明治少年文学史―第3巻　少年文学史　明治篇 別巻　木村小舟著　大空社　1995.2　598p　20cm　Ⓟ4-87236-944-0
◇明治少年文学史―第4巻　明治少年文化史話　木村小舟著　大空社　1995.2　2冊（別冊とも）　20cm　Ⓟ4-87236-944-0
◇〈講談社〉ネットワークと読者　近代文学合同研究会編　横須賀　近代文学合同研究会　2006.12　85p　21cm　（近代文学合同研究会論集 第3号）
◇日本の子どもの文学―国際子ども図書館所蔵資料で見る歩み：国立国会図書館国際子ども図書館展示会　国立国会図書館国際子ども図書館編　国立国会図書館国際子ども図書館　2012.10　80p　30cm〈他言語標題：Japanese children's literature　会期：平成23年2月19日～8月21日ほか　年表あり　文献あり〉　Ⓟ978-4-87582-740-5
◇斎藤佐次郎・児童文学史　斎藤佐次郎著,宮崎芳彦編纂　金の星社　1996.5　781p　27cm　18000円　Ⓟ4-323-01885-1
◇アプローチ児童文学　関口安義編　翰林書房　2008.1　234p　21cm〈文献あり〉　2000円　Ⓟ978-4-87737-257-6
◇大正児童文学の世界　続橋達雄著　おうふ

児童文学（児童文学史）

◇う　1996.2　293p　22cm　4800円　Ⓘ4-273-02904-9
◇大正児童文学の世界―2　続橋達雄著　おうふう　1999.4　258p　21cm　4800円　Ⓘ4-273-03063-2
◇近代日本児童文学史研究　鳥越信著　おうふう　1994.11　287p　22cm　6800円　Ⓘ4-273-02799-2
◇日本児童文学　鳥越信著　建帛社　1995.10　183p　21cm　2060円　Ⓘ4-7679-3092-8
◇日本児童文学の再生―新しいミレニアムに向けて　鳥越信著　倉敷　作陽学園出版部　2000.3　63p　21cm　（作陽ブックレット15）〈れんが書房新社（発売）〉　500円　Ⓘ4-8462-0232-1
◇はじめて学ぶ日本児童文学史　鳥越信編著　京都　ミネルヴァ書房　2001.4　368,40p　21cm　（シリーズ・日本の文学史 1）〈文献あり　年表あり〉　3000円　Ⓘ4-623-03252-3
◇たのしく読める日本児童文学―戦前編　鳥越信編著　京都　ミネルヴァ書房　2004.4　241,6p　21cm　2800円　Ⓘ4-623-03941-2
◇たのしく読める日本児童文学―戦後編　鳥越信編著　京都　ミネルヴァ書房　2004.4　241,6p　21cm　2800円　Ⓘ4-623-03942-0
◇体験的児童文化史　滑川道夫著　国土社　1993.8　316p　22cm　〈聞き手：富田博之〉　3500円　Ⓘ4-337-45025-4
◇西本鶏介児童文学論コレクション―3　文学のなかで描かれる人間像 児童文学の歴史・民話論　西本鶏介著　ポプラ社　2012.8　446,11p　22cm　〈他言語標題：The Collection of Children's Literary Criticism　索引あり〉　2900円　Ⓘ978-4-591-13048-3
◇日本のキリスト教児童文学　日本児童文学学会編　国土社　1995.1　293p　22cm　3800円　Ⓘ4-337-45030-0
◇研究―日本の児童文学―3　日本児童文学史を問い直す―表現史の視点から　日本児童文学学会編，宮川健郎ほか著　東京書籍　1995.8　287p　21cm　3000円　Ⓘ4-487-79253-3
◇研究―日本の児童文学―2　児童文学の思想史・社会史　日本児童文学学会編，関口安義ほか著　東京書籍　1997.4　351p　21cm　3500円　Ⓘ4-487-79252-5
◇研究―日本の児童文学―4　現代児童文学の可能性　日本児童文学学会編，石井直人ほか著　東京書籍　1998.8　363p　21cm　3800円　Ⓘ4-487-79254-1
◇研究―日本の児童文学―1　近代以前の児童文学　日本児童文学学会編，上笙一郎，馬場光子，阿部泰郎，徳田和夫，小池正胤ほか著　東京書籍　2003.7　237p　21cm　3200円　Ⓘ4-487-79251-7
◇現代児童文学の出発―1955-1964　日本児童文学者協会編　日本図書センター　2007.6　460p　22cm　（現代児童文学論集 第2巻　日本児童文学者協会編）〈「革新と模索の時代」（偕成社昭和55年刊）の復刻版　年表あり〉　9000円　Ⓘ978-4-284-70029-0
◇児童文学の戦後―1946-1954　日本児童文学者協会編　日本図書センター　2007.6　322p　22cm　（現代児童文学論集 第1巻　日本児童文学者協会編）〈「復興期の思想と文学」（偕成社昭和55年刊）の復刻版　年表あり〉　Ⓘ978-4-284-70028-3
◇深化と見直しのなかで―1965-1969　日本児童文学者協会編　日本図書センター　2007.6　386p　22cm　（現代児童文学論集 第3巻　日本児童文学者協会編）〈「過渡期の児童文学」（偕成社昭和55年刊）の復刻版　年表あり〉　9000円　Ⓘ978-4-284-70030-6
◇多様化の時代に―1970-1979　日本児童文学者協会編　日本図書センター　2007.6　353p　22cm　（現代児童文学論集 第4巻　日本児童文学者協会編）〈年表あり〉　9000円　Ⓘ978-4-284-70031-3
◇転換する子どもと文学―1980-1989　日本児童文学者協会編　日本図書センター　2007.6　365p　22cm　（現代児童文学論集 第5巻　日本児童文学者協会編）〈年表あり〉　9000円　Ⓘ978-4-284-70032-0
◇占領下の文壇作家と児童文学　根本正義著　高文堂出版社　2005.7　601p　22cm　5714円　Ⓘ4-7707-0735-5
◇占領下の文壇作家と児童文学―索引　根本正義編　高文堂出版社　2005.12　81p　19cm　952円　Ⓘ4-7707-0743-6
◇日本児童文学の現代へ　野上暁著　パロル舎　1998.9　239p　19cm　1800円　Ⓘ4-

児童文学（児童文学史）

89419-196-2
◇大正児童文学―近代日本の青い窓　野口存弥著　踏青社　1994.9　222p　20cm〈審美社（発売）〉　2200円　Ⓘ4-924440-29-9
◇日本児童文学史の諸相―試論・解題稿　宮崎芳彦ほか　調布　白百合女子大学児童文化研究センター日本児童文学史研究プロジェクト　2003.4　490,13p　26cm（白百合児童文化研究センター叢書）　7000円
◇戦後児童文学史の未解決点　宮崎芳彦著　川崎　てらいんく　2010.3　459p　22cm（〔てらいんくの評論〕）　3200円　Ⓘ978-4-86261-070-6
◇日本近代児童文学史研究―4　向川幹雄著　社町（兵庫県）　兵庫教育大学向川研究室　2000.3　250p　21cm（児童文学研究年報第11号）　非売品
◇日本近代児童文学史研究―3　向川幹雄著　社町（兵庫県）　兵庫教育大学向川研究室　2001.1　217p　21cm（児童文学研究年報第12号）　非売品
◇子どもの本とともに―盛岡児童文学研究会二十年の歩み　盛岡児童文学研究会編　盛岡　盛岡児童文学研究会　1991.8　116,24p　26cm
◇やまがた文学の流れを探る　やまがた文学祭実行委員会編　山形　やまがた文学祭実行委員会　2011.11　142p　21cm（やまがた児童文学の系譜　5（童謡・少年詩・児童詩・わらべ唄））〈平成23年度山形市芸術祭主催事業／山形県民芸術祭参加　年表あり〉
◇植民地台湾の児童文化　游珮芸著　明石書店　1999.2　360p　22cm　9600円　Ⓘ4-7503-1131-6
◇児文研のあゆみ―その三十年　青森　青森県児童文学研究会　1990.10　114p　26cm〈青森県児童文学研究会創立30周年記念〉　非売品

児童文芸誌

◇思い出の少年倶楽部時代―なつかしの名作博覧会　尾崎秀樹著　講談社　1997.6　382p　22cm　4000円　Ⓘ4-06-207159-2
◇文芸誌「海」子どもの宇宙　中公文庫編集部編　中央公論新社　2006.10　315p　16cm（中公文庫）　1429円　Ⓘ4-12-204755-2
◇近代児童文学研究のあけぼの―雑誌『童話研究』へのアプローチ　滑川道夫ほか編　久山社　1994.1　253,24p　23cm〈『童話研究（解説・総目次）』（1989年刊）の改装版〉　7210円
◇西本鶏介児童文学論コレクション―2　児童文学の作家と作品　西本鶏介著　ポプラ社　2012.8　705,9p　22cm〈他言語標題：The Collection of Children's Literary Criticism　索引あり〉　3500円　Ⓘ978-4-591-13047-6
◇信州児童文学会創立50周年記念誌―「とうげの旗」のあゆみ　長野　信州児童文学会　2006.10　239p　31cm〈年表あり〉　2000円

◆『赤い鳥』

◇「赤い鳥」運動と茨城の子ども達　増田実著　土浦　筑波書林　1989.1　137p　18cm（ふるさと文庫）〈茨城図書（発売）〉　600円
◇「赤い鳥」と「少年倶楽部」の世界　山梨県立文学館編　甲府　山梨県立文学館　2005.4　72p　30cm〈会期・会場：2005年4月29日～6月26日　山梨県立文学館企画展示室〉
◇『赤い鳥』6つの物語―滋賀児童文化探訪の旅　山本稔, 仲谷富美夫, 西川暢也著　彦根　サンライズ出版　1999.3　219p　19cm（別冊淡海文庫　7）　1800円　Ⓘ4-88325-121-7
◇大阪『赤い鳥』入選児童詩の探求―関係者のその後を訪ねて　弥吉菅一先生遺稿集　弥吉菅一著　茨木　関西児童文化史研究会　2001.4　156p　19cm（関西児童文化史叢書　10）　1500円

児童文学者論

◇作家のうしろ姿―児童文学の21人　相原法則著　文渓堂　1994.12　221p　20cm（森の小道シリーズ）　1500円　Ⓘ4-89423-046-1
◇賢治・南吉・戦争児童文学―教科書教材を読みなおす　木村功著　大阪　和泉書院　2012.2　309p　20cm（和泉選書　171）　4500円　Ⓘ978-4-7576-0611-1
◇わたしの出会った作家と作品―児童文学論集　小西正保著　創風社　1997.5　476p　20cm　2800円　Ⓘ4-915659-91-7

児童文学（児童文学史）

◇子どもの本の書き手たち―34人の作家に聞く　全国学校図書館協議会編　全国学校図書館協議会　1999.8　145p　24cm　2500円　Ⓘ4-7933-0049-9

◇児童文学作品・作家論　髙橋さやか著　新読書社　1989.9　328p　22cm〈言語・文学教育と人格形成 3〉　2900円　Ⓘ4-7880-0105-5

◇現代日本児童文学作家事典　日本児童文学者協会編　教育出版センター　1991.10　367p　22cm〈保存版〉　6800円　Ⓘ4-7632-2405-0

◇書斎はキッチン―児童文学に魅せられた作家たち　林美千代,山崎かよみ,O.L.V.編著　名古屋　ゆいぽおと　2012.9　239p　21cm〈KTC中央出版（発売）　作品目録あり　年譜あり〉　1800円　Ⓘ978-4-87758-439-9

明治・大正時代

◇大正の花形俳人　小島健著　ウエップ　2006.8　210p　20cm〈三樹書房（発売）〉　2000円　Ⓘ4-89522-477-5

◇忘れかけた句集たち―明治大正個人句集解題　田中修次著　松山　遊鬼書屋　1992.1　157,31p　19cm　1600円

◇大正秀句　富安風生著,正木ゆう子解説　春秋社　2000.10　289p　20cm（日本秀句　新版 6）　2300円　Ⓘ4-393-43426-9

◇明治俳人墨書・書誌　綿抜豊昭監修,秋尾敏編著　野田　俳句図書館鳴弦文庫　2008.8　117p　26cm〈背・表紙のタイトル：明治俳人書誌・墨書〉

◆◆小川　未明（1882～1961）

◇「赤いろうそくと人魚」をつくった小川未明―父小川未明　岡上鈴江著　ゆまに書房　1998.4　225p　22cm（ヒューマンブックス―「児童文学」をつくった人たち 3）　3500円　Ⓘ4-89714-268-7

◇父小川未明　岡上鈴江著　新評論　2002.12　265p　19cm（Shinhyoron selection 29）〈1970年刊（第3刷）を原本としてオンデマンド出版したもの　肖像あり　著作目録あり　年譜あり〉　3200円　Ⓘ4-7948-9971-8

◇小川未明の世界―小川未明文学館図録　小川未明文学館編　上越　上越市　2006.10　59p　30cm〈肖像あり　著作目録あり　年譜あり〉　1000円

◇御風と未明―平成18年度小川未明文学館特別展展示記録　小川未明文学館編　上越　上越市　2007.2　31p　30cm〈会期：平成18年9月30日～11月12日〉

◇小川未明の東京―童話作家宣言まで　小川未明文学館特別展図録　小川未明文学館編　上越　小川未明文学館　2008.9　31p　30cm〈会期・会場：平成20年9月27日～11月3日　小川未明文学館　年譜あり〉

◇解説小川未明童話集45　小埜裕二編著　上越　北越出版　2012.3　305,29p　22cm　2800円　Ⓘ978-4-89284-022-7

◇小川未明論集　上笙一郎編・解説　日本図書センター　1993.6　333,14p　22cm（近代作家研究叢書 136）〈複製〉　8240円　Ⓘ4-8205-9240-8,4-8205-9239-4

◇小川未明童話研究　船木枳郎著　日本図書センター　1990.1　295,7,8p　22cm（近代作家研究叢書 83）〈解説：桑原三郎　宝文館昭和29年刊の複製　小川未明の肖像あり〉　7210円　Ⓘ4-8205-9038-3

◇名作童話を読む未明・賢治・南吉　宮川健郎編著　春陽堂書店　2010.5　278p　20cm〈年譜あり〉　2500円　Ⓘ978-4-394-90276-8

◇小川未明　新潮社　1996.3　111p　20cm（新潮日本文学アルバム 60）　1300円　Ⓘ4-10-620664-1

◇近代作家追悼文集成―第37巻　吉井勇・和辻哲郎・小川未明・西東三鬼　ゆまに書房　1999.2　291p　22cm　8000円　Ⓘ4-89714-640-2,4-89714-639-9

◆◆北川　千代（1894～1965）

◇二女流の児童文学―北川千代と吉屋信子　大河原宣明著　千葉　里岬　1997.9　84p　19cm　非売品

◇北川千代―深谷で生まれた児童文学作家　北川千代著　深谷　深谷市教育委員会　2001.3　19p　30cm〈年譜あり〉

◆◆木村　小舟（1881～1955）

◇木村小舟と『少年世界』―明治の少年記者

日本近現代文学案内　763

飯干陽著　あずさ書店　1992.10　252p　21cm　2266円　⓵4-900354-30-9

◆◆葛原 しげる（1886～1961）

◇前田純孝と葛原滋　有本倶子著　短歌新聞社　2002.11　171p　20cm　1905円　⓵4-8039-1105-3
◇葛原しげる青春日記―前田純孝との友情　有本倶子編　神戸　神戸新聞総合出版センター　2009.4　142p　19cm〈年譜あり〉1600円　⓵978-4-343-00516-8
◇童謡詩人葛原齒　佐々木竜三郎著　〔井原〕〔佐々木竜三郎〕　〔2001.1〕　100p　21cm〈文献あり〉

◆◆久留島 武彦（1874～1960）

◇久留島武彦著作目録・口演活動記録　大分県立先哲史料館編　〔大分〕　大分県教育委員会　2004.3　101p　19cm（大分県先哲叢書　大分県立先哲史料館編）〈シリーズ責任表示：大分県立先哲史料館編　「久留島武彦評伝」別冊〉
◇子どもたちに捧げた半生―久留島武彦と玖珠　大分の文化と自然探険隊・Bahan事業部編　大分　極東印刷紙工　1994.4　48p　30cm（Bahan no.22）〈久留島武彦の肖像あり〉550円
◇久留島武彦　倉沢栄吉監修, 後藤惣一著　〔大分〕　大分県教育委員会　2004.3　309p　19cm（大分県先哲叢書　大分県立先哲史料館編）〈付属資料：1枚　シリーズ責任表示：大分県立先哲史料館編　肖像あり　年譜あり〉
◇久留島武彦資料集―第1巻　久留島武彦著　〔大分〕　大分県教育委員会　2001.3　567p　22cm（大分県先哲叢書　大分県立先哲史料館編）〈肖像あり〉
◇久留島武彦資料集―第2巻　久留島武彦著　〔大分〕　大分県教育委員会　2001.3　645p　22cm（大分県先哲叢書　大分県立先哲史料館編）
◇久留島武彦資料集―第3巻　久留島武彦著　〔大分〕　大分県教育委員会　2003.3　693p　22cm（大分県先哲叢書　大分県立先哲史料館編）〈シリーズ責任表示：大分県立先哲史料館編　肖像あり〉
◇久留島武彦資料集―第4巻　久留島武彦著　〔大分〕　大分県教育委員会　2003.3　711p　22cm（大分県先哲叢書　大分県立先哲史料館編）〈シリーズ責任表示：大分県立先哲史料館編〉
◇久留島武彦―児童文化の開拓者　普及版　後藤惣一文, 江原勲絵　大分　大分県教育委員会　2005.3　175p　19cm（大分県先哲叢書　大分県立先哲史料館編）〈シリーズ責任表示：大分県立先哲史料館編　年譜あり〉

◆◆清水 かつら（1898～1951）

◇あした―童謡詩人清水かつら　別府明雄著　白峰社　2002.1　290p　22cm　2000円　⓵4-938859-11-4
◇あしたに―童謡詩人清水かつら　別府明雄著　郁朋社　2005.4　374p　22cm〈「あした」（平成14年刊）の改訂版　肖像あり　著作目録あり　年譜あり　文献あり〉　2400円　⓵4-87302-312-2

◆◆鈴木 三重吉（1882～1936）

◇永遠の童話作家鈴木三重吉　半田淳子著　高文堂出版社　1998.10　177p　19cm　2100円　⓵4-7707-0599-9

◆◆巽 聖歌（1905～1973）

◇巽聖歌の詩と生涯―ふるさとは子供の心　内城弘隆編著　矢巾町（岩手県）　どっこ舎　2007.11　328p　22cm〈紫波町（岩手県）　ツーワンライフ（印刷）　肖像あり　折り込1枚　著作目録あり　年譜あり〉　1714円　⓵978-4-924981-59-1

◆◆中 勘助（1885～1965）

◇服織の中勘助―その生活と文学　稲森道三郎著　静岡　麹香書屋　1990.1　136p　19cm〈中勘助の肖像あり　折り込図1枚〉
◇中勘助の手紙―一座建立　稲森道三郎著　中央公論社　1995.1　393p　16cm（中公文庫）　920円　⓵4-12-202225-8
◇中勘助全集―第15巻　串田孫一ほか編纂　岩波書店　1991.1　500p　20cm　3500円

児童文学（児童文学史）

◇中勘助全集―第16巻　串田孫一ほか編纂　岩波書店　1991.2　582p　20cm〈著者の肖像あり〉　3700円　Ⓘ4-00-091516-9

◇熱砂の中のオアシス―中勘助、服織への讃歌　昭和十八年―昭和二十三年　静岡市立藁科図書館編　静岡　静岡市立藁科図書館　1992.3　56p　26cm〈折り込図1枚　中勘助の肖像あり〉

◇中勘助研究　関口宗念著　仙台　創栄出版　2004.5　197p　20cm　2000円　Ⓘ4-7559-0172-3

◇中勘助『銀の匙』を読む　十川信介著　岩波書店　2012.9　222p　15cm（岩波現代文庫―文芸　209）　860円　Ⓘ978-4-00-602209-9

◇中勘助の恋　富岡多恵子著　大阪　創元社　1993.11　385p　20cm　2500円　Ⓘ4-422-93026-5

◇この友ありて―小宮豊隆宛中勘助書簡　中勘助著, 渡辺外喜三郎編著　鹿児島　勘奈庵　1991.10　357p　19cm　非売品

◇鶴のごとし―中勘助の手紙　中勘助原著, 渡辺外喜三郎著　鹿児島　勘奈庵　1993.4　380p　19cm　非売品

◇中勘助展―生誕110年、没後30年記念　平塚市中央図書館編　平塚　平塚市中央図書館　1995.11　51p　29cm

◆◆新美 南吉（1913～1943）

◇再考新美南吉　赤座憲久著　名古屋　エフエー出版　1993.4　208p　19cm　1300円　Ⓘ4-87208-040-8

◇安城と新美南吉―企画展　安城市歴史博物館編　安城　安城市歴史博物館　2005.7　79p　30cm〈会期・会場：平成17年7月16日～9月4日　安城市歴史博物館　年表あり〉

◇ごんぎつねのふるさと―新美南吉の生涯　大石源三著　改訂版　名古屋　エフエー出版　1993.4　221p　19cm〈新美南吉の肖像あり〉　1300円　Ⓘ4-87208-039-4

◇新美南吉と自然観察　大橋秀夫著　半田　一粒社出版部　2010.6　54p　21cm　300円　Ⓘ978-4-901887-96-0

◇南吉のやなべ―外　小栗大造著　半田　一粒社出版部　2008.8　176p　21cm　1500円　Ⓘ978-4-901887-56-4

◇南吉童話の散歩道　小野敬子著　名古屋　中日出版社　1992.7　229p　19cm〈愛知県郷土資料刊行会（発売）〉　1500円　Ⓘ4-88519-075-4

◇南吉童話の散歩道　小野敬子著　改訂増補版　名古屋　中日出版社　1998.3　264p　19cm　1500円　Ⓘ4-88519-133-5

◇新美南吉詩碑の散歩道　小野敬子著　名古屋　中日出版社　2008.9　215p　19cm〈年譜あり　文献あり〉　1500円　Ⓘ978-4-88519-320-0

◇新美南吉紹介　帯金充利著　三一書房　2001.5　319p　20cm〈肖像あり〉　2200円　Ⓘ4-380-01202-6

◇風をみた人―かつおきんやと読む新美南吉　かつおきんや著　民衆社　1992.12　223p　19cm　1500円　Ⓘ4-8383-0700-4

◇「ごんぎつね」をつくった新美南吉―人間・新美南吉　かつおきんや著　ゆまに書房　1998.6　197p　22cm（ヒューマンブックス―「児童文学」をつくった人たち　10）　3500円　Ⓘ4-89714-275-X

◇新美南吉童話の本質と世界　北吉郎著　双文社出版　2002.6　334p　22cm　3600円　Ⓘ4-88164-543-9

◇或る児童文学者の生涯―知られざる新美南吉　後藤隆葉著　国分寺　新風舎　1997.12　78p　19cm（Shinpu books）　1100円　Ⓘ4-7974-0329-2

◇新美南吉童話論―自己放棄者の到達　佐藤通雅編　オンデマンド版　アリス館　2000.7　335p　19cm〈原本：アリス館牧新社1980年刊〉　3400円　Ⓘ4-7520-0165-9

◇賢治と南吉の演劇世界　富田博之著　国土社　1991.1　218p　19cm（国土社の教育選書　25）　1350円　Ⓘ4-337-66125-5

◇新美南吉　新美南吉記念館編　半田　新美南吉記念館　2000.3　60p　26cm

◇生誕百年新美南吉　新美南吉記念館編　半田　新美南吉記念館　2012.3　107p　30cm〈他言語標題：Niimi Nankichi 100th anniversary year　年譜あり〉

◇安城の新美南吉　新美南吉に親しむ会編　安城　安城市教育委員会　2012.8　167p

児童文学（児童文学史）

30cm〈年譜あり　著作目録あり　新美南吉に親しむ会1999年刊の改訂版〉
◇賢治vs南吉―徹底比較　日本児童文学者協会編　文渓堂　1994.6　269p　22cm　2800円　Ⓘ4-89423-026-7
◇新美南吉童話のなぞ　浜野卓也著　明治図書出版　1998.4　242p　19cm　（オピニオン叢書 43）　1900円　Ⓘ4-18-167306-5
◇新美南吉の世界　浜野卓也著　新評論　2002.12　247p　19cm　（Shinhyoron selection 30）〈1979年刊（第3刷）を原本としてオンデマンド出版したもの　年譜あり〉　3200円　Ⓘ4-7948-9970-X
◇新美南吉を編む―二つの全集とその周辺　保坂重政著　アリス館　2000.4　189p　20cm　1600円　Ⓘ4-7520-0158-6
◇南吉探訪　細山喬司著　半田　麦同人社　2006.12　103p　22cm　1200円
◇名作童話を読む未明・賢治・南吉　宮川健郎編著　春陽堂書店　2010.5　278p　20cm〈年譜あり〉　2500円　Ⓘ978-4-394-90276-8
◇新美南吉の生涯　吉田弘著　常滑　吉田弘　2012.1　429p　22cm〈年譜あり〉　2000円　Ⓘ978-4-9906161-0-6

◆◆◆「ごん狐」

◇なぜ日本人は「ごんぎつね」に惹かれるのか―小学校国語教科書の長寿作品を読み返す　鶴田清司著　明拓出版　2005.11　238p　19cm〈星雲社（発売）　文献あり〉　1300円　Ⓘ4-434-06935-7
◇ごん狐の誕生―新美南吉の少年時代　吉田弘文,岩田銀三絵　半田　新美南吉研究会　1994.3　269p　19cm　1300円

◆◆浜田　廣介（1893〜1973）

◇浜田広介の世界―その魅力　冨樫徹著　高畠町（山形県）　東北清流舎　2006.6　177p　18cm〈肖像あり〉　1000円
◇「ひろすけ童話」に聴く　西沢正太郎著　宮本企画　1991.11　274p　19cm　（みやもとライブラリー 1）　2600円
◇「ひろすけ童話」をつくった浜田広介―父浜田広介の生涯　浜田留美著　ゆまに書房　1998.4　219p　22cm　（ヒューマンブックス―「児童文学」をつくった人たち 5）　3500円　Ⓘ4-89714-270-9
◇さくら花咲く庭にして―浜田広介おぼえがき拾遺　羽山周平著　高畠町（山形県）　北郊書房　1992.11　140p　19cm　1000円
◇浜田広介ふるさと書簡集　羽山周平編著　教育報道社　1994.11　356p　22cm〈監修：浜田留美〉　2000円
◇田仁しのささやき　山形　山形ひろすけ会　1989.5　123p　23cm
◇ひろすけ童話学会報告記録集―1（第1回2005年―第6回2010年）　高畠町（山形県）　浜田広介記念館ひろすけ会　2010.10　142p　26cm

◆◆林　柳波（1892〜1974）

◇童謡が生まれたよ―「柳波」と「きむ子」の世界 第66回企画展　群馬県立土屋文明記念文学館編　高崎　群馬県立土屋文明記念文学館　2009.7　32p　30cm〈年譜あり〉

◆◆椋　鳩十（1905〜1987）

◇日本の動物文学　阿部真人,阿部雅子著　広島　渓水社　1994.12　348p　19cm　3500円　Ⓘ4-87440-339-5
◇風のごとく―椋鳩十の生涯　生駒忠一郎著　名古屋　KTC中央出版　1995.7　253p　20cm　1500円　Ⓘ4-924814-62-8
◇父・椋鳩十物語　久保田喬彦著　理論社　1997.6　329p　19cm　1600円　Ⓘ4-652-01750-2
◇椋鳩十研究―戦時下の軌跡　鈴木敬司著　菁柿堂　2006.3　234p　22cm〈星雲社（発売）〉　3000円　Ⓘ4-434-07603-5
◇椋鳩十研究―2　鈴木敬司著　菁柿堂　2007.8　186p　22cm〈「2」のサブタイトル：戦後の活動　星雲社（発売）　文献あり〉　2800円　Ⓘ978-4-434-10984-3
◇椋文学の軌跡　たかしよいち著　理論社　1989.10　310p　19cm〈椋鳩十の肖像あり〉　1500円　Ⓘ4-652-07143-4
◇椋鳩十の本―補巻2　椋文学の軌跡　たかしよいち著　理論社　1990.1　310p　19cm

〈はり込図1枚〉　1500円　Ⓘ4-652-06327-X
◇椋文学の散歩道　たかしよいち著　理論社　1998.3　275p　19cm　1800円　Ⓘ4-652-07159-0
◇野性のうた―椋鳩十の生涯　宮下和男監修・解説　長野　一草舎出版　2004.11　247p　19cm　1333円　Ⓘ4-902842-04-1
◇ふるさとに残る椋鳩十名言秀句集　椋鳩十著〔喬木村（長野県）〕　喬木村教育委員会　1998.3　133p　30cm
◇「動物のものがたり」をつくった椋鳩十―聞き書き・椋鳩十のすべて　椋鳩十述, 本村寿一郎著　ゆまに書房　1998.6　160p　22cm　（ヒューマンブックス―「児童文学」をつくった人たち 9）　3500円　Ⓘ4-89714-274-1
◇「椋鳩十の教師像」展　椋鳩十文学記念館編　加治木町（鹿児島県）　椋鳩十文学記念館　1998.11　46p　26cm
◇椋鳩十とジャック・ロンドン　森孝晴著　鹿児島　高城書房　1998.7　197p　20cm　1800円　Ⓘ4-924752-78-9
◇ふるさとの椋鳩十　喬木村（長野県）　喬木村教育委員会　1992.5　292p　22cm　〈椋鳩十の肖像あり〉
◇ひびきあう椋鳩十のこころ　加治木町（鹿児島県）　椋鳩十文学記念館　1993.6　487p　22cm　〈椋鳩十の肖像あり　はり込図2枚〉
◇椋鳩十―自然と人間を愛した作家　没後10年特別展　加治木町（鹿児島県）　椋鳩十文学記念館　1997.10　79p　26cm
◇感動と運命―椋鳩十生誕100年記念誌　喬木村（長野県）　椋鳩十生誕百年祭実行委員会　2005.3　191p　21cm　〈共同刊行：喬木村教育委員会ほか　肖像あり　年譜あり〉

◆◆与田　準一（1905～1997）

◇与田準一論―童謡と少年詩　畑島喜久生著　大阪　リトル・ガリヴァー社　2000.4　307p　19cm　1600円　Ⓘ4-947683-36-8
◇与田準一の戦中と戦後　本間千裕著　高文堂出版社　2006.5　238p　22cm　2381円　Ⓘ4-7707-0751-7

◆◆若松　賤子（1864～1896）

◇若松賤子―黎明期を駆け抜けた女性　尾崎るみ著　鎌倉　港の人　2007.6　438p　22cm　（港の人児童文化研究叢書 1）〈肖像あり　著作目録あり　年譜あり〉　7000円　Ⓘ978-4-89629-178-0

昭和・平成時代

◇戦後児童文学の50年　日本児童文学者協会編　文渓堂　1996.8　247,33p　22cm　3800円　Ⓘ4-89423-128-X

◆◆あまん　きみこ（1931～）

◇現代児童文学作家対談―9　あまんきみこ・安房直子・末吉暁子　神宮輝夫著　偕成社　1992.10　293p　20cm　〈あまんきみこほかの肖像あり〉　3000円　Ⓘ4-03-020090-7

◆◆安房　直子（1943～1993）

◇安房直子さんと「海賊」　生沢あゆむ, 蓮見けい, 南史子編　花豆の会　2003.7　52p　23cm　（花豆通信別冊）　500円
◇現代児童文学作家対談―9　あまんきみこ・安房直子・末吉暁子　神宮輝夫著　偕成社　1992.10　293p　20cm　〈あまんきみこほかの肖像あり〉　3000円　Ⓘ4-03-020090-7
◇こころが織りなすファンタジー―安房直子の領域　藤沢成光著　川崎　てらいんく　2004.6　355p　21cm　（てらいんくの評論）〈年譜あり　著作目録あり〉　2300円　Ⓘ4-925108-57-3

◆◆安藤　美紀夫（1930～1990）

◇つべつ―安藤美紀夫特集 2003　津別町（北海道）　長野三恵子　2002.12　98p　21cm　〈編集責任：寺井信子〉

◆◆石井　桃子（1907～2008）

◇石井桃子の世界―子どもの本にささげた百一年の生涯　小倉健一著　〔さいたま〕〔小倉健一〕　2010.4　241p　19cm　〈年譜あり〉

児童文学（児童文学史）

◇「喜びの地下水」を求めて―石井桃子が児童図書館にのこしたもの　汐崎順子,尾野三千代編著　児童図書館研究会　2010.3　64,8p　21cm〈文献あり〉

◇石井桃子展　世田谷文学館編　世田谷文学館　2010.2　94,37p　21cm〈他言語標題：Momoko Ishii　会期・会場：2010年2月6日～4月11日 世田谷文学館　年譜あり　著作目録あり〉

◆◆石森 延男（1897～1987）

◇ねむの花―石森延男先生書簡集　篠田啓子編　飯田　一葉庵　1989.1　148p 図版16p　21cm〈著者の肖像あり〉　1500円

◆◆いぬい とみこ（1924～2002）

◇現代児童文学作家対談―6　いぬいとみこ・神沢利子・松谷みよ子　神宮輝夫著　偕成社　1990.1　433p　20cm〈いぬいとみこほかの肖像あり〉　2600円　①4-03-020060-5

◆◆今江 祥智（1932～）

◇今江祥智の本―別巻　今江祥智を読む　今江祥智ほか著　理論社　1991.10　267p　22cm　2900円　①4-652-01925-4

◇現代児童文学作家対談―7　今江祥智・上野瞭・灰谷健次郎　神宮輝夫著　偕成社　1992.9　387p　20cm〈今江祥智ほかの肖像あり〉　3000円　①4-03-020070-2

◆◆今西 祐行（1923～2004）

◇一つの花―評伝今西祐行　関口安義著　教育出版　2004.3　286p　20cm〈肖像あり〉　1900円　①4-316-80095-7

◆◆上橋 菜穂子（1962～）

◇「守り人」のすべて―守り人シリーズ完全ガイド　上橋菜穂子著,二木真希子,佐竹美保絵,偕成社編集部編　偕成社　2011.6　157p　19cm　900円　①978-4-03-750140-2

◇物語のかなた―上橋菜穂子の世界　藤本英二著　久山社　2010.1　138p　21cm（日本児童文化史叢書 44）〈著作目録あり〉

1553円　①978-4-906563-35-7

◆◆上野 瞭（1928～2002）

◇現代児童文学作家対談―7　今江祥智・上野瞭・灰谷健次郎　神宮輝夫著　偕成社　1992.9　387p　20cm〈今江祥智ほかの肖像あり〉　3000円　①4-03-020070-2

◇児童文学はどこまで闇を描けるか―上野瞭の場所から　村瀬学著　JICC出版局　1992.3　274p　20cm　1750円　①4-7966-0278-X

◆◆荻原 規子（1959～）

◇〈勾玉〉の世界―荻原規子読本　荻原規子著,徳間文庫編集部編　徳間書店　2010.11　166p　19cm　1143円　①978-4-19-863058-4

◆◆小沢 正（1937～2008）

◇トラゴロウ失踪す―童話作家・小沢正の年譜を読む　杉山恵子著　菁柿堂　2011.1　221p　19cm〈星雲社（発売）〉　1600円　①978-4-434-15300-6

◆◆加藤 多一（1934～）

◇馬たちがいた―企画展加藤多一と北の風景　加藤多一作,北海道文学館編　札幌　北海道立文学館　2008.4　64p　26cm〈会期・会場：平成20年4月26日～6月15日 北海道立文学館特別展示室　著作目録あり　年譜あり〉

◇水の川・加藤多一の世界　『水の川・加藤多一の世界』編集・刊行委員会編　札幌　北海道新聞社　2004.3　287p　21cm〈著作目録あり　年譜あり〉　1500円　①4-89453-290-5

◆◆金子 てい（1911～1961）

◇金子ていの生涯を綴る―児童詩人・初の文部省婦人教育課長　荒井進著　山形　荒井進　2002.12　227p　19cm　1238円　①4-900866-20-2

◆◆神沢 利子（1924～）

◇トコトン！ 神沢利子展―いのちの水があふれだす　神沢利子展プロジェクト実行委員

会,三鷹市編　三鷹　三鷹市生活環境部コミュニティ文化室絵本館担当　2007.12　80,29p　30cm〈会期・会場：2007年12月8日〜2008年1月13日 三鷹市美術ギャラリー　肖像あり　著作目録あり　年譜あり〉
◇現代児童文学作家対談—6　いぬいとみこ・神沢利子・松谷みよ子　神宮輝夫著　偕成社　1990.1　433p　20cm〈いぬいとみこほかの肖像あり〉　2600円　①4-03-020060-5
◇神沢利子の世界—北を想う・北を描く　北海道文学館編　札幌　北海道立文学館　2005.7　47p　30cm〈会期・会場：2005年7月9日〜8月28日 北海道立文学館特別展示室　開館10周年記念特別企画展　年譜あり〉

◆◆北畠　八穂（1903〜1982）

◇北畠八穂展—北方のメルヘン作家 特別展　青森県立図書館,青森県近代文学館編　青森　青森県近代文学館　1994.10　28p　30cm〈北畠八穂の肖像あり 会期：平成6年10月25日〜11月30日〉
◇北畠八穂の物語　佐藤幸子著　青森　北の街社　2005.11　246p　20cm〈年譜あり　文献あり〉　1800円　①4-87373-143-7

◆◆黒田　芳草（1912〜1990）

◇黒田芳草—兵庫の児童文学の草分け　和田典子編著　福崎町（兵庫県）　姫路学院女子短期大学　1993.11　37p　26cm〈黒田芳草の肖像あり〉

◆◆後藤　楢根（1908〜1992）

◇後藤楢根少年物語—ふるさとの偉人・賢人伝記物語　後藤楢根顕彰委員会編　由布　由布市教育委員会　2007.1　93p　21cm〈年表あり〉
◇童謡・童話作家後藤楢根　後藤楢根顕彰委員会編　由布　由布市教育委員会　2007.2　352p　22cm〈肖像あり　年譜あり〉
◇後藤楢根の世界　日本童話会運営委員会編　千葉　日本童話会　1993.5　301p　22cm〈後藤楢根の肖像あり〉

◆◆後藤　竜二（1943〜2010）

◇からんどりえ—追悼小中英之　市川　からんどりえの会　2002.11　63p　21cm〈他言語標題：Calendrier　年譜あり〉

◆◆坂本　遼（1904〜1970）

◇おかん—この切実なるものの結晶 たんぽぽの詩人坂本遼序論　山本英孝著　西宮　鹿砦社　1995.3　159p　20cm　1600円　①4-8463-0071-4

◆◆佐藤　義美（1905〜1968）

◇生誕100年記念誌佐藤義美　竹田　佐藤義美生誕100年記念事業実行委員会　2005.2　61p　30cm〈竹田市制施行50周年記念　年表あり　年譜あり〉

◆◆皿海　達哉（1942〜）

◇現代児童文学作家対談—8　岡田淳・斉藤洋・皿海達哉　神宮輝夫著　偕成社　1992.12　305p　20cm〈岡田淳ほかの肖像あり〉　3000円　①4-03-020080-X

◆◆柴野　民三（1909〜1992）

◇みんないっしょに—童話作家・柴野民三の足跡　渡辺玲子著　文芸社　2011.1　233p　20cm〈文献あり 年譜あり〉　1500円　①978-4-286-09807-4

◆◆庄野　英二（1915〜1993）

◇夢もまた緑なり　沢頭修自著　大阪　編集工房ノア　1994.2　219p　20cm　1800円

◆◆末吉　暁子（1942〜）

◇現代児童文学作家対談—9　あまんきみこ・安房直子・末吉暁子　神宮輝夫著　偕成社　1992.10　293p　20cm〈あまんきみこほかの肖像あり〉　3000円　①4-03-020090-7

◆◆須藤　克三（1906〜1982）

◇師として父として—須藤克三先生の思い出　やまがた児童文化会議編　山形　やまがた

児童文学（児童文学史）

児童文化会議　1993.10　141p　19cm　1000円

◆◆砂田 弘（1933～2008）

◇現代児童文学作家対談―10　奥田継夫・砂田弘・鶴見正夫　神宮輝夫著　偕成社　1992.12　385p　20cm〈奥田継夫ほかの肖像あり〉　3000円　①4-03-020100-8

◇砂田弘評論集成　砂田弘著　横浜　てらいんく　2003.5　375p　26cm（てらいんくの評論）　3200円　①4-925108-55-7

◆◆たかし よいち（1928～）

◇童心賛歌―たかしよいち聞書　たかしよいち述, 佐藤倫子著　福岡　西日本新聞社　1995.11　266p　19cm　1400円　①4-8167-0408-6

◆◆竹内 てるよ（1904～2001）

◇わが子の頬に―魂の詩人・竹内てるよの生涯　竹内てるよ著　たま出版　2002.11　239p　19cm〈「因縁霊の不思議」（たま出版1978年刊）の複製〉　1400円　①4-8127-0163-5

◆◆坪田 譲治（1890～1982）

◇坪田譲治ともうひとつの『びわの実学校』　岡野薫子著　平凡社　2011.5　334p　20cm〈年譜あり〉　2800円　①978-4-582-83521-2

◇坪田譲治の世界　善太と三平の会著　岡山　日本文教出版　1991.3　173p　15cm（岡山文庫 150）〈坪田譲治の肖像あり〉　750円　①4-8212-5150-7

◇坪田譲治と岡山―郷土作家から「おかやま」を学ぶ副読本　坪田譲治研究会編　岡山　坪田譲治研究会　2009.3　96p　30cm〈年譜あり〉

◇ささやかな善太と三平　何尾優太執筆　新版　恵庭　マイナーノート　1998.10　35p　15cm（マイナーノート 3）

◆◆鶴見 正夫（1926～1995）

◇現代児童文学作家対談―10　奥田継夫・砂田弘・鶴見正夫　神宮輝夫著　偕成社　1992.12　385p　20cm〈奥田継夫ほかの肖像あり〉　3000円　①4-03-020100-8

◆◆寺村 輝夫（1928～2006）

◇寺村輝夫「ぼくは王さま」展　神奈川文学振興会編　〔横浜〕　県立神奈川近代文学館　2012.8　48p　16×19cm〈会期・会場：2012年8月11日～9月30日　県立神奈川近代文学館　共同刊行：神奈川文学振興会　年譜あり〉

◆◆徳永 寿美子（1888～1970）

◇お母さん童話の世界へ―徳永寿美子の足跡　渡辺玲子著　文芸社　2003.1　222p　20cm〈肖像あり　年譜あり　文献あり〉　1200円　①4-8355-5008-0

◆◆中村 雨紅（1897～1972）

◇夕焼け小焼け―中村雨紅の足跡　厚木市立中央図書館編　厚木　厚木市教育委員会　1990.3　246p　20cm（厚木市立図書館叢書 2）〈中村雨紅の肖像あり〉

◆◆梨木 香歩（1959～）

◇児童文学の境界へ―梨木香歩の世界　藤本英二著　久山社　2009.5　131p　21cm（日本児童文化史叢書 42）〈著作目録あり〉　1553円　①978-4-906563-33-3

◆◆那須 正幹（1942～）

◇ズッコケ三人組の大研究―那須正幹研究読本　石井直人, 宮川健郎編　ポプラ社　1990.6　278p　22cm（評論・児童文学の作家たち 1）〈那須正幹の肖像あり〉　1600円　①4-591-03586-7

◇ズッコケ三人組の大研究―那須正幹研究読本 2　石井直人, 宮川健郎編　ポプラ社　2000.3　295p　22cm（評論・児童文学の作家たち 2）〈肖像あり〉　1600円　①4-591-06257-0

◇ズッコケ三人組の大研究―那須正幹研究読本ファイナル　石井直人, 宮川健郎編　ポプラ社　2005.6　230p　22cm（評論・児童文学の作家たち 3）〈著作目録あり　年譜あり〉　1600円　①4-591-08694-1

◇那須正幹の世界―「ズッコケ三人組」、そして広島・ヒロシマ　ふくやま芸術文化振興財団ふくやま文学館編　福山　ふくやま芸術文化振興財団ふくやま文学館　2012.9　63p　21cm

◆◆灰谷　健次郎（1934～2006）

◇灰谷健次郎―その「文学」と「優しさ」の陥穽　黒古一夫著　河出書房新社　2004.1　246p　20cm　2200円　Ⓘ4-309-01603-0

◇現代児童文学作家対談―7　今江祥智・上野瞭・灰谷健次郎　神宮輝夫著　偕成社　1992.9　387p　20cm〈今江祥智ほかの肖像あり〉　3000円　Ⓘ4-03-020070-2

◇現代児童文学の課題―灰谷健次郎を軸として　竹長吉正著　右文書院　1990.5　253p　21cm　2400円　Ⓘ4-8421-9002-7

◆◆花岡　大学（1909～1988）

◇仏典童話の研究―花岡大学の文学　朝枝善照著　京都　永田文昌堂　2004.2　283,8p　22cm〈年譜あり〉　5714円　Ⓘ4-8162-4036-5

◆◆早船　ちよ（1914～2005）

◇キューポラのある街―評伝早船ちよ　関口安義著　新日本出版社　2006.3　286p　20cm〈肖像あり〉　1800円　Ⓘ4-406-03252-5

◇キューポラのある街よいつまでも　早船ちよとなかまたち,砂田弘編集・刊行委員長　調布　けやき書房　2006.6　491p　20cm〈年譜あり〉　3200円　Ⓘ4-87452-025-1

◆◆福田　清人（1904～1995）

◇福田清人と「文芸広場」　津川正四著,志村有弘編　宮本企画　1990.5　166p　15cm（かたりべ叢書　31）〈福田清人の肖像あり〉　1000円

◆◆古田　足日（1927～）

◇日本児童文学を斬る―鼎談／古田足日・鳥越信・神戸光男　古田足日,鳥越信,神戸光男著,国際子どもの本研究センター編　大阪　せせらぎ出版　2004.3　63p　21cm〈年表あり〉　667円　Ⓘ4-88416-131-9

◆◆松谷　みよ子（1926～）

◇現代児童文学作家対談―6　いぬいとみこ・神沢利子・松谷みよ子　神宮輝夫著　偕成社　1990.1　433p　20cm〈いぬいとみこほかの肖像あり〉　2600円　Ⓘ4-03-020060-5

◇じょうちゃん―自伝　松谷みよ子著　朝日新聞社　2007.11　253p　20cm　1500円　Ⓘ978-4-02-250353-4

◇自伝じょうちゃん　松谷みよ子著　朝日新聞出版　2011.12　271p　15cm（朝日文庫　ま33-1）　730円　Ⓘ978-4-02-264640-8

◆◆松永　ふみ子（1924～1987）

◇松永ふみ子さんの思い出　ムーシカ文庫編　大磯町（神奈川県）　松永和夫　1990.4　39p　21cm〈松永ふみ子の肖像あり〉　非売品

◆◆まど　みちお（1909～）

◇まど・みちおの世界―まど・みちお作品における精神的自在性と共生観　楠茂宣著　新風舎　2000.3　154p　19cm　1300円　Ⓘ4-7974-1109-0

◇まどさんのうた　阪田寛夫作　童話屋　1989.10　155p　16cm　979円　Ⓘ4-924684-50-3

◇詩人まど・みちお　佐藤通雅著　北冬舎　1998.10　285p　20cm　2400円　Ⓘ4-900456-62-4

◇講演&シンポジウム「まど・みちお」を語る記録集―まどさん100歳おめでとう　周南市文化振興財団編　〔周南〕　周南市文化振興財団　2010.11　69p　21cm〈会期・会場：2009年12月6日　周南市文化会館大ホール　まど・みちお生誕百年記念事業〉

◇まど・みちお―研究と資料　谷悦子著　大阪　和泉書院　1995.5　296p　22cm（近代文学研究叢刊　10）　5150円　Ⓘ4-87088-725-8

◇まど・みちおのこころ　中村桂子,三田誠広,工藤直子,松原哲明,佐治晴夫,西本鶏介著　佼成出版社　2002.9　151p　20cm（ことばの花束）　1600円　Ⓘ4-333-01976-1

児童文学（児童文学史）

◇すべての時間を花束にして―まどさんが語るまどさん　まどみちお著,柏原怜子聞き書き　佼成出版社　2002.8　150p　20cm　1600円　①4-333-01971-0

◇まど・みちお―「ぞうさん」の詩人　総特集　河出書房新社　2000.11　215p　21cm　（Kawade夢ムック―文芸別冊）〈肖像あり〉　1143円　①4-309-97596-8

◆◆水上　不二（1904〜1965）

◇気仙沼大島の記憶―詩人水上不二の人と作品　西田耕三著　彩流社　2012.3　284p　19cm　2300円　①978-4-7791-1761-9

◆◆水島　あやめ（1903〜1990）

◇水島あやめ―日本で最初の女性シナリオライター児童小説作家　その生涯と作品世界　しみわたり塾企画,因幡純雄著　六日町（新潟県）　しみわたり塾　1999.1　159p　30cm

◆◆南　洋一郎（1893〜1980）

◇南洋一郎と挿し絵画家展―鈴木御水・椛島勝一・梁川剛一の挿し絵を中心に　密林冒険小説から怪盗ルパン全集まで　弥生美術館　2004.9　65p　26cm　〈会期：平成16年9月30日〜12月25日　著作目録あり　年譜あり　文献あり〉

◆◆村岡　花子（1893〜1968）

◇アンのゆりかご―村岡花子の生涯　村岡恵理著　マガジンハウス　2008.6　334p　20cm　〈他言語標題：Anne's cradle　年譜あり　文献あり〉　1900円　①978-4-8387-1872-6

◇アンのゆりかご―村岡花子の生涯　村岡恵理著　新潮社　2011.9　431p　16cm　（新潮文庫　む-16-1）〈文献あり　年表あり〉　705円　①978-4-10-135721-8

◆◆村山　籌子（1903〜1946）

◇母と歩く時―童話作家・村山籌子の肖像　村山亜土著,村山知義装画・カット　JULA出版局　2001.1　147p　22cm　〈肖像あり〉　1800円　①4-88284-194-0

◆◆森　はな（1909〜1989）

◇森はな―おばあちゃんは児童文学作家になった。　姫路文学館編　姫路　姫路文学館　1993.7　91p　26cm　〈森はなの肖像あり〉

◇森はな資料目録―図書・原稿　姫路文学館編　姫路　姫路文学館　1995.3　47p　26cm

◇ふるさとの語り部森はな・人と文学　森はなをしのぶ・ささゆりの会編,森はな著　神戸　神戸新聞総合出版センター　1997.12　235p　19cm　1500円　①4-87521-079-5

◆◆山上　武夫（1917〜1987）

◇お猿のかごや―作詞家・山上武夫の生涯　神津良子ルポルタージュ　松本　郷土出版社　2004.7　322p　20cm　（埋もれた歴史・検証シリーズ 3）〈年譜あり〉　1600円　①4-87663-692-3

◆◆山川　惣治（1908〜1992）

◇私を育てた本「少年ケニヤ」を巡る旅　藤永三千代著　新風舎　2005.10　p45p 図版8枚　20cm　1200円　①4-7974-6979-X

◇山川惣治―「少年王者」「少年ケニヤ」の絵物語作家　三谷薫,中村圭子編　河出書房新社　2008.3　127p　21cm　（らんぷの本）〈年譜あり〉　1600円　①978-4-309-72764-6

◆◆山本　和夫（1907〜1996）

◇青の村　山本和夫文学ガイド　保坂登志子編著　越谷　かど創房　1989.10　246p　19cm　2000円

事項名索引

【あ】

「あ、野麦峠」　→山本 茂実 ……………… 417
会津 八一　→会津 八一 …………………… 578
「愛の流刑地」　→渡辺 淳一 ……………… 364
「あひゞき」　→二葉亭 四迷 ……………… 162
「青い山脈」　→石坂 洋次郎 ……………… 287
青江 舜二郎　→青江 舜二郎 ……………… 443
青木 月斗　→青木 月斗 …………………… 702
青木 健作　→青木 健作 …………………… 150
青木 玉　→青木 玉 ………………………… 416
青野 季吉　→青野 季吉 …………………… 423
青野 聰　→青野 聰 ………………………… 366
青柳 志解樹　→青柳 志解樹 ……………… 728
青柳 瑞穂　→青柳 瑞穂 …………………… 153
青山 哀囚　→青山 哀囚 …………………… 590
青山 二郎　→青山 二郎 …………………… 428
『赤い鳥』　→『赤い鳥』 ………………… 762
「赤いろうそくと人魚」　→小川 未明 …… 763
赤尾 兜子　→赤尾 兜子 …………………… 728
赤川 次郎　→赤川 次郎 …………………… 366
赤木 健介　→赤木 健介 …………………… 609
赤城 さかえ　→赤城 さかえ ……………… 728
明石 海人　→明石 海人 …………………… 609
あかほり さとる　→あかほり さとる …… 381
赤松 景福　→赤松 景福 …………………… 580
赤松 月船　→赤松 月船 …………………… 481
秋田 雨雀　→秋田 雨雀 …………………… 442
秋元 松代　→秋元 松代 …………………… 443
秋山 清　→秋山 清 ………………………… 514
阿久 悠　→阿久 悠 ………………………… 531
芥川 龍之介　→芥川 龍之介 ……………… 231
芥川賞　→芥川賞 …………………………… 61
阿久津 善治　→阿久津 善治 ……………… 617
浅田 次郎　→浅田 次郎 …………………… 381
阿佐田 哲也　→色川 武大 ………………… 366
浅田 雅一　→浅田 雅一 …………………… 618
「浅見光彦」シリーズ　→内田 康夫 …… 366
アジア
　→海外の日本文学研究 ……………………… 21
　→異文化と文学 …………………………… 115
　→比較文学 ………………………………… 123
　→異文化と短歌 …………………………… 569
　→異文化と俳句 …………………………… 687
　→異文化と児童文学 ……………………… 757

東 文彦　→東 文彦 ………………………… 249
安住 敦　→安住 敦 ………………………… 725
「安曇野」　→臼井 吉見 …………………… 366
麻生 路郎　→麻生 路郎 …………………… 746
足立 巻一　→足立 巻一 …………………… 532
新しき村　→武者小路 実篤 ……………… 230
阿刀田 高　→阿刀田 高 …………………… 366
穴井 太　→穴井 太 ………………………… 729
阿部 昭　→阿部 昭 ………………………… 365
安部 公房　→安部 公房 …………………… 314
阿部 静枝　→阿部 静枝 …………………… 618
安部 譲二　→安部 譲二 …………………… 366
阿部 知二　→阿部 知二 …………………… 266
阿部 正路　→阿部 正路 …………………… 618
「アポロンの島」　→小川 国夫 …………… 365
天春 静堂　→天春 静堂 …………………… 699
天城 一　→天城 一 ………………………… 286
天田 鉄眼　→天田 鉄眼 …………………… 580
天野 忠　→天野 忠 ………………………… 514
天野 哲夫　→天野 哲夫 …………………… 366
あまん きみこ　→あまん きみこ ………… 767
「Ambarvalia」　→西脇 順三郎 …………… 528
「雨ニモマケズ」　→「雨ニモマケズ」…… 501
雨宮 雅子　→雨宮 雅子 …………………… 618
アメリカ　→海外の日本文学研究 ………… 21
「アメリカと私」　→江藤 淳 ……………… 429
綾辻 行人　→綾辻 行人 …………………… 382
鮎川 哲也　→鮎川 哲也 …………………… 286
鮎川 信夫　→鮎川 信夫 …………………… 541
新井 章　→新井 章 ………………………… 618
あらえびす　→野村 胡堂 ………………… 257
荒川 法勝　→荒川 法勝 …………………… 532
荒川 洋治　→荒川 洋治 …………………… 532
荒木 精之　→荒木 精之 …………………… 249
「あらたま」　→「あらたま」…………… 605
荒巻 義雄　→荒巻 義雄 …………………… 355
アララギ派　→アララギ派 ……………… 600
「在りし日の歌」　→中原 中也 …………… 522
有島 生馬　→有島 生馬 …………………… 225
有島 武郎　→有島 武郎 …………………… 226
有馬 朗人　→有馬 朗人 …………………… 729
有馬 敲　→有馬 敲 ………………………… 532
有馬 頼義　→有馬 頼義 …………………… 286
有本 芳水　→有本 芳水 …………………… 473
有吉 佐和子　→有吉 佐和子 ……………… 332
「或る女」　→「或る女」………………… 228
『荒地』　→『荒地』……………………… 541
安房 直子　→安房 直子 …………………… 767

阿波野 青畝　→阿波野 青畝 ……………… 721	石原 吉郎　→石原 吉郎 ……………………… 532
安西 冬衛　→安西 冬衛 …………………… 528	石牟礼 道子　→石牟礼 道子 …………… 416
「暗室」　→吉行 淳之介 ……………………… 331	石森 延男　→石森 延男 …………………… 768
安藤 盛　→安藤 盛 ………………………………… 416	「伊豆の踊子」　→川端 康成 …………… 261
安藤 鶴夫　→安藤 鶴夫 …………………… 286	泉 鏡花　→泉 鏡花 ……………………………… 171
安藤 美紀夫　→安藤 美紀夫 …………… 767	磯貝 雲峰　→磯貝 雲峰 …………………… 473
安藤 元雄　→安藤 元雄 …………………… 532	礒野 いさむ　→礒野 いさむ …………… 747
「暗夜行路」　→「暗夜行路」 …………… 230	石上 玄一郎　→石上 玄一郎 …………… 249
	石上 露子　→石上 露子 …………………… 581
	井田 金次郎　→井田 金次郎 …………… 618
	「ヰタ・セクスアリス」　→「ヰタ・セクスアリス」 ……………………………………… 183

【い】

李 恢成　→李 恢成 ……………………………… 355	伊丹 公子　→伊丹 公子 …………………… 730
「遺愛集」　→島 秋人 ……………………… 622	伊丹 三樹彦　→伊丹 三樹彦 …………… 730
飯島 晴子　→飯島 晴子 …………………… 729	「一握の砂」　→「一握の砂」 …………… 597
飯田 蛇笏　→飯田 蛇笏 …………………… 702	「1Q84」　→「1Q84」 ……………………… 379
いいだ もも　→いいだ もも …………… 355	一戸 謙三　→一戸 謙三 …………………… 481
飯田 龍太　→飯田 龍太 …………………… 729	市村 宏　→市村 宏 ……………………………… 618
飯沼 喜八郎　→飯沼 喜八郎 …………… 618	五木 寛之　→五木 寛之 …………………… 355
五百木 小平　→五百木 小平 …………… 610	「一処の生」　→橋本 喜典 ……………… 628
筏井 竹の門　→筏井 竹の門 …………… 699	イデオロギー　→イデオロギー ……… 86
生田 耕作　→生田 耕作 …………………… 428	伊藤 聚　→伊藤 聚 ……………………………… 532
生田 春月　→生田 春月 …………………… 508	伊藤 勇雄　→伊藤 勇雄 …………………… 514
生田 長江　→生田 長江 …………………… 424	伊藤 海彦　→伊藤 海彦 …………………… 532
生田 花世　→生田 花世 …………………… 185	伊藤 永之介　→伊藤 永之介 …………… 274
池田 寿一　→池田 寿一 …………………… 416	伊藤 一彦　→伊藤 一彦 …………………… 618
池田 勇作　→池田 勇作 …………………… 273	伊藤 桂一　→伊藤 桂一 …………………… 299
池波 正太郎　→池波 正太郎 …………… 332	伊藤 敬子　→伊藤 敬子 …………………… 730
石井 桃子　→石井 桃子 …………………… 767	井東 憲　→井東 憲 ……………………………… 274
石井 露月　→石井 露月 …………………… 703	伊藤 左千夫　→伊藤 左千夫 …………… 588
石垣 りん　→石垣 りん …………………… 532	伊東 静雄　→伊東 静雄 …………………… 520
「石狩川」　→本庄 陸男 ……………………… 260	伊藤 信吉　→伊藤 信吉 …………………… 514
石川 淳　→石川 淳 ……………………………… 302	伊藤 整　→伊藤 整 ……………………………… 270
石川 啄木　→石川 啄木 …………………… 591	伊藤 柏翠　→伊藤 柏翠 …………………… 730
石川 達三　→石川 達三 …………………… 249	伊藤 比呂美　→伊藤 比呂美 …………… 533
石川 不二子　→石川 不二子 …………… 618	稲垣 足穂　→稲垣 足穂 …………………… 185
石坂 洋次郎　→石坂 洋次郎 …………… 287	稲葉 京子　→稲葉 京子 …………………… 618
石塚 友二　→石塚 友二 …………………… 729	稲畑 汀子　→稲畑 汀子 …………………… 730
石曽根 民郎　→石曽根 民郎 …………… 746	犬　→動物 ………………………………………………… 82
石田 波郷　→石田 波郷 …………………… 725	いぬい とみこ　→いぬい とみこ …… 768
石田 比呂志　→石田 比呂志 …………… 618	「居眠り磐音江戸双紙」　→佐伯 泰英 …… 368
石橋 辰之助　→石橋 辰之助 …………… 721	井上 剣花坊　→井上 剣花坊 …………… 747
石橋 忍月　→石橋 忍月 …………………… 424	井上 多喜三郎　→井上 多喜三郎 …… 514
石橋 秀野　→石橋 秀野 …………………… 722	井上 信子　→井上 信子 …………………… 747
石原 純　→石原 純 ……………………………… 590	井上 ひさし　→井上 ひさし …………… 443
石原 慎太郎　→石原 慎太郎 …………… 334	井上 光晴　→井上 光晴 …………………… 299
	井上 靖　→井上 靖 ……………………………… 287
	伊波 南哲　→伊波 南哲 …………………… 514

射場 秀太郎　→射場 秀太郎 …………… 730	「浮雲」　→「浮雲」 ………………………… 162
イーハトヴ　→宮沢 賢治 …………………… 485	宇佐美 魚目　→宇佐美 魚目 …………… 730
茨木 のり子　→茨木 のり子 ……………… 542	牛島 春子　→牛島 春子 …………………… 249
井伏 鱒二　→井伏 鱒二 ……………………… 267	薄井 清　→薄井 清 ………………………… 335
異文化	臼井 吉見　→臼井 吉見 …………………… 366
→異文化と文学 ………………………… 115	歌会　→歌会 ………………………………… 568
→異文化と短歌 ………………………… 569	歌枕　→歌枕 ………………………………… 566
→異文化と俳句 ………………………… 687	内田 百閒　→内田 百閒 …………………… 186
→異文化と児童文学 ………………… 757	内田 康夫　→内田 康夫 …………………… 366
伊馬 春部　→伊馬 春部 …………………… 618	内田 魯庵　→内田 魯庵 …………………… 424
今井 邦子　→今井 邦子 …………………… 610	内村 鑑三　→内村 鑑三 …………………… 424
今井 聖　→今井 聖 ………………………… 730	内村 剛介　→内村 剛介 …………………… 428
今江 祥智　→今江 祥智 …………………… 768	内海 信之　→内海 信之 …………………… 582
今枝 蝶人　→今枝 蝶人 …………………… 722	宇野 浩二　→宇野 浩二 …………………… 241
今川 乱魚　→今川 乱魚 …………………… 747	宇野 千代　→宇野 千代 …………………… 187
今中 楓渓　→今中 楓渓 …………………… 590	「海の鳴る時」　→泉 鏡花 ………………… 171
今西 祐行　→今西 祐行 …………………… 768	「海辺のカフカ」　→「海辺のカフカ」… 379
移民　→植民地文学・ポストコロニアリ	「海辺の光景」　→安岡 章太郎 ………… 330
ズム ……………………………………… 93	梅崎 春生　→梅崎 春生 …………………… 315
井本 健作　→青木 健作 …………………… 150	海野 十三　→海野 十三 …………………… 249
伊良子 清白　→伊良子 清白 ……………… 477	
入江 亮太郎　→入江 亮太郎 ……………… 533	
入沢 康夫　→入沢 康夫 …………………… 533	【え】
色　→テーマ別研究（現代日本文学）… 69	
色川 武大　→色川 武大 …………………… 366	永 六輔　→永 六輔 ………………………… 533
岩泉 晶夫　→岩泉 晶夫 …………………… 533	影響
岩城 康夫　→岩城 康夫 …………………… 619	→比較・影響（島崎藤村） …………… 156
岩下 俊作　→岩下 俊作 …………………… 249	→比較・影響（北村透谷） …………… 174
岩野 泡鳴　→岩野 泡鳴 …………………… 154	→比較・影響（森鷗外） ……………… 182
岩本 修蔵　→岩本 修蔵 …………………… 528	→比較・影響（夏目漱石） …………… 208
巌谷 小波　→巌谷 小波 …………………… 163	→比較・影響（永井荷風） …………… 224
韻律　→定型・韻律 ………………………… 567	→比較・影響（有島武郎） …………… 227
	→比較・影響（武者小路実篤） ……… 231
	→比較・影響（芥川龍之介） ………… 237
【う】	→比較・影響（川端康成） …………… 264
	→比較・影響（太宰治） ……………… 311
上里 春生　→上里 春生 …………………… 514	→比較・影響（三島由紀夫） ………… 327
上田 幸法　→上田 幸法 …………………… 533	→比較・影響（小林秀雄） …………… 433
上田 五千石　→上田 五千石 ……………… 730	→比較・影響（宮沢賢治） …………… 498
上田 敏　→上田 敏 ………………………… 477	→比較・影響（石川啄木） …………… 596
上田 三四二　→上田 三四二 ……………… 428	→比較・影響（斎藤茂吉） …………… 604
上野 千鶴子　→上野 千鶴子 ……………… 428	映像　→映像 ………………………………… 89
上野 英信　→上野 英信 …………………… 416	江口 章子　→江口 章子 …………………… 514
上野 瞭　→上野 瞭 ………………………… 768	江口 渙　→江口 渙 ………………………… 274
上橋 菜穂子　→上橋 菜穂子 ……………… 768	江口 きち　→江口 きち …………………… 610
上村 占魚　→上村 占魚 …………………… 730	江口 榛一　→江口 榛一 …………………… 533

えくに　　　　　　　　　事項名索引

江国 香織　→江国 香織 ………………… 382
江国 滋　→江国 滋 …………………… 730
江代 充　→江代 充 …………………… 533
SF小説　→SF小説 …………………… 401
エッセイ
　→物語・随筆（日本文学一般） …… 40
　→小品・随筆・紀行（夏目漱石） … 216
　→随筆（記録） ……………………… 415
　→随筆（正岡子規） ………………… 714
悦田 喜和雄　→悦田 喜和雄 ………… 187
江藤 淳　→江藤 淳 …………………… 429
江戸川 乱歩　→江戸川 乱歩 ………… 187
榎本 冬一郎　→榎本 冬一郎 ………… 722
絵本　→絵本 …………………………… 755
江馬 修　→江馬 修 …………………… 189
江良 碧松　→江良 碧松 ……………… 715
演劇　→戯曲 …………………………… 440
エンターテインメント　→エンターテ
　インメント …………………………… 387
円地 文子　→円地 文子 ……………… 289
遠藤 周作　→遠藤 周作 ……………… 328

【お】

老い　→老いと文学 …………………… 74
扇畑 忠雄　→扇畑 忠雄 ……………… 619
「欧州紀行」　→横光 利一 …………… 265
大井 雅人　→大井 雅人 ……………… 730
大江 健三郎　→大江 健三郎 ………… 335
大江 満雄　→大江 満雄 ……………… 514
大岡 頌司　→大岡 頌司 ……………… 730
大岡 昇平　→大岡 昇平 ……………… 315
大岡 信　→大岡 信 …………………… 542
大城 立裕　→大城 立裕 ……………… 356
大関 松三郎　→大関 松三郎 ………… 514
太田 一郎　→太田 一郎 ……………… 619
太田 青丘　→太田 青丘 ……………… 610
太田 水穂　→太田 水穂 ……………… 614
大田 洋子　→大田 洋子 ……………… 301
大田 遼一郎　→大田 遼一郎 ………… 619
大滝 修一　→大滝 修一 ……………… 533
大塚 金之助　→大塚 金之助 ………… 601
大塚 甲山　→大塚 甲山 ……………… 473
大塚 陽子　→大塚 陽子 ……………… 619
大槻 文彦　→大槻 文彦 ……………… 424

大手 拓次　→大手 拓次 ……………… 515
大西 巨人　→大西 巨人 ……………… 289
大西 民子　→大西 民子 ……………… 619
大沼 枕山　→大沼 枕山 ……………… 473
大野 とくよ　→大野 とくよ ………… 619
大野 誠夫　→大野 誠夫 ……………… 610
大野 風柳　→大野 風柳 ……………… 747
大野 林火　→大野 林火 ……………… 722
大庭 みな子　→大庭 みな子 ………… 336
大橋 桜坡子　→大橋 桜坡子 ………… 703
大原 富枝　→大原 富枝 ……………… 249
大町 桂月　→大町 桂月 ……………… 476
大藪 春彦　→大藪 春彦 ……………… 336
大和田 建樹　→大和田 建樹 ………… 473
岡 麓　→岡 麓 ………………………… 588
岡井 省二　→岡井 省二 ……………… 731
岡井 隆　→岡井 隆 …………………… 619
岡崎 ふゆ子　→岡崎 ふゆ子 ………… 620
小笠原 茂介　→小笠原 茂介 ………… 533
小笠原 克　→小笠原 克 ……………… 429
岡嶋 二人　→岡嶋 二人 ……………… 367
尾形 亀之助　→尾形 亀之助 ………… 515
尾形 紫水　→尾形 紫水 ……………… 580
岡野 弘彦　→岡野 弘彦 ……………… 620
岡部 文夫　→岡部 文夫 ……………… 610
岡本 かの子　→岡本 かの子 ………… 249
岡本 綺堂　→岡本 綺堂 ……………… 150
岡本 倶伎羅　→岡本 倶伎羅 ………… 580
岡本 眸　→岡本 眸 …………………… 731
岡山 巌　→岡山 巌 …………………… 610
小川 国夫　→小川 国夫 ……………… 365
小川 未明　→小川 未明 ……………… 763
小川 洋子　→小川 洋子 ……………… 382
翁 久允　→翁 久允 …………………… 189
沖縄文学　→沖縄文学 ………………… 114
荻原 井泉水　→荻原 井泉水 ………… 715
荻原 規子　→荻原 規子 ……………… 768
小熊 秀雄　→小熊 秀雄 ……………… 515
小栗 風葉　→小栗 風葉 ……………… 163
尾崎 一雄　→尾崎 一雄 ……………… 250
尾崎 喜八　→尾崎 喜八 ……………… 481
尾崎 紅葉　→尾崎 紅葉 ……………… 164
尾崎 士郎　→尾崎 士郎 ……………… 269
尾崎 足　→尾崎 足 …………………… 731
尾崎 秀樹　→尾崎 秀樹 ……………… 429
尾崎 放哉　→尾崎 放哉 ……………… 715
尾崎 翠　→尾崎 翠 …………………… 251
長田 弘　→長田 弘 …………………… 533

小山内 薫　→小山内 薫	442
長部 日出雄　→長部 日出雄	356
大佛 次郎　→大佛 次郎	189
小沢 正　→小沢 正	768
押川 春浪　→押川 春浪	151
押切 順三　→押切 順三	533
小田 観蛍　→小田 観蛍	590
織田 作之助　→織田 作之助	303
小田 実　→小田 実	429
小田切 秀雄　→小田切 秀雄	429
落合 信彦　→落合 信彦	367
「オッベルと象」　→「オッベルと象」	503
「鬼平犯科帳」　→「鬼平犯科帳」	334
小沼 丹　→小沼 丹	330
小野 茂樹　→小野 茂樹	731
小野 十三郎　→小野 十三郎	526
小野 蕪子　→小野 蕪子	699
尾上 柴舟　→尾上 柴舟	580
小畠 貞一　→小畠 貞一	481
小原 節三　→小原 節三	601
尾山 篤二郎　→尾山 篤二郎	590
小山 正孝　→小山 正孝	534
折口 信夫　→折口 信夫	614
折原 脩三　→折原 脩三	430
音楽	
→音楽	89
→詩と他分野	463
温泉　→紀行	413
恩田 陸　→恩田 陸	382
遠地 輝武　→遠地 輝武	515
「婦系図」　→泉 鏡花	171
「御宿かわせみ」シリーズ　→平岩 弓枝	350

【か】

『櫂』　→『櫂』	542
怪異　→テーマ別研究（現代日本文学）	69
海音寺 潮五郎　→海音寺 潮五郎	251
絵画　→絵画・図像	89
海外の短歌　→海外の短歌	570
海外の日本文学研究　→海外の日本文学研究	21
海外の俳句　→海外の俳句	688
怪奇小説　→怪奇小説・ホラー	404
介護　→老いと文学	74

開高 健　→開高 健	336
解釈学　→解釈学	22
『改造』　→文芸雑誌・新聞	139
海達 公子　→海達 公子	481
怪談　→怪奇小説・ホラー	404
「街道をゆく」　→司馬 遼太郎	339
「貝の火」　→「貝の火」	503
香川 進　→香川 進	620
賀川 豊彦　→賀川 豊彦	590
香川 弘夫　→香川 弘夫	534
香川 不抱　→香川 不抱	582
鍵和田 秞子　→鍵和田 秞子	731
各種文学賞　→各種文学賞（現代日本文学）	62
各種方法論　→各種方法論	126
学生詩　→学生・児童詩	464
学生短歌　→学生・児童短歌	570
学生俳句　→学生・児童俳句	687
角田 光代　→角田 光代	382
加倉井 秋を　→加倉井 秋を	731
加倉井 只志　→加倉井 只志	620
鹿児島 寿蔵　→鹿児島 寿蔵	620
葛西 善蔵　→葛西 善蔵	241
風巻 景次郎　→風巻 景次郎	430
嵩 古香　→嵩 古香	473
「火山島」　→金 石範	356
「火山灰地」　→久保 栄	444
歌誌　→歌誌	575
菓子　→食と文学	77
梶井 基次郎　→梶井 基次郎	269
歌誌評　→歌誌評	556
「火車」　→宮部 みゆき	385
梶山 季之　→梶山 季之	338
歌集評　→歌書・歌集評	556
歌書　→歌書・歌集評	556
歌人論　→歌人論	575
春日 こうじ　→春日 こうじ	731
春日 真木子　→春日 真木子	620
春日井 建　→春日井 建	620
「風の歌を聴け」　→村上 春樹	374
「風の又三郎」　→「風の又三郎」	503
家族　→テーマ別研究（現代日本文学）	69
片岡 鉄兵　→片岡 鉄兵	274
片岡 文雄　→片岡 文雄	534
片山 恭一　→片山 恭一	382
片山 広子　→片山 広子	590
語り　→ナラトロジー・語り	123
歌壇　→歌壇・結社	575

学会 →学会・文学協会 ……………… 13
「河童」 →小説（芥川龍之介）……… 237
勝又 木風雨 →勝又 木風雨 ………… 731
家庭 →家庭と児童文学 ……………… 759
加藤 郁乎 →加藤 郁乎 ……………… 731
加藤 燕雨 →加藤 燕雨 ……………… 731
加藤 かけい →加藤 かけい ………… 731
加藤 克巳 →加藤 克巳 ……………… 620
加藤 楸邨 →加藤 楸邨 ……………… 725
加藤 多一 →加藤 多一 ……………… 768
角川 源義 →角川 源義 ……………… 731
金井 直 →金井 直 …………………… 534
金井 広 →金井 広 …………………… 534
金井 美恵子 →金井 美恵子 ………… 356
仮名垣 魯文 →仮名垣 魯文 ………… 152
「悲しき玩具」 →「悲しき玩具」…… 598
「かなりや」 →西条 八十 …………… 509
「蟹工船」 →「蟹工船」……………… 276
蟹沢 悠夫 →蟹沢 悠夫 ……………… 534
金子 きみ →金子 きみ ……………… 610
金子 せん女 →金子 せん女 ………… 699
金子 てい →金子 てい ……………… 768
金子 兜太 →金子 兜太 ……………… 731
金子 みすゞ →金子 みすゞ ………… 515
金子 光晴 →金子 光晴 ……………… 526
金子 洋文 →金子 洋文 ……………… 274
金田 千鶴 →金田 千鶴 ……………… 601
金原 ひとみ →金原 ひとみ ………… 382
加能 作次郎 →加能 作次郎 ………… 151
加納 小郭家 →加納 小郭家 ………… 601
歌碑 →文学碑 ………………………… 26
「鎌倉河岸捕物控」 →佐伯 泰英 …… 368
神尾 季羊 →神尾 季羊 ……………… 732
「神々の乱心」 →松本 清張 ………… 351
上司 小剣 →上司 小剣 ……………… 151
嘉村 礒多 →嘉村 礒多 ……………… 270
亀井 勝一郎 →亀井 勝一郎 ………… 430
「仮面の告白」 →「仮面の告白」…… 328
香山 滋 →香山 滋 …………………… 289
歌謡 →歌謡 …………………………… 461
唐 十郎 →唐 十郎 …………………… 444
唐木 順三 →唐木 順三 ……………… 430
唐沢 俊一 →唐沢 俊一 ……………… 382
「ガラスのうさぎ」 →高木 敏子 …… 299
柄谷 行人 →柄谷 行人 ……………… 430
樺太 →植民地文学・ポストコロニアリ
　　　ズム ……………………………… 93
歌論 →歌論・歌論研究 ……………… 556

川 →自然 ……………………………… 75
川井 静子 →川井 静子 ……………… 582
河合 恒治 →河合 恒治 ……………… 620
川内 康範 →川内 康範 ……………… 289
川上 小夜子 →川上 小夜子 ………… 590
川上 三太郎 →川上 三太郎 ………… 747
河上 徹太郎 →河上 徹太郎 ………… 430
河上 肇 →河上 肇 …………………… 424
川上 眉山 →川上 眉山 ……………… 164
川上 弘美 →川上 弘美 ……………… 382
川口 松太郎 →川口 松太郎 ………… 251
川崎 長太郎 →川崎 長太郎 ………… 251
川崎 展宏 →川崎 展宏 ……………… 732
川田 順 →川田 順 …………………… 617
河竹 黙阿弥 →河竹 黙阿弥 ………… 153
河内 幸一郎 →河内 幸一郎 ………… 290
河野 裕子 →河野 裕子 ……………… 620
川端 茅舎 →川端 茅舎 ……………… 703
川端 康成 →川端 康成 ……………… 261
河東 碧梧桐 →河東 碧梧桐 ………… 716
河邨 文一郎 →河邨 文一郎 ………… 534
河本 緑石 →河本 緑石 ……………… 716
「雁」 →「雁」………………………… 183
神沢 利子 →神沢 利子 ……………… 768
漢詩
　→漢詩（詩）………………………… 462
　→漢詩（正岡子規）………………… 714
鑑賞
　→鑑賞・評釈（詩）………………… 455
　→鑑賞・評釈（短歌）……………… 562
　→鑑賞・評釈（俳句）……………… 660
関東地方 →関東地方 ………………… 98
菅野 真澄 →菅野 真澄 ……………… 582
官能小説 →官能小説・ポルノ ……… 410
上林 暁 →上林 暁 …………………… 251
蒲原 有明 →蒲原 有明 ……………… 477

【き】

記憶 →記憶 …………………………… 75
「機械」 →横光 利一 ………………… 265
木々 高太郎 →木々 高太郎 ………… 252
戯曲 →戯曲 …………………………… 440
菊田 一夫 →菊田 一夫 ……………… 444
菊池 寛 →菊池 寛 …………………… 239

菊地 秀行　→菊地 秀行 …………… 367	木山 捷平　→木山 捷平 …………… 252
菊谷 栄　→菊谷 栄 ………………… 444	「吸血鬼ハンター"D"」　→菊地 秀行 …… 367
季語　→季題・季語 ………………… 669	九州地方　→九州地方 ……………… 112
紀行	「キューポラのある街」　→早船 ちよ …… 771
→小品・随筆・紀行(夏目漱石) …… 216	教育
→紀行 …………………………… 413	→文学教育 ……………………… 18
擬古典主義　→広津 柳浪 …………… 152	→教育と児童文学 ……………… 759
岸 風三楼　→岸 風三楼 ……………… 732	狂歌　→川柳 ………………………… 740
貴司 山治　→貴司 山治 …………… 274	「仰臥漫録」　→随筆(正岡子規) …… 714
岸上 大作　→岸上 大作 …………… 621	京極 杞陽　→京極 杞陽 …………… 732
岸田 衿子　→岸田 衿子 …………… 534	京極 夏彦　→京極 夏彦 …………… 382
岸田 国士　→岸田 国士 …………… 444	「共同幻想論」　→「共同幻想論」…… 439
木島 茂夫　→木島 茂夫 …………… 610	郷土文学
奇蹟派　→奇蹟派 ………………… 241	→郷土文学(現代日本文学) …… 94
紀田 順一郎　→紀田 順一郎 ……… 430	→郷土文学(詩) ………………… 464
きだ みのる　→きだ みのる ……… 290	→郷土文学(短歌) ……………… 571
北 杜夫　→北 杜夫 ………………… 338	→郷土文学(俳句) ……………… 688
季題　→季題・季語 ………………… 669	今日泊 亜蘭　→今日泊 亜蘭 ……… 338
北方 謙三　→北方 謙三 …………… 368	清岡 卓行　→清岡 卓行 …………… 534
北川 省一　→北川 省一 …………… 430	清崎 敏郎　→清崎 敏郎 …………… 732
北川 千代　→北川 千代 …………… 763	清原 日出夫　→清原 日出夫 ……… 621
北川 透　→北川 透 ………………… 430	「ギリシア的抒情詩」　→西脇 順三郎 …… 528
北川 冬彦　→北川 冬彦 …………… 528	キリスト教
北沢 喜代治　→北沢 喜代治 ……… 191	→キリスト教と文学 …………… 87
北園 克衛　→北園 克衛 …………… 528	→キリスト教と芥川文学 ……… 236
「北の国から」　→倉本 聰 ………… 445	桐山 襲　→桐山 襲 ………………… 368
北畠 八穂　→北畠 八穂 …………… 769	記録　→記録 ………………………… 412
北原 武夫　→北原 武夫 …………… 252	キーン,ドナルド　→キーン,ドナルド…… 430
北原 白秋　→北原 白秋 …………… 479	銀色 夏生　→銀色 夏生 …………… 535
北村 小松　→北村 小松 …………… 442	「銀河英雄伝説」　→田中 芳樹 …… 370
北村 想　→北村 想 ………………… 444	「金閣寺」　→三島 由紀夫 ………… 321
北村 太郎　→北村 太郎 …………… 542	「銀河鉄道の夜」　→「銀河鉄道の夜」…… 504
北村 透谷　→北村 透谷 …………… 173	近畿地方　→近畿地方 ……………… 108
北村 初雄　→北村 初雄 …………… 481	吟行　→吟行・旅行詠 ……………… 692
木下 和郎　→木下 和郎 …………… 534	「近代能楽集」　→三島 由紀夫 …… 321
木下 順二　→木下 順二 …………… 444	「銀の匙」　→中 勘助 ……………… 764
木下 尚江　→木下 尚江 …………… 151	
木下 杢太郎　→木下 杢太郎 ……… 480	
木下 夕爾　→木下 夕爾 …………… 517	**【く】**
木俣 修　→木俣 修 ………………… 621	
「義民が駆ける」　→藤沢 周平 …… 358	「グイン・サーガ」　→栗本 薫 …… 368
金 時鐘　→金 時鐘 ………………… 534	「空海の風景」　→司馬 遼太郎 …… 339
金 石範　→金 石範 ………………… 356	空想小説　→SF小説 ……………… 401
金 達寿　→金 達寿 ………………… 290	句会　→句会 ………………………… 651
木村 艸太　→木村 艸太 …………… 240	久々湊 盈子　→久々湊 盈子 ……… 621
木村 小舟　→木村 小舟 …………… 763	久坂 葉子　→久坂 葉子 …………… 290
木村 緑平　→木村 緑平 …………… 716	
脚本　→シナリオ …………………… 440	

草野 心平　→草野 心平	526
「草枕」　→「草枕」	213
串田 孫一　→串田 孫一	535
九条 武子　→九条 武子	590
「グスコーブドリの伝記」　→「グスコーブドリの伝記」	504
葛原 しげる　→葛原 しげる	764
葛原 妙子　→葛原 妙子	611
楠本 憲吉　→楠本 憲吉	733
工藤 芝蘭子　→工藤 芝蘭子	733
国木田 独歩　→国木田 独歩	174
句碑　→文学碑	26
「虞美人草」　→「虞美人草」	213
久保 栄　→久保 栄	444
久保 白船　→久保 白船	716
窪田 空穂　→窪田 空穂	582
窪田 章一郎　→窪田 章一郎	621
久保田 万太郎　→久保田 万太郎	722
熊谷 武至　→熊谷 武至	611
久米 正雄　→久米 正雄	240
「蜘蛛の糸」　→小説(芥川龍之介)	237
「暗い絵」　→野間 宏	318
倉田 紘文　→倉田 紘文	621
倉田 百三　→倉田 百三	228
倉橋 由美子　→倉橋 由美子	338
蔵原 伸二郎　→蔵原 伸二郎	521
「鞍馬天狗」　→大佛 次郎	189
倉本 聰　→倉本 聰	445
栗木 京子　→栗木 京子	621
栗林 一石路　→栗林 一石路	726
栗原 貞子　→栗原 貞子	535
栗本 薫　→栗本 薫	368
久留島 武彦　→久留島 武彦	764
車谷 長吉　→車谷 長吉	383
黒岩 重吾　→黒岩 重吾	339
黒岩 涙香　→黒岩 涙香	153
黒木 伝松　→黒木 伝松	590
黒島 伝治　→黒島 伝治	274
黒田 喜夫　→黒田 喜夫	535
黒田 三郎　→黒田 三郎	542
黒田 芳草　→黒田 芳草	769
桑原 正紀　→桑原 正紀	621
「群鶏」　→宮 柊二	629

【け】

経済小説　→社会・経済小説	407
警察小説　→探偵小説・推理小説・ミステリ	390
芸術派　→芸術派	509
劇　→戯曲	440
劇作家論　→劇作家論	442
戯作文学　→戯作文学	152
ケータイ文学　→ケータイ文学	116
結社	
→詩誌・結社	468
→歌壇・結社	575
→俳壇・結社	694
「蹴りたい背中」　→綿矢 りさ	386
検閲　→検閲	69
研究者評伝　→研究者評伝・追悼	22
言語	
→言語・表現・文体(日本文学一般)	23
→言語・表現・文体(夏目漱石)	211
→言語・表現・修辞(詩)	460
→言語・表現・修辞(短歌)	566
→言語・表現・修辞(俳句)	668
→言語・表現・文体(児童文学)	753
源氏 鶏太　→源氏 鶏太	290
幻想小説　→幻想小説・ファンタジー	405
『現代詩手帖』　→詩誌・結社	468
現代日本文学　→現代日本文学	42
原爆文学　→原爆文学	301
言文一致　→言文一致	163
硯友社　→硯友社	163
原理 充雄　→原理 充雄	517

【こ】

恋　→恋愛	83
小池 光　→小池 光	621
小池 昌代　→小池 昌代	535
古泉 千樫　→古泉 千樫	617
小泉 八雲　→小泉 八雲	151
小出 秋光　→小出 秋光	733
恋の歌　→恋の歌	569
「小岩井農場」　→詩歌(宮沢賢治)	500

事項名索引　さかむ

「コインロッカー・ベイビーズ」　→村上 龍 ……… 379
耕 治人　→耕 治人 ……… 517
「項羽と劉邦」　→長与 善郎 ……… 230
「甲乙丙丁」　→中野 重治 ……… 279
幸喜 孤洋　→幸喜 孤洋 ……… 535
「業苦」　→嘉村 礒多 ……… 270
香西 照雄　→香西 照雄 ……… 733
「孔子」　→「孔子」 ……… 289
「行人」　→「行人」 ……… 213
幸田 文　→幸田 文 ……… 339
幸田 露伴　→幸田 露伴 ……… 165
講談　→講談・落語 ……… 41
紅茶　→食と文学 ……… 77
河野 愛子　→河野 愛子 ……… 621
河野 多恵子　→河野 多恵子 ……… 356
河野 多希女　→河野 多希女 ……… 733
「坑夫」　→小説（夏目漱石） ……… 212
「功名が辻」　→司馬 遼太郎 ……… 339
五行歌　→詩歌（日本文学一般） ……… 30
国語教育　→文学教育 ……… 18
国文学研究　→文学研究 ……… 19
小暮 政次　→小暮 政次 ……… 621
「こころ」　→「こころ」 ……… 213
『心の花』
　→柳原 白蓮 ……… 483
　→佐佐木 信綱 ……… 580
　→橘 糸重 ……… 580
　→片山 広子 ……… 590
　→九条 武子 ……… 590
　→五島 美代子 ……… 611
小酒井 不木　→小酒井 不木 ……… 191
小島 輝正　→小島 輝正 ……… 424
小島 信夫　→小島 信夫 ……… 330
小島 政二郎　→小島 政二郎 ……… 191
小島 ゆかり　→小島 ゆかり ……… 622
古書　→古書 ……… 62
小谷 剛　→小谷 剛 ……… 290
児玉 花外　→児玉 花外 ……… 473
児玉 隆也　→児玉 隆也 ……… 416
児玉 光子　→児玉 光子 ……… 611
古典と現代文学　→古典と現代文学 ……… 25
後藤 楢根　→後藤 楢根 ……… 769
後藤 比奈夫　→後藤 比奈夫 ……… 733
五島 美代子　→五島 美代子 ……… 611
後藤 明生　→後藤 明生 ……… 365
後藤 竜二　→後藤 竜二 ……… 769
小中 英之　→小中 英之 ……… 622

小林 多喜二　→小林 多喜二 ……… 274
小林 信彦　→小林 信彦 ……… 356
小林 秀雄　→小林 秀雄 ……… 430
駒田 信二　→駒田 信二 ……… 252
小松 清　→小松 清 ……… 433
小松 左京　→小松 左京 ……… 339
五味 康祐　→五味 康祐 ……… 290
小宮 豊隆　→小宮 豊隆 ……… 424
小山 勝清　→小山 勝清 ……… 191
小山 清　→小山 清 ……… 290
小山 祐士　→小山 祐士 ……… 445
コラム　→記録 ……… 412
今 官一　→今 官一 ……… 252
今 東光　→今 東光 ……… 265
今 日出海　→今 日出海 ……… 290
「ごん狐」　→「ごん狐」 ……… 766
「金色夜叉」　→「金色夜叉」 ……… 164
近藤 純悟　→近藤 純悟 ……… 700
近藤 芳美　→近藤 芳美 ……… 622
今野 大力　→今野 大力 ……… 517
コンピュータ　→コンピュータ ……… 22

【さ】

斎樹 富太郎　→斎樹 富太郎 ……… 622
歳時記　→歳時記 ……… 673
西条 八十　→西条 八十 ……… 509
斎藤 勇　→斎藤 勇 ……… 611
斎藤 喜博　→斎藤 喜博 ……… 622
斎藤 玄　→斎藤 玄 ……… 722
西東 三鬼　→西東 三鬼 ……… 733
斎藤 史　→斎藤 史 ……… 611
斎藤 茂吉　→斎藤 茂吉 ……… 601
斎藤 良右衛門　→斎藤 良右衛門 ……… 580
斎藤 緑雨　→斎藤 緑雨 ……… 425
在日朝鮮人文学　→在日朝鮮人文学 ……… 94
佐伯 郁郎　→佐伯 郁郎 ……… 517
佐伯 泰英　→佐伯 泰英 ……… 368
早乙女 勝元　→早乙女 勝元 ……… 299
堺屋 太一　→堺屋 太一 ……… 369
榊山 潤　→榊山 潤 ……… 252
坂口 安吾　→坂口 安吾 ……… 303
阪田 寛夫　→阪田 寛夫 ……… 535
「坂の上の雲」　→「坂の上の雲」 ……… 345
坂村 真民　→坂村 真民 ……… 535

日本近現代文学案内　783

坂本 遼　→坂本 遼 ……………………… 769
左川 ちか　→左川 ちか ……………………… 528
佐岐 えりぬ　→佐岐 えりぬ ……………………… 535
作詞　→歌謡 ……………………… 461
作品論　→作家・作品論 ……………………… 140
桜井 哲夫　→桜井 哲夫 ……………………… 535
酒　→食と文学 ……………………… 77
佐々木 逸郎　→佐々木 逸郎 ……………………… 536
佐々木 邦　→佐々木 邦 ……………………… 252
佐佐木 信綱　→佐々木 信綱 ……………………… 580
佐々木 北涯　→佐々木 北涯 ……………………… 700
佐々木 茂索　→佐々木 茂索 ……………………… 191
佐佐木 由幾　→佐々木 由幾 ……………………… 622
佐佐木 幸綱　→佐々木 幸綱 ……………………… 622
佐多 稲子　→佐多 稲子 ……………………… 313
佐滝 幻太　→佐滝 幻太 ……………………… 733
貞松 瑩子　→貞松 瑩子 ……………………… 536
作家養成
　→作法（現代日本文学） ……………………… 64
　→作法（エンターテインメント） ……………………… 387
　→シナリオ ……………………… 440
　→作法（詩） ……………………… 454
　→作法（短歌） ……………………… 559
　→作法（俳句） ……………………… 651
　→作法（児童文学） ……………………… 753
作家論
　→作家・作品論 ……………………… 140
　→劇作家論 ……………………… 442
　→詩人論 ……………………… 470
　→歌人論 ……………………… 575
　→俳人論 ……………………… 696
　→作家論（川柳） ……………………… 746
　→児童文学者論 ……………………… 762
雑誌総目次　→雑誌総目次 ……………………… 13
佐藤 愛子　→佐藤 愛子 ……………………… 356
佐藤 一英　→佐藤 一英 ……………………… 518
佐藤 鬼房　→佐藤 鬼房 ……………………… 722
佐藤 紅緑　→佐藤 紅緑 ……………………… 700
佐藤 佐太郎　→佐藤 佐太郎 ……………………… 611
佐藤 惣之助　→佐藤 惣之助 ……………………… 509
佐藤 得二　→佐藤 得二 ……………………… 339
サトウ ハチロー　→サトウ ハチロー ……………………… 481
佐藤 春夫　→佐藤 春夫 ……………………… 509
佐藤 洋二郎　→佐藤 洋二郎 ……………………… 383
佐藤 義美　→佐藤 義美 ……………………… 769
佐藤 緑葉　→佐藤 緑葉 ……………………… 152
里見 弴　→里見 弴 ……………………… 228
里村 欣三　→里村 欣三 ……………………… 476

「真田太平記」　→池波 正太郎 ……………………… 332
サブカルチャー　→サブカルチャー ……………………… 89
差別問題　→表現の自由・差別問題 ……………………… 68
作法
　→作法（現代日本文学） ……………………… 64
　→作法（エンターテインメント） ……………………… 387
　→シナリオ ……………………… 440
　→作法（詩） ……………………… 454
　→作法（短歌） ……………………… 559
　→作法（俳句） ……………………… 651
　→作法（児童文学） ……………………… 753
皿海 達哉　→皿海 達哉 ……………………… 769
更科 源蔵　→更科 源蔵 ……………………… 518
沢 ゆき　→沢 ゆき ……………………… 481
沢木 欣一　→沢木 欣一 ……………………… 733
沢田 はぎ女　→沢田 はぎ女 ……………………… 700
澤地 久枝　→澤地 久枝 ……………………… 417
サンカ小説　→三角 寛 ……………………… 260
「山月記」　→「山月記」 ……………………… 255
「三四郎」　→「三四郎」 ……………………… 214
「三匹の蟹」　→大庭 みな子 ……………………… 336
「山麓」　→結城 哀草果 ……………………… 613

【し】

死
　→死 ……………………… 75
　→テーマ別研究（短歌） ……………………… 568
詩
　→詩（島崎藤村） ……………………… 157
　→詩・俳句（夏目漱石） ……………………… 211
　→詩 ……………………… 447
　→詩（北原白秋） ……………………… 480
　→詩（石川啄木） ……………………… 596
詩歌
　→詩歌（日本文学一般） ……………………… 30
　→詩歌（森鷗外） ……………………… 183
　→詩歌（芥川龍之介） ……………………… 237
　→詩歌（宮沢賢治） ……………………… 500
　→詩歌（折口信夫） ……………………… 616
椎名 麟三　→椎名 麟三 ……………………… 316
ジェンダー　→ジェンダー ……………………… 120
「潮待ち草」　→幸田 露伴 ……………………… 165
志賀 重昂　→志賀 重昂 ……………………… 425
志賀 直哉　→志賀 直哉 ……………………… 228

四賀 光子　→四賀 光子 …………………… 612	芝 不器男　→芝 不器男 …………………… 700
「四角な船」　→井上 靖 …………………… 287	司馬 遼太郎　→司馬 遼太郎 …………… 339
『四季』　→『四季』 ………………………… 520	柴田 錬三郎　→柴田 錬三郎 …………… 291
四国地方　→四国地方 …………………… 111	柴谷 武之祐　→柴谷 武之祐 …………… 612
「紫紺染について」　→童話(宮沢賢治) … 501	柴野 民三　→柴野 民三 …………………… 769
詩史　→詩史 ……………………………… 467	時評
詩誌　→詩誌・結社 ………………………… 468	→文芸時評・展望(現代日本文学) …… 58
獅子 文六　→獅子 文六 ………………… 290	→時評・展望(批評) ………………………… 420
「死者の書」　→「死者の書」 …………… 616	→時評・展望(詩) …………………………… 454
私小説　→私小説 ………………………… 89	→時評・展望(短歌) ………………………… 556
詩人論　→詩人論 ………………………… 470	→時評・展望(俳句) ………………………… 648
「刺青」　→「刺青」 …………………………… 220	→時評・展望(児童文学) …………………… 753
自然　→自然 ………………………………… 75	渋江 周堂　→渋江 周堂 ………………… 518
自然詠　→自然詠 ………………………… 570	「渋江抽斎」　→歴史小説・史伝(森鷗外) … 184
自然主義　→自然主義 …………………… 153	渋川 驍　→渋川 驍 ……………………… 252
自然派　→自然派 ………………………… 591	渋沢 孝輔　→渋沢 孝輔 ………………… 536
思想　→批評 ……………………………… 418	澁澤 龍彦　→澁澤 龍彦 ………………… 291
時代小説　→歴史小説・時代小説 ……… 407	柴生田 稔　→柴生田 稔 ………………… 612
「十亭叢書」　→巖谷 小波 ……………… 163	島 秋人　→島 秋人 ……………………… 622
「失楽園」　→渡辺 淳一 …………………… 364	島 恒人　→島 恒人 ……………………… 734
史伝　→歴史小説・史伝(森鷗外) ……… 184	島 比呂志　→島 比呂志 ………………… 292
自伝　→評伝・自伝 ………………………… 412	島尾 敏雄　→島尾 敏雄 ………………… 316
辞典	島木 赤彦　→島木 赤彦 ………………… 605
→辞典・書誌(日本文学一般) …………… 9	島木 健作　→島木 健作 ………………… 278
→辞典・書誌(現代日本文学) …………… 51	島崎 藤村　→島崎 藤村 ………………… 154
→辞典・書誌(詩) …………………………… 452	島崎 英彦　→島崎 英彦 ………………… 612
→辞典・書誌(短歌) ………………………… 550	島崎 光正　→島崎 光正 ………………… 536
→辞典・書誌(俳句) ………………………… 645	島田 修二　→島田 修二 ………………… 622
→辞典・書誌(児童文学) …………………… 751	嶋田 青峰　→嶋田 青峰 ………………… 726
児童詩	島田 利夫　→島田 利夫 ………………… 536
→学生・児童詩 ……………………………… 464	島田 雅彦　→島田 雅彦 ………………… 369
→児童詩・童謡(児童文学) ……………… 753	島田 芳文　→島田 芳文 ………………… 518
児童短歌　→学生・児童短歌 …………… 570	嶋袋 全幸　→嶋袋 全幸 ………………… 623
児童俳句　→学生・児童俳句 …………… 687	島村 抱月　→島村 抱月 ………………… 158
児童文学　→児童文学 …………………… 748	清水 かつら　→清水 かつら …………… 764
児童文学研究　→児童文学論・研究 …… 757	清水 橘村　→清水 橘村 ………………… 474
児童文学史　→児童文学史 ……………… 760	清水 哲男　→清水 哲男 ………………… 536
児童文学者論　→児童文学者論 ………… 762	清水 房之丞　→清水 房之丞 …………… 518
児童文学論　→児童文学論・研究 ……… 757	清水 基吉　→清水 基吉 ………………… 734
児童文芸誌　→児童文芸誌 ……………… 762	シミュレーション小説　→SF小説 ……… 401
シナリオ　→シナリオ ……………………… 440	志茂田 景樹　→志茂田 景樹 …………… 369
篠 弘　→篠 弘 …………………………… 622	霜田 史光　→霜田 史光 ………………… 482
篠田 悌二郎　→篠田 悌二郎 …………… 734	下村 湖人　→下村 湖人 ………………… 253
「死の棘」　→「死の棘」 …………………… 318	社会主義　→プロレタリア文学 ………… 272
篠原 志都児　→篠原 志都児 …………… 605	社会小説　→社会・経済小説 …………… 407
篠原 鳳作　→篠原 鳳作 ………………… 726	釈 迢空　→折口 信夫 …………………… 614
詩のボクシング　→朗読 ………………… 460	写実　→写生・写実(短歌) ……………… 570
斯波 四郎　→斯波 四郎 ………………… 339	写実主義　→写実主義 …………………… 161

写生
　　→写生・写実（短歌） ………………… 570
　　→写生（俳句） ………………………… 687
「赤光」　→「赤光」 ………………………… 605
「しゃばけ」　→畠中 恵 …………………… 384
「上海」　→横光 利一 ……………………… 265
「上海の蛍」　→武田 泰淳 ………………… 318
宗教　→宗教と文学 ………………………… 86
「銃口」　→三浦 綾子 ……………………… 361
修辞
　　→言語・表現・修辞（詩） ……………… 460
　　→言語・表現・修辞（短歌） …………… 566
　　→言語・表現・修辞（俳句） …………… 668
「十字街」　→久生 十蘭 …………………… 294
秋艸道人　→会津 八一 …………………… 578
住宅　→テーマ別研究（現代日本文学）… 69
自由律短歌　→自由律短歌・前衛短歌 … 567
自由律俳句　→新傾向俳句 ……………… 715
主題
　　→テーマ別研究（現代日本文学） …… 69
　　→テーマ別研究（詩） ………………… 464
　　→テーマ別研究（短歌） ……………… 568
　　→テーマ別研究（俳句） ……………… 687
　　→テーマ別研究（児童文学） ………… 758
「春琴抄」　→「春琴抄」 …………………… 220
「小園」　→斎藤 茂吉 ……………………… 601
東海林 さだお　→東海林 さだお ………… 417
小説
　　→小説（島崎藤村） …………………… 157
　　→小説（森鷗外） ……………………… 183
　　→小説（夏目漱石） …………………… 212
　　→小説（芥川龍之介） ………………… 237
「小説外務大臣」　→坪内 逍遥 …………… 161
「小説神髄」　→坪内 逍遥 ………………… 161
小説論　→小説論 …………………………… 62
正田 篠枝　→正田 篠枝 …………………… 623
象徴詩　→象徴詩 ………………………… 477
『少年倶楽部』　→児童文芸誌 …………… 762
「少年ケニヤ」　→山川 惣治 ……………… 772
少年少女小説　→少年少女小説 ………… 756
庄野 英二　→庄野 英二 …………………… 769
庄野 潤三　→庄野 潤三 …………………… 330
笙野 頼子　→笙野 頼子 …………………… 383
小品　→小品・随筆・紀行（夏目漱石） … 216
昭和50年代以後　→昭和50年代以後 …… 365
昭和30年代　→昭和30年代 ……………… 332
昭和時代
　　→昭和時代（現代日本文学） ………… 242
　　→昭和（戦前）時代（現代日本文学）… 248
　　→昭和（戦後）時代（現代日本文学）… 281
　　→昭和・平成時代（批評） …………… 428
　　→昭和・平成時代（戯曲） …………… 443
　　→昭和時代（詩） ……………………… 513
　　→昭和（戦前）時代（詩） …………… 513
　　→昭和（戦後）・平成時代（詩） …… 530
　　→昭和時代（短歌） …………………… 608
　　→昭和（戦前）時代（短歌） ………… 609
　　→昭和・平成時代（短歌） …………… 617
　　→昭和時代（俳句） …………………… 720
　　→昭和（戦前）時代（俳句） ………… 721
　　→昭和（戦後）・平成時代（俳句） … 728
　　→昭和・平成時代（児童文学） ……… 767
昭和40年代　→昭和40年代 ……………… 355
書簡
　　→書簡（島崎藤村） …………………… 158
　　→日記・書簡（樋口一葉） …………… 170
　　→日記・書簡（森鷗外） ……………… 184
　　→日記・書簡（夏目漱石） …………… 216
　　→書簡（谷崎潤一郎） ………………… 221
　　→日記・書簡（芥川龍之介） ………… 238
　　→日記・書簡（川端康成） …………… 264
　　→日記・書簡（太宰治） ……………… 312
　　→書簡 …………………………………… 414
　　→日記・書簡（石川啄木） …………… 598
食　→食と文学 ……………………………… 77
植物
　　→自然 …………………………………… 75
　　→テーマ別研究（詩） ………………… 464
植民地文学　→植民地文学・ポストコロ
　　ニアリズム ……………………………… 93
「女工哀史」　→細井 和喜蔵 ……………… 193
書誌
　　→辞典・書誌（日本文学一般） ……… 9
　　→辞典・書誌（現代日本文学） ……… 51
　　→辞典・書誌（詩） …………………… 452
　　→辞典・書誌（短歌） ………………… 550
　　→辞典・書誌（俳句） ………………… 645
　　→辞典・書誌（児童文学） …………… 751
女性　→女性 ………………………………… 78
女性歌人　→女性歌人 …………………… 577
女性詩人　→女性詩人 …………………… 473
女性俳人　→女性俳人 …………………… 698
女性文学　→女性文学 …………………… 91
女性文学史　→女性文学史 ……………… 138
白石 実三　→白石 実三 …………………… 191

白樺派
　→白樺派 225
　→理想主義詩 483
白洲 正子　→白洲 正子 292
「死霊」　→「死霊」 320
「白き山」　→「白き山」 605
白鳥 省吾　→白鳥 省吾 508
「しろばんば」　→「しろばんば」 289
城山 三郎　→城山 三郎 346
詩論　→詩論・詩論研究 455
新感覚派　→新感覚派・モダニズム 261
新傾向俳句　→新傾向俳句 715
新戯作派　→無頼派 302
新現実主義
　→新思潮派 231
　→奇蹟派 241
信仰　→信仰（宮沢賢治） 499
新興芸術派　→新興芸術派 266
新興俳句　→新興俳句 725
神西 清　→神西 清 253
新詩社　→新詩社 581
『新詩人』　→詩誌・結社 468
新思潮派　→新思潮派 231
新人賞　→新人賞 61
新心理主義　→新心理主義 270
「新生」　→小説（島崎藤村） 157
『新青年』　→文芸雑誌・新聞 139
身体　→身体 80
新体詩　→新体詩 476
新藤 兼人　→新藤 兼人 445
人道詩　→理想主義詩 483
「新トロイア物語」　→阿刀田 高 366
新日本文学会　→昭和（戦後）時代（現代日本文学） 281
新聞　→文芸雑誌・新聞 139
新理知派　→新思潮派 231
新早稲田派　→奇蹟派 241

【す】

「水滸伝」　→北方 謙三 368
「水仙月の四日」　→童話（宮沢賢治） 501
随筆
　→物語・随筆（日本文学一般） 40
　→小品・随筆・紀行（夏目漱石） 216
　→随筆（記録） 415
　→随筆（正岡子規） 714
推理小説　→探偵小説・推理小説・ミステリ 390
末吉 暁子　→末吉 暁子 769
須賀 敦子　→須賀 敦子 433
杉浦 梅潭　→杉浦 梅潭 474
杉浦 明平　→杉浦 明平 292
杉尾 優衣　→杉尾 優衣 536
杉田 久女　→杉田 久女 703
杉森 久英　→杉森 久英 346
杉山 参緑　→杉山 参緑 536
杉山 平一　→杉山 平一 521
鈴木 いづみ　→鈴木 いづみ 369
鈴木 銀一郎　→鈴木 銀一郎 383
鈴木 光司　→鈴木 光司 383
鈴木 しづ子　→鈴木 しづ子 734
鈴木 伸治　→鈴木 伸治 518
鈴木 泰治　→鈴木 泰治 518
鈴木 尚之　→鈴木 尚之 445
鈴木 真砂女　→鈴木 真砂女 734
鈴木 正義　→鈴木 正義 536
鈴木 三重吉　→鈴木 三重吉 764
薄田 泣菫　→薄田 泣菫 478
「涼宮ハルヒ」シリーズ　→谷川 流 383
図像　→絵画・図像 89
「ズッコケ三人組」シリーズ　→那須 正幹 770
須藤 克三　→須藤 克三 769
「素直な戦士たち」　→城山 三郎 346
砂田 弘　→砂田 弘 770
洲之内 徹　→洲之内 徹 433
住井 すゑ　→住井 すゑ 253
住宅 顕信　→住宅 顕信 734

【せ】

性　→セクシャリティ 80
生活派　→自然派 591
政治　→政治と文学 85
「精神の氷点」　→大西 巨人 289
精神分析　→精神分析・臨床論 121
生成論　→生成論 122
『青鞜』　→『青鞜』 242
『赤道』　→詩誌・結社 468
セクシャリティ　→セクシャリティ 80

せとう　　　　　　　　　　　　事項名索引

瀬戸内 寂聴　→瀬戸内 寂聴 ……………… 356
瀬戸内 晴美　→瀬戸内 寂聴 ……………… 356
「銭形平次」　→野村 胡堂 ………………… 257
妹尾 河童　→妹尾 河童 …………………… 383
「蝉しぐれ」　→藤沢 周平 ………………… 358
瀬谷 耕作　→瀬谷 耕作 …………………… 536
芹沢 光治良　→芹沢 光治良 ……………… 253
「セロ弾きのゴーシュ」　→童話（宮沢
　賢治）………………………………………… 501
前衛詩　→前衛詩・モダニズム詩 ………… 527
前衛短歌　→自由律短歌・前衛短歌 ……… 567
『戦旗』　→プロレタリア文学 …………… 272
戦後
　→昭和（戦後）時代（現代日本文学）… 281
　→昭和（戦後）・平成時代（詩）………… 530
　→昭和（戦後）・平成時代（短歌）……… 617
　→昭和（戦後）・平成時代（俳句）……… 728
戦後派　→戦後派 …………………………… 314
戦前
　→昭和（戦前）時代（現代日本文学）… 248
　→昭和（戦前）時代（詩）………………… 513
　→昭和（戦前）時代（短歌）……………… 609
　→昭和（戦前）時代（俳句）……………… 721
戦争
　→戦争と文学 ……………………………… 92
　→戦争と詩 ………………………………… 464
　→戦争と児童文学 ………………………… 759
戦争文学　→戦争文学 ……………………… 298
川柳　→川柳 ………………………………… 740
川柳史　→川柳史 …………………………… 746

【そ】

宗 瑛　→宗 瑛 ……………………………… 191
宗 左近　→宗 左近 ………………………… 536
創作方法
　→作法（現代日本文学）…………………… 64
　→作法（エンターテインメント）……… 387
　→シナリオ ………………………………… 440
　→作法（詩）………………………………… 454
　→作法（短歌）……………………………… 559
　→作法（俳句）……………………………… 651
　→作法（児童文学）………………………… 753
相馬 御風　→相馬 御風 …………………… 474
相馬 遷子　→相馬 遷子 …………………… 734

相聞歌　→恋の歌 …………………………… 569
「創竜伝」　→田中 芳樹 …………………… 370
曽野 綾子　→曽野 綾子 …………………… 347
「それから」　→「それから」…………… 214
孫 戸妍　→孫 戸妍 ………………………… 623

【た】

田井 安曇　→田井 安曇 …………………… 623
第三の新人　→第三の新人 ………………… 328
大衆文学　→大衆文学 ……………………… 90
大正時代
　→大正時代（現代日本文学）…………… 184
　→明治・大正時代（批評）……………… 423
　→明治・大正時代（戯曲）……………… 442
　→大正時代（詩）………………………… 481
　→大正時代（短歌）……………………… 589
　→明治・大正時代（俳句）……………… 699
　→明治・大正時代（児童文学）………… 763
「大地の子」　→山崎 豊子 ………………… 295
「大菩薩峠」　→「大菩薩峠」…………… 192
台湾　→植民地文学・ポストコロニアリ
　ズム ………………………………………… 93
田岡 典夫　→田岡 典夫 …………………… 253
高木 彬光　→高木 彬光 …………………… 292
高木 恭造　→高木 恭造 …………………… 518
高木 敏子　→高木 敏子 …………………… 299
高樹 のぶ子　→高樹 のぶ子 ……………… 369
たかし よいち　→たかし よいち ………… 770
高塩 背山　→高塩 背山 …………………… 580
高杉 一郎　→高杉 一郎 …………………… 417
高杉 良　→高杉 良 ………………………… 369
高瀬 一誌　→高瀬 一誌 …………………… 623
高田 蝶衣　→高田 蝶衣 …………………… 700
高田 敏子　→高田 敏子 …………………… 536
高田 浪吉　→高田 浪吉 …………………… 606
高野 公彦　→高野 公彦 …………………… 623
高野 素十　→高野 素十 …………………… 704
高野 辰之　→高野 辰之 …………………… 425
鷹羽 狩行　→鷹羽 狩行 …………………… 734
高橋 和巳　→高橋 和巳 …………………… 347
高橋 克彦　→高橋 克彦 …………………… 369
高橋 源一郎　→高橋 源一郎 ……………… 369
高橋 三郎　→高橋 三郎 …………………… 623
高橋 新吉　→高橋 新吉 …………………… 527

高橋 たか子 →高橋 たか子	357	田中 小実昌 →田中 小実昌	370
高橋 丈雄 →高橋 丈雄	270	田中 五呂八 →田中 五呂八	747
高橋 元吉 →高橋 元吉	482	田中 四郎 →田中 四郎	612
高浜 虚子 →高浜 虚子	704	田中 富雄 →田中 富雄	293
高浜 年尾 →高浜 年尾	722	田中 英光 →田中 英光	312
高見 順 →高見 順	278	田中 裕明 →田中 裕明	735
高村 薫 →高村 薫	383	田中 冬二 →田中 冬二	518
高村 光太郎 →高村 光太郎	483	田中 杜二 →田中 杜二	623
高群 逸枝 →高群 逸枝	482	田中 康夫 →田中 康夫	370
高柳 重信 →高柳 重信	735	田中 芳樹 →田中 芳樹	370
高山 樗牛 →高山 樗牛	425	田辺 聖子 →田辺 聖子	348
財部 鳥子 →財部 鳥子	536	谷 鼎 →谷 鼎	590
滝 春一 →滝 春一	735	谷 譲次 →長谷川 海太郎	258
滝 春樹 →滝 春樹	735	谷川 雁 →谷川 雁	537
滝井 孝作 →滝井 孝作	191	谷川 俊太郎 →谷川 俊太郎	542
滝口 修造 →滝口 修造	434	谷川 流 →谷川 流	383
滝口 武士 →滝口 武士	482	谷口 善太郎 →谷口 善太郎	253
滝田 樗陰 →滝田 樗陰	425	谷崎 潤一郎 →谷崎 潤一郎	217
田口 ランディ →田口 ランディ	383	種田 山頭火 →種田 山頭火	716
武井 昭夫 →武井 昭夫	434	『種蒔く人』 →プロレタリア文学	272
竹内 勝太郎 →竹内 勝太郎	478	種村 季弘 →種村 季弘	434
竹内 浩三 →竹内 浩三	536	田畑 修一郎 →田畑 修一郎	254
竹内 てるよ →竹内 てるよ	770	田畑 美穂女 →田畑 美穂女	735
竹内 好 →竹内 好	434	旅	
「たけくらべ」 →「たけくらべ」	170	→紀行	413
竹下 しづの女 →竹下 しづの女	706	→吟行・旅行詠	692
武田 泰淳 →武田 泰淳	318	「旅人かへらず」 →西脇 順三郎	528
武田 百合子 →武田 百合子	369	田宮 虎彦 →田宮 虎彦	293
武田 麟太郎 →武田 麟太郎	276	田村 泰次郎 →田村 泰次郎	293
竹中 郁 →竹中 郁	521	田村 俊子 →田村 俊子	191
竹西 寛子 →竹西 寛子	347	田村 隆一 →田村 隆一	542
「竹乃里歌」 →短歌(正岡子規)	712	田山 花袋 →田山 花袋	158
武林 無想庵 →武林 無想庵	191	多和田 葉子 →多和田 葉子	384
竹久 夢二 →竹久 夢二	482	俵 万智 →俵 万智	623
太宰 治 →太宰 治	304	団 鬼六 →団 鬼六	348
田沢 稲舟 →田沢 稲舟	152	檀 一雄 →檀 一雄	312
多田 不二 →多田 不二	482	短歌	
「タダの人」 →小田 実	429	→短歌(柳田国男)	428
橘 糸重 →橘 糸重	580	→短歌(北原白秋)	480
立原 正秋 →立原 正秋	347	→短歌	544
立原 道造 →立原 道造	521	→短歌(石川啄木)	597
辰野 隆 →辰野 隆	434	→短歌(正岡子規)	712
巽 聖歌 →巽 聖歌	764	短歌史 →短歌史	573
「蓼喰ふ虫」 →谷崎 潤一郎	217	「丹下左膳」 →長谷川 海太郎	258
立松 和平 →立松 和平	369	短詩 →短詩	461
館山 一子 →館山 一子	590	「ダンス・ダンス・ダンス」 →村上 春樹	374
田中 寒楼 →田中 寒楼	700	「断腸亭日乗」 →「断腸亭日乗」	225
田中 国男 →田中 国男	537	探偵小説 →探偵小説・推理小説・ミス	

日本近現代文学案内 **789**

テリ ……………………………………… 390
耽美派
　　→耽美派(現代日本文学) ………… 217
　　→耽美派(詩) …………………… 479
　　→耽美派(短歌) ………………… 600
短篇小説　→小説論 ………………… 62

土屋 文明　→土屋 文明 …………… 606
土屋 正夫　→土屋 正夫 …………… 624
筒井 康隆　→筒井 康隆 …………… 357
堤 千代　→堤 千代 ………………… 254
壺井 栄　→壺井 栄 ………………… 293
壺井 繁治　→壺井 繁治 …………… 277
坪内 逍遙　→坪内 逍遙 …………… 161
坪田 譲治　→坪田 譲治 …………… 770
坪野 哲久　→坪野 哲久 …………… 612
津村 節子　→津村 節子 …………… 358
津村 信夫　→津村 信夫 …………… 522
鶴 彬　→鶴 彬 ……………………… 747
鶴田 淡雪　→鶴田 淡雪 …………… 700
鶴見 正夫　→鶴見 正夫 …………… 770

【ち】

「智恵子抄」　→「智恵子抄」 ……… 485
近松 秋江　→近松 秋江 …………… 159
千葉 暁　→千葉 暁 ………………… 384
中国地方　→中国地方 ……………… 110
中部地方　→中部・東海地方 ……… 104
「注文の多い料理店」　→「注文の多い
　料理店」……………………………… 505
千代 国一　→千代 国一 …………… 623
朝鮮
　　→植民地文学・ポストコロニアリズム … 93
　　→在日朝鮮人文学 ……………… 94
陳 舜臣　→陳 舜臣 ………………… 357
「沈黙」　→遠藤 周作 ……………… 328

【て】

鄭 承博　→鄭 承博 ………………… 358
定型　→定型・韻律 ………………… 567
定型詩　→定型詩 …………………… 460
手紙
　　→書簡(島崎藤村) ……………… 158
　　→日記・書簡(樋口一葉) ……… 170
　　→日記・書簡(森鷗外) ………… 184
　　→日記・書簡(夏目漱石) ……… 216
　　→書簡(谷崎潤一郎) …………… 221
　　→日記・書簡(芥川龍之介) …… 238
　　→日記・書簡(川端康成) ……… 264
　　→日記・書簡(太宰治) ………… 312
　　→書簡 …………………………… 414
　　→日記・書簡(石川啄木) ……… 598
テクスト論　→テクスト論 ………… 122
鉄道　→鉄道 ………………………… 81
「掌の小説」　→「掌の小説」 ……… 264
テーマ別研究
　　→テーマ別研究(現代日本文学) … 69
　　→テーマ別研究(詩) …………… 464
　　→テーマ別研究(短歌) ………… 568
　　→テーマ別研究(俳句) ………… 687
　　→テーマ別研究(児童文学) …… 758
テーマ別通史　→テーマ別通史 …… 133
寺島 初巳　→寺島 初巳 …………… 735
寺田 寅彦　→寺田 寅彦 …………… 426
寺村 輝夫　→寺村 輝夫 …………… 770
寺山 修司　→寺山 修司 …………… 624

【つ】

追悼　→研究者評伝・追悼 ………… 22
「通俗書簡文」　→日記・書簡(樋口一葉) … 170
司 修　→司 修 ……………………… 417
塚本 邦雄　→塚本 邦雄 …………… 623
津川 武一　→津川 武一 …………… 434
「月しろの旗」　→折口 信夫 ……… 614
佃 血秋　→佃 血秋 ………………… 445
佃 實夫　→佃 實夫 ………………… 293
辻 邦生　→辻 邦生 ………………… 348
辻 潤　→辻 潤 ……………………… 425
辻 仁成　→辻 仁成 ………………… 384
辻 征夫　→辻 征夫 ………………… 537
辻井 喬　→辻井 喬 ………………… 537
津島 佑子　→津島 佑子 …………… 357
津田 治子　→津田 治子 …………… 624
「土」　→「土」 …………………… 589
「土神ときつね」　→童話(宮沢賢治) … 501
土田 杏村　→土田 杏村 …………… 425

伝記　→評伝・自伝 ……………………… 412
伝奇小説　→幻想小説・ファンタジー …… 405
「天切り松闇がたり」シリーズ　→浅田
　　次郎 …………………………………… 381
転向文学　→転向文学 …………………… 278
「天守物語」　→「天守物語」 …………… 173
天皇御歌　→天皇御歌 …………………… 570
天皇制　→天皇制 ………………………… 86
「天の夕顔」　→中河 与一 ……………… 265
展望
　　→文芸時評・展望(現代日本文学) …… 58
　　→時評・展望(批評) ………………… 420
　　→時評・展望(詩) …………………… 454
　　→時評・展望(短歌) ………………… 556
　　→時評・展望(俳句) ………………… 648
　　→時評・展望(児童文学) …………… 753
「天保政談」　→近松 秋江 ……………… 159

【と】

土井 大助　→土井 大助 ………………… 537
土井 晩翠　→土井 晩翠 ………………… 477
戸板 康二　→戸板 康二 ………………… 349
「独逸日記」　→日記・書簡(森鷗外) …… 184
塔 和子　→塔 和子 ……………………… 537
東海地方　→中部・東海地方 …………… 104
東京都　→東京都 ………………………… 102
峠 三吉　→峠 三吉 ……………………… 301
同人雑誌　→文芸雑誌・新聞 …………… 139
同人誌評　→同人誌評 …………………… 60
「道程」　→高村 光太郎 ………………… 483
動物　→動物 ……………………………… 82
「東方の門」　→小説(島崎藤村) ……… 157
東北地方　→北海道・東北地方 ………… 95
東宮 七男　→東宮 七男 ………………… 537
童謡
　　→野口 雨情 ………………………… 475
　　→三木 露風 ………………………… 478
　　→童謡・民謡(北原白秋) ………… 480
　　→金子 みすゞ ……………………… 515
　　→児童詩・童謡(児童文学) ……… 753
　　→清水 かつら ……………………… 764
　　→林 柳波 …………………………… 766
童話
　　→童話(宮沢賢治) ………………… 501

　　→童話(児童文学) ………………… 756
『童話研究』　→児童文芸誌 …………… 762
童話作家　→児童文学者論 ……………… 762
「遠野物語」　→「遠野物語」 …………… 427
戸川 秋骨　→戸川 秋骨 ………………… 176
時田 則雄　→時田 則雄 ………………… 626
徳田 秋声　→徳田 秋声 ………………… 160
徳田 白楊　→徳田 白楊 ………………… 607
徳富 蘇峰　→徳富 蘇峰 ………………… 426
徳冨 蘆花　→徳冨 蘆花 ………………… 176
徳永 直　→徳永 直 ……………………… 277
徳永 寿美子　→徳永 寿美子 …………… 770
徳本 和子　→徳本 和子 ………………… 537
都市論　→都市論 ………………………… 122
「十津川警部」シリーズ　→西村 京太郎 … 349
外村 繁　→外村 繁 ……………………… 254
土橋 治重　→土橋 治重 ………………… 537
富沢 赤黄男　→富沢 赤黄男 …………… 726
富島 健夫　→富島 健夫 ………………… 349
富田 砕花　→富田 砕花 ………………… 508
富田 常雄　→富田 常雄 ………………… 254
富永 太郎　→富永 太郎 ………………… 482
富小路 禎子　→富小路 禎子 …………… 626
富安 風生　→富安 風生 ………………… 722
友岡 子郷　→友岡 子郷 ………………… 735
「ともしび」　→斎藤 茂吉 ……………… 601
豊島 与志雄　→豊島 与志雄 …………… 240
豊田 三郎　→豊田 三郎 ………………… 294
豊田 穣　→豊田 穣 ……………………… 294
豊長 みのる　→豊長 みのる …………… 735
鳥居 おさむ　→鳥居 おさむ …………… 735
鳥居 省三　→鳥居 省三 ………………… 434
泥 清一　→泥 清一 ……………………… 612
「どんぐりと山猫」　→童話(宮沢賢治) … 501

【な】

内向の世代　→内向の世代 ……………… 364
内藤 濯　→内藤 濯 ……………………… 153
内藤 鳴雪　→内藤 鳴雪 ………………… 706
直井 潔　→直井 潔 ……………………… 254
直木 三十五　→直木 三十五 …………… 192
直木賞　→直木賞 ………………………… 61
中 勘助　→中 勘助 ……………………… 764
那珂 太郎　→那珂 太郎 ………………… 538

永井 荷風　→永井 荷風 …………… 221	長与 善郎　→長与 善郎 …………… 230
永井 龍男　→永井 龍男 …………… 294	半井 桃水　→半井 桃水 …………… 152
中井 英夫　→中井 英夫 …………… 358	梨木 香歩　→梨木 香歩 …………… 770
永井 路子　→永井 路子 …………… 349	ナショナリズム　→ナショナリズム …… 86
中上 健次　→中上 健次 …………… 370	那須 正幹　→那須 正幹 …………… 770
中川 一政　→中川 一政 …………… 482	なだ いなだ　→なだ いなだ ……… 358
中川 四明　→中川 四明 …………… 700	夏目 漱石　→夏目 漱石 …………… 196
中河 与一　→中河 与一 …………… 265	「夏目影二郎始末旅」シリーズ　→佐伯
永倉 万治　→永倉 万治 …………… 371	泰英 ……………………………… 368
中里 介山　→中里 介山 …………… 192	「なめとこ山の熊」　→童話(宮沢賢治)… 501
中沢 茂　→中沢 茂 ………………… 254	ナラトロジー　→ナラトロジー・語り … 123
長沢 美津　→長沢 美津 …………… 626	「楢山節考」　→深沢 七郎 ………… 350
中島 梓　→栗本 薫 ………………… 368	成田 れん子　→成田 れん子 ……… 627
中島 敦　→中島 敦 ………………… 254	「成田道中膝栗毛」　→仮名垣 魯文 … 152
中島 歌子　→中島 歌子 …………… 581	成島 柳北　→成島 柳北 …………… 475
中島 斌雄　→中島 斌雄 …………… 735	鳴海 要吉　→鳴海 要吉 …………… 581
中島 らも　→中島 らも …………… 384	
中城 ふみ子　→中城 ふみ子 ……… 626	
永瀬 清子　→永瀬 清子 …………… 519	**【に】**
中薗 英助　→中薗 英助 …………… 294	
永田 和宏　→永田 和宏 …………… 627	新島 襄　→新島 襄 ………………… 581
永田 耕衣　→永田 耕衣 …………… 723	新美 南吉　→新美 南吉 …………… 765
中谷 孝雄　→中谷 孝雄 …………… 255	仁木 悦子　→仁木 悦子 …………… 349
長塚 節　→長塚 節 ………………… 589	「にごりえ」　→樋口 一葉 ………… 166
中戸川 吉二　→中戸川 吉二 ……… 240	西 加奈子　→西 加奈子 …………… 384
中西 伊之助　→中西 伊之助 ……… 193	西 萩花　→西 萩花 ………………… 152
中西 梅花　→中西 梅花 …………… 474	西尾 維新　→西尾 維新 …………… 384
中野 孝次　→中野 孝次 …………… 435	西垣 脩　→西垣 脩 ………………… 538
中野 重治　→中野 重治 …………… 279	西川 徹郎　→西川 徹郎 …………… 735
中野 逍遥　→中野 逍遥 …………… 474	西田 幾太郎　→西田 幾太郎 ……… 426
中野 鈴子　→中野 鈴子 …………… 519	西田 忠次郎　→西田 忠次郎 ……… 627
長野 まゆみ　→長野 まゆみ ……… 384	西出 朝風　→西出 朝風 …………… 581
中原 綾子　→中原 綾子 …………… 583	西原 正春　→西原 正春 …………… 519
中原 勇夫　→中原 勇夫 …………… 627	西村 京太郎　→西村 京太郎 ……… 349
中原 中也　→中原 中也 …………… 522	西村 陽吉　→西村 陽吉 …………… 598
中村 雨紅　→中村 雨紅 …………… 770	「二十億光年の孤独」　→谷川 俊太郎 …… 542
中村 草田男　→中村 草田男 ……… 726	「二十四の瞳」　→壺井 栄 ………… 293
中村 憲吉　→中村 憲吉 …………… 607	西脇 順三郎　→西脇 順三郎 ……… 528
中村 柊花　→中村 柊花 …………… 591	日記
中村 真一郎　→中村 真一郎 ……… 318	→日記・書簡(樋口一葉) ……… 170
中村 星湖　→中村 星湖 …………… 160	→日記・書簡(森鷗外) ………… 184
中村 地平　→中村 地平 …………… 281	→日記・書簡(夏目漱石) ……… 216
中村 汀女　→中村 汀女 …………… 706	→日記・書簡(芥川龍之介) …… 238
中村 光夫　→中村 光夫 …………… 435	→日記・書簡(川端康成) ……… 264
中村 楽天　→中村 楽天 …………… 701	→日記・書簡(太宰治) ………… 312
中谷 善次　→中谷 善次 …………… 583	→日記 ………………………… 414
中山 義秀　→中山 義秀 …………… 300	
永代 静雄　→永代 静雄 …………… 193	

→日記・書簡（石川啄木）……………… 598
新田 潤　→新田 潤 ………………………… 255
新田 次郎　→新田 次郎 …………………… 294
二宮 冬鳥　→二宮 冬鳥 …………………… 628
「日本百名山」　→深田 久弥 …………… 270
日本文学一般　→日本文学一般 …………… 1
日本浪曼派　→日本浪曼派 ……………… 281
入門　→入門（俳句） …………………… 657
丹羽 花南　→丹羽 花南 …………………… 152
丹羽 文雄　→丹羽 文雄 …………………… 255
丹羽 正明　→丹羽 正明 …………………… 435
丹羽 洋岳　→丹羽 洋岳 …………………… 591
「人間失格」　→「人間失格」 ………… 312

【ぬ】

沼田 流人　→沼田 流人 …………………… 277

【ね】

根岸短歌会　→根岸短歌会 ……………… 588
猫　→動物 …………………………………… 82
「猫町」　→萩原 朔太郎 ………………… 510
「ねじまき鳥クロニクル」　→村上 春樹 … 374

【の】

農業　→農業（宮沢賢治） ……………… 505
農民文学　→農民文学 …………………… 92
野上 彰　→野上 彰 ………………………… 628
野上 弥生子　→野上 弥生子 …………… 256
野口 雨情　→野口 雨情 …………………… 475
野口 冨士男　→野口 冨士男 …………… 257
野口 米次郎　→野口 米次郎 …………… 475
野坂 昭如　→野坂 昭如 …………………… 300
野沢 節子　→野沢 節子 …………………… 736
野沢 尚　→野沢 尚 ………………………… 445
野田 宇太郎　→野田 宇太郎 …………… 519
野田 高梧　→野田 高梧 …………………… 445
野原 水嶺　→野原 水嶺 …………………… 628

ノベライズ　→エンターテインメント … 387
野間 宏　→野間 宏 ………………………… 318
野溝 七生子　→野溝 七生子 …………… 257
野見山 朱鳥　→野見山 朱鳥 …………… 736
野村 胡堂　→野村 胡堂 …………………… 257
能村 登四郎　→能村 登四郎 …………… 736
「ノルウェイの森」　→「ノルウェイの森」… 379
野呂 邦暢　→野呂 邦暢 …………………… 358
野呂 光正　→野呂 光正 …………………… 628
「野分」　→小説（夏目漱石） ………… 212
ノンフィクション　→記録 ……………… 412

【は】

俳句
　　→詩・俳句（夏目漱石） ………… 211
　　→俳句 ……………………………… 632
　　→俳句（正岡子規） ……………… 712
俳句史　→俳句史 ………………………… 693
俳誌　→俳誌 ……………………………… 695
俳人論　→俳人論 ………………………… 696
灰谷 健次郎　→灰谷 健次郎 …………… 771
俳壇　→俳壇・結社 ……………………… 694
俳論　→俳論・俳論研究 ………………… 648
芳賀 矢一　→芳賀 矢一 …………………… 427
「破戒」　→「破戒」 …………………… 157
萩原 恭次郎　→萩原 恭次郎 …………… 529
萩原 朔太郎　→萩原 朔太郎 …………… 510
萩原 廸夫　→萩原 廸夫 …………………… 533
萩原 葉子　→萩原 葉子 …………………… 349
萩原 蘿月　→萩原 蘿月 …………………… 701
『白鯨』　→詩誌・結社 ………………… 468
「歯車」　→「歯車」 …………………… 238
「箱根山」　→獅子 文六 ………………… 290
橋田 東声　→橋田 東声 …………………… 591
「橋のない川」　→住井 すゑ …………… 253
橋本 鶏二　→橋本 鶏二 …………………… 736
橋本 多佳子　→橋本 多佳子 …………… 723
橋本 夢道　→橋本 夢道 …………………… 723
橋本 喜典　→橋本 喜典 …………………… 628
蓮田 善明　→蓮田 善明 …………………… 435
長谷川 泉　→長谷川 泉 …………………… 435
長谷川 修　→長谷川 修 …………………… 349
長谷川 海太郎　→長谷川 海太郎 ……… 258
長谷川 かな女　→長谷川 かな女 ……… 701

長谷川 時雨　→長谷川 時雨 ················ 442	「晩年」　→太宰 治 ························ 304
長谷川 四郎　→長谷川 四郎 ················ 294	伴野 憲　→伴野 憲 ························ 538
長谷川 伸　→長谷川 伸 ···················· 258	
長谷川 双魚　→長谷川 双魚 ················ 736	
長谷川 素逝　→長谷川 素逝 ················ 736	## 【ひ】
長谷川 善雄　→長谷川 善雄 ················ 519	
長谷川 零余子　→長谷川 零余子 ············ 701	比較
秦 恒平　→秦 恒平 ························ 358	→比較・影響(島崎藤村) ················ 156
畠中 恵　→畠中 恵 ························ 384	→比較・影響(北村透谷) ················ 174
畑中 秋穂　→畑中 秋穂 ···················· 736	→比較・影響(森鷗外) ·················· 182
初井 しづ枝　→初井 しづ枝 ················ 612	→比較・影響(夏目漱石) ················ 208
「初鴉」　→高野 素十 ······················ 704	→比較・影響(永井荷風) ················ 224
「鼻」　→小説(芥川龍之介) ················ 237	→比較・影響(有島武郎) ················ 227
花岡 大学　→花岡 大学 ···················· 771	→比較・影響(武者小路実篤) ············ 231
花田 清輝　→花田 清輝 ···················· 319	→比較・影響(芥川龍之介) ·············· 237
花田 春兆　→花田 春兆 ···················· 737	→比較・影響(川端康成) ················ 264
埴谷 雄高　→埴谷 雄高 ···················· 319	→比較・影響(太宰治) ·················· 311
馬場 あき子　→馬場 あき子 ················ 628	→比較・影響(三島由紀夫) ·············· 327
馬場 孤蝶　→馬場 孤蝶 ···················· 176	→比較・影響(小林秀雄) ················ 433
浜田 到　→浜田 到 ························ 628	→比較・影響(宮沢賢治) ················ 498
浜田 廣介　→浜田 廣介 ···················· 766	→比較・影響(石川啄木) ················ 596
林 京子　→林 京子 ························ 301	→比較・影響(斎藤茂吉) ················ 604
林 喜芳　→林 喜芳 ························ 538	比較文学　→比較文学 ······················ 123
林 翔　→林 翔 ···························· 737	東野 圭吾　→東野 圭吾 ···················· 384
林 富士馬　→林 富士馬 ···················· 538	干刈 あがた　→干刈 あがた ················ 371
林 不忘　→長谷川 海太郎 ·················· 258	氷川 瓏　→氷川 瓏 ························ 294
林 芙美子　→林 芙美子 ···················· 258	「彼岸過迄」　→「彼岸過迄」 ················ 214
林 柳波　→林 柳波 ························ 766	樋口 一葉　→樋口 一葉 ···················· 166
早野 台気　→早野 台気 ···················· 628	久生 十蘭　→久生 十蘭 ···················· 294
早船 ちよ　→早船 ちよ ···················· 771	日夏 耿之介　→日夏 耿之介 ················ 512
葉山 嘉樹　→葉山 嘉樹 ···················· 277	火野 葦平　→火野 葦平 ···················· 300
原 阿佐緒　→原 阿佐緒 ···················· 608	日野 啓三　→日野 啓三 ···················· 371
原 コウ子　→原 コウ子 ···················· 701	日野 草城　→日野 草城 ···················· 726
原 石鼎　→原 石鼎 ························ 706	檜本 兼夫　→檜本 兼夫 ···················· 612
原 民喜　→原 民喜 ························ 302	批評
原田 青児　→原田 青児 ···················· 737	→同人誌評 ······························ 60
原田 種夫　→原田 種夫 ···················· 519	→批評 ·································· 418
原田 宗典　→原田 宗典 ···················· 371	→詩論・詩論研究 ························ 455
原田 康子　→原田 康子 ···················· 349	→歌誌評 ································ 556
「春と修羅」　→「春と修羅」 ················ 501	→歌書・歌集評 ·························· 556
春山 行夫　→春山 行夫 ···················· 529	→児童文学論・研究 ······················ 757
ハーン,ラフカディオ　→小泉 八雲 ·········· 151	氷室 冴子　→氷室 冴子 ···················· 372
反アララギ派　→反アララギ派 ·············· 614	病気　→病と文学 ·························· 82
「挽歌」　→原田 康子 ······················ 349	表現
半谷 三郎　→半谷 三郎 ···················· 519	→言語・表現・文体(日本文学一般) ······ 23
犯罪　→テーマ別研究(現代日本文学) ····· 69	→言語・表現・文体(夏目漱石) ·········· 211
「半七捕物帳」　→「半七捕物帳」 ············ 150	
反戦文学　→戦争文学 ······················ 298	

→言語・表現・修辞(詩) 460
　→言語・表現・修辞(短歌) 566
　→言語・表現・修辞(俳句) 668
　→言語・表現・文体(児童文学) 753
表現の自由　→表現の自由・差別問題 .. 68
評釈
　→鑑賞・評釈(詩) 455
　→鑑賞・評釈(短歌) 562
　→鑑賞・評釈(俳句) 660
表象学　→表象学 126
評伝
　→研究者評伝・追悼 22
　→評伝・自伝 412
評論　→批評 418
平出 修　→平出 修 583
平岩 弓枝　→平岩 弓枝 350
平沢 計七　→平沢 計七 445
平田 彩雲　→平田 彩雲 701
平田 俊子　→平田 俊子 538
平塚 らいてう　→平塚 らいてう 242
平野 啓一郎　→平野 啓一郎 384
平野 謙　→平野 謙 320
平畑 静塔　→平畑 静塔 723
平林 たい子　→平林 たい子 277
平林 初之輔　→平林 初之輔 427
広江 八重桜　→広江 八重桜 701
広津 和郎　→広津 和郎 241
広津 柳浪　→広津 柳浪 152
貧困　→貧困 82

【ふ】

ファンタジー
　→幻想小説・ファンタジー(エンターテインメント) 405
　→ファンタジー(児童文学) 757
諷刺　→諷刺・笑い 26
フェミニズム批評　→ジェンダー 120
「深い河」　→「深い河」 330
深尾 須磨子　→深尾 須磨子 482
深川 正一郎　→深川 正一郎 706
深沢 七郎　→深沢 七郎 350
深田 久弥　→深田 久弥 270
深谷 雄大　→深谷 雄大 737
福井 晴敏　→福井 晴敏 384

福沢 諭吉　→福沢 諭吉 426
福士 幸次郎　→福士 幸次郎 483
服飾　→テーマ別研究(現代日本文学) .. 69
福田 栄一　→福田 栄一 612
福田 清人　→福田 清人 771
福田 恆存　→福田 恆存 435
福田 正夫　→福田 正夫 508
福田 蓼汀　→福田 蓼汀 737
福永 武彦　→福永 武彦 538
福原 麟太郎　→福原 麟太郎 427
福間 健二　→福間 健二 539
「不言不語」　→尾崎 紅葉 164
藤 一也　→藤 一也 539
富士 正晴　→富士 正晴 295
藤枝 静男　→藤枝 静男 358
藤岡 玉骨　→藤岡 玉骨 737
藤川 正夫　→藤川 正夫 539
藤木 倶子　→藤木 倶子 737
藤沢 周平　→藤沢 周平 358
藤沢 古実　→藤沢 古実 613
藤田 祐四郎　→藤田 祐四郎 475
藤野 古白　→藤野 古白 701
二木 好晴　→二木 好晴 591
二葉亭 四迷　→二葉亭 四迷 162
仏教　→仏教と文学 87
ブックガイド　→ブックガイド・文学案内 .. 55
「蒲団」　→「蒲団」 159
船戸 与一　→船戸 与一 372
舟橋 聖一　→舟橋 聖一 270
船山 馨　→船山 馨 295
「ふゆくさ」　→土屋 文明 606
「冬の運動会」　→向田 邦子 372
無頼派　→無頼派 302
部落問題文学　→部落問題文学 92
ブラジル　→植民地文学・ポストコロニアリズム 93
「ふらんす物語」　→永井 荷風 221
古井 由吉　→古井 由吉 365
古川 賢一郎　→古川 賢一郎 539
古沢 太穂　→古沢 太穂 737
古田 草一　→古田 草一 539
古田 足日　→古田 足日 771
古本　→古書 62
プロレタリア文学　→プロレタリア文学 .. 272
文学案内　→ブックガイド・文学案内 .. 55
文学館　→文学館 13
文学教育　→文学教育 18
文学協会　→学会・文学協会 13

文学研究　→文学研究 ……………………… 19
文学研究論　→文学研究論 ………………… 116
文学散歩
　　→文学碑 ………………………………… 26
　　→郷土文学（現代日本文学） ………… 94
文学史
　　→文学史（日本文学一般） …………… 15
　　→文学史（現代日本文学） …………… 127
　　→女性文学史 ………………………… 138
　　→文学史（記録） …………………… 416
　　→文学史（批評） …………………… 423
　　→文学史（戯曲） …………………… 442
文学者　→作家・作品論 ………………… 140
文学賞
　　→文学賞（現代日本文学） …………… 60
　　→文学賞（エンターテインメント） … 387
　　→文学賞（詩） ……………………… 454
　　→文学賞（俳句） …………………… 651
文学碑　→文学碑 ………………………… 26
文学論争　→文学論争 …………………… 68
文芸雑誌　→文芸雑誌・新聞 …………… 139
文芸時評　→文芸時評・展望（現代日本
　文学） …………………………………… 58
『文芸戦線』　→プロレタリア文学 …… 272
文士　→文壇・文士 ……………………… 134
『文章世界』　→文芸雑誌・新聞 ……… 139
文体
　　→言語・表現・文体（日本文学一般） … 23
　　→言語・表現・文体（夏目漱石） …… 211
　　→言語・表現・文体（児童文学） …… 753
文壇　→文壇・文士 ……………………… 134

【へ】

平成時代
　　→平成時代（現代日本文学） ………… 381
　　→昭和・平成時代（批評） …………… 428
　　→昭和・平成時代（戯曲） …………… 443
　　→昭和（戦後）・平成時代（詩） ……… 530
　　→昭和（戦後）・平成時代（短歌） …… 617
　　→昭和（戦後）・平成時代（俳句） …… 728
　　→昭和・平成時代（児童文学） ……… 767
「蛇にピアス」　→金原 ひとみ ………… 382
逸見 猶吉　→逸見 猶吉 ………………… 520
辺見 庸　→辺見 庸 ……………………… 385

【ほ】

ボーイズラブ　→エンターテインメント … 387
蜂庵 採花　→蜂庵 採花 ………………… 701
冒険小説　→探偵小説・推理小説・ミス
　テリ ……………………………………… 390
北条 民雄　→北条 民雄 ………………… 260
北条 秀司　→北条 秀司 ………………… 445
「豊饒の海」　→三島 由紀夫 …………… 321
放送作家　→シナリオ …………………… 440
方法論別研究　→方法論別研究 ………… 120
法律　→テーマ別研究（現代日本文学） … 69
「放浪記」　→「放浪記」 ………………… 260
「木屑録」　→小品・随筆・紀行（夏目
　漱石） …………………………………… 216
「濹東綺譚」　→「濹東綺譚」 …………… 225
北陸地方　→北陸地方 …………………… 107
星 新一　→星 新一 ……………………… 350
星野 紗一　→星野 紗一 ………………… 737
星野 立子　→星野 立子 ………………… 723
星野 天知　→星野 天知 ………………… 176
星野 富弘　→星野 富弘 ………………… 539
星野 麦人　→星野 麦人 ………………… 613
ポストコロニアリズム　→植民地文学・
　ポストコロニアリズム ………………… 93
細井 和喜蔵　→細井 和喜蔵 …………… 193
細見 綾子　→細見 綾子 ………………… 723
北海道　→北海道・東北地方 …………… 95
堀田 善衛　→堀田 善衛 ………………… 320
「坊っちゃん」　→「坊っちゃん」 ……… 214
「暮笛集」　→薄田 泣菫 ………………… 478
ホトトギス派　→ホトトギス派 ………… 702
墓碑　→文学碑 …………………………… 26
穂村 弘　→穂村 弘 ……………………… 628
ホラー　→怪奇小説・ホラー …………… 404
「ポラーノの広場」　→童話（宮沢賢治） … 501
堀 辰雄　→堀 辰雄 ……………………… 271
堀内 卓　→堀内 卓 ……………………… 608
堀川 鼠来　→堀川 鼠来 ………………… 701
堀口 大学　→堀口 大学 ………………… 512
ポルノ　→官能小説・ポルノ …………… 410
本郷 隆　→本郷 隆 ……………………… 539
本庄 陸男　→本庄 陸男 ………………… 260
本多 秋五　→本多 秋五 ………………… 321
誉田 哲也　→誉田 哲也 ………………… 385

本多 利通　→本多 利通 ……………… 539
本間 久雄　→本間 久雄 ……………… 427
翻訳
　　→翻訳（日本文学一般）…………… 24
　　→翻訳（詩）………………………… 455
　　→翻訳（児童文学）………………… 757
翻訳文学　→翻訳文学 ………………… 153

【ま】

「舞姫」
　　→「舞姫」…………………………… 183
　　→与謝野 晶子 ……………………… 583
前 登志夫　→前 登志夫 ………………… 628
前川 佐美雄　→前川 佐美雄 ………… 613
前田 晃　→前田 晃 ……………………… 427
前田 純孝　→前田 純孝 ………………… 583
前田 透　→前田 透 ……………………… 629
前田 普羅　→前田 普羅 ………………… 706
前田 夕暮　→前田 夕暮 ………………… 598
前田河 広一郎　→前田河 広一郎 …… 277
真壁 仁　→真壁 仁 ……………………… 520
牧 逸馬　→長谷川 海太郎 …………… 258
槙 豊作　→槙 豊作 ……………………… 724
牧野 信一　→牧野 信一 ………………… 193
槙村 浩　→槙村 浩 ……………………… 520
正岡 子規　→正岡 子規 ………………… 707
正木 不如丘　→正木 不如丘 ………… 260
正宗 敦夫　→正宗 敦夫 ………………… 591
正宗 白鳥　→正宗 白鳥 ………………… 160
真尾 悦子　→真尾 悦子 ………………… 417
真尾 倍弘　→真尾 倍弘 ………………… 539
真下 飛泉　→真下 飛泉 ………………… 701
増田 晃　→増田 晃 ……………………… 520
町田 康　→町田 康 ……………………… 385
松浦 辰男　→松浦 辰男 ………………… 581
松浦 寿輝　→松浦 寿輝 ………………… 539
松浦 理英子　→松浦 理英子 ………… 372
松尾 聡　→松尾 聡 ……………………… 435
松岡 譲　→松岡 譲 ……………………… 240
松木 千鶴　→松木 千鶴 ………………… 539
松倉 米吉　→松倉 米吉 ………………… 608
松沢 昭　→松沢 昭 ……………………… 737
松島 十湖　→松島 十湖 ………………… 701
松瀬 青々　→松瀬 青々 ………………… 714

松田 解子　→松田 解子 ………………… 277
松谷 みよ子　→松谷 みよ子 ………… 771
松永 ふみ子　→松永 ふみ子 ………… 771
松葉 直助　→松葉 直助 ………………… 629
松村 英一　→松村 英一 ………………… 629
松村 緑　→松村 緑 ……………………… 436
松村 みね子　→片山 広子 …………… 590
松本 旭　→松本 旭 ……………………… 737
松本 清張　→松本 清張 ………………… 351
松本 たかし　→松本 たかし ………… 724
松本 夜詩夫　→松本 夜詩夫 ………… 737
「魔都」　→久生 十蘭 …………………… 294
まど みちお　→まど みちお ………… 771
「まなづるとダァリヤ」　→童話（宮沢 賢治）…………………………………… 501
間宮 茂輔　→間宮 茂輔 ………………… 278
真山 青果　→真山 青果 ………………… 161
「マヨンの煙」　→石坂 洋次郎 ……… 287
丸谷 才一　→丸谷 才一 ………………… 436
丸山 海道　→丸山 海道 ………………… 738
丸山 薫　→丸山 薫 ……………………… 525
丸山 眞男　→丸山 眞男 ………………… 436
丸山 豊　→丸山 豊 ……………………… 539
「萬軍」　→斎藤 茂吉 …………………… 601
満州　→植民地文学・ポストコロニアリズム …………………………………… 93

【み】

三浦 綾子　→三浦 綾子 ………………… 361
三浦 哲郎　→三浦 哲郎 ………………… 353
三ケ島 葭子　→三ケ島 葭子 ………… 608
三上 於菟吉　→三上 於菟吉 ………… 193
「蜜柑」　→小説（芥川龍之介）……… 237
三木 卓　→三木 卓 ……………………… 539
三木 露風　→三木 露風 ………………… 478
「三毛猫ホームズ」シリーズ　→赤川 次郎 ‥ 366
三島 由紀夫　→三島 由紀夫 ………… 321
水上 不二　→水上 不二 ………………… 772
水島 あやめ　→水島 あやめ ………… 772
ミステリ　→探偵小説・推理小説・ミステリ ……………………………………… 390
水野 源三　→水野 源三 ………………… 539
水野 仙子　→水野 仙子 ………………… 242
水野 葉舟　→水野 葉舟 ………………… 583

水原 紫苑　→水原 紫苑	629
水原 秋桜子　→水原 秋桜子	727
三角 寛　→三角 寛	260
水守 亀之助　→水守 亀之助	194
三谷 幸喜　→三谷 幸喜	445
「みだれ髪」　→「みだれ髪」	587
「道草」　→「道草」	215
三井 葉子　→三井 葉子	540
三石 勝五郎　→三石 勝五郎	483
三橋 鷹女　→三橋 鷹女	724
三橋 敏雄　→三橋 敏雄	738
「密命」シリーズ　→佐伯 泰英	368
三森 幹雄　→三森 幹雄	701
三富 朽葉　→三富 朽葉	476
南方 熊楠　→南方 熊楠	427
水上 滝太郎　→水上 滝太郎	193
水上 勉　→水上 勉	354
皆川 盤水　→皆川 盤水	738
南 洋一郎　→南 洋一郎	772
皆吉 爽雨　→皆吉 爽雨	724
三野 虚舟　→三野 虚舟	738
宮 柊二　→宮 柊二	629
宮 林太郎　→宮 林太郎	363
宮尾 登美子　→宮尾 登美子	372
宮坂 静生　→宮坂 静生	738
宮崎 湖処子　→宮崎 湖処子	476
宮崎 信義　→宮崎 信義	613
宮崎 夢柳　→宮崎 夢柳	152
宮沢 賢治　→宮沢 賢治	485
宮部 みゆき　→宮部 みゆき	385
宮本 輝　→宮本 輝	372
宮本 百合子　→宮本 百合子	313
「宮本武蔵」　→吉川 英治	195
『明星』　→新詩社	581
三好 京三　→三好 京三	372
三好 十郎　→三好 十郎	445
三好 達治　→三好 達治	529
「未来いそっぷ」　→星 新一	350
民衆詩　→民衆詩	508
民主主義文学　→民主主義文学	313
民謡　→童謡・民謡（北原白秋）	480

「椋鳥通信」　→森 鷗外	176
向田 邦子　→向田 邦子	372
武者小路 実篤　→武者小路 実篤	230
村井 弦斎　→村井 弦斎	152
村井 武生　→村井 武生	520
村岡 花子　→村岡 花子	772
村上 一郎　→村上 一郎	436
村上 鬼城　→村上 鬼城	714
村上 霽月　→村上 霽月	715
村上 春樹　→村上 春樹	374
村上 龍　→村上 龍	379
村崎 凡人　→村崎 凡人	629
村田 正夫　→村田 正夫	540
村野 四郎　→村野 四郎	530
村野 夏生　→村野 夏生	738
「村の家」　→中野 重治	279
村松 梢風　→村松 梢風	194
村山 籌子　→村山 籌子	772
群 ようこ　→群 ようこ	380
室生 犀星　→室生 犀星	505
「ムーンライト・シャドウ」　→よしもとばなな	380

【め】

「明暗」　→「明暗」	215
明治時代	
→明治時代（現代日本文学）	146
→明治・大正時代（批評）	423
→明治・大正時代（戯曲）	442
→明治時代（詩）	473
→明治時代（短歌）	577
→明治・大正時代（俳句）	699
→明治・大正時代（児童文学）	763
「冥途」　→内田 百閒	186
目黒 真理子　→目黒 真理子	629
メタフィクション　→メタフィクション	126
メディア	
→メディアと文学	88
→メディアと児童文学	758
メディア史　→メディア史	134

【む】

椋 鳩十　→椋 鳩十	766

【も】

モダニズム
　　→モダニズム ……………………… 126
　　→新感覚派・モダニズム ……… 261
モダニズム詩　→前衛詩・モダニズム詩 ‥ 527
望月 光　→望月 光 ……………………… 608
物語　→物語・随筆 ……………………… 40
物語論　→ナラトロジー・語り …… 123
「もの食う人びと」　→辺見 庸 …… 385
百瀬 博教　→百瀬 博教 ……………… 540
百田 宗治　→百田 宗治 ……………… 483
森 敦　→森 敦 ………………………… 363
森 英介　→森 英介 …………………… 540
森 鷗外　→森 鷗外 …………………… 176
森 澄雄　→森 澄雄 …………………… 738
盛 善吉　→盛 善吉 …………………… 446
森 はな　→森 はな …………………… 772
森 博嗣　→森 博嗣 …………………… 385
森 万紀子　→森 万紀子 ……………… 363
森 茉莉　→森 茉莉 …………………… 354
森 三千代　→森 三千代 ……………… 520
森 瑤子　→森 瑤子 …………………… 380
森岡 貞香　→森岡 貞香 ……………… 630
森崎 和江　→森崎 和江 ……………… 540
森下 雨村　→森下 雨村 ……………… 194
森田 愛子　→森田 愛子 ……………… 724
森田 公司　→森田 公司 ……………… 738
森田 草平　→森田 草平 ……………… 217
森田 たま　→森田 たま ……………… 260
森村 桂　→森村 桂 …………………… 363
森村 誠一　→森村 誠一 ……………… 363
森山 啓　→森山 啓 …………………… 260
「門」　→「門」 ………………………… 215

【や】

八木 重吉　→八木 重吉 ……………… 507
八木 義徳　→八木 義徳 ……………… 260
「山羊の歌」　→「山羊の歌」 ……… 525
矢島 渚男　→矢島 渚男 ……………… 739
矢代 東村　→矢代 東村 ……………… 591

安井 かずみ　→安井 かずみ ………… 540
安岡 章太郎　→安岡 章太郎 ………… 330
保田 与重郎　→保田 与重郎 ………… 281
安永 蕗子　→安永 蕗子 ……………… 630
安原 顕　→安原 顕 …………………… 436
八住 利雄　→八住 利雄 ……………… 446
八十島 四郎　→八十島 四郎 ………… 540
矢田 津世子　→矢田 津世子 ………… 261
柳沢 健　→柳沢 健 …………………… 483
柳田 国男　→柳田 国男 ……………… 427
柳原 極堂　→柳原 極堂 ……………… 702
柳原 白蓮　→柳原 白蓮 ……………… 483
八幡 城太郎　→八幡 城太郎 ………… 739
「藪の中」　→「藪の中」 …………… 238
矢部 栄子　→矢部 栄子 ……………… 739
山
　　→自然 ………………………………… 75
　　→テーマ別研究（詩） ………… 464
病　→病と文学 ………………………… 82
山岡 荘八　→山岡 荘八 ……………… 261
山上 武夫　→山上 武夫 ……………… 772
山川 惣治　→山川 惣治 ……………… 772
山川 登美子　→山川 登美子 ………… 583
山川 亮　→山川 亮 …………………… 278
山岸 外史　→山岸 外史 ……………… 436
山際 淳司　→山際 淳司 ……………… 417
山口 いさを　→山口 いさを ………… 739
山口 好　→山口 好 …………………… 608
山口 誓子　→山口 誓子 ……………… 727
山口 青邨　→山口 青邨 ……………… 724
山口 草堂　→山口 草堂 ……………… 724
山口 瞳　→山口 瞳 …………………… 354
山崎 豊子　→山崎 豊子 ……………… 295
山崎 方代　→山崎 方代 ……………… 630
山崎 百合子　→山崎 百合子 ………… 739
山下 陸奥　→山下 陸奥 ……………… 613
山代 巴　→山代 巴 …………………… 296
山田 詠美　→山田 詠美 ……………… 380
山田 かまち　→山田 かまち ………… 540
山田 かん　→山田 かん ……………… 540
山田 順子　→山田 順子 ……………… 194
山田 太一　→山田 太一 ……………… 446
山田 竹系　→山田 竹系 ……………… 417
山田 美妙　→山田 美妙 ……………… 164
山田 風太郎　→山田 風太郎 ………… 296
山田 みづえ　→山田 みづえ ………… 739
山中 治　→山中 治 …………………… 630
山中 智恵子　→山中 智恵子 ………… 631

やまな　　　　　　　　　事項名索引

山中 散生　→山中 散生 …………… 520	「楊令伝」　→北方 謙三 …………… 368
山中 美智子　→山中 美智子 ………… 631	横瀬 夜雨　→横瀬 夜雨 …………… 476
山中 峯太郎　→山中 峯太郎 ………… 194	横田 文子　→横田 文子 …………… 261
「やまなし」　→「やまなし」 ……… 505	横溝 正史　→横溝 正史 …………… 194
山根 二郎　→山根 二郎 …………… 613	横光 利一　→横光 利一 …………… 265
「山の音」　→川端 康成 …………… 261	横山 白虹　→横山 白虹 …………… 725
山之口 貘　→山之口 貘 …………… 527	与謝野 晶子　→与謝野 晶子 ………… 583
「山の民」　→江馬 修 ……………… 189	与謝野 鉄幹　→与謝野 鉄幹 ………… 587
山村 湖四郎　→山村 湖四郎 ………… 631	与謝野 寛　→与謝野 鉄幹 ………… 587
山村 暮鳥　→山村 暮鳥 …………… 507	吉井 勇　→吉井 勇 ……………… 600
山室 静　→山室 静 ……………… 436	吉植 庄亮　→吉植 庄亮 …………… 591
山本 和夫　→山本 和夫 …………… 772	吉江 喬松　→吉江 喬松 …………… 476
山本 かね子　→山本 かね子 ………… 631	吉岡 禅寺洞　→吉岡 禅寺洞 ………… 727
山本 健吉　→山本 健吉 …………… 436	吉岡 実　→吉岡 実 ……………… 540
山本 茂実　→山本 茂実 …………… 417	吉川 英治　→吉川 英治 …………… 195
山本 周五郎　→山本 周五郎 ………… 297	吉川 行雄　→吉川 行雄 …………… 520
山本 友一　→山本 友一 …………… 631	吉田 一穂　→吉田 一穂 …………… 527
山本 夏彦　→山本 夏彦 …………… 417	吉田 健一　→吉田 健一 …………… 439
山本 有三　→山本 有三 …………… 240	吉田 絃二郎　→吉田 絃二郎 ………… 196
山本 陽子　→山本 陽子 …………… 540	吉田 汀史　→吉田 汀史 …………… 739
矢山 哲治　→矢山 哲治 …………… 520	吉田 知子　→吉田 知子 …………… 380
梁 石日　→梁 石日 ……………… 385	吉田 満　→吉田 満 ……………… 301
	吉野 臥城　→吉野 臥城 …………… 476
【ゆ】	吉野 せい　→吉野 せい …………… 417
	吉野 秀雄　→吉野 秀雄 …………… 613
湯浅 半月　→湯浅 半月 …………… 477	吉野 弘　→吉野 弘 ……………… 543
柳 美里　→柳 美里 ……………… 385	吉野 昌夫　→吉野 昌夫 …………… 631
結城 哀草果　→結城 哀草果 ………… 613	吉野 義子　→吉野 義子 …………… 739
結城 昌治　→結城 昌治 …………… 355	吉原 幸子　→吉原 幸子 …………… 541
結城 信一　→結城 信一 …………… 331	吉増 剛造　→吉増 剛造 …………… 541
「雪国」　→「雪国」 …………… 264	吉村 昭　→吉村 昭 ……………… 364
「雪渡り」　→童話(宮沢賢治) …… 501	吉本 隆明　→吉本 隆明 …………… 436
「夢十夜」　→「夢十夜」 ………… 216	よしもと ばなな　→よしもと ばなな …… 380
夢野 久作　→夢野 久作 …………… 194	吉屋 信子　→吉屋 信子 …………… 196
「夢之華」　→与謝野 晶子 ………… 583	吉行 淳之介　→吉行 淳之介 ………… 331
夢枕 獏　→夢枕 獏 ……………… 380	「四畳半襖の下張」　→「四畳半襖の下張」‥225
百合山 羽公　→百合山 羽公 ………… 724	依田 学海　→依田 学海 …………… 443
	与田 凖一　→与田 凖一 …………… 767
【よ】	四元 康祐　→四元 康祐 …………… 541
	米原 万里　→米原 万里 …………… 385
「夜明け前」　→「夜明け前」 ……… 157	余裕派　→余裕派 ………………… 196
「漾虚集」　→「漾虚集」 ………… 216	「夜の靴」　→「夜の靴」 ………… 266
「用心棒日月抄」　→藤沢 周平 ……… 358	ヨーロッパ
	→異文化と文学 ………………… 115
	→比較文学 ……………………… 123

【ら】

ライトノベル　→ライトノベル ……… 403
落語　→講談・落語 ………………… 41
「羅生門」　→「羅生門」 ………… 238

【り】

理想主義　→理想主義 ……………… 165
理想主義詩　→理想主義詩 ………… 483
リービ英雄　→リービ英雄 ………… 386
劉 寒吉　→劉 寒吉 ………………… 261
隆 慶一郎　→隆 慶一郎 …………… 380
琉歌　→沖縄文学 …………………… 114
「柳橋新誌」　→成島 柳北 ………… 475
「竜馬がゆく」　→「竜馬がゆく」… 346
旅行詠　→吟行・旅行詠 …………… 692
旅行記　→紀行 ……………………… 413
「旅愁」　→横光 利一 ……………… 265
「李陵」　→「李陵」 ……………… 255
臨床論　→精神分析・臨床論 ……… 121

【る】

ルポルタージュ　→記録 …………… 412

【れ】

歴史小説
　　→歴史小説・史伝（森鷗外）…… 184
　　→歴史小説・時代小説 ………… 407
『歴程』　→『歴程』 ……………… 525
列車　→鉄道 ………………………… 81
レトリック
　　→言語・表現・修辞（詩）……… 460
　　→言語・表現・修辞（短歌）…… 566
　　→言語・表現・修辞（俳句）…… 668

「檸檬」　→梶井 基次郎 …………… 269
恋愛
　　→恋愛 …………………………… 83
　　→テーマ別研究（詩）…………… 464
　　→恋の歌 ………………………… 569
連歌　→連歌 ………………………… 567
連句　→連句 ………………………… 685

【ろ】

「狼疾」　→中島 敦 ………………… 254
老人　→老いと文学 ………………… 74
朗読　→朗読 ………………………… 460
浪漫詩　→浪漫詩 …………………… 477
「ローマ字日記」　→日記・書簡（石川
　啄木）……………………………… 598
浪漫主義　→浪漫主義 ……………… 170
浪漫派　→新詩社 …………………… 581

【わ】

和歌　→和歌 ………………………… 37
「和解」　→「和解」 ……………… 230
「若い人」　→石坂 洋次郎 ………… 287
若杉 慧　→若杉 慧 ………………… 261
若杉 鳥子　→若杉 鳥子 …………… 278
「吾輩は猫である」　→「吾輩は猫である」… 216
若林 つや　→若林 つや …………… 281
若松 賤子　→若松 賤子 …………… 767
若山 喜志子　→若山 喜志子 ……… 614
若山 牧水　→若山 牧水 …………… 599
「別れる理由」　→小島 信夫 ……… 330
鷲尾 雨工　→鷲尾 雨工 …………… 261
鷲巣 繁男　→鷲巣 繁男 …………… 541
和田 伝　→和田 伝 ………………… 261
和田 徹三　→和田 徹三 …………… 541
和田 芳恵　→和田 芳恵 …………… 364
渡辺 一夫　→渡辺 一夫 …………… 439
渡辺 清　→渡辺 清 ………………… 301
渡辺 修三　→渡辺 修三 …………… 520
渡辺 淳一　→渡辺 淳一 …………… 364
渡辺 順三　→渡辺 順三 …………… 591
渡辺 直己　→渡辺 直己 …………… 614

渡辺 白泉　→渡辺 白泉 ……………………… 728
綿矢 りさ　→綿矢 りさ ……………………… 386
和知 喜八　→和知 喜八 ……………………… 739
笑い　→諷刺・笑い …………………………… 26
わらべうた　→児童詩・童謡（児童文学）‥ 753
『湾』　→詩誌・結社 ………………………… 468

著者名索引

日本の未来

【あ】

相川 司 ………… 332, 391
相川 美恵子 …… 189, 759
相沢 源七 ………… 575
相沢 慎吉 ………… 591
相沢 光恵 ………… 629
会津 信吾 …… 133, 151
会津 八一 …… 578, 613
会津八一記念館
　……… 578〜580, 613
相磯 凌霜 ………… 221
会田 雄次 …… 407, 408
愛知 峰子 ………… 166
愛・地球博ふれあい吟行
　俳句実行委員会 …… 692
愛知県教育サービスセン
　ター …… 72, 214, 525
愛知県国語教育研究会高
　等学校部会 ……… 104
愛知県立大学附属図書
　館 ………………… 9
『愛知の文学』編集委員
　会 ……………… 104
『愛の流刑地』公式ガイ
　ド委員会 ………… 364
相葉 有流 ………… 695
相庭 泰志 …… 331, 372
相原 千里 ………… 304
相原 法則 ………… 762
阿吽俳句会 ……… 666
饗庭 孝男 …………… 1,
　　42, 304, 433, 632
青井 史 …… 575, 587
葵生川 玲 ………… 454
青木 彰 ………… 339
青木 雨彦 ………… 391
青木 生子 ………… 83
青木 逸美 …… 296, 332
青木 一男 ………… 166
青木 吉蔵 ………… 151
青木 京子 ………… 305
青木 敬士 ………… 89
青木 宏一郎 ……… 176
青木 茂 ………… 98

青木 周平 ………… 15
青木 澄夫 ………… 416
青木 健 …… 482, 522
青木 玉 … 165, 339, 416
青木 保 ………… 69
青木 透 ………… 173
青木 辰雄 ………… 606
青木 稔弥 ………… 137
青木 信 ………… 623
青木 信雄 …… 151, 249
青木 登 …… 95, 102
青木 春枝 ………… 622
青木 正博 ………… 488
青木 正美 ………… 62,
　　90, 131, 154, 158,
　　414, 470, 472, 577
青木 美智男 ……… 358
青木 実 ………… 544
青野 季吉 …… 184, 423
青森県歌人懇話会創立五
　十周年記念誌委員会
　……………………… 571
青森県近代文学館 … 95, 252,
　305, 353, 624, 688, 769
青森県立図書館 …… 241,
　353, 356, 624, 688, 769
青森県立図書館青森県近
　代文学館 …… 95, 292, 305
青森市文化団体協議会
　……………………… 95
青柳 いづみこ
　……………… 78, 153, 242
青柳 悦子 ………… 118
青柳 志解樹 … 651, 669, 673
青柳 千蕚 ………… 37
青柳 亨 ………… 26
青柳 直良 ………… 578
青山 光二 …… 303, 305
青山 栄 ………… 391
青山 毅 … 51, 242〜244,
　　248, 272, 282, 316
青山 南 ………… 24
青山哀囚会「わが魂は北
　にあゆめり」編集委員
　会 ……………… 590
青山学院大学文学部日本
　文学科 …… 1, 93
阿賀 猥 ………… 447

赤井 恵子 …………
　　196, 208, 215, 426
赤磐市教育委員会熊山分
　室 ……………… 519
赤尾 勝子 ………… 171
赤尾 利弘 ………… 350
赤川 次郎 ………… 366
赤木 かん子 …………
　　166, 213, 373, 391
赤木 桁平 ………… 196
赤城 さかえ ……… 728
赤木 孝之 ………… 305
赤木 善光 …… 208, 424
赤木健介追悼集編纂委員
　会 ……………… 609
阿笠 清子 ………… 91
赤座 憲久 ………… 765
赤坂 憲雄 …… 40, 69, 505
明石 矛先 … 194, 305, 311
明石 利代 ………… 183
赤瀬 雅子 …………
　　123, 221, 224, 233
赤瀬川 原平 ……… 62
赤祖父 哲二 …… 1, 485
県 敏夫 ………… 26
赤田 秀子 ………… 485
阿片 瓢郎 ………… 685
赤塚 行雄 … 476, 583, 584
暁 萌吾 ………… 660
赤羽 研三 ………… 19
赤羽 貞雄 ………… 176
赤羽 淑 ………… 591
赤羽根 竜夫 ……… 15
赤彦記念誌編集委員会
　……………………… 606
赤松 勝 ………… 694
明里 千章 … 217, 218, 374
阿川 佐和子 ……… 243
阿川 弘之 … 228, 229, 328
阿木 翁助 ………… 78
秋枝 美保 ………… 485
秋尾 敏 … 702, 707, 763
秋岡 康晴 ………… 287
秋月 豊文 ………… 559
秋田県高等学校教育研究
　会国語部会 ……… 95
秋田県立秋田図書館 … 272

「秋田と小林多喜二」刊
　行会 ･･････････････ 274
秋田風土文学会 ･･････ 95
阿木津 英 ･･････････ 120,
　　556, 577, 611, 614, 630
秋葉 四郎 ･･･････････ 27,
　　559, 570, 601, 611
秋庭 太郎 ･･････････ 140,
　　221, 271, 601, 614
秋原 秀夫 ･･････････ 740
秋元 藍 ･････････････ 270
秋元 潔 ･･･････････ 77, 515
秋元 孝一 ･･････････ 26
秋元 大吉郎 ････････ 688
秋元 千恵子 ････････ 428
秋本 博夫 ･････････ 62, 379
秋元 不死男 ････････ 673, 720
秋元 有子 ････････ 112, 313
秋元 幸人 ･･･ 354, 540, 541
秋谷 千春 ･･････････ 272
秋谷 豊 ･････････････ 464
秋山 巌 ･･･････････ 716
秋山 加代 ･･････････ 588
秋山 公男 ･･･････････ 69,
　　80, 127, 196, 212
秋山 清 ･･･････････ 514, 559
秋山 虔 ･････････････ 603
秋山 佐和子 ････････ 544, 608
秋山 駿 ･････････ 1, 42, 46,
　　89, 140, 322, 356, 408, 523
秋山 庄太郎 ････････ 673
秋山 新 ････････････ 296, 332
秋山 忠弥 ･･････････ 15, 30
秋山 春海 ･･････････ 740
秋山 正幸 ･･････････ 123
秋山 巳之流 ････････ 669
秋山 稔 ･･･････････ 134, 171
秋山 基夫 ･･････････ 455
秋山 素子 ･･････････ 701, 706
秋山 勇造 ･････････ 24, 153
秋山 征夫 ･･････････ 221
秋山 豊 ･････････････ 196
在柄 寧聞 ･･････････ 358
芥川 三平 ･･････････ 721
芥川 文 ･････････････ 231
芥川 義男 ･･････････ 447

芥川 龍之介 ････････
　　231, 237, 238, 414
芥川賞・直木賞―受賞者
　総覧―編集委員会 ････ 61
阿久津 善治 ････････ 571
阿久津 レイ子 ･･････ 305
阿久根 末忠 ････････ 671
明坂 英二 ･･････････ 77
明間 登喜雄 ････････ 77
あざ 蓉子 ･･････････ 212
浅井 薫 ･････････････ 447
浅井 喜多治 ････････ 575
浅井 清 ･････････････ 51,
　　116, 127, 239, 298,
　　418, 440, 455, 573, 632
浅井 進三郎 ････････ 499
浅井 英則 ･･････････ 37
朝枝 善照 ･･････････ 716, 771
浅尾 忠男 ･･････････ 455
浅尾 典彦 ･･････････ 387
浅生田 圭史 ････････ 632
浅尾典彦＆ライトノベル
　研究会 ････････････ 387
浅賀 俊作 ･･････････ 717
浅香 富士太 ････････ 669
安座上 敦 ･･････････ 746
朝倉 喬司 ･･････････ 80
浅倉 卓弥 ･･････････ 64
朝倉 治彦 ･･･････ 91, 410
浅田 次郎 ･･････････ 381
浅田 高明 ･･････････ 305
浅田 隆 ･････････････ 69,
　　196, 212, 213, 277, 578
浅田 徹 ･････････ 37, 577
浅田 直亮 ･･････････ 440
浅沼 圭司 ･･･････ 40, 359
浅沼 璞 ･････････････ 685
浅野 英治 ･･････････ 38
麻野 一哉 ･･･････ 42, 83
浅野 洋 ･････････････
　　215, 216, 232, 310
浅羽 通明 ･･･････ 69, 291
麻原 美子 ･･････････ 1
浅原 六朗 ･･････････ 273
旭 季彦 ･････････････ 243
朝日新聞「こころ」のペー
　ジ ････････････････ 429

朝日新聞さいたま総局
　･･････････････････ 98
朝日新聞社 ･･････ 142, 340,
　　372, 673, 674, 678, 689
朝日新聞社文化企画局東
　京企画部 ･･････････ 485
朝日新聞社文化企画局文
　化企画部 ･･････････ 190
朝日新聞社文芸編集部
　･･････････････････ 385
朝日新聞週刊百科編集
　部 ･･････････････ 359
朝日新聞東京本社企画第
　一部 ･･････････････ 243
朝日新聞「虫食い川柳」
　･･････････････････ 740
朝日新聞山口支局 ･･･ 717
朝日新聞横浜支局 ･･･ 98
朝日ソノラマ編集部 ･･ 367
朝日町歴史博物館 ･･ 104, 696
朝比奈 弘治 ････････ 90
麻布十番カゲキ探偵団
　･･････････････････ 369
浅間 敏夫 ･･･ 42, 94, 413
朝間 義隆 ･･････････ 442
朝松 健 ･････････････ 404
浅見 淵 ･････････････ 243
浅見 光彦 ･･････････ 367
浅見光彦を愛する会 ･･ 366
浅見光彦倶楽部 ･･ 366, 367
アジアに対する日本の戦
　争責任を問う民衆法廷
　準備会 ････････････ 759
味岡 伸太郎 ････････ 717
葦牙北方季題選集編集委
　員会 ･･････････ 651, 669
安食 岳帥 ･･････････ 601
芦沢 俊郎 ･･････････ 440
芦辺 拓 ･････････････ 286
葦平と河伯洞の会 ･･ 300
芦谷 信和 ･･･ 42, 140, 174
芦屋市教育委員会 ･･ 508
芦屋市教育委員会芦屋市
　民センター内文化財資
　料室 ･･････････････ 508
芦屋市谷崎潤一郎記念
　館 ･･････････････ 217
芦屋市立美術博物館 ･･ 508
アスカ, バーバラ ･･････ 387

梓　林太郎 …………… 351	我孫子　晴美 ………… 350	天城湯ケ島町文学のふる
あすな　峡 …………… 391	油谷　文夫 …………… 447	さと実行委員会 …… 289
東　光敬 ……………… 485	阿部　到 ……………… 430	天城湯ケ島日本一地域づ
東　秀三 ………… 108, 532	阿部　堅磐 ……………	くり実行委員会 …… 287
東　順子 ……………… 512	470, 536, 538, 618	天久　卓夫 …………… 544
東　聖子 ……………… 673	阿部　和重 …………… 45, 62	天草　季紅 …………… 622
東　延江 ………… 361, 464	阿部　完市 ……… 632, 635	天沢　退二郎 ………… 447,
東　秀紀 ……………… 224	阿部　謹也 ……………… 15	455, 485, 486, 501, 504
東　浩紀 ………… 45, 419	阿部　軍治 ……… 176, 225	天瀬　裕康 ……… 301, 338
東　竜 ………………… 361	阿部　賢一 ……………… 77	天沼　春樹 …………… 756
安住　敦 ……… 651, 670, 673	安部　元気 ……… 639, 654,	天野　慶 ……………… 559
安住　恭子 …………… 444	657, 659, 665, 672, 681	天野　翔子 …………… 748
畦地　芳弘 …………… 302	安部　光史 …………… 632	天野　哲夫 …………… 366
麻生　磯次 ………… 15, 645	阿部　幸子 …………… 123	天野　仁 ……………… 591
あそう　しげお ……… 290	安倍　悟 ……………… 21	奄美・島尾敏雄研究会
麻生　路郎 ……… 740, 746	阿部　子峡 …………… 632	………………… 317
麻生　直子 …………… 473	阿部　史郎 …………… 123	アマン, カトリン …… 138
安宅　夏夫 …… 98, 270, 364	阿部　誠文 ……… 608, 632,	あまん　きみこ ……… 516
安宅　温 ……………… 537	660, 687, 688, 696, 734	網代　毅 ……………… 139
安達　しげを ………… 689	阿部　誠也 ……………… 95	網谷　厚子 ………… 30, 572
安達　清治 …………… 413	阿部　猛 ………… 464, 550	アミトラーノ, ジョルジ
安達　昇 ……………… 632	阿部　武彦 …………… 181	ョ ……………… 261, 433
安達　史人 ……… 19, 356	阿部　達二 …………… 359	網野　義紘 …………… 221
足立　幸信 ………… 1, 734	阿部　浪子 …………… 138	網屋　喜行 …………… 351
熱海を詠んだ詩歌編集委	安部　ねり …………… 314	雨宮　更聞 …………… 702
員会 ………………… 464	阿部　弘子 …………… 673	雨宮　雅子 …………… 544
厚木市文化財協会 …… 261	阿部　ひろし ………… 660	飴山　実 ………… 673, 700
厚木市立中央図書館 … 770	阿部　誠 ……………… 249	阿毛　久芳 …………… 524
渥美　国泰 …………… 444	阿部　雅子 ……… 759, 766	綾辻　行人 … 388, 395, 396
渥美　孝子 …………… 154	阿部　真人 ……… 759, 766	綾野　道江 …………… 735
渥見　秀夫 ……………… 55	阿部　公彦 …… 19, 62, 116	綾部　仁喜 …………… 632
渥美半島郷土研究会 … 104	阿部　正路 ……………	綾部　光芳 …………… 544
阿刀田　高 …………… 23,	69, 404, 615, 707	綾目　広治 …………… 69,
42, 55, 62, 64, 351, 366	安部　まゆみ ………… 366	85, 116, 382, 418
アートプランニングレ	阿部　萬蔵 …………… 550	綾女　正雄 …………… 571
イ …………………… 258	阿部　泰郎 ………… 37, 761	鮎川　哲也 …………… 391
跡見学園女子大学短期大	阿部　良雄 …………… 431	鮎川　信夫 … 281, 447, 467
学部図書館 ……… 37, 51	阿部　里雪 …………… 707	荒　了寛 ……………… 517
跡見学園短期大学図書	阿部正路博士還暦記念論	新井　章 ……………… 37,
館 ………… 196, 256, 485	文集刊行会 ……………… 1	104, 562, 571, 605
アトラス編集部「司馬遼	雨海　博洋 ……………… 37	新井　佳津子 ………… 660
太郎―伊予の足跡」制	尼ケ崎　彬 ……… 37, 467	新井　正一郎 ………… 468
作チーム ……………… 340	天岸　太郎 …………… 707	荒井　進 ……………… 768
穴井　太 ………… 632, 717	天城湯ケ島町日本一地域	荒井　魏 ……………… 340
アニメ・ノベライズ研究	づくり実行委員会 … 287	新井　隆 ……………… 619
委員会 ……………… 387	天城湯ケ島町「ふるさと	荒井　武美 ……… 104, 436
姉小路　祐 …………… 387	叢書」編集委員会 … 287	荒井　敏由紀 ………… 84

荒井 とみよ …… 91, 92, 166, 414	有島武郎研究会 ‥ 226, 227	安中市ふるさと学習館 …… 515
新井 豊美 ………… 473	有栖川 有栖 ‥ 286, 391, 414	安野 光雅 ………… 23
新井 一 …………… 440	有磯吟社百年史編集委員会 …… 694	安保 大有 ………… 315
荒井 真理亜 ……… 151	有富 光英 …… 725, 726	安間 隆次 ………… 351
新井 満 …………… 363	有馬 朗人 …… 632, 635, 645, 657, 679, 684, 729	
新井 巳喜雄 ……… 287	有馬 敲 …… 447, 461	
新井 潤美 …… 128, 129	有馬 頼義 ………… 389	【い】
荒井 裕樹 ……… 69, 82	有光 隆司 ………… 83	
荒井 良子 ………… 737	有村 智賀志 …… 293, 391	李 修京 ………… 184
荒尾 禎秀 ………… 673	有本 倶子 …… 296, 583, 612, 619, 764	李 孝徳 ………… 163
荒川 朋子 ………… 218	有元 伸子 ………… 321	イ・ヨンスク ……… 298
荒川 紘 …… 498, 596	有本 芳水 ………… 134	伊井 直行 ………… 69
荒川 博 …………… 77	有山 大五 ………… 614	伊井 春樹 ‥ 21, 22, 24, 584
荒川 法勝 … 281, 455, 467	アリュー, イヴ=マリ …… 455	飯城 勇三 ………… 286
荒川 有史 …………… 1	有吉 玉青 ………… 332	飯倉 洋一 ………… 122
荒川 洋治 … 1, 42, 58, 447	有吉 保 ……… 37, 544	飯沢 耕太郎 …… 75, 76
荒川 佳洋 ………… 349	有賀 要延 ………… 462	飯沢 文夫 ………… 444
荒木 いおり ……… 249	R企画 …………… 651	飯島 耕一 ……… 127, 196, 208, 455, 456, 460, 479, 510, 604
荒木 清 …………… 687	有瀬 瑠範 ………… 391	
荒木 茂 …………… 597	粟津 則雄 …… 1, 430, 707	飯嶋 武太郎 ……… 569
荒木 精之 ………… 249	阿波野 青畝 …… 632, 721	飯島 正 …………… 440
荒木 経惟 ………… 300	安 英姫 …………… 21	飯島 ユキ ………… 242
荒木 浩 ……………… 1	安西 篤 …………… 731	飯島 洋一 ………… 321
荒木 正純 …… 122, 238	安斎 育郎 ………… 184	飯塚 くに ………… 161
荒木 正見 ………… 232	安西 徹雄 …………… 4	飯塚 浩一 ………… 139
あらき みほ …… 657, 693	安西 美佐保 ……… 528	飯塚 恒雄 ………… 374
新木 安利 ……… 112, 416, 486, 537, 540	安西 道子 …………… 1	飯塚書店編集部 …… 550, 552, 559, 645, 651
荒木 良雄 ………… 108	安城市歴史博物館 …… 765	
荒木 慶胤 ………… 166	安藤 恭子 …… 404, 486	飯田 一史 ………… 403
嵐山 光三郎 …… 77, 140	安東 璋二 ………… 213	飯田 和敏 ……… 42, 83
安良田 済 ………… 93	安藤 武 …………… 321	飯田 敏 …………… 596
荒波 力 …………… 591	安東 次男 ………… 632	飯田 譲治 ………… 404
荒巻 義雄 ………… 401	安藤 鶴夫 ………… 41	飯田 隆夫 ………… 341
荒俣 宏 ……… 272, 282, 404, 566	安藤 始 …… 335, 350, 372	飯田 蛇笏 ‥ 681, 682, 702
新谷 ひろし ……… 624	安藤 宏 ‥ 45, 55, 127, 131, 243, 305, 306, 511, 716	飯田 秀実 …… 702, 729
アリアドネ企画編集部 …… 387	安藤 公美 ………… 232	飯田 昌夫 ………… 476
有賀 千恵子 ……… 120	安藤 まどか ……… 744	いいだ もも …… 153, 321
有坂 正三 ………… 150	安藤 三佐夫 ……… 648	飯田 祐子 …………… 1, 72, 93, 120, 242, 760
有沢 晶子 ………… 123	安藤 元雄 …… 452, 456	
有島 武郎 ………… 226	安藤 靖彦 … 269, 483, 510	飯田 利行 ……… 211, 212, 462, 714
有島記念館 ……… 227	安藤 礼二 ‥ 42, 43, 59, 140	
有島三兄弟四館共同企画展実行委員会 ‥ 225〜228		飯田 竜太 ………… 267, 550, 632, 673, 674

飯田 龍太 ………… 632, 657, 660, 673, 674, 729	池上 冬樹 ………… 391	井崎 外枝子 ……… 464
飯田市美術博物館 … 512	池上 雄三 ………… 500	伊崎 恭子 ………… 692
いいだももさんを偲ぶ会 …………… 355	池川 敬司 …… 486, 500	井沢 正江 …… 632, 724
	池沢 夏樹 … 42, 177, 486	井沢 元彦 …… 388, 391
飯野 象雄 ……………… 1	池島 信平 ………… 134	伊沢 元美 ………… 287
飯野 幸雄 ………… 613	池田 晶子 …… 319, 431	井沢 義雄 ………… 302
飯干 陽 …………… 763	池田 功 …………… 69, 121, 146, 480, 591, 598	石 寒太 ………… 486, 494, 500, 604, 632, 651, 657, 661, 674, 679, 715, 717, 718, 725
家森 長治郎 ……… 478		
五百木 美須麻流 … 610	池田 恵美子 ……… 242	
五十嵐 譲介 ……… 686	池田 一彦 ………… 425	
五十嵐 伸治 …… 86, 722	池田 賢士郎 … 112, 700	
五十嵐 誠毅 ……… 305	池田 紘一 ………… 405	石 弘之 …………… 69
五十嵐 誠祐 ………… 26	井桁 貞義 ………… 116	石井 郁男 ………… 176
五十嵐 藤之助 …… 282	池田 秀水 ………… 632	石井 和夫 … 208, 212, 237
五十嵐 正朋 ……… 214	池田 俊二 ………… 632	石井 恭二 …… 291, 319
五十嵐 康夫 ……… 287	池田 次郎 ………… 462	石井 光太 ………… 412
伊狩 章 …………… 182, 208, 578, 613	池田 澄子 …… 632, 732	石井 光太郎 ……… 26
	池田 大作 ………… 195	石井 茂 …………… 116
猪狩 三郎 ………… 95	井桁 汀風子 ……… 660	石井 庄司 ………… 229
伊狩 弘 ……… 157, 241	池田 はるみ …… 559, 620	石井 清一郎 ……… 651
井川 恭 …………… 232	池田 浩士 ………… 75, 93, 129, 133, 184, 282, 300	石井 聡亙 ………… 734
伊川 竜郎 ………… 374		石井 辰彦 ………… 544
井川 充雄 ………… 153		石井 敏弘 ………… 391
生松 敬三 ………… 176	池田 雅之 ………… 151	石井 富之助 ……… 98
生沢 あゆむ ……… 767	池田 光雅 ………… 349	石井 直人 …… 761, 770
生島 遼一 ………… 171	池田 充義 ………… 26	石井 伸男 ………… 319
生田 春月 … 230, 424, 508	池田 実 …………… 456	石井 正己 …… 40, 755
生田 長江 ………… 184, 230, 424, 508	池田 康子 ………… 258	石井 三恵 …… 120, 225
	池田 雄一 ………… 62	石井 洋子 ………… 365
生田 花世 … 138, 166, 442	池田 勇作 ………… 273	石井 洋二郎 ……… 42
生田耕作友の会 …… 428	池田 理代子 ……… 138	石井 龍生 …… 632, 693
井口 時男 ………… 1, 243, 335, 370, 381, 418, 427	池田市立歴史民俗資料館 …………… 726	石井 露月 ………… 703
		石井露月生誕一三〇年記念誌編集委員会 …… 703
井久保 伊登子 …… 519	池谷 敏忠 ………… 429, 439, 542, 631	
池内 紀 …………… 1, 26, 42, 55, 69, 127, 134, 140, 153, 408, 575		石内 徹 … 42, 221, 253, 427, 428, 504, 614〜616
	池波 正太郎 … 333, 334	
	池波正太郎記念文庫 … 333	石岡 直美 ………… 486
	池野 誠 …………… 176	石岡 雅憲 ………… 544
池内 けい吾 ……… 738	池野 正樹 ………… 487	石垣 りん ………… 447
池内 健次 ………… 176	池袋モンパルナスの会 …………… 515	石上 三登志 ……… 391
池内 了 …………… 426		石川 朗 …………… 619
池内 輝雄 ………… 165, 229, 230, 271, 420, 421	池藤 あかり ……… 672	石川 活 …………… 302
	池宮 正治 ………… 114	石川 功 …………… 114
池内 規行 ………… 436	池本 健一 ………… 692	石川 逸子 ………… 464
池内 央 …………… 707	伊五沢 富雄 ……… 591	石川 栄一郎 ……… 611
池上 永一 ………… 414	生駒 忠一郎 ……… 766	石川 恭子 ………… 584
池上 久治郎 ……… 525	生駒 夏美 ………… 120	石川 教張 ………… 515
井家上 隆幸 … 243, 387	井坂 洋子 … 455, 456, 519	いしかわ じゅん … 140

石川 淳 …………… 59, 176	石田 比呂志 …………	出海 渓也 ……… 456, 530
石川 正次 …………… 26	544, 556, 618, 622	和泉 恒二郎 …………… 1
石川 盛亀 …………… 114	石田 よし宏 ………… 633	泉 紫像 ……………… 726
石川 喬司 …………… 401	石田 頼房 …………… 177	泉 孝英 ……………… 72
石川 啄木 ……… 591, 598	伊地知 鉄男 ………… 567	和泉 司 ……………… 93
石川 巧 ……………… 332	石塚 弥左衛門 …… 26,	泉 久恵 ……………… 413
石川 忠司 ……… 116, 381	76, 98, 476, 589	泉 秀樹 ……………… 486
石川 忠久 …………… 462	石出 信正 …………… 83	泉 寔 ………………… 707
石川 則夫 …………… 1	石堂 清倫 …………… 279	和泉 怜子 …………… 166
石川 弘 ……………… 269	石堂 藍 ………… 12, 406	泉鏡花記念館 ………… 171
石川 博司 …………… 371	石飛 博光 …………… 664	泉鏡花研究会 ………… 171
石川 文之進 ………… 723	石野 勝美 …………… 575	いするぎ りょうこ …… 405
石川 誠 …… 464, 575, 609	石橋 義秀 …………… 87	伊勢田 史郎 ………… 464
石川 正一 …………… 196	石橋 妙子 …………… 610	礒 幾造 ……………… 544
石川 美子 …………… 413	石橋 正孝 …………… 289	磯 直道 ……………… 686
石川 ルリ子 ………… 114	石原 慎太郎 ………… 321	磯 佳和 …… 160, 252, 302
いしかわ企画 ………… 486	石原 武 ……… 30, 447, 456	磯貝 勝太郎 ………… 340
石川近代文学館 ……… 107	石原 千秋 … 1, 55, 116, 122,	磯貝 治良 …………… 94
石川県俳文学協会 …… 674	197, 213, 214, 374, 418	磯貝 英夫 …………… 127
石川県立図書館 ……… 645	石原 亨 ……………… 229	磯貝 碧蹄館 ……… 651, 661
石川啄木記念館 … 595, 597	石原 伯峯 …………… 740	磯崎 憲一郎 ………… 45
石黒 忠 ……………… 526	石原 藤夫 …………… 401	磯田 和一 ……… 42, 391
石毛 直道 …………… 78	石原 文蔵 … 345, 633, 712	磯田 光一 ………… 102,
石子 順 ……………… 758	石原 靖久 …………… 340	127, 146, 221, 225,
石阪 幹将 …………… 221	石原 八束 …… 633, 661, 702	243, 282, 321, 436, 510
石坂 洋次郎 ………… 287	石原 礼三 …………… 215	磯野 いさむ ………… 747
石坂洋次郎と青い山脈の	石丸 晶子 …………… 226	磯野 香澄 ……… 651, 652
碑をつくる会 ……… 287	石光 泰夫 …………… 23	石上 玄一郎 ………… 305
石崎 等 ……………… 196	石村 柳三 …………… 456	「石上露子を学び語る
石沢 小枝子 ………… 748	石牟礼 道子 ………… 416	会」………………… 581
石塚 市子 …………… 606	石本 昭雄 …………… 571	磯部 彰 ……… 197, 707
石塚 公昭 …………… 187	石本 裕之 …………… 486	磯部 定治 …………… 629
石塚 友二 …………… 633	石本 隆一 ……… 544, 562	磯部 直希 …………… 353
石塚 秀雄 …………… 18	石森 騎久夫 ………… 740	磯辺 勝 ……………… 696
石塚 正英 …………… 748	石森 隆夫 …………… 740	磯村 光生 …………… 633
イシス編集学校 ……… 67	石山 淳 ……………… 447	井田 真木子 ………… 412
石関 善治郎 ………… 436	異常心理研究会 ……… 401	井田 康子 …………… 483
石田 郷子 … 645, 669, 674	井尻 千男 …………… 435	板垣 直子 …… 1, 166, 248
石田 修大 …………… 725	井代 恵子 …………… 128	板垣 英憲 …………… 540
石田 洵 ……………… 95	石割 透 ……………… 232	板坂 剛 ……………… 321
石田 健夫 ……… 134, 282	伊豆 利彦 ……………	板坂 耀子 …………… 1
石田 忠彦 ……… 112, 197	98, 197, 274, 314	井谷 英世 …………… 530
石田 利夫 …………… 98	出岡 宏 ……………… 431	板橋 磐根 …………… 570
石田 波郷 ……… 661, 725	出原 隆俊 …………… 127	板橋区健康生きがい部生
石田 ひでお ………… 736	伊丸 竹仙 ……… 740, 746	きがい推進課高齢者支
石田 仁志 …………… 265	泉 鏡花 ……………… 171	援係 ………………… 146
	泉 きよし …………… 740	伊丹 公子 …………… 730

伊丹 啓子 …………… 698, 726, 727, 730	五木 寛之 ……… 60, 355	伊藤 孝博 ………… 504
板見 浩史 ………… 652	井辻 朱美 ……… 406, 757	伊藤 たかみ ……… 414
伊丹 末雄 …… 578, 613	逸見 久美 …………… 189, 584, 586, 587	伊藤 忠 …………… 116
伊丹 三樹彦 ……… 633, 661, 694, 727, 730	井出 孫六 ………… 154	伊藤 千晴 …… 356, 357
板谷 栄城 …… 486, 500	出丸 恒雄 ………… 571	伊藤 鉄也 ………… 21
板谷 英紀 ………… 486	出丸 麦村 ………… 2	伊藤 トキノ ……… 671
板谷 美世子 ……… 415	出丸 久之 ………… 571	伊東 寿朗 ………… 116
市ケ谷 洋子 ……… 737	糸井 重里 ………… 438	伊藤 成彦 ………… 282
市川 修 …………… 498	糸魚川市歴史民俗資料館 ………… 474	伊藤 典夫 ………… 401
市川 渓二 ………… 305	糸魚川青年会議所 … 474	伊藤 柏翠 ………… 704
市川 宏三 ………… 515	糸魚川歴史民俗資料館（相馬御風記念館） ………… 474	伊藤 久男 ………… 175
市川 伸一 ………… 748		伊藤 秀雄 … 2, 147, 153, 391
市川 千尋 ………… 584	伊藤 明子 ………… 514	伊藤 博子 ………… 318
市川 慎子 ………… 91	伊藤 郁子 ………… 633	伊藤 博 …………… 241
市川 速男 ………… 517	伊藤 勲 …………… 528	伊藤 宏見 … 123, 208, 426
市川 浩 ……… 563, 624	伊藤 氏貴 ………… 69	伊藤 比呂美 ……… 533
市川 真人 ………… 61	伊藤 栄洪 ………… 102	伊藤 博之 ……… 87, 88
市川学園図書委員会 … 287	伊東 おんせん …… 116	伊東 麻紀 ………… 383
市川市文学プラザ … 165, 166, 443, 536, 736	伊東 一夫 …… 154, 158	伊藤 正雄 ………… 22
「市川の文学」調査研究会 ………… 98	伊藤 一彦 …… 544, 556, 559, 566, 599, 600, 613, 618, 620, 622, 623, 627	伊藤 政美 …… 656, 739
市木 公太 ………… 559		伊藤 益臣 ………… 430
市古 貞次 …… 9, 15, 127	伊藤 和也 ………… 347	伊藤 通明 …… 661, 722
市古 夏生 ………… 91	伊藤 勝彦 …………… 321, 327, 334, 429	伊藤 三男 ………… 380
一校舎国語研究会 …… 55		伊藤 光弥 …… 486, 487
一坂 太郎 ………… 346	伊藤 完吾 ………… 717	伊藤 康円 ………… 463
一条 真也 ………… 757	伊藤 桂一 …… 64, 299	伊藤 裕作 …… 78, 624
一条 孝夫 ………… 229, 335, 412, 701, 707	伊東 圭一郎 ……… 592	伊東 襄 ……… 609, 611
一関 吉美 ………… 559	伊藤 敬子 … 652, 657, 661, 674, 692, 702, 703, 730	伊藤 良治 ………… 487
一戸 謙三 ………… 481		伊藤 里和 ………… 194
一宮市博物館 … 486, 518	井東 憲 …………… 274	井東憲研究会 …… 274
櫟原 聡 …… 37, 544, 628	伊藤 玄二郎 … 131, 385, 456	伊藤左千夫記念館 … 588
市原 善衛 …… 98, 232	伊東 才治 ………… 606	伊藤整文学賞の会 … 270
市原歌人会十五年史編集委員会 ………… 575	伊東 静雄 …… 520, 521	伊藤柏翠俳句記念館 …………… 705, 724
	伊藤 淑人 ………… 592	井戸川 真則 ……… 487
一番ケ瀬 康子 …… 74	伊藤 真一郎 … 500, 542	糸洲 朝薫 ………… 114
市村 究一郎 ……… 652	伊藤 信吉 … 98, 152, 154, 227, 470, 483, 505, 510	井戸田 総一郎 …… 177
市村 弘正 ……… 1, 603		伊奈 かっぺい …… 306
市村 八洲彦 ……… 567	伊藤 益 …………… 347	稲泉 連 ……… 536, 537
一柳 広孝 ………… 42, 78, 133, 403, 404, 406	伊藤 進 …………… 413	稲賀 敬二 ………… 15
	伊藤 整 …………… 19, 62, 65, 134, 135, 270, 414	稲垣 志代 ………… 185
逸翁美術館 ………… 584		稲垣 達郎 …………… 184, 222, 223, 225
一海 知義 …… 212, 462	伊東 聖子 ………… 152	稲垣 足穂 ………… 185
	いとう せいこう … 26, 662	稲垣 信子 …… 256, 288
	伊藤 誠二 ………… 256	稲垣 正雄 ………… 69
		稲垣 正浩 ………… 413

稲垣 真美 …………… 133	井上 紀子 …………… 346	井原 勲 …………… 620
稲垣 瑞穂 …………… 208	井上 八蔵 …………… 30	猪原 孝人 …………… 19
稲垣 麦男 …………… 712	井上 ひさし …………… 2,	井原 三男 ……… 213, 214
稲川 方人 …………… 447	60, 166, 239, 243, 298,	茨木 和生 …………… 652,
稲木 信夫 …………… 519	305, 385, 443, 487	653, 657, 669, 689, 714
稲沢 秀夫 …………… 217	井上 弘 ………… 98, 147	茨木 のり子 …… 447, 470,
稲田 眸子 …………… 661	井上 博道 …………… 639	483, 526, 527, 542, 584
稲葉 京子 …………… 611	井上 二葉 ……………	茨城県・野口雨情生誕120
稲葉 継郎 …………… 633	89, 232, 271, 487	周年記念事業実行委員
因幡 純雄 …………… 772	井上 文勝 …………… 496	会 ………………… 475
稲畑 耕一郎 ………… 357	井上 正 …………… 122	茨木市立川端康成文学
稲畑 広太郎 ………… 704	井上 雅彦 ……… 404, 405	館 …………… 261, 262
稲畑 汀子 …………… 550,	井上 優 …………… 571	茨木市立図書館
559, 635, 645, 652, 657,	井上 美地 …………… 556	……………… 60, 139, 295
668, 669, 673～675,	井上 光晴 …………… 299	「茨城文芸協会小史」編
702, 704, 705, 722	井上 宗雄 ……… 30, 562	集委員会 ……………… 13
井波 律子 ………… 42, 165	井上 泰至 …………… 707	衣斐 賢譲 …………… 580
稲本 正 …………… 197	井上 靖 … 30, 141, 243, 288	伊吹 和子 ……………
稲森 道三郎 ………… 764	井上 雄次 …………… 525	135, 217, 218, 262
戌井 昭人 …………… 45	井上 夢人 ……… 367, 396	伊吹 純 ………… 544, 707
乾 裕幸 ………… 633, 686	井上 ユリ …………… 385	井伏 鱒二 ……………
乾 昌幸 …………… 456	井上 百合子 ………… 197	42, 141, 267, 305
乾口 達司 ……… 319, 436	井上 洋子 …………… 483	今井 清人 …………… 374
犬養 廉 …………… 551	井上 嘉明 …………… 465	今井 金吾 ……… 150, 151
犬養 孝 …………… 15	井上 理恵 ……… 117, 444	今井 邦子 …………… 167
犬飼 春雄 … 37, 568, 687	井上 義夫 …………… 374	今井 恵子 …………… 626
犬養万葉顕彰会 ……… 15	井上 良夫 …………… 391	今井 聖 ………… 687, 730
犬田 章 …………… 253	井上 美香 …………… 401	今井 千鶴子 …… 645, 652
猪野 謙二 … 42, 132, 197	井上 嘉子 …………… 544	今井 照容 …………… 260
猪野 睦 …………… 111	井上百合子先生記念論集	今井 泰子 ……… 138, 150
井上 明久 ……… 197, 221	刊行会 ……………… 42	今井 洋一 …………… 721
井上 明芳 ……… 265, 266	井内 雄四郎 ………… 208	今泉 宇涯 …………… 686
井上 荒野 …………… 299	井之川 巨 ……… 464, 530	今泉 恂之介 ………… 712
井上 猪之吉 …………… 89	猪木 武徳 …………… 127	今泉 壮一 …………… 30
いのうえ かつこ …… 633	猪口 篤志 …………… 462	今内 孜 …………… 151
井上 健 ………… 24, 153	猪熊 葉子 …………… 748	今江 祥智 … 748, 758, 768
井上 謙 …… 98, 102, 127,	井下 香泉 …………… 580	今川 幸子 …………… 740
147, 265, 332, 363, 373	猪瀬 直樹 …… 135, 239, 321	今川 英子 ……… 258, 703
井上 聡 …………… 265	いのちの歳時記編集委員	今川 乱魚 …………… 740
井上 章一 ………… 42, 165	会 ………………… 648	今川乱魚さんを偲ぶ会
井上 隆明 …………… 689	猪俣 貞敏 …………… 243	……………………… 747
井上 隆史 …… 321, 325, 326	猪股 静弥 …………… 607	今津 大天 …………… 633
井上 隆晴 …………… 258	猪又 ミワ …………… 474	今瀬 剛一 … 633, 652, 736
井上 卓也 …………… 287	伊波 普猷 …………… 114	今瀬 文也 ………… 98, 99
井上 辰雄 …………… 27	イーハトーヴ団栗団企	今関 敏子 ……… 83, 138
井上 寿彦 ……… 487, 501	画 ………………… 493	今高 義也 …………… 507
井上 信興 …… 475, 592, 596	伊原 昭 …………… 69	今成 元昭 ………… 87, 88

今西 幹一 ………… 141, 562, 611, 707, 712	岩織 政美 ………… 592	岩政 伸治 ………… 123
今西 順吉 ……… 197, 213	岩川 隆 ………… 717	岩町 功 ………… 158
今西 久穂 ………… 707	岩城 浩幸 ………… 687	岩松 了 ………… 55
今西 浩子 ………… 133	岩城 之徳 ………… 592	岩見 幸恵 ………… 351
今橋 映子 …… 42, 69, 526	いわき市立草野心平記念文学館 ……… 417, 465, 483, 487, 523, 525, 539	岩見 照代 …… 167, 242
今福 竜太 ………… 117		岩村 牙童 ………… 652
今道 友信 …… 447, 539		岩本 隼 ………… 528
今村 修 ………… 300	いわき市立美術館 … 526	岩本 真一 …… 431, 435
今村 靖 ………… 321	岩倉 博 ………… 340	岩本 晃代 …… 521, 525
今村 潤子 ………… 706	岩佐 壮四郎 …… 127, 158	岩本 敏朗 ………… 694
今村 忠純 ………… 241	岩阪 恵子 …… 252, 534	岩本 一 …… 22, 418
今村 仁司 ………… 192	岩崎 紀美子 ………… 584	岩森 亀一 ………… 62
今村 冬三 …… 513, 543	岩崎 正吾 …… 65, 104	巌谷 国士 ………… 291
今村 元市 …… 112, 689	岩崎 夏海 ………… 62	巌谷 小波 ………… 163
今森 光彦 …… 35, 665	岩崎 文人 ………… 110, 160, 175, 267, 302	岩谷 征捷 …… 282, 317
今谷 弘 …… 429, 473		巌谷 大四 ………… 99, 135, 138, 141, 163, 243
林 正 ………… 374	岩崎 美弥子 ………… 434	
井村 君江 …… 125, 442	岩崎 良子 ………… 32	尹 東燦 ………… 93
井村 経郷 ………… 689	岩崎 義信 ………… 599	位田 藤郎 ………… 675
芋生 裕信 ………… 528	岩沢 謙輔 ………… 559	
井本 農一 …… 633, 669, 681	岩下 紀之 ………… 567	**【う】**
伊予市歴史文化の会 … 633	岩下 鱧 ………… 703	
伊良子 清白 ………… 477	岩下 尚史 ………… 321	宇井 無愁 ………… 41
いらみな ぜんこ …… 753	岩田 晋次 ………… 559	植木 哲 ………… 183
入江 杏子 ………… 312	岩田 正 …… 544, 559, 568, 569, 575, 582, 616, 623	植草 甚一 …… 187, 391
入江 泰吉 ………… 579		植栗 弥 ………… 228
入江 春行 ………… 584	岩田 ななつ ………… 242	上坂 高生 ………… 286
入江 康範 ………… 351	岩田 宏 ………… 455	上坂 信男 …… 348, 505
入沢 康夫 ………… 456, 487, 501, 504	岩田 誠 ………… 83	上崎 暮潮 ………… 633
	岩田 光子 …… 262, 264	上里 賢一 ………… 114
入谷 清久 …… 69, 99, 249	岩津 航 ………… 538	植島 啓司 ………… 83
入谷 仙介 ………… 462	岩出 博 ………… 407	上杉 有 ………… 599
入谷 稔 ………… 601	岩手日報社出版部 … 486, 490	上杉 隼人 ………… 494
色川 大吉 ………… 173	「岩手の詩展」実行委員会 ……… 465	上杉 省和 ………… 485
色川 孝子 ………… 366		上田 五千石 … 633, 657, 730
色川 奈緒 ………… 410	岩手の文学展実行委員会 ……… 97	植田 重雄 …… 161, 578
岩井 三窓 ………… 740		上田 閑照 ………… 86
岩井 茂樹 ………… 569	岩波 明 ………… 122	上田 周二 ………… 482
岩井 志麻子 ………… 405	岩波書店文学編集部 … 147	上田 庄三郎 ………… 592
岩井 英雅 ………… 657, 696, 712, 738	岩成 達也 ………… 447	植田 草介 ………… 717
	岩野 喜久代 ………… 584	上田 哲 …… 487, 592
岩井 寛 ………… 27	岩野 美衛 ………… 154	上田 都史 …… 648, 715, 717
岩井 洋 ………… 175	岩野泡鳴全集刊行会 … 154	植田 敏郎 ………… 163, 184, 487, 498
祝田 玲央奈 ………… 716	岩橋 邦枝 …… 167, 256, 442	
岩岡 中正 ………… 416, 633, 704, 706	岩淵 喜代子 ………… 706	
	岩淵 剛 ………… 314	上田 信道 …… 748, 753
	岩淵 宏子 … 121, 138, 314	

上田 寿 …………… 426	植村 鞆音 …… 192, 346	内田 樹 …………… 375
上田 日差子 ………… 669	上山 大峻 ………… 515	内田 照子 ………… 269
上田 秀人 ………… 390	植山 俊宏 ………… 753	内田 伸 …………… 523
上田 博 …………… 2,	植山 正胤 ………… 717	内田 紀満 ………… 571
55, 69, 78, 83, 127, 146,	ウォララック, クラウプ	内田 均 …………… 123
147, 160, 184, 479, 480,	ロトック ………… 335	内田 百閒 ………… 186
574, 575, 580, 584, 587,	鵜飼 清 …………… 295	内田 弘 …………… 592
591, 592, 596, 597, 599	宇賀神 忍 …………… 30	Uchida, Masaki …… 226
上田 本昌 …………… 88	請川 利夫 ………… 483	内田 道雄 ………… 2,
上田 真 ……………… 2	宇咲 冬男 … 675, 686, 688	42, 117, 186, 197
植田 実 …………… 748	宇佐美 毅 …… 147, 374	内田 満 …………… 226
上田 正行 ………… 107,	うさみ としお ……… 736	内田 康夫 …… 366, 367
135, 171, 177, 208	宇佐美 尚也 … 296, 332	内田 保男 ………… 18
上田 三四二 ………	宇佐美 斉 …… 2, 147,	内田 義人 ………… 462
37, 243, 428, 544	414, 470, 521, 523, 534	内田 隆三 ………… 392
植田 康夫 …… 135, 355	宇治 琢美 ………… 340	内田 魯庵 …… 141, 424
上田市誌編さん委員会	氏原 寛 …………… 756	「内灘砂丘と文学」出版
…………………… 104	牛丸 工 …………… 232	実行委員会 ……… 107
上田市立博物館 …… 27	牛山 潔志 ………… 170	内野 光子 …………
ウェッジホールディング	牛山 剛 …………… 628	86, 120, 577, 608
ス ………………… 388	牛山 之雄 ………… 165	内橋 克人 ………… 346
上西 恵子 ………… 367	雨情会 …………… 475	内村 直也 ………… 442
植西 耕一 ………… 108	後木 砂男 ………… 65	内山 英明 ………… 623
上野 朱 …………… 416	後山 一朗 ………… 362	「宇宙塵四十年史」編集
上野 一孝 ………… 633,	碓井 昭雄 ………… 340	委員会 …………… 401
648, 661, 695, 738	臼井 吉見 ………… 314	檜 良枝 …… 668, 693
上野 英子 …………… 9	『薄井清さんを偲ぶ本』を	右遠 俊郎 …… 175, 274
上野 さち子 ……… 698	つくる実行委員会 … 335	宇波 彰 …… 243, 418
上野 嵩 …………… 27	臼田 甚五郎 … 37, 40, 461	宇野 邦一 … 30, 40, 117
上野 壮夫 ………… 272	碓田 のぼる ……… 544,	宇野 浩二 …… 141, 241
上野 武彦 ………… 521	559, 581, 591, 592	宇野 千代 …… 187, 428
上野 辰義 ………… 19	宇多 喜代子 ……… 633,	鵜野 祐介 ………… 758
上野 たま子 ……… 373	635, 645, 652, 657,	生方 たつゑ ……… 559
上野 千鶴子 … 141, 298, 428	661, 675, 684, 687,	冲方 丁 …………… 388
植野 徹 …………… 637	696, 698, 722, 726	生方 智子 ………… 117
上野 晴子 ………… 416	宇田 健 …………… 256	宇吹 暁 …………… 301
上野 誠 ……… 18, 615	宇田 零雨 ………… 686	『海辺のアポリア』編纂
上野 正彦 …… 238, 391	宇田川 昭子 ……… 191	委員会 …………… 650
上橋 菜穂子 ……… 768	歌野 晶午 ………… 414	梅崎 幸吉 ………… 431
上原 真 …………… 320	内城 弘隆 ………… 764	梅沢 亜由美 … 21, 51, 54, 89
上原 創 …………… 717	内田 映 …………… 689	梅沢 真由起 ……… 15
上原 直彦 ………… 114	内田 亜里 ………… 356	梅地 和子 ………… 313
Web本の雑誌 …… 57, 58	内田 邦夫 …… 544, 568〜570	梅津 時比古 ……… 501
上村 和美 ………… 232	内田 春菊 …… 65, 651	梅津 ふみ子 ……… 550
上村 くにこ ……… 83	内田 聖子 …… 167, 537, 584	梅田 重雄 ………… 556
上村 占魚 ………… 633,	内田 園生 ………… 688	埋田 昇二 ………… 460
661, 669, 675, 724	内多 毅 …………… 19	梅田 卓夫 ………… 418
上村 武男 ………… 110		

著者名索引　えみや

梅田　祐喜 …………… 42
梅谷　薫 ……………… 69
梅渓史料編集室 ……… 109
梅津　斉 ……………… 321
梅埜　秀子 …………… 544
梅林　加津 …………… 609
梅原　猛 ……………… 2,
　　　　15, 88, 347, 735
梅本　健三 …………… 447
梅本　浩志 …………… 154
梅本　宣之 ……… 248, 278
梅本　光子 …………… 478
宇山　照江 …………… 584
浦澄　彬 ……………… 375
浦田　敬三 …………… 95
浦田　義和 ……… 92, 114
浦西　和彦 …………… 42,
　　51, 105, 107, 108, 111,
　　243, 244, 248, 272,
　　273, 276, 277, 282,
　　301, 303, 336, 348, 356
浦部　重雄 …………… 183
浦和市教育研究会国語
　部 …………………… 102
瓜生　清 ……………… 155
瓜坊　進 ………… 669, 670
瓜生　敏一 …………… 716
漆田　和代 …………… 121
漆原　智良 ……… 141, 756
漆原　伯夫 …………… 723
宇留田　銀香 ………… 633
ヴルピッタ, ロマノ …… 281
宇和川　喬子 ………… 739
上滝　望観 …………… 447
海野　底 ……………… 197
海野　哲治郎 …… 460, 545
海野　弘 ………… 70, 122,
　　　189, 294, 406, 408, 692
海野十三の会 ………… 249

【え】

永　六輔 ……………… 533
江頭　太助 …………… 226
江頭　彦造 …………… 124

江上　剛 ……………… 414
江川　虹村 …………… 657
江種　満子 ……………
　　　　117, 121, 228, 336
江口　渙 ……………… 274
江口　恭平 …………… 303
江口　季好 …………… 753
江口　竹亭 …………… 695
江口　まゆみ ………… 412
江口　木綿子 ………… 533
江口　雄輔 …………… 294
江国　香織 …………… 410
江国　滋 ……………… 415,
　　　　633, 669, 692, 730
江黒　清美 ……………
　　　　78, 251, 257, 354
江坂　遊 ……………… 65
江刺　昭子 …………… 79
江里　昭彦 …………… 633
えすみ　友子 ………… 102
江角　英明 …………… 102
江連　晴生 …………… 633
絵空　言 ……………… 366
江田　浩司 ……… 559, 631
江田　とし子 ………… 611
越後　敬子 ……… 712, 713
江戸　雪 ………… 557, 559
江藤　茂博 ……… 18, 194
江藤　淳 … 9, 23, 43, 59, 127,
　　197, 212, 221, 244, 271,
　　279, 320, 329, 429, 431
江戸川　乱歩 …………
　　　　187, 188, 388, 392
江戸川大学・江戸川女子
　短期大学公開講座委員
　会 …………………… 99
江戸東京博物館 … 197, 222
江波　洸 ……………… 514
江南　文三 …………… 147
江成　常夫 …………… 661
NHKエデュケーショナ
　ル …………………… 652
NHK「街道をゆく」プロ
　ジェクト ……… 340, 341
NHK取材班 …………… 341
NHK「トップランナー」
　制作班 ……………… 384

NHKプロモーション
　……………………… 340
NHKみちのく文学プロ
　ジェクト …………… 95
NHK『わたしの藤沢周
　平』制作班 ………… 359
NOC句会 ……………… 675
江沼　半夏 …………… 699
榎本　秋 ……………… 65,
　　　388, 389, 403, 440
榎本　滋民 …………… 41
榎本　隆司 ……… 15, 241
榎本　尚美 …………… 599
榎本　博康 …………… 70
榎本　福寿 …………… 19
榎本　正樹 …………… 2,
　　　22, 91, 282, 335
榎本　篁子 ……… 599, 600
榎本　義子 ……… 123, 124
榎本　好宏 …… 644, 648,
　　657, 669, 675, 679, 738
榎本事務所 ……… 388, 389
江畑　哲男 …………… 740
江原　秀子 …………… 584
海老井　英次 … 208, 232, 237
海老坂　武 …………… 282
戎居　仁平治 ………… 293
＠名　博 ……………… 70
えびな　みつる ……… 70
海老原　暁子 ………… 383
蛯原　八郎 …………… 147
海老原　豊 …………… 401
愛媛川　十三 ………… 381
愛媛県教育委員会 …… 702
愛媛県教育委員会芸術・
　文化財室 …………… 27
愛媛県図書館協会 …… 645
愛媛県文化振興財団 … 651
愛媛県立図書館 ……… 645
愛媛新聞社情報出版局出
　版部 ………………… 689
愛媛文芸誌協会記念誌編
　集委員会 …………… 111
江別市教育委員会社会教
　育課 ………………… 452
絵本児童文学研究セン
　ター ………………… 748
江宮　隆之 …………… 630

日本近現代文学案内　**815**

エムナマエ 491
江森 国友 481
閻 瑜 254
「炎環」編集部 669
槐 一男 167
円城 塔 45
円地 文子 91, 289
遠藤 育枝 748
遠藤 郁子 509
遠藤 一義 163, 575
遠藤 恭介 355
遠藤 浩一 327, 435
遠藤 周作 ....
　　　　 87, 271, 328, 330
遠藤 順子 328
遠藤 誠治 ... 25, 88, 192, 269
遠藤 崇寿 359
円堂 都司昭 392
遠藤 利国 707
遠藤 知子 443
遠藤 展子 359
遠藤 文子 722
遠藤 誉 296
遠藤 実 760
遠藤 睦子 733
遠藤 守正 580
遠藤 祐 87,
　　　　 231, 305, 487, 502
遠藤 芳信 341
遠藤 若狭男 734
円満字 二郎 70, 305

【お】

呉 世宗 534
呉 美姃 314
及川 郁郎 191
及川 馥 447
及川 和男 154
及川 和哉 592
及川 仙舟 682
及川 隆彦 617
黄 英哲 21
王 海藍 375
王 崗 133

王 志松 392
王 新新 335
王 成 266, 392
王 中忱 392
王 徳威 21
奥会津書房 96
相賀 徹夫 30, 31
鷗外研究会 177
扇畑 忠雄 ... 573, 605, 607
扇畑忠雄追悼集編集委員
　　会 619
黄金髑髏の会 188
逢坂 剛 414
大井 恵夫 ... 30, 571, 606
大井 恒行 652
大井 学 582, 628
大井 康暢 465,
　　　　 470, 523, 530, 542
大家 真悟 276
大石 加奈子 504
大石 源三 765
大石 修平 127
大石 直記 208
大石 規子 272
大石 汎 177
大石 雅彦 124, 139
大石 実 27
大石田町教育委員会 ... 601
大井田 義彰 ... 43, 117, 474
大分県俳壇史編纂委員
　　会 689
大分県立先哲史料館 ... 764
大分の文化と自然探険隊・
　　Bahan事業部 ... 256, 764
大内 明日香 389
大内 和子 90
大内 秀明 499
大浦 康介 2
大江 健三郎 ....
　　　　 43, 65, 315, 335
大江 権八 95
大岡 玲 43, 337, 413
大岡 昇平 2,
　　　　 59, 141, 197, 315, 408, 523

大岡 信 15, 27,
　　 31, 32, 38, 127, 147, 154,
　　 164, 167, 171, 177, 197,
　　 198, 218, 229, 232, 262,
　　 267, 288, 305, 315, 322,
　　 329, 331, 335, 431, 447,
　　 448, 452, 455, 456, 458,
　　 467, 470, 487, 510, 513,
　　 523, 530, 542, 545, 551,
　　 555, 567, 584, 593, 599,
　　 617, 633, 645, 661, 669,
　　 670, 675, 704, 707, 740
大角 修 487, 502
大鐘 敦子 19
大金 義昭 626
大川 公一 295
大川 渉 135
大河原 忠蔵 117
大河原 宣明 196, 763
大河原 英与 297
大河原 惇行 545, 621
大木 明 678
大木 あまり 634
大木 恵理子 566
大木 俊秀 740
大木 雪浪 634
大木 昭男 208
大木 俊夫 150
大木 葉末 567
大木 英夫 87
大木 陽太郎 566
大串 章 ....
　　　　 634, 645, 653, 661
大久保 錦一 99
大久保 静夫 212
大久保 喬樹 ... 70, 127, 262
大久保 典夫 43,
　　　　 90, 127, 154, 244, 282
大久保 晴雄 448, 550
大久保 房男 ... 135, 141, 255
大熊 昭信 2, 470
大熊 利夫 70
大隈 秀夫 413
大隈 満 335
大倉 舜二 141
大倉 宏 433
大河内 昭爾 1,
　　　　 46, 135, 141, 255, 267

大越 一男 …… 606	大須賀 魚師 …… 237	大竹 新助 …… 43
大社 淑子 …… 284	大杉 重男 …… 160, 198	大竹 雅則 …… 198
大阪芸大の学生たち … 542	大杉 洋 …… 282	大嶽 洋子 …… 584
大阪国際児童文学館 … 751	大隅 和雄 …… 603	太田越 知明 …… 290
大阪市立大学文学部創立五十周年記念国語国文学論集編集委員会 …… 2	大隅 徳保 …… 670, 675	大谷 一良 …… 535
	大関 靖博 …… 739	大谷 晃一 … 177, 269, 303
大阪人権博物館 …… 157	太田 愛人 …… 257, 593	大谷 能生 …… 376, 418
大阪成蹊女子短期大学国文学科研究室 …… 108	太田 絢子 …… 545	大多和 伴彦 …… 194
	太田 一郎 …… 38, 573	大地 武雄 …… 463
大阪大学大学院文学研究科日本文学・国語学研究室日本文学多言語翻訳チーム …… 24, 305	太田 映子 …… 322	大津 忠彦 …… 351
	太田 和徳 …… 324	大塚 梓 …… 520
	太田 かほり …… 734	大塚 英子 …… 331
	太田 静一 … 270, 523, 525	大塚 英志 … 55, 65, 70, 78, 86, 89, 127, 375, 389, 429
大阪大学21世紀COEプログラム「インターフェイスの人文学」…… 25	太田 青丘 …… 545	
	太田 蛇秋 …… 661	大塚 欽一 …… 448, 456
	太田 土男 …… 648	大塚 子悠 …… 151
大阪俳句史研究会 …… 689〜692	大田 努 …… 274	大塚 ただし …… 740
	太田 貞祐 …… 689	大塚 常樹 …… 452, 487
大阪文学学校 …… 63	太田 哲男 …… 417	大塚 豊子 …… 586
大阪文学協会理事会 … 127	太田 登 …… 214, 216, 573, 597	大塚 野百合 …… 74
大崎 善生 …… 348		大塚 ひかり …… 78
大里 恭三郎 …… 220, 238	太田 治子 … 133, 258, 306	大塚 布見子 …… 38, 559, 563, 570, 575
大沢 在昌 …… 65, 396	太田 光 …… 373	
大沢 隆幸 …… 2, 63	太田 紘子 …… 162	大塚 雅春 …… 563
大沢 寿夫 …… 545, 562, 563, 628, 630, 631	太田 文平 …… 426	大塚 幹郎 …… 717
	太田 文萌 …… 670	大塚 美保 …… 177
大沢 ひろし …… 634	太田 雅夫 …… 473	大塚 陽子 …… 626
大沢 博 …… 597	太田 正夫 …… 18	大塚 綾子 …… 448
大沢 真幸 …… 126	太田 正紀 …… 87, 147, 154, 173, 198, 226	大槻 賢一 …… 165
大沢 吉博 …… 22, 124		大槻 ケンヂ …… 188
大鹿 久義 …… 38	太田 昌孝 …… 528, 615	大月 隆寛 … 117, 249, 383
大下 一真 …… 630	太田 幸夫 …… 27	大槻 鉄男 …… 455
大柴 晏清 …… 77	太田 洋子 …… 301	大槻 徳治 …… 32
大島 一郎 …… 108	太田 代志朗 …… 347	大槻 涼湖 …… 545, 569
大島 一雄 …… 414	大高 弘達 …… 733	大辻 隆弘 …… 545, 556, 569, 600, 619
大島 和雄 …… 27, 99, 414	大高 翔 …… 212, 687, 688, 693	
大島 一彦 …… 2, 330		大津市歴史博物館 …… 108
大島 晃一 …… 699	太田垣 正義 …… 740	大津波 悦子 …… 332, 392
大嶋 拓 …… 443	大滝 修一 …… 513, 533	大坪 景章 …… 733
大島 龍彦 …… 485	大滝 貞一 …… 545, 570, 571, 612, 661, 689	大妻女子大学赤川次郎研究会 …… 366
大島 徳丸 …… 604		
大嶋 知子 …… 436	大田区立郷土博物館 …… 102, 103, 505	大妻女子大学文学部三十周年記念論集編集委員会 …… 2
大嶋 仁 … 17, 124, 160, 426		
大島 裕子 …… 485	大竹 昭子 …… 221	大津山 国夫 …… 230
大島 宏之 …… 499	大竹 狭田男 …… 634	大手 拓次 …… 515
大島 史洋 … 545, 552, 600	大竹 松堂 …… 462	大戸 三千枝 …… 589
大島 真寿美 …… 414		

大伴　閑人 ………… 740	大橋　良介 ………… 426	大屋　幸世 ………… 23,
大友　信一 ………… 567	大畑　健治 … 568, 652, 686	51, 127, 128, 177
大友　泰司 …… 208, 237	大林　昭雄 ……………　96	大八木　敦彦 ……… 487
大中　祥生 ………… 634	大原　剛 ………………　65	大山　功 …………… 161
大西　生一朗 ……… 757	大原　富枝 … 433, 545, 608	大山　敏 …………… 140
大西　岩夫 ………… 737	大原　祐治 ……… 75, 92	大山　澄太 ………… 717
大西　巨人 ……………　2	大東　和重 ………… 147	大輪　靖宏 …… 634, 652
大西　小生 ………… 193	おおひら短歌会 …… 575	大和田　茂 ……………　2,
大西　民子 ………… 559	大藤　笛郎 ………… 306	69, 128, 273, 427, 445
大西　智恵 …… 571, 689	大藤　幹夫 … 502, 503, 753	大和田　俊之 ……… 376
大西　俊輝 …… 571, 689	大星　光史 ……………　15,	岡　一男 …………… 467
大西　正矩 …… 571, 689	83, 141, 571, 578, 613,	岡　三郎 ……… 213, 366
大西　良生 ………… 239	629, 696, 715, 717	岡　正 ……………… 748
大西　好弘 ………… 593	大堀　柊花 ………… 670	岡　友幸 …………… 416
大貫　虎吉 ………… 330	大牧　広 …… 652, 687, 736	岡　将男 …………… 186
大野　晶子 ………… 205	大牧　冨士夫 ……… 519	岡　正基 …………… 105
大野　秋紅 ………… 696	大町　芳章 ………… 476	岡　保生 ‥ 43, 127, 147, 167
おおの　いさお ……　38	大松　達知 ………… 622	岡　落葉 …………… 175
多　久麻 …………… 574	大宮　信光 ………… 380	岡井　省二 …… 634, 731, 738
大野　鵠士 ………… 686	大宮市立西部図書館 …　99	岡井　隆 ‥ 32, 38, 177, 183,
大野　雑草子 ……… 645,	大牟田近代文芸家顕彰	279, 436, 455, 467, 480,
646, 675, 694, 728	会 ………………… 608	500, 525, 545, 551, 556,
大野　順一 ……… 15, 430	大村　一作 ………… 726	559, 563, 567, 576, 601,
大野　とくよ …… 576, 619	大村　歌子 ………… 689	602, 604, 619, 634, 648
大野　風太郎 ……… 195	大村　喜吉 ………… 198	岡崎　郁子 ………… 282
大野　風柳 ……… 740, 741	大村　紘一郎 ……… 487	岡崎　和夫 …… 297, 523
大野　道夫 … 545, 608, 634	大村　彦次郎	岡崎　公良 ……………　15
大野　康成 ………… 215	102, 135, 244, 408	岡崎　桂子 ………… 725
大野　林火 ………… 670,	大村　益夫 ……… 51, 93	岡崎　晃一 ………… 232
675, 681, 682, 704	大室　幹雄 ………… 503	岡崎　武志 …… 133, 306
大庭　利雄 ………… 336	大本　泉 ………… 77, 83	岡崎　正 …………… 2, 40
大場　啓志 ………… 322	大森　亮尚 ……… 76, 108	岡崎　万寿 … 728, 731, 737
大庭　みな子 …… 91, 336	大森　郁之助 ‥ 83, 127, 308	岡里　ちさ子 ……… 274
大庭　優 …………… 336	大森　一彦 ……… 51, 426	岡沢　敏男 ………… 500
大場　可公 ………… 746	大森　光章 ………… 141	小笠原　功 ………… 306
大場　義宏 ………… 535	大森　寿恵子 ……… 314	小笠原　賢二 ……… 244,
大橋　敦子 ………… 652	大森　澄雄 ………… 725	282, 545, 573, 735
大橋　桜坡子 ……… 703	大森　望 ………………　56,	小笠原　耕四郎 …… 476
大橋　一章 ………… 579	60, 387, 401, 402	小笠原　忠 ………… 578
大橋　健三郎 ……… 198	大森　盛和 …… 505, 506	小笠原　克 ……………　96,
大橋　毅彦 ……………	大屋　絹子 ………… 254	274, 275, 318, 444
318, 505, 506, 509	大矢　邦宣 ………… 487	小笠原　幹夫 ……… 147
大橋　毅 …………… 717	大谷　哲 …………… 186	尾形　明子 …………… 74,
大橋　奈依 …… 126, 160	大屋　正吉 …… 545, 591	76, 78, 158, 258, 259, 442
大橋　秀夫 ………… 765	大屋　達治 …… 617, 652	岡田　暁生 ……………　8
大橋　弘 …………… 350	大谷　正雄 …… 510, 536	岡田　一杜 ………… 747
大橋　富士子 ……… 487		岡田　霞船 ………… 147

岡田 勝明 ………… 108	岡部 名保子 ………… 737	小川 濤美子 …… 698, 706
岡田 喜秋 ………… 593	岡部 史 ……………… 568	小川 背泳子 ………… 704
尾形 国治 ………… 147	岡部 六弥太 ………… 634	小川 英晴 ………… 456
岡田 啓 …………… 317	尾上 新太郎 ………… 431	小川 煕 …………… 291
岡田 圭二 ………… 337	岡見 晨明 …………… 99	小川 道雄 …………… 83
岡田 孝一 …………	岡村 民夫 ………… 487	小川 洋子 …………… 40
105, 232, 279, 514	岡村 知子 ………… 306	小川 義男 …………… 55
小形 さとる ……… 731	岡村 浩 …… 107, 578, 613	小川未明文学館 … 474, 763
小方 悟 …………… 576	岡村 洋子 ………… 518	小木 曽友 ………… 596
岡田 早苗 ………… 717	岡村 嘉隆 ………… 141	沖 ななも …………
岡田 純也 ………… 499,	岡本 一平 … 215, 249, 250	545, 556, 560, 630
509, 748, 757, 760	岡本 勝人 ………… 530	小木 宏 ……………
岡田 武雄 ………… 448	岡本 克己 ………… 441	274, 545, 578, 609
尾形 仂 ……………	岡本 かの子 ……… 250	沖 良機 …………… 585
184, 634, 646, 661	岡本 綺堂 ………… 151	荻久保 泰幸 … 63, 198, 303
岡田 哲也 ………… 112	岡本 経一 … 150, 151, 442	沖田 吉穂 …………… 19
緒方 直臣 …………… 32	岡本 恵徳 …… 114, 317	興津 要 …………… 152
岡田 日郎 ‥ 634, 661, 665,	岡本 耕治 … 105, 634, 689	奥菜 秀次 ………… 367
675, 682, 700, 706, 737	岡本 聡 …………… 567	沖縄芸能新聞社 …… 753
岡田 寛 ……… 560, 652	岡本 春人 ………… 686	沖縄タイムス社 …… 527
岡田 雅勝 ………… 515	岡本 星女 ………… 686	沖縄文学全集編集委員
岡田 正子 ………… 165	岡本 太郎 ………… 250	会 ……………… 114
岡田 正之 ………… 462	岡本 英雄 …………… 32	荻野 アンナ … 71, 303, 634
岡田 靖雄 ………… 602	岡本 眸 …………… 634,	沖野 岩三郎 ………… 760
岡田 泰子 ………… 566	635, 652, 657, 661, 731	荻野 恭茂 ……… 38, 585
岡田 量一 ………… 55	岡本 正敏 ………… 634	オギノ 芳信 ……… 516
尾形 良助 …………… 2	岡本 靖正 ………… 418	「沖」俳句会 ……… 634
尾形紫水顕彰事業実行委	岡本 利佳 ………… 443	荻原 魚雷 ………… 332
員会顕彰図書編集委員	岡屋 昭雄 …… 487, 715	荻原 桂子 …… 198, 488
会 ……………… 580	岡谷 公二 ………… 427	荻原 留則 ………… 167
岡地 ナホヒロ …… 124	岡山 麻子 ………… 434	荻原 雄一 ……… 2, 758
小門 勝二 ………… 221	岡山 巌 …… 545, 563	荻原 井泉水 …… 715, 717
岡庭 昇 …………… 80,	岡山 たづ子 ‥ 545, 563, 610	荻原 規子 … 406, 757, 768
90, 93, 244, 359, 370	岡山県立美術館 …… 186	荻原 真 …………… 431
岡野 薫子 ………… 770	小川 恵以子 ……… 515	奥 美瓜露 ………… 746
岡野 久米 ………… 560	小川 和佑 ………… 55,	奥泉 光 ……… 26, 298
岡野 久代 ………… 609	76, 77, 86, 244, 322,	奥沢 竹彦 …………… 89
岡野 弘彦 …………… 32,	408, 537, 661, 670	奥田 勲 …………… 78
38, 545, 567, 570, 615	小川 和也 ………… 189	奥田 卓司 ………… 737
岡野 宏文 …………… 65	小川 国夫 …… 347, 358	奥田 富子 …… 187, 357
岡野 裕行 ………… 361	小川 恵 …………… 365	奥田 英朗 ………… 414
岡野 幸江 ……… 75, 138	小川 軽舟 … 634, 648, 728	奥田 裕子 …………… 2
岡上 鈴江 ………… 763	小川 重明 ………… 279	奥田 弘 ……… 488, 500
岡林 清人 ………… 111	小川 武敏 … 154, 160, 593	奥田 博 …………… 488
岡林 稔 …………… 281	小川 達雄 ………… 487	奥田 亡羊 ………… 622
岡部 茂 …………… 198	小川 太郎 …… 621, 624, 626	奥出 健 …………… 264
岡部 隆志 …………	小川 直郎 ………… 615	オクナー,深山信子 … 255
25, 173, 545, 566		

奥野 響子 ……………… 77
奥野 久美子 …………… 238
奥野 信太郎 …………… 221
奥野 真農 …… 27, 634, 637
奥野 健男 …… 2, 43, 141,
　　　244, 303, 306, 322, 418
奥野 忠昭 ……………… 371
奥野 政元 ……………… 232
小熊 秀雄研究 ………… 515
『小熊秀雄研究』編纂委
　員会 …………………… 515
小熊秀雄賞実行委員会記
　念誌編集部会 ………… 454
奥村 和子 ……………… 583
奥村 晃作 ………… 546, 629
奥村 恒哉 ……………… 566
奥本 大三郎 ……………… 82
奥山 文幸 …… 133, 404, 501
奥山 実 …… 198, 208, 236
奥山 恵 ………………… 757
小倉 健一 ……………… 767
小倉 孝誠 ………………… 84
小倉 三郎 ……………… 567
小倉 脩三 ……………… 198
小倉 千加子 …………… 141
小倉 敏彦 ………………… 84
小倉 豊文 ……………… 501
小倉 真理子 ……… 602, 603
小栗 大造 ……………… 765
小栗風葉をひろめる会
　………………………… 163, 164
桶谷 秀昭 ……………… 43,
　　　117, 162, 173, 244,
　　　270, 281, 282, 563, 707
オーケンで遊ぶ青年の
　会 ……………………… 335
尾崎 健次 ………… 43, 177
尾崎 紅葉 ……………… 164
尾崎 左永子 …………… 250,
　　　560, 584, 585, 596, 604
尾崎 寿一郎 …………… 520
尾崎 士郎 ……………… 269
尾崎 文英 …………… 32, 515
尾崎 放哉 ……………… 715
尾崎 秀樹 ……………… 43,
　　　51, 90, 93, 128, 192, 194,
　　　341, 408, 429, 748, 762
尾崎 真理子 …… 139, 357, 381

尾崎 元昭 ……………… 593
尾崎 るみ ……………… 767
長田 暁二 ……………… 481
長田 弘 …………………
　　　413, 470, 533, 748
小山内 美江子 ………… 341
長部 日出雄 …………… 305
大仏 次郎 ……………… 189
大仏次郎記念会 ……… 190
大仏次郎記念館 ……… 190
小沢 秋広 ……………… 254
小沢 克己 ……………… 463,
　　　634, 661, 693, 698
小沢 勝美 …… 173, 174, 208
小沢 昭一 ………… 634, 635
小沢 俊郎 …… 488, 500, 502
小沢 信男 ………… 282, 408
小沢 美智恵 ……… 302, 371
小沢 実 …… 652, 662, 722
小塩 卓哉 ………… 546, 560
小塩 トシ子 …………… 448
おしだ としこ ………… 160
押野 武志 …… 198, 303, 488
押本 昌幸 ………………… 38
押山 智良 ……………… 658
オステン, マンフレート
　………………………… 282
小瀬 洋喜 ………… 570, 571
小田 久郎 ……………… 530
小田 淳 ………………… 252
小田 実 ………………… 282
小田 光雄 ……………… 372
小高 和子 ……………… 692
尾高 修也 ………………… 55,
　　　63, 65, 218, 375
小高 敏郎 ……………… 645
小高根 二郎 …………… 521
小田切 進 ………………… 9,
　　　51, 94, 128, 141, 244
小田切 秀雄 …… 68, 70, 128,
　　　141, 184, 273, 279, 429
小田桐 弘子 …………… 265
小田切 靖明 …………… 198
小田島 本有 …… 117, 208, 348
小樽多喜二祭実行委員
　会 ……………………… 274

小樽啄木会・小樽文学
　館 ……………………… 593
小田原市郷土文化館
　………………… 250, 251, 265
小田原市立図書館 …… 173, 480
小田原文芸愛好会 ……… 99
越智 二良 ……………… 707
越知 保夫 ……………… 431
落合 時典 ……………… 707
落合 東朗 ……………… 532
お茶の水女子大学21世紀
　COEプログラムジェ
　ンダー研究のフロン
　ティアプロジェクトD
　「日本文学領域」 …… 121
お茶の水文学研究会 …… 82
オックスフォード小林多
　喜二記念シンポジウム
　論文集編集委員会 …… 275
乙骨 明夫 ……………… 508
音谷 健郎 ……………… 128
オトナアニメ編集部 …… 381
大人の教科書編纂委員
　会 ………………………… 18
乙部 宗徳 ……………… 282
小梛 治宣 ………………… 74
尾西 康充 …… 173, 227,
　　　255, 293, 316, 518, 656
小貫 信昭 ……………… 461
小沼 丹 ………………… 267
小野 明 ………………… 755
小野 市 ………………… 428
小野 いるま …………… 689
小野 恵美子 …………… 727
小野 一二 ………………… 96
小野 勝美 …… 598, 608, 610
小野 敬子 ……………… 765
小野 孝二 ……………… 188
小野 孝尚 …………………
　　　96, 474, 481, 483
小野 才八郎 …………… 306
小野 茂樹 ……………… 175
小野 俊太郎 …… 80, 283, 392
小野 末夫 ……………… 175
小野 惣平 ………………… 18
小野 悌次郎 …………… 356
小野 十三郎 …………… 456
小野 友道 ……………… 112

小野 教孝 …………… 2
小野 春江 …………… 96
小野 弘子 …………… 591
小野 不由美 ………… 404
小野 雅子 …………… 731
小野 正文 ……… 96, 306
尾野 三千代 ………… 768
小野 恭靖 …… 26, 461, 753
小埜 裕二 …… 322, 502, 763
尾之上 浩司 ………… 405
小野沢 実 ……… 563, 717
小野市教育委員会 …… 428
小野市文化連盟 ……… 428
小野市立好古館 ……… 428
小野田 健 …………… 360
小野寺 克己 ………… 518
小野寺 金雄 ………… 560
小野寺 実 …………… 692
おのでら ゆきお …… 556
Onomichi文学フェア・プロジェクトteam …… 111
小畑 勝行 …………… 283
小幡 欣治 …………… 444
小幡 陽次郎 ………… 70
小原 信 ……………… 244
小原 啄葉 ……… 635, 662
小原 靖夫 …………… 535
小尾 俊人 …………… 178
帯金 充利 …………… 765
オフサイド・ブックス編集部 …………… 408
小俣 正己 …………… 288
麻績村詩歌集作成委員会 ……………… 571, 689
小柳津 緑生 …… 139, 470
小柳 恍朗 …………… 648
小山 清 ……………… 307
小山 正 ……………… 392
小山 常子 …………… 534
尾山 篤二郎 ………… 552
小山田 義文 …… 215, 232
小里 清 ……………… 441
折笠 美秋 …………… 635
折笠美秋俳句評論集刊行会 …………… 635
オリガス, ジャン・ジャック ……………… 147
折口 信夫 …… 43, 556, 615

オール川柳編集部 …… 741
恩田 逸夫 …… 488, 500, 502
恩田 甲 ……………… 704
恩田 陸 …… 91, 396, 403

【か】

河 泰厚 ……………… 236
甲斐 多津雄 …… 662, 704, 732
櫂 未知子 …………… 617, 635, 652, 670, 675
甲斐 由起子 ………… 693
開高 健 …… 2, 43, 298, 337
海城 わたる ………… 635
貝塚市教育委員会 …… 714
懐西会 ……………… 635
偕成社編集部 ………… 768
「回想の現代画廊」刊行会 ……………… 433
怪談之怪 …………… 405
懐徳堂記念会 ………… 418
「ガイドブック小林多喜二の東京」編集委員会 …………… 275
亥能 春人 …………… 162
海原 卓 ……………… 622
海部 宣男 …………… 32
かいぶつ句会 ………… 635
嘉悦 勲 ……………… 70
楓田 新人 …………… 366
歌縁舎叢書刊行委員会 …………… 544
加賀 乙彦 …………… 43, 63, 70, 182, 197, 337
加賀 孝英 …………… 412
ガーガ, リー ………… 639
ガガガ文庫編集部 …… 389
各務 章 ……………… 635
鏡味 国彦 …………… 153
加々美 光行 ………… 434
鏡山 昭典 …………… 552
加賀谷 春雄 ………… 448
香川 清美 …………… 570
香川 俊一 …………… 582
香川 進 ……………… 598

香川 弘夫 …………… 534
賀川 真也子 ………… 108
香川県高等学校国語教育研究会 …………… 111
柿沼 瑛子 ……… 84, 392
柿沼 茂 ……………… 662
柿本 多映 …………… 657
柿衛文庫 …… 9, 646, 689, 708
蝸牛社編集部 ………… 670
鍵和田 秞子 ………… 635, 652, 653, 670, 675, 676
加来 耕三 ……… 389, 408
霍 士富 ……………… 335
岳 真也 ………… 67, 413
岳歳時記刊行委員会 …… 676
学習研究社編集部 …… 406
学術文献刊行会 ……… 43
廓清会 ……………… 587
角田 双柿 …………… 675
角田 敏郎 …………… 455
角田 光代 …… 91, 258, 414
角谷 昌子 …………… 727
角地 幸男 …………… 92, 128, 129, 298, 708
筧 槇二 ……………… 447
影書房編集部 ………… 299
掛野 剛史 …………… 265
桟 比呂子 ……… 618, 718
影山 恒男 …………… 205, 237, 271, 521
加古 里子 …………… 755
加古 宗也 …………… 657
神子島 健 …………… 298
鹿児島県歴史資料センター黎明館 ………… 571
籠谷 真智子 ………… 590
囲む会 ……………… 429
風穴 真悦 …………… 96
笠井 秋生 …… 232, 310, 329
笠井 潔 ……………… 117, 244, 283, 335, 375, 381, 392, 393, 396, 401, 402
葛西 善蔵 …………… 241
笠井 尚 ……………… 96
笠井 嗣夫 …………… 448
笠井 直倫 …… 546, 576, 610
風戸 始 ………… 208, 708

傘の会 …………… 686	梶原 宣俊 …… 306, 437	学海日録研究会 ……… 443
笠原 勝子 …………… 546	梶原 葉月 ………… 393	勝木 美千子 ………… 57
笠原 敏雄 …………… 523	春日 いづみ ……… 620	勝倉 寿一 ………… 408
笠原 伸夫 …………… 40,	春日 愚良子 …… 718, 720	学研辞典編集部
148, 171, 173, 220, 735	春日 こうじ ……… 731	…………… 646, 676, 680
笠原 実 ‥ 99, 237, 254, 477	春日 武彦 ………… 3, 74	勝田 暉子 ………… 734
笠原 芳光 …………… 623	春日 直樹 ………… 306	勝田 和学 …… 208, 510
笠原 良郎 …………… 299	春日 憲子 ………… 731	甲藤 卓雄 ………… 739
風間 効 ……………… 504	春日 真木子 …… 560, 620	勝野 良一 ………… 476
風間 圭 ……………… 737	春日出版 ………… 116	勝原 晴希 ………… 37,
風間 賢二 …… 43, 55, 405	春日原 浩 ………… 366	452, 481, 511, 577
風丸 良彦 …… 375, 379	春日部高文学部 …… 193	勝又 浩 …… 6, 13, 19, 43,
笠森 勇 ……………	上総 英郎 …… 141, 322, 329	51, 54, 141, 254, 255, 283
279, 505, 506, 510	粕谷 一希 …… 3, 301, 430	勝俣 正希 ………… 311
加地 慶子 …………… 252	粕谷 昭二 ………… 359	勝本 清一郎 …… 132, 173
加治 洋一 …………… 88	粕谷 宏紀 ………… 741	勝山 一義 ………… 214
梶井 基次郎 ………… 269	糟谷 正孝 ………… 670	勝山 泰佑 ………… 357
梶尾 真治 …………… 402	薜蘿の会 …………… 22	桂 英史 …………… 341
梶川 敦子 …………… 253	加瀬 順一 ………… 167	桂 千穂 …………… 442
梶木 剛 ……………… 43,	嘉瀬井 整夫 …… 108, 267	桂 信子 …………… 676,
576, 588, 589, 605, 708	片岡 哲 …………… 424	678, 680, 721, 727
梶谷 哲男 …………… 83	片岡 巍 …………… 283	藤淵 欣哉 ………… 451
加治田文芸資料研究会	片岡 懋 …… 141, 424	藤水 名子 ………… 390
…………………… 105	片岡 鶴太郎 …… 517, 718	角 光雄 …………… 702
梶野 啓 ………………… 3	片岡 輝 …………… 40	加藤 曙見 ………… 526
「梶葉」刊行委員会 … 338	片岡 豊 …… 198, 214	加藤 郁乎 …………
樫原 修 ………… 90, 431	片上 伸 …………… 43	221, 283, 635, 697
柏原 怜子 …………… 772	片桐 洋一 ………… 566	加藤 理 …………… 445
鹿島 茂 …… 7, 80, 296, 436	片島 紀男 ………… 445	加藤 克巳 …………
鹿島 徹 …………… 319	片野 善一郎 ……… 70	546, 552, 608, 620
鹿島田 真希 ………… 45	片野 達郎 …… 3, 19, 38	加藤 嘉風 ………… 729
梶山 清春 …………… 86	片山 昭子 ………… 623	加藤 邦彦 ………… 523
梶山 美那江 ………… 338	片山 英一郎 ……… 306	加藤 弘一 ………… 302
梶山季之資料室 ……… 338	片山 花御史 …… 662, 727	加藤 晃規 …… 653, 670
梶山季之文学碑管理委員	片山 泰佑 ………… 299	加藤 耕子 …… 662, 688
会 ……………… 338	佳多山 大地 ……… 393	加藤 定彦 ………… 643
霞城館 …………… 478	片山 晴夫 ………… 43,	加藤 重 …………… 590
柏木 恵美子 ………… 456	128, 141, 154, 183	加藤 茂正 ………… 602
柏木 薫 …………… 290	片山 宏行 …… 93, 239	加藤 静夫 ………… 40
柏木 隆雄 ………… 124	片山 由美子 ……… 617,	加藤 周一 …………
柏木 博 …………… 393	635, 645, 648, 654,	16, 298, 523, 602
柏木 由夫 ………… 38	657, 662, 664, 675, 698	加藤 秀爾 ………… 159
柏倉 康夫 …… 60, 269, 287	片山 由子 ………… 111	加藤 楸邨 …… 677, 684, 725
柏崎ゆかりの文人展実行	片山 令子 …… 564, 612	加藤 省吾 ………… 753
委員会 ………… 107	片山 玲子 ………… 382	加藤 詔士 …… 161, 198
柏田 道夫 ………… 341	勝尾 金弥 …………	加藤 治郎 …… 546, 566
柏原 宏文 ………… 456	163, 270, 760, 765	加藤 翠谷 ………… 741
柏本 史和 ………… 689		

加藤 多一 ……………… 768
加藤 孝男 ……………… 546,
　　556, 573, 622, 648
加藤 哲也 ………………
　　341, 662, 731, 735
加藤 敏夫 ……… 198, 215
加藤 富一 ……………… 214
加藤 登代子 …………… 3
加藤 則夫 ……………… 253
加藤 典洋 ……………… 42,
　　117, 141, 267, 311,
　　335, 374, 375, 418
加藤 秀俊 ……………… 43
加藤 仁 ………………… 346
加藤 碩一 ……………… 488
加藤 宏 ………………… 114
加藤 将之 ……………… 546
加藤 正芳 ……………… 620
加藤 三七子 …… 676, 721
加藤 美奈子 …………… 585
加藤 宗哉 ………… 87, 329
加藤 守雄 ……………… 615
加藤 康男 ……………… 415
加藤 康子 ……………… 749
加藤 幸子 ……………… 251
加藤 淑子 ……………… 602
加藤克巳著作選・別巻編
　　集委員会 …………… 620
角川 春樹 …… 635, 640, 676
角川学芸出版 ………… 656,
　　662, 676, 677, 699
角川書店 ……………… 194,
　　213, 646, 670, 677, 734
角川書店編集部 ……… 296
角川文化振興財団
　　……………… 662, 677, 678
門倉 岬 ………………… 414
門屋 光昭 ……… 488, 595, 596
門脇 照男 ……………… 251
金井 勝太郎 …………… 27
金井 清敏 ……………… 689
金井 景子 ……… 43, 138, 339
金井 政二 ……………… 534
金井 美恵子 ……… 63, 315
仮名垣 魯文 …………… 152
神奈川近代文学館 …… 528
神奈川県立図書館 …… 646

神奈川県立図書館調査部
　　地域資料課 ………… 646
神奈川大学人文学研究
　　所 …………………… 26
神奈川文学振興会 …… 13,
　　14, 70, 99, 152, 154, 171,
　　177, 188, 196, 198, 218,
　　221, 232, 241, 258, 288,
　　291, 301, 315, 318, 320,
　　322, 329, 337, 346, 347,
　　408, 435, 482, 523, 602,
　　613, 635, 715, 753, 770
金沢 幾子 ……………… 748
金沢 茂 ………………… 624
金沢 大士 ……… 221, 306
金沢 規雄 ……… 96, 566
金沢 聖 ………………… 226
金沢 一志 ……………… 528
金沢学院大学文学部日本
　　文学科 ……………… 107
金沢学院大学文学部日本
　　文学研究室 ………… 107
金沢市立図書館 ……… 9
金沢大学フランス文学
　　会 …………………… 171
金関 丈夫 ……………… 3
金関 寿夫 ……… 136, 283
金田 弘 ………… 527, 578
彼方社 ………………… 532
金森 比呂尾 …………… 635
金山 敏美 ……………… 580
金山 誠 ……… 418, 433, 437
兼清 正徳 ……………… 581
金子 明雄 ……………… 148
金子 勝昭 ……………… 239
金子 幸代 ……… 107, 177, 181
金子 晋 ………… 99, 723
金子 善八郎 …………… 474
金子 達仁 ……………… 412
兼子 盾夫 ……………… 329
金子 民雄 ……………… 488
金子 務 ………………… 486
金子 兜太 …… 545, 556, 557,
　　635, 645, 648, 649, 653,
　　658, 662, 670, 674, 676,
　　678～680, 684, 687, 688,
　　697, 718, 721, 731, 732
金子 秀夫 ……… 465, 508

金子 昌夫 …… 63, 193, 347
金子 みすゞ …………… 515
金子 美都子 …………… 464
金子 光晴 ……………… 526
金子 光彦 ……………… 435
金子 洋文 ……………… 230
金子 わこ ……………… 90
金田 浩一呂 …………… 141
金田 元彦 ……………… 190
兼築 信行 ……………… 38
金戸 述 ………………… 337
兼平 一子 ……… 572, 691
金平 茂紀 ……………… 385
金丸 桝一 ……………… 448
兼元 辰巳 ……………… 448
加納 重文 ……………… 351
叶 楯夫 ………………… 606
加納 俊彦 ……………… 299
加納 朋子 ……………… 91
加納 実紀代 …………… 121
狩野 美智子 …………… 256
加太 宏邦 ……………… 221
ガブラコヴァ, デンニッ
　　ツァ ………………… 70
河北新報社編集局 … 96, 488
鎌倉 佐弓 ……………… 650
鎌倉 芳信 ……………… 154
鎌倉河岸捕物控読本編集
　　部 …………………… 368
鎌倉市芸術文化振興財
　　団 …………………… 99,
　　262, 327, 523, 542, 704
鎌倉市芸術文化振興財
　　団・国際ビルサービス
　　共同事業体 …… 237, 240
鎌倉文学館 …………… 99,
　　235, 291, 585, 587
鎌田 五郎 ……… 602, 606
鎌田 慧 …………………
　　241, 283, 306, 412
鎌田 東二 …… 86, 616, 692
鎌田 弘子 ……………… 38
鎌田 みち子 …………… 546
上 笙一郎 …… 585, 748, 753,
　　754, 756, 760, 761, 763
神尾 行三 ……………… 226
上垣外 憲一 …… 152, 455
神川 仁 ………………… 238

かみこ

上高地登山案内人組合
　　‥‥‥‥‥‥‥‥ 232
神沢 秀太郎 ‥‥‥‥‥ 184
上条 彰 ‥‥‥‥‥‥‥ 184
上条 さなえ ‥‥‥‥‥ 753
上条 晴史 ‥‥‥‥‥‥ 278
神谷 かをる ‥‥‥‥‥ 727
上出 恵子 ‥‥‥‥‥‥ 361
上平 隆憲 ‥‥‥‥‥‥ 265
上村 敦之 ‥‥‥‥‥‥ 733
上村 直己 ‥‥‥‥‥‥ 509
上村 ふさえ ‥‥‥‥‥ 516
神谷 忠孝 ‥‥‥‥ 93, 241,
　　265, 275, 298, 306, 373
神谷 宣行 ‥‥‥‥‥‥‥ 27
神谷 光信 ‥‥‥‥‥‥ 541
神山 重彦 ‥‥‥‥‥‥‥ 44
神山 宏 ‥‥‥‥‥‥‥ 433
神山 睦美 ‥‥‥‥‥‥‥ 3,
　　198, 212, 214, 283, 431
亀井 勝一郎 ‥ 154, 228, 312
亀井 茂 ‥‥‥‥‥‥‥ 493
亀井 俊介 ‥‥‥‥‥‥
　　　　25, 124, 209, 455
亀井 秀雄 ‥‥‥‥‥‥
　　　　148, 161, 279, 425
亀岡市 ‥‥‥‥‥ 110, 759
亀岡市教育委員会 ‥ 110, 759
亀田 順一 ‥‥‥‥ 157, 708
亀山 郁夫 ‥‥‥‥‥‥ 374
亀山 恒子 ‥‥‥‥‥‥ 241
亀山 桃子 ‥‥‥‥‥‥ 563
亀山 佳明 ‥‥‥‥‥‥ 198
加茂 章 ‥‥‥‥‥ 84, 198
蒲生 芳郎 ‥‥‥‥ 182, 359
鴨川 卓博 ‥‥‥‥‥‥ 123
鴨下 信一 ‥‥‥‥ 373, 414
鴎出版編集室 ‥‥‥‥‥ 177
加門 七海 ‥‥‥‥‥‥ 405
栢野 桂山 ‥‥‥‥‥‥‥ 93
茅原 健 ‥‥‥‥‥‥‥ 135
加山 郁生 ‥‥‥‥‥‥‥ 80
香山 滋 ‥‥‥‥‥‥‥ 289
香山 知加子 ‥‥‥‥‥ 715
香山 二三郎 ‥‥‥‥‥ 393
香山 リカ ‥‥‥‥‥‥ 734
唐 十郎 ‥‥‥‥‥‥‥ 444

唐木 順三 ‥‥‥‥‥ 3, 16
唐沢 俊一 ‥‥‥‥‥‥‥ 78
唐沢俊一研究会 ‥‥‥‥ 382
柄谷 行人 ‥‥‥ 44, 59, 117,
　　122, 128, 148, 184, 198,
　　283, 303, 370, 371, 418
歌林の会 ‥‥‥‥‥‥ 628
カールソン, マッツ・アー
　ネ ‥‥‥‥‥‥‥‥ 238
苅部 直 ‥‥‥‥‥‥‥ 314
川 鎮郎 ‥‥‥‥‥‥‥ 227
河合 修 ‥‥‥‥‥‥‥ 515
河井 酔茗 ‥‥‥‥‥‥ 448
川合 澄男 ‥‥‥‥‥‥ 139
川井 盛次 ‥‥‥‥‥‥ 566
川合 千鶴子 ‥‥‥‥‥ 546
河合 恒治 ‥‥‥‥‥‥ 546
河合 透 ‥‥‥‥‥‥‥ 589
河合 俊雄 ‥‥‥‥‥‥ 375
河合 隼雄 ‥‥‥‥‥‥ 40,
　　　　82, 375, 748, 757
河内 厚郎 ‥‥‥‥‥‥ 108
河内 康範 ‥‥‥‥‥‥ 289
河内 静魚 ‥‥‥‥‥‥ 697
川内 通生 ‥‥‥‥ 585, 596
川上 勉 ‥‥‥‥‥ 19, 278
川上 廸彦 ‥‥‥‥‥‥ 111
川上 光教 ‥‥‥‥ 232, 236
川上 美那子 ‥‥‥‥‥ 227
川上 蓉子 ‥‥‥‥‥‥ 757
川上三太郎年譜刊行委員
　会 ‥‥‥‥‥‥‥‥ 747
川上美那子先生退職記念
　論文集刊行会 ‥‥‥ 117
川岸 高真 ‥‥‥‥‥‥ 668
川九 洸 ‥‥‥‥‥‥‥ 215
川口 克己 ‥‥‥‥‥‥ 613
川口 幾久雄 ‥‥‥‥‥ 546
川口 喬一 ‥‥‥‥‥ 3, 418
川口 咲子 ‥‥‥‥‥‥ 706
川口 城司 ‥‥‥‥‥‥ 629
川口 宗道 ‥‥‥‥‥‥ 391
川口 隆行 ‥‥‥‥‥‥ 301
川口 晴美 ‥‥‥‥‥‥ 454
川口 昌男 ‥‥‥‥ 167, 170
川口 祐二 ‥‥‥‥‥‥ 313
川久保 剛 ‥‥‥‥‥‥ 435
川崎 勝信 ‥‥‥‥‥‥ 629

川崎 賢子 ‥‥‥‥‥‥
　　　　44, 138, 244, 251
川崎 晴朗 ‥‥‥‥‥‥‥ 19
川崎 寿彦 ‥‥‥‥‥‥‥ 3
川崎 展宏 ‥‥‥‥ 635, 678
川崎 宏 ‥‥‥‥‥‥‥ 474
川崎 洋 ‥‥‥‥‥ 448, 456
川崎 雅子 ‥‥‥‥‥‥ 735
川崎 むつを ‥‥‥ 593, 597
川崎市市民ミュージア
　ム ‥‥‥‥‥‥‥‥ 509
河路 由佳 ‥‥‥‥‥‥‥ 32
川島 幸希 ‥‥‥‥ 198, 199
川島 周子 ‥‥‥‥‥‥‥ 16
川島 秀一 ‥‥‥‥‥‥ 154,
　　　　160, 211, 329, 499
川島 勝 ‥‥‥‥‥ 267, 322
川島 みどり ‥‥‥‥‥ 338
河津 聖恵 ‥‥‥‥‥‥ 456
川津 誠 ‥‥‥‥‥ 300, 302
川瀬 清 ‥‥‥‥‥‥‥ 600
川副 国基 ‥‥‥‥ 128, 431
川副国基著作目録の会
　　‥‥‥‥‥‥‥‥‥ 22
河底 尚吾 ‥‥‥‥‥ 3, 435
川染 砂丘 ‥‥‥‥‥‥ 694
河田 育子 ‥‥‥‥‥‥ 557
河田 宇一郎 ‥‥‥‥‥‥ 84
河田 和子 ‥‥‥‥ 265, 281
河田 順 ‥‥‥‥‥ 563, 580
河田 政雄 ‥‥‥‥‥‥ 653
河田 忠 ‥‥‥‥‥‥‥ 538
河田 陸村 ‥‥‥‥‥‥ 393
河竹 登志夫 ‥‥‥‥‥ 153
河谷 史夫 ‥‥‥‥‥‥ 516
川地 光枝 ‥‥‥‥‥‥ 619
川出 博章 ‥‥‥‥ 265, 518
河出書房新社編集部
　　‥‥‥‥‥‥‥ 291, 379
川床 優 ‥‥‥‥‥‥‥ 199
川名 大 ‥‥‥‥‥‥‥ 649,
　　　　662, 693, 720, 721
川中子 義勝 ‥‥‥‥‥ 450
川西 政明 ‥‥‥‥‥‥ 44,
　　63, 80, 135, 136, 138, 244,
　　283, 318〜320, 347, 364
川野 里子 ‥‥‥‥‥ 38, 611

川野 純江	………	214, 215
河野 裕子	………	546, 552, 557, 563, 572, 611, 620
河野 頼人	………	724
川端 香男里	・・	260, 263, 264
川端 俊英	………	92, 155, 184
川端 富枝	………	262
川端 弘	………	546
川端 裕人	………	414
川端 茅舎	………	703
川端 康成	………	59, 260, 262, 264
川端 要寿	………	139
川端文学研究会	・・	262, 264
「川端康成と東山魁夷響きあう美の世界」製作委員会	………	264
川原 一之	………	416
河原 冬蔵	………	602
河東 碧梧桐	………	708, 716
川淵 学	………	746
川辺 一外	………	441
川俣 従道	………	262
川村 純一	………	83
川村 二郎	………	3, 8, 128, 153, 171, 281
川村 晃生	………	76
川村 ハツエ	………	25, 35, 571, 573
河村 政敏	・・	311, 327, 479
川村 湊	・・	3, 56, 59, 75, 93, 94, 133, 136, 191, 244, 254, 283, 298, 337, 357, 375, 385, 387, 393, 413, 418
河村 民部	………	124, 209
河村 盛明	………	546
川村 香平	・・	576, 619, 697
河村 義人	………	3
川村 蘭太	………	734
川本 皓嗣	………	3, 32, 125, 448, 455
川本 三郎	………	56, 70, 102, 117, 122, 136, 185, 221, 222, 225, 242, 258, 373, 375, 393, 479
河本 静夫	………	716
川本 千栄	………	557
川本 信幹	………	32
河本 英明	………	635
河本 緑石	………	716
河盛 好蔵	………	155, 267
川原崎 剛雄	………	341
菅 聡子	………	91, 138, 148, 167, 348, 756
関西大学国文学会	・・	3, 117
関西啄木懇話会	………	598
関西文学散歩の会	・・	103, 108
神崎 温順	………	719
神崎 崇	………	456
神作 光一	………	27, 570
神沢利子展プロジェクト実行委員会	………	768
漢詩文研修センター心声社漢詩習作ノート編集委員会	………	462
神田 愛山	………	41
神田 浩一	………	19
神田 重幸	………	157, 606
神田 順治	………	708
甘田 正翠	………	658
神田 孝夫	………	182
神田 浩延	………	318, 488
神田 由美子	………	141, 232
神田孝夫遺稿集刊行会	………	182
神立 春樹	………	148
菅野 昭正	………	59, 222, 244, 265, 331, 374, 470, 509
菅野 孝彦	………	756
神埜 努	………	187
菅野 春雄	………	262
菅野 洋一	………	552
菅野 圭昭	………	488
官能小説研究会	………	410
神野藤 昭夫	………	18
神林 信一	………	731
上林 猷夫	………	278
蒲原 ひろし	………	705
神戸 光男	………	771
甘露 純規	………	148

【き】

季 穎	………	757
魏 大海	………	90
木内 昇	………	44
木内 英実	………	480
「季刊みづゑ」編集部	・・	291
木々 高太郎	………	389
規工川 佑輔	………	481
菊田 伊寧子	………	444
菊田 均	・・	141, 316, 318
菊田 守	………	456
菊池 寛	………	239
菊池 章一	………	283
菊地 隆雄	………	462
菊池 達也	………	258, 265
菊池 忠二	………	488
菊池 夏樹	………	239
菊池 治男	………	337
菊地 秀行	………	367, 368, 404, 414
菊地 弘	………	128, 232, 233
菊池 仁	………	283
菊池 洋子	………	730
菊池 良子	………	566
菊池寛記念館	………	585, 587
菊池寛作家育成会	………	65
菊池寛顕彰会	………	239
菊永 謙	………	754
菊谷 匡祐	………	337
菊葉文化協会	………	568
私市 保彦	………	406
木坂 涼	………	754
木佐貫 洋	………	713
如月 東	………	355, 402
如月 真菜	………	658
岸 規子	………	158
岸 睦子	………	339
岸川 鼓虫子	………	678
岸川 真	………	441
岸田 正吉	………	141
きしだ みつお	………	473
岸原 清行	………	662
木嶋 孝法	………	488

来嶋 靖生 …………… 428, 546, 552, 560, 582, 589	北九州市立松本清張記念館 ……………… 351	北村太郎の全詩篇刊行委員会 ……………… 542
岸本 嘉名男 ………… 510	北国新聞社編集局 …… 107	北村透谷研究会 ……… 173
岸本 尚毅 …………… 649, 653, 662, 664, 704	北沢 郁子 …………… 619	北村透谷没後百年祭実行委員会 ……………… 174
岸本 晴雄 ……………… 40	北沢 文武 …………… 596	北山 研二 ……………… 19
岸本 宏 ……………… 624	北芝 健 ……………… 393	北山 章之助 ………… 341
岸本 文人 …………… 164	北嶋 広敏 ……………… 82	北山 正迪 ……………… 33
岸本 葉子 ……… 415, 635	北島 瑠璃子 ………… 576	木津川 昭夫 ………… 457
貴司山治研究会 ……… 274	北住 敏夫 ……………… 44	橘川 真一 ……… 108, 109
喜尚 晃子 …………… 583	北田 幸恵 …… 91, 138, 314	木戸 逸郎 …………… 506
木津川 計 …………… 741	北田 まゆみ ………… 595	城戸 朱理 …………… 450, 521, 528, 531, 533
木曽 聡 ……………… 636	北出 明 ……………… 623	城戸 淳二 …………… 112
喜多 昭夫 … 557, 620, 624	北出 楯夫 …………… 265	城戸 昇 …… 103, 465, 476
北 吉郎 ……………… 765	北出 幸男 …………… 488	城戸 洋 ……………… 300
木田 元 ………………… 32	北中 正和 ……………… 89	木戸 みどり ………… 373
北 光星 ………… 678, 689	木谷 喜美枝 …… 164, 167	鬼頭 陸明 ……… 75, 287
喜田 重行 …………… 708	木谷 真紀子 ………… 327	杵淵 雄一 …………… 270
紀田 順一郎 …………… 16, 51, 63, 188, 222, 393, 406, 414, 430	北日本放送 …………… 107	記念誌編集委員会 …… 746
	北野 昭彦 ……… 175, 476	紀野 一義 ……… 481, 535
	北野 清市 …………… 653	木下 章雄 …………… 177
	北野 克 ………………… 3	木下 孝一 …………… 563
木田 そのえ ………… 626	喜多野 徳俊 ………… 177	木下 信三 …………… 718
木田 隆文 …………… 318	北野 豊 ……………… 199	木下 星城 …………… 636
喜多 上 ……………… 578	北野 ルル …………… 563	木下 直子 ……………… 38
喜多 弘樹 …………… 563	北の会 …… 96, 306, 444	木下 英夫 …………… 242
北 杜夫 ……………………… 338, 602, 604, 605	北の街社 ……………… 444	木下 博民 …………… 290, 341, 473, 600
	北畠 康次 …………… 593	
北大路 魯山人 ……… 578	北畠 立朴 …………… 593	木下 康光 ……… 49, 407
北岡 清道 …………… 199	北原 照久 ……………… 32	木下尚江顕彰会実行委員会 ……………… 151
北岡 誠司 …………… 123	北原 童夢 …………… 389	木畑 紀子 ……… 618, 621
北岡 武司 …………… 504	北原 尚彦 …………… 402	木原 直彦 …… 14, 93, 96
北影 雄幸 …………… 297, 327, 341, 345, 359	北原 白秋 ……… 479, 754	木原 浩 … 673, 674, 678
	北原 東代 ……… 479, 480	木原 武一 … 44, 84, 142, 211
北方 謙三 ……… 368, 414	北原 由夫 ……… 617, 618	『吉備路をめぐる文学のふるさと』編集委員会 ………………… 27
北上 次郎 ……………… 44, 56, 84, 387, 393	北原 隆太郎 ………… 754	
	北実 三郎 …………… 290	
北川 秋雄 …… 108, 167, 313	北村 巌 ………… 226, 278	吉備路文学館 ………… 207
北川 朱実 …………… 470	北村 薫 …… 32, 33, 65, 393	岐阜県高等学校国語教育研究会恵那地区研究会 ………………… 27
北川 荘平 ……………… 60	北村 賢志 …………… 402	
北川 太一 …… 182, 483〜485	北村 耕 ……………… 283	
北川 登園 …………… 624	北村 隆志 …………… 273	岐阜新聞情報センター ………………… 217
北川 千代 …………… 763	北村 太郎 …………… 542	
喜多川 恒男 ………… 128	北村 透谷 …………… 173	岐阜地区高等学校国語教育研究会 ………… 105
北川 透 ………… 173, 456, 460, 464, 510, 523, 542	北村 朋典 …………… 550	
	北村 ひろ子 …………… 19	
北川 扶生子 ………… 211	北村 比呂志 ………… 414	木全 円寿 …………… 244
北九州市立文学館 …… 82		

木俣 修 ……… 479, 576	木村 瑞夫 …………… 254	清岡 卓行 …………… 510
木股 知史 ………… 60, 70, 89, 150, 212, 213, 250, 375, 380, 585, 593	木村 迪夫 …………… 520	清川 妙 …………… 84
	木村 木念 …………… 741	曲亭 馬琴 …………… 678
	木村 百代 ……… 488, 499	清崎 敏郎 … 722, 723, 732
君塚 良一 …………… 441	木村 游 ……… 199, 216	清沢 宏彰 …………… 19
君野 隆久 …………… 467	木村 裕一 …………… 753	清 真人 ……… 327, 375
木宮 健史郎 ………… 393	木村 衣有子 ………… 82	清谷 益次 …………… 93
金 貞恵 …………… 157	木村 友子 …………… 160	清原 和義 …………… 16
金 石範 ……… 93, 356	木村 幸雄 …………… 279	清原 工 …………… 260
金 成妍 …………… 760	木村 有美子 ………… 424	清原 康正 ………… 65, 297, 300, 333, 408
金 正勲 ……… 209, 211	木村 麗水 …………… 668	
金 正美 …………… 535	キムラ・スティーブン, 千種 ……… 214, 322	清部 千鶴子 …… 583, 590
木村 晟 …………… 567		桐野 夏生 …………… 45
木村 綾子 …………… 306	木村治美エッセイストグ ループ …………… 415	桐原 良光 …………… 443
木村 伊兵衛 ………… 142		桐生文学碑保存委員会 …………………… 27
木村 一信 ……… 93, 127, 244, 254, 298, 310, 760	木山 正規 …………… 612	
	木山捷平文学研究会 … 252	吉 美顕 …………… 218
木村 閑子 ……… 316, 532	ギャラガー, テス …… 46	金 塤我 …………… 94
木村 毅 …… 90, 128, 148	キャンベル, ロバート …………… 56, 57, 381	金 雪梅 …………… 526
木村 久邇典 ………… 297		金 達寿 …………… 290
木村 圭三 …………… 476	邱 雅芬 …………… 233	金 貞礼 …………… 668
木村 虹雨 …………… 636	「'96くまもと漱石博」推 進100人委員会 …… 199	キーン, デニス ……… 44
木村 晃治 …………… 446		キーン, ドナルド … 3, 79, 92, 115, 128, 129, 136, 283, 298, 323, 414, 430, 708
木村 小夜 …………… 306	久曽神 昇 …………… 95	
木村 謝楽斎 ………… 741	久間 義文 …………… 379	
木村 修一 …………… 434	喜友名 朝亀 ………… 114	「銀英伝」研究特務班 … 370
木村 修康 …………… 610	許 光俊 …………… 56	銀英伝考察団 ………… 370
木村 俊介 ……… 40, 319	教育技術研究所 ……… 306	銀化の会 …………… 679
木村 小舟 …………… 760	教育社編集部 ………… 44	近畿大学日本文化研究 所 …………… 312
木村 新 …… 199, 708, 712	教育社歴史言語研究室 …………………… 9	
木村 信吉 …………… 476		金城 盛紀 …………… 68
木村 晋介 ……… 63, 393	姜宇 源庸 …………… 22	近代作家用語研究会 … 306
木村 澄子 …………… 213	協会史刊行委員会 …… 694	金田一 京助 ………… 593
木村 岬太 …………… 240	鏡花文学賞二十五周年記 念誌編集委員会 …… 171	金田一ファミリー研究 会 …………… 194
木村 功 ……… 759, 762		
木村 民子 ……… 755, 758	京極 夏彦 ……… 396, 405	近代部会 …………… 215
木村 哲也 …………… 460	京極DO研究会 ……… 382	『近代文学研究とは何か』 刊行会 …………… 120
木村 東吉 …………… 501	『京極ワールド』研究 会 …………… 382	
木村 徳三 …………… 245		近代文学合同研究会 … 61, 70, 92, 162, 332, 365, 414, 418, 760
季村 敏夫 ……… 465, 527	京都教育大学附属図書 館 …………… 701	
木村 敏男 ……… 678, 728		
木村 直人 ……… 213〜215	京都光華女子大学日本語 日本文学科 …… 108, 218	近代文学ゼミの会 …… 117
木村 暢男 …………… 364		銀林 晴生 …………… 658
木村 治美 …………… 415	京都新聞社 …… 27, 414, 548, 639	金原 左門 ……… 303, 529
木村 将人 …………… 306		
木村 真佐幸 ………… 167	京都新聞出版センター …………………… 108	
木村 真理子 …… 478, 587	京都名句鑑賞会 ……… 678	

【く】

空気さなぎ調査委員会
　　　……………………… 379
久我 田鶴子 ……… 731
久我 雅紹 …………… 470
久々湊 盈子 ………… 576
日下 三蔵 …… 296, 393, 402
日下 徳一 …… 209, 704, 708
日下 利春 …………… 417
草下 英明 …………… 488
草壁 焔太 ……………… 33
久坂葉子研究会 ……… 290
草川 俊 ……………… 563
草川 八重子 ………… 424
草倉 哲夫 …………… 519
草田 照子 …………… 571
草　彅洋平 ………… 413
草野 心平 ……………
　　　　471, 484, 488, 527
草野 拓也 …………… 598
草野 文良 …… 245, 283
草の実編集室 ………… 636
草間 時彦 …… 636, 662, 670,
　　676, 679, 680, 694, 721
草山 万兎 …………… 503
久慈 力 ……………… 488
串田 孫一 …… 535, 764, 765
具島 美佐子 ………… 475
クーシュー, ポール＝ル
　イ …………………… 464
九条 今日子 …… 624, 625
釧路市教育委員会生涯学
　習課 ………… 350, 594
楠田 立身 …………… 546
楠戸 義昭 …………… 340
楠 かつのり ………… 460
楠木 しげお …… 475, 599
楠 茂宣 ……………… 771
九頭見 和夫 ………… 311
楠見 朋彦 …………… 623
楠本 憲吉 …… 653, 658
楠元 六男 …………… 646
楠本 義雄 …………… 722
葛綿 正一 …………… 19

久世 光彦 …… 373, 471, 525
久世 洋一 …………… 619
沓掛 良彦 …… 77, 455, 473
轡田 収 ……………… 19
工藤 英太郎 ………… 258
工藤 一紘 …… 96, 703
工藤 幸一 …… 546, 591
工藤 左千夫 …… 748, 757
工藤 茂 …… 74, 288
工藤 隆 ……………… 545
工藤 哲夫 …………… 488
工藤 直子 …………… 771
工藤 英寿 ……………… 96
工藤 正広 …………… 442
工藤 真由美 ………… 708
工藤 美代子 …………
　　　191, 512, 528, 578
本郷 杜詩夫 ………… 454
本郷 博英 …………… 454
国井 克彦 …………… 448
国木田 独歩 ………… 175
国崎 望久太郎 …… 593, 708
くにさだ きみ ……… 457
国末 泰平 …… 184, 233
くにたち文化・スポーツ
　振興財団 …………… 354
国中 治 …… 3, 521, 530
国弘 威雄 …………… 441
国松 昭 ……………… 354
国松 俊英 …………… 488
国松昭先生退職記念論文
　集編集委員会 ……… 23
久野 昭 ……………… 3
久野 治 …………… 465, 727
久野 豊彦 …………… 273
九里 順子 …………… 473
久富木原 玲 …………… 38
久保 純夫 …………… 636
久保 喬 ……………… 306
久保 忠夫 …… 506, 510
久保木 宗一 …… 272, 511, 521
窪埼 和哉 …………… 390
窪島 誠一郎 …… 354, 457, 471
窪田 空穂 …… 552, 582
窪田 英治 …………… 738
久保田 修 …………… 221
久保田 暁一 …… 87, 316, 361

久保田 清 …………… 129
久保田 至誠 ………… 670
久保田 淳 ……… 15, 16,
　23, 76, 89, 96, 103, 114,
　129, 148, 171, 209, 546,
　552, 555, 557, 566, 570
久保田 淳子 …… 577, 690
窪田 章一郎 …… 560, 582, 621
窪田 精 ……………… 283
久保田 喬彦 ………… 766
久保田 夏樹 ………… 606
久保田 登 …………… 631
窪田 般弥 …………… 477
久保田 正文 …… 19, 44, 233
久保田 万太郎 ……… 722
久保田 元紀 ………… 741
久保田 芳太郎 ………
　　　　　　197, 199, 233
窪田空穂記念館 …… 582, 622
熊井 明子 ……………… 44
熊谷 えり子 …… 488, 496
熊谷 和代 …………… 199
熊谷市俳句連盟創立三十
　周年記念事業委員会
　　　……………………… 690
熊切 圭介 …………… 333
熊倉 千之 …… 215, 216
熊坂 敦子 …………… 199
熊代 正英 …………… 207
杭全神社 …………… 568
熊野 純彦 …………… 319
熊本 太平 …………… 129
熊本近代文学館 …… 14, 517
熊本近代文学館友の会
　　　……………………… 112
熊本近代文学研究会 … 112
熊本県立大学 ………… 176
熊本県立大学文学部日本
　語日本文学科 ……… 513
熊本県立図書館 …… 14, 517
熊本県立図書館熊本近代
　文学館 ………………… 9
熊本大学小泉八雲研究
　会 …………………… 151
熊山町教育委員会 …… 519
久美 沙織 …… 61, 65
久米 建寿 …………… 546
久米 正雄 …………… 240

久米 依子 …… 42, 403, 521	栗原 克丸 …………… 142	黒田 佳子 …………… 288
雲 和子 ……………… 90	栗原 健太郎 ………… 161	クロッペンシュタイン,
蔵 巨水 ……………… 690	栗原 純 ……………… 51	E. ………………… 44
クラカウアー, ジークフ	栗原 知代 …………… 84	「黒の会」…………… 532
リート ……………… 393	栗原 澪子 …………… 448	畔柳 和代 …………… 378
倉阪 鬼一郎 …… 406, 662	栗原 裕一郎 …… 133, 376	くわ 正人 …………… 377
倉沢 栄吉 …………… 764	栗原 幸夫 … 129, 273, 283	桑原 敬治 …………… 174
倉住 修 ……………… 25	栗原 葉子 …………… 482	桑原 三郎 ……………
倉田 紘文 …………… 621,	栗原貞子記念平和文庫運	163, 426, 748, 749
649, 658, 662, 704	営委員会 ………… 535	桑原 正二 …………… 275
倉田 東平 ……… 382, 386	クリーマン, フェイ・阮	桑原 伸一 …………… 150
蔵田 敏明 …… 108, 333, 354	……………………… 93	桑原 清蔵 …………… 142
倉田 百三 …………… 228	栗本 薫 ……………… 368	桑原 武夫 …………… 3
倉田 稔 ………… 275, 593	栗谷川 虹 … 252, 489, 517	桑原 丈和 …………… 335
倉田 容子 ……… 74, 138	栗山 理一 …………… 3	桑原 啓善 …… 467, 489, 504
蔵野 嗣久 …………… 3	久留島 武彦 ………… 764	桑原 真臣 …………… 315
倉橋 健一 ……………	グループフィリア …… 107	桑原 正紀 …………… 573
499, 523, 530, 534	グループ文明開化 …… 199	桑原 廉靖 …………… 557
倉橋 由美子 …… 56, 63	車谷 長吉 ……… 44, 90	桑本 幸信 …………… 194
倉橋 羊村 …………… 142,	車谷 弘 ……………… 103	郡司 勝義 …………… 431
646, 653, 658, 662,	楜沢 健 …… 273, 277, 747	群青俳句会 …………… 644
670, 697, 704, 718, 727	呉 智英 ……………… 437	群俳協の三十年編集委員
クラハト, クラウス …… 177	呉 光生 ……………… 360	会 ………………… 694
クラハト・タテノ, 克美	暮尾 淳 ……………… 500	群俳協の四十年編集委員
……………………… 177	呉谷 充利 …………… 229	会 ………………… 694
倉林 ひでを ………… 511	呉羽 長 ……………… 25	群馬県教育委員会 …… 62
倉林 靖 ……………… 291	暮安 翠 ……………… 300	群馬県教育文化事業団
蔵原 惟人 ……… 275, 314	黒井 千次 …… 74, 75, 142, 337	……………………… 62
倉持 丘 ………… 271, 538	黒岩 重吾 …………… 339	群馬県高等学校教育研究
倉持 誠 ……………… 19	黒岩 比佐子 …… 152, 175	会国語部会 ……… 99
栗木 京子 ……… 560, 563	黒川 純 ……………… 464	群馬県俳句作家協会 … 693
栗栖 武士郎 ………… 267	黒川 創 ……………… 93	群馬県文学会議 ……… 62
栗田 靖 …… 636, 662, 716	黒古 一夫 … 44, 86, 92, 301,	群馬県立土屋文明記念文
栗田 幸助 …………… 96	318, 335, 356, 361, 369,	学館 …………… 100,
栗田 広美 …………… 226	376, 379, 429, 537, 771	152, 191, 199, 303, 338,
栗田 やすし ………… 645	黒埼町教育委員会社会教	465, 485, 506, 507, 514,
「栗田広美君遺稿集」編	育課 ……………… 261	515, 529, 534, 572, 576,
集委員会 ………… 226	黒沢 勉 ………… 708, 714	578, 594, 600, 606, 607,
栗坪 良樹 …………… 51,	黒沢 弘光 ……… 461, 462	610, 613, 688, 732, 766
86, 142, 265, 266, 371,	黒沢 義輝 …………… 520	群馬県立日本絹の里 …… 70
375, 376, 624, 625	黒須 純一郎 ………… 199	「群馬ペンクラブのあゆ
栗林 圭魚 …………… 704	黒瀬 珂瀾 …………… 563	み」編集委員会 … 13
栗林 秀雄 ……… 175, 229	黒田 えみ ……… 436, 478	
栗林 浩 ………… 688, 697	黒田 三郎 ……… 447, 454	
栗林一石路を語る会 … 726	黒田 大河 …………… 265	
栗原 敦 ……………… 467,	黒田 杏子 … 557, 561, 635,	
486, 489, 496, 502	636, 649, 658, 661, 663,	
	678, 679, 693, 721, 732	

けいお

【け】

慶応義塾大学教養研究センター ･････････････ 402
慶応義塾大学国文学研究会 ･････････････････ 615
慶応義塾大学推理小説同好会 ･･･････････････ 393
慶応義塾大学附属研究所斯道文庫 ･･･････････ 14
慶応義塾大学文学部 ･･･ 84
慶応義塾大学文学部開設百年記念「三田の文人展」実行委員会 ･････ 142
芸術至上主義文芸学会 ･･････････････････････ 129
芸術新潮編集部 ･･ 341, 433
KTC中央出版 ････････ 344
げいびグラフ編集部 ･･ 111
「ケータイ歳時記」編集委員会 ･････････････ 679
ケータイ小説大好きサークル ･･･････････････ 116
月刊オーパス編集部 ･･･ 357
月刊「創」編集部 ････ 357
月刊ヘップバーン ･･･ 636
月刊『望星』編集部 ･･ 359, 744
ゲームシナリオ研究会 ･････････････････････ 406
ケルン短歌会 ･･････････ 571
「幻影城の時代」の会 ･･ 394
限界研 ････････････････ 394
限界小説研究会 ･･････ 394
幻想職業案内所 ･････ 406
幻想世界研究会 ･････ 406
「幻想文学」編集部 ･･ 291, 406
現代歌人協会企画委員会 ･････････････････････ 575
現代作家研究会
････････ 341, 346, 352
現代詩歌人名鑑編集委員会 ･････････････････ 452
現代詩誌総覧編集委員会 ･････････････････････ 468
現代少年詩集編集委員会 ･････････････････････ 754

現代女性作家読本刊行会 ･････････ 380, 382, 384
現代短歌研究会 ･･････ 568
現代俳句協会 ････････ 679
現代俳句協会青年部 ･･ 636
現代俳句協会「21世紀俳句パースペクティブ」編集委員会 ･･･････････ 649
現代俳句研究会 ･･････ 636
現代文学の会 ････････ 489
Kent井上 ････････････ 199
幻冬舎 ･･････････ 348, 380
原爆文学研究会 ･･････ 301
見目 誠 ････････････ 715
剣持 武彦 ･･･ 124, 155, 157
監物 昌美 ････････ 606, 622
玄侑 宗久 ･････････ 517

【こ】

辜 玉茹 ･･･････････ 567
呉 善華 ･･･････････ 499
五井 信 ･･･････････ 158
小池 一行 ･････････ 39
小池 邦夫 ･････････ 535
小池 啓介 ･････････ 296
小池 滋 ･･････････ 81, 214
小池 淳一 ･･･････ 86, 679
小池 健男 ･････････ 156
小池 つと夢 ････････ 655
小池 光 ･･･ 33, 546, 552, 557, 566, 602, 608, 619
小池 正胤 ･････････ 761
小池 正博 ･････････ 741
小池 昌代 ･････ 457, 535
小池 真理子 ･･･ 404, 414
小池 守之 ･････････ 608
小池 亮一 ･････････ 417
礫川 全次 ･････････ 322
小石川文学研究会
･･････････ 205, 235, 311
小泉 道 ･･･････････ 79
小泉 浩一郎 ･･･ 142, 199
小泉 修一 ･････････ 278
小泉 信三 ･････････ 44

古泉 千樫 ･･･････ 576
小泉 苳三 ･･･････ 712
小泉 弘 ･･･････････ 16
小泉 八雲 ･･･････ 151
小市 草子 ･･･････ 606
小市 巳世司 ･････ 607
小出 公大 ･･･････ 27
小出 秋光 ･･･････ 733
小出 昌洋 ･･･ 201, 221, 637
小出 龍太郎 ･････ 218
小井土 昭二 ･････ 105
小岩 尚好 ･･･････ 96
古岩井 嘉蓉子 ･･ 23
黄 英 ･･･････････ 489
孔 月 ･･･････････ 233
康 鴻音 ･･･････････ 227
高 栄蘭 ･･･････････ 93
康 林 ･･･････････ 262
黄 霊芝 ･･･････ 679, 688
光華女子大学日本語日本文学科 ･･･････････ 89
光華女子大学日本文学科 ･･･････････････ 84
高口 智史 ･･･････ 44
「高校生のための静岡県文学読本」編集委員会 ･･･････････････ 105
香西 隆子 ･･･ 636, 726, 733
上坂 むねかず ･･ 753
更埴市立図書館 ･･ 25
神代 真砂実 ･･ 87, 394
幸津 国生 ･･･････ 359
神津 拓夫 ･･･････ 75
神津 良子 ･･･ 142, 772
弘川之宮 翁 ････ 754
幸田 文 ･･･ 165, 339
合田 正人 ･･･ 430, 437
合田 道人 ･･･ 754, 755
合田 盛文 ･･･････ 345
幸田 露伴 ･･･････ 165
講談社 ･･･････････ 195, 237, 238, 674, 679
講談社文芸文庫
･････････ 136, 330, 331
講談社box ･･･････ 419
河内 一郎 ･･･････ 199
河内 重雄 ･･･････ 70

著者名索引　こしま

香内 信子 ……… 471, 585
高知県俳句連盟 ……… 690
高知県俳句連盟「土佐俳句歳時記編集委員会」……………… 679
高知県立文学館
　………… 253, 372, 600
高知大学宮沢賢治研究会 ………………… 489
高知文学学校創立40周年記念事業実行委員会
　……………………… 18
高知文芸年鑑編集委員会 ………………… 111
高知ペンクラブ ……… 111
神戸 利郎 ……… 571, 606
江東区芭蕉記念館
　……………… 9, 10, 147
神徳 昭甫 ……………… 75
河野 有時 …………… 597
河野 貴美子 ………… 124
河野 啓一 …………… 718
河野 賢司 …………… 150
紅野 謙介 ……………… 69,
　　88, 129, 148, 242, 248
河野 俊一 …………… 448
河野 多恵子 …………
　　　　　 44, 63, 65, 218
河野 龍也 ……………… 18
紅野 敏郎 ……………… 44,
　129, 139, 159, 185,
　　229, 238, 261, 267
河野 信子 …………… 416
河野 仁昭 ……… 3, 79, 109,
　　176, 218, 262, 465, 514
河野 基樹 ……… 129, 245
鴻巣 友季子 ………… 153
郷原 宏 ……………… 349,
　　　352, 364, 366, 394
光文社 ………………… 679
光文社文庫編集部 …… 405
神戸学生青年センター出版部 ……………… 750
神戸市外国語大学図書館 ………………… 317
神戸女学院大学英文学科学生・大学院生「仰臥漫録」英訳チーム … 714

神戸新聞総合出版センター ………………… 109
神戸新聞文化部 ……… 109
神戸大学文芸思想史研究会 ………………… 148
神山 修一 …………… 116
合山 林太郎 …… 24, 305
古浦 義己 …………… 117
高良 留美子 ………… 250
合力 栄 ……………… 602
興梠 英樹 …………… 112
広論社出版局 ………… 636
小枝 秀穂女 ………… 699
郡 伸哉 ……………… 413
郡 継夫 ……………… 307
古閑 章 ……………… 91,
　　　　117, 129, 142, 269
古賀 哲二 …………… 480
古賀 光 ……………… 295
小海 永二 …………… 471
小金井 喜美子 ……… 177
古河文学館 ……… 99, 283
小亀 崇利 …………… 731
古河歴史博物館 ……… 99
後神 俊文 …………… 151
古木 鉄太郎 ………… 185
古木 春哉 …………… 281
五喜田 正巳 ………… 465
国学院大学院友学術振興会 …………………… 3
国学院大学折口信夫博士記念古代研究所 …… 615
国学院大学仮名垣魯文研究会 ……………… 152
国学院大学大学院長谷川泉ゼミナール
　…………… 177, 262, 267
国学院大学明治初期文学研究会 ……………… 152
国際子どもの本研究センター ………………… 771
国際啄木学会 ………… 593
国際日本文化研究センター ………………… 3,
　21, 220, 302, 331, 668, 688
国生 雅子 … 452, 480, 511
国書刊行会編集部 …… 291

国文学研究資料館 …… 10,
　　　14, 88, 121, 148, 474
国文学研究資料館整理閲覧部 …………… 10, 11
国文学研究資料館整理閲覧部参考室 … 11, 19, 25
国文学編集部 ………… 51,
　56, 84, 136, 212, 283,
　　406, 502, 541, 574,
　　585, 588, 653, 693, 749
小久保 実 …………… 271
国民文学社 …………… 623
国民文化研究会 … 570, 574
国立国語研究所図書館
　……………………… 11
国立国会図書館 ……… 757
国立国会図書館国際子ども図書館 ………… 760
小暮 牛男 …………… 648
木暮 霞由 …………… 462
こころの花・いのちの華編纂委員会 ………… 33
小阪 修平 ……………… 23
小坂 裕子 …………… 296
小坂井 澄 …………… 252
小酒井 不木 ………… 394
小崎 国雄 ……………… 29
小崎 洋 ……………… 117
小桜 秀謙 …………… 499
越川 正三 …………… 311
越書房 ……………… 290
腰原 哲朗 …………… 105
児島 昭雄 …………… 448
小嶋 一郎 …………… 627
小島 岳青 …………… 663
小島 きみ子 ………… 457
小島 健 ………………
　　　　653, 658, 699, 763
小島 厚生 ……… 636, 663
小島 信一 ……………… 16
小島 種子 …………… 424
小島 千加子 … 245, 327, 354
小島 千架子 ………… 649
五嶋 千夏 ……… 126, 269
児島 千波 …………… 276
小島 哲夫 …………… 663
小島 輝正 …………… 109
小嶋 知善 ………… 18, 19

小島 信夫 …………… 4, 44, 63, 142, 199, 706	後藤 貞夫 …………… 22	小浜 逸郎 ………… 4, 437
小島 憲之 ……… 178, 462	後藤 繁雄 …………… 91	小早川 健 …………… 700
小嶋 宏 ……………… 56	後藤 茂 …………… 473	小林 章夫 …………… 209
小島 政二郎 ………… 722	後藤 祥子 …………… 138	小林 明子 …………… 155
小島 視英子 ………… 191	後藤 惣一 …………… 764	小林 敦子 …………… 278
小嶋 優子 …………… 195	後藤 隆雄 …………… 489	小林 一郎 … 4, 152, 199, 541
小島 ゆかり ………… 560, 622, 623, 693	後藤 隆葉 …………… 765	小林 修 …………… 129
小嶋 洋輔 …………… 329	後藤 宙外 …………… 148	小林 可多入 ………… 489
小島 良子 …………… 663	後藤 直二 ……… 605, 607	小林 和子 …………… 239
五所 美子 …………… 619	後藤 直良 …………… 83	小林 一仁 …………… 56
五条 瑛 …………… 414	後藤 淑 …………… 211	小林 夏冬 …………… 670
湖城 恵章 …………… 114	後藤 英明 …………… 477	小林 紀晴 ………… 117, 142, 412, 414
古庄 ゆき子 ………… 256	後藤 比奈夫 ………… 636, 658, 663, 733	小林 恭二 …………… 569, 636, 641, 663, 734
小杉 英了 …………… 322	後藤 文夫 ……… 209, 708	小林 広一 ……… 44, 425
小菅 繁治 …………… 359	後藤 正人 …………… 593	小林 康治 …………… 636
小菅 麻起子 ………… 625	後藤 正治 …………… 542	小林 高寿 …… 4, 697, 708
個性の会 …………… 620	後藤 明生 …………… 44, 129, 232, 365	小林 幸夫 …… 38, 178, 229
個性の会・加藤克巳アルバム編纂委員会 …… 620	後藤 安彦 …………… 349	小林 茂多 … 464, 571, 690
小関 和弘 …………… 81	後藤 夜半 …………… 636	小林 茂 …………… 124
小平 克 ……… 178, 183	後藤 幸信 …………… 607	小林 祥次郎 …… 76, 670
児平 美和 …………… 260	後藤 隆介 ……… 99, 100	小林 新一 …………… 578
小高 賢 …………… 428, 546, 552, 560, 563, 569, 619, 622, 629	後藤 亮 …………… 161	小林 真二 …………… 294
	梧桐書院編集部 …… 461	小林 清之介 …… 653, 670
	後藤楢根顕彰委員会 … 769	小林 セキ …………… 275
小滝 晴子 …………… 4	古処 誠二 ……… 298, 414	小林 節夫 …………… 505
木立 民五郎 ………… 306	子どもの本の明日を考える会 ………… 749	小林 貴子 … 617, 663, 671
小谷 厚三 …………… 240	小中 陽太郎 ………… 429	小林 崇利 …… 129, 317
小谷 五郎 …………… 33	小長井 和子 ………… 533	小林 隆久 …… 241, 313
小谷 汪之 …………… 155	小西 昭夫 ………… 617, 663, 704, 713	小林 孝吉 …………… 85, 283, 316, 320, 369, 736
小谷 真理 ……… 402, 406	小西 敬次郎 ………… 721	小林 多喜二 ………… 275
小谷 稔 ……… 600, 607	小西 慶太 …………… 376	小林 猛雄 …………… 465
児玉 清 ……… 56, 410	小西 甚一 …… 16, 419, 636	小林 尹夫 …………… 233
児玉 実英 …………… 91	小西 聖一 …………… 161	小林 惟司 …………… 426
児玉 仁良 …………… 663	小西 正保 …… 489, 757, 762	小林 竜雄 …… 342, 373
小玉 石水 …………… 715	「この時代小説が面白い!」を研究する会 …… 408	小林 千草 …………… 215
小玉 武 …………… 354	『この時代小説がすごい!』編集部 …………… 408	小林 恒子 …………… 248
児玉 正 …………… 700	『このミステリーがすごい!』編集部 … 394, 403	小林 庸浩 …………… 187
児玉 南草 ……… 663, 728	『このライトノベルがすごい!』編集部 … 403, 404	小林 輝冶 …………… 107
児玉 幹夫 …………… 356	木幡 瑞枝 … 262, 334, 611	小林 徳雄 …………… 27
小辻 幸雄 …………… 519		小林 とし子 ………… 120
後藤 和彦 …………… 4		小林 俊子 …………… 489
後藤 公丸 …………… 187		小林 利裕 …………… 155, 303, 307, 480, 602
後藤 清春 …………… 607		小林 信子 …………… 628
後藤 康二 …………… 83		

小林 信彦 …………… 45, 63, 188, 195, 356, 394, 402	こまつ座 ………… 166, 239, 305, 487	コールサック社 ……… 457
小林 秀雄 …… 45, 59, 431	小松崎 爽青 ………… 637	是永 光男 …………… 547
小林 裕子 ……… 293, 313	小松原 爽介 ………… 741	コロナ・ブックス編集部 …………… 70, 78, 82, 185, 337, 413, 679
小林 広 ……………… 275	小松原 千里 ‥ 603, 605, 615	こわせ たまみ ……… 481
小林 裕也 …………… 406	ごまど 叱城 ………… 694	今 官一 ……………… 307
小林 富久子 ………… 289	五味 太郎 …………… 755	権 点淑 ……………… 511
小林 正明 …………… 376	込堂 一博 …………… 361	今 東光 ……………… 45
小林 正彦 …………… 271	小峯 和明 ……… 70, 114	今 柊二 ……………… 78
小林 美恵子 ………… 313	小峰 慎也 …………… 56	今 まど子 …………… 290
小林 澪子 …………… 142	五味淵 典嗣 ………… 200	近 義松 ……………… 599
小林 幹也 …………… 623	小宮山 健 …………… 631	権田 昭芳 …………… 160
小林 木造 …………… 637	小見山 輝 ‥ 546, 557, 733	近田 茂芳 …………… 193
小林 康夫 …………… 3, 23, 117, 122, 283	小村 定吉 …………… 212	権田 浩美 ……… 482, 523
小林 安司 …………… 178	小室 善弘 …………… 237, 653, 663, 697, 721	近田 文弘 …………… 671
小林 幸子 …………… 628	小室 直樹 …………… 322	権田 万治 ……… 352, 394
小林 豊 ……………… 109	米須 興文 …………… 4	近藤 兼利 …………… 38
小林 路易 …………… 124	古茂田 信男 ………… 475	近藤 圭一 …………… 538
小林 茘枝 …………… 688	薦田 治子 …………… 40	近藤 耕人 …………… 89
孤蓬 万里 …………… 546	小森 収 ………… 387, 394	近藤 康太郎 ………… 56
小堀 杏奴 …………… 184	小森 潔 ……………… 79	近藤 哲 ………… 200, 209
小堀 鷗一郎 ………… 178	小森 健太朗 ………… 394	権藤 三鉉 …………… 200
小堀 桂一郎 …… 38, 178	小森 陽一 ……… 23, 45, 76, 85, 117, 118, 134, 148, 199, 200, 203, 213〜215, 243, 335, 379, 385, 489	近藤 潤一 ……… 671, 722
小堀 文一 ……… 519, 593	小柳 学 ……………… 489	近藤 晋平 ……… 585, 588
小堀 用一朗 …… 245, 320	小柳 陽太郎 ………… 574	近藤 多美子 ………… 362
駒井 美代子 ………… 582	小柳 玲子 ……… 448, 471	近藤 富枝 …………… 70, 105, 167, 185, 222, 224
駒井 耀介 …………… 593	小谷野 敦 …………… 19, 45, 60, 68, 80, 84, 90, 200, 218, 228, 240, 419	近藤 信行 …… 218, 221, 270
駒沢大学大学院国文学会 ……………… 117	小山 英四郎 ………… 663	近藤 信義 …………… 567
駒尺 喜美 ‥ 196, 355, 484	小山 勝樹 …………… 191	近藤 典彦 ‥ 592〜594, 597
ごま書房編集部 ……… 658	小山 慶太 ……… 82, 200	近藤 晴彦 …………… 489
古俣 裕介 …………… 527	小山 茂市 …………… 507	近藤 宏子 ……… 279, 314
小町谷 新子 ………… 191	小山 貴子 …………… 715	近藤 裕子 …………… 118
小町谷 照彦 ………… 566	小山 鉄郎 ……… 142, 376	近藤 史恵 …………… 414
小松 郁子 …………… 511	湖山 春男 …………… 33	近藤 文夫 …………… 333
小松 和彦 …………… 499	小山 文雄 …………… 100, 142, 191, 216	近藤 真 ……………… 569
小松 健一 …………… 14, 45, 179, 308, 471, 491, 495, 592, 593	小山 茉美 …………… 402	近藤 大生 ……… 653, 671
小松 左京 ……… 339, 347	小山 義雄 …………… 563	近藤 悠子 ……… 578, 613
小松 智山 …………… 462	小山祐士記念事業実行委員会 …………… 445	近藤 洋太 ‥ 281, 520, 530
小松 重男 …………… 578	「こよう」会 ………… 535	近藤 芳美 ‥ 547, 569, 607
小松 茂人 …………… 16	古来 侃 ………… 118, 214	今野 寿美 …………… 547, 557, 560, 583, 585, 628
小松 正衛 …………… 489		今野 勉 ………… 178, 516
小松 史生子 ………… 188		今野 達 ……………… 88
		今野 雅方 …………… 18

【さ】

さいかち 真 ………… 547
斎木 徹志 ……………… 56
斎樹 富太郎 ………
　　　　547, 560, 622, 623
三枝 和子 ………… 84, 250
三枝 昂之 ………… 547,
　　　551, 552, 560, 574,
　　　594, 609, 613, 708
西郷 竹彦 …………… 11,
　　　18, 448, 457, 460,
　　　489, 505, 594, 637
西郷 信綱 …………… 603
サイコミステリー研究
　　会 ………………… 394
西条 勉 ………… 545, 569
最相 葉月 ……… 350, 351
西条 嫩子 …………… 509
西条 道彦 …………… 441
西条 八十 ……… 449, 509
西条 八峯 …………… 509
西条 八束 …………… 509
彩図社文芸部 ………… 524
斎田 作楽 …………… 152
斎田 朋雄 …………… 515
埼玉県歌人会「埼玉短歌
　　事典刊行委員会」… 552
埼玉県教育局指導部社会
　　教育課 ……………… 100
埼玉県高等学校国語科教
　　育研究会 …………… 100
埼玉県高等学校国語科教
　　育研究会埼玉現代文学
　　事典編集委員会 …… 100
埼玉県さいたま市立大宮
　　図書館 ……… 619, 738
埼玉県立久喜図書館 … 489
さいたま文学館 …… 14,
　　　100, 222, 363, 489, 620
埼玉文芸家集団 刊行委
　　員会 ………………… 100
サイデンステッカー, エ
　　ドワード …………… 4
斎藤 梅子 ……… 658, 671

斉藤 英子 …… 596〜598
斎藤 越郎 …………… 165
斎藤 夏風 … 653, 679, 724
斎藤 寛 ……………… 473
斎藤 圭 ……………… 646
斎藤 耕子 …………… 27,
　　　571, 637, 646, 679, 690
斎藤 耕心 …………… 695
斎藤 栄 ……………… 389
斎藤 佐次郎 ………… 760
斎藤 茂太 ……… 603, 604
斎藤 純 ………… 394, 504
斎藤 彰吾 …………… 457
斎藤 正二 ……………… 76
斎藤 襄治 ……………… 25
斎藤 祥郎 …………… 547
斎藤 次郎 …………… 757
斎藤 慎爾 ‥ 118, 148, 303,
　　　307, 311, 319, 342, 355,
　　　357, 437, 531, 540, 624,
　　　646, 671, 680, 693, 729
斎藤 末弘 …… 70, 87, 316
斎藤 清一 …………… 437
斎藤 礎英 …………… 165
斎藤 大雄 ……… 741, 747
斎藤 貴男 …………… 407
斎藤 孝 ‥ 56, 200, 307, 489
斎藤 たきち ………… 520
斎藤 環 …… 71, 122, 381
斎藤 富一 …………… 258
斎藤 とみたか ………… 66
斎藤 なずな ………… 166
斎藤 信夫 …………… 755
斉藤 英雄 …………
　　　　200, 212, 237, 718
斎藤 均 ………… 152, 216
斎藤 博子 …………… 297
斎藤 史 ………… 557, 611
斎藤 郁男 ……… 311, 378
斎藤 文一 ……… 489, 490
斎藤 邦明 ……… 605, 613
斎藤 理生 …………… 307
斎藤 勝 ……………… 254
斎藤 恵 ……………… 457
斎藤 希史 …………… 124
斉藤 美規 …………… 637
斎藤 三千政 …………… 96

斎藤 光陽 …………… 598
斎藤 美奈子 ………… 71,
　　　79, 118, 121, 136, 138
斉藤 美野 …………… 153
斎藤 茂吉 ……… 603, 604
斎藤 勇一 …………… 539
斎藤 由香 …………… 338
斎藤 庸一 …………… 464
斎藤 淑子 …………… 603
斎藤 麗子 …………… 314
斎藤 憐 ………… 441, 509
斎藤信夫童謡編集委員
　　会 ………………… 755
斎藤茂吉記念館 ……… 603
斎藤茂吉没後50周年事業
　　実行委員会 ………… 603
西原 理恵子 …………… 57
柴門 ふみ ……… 84, 525
彩流社編集部 ………… 56
西連寺 成子 ………… 598
佐伯 一麦 ……… 61, 365
佐伯 研二 ……… 517, 518
佐伯 剛正 …………… 355
佐伯 順子 …………… 79,
　　　80, 121, 148, 167, 172
佐伯 彰一 ……………… 4,
　　　142, 218, 233, 245,
　　　322, 325, 412, 414
佐伯 昭市 …………… 637
佐伯 哲夫 …………… 702
佐伯 泰英 …………… 368
佐伯 裕子 … 547, 569, 611
佐伯昭市論文集刊行会編
　　集委員 ……………… 637
三枝 むつみ ………… 620
早乙女 勝元 ………… 299
早乙女 貢 …………… 297
佐賀 郁朗 …………… 274
嵯賀 昇 ……………… 457
坂井 昭 ……………… 571
坂井, アンヌバヤール
　　 …………………… 219
坂井 悦子 ……………… 96
堺 憲一 ……………… 407
酒井 敏 ……………… 178
酒井 茂之 ……………… 56
坂井 修一 …………… 557,
　　　560, 605, 623, 624

酒井 順子 …………… 91, 327, 354, 414	坂口 昌弘 … 557, 697, 728	佐木 隆三 …………… 47
酒井 佐忠 …… 33, 564, 663	坂口 三千代 …… 303, 304	鷺沢 萌 …………… 91
サカイ, セシル ………… 90	坂口 曜子 …………… 215	崎村 裕 …………… 4
酒井 大岳 …… 515, 516	坂口安吾研究会 …… 304	朔多 恭 …… 517, 697
坂井 健 …………… 4, 130	逆井 尚子 …… 256, 482	作田 啓一 …… 4, 71
酒井 格 …………… 4	坂崎 重盛 …… 80, 84	佐久間 晟 …………… 598
坂井 利夫 …………… 330	阪下 圭八 …………… 603	佐久間 隆史 …… 322, 449, 457, 513, 529
堺 利彦 …… 741, 745	坂田 自然 …………… 671	佐久間 保明 …… 4, 45, 506, 509
阪井 敏郎 …………… 61	阪田 寛夫 …………… 771	桜井 勝美 …………… 229
酒井 友二 …………… 571	坂田 正治 …………… 80	桜井 健治 …………… 594
坂井 直人 …………… 387	佐方 三千枝 …………… 627	桜井 勝司 …………… 142
酒井 久男 …………… 27	坂田 資宏 …… 571, 572	桜井 琢巳 …… 248, 547, 725, 736
酒井 英行 …… 186, 200, 233, 372, 376, 379, 382	坂田 露苑 …………… 663	桜井 武次郎 …… 637, 693
酒井 弘司 …… 625, 732	坂出 裕子 …… 610, 630	桜井 秀勲 …………… 408
酒井 昌昭 …………… 345	坂戸市教育委員会 …… 581	桜井 美紀 …… 40, 749
堺 雅人 …………… 599	坂西 八郎 …………… 637	桜井 洋子 …………… 359
酒井 美紀 …………… 164	坂根 俊英 …………… 511	桜井 良二 …………… 165
坂井 由人 …………… 387	坂根 白風子 …………… 671	桜木 甚吾 …………… 560
堺市 …………… 585	坂野 信彦 …… 33, 547	桜沢 一昭 …………… 192
堺市国際文化部 …… 585	坂の上の雲ミュージアム …………… 711	桜田 恒夫 …………… 490
堺市博物館 …………… 585	坂村 真民 …………… 535	桜本 富雄 …… 248, 298
堺市文化振興財団 … 585, 588	坂本 育雄 …… 45, 200, 216, 242	佐古 純一郎 …… 200, 201, 209, 233, 237, 307, 311, 362
堺市立中央図書館 …… 585	阪本 謙二 …………… 663	佐古 祐二 …… 457, 521
堺市立文化館与謝野晶子文芸館 …………… 585	坂本 幸四郎 …………… 747	佐古純一郎教授退任記念論文集編集委員会 …… 45
坂内 正 …… 178, 330	坂本 公延 …… 4, 464	笹 公人 …………… 560
坂海 司 …………… 200	坂本 竜彦 …………… 430	笹江 修 …………… 9
坂上 博一 …………… 222	坂本 哲郎 …………… 100	笹尾 佳代 …………… 167
坂上 遼 …………… 416	坂本 寅明 …………… 27	笹川 弘三 …………… 495
逆川 鮎太郎 …………… 637	坂本 浩 …………… 200	笹川 隆平 …………… 264
榊 敦子 …………… 45	坂元 昌樹 …… 200, 209	佐々木 昭夫 …………… 124
榊 弘子 …………… 311	坂本 政親 …………… 151	佐々木 亜紀子 …… 75, 211
榊 昌子 …………… 490	坂本 正博 …………… 534	佐々木 暁美 …………… 296
榊の会 …………… 252	坂本 真典 …………… 223	佐々木 敦 …… 45, 419
榊原 和夫 …………… 142	阪本 勝 …………… 440	佐々木 赫子 …………… 759
榊原 史保美 …………… 387	坂本 満津夫 …… 80, 90, 136, 245, 278, 358	佐々木 和子 …………… 103
榊原 貴教 …………… 153	坂本 宮尾 …………… 703	佐々木 邦 …………… 424
榊原 忠彦 …………… 426	阪本 幸男 …………… 580	佐々木 啓一 …………… 307
榊原 鳴海堂 …………… 198	相良 英明 …………… 200	佐々木 啓子 …………… 627
榊原 浩 …………… 14	早良 冨美子 …………… 76	佐々木 賢二 …………… 504
坂口 安吾 …………… 303	佐川 章 …… 51, 142	佐々木 虹橋 …………… 679
坂口 筑母 …………… 462	佐川 広治 …………… 671	佐々木 滋子 …………… 19
坂口 綱男 …… 303, 697	佐岐 えりぬ …… 318, 535	
坂口 敏之 …………… 82	鷺 只雄 …… 233, 237, 254, 293	
坂口 昌明 …………… 465		

佐々木 茂 …………… 601	佐高 信 …………… 33, 38, 92, 284, 297, 333, 342, 346, 359, 369, 407, 637	佐藤 静子 …………… 595
佐々木 孝次 ………… 322		佐藤 志満 …………… 611
佐佐木 忠慧 ……… 4, 567		佐藤 淳一 ……… 18, 218
砂崎 枕流 …………… 741	定金 恒次 ……… 252, 481	佐藤 正午 ……… 63, 414
佐々木 央 …………… 182	佐滝 幻太 …………… 649	佐藤 昭八 …………… 257
佐々木 冬流 ………… 270	佐竹 大心 …………… 441	佐藤 紫蘭 …………… 33
佐々木 淫 ……… 157, 348	定松 正 ………… 749, 751	佐藤 征子 …………… 277
佐々木 とほる ……… 695	定 道明 …………… 279	佐藤 清郎 …………… 162
佐々木 亨 ……… 137, 152	作花 済夫 …………… 337	佐藤 善也 ……… 174, 236
佐々木 俊尚 ………… 116	作家研究大事典編纂会 …………………… 52	佐藤 苑生 …………… 751
佐々木 信恵 ………… 594		佐藤 泰平 …………… 490
佐佐木 信綱 ………… 590	作家社 …………… 294	佐藤 隆房 …………… 490
佐々木 一 …………… 28	殺人トリック研究会 … 394	佐藤 隆之 …………… 307
佐々木 久春 ………… 95	札幌市厚別図書館 …… 142	佐藤 武利 …………… 701
佐々木 英昭 ‥ 124, 200, 217	札幌市教育委員会文化資料室 …………… 96	佐藤 武義 …………… 38
佐々木 正夫 ………… 111		佐藤 忠男 …………… 258
佐々木 雅発 ……… 155, 175, 178, 209, 213, 233	佐藤 愛子 …………… 91, 356, 481, 700	佐藤 司 …………… 490
		佐藤 嗣男 ……… 233, 267
佐々木 幹郎 ……… 467, 510, 523〜525	佐藤 亜紀 ……… 63, 118	佐藤 嗣二 ‥ 564, 569, 607
	佐藤 彰 …………… 45	佐藤 哲雄 …………… 38
佐々木 みよ子 ……… 26	佐藤 昭 …………… 157	佐藤 輝子 …………… 564
佐々木 靖章 ‥ 200, 510, 589	佐藤 章 …………… 14	佐藤 友之 …………… 352
佐々木 雄爾 ………… 178	佐藤 郁良 …………… 654	佐藤 夏虫 …………… 746
佐佐木 幸綱 ‥ 38, 229, 552, 557, 559, 560, 564, 576, 622, 646, 649, 671, 679	佐藤 泉 …… 93, 201, 419	佐藤 伸宏 ……… 467, 477
	佐藤 一風 …………… 637	佐藤 倫子 …………… 770
	佐藤 梅子 …………… 96	サトウ ハチロー …… 481
	佐藤 栄二 …………… 490	佐藤 春夫 ……… 222, 509
佐々木 竜三郎 ……… 764	佐藤 鬼房 ……… 663, 721	佐藤 秀昭 …………… 339
『佐佐木幸綱の世界』刊行委員会 …… 576, 622	佐藤 岳俊 ……… 741, 742	佐藤 秀明 ……… 322, 325
	佐藤 和枝 …………… 663	佐藤 英夫 …………… 288
笹倉 明 …………… 67	佐藤 和夫 ……… 649, 688	佐藤 成 ……… 490, 505
笹沢 信 …………… 443	佐藤 和正 …………… 63	佐藤 浩 …………… 755
笹沼 俊暁 …… 20, 284, 386	佐藤 勝明 …………… 686	佐藤 浩美 ……… 484, 583
笹野 儀一 …………… 547, 637, 663, 733	佐藤 喜一 …………… 81	佐藤 房儀 …………… 576
	佐藤 きよみ ………… 577	佐藤 文子 …………… 729
笹淵 友一 ……… 157, 174	佐藤 金一郎 ………… 28	佐藤 雅男 …………… 431
笹本 毅 …………… 245	佐藤 健一 …………… 279	佐藤 マサ子 ………… 21
笹本 寅 ……… 136, 192	佐藤 賢一 …………… 360	佐藤 正英 …………… 431
佐治 晴夫 ……… 516, 771	佐藤 健児 …………… 66	佐藤 将寛 ……… 362, 483
佐瀬 茶楽 …………… 715	佐藤 謙次 …………… 4	佐藤 勝 …………… 51, 56, 116, 418, 440, 455, 573, 594, 597, 632
佐瀬 広隆 …………… 715	佐藤 光一 …………… 755	
佐瀬 良幸 …………… 548	佐藤 公一 ……… 270, 431	
佐相 憲一 …………… 457	佐藤 公平 …………… 258	佐藤 松男 ……… 328, 435
佐多 稲子 …………… 313	佐藤 高明 …………… 201	佐藤 幹夫 …………… 327, 376, 437, 438
佐田 公子 …………… 621	佐藤 佐太郎 ……… 462, 560, 561, 604, 611	
佐田 毅 …………… 591		佐藤 三千彦 ………… 718
	佐藤 幸子 …………… 769	
	佐藤 静夫 ‥ 45, 84, 245, 314	

佐藤 通雅 ……… 490, 500, 547, 557, 603, 619, 629, 765, 771
佐藤 碧子 ……………… 239
佐藤 実 ………………… 521
佐藤 めいこ …………… 357
佐藤 宗子 ……………… 749
佐藤 泰正 ……………… 4, 71, 75, 79, 87, 94, 118, 121, 130, 173, 201, 207, 209, 233, 237, 245, 307, 311, 316, 322, 328, 329, 352, 414, 449, 490, 524
佐藤 裕子 …… 20, 201, 211
佐藤 幸夫 ……………… 273
佐藤 洋二郎 …………… 66
佐藤 義雄 ……………… 122
佐藤 良雄 ……………… 201
佐藤 義勝 ……………… 690
佐藤 嘉尚 ……………… 331
佐藤 美文 ……………… 742
佐藤 米次郎 …………… 142
佐藤 隆一 ……………… 113
佐藤 竜一 … 489, 490, 527
佐藤 隆介 ……………… 333
佐藤 稟一 ………………… 4
佐藤 和歌子 …………… 651
佐藤春夫記念会 ‥ 237, 509
里中 哲彦 ……………… 334
里中 満智子 …………… 517
里原 昭 ………………… 356
里見 倫夫 ……………… 155
里見 弴 ………………… 229
佐渡谷 重信 …………… 209
早苗七〇〇号記念事業実 行委員会 …………… 694
真田 英夫 ……………… 627
佐怒賀 三夫 …… 373, 442
実方 清 ………………… 20
さねとう あきら ……… 749
佐野 欣三 ……………… 464
佐野 真一 ……………… 412
佐野 英 ………………… 249
佐野 正人 ……………… 86
佐野 正俊 ……………… 377
佐野 衛 ………………… 394
佐野 美津男 …………… 502
佐野 洋 …………… 394, 395

佐波 洋子 ……………… 577
ザ・俳句歳時記編纂委員 会 …………………… 679
佐保田 芳訓 …………… 612
佐復 秀樹 ………… 247, 280
寒川 鼠骨 ………… 708, 709
鮫島 満 ………………… 603
鮫島 康子 ……………… 735
佐山 祐三 ……………… 16
サライ編集部 …… 74, 690
皿海 達哉 ……………… 749
沢 孝子 ………………… 142
沢 豊彦 …………… 158〜160
沢 英彦 …………… 201, 209, 426
沢 正宏 ………………… 96, 452, 467, 468, 529
沢井 繁男 …………… 45, 86
沢井 昭治 ……………… 461
沢頭 修自 ……………… 769
沢木 あや子 …………… 596
沢木 欣一 ……………… 637, 674, 709, 721, 723
沢口 たまみ …… 490, 491
沢口 芙美 …………… 38, 619
沢田 章子 ………… 167, 314
サワダ オサム ………… 251
沢田 勝雄 ……………… 360
沢田 誠一 ……………… 71
沢田 肇 ………………… 19
沢田 康彦 ………… 562, 565
沢地 久枝 ……………… 92
沢出 真紀子 …………… 749
沢辺 成徳 ……………… 291
沢宮 優 …………… 471, 537
沢村 修治 … 160, 490, 491
沢村 信 ………………… 332
沢村 斉美 ……………… 569
沢柳 大五郎 …………… 178
山雲子 ………………… 38
三猿舎 ………………… 342
サンカ研究会 ………… 260
産経新聞大阪本社 …… 342
産経新聞社 ……… 342, 345
三省堂編修所 …… 646, 679
山頭火研究会 ………… 718
山頭火顕彰会 ………… 718
サントリー美術館 …… 263

三人の会 ……………… 277
三宮 義信 ……………… 590
三宮 麻由子 …………… 491
三本木 国喜 …… 617, 618
サンマーク出版編集部 …………………… 491
山暦俳句歳時記編集委員 会 …………………… 673
山麓 童人 ………… 649, 663

【し】

池 明観 ………………… 33
四位 英樹 ……………… 599
詩歌作者事典刊行会 … 552
椎名 恒治 ………… 547, 620
椎名 麟三 ……………… 316
椎名麟三研究会 ……… 316
椎根 和 ………………… 322
椎橋 清翠 ……………… 637
「Jブンガク」制作プロ ジェクト …………… 57
シェフェル, ジャン・ル イ ……………………… 335
ジェレヴィーニ，アレッ サンドロ …………… 433
塩浦 彰 …………… 222, 581
塩浦 林也 …… 261, 578, 608
塩川 京子 ……………… 709
汐崎 順子 ……………… 768
塩沢 実信 …………… 45, 56
塩沢 幸登 ……………… 540
塩田 勉 …………… 23, 142
塩田 丸男 ……………… 33, 452, 552, 569, 646, 654, 687
塩田 良平 …… 91, 164, 170
塩月 儀市 ……………… 599
塩野崎 宏 ……………… 613
塩野谷 仁 ……………… 732
塩浜 久雄 ………… 376, 379
塩原 日出夫 …………… 505
塩見 恵介 ……………… 569
塩見 鮮一郎 ……… 69, 157
塩見 匡 ………………… 628
志賀 直哉 ……………… 229

志賀 英夫 ……… 468, 530
志賀 康 ……… 649, 663
志垣 澄幸 ……… 547, 600
志賀町立図書館 ……… 610
四竈 経夫 ……… 507
子規庵保存会 ……… 709
四季が岳 太郎 ……
　　　　33, 45, 376, 395
敷田 千枝子 ……… 557, 581
敷田 無煙 ……… 746
しきなみ短歌会 ……… 561
直原 正一 ……… 572, 690
直原 弘道 ……… 279, 534
執行 草舟 ……… 457
重金 敦之 ……… 78, 333
重兼 芳子 ……… 66
重里 徹也 ……… 14, 340
茂田 真理子 ……… 185
重松 恵美 ……… 265
重松 清 ……… 491, 531
重松 泰雄 ……… 178, 201
重本 恵津子 ……… 481
茂山 忠茂 ……… 112
茂里 正治 ……… 637, 671
四国水甕編集部 ……… 620
志子田 宣生 ……… 441
時・差・広・場 ……… 557
志士の会 ……… 693
静岡英和女学院短期大学
　　図書館 ……… 11
静岡近代文学研究会 … 105
静岡県詩史編纂委員会
　　……… 465
静岡県出版文化会 ……… 105
静岡県俳句協会五〇周年
　　史編纂委員会 ……… 694
静岡県浜松市立可美中学
　　校生徒 ……… 570
静岡市立藁科図書館 … 765
静岡新聞社 ……… 105, 365
志田 延義 ……… 4
志田 信男 ……… 178
司代 隆三 ……… 552
時代小説の会 ……… 408
時代別日本文学史事典編
　　集委員会 ……… 245
CW編集部 ……… 91

設楽 哲也 ……… 75
実業之日本社 ……… 658
実践公募塾 ……… 61
実践女子大学文芸資料研
　　究所 ……… 11, 186
「失楽園」研究会 ……… 364
児童文学評論研究会 … 757
詩と詩論研究会 ……… 516
品川 鈴子 ……… 727
品川 嘉也 ……… 658
品田 悦一 ……… 603
信濃文学会 ……… 572
信濃毎日新聞社 ……… 105
信濃町黒姫童話館 ……… 756
シナリオ作家協会「新藤
　　兼人人としなりお」出
　　版委員会 ……… 445
シナリオ作家協会「鈴木
　　尚之人とシナリオ」出
　　版委員会 ……… 445
シナリオ作家協会「野田
　　高梧人とシナリオ」出
　　版委員会 ……… 445
シナリオ作家協会「八住
　　利雄人とシナリオ」出
　　版委員会 ……… 446
シネマノヴェルズ・ミス
　　テリー委員会 ……… 395
篠 弘 ……… 33, 116, 418,
　　440, 455, 547, 552, 557,
　　564, 573, 574, 577, 632
篠崎 淳之介 ……… 518
篠沢 秀夫 ……… 23, 229
篠田 啓子 ……… 768
篠田 節子 ……… 404
篠田 知和基 ……… 20
篠田 一士 ……… 3, 130, 471
篠田 正浩 ……… 531
篠原 久美子 ……… 441
篠原 茂 ……… 336
篠原 徹 ……… 687
篠原 鳳作 ……… 726
篠原 昌彦 ……… 96, 174
篠原 正巳 ……… 601
篠原 資明 ……… 457, 461
篠原 義彦 ……… 178
四宮 正貴 ……… 33
篠山 紀信 ……… 142

芝 仁太郎 ……… 439
芝 不器男 ……… 700
司馬 遼太郎 … 23, 341, 342
柴口 順一 ……… 315
柴崎 聡 ……… 457, 532
柴崎 友香 ……… 45
柴田 いさを ……… 663
芝田 啓治 ……
　　　307, 372, 499, 594
柴田 翔 ……… 449
柴田 宵曲 ……… 201, 637
柴田 勝二 ……… 122,
　　201, 209, 284, 322,
　　323, 336, 371, 376
柴田 多賀治 …… 237, 270
柴田 陽弘 ……… 76, 749
柴田 奈美 …… 480, 668, 713
柴田 まどか ……… 491
柴田 元幸 ……… 4, 66, 376
柴田 ゆう ……… 384
柴田 よしき ……… 396
柴田 依子 ……… 464
司馬遼太郎記念財団
　　……… 342, 346
渋沢 幸子 ……… 291
渋沢 孝輔 ……… 457, 536
渋沢 龍彦 ……… 45,
　　80, 143, 291, 292, 326
渋沢 龍子 ……… 291, 292
『渋沢竜彦全集』編集委
　　員会 ……… 292
渋谷 伯龍 ……… 742
渋谷 香織 ……… 265
渋谷 直人 ……… 514
柴生田 稔 … 600, 603, 612
志保田 務 ……… 221, 233
島 秋人 ……… 622
島 京子 ……… 295
島 為男 ……… 201
島 弘之 ……… 431
島内 きく子 ……… 274
島内 景二 ……… 4,
　　56, 182, 195, 201, 209,
　　254, 323, 408, 561, 624
島内 将雄 ……… 547
島内 裕子 ……… 4,
　　5, 16, 45, 71, 574

島尾 伸三	………………	317
島尾 敏雄	………………	317
島尾 ミホ	………………	317
嶋岡 晨	‥ 45, 342, 467, 471,	
	511, 513, 561, 637, 654	
島尾敏雄の会	…………	317
島木 英	………………	167
島崎 市誠	…… 212, 279	
島崎 栄一	………………	27
島崎 楠雄	………………	155
島崎 古巡	………………	155
島崎 藤村	………………	155
島崎藤村学会	………	155
島津 忠夫	‥ 16, 38, 564, 627	
島津 正	………………	112
島田 昭男	………………	303
島田 勇	………………	534
島田 一耕史	………………	697
島田 牙城	………………	635
島田 謹二	………………	471
島田 修二	…… 609, 712	
島田 修三	…………………	
	552, 557, 561, 574	
島田 荘司	…… 389, 395	
島田 隆輔	………………	500
島田 亨	………………	323
島田 裕巳	………………	215
嶋田 麻紀	…… 664, 703	
島田 雅彦	……… 66, 201	
島田 陽子	…… 460, 516	
島田市博物館	…………	231
島恒人先生句碑建立実行		
委員会	………………	734
嶋中 鵬二	………………	134
島根県文学館推進協議		
会	………………………	111
島原 泰雄	………………	39
島村 健司	………………	265
嶋村 忠夫	………………	561
島村 輝	………… 45, 72,	
	93, 275, 302, 336, 452, 760	
島村 豊	………………	471
島本 千也	………………	690
島本 達夫	………………	45
清水 彰	…… 114, 115	
清水 卯之助	………………	594
清水 英子	…… 259, 260	
清水 一嘉	………………	201
清水 克二	………………	130
清水 貴久彦	‥ 664, 679, 739	
清水 杏芽	…… 637, 728	
清水 潔	………………	654
清水 候鳥	………………	637
清水 貞夫	………………	700
清水 茂雄	………………	95
清水 昭三	…………………	
	233, 298, 311, 316	
清水 信	……………… 185,	
	245, 254, 318, 323,	
	331, 350, 352, 506	
清水 節治	…… 95, 300, 430	
清水 孝純	………………	201
清水 建美	…… 673, 674, 678	
清水 忠平	………………	201
清水 哲男	……………… 82,	
	449, 511, 679, 680	
清水 徹	………… 46, 439	
清水 敏一	………………	476
清水 比庵	………………	547
清水 氾	………………	312
清水 房雄	…… 552, 605, 714	
志水 雅明	…………………	
	28, 105, 699, 701	
清水 真砂子	‥ 749, 757, 758	
清水 正	…… 229, 259, 328,	
	329, 383, 491, 502〜505	
清水 雅洋	………………	254
清水 基吉	…… 658, 697, 734	
清水 弥一	………………	636
清水 靖夫	………………	345
清水 泰	………………	4
清水 康次	…… 201, 233	
清水 靖久	………………	151
清水 義和	………………	625
清水 義範	…… 16, 57, 62	
清水 良典	………………… 5,	
	59, 66, 84, 218, 245, 284,	
	372, 376, 379, 383, 418	
清水 寥人	………………	600
清水市教育委員会社会教		
育課資料調査室 ……		105
しみわたり塾	………	772
市民タイムス	…… 366, 661	
市民と文化を考える会		
	………………………	265
志村 有弘	……………… 11,	
	97, 112, 136, 143, 145,	
	188, 233, 238, 255, 290,	
	296, 307, 317, 342, 352,	
	356, 359, 408, 506, 516,	
	519, 538, 552, 718, 771	
志村 孝夫	………………	312
志村 太郎	………………	213
志村 史夫	…… 209, 426	
下岡 友加	………………	229
下郡 峯生	………………	561
下里 美恵子	………………	723
下島 勲	………………	233
下重 暁子	………………	79
霜多 正次	………………	313
下谷 二助	………………	77
下鉢 清子	………………	693
紫藻辺 伊佐久	………	491
下村 すみよ	………………	561
下山 嬢子	………………	155
下山 山下	………………	742
『社会文学事典』刊行		
会	………………………	52
釈 誓道	………………	449
釈 迢空	………………	616
しゃっせ ただお	……	100
社本 武	…… 574, 693	
ジャンボール, 絹子 ……		671
秋 錫敏	………………	118
集英社文庫編集部 ……		381
十月会	…… 576, 617	
週刊朝日編集部 ………		342
週刊俳句	…… 704, 713	
「週刊文春」編集部 …		395
週刊文春	………………	395
周南市文化振興財団 …		771
秀俳句会	………………	699
シュヴレル, イヴ ‥ 124, 125		
「樹界逍遥」編集委員		
会	………………………	664
首藤 基澄	……………… 112,	
	130, 526, 538, 706	
狩俳句会	………………	678
主婦の友社	………………	362
シュミット村木 真寿美		
	…………………………	625

シュラント, アーネスティン …………… 284
純愛物語研究会 ……… 84
春夏秋冬の会 …………… 5
城 市郎 …………… 410
小学館 ………… 675, 680
小学館辞典編集部 …… 33
尚学図書言語研究所 …… 11
上甲 平谷 …………… 637
東海林 さだお ……… 417
庄司 達也 …………… 234
庄司 肇 …………… 186, 229, 245, 304, 339, 357, 366, 370, 380, 506
正津 勉 ………… 33, 34, 45, 455, 464, 569, 687, 716
城西大学国際文化教育センター …………… 91
小説トリッパー ……… 395
小説の一行目研究会 … 63
庄田 秀志 …………… 122
祥伝社文庫 …………… 368
庄内最上歳時記編集委員会 …………… 680
庄野 英二 …………… 509
庄野 潤三 ……… 328, 330
翔文社 ………………… 34
逍遙研究会 …………… 161
昭和歌人名鑑刊行会 … 576
庄和高地理歴史部 …… 193
昭和女子大学近代文学研究室 …………… 140, 143, 161, 176, 217, 239, 240, 253, 259, 271, 304, 307, 314, 474, 477, 483, 508, 588, 598, 601, 610, 614, 700, 702, 706
昭和女子大学近代文化研究所 …… 143, 444, 614
昭和女子大学女性文化研究所 …………… 121
昭和女子大学図書館 … 330
昭和大学史料室 ……… 727
昭和探偵小説研究会 … 195
ジョージ, プラット・アブラハム …………… 499
女子学習院 …………… 143
抒情文芸刊行会 ……… 143

女性文学会 …… 66, 389, 415
鄭 勝云 ……………… 279
白井 欽一 …………… 580
白井 真貫 …………… 649
白石 かずこ ………… 457
白石 省吾 …………… 245
白石 昻 …………… 600
白石 悌三 …………… 686
白石 伯 …………… 319
白石 秀人 …………… 491
白石 喜彦 …………… 249
白岡 順 …………… 335
白樺文学館多喜二ライブラリー ………… 275, 276
白神 喜美子 ………… 288
白川 正芳 … 245, 319, 320
白川 豊 ……………… 93
白木 益三 …………… 157
白木 一男 …………… 157
白木 進 ……………… 28
白倉 一由 …………… 105
白崎 昭一郎 … 170, 178, 583
白洲 明子 …………… 431
白洲 正子 ……… 292, 428
白谷 明美 ……… 454, 755
白土 わか …………… 88
白根 孝美 …………… 149
シラネ, ハルオ ……………… 20, 21, 25, 38
白根記念渋谷区郷土博物館・文学館 ……… 758
白峰 義風 …………… 688
白百合怪異研究会 …… 758
白百合女子大学アイリエゾン研究会 ……… 22
白百合女子大学言語・文学研究センター …… 20
白百合女子大学児童文化研究センター児童文学に見る家族の国際比較プロジェクト ……… 759
白百合女子大学大学院猪熊葉子ゼミ編集委員会 …………… 406
白百合女子大学図書館 ……………… 25
市立市川歴史博物館 … 222

市立小樽文学館 …… 11, 14, 28, 270, 279, 461, 491, 534
シールズ, ナンシー・K. …………… 315
シルババーグ, ミリアム …………… 280
城井 睦夫 …………… 708
「詩朗読と講演の夕べ」実行委員会 ……… 534
白銀 小浪 ……… 576, 617
「白鳥省吾を研究する会」事務局 …………… 508
白鳥省吾賞「詩」募集事務局 …………… 454
「白鳥省吾のふるさと逍遥」編集委員会 … 508
城山 三郎 …… 57, 63, 723
辛 基秀 …………… 290
申 銀珠 …………… 481
辛 承姫 …………… 329
『新秋田県短歌史』編集委員会 …………… 572
新海 均 …………… 350
新貝 雅子 …………… 606
新川 和江 …………… 449
新紀元社編集部 … 387, 405
新『京極ワールド』研究会 …………… 382
神宮 輝夫 … 749, 767〜771
神宮寺 一 …………… 585
新宮市立佐藤春夫記念館 …………… 237, 509
新熊 清 …………… 153
新家 完司 …………… 742
新墾八十年史編纂委員会 …………… 575
新墾六十年史編纂委員会 …………… 572
晋樹 隆彦 …………… 576
新宿区地域文化部文化観光国際課 ……… 201
新宿歴史博物館 …………… 103, 259, 286, 536
新城 明博 …………… 471
新城 郁夫 …………… 115
新城 カズマ … 66, 389, 404
新城 宏 …………… 664
新人物往来社 …… 14, 343

著者名索引　　　　　　　　　　　　　　　　　　　　　　　　　すすき

ヂンダレ研究会 ……… 468	末永　実 …………… 196	杉原　米和 ………… 151
新潮社 …… 308, 323, 431	末延　芳晴 ……………	杉村　泰 ……………… 20
新潮文庫 ……… 201, 218,	178, 209, 222, 709	杉本　章子 ………… 138
233, 262, 297, 307, 323	須賀　敦子 ………… 433	杉本　完治 ………… 178
新藤　兼人 …… 225, 445	管　宗次 …………… 148	杉本　清子 ………… 547
進藤　虚籟 ………… 462	須賀　昌五 ………… 463	杉本　邦子 … 139, 479, 586
新藤　謙 …………… 34,	絓　秀実 …………… 46,	杉本　秀太郎 …… 76, 521
46, 92, 222, 256, 416,	66, 69, 118, 163, 284,	杉本　省邦 ………… 535
439, 444, 514, 527	370, 371, 419, 437, 531	杉本　増生 ………… 629
進藤　純孝 …… 255, 294	菅井　魚里 ………… 637	杉山　きく子 ……… 751
新藤　東洋男 ……… 479	須貝　千里 …………… 18	杉山　喜代子 ……… 557
真銅　正宏 ………… 63,	須貝　正義 ………… 286	杉山　欣也 ………… 323
78, 109, 116, 130, 148, 222	菅野　温子 ………… 389	杉山　恵子 ………… 768
新日本出版社編集部 … 86	菅野　則子 ………… 79	杉山　昌善 …… 742, 744
陣野　俊史 ……… 92, 379	菅野　匡夫 ………… 609	杉山　二郎 …… 109, 480
陣野　英則 ………… 38	菅本　康之 ………… 319	杉山　隆男 ………… 323
新俳句人連盟創立六〇周	菅谷　規矩雄 ……… 449	杉山　武子 … 167, 417, 520
年記念事業推進委員	菅原　克己 ………… 447	杉山　平一 … 449, 465, 530
会 ……………… 696	菅原　聖喜 ………… 335	杉山　正樹 ………… 625
「新版・俳句歳時記」編	菅原　孝雄 …… 130, 172	杉山　学 …………… 105
纂委員会 …… 676, 680	菅原　千恵子 ……… 491	杉山　宮子 ………… 514
新・フェミニズム批評の	菅原　千代 ………… 618	杉山　康彦 ………… 100
会 ……… 91, 138, 242	菅原　鬨也 …………	杉山　由美子 ……… 586
新船　海三郎 ……… 16,	500, 649, 664, 696	勝呂　奏 …… 161, 253, 365
46, 71, 143, 278, 359, 409	菅原　治子 ………… 307	助川　幸逸郎 ………… 5
人文社編集部 ………	菅原　弘士 ………… 491	助川　徳是 ………… 257
333, 334, 359	菅原　政雄 …… 97, 697	スコット＝ストークス,ヘ
新保　邦寛 ………… 175	杉浦　静 … 452, 453, 486	ンリー …………… 323
新保　哲 …………… 718	杉浦　明平 …… 46, 617	須佐　薫子 ………… 654
新保　博久 ………… 187,	杉浦　由美子 ……… 116	須沢　知花 ………… 314
188, 195, 392, 394, 395	杉浦　嘉雄 …… 485, 491	図子　英雄 ………… 112
新保　祐司 …………	杉浦　芳夫 ………… 95	鈴鹿市教育委員会 … 580
148, 174, 278, 419	杉江　松恋 …… 395, 409	鈴木　斌 …………… 46,
新村　出 …………… 644	杉崎　俊夫 …… 86, 130	69, 75, 315, 334, 419
森羅　夢太郎 ……… 164	すぎた　とおる ……… 68	鈴木　昶 …………… 742
	杉田　久女 …… 703, 723	鈴木　厚子 ………… 703
	杉谷　昭人 ………… 449	鈴木　淳史 ………… 376
【す】	杉並区立郷土博物館 …	鈴木　一風斎 ……… 333
	267, 268, 337	鈴木　蚊都夫 … 638, 728
水鏡子 ……………… 402	杉沼　永一 … 143, 518, 520	鈴木　一彦 ………… 552
水洞　幸夫 ………… 346	杉野　一博 ………… 671	鈴木　勝忠 ………… 664
陶　智子 …………… 79	杉野　徹 ………… 87, 91	鈴木　勘之 …… 91, 664
末国　善己 ………… 409	杉野　要吉 ………… 93,	鈴木　輝一郎 … 66, 389
末竹　淳一郎 ……… 574	94, 130, 133, 280, 320	鈴木　銀一郎 ……… 383
末永　泉 …………… 218	杉橋　陽一 …… 724, 729	鈴木　邦男 … 276, 321, 323
末永　昭二 ………… 245	杉原　剛介 ………… 323	鈴木　邦彦 ………… 105
	杉原　裕介 ………… 323	鈴木　久美子 ……… 665

日本近現代文学案内　　841

鈴木 敬司 …………… 766	鈴木 元 …………… 568	スニーカー・ミステリー
鈴木 啓介 …………… 716	鈴木 八郎 …………… 724	倶楽部 …………… 382
鈴木 健一 …… 37, 574, 577	鈴木 比佐雄 ‥ 449, 457, 471	簾内 敬司 …………… 491
鈴木 健司 …… 335, 491, 495	鈴木 英雄 …………… 201	洲之内 徹 …………… 433
鈴木 健次 …………… 143	鈴木 秀子 ……… 175, 328	Super Stringsサーフライ
鈴木 幸輔 …………… 547	鈴木 宏子 …………… 574	ダー21 …………… 334
鈴木 貞男 …………… 588	鈴木 広 …………………… 28	須原 和男 ……… 638, 732
鈴木 貞雄 ……… 654, 680	鈴木 敏幸 ……… 449, 471	すばる編集部 ………… 335
鈴木 貞美 …………… 5,	鈴木 文孝 ……… 222, 224	須磨 一彦 …………… 162
44, 46, 122, 130, 185,	鈴木 抱風子 ………… 703	住井 すゑ …………… 253
245, 269, 302, 486	鈴木 雅生 …………… 327	墨岡 学 …………… 638
鈴木 佐代子 ………… 347	鈴木 真砂女 …… 680, 734	住川 碧 …………… 258
鈴木 重生 ……… 46, 331	鈴木 正義 …………… 471	隅田 正三 …………… 158
鈴木 茂夫 ……… 449, 540	鈴木 美津子 ………… 150	住田 利夫 …………… 92
鈴木 重嶺 …………… 561	鈴木 満 …………… 671	住友 洸 …………… 597
鈴木 地蔵 …………… 136	鈴木 六林男 ………… 721	角谷 道仁 …………… 709
鈴木 淳 ………… 38, 170	鈴木 保昭 …………… 76	陶山 幾朗 …………… 428
鈴木 純一 ……… 123, 638	鈴木 保男 …………… 155	寿山 五朗 …………… 300
鈴木 醇爾 …………… 197	鈴木 ゆすら …… 664, 701	駿河 岳水 …………… 664
鈴木 諄三 ……… 561, 566	鈴木 良昭 …… 28, 201, 617	駿河台文学会 ………… 444
鈴木 昭一 ……… 157, 158	鈴木 吉維 …………… 253	スレイメノヴァ, アイー
鈴木 章吾 …………… 277	鈴木 亮 …………… 476	ダ ………………… 130
鈴木 東海子 …… 457, 460	鈴木 瑠璃子 ………… 449	スロヴィック, スコット
鈴木 昌平 …………… 732	鈴村 和成 ………… 245,	……………………… 77
鈴木 如仙 …………… 742	284, 371, 377, 379	諏訪 兼位 …………… 569
鈴木 伸一 …………… 664	須田 浅一郎 …… 491, 499	諏訪 優 …………… 436
鈴木 信一 …………… 66	須田 喜代次 ………… 178	スン,T.K. ……………… 22
鈴木 善一 …………… 574	須田 純一 …………… 491	
鈴木 詮子 …………… 654	須田 久美 …………… 274	
鈴木 創士 ……… 20, 384	スタジオ・ハード …… 402	【せ】
鈴木 鷹夫 …………… 638	スタジオ・ハードMX	
鈴木 竹志 ……… 547, 577	………………………… 395	清 博美 …………… 742
鈴木 武晴 …………… 582	スタッフ霞町 ………… 382	青海 健 …………… 327
鈴木 太郎 ……… 638, 738	須知 白塔 …………… 680	青娥書房編集部 ……… 500
鈴木 千恵子 ………… 686	スティーブン, チグサ・	勢家 肇 …………… 756
鈴木 東峰 …………… 742	キムラ …………… 336	成蹊大学大学院近代文学
鈴木 豊志夫 ………… 272	須藤 剛一 …………… 649	研究会 …………… 238
鈴木 利行 …………… 520	須藤 伸一 …………… 531	成蹊大学文学部学会
鈴木 俊彦 ……… 245, 284	須藤 徹 …………… 638	………… 103, 395, 406
鈴木 俊裕 …………… 100	須藤 宏明 ……… 71, 97	星座の会 …………… 226
鈴木 登美 ……… 25, 90	須藤 靖貴 …………… 333	聖紫花句会 …………… 651
鈴木 智之 …………… 377	須永 朝彦 …………… 406	清田 文武 ……… 143, 179
鈴木 豊一 …………… 649	須永 義夫 ……… 564, 607	清田 昌弘 ……… 638, 729
鈴木 直子 …………… 285	砂田 弘 ……… 770, 771	清藤 碌郎 …………… 471
鈴木 尚之 …………… 445	須浪 敏子 ……… 289, 357	聖徳大学川並記念図書
鈴木 展充 …………… 518	スニーカー文庫編集部	館 ………………… 11
鈴木 紀子 …………… 405	………………………… 383	

清野 房太 …………… 546	赤道の会 …………… 539	千石 英世 …… 44, 57, 138,
清涼院 流水 ………… 389	関根 明子 …………… 620	142, 199, 330, 377, 706
瀬尾 育生 …………… 437,	関根 英二 ………… 21, 331	全国学校図書館協議会
447, 449, 457, 464	関根 賢司 …… 40, 46, 115	……………………… 763
世界俳句協会 ……… 688	関根 瞬泡 …………… 649	全国大学国語国文学会
瀬上 敏雄 ……… 34, 457	関根 牧彦 …………… 118	………………………… 23
関 厚夫 ………… 499, 596	関根 慶子 …………… 5	全国文学館協議会 …… 14
関 伊佐雄 …………… 318	関根 林吉 …………… 701	先崎 彰容 …………… 425
関 きよし …………… 444	関原 英治 …………… 609	扇田 昭彦 ……… 443, 444
関 茂 ………………… 507	関森 勝夫 … 671, 690, 697	千田 一路 ……… 638, 690
関 静雄 ……………… 206	関屋 淳子 ……… 567, 671	千田 実 ………… 237, 312
関 俊治 ………… 465, 607	関谷 一郎 ……… 130, 431	仙田 洋子 ……… 617, 688
関 水華 ……………… 742	関谷 博 ……………… 165	仙台啄木会「三十年記念
関 登久也 …………… 491	関谷 由美子 ………… 209	誌」編集委員会 …… 594
関 朝之 ………… 412, 413	関山 房兵 …………… 487	仙台文学館 …… 11, 97,
関 肇 ………………… 140	勢古 浩爾 ……… 301, 437	155, 235, 443, 484, 491,
関 宏夫 ……………… 709	瀬崎 圭二 ………… 71, 214	524, 586, 588, 608, 722
関 恵実 ……………… 201	瀬角 龍平 …………… 649	善太と三平の会 …… 770
関 幸子 ………… 582, 606	瀬底 月城 …………… 680	船団の会 …………… 671
関 容子 ……………… 513	瀬田 貞二 …………… 758	全日本菊地秀行ファンク
関 良一 ………… 162, 174	世田谷文学館 … 103, 187,	ラブ ……………… 368
関 礼子 ……………… 79,	195, 222, 229, 242, 262,	全日本川柳協会 …… 742
126, 167, 168, 170, 245	265, 288, 296, 304, 315,	千年紀文学の会 ‥ 46, 92, 118
関井 光男 ……… 419, 430	329, 331, 333, 338, 356,	仙葉 豊 ……………… 23
関川 竹四 …………… 690	409, 529, 603, 625, 768	仙北谷 晃一 ………… 151
関川 夏央 …………… 42,	世田谷文学館学芸課 … 195	千里坊 慈竹 ………… 690
81, 130, 133, 136, 148,	せたがや文化財団世田谷	川柳大学編集部 …… 744
162, 225, 259, 265,	文学館学芸部学芸課	川柳噴煙吟社 ……… 742
296, 332, 343, 345,	……………………… 179	
409, 433, 547, 617, 709	瀬戸内 寂聴 … 46, 49, 79,	**【そ】**
関口 苑生 …………… 387	91, 130, 136, 138, 168, 187,	
関口 収 ……………… 238	191, 218, 250, 357, 680	
関口 克巳 …………… 572	瀬戸川 猛資 …… 46, 396	蘇 明仙 ……………… 336
関口 宗念 …………… 765	瀬戸口 宣司 ………… 471	宗 左近 …… 491, 638, 693
関口 裕昭 …………… 148	瀬戸市文化協会 …… 465	草加市企画財政部広報広
関口 裕子 …………… 79	瀬名 秀明 ……… 402, 404	聴課 ………… 100, 572
関口 真魚 …………… 756	瀬沼 茂樹 … 136, 137, 202	岬吟の会 …………… 680
関口 昌男 ……… 608, 724	瀬沼 寿雄 …………… 274	宗田 安正 …………… 646,
関口 安義 …………… 233,	妹尾 健 ……………… 638	676, 680, 697, 721, 729
234, 236〜240, 502, 749,	瀬里 広明 ……… 165, 166	五月女 肇志 …………… 38
754, 760, 761, 768, 771	芹沢 光治良 ………… 253	早乙女 務 …………… 343
関口 涼子 …………… 449	芹沢 俊介 ……… 437, 491	相馬 明文 …………… 307
せきしろ ……………… 558	芹沢 光興 ……… 215, 232	相馬 文子 …………… 474
関塚 康夫 …………… 687	芹沢記念会 ………… 253	相馬 御風 ………… 5, 474
関田 かをる ………… 151	千 宗之 ……………… 46	相馬 正一 …… 158, 237,
関田 史郎 ……………… 28	千街 晶之 …………… 396	267, 268, 304, 307, 312
『石炭と椿の円光』刊行	千石 隆志 …… 202, 235	
会 ………………… 18		

相馬 遷子 ･････････ 734	大衆文学研究会 ･･ 408, 409	高岡 幸一 ･･･････････ 23
相馬 庸郎 ･･･････････	大東文化大学人文科学研	高岡幸一教授退職記念論
158, 350, 372, 443	究所 ････････････････ 138	文集刊行会 ･････････ 23
相馬 久康 ･･････････ 118	大東文化大学大学院文学	高岡市万葉歴史館 ･･･ 576
創立30周年事業実行委員	研究科日本文学専攻渡	高沖 陽造 ･････････ 440
会記念事業部会 ･･･ 240	辺澄子研究室 ･･･････ 118	高貝 弘也 ･････････ 479
添田 馨 ････････････ 437	大東文化大学図書館 ･･ 463	高木 晶子 ･････････ 293
添田 邦裕 ･･････････ 527	第二十回記念斎藤茂吉追	高木 淳 ･･････ 481, 518
素人社 ･････････････ 646	慕全国大会実行委員	高木 市之助 ･･･････ 16
祖田 浩一 ･･････････ 284	会 ･････････････････ 603	高木 馨 ･･･････････ 484
袖下 拝悠 ･･････････ 638	第26回九州詩人祭長崎大	高木 俊輔 ･････････ 158
外崎 菊敏 ･･････････ 257	会事務局 ･･････････ 465	高木 仁三郎 ･･･････ 491
外松 太恵子 ････････ 515	第101回日本皮膚科学会	高木 青二郎 ･･･････ 638
曽根 博義 ･････････ 13,	総会 ･･･････････････ 480	高木 卓 ･･･････････ 166
245, 288, 421, 422	太平洋戦争研究会 ･･･ 345	高木 健夫 ･････････ 140
曽野 綾子 ･･････････ 347	大門 朴童 ･････････ 28	高木 徹 ････････････ 89
園田 久子 ･･････ 540, 586	太陽編集部 ･･ 188, 333, 625	高木 敏雄 ･････････ 756
園部 孤城子 ････････ 664	第4回全国山頭火フェス	高樹 のぶ子 ･･･････ 337
園本 穹子 ･･････････ 736	タinみやざき実行委員	高木 伸幸 ･････････ 288
祖父江 昭二 ･･･ 130, 273	会 ･････････････････ 720	高木 寛 ･･･････････ 591
SOHOギルド ･･････････ 57	第四回環太平洋児童文学	鷹城 宏 ･･･････････ 393
杣谷 英紀 ･･････････ 265	会議実行委員会報告書	高木 文雄 ･････ 202, 215
染谷 洌 ･･･････ 100, 294	委員会 ････････････ 749	高木 文 ･･･････････ 148
染谷 孝哉 ･･････････ 103	第49回 日本SF大会	高木 正煕 ･････････ 111
『空とぶ詩たち』刊行委	TOKON 10 Official	高木 裕 ･･･････････ 122
員会 ･･････････････ 471	Souvenir Book編集委員	高木 良多 ･････ 638, 738
ソルト, ジョン ･････ 528	会 ･････････････････ 402	高桑 法子 ･････････ 172
孫 歌 ･･････････････ 434	タイラー, ウイリアム・	高阪 薫 ･･･ 156, 162, 317
孫 樹林 ････････････ 254	J. ･･････････････････ 302	高崎 淳子 ･････････ 569
	平 宗星 ･･････ 654, 746	高崎 俊彦 ･････････ 320
	平舘 英子 ･････････ 138	高崎 唯子 ･････････ 649
【た】	台湾啄木学会 ･････ 594	高崎 隆治 ･････ 139, 721
	ダ・ヴィンチ編集部	高崎市市長公室広報広聴
田井 安曇 ･･･ 547, 576, 709	･･･････････ 66, 387, 396	課 ･････････････････ 614
田井 英輝 ･･････････ 48	田江 岑子 ･････ 500, 590	高沢 吉郎 ･････････ 578
田井 友季子 ･･･････ 34	妙木 清 ･･･････････ 638	高沢 秀次 ････････ 47,
大雨 雄峰 ･･････････ 718	田拝 聡一郎 ･･･････ 389	67, 148, 371, 429, 437
大栄総研・俳句入選研究	高井 信 ･･･････････ 63	たかし よいち
プロジェクト ･････ 654	高井 弘之 ･････････ 345	･････････････ 766, 767, 770
大後 美保 ･･････････ 671	高井 北杜 ･････････ 638	高塩 幸雄 ･････････ 580
大悟法 静子 ････････ 137	高井 貢 ･･･････････ 567	高島 俊男 ･････ 143, 373
大悟法 利雄 ･･･ 137, 600	高井 有一 ････････	高島 裕 ･･･････････ 569
第39回秋田県多喜二祭・	･･･････ 143, 347, 593, 609	高須賀 昭夫 ･･･････ 270
生誕100年記念小林多	高内 壮介 ･････････ 471	高杉 方宏 ･････････ 290
喜二展記録集編纂委員	高尾 稔 ･･･････････ 261	「高杉一郎・小川五郎追
会 ･････････････････ 275	高岡 修 ･･････ 34, 649	想」編集委員会 ････ 417
	高岡 一弥 ･････････ 639	高瀬 隆和 ･････････ 621
	高岡 健 ･･････････ 85	高瀬 真理子 ･･･････ 506

高瀬 善夫 ………… 78	高橋 巌 ………… 213	高橋 直樹 ………… 388
高田 賢一 ………… 77	高橋 暎子 ………… 609	高橋 夏男 …… 517, 530
高田 三九三 ………… 654	高橋 悦男 …… 646, 653,	高橋 修宏 ………… 649
高田 太郎 ………… 457	654, 664, 680, 697, 733	高橋 信之 ………… 639
高田 知波 … 130, 148, 168	高橋 治 …… 638, 680	高橋 信良 ………… 315
高田 光子 ………… 275	高橋 修 ………… 71,	高橋 昇 ………… 337
高田 宏 …… 63, 71, 413	72, 93, 148, 760	高橋 春男 ………… 651
高田 正子 ………… 688	高橋 馨 ………… 63	高橋 英夫 …… 46, 71,
高田 芳夫 …… 88, 130	高橋 一清 …… 66, 143	89, 143〜145, 186, 202,
高田 里恵子 ………… 79	高橋 和彦 …… 152, 168, 170	229, 235, 245, 250, 284,
高知 龍 ………… 64	高橋 和巳 ………… 245	288, 419, 431, 439, 471
高塚 雅 ………… 307	高橋 和幸 ………… 323	高橋 英郎 ………… 323
高槻 文子 ………… 557	高橋 克彦 …………	高橋 秀晴 ………… 97
貴辻 敦子 ………… 390	66, 388, 391, 396	高橋 博史 ………… 238
高辻 謙輔 ………… 270	高橋 克博 ………… 280	高橋 広満 …………
高堂 要 ………… 316	高橋 喜久晴 ………… 449	130, 331, 427, 615
高堂 敏治 ………… 430	高橋 喜平 ………… 638	高橋 文二 …… 5, 323
たかとう 匡子 …… 537, 538	高橋 協子 ………… 610	高橋 真紀子 ………… 654
高遠 信次 ………… 516	高橋 桐矢 ………… 68	高橋 誠 ………… 202
高遠 弘美 ………… 125	高橋 恵一 ………… 572	高橋 昌男 ………… 46
高取 英 ………… 625	高橋 源一郎 …… 5, 16, 42,	高橋 正雄 ………… 202
高梨 義明 ………… 193	46, 63, 66, 118, 298, 410	高橋 昌子 ………… 155
高波 秋 ………… 504	高橋 謙次郎 ………… 731	高橋 正子 ………… 664
高根沢 紀子 …… 382, 384	高橋 貞 ………… 5	高橋 昌嗣 …… 137, 413
高野 公彦 ………… 39,	高橋 さやか ………… 763	高橋 昌博 ………… 28
479, 547, 552, 557,	高橋 茂美 ………… 130	高橋 光子 ………… 363
564, 566, 569, 623, 629	高橋 重幸 ………… 347	高橋 光義 …… 603, 613
高野 喜代一 ………… 194	高橋 静恵 ………… 755	高橋 睦郎 ………… 34,
高野 澄 ………… 425	高橋 愁 ………… 736	39, 471, 570, 639, 672
高野 建三 ………… 496	高橋 準 …… 121, 407	高橋 康雄 ………… 46,
高野 素十 ………… 704	高橋 順一 ………… 439	185, 216, 505, 697, 749
高野 斗志美 … 284, 362, 515	高橋 順子 …………	高橋 康也 ………… 419
高野 春広 ………… 40	449, 455, 626, 686	高橋 行徳 ………… 373
高野 実貴雄 …… 5, 148	高橋 昌洋 ………… 287	高橋 良雄 ………… 567
高野 ムツオ ………… 664	高橋 誠一郎 …… 343, 345	高橋 義和 ………… 296
高野 守正 ………… 449	高橋 世織 …………	高橋 龍 ………… 639
高野 陽一 ………… 664	188, 218, 492, 511	高橋 渡 …… 471, 521
高野 芳子 ………… 483	高橋 宗伸 ………… 603	高畠 寛 ………… 66
高野 良知 ………… 289	高橋 正 …… 112, 476	高浜 虚子 ………… 202,
たかの塾 ………… 284	高橋 龍夫 ………… 141	209, 639, 659, 664,
鷹羽 狩行 ………… 635,	高橋 勤 ………… 77	672, 704, 705, 709
638, 645, 654, 657,	高橋 哲雄 ………… 396	高浜 年尾 ………… 672
658, 664, 671, 672,	高橋 丁未子 ………… 377	高原 英理 …… 71, 79, 407
680, 693, 697, 727, 734	高橋 俊夫 …… 5, 222, 225, 615	高原 村夫 ………… 484
高橋 昭男 …… 179, 209	高橋 敏夫 ………… 57,	高比良 直美 ………… 318
高橋 明雄 ………… 581	63, 284, 297, 359, 360,	高松 秀明 ………… 613
高橋 勇夫 ………… 46	381, 405, 409, 444	高松 文樹 ………… 479
		田上 悦子 ………… 665

高三 啓輔	……………	100
高見 順	……… 278,	279
高見沢 潤子	……………	432
高峰 秀子	……………	251
高宮 檀	……………	235
高村 毅一	……………	496
高村 光太郎	…… 484,	485
高村 寿一	……………	630
高村 規	……………	485
高村 豊周	……………	484
高村 昌憲	……………	457
高柳 克弘	……………	697
高柳 重信	……… 728,	735
高柳 泰三	……………	149
高柳 乙晴	……………	150
高柳 蕗子		
	34, 564, 570,	628
高柳 美知子	……… 34,	81
高山 京子	……………	259
高山 恵太郎	……………	78
高山 秀三	……… 307,	502
高山 秀子	……………	360
高山 宏	……………	216
高山 文彦	… 260, 371,	412
高山 雍子	……………	665
高山 亮二	…… 226,	227
高山市郷土館	……………	694
高山市文化協会	……………	105
高湯温泉観光協会	……………	603
高良 勉	……………	527
宝島社出版部	……………	368
財部 鳥子	…… 449,	506
田川 紀久雄	……………	460
田川 建三	……………	437
田川 末吉	……………	94
滝 いく子	……………	293
滝 佳杖	……………	654
高城 修三	……… 66,	568
田木 久	……………	492
多岐 祐介	……………	245
滝井 敬子	……………	209
滝井 孝作	…… 191,	229
滝浦 静雄	……………	492
滝口 明祥	……………	268
滝口 征士	……………	520
滝口 武士	……………	482
滝口武士顕彰委員会	……	482

滝沢 伊代次	……………	687
滝沢 幸助	……………	690
滝沢 精一郎	…… 475,	476
滝沢 忠義	……………	718
滝沢 寿	……………	71
滝沢 博夫	……………	590
滝村 昌忠	……………	255
滝沢 正彦	……………	127
多喜二奪還事件80周年記		
念文集編集委員会	……	275
滝15周年実行委員会	……	690
滝田 誠一郎	……………	337
滝田 夏樹	…… 264,	327
滝田 六助	…… 382,	749
滝藤 満義	……………	63,
	71, 81, 83, 86, 157,	168
滝本 和成	… 147, 183,	184
滝本 明	……………	471
田口 昭典	…… 492,	499
田口 哲也	……………	528
田口 暢穂	……………	463
田口 道昭	…… 109,	592
田口 麦彦	……………	743
田口 律男	… 123, 214,	265
田久保 英夫	……………	262
田熊 渭津子	……………	414
武井 邦夫	……………	46
武井 静夫	…… 277,	572
武井 時紀	……………	97
武井 昌博	……………	192
武石 彰夫	……………	88
竹内 一朔	……………	508
竹内 栄美子	…… 280,	318
竹内 オサム	……………	749
竹内 薫	……………	492
竹内 清己	…… 20, 46,	95,
	118, 265, 271, 272,	280,
	288, 289, 377, 449,	506
武内 辰郎	……………	471
竹内 てるよ	……………	770
竹内 敏晴	……………	440
竹内 均	……………	680
竹内 博	……………	289
竹内 靖雄	……………	396
武内 雷龍	……………	255
竹川 弘太郎	……………	526
竹沢 克夫	……………	492

竹下 健次郎	……………	706
竹下 淑子	……………	706
竹末 広美	……………	690
竹添 敦子	……………	297
竹田 文香	……………	503
武田 勝彦		
	103, 202, 209,	347
竹田 光柳	……………	743
武田 茂子	……………	547
武田 志麻	……………	5
竹田 青嗣	………	85,
	94, 284, 419,	433
武田 隆子	……………	449
武田 輝	……………	415
竹田 日出夫	…… 46,	471
武田 秀夫	…… 209,	499
武田 弘之	……………	601
武田 房子	……………	242
武田 美保子	……………	121
武田 悠一	……………	121
武田 祐吉	……………	552
武田 百合子	……………	369
竹長 吉正	… 202, 482,	771
竹浪 和夫	…… 581,	736
竹西 寛子	………	23,
	34, 39, 583,	586
竹之内 静雄	……………	245
竹原 崇雄	……………	328
竹原 三哉	……………	594
竹松 良明	…… 266,	318
竹光 玲子	……………	703
竹村 栄一	……………	179
竹村 照雄	……………	183
竹村 俊則	……………	572
竹本 忠雄	……………	570
竹本 瓢太郎	……………	743
竹盛 天雄		
	130, 179, 180,	202
武山 梅乗	……………	114
竹山 哲	……………	71
多湖 輝	……………	709
多胡 吉郎	……………	209
太宰 治	…… 308,	312
太宰治倶楽部	……………	308
田坂 英俊	……………	690
田坂 昂	……………	323

田沢 拓也 …………… 270, 308, 625, 630	伊達 一男 …………… 179	田中 玉夫 …………… 690
田沢 基久 …………… 241	館 淳一 …………… 389	田中 単之 …………… 446
多治比 郁夫 …………… 109	伊達 隆 …………… 5	田中 俊広 …………… 520, 521
田島 和生 …………… 696	伊達 得夫 …………… 531	田中 子之吉 …… 548, 612
田島 儀一 …………… 28	伊達 宗弘 …… 97, 572	田中 登 …………… 617
田島 清司 …………… 479	立石 富生 …………… 292	田中 教子 …………… 557
田島 邦彦 … 561, 564, 629	立石 伯 …… 57, 294, 302	田中 昶恵 …………… 515
田島 静香 …………… 548	立川 談志 …………… 41	田中 英光 …………… 308
田島 武夫 …………… 572	舘野 晢 …………… 22	田中 裕明 …………… 665
田代 俊一郎 …………… 521	舘野 日出男 …… 327, 377	田中 宏和 …………… 246
佐滝 宏和 …………… 4	館林市教育委員会 …… 158	田中 礼 …… 594, 609, 617
多田 茂治 …… 194, 246, 249, 532	館林市教育委員会文化振興課 …………… 158, 159	田中 裕之 …………… 315
多田 晋 …………… 594	館林市立図書館 …… 158	田中 房太郎 …………… 449
多田 哲朗 …………… 743	立松 和平 …………… 5, 86, 246, 369, 370, 414	田中 穂波 …………… 566
多田 昌美 …………… 750	立山 萬里 …………… 122	田中 真寿子 …………… 350
多田 道太郎 … 71, 90, 408	立山町教育委員会 …… 189	田中 益三 …………… 515
多田 みちよ …………… 270	田所 泉 …… 140, 570	田中 未知 …………… 625
多田 幸正 …… 499, 502	田所 周 …………… 130	田中 実 …… 18, 20, 46, 47, 181, 232, 262, 270, 529
立川 淳一 …… 654, 709, 713	田中 章義 …………… 567	田中 美代子 … 182, 323, 354
立川市図書館 …………… 751	田中 あきら …………… 690	田中 茂二郎 …………… 532
橘 糸重 …………… 580	田中 綾 …… 513, 609	田中 康子 …… 103, 347
立花 史 …………… 19	田中 勲 …………… 457	田中 保隆 …………… 209
橘 正典 …… 5, 46, 76, 172	田中 栄一 …………… 107	田中 弥生 …………… 91
橘 マリノ …… 188, 195	田中 絵美利 …………… 338	田中 優子 … 168, 333, 359
立花 雄一 …………… 412	田中 収 …………… 564	田中 雄次 …… 200, 209
立原 潮 …………… 347	田中 和生 …… 284, 308, 381, 429	田中 芳樹 …………… 370
立原 正秋 …… 347, 348	田中 勝義 …………… 368	田中 良彦 …… 290, 312
立原 幹 …………… 348	田中 規久雄 …………… 468	田中 励儀 …………… 172
立原 道造 …… 271, 522	田中 久元 …………… 746	田中富雄を顕彰する会 …………… 293
立原 光代 …………… 348	田中 清光 …… 449, 481	棚田 浩一郎 …………… 617
立原 洋一 …………… 350	田中 きわ子 …………… 577	棚橋 篁峰 …………… 463
立原正秋文学研究会 …… 348	田中 欣一 …………… 144	田靡 新 …………… 316
立原道造記念館研究資料室 …… 271, 522	田中 邦夫 …… 162, 215	田辺 明雄 …… 161, 445
立川 昭二 …………… 34, 75, 80, 83, 246	田中 勁一郎 …………… 623	田辺 欧 …………… 758
達人倶楽部 …… 78, 81	田中 厚一 …………… 46	田辺 健二 …………… 227
ダッチャー,D.P. …… 516	田中 五呂八 …………… 747	田辺 寿利 …………… 5
辰野 隆 …………… 218	田中 三郎 …………… 671	田辺 聖子 …………… 91, 196, 348, 743, 746
巽 孝之 …………… 46, 71, 126, 401, 402	田中 繁美 …………… 590	田辺 園子 …… 144, 284
たつみ 都志 …………… 218	田中 修次 …………… 763	田辺 匡 …… 184, 240, 368
辰巳 正明 …… 574, 615	田中 順二 …………… 709	田辺 保 …………… 419
巽 昌章 …………… 396	田中 昭三 …… 109, 690	田辺 徹 …………… 506
龍村 平蔵 …………… 372	田中 末男 …………… 492	田鍋 幸信 …………… 254
	田中 艸太郎 …………… 520	田辺家資料を読む会 … 168
	田中 貴子 …… 81, 172	

『田辺聖子全集』編集
　室 …………………… 348
棚山 波朗 … 649, 659, 680
谷 悦子 ……………………
　　　535, 749, 758, 771
谷 さやん …………… 700
谷 真介 ……………… 315
谷 知子 …………… 39, 570
谷 光隆 ……………… 709
谷岡 亜紀 ……… 548, 622
谷岡 一郎 …………… 402
谷岡 武城 …………… 112
谷川 渥 …………… 5, 407
谷川 雁 ……… 458, 472, 492
谷川 恵一 ……… 149, 150
谷川 健一 …………… 115
谷川 俊太郎 …… 447～449,
　　　455, 456, 458, 542
谷川 敏朗 …………… 107
谷川 美津枝 ………… 590
谷川 義雄 …………… 441
谷口 巌 ……………… 216
谷口 絹枝 …………… 747
谷口 桂子 …………… 697
谷口 孝男 …………… 63
谷口 智行 …………… 649
谷口 博之 …………… 337
谷口 雅彦 …………… 656
谷口 基 ……………… 396
谷崎 昭男 ……… 218, 281
谷崎 終平 …………… 219
谷崎 潤一郎 …… 219, 221
谷崎 精二 …………… 241
谷崎 龍彦 …………… 379
谷崎 松子 …………… 219
谷沢 永一 …… 57, 68, 81,
　　130, 144, 161, 179, 336,
　　337, 343, 345, 419, 425
谷田 昌平 …………… 271
谷出 千代子 …… 407, 758
谷中 安規 …………… 186
谷野 允則 …………… 111
谷本 誠剛 ……… 502, 749
谷本 光典 …………… 480
谷山 花猿 …… 639, 721, 728
谷脇 和幸 …………… 514
谷分 道長 …………… 39, 576

田沼 武能 ……… 144, 354
田沼 文雄 ……… 639, 735
種田 山頭火 ………… 718
種田 和加子 ………… 172
「種蒔く人」七十年記念
　誌編集委員会 …… 273
「種蒔く人」の精神編集
　委員会 ……………… 252
『種蒔く人』『文芸戦線』
　を読む会 …………… 273
種村 季弘 …………… 47,
　　　172, 292, 413, 449
田野 陽 ………… 600, 612
田浦 研一 …………… 609
田場 裕規 …………… 19
多羽田 敏夫 … 318, 350, 370
田畑 美穂女 ………… 735
田原 覚 ……………… 718
田淵 句美子 ………… 38
田部 光子 …………… 416
田保 愛明 …………… 607
玉井 清弘 …………… 428
玉井 慶子 …………… 622
玉井 五一 ……… 292, 515
玉井 敬之 … 202, 212～214
玉井 史太郎 ………… 300
玉川 しんめい ……… 481
玉川 信明 …………… 425
玉置 邦雄 ……… 130, 329
玉城 徹 ……………… 548,
　　　557, 574, 590, 705, 709
玉村 周 ………… 129, 265
田宮 利雄 …………… 97
田村 景子 …………… 323
田村 圭司 ……… 511, 527
田村 賢一 …………… 548
田村 憲治 …………… 709
田村 栄 ……………… 352
田村 志津枝 ………… 600
田村 修一 …………… 235
田村 俊子 …………… 191
田村 のり子 …… 465, 533
田村 ひろじ ………… 687
田村 広志 …………… 582
田村 祐之 …………… 108
田村 雅之 …………… 631
田村 実香 …………… 91

田村 道美 …………… 256
田村 充正 ……… 262～264
田村 悌夫 …………… 718
田村 嘉勝 …………… 288
田村 隆一 …………… 151,
　　　396, 447, 541, 542
田村松魚研究会 …… 484
田守 育啓 …………… 492
田谷 鋭 ……………… 548
田山 花袋 …………… 158
田山花袋記念文学館 … 159
柞木田 竜善 ………… 193
垂水 千恵 …………… 94
多和田 葉子 ………… 23
俵 万智 ……… 548, 561, 564
俵 元昭 ……………… 722
檀 一雄 ………… 304, 312
檀 太郎 ……………… 313
檀 ふみ ……………… 46
丹尾 安典 …………… 433
短歌新聞社 ……… 548, 564
『短歌』編集部 …… 559, 621
丹下 博之 ……… 672, 683
丹慶 英五郎 ………… 492
淡交社編集局 ……… 14
丹治 愛 ……………… 419
丹治 伊津子 ………… 202
丹治 昭義 …………… 500
「短詩形文学」編集部 … 39
丹青社 ……………… 201
暖鳥編集部 ………… 625
探偵小説研究会 … 396, 397
丹藤 博文 …………… 269
団野 光成 …………… 659
檀原 みすず ………… 109

【ち】

治安維持法犠牲者国家賠
　償要求同盟道北支部
　………………………… 517
崔 真碩 ……………… 93
蔡 星慧 ……………… 22
崔 孝先 ……………… 290

茅ヶ崎市文化振興財団
　茅ヶ崎市美術館 …… 337
千頭　剛 …………… 284
筑紫　哲也 ………… 412
千曲山人 …………… 639
筑摩書房編集部 …… 308
千田　洋幸 ………… 374
知念　真理 ………… 572
千野　帽子 ………… 659
茅野市八ヶ岳総合博物
　館 ………………… 605
千葉　一幹
　　　57, 419, 492, 504
千葉　亀雄 …… 5, 161, 261
千葉　幸一郎 ……… 86
千葉　朱浪 ………… 743
千葉　俊二 ………… 118,
　　144, 150, 179, 219, 221
千葉　真郎 ………… 424
千葉　宣一 ………… 124
ちば　てつや ……… 516
千葉　寿夫 ………… 287
千葉　正昭 …… 83, 86, 722
千葉　貢 …………… 24,
　　47, 144, 499, 508, 589
千葉　祐夕 …… 680, 681
千早　耿一郎 ……… 301
張　偉 ………… 315, 318
張　栄順 ……… 126, 219
中央公論編集部
　　　　…… 323, 429, 437
中央大学人文科学研究
　所 ……………… 130, 144
中公文庫編集部 …… 762
中国新聞社 ………… 267
中条　省平 ………… 62,
　　66, 118, 130, 323, 415
中日詩人会 ………… 468
中日詩人会『処女詩集の
　頃』編集委員会 …… 450
千代　国一
　　　548, 556, 564, 629
曹　紗玉 ……… 235, 237
趙　恵淑 …………… 168
張　偉雄 …………… 124
張　競 ……………… 21
張　李琳 …………… 253
張　月環 …………… 263

張　建明 …………… 202
張　如意 …………… 275
張　哲俊 …………… 124
張　文穎 ……… 336, 371
張　宝芸 …………… 153
趙　夢雲 ……… 71, 318
張　蕾 ……………… 235
長風短歌編集部 …… 547
調布市武者小路実篤記念
　館 ………… 14, 230, 231
潮文社編集部 ……… 34
長命　俊子 ………… 122
長流短歌編集委員会
　　　………………… 574
鄭　承博 …………… 358
陳　舜臣 …………… 357
陳　生保 …………… 183
陳　明順 …………… 212

【つ】

追悼録刊行会 ……… 533
つか　こうへい …… 144
塚越　和夫 ………… 149,
　　　164, 202, 302, 425
司　修 ………… 491, 492
司　悠司 ……… 47, 66
塚崎　進 …………… 40
塚田　佳男 …… 461, 462
塚谷　晃弘 ………… 219
津金　規雄 ………… 623
津上　忠 …………… 144
塚本　章子 …… 168, 425
塚本　邦雄 ………… 34,
　　87, 548, 564, 576,
　　603～605, 624, 625, 665
塚本　青史 ………… 624
塚本　利明 …… 210, 216
塚本　瑞代 ………… 71
塚本　康彦
　　　20, 118, 144, 222
塚本　靖代 ………… 251
塚本　嘉寿 ………… 202
塚谷　裕一 …… 72, 76, 202
津川　武一 ………… 308

津川　正四 …… 246, 771
津川　洋三 ………… 590
月とうさぎ文学探偵団
　　　………………… 23
築山　登美夫 ……… 458
津久井　喜子 ……… 301
筑紫　磐井 …… 34, 617,
　　668, 693, 705, 729, 734
佃　陽子 …………… 293
筑波大学近代文学研究
　会 ………………… 149
筑波大学文化批評研究
　会 …………… 25, 122
筑和　正格 ………… 123
柘植　光彦 ………… 222,
　　　　329, 375～377
津坂　治男 …… 299, 755
辻　アンナ ………… 686
辻　邦生 …… 63, 64, 348
辻　佐保子 …… 348, 349
辻　道 ……………… 327
辻　晩穂 ……… 743, 746
辻　仁成 ……… 384, 734
辻　真先 ……… 210, 397
辻　桃子 …… 639, 654, 657,
　　　659, 665, 672, 681, 705
辻　征夫 ……… 450, 537
辻井　喬 …………… 118,
　　　343, 352, 450, 458
辻原　登 …………… 139
対馬　勝淑 ………… 317
対馬　美香 ………… 492
津島　美知子 ……… 308
津島　光 …………… 476
津島　佑子 …… 171, 371
辻本　千鶴 ………… 78
津城　寛文 ………… 615
都築　響一 ………… 450
都築　久義 ………… 269
都筑　道夫 ………… 389
続橋　達雄 …… 492, 493,
　　　500, 505, 749, 760, 761
津田　清子 ………… 721
津田　庄一 ………… 382
津田　孝 ……… 273, 314
津田　広志 ………… 66
津田　峰雲 ………… 718

津田　道夫	………………	280
津田　亮一	………………	191
土合　弘光	………………	260
土居　竜二	………………	263
土浦市文化財愛護の会		
	………………………	28
土浦短歌同好会	………	571
土田　知雄	………………	552
土田　知則	……… 5, 118, 419
槌田　満文	………… 103, 412
土橋　荘司	………………	606
土橋　義信	………………	259
土屋　郁子	………………	333
土屋　克夫	………………	158
土屋　重朗	………………	179
土屋　繁子	………………	455
土屋　隆夫	………… 389, 397
土屋　文明	…… 561, 588, 607
土屋　正夫	………………	548
土屋　勝彦	…………………	20
土屋　道雄	………… 155, 435
筒井　ガンコ堂	…………	333
筒井　清忠	………………	509
筒井　迪夫	………………	758
筒井　康隆	………………… 5,
	59, 64, 118, 357
堤　玄太	…………………	511
堤　精二	…………………	5
堤　隆	……………………	718
堤　丁玄坊	………………	743
堤　白雨	…………………	690
堤　日出緒	………………	746
綱沢　満昭	………………	493
常石　英明	………………	639
恒成　美代子	……………	557
津野　海太郎	……………	161
角田　昭夫	………… 83, 397
角田　利助	………………	690
角山　茂章	…………………	22
椿　満男	…………………	352
津端　亨	……… 552〜555
津原　泰水	………………	405
円谷　真護	………… 280, 356
壺井　栄	…………………	293
坪井　秀人	………………	
	81, 126, 464, 511
坪内　逍遥	…………………	64
坪内　稔典	……………… 34,
	212, 214, 548, 558, 639,
	643, 649, 650, 665, 668,
	672, 693, 700, 709,
	710, 713, 718, 721, 726
坪内　祐三	………………… 5,
	47, 59, 118, 119, 144,
	149, 164, 166, 202, 330,
	377, 425, 427, 429, 710
坪田譲治研究会	…………	770
坪野　荒雄	………………	612
坪野　哲久	………… 564, 612
坪松　博之	………………	337
津曲　公二	………………	345
津本　陽	…………………	408
津山郷土博物館	…………	733
鶴岡　昭夫	………………	170
鶴岡　美代子	……………	624
鶴岡　善久	………………	639
鶴岡市教育委員会	‥ 266, 425
鶴岡市立藤沢周平記念		
館	…………………………	360
鶴島　緋沙子	……………	357
鶴島　正男	………………	300
鶴田　欣也	……………… 6,
	7, 16, 47, 73, 213, 230, 268
鶴田　静	…………………	493
鶴田　清司	………………	766
鶴田　文史	………… 112, 210
鶴田　義直	………………	572
「鶴彬こころの軌跡」製		
作実行委員会	…………	747
鶴巻　ちしろ	……………	639
鶴松　房治	………… 333, 334
鶴見　和子	………………	732
鶴見　俊輔	……………… 47,
	144, 194, 319, 341,
	413, 418, 434, 450, 458
鶴見大学短期大学部国文		
学会	………………………	20
鶴見大学図書館	…………	568
鶴見大学文学部	…………	5
鶴谷　憲三	………………	308

【て】

鄭　民欽	…………………	564
帝国書院編集部	…………	352
鼎書房編集部	……………	552
「This is読売」編集部		
	…………………………	414
TBC（東北放送）ラジオ		
「おはよう広場川柳教		
室」	………………………	743
DBジャパン	………	
	397, 409, 751, 752
出口　隆	…………………	179
出口　智之	………………	166
出口　汪	………… 202, 212
出口　保夫	………………	210
出口　裕弘	………………	
	292, 304, 323, 434
出久根　達郎	……………	
	47, 202, 217, 341
でくのぼう出版編集部		
	…………………………	493
手嶋　吾郎	………………	743
手塚　英孝	………………	275
手塚　美佐	………………	654
手塚　昌行	………………	172
テニハ秘伝研究会	………	566
出原　博明	………………	639
デ・プラダ＝ヴィセンテ，		
マリア＝ヘスス	…………	17
寺井　谷子	… 639, 640, 681
寺内　邦夫	………………	317
寺内　恒夫	………………	28
寺尾　勇	…………………	72
寺尾　伸三郎	……………	25
寺尾　登志子	……………	611
寺岡　葵	…………………	703
寺岡　襄	…………………	179
寺岡　寛	…………………	185
寺沢　浩樹	………………	231
寺島　樵一	………………	568
寺島　珠雄	………………	526
寺島　恒世	………………	34
寺島　博子	………………	611
寺島　洋一	………………	301

寺杣 雅人 34
寺田 和雄 103
寺田 澄江 24
寺田 操 ....
　　　　　251, 257, 259, 516
寺田 東一 426
寺田 透 172, 268
寺田 弘 460
寺田 博 144, 409
寺西 岬骨 640
寺村 輝夫 756
寺村 摩耶子 185
寺本 喜徳 13, 232
寺山 修司 458,
　　　　　531, 594, 625, 659
寺山 はつ 625
寺山 偏陸 625
寺山修司東京研究会 ... 625
寺横 武夫 268
照井 一明 493, 495
照井 隆 756
暉峻 康隆 72,
　　　　　81, 405, 681, 686
照屋 佳男 5
テレングトアイトル ... 323
田 原 542, 543
田 建国 687
伝馬 義澄 458
天理大学附属天理図書
　館 210
天狼プロダクション ... 368

【と】

土井 大助 275, 537
土居 健郎 202
土居 豊 377, 383
土井 淑平 251, 319
戸石 重利 710
戸板 康二 640, 722
土井中 照 710
棟 幸子 548, 557
東井 淳 743
東栄 義彦 119

東海学園国語国文学会記
　念論文集編集委員会
　............................... 5
東葛川柳会 740
東京学芸大学日本語・日
　本文学研究講座 115
東京新聞・中日新聞文化
　部 14
東京新聞文化部 95
東京大学児童文学を読む
　会 749
東京都北区立田端図書
　館 185, 506
東京都近代文学博物館
　..................... 52, 646
東京都高等学校国語教育
　研究会 103
東京南部文学運動研究
　会 284
東京美術 34
東京ムネモシュネ ... 735
東京やなぎ句会 .. 640, 649
峠 彩三 526
東郷 克美 141,
　　　　　172, 235, 268, 308, 312
東谷 篤 514
塔崎 健二 515
堂迫 充 270
同志社高校「現代国語」
　講座生 ... 351, 380, 535
道新旭川政経文化懇話
　会 362
藤村記念館 155
東大落語会 41
東野 大八 746
東野 治之 578
東方創造騎士団 404
東北大学 197
東北大学文学部国文学研
　究室 6
「東北の文学館探訪」刊
　行委員会 14
堂本 正樹 323
童門 冬二 66, 308, 343
当山 安一 115
東洋女子短期大学・東洋
　学園大学ことばを考え
　る会 26, 72

東洋大学井上円了記念学
　術センター 72
十重田 裕一 263, 353
遠井 俊二 665
遠野 瑞香 556
遠丸 立 298, 300, 317,
　　　　　319, 347, 350, 365, 467
遠山 一郎 150
遠山 一行 430
遠山 清子 25
遠山 信男 450
遠山 陽子 738
栂 正行 413
冨樫 徹 766
栂瀬 良平 155
富上 芳秀 528
外川 淳 409
十川 信介 57,
　　　　　72, 119, 149, 765
土岐 秋子 560, 658
時実 早苗 126
時実 新子 743, 744
時田 アリソン 40
鴇田 智哉 659
時田 則雄 548, 628
朱鷺田 祐介 389
時任 森 579
常盤 新平 333,
　　　　　334, 354, 360, 409
トーキングヘッズ編集
　室 348, 372
徳井 信也 34
徳岡 孝夫 ....
　　　　　128, 129, 323, 324
独協大学広報室 79
独協大学広報部 413
徳島 高義 144
徳島県立文学書道館 ... 293
徳島大学大学開放実践セ
　ンター放送公開講座専
　門委員会 112
徳島文理大学 112
読書研究会 750
徳田 和夫 761
徳田 一穂 160
徳田 秋声 160
徳田 次郎 714

徳田 進 ………………
　　　　124, 230, 255, 289
徳田 千鶴子 ………… 737
徳田 道子 …………… 160
徳富 蘇峰 …………… 176
とくな のぞみ ……… 756
徳永 直 ……………… 277
徳永 文一 …………… 606
徳永 光展 ……… 213, 346
徳永直没後50年記念事業
　　期成会 …………… 277
特別展「くにたちを愛し
　　た山口瞳」実施委員
　　会 ………………… 354
「読本・押切順三」刊行
　　会 ………………… 533
徳間書店 ……………… 336
徳間文庫編集部 ……… 768
徳光 方夫 …………… 246,
　　284, 478, 522, 528, 530
所沢市教育委員会 …… 608
土佐 亨 ……………… 164
土佐 秀里 ……………… 38
登坂 喜三郎 …… 564, 618
戸坂 潤 ………………… 6
戸沢 裕司 …………… 356
十島 真理 …………… 756
豊島 ミホ …………… 414
十島 雍蔵 …………… 756
鳥巣 郁美 …………… 458
戸塚 学 ………………… 36
戸田 浩暁 …………… 463
戸田 鎮子 …………… 290
戸田 民子 …………… 213
戸田 菜穂 …………… 687
戸田 佳子 …………… 612
戸田市立郷土博物館 … 735
戸谷 満智子 ………… 681
栃尾 武 ……………… 211
栩木 伸明 …………… 472
戸塚 麻子 …………… 315
戸塚 芳亭 …………… 672
戸塚 恵三 …………… 105
十津川警部応援会 …… 349
十津川警部を応援する
　　会 ………………… 349
鳥取県立図書館 ……… 251,
　　424, 477, 508, 700, 716

戸恒 東人 ……………
　　　　655, 697, 719, 727
百々 由紀男 …………… 61
轟 次雄 ……………… 112
轟 良子 ……………… 112
礪波 周平 …………… 274
殿岡 駿星 …………… 723
外塚 喬 ………… 548, 621
外村 彰 ………………
　　250, 506, 514, 585
鳥羽 耕史 ……… 315, 412
鳥羽 とほる ………… 724
鳥羽市教育委員会生涯学
　　習課 ……………… 477
飛島 蓉子 …………… 308
扉野 良人 …………… 47
戸辺 喜久雄 ………… 681
戸部原 文三 ………… 235
戸松 泉 ………… 119, 168
泊 貴洋 ……………… 441
富家 素子 …………… 289
富岡 幸一郎 ………… 47,
　　87, 144, 235, 246, 315,
　　324, 327, 381, 419, 437
富岡 多恵子 ………… 141,
　　506, 548, 615, 616, 765
冨岡 夜詩彦 ………… 640
富阪 晃 ……………… 111
富沢 赤黄男 …… 700, 726
富田 志津子 ………… 108
富田 仁 ……………… 124
富田 博之 ……… 493, 765
富田 富士也 ………… 481
富田 文雄 ……… 567, 671
富田 守雄 ……………… 28
富永 国比古 ………… 308
冨永 紗智子 ………… 746
冨永 茂樹 …………… 123
冨永 兆吉 …………… 744
富村 俊造 …………… 584
富安 風生 ……………
　　681, 682, 723, 763
富山 太佳夫 …………… 76,
　　117, 118, 121, 134
冨吉 建周 …………… 316
戸村 昭子 …………… 640
友岡 子郷 …………… 649,
　　665, 690, 729, 730

友清 哲 ……… 62, 67, 397
友田 悦生 …………… 235
外山 滋比古 …………
　　47, 419, 640, 649
外山 悌司 …………… 130
富山いしぶみ研究会 …… 28
富山県「立山博物館」… 107
富山県図書館協会 …… 107
富山県文学事典編集委員
　　会 ………………… 107
富山県民生涯学習カレッ
　　ジ ………… 385, 446, 480
富山県立氷見高等学校書
　　道部 ………………… 28
豊崎 由美 ………… 60, 65
豊田 健次 ………… 60, 137
豊田 清史 …………… 268
とよだ もとゆき …… 377
豊津町歴史民俗資料館
　　………………… 424
豊長 みのる ‥ 506, 640, 665
豊橋市中央図書館 …… 452
豊原 治郎 …………… 579
豊福 健二 …………… 212
鳥居 おさむ ………… 735
鳥居 正博 …………… 561
鳥居 邦朗 …………… 116,
　　308, 332, 418, 440,
　　455, 509, 573, 632
鳥居 省三 …………… 594
鳥居 哲男 …………… 615
鳥居 フミ子 …………… 6
鳥井 正晴 ……… 215, 216
鳥居 真知子 ………… 538
鳥海 健太郎 ………… 594
執木 龍 ……………… 640
鳥越 信 ………………
　　750, 759, 761, 771
鳥越 碧 ……………… 564
トリート、ジョン・W.
　　…………………… 301
鳥山 敏子 ……… 493, 505
鳥山 瓔子 …………… 628
ドーリン、アレクサンド
　　ル・A. ……………… 21
「呑の春秋」編集委員
　　会 ………………… 694
とんぼの本編集部 …… 333

【な】

内藤 明 …… 39, 552, 565
内藤 弘作 …………… 567
内藤 セツコ ………… 271
内藤 千珠子 … 42, 85, 200
内藤 初穂 …………… 153
内藤 寿子 …………… 18
内藤 みか …………… 116
内藤 成雄 …………… 294
内藤 好之 …………… 697
直木 孝次郎 ………… 583
中 勘助 ……………… 765
仲 寒蟬 ……………… 734
奈河 静香 …………… 62
那珂 太郎 ……… 455, 538
仲 秀和 ………… 213, 216
中井 晨 ……………… 541
永井 津枝 …………… 480
永井 荷風 ……… 222, 225
永井 聖剛 ……… 153, 159
中井 清美 …………… 410
永井 壮吉 … 222, 223, 225
長井 苑子 …………… 72
永井 寿昭 …………… 329
永井 如雲 …………… 144
永井 永光 …………… 223
中井 英夫 ……… 358, 609
永井 秀幸 ……… 428, 621
永井 浩 ……………… 466
永井 房代 …………… 682
永井 芙美 …………… 682
中井 正義 ……………
　　　　　 246, 609, 631, 736
中井 三好 …………… 668
中井 康行 …………… 202
中居 由美 …………… 212
中井 義幸 ……… 179, 182
中右 瑛 ……………… 482
仲江 健治 …………… 719
永栄 啓伸 …………… 219
中尾 勇 ………… 105, 600
長尾 三郎 ……… 625, 626
中尾 舜一 …………… 682

中尾 青宵 …………… 686
長尾 壮七 …………… 713
長尾 高明 …………… 18
長尾 剛 ……………… 16,
　　　　　 202, 203, 212, 304
中尾 務 ……………… 424
中尾 正己 …………… 185
長尾 龍一 …………… 72
長尾 遼 ……………… 324
長岡 昭四郎 …… 454, 738
中岡 毅雄 …… 617, 649, 655
永岡 健右 …………… 588
永岡 杜人 …………… 385
中上 健次 … 47, 67, 371, 640
中上 紀 ……………… 371
中川 越 ……………… 415
中川 健治 …………… 159
中川 剛 ……………… 72
中川 佐和子 ………… 621
中川 成美 ……………
　　　　　 72, 121, 127, 357
中川 孝 ……………… 231
中川 忠 ……………… 9
中川 千春 … 119, 450, 472
中川 八郎 …………… 28
中川 秀夫 …………… 501
中川 博樹 …………… 413
中川 正文 …………… 759
中川 八洋 …………… 586
那珂川 裕次郎 ……… 493
中川 右介 …………… 324
仲川 幸男 …………… 744
中桐 雅夫 …………… 447
永久保 陽子 …… 81, 387
永倉 有子 …………… 371
中込 重明 …………… 149
中込 重春 …………… 268
中込 演子 …………… 268
長坂 成行 …………… 246
永坂 田津子 …… 245, 460
長崎 健 ……………… 567
長崎県詩人会 ……… 466
仲里 効 ……………… 115
中里 介山 …………… 192
中里 和人 ……… 498, 720
中里 喜昭 ……… 412, 540
中里 麦外 …………… 30

中里 富美雄 …… 413, 415
中里 昌之 …………… 701
中沢 けい …………… 523
中沢 宏紀 …………… 203
中沢 茂 ……………… 254
中沢 玉恵 …………… 572
中沢 千磨夫 ………… 223
中沢 弘之 …………… 510
長沢 美津 …………… 577
永沢 光雄 …………… 412
中沢 弥 ……………… 133
中路 基夫 …………… 479
中島 昭 ……………… 271
中島 梓 …… 47, 59, 246
中嶋 歌子 …………… 415
中島 一夫 …………… 47
中島 和夫 ……… 144, 284
中島 勝久 …………… 690
中島 河太郎 …………
　　　　　 161, 187, 188, 397
中嶋 鬼谷 ……… 665, 725
中島 邦秋 …………… 28
中島 国彦 …………… 47,
　　 217, 422, 423, 479, 596
中島 顕治 …………… 72
中島 公子 …………… 172
中島 茂信 …………… 355
中嶋 真二 ……… 561, 588
中島 昂 ……………… 725
中島 嵩 ……………… 594
中嶋 毅史 …………… 57
中嶋 尚 ……………… 20
中島 斌雄 …………… 735
中島 岳志 …………… 540
中島 虎彦 …………… 72
中島 信子 …………… 749
中嶋 展子 …………… 263
中島 信文 …………… 324
中嶋 秀夫 …………… 655
中嶋 秀子 …………… 699
長島 弘明 …………… 552
中島 誠 ………… 195, 343,
　　 352, 360, 380, 385, 409
中嶋 昌弥 …………… 47
中島 美千代 ………… 627
中島 美代子 ………… 384
永島 靖子 …………… 640

長嶋　有 ………… 45, 734	長塚　節 …………… 589	永野　萌生 …… 665, 727
中島　悠果 ………… 548	長塚節研究会 ……… 589	中野　真琴 ………… 719
長島　裕子 ………… 217	中辻　理夫 ………… 355	中野　正昭 ………… 161
中嶋　祐司 ………… 600	中坪　達哉 ………… 706	中野　美代子 ……… 47
中島　洋一 …… 450, 478	長友　巖 …………… 655	長野　安晃 ………… 119
長島　要一 ………… 179	長門ロータリークラブ	中野　泰敬 ………… 36
中島　らも ………… 384	………………… 516	中野　由貴 ………… 493
中島　礼子 ………… 175	中西　悟堂 ………… 596	中野　好夫 ………… 413
中城　ふみ子 ……… 627	中西　新太郎 ……… 404	長野県観光連盟 …… 106
永杉　徹夫 ………… 755	中西　進 …… 6, 16, 34, 35,	長野県短歌史刊行実行委
中瀬　喜陽 ………… 691	75, 77, 124, 455, 463, 548	員会 ……………… 572
永瀬　唯 ……… 382, 402	中西　武良 ………… 324	中野重治研究会 …… 280
長瀬　達郎 ………… 721	中西　敏夫 ………… 752	中野重治の会 ……… 280
中田　昭 …………… 29	中西　敏一 ………… 47	中野重治文庫記念丸岡町
永田　和宏 ‥ 548, 556, 561,	中西　舗土 …… 640, 706	民図書館 ………… 280
572, 576, 602, 627, 639	中西　夕紀 ………… 734	中野重治文庫記念丸岡町
永田　圭介 ………… 714	中西　由紀子 ……… 703	民図書館中野重治生
永田　耕衣 ………… 723	中西　竜 …………… 640	誕100年記念事業事務
中田　耕治 …… 144, 356	中西伊之助追悼実行委員	局 ………………… 280
中田　幸子 ………… 277	会 ………………… 193	永畑　道子
永田　淳 ……… 620, 622	長沼　弘毅 ………… 241	…… 227, 483, 586, 588
中田　紳一郎 ……… 579	長沼　光彦 …… 452, 524	長浜　功 …………… 594
中田　慎二 ………… 130	中根　駒十郎 ……… 175	中原　定人 ………… 324
永田　直美 ………… 329	中根　隆行 ………… 94	中原　澄子 ………… 458
永田　暢男 ………… 106	中野　昭子 …… 618, 630	中原　中也 …… 524, 525
永田　典子 ………… 548	中野　朗 …………… 354	中原　フク ………… 524
永田　秀郎 ………… 349	中野　嘉一 …… 83, 463, 527	中原　文也 ………… 536
中田　平 …………… 439	中野　孝次 …… 250, 315	中原　道夫 ‥ 458, 675, 733
中田　雅敏	中野　冴子 ………… 631	中原中也記念館 …… 524
……… 235, 266, 655, 705	中野　重治 …… 179, 280, 604	永平　和雄 ……… 47, 189
長田　幹雄 ………… 482	長野　菅一 …… 219, 235	永平和雄遺稿集刊行会
中田　瑞穂 ………… 579	中野　章子 ………… 358	…………………… 47
永田　守弘 …… 410, 411	永野　昌三 …… 155, 536	永藤　武 …… 432, 521, 524
永田　龍太郎 ……… 6,	中野　信吉 ………… 240	永淵　朋枝 …… 174, 414
34, 168, 250, 594, 640	中野　新治 ………… 502	永淵　道彦 ………… 240
中谷　彰宏 ………… 67	中野　妙子 ………… 231	仲程　昌徳 …… 115, 572
中谷　克己 ………… 47	長野　隆	中堀　泰和 ………… 509
中谷　順子 …… 100, 532	……… 308, 349, 511, 524	仲間　秀典 ………… 337
中谷　俊雄 ………… 485	中野　隆之 …… 240, 502	中前　正志 ………… 88
中谷　治夫 …‥ 90, 103, 409	永野　忠一 ………… 561	仲正　昌樹 ………… 352
仲谷　富美夫 ……… 762	中野　東禅 …… 491, 719	仲俣　暁生 ………… 381
永津　溢水 ………… 696	中野　敏男 ………… 479	中松　竹雄 ………… 17
長津　功三良 ……… 472	中野　利子 ………… 642	中道　風迅洞 ……… 461
中津　文彦 …… 388, 391	永野　朋子 ………… 240	長嶺　宏 …………… 131
仲津　真治 ………… 454	中野　信子 ………… 320	中村　秋香 ………… 476
永塚　功 …………… 588	中野　久夫 ………… 308	中村　明 …………… 23
中塚　礎石 ………… 744	永野　藤夫 ………… 440	中村　うさぎ ‥ 91, 407, 414
		中村　英利子 …… 203, 710

中村 修 …………… 680	中村 光夫 …………… 90, 119, 131, 162, 260, 510	永山 嘉之 …………… 606
仲村 修 …………… 750		長与 善郎 … 230, 424, 508
中村 薫 ………… 39, 555	中村 光子 …………… 726	名木橋 忠大 ………… 522
中村 一枝 … 250, 269, 706	仲村 みなみ ………… 441	南雲 智 …………… 312
中村 完 …………… 203	中村 稔 ………… 14, 82, 168, 452, 484, 493, 500, 524, 569, 594, 597, 710	南雲 道雄 ……… 92, 514
中村 キネ ……… 572, 691		梨田 鏡 …………… 621
中村 喜良雄 ‥ 561, 565, 572		那須 乙郎 …………… 640
中村 草田男 ………… 642, 659, 705, 710, 726	中村 三春 ………… 23, 47, 126, 210, 227, 228, 246, 265, 309, 493	夏井 いつき ………… 640, 655, 672, 710
中村 邦生 …………… 44, 57, 119, 142, 199, 330, 706		夏石 番矢 …………… 450, 634, 640, 646, 650, 659, 665, 668, 678, 680, 692, 694, 707, 735
	中村 康夫 …………… 22	
	中村 保男 …………… 435	
中村 啓 ……… 182, 210	中村 泰行 …………… 336	
中村 圭子 …………… 772	中村 優紀 ……… 296, 332	
中村 桂子 …………… 771	中村 幸夫 … 186, 319, 434	夏梅 陸夫 …… 651, 671, 681
中村 航 …………… 414	中村 幸弘 ………… 555, 565, 646, 672, 755	「夏草」諏訪支部大町句 会 …………… 724
中村 洪介 ……… 89, 149		夏葉 薫 ……… 296, 332
中村 智志 …………… 412	中村 裕 ‥ 35, 659, 665, 728	夏目 鏡子 …………… 203
中村 志郎 …………… 6	中村 弓子 …………… 726	夏目 伸六 …………… 203
中村 真一郎 ………… 6, 47, 106, 131, 157, 271, 278, 279, 318, 399, 413, 472, 480, 511, 530, 640	中村 洋子 …………… 529	夏目 漱石 …………… 6, 203, 213〜217, 415
	中村 美子 …………… 215	
	中村 嘉人 …………… 334	夏目 房之介 ………… 203
	中村 龍生 …………… 366	名取 二三江 ………… 567
中村 青史 …………… 149	「中村草田男人と作品」 編集委員会 ………… 726	七北 数人 …………… 304
中村 苑子 …………… 640, 678, 721, 735		名波 弘彰 …………… 122
	永守 蒼穹 …………… 720	難波江 和英 ………… 461
中村 丈夫 …………… 463	中森 美方 …………… 35	鍋島 高明 …………… 72
中村 武志 …………… 186	中山 昭彦 …… 72, 93, 760	生井 知子 …………… 225
中村 義 ……… 343, 744	中山 栄造 …………… 463	並木 張 ……… 155, 157
中村 雅未 …………… 160	中山 エツコ ………… 433	波瀬 蘭 …………… 377
中村 太郎 …………… 494	中山 和子 … 121, 174, 203, 228, 273, 277, 320, 594	なみの 亜子 ………… 557
中村 汀女 ……… 682, 706		苗村 吉昭 …………… 47
中村 鉄太郎 …… 450, 529	中山 純子 …………… 691	行方 克巳 …………… 665
中村 智子 ……… 256, 314	中山 世一 …… 672, 687	滑川 道夫 ……… 761, 762
中村 昇 ……………… 433, 548, 556, 617	中山 成彬 …………… 586	奈良 達雄 …………… 100, 131, 278, 475, 572
	中山 高明 …… 106, 203	
	中山 時子 …………… 78	奈良 裕明 …………… 67
中村 初也 …………… 589	中山 朋之 …………… 113	奈良橋 善司 …… 39, 615
中村 秀子 ……… 39, 565	永山 則夫 …………… 47	成定 薫 …………… 301
中村 博保 …………… 246	中山 栄暁 …………… 144	成田 昭男 …………… 430, 450, 524, 541
中村 不二夫 ………… 450, 454, 458, 507, 531	中山 日女子 ………… 300	
	中山 弘明 …… 92, 158	成田 千空 ……… 640, 721
中村 文昭 … 6, 450, 493, 502	中山 凡流 …………… 586	成田 健 …………… 97
中村 文雄 … 179, 210, 586	中山 真彦 …… 19, 23, 25	成田 稔 …………… 480
中村 武羅夫 ………… 248	中山 正道 …………… 317	成田 龍一 …………… 193, 298, 343, 345, 346
中村 誠 …………… 526	長山 靖生 …… 72, 82, 131, 203, 210, 216, 394, 403	
中村 正夫 …………… 463		
中村 雅樹 ……… 730, 736		
中村 政則 …………… 345		

成井 恵子 ……… 640, 729, 732, 734
鳴上 善治 ……………… 613
成沢 栄寿 ……………… 157
成瀬 桜桃子 ……… 722, 725
鳴瀬 善之助 …………… 705
成瀬 哲生 ……………… 165
成瀬 正俊 ………… 641, 732
鳴戸 奈菜 ………… 641, 665
鳴海 風 …………… 72, 390
名和 長昌 ……………… 548
縄田 一男 ………… 409, 410
南 富鎮 ………… 25, 72, 94
南条 範男 ……………… 594
難波 利三 ……………… 337
南波 浩 ………………… 40
難波 正久 ……………… 35
何尾 優太 ……………… 770
南部 哲郎 ……………… 153

【に】

新形 信和 ……………… 229
新潟県立近代美術館 …… 513
新潟日報事業社 ………… 682
新潟日報編集局 ………… 107
新倉 俊一 ……………… 529
新島 広一郎 …………… 131
新関 公子 ………… 182, 203
新津 淳 ………………… 298
新津 きよみ …………… 414
新美南吉記念館 ………… 765
新美南吉に親しむ会 …… 765
二階堂 太竹 …………… 699
二階堂 黎人 …………… 286
苫木 虎雄 ……………… 179
二神 将 …………… 702, 710
迯水短歌会 …………… 618
西 一知 ………………… 458
西 加奈子 ……………… 558
西 萩花 ………………… 152
西 杉夫 ………………… 472
西 のぼる ……………… 690
西 成彦 …………… 183, 493
西 紀子 ………………… 28

西井 みちる …………… 570
西池 冬扇 ……………… 641
西浦 基 ………………… 484
西尾 幹二 ……………… 324
西尾 忠久 …… 334, 397, 398
西尾 宣明 ……………… 317
西尾 典祐 ……………… 346
西尾 能仁 ……………… 168
西岡 亜紀 ……………… 538
西岡 光秋 ……… 450, 455, 458, 472, 561, 655, 744
西岡 翠 ………………… 738
西垣 勤 ……… 203, 210, 594
西方 草志 ……………… 555
西上 心太 ……………… 332
西川 暢也 ……………… 762
西川 祐子 ………… 133, 168
西木 空人 ……………… 744
錦 仁 …………………… 37
西さがみの詩びとたち編
　集委員会 ……………… 466
西崎 専一 ……………… 493
西崎 昌 ………………… 583
西沢 正太郎 ……… 293, 766
西沢 爽 ………………… 461
西沢 美仁 ……………… 52
西嶋 あさ子 …………… 725
西島 孜哉 ……………… 79
西世古 柳平 …………… 579
西田 洪三 ……………… 480
西田 耕三 ……… 398, 580, 582, 772
西田 禎元 ……………… 88
西田 俊也 ……………… 414
西田 直敏 ……………… 476
西田 舟人 ……………… 6
西田 勝 …… 39, 48, 92, 248
西田 美奈子 …………… 751
西田 もとつぐ ………… 722
西田 良子 ……………… 493
西舘 好子 ……………… 444
西谷 史 ………………… 389
西田勝退任・退職記念文
　集編集委員会 ………… 48
西田谷 洋 ……… 20, 85, 86, 126, 149, 152, 160, 269
西永 良成 ……………… 25
西野 浩子 ……………… 269

西端 幸雄 ……………… 49
西原 勲 ………………… 691
西原 大輔 ……………… 219
西原 忠毅 ……………… 39
西原 千博 ……………… 271
西原 正春 ……………… 519
西原 亮 …………… 81, 744
西部 邁 ………………… 6
西槙 偉 …………… 200, 209
西宮 舞 ………………… 654
西村 一意 ……………… 655
西村 和子 ‥ 617, 635, 650, 659, 665, 675, 687, 705
西村 京太郎 …………… 349
西村 賢太 ……………… 312
西村 孝次 ……………… 432
西村 在我 ……………… 744
西村 真一 ………… 583, 612
西村 珠美 ……………… 369
西村 貞二 ……………… 432
西村 亨 …………… 615, 616
西村 時衛 ……………… 600
西村 直次 ……………… 613
西村 弘子 ……………… 733
西村 博子 ……………… 446
西村 汎子 ……………… 79
西村 将洋 ……………… 116
西村 宗信 ……………… 501
西村 好子 ………… 149, 203
西本 一都 ……………… 641
西本 鶏介 …… 11, 494, 586, 753, 756, 761, 762, 771
西本 梛枝 ……………… 109
西本 匡克 ……………… 324
西山 恵美 ……………… 40
西山 春文 ……………… 654
西山 松之助 …………… 695
西山 道子 ……………… 437
西山 良雄 ……………… 48
西山 利佳 ……………… 758
二松学舎大学文学部国文
　学科 …………………… 109
西脇 順三郎 ……… 450, 529
西脇 巽 …………… 594〜597
西脇順三郎を偲ぶ会 …… 529
ニセコ町有島記念館 …… 226
ニセコ町教育委員会 …… 227

著者名索引　にんけ

日外アソシエーツ …… 11〜13, 29, 51〜54, 57, 60, 139, 412〜415, 419, 440, 453, 555, 646, 647, 672, 752, 753
日蓮宗現代宗教研究所 …………………… 500
新田　次郎 …………… 294
新田　晴彦 …………… 441
新田　義之 …………… 124
新田次郎記念会 ……… 294
日本一地域づくり実行委員会 ………………… 288
蜷川　泰司 ……………… 6
二七会編集委員会 …… 203
二ノ宮　一雄 ………… 735
二宮　正之 …………… 432
二橋　進吾 ……………… 78
仁平　勝 ……………… 617, 645, 650, 655, 665, 694, 705, 721, 731
丹生谷　貴志 …… 6, 144, 439
二瓶　浩明 ……… 368, 372
仁平　政人 …………… 263
仁平　道明 …………… 552
日本うたことば表現辞典刊行会 …………………… 551, 555, 645, 740
日本SF作家クラブ …… 403
日本エッセイスト・クラブ …………………… 415
日本演劇学会・日本近代演劇史研究会 ……… 440
日本学術振興会人文・社会科学振興のためのプロジェクト研究事業V-3「文学・芸術の社会的媒介機能」「文学・芸術の社会的機能の研究(LAC)」事務局 …………………… 6
日本脚本家連盟教育事業委員会 ……………… 441
日本近代演劇史研究会 …………………… 440, 444
日本近代文学会関西支部 ‥ 22, 24, 81, 119, 377

日本近代文学会関西支部大阪近代文学事典編集委員会 …………… 109
日本近代文学会関西支部滋賀近代文学事典編集委員会 …………… 109
日本近代文学会関西支部兵庫近代文学事典編集委員会 …………… 109
日本近代文学会東海支部 …………………… 106
日本近代文学館 …… 12, 144, 151, 229, 257, 274, 309, 331, 415, 511, 569, 581
日本経済新聞社 …… 48, 75
日本現代詩歌文学館 …… 33, 35, 97, 461, 595, 641
日本現代詩歌文学館振興会 …………………… 288
日本現代詩研究者国際ネットワーク …… 468, 513
日本現代詩人会 …… 467, 531
日本国際詩人協会 …… 458
日本国際児童図書評議会「子どもの本・翻訳の歩み展」実行委員会 …………………… 757
『日本語の伝統と現代』刊行会 ………………… 24
日本雑学能力協会 …… 682
日本詩歌句協会 ……… 35
日本詩人クラブ ……… 467
日本詩人クラブの50年編集委員会 …………… 531
日本児童文学学会 … 758, 761
日本児童文学者協会 …………… 499, 750, 753, 761, 763, 766, 767
日本児童文芸家協会 …………………… 14, 753
日本社会文学会 ……… 94
日本女流文学者会 …… 13
日本新聞博物館 …… 153
日本推理作家協会 …… 389
日本川柳ペンクラブ … 745
日本童謡の不思議研究会 …………………… 755
日本童話会運営委員会 …………………… 769

日本の言葉研究会 …… 672
日本の常識研究会 …… 48
日本の童謡研究会 …… 755
日本の名作を読む会 … 57
日本比較文学会 …… 124
日本文学協会 ……… 440
日本文学協会新・フェミニズム批評の会 …… 168
日本文学史蹟大辞典編集委員会 ……………… 27
日本文学地名大辞典刊行会 ……………………… 31
日本文学と笑い研究会 ……………………… 26
日本文学風土学会 ‥ 72, 95
日本文学報国会 ……… 13
日本文化財団 ……… 568
日本文芸家協会 ……… 54
日本文体論学会 …… 641
日本ペンクラブ ……… 69, 144, 415, 641
日本放送協会 ………… 82, 320, 340, 644, 659, 744
日本放送出版協会 …… 341, 652, 657, 659, 744
日本民主主義文学会 …………………… 313, 419
日本民主主義文学同盟 …………………… 6, 313
日本民主主義文学同盟弘前支部 …………… 434
日本昔話学会 ……… 144
乳井　昌史 …………… 413
女人短歌会 …………… 577
楡　周平 ……………… 414
丹羽　一彦 …………… 227
丹羽　正 ……………… 365
任　空人 ……………… 548
人間文化研究機構国文学研究資料館文学形成研究系「本文共有化の研究」プロジェクト …… 22
人間文化研究機構国立歴史民俗博物館 ……… 39

日本近現代文学案内　857

【ぬ】

布谷 ゆずる ………… 746
布村 弘 …………… 119
沼 正三 …………… 284
沼口 満津男 ………… 620
沼沢 和子 …………… 314
沼津市芹沢光治良記念
　館 ……………… 253
沼津市明治史料館 …… 641
沼津市立図書館 ……… 253
沼津牧水会 …………… 600
沼田 純子 …………… 494
沼田 尚道 …………… 504
沼田 やすひろ ……… 441
沼野 充義 …… 4, 6, 24,
　59, 76, 117, 118, 134, 376

【ね】

ネイスン, ジョン …… 324
ネイチャー・プロ編集
　室 ……………… 494
根岸 謙之助 ………… 466
根岸 正純 …………… 217
根岸 基弘 …………… 137
ねじめ 正一 ‥ 455, 458, 651
ネーミング研究会 …… 407
根本 青憼 …………… 641
根本 正義 …… 759, 761
根本 美作子 ………… 219
根本 萌騰子 ………… 79
年表の会 …………… 131

【の】

野網 摩利子 ………… 203
野一色 容子 ………… 621
能 暘石 ……………… 28
野上 暁 ……………… 761

野上 恵 ……………… 655
野上 元 ……………… 92
野上 透 ……………… 137
野上 豊一郎 ………… 256
野上 飛雲 …………… 479
野上 弥生子 ……… 256, 257
野北 和義 …………… 479
野口 郁子 …………… 630
野口 雨情 …………… 475
野口 英二 …………… 655
野口 茂夫 …………… 480
野口 碩 ………… 168〜170
野口 武彦 …………… 48,
　324, 327, 419, 467
野口 武久 …………… 514
野口 豊子 …………… 534
野口 存弥 …………… 119,
　309, 473, 475, 762
野口 裕子 …………… 289
野口 冨士男 …… 103, 223
野口 不二子 ………… 475
野口 正士 ……………… 28
野口 米次郎 …………… 35
野口 良平 …………… 193
野坂 昭雄 …………… 301
野坂 昭如 ……………
　137, 300, 324, 686
野坂 政司 …………… 131
野坂 幸弘 …… 246, 271
野崎 歓 ………… 4, 219
野崎 左文 …………… 137
野崎 六助 …………… 94,
　193, 284, 296, 336, 379,
　383, 385, 390, 398, 410
野沢 啓 …………… 450
野沢 省悟 …………… 744
野沢 節子 …………… 641
野沢 俊雄 …………… 450
野沢 尚 …………… 445
野沢温泉村斑山文庫収集
　委員会 ………… 425
野地 潤家 …………… 548
野島 けんじ ………… 390
野島 直子 …………… 626
野島 安太郎 ………… 494
野尻 政子 …………… 190
野末 明 ……… 264, 483
野田 宇太郎 …… 103, 472

野田 研一 ……… 72, 77
野田 高梧 …………… 445
野田 昌宏 …………… 403
野田 康文 …………… 315
野中 潤 …………… 266
野中 友博 …………… 441
野中 柊 ……… 91, 414
野中 涼 …………… 125
野中 亮介 …… 665, 737
野々上 慶一 ……… 131,
　428, 430, 432, 433, 524
野乃宮 紀子 ………… 253
野々山 一夫 ………… 13
野原 一夫 ………… 67,
　304, 308, 309, 312, 313
野火 迅 …………… 360
野平 健一 …………… 309
信時 哲郎 …………… 500
延吉 実 …………… 343
ノベルプロジェクト … 67
登 芳久 …………… 294
登尾 豊 ……… 165, 166
野間 正二 …………… 67
野間 宏 …………… 318
野牧 優里 …… 126, 160
野町 均 …………… 223
野見山 朱鳥 …… 703, 736
野見山 ひふみ ……… 736
「野見山朱鳥の世界展」
　実行委員会 ……… 736
野村 喜舟 …………… 655
野村 喜和夫 …… 450, 455,
　458, 511, 526, 531, 533
野村 幸一郎 ‥ 179, 405, 432
野村 聡 ……… 521, 522
野村 秋光子 ………… 655
野村 •昌平 …………… 590
野村 進 …………… 412
野村 喬 ‥ 48, 161, 424, 440
能村 登四郎 ‥ 641, 677, 736
野村 智之 …………… 81
野村 雅昭 …………… 41
野村 正樹 …………… 67
野村 真人 …………… 403
野村胡堂・あらえびす記
　念館 …………… 257

野村胡堂・あらえびす調
　査会 ……………… 258
野谷　竹路 …………… 744
野山　嘉正 …… 6, 7, 35,
　　131, 149, 454, 463, 467,
　　479, 565, 574, 666, 694
法月　綸太郎 …… 396, 398
野呂　希一 …………… 672
野呂　邦暢 …………… 298

【は】

俳諧文芸考究会 ……… 686
梅花女子大学日本文学
　科 …………………… 77
梅花女子大学日本文化創
　造学科「風の文化誌」
　の会 ………………… 72
俳筋力の会 …………… 641
俳句朝日 ……………… 651
俳句αあるふぁ編集部
　　　　　　　…… 682, 698
俳句技法入門編集委員
　会 ………………… 655
俳句研究編集部 …… 655,
　　　　　 699, 728, 729, 736
「俳句四季」編集部 … 682
俳句抒情辞典編集委員
　会 ………………… 647
俳句の生まれる里100選
　熊本県吟行地案内編集
　委員会 ……… 691, 693
俳句嚢編集委員会 …… 647
『俳句』編集部 ……… 657,
　　　　　 659, 705, 710, 732
梅光女学院大学附属図書
　館 ………………… 12
俳誌「桔槹」創刊一〇〇
　〇号記念『須賀川桔
　槹季語紀行』編纂委員
　会 ………………… 673
俳人協会 ……………
　　　　　 641, 665, 695, 696
バイチマン, ジャニーン
　　………………………… 32

榛原町文化財保護審議
　会 ………………… 28
俳魔神の会 …………… 647
芳賀　章内 …………… 458
羽賀　伸 ……………… 72
芳賀　徹 ………… 35, 125
羽賀　陽子 …………… 72
バカミステリーズ …… 392
萩　駿 ………………… 235
萩岡　良博 …………… 629
萩谷　朴 ……… 6, 22, 641
波宜亭倶楽部 ………… 511
萩原　アツ …………… 701
萩原　朔太郎 ………… 511
萩原　朔美 …………… 626
萩原　幸子 …………… 186
萩原　孝雄 ……… 22, 79
萩原　隆 ……………… 511
萩原　得司 …………… 268
萩原　昌好 …… 494, 501
萩原　葉子 … 349, 511, 530
萩原朔太郎記念水と緑と
　詩のまち前橋文学館
　　…………… 30, 100,
　　349, 385, 417, 482, 511,
　　512, 514, 527, 529, 532,
　　533, 535〜539, 541〜543
朴　利鎮 ……………… 22
朴　順伊 ……………… 125
朴　裕河 ……… 64, 86, 121
爆笑問題 ……………… 144
柏鰼舎 ………………… 137
函館市文学館 ………… 97
硲　香文 ……………… 203
間　羊太郎 …………… 398
間　ルリ ……………… 558
橋　間石 ………… 641, 694
橋浦　兵一 …………… 87
橋浦　洋志 …………… 572
橋川　文三 ……… 281, 324
橋口　晋作 …………… 168
橋口　幸子 …………… 542
橋口　馬瓜 …………… 744
橋詰　静子 …… 17, 77, 339
橋爪　大三郎 ………… 437
橋爪　鶴麿 …………… 641
橋爪　博 ……………… 477

橋本　栄治 …………… 737
橋本　治 …… 163, 324, 432
橋本　鶏二 …………… 641
橋本　謙一 …………… 28
橋本　健午 …………… 338
橋本　照嵩 …………… 526
橋本　威 ………… 168, 597
橋本　達雄 …………… 17
橋本　敏男 … 166, 223, 339
橋本　のぞみ ………… 168
橋本　典子 …………… 542
橋本　寛之 …………… 109
橋本　文三郎 …… 647, 682
橋本　政次 …………… 109
橋本　迪夫 …………… 242
橋本　安央 …………… 347
橋本　由起子 ………… 258
橋本　喜典 …… 574, 621
蓮見　けい …………… 767
蓮実　重彦 …………… 40,
　　 48, 59, 64, 144, 203, 419
馳　星周 ……………… 396
長谷川　晃 …………… 524
長谷川　郁夫 ………… 48
長谷川　泉 …………… 48,
　　 75, 119, 131, 139, 144,
　　180, 181, 183, 184, 263,
　　268, 324, 435, 466, 522
長谷川　潮 … 757, 759, 760
長谷川　櫂 …………… 617,
　　 641, 645, 651, 655,
　　 659, 665, 672, 675,
　　 682, 687, 698, 710, 713
長谷川　久々子 ……… 736
長谷川　啓 …… 74, 121,
　　138, 191, 278, 313, 357
長谷川　元吉 ………… 294
長谷川　公一 ………… 691
長谷川　耿子 …… 691, 725
長谷川　耕畝 ………… 705
長谷川　時雨 ………… 442
長谷川　創一 ………… 610
長谷川　草洲 ………… 682
長谷川　敬 …… 28, 525
長谷川　孝士 ………… 710
長谷川　つとむ … 109, 111
長谷川　天渓 ………… 153

長谷川 知子 ………… 749	葉名尻 竜一 ………… 626	浜田 蝶二郎 ………… 549
長谷川 政春 ………… 17	花園大学国文学科 …… 12	浜田 知明 ………… 194
長谷田 直之 ………… 275	花田 清輝 ………… 48	浜田 雄介 ……… 188, 191
長谷部 淳 ………… 561	花田 春兆 …… 35, 72, 737	浜田 留美 ………… 766
長谷部 才太郎 ………… 710	花田 俊典 ………… 113,	浜千代 清 ………… 29
長谷部 文孝 ………… 731	115, 284, 304, 309	浜政 博司 ………… 125
長谷部 史親 …… 25, 188, 398	花谷 和子 ………… 665	浜名湖 うなぎ ………… 368
秦 郁彦 ………… 204	花房 健次郎 ………… 284	浜野 卓也 ………… 766
秦 恒平 ………… 145,	花房健次郎遺稿集刊行委	浜林 正夫 ………… 276
219, 221, 440, 565	員会 ………… 119	浜本 純逸 ………… 18
秦 重雄 ………… 69	花部 英雄 …… 37, 577	羽村市郷土博物館 …… 192
秦 昌弘 ……… 255, 293	花丸編集部 ………… 390	早川 敦子 ……… 464, 749
畑 裕子 ………… 572	埴谷 雄高 …………	速川 和男 ………… 35
畑 有三 ……… 131, 162	48, 284, 319, 320	早川 茉莉 ………… 354
秦 夕美 ……… 726, 728	羽生 真名 ………… 381	早川書房編集部 …………
畠中 恵 ………… 384	羽石 イミ ………… 691	368, 398, 403
畠山 義郎 ……… 484, 500	羽田 澄子 ………… 314	早川書房編集部らいとす
畑島 喜久生 …………	馬場 あき子 ………… 39,	たっふ ………… 370
464, 480, 755, 767	548, 549, 552, 559, 561,	早坂 暁 ………… 516
畑中 圭一 ……… 606, 755	564, 565, 567, 569, 628	早坂 真紀 ………… 367
畠中 淳 ………… 710	馬場 啓一 ………… 398	早崎 ふき子 ……… 576, 624
畑中 康雄 ……… 276, 434	羽場 桂子 ………… 650	林 あまり ………… 91
畑中 良輔 ……… 461, 462	馬場 孤蝶 …… 48, 137	林 えり子 ………… 747
秦野市立図書館 ………… 598	馬場 重行 … 262, 263, 377	林 巨樹 ………… 24
幡谷 紀夫 ………… 626	馬場 秋星 ………… 682	林 大 ………… 39
畑谷 史代 ………… 532	馬場 美佳 ………… 164	林 和清 ……… 565, 569
畑山 博 …… 494, 504, 505	馬場 光子 ………… 761	林 和利 ………… 255
蜂飼 耳 ………… 414	羽生 康二 ……… 467, 513	林 完次 ………… 682
八戸市博物館 ………… 691	土生 重次 ………… 641	林 京子 ………… 302
八本木 浄 ………… 133	パブリック・ブレイン	林 久仁於 ………… 463
バーチャル長崎屋奉公	………… 308	林 久美子 ………… 405
人 ………… 384	浜尾 まさひろ ………… 756	林 桂 …… 98, 641, 650, 691
白鴎会 ………… 228	浜賀 知彦 ………… 227,	林 浩一 ………… 204
八田 木枯 ………… 727	274, 284, 285, 435	林 浩治 ……… 94, 285
八田 昂 ………… 249	浜川 勝彦 ………… 106,	林 浩平 …… 122, 139, 541
服部 左右一 ………… 418	185, 255, 266, 269, 293	林 さだき ………… 744
服部 俊 ………… 324	浜川 祥枝 ………… 50	林 貞行 ………… 110
服部 伸六 ………… 719	浜川 博 ………… 145	林 俊 ………… 433
服部 達 ………… 6	浜崎 賢太郎 ………… 22	林 順治 ……… 204, 598
服部 康喜 ………… 309	浜崎 史朗 ………… 329	林 二郎 ………… 48
服部 勇次 ………… 29	浜崎 洋介 ………… 435	林 信蔵 ………… 224
波戸岡 旭 ………… 665	浜下 昌宏 ………… 79	林 進 ………… 327
波戸岡 景太 …… 82, 419	浜田 蛙城 ………… 691	林 武志 ………… 263
『鳩よ!』編集部 ………… 67	浜田 泉 ………… 170	林 忠彦 ………… 137
羽鳥 徹哉 ………… 48,	浜田 建治 ………… 29	林 達也 ………… 6
238, 262, 263, 265	浜田 秀 ………… 20	林 多美子 ………… 556
花崎 育代 ………… 315	浜田 進 ………… 35	林 徹 ……… 159, 724
	浜田 知章 ………… 450	

林 登紀雄	……………	113
林 土岐男	……………	506
林 尚孝	……………	183
林 望	…………	216, 569
林 尚男	……………	280
林 宏匡	…………	558, 561
林 房雄	……………	119
林 富士馬	……………	744
林 芙美夫	……………	175
林 芙美子	…………	259, 260
林 正子	…………	48, 180
林 雅彦	…………	86, 88
林 美千代	…………	750, 763
林 ゆう子	……………	93
林 義雄	…………	655, 686
林 美朗	……………	122
林 陸朗	……………	16
早島町図書館	……	17, 48
林谷 広	…………	549, 604
早野 台気	……………	628
早船ちよとなかまたち		
	……………	771
葉山 郁生	……………	20
羽山 周平	……………	766
葉山 修平	… 26, 64, 505, 506
葉山 英之	……………	94
速水 健朗	……………	116
原 朝子	……………	706
原 一雄	…………	607, 614
原 国人	……………	178
原 圭一郎	……………	572
原 健一	……………	277
原 昌	……………	750
原 章二	……………	408
原 子朗	…… 17, 450, 488, 494, 500, 502
原 石鼎	……………	706
原 善	… 262, 263, 358, 380, 382
原 卓也	……………	25
原 武史	……………	352
原 達郎	……… 113, 479, 716
原 民喜	……………	302
はら てつし	……………	292
原 仁司	… 20, 119, 126, 245, 385
原 雅子	……………	734

原 満三寿	…………	526, 641
原 幸雄	……………	125
原 裕	……………	706
原 良枝	……………	101
原 竜一	……………	324
原岡 秀人	……………	196
原口 隆行	……………	82
原子 修	…………	458, 494
原田 章夫	……………	492
原田 清	……………	579
原田 貞義	……………	35
原田 重三	……………	106
原田 青児	…………	666, 682
原田 武	……………	85
原田 種夫	…………	514, 519
原田 利明	……………	641
原田 信男	……………	35
原田 伸子	……………	139
原田 寛	……………	348
原田 操	……………	19
原田 宗典	…… 145, 371, 432
原田 康子	……………	350
原田 佳夏	……………	441
原武 哲	……………	204
原山 喜亥	…………	101, 619
針原 孝之	…… 11, 38, 39
春田 千歳	……………	650
榛名 信夫	……………	72
榛名 貢	…………	558, 566
バルバース, ロジャー		
	…………	494, 504
春原 千秋	……………	83
春山 行夫	……………	450
伴 悦	……………	154
范 淑文	……………	210
韓 程善	……………	22
坂 敏弘	…… 54, 119, 235
番傘川柳本社	…… 744, 746
半沢 幹一	…… 18, 24, 373
半田 喜作	…………	473, 477
半田 公平	……………	39
半田 淳子	……………	764
半田 美永	… 105, 106, 110, 180, 255, 293, 332, 510
半田 亮悦	……………	287

半藤 一利	…… 77, 204, 212, 213, 223, 304, 341, 343, 344, 352
坂東 省次	……………	145
坂東 真理子	……………	570
半藤 末利子	……………	204
坂内 仁	……………	278
萬緑兵庫支部事務局	…	695

【ひ】

柊 和典	……………	521
柊 ゆたか	……………	494
日色 ともゑ	……………	516
稗田 童平	…………	107, 189
日置 俊次	……………	582
比嘉 加津夫	……………	318
東 明雅	…… 672, 683, 686
東 栄蔵	…………	106, 261
東 直子	…… 562, 565, 660, 745
東 英幸	……………	718
東 雅夫	…… 12, 404〜407
東 道人	……………	475
東 百道	……………	494
東 良子	……………	666
東谷 暁	……………	345
東出 隆	……………	619
東出 甫国	……………	212
東野圭吾作家生活25周年祭り実行委員会	……	384
東野作品研究会	……	384
東山 魁夷	…………	263, 264
東山 すみ	…………	263, 264
東山 拓志	……………	25
飛ヶ谷 美穂子	……………	210
光クラブ	……………	72
ひかわ 玲子	……………	407
疋田 雅昭	…… 72, 73, 524
樋口 一葉	…………	168, 170
樋口 覚	… 24, 73, 77, 119, 131, 210, 246, 315, 316, 482, 512, 513, 524, 569
樋口 進	……………	137
樋口 素秋	……………	691

樋口 昌夫 ……………… 641
樋口 昌訓 ……………… 614
樋口 昌徳 ……………… 29
ひぐち みさお ………… 35
樋口 美世 ………… 39, 626
樋口 裕一 ……………… 57
樋口 由紀子 ……… 741, 744
樋口一葉研究会 ‥ 168, 169
美研インターナショナ
　ル ‥‥ 35, 555, 597, 647
彦素 勉 ………………… 61
彦根市 …………………… 62
久居 つばき …………… 377
久井 稔子 ……………… 317
久泉 迪雄 ……………… 561
久生 十蘭 ……………… 294
久 威智 …………… 80, 250
久末 正明 ……………… 476
久冨 純江 ……………… 536
久冨 風子 ……………… 665
久野 カズエ …………… 650
久野 利季 ……………… 112
久松 健一 ……………… 329
久光 良一 ……………… 715
久本 福子 ……………… 430
久行 保徳 ……………… 634
菱川 善夫 …………… 549,
　　552, 556, 558, 565,
　　572, 576, 609, 617, 627
菱川善夫著作集刊行委員
　会 ………………… 549,
　　556, 558, 576, 609
菱村 文夫 ……………… 189
日地谷＝キルシュネライ
　ト, イルメラ …… 90, 324
比治山女子短期大学図書
　館 ……………………… 324
比治山大学図書館 ……… 324
比治山大学・比治山女子
　短期大学図書館 ……… 324
ピジョー, ジャクリーヌ
　………………………… 24
ピショワ, クロード …… 433
日高 三郎 ……………… 536
日高 昭二 ……… 48, 139, 239
飛高 隆夫 ……………… 269,
　　454, 458, 467, 484,
　　530, 538, 565, 666

日高 堯子 ………… 39, 629
日高 てる ……………… 460
日高 佳紀 ……… 1, 20, 72, 73
ピーターセン, マーク
　………………………… 24
日達 良文 ……………… 271
肥田埜 勝美 …………… 666
秀太郎先生追悼集編集
　会 ……………………… 730
日出山 陽子 …………… 251
尾藤 一泉 ………… 744〜746
尾藤 三柳 …… 641, 745, 746
『人』誌茨城支部実行委
　員 ……………………… 691
一青 窈 ………………… 561
日向 蓬 ………………… 414
日夏 耿之介 …… 131, 172, 223
日沼 滉治 ……………… 166
日沼 倫太郎 …………… 246
火野 葦平 ……………… 300
火野 和弥 ……………… 75
日野 草城 ……………… 727
日野 雅之 ……………… 701
桧 紀代 ………………… 655
檜 紀代 …………… 655, 683
檜葉 奈穂 ………… 577, 627
日原 正彦 ……………… 467
日比 嘉高 ……………… 1,
　　20, 72, 73, 90, 126, 149
ヒベット, ハワード …… 26
氷見市教育委員会 ……… 445
火村 卓造 …… 655, 716, 736
氷室 冴子 ……………… 372
姫路文学館 …………… 15,
　　110, 173, 195, 267,
　　316, 383, 473, 529,
　　612, 621, 723, 738, 772
姫路文学館'91播磨文芸
　祭実行委員会 ………… 110
姫路文学館'93播磨文芸
　祭実行委員会 ………… 110
姫路文学館'94播磨文芸
　祭実行委員会 ………… 110
姫路文学研究会 ……… 110
姫野 カオルコ ………… 414
姫野 恭子 ……………… 722
百二十周年記念事業編集
　委員会 ………………… 629

『百万人の福音』マナ
　ブックス・プロジェク
　ト ………………… 507, 539
日向市牧水の書・書簡編
　纂委員会 ……………… 600
表現学会 ……………… 24
兵頭 勉 ………………… 276
兵藤 裕己 ……………………
　　76, 117, 118, 134
兵道 流 ………………… 320
ヒヨコ舎 ………………… 57
日昌 晶 ………………… 390
陽羅 義光 ………… 119, 309
平井 一麦 ……………… 257
平居 謙 ………………… 18,
　　48, 377, 379, 451, 527
平井 修成 ……………… 6
平井 修正 ……………… 119
平居 高志 ……………… 484
平井 照敏 …………… 641,
　　668, 683, 702, 725
平井 富雄 ……………… 204
平井 雅子 ……………… 714
平井 洋城 ………… 641, 655
平井 隆一 ……………… 352
平井 隆太郎 …………… 188
平石 和美 ……………… 729
平石 滋 ………………… 358
平石 典子 ……………… 149
平出 隆 ……… 451, 458, 477
平出修研究会 ………… 583
平岩 外四 …………… 57, 63
平岡 梓 ………………… 324
平岡 篤頼 ……………… 137
平岡 敏夫 …………… 73, 131,
　　149, 155, 173〜175, 180,
　　204, 205, 215, 217, 235,
　　237, 246, 285, 595, 598
平岡 正明 …………… 73,
　　258, 296, 358, 385
平生町郷土史研究会 …… 716
平川 祐弘 ……………… 6,
　　7, 73, 79, 151, 171,
　　180, 205, 210, 213, 230
平子 恭子 ……………… 586
平沢 信一 ……………… 500
平島 英利子 ……… 180, 235
平田 厚 ………………… 133

平田 オリザ	……	42, 440
平田 邦夫	……………	125
平田 敏子	……………	314
平田 由美	……………	139
平田 耀子	……………	427
平田 喜信	……………	555
平塚 良宣	……………	152
平塚 らいてう	…………	242
平塚市中央図書館	…	765
平沼 洋司	……………	683
平野 勝重	………	48, 106
平野 仁啓	……………	246
平野 銀洋子	……	451, 638
平野 啓一郎	……………	64
平野 啓子	……………	549
平野 謙	……………	68, 90, 145, 156, 246, 320, 352
ひらの こぼ	……	655, 656
平野 英雄	……………	596
平野 栄久	………	119, 285, 292, 336, 337
平野 摩周子	……………	683
平野 幸仁	……………	328
平野 芳信	……………	377
平畑 静塔	……… 683, 694, 696, 728
平林 たい子	‥ 259, 277, 314
平林 敏彦	……………	513
平林 一	…… 149, 156, 247
平林 初之輔	……………	20
平林 文雄	… 125, 240, 255
平林初之輔生誕百年記念事業実行委員会 …… 427
平原 日出夫	…… 373, 445
平吹 史子	……………	704
平松 達夫	……… 316, 328
平柳 一夫	……………	604
平柳 青旦子	……………	642
平山 三郎	……………	186
平山 城児	……… 25, 263
平山 三男	……………	263
平山 雄一	……………	188
平輪 光三	……………	589
蛭田 有一	……… 730, 732
美留町 義雄	……………	180
弘 英正	……… 351, 378, 380, 535
広石 廉二	……………	329
広岡 祐	……………	205
広川 治	……………	686
広木 一人	…… 555, 568
広木 寧	……………	429
尋口 澪	……………	494
弘前市立郷土文学館	…	309
弘前ペンクラブ	……	481
広重 聡	……………	295
広島市文化協会文芸部会 …………… 111
広島女学院大学日本語日本文学科 …… 73
広島女学院大学日本文学科 …………… 77
広島市立中央図書館	…	261
広島朝鮮史セミナー事務局 …………… 338
広島文学資料保全の会 …………… 623
広瀬 朱実	……………	149
広瀬 勝世	……………	315
広瀬 晋也	……………	270
広瀬 千香	……………	223
広瀬 直人	…… 635, 650, 656, 659, 666, 672, 676, 679, 680, 684, 702, 729
広瀬 誠	……… 107, 360
広田 収	……………	49
広津 和郎	……………	242
広野 由美子	……………	64
備仲 臣道	…… 186, 345

【ふ】

ファーザーアンドマザー …………… 410
フィールド, ノーマ …	276
風日舎	……………	258
風信子	……………	36
風馬の会	……………	626
「フェスタ・イン・なごや記録集」刊行委員会 …………… 549
フェリス女学院大学 …………… 20, 93, 468
フェリス女学院大学附属図書館 …………… 385
フェリス女学院大学文学部日本文学科 ………… 7
フォレストブックス	…	507
フォレストブックス編集部 …………… 362
深井 一郎	……………	747
深井 竜雄	……………	7
深江 浩	……… 7, 205
深尾 須磨子	……………	442
深川 賢郎	……………	259
深作 硯史	……………	164
深沢 七郎	…… 46, 350
深瀬 重治	……………	223
深津 睦夫	……………	39
深堀 郁夫	……………	229
深町 一夫	……………	642
深見 けん二	…… 656, 666, 693, 705, 721
深海 遥	……………	378
深谷 考	……… 339, 353, 365, 434
深谷 雄大	…… 642, 656, 659, 666, 737
深谷 義紀	……………	734
布川 純子	……………	238
府川 松太郎	……………	106
冨貴 高司	……………	320
福 寛美	……………	115
福井 絢子	……………	586
福井 久蔵	…… 555, 568
福井 健太	…… 396, 398
福井 澄	……………	24
福井 晴敏	……………	384
福井市橘曙覧記念文学館 …………… 710
福江 純	……………	404
福岡 哲司	… 106, 169, 350
福岡 瓢斉	……………	745
福岡 雄一郎	……………	573
福岡県立図書館	……	113
福岡市女性センター・アミカス …………… 138
福岡市総合図書館文学・文書課 … 113, 399, 519
福岡市文学館 ……… 113, 289, 313, 727

福岡市民図書館 ……… 519	福田 美鈴 …… 288, 508	藤井 淑禎 ………… 149,
福岡女子大学文学研究会 …………… 79	福田 みどり ………… 344	188, 205, 210, 213, 215, 216, 285, 352, 353
福岡大学日本文学専攻院生の会 ………… 238	福田 陸太郎 ………… 247	藤井 正人 …………… 7
	福田俳句同好会 ……… 700	藤井 鞠子 ………… 393
福岡ユネスコ協会 …… 247	福地 順一 ………… 595	藤井 康栄 ………… 353
福沢 清 …… 200, 209	福知 正温 ………… 110	藤井 淑子 ………… 656
福沢 徹三 ………… 405	福富 健男 ………… 666	藤井 令一 ………… 113
福士 光生 ………… 683	福永 収佑 …… 309, 312	藤井組 …………… 57
福島 章 ………… 495	福永 信 …………… 45	藤生 京子 ………… 437
福島 行一 ………… 190	福永 武彦 …… 180, 205, 235, 271, 399, 506, 512	藤枝 静男 ………… 230
福島 鑄郎 ………… 324		藤枝市郷土博物館 …… 365
福島 次郎 ………… 324	福中 都生子 ………… 451	藤枝市文学館 ……… 365
福島 朝治 ………… 468	福永 法弘 ………… 666	藤尾 健剛 ………… 205
福島 万沙塔 ………… 683	福原 義春 ………… 533	藤尾 秀昭 ………… 535
福島 正実 ………… 247	福原 麟太郎 ………… 427	藤岡 武雄 …………
福島 保夫 ………… 255	福間 健二 ………… 539	565, 600, 603, 604
福島 泰樹 ………… 370, 472, 495, 524, 525, 626	福間 良明 …………… 93	藤岡 筑邨 …… 691, 693
	福本 彰 ………… 184	藤岡 照房 ………… 719
福島県歌人会五十年史編集委員会 ……… 573	復本 一郎 ……… 552, 634, 642, 646, 647, 656, 668, 672, 680, 683, 687, 692, 698, 700, 707, 710, 713, 727, 745	藤掛 明 …………… 73
福田 昭昌 ………… 36		藤川 正数 ………… 183
福田 晃 …………… 17		富士川 義之 ………… 125
福田 章 …………… 73		藤木 倶子 …… 666, 683
福田 和也 ………… 48, 57, 83, 119, 145, 281, 285, 378, 381, 419, 420, 429		藤倉 四郎 ………… 258
	福本 邦雄 ………… 574	藤倉 利恵子 ………… 258
	福本 信子 ………… 290	藤咲 豊 ………… 573
	福本 義憲 ………… 393	藤沢 成光 ………… 767
福田 甲子雄 ………… 656, 666, 702, 729	ふくやま文学館 …… 111, 252, 268, 312, 372, 771	藤沢 周平 …… 48, 360
		藤沢 太郎 ………… 466
福田 清人 ………… 145, 163, 672, 683	袋小路 冬彦 ………… 82	藤沢 全 …… 24, 288
	藤 一也 ………… 156, 157, 320, 528, 531	藤沢 量正 ………… 36
福田 久賀男 ………… 131		藤沢市総合市民図書館 …………… 101
福田 国士 ………… 413	冨士 真奈美 ………… 651	
福田 邦夫 ………… 399	藤井 清 ………… 629	藤沢市文書館 ……… 235
福田 景門 ………… 29	藤井 圀彦 … 555, 656, 672	「藤沢古実」刊行会 … 613
福田 孝雄 ………… 666	藤井 恵子 ………… 168	富士ゼロックス・小林節太郎記念基金 …… 64, 183, 207, 477, 481, 511
福田 恒存 …… 119, 145	藤井 貞和 …… 17, 20, 40, 73, 451, 458, 549, 616	
福田 知子 ………… 251, 259, 472, 528		ふじた あさや ……… 441
	藤井 省三 ………… 125, 374, 376, 378	藤田 郁子 ………… 606
福田 信夫 ………… 536		藤田 栄一 ………… 210
福田 はるか ………… 192	藤井 壮次 ………… 451	藤田 健治 …………
福多 久 ………… 125, 182, 210, 223, 224	藤井 貴志 ………… 235	182, 210, 237, 240
	藤井 武夫 ………… 103	藤田 庄一郎 ………… 595
福田 秀一 …… 7, 22, 414	藤井 忠 ………… 630	藤田 昌司 ………… 145
福田 宏年 …… 48, 288, 413	藤井 忠俊 ………… 352	藤田 湘子 ………… 642, 656, 659, 660, 727
福田 正夫 ………… 508	藤井 勉 ………… 376	
福田 雅人 …… 253, 642	藤井 常世 … 549, 562, 629	
福田 真人 …………… 83		藤田 枕流 ………… 683

藤田 勉		503
藤田 徳太郎		40
藤田 直哉		401
藤田 のぼる		749, 750, 758
藤田 晴央		458
藤田 寛		205, 285, 324, 432
藤田 広登		276
藤田 富士男		2, 7, 185, 445
藤田 真木子		656
藤田 三男		326
藤谷 千恵子		268
藤田祐四郎歌碑建立委員会		475
藤津 滋生		716, 718, 719
藤富 保男		458, 528
藤中 正義		247
藤永 三千代		772
藤浪 智之		407
藤縄 慶昭		691
藤野 博		325
富士美術館学芸課		205
藤平 春男		36, 549, 574
富士正晴記念館		140, 290, 295
藤村 一樹		656
藤村 猛		255
藤室 苑子		577, 582, 628
藤本 明男		354
藤本 英二		758, 768, 770
藤本 義一		78, 337
藤元 登四郎		355
藤本 寿彦		339, 527, 578
藤本 朋世		628
藤本 芳則		163, 753
藤森 清		49, 121, 205, 214
藤森 司郎		49
藤森 治幸		463
藤吉 秀彦		531, 719
藤吉 雅春		412
藤原 宇城		691
藤原 一晃		270
藤原 和好		656
藤原 咲子		294
藤原 定		512
藤原 成一		7, 17
藤原 たかを		683
藤原 菜穂子		519
藤原 浩		495
藤原 牧子		259
藤原 マリ子		673
藤原 勇次		608
藤原 竜一郎		549
布施 英利		49, 285
扶桑社ミステリー編集部		399
二上 貴夫		686
双木 秀		549
二瀬 西恵		642
二木 好晴		591
二葉亭 四迷		162
二村 文人		686
府中文化振興財団府中市郷土の森博物館		530
淵脇 護		691
仏教大学総合研究所		110
ブーテレイ, スーザン		115
船木 枳郎		763
船木 拓生		318, 325, 350
船木 満洲夫		85
船越 義彰		36
舟崎 克彦		750
船田 敦弘		620
船登 芳雄		506
船所 武志		110
船水 清		481, 591
布野 栄一		85, 276
文沢 隆一		180
文春文庫編集部		334
ブライス, R.H.		642
無頼文学会		302
ブラッキン, マリア		380
フラナガン, ダミアン		205
フリードマン, アビゲール		642
ブリュネル, ピエール		125
古井 風烈子		145
古井 由吉		365, 451
古川 一枝		250, 269
古川 克巳		725
古川 敬		719
古川 日出男		45
古川 裕倫		345
古川 裕佳		18, 230
古沢 太穂		676, 680, 721, 729
古沢 夕起子		78, 480, 586
古島 哲朗		549, 558
古田 草一		539
古田 足日		750, 758, 771
古田 冬草		642
古田 良三		642
古館 曹人		666, 721, 724
古舘 綾子		683
古橋 一男		701
古橋 信孝		17, 115, 380, 623
古平町		527
古谷 鏡子		285, 590
古屋 健三		73, 223, 364
古屋 照子		250, 289
古谷 智子		569, 577, 618
古屋 秀雄		714
古谷 龍太郎		29, 745, 746
ブレインナビ		399
フロイント, ヴィンフリート		407
風呂本 薫		219
風呂本 武敏		451
不破 哲三		276, 314
不破 行雄		671
「文学への旅金沢・名作の舞台」編集委員会		107
文学界ネットワーク		145
文学史を読みかえる研究会		283
文学・思想懇話会		248
文学時標社		247
文学的モデルネ研究プロジェクト		73, 131
文学と笑い研究会		26
文京区立鷗外記念本郷図書館		177, 179, 180
文京区立森鷗外記念館		180
文教大学文学部		116
文芸研究プロジェ		336
文芸散策の会		101, 103, 223, 717

文芸春秋 ……………… 36,
　　145, 329, 334, 344,
　　346, 353, 360, 373,
　　381, 455, 495, 540, 756
文芸春秋出版部 ……… 285
文芸同好会会史編纂委員
　会 …………………… 468
文芸同好会編輯部 ‥ 110, 472
「文芸」編集部 …………… 318
文芸理論研究会 ………… 321
文献目録・諸資料等研究
　会 ………… 219, 344, 351
分銅 惇作 ……………
　　274, 420, 496, 500

【へ】

ヘイグ, エドワード ……… 20
平成官能小説読書会 …… 411
平成連句競詠会 ………… 686
平敷 武蕉 ……………… 420
別冊ダ・ヴィンチ編集
　部 …………………… 195
別冊宝島編集部 ……… 189,
　　195, 247, 334, 360,
　　378, 383〜385, 399
別所 真紀子 …………… 642
別府 明雄 ……………… 764
別役 実 ………… 441, 495
編集の学校 ……………… 67
辺見 じゅん …………… 558
辺見 庸 ………………… 385

【ほ】

北条 常久 ……………
　　253, 273, 275, 527
坊城 俊樹 …… 562, 660, 745
坊城 中子 ……………… 642
北条 浩 ………………… 158
北条 博史 ……………… 83
北条 元一 …………… 7, 119
宝泉 薫 …………… 75, 308

「ポエムの虎」実行委員
　会 …………………… 459
外尾 登志美 …… 227, 347
外間 守善 ……………… 115
牧水生誕百年祭記念実行
　委員会 ……………… 599
北冬舎編集部 ………… 542
北斗会出版部 ………… 484
北溟社 ……………… 684, 687
ぼくらはカルチャー探偵
　団 …………………… 64
保坂 和志 ‥ 63, 64, 67, 119
保坂 重政 ……………… 766
保坂 登志子 …………… 772
保坂 弘司 ……………… 460
保阪 正康 …… 298, 325, 353
保坂 リエ ……………… 660
星 寛治 ………………… 520
星合 正敏 ……………… 325
星加 輝光 ………… 300, 432
星崎 茂 ………………… 549
星田 郁代 ………… 89, 549
星野 文子 ……………… 475
星野 丑三 ……………… 549
星野 晃一 ………… 482, 506
星野 紗一 ………… 701, 737
星野 慎一 ……………… 688
星野 高士 …… 656, 693, 723
星野 立子 ……………… 723
星野 恒彦 ……………… 666
星野 椿 …… 642, 660, 723
星野 哲郎 ……………… 481
星野 天知 ……………… 176
星野 智幸 ……………… 414
星野 麦丘人 …………… 725
星野 正大 ……………… 463
星野 麦人 ……………… 613
星野 五彦 ………… 7, 73, 82
「星野富弘花の詩画展」
　記念誌編集委員会 … 539
星の降る里百年記念館
　………………………… 588
星谷 とよみ …………… 734
保昌 正夫 …………… 13,
　　60, 131, 191, 247, 251,
　　264, 266, 364, 472, 577
干呂 閨 ………………… 495

ボスカロ, アドリアーナ
　………………………… 219
穂積 生萩 ……………… 616
細井 剛 ………………… 549
細江 光 …… 57, 219, 220
細川 周平 ……………… 94
細川 布久子 …………… 337
細川 光洋 ……………… 426
細窪 孝 …………… 59, 285
細田 嘉吉 ……………… 495
細見 綾子 …… 678, 684, 733
細見 和之 … 7, 459, 526, 534
細谷 博 …… 210, 309, 432
細矢 昌武 ……………… 152
細谷 正充 ………… 353, 410
細谷 行輝 ……………… 23
細谷 亮太 ……………… 665
細山 喬司 ……………… 766
暮鳥会 ………………… 507
北海学園「北海道から」
　編集室 ……………… 445
北海道高等学校国語科指
　導研究会 …………… 97
北海道詩人協会 ……… 466
北海道新聞社 …… 270, 362
北海道俳句協会史編纂委
　員会 ………………… 695
北海道文学館 ………… 97,
　　228, 260, 295, 309, 350,
　　355, 362, 364, 429, 430,
　　444, 515, 518, 538, 541,
　　573, 595, 691, 768, 769
北海道立文学館 ………
　　260, 444, 573, 691
法橋 和彦 ……………… 515
北国新聞社 ……………
　　160, 172, 506, 684
堀田 武弘 ……………… 573
堀田 敏幸 ……………… 7
堀田 善衛 ………… 59, 320
布袋 敏博 …………… 51, 93
仏淵 健悟 …… 555, 672, 683
ホトトギス「野分会」‥ 652
程原 健 ………………… 159
ぽにーてる ……………… 49
穂村 弘 ………………
　　558, 562, 565, 628
堀 巌 ……………… 90, 579

堀 啓子	139, 164	
堀 古蝶	698, 714	
堀 司朗	273	
堀 多恵子	271, 272	
堀 辰雄	271, 272, 522	
堀 信夫	7	
堀 雅昭	525	
堀 松太郎	549	
堀 まどか	475	
堀井 清之	22	
堀井 哲夫	185	
堀井 野生夫	85	
堀井 正子	49, 79, 272, 522	
堀内 統義	451, 700	
堀内 万寿夫	297	
堀江 あき子	368	
堀江 厚一	622	
堀江 珠喜	49, 79, 85, 125, 328, 348	
堀江 敏幸	119	
堀江 朋子	273, 281	
堀江 信男	101, 485, 507, 595	
堀江 泰紹	436	
堀江 玲子	573, 610	
堀尾 幸平	750	
堀尾 青史	495	
堀川 寛一	442	
堀川 豊平	531	
堀川 正美	455	
堀木 正路	526	
堀切 直人	73, 185, 426	
堀切 実	678	
堀口 進	558	
堀口 すみれ子	513	
堀口 星眠	642, 666	
堀口 大学	513	
堀口 真利子	379	
堀越 英美	73	
堀越 正光	103	
堀込 喜八郎	29	
堀辰雄文学記念館	272	
堀津 省二	483, 485	
堀部 功夫	111, 205	
堀部 茂樹	174, 317	
堀本 吟	642	
堀本 裕樹	666	
本格ミステリ作家クラブ	387, 399	
本庄 登志彦	660	
本城 美智子	504	
本城 靖	29	
本庄 豊	276	
凡人会	298	
本田 烈	716, 719	
本田 有明	7, 205	
本田 和子	73	
本田 桂子	255	
本多 秋五	230, 285, 321	
本多 正一	188, 358, 399	
本田 節子	590	
誉田 哲也	385	
本多 輝男	666	
本田 信道	610	
本田 典国	302	
本多 寿	451, 459, 520	
本多 浩	506, 507	
本田 康雄	140	
本堂 明	123	
本と読書の会	49, 57	
本の雑誌編集部	58, 85, 403	
本間 千裕	767	
本間 久雄	145, 162	
本間 安子	360	
本美 鉄三	577	

【ま】

真有 澄香	172	
マイ, エッケハルト	688	
舞城 王太郎	381	
毎日新聞学芸部	399	
毎日新聞社大津支局	110	
毎日新聞社甲府支局	106, 294	
毎日新聞社社史編集室	131	
毎日新聞社千葉支局	101	
マインド・フォーカス研究所	187	
前 登志夫	549	
前川 剛	642	
前川 貞子	205	
前川 文夫	296, 417	
前坂 和子	622	
前沢 宏光	728	
前芝 憲一	69	
前島 徳太郎	12	
前島 康男	73	
前城 淳子	115	
前田 愛	7, 49, 79, 119, 123, 131, 169, 170	
前田 角蔵	49, 273	
前田 恭子	666	
前田 霧人	726	
前田 彰一	41, 123	
前田 司郎	45	
前田 達郎	441	
前田 久	381	
前田 久徳	220	
前田 英樹	281, 432	
前田 雛	253	
前田 宏一	325	
前田 夕暮	577	
前田 千寸	253	
前田 洋平	353	
前田 嘉則	435	
前田 芳彦	400, 598, 617, 629	
前田 律子	626	
前田 塁	49, 64	
前之園 明良	223	
前橋文学館友の会	15	
前原 東作	642	
前原 正治	459	
前山 松花	642	
前山 光則	719	
前山 礼次	549	
真方 忠道	405	
真壁 仁	495	
牧 梶郎	320	
牧 俊太郎	346	
牧 羊子	337, 520, 526	
巻口 省三	107	
巻田 泰治	426	
牧谷 孝則	27	
牧野 和春	700	
牧野 節子	753	
牧野 武文	58	

牧野 立雄 …………
　　　495, 499, 501, 596
牧野 博行 …… 588, 607
牧野 留美子 ………… 7
槙林 滉二 … 132, 149, 174
牧村 健一郎 ‥ 205, 216, 290
槙村 浩 …………… 36
槙村浩の会 ………… 36
幕内 満雄 ………… 162
マグマ短歌会 ……… 38
正岡 子規 ………… 642,
　　　710, 712～714
正木 明 …………… 7
正木 ゆう子 ……… 617,
　　642, 666, 728, 763
政宗 一成 ………… 485
正宗 白鳥 …………
　　　145, 154, 161, 424
増子 正一 ………… 227
間島 勲 …………… 97
真杉 秀樹 … 186, 235, 407
増子 和男 ………… 255
増子 義久 ………… 495
増田 修 …………… 19
益田 勝実 ………… 17
増田 正造 ………… 49
桝田 隆宏 ………… 82
増田 周子 … 109, 111, 241
益田 悌二 ………… 719
増田 みず子 … 169, 337
増田 実 …………… 762
増田 由喜子 ……… 432
増田 裕美子 ……… 121
桝田 るみ子 ……… 101
増田 れい子 ‥ 253, 472, 517
枡野 浩一 … 414, 562, 597
増満 圭子 ………… 205
ますむら ひろし … 495
増山 至風 ………… 660
間瀬 岫淞 ………… 656
間瀬 昇 …… 145, 428
又吉 栄喜 ………… 414
町田 栄 …………… 230
町田 多加次 ……… 521
町田 雅絵 ………… 264
町田市文学館開設準備懇
　談会事務局 ……… 15

町田市民文学館ことばら
　んど ‥ 103, 260, 329, 363
町田市立自由民権資料
　館 ……………… 174
町田市立図書館 …… 330
まちだ中央公民館 …… 73
松井 清徳 ………… 642
松井 健児 ………… 20
松井 幸子 ………… 694
松井 貴子 ………… 711
松居 直 …………… 758
松井 利彦 ………… 116,
　180, 418, 440, 455, 573,
　632, 698, 704, 710, 721
松井 牧歌 ………… 626
松井 道昭 ………… 190
松井 満 …………… 623
松井 義弘 ………… 518
松浦 いね ………… 78
松浦 加古 ………… 642
松浦 和夫 …… 145, 325
松浦 敬親 … 643, 703, 737
松浦 五郎 ………… 691
松浦 澄恵 ………… 478
松浦 恒雄 ………… 21
松浦 常雄 ………… 595
松浦 友久 ………… 36
松浦 寿輝 ………… 7,
　20, 73, 76, 117, 118, 122,
　134, 248, 439, 539, 616
松浦 博 …………… 325
松浦 芳子 ………… 325
松浦 嘉展 ………… 623
松尾 明美 ………… 745
松尾 勝郎 ………… 719
松尾 聡 …………… 435
松尾 茂夫 ………… 451
松尾 順造 …… 98, 692
松尾 高清 ………… 693
松尾 尊兌 ………… 280
松尾 直昭 ………… 213
松尾 光 …………… 435
松尾 正光 ………… 728
松尾 八洲子 ……… 435
松岡 潔 …… 617, 695
松岡 弘一 ………… 390
松岡 正剛 …… 67, 73, 77
松岡 せいじ ……… 381

松岡 祥男 ………… 119
松岡 ひでたか …… 254,
　266, 270, 301, 482, 612,
　684, 691, 699～701,
　716, 728, 737, 739
松岡 秀隆 ………… 519
松岡 譲 …………… 203
松岡,陽子マックレイン
　………………… 205
松岡 義和 ………… 495
マッカーシー,ポール
　………………… 255
松川 由博 ………… 418
松木 博 …………… 425
松坂 俊夫 … 97, 152, 169
松坂 弘 … 562, 567, 620
松崎 健一郎 ……… 437
松崎 鉄之介 ………
　　　643, 666, 667, 722
松崎 哲久 ………… 565
松崎 之貞 ………… 438
松崎 豊 …………… 691
松沢 昭 … 656, 667, 737
松沢 和宏 ……… 20, 122
松沢 信祐 …… 235, 276
松沢 正博 … 369, 378, 380
松下 千雅子 ……… 20
松下 裕 …………… 280
松島 義一 ………… 67
松島 浄 …………… 49
松島 十湖 ………… 701
松島 光秋 ………… 691
松島 勇平 ………… 701
松田 貞夫 ………… 260
松田 静子 ………… 360
松田 昭三 ………… 442
松田 司郎 …… 495, 503
松田 存 …………… 49
松田 解子 ………… 278
松田 ひろむ …… 660, 684
松田 文夫 ………… 451
松田 良一 … 224, 373, 380
松平 信久 …… 73, 759
松平 盟子 ………… 586
松谷 みよ子 ……… 771
松永 唯道 ………… 705
松中 正子 ………… 133
松根 東洋城 ……… 643

松葉 直助 …………… 629	松本 健一 …………… 125, 192, 194, 231, 299, 309, 325, 328, 344, 360, 361, 378, 434, 435, 537, 595	松山市立子規記念博物館 …… 15, 164, 183, 206, 211, 586, 588, 589, 605, 694, 695, 700〜702, 709, 711〜715, 719
松林 尚志 ……… 36, 604, 698, 705, 714, 728, 735		
松原 一枝 …………… 137		
松原 新一 …………… 113, 242, 458, 534, 539	松本 健次郎 ………… 206	まど みちお ………… 772
	松本 澄江 ……… 698, 733	的野 雄 ……………… 733
松原 泰道 ……… 481, 719	松本 清張 …………… 180, 181, 353, 388	的場 小太郎 ………… 643
松原 正 ………… 85, 205		真名井 拓美 …… 120, 325
松原 勉 ……………… 451	松本 たかし ………… 724	真中 朋久 ……… 557, 620
松原 哲明 …………… 771	松本 隆 ……………… 504	真鍋 和子 …………… 169
まつばら とうる …………… 705, 711, 714	松本 孝幸 …………… 380	真鍋 呉夫 …………… 46, 247, 313, 643
	松本 武夫 …………… 268	
松原 珀子 …………… 698	松本 武 ………… 573, 604	真鍋 昌弘 …………… 462
松原 三夫 …………… 611	松本 忠司 …………… 276	マヌエラ, スリアーノ …………… 302
松久 淳 ……………… 414	松本 鶴雄 …………… 101, 156, 161, 196, 268, 316, 356	
松藤 竹二郎 ………… 325		マブソン青眼 ………… 643
松宮 史朗 …………… 136	松本 徹 ……………… 160, 304, 325, 328, 433	馬淵 礼子 …………… 558
松村 英一 …………… 629		魔法のiらんど ……… 116
松村 一男 ……………… 7	松本 ノリ子 ………… 567	魔法の図書館 ……… 116
松村 紀代子 …………… 82	松本 哉 …… 166, 224, 426	間宮 周吉 …………… 216
松村 隆雄 …………… 110	松本 秀一 …………… 726	間宮 武 ……………… 278
松村 多美 ……… 660, 736	松元 寛 ………… 206, 316	間宮 史子 ……………… 25
松村 千代一 …………… 29	松本 博之 ……………… 29	真山 仁 ……………… 195
松村 友視 …………… 171	松本 昌次 …………… 285	間山 洋八 ……… 586, 588
松村 昌家 …………… 124, 125, 162, 210, 211, 220	松本 松吉 …………… 211	黛 まどか ……………… 85, 643, 644, 650, 667
	松本 真奈美 …………… 34	
松村 正直 … 558, 569, 627	松本 道介 …… 7, 89, 120, 247	丸川 賀世子 ………… 332
松村 緑 ……………… 581	松本 泰男 ……………… 17	丸川 哲史 ……… 285, 434
松村 雄二 …………… 617	松本 寧至 …… 73, 88, 235	丸子文学の会 ……… 106
松村 由利子 …… 565, 586	松本 侑子 …………… 309	丸田 研一 …………… 416
松村 喜雄 …………… 189	松本 幸夫 …………… 356	丸茂 ジュン ………… 390
松本 章男 …… 39, 565, 573	松本 陽子 …………… 318	丸谷 慶二郎 ………… 477
松本 聡子 …………… 583	松本 陽正 …………… 120	丸谷 才一 … 7, 17, 24, 39, 49, 81, 85, 91, 120, 145, 206, 399, 400, 436, 567
松本 旭 ………… 715, 737	松本 良彦 ……………… 29	
松本 昭 ……………… 195	松本 吉弘 …………… 656	
松元 秋六 …………… 459	松山 足羽 …………… 643	丸山 顕徳 ……………… 49
松本 悦治 …………… 536	松山 巌 …… 189, 393, 433	丸山 海道 …………… 738
松本 修 ………………… 19	松山 俊太郎 ………… 145	丸山 健二 ……………… 67
松本 和男 …………… 477, 513, 581〜583	松山 亮次郎 …………… 24	丸山 茂 ……………… 132
	まつやま山頭火倶楽部 …………… 719	丸山 商衣 …………… 667
まつもと かずや …… 728		丸山 哲郎 …………… 702
松本 勝久 …………… 344	松山子規会 …… 208, 708	丸山 智子 …………… 442
松本 和也 …………… 91, 307, 309, 312	松山市教育委員会 … 711	丸山 一 ……………… 304
	松山市総合政策部 … 711	丸山 晴久 …………… 565
松本 州弘 …………… 531		丸山 真男 …………… 436
		丸山 正義 …………… 735
		円山 夢久 …………… 390

日本近現代文学案内 **869**

丸山 由美子 …… 533, 540
馬渡 憲三郎 ‥ 289, 513, 614
萬田 務 ……………… 211, 237, 247, 495, 503

【み】

三浦 綾子 ……… 361, 362
三浦 一則 …………… 58
三浦 叶 ………… 150, 463
三浦 健治 ………… 247
三浦 しをん ………… 91
三浦 若海 ………… 643
三浦 朱門 ………… 330
三浦 俊介 …………… 49
三浦 佑之 ………… 756
三浦 隆 ……… 85, 686
三浦 哲郎 …………… 46
三浦 俊彦 …………… 7
三浦 信孝 ………… 125
三浦 仁 ……… 468, 506
三浦 寛子 ………… 260
三浦 浩 ………… 344
三浦 雅士 …………… 7, 49, 64, 73, 206, 285, 374, 378, 432, 438, 626
三浦 光子 ………… 595
三浦 光則 ……… 276, 314
三浦 光世 ……… 362, 363
三浦綾子記念文学館 … 363
三重県連句協会 ……… 695
みえの ふみあき ……… 468
見尾 久美恵 ………… 600
三ケ島葭子編集委員会
 ………………… 608
みかづき 紅月 ………… 390
三上 啓美 ………… 620
三上 強二 …………… 97
三上 修平 ……… 494, 585
三上 満 ………… 495
三瓶 達司 ………… 300
三ヶ森 青雲 ………… 691
三木 章 ………… 145
三木 サニア ……… 330, 349

三木 卓 ……………… 455, 472, 479, 487
三木 秀生 …… 29, 145, 264
三鬼 宏 ……………… 288
三木 ふみ …………… 191
三木 正之 ………… 120
三木 学 ……………… 309
三木 露風 ……… 451, 478
三国 隆三 ……… 286, 400
三国路紀行文学館 …… 586
みくに竜翔館 ………… 530, 691, 724
三毛猫ホームズ研究会 ………………… 366
見崎 鉄 ………… 462
身崎 寿 ………… 555
岬 竜一郎 ………… 344
三沢 浩二 ………… 459
三沢 静子 ………… 591
三品 理絵 ……… 172, 189
三島 憲一 ……… 49, 90
三島 中洲 ………… 463
三島 佑一 …… 220, 221, 272
三島 由紀夫 ………… 49, 67, 119, 120, 264, 325, 326
三嶋 譲 ……… 232, 238
三島 瑤子 ………… 326
三島由紀夫研究会 …… 326
水内 喜久雄 ………… 472
水落 博 ………… 667
水上 勲 ………… 267
水上 孤城 ………… 739
水甕静岡支社 …… 546, 547
水甕名古屋支社 ……… 609
水川 隆夫 …… 206, 211, 214
水城 孝 ………… 549
水口 忠 ………… 595
水口 洋治 ……… 110, 272
水口 義朗 ………… 137
水崎 野里子 ‥ 228, 459, 532
水沢 周 ………… 686
水島 裕雅 ……… 301, 477
水田 九八二郎 ……… 760
水田 宗子 …………… 91, 121, 139, 251, 473, 531
水谷 昭夫 …………… 87, 206, 297, 363, 538

水谷 真人 … 300, 330, 432
ミステリ面白倶楽部 … 400
ミステリ事典編集委員会 ………………… 400
ミステリー文学資料館 ………………… 400
水庭 進 ………… 647, 656, 668, 669, 672
水沼 三郎 ………… 667
水野 恵美子 ………… 223
水野 克比古 ‥ 281, 672, 678
水野 源三 ………… 539
水野 ひかる ………… 451
水野 尚 ………… 132
水野 秀比古 ………… 281
水野 昌雄 ‥ 560, 574, 617
水野 真由美 ………… 650
水野 麻里 ………… 416
水野 裕美子 …………… 75
水野 葉舟 ………… 428
『水の川・加藤多一の世界』編集・刊行委員会 ………………… 768
水原 秋桜子 ………… 643, 648, 681, 682, 684, 727
水原 一 …………… 7
水原 春郎 ………… 727
水町京子文集刊行会 … 549
水見 悠々子 ………… 527
三角 洋一 ………… 566
水村 美苗 ……… 24, 348
水本 協一 ………… 558
水本 精一郎 ………… 157
溝口 章 ……… 521, 530
溝口 貞彦 …………… 36
溝田 玲子 ………… 250
溝淵 匠 ……… 29, 475
溝淵 寛水 …………… 7
三田 純市 ………… 41
三田 英彬 …… 145, 172, 425
三田 誠広 …… 67, 132, 771
見田 宗介 ………… 495
三田 洋 ……… 451, 459
三鷹市 ………… 768
三鷹市教育委員会生涯学習部社会教育課 … 309
三鷹市芸術文化振興財団 ‥ 240, 241, 309, 478

三鷹市芸術文化振興財団	南 得二 …………… 745	宮城 松隆 ……… 247, 540
文芸課 …………… 104	南 史子 …………… 767	宮城 まり子 ………… 332
三鷹市山本有三記念館	南 雄太 …………… 379	宮城県芸術協会 ……… 29
…………… 240, 241	南足柄市郷土資料館 … 101	宮城県支部二十周年記念
三鷹市立図書館 ……… 104	南川 隆雄 ………… 468	事業実行委員会 …… 575
三嶽 公子 …………… 113	南信州新聞社 ……… 416	宮城県図書館 ……… 753
三谷 栄一 …………… 17	南野 耕平 ………… 745	宮岸 泰治 ……… 443, 444
三谷 薫 ……………… 772	源 哲麿 ……………… 8	三宅 一郎 …………… 363
三谷 邦明 ……………… 49	皆吉 爽雨 ………… 684	三宅 興子 ……… 750, 758
三谷 幸喜 …………… 445	皆吉 司 ……………	三宅 修 …………… 535
三谷 憲正 ……………… 19	549, 626, 650, 667	三宅 昭三 ……… 161, 478
三谷 信 ……………… 326	峰 芳隆 …………… 494	三宅 直子 ………… 442
三谷 茉沙夫 …… 49, 400	峯尾 耕平 …………… 26	三宅 奈緒子 ………… 601
三田村 鳶魚 … 90, 91, 410	峯岸 義秋 ………… 569	三宅 光一 …………… 756
道浦 母都子 …… 139, 549,	峯島 正行 ……… 137, 338	三宅興子先生退職記念論
558, 565, 577, 643, 650	峯村 至津子 ……… 169	文集刊行会 ……… 758
みちのく研究会 ……… 501	峰村 澄子 ………… 502	宮越 勉 …………… 230
道又 力 ………… 97, 369	三野 虚舟 ………… 738	宮腰 賢 ……………… 8
三井 彰 …………… 643	三野 博司 ………… 123	宮坂 覚 …… 232, 235, 236
三井 修 …………… 627	美濃加茂市民ミュージア	宮坂 静生 ‥ 643, 660, 667,
三井 貴之 …………… 380	ム ……………… 162	673, 705, 711, 714, 721
三井 葉子 …………… 464	三橋 修 ……………… 73	宮坂 丹保 ………… 601
三石 勝五郎 ……… 483	三原 仁子 ………… 606	宮坂 万次 ………… 573
三石 庸子 …………… 642	壬生町立歴史民俗資料	宮崎 明 …………… 206
三津田 信三 ……… 405	館 ……………… 462	宮崎 かすみ ……… 206
満谷 昭夫 ………… 478	美馬 弘 …………… 353	宮崎 修二朗 … 8, 573, 691
御津町教育委員会 … 110	三村 純也 ………… 645	宮崎 潤一 ………… 288
三橋 竹蔵 ………… 577	三村 晃功 …………… 79	宮崎 荘平 ………… 607
三橋 敏雄 ………… 721	三村 博史 ………… 693	宮崎 駿 …………… 750
光栄 堯夫 ……… 326, 620	みもと けいこ …… 206	宮崎 正弘 ………… 326
光本 恵子 ………… 610	宮 柊二 …………… 629	宮崎 真素美 ………
御津 磯夫 ………… 549	宮 英子 …………… 629	……… 150, 452, 513, 541
三留 昭男 ………… 595	宮 林太郎 ………… 363	宮崎 靖久 ……… 145, 146
御供 平佶 ………… 562	宮入 弘光 ……… 432, 435	宮崎 芳三 …………… 9
水上 勉 ……………… 8,	宮内 淳子 …………	宮崎 芳彦 ……… 760, 762
46, 49, 137, 221, 247, 354	……… 116, 220, 250, 332	宮崎県の俳句編集委員
皆川 喜代弘 ……… 579	宮内 俊介 ………… 159	会 ……………… 691
皆川 直凡 ………… 687	宮内 広利 ………… 438	みやざきの文学碑編集委
皆川 盤水 ……… 605, 648,	宮尾 登美子 ……… 372	員会 ……………… 29
656, 667, 673, 684, 698	宮岡 昇 ………… 549, 562	宮迫 千鶴 ………… 750
皆川 博子 ………… 404	宮川 淳 …………… 46	宮沢 章夫 ………… 266
皆木 和義 ………… 369	宮川 健郎 ‥ 496, 503, 750,	宮沢 淳郎 ………… 496
水口町教育委員会 … 163	758, 761, 763, 766, 770	宮沢 鏡一 ………… 285
湊 一春 …………… 673	宮川 寅雄 ………… 579	宮沢 賢治 …………… 22,
湊 楊一郎 ………… 696	宮川 美枝子 ……… 537	496, 500, 503, 504
南 明日香 ………… 224	宮川 康雄 ………… 606	宮沢 健太郎 ……… 211
南 史郎 …………… 573	宮川 葉子 ………… 138	宮沢 康造 ……… 29, 483
南 千恵子 ………… 734	宮城 一男 ………… 496	

宮沢 清六 ……………
　　　　　496, 500, 501, 503
宮沢 肇 …………… 272
宮沢 泰 …………… 8
宮沢賢治を愛する会 … 496
宮沢賢治学会イーハトー
　ブセンター生誕百年
　祭委員会記念刊行部
　会 ………………… 501
宮沢賢治学会イーハトー
　ブセンター編集委員
　会 ………………… 496
宮沢賢治記念館 ‥ 496, 503
宮沢賢治研究会 …… 501
宮沢賢治国際フェスティ
　バル2000実行委員会
　　　　　　　… 496, 497
宮沢賢治没後七十年「修
　羅はよみがえった」刊
　行編集委員会 ……… 497
宮地 佐一郎 ………… 190
宮地 たか …………… 230
宮下 恵美子 ………… 639
宮下 和男 …………… 767
宮下 規久朗 ………… 326
宮下 翠舟 …………… 732
宮下 拓三 … 106, 261, 539
宮下 展夫 …………… 146
宮下 隆二 ……… 328, 499
宮嶋 繁明 …………… 328
宮嶋 裕人 …………… 363
宮薗 美佳 …………… 216
宮田 昭宏 …………… 686
宮田 黄李夫 ………… 643
宮田 小夜子 ………… 459
宮田 俊行 …………… 259
宮田 正信 …………… 568
宮田 正宏 …………… 101
宮田 毬栄 …………… 146
宮台 真司 …………… 321
宮武 利正 …………… 157
宮武 秀治 ……… 333, 354
宮地 伸一 …………… 566
宮地 敏子 …………… 759
宮津 昭彦 ……… 673, 722
宮永 忠将 …………… 390
宮西 忠正 …………… 315
宮野 恵基 …………… 567

宮野 哲子 …………… 620
宮野 光男 …… 227, 316
宮原 昭夫 …………… 67
宮原 俊二 …………… 565
宮原 望子 …………… 604
宮部 みゆき ………… 405
宮本 一宏 ……………
　　　　　468, 472, 479, 512
宮本 顕治 …………… 314
宮本 誉士 …………… 578
宮本 忠雄 …………… 83
宮本 輝 ……………… 372
宮本 徳蔵 …………… 220
宮本 則子 ……… 292, 522
宮本 正章 ……… 582, 701
宮本 盛太郎 ………… 206
宮本 百合子 …… 139, 314
宮本 陽子 …………… 19
宮本 和歌子 ………… 189
宮守 正雄 …………… 279
宮脇 俊文 …………… 378
宮脇 白夜 ……… 667, 726
明珍 昇 ……………… 526
三好 京三 ……… 372, 491
三好 達治 …… 451, 512, 530
三好 徹 ……………… 137
三好 豊一郎 ………… 447
三好 典彦 …………… 216
三好 章介 …………… 12
三好 文明 …………… 146
ミヨシ,マサオ …… 247, 335
三好 行雄 …… 36, 54, 120,
　127, 132, 146, 156, 181,
　206, 217, 236, 326, 468
三好十郎没後50年記念誌
　編集委員会 ………… 446
未来創刊四十周年記念事
　業委員会 …………… 575
美輪 明宏 …………… 625
三輪 太郎 …………… 75
美和町教育委員会 … 236
眠牛荘主人 ………… 74

【む】

向井 敏 …………… 337,
　　　　344, 361, 400, 410
向井 豊昭 …………… 97
向田邦子研究会 …… 374
武川 忠一 …………… 116,
　　　418, 440, 455, 544,
　　　556, 573, 617, 632
椋 鳩十 ……………… 767
椋鳩十文学記念館 … 767
向川 幹雄 …………… 762
向田 和子 ……… 373, 374
向田 邦子 …………… 374
向山 洋一 …………… 656
武庫川女子大学短期大学
　部創立五十周年記念論
　文集編集委員会 …… 20
武庫川女子大学文学部国
　文学科 ……………… 110
武蔵大学公開講座委員
　会 …………………… 49
武蔵野 次郎 …… 206, 247
虫明 亜呂無 ………… 49
ムーシカ文庫 ……… 771
武者小路 実篤 ……… 231
武者小路 辰子 ……… 231
睦月 影郎 ……… 389, 390
武藤 功 ………… 86, 320
武藤 武美 …………… 273
武藤 秀明 …………… 522
武藤 雅治 …………… 558
武藤 康史 ……… 49, 429
務中 昌己 …………… 650
宗像 和重 …………… 181,
　　　　353, 421〜423
棟方 健治 …………… 476
宗像 夕野火 ………… 643
宗内 数雄 …………… 667
宗政 五十緒 ………… 562
村井 紀 ……………… 616
村井 和一 …………… 643
村井 重俊 …………… 344
村井 信彦 …………… 20
村井 英雄 …………… 347

村井　弘	………………	643
村岡　功	………………	8, 181
村岡　恵理	………………	772
村岡　嘉子	………	598, 599
村上　章子	………………	618
村上　伊知郎	………………	326
村上　一郎	……	146, 436
村上　悦也	………………	598
村上　清一	………………	125
村上　貴史	………………	400
村上　建夫	………………	326
村上　哲見	………………	463
村上　春樹	……	8, 58, 375
村上　博美	………………	247
村上　文昭	……	104, 266, 517
村上　征勝	………………	21
村上　方子	………………	643
村上　護	………………	19, 137, 303, 524, 643, 667, 684, 698, 716, 718〜720
村上　光彦	……	189, 190
村上　義雄	………………	354
村上　龍	……	379, 381
村上　林造	………………	589
村上鬼城顕彰会『鬼城と共に』―村上鬼城顕彰会の20年―編集委員会	………………	715
村上春樹研究会	………………	378
村上ワールド研究会	………	378
村川　増治郎	………………	617
村沢　夏風	………………	730
村瀬　一郎	……	106, 463
村瀬　学	…	438, 504, 768
村田　栄三郎	………………	109
村田　治男	………………	613
村田　秀明	………………	255
村田　正夫	………………	451, 452, 464, 472, 531, 540
村田　好哉	……	205, 214
村椿　四朗	…	459, 461, 472
村永　大和	………………	617
村野　晃一	………………	530
村野　次郎	………………	549
村野　民子	………………	277
村野　夏生	………………	738
村野　幸紀	………………	452
村橋　春洋	………………	49
村松　暎	………………	194
村松　和夫	………………	562, 574, 607, 643
村松　紅花	……	643, 704
村松　定孝	………………	19, 55, 139, 172, 407, 415
村松　剛	……	49, 75, 326
村松　友次	…	642, 704, 705
村松　友視	………………	137, 332, 339, 343, 369, 436
村山　亜土	………………	772
村山　砂田男	………………	643
村山　寿朗	………………	618
村山　秀雄	………………	643
村山　美清	………………	206
村山　吉広	………………	255
牟礼　慶子	………………	541
群　ようこ	……	91, 120, 251, 259, 277, 354, 380
室井　光広	………………	8
室生犀星学会	………………	507
室生犀星文学アルバム刊行会	………………	506
室生　朝子	………………	507
室生　犀星	………………	507
室岡　和子	………………	707
室城　秀之	………………	20
室蘭文学館の会	………………	97
室蘭文学館の会研究部会	………………	261

【め】

目荒　ゆみ	………………	67
鳴弦文庫	………………	694
明治学院キリスト教研究所	……	104, 316
明治学院藤村研究部OB会	………………	156
明治書院企画編集部	………	50, 58, 132
明治書院教科書編集部	………………	146
明治書院第三編集部	………	50, 452, 549, 643
明治書院編集部	……	50, 667, 699, 721
明治神宮	………………	578
明治大学文学部文学科文芸学専攻　文芸メディア専攻	………………	89
明治大学リバティ・アカデミー	………………	104
メイナード, 泉子・K	……	404
目加田　さくを	………	39
目黒区守屋教育会館郷土資料室	………………	104
メディアスタジオオッドジョブ	………………	58
目野　由希	………………	181
目良　卓	………………	596
メラノヴィッチ, ミコワイ	………………	220
校条　剛	………………	68

【も】

萌える名作文学製作委員会	………………	79
茂木　健一郎	……	206, 644
茂木　雅夫	………………	266
杢太郎会	………………	480
モスタファ, アハマド・ムハマド・ファトヒ	………	331
モダニズム研究会	………	261
望月　規史	………………	353
望月　雅彦	………………	259
望月　芳明	………………	452
望月　善次	………………	597
持田　季未子	………………	522
持田　恵三	………………	92
持田　叙子	…	172, 224, 616
持谷　靖子	………………	586
持丸　博	……	328, 435
本井　英	………………	705
素樹　文生	………………	414
元永　晴信	………………	8
元橋　正宜	………………	321

本林 勝夫 …………… 574, 577, 604, 605, 607	森 まゆみ ………… 167, 169, 170, 181, 206, 247	森田 草平 ……… 206, 217
本村 寿一郎 …………… 767	森 茉莉 …………… 354	森田 高志 …………… 656
本村 敏雄 …………… 146	森 義真 …………… 595	森田 孟 …………… 589
本山 可久子 …………… 734	森 類 …………… 181	森田 峠 ……… 687, 721
籾内 裕子 …………… 162	森 玲子 ……… 293, 673	森田 均 …………… 123
百川 敬仁 ………… 81, 194	森井 マスミ …………… 567	森田 溥 …………… 15
百瀬 美津 …………… 565	森井 道男 ……… 85, 288	森田 政雄 …………… 29
モラスキー, マイク …… 285	森鷗外記念館 …………… 181	森田 実歳 …………… 478
森 昭夫 …………… 336	森岡 貞香 …………… 577	盛田 隆二 …………… 414
森 朝男 …………… 558	森岡 ハインツ …………… 26	守中 高明 …………… 452
森 敦 …………… 4, 363	森岡 浩 …………… 410	森野 宗明 …………… 12
森 勲夫 …………… 481	森岡 正雄 …………… 711	森はなをしのぶ・ささゆりの会 …………… 772
森 英一 ……… 107, 160, 259, 356	森岡 ゆかり …………… 463	森村 浅香 …………… 549
森 絵都 …………… 414	盛岡市先人記念館 …… 595	森村 誠一 …… 50, 68, 736
森 鷗外 ……… 181, 184	盛岡児童文学研究会 … 762	森本 淳生 …………… 432
森 修 ………… 17, 85	盛岡大学日本文学会企画展実行委員会 …………… 466	森本 穫 ……… 241, 264, 267, 353
森 於菟 …………… 181	もりおか啄木・賢治青春館 …………… 595	森本 治吉 …………… 91
森 恭子 …………… 756	盛岡てがみ館 …………… 595	森本 真一 …………… 125
森 乾 …………… 526	森賀 まり …………… 665	森本 哲郎 …………… 673
盛 厚三 ……… 240, 350	森川 昭 …………… 644	森本 陽 ……… 296, 332
盛 忍 …………… 213	森川 晃治 ……… 8, 101	森本 善信 …………… 614
森 常治 …………… 247	森川 多佳子 …………… 582	守屋 喜七 …………… 606
森 正太郎 …………… 475	森川 達也 … 50, 86, 146, 317	森谷 欽一 ……… 705, 724
森 史朗 …… 346, 353, 364	森川 光郎 …… 644, 650, 673	守屋 貴嗣 ……… 136, 513
森 澄雄 ………… 550, 644, 667, 678, 698, 738	森川 翠 …………… 363	守安 敏司 …………… 371
森 省二 …………… 756	森川 雄介 …………… 269	森安 理文 ……… 264, 298, 302, 616
森 清松 …………… 29	森崎 和江 …………… 540	森山 公夫 …………… 83
盛 善吉 …………… 446	森崎 憲司 …………… 217	森山 重雄 …………… 616
森 銑三 …………… 26	森崎 信尋 …………… 432	森山啓生誕一〇〇年記念誌発行委員会 …… 260
森 荘已池 ……… 501, 505	森崎 蘭外 …………… 463	森脇 幽香里 …………… 745
森 孝晴 …………… 767	森下 一仁 …………… 403	森脇 善明 …………… 432
森 千春 …………… 77	森下 賢一 …………… 684	茂呂 光夫 …………… 120
森 毅 …………… 8	森下 時男 …………… 194	諸岡 卓真 …………… 400
森 富 …………… 181	森下 真理 …………… 442	諸坂 成利 …………… 255
森 信勝 ……… 320, 352	森須 蘭 …………… 656	諸田 和治 …………… 285
森 延哉 …………… 140	森瀬 繚 …………… 400	諸星 崇 ……… 388, 389
森 獏郎 ……… 718, 720	盛善吉さんを偲ぶ会編集委員会 …………… 446	
森 はな …………… 772	森田 愛子 ……… 705, 724	【や】
森 晴雄 …………… 264	森田 かずを …………… 656	
森 治美 …………… 442	森田 喜郎 …… 74, 132, 206	八板 康麿 …………… 504
森 博嗣 ……… 68, 385	森田 左甼 …………… 186	八重樫 和子 …………… 580
森 真沙子 …………… 404	森田 進 ……… 350, 459	
森 雅裕 …………… 400	森田 誠吾 …………… 255	

八尾坂 弘喜 ………… 360	安川 定男 ………… 64	柳井 久雄 ………… 26
屋嘉 宗克 ………… 115	安川 里香子 ………… 184	柳川 彰治 ………… 668
矢川 澄子 … 257, 292, 354	安川定男先生古稀記念論	柳 富子 ………… 125
八木 功 ………… 156	文集編集委員会 ……… 50	柳沢 孝子 ……… 90, 193
八木 意知男 ………… 39	安田 暁男 ………… 589	柳田 泉 … 132, 150, 159
八木 絵馬 ………… 698	安田 建一 ………… 264	柳田 国男 ………… 427
八木 憲爾 ………… 525	安田 章一郎 ………… 8	柳田 邦男 …… 8, 58, 525
山羊 しずか ………… 326	安田 純生 ………… 39,	柳田 知常 ………… 8
八木 重吉 ………… 507	550, 566, 567, 583	柳田 光紀 ………… 459
八木 健 …… 644, 656, 657	安田 青風 ………… 39	柳田先生を偲ぶ会 …… 8
八木 忠栄 ………… 469	安田 孝 ……… 133, 220	柳原 晶 ………… 627
八木 毅 ………… 8	安田 武 ………… 298	柳原 極堂 ………… 702
八木 方子 ………… 380	安田 常雄 ………… 586	柳原 良平 ………… 337
八木 雄二 ………… 36	安田 敏朗 ……… 247, 249	柳谷 隆幸 ………… 288
八木 良夫 ………… 213	安田 速正 ………… 589	柳原 一日 ………… 137
八木 義徳 ………… 24	安田 真紀子 ………… 578	梁瀬 和男 ………… 30
八木 柳雀 ………… 745	安田 未知夫 ………… 211	梁瀬 光世 ………… 50
柳下 惇夫 ………… 29	安田 保民 ………… 252	やなせ たかし ……… 455
柳下 要司郎 ………… 334	安田 靫彦 ………… 264	梁瀬 龍夫 ………… 627
柳生 四郎 ………… 466	安田 義明 ………… 289	柳瀬 尚紀 ……… 5, 439
矢切 隆之 ……… 81, 225	保田 与重郎 ………… 8,	柳瀬 善治 ………… 326
矢倉 貞 ………… 667	17, 146, 171, 247, 281, 510	柳父 章 ………… 432
矢崎 藍 ………… 686	安田女子大学日本文学会	矢沼 冬星 ………… 30
矢崎 節夫 ‥ 515～517, 520	安田文芸論叢編集委員	矢野 之一 ………… 628
矢崎 弾 ………… 247	会 ………… 21	矢野 貫一 ……… 298, 299
矢崎 泰久 ………… 239	安永 尚志 ………… 23	矢野 景一 ……… 657, 684
屋敷 紘一 ………… 211	安永 蕗子 ……… 562, 630	矢野 誠一 …………
矢島 巻城 ………… 668	八住 利雄 ………… 446	74, 146, 224, 349
矢島 井声 ………… 644	やすみ りえ ‥ 562, 660, 745	矢野 峰人 ………… 125
矢島 渚男 …………	安水 稔和 ‥ 521, 526, 582	矢羽 勝幸 ……… 692, 712
650, 668, 714, 726	安宗 伸郎 ………… 206	八幡 政男 ………… 50
矢島 道弘 …………	安村 和馬 ………… 724	矢幡 洋 ………… 497
249, 303, 309, 312	安村 圭介 ………… 78	藪 禎子 ………… 80,
矢島 幸雄 ………… 466	安元 隆子 ………… 595	156, 169, 174, 257
矢島 裕紀彦 ………… 74,	安本 達弥 ………… 8	藪 道子 ………… 590
85, 137, 217, 304, 413	安本 利正 ………… 291	藪内 春彦 ……… 452, 461
矢代 静一 ………… 309	安森 敏隆 ………… 87,	藪田 義雄 ………… 480
安 智史 ………… 512	91, 558, 562, 565, 574,	矢部 彰 …… 169, 181, 309
安井 寿枝 ………… 220	575, 581, 604, 605, 624	矢部 登 ……… 331, 507
安井 かずみ ………… 540	安良岡 康作 ………… 24	山内 修 ………… 497
安井 浩司 ………… 650	矢田 純子 ………… 716	山内 和子 ………… 497
安井 重雄 ………… 562	矢田 順治 ………… 156	山内 照夫 ………… 565
安井 壮三 ………… 463	谷田貝 常夫 ………… 563	山内 由紀人 …………
安井 俊夫 ……… 391, 400	矢谷 慈国 ………… 499	326, 328, 344, 357
安江 真砂女 ………… 686	矢田山 聖子 ………… 162	山内 洋一郎 ………… 568
安岡 章太郎 ………… 46,	谷内 修三 ………… 452	山内 好雄 ………… 261
192, 193, 225, 328, 331	八ヶ岳岳麓文芸館 …… 605	山岡 徳貴子 ………… 440
	矢富 巌夫 ……… 300, 301	

日本近現代文学案内 **875**

山折 哲雄 ………… 258, 343, 497, 525, 616
山影 冬彦 … 212, 213, 215
山県 章宏 ………… 644
山形 和美 ……… 8, 87, 94, 205, 245, 247, 330, 420
山県 喬 …………… 104
山形 洋一 ………… 589
山形 竜生 …………… 8
やまがた児童文化会議 ………………… 769
山形新聞社 ………… 361
やまがた文学祭実行委員会 … 466, 573, 692, 762
山上 次郎 ………… 712
山川 晃史 ………… 656
山川 暁 …………… 299
山川 篤 …………… 159
山川 和男 ………… 113
山川 公子 ………… 164
山川 久三 …………… 8
山川 健一 ………… 356
山川 純子 …… 595, 627
山川 弘至 ……… 8, 22
山川 泰夫 ………… 289
山川登美子倶楽部「しろゆりの会」………… 583
八巻 大樹 ………… 368
山岸 外史 …… 236, 309
山北 篤 …………… 407
山極 ひさ ………… 463
山際 澪 …………… 417
山口 耀久 ………… 535
山口 泉 …………… 497
山口 和彦 …………… 22
山口 一易 ………… 142
山口 九一 ………… 146
やまぐち・けい …… 459
山口 恵子 ………… 566
山口 源三 ………… 726
山口 智司 ………… 308
山口 翔 …………… 64
山口 正介 ………… 355
山口 真也 …………… 19
山口 誓子 …… 644, 668
山口 青邨 … 681, 682, 724
山口 晴通 ………… 463
山口 孝枝 ………… 739

山口 翼 …………… 230
山口 直孝 ………… 141, 160, 194, 230
山口 比男 ………… 255
山口 徹 …………… 181
山口 俊雄 ………… 150, 299, 302, 309
山口 治子 ………… 355
山口 瞳 …………… 355
山口 博 …… 101, 132, 146
山口 文憲 ………… 416
山口 昌男 ………… 424
山口 雅也 ………… 396
山口 政幸 …… 219, 220
山口 光朔 ………… 644
山口 基 …………… 326
山口 守圀 …… 273, 274
山口 保明 ………… 720
山口 悌治 ………… 565
山口 優夢 ………… 668
山口 林次郎 ……… 724
山口県詩人懇話会 … 466
山口瞳と三十人 …… 355
やまぐち文学回廊構想推進協議会 ……… 111
山崎 馨 …………… 579
山崎 一穎 …… 181, 184
山崎 克彦 ………… 112
山崎 かよみ … 750, 763
山崎 国紀 ………… 87, 181, 182, 184
山崎 甲一 … 206, 236, 304
山崎 行太郎 ……… 433
山崎 聡 …… 650, 673, 739
山崎 勉 … 44, 142, 199, 706
山崎 貞士 ………… 113
山崎 荻生 ………… 684
山崎 豊子 ………… 296
山崎 ひさを … 657, 688, 723
山崎 博士 ………… 503
山崎 方代 ………… 630
山崎 真紀子 ……… 18, 192, 318, 378
山崎 正純 … 94, 309, 436
山崎 正伸 …………… 38
山崎 益矢 … 522, 595, 596
山崎 光夫 ………… 236

山碕 雄一 …… 182, 365
山崎 行雄 ………… 293
山崎 義男 ………… 156
山崎 義光 ………… 265
山崎 隆司 ………… 706
山里 勝己 …………… 77
山路 竜天 ………… 400
山敷 和男 ………… 236
山下 敦史 …………… 58
山下 悦子 … 74, 80, 291
山下 和夫 … 565, 566, 573
山下 一海 … 644, 645, 662, 668, 684, 693, 712, 714
山下 聖美 ………… 139, 215, 497, 502, 503
山下 欣一 ………… 115
山下 政三 ………… 182
山下 多恵子 ……… 292, 417, 595, 596, 609
山下 武 … 8, 74, 140, 400
山下 智恵子 ……… 299
山下 利昭 …… 522, 525
山下 浩 … 183, 211, 237
山下 雅人 …… 550, 621
山下 真史 ………… 511
山下 真由美 ………… 17
山下 道代 ………… 567
山下 実 …………… 319
山下 洋輔 ………… 358
山科 恭一 ………… 540
山城 むつみ … 50, 139, 247
山住 久 …………… 573
山隅 衛 …………… 550
山瀬 よいこ ……… 390
山田 晃 …………… 216
山田 篤朗 ………… 164
山田 一郎 …… 112, 426
山田 詠美 …… 44, 380
山田 馨 …………… 542
山田 和子 ………… 540
山田 風太郎 ……… 296
山田 かん … 466, 518, 539
山田 敬三 ………… 125
山田 兼士 … 459, 499, 512, 525, 526, 538, 542, 543
山田 弘倫 ………… 182
山田 繁伸 ………… 607

山田 俊治 ……………… 227	山中 登久子 …………… 630	山室 静 ……… 146, 156, 182
山田 潤治 ……………… 25	山中 知子 ……………… 125	山室静先生文学碑建設実
山田 消児 ……………… 558	山中 智省 ……………… 404	行委員会記念誌編集委
山田 昭全 ……………… 87	山中 典子 ……………… 383	員 ……………………… 436
山田 せいこ …………… 169	山中 恒 …………… 383, 760	山本 昭夫 ……………… 80
山田 太一 ……………… 446	山中 正樹 ……………… 206	山本 一力 … 333, 360, 410
山田 直 ………………… 452	山中 康裕 ……………… 756	山本 一生 ……………… 414
山田 忠彦 ……………… 233	山梨 勝弘 …………… 567, 671	山本 巌 …………… 317, 416
山田 千鶴子 …………… 540	山梨 将典 ……………… 567	山本 和明 ……………… 137
山田 輝彦 ……………… 550	山梨英和短期大学日本文	山本 かずこ …………… 537
山田 登世子 … 81, 247, 586	学会 …………………… 8	山本 克夫 ……………… 745
山田 昇 ………………… 598	山梨英和短期大学日本文	山本 寛太 ……………… 566
山田 野理夫 …………… 500	化コミュニケーション	山本 舜勝 ……………… 326
山田 春生 ……………… 648,	学会 …………………… 24	山本 清 ………………… 24
684, 721, 733, 738	山梨県立文学館 … 15, 55,	山本 欣司 ……………… 169
山田 久次 ……………… 106	77, 89, 106, 140, 160, 169,	山本 恵一郎 ……… 106, 365
山田 秀三郎 …………… 195	187, 207, 236, 237, 239,	山本 啓介 ……………… 568
山田 弘子 …………… 673, 692	240, 252, 268, 297, 310,	山本 健吉 ……………… 25,
山田 博光 …… 149, 174, 175	312, 313, 349, 350, 353,	36, 68, 90, 161, 644,
山田 富士郎 …………… 550	415, 484, 518, 577, 595,	668, 673, 681, 684, 685
山田 文子 ……………… 747	630, 703, 712, 729, 762	山本 康治 ……………… 473
山田 正紀 ……………… 403	山梨新報社 …………… 742	山本 皓造 ……………… 521
山田 松太郎 …………… 698	山梨日日新聞社 ……… 106	山本 鉱太郎 …………… 225
山田 みづえ …………… 657,	山梨日日新聞社出版部	山本 茂 ………………… 80
674, 721, 723, 725, 739	………………………… 729	山本 七平 ………… 432, 433
山田 道幸 ……………… 698	山西 雅子 ……………… 668	山本 周五郎 ……… 64, 298
山田 啓代 ……………… 720	山根 一真 ……………… 491	山本 順二 ……………… 207
山田 稔 …………… 295, 514	山根 献 ………………… 320	山本 昇 ………………… 21
山田 宗睦 ……………… 297	山根 二郎 ……………… 613	山本 昌一 ………… 90, 154
山田 有策 ……………… 36,	山根 巴 …………………	山本 祥一朗 …………… 137
131, 132, 150, 156,	132, 550, 604, 608	山本 捨三 ……………… 468
164, 168, 169, 171,	山根 知子 ……………… 497	山本 聖子 ……………… 540
172, 183, 206, 248, 286	山根 道公 … 328, 330, 497	山本 貴夫 ……………… 104
山田 幸男 ……………… 482	山根 龍一 ……………… 18	山本 武夫 ……………… 110
山田 陽一 ……………… 50	山野 博史 ……………… 344	山本 豪志 ……………… 296
山田 洋次 ……………… 442	山内 乾史 ……………… 146	山本 竜雄 ……………… 515
山田 孝雄 ……………… 644	山内 祥史 ………… 248, 310	山本 太郎 ……………… 447
山田 吉郎 ………… 101, 599	山内 登美雄 …………… 440	山本 千恵 ……………… 139
山田 航 ………………… 628	山内 久明 ……………… 125	山本 司 ………………… 612
山蔦 恒 …………… 74, 106	山之口 泉 ……………… 527	山本 つぼみ … 668, 696, 739
山出 裕子 ……………… 91	山之口貘記念会編集委員	山本 哲士 ……………… 438
山と渓谷社 …………… 294	会 ……………………… 527	山本 哲也 ……………… 452
山名 康郎 ………… 611, 627	山前 譲 ………………… 187,	山本 夏彦 ……………… 191
山中 桂一 ……………… 40	188, 286, 392, 400	山本 陽史 ……………… 361
山中 光一 ………………… 2, 17	山村 曠 ………………… 720	山本 英孝 ……………… 769
山中 剛史 ……………… 325	山村 正夫 ………… 289, 400	山本 秀磨 ……………… 259
山中 智恵子 ……… 558, 566	山村 泰彦 ……………… 631	山本 弘 ………………… 403
	山室 恭子 ……………… 410	

山本 洋 …………… 120	有精堂編集部 ………	横田 肇 …………… 36
山本 寛嗣 …………… 613	120, 132, 248	横田 浜夫 …………… 68
山本 昌男 …………… 717	有隣堂出版部 …… 101	横田 文子 ………… 261
山本 稔 …………… 762	湯川 晃敏 ………… 630	横手 暎央 ………… 579
山本 安見子 … 436, 722	湯川 説子 ………… 221	横手 一彦 ………… 286
山本 唯一 …… 8, 550	湯川 豊 …………… 433	横浜歌人会 ………… 575
山本 有光 ………… 137	雪野 真菰 ………… 577	横浜近代文学研究会 … 195
山本 有三 ………… 241	幸松 キサ ………… 745	横溝 正史 ………… 195
山本 幸正 ………… 18	湯地 朝雄 … 273, 289, 319	横光 桃子 ………… 178
山本 洋子 ………… 724	湯原 かの子 ……… 485	横光 利一 ………… 266
山本 容朗 ………… 50,	湯原 公浩 ………… 187	横光利一研究会 …… 266
74, 78, 92, 104, 146, 332	夢プロジェクト …… 58	横村 華乱 ………… 746
山本 芳明 ………… 185	夢本編集部 ……… 644	横山 昭正 ………… 120
山本 龍生 …… 74, 310	夢枕 獏 …………… 380	横山 安由美 ……… 19
山本 良 …… 18, 150	夢枕獏事務所 …… 380	横山 郁代 ………… 326
山本 亮介 …… 56, 266	湯本 明子 ………… 704	横山 岩男 …… 558, 623
山本 玲子 … 499, 595, 596	由良 君美 …………… 8	横山 季由 ………… 607
山本 和加子 ……… 417	由良 三郎 ………… 400	横山 邦治 ………… 132
山谷 春潮 ………… 685	由良 琢郎 ………… 110	横山 健蔵 ………… 572
矢本 大雪 ………… 745	由里 幸子 ………… 339	横山 茂雄 ………… 428
弥吉 菅一 …… 755, 762	ゆり はじめ … 220, 286,	横山 俊之 ………… 207
鑓田 清太郎 ……… 452	311, 316, 433, 510, 525	横山 仁 …………… 459
ヤリタ ミサコ …… 459	ユルスナール, マルグリッ	横山 房子 ………… 725
梁 石日 …………… 385	ト ………………… 326	横山 充男 ………… 756
	尹 相仁 …… 22, 207, 477	横山 泰子 ………… 150
		横山 吉男 ………… 30
【ゆ】	**【よ】**	横山 良一 ………… 720
		与謝野 晶子 ……… 586
湯浅 篤志 …… 133, 140	楊 英華 …………… 231	与謝野 光 …… 587, 588
由井 龍三 …………	楊 璧慈 …………… 207	与謝野晶子アカデミー百
462, 472, 650, 755	葉文館出版出版部 … 746	回記念誌編集委員会
由井 りょう子 …… 295	養老 孟司 ………… 80	………………… 587
游 珮芸 …………… 762	横尾 文子 ………… 480	与謝野晶子ギャラリーア
柳 美里 …… 385, 420	横尾 和博 ………… 50,	ルフォンスミュシャ
夕刊デイリー新聞社 … 113	104, 358, 370, 378	ギャラリー堺 … 585, 588
夕刊フジ ………… 345	横尾 健一郎 ……… 77	吉井 よう子 ……… 444
結城 文 …………… 611	横川 寿美子 ……… 758	吉江 久弥 … 500, 503
結城 昌治 …… 644, 721	横木 徳久 …… 452, 480	吉岡 生夫 …………
結城 信一 …… 50, 507	横島 誠司 ………… 70	40, 562, 570, 589
結城 信孝 …… 50, 58	横須賀 司久 ……… 463	吉岡 栄一 …… 59, 366
結城 正美 …… 72, 74, 78	横瀬 隆雄 ………… 476	吉岡 桂六 …… 657, 669
遊座 昭吾 ………… 97,	横田 賢一 ………… 734	吉岡 功治 ………… 719
499, 595, 596, 598	横田 順弥 …………	吉岡 忍 …… 343, 385
邑書林 ……… 650, 696	132, 150, 151, 403	吉岡 洋 …………… 8
	横田 庄一郎 … 207, 497	吉岡 美幸 ………… 600
		吉岡 竜城 ………… 746
		吉海 直人 ………… 87
		吉川 潮 …………… 651

吉川 英治 …………… 195	吉田 一 ……… 444, 445	吉村 怜 …………… 579
吉川 英明 …………… 195	吉田 春生 … 331, 337, 378	吉本 隆明 …………… 9,
吉川 幸次郎 … 8, 212, 427	吉田 秀和 ………… 9, 50	24, 36, 40, 50, 51, 59,
吉川 三太郎 …………… 36	吉田 熈生 ……… 116, 316,	74, 83, 85, 89, 120, 133,
吉川 蕉仙 …………… 755	318, 418, 431, 433, 455,	146, 159, 207, 237, 248,
吉川 発輝 …………… 510	524, 525, 527, 573, 632	250, 266, 281, 286, 311,
吉川 宏志 … 556〜558, 569	吉田 弘 ……… 106, 766	317, 327, 379, 420, 427,
吉川 康 …………… 569	吉田 裕 ……………… 19	428, 433, 436, 438, 439,
芳川 泰久 …………… 8,	吉田 文憲 … 452, 497, 505	447, 452, 459, 468, 472,
57, 85, 120, 207, 286,	よしだ まさし ……… 254	485, 498, 531, 604, 620
356, 365, 371, 378	吉田 昌志 …………… 171	吉本 孝雄 …………… 737
吉川英治記念館 ……… 195	吉田 正信 …………… 176	吉本 ばなな ………… 380
吉崎 志保子 ………… 474	吉田 未灰 …………… 645	好本 恵 …………… 645
吉崎 四郎 …………… 107	吉田 美和子 ‥ 497, 515, 527	吉本 洋子 ……… 40, 556
芳沢 鶴彦 ……… 320, 336	吉田 司雄 …… 42, 72, 78,	吉本隆明研究会 ……… 85,
吉瀬 博 …………… 730	93, 133, 148, 400, 404, 406	286, 420, 436, 459
吉田 敦彦 …………… 207	吉田＝クラフト，バルバ	吉屋 えい子 ………… 196
吉田 渭城 …………… 668	ラ ……………………… 50	吉屋 信子 ……… 139, 196
吉田 悦花 …………… 685	吉竹 博 …………… 525	吉行 あぐり ………… 332
吉田 悦志 …… 50, 86, 151	吉富 孝汎 …………… 720	吉行 和子 …………… 651
吉田 恵美子 ………… 303	吉留 杉雄 …………… 133	吉行 淳之介 ………… 332
吉田 和明 …………… 133,	吉永 哲郎 …………… 50	吉行 文枝 …………… 332
236, 311, 438, 497	吉野 準 …………… 334	依田 学海 …………… 443
吉田 加南子 …… 452, 459	吉野 せい …………… 417	依田 仁美 …………… 558
吉田 銀葉 …………… 644	吉野 孝雄 … 133, 249, 425	四日市市立図書館丹羽文
吉田 健一 ……… 8, 50, 58	吉野 樹紀 …………… 19	雄記念室 …………… 255
吉田 鴻司 ……… 671, 731	吉野 俊彦 ……………	四日市大学・四日市学研
吉田 悟美一 ………… 116	183, 224, 424, 596	究会 ………………… 107
吉田 秋陽 …………… 562	吉野 秀雄 … 578, 579, 613	四元 康祐 …… 541〜543
吉田 新一 ……… 146, 758	吉野 弘 ……… 447, 452	四ツ谷 竜 …………… 726
吉田 漱 …… 605, 607, 608	吉野 昌夫 ……… 480, 621	四ッ柳 隆夫 ………… 83
吉田 精一 …………… 41,	吉野 義子 …………… 739	与那覇 恵子 …… 92, 369
224, 236, 455, 460	吉原 文音 ……… 626, 627	米川 千嘉子 …… 552, 582
吉田 精美 …………… 497	吉原 徳太郎 ………… 550	米口 実 ……… 550, 562
吉田 仙太郎 ………… 521	吉原 栄徳 …………… 567	米倉 育男 …………… 83
吉田 巧 ……… 639, 681	吉増 剛造 ……………	米倉 巌 ……… 512, 520
吉田 達志 ……………	449, 459, 541, 616	米田 幸子 …………… 604
50, 133, 171, 326	吉松 勝郎 …………… 169	米田 佐代子 ………… 242
吉田 千代子 ………… 417	吉見 正信 …………… 498	米田 利昭 ‥ 207, 498, 499,
吉田 司 ……… 412, 497	吉見 良三 …………… 281	596, 604, 614, 624, 704
吉田 定一 …………… 754	吉村 昭 …… 1, 146, 364	米長 保 ……… 566, 587
吉田 汀史 …………… 645	吉村 侑久代 …… 35, 688	米光 一成 ……… 42, 83
吉田 時善 …………… 364	吉村 和夫 ……… 287, 483	米村 みゆき …… 75, 498
吉田 徳寿 …………… 353	吉村 貞司 ……… 272, 327	米山 禎一 …………… 225
吉田 俊彦 ……… 228, 237	吉村 博任 …………… 172	読売新聞社 …………… 746
吉田 直哉 …………… 341	吉村 康 …………… 620	読売新聞西部本社 ……… 95
吉田 永宏 …………… 133	吉村 祐美 …………… 106	読売新聞文化部 ……… 264
		四方 章夫 …… 9, 527, 686

よもた　　　　　　　　　　著者名索引

四方田 犬彦 ………
　　　126, 371, 376, 439

【ら】

来空 ……………… 36,
　　　452, 461, 668, 716
来田 仁成 …………… 337
らいてう研究会 ……… 242
らいとすたっふ ……… 370
ライトノベル作法研究
　　所 …………… 390, 404
ライマー, J. トーマス … 284
ラスキン, ボリス ……… 248
蘭 藍子 ……………… 169
欒 殿武 ……………… 211
藍亭 青藍 …………… 678

【り】

李 漢正 ……………… 22
李 建志 ……………… 353
李 静和 ……………… 93
李 蕊 ……………… 712
李 菁 ……………… 392
李 哲権 ……………… 207
陸封魚の会 …… 349, 358
陸別町広報広聴町史編さ
　　ん室 ……………… 97
理崎 啓 … 425, 596, 716
利沢 行夫 …………… 246
立教女学院短期大学 … 384
立教女学院短期大学公開
　　講座 ……………… 750
立教女学院短期大学図書
　　館 ……………… 750
立命館大学法学会 …… 120
リテレール編集部 …… 15
リービ英雄 …………… 9
リーマン, アントニー・
　　V. ……………… 268
竜泉 ……………… 97
隆 慶一郎 …………… 410

劉 建輝 ……………… 224
龍沢 武 ……………… 603
竜前 貞夫 …………… 530
竜門寺 文蔵 ………… 501
呂 元明 ……… 125, 248
廖 炳恵 ……………… 21
緑亭 川柳 …………… 698
「旅愁」文学碑建立記念
　　誌編集委員会 …… 266
林 淑姫 ……………… 280
林 淑丹 ……………… 183
林 淑美 …… 86, 248, 280
林 叢 ……………… 211
林 濤 ……………… 392

【る】

類家 有二 …………… 533
涙香会 ……………… 153
ルシュール, ジェニフェー
　　ル ……………… 327
ルービン, ジェイ … 150, 378

【れ】

歴史群像編集部 ……… 410
『歴史読本』編集部
　　…… 298, 334, 361, 381
歴史と文学の会 ……
　　　74, 352, 353, 385
レディース・ジャーナル
　　ぽあ ……………… 550
連歌総目録編纂会 …… 568

【ろ】

六草 いちか ………… 183
露月日記刊行会 ……… 703
ローゼンバウム, ローマ
　　ン ……………… 429

ローラン, マブソン …… 645
論究の会 …………… 435
論文・レポート作成必携
　　編集委員会 ……… 19

【わ】

若井 新一 …………… 660
若狭 邦男 …………… 400
若佐 孝夫 …………… 87
若狭 東一 …………… 311
若桜木 虔 …………… 62,
　　　68, 387, 389, 390
若島 正 …………… 9, 403
若月 忠信 … 51, 108, 304
若林 ひとみ ………… 759
若林 幹夫 …………… 207
若松 英輔 …………… 431
若宮 明彦 …………… 459
若宮 貞次 …………… 550
若山 滋 …………… 207
若山 牧水 …………… 600
和歌山県高等学校教育研
　　究会国語部会調査研究
　　委員会 …………… 30
和歌山詩人協会 ……… 466
和歌山社会経済研究所
　　……………………… 30
脇 昭子 ……… 211, 424
脇 明子 …… 41, 172, 407
脇坂 正夢 …………… 746
脇坂 充 …………… 347
脇地 炯 …………… 286
脇田 繁 …………… 731
脇村 禎徳 …………… 738
和久田 雅之 …… 107, 720
涌田 佑 …………… 268
和光 慧 …………… 579
鷲尾 雨工 …………… 261
鷲尾 三枝子 ………… 567
鷲巣 繁男 …………… 459
鷲巣 力 …………… 17
鷲田 小弥太 ……… 207,
　　334, 336, 345, 350, 360,
　　368, 380, 401, 410, 438

鷲谷 七菜子	…………	724
輪島 士郎	…………	22
和順 高雄	…………	498, 720
ワースプロジェクト	…	384
早稲田大学会津八一記念博物館	…………	580
早稲田大学語学教育研究所	…………	23
早稲田大学坪内博士記念演劇博物館	…	153
早稲田大学図書館	…	12, 140, 185, 427, 550, 648
和田 あき子	…………	361
和田 晃	…………	51
和田 敦彦	…………	22
和田 英子	…………	472
和田 克司	…………	710, 712
和田 謹吾	…	98, 156, 207
和田 桂子	…………	116
和田 耕作	…………	550, 590
和田 悟朗	…………	641, 728
和田 山蘭	…………	573
和田 茂樹	…………	712
和田 繁二郎	…………	170
和田 静子	…………	364
和田 周三	…………	580, 597
和田 健	…………	720
和田 忠彦	…………	25
和田 司	…………	439
和田 勉	…………	21, 365
和田 艶子	…………	185
和田 徹三	…	88, 464, 469
和田 利男	…………	207, 503
和田 利夫	…	150, 248, 518
和田 知子	…………	703
和田 典子	…………	478, 769
和田 はつ子	…………	401
和田 宏	…………	345
和田 博文	…………	51, 69, 74, 94, 116, 123, 452, 453, 467〜470, 498, 527, 528, 531
和田 文雄	…………	498
和田 誠	…………	91, 650
和田 まさ子	…	750, 759
和田 正美	…………	133
和田 芳恵	…	58, 138, 170
和田 能卓	…………	538
和田 芳英	…………	236
和田 稜三	…………	353
和田徹三論叢刊行会	…	541
渡辺 勲	…………	176, 426
渡辺 一灯	…………	721
渡部 巌	…………	218
渡辺 一夫	…………	9
渡辺 一民	…………	126, 133, 248, 255, 318, 434
渡辺 和靖	…	281, 438, 512
渡辺 貫二	…………	231
渡辺 喜一郎	…………	303
渡辺 巳三郎	…………	92
渡辺 恭子	…………	668
渡辺 京二	…………	120
わたなべ けい	…………	660
渡辺 外喜三郎	…………	765
渡辺 謙	…………	577
渡辺 元蔵	…………	539
渡辺 孔二	…………	9
渡辺 貞麿	…………	88
渡辺 聡	…………	315
渡辺 成雄	…………	550
渡辺 淳一	…	68, 415
渡部 昇一	…………	416
渡辺 昭五	…………	17
渡辺 真四郎	…	36, 668
渡辺 信也	…………	738
渡辺 進	…………	591
渡辺 澄子	…………	139, 192, 211, 257, 302, 587
渡辺 たをり	…………	220
渡辺 孝	…………	82
渡辺 武信	…………	531
渡辺 保	…………	153
渡辺 千萬子	…	220, 221
渡辺 力	…………	475
渡辺 綱纖	…………	264
渡辺 哲夫	…………	184
渡辺 利喜子	…………	254
渡辺 利夫	…………	720
渡辺 十糸子	…………	454
渡辺 朝一	…………	550
渡部 直己	…………	26, 58, 66, 68, 86, 92, 133, 172, 220, 286, 371, 381
渡辺 望	…………	334, 429
渡部 春雄	…………	573
渡辺 春美	…………	19
渡辺 秀英	…………	580
渡部 英喜	…………	463
渡辺 広士	…	156, 336
渡辺 浩史	…………	525
渡辺 紘	…………	720
渡辺 洋	…………	126
渡辺 展	…………	728
渡辺 正彦	…	133, 187
渡辺 正之	…………	660
渡部 麻実	…………	272
渡辺 みえこ	…	80, 327, 378
渡辺 三好	…………	597
渡辺 美好	…………	346
渡辺 美輪	…………	742
渡辺 元彦	…………	540
渡部 泰明	…	37, 40, 574, 577
渡辺 佳明	…………	380
渡辺 善雄	…	181, 182
渡辺 諒	…………	126
渡辺 玲子	…	769, 770
綿抜 豊昭	…	567, 763
渡部 治	…………	430
渡部 昇	…………	166
渡部 芳紀	…………	253, 307, 309, 311, 498
度会 好一	…………	415
渡 英子	…	480, 573
ワット, アンドリュー	…………	210
王 敏	…………	498

【ABC】

Bourneuf, Henri J.	……	226
DB-West	…………	22
D.C.L	…………	390
DTM	…………	402
KuSiNaDa	…………	407
O.L.V.	…………	750, 763

日本近現代文学案内

2013年7月25日　第1刷発行

発 行 者／大高利夫
編集・発行／日外アソシエーツ株式会社
　　　　　〒143-8550 東京都大田区大森北 1-23-8 第3下川ビル
　　　　　電話 (03)3763-5241(代表) FAX(03)3764-0845
　　　　　URL http://www.nichigai.co.jp/
発 売 元／株式会社紀伊國屋書店
　　　　　〒163-8636 東京都新宿区新宿 3-17-7
　　　　　電話 (03)3354-0131(代表)
　　　　　ホールセール部(営業)　電話 (03)6910-0519

電算漢字処理／日外アソシエーツ株式会社
印刷・製本／光写真印刷株式会社

不許複製・禁無断転載　　　　　　《中性紙三菱クリームエレガ使用》
<落丁・乱丁本はお取り替えいたします>
ISBN978-4-8169-2425-5　　　Printed in Japan,2013

本書はデジタルデータでご利用いただくことが
できます。詳細はお問い合わせください。

日本古典文学案内—現代語訳・注釈書

A5・430頁　定価13,440円（本体12,800円）　2009.11刊

1868～2008年に刊行された古典文学に関する訳書・注釈書7,941点を収録した図書目録。「保元物語」「更級日記」「曲亭馬琴」など作品別・作家別に分類、特定作品の訳書の有無や特定作家・研究者訳を捜すことができる。専門的な研究書から、一般書、入門書、文庫本、全集まで網羅的に収録。「事項名索引」「著者名索引」付き。

現代文学難読作品名辞典

A5・340頁　定価9,870円（本体9,400円）　2012.7刊

平成元年以降に刊行・発表された現代日本文学の難読作品名の読みを調べる辞典。長編単行作品、雑誌掲載短編、連載ミステリー、ライトノベルなどの小説作品以外に、戯曲・詩集・歌集・句集など8,043件を収録。

近代文学難読作品名辞典

A5・310頁　定価7,350円（本体7,000円）　1998.11刊

明治元年～昭和63年に発表された近代日本文学の難読作品名の読みを調べる辞典。小説、戯曲、随筆、詩、短歌、俳句など7,588件を収録。

中国古典文学案内

A5・400頁　定価13,440円（本体12,800円）　2004.3刊

「詩経」から「紅楼夢」まで、春秋戦国時代～清時代の、中国古典文学に関する図書の目録。主要な作品124点と関連する思想家・文学者・政治家などの人物140名を見出しとし関連書5,515点を収録。

西洋古典文学案内 —ギリシア・ローマからロマン主義まで

A5・430頁　定価14,490円（本体13,800円）　2011.1刊

古代から19世紀前半までに活躍した268人の作家を選定し、作品・著述、研究書・伝記などの関連書11,500点を作家別・刊行年月順に収録した図書目録。古代・中世は、インド・イスラム圏の作家、および歴史家・哲学者も含む。「地域別作家一覧」「著者名索引」「事項名索引」付き。

データベースカンパニー
日外アソシエーツ　〒143-8550　東京都大田区大森北1-23-8
TEL.(03)3763-5241　FAX.(03)3764-0845　http://www.nichigai.co.jp/